N
N FAUGLITH
(Ard-galen)
LOTHLANN
LADROS
Aeluin
AUR-NU-FUIN
(Dorthonion)
Himring
Maedhros' Mark
Aglon-Pass
ERED GORGOROTH
Dor Dinen
n Dungortheb
HIMLAD
Arossiach
Iant Iaur
Gelion
WALD VON
NELDORETH
Menegroth
Esgalduin
RIATH
CELON
Nan Elmoth
ESTOLAD
WALD VON REGION
AROS
GELION
DOLMED-BERG
Zwerganstrasse
Sarn
Athrad
ASCAR (Rathlóriel)
ANDRAM
BELERIAND
OST
OSSIRIAND
THALOS
Ramdal
Amon Ereb
LEGOLIN
BRILTHOR
AUR-IM-DUINATH
DUILWEN
KARTE VON
BELERIAND
UND DEN LÄNDERN
IM NORDEN
CJRT
GELION
TOL GALEN
ADURANT

J.R.R. TOLKIEN
DAS BUCH DER VERSCHOLLENEN GESCHICHTEN

Herausgegeben
von Christopher Tolkien
Teil 1

Aus dem Englischen übersetzt
von Hans J. Schütz

KLETT-COTTA

Klett-Cotta
Die Originalausgabe erschien unter dem Titel
»The Book of Lost Tales. Part 1«

Published by arrangement with
HarperCollins Publishers Ltd., London
Für die deutsche Ausgabe

Printed in Germany
Kassette & Einband: Dietrich Ebert, Reutlingen
Gesetzt aus der Times 10 pt von Jung Satzcentrum, Lahnau
Gedruckt und gebunden von Clausen & Bosse, Leck
ISBN 3-608-93521-5

INHALT

VORWORT

Das Buch der Verschollenen Geschichten, mit dessen Niederschrift 1916/17 begonnen wurde, war das erste wesentliche phantastische Werk J. R. R. Tolkiens. Zum erstenmal erschienen hier im Rahmen einer Erzählung die Valar, die Kinder Ilúvatars, die Elben und Menschen, die Zwerge und Orks und die Länder ihrer Geschichte: Valinor, jenseits des westlichen Meeres, und Mittelerde, die »Großen Lande«, zwischen dem östlichen und dem westlichen Meer. Etwa siebenundfünfzig Jahre nachdem mein Vater die Arbeit an den *Verschollenen Geschichten* abgebrochen hatte, wurde *Das Silmarillion**, eine grundlegende Umgestaltung der frühen Fassung, veröffentlicht; und seitdem sind sechs Jahre vergangen. Dieses Vorwort scheint ein geeigneter Ort zu sein, sich zu einigen Aspekten beider Werke zu äußern.

Dem *Silmarillion* wird gewöhnlich nachgesagt, es sei ein »schwieriges« Buch, das der Erläuterung und der Anleitung bedürfe, die den »Zugang« erschließen. Damit steht es im Gegensatz zum *Herrn der Ringe.* Im 7. Kapitel seines Buches *The Road to Middle-Earth* stimmt Professor T. A. Shippey dieser Meinung zu (»*Das Silmarillion* konnte nie etwas anderes sein als eine anstrengende Lektüre«, S. 201) und erläutert seine Auffassung. Einer komplexen Erörterung wird man nicht gerecht, wenn man sie verkürzt wiedergibt, doch Shippey nennt in der Hauptsache zwei Gründe (S. 185): Zum ersten gibt es im *Silmarillion* keine »Vermittlung« vergleichbar etwa den Hobbits (so ist Bilbo im *Hobbit* »das Bindeglied zwischen modernen Zeiten und der archaischen Welt der Zwerge und Drachen«). Mein Vater war sich sehr wohl bewußt, daß das Fehlen der Hobbits als Mangel empfunden werden würde, sollte »Das Silmarillion« veröffentlicht werden – und nicht nur von Lesern, die eine besondere Vorliebe für sie hegten. In einem Brief, 1956 kurz nach der Veröffentlichung des *Herrn der Ringe* geschrieben, heißt es (*The Letters of J. R. R. Tolkien,* Nr. 182): »... Allerdings glaube ich nicht, daß es ebenso zugkräftig wäre wie der H. R. – ohne Hobbits! Voller Mythologie und Elbenkunde, und alles in diesem *heigh stile* (wie Chaucer sagen würde), der vielen Rezensenten so sehr gegen den Strich geht.«

Im »Silmarillion« ist die Stilebene rein und ungebrochen, und der Leser ist Welten entfernt von derartiger »Vermittlung«, von derart wohlerwogenen Brü-

* Wenn der Name kursiv erscheint, beziehe ich mich im folgenden auf das veröffentlichte Werk; steht er in Anführungen, ist das Werk allgemein, in einer bestimmten Fassung oder in allen seinen Fassungen, gemeint.

chen, wie etwa beim Treffen zwischen König Théoden und Pippin und Merry in den Ruinen Isengarts: »Lebt wohl, meine Hobbits! Mögen wir uns in meinem Hause wiedertreffen! Dort sollt ihr neben mir sitzen und mir alles erzählen, was euer Herz begehrt: die Taten eurer Vorfahren, soweit ihr sie aufzählen könnt...« Die Hobbits verbeugten sich tief. »Das also ist der König von Rohan!« sagte Pippin leise. »Ein netter, alter Bursche. Sehr höflich« (*Die Zwei Türme,* S. 186).

Zum zweiten: »Was *Das Silmarillion* von den früheren Werken Tolkiens unterscheidet, ist die Mißachtung traditioneller Regeln des Romans. Die meisten Romane (*Der Hobbit* und *Der Herr der Ringe* eingeschlossen) stellen eine Figur in den Vordergrund, wie Frodo und Bilbo, und erzählen dann die Geschichte, wie sie dem Helden widerfährt. Natürlich erfindet der Autor die Geschichte und bleibt so allwissend: Er kann erklären und zeigen, was ›wirklich‹ geschieht und dies der begrenzten Einsicht seiner Figur gegenüberstellen.«

Ferner kommt hier eindeutig das Problem des literarischen »Geschmacks« (oder der literarischen »Gewöhnung«) ins Spiel; und auch das der literarischen »Enttäuschung« – »die (unangebrachte) Enttäuschung derer, die sich einen zweiten *Herrn der Ringe* wünschten« und auf die sich Professor Shippey bezieht. Diese Enttäuschung hat sogar zu Vorwürfen geführt wie: »Es ist wie das *Alte Testament!*«; eine schreckliche Schmähung, der man zweifellos nichts entgegenhalten kann (obgleich der, der dies sagte, in seiner Lektüre nicht sehr weit gekommen sein kann, bevor ihn sein eigener Vergleich überwältigte). Natürlich wurde »Das Silmarillion« mit der Absicht geschrieben, Gefühl und Phantasie unmittelbar anzusprechen, ohne daß es dazu einer besonderen Anstrengung des Lesers oder irgendwelcher ungewöhnlicher Fähigkeiten bedürfe; doch es ist in sich geschlossen, und man darf daran zweifeln, ob irgendeine »Annäherung« an das Buch jenen viel helfen kann, die es unzugänglich finden.

Es gibt eine dritte Überlegung (die Professor Shippey freilich nicht im selben Zusammenhang diskutiert): »Eine Qualität, welche [*Der Herr der Ringe*] im Überfluß besitzt, ist der an *Beowulf* gemahnende ›Eindruck von Tiefe‹, der wie in dem alten Epos durch Lieder und Abschweifungen hervorgerufen wird (Aragorns Lied von Tinúviel, Sam Gamdschies Anspielungen auf die Silmaril und die Eiserne Krone, Elronds Erzählung von Celebrimbor und Dutzende mehr). Dies freilich ist eine Qualität des *Herrn der Ringe* und nicht der eingeschobenen Geschichten. Es wäre ein schrecklicher Irrtum, wollte man sie für sich genommen erzählen und gleichwohl erwarten, daß sie sich den Reiz bewahren, den sie dem größeren Zusammenhang verdanken, in den sie eingebettet sind. Niemand sonst hat das eindringlicher empfunden als Tolkien selbst. So schrieb er in einem aufschlußreichen Brief vom 20. 9. 1963: ›Ich habe selbst meine Zweifel an dem

Unternehmen [*Das Silmarillion* zu schreiben]. Der Reiz des H. R. liegt, glaube ich, zum Teil in den kurzen Ansichten von einer weitläufigen Geschichte im Hintergrund: Ein Reiz, wie wenn man von fern eine noch nie betretene Insel oder die schimmernden Türme einer Stadt in einem sonnigen Dunstschleier erblickt. Dort hinfahren, heißt den Zauber zerstören, es sei denn, wiederum täten neue unerreichbare Szenerien sich auf.‹ (*Letters* Nr. 247)

Das Problem – wie Tolkien selbst oft gedacht haben muß – lag darin, daß Mittelerde im *Herrn der Ringe* bereits alt und mit einer ungeheuren Geschichte befrachtet war. *Das Silmarillion* dagegen (in seiner längeren Form) mußte mit dem Anfang beginnen. Wie aber konnte ›Tiefe‹ geschaffen werden, wenn es nichts gab, das weiter in die Vergangenheit zurückreichte?«

Der zitierte Brief zeigt zweifellos, daß mein Vater dies spürte oder, wie man vielleicht eher sagen sollte, daß er dies bisweilen als Problem empfand. Und keinesfalls war es damals, 1963, eine neue Überlegung, denn während er 1945 am *Herrn der Ringe* arbeitete, schrieb er in einem Brief an mich (*Letters,* Nr. 96): »... Eine Geschichte muß erzählt werden, oder es ist keine Geschichte; am bewegendsten aber sind die unerzählten Geschichten. Ich glaube, *Celebrimbor* bewegt Dich so, weil man darin plötzlich einen Ausblick auf endlose *unerzählte* Geschichten erhält: auf Berge, von weitem gesehen, die man nie besteigen wird, und ferne Bäume (wie bei Tüftler), denen man niemals näherkommt – und wenn, dann werden sie eben zu ›nahen Bäumen‹ ...«

Gimlis Lied in Moria, in dem große Namen aus der alten Welt gleichsam wie in äußerster Ferne auftauchen, verdeutlicht mir das aufs schönste:

Die Welt war jung, die Gipfel frei
Zu jener Zeit, die längst vorbei,
Die mächtigen Herrn von Nargothrond
Und Gondolin sind längst entthront
Und leben wesentlich, fern und weit,
Die Welt war schön zu Durins Zeit.
(*Die Gefährten,* S. 383)

»Das gefällt mir!« sagte Sam. »Das möchte ich gerne lernen. *In Khazad-dûm, in Moria!* Aber es macht die Dunkelheit noch bedrückender, wenn man an all die Lampen denkt.« (S. 384) Durch sein begeistertes »Das gefällt mir!« »vermittelt« Sam nicht nur die »hohen«, die mächtigen Könige von Nargothrond und Gondolin, Durin auf seinem geschnitzten Thron, sondern versetzt sie unvermittelt in eine noch größere Entfernung, in einen magischen Abstand, den aufzuheben (*in diesem Augenblick*) verderblich scheint.

Professor Shippey sagt: »Es wäre ein schrecklicher Irrtum, wollte man [die Episoden], auf die im *Herrn der Ringe* nur hingewiesen wird, für sich genommen erzählen und gleichwohl erwarten, daß sie sich den Reiz bewahren, den sie dem größeren Zusammenhang verdanken, in den sie eingebettet sind.« Der »Irrtum« liegt vermutlich in der Erwartungshaltung, nicht jedoch in der Tatsache, daß sie erzählt werden; offenbar bezieht Professor Shippey die Worte meines Vaters über seine »Zweifel an dem Unternehmen« auf die Niederschrift des *Silmarillion,* denn er ergänzt die Aussage im Brief entsprechend. Doch als mein Vater dies sagte, bezog er sich nicht – ausdrücklich nicht – auf das Werk selbst, das ja bereits geschrieben und zu großen Teilen mehrfach überarbeitet war (die Erwähnungen im *Herrn der Ringe* sind keine spontanen Erfindungen). Was dagegen für ihn in Frage stand, wie er im selben Brief (Nr. 247) weiter oben ausführt, war dessen Präsentation in Buchform *nach* dem Erscheinen des *Herrn der Ringe,* als seiner Meinung nach die rechte Zeit bereits vorüber war, es bekannt zu machen: »Trotzdem wird die Darstellung leider viel Arbeit erfordern, und das geht bei mir alles so langsam. Die Sagen müssen überarbeitet (sie wurden zu verschiedenen Zeiten geschrieben, manche schon vor vielen Jahren) und miteinander abgestimmt werden; dann müssen sie mit dem H. R. verbunden werden; und dann müssen sie in eine Art Abfolge gebracht werden. Kein einfaches Schema wie etwa der Hergang einer Reise oder Fahrt bietet sich an. Ich habe selbst meine Zweifel an dem Unternehmen ...«

Als sich nach seinem Tod die Frage einer Veröffentlichung des »Silmarillion« in irgendeiner Form erhob, maß ich seinen Zweifeln keine Bedeutung bei. Die Wirkung, welche die »kurzen Ansichten von einer weitläufigen Geschichte im Hintergrund« im *Herrn der Ringe* haben, ist unbestreitbar und von größter Bedeutung, doch ich glaube nicht, daß die dort mit solcher Meisterschaft eingestreuten »Ansichten« alles weitere Wissen um die »Geschichte« ausschließen sollten.

Der literarische »Eindruck von Tiefe ... [hervorgerufen] durch Lieder und Abschweifungen« kann nicht zu einem Kriterium gemacht werden, an dem man ein Werk mit einer völlig anderen Konzeption mißt. Dies würde bedeuten, daß man die Altvorderenzeit allein nach ihrer Funktion im *Herrn der Ringe* beurteilt. Man sollte auch den Kunstgriff der kurzen Rückblende innerhalb der erzählten Zeit auf zeitlich entrückte Ereignisse (deren Anziehungskraft in ihrer eigentümlichen Verschwommenheit liegt) nicht ohne weiteres so verstehen, als ob eine ausführliche Schilderung der mächtigen Könige von Nargothrond und Gondolin einer gefährlichen Annäherung an den Grund des Brunnens gleichkommen würde, wogegen eine Beschreibung der Schöpfung bedeutete, daß der Grund erreicht und die »Tiefe« endgültig verlorengegangen wäre – »nichts bliebe, das weiter in die Vergangenheit zurückreichte«. Im Gegenteil: »Tiefe« in diesem

Sinne verweist auf eine Beziehung zwischen verschiedenen zeitlichen Schichten oder Ebenen innerhalb derselben Welt. Vorausgesetzt, der Leser hat *in der erzählten Zeit* einen Bezugspunkt, von dem aus er zurückblicken kann, so wird das außerordentliche Alter des Allerältesten ständig bewußt. Und die bloße Tatsache, daß der *Herr der Ringe* ein solch starkes Bewußtsein einer wirklichen Zeitstruktur schafft (weit stärker als durch bloße chronologische Treue und Auflistung von Daten), reicht aus, um für diesen notwendigen Bezugspunkt zu sorgen. Wenn man *Das Silmarillion* liest, muß man sich in Gedanken in das ausgehende Dritte Zeitalter versetzen – nach Mittelerde zurück zum (zeitlichen) Punkt von Sam Gamdschies »Das gefällt mir!« – und hinzufügen: »Ich möchte mehr darüber erfahren«. Mehr noch: die gedrängte oder verkürzende Form und Schreibart des *Silmarillion* und eine Ahnung von Zeitaltern voller Poesie und »Kunde«, die dahinterliegen, vermitteln sehr stark einen Eindruck von »unerzählten Geschichten« – auch dann noch, wenn diese erzählt werden; der Eindruck von »Ferne« geht nie verloren. Es gibt kein erzählerisches Vorwärtsdrängen und keine Vorausdeutungen auf zukünftige Ereignisse. Wir sehen die Silmaril nicht so, wie wir den Ring sehen. Der Schöpfer des »Silmarillion«, wie er selbst vom Dichter des *Beowulf* sagte, »erzählte von Dingen, die schon alt und kummerbeladen waren, und er verwandte seine Kunst darauf, jene Spuren im Herzen sichtbar zu machen, welche Leiden hinterlassen, die zugleich quälend und entrückt sind«.

Wie inzwischen vollständig belegt ist, wünschte mein Vater sehr, »Das Silmarillion« zusammen mit dem *Herrn der Ringe* zu veröffentlichen. Ich sage nichts über die Durchführbarkeit des Vorhabens zu jener Zeit; ich stelle auch keine Vermutungen darüber an, welches spätere Schicksal ein viel längeres zusammengefügtes Werk, vier- oder fünfteilig, gehabt hätte, oder über die verschiedenen Wege, die mein Vater dann hätte einschlagen können – denn dadurch wäre die weitere Entwicklung des »Silmarillion« selbst, die Geschichte der Altvorderenzeit, unmöglich geworden. Jedoch durch die postume Veröffentlichung des »Silmarillion« nahezu ein Vierteljahrhundert später wurde die natürliche Publikationsfolge des gesamten »Mittelerde-Komplexes« umgekehrt; und man kann sicherlich darüber streiten, ob es klug war, 1977 eine Fassung des allerersten »Sagenschatzes« als selbständige Publikation herauszubringen, gewissermaßen mit dem Anspruch, es spreche für sich selbst. So, wie das Werk veröffentlicht wurde, hat es keinen »Rahmen« und vermittelt keine Vorstellung von dem, was es ist und wie es (in der erfundenen Welt) entstand. Dies ist, wie ich jetzt meine, ein Fehler gewesen.

Der oben zitierte Brief aus dem Jahr 1963 zeigt, daß mein Vater sich über die Art und Weise Gedanken machte, in der die Sagen der Altvorderenzeit dargeboten werden könnten. In der ursprünglichen Form (der des *Buches der Verschollenen Geschichten*) kommt ein Mensch, Eriol, am Ende einer langen Reise über den Ozean zu der Insel, wo die Elben wohnen, und lernt aus deren eigenen Erzählungen ihre Geschichte kennen; dieser Ansatz war (allmählich) aus dem Blickfeld geraten. Als mein Vater 1973 starb, befand sich »Das Silmarillion« in einem bezeichnenden Zustand der Unordnung: Die früheren Teile waren stark überarbeitet oder größtenteils neu geschrieben worden, die Schlußteile waren noch so, wie er sie etwa zwanzig Jahre zuvor hatte liegenlassen; doch in der letzten Niederschrift gibt es keinen Hinweis auf einen »Plan« oder »Rahmen«, in den das Ganze eingebettet werden sollte. Ich glaube, daß er am Ende der Meinung war, nichts mehr könne der Sache nützen und kein erklärendes Wort solle darüber verloren werden, wie es dazu kam, daß es (in der erfundenen Welt) aufgeschrieben wurde.

In der ersten Ausgabe des *Herrn der Ringe* übergab Bilbo in Bruchtal als Abschiedsgeschenk Frodo »ein paar Bücher des Wissens, die er zu verschiedenen Zeiten mit seiner zierlichen Handschrift geschrieben hatte, und auf den roten Rükken stand: Übersetzungen aus dem Elbischen von B. B.«. In der zweiten Ausgabe (1966) sind daraus »drei Bücher« geworden, und in den *Anmerkungen zu den Aufzeichnungen vom Auenland,* die der Einführung dieser Ausgabe hinzugefügt wurden, sagte mein Vater, daß der Inhalt der »drei großen, in rotes Leder gebundenen Bände« im Roten Buch der Westmark erhalten geblieben sei, das von König Findegils Schreiber im Jahre 172 des Vierten Zeitalters in Gondor angefertigt worden ist. Und es heißt weiter: »Diese drei Bände erwiesen sich als ein Werk von großer Sachkenntnis und Gelehrsamkeit, für das ... [Bilbo] alle ihm in Bruchtal zugänglichen Quellen, lebende wie geschriebene, benutzt hatte. Frodo machte indes wenig Gebrauch von ihnen, da sie fast ausschließlich die Altvorderenzeit behandelten, deshalb sei hier nicht mehr darüber gesagt.« (*Die Gefährten* S. 31)

In *The Complete Guide to Middle-Earth* sagt Robert Forster: »*Quenta Silmarillion* war ohne Zweifel eine von Bilbos *Übersetzungen aus dem Elbischen,* überliefert im Roten Buch der Westmark.« Dies habe auch ich angenommen. Die »Bücher des Wissens«, die Bilbo Frodo gab, enthielten schließlich die Lösung: Sie waren »Das Silmarillion«. Doch abgesehen von dieser Äußerung gibt es meines Wissens nirgendwo in den Schriften meines Vaters einen weiteren Hinweis hierzu; und ich sträubte mich, (zu Unrecht, wie ich heute meine) diesen Weg weiterzugehen und eindeutig auszusprechen, was ich nur vermutete.

Es gab drei Möglichkeiten: Ich konnte die Veröffentlichung des »Silmarillion« auf unbestimmte Zeit zurückstellen mit der Begründung, das Werk sei unvollständig und zwischen seinen Teilen bestehe kein Zusammenhang. Ich konnte die Eigenart des Werkes, so wie es war, akzeptieren und, um mein Vorwort zur Buchausgabe zu zitieren, den Versuch unternehmen, »die Vielfalt der Texte zwischen den Deckeln eines einzigen Buches darzubieten – und *Das Silmarillion* so als die in Fortgang und Entwicklung begriffene Schöpfung vorzuweisen, die es in Wahrheit ist«; und dies hätte, wie ich in *Nachrichten aus Mittelerde* (S. 9) schrieb, einen »Komplex voneinander abweichender, durch Kommentare verbundener Texte« zur Folge gehabt – ein weit größeres Unterfangen, als diese Worte verraten. Letztlich entschied ich mich für den dritten Weg, nämlich »einen einzigen Text herauszuarbeiten, indem ich so auswählte und anordnete, daß – wie mir schien – eine möglichst zusammenhängende und in sich stimmige Erzählung zustande kam«. (*Das Silmarillion,* S. 16) Als ich schließlich zu dieser Entscheidung gelangt war, konzentrierte sich die editorische Arbeit, die ich und Guy Kay (der mir half) leisteten, auf das Ziel, das mein Vater in jenem Brief aus dem Jahr 1963 gesteckt hatte: »Die Sagen müssen überarbeitetet ... und miteinander abgestimmt werden; dann müssen sie mit dem H. R. verbunden werden.« Die Aufgabe, »Das Silmarillion« als eine »vervollständigte und in sich stimmige Einheit« vorzuweisen (obgleich dies, so wie die Dinge hier lagen, nicht vollkommen erfolgreich sein konnte), hatte zur Folge, daß in der Buchausgabe seine verwickelte Geschichte nicht erläutert werden konnte.

Was immer man darüber denken mag, das nicht voraussehbare Ergebnis war, daß sich die Rätselhaftigkeit, die »Das Silmarillion« umgab, noch verstärkte: Die Ungewißheit über das Alter des Werkes, ob es als »früh« oder »spät« anzusehen sei, das Ausmaß der Eingriffe und Manipulationen (oder gar Erfindungen) des Herausgebers erweisen sich als Stolperstein und als eine Quelle vieler Mißverständnisse. In *Tolkien and the Silmarils* (S. 93) hat Professor Randel Helms die Fragestellung wie folgt umrissen: »Jedermann, der wie ich am Ursprung des *Silmarillion* interessiert ist, wird die *Nachrichten aus Mittelerde* nicht nur wegen der spezifischen Eigenart dieses Buches lesen wollen, sondern auch weil seine Beziehung zum ersteren als Musterbeispiel für ein altes Problem literarischer Kritik gelten kann: Was *ist* ein literarisches Werk eigentlich? Ist es das, was es nach den Absichten (oder möglichen Absichten) des Autors sein soll, oder das, was ein späterer Herausgeber daraus macht? Für den Kritiker wird dieses Problem besonders wichtig, wenn, wie im Fall des *Silmarillion,* der Autor vor Vollendung seines Werkes stirbt und mehr als eine Fassung mancher Teile hinterläßt, die danach anderswo zur Veröffentlichung kommen. Welche Fassung soll der Kritiker als die ›wirkliche‹ Geschichte betrachten?«

Doch er schreibt auch: »Christopher Tolkien hat uns in diesem Fall geholfen, indem er redlicherweise betont, daß *Das Silmarillion* in der Form, in der es uns vorliegt, die Erfindung des Sohnes und nicht die des Vaters ist«; dies indessen ist ein ernstes Mißverständnis, zu dem meine eigenen Äußerungen Anlaß gegeben haben.

Professor Shippey wiederum akzeptiert zwar meine Versicherung (S. 169), daß ein »sehr hoher Anteil« des »Silmarillion«-Textes von 1937 in die Buchausgabe übernommen worden sei, sträubt sich hingegen an anderer Stelle, es anders zu sehen, denn als ein »spätes« Werk, ja gar als das späteste seines Verfassers.

Und in einem Artikel mit dem Titel »The Text of *The Hobbit:* Putting Tolkien's Notes in Order« (*English Studies in Canada,* VII, 2, Sommer 1981) kommt Constance B. Hieatt zu dem Schluß, daß es »in der Tat vollkommen klar ist, daß wir nie imstande sein werden, die Denkprozesse nachzuvollziehen, die dem *Silmarillion* zugrundeliegen.«

Doch trotz der Schwierigkeiten und ungeklärten Fragen ist eines sicher und offenkundig: für den geistigen Vater von Mittelerde und Valinor gab es tiefe Zusammenhänge und lebendige Wechselbeziehungen zwischen all den Zeiten, Orten und Geschöpfen, wenn auch die literarische Gestalt und einige Teile der Konzeption aus der Rückschau eines langen Lebens etwas »proteushaft« erscheinen mochten. Er verstand nur zu gut, daß viele entzückte Leser des *Herrn der Ringe* in Mittelerde nie mehr sehen wollten als den Schauplatz der Erzählung und daß sie bei all ihrer Freude über die »Tiefe« nicht wünschten, daß man diese bis zum Grund auslote. Doch diese »Tiefe« ist natürlich keine Illusion wie eine Reihe imitierter Buchrücken, hinter denen kein Buch steckt; und Quenya und Sindarin sind komplexe Gebilde. Es ist völlig legitim, diese Welt zu erforschen, ganz unabhängig von literaturkritischen Überlegungen; und es ist angemessen, zu versuchen, ihre Struktur in all ihren Dimensionen vom Mythos ihrer Schöpfung her zu begreifen. Jede Person, jedes Detail der erfundenen Welt, die ihrem Schöpfer wichtig schienen, sind dann für sich genommen der Aufmerksamkeit wert: Manwe oder Feanor nicht weniger als Gandalf oder Galadriel, die Silmaril nicht weniger als die Ringe; die Große Musik, die göttlichen Hierarchien, die Wohnsitze der Valar und die Schicksale der Kinder Ilúvatars sind wichtige Elemente, wenn man das Ganze begreifen will. Solche Untersuchungen sind prinzipiell durchaus erlaubt; sie ergeben sich, wenn man die imaginäre Welt als Gegenstand des Gedankenspiels und des Studiums begreift, eine Welt, die der Betrachtung ebenso würdig ist wie viele andere Gegenstände in unserer allzu phantasielosen Welt. Diese Überzeugung und das Bewußtsein, daß andere ebenso empfanden, veranlaßten mich, die *Verschollenen Geschichten* zusammenzustellen.

Doch der Blickwinkel, unter dem der Autor seine eigene Erfindung betrachtete, veränderte sich ständig; die Welt wurde weitläufiger, größer: nur im *Hobbit* und im *Herrn der Ringe* gelangten zu Lebzeiten des Autors Teile daraus in

Druck, die abgeschlossen waren. Das Studium von Mittelerde und Valinor ist mithin kompliziert, denn der Gegenstand des Studiums blieb nicht gleich; er folgte gewissermaßen der Lebenszeit des Autors, war also nicht die Fixierung eines bestimmten Abschnitts, festgelegt wie ein gedrucktes Buch, das keinem wesentlichen Wandel mehr unterworfen ist. Mit der Veröffentlichung des »Silmarillion« jedoch wurde eine bestimmte Entwicklungsstufe fixiert und so eine Art Schlußpunkt gesetzt.

Diese eher weitschweifigen Erörterungen sind ein Versuch, meine ursprünglichen Motive darzulegen, die zur Veröffentlichung des *Buches der Verschollenen Geschichten* führten. Es ist dies der erste Schritt, Mittelerde und Valinor in einem Stadium zu präsentieren, als die gewaltige geographische Ausdehnung, die vom Zentrum ausging und Beleriand gewissermaßen nach Westen warf, noch in ferner Zukunft lag; als es keine »Altvorderenzeit« gab, endend mit der Überflutung Beleriands, denn bis dahin existierten keine anderen Zeitalter der Welt; als die Elben noch »Feen« waren und sogar Rúmil, der gelehrte Noldo, weit entrückt war von den gebieterischen »Meistern des Wissens« der späteren Jahre meines Vaters. Im *Buch der Verschollenen Geschichten* sind die Fürsten der Noldor eben gerade aufgetaucht und ebenso die Grau-Elben von Beleriand; Beren ist ein Elb und kein Mensch, und sein Widersacher, der allererste Vorläufer Saurons in dieser Rolle, ist eine monströse Katze, in der ein böser Geist haust; die Zwerge sind ein böses Volk; und die geschichtlichen Zusammenhänge zwischen Quenya und Sindarin waren ganz anders konzipiert. Dies sind einige wenige besonders hervorstechende Merkmale, und eine entsprechende Liste ließe sich erheblich verlängern. Andererseits gab es bereits eine Grundstruktur, die beibehalten wurde. Und die Veränderung und Ausgestaltung der Geschichte Mittelerdes im Laufe der Jahre geschah selten durch gänzliches Ausscheiden von Elementen, sondern vielmehr durch allmähliche und vorsichtige Umformung, so daß die Geschichten ebenso zu wachsen schienen wie Sagen, die das Ergebnis vieler Geister und Generationen sind (so zum Beispiel die Nargothrond-Geschichte, die mit Beren und Lúthien verknüpft wurde, was, obwohl beide Elemente bereits vorhandenen waren, in den *Verschollenen Geschichten* nicht einmal angedeutet wird).

Das Buch der Verschollenen Geschichten wurde von meinem Vater 1916/17 während des Ersten Weltkriegs begonnen, als er 25 Jahre alt war, und viele Jahre später unvollendet aufgegeben. Es ist der Beginn der Geschichte von Valinor und Mittelerde, zumindest als voll ausgeformte Erzählung; aber bevor die Geschichten vollendet waren, wandte er sich dem Schreiben von Langgedichten zu: das *Lied von Leithian* in Reimpaaren (die Geschichte von Beren und Lúthien) und

Die Kinder Húrins in Stabreimen. Die Prosafassung seiner »Mythologie« erhielt einen neuen Impuls* durch eine ganz kurze Übersicht oder »Skizze«, wie er sie nannte, geschrieben 1926, die ausdrücklich dazu bestimmt war, das notwendige Hintergrundwissen für das Verständnis des Stabreimgedichtes zu liefern. Die weitere Entwicklung der Prosaform verlief von dieser Skizze in direkter Linie zu jener Fassung des »Silmarillion«, die sich Ende 1937 der Vollendung näherte, als mein Vater die Arbeit abbrach und sie, so wie sie war, im November desselben Jahres an Allen & Unwin schickte; doch in den 30er Jahren schrieb er auch wichtige neben- und untergeordnete Texte wie die *Annalen von Valinor* und die *Annalen von Beleriand* (von denen Fragmente auch in den altenglischen Übersetzungen erhalten sind, die von Ælfwine/Eriol angefertigt wurden), die kosmologische Beschreibung mit dem Titel *Ambarkanta,* die Gestalt der Welt, verfaßt von Rúmil, und die *Lhammas* oder »Beschreibung der Sprachen« von Pengolod aus Gondolin. Danach legte er die Geschichte des Ersten Zeitalters für viele Jahre aus der Hand, bis der *Herr der Ringe* fertiggestellt war, doch in den Jahren vor dessen tatsächlicher Veröffentlichung kehrte mein Vater mit großer Energie zum »Silmarillion« und zu den damit verbundenen Werken zurück.

Die Ausgabe der *Verschollenen Geschichten* in zwei Teilen wird, wie ich hoffe, der Beginn einer Reihe sein, welche die sagenhafte Geschichte Mittelerdes mit diesen späten Vers- und Prosaschriften weiterführen soll; deshalb habe ich dem vorliegenden Buch einen Haupttitel gegeben, der auch die möglicherweise folgenden Bücher einschließen wird, obwohl ich fürchte, daß »Die Geschichte Mittelerdes« sich als ein etwas zu ehrgeiziger Reihentitel erweisen könnte. Auf jeden Fall ist der Begriff »Geschichte« nicht im herkömmlichen Sinn zu verstehen: Es ist vielmehr meine Absicht, vollständige oder weitgehend vollständige Texte zu präsentieren, so daß die Bücher in sich abgeschlossene Einzeleditionen sein werden. Ich setze mir nicht als oberstes Ziel, viele einzelne lose Fäden zu entwirren, sondern eher möchte ich Werke zugänglich machen, die als eigenständig betrachtet werden können und die auch so betrachtet werden sollen.

Dieser langen Entwicklung nachzuspüren, ist für mich von großem Interesse, und ich hoffe, daß es sich auch für andere als interessant erweist, die Sinn für eine derartige Spurensuche haben – ob es sich nun um Änderungen der Handlungsverläufe oder des kosmologischen Grundkonzepts handelt; oder um Details wie beispielsweise das erste Auftauchen des scharfäugigen Legolas Grün-

---

* Nur *Die Musik der Ainur* wurde gleichmäßig fortgeführt, von den *Verschollenen Geschichten* bis zu den späteren Formen, denn dieses Stück wurde abgetrennt und als eigenes Werk behandelt.

blatt in der Geschichte *Der Fall von Gondolin.* Aber diese alten Manuskripte sind keinesfalls nur für das Studium der Ursprünge von Interesse. Dort ist vieles zu finden, das mein Vater (soweit man dies sagen kann) niemals ausdrücklich ausschied; so sei daran erinnert, daß »Das Silmarillion«, beginnend mit der »Skizze« aus dem Jahr 1926, als Abriß oder Kurzdarstellung geschrieben wurde, das die Substanz viel längerer Werke (ob sie tatsächlich existierten oder nicht) in kleinerem Umfang barg. Der höchst archaische Stil, der zu diesem Zweck entwickelt wurde, war kein Beiwerk: er besaß vielmehr Weite und große Kraft und war in besonderer Weise dazu geeignet, die magische und unheimliche Wesensart der frühen Elben zu vermitteln, wurde aber auch ohne weiteres dem sarkastischen, höhnischen Melko oder der Beziehung zwischen Ulmo und Osse gerecht. Und gerade diese erhält zuweilen einen komischen Aspekt und wird dann in einer schnellen und lebhaften Sprache vorgetragen, die in der späteren gravitätischen Prosa des »Silmarillion« nicht mehr lebendig ist (so fuhrwerkt Osse »in schäumender Geschäftigkeit« herum, als er die Insel am Meeresgrund verankert; die von den ersten Seevögeln neu in Besitz genommenen Klippen von Tol Eressea »sind voll von Geschnatter und Fischgeruch, und auf ihren Graten werden große Beratungen abgehalten«; als die Küstenland-Elben schließlich über das Meer nach Valinor gezogen werden, fährt Ulmo auf wundersame Weise »hinterdrein in seinem Wagen und trompetet laut, zum Mißvergnügen Osses«).

Die Verschollenen Geschichten erhielten, bevor er sie beiseitelegte, niemals eine solche Gestalt, daß mein Vater an ihre Veröffentlichung hätte denken können; sie waren experimentell und provisorisch, die zerschlissenen Notizbücher, in denen er sie niederschrieb, wurden gebündelt abgelegt, und viele Jahre warf er keinen Blick hinein. Sie nun in einem Buch zu präsentieren, hat zahlreiche editorische Probleme aufgeworfen. Zum ersten sind die Manuskripte selbst sehr kompliziert: zum Teil ist der Text schnell mit Bleistift geschrieben und heute stellenweise außerordentlich schwer zu entziffern; es ist ein Vergrößerungsglas dazu erforderlich und viel Geduld, die nicht immer belohnt wird. Aber bei einigen der Geschichten hat mein Vater auch den ursprünglichen Bleistifttext ausradiert und eine revidierte Fassung mit Tinte darübergeschrieben – und weil er zu dieser Zeit gebundene Notizbücher anstelle von losen Blättern benutzte, litt er unter Raummangel; folglich wurden Teilstücke von Geschichten in andere hineingeschrieben, so daß die Entzifferung stellenweise zu einem schwierigen Puzzlespiel wurde.

Zum zweiten wurden *Die Verschollenen Geschichten* nicht alle fortlaufend eine nach der anderen im Zuge der Erzählung geschrieben; mein Vater begann, während das Werk noch im Werden war, sogar eine neue Anordnung und Überarbeitung der Geschichten. *Der Fall von Gondolin* war die erste der Eriol erzählten Geschichten und *Die Geschichte von Tinúviel* die zweite, doch die Ereignisse in diesen Geschichten finden gegen Ende des Zeitalters statt; andererseits sind die vorhandenen Texte spätere Überarbeitungen. In manchen Fällen ist heute nur noch die revidierte Fassung zu entziffern; in anderen sind die erste und die letzte Fassung ganz oder teilweise erhalten; bei einigen gibt es nur einen vorläufigen Entwurf; bei anderen existieren überhaupt keine ausgearbeiteten Erzählungen, sondern nur Notizen und Pläne. Nach mancherlei Versuchen bin ich zu dem Schluß gekommen, daß die Anordnung der Geschichten in der chronologischen Abfolge ihrer Ereignisse die einzig praktikable Art der Präsentation ist.

Schließlich kommt noch hinzu, daß im Laufe des Schreibprozesses Zusammenhänge innerhalb der *Verschollenen Geschichten* verändert wurden, neue Konzeptionen hinzukamen und die gleichzeitige Weiterentwircklung der Sprachen zu einer fortlaufenden Veränderung von Namen führte.

Eine Ausgabe wie die vorliegende, die solchen Schwierigkeiten Rechnung trägt und sie nicht künstlich zu glätten versucht, wird leicht zu einem komplizierten und schwer zu lesenden Buch, in dem der Leser keinen Augenblick allein gelassen wird. Ich habe mich bemüht, für die Erzählungen einen lesbaren und geordneten Text zu erstellen und für interessierte Leser, die es wünschen, eine ziemlich vollständige Beschreibung der tatsächlichen Textsituation hinzugefügt. Um das zu erreichen, habe ich den Umfang der Anmerkungen zu den Texten drastisch reduziert, und zwar nach folgenden Prinzipien: Die zahlreichen Veränderungen von Namen sind sämtlich erfaßt, doch sie wurden insgesamt am Ende jeder Geschichte zusammengestellt (die Stellen, an denen sie im einzelnen erscheinen, kann man dem Register entnehmen); alle Bemerkungen zum Inhalt sind in einem Kommentar zusammengedrängt, der sich an jede Geschichte anschließt; und fast der gesamte linguistische Kommentar (in erster Linie die Etymologie von Namen) ist in einem Anhang über Namen am Ende des Buches versammelt, wo sich sehr viele Informationen über die frühesten Entwicklungsstufen der »Elbischen Sprachen« finden. Auf diese Weise beschränken sich die Fußnoten zum allergrößten Teil auf Varianten und Abweichungen, die sich in anderen Texten finden; der Leser, der sich damit nicht herumplagen will, kann nur die Erzählungen lesen und weiß, daß jenes fast alles ist, was er entbehrt.

Die Kommentare sind in ihrem Umfang begrenzt und konzentrieren sich im wesentlichen darauf, die Folgerungen zu erörtern, die sich aus dem im Kontext mit den *Verschollenen Geschichten* selbst Gesagten ergeben, und sie mit dem *Silmarillion* zu vergleichen. Ich habe keine Parallelen, Quellen und Einflüsse angeführt, und meistens habe ich darauf verzichtet, die komplizierte Entwicklungsgeschichte der *Verschollenen Geschichten* bis hin zum publizierten Werk nachzuzeichnen (dies würde, wie ich meine, selbst dann nur Verwirrung stiften, wenn man diesen Komplex lediglich kursorisch behandelte), vielmehr sind diese Probleme in einer vereinfachten Weise behandelt, als gäbe es zwei feste Bezugspunkte. Ich gehe nicht davon aus, daß meine Analysen sich insgesamt als gerechtfertigt oder exakt erweisen werden, und es gibt gewiß Hinweise auf die Lösung kniffliger Textprobleme in den *Verschollenen Geschichten,* die meiner Aufmerksamkeit entgangen sind.

Die Texte wurden so getreu wie möglich nach den Originalmanuskripten wiedergegeben. Nur unbedeutende und offensichtliche Flüchtigkeitsfehler sind stillschweigend korrigiert worden; ungeschickt formulierte Sätze habe ich stehengelassen, und wo der grammatikalische Zusammenhang fehlt, wie es zuweilen in jenen Teilen der *Verschollenen Geschichten* der Fall ist, die nie über einen ersten flüchtigen Entwurf hinausgelangt sind, habe ich nicht eingegriffen; und konsequenter, als mein Vater es tat, habe ich die Großschreibung durchgeführt. Ich habe mir, wenn auch zögernd, ein einheitliches System der Akzentsetzung bei elbischen Namen zu eigen gemacht. Mein Vater schrieb zum Beispiel: *Palûrien, Palúrien, Palurien; Ōnen, Onen; Kôr, Kor.* Ich habe den Akutus für den Längsstrich über Vokalen, für den Zirkumflex und den scharfen Akzent (dazu gelegentlich für den Gravis) der Originaltexte benutzt; den Zirkumflex dagegen für einsilbige Wörter: *Palúrien, Ónen, Kôr* also entspricht, zumindest für das Auge, dem späteren Sindarin.

Die Aufteilung des Werkes in zwei Teile wird ausschließlich durch seinen Umfang begründet, denn die Ausgabe ist als eine Einheit konzipiert; jeder Teil hat jedoch sein eigenes Register und seinen eigenen Namensanhang. Der zweite Teil enthält die in mancher Hinsicht interessantesten Stücke der *Verschollenen Geschichten: Tinúviel, Turambar* (Túrin), *Der Fall von Gondolin* und *Die Geschichte des Nauglafring* (das Halsband der Zwerge); Entwürfe für *Die Geschichte von Earendel* und den Schluß des Werkes; und *Ælfwine aus England.*

I. DIE HÜTTE DES VERGESSENEN SPIELS

Auf den Umschlag eines der inzwischen arg beschädigten »Hochschul-Übungsbücher«, in denen einige der *Verschollenen Geschichten* notiert wurden, schrieb mein Vater: *Die Hütte des Vergessenen Spiels, der Beginn [vom] Buch der Verschollenen Geschichten;* ferner finden sich auf dem Umschlag, von der Hand meiner Mutter, ihre Initialen, E. M. T., und ein Datum: 12. Februar 1917. In diesem Übungsbuch hat meine Mutter die Erzählung ins reine geschrieben; es ist die saubere Abschrift eines sehr flüchtigen, mit Bleistift ausgeführten Manuskripts meines Vaters, dessen lose Blätter in das Übungsbuch eingelegt waren. Daher könnte (was wenig wahrscheinlich ist) das Entstehungsdatum der Geschichte vor dem Winter 1916/17 liegen. Die Abschrift folgt sorgfältig dem Originaltext; einige zusätzliche Änderungen meist unwesentlicher Art (außer den Eigennamen) wurden in die Abschrift eingefügt. Der Text erscheint hier in seiner endgültigen Fassung.

Nun aber geschah es zu einer bestimmten Zeit, daß ein Reisender aus fernen Landen, ein Mann von ungemeiner Entdeckerlust, da er begierig war nach fremden Ländern und dem Leben und Treiben ungewöhnlichen Volks, von einem Schiff so weit in den Westen getragen wurde, daß er zur Einsamen Insel kam, Tol Eressea in der Feensprache, welche die Gnomen[1] jedoch Dor Faidwen nennen, das Land der Erlösung, und eine wunderbare Geschichte ist damit verknüpft.

Nun aber kam er eines Tages nach langem Wandern, als die abendlichen Lichter in manch einem Fenster entzündet wurden, an den Fuß eines Hügels in einer weiten waldigen Ebene. Er befand sich nun beinahe in der Mitte dieser großen Insel, und viele Tage war er über ihre Straßen gewandert, und immer zur Nacht hatte er haltgemacht, auf welche Siedlung des Volks er auch stoßen mochte, ob Weiler oder freundliche Stadt, gegen die abendliche Stunde, in der die Kerzen angezündet werden. Nun ist freilich um diese Tageszeit das Verlangen, Neues zu sehen, am geringsten, sogar bei einem, der im Herzen ein Forschungsreisender ist; denn dann richtet sogar ein

Sohn Earendels, wie dieser Wandersmann es war, seine Gedanken eher auf Abendessen und Rast und das Geschichtenerzählen vor der Schlafenszeit.

Nun, als er am Fuß des Hügels stand, erhob sich eine schwache Brise, und dann flog ein Schwarm Krähen im klaren Abendlicht über ihn hinweg. Schon war die Sonne hinter dem Geäst der Ulmenwälder versunken, welche die Ebene bis zum Horizont bedeckten, und ihre letzten goldenen Strahlen waren bereits durch das Blattwerk gesickert und über die Lichtungen geglitten, um unter den Wurzeln zu ruhen und bis zum Morgen zu träumen.

Nun gemahnten ihn die Krähenschreie in den Lüften zur Einkehr, und mit einer raschen Wende gelangten sie zu ihren Horsten in den Wipfeln einiger hoher Ulmen, die auf der Kuppe dieses Hügels standen. Da nun dachte Eriol (denn so nannte ihn das Inselvolk später, und es bedeutet »Einer, der für sich träumt«; doch von seinen früheren Namen spricht die Geschichte an keiner Stelle): »Die Stunde der Rast ist gekommen, und obwohl ich nicht einmal den Namen dieser Stadt kenne, die mir auf dem Hügel so freundlich erscheint, so will ich doch dort Ruhe und Herberge suchen und nicht vor morgen weiterwandern, ja vielleicht noch nicht einmal dann, denn schön erscheint sie mir, und Wohlgeruch umweht sie. Mich dünkt, der Hauch vieler alter Geheimnisse liegt über ihr, wunderbarer und prächtiger Dinge, die sie in ihren Schatzkammern, in edlen Plätzen birgt und in den Herzen derer, die in ihren Mauern wohnen.«

Nun näherte sich von Süden Eriol, und eine gerade Straße lief vor ihm her, auf der einen Seite gesäumt von einer mächtigen Mauer aus grauem Stein, auf deren Krone viele Blumen wuchsen oder die hier und da von großen dunklen Eiben überwölbt wurde. Er konnte, als er die Straße hinaufstieg, durch ihr Geäst die ersten Sterne hindurchscheinen sehen, so wie er es später in dem Lied besang, das er für diese schöne Stadt ersann.

Nun war er auf der Bergkuppe inmitten der Häuser angelangt, wandte sich, seine Schritte dem Zufall überlassend, zur Seite und ging eine gewundene Gasse hinab, bis nach wenigen Schritten am westlichen Hang sein Blick von einem winzigen Haus gefesselt wurde, dessen viele kleine Fenster nicht so dicht verhängt waren, daß nicht ein höchst heimeliges und köstliches Licht daraus hervorscheinen konnte, als seien gütige Herzen dahinter verborgen. Da sehnte sich sein Herz nach freundlicher Geselligkeit, und die Wanderlust in ihm kam zur Ruhe – und von großem Verlangen getrieben, trat er vor die Tür dieses Hauses, klopfte an und fragte, als man kam und öffnete, wie wohl der Name dieses Hauses laute und wer darin wohne. Und man sagte ihm, dies sei Mar Vanwa Tyaliéva oder die Hütte des Vergessenen Spiels, und ob dieses Namens geriet er in große Verwunderung. Es wohnten darin, so sagte man ihm, Lindo und Vaire, die es vor vielen Jahren erbaut hatten, und nicht wenige von ihrem Volk und Freunde und Kinder seien bei ihnen. Und darüber war er noch mehr verwundert als zuvor, weil er sah, wie klein das Haus war; aber der, welcher ihm geöffnet hatte, erriet seine Gedanken und sagte: »Klein ist das Haus, doch kleiner noch sind die, welche darin wohnen – denn alle, die eintreten, müssen in der Tat sehr klein sein oder, sobald sie auf der Schwelle stehen, aus freien Stücken so winzig werden wie das sehr kleine Volk.«

Darauf erwiderte Eriol, von Herzen wünsche er einzutreten und Vaire und Lindo für die Nacht um Gastfreundschaft zu bitten, so es ihnen genehm sei, wenn er nur hier auf der Schwelle aus freien Stükken klein genug werden könne. Da sagte der andere: »Tritt ein«, und Eriol überschritt die Schwelle, und, wahrlich, es schien ein überaus geräumiges und entzückendes Haus zu sein, und der Hausherr Lindo und sein Weib Vaire kamen herbei, um ihn zu begrüßen; und im Inneren seines Herzens empfand er größere Freude als noch bei all seinen Wanderungen, obgleich seit seiner Landung auf der Einsamen Insel seine Glückseligkeit sehr groß war.

Und als Vaire die Worte des Willkommens gesprochen und Lindo ihn nach seinem Namen gefragt hatte, woher er komme und wohin sein Weg ihn führe, und er sich den Fremden aus den Großen

Landen[2] genannt hatte, der sein Glück suche, wohin ihn seine Reiselust auch immer treibe, da war in der großen Halle das Abendessen aufgetragen, und Eriol wurde dorthin gebeten. In dieser Halle brannten nun trotz der sommerlichen Tage drei große Feuer – eines am entfernten Ende und je eines zu beiden Seiten der Tafel, und als Eriol eintrat, fand er, ungeachtet des Feuerscheins, den Raum in warmen Dämmer gehüllt. Doch in diesem Augenblick kamen viele Leute herein, die Kerzen aller Größen und vielerlei Formen trugen, deren Ständer von sonderbarer Gestalt waren; viele waren aus geschnitztem Holz, andere aus gehämmertem Metall gefertigt, und sie wurden nach Belieben auf dem mittleren Tisch, sowie auf den Seitentischen aufgestellt.

Zugleich ertönte weit entfernt im Haus mit süßem Klang ein großer Gong, und ihm folgte ein Geräusch wie das Lachen vieler Stimmen, vermischt mit dem Trippeln vieler Füße. Da sagte Vaire zu Eriol, auf dessen Gesicht sie fröhliches Erstaunen sah: »Das ist die Stimme von Tombo, dem Gong der Kinder, der außerhalb der Halle des Wiedergefundenen Spiels steht, und er ertönt einmal, um sie in diese Halle zu rufen, wenn es Zeit zum Essen und Trinken ist, und er ertönt dreimal, um sie zum Geschichtenerzählen in den Raum des Scheitfeuers zu rufen.« Und Lindo fügte hinzu: »Wenn er einmal schlägt, werden Gelächter und Fußgetrippel in den Fluren laut, doch wenn er abends dreimal schlägt, dann erbeben die Mauern vor Freude, und es gibt ein großes Getrampel. Und der Klang der drei Gongschläge ist der glücklichste Augenblick des Tages für Winzigherz, den Hüter des Gongs, der in seinem langen Leben, wie er selber sagt, so viel Glück erfahren hat. Er segelte mit Earendel in Wingilot auf jener letzten Reise, da sie nach Kôr suchten. Es war der Klang dieses Gongs über dem Schattenmeer, der den Schläfer weckte im Turm der Perle, der weit draußen im Westen der Dämmerinseln steht.«

Diese Worte behagten Eriol über die Maßen, denn es wollte ihm scheinen, als öffne sich ihm eine neue, wunderschöne Welt, von der er nichts sonst gehört hatte, bis er von Vaire gebeten worden war, Platz zu nehmen. Dann ließ er seinen Blick durch die Halle schweifen, und alle ihre Bänke und Stühle waren besetzt von Kindern jeglicher Gestalt, Art und Größe, unter denen Leute verschiedenen Aussehens und Alters verstreut saßen. Nur in einem waren sie alle sich ähnlich, daß nämlich ein Ausdruck großer Fröhlichkeit auf allen Gesichtern war, der verstärkt wurde durch die heitere Erwartung bevorstehender Freude und Wonne. Auch lag das sanfte Licht der Kerzen auf allen Gesichtern; es schien auf helle Flechten, schimmerte auf dunklem Haar oder verlieh hier und da ergrauten Locken einen matten Glanz. Als Eriol sich eben umschaute, erhoben sich alle und sangen gemeinsam das Lied »Vom Auftragen der Speisen«. Darauf wurden die Speisen hereingebracht und vor ihnen aufgetischt, worauf sich alle, die Aufträger, die Aufwärter, Gastgeber und Gastgeberin, Kinder und der Gast niedersetzten. Doch zuvor sprach Lindo den Segen über die Speisen und alle Anwesenden. Während sie aßen, knüpfte Eriol mit Lindo und seinem Weib ein Gespräch an und erzählte ihnen Geschichten seiner früheren Abenteuer, besonders solche, die ihm auf jener Reise zustießen, die ihn zur Einsamen Insel geführt hatte, und er stellte seinerseits viele Fragen, die das anmutige Land betrafen und am allermeisten jene schöne Stadt, in der er sich nun befand.

Lindo sprach zu ihm: »So wisse denn, daß du heute, oder eher gestern, die Grenzen jenes Landstrichs überschritten hast, der Alalminóre oder das ›Land der Ulmen‹ genannt wird, welches die Gnomen Gar Lossion nennen oder den ›Fleck der Blumen‹. Dieser Landstrich aber wird als Mitte der Insel angesehen und als ihre schönste Gegend; doch über alle die Städte und Dörfer Alalminóres stellt man Koromas oder Kortirion, wie manche es nennen, und diese Stadt ist diejenige, in der du dich nun befindest. Wegen ihrer Lage im Herzen der Insel, doch auch wegen der Höhe ihres gewaltigen Turms, nennen sie jene, die mit Liebe von ihr sprechen, die Veste der Insel oder der ganzen Welt. Hierfür indes gibt es mehr Grund als nur große Liebe, denn jedermann auf der Insel achtet und schätzt ihre Bewohner wegen ihrer Weisheit und Führerschaft, Gesangskunst und Wissenschaft. Und hier wohnt in einem großen *korin* von Ulmen Meril-i-Turinqi. (Ein *korin* ist eine große kreisförmige Einfriedung, ob aus Stein, Dornenhecke oder aus Bäumen, die einen grünen Rasenplatz umschließt.) Meril stammt aus dem Blut Inwes, den die Gnomen Inwithiel nennen, und er war der König aller Eldar, als sie in Kôr wohnten. Das war in den Tagen, bevor das Klagelied der Welt gehört wurde und Inwe sie hinführte zu den Ländern der Menschen. Doch diese prächtige und traurige Geschichte und auch wie die Eldar auf diese wundersame einsame Insel kamen, werde ich vielleicht später einmal erzählen.

Nach vielen Tagen aber sah Ingil, Inwes Sohn, wie wunderbar dieser Flecken war, und er pflegte hier der Ruhe und scharte um sich die meisten der schönsten, weisesten, fröhlichsten und freundlichsten von allen Eldar.[3] Inmitten dieser vielen kam mein Vater Valwe hierher, der mit Noldorin ging, um die Gnomen zu finden und auch Tulkastor, den Vater meines Weibes Vaire. Er stammte aus der Sippe Aules, doch lange hatte er unter den Solosimpi gelebt, den Flötenspielern des Küstenlandes. Darauf baute Ingil den großen Turm[4] und nannte die Stadt Koromas oder ›Zuflucht der Verbannten von Kôr‹, doch wegen jenes Turmes wird sie nunmehr meistens Kortirion genannt.«

Um diese Zeit aber rückte das Ende der Mahlzeit heran; da füllte Lindo seinen Becher, und Vaire und alle in der Halle taten es ihm nach, doch zu Eriol sagte er: »Das, womit wir unsre Becher gefüllt haben, ist *limpe,* der Trunk der Eldar, ob alt oder jung, und wenn wir ihn trinken, zieht die Jugend in unser Herz ein, und der Mund quillt über von Gesang, doch diesen Trunk darf ich dir nicht spenden: Turinqi allein darf ihn an jene austeilen, die nicht vom Stamm der Eldar sind, und die ihn trinken, müssen auf immer bei den Eldar der Insel wohnen, bis die Zeit gekommen ist, da sie ausziehen, um die verlorenen Familien der Sippe zu finden.« Dann füllte er Eriols Becher, doch er füllte ihn mit goldenem Wein aus den uralten Fässern der Gnomen; und darauf erhoben sich alle und tranken auf »den Auszug und die Wiederentzündung der Magischen Sonne«. Hierauf erklang dreimal der Gong der Kinder, ein fröhliches Lärmen stieg auf in der Halle, und einige stießen die großen Flügel der Eichentüren am Ende der Halle auf, dort, wo sich keine Feuerstelle befand. Viele ergriffen sodann die großen hölzernen Kerzenständer und hielten sie in die Höhe, während andere lachten und schwatzten, doch alle bildeten in ihrer Mitte eine Gasse, durch welche Lindo und Vaire und Eriol schritten, und als sie durch die Türen traten, folgte ihnen die Menge.

Eriol sah nun, daß sie sich in einem kurzen, breiten Flur befanden, dessen Wände bis zur halben Höhe mit Wandteppichen bedeckt waren; und auf diesen Gobelins waren viele Geschichten durch Bilder dargestellt, deren Bedeutung ihm zu dieser Zeit noch dunkel blieb. Wie es schien, befanden sich Gemälde oberhalb der Wandbehänge, doch im Dämmer konnte er nichts erkennen, denn die Kerzenträger waren hinter ihm, und vor ihm fiel das einzige Licht aus einer offenen Tür, der ein glührotes Leuchten entströmte wie von einem großen Feuer.

»Das«, sagte Vaire, »ist das Feuer der Geschichten, das im Raum der Scheite lodert; dort brennt es das ganze Jahr hindurch, denn es ist ein magisches Feuer und überaus hilfreich für den Erzähler bei seiner Geschichte – doch eben dorthin gehen wir jetzt.« Und diese Aussicht, sagte Eriol, scheine ihm verlockender als alles andere.

Dann kam die ganze Gesellschaft lachend und schwatzend in den Raum, aus dem das rote Leuchten kam. Es war ein mäßig großer Raum, so schien es jedenfalls im flackernden Schein des Feuers, der über die Wände und die niedrige Decke tanzte, während in Winkeln und Ecken tiefer Schatten lag. Rund um die große Feuerstelle war eine Vielzahl weicher Teppiche ausgebreitet, und schmiegsame Kissen lagen verstreut, und ein wenig seitlich stand ein tiefer Sessel mit geschnitzten Armlehnen und Füßen. Und so kam es, daß Eriol in diesem Augenblick und immer dann, wenn er später zur Zeit des Geschichtenerzählens diesen Raum betrat, das Gefühl hatte, daß dieser immer groß genug war, doch nicht zu weiträumig, und klein genug, doch nicht zu eng, wie groß die Zahl der Anwesenden auch immer sein mochte.

Nun setzten sich alle nach Belieben nieder, Alte und Junge, aber Lindo nahm in dem tiefen Sessel und Vaire auf einem Kissen zu seinen Füßen Platz, und Eriol, der sich, mochte es auch Sommer sein, an der roten Glut erfreute, streckte sich nahe dem Feuer auf den Steinen aus.

Dann sagte Lindo: »Wovon nun sollen heute abend die Geschichten erzählen? Von den Großen Landen und den Wohnstätten der Menschen; von den Valar und von Valinor; vom Westen und seinen dunklen Geheimnissen, vom Osten und seinem Ruhm, vom Süden und seinen niebetretenen Wildnissen, vom Norden und seiner Macht und Stärke; oder aber von dieser Insel und ihrem Volk; oder von den alten Tagen von Kôr, wo unser Volk einst wohnte? Heute abend nämlich unterhalten wir einen Gast, einen weitgereisten trefflichen Mann, einen Sohn Earendels, wie mich dünkt. Sollen sie also vom Reisen erzählen, von stürmischer Fahrt im Boot, vom Wind und dem Meer?«[5]

Doch auf diese Fragen gab es die verschiedensten Antworten, bis Eriol sagte: »Ich bitte euch, wenn es den anderen nicht unbillig erscheint, so erzählt mir für dieses Mal von eurer Insel; und vor allem anderen auf dieser Insel ist es dieses angenehme Haus und diese freundliche Schar von Jungen und Mädchen, über die ich Auskunft begehre, denn, fürwahr, von allen Häusern erscheint mir dieses als das liebenswürdigste und von allen Gesellschaften diese als die entzückendste, die ich je zu Gesicht bekam.«

Da sprach Vaire: »So wisse denn, daß es vormalen, in den Tagen[6] Inwes (und die Geschichte der Eldar weiter zurückzuverfolgen, ist schwer), in Valinor einen Ort lieblicher Gärten gab am Rande eines silbrigen Sees. Dieser Flecken lag nun nahe an den Grenzen des Reiches, aber nicht weit von Kôr entfernt. Wegen seiner Ferne zum Sonnenbaum Lindelos jedoch herrschte dort ein Licht wie an einem Sommerabend, ausgenommen nur, wenn in der Dämmerung auf dem Hügel die Silberlampen angezündet wurden, und dann tanzten und zitterten kleine weiße Lichtlein auf den Wegen, und sie jagten das schwarze Schattengesprenkel unter den Bäumen. Dies war eine Zeit der Freude für die Kinder, denn um diese Stunde geschah es zumeist, daß ein neuer Gespiele über den Pfad herbeikam, der Olóre Malle oder Pfad der Träume genannt wurde. Es ist mir erzählt worden, wenn ich die Wahrheit auch nicht weiß, daß der Pfad mit vielen Umwegen bis zu den Wohnstätten der Menschen führte, doch wir selbst, als wir hierher kamen, haben ihn nie betreten. Ein Pfad war es mit hohen Böschungen und mächtigen überhängenden Hecken, hinter denen viele große Bäume standen, worin ein immerwährendes Geflüster zu leben schien; nicht selten aber krochen große Glühwürmer auf seinen grasigen Rainen umher.

Es gab nun in diesem Gartenfleck ein hohes Tor aus Gitterwerk, golden schimmernd in der Dämmerung, das zum Pfad der Träume führte, und von dort verliefen gewundene Wege, gesäumt mit hohem Buchsbaum, zum schönsten aller Gärten, und in der Mitte des Gartens stand ein weißes Häuschen. Woraus es gebaut war und wann, wußte niemand zu sagen, und auch heute weiß man es nicht, doch man hat mir erzählt, daß ein mattes Licht von ihm ausging wie von einer Perle, und sein Dach war mit Stroh gedeckt, doch dieses war von Gold.

Auf der einen Seite der Hütte nun wucherte ein Dickicht von weißem Flieder und auf der anderen wurzelte eine mächtige Eibe, aus deren Schößlingen die Kinder sich Bogen schnitzten oder über deren Äste sie auf das Dach kletterten. Doch in dem Fliedergebüsch sammelten sich die Vögel mit den schönsten Stimmen und sangen und sangen. Vom Alter gebogen waren die Wände der Hütte, und die Gitter vor ihren vielen kleinen Fenstern wanden sich in seltsamen Formen. Niemand, so geht die Rede, wohnte darin, der nicht von den

Eldar insgeheim und sorgsam behütet wurde, damit kein Leid sich ihm nähere, und doch wußten die Kinder, die ungebunden darin spielten, nichts von dieser Hut. Dies nun war die Hütte der Kinder oder die des Spiels des Schlafs und nicht die des Vergessenen Spiels, wie es fälschlich in einem Lied unter den Menschen geheißen hat – denn kein Spiel geriet damals in Vergessenheit, die Hütte des Vergessenen Spiels aber, ach, sie gibt es heute nur noch hier.

Jene damals waren auch die ersten Kinder – die Kinder der Väter der Menschenväter, die dorthin kamen; und aus Mitleid suchten die Eldar alle, die jenen Pfad entlangkamen, zur Hütte und in den Garten zu geleiten, damit sie sich nicht nach Kôr verirrten und bezaubert würden vom Glanze Valinors; dann nämlich würden sie entweder auf immerdar dort bleiben und großes Herzeleid über ihre Eltern bringen, oder sie würden zurückwandern, auf immer die vergebliche Sehnsucht im Herzen, und sonderlich werden und ungebärdig unter den Kindern der Menschen. Nein, einige gar, die bis zum Rand der Felsen von Eldamar wanderten und dort umherstreiften, geblendet von den schönen Muscheln, vielfarbenen Fischen, den blauen Weihern und dem Silberschaum, sie kehrten zur Hütte zurück, die sie so sanft anlockte mit dem Duft vieler Blumen. Allerdings gab es gleichwohl ein paar, die an jenem Strand die lieblichen Flöten der Solosimpi von fernher gehört hatten, und diese spielten nicht mit den anderen Kindern, sondern erklommen die oberen Fenster, begierig, jenseits der Schatten und Bäume einen Blick auf das ferne Meer zu erhaschen und auf die verzauberten Küsten.

Meistenteils aber gingen die Kinder nicht oft in das Haus, vielmehr tanzten und spielten sie in dem Garten, pflückten Blumensträuße oder jagten den goldenen Bienen und den Schmetterlingen mit den reichgeschmückten Flügeln nach, welche die Eldar zum Vergnügen der Kinder in den Garten gesetzt hatten. Viele Kinder sind dort Freunde geworden, die sich später in den Ländern der Menschen wiedertrafen und liebten, doch davon wissen die Menschen vielleicht mehr, als ich euch erzählen kann. Doch einige gab es dort, die, wie ich erzählt habe, die Flöten der Solosimpi aus der Ferne hörten, oder andere, die bei neuen Streifzügen außerhalb des Gartens die Telelli auf dem Hügel singen hörten. Ja, es gab sogar einige, die in Kôr gewesen und danach heimgekehrt waren, und ihre Gedanken und Herzen waren des Staunens voll. Aus den verschwommenen Erinnerungen jener, aus ihren unfertigen Erzählungen und abgebrochenen Liedern erwuchsen viele sonderbare Sagen, welche die Menschen lange Zeit entzückten und es vielleicht noch immer tun: Aus diesen Kindern nämlich wurden die Dichter der Großen Lande.[7]

Als nun die Feen Kôr verließen, wurde jener Pfad für immer mit großen unübersteigbaren Felsen versperrt, und bis auf den heutigen Tag steht die Hütte gewißlich leer, und der Garten liegt verlassen, und so wird es bleiben bis lange nach dem Auszug, wenn, so alles einen guten Lauf nimmt, die Straßen durch Arvalin nach Valinor von den Söhnen und Töchtern der Menschen erfüllt sein werden. Als die Eldar aber sahen, daß keine Kinder kamen, um sich dort zu erfrischen und zu vergnügen, breiteten sich Kummer und Trübsal unter ihnen aus, und die Menschen hörten beinahe auf, an die Schönheit der Eldar und den Ruhm der Valar zu glauben oder ihrer zu gedenken, bis einer aus den Großen Landen kam und uns dringlich bat, die Dunkelheit zu lindern.

Aber ach, es gibt keinen sicheren Weg für die Kinder von den Großen Landen hierher, doch Meril-i-Turinqi schenkte seiner Bitte Gehör und erwählte Lindo, meinen Gemahl, einen guten Plan zu ersinnen. Hatten doch Lindo und ich, Vaire, die Kinder in unsere Obhut genommen – die Nachfahren jener, die Kôr gefunden haben und für immer bei den Eldar blieben: Und also bauten wir hier mit Hilfe guten Zaubers diese Hütte des Vergessenen Spiels, und hier werden alte Geschichten, alte Lieder und elbische Musik bewahrt und gepflegt. Immer wieder aufs neue ziehen unsere Kinder aus, die Großen Lande zu finden, gehen unter den einsamen Kindern umher, die früh zu Bett müssen, und in der Dunkelheit bei Lampenschein und

Kerzenlicht flüstern sie ihnen ins Ohr oder trösten die, welche weinen. Einige, so höre ich, lauschen den Klagen jeder, die gestraft oder gescholten wurden, hören ihre Geschichten an und schlagen sich zum Schein auf ihre Seite, und das ist, wie mir scheint, ein hübscher und liebreicher Dienst.

Nicht alle, die wir ausschicken, kehren freilich zurück, und das beschert uns großen Kummer, denn keinesfalls geschah es aus mangelnder Liebe, wenn die Eldar Kinder von Kôr fernhielten, sondern vielmehr, weil sie an die Heimstätten der Menschen dachten. Gibt es doch in den Großen Landen, wie du wohl weißt, viele wunderbare Flecken und liebliche Landstriche voller Verlockungen, und deshalb geschieht es einzig aus Notwendigkeit, wenn wir eines unserer Kinder in diese Gefahr entlassen. Doch die meisten kehren hierher zurück und erzählen uns von ihren Reisen viele Geschichten und traurige Dinge – und damit habe ich nun das meiste von dem erzählt, was von der Hütte des Vergessenen Spiels zu erzählen ist.«

Darauf sagte Eriol: »Fürwahr, das sind Botschaften, die traurig und doch tröstlich zu hören sind, und sie erinnern mich an gewisse Worte, die mein Vater in meiner frühen Kindheit zu mir sagte. Es ist lange Zeit, so sagte er, in unserer Sippe überliefert worden, daß einer unserer Vorväter von einem schönen Haus erzählt habe, von einem verzauberten Garten, einer wunderbaren Stadt und einer Musik voller Liebreiz und Sehnsucht – und diese Dinge habe dieser Vorfahr als Kind gesehen und gehört, doch wußte er nicht mehr wie und wo. Doch sein Leben lang war er ruhelos, als wohne in ihm eine unbestimmbare Sehnsucht nach unbekannten Dingen; und es heißt, daß er in einer Sturmnacht zwischen den Felsen einer einsamen Küste gestorben sei – und mehr noch: die meisten seiner Kinder und Kindeskinder sind später ruhelosen Geistes gewesen – und nun, so will es mir scheinen, kenne ich den wahren Grund.«

Und Vaire fügte hinzu, es sei sehr wohl möglich, daß einer aus seiner Sippe in jenen alten Tagen die Felsen von Eldamar gefunden habe.

Anmerkungen

1 *Gnomen:* das Zweite Geschlecht, die *Noldoli* (später *Noldor*). Zum Gebrauch des Wortes *Gnomen* vgl. S. 70f.; Zur hier gemachten linguistischen Unterscheidung vgl. S. 79f.

2 Die »Großen Lande« sind die Länder östlich des Großen Meeres. Der Name »Mittelerde« wird in den *Verschollenen Geschichten* an keiner Stelle verwendet, und tatsächlich taucht er erst in den Schriften der 30er Jahre auf.

3 In beiden Manuskripten heißt es nach den Worten: »von allen Eldar«: »denn solche von höchstem Rang gab es nicht, da es doch angemessen und ausreichend ist, vom Blute der Eldar zu sein«. Doch im zweiten Mauskript wurde dieser Satz gestrichen.

4 Ursprünglich lautete die Stelle: »den großen Tirion«. Sie wurde geändert in »den großen Turm«.

5 Anstelle dieses Satzes (»einen Sohn Earendels, wie mich dünkt...«) findet sich im ursprünglichen Manuskript eine frühere Version: »Sollen sie erzählen von Earendel, dem Wanderer, der allein unter den Söhnen der Menschen guten Umgang pflog mit den Valar und Elben, der als einziger seines Geschlechts über den Taniquetil hinausgeblickt hat, der auf immer durch das Himmelsgewölbe segelt?«

6 Die ursprüngliche Fassung lautete: »vor den Tagen von«; sie wurde geändert in: »in den ersten Tagen von« und schließlich in die vorliegende.

7 Dieser letzte Satz war eine Hinzufügung im zweiten Manuskript.

Veränderungen der Namen

In dieser Zeit waren die Namen einer ständigen Veränderung unterworfen, die zum Teil die rasche Entwicklung der Sprachen wiederspiegelt, die damals stattfand. Veränderungen wurden im ursprünglichen Text und weitere zu verschiedenen Zeiten auch am zweiten Text vorgenommen, doch es scheint unnötig, in den folgenden Anmerkungen detailliert darzulegen, wann und wo die Änderungen vorgenommen wurden. Die Namen stehen in der Reihenfolge ihres Erscheinens innerhalb der Erzählung. Die Siglen > und < bedeuten »verändert zu« und »entstanden aus«.

Dor Faidwen Der gnomische Name von Tol Eressea wurde viele Male verändert: *Gar Eglos > Dor Edloth > Dor Usgwen > Dor Uswen > Dor Faidwen.*

Mar Vanwa Tyaliéva Im ursprünglichen Text wurde für den elbischen Namen Raum ausgespart; später wurde *Mar Vanwa Taliéva* eingetragen.
Große Lande In der Erzählung erscheint *Große Lande* durchgängig als Verbesserung von *Äußere Lande,* wenn dem letzteren eine andere Bedeutung beigelegt wurde (Lande westlich des Großen Meeres).
Wingilot < Wingelot.
Gar Lossion < Losgar.
Koromas < Kormas.
Meril-i-Turinqi Der erste Text hat nur *Turinqi,* wobei in einem Fall Raum für eine Namensergänzung freigelassen ist.
Inwe < Ing in allen Fällen.
Inwithiel < Gim Githil, und dies seinerseits < *Githil.*
Ingil < Ingilmo.
Valwe < Manwe. Es scheint möglich, daß *Manwe* als Name von Lindos Vater ein bloßes Versehen war.
Noldorin Ursprünglich hieß es: *Noldorin, den die Gnomen Goldriel nannten; Goldriel* wurde zu *Golthadriel* verändert und dann der Bezug zum gnomischen Namen getilgt, so daß nur *Noldorin* übrig blieb.
Tulkastor < Tulkasse < Turenbor.
Solosimpi < Solosimpe in allen Fällen.
Lindelos < Lindelokse < Lindelokte Singende Traube (Glingol).
Telelli < Telelle.
Arvalin < Harmalin < Harwalin.

Kommentar

Die Geschichte von Eriol dem Seefahrer hatte für meinen Vater in der ursprünglichen Konzeption seiner Mythologie einen zentralen Platz. In jenen Tagen, so erinnerte er sich lange danach in einem Brief an seinen Freund Milton Waldman (Nr. 131; wahrscheinlich 1951 geschrieben), betrachtete er es als vordringlichsten Zweck seines Werkes, sich seinen Wunsch nach einer spezifischen und wiedererkennbaren *englischen* »Feen-Literatur« zu erfüllen:

»Außerdem – und ich hoffe, das hört sich jetzt nicht abstrus an – schmerzte mich von Kindheit an die Armut des eigenen lieben Vaterlandes: Es hatte keinen Eigenbesitz an (auf seinem Boden und in seiner Sprache heimischen) Geschichten, zumindest keine von dem Charakter, den ich suchte und den ich (als Beimischung) in den Sagen anderer Länder auch fand. Es gab Griechisches, Keltisches, Romanisches, Germanisches, Skandinavisches und Finnisches (das mich tief berührte), aber nichts Englisches, bis auf heruntergekommenes Zeug in den Volksbüchern.«

In seinen frühesten Schriften war die Mythologie in der alten sagenhaften Geschichte Englands verankert; mehr noch: sie war auf eigentümliche Weise mit bestimmten Orten in England verknüft.

Eriol, eng verwandt mit berühmten Gestalten in den Sagen Nordwest-Europas, kam schließlich auf einer Reise nach Westen über den Ozean nach Tol Eressea, der Einsamen Insel, wo Elben wohnten; durch sie lernte er »Die Verschollenen Geschichten von Elbenis (Elbenheim)« kennen. Doch anfangs sollte seine Rolle innerhalb des Werkes viel bedeutender sein als (was sie dann wurde) einfach nur die eines Mannes aus späteren Tagen, der in das »Land der Feen« kam und dort verlorengegangenes oder verborgenes Wissen erwarb, das er später in seiner eigenen Sprache wiedergab: Zu Beginn sollte Eriol ein wichtiger Platz in der Feen-Geschichte selbst zukommen – nämlich als Zeuge des Unterganges der Elbeninsel Tol Eressea. Die alte englische Geschichte oder die »Sagen« dienten zu Anfang nicht nur als ein bloßer Rahmen, isoliert von den großen Erzählungen, die später »Das Silmarillion« bildeten, sondern waren ein wesentlicher Bestandteil ihrer Konzeption. Die Erläuterung aller dieser Gesichtspunkte muß notwendigerweise bis zum Abschluß dieser Ausgabe der *Verschollenen Geschichten* aufgeschoben werden (soweit eine Erläuterung überhaupt möglich ist); doch an dieser Stelle muß zumindest etwas über die Vorgeschichte Eriols bis zu seiner Ankunft auf Tol Eressea und über die ursprüngliche Bedeutung der Einsamen Insel gesagt werden.

Die »Eriol-Geschichte« gehört in der Tat zu den schwierigsten und rätselhaftesten Komplexen innerhalb der gesamten Geschichte Mittelerdes und Amans. Mein Vater gab die Arbeit an den *Verschollenen Geschichten* auf, bevor diese abgeschlossen waren, und als er dies tat, hatte er auch seine ursprünglichen Vorstellungen von ihrem Schluß aufgegeben. Diese Vorstellungen kann man freilich aus seinen Notizen erschließen; doch diese sind zum größten Teil in rasender Eile mit Bleistift geschrieben, die Handschrift ist inzwischen verwischt und undeutlich und stellenweise selbst nach langen Bemühungen kaum zu entziffern. Die Notizen befinden sich auf kleinen Papierschnipseln, ungeordnet und undatiert, oder in einem kleinen Notizbuch, in dem er während der jahrelangen Arbeit an den *Verschollenen Geschichten* flüchtig seine Gedanken und Überlegungen niederschrieb (vgl. S. 241). Normalerweise sind diese Notizen zum »Eriol«- oder dem »Englischen« Element nur knappe Entwürfe, in denen die wichtigsten Züge der Erzählung, oft ohne inhaltliche Beziehung, in Form kurzer Abrisse skizziert sind; und diese weichen ständig voneinander ab.

In einer Skizze, die sich in diesem kleinen Notizbuch findet und bei der es sich auf jeden Fall um einen der frühesten dieser Abrisse handeln muß, überschrieben »Geschichte von Eriols Leben«, wird der Seefahrer mit der Überlieferung in Beziehung gesetzt, nach der Britannien im 5. Jahrhundert n. Chr. von Hengest und Horsa besetzt wurde. Dies war ein Ereignis, dem mein Vater viel Zeit und Nachsinnen widmete; er las darüber in Oxford und entwickelte bestimmte neue Theorien, besonders im Zusammenhang mit dem Auftauchen von Hengest im *Beowulf.**

Aus diesen Notizen erfahren wir, daß Eriols ursprünglicher Name *Ottor* lautete, er sich selber aber *Wǽfre* (altenglisch ›ruhelos‹, ›umherwandernd‹) nannte und sein Leben auf dem Meer verbrachte. Sein Vater hieß *Eoh* (altenglisch Dichtersprache ›Pferd‹). Eoh wurde von seinem Bruder *Beorn* erschlagen (*beorn,* altenglisch ›Krieger‹, ursprüngliche Bedeutung ›Bär‹, wie das verwandte altnordische *björn;* vgl. Beorn im *Hobbit,* der »Pelzwechsler«). Eoh und Beorn waren die Söhne von *Heden,* dem »in Leder und Pelz Gekleideten«, und Heden verfolgte seine Abstammung bis zum Gott Wóden zurück (wie viele Helden der nordischen Sage). In anderen Notizen gibt es weitere Verbindungen und Beziehungen, doch da von dieser Geschichte keine zusammenhängende Erzählung existiert, sind diese Namen nur insofern von Bedeutung, als sie die Richtung anzeigen, in der sich das Denken meines Vaters zu jener Zeit bewegte.

Ottor Wǽfre lebte auf der Insel Helgoland in der Nordsee, und er heiratete eine Frau namens *Cwén* (altenglisch ›Frau‹, ›Gattin‹); sie hatten zwei Söhne, wovon der eine »nach seinem Vater« Hengest hieß (*hengest,* altenglisch ›Pferd‹), der andere Horsa, »um Eoh zu rächen.«

Dann wurde Ottor Wǽfre von der Sehnsucht nach dem Meer gepackt: Er war ein Sohn *Earendels* und unter dessen Lichtstrahl geboren. Wenn ein Strahl Earendels auf ein neugeborenes Kind fällt, wird dieses ein »Kind Earendels« und ein Wanderer. (So auch in der *Hütte des Vergessenen Spiels,* wo Eriol vom Autor und von Lindo »Sohn Earendels« genannt wird.) Nach dem Tod von Cwén verließ Ottor seine kleinen Kinder. Hengest und Horsa rächten Eoh und wurden mächtige Stammesführer; aber Ottor brach auf, um Tol Eressea zu finden und fand es auch, hier altenglisch *se uncúpa holm* genannt, die »unbekannte Insel«.

In diesen Notaten wird einiges über Eriols Aufenthalt in Tol Eressea mitgeteilt, das nicht im *Buch der Verschollenen Geschichten* erscheint, doch brauche ich hier daraus nur die Bemerkungen zu zitieren, daß »Eriol den Namen *Angol* annahm« und daß er später von den Gnomen (den späteren Noldor; vgl. S. 70) »nach seinem Heimatland« *Angol* genannt wurde. Dies bezieht sich mit Sicher-

* Alan Bliss, Hg., J. R. R. Tolkin: *Finn and Hengest,* 1982.

heit auf die alte Heimat der »Engländer«, bevor sie über die Nordsee nach Britannien zogen: altenglisch *angel, angul,* neuhochdeutsch *Angeln,* das Gebiet der dänischen Halbinsel zwischen der Flensburger Förde und dem Fluß Schlei, südlich der heutigen dänischen Grenze. Von der Westküste der Halbinsel ist es nicht sehr weit nach Helgoland.

An einer anderen Stelle steht *Angol* als gnomische Entsprechung von *Eriollo,* und es heißt von diesen Namen, sie stammten aus »der Gegend im nördlichen Teil der Großen Lande, ›zwischen den Meeren‹, woher Eriol kam«. (Weitere Angaben zu diesen Namen siehe unter *Eriol* im Anhang.)

Man darf nicht denken, daß diese Notizen die Geschichte Eriols umfassend wiedergeben, wie mein Vater sie zum Zeitpunkt der Niederschrift der *Hütte des Vergessenen Spiels* konzipiert hatte, doch immerhin heißt es dort, daß *Eriol* »Einer, der für sich träumt« bedeutet und daß »von seinen früheren Namen ... die Geschichte an keiner Stelle [spricht]« (S. 22). Wichtig ist aber, daß noch bei der Niederschrift folgender Gedanken die leitende Idee war: *Eriol kam nach Tol Eressea aus den Landen im Osten der Nordsee.* Er gehört einer Zeit vor der angelsächsischen Invasion Britanniens an (wie mein Vater diese seinen Absichten entsprechend darstellen wollte).

Später wurde der Name Eriol zu *Ælfwine* (›Elbenfreund‹), und der Seefahrer wurde ein »Engländer« aus der angelsächsischen Periode der englischen Geschichte, der nach Westen über das Meer nach Tol Eressea fuhr – von England hinaus auf den Atlantik; und aus dieser späteren Konzeption ging die bemerkenswerte Geschichte von *Ælfwine von England* hervor, die am Schluß der *Verschollenen Geschichten* wiedergegeben wird. Jedoch in der frühesten Konzeption war er kein Engländer, denn England, im Sinne eines Landes der Engländer, gab es nicht; und als grundlegende Tatsache (in erhaltenen Notizen belegt) erweist sich in dieser Konzeption, daß *die elbische Insel, zu der Eriol kam, England war* – was besagt, daß Tol Eressea am Ende der Geschichte England, das Land der Engländer, werden sollte. Koromas oder Kortirion, die Stadt in der Mitte von Tol Eressea, zu der Eriol in der Geschichte *Die Hütte des Vergessenen Spiels* kommt, sollte später Warwick werden (die Elelemente *Kor-* und *War-* wurden etymologisch miteinander verbunden);* Alalminóre, das Land der Ulmen, sollte Warwickshire sein und Tavrobel, wo Eriol sich für eine Weile auf Tol Eressea aufhielt, sollte später das Dorf Great Haywood in Staffordshire sein.

Nichts davon findet sich in den niedergeschriebenen *Geschichten* wieder, nur

---

* Der große Turm oder *tirion,* den Inwes Sohn Ingil baute (S. 25), und der Turm der Burg von Warwick sind nicht identisch, doch sicher ist, daß Koromas einen großen Turm hat auch deshalb, weil Warwick einen hat.

in von ihnen unabhängigen Notizen; aber es scheint sicher, daß diese Vorstellung noch gegenwärtig war, als *Die Hütte des Vergessenen Spiels* niedergeschrieben wurde (und sie liegt tatsächlich, wie ich zu zeigen versuchen werde, allen *Geschichten* zugrunde). Die saubere Abschrift, die meine Mutter von der *Hütte des Vergessenen Spiels* anfertigte, datiert vom Februar 1917. Von 1913 bis zu ihrer Heirat im März 1916 lebte sie in Warwick, und mein Vater besuchte sie dort von Oxford aus; nach ihrer Heirat lebte sie eine Weile in Great Haywood (östlich von Stafford), weil es in der Nähe des Lagers lag, wo mein Vater stationiert war, und nach seiner Rückkehr aus Frankreich verbrachte er den Winter 1916/17 in Great Haywood. Also kann die Gleichsetzung von Tavrobel auf Tol Eressea mit Great Haywood nicht früher als 1916 stattgefunden haben, und die Abschrift der *Hütte des Vergessenen Spiels* (und mit großer Wahrscheinlichkeit auch die erste Niederschrift dieser Geschichte) wurde in Wirklichkeit dort angefertigt.

Im November 1915 schrieb mein Vater ein Gedicht mit dem Titel *Kortirion unter den Bäumen,* das Warwick gewidmet war.* Der ersten Abschrift des Gedichts ist eine Prosa-Einleitung beigefügt, die wie folgt lautet:

»Nun aber zu einer Zeit nach den großen Kriegen mit Melko und dem Untergang Gondolins lebten die Feen auf der Einsamen Insel; und dort, genau in der Mitte jener Insel, erbauten sie eine herrliche Stadt, und diese war umschlossen von Bäumen. Diese Stadt nun nannten sie Kortirion, zum Gedenken an ihre alte Wohnstätte Kôr in Valinor, und auch weil diese Stadt auf einem Hügel stand und einen mächtigen Turm, hoch und grau, besaß, welchen Ingil, Sohn ihres Herrn Inwe, errichten ließ.

Über die Maßen schön war Kortirion und geliebt von den Feen, und es wurde reich an Liedern und Dichtkunst und hellem Frohsinn; doch zu einer Zeit geschah der Große Auszug, und die Feen hatten um ein anderes Mal die Magische Sonne von Valinor wieder entzündet, weil die Herzen der Menschen treulos und kleinmütig waren. So aber ist es nun, daß die Magische Sonne erloschen und die Einsame Insel bis zu den Grenzen der Großen Lande entrückt ist und die Feen verstreut sind über all die weitläufigen, unfreundlichen Pfade der Welt; und nun gar wohnen Menschen auf dieser verblühten Insel, und sie wissen nichts von den alten Inseltagen oder scheren sich keinen Deut darum. Doch immer noch gibt es dort einige der Eldar und der Noldoli† von einst, die auf der Insel hausen, und

---

* Dieses Gedicht wird in drei verschiedenen Fassungen auf den Seiten 49ff. wiedergegeben. – Ein Gedicht, geschrieben in Étaples im Pas-de-Calais im Juni 1916 und »Die Einsame Insel« überschrieben, ist ausdrücklich an England gerichtet. Vgl. Anm. 4 zu Brief Nr. 43 in: Carpenter, Hg., *The Letters of J. R. R. Tolkien,* S. 437.

† Zur Unterscheidung von *Eldar* und *Noldoli* vgl. S. 79f.

ihre Lieder sind zu hören an den Küsten des Landes, das einstmals der schönste Wohnsitz des unsterblichen Volkes war.

Und es scheint den Feen und auch mir, der ich diese Stadt kenne und oft ihre verunstalteten Gassen durchschritten habe, daß der Herbst und der Blätterfall die Jahreszeit ist, in der vielleicht hier oder dort ein menschliches Herz sich auftut und ein Auge erschaut, wie das Weltalter abgefallen ist von dem Lachen und der Lieblichkeit alter Tage. Gedenke Kortirions und verspüre Trauer – aber gibt es nicht doch Hoffnung?«

Sowohl hier wie auch in der *Hütte des Vergessenen Spiels* gibt es Anspielungen auf Ereignisse, die noch in der Zukunft lagen, als Eriol nach Tol Eressea kam; und wenn auch eine umfassende Darlegung und Erörterung warten muß, bis die Edition der *Verschollenen Geschichten* abgeschlossen ist, ist doch an dieser Stelle die Erklärung nötig, daß der »Große Auszug« ein gewaltiges Unternehmen war, das von Tol Eressea aus zur Rettung jener Elben durchgeführt wurde, die noch immer in den Großen Landen umherwanderten. (Vgl. dazu Lindos Worte: »bis die Zeit gekommen ist, da sie ausziehen, um die verlorenen Familien der Sippe zu finden«. S. 26) Zu dieser Zeit wurde Tol Eressea mit Hilfe Ulmos vom Grund des Meeres losgemacht und in die Nähe der westlichen Küsten der Großen Lande gezogen. In der folgenden Schlacht wurden die Elben besiegt und flohen in ein Versteck auf Tol Eressea; Menschen betraten die Insel, und das Schwinden der Elben nahm seinen Anfang. Die weitere Geschichte der Insel ist die Geschichte Englands; Warwick ist das »verunstaltete« Kortirion, und dieses wiederum erinnert an das alte Kôr (das spätere Tirion auf Túna, Stadt der Elben in Aman; in den *Verschollenen Geschichten* wird der Name Kôr sowohl für die Stadt als auch für den Berg verwendet).

Inwe, in der *Hütte des Vergessenen Spiels* als »König aller Eldar, als sie in Kôr wohnten« erwähnt, ist der Vorläufer von Ingwe, dem König der Vanyar im *Silmarillion.* In einer Geschichte, die Eriol später in Tol Eressea erzählt wird, erscheint Inwe wieder als einer der drei Elben, die, ebenso wie Ingwe im *Silmarillion,* nach dem Erwachen als erste nach Valinor gingen; seine Sippe und Nachkommenschaft waren die *Inwir,* von denen Meril-i-Turinqi, die Herrin von Tol Eressea, abstammte (vgl. S. 79). Lindos Hinweise darauf, daß Inwe das »Klagelied der Welt« (d.h. der Großen Lande) hörte und die Eldar in die Lande der Menschen führte (S. 26), sind die Keimzelle der Geschichte von der Ankunft der Heere des Westens beim Ansturm auf die Thangorodrim: »Das Heer der Valar aber rüstete sich zur Schlacht; und unter ihren weißen Bannern zogen die Vanyar einher, Ingwes Volk ...« (*Das Silmarillion,* S. 277). Später in den *Verschollenen Geschichten* sagt Meril-i-Turinqi zu Eriol, »Inwe war der älteste der Elben und hätte sein Leben in Würde vollendet, wäre er nicht bei jenem Auszug in die Welt zugrundegegangen, doch Ingil, sein Sohn, kehrte vor langer Zeit nach Valinor zurück und ist bei Manwe«. Auf der anderen Seite wird im *Silmarillion* von Ingwe gesagt: »Er kam nach Valinor [am Beginn der Tage der Elben] und sitzt dort zu Füßen der Mächte, und alle Elben ehren seinen Namen; doch kehrte er nie wieder zurück und kümmerte sich nicht mehr um Mittelerde« (S. 63).

Lindos Worte über den Aufenthalt Ingils in Tol Eressea (»nach vielen Tagen«) und die Deutung des Namens seiner Stadt Koromas als »Zuflucht der Verbannten von Kôr« beziehen sich auf die Rückkehr der Eldar aus den Großen Landen nach dem Krieg, den sie zur Befreiung der versklavten Noldoli gegen Melko (Melkor, Morgoth) führten. Seine Worte über seinen Vater, der »mit Noldorin ging, um die Gnomen zu finden«, beziehen sich auf das Rettungsunternehmen von Kôr.*

Wenn meine Interpretation in den Grundzügen zutrifft, ist folgendes von Bedeutung: In der *Hütte des Vergessenen Spiels* landet Eriol auf Tol Eressea *nach* dem Fall Gondolins und *nach* dem Marsch der Elben von Kôr in die Großen Lande, mit dem Ziel, dort Melko zu besiegen, zu einer Zeit also, als die Elben, die daran teilgenommen hatten, über das Meer nach Tol Eressea zurückgekehrt waren, um dort zu wohnen; er landet jedoch *vor* dem »Großen Auszug« und vor der Verlagerung von Tol Eressea in die geographische Lage von England. Dieses letzte Element ging im Zuge der sich entwickelnden Mythologie bald verloren.

Zum Motiv der »Hütte« können die anderen Schriften meines Vaters wenig beitragen, denn das Motiv der Kinder, die nach Valinor gingen, wurde aufgegeben, fast ohne Spuren zu hinterlassen. Gleichwohl gibt es später in den *Verschollenen Geschichten* erneut Hinweise auf Olóre Malle. Nach der Beschreibung der Verhüllung Valinors, so heißt es, ersannen die Valar Orome und Lórien auf Bitten Manwes (der dieses Ereignis mit Kummer verfolgt hatte) seltsame Pfade aus den Großen Landen nach Valinor, und der von Lórien geschaffene war Olóre Malle, der Pfad der Träume. Als die Menschen »gerade erst auf der Erde erwacht waren«, kamen »die Kinder der Väter der Menschenväter« im Schlaf über diesen Weg nach Valinor (S. 30; 299). Zwei weitere Erwähnungen finden sich in Geschichten von Teil II: Die Erzählerin der *Geschichte von Tinúviel* (ein Kind aus Mar Vanwa Tyaliéva) sagt, daß sie Tinúviel und ihre Mutter mit eigenen Augen gesehen habe, »als sie in lang vergangenen Tagen über den Pfad der Träume zogen«; der Erzähler der *Geschichte von Turambar* berichtet, daß er »in den Tagen vor dem Fall Gondolins über den Olóre Malle gewandert« sei.

---

* Lindos Andeutungen über das Erklingen des Gongs auf dem Schattenmeer und den Schläfer im Turm der Perle werden ein wenig erhellt werden, wenn am Schluß der *Verschollenen Geschichten* von Earendel erzählt wird.

Es existiert auch ein Gedicht über die *Hütte des Vergessenen Spiels,* das viele Einzelheiten des Prosatexts enthält. Dieses Gedicht wurde, den Notizen meines Vaters zufolge, am 27./28. April 1915 (als er 23 Jahre alt war) in Oxford geschrieben. Es existiert (wie es bei seinen Gedichten immer der Fall ist) in mehreren modifizierten Fassungen; der Schluß des Gedichts wurde zweimal völlig neu geschrieben. Es folgt hier zuerst in der frühesten Fassung mit Lesarten und dann in der endgültigen Fassung, die nicht mit Sicherheit zu datieren ist. Ich vermute, daß sie sehr viel später angefertigt wurde – möglicherweise zu der Zeit, als die Sammlung *Die Abenteuer des Tom Bombadil* (1962, dt. 1984) vorbereitet wurde und alte Gedichte zur Überarbeitung kamen, obgleich in der Korrespondenz meines Vaters über diesen Gegenstand nichts gesagt wird.

Der ursprüngliche Titel lautete *Du und Ich/und die Hütte des Vergessenen Spiels* (mit einer Übersetzung des Titels ins Altenglische *pæt húsincel ærran gamenes),* der in *Mar Vanwa Tyaliéva, Die Hütte des Vergessenen Spiels* geändert wurde; in der endgültigen Fassung lautet der Titel: *Das Kleine Haus des Vergessenen Spiels: Mar Vanwa Tyaliéva.*[*]

You & Me
and the Cottage of Lost Play

You and me – we know that land
  And often have been there
In the long old days, old nursery days,
  A dark child and a fair.
Was it down the paths of firelight dreams
  In winter cold and white,
Or in die blue-spun twilit hours
Of little early tucked-up beds

---

* *Das Buch der Verschollenen Geschichten* enthält eine Reihe von Gedichten J. R. R. Tolkiens, die in ihrer formalen Konzentration und Eigenart (Verwendung von Stabreim, Binnenreim, eigenwillige Metaphorik) kaum angemessen ins Deutsche zu übertragen sind. Darum wird den Originaltexten eine deutsche Prosaversion beigegeben, die nicht als klangliche und poetische Wiedergabe des Originals gelten will. Sie möchte dem Leser lediglich das Verständnis des englisches Textes erleichtern und ihm einen Einblick in die verschiedenen Fassungen und Lesarten ermöglichen.

Tolkiens Lyrik ist in starkem Maße aus der Sprache selbst entwickelt. Maßgebend ist also nicht unbedingt die Logik des Inhalts, sondern die Logik, die seiner speziellen Sprachauffassung innewohnt, die wiederum kaum anders als im Original nachzuvollziehen ist. [A. d. Ü.]

In drowsy summer night,
That You and I got lost in Sleep
And met each other there –
Your dark hair on your white nightgown,
And mine was tangled fair?

We wandered shyly hand in hand,
Or rollicked in the fairy sand
And gathered pearls and shells in pails,
While all about the nightingales
Were singing in the trees.
We dug for silver with our spades
By little inland sparkling seas,
Then ran ashore through sleepy glades
And down a warm and winding lane
We never never found again
Between high whispering trees.

The air was neither night or day,
But faintly dark with softest light,
When first there glimmered into sight
The Cottage of Lost Play.
'Twas builded very very old
White, and thatched with straws of gold,
And pierced with peeping lattices
That looked toward the sea;
And our own children's garden-plots
Were there – our own forgetmenots,
Red daisies, cress and mustard,
And blue nemophilë.
O! all the borders trimmed with box
Were full of favourite flowers – of phlox,
Of larkspur, pinks, and hollyhocks
Beneath a red may-tree:
And all the paths were full of shapes,
Of tumbling happy white-clad shapes,
And with them You and Me.
And some had silver watering-cans
And watered all their gowns,
Or sprayed each other; some laid plans

To build them houses, fairy towns,
Or dwellings in the trees;
And some were clambering on the roof;
Some crooning lonely and aloof;
And some were dancing fairy-rings
And weaving pearly daisy-strings,
Or chasing golden bees;
But here and there a little pair
With rosy cheeks and tangled hair
Debated quaint old childish things –
And we were one of these.
And why it was Tomorrow came
And with his grey hand led us back;
And why we never found the same
Old cottage, or the magic track
That leads between a silver sea
And those old shores and gardens fair
Where all things are, that ever were –
We know not, You and Me.

Du & Ich
und die Hütte des Vergessenen Spiels

Du und ich – wir kennen jenes Land / Und sind oft dortgewesen / In den langen alten Tagen, alten Kindertagen, / Ein dunkles Kind und ein helles. / (5) War es auf den Pfaden der Feuerschein-Träume / Im Winter, kalt und weiß, / Oder in den blau gesponnenen Zwielicht-Stunden / Kleiner früh aufgeschlagener Betten / In schläfriger Sommernacht, / (10) Daß Du und ich uns im Schlaf verloren / Und einander dort wiedertrafen – / Dein dunkles Haar auf deinem weißen Nachtgewand, / Und meines hell und wirr? //

Wir wanderten scheu Hand in Hand / (15) Oder tollten in dem zauberischen Sand / Und sammelten Perlen und Muscheln in Eimern, / Während überall die Nachtigallen / In den Bäumen sangen. / Wir gruben mit unseren Spaten nach Silber / (20) An kleinen glitzernden Seen im Land, / Dann rannten wir uferwärts durch verschlafene Lichtungen / Und einen warmen gewundenen Weg entlang, / Den wir niemals wiederfanden / Zwischen hohen flüsternden Bäumen. //

(25) Die Luft war weder Nacht noch Tag, / Doch schwachdunkel von weichstem Licht, / Als dort zum erstenmal aufschimmerte / Die Hütte des Vergessenen Spiels. / Erbaut war sie vor langer, langer Zeit, / (30) Weiß und gedeckt mit goldenem Stroh / Und durchbrochen von Gitterfenstern zum Lugen, / Die aufs Meer blickten; / Und unserer eigenen Kindheit Gartenplätze / Waren dort – unsere eigenen Vergißmeinnicht, / (35) Rote Maßliebchen, Kresse und Senf / Und blaue Hainblumen / O, alle Beete, gesäumt von Buchs, / Waren voll von Lieblingsblumen – von Phlox, / Von Rittersporn, Nelken und Stockrosen / (40) Unter einem Rotdornbaum: / Und all die Pfade waren voller Gestalten, / Von springenden fröhlichen weißgekleideten Gestalten / Und unter ihnen Du und Ich. / Und manche hatten silberne Wasserkannen / (45) Und besprengten ihre Kleider / Oder bespritzten einander; manche machten Pläne, / Sich Häuser zu bauen, Feenstädte / Oder Wohnungen in den Bäumen; / Und manche kletterten auf das Dach; / (50) Manche sangen leise für sich und abseits; / Und manche tanzten Elfenreigen / Und flochten Perlketten aus Maßliebchen / Oder jagten goldenen Bienen nach; / Doch hier und da ein kleines Paar / (55) Mit geröteten Wangen und wirrem Haar / Stritt über wunderliche alte, kindische Dinge –* / Und wir waren eines von ihnen. / Und warum es geschah, daß das Morgen kam / Und uns mit seiner grauen Hand zurückführte; / (60) Und warum wir niemals dieselbe / Alte Hütte fanden oder den Zauberpfad, / Der zwischen einem Silbermeer verläuft / Und jenen alten Küsten und schönen Gärten, / Wo alle Dinge sind, die immer waren – / (65) Wir wissen es nicht, Du und Ich.

3 In den langen alten Tagen, den leuchtenden Tagen
15 im goldenen Sand
23 Den wir nun nicht wiederfinden können
29 Neu gebaut war sie, doch sehr sehr alt
43 Die lachten mit Dir und Mir
47 kleine Städte
56 Stritt über uralte kindische Dinge
62 Der zwischen dem Meer und dem Himmel verläuft
63 Zu jenen alten Küsten

* Hier scheinen folgende Zeilen aus dem Gedicht *Daisy (Maßliebchen)* von Francis Thompson anzuklingen: »Zwei Kinder waren wir, schweiften umher und sprachen / Über kluge, unnütze kindische Dinge.« Mein Vater erwarb die Werke von Francis Thompson in den Jahren 1913 und 1914.

Die Verszeilen 58–65 wurden später neu geschrieben:

But why it was there came a time
When we could take the road no more,
  Though long we looked, and high would climb,
  Or gaze from many a seaward shore
To find the path between sea and sky
  To those old gardens of delight;
And how it goes now in that land,
  If there the house and gardens stand,
    Still filled with children clad in white –
      We know not, You and I.

Aber warum es geschah, daß eine Zeit kam, / Da wir den Weg nicht mehr gehen konnten, / Obgleich wir lange Ausschau hielten und hoch emporkletterten / Oder von manch einer Meeresküste spähten, / Um den Pfad zwischen Meer und Himmel zu finden, / Zu jenen alten Gärten der Freude; / Und wie es nun in jenem Land zugeht, / Ob dort das Haus und die Gärten sind, / Noch immer erfüllt von Kindern, gekleidet in Weiß – / Wir wissen es nicht, Du und Ich.

Dies ist die endgültige Fassung:

The Little House of Lost Play
  Mar Vanwa Tyaliéva

We knew that land once, You and I,
  and once we wandered there
in the long days now long gone by,
  a dark child and a fair.
Was it on the paths of firelight thought
  in winter cold and white,
or in the blue-spun twilit hours
of little early tucked-up beds
  in drowsy summer night,
that you and I in Sleep went down
  to meet each other there,
your dark hair on your white nightgown
  and mine was tangled fair?
We wandered shyly hand in hand,

small footprints in the golden sand,
and gathered pearls and shells in pails,
while all about the nightingales
were singing in the trees.
We dug for silver with our spades,
and caught the sparkle of the seas,
then ran ashore to greenlit glades,
and found the warm and winding lane
that now we cannot find again,
between tall whispering trees.

The air was neither night nor day,
an ever-eve of gloaming light,
when first there glimmered into sight
the Little House of Play.
New-built it was, yet very old,
white, and thatched with straws of gold,
and pierced with peeping lattices
that looked toward the sea;
and our own children's garden-plots
were there: our own forgetmenots,
red daisies, cress and mustard,
and radishes for tea.
There all the borders, trimmed with box,
were filled with favourite flowers, with phlox,
with lupins, pinks, and hollyhocks,
beneath a red may-tree;
and all the gardens full of folk
that their own little language spoke,
but not to You and Me.

For some had silver watering-cans
and watered all their gowns,
or sprayed each other; some laid plans
to build their houses, little towns
and dwellings in the trees.
And some were clambering on the roof;
some crooning lonely and aloof;
some dancing round the fairy-rings

all garlanded in daisy-strings,
while some upon their knees
before a little white-robed king
crowned with marigold would sing
their rhymes of long ago.
But side by side a little pair
with heads together, mingled hair,
went walking to and fro
still hand in hand; and what they said,
ere Waking far a apart them led,
that only we now know.

Das Kleine Haus des Vergessenen Spiels

Mar Vanwa Tyaliéva

Wir kannten jenes Land einst, Du und Ich, / und einst wanderten wir dort umher / in den langen Tagen, die nun lange vergangen sind, / ein dunkles Kind und ein helles. / (5) War es auf den Pfaden der Feuerschein-Gedanken / im Winter, kalt und weiß, / oder in den blau gesponnenen Zwielicht-Stunden / kleiner früh aufgeschlagener Betten / in schläfriger Sommernacht, / (10) daß du und ich im Schlaf hinabgingen, / um einander dort zu treffen, / dein dunkles Haar auf deinem weißen Nachtgewand / und meines hell und wirr? //

Wir wanderten scheu Hand in Hand, / (15) kleine Fußstapfen in dem goldenen Sand, / und sammelten Perlen und Muscheln in Eimern, / während überall die Nachtigallen / in den Bäumen sangen. / Wir gruben mit unseren Spaten nach Silber / (20) und fingen das Funkeln der Meere, / dann rannten wir uferwärts durch grünhelle Lichtungen / und fanden den warmen und gewundenen Weg, / den nun wir nicht wiederfinden können, / zwischen hohen flüsternden Bäumen. //

(25) Die Luft war weder Nacht noch Tag, / ein Immer-Abend dämmernden Lichts, / als dort zum erstenmal aufschimmerte / das Kleine Haus des Spiels. / Neu gebaut war es, doch schon sehr alt, / (30) weiß und gedeckt mit goldenem Stroh / und durchbrochen von Gitterfenstern zum Lugen, / die auf das Meer blickten; / und unserer eigenen Kindheit Gartenplätze / waren dort: unsere eigenen Vergißmeinnicht, / (35) rote Maßliebchen, Kresse und Senf, / und Rettiche zum Tee. / Dort waren alle Beete, gesäumt von Buchs, / gefüllt mit Lieblingsblumen, mit Phlox, / mit Lupinen, Nelken und Stockrosen / (40) unter einem Rotdornbaum; / und alle Gärten voll des Volks, / das seine eigene kleine Sprache sprach, / doch nicht mit Dir und Mir. //

Denn manche hatten silberne Wasserkannen / (45) und besprengten ihre Kleider / oder bespritzten einander; manche machten Pläne, / um ihre Häuser zu bauen, kleine Städte / und Wohnungen in den Bäumen. / Und manche kletterten auf das Dach; / (50) manche sangen leise für sich und abseits; / manche tanzten um die Feenkreise, / alle bekränzt mit Ketten aus Maßliebchen, / während andere, knieend / vor einem kleinen weißgewandeten König, / (55) mit Ringelblumen gekrönt, sangen / ihre Verse aus alter Zeit. / Doch Seite an Seite ein kleines Paar, / die Köpfe zusammengesteckt, vermischt das Haar, / spazierte auf und ab, / (60) noch immer Hand in Hand; und was sie sagten, / bevor das Erwachen sie weit auseinander führte, / das wissen nun nur wir.

Es ist bemerkenswert, daß das Gedicht *Die Hütte* oder *Das kleine Haus des Vergessenen Spiels* genannt wurde, da es doch die Hütte der Kinder in Valinor, nahe der Stadt Kôr, beschreibt; aber diese »Hütte des Spiels des Schlafs« war nach Vaires Worten »nicht die des Vergessenen Spiels, wie es fälschlich in einem Lied unter den Menschen geheißen hat« (S. 30).

Ich werde nicht versuchen, die Vorstellungen zu analysieren oder zu erklären, die in den »Hütten der Kinder« enthalten sind. Der Leser, wie immer er sie interpretiert, wird keine Unterstützung brauchen, um diese persönlichen und besonderen Gefühle zu deuten, die alldem zugrundeliegen.

Wie gesagt, sollte die Vorstellung von den sterblichen Kindern, die im Schlaf nach Valinor kommen, bald in ihrer Gänze aufgegeben werden, und in der sich entwickelnden Mythologie wäre dafür kein Platz gewesen – und noch viel weniger für den Gedanken, daß an irgendeinem Tag in der Zukunft »die Straßen durch Arvalin nach Valinor von den Söhnen und Töchtern der Menschen erfüllt sein« würden.

Desgleichen verschwand bald die ganze »elfenhafte« Kleinwüchsigkeit. Die Vorstellung von der Hütte der Kinder war bereits 1915 vorhanden, wie das Gedicht *Du und Ich* zeigt; und es war im selben Jahr, sogar zur gleichen Zeit im April, daß *Koboldsfüße (Cumaþ þá Nihtielfas)* geschrieben wurde, worüber mein Vater 1971 sagte: »Ich wünschte, dieses unglückliche kleine Ding, das alles repräsentiert, was ich (so bald danach) glühend verabscheuen sollte, könnte für alle Zeit begraben werden.«* Doch es ist zu beachten, daß es in frühen Notizen über Elben und Menschen heißt, einst seien sie »von gleicher Größe« gewe-

* Man hatte seine Erlaubnis einholen wollen, um das Gedicht in eine Anthologie aufzunehmen, wie es zuvor bereits mehrere Male der Fall gewesen war. Vgl. Humphrey Carpenter, *J. R. R. Tolkien. Eine Biographie,* S. 91 f., wo (ein Teil) des Gedichts abgedruckt ist und auch seine Bibliographie (1915).

sen; die Kleinheit (und Zartheit und Durchsichtigkeit) der »Feen« sei ein Aspekt ihres »Dahinschwindens« und stehe in direktem Zusammenhang mit der Vorherrschaft von Menschen in den Großen Landen. Darauf werde ich später zurückkommen. Doch ist hier die Winzigkeit der Hütte sehr merkwürdig, weil es sich um eine spezielle Eigenart zu handeln scheint: Eriol, der viele Tage lang durch Tol Eressea gewandert ist, zeigt sich erstaunt, daß die Behausung so viele Gäste beherbergen kann; und ihm wird gesagt, alle, die eintraten wollten, müßten entweder sehr klein sein oder werden. Doch Tol Eressea ist eine Insel, die von Elben bewohnt wurde.

Ich gebe nun drei Fassungen des Gedichts *Kortirion unter den Bäumen* (später: *Die Bäume von Kortirion*) wieder. Die frühesten Ausarbeitungen dieses Gedichts sind vorhanden,* und es gibt viele jüngere Texte. Die Prosa-Einleitung zur frühen Form ist oben Seite 38f. abgedruckt. Eine größere Überarbeitung wurde 1937 und eine weitere viel später vorgenommen; inzwischen war beinahe ein anderes Gedicht daraus geworden. Da mein Vater es im Februar 1962 an Rayner Unwin schickte, damit es möglicherweise in *Die Abenteuer des Tom Bombadil* aufgenommen werde, scheint es gesichert, daß die endgültige Fassung aus dieser Zeit stammt.†

Ich gebe das Gedicht in der Form wieder, die es vor 1937 hatte, als erst leichte Veränderungen gemacht waren. In einer der frühesten Abschriften trägt es einen altenglischen Titel: *Cor Tirion pǽra béama on middes* und ist »Warwick gewidmet«; doch in einer zweiten Fassung ist der Untertitel elbisch (das zweite Wort ist nicht genau zu lesen): *Narquelion la… tu y aldalin Kortirionwen* (»Herbst [unter] den Bäumen von Kortirion«).

Kortirion among the Trees

The First Verses

O fading town upon a little hill,
  Old memory is waning in thine ancient gates,
The robe gone gray, thine old heart almost still;

---

* Nach den Notizen meines Vaters erfolgte die erste Niederschrift vom 21.–28. November 1915 in Warwick, während »eines einwöchigen Urlaubs vom Lager«. Das trifft nicht genau zu, denn es sind Briefe meines Vaters an meine Mutter erhalten, die am 25. und 26. November im Lager geschrieben wurden, und im zweiten dieser Briefe schreibt er, er habe »eine Bleistift-Abschrift von ›Kortirion‹ angefertigt.«

† In seinem Brief schrieb mein Vater: »*Die Bäume* sind zu lang und zu anspruchsvoll, und selbst wenn man es für gut genug hielte, würde das Gedicht vermutlich den Rahmen des Buches sprengen.«

The castle only, frowning, ever waits
And ponders how among the towering elms
The Gliding Water leaves these inland realms
And slips between long meadows to the western sea –
Still bearing downward over murmurous falls
One year and then another to the sea;
And slowly thither have a many gone
Since first the fairies built Kortirion.

O spiry town upon a windy hill
With sudden-winding alleys shady-walled
(Where even now the peacocks pace a stately drill,
Majestic, sapphirine, and emerald),
Behold thy girdle of a wide champain
Sunlit, and watered with a silver rain,
And richly wooded with a thousand whispering trees
That cast long shadows in many a bygone noon,
And murmured many centuries in the breeze.
Thou art the city of the Land of Elms,
Alalminórë in the Faery Realms.

Sing of thy tress, old, old Kortirion!
Thine oaks, and maples with their tassels on,
Thy singing poplars; and the splendid yews
That crown thine agéd walls and muse
Of sombre grandeur all the day –
Until the twinkle of the early stars
Is tangled palely in their sable bars;
Until the seven lampads of the Silver Bear
Swing slowly in their shrouded hair
And diadem the fallen day.
O tower and citadel of the world!
When bannered summer ist unfurled
Most full of music are thine elms –
A gathered sound that overwhelms
The voices of all other trees.
Sing then of elms, belov'd Kortirion,
How summer crowds their full sails on,
Like clothéd masts of verdurous ships,

A fleet of galleons that proudly slips
Across long sunlit seas.

Kortirion unter den Bäumen

1. Strophe

O verblühende Stadt auf einem kleinen Hügel, / Alte Erinnerung schwindet in deinen uralten Toren, / Dein Kleid ist grau geworden, dein altes Herz fast stumm; / Die Burg nur, düster blickend, wartet immer / (5) Und sinnt, wie zwischen den hochragenden Ulmen / Das Gleitende Wasser diese Binnenreiche verläßt / Und zwischen langen Auen zum westlichen Meer schlüpft – / Immer noch trägt es über murmelnde Fälle hinab / Ein Jahr und noch ein Jahr zum Meer; / (10) Und seitdem sind langsam viele [Jahre] vergangen, / Seit die Feen zuerst Kortirion erbauten. //

O verwinkelte Stadt auf einem windigen Hügel / Mit jäh sich windenden Alleen, schattenummauert / (Wo jetzt stattlich und gemessen die Pfauen schreiten, / (15) Majestätisch, saphirblau und smaragdgrün), / Schau, dein Gürtel einer weiten Ebene, / Sonnenerhellt, gewässert von einem silbernen Regen / Und üppig bewaldet mit tausend flüsternden Bäumen, / Die in manchen vergangenen Mittag lange Schatten warfen / (20) Und viele Jahrhunderte lang im Windhauch murmelten. / Du bist die Stadt des Landes der Ulmen, / Alalminóre im Feenreich. //

Singe von deinen Bäumen, altes, altes Kortirion! / Von deinen Eichen und Ahornbäumen mit ihren geflügelten Samen, / (25) Von deinen singenden Pappeln; und den prächtigen Eiben, / Die deine alten Mauern krönen, versunken / In ernster Würde den ganzen Tag – / Bis das Flimmern der frühen Sterne / Bläßlich in ihre düsteren Gitter verflochten ist; / (30) Bis die sieben Lampen des Silbernen Bären / Sich leise in ihr verhülltes Haar senken / Und den besiegten Tag krönen. / O Turm und Feste der Welt! / Wenn der bannergeschmückte Sommer ausgebreitet ist; / (35) Sind deine Ulmen erfüllt von Musik – / Ein vereinter Klang, der überwältigt / Die Stimmen aller anderen Bäume. / Sing dann von Ulmen, geliebtes Kortirion, / Wie Sommer ihre vollen Segel vorwärtsdrängt, / (40) Umhüllten Masten grüner Schiffe gleich, / Eine Flotte von Galeonen, die stolz gleitet / Über weite sonnenhelle Meere.

The Second Verses

Thou art the inmost province of the fading isle
Where linger yet the Lonely Companies.

Still, underspairing, do they sometimes slowly file
Along thy paths with plaintive harmonies:
The holy fairies and immortal elves
That dance among the trees and sing themselves
A wistful song of things that were, and could be yet.
They pass and vanish in a sudden breeze,
A wave of bowing grass – and we forget
Their tender voices like wind-shaken bells
Of flowers, their gleaming hair like golden asphodels.

Spring still hath joy: thy spring is ever fair
Among the tress; but drowsy summer by thy streams
Already stoops to hear the secret player
Pipe out beyond the tangle of her forest dreams
The long thin tune that still do sing
The elvish harebells nodding in a jacinth ring
Upon the castle walls;
Already stoops to listen to the clear cold spell
Come up her sunny aisles and perfumed halls:
A sad and haunting magic note,
A strand of silver glass remote.

Then all thy trees, old town upon a windy bent,
Do loose a long sad whisper and lament;
For going are the rich-hued hours, th'enchanted nights
When flitting ghost-moths dance like satellites
Round tapers in the moveless air;
And doomed already are the radiant dawns,
The fingered sunlight dripping on long lawns;
The odour and the slumbrous noise of meads,
When all the sorrel, flowers, and pluméd weeds
Go down before the scyther's share.
Strange sad October robes her dewy furze
In netted sheen of gold-shot gossamers,
And then the wide-umbraged elm begins to fail;
Her mourning multitudes of leaves go pale
Seeing afar the icy shears
Of Winter, and his blue-tipped spears
Marching unconquerable upon the sun

Of bright All-Hallows. Then their hour is done,
And wanly borne on wings of amber pale
They beat the wide airs of the fading vale
And fly like birds across the misty meres.

2. Strophe

Du bist der innerste Bezirk der verblassenden Insel, / Wo noch die Einsamen Scharen weilen. / (45) Doch manchmal ziehn sie, unverzagt, langsam hintereinander / Mit klagenden Harmonien über deine Pfade: / Die heiligen Feen und unsterblichen Elben, / Die unter den Bäumen tanzen und einander vorsingen / Ein sehnsuchtsvolles Lied von Dingen, die waren und noch sein könnten. / (50) Sie ziehen vorbei und verschwinden in einem plötzlichen Windstoß, / Eine Welle sich neigenden Grases – und wir vergessen / Ihre zarten Stimmen, wie windbewegte Glocken / Von Blumen, ihr wie goldene Asphodelen schimmerndes Haar. //

Frühling birgt immer Freude: dein Frühling ist immer schön / (55) Unter den Bäumen; doch der schläfrige Sommer an den Flüssen / Beugt sich schon, um den verborgenen Spieler zu hören, / Der aus dem Gewirr ihrer Waldträume hervor bläst / Die lange feine Melodie, welche [die elbischen Glockenblumen] noch immer singen, / In einem blauen Ring / (60) Auf den Burgmauern [wogend]; / Beugt sich bereits, um dem klaren kalten Zauberklang zu lauschen, / Der heraufkommt durch ihre sonnigen Lichtungen und duftenden Hallen: / Eine schwermütige und quälende Zaubermelodie, / Eine Strähne von Silberglas, entrückt. //

(65) Dann [löst sich] aus allen deinen Bäumen, alte Stadt auf einer windigen Lichung, / Ein langes trauriges Wispern und Klagen; / Denn die prächtig gefärbten Stunden, die verzauberten Nächte gehen dahin, / Wenn flatternde Nachtfalter wie Trabanten tanzen / Um Kerzen in der stehenden Luft; / (70) Und die strahlenden Morgendämmerungen sind schon verloren, / Das gefingerte Sonnenlicht, auf lange Wiesen tropfend, / der Duft und der Schlummerton der Auen, / Wenn all der Sauerampfer, die Blumen und Kräuter / Vor der Klinge der Sense niederfallen. / (75) Fremder trüber Oktober hüllt ihren tauigen Ginster / In das gewirkte Kleid golden durchschossenen Altweibersommers, / Und dann beginnt die weitschattende Ulme zu ermatten; / Ihre trauernde Blätterfülle wird fahl, / In der Ferne die eisigen Sicheln erblickend / (80) Des Winters, und seine blauspitzigen Speere, / Unbezwinglich vorrückend auf die Sonne / Des strahlenden Allerheiligentages. Dann ist ihre Zeit um, / Und, matt getragen von bleichen Bernsteinflügeln, / Ziehen sie durch die weiten Lüfte des verblassenden Tals / Und fliegen wie Vögel über die nebligen Meere.

Yet is this season dearest to my heart,
Most fitting to the little faded town
With sense of splendid pomps that now depart
In mellow sounds of sadness echoing down
The paths of stranded mists. O! gentle time
When the late mornings are bejewelled with rime,
And the blue shadows gather on the distant woods.
The fairies know thy early crystal dusk
And put in secret on their twilit hoods
Of grey and filmy purple, and long bands
Of frosted starlight sewn by silver hands.

They know the season of the brilliant night,
When nadek elms entwine in cloudy lace
The Pleiades, and long-armed poplars bar the light
Of golden-rondured moons with glorious face.
O fading fairies and most lonely elves
Then sing ye, sing ye to yourselves
A woven song of stars and gleaming leaves;
Then whirl ye with the sapphire-wingéd winds;
Then do ye pipe and call with heart that grieves
To sombre men: »Remember what ist gone –
The magic sun that lit Kortirion!«

Now are thy trees, old, old Kortirion,
Seen rising up through pallid mists and wan,
Like vessels floating vague and long afar
Down opal seas beyond the shadowy bar
Of cloudy ports forlorn:
They leave behind for ever havens throng'd
Wherein their crews a while held feasting long
And gorgeous ease, who now like windy ghosts
Are wafted by slow airs to empty coasts;
There are they sadly glimmering borne
Across the plumbless ocean of oblivion.
Bare are thy trees become, Kortirion,
And all their summer glory swiftly gone.
The seven lampads of the Silver Bear

Are waxen to a wondrous flare
That flames above the fallen year.
Though cold thy windy squares and empty streets;
Though elves dance seldom in thy pale retreats
(Save on some rare and moonlit night,
A flash, a whispering glint of white),
Yet would I never need depart from here.

3. Strophe

Doch ist diese Jahreszeit meinem Herzen am teuersten, / Höchst angemessen der kleinen verblaßten Stadt / Mit Gefühl für strahlendes Gepränge, das nun dahingeht / In milden Klängen von Traurigkeit, hallend über / (90) Die Pfade gestrandeter Nebel. O sanfte Zeit, / Wenn die späten Morgen mit Reif geschmückt sind / Und die blauen Schatten sich auf den fernen Wäldern versammeln. / Die Feen kennen deine frühe kristallene Dunkelheit / Und legen heimlich ihre Zwielicht-Kapuzen an / (95) Aus Grau und zartem Purpur und mit langen Bändern / Aus gefrorenem Sternenlicht, von silbernen Händen genäht. //

Sie kennen die Zeit der glänzenden Nacht; / Wenn nackte Ulmen mit wolkigen Litzen / Die Plejaden umwinden und langarmige Pappeln das Licht vergittern / (100) Goldumrandeter Monde mit prächtigem Gesicht. / O verblassende Feen und einsamste Elben, / Dann singt ihr, singt für euch selbst / Ein gewobenes Lied von Sternen und schimmernden Blättern; / Dann wirbelt ihr mit den blaugeflügelten Winden; / (105) Dann flötet ihr und ruft kummervollen Herzens / Schwermütigen Menschen zu: »Bedenkt, was verschwunden ist – / Die magische Sonne, die Kortirion erhellte!« //

Nun werden deine Bäume, altes, altes Kortirion, / Sichtbar, aufsteigend durch bleiche und trübe Nebel / (110) Wie Schiffe, die undeutlich und weit entfernt / Über Opalmeere schwimmen, jenseits der schattigen Barre / Wolkiger verlassener Häfen: / Für immer lassen sie geschäftige Häfen hinter sich, / Wo ihre Besatzungen für eine Zeit lang sich erquickten / (115) Und prächtiger Muße pflogen, die nun wie windige Geister / Von trägen Winden an leere Küsten getrieben werden; / Dort werden sie trübe schimmernd getragen / Über den unermeßlich tiefen Ozean der Vergessenheit. / Kahl sind deine Bäume geworden, Kortirion, / (120) Und all ihre sommerliche Pracht ist rasch verschwunden. / Die sieben Lampen des Silbernen Bären / Sind zu einem wunderbaren Leuchtfeuer gewachsen, / Das über dem gefallenen Jahr flammt. / Wenn deine windigen Plätze auch kalt und deine Straßen leer sind, / (125) Wenn auch Elben selten in deinen bleichen Schlupfwinkeln tanzen / (Außer in einer kostbaren und mondhellen Nacht, / Ein Aufblitzen, ein flüsternder Schimmer von Weiß), / Möchte ich doch niemals von hier fortgehen.

The Last Verse

I need not know the desert or red palaces
Where dwells the sun, the great seas or the magic isles,
The pinewoods piled on mountain-terraces;
And calling faintly down the windy miles
Touches my heart no distant bell that rings
In populous cities of the Earthly Kings.
Here do I find a haunting ever-near content
Set midmost of the Land of withered Elms
(Alalminórë of the Faery Realms);
Here circling slowly in a sweet lament
Linger the holy fairies and immortal elves
Singing a song of faded longing to themselves.

Die letzte Strophe

Ich brauche weder Wüste oder rote Paläste zu kennen, / (130) Wo die Sonne wohnt, noch die großen Meere oder die Zauberinseln, / Die Kiefernwälder, aufgetürmt auf Bergterrassen; / Und schwach rufend über die windigen Meilen, / Rührt an mein Herz keine entfernte Glocke, die ertönt / In volkreichen Städten der Irdischen Könige. / (135) Hier finde ich eine ständige, immer nahe Zufriedenheit, / Mitten in das Land der verwelkten Ulmen gepflanzt / (Alalminóre, das Feenreich); / Hier weilen, in süßer Klage langsam im Kreise schreitend, / Die heiligen Feen und unsterblichen Elben, / (140) Ein Lied von geschwundener Sehnsucht sich singend.

Es folgt das Gedicht in der Neufassung von 1937, und zwar die letzte mehrerer leicht voneinander abweichender Formen.

Kortirion among the Trees

I

O fading town upon an inland hill,
Old shadows linger in thine ancient gate,
Thy robe is grey, thine old heart now is still;
Thy towers silent in the mist await
Their crumbling end, while through the storeyed elms
The Gliding Water leaves these inland realms,
And slips between long meadows to the Sea,
Still bearing downward over murmurous falls
One day and then another to the Sea;

And Slowly thither many years have gone,
Since first the Elves here built Kortirion.
O climbing town upon thy windy hill
  With winding streets, and alleys shady-walled
Where now untamed the peacocks pace in drill
  Majestic, sapphirine, and emerald;
Amid the girdle of this sleeping land,
Where silver falls the rain and gleaming stand
  The whispering host of old deep-rooted trees
That cast long shadows in many a bygone noon,
  And murmured many centuries in the breeze;
Thou art the city of the Land of Elms,
Alalminórë in the Faery Realms.

Sing of thy trees, Kortirion, again:
The beech on hill, the willow in the fen,
The rainy poplars, and the frowning yews
Within thine agéd courts that muse
  In sombre splendour all the day;
Until the twinkle of the early stars
Comes glinting through their sable bars,
And the white moon climbing up the sky
Looks down upon the ghosts of trees that die
  Slowly and silently from day to day.
O Lonely Isle, here was thy citadel,
Ere bannered summer from his fortress fell.
Then full of music were thine elms:
Green was their armour, green their helms,
  The Lords and Kings of all thy trees.
Sing, then, of elms, renowned Kortirion,
That under summer crowds their full sail on,
And shrouded stand like masts of verdurous ships,
A fleet of galleons that proudly slips
  Across long sunlit seas.

Kortirion unter den Bäumen

I

O verblassende Stadt auf einem Hügel landeinwärts, / Alte Schatten weilen in deinem uralten Tor, / Dein Kleid ist grau, dein altes Herz ist nun still; / Deine

Türme warten schweigend im Nebel / (5) Auf ihr Ende im Zerfall, während durch die sagenumwobenen Ulmen / Das Gleitende Wasser diese Binnenreiche verläßt / Und durch lange Auen zum Meer schlüpft, / Immer noch über murmelnde Fälle hinabtragend / Einen Tag und noch einen Tag zum Meer; / (10) Und seitdem sind langsam viele Jahre vergangen, / Seit die Elben zuerst hier Kortirion erbauten. //

O aufsteigende Stadt auf deinem windigen Hügel / Mit gewundenen Straßen und Alleen, schattenummauert, / Wo nun, ungezähmt, die Pfauen stattlich schreiten, / (15) Majestätisch, saphirblau und smaragdgrün; / Inmitten des Gürtels dieses schlafenden Landes, / Wo silbern der Regen fällt und schimmernd steht / Die flüsternde Schar alter tiefwurzliger Bäume, / Die lange Schatten in manch einen vergangenen Mittag warfen / (20) Und viele Jahrhunderte lang im Windhauch murmelten. / Du bist die Stadt des Landes der Ulmen, / Alalminóre im Feenreich. //

Sing aufs neue von deinen Bäumen, Kortirion: / Die Buche auf dem Hügel, die Weide im Fenn, / (25) Die regennassen Pappeln und die finsteren Eiben / In deinen alten Höfen, versunken / In ernster Pracht den ganzen Tag; / Bis das Blinken der frühen Sterne / Glitzernd durch ihre schwarzen Stämme kommt / (30) Und der weiße Mond, der den Himmel hinaufsteigt, / Niederblickt auf die geisterhaften Bäume, / Die langsam und schweigend zusehends sterben. / O Einsame Insel, hier war deine Feste, / Bevor der bannergeschmückte Sommer von seiner Festung fiel. / (35) Da waren deine Ulmen voll von Musik: / Grün war ihre Rüstung, grün waren ihe Helme, / Die Herren und Könige all deiner Bäume. / Dann sing von Ulmen, berühmtes Kortirion, / Die im Sommer ihre vollen Segel setzen / (40) Und aufgetakelt stehen wie Masten grüner Schiffe, / Eine Flotte von Galeonen, die stolz gleitet / Über weite sonnenhelle Meere.

II

Thou art the inmost province of the fading isle,
    Where linger yet the Lonely Companies;
Still, undespairing, here they slowly file
    Along thy paths with solemn harmonies:
The holy people of an elder day,
Immortal Elves, that singing fair and fey
    Of vanished things that were, and could be yet,
Pass like a wind among the rustling trees,
    A wave of bowing grass, and we forget
Their tender voices like wind-shaken bells
Of flowers, their gleaming hair like golden asphodels.

Once Spring was here with joy, and all was fair
Among the trees; but Summer drowsing by the stream
Heard trembling in her heart the secret player
Pipe, out beyond the tangle of her forest dream,
The long-drawn tune that elvish voices made
Foreseeing Winter through the leafy glade;
The late flowers nodding on the ruined walls
Then stooping heard afar that haunting flute
Beyond the sunny aisles and tree-propped halls;
For thin and clear and cold the note,
As strand of silver glass remote.

Then all thy trees, Kortirion, were bent,
And shook with sudden whispering lament:
For passing were the days, and doomed the nights
When flitting ghost-moths danced as satellites
Round tapers in the moveless air;
And doomed already were the radiant dawns,
The fingered sunlight drawn across the lawns;
The odour and the slumbrous noise of meads,
Where all the sorrel, flowers, and pluméd weeds
Go down before the scyther's share.
When cool October robed her dewy furze
In netted sheen of gold-shot gossamers,
Then the wide-umbraged elms began to fail;
Their mourning multitude of leaves grew pale,
Seeing afar the icy spears
Of Winter marching blue behind the sun
Of bright All-Hallows. Then their hour was done,
And wanly borne on wings of amber pale
They beat the wide airs of the fading vale,
And flew like birds across the misty meres.

II

Du bist der innerste Bezirk der verblassenden Insel, / Wo noch die Einsamen Scharen weilen, / Doch manchmal ziehen sie hier, unverzagt, langsam hintereinander / Mit klagenden Harmonien über deine Pfade: / Das heilige Volk einer älteren Zeit, / Unsterbliche Elben, die schön und todgeweiht singen / Von verschwundenen Dingen, die waren und noch sein könnten, / Ziehen vorbei wie ein Wind durch rauschende Bäume, / Eine Welle sich neigenden Grases, und wir vergessen / Ihre zarten Stimmen, wie windbewegte Glocken / Von Blumen, ihr wie goldene Asphodelen schimmerndes Haar. //

Einst war der Frühling hier mit Wonne, und alles war heiter / (55) Unter den Bäumen; doch der schläfrige Sommer am Fluß / Hört im Innersten bebend den verborgenen Spieler, / Der aus dem Gewirr der Waldträume hervor bläst / Die langgezogene Melodie, die elbische Stimmen schufen, / Durch die laubreiche Lichtung den Winter vorhersehend; / (60) Die späten Blumen nicken auf den zerstörten Mauern, / Dann hören sie sich beugend von fern die quälende Flöte / Durch die sonnigen Schneisen und die baumgestützten Hallen; / Denn dünn und klar und kalt ist der Ton / Wie eine Strähne von Silberglas, entrückt. //

(65) Dann neigen sich, Kortirion, alle deine Bäume / Und zittern in plötzlicher flüsternder Klage: / Denn dahingegangen waren die Tage und verurteilt die Nächte, / Wenn flatternde Nachtfalter wie Trabanten tanzen / Um Kerzen in der stehenden Luft; / (70) Und die strahlenden Morgendämmerungen sind schon verloren, / Das gefingerte Sonnenlicht gespannt über die Wiesen; / Der Duft und der Schlummerton der Auen, / Wenn all der Sauerampfer, die Blumen und gefiederten Kräuter / Vor der Klinge der Sense niederfallen. / (75) Als kühler Oktober ihren tauigen Ginster / In das gewirkte Kleid golden durchschossenen Alterweibersommers hüllte, / Da begannen die weitschattenden Ulmen zu ermatten; / Ihre trauernde Blätterfülle wurde fahl, / In der Ferne die eisigen Speere erblikkend / (80) Des Winters, blau einherschreitend hinter der Sonne / Des strahlenden Allerheiligentages. Dann ist ihre Zeit um / Und, matt getragen von bleichen Bernsteinflügeln, / Ziehen sie durch die weiten Lüfte des verblassenden Tals / Und fliegen wie Vögel über die nebligen Meere.

III

This is the season dearest to the heart,
  And time most fitting to the ancient town,
With waning musics sweet that slow depart
  Winding with echoed sadness faintly down
The paths of stranded mist. O gentle time,
When the late mornings are begemmed with rime,
  And early shadows fold the distant woods!
The Elves go silent by, their shining hair
  They cloak in twilight under secret hoods
Of grey, and filmy purple, and long bands
Of frosted starlight sewn by silver hands.

And oft they dance beneath the roofless sky,
When naked elms entwine in branching lace
The Seven Stars, and through the boughs the eye
Stares golden-beaming in the round moon's face.
O holy Elves and fair immortal Folk,
You sing then ancient songs that once awoke
Under primeval stars before the Dawn;
You whirl then dancing with the eddying wind,
As once you danced upon the shimmering lawn
In Elvenhome, before we were, before
You crossed wide seas unto this mortal shore.

Now are thy trees, old grey Kortirion,
Through pallid mists seen rising tall and wan,
Like vessels floating vague, and drifting far
Down opal seas beyond the shadowy bar
Of cloudy ports forlorn;
Leaving behind for ever havens loud,
Wherein their crews a while held feasting proud
And lordly ease, they now like windy ghosts
Are wafted by slow airs to windy coasts,
And glimmering sadly down the tide are borne.
Bare are thy trees become, Kortirion;
The rotted raiment from their bones is gone.
The seven candles of the Silver Wain,
Like lighted tapers in a darkened fane,
Now flare above the fallen year.
Though court and street now cold and empty lie,
And Elves dance seldom neath the barren sky,
Yet under the white moon there is a sound
Of buried music still beneath the ground.
When winter comes, I would meet winter here.

I would not seek the desert, or red palaces
Where reigns the sun, nor sail to magic isles,
Nor climb the hoary mountains' stony terraces;
And trolling faintly over windy miles
To my heart calls no distant bell that rings
In crowded cities of the Earthly Kings.

For here is heartsease still, and deep content,
Though sadness haunt the Land of withered Elms
(Alalminórë in the Faery Realms);
And making music still in sweet lament
The Elves here holy and immortal dwell,
And on the stones and trees there lies a spell.

III

(85) Dies ist die Jahreszeit, die meinem Herzen am teuersten [ist] / Und die Zeit, höchst angemessen der alten Stadt, / Mit schwindenden süßen Musiken, die langsam dahingehen, / Sich mit widerhallender Schwermut zag windend über / Die Pfade gestrandeten Nebels. O sanfte Zeit, / (90) Wenn die späten Morgen mit Reif geschmückt sind / Und frühe Schatten die entfernten Wälder umschließen! / Die Elben gehen schweigend vorbei, ihr schimmerndes Haar / Verhüllen sie im Zwielicht unter geheimen Kapuzen / Aus Grau und zartem Purpur und mit langen Bändern / (95) Aus gefrorenem Sternenlicht, von silbernen Händen genäht. //

Und oft tanzen sie unter dem unbedeckten Himmel, / Wenn nackte Ulmen mit Astfiligran / Die Plejaden umwinden und durch die Zweige das Auge / Goldstrahlend in das runde Gesicht des Mondes starrt. / (100) O heilige Elben und schönes unsterbliches Volk, / Dann singt ihr alte Lieder, die einst erwachten / Unter urzeitlichen Sternen vor dem ersten Anfang; / Dann dreht ihr euch tanzend mit dem wirbelnden Wind, / so wie einst ihr tanztet auf der schimmernden Wiese / (105) In Elbenheim, bevor es uns gab, bevor / Ihr über die weiten Meere an diese sterbliche Küsten fuhrt. //

Nun sind deine Bäume, altes graues Kortirion, / Durch bleiche Nebel zu sehen, groß und fahl aufsteigend / Wie schemenhaft vorbeischwimmende Schiffe, fern treibend / (110) Über Opalmeere jenseits der schattigen Barre / Wolkiger verlassener Häfen; / Sie lassen für immer laute Häfen hinter sich, / Wo ihre Besatzungen eine Weile sich üppig erquickten / Und königlicher Muße pflogen, die nun wie windige Geister / (115) Von trägen Lüften an windigen Küsten getrieben / Und traurig schimmernd über die Flut getragen werden. / Kahl sind deine Bäume geworden, Kortirion; / Das verfaulte Kleid ist von seinen Knochen verschwunden. / Die sieben Kerzen des Silberwagens / (120) Wie brennende Leuchter in einer verdunkelten Kirche, / Flammen nun auf über dem gefallenen Jahr. / Wenn Hof und Straße nun auch kalt und leer daliegen / Und selten Elben unter dem öden Himmel tanzen, / So ist doch unter dem weißen Mond ein Klang / (125) Begrabener Musik noch unter dem Boden. / Wenn der Winter kommt, möchte ich ihn hier erwarten. //

Ich möchte weder die Wüste noch rote Paläste aufsuchen, / Wo die Sonne herrscht, noch zu den Zauberinseln segeln, / Nicht der altersgrauen Berge steinige Terrassen erklimmen; / (130) Und schwach über windige Meilen rollend, / Rührt an mein Herz keine entfernte Glocke, die erklingt / In volkreichen Städten Irdischer Könige. / Denn hier ist noch Seelenfrieden und tiefe Zufriedenheit, / Obgleich Trauer umgeht im Land der verwelkten Ulmen / (135) (Alalminóre im Feenreich); / Und noch machen Musik in süßer Klage / Die Elben, die hier heilig und unsterblich wohnen, / Und dort liegt ein Zauber auf Steinen und Bäumen.

Zum Schluß gebe ich das endgültige Gedicht in der zweiten von zwei leicht voneinander abweichenden Fassungen wieder; es wurde (wie ich glaube) nahezu ein halbes Jahrhundert nach der ersten Fassung geschrieben:

The Trees of Kortirion

I

Alalminórë

O ancient city on a leaguered hill!
Old shadows linger in your broken gate,
Your stones are grey, your old halls now are still,
Your towers silent in the mist await
Their crumbling end, while through the storeyed elms
The River Gliding leaves these inland realms
And slips between long meadows to the Sea,
Still bearing down by weir and murmuring fall
One day and then another to the Sea;
And slowly thither many days have gone
Since first the Edain built Kortirion.

Kortirion! Upon your island hill
With windling streets, and alleys shadow-walled
Where even now the peacocks pace in drill
Majestic, sapphirine and emerald,
Once long ago amid this sleeping land
Of silver rain, where still year-laden stand
In unforgetful earth the rooted trees
That cast long shadows in the bygone noon,
And whispered in the swiftly passing breeze,

Once long ago, Queen of the Land of Elms,
High City were you of the Inland Realms.

Your trees in summer you remember still:
The willow by the spring, the beech on hill;
The rainy poplars, and the frowning yews
Within your aged courts that muse
In sombre splendour all the day,
Until the firstling star comes glimmering,
And flittermice go by on silent wing;
Until the white moon slowly climbing sees
In shadow-fields the sleep-enchanted trees
Night-mantled all in silver-grey.
Alalminor! Here was your citadel,
Ere bannered summer from his fortress fell;
About you stood arrayed your host of elms:
Green was their armour, tall and green their helms,
High lords and captains of the trees.
But summer wanes. Behold, Kortirion!
The elms their full sail now have crowded on
Ready to the winds, like masts amid the vale
Of mighty ships too soon, too soon, to sail
To other days beyond these sunlit seas.

Die Bäume von Kortirion

I

Alalminóre

O alte Stadt, gelagert auf einem Hügel! / Alte Schatten weilen in deinem zerbrochenen Tor, / Deine Steine sind grau, deine alten Hallen nun stumm, / Deine Türme warten schweigend im Nebel / (5) Auf ihr Ende im Zerfall, während durch die sagenumwobenen Ulmen / Der Fluß Gleitend diese Binnenreiche verläßt / Und durch lange Auen zum Meer schlüpft, / Immer über Wehr und murmelnden Fall hinabtragend / Einen Tag und noch einen Tag zum Meer; / (10) Und seitdem sind langsam viele Tage vergangen, / Seit die Edain zuerst Kortirion erbauten. //

Kortirion! Auf deinem Inselhügel / Mit gewundenen Straßen und Alleen, schattenummauert, / Wo jetzt noch die Pfauen stattlich schreiten, / (15) Majestätisch, saphirblau und smaragdgrün, / Einst, vor langer Zeit, inmitten dieses schlafenden Landes / Des silbernen Regens, wo noch jahrbeladen stehen / In unvergeßlicher Erde die wurzligen Bäume, / Die lange Schatten in den vergangenen Mittag werfen / (20) Und in dem rasch dahinziehenden Windhauch flüsterten, / Einst, vor langer Zeit, Königin des Landes der Ulmen, / Warst du die Hohe Stadt der Binnenreiche. //

Gedenke immer deiner Bäume im Sommer: / Der Weide an der Quelle, der Buche auf dem Hügel; / (25) Der regennassen Pappeln und der finsteren Eiben / In deinen alten Höfen, versunken / In ernster Pracht den ganzen Tag, / Bis der erste Stern schimmernd kommt / Und Fledermäuse mit lautlosen Flügeln vorbeifliegen; / (30) Bis der langsam aufsteigende weiße Mond / Die schlafumfangenen Bäume in Schattenfeldern erblickt, / Von der Nacht ganz in Silbergrau gehüllt. / Alalminor! Hier war deine Feste, / Bevor der bannergeschmückte Sommer von seiner Festung fiel; / (35) Um dich stand wie zum Gefecht dein Heer von Ulmen: / Grün war ihre Rüstung, hoch und grün waren ihre Helme, / Hohe Fürsten und Hauptleute der Bäume. / Doch der Sommer schwindet. Sieh, Kortirion! / Die Ulmen haben nun ihre Segel voll gebläht, / (40) Bereit für die Winde, wie Masten mitten im Tal / Mächtiger Schiffe, die bald, allzu bald segeln werden / Anderen Tagen entgegen, jenseits dieser sonnenhellen Meere.

II

Narquelion

Alalminórë! Green heart of this Isle
   Where linger yet the Faithful Companies!
Still undespairing here they slowly file
   Down lonely paths with solemn harmonies:
The Fair, the first-born in an elder day,
Immortal Elves, who singing on their way
   Of bliss of old and grief, though men forget,
Pass like a wind among the rustling trees,
   A wave of bowing grass, and men forget
Their voices calling from a time we do not know,
Their gleaming hair like sunlight long ago.

A wind in the grass! The turning of the year.
   A shiver in the reeds beside the stream,
A whisper in the trees – afar they hear,
   Piercing the heart of summer's tangled dream,
Chill music that a herald piper plays
Foreseeing winter and the leafless days.

The late flowers trembling on the ruined walls
Already stoop to hear that elven-flute.
Through the wood's sunny aisles and tree-propped halls
Winding amid the green with clear cold note
Like a thin strand of silver glass remote.

The high-tide ebbs, the year will soon be spent;
And all your trees, Kortirion, lament.
At morn the whetstone rang upon the blade,
At eve the grass and golden flowers were laid
To wither, and the meadows bare.
Now dimmed already comes the tardier dawn,
Paler the sunlight fingers creep across the lawn.
The days are passing. Gone like moths the nights
When white wings fluttering danced like satellites
Round tapers in the windless air.
Lammas is gone. The Harvest-moon has waned.
Summer is dying that so briefly reigned.
Now the proud elms at last begin to quail,
Their leaves uncounted tremble and grow pale,
Seeing afar the icy spears
Of winter march to battle with the sun.
When bright All-Hallows fades, their day is done,
And borne on wings of amber wan they fly
In heedless winds beneath the sullen sky,
And fall like dying birds upon the meres.

II

*Narquelion**

Alalminóre! Grünes Herz dieser Insel, / Wo noch die Getreuen Scharen weilen! / (45) Hier ziehen sie, unverzagt, langsam hintereinander / Mit feierlichen Harmonien über einsame Pfade: / Die Schönen, die Erstgeborenen älterer Tage, / Unsterbliche Elben, die auf ihrem Weg singen / Von einstiger Seligkeit und Leid, das die Menschen gleichwohl vergessen, / (50) Ziehen wie ein Wind durch die rauschenden Bäume, / Eine Welle sich neigenden Grases, und die Menschen ver-

* Zu *Narquelion* (der auch im elbischen Titel des ursprünglichen Gedichtes auftaucht; vgl. S. 49) vergleiche *Narquelie* ›Sonnen-Schwund‹, der Name des zehnten Monats in Quenya in: *Der Herr der Ringe,* Anhang D.

gessen / Ihre Stimmen, die von einer Zeit künden, die wir nicht kennen, / Ihr schimmerndes Haar wie längst vergangenes Sonnenlicht. //

Ein Wind im Gras! Die Wende des Jahres. / (55) Ein Schauer im Röhricht am Fluß, / Ein Flüstern in den Bäumen – von fern hören sie, / Das Herz der wirren Träume des Sommers durchdringend, / Frostige Musik, die ein Vorbote und Musikant bläst, / Der den Winter und die blattlosen Tage voraussieht. / (60) Die letzten Blumen, zitternd auf den zerstörten Mauern, / Beugen sich schon, um jene Elbenflöte zu hören. / Durch die sonnigen Schneisen und baumgestützten Hallen des Waldes, / Sich durch das Grün windend mit klarem kaltem Ton, / Wie eine dünne Strähne von Silberglas, entrückt. //

(65) Die hohe Zeit geht dahin, das Jahr wird bald verbraucht sein; / Und alle deine Bäume, Kortirion, klagen. / Am Morgen erklang der Wetzstein an der Schneide, / Am Abend waren das Gras und die goldenen Blumen gemäht, / Um zu verwelken, und die Wiesen waren kahl. / (70) Trüber nun kommt schon der spätere Dämmer, / Bleicher kriechen die Finger des Sonnenlichts über den Rasen. / Die Tage gehen dahin. Vergangen wie Nachtfalter die Nächte, / In denen weiße Flatterflügel wie Trabanten / Um Kerzen in der stehenden Luft tanzten. / (75) Das Erntefest ist vorbei. Der Herbstmond ist verblaßt. / Der Sommer stirbt, der so kurz regierte. / Nun beginnen auch die stolzen Ulmen zu verzagen, / Ihre ungezählten Blätter zittern und werden fahl, / In der Ferne die eisigen Speere erblickend / (80) Des Winters, der aufmarschiert, um mit der Sonne zu kämpfen. / Wenn der strahlende Allerheiligentag schwindet, ist ihre Zeit um, / Und, getragen von bleichen Bernsteinflügeln, fliegen sie / In unbekümmerten Winden unter dem trüben Himmel / Und fallen wie sterbende Vögel auf die Meere.

III
Hrívion

Alas! Kortirion, Queen of Elms, alas!
    This season best befits your ancient town
With echoing voices sad that slowly pass,
    Winding with waning music faintly down
The paths of stranded mist. O fading time,
When morning rises late all hoar with rime,
    And early shadows veil the distant woods!
Unseen the Elves go by, their shining hair
    They cloak in twilight under secret hoods
Of grey, their dusk-blue mantles gird with bands
Of frosted starlight sewn by silver hands.

At night they dance beneath the roofless sky,
   When naked elms entwine in branching lace
The Seven Stars, and through the boughs the eye
   Stares down cold-gleaming in the high moon's face.
O Elder Kindred, fair immortal folk!
You sing now ancient songs that once awoke
   Under primeval stars before the Dawn;
You dance like shimmering shadows in the wind,
   As once you danced upon the shining lawn
Of Elvenhome, before we were, before
You crossed wide seas unto this mortal shore.
Now are your trees, old grey Kortirion,
Through pallid mists seen rising tall and wan,
Like vessels vague that slowly drift afar
Out, out to empty seas beyond the bar
   Of cloudy ports forlorn;
Leaving behind for ever havens loud,
Wherein their crews a while held feasting proud
In lordly ease, they now like windy ghosts
Are wafted by cold airs to friendless coasts,
   And silent down the tide are borne.
Bare has your realm become, Kortirion,
Stripped of its raiment, and its splendour gone.
Like lighted tapers in a darkened fane
The funeral candles of the Silver Wain
   Now flare above the fallen year.
Winter is come. Beneath the barren sky
The Elves are silent. But they do not die!
Here waiting they endure the winter fell
And silence. Here I too will dwell;
   Kortirion, I will meet the winter here.

III

*Hrívion**

(85) Ach! Kortirion, Königin der Ulmen, ach! / Diese Jahreszeit ist deiner alten Stadt am besten angemessen, / Mit widerhallenden traurigen Stimmen, die langsam dahingehen, / Mit schwindender Musik sich zag windend / Über Pfade ge-

* Vgl. *hríve* ›Winter‹ in: *Der Herr der Ringe,* Anhang D.

strandeten Nebels. O schwindende Zeit, / Wenn der Morgen sich spät erhebt, ganz weiß von Reif, / Und frühe Schatten die fernen Wälder verhüllen! / Unsichtbar gehen die Elben vorbei, ihr schimmerndes Haar / Verhüllen sie im Zwielicht unter geheimen Kapuzen / Aus Grau, ihre dunkelblauen Mäntel gürten sie mit Bändern / Aus gefrorenem Sternenlicht, genäht von silbernen Händen. //

Zur Nacht tanzen sie unter dem unbedeckten Himmel, / Wenn nackte Ulmen mit Astfiligran / Die Sieben Sterne umwinden und durch die Zweige das Auge / Kaltschimmernd hinabstarrt in das Gesicht des vollen Mondes. / O Älteres Geschlecht, schönes unsterbliches Volk! / Ihr singt nun alte Lieder, die einst erwachten / Unter urzeitlichen Sternen vor dem ersten Anfang; / Ihr tanzt wie schimmernde Schatten im Wind, / Wie einst ihr tanztet auf der leuchtenden Wiese / Von Elbenheim, bevor es uns gab, bevor / Ihr über weite Meere an diese sterbliche Küste fuhrt. //

Nun sind deine Bäume, altes graues Kortirion, / Durch bleiche Nebel zu sehen, groß und fahl aufsteigend / Wie Schemen von Schiffen, die langsam fern hinaustreiben / Zu leeren Meeren jenseits der Barre / Wolkiger verlassener Häfen; / Sie lassen für immer laute Häfen hinter sich, / Wo ihre Besatzungen eine Weile sich üppig erquicken / In königlicher Muße, die nun wie windige Geister / Von kalten Lüften an verlassene Küsten getrieben / Und schweigend über die Flut getragen werden. / Kahl ist dein Reich geworden, Kortirion, / Beraubt seines Kleides, und sein Glanz ist verschwunden. / Wie brennende Leuchter in einer verdunkelten Kirche / Flammen die Begräbniskerzen des Silberwagens / Nun auf über dem gefallenen Jahr. / Der Winter ist gekommen. Unter dem öden Himmel / Sind die Elben stumm. Doch sie sterben nicht! / Hier wartend ertragen sie des Winters Ankunft / Und seine Stille. Hier will auch ich wohnen; / Kortirion, ich will den Winter hier erwarten.

IV
Mettanyë

I would not find the burning domes and sands
Where reigns the sun, nor dare the deadly snows,
Nor seek in mountains dark the hidden lands
Of men long lost to whom no pathway goes;
I heed no call of clamant bell that rings
Iron-tongued in the towers of earthly kings.
Here on the stones and trees there lies a spell
Of unforgotten loss, of memory more blest
Than mortal wealth. Here undefeated dwell

The Folk Immortal under withered elms,
Alalminórë once in ancient realms.

IV

Mettanye[*]

Ich möchte die glühenden Gewölbe und Sandebenen nicht finden, / Wo die Sonne herrscht, mich weder in tödlichen Schnee wagen / Noch in den dunklen Bergen die verborgenen Lande / (130) Längst verlorener Menschen suchen, in die kein Pfad führt; / Ich achte nicht der lauten Glocke, die erklingt / Mit eiserner Stimme auf den Türmen irdischer Könige. / Hier auf den Steinen und Bäumen, hier liegt ein Zauber / Unvergessenen Verlustes, von Erinnerung, segensreicher / (135) Als sterbliche Güter. Hier wohnt unbesiegt / Das Unsterbliche Volk unter verwelkten Ulmen, / Alalminóre einst in den alten Reichen.

Ich beschließe diesen Kommentar mit einer Anmerkung zur Verwendung des Wortes »Gnomen« für *Noldor* (die in den *Verschollenen Geschichten Noldoli* genannt werden). Mein Vater gebrauchte es viele Jahre lang, und es findet sich noch in früheren (englischen) Ausgaben des *Hobbit.*

In einem Entwurf für den Schlußabsatz des Anhanges F zum *Herrn der Ringe* schrieb er: »Ich habe gelegentlich (nicht in diesem Buch) den Ausdruck ›Gnomen‹ für *Noldor* und ›gnomisch‹ für *noldorisch* benutzt. Dies tat ich, weil für manchen ›Gnom‹ auf ›Wissen‹ hindeutet, was immer Paracelsus (falls er das Wort tatsächlich eingeführt hat) sich auch darunter vorgestellt haben mag.[†] Der hochelbische Name des Volkes der Noldor bedeutet nun ›Jene, die wissen‹; denn von den drei Stämmen der Eldar waren die Noldor von Anfang an immer unterschieden, sowohl durch ihr Wissen um Dinge, die in dieser Welt sind und waren, als auch durch ihr Verlangen nach mehr Wissen. Doch in keiner Weise, weder in

---

* *Mettanye* enhält *metta* ›Ende‹ wie z. B. in *Ambar-metta* ›Ende der Welt‹ (vgl. *Die Rückkehr des Königs,* VI,5).

† Es geht hier um zwei Wörter: 1) griechisch *gnōmē,* ›Denken, Verstand‹, im Plural ›Maximen, Sprüche‹, von daher dt. (wie engl.) *Gnome,* eine Maxime oder ein Sinnspruch, und das Adjektiv *gnomisch;* und 2) *Gnom (gnomus),* das Paracelsus im 16. Jahrhundert als Synonym für *pygmaeus* gebrauchte. Paracelsus »sagt, daß die so bezeichneten Wesen ihr Element in der Erde haben ... durch die sie sich ungehindert bewegen wie die Fische durchs Wasser oder die Vögel und Landtiere durch die Luft« (*Oxford English Dictionary,* vgl. *Gnome*[2]. Dieses Wörterbuch nimmt an, daß das Wort, ob nun von Paracelsus selbst erfunden oder nicht, »Erdbewohner« bedeuten sollte und daß mit dem anderen Wort, *Gnome,* keinerlei Zusammenhang besteht). – Die Anmerkung wird nach *Letters,* S. 449, Anmerkung zu Brief Nr. 239 zitiert.

der gelehrten Theorie noch in der populären Vorstellung, sind sie mit den Gnomen zu vergleichen; und ich habe diese Darstellung nunmehr als allzu irreführend aufgegeben. Denn die Noldor gehörten zu einer hochstehenden und schönen Rasse, zu den älteren Kindern der Welt, die nun verschwunden sind. Sie waren hochgewachsen, mit heller Haut und grauäugig, doch ihre Locken waren dunkel, außer im goldenen Geschlecht von Finrod ...«

Im letzten Abschnitt von Anhang F *in der veröffentlichten Fassung* wurde der Hinweis auf die ›Gnomen‹ getilgt und durch eine Passage ersetzt, worin der Gebrauch des Wortes *Elben* als Übersetzung für *Quendi* und *Eldar,* trotz der Bedeutungsverengung des englischen Wortes, erklärt wird. Diese Passage, die von den Quendi allgemein spricht, schließt gleichwohl mit den gleichen Worten wie der Entwurf: »Sie waren eine edle und schöne Rasse, die älteren Kinder der Welt, und unter ihnen waren die Eldar, die jetzt fort sind, wie Könige: das Volk der Großen Wanderung, das Volk der Sterne. Sie waren hochgewachsen, mit heller Haut und grauäugig, doch ihre Locken waren dunkel, außer in dem goldenen Geschlecht von Finrod ...« So waren diese Worte, die Merkmale des Gesichts und der Haare beschrieben, eigentlich nur auf die Noldor und *nicht* auf alle Eldar gemünzt: Die Vanyar hatten in der Tat goldenes Haar, und es rührte von Finarfins vanyarischer Mutter Indis her, daß er und seine Kinder Finrod Felagund und Galadriel goldenes Haar hatten, das sie aus den übrigen Fürsten der Noldor hervorhob. Doch ich bin außerstande zu entscheiden, wie diese außerordentliche Umkehrung der Bedeutung zustandekam.*

* Der Name *Finrod* in der Passage am Schluß von Anhang F ist falsch: Finarfin war Finrod, und Finrod war Inglor bis zur zweiten Ausgabe des *Herrn der Ringe,* und in diesem Fall wurde die Veränderung übersehen.

II. DIE MUSIK DER AINUR

Neben dem Heft, in das meine Mutter den Text der *Hütte des Verlorenen Spiels* übertragen hat, gibt es ein weiteres, das einen von meinem Vater mit Tinte geschriebenen Text enthält (auch alle anderen Texte der *Verschollenen Geschichten* sind in seiner Handschrift erhalten, ausgenommen eine saubere Abschrift des *Falls von Gondolin**), der den Titel trägt: *Verbindungsstück zwischen Hütte des Vergessenen Spiels und (Erzählung 2) Musik der Ainur.* Dieser Text schließt unmittelbar an Vaires letzte Worte zu Eriol an und leitet zur *Musik der Ainur* über (in einem dritten Notizbuch). Der einzige Hinweis auf eine Datierung dieses *Verbindungsstücks* und der *Musik* (die, wie ich annehme, zur selben Zeit geschrieben wurden), ist ein Brief meines Vaters vom Juli 1964 (*Letters,* Nr. 257), in dem er davon spricht, daß er, während er in Oxford am damals noch unvollendeten »Dictionary« mitarbeitete, einen »Kosmologischen Mythos« schrieb, die »Musik der Ainur«. Er begann seine Mitarbeit am *Oxford Dictionary* im November 1918 und gab sie im Frühjahr 1920 auf (vgl. Carpenter, *J. R. R. Tolkien,* S. 119, 122). Wenn seine Erinnerung ihn nicht trog – was unwahrscheinlich ist –, vergingen zwischen der Niederschrift der *Hütte des Vergessenen Spiels* und der *Musik der Ainur* wenig mehr als zwei Jahre. Die Passage, die die beiden Geschichten verband, existiert nur in einer Fassung, denn der mit Tinte geschriebene Text wurde über einen völlig ausradierten Bleistiftentwurf geschrieben. Ich gebe hier das *Verbindungsstück* mit einem kurzen Kommentar wieder und dann die *Musik der Ainur.*

»Gleichwohl«, sagte Eriol, »gibt es noch viele Dinge, die mir dunkel bleiben. Möchte ich doch zu gern wissen, wer diese Valar sind; sind sie Götter?«

»Das sind sie«, sagte Lindo, »wenngleich die Menschen viele seltsame und entstellende Geschichten über sie erzählen, die weit entfernt sind von der Wahrheit; und sie geben ihnen viele merkwürdige Namen, welche du hier freilich nicht hörst.« Doch Vaire sagte: »Es sei nun genug, Lindo, laß es für heute abend mit dem Erzählen bewenden, denn die Stunde der Nachruhe ist gekommen, und trotz

* Der eigentliche Titel dieser Erzählung ist *Tuor und die Verbannten von Gondolin,* doch mein Vater zitierte sie als *Fall von Gondolin,* und ich folge ihm hier.

seiner Neugier ist unser Gast müde von seiner Wanderung. Lasse nun die Kerzen des Schlafs bringen. Morgen soll der Wanderer mehr Geschichten hören, die seinen Geist erfüllen und seinen Wissendurst stillen werden.« Zu Eriol aber sprach sie: »Glaube nicht, daß du unser Haus morgen verlassen mußt; niemand nämlich tut das – nein, alle dürfen sie bleiben, solange noch eine Geschichte übrig ist, die sie zu hören begehren.«

Darauf sagte Eriol, daß all sein Verlangen, durch die Welt zu wandern, ihn verlassen habe und es ihm der schönste Gedanke sei, für eine Weile in diesem Hause zu Gast zu sein. Darauf traten jene herein, welche die Kerzen des Schlafs trugen, jedermann ergriff eine davon, und zwei der Hausleute baten Eriol, ihnen zu folgen. Einer von diesen war der Türhüter, der ihm zuvor auf sein Klopfen geöffnet hatte. Er war vom Alter gezeichnet und grauhaarig, und nur wenige aus der Schar sahen aus wie er; der andere dagegen hatte ein wettergegerbtes Gesicht und große, von Fröhlichkeit strahlende blaue Augen, war sehr schlank und zierlich, ohne daß jemand hätte sagen können, ob er fünfzig oder zehntausend Jahre alt war. Dies nun war Ilverin oder Winzigherz. Diese beiden geleiteten ihn über den Gang, dessen Wandteppiche mit Bildern bestickt waren, zu einer mächtigen Treppe aus Eichenholz, und gemeinsam stiegen sie hinauf. In einer großen Windung führte sie empor bis zu einem Flur, erhellt von sanft schwingenden Hängelampen aus farbigem Glas, die hellfarbene Lichtflekken auf den Boden und auf die Wandbehänge warfen.

In diesem Flur bogen seine Führer unvermittelt um eine Ecke, schritten dann ein paar dunkle Stufen hinunter und stießen vor ihm eine Tür auf. Sie verbeugten sich, wünschten ihm eine angenehme Ruhe, und Winzigherz sprach: »Träume von freundlichen Winden und schönen Fahrten auf den großen Meeren«, und dann ließen sie ihn allein. Er fand sich in einem kleinen Gemach, und dicht am Fenster stand ein Bett von feinstem Linnen und mit schwellenden Kissen – und hier kam ihm die Nacht warm und wohlriechend vor, obgleich er noch eben das wohlige Gefühl verspürt hatte, das von den glühenden Scheiten des Feuers der Geschichten ausgegangen war. Hier waren alle Möbel aus dunklem Holz, und als seine große Kerze flackerte, erfüllte ihr weicher Schein den Raum mit einem Zauberglanz, daß ihm schien, der Schlaf sei die größte aller Freuden und dieses heimelige Gemach der allerbeste Ort dafür. Ehe er sich jedoch niederlegte, öffnete Eriol das Fenster, und der Duft der Blumen zog herein, und draußen gewahrte er undeutlich einen verschatteten Garten voller Bäume, zwischen die der Mond ein Gitter aus Silberlicht und Schattenschwarz legte; sein Fenster aber schien sehr hoch über jenen Rasenflächen zu liegen, und plötzlich begann eine Nachtigall in einem nahen Baum zu singen.

Dann schlief Eriol, und seine Träume durchzog eine Musik, zarter und reiner als er je zuvor eine vernommen hatte, und sie war erfüllt von Sehnsucht. Wahrlich, es war als ob silberne Pfeifen oder Flöten von allerzierlichster Gestalt kristallene Töne und langgezogene Harmonien im Mondlicht über dem Rasen verströmten; und Eriol empfand Sehnsucht im Schlaf und wußte doch nicht wonach.

Er erwachte, als die Sonne aufging, und die Musik war verstummt, ausgenommen die Stimmen unzähliger Vögel vor seinem Fenster. Das Licht fiel durch die Fensterscheiben und zerstob in heiteres Funkeln, und das Gemach mit seinem Duft und seiner freundlichen Ausstattung erschien ihm noch heimeliger als zuvor; doch Eriol erhob sich, kleidete sich in reine Gewänder, die für ihn bereitlagen, damit er seine von der Reise beschmutzten Kleider ablegen konnte, ging hinaus und durchstreifte die Flure des Hauses, bis er zufällig zu einem kleinen Treppengang kam, den er hinabschritt und zu einer Vorhalle und einem sonnigen Hof gelangte. Unter seiner Hand öffnete sich ein Gittertor, und vor ihm lag jener Garten, dessen Rasenflächen sich unter dem Fenster seines Schlafgemachs ausbreiteten. Dort erging er sich, atmete die Morgenluft und sah die Sonne über den fremdartigen Dächern der Stadt aufsteigen, als er unversehens vor sich den alten Türhüter gewahrte, der über einen Pfad zwischen Haselnußbäumen herbeikam. Er sah Eriol nicht, denn wie immer hatte er seinen Kopf zu Boden gesenkt und murmelte geschwind vor sich hin; Eriol jedoch sprach ihn an, wünschte ihm einen guten Morgen, und da fuhr der Türhüter zusammen.

Dann sagte er: »Vergebung, Herr! Ich gewahrte Euch nicht, denn ich lauschte den Vögeln. Wahrlich, Herr, Ihr trefft mich in verdrießlicher Stimmung, denn seht, ich höre einen über die Maßen frechen Schlingel mit schwarzen Flügeln, der Lieder singt, die mir unbekannt sind und dies in einer fremden Sprache! Das kränkt mich, Herr, kränkt mich sehr, denn ich glaubte gewiß, zumindest die einfachen Sprachen aller Vögel zu kennen. Ich habe nicht übel Lust, ihn wegen seiner Keckheit zu Mandos zu schicken!« Als Eriol herzlich darüber lachte, sagte der Türhüter: »Nein, Herr, möge ihm statt dessen Tevildo, der Herr der Katzen, sein Nest ausrauben, weil er es gewagt hat, in einen Garten einzudringen, der unter der Obhut Rúmils steht. Ihr müßt wissen, daß die Noldoli erstaunlich langsam altern, und ich habe gleichwohl über dem Studium all der Sprachen der Valar und Eldar graue Haare bekommen. Lange vor dem Fall von Gondolin, lieber Herr, habe ich mir meine Knechtschaft unter Melko erleichtert, indem ich mir die Sprache aller Ungeheuer und Kobolde aneignete – habe ich nicht sogar die Sprachen der Tiere erlernt und dabei nicht einmal die feinen Stimmchen der Mäuse ausgelassen? Habe ich nicht den sprachlosen Käfern alberne Liedchen vorgesummt, um sie zum Sprechen zu bewegen? Zuweilen habe ich mich gar mit den Sprachen der Menschen abgemüht – Melko möge sie holen! Sie fließen und verändern sich, verändern sich und fließen, und wenn man sie gefaßt hat, sind sie nichts als ein ungefügter Stoff, aus dem man mit Mühe Lieder und Geschichten machen kann. Daher kommt es, daß ich mir vorkam wie Ómar der Vala, der alle Sprachen kennt, als ich heute morgen dem Konzert der Vogelstimmen lauschte, jede verstand, jedes geliebte Lied wiedererkannte – und mit einem Mal kommt, *tirípti lirilla,* dieser Vogel daher, ein ungeratenes Kind Melkos – aber ich langweile Euch, Herr, mit meinem Geschwätz von Liedern und Wörtern.«

»Aber nein«, erwiderte Eriol, »doch ich bitte dich, laß dich durch eine junge, vorlaute Amsel nicht entmutigen. Wenn mich meine Augen nicht täuschen, hast du diesen Garten eine stattliche Zahl von Jahren unter deiner Obhut. Dann mußt du eine Menge Lieder und Sprachen kennen, genug, um das Herz des größten aller Weisen zu trösten, wenn dies wirklich die erste Stimme ist, die du hörtest und nicht deuten konntest. Heißt es nicht, daß die Vögel jedes Bezirkes, ja beinahe jedes Nestes, eine andere Sprache sprechen?«

»So sagt man, und man spricht die Wahrheit«, erwiderte Rúmil, »und alle Lieder von Tol Eressea sind zuweilen in diesem Garten zu hören.«

»Voll Zufriedenheit ist mein Herz«, sagte Eriol, »jene schöne Sprache erlernt zu haben, welche die Eldar auf dieser Insel Tol Eressea sprechen – mit Verwunderung freilich höre ich dich so sprechen, als gebe es viele Sprachen der Eldar. Ist das wahr?«

»Gewiß«, entgegnete Rúmil, »denn da gibt es jene Sprache, welcher die Noldoli nun anhängen – und vorzeiten hatten auch die Teleri, die Solosimpi und die Inwir eigene Sprachen. Doch diese waren schwächlich und sind nun in der Sprache der Insel-Elben aufgegangen, die Ihr erlernt habt. Auch gibt es noch die verlorenen Scharen, die voll Wehmut durch die Großen Lande ziehen, und vielleicht sprechen sie nun sehr sonderbar, denn es sind viele Zeitalter vergangen, seit jener Ausmarsch von Kôr unternommen wurde. Und ich glaube, nur das lange Herumwandern der Noldoli auf der Erde und die schwarzen Jahre ihrer Knechtschaft, während ihre Sippe noch in Valinor wohnte, führte zur tiefen Spaltung ihrer Sprache. Gleichwohl sind, wie mein Forschen mich gelehrt hat, die Sprache der Gnomen und das Elbische der Eldar gewißlich miteinander verwandt – aber, ach! Ich langweile Euch schon wieder. Niemals habe ich bis heute in der Welt ein Ohr gefunden, das bei einer solchen Unterhaltung nicht längst müde geworden wäre. ›Was sind schon Sprachen und ihre verschiedenen Arten‹, sagen sie, ›eine einzige genügt mir.‹ Und Winzigherz, der Hüter des Gongs, sagte einmal vor langer

Zeit: ›Die Gnomsprache reicht für mich aus – haben nicht Earendel und Tuor und mein Vater Bronweg, dem du unverblümt den falschen Namen Voronwe gibst, diese Sprache und keine andere gesprochen?‹ Doch am Ende mußte er Elbisch lernen, wollte er nicht zum Schweigen verdammt sein oder gezwungen, Mar Vanwa Tyaliéva zu verlassen – und keines von beiden hätte er ertragen. Seht, und nun zwitschert er Eldar wie eine Dame der Inwir, ja sogar unsere Königin Meril-i-Turinqi tut es – möge Manwe sie beschützen. Aber damit nicht genug – außerdem gibt es die geheime Sprache, in der die Eldar viele Dichtungen, Bücher der Weisheit und die Geschichte der ältesten Dinge aufgeschrieben haben – und sie dennoch nicht sprechen. Diese Sprache benutzen einzig die Valar bei ihren hohen Beratungen, und nicht viele der Eldar der heutigen Tage können sie lesen oder ihre Schriftzeichen entziffern. Vieles davon lernte ich dank der Güte Aules in Kôr vor mehr als einem Lebensalter, und daher weiß ich viele Dinge, sehr viele Dinge.»

»Dann«, sagte Eriol, »kannst du mir vielleicht Dinge erzählen, die zu erfahren mich sehr gelüstet, seit ich die Worte am abendlichen Feuer der Geschichten gehört habe. Wer sind die Valar – Manwe, Aule und die anderen, die du genannt hast – und warum verließen die Eldar ihre liebliche Heimat in Valinor?«

Die beiden kamen nun zu einem grünen Rasenfleck, die Sonne stand hoch und schien warm, die Vögel sangen mit aller Kraft, der Rasen aber war mit goldenem Glanz überzogen. Da nahm Rúmil auf einem verzierten, moosbewachsenen steinernen Sitz Platz und sagte: »Überaus erhaben sind die Dinge, nach denen Ihr fragt, und die wahre Antwort liegt jenseits der Grenzen der ewigen Zeit, wohin selbst der Blick Rúmils, des Uralten der Noldoli, nicht dringen kann; und alle Geschichten von den Valar und von den Elben sind so miteinander verknüpft, daß man es schwerlich wagen kann, eine einzelne davon zu deuten, ohne ihre ganze große Geschichte darzulegen.«

»Dennoch, Rúmil«, sagte Eriol, »bitte ich dich, mir ein wenig von deinem Wissen über die allerersten Anfänge mitzuteilen, damit ich anfangen kann, die Dinge zu begreifen, die mir auf dieser Insel erzählt wurden.«

Doch Rúmil sagte: »Ilúvatar war aller Dinge Anfang, und weder die Weisheit der Valar noch die der Eldar oder der Menschen kann darüber hinausgelangen.«

»Wer war Ilúvatar?« fragte Eriol. »War er ein Gott?«

»Nein«, sagte Rúmil, »er war keiner der Götter, denn er schuf sie. Ilúvatar ist der Herr auf immer und ewig, der über der Welt thront; der die Welt machte und der weder von dieser Welt ist noch in ihr, der sie aber liebt.«

»Dies habe ich nirgendwo sonst gehört«, sagte Eriol.

»Das mag sein«, erwiderte Rúmil, »denn von diesen frühen Tagen ist bisher in der Welt der Menschen wenig gesprochen worden, ebensowenig wie von der Musik der Ainur.«

»Sprich«, sagte Eriol, »denn ich möchte gern wissen, was es mit der Musik der Ainur auf sich hat.«

Kommentar zum Verbindungsstück der Geschichten »Die Hütte des Vergessenen Spiels« und »Die Musik der Ainur«

So war Eriol also, als er in einem sonnigen Garten in Tol Eressea saß, der erste Sterbliche, der die *Ainulindale* hörte. Selbst nachdem Eriol (oder Ælfwine) verworfen worden war, wurde Rúmil beibehalten, der große noldorische Weise aus Tirion, »der als erster Zeichen fand, mit denen Sprache und Gesang sich festhalten ließen« (*Das Silmarillion,* S. 74), und die *Musik der Ainur* wurde ihm auch weiterhin zugeschrieben, obwohl sich sein Bild, ausgestattet mit der Würde einer fernen Zeit, weit von dem des schwatzhaften und wunderlichen Sprachforschers aus Kortirion entfernte. Es ist anzumerken, daß er nach dieser Version ein Sklave Melkos gewesen war.

Die Verbannung der Noldor aus Valinor wird erwähnt; denn darauf beziehen sich zweifellos Rúmils Worte über den Ausmarsch von Kôr und nicht auf Inwes »Auszug in die Welt« (vgl. S. 40); und auch über die Sprachen und jene, die sie benutzen, wird etwas gesagt.

In diesem Verbindungsstück sagt Rúmil:

(1) daß es früher zwischen den *Teleri, Solosimpi* und *Inwir* sprachliche Unterschiede gegeben hat;

(2) daß diese Mundarten aber nun in der »Sprache der Insel-Elben« aufgegangen sind;

(3) daß die Sprache der *Noldoli* (Gnomen) eine tiefe Spaltung erfahren hat, da die Noldoli zu den Großen Landen aufgebrochen waren und unter Melko in Gefangenschaft gerieten;

(4) daß jene Noldoli, die nun in Tol Eressea wohnen, die Sprache der Insel-Elben erlernt haben, andere Noldoli aber in den Großen Landen blieben. (Wenn Rúmil von den »verlorenen Scharen« spricht, »die voll Wehmut durch die Großen Lande ziehen« und nun vielleicht »sehr sonderbar« sprechen, scheint er eher die letzten der noldorischen Verbannten aus Kôr zu meinen, die nicht nach Tol Eressea gekommen waren (im Gegensatz zu ihm selbst), als jene Elben, die niemals nach Valinor gegangen sind.)*

In den *Verschollenen Geschichten* heißen die Meer-Elben, später *Teleri* – der dritte der drei Stämme – genannt, *Solosimpi* (»Küstenpfeifer«). Es muß nun, verwirrend genug, erklärt werden, daß der von König Inwe angeführte erste der Stämme *Teleri* genannt wurde (die *Vanyar* des *Silmarillion*). Wer waren aber dann die *Inwir?* Eriol hörte später von Meril-i-Turinqi (S. 165), daß die Teleri jene waren, die Inwe folgten, »aber [seine Sippe und seine Nachkommen] sind jenes königliche Geschlecht der Inwir, deren Blut in meinen Adern fließt«. Demnach waren die Inwir eine »königliche« Familie *innerhalb des Stammes der Teleri;* und die Beziehung zwischen der alten Konzeption und der des *Silmarillion* kann folgendermaßen dargestellt werden:

	Verschollene Geschichten	*Das Silmarillion*
I	Teleri (die Inwir eingeschlossen)	Vanyar
II	Noldoli (Gnomen)	Noldor
III	Solosimpi	Teleri

In diesem Verbindungsstück scheint Rúmil anzudeuten, die »Eldar« seien von den »Gnomen« verschieden – »gleichwohl sind ... die Sprache der Gnomen und

* Andererseits ist es möglich, daß er mit den »verlorenen Scharen« in Wahrheit die Elben meinte, die auf ihrer Wanderung von den Wassern des Erwachens verschollen sind (vgl. S. 170); das hieße dann: »wenn die Sprache der Noldoli und die der Eldar, die in Valinor blieben, sich so verändert hat, wie muß dies erst bei der Sprache derer, die nie das Meer überquerten, sein.«

das Elbische der Eldar gewißlich miteinander verwandt«; »Eldar« und »Noldoli« werden in der Prosa-Einleitung zu *Kortirion unter den Bäumen* (S. 38) nebeneinander genannt. An anderer Stelle wird »Elbisch« (Sprache) dem »Gnomischen« gegenübergestellt, und »Eldar« wird gebraucht, um den Gegensatz zu »Gnomisch« zu benennen. In der Tat wird in den *Verschollenen Geschichten* ganz deutlich gemacht, daß die Gnomen selbst Eldar waren – denn zum Beispiel waren die Noldoli die »Weisen der Eldar« (S. 90); andererseits jedoch lesen wir, daß nach der Flucht der Noldoli aus Valinor Aule »seine Liebe weiterhin den wenigen getreuen Gnomen [schenkte], die bei seinen Hallen zurückgeblieben waren, doch gab er ihnen später den Namen ›Eldar‹« (S. 249). Dies ist kein so schroffer Widerspruch, wie es auf den ersten Blick scheinen mag. Offenbar ergab sich der Gegensatz zwischen »Eldar« oder »Elbisch« und »Gnomisch« aus der Tatsache, daß Gnomisch eine eigenständige Sprache geworden war; und während die Gnomen mit Sicherheit Eldar waren, traf dies für ihre Sprache nicht zu. Jedoch hatten andererseits die Gnomen Kôr vor langer Zeit verlassen und wurden somit nicht als »Koreldar« und folglich nicht als »Eldar« angesehen. Das Wort *Eldar* hatte also eine Bedeutungsverengung erfahren, konnte jedoch jederzeit wieder in dem alten weiten Sinne benutzt werden, demzufolge die Noldoli eben auch »Eldar« waren.

Wenn das so ist, spiegelt die eingeengte Bedeutung von *Eldar* die Lage der Dinge wider, wie sie sich in späteren Tagen in Tol Eressea darstellte; und in der Tat sind die Noldoli in den folgenden Geschichten, welche die Zeit vor dem Aufruhr der Noldoli und ihrer Abreise von Valinor zum Gegenstand haben, eindeutig »Eldar«. Jedoch *nach* dem Aufruhr benutzte Aule diesen Namen weder für die in Valinor verbliebenen Noldoli noch, wie man ohne weiteres folgern darf, für diejenigen, die Valinor verlassen hatten.

Die gleiche Doppeldeutigkeit tritt in den Wörtern »Elben« und »Elbisch« zutage. Rúmil nennt die Sprache der Eldar »Elbisch«, um den Gegensatz zu »Gnomisch« zu kennzeichnen. Die Erzählerin der *Geschichte von Tinúviel* sagt: »Dies ist meine Geschichte, und weil sie von Gnomen handelt, bitte ich dich, Eriols Ohren mit ihren elbischen Namen zu verschonen«; in derselben Passage werden ausdrücklich »Elben« und »Gnomen« gegenübergestellt. Jedoch werden in den Geschichten wiederum die Bezeichnungen *Elben, Eldar* und *Eldalie* abwechselnd für die drei Stämme verwendet (vgl. zum Beispiel die Beschreibung der Auseinandersetzung unter den Valar über die Heimrufung der Elben nach Valinor, S. 167 ff.). Eine offenbar ähnliche Unterscheidung wird auch bei »Feensprache« gemacht. So ist Tol Eressea der Name »in der Feensprache«, wogegen die Gnomen es Dor Faidwen nennen (S. 21), doch andererseits wird Gilfanon, ein Gnom, »einer der ältesten der Feen« genannt (S. 247).

Man kann Rúmils Ausführungen entnehmen, daß der »tiefen Spaltung« der Sprachen der Elben in zwei Sprachgruppen zu dieser Zeit eine historische Grundlage verliehen wurde, die völlig von der verschieden ist, die später für diese Trennung verantwortlich gemacht wurde. Hier führt Rúmil sie zurück auf »das lange Herumwandern der Noldoli auf der Erde und die schwarzen Jahre ihrer Knechtschaft, während ihre Sippe noch in Valinor wohnte« – was später die »Verbannung der Noldor« heißen wird. Im *Simarillion* (vgl. besonders S. 122, 146) brachten die Noldor die Sprache Valinors nach Mittelerde, verwendeten sie aber nicht (außer im internen Gebrauch), sondern nahmen die Sprache Beleriands an, das *Sindarin* der Grauelben, die nie in Valinor gewesen waren: Quenya und Sindarin hatten einen gemeinsamen Ursprung, doch ihre »tiefe Spaltung« war durch die langen Zeitalter der Trennung herbeigeführt worden. In den *Verschollenen Geschichten* bringen die Noldor die Elbensprache Valinors zwar auch mit nach Mittelerde, doch sie hielten an ihr fest, und dort veränderte sie sich von selbst und wurde ganz eigenständig. Mit anderen Worten: in der ursprünglichen Konzeption wird die »zweite Sprache« lediglich durch die Übersiedlung der Gnomen von Valinor in die Großen Lande von der Muttersprache abgespalten; später dagegen trennt sich die »zweite Sprache« von der »ersten Sprache« bereits in der Anfangszeit elbischen Daseins in der Welt. Dennoch: Gnomisch *ist* Sindarin in dem Sinne, als Gnomisch die *eigentliche Sprache* ist, die am Ende, wie die Gesamtkonzeption enthüllt, die Sprache der Grauelben Beleriands wurde.

Im Zusammenhang mit Rúmils Worten über die geheime Sprache, welche die Valar benutzten und in der die Eldar einst Dichtungen und Bücher der Weisheit schrieben, die aber nur wenige beherrschten, vgl. die folgende Anmerkung, die sich in dem kleinen oben erwähnten Notizbuch findet:

»Die Götter verstanden die Sprache der Elben, aber untereinander benutzten sie sie nicht. Die klügeren der Elben erlernten einen großen Teil der Sprache der Götter, und lange wurde der Schatz dieses Wissens unter den Teleri und den Noldoli gehütet, doch zu der Zeit, als sie nach Tol Eressea kamen, wußten nur noch die Inwir darum, und heute ist dieses Wissen erloschen, außer in Merils Haus.«

In dem Verbindungsstück tauchen einige neue Personen auf. Ómar der Vala, der »alle Sprachen kennt«, wird in der Folge gelegentlich noch erwähnt, doch er ist eine Gottheit, deren Bild blaß bleibt. Tuor und Bronweg entstammen der Geschichte *Der Fall von Gondolin,* die bereits geschrieben war; *Bronweg* ist die gnomische Form von Voronwe, desselben Voronwe, der in der späteren Geschichte Tuor von Vinyamar nach Gondolin begleitet. Tevildo, der Fürst der Katzen, war ein dämonischer Diener Melkos und ein entfernter Vorläufer Saurons; er ist ein Hauptakteur in der ursprünglichen Geschichte von Beren und Tinúviel, die ebenfalls bereits geschrieben war *(Die Geschichte von Tinúviel).*

Winzigherz, Hüter des Gongs und Sohn Bronwegs, erhält nun einen elbischen Namen: *Ilverin* (hervorgegangen aus *Elwenildo*).

Die Musik der Ainur

Der ursprüngliche, hastig mit Bleistift geschriebene und vielfach verbesserte Textentwurf *Die Musik der Ainur* existiert noch. Außerdem eine zweite mit Tinte geschriebene Fassung, die ausführlicher und besser durchgearbeitet ist. Gleichwohl beruhte die zweite unmittelbar auf der ersten Fassung und weicht hauptsächlich durch Ergänzungen von dieser ab. Der hier abgedruckte Text folgt der zweiten Fassung, bemerkenswerte Abweichungen sind jedoch vermerkt (einige Unterschiede zwischen den beiden Texten sind, wie ich meine, höchst bedeutungsvoll). Die in den Anmerkungen zitierten Passagen aus der ersten Fassung zeigen, daß der Plural ursprünglich *Ainu* und nicht *Ainur* lautete und Ilúvatar ursprünglich *Ilu* war (wenngleich die Form *Ilúvatar* auch im ersten Entwurf auftaucht).

Darauf sprach Rúmil:

»Erfahrt nun also von Dingen, die unter Menschen nie gehört worden sind und von denen die Elben selten sprechen; doch in den Tiefen der Zeit hat Manwe Súlimo, Herr über Elben und Menschen, sie den Vätern meines Vaters zugeraunt.[1] Denn seht, zuerst war Ilúvatar allein da. Und vor allem anderen schuf sein Lied zuerst die Ainur, und ihre Macht und ihr Glanz sind unter allen Wesen, die in der Welt und außer der Welt sind, am größten. Danach schuf er ihnen Wohnungen in der Leere und wohnte unter ihnen und lehrte sie alles mögliche, und darunter war als Größtes die Musik.

Nun sprach er zu ihnen und schlug ihnen Themen vor für Lieder und jubelnde Hymnen und enthüllte ihnen viele der großartigen und wunderbaren Dinge, die er immerfort in seinem Geiste schuf, und nun machten sie Musik für ihn, und die Stimmen ihrer Instrumente stiegen prachtvoll auf zu seinem Thron.

Eines Tages nun trug er den Ainur eine gewaltige Schöpfung seines Herzens vor und breitete eine Geschichte vor ihnen aus von solcher Unermeßlichkeit und Erhabenheit, daß sie durch nichts erreicht wurde, was er je zuvor erzählt hatte. Und der Glanz ihres Anfangs und die Pracht ihres Endes verwirrten die Ainur, so daß sie sich vor Ilúvatar verneigten und keine Worte mehr fanden.

Darauf sagte Ilúvatar: ›Die Geschichte, die ich euch vorgetragen, das große Reich der Schönheit, das ich euch beschrieben habe und ebenso der Ort, wo diese ganze Geschichte sich entfaltet und abgespielt haben könnte, ist gleichsam nur in ihren Umrissen wiedergegeben. Weder habe ich alle leeren Räume ausgefüllt, noch habe ich alle Ausschmückungen oder den Liebreiz und die Anmut der Dinge vor euch ausgebreitet, von denen mein Geist überfließt. Es ist nun mein Wunsch, daß ihr diese Geschichte zu einer mächtigen Musik und einem prächtigen Gesang ausgestaltet und daß ihr (da ich sehe, daß ich euch soviel gelehrt und das Geheime Feuer strahlend in euch entzündet habe)[2] eure Fähigkeiten und Kräfte daran erprobt, die Geschichte nach eurer eigenen Art und Kunst auszuführen. Ich aber will dasitzen und lauschen und froh sein, da ich mit eurer Hilfe solche Schönheit in Gesang verwandelt habe.‹

Darauf begannen die Harfenisten, die Lautenspieler, die Flötenspieler, die Organisten und die unzähligen Chöre der Ainur Ilúvatars Thema zu einer mächtigen Musik auszugestalten. Und Klänge stiegen auf, gewaltige Melodien, immer aufs neue wechselnd, ineinanderspielend und sich voneinander lösend, in brausenden Harmonien, kraftvoller als das Rauschen der großen Meere, bis die Wohnsitze Ilúvatars und die Gefilde der Ainur zum Überfließen mit Musik erfüllt waren, und mit dem Widerhall der Musik und wiederum dessen Widerhall, die bis in die fernen schwarzen und leeren Räume strömten. Niemals zuvor und niemals seitdem gab es eine Musik von solch unermeßlicher Schönheit; obgleich es heißt, daß eine weit gewaltigere Musik, ersonnen von den Chören der Ainur und der Söhne der Menschen, sich nach dem Großen Ende zu Füßen Ilúvatars erheben wird. Dann werden Ilúvatars gewaltigste Entwürfe zu Musik werden, denn dann werden Ainur und Menschen sein Sinnen und Trachten und alle seine Absichten so gut kennen, wie es ihnen vergönnt ist.

Nun aber saß Ilúvatar da und lauschte, und lange Zeit erschien ihm alles wohlgeraten, und kaum ein Fehl war an der Musik, und er dachte bei sich, daß die Ainur viel und gründlich gelernt hätten. Als aber das große Werk seinen Fortgang nahm, kam es Melko in den Sinn, einige seiner eigenen eitlen Hirngespinste hineinzuflechten, die mit der großen Schöpfung Ilúvatars nicht im Einklang standen. Unter den Ainur nämlich war es Melko, dem Ilúvatar einige der großen Gaben an Macht, Weisheit und Kenntnis verliehen hatte; und oft begab er sich allein zu den dunklen Orten und leeren Räumen und suchte das Geheime Feuer, das Leben und Wahrheit schenkt (denn in ihm war ein glühendes Verlangen, alle Dinge in seinen Besitz zu bringen); doch er fand das Feuer nicht, denn Ilúvatar selbst hütete es, und dies erfuhr Melko erst später.[3]

Dort hatte er sich freilich in eigene tiefe und verschlagene Gedanken verloren, die er nicht einmal Ilúvatar anvertraute. Einige dieser Pläne und Wunschgedanken verwob er nun in seine Musik, und sogleich gingen Rauheit und Mißklang von ihr aus, und viele, die in seiner Nähe musizierten, wurden unsicher, ihre Musik wurde kraftlos, und ihre Gedanken blieben unklar und unvollendet, während viele andere die große Melodie des Anfangs vergaßen und in Melkos Musik einstimmten.

So verbreiteten die Ränke Melkos immer mehr Düsternis in der Musik, denn seine Gedanken entstammten der äußeren Finsternis, wohin Ilúvatar das Licht seines Antlitzes noch nicht geschickt hatte; und weil Melkos geheime Gedanken mit der Schönheit von Ilúvatars Entwurf nichts gemein hatten, wurden dessen Harmonien gebrochen und zerstört. Doch Ilúvatar saß da und lauschte, bis die Musik eine Tiefe unvorstellbarer Düsterkeit und Häßlichkeit erreichte; da lächelte er wehmütig und hob seine linke Hand, und sogleich, wenn auch niemand genau wußte wie, erhob sich inmitten des Mißgetöns eine neue Melodie, ähnlich der ersten und ihr doch wieder nicht ähnlich, und sie gewann an Stärke und süßem Wohlklang. Doch der Mißklang und der Lärm, den Melko hervorgerufen hatte, bäumte sich brausend gegen sie auf, und es begann ein Kampf der Töne, ein schriller Widerstreit in der Musik, in dem nur wenig zu unterscheiden war.

Da hob Ilúvatar seine rechte Hand, und er lächelte nicht mehr, sondern weinte. Und siehe, eine dritte Melodie, gänzlich verschieden von den anderen, erwuchs mitten aus der Wirrnis, bis es schließlich schien, als ertönten zu Füßen Ilúvatars gleichzeitig zwei Arten von Musik, und sie waren ganz uneins. Die eine war weit, tief und schön, doch durchzogen mit unstillbarem Leid, während die andere, die nun zu einer eigenen Ordnung gewachsen war, laut, eitel und überheblich, triumphierend gegen die erste schrillte, als wollte sie sie überfluten; doch immer wenn sie versuchte, ihren Widerpart aufs schrecklichste zu überrennen, wurde sie gezwungen, diesem zu willfahren oder mit ihm übereinzustimmen.

Inmitten dieses widerhallenden Kampfes, bei dem die Hallen Ilúvatars erbebten und ein Zittern durch die dunklen Orte lief, hob Ilúvatar beide Hände in die Höhe, und mit einem einzigen unermeßlichen Akkord, höher als der Sternenhimmel, prächtiger als die Sonne und durchdringend wie das Licht aus dem Auge Ilúvatars zerbrach die Musik und verstummte.

Darauf sprach Ilúvatar: ›Mächtig sind die Ainur und ruhmvoll, und an Kenntnis ist unter ihnen Melko der mächtigste; gleichwohl aber soll er wissen und alle Ainur ebenso, daß ich Ilúvatar bin, der jene Dinge, die ihr gespielt und gesungen habt, nicht allein für die Musik erschaffen hat, die ihr in den himmlischen Gefilden spielt, mir zur Freude und euch zum Spiel, sondern vielmehr, daß sie Gestalt und Wesen haben mögen, genau wie ihr, die Ainur, die ich geschaffen habe, auf daß sie teilhaben am Dasein Ilúvatars. Vielleicht werde ich diese Dinge lieben, die meinem Lied entstammen, ebenso wie ich die Ainur liebe, die ich ersonnen habe und vielleicht noch mehr.[4] Und du, Melko, sollst sehen, daß kein Thema gespielt werden kann, das nicht in mir seinen tiefsten Grund hätte, noch daß einer das Lied ändern kann, mir zum Trotz. Denn wer dies unternimmt, wird sich am Ende nur als mein Werkzeug erweisen, um Herrlicheres zu schaffen und noch erstaunlichere Wunder. Denn seht! Durch Melko sind Schrecken wie ein Feuer, Leid wie dunkles Wasser, Zorn wie Donner und Unheil, so weit von meinem Licht entfernt wie die Tiefen der äußersten Finsternis, in den Plan eingedrungen, den ich vor euch ausgebreitet habe. Durch ihn sind Schmerz und Jammer im Klang überwältigender Musik Gestalt geworden; und mit der Unordnung der Klänge sind Grausamkeit, Raubgier, Dunkelheit, widerlicher Schmutz und rasende Flammen und gnadenlose Kälte geboren worden, und Tod ohne Hoffnung. Dies geschah durch ihn, nicht aber aus seiner Macht; und er wie alle Ainur, und sogar wie jene Geschöpfe, die nun zwischen all seiner Bosheit wohnen und durch Melko Elend und Kummer, Schrecken und Niedertracht erleiden müssen, sollen am Ende erkennen und verkünden, daß dies alles nur meinen Ruhm noch vergrößert, das Thema noch hörenswerter, das Leben noch wertvoller und die Welt um so wunderbarer und erstaunlicher macht, so daß man von allen meinen Taten diese die gewaltigste und schönste nennen wird.‹

Da fürchteten sich die Ainur, und sie verstanden nicht alles, was er sagte, und Melko war von Scham erfüllt, aus der Zorn erwuchs; jedoch Ilúvatar sah ihre Verwunderung, erhob sich in Herrlichkeit und ging fort von seinen Wohnsitzen, vorbei an den lichten Gefilden, die er für die Ainur geschaffen hatte, und er forderte sie auf, ihm zu folgen.

Als sie nun die tiefste Leere erreicht hatten, erschauten sie dort, wo zuvor ein Nichts gewesen war, außerordentliche Schönheiten und Wunder; aber Ilúvatar sprach: ›Sehet nun euren Gesang und eure Musik! So wie ihr aus meinem Willen gespielt habt, ebenso nahm eure Musik Gestalt an. Schaut! Eben jetzt entfaltet sich die Welt, und ihre Geschichte nimmt ihren Lauf wie mein Thema in euren Händen. Jeder von euch soll in diesem meinem Plan die Ausschmückungen und Verschönerungen eingeschlossen finden, die er selber ersonnen hat; und sogar Melko wird all die heimlichen Gedanken seines Herzens entdecken, die nicht im Einklang stehen mit den meinen, und er wird erkennen, daß sie nur ein Teil des Ganzen und dessen Ruhm untertan sind. Eines nur habe ich hinzugefügt, das Feuer nämlich, welches Leben und Gestalt verleiht‹ – und siehe, das Geheime Feuer erglühte auf im Herzen der Welt.

Da sahen die Ainur voll Erstaunen, wie die Welt sich inmitten der Leere wölbte und doch von ihr getrennt war; und jubelnd erblickten sie Licht und sahen, daß es weiß und golden zugleich war, und sie erfreuten sich an der Schönheit der Farben, und das mächtige Brausen des Ozeans erfüllte sie mit Verlangen. Und ihre Herzen labten sich an der Luft und den Winden und an den Elementen, aus denen die Erde gemacht war – Eisen und Stein und Silber und Gold und viele andere Stoffe; doch von allen diesen schätzten sie am höchsten das Wasser und priesen es über die Maßen. Denn wahrlich, mehr als in jedem anderen Stoff auf dieser Erde ist im Wasser noch ein Widerhall der Musik der Ainur lebendig, und bis auf den heutigen Tag lauschen viele Söhne der Menschen unersättlich der Stimme des Meeres und wissen doch nicht, wonach sie sich sehnen.

Wisset denn, daß das Wasser zum größten Teil der Traum und die Erfindung Ulmos war, jenes Ainu, den Ilúvatar von allen am tiefsten in der Musik unterwiesen hatte; die Lüfte und Winde aber und die Himmelsgefilde verstand Manwe am besten, welcher der größte und edelste der Ainur war. Die Erde und die meisten der wertvollen Stoffe in ihrem Schoß hatte Aule erdacht, dem Ilúvatar an Wissen kaum weniger verliehen hatte als Melko, doch vieles davon bedeutete ihm nichts.[5]

Nun sprach Ilúvatar zu Ulmo und sagte: ›Siehst du nicht, daß Melko bittere Kälte ohne Maß ersonnen und doch nicht die Schönheit deiner kristallenen Wasser und die Klarheit deiner Teiche zerstört hat? Dort, wo er dachte, vollkommen zu obsiegen, ist Schnee entstanden, Frost hat seine vollkommenen Werke vernichtet, und Eis hat prachtvoll seine Paläste überzogen.‹

Und wiederum sprach Ilúvatar: ›Hitze und Feuer ohne Maß hat Melko ersonnen, und doch ist deine Freude nicht vertrocknet und die Musik der Meere nicht ganz erstickt. Siehe nun statt dessen die hohen prächtigen Wolken, den Zauber, der in Dunst und Nebel wohnt, und lausche dem Geräusch des Regens, der auf die Erde fällt.‹

Da antwortete Ulmo: ›Wahrlich, schöner ist nun das Wasser, als ich es zuvor erdachte. In meinen geheimsten Gedanken habe ich nichts vom Schnee gewußt und von seiner Schönheit, auch wenn nur wenig Musik in ihr liegt; der Regen jedoch ist wahrhaft schön, und seine Musik erfüllt mein Herz, so daß ich glücklich bin, daß mein Ohr sie entdeckt hat, wenngleich sie unter allen Dingen das traurigste ist. Wohlan! Ich will Súlimo suchen, den Herrn der Lüfte und Winde, auf daß er mit mir Melodien mache zu deinem Ruhm und deiner ewigen Freude.‹

Und so sind seitdem Ulmo und Manwe in fast allen Dingen treue Freunde und Bundesgenossen gewesen.[6]

Während nun aber Ilúvatar zu Ulmo sprach, sahen die Ainur, wie die Welt sich entfaltete und die Geschichte, die ihnen Ilúvatar als eine große Musik vorgestellt hatte, bereits verwirklicht war. Es rührt von ihrer gemeinsamen Erinnerung an Ilúvatars Rede her und von ihrem Wissen, so unvollständig es auch sein mag, das sie von ihrer Musik in sich tragen, daß die Ainur so viel über die Zukunft wissen und nur wenige zukünftige Dinge ihnen verborgen bleiben – doch einige wenige Dinge gibt es, die selbst sie nicht vorauszusehen vermögen.[7] So verharrten die Ainur im Staunen, bis sich, lange bevor die Menschen kamen – wer wüßte nicht, daß dies ungezählte Zeitalter vor der Zeit geschah, da die Eldar aufstanden, ihr erstes Lied sangen, den ersten aller Edelsteine schufen und in ihrer ganzen Herrlichkeit von Ilúvatar und den Ainur erblickt wurden –, unter ihnen, da sie so verzaubert waren von der Pracht der Welt, die sie erblickten, und so gefesselt von der Geschichte, die sich darin vollzog und für die die Schönheit der Welt bloß Hintergrund und Schauplatz war, ein Streit erhob.

So kam es, daß manche von ihnen bei Ilúvatar blieben, jenseits der Welt – und es waren zumeist diejenigen, die in ihrem Spiel nur von den Gedanken an Ilúvatars Plan und Entwurf erfüllt gewesen und nur darum bemüht waren, sie fortzusetzen, ohne eigenes Bestreben, sie auszuschmücken; doch manche andere, und darunter waren viele der schönsten und klügsten der Ainur, erflehten von Ilúvatar die Erlaubnis, fortgehen und in der Welt wohnen zu dürfen. Sie sprachen nämlich: ›Wir möchten die Obhut über die schönen Dinge unserer Träume haben, die durch deine Macht nunmehr Wirklichkeit geworden sind und unübertreffliche Schönheit gewonnen haben; und wir wollen die Eldar und die Menschen ihre Wunder und den Nutzen lehren, wenn denn die Zeit kommt, da sie nach deinem Willen auf der Erde erscheinen, die Eldar zuerst und schließlich die Väter der Väter der Menschen.‹ Und Melko gab vor, daß er die Gewalt der Hitze und des Aufruhrs bändigen wolle, die er der Erde eingepflanzt hatte, doch in Wahrheit sann er tief in seinem Herzen darauf, die Macht der anderen Ainur an sich zu reißen und einen Krieg zu entfesseln gegen Eldar und Menschen, denn er neidete ihnen die großen Gaben, die Ilúvatar ihnen zu verleihen im Sinn hatte.[8]

Nun aber waren Eldar und Menschen die alleinige Schöpfung Ilúvatars, und da die Ainur deren Wesen nicht gänzlich begriffen, als Ilúvatar zum ersten Mal an sie dachte, wagte es keiner von ihnen, in seiner Musik etwas zu ihrer Erschaffung beizutragen; und deshalb werden die Eldar und die Menschen zu Recht die Kinder Ilúvatars genannt. Dies ist vielleicht der Grund, daß neben Melko viele andere der Ainur sich in das Treiben der Elben und Menschen eingemischt haben, sei es in guter oder in böser Absicht; doch als sie erkannten, daß Ilúvatar die Eldar in ihrem Wesen, nicht aber in ihrer Macht und Gestalt den Ainur höchst ähnlich geschaffen, den Menschen indessen seltsame Gaben verliehen hatte, beschäftigten sie sich hauptsächlich mit den Elben.[9]

Obgleich er in ihre Herzen schauen konnte, willfahrte Ilúvatar dennoch dem Verlangen der Ainur, und keine Kunde gibt es, ob er darüber bekümmert war. Also betraten diese Großen die Welt, und sie sind es, die wir nun die Valar nennen (oder auch die Vali).[10] Sie wohnten in Valinor oder im Himmelsgewölbe und einige auf dem Land, andere in den Tiefen des Meeres. Melko herrschte über die Feuer und den bittersten Frost, über die allerkältesten Landstriche und die tiefsten Schmelzöfen unter den Bergen der Flamme; und was immer in der Welt gewalttätig oder unmäßig, unbesonnen oder grausam ist, unterliegt seinem Befehl und zum größten Teil zu Recht. Ulmo aber wohnt im Äußeren Ozean und besorgt das Fließen aller Wasser, den Lauf der Flüsse, er füllt die Quellen und läßt Regen und Tau entstehen. Am Grunde des Meeres ersinnt er Musik, tief und eigentümlich, doch immer voll der Klage, und dabei steht ihm Manwe Súlimo zur Seite.

Zu der Zeit, als die Elben nach Kôr kamen und dort wohnten, lernten die Solosimpi vieles von ihm, und daher stammt der wehmütige Reiz ihres Flötenspiels und ihre Vorliebe, immer an der Küste zu wohnen. Und Salmar war bei ihm und Osse und Ónen, denen er den Befehl über die Wellen und die geringeren Meere übertrug, und viele andere.

Aule aber wohnte in Valinor und schuf viele Dinge; er verfertigte Werkzeuge und Geräte, und er war ebenso emsig im Herstellen von Geweben wie in der Bearbeitung von Metallen; auch an Ackerbau und Hauswirtschaft hatte er Freude, ebenso an Sprachen und Schriften, an Stickerei wie Malerei. Die Noldoli, welche die Weisen der Eldar waren und immer begierig nach neuer Kunde und Kenntnis, erwarben von ihm einen unermeßlichen Schatz an Handwerkskunst, Zauberei und Wissenschaft. Seine Lehren, welchen die Eldar immer die große Anmut ihres Denkens und Fühlens und ihre Phantasie beigesellten, machten sie fähig, Schmuckstücke zu schaffen; und diese fanden sich nicht auf der Welt, bevor es die Eldar gab, und die schönsten aller Edelsteine waren die Silmarilli, die verloren sind.

Der mächtigste und oberste dieser vier Großen aber war Manwe Súlimo; und er wohnte in Valinor in einem prachtvollen Haus und saß auf einem wunderbaren Thron auf der allerhöchsten Spitze des Taniquetil, der hoch aufragte am Rande der Welt. Immerzu umkreisten Falken seinen Wohnsitz, deren Augen bis in die Tiefen des Meeres blicken oder bis in die verborgensten Höhlen und undurchdringlichsten Finsternisse der Welt dringen konnten. Diese brachten ihm Nachricht von überall und allem, und wenig entging ihm – doch einige Dinge blieben selbst ihm, dem Herrn der Götter, verborgen. Bei ihm war Varda die Schöne, und sie wurde seine Gemahlin, und sie ist die Königin der Sterne, und ihre Kinder waren die schönen Fionwe-Úrion und Erinti. In ihrer Umgebung wohnt eine große Schar edler Geister, und ihre Glückseligkeit ist groß; und die Menschen lieben Manwe fast noch mehr als den mächtigen Ulmo, denn nie hat er ihnen absichtlich Böses zugefügt, noch war er so begierig auf eignen Ruhm oder so besorgt um seine Macht wie der Uralte von Vai. Die Teleri, über die Inwe herrschte, liebte er besonders, und von ihm erlernten sie Dichtkunst und Gesang; denn während Ulmos Kraft sich in der Musik und den Stimmen der Instrumente ausdrückte, besaß Manwe eine Gabe, der Dichtkunst und dem Gesang einen Glanz zu verleihen, der ohnegleichen war.

Seht, Manwe Súlimo, geschmückt mit Saphiren, Herrscher über die Lüfte und Winde, wird als Herr erachtet über Götter, Elben und Menschen und als das stärkste Bollwerk gegen das Unheil Melkos.«[11]

Darauf fuhr Rúmil fort:

»Hört also! Nachdem jene Ainur und ihre Vasallen fortgegangen waren, blieb alles ein langes Zeitalter ruhig, während Ilúvatar wachte. Da sagte er plötzlich: ›Wohlan, ich liebe die Welt, und sie ist ein Tummelplatz für die Eldar und für die Menschen, denen mein Herz geneigt ist. Wenn aber die Eldar kommen, werden sie bei weitem die edelsten und schönsten aller Geschöpfe sein; sie werden tiefer eindringen in das Wesen der Schönheit und glücklicher sein als die Menschen. Den Menschen aber will ich ein neues und größeres

Geschenk machen.‹ Daher beschloß er, ihnen die Fähigkeit zu verleihen, innerhalb der Grenzen der Kräfte, Stoffe und Möglichkeiten der Welt ihr Leben frei zu gestalten und zu bestimmen, und sei es gar jenseits der Musik der Ainur, die dem Schicksal aller anderen Lebewesen zugrundeliegt. Und er tat dies, damit durch ihr Wirken alles auf der Welt in Wort und Tat vollendet und diese in ihrem Wesen bis ins kleinste und letzte erfüllt werde.[12] Ach! Sogar wir Eldar haben zu unserem Kummer erfahren müssen, daß die Menschen eine seltsame Kraft besitzen, Gutes oder Böses zu tun und allen Göttern und Feen zum Trotz die Dinge der Welt nach ihrer Stimmung zu lenken, so daß wir sagen: ›Das Schicksal kann die Kinder der Menschen nicht besiegen, aber doch sind sie sonderbar verblendet, wo doch ihre Freude so groß sein sollte!‹

Nun wußte Ilúvatar freilich, daß die Menschen, mitten in die Unruhen der Ainur geworfen, nicht immer im Sinn haben würden, dieses Geschenk in Einklang mit seinen Absichten zu verwenden, doch sagte er dazu: ›Auch sie werden allmählich entdecken, daß alles, was sie getan haben, sogar ihre schlimmsten Werke und Taten, am Ende nur ein Teil meines Ruhmes und der Schönheit der Welt untertan sein wird.‹ Jedoch die Ainur sagen, daß das Trachten der Menschen zu Zeiten sogar Ilúvatar Kummer bereitet; war dieses Geschenk der Freiheit also Gegenstand ihres Neides und ihrer Verwunderung, so sehen die Götter und Feen mit höchstem Erstaunen auf Ilúvatars Geduld, mit der er den Mißbrauch seines Geschenkes hinnimmt. Gleichwohl verhält es sich mit diesem Geschenk der Macht so, daß die Kinder der Menschen nur kurze Zeit auf der Welt leben, jedoch nicht auf immer untergehen, wogegen die Eldar bis zum Großen Ende[13] dort leben, es sei denn, sie würden erschlagen oder verzehrten sich vor Kummer (denn diesen beiden Todesarten sind sie unterworfen), und auch das Alter vermindert ihre Kräfte nicht, außer vielleicht im Laufe von zehntausend Zeitaltern; und nach dem Tode werden sie in ihren Kindern wiedergeboren, so daß sich ihre Zahl weder vermindert noch vergrößert. Während jedoch die Söhne der Menschen nach dem Hinschwinden der Dinge gewißlich in die Zweite Musik der Ainur aufgenommen werden, hat Ilúvatar nicht enthüllt, was er den Eldar nach dem Ende der Welt für ein Schicksal bestimmt hat; nicht einmal die Valar wissen es, und Melko hat es nicht herausgefunden.«

Anmerkungen

1 Dieser Anfangssatz fehlt im Entwurf.

2 Der Hinweis auf das Geheime Feuer fehlt im Entwurf.

3 Diese Passage, beginnend mit »Unter den Ainur nämlich war es Melko ...«, wurde aus einer viel kürzeren im Entwurf entwickelt: »Unter den Ainur war es Melko, der oft allein die dunklen Orte und die leeren Räume aufgesucht hatte [später hinzugefügt:] auf der Suche nach dem Geheimen Feuer.«

4 Die Worte »meinem Lied« und »die ich ersonnen habe« erschienen im Text in umgekehrter Reihenfolge. Ihre Stellung im vorliegenden Text erhielten sie später. Am Anfang des Textes taucht die Wendung auf: »Und vor allen anderen Wesen rief sein Lied zuerst die Ainur ins Leben.« Vgl. dazu den Anfang der *Ainulindale* im *Silmarillion:* »Die Ainur ... Sprößlinge seiner Gedanken.«

5 Im Entwurf gibt es keinen Hinweis auf Manwe oder Aule.

6 Dieser Satz über die Freundschaft und Bündnispartnerschaft zwischen Manwe und Ulmo fehlt im Entwurf.

7 Im Entwurf lautete diese Passage völlig anders:
»Und genau wie Ilu zu Ulmo gesagt hatte, sahen die Ainur, wie die große Geschichte, die Ilu vor ihnen ausgebreitet hatte, sich entfaltete in Myriaden einzelner Teile, genau wie die Musik, die sie zu Füßen Ilus gespielt hatten; wie die Schönheit von Lärm und Aufruhr verschlungen wurde und sich neue Schönheit daraus erhob; wie die Erde ihr Antlitz veränderte, Sterne hervortraten und entzündet wurden; wie die Lüfte durch das Himmelsgewölbe bliesen und Sonne und Mond auf ihre Bahnen entlassen wurden und Leben gewannen.«

8 Dieser Satz über Melko fehlt im Entwurf.

9 Im Entwurf lautet dieser Abschnitt:
»Eldar und Menschen waren aber allein Ilus Werk, und weder hatte einer der Ainur noch gar Melko etwas mit ihrer Erschaffung zu tun, obgleich in Wahr-

heit seine alte Musik und seine Taten in der Welt ihre Geschichte später sehr beeinflußten. Vielleicht war dies der Grund dafür, daß sich Melko und viele Ainur immer wieder, ob in guter oder böser Absicht, mit ihnen einließen; da sie aber sahen, daß Ilu die Eldar in ihrem Wesen, wenn auch nicht in ihrer Gestalt, den Ainur allzu ähnlich geschaffen hatte, gaben sich diese in der Hauptsache mit den Menschen ab.«
Dieser Schlußsatz scheint der einzige Punkt zu sein, wo die zweite Fassung in direktem Gegensatz zum Entwurf steht.

10 Im Entwurf steht: »und diese sind diejenigen, die Ihr und wir heute die Valur und Valir nennen.«

11 Die ganze Passage im Anschluß an die Erwähnung der Solosimpi und ihrer Vorliebe, »immer an der Küste zu wohnen«, fehlt im Entwurf.

12 Diese Passage lautet im Entwurf:
»... den Menschen aber will ich eine Aufgabe stellen und ein großes Geschenk machen. Und er gab ihnen einen freien Willen und die Macht zu planen und zu gestalten, auf daß durch ihre Werke alle Dinge in Wort und Tat erfüllt und die Welt, die der Musik der Ainur entstammte, bis ins letzte und kleinste vollendet werde.«

13 Text im Entwurf: »wogegen die Eldar ewig leben«.

Veränderungen der Namen

Ainur Im Entwurf immer *Ainu.*
Ilúvatar Im Entwurf gewöhnlich *Ilu,* jedoch auch *Ilúvatar.*
Ulmo Im Entwurf wird Ulmo auch *Linqil* genannt (zu *Ulmo* verbessert).
Solosimpi < *Solosimpe.*
Valar oder Vali Im Entwurf *Valur und Valir* (hierbei scheint es sich um die maskuline bzw. feminine Form gehandelt zu haben).
Ónen < *Ówen.*
Vai < *Ulmonan.*

Kommentar

Ein verbindender Text setzt die Geschichte von der *Musik der Ainur* fort und leitet ohne einen Bruch in der Erzählung zur *Gründung Valinors* über. Diesen Text schiebe ich indes bis zum Anfang des nächsten Kapitels auf. Er beweist ebenfalls den engen Zusammenhang zwischen den beiden Erzählungen, und es gibt keinen Hinweis darauf, daß die Niederschrift der *Gründung Valinors* nicht unmittelbar nach der *Musik der Ainur* erfolgte.

In späteren Jahren wurde der Schöpfungsmythos immer wieder überarbeitet und neu geschrieben; doch es ist bemerkenswert, daß es in diesem einen Fall und im Gegensatz zur Entwicklung der übrigen Mythologie eine durchgehende gedankliche Weiterführung gibt, von Manuskript zu Manuskript, vom frühesten Entwurf bis zur endgültigen Fassung: Jeder Text basiert unmittelbar auf dem vorhergehenden.* Höchst bemerkenswert ist darüber hinaus die Tatsache, daß die früheste Fassung, geschrieben, als mein Vater 27 oder 28 Jahre alt war, noch in den Kontext der *Hütte des Vergessenen Spiels* eingebettet und ein so fester Bestandteil der Gesamtkonzeption war, daß sie in ihrer Substanz nur eine geringe Veränderung erfuhr. Es gab in der Tat sehr viele Veränderungen, die man Stufe für Stufe durch die aufeinanderfolgenden Texte nachvollziehen kann, und viel neues Material kam hinzu; aber den Duktus der ursprünglichen Sätze kann man in der letzten Fassung der *Ainulindale* immer wieder entdecken, die mehr als dreißig Jahre später geschrieben wurde und in der sogar viele Redewendungen erhalten geblieben sind.

Es wird deutlich, daß das große Thema, das Ilúvatar den Ainur vorschlug, ursprünglich etwas ausführlicher angelegt war (»Die Geschichte, die ich euch vorgetragen habe«, S. 83) und daß die an die Ainur gerichteten Worte Ilúvatars am Ende der Musik eine lange Erklärung dessen enthalten, was Melko bewerkstelligt und was er in die Welt hineingetragen hatte (S. 86). Doch der bei weitem wichtigste Unterschied ist der folgende: In der frühen Form enthüllt der erste Blick der Ainur auf die Welt diese in ihrer Realität (»eben jetzt entfaltet sich die Welt, und ihre Geschichte nimmt ihren Lauf«, S. 86); sie war keine Vision, die ihnen entrückt wurde und erst durch die Worte Ilúvatars Substanz erhielt: »*Ea!* Es Sei!« (*Das Silmarillion,* S. 26)

Wenn man freilich alle Unterschiede betrachtet, sind sie kaum bedeutsam im Vergleich zu der Dichte und Geschlossenheit, mit der der Schöpfungsmythos sich gleich zu Anfang präsentiert.

---

* Zum Vergleich mit dem Text im *Silmarillion* sei angemerkt, daß einiges Material der frühen Fassung nicht in der *Ainulindale* selbst, sondern am Ende des 1. Kapitels (»Vom Anbeginn der Tage«, S. 63f.) erscheint.

In dieser Erzählung tauchen auch viele spezielle Details auf, von denen manche weitergeführt und beibehalten wurden: Manwe, genannt »Herr der Götter, Elben und Menschen«, trägt den Beinamen *Súlimo,* »Herrscher der Lüfte und Winde«; er ist in ein saphirblaues Gewand gekleidet, und Falken mit durchdringenden Augen umfliegen seinen Wohnsitz auf dem Taniquetil (*Das Silmarillion,* S. 48); er liebt besonders die Teleri (die späteren Vanyar), und von ihm empfingen sie den Gesang und die Dichtkunst; und seine Gemahlin ist Varda, Königin der Sterne.

Manwe, Melko, Ulmo und Aule werden als die »vier Großen« hervorgehoben; am Schluß war die Zahl der großen Valar, der *Aratar,* auf neun angewachsen, doch bevor es zu dieser Zahl kam, gab es in der Hierarchie viele Verschiebungen. Die charakteristischen Neigungen Aules und seine besondere Bindung an die Noldoli sollten, so wie sie hier erscheinen, erhalten bleiben, obgleich ihm hier eine »Freude an Sprachen und Schriften« beigelegt wird, die im *Silmarillion* (S. 48) zwar nicht geleugnet, aber eher als besondere Begabung und Kunstfertigkeit der noldorischen Elben ausgewiesen wird; in den *Verschollenen Geschichten* (S. 202) heißt es später, Aule selbst habe »mit der Hilfe der Gnomen Alphabete und Schriften erdacht«. Ulmo, den Solosimpi besonders zugetan (den späteren Teleri), zeigt sich hier als jemand, der mehr als Manwe »auf eignen Ruhm [bedacht] oder so besorgt um seine Macht« ist; und er wohnt in Vai. Vai ist aus Ulmonan hervorgegangen, doch handelt es sich nicht um die einfache Ersetzung eines Namens durch einen anderen: Ulmonan war der Name von Ulmos Hallen, die sich in Vai befanden, dem Äußeren Ozean. Die Bedeutung Vais als wichtiges Element der ursprünglichen Kosmologie wird im nächsten Kapitel deutlich werden.

Auch andere göttliche Wesen erscheinen: Fionwe-Úrion und Erinti, die Sprößlinge Manwes und Vardas. Erinti wurde später Ilmare, »Vardas Zofe« (*Das Silmarillion,* S. 37), doch nie wird Näheres über sie erzählt (vgl. S. 283). Fionwe, dessen Name viel später zu Eonwe umgebildet wurde, blieb erhalten und wurde Manwes Herold, als die Vorstellung von den »Kindern der Valar« aufgegeben wurde. Es tauchen göttliche Wesen auf, die Ulmo untergeordnet waren: Salmar, Osse und Ónen (später Uinen); obgleich sie alle im Kreis der Götter verblieben, dauerte es noch viele Jahre, bis die Maiar eingeführt wurden, und Osse wurde lange den Valar zugerechnet. Die Valar werden hier als »Götter« bezeichnet (auf Eriols Frage »Sind sie Götter?« gibt Lindo in der Tat eine bejahende Antwort; S. 72), und dies wurde lange beibehalten, während die Mythologie weiter entwickelt wurde.

An dieser Stelle wird ausdrücklich festgestellt, daß die Elben in ihren Kindern wiedergeboren werden und daß Elben und Menschen verschiedene Schicksale haben. In diesem Zusammenhang sei auf folgenden merkwürdigen Sachverhalt hingewiesen. Ziemlich am Anfang heißt es: »... obgleich es heißt, daß eine weit gewaltigere Musik, ersonnen von den Chören der Ainur und der *Söhne der Menschen,* sich nach dem Großen Ende zu Füßen Ilúvatars erheben wird«; der Schlußsatz lautet: »Während jedoch die Söhne der Menschen nach dem Hinschwinden der Dinge gewißlich in die Zweite Musik der Ainur aufgenommen werden, hat Ilúvatar nicht enthüllt, was er den Eldar nach dem Ende der Welt für ein Schicksal bestimmt hat; nicht einmal die Valar wissen es, und Melko hat es nicht herausgefunden.« In der ersten Revision der *Ainulindale* (aus den 30er Jahren) ist der erste dieser Sätze geändert in: »... von den Chören der Ainur und der *Kinder Ilúvatars* nach dem Ende der Tage«; dagegen blieb der zweite Satz im wesentlichen unverändert, und dies bis zur letzten Fassung. Es ist möglich, daß die Veränderung im ersten Satz ohne besondere Absicht erfolgte, sondern lediglich die Einführung einer anderen gebräuchlichen Bezeichnung war, und daß dies nachträglich nie wieder aufgegriffen wurde. Dennoch habe ich beide Passagen im veröffentlichten Werk in dieser Form belassen (*Das Silmarillion,* S. 21, 51).

III. DIE ANKUNFT DER VALAR UND DIE GRÜNDUNG VALINORS

Wie ich bereits bemerkte, ist diese Geschichte bruchlos mit der *Musik der Ainur* verbunden; sie trägt im Manuskript keinen Titel. Die Geschichte ist auf drei Textbücher verteilt; auf dem Umschlag des Heftes, in dem sich der Teil befindet, welcher auf *Die Musik der Ainur* folgt, heißt es: »enthält auch die Ankunft der Valar und den Anfang von der Gründung Valinors«. Der Text ist mit Tinte über ein ausradiertes Bleistiftmanuskript geschrieben.

Als dann Rúmil ans Ende seiner Erzählung gelangt und verstummt war, sagte Eriol nach einer Weile: »Voll Größe ist diese Geschichte, und sehr neu und sonderbar klingt sie an mein Ohr, doch es scheint, das meiste, wovon du bis jetzt berichtet hast, hat sich außerhalb der Welt ereignet; und wenn ich nun auch weiß, wie sie ins Leben trat und ihren Gang nahm, und den letzten Grund ihrer Geschichte kenne, so möchte ich doch noch manches über die Ereignisse hören, die sich in früher Zeit in ihren Grenzen zutrugen: Ich möchte etwas erfahren über die Werke der Valar und über die mächtigsten Wesen der ältesten Tage. Sage mir, woraus die Sonne oder der Mond oder die Sterne zusammengesetzt sind, und wie entstanden ihre Bahnen und Standorte? Mehr noch – woher stammen die Festlande der Erde, die Äußeren Lande, die großen Meere und die Zauberinseln? Ja, sogar von den Eldar und ihrem Erscheinen und von der Ankunft der Menschen möchte ich wissen und deinen Geschichten lauschen, die voller Gelehrsamkeit sind und wunderbar.«

Da erwiderte Rúmil: »Nein! Eure Fragen sind fast ebenso lang und wortreich wie meine Geschichten – und Euer Wissensdurst würde einen Brunnen austrinken, der gar noch tiefer ist als mein Wissen, falls ich Euch unbegrenzt und nach Eurem Wohlgefallen trinken ließe. Wahrlich, Ihr wißt nicht, wonach Ihr fragt, und kennt nicht die Länge und Verschlungenheit der Geschichten, die Ihr hören möchtet. Seht, die Sonne steht hoch über den Dächern, und dies ist nicht die rechte Tageszeit, um Geschichten zu erzählen. Vielmehr ist es höchste Zeit, das Fasten zu beenden.« Mit diesen Worten ging Rúmil den Haselnußpfad entlang, durchquerte mit großer Eile, wenngleich mit beharrlich gesenktem Blick, ein sonnenhelles Gartenstück und trat ins Haus.

Eriol aber saß in Gedanken versunken im Garten, überdachte, was er gehört hatte, und viele Fragen kamen ihm in den Sinn, die er zu stellen wünschte, bis er vergaß, daß er noch immer nichts zu sich genommen hatte. Doch nun näherten sich Winzigherz und ein Gefährte, die Speisen und ein reines Tischtuch trugen, und sie sagten zu ihm: »Die Worte Rúmils des Weisen tragen die Schuld, wenn Ihr in der Laube der Drosseln ohnmächtig werdet, weil der Hunger Euch geschwächt und Rúmils geschwätzige Zunge Euch ermüdet hat – und weil wir das vorausgesehen haben, sind wir gekommen, Euch zu laben.«

Da dankte Eriol den beiden, aß und trank und verbrachte den Rest dieses schönen Tages verborgen in den stillen Baumreihen dieses Gartens, tief in Gedanken verloren; doch auch an reizender Abwechslung war kein Mangel. Obgleich der Garten nämlich zur Gänze mit großen Steinmauern umgeben zu sein schien, die von Obstbäumen und Kletterpflanzen verdeckt waren, deren goldene und rote Blüten in der Sonne leuchteten, gab es doch versteckte Winkel, Unterholz und Rasenflecken, schattige Wege und blumenübersäte Wiesen in Fülle, und beim Umherschweifen war immer etwas Neues zu entdecken. Gleichwohl empfand er noch größere Freude, als an diesem Abend wiederum der Trinkspruch auf die »Wiederentzündung der Magischen Sonne« ausgebracht, die Kerzen in die Höhe gehalten wurden und sich alle erneut in das Gemach begaben, in dem das Feuer der Geschichten brannte.

Dort sagte Lindo: »Wollen wir an diesem Abend wieder Geschichten hören, wie es der Brauch ist, oder wollen wir musizieren und Lieder singen?« Und die meisten wollten Musik und Lieder hören, worauf diejenigen, die diese Kunst beherrschten, sich erhoben, alte Lieder sangen oder die dahingeschwundene Dichtkunst Valinors im flackernden Licht des feuerhellen Gemachs zu neuem Leben erweckten. Manche sprachen auch Verse über Kôr und Eldamar, Bruchstücke des einstigen Überflusses an Liedern; doch bald erstarben Lied und Gesang, und Stille trat ein, weil man der verschwundenen Schönheit gedachte und heftiges Verlangen empfand, die Magische Sonne möge wieder entzündet werden.

Schließlich wandte Eriol sich an Lindo und sagte: »Rúmil, der Türhüter und ein großer Weiser, wie mich dünkt, hat mir heute morgen im Garten vom Anfang der Welt und von der Ankunft der Valar erzählt. Nun würde ich gern von Valinor hören!«

Darauf sagte Rúmil, der in einem schattigen Winkel auf einem Hocker saß: »Mit Lindos und Vaires Erlaubnis will ich denn also mit der Geschichte beginnen, sonst werdet Ihr mit Euren Fragen niemals aufhören; und ich bitte die Zuhörer um Vergebung, wenn sie alte Geschichten noch einmal hören müssen.« Doch Vaire sagte, daß diese Worte über die ältesten Dinge bei den Eldar niemals auf taube Ohren stoßen würden.

Und also begann Rúmil:

»Seht also, Manwe Súlimo und Varda die Schöne erschienen. Varda war es, die beim Ertönen der Musik des Lichtes gedachte, des weißen und silbernen, und der Sterne. Diese zwei nun erwarben sich mächtige Flügel und durcheilten die drei Lüfte. Vaitya umhüllt dunkel und träge die Welt, doch Ilwe ist blau und klar und strömt zwischen den Sternen, und zuletzt erreichten sie Vilna, welche grau ist, und in der Vögel sicher fliegen können.

Mit ihnen kamen viele der geringeren Vali, die den beiden in Liebe zugetan waren, in ihrer Nähe gespielt und ihre eigene Musik auf die Manwes und Vardas eingestimmt hatten; und diese sind die Mánir und die Súruli, die Geister der Lüfte und Winde.

So geschwind sie nun die Lüfte durchfuhren, so war doch Melko ihnen voraus, der in rasender Geschwindigkeit, ungestüm und Flammen verbreitend durch die Lüfte jagte, und wo er sich ins Meer stürzte, gab es einen Aufruhr, und die Berge über ihm spien Flammen, und die Erde riß auf und wankte; doch Manwe wußte, daß dies aus Zorn geschah.

Danach kamen Ulmo und Aule, und bei Ulmo war niemand außer Salmar, der später als Noldorin bekannt wurde; aber das Herz des mächtigen Ulmo blieb immer allein, und er dachte allein seine tiefen Gedanken und war abseits und verschwiegen und voll Hochmut sogar gegen die Ainur; aber bei Aule war die mächtige Palúrien, die Freude hatte am Reichtum und an der Fülle der Erde, weshalb sie unter den Eldar lange Zeit Yavanna genannt wurde. Ein großes Gefolge war um sie, und dies waren die Geister der Bäume und Wälder, der Täler und Berge oder solche, die morgens mitten in den Gräsern und abends im hohen Getreide singen. Dies waren die Nermir und die Tavari, Nandini und Orossi, Kobolde, Feen und Elfen, und wie sie sonst noch genannt werden, denn ihre Zahl ist sehr groß; doch darf man sie nicht mit den Eldar vergleichen, denn sie sind vor der Erschaffung der Welt geboren und älter als deren älteste Wesen und stammen nicht von ihr; und weil sie mit der Schöpfung der Welt nichts zu tun hatten, wird sie von ihnen oft belacht und als ein großes Spiel erachtet; die Eldar aber entstammen der Welt und sind ihr in großer brennender Liebe zugetan, und deshalb sind sie in all ihrer Freude gedankenvoll.

Diesen größten Führern folgten nun Falman-Osse aus den Wellen des Meeres und Ónen, seine Gefährtin, und mit ihnen die Scharen der Oarni, Falmaríni und langmähnigen Wingildi, und diese sind die Geister der Gischt und der Brandung des Meeres. Osse diente Ulmo und war sein Vasall aus Furcht und Verehrung, nicht aber aus Liebe. Ihm folgte Tulkas Poldórea, der sich an seiner Stärke erfreute, und die beiden Brüder, die Fánturi, Fantur der Träume, das ist Lórien Olofántur, und Fantur des Todes, das ist Vefántur Mandos; und es kamen auch jene beiden, die man Tári nennt, denn sie genießen hohe Verehrung als Königinnen der Valar. Die eine war die Gemahlin Mandos' und ist wegen ihrer Schwermut allen als Fui Nienna bekannt, und sie ist Kummer und Tränen geneigt. Viele andere Namen führt sie, die selten ausgesprochen werden, weil sie alle von Schmerz sprechen: sie ist Núri, die seufzt, und Heskil, die den Winter hervorbringt, und alle müssen sich ihr beugen, denn sie ist Qalme-Tári, die Gebieterin des Todes. Die andere hingegen war mit Orome dem Jäger vermählt, der Aldaron genannt wird, der König der Wälder, dessen Freudenrufe von Bergeshöhen erschallen und der beinahe so lebenslustig ist wie der ewig junge Tulkas. Orome ist der Sohn Aules und Palúriens, und jene Tári, mit der er vermählt ist, ist allen als Vána die Schöne bekannt. Sie liebt Frohsinn und Jugend und Schönheit und ist das glücklichste aller Geschöpfe, denn sie ist Tuilére oder, wie die Valar sagten, Vána Tuivána, die den Frühling bringt, und alle preisen sie als Tári-Laisi, die Gebieterin des Lebens.

Doch als diese alle die Grenzen der Welt überschritten hatten und Vilna ob ihres Durchzuges in Aufruhr war, da kamen spät und in Eile Makar und seine grimmige Schwester Meásse; und besser wäre es gewesen, hätten sie nicht den Weg in die Welt gefunden und wären für immer mit den Ainur jenseits von Vaitya und den Sternen geblieben, denn beide waren sie Geister von streitsüchtigem Gemüt. Zusammen mit einigen anderen geringeren Geistern, die sich ihnen nun beigesellt hatten, waren sie die allerersten gewesen, die in Melkos Mißklänge einstimmten und ihm nach Kräften halfen, daß seine Musik wuchs.

Als letzter von allen kam Ómar, der Amillo genannt wird, der jüngste der großen Valar, und er kam singend.

Als dann alle diese großen Geister in den Grenzen der Welt versammelt waren, sprach Manwe zu ihnen und sagte: ›So höret denn! Wie sollen die Valar auf dieser schönen Erde wohnen oder fröhlich sein und sich an ihrer Trefflichkeit erfreuen, wenn es Melko erlaubt ist, sie zu zerstören, Feuer und Aufruhr zu entfachen, so daß wir nirgendwo in Frieden weilen können, und wie soll die Erde aufblühen und der Plan Ilúvatars Gestalt werden?‹

Da wurden alle Valar zornig auf Melko, und allein Makar sprach gegen Manwe; doch die übrigen erkoren zwei aus ihrer Runde, den Übeltäter aufzuspüren, und diese beiden waren Mandos und Tulkas, weil Melko nichts mehr fürchtete als Mandos' schrecklichen Anblick und Tulkas' starken Arm.

Diese beiden nun machten ihn ausfindig und zwangen ihn, vor Manwe hinzutreten, und Tulkas, der die Verdorbenheit und Arglist Melkos verabscheute, versetzte ihm einen Schlag mit der Faust, den Melko damals zwar ertrug, aber niemals vergaß. Doch redete er die Götter mit schönen Worten an und sagte, welch geringen Schaden er angerichtet habe, während er sich nur kurze Zeit in der ungewohnten Welt getummelt habe; auch werde er nie, sagte er, sich gegen die Herrschaft Manwes oder gegen die Erhabenheit der großen Aule und Ulmo auflehnen, noch irgendeinem anderen ein Leid zufügen. Vielmehr schlage er vor, jeder der Valar solle sich nun auf den Weg machen und inmitten der Dinge wohnen, die er auf der Erde liebe, und auch nicht danach trachten, seinen Bereich über dessen festgesetzte Grenzen auszudehnen. Dabei dachte er insgeheim an Manwe und Ulmo, doch einige der Götter glaubten seinen Worten und wollten seinem Rat folgen, andere freilich mißtrauten ihnen; und in der Mitte ihres Redestreits erhob sich Ulmo und begab sich zum Äußersten Ozean, der jenseits der Äußeren Lande lag. Er liebte weder große Worte noch Gesellschaft und beschloß, in den unbewegten und unbewohnten Wassertiefen zu bleiben und die Herrschaft über die anderen, die geringeren Meere seinen Vasallen Osse und Ónen zu überlassen. Doch immer lenkt er von seinen äußersten Meereshallen Ulmonan aus magischer Tiefe die schwache Bewegung des Schattenmeeres und herrscht über die Seen, Quellen und Flüsse der Welt.

So stand es also um die Erde in jenen Tagen, und nur durch die Werke der Valar hat sich seitdem ihr Antlitz verändert. Das größte Landgebiet sind die Großen Lande, wo nun Menschen wohnen und umherwandern und die Verschollenen Elben auf den Bergen singen und tanzen; doch jenseits der westlichsten Grenzen liegen die Großen Meere, und in dieser großen Wasserwüste des Westens gibt es viele kleinere Länder und Inseln, bevor man zu den abgeschiedenen Meeren gelangt, deren Wellen die Zauberinseln umspielen. Ferner noch als diese – und wenige sterbliche Menschen haben sich mit ihren Booten so weit hinausgewagt – liegen die Schattenmeere, in denen die Dämmerinseln schwimmen und auf deren westlichster Landspitze sich bleich der Turm der Perle erhebt; damals jedoch war er noch nicht erbaut, und dunkel erstreckten sich die Schattenmeere bis an ihre äußersten Gestade in Eruman.

Die Dämmerinseln nun werden als erste der Äußeren Lande angesehen, zu denen auch Eruman und Valinor gehören. Eruman oder Arvalin liegt im Süden, doch die Schattenmeere erstrecken sich bis zum Rand von Eldamar im Norden; aber um diese Silberstrände zu erreichen, müssen Schiffe viel weiter segeln, denn jenseits von Eruman dringen die Berge von Valinor in mächtig geschwungener Kurve nach Westen vor, und die Schattenmeere bilden im Norden Erumans eine ausgedehnte Bucht, so daß die Wogen an die Füße der großen Klippen schlagen und die Berge am Meeresrand stehen. Dort ragt Taniquetil empor, prächtig anzuschaun, der höchste aller Berge, bedeckt mit reinstem Schnee, und von der Spitze der Bucht blickt er nach Süden über Eruman hin und nach Norden über die Feenbucht; später konnte man von dort alle Schattenmeere überblicken, ja sogar die Segel der Schiffe sehen auf den sonnenhellen Wassern des großen Ozeans und das Getriebe der westlichen Häfen in den Ländern der Menschen, obgleich die Entfernung unvorstellbar viele Wegstunden mißt. Aber bis jetzt war die Sonne noch nicht aufgegangen, die Berge von Valinor waren noch nicht aufgetürmt, und das Tal von Valinor lag öd und kalt. Über die Welt jenseits von Valinor habe ich nie etwas gehört, nur daß es dort die dunklen Wasser der Äußeren Meere gibt, die weder Ebbe noch Flut kennen und so kalt und dünnflüssig sind, daß kein Boot ihre Buchten befahren und kein Fisch ihre Tiefen durchschwimmen kann, außer der verwunschene Fisch Ulmos und sein Zauberwagen.

Dorthin ist er nun verschwunden; die Götter aber hielten Rat über die Worte Melkos. Aule und seine Gemahlin Palúrien hatten das Wort, denn sie waren am meisten bekümmert über den Schaden, den Melkos Aufruhr verursacht hatte; und sie trauten seinen Versprechungen nicht und rieten, die Götter sollten sich nicht trennen, wie er es wollte, damit ihm nicht von ungefähr in den Sinn komme, sie einzeln anzugreifen oder ihrem Besitz Schaden zuzufügen. ›Ist er nicht‹, sprachen sie, ›mächtiger als jeder von uns, ausgenommen nur Manwe? Laßt uns lieber eine Heimstatt erschaffen, worin wir zusammen in Freude wohnen können, und sie nur verlassen, wenn es notwendig ist, unsere Güter und Lehen in Augenschein und Obhut zu nehmen. Auch jene, die anders denken, können dort zuweilen wohnen und nach ihren Mühen in der Welt Ruhe und Geborgenheit finden.‹ Aule, der bereits mit Herz und Hand darauf brannte, Dinge zu schaffen, betrieb den Plan deshalb mit großem Eifer; und den meisten der Götter schien dies ein guter Rat, und sie durchstreiften die Welt und suchten einen Platz, wo sie wohnen könnten. Dies waren die Tage des Zwielichts (Lomendánar), denn das Licht, silbern und golden, war nicht gebündelt, sondern es flutete und sickerte in ungleichen Strahlen durch die Lüfte, oder es fiel zuweilen sanft als glitzernder Regen zur Erde und floß wie Wasser über den Grund; und zu dieser Zeit hatte Varda erst wenige Sterne in den Himmel gesetzt.

In dieser Dämmerung schritten die Götter nach Norden und Süden und konnten nur wenig sehen; in den unzugänglichsten Gebieten fanden sie nichts als große Kälte und Einsamkeit, und die Herrschaft Melkos war bereits mit aller Stärke befestigt; Melko und seine Diener gruben im Norden und schufen die düsteren Hallen von Utumna, denn er hatte nicht im Sinn, bei den anderen zu wohnen, obgleich er zu dieser Zeit Frieden und Freundschaft vortäuschte.

Wegen der Dunkelheit überredete Aule Melko, im Norden und im Süden je einen Turm zu errichten, denn er wollte auf jeden eine Leuchte setzen. Diese machte Aule selbst aus Gold und Silber, und die Säulen wurden von Melko errichtet, und sie waren sehr hoch und schimmerten wie blaßblaues Kristall; und als Aule ihnen mit der Hand einen Schlag versetzte, erklangen sie wie Metall. Sie reichten durch die unteren Lüfte bis zu Ilwe und den Sternen, und Melko sagte, sie bestünden aus einem unzerstörbaren Stoff von großer Härte, den er erfunden habe; aber er log, denn er wußte, daß sie aus Eis bestanden. Die Säule des Nordens nannte er Ringil und die des Südens Helkar, und die Leuchten wurden bereitgemacht und daraufgesetzt; und sie wurden gefüllt mit gebündeltem Licht, silbernem im Norden und goldenem im Süden. Dieses Licht hatten Manwe und Varda verschwenderisch vom Himmel zusammengetragen, damit die Götter die Weltgegenden besser erkunden und den schönsten Platz für ihre Heimstatt finden konnten.

In diesem flammenden Licht zogen sie nun nach Osten und Westen, und der Westen war ein wüstes Einödland, und im Osten lagen große Meere von Dunkelheit. Und als sie sich nun auf den Dämmerinseln versammelt hatten und von dort nach Westen Ausschau hielten, siehe, da begannen die Leuchten des Nordens und des Südens zu flackern und umzusinken, und als sie fielen, stiegen die Wasser rings um die Inseln. Damals konnten sie dieses Rätsel nicht lösen; es verhielt sich aber so, daß die Hitze der Leuchten das trügerische Eis der Säulen Melkos, Ringil und Helkar, geschmolzen hatte und große Wasserfluten von ihnen herab in die Schattenmeere geströmt waren. Das Schmelzwasser floß so reichlich, daß die Schattenmeere, die anfangs nicht sehr groß, aber klar und warm gewesen waren, sich nun schwarz und riesig ausdehnten, und wegen der großen kalten Flüsse, die sich in sie ergossen, legten Nebel sich auf sie und tiefe Schatten. So wurden die gewaltigen Lampen aus ihrer Höhe herabgestürzt, und die schmetternde Wucht ihres Falls erschütterte die Sterne, und ein Teil ihres Lichts wurde wieder in den Himmel geschleudert, doch viel strömte auf die Erde zurück, entfachte Feuer und verwüstete Länder, ehe es sich in Seen und Teichen sammelte.

Dies war die Zeit der ersten Nacht, und sie dauerte sehr lange; indes waren die Valar über die Heimtücke Melkos zutiefst erzürnt und gerieten in Gefahr, in den düsteren Meeren zu ertrinken, die nun stiegen und ihre Füße umspielten und viele von den Inseln unter ihren Wogen begruben.

Da rief Osse, da Ulmo nicht anwesend war, die Oarni zu sich, und diese bewiesen ihre Macht und zogen die Insel, auf der die Valar standen, nach Westen über das Meer davon, bis sie nach Eruman kamen, dessen hohe Küsten den wütenden Wassern Einhalt geboten – und dies war die erste Flut.

Da sagte Manwe: ›Nun wollen wir rasch einen Wohnsitz schaffen und ein Bollwerk gegen das Böse.‹ So zogen sie durch Arvalin und erblickten dahinter einen weiten offenen Raum, der sich über ungezählte Wegstunden bis zu den Äußeren Meeren erstreckte. Dort, sagte Aule, sei ein angemessener Platz für große Bauwerke und für Reiche der Wonne; darum schafften die Valar und ihr Gefolge zuerst die gewaltigsten Felsen und Steine von Arvalin herbei und erbauten daraus ein ungeheures Gebirge zwischen Arvalin und jener Ebene, die sie nun Valinor nannten oder das Land der Götter. Aule selbst war es, der auf Bitten Manwes sieben Zeitalter hindurch arbeitete, um Taniquetil aufzutürmen, und die Welt wurde in ihrem Innersten erschüttert, und Melko hörte den Lärm ihrer Arbeit. Wegen der Mühen dieser Steinmetze ist Erumáni heute sehr flach und glatt und wunderbar eben, denn sie entfernten alle Steine und Felsen, die es dort gab; die Berge Valinors aber sind zerklüftet und unüberwindlich hoch. Als sie schließlich sahen, wie die Berge gewaltig zwischen Valinor und der Welt aufragten, hielten die Götter inne; aber Aule und Tulkas und viele aus ihrem Gefolge schweiften weit umher und schleppten, so viel sie konnten, Marmor und edle Gesteine herbei und Eisen und Gold, Silber und Bronze, alle Arten von Stoffen. Diese häuften sie inmitten der Ebene auf, und Aule begann sogleich mit der Arbeit.

Schließlich sagte er: ›Es läßt sich schlecht arbeiten in dieser Düsternis, und es war eine unselige Tat, daß Melko die schönen Leuchten zerstört hat.‹ Doch Varda antwortete ihm und sagte: ›Immer noch ist viel Licht übrig, hoch in den Lüften und auf der Erde, über die es ausgeschüttet wurde‹, und sie wollte es noch einmal sammeln und ein Leuchtfeuer auf Taniquetil setzen. Doch Manwe wollte nicht dulden, daß noch mehr Lichterglanz vom Himmel eingesammelt werde, denn die Dunkelheit war fast schon Nacht; doch auf sein Bitten stieg Ulmo aus den Tiefen empor und begab sich zu den glühenden Seen und leuchtenden Teichen. Daraus entnahm er Flüsse von Licht, goß an ihrer Stelle Wasser zurück, füllte das Licht in große Gefäße und kehrte mit diesen nach Valinor zurück. Dort wurde das Licht in zwei große Kessel gefüllt, die Aule machte, und diese werden Kulullin und Silindrin genannt.

Nun hoben sie in der Mitte des Tales zwei große Gruben aus, die meilenweit auseinander, doch in der Weite des Tals nahe genug beieinander liegen. In die eine tat Ulmo sieben Goldbrocken, die er aus den stummsten Tiefen des Meeres emporgebracht hatte, und später wurde ein Bruchstück jener Leuchte hineingeworfen, und eine Zeitlang auf Helkar im Süden gebrannt hatte. Dann wurde die Grube mit fruchtbarer Erde bedeckt, die Palúrien geschaffen hatte, und Vána kam, die Leben und Sonnenschein liebt und deren Lied die Blumen sprießen und blühen läßt, und die Stimmen ihrer Jungfrauen rings um sie klangen wie das fröhliche Geschrei von Leuten, die an einem strahlenden Morgen zum erstenmal ins Freie gehen. Dort auf dem Hügel sang sie das Lied vom Frühling, und sie tanzte und wässerte die Erdkrume mit Strömen des goldenen Lichts, das Ulmo aus den verstreuten Seen herbeigebracht hatte – und gleichwohl floß Kulullin am Ende fast über.

Doch in die andere Grube warfen sie drei riesige Perlen, die Osse im Großen Meer gefunden hatte, und Varda warf einen kleinen Stern hinterdrein, sie bedeckten die Grube mit Gischt und Nebeln, und dann bestreuten sie den Ort locker mit Erde; Lórien indessen, der das Zwielicht liebt und huschende Schatten und süßte Düfte, getragen von abendlichen Winden, welcher der Herr ist über die Träume und Gedankenspiele, saß in der Nähe und raunte flüchtige klanglose Worte, während neben ihm seine Geister Melodien erklingen ließen mit halblauter Stimme, wie eine Musik, die aus fernen Heimen unmerklich in die Dunkelheit schwebt; und die Götter übergossen diesen Ort mit Flüssen von weißem Glanz und silbernem Licht, welche Silindrin bis zum Rand füllten – und danach war Silindrin noch ebenso wohlgefüllt wie zuvor.

Dann nahte Palúrien, auch Kémi genannt, die Erd-Herrin, Gemahlin Aules, Mutter des Herrn der Wälder, und sie wob ein Zaubernetz um die beiden Plätze, tiefe Beschwörungen des Lebens und Wachsens, und erweckte die Kräfte, zu sprießen, zu blühen und Frucht zu tragen – doch kein Wort vom Vergehen war in ihrem Lied. Nachdem sie gesungen hatte, verfiel sie für lange Zeit in tiefes Nachdenken, und die Valar saßen in einem Kreis, und die Ebene von Valinor war dunkel. Als aber einige Zeit vergangen war, senkte sich endlich ein heller Strahl von Gold ins Herz der Finsternis, und die Valar und ihr Gefolge sandten einen Schrei des Jubels und des Lobpreises zum Himmel. An jenem Ort nämlich, der mit Licht aus Kulullin getränkt worden war, wuchs ein schlanker Schößling empor, dessen Rinde einen mattgoldenen Glanz verströmte; diese Pflanze jedoch wuchs sehr rasch, so daß nach sieben Stunden ein gewaltiger Baum daraus geworden war, und alle Valar und ihr Gefolge konnten unter seinen Ästen Platz finden. Höchst wohlgestaltet und schön gewachsen war dieser Stamm, und seine glatte Rinde war unverletzlich, und noch hoch über der Erde verströmte sie ein schwachgelbes Licht. Dann trieb er in den Lüften in alle Richtungen zartes Gezweig, auf allen Ästchen und Zweiglein schwollen goldene Knospen auf, und daraus brachen tiefgrüne Blätter hervor, deren Ränder schimmerten. Schon war das Licht, das der Baum gab, kräftig und hell, doch da begann er vor den staunenden Augen der Valar eine verschwenderische Blütenpracht zu entfalten, so daß alle seine Zweige unter langen schwingenden Blütentrauben verschwanden, deren Spitzen wie Myriaden flammender Hängelampen Licht aussandten, das sich mit einem sanften Geräusch auf den Boden ergoß.

Da priesen die Götter Vána und Palúrien und bejubelten das Licht und sagten zu ihnen: ›Seht, wahrlich, das ist ein sehr schöner Baum, der einen eigenen Namen haben muß.‹ Und Kémi sagte: ›Wir wollen ihn Laurelin nennen, wegen des Glanzes seiner Blüten und der Musik seines Taus.‹ Doch Vána wollte ihn Lindelokse nennen, und beide Namen blieben.

Es waren nun zwölf Stunden vergangen, seit Lindelokse zu sprießen begonnen hatte, und in diesem Augenblick begann ein silberner Schimmer das gelbe Leuchten zu durchdringen, und die Valar sahen einen Schößling aufsprießen an dem Flecken, der mit dem Wasser aus Silindrin getränkt worden war. Er hatte eine zartweiße Rinde, die wie Perlen schimmerte, und er wuchs ebenso rasch, wie Laurelin es getan hatte. Während dieses Bäumchen aber größer wurde, verminderte sich die Pracht Laurelins, und seine Blüten leuchteten schwächer, bis er nur noch zart und wie im Schlaf strahlte. Doch seht, der andere Baum wuchs heran und wurde ebenso groß wie Laurelin, sein Stamm war noch schöner geformt und schlanker und seine Rinde wie Seide, doch in der Höhe waren seine Zweige kräftiger und verschlungener, sein Gezweig dichter und trieb wie Speerspitzen eine Unmenge bläulich-grüner Blätter hervor.

Da starrten ihn die Valar voll Verwunderung an, doch Palúrien sagte: ›Dieser Baum hat noch nicht aufgehört zu wachsen.‹ Und, siehe, während sie dies sagte, begann er zu blühen, und seine Blüten hingen nicht in Trauben, sondern saßen einzeln an feinen Stengeln, die gemeinsam hin- und herschwangen, und sie waren wie Silber und Perlen und blitzende Sterne und strahlten mit einem weißen Licht; und es schien, als klopfe das Herz des Baumes und sein Glanz werde mit dem Herzschlag stärker und schwächer. Aus seinem Stamm quoll Licht wie flüssiges Silber, tropfte auf die Erde und erleuchtete weithin die Ebene, doch wegen der großen Blätter reichte es nicht so weit wie das Licht des goldenen Baumes; und im Auf und Ab seiner inneren Kräfte warf er beständig wechselnde Schatten über die Teiche seiner Helle, sehr klar und schwarz; darauf konnte

Lórien seinen Jubel nicht mehr zurückhalten, und selbst Mandos lächelte. Doch Lórien sagte: ›Hört! Ich will diesem Baum einen Namen geben und ihn Silpion nennen‹, und das ist seitdem immer sein Name gewesen. Da erhob sich Palúrien und sagte: ›Sammelt nun alles Licht, das in flüssiger Gestalt von diesem schönen Baum tropft, und bewahrt es in Silindrin, und von dort laßt es mit Maßen ausstrahlen. Wisset nämlich, wenn die zwölf Stunden seines vollsten Lichtes vorüber sind, wird das Licht dieses Baumes wieder schwächer werden, Laurelin aber wird erneut aufstrahlen; damit er nicht Mangel an Wasser habe, wässert ihn aus dem Kessel Kulullin und immer zu der Stunde, da Silpion schwächer wird, doch mit Silpion verfahrt in der gleichen Weise: gebt ihm von dem gesammelten Licht im tiefen Silindrin, wann immer das Licht des goldenen Baums schwächer wird. Licht ist der Lebensquell dieser Bäume, und ihr Lebensquell wird Licht!‹

Und mit diesen Worten tat sie kund: wenn diese Bäume auch mit Licht versorgt werden mußten, um Kraft und Leben zu gewinnen, so würden sie durch ihr Wachsen und Werden dennoch immer unermeßlich viel mehr Licht spenden, als sie durch ihre Wurzeln aufnahmen; doch die Götter folgten der Bitte, und Vána gebot einer Jungfrau aus ihrem Gefolge, nämlich Urwen, Sorge zu tragen, daß Laurelin jederzeit ausreichend Wasser habe, und Lórien bat Silmo, einen Jüngling, den er liebte, immer auf die Erquickung Silpions acht zu haben. Das ist der Grund, so heißt es, warum sich bei jedem Wässern der Bäume ein wunderbares Leuchten von Gold und Silber verbreitete, ein zweifaches Licht von großer Schönheit, bevor das Licht des einen ganz dahinschwand und der andere sich zu seiner vollen Pracht entfaltete.

Wegen dieser strahlenden Bäume hatte Aule nun Licht in Fülle für seine Arbeit, und er nahm viele Werke in Angriff, und Tulkas half ihm nach Kräften, und Palúrien, Mutter der Magie, stand ihm zur Seite. Zuerst wurde auf Taniquetil ein Wohnsitz für Manwe und ein Wachtturm errichtet. Von dort sandte er seine pfeilschnellen Falken aus, wo er sie bei ihrer Rückkehr erwartete, und oft kam in späteren Tagen Sorontur dorthin, der König der Adler, dem Manwe viel Macht und Weisheit schenkte.

Dieses Haus wurde aus weißem und blauem Marmor erbaut und stand inmitten der Schneefelder, und seine Dächer waren gewebt aus der blauen Luft *ilwe,* die oberhalb der weißen und der grauen Luft ist. Dieses Gewebe ersannen Aule und seine Gemahlin, aber Varda übersäte es mit Sternen, und Manwe wohnte darunter; in der Ebene indessen und ganz im Lichtkreis der Bäume wurde eine bunte Zahl von Wohnungen erbaut wie eine heimelige und freundliche Stadt, und diese wurde Valmar genannt. Bei ihrem Bau wurde weder an Metallen oder Steinen noch am Bauholz gewaltiger Bäume gespart. Ihre Dächer waren aus Gold, die Böden aus Silber und die Türen aus polierter Bronze; Zaubersprüche richteten die Häuser auf, und magische Kräfte verbanden ihre Steine. Von diesen getrennt und an das offene Tal grenzend, lag ein großer Hof, und dieser diente Aule als Heim. Und er war angefüllt mit zaubrischen Gespinsten, gewebt aus dem Licht Laurelins, dem Schimmer Silpions und dem Glitzern der Sterne; andere aber waren aus goldenen und silbernen Fäden gemacht und aus Eisen und Bronze, so dünn gehämmert wie ein Spinnweb, und alle waren aufs schönste verwoben zu Geschichten aus der Musik der Ainur, die Dinge darstellten, die waren und sein werden, oder nur in den mächtigen Gedanken Ilúvatars lebendig gewesen sind.

In diesem Hof gab es alle Bäume, die später auf der Erde wuchsen, und ein Teich mit blauem Wasser lag dazwischen. Dort fielen jeden Tag immerwährend die Früchte in Fülle ins Gras und wurden als Leckerbissen von Palúriens Jungfrauen aufgelesen für die Herrin und ihren Gemahl.

Auch Osse hatte ein großes Haus, in dem er wohnte, wann immer ein Rat der Götter stattfand oder wenn er des Geräusches der Wellen auf seinen Meeren überdrüssig war. Für dieses Haus brachten Ónen und die Oarni Tausende von Perlen herbei, und die Böden waren aus

Meereswasser, und die Wandbehänge glitzerten wie die silbernen Schuppen von Fischen, und es war überdacht mit Gischt. Ulmo wohnte nicht in Valmar, und nachdem es erbaut war, kehrte er in die Äußeren Meere zurück, und wenn es je notwendig war, in Valinor zu weilen, begab er sich als Gast zu Manwes Hallen – doch das kam nicht oft vor. Auch Lórien wohnte weit entfernt, und seine Halle war geräumig und schwach erhellt und hatte ausgedehnte Gärten. Seinen Wohnsitz, von ihm Murmuran genannt, hatte Aule aus Nebeln gemacht, die er jenseits von Arvalin auf den Schattenmeeren gesammelt hatte, und er lag im Süden zu Füßen der Berge von Valinor an den Grenzen des Reiches, doch die Gärten breiteten sich wunderbar aus und zogen sich bis zu Silpion hin, dessen Schein sie eigenartig erhellte. Sie waren voller Labyrinthe und Irrwege, denn Palúrien hatte Lórien eine Fülle von Eiben, Zedern und Kiefern überlassen, die in der Dämmerung betäubende Düfte verbreiteten und die sich über tiefe Teiche neigten. An ihren Rändern krochen Glühwürmchen entlang, und in ihre Tiefen hatte Varda zu Lóriens Kurzweil Sterne gesetzt. Die Geister sangen wunderbar in diesen Gärten, die Nachtblumen dufteten, und die Lieder der schlaftrunkenen Nachtigallen erfüllten sie mit süßem Schall. Dort gediehen auch, rötlich in der Dunkelheit leuchtend, die Mohnblumen, welche die Götter *fumellar* nannten, die Blumen des Schlafs – und Lórien bediente sich ihrer oft bei seinen Zaubereien. In der Mitte dieses Gartens der Köstlichkeiten lag, umgeben von einem Ring hoch aufragender schattiger Zypressen, das tiefe Becken von Silindrin in einem Bett von Perlen. Silberne Lichter zuckten über seine glatte Oberfläche, die Schatten der Bäume lagen darauf, und die Berge von Valinor konnten sich darin spiegeln. Wenn Lórien hineinstarrte, sah er viele wundersame Bilder über den Wasserspiegel ziehen, und niemals duldete er, daß Silindrin im Schlaf gestört wurde, außer wenn Silmo sich geräuschlos nahte, um mit silbernem Krug aus der schimmernden kühlen Flut zu schöpfen und sich damit leise zu Silpion zu begeben, um die Wurzeln zu wässern, bevor der goldene Baum aufblühte.

Anderen Sinnes war Tulkas, und er wohnte mitten in Valmar. Voller Jugend ist er und gliederstark und ausgelassen, und deshalb wird er Poldórea genannt, der die Spiele liebt, das Schwirren der Bogensehne, den Faustkampf, das Ringen, Springen und Laufen und Lieder, zu denen man wohlgefüllte Becher schwenkt. Indessen ist er kein Zänker, der wie Makar ungereizt Schläge austeilt, obwohl niemand unter den Valar ist oder den Úvanimor (welche Ungeheuer, Riesen und Oger sind), der die Muskelkraft seines Arms und den Schlag seiner eisenumkleideten Faust nicht fürchtete, wenn er Grund zum Zorn hat. Ihm gehörte ein Haus voller Heiterkeit und fröhlichem Treiben; und es ragte mit vielen Stockwerken hoch in die Lüfte und hatte einen Turm von Bronze und einen breiten Bogengang mit Säulen aus Kupfer. In seinem Hof maßen sich die Männer im Spiel und im Wettkampf, und zuweilen brachte ihnen die liebliche Nessa, Tulkas' Gemahlin, Becher mit dem schönsten Wein und kühle Getränke. Doch am liebsten zog sie sich an einen Ort mit schönen Wiesen zurück, deren Grasdecke ihr Bruder Orome von der üppigsten aller Waldlichtungen abgeschält hatte, und Palúrien hatte sie mit Zaubersprüchen gepflanzt, so daß sie immer grün war und weich. Dort tanzte sie mit ihren Jungfrauen, solange Laurelin blühte. Und tanzt sie nicht gar schöner als Vána selbst?

In Valmar wohnte auch Noldorin, der vor langer Zeit als Salmar bekannt war, spielte nun Harfe und Leier, saß nun unter Laurelin und ließ seine süße Musik erschallen. Fröhlich sang Amillo dort zu seinem Spiel, der auch Ómar genannt wird und die schönste aller Stimmen besitzt, und alle Lieder in allen Sprachen kennt; wenn er aber nicht zur Harfe seines Bruders sang, erging er sich in Oromes Gärten, wo manchmal die zarte Jungfrau Nielíqui unter den Bäumen tanzte.

Orome nannte ein ausgedehntes Gebiet sein eigen, und er liebte es sehr, und seine Mutter Palúrien liebte es nicht weniger. Die Gehölze, welche die beiden auf der Ebene von Valinor anpflanzten und sogar auf den Ausläufern der Berge, finden auf der Erde nicht ihresgleichen. Tiere tummelten sich dort, Hirsche zwischen den Bäumen und Rinderherden auf den Lichtungen und weiten Grasländern; Bisons und Pferde liefen dort frei umher, drangen freilich nie in die Gärten der Götter ein; sie lebten friedlich und ohne Furcht, denn es gab dort keine Raubtiere, und Orome zog in Valinor nicht auf die Jagd. Wenngleich er dieses Reich sehr liebt, hält er sich doch sehr oft in anderen Teilen der Welt auf; ebenso häufig wie Palúrien und häufiger noch als Osse, und dort wird er zum größten aller Jäger. Doch in Valmar sind seine Hallen schlicht und geräumig, und sehr prächtige und wertvolle Häute und Felle bedecken dort den Boden oder sind an den Wänden aufgehängt und dazu Speere, Bögen und Messer. In der Mitte jedes Gemachs und jeder Halle wächst ein lebendiger Baum und trägt das Dach, geschmückt mit Jagdtrophäen und Geweihen. Hier versammelt sich Oromes Gefolge, in Grün und Braun gekleidet, in lärmender Fröhlichkeit, und der Herr der Wälder wird mit kräftigen Hochrufen begrüßt; doch Vána, seine Gemahlin, stiehlt sich davon, so oft sie kann. Weit entfernt von den geräuschvollen Höfen des Hauses liegen ihre Gärten, und vom unbebauten Land trennt sie ein fester Zaun aus großgewachsenem Weißdorn, der Blüten trägt wie ewiger Schnee. Im Herzen dieser Gärten liegt, von Rosen eingefaßt, der abgeschiedene Ort, den diese schöne Herrin des Frühlings am meisten liebt. Mitten auf diesen Fleck der Wohlgerüche hat Aule vor langer Zeit jenen Kessel gesetzt, den goldenen Kulullin, der für immer mit dem Glanz Laurelins gefüllt ist wie mit schimmerndem Wasser, und er hat ihn in einen Springquell verwandelt, so daß der ganze Garten vom Heil und Glück seines reinen Lichtes erfüllt ist. Dort singen Vögel das ganze Jahr aus voller Kehle wie in einem ewigen Frühling, und es erblüht ein Blumenmeer voll jubelnden Lebens. Doch niemals wurde auch nur ein Tropfen vom Glanz des goldenen Kessels vergeudet, außer wenn Vánas Jungfrauen, angeführt von Urwen, den Garten beim Wachsen Silpions verließen, um die Wurzeln des Flammenbaums zu wässern; um den Springquell aber war es immer hell vom bernsteinfarbenen Licht des

Tags, das bienengleich die Rosen umschwirrte, und dort wandelte Vána voll Anmut, während Lerchen über ihrem goldenen Haupt sangen.

So lieblich waren diese Stätten, und der Glanz der Bäume von Valinor war so groß, daß Vefántur und sein Weib Fui es nicht ertragen konnten, lange dort zu verweilen, sondern weit fortzogen in den Norden jener Gebiete, und dort, unter den Wurzeln der kältesten und nördlichsten Berge Valinors, die hier fast so hoch sind wie die von Arvalin, baten sie Aule, ihnen eine Halle zu graben. Da nun alle Götter nach ihrem eigenen Geschmack wohnen sollten, erfüllte er ihren Wunsch, und die beiden und ihr schattengleiches Gefolge halfen ihm. Die Höhlen, die sie gruben, waren riesig und erstreckten sich bis unter die Schattenmeere, sie sind voll von Düsternis und Widerhall, und allen Göttern und Elben sind sie unter dem Namen Mandos bekannt. Dort saß Vefántur in einer finsteren Halle, die er nach seinem eigenen Namen Vê nannte. Nur ein einziges Gefäß in ihrer Mitte erhellte sie, worin einige schimmernde Tropfen vom bleichen Tau Silpions lagen, dunkle Schleier verhüllten die Wände, und der Boden und die Säulen waren aus schwarzem Marmor. In späteren Tagen zogen hierher die Elben aller Stämme, die im Kampf erschlagen worden oder aus Kummer um die Erschlagenen gestorben waren – nur so können die Eldar sterben, und auch nur für eine bestimmte Zeit. Dort sprach Mandos sein Urteil, und dort warteten sie in der Finsternis, träumten von ihren vergangenen Taten, bis die von ihm bestimmte Zeit gekommen war, da sie in ihren Kindern wiedergeboren werden und wieder fortgehen, lachen und singen würden. Fui kam nicht oft nach Vê, denn sie beschäftigte sich lieber damit, salzige Säfte herzustellen, aus denen Tränen bestehen, oder sie wob schwarze Wolken und ließ sie aufsteigen, daß sie von den Winden ergriffen und über die Welt getragen würden; und ihre lichtlosen Gespinste ließen sich immer wieder auf jenen nieder, die in den Hallen wohnten, und das waren Verzweiflung und hoffnungslose Klage, Kummer und schweres Leid. Die Halle, die sie am meisten liebte, war geräumiger noch und dunkler als Vê, und auch Fui gab ihr ihren eigenen Namen. Dort brannte vor ihrem Sessel in einer flachen Pfanne eine einzige Kohle, das Dach war aus Fledermausflügeln, und die Säulen, die es stützten, und die Wände bestanden aus Basalt. Die Söhne der Menschen kamen hierher, um ihr Schicksal zu erfahren, und mit sich trugen sie die ganze Vielzahl von Übeln, die Melkos unselige Musik in die Welt gebracht hatte: Gemetzel und Feuer, Hunger und Unglück, Krankheiten und Überfälle im Dunkel, Grausamkeit und bittere Kälte, Zorn und eigene Torheit hatten sie hierhergeführt; und Fui las in ihren Herzen. Einige hieß sie in Mandos unter den Bergen bleiben, andere trieb sie hinaus in die Berge, und Melko trug sie nach Angamandi oder Eisenhölle, wo unheilvolle Tage sie erwarteten. Andere wieder, und dies sind viele, schickt sie auch an Bord des schwarzen Schiffes Mornie, das immer in einem dunklen Hafen des Nordens ankert und die Zeit erwartet, da der düstere Zug langsam über zerklüftete Pfade von Mandos zur Küste hinuntergezogen kommt.

Wenn das Schiff dann bemannt ist, entfalten sich von selbst seine düsteren Segel, und es zieht vor einem leichten Wind an jenen Gestaden entlang. Und wenn es nach Süden kommt, werfen alle, die an Bord sind, sehnsüchtige und wehmütige Blicke auf jene flache Stelle inmitten der Berge, wo vielleicht auf der Ebene in weiter Ferne Valinor zu ahnen ist; und diese Öffnung liegt nahe an Taniquetil, wo der Strand von Eldamar ist. Nie sahen sie mehr von jenem strahlenden Ort, sondern wurden weitergetragen und hausen danach auf den weiten Ebenen Arvalins. Dort wandern sie in der Dämmerung umher, lagern, wo es ihnen gefällt, doch entbehren sie nicht gänzlich den Gesang, können die Sterne sehen und geduldig warten, bis das Große Ende kommt.

Wahrlich, klein ist die Zahl jener Glücklichen, die zu einer bestimmten Zeit von Nornore, dem Herold der Götter, aufgesucht werden. Dann fahren sie mit ihm in Wagen oder reiten auf prächtigen Pferden hinunter in das Tal von Valinor, feiern in den Hallen Valmars und wohnen in den Häusern der Götter, bis das Große Ende kommt. Fern, fern sind sie von den schwarzen Gebirgen des Nordens und den nebligen Ebenen Arvalins, und Musik, klares Licht und Freude wird ihnen zuteil.

Und seht! Nun habe ich die Häuser aller großen Götter beschrieben, die Aules geschickte Hände in Valmar erbaut haben, aber Makar und seine düstere Schwester Meásse erbauten sich selber ein Haus, wobei ihnen nur ihre eigenen Gefolgsleute halfen, und dies war eine finstere Halle.

Nicht weit von Mandos erhob sie sich auf den Grenzen der Äußeren Lande. Aus Eisen war sie gemacht und ohne jeden Schmuck. Dort fochten die Vasallen Makars in voller Rüstung miteinander, Waffenlärm erklang dort, Schreie und Trompetengeschmetter, Meásse aber war mitten zwischen den Kämpfern, reizte sie zu neuen Hieben oder stärkte die Ermattenden mit kräftigem Wein, damit sie weiterkämpften; und ihre Arme waren durch das wilde Getümmel bis zu den Ellbogen mit Blut bespritzt. Kein einziger der Götter begab sich je an diesen Ort, Tulkas ausgenommen, und wenn sie Mandos besuchen wollten, machten sie Umwege und wählten Pfade, die nicht an dieser lärmerfüllten Halle vorüberführten; Tulkas indessen maß sich dort zuweilen im Ringkampf mit Makar oder teilte schwere Faustschläge an die Kämpfenden aus, und er tat dies, damit er durch sein angenehmes Leben nicht verweichliche, denn er liebte diese Raufbolde nicht, ebensowenig wie diese in Wahrheit ihn liebten und seine gewaltige, zornlose Kraft. Ohne Unterbrechung dauerten nun diese Kämpfe in den Höfen Makars fort, außer wenn man sich in den Hallen zu Festen versammelte, oder wenn Makar und Meásse weit fort waren und gemeinsam in den schwarzen Bergen Wölfe und Bären jagten. Dieses Haus aber war voll von kriegerischen Waffen jeder Art, und gewaltige spiegelblanke Schilde hingen an den Wänden. Fackeln erhellten es, und wilde Lieder von Sieg und Plünderung und Verfolgung wurden dort gesungen, und das rote Licht der Fackeln wurde von den Klingen der nackten Schwerter widergespiegelt. Dort sitzen oft Makar und seine Schwester und hören den Liedern zu, und Makar hat eine riesige Hellebarde auf den Knien, und Meásse hält einen Speer. Aber in jenen Tagen, bevor Valinor sich verhüllte, waren diese beiden meistens in der Welt unterwegs und ihrer Heimat fern, denn sie liebten den ungezügelten Aufruhr, den Melko überall in der Welt entfachte.

So ist denn Valinor nun erbaut, und großer Frieden herrscht dort, und die Götter leben in Freude, denn nicht viele zänkische Geister wohnen unter ihnen, und Melko hält sich fern.«

Da sagte einer der Zuhörer, ein Kind, das Gedichte und Geschichten gleichermaßen leidenschaftlich liebte: »Ich wollte, Melko wäre später nie dorthin gekommen, und ich wollte, ich hätte dieses Land sehen können, gerade so neu und schön, wie Aule es geschaffen hat.« Dieses Kind hatte die Geschichte Rúmils schon vorher gehört und viel darüber nachgesonnen, aber für die meisten der Zuhörer war sie ebenso neu wie für Eriol, und alle saßen in tiefem Staunen da. Da sagte Eriol: »Mächtig und ruhmreich sind die Valar, und gern würde ich noch mehr von diesen ältesten Tagen hören, sähe ich nicht den Schimmer der Kerzen des Schlafs, die auf dem Weg hierher sind«; doch von einem Kissen nahe Lindos Sessel sprach ein anderes Kind: »Nein, ich möchte lieber in Makars Hallen sein und vielleicht ein Schwert oder Messer haben; doch in Valmar, meine ich, wäre es schön, bei Orome zu Gast zu sein.« Und Lindo lachte und sagte: »Das wäre wirklich nicht schlecht.«

Und damit erhob er sich, und für diesen Abend hatte es mit dem Geschichtenerzählen ein Ende.

Veränderungen der Namen

Ónen < *Ówen* (nur bei der ersten Nennung; später *Ónen*).

Eruman und *Arvalin* Ursprünglich wurden die Namen dieser Gebiete *Habbanan* und *Harmalin* geschrieben, doch später durchgehend (mit zwei Ausnahmen, wo *Habbanan* übersehen wurde) zu *Eruman* (einmal *Erumáni*, S. 87) und *Arvalin* verbessert.

Lomendánar < *Lome Danar.*

Silindrin < *Telimpe (Silindrin)* (nur bei der ersten Nennung; später nur *Silindrin*).

Lindelokse < *Lindelóte* (vgl. S. 34).

Kommentar

Die ausführliche Schilderung Rúmils wird am besten abschnittweise kommentiert, und ich beginne mit:

(1) Die Ankunft der Valar und ihre Auseinandersetzung mit Melko (S. 98 ff.)
Die Beschreibung des Eintritts der Valar in die Welt ist nicht beibehalten worden, obgleich die Schilderung des Ereignisses hier die früheste Ausformung der Geschichte ist, die in der *Valaquenta* (*Das Silmarillion,* S. 31–36) erzählt wird; eine konsequente Weiterentwicklung dieser Urfassung gab es hingegen nicht. Dieser Abschnitt ist von großem Interesse, denn hier sind viele Gestalten der Mythologie versammelt, die beibehalten wurden, neben anderen, die ausgeschieden wurden. Es ist bemerkenswert, wie viele der Namen der Valar in den frühesten Schriften später niemals durch andere ersetzt oder umgeformt wurden: *Yavanna, Tulkas, Lórien, Nienna, Orome, Aldaron, Vána* und *Nessa* erscheinen in dieser Geschichte zum erstenmal; *Manwe, Súlimo, Varda, Ulmo, Aule, Mandos, Osse* und *Salmar* waren bereits früher aufgetaucht. Einige blieben in veränderter Form erhalten: *Melkor* für *Melko, Uinen* für *Ónen, Feanturi* für *Fánturi;* wohingegen andere wie Yavanna *Palúrien* und Tulkas *Poldórea* lange in der »Silmarillion«-Tradition verblieben, bevor sie ersetzt wurden durch *Kementári* (vgl. jedoch *Kémi* »Erd-Herrin« in dieser Geschichte) und *Astaldo.* Aber einige dieser frühen Valar waren mit der nächsten Entwicklungsphase nach den *Verschollenen Geschichten* verschwunden: Ómar-Amillo und die barbarischen Kriegsgötter Makar und Meásse.

Hier erscheinen auch bestimmte Verwandtschaftsbeziehungen, die bis zur letzten Form beibehalten wurden. So waren Lórien und Mandos von Beginn an Brüder, jeder von ihnen mit einer besonderen Beziehung zu ›Träumen‹ und ›Tod‹; und Nienna stand mit ihnen von Anfang an in enger verwandtschaftlicher Beziehung: hier als »die Gemahlin Mandos'«, später freilich als Schwester der Feanturi. Die ursprüngliche Konzeption Niennas war in der Tat dunkler und furchteinflößender, als sie es später wurde. Sie war eine Todesgöttin mit einer engen Beziehung zu Mandos. Osses ungeklärte Beziehung zu Ulmo geht, wie man sieht, bis auf die Anfänge zurück; aber Ulmos Hochmut und Zurückhaltung verschwinden nach und nach, zumindest als ausdrücklich genannter Zug seines göttlichen »Charakters«. Vána war bereits die Gattin Oromes, doch dieser war der Sohn Aules und (Yavanna) Palúriens; in der späteren Weiterentwicklung der Mythen verlor Vána in bezug auf Nienna an Bedeutung; Orome dagegen wurde schließlich einer der großen Valar, *Aratar.*

Besonders interessant ist die Passage, die sich mit der Schar geringerer Geister befaßt, die Aule und Palúrien begleiteten; man ersieht daraus, wie alt die Konzeption ist, nach der die Eldar im Kern ihres Wesens gänzlich verschieden sind von »Kobolden, Feen und Elfen«, denn die Eldar sind »aus der Welt«, während jene andere Geschöpfe sind, die der Zeit vor der Weltschöpfung entstammen. Im späteren Werk findet sich keine Spur mehr von solchen Ausführungen über das »Feen-Element« in der Bevölkerung der Welt: Die Maiar werden kaum erwähnt, und sicherlich gehörten zu ihnen keine Geschöpfe, »die morgens in den Gräsern und abends im hohen Getreide singen.«*

Salmar, Gefährte Ulmos, der in der *Musik der Ainur* aufgetreten war (S. 90), wird nun mit Noldorin gleichgesetzt, der von Vaire in der ersten Geschichte (S. 26) erwähnt wurde. In späteren Schriften erscheint er nicht mehr, außer, daß er mit Ulmo kam und dessen Hörner schliff (*Das Silmarillion,* S. 49).

In der späteren Entwicklung dieser Geschichte wird nicht erwähnt, wie Tulkas (oder Mandos!) zu Beginn der Geschichte der Valar in Arda auszog, um Melkor aufzustöbern. Im *Silmarillion* erfahren wir vielmehr von dem großen Krieg zwischen den Valar und Melkor »bevor Arda noch ganz erschaffen war« und wie Tulkas aus dem »fernen Himmel« kam und Melkor in die Flucht schlug, so daß er floh und »im äußeren Dunkel brütete«.

(2) Die früheste Konzeption der Westlichen Lande und der Ozeane

In der Geschichte *Die Hütte des Vergessenen Spiels* wurde die Bezeichnung »Äußere Lande« für die Länder östlich des Großen Meeres, das spätere Mittel-

---

* Vgl. *Das Silmarillion,* S. 37: »Mit den Valar kamen andre Wesen, und auch sie sind älter als die Welt, von gleicher Art wie die Valar, doch minderen Ranges. Dies sind die Maiar, das Gefolge der Valar, ihre Diener und Gehilfen. Ihre Zahl ist den Elben nicht bekannt, und nur wenige haben Namen in den Sprachen der Kinder Ilúvatars.« Eine frühere Fassung dieser Passage lautet: »Viele geringere Wesen brachten die Valar in ihrem Gefolge mit, große und kleine, und einige von ihnen wurden von den Menschen mit den Eldar oder Elben verwechselt; doch irrtümlich, denn sie waren vor der Welt da, wogegen Elben und Menschen erst nach der Ankunft der Valar in der Welt erwachten.«

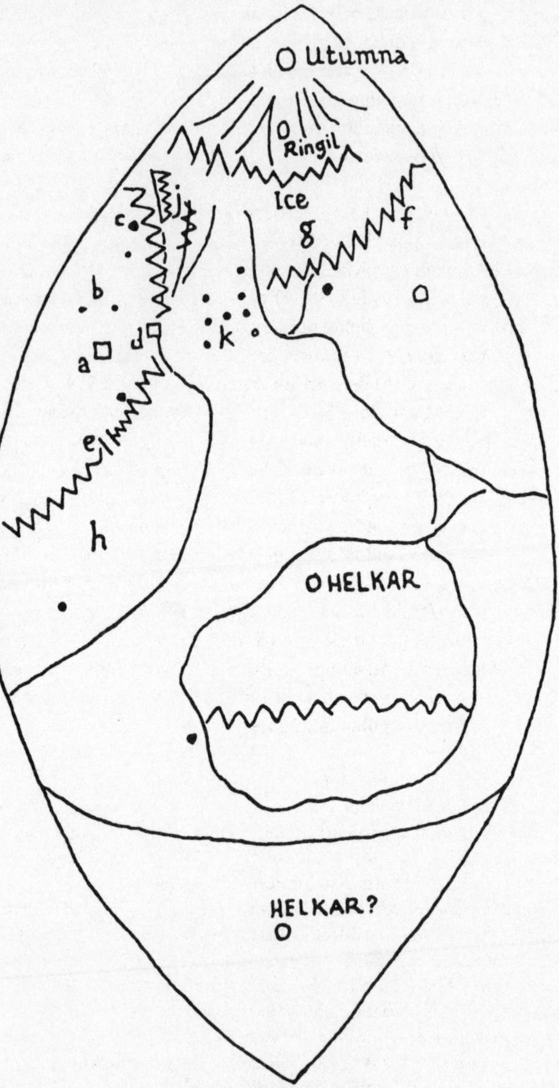

Die früheste Karte

erde, gebraucht; und dann zu »Große Lande« umgewandelt (S. 27). Die »Äußeren Lande« werden nun definiert als die Dämmerinseln, Eruman (oder Arvalin) und Valinor (S. 84). In den *Verschollenen Geschichten* wird merkwürdigerweise sehr häufig »die Welt« gleichgesetzt mit den Großen Landen oder mit der ganzen Oberfläche der Welt westlich der Äußeren Lande; so ragten die Berge »gewaltig zwischen Valinor und der Welt« auf (S. 87), und König Inwe hörte »das Klagelied der Welt« (S. 21).

Es ist sinnvoll, hier eine Karte wiederzugeben, die eigentlich erst zum Text einer späteren Geschichte *(Melkos Diebstahl und die Verdunkelung von Valinor)* gehört. Diese Karte, auf eine Manuskriptseite gezeichnet, ist nicht mehr als eine hastige Skizze und in vielen Details schwer oder gar nicht zu deuten. Die Wiedergabe ist so exakt wie möglich. Die Kleinbuchstaben (a, b, c etc.) habe ich eingefügt, um die Erklärung zu vereinfachen.

Utumna (später Utumno) liegt im äußersten Norden, nördlich von der Leuchten-Säule Ringil; die Lage der südlichen Säule scheint nach dieser Karte noch nicht festgelegt gewesen zu sein. Das *a* genannte Rechteck ist offensichtlich Valmar, und die beiden *b* genannten Punkte habe ich den Zwei Bäumen zugeordnet, von denen es später heißt, sie hätten sich nördlich der Stadt der Götter befunden. Der *c* genannte Punkt ist ziemlich sicher der Wohnsitz Mandos' (vgl. S. 116, wo es heißt, daß Vefántur Mandos und Fui Nienna von Aule erbaten, ihnen eine Wohnstatt zu graben, »unter den Wurzeln der kältesten und nördlichsten Berge Valinors«);* mit dem Punkt südlich von *c* kann schwerlich die Halle von Makar und Meásse gemeint sein, weil es heißt (S. 118), sie habe, wenn auch nicht weit von Mandos' Hallen entfernt, »auf den Grenzen der Äußeren Lande« gestanden.

Die Gegend, die ich mit *h* bezeichnet habe, ist Eruman/Arvalin (sie erhielt am Ende den Namen Avathar), früher *Habbanan/Harmalin (Harwalin)* (vgl. S. 119f.).

---

* Im *Silmarillion* (S. 34) standen Mandos' Hallen »im Westen von Valinor«. Der letzte Text der *Valaquenta* hat in Wirklichkeit »im Norden«, doch im veröffentlichten Text änderte sich dies in »im Westen« (»Norden« und »Westen« sind ebenfalls vertauscht, S. 79). Ich tat dies aufgrund der Feststellung in derselben Passage, nach der Niennas Hallen »im westlichsten Westen, an den Grenzen der Welt«, doch nahe an denen von Mandos lagen. Aus anderen Abschnitten wird deutlich, daß sich Mandos' Hallen an den Gestaden des Äußeren Meeres befanden; vgl. *Das Silmarillion,* S. 207: »Denn auf Lúthiens Geheiß wartete Berens Geist in Mandos' Hallen, nicht gewillt, die Welt zu verlassen, ehe nicht Lúthien ihm ein letztes Lebewohl sagte an den dunklen Ufern des Außenmeeres, auf das die Menschen hinausfahren, wenn sie sterben, um nie wiederzukehren.« Die Angaben »im Norden von Valinor« und »an den Ufern des Außenmeeres« stehen gleichwohl im Gegensatz zueinander, und ich bedaure das ungerechtfertigte Eingreifen des Herausgebers.

Auf einer in den 30er Jahren angefertigten Karte verläuft die Westküste des Großen Meeres in einer sanften und regelmäßigen, nach Westen gebauchten Kurve von Norden nach Süden, während die Berge Valinors faktisch das Gegenbild dieser Kurve in östlicher Richtung bilden; wo beide Kurven sich in der Mitte berühren, liegen Túna und Taniquetil. So erstrecken sich zwischen den Bergen und dem Meer zwei Landgebiete in langgestreckter V-Form vom Mittelpunkt nach Norden bzw. nach Süden; diese werden Eruman (nach Norden) und Arvalin (nach Süden) genannt.

In der kleinen einfachen Karte verläuft das Gebirge bereits ebenso und wird im Text beschrieben als »mächtig geschwungene Kurve nach Westen«. Anders dagegen verläuft die Küstenlinie. Leider ist die kleine Karte hier nicht eindeutig, denn es gibt mehrere Linien (als *j* bezeichnet), die von Kôr *(d)* nach Norden verlaufen, und es ist unmöglich auszumachen, ob die darauf befindlichen Zeichen später wegradiert werden oder ob sie parallele Bergketten bedeuten sollten. Ich glaube aber, daß diese Linien in Wahrheit verschiedene Lösungsmöglichkeiten für den Verlauf des Gebirges von Valinor im Norden darstellen; ich habe kaum Zweifel, daß mein Vater zu dieser Zeit keine klare Vorstellung von dem »Ödland« nördlich von Kôr und östlich des Gebirges hatte. Diese Deutung der Karte stimmt mit der Beschreibung im Text überein: »die Schattenmeere bilden im Norden Erumans eine ausgedehnte Bucht, so daß die Wogen an die Füße der großen Klippen schlagen und die Berge am Meeresrand stehen« (S. 104); und: Taniquetil blickt »von der Spitze der Bucht nach Süden über Eruman hin und nach Norden über die Feenbucht«. Unter diesem Gesichtspunkt wurde der Name *Eruman* (später *Araman*), zuerst eine Alternative zu *Arvalin,* für das nördliche Ödland übernommen, als die Küstenregionen symmetrischer angelegt wurden.

In der Geschichte heißt es (S. 104), daß es »in dieser großen Wasserküste des Westens viele kleinere Länder und Inseln [gibt], bevor man zu den abgeschiedenen Meeren gelangt, deren Wellen die Zauberinseln umspielen«. Die kleinen Kreise auf der Karte *(k)* stellen offenbar diese Inselgruppen dar (von den Zauberinseln wird weiter unten die Rede sein). Die Schattenmeere waren, wie später deutlicher werden wird, ein Teil des Großen Meeres westlich von Tol Eressea. Die anderen Buchstaben auf der Karte beziehen sich auf Details, die in der Geschichte noch nicht aufgetaucht sind.

In dieser Geschichte begegnen wir der wichtigen kosmologischen Vorstellung von den Drei Lüften: Vaitya, Ilwe und Vilna, und der des Äußeren Meeres (ohne Gezeiten, kalt und »dünnflüssig«). In der *Musik der Ainur* hieß es (S. 90), daß Ulmo im Äußeren Ozean wohnt und Osse und Ónen die Herrschaft über die »Wellen und die geringeren Meere« übertrug; er wird dort »der Uralte von Vai« genannt (aus Ulmonan verbessert). Nun wird deutlich, daß *Ulmonan* der Name seiner Hallen im Äußeren Ozean ist, und auch, daß zu den von Osse und Ónen beherrschten »geringeren Meeren« auch das Große Meer gehört (S. 103).

Es gibt eine sehr frühe und höchst bemerkenswerte Zeichnung (vgl. Abbildung auf S. 126), auf der die Welt im Querschnitt zu sehen und als ein riesiges Wikinger-Schiff dargestellt ist, dessen Mast vom höchsten Punkt der Großen Lande ausgeht, mit einem einzigen Segel, auf dem Sonne und Mond zu sehen sind, dessen Taue am Taniquetil und an einem großen Berg im äußersten Osten festgemacht sind, und mit einem geschwungenen Bug (die schwarzen Flecken auf dem Segel sind Tintenkleckse). Diese Zeichnung wurde ziemlich rasch mit Bleistift auf einem kleinen Blatt Papier entworfen; sie steht in enger Verbindung mit der Kosmologie der *Verschollenen Geschichten.*

Es folgt hier eine Liste von Namen und Worten, die sich auf der Zeichnung befinden, und, so weit es möglich war, auch ihrer Bedeutungen (doch ohne etymologische Ableitung; dazu siehe Anhang).

I Vene Kemen Das ist eindeutig der Titel der Zeichnung; er könnte »Die Gestalt der Erde« oder »Das Schiff der Erde« bedeuten (siehe im Namenverzeichnis unter *Glorvent*).

Nūme ›Westen‹.

Valinor; Taniquetil (Die enorme Höhe von Taniquetil ist beachtenswert: In der Geschichte heißt es, er sei so hoch gewesen, daß von dort »das Getriebe der westlichen Häfen in den Ländern der Menschen« zu sehen war (S. 104). Die unglaubliche Höhe erkennt man sehr schön auf einem Bild, das mein Vater 1927/8 gemalt hat. (*Pictures by J. R. R. Tolkien,* Nr. 31).

Harmalin Früherer Name von *Arvalin* (vgl. S. 119f.).

i aldas ›Die Bäume‹ westlich von Taniquetil.

Toros valinoriva Die Bedeutung von *Toros* ist ungeklärt, doch auf jeden Fall ist der erste Buchstabe des Wortes, falls es ein T ist, sehr uncharakteristisch. Die Bezeichnung scheint sich auf die Berge von Valinor zu beziehen.

Tolli Kimpelear Es muß sich um die Dämmerinseln handeln, doch ich habe das Wort Kimpelear oder eine ähnliche Form nirgendwo sonst gefunden.

Tol Eressea ›Die Einsame Insel‹.

I Tolli Kuruvar ›Die Zauberinseln‹.

Haloisi Velike ›Das Große Meer‹.

Ô ›Das Meer‹ (Was bedeutet das Gebäude auf dem Meeresgrund unterhalb des Namens *Ô?* Mit Sicherheit muß es der Wohnsitz Osses unter dem Großen Meer sein, von dem in der folgenden Geschichte die Rede ist. S. 154f.).

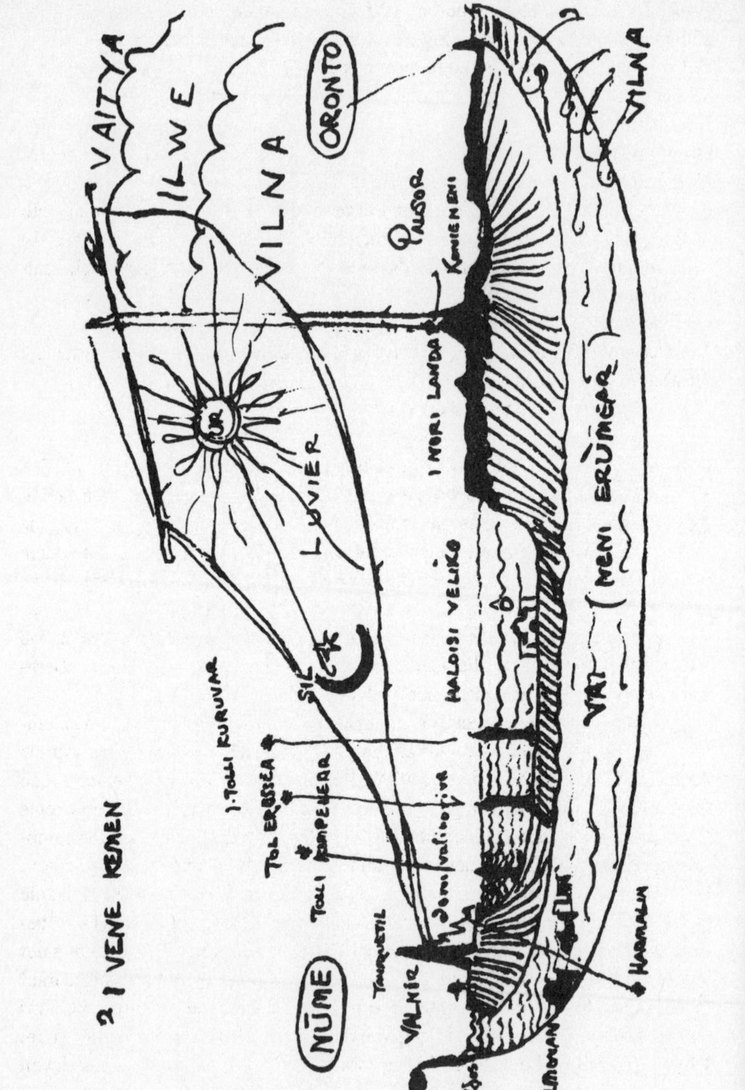
2 I VENE KEMEN
VAITYA
ILWE
VILNA
UR
LUVIER
SIL
I·TOLLI KURUVAR
TOL ERESSEA
NŪME
ORONTO
TANIQUETIL
VALMIR
PALISOR
I NORI LANDA
HALOISI VELIKO
ULMONAN
HARMALIN
VAI
NENI ERÙMEAR
VILNA

I Nori Landar Bedeutet vermutlich ›Die Großen Lande‹.
Koivienéni Die Vorform von Cuiviénen, die ›Wasser des Erwachens‹.
Palisor Das Land, wo die Elben erwachten.
Sil ›Mond‹.
Ûr ›Sonne‹.
Oronto ›Osten‹.
Vaitya, Ilwe und *Vilna* erscheinen, wie in der Geschichte [S. 100] beschrieben, in drei Schichten und *Vilna* noch einmal am rechten unteren Bildrand. Für letzteres gibt es in den *Verschollenen Geschichten* keine Erklärung; es ist auch überhaupt nicht klar, was die gekräuselten Linien an dieser Stelle darstellen sollen.
Ulmonan Die Hallen Ulmos.
Uin Der große Walfisch, der später in den *Verschollenen Geschichten* auftaucht.
Vai Der Äußere Ozean.
Neni Erùmear ›Äußerste Wasser‹ = *Vai.*

Aus der Zeichnung wird deutlich, daß die Welt in und auf Vai schwimmt. Das entspricht in der Tat der Beschreibung, die Ulmo selbst in einer späteren Erzählung gibt (S. 300): »Seht, es gibt nur einen Ozean, und das ist Vai, denn jene Wasser, die Osse für Ozeane hält, sind nur Meere, Wasser, die in den Höhlungen des Gesteins liegen ... In diesem großen Wasser schwimmt die mächtige Erde, getragen vom Wort Ilúvatars ...«

An derselben Stelle spricht Ulmo von den Inseln in den Meeren und sagt, daß (»außer einigen wenigen, die noch frei umherschwimmen«) sie »nun wie Bergspitzen aus ihren tangbewachsenen Tiefen« aufragen.

Es scheint naheliegend, daß es zwischen *Vai* und *Vaitya* sowohl in physikalischer wie in etymologischer Hinsicht einen Zusammenhang gab. *Vaitya* war die äußerste der drei Lüfte und »umhüllt dunkel und träge die Welt« (später in den *Verschollenen Geschichten* gibt es einen Hinweis auf »das dunkle und feine Reich von Vaitya, das alles umgibt«, S. 257). In der nächsten Phase der kosmologischen Mythologie (in den 30er Jahren vollständig und klar dokumentiert und illustriert in einem Werk, betitelt *Ambarkanta,* die Gestalt der Welt), ist die ganze Welt von *Vaiya* umschlossen, ein Wort, das ›Falte‹, ›Decke‹, ›Hülle‹ bedeutet; Vaiya ist eher »ein Meer unter der Erde« (was mit der Beschreibung der Wasser von Vai als sehr »dünnflüssig« übereinstimmt; kein Boot kann darauf fahren, kein Fisch darin schwimmen, sondern nur der verzauberte Fisch Ulmos und sein Wagen können sie durchqueren); und in Vaiya unter der Erde wohnt Ulmo. Folglich ist Vaiya zum Teil aus Vaitya und zum Teil aus Vai entwickelt worden.

Da nun im frühesten Wörterverzeichnis der Qenya-Sprache (siehe im Anhang das Namensverzeichnis) sowohl *Vaitya* (»die äußerste Luftschicht außerhalb der Welt«) als auch *Vai* (»der äußere Ozean«) von einer Wurzel *vaya-,* ›umhüllen‹, abgeleitet werden, und da ferner in der vorliegenden Erzählung von Vaitya gesagt wird, sie »umhülle die Welt«, könnte man denken, daß Vaitya-Vai schon in der frühen Kosmologie eine zusammenhängende umhüllende Substanz war und daß die spätere Kosmologie in diesem Punkt nur deutlich machte, was in den *Verschollenen Geschichten* vorhanden war, aber unausgesprochen blieb. Doch es gibt in den frühen Schriften mit Sicherheit keinen eindeutigen Beleg für diese Vermutung; und bei einem erneuten Blick auf die Karte scheint sie unhaltbar. Denn Vai ist offensichtlich *nicht* mit Vaitya verbunden; und wenn das Auftauchen von Vilna am unteren Bildrand so aufzufassen ist, als ob die Erde *und* der Ozean, in und auf dem sie schwimmt, sich innerhalb der drei Lüfte befunden hätten, deren innerste (Vilna) wir unterhalb von Erde und Vai wiedererscheinen sehen, dann wird die Vermutung, Vaitya-Vai hingen zusammen, noch nachdrücklicher widerlegt.

Es bleibt die verwirrende Frage der Wiedergabe der Welt als ein Schiff. An einer einzigen Stelle findet sich ein Hinweis darauf, daß mein Vater sich die Welt in dieser Weise vorgestellt haben könnte: Die oben zitierte Passage, in der Ulmo zu den Valar über Vai spricht, endet: »O Valar, ihr kennt nicht alle Wunder, und viele geheimnisvolle Dinge gibt es *unter dem dunklen Kiel der Erde,* wo ich die mächtigen Hallen Ulmonan mein eigen nenne, von denen ihr noch nie geträumt habt.«

Doch in der Zeichnung liegt Ulmonan nicht unter dem Kiel des Schiffes, sondern im Schiffsrumpf; und ich neige zu der Ansicht, daß Ulmos Worte »unter dem dunklen Kiel der Erde« sich auf die Gestalt der Erde selbst beziehen, die eindeutig schiffsförmig ist. Außerdem scheint es mir nach eingehender Prüfung der Originalzeichnung wahrscheinlich, daß der Mast, das Segel und der geschwungene Bug *später hinzugefügt wurden.* Kann es nicht sein, daß der Umriß von Erde und Vai, als er sie gezeichnet hatte, ihn – da sie wie ein Schiffsrumpf aussahen – dazu veranlaßten, Mast, Segel und Bug hinzuzufügen, nur aus einer Laune heraus und ohne tiefere Bedeutung? Das erscheint ebenso gewöhnlich wie unwahrscheinlich, aber ich habe keine andere Erklärung anzubieten.*

* Wenn dem so ist, und wenn *I Vene Kemen* ›Das Erd-Schiff‹ bedeutet, dann muß dieser Titel gleichzeitig mit dem Mast, dem Segel und dem Bug der Zeichnung hinzugefügt worden sein. In dem kleinen Notizbuch (oben S. 35f. erwähnt) findet sich eine einzelne Notiz: »Karte des Schiffs der Welt«.

(3) Die Leuchten (S. 106)
In diesem Teil der Erzählung unterscheidet sich die Geschichte deutlich von den späteren Fassungen. Hier gibt es weder den Wohnsitz der Valar auf der Insel Almaren nach der Anfertigung der Leuchten (*Das Silmarillion,* S. 44) und natürlich ebensowenig die Rückkehr Melkos von »außerhalb« – denn hier verläßt Melko die Welt nicht, nachdem er sie betreten hat, sondern hat vielmehr die Säulen der Leuchten selbst angefertigt. In dieser Geschichte wird seine arglistige Bereitschaft zur Zusammenarbeit akzeptiert (sogar was die Benennung der Säulen betrifft), obgleich einige ihm mißtrauen; wogegen in der späteren Geschichte seine Feindseligkeit und Bösartigkeit den Valar bekannt werden, obgleich sie von seiner Rückkehr nach Arda und dem Bau Utumnos erst erfuhren, als es zu spät war. In der vorliegenden Erzählung offenbart Melkos Verhalten eine Durchtriebenheit und niederträchtige Arglist, die nicht erhalten bleiben konnten (doch die Geschichte von der betrügerischen Anfertigung der Säulen aus Eis hat sich bis in die Fassungen der 30er Jahre gehalten).

Später wurden auch die Leuchten benannt (schließlich, nachdem allerlei andere Formen erdacht und verworfen worden waren, erhielt die nördliche Leuchte den Namen *Illuin* und die südliche den Namen *Ormal*). Im *Silmarillion* hat sich *Ringil* (es enthält *ring,* ›kalt‹) nur noch als Name für Fingolfins Schwert erhalten, Helcar jedoch ist jenes Binnenmeer, das sich an der Stelle befand, »wo einst die Wurzeln des Berges Illuin gewesen waren« (S. 73). In der vorliegenden Erzählung war Helkar der Name der südlichen und nicht der nördlichen Säule. Jetzt bedeutet *helkar* ›äußerste Kälte‹ (vgl. Anhang der Namen), was beweist, daß Helkar ursprünglich im äußersten Süden lag wie Ringil im äußersten Norden. In der Geschichte wird nicht verwähnt, daß beim Sturz der Leuchten Binnenmeere entstanden; diese Vorstellung kam später auf, doch es scheint faktisch sicher, daß sie aus der Geschichte von den schmelzenden Eissäulen hervorging.

Später ist nicht mehr die Rede davon, daß die Berge Valinors aus großen Felsen von Eruman/Arvalin erbaut wurden, weshalb dieses Gebiet flach und steinlos wurde.

(4) Die Zwei Bäume (S. 109ff.)
Die früheste Schilderung des Emporwachsens der Zwei Bäume, erhellt durch ihre Intensität einige Elemente späterer Fassungen. Das nicht aufgegebene Bild, daß der Erdboden unterhalb Silpion (Telperion) »gesprenkelt [war] von den Schatten seiner rauschenden Blätter« (*Das Silmarillion,* S. 46), hat seinen Ursprung im »Herzschlag der Bäume«. Die Vorstellung vom Licht als einer flüssigen Substanz, die »herabtroff«, Flüsse bildete und in Kübeln aufgefangen wurde, ist, obgleich sie im veröffentlichten Werk nicht verlorenging (*Das Silma-*

rillion, S. 46f.), hier stärker und anschaulicher ausgedrückt. Einige Details wurden nie verändert wie die büschelförmigen Blüten von Laurelin oder die schimmernden Ränder seiner Blätter.

Andererseits gibt es bemerkenswerte Unterschiede zwischen dieser und den späteren Beschreibungen: der wichtigste ist wohl, daß Laurelin ursprünglich der Baum der Eldar war. Die Zwei Bäume hatten hier Blütezeiten von zwölf Stunden, nicht, wie später, sieben;* und die Vorbereitungen der Valar zur Erschaffung der Bäume mit all ihren Einzelheiten greifbarer »Magie« wurden später gestrichen. Die zwei großen »Kübel«, Kulullin und Silindrin, haben sich in den »Kübeln, groß wie leuchtende Seen« erhalten, in denen Varda »den Tau Telperions und den Regen, der von Laurelin fiel« auffing (*Das Silmarillion,* S. 47), obgleich die Namen ebenso verschwanden wie die Notwendigkeit, die Bäume mit dem in den Kübeln gesammelten Licht zu »wässern«– jedenfalls ist später davon nicht mehr die Rede. Urwen (›Sonnen-Maid‹) war die Vorläuferin von Arien, Maia der Sonne; und Tilion, Steuermann des Mondes im *Silmarillion,* der »träumend an Estes [d. i. Lóriens Weib] Teichen lag, unter Telperions flimmernden Strahlen« (S. 113) hat vielleicht einige Züge von Silmo, den Lórien liebte.

Ich habe oben gesagt, daß in der Weiterentwicklung der Mythen Vána in bezug auf Nienna an Bedeutung verlor, und hier sind es Vána und (Yavanna) Palúrien, die den Bäumen zum Leben verhelfen und nicht, wie später, Yavanna und Nienna.

Was die Namen der Bäume angeht, so war *Silpion* lange Zeit der Name des Weißen Baumes; *Telperion* erscheint erst viel später, und auch dann noch hat sich Silpion erhalten und wird im *Silmarillion* (S. 47) als einer seiner Namen erwähnt. *Laurelin* geht bis zum Anfang zurück und wurde nie verändert, doch sein anderer Name *Lindelokse* und ähnliche Formen haben sich nicht gehalten.

(5) Die Wohnsitze der Valar (S. 111ff.)

Diese Beschreibung der Wohnhäuser der Valar ging in den folgenden Fassungen zum größten Teil verloren. Im veröffentlichten Werk wird über Manwes Haus nichts mitgeteilt, außer der knappen Feststellung, daß seine Hallen »über dem ewigen Schnee, auf dem Oiolosse, dem höchsten Gipfel des Taniquetil« waren

---

* Palúriens Worte auf S. 111: »Wisset nämlich, wenn die zwölf Stunden seines vollsten Lichtes vorüber sind, wird das Licht dieses Baumes wieder schwächer werden«, scheinen auf einen längeren Zeitraum als zwölf Stunden hinzudeuten; doch vermutlich war der Zeitraum des Schwächerwerdens dabei nicht berücksichtigt. In einer kommentierten Liste von Namen zur Geschichte *Der Fall von Gondolin* heißt es, daß Silpion »für die Hälfte der vierundzwanzig Stunden« ganz Valinor mit silbernem Licht erfüllte.

(*Das Silmarillion,* S. 32). Hier erscheint nun Sorontur, König der Adler, als Besucher in Manwes Hallen (vgl. *Das Silmarillion,* S. 125: »Denn Manwe, dem alle Vögel lieb sind und dem sie Nachricht aus Mittelerde auf den Taniquetil tragen, hatte das Volk der Adler ausgesandt«); der Adlerkönig war tatsächlich schon in der Geschichte *Der Fall von Gondolin* als »Thorndor [der gnomische Name], König der Adler, den die Eldar Ramandur nennen« aufgetaucht; der Name Ramandur wurde später zu Sorontur verbessert.

Von Valmar und den Wohnhäusern der Valar in der Stadt blieb in den späteren Schriften kaum etwas erhalten. Nur hier und da erinnern Redewendungen (die »goldenen Straßen«, »Silberkuppen Valmars«, »das vielglockige Valmar«) an die Dichte der ursprünglichen Beschreibung, in der Tulkas' mehrgeschossiges Haus einen Turm aus Bronze hatte und das Dach von Oromes Hallen von lebendigen Bäumen, behangen mit Trophäen und Geweihen, getragen wurde. Das heißt nicht, daß damit die Bildhaftigkeit endgültig aufgegeben worden war. Wie ich im Vorwort sagte, folgte auf die *Verschollenen Geschichten* eine komprimierte Fassung, die nicht mehr als ein Resümee war (das war ihr Zweck), und von dieser ging die weitere Entwicklung der Mythologie aus – ein Prozeß der erneuten Ausweitung. Viele Elemente, die nach den *Verschollenen Geschichten* niemals wieder erwähnt wurden, können durchaus, gleichsam nur aufgeschoben, weiterexistiert haben. Valmar blieb mit Sicherheit eine Stadt mit Toren, Straßen und Wohngebäuden. Doch im Kontext des späteren Werks kann man sich den stürmischen Osse schwerlich als Hausbesitzer in Valmar vorstellen, selbst wenn die Böden seines Hauses aus Seewasser und das Dach aus Gischt bestanden; natürlich verschwand die Halle Makars und Meásses (das dortige Leben, so wie es beschrieben wird, verdankt einiges den altskandinavischen Mythen der Schlacht ohne Ende) ebenso wie diese Götter selbst – eine »Melko-Clique«, deren Aufgabe es gewesen war, für Schwierigkeiten zu sorgen.

Einige Details aus den ursprünglichen Beschreibungen überdauerten: die Seltenheit der Besuche Ulmos in Valmar (*Das Silmarillion,* S. 48), die Häufigkeit, mit der Orome und Palúrien »die äußere Welt« besuchten (ebd. S. 36, 49, 57), die Verbindung der Gärten von Lórien mit Silpion und der Gärten von Vána mit Laurelin (ebd. S. 112 f.); und viele Eigenschaften der göttlichen Gestalten sind erhalten geblieben, wenn auch in veränderter Form. Hier erscheint auch Nessa bereits als Gemahlin Tulkas' und Schwester Oromes, und sie tut sich im Tanz hervor; und Ómar-Amillo wird nun als Bruder von Noldorin-Salmar bezeichnet. An anderer Stelle (S. 109) heißt es, daß Nielíqui die Tochter Oromes und Vánas war.

(6) Die Götter des Todes und die Schicksale der Elben und Menschen (S. 116ff.) Dieser Abschnitt der Erzählung enthält die überraschendsten und schwierigsten Elemente. Am Beginn der Erzählung (S. 82), in der Beschreibung von der Ankunft der Valar in der Welt, tauchen Mandos und seine Gemahlin Nienna auf und werden »Fantur des Todes, Vefántur Mandos« und »Fui Nienna«, »Gebieterin des Todes« genannt. In der vorliegenden Passage gibt Véfantur seinem Wohnsitz Vê seinen eigenen Namen, wogegen er später im *Silmarillion* (S. 46) den Namen seines Wohnsitzes erhielt; doch in der frühen Niederschrift wird zwischen dem Gebiet (Mandos) und den Hallen (Vê und Fui) ein Unterschied gemacht. Hier findet sich keine Spur von Mandos als »Schicksalsrichter der Valar«, der »Spruch und Urteil nur auf Manwes Geheiß« verkündet (*Das Silmarillion,* S. 34), einer der bemerkenswertesten Aspekte der späteren Konzeption dieses Vala; da Nienna Mandos' Gemahlin ist, taucht auch Vaire die Weberin, seine Gemahlin in der späteren Geschichte, nicht auf, »die alles, was je in der Zeit gewesen ist, in ihre Stoffe wirkt« und damit die Hallen Mandos' behängt, »die immer weiter werden, indem die Zeiten vergehen« – in den *Verschollenen Geschichten* wird der Name Vaire einer Elbin aus Tol Eressea gegeben. Wandbehänge, auf denen die »Dinge, die waren und sein werden« dargestellt sind, finden sich hier in den Hallen Aules (S. 112).

Am wichtigsten in der Passage über Mandos ist die klare Aussage über das Schicksal der Elben, die sterben: Sie warten in den Hallen von Mandos, bis Vefántur ihre Freilassung verfügt, damit sie in ihren Kindern wiedergeboren werden. Diese Vorstellung fand sich bereits in der *Musik der Ainur* (S. 93), und sie blieb viele Jahre lang unverändert die Konzeption meines Vaters von der »Unsterblichkeit« der Elben; in Wahrheit hat sich die Vorstellung, daß die Elben nur an Schlachtwunden oder Kummer sterben konnten, nie verändert – sie tauchte auch in der *Musik der Ainur* auf: »die Eldar [leben] bis zum Großen Ende dort, es sei denn, sie würden erschlagen oder verzehrten sich vor Kummer«, ein Satz, der sich mit geringen Änderungen im *Silmarillion* (S. 51) erhalten hat.

Mit der Beschreibung von Fui Nienna jedoch stoßen wir auf Ideen, die zum zentralen Gedanken der späteren Mythologie in tiefem Gegensatz stehen (und in dieser Passage findet sich eine weitere Spielart mythischer Konzeption: die Vorstellung von der »Herstellung salziger Säfte«, aus denen Tränen bestehen und der von Nienna gewebten schwarzen Wolken, die sich als »Verzweiflung und hoffnungslose Klage, Kummer und schweres Leid« auf der Welt niederlassen). Hier erfahren wir, daß Nienna die Richterin der Menschen ist und ihre Hallen ihren eigenen Namen *Fui* tragen; einige läßt sie in der Gegend von Mandos wohnen (wo ihre Halle ist), während der größte Teil das schwarze Schiff Mornie besteigt, das diese Toten die Küsten entlang nach Arvalin befördert, wo sie in der Dunkelheit bis zum Ende der Welt umherwandern. Aber dagegen werden andere vertrieben, von Melko gepackt und verschleppt und müssen in Angamandi »unheilvolle Tage« erdulden (in welchem Sinne sind sie tot oder sterblich?); und es gibt eine ganz kleine Zahl, die (was am ungewöhnlichsten ist) in Valinor unter den Göttern leben darf. Hier sind wir weit entfernt von dem Geschenk Ilúvatars, durch das sie Menschen nicht an die Welt gebunden sind, sondern diese verlassen, und niemand weiß, wohin sie gehen;* und dies ist der wahre Sinne des Todes (denn für die Elben gibt es nur einen »scheinbaren Tod«, siehe *Das Silmarillion,* S. 51): das letzte und unabwendbare Ende.

Die Vorstellung von den Menschen, die nach ihrem Tod in der Dunkelheit Arvalins umherwandern, »lagern, wo es ihnen gefällt« und »geduldig warten, bis das Große Ende kommt«, läßt sich jedoch ein wenig erhellen. Dabei muß ich mich auf Einzelheiten der veränderten Namen dieser Gegend beziehen, wie sie auf S. 119f. dargelegt sind. Aus den frühen Wörterlisten und Wörterbüchern der beiden Sprachen (vgl. Namenverzeichnis im Anhang) geht klar hervor, daß *Harvalin* und *Arvalin* (und vermutlich auch *Habbanan*) »nahe Valinor« oder »nahe den Valar« bedeuteten. Dem gnomischen Wörterbuch ist zu entnehmen, daß *Eruman* »jenseits des Wohnsitzes der Mánir« bedeutete, also südlich von Taniquetil, wo Manwes Luftgeister hausten. Dieses Wörterbuch macht ebenfalls deutlich, daß das Wort *Mánir* verwandt war mit gnomisch *manos,* »ein Geist, der zu den Valar oder nach Erumáni gegangen ist«, und *mani,* ›gut‹, ›heilig‹. Die Bedeutung dieser etymologischen Verbindungen ist unklar.

Aber es existiert ebenfalls ein sehr frühes Gedicht, welches diesen Landstrich zum Gegenstand hat. Den Notizen meines Vaters zufolge wurde es im Dezember 1915 in Brocton Camp, Staffordshire, oder im Juni 1916 in Étaples geschrieben. Es heißt *Habbanan unter den Sternen.* Einer der drei Texte hat den altenglischen Titel *pāgebletsode felda under pām steorrum,* bei den anderen ist *Habbanan* im Titel zu *Eruman* verbessert. Dem Gedicht ist ein kurzer Vorspruch in Prosa vorangestellt:

Habbanan ist nun jener Landstrich, wo man sich den Orten nähert, welche nicht die der Menschen sind. Dort ist die Luft sehr lieblich und der Himmel wegen der Breite der Erde sehr hoch.

---

* Vgl. *Das Silmarillion,* S. 119: »Manche sagen, auch [die Menschen] begeben sich in Mandos' Hallen, warten dort aber nicht am gleichen Ort wie die Elben, und wohin sie gehen nach der Zeit der Sammlung in jenen stillen Hallen am Außenmeer, das weiß von allen unter Ilúvatar bis auf Manwe nur Mandos allein.« Und S. 207: »Denn auf Lúthiens Geheiß wartete Berens Geist in Mandos' Hallen, nicht gewillt, die Welt zu verlassen, ehe nicht Lúthien ihm ein letztes Lebewohl sagte an den dunklen Ufern des Außenmeeres, auf das die Menschen hinausfahren, wenn sie sterben, um nie wiederzukehren.«

Habbanan beneath the Stars

In Habbanan beneath the skies
Where all roads end however long
There is a sound of faint guitars
And distant echoes of a song,
For there men gather into rings
Round their red fires while one voice sings –
And all about is night.

Not night as ours, unhappy folk,
Where nigh the Earth in hazy bars,
A mist about the springing of the stars
There trails a thin and wandering smoke
Obscuring with its veil half-seen
The great abysmal still Serene.

A globe of dark glass faceted with light
Wherein the splendid winds have dusky flight;
Untrodden spaces of an odorous plain
That watches for the moon that long has lain
And caught the meteors' fiery rain –
Such there is night.

There on a sudden did my heart perceive
That they who sang about the Eve,
Who answered the bright-shining stars
With gleaming music of their strange guitars,
These were His wandering happy sons
Encamped upon those aëry leas
Where God's unsullied garment runs
In glory down His mighty knees.

Habbanan unter den Sternen

In Habbanan unter den Himmeln, / wo alle Straßen, auch die längsten, enden, / dort sind ein Klang zaghafter Gitarren / und entfernte Echos eines Liedes, / denn dort versammeln sich Männer im Kreis / um ihre roten Feuer, während eine Stimme singt –/ und überall ist Nacht.//

Keine Nacht wie die unsre, unglückliches Volk, / wo nahe der Erde in dunstigen Strahlen / ein Nebel beim Aufgang der Sterne / einen dünnen schweifenden Rauch zieht, / mit seinem kaum sichtbaren Schleier verhüllend / die große bodenlose stumme Majestät.//

Eine Kugel aus dunklem Glas, facettiert von Licht, / in welche die glänzenden Winde düster geflogen sind; / unbetretene Räume einer duftenden Ebene, / die auf den Mond wartet, der lange gelegen / und den feurigen Regen der Meteore gefangen hat –/ so ist dort die Nacht.//

Dort erkannte mein Herz plötzlich, / daß die, welche am Abend sangen, / den hell erstrahlenden Sternen / mit der schimmernden Musik ihrer zagen Gitarren antworteten –/ diese waren Seine wandernden glücklichen Söhne, / gelagert auf diesen luftigen Gefilden, / wo Gottes unbeflecktes Gewand / in Glorie über Seine mächtigen Knie fällt.

Einen letzten Beweis bietet das frühe Qenya-Wörterverzeichnis. Die ersten Eintragungen in dieses Verzeichnis datieren (meiner Meinung nach; vgl. Namenverzeichnis im Anhang) von 1915, und darunter befindet sich unter der Wurzel *mana* (von der *Manwe* abgeleitet ist) das Wort *manimo,* womit eine Seele gemeint ist, die sich in *manimuine,* ›Fegefeuer‹, befindet.

Dieses Gedicht und der Eintrag im Wörterverzeichnis eröffnen einen seltenen und sehr eindrucksvollen Einblick in die mythische Konzeption dieser frühesten Phase; denn hier sind eindeutig Vorstellungen vorhanden, die aus der christlichen Theologie abgeleitet wurden. Es ist irritierend, daß sie sich noch in dieser Erzählung finden, denn dort gibt es einen Bericht über die Schicksale der toten Menschen nach ihrer Verurteilung in der schwarzen Halle Fui Niennas. Kann es sich hier um etwas anderes handeln, als um eine Reflexion über das Fegefeuer, die Hölle und den Himmel?

Und dies wird noch bedeutsamer, wenn wir uns dem Schluß der *Musik der Ainur* zuwenden, wo Ilúvatar sagt: »Den Menschen will ich ein neues und größeres Geschenk machen«, das Geschenk, »ihr Leben frei zu gestalten und zu bestimmen, und sei es gar jenseits der Musik der Ainur, die dem Schicksal aller anderen Lebewesen zugrundeliegt.« Und weiter heißt es: »Gleichwohl verhält es sich mit diesem Geschenk der Macht so, daß die Kinder der Menschen nur kurze Zeit auf der Welt leben, jedoch nicht auf immer untergehen ...« In der endgültigen Fassung des *Silmarillion* (S. 50f.) ist diese Passage nicht entscheidend verändert worden. Gewiß, in der frühen Fassung fehlen die Sätze: »Die Söhne der Menschen aber sterben wahrhaftig und verlassen die Welt; weshalb sie auch die

Gäste oder die Fremden genannt werden. Tod ist ihr Schicksal, die Gabe Ilúvatars, die mit der Ermüdung der Zeit selbst die Mächte ihnen neiden werden« (S. 51). Trotzdem scheint klar, daß der zentrale Gedanke vom Tod als Geschenk bereits vorhanden war.

Diesen Widerspruch, den ich nicht erklären kann, muß ich auf sich beruhen lassen. Die nächstliegende Erklärung wäre, anzunehmen, daß *Die Musik der Ainur* später entstanden ist als *Die Ankunft der Valar und die Gründung Valinors;* aber wie ich bereits ausgeführt habe (S. 95 f.), steht die Textsituation dazu im Gegensatz.

Zum Schluß sei auf die Vorliebe meines Vaters hingewiesen, mit Wortelementen zu spielen: aus *Eruman* wurde schließlich *Araman*. Denn *Arvalin* bedeutete schlicht »nahe Valinor«, und es war der Name *Eruman,* der mit den Geistern der Toten in Verbindung gebracht wurde; doch Araman bedeutet fast sicher »neben Aman«. Und doch blieb dasselbe Element *man-,* ›gut‹, erhalten, denn davon wurde *Aman* abgeleitet (»das unversehrte Reich«).

Noch zwei Details vom Schluß der Erzählung sind zu erwähnen. Hier ist Nornore der Herold der Götter; später war dies Fionwe (später Eonwe); vgl. S. 96. Und jene »flache Stelle inmitten der Berge, wo vielleicht auf der Ebene in weiter Ferne Valinor zu ahnen ist«, bedeutet die erste Erwähnung der Öffnung in den Bergen von Valinor, wo sich der Hügel mit der Stadt der Elben befand.

Am Ende dieser Erzählung hat mein Vater auf leeren Seiten eine Liste von Beinamen der Valar (wie Manwe *Súlimo,* etc.) niedergeschrieben. Einige dieser Namen erscheinen im Text, die anderen finden sich unter den Hauptnamen im Namenverzeichnis im Anhang. Aus dieser Liste geht hervor, daß Ómar-Amillo der Zwillingsbruder Salmar-Noldorins ist (auf S. 114 werden sie Brüder genannt); daß Nielíqui (S. 114) die Tochter Oromes und Vánas ist; und daß Melko einen Sohn hat (geboren »von Ulbandi«), genannt Kosomot: dieser war, wie sich später zeigen wird, Gothmog, Herr der Balrogs, der in Gondolin von Ecthelion erschlagen wurde.

IV. DIE EINKERKERUNG MELKOS

Nach dem Ende von Rúmils Geschichte *(Die Ankunft der Valar und die Gründung Valinors)* folgt ein langes Zwischenspiel, obgleich der Text ohne Absatz weiterläuft. Doch auf dem Umschlag des Notizbuchs ist *Die Einkerkerung Melkos* als gesonderter Titel angegeben, und dies habe ich übernommen. Der Text ist mit Tinte über ein ausradiertes Bleistiftmanuskript geschrieben.

In dieser Nacht hörte Eriol im Schlaf erneut die Musik, die ihn in der vergangenen Nacht so berührt hatte; und am nächsten Morgen ging er wiederum früh in den Garten hinunter. Dort traf er Vaire, und sie nannte ihn Eriol: »da wurde dieser Name zum erstenmal erdacht und ausgesprochen«. Eriol erzählte Vaire von der »Traum-Musik«, die er gehört hatte. Sie sagte ihm, daß es keine Traum-Musik sei, sondern die Flöte von Timpinen, »den die Gnomen Rúmil und Winzigherz und andere aus meinem Hause Tinfang nennen«. Sie erzählte ihm, daß die Kinder ihm den Namen Zwitschervogel gegeben hatte und daß er aus lauter Freude an den ersten Sternen an Sommerabenden spiele und tanze: »aus jedem Ton sprüht ein neuer hervor und glitzert. Die Noldoli sagen, daß die Sterne früher hervorkommen, wenn Zwitschervogel spielt, und lieben ihn, und die Kinder warten oft auf ihn, damit sie nicht versäumen, wenn er heimlich die dämmrigen Rasen betritt«. Sie erzählte Eriol, daß er »scheuer sei als ein Rehkitz – wie eine Maus verbirgt er sich rasch oder stiebt davon: ein Fußtritt auf einen Zweig, und er ist fort, und sein Flötenspiel kommt neckend aus weiter Ferne«.

»Und eine wundersame Zauberei lebt in diesem Flötenspiel«, sagte Eriol, »wenn es wirklich das ist, was ich nun schon in zwei Nächten hier gehört habe.«

»Niemanden gibt es«, erwiderte Vaire, »nicht einmal einen der Solosimpi, der es darin mit ihm aufnehmen kann, obgleich diese Flötenspieler ihn zu ihrer Sippe rechnen; doch heißt es überall, daß dieses wunderliche Wesen weder den Valar ganz noch den Eldar entstammt, sondern zur einen Hälfte ein Geist aus den Wäldern und Tälern ist, einer aus den großen Scharen der Kinder Palúriens, und zur anderen Hälfte ein Gnom oder ein Flötenspieler von der Küste.[1] Wie es sich auch verhalten mag, Zwitschervogel ist ein wunderliches, weises und sonderbares Wesen, und er zog mit den Eldar hierher vor langer Zeit, ging nicht in ihren Reihen und rastete nicht bei ihnen, sondern ging ihnen immer voran, merkwürdige Weisen spielend oder abseits sitzend. Nun spielt er in den Gärten des Landes; doch Alalminóre und seine Gärten liebt er besonders. Immer wieder vermissen wir sein Spiel, und wir sagen: ›Zwitschervogel ist fortgegangen, die Herzen zu rühren in den Großen Landen, und manch einer in diesen fernen Landstrichen wird heute nacht in der Dunkelheit sein Flötenspiel hören.‹ Plötzlich aber, zu einer Stunde sanften Abendglühns, ertönt seine Flöte wieder, oder er spielt unter einem glänzenden Mond, und die Sterne erstrahlen hell und blau.«

»Fürwahr«, sagte Eriol, »und die Herzen derer, die ihm zuhören, schlagen rascher vor Sehnsucht. Mich dünkt, ich hatte das Verlangen, das Fenster zu öffnen und hinauszuspringen, so süß war die Luft im Freien, daß ich sie nicht tief genug atmen konnte. Als ich aber lauschte, wünschte ich, ich weiß nicht wem und nicht wohin, nachzufolgen, hinaus in den Zauber der Welt unter den Sternen.«

»Dann war es wahrhaftig Timpinen, der für dich gespielt hat«, sagte Vaire, »und Ehre sei dir dafür, denn dieser Garten hat seine Weisen viele Nächte entbehrt. Von jetzt an, denn das bewirkt dieser unheimliche Kobold, wirst du immer die Sommerabende und Sternennächte lieben, und ihr Zauber wird dein Herz mit unstillbarem Weh erfüllen.«

»Aber habt ihr ihn nicht alle wieder und wieder gehört, die ihr hier wohnt«, sagte Eriol, »und doch, scheint mir, seid ihr nicht wie jene, die mit einer Sehnsucht leben, die schwer zu fassen ist und vielleicht nicht erfüllt werden kann.«

»Nein, so leben wir nicht«, erwiderte Vaire, »denn wir haben *limpe,* den Trank, der allein heilen kann, und ein Schluck davon macht das Herz so groß, daß es alle Musik und allen Gesang fassen kann.«

»Dann möchte ich gern«, erwiderte Eriol, »einen Becher dieses köstlichen Tranks leeren.« Aber Vaire sagte ihm, das werde ihm nur vergönnt sein, wenn er Meril die Königin aufsuche.

So war dieses Gespräch, das Eriol zu dieser schönen Tageszeit auf dem Rasen mit Vaire führte, die Ursache, daß er nur wenige Tage später aufbrach – und Zwitschervogel hatte ihm viele Male in der Dunkelheit vorgespielt, bei Sternenlicht und Mondesglanz, bis sein Herz überfloß. Winzigherz war sein Führer, und sie begaben sich zum Hause Meril-i-Turinqis in ihrem *korin* von Ulmen.

Das Haus dieser edlen Frau war nun in ebendieser Stadt, denn am Fuße des großen Turms, den Ingil erbaut hatte, lag ein weiter Hain der ältesten und schönsten Ulmen, die es in diesem Land der Ulmen überhaupt gab. Himmelwärts stiegen sie empor wie dreifach gestufte Pyramiden hellen Blattwerks, und das Sonnenlicht, das hindurchfiel, war sehr kühl – ein goldenes Grün. In der Mitte war ein großer Rasenplatz, weich wie aus Wolle gewebt, und ringsum standen die Bäume im Kreis, so daß seine Ränder in dichtem Schatten lagen, der Sonnenglanz aber den ganzen Tag in seine Mitte fiel. Dort stand ein schönes Haus, ganz aus Weiß gebaut und in Weißheit erstrahlend, aber sein Dach war überwachsen mit Moosen und Dachwurz und vielen seltsamen Kletterpflanzen, so daß im prächtigen Übermaß der Farben, ob golden, rostbraun, purpurn oder grün, nicht mehr zu erkennen war, woraus das Haus einst erbaut worden war.

Ungezählte Vögel zwitscherten in seinen Dachtraufen oder sangen auf dem First, während Scharen von Tauben die Ränder des *korin* umkreisten oder auf das Rasenstück niedergingen, um sich zu sonnen. Das ganze Haus war von Blumen umkränzt: ein dichtes Verhau von Blütentrauben, Ähren und Quasten, Strängen und Polstern, von Blumen in Rispen und Dolden oder mit großen offenen Gesichtern, der Sonne zugewandt. Ihre vielen Gerüche verloren sich in der schwach bewegten Luft und vereinigten sich zu einem einzigen mächtigen Duft von wunderbarstem Zauber, doch ihre Tönungen und Farben waren verstreut oder vereinigt, scheinbar wie der Zufall oder ein glückliches Wachstum es gefügt hatte. Den ganzen Tag über summten Bienen um diese Blumen, sie schwebten über dem Dach und den duftenden Beeten und Wegen, ja sogar in den kühlen Vorhallen des Hauses. Als nun Eriol und Winzigherz den Hügel erklommen, war es spät am Nachmittag, und das Sonnenlicht lag bronzefarben auf der Westflanke von Ingils Turm. Bald gelangten sie zu einer mächtigen Mauer aus behauenen Steinblöcken, die nach außen geneigt war; und ihre Krone war mit Gräsern, Glockenblumen und gelben Maßliebchen bewachsen.

Sie fanden eine kleine Pforte in der Mauer, und dahinter war unter den Ulmen ein freier Platz, und dort verlief ein Pfad, auf der einen Seite von Büschen gesäumt, während auf der anderen ein kleines murmelndes Bächlein in einem braunen blättergefüllten Bett dahinrann. Es führte geradewegs zum Rand des Rasenstücks, und als sie dort angelangt waren, deutete Winzigherz auf das weiße Haus und sagte: »Dort wohnt Meril-i-Turinqi, und weil ich mit einer so mächtigen Herrin nichts zu schaffen habe, werde ich wieder umkehren.« Da ging Eriol allein über den sonnigen Rasen, bis die hohen Blumen, die vor den Vorhallen wuchsen, ihm fast an die Schulter reichten; und als er näherkam, hörte er Musik, und eine schöne Frau, von vielen Jungfrauen umgeben, kam hervor, wie um ihn zu begrüßen. Dann sagte sie lächelnd: »Willkommen, Befahrer vieler Meere – wie kommt es, daß du die Freuden meiner stillen Gärten und ihrer zarten Musik suchst, wo doch eher die salzigen Brisen des Meers und die frischen Winde und ein schwankendes Boot dein Vergnügen sind?«

Eine Weile vermochte Eriol nicht zu antworten, denn die Schönheit dieser Frau und die Lieblichkeit dieses Ortes der Blumen hatten seine Zunge gelähmt; doch endlich murmelte er, daß er der Meere genug gesehen habe, er sich aber an diesem lieblichsten aller Länder nie werde satt sehen können.

»Nein«, sagte sie, »an einem Tag im Herbst werden die Winde kommen, vielleicht wird über dir eine verirrte Möwe schreien, und dann wird dich das Verlangen packen, wenn du dich der schwarzen Gestade deiner Heimat erinnerst.«[2] »Nein, hohe Frau«, erwiderte Eriol, und nun sprach er mit befreiter Stimme, »nein, es wird nicht so sein, denn der Zauberklang der Flöten über den dämmrigen Wiesen hat mein Herz mit Musik erfüllt, und mich dürstet nach einem Trunk der *limpe!*«

Da wurde das lächelnde Gesicht Merils sogleich ernst, sie gebot ihren Jungfrauen, sich zu entfernen, und forderte Eriol auf, ihr zu einem freien Platz in der Nähe des Hauses zu folgen, und dieser war mit frischem hohem Gras bewachsen. Dort wuchsen Obstbäume, und um die Wurzeln eines Apfelbaumes, mächtig an Umfang und uralt, war die Erde rund um seinen Stamm zu einem breiten Sitz aufgeschichtet, weich und grasbedeckt. Dort ließ Meril sich nieder, sah Eriol an und sagte: »Weißt du denn, was das ist, worum du bittest?«

»Nichts weiß ich«, erwiderte Eriol, »außer daß ich Verlangen trage, die Seele jedes Liedes und aller Musik aufzuspüren, immer in Gemeinschaft und Verwandtschaft mit dem wunderbaren Volk der Eldar dieser Insel zu leben und frei zu sein von unstillbarer Sehnsucht bis zum Auszug, ja bis zum Großen Ende!«

Doch Meril antwortete: »Gemeinschaft ist vielleicht möglich, Verwandtschaft aber nicht, denn Menschen sind Menschen, und Eldar sind Eldar, und was Ilúvatar ungleich geschaffen hat, kann nicht gleich werden, solange die Welt besteht. Selbst wenn du hier bis zum Großen Ende wohnen und dank der Kraft der *limpe* keinen Tod finden würdest, so müßtest du doch sterben und uns verlassen, denn Menschen müssen einmal sterben. Und höre, o Eriol, glaube nicht, der unstillbaren Sehnsucht durch einen Trunk der *limpe* entfliehen zu können – denn dadurch würdest du nur andere Sehnsüchte eintauschen und deine alten durch neue ersetzen, die noch tiefer und bitterer sind. Unerfülltes Verlangen wohnt in den Herzen beider Völker, welche die Kinder Ilúvatars genannt werden, doch bei den Eldar ist es am tiefsten, denn in ihren Herzen bergen sie das Traumbild einer Schönheit in großem Glanz.«

»O Königin«, sagte Eriol darauf, »laßt mich von diesem Trank nur einmal kosten, und ich will auf immer Gefährte Eures Volkes sein. Oh, Königin der Eldalie, auf daß ich werde wie die glücklichen Kinder von Mar Vanwa Tyaliéva.«

»Nein, das kann ich noch nicht tun«, sagte Meril, »denn viel schwerer wiegt es, jemanden davon kosten zu lassen, der die Wege des Lebens schon in den Ländern der Menschen kennengelernt hat, als ein Kind, das nichts sonst weiß; doch selbst die Kinder behalten wir lange Zeit bei uns, bevor wir sie den Wein des Gesanges trinken lassen, denn zuerst unterweisen wir sie in vielen Dingen des Wissens und prüfen ihre Herzen und Seelen. Darum bitte ich dich nun, länger noch auf unserer Insel zu verweilen und alles zu lernen, was dir möglich ist. Schau, was weißt du über die Welt oder über die alten Tage der Menschen, über die Wurzeln, mit denen die Dinge von heute weit in die Zeit zurückreichen, was weißt du von den Eldalie und all ihrer Weisheit, daß du unseren Becher der Jugend und Dichtkunst begehrst?«

»Ich kenne die Sprache von Tol Eressea, ich habe von den Valar gehört, vom Anfang der großen Welt und der Gründung Valinors. Der Musik habe ich gelauscht, der Dichtkunst und dem Lachen der Elben, und alles habe ich für gut und wahr befunden, und mein Herz weiß es und spricht zu mir, daß ich all dies von nun an immer lieben werde, und nur dies allein« – so antwortete Eriol, und die Weigerung der Königin machte sein Herz schwer.

»Doch nichts weißt du von der Ankunft der Elben, von den Schicksalen, in die sie versponnen sind, nichts von ihrem Wesen und von dem Ort, den Ilúvatar ihnen zugewiesen hat. Wenig hast du achtgegeben auf die große Pracht ihres Heims in Eldamar auf dem Berg von Kôr und auf das Leid ihres Abschieds. Was weißt du von unserer mühevollen Wanderung über all die dunklen Wege der Welt, von der Qual, die wir durch Melko erfahren haben; von den Leiden, welche die Menschen uns zugefügt haben und noch immer zufügen, von allen Ängsten, mit der die Menschen unsere Hoffnungen verdunkeln? Kannst du die Meere von Tränen ermessen, die zwischen unserem Leben in Tol Eressea liegen und der Zeit des Lachens, die wir in Valinor kannten? O Kind der Menschen, nähmest du doch mehr Anteil an den Schicksalen der Eldalie, an unserem großen Verlangen und an allem, wonach wir noch immer suchen – denn siehe! Wenn du von diesem Trank kostest, mußt du all dies wissen und lieben, mußt eines Herzens mit uns sein – ja, selbst wenn beim Großen Aufbruch Eldar und Menschen einander bekriegen sollten, mußt du uns beistehen gegen die Kinder deiner Freunde und Verwandten; doch bis dahin darfst du niemals nach Hause zurückkehren, mag auch das Heimweh an dir nagen – und die Sehnsüchte, die manchmal einen erwachsenen Mann verzehren, der *limpe* getrunken hat, sind ein Feuer von unvorstellbarer Pein – hast du dies gewußt, Eriol, als du hierherkamst mit deinem Begehren?«

»Nein, ich wußte es nicht«, sagte Eriol traurig, »obgleich ich die Leute oft danach gefragt habe.«

»Dann höre!« sagte Meril, »ich will eine Geschichte beginnen und dir etwas darüber erzählen, bevor der lange Nachmittag dämmert – doch dann mußt du wieder von hier fortgehen und dich in Geduld üben.« Und Eriol neigte das Haupt.

»Sodann«, sagte Meril, »will ich dir nun von einer Zeit des Friedens erzählen, welche die Welt einst kannte und die man *Melkos* Ketten nennt.[3] Von der Erde will ich dir erzählen, wie die Eldar sie fanden, und wie sie darin erwachten.

Siehe, Valinor ist erbaut, und die Götter leben in Frieden, denn Melko ist weit fort in der Welt, gräbt tief und befestigt sich mit Eisen und Kälte, aber Makar und Meásse reiten auf den Winden und erfreuen sich am Beben der Erde und am übermächtigen Toben der alten Meere. Hell und schön ist Valinor, doch über der Welt lastet eine tiefe Dämmerung, weil die Götter so viel von dem Licht gesammelt hatten, das zuvor die Lüfte durchflutete. Selten fällt nun der schimmernde Regen wie früher, und Düsternis herrscht, von blassen Strahlen erhellt oder rot durchschossen, wo Melko aus einem feuertosenden Berg gen Himmel speit.

Da machte sich Palúrien Yavanna von ihren fruchtbeladenen Gärten auf, um die weiten Lande ihrer Herrschaft zu beschauen, durchwanderte die Erdteile und verstreute fruchtbaren Samen über Berg und Tal. Allein in jenem unendlichen Zwielicht sang sie Lieder höchster Entrückung, und diese waren von solch tiefem Zauber, daß sie über die felsigen Stätten fluteten und ihr Widerhall für Jahre in Bergen und öden Ebenen blieb, und alle guten Zauber späterer Tage sind die flüsternde Erinnerung ihres widerhallenden Liedes.

Da begannen dort Pflanzen zu sprießen, Schwämme und seltsame Gewächse quollen an feuchten Plätzen auf, und Flechten und Moose krochen unbemerkt über die Felsen und nährten sich von ihnen, so daß der Stein zerbröckelte und Staub erzeugte, und die kriechenden Pflanzen starben im Staub, und fruchtbare Krume entstand, in der heimlich Farne wuchsen, und warzige Gewächse und seltsame Wesen hoben die Köpfe aus Ritzen und krochen über die Steine. Yavanna aber weinte, denn dies war nicht das Gedeihen, das sie im Sinn gehabt hatte – da kam Orome durch die Dunkelheit ihr zu Hilfe, doch Tuivána mochte den strahlenden Glanz Kulullins nicht verlassen und Nessa nicht die grünen Rasen ihres Tanzes.

Da vereinigten Orome und Palúrien all ihre Macht, und Orome entlockte seinem Horn gewaltige Töne, als wolle er das graue Gestein zu Leben und Wachstum erwecken. Fürwahr, bei diesem Schallen begann auf den Bergen stöhnend der große Forst zu wachsen, alle dunkelblättrigen Bäume erwachten zum Leben, die Welt wurde überwuchert von Kiefern und angefüllt mit dem Geruch harziger Bäume, Tannen und Zedern bekleideten die Berghänge mit blauen und olivenfarbenen Gewändern, und Eiben begannen ihr jahrhundertelanges Wachsen. Nun war Orome weniger düster und Palúrien getröstet, als sie die ersten Sterne Vardas durch das Schattengezweig der ersten Bäume in den Himmeln aufglänzen sah, das Rauschen der dämmrigen Wälder hörte und das Knarren der Äste, wenn Manwe die Lüfte aufrührte.

Zu dieser Zeit kamen viele seltsame Wesen in die Welt, denn dort gab es angenehme dunkle und stille Orte, um darin zu hausen. Manche kamen von Mandos, uralte Geister, die mit ihm von Ilúvatar gekommen waren, älter als die Welt und düster und verschwiegen; andere kamen aus den Festungen des Nordens, wo Melko damals in den tiefen Gruben Utumnas wohnte. Des Bösen voll waren sie und verderbt, Verlockung und Rastlosigkeit und Schrecken brachten sie mit und verwandelten das Dunkel in einen unheilvollen ängstigenden Raum, was es vorher nicht gewesen war. Doch einige kamen tanzend einher, sanftfüßig und abendliche Düfte verströmend, und sie kamen aus den Gärten Lóriens.

Noch ist die Welt voll von ihnen in den Tagen des Lichts, sie hausen allein im schattigen Herzen uralter Wälder, schicken geheime Losungen über besternte Öden und halten sich in Berghöhlen auf, die wenige gefunden haben – doch zum Glück für die Eldar und Menschen gibt es in den Kiefernwäldern nicht allzu viele dieser alten Wesen, die nicht von elbischer und nicht von menschlicher Art sind.

Als dieses große Werk vollbracht war, wollte Palúrien sich ausruhen von ihren langen Mühen und heimkehren, um die süßen Früchte Valinors zu kosten und sich unter dem Laurelin zu erquicken, dessen Tau Licht ist; und Orome wollte in die Buchenwälder auf der Ebene der großen Götter ziehen. Aber Melko, der lange Zeit gegraben hatte, weil er den Zorn der Götter fürchtete – denn er hatte sie um ihre Leuchten betrogen – brach nun mit großer Gewalt hervor, denn er glaubte, die Welt sei ihm und seinesgleichen von den Göttern preisgegeben. Genau unter den Hallen Osses brachte er die Erde zum Beben, ließ sie aufreißen und seine unteren Feuer sich mit dem Meer vermischen. Dampfende Stürme und das gewaltige Tosen der entfesselten Meere brachen über die Welt herein, und die Wälder ächzten und krachten. Das Meer warf sich auf das Land, zerriß es, weite Gebiete versanken unter seinem Wüten oder wurden zu verstreuten Inseln zerschlagen und die Küsten unterhöhlt. Die Gebirge wankten, ihr Inneres schmolz, und Gestein strömte wie flüssiges Feuer an ihren aschigen Flanken herab, floß bis ans Meer, und das Getöse der großen Schlacht zwischen Feuer und Wasser an den Küsten kam dröhnend sogar durch die Berge von Valinor und übertönte den Gesang der Götter. Da erhoben sich Kémi Palúrien, die fruchtspendende Yavanna sogar und Aule, der all ihre Werke liebte und die Dinge der Welt, und sie stiegen zu den Hallen Manwes hinauf und sprachen zu ihm. Alle Schönheit, so sagten sie, werde zerstört durch die glühende Bosheit im ungezügelten Herzen Melkos, und Yavanna flehte, daß ihre Arbeit in der Dämmerung nicht vernichtet werden möge. Als sie sprachen, kam Osse dorthin, brausend wie die Flut zwischen den Klippen, denn er war erzürnt, daß sein Reich emporgehoben worden war, und er fürchtete das Mißfallen seines Herrn Ulmo. Da erhob sich Manwe Súlimo, Herr der Götter und Elben, und Varda Tinwetári war an seiner Seite, und er sprach mit einer Stimme wie Donner vom Taniquetil herab, und die Götter in Valmar hörten sie, und Vefántur in Mandos erkannte sie, und Lórien wurde in Murmuran aufgeweckt.

Dann wurde zur Stunde des Zwielichts zwischen den Zwei Bäumen ein großer Rat abgehalten, und auch Ulmo kam dorthin aus den äußeren Tiefen; und aus allem, was dort gesprochen wurde, schmiedeten die Götter einen weisen Plan, der die Gedanken Ulmos einschloß, den geschickten Sinn Aules und Manwes reiches Wissen.

Seht, nun suchte sich Aule sechs Metalle – Kupfer, Silber, Zinn, Blei, Eisen und Gold –, nahm von jedem ein kleines Stück und schuf daraus mit seiner Zauberkraft ein siebtes, das er deshalb *tilkal** nannte, und dieser Stoff hatte alle Eigenschaften der sechs und viele neue. Er war hellgrün oder rot bei wechselndem Licht, konnte nicht zerbrochen werden, und nur Aule konnte ihn schmieden. Darauf schmiedete er eine gewaltige Kette aus diesen sieben Metallen, indem er sie mit Zaubersprüchen zu einem Stoff von allergrößter Härte, Schärfe und Glätte verschmolz; aber er hatte nur soviel *tilkal,* um jedem Glied der Kette ein wenig davon beizufügen. Gleichwohl schmiedete er zwei Handfesseln zur Gänze aus *tilkal* und desglei-

* Fußnote im Manuskript: »*T(ambe) I(lsa) L(atúken) K(anu) A(nge) L(aure). ilsa* und *laure* sind die ›magischen‹ Namen der gewöhnlichen Namen *telpe* und *kulu.*«

chen vier Fußfesseln. Diese Kette erhielt den Namen *Angaino,* der Bedrücker, die Handfesseln wurden *Vorotemnar* genannt, die für immer binden, die Fußfesseln jedoch hießen *Ilterendi,* denn sie ließen sich weder durchfeilen noch zerhauen.

Doch es war der Wunsch der Götter, Melko mit großer Macht aufzusuchen, und ihn, wenn es möglich war, zu besseren Taten zu veranlassen; doch hatten sie im Sinn, falls dies fehlschlug, ihn mit Gewalt oder List zu unterwerfen und ihm Fesseln anzulegen, aus denen es kein Entkommen geben sollte.

Während nun Aule schmiedete, legten die Götter ihre Rüstungen an, die sie von Makar hatten, und dieser freute sich, sie in Waffen zu sehen, als zögen sie in den Krieg, obgleich ihr Zorn sich gegen Melko richtete. Als nun aber die großen Götter und ihr Gefolge sich gewappnet hatten, bestieg Manwe seinen blauen Streitwagen, der von den drei weißesten Pferden gezogen wurde, die in Oromes Revier umherstreiften, und in seiner Hand trug er einen großen weißen Bogen, mit dem sich ein Pfeil wie ein Windstoß über die breitesten Meere schnellen ließ. Fionwe, sein Sohn, stand hinter ihm, und voran lief sein Herold Nornore; Orome aber ritt allein auf einem kastanienbraunen Pferd und trug einen Speer, und Tulkas schritt kraftstrotzend neben seinem Steigbügel, trug einen Umhang aus Fell, einen eisernen Gürtel und außer einem eisernen Fehdehandschuh an der rechten Hand keine Waffe. Sein Sohn Telimektar, gerade kriegstüchtig, reichte ihm bis zur Schulter und trug ein langes Schwert an einem silbernen Gürtel um die Lenden. Da fuhren die Fánturi auf einem schwarzen Wagen, auf Mandos' Seite von einem schwarzen und auf Lóriens Seite von einem grauscheckigen Pferd gezogen, und Salmar und Ómar kamen eilig hinterdrein. Aule aber, der allzu lange in seiner Schmiede gesäumt hatte, kam zuletzt, und er war nicht bewaffnet, sondern ergriff seinen langstieligen Hammer, als er die Schmiede verließ, und vier seiner Schmiedegesellen schleppten die klafterlange Kette hinter sich her.

An den Gestaden erwartete sie Falman-Osse, und mit einem riesigen Floß setzte er sie über, auf dem er selbst in schimmernder Rüstung saß; doch ihnen weit voraus in der tiefen See stürmte Ulmo Vailimo in seinem Meereswagen dahin und blies zornig in sein Muschelhorn. So fuhren die Götter über das Meer und durch die Inseln, setzten den Fuß auf den Strand der weiten Lande und, gewaltig an Macht und Zorn, zogen sie immer weiter nach Norden. So zogen sie über die Eisenberge und durch Hisilóme, das düster dahinterlag, und kamen zu den Flüssen und Bergen aus Eis. Dort ließ Melko die Erde unter ihnen erzittern und schneebedeckte Berge Flammen ausspeien, doch mochten seine Vasallen auch in großer Zahl den Göttern den Weg verlegen, es gelang ihnen nicht, deren Zug aufzuhalten. Dort, im höchsten Norden, jenseits der zertrümmerten Säule Ringil, kamen sie zu den riesigen Toren des tiefen Utumna, die Melko mit gewaltigem Krachen vor ihnen schloß.

Da schlug der ergrimmte Tulkas donnernd mit seiner gewaltigen Faust dagegen, und sie widerhallten und rührten sich nicht, doch Orome stieg vom Pferd, ergriff sein Horn und ließ einen solch schmetternden Schall ertönen, daß sie auf der Stelle aufsprangen, und Manwe erhob seine grenzenlose Stimme und gebot Melko hervorzukommen.

Obgleich tief unten in seinen Hallen verborgen, hörte Melko Manwes Stimme, und er fürchtete sich zu kommen und schickte statt dessen seinen Diener Langon. Durch ihn ließ er den Göttern sagen, wie überaus erfreut und verwundert er sei, sie vor seinen Toren zu sehen. Glücklich würde er sich schätzen, sie gastlich willkommen zu heißen, doch die Armseligkeit seiner Behausung lasse es nicht zu, mehr als zwei von ihnen angemessen zu bewirten. Und er bitte, weder Manwe noch Tulkas sollten diese zwei sein, denn der erstere und der zweite fordere eine aufwendige und prachtvolle Gastfreundschaft. Seien sie damit nicht zufrieden, wolle er gern Manwes Herold sein Ohr leihen, um zu erfahren, welches das dringende Anliegen sei, das die Götter bewogen habe, ihre weichen Pfühle und die Annehmlichkeiten Valinors gegen die Öde zu vertauschen, wo er, Melko, seine bescheidene Arbeit und sein mühevolles Werk verrichte.

Da ergrimmten Manwe und Ulmo und die anderen Götter ob der Durchtriebenheit und unterwürfigen Frechheit seiner Worte über die Maßen, und der wutentbrannte Tulkas wäre auf der Stelle die schmale Treppe hinabgestürzt, die hinter den Toren in die Tiefe führte, hätten die anderen ihn nicht zurückgehalten. Aule gab zu bedenken, daß Melkos Worte klar bewiesen, wie wachsam und vorsichtig er sich in dieser Lage verhalte, und daß es sonnenklar sei, welche der Götter er am meisten fürchte und am wenigsten gern in seiner Halle zu sehen wünsche. ›Darum‹, sagte er, ›laßt uns nachdenken, wie wir es anstellen können, daß diese zwei unbemerkt zu ihm vordringen können. Vielleicht treibt ihn die Furcht auf den Pfad der Besserung.‹ Dem pflichtete Manwe bei und sagte, daß all ihre Macht Melko schwerlich aus seiner Festung werde hervorzwingen können. Vielmehr müsse eine Täuschung, mit der man den Meister der Arglist ins Netz locken wolle, mit großem Scharfsinn ins Werk gesetzt werden. ›Einzig in seinem Stolz ist Melko angreifbar‹, sprach Manwe, ›oder durch einen Kampf, der die Erde zersprengen und Unheil über uns alle bringen würde.‹ Manwe versuchte nämlich, jeden Streit der Ainur untereinander zu vermeiden.

Als die Götter darum gemeinsam einen Plan ersonnen hatten, um Melko in den Schlingen seines eigenen übertriebenen Stolzes zu fangen, dachten sie sich listige Worte aus, die angeblich von Manwe selbst stammten, und legten sie Nornore in den Mund, der hinabstieg und sie vor Melkos Thron verkündete.

›Höret‹, sagte er, ›die Götter sind gekommen, Melkos Verzeihung zu erbitten, denn als sie seinen großen Zorn sahen und das Zerbrechen der Welt unter seinem Wüten, sprachen sie unter sich: Wahrlich! Warum ist Melko mißgestimmt? Und nachdem sie den Ausbruch seiner Macht gesehen hatten, sprachen sie: Ist er denn nicht der größte unter uns – warum wohnt nicht der mächtigste der Valar in Valinor? Gewiß hat er Grund für seinen Unwillen. Wir wollen uns nach Utumna begeben und ihn bitten, in Valinor zu wohnen, auf daß Valmar seine Gegenwart nicht entbehre. Einzig Tulkas wollte dem nicht zustimmen‹, sagte er, ›doch Manwe beugte sich der allgemeinen Meinung (dies sagten die Götter, weil sie Melkos Groll gegen Poldórea kannten), und nun sind sie gekommen und haben Tulkas mit Gewalt gezwungen, dich für alle um Verzeihung zu bitten, mit ihnen heimzukehren, ihren Ruhm zu vollenden und, wenn es dir genehm ist, so lange in den Hallen Makars zu wohnen, bis Aule dir ein großes Haus gebaut hat; und dessen Türme sollen den Taniquetil überragen.‹ Hierauf antwortete Melko mit Eifer, denn schon stieg sein grenzenloser Stolz in ihm auf und zerstreute seinen Argwohn.

›Endlich sprechen die Götter freundliche und gerechte Worte. Doch bevor ich ihnen meine Gnade gewähre, muß mein Herz für alte Beleidigungen Genugtuung erfahren. Darum müssen sie ihre Waffen am Tor ablegen und mir in diesen meinen tiefen Hallen von Utumna huldigen. Wisse aber: Tulkas will ich nicht sehen, und wenn ich nach Valinor komme, werde ich ihn von dort verstoßen.‹

Dies alles berichtete Nornore, und Tulkas schlug vor Wut die Hände zusammen, aber Manwe ließ Melko die Antwort überbringen, die Götter würden sich Melkos Wünschen fügen, doch Tulkas würde in Ketten vor ihn treten, Melkos Gewalt und Gutdünken überlassen; und Melko beeilte sich, dem zuzustimmen, um die Valar zu demütigen, und die Fesselung Tulkas' erfüllte ihn mit großer Freude.

Darauf legten die Valar vor den Toren ihre Waffen nieder, ließen aber gleichwohl eine Wache bei ihnen zurück, und die Kette Angaino legten sie Tulkas um Hals und Arme, und sogar er konnte ihr großes Gewicht kaum allein tragen; und dann folgten sie Manwe und seinem Herold in die Höhlen des Nordens. Dort saß Melko in seinem Sessel, und das Gemach war von flammenden Kohlenpfannen erhellt und voll bösen Zaubers, und seltsame Gestalten huschten aufgeregt ein und aus, und riesige Schlangen wanden sich ruhelos um die Säulen, welche das hohe Dach trugen. Da sagte Manwe:

›Nun also, wir sind gekommen, dich hier in deinen eigenen Hallen zu begrüßen; komme nun und wohne in Valinor.‹

Doch Melko wollte nicht so leicht auf sein Vergnügen verzichten. ›Nein‹, sagte er, ›zuerst sollst du, Manwe, vor mir niederknien und nach dir alle Valar; aber zum Schluß soll Tulkas kommen und mir die Füße küssen, denn ich erinnere mich an etwas, wofür ich Poldórea keine große Liebe schulde.‹ Er hatte nämlich vor, Tulkas einen Fußtritt in den Mund zu versetzen, um ihm den längst vergangenen Faustschlag heimzuzahlen, doch die Valar hatten dergleichen vorausgesehen und täuschten dennoch Unterwerfung vor, auf daß Melko dadurch aus seiner Festung Utumna hervorgelockt werde. In Wahrheit hoffte Manwe bis zum Schluß auf Frieden und Einvernehmen, und die Götter hätten Melko auf sein Bitten tatsächlich in Frieden und Freundschaft in Valinor empfangen, wäre dessen Stolz nicht unersättlich und die Hartnäckigkeit, mit der er am Bösen festhielt, nicht unüberwindlich gewesen. Nun jedoch war in ihrem Herzen kaum noch Erbarmen für ihn, als sie sahen, daß er auf seiner Forderung beharrte, Manwe solle ihm huldigen und Tulkas sich zu den Füßen dieses Grausamen hinabbeugen; gleichwohl näherte sich nun der Herr der Götter und Elben Melkos Sessel und machte Anstalten, niederzuknien, denn dies war ihr Plan, den Ausbund des Bösen desto mehr zu umgarnen. Doch fürwahr, bei diesem Anblick entbrannte in den Herzen von Tulkas und Aule ein so grimmiger Zorn, daß Tulkas trotz der Schwere Angainos mit einem mächtigen Satz durch die Halle sprang, und Aule war hinter ihm, und Orome folgte seinem Vater, und die Halle war voll Aufruhr. Da sprang Melko auf die Füße, schrie mit lauter Stimme, und aus allen finsteren Gängen kam ihm sein Gefolge zur Hilfe. Dann schlug er nach Manwe mit einem eisernen Flegel, den er trug, doch Manwe blies nur leicht dagegen, und dessen eiserne Glieder wurden zurückgeblasen, und darauf schlug Tulkas mit seiner eisernen Faust Melko in die Zähne, und er und Aule rangen mit ihm, und im Handumdrehen waren die Glieder Angainos dreißigmal um ihn geschlungen.

Darauf sagte Orome: ›Ich wollte, wir würden ihn erschlagen‹ – und dies wäre in der Tat gut gewesen, aber die großen Götter dürfen nicht getötet werden.[4] Nun wurde Melko in grausamen Gewahrsam genommen, in die Knie gezwungen und mußte allen seinen Vasallen befehlen, die Valar nicht zu belästigen – und, wahrlich, die meisten von ihnen, erschreckt durch die Fesselung ihres Meisters, flohen davon zu den dunkelsten Orten.

Tulkas schleifte Melko nun nach draußen vor die Tore, und dort legte Aule um seine Handgelenke je eine der Vorotemnar und um jeden Fußknöchel zwei der Ilterendi, und als *tilkal* mit Melko in Berührung kam, färbte es sich rot; und diese Bande sind seitdem nie von seinen Händen und Füßen gelöst worden. Dann wurde Melko, nachdem die Kette angeschmiedet worden und er so hilflos war, fortgetragen, während Tulkas und Ulmo die Tore Utumnas zerbrachen und Steinhügel darauf auftürmten. Und die Gräben und Höhlen unter der Erde sind dennoch voll von den dunklen Geistern, die an jenem Tag eingeschlossen wurden, als Melko gefangengenommen wurde, und doch gibt es viele Wege, auf denen sie von Zeit zu Zeit in die äußere Welt gelangen – durch Spalten an felsigen Küsten, wo sie mit den Stimmen der Flut schreien, durch dunkle Wasserwege, die sich unsichtbar über viele Wegstunden hinziehen, oder durch die blauen Gewölbe, dort, wo die Gletscher Melkos enden.

Nachdem sie dies vollbracht hatten, kehrten die Götter auf langen dunklen Wegen nach Valmar zurück und ließen kein Auge von Melko, den verzehrender Zorn quälte. Seine Lippe war gespalten, und ein sonderbar tückischer Ausdruck lag auf seinem Gesicht, seit Tulkas' Schlag ihn getroffen hatte, der es wider alle Klugheit nicht hatte ertragen können, daß die Majestät Manwes sich vor dem Verfluchten verneigte.

Nun wurde ein Gericht eingesetzt, und auf den Abhängen des Taniquetil mußte sich Melko, gebunden liegend vor Manwes silbernem Sessel, vor allen Vali[5], kleinen und großen, verantworten. Osse sprach gegen ihn und Orome und Ulmo in tiefem Zorn und Vána voller Abscheu, und sie verkündeten öffentlich seine grausamen und gewaltsamen Taten; doch Makar sprach immer noch für ihn, wenn auch nicht mit Wärme, denn er sagte: ›Es wäre schlecht, wenn es für immer Frieden gäbe: wenn man schon niemals einen Schwertstreich durch die ewige Stille Valinors hallen hört, ja, wenn man nicht einmal in der äußeren Welt Kampfestaten sieht oder Siegesjubel hört, dann wird es vollends langweilig, und was mich angeht, verlangt es mich mitnichten nach solchen Zeiten!‹ Darauf erhob sich Palúrien in Kummer und Tränen und sprach vom Gelöbnis der Erde, von der großen Schönheit ihrer Werke, von jenen Dingen, die sie so sehnlich zu schaffen wünschte; sie sprach von dem Überfluß an Blumen und Kräutern, Bäumen, Früchten und Korn, den die Erde tragen würde, hätte sie nur Frieden. ›Seid auf der Hut, o Valar‹, sprach sie, ›daß nicht die Elben und Menschen aller Tröstung ermangeln, wenn denn die Zeit gekommen ist, da sie die Erde finden.‹ Melko aber, als er die Namen der Elben und Menschen nennen hörte, wand sich wutentbrannt in seinen Ketten, ergrimmt über seine eigene Ohnmacht.

Aule pflichtete ihr nun nachdrücklich bei und nach ihm viele der Götter, doch Mandos und Lórien, die bei den Beratungen der Valar oder bei anderen Gelegenheiten ohnehin nicht viel sagten, mahnten zum Frieden; Tulkas aber erhob sich wütend aus der Mitte der Versammlung und verließ sie, denn er, für den die Schuld klar zutage lag, konnte diese Gespräche nicht ertragen. Er hätte Melko lieber losgekettet, auf der Stelle allein mit ihm auf der Ebene von Valinor gekämpft und ihm als Lohn für seine Übeltaten viele schwere Schläge versetzt, anstatt Zeit mit langen Reden zu verschwenden. Gleichwohl harrte Manwe aus, hörte zu und wurde durch Palúriens Worte bewegt, doch blieb er bei seiner Meinung, daß Melko ein Ainu und durch seine übergroße Macht für dic Zukunft der Welt bedeutungsvoll war, ob im Guten oder Bösen; darum verschloß er sich der Härte und fällte folgendes Urteil: Da Melko sich den Verdruß der Götter zugezogen habe, solle er zwei Zeitalter lang, gefesselt durch die Kette Angaino, in einem Gewölbe Mandos' eingekerkert werden; danach solle er in das Licht der Zwei Bäume zurückkehren dürfen, aber nur um vier Zeitalter lang als Diener in Tulkas' Haus zuzubringen und diesem als Entschädigung für seine einstige Bösartigkeit zu gehorchen.

›Auf diese Weise‹, sprach Manwe, ›kannst du vielleicht wieder soviel Wohlwollen erringen, daß die Götter dir gestatten, später in einem eigenen Haus zu wohnen und unter ihnen einen gewissen Rang einzunehmen, wie es einem Vala und Herrn der Ainur zukommt.‹

So lautete Manwes Spruch, und selbst Makar und Meásse erschien er rechtens, doch Tulkas und Palúrien hielten diese Güte für gefährlich. Nun brach für Valinor die schönste Zeit des Friedens an und für die übrige Erde ebenso, während Melko in den tiefsten Gewölben Mandos' schmachtete, und in seinem Herzen brütete er schwarze Gedanken aus.

Der Aufruhr des Meeres legte sich allmählich, und die Feuer unter den Bergen erstarben; die Erde bebte nicht mehr, und die grausame Kälte, die Härte der Hügel und Flüsse aus Eis schmolz dahin, vom äußersten Norden zum tiefsten Süden, bis hin zu den Landstrichen um Ringil und Helkar. Dann schritt Palúrien ein weiteres Mal über die Erde, und die Wälder vermehrten sich und breiteten sich aus, und oft hörte man hinter ihr im trüben Licht Oromes Horn erschallen: Nun begannen Nachtschatten und Zaunrübe im Buschwerk zu wuchern, und Stechpalmen und Ilex erschienen auf der Erde. Und weil die Winde ruhten und das Meer still war, begannen sogar auf den Klippen Efeu und kriechende Pflanzen zu wachsen, alle Höhlen und Küsten schmückten sich mit Wasserpflanzen, und große Meeresgewächse traten ans Licht und bewegten sich sanft, wenn Osse die Wasser aufrührte.

Dieser Vala kam nun, setzte sich auf ein Vorgebirge der Großen Lande, pflog der Muße in der Stille seines Reiches und sah, wie Palúrien die stumme Dämmerung der Erde mit huschenden Schatten erfüllte. Fledermäuse und Eulen, die Vefántur in Mandos freigelassen hatte, durchschossen den Himmel, und am Rand stiller Wasser sangen Nachtigallen, die Lórien aus Valinor geschickt hatte. Weit in der Ferne krächzte ein Ziegenmelker, und an dunklen Plätzen bewegten sich geräuschlos die Schlangen, die aus Utumna entschlüpft waren, als Melko gefesselt worden war; am Rande eines klaren Teiches quakte ein Frosch.

Darauf gab er Ulmo Nachricht von all diesen Neuigkeiten, und dieser wollte nicht, daß die Wasser der inneren Meere länger unbevölkert wären, sondern suchte Palúrien auf, und sie gab ihm Zaubersprüche, und die Meere füllten sich mit schimmernden Fischen oder sonderbaren Lebewesen, die an ihrem Grund umherkrochen; doch keiner der Valar oder Elben wußte zu sagen, woher die Muscheln und Austern stammten, denn diese öffneten sich bereits in den stillen Wassern oder Melko hatte sie aus der Höhe hineingeworfen; und bevor die Eldar nur an Edelsteine dachten oder von ihnen träumten, gab es dort Perlen.

Drei große Fische, die in der Dunkelheit der sonnenlosen Tage leuchteten, zogen immer mit Ulmo, und schimmernde Schuppen bedeckten das Dach von Osses Wohnung unter dem großen Meer. Wahrlich, das war eine Zeit voller Frieden und Ruhe, und das Leben senkte tiefe Wurzeln in die neu erschaffene Krume der Erde, und Samen wurden ausgesät, die nur auf die Ankunft des Lichtes warteten – und diese Zeit kennt und preist man als das Zeitalter der *Einkerkerung Melkos*.«

Anmerkungen

1 Offenbar sehr bald nach der Niederschrift des Textes wurde die folgende Passage hinzugefügt, doch später deutlich durchgestrichen:
»Die Wahrheit ist, daß er ein Sohn von Linwe Tinto ist, dem König der Flötenspieler, der einst auf dem großen Marsch von Palisor verschwand, durch Hisilóme wanderte und die einsame Fee des Zwielichts (Tindriel) Wendelin fand, die auf einer Buchenlichtung tanzte. Da er sie liebte, war er einverstan-

den, sein Volk zu verlassen und für immer in den Schatten zu tanzen, doch seine Kinder Timpinen und Tinúviel schlossen sich lange danach den Eldar wieder an; und über diese beiden gibt es Geschichten, obgleich sie selten erzählt werden.«

Der Name *Tindriel* stand in dieser Form im Manuskript, doch er wurde dann in Klammern gesetzt und am Rand *Wendelin* hinzugefügt. Hier finden sich die ersten Hinweise auf Thingol (Linwe Tinto), Hithlum (Hisilóme), Melian (Tindriel, Wendelin) und Lúthien Tinúviel; hierzu weiter unten.

2 Vgl. die Erklärung der Namen *Eriol* und *Angol* als »Eisenklippen« im Namensverzeichnis unter dem Eintrag *Eriol.*

3 In Verbindung mit der Geschichte des Aufenthaltes von Eriol (Ælfwine) in Tol Eressea und den »Verschollenen Geschichten«, die er dort hörte, gibt es zwei Abrisse, die den Plan des Werkes skizzieren. Einer davon ist zum größten Teil ein Resümee der *Geschichten,* wie sie nun vorliegen; der andere, sicherlich späteren Datums, weicht vom ersten ab. Hier wird der Reisende Ælfwine genannt und die Geschichte, die am zweiten Abend erzählt wird, »Evromord dem Türhüter« in den Mund gelegt, wenn der Inhalt auch derselbe ist (Die Ankunft der Götter; die Schaffung der Welt und Valinors; das Pflanzen der Zwei Bräume). Darauf folgt eine (spätere) Hinzufügung: »Ælfwine geht, *limpe* von Meril zu erbitten; sie schickt ihn zurück.« Die dritte Nacht am Feuer der Geschichten wird so beschrieben:

»Der Türhüter fährt in seiner Erzählung vom allerersten Zwielicht fort. Das Wüten Melkos. Melkos Einkerkerung und das Erwachen der Elben. (Wie Fankil und viele dunkle Gestalten in die Welt entkommen.)«

Es scheint sicher, daß es sich um eine lediglich beabsichtigte Veränderung handelte, die nie durchgeführt wurde. Es ist bemerkenswert, daß sowohl im eigentlichen Text als auch im ersten der Abrisse Rúmil im Haus die Funktion eines Türhüters hat – und Rúmil, nicht Evromord, war der Name, der erhalten blieb.

4 Der ursprünglich niedergeschriebene Text lautet: »aber die großen Götter dürfen nicht erschlagen werden, wohl aber ihre Kinder und all das niedere Gefolge der Vali, freilich nur von der Hand eines der anderen Valar«.

5 *Vali* ist eine Weiterbildung von *Valar.* Vgl. Rúmils Worte (S. 90): »die wir nun die Valar nennen (oder auch die Vali).«

Im Verbindungsstück zwischen diesem Text und dem vorhergehenden begegnen wir der Gestalt von Timpinen oder Tinfang. Dieses Wesen hatte mein Vater einige Jahre beschäftigt, und es gibt zwei Gedichte, die von ihm handeln. Das erste trägt den Titel *Zwitschervogel;* es ist sehr kurz, existiert jedoch in drei Fassungen. Einer Anmerkung meines Vaters zufolge entstand die ursprüngliche Fassung 1914 in Oxford und wurde »zwischen 1920 und 1923« in Leeds neu geschrieben. Das Gedicht wurde schließlich in einer nochmals veränderten Form 1927 veröffentlicht, die ich hier abdrucke.*

Tinfang Warble

O the hoot! O the hoot!
How he trillups on his flute!
O the hoot of Tinfang Warble!

Dancing all alone,
Hopping on a stone,
Flitting like a fawn,
In the twilight on the lawn,
And his name is Tinfang Warble!

The first star has shown
And its lamp is blown
to a flame of flickering blue.
He pipes not to me,
He pipes not to thee,
He whistles for none of you.
His music is his own,
The tunes of Tinfang Warble!

* Wie aus einem aufbewahrten Zeitungsausschnitt hervorgeht, erfolgte die Veröffentlichung im »I. U. M[agazine]«.

Zwitschervogel

O der spöttische Ton! O der spöttische Ton! / Wie er auf seiner Flöte trillert! / O der Ton von Zwitschervogel! //

Tanzt ganz allein, / Hüpft auf einem Stein, / Huscht wie ein Reh / Im Zwielicht der Wiese, / Und sein Name ist Zwitschervogel! //

Der erste Stern ist erschienen, / Und seine Lampe ist aufgeblüht / Zu einer Flamme von flackerndem Blau. / Er flötet nicht für mich, / Er flötet nicht für dich, / Er pfeift für keinen von euch. / Seine Musik gehört ihm allein, / Die Lieder von Zwitschervogel.

In der frühesten Fassung wird Tinfang ein »Kobold« und in dem frühen Glossar der gnomischen Sprache ein »Elf« genannt.

Das zweite Gedicht trägt den Titel *Über alte Berge und weit fort*. Es existiert in fünf Fassungen, von denen die früheste auch einen altenglischen Titel mit derselben Bedeutung trägt: *ȝeond fyrne beorgas & heonan feor.* Anmerkungen meines Vaters zeigen, daß es zwischen Dezember 1915 und Februar 1916 in Brocton Camp/Staffordshire und 1927 in Oxford neu geschrieben wurde. Die endgültige Fassung unterscheidet sich durch viele Einzelheiten im Wortlaut und stellenweise durch ganze Zeilen von den früheren Fassungen, von denen ich am Ende einige wenige interessante Lesarten wiedergebe.

Over Old Hills and Far Away

It was early and still in the night of June,
And few were the stars, and far was the moon,
The drowsy trees drooping, and silently creeping
Shadows woke under them while they were sleeping.
I stole to the window with stealthy tread
Leaving my white and unpressed bed;
And something alluring, aloof and queer,
Like perfume of flowers from the shores of the mere
That in Elvenhome lies, and in starlit rains
Twinkles and flashes, came up to the panes
Of my high lattice-window. Or was it a sound?
I listened and marvelled with eyes on the ground.
For there came from afar a filtered note
Enchanting sweet, now clear, now remote,
As clear as a star in a pool by the reeds,
As faint as the glimmer of dew on the weeds.

Then I left the window and followed the call
Down the creaking stairs and across the hall
Out through a door that swung tall and grey,
And over the lawn, and away, away!

It was Tinfang Warble that was dancing there,
Fluting and tossing his old white hair,
Till it sparkled like frost in a winter moon;
And the stars were about him, and blinked to his tune
Shimmering blue like sparks in a haze,
As always they shimmer and shake when he plays.

My feet only made there the ghost of a sound
On the shining white pebbles that ringed him round,
Where his little feet flashed on a circle of sand,
And the fingers were white on his flickering hand.
In the wink of a star he had leapt in the air
With his fluttering cap and his glistening hair;
And had cast his long flute right over his back,
Where it hung by a ribbon of silver and black.

His slim little body went fine as a shade,
And he slipped through the reeds like a mist in the glade;
And he laughed like thin silver, and piped a thin note,
As he flapped in the shadows his shadowy coat.
O! the toes of his slippers were twisted and curled,
But he danced like a wind out into the world.

He is gone, and the valley is empty and bare
Where lonely I stand and lonely I stare.
Then suddenly out in the meadows beyond,
Then back in the reeds by the shimmering pond,
Then afar from a copse where the mosses are thick
A few little notes came trillaping quick.

I leapt o'er the stream and I sped from the glade,
For Tinfang Warble it was that played;
I must follow the hoot of his twilight flute

Over reed, over rush, under branch, over root,
And over dim fields, and through rustling grasses
That murmur and nod as the old elf passes,
Over old hills and far away
Where the harps of the Elvenfolk softly play.

Über alte Berge und weit fort

(1) Es war früh und still in der Nacht des Juni, / Und gering war die Zahl der Sterne, und fern war der Mond, / Die schläfrigen Bäume erschlafften, und schweigend kriechende / Schatten erwachten unter ihnen, während sie schliefen. //

(5) Ich stahl mich ans Fenster mit verstohlenem Tritt, / Mein weißes und unbenutztes Bett verlassend; / Und etwas, verlockend, entfernt und sonderbar, / Wie Duft von Blumen von den Küsten des Meeres, / Das in Elbenheim liegt und in sternhellen Regen /
(10) Glitzert und aufblitzt, kam herauf zu den Fensterscheiben / Meines hohen Gitterfensters. Oder war es ein Klang? / Ich lauschte und staunte mit gesenkten Augen. Denn da kam von weither ein zarter Ton, / Zauberhaft süß, jetzt deutlich, jetzt entfernt, / (15) So klar wie ein Stern in einem Teich beim Ried, / So zart wie das Schimmern des Taus auf den Kräutern. //

Da verließ ich das Fenster und folgte dem Ruf / Die knarrende Treppe hinunter und durch die Halle, / Hinaus durch die Tür, die hoch und grau aufschwang, / (20) Und über den Rasen und fort und fort! //

Es war Zwitschervogel, der dort tanzte, / Flöte spielend und sein altes weißes Haar umherwerfend, / Bis es wie Frost im Wintermond funkelte; / Und die Sterne waren um ihn und blinzelten seinem Lied zu, / (25) Blau leuchtend wie Funken in einem Dunst, / Die immer schimmerten und zitterten, wenn er spielte. //

Meine Füße machten dort nur ein geisterhaftes Geräusch / Auf den glänzenden weißen Kieseln, die rings um ihn waren, / Wo seine kleinen Füße sich wie Blitze in einem sandigen Kreis bewegten, / (30) Und die Finger waren weiß an seiner zuckenden Hand. / Beim Blinzeln eines Sterns war er in die Luft gesprungen / Mit seiner flatternden Kappe und seinem gleißenden Haar; / Und hatte seine lange Flöte stracks über seinen Rücken geworfen, / Wo sie an einem silbernen und schwarzen Band hing. //

(35) Sein schlanker kleiner Leib wurde zart wie ein Schatten, / Und er schlüpfte durch das Ried wie ein Nebel auf einer Lichtung; / Und er lachte silberhell und blies einen feinen Ton, / Als er seinen Schattenmantel in die Schatten

flattern ließ. / O! die Spitzen seiner Schuhe waren gewunden und gekrümmt, / Doch er tanzte wie ein Wind hinaus in die Welt. //

Er ist verschwunden, und das Tal ist leer und öde, / Wo allein ich steh und verloren blicke. / Dann plötzlich, von den entlegenen Wiesen, / Dann wieder aus dem Ried am schimmernden Reich, / Dann aus fernem Dickicht, wo die Moose dick sind, / Kamen rasch trillernd ein paar zarte Töne. //

Ich sprang über den Bach, und ich eilte über die Lichtung, / Denn Zwitschervogel war es, der spielte; / Ich muß dem Laut seiner Zwielicht-Flöte folgen / Durch Schilf und Rohr, / Unter Geäst, über Wurzeln / Und über schwach erhellte Felder und durch raschelnde Gräser, / Die murmeln und nicken, wenn der alte Elb hindurchgeht, / Über alte Berge und weit fort, / [dorthin,] Wo die Harfen des Elbenvolkes so sanft erklingen.

Frühere Lesarten:

1–2 Es war einst ein sehr stiller Abend im Juni – Und ich dachte, die Sterne seien zu früh aufgegangen – Vgl. S. 137: »Die Noldoli sagen, daß die Sterne früher hervorkommen, wenn Zwitschervogel spielt.«

8 von den Küsten des Meeres] am Feenmeer.

9 Elbenheim] eine Verbesserung im Text der endgültigen Fassung; ersetzte »Feenland«.

24 Bis die Sterne aufgingen, wie es schien, zu früh. Vgl. die Anmerkung zu Zeile 2.

25–26 Sie gehen immer auf, wenn er trillert und spielt, / Und sie strahlen hellblau, solange er da ist. Vgl. S. 138: »oder er spielt unter einem glänzenden Mond, und die Sterne erstrahlen hell und blau.«

54 Elbenvolk] eine Verbesserung im Text der endgültigen Fassung; ersetzte »Feen«.

Der erste Teil dieser Geschichte von der *Einkerkerung Melkos* erhielt in den späteren Fassungen eine gänzlich andere Form. Im *Silmarillion* (S. 43) geschah es während des Aufenthaltes der Valar auf der Insel Almaren unter dem Licht der Zwei Leuchten, daß »die Saaten, die Yavanna gesät, rasch zu keimen und zu knospen [begannen], und vielerlei Gewächs ging auf, großes und kleines, Moos und Gräser und große Farne und Bäume mit Wipfeln in den Wolken« und daß »Tiere kamen und lebten auf den grasbewachsenen Ebenen oder in den Seen und Flüssen, oder sie liefen durch den Schatten der Wälder«.

Dies war der Frühling von Arda; doch nach der Ankunft Melkors und nach der Erschaffung Utumnos wurde alles Grün »krank und faulte, und Flüsse erstickten in Schlingpflanzen und Schlamm, und stinkende, giftige Sümpfe wurden geschaffen, den Fliegen zur Brutstätte; Wälder wurden zu Albträumen der Angst, dunkel und gefahrvoll, und Tiere wurden zu Ungeheuern mit Horn und Hauer und tränkten die Erde mit Blut«. Dann folgte der Sturz der Leuchten, und »so endete der Frühling von Arda« (S. 44f.). Nach der Erschaffung Valinors und der Zwei Bäume »lag Mittelerde im Dämmerlicht unter den Sternen« (S. 47), und Yavanna und Orome kehrten als einzige der Valar zuweilen dorthin zurück: »Yavanna ging dort zwischen den Schatten, voll Kummer, weil das Wachstum und die Verheißung des Frühlings von Arda sich nicht erfüllten. Und sie legte Schlaf auf vieles, das im Frühling aufgegangen war, damit es nicht altern, sondern auf die Zeit des Erwachens warten sollte, die noch kommen würde« (S. 57). »Doch schon hatten sich die ältesten lebenden Dinge erhoben: im Meere die großen Wasserpflanzen und auf der Erde der Schatten der großen Bäume; und in den Tälern der umnachteten Gebirge waren dunkle Geschöpfe, alt und stark.« (S. 57)

Andererseits wird in der frühesten Fassung nicht erwähnt, daß in der Zeit, als die Lampen leuchteten, das Wachstum begann (vgl. S. 105) und die ersten Bäume und niedrigen Pflanzen nach ihrem Sturz durch Yavannas Zaubersprüche im Dämmerlicht zum Leben erwachten. Mehr noch: im letzten Satz dieser Geschichte wurden »Samen ausgesät« in der Zeit »voller Frieden und Ruhe«, in der Melko in Ketten lag, »die nur auf die Ankunft des Lichtes warteten«. In der frühen Geschichte sät Yavanna also in der Dunkelheit mit Blick (wie es scheint) auf Wachsen und Blühen in späteren Tagen des Sonnenlichts, wogegen in allen späteren Fassungen die Göttin in der Zeit der Finsternis nicht mehr sät, sondern stattdessen einen Schlaf auf viele Dinge legt, die unter dem Licht der Leuchten im Frühling von Arda entstanden waren. Aber nur in der frühen Erzählung und im *Silmarillion* findet sich ein Hinweis darauf, daß Yavanna voraussieht, daß am Ende das Licht zu den Großen Landen, nach Mittelerde kommen wird.

Die Vorstellung von einem flutenden, flüssigen Licht in den Lüften der Erde nimmt wiederum deutlich Gestalt an, und es scheint, daß der ursprünglichen Idee zufolge die Zeitalter der Dämmerung in der Welt östlich des Meeres sowohl noch von Spuren dieses Lichtes erhellt wurden (»Selten fällt nun der schimmernde Regen wie früher, und Düsternis herrscht, von blassen Strahlen erhellt«; S. 116) als auch von den Sternen Vardas, obgleich »die Götter so viel von dem Licht gesammelt hatten, das zuvor die Lüfte durchflutete« (ebd.).

In dieser neuerlichen Entfesselung kosmischer Urgewalt ist möglicherweise die große Schlacht der Mächte in der späteren Mythologie vorgeformt (*Das Silmarillion,* S. 61); doch in dieser frühen Geschichte sind Melkos gewaltsame Veränderungen der Welt die Ursache für den Besuch der Valar, während die Schlacht der Mächte, in der die Gestalt Mittelerdes verändert wurde, eine Folge dieses Besuches sind. Im *Silmarillion* war es die Notwendigkeit, die gerade erwachten und von Orome entdeckten Elben zu schützen, welche die Valar zum Angrif auf Utumno bewog.

In seiner reichen erzählerischen Ausgestaltung wie in seinem »primitiven« Duktus hat der Text vor der Gefangennahme Melkos, wie ihn Meril-i-Turinqi erzählt, kaum eine Beziehung zu der späteren Erzählung. Aber einige Elemente blieben erhalten: die von Aule geschmiedete Kette Angainor (freilich nicht das wundersame Metall *tilkal* mit seinem auf ungewöhnliche Weise hergeleiteten Namen), der Ringkampf zwischen Tulkas und Melko, dessen Einkerkerung in Mandos »für drei Zeitalter« und der Gedanke, daß seine Festung nicht völlig zerstört wurde. Es wird auch deutlich, daß der milde und vertrauensvolle Charakter Manwes früh festgelegt wurde. Der Hinweis auf Mandos' Wortkargheit ist möglicherweise eine Vorausdeutung darauf, daß er seine Urteile nur auf Geheiß Manwes aussprach (vgl. S. 132). Hier findet sich bereits der Hinweis, daß die Nachtigallen aus dem Bereich Lóriens in Valinor stammen.

Schließlich dürfte aus der Beschreibung der Reise der Valar deutlich werden, daß Hisilóme (das sich ohne weitere Veränderung als der Quenya-Name von Hithlum erhalten hat) hier eine ganz andere Region ist als das spätere Hithlum, weil es auf der anderen Seite der Eisenberge plaziert ist: Im *Silmarillion* heißt es von den Eisenbergen, Melkor habe sie »als Schutzwehr für seine Burg Utumno« errichtet: »sie standen an den Grenzen zu den Regionen des Ewigen Eises, in einer großen Biegung von Osten nach Westen verlaufend« (S. 133). Tatsächlich aber entsprechen die »Eisenberge« hier dem späteren »Schattengebirge« *(Ered Wethrin)*. In einer kommentierten Liste von Namen, die der Geschichte *Der Fall von Gondolin* beigegeben ist, wird der Name Dor Lómin folgendermaßen erklärt: »*Dor Lómin* oder das ›Land des Schattens‹ war jene Region, welche die Eldar Hisilóme nannten (und das bedeutet ›Schattige Dämmerungen‹) … und sie wird wegen des dürftigen Lichts der Sonne so genannt, die im Osten und Süden kaum über die Eisenberge lugt.« Auf der kleinen Karte (S. 122) stellt die von mir mit dem Buchstaben *f* markierte Linie von Berggipfeln fast sicher dieses Gebirge dar, und das Gebiet nördlich davon, als *g* bezeichnet, ist dann Hisilóme.

Nach dem Ende des oben abgedruckten Textes fährt das Manuskript ohne Unterbrechung fort; da jedoch an dieser Stelle die mythologische Erzählung zu einem gewissen Abschluß gelangt ist (mit einer kurzen Unterbrechung durch Eriol), habe ich hier einen Einschnitt gemacht und den Rest von Meril-i-Turinqis Erzählung dem nächsten Kapitel zugeschlagen. Ich habe also aus einer Geschichte zwei gemacht.

V. DIE ANKUNFT DER ELBEN UND DIE GRÜNDUNG VON KÔR

Ich entnahm diesen Titel dem Umschlag des Heftes (wo noch hinzugefügt ist: »Wie die Elben Edelsteine machten«), denn die Erzählng wird, wie bereits angemerkt, ohne neue Überschrift fortgesetzt.

Da sagte Eriol: »Beklagenswert war die Loskettung Melkos, dünkt mich, selbst wenn sie barmherzig und gerecht erscheint – doch was bewog die Götter dazu?«

Darauf fuhr Meril[1] fort und sagte:

»Lange Zeit danach war das dritte Zeitalter der Gefangenschaft Melkos unter den Hallen von Mandos beinahe verstrichen. Manwe saß auf dem Gipfel des Berges und spähte mit seinen durchdringenden Augen in die Schatten jenseits von Valinor, und Falken flogen hin und her und brachten ihm viele wichtige Nachrichten, Varda aber sang ein Lied und schaute über die Ebene von Valinor. Zu dieser Zeit schimmerte Silpion, und unter seinen Strahlen waren die Dächer von Valmar schwarz und silbern; und Varda war fröhlich, doch plötzlich sprach Manwe und sagte: ›Schau, da ist ein Schimmer von Gold unter den Kiefern, und die tiefste Dämmerung der Welt ist voll von Fußgetrappel. Die Eldar sind gekommen, o Taniquetil!‹ Da erhob sich Varda geschwind, streckte ihre Arme aus nach Norden und Süden, löste ihr langes Haar und ließ das Lied der Valar aufsteigen, und Ilwe war voll von der Lieblichkeit ihrer Stimme.

Dann stieg sie nach Valmar hinab und ging zur Wohnung Aules; und Aule machte Gefäße aus Silber für Lórien. Eine Schale, mit dem Glanz Telimpes[2] gefüllt, stand neben ihm, den er mit großer Geschicklichkeit bei seiner Arbeit verwendete, nun aber stand Varda vor ihm und sagte: ›Die Eldar sind gekommen!‹ Und Aule warf seinen Hammer hin und sagte: ›Dann hat Ilúvatar sie endlich geschickt.‹ Und der Hammer traf gegen ein paar Silberblöcke, die am Boden lagen, schlug Silberfunken ab, und seine Zauberkraft gab ihnen Leben, und sie schnellten durch die Fenster in die Himmel hinaus. Varda, die das sah, nahm von dem Glanz in dem Becken, mischte ihn mit geschmolzenem Silber, um ihm Festigkeit zu geben, schwang sich geschwind in die Lüfte und setzte Sterne im Überfluß an das Firmament, daß die Himmel wundersam licht und ihre Herrlichkeiten verdoppelt wurden; und die Sterne, die sie sodann schuf, gebieten über den Schlummer, denn das Silber ihrer Körper stammte aus der Schatzkammer Lóriens, und ihr Glanz war in seinem Garten lange Zeit in Telimpe geborgen gewesen.

Manche haben gesagt, daß die Sieben Sterne zu dieser Zeit von Varda in den Himmel gesetzt wurden, zum Gedenken an die Ankunft der Eldar, und daß sie Morwinyon, der über dem westlichen Rand der Welt aufblitzt, fallen ließ, als sie in großer Eile nach Valinor zurückkehrte. Nun ist dies in der Tat der wahre Anfang von Morwinyon und seiner Schönheit, doch die Sieben Sterne wurden nicht von Varda in den Himmel gesetzt, sondern sie waren wirklich die Funken aus Aules Schmiede, deren Glanz in den alten Himmeln Varda dazu trieb, Sterne zu schaffen, die ihnen ebenbürtig sein sollten; doch dies gelang ihr nie.

Als aber nun Varda gerade mit diesem großen Werk beschäftigt ist, siehe, da kommt Orome über die Ebene gesprengt, zügelt sein Pferd und ruft laut, daß alle Ohren in Valmar es hören können:

›*Tulielto! Tulielto!* Sie sind gekommen! Sie sind gekommen!‹ Dann steht er in der Mitte zwischen den Zwei Bäumen und bläst sein Horn, und die Tore Valmars öffnen sich, und die Vali strömen auf die Ebene, denn sie ahnen, daß sich in der Welt etwas Unerhörtes begeben hat. Dann sprach Orome: ›So hört denn, daß die Wälder der Großen Lande, selbst in Palisor in der Mitte, wo die Kiefernwälder unaufhörlich rauschen, voll sind von sonderbaren Lauten. Dort streifte ich umher, und fürwahr, es war, als erwache zur rechten Zeit ein Volk unter den letzten Sternen. Unter den fernen Bäumen regte es sich, plötzlich waren Worte zu hören, und Füße gingen hin und her. Da fragte ich mich, welch ein Werk meine Mutter Palúrien wohl in aller Stille geschaffen haben mochte, und ging zu ihr und fragte sie, und sie gab mir zur Antwort: Das ist nicht mein Werk, sondern ein weit Größerer hat es vollbracht. Ilúvatar hat endlich seine Kinder erweckt – reite heim nach Valinor und sage den Göttern, daß die Eldar wahrhaftig gekommen sind!‹

Da rief das ganze Volk von Valinor: ›*I·Eldar tulier* – die Eldar sind gekommen‹ – und bis zu dieser Stunde hatten die Götter nicht gewußt, daß ihr Glück nicht vollkommen gewesen war oder daß sie nach Erfüllung gedürstet hatten; nun aber wußten sie, daß die Welt ein öder, verlassener Ort gewesen war, solange sie keine eigenen Kinder besaß.

Nun wird ein weiteres Mal Rat gehalten, und Manwe sitzt dort den Göttern vor zwischen den Zwei Bäumen – und diese hatten nun vier Zeitalter lang Licht hervorgebracht. Ein jeder Valin kommt dorthin, sogar Ulmo in großer Eile von den Äußeren Meeren, und Ungeduld und Freude sind auf seinem Gesicht.

An diesem Tage befreite Manwe Melko von der Kette Angaino, bevor noch die volle Zeit seiner Strafe verstrichen war, aber die Spangen aus *tilkal* an seinen Händen und Füßen wurden nicht gelöst, und er trug sie weiterhin. Übergroße Freude macht sogar die Götter blind, die in die Zukunft schauen können. Als letzte von allen kam Palúrien Yavanna eilig aus Palisor, und die Götter beratschlagten über die Eldar; Melko aber saß zu Füßen Tulkas' und spendete heuchlerisch fröhlichen und demütigen Beifall. Endlich beschließen die Götter, daß einige der neu angekommenen Eldar nach Valinor gebeten werden sollen, um dort mit Manwe und den anderen Göttern zu sprechen, ihnen von ihrer Ankunft in der Welt zu erzählen und von ihren Wünschen, die sie in ihnen erweckt hatte.

Dann machte sich Nornore, dessen Füße sich so rasch bewegen, daß sie unsichtbar werden, mit der Botschaft Manwes auf den Weg, und ohne anzuhalten saust er über Land und Meer nach Palisor. Dort findet er einen Ort, tief in einem Tal, eingefaßt von kiefernbewachsenen Hängen; sein Grund ist die weite Wasserfläche eines Teiches, und sein Dach ist die Dämmerung, besetzt mit Vardas Sternen. Dort hatte Orome die Eldar erwachen gehört, und in allen Liedern heißt dieser Ort Koivie-néni oder die Wasser des Erwachens.

Alle Abhänge des Tales, die baumlosen Ufer des Teiches, sogar die zerklüfteten Ränder der jenseitigen Berge sind nun von einer großen Menge Volks besetzt, das verwundert die Sterne anstarrt, während einige bereits mit wunderschönen Stimmen zu singen angefangen haben. Nornore aber stand auf einem Berg und staunte über die Schönheit dieses Volkes, und weil er ein Vala war, erschienen sie ihm wunderbar klein und zart und ihre Gesichter gedankenvoll und empfindsam. Darauf sprach er mit der mächtigen Stimme der Valar, und alle schimmernden Gesichter wandten sich ihm zu.

›Höret, o Eldalie, ihr, die ihr durch die Zeitalter der Dämmerung herbeigewünscht und durch die Zeitalter des Friedens gesucht worden seid, ich komme in diesem Augenblick her von Manwe Súlimo, dem Herrn der Götter, der in Frieden und Weisheit auf dem Taniquetil thront, zu euch, die ihr die Kinder Ilúvatars seid, und dies sind die Worte Manwes, die ihr aus meinem Munde vernehmt: einige von euch sollen mit mir zurückkehren – denn ich bin Nornore, Herold der Valar – nach Valinor und mit ihm sprechen, auf daß er Kunde erhalte von eurer Ankunft und von all euren Wünschen.‹

Groß waren nun die Erregung und das Staunen an den Wassern von Koivie, und am Ende waren es drei der Eldar, die vortraten und es wagten, mit Nornore zu gehen, und diese trug er zurück nach Valinor; und ihre Namen, wie die Elben von Kôr sie überliefert haben, waren Isil Inwe und Finwe Nóleme, der Turondos Vater war, und Tinwe Linto, Vater Tinúviels – die Noldoli nennen sie aber Inwithiel, Golfinweg und Tinwelint. Später wurden sie sehr mächtig unter den Eldar, und die Teleri waren jene, welche Isil folgten, seine Sippe und Abkömmlinge aber sind jenes königliche Geschlecht der Inwir, deren Blut in meinen Adern fließt. Nóleme war Herr der Noldoli, und von seinem Sohn Turondo (oder Turgon, wie er genannt wurde), werden große Geschichten erzählt; Tinwe[3] hingegen wohnte nicht lange bei seinem Volk, und doch heißt es, er lebe noch immer als Herr der verstreuten Elben Hisilómes, tanze mit Wendelin, seiner Gemahlin, an dämmrigen Orten, einer Fee, die vor langer, langer Zeit aus den stillen Gärten Lóriens kam; doch der größte von allen Elben wurde Isil Inwe, und sein mächtiger Name wird bis auf den heutigen Tag in Ehren gehalten.

So wisse denn, von Nornore hergebracht, standen die drei Elben nun vor den Göttern, und es war die Zeit, da die Lichter wechselten, Silpion schwand, Laurelin aber zur schönsten Pracht aufblühte, als Silmo gerade aus dem silbernen Kübel die Wurzeln des anderen Baumes begoß. Da waren die Elben aufs höchste verwirrt und erstaunt über den strahlenden Glanz des Lichtes, da ihre Augen nur die Finsternis kannten und nichts Helleres gesehen hatten als Vardas Sterne, doch die Schönheit und die machtvolle Majestät der Götterversammlung erfüllten sie mit Ehrfurcht, und die fern auf der Ebene leuchtenden Dächer von Valmar ließen sie zittern, und sie neigten sich ehrerbietig – doch Manwe sprach zu ihnen: ›Erhebt euch, o Kinder Ilúvatars, denn sehr groß ist die Freude der Götter über euer Kommen! Erzählt uns, auf welche Weise ihr hergekommen seid, wie ihr die Welt gefunden habt, und wie sie euch vorkommt, deren erste Sprößlinge ihr seid, und welche Wünsche euch bewegen.‹

Nóleme aber erwiderte: ›Wohlan! Allermächtigster! Woher kommen wir? Mir scheint, daß ich erst jetzt aus einem abgrundtiefen ewigen Schlaf erwacht bin, dessen gewaltige Träume schon vergessen sind.‹ Und Tinwe fügte hinzu, sein Herz sage ihm, daß er geradewegs aus grenzenlosen Reichen herkäme, doch er könne sich nicht erinnern, über welche dunklen und sonderbaren Wege er geführt worden sei; und Inwe, der währenddessen Laurelin angestarrt hatte, sprach zuletzt, und er sagte: ›Ich weiß nicht, woher ich komme, weiß weder wie ich hergekommen bin noch wo ich hingehen werde. Die Welt, in der wir sind, ist mir nur wie ein einziges großes Wunder und, wie mir scheint, liebe ich sie von ganzem Herzen, doch sie erfüllt mich ganz und gar mit Sehnsucht nach Licht.‹

Da erkannte Manwe, daß Ilúvatar in den Herzen der Eldar jegliches Wissen um die Art ihres Kommens ausgelöscht hatte, und daß die Götter dies nicht entdecken sollten; und tiefes Erstaunen erfüllte ihn. Jedoch auch Yavanna, die zugehört hatte, war überrascht, und sie ward tief getroffen von den Worten Inwes, es verlange ihn nach Licht. Dann blickte sie auf Laurelin, ihr Herz dachte an die fruchtbeladenen Gärten Valmars, und dann flüsterte sie mit Tuivána, die neben ihr saß und sich an der sanften Anmut der Eldar erfreute; und dann sprachen diese beiden zu Manwe: ›Wahrlich! Die Erde und ihre Schatten sind kein Ort für so schöne Wesen, wie sie einzig das Herz und der Geist Ilúvatars ersonnen haben. Schön sind die Kiefernwälder und die Dickichte, doch sind sie voll von unelbischen Geistern, Mandos' Kinder gehen umher, und Vasallen Melkos lauern an unheimlichen Orten – und wir selbst wollen den Anblick dieses freundlichen Volks nicht entbehren. Ihr fernes Lachen ist von Palisor an unsere Ohren gedrungen, und wir möchten seinen Widerhall immer hören in unseren Hallen und Lustgärten in Valmar. Laß die Eldar bei uns wohnen, und der Brunnen unserer Freude wird aus neuen Quellen gespeist werden, die nicht versiegen können.‹

Da erhob sich ein Lärm unter den Göttern, und die meisten sprachen für Palúrien und Vána, wogegen Makar sagte, Valmar sei für die Valar erbaut – ›und schon jetzt ist es eher ein Rosengarten für schöne Frauen als ein Wohnort für Männer. Warum wollt ihr es mit den Kindern der Welt bevölkern?‹ Darin gab ihm Meásse recht, und Mandos und Fui hatten weder für die Eldar warme Gefühle noch für andere Wesen sonst; Varda hingegen unterstützte Yavanna und Tuivána leidenschaftlich und, wahrlich, ihre Liebe zu den Eldar ist unter allen, die in Valinor wohnten, immer die größte gewesen; und Aule und Lórien, Orome und Nessa und Ulmo verkündeten mit größtem Nachdruck ihren Wunsch, man möge die Eldar bitten, bei den Göttern in Valinor zu wohnen. Deshalb war es die einhellige Meinung des Rates, obgleich Osse dagegen sprach – vielleicht wegen seiner immerschwelenden Eifersucht und Widerspenstigkeit, die er gegen Ulmo hegte –, die Eldar dazu aufzufordern, und die Götter warteten nur auf den Spruch Manwes. Ja sogar Melko, den Wunsch der Mehrheit erkennend, schloß sich schmeichlerisch und arglistig der Bitte an und hat dennoch seit jenen Tagen die Valar verleumdet. Nur aus Neid und Eifersucht auf deren Schönheit, so sagte er, hätten die Valar die Eldar in ihr Gewahrsam gerufen. So belog er später oft die Noldoli, wenn er ihre Ruhelosigkeit anstacheln wollte, und er allein, fügte er entgegen der Wahrheit hinzu, habe sich der allgemeinen Meinung widersetzt und für die Freiheit der Eldar gesprochen.

Vielleicht wäre die Welt jetzt tatsächlich ein schönerer Ort, und die Eldar wären ein glücklicheres Volk, wenn die Götter anders entschieden hätten, doch niemals hätten sie solchen Ruhm, solches Wissen und solche Schönheit erlangt wie einst, und noch weniger hätten Melkos Pläne ihnen Nutzen gebracht.

Nachdem er nun alles gehört hatte, was gesagt worden war, verkündete Manwe seinen Spruch, und er war froh, denn auch sein Herz wünschte, die Eldar aus der umdüsterten Welt in das Licht Valinors zu führen. Er wandte sich an die drei Eldar und sprach: ›So geht denn nun zurück zu euren Sippen, und Nornore soll euch rasch dorthin bringen, direkt nach Koivie-néni in Palisor. Vernehmt nun dies: Es ist der Beschluß Manwe Súlimos und der Wunsch der Valar, daß das Volk der Eldalie, die Kinder Ilúvatars, nach Valinor ziehen und dort im Glanz Laurelins und im Schein Silpions wohnen und die Glückseligkeit der Götter teilen sollen. Eine Wohnung von wundervoller Schönheit sollen sie ihr eigen nennen, und die Götter werden ihnen helfen, sie zu bauen.‹

Darauf erwiderte Inwe: ›Glücklich sind wir wahrlich über dieses Angebot; und welcher der Eldalie, die schon die Schönheit der Sterne mit Sehnsucht erfüllten, wird rasten und ruhen, bis das gesegnete Licht Valinors seine Augen erquickt hat?‹ Danach führte Nornore die Elben zurück zu den baumlosen Ufern von Koivie-néni und, auf einem Felsblock stehend, verkündete Inwe die Botschaft allen

Scharen der Eldalie, die Ilúvatar zuerst auf der Erde erweckt hatte, und alle, die seine Worte vernahmen, wurden vom Verlangen beseelt, die Gesichter der Götter zu sehen.

Nach seiner Rückkehr berichtete Nornore den Valar, daß die Elben tatsächlich kämen und Ilúvatar bereits eine große Anzahl auf die Erde gesetzt habe, und die Götter trafen gewaltige Vorbereitungen. Siehe, Aule greift nach seinen Werkzeugen, und Yavanna und Tuivána wandern über die Ebene bis zu den Ausläufern der Gebirge und zu den nackten Küsten der Schattenmeere, ihnen Heimat und einen Platz zum Wohnen zu suchen; aber Orome geht von Valinor aus geradewegs in die Wälder, wo er jede verborgene Lichtung kannte und jeden kaum erhellten Pfad, denn er hatte vor, die Scharen der Eldar von Palisor über die weiten Lande des Westens zu geleiten, bis sie die Küsten des Großen Meeres erreichten.

An diese dunklen Gestade begab sich Ulmo, und seltsam war das Tosen des lichtlosen Meeres in jenen ältesten Tagen an den felsigen Küsten, die noch die Spuren von Melkos stürmischem Zorn trugen. Falman-Osse war wenig erfreut, Ulmo in den Großen Meeren zu erblicken, denn Ulmo hatte jene Insel in Besitz genommen, auf der Osse selbst die Götter nach Arvalin gezogen und sie vor den steigenden Wassern gerettet hatte, als Ringil und Helkar unter ihren brennenden Leuchten schmolzen. Das war vor vielen Zeitaltern geschehen, in den Tagen, da die Götter Neuankömmlinge in der Welt waren, und während dieser Zeit hatte die Insel düster und verlassen in den Schattenmeeren getrieben, außer wenn Osse auf seinen Reisen in die Tiefen ihre Strände erklomm; doch nun war Ulmo zu Osses geheimer Insel gekommen und spannte einen Schwarm der größten Fische davor, und in ihrer Mitte war Uin, der stärkste und älteste der Walfische; und diese Fische bat er, ihre Kräfte zu vereinigen, und sie zogen die Insel mit großer Macht bis zu den Gestaden der Großen Lande, geradewegs zur Küste Hisilómes im Norden der Eisenberge, wohin sich all die tiefsten Schatten zurückzogen, als die Sonne zum erstenmal aufging.

Dort nun steht Ulmo, und ein Glitzern wird im Wald sichtbar, das in diesen stillen Tagen hinunterdringt bis zum Meeresschaum, und siehe, er hört im Wald die krachenden Fußtritte der Teleri, und Inwe geht an ihrer Spitze neben den Steigbügeln Oromes. Schwer war ihr Marsch gewesen und dunkel, und schwierig der Weg nach Hisilóme, dem Land des Schattens, trotz der Geschicklichkeit und Kraft Oromes. Wahrlich, lange nachdem der Jubel über Valinor die Erinnerung getrübt hatte, sangen die Elben noch immer traurige Lieder und erzählten Geschichten von jenem Marsch und den vielen ihres Volks, die, wie sie noch immer glauben, in jenen alten Wäldern verschollen sind und auf immer kummervoll dort umherwandern. Sie waren noch lange danach dort, als die Menschen von Melko in Hisilóme eingesperrt wurden, und sie tanzen noch immer dort, wenn die Menschen längst in hellere Gefilde der Erde gewandert sind. Die Menschen nannten Hisilóme Aryador, und die Verschollenen Elben nannten sie das Schattenvolk und fürchteten sie.

Jedoch die meisten der großen Scharen der Teleri kamen nun zu den Stränden und stiegen von dort auf die Insel, die Ulmo gebracht hatte. Ulmo riet ihnen, nicht auf die anderen Sippen zu warten, und obwohl sie sich zuerst nicht fügen wollen und der Gedanke sie weinen macht, werden sie schließlich überredet und sogleich mit höchster Geschwindigkeit über die Schattenmeere und die weite Bucht von Arvalin zu den Stränden Valinors gezogen. Dort verzaubert die ferne Schönheit der Bäume, die sie durch die Lücke in den Bergen aufschimmern sehen, ihre Herzen, und doch bleiben sie stehen und blicken zurück über die Wasser, die sie überquert haben, denn sie wissen nicht, wo die anderen Stämme ihres Volkes sind, und ohne diese verlangt es sie nicht einmal nach der Lieblichkeit Valinors.

Da verläßt Ulmo die Stummen und Staunenden am Gestade, zieht das große Insel-Floß zurück zu den Felsen Hisilómes und siehe, erwärmt durch die fernen Strahlen Laurelins, die auf seinen westlichen Rand gefallen sind, als es in der Feenbucht lag, beginnen neue und zartere Bäume auf ihr zu sprießen, und das Grün ihres Blattwerks ist auf ihren Hängen zu sehen.

Nun erhebt Osse im Zorn sein Haupt über die Wogen, sich mißachtet glaubend, weil man seine Hilfe nicht suchte bei der Überfahrt der Elben, sondern vielmehr seine eigene Insel ohne zu fragen benutzte. Rasch folgt er Ulmo in dessen Kielwasser und bleibt dennoch weit zurück, denn Ulmo hat Uin und den Walen die Kraft der Valar verliehen. Auf den Klippen stehen schon die Noldoli kummervoll, glauben sich verlassen in der Düsternis, und Nóleme Finwe, der sie auf den Spuren der Teleri hierhergeführt hatte, ging unter ihnen umher und stärkte ihre Herzen. Auch ihre Reise war voller Mühen gewesen, denn die Welt ist groß, und beinahe zur Hälfte hatten sie sie vom entferntesten Palisor durchquert, und in jenen Tagen schienen weder Sonne noch Mond, und es gab keine Pfade, sei es von Elben oder Menschen. Auch Orome war weit vorn, ritt auf dem Marsch an der Spitze der Teleri und war nun in die Lande zurückgekehrt. Dort verirrten sich die Solosimpi in den ausgedehnten tiefen Wäldern, und Oromes Horn erklang schwach in den Ohren derer, die an der Küste waren, als der Vala die Irrenden kreuz und quer suchte in den dunklen Tälern Hisilómes.

Darum beschließt Ulmo, als er nun ankommt, die Noldoli rasch zum Strand Valinors zu ziehen, noch einmal zurückzukehren und die übrigen zu holen, die Orome inzwischen zur Küste geführt hat. So geschieht es, und Falman wird aus der Ferne Zeuge dieser zweiten Überfahrt und schäumt vor Zorn, doch groß ist der Jubel der Teleri und Noldoli am Gestade, wo das ferne Glühen Lindelokses ein Licht verbreitet wie an Nachmittagen im Spätsommer.

Dort will ich sie für eine Weile verlassen und von den seltsamen Begebenheiten erzählen, welche den Solosimpi widerfuhren, weil Osse zürnte, und von der ersten Heimstatt auf Tol Eressea.

Furcht befällt sie in jener alten Dunkelheit und, verführt von der lieblichen Musik der Fee Wendelin, wie in anderen Geschichten ausführlicher erzählt wird, verscholl ihr Anführer Tinwe Linto, und lange suchten sie nach ihm, doch vergeblich, und niemals mehr kehrte er zu ihnen zurück.[4] Als sie deshalb das Horn Oromes im Wald ertönen hörten, war ihre Freude groß und, durch seinen Klang zusammengerufen, werden sie rasch zu den Klippen geführt und hören das Rauschen der sonnenlosen See. Dort warteten sie lange Zeit, denn Osse hinderte Ulmos Rückkehr mit Stürmen und Schatten, so daß dieser Umwege machen mußte und seine großen Fische ihre Richtung zu verlieren drohten; doch zuletzt ersteigen sie die Insel und beginnen die Überfahrt nach Valinor; und einen namens Ellu wählten sie anstelle Tinwes zu ihrem Anführer, und dieser ist seitdem immer der Herr der Solosimpi genannt worden.[5]

Als sie nun aber weniger als die halbe Entfernung zurückgelegt hatten und die Dämmerinseln noch in weiter Ferne lagen, lauern Osse und Ónen ihnen in den westlichen Wassern des Großen Meeres auf, ehe noch die Nebel der Schattenmeere erreicht sind. Da packt Osse die Insel mit seiner großen Hand, und die gewaltige Kraft Uins kann sie kaum vorwärtsziehen, denn im Schwimmen kommt keiner der Valar, nicht einmal Ulmo, Osse gleich, und niemand kann im Wasser solch kraftvolle Taten vollbringen. Auch war Ulmo nicht zur Stelle, denn er war weit vorn und lenkte das große Gefährt durch die Düsternis, die Osse zusammengeballt hatte, und wies ihm den Weg mit der Musik seiner Muschelhörner. Bevor er nun umkehren kann, hat Osse mit Ónens Hilfe die Insel zum Stillstand gebracht und verankert sie am Meeresgrund mit ungeheuren Seilen aus ledrigen Wasserpflanzen und Polypen, die in jenen dunklen Tagen schon im Laufe der Jahrhunderte an den Säulen seines Tiefseehauses allmählich zu ungeheurer Größe herangewachsen waren. Und als Ulmo nun die Walfische drängt, all ihre Kräfte zusammenzunehmen, und ihnen mit seiner ganzen göttlichen Macht zur Seite steht, türmt Osse gewaltige Felsen und Steinbrocken auf, die Melkos urzeitliche Wut über den Meeresgrund verstreut hatte, und errichtet daraus eine Säule unter der Insel.

Vergeblich trompetet Ulmo und peitscht Uin voll Zorn das Wasser mit seiner unermeßlichen Schwanzflosse, denn jetzt bringt Osse jegliche Art von Lebewesen aus der tiefen See herbei, das sich eine Wohnung aus steinernen Muscheln erbaut: Korallen aller Arten, Entenmuscheln, Krebse und Schwämme wie aus Stein; und diese setzte er an den Boden der Insel. Gleichwohl dauerte dieser Kampf eine lange Zeit, bis Ulmo nach Valmar zurückkehrte, voll Zorn und Verzweiflung. Dort berichtete er den übrigen Valar, daß die Solosimpi noch nicht hergebracht werden könnten, weil die Insel fest in den einsamsten Gewässern der Welt verankert sei.

Dort steht diese Insel noch immer – die du wohl kennst, denn sie wird die ›Einsame Insel‹ genannt – und wenn man von ihren Klippen fortsegelt, sieht man über viele Seemeilen kein Land, denn die Dämmerinseln im Herzen der Schattenmeere sind tief im dämmrigen Westen, und die Zauberinseln liegen weit im Osten.

Darum gebieten die Götter nun den Elben, sich eine Heimstatt zu bauen, und Aule half ihnen dabei, Ulmo aber kehrt zurück zur Einsamen Insel. Und siehe, sie steht nun auf einer Felssäule auf dem Meeresgrund verankert, und Osse umkreist sie in schäumender Geschäftigkeit und verankert all die verstreuten Inseln seines Reiches fest auf dem Meeresgrund. So entstand die erste Heimstatt der Solosimpi auf der Einsamen Insel, und daher rührt die tiefere Sonderung dieses Volkes von den anderen in Sprache und Sitten; wisse nämlich, daß alle diese großen Taten der Vergangenheit, die nur eine kleine Geschichte ausmachen, nicht leicht und im Handumdrehen vollbracht wurden, sondern daß zwischen der Verankerung der Inseln und dem Bau der Schiffe sehr viele Männer herangewachsen und gestorben sind.

Und weil nun dieser Insel ihrer Heimstatt der Glanz der ruhmreichen Bäume von Valinor zweimal zuteil geworden war, so war sie bereits schöner und fruchtbarer und reicher an bezaubernden Pflanzen und Gräsern als die anderen Orte der übrigen Welt, denen das große Licht nicht zuteil geworden war; und die Solosimpi sagen sogar, daß schon Birken dort wuchsen und viele Riedgräser, und daß eine Grasnarbe die westlichen Abhänge überzog. Auch gab es dort viele Höhlen, und am Fuße der schwarzen und purpurroten Klippen erstreckte sich ein Küstenland weißen Sandes, und hier wohnten in jenen allerersten Tagen die Solosimpi.

Dort saß Ulmo auf einem Vorgebirge und sprach zu ihnen Worte des Trostes und tiefster Weisheit; und alles Wissen über das Meer teilte er ihnen mit, und sie lauschten ihm; und er lehrte sie die Musik, und sie machten sich zierliche Flöten aus Muscheln. Wegen jener Umtriebe Osses gibt es keine Küsten, die so reich an wunderschönen Muscheln sind wie die weißen Strände und geschützten kleinen Buchten von Tol Eressea, und viele Solosimpi wohnten in Höhlen, schmückten sich mit den Schätzen des Meeres, und manchen langen Tag ist der sehnsuchtsvolle Klang ihrer Flöten zu hören, der schwach mit dem Wind herbeikommt.

Da wurde Falman-Osses Herz weich und neigte sich ihnen zu, und er hätte sie freigegeben, wären nicht die neue Freude und der Stolz gewesen, daß ihre Schönheit inmitten seines Reiches wohnte, so daß ihre Flöten ihm immerwährendes Vergnügen bereiteten, und Uinen[6] und die Oarni und alle Geister der Wellen waren von ihnen bezaubert.

So tanzten die Solosimpi auf dem Saum der Wellen, und die Liebe zum Meer und zu felsigen Küsten hielt Einzug in ihre Herzen, wenn sie auch ihre Blicke sehnsuchtsvoll zu jenen glücklichen Gestaden schweifen ließen, wo vor langer Zeit die Teleri und die Noldoli zum Leben erwacht waren.

Diese schöpften nun nach einer Weile Hoffnung, und ihr Kummer nahm ab, als sie erfuhren, daß ihre Sippen in keinem unfreundlichen Land wohnten und Ulmo ihr Hüter und Wächter war. Deshalb folgten sie nun dem Wunsch der Götter und wandten sich dem Bau ihrer Heimstatt zu; und Aule lehrte sie Wissen und Kunst, und Manwe ebenfalls. Und Manwe liebte die Teleri mehr, und von ihm und von Ómar erlernten sie gründlicher die Kunst des Gesanges und der Dichtung als alle übrigen Elben; die Noldoli aber wurden am meisten von Aule geliebt, und er lehrte sie seine Wissenschaft, bis ihre Herzen unruhig wurden, weil sie begierig waren, mehr zu erfahren, doch wurden sie groß an Weisheit und feinstem handwerklichem Geschick.

Es gibt nun in dem Ring von Gebirgen, die Valinor schützen, eine flache Stelle, und dort schlüpft der Schein der Bäume von der Ebene hindurch und vergoldet die dunklen Wasser der Bucht von Arvalin,[7] doch ein breiter Strand feinsten Sandes, golden im Strahl Laurelins, weiß im Licht Silpions, zieht sich weit ins Land, wo einst im Aufruhr der alten Meere ein dunkler Meeresarm tief nach Valinor hineingereicht hatte; doch nun ist dort nur eine schmale, weißgesäumte Wasserrinne. Am oberen Ende dieses langen Einschnitts steht ein vereinzelter Berg, der zu den höheren Bergen hinaufblickt. Die Ufer dieses Meeresarms sind nun verschwenderisch mit den schönsten und kräftigsten Bäumen bewachsen, doch der Berg ist nur mit dichtem Rasen überzogen, und Glockenblumen wachsen darauf, die unter dem sanften Atem Súlimos leise erklingen.

Dies war der Ort, den jene edlen Elben sich selber zum Wohnsitz bestimmten, und weil der Berg rund und glatt war, nannten die Götter ihn Kôr. Hierher brachte Aule allen zaubrischen Metallstaub, der sich bei seinen großen Arbeiten angesammelt hatte, und er häufte ihn rund um den Fuß des Berges, und das meiste dieses Staubes war Gold, und so erstreckte sich goldener Sand vom Fuße Kôrs bis hin in die Ferne, wo die Zwei Bäume blühten. Auf dem Gipfel des Berges erbauten die Elben schöne Häuser von strahlendem Weiß – aus Marmor und Steinen, gebrochen in den Bergen Valinors, die wunderbar glitzerten,[8] aus Silber und Gold und einem Stoff von großer Härte und klarer durchsichtiger Weiße, den sie aus Muscheln herstellten, die sie im Tau Silpions auflösten; und die weißen Straßen dort, gesäumt von dunklen Bäumen, wanden sich in anmutigen Biegungen oder stiegen über Fluchten zierlicher Treppenstufen von der Ebene Valinors zum höchsten Kôr hinauf; und all diese strahlenden Häuser waren übereinandergeschachtelt, bis man das Haus Inwes erreichte, das am höchsten lag und einen schlanken silbernen Turm hatte, der wie eine Nadel himmelwärts aufschoß, und darin war eine weiße Lampe mit durchdringendem Strahl, der die Düsternis der Bucht erhellte, doch jedes Fenster in der Stadt auf dem Berg von Kôr blickte hinaus auf das Meer.

Überaus schöne und zierliche Springbrunnen gab es dort, und Dächer und Turmspitzen bestanden aus hellem Glas und Bernstein, von Palúrien und Ulmo gemacht, und Bäume standen dicht auf den weißen Mauern und Terrassen, und ihre goldenen Früchte leuchteten kräftig.

Als die Elben nun Kôr erbauten, gaben die Götter Inwe und Nóleme von jedem der wunderbaren Zwei Bäume je einen Schößling, und diese wuchsen zu kleinen und schlanken Elbenbäumen heran, doch blühten sie immerfort, ohne daß ihre Kraft nachließ, und ihre Bäume in den Höfen Inwes waren die schönsten, und unter diesen sangen die Teleri Lieder vom Glück, doch andere sangen auch, wenn sie die Marmorfluchten auf- und abstiegen, und die sehnsuchtsvollen Stimmen der Noldoli hörte man aus Innenhöfen und Gemächern; die Solosimpi aber wohnten noch immer weit entfernt inmitten des Meeres und machten Windmusik auf ihren Muschelflöten.

Nun, Osse ist sehr erfreut über die Solosimpi, die Flötenspieler der Küsten, und wenn Ulmo nicht in der Nähe ist, sitzt er auf einem Riff am Meer (und viele der Oarni sind bei ihm), lauscht ihren Stimmen und sieht ihren schnellen Tänzen zu an dieser Küste, doch nach Valmar wagt er nicht mehr zu gehen, denn er fürchtet die Macht Ulmos in den Räten der Valar ... und den Zorn dieses Mächtigen über die Verankerung der Inseln.

In Wahrheit war Krieg nur durch die Götter verhindert worden, welche Frieden wünschten und Ulmo nicht gestatten mochten, das Volk der Valar zu versammeln, Osse anzugreifen und die Inseln von ihren neuen Wurzeln loszureißen. Darum reitet Osse zuweilen auf der Gischt bis in die Bucht von Arvalin,[9] späht hinüber zur Pracht der Berge, und es verlangt ihn nach dem Licht und Glück auf der Ebene, am meisten aber nach dem Gesang der Vögel und ihrem schnellen Flügelschlag in der klaren Luft, weil er seiner silbernen und dunklen Fische überdrüssig geworden ist, die stumm und fremd die tiefen Wasser bevölkern.

Doch eines Tages kamen einige Vögel hoch von den Gärten Yavannas hergeflogen, manche waren weiß, manche schwarz und wieder andere schwarz und weiß gefärbt; und weil die Schatten sie verwirrten, wußten sie nicht, wo sie sich niederlassen sollten, und Osse lockte sie, und sie ließen sich auf seinen mächtigen Schultern nieder. Und er lehrte sie schwimmen, und ihren Schwingen verlieh er gewaltige Kräfte, denn in den Schultern hat Osse mehr Kraft als irgendein anderes Wesen, und er ist einer der größten Schwimmer; und er tränkte ihr Gefieder mit Tran, damit das Wasser ihm nichts anhaben konnte, und fütterte sie mit kleinen Fischen.

Darauf kehrte er zu seinen Meeren zurück, und sie umschwammen ihn oder flogen über ihm in geringer Höhe und kreischten und piepsten; und er wies ihnen Horste auf den Dämmerinseln und sogar auf den Klippen von Tol Eressea, und dort lernten sie zu tauchen und Fische zu spießen, und ihre Stimmen wurden rauh wegen der zerklüfteten Orte, an denen sie lebten, fern von den sanften Gegenden Valinors, oder sie wurden klagend wegen der Musik der Solosimpi und dem Seufzen des Meeres. Und nun ist das ganze zahlreiche Volk der Seemöwen, Sturmmöwen und Wellenläufer in ihr Königreich gekommen; und dort sind Papageientaucher und Eiderenten und Kormorane und Tölpel und Lummen; und die Klippen sind voll von Geschnatter und Fischgeruch, und auf ihren Graten werden große Beratungen abgehalten oder zwischen Landspitzen und Riffen. Doch die stolzesten dieser Vögel waren die Schwäne, und sie ließ Osse in Tol Eressea wohnen, wo sie die Küsten entlangflogen oder landeinwärts in den Flüssen schwammen; und er wollte damit den Solosimpi ein Geschenk und eine Freude machen. Als jedoch Ulmo von diesen Neuigkeiten erfuhr, war er mißgestimmt wegen der Verheerungen, welche die Vögel unter den Fischen anrichteten, mit denen er und Palúrien die Gewässer belebt hatten.

Die Solosimpi nun haben großes Vergnügen an ihren Vögeln – Lebewesen, die ihnen ganz fremd sind; und die Seen von Tol Eressea befahren sie bereits mit hölzernen Flößen aus Bruchholz, und einige spannen Schwäne davor und gleiten rasch über das Wasser; aber noch Kühnere wagen sich aufs Meer hinaus, und ihre Flöße werden von Möwen gezogen, und als Ulmo dies sah, war er sehr froh. Denn siehe, oft beklagen sich die Teleri und die Noldoli bei Manwe über ihre Trennung von den Solosimpi, und die Götter wünschen, daß diese nach Valinor gezogen werden sollen; aber dies kann Ulmo ohne die Hilfe Osses und der Oarni nicht bewerkstelligen, und vor ihnen will er sich nicht demütigen. Jetzt aber sucht er geschwind Aule auf, und beide begeben sich in Eile nach Tol Eressea, und Orome ist bei ihnen; und dort werden zum erstenmal in der Welt außerhalb von Valinor Bäume gefällt. Nun macht Aule aus zugeschnittenem Holz von Kiefer und Eiche große Schiffe, geformt wie die Leiber der Schwäne, verkleidet sie mit der Rinde der Silberbirke ... oder mit Federn aus dem öligen Gefieder von Osses Vögeln, die mit silbernen Nägeln befestigt werden; und er schnitzt den Schiffen Vordersteven wie die aufgerichteten Hälse von Schwänen, doch innen hohl und ohne Füße; und mit Tauen, dünn und kräftig über die Maßen, werden Möwen und Sturmvögel vor die Schiffe gespannt, denn unter den Händen der Solosimpi sind sie zahm, weil Osse es ihren Herzen so eingepflanzt hat.

Nun sind die Strände an den Westküsten von Tol Eressea, ja sogar bei Falasse Númea (Westliche Brandung), dicht bevölkert von den Sippen der Elben; und dort hat sich eine sehr große Zahl dieser Schwanenschiffe versammelt, und über ihnen schreien unaufhörlich die Möwen. Die Solosimpi aber machen sich in großer Zahl und besteigen jene hohlen künstlichen Schwäne, die Aules Geschicklichkeit geschaffen hat, und immer mehr Elben strömen zum Gestade, zur Musik ungezählter Hörner und Flöten marschierend.

Nun haben sich alle eingeschifft, und die Möwen schießen kraftvoll in den dämmrigen Himmel hinein, doch Aule und Orome sind im vordersten Schiff, welches das gewaltigste ist, denn siebenhundert Möwen sind davorgespannt, und seine Verkleidung aus Federn leuchtet silbern und weiß, und es hat einen Sporn von Gold und Augen von Pechkohle und Bernstein. Ulmo aber fährt hinterdrein in seinem Wagen und trompetet laut, zum Mißvergnügen Osses, weil die Elben des Küstenlandes gerettet werden.

Osse aber, der mit ansehen muß, wie die Vögel ihm zum Unglück geworden sind, ist sehr niedergeschlagen, doch wegen der Anwesenheit der drei Götter und aus echter Liebe zu den Solosimpi, die inzwischen sehr groß geworden ist, belästigte er ihre weiße Flotte nicht; und so kamen sie gezogen über die grauen Weiten des Ozeans, durch die Nebel der Schattenmeere bis zu den ersten dunklen Wassern der Bucht von Arvalin.

Wisse denn, daß die Einsame Insel am Rande des Großen Meeres liegt. Dieses Große Meer oder das Westliche Wasser liegt jenseits der westlichsten Grenzen der Großen Lande, und darin gibt es viele Lande und Inseln, bevor man die Zauberinseln erreicht, und noch hinter diesen liegt Tol Eressea. Jenseits von Tol Eressea aber ist die Nebelwand und die gewaltige Düsternis des Meers, unter der die Schattenmeere liegen, und darin schwimmen die Dämmerinseln, wohin nur zu Zeiten bester Sicht das schwächste Flimmern vom fernen Schein des Silpion dringt. Aber auf der westlichsten dieser Inseln steht der Turm der Perle, in späteren Tagen erbaut und in Liedern viel besungen; die Dämmerinseln jedoch werden zu den Äußeren Landen gerechnet, wozu noch Arvalin und Valinor gezählt werden, und Tol Eressea gehört weder zu den Äußeren Landen noch zu den Großen Landen, wo später Menschen umherschweiften. Doch das allerfernste Gestade dieser Schattenmeere ist Arvalin oder Erumáni im tiefen Süden, doch weiter nördlich bespülen sie gar die Küsten von Arvalin, und hier sind sie breiter für den, der sie nach Westen befährt. Hinter Arvalin ragen die ungeheuren Gebirge

Valinors empor, die sich in einem großen Ring allmählich nach Westen krümmen, doch die Schattenmeere bilden im Norden Arvalins eine weite Bucht, die sich unmittelbar bis an die schwarzen Sockel der Berge erstreckt, so daß diese hier ins Meer und nicht ins Land auslaufen; und dort, im Innersten der Bucht, steht Taniquetil, prächtig anzuschauen, höchster aller Berge, bedeckt mit reinstem Schnee, halb nach Süden über Arvalin, halb nach Norden über diese gewaltige Feenbucht blickend, und so bis über die Schattenmeere hinaus, ja so weit, daß alle Segel auf den sonnenhellen Wassern des Großen Meeres und all das Gewimmel in den westlichen Häfen der Länder der Menschen in späteren Tagen (als die Götter jene Lampe geschaffen hatten) von seinem Gipfel zu sehen waren; und doch ist diese Entfernung nur in ungezählten Wegstunden zu messen.

Nun aber kommt diese sonderbare Flotte in die Nähe dieser Regionen, und scharfe Augen halten Ausschau. Dort steht Taniquetil, und auf einer Seite ist er purpurn und dunkel von der Düsternis Arvalins und der Schattenmeere und auf der anderen durch das Licht der Bäume von Valinor prachtvoll erleuchtet. Wo nun die Wasser an diese alten Gestade schlugen, wurden ihre Wogen, lange bevor sie sich brachen, plötzlich von Laurelin erleuchtet, wenn es Tag war, und von Silpion bei Nacht, und die Schatten der Welt verschwanden fast auf der Stelle, und die Wellen strahlten. Doch eine Öffnung in den Bergen an diesen Küsten erlaubte einen raschen Blick auf Valinor, und dort stand der Hügel von Kôr, und der weiße Sand lief ihm entgegen den Meeresarm hinauf, doch seine Füße umspült grünes Wasser, und dahinter setzt sich der goldene Sand fort, weiter als das Auge reicht; und in Wirklichkeit breiten sich hier die dunklen Wasser der Äußeren Meere aus, die nur Ulmo erblickt hat, noch über Valinor hinaus: Gezeitenlos sind sie und sehr kühl und so dünnflüssig, daß keine Boote auf ihnen fahren und wenige Fische ihre Tiefen durchschwimmen können.

Doch nun herrscht auf dem Hügel von Kôr ein Gerenne und fröhliches Gedränge, und alle Teleri und Noldoli strömen aus den Toren und warten darauf, die Flotte bei ihrer Ankunft am Ufer willkommen zu heißen. Und nun verlassen die Schiffe die Schatten, tauchen ein in das helle Licht über der inneren Bucht, und nun werden sie hoch auf den Strand gesetzt, und die Solosimpi tanzen und flöten, und der Gesang der Teleri und die zaghafte Musik der Noldoli mischen sich darein.

Weit hinten lag Tol Eressea im Schweigen, und seine Wälder und Küsten waren stumm, denn fast die ganze Schar der Seevögel war den Eldar nachgeflogen und schrie nun über den Küsten von Eldamar: Osse jedoch war verzagt, und seine Silberhallen in Valmar standen lange leer, denn er näherte sich ihnen nur bis zum Rande der Schatten, wohin aus weiter Ferne das Schreien seiner Seevögel drang.

Nun hielten sich die Solosimpi nicht oft in Kôr auf, sondern hatten sonderbare Behausungen zwischen den Uferfelsen, und Ulmo kam und saß bei ihnen wie einst in Tol Eressea, und dies war die Zeit seiner größten Heiterkeit und Milde, und all seine Kunde und Liebe zur Musik ließ er in sie einströmen, und sie nahmen sie begierig auf. Sie ersannen Musik, woben Gespinste einschmeichelnder Klänge, geflüstert von den Wassern in den Höhlen oder den Spitzen der Wellen, die von sanften Winden gestreift wurden; und diese verknüpften sie mit den klagenden Schreien der Möwen und dem Widerhall ihrer eigenen lieblichen Stimmen an den Orten ihrer Heimstatt. Die Teleri und Inwir jedoch gewannen Kenntnis von Dichtkunst und Gesang und weilten am häufigsten unter den Göttern, tanzten zum Entzükken Vardas, der Herrin der Sterne, in den himmlischen Hallen Manwes, oder sie erfüllten die Straßen und Höfe Valmars mit der eigentümlichen Schönheit ihrer Umzüge und Feste; sie tanzten für Orome und Nessa auf dem grünen Gras, und den Lichtungen Valinors waren sie wohlvertraut, wenn sie durch das Goldlicht ihrer Bäume huschten, und Palúrien war über ihren Anblick entzückt. Oft waren die Noldoli bei ihnen und machten mit der Vielzahl ihrer Harfen und Violen eine süße Musik, und Salmar liebte sie; am allerliebsten jedoch hielten sie sich in den Höfen Aules oder in ihren geliebten Heimstätten in Kôr auf, wo sie viele schöne Dinge schufen und viele Geschichten ersannen. Sie schmückten ihre Stadt allerorten mit Gemälden, reichbestickten Wandbehängen und Schnitzereien von großer Kostbarkeit, und selbst Valinor wurde schöner unter ihren geschickten Händen.

Nun ist zu erzählen, wie die Solosimpi häufig die nahen Meere mit ihren Schwanenschiffen befuhren, die von den Vögeln gezogen oder von ihnen selber mit großen Rudern bewegt wurden, die sie den Schwimmhäuten von Schwan und Ente nachgebildet hatten; und sie durchforschten die Meeresgründe und gewannen den wertlosen Muscheln dieser zaubrischen Tiefen Reichtümer ab, Perlen in unschätzbarer Fülle und von reinstem und strahlendstem Glanz: und diese waren ihr Stolz und ihre Freude und wurden ihnen von den anderen Eldar geneidet, die es nach den Perlen verlangte, auf daß ihr Leuchten die Stadt Kôr verschöne.

Jene der Noldoli jedoch, die Aule am gründlichsten unterrichtet hatte, arbeiteten unablässig im geheimen, und von Aule hatten sie einen Reichtum an Metallen, Steinen und Marmor, und mit der Erlaubnis der Valar wurde ihnen ein großer Vorrat des Strahlenglanzes von Kulullin und Telimpe überlassen, aufbewahrt in verborgenen Schalen. Von Varda erhielten sie Sternenlicht, und Manwe gab ihnen Streifen der blauesten *ilwe;* sie hatten Wasser aus den klarsten Teichen in jenem Bachlauf von Kôr und kristallene Tropfen von all den schäumenden Wasserbecken in den Höfen Valmars. Tautropfen sammelten sie in den Wäldern Oromes und Blütenblätter aller Tönungen und Düfte in Yavannas Gärten, und sie erhaschten zwischen den Blättern die Strahlen Laurelins und Silpions. Als jedoch alle diese Schätze an schönen und strahlenden Dingen beisammen waren, bekamen sie von den Solosimpi viele Muscheln, weiß und rosa, und reinste Gischt und zum Schluß einige wenige Perlen. Diese Perlen nahmen sie zum Vorbild, und die Kunde Aules und der Zauber der Valar waren ihre Werkzeuge, und die allerschönsten Dinge aus dem

Schoß der Erde waren der Stoff für ihre Kunst – und daraus ersannen und gestalteten die Noldoli unter großen Mühen die ersten Edelsteine. Aus Quellwasser machten sie Kristalle, durchschossen von der Helligkeit Silpions; unter ihren Händen erstrahlten Bernstein und Chrysopras und Topas, sie schufen Granate und Rubine, wie Aule es sie gelehrt hatte, doch die gläserne Masse färbten sie mit den Säften von Rosen und roten Blumen, und jedem der Edelsteine gaben sie ein Herz aus Feuer. Aus dem Wasser des Baches von Kôr und dem Lichtschein über den grasigen Lichtungen Valinors machten einige Smaragde, formten Saphire im Überfluß und tönten sie mit den Lüften Manwes; sie hatten Amethyste und Mondsteine, Beryll und Onyx, Achate aus geschmolzenem Marmor und viele geringere Steine, und ihre Herzen waren froh; doch mit dem Wenigen waren sie nicht zufrieden, sondern schufen sich Edelsteine in unermeßlicher Zahl, bis der Vorrat an schönen Stoffen beinahe aufgebraucht war, und die großen Haufen dieser Juwelen wurden nicht verborgen, sondern sie funkelten im Licht wie Beete leuchtender Blumen. Darauf nahmen sie die Perlen, die sie hatten, und von fast allen ihren Edelsteinen einige und schnitten einen neuen Stein von einer milchigen Blässe, durchzogen von einem Schimmer wie dem Widerschein aller anderen Steine; und dies war ein Opal, der ihnen sehr schön erschien; doch noch immer setzten einige die Arbeit fort, und aus Sternenlicht, den klarsten Tautropfen von Silpion und der dünnsten Luft schufen sie Diamanten, und sie forderten jedermann auf, etwas Schöneres zu machen.

Da machte sich Feanor von den Noldoli auf, begab sich zu den Solosimpi, erbat sich eine große Perle und bekam außerdem einen Krug voll des strahlendsten Phosphorlichtes, an dunklen Plätzen dem Schaum abgeschöpft, und damit kehrte er heim; und er nahm alle anderen Gemmen, verstärkte ihren Glanz durch das Licht weißer Lampen und silberner Kerzen, und er nahm den Schimmer von Perlen und die blassen, abgetönten Farben der Opale, tauchte sie in den glühenden, strahlenden Glanz des Taus von Silpion, und nur einen einzigen winzigen Tropfen des Lichts vom Laurelin ließ er hineinfallen; und all dieses magische Licht fing er in einem so vollkommenen gläsernen Körper ein, wie nur er ihn herstellen konnte und selbst Aule es nicht vermochte; und mit der kunstsinnigen Geschicklichkeit seiner Hände schuf Feanor einen Edelstein – und dieser leuchtete in der tiefsten Dunkelheit ...[10] aus sich selbst; und er stellte ihn ins Dunkel und saß sehr lange Zeit davor und bestaunte seine Schönheit. Darauf schuf er zwei weitere, bevor ihm der Stoff ausging; und er holte die anderen Noldoli herbei, sein Werk anzuschauen, und sie waren aufs äußerste verwundert; und diese Edelsteine nannte er Silmarilli oder, wie wir heute in der Sprache der Noldoli sagen, Silubrilthin.[11] Wenngleich die Solosimpi immer glaubten, daß keine der Gemmen der Noldoli, nicht einmal der prachtvolle Glanz von Diamanten, ihre edlen Perlen übertraf, gestanden doch alle zu, die sie je sahen, daß die Silmaril Feanors die schönsten Edelsteine seien, die jemals ihren Glanz verbreiteten.

Nun erstrahlt Kôr in der Pracht seiner Edelsteine und leuchtet höchst wunderbar, und die Schönheit des Geschlechtes der Eldalie wird durch die Freigebigkeit der Noldoli noch vermehrt und das Verlangen der Götter nach der Schönheit der Steine zur Gänze befriedigt. Manwe erhielt Saphire von wundersamer Pracht, und sein Gewand war damit überzogen; Orome hatte einen Gürtel aus Smaragden, Yavanna hingegen liebte alle Steine, und Aule fand seine Freude an Diamanten und Amethysten. Einzig Melko erhielt keinen der Steine, denn er hatte seine zahlreichen Untaten nicht gebüßt, und er gierte außerordentlich nach ihnen, doch sagte er nichts und tat so, als hielte er sie für weniger wertvoll als die Metalle.

Nun aber hat das ganze Geschlecht der Eldalie seine größte Wonne gefunden, und die Würde und der Ruhm der Götter und ihrer Heimstatt haben sich zum größten Glanz gesteigert, den die Welt gesehen hat, und die Bäume bescheinen Valinor, und Valinor wirft ihr Licht in einem Funkenregen gleißender Farben zurück; doch die Großen Lande waren stumm und dunkel und sehr öde; und Osse saß außerhalb der Grenzen und sah den Mondglanz Silpions in den zahllosen Diamanten und Kristallen flimmern, welche die Gnomen verschwenderisch an den Rand der Meere warfen, und die Glasstückchen, die bei ihrer Arbeit absplitterten, glitzerten an der Seeseite von Kôr; aber die Lachen inmitten der dunklen Felsen waren mit Edelsteinen angefüllt, und die Solosimpi, deren Gewänder mit Perlen besetzt waren, umtanzten sie; und diese war die schönste aller Meeresküsten, und die Musik der Wasser an diesen Silbergestaden war berückender als jeder andere Klang.

Dies waren die Felsen von Eldamar, und vor langer Zeit habe ich sie gesehen, denn Inwe war der Vater meines Großvaters;[12] und er war der älteste der Elben und hätte sein Leben in Würde vollendet, wäre er nicht bei jenem Auszug in die Welt zugrundegegangen, doch Ingil, sein Sohn, kehrte vor langer Zeit nach Valinor zurück und ist bei Manwe. Und auch ich bin mit den Tänzern an den Küsten verwandt und weiß, daß die Dinge, die ich dir erzähle, die Wahrheit sind; und der wunderbare Zauber der Feenbucht ist so mächtig, daß niemand, der ihn erlebt hat, wie er damals war, davon sprechen kann, ohne den Atem anzuhalten und die Stimme zu senken.«

Damit beschloß Meril, die Königin, ihre lange Geschichte, doch Eriol sagte nichts, blickte in die langen Strahlen der tiefstehenden Sonne, die zwischen den Stämmen der Apfelbäume schimmerten, und träumte vom Land der Feen. Schließlich sagte Meril: »Kehre nun heim, denn der Nachmittag ist vergangen, und das Erzählen der Geschichte hat unsere Herzen sehnsuchtsschwer gemacht. Doch übe dich in Geduld und bedenke es wohl, bevor du Gemeinschaft suchst mit dem traurigen Geschlecht der Insel-Elben.«

Doch Eriol erwiderte: »Gleichwohl bewegt es mein Herz, wie es dazu kommen konnte, daß all diese Schönheit verging oder die Elben dazu gebracht werden konnten, von Eldamar fortzugehen.« Doch Meril sagte: »Nein, die Liebe zu jenen Zeiten hat mich die Geschichte über Gebühr verlängern lassen, und viele große Dinge liegen zwischen der Erschaffung der Edelsteine und der Rückkehr nach Tol Eressea: doch darüber wissen viele andere ebensogut Bescheid wie ich, und Lindo oder Rúmil aus Mar Vanwa Tyaliéva würden die Geschichte kunstreicher erzählen als ich.« Damit kehrten sie und Eriol zum Haus der Blumen zurück, und Eriol nahm seinen Abschied, bevor noch die Westseite von Ingils Turm in graue Dämmerung gehüllt wurde.

Anmerkungen

1 Im Manuskript steht *Vaire,* doch es kann sich hierbei nur um ein Versehen handeln.

2 Das Auftauchen des Namens *Telimpe* hier und später in der Geschichte (wie auch in der Geschichte von *Sonne und Mond*) ist merkwürdig; in der Geschichte *Die Ankunft der Valar und die Gründung Valinors* wurde der Name bei seinem ersten Erscheinen von *Telimpe (Silindrin)* in *Silindrin* geändert, und im folgenden hieß es nur *Silindrin* (S. 120).

3 Im Manuskript steht hier (und weiter unten noch einmal) *Linwe;* siehe unter *Tinwe Linto* in »Veränderungen der Namen« am Schluß dieser Anmerkungen.

4 Der Satz beginnend mit »und, verführt...« wurde allem Anschein kurz nach der ersten Niederschrift eingefügt.

5 Der Satz beginnend mit »und einen namens Ellu...« wurde zur selben Zeit wie der in Anmerkung 4 zitierte eingefügt.

6 Erstes Auftauchen der Form *Uinen* (d. h. nicht durch Verbesserung von *Ónen* entstanden).

7 *Arvalin:* erstmals so geschrieben und nicht wie vorher aus *Habbanan* oder *Harmalin* verbessert.

8 Die erste Niederschrift dieser Texte erfolgte mit Bleistift; anschließend schrieb mein Vater mit Tinte darüber, wobei er den Bleistifttext ausradierte – von dem hier und da Reste lesbar sind, aus denen zu ersehen ist, wie er im Verlauf des Schreibens das ursprüngliche Bleistiftmanuskript veränderte. Von der Stelle an, beginnend mit den Worten »wunderbar glitzerten«, gibt es jedoch nur noch das ursprüngliche Bleistiftmanuskript, das stellenweise außerordentlich schwer zu entziffern ist.

9 *Arvalin:* hier und im folgenden aus *Habbanan* verbessert; vgl. auch Anmerkung 7.

10 Unleserlich; vielleicht »zauberisch«.

11 Andere Formen (mit der silbe *Sigm-* beginnend) finden sich ebenfalls, sind aber nicht mit Sicherheit zu entziffern. Meril spricht so, als sei der gnomische Name die in Tol Eressea gebräuchlichste Form, doch ist nicht klar warum.

12 »Vater meines Großvaters«: lautete ursprünglich »mein Großvater«.

Veränderungen der Namen

Tinwe Linto < *Linwe Tinto* (Schreibweise in einer eingeschobenen Passage der vorhergehenden Geschichte; vgl. S. 155f., Anmerkung 1). Im folgenden ist *Linwe* (vgl. oben Anmerkung 3) an zwei Textstellen nicht geändert (offensichtlich wurde es übersehen); in den zwei hinzugefügten Passagen (vgl. oben Anmerkungen 4 und 5) lautet der Name *Tinwe (Linto).*

Inwithiel < *Gim-githil* (die gleiche Änderung wie in der *Hütte des Vergessenen Spiels;* vgl. S. 34).

Tinwelint < *Tintoglin.*

Wendelin < *Tindriel* (vgl. die eingeschobene Passage in der vorstehenden Geschichte; S. 155f., Anmerkung 1).

Arvalin < *Habbanan* mit einer Ausnahme (vgl. Anmerkungen 7 und 9) in der ganzen Geschichte.

Lindelokse < *Lindelóte* (die gleiche Änderung auch in der Geschichte *Die Ankunft der Valar* und die *Gründung Valinors;* vgl. S. 120).

Erumáni < *Harwalin.*

Kommentar

Ich habe bereits angedeutet (S. 162f.), daß sich der Anfang dieser Geschichte in seiner Struktur wesentlich von der Erzählung im Silmarillion unterscheidet, namentlich dadurch, daß die Elben hier während Melkos Gefangenschaft in Valinor erwachen; in der späteren Geschichte hingegen ist es gerade die Tatsache ihres Erwachens, welche zum Krieg der Valar gegen Melkor und zu seiner Einkerkerung in Mandos führt. Folglich fehlt hier auch die höchste wichtige Geschichte von der Gefangennahme der Elben durch Melkor bei Cuiviénen (*Das Silmarillion,* S. 60). Die Freilassung Melkos aus Mandos findet hier früher statt – vor der Ankunft der elbischen »Botschafter« in Valinor –, und Melko spielt eine Rolle bei der Streitfrage, ob die Elben herbeigerufen werden sollen oder nicht.

Es wird deutlich, daß die Geschichte vom Zusammentreffen Oromes mit den gerade erweckten Elben bis in die Anfänge zurückgeht (obwohl hier, wie es scheint, Yavanna Palúrien ebenfalls gegenwärtig ist). Der Name *Eldar* existierte bereits in Valinor vor dem Erwachen, und die Geschichte der Namengebung durch Orome (»das Volk der Sterne«) war noch nicht konzipiert – wie aus dem Anhang der Namen ersichtlich, hatte *Eldar* zu dieser Zeit eine ganz andere Etymologie. Die spätere Unterscheidung zwischen den *Eldar,* die Orome auf der Reise nach Westen zum Ozean folgten, und den *Avari,* den Widerstrebenden, die dem Aufruf der Valar nicht folgten, gibt es nicht; tatsächlich gibt es in dieser Geschichte keinen Hinweis, daß irgendwelche Elben, die den Aufruf vernahmen, ihm nicht folgten; hingegen gab es, einer anderen (späteren) Geschichte zufolge, Elben, die Palisor niemals verließen (S. 322f.; 327).

Hier ist es Nornore, Herold der Götter, nicht Orome, der die drei Elben nach Valinor und danach wieder zu den Wassern des Erwachens zurückbringt (und es ist bemerkenswert, daß sich nicht einmal in dieser frühesten Fassung ein Hinweis darauf befindet, wie sie aus den fernen Gegenden der Welt nach Valinor gelangten, wo doch später der Große Auszug nur unter großen Schwierigkeiten zu bewältigen war). Die Geschichte von der Befragung der drei Elben durch Manwe hat die *Verschollenen Geschichten* nicht überdauert. Ein weiterer wichtiger Unterschied in der Struktur ist die Tatsache, daß Ulmo jene Gruppe eifrig unterstützt, welche die Elben nach Valinor rufen möchte; im *Silmarillion* (S. 62) ist Ulmo der Wortführer derer, die meinten, »den Quendi solle freigestellt sein, nach Belieben in Mittelerde zu wandern«.

Ich skizziere hier die frühe Geschichte der Namen der wichtigsten Eldar.

Elu Thingol (Quenya *Elwe Singollo*) hieß zuerst *Linwe Tinto* (oder einfach *Linwe*); dies wurde zu *Tinwe Linto (Tinwe)* verändert. Sein gnomischer Name war zuerst *Tintoglin,* später *Tinwelint.* Er war der Anführer der Solosimpi (der späteren Teleri) auf der Großen Reise, doch er wurde in Hisilóme von der »Fee« *(Tindriel >) Wendelin* (später *Melian*) verführt, die aus den Gärten von Lórien in Valinor kam; er wurde der Herr der Elben von Hisilóme, und beider Tochter war *Tinúviel.* An seiner Stelle wurde, ein wenig verwirrend, *Ellu* Anführer der Solosimpi (später *Olwe* genannt, Bruder von *Elwe*).

Der König der Noldoli war *Finwe Nóleme* (auch *Nóleme Finwe* oder meist einfach *Nóleme*); der Name *Finwe* hatte durch die Geschichte Bestand. In der gnomischen Sprache war er *Golfinweg.* Sein Sohn hieß *Turondo,* gnomisch *Turgon* (später wurde Turgon Finwes Enkelsohn, d. h. er war der Sohn von Finwes Sohn Fingolfin).

Der König der Teleri (später Vanyar) war *(Ing >) Inwe,* hier *Isil Inwe,* gnomisch *(Gim-githil >) Inwithiel* genannt. Sein Sohn, der den großen Turm Kortirion erbaute, war *(Ingilmo >) Ingil.* Die »königliche Familie« der Teleri waren die Inwir. Also ergibt sich:

Verschollene Geschichten (spätere Namen)	*Das Silmarillion*
Isil Inwe (gnomisch Inwithiel) König der Teleri (sein Sohn Ingil)	Ingwe, König der Vanyar
Finwe Nóleme (gnomisch Golfinweg) König der Noldoli	Finwe, König der Noldor
(sein Sohn Turondo, gnomisch Turgon)	(sein Enkelsohn Turgon)
Tinwe Linto (gnomisch Tinwelint) König der Solosimpi, später König der Elben von Hisilóme	Elwe Singollo (sindarin: Elu Thingol) König der Teleri, später König der Grauelben von Beleriand
Wendelin (ihre Tochter Tinúviel)	Melian (ihre Tochter Lúthien Tinúviel)
Ellu, König der Solosimpi nach dem Verschwinden von Tinwe Linto	Olwe, König der Teleri nach dem Verschwinden seines Bruders Elwe Singollo

Im *Silmarillion* (S. 58) wird beschrieben, wie Varda in der Zeit vor der Ankunft der Elben zum zweiten Mal Sterne erschafft: »Da ging Varda fort aus dem Rate, und sie blickte von der Höhe des Taniquetil hinaus und sah das Dunkel von Mittelerde unter den unzähligen Sternen, fahl und fern. Nun begann sie ein großes Werk, das größte der Valar, seit sie nach Arda gekommen. Sie nahm den Silbertau aus den Kübeln unter Telperion, und daraus machte sie neue Sterne, hellere, für die Ankunft der Erstgeborenen ...«

Wir sehen, daß schon in der frühesten Fassung die Konzeption vorhanden war, nach der die Sterne in zwei voneinander getrennten Akten geschaffen wurden – daß Varda neue Sterne erschuf, um die Ankunft der Elben zu feiern, obgleich die Elben zu dieser Zeit bereits erwacht waren; und daß die neuen Sterne aus dem flüssigen Licht des Mondbaumes Silpion gemacht wurden. In der oben zitierten Passage aus dem *Silmarillion* heißt es weiter, daß es in dieser Zeit geschah, daß Varda »hoch in den Norden, als Drohung für Melkor ... die Krone der sieben mächtigen Sterne, Valacirca, die Sichel der Valar und das Zeichen des Schicksals« hängte (S. 58); dies jedoch findet sich hier nicht, und dem Sternbild des Großen Bären wird ein besonderer Ursprung zugesprochen; dessen Sterne wurden nicht von Varda geschaffen, sondern waren Funken, die Aules Schmiede entflogen. In dem bereits erwähnten kleinen Notizbuch, das mit unzusammenhängenden Notizen und rasch festgehaltenen Plänen gefüllt ist, findet sich eine andere Form dieses Mythos:

»Die Silberne Sichel

Die sieben Schmetterlinge

Aule machte eine silberne Sichel. Melko unterbrach seine Arbeit, indem er ihm eine Lüge über Frau Palúrien erzählte. Aule war so zornig, daß er die Sichel mit einem Schlag zertrümmerte. Sieben Funken sprühten und flogen in die Himmel hinaus. Varda fing sie und gab ihnen Palúrien zu Ehren einen Platz am Himmel. In der Gestalt einer Sichel kreisen sie für immer um die Erde.«

Ich denke, es gibt keinen Zweifel, daß diese Notiz älter ist als der vorliegende Text.

Der Stern Morwinyon, »der über dem westlichen Rand der Welt aufblitzt«, ist Arkturus; siehe Anhang der Namen. Nirgendwo wird erklärt, warum Morwinyon-Arkturus im Mythos so konzipiert ist, daß er immer im Westen steht.

Wenden wir uns nun der Großen Wanderung und der Überquerung des Ozeans zu. Der Gedanke, daß Tol Eressea in der Insel ihr Vorbild hatte, auf der Osse die Götter zur Zeit des Lampensturzes (vgl. S. 106) zu den westlichen Landen zog, verschwand notwendigerweise später zusammen mit dieser Geschichte, und Osse hatte fortan keine Eigentumsrechte mehr an ihr. Die Vorstellung, daß die Eldar in drei großen und voneinander unabhängigen Gruppen (in der Reihenfolge Teleri – Noldoli – Solosimpi; später Vanyar – Noldor – Teleri) zu den Küsten der Großen Lande kamen, geht auf die ersten Anfänge zurück; doch hier überqueren das erste und das zweite Volk jedes für sich den Ozean, später hingegen gemeinsam.

Im *Silmarillion* (S. 69) vergingen »viele Jahre«, bevor Ulme zurückkehrte, um das letzte der drei Völker, die Teleri, zu holen; inzwischen hatten sie die Küsten Mittelerdes lieben gelernt, und Osse war imstande, einige von ihnen zum Bleiben zu überreden (Círdan, den Schiffbauer, und die Elben der Falas mit ihren Häfen Brithombar und Eglarest). Hiervon findet sich in der frühesten Geschichte keine Spur, obgleich die Vorstellung, nach der die zuletzt Gekommenen lange auf Ulmos Rückkehr warten mußten, im Kern bereits vorhanden ist. In der veröffentlichten Version ist der Grund für Osses Aufbegehren gegen den Transport der Elben auf der schwimmenden Insel verschwunden, und sein Motiv, die Insel im Ozean zu verankern, ein völlig anderes: Er tat es auf Geheiß Ulmos (*Das Silmarillion,* S. 70), der entschieden dagegen war, die Eldar nach Valinor zu rufen. Doch die Verankerung von Tol Eressea als aufrührerische Tat Osses blieb lange ein Element der Geschichte. Es wird nicht näher ausgeführt, welche anderen »verstreuten Inseln seines Reiches« (S. 175) Osse am Meeresgrund verankerte; weil jedoch auf der Zeichnung vom Weltschiff die Einsame Insel, die Zauberinseln und die Dämmerinseln alle in der gleichen Weise abgebildet sind (sie ragen »wie Bergspitzen aus ihren tangbewachsenen Tiefen«, S. 127), waren es vermutlich diese, die Osse nun verankerte (obgleich Rúmil und Meril noch davon sprechen, daß die Dämmerinseln auf dem Schattenmeer »schwimmen«, S. 104; 181).

Aus der alten Geschichte wird ganz deutlich, daß Tol Eressea weit draußen, mitten im Ozean verankert wurde (»und wenn man von ihren Klippen fortsegelt, sieht man über viele Seemeilen kein Land«). Daher rührt gewiß ihr Name, der abgeschwächt wurde, als die Einsame Insel in der Bucht von Eldamar verankert wurde. Die Worte, mit denen Tol Eressea im letzten Kapitel vom *Silmarillion* beschrieben wird (»die Einsame Insel, die nach Westen und Osten blickt«), gehen unzweifelhaft auf die alte Geschichte zurück; in der Geschichte von *Ælfwine von England* ist der Ursprung dieser Wendung erkennbar: »die Einsame Insel blickt nach Osten zu den Zauberinseln und den Ländern der Menschen dahinter und nach Westen in die Schatten, hinter denen in weiter Ferne das Äußere Land zu erspähen ist, das Königreich der Götter.« Die tiefe sprachliche Sonderung der Solosimpi von den anderen Völkern, die in dieser Geschichte erwähnt wird, ist auch im *Silmarillion* zu finden, doch der Gedanke entstand in einer Zeit, als Tol Eressea weiter von Valinor entfernt war.

In der Entwicklung dieser Mythen ist sehr oft zu beobachten, wie eine frühe Idee sich in einem völlig veränderten Kontext bewahrte. So beginnt das Wachstum der Bäume und anderen Pflanzen an den westlichen Hängen der schwimmenden Insel, weil sie zweimal in der Feenbucht lag und das Licht der Bäume empfing, während die Teleri und Noldoli an Land gingen; und ihre größere Schönheit und Fruchtbarkeit blieb bis in jene Zeit erhalten, als sie weit von Valinor entfernt mitten im Ozean verankert wurde; später taucht dieser Gedanke wieder auf im Zusammenhang mit dem Licht der Bäume, das durch den Calacirya auf die in der Nähe in der Bucht von Eldamar liegende Insel Tol Eressea fiel. Auf gleiche Weise findet sich der Gedanke, daß Ulmo, »auf einem Vorgebirge« Tol Eresseas sitzend, den Solosimpi Unterricht in Musik und Meereskunde erteilte, im *Silmarillion* (S. 69) wieder: »Osse, auf einem Felsen am Ufer sitzend, gab ihnen [den Teleri] Unterricht, und von ihm lernten sie Meereskunde und Meeresmusik jeder Art.«

Höchst bemerkenswert ist die Schilderung, die hier von der Lücke in den Bergen Valinors gegeben wird. Im *Silmarillion* (S. 70) schufen die Valar diese Öffnung, den Calacirya oder Paß des Lichts, nach der Ankunft der Elben in Aman, denn »sogar zwischen den leuchtenden Blumen der baumbeschienenen Gärten von Valinor verlangte es sie [die Vanyar und Noldor] bisweilen noch, die Sterne zu sehen«; in der vorliegenden Geschichte ist der Calacirya hingegen ein »natürliches« Landschaftsmerkmal: ein langgezogener Meeresarm.

Aus der Schilderung, wie die Elben an die Küsten der Großen Lande kamen (S. 167), ist zu ersehen, daß Hisilóme an das Große Meer grenzte (vgl. dazu S. 122, das als *g* bezeichnete Gebiet); bemerkenswerterweise stoßen wir hier auf die Vorstellung, daß in Hisilóme Menschen von Melko eingesperrt wurden; und dieses Motiv blieb bis in die letzte Ausformung der Geschichte erhalten, wo nach der Nirnaeth Arnoediad die Ostlinge als Belohnung für die verräterischen Dienste, die sie Morgoth geleistet haben, in Hithlum eingeschlossen werden (*Das Silmarillion,* S. 218).

In der Beschreibung des Berges und der Stadt Kôr gibt es verschiedene Züge, die sich in allen späteren Berichten von Tirion auf Túna wiederfinden. Vgl. *Das Silmarillion,* S. 70: »Auf dem Gipfel des Túna wurde die Stadt der Elben erbaut, die weißen Mauern und Terrassen von Tirion; und der höchste Turm der Stadt war der Turm Ingwes, Mindon Eldaliéva, dessen silberne Lampe weit durch die Nebel des Meeres hinausschien.«

Der Staub von Gold und »zauberischen Metallen«, den Aule zu Füßen Kôrs aufhäufte, überpuderte Kleider und Schuhe von Earendil, als er die »langen weißen Treppen« Tirions erklomm (ebd., S. 275).

Es wird hier nicht mitgeteilt, ob die Schößlinge von Laurelin und Silpion, die die Götter Inwe und Nóleme gaben und die »ewig blühten ohne zu welken«, auch Lichtspender waren; doch sie tauchen in den *Verschollenen Geschichten* später wieder auf (S. 299); nach der Flucht der Noldoli werden die Bäume von Kôr wieder erwähnt: die Bäume, die Inwe erhalten hatte, »leuchteten noch immer«, während die Nólemes ausgerissen waren und »verschwunden waren, niemand wußte, wohin«. Im *Silmarillion* heißt es, daß Yavanna für die Vanyar und dei Noldor einen Baum schuf, »der wie ein kleineres Abbild Telperions war, nur daß er nicht aus eigner Kraft leuchtete«; er wurde »in den Gärten unterhalb des Mindon eingepflanzt, und seiner Schößlinge waren viele in Eldamar. Einer von ihnen wurde später in Tol Eressea eingepflanzt...« (S. 71).

Im Zusammenhang mit dieser Beschreibung der Stadt der Elben in Valinor steht das folgende Gedicht mit dem Titel *Kôr.* Es wurde am 30. April 1915 geschrieben (zwei Tage nach *Koboldsfüße* und *Du und Ich,* vgl. S. 41, 48), und es existieren zwei Texte: der erste trägt im Manuskript den Untertitel »In einer verlassenen und toten Stadt«. Der zweite, ein Typoskript, trug offenbar zuerst den Titel *Kôr,* doch dieser wurde in *Die Stadt der Götter* geändert und der Untertitel ausradiert; und unter diesem Titel ist das Gedicht 1923 in Leeds veröffentlicht worden.* Am Text wurden keine Veränderungen vorgenommen, abgesehen von der vorletzten Zeile: »kein Vogel singt« wurde bereits im Manuskript in »kein Laut ertönt« geändert. Es scheint möglich, besonders mit Rücksicht auf den ursprünglichen Untertitel, daß das Gedicht die Stadt Kôr beschreibt, nachdem die Elben sie verlassen hatten.

Kôr
In a City Lost and Dead

A sable hill, gigantic, rampart-crowned
Stands gazing out across an azure sea
Under an azure sky, on whose dark ground
Impearled as 'gainst a floor of porphyry
Gleam marble temples white, and dazzling halls;
And tawny shadows fingered long are made
In fretted bars upon their ivory walls
By massy trees rock-rooted in the shade
Like stony chiselled pillars of the vault
With shaft and capital of black basalt.
There slow forgotten days for ever reap
The silent shadows counting out rich hours;
And no voice stirs; and all the marble towers
White, hot and soundless, ever burn and sleep.

Kôr
In einer verlassenen und toten Stadt

Ein schwarzer Hügel, riesig, wallgekrönt, / Steht, hinausblickend auf ein tiefblaues Meer, / Unter einem Azurhimmel, an dessen dunklem Fuß, / Wie Perlenschmuck vor einem Grunde von Porphyr, / Marmortempel weiß erschimmern und blendende Hallen; / Und lange werden gelbbraune verspielte Schatten / Als Gitterwerk auf ihre Elfenbeinmauern [geworfen] / Von dicken Bäumen, verwur-

* In der Zeitschrift *The Microcosm,* herausgegeben von Dorothy Ratcliffe, Jahrgang VIII, Heft 1, Frühjahr 1923.

zelt im Felsendunkel / Wie gemeißelte Steinsäulen der Gruft, / Mit Schaft und Knauf aus schwarzem Basalt. / Dort sammeln für immer allmählich vergessene Tage / Die stummen Schatten, zählen erfüllte Stunden nach; / Und kein Laut ertönt; und all die Marmortürme / Leuchten und schlafen für immer, weiß, glühend und stumm.

Die Geschichte, wie Osse die Seevögel ansiedelte, und die Geschichte von der Abreise der Solosimpi nach Valinor in Schiffen von Schwanengestalt, gezogen von Möwen, stellt sich hier gänzlich anders dar als im *Silmarillion:* »Ein langes Zeitalter hindurch wohnten sie [die Teleri] auf Tol Eressea, doch langsam wandelte sich ihr Sinn, und das Licht zog sie an, das übers Meer zu der Einsamen Insel herüberschien. Sie waren im Zwiespalt zwischen ihrer Liebe zu der Musik der Wellen an ihren Ufern und dem Wunsch, ihre Freunde wiederzusehen und den Glanz von Valinor zu erblicken; am Ende aber siegte der Wunsch nach dem Licht. Ulmo, der sich dem Willen der Valar beugte, entsandte daher Osse zu ihnen, ihren Freund, der sie, obgleich voll Kummer, die Kunst des Schiffbaus lehrte; und als ihre Schiffe fertig waren, brachte er ihnen als Abschiedsgeschenk viele Schwäne mit starken Schwingen. Dann zogen die Schwäne die weißen Schiffe der Teleri über die windstille See; und so kamen sie endlich als letzte nach Aman und an die Küste von Eldamar.« (S. 72)

Doch die Schwäne blieben das Geschenk Osses an die Elben von Tol Eressea, und die Schiffe der Teleri behielten die Gestalt der Schiffe, die Aule für die Solosimpi gebaut hatte. Sie »waren wie Schwäne gebildet, mit goldenen Schnäbeln und Augen von Gold und Kohle« (ebd., S. 73).

Die darauf folgende geographische Beschreibung (*Das Silmarillion,* S. 195) weist eine außerordentliche Ähnlichkeit (in einigen Wendungen sogar Übereinstimmung) mit jener in der Geschichte *Die Ankunft der Valar und die Gründung Valinors* (S. 104) auf. Diese zweite Fassung vermittelt in der Tat wenig Neues, und der wichtigste Unterschied liegt in der Erwähnung von Tol Eressea. Es wird nun deutlich, daß die Schattenmeere ein Teil des Großen Meeres westlich von Tol Eressea waren. Im *Silmarillion* (S. 116) hat die Konzeption sich dagegen im Zusammenhang mit der neuen Verankerung von Tol Eressea verändert: »Und in jener Zeit [der Verhüllung Valinors] wurden auch die Verwunschenen Inseln ins Meer gesetzt, und alle Gewässer um sie her waren voller Schatten und Zauberwerk. Und diese Inseln lagen wie ein Netz von Norden nach Süden im Schattigen Meer, bevor einer, der nach Westen segelt, Tol Eressea, die Einsame Insel, erreicht.«

Im *Silmarillion* ist die ganze Geschichte von der Formung der Edelsteine durch die Noldoli in folgendem Abschnitt zusammengedrängt (S. 71): »Und es geschah, daß ihre Mauerwerker, die in den Hügeln nach Steinen für das Haus Finwes gruben (denn sie hatten Freude daran, hohe Türme zu bauen), zuerst die Erdgemmen entdeckten und sie in Myriaden zutage brachten; und sie erfanden Werkzeuge, um die Gemmen zu schneiden und zu formen, und schliffen sie zu vielerlei Gestalt. Sie horteten sie nicht, sondern verteilten sie freigebig und machten ganz Valinor durch ihre Arbeit reicher.«

Der gesamte ausufernde Bericht am Ende dieser Geschichte – von der Herstellung der Edelsteine aus »zauberischen« Stoffen (Sternenlicht und *ilwe,* Tau und Blütenblättern, Glassubstanzen, gefärbt mit Blumensaft) war verschwunden, und die Noldor waren Bergleute geworden, geschickte zwar, doch sie gruben nur nach dem, was in den Felsen Valinors zu finden war. Andererseits hat sich die alte Idee in einer früheren Textstelle des *Silmarillion* (S. 48) erhalten: »Die Noldor waren es auch, denen es zuerst gelang, Gemmen zu schneiden.« In dieser frühen Erzählung sind die Silmaril noch nicht deutlich aus der Vielfalt der anderen Gemmen hervorgehoben, welche die Noldoli schufen.

Einzelne Züge, die erhalten blieben, sind die Freigebigkeit, mit der die Noldor ihre Steine verschenkten und sie an den Küsten verstreuten (vgl. *Das Silmarillion,* S. 73: »Viele Juwelen schenkten ihnen [den Teleri] die Noldor, Opale und Diamanten und blasse Kristalle, und alles verstreuten sie am Strand und warfen es in die Teiche.«); die Perlen, welche die Teleri aus dem Meer holten (ebd); die Saphire, welche die Noldor Manwe schenkten (»und von Saphir ist sein Szepter, welches die Noldor für ihn geschmiedet«, ebd. S. 48); und natürlich Feanor als Schöpfer der Silmaril, obgleich er – wie die nächste Geschichte erweisen wird – noch nicht der Sohn Finwes (Nólemes) ist.

Ich beschließe diesen Kommentar mit einem weiteren frühen Gedicht, das auf dem Stoff dieser Geschichte beruht. Es heißt in der Geschichte (S. 172), daß die Menschen in Hisilóme die Verschollenen Elben fürchteten, daß sie sie das Schattenvolk und ihr Land *Aryador* nannten. In dem frühen gnomischen Wörterverzeichnis wird die Bedeutung dieses Wortes mit »Land oder Ort des Schattens« angegeben (vgl. die Bedeutungen von *Hisilóme* und *Dor Lómin,* S. 132).

Das Gedicht heißt *Ein Lied von Aryador* und existiert in zwei Abschriften; Notizen zufolge wurde es am 12. September 1915 in einem Armeelager in der Nähe von Lichfield geschrieben. Soviel ich weiß, wurde es nie gedruckt. Die erste Abschrift gibt im Manuskript auch den altenglischen Titel an: *Án léop Éargedores;* die zweite Abschrift, ein Typoskript, weist im Text keine Unterschiede auf; es soll jedoch darauf hingewiesen werden, daß in beiden Abschriften das erste Wort des dritten Verses (»Sie«) aus »Er« verbessert wurde.

A Song of Aryador

In the vales of Aryador
By the wooded in land shore
Green the lakeward bents and meads
Sloping down the murmurous reeds
That whisper in the dusk o'er Aryador:

»Do you hear the many bells
Of the goats upon the fells
Where the valley tumples downward from the pines?
Do you hear the blue woods moan
When the Sun has gone alone
To hunt the mountain-shadows in the pines?

She is lost among the hills
And the upland slowly fills
With the shadow-folk that murmur in the fern;
And still there are the bells
And the voices on the fells
While Eastward a few stars begin to burn.

Men are kindling tiny gleams
Far below by mountain-streams
Where they dwell among the beechwoods near the shore,
But the great woods on the height
Watch the waning western light
And whisper to the wind of things of yore,

When the valley was unknown,
And the waters roared alone,
And the shadow-folk danced downward all the night,
When the Sun had fared abroad
Through great forests unexplored
And the woods were full of wandering beams of light.

Then were voices on the fells
And a sound of ghostly bells
And a march of shadow-people o'er the height.
In the mountains by the shore

In forgotten Aryador
There was dancing and was ringing;
There were shadow-people singing
Ancient songs of olden golds in Aryador.«

Ein Lied von Aryador

In den Tälern von Aryador / Am waldigen Gestade des Sees, / Die grünen Auen und Matten / senken sich hinab zum rauschenden Ried, / Das im Dämmer über Aryador flüstert: //

»Hörst du die vielen Glöckchen / Der Ziegen auf den Almen, / Wo das Tal von den Kiefern abstürzt? / Hörst du die blauen Wälder seufzen, / Wenn die Sonne allein sich aufgemacht hat, / Die Bergschatten in den Kiefern zu jagen?//

Sie ist zwischen den Bergen verschwunden. / Und das Hochland füllt sich allmählich / Mit dem Schattenvolk, das im Farn flüstert; / Und noch hört man die Glöckchen / Und die Stimmen auf den Almen, / Während gen Osten wenige Sterne zu leuchten beginnen.//

Menschen entzünden winzige Lichter / Tief unten an Bergflüssen, / Wo sie nahe dem Gestade in den Buchenwäldern wohnen, / Doch die mächtigen Wälder auf der Höhe / Haben acht auf das schwindende westliche Licht / Und raunen dem Wind Dinge von einst zu,//

Als das Tal unbekannt war / Und die Wasser ungestört brausten / Und das Schattenvolk die ganze Nacht tanzend herunterkam, / Als die Sonne gezogen war / Durch große unerforschte Forste, / Und die Wälder angefüllt waren mit schweifenden Lichtstrahlen.//

Damals waren Stimmen auf den Almen, / War ein Klang geisterhafter Glokken, / Und Schattenvolk zog über die Höhe. / In den Bergen am Gestade, / Im vergessnen Aryador, / War ein Tanzen und ein Klingen, / War Schattenvolk, das sang / Uralte Lieder von alten Göttern in Aryador.«

VI. MELKOS DIEBSTAHL UND DIE VERDUNKELUNG VON VALINOR

Auch diesen Titel habe ich dem Umschlag des Textbuches entnommen, das diese Geschichte enthält; sie wurde ebenfalls rasch mit Bleistift niedergeschrieben (vgl. Anmerkung 8 zum letzten Kapitel), enthält einige Korrekturen, die sofort oder später vorgenommen wurden, und schließt bruchlos an die vorhergehende Geschichte Merils an.

Nun kehrte Eriol heim zur Hütte des Vergessenen Spiels, und seine Liebe zu den Dingen, die er um sich sah, und sein Wunsch, sie zu verstehen, wurden tiefer. Weiterhin dürstete ihn danach, noch mehr über die Geschichte der Eldar zu erfahren; er versäumte es auch nie, sich denen anzuschließen, die sich an jedem Abend in das Zimmer des Feuers der Geschichten begaben; und so geschah es zu einer Zeit, da er schon recht lange Gast Vaires und Lindos gewesen war, daß Lindo bei Eriols Eintreten aus seinem tiefen Sessel folgendes sagte:

»Höre denn, o Eriol, gut zu, wenn du erfahren willst, wie es dazu kam, daß die Lieblichkeit Valinors zum Schwinden gebracht oder wie die Elben je dazu genötigt werden konnten, die Küsten von Eldamar zu verlassen. Es ist wohl möglich, daß du bereits weißt, daß in jenen Tagen der Freude der Eldalie Melko als Diener im Hause Tulkas' in Valmar wohnte; doch nährte er seinen Haß gegen die Götter und verzehrte sich in Eifersucht gegen die Eldar, doch am Ende war es seine Gier nach der Schönheit der Edelsteine, die, trotz all seiner vorgetäuschten Gleichgültigkeit, seine Geduld besiegte und ihn dazu brachte, dunkle und unheilvolle Pläne zu schmieden.

Zu jener Zeit nun beherrschten allein die Noldoli die Kunst, diese schönen Dinge zu formen, und obgleich sie allen, die sie liebten, reiche Geschenke machten, waren doch die Schätze an Gemmen, die sie selbst besaßen, über alle Maßen groß, weshalb Melko, wann immer er mit ihnen zusammenkam, listenreiche Worte sprach. Auf diese Weise versuchte er lange Zeit, sich Juwelen als Geschenk zu erbetteln, und vielleicht auch von den Unbedachten ein wenig über ihre geheime Kunst in Erfahrung zu bringen; als jedoch keiner dieser Schliche zum Ziele führte, suchte er böse Wünsche in ihnen zu wecken und Unfrieden zu stiften und erzählte ihnen jene Lüge über die Beratung, als die Eldar zuerst aufgefordert werden sollten, nach Valinor zu kommen.[1] ›Sklaven seid ihr‹, sprach er, ›oder Kinder, wie ihr wollt, die man geheißen hat, mit Tand zu spielen und nicht fortzulaufen oder zu neugierig zu sein. Vielleicht vergönnen euch die Valar gute Tage, wie ihr sagt; doch versucht nur einmal, ihre Mauern zu übersteigen, und ihr werdet die Härte ihrer Herzen kennenlernen. Seht, sie nutzen eure Geschicklichkeit aus, und eure Wohlgestalt ist für sie nicht mehr als eine Zierde für ihre Reiche. Das ist keine Liebe, sondern Eigennutz – macht die Probe darauf. Fragt nach eurem Erbe, das Ilúvatar für euch bestimmt hat – die ganze weite Welt, um darin umherzuschweifen, mit allen ihren unerforschten Geheimnissen, mit allen ihren Stoffen, die zu so gewaltigen Kunstwerken geformt werden können und hier in diesen engen Gärten, eingepfercht von den Bergen, umschlossen vom unbefahrbaren Meer, niemals Wirklichkeit werden können.‹

Dies vernahmen sie, und trotz des besseren Wissens, das Nóleme besaß und verbreitete, gab es viele, die mit halbem Herzen Melkos Worten Beachtung schenkten, und Unruhe breitete sich unter ihnen aus, und Melko goß Öl auf ihre schwelenden Wünsche. Von ihm erfuhren sie viele Dinge, die zu wissen für niemanden als für die großen Valar von Nutzen waren, denn wenn diese tiefen und verborgenen Dinge nur halb begriffen werden, vernichten sie das Glück; außerdem waren viele der Aussprüche Melkos arglistige Lügen oder nur zum Teil wahr; und die Noldoli hörten auf zu singen, und auf dem Berg von Kôr verstummten ihre Violen, denn ihre Herzen wurden ein wenig älter, indem ihr Wissen sich vertiefte und ihre Wünsche das Maß überstiegen, und die Bücher ihrer Gelehrsamkeit vervielfältigten sich wie die Blätter des Waldes. Denn wisse, daß in jenen Tagen Aule mit der Hilfe der Gnomen Alphabete und Schriften erdachte, und mit gemalten Zeichen wurden viele dunkle Geschichten auf die Mauern von Kôr geschrieben, und auch Runen von großer Schönheit setzte man dorthin oder grub sie in Stein, und Earendel hat dort vor langer Zeit viele wundersame Geschichten gelesen; und vielleicht ist manch eine dort noch immer zu lesen, falls sie nicht zu Staub zerfallen ist. Die anderen Elben beachteten dies Geschehen nicht übermäßig und waren zuweilen betrübt und ängstlich über die geminderte Fröhlichkeit ihrer Sippe. Melko hatte große Freude daran, arbeitete geduldig und erwartete seine Stunde; doch er kam seinem Ziel nicht näher, denn trotz seiner Bemühungen hielten die Pracht der Bäume, die Schönheit der Gemmen und die Erinnerung an die dunkle Fahrt von Palisor die Noldoli zurück – und unablässig sprach Nóleme gegen Melko und besänftigte Unruhe und Unzufriedenheit.

Schließlich wurde seine Sorge so groß, daß er sich mit Feanor beriet, und sogar mit Inwe und Ellu Melemno (der später die Solosimpi anführte), und er nahm ihren Rat an, daß Manwe selbst vom dunklen Trachten Melkos erfahren müsse.

Und Melko, der dies erfuhr, geriet in große Wut über die Gnomen, ging als erster zu Manwe, verbeugte sich sehr tief und sagte, ihm sei zu Ohren gekommen, daß die Noldoli es gewagt hätten, gegen Manwes Herrschaft zu murren, und daß sie (die Ilúvatar dazu bestimmt habe, die Erde zu besitzen) behaupteten, die Valar, für die sie unbelohnt arbeiten müßten, an Kunstfertigkeit und Schönheit bei weitem zu übertreffen. Schwer wurde Manwes Herz bei diesen Worten, denn lange hatte er gefürchtet, die tiefe Freundschaft zwischen den Valar und den Eldar könne von ungefähr zerbrechen, wohl wissend, daß die Elben Kinder der Welt waren und eines Tages in ihren Schoß zurückkehren mußten. Fürwahr, wer konnte sagen, ob nicht all dies, sogar die scheinbar nutzlose Bosheit Melkos, nur Teil der ursprünglichen Bestimmung war? Doch kalt begegnete der Herr der Götter seinem Zuträger, und siehe, als er ihn gerade weiter befragte, kamen die Gesandten Nólemes dorthin, und als man ihnen Gehör gab, sprachen sie die Wahrheit vor Manwe. Wegen der Anwesenheit Melkos trugen sie ihr Anliegen vielleicht ein wenig unbeholfener vor, als notwendig gewesen wäre, und vielleicht war selbst Manwe Súlimos Herz vom Gift in Melkos Worten angekränkelt, denn wahrlich, die Netze von Melkos Arglist sind fein gesponnen und doch sehr fest.

Gleichwohl, Melko und die Noldoli wurden von Manwe getadelt und entlassen. Melko freilich wurde befohlen, sich nach Mandos zurückzubegeben und dort eine Zeit der Buße zu verbringen; er solle es auch viele Monde nicht wagen, sich in Valmar herumzutreiben, bis das große Fest, das bevorstand, vorüber sei; Manwe aber, der fürchtete, die Unzufriedenheit weniger könne auch die anderen Stämme befallen, befahl Aule, andere Plätze ausfindig zu machen, die Noldoli dorthin zu führen und ihnen eine neue Stadt zu bauen, wo sie wohnen sollten.

Groß war die Betrübnis auf dem Berg von Kôr, als diese Nachricht dorthin getragen wurde, und obgleich alle über die Arglist Melkos erbost waren, gab es nun dennoch eine neue Bitterkeit gegen die Götter, und das Murren war lauter als zuvor.

Wo die Berge sich zur Küste hin öffneten und Kôr erbaut war, floß von Norden her ein kleiner Fluß herab, der Híri hieß, und von hier lief er durch die Ebene zu einem unbekannten Ort. Mag sein, daß er den Weg in die Äußeren Meere fand, denn nördlich der Wurzeln von Silpion verschwand er in einem unwegsamen felsenumschlossenen Tal unter der Erde; und hier beschlossen die Noldoli sich niederzulassen und lieber abzuwarten, bis der Zorn in Manwes Herz verflogen war, denn bis jetzt mochten sie sich auf keinen Fall damit abfinden, Kôr für immer zu verlassen.

Sie gruben Höhlen in die Bergwände des Tales, und dorthin trugen sie ihre Schätze an Edelsteinen, an Gold und Silber und schönen Dingen; ihre alten Häuser in Kôr jedoch widerhallten nicht mehr von ihren Stimmen und waren nur mit ihren Gemälden und gelehrten Büchern gefüllt; und die Straßen von Kôr und alle Wege Valmars waren noch immer voll von leuchtenden Steinen und Marmorstatuen, die von den glücklichen Tagen der Noldoli zeugten, welche sich nun dem Ende zuneigen.

Melko begibt sich nun nach Mandos, und fern von Valinor plant er den Aufruhr und die Rache an den Gnomen und Göttern. Wohlan, während er fast drei Zeitalter in den Gewölben von Mandos zubrachte, hatte er sich dort bestimmte finstere Geister zu Freunden gemacht und sie zum Bösen verführt; große Lande und Gebiete auf der Erde versprach er ihnen zu schenken, wenn sie ihm im Falle der Not hülfen; und nun ruft er sie zu sich in die dunklen Schluchten bei Mandos. Von dort schickt er Späher aus, unsichtbar wie die flüchtigen Schatten des blühenden Silpion, und so erhält er Kenntnis vom Treiben der Noldoli und von allem, was auf der Erde geschieht. Nun fügte es sich bald darauf tatsächlich, daß die Valar und die Eldar ein großes Fest abhielten, eben jenes, von dem Manwe gesprochen hatte und bei dem er, solange es währte, Melkos Anwesenheit in Valmar nicht wünschte. Wisse nämlich, daß sie alle sieben Jahre einen Tag festlich begingen, um die Ankunft der Eldar in Valinor zu feiern, und jedes dritte Jahr ein kleineres Fest abhielten, um der Ankunft der weißen Flotte der Solosimpi an den Küsten Eldamars zu gedenken; aber in jedem einundzwanzigsten Jahr, wenn diese beiden Gedenktage zusammenfielen, feierten sie das großartigste Fest, das sieben Tage währte, und deshalb wurden diese Jahre die »Jahre der Doppelten Freude« genannt;* und wo auch immer in der Welt die Koreldar nun sein mögen, feiern sie diese Feste noch immer. Das Fest, das nun bevorsteht, ist eines der Doppelten Freude, und die Scharen der Götter und Elben machen sich bereit, es mit der größten Pracht zu begehen. Da gab es Festzüge und lange Prozessionen singender und tanzender Elben, die sich von Kôr bis zu den Toren Valmars wanden. In Erwartung dieses Festes war eine Straße angelegt worden, die

* Hier ist am Rand hinzugefügt: *Samírien.*

vom Westtor von Kôr geradewegs zu den Türmchen des mächtigen Bogens führte, der sich in den Mauern Valmars nach Norden zu den Bäumen hin öffnete. Aus weißem Marmor war sie gemacht, und viele liebliche Bäche, die von den fernen Bergen herabflossen, kreuzten ihre Bahn. An diesen Stellen schwang sich die Straße über schmale Brücken, wunderbar eingefaßt mit zierlichen Geländern, die wie Perlen leuchteten; diese berührten fast das Wasser, so daß Lilien von großer Schönheit, die in den sanft in die Weite ziehenden Bächen wuchsen, sich mit ihren weißen Blüten über die Straßenränder drängten und Schwertlilien sie säumten; denn sinnreiche Rinnen hatte man gegraben, in denen das klarste Wasser von Bach zu Bach floß, das den ganzen langen Weg mit dem erfrischenden Getön seines Rieselns begleitete. Hier und da wuchsen mächtige Bäume zu beiden Seiten oder die Straße mündete in einen freien Platz, wo Fontänen durch Zauberkraft hoch in die Luft stiegen, um alle zu erquikken, die diesen Weg beschritten.

Nun kamen die Teleri, angeführt vom weißgekleideten Volk der Inwir, und das Schlagen ihrer versammelten Harfen ließ die Luft süß erbeben; und hinter ihnen gingen die Noldoli, durch Manwes Nachsicht noch einmal mit ihrem Volk vereint, auf daß sein Fest gebührend begangen werde, doch der Süße der Musik, die sie ihren Violen und Flöten entlockten, war nun mehr Schwermut beigemischt als je zuvor. Und zuletzt kamen die Völker der Küste, und ihr Flötenspiel, verwoben mit Gesang, trug den Hall der Gezeiten und flüsternden Wogen und den klagenden Schrei der meerliebenden Vögel tief ins Land und auf die Ebene.

Darauf wurden alle Scharen vor dem Tor von Valmar aufgestellt, und auf das Wort und Zeichen Inwes stimmten sie wie aus einem Munde und im Gleichklang das Lied des Lichts an. Dies hatte Lirillo[2] verfaßt und sie gelehrt, und es erzählte von der Sehnsucht der Elben nach dem Licht, von ihrer schrecklichen Wanderung durch die finstere Welt, getrieben vom Verlangen nach den Zwei Bäumen; und es sang von ihrer höchsten Freude, die Gesichter der

Götter zu schauen, und von ihrem wiedererweckten Wunsch, noch einmal Valmar zu betreten und durch die geheiligten Höfe der Valar zu wandeln. Da öffneten sich die Tore Valmars, und Nornore forderte sie auf einzutreten, und die strahlenden Scharen schritten hindurch. Dort empfing sie Varda, inmitten der Scharen der Mánir und der Súruli stehend, und alle Götter hießen sie willkommen, und dann begann in den großen Hallen das Fest.

Es war nun ihr Brauch, am dritten Tag sich in Weiß und Schwarz zu kleiden, den Gipfel des Taniquetil zu besteigen, und dort sprach Manwe zu ihnen, wie er es für angemessen hielt, von der Musik der Ainur, dem Ruhm Ilúvatars und den Dingen, die sein würden und gewesen waren. Und an diesem Tage lagen Kôr und Valmar in friedlicher Stille, doch das Dach der Welt und der Hang des Taniquetil leuchteten von den strahlenden Gewändern der Götter und Elben, und alle Berge widerhallten von ihren Stimmen – doch danach, am letzten Tag des Freudenfestes, kamen die Götter von Kôr, saßen an den Hängen des hellen Berges, blickten voller Liebe auf diese kleine Stadt herab, und nachdem sie sie im Namen Ilúvatars gesegnet hatten, fuhren sie von dannen, bevor Silpion zur Blüte kam; und so endeten die Tage der Doppelten Freude.

Doch in diesem verhängnisvollen Jahr wagte es Melko in frevlerischem Sinn, sich eben diesen Tag, da Manwe auf dem Taniquetil sprach, zur Ausführung seiner Pläne zu wählen. Dann nämlich waren Kôr und Valmar und das felsenumschlossene Tal von Sirnúmen unbewacht: denn, wahrlich, vor wem hätten die Elben oder Valar in jenen alten Tagen auf der Hut sein müssen?

So kroch er denn mit seinen finsteren Helfern am dritten Tag von Samírien, wie dieses Fest genannt wird, in die Tiefe, durchquerte die dunklen Hallen von Makars Behausung (denn selbst dieser wilde Vala erwies dem Fest in Valmar die Ehre; alle Götter gingen dorthin, ausgenommen nur Fui und Vefántur, ja sogar Osse war dort, der für diese sieben Tage seine Fehde mit Ulmo ruhen ließ und seine Mißgunst verhehlte). Dort kommt Melko ein Gedanke, und verstohlen wappnet er sich und seine Schar mit scharfen tödlichen Schwertern, und daran taten sie gut: denn jetzt schleichen sie sich in das Tal von Sirnúmen, wo die Noldoli gegenwärtig wohnten. Die Gnomen indes, deren Herzen sich durch Melkos Lehren gewandelt hatten, waren, ganz gegen die Gewohnheit der Eldar jener Tage, vorsichtig und argwöhnisch geworden. Bei ihren Schätzen hatten sie starke Wachen aufgestellt, die nicht am Fest teilnahmen, obgleich dies gegen die Bräuche und Anordnungen der Götter verstieß. Nun plötzlich entflammt im Herzen Valinors bitterer Krieg, und diese Wachen werden erschlagen, während auf dem fernen Taniquetil Frieden und Freude am größten sind – darum auch hörte niemand ihre Todesschreie. Nun erkannte Melko, daß auf immer Krieg sein würde zwischen ihm und dem ganzen anderen Volk von Valinor, denn er hatte die Noldoli getötet – Gäste der Valar – vor den Türen ihrer eigenen Heimstätten. Ach, mit eigener Hand streckte er Bruithwir nieder, den Vater Feanors,[3] brach ein in das Felsengemach, das dieser verteidigte, und bemächtigte sich der prächtigsten Steine, sogar der Silmaril, die verschlossen waren in einem Kästchen von Elfenbein. Diese großen Reichtümer an Gemmen raubte er nun, und nachdem er und seine Gefährten sich aufgeladen hatten, soviel sie tragen konnten, trachteten sie zu entfliehen.

Wisse also, es verhielt sich nun so, daß Orome nicht weit von diesem Ort, wo ein wildes Waldgebiet sich erstreckte, große Stallungen besaß und edle Pferde züchtete. Dorthin schleicht Melko und fängt eine Herde schwarzer Pferde ein, die er mit der Macht des Entsetzens zähmt, die ihm zu Gebote stehen kann. Diese Pferde besteigen sie, und die ganze Diebesschar reitet davon, nachdem sie alles vernichtet hat, was des Mitnehmens nicht wert erschien. Einen weiten Bogen schlagend und mit der Geschwindigkeit des Orkans dahinrasend, die nur die göttlichen Pferde Oromes, geritten von den Kindern der Götter, erreichen können, gelangen sie weit in den Westen von Valmar in die unbetretenen Landstriche, wo das Licht der Bäume schwach war. Lange bevor das Volk vom Taniquetil herabgestiegen und das Fest zu Ende war oder gar die Noldoli heimgekehrt waren, um ihre Häuser geplündert zu finden, waren Melko und seine Diebe tief in den Süden geritten und drangen, nachdem sie einen Einschnitt in den Bergen gefunden hatten, in die Ebenen von Eruman ein. Aule und Tulkas mochten wohl beklagen, daß sie vor langer Zeit, als sie diese Berge aufrichteten, um alles Böse von der Ebene abzuhalten, in ihrer Sorglosigkeit diese Lücke gelassen hatten – denn dies war die Stelle, an der sie nach ihrer Gewohnheit wieder nach Valinor zurückkehrten, wenn sie auf den Gefilden von Arvalin[4] gejagt hatten. Es heißt sogar, daß dieser Ritt im Halbkreis, wahrlich mühevoll und gefährlich, zuerst gar nicht in Melkos Absicht lag, denn er hatte vielmehr im Sinn, über die Pässe nahe Mandos nach Norden zu gelangen; doch dies zu tun, war er gewarnt, denn niemals verließen Mandos und Fui diese Bezirke, und alle Schluchten und Abgründe der nördlichen Berge waren von ihren Mannen besetzt; Mandos nämlich war trotz seines finsteren Sinnes kein Aufrührer gegen Manwe oder Helfer bei bösen Taten.

Im hohen Norden, so heißt es in uralter Überlieferung, verengen sich die Großen Meere zu einem schmalen Arm, und Melko und seine Schar, welche die Kälte ertragen konnten, hätten also ohne die Hilfe von Schiffen sicher in die Welt gelangen können; doch dies geschah nicht, und die traurige Geschichte nahm ihren vorbestimmten Lauf. Im anderen Falle hätten die Zwei Bäume weiterhin geleuchtet, und in Valinor würden die Elben immer noch singen.

Schließlich ist der lange Tag des Festes vorüber, und auf der weißen Straße machen sich die Götter auf den Heimweg von Kôr nach Valmar. Die Lichter flimmern in der Stadt der Elben, und Frieden wohnt dort, die Noldoli jedoch ziehen betrübt über die Ebene nach Sirnúmen. Silpion erstrahlt zu dieser Stunde, und bevor sein Licht verblaßt, erhebt sich zum ersten Mal in Valinor aus jenem felsigen Tal eine Totenklage, denn Feanor beweint Bruithwirs Tod; und viele Gnomen außer ihm entdecken, daß die Geister ihrer Toten den Weg zu den Hallen von Vê angetreten haben. Da reiten Boten in aller Eile nach Valmar, um von diesen Taten zu künden, und dort finden sie Manwe, der die Stadt noch nicht verlassen hat, um in sein Heim auf den Taniquetil zurückzukehren.

›Wehe, o Manwe Súlimo‹, jammern sie, ›Unheil ist durch die Berge Valinors gedrungen und über Sirnúmen in der Ebene hereingebrochen. Dort liegt Bruithwir, der Großvater Feanors,[5] erschlagen und viele der Noldoli außer ihm, und alle unsere Reichtümer an Gemmen und schönen Dingen sind gestohlen, unser Liebstes, Frucht jahrelanger Mühen und Plagen. Warum, o Manwe, dessen Augen alles sehen? Wer hat diese Untat vollbracht, denn die Noldoli schreien nach Rache, o du höchster Richter!‹

Da sprach Manwe zu ihnen: ›Höret, ihr Kinder der Noldoli, mein Herz ist betrübt über euch, denn das Gift Melkos hat euren Sinn bereits gewandelt, und Begierde ist in eure Herzen eingezogen. Fürwahr! Hättet ihr nicht eure Steine und Kunstwerke[6] für wertvoller gehalten als das Fest des Volkes oder die Gebote Manwes, eures Herrn, wäre dies nicht geschehen, Briuthwir go-Maidros und jene anderen Unglücklichen lebten noch, und eure Juwelen wären in keiner größeren Gefahr. Nein, die Weisheit der Erfahrung lehrt mich, daß wegen des Todes von Bruithwir und seiner Gefährten das allergrößte Unheil über Götter und Elben kommen wird und über die künftigen Menschen. Ohne die Götter, die euch das Licht brachten, die Rohstoffe gaben für eure Kunst, die euch in eurer ersten Unwissenheit unterrichteten, hätte es niemals ein einziges dieser schönen Dinge, die ihr nun so liebt, gegeben; was einmal getan worden ist, kann aufs neue getan werden, denn die Macht der Valar ist umwandelbar; doch wertvoller als aller Ruhm Valinors und die Anmut und Schönheit Kôrs sind Frieden und Freude und Weisheit, und diese, sind sie einmal verloren, sind schwerer zurückzugewinnen. Hört also auf zu murren und gegen die Valar zu sprechen oder euch in euren Herzen aufzuschwingen zu ihrer Herrlichkeit; vielmehr entfernt euch nun in Buße und bedenket gründlich, daß Melko euch dies

Böse zugefügt hat und daß es euer heimlicher Verkehr mit ihm war, der diese Verluste und Leiden über euch gebracht hat. Darum traut ihm nicht mehr und auch nicht einigen anderen, deren heimlich geflüsterte Worte euch entzweien sollen, denn am Ende stehen Erniedrigung und Verzweiflung.‹

Und die Botschafter waren beschämt und verstört und kehrten ganz niedergeschlagen nach Sirnúmen zurück; gleichwohl war Manwes Herz schwerer als ihre Herzen, denn die Dinge hatten in der Tat einen bösen Lauf genommen, und er sah noch Schlimmeres voraus; und so vollendeten sich die Geschicke der Götter, denn ach, Manwes Worte erschienen den Noldoli kalt und herzlos, und sie erkannten nicht seinen Kummer und seine Milde; und Manwe selbst kamen sie fremd und verändert vor, der Begierde zugeneigt und nach Trost verlangend wie Kinder, denen ihre schönen Spielzeuge abhanden gekommen sind.

Melko befindet sich nun in den öden Landen von Arvalin und weiß nicht, wie er entkommen soll, denn die Düsternis ist sehr groß, und er kennt diese Regionen nicht, die sich bis in den äußersten Süden erstrecken. Darum schickte er, sich berufend auf die Unantastbarkeit eines Herolds (auch wenn er ein von Mandos abgefallener Diener war, den Melko verdorben hatte), einen Boten über den Paß nach Valinor, und dort stand dieser vor den Toren von Valmar[7] und erheischte Gehör bei den Göttern; und gefragt, woher er komme, sagte er, der Ainu Melko habe ihn geschickt; Tulkas wollte Steine von den Mauern gegen ihn schleudern und ihn töten, doch die anderen duldeten nicht, daß er schon jetzt mißhandelt wurde, sondern gewährten ihm trotz ihres Zornes und Ekels Zutritt zum großen goldenen Platz, der vor Aules Höfen lag. Und in derselben Stunde wurden Reiter nach Kôr und nach Sirnúmen gesandt, um die Elben herbeizurufen, denn die Götter waren der Ansicht, daß diese Angelegenheit sie ebenso betraf. Als alles bereit war, stellte sich der Bote neben den Obelisk aus reinem Gold, auf den Aule die Geschichte von der Entzündung des goldenen Baumes geschrieben hatte (in Lóriens

Hof stand ein silberner Obelisk mit einer anderen Geschichte), und unversehens sagte Manwe: ›Sprich!‹ Und seine Stimme war wie ein zorniger Donnerschlag, der in den Höfen widerhallte, doch unbeeindruckt trug der Gesandte seine Botschaft vor und sagte:

›Solchermaßen spricht der Fürst Melko, Beherrscher der Welt vom dunkelsten Osten bis zu den äußeren Abhängen der Berge von Valinor, zu seinen Verwandten, den Ainur! Es hat ihm gefallen, zum Ausgleich für etliche schmerzliche Beleidigungen und für eine lange Zeit ungerechter Einkerkerung, welche er ungeachtet seines edlen Standes und Blutes durch eure Hände erduldet hat, sich nun, wie es ihm zukommt, gewisse geringfügige Schätze zu eigen zu machen, welche die Noldoli, eure Sklaven, besaßen. Groß ist sein Kummer darob, daß er einige von ihnen getötet hat, weil sie ihm böswillig ein Leid antun wollten; indessen will er ihre frevlerischen Absichten nunmehr vergessen und auch das frühere Unrecht, das ihr, die Valar, ihm angetan habt, und jenen Ort, den man Valmar nennt, wieder mit seiner Gegenwart beehren, wenn ihr seine Bedingungen anerkennt und erfüllt. Vernehmt denn, daß die Noldoli seine Diener sein und ihm ein Haus ausschmücken sollen; außerdem fordert er von rechts wegen –‹ doch bei diesen Worten, als der Herold, um seiner Unverschämtheit Nachdruck zu verleihen, noch lauter sprach als zuvor, wurde der Zorn der Valar so groß, daß Tulkas und mehrere andere seines Hauses hinabsprangen, ihn packten und ihm den Mund verschlossen, und der Platz des Rates geriet in Aufruhr. Melko hatte in Wahrheit mit seiner unverschämten Botschaft nichts erreichen, sondern nur Zeit gewinnen und die Valar in Verwirrung stürzen wollen.

Da gebot Manwe, den Herold loszulassen, doch die Götter erhoben sich und riefen wie aus einem Munde: ›Das ist kein Herold, sondern ein Aufrührer, ein Dieb und Mörder.‹ ›Er hat die Heiligkeit Valinors besudelt‹, schrie Tulkas, ›und uns Unverschämtheiten ins Gesicht geschleudert.‹ Was die Elben anging, so waren sie nun alle einer Meinung. Sie hatten keine Hoffnung, die Juwelen zurückzubekommen, außer Melko würde gefangen, was nun ein hoffnungsloses Unterfangen war, doch sie wollten nicht das geringste mit ihm zu tun haben und ihn und alle seine Knechte als Gesetzlose behandeln. (Und dies hatte Manwe gemeint, als er sagte, aus dem Tode Bruithwirs werde das größte Unheil erwachsen, denn dieser Mord war es, der Götter und Elben aufs höchste erregte.)[8]

Diese Absichten enthüllten sie Varda und Aule, und Varda unterstützte ihre Sache gegenüber Manwe; und Aule tat es noch viel nachdrücklicher, denn auch er war tief betrübt über den Diebstahl so vieler Dinge von außergewöhnlicher Kunst und Fertigkeit; doch bei Tulkas Poldórea bedurfte es keiner Bitten, denn er glühte vor Zorn. Diese mächtigen Fürsprecher überzeugten nun den Rat mit ihren Worten, so daß Manwe am Ende seinen Urteilsspruch verkündete, der Melko überbracht werden sollte: Er weise Melkos Ansinnen und seine Worte zurück und verbanne ihn und seine Gefolgsleute für alle Zeit aus Valinor. Diese Worte wollte er nun dem Gesandten sagen, damit er mit ihnen zu seinem Herrn zurückkehre, aber weder die Vali noch die Elben wollten das zulassen. Unter Führung von Tulkas brachten sie den Abtrünnigen auf die höchste Spitze des Taniquetil; dort sprachen sie ihm ab, ein Herold zu sein, und indem sie den Berg und die Sterne als Zeugen aufriefen, warfen sie ihn auf die Felsbrokken von Arvalien, so daß er starb, und Mandos nahm ihn in seine tiefsten Höhlen auf.

Da warf Manwe, der in diesem Aufruhr und ihrer grausamen Tat die Saat der Unbarmherzigkeit aufgehen sah, sein Szepter zu Boden und weinte; doch die anderen sprachen mit Sorontur, dem König der Adler auf dem Taniquetil, und durch ihn wurden Melko die Worte Manwes überbracht: ›Hebe dich hinweg auf immer, o Verfluchter, und wage es nimmermehr, mit Göttern oder Elben zu sprechen. Weder dein Fuß noch der eines deiner Diener soll jemals wieder den Boden Valinors berühren, solange die Welt besteht.‹ Und Sorontur suchte Melko auf, sagte ihm, was ihm aufgetragen war, und erzählte ihm auch vom Tod seines Gesandten. Da hätte Melko Sorontur am liebsten getötet, denn er war rasend vor Zorn über den Tod seines Boten; und wahrlich, diese Tat stand nicht im Einklang mit der strengen Gerechtigkeit der Götter, doch war der Zorn jener Valar in Valmar in höchstem Maße herausgefordert worden; Melko jedoch hat diese Tat den Göttern immer aufs heftigste vorgeworfen und sie zu einer Geschichte schändlichen Unrechts verdreht. Und zwischen ihm und Sorontur haben seitdem immer Haß und Krieg geherrscht, und diese waren am schlimmsten, als Sorontur und sein Volk in die Eisenberge zogen, dort hausten und alles beobachteten, was Melko tat.

Nun sucht Aule Manwe auf und spricht ermutigende Worte, sagt, daß Valmar noch immer besteht und die Berge hoch und ein sicheres Bollwerk gegen das Böse sind. ›Höre! Und wenn Melko die Welt noch einmal erschüttern sollte – ist er nicht vor Zeiten in Ketten geschmiedet worden, und kann dies nicht wieder geschehen? Doch wisse auch, Tulkas und ich werden den Durchschlupf rasch verschließen, der nach Eruman und zu den Meeren führt, damit Melko niemals mehr über diesen Weg hierhergelangen kann.‹

Doch Manwe und Aule kommen überein, bis zu der Zeit, wo Melkos Unternehmungen und Behausungen bekannt seien, alle umliegenden Berge mit Wachen zu besetzen.

Dann kommt Aule, um mit Manwe über die Noldoli zu sprechen, und er bittet sehr für sie und sagt, was Manwe in Angst versetzt habe, sei kaum von ihnen verursacht worden, sondern in Wahrheit sei das Böse durch Melko allein gekommen; die Eldar dagegen seien weder Sklaven noch Diener, sondern Geschöpfe von wundersamer Sanftheit und Schönheit – sie seien für immer Gäste der Götter. Darum gebietet ihnen Manwe nun, nach Kôr zurückzukehren, und, wenn sie es wünschten, aufs neue Gemmen und andere Dinge zu schaffen, und alles, was sie an schönen und kostbaren Stoffen für ihre Arbeit benötigten, werde ihnen noch freigebiger zuteil werden als zuvor.

Aber als Feanor von diesem Spruch erfuhr, sagte er: ›Wer aber soll uns unser fröhliches Herz wiedergeben, ohne das man keine schönen und liebenswerten Dinge schaffen kann? – und Bruithwir ist tot, und mein Herz ist es auch.‹ Trotzdem gingen viele nach Kôr zurück, und damals kehrte ein Abglanz der alten Freude zurück, wenngleich sie keine Gemmen von der alten Pracht und Herrlichkeit mehr schufen, weil der Frohsinn in ihren Herzen gemindert war. Feanor jedoch lebte kummervoll mit wenigen Gefährten in Sirnúmen, und obgleich er sich Tag und Nacht abmühte, gelang es ihm auf keine Weise, Juwelen zu schaffen, die den Silmaril von einst, die Melko gestohlen hatte, gleichkamen; und auch kein anderer Handwerker hat es seitdem je vermocht. Schließlich gibt er seine Bemühungen auf und sitzt nur noch am Grabe Bruithwirs, das »Grabhügel des Ersten Leides«* genannt wird; und es trägt diesen Namen zu Recht, denn alles Leid war dem Tode dessen entsprungen, der dort begraben lag. Dort saß Feanor, in finstere Gedanken verloren, bis dumpfe Nebel seinen Geist trübten, und er erhob sich und ging nach Kôr. Dort sprach er zu den Gnomen, stellte ihnen ihre Kränkungen und Leiden vor Augen und ihren geminderten Reichtum und Ruhm – und forderte sie auf, diesen Kerker zu verlassen und in die Welt zu ziehen. ›Die Valar sind Feiglinge geworden; aber die Herzen der Eldar sind nicht schwach, und wir werden zurückbekommen, was uns gehört, wenn nicht durch List, dann mit Gewalt. Krieg soll sein zwischen den Kindern Ilúvatars und dem Ainu Melko. Was tut's, wenn wir auf diesem Feldzug zugrundegehen? Die düsteren Hallen von Vê sind weniger schrecklich als dieses strahlende Gefängnis ...‹[9] Und er überredete einige von ihnen, vor Manwe hinzutreten und zu verlangen, daß den Noldoli erlaubt werde, Valinor in Frieden zu verlassen; die Götter sollten sie sicher an den Gestaden der Welt niedersetzen, von wo sie einst ihren Weg übers Meer angetreten hatten.

Da war Manwe über ihr Ansinnen betrübt und verbot den Gnomen, solche Worte in Kôr auszusprechen, falls sie wünschten, noch

* Am Rand vermerkt gnomische Namen: *»Cûm a Gumlaith* oder *Cûm a Thegranaithos«.*

länger unter den anderen Elben zu wohnen; doch dann, seine Härte aufgebend, erzählte er ihnen viele Dinge über die Welt, über die Zeitläufte und die großen Gefahren, die dort bereits lauerten und die bald durch die Rückkehr Melkos noch schlimmer werden würden. ›Mein Herz spürt es, und meine Weisheit enthüllt es mir‹, sagte er, ›daß nun nicht mehr viel Zeit verstreichen wird, bis jene anderen Kinder Ilúvatars, die Väter der Väter der Menschen, in die Welt kommen werden – wisset nämlich, daß es die unwandelbare Musik der Ainur ist, durch welche die Welt am Ende für lange Zeit unter das Szepter der Menschen kommen wird; ob ihr dies freilich zum Segen oder zum Leid gereichen wird, hat Ilúvatar nicht enthüllt; und ich will nicht, daß jemals Streit oder Furcht oder Zorn herrsche zwischen den verschiedenen Kindern Ilúvatars, und gern möchte ich die Welt für lange Zeit frei wissen von Wesen, die gegen die neu angekommenen Menschen kämpfen und ihnen Leid zufügen könnten, bevor deren Sippen stark genug sind, weil die Stämme und Völker der Erde noch unmündig sind.‹ Und viele Worte sagte er noch über die Menschen und ihr Wesen und ihre Schicksale, und die Noldoli waren erstaunt, denn sie hatten die Valar nicht von Menschen sprechen hören oder nur sehr selten; und dann hatten sie nicht übermäßig darauf geachtet und diese Geschöpfe für schwächlich und blind und tölpelhaft gehalten, die dem Tod ausgesetzt waren und den Glanz der Eldalie nicht im geringsten würden erreichen können. Obgleich nun Manwe solchermaßen sein Herz ausgeschüttet hatte, in der Hoffnung, die Noldoli würden erkennen, daß sein Wirken sich nicht ohne Sinn und Zweck vollziehe, und ruhiger würden und seiner Liebe gewisser, waren diese vielmehr erstaunt, zu entdecken, daß die Ainur dem Kommen der Menschen so große Bedeutung beimaßen; und so kam es, daß Manwes Worte das Gegenteil dessen bewirkten, was er gewollt hatte; denn Feanor, in seinem Schmerz verblendet, verdrehte Manwes Worte so, daß sie einen bösen Anschein bekamen. Und als er wieder vor der Versammlung von Kôr stand, sprach er diese Worte:

›Seht, jetzt wissen wir, warum man uns hierhergebracht hat wie eine Fracht hübscher Sklaven! Jetzt endlich sagt man uns, warum wir hier gehütet werden, unseres Erbes in der Welt beraubt. Wir sollen nicht über die weiten Lande herrschen, weil wir sie vielleicht nicht einer ungeborenen Rasse überlassen würden. Diesen Menschen – fürwahr ein erbärmliches Volk, raschem Tod ausgeliefert, eine Rasse, die sich in der Finsternis Höhlen gräbt, mit ungeschickten Händen, taub für Lied und Musik, die mit ihren ungefügen Werkzeugen stumpfsinnig die Krume beackern wird – diesen, die gleichwohl von Ilúvatar stammen sollen, will Manwe Súlimo, Herr der Ainur, die Welt überantworten und alle ihre Wunder, alle ihre verborgenen Stoffe, die doch unser Erbe sind. Was ist seine Rede von den Gefahren in der Welt? Nichts als eine List, um uns zu täuschen, ein Blendwerk aus Worten! Oh, alle ihr Kinder der Noldoli, die ihr nicht länger Hausknechte der Götter sein wollt, so sanft man euch auch behandelt, macht euch auf, ich bitte euch, und begebt euch fort aus Valinor, denn jetzt ist die Zeit reif, und die Welt erwartet euch.‹

Sie ist wahrlich staunenswert, diese feingesponnene Verschlagenheit Melkos – denn niemand kann wissen, ob nicht in diesen wilden Worten der winzigste Hauch von Wahrheit liegt; niemand wundert sich auch, daß es Melkos eigene Worte sind, die man aus dem Munde Feanors, seines Feindes, hört, der weder wußte noch sich erinnerte, wo der Ursprung seiner Gedanken lag; doch vielleicht ist Melko selbst nicht einmal die älteste Quelle dieser Übel, sondern solche Dinge müssen sein – und die geheimnisvolle Eifersucht zwischen Elben und Menschen ist ein ungelöstes Rätsel, eines der Leiden, die im dunklen Ursprung der Welt wurzeln.

Wie immer es sich mit diesen unergründlichen Dingen verhalten mag, so verschafften die wilden Worte Feanor auf der Stelle eine mächtige Gefolgschaft, denn ein Schatten schien auf die Herzen der Gnomen gefallen zu sein – und vielleicht geschah dies sogar nicht ohne Wissen Ilúvatars. Melkos Jubel jedoch wäre groß gewesen, hätte er erfahren, daß seine böse Saat weit mehr Früchte getragen, als er erwartet hatte. Nun zog dieser Unheilstifter indessen über die dunklen Ebenen von Eruman, und weiter im Süden, als bislang jemand vorgedrungen war, stieß er auf ein Gefilde der tiefsten Düsternis, die ihm ein guter Ort zu sein schien, seinen gestohlenen Schatz für eine Weile zu verstecken.

Darum sucht er, bis er eine dunkle Höhle in den Bergen findet, die Finsternis so dicht umspinnt, daß die schwarze Luft sich schwer und erstickend auf Gesicht und Hände zu legen scheint. Sehr tief und gewunden waren diese Gänge, und sie hatten, wie es in den alten Büchern heißt, einen unterirdischen Ausgang ins Meer; und hier wurden später der Mond und die Sonne für eine Zeitlang eingesperrt;[10] denn hier hauste die urweltliche Geisterfrau Móru, von der sogar die Valar nicht wußten, woher oder wann sie gekommen war, und die Erdbewohner haben ihr viele Namen gegeben. Vielleicht wurde Móru an den Ufern der Schattenmeere aus Nebeln und Dunkelheit gezeugt, in jener undurchdringlichen Finsternis, die zwischen dem Sturz der Lampen und der Entzündung der Bäume herrschte; doch es ist wahrscheinlicher, daß es sie immer gegeben hat; und sie liebt nichts so sehr, wie an diesem dunklen Ort zu hausen, wo sie die Gestalt einer garstigen Spinne annimmt und einen klebrigen Schleier aus Düsternis webt, der mit seinem Maschenwerk Sterne und Monde und alle leuchtenden Dinge einfängt, welche die Lüfte durchschweben. Es rührt gewiß von ihrem dunklen Treiben her, daß so wenig von jenem Überfluß des Lichts der Zwei Bäume jemals in die Welt strömte, denn gierig saugte sie Licht auf, das sie nährte, doch selber brachte sie nur jene Dunkelheit hervor, die der Feind jeglichen Lichtes ist. Ungwe Lianti, die Netzespinnerin, nannten sie die Eldar, auch Wirilóme oder Weberin der Düsternis; und die Noldor sprechen von ihr als Ungoliont, der Spinne, oder Gwerlum, der Schwarzen.

Zwischen Melko und Ungwe Lianti indes herrschte von Beginn an Freundschaft, als sie ihn und seine Gefärten auf deren Streifzug durch ihre Höhlen entdeckte, doch sobald die Weberin der Düsternis den Schatz erblickte, hungerte sie nach dem strahlenden Licht der Edelsteine.

Melko, der die Noldoli beraubt und Leid und Verwirrung in das Reich von Valinor gebracht hatte, ersann nun einen Plan, finsterer und unergründlicher als den vorigen, um seine Macht zu vergrößern; darum bietet er Ungwe, da er die Gier in ihren Augen sieht, den ganzen Schatz an, mit Ausnahme der drei Silmaril, wenn sie ihm bei seinem neuen Vorhaben helfe. Das sagt sie ihm bereitwillig zu, und so gelangte der gesamte Schatz prächtiger Gemmen, schöner als alle Edelsteine, welche die Welt je gesehen hat, in die niederträchtige Hut Wirilómes, wurde eingesponnen in Netze aus Düsternis und tief verborgen in den Höhlen der östlichen Hänge der hohen Berge, welche die Südbegrenzung von Eruman bilden.

Weil sie wähnen, daß jetzt die rechte Zeit zum Losschlagen sei, da Valinor noch in Aufruhr ist und Aule und Tulkas die Lücke in den Bergen noch nicht versperrt haben, krochen Melko und Wirilóme nach Valinor, verbargen sich in einem Tal in den Vorgebirgen und warteten, bis Silpion in Blüte stand; doch während der ganzen Zeit wob die Weberin der Düsternis ihre lichtlosen Schleier und Schatten, in denen böse Zauber hausten. Diese läßt sie hinabfließen, so daß sich über die ganze westliche Ebene Valinors statt des zarten Silberlichtes von Silpion nun eine trübe unbestimmte Dunkelheit ausbreitet, in der schwache Lichter glimmen. Dann hüllt sie sich und Melko in schwarze Mäntel, die unsichtbar machen, und sie schleichen über die Ebene, so daß die Götter sich verwundern und die Elben von Kôr sich ängstigen; gleichwohl argwöhnen sie bis jetzt nicht, daß Melko dabei die Hand im Spiel haben könnte, sondern glauben, Osse sei am Werk, der zuweilen mit seinen Stürmen dichte Wolken von Nebel und Dunkelheit hervorrief, die, von den Schattenmeeren herbeischwebend, sogar die reinen Lüfte von Valinor durchdrangen; obgleich er sich dadurch den Zorn Ulmos und Manwes zuzog. Da sandte Manwe eine leichte westliche Brise aus, wie er es normalerweise zu solchen Zeiten tat, um alle Meeresdünste nach Osten zurück übers Meer zu blasen, doch diesmal vermochte der sanfte Wind nichts gegen das dichte klebrige Nachtgespinst, das Wirilóme weit draußen gewoben hatte. So geschah es denn, daß Melko und die Spinne der Nacht unbemerkt zu den Wurzeln Laurelins gelangten, und Melko, all seine gottähnliche Kraft aufbietend, stieß ein Schwert in seinen schönen Wurzelstock; gewiß hätten ihn die feurigen Strahlen, die hervorschossen, ebenso verzehrt wie sein Schwert, hätte nicht die Weberin der Düsternis sich niedergeworfen und das Licht durstig aufgeschleckt, ja sie preßte sogar ihre Lippen auf die Wunde in der Rinde des Baums und raubte ihm saugend Leben und Kraft.

Ein verhängnisvolles Geschick wollte es, daß diese Tat nicht sogleich bemerkt wurde, denn es war die Zeit, in der Laurelin gewöhnlich in tiefster Ruhe lag; und nun, o Jammer, würde er nie mehr erwachen zum Glanz und die Gesichter der Götter in Schönheit und Freude erstrahlen lassen. Weil sie so viel Licht getrunken hatte, wallte plötzlich Übermut in Gwerlums Herz auf, sie mißachtete Melkos Warnungen, ließ sich vielmehr nahe den Wurzeln Silpions nieder und spie unheilvolle Dämpfe von Nacht aus, die wie Flüsse aus Schwärze bis vor die Tore von Valmar strömten. Nun nimmt Melko die Waffe, die ihm geblieben war, ein Messer, und will die verbleibende Zeit nutzen, den Stamm von Silpion nach Kräften zu verletzen; doch ein Gnom, Daurin (Tórin) genannt, der voll böser Ahnungen von Sirnúmen herbeikommt, erblickt ihn und stürzt laut schreiend auf ihn los. So rasch vollzog sich der Angriff des ungestümen Gnomen, daß er, ehe Melko es gewahr wird, Wirilóme einen Schlag versetzt hat, die in Gestalt einer Spinne über die Erde kriecht. Nun war die scharfe Klinge, die Daurin führte, in der Schmiede Aules gefertigt und in *miruvor* getaucht worden, sonst hätte er gegen dieses geheimnisvolle Geschöpf nichts ausrichten können; so aber schlägt er eines ihrer mächtigen Beine ab, und seine Klinge wird mit ihrem schwarzen Blut besudelt, einem tödlichen Gift für alles, das vom Licht lebt. Da windet sich Wirilóme und wirft einen Faden über ihn, daß er sich nicht befreien kann, und Melko ersticht ihn unbarmherzig. Dann entreißt er die strahlende scharfe Klinge dem Griff der sterbenden Hand und stößt sie tief in Silpions Stamm, und das Gift in Gwerlums schwarzem Blut ließ den reinen Lebenssaft und die Kraft des Baumes verdorren, und jäh welkte sein Licht zu einem trüben Glühen, verloren in undurchdringlicher Finsternis.

Darauf wandten sich Melko und Wirilóme zur Flucht, keinen Augenblick zu früh, denn einige, die Daurin gefolgt und Zeuge seines traurigen Schicksals gewesen waren, flohen entsetzt nach Kôr und Valmar, wie von Sinnen durch die Dunkelheit stolpernd, aber die Valar reiten bereits mit größter Geschwindigkeit hinaus auf die Ebene, doch zu spät, um die Bäume zu schützen, die sie nun in Gefahr wissen.

Nun bestätigen sich die Befürchtungen der Noldoli, sie erkennen, daß Melko wirklich der Urheber des Unheils ist, und sie haben nur noch den einen Wunsch, ihn und seine Mittäter zu ergreifen, bevor sie hinter den Bergen verschwinden können.

Tulkas führt diese große Jagd an, sicheren Fußes durch die Dämmerung eilend, und Orome kann mit ihm nicht Schritt halten, denn selbst sein göttliches Reittier kann sich nicht so ungestüm in die umfangende Nacht stürzen wie Poldórea in der Hitze seines Zorns. Ulmo vernimmt das Geschrei in seinem Hause in Vai, und Osse erhebt sein Haupt über die Oberfläche der Schattenmeere, und als er kein Licht mehr durch das Tal von Kôr fallen sieht, springt er auf den Strand von Eldamar und eilt hinzu, um sich den Ainur auf ihrer Verfolgung anzuschließen. Nun ist der einzige helle Ort, der Valinor geblieben ist, jener Garten, wo aus Kulullin die goldene Quelle entsprang, und da weinen Vána und Nessa und Urwen und viele Mädchen und Frauen der Valar, doch Palúrien umgürtet ihren ungeduldigen Gemahl mit dem Schwert, und Varda ist an der Seite ihres Gatten vom Taniquetil herabgeritten und trägt als Fackel einen strahlenden Stern vor ihm her.

Auch Telimektar, Sohn des Tulkas, ist unter diesen Edlen, und sein Antlitz und seine Waffen leuchten wie Silber in der Dunkelheit, doch weil nun die Götter und ihre Gefolge in alle Richtungen reiten und einige Fackeln in den Händen halten, ist die ganze Ebene erfüllt von schwachen wandernden Lichtern und vom Klang der Stimmen, die in der Dunkelheit widerhallen.

Kaum ist Melko verschwunden, trifft eine Vorhut der Verfolger bei den Bäumen ein, und die Valar wollen beinahe verzagen angesichts der Verwüstung, die sie dort erblicken; doch nun werden Melko und einige seiner Gefährten, einstmals Kinder Mandos', von Ungwe getrennt, die, in Nacht gehüllt, sich nach Süden wendet und über die Berge zu ihrer Behausung gelangt, ohne daß die Verfolger ihr je nahekommen; doch die anderen fliehen mit großer Schnelligkeit nach Norden, wo Melkos Gefährten sich in den dortigen Bergen auskennen und zu entrinnen hoffen. Dort gelangten sie schließlich an einen Ort, wo die Schleier der Schatten dünn waren, und eine versprengte Schar der Vali, darunter Tulkas, erspähte sie. Gewiß wäre es auf der Ebene zwischen Tulkas und Melko zum Kampf gekommen, wäre nicht die Entfernung zu groß gewesen; und just als Tulkas' Speer Melko hätte erreichen können, hüllte ein Nebelfeld die Flüchtenden aufs neue ein, und das Hohngelächter Melkos schien erst von der einen, dann von der anderen Seite zu kommen, nun aus unmittelbarer Nähe, dann aus weiter Ferne, und Tulkas fuhr wild umher, und Melko schlüpfte fort.

Da ritten Makar und Meásse in großer Eile mit ihrem Gefolge nach Norden, weckten Mandos und befahlen, die Gebirgspfade zu bewachen, doch entweder kam Makar zu spät oder Melkos Verschlagenheit spielte ihm einen Streich – und Makars Verstand war nicht der schärfste, denn sie bekamen nicht das geringste von Melko zu Gesicht, obgleich er mit Sicherheit auf diesem Wege entkam und später viel Unheil in der Welt anrichtete. Doch niemanden gibt es, den ich je habe erzählen hören, wie ihm seine gefährliche Flucht gelang, zurück in die Eiskönigreiche des Nordens.«

Anmerkungen

[1] Vgl. S. 169f.

[2] *Lirillo* erscheint in der auf S. 135 erwähnten Liste mit Beinamen der Valar als ein Name von Salmar-Noldorin.

[3] »Vater Feanors« ist die endgültige Lesart nach langem Schwanken zwischen »Sohn Feanors« und »Bruder Feanors«.

[4] Zur Errichtung der Berge von Valinor holte man Felsen und Steine aus Arvalin (Eruman); vgl. S. 107.

[5] »Großvater Feanors« ist eine Verbesserung aus »Sohn Feanors«; vgl. Anmerkung 3.

[6] Nach »Kunstwerke« stand im Manuskript der folgende Satz, der durchgestrichen wurde: »welche die Götter, wenn es ihnen gefiele, innerhalb einer Stunde schaffen könnten« – dieser Satz ist, für sich genommen, ebenso bemerkenswert wie die Tatsache seiner Tilgung.

[7] Von »vor den Toren von Valmar« bis »doch unbeeindruckt trug der Gesandte seine Botschaft vor« ist der Text rund um die kleine Weltkarte geschrieben, die auf S. 122 wiedergegeben und beschrieben wurde.

[8] Dieser Teil des Manuskripts besteht aus einzelnen, gesonderten Passagen mit Verweisen; es scheint am wahrscheinlichsten, daß dieser Satz an diese Stelle gehört.

[9] Punkte im Original.

[10] »später« ist eine Verbesserung aus »früher«. Am Rand ist der Satz mit einem Fragezeichen versehen.

Veränderungen der Namen

Ellu Melemno < *Melemno* (in Kapitel V, S. 174, ist *Ellu* der Anführer der Solosimpi).

Sirnúmen < *Numessir* (erscheint zu Anfang zweimal; in der Folge war *Sirnúmen* die zuerst geschriebene Form).

Eruman < *Harmalin* (S. 208; 218) < *Habbanan* (S. 217).

Arvalin < *Harvalien* < *Habbanan* (S. 208) < *Harvalien* < *Harmalin* (S. 210); *Arvalien* wurde so zuerst geschrieben auf S. 212.

Bruithwir ersetzt einen älteren Namen, wahrscheinlich *Maron*.

Bruithwir go-Maidros < *Bruithwir go-Feanor. go-* ist ein Vatersname mit der Bedeutung »Sohn von«. Vgl. oben, Anmerkungen 3 und 5.

Móru Dieser Name könnte auch als *Morn* gelesen werden (vgl. Anhang der Namen). Er ersetzt hier einen anderen Namen, vermutlich *Mordi.*

Ungoliont < *Gungliont.*

Daurin (Tórin) Die ursprüngliche Schreibweise beim ersten Auftauchen lautete *Feanor,* geändert in *Daurlas ... mit Feanor verwandt.* Im folgenden ist *Daurin* aus *Feanor* verbessert.

Kommentar

Die Geschichte der Verführung der Noldoli durch Melko wurde schließlich gänzlich anders erzählt; denn im *Silmarillion* erhebt sich der Streit zwischen Finwes Söhnen Feanor und Fingolfin (S. 80), wovon sich in der vorliegenden Geschichte keine Spur findet; hier ist Feanor nicht der Sohn Finwe Nólemes, sondern der eines gewissen Bruithwir. Das Hauptmotiv in der späteren Geschichte – Melkors Verlangen nach den Silmaril (*Das Silmarillion,* S. 79) – wird hier lediglich durch eine Gier nach den Gemmen der Noldoli überhaupt repräsentiert; es ist in der Tat eine bemerkenswerte Eigenart der ursprünglichen Mythologie, daß, obgleich die Silmaril bereits existieren, diese von relativ geringer Bedeutung waren. Eine wesentliche Übereinstimmung mit der späteren Geschichte liegt darin, daß es die Noldoli waren, gegen die sich Melkos Angriff richtet, und daß sich die von ihm verwendeten Argumente sehr ähneln: die Einschließung der Elben in Valinor durch die Valar und die ausgedehnten Reiche im Osten, die rechtmäßig die ihren waren – doch bemerkenswerterweise fehlt in Melkos Worten jeder Hinweis auf die Ankunft der Menschen: dieses Element wird später und auf ganz andere Weise in die Geschichte eingeführt, und zwar durch Manwe selbst (S. 175 f.). Darüber hinaus erwächst die eigentümliche Verbindung der Noldoli mit dem bösen Vala aus dessen Gier nach den Gemmen: Im *Silmarillion* (S. 79) wandten sich die Noldor zwecks Unterweisung an ihn, wogegen die anderen Stämme sich von ihm fernhielten.

Von diesem Punkt an weichen die beiden Erzählungen völlig voneinander ab: Im *Silmarillion* offenbarte sich das geheime Böse in Melkor im Zusammenhang mit dem Streit der noldorischen Prinzen; hier dagegen ist es die Besorgnis, die Finwe Nóleme wegen der Unruhe seines Volkes empfindet, die zur Enthüllung führt. Die spätere Geschichte ist natürlich stärker, weil Melkor von den Valar als erklärter Feind gesucht wurde, sobald seine Machenschaften ans Licht gekommen waren (obgleich er entkam); dagegen wird ihm in der vorliegenden Geschichte, obwohl es keines weiteren Beweises mehr bedarf, daß er mitnichten gebessert ist, lediglich aufgetragen, sich zu entfernen und in Mandos über alles nachzudenken. Der Keim der Geschichte im *Silmarillion,* wonach Feanor nach Formenos verbannt und von Finwe begleitet wurde, ist vorhanden, obgleich hier dem gesamten Volk der Noldoli befohlen wird, Kôr zu verlassen und sich in das zerklüftete Tal nach Norden zu begeben, wo der Fluß Híri unter der Erde verschwand; es scheint, als sei dieser Befehl seitens Manwes weniger eine Bestrafung gewesen als eine Vorsichts- oder Schutzmaßnahme.

Im Zusammenhang mit dem Ort der Verbannung der Noldoli, hier *Sirnúmen* genannt, sei erwähnt, daß es in einer einzelnen Anmerkung in dem kleinen auf S. 35f. erwähnten Buch heißt: »Der Fluß im zweiten felsigen Wohngebiet der Gnomen in Valinor wurde *kelusindi* und dessen Quelle *kapalinda* genannt.«

Sehr bemerkenswert ist die Passage (S. 202), wo es von Manwe heißt, er habe gewußt, daß »die Elben Kinder der Welt waren und eines Tages in ihren Schoß zurückkehren mußten«. Wie ich bereits angemerkt habe (S. 123), wird »die Welt« des öfteren mit den Großen Landen gleichgesetzt, wie auch in der vorliegenden Geschichte, doch ist mir nicht klar, ob das hier mit voller Absicht geschah. Ich neige zu der Ansicht, daß in dieser Passage gesagt werden soll, am »Großen Ende« könnten die erdgebundenen Eldar nicht gemeinsam mit den Valar und den Geistern, die »vor der Erschaffung der Welt geboren« waren (S. 101), in die Gefilde zurückkehren, aus denen sie gekommen waren (vgl. den Schluß der *Musik der Ainur;* S. 93).

Was die Beschreibung des Diebstahls der Edelsteine betrifft, ist die Struktur dieser Erzählung wiederum völlig von der in der späteren Geschichte verschieden. Dort werden Melkors Angriff auf die Noldor von Formenos, der Diebstahl der Silmaril und der Mord an Finwe *nach* seinem Treffen mit Ungoliant im Süden und der Zerstörung der Zwei Bäume ausgeführt; Ungoliant war mit ihm in Formenos. In der frühesten Version findet sich auch kein Hinweis auf Melkos früheren Besuch in Formenos (*Das Silmarillion,* S. 83), nach dem er den Calacirya überquerte, nach Norden die Küste hinaufzog und später insgeheim nach Avathar (Arvalin, Eruman) zurückkehrte, um Ungoliant aufzusuchen.

Andererseits bot das große Fest bereits Melko die Gelegenheit, die Silmaril aus den Wohnungen der Noldoli zu stehlen, obgleich das Fest als eine Gedächtnisfeier einen völlig anderen Charakter hatte (vgl. *Das Silmarillion,* S. 86f.), und es war ein notwendiger Teil des Plans, daß die Solosimpi daran teilnahmen (im *Silmarillion* sangen »nur die Teleri jenseits der Berge ... noch an den Ufern des Meeres, denn sie kümmerten sich wenig um Ernten und Jahreszeiten und machten sich keine Gedanken über die Sorgen der Herrscher von Arda ...«; S. 87).

Weder von Melkos düsteren Mittätern aus Mandos (von denen einige »einstmals Kinder Mandos'« gewesen sein sollen, S. 221) noch vom Raub der Pferde Oromes findet sich später eine Spur; und während es hier von Melko heißt, er habe Valinor über die Pässe der nördlichen Gebirge verlassen wollen, sich jedoch anders besonnen (was zu der Überlegung führt, welches Schicksal Valinor beschieden gewesen wäre, hätte er sich anders entschieden), so ist in der späteren Geschichte sein Zug nach Norden ein Ablenkungsmanöver. Doch es ist interessant zu beobachten, daß der ursprünglich zugrundeliegende Gedanke einer Bewegung nach Norden und dann nach Süden nie aufgegeben wurde, wenn er auch an einem anderen Punkt der Erzählung eingebaut wird und eine andere Begründung erfährt.

Interessant ist auch das Auftauchen der Vorstellung, daß ein enger Verwandter Feanors – nach langem Schwanken zwischen Bruder und Sohn war es schließlich Feanors Vater – von Melko in den Wohnstätten der Noldoli, Sirnúmen (Vorläufer von Formenos), getötet wurde; aber der Vater wurde schon damals mit dem Herrn der Noldoli gleichgesetzt.

In dieser Passage finden sich ein paar weitere geographische Hinweise. Die Zwei Bäume standen nördlich von der Stadt Valmar (S. 205), wie auch aus der Karte hervorgeht (S. 122); und, wiederum in Übereinstimmung mit der Karte, die Großen Lande und die Äußeren Lande stießen im hohen Norden fast aneinander (S. 208). Höchst bemerkenswert: die Lücke in den Bergen von Valinor, die auf der Karte eingezeichnet ist und die ich mit dem Buchstaben *e* gekennzeichnet habe, findet jetzt ihre Erklärung: der »Einschnitt in den Bergen«, durch den Melko und sein Gefolge aus Valinor nach Arvalin-Eruman flohen, war eine Lücke, die Tulkas und Aule zur Zeit der Errichtung der Gebirge offengelassen hatten, damit sie selbst nach Valinor gelangen konnten (S. 208).

Von dem folgenden Teil der Geschichte (S. 209) ist fast nichts weiter verwendet worden. Manwes Strafpredigt an die Noldoli verschwand (aber ein wenig von ihrem Inhalt findet sich in kurzer Form an anderer Stelle später wieder: »Die Noldor begannen gegen [die Valar] zu murren, und viele wurden stolz und vergaßen, wie vieles, das sie nun besaßen und wußten, als Geschenk der Valar an sie gekommen war«; *Das Silmarillion,* S. 80). Es ist bemerkenswert, daß Manwe Feanors Vater Bruithwir bei seinem Vatersnamen *go-Maidros* nennt: obgleich der Name *Maidros* in der Folge der von Feanors ältestem Sohn und nicht der seines Großvaters sein sollte, war er vom ersten Entwurf an mit den »Feanorern« verbunden. Später findet sich keine Spur von der seltsamen Geschichte vom abtrünnigen Diener Mandos', der den Valar die schändliche Botschaft Melkos überbrachte und der in offenem Ungehorsam gegen Manwe durch den unbezähmbaren Tulkas vom Taniquetil zu Tode gestürzt wurde; ebenfalls verschwunden ist die Geschichte von Sorontur, der als Bote der Götter zu Melko gesandt wurde (es wird nicht erklärt, wie Sorontur ihn fand). Hier heißt es, daß später »Sorontur und sein Volk in die Eisenberge zogen, dort hausten und alles beobachteten, was Melko tat«. Ich habe im Kommentar zur *Einkerkerung Melkos* (S. 163) gesagt, daß die Eisenberge, angeblich südlich von Hisilóme (S. 148; 172), dort dem späteren Schattengebirge *(Ered Wethrin)* entsprechen. Andererseits schafft sich Melko in der *Geschichte von Sonne und Mond* nach seiner Flucht aus Valinor »neue Behausungen in dem Landstrich des Nordens, wo die Eisenberge stehen, sehr hoch und schrecklich anzuschauen« (S. 250); und in der ursprünglichen *Geschichte von Turambar** heißt es, daß Angband unterhalb der nördlichsten Festungen der Eisenberge lag und diese Berge ihren Namen nach den »Eisenhöllen« erhielten, die unter ihnen lagen. Die Aussage in der vorliegenden Geschichte, daß Sorontur von seinem Horst in den Eisenbergen »alles beobachtete, was Melko tat«, schließt offenbar ebenfalls ein, daß Angband unter den Bergen lag; und die Geschichte, daß Sorontur (Thorondor) seine Horste auf den Thangorodrim hatte, ehe er sie nach Gondolin verlegte, blieb lange in der »Silmarillion«-Tradition (vgl. *Nachrichten aus Mittelerde,* S. 63 und dazu Anmerkung 25). Es gibt also offensichtlich einen widersprüchlichen Gebrauch des Begriffs »Eisenberge« innerhalb der *Verschollenen Geschichten;* es sei denn, man setzte voraus, daß dieses Gebirge als ein zusammenhängender Gebirgszug konzipiert war, dessen südliche Ausläufer (die späteren Schattenberge) die Südgrenze von Hisilóme bildeten, während die nördlichen Berggipfel, oberhalb Angband liegend, der ganzen Gebirgskette ihren Namen gaben. Der Beweis für diese These wird später folgen.

In der ursprünglichen Geschichte wurde den Noldoli aus Sirnúmen (durch Fürsprache Aules) die Erlaubnis erteilt, nach Kôr zurückzukehren, doch der verbitterte Feanor blieb dort mit wenigen anderen zurück; und damit finden wir die Situation der späteren Geschichte vor – die Noldor in Tirion, aber Feanor in Formenos, wobei das Element von Feanors Verbannung und seiner unerlaubten Rückkehr zur Stadt der Elben fehlt. Freilich muß auf einen grundsätzlichen Unterschied hingewiesen werden: im *Silmarillion* (S. 73) hatten die Vanyar Tirion längst verlassen, um auf Taniquetil oder in Valinor Wohnung zu nehmen; hiervon findet sich in der alten Geschichte keine Spur; und natürlich gibt es den zentralen strukturellen Unterschied zwischen der frühen und der späten Geschichte – als Feanors Aufruhr stattfindet, strahlen noch die Bäume in Valinor.

---

* Der eigentliche Titel dieser Geschichte ist: *Die Geschichte von Turambar und dem [Drachen] Foalóke.*

In der Geschichte scheint nach dem Verlust der Schätze der Noldoli eine geraume Zeit zu verstreichen, in der sie mit verminderter Freude aufs neue an die Arbeit gingen und Feanor vergeblich versuchte, die Silmaril neu zu erschaffen. Dieses Element mußte natürlich in der späteren, erheblich strafferen Erzählung verschwinden, in der Feanor (der sich weigert, den Valar die Silmaril zur Heilung der Bäume auszuhändigen und noch nicht weiß, daß Melkor sie gestohlen hat) weiß, daß sein Versuch, sie neu zu erschaffen ebenso vergeblich sein wird wie der von Yavanna, die Bäume zu erneuern.

Der Bote Feanors und anderer Noldoli, der von Manwe forderte, die Götter sollten sie in die Großen Lande zurückschaffen, wurde gestrichen und damit auch Manwes bemerkenswerte Mitteilung über die Ankunft der Menschen – und seine ausdrückliche Abneigung, die Eldar in »die Welt« zurückkehren zu lassen, solange die Menschen noch im Stand der Unmündigkeit waren. Nichts davon wird Manwe im *Silmarillion* zugesprochen (und es fehlt auch jeder Hinweis darauf, daß Manwes Wissen so groß war); in der alten Geschichte sind es gerade Manwes Beschreibung der Menschen und sein rücksichtsvolles Verlangen ihnen gegenüber, die Feanor Anlaß zu seinen rhetorischen Ausfällen gegen diese und seinen Behauptungen über die wahren Beweggründe der Valar, die Eldar nach Valinor zu bringen, den starken Akzent geben; im *Silmarillion* (S. 79) gehören diese zu den Lügen Melkors. (Ich habe bereits angemerkt, daß sich in Melkors Ansprache an die Noldoli kein Hinweis auf das Kommen der Menschen findet.)

Ein ansonsten unbekanntes Element der *Musik der Ainur* wird in Manwes Worten deutlich: daß »die Welt am Ende für lange Zeit unter das Szepter der Menschen kommen« werde. In der ursprünglichen Version finden sich verschiedene bezeichnende Hinweise darauf, daß alles vorherbestimmt war: so wird die Eifersucht der Elben und Menschen als ein vielleicht notwendiger Teil der Entfaltung der Geschichte der Welt betrachtet; und an einer früheren Stelle (S. 202) wird gefragt: »Fürwahr, wer konnte sagen, ob nicht all dies, sogar die scheinbar nutzlose Bosheit Melkos, nicht Teil der ursprünglichen Bestimmung war?«

Doch trotz aller radikaler Veränderungen in der Geschichte blieb die charakteristische Note der Beredsamkeit Feanors erhalten; seine Ansprache an die Noldoli von Kôr weist den gleichen Duktus auf wie seine Rede bei Fackelschein an die Noldor von Tirion (*Das Silmarillion,* S. 94 f.).

An der Geschichte von Melko und Ungoliont wird klar, daß wesentliche Elemente von Anfang an vorhanden waren: die Ungewißheit über ihre Herkunft, ihr Aufenthalt in den verlassenen Gebieten im Süden der Äußeren Lande, ihr Aufschlecken von Licht zur Schaffung von Geweben aus Dunkelheit; ihr Bündnis mit Melko, wie er sie mit den von den Noldoli gestohlenen Gemmen belohnte (obgleich dies später anders erzählt wurde) und wie Melko die Bäume durchbohrte und Ungoliant das Licht aufsog; und die große Verfolgungsjagd der Valar zu Pferde, die wegen Dunkelheit und Nebel erfolglos blieb und es Melko ermöglichte, über die nördlichen Wege aus Valinor zu entfliehen.

Innerhalb dieses Ablaufs gibt es wie fast immer viele Unterschiede zwischen der ersten Geschichte und den späteren Versionen. Im *Silmarillion* (S. 85) begab sich Melkor nach Avathar, weil er wußte, daß Ungoliant dort hauste, wogegen sie ihn in der frühen Fassung dort findet, als er umherirrt und nach einem Fluchtweg sucht. In der Geschichte ist ihre Herkunft unbekannt, und obgleich dieses Element sich, wie gesagt, im *Silmarillion* erhalten hat (»Die Eldar wußten nicht, woher sie kam . . .« S. 85), wird in Wirklichkeit durch den Kunstgriff (». . . manche haben gesagt«) eine eindeutige Erklärung geliefert: Sie war ein Wesen, das »er gleich zu Anfang verführte, ihm zu dienen« (ebd.). Die ursprüngliche Vorstellung von einer »urweltlichen Geisterfrau Móru« (S. 217) wird durch einen Eintrag in der frühen Wörterliste der gnomischen Sprache deutlich, wo *Muru* erklärt wird als »ein Name der Urweltlichen Nacht, personifiziert in Gewerlum oder Gungliont«.*

Der frühen Geschichte mangelt eindeutig die erzählerische Qualität, mit der im *Silmarillion* der Abstieg Melkors und Ungoliants vom Berg Hyarmentir in die Ebene von Valinor beschrieben wird; und dort fand zu dieser Zeit auch gerade das große Fest der Valar und Eldar statt, das hier längst vorbei ist. Im *Silmarillion* erfolgte der Angriff auf die Bäume zur Zeit der »Vermischung der Lichter« (S. 88), wogegen hier Silpion in voller Blüte war; und im Detail ist die Beschreibung der Zerstörung der Bäume, bedingt durch die Anwesenheit des Gnomen Daurin, ganz anders ausgeführt (er verschwand später spurlos). So wird in der alten Geschichte nicht ausdrücklich gesagt, daß Ungoliont das Licht Silpions trank, sondern nur, daß der Baum durch das Gift an Daurins Schwert starb, mit dem Melko den Stamm durchbohrte; und im *Silmarillion* (S. 88) begab sich Ungoliant »zu Vardas Brunnen und trank sie leer«. Es ist verwirrend, daß der Gnom zuerst Feanor hieß. Es könnte scheinen, daß mein Vater zumindest eine Zeitlang vorhatte, daß Feanor in der Geschichte der Noldoli in den Großen Landen keine Rolle spielen sollte; doch in den Entwürfen für eine spätere Geschichte (S. 331) starb er in Mithrim. In dieser Passage taucht erstmals *miruvor* auf, in einer frühen Qenya-Wörterliste erklärt als »Nektar, Getränk der Valar«; man vergleiche damit *The Road Goes Ever On,* S. 61, wo es heißt, dies sei der Name, den die Valar dem Getränk gaben, das bei ihren Festen getrunken wurde, vergleichbar dem Nektar der Götter des Olymps.

Der wichtigste Unterschied zwischen den beiden Erzählungen besteht darin, daß Ungoliont umgehend zu ihrer Behausung im Süden zurückkehrte; es fehlt

---

* Ursprünglich: *Gungliont* (S. 223), jedoch zu *Ungoliont* verändert.

also in der Erzählung der *Verschollenen Geschichten* die gesamte aus dem *Silmarillion* (S. 92f.) bekannte Geschichte: der »Streit der Diebe«, die Rettung Melkors durch die Balrogs und Ungoliants Eindringen nach Nan Dungortheb; die Auslieferung der Gemmen der Noldoli an Ungoliont findet in der frühen Version bei ihrem ersten Zusammentreffen mit Melko statt – im *Silmarillion* besaß er sie zu dieser Zeit nicht, denn der Angriff auf Formenos hatte noch nicht stattgefunden.

VII. DIE FLUCHT DER NOLDOLI

Es gibt keinen Bruch in Lindos Erzählung, die in der gleichen Form, hastig mit Bleistift geschrieben, weitergeführt wird (nun in einem neuen Notizbuch ähnlich den anderen und ohne erkennbaren Einschnitt in der Erzählung). Doch habe ich es für angebracht gehalten, mit einem neuen Kapitel oder einer neuen »Geschichte« fortzufahren, deren Titel wiederum der des Umschlags ist.

»Gleichwohl, die Götter gaben die Hoffnung nicht auf, sondern trafen viele Male unter dem zerstörten Baum Laurelin zusammen, und von dort brachen sie auf, durchstreiften aufs neue unermüdlich das Land von Valinor, getrieben vom brennenden Verlangen, die Wunden zu rächen, die ihrem lieblichen Reich zugefügt worden waren; und auf ihr Gebot halfen ihnen nun die Eldar bei ihrer Jagd, die nicht nur in der Ebene sich vollzieht, sondern sich mühevoll auch auf die Hänge der Gebirge erstreckt, denn aus Valinor gibt es kein Entkommen nach Westen, wo die kalten Wasser der Äußeren Meere sich ausbreiten.

Feanor aber steht auf dem Platz bei Inwes Haus im höchsten Kôr, will keine Ruhe geben und schreit hinaus, alle Noldoli sollten sich um ihn versammeln und ihm zuhören, und viele von ihnen kommen, schwach leuchtende Fackeln tragend, so daß der Ort von einem fahlen Licht erhellt ist, wie es nie zuvor diese weißen Mauern beschienen hat. Als sie nun alle dort versammelt sind und Feanor gewahrt, daß bei weitem die meisten von ihnen dem Stamm der Noldor angehören,[1] treibt er sie an, nun diese Dunkelheit und Verwirrung und Erschöpfung der Götter zu nutzen, um das Joch abzuwerfen – denn so nannte er in seiner Verblendung die segensreichen Tage in Valinor –, von hier fortzuziehen und mitzunehmen, was ihnen beliebte und wonach sie gelüstete. ›Wenn eure Herzen zu kleinmütig sind, mir zu folgen, wahrlich, so werde ich, Feanor, allein in die große und zaubervolle Welt gehen, die Steine zu suchen, die mein eigen sind, und dort werden mir vielleicht viele prächtige und merkwürdige Abenteuer widerfahren, deren ein Kind Ilúvatars würdiger ist als ein Knecht der Götter.‹[2]

Da gibt es eine mächtige Bewegung unter jenen, die ihm auf der Stelle folgen wollen; und obgleich der weise Nóleme gegen diese Eile spricht, wollen sie nicht auf ihn hören, und der Aufruhr wird immer ungestümer. Wiederum bittet Nóleme sie, zumindest einen Boten zu Manwe zu schicken, um geziemend Abschied zu nehmen und vielleicht sein Wohlwollen und seinen Rat für ihre Reise zu erlangen, doch Feanor überredet sie, sogar diesen Rat zu kluger Mäßigung in den Wind zu schlagen; dies zu tun, sagt er, komme einem Kniefall gleich, und Manwe werde ihren Auszug verbieten und sie daran hindern. ›Was ist Valinor für uns‹, sagten sie, ›nun, da sein Licht so klein geworden ist? Ebenso lieb und noch lieber ist uns die schrankenlose Welt.‹ Darauf bewaffnen sie sich nun nach bestem Vermögen – denn in jenen Tagen machten sich weder die Elben noch die Götter zu viele Gedanken über Waffen –, und einen Vorrat an Edelsteinen luden sie sich auf und Kleider; doch all die Bücher ihrer Gelehrsamkeit ließen sie zurück, und tatsächlich fand sich nichts darin, was nicht die weisen Männer unter ihnen fest im Gedächtnis hatten. Nóleme aber, der erkannte, daß sein Rat nicht verschlug, wollte von seinem Volk nicht getrennt werden, ging mit ihnen und half ihnen bei all ihren Vorbereitungen. Dann stiegen sie beim Schein der Fackeln den Hügel von Kôr hinab, zogen in Eile den Bach hinunter, wanderten weiter an den Ufern des Meeresarms entlang, den hier das Schattenmeer tief ins Land hineintreibt, bis an die Hügel, und fanden am Gestade die Wohnungen der Solosimpi.

Der nächste kurze Textabschnitt wurde später durchgestrichen, die Worte »Die Schlacht von Kópas Alqalunten einfügen« wurden quer darübergeschrieben, und ein Beiblatt trat an seine Stelle. Der gestrichene Abschnitt lautet:

Die meisten Männer dieses Volkes waren mit den Göttern losgezogen, um Melko aufzuspüren, doch die Noldoli überredeten einige der Daheimgebliebenen, ihr Los mit ihnen zu teilen, wie es bereits einige Teleri getan hatten; doch von den Inwir wollte niemand ihrem Aufruf folgen. Da ihre Schar nur aus ebensovielen Mädchen und Frauen wie Männern und Knaben bestand (obgleich viele, vor allem die kleinen Kinder, in Kôr und Sirnúmen zurückgelassen worden waren), waren sie unsicher; und in dieser schwierigen Lage, von Sorgen zerrissen und wie von Sinnen, begingen die Noldoli jene Taten, die sie später aufs bitterste bereuten, denn durch diese kam schwere Unbill über sie, und selbst die Herzen ihrer Stammesgenossen wandten sich einige Zeit lang gegen sie.

Als sie nach Cópas kamen, wo ein stiller Hafen war, den die Solosimpi sehr liebten, bemächtigten sie sich aller Schiffe dieses Volkes; darauf schifften sie ihre Frauen und Kinder ein, und auch jene wenigen Solosimpi, die sich ihnen angeschlossen hatten, denn diese verstanden sich auf die Steuermannskunst. Und so marschierten sie denn endlos an der Küste entlang, die wilder und unwegsamer wurde, je mehr sie sich nach Norden zog, während die Flotte in geringer Entfernung vom Ufer neben ihnen herfuhr, und auf diese Weise, so ist mir erzählt worden, verließen die Noldoli Valinor; gleichwohl weiß ich über diese Dinge nichts genaues, und vielleicht gibt es Geschichten, die niemand aus dem Volk der Gnomen kennt, welche ausführlicher von den traurigen Geschehnissen berichten, die sich in jener Zeit zutrugen. Auch habe ich sagen hören

Der Einschub, der diese Passage ersetzt, ist sauber und sehr lesbar mit Tinte auf gesonderte Blätter geschrieben; über die Entstehungszeit kann ich freilich nichts sagen.

Der Sippenmord
(Schlacht von Kópas Alqalunten)

Die meisten Männer dieses Volkes waren mit den Göttern auf die Jagd gegangen, doch viele waren vor ihren Wohnstätten an den Küsten versammelt, und obwohl Furcht sich unter ihnen verbreitete, waren nicht wenige dennoch in ihren Häfen am Werk; der wichtigste unter diesen war einer, den sie Kópas nannten oder, mit vollem Namen, Kópas Alqalunte, Hafen der Schwanenschiffe.*

Schwanenhafen nun war wie ein Becken ruhigen Wassers, nur nach Osten und zum Meer hin öffnete sich der umschließende Felsring, und dort strömte das Meer hinein, so daß ein mächtiger Bogen gewachsenen Gesteins das Hafentor bildete. Dies war so gewaltig, daß, die größten ausgenommen, zwei Schiffe gleichzeitig hindurchfahren konnten, eines vielleicht auslaufend, ein zweites die stillen blauen Wasser des Hafens aufsuchend, ohne daß ihre Mastspitzen das Felsendach streiften. Hierher drang vormals wegen der Felsmauer nur wenig vom Licht der Bäume, und deshalb war der Hafen immer von einem Ring goldener Lampen erhellt, und auch Laternen gab es in vielen Farben, welche die Kais und die Landestege der einzelnen Häuser bezeichneten; doch durch den Bogen konnte man vielleicht in der Ferne die bleichen Wasser des Schattenmeeres erspähen, schwach erhellt vom Schein der Bäume. Überaus schön war dieser Hafen anzusehen, wenn die weißen Flotten schimmernd heimkehrten und die aufgerührten Wasser den gespiegelten Glanz der Lampen in tanzende Lichter zerspellten und ein seltsames Netz knüpften aus vielen glitzernden Fäden. Doch nun, da das Licht der Bäume schwächer wurde, lastete Düsternis auf diesem Ort, und alle Schiffe lagen still.

Von den Solosimpi mochte niemand auf die ungestümen Worte der Noldoli hören, wenige ausgenommen, die an zwei Händen abzuzählen waren; und so zogen die Noldoli traurig entlang der Gestade von Eldamar nach Norden, bis sie auf die Höhen der Klippen gelangten, von denen man auf Schwanenhafen hinabschaut, und dort hatten die Solosimpi einst gewundene Treppen in den Fels ge-

---

* Am Rand steht *Ielfethýp*. Dies ist Altenglisch und stellt die Übersetzung des elbischen Namens in Eriols eigener Sprache dar; das erste Element bedeutet ›Schwan‹ *(ielfetu);* das zweite (später ›*hithe*‹) bedeutet ›Hafen, Landeplatz‹.

hauen, die hinabführten zum Rand des Hafens. Von dort war der Weg nach Norden sehr zerklüftet und unheilvoll, und da die Noldoli fast ebensoviele Mädchen und Frauen wie Männer und Knaben bei sich hatten (obgleich viele, vor allem die Kinder in Kôr und Sirnúmen zurückgelassen worden waren, wobei viele Tränen vergossen wurden), waren sie jetzt unsicher; und in dieser schwierigen Lage, von Sorgen zerrissen und wie von Sinnen, begingen sie hier jene Taen, die sie später aufs bitterste bereuten – denn ihretwegen lastete das Mißfallen der Götter eine Zeitlang auf ihrem ganzen Volk, und sogar die Herzen der Eldalie wandten sich gegen sie.

Nun hört, was Feanor riet. Auf keinen Fall könne die Schar hoffen, so sagte er, ohne die Hilfe von Schiffen rasch an der Küste vorwärtszukommen. ›Und diese‹, fuhr er fort, ›müssen wir uns, wenn die Küsten-Elben sie uns nicht überlassen wollen, mit Gewalt nehmen.‹ Als sie nun zum Hafen hinabgestiegen waren, versuchten sie also die Schiffe zu besteigen, die dort lagen; zwar verweigerten die Solosimpi sie ihnen, mochten aber angesichts des großen Heeres der Gnomen nicht sogleich Widerstand leisten; aber ein neuer Zorn erwuchs dort zwischen Eldar und Eldar. So schifften denn die Noldoli alle ihre Frauen und Kinder ein und eine große Heerschar dazu, machten die Schiffe los und stachen mit zahllosen Rudern in See. Da entbrannte in den Herzen der Solosimpi große Wut, als sie sich der Schiffe beraubt sahen, die sie mit Geschick und in langer Arbeit geschaffen hatten; und darunter waren auch ein paar, welche die Götter vormals, wie berichtet worden ist, auf Tol Eressea erbaut hatten, wunderbare und zauberische Fahrzeuge, die ersten Schiffe, die es je gab. So erhob sich plötzlich eine Stimme aus ihrer Mitte: ›Niemals sollen diese Diebe den Hafen mit unseren Schiffen verlassen!‹ Und alle Solosimpi, die versammelt waren, liefen geschwind auf der Felswand entlang zum Hafentor, das die Schiffe durchfahren mußten, stellten sich dort auf und riefen den Gnomen zu, sie sollten umkehren; doch diese gaben nicht auf sie acht und verfolgten ihren Kurs, und die Solosimpi bedrohten sie mit Felsbrocken und spannten ihre elbischen Bogen.

Als sie dies sahen, und in der Meinung, der Kampf sei bereits entbrannt, eilten jene Gnomen, die nicht mit auf den Schiffen fahren konnten und an der Küste marschieren mußten, den Solosimpi nach, fielen in der Nähe des Hafentores unversehens über sie her, erschlugen sie grausam oder stürzten sie ins Meer; und so kamen zum erstenmal Eldar durch die Waffen ihrer eigenen Sippe um, und das war eine entsetzliche Tat. Groß war die Zahl der Solosimpi, die ihr Leben verloren, und auch von den Gnomen starben nicht wenige, denn schwer umkämpft war der Rückweg über die schmalen Pfade auf dem Grat der Klippe, und viele Küstenbewohner, welche den Kampfeslärm vernommen, hatten sich in ihrem Rücken zusammengeschart.

Schließlich aber ist alles vorüber, sämtliche Schiffe haben das offene Meer erreicht, und die Noldoli fahren davon, doch die kleinen Lampen sind zerbrochen, und im dunklen, totenstillen Hafen ist nur leises Weinen zu hören. Von dieser Art waren alle Werke, die Melko in dieser Welt vollbrachte.

Die Geschichten berichten nun, daß ein langes Zeitalter verstrich, während die Solosimpi weinten und die Götter die ganze Ebene von Valinor absuchten oder verzagt unter den zerstörten Bäumen saßen, und es war eine Zeit der Düsternis; und während dieser Zeit widerfuhr dem Gnomenvolk das allergrößte Unheil, und alle Unfreundlichkeit der Welt brach über sie herein. Denn einige marschierten endlos an der Küste entlang, bis Eldamar undeutlich und vergessen weit hinter ihnen lag, und je mehr sich der Weg nach Norden wandte, desto gefährlicher und unwegsamer wurde der Pfad, doch die Flotte fuhr dicht am Ufer neben ihnen her, und die Männer am Ufer konnten sie vielleicht des öfteren verschwommen in der Düsternis erspähen, denn in der rauhen See kamen die Schiffe nur langsam voran.

Doch von all den Leiden, die diesen Weg begleiteten, kenne ich nicht die ganze Geschichte, und niemand hat sie erzählt, denn es wäre eine unheilvolle Geschichte; und obwohl die Gnomen vieles über jene Zeiten ausführlicher berichten, als ich es vermag, lieben sie es nicht, bei den traurigen Geschehnissen jener Tage zu verweilen oder die Erinnerung daran heraufzubeschwören. Gleichwohl habe ich sagen hören*, daß sie niemals die entsetzliche Überquerung der Qerkaringa[3] unternommen hätten, wenn sie bereits der Erschöpfung, der Krankheit und der großen Müdigkeit unterworfen gewesen wären, die später, als sie fern von Valinor wohnten, ihr Los wurden. Noch machten die gesegneten Speisen und Getränke der Götter ihre Leiber kräftig, und sie waren auch fast Götter – aber *limpe* führten sie noch nicht mit sich, denn dieser Trank wurde den Feen erst viel später zuteil, als der Auszug der Befreiung unternommen wurde und alle Gebrechen der Welt sie befielen, die Melko mit seiner Gegenwart verpestete.«

»Ich bitte dich um Vergebung, wenn ich dich in deiner Geschichte unterbreche«, sagte Eriol, »aber was meinst du mit deinen Worten von der entsetzlichen Überquerung der Qerkaringa?«

»Wisse denn«, erwiderte Lindo, »daß die Küsten von Eldamar und jene, die nördlich des großen Hafens von Kópas sich fortsetzen, immer nach Osten verlaufen, so daß nach ungezählten Wegstunden, nördlicher noch als die Eisenberge und bereits an den Grenzen der Eisbezirke, ein westlicher Ausläufer der Großen Lande sie fast berührt und das Große Meer sich zu einem schmalen Sund verengt. Diese Meerenge zu durchfahren oder zu überqueren ist über die Maßen gefährlich, denn sie ist voll von tückischen Strömungen und Strudeln von entsetzlicher Kraft, und Inseln treibenden Eises schwimmen darin, die mit schrecklichem Getöse einander zermalmen oder zusammenstoßen und alles vernichten, ob große Fische oder Schiffe, was sich dorthin wagt. In jenen Tagen indes stieß, von dem westlichen Land bis beinahe an die östlichen Küsten reichend, eine schmale Zunge vor, doch sie bestand aus Eis

* Hier endet der eingefügte Text, und wir kehren zu dem ursprünglichen, hastig mit Bleistift geschriebenen zurück.

und Schnee, zerrissen durch Klüfte und Klippen und gänzlich unüberquerbar, und dies war die Helkarakse oder Eisklaue[4], und sie war von dem alten und schrecklichen Eis übriggeblieben, das diese ganze Gegend überdeckte, bevor Melko in Ketten gelegt und der Norden für eine Weile milde wurde; und es behauptete sich dort, weil in der Meerenge sich die Eisinseln verklemmten, die aus dem höchsten Norden herabschwammen, wohin der Winter sich zurückgezogen hatte. Diese Meerenge, die noch immer zwischen der Spitze der Eisklaue und den Großen Landen verlief, wurde Qerkaringa oder Frostiger Golf genannt.[5]

Melko, hätte er von dem tollkühnen Versuch der Gnomen gewußt, Qerkaringa zu überqueren, hätte sie vielleicht an diesem unheilvollen Ort alle übermannt oder wäre nach seinem Willen mit ihnen verfahren, doch viele Monde waren vergangen, seit er selber zufällig auf demselben Weg geflohen war, und er war nun weit fort. Erzähle ich nicht die Wahrheit, Rúmil, über all diese Dinge?«

»Du hast die wahre Geschichte erzählt«, sagte Rúmil, »doch hast du nicht gesagt, daß die Schar, bevor sie zur Helkarakse gelangte, an jenem Ort vorüberkam, wo Mornie gewöhnlich landet, denn dort, tief in den Bergen, winden sich von Mandos steile und unwegsame Pfade herab, welche die Seelen erklimmen müssen, die Fui nach Arvalin sendet.[6] Dort erspähte sie ein Diener Vefánturs, fragte sie, was ihre Wanderung zu bedeuten habe und forderte sie auf umzukehren, doch sie antworteten ihm voller Spott, so daß er, auf einem hohen Felsen stehend, laut zu ihnen sprach, und seine Stimme drang sogar bis zu den Schiffen auf den Wellen; und er sagte ihnen viele der unseligen Abenteuer voraus, die ihnen später begegneten, warnte sie vor Melko und sagte am Schluß: ›Tief ist der Fall Gondolins.‹ Und keiner verstand, was er meinte, denn Turondo, Sohn Nólemes,[7] war noch nicht auf der Erde. Jedoch die weisen Männer bewahrten seine Worte in ihren Herzen, denn Mandos und die Seinen besitzen die Gabe der Vorausschau, und lange wurden diese Worte unter ihnen wie ein Schatz gehütet als die Weissagungen von

Amnos, denn so wurde der Ort, wo sie ausgesprochen wurden, zu jener Zeit genannt, und nun heißt er Hanstovánen[8] oder Ankerplatz von Mornie.

Danach zogen die Noldoli langsam weiter, und als die furchtbare Landenge von Helkarakse vor ihnen lag, waren einige dafür, das ganze Heer aufzuteilen, eine Schar nach der anderen über das Meer zu setzen und lieber die Fahrt über die gefährlichen Wasser zu wagen, als nach einem Weg durch die Abgründe und tückischen Spalten der Landbrücke aus Eis zu suchen. Das erstere versuchten sie, und ein großes Schiff ging mit seiner Besatzung in einem fürchterlichen Strudel verloren, der nahe dort, wo Helkarakse aus dem westlichen Festland hervorstieß, in der Bucht lauerte; und dieser Strudel dreht sich zuweilen wie ein riesiger Kreisel und stößt ein lautes, schrill heulendes Geräusch hervor, das überaus schrecklich anzuhören ist; und alles, was in seine Nähe kommt, wird in seine ungeheuren Tiefen gesogen und zerschellt dort auf Zacken von Eis und Fels; und der Name des Strudels ist Wiruin. Darob packt Schmerz und Bestürzung die Noldoli, denn selbst wenn sie einen Weg durch die Schrecken der Helkarakse fänden, können sie die innere Welt nicht ohne weiteres erreichen, denn dann liegt noch die Lücke am anderen Ende, schmal zwar, doch das gellende Tosen des Wassers, das hindurchschießt, ist von ferne zu hören, und das Dröhnen des Eises, das von der Spitze der Eisklaue absplittert, dringt an ihre Ohren, und das Krachen und Stoßen der Eisinseln, die sich von Norden her durch diese schreckliche Meerenge drängen.

Daß es nun wieder treibende Inseln aus Eis gab, war gewiß auf Melkos erneute Anwesenheit im hohen Norden zurückzuführen, denn der Winter hatte sich in jenen Tagen des Friedens, die Melkos Ketten genannt werden, in den äußersten Norden und Süden zurückgezogen, so daß er in der übrigen Welt nirgendwo Fuß fassen konnte; gleichwohl war es eben dieses Treiben Melkos, das am Ende die Rettung der Noldoli bewirkte, denn seht, nun sind sie gezwungen, alle Frauen, Kinder und die Seefahrer von den Schiffen an Land zu bringen; und dort, an jenen öden Stränden, schiffen sie sich aus und schlagen ein elendes Lager auf.

Dieser Lagerplatz[9] wird in Liedern die ›Zelte des Murrens‹ genannt, denn dort erhoben sich viele Stimmen in Jammer und Reue, und viele klagten Feanor heftig an, was in der Tat rechtens war; doch einige wenige trennten sich von der Schar, wenn sie auch argwöhnten, daß man sie in Valinor niemals wieder würde willkommen heißen – und diese wenigen, die heimzukehren versuchten, fanden tatsächlich den Weg zurück, doch das gehört nicht in diese Geschichte.

Da nun ihr Elend am größten ist und kaum Hoffnung besteht, daß die Freude wiederkehrt, seht, da entfaltet der Winter aufs neue seine Banner und zieht gemächlich nach Süden, gekleidet in Eis, mit Speeren aus Frost und peitschendem Hagel. Doch so gewaltig ist die Kälte, daß das treibende Eis sich zusammenpreßt, ins Stocken kommt, zusammenfriert und sich wie ein Hügelland zwischen der Spitze der Helkarakse[10] und dem östlichen Land auftürmt, und am Ende wird es so fest, daß die Strömungen es nicht bewegen. Da geben sie ihre gestohlenen Schiffe auf, verlassen ihr jammervolles Lager und mühen sich ab, die Schrecken der Qerkaringa zu durchqueren. Wer hat Worte für die Mühsal dieses Marsches oder nennt die Zahl derer, die dabei zugrundegingen, die in große Eisgruben stürzten, wo tief unten verborgene Wasser brodelten, oder ziellos umherirrten, bis die Kälte sie besiegte? So schrecklich dieses Ereignis auch war, später widerfuhren ihnen in den Großen Landen so viele und schlimme Dinge, daß sie es in ihren Herzen verkleinerten, bis es weniger bedeutsam schien; und in Wahrheit haben Geschichten, die vom Verlassen Valinors erzählen, in den Ohren der Noldoli niemals süß geklungen, ob sie nun Knechte oder Bürger von Gondolin waren. Doch selbst ein solches Unglück kann das Gnomenvolk vielleicht nicht zugrunderichten; und von jenen, die dort verschollen sind, heißt es immer noch, daß manche traurig zwischen den Eishügeln umherirren, unwissend, was ihrem Volk zugestoßen ist, und einige versuchten nach Valinor zurückzugelangen, und Mandos nahm sie auf, und wieder andere, die ihnen folgten, fanden nach langen Tagen ihr unglückliches Volk wieder. Wie auch immer, am Ende erreichte eine abgezehrte und zusammengeschmolzene Schar wirklich den steinigen Grund der Östlichen Lande, stand dort und schaute zurück über das Eis von Helkarakse und Qerkaringa zu den Ausläufern der Berge jenseits des Meers, denn weit in der Ferne, in den sich ballenden Nebeln des Südens, erhoben sich in all ihrer Pracht die Höhen von Valinor, die sie für immer von ihrer Sippe und von ihrer Heimat trennten.

So kamen die Noldoli in die Welt.«

Und mit diesen Worten Rúmils fand die Geschichte von der Verdunkelung Valinors ihr Ende.

»Groß muß die Macht Melkos gewesen sein, Böses zu tun«, sagte Eriol, »wenn er durch seine Arglist wirklich das Glück und den Glanz der Götter und der Elben zerstören, das Licht ihrer Herzen nicht weniger verdunkeln als das ihrer Heimat, und all ihre Liebe zunichte machen konnte.«

»Das ist wahr, denn niemals ist wieder eine solche Untat in Valinor begangen worden«, erwiderte Lindo, »doch Melkos Hand hat die Dinge in der Welt zum Schlimmen gewendet, und die Samen seiner Bosheit sind seit jenen Tagen aufgegangen und zu einer großen schrecklichen Macht herangewachsen.«

»Nein«, sagte Eriol, »dennoch kann mein Herz nicht an anderen Kummer denken, als an die Zerstörung der schönsten Bäume und an die Verdunkelung der Welt.«

Anmerkungen

1 Das Manuskript scheint hier mit Sicherheit die Form *Noldor* zu haben – Es sei daran erinnert, daß in der alten Geschichte die Teleri (d. h. die späteren Vanyar) nicht von Kôr fortgegangen waren; vgl. S. 226.

2 Mein Vater schrieb an den Kopf der Manuskriptseite und mit ziemlich eindeutigem Bezug auf Feanors Worte: »Das Element des Verlangens nach den Silmaril verstärken.« Eine weitere Anmerkung, die sich auf den hier beginnenden Textabschnitt bezieht, lautet: »Verlangt eine Menge Umarbeitung: die Gier nach Edelsteinen – besonders nach den heiligen Silmaril – muß stärker betont werden. Und die allerwichtigste Schlacht von Cópas Alqalunte, wo die Gnomen die Solosimpi töteten, muß eingefügt werden.« Diese Anmerkung wurde später als ›erledigt‹ durchgestrichen. Nur diese letzte Anmerkung wurde tatsächlich ausgeführt: der Einschub über den Sippenmord (S. 232 ff.).

3 Hier schrieb mein Vater an den Rand: »*Helkarakse* Eisklaue, *Qerkaringa* das Wasser«; vgl. Anmerkung 5.

4 *Helkarakse oder Eisklaue:* frühere Schreibweise *Qerkaringa;* vgl. Anmerkung 5.

5 Der Abschnitt beginnend mit »Wisse denn, erwiderte Lindo . . .« ersetzt eine frühere Version, die ich jedoch nicht zitiere, da sie nichts enthält, was nicht auch in der neuen Fassung zu finden ist; und der letzte Satz der neuen Fassung ist eine noch spätere Ergänzung. Indes muß bemerkt werden, daß in der ersten Version der Landvorsprung *Qerkaringa* genannt wird. Dazu die Anmerkung, daß »der Name auch dem dahinterliegenden Sund gegeben wurde«. Die frühere Vorstellung war demnach: *Qerkaringa* war in erster Linie der Name für den Landvorsprung, wurde jedoch auch auf den Sund ausgedehnt (vermutlich bedeutete *qerka* in diesem Stadium noch nicht »Golf«). Dann benannte mein Vater den Sund als *Qerkaringa* und wählte *Helkarakse* als Namen für den Landvorsprung; daher die Randbemerkung (Anmerkung 3). An dieser Stelle fügte er der neuen Version den letzten Satz hinzu: »Diese Meerenge, die noch immer zwischen der Spitze der Eisklaue und den Großen Landen verlief, wurde Qerkaringa oder Frostiger Golf genannt« und im Text wurde *Qerkaringa* durch *Helkarakse oder Eisklaue* ersetzt (Anmerkung 4).

6 Zum Pfad, der von Mandos herabführte, zum schwarzen Schiff Mornie und seiner Fahrt entlang der Küsten nach Arvalin vgl. S. 117; 131 ff.

7 Turondo oder Turgon, Sohn von Nóleme, ist bereits früher genannt worden; S. 167.

8 Die Schreibweise *Hanstovánen* ist unsicher. Vgl. unten: »Veränderungen der Namen«.

9 Nach dem Wort »Lagerplatz« ist Raum zur Einfügung eines elbischen Namens gelassen.

10 Im Manuskript steht noch *Qerkaringa,* doch es ist eindeutig die westliche Landspitze (die Eisklaue) gemeint; deshalb habe ich *Helkarakse* eingesetzt (vgl. Anmerkung 5).

Veränderungen der Namen

Helkarakse < *Qerkaringa* (vgl. Anmerkung 5 oben).
Arvalin < *Habbanan*.
Amnos < *Emnon* < *Morniento*.
Hanstovánen Der Name des »Ankerplatzes von Mornie« wurde zuerst *Mornielta* geschrieben (letzte Buchstaben unsicher), dann *Vane* (oder *Vone*) *Hansto;* letzteres wurde durchgestrichen, doch die Form im Text (die auch *Hanstavánen* lauten könnte) scheint die endgültige zu sein. Nach *Hanstovánen* folgt ein unleserliches Wort.

Kommentar

In dieser »Geschichte« (in Wirklichkeit der Schluß der langen Erzählung »Melkos Diebstahl und die Verdunkelung von Valinor«, erzählt von Lindo und beendet von Rúmil) findet sich die älteste Beschreibung des Aufbruchs der Gnomen von Valinor. Hier setzen die Götter die fruchtlose Verfolgung und Suche noch lange nach Melkos Entkommen fort und werden außerdem von den Eldar unterstützt (die Solosimpi eingeschlossen, die als die späteren Teleri des *Silmarillion* wohl kaum ihre Strände und Schiffe verlassen haben würden). Feanors Rückkehr nach Kôr und seine leidenschaftliche Rede vor den Noldoli (und anderen, jedenfalls in dieser Geschichte) bei Fackelschein wird als ursprüngliches Element erkennbar; doch seine Söhne sind noch nicht aufgetreten, ebensowenig wie einer der noldorischen Prinzen aus der Linie Finwes, ausgenommen Turondo (Turgon), von dem es ausdrücklich heißt, daß er »noch nicht auf der Erde war«. Es gibt keinen Eid Feanors, und die Meinungsverschiedenheit unter den Noldoli aus der späteren Geschichte erscheint hier lediglich in dem Versuch Nólemes (Finwes), sein Volk zu beruhigen – Nóleme übernimmt so die spätere Rolle Finarfins (*Das Silmarillion,* S. 96). Im *Silmarillion* kehrten Finarfin und viele aus seinem Volk nach dem Sippenmord und der Weissagung des Nordens nach Valinor zurück und erlangten die Verzeihung der Valar (S. 100); doch die wenigen, die hier zurückgingen, fanden kein Willkommen oder »Mandos nahm sie auf« (S. 195).

In dem gestrichenen Abschnitt (S. 232f.), der durch den Bericht von der Schlacht von Kópas Alqalunten ersetzt wurde, muß sich der Passus »... begingen die Noldoli jene Taten, die sie später aufs bitterste bereuten« nur auf den Raub der Schiffe der Solosimpi beziehen, denn es gibt keinen Hinweis auf weitere schlimme Handlungen (in der eingeschobenen Textpassage werden fast dieselben Worte für den Sippenmord gebraucht). Wie sich die Vorstellung, daß die Noldoli an mehr schuldig waren als nur am Raub der Kópas, eigentlich herausgebildet hat, ersieht man aus einer Bemerkung in dem kleinen Buch (vgl. S. 35f.), das mein Vater benutzte, um Gedanken und Überlegungen festzuhalten – viele davon sind nicht mehr als Namen oder einzelne Sätze, die erinnern sollten an Geschichten, die noch erzählt werden mußten, oder Veränderungen, die nötig waren. Diese Bemerkung lautet: »Zorn der Götter und Elben sehr groß – ein paar Noldoli sollen sogar einige Solosimpi bei Kópas töten – und Ulmo soll für sie eintreten (er mag doch die Solosimpi so sehr).«

Dies wurde als »erledigt« durchgestrichen, und das Motiv, daß Ulmo für die Noldoli eintritt, findet sich in der Geschichte »Die Verhüllung von Valinor« (S. 295).

Der »mächtige Bogen gewachsenen Gesteins« in der Beschreibung von Kópas findet sich als »Bogen von der See ausgewaschenen Gesteins« in der viel kürzeren Beschreibung Alqualondes im *Silmarillion* (S. 73) wieder; und wir verstehen, warum den Hafen hier »viele Lampen erhellten« (ebd.) – denn wegen der umschließenden Felswand drang nur wenig Licht von den Zwei Bäumen herein (obgleich die Dunkelheit Alqualondes in der Feststellung enthalten ist, daß es »an den Grenzen von Eldamar [lag], nördlich des Calacirya, wo die Sterne hell und klar leuchteten«; ebd.).

Die Ereignisse im Hafen wurden im einzelnen auf unterschiedliche Weise in der späteren Fassung übernommen; und obgleich in der ursprünglichen Version der durch Uinen hervorgerufene Sturm fehlt (*Das Silmarillion,* S. 100), blieb das Bild von den nach Norden ziehenden Noldoli, zum Teil am Strand, zum Teil zu Schiff, erhalten.

Es finden sich interessante Hinweise auf die Geographie der nördlichen Regionen. Es gibt keinen Hinweis auf ein großes Ödland (später Araman) zwischen den nördlichen Bergen von Valinor und dem Meer, eine Schlußfolgerung, die sich bereits auf Seite 123f. ergab und die übrigens gestützt wird durch die Schilderung des steilen Pfades, der von Mandos in den Bergen zum Ankerplatz des schwarzen Schiffes Mornie hinabführte (S. 117; 237). Der Name *Helkarakse,* ›Eisklaue‹, der zuerst in Textverbesserungen erscheint und der der Landspitze des westlichen Landes beigegeben wird, wurde später erneut verwendet: für die frühere *Qerkaringa,* die Meerenge voll von Eisschollen, die »einander zermalmen oder zusammenstoßen«; doch dies geschah, als die Helcaraxe, das ›Malm-Eis‹, eine ganz andere geographische Bedeutung in dem viel komplexeren Welt-Bild bekommen hatte, das mein Vater während der nächsten »Entwicklungsphase« der Mythologie entwarf.

Im *Silmarillion* (S. 100) findet sich die Vermutung, daß der Sprecher der Weissagung des Nordens »kein geringerer Bote Manwes als Mandos selbst« gewesen sei, und die Behauptung dieser Worte, ja ihre zentrale Stellung innerhalb der Mythologie, ist weit wichtiger; hier gibt es keinen Hinweis auf ein »Verhängnis« oder einen »Fluch«, sondern nur eine Prophezeiung. Diese enthält die rätselhaften Worte »Tief ist der Fall Gondolins«. In der Geschichte *Der Fall von Gondolin* (jedoch in einem eingeschobenen Satz, der sehr wahrscheinlich später als die vorliegende Geschichte geschrieben wurde) spricht Turgon, auf der Treppe seines Palastes inmitten der Zerstörung stehend, die gleichen Worte, »und die Menschen erschauerten, denn so lauteten die Worte von Amnon, dem Propheten von einst«. Hier ist *Amnon* kein Ort, sondern eine Person (der Diener Vefánturs, der die Prophezeiung machte?). In dem bereits erwähnten Notizbuch findet sich die folgende Bemerkung: »Prophezeiung von Amnon. Tief ist der Fall von Gondolin. Seht, Turgon wird nicht fallen, ehe nicht die Lilie des Tals welkt.« In einigen anderen Anmerkungen zu den *Verschollenen Geschichten* lauten diese Sätze: »Prophezeiung von Amnon. ›Tief ist der Fall von Gondolin‹ und ›Wenn die Lilie des Tals welkt, dann wird Turgon fallen‹.«

In diesen Anmerkungen kann *Amnon* sowohl ein Ort als auch eine Person sein. Die »Lilie des Tals« ist Gondolin selbst, denn einer seiner sieben Namen lautete *Losengriol,* später *Lothengriol,* das mit »Blume des Tals« oder »Lilie des Tals« übersetzt wurde.

Interessant in der frühen Fassung ist die Passage (S. 236), daß die Noldoli »niemals die entsetzliche Überquerung der Qerkaringa unternommen hätten, wenn sie bereits der Erschöpfung, der Krankheit und der großen Müdigkeit unterworfen gewesen wären, die später, als sie fern von Valinor wohnten, ihr Los wurden«, aber »noch machten die gesegneten Speisen und Getränke der Götter ihre Leiber kräftig, und sie waren auch fast Götter«. Dies wiederholt sich in den Worten des *Silmarillion* (S. 103), daß »[die Noldor] noch Neuankömmlinge aus dem Segensreich waren und noch nicht müde von der Last der Erde«. Andererseits wird in der Prophezeiung des Nordens ausdrücklich gesagt (S. 101): »wenn auch Eru euch nicht bestimmt hat, in Ea zu sterben, und keine Krankheit euch befallen kann, so könnt ihr doch erschlagen werden, und erschlagen sollt ihr werden . . .«

Von dem Betrug der Feanorer, die in den Schiffen davonsegelten und das Heer Fingolfins an den Küsten von Araman zurückließen, findet sich natürlich in der alten Geschichte keine Spur; doch die Anklagen gegen Feanor waren bereits vorhanden (»die Zelte des Murrens«, S. 239). Es ist ein bemerkenswerter Aspekt der frühesten Version der Mythologie, daß die spätere »genealogische« Struktur noch kaum zutagegetreten ist, während die Struktur der Erzählung bereits deutlich ausgeprägt ist. Turgon existierte als Sohn von (Finwe) Nóleme, doch es gibt keinen Hinweis, daß Feanor mit dem Herrn der Noldoli eng verwandt war, und die anderen Prinzen (Fingolfin, Finarfin, Fingon, Felagund) tauchen überhaupt nicht auf, weder unter diesen noch unter anderen Namen.

VIII. DIE GESCHICHTE VON SONNE UND MOND

Der *Geschichte von Sonne und Mond* geht ein Vorspiel (so wird es im Manuskript genannt) voraus, in dem ein gewisser Gilfanon von Tavrobel als Gast in Mar Vanwa Tyaliéva erscheint. Dieses Vorspiel existiert auch in einer verworfenen früheren Fassung.

Der Text selbst ist im Manuskript zum größten Teil mit Tinte über einen ursprünglich mit Bleistift geschriebenen und ausradierten Text geschrieben, doch gegen Ende wird es ein mit Tinte geschriebenes Originalmanuskript (vgl. Anmerkung 19); der Entwurf mit Bleistift ist in einem anderen Buch erhalten.

Die Geschichte von Sonne und Mond ist sehr lang, und ich habe sie stellenweise gekürzt, ohne eine wichtige Einzelheit wegzulassen. (In einer Notiz meines Vaters zu dieser Erzählung heißt es, sie bedürfe »gründlicher Überarbeitung, Kürzung und [Neuformung?]«.)

Gilfanon a·Davrobel

Nun muß man nicht denken, daß angesichts so vieler Geschichten, die er über die mannigfachen Leiden der Elben erzählen hörte, Eriols Verlangen nach *limpe* geringer geworden wäre, denn so war es nicht, und immer, wenn die Gesellschaft um das Feuer der Geschichten beisammensaß, war er ein emsiger Fragensteller, der alles über das Volk zu erfahren suchte, bis weit zurück in jene Tage, da die Elbenvölker wieder gemeinsam auf der Insel wohnten.

Da er nun einiges über die Pracht ihrer alten Heimat und über den Glanz der Götter wußte, grübelte er oft über die Ankunft der Tage des Sonnenlichts und des Mondscheins nach und über die Taten der Elben in der weiten Welt und ihre Abenteuer mit den Menschen, bevor Melko ihre Entfremdung ins Werk setzte. Darum sagte er eines Nachts, als man am Feuer der Geschichten saß: »Woher, o Lindo, stammen Sonne und Mond? Denn bis jetzt habe ich nur von den Zwei Bäumen und ihrem traurigen Verwelken gehört, doch von der

Ankunft der Menschen oder von den Taten der Elben außerhalb von Valinor hat mir niemand etwas erzählt.«

Nun hatte es sich an jenem Abend so gefügt, daß an ihrer Tafel und am Feuer der Geschichten ein Gast zugegen war. Und sein Name war Gilfanon, und alle nannten ihn außerdem Gilfanon a·Davrobel,[1] denn er kam aus jener Gegend der Insel, wo der Turm von Tavrobel an den Flüssen steht[2] und wo die Gnomen noch als einziges Volk wohnten und den Orten Namen in ihrer eigenen Sprache gaben. Gilfanon pflegte diesen Landstrich den schönsten der ganzen Insel und die Gnomen ihr bestes Volk zu nennen, obgleich er, bevor er zu dem Volk hierhergekommen war, lange fern von den Noldoli sich aufgehalten hatte, mit den Ilkorin in Hisilóme und Artanor[3] gewandert und darum, wie nur wenige Elben es tun, ein großer Freund und Gefährte der Kinder und Menschen jener Tage geworden war. Ihre Sagen und Erinnerungen vermehrte er um sein eigenes Wissen, denn einst in den fernen Tagen von Kôr war er tief vertraut gewesen mit vielen Überlieferungen und Sprachen, und er besaß überdies Kenntnis von vielen sehr alten Ereignissen; er war in der Tat einer der ältesten der Feen,[4] und der Älteste zugleich, der nun auf der Insel lebte, wenn auch Meril den Titel ›Herrin der Insel‹ wegen ihrer edlen Herkunft trug.

Darum gab Lindo nun Eriol zur Antwort: »Höre, Gilfanon, der unter uns ist, kann dir viel von diesen Dingen erzählen, und es wäre gut, wenn du mit ihm von hier aufbrechen und dich eine Zeitlang in Tavrobel aufhalten würdest. – Nein, sieh mich nicht so an«, fuhr er lachend fort, als er Eriols Gesicht sah, »denn wir vertreiben dich noch nicht – wahr ist aber, daß es für einen, der *limpe* trinken will, klug wäre, zuerst die Gastfreundschaft Gilfanons zu suchen, in dessen altem Haus – das Haus der Hundert Kamine, das nahe der Brücke von Tavrobel steht[5] – vielleicht von vielen Dingen zu hören ist, die vergangen sind und die noch kommen werden.«

»Mir scheint«, sagte Gilfanon zu Eriol, »daß Lindo versucht, sich auf der Stelle von zwei Gästen zu befreien; jetzt jedenfalls kann er es noch nicht tun, denn ich beabsichtige, eine Woche in Kortirion zu bleiben, mich inzwischen überdies an seiner guten Tafel zu ergötzen und mich ebenfalls am Feuer der Geschichten auszustrecken – danach werden du und ich vielleicht fortgehen, und du sollst die ganze Lieblichkeit der Elbeninsel schauen – doch nun möge Lindo seine Stimme erheben und uns noch mehr vom Glanz der Götter erzählen und von ihren Werken, wovon zu sprechen er nie müde wird.«

Darüber war Lindo sehr erfreut, denn, um die Wahrheit zu sagen, er liebte es, diese Geschichten zu erzählen und suchte oft nach einer Gelegenheit, sie aufs neue vorzutragen. Und also sagte er: »So will ich denn die Geschichte von der Sonne, dem Mond und den Sternen erzählen, auf daß Eriols Wunsch in Erfüllung gehe.« Und dieser war guter Dinge, doch Gilfanon sagte: »Sprich weiter, mein Lindo – doch ziehe die Geschichte nicht über die Maßen in die Länge.«

Da erhob Lindo die Stimme,[6] und er war von allen Geschichtenerzählern derjenige, dem man mit dem größten Vergnügen zuhörte. Und er sagte:*

»Ich erzähle eine Geschichte aus jener Zeit der ersten Flucht der Gnomen, und hört nun, was geschah, als sie gerade fort waren. Die schmerzliche Nachricht kam nun zu den Göttern und den anderen Elben, und zuerst wollte niemand sie glauben. Jedoch es kamen immer noch mehr Nachrichten, und viele verschiedene Boten brachten sie. Einige waren Teleri, welche Feanors Ansprache auf dem Platz in Kôr mitangehört und gesehen hatten, wie die Noldoli mit allem, was sie tragen konnten, von dort aufbrachen; andere waren Solosimpi, und diese brachten die bittere Nachricht vom Raub der Schwanenschiffe, dem schrecklichen Sippenmord am Hafen und vom Blut, das die weißen Strände von Alqalunte bedeckte.

Schließlich kam ein Eilbote von Mandos, der den traurigen Zug nahe der Strände von Amnor erblickt hatte, und die Götter wußten, daß die Gnomen in weiter Ferne waren, und Varda und alle Elben

* An den Rand geschrieben: »Anfang von Sonne und Mond.«

weinten, denn jetzt erschien ihnen die Dunkelheit wirklich schwarz und dies um so mehr, als das äußere Licht der schönen Bäume erloschen war.

Merkwürdig ist es zu erzählen, daß Aule, obgleich er die Noldoli über allen Elben geliebt, sie alles, was er wußte, gelehrt und ihnen große Schätze geschenkt hatte, nun sein Herz am meisten gegen sie kehrte, denn er hielt sie für undankbar, weil sie ohne Abschied von ihm gegangen waren, und ihre bösen Taten gegen die Solosimpi hatten ihn tief verletzt. ›Sprecht niemals wieder‹, sagte er, ›in meiner Gegenwart den Namen der Noldoli aus.‹ Trotzdem schenkte er seine Liebe weiterhin den wenigen getreuen Gnomen, die bei seinen Hallen zurückgeblieben waren, doch gab er ihnen später den Namen ›Eldar‹.

Aber die Teleri und die Solosimpi, die erst geweint hatten, als der Angriff am Hafen allen bekannt wurde, trockneten ihre Tränen, und Entsetzen und Schmerz umfing ihre Herzen, und auch sie sprachen selten von den Noldoli, ausgenommen in Trauer oder flüsternd hinter verschlossenen Türen; und die wenigen der Noldoli, die geblieben waren, wurden die Aulenosse, die Verwandten Aules, genannt, oder sie wurden von anderen Sippen aufgenommen, und heute hat das Gnomenvolk in ganz Valinor keinen Ort und keinen Namen mehr.

Nun muß erzählt werden, daß nach einer langen Zeit es Manwe dünkte, daß die Verfolgungsjagd der Götter keinen Erfolg brachte und daß Melko mit Sicherheit aus Valinor entkommen war; darum sandte er Sorontur in die Welt, und dieser blieb lange aus, und immer noch durchstreiften Tulkas und andere das Land, doch Manwe stand neben den lichtlosen Bäumen, und sein Herz war sehr schwer, während er in tiefes, düsteres Grübeln versunken war. Doch da erblickte er einen kleinen Strahl der Hoffnung: Plötzlich ertönt Flügelrauschen an diesem Ort, denn Sorontur, König der Adler, ist auf starken Schwingen durch die Dunkelheit zurückgekehrt, läßt sich auf den Zweigen des erloschenen Silpion nieder und berichtet, daß Melko jetzt in die Welt eingebrochen sei und viele böse Geister um ihn versammelt seien. ›Mir scheint aber‹, sagte er, ›niemals wieder wird Utumna sich ihm öffnen, und emsig ist er bereits damit beschäftigt, sich neue Behausungen zu erbauen in den Landstrichen des Nordens, wo die Eisenberge stehen, sehr hoch und schrecklich anzuschauen. Doch, o Manwe, Herr der Luft, noch andere Nachrichten habe ich für deine Ohren, denn höre, als mich meine Flügel heimwärts trugen über die schwarzen Meere und über die ungastlichen Lande, wurde mir ein Anblick zuteil, höchst wundersam und erstaunlich: Eine Flotte weißer Schiffe trieb leer vor dem Wind, und einige brannten mit hellen Feuern, und als ich mich verwunderte, erblickte ich an den Stränden der Großen Lande eine große Menge Volks, und alle schauten nach Westen, doch einige wanderten noch über das Eis – denn wisse, dies war an jenem Ort, wo früher die Felszacken der Helkarakse waren und die mörderischen Wasser der Qerkaringa flossen, die nun zu Eis erstarrt sind. Während ich herabstieß, war mir, als hörte ich elbische Zungen klagende und traurige Worte sprechen; und dies ist die Geschichte, die ich dir bringe, auf daß du sie enträtselst.‹

Doch Manwe wußte nun, daß die Noldoli für immer fortgegangen waren und ihre Schiffe verbrannt oder preisgegeben hatten, und auch, daß Melko in der Welt und die Jagd sinnlos war; und vielleicht geschieht es in Erinnerung an diese Taten, daß es bei den Elben und Menschen immer das Sprichwort gegeben hat, daß diejenigen, welche ihre Schiffe verbrennen, aller Hoffnung auf Wandel ihres Sinns oder besseren Rat entsagt haben. Darum nun ließ Manwe seine unermeßliche Stimme ertönen und rief die Götter, und alle, verstreut in den weiten Landen von Valinor, vernahmen sie und kehrten zurück.

Als erster kam Tulkas, müde und staubbedeckt, denn keiner war wie er über die Ebene gesprungen. Siebenmal hatte er sie in ihrer ganzen Breite durchmessen, und dreimal hatte er die Bergwand erstiegen, all jene unermeßlichen Hänge und Triften, Auen und Wälder durchquert, brennend vor Verlangen, den Verwüster Valinors zu strafen. Da kam Lórien, lehnte sich gegen den verdorrten Stamm Silpions und beklagte die Zerstörung seiner stillen Gärten durch die alles zerstampfende Jagdmeute; auch Meásse war dort und mit ihr Makar, und seine Hand war rot, denn, als sie flohen, hatte er zwei von Melkos Gefährten angegriffen und sie im Laufen erschlagen, und er allein hatte ein wenig Freude in diesen bösen Zeiten. Osse war dort, und sein grüner Bart zwar zerrauft, und seine Augen waren trübe, und er stützte sich auf einen Stab und keuchte und war sehr durstig, denn so machtvoll und rastlos er sich auch durch die Meere bewegte, so zehrte doch eine solch schreckliche Mühsal auf der festen Erde seine Kräfte zur Gänze auf. Salmar und Ómar standen daneben, und aus ihren Instrumenten erklang keine Musik, und ihre Herzen waren schwer; doch keiner war so tief betrübt wie Aule, der die Erde liebte und alle Dinge, die aus ihr gemacht oder ihr durch kluge Arbeit abzugewinnen waren, denn von allen Göttern hatte er Valmar am innigsten geliebt und Kôr und alle ihre Reichtümer und das lächelnde Antlitz der lieblichen Ebenen ringsum, und ihre Verwüstung zerriß ihm das Herz. Mit ihm war Yavanna, Erd-Königin, und sie hatte mit den Göttern gejagt und war ermattet, Vána und Nessa aber weinten wie junge Mädchen noch immer an den Quellen des goldenen Kulullin.

Einzig Ulmo kam nicht zu den Bäumen, sondern ging hinab zum Gestade von Eldamar, und dort stand er und spähte in die Düsternis weit hinaus aufs Meer. Und oft ließ er seine allmächtige Stimme erschallen, als wollte er die säumigen Kinder an die Brust der Götter zurückrufen, und zuweilen spielte er auf seinen Zaubermuscheln eine tiefe, sehnsuchtsvolle Musik. Für ihn nämlich, und vielleicht noch für Varda, Herrin der Sterne, war der Weggang der Gnomen ein größerer Kummer als selbst die Zerstörung der Bäume. Vor Zeiten hatte Ulmo die Solosimpi herzlich geliebt, doch als er von ihrer Ermordnung durch die Gnomen erfuhr, bekümmerte es ihn zwar, doch kein Zorn verhärtete sein Herz, denn Ulmo konnte tiefer in die Zukunft blicken als die anderen Götter, den mächtigen Manwe eingeschlossen, und von ungefähr sah er viele der Dinge, die aus dieser Flucht entspringen würden, das furchtbare Leid der unseligen Noldoli in der Welt, die Qualen, mit denen sie das Blut von Kópas würden büßen müssen, und er wollte nicht, daß dies geschehe.

Als sie nun alle auf diese Weise zusammengekommen waren, da sprach Manwe zu ihnen von den Neuigkeiten Soronturs, und warum die Jagd erfolglos geblieben war; doch zu dieser Zeit fühlten sich die Götter in der Düsternis unbehaglich und wußten wenig zu raten, und jeder suchte sein Heim oder die Orte einstiger Freude auf, die nun dahin war, und saß dort stumm und in dunkles Grübeln versunken. Doch einige zog es immer wieder hinaus auf die Ebene, wo sie sehnsuchtsvoll die verwelkten Bäume betrachteten, als ob deren verdorrte Zweige eines Tages in neuem Licht ersprießen würden; aber das geschah nicht, und Valinor war voller Schatten und Dämmerung, und die Elben weinten und waren nicht zu trösten, und die Noldoli erfuhren schweres Leid in den nördlichen Landen.

Lange Zeit danach erst ging den Göttern in ihrem Kummer und ihrer Mattigkeit zur Gänze auf, daß das Licht für immer aus Valinor verschwunden war und daß die Bäume nie mehr zu den ihnen bestimmten Zeiten blühen würden. Nur das Licht der Sterne war geblieben, als ein Schimmer, der den Springquell Kulullin umspielte, oder als ein mattes Leuchten nahe der tiefen Telimpe,[7] dem Faß der Träume. Doch selbst diese waren matt und trübe, denn die Bäume brachten keinen Tau mehr hervor, um sie aufs neue zu füllen.

Darum macht sich Vána auf und sucht Lórien, und mit ihnen gehen Urwendi und Silmo[8] und viele der Vali und Elben; und in großen Gefäßen sammeln sie viel Licht von Gold und Silber und ziehen betrübt zu den zerstörten Bäumen. Dort, am Wurzelstock von Silpion, singt Lórien sehnsuchtsvolle Lieder voller Magie und Verzauberung und wässert die Wuzeln mit dem Glanz Telimpes; und dies war verschwenderisch, wenn auch ein kleiner Vorrat davon in den Wohnungen der Götter zurückblieb. Auch Vána verfährt so, und sie singt alte goldene Lieder von den glücklicheren Tagen, und sie bittet ihre

Jungfrauen, ihre lichten Tänze zu tanzen, so wie sie es gewohnt waren, auf dem Rasen der Rosengärten nahe Kulullin zu tanzen, und währenddessen übergoß sie Laurelins Wurzeln mit einem Schwall aus ihren goldenen Krügen.

Doch alle ihre Gesänge und Zauberkünste fruchten nichts, und obgleich die Wurzeln der Bäume alles Licht nach Kräften einzusaugen scheinen, können die Götter keine Regung erneuerten Lebens, nicht den schwächsten Lichtschimmer entdecken; kein vertrocknetes Blatt erglänzt vor Saft, und keine Blüte hebt ihren schlaffen Stengel. Wahrlich, in der Raserei ihres Kummers hätten sie die letzten verbliebenen Vorräte an Helligkeit ausgegossen, welche die Götter zurückhielten, wären sie nicht durch einen glücklichen Zufall in diesem Augenblick von Manwe und Aule überrascht worden, die, durch ihren Gesang in der Düsternis angelockt, herbeikamen, ihnen Einhalt geboten und sagten: ›Höre, o Vána, und du, o Lórien, wozu diese Unbesonnenheit? Und warum habt ihr euch nicht zuerst mit euren Brüdern beraten? Wißt ihr denn nicht, daß jenes Licht, das ihr hier achtlos vergeudet, kostbarer geworden ist als alle Dinge, welche die Welt enthält? Und wenn es durch Zufall verloren geht, kann alle Weisheit der Götter uns kein neues verschaffen.‹

Da erwiderte Vána: ›Vergebung, o Manwe Súlimo, lasse meinen Kummer und meine Tränen meine Entschuldigung sein; doch früher hat dieser Guß es immer vermocht, das Herz Laurelins zu erfrischen, und immer gab der Baum als ein Geschenk eine Frucht aus Licht zurück, die reicher war als unsere Gabe. Und mir schien, die Götter säßen umdüstert in ihren Hallen und, niedergedrückt vom Kummer, versuchten sie kein Heilmittel gegen ihre Leiden. Doch leider haben Lórien und ich nun unsre Zaubersprüche angewendet, ohne daß sie etwas nützten.‹ Und sie weinte.

Nun dachten aber viele der Valar, daß diese beiden, Lórien und Vána, nicht imstande seien, die Wunden von Laurelin und Silpion zu heilen, weil kein Wort der Erd-Herrin, Mutter der Zauber, ihren Zaubersprüchen beigemischt war. Deshalb sagten viele: ›Wir wollen

Palúrien suchen, denn durch ihre Zauberkraft werden diese Bäume vielleicht einen Teil ihrer alten Pracht zurückgewinnen – und wenn dann das Licht erneuert ist, können Aule und seine Handwerker den Schaden beseitigen, der unserem schönen Reich zugefügt wurde, und Freude wird wieder herrschen zwischen Erumáni und dem Meer‹[9] – doch die Dunkelheit und die unheilvollen Tage, die lange außerhalb der Berge geherrscht hatten, bedachten sie nicht.

Darum riefen sie nun nach Yavanna, und sie kam, fragte, was ihr Begehr sei, und als sie es hörte, weinte sie und sprach zu ihnen: ›So wisset denn, o Valar und ihr, Söhne und Töchter der Eldar, Kinder Ilúvatars, erste Sprößlinge der Wälder der Erde, daß diese Zwei Bäume nie wieder blühen und daß viele Zeitalter lang solche Bäume nicht ans Licht gebracht werden können. Viele Dinge werden getan werden und sich ereignen, und die Götter werden alt werden und die Elben beinahe vergehen, bevor ihr sehen werdet, wie diese Bäume wieder entzündet werden oder die Magische Sonne wieder erleuchtet wird.‹ Und die Götter wußten nicht, was sie meinte, als sie von der Magischen Sonne sprach, und auch lange Zeit danach verstanden sie es nicht. Doch Tulkas, der dies hörte, sagte: ›Warum sprichst du diese Worte, o Kémi Palúrien, denn es ist nicht deine Art, vorauszusagen, und am allerwenigsten das Unheil.‹ Und andere gab es, die sagten: ›Fürwahr, und niemals zuvor hat es der Erd-Herrin an einem Rat oder einem Zauberspruch tiefster Kraft gemangelt‹, und sie flehten sie an, ihre Macht walten zu lassen. Aber Yavanna sagte: ›Das Schicksal und die Musik der Ainur wollen es: Solche Wunder wie diese Bäume aus Gold und Silber können selbst die Götter nur einmal erschaffen, und dies in der Jugend der Welt; und auch alle meine Zaubersprüche haben nicht die Macht, das zu bewirken, worum ihr nun bittet.‹

Darauf erwiderte Vána: ›Sage nun du, Aule, gewaltiger Erfinder, der du genannt wirst *i Talka Marda* – Schmied der Welt – wegen der Kraft deiner Werke, wie wir Licht erlangen sollen, das notwendig ist für unsere Freude? Denn was ist Valinor ohne Licht oder was bist du, wenn du deine Kunst einbüßt, wie es, wie mir scheint, in dieser Stunde deiner Gemahlin widerfahren ist?‹

›Nein‹, gab Aule zur Antwort, ›durch Schmiedekunst kann Licht nicht geschaffen werden, und selbst einer der Götter kann es nicht erfinden, wenn der Saft der Wunderbäume für immer versiegt ist.‹ Doch auch Palúrien antwortete und sagte: ›O Tuivána und auch ihr, Vali und Elben, denkt ihr nicht einzig und allein an Valinor und vergeßt die Welt außerhalb? Mein Herz sagt mir vielmehr, daß es für die Götter längst Zeit wäre, den Kampf um die Welt wieder aufzunehmen und die Mächte Melkos daraus zu vertreiben, bevor sie zu übermächtiger Stärke heranwachsen.‹ Aber Vána konnte Palúriens Gedanken nicht verstehen, weil sie nur an ihren goldenen Baum dachte, und sie blieb unzufrieden. Jedoch Manwe und Varda und mit ihnen Aule und Yavanna verließen diesen Ort, versammelten sich insgeheim, gingen sorgsam und gründlich miteinander zu Rate, und schließlich ersannen sie einen Plan der Hoffnung. Da rief Manwe alles Volk von Valinor aufs neue zusammen; und diese große Versammlung fand in Vánas Lustgarten inmitten ihrer Rosen statt, wo Kulullins Springbrunnen waren, denn die Ebene außerhalb lag nun kalt und dunkel da. Sogar die Anführer der Elben kamen dorthin, saßen zu Füßen der Götter, was zuvor nie der Fall gewesen war; als aber alle versammelt waren, erhob sich Aule und sagte: ›Höret nun alle. Einen Plan hat Manwe Súlimo Valatúru* zu enthüllen, und der Rat der Erd-Herrscherin und der Königin der Sterne ist darin enthalten, und auch der meine.‹

Darauf folgte eine tiefe Stille, daß Manwe sprechen möge, und er sagte: ›Höre nun, mein Volk, eine Zeit der Finsternis ist über uns gekommen, und dennoch glaube ich, daß dies nicht ohne den Wunsch Ilúvatars geschieht. Denn die Götter hatten die Welt fast vergessen, die ohne Hoffnung ist auf bessere Tage und auf Menschen, Ilúvatars jüngere Söhne, die bald kommen müssen. Nun, da die Bäume ver-

* Am Rand steht: »auch *Valahíru*«.

trocknet sind, die unserem Land Lieblichkeit und unseren Herzen soviel Frohsinn schenkten, daß größere Wünsche keinen Platz darin hatten, müssen wir auf neue Mittel sinnen, wodurch Licht ausgegossen werden kann über Valinor und die übrige Welt.‹

Dann sprach er zu ihnen über die Vorräte an Licht, die sie noch besaßen; denn vom silbernen Licht hatten sie nicht mehr sehr viel, sondern nur das von Telimpe und eine kleinere Menge, die Aule in Becken in seiner Schmiede aufbewahrte. Ein wenig Glanz hatten die Eldar liebevoll in winzigen Gefäßen gesammelt, als es am verwundeten Stamm in die Erde floß und vergeudet wurde, doch es war wenig genug.

Daß sie von weißem Licht nur einen kleinen Vorrat besaßen, hatte mancherlei Gründe, denn Varda hatte eine große Menge davon verbraucht, als sie riesige Sterne am Himmel entzündete, wie es bei der Ankunft der Eldar und zu anderen Zeiten geschehen war. Außerdem trug der Baum Silpion weit weniger reichlich Tau von Licht, als Laurelin es gewöhnlich tat; und obgleich dieses Licht weniger strahlend und von flüchtigem Feuer war, bedurften die Götter und Elben seiner stets bei ihren Zauberwerken und hatten es allen Arten von Stoffen beigemischt, die sie bearbeiteten, und darin waren die Noldoli die Meister.

Goldenes Licht jedoch konnten selbst die Götter kaum ihren Zwecken dienstbar machen, und sie hatten zugelassen, daß es in dem großen Faß Kulullin, dessen Springquell es mächtig anschwellen ließ, oder in anderen klaren Becken oder großen Teichen bei ihren Höfen gesammelt wurde, denn der Segen und die Pracht seines Glanzes waren sehr groß. Es heißt in der Tat, daß die ersten Gemmenschneider, von denen Feanor den größten Ruhm genießt, als einzige der Eldar das Geheimnis kannten, sich mit feinster Geschicklichkeit des goldenen Lichtes zu bedienen, und ihr Wissen nur sehr sparsam zu verwenden wagten, das nun mit ihnen von der Erde verschwunden ist. Doch selbst von diesem goldenen Glanz gab es nun keine unversiegbare Quelle mehr, da Laurelins klarer Tau nicht mehr tropfte. Darauf gründete Manwe seinen Plan, sich ebendieser Sterne zu bedienen, die Varda vorzeiten ausgestreut hatte; denn jedem dieser Sterne hatte sie als Herz eine silberne Flamme gegeben, eingelassen in Gefäße aus Kristall, mattem Glas und ungeahnten Stoffen von zartester Färbung: Und einige dieser Gefäße waren wie Boote geformt und, getragen von ihren Herzen aus Licht, durchschwebten sie für immer Ilwe, doch konnten sie nicht aufsteigen in das dunkle und feine Reich von Vaitya, das alles umgibt. Nun saßen geflügelte Geister von höchster Reinheit und Schönheit – nämlich die himmlischsten der hellen Chöre der Mánir und der Súruli, welche die Hallen Manes auf Taniquetil umschweben oder alle Lüfte durchziehen, welche sich auf der Welt regen – in diesen Sternenbooten und lenkten sie auf verwirrenden Bahnen hoch über der Erde, und Varda gab ihnen Namen, doch wenige davon sind bekannt.

Andere Sterne gab es, deren Gefäße wie durchscheinende Leuchten über der Welt aufgehängt waren, in Ilwe schwebend oder am äußersten Rand von Vilna und der Lüfte, die wir atmen, und wegen der oberen Winde flackerte und schwand ihr Licht, doch sie blieben wo sie hingen, und rührten sich nicht vom Fleck; und einige dieser Sterne waren sehr groß und schön, und die Götter und Elben inmitten ihrer Reichtümer liebten sie; und von ihnen bekamen die Gemmenschneider in Wirklichkeit ihre Eingebung. Nicht zuletzt liebten sie Morwinyon des Westens, dessen Name ›Schimmer bei Einbruch der Dunkelheit‹ bedeutet, und es ist viel darüber erzählt worden, wie er an den Himmel gesetzt wurde; und auch von Nielluin, der Biene des Azur, den noch alle Menschen im Herbst oder im Winter sehen können, wenn er am Fußpunkt von Telimektar leuchtet, Sohn des Tulkas, dessen Geschichte noch zu erzählen ist.

Aber ach! (sagte Lindo) die Schönheit der Sterne hat mich zur Abschweifung verführt, und doch zweifle ich nicht, daß Manwe in seiner großen Rede, der gewaltigsten, die er jemals vor den Göttern hielt, ihrer mit mehr Liebe gedacht hat, als ich es tat. Denn seht, auf diese Weise wollte er die Herzen der Götter dazu bringen, seinen

Plan wohl zu bedenken; und nachdem er von den Sternen gesprochen hatte, wählte er seine letzten Worte mit Bedacht: ›Seht‹, sagte Manwe, ›dies ist nun der dritte Versuch der Götter, Licht an die dunklen Orte zu bringen, und sowohl die Leuchten des Nordens und Südens als auch die Bäume der Ebene hat Melko zerstört. Nur im Luftraum hat Melko keine Macht, Böses zu tun, und darum ist mein Vorschlag, daß wir ein großes Gefäß machen, bis zum Rand gefüllt mit goldenem Licht und dem gesammelten Tau von Laurelin, und dies wollen wir wie ein gewaltiges Schiff hoch über den dunklen Reichen der Erde dahinschweben lassen. Dort soll es weite Bahnen durch die Lüfte ziehen und sein Licht auf die ganze Welt zwischen Valinóre und den Östlichen Gestaden herabströmen lassen.‹

Nun bestimmte Manwe, daß die Bahn des Licht-Schiffes zwischen Osten und Westen verlaufen sollte, denn Melko hielt den Norden und Ungweliant den Süden, wogegen im Westen Valinor und die gesegneten Reiche und im Osten große Striche dunklen Landes lagen, die sich nach Licht sehnten.

Es heißt nun (sagte Lindo), daß bestimmte Götter wegen ihres göttlichen Wesens, wenn sie es wollten, Vilna und die niedrigen Lüfte mit großer Geschwindigkeit durcheilen konnten; doch es konnte nicht einer der Valar, weder Melko selbst noch ein anderer, ausgenommen Manwe und Varda und ihr Gefolge, darüber hinaus vordringen; denn es war der Spruch Ilúvatars, als er sie auf ihr Begehr in die Welt sandte, daß sie, wenn sie einmal die Welt betreten hatten, für immer dort wohnen und sie nicht verlassen sollten, bis ihr Großes Ende kam, verflochten mit dem irdischen Schicksal und ein Teil davon. Mehr noch: Manwe allein, wissend um die Reinheit und Erhabenheit seines Herzens, verlieh Ilúvatar die Macht, die äußersten Höhen zu besuchen. Dort verströmt sich der unermeßliche klare göttliche Äther, der so hoch über der Welt liegt, daß nicht das feinste Stäubchen oder der zarteste Hauch ihres Lebens oder der schwächste Widerhall ihres Gesanges oder Leides hinaufdringt; doch von tief unten gesehen schimmert er blaß unter den Sternen, und die Schatten der Sonne und des Mondes auf ihren Bahnen über Valinor huschen darüber hin. Dort ergeht sich Manwe oft, jenseits der Sterne, sieht den Äther mit liebevollen Blicken und ist dem Herzen Ilúvatars sehr nahe.

Dies aber ist immer so gewesen und hat dennoch Melko am meisten erbittert, denn aus eigener Kraft vermochte er auf keine Weise den Erdengrund zu verlassen, und vielleicht werdet ihr noch hören, wie gewaltig sein Neid wuchs, als die großen Schiffe des Glanzes ausfuhren; doch nun soll erzählt werde, daß Manwes Worte so zu Herzen gingen und ihre Weisheit so groß war, daß[10] die meisten der Götter seinen Plan guthießen, und sie sagten: ›Aule soll sich also mit seinem Gefolge daran machen, dieses Schiff des Lichtes zu erbauen‹; wenige sprachen dagegen, obgleich erzählt wird, daß Lórien nicht erfreut war, der fürchtete, es werde dann weder Schatten noch Ruhe und keine geheimen Orte mehr geben; und gewiß mag Vána ein wenig anders gedacht haben, die sich nach Kräften, aber vergeblich bemüht hatte, die Bäume wieder zu entzünden.

Da sagte Aule: ›Die Aufgabe, die ihr mir gestellt habt, ist über die Maßen schwierig, doch ich will alles tun, was ich dazu vermag.‹ Und er erbat die Hilfe Vardas, der Sternenschöpferin, und diese beiden gingen fort und verschwanden für lange Zeit in der Düsternis.

Im weiteren Verlauf der Erzählung wird berichtet, wie Aule und Varda daran scheiterten, eine Substanz herzustellen, die »weder zu schwer war, um in der Luft zu schwimmen, noch zu zerbrechlich, um den Glanz Kulullins festzuhalten«; und als dies bekannt wurde, baten Vána und Lórien Manwe, weil dessen Plan fehlgeschlagen sei, Yavanna zu gebieten, die Heilung der Bäume zu versuchen.

Darum bat Manwe schließlich Yavanna, ihre Zauberkraft anzuwenden, und sie sträubte sich, doch das Klagegeschrei des Volkes ließ ihr keine andere Wahl, und sie erbat sich ein wenig von dem weißen und goldenen Glanz; doch davon wollten Manwe und Aule nur zwei kleine Phiolen entbehren; wenn nämlich, so sagten sie, diese alte

Arznei die Kraft hätte, die Bäume zu heilen, stünden sie bereits in Blüte, denn Vána und Lórien hatten freigebig ihre Wurzeln begossen. Darauf stand Yavanna traurig auf der Ebene, ihr Leib erzitterte, und ihr Gesicht war sehr bleich, so heftig bäumte ihr ganzes Wesen sich auf im Kampf gegen des Schicksal. Die Phiole mit dem goldenen Glanz hielt sie in ihrer rechten, die mit dem silbernen in ihrer linken Hand, und sie stand zwischen den Bäumen und hob die Phiolen in die Höhe, und aus jeder stiegen rote und weiße Flammen wie Blumen empor, die Erde bebte und tat sich auf, und eine Fülle von Blumen und Pflanzen sprang zu ihren Füßen daraus hervor, weiße und blaue zu ihrer Linken, und rote und goldene zu ihrer Rechten, und die Götter waren stumm vor Verwunderung. Da schritt sie vor, warf eine Phiole in den goldenen und die andere in den silbernen Baum, sang die Lieder vom unvergänglichen Wachsen und ein Lied von der Wiederbelebung nach Tod und Vergehen; und plötzlich verstummte sie. Sie stand in der Mitte zwischen den Bäumen, tiefste Stille breitete sich aus, dann ertönte ein lautes Geräusch, und niemand wußte, was geschah, aber Palúrien lag ohnmächtig am Boden; doch viele sprangen ihr bei und hoben sie auf, und sie zitterte und war voller Furcht.

›Umsonst, o Kinder der Götter‹, rief sie, ›ist all meine Stärke! Denn seht, auf euren Wunsch habe ich meine Kraft wie Wasser auf die Erde gegossen, und wie Wasser hat die Erde sie mir ausgesaugt – sie ist dahin, und ich kann nichts mehr tun.‹ Und die Bäume standen noch immer unbelaubt und starr, und alle, die um sie waren, weinten bei Yavannas Anblick, doch Manwe sagte: ›Weint nicht, o Kinder der Götter, als sei der Schaden nicht zu beheben, denn viele gute Taten bleiben noch zu tun, die Schönheit auf der Erde ist nicht vergangen, und auch die Pläne der Götter sind nicht umsonst gewesen‹; aber trotzdem verließ das Volk kummervoll den Ort, nur Vána blieb zurück, umschlang den Stamm von Laurelin und weinte.

Nun brach die Zeit der geringsten Hoffnung an und der tiefsten Dunkelheit, die jemals auf Valinor fiel; und noch immer weint Vána, sie schlingt ihr goldenes Haar um Laurelins Stamm, und ihre Tränen tropfen sanft auf seine Wurzeln; und sowie der Tau ihrer zärtlichen Liebe den Baum anrührte – siehe! –, da gebar dieser dunkle Ort plötzlich einen matten Lichtschimmer. Verwundert blickte Vána um sich, und wo ihre ersten Tränen hinfielen, trat aus Laurelin ein Schößling hervor, und er trieb Knospen aus Gold, und von ihnen ging ein Licht aus wie ein Sonnenstrahl, der unter einer Wolke hervorbricht.

Da lief Vána ein Stück in die Ebene hinaus, erhob mit aller Kraft ihre liebliche Stimme, und sie tönte zaghaft zitternd bis an die Tore von Valmar, und alle Valar vernahmen sie. Da sagte Ómar: ›Das ist Vánas klagende Stimme.‹ Jedoch Salmar erwiderte: ›Nein, hör doch, es ist eher Freude darin.‹ Und alle blieben stehen und lauschten, und die Worte, die sie hörten, waren *I·kal' antúlien,* das Licht ist zurückgekehrt.

Da war die Aufregung groß in den Straßen von Valmar, das Volk eilte in hellen Scharen über die Ebene, und als sie Vána und den neuen goldenen Schößling erblickten, da brach unvermittelt aus jeder Kehle ein Lied höchster Lobpreisung und Freude hervor; und Tulkas sagte: ›Wahrlich, kräftiger, als sie vorausgesagt, sind die Zaubersprüche Yavannas gewesen!‹ Doch Yavanna schaute in Vánas Antlitz und erwiderte: ›Ach, es ist nicht so, denn hierbei haben meine Zauber nur wenig vermocht, und die sanfte Liebe Vánas ist kräftiger gewesen, und der Tau ihrer fallenden Tränen war heilkräftiger und mitfühlender als aller Glanz von einst: Doch bald, o Tulkas, wirst du eintreten sehen, was ich vorausgesagt habe, wenn du nur achtgibst.‹

Darauf richteten sich alle Augen auf Laurelin und, fürwahr, die Knospen öffenten sich und trieben Blätter; und diese waren aus feinstem Gold und von anderer Art als die früheren, und während sie noch schauten, kam der Zweig zur Blüte und war mit goldenen Blüten übersät. Als sich nun die Blüten rasch voll entfaltet, schien es, als käme plötzlich ein Windstoß und schüttelte sic von ihren zarten

Stengeln, blies sie über die Köpfe der Zuschauer wie feurige Funken, und sie glaubten, es sei Böses im Spiel; doch viele der Eldar erhaschten die schimmernden Blütenblätter und sammelten sie in Körben, doch nur in solchen Behältern, die aus goldenen Fäden oder anderen Metallen gemacht waren, ließen sich diese glühenden Blüten aufbewahren, und alle anderen wurden verzehrt und verbrannt, so daß die Blütenblätter wieder verlorengingen.

Eine Blüte indessen war größer als die anderen, leuchtender und reicher an Gold, und sie schwankte im Wind, doch sie fiel nicht; und sie wuchs, und durch die Wärme ihres eigenen Glanzes bildete sie eine Frucht aus. Als darauf ihre Blütenblätter fielen und geborgen wurden, hing eine Frucht von großer Schönheit von diesem Zweig des Laurelin herab, doch die Blätter des Zweigs wurden welk, schrumpften zusammen und leuchteten nicht mehr. Als sie zur Erde fielen, wuchs die Frucht wundersam, denn aller Saft und Glanz des sterbenden Baums waren darin, und die Säfte dieser Frucht waren wie zitternde bernsteinfarbene und rote Flammen, ihre Kerne wie leuchtendes Gold; ihre Schale jedoch war von vollkommen durchsichtiger Glätte, wie ein Glas, das von innen mit Gold durchtränkt ist, so daß im Inneren das Strömen ihrer Säfte zu sehen war wie zuckende Flammen in einem Ofen. Das Licht und die Fülle dieser Frucht nahmen zu, und ihr Gewicht wurde so groß, daß der Zweig sich niederbog und sie wie eine Kugel aus Feuer vor ihren Augen hing.

Da sagte Yavanna zu Aule: ›Stütze den Zweig, mein Gebieter, damit er nicht zerbricht und die wunderbare Frucht nicht hart auf den Boden fällt; und das wäre der größte Jammer, denn wisset es alle, dies ist die letzte Lebensflamme, die Laurelin tragen wird.‹ Aule aber hatte, seit die Frucht zu reifen begonnen hatte, wie in plötzlichen Gedanken verloren dagestanden, und nun antwortete er: ›Wahrlich, sehr lange haben Varda und ich die verlassenen Wohnungen und Gärten nach Stoffen für unser Werk durchsucht. Nun weiß ich, daß Ilúvatar meinen Wunsch erfüllt hat.‹ Darauf rief er Tulkas zur Hilfe und durchschnitt den Stengel der Frucht, und alle, die das sahen, hielten den Atem an und waren erstaunt über seine Rücksichtslosigkeit.

Sie murrten laut, und manche riefen: ›Weh über ihn, der unseren Baum aufs neue schändet!‹; und Vána war sehr zornig. Doch niemand wagte es, sich zu nähern, denn Aule und Tulkas konnten sich die gewaltige Flammenkugel kaum auf ihre göttlichen Schultern laden und taumelten unter ihrem Gewicht. Als er ihre wütenden Stimmen hörte, blieb Aule stehen und sagte: ›Haltet ein, ihr Kleingläubigen, und habt ein wenig Geduld.‹ Doch bei diesen Worten machte er einen falschen Schritt, strauchelte, und sogar Tulkas konnte diese Frucht nicht allein tragen, so daß sie fiel, auf den steinigen Grund prallte und zerbarst. Im Nu loderte ein solch blendender Glanz auf, wie ihn selbst die volle Blüte von Laurelin früher nicht hervorgebracht hatte, und die verdunkelten Augen der Vali wurden geblendet, daß sie betäubt zurückfuhren; doch von diesem Fleck stieg eine Säule aus Licht empor und schlug gegen das Himmelsgewölbe, daß die Sterne darüber verblaßten und in weiter Ferne der Taniquetil sich mit Röte überzog. Von allen war Aule der einzige, in dem sich keine Betrübnis regte, sondern er sagte: ›Daraus kann ich ein Schiff aus Licht machen – das sogar noch Manwes Wünsche übertrifft!‹ Und nun verstanden Varda und viele andere, selbst Vána, was er wollte, und waren froh. Sie machten aber einen geräumigen Korb aus geflochtenem Gold, streuten ihn mit den glühenden Blättern der Blüte aus, legten die Hälften der Frucht des Mittags hinein, und viele Hände trugen sie mit Gesängen und voll Hoffnung davon. Als sie bei den Höfen Aules angelangt waren, setzten sie die Frucht nieder, und darauf begann das große Schmieden der Sonne; und diese Arbeit Aules, dessen Werke kaum zu zählen sind, übertraf alle anderen und war ein Wunder an Kunst und Geschick. Aus der vollkommen glatten Schale machte er ein Gefäß, durchsichtig und leuchtend, doch von geschmeidiger Haltbarkeit, denn durch seine eigenen Zaubersprüche bändigte Aule ihre Sprödigkeit, ohne ihre empfindliche Feinheit dadurch im mindesten zu verringern.

Als man nun den feurigsten Glanz hineingoß, floß er nicht über, wurde nicht getrübt, und das Gefäß litt dadurch keinen Schaden, und doch würde es leichter als ein Vogel durch die Lüfte schweben; und Aule war überglücklich, und er bildete das Gefäß wie ein großes bauchiges Schiff, indem er eine Hälfte der Schale in die andere fügte, um ihm mehr Festigkeit zu geben.

Im folgenden wird beschrieben, wie Vána, die ihr früheres Murren bereute, etwas von ihrem goldenen Haar abschnitt, es den Göttern gab und diese daraus Segel und Taue machten »stärker, als ein Seefahrer sie gesehen hat, doch von der Zartheit des Altweibersommers«. Die Masten und Spanten des Schiffes waren aus Gold.

Darauf, damit das Schiff der Himmel endlich vollendet werde, wurden die unverwelkten Blütenblätter der letzten Blüte von Laurelin gesammelt und wie ein Stern am Bug befestigt, und Bänder und Quasten schimmernden Lichtes wurden an sein Schanzkleid gehängt, und ein Blitz diente als Wimpel an der Mastspitze; doch das ganze Schiff wurde bis zum Rand mit dem lodernden Glanz des goldenen Kulullin gefüllt und Tropfen vom Saft der Frucht des Mittags daruntergemischt, die sehr heiß waren; und danach konnte Mutter Erde das Schiff kaum noch zurückhalten, und es zerrte an seinen Tauen wie ein gefangener Vogel, der die Lüfte spürt.

Da gaben die Götter dem Schiff einen Namen: Sári, und das heißt die Sonne, doch bei den Elben hieß es Ûr, das Feuer;[11] jedoch in der Sage und in der Dichtkunst trägt es viele Namen. Unter den Göttern wird es die Leuchte der Vána genannt, zur Erinnerung an Vánas Tränen und ihre Haarflechten, die sie hergab; und die Gnomen nennen es Galmir, das Goldglänzende,[12] und auch Glorvent, das Schiff aus Gold, und Bráglorin, das lodernde Schiff, und es hat noch viele andere Namen; und niemand hat die Namen gezählt, welche die Menschen ihm gegeben haben.

Nun aber muß folgendes erzählt werden: Während das Schiff gebaut wurde, formten andere dort, wo die Zwei Bäume einst wuchsen, ein riesiges Becken und arbeiteten emsig daran. Seinen Grund machten sie aus Gold und seine Seitenwände aus polierter Bronze, und eine Reihe goldener Säulen, gerkrönt von Feuern, umgab es; nur die Ostseite blieb frei; doch Yavanna ließ einen mächtigen unbekannten Zauber wirken, der das meiste vom Wasser der Mittagsfrucht hineinströmen ließ, so daß es ein See aus Feuer wurde. Und wird er nicht Tanyasalpe, die Schale des Feuers, genannt, auch Faskala-númen, das Bad der Untergehenden Sonne; hier nämlich wurde später, als Urwendi aus dem Osten zurückkehrte und der erste Sonnenuntergang sich über Valinor senkte, das Schiff niedergezogen und sein Glanz für neue Reisen am folgenden Tag erneuert, während der Mond am Hohen Himmel Wache hielt.

Die Bereitung dieses Feuersees ist nun wunderbarer, als es erscheint, denn diese Strahlen waren so fein, daß sie sich in der Luft nicht verloren oder niedersanken, sondern sich erhoben und hoch über Vilna dahinschwebten, denn sie stiegen mit höchster Leichtigkeit empor; doch jetzt entwich nicht ein Hauch davon aus Faskalan, das inmitten der Ebene brannte und Licht nach Valinor brachte, doch weil das Becken so tief war, verbreitete das Licht sich nicht sehr weit, und die Schatten umringten es dicht.

Manwe betrachtete das prachtvolle Schiff, wie es versuchte hochzufliegen, und sagte: ›Wer soll uns dieses Boot steuern und seine Fahrt lenken über den Reichen der Erde, denn mir scheint, selbst die heiligen Leiber der Valar können es nicht lange ertragen, in diesem gewaltigen Licht zu baden.‹

Doch da kam Urwendi ein großer Gedanke in den Sinn, und sie sagte, sie habe keine Furcht. Sie bat um die Erlaubnis, die Gebieterin der Sonne zu werden und sich für dieses Amt bereit zu machen, wie Ilúvatar es ihr eingegeben habe. Darauf gebot sie einer großen Zahl ihrer Jungfrauen, die früher die Wurzeln des Laurelin mit Wasser gelabt hatten, ihr zu folgen, und sie warfen ihre Gewänder ab und stiegen in den Teich Faskalan wie Badende ins Meer, daß sein goldener Schaum ihre Leiber bedeckte; und die Götter sahen sie nicht mehr und wurden besorgt. Doch nach einer Weile kehrten sie wieder ans bronzene Ufer zurück, und sie waren nicht mehr wie zuvor: Ihre Leiber waren durchsichtig geworden und leuchteten mit einem inneren Feuer, und wenn sie sich bewegten, lösten sich Lichtblitze von ihren Gliedern, und es gab kein Gewand mehr, das ihre strahlenden Körper unversehrt hätte bedecken können. Sie waren wie Luftgebilde und schritten so leicht dahin, wie das Sonnenlicht über der Erde tanzt, und schweigend stiegen sie in das Schiff, das so mächtig an seinen Tauen zerrte, daß alles Volk von Valinor es kaum zurückhalten konnte.

Nun schließlich steigen sie auf Manwes Geheiß die langen Hänge von Taniquetil hinauf und ziehen i·Kalavente, das Schiff des Lichts, mit sich, was keine schwere Arbeit ist; und nun stehen sie auf dem großen Platz vor Manwes Toren, das Schiff ist am westlichen Abhang des Berges, und es zittert und zerrt an seinen Fesseln; und sein Glanz ist bereits so mächtig geworden, daß sich Sonnenstrahlen über die Flanken von Taniquetil ergießen und ein neues Licht den Himmel füllt, und die Wasser des Schattenmeeres dahinter werden in ein solches Feuer getaucht, wie sie es noch nie gesehen haben. In dieser Stunde, so heißt es, standen alle Lebewesen, die durch die Welt wanderten, still und verwunderten sich, als nämlich Manwe das Wort an Urwendi richtete und sprach: ›Ziehe nun dahin, wundersamste Jungfrau, gebadet in Feuer, und lenke das Schiff des göttlichen Lichts über die Welt, auf daß Freude in ihre letzten Schlupfwinkel dringe und alle Dinge, die in ihrem Schoß schlafen, erwachen mögen‹;[13] Urwendi jedoch antwortete nicht, sondern blickte nur sehnsüchtig nach Osten, und Manwe befahl, die Haltetaue zu kappen, und das Schiff des Morgens erhob sich flugs über den Taniquetil, und das Luftrevier nahm es auf.

Je höher es stieg, desto heller und klarer leuchtete es, bis ganz Valinor von Glanz erfüllt war, die Täler von Erumáni und die Schattenmeere waren in Licht getaucht, und über die dunkle Ebene von Arvalin ergoß sich Sonnenschein; doch kein Glanz konnte die

Räume durchdringen, wo Ungweliantes klebrige Netze und dunkelste Dämpfe sich ballten.

Als nun alle aufblickten, sahen sie, daß der Himmel blau war und sehr klar und schön, doch die Sterne flohen, als der neue Morgen auf die Welt kam; und ein sanfter Wind blies von den kalten Landen, die schimmernden Segel zu blähen, und weiße Dünste schwebten aus den nebligen Meeren von unten zu ihm hinauf, so daß der Bug des Schiffes weißen, luftigen Schaum zu werfen schien. Doch es schlingerte nicht, denn die Mánir, die es umspielten, hielten es an goldenen Seilen, und höher und höher stieg der Sonne große Galeone, bis sie selbst für Manwes Augen nur noch eine Feuerscheibe war, umkränzt mit Schleiern aus Glanz, die gemächlich und majestätisch über den Himmel wanderte.

Je weiter sie sich auf ihrer Bahn entfernte, desto weicher wurde das Licht in Valinor, und die Häuser der Götter warfen lange schräge Schatten gegen die Wasser der Äußeren Meere, doch Taniquetils mächtiger Schatten wurde nach Westen immer länger und tiefer, und es war Nachmittag in Valinor.«

Da sagte Gilfanon lachend: »Aber mein lieber Herr, Ihr habt die Geschichte mächtig in die Länge gezogen, denn, wie mir scheint, liebt Ihr es, Euch über die Werke und Taten der großen Götter auszulassen; doch wenn Ihr Eurem Wortschwall kein Maß setzt, wird unser Fremdling nicht lange genug leben, um von jenen Dingen zu hören, die in der Welt geschahen, als die Götter ihr endlich das Licht schenkten, das sie so lange zurückgehalten hatten – und solche Geschichten zu hören, meine ich, wäre eine Abwechslung und wohltuend zu hören.«

Aber Eriol hatte wirklich Lindos angenehmer Stimme mit großem Eifer zugehört, und er sagte: »Erst vor einer kleinen Weile, die den Eldar vielleicht nur wie ein Tag vorkommt, bin ich hergekommen, doch den Namen Fremdling liebe ich nicht mehr; und was immer Lindo erzählt, seine Geschichte kann mir nicht lang genug sein, denn sie ist ganz nach meinem Herzen.«

Doch Lindo sagte: »Nein, nein, ich habe in der Tat noch mehr zu erzählen; doch, o Eriol, die Dinge, die Gilfanon erzählen könnte, sind des Anhörens wohl wert – wahrlich, niemals habe ich oder ein anderer hier einen ausführlichen Bericht über diese Dinge gehört. Darum werde ich, so rasch wie möglich, mit meiner Geschichte zum Schluß kommen, doch nach drei Nächten wollen wir uns wieder um das Feuer der Geschichten setzen, und es soll eine Feier stattfinden mit Musik, und alle Kinder aus dem Haus des Verlorenen Spiels sollen sich hier versammeln und zu seinen Füßen sitzen, wenn Gilfanon von den Leiden der Noldoli und der Ankunft der Menschen erzählt.«

Diese Worte nun erfreuten Gilfanon und Eriol sehr, und auch viele andere waren froh, doch nun fährt Lindo fort:

»So hört denn also, daß das Sonnenschiff in solch ungeheure Höhen hinaufstieg und dabei immer heißer und heller loderte, daß seine Pracht binnen kurzem größer war, als die Götter es sich je hätten ausmalen können, so lange dieses Schiff noch in ihrer Mitte vor Anker lag. Sein gewaltiges Licht drang überallhin, und die Täler, die dunklen Wälder, die kahlen Hänge und steinigen Flüsse lagen in blendendem Glanz, und die Götter waren erstaunt. Ein großer wundersamer Zauber ging in jenen Tagen der hellen Urwendi von der Sonne aus, doch er war nicht so zart und köstlich rein wie einst der des Baumes Laurelin; und so erhob sich ein Raunen neuer Unzufriedenheit in Valinor, und böse Worte machten unter den Kindern der Götter die Runde, denn Mandos und Fui waren erzürnt. Aule und Varda, so sagten sie, mischten sich immer in die rechte Ordnung der Welt ein und machten sie zu einem Ort, wo für stille oder friedliche Schatten kein Raum mehr sei; Lórien jedoch saß und weinte in einem Hain von Bäumen im Schatten von Taniquetil und betrachtete seine Gärten, die sich darunter erstreckten, noch immer durch die große Jagd der Götter verwüstet, denn er hatte es nicht übers Herz gebracht, sie wiederherzustellen. Dort waren die Nachtigallen verstummt, denn die Hitze flirrte über den Bäumen, seine Mohnpflanzen waren verdorrt, und seine Abendblumen waren welk und dufteten nicht mehr; und Silmo stand traurig neben Telimpe, der nicht wie vom Tau Silpions leuchtete, sondern kränklich schimmerte wie ein stilles Gewässer, so überwältigend war das harte Tageslicht. Da erhob sich Lórien und sagte Manwe: ›Rufe dein funkelndes Schiff zurück, o Herr des Himmels, denn unsere Augen schmerzen in seinem sengenden Licht, und Schönheit und sanfter Schlaf sind uns weit entrückt. Lieber in Dunkelheit und in Erinnerungen leben als so, denn dies ist nicht die alte Lieblichkeit von Laurelin, und Silpion ist nicht mehr.‹ Auch die anderen Götter waren nicht vollkommen zufrieden, denn in ihren Herzen wußten sie, daß sie etwas Größeres geschaffen hatten, als sie anfangs geahnt hatten, und niemals wieder würde Valinor solche Zeitalter erleben wie die vergangenen; und Vána sagte, daß Kulullins Quell glanzlos geworden sei, ihr Garten in der Sonne welke und ihre Rosen die Tönungen und Düfte verlören, denn damals kam die Sonne der Erde näher als heute.

Da tadelte Manwe sie wegen ihrer Wankelmütigkeit und Unzufriedenheit, doch sie waren nicht besänftigt; und plötzlich ergriff Ulmo das Wort, der aus der äußeren Vai gekommen war: ›Manwe, Gebieter, weder deine Worte noch die ihren sind zu tadeln. Habt ihr denn noch nicht begriffen, o Valar, worin viel von der Schönheit der alten Bäume lag? – Im Wandel, in der allmählichen Veränderung des Schönen, bei der das Vergehende auf liebliche Weise sich mit dem Kommenden mischte.‹

Doch Lórien sagte plötzlich: ›O Valatúru, der Gebieter über Vai spricht weisere Worte als je zuvor, und sie erfüllen mich mit großem Verlangen.‹ Und darauf verließ er sie und ging hinaus auf die Ebene; und damals waren drei Tageszeiten vergangen, in denen der Laurelin früher dreimal geblüht hätte, seit das Schiff des Morgens die Anker gelichtet hatte. Lórien aber saß vier weitere Tageszeiten lang neben dem Wurzelstock von Silpion, und verstohlen sammelten sich die Schatten um ihn, denn die Sonne war weit im Osten, durchfuhr die Himmel, wie es ihr gelüstete, weil Manwe bis jetzt ihre Bahn noch nicht festgesetzt und es Urwendi überlassen hatte, den Kurs zu wählen, der ihr gut erschien. Doch selbst damit ist Lórien nicht zufrieden, obgleich die Dunkelheit der Gebirge über die Ebene kriecht, ein Dunst von der See herbeizieht und ein verschwommenes, huschendes Dämmerlicht sich wieder in Valinor sammelt; er aber sitzt lange und grübelt, warum die Zaubersprüche Yavannas nur auf Laurelin gewirkt haben.

Dann wandte sich Lórien mit einem Lied an Silpion, in dem es hieß, die Valar seien gefangen »in einer Wüste aus Gold und Hitze oder in Schatten voller Tod und unfreundlicher Düsternis«, und er berührte die Wunde am Stamm.

Seht! Kaum hatte er die grausame Wunde berührt, als dort ein schwaches Licht aufglühte, so als rege sich noch strahlender Saft darin, doch ein niedriger Zweig über Lóriens gesenktem Haupt schlug plötzlich aus, Blätter sehr dunklen Grüns, lang und oval, sprossen und entfalteten sich auf ihm; der ganze übrige Baum aber blieb kahl und tot und ist es seitdem immer gewesen. Nun waren zu dieser Zeit sieben mal sieben Tage vergangen, seit die Frucht des Mittags auf dem Laurelin geboren wurde, und viele der Eldar, der Geister und der Götter kamen herbei und lauschten Lóriens Gesang; doch er beachtete sie nicht und starrte auf den Baum.

Und siehe! Seine neuen Blätter waren mit einer silbrigen Feuchtigkeit überzogen, und ihre Unterseiten waren weiß und mit matt schimmernden Fasern durchsetzt. Auch Blütenknospen waren auf dem Zweig, die sich öffneten, doch ein dunkler Nebel vom Meer sammelte sich um den Baum, die Luft wurde bitterkalt wie nie zuvor in Valinor, und die Blüten verwelkten, fielen ab, und niemand gab auf sie acht. Eine einzige nur am Ende des Zweiges widerstand, die aus sich selbst leuchtete, und weder Nebel noch Kälte konnten ihr etwas anhaben, ja, während sie wuchs, schien sie die Dünste einzusaugen und sie unmerklich in jenen silbernen Stoff zu verwandeln, aus dem sie selber bestand; und sie wuchs, bis sie zu einer sehr fahlen und wunderbar gleißenden Blume geworden war, und nicht einmal der reinste Schnee auf Taniquetil, der im Licht Silpions glitzerte, kam ihr gleich, und ihr Inneres war eine weiße Flamme, die züngelte und auf wunderbare Weise wuchs und wieder abnahm. Da sagte Lórien, überquellende Freude im Herzen: ›Seht, die Rose von Silpion!‹ Und diese Rose wuchs, bis sie fast so groß war wie die Frucht von Laurelin, und zehntausend Blütenblätter setzten sie zusammen, und sie war mit honigduftendem Tau getränkt, und dieser Tau war Licht. Lórien wollte nun niemandem gestatten, sich ihr zu nähern, und dies wird er immer bereuen: denn der Zweig, der die Rose hielt, verströmte seinen ganzen Saft und verwelkte; doch nicht einmal jetzt wollte er zulassen, daß die Rose behutsam gepflückt würde, denn er war von ihrer Lieblichkeit bezaubert, und es verlangte ihn, sie größer werden zu sehen als die Frucht des Mittags, ja prächtiger als die Sonne.

Da brach der verdorrte Zweig, und die Rose von Silpion fiel, und ein wenig von ihrem tauigen Licht wurde grob von ihr abgeschüttelt, und hier und da wurde ein Blütenblatt zerdrückt und beschmutzt; Lórien stieß einen lauten Schrei aus und wollte sie vorsichtig hochheben, doch sie war zu schwer. Darum sandten die Götter Männer zu Aules Hallen, denn dort war eine große Silberplatte, wie ein Tisch für Riesen, und darauf setzten sie die letzte Blüte von Silpion, und trotz ihrer Beschädigung waren ihre Pracht, ihr Duft und blasser Zauber in der Tat sehr groß.

Als nun Lórien seinen Kummer und seine Reue überwunden hatte, gab er jenen Rat, den Ulmos Worte in seinem Herzen hervorgerufen hatten: als Gegenstück zur Galeone der Sonne sollten die Götter ein zweites Schiff bauen. ›Und es soll aus der Rose von Silpion gemacht werden‹, sagte er, ›und zur Erinnerung an das Blühen und Welken dieser Bäume soll das Sonnenschiff zwölf Stunden lang Valinor verlassen und über den Himmel segeln, und für zwölf Stunden soll Silpions Silberbarke in die Himmel steigen, und so wird es Ruhe geben für müde Augen und ermattete Herzen.‹

Auf diese Weise wurde dann der Mond geschaffen. Aule indessen, der die Lieblichkeit der Rose aus Silber nicht zerstören wollte, rief vielmehr gewisse Eldar seines Hauses zu sich, die aus der Sippe der alten Noldoli waren[14] und mit den Gemmenschneidern zusammengearbeitet hatten. Diese übergaben ihm viele Schätze an Kristallen und feinen Gläsern, die Feanor und seine Söhne[15] an verborgenen Plätzen in Sirnúmen aufbewahrt hatten. Und diese Elben halfen ihm; und auch Varda von den Sternen, die so viel vom Licht ihrer eigenen zerbrechlichen Boote spendete, daß es Aules Werk flüssige Klarheit verlieh. Und so schuf Aule einen Stoff, dünn wie das Blütenblatt einer Rose, klar wie das durchsichtigste elbische Glas und sehr glatt, doch konnte Aule ihn durch seine Geschicklichkeit biegen und formen, und er gab ihm den Namen *vírin.* Aus *vírin* verfertigte er nunmehr ein wunderbares Gefäß, das die Menschen oft das Schiff des Mondes genannt haben, doch ist es kaum einem Fahrzeug ähnlich, das jemals Meer oder Lüfte durchfahren hat. Es war eher wie eine Insel aus reinem Glas, wenn auch nicht sehr groß und mit winzigen Seen darin, die von schneeigen Blüten gesäumt wurden, die leuchteten, denn das Wasser dieser Teiche, das ihnen Saft gab, war der Glanz von Telimpe. In der Mitte der schimmernden Insel stand eine Schale, geschmiedet aus dem kristallenen Stoff, den Aule geschaffen hatte, und die Magische Rose wurde hineingesetzt, und der gläserne Boden des Gefäßes funkelte wundervoll, als die Rose in der Schale glänzte. Stäbe aus Eis ragten auf wie luftige Masten, und Segel waren daran befestigt mit dünnen Fäden, die Uinen aus weißen Nebeln und Gischt gesponnen hatte; einige waren übersät mit den glitzernden Schuppen silberner Fische, andere von winzigsten Sternen wie mit Lichtpunkten durchwirkt – Funken, die sich beim Schein von Nielluin im Schnee gefangen hatten.

Das war das Schiff des Mondes, die Kristall-Insel der Rose, und die Götter nannten sie Rána, Mond, doch die Feen nannten sie Sil, die Rose,[16] und sie hatten noch viele andere Namen. Ilsalunte oder die silberne Schaluppe nannte man sie, und außerdem haben die Gnomen sie Minethlos oder die Silberinsel und Crithosceleg, die Scheibe aus Glas, genannt.

Nun bat Silmo, ihn darin die Ozeane des Firmaments durchfahren zu lassen, doch das war nicht möglich, denn weder war er eines der Kinder der Luft, noch würde er einen Weg finden, sein Wesen von seiner Erdhaftigkeit zu befreien, wie Urwendi[17] es getan hatte; und es hätte wenig genutzt, hätte er den Versuch gewagt, in Faskalan zu baden, denn dann wäre Rána vor ihm geschrumpft. Darum bat Manwe Ilinsor, einen Geist der Súruli, der Schnee und Sternenlicht liebte und Varda bei vielen ihrer Werke half, dieses sonderbar schimmernde Gefährt zu lenken, und manch anderer Luftgeist schloß sich ihm an, in silberne und weiße Gewänder gekleidet oder in fahlstes Gold; aber ein bejahrter Elb mit grauen Locken schlüpfte ungesehen auf den Mond und versteckte sich in der Rose, und seitdem wohnt er dort und hegt diese Blume, und auf dem Mond hat er ein kleines weißes Türmchen errichtet, das er oft besteigt und von wo er den Himmel oder die Welt tief unten beschaut, und das ist Uole Kúvion, der niemals schläft. Manche haben ihn tatsächlich den Mann im Mond genannt, doch es ist wohl eher Ilinsor, der die Sterne jagt.

Nun soll davon die Rede sein, wie der Plan, den Lórien erdacht hatte, geändert wurde, denn der weiße Glanz von Silpion ist keineswegs so flüchtig und ätherisch wie die Flamme von Laurelin und *vírin* nicht von so geringem Gewicht wie die Schale der klaren Frucht des Mittags; und als die Götter das weiße Schiff mit Licht beluden und es vom Stapel lassen wollten, seht, da wollte es sich nicht über ihre Köpfe erheben. Mehr noch: die lebendige Rose fuhr fort, ein Honiglicht abzusondern, das sich auf der gläsernen Insel niederschlägt, so daß dort ein Tau von Mondstrahlen glitzert, doch dieses Gewicht macht das Schiff schwerer, statt ihm Auftrieb zu geben, wie es die wachsenden Flammen des Sonnenschiffes taten. So kommt es, daß Ilinsor von Zeit zu Zeit zurückkehren muß, damit der überfließende Glanz der Rose in Valinor für dunkle Tage aufbewahrt werden kann – und es muß gesagt werden, daß solche Tage immer wieder kommen, denn dann welkt die weiße Blume der Insel und leuchtet kaum, und dann muß sie erquickt und mit ihrem silbernen Tau gewässert werden, wie es vordem mit Silpion geschah.

Aus diesem Grunde legte man einen Teich an, dicht an der dunklen südlichen Mauer von Valmar, und seine Wände waren aus silbernem und weißem Marmor, doch dunkle Eibenbäume schlossen ihn ein, die höchst verwirrend wie ein Irrgarten angepflanzt waren. Dort hütete Lórien das fahle tauige Licht der schönen Rose, und er nannte ihn See Irtinsa.

So kommt es, daß die Menschen vierzehn Nächte lang Ránas Barke durch die Lüfte schweben sehen und sie vierzehn weitere Tage am Himmel entbehren müssen; nämlich selbst in jenen schönen Nächten, wenn Rána dahinfährt, zeigt sie nicht immer das gleiche Gesicht, wie Sári, die Prächtige, es tut; während nämlich diese strahlende Galeone sogar über Ilwe und die Sterne hinausfährt, sich einen blendenden Weg furcht und den Himmel überstrahlt und, höher als alles auf der Welt, sich wenig bekümmert um Winde oder Luftströmungen, ist Ilwes Barke dagegen schwerer, weniger reich an Magie und Kraft, und nie steigt sie höher als die Himmel sind, sondern segelt in den unteren Schichten von Ilwe, einen weißen Schwaden durch die Sterne ziehend. Darum machen ihr zuweilen die heftigen Winde zu schaffen, die an ihren dunstigen Wanten zerren; und oft werden sie zerrissen und verstreut, und die Götter erneuern sie. Manchmal werden auch die Blütenblätter der Rose zerzaust und ihre weißen Flammen hierhin und dorthin geblasen wie eine silberne Kerze, die im Winde flackert. Oft kann man erkennen, wie dann die sanfte Krümmung des strahlenden Kiels sich hebt und senkt und Rána in der Luft schlingert, und wie erst der Bug sich neigt und dann das Heck; und dann segelt der Mond wieder gemessen gen Westen, und durch die klare Durchsichtigkeit seiner Hülle ist die ausgebreitete Rose von Silpion zu sehen und, wie manche meinen, die Gestalt des alten Uole Kúvion ihr zur Seite.

Dann ist das Schiff des Mondes wahrlich sehr schön anzuschauen, und die Erde ist erfüllt von zartem Licht und tiefen, rasch bewegten Schatten, und leuchtende Träume gehen mit kühlen Schwingen über die Welt; Lórien aber empfindet Reue inmitten seiner Freude, weil seine Blume noch immer die schwachen Spuren ihres Aufpralles und Falles zeigt, und sie immer zeigen wird; und alle Menschen können sie deutlich sehen.

Aber ach (sagte Lindo),[18] ich greife vor, denn bis jetzt habe ich lediglich erzählt, daß das Silberschiff neu erbaut ist und Ilinsor als erster an Bord ging – und jetzt ziehen die Götter das Schiff wiederum die steilen Hänge des alten Taniquetil hinauf, und dabei singen sie Lieder von Lóriens Volk, die in Valinor lange verstummt gewesen sind. Dieser Zug ging langsamer als das Heben des Schiffes des Morgens, und alles Volk legt sich emsig in die Seile, bis Orome kommt und eine Herde wilder weißer Pferde davorspannt, und so gelangt das Schiff zur höchsten Stelle.

Da wird mit einem Mal die Galeone der Sonne von weitem sichtbar, die golden aus dem Osten herbeizieht, und die Valar erblicken voll Verwunderung die glühenden Gipfel vieler weit entfernter Berge und grün schimmernde Inseln in einst dunklen Meeren. Da rief Osse: ›Sieh, o Manwe, wie blau das Meer ist, fast so blau wie Ilwe, die du liebst!‹

›Nein‹, erwiderte Manwe, ›beneiden wir Ilwe nicht, denn das Meer ist nicht nur blau, sondern grau und grün und purpurn und aufs schönste übersät mit Blüten von schäumendem Weiß. Weder Jade und Amethyst, noch Porphyr, besetzt mit Diamanten und Perlen, können sich messen mit den Wassern der großen und kleinen Meere, wenn das Licht der Sonne sie tränkt.‹

So sprach Manwe, und dann sandte er Fionwe, seinen Sohn, behender als alle anderen, in die Lüfte, um Urwendi aufzufordern, mit dem Schiff der Sonne für eine Weile nach Valinor zurückzukommen, weil die Götter mit ihr beraten wollten; und Fionwe machte sich höchst bereitwillig auf, denn vor langer Zeit hatte ihn eine große Liebe zu dieser heiteren Jungfrau erfaßt; und ihre jetzige Schönheit, nachdem sie, feuergebadet, die strahlende Gebieterin der Sonne war, entflammte die Ungeduld der Götter in ihm. So kam es, daß Urwendi ihr Schiff widerwillig nach Valinor lenkte, und Orome warf eine goldene Schlinge darüber, und es wurde sanft zur Erde hinabgezogen. Und siehe, die Wälder auf Taniquetil erglühten noch einmal im vermischten Licht von Silber und Gold, und alle wurden an die Zeiten erinnert, als das Licht der Zwei Bäume sich mischte; doch Ilsalunte verblaßte vor der Galeone der Sonne, bis sie fast nicht mehr zu brennen schien. So ging der erste Tag auf der Welt zu Ende, und er war sehr lang und reich an wunderbaren Ereignissen, die Gilfanon erzählen mag; doch nun sahen die Götter, als das Sonnenschiff herabgezogen wurde, wie der Abend sich über die Welt senkte, wie das Glühen auf den Bergen schwächer wurde und das Funkeln der Meere erlosch. Dann kroch die urzeitliche Dunkelheit aufs neue aus vielen verschwiegenen Unterschlupfen hervor, doch Varda war froh, den Schein der Sterne zu sehen. Weit hinaus auf die Ebene wurde Sári gezogen, und als sie verschwunden war, wurde Ilsalunte auf den höchsten Gipfel befördert, so daß sein weißer Glanz von dort über die weite Welt ausging, und die erste Nacht war angebrochen.

In der Tat, in diesen Tagen gibt es in den Grenzen der Welt keine Dunkelheit mehr, sondern nur Nacht, die ganz verschieden ist von der Dunkelheit, dank der Rose von Silpion. Aule indessen füllt nun das Gefäß dieser Blume bis zum Rand mit weißem Glanz, und viele der weißgeflügelten Súruli gleiten darunter, tragen es sorgsam hinauf und setzen es zwischen die Scharen der Sterne. Dort schwimmt es geruhsam, eine bleiche, wunderbare Schale, und Ilinsor und seine Gefährten setzen sich auf ihren Rand und treiben sie mit schimmernden Rudern mutig durch den Himmel; und Manwe bläst in seine sich bauschenden Segel, bis das Schiff weit fortgetrieben war, und die Schläge der unsichtbaren Ruder gegen die Winde der Nacht schwächer wurden und verwehten.

Auf diese Weise vollbrachten es die Götter, daß der Mond zum ersten Mal über dem Taniquetil aufging, und Lórien frohlockte; aber

Ilinsor war eifersüchtig auf die übermächtige Sonne und befahl den Sternenschiffern, ihm auszuweichen und ihre Lichter zu löschen; doch viele taten es nicht, so daß er oft Segel setzte, um sie zu jagen, und die kleinen Schiffe Vardas flohen vor dem Jäger des Firmaments und wurden nicht gefangen. Und das ist (sagte Lindo) alles, dünkt mich, was ich darüber zu erzählen weiß, wie diese wunderbaren Schiffe gebaut und wie sie in die Luft entlassen wurden.«[19]

»Aber nein«, sagte Eriol, »das ist gewiß nicht so, denn am Anfang der Geschichte, scheint mir, hast du uns versprochen, etwas über die jetzigen Bahnen von Sonne und Mond zu erzählen und über ihr Aufgehen im Osten; und, was mich betrifft, ich bin, mit Erlaubnis der anderen Anwesenden, nicht willens, dich von deinem Versprechen zu entbinden.«

Da sagt Lindo lachend: »Ich erinnere mich nicht an dieses Versprechen, und wenn ich es gemacht habe, dann war es in der Tat unüberlegt, denn die Dinge, nach denen du fragst, sind keineswegs leicht zu erzählen. Viele Ereignisse in Valinor in jenen Tagen sind allen verborgen, nur die Valar ausgenommen. Nun jedenfalls steht mir mehr der Sinn, selber zuzuhören, und du, Vaire, solltest dich vielleicht mit der Bürde einer Geschichte beladen.«

Darauf jubelten alle, und die Kinder klatschten in die Hände, denn sie liebten es, Vaire erzählen zu hören; doch Vaire sagte: »So hört! Geschichten will ich erzählen aus den alten, vergangenen Tagen, und die erste heißt *Die Verhüllung von Valinor.*«

Anmerkungen

1 Im Manuskript steht hier *Gilfan a·Davrobel,* doch in einer verworfenen früheren Version dieser Stelle heißt es *Gilfanon a·Davrobel,* was den Schluß nahelegt, daß die Schreibung *Gilfan* unbeabsichtigt war.

2 Vgl. S. 37 zur Beziehung zwischen Tavrobel und dem Dorf Great Haywood in Staffordshire. Bei Great Haywood vereinigen sich die Flüsse Sow und Trent.

3 In einer verworfenen Version dieses »Vorspiels« wird Gilfanons Geschichte anders erzählt: »vor langer Zeit war er ein Ilkorin gewesen und hatte in alten Zeiten in Hisilóme gewohnt«; »er kam nach Tol Eressea nach dem großen Auszug [d. h. Inwes ›Auszug in die Welt‹, der große Auszug aus Kôr, vgl. S. 40], denn er empfand sich den Noldoli als blutsverwandt.« – Hier taucht zum ersten Mal der Terminus *Ilkorin* auf, mit dem Elben bezeichnet wurden, die »nicht aus Kôr sind« (vgl. die spätere Bezeichnung *Úmanyar,* Elben, »nicht aus Aman«. *Artanor* ist der Vorläufer von Doriath.

4 Gilfanon, ein Gnom, wird hier als der älteste der Feen bezeichnet; vgl. S. 80.

5 Mir ist keine Erklärung des »Hauses mit den Hundert Kaminen« nahe der Brücke von Tavrobel bekannt, doch ich habe Great Haywood nie besucht, und es mag sein, daß sich dort ein Haus befand, das als Vorbild diente.

6 Die verworfene Form des »Vorspiels« lautet in ihrem letzten Teil ganz anders:

»Darum gab Lindo Eriol zur Antwort: ›Schau, Gilfanon kann dir viel von diesen Dingen berichten, doch zuerst muß von jenen Taten erzählt werden, die in Valinor vollbracht wurden, nachdem Melko die Bäume zerstört hatte und die Gnomen in die Dunkelheit fortmarschiert waren. Das ist eine lange Geschichte, aber des Zuhörens wohl wert.‹ Denn Lindo liebte diese Geschichten und suchte oft nach einer Gelegenheit, sie aufs neue zu erzählen; aber Gilfanon sagte: ›Sprich weiter, mein Lindo, doch, mir scheint, die Geschichte wird sich weder in dieser Nacht noch in vielen weiteren Nächten erzählen lassen, und bis dahin werde ich längst nach Tavrobel zurückgekehrt sein.‹ ›Nein‹, sagte Lindo, ›ich werde die Geschichte nicht zu lang ausdehnen, und die morgige Nacht soll ganz dir gehören.‹ Bei diesen Worten seufzte Gilfanon, doch Lindo erhob seine Stimme ...«

7 Zum Gebrauch von *Telimpe* als Name des »Mond-Kessels« anstelle von *Silindrin* vgl. S. 120; 188, Anmerkung 2.

8 Vgl. S. 111; 130. An vorhergehenden Stellen lautet der Name *Urwen,* nicht *Urwendi.*

9 »zwischen Eurmáni und dem Meer«; d. h. das Äußere Meer, Vai.

10 Die Textpassage, die auf S. 257 mit dem Satz »Denn seht, auf diese Weise wollte er die Herzen der Götter ...« beginnt und bis zu dieser Stelle reicht, wurde auf einem einzelnen Blatt hinzugefügt und ersetzte eine viel kürzere Passage, in der Manwe kurz seinen Plan erläuterte, und in der von den Kräften der Valar nicht die Rede ist. Ich glaube jedoch nicht, daß die neue Fassung erheblich später geschrieben wurde als der übrige Text.

11 Die frühere Fassung lautete: »Dann gaben die Götter dem Schiff einen Namen und nannten es Úr, was die Sonne heißt« etc.

12 Die frühere Fassung lautete: »und die Gnomen nannten es Aur, die Sonne, und Galmir, die Goldglänzende«.

13 In einer einzelnen Anmerkung heißt es, daß weitere Lebewesen auftauchten, als die Sonne aufstieg (d. h. über den Großen Landen), und spricht davon, daß »alle Vögel in der ersten Morgendämmerung sangen«.

14 Die Aulenosse: vgl. S. 249.

15 Hier tauchen die Söhne von Feanor zum ersten Mal auf.

16 Frühere Schreibweise: »die Silberrose«.

17 *Urwendi:* Manuskript *Urwandi,* doch meine ich, dies war wahrscheinlich keine Absicht.

18 Von dieser Stelle an ist der Text nicht mehr über ein ausradiertes Bleistiftoriginal geschrieben, vielmehr liegt der ursprüngliche Text in einem zweiten Buch vor. Tatsächlich gibt es bis zum Ende der *Geschichte von Sonne und Mond* nur kleine Unterschiede, nicht mehr als Änderungen des Wortlautes; doch der ursprüngliche Text erklärt die Tatsache, daß die zweite Erwähnung von *Gilfanon* auf S. 267f. ursprünglich *Ailios* lautete. Man würde vermuten, daß es sich um ein Versehen handelt, um einen Rückgriff auf einen früheren Namen; und tatsächlich bestätigt dies die erste Version; statt: »reich an wunderbaren Ereignissen, die Gilfanon erzählen mag« (S. 276) heißt es: »reich an wunderbaren Ereignissen, wie Ailios erzählen wird«.

19 Von dieser Stelle an weicht die zweite Version deutlich von der ersten ab. Die erste lautet:

»Und dies ist alles, wie ich glaube«, sagte Lindo, »was ich von diesen schönsten Taten der Götter erzählen kann«; aber Ailios sagte: »Es kostet dich wenig Mühe, die Geschichte zu spinnen, weil sie von Valinor handelt; vor einer ganzen Weile hast du uns eine Geschichte über den Aufgang der Sonne und des Mondes im Osten versprochen, und seitdem sind viele Worte über deine Lippen gekommen, doch jetzt mußt du dich an dein Versprechen erinnern lassen.« In Wahrheit gefielen Ailios trotz seiner Grobheit Lindos Worte so gut wie jedem anderen, und er war begierig, etwas über diese Dinge zu erfahren.

»Das ist leicht zu erzählen«, sagte Lindo …

Was nun in der ursprünglichen Version folgt, bezieht sich auf den Inhalt des nächsten Kapitels (vgl. Anmerkung 2, S. 310f.).

Ailios pocht hier auf Einhaltung eines Versprechens, ebenso wie es Eriol, ein wenig höflicher, in der zweiten Version tut. Der Anfang der Geschichte in der ersten Version ist nicht erhalten, und falls er niedergeschrieben wurde, erfüllte Lindo vielleicht sein Versprechen; doch in der zweiten Version sagt er nichts dergleichen (Eriols Frage lautete: »Woher kommen Sonne und

Mond?«), und am Ende seiner Geschichte leugnet er, ein Versprechen gegeben zu haben, als Eriol darauf beharrt.

Veränderungen der Namen

Amnor < *Amnos* (*Amnos* in der *Flucht der Noldoli* < *Emnon;* die Form *Amnon* erscheint ebenfalls).

Gilfanon < *Ailios* (nur bei der ersten Nennung, vgl. Anmerkung 18).

Minethlos < *Mainlos.*

Uole Kúvion < *Uole Mikúmi,* nur bei der zweiten Erwähnung auf S. 273; beim erstenmal blieb *Uole Mikúmi* unverändert, obgleich ich im Text *Uole Kúvion* eingesetzt habe.

Schiff des Morgens < *Kalavente* (S. 269; *i·Kalavente,* ›das Schiff des Lichts‹, erscheint unverbessert im Text S. 266).

die Flammen des Sonnenschiffs < *die Flammen von Kalavente* (S. 273).

Sári < *Kalavéne* (S. 274; 276. *Kalavéne* ist die Form in der Originalversion, vgl. Anmerkung 18).

Zu Veränderungen des Namens der Sonne siehe die Anmerkungen 11 und 12.

Kommentar

Der Anfang dieser Geschichte soll ohne Zweifel (stärker als in den späteren Beschreibungen) das Entsetzen über die Taten der Noldoli verstärken (bemerkenswert ist Aules Bitterkeit gegen sie, von der später nicht mehr die Rede ist) und die Endgültigkeit ihres Ausschlusses aus Valinor betonen. Jedoch die Vorstellung, daß einige Gnomen in Valinor zurückblieben (die Aulenosse, S. 249), blieb erhalten; vgl. *Das Silmarillion,* S. 97: »Und von allen Noldor in Valinor, die nun ein zahlreiches Volk geworden waren, wollte nur der zehnte Teil nicht auf den Weg: manche aus Liebe zu den Valar (und nicht zuletzt zu Aule), manche aus Liebe zu Tirion und den vielen Dingen, die sie geschaffen, niemand aus Furcht vor Gefahr.«

Sorontur's Mission und die Nachrichten, die er zurückbrachte, entfielen. Sehr eindrucksvoll ist sein Bericht von den leer dahintreibenden Schiffen, von denen einige »mit hellen Feuern brannten«; der Ursprung der Schiffsverbrennung durch Feanor bei Losgar im *Silmarillion* (S. 103), wo freilich ein plausiblerer Grund für diese Handlungsweise gegeben wird. Daß Melkos zweiter Wohnsitz in den Großen Landen nicht Utumna war, sondern in den Eisenbergen lag, wird hier ausdrücklich gesagt (vgl. S. 213; 226); der Name *Angamandi,* ›Eisenhöllen«, ist in den *Verschollenen Geschichten* einmal im Zusammenhang mit der sehr sonderbaren Schilderung des Schicksals der Menschen nach dem Tode aufgetaucht (S. 117). In späteren Beschreibungen wurde Angband auf dem Areal von Utumna erbaut, doch schließlich wurden beide wieder getrennt; im *Silmarillion* hat Angband lange vor der Gefangenschaft Melkors existiert (S. 57). In dieser Geschichte hier wird nicht erklärt, warum Utumna sich ihm niemals wieder öffnen wird (S. 250), doch zweifellos war der Grund, daß Tulkas und Ulmo seine Tore geschleift und große Steinhaufen darüber aufgetürmt hatten (S. 152).

Der folgende Teil der Geschichte (S. 252ff.) wirft ein bezeichnendes Licht auf die frühen Vorstellungen meines Vaters von der Macht der großen Valar und ihrer Grenzen. So werden Yavanna und Manwe (durch Yavanna zu dieser Einsicht gebracht?) als Götter dargestellt, die glauben, daß die Valar Böses getan oder zumindest versäumt haben, die größeren Pläne Ilúvatars zu vollenden (»Ich glaube, daß dies [die Zeit der Finsternis] nicht ohne den Wunsch Ilúvatars geschieht«); die Vorstellung von selbstsüchtigen, nach innen blickenden Göttern wird sehr deutlich herausgearbeitet: sie sind damit zufrieden, ihre Gärten zu hegen, hinter ihren Bergen ihre eigenen Pläne zu machen und »die Welt« sich selber zu überlassen. Und dieser Aspekt spielt eine wesentliche Rolle bei ihren Überlegungen, Sonne und Mond zu schaffen, die nicht nur die »gesegneten Reiche« (ein Ausdruck, der hier zum ersten Mal erscheint, S. 258) erhellen sollen, sondern auch die übrige dunkle Welt.

Von all diesem findet sich nur eine Spur im *Silmarillion* (S. 112): »Dies taten die Valar, da sie in ihrer Dämmerung der Dunkelheit in den Landen von Arda gedachten; und sie beschlossen nun, Mittlerde zu erhellen und mit dem Licht Melkors Werke zu hindern.«

Von großem Interesse ist auch die »theologische« Aussage in der frühen Erzählung über die Bindung der Valar an die Welt als Bedingung für ihren Eintritt in diese (S. 258); vgl. *Das Silmarillion,* S. 26: »Diese Bedingung aber stellte Ilúvatar, oder sie ist notwendig aus ihrer Liebe, daß ihre Kräfte von nun an in der Welt eingeschlossen und gebunden und für immer darinnen bleiben müßten, bis sie vollendet sei, so daß sie der Welt Leben sind und die Welt ihr Leben.«

In unserer Erzählung entspricht dieser Bedingung eine konkrete Begrenzung: keiner der Valar, mit Ausnahme von Manwe und Varda nebst den Geistern ihres Gefolges, konnte in die höheren Lüfte oberhalb von Vilna gelangen, obgleich sie sich mit großer Geschwindigkeit innerhalb der untersten Luftschicht bewegen konnten.

Aus der Textstelle auf S. 251f., wo es heißt, daß Ulmo trotz seiner Liebe zu den Solosimpi und trotz seines Schmerzes über den Sippenmord dennoch nicht von Zorn gegen die Noldoli erfüllt war, denn er »konnte tiefer in die Zukunft blicken als die anderen Götter, den mächtigen Manwe eingeschlossen«, wird Ulmos besondere Beziehung zu den verbannten Eldar deutlich – die in der Entwicklung der Geschichte eine ebenso wichtige wie geheimnisvolle Rolle spielt. Dieses Element war von Anfang an vorhanden; dies gilt auch für Yavannas Erkenntnis, die im *Silmarillion* (S. 90) so ausgedrückt wird: »Einmal, nur einmal können auch die Mächtigsten unter Ilúvatar manche Werke vollbringen. Das Licht der Bäume habe ich zum Sein erweckt, und nie wieder kann ich es tun, solange Ea dauert.«

Yavannas Beziehung zur Magischen Sonne und ihrer Wieder-Erleuchtung (vgl. auch den Trinkspruch beim Abendessen in der *Hütte des Vergessenen Spiels,* S. 27; 99f.) wurde in diesem frühen Stadium offenbar absichtlich im Dunkeln gelassen.

Später gibt es keinen Hinweis mehr auf die Verschwendung von Licht durch Lórien und Vána, die es nutzlos über die Wurzeln der Bäume gossen.

Was Lindos Beschreibung der Sterne angeht (S. 257), so wird *Morwingyon* bereits in einer früheren Geschichte (S. 165) erwähnt, wo Varda »Morwinyon, der über dem westlichen Rand der Welt aufblitzt, fallen ließ, als sie in großer Eile nach Valinor zurückkehrte«; in dieser Erzählung hier wird Morwinyon (der nach den Qenya- und den gnomischen Wörterlisten Arkturus ist) wiederum sehr merkwürdig als ein Himmelskörper beschrieben, der immer am westlichen Himmel steht. Es heißt hier, daß einige der Sterne von den Mánir und den Súruli auf »verwirrende Bahnen« gelenkt wurden, während andere, darunter Morwinyon und Nielluin, »blieben, wo sie hingen, und sich nicht vom Fleck rührten«. Ist die Erklärung darin zu suchen, daß es in den alten Mythen der Elben eine Zeit gab, zu der die sichtbare regelmäßige Bewegung aller Himmelskörper von Osten nach Westen noch nicht begonnen hatte? Diese Bewegung wird in der Kosmologie meines Vaters nirgendwo aus dem Mythos heraus erklärt.

Nielluin (»Blaue Biene«) ist Sirius (im *Silmarillion* wird der Stern *Helluin* genannt), und dieser Stern gehört in die Sage von Tulkas' Sohn Telimektar, obgleich die Geschichte seiner Verwandlung in das Sternbild des Orion niemals ausführlich erzählt wurde (vgl. *Telumehtar,* Orion, im *Herrn der Ringe,* Anhang E,I). Nielluin war Inwes Sohn Ingil, der Telimektar folgte »in der Gestalt einer großen Biene, flammenden Honig tragend« (vgl. Anhang der Namen: *Ingil; Telimektar*).

Die Bewegung von Sonne und Mond von Osten nach Westen (anstatt in beliebige andere Richtung) bekommt hier eine logische Begründung: der Süden wird gemieden, da Ungweliant sich dort aufhielt. Demnach scheint deren Bedeutung groß und das Gebiet, dem sie das Licht entziehen konnte, sehr ausgedehnt gewesen zu sein. In der Geschichte von der *Verdunkelung von Valinor* wird nicht deutlich gemacht, wo sich ihre Behausung befand. Es heißt (S. 217), daß Melko »über die dunklen Ebenen von Eruman [zog], und weiter im Süden, als bislang jemand vorgedrungen war, stieß er auf ein Gefilde der tiefsten Düsternis« – die Gegend, wo er Ungweliants Höhle fand, die »einen unterirdischen Ausgang ins Meer« hatte; und nach der Zerstörung der Bäume wendet Ungweliant sich »nach Süden und gelangt über die Berge zu ihrer Behausung« (S. 221). Es ist unmöglich, anhand der vagen Linien auf der kleinen Karte (S. 122) genaue Angaben über die exakte Gestalt der südlichen Lande und Meere zu dieser Zeit zu machen.

Verglichen mit dem letzten Teil der Geschichte (die Schaffung von Sonne und Mond aus der letzten Frucht Laurelins und der letzten Blüte Silpions und der »Stapellauf« der Schiffe; S. 259ff.), ist Kapitel XI des *Silmarillion* (zusammengesetzt aus zwei späteren, nicht sehr stark voneinander abweichenden Versionen) außerordentlich kurz. Trotz vieler Unterschiede lesen sich die späteren Fassungen stellenweise fast wie Zusammenfassungen der frühen Geschichte, doch es ist oft schwer zu entscheiden, ob mein Vater kürzte, weil er der Meinung war, die Beschreibung sei zu lang und nehme in der Gesamtstruktur einen zu großen Raum ein (was mit Sicherheit stellenweise zutraf, vgl. S. 246), oder ob er wirklich einige darin enthaltene Vorstellungen tilgen wollte, um den außerordentlichen »Realismus« seiner Beschreibung zu vermindern. Gewiß gibt es hier einen Überfluß an Stoffen mit »magischen« Eigenschaften: Gold, Silber, Kristall, Glas und vor allem Licht. Das Licht wird als ein flüssiger Stoff aufgefaßt, als Tau oder Honig, als ein Element, in dem man baden und das man in Gefäßen sammeln kann, ein Gedanke, der aus dem *Silmarillion* weitgehend verschwunden ist. (Obgleich die Vorstellung vom Licht als einem flüssigen Stoff, der herabtropfte, strömte, gesammelt und von Ungoliant aufgesogen wurde, für die Idee der Bäume natürlich entscheidend blieb, wird sie in den späteren Schriften weniger detailliert herausgearbeitet, und die Taten der Götter werden nicht mehr als »natürliche« Vorgänge erklärt und gerechtfertigt.)

Weil die Entstehung von Sonne und Mond aus der letzten Frucht und der letzten Blüte der Bäume so ausführlich und eindringlich beschrieben wird, haftet ihr im frühen Text weniger Wunderbares an als im *Silmarillion* mit seiner prägnanten und schönen Sprache. Doch nur soviel wird hier gesagt, um die Größe der »Frucht des Mittags« und die zunehmende Hitze und den Glanz des Sonnenschiffs nach seinem Aufstieg hervorzuheben, daß man kaum auf den Gedanken kommt, Valinor müsse in den Tagen der Bäume unerträglich grell und heiß gewesen sein, wenn die Sonne, welche die ganze Erde strahlend erhellte, lediglich eine einzige Frucht Laurelins war. In der frühen Geschichte sind die letzten Lebenssäfte, die den sterbenden Bäumen entströmen, äußerst merkwürdig und »gewaltig«, die des Laurelin erstaunlich, ja sogar bedenklich; die Hitze und Strahlkraft der Sonne bringt selbst die Valar zum Staunen, die durch das, was geschehen ist, von Ehrfurcht erfüllt und beunruhigt sind (die Götter wußten, »daß sie etwas Größeres geschaffen hatten, als sie anfangs geahnt hatten«, S. 269); und der Zorn und der Kummer einiger Valar über das brennende Licht der Sonne verstärkte das Gefühl, mit der letzten Frucht von Laurelin sei eine furchtbare und unvorhergesehene Kraft freigesetzt worden. Und dieser Kummer findet sich auch noch im *Silmarillion* (S. 114), in den Klagen von Lórien und Este nämlich, »Schlaf und Ruhe seien nun von der Erde verbannt und die Sterne verbogen«; doch in unserer Geschichte ist die sengende Kraft der neuen Sonne in eindrucksvollen Bildern wiedergegeben: in den Gärten Lóriens »flirrte die Hitze über den Bäumen«, waren die Nachtigallen verstummt, die Mohnpflanzen und Abendblumen verdorrt.

In der frühen Geschichte findet sich eine mythische Erklärung für die Mondphasen und die Spuren auf seiner Oberfläche: die Geschichte vom Zerbrechen des verdorrten Astes von Silpion und dem Fall der Mondblüte – eine Geschichte, die zu der im *Silmarillion* (S. 112f.) in völligem Gegensatz steht. In unserer Geschichte fiel die Frucht zu Boden, als Aule strauchelte, und ihr Gewicht war so groß, daß Tulkas sie nicht allein tragen konnte: Die Bedeutung dieses Vorfalls wird nicht ganz deutlich, doch es scheint, daß Aule, wäre die Frucht nicht geborsten, ihre Beschaffenheit nicht hätte erkennen und das Sonnenschiff nicht hätte ersinnen können.

Wie weit diese beträchtlichen Unterschiede in den verschiedenen Fassungen auf eine spätere Verdichtung zurückzuführen sein mögen, es bleibt doch eine große Anzahl wirklicher Widersprüche übrig, von denen ich hier nur einige der wichtigeren nennen will. So steigt im *Silmarillion* der Mond als erster auf und war »von den beiden neuen Lichtern das ältere, wie Telperion der ältere von den Bäumen gewesen war« (S. 113); während in der frühen Geschichte genau das Gegenteil zutraf. Im *Silmarillion* (S. 113f.) ist es Varda, welche die Bewegung von Sonne und Mond festlegt und ihren Plan auf Bitten von Lórien und Este ändert; in unserer Geschichte dagegen ist es der Kummer Lóriens über das Sonnenlicht, der zur letzten Blüte Silpions und zur Schaffung des Mondes führt. Die Valar spielen hier überhaupt andere Rollen; dem Tun Vánas und Lóriens wird eine weit größere Bedeutung beigemessen, und ihre Beziehungen zu Sonne und Mond sind von Anfang an tiefer und offenkundiger, als sie es später wurden; im *Silmarillion* war es Nienna, die die Bäume mit ihren Tränen wässerte (S. 111). Im *Silmarillion* standen Sonne und Mond Arda näher als die »alten Sterne« (S. 112), doch hier bewegen sie sich in ganz anderen Regionen des Firmaments.

Ein Element, in dem die spätere Verdichtung deutlich erkennbar wird, ist die ausführliche Beschreibung des Mondes als »Insel aus reinem Glas«, als »schimmernde Insel« mit kleinen Seen von Telimpes Licht, gesäumt von leuchtenden Blumen und mit einer Kristallschale in der Mitte, in welche die Mondblüte gesetzt wurde; nur von hier aus wird der Bezug zu Tilion deutlich, der »die Insel des Mondes lenkte« (*Das Silmarillion,* S. 112). Der bejahrte Elb Uole Kúvion (den manche »tatsächlich den Mann im Mond genannt« haben) scheint fast aus einer anderen Konzeption in die Geschichte geraten zu sein; sein Auftauchen ist auf jeden Fall problematisch, da gerade mitgeteilt wurde (S. 272), daß Silmo nicht mit dem Mondschiff fahren konnte, weil er keines der Kinder der Luft war und sich nicht »von seiner Erdhaftigkeit zu befreien« vermochte. – Eine einzelne Überschrift »Uole und Erinti« in dem kleinen Notizbuch läßt zweifellos darauf schließen, daß eine Geschichte über Uole geplant war; vgl. die Erwähnung einer Geschichte von Qorinómi über Urwendi und Erintis Bruder Fionwe (S. 304). Von diesen Geschichten fand sich keine Spur, und sie wurden vermutlich nie geschrieben. In einer weiteren Anmerkung in dem Notizbuch wird Uole Mikúmi (der frühere Name von Uole Kúvion, vgl. S. 280) »König des Mondes« genannt; und in einer dritten wird ein Gedicht »Der Mann im Mond« erwähnt, das von Eriol gesungen werden sollte (»Er sagte, er wolle ein Lied singen von einer Sage unter den Menschen über Uole Mikúmi«). Mein Vater schrieb im März 1915 ein Gedicht über den Mann im Mond, doch hätte Eriol dieses Lied gesungen, hätte er die Gesellschaft in Mar Vanwa Tyaliéva damit verblüfft. Ich glaube, es könnte von Interesse sein, wenn ich dieses Gedicht in einer frühen Fassung wiedergebe.

Als die Mythologie sich entwickelte und veränderte, wurde die Entstehung von Sonne und Mond zunehmend problematisch; in der veröffentlichten Form des *Silmarillion* scheint dieses Kapitel mit einem großen Teil des übrigen Werkes nicht im Einklang zu stehen, und eine Übereinstimmung war auch nicht herzustellen. Gegen Ende seines Lebens war mein Vater wirklich bereit, vieles von dem, was er erbaut hatte, einzureißen und zu versuchen, Antworten auf jene Fragen zu finden, die er eindeutig für die Hauptprobleme hielt.

Anmerkung zur Anordnung der Geschichten

Die Entwicklung der *Verschollenen Geschichten* ist hier in der Tat außerordentlich kompliziert. Nach dem Schluß der *Flucht der Noldoli* (»Und mit diesen Worten Rúmils fand die Geschichte von der Verdunkelung Valinors ihr Ende«) schrieb mein Vater: »Darüber hinaus siehe in weiteren Büchern«, doch in Wirklichkeit fügte er den kurzen Dialog zwischen Lindo und Eriol an (»Groß muß die Macht Melkos gewesen sein, Böses zu tun ...«), die ich ans Ende der *Flucht der Noldoli* gestellt habe.

Die Paginierung der Notizbücher zeigt, daß als nächste die *Geschichte von Tinúviel* folgen sollte, die in einem anderen Buch niedergeschrieben ist. Diese lange Geschichte (sie findet sich in Teil II der *Verschollenen Geschichten*), die älteste erhaltene Fassung von »Beren und Lúthien«, beginnt mit einem langen *Verbindungsstück;* seltsamerweise beginnt dieses Verbindungsstück mit dem gerade erwähnten Dialog zwischen Lindo und Eriol bei fast identischem Wortlaut, woraus zu ersehen ist, daß es hier ursprünglich seinen Platz finden sollte; doch es wurde an dieser Stelle durchgestrichen.

Ich habe oben erwähnt (S. 72), daß mein Vater in einem Brief aus dem Jahr 1964 schrieb, er habe *Die Musik der Ainur* geschrieben, während er in Oxford am Wörterbuch mitarbeitete (Am *New English Dictionary* arbeitete er von November 1918 bis zum Frühjahr 1920 mit). Im selben Brief heißt es, daß er den »*Fall von Gondolin* während eines Genesungsurlaubs im Jahr 1917« und »die erste Version von der *Geschichte von Lúthin Tinúviel und Beren* ein wenig später im selben Jahre« schrieb. Es gibt keinen Hinweis, daß die auf *Die Musik der Ainur* folgenden Geschichten, wie sie hier gedruckt wurden, nicht unmittelbar nach der *Musik der Ainur* geschrieben wurden, während mein Vater noch in Oxford war.

Auf den ersten Blick ein eindeutiger Widerspruch: denn das besagte Verbindungsstück bezieht sich ausdrücklich auf die *Verdunkelung von Valinor,* eine Geschichte, die *nach* seinem Arbeitsbeginn in Oxford Ende 1918 geschrieben wurde, aber die Verbindung herstellt zur *Geschichte von Tinúviel,* die er, nach seinen eigenen Worten, 1917 schrieb. *Die Geschichte von Tinúviel* (und das ihr vorangestellte Verbindungsstück) ist jedoch in Wirklichkeit ein mit Tinte über ein ausradiertes Bleistift-Original geschriebener Text. Es ist, glaube ich, sicher, daß diese *Neufassung* von *Tinúviel* beträchtlich später erfolgte. Sie wurde mit der *Flucht der Noldoli* durch den Dialog zwischen Lindo und Eriol verbunden (das erwähnte Verbindungsstück bildet mit der *Geschichte von Tinúviel,* die darauf folgt, eine Einheit und wurde später hinzugefügt). In diesem Stadium muß mein Vater gespürt haben, daß die *Verschollenen Geschichten* nicht notwendigerweise in der wirklichen Zeitenfolge der Erzählung erzählt werden mußten (denn *Tinúviel* gehört natürlich in die Zeit nach der Erschaffung von Sonne und Mond).

Auf die Neufassung von *Tinúviel* folgte bruchlos eine erste Form des »Zwischenspiels«, in dem Gilfanon als Gast des Hauses eingeführt wird, und dieses leitet über zur *Geschichte von Sonne und Mond.* Später jedoch änderte mein Vater seine Meinung und strich den Dialog zwischen Lindo und Eriol am Anfang des Verbindungsstücks zu *Tinúviel,* das nun nicht auf *Die Flucht der Noldoli* folgen sollte, und setzte ihn in dem anderen Buch an das Ende der *Tinúviel*-Geschichte (Teil II). Zu selben Zeit schrieb er das »Gilfanon-Zwischenspiel« in erweiterter Form neu und stellte es an den Schluß der Geschichte von der *Flucht der Noldoli.* Es ergibt sich also:

Flucht der Noldoli	–	Flucht der Noldoli
Dialog Lindo/Eriol	–	Dialog Lindo/Eriol
Geschichte von Tinúviel	–	»Gilfanon-Zwischenspiel« (Neufassung)
»Gilfanon-Zwischenspiel«	–	Die Geschichte von Sonne und Mond und
die Verhüllung von Valinor		die Verhüllung von Valinor
Die Geschichte von Sonne und Mond		

Daß die Neufassung von *Tinúviel* als einer der letzten Texte der *Verschollenen Geschichten* entstand, scheint schon deshalb klar, da sich daran die erste Fassung des »Gilfanon-Zwischenspiels« anschloß, die zur gleichen Zeit geschrieben wurde: denn Gilfanon ersetzte Ailios, und Ailios (und nicht Gilfanon) ist der Gast in den früheren Versionen von der *Geschichte von Sonne und Mond* und der *Verhüllung von Valinor,* und Ailios ist der Erzähler der *Geschichte vom Nauglafring.*

Das Gedicht über den Mann im Mond existiert in vielen Fassungen und wurde 1923 in Leeds veröffentlicht;* lange danach wurde es stark verändert in *Die Abenteuer des Tom Bombadil* (1962; dt. 1984) aufgenommen. Es erscheint hier in einer Fassung, die sich an die früher veröffentlichte eng anlehnt, jedoch mit ein paar geringfügigen Veränderungen, die später eingefügt wurden. In der nur wenig überarbeiteten Fassung von 1923 trug das Gedicht den Titel »Warum der Mann im Mond viel zu früh herunterkam: eine Ostanglische Phantasie«; die erste abgeschlossene Fassung ist überschrieben mit: »Ein Feenmärchen: Warum der Mann im Mond viel zu früh herunterkam«; dazu ein altenglischer Titel: *Se Móncyning.*

---

* »Northern Venture: verses by members of the Leeds University English School Association« (Leeds, at the Swan Press, 1923). Nach: Humphrey Carpenter, S. 304.

Why the Man in the Moon came down too soon

The Man in the Moon had silver shoon
And his beard was of silver thread;
He was girt with pale gold and inaureoled
With gold about his head.
Clad in silken robe in his great white globe
He opened an ivory door
With a crystal key, and in secrecy
He stole o'er a shadowy floor;

Down a filigree stair of spidery hair
He slipped in gleaming haste,
And laughing with glee to be merry and free
He swiftly earthward raced.
He was tired of his pearls and diamond twirls;
Of his pallid minaret
Dizzy and white at its lunar height
In a world of silver set;

And adventured this peril for ruby and beryl
And emerald and sapphire,
And all lustrous gems for new diadems,
Or to blazon his ale attire.
He was lonely too with nothing to do
But to stare at the golden world,
Or strain for the hum that would distantly come
As it gaily past him whirled;

And at plenilune in his argent moon
He had wearily longed for Fire –
Not the limpid lights of wan selenites,
But a red terrestrial pyre
With impurpurate glows of crimson and rose
And leaping orange tongue;
For great seas of blues and the passionate hues
When a dancing dawn is young;

For the meadowy ways like chrysoprase
  By winding Yare and Nen.
How he longed for the mirth of the populous Earth
  And the sanguine blood of men;
And coveted song and laughter long
  And viands hot and wine,
Eating pearly cakes of light snowflakes
  And drinking thin moonshine.

He twinkled his fee as the thought of the meat,
  Of the punch and the peppery brew,
Till he tripped unaware on his slanting stair,
  And fell like meteors do;
As the whickering sparks in splashing arcs
  Of stars blown down like rain
From his laddery path took a foaming bath
  In the Ocean of Almain;

And began to think, lest he melt and stink,
  What in the moon to do,
When a Yarmouth boat found him far afloat,
  To the mazement of the crew
Caught in their net all shimmering wet
  In a phosphorescent sheen
Of bluey whites and opal lights
  And delicate liquid green.

With the morning fish – 'twas his regal wish –
  They packed him to Norwich town,
To get warm on gin in a Norfolk inn,
  And dry his watery gown.
Though Saint Peter's knell waked many a bell
  In the city's ringing towers
To shout the news of his lunatic cruise
  In the early morning hours,

No hearths were laid, not a breakfast made,
  And no one would sell him gems;
He found ashes for fire, and his gay desire

For chorus and brave anthems
Met snores instead with all Norfolk abed,
And his round heart nearly broke,
More empty and cold than above of old,
Till he bartered his fairy cloak

With a half-waked cook for a kitchen nook,
And his belt of gold for a smile,
And a priceless jewel for a bowl of gruel,
A sample cold and vile
Of the proud plum-porridge of Anglian Norwich –
He arrived so much too soon
For unusual guests on adventurous quests
From the Mountains of the Moon.

Warum der Mann im Mond viel zu früh herunterkam

Der Mann im Mond trug silberne Schuhe, / Und sein Bart war aus Silberzwirn; / Gegürtet war er mit blassem Gold, und eine Aureole / (4) Von Gold umgab sein Haupt. / In Silber gekleidet öffnete er / In seiner großen weißen Kugel eine Elfenbeintür / Mit einem kristallenen Schlüssel, und heimlich / (8) Stahl er sich über einen dämmrigen Flur; //

Eine Filigrantreppe aus Spinnenhaar hinab / Schlüpfte er in schimmernder Hast, / Heimlich lachend, froh und frei zu sein, / (12) Eilte er rasch der Erde zu. / Die Perlen und Diamanten hatte er satt, / Auch sein Mondsteinminarett / In schwindelnder Höhe und blendend weiß / (16) In einer Mondwelt, aus Silber gemacht;//

Und wagte jede Gefahr für Rubin und Beryll / Und Smaragd und Saphir / Und alle strahlenden Steine für neue Diademe, / (20) Sein blasses Gewand zu zieren. / Er war allein, hatte nichts zu tun, / Als auf die goldene Welt zu starrn / Oder auf das ferne Geräusch zu lauschen / (24) Vom fröhlichen Treiben der Welt; //

Und wenn sein Silbermond voll war, / Verlangte ihn bitter nach Feuer – / Nicht nach dem Leuchten blasser Seleniten, / (28) Sondern nach roter irdischer Glut, / Mit Karmesin und Rosa durchsetzt / Und orangenfarben züngelnd; / Nach Meeren von Blau und feurigen Farben / (32) Des tanzenden jungen Morgens; //

Nach den Wiesenpfaden wie Chrysopras / Am gewundenen Lauf von Yare und Nen. / Wie sehnte er sich nach der bevölkerten Erde Frohsinn, / (36) Nach dem lustigen Sinn der Menschen; / Er vermißte Sang und Lachen schon lange / Und heiße Gerichte und Wein, / Derweil er krümlige Schneeflockenkekse aß / (40) Und dünnen Mondschein trank. //

Er zappelte mit den Füßen beim Gedanken an Fleisch, / An Punsch und gewürzte Speisen, / Bis er auf schwankender Treppe danebentrat / (44) Und hinabschoß wie ein Meteor; / Wie die zischenden Funken, die in spritzenden Bögen / Von Sternen wie Regen hinuntergeblasen wurden / Von seiner Leiter und ein schäumendes Bad nahmen / (48) Im Ozean von Almain; //

Und als er sich fragte, bevor er versank, / Was, beim Mond, er tun könne, / Fand ihn ein Boot aus Yarmouth weit draußen, / (52) Und zur Verwunderung der Besatzung / Fing er sich im Netz, in schimmernder Nässe / Und in einem Phosphorschein / Von bläulichem Weiß und Opal / (56) Und zartem flüssigen Grün. //

Mit dem Morgenfang – auf eigenen Wunsch – / Brachten sie ihn nach Norwich, / Sich mit Gin zu wärmen in einer Norfolk-Kneipe / (60) Und sein nasses Gewand zu trocknen. / Obgleich Sankt Peters Ruf manche Glocke weckte / Auf den klingenden Türmen der Stadt, / Die Neuigkeit von seiner verrückten Fahrt / (64) In den frühen Morgenstunden zu künden, //

Wurde ihm kein Herd entzündet, kein Frühstück gemacht, / Wollt niemand ihm Gemmen verkaufen; / Asche fand er statt Feuer, und sein frommer Wunsch / (68) Nach Chorgesang und wackeren Hymnen / Stieß auf Schnarchen nur, denn Norfolk schlief, / Und fast zerbrach sein ehrliches Herz, / Leerer und kälter als einst dort oben, / (72) Bis er seinen schönen Umhang hergab //

An einen schlaftrunkenen Koch für einen Küchenwinkel / Und seinen goldenen Gürtel für ein Lächeln / Und einen kostbaren Edelstein für einen Napf Grütze, / (76) Ein Pröbchen, kalt und grauslich, / Vom prächtigen Pflaumenbrei aus Norwich in Anglia – / Er kam viel zu früh an / Für einen ungewöhnlichen Gast auf Abenteuerfahrt / (80) Von den Gebirgen auf dem Mond.

Es scheint sehr wahrscheinlich, daß das »Mondsteinminarett« in dem »kleinen weißen Türmchen« wieder auftaucht, das Uole Kúvion auf dem Mond erbaute und das »er oft besteigt und von wo er den Himmel oder die Welt tief unten beschaut«. Das Minarett des Mannes im Mond blieb in der endgültigen Fassung erhalten. Der Ozean von Almain ist die Nordsee (*Almain* oder *Almany* war im frühen Englisch ein Name für Deutschland); die Yare ist ein Fluß in Norfolk, der bei Yarmouth ins Meer fließt; und die Nene (mit kurzem Vokal gesprochen) fließt in den Wash.

IX. DIE VERHÜLLUNG VON VALINOR

Die Überleitung zu dieser Geschichte, die nun Vaire erzählt, wurde bereits oben (S. 277) abgedruckt. Im Manuskript wird die Geschichte fortgesetzt wie im letzten Teil von *Sonne und Mond* (S. 279, Anmerkung 18); auch ein früherer Entwurf ist erhalten, auf den in den Anmerkungen Bezug genommen wird.

»So hört! Geschichten will ich erzählen aus den alten, vergangenen Tagen, und die erste heißt *Die Verhüllung von Valinor.*

Ihr habt bereits vernommen, wie Sonne und Mond zu ihren unsteten Himmelsreisen aufbrachen, und vom Erwachen der Erde unter ihrem Licht gibt es viele Dinge zu erzählen; doch nun hört, was die Bewohner von Valinor in diesen bedeutsamen Tagen dachten und taten.

Es ist nun zu berichten, daß die Reisen dieser Lichtschiffe so ausgedehnt waren, daß die Götter es nicht leicht fanden, ihr Kommen und Gehen zu bestimmen, wie sie es anfangs vorgehabt hatten, denn Ilinsor war nicht willens, Urwendi den Himmel zu überlassen, und Urwendi hingegen brach oft auf, bevor Ilinsor zur festgesetzten Zeit zurückgekehrt war, denn sie war ungeduldig und von hitzigem Gemüt. So kam es denn, daß beide Schiffe oft zu ein und derselben Zeit unterwegs waren, und wenn sie, wie es zu jener Zeit oft geschah, in ihrer Herrlichkeit ganz nahe an der Erde vorüberzogen, so war dies ein überaus prächtiger und zugleich furchtbarer Anblick.

Da begann sich in Valinor aufs neue ein zögerndes Unbehagen zu regen, und die Herzen der Götter waren von Sorge erfüllt, während die Eldar sich untereinander besprachen. Und dies waren ihre Gedanken:

›Seht! Die ganze Welt ist licht geworden wie die Höfe der Götter, und sie lädt zum Spazieren ein wie die Alleen von Vansamírin oder die Terrassen von Kôr; und Valinor ist nicht mehr sicher, denn Melko hat nicht aufgehört, uns zu hassen, und er beherrscht die übrige Welt, wo er viele grausame Bundesgenossen hat‹ – und dazu zählten sie[1] in ihren Herzen sogar die Noldoli und taten ihnen in Gedanken unwissentlich Unrecht, und auch die Menschen vergaßen sie nicht, über die Melko vormals Lügen erzählt hatte. In der Tat war ihnen in der Freude über die letzte Blüte der Bäume und bei der schweren und frohen Arbeit des Schiffbaus die Furcht vor Melko ferngerückt, und die Bitterkeit über die unheilvollen letzten Tage und die Flucht des Gnomenvolks hatte sich gelöst – doch nun, da Valinor wieder Frieden hatte und seine Lande und Gärten von ihren Wunden genesen waren, erweckte die Erinnerung ihren Zorn und ihren Schmerz aufs neue.

Und so wenig die Götter auf die Torheit der Noldoli vergaßen, und so sehr sie ihre Herzen verhärteten, so war doch der Grimm der Elben noch größer, und die Solosimpi waren voll Bitterkeit gegen ihre Sippe, und nie mehr wollten sie ihre Gesichter auf den Pfaden ihrer Heimat sehen. Jene taten sich besonders hervor, deren Verwandte am Hafen der Schwäne ums Leben gekommen waren, und ihr Anführer war Ainairos, der jenem Gemetzel entkommen war, in dem sein Bruder den Tod gefunden hatte; und er suchte durch seine Worte unaufhörlich die bitteren Gedanken der Elben noch zu vertiefen.

Dies nun bereitete Manwe Kummer, doch er erkannte, daß sein Plan bis jetzt noch nicht vollkommen war und daß die Weisheit der Götter sich notwendigerweise der vortrefflicheren Herrschaft von Sonne und Mond beugen mußte. Darum rief er die Götter und Elben zu einer Versammlung, auf daß ihr Rat seinen Plan verbessere, und überdies hoffte er, mit sanften, klugen Worten ihren Zorn und ihre Unruhe zu besänftigen, bevor Unheil daraus erwuchs. Denn deutlich erkannte er darin das Gift von Melkos Lügen, deren Saat, wohin er sie auch ausstreut, lebt und sich vervielfacht, fruchtbarer als jeder Same, den man in die Erde legt; und es wurde ihm bereits berichtet, das alte Murren der Elben über ihre Freiheit beginne aufs neue, und der Stolz treibe manche in die Arme der Torheit, so daß der Gedanke an die Ankunft der Menschen ihnen unerträglich erscheine.

So saß denn Manwe mit schwerem Herzen vor Kulullin und blickte fragend auf die Valar in seiner Nähe und auf die Eldar zu seinen Knien, doch er offenbarte nicht alle seine Gedanken, sondern sagte ihnen nur, er habe die Ratsversammlung noch einmal einberufen, um die Bahnen von Sonne und Mond festzulegen und Ordnung und Vernunft in ihren Lauf zu bringen. Da tat Ainairos unverblümt vor Manwe den Mund auf, sagte, daß andere Dinge die Herzen der Elben tiefer berührten, und machte den Göttern kund, was die Elben über die Noldoli dachten und über die Schutzlosigkeit des Landes von Valinor gegen die übrige Welt. Darauf erhob sich beträchtlicher Aufruhr, und viele von den Valar und ihrem Gefolge unterstützten ihn laut, und einige andere der Eldar riefen, daß Manwe und Varda ihre Sippe veranlaßt hätten, in Valinor zu wohnen, und ihr unerschöpfliche Freude versprochen hätten – nun sollten die Götter dafür Sorge tragen, daß nicht ihr Glück zu einem Nichts zusammenschrumpfe, nur weil Melko die Welt beherrsche, so daß sie nicht wagten, selbst wenn sie es wollten, zu den Orten ihres Erwachens zu ziehen. Die meisten der Valar hingen außerdem ihrer alten Bequemlichkeit an, wollten nur Frieden und wünschten, weder Gerüchte über Melko und seine Gewalt noch das Murren der ruhelosen Gnomen möge sich je wieder unter ihnen verbreiten, ihr Glück zu stören; und aus diesen Gründen traten auch sie lärmend dafür ein, daß das Land verhüllt werde. Unter diesen waren Vána und Nessa nicht die geringsten, obgleich selbst die meisten der großen Götter einer Meinung waren. Vergeblich bat Ulmo, weil er in die Zukunft sah, um Mitleid und Vergebung für die Noldoli, vergeblich enthüllte Manwe die Geheimnisse der Musik der Ainur und den Sinn der Welt; lange währte diese Versammlung und war voll von lärmenden Reden, und dort wurden mehr bittere und flammende Worte gewechselt, als je zuvor; darum zog sich Manwe Súlimo schließlich zurück. Weder Mauern noch Bollwerke, sagte er, könnten nun Melkos Unheil von ihnen fernhalten, da es bereits unter ihnen hause und alle Köpfe verwirre.

So geschah es, daß die Feinde der Gnomen im Rat der Götter die Oberhand behielten, und Kópas' Blut begann bereits sein grausames Werk; denn nun fing an, was die Verhüllung von Valinor genannt wird, und Manwe und Varda und Ulmo, der Herr der Meere, hatten keinen Teil daran, doch kein anderer der Valar oder der Elben hielt sich davon fern, obgleich Yavanna und Orome, ihr Sohn, sich insgeheim unbehaglich fühlten. Nun führten Lórien und Vána die Götter an, und Aule lieh ihnen seine Kunst und Tulkas seine Stärke, und so kam es, daß die Götter in dieser Zeit nicht auszogen, Melko zu besiegen, und dies war später ihr größter Kummer und ist es noch immer; denn durch diesen Fehler erreichte die große Herrlichkeit der Valar in vielen Zeitaltern nicht ihre Vollkommenheit auf der Erde, und noch immer wartet die Welt darauf.[2]

In jenen Tagen freilich ahnten sie nichts von diesen Dingen und machten sich an neue und gewaltige Werke, wie man sie, seit Valinor erbaut wurde, von ihnen nicht gesehen hatte. Die umschließenden Berge machten sie auf ihrer Ostseite noch unüberschreitbarer, als sie es je gewesen waren, und Kémi umhüllte ihre Schluchten und unzugänglichen Gipfel mit solchem Erd-Zauber, daß von allen furchteinflößenden und entsetzlichen Orten auf der großen Erde der Schutzwall der Götter der gräßlichste und gefährlichste war; weder Utumna noch die Plätze Melkos in den Bergen von Eisen waren von solch unüberwindlicher Furcht erfüllt. Außerdem waren auf den Ebenen an ihrer Ostseite[3] undurchdringliche Gewebe klebriger Dunkelheit angehäuft, die Ungweliante in Valinor bei der Zerstörung der Bäume ausgeschieden hatte. Diese warfen nun die Götter aus ihrem strahlenden Land hinaus, daß sie die Schritte all jener verwirren sollten, die sich näherten, und diese Dunkelheit strömte und breitete sich in alle Richtungen aus, legte sich selbst auf den Grund der Schattenmeere, bis die Feenbucht trübe wurde und kein Glanz von Valinor sich in ihr spiegelte, und das flimmernde Licht der Lampen von Kôr erstarb jenseits der mit

Edelsteinen besetzten Strände. Von Norden nach Süden reichten der Zauberbann und die unerreichbare Kraft göttlicher Magie; doch die Götter waren noch nicht zufrieden und sagten: Fürwahr, wir wollen dafür sorgen, daß alle Pfade, bekannte wie geheime, die nach Valinor führen, gänzlich aus der Welt verschwinden oder sich als trügerisch erweisen, auf daß der Wanderer in hoffnungslose Verwirrung gestürzt wird.

Dies taten sie, und in den Meeren blieb keine Wasserstraße übrig, die nicht mit gefährlichen Strudeln oder Strömungen von überwältigender Kraft besetzt war, denen kein Schiff widerstehen konnte. Und nach Osses Willen lauerten dort die Geister plötzlicher Stürme und unerwarteter Winde und andere, die undurchdringlichen Nebel verbreiten konnten. Selbst die langen, umständlichen Wege, den Boten der Götter bekannt, denen sie durch die dunklen Wildnisse des Nordens und durch den tiefsten Süden gefolgt waren, vergaßen sie nicht, und als alles zu ihrer Zufriedenheit vollbracht war, sagte Lórien: ›Nun ist Valinor auf sich gestellt, und wir haben Frieden‹, und Vána, in der Heiterkeit ihres Herzens, sang wieder in ihren Gärten.

Als einzige von allen waren die Solosimpi von Zweifeln erfüllt, und in der Nähe ihrer alten Wohnungen standen sie an den Gestaden, das Lachen wollte nicht zu ihnen zurückkehren, und sie schauten auf das Meer, das voll Gefahr und düster war, und fürchteten, übers Meer könne doch noch das Unheil in das Land gelangen. Da machten sich einige auf, gingen zu Aule und Tulkas und sagten: ›Oh, ihr Großen der Valar, gar gut und wunderbar haben die Götter sich gemüht, wir glauben aber in unseren Herzen, daß dennoch etwas fehlt; denn wir haben nicht gehört, daß der Fluchtweg der Noldoli, die schreckliche Meerenge zwischen den Klippen der Helkarakse, zerstört ist. Wohin aber die Kinder der Eldar ihren Fuß setzen konnten, dorthin können vielleicht auch die Söhne Melkos zurückkehren, trotz all eurer Zauber und Tücken; und dieses ungeschützte Meer ist es, das uns den Frieden unserer Herzen raubt.‹

Darauf lachte Tulkas und sagte, niemand könne nun nach Valinor gelangen, außer durch die allerhöchsten Lüfte. ›Und dort hat Melko keine Macht; und ihr ebensowenig, ihr kleinen Erdbewohner.‹ Trotzdem begab er sich auf Bitten Aules mit ihm zu dem Ort, wo den Gnomen so bitteres Leid widerfahren war. Und mit dem riesigen Hammer aus seiner Schmiede schlug Aule gegen den Wall zerklüfteten Eises, und als er bis zu den eisigen Wassern geborsten war, riß ihn Tulkas mit seinen gewaltigen Händen entzwei, die Meere brausten zwischen den Stücken hindurch, und das Land der Götter war endgültig von den Reichen der Erde geschieden.[4]

Dies taten sie auf Bitten der Küsten-Elben, doch auf keinen Fall wollten die Götter erlauben, daß der Wunsch der Solosimpi erfüllt und die Senke in den Hügeln unterhalb des Taniquetil mit Felsen ausgefüllt würde, denn dort hatte Orome viele liebliche Wälder und Lustgärten, und die Teleri[5] wollten nicht leiden, daß Kôr zerstört oder von düsteren Bergwänden zu sehr eingeschlossen wurde.

Da wandten sich die Solosimpi an Ulmo, und er wollte nicht auf sie hören und sagte, daß sie solche Bitterkeit des Herzens nie aus seiner Musik gelernt, sondern es vorgezogen hätten, den Einflüsterungen Melkos, des Verfluchten, Gehör zu schenken. Und als sie von Ulmo fortgingen, waren manche beschämt, doch andere suchten Osse auf, und dieser half ihnen, um Ulmo zu trotzen; und so schuf Osse in jenen Tagen die Zauberinseln und setzte sie in einem weiten Ring an die westlichen Grenzen des riesigen Meeres, so daß sie die Feenbucht beschützten; und obgleich in jenen Tagen die ungeheuren Finsternisse jenes entfernten Wassers sich über die ganzen Schattenmeere ausdehnten, waren die Inseln selbst gleichwohl über die Maßen schön anzuschauen. Und alle Schiffe, welche diese Gegend befahren, müssen sie unbedingt erspähen, bevor sie die letzten Gewässer erreichen, die elbische Küsten bespülen, und so verlokkend waren sie, daß wenige die Kraft hatten vorbeizusegeln, und wenn es ein Schiff versuchte, trieben plötzliche Stürme es gewaltsam auf ihre Strände, deren Kiesel wie Silber und Gold glänzten.

Doch alle, die ihren Fuß auf diese Inseln setzten, kehrten nie mehr von dort zurück, sondern Netze spannen sie ein aus Oinens[6] Haar, der Gebieterin der See, und für Jahrhunderte sinken sie in Schlummer, von Lórien verhängt; und so liegen sie am Rand der See wie Ertrunkene, die von den Wellen noch einmal an Land gespült werden; diese Unglücklichen schlafen indessen einen bodenlosen Schlaf, die dunkle See umspielt ihre Glieder, doch ihre Schiffe verfaulen, überwachsen von Tang, an diesen verwunschenen Stränden, und niemals mehr segeln sie vor den Winden aus dem trüben Westen.[7]

Als Manwe nun kummervoll vom hohen Taniquetil blickte und sah, wie all dies geschah, schickte er nach Lórien und Orome, die er für weniger starrsinnig hielt als die anderen, und als sie gekommen waren, sprach er ernstlich mit ihnen; zwar wollte er nicht, daß die Mühen der Götter unvollendet blieben, denn er sah nicht nur Schlechtes darin, doch er konnte die beiden dazu überreden, ihm in bestimmten Dingen zu Willen zu sein. Und diese Bitte erfüllten sie ihm; Lórien nämlich schuf einen unsichtbaren Zauberpfad, der sich höchst geheimnisvoll über gewundene Straßen von den östlichen Landen durch all die großen Wildnisse der Welt bis an die Mauern vor Kôr zog, und er führte an der Hütte der Kinder der Erde[8] vorbei, und von dort lief er durch die ›Allee der flüsternden Ulmen‹, bis er das Meer erreichte.

Die dämmrigen Meere jedoch und alle Wasserstraßen überlief der Pfad auf zarten Brücken, schwebend auf der Luft und gräulich schimmernd, als wäre er aus seidigen Nebeln oder Perlenvorhängen gemacht, erhellt von einem fahlen Mond; doch außer den Valar und den Elben hat keines Menschen Auge ihn erblickt, außer im süßen Schlummer in der Jugend ihrer Herzen. Er ist der längste aller Wege, und wenige gibt es, die je sein Ende erreicht haben, so viele Lande und wundersame Plätze der Verlockung berührt er, bevor er nach Elbenis kommt, doch angenehm ist er dem Fuß, und niemand ermüdet je, der über ihn wandelt.

»So war und ist«, sagte Vaire, »Olóre Malle beschaffen, der Pfad der Träume. Doch von ganz anderer Art war das Werk, das Orome vollbrachte, der, nachdem er Manwes Worte vernommen, zu seiner Gemahlin Vána eilte und sie um eine Strähne ihres langen goldenen Haares bat. Nun war das Haar von Vána, der Schönen, seit den Tagen, da sie es Aule geopfert, noch länger und leuchtender geworden, und sie gab Orome eine der goldenen Flechten. Darauf tauchte er diese in den Glanz von Kulullin, doch Vána verspann sie kunstvoll zu einer unermeßlich langen Schnur, und damit eilte er geschwind zum Wohnsitz Manwes auf dem Berg.

Dann ruft er laut, und Manwe und Varda und ihr Gefolge kommen herbei, und er zeigte ihnen seine Schnur aus Gold, doch sie verstanden nicht, was er wollte; doch Orome bittet sie, ihre Augen auf jenen Berg zu richten, der Kalorme genannt wird und der sich, am weitesten von Valinor entfernt, ungeheuer über dem Land erhebt; zwar hielt man ihn neben dem Taniquetil für den höchsten Berg, doch von dessen Gipfel aus war er in weiter Ferne nur verschwommen zu sehen. Als nun alle Augen auf Kalormes Gipfel gerichtet waren, trat Orome zurück, nahm all seine Geschicklichkeit und Kraft zusammen, tat einen mächtigen Wurf, und die goldene Schnur schoß in einer Kurve durch den Himmel, bis ihre Schlinge sich um die allerhöchste Spitze von Kalormes Gipfel legte. Dann kam sie durch ihre magische Kraft und die Fertigkeit von Oromes Händen zur Ruhe und wurde eine strahlende goldene Brücke, die weder erschlaffte noch durchhing; doch Orome befestigte ihr diesseitiges Ende an einer Säule in Manwes Höfen und sagte zu denen, die ihn anstarrten: ›Wen es denn gelüstet, in die Großen Lande zu wandern, der möge mir folgen.‹ Und mit diesen Worten setzte er den Fuß auf das Seil und eilte wie der Wind über den Golf bis zum Gipfel von Kalorme, während alle auf dem Taniquetil vor Erstaunen verstummten. Nun löste Orome die Schnur vom Gipfel des Kalorme und, das Seil im Laufen aufrollend, kehrte er ebenso rasch zurück, bis er wieder vor Manwe stand. Da sagte er: ›Sieh, o Súlimo, Herr der Lüfte, einen Weg habe ich geschaffen, auf dem jeder Valar, der Herz genug hat, sich an jeden Ort in den Großen Landen begeben kann, nach dem ihn gelüstet; denn wann immer sie wollen, werde ich meine schmale Brücke auswerfen, und du wirst das diesseitige Ende in sicheren Gewahrsam nehmen.‹

Und aus diesem Werk Oromes ging jenes gewaltige Wunder der Himmel hervor, zu dem alle Menschen staunend aufsehen, doch manche fürchten es auch und fragen sich, was es bedeuten mag. Doch sieht diese Brücke zu verschiedenen Zeiten und in den verschiedenen Gegenden der Erde anders aus, und Menschen und Elben bekommen sie selten zu Gesicht. Weil sie nun höchst wunderbar in den schrägen Strahlen der Sonne gleißt und, wenn die Regen des Himmels sie befeuchten, magisch aufscheint und das goldene Licht sich in ihren triefenden Strängen in mancherlei Purpur, Grün und Rot bricht, so nennen die Menschen sie sehr oft den Regenbogen; doch sie haben auch viele andere Namen erfunden, und die Elben sagen Ilweran, die Brücke des Himmels.

Nun, lebende Menschen können die schwankenden Strähnen Ilwerans nicht betreten, und wenige der Eldar haben das Herz dazu; doch seit jenen Tagen gibt es für Elben und Menschen keine anderen Wege nach Valinor, einen einzigen ausgenommen, und dieser ist sehr dunkel; doch ist er auch sehr kurz, die kürzeste und schnellste aller Straßen, und auch sehr uneben, denn Mandos machte sie, und Fui setzte sie an ihren Platz. Qalvanda wird sie genannt, die Straße des Todes, und sie führt nur zu den Hallen von Mandos und Fui. Zweigeteilt ist sie, die eine Seite beschreiten die Elben und die andere die Seelen der Menschen, und niemals vermengen sie sich.[9]

So wurde die Verhüllung von Valinor vollbracht, und die Valar versäumten die Gelegenheit, Ruhm zu erwerben, prächtiger und dauerhafter, als der große Ruhm, den sie damals hatten und noch haben. Gleichwohl gibt es aus jenen Tagen noch bedeutsame Dinge zu berichten, von denen ich euch nun vielleicht einige wenige erzählen kann; und eine will ich *Hafen der Sonne* nennen.

Seht, in die Herzen aller ist nun durch die Friedensstiftung[10] Manwes und der Valar Ruhe eingekehrt, und während die Götter sich in Valmar ergehen und der Himmel voll ist von der ungezähmten Pracht der Schiffe des Lichts, kehren die Elben schließlich zurück, um die Glückseligkeit von Kôr wiederherzustellen; und dort suchen sie allen Kummer und alle Mühen zu vergessen, die sie seit der Befreiung Melkos heimgesucht hatten. Nun wird Kôr die schönste und größte Augenweide von allen Reichen in Valinor, denn noch immer leuchteten in Inwes Hof die zwei elbischen Bäume mit zartem Licht; und sie waren Schößlinge der ruhmreichen Bäume, die nun tot waren, welche die Götter Inwe in den ersten Tagen gegeben hatten, als diese Stadt erbaut wurde. Auch Nóleme hatte Schößlinge erhalten, doch diese waren ausgerissen worden und verschwunden und niemand wußte wohin, und weitere hatte es nie gegeben.[11]

Doch wenn die Elben auch auf die Valar vertrauten, daß sie das Land beschirmten und sie mit ihrem Schutz umgaben, und obgleich die Bilder vergangener Tage des Jammers verblaßten, konnten sie die Erinnerung an ihr Unglück dennoch nicht völlig abstreifen; und sie konnten es nie, bis später der Zauberpfad Lóriens vollendet war und es den Kindern der Vorväter der Menschen zum erstenmal gestattet wurde, ihn in süßem Schlummer zu betreten; da entzündete sich eine neue strahlende Freude in ihren Herzen, doch diese Dinge waren noch nicht geschehen, und die Menschen waren gerade erst auf der Erde erwacht.

Aber Manwe und Ulmo wußten, daß die Stunde ihrer Ankunft gekommen war, und hielten Rat, wie man sie schützen könne. Und zu diesem Zweck machten sie viele Pläne, und der Gedanke an Melko und an die Wanderung der Gnomen bedrückte sie; doch das andere Volk in Valinor bekümmerte sich jetzt wenig um solche Dinge. Gleichwohl unternahm es Manwe, noch einmal zu den Valar zu sprechen, wenn er die Menschen auch mit keinem Wort erwähnte, und er erinnerte sie daran, daß sie über ihren Anstrengungen zur Verhüllung ihres Landes den Gedanken an die Unberechenbarkeit von Sonne und Mond außer acht gelassen hätten. Manwe fürchtete nämlich, das Leben auf der Erde könnte wegen der großen Helligkeit und Hitze dieser strahlenden Himmelskörper unerträglich werden, und Yavanna stimmte darin mit ihm überein; doch die meisten der Valar und Elben erkannten den Vorteil seines Plans, denn so, dachten sie, wenn man Sonne und Mond auf höhere Bahnen hob, werde all ihren Mühen ein Ende gesetzt und das durchdringende Licht gemildert, so daß alle Berge und Landstriche ihrer Heimstatt nicht allzu hell erleuchtet sein würden und niemand sie je wieder aus weiter Ferne würde erspähen können.

Darum sprachen einige: ›Laßt uns nun Boten aussenden, welche die Beschaffenheit der Welt im äußersten Osten erkunden sollen, wohin selbst Manwes Auge vom Berg der Welt nicht dringen kann.‹ Da erhob sich Orome: ›Davon kann ich euch berichten, denn ich habe diese Gefilde gesehen. Im Osten, jenseits der zerklüfteten Lande, ist ein stiller Strand und ein dunkles, ödes Meer.‹ Und die Götter erstaunten über diese Nachricht, denn nie zuvor hatte es einen von ihnen verlangt, dergleichen zu sehen oder davon zu hören, nicht einmal Yavanna, Gebieterin der Erde. Von Ulmo Vailimo, dem Herrn von Vai, will ich nicht sprechen, denn in Wahrheit waren ihm alle diese Dinge seit Anbeginn der Erde vertraut. Darum ergriff nun dieser Uralte nach Orome das Wort, enthüllte den Valar das verborgene Wesen der Erde und sagte:

›Seht, es gibt nur einen Ozean, und das ist Vai, denn jene Wasser, die Osse für Ozeane hält, sind nur Meere, Wasser, die in den Höhlungen des Gesteins liegen; Vai aber erstreckt sich zwischen den Mauern der Welt, wohin auch immer ihr blickt. Im Norden nun ist es so kalt, daß selbst seine bleichen Wasser bis in unauslotbare Tiefen gefroren sind, und im Süden verbreitet Ungoliont[12] eine solch vollkommene Finsternis und spinnt solchen Trug, daß niemand außer mir dort einen Weg finden kann. In diesem großen Wasser schwimmt die mächtige Erde, getragen vom Wort Ilúvatars, denn nichts sonst, ob Fisch oder Schiff, kann darin schwimmen, dem ich nicht das gewaltige Wort, das Ilúvatar mir aufgetragen, gesagt und es mit Zauber belegt habe; doch von der weiten Erde ist Valinor nur ein Teil, und gemacht ist sie aus Stein und Metall, und die Meere sind Teiche in ihren Höhlungen, und die Inseln, außer einigen wenigen, die noch frei umherschwimmen, ragen nun wie Bergspitzen aus ihren tangbewachsenen Tiefen auf. Wisset denn, daß Valinor ein wenig näher liegt an der gewaltigen Mauer der Welt, mit der Ilúvatar uns umschlossen hat, als die fernsten Gestade des Ostens. Und dies weiß ich, denn oft bin ich unter die Welt getaucht und habe jene unversehrten Strände aufgesucht; denn seht, o Valar, ihr kennt nicht alle Wunder, und viele geheimnisvolle Dinge gibt es unter dem dunklen Kiel der Erde, wo ich die mächtigen Hallen Ulmonan mein eigen nenne, von denen ihr nie geträumt habt.‹

Doch Manwe sprach: ›Das ist wahr, o Ulmo Vailimo; doch was bedeutet das für unser jetziges Vorhaben?‹

Und Ulmo antwortete: ›Sieh, ich will Aule, den Schmied, mit mir nehmen und ihn rasch und sicher in meinem Meereswagen durch die Wasser von Vai bis an die östlichen Gestade bringen. Und dort wollen er und ich Häfen für die Schiffe erbauen, und aus dem Osten sollen sie später aufsteigen und ihr Licht und ihren Glanz ungemindert den Menschen schenken, die ihrer bedürfen, und auch den unglücklichen Noldoli; sie sollen einander über den Himmel folgen und heimkehren nach Valinor. Hier sollen sie, wenn ihre Herzen durch ihre Fahrten ermattet und schwach geworden sind, für eine Weile auf den Äußeren Meeren ausruhen, Urwendi soll in Faskalan baden und Ilinsor von den stillen Wassern des Sees Irtinsa trinken, bevor sie wieder auf die Reise gehen.‹

Diese Rede hatten nun Manwe und Ulmo insgeheim miteinander verabredet, und jeder der Valar oder Eldar hatte seine Gründe, wie schon zuvor, ihr zuzustimmen. Darum eilten jetzt Aule und Ulmo von dannen und erbauten im Osten, am Rande des bodenlosen Meeres, große Häfen; und der Hafen der Sonne war weiträumig und golden, und in ihn wurde auch der Hafen des Mondes hineingesetzt; und er war weiß und hatte Tore aus Silber und Perlen, die matt aufschimmerten, sobald sich die Sonne aus den Himmeln auf Valinor senkte; und zu dieser Stunde öffnen sich die Tore von selbst vor dem ausfahrenden Mond, doch keiner der Eldar hat dies je gesehen, ausgenommen Uole Kúvion, und er hat nichts darüber erzählt.

Zuerst hatten nun die Götter im Sinne gehabt, Sonne und Mond zu den ihnen bestimmten Zeiten und geschützt durch Ulmos Zauber gegen Unbill von Vai unterhalb der Erde nach Osten zu ziehen; doch am Ende erkannten sie, daß Sári,[13] anders als der Mond, nicht unversehrt bleiben würde, denn sie war zu zerbrechlich und flüchtig; und bei den Versuchen der Götter in den tiefsten Wassern wurde viel von ihrem kostbaren Glanz vergossen, der entschlüpfte und als geheimnisvolle Funken in manch einer Meereshöhle erhalten blieb. Diese Funken haben viele elbische Taucher lange Zeit jenseits des äußersten Ostens gesucht, so wie es in dem Lied vom Schläfer im Turm der Perle besungen worden ist.[14]

Ja, eine Zeitlang wurde selbst die helle Urwendi von einem Mißgeschick betroffen, so daß sie in den dunklen Grotten und endlosen Gängen von Ulmos Reich umherirrte, bis Fionwe sie fand und nach Valinor zurückbrachte – doch dies wird die Geschichte von Qorinómi genannt und soll hier nicht erzählt werden.[15]

So kam es, daß die Götter eine überaus gewaltige Tat wagten, das größte von allen ihren Werken; indem sie nämlich mit Ulmos Hilfe eine Flotte zaubrischer Flöße und Boote machten – ohne Ulmo hätte keiner von ihnen es ertragen können, die Wasser von Vai zu befahren –; damit fuhren sie zur Mauer der Welt, und dort schufen sie das Tor der Nacht (Moritarnon oder Tarn Fui, wie die Eldar es in ihrer Sprache nennen). Dort steht es noch, tiefschwarz und riesig gegen die dunkelblauen Mauern. Seine Säulen bestehen aus stärkstem Basalt und sein Sturz ebenso, doch große Drachen aus schwarzem Stein sind dort herausgemeißelt, und ihren Mäulern entströmt langsam wesenloser Rauch. Die Flügel dieses Tores sind unzerbrechlich, und niemand weiß, wie sie gemacht oder eingesetzt wurden, denn den Eldar war es nicht gestattet, dieses erhabene Bauwerk zu schauen, und es ist das letzte Geheimnis der Götter; und kein Angriff aus der Welt kann dieses Tor bezwingen, welches sich nur einem mystischen Wort öffnet; dieses Wort kennt allein Urwendi und außer ihr nur Manwe, der es ihr sagte; denn außerhalb des Tors der Nacht ist die äußere Dunkelheit, und wer sie durchquert, kann der Welt und dem Tod entfliehen und Dinge hören, die nicht für die Ohren der Erdbewohner bestimmt sind, und dies darf nicht geschehen.

Im Osten freilich war das Werk der Götter von anderer Art, denn dort schufen sie einen Torbogen, der, wie es heißt, ganz aus leuchtendem Gold besteht und von silbernen Türflügeln gesperrt wird; doch wenige haben ihn gesehen, selbst wenige der Götter, denn oft ist er von riesigen Schwaden glühender Dämpfe umhüllt. Auch das Tor des Morgens öffnet sich nur Urwendi allein, und das Wort, das sie spricht, ist das gleiche wie am Tor der Nacht, nur dreht sie es um.

So kommt es, daß immer nun, wenn das Schiff des Mondes seinen Hafen im Osten und seine Tore aus Perlen verläßt, Ulmo die Galeone der Sonne vor das Tor der Nacht zieht. Dann spricht Urwendi das mystische Wort, die Türen öffnen sich vor ihr nach außen, und ein Schwall von Dunkelheit strömt herein, doch ihrem blendenden Licht muß er weichen; und die Galeone der Sonne fährt in die grenzenlose Finsternis hinaus, hinter der Welt entlang und kehrt in den Osten zurück. Dort fährt Sári, gefüllt mit der Helligkeit des Morgens, durch das Tor, und Urwendi und ihre Jungfrauen blasen in goldene Hörner, und der Morgen dämmert herauf vor den Augen der Menschen.[16]

Doch manches Mal wird eines der winzigen Sternenschiffe Vardas, das, wie es oft geschieht, auf das Äußere Meer hinausgefahren war, im Kielwasser der Sonne durch das Tor der Nacht gesogen; und etliche folgen der Galeone durch die sternlose Weite zurück zur östlichen Mauer, und etliche gehen für immer verloren, und wieder andere schimmern jenseits des Tores, bis das Sonnenschiff wieder hervorkommt.[17] Dann springen sie zurück und stürzen wieder in den Himmel hinauf oder fliehen durch seine Räume; und es ist sehr schön, ihnen zuzuschauen – den Springbrunnen der Sterne.

Nun seht, weil der Mond weniger strahlend und erhaben ist, wagt er sich nicht in die tiefste Verlassenheit der äußeren Dunkelheit, und noch immer fährt er unter der Welt dahin, und vieles kann sich auf diesem Wege ereignen; daher kommt es, daß er oft weniger pünktlich ist als die Sonne und unbeständiger. Manchmal folgt er Sári überhaupt nicht, zu anderen Zeiten verspätet er sich und macht nur eine kleine Reise, oder er wagt sich gar in die Himmel, solange Urwendi noch da ist. Dann lächeln die Götter gedankenvoll und sagen: ›Die Lichter mischen sich wieder einmal.‹[18]

Auf diese Weise wurden die Schiffe lange Zeit über die Himmel geführt, und lange nach diesen Tagen geschah es, daß die Götter aufs neue um Sonne und Mond fürchteten, weil bestimmte Nachrichten eintrafen, von denen vielleicht später die Rede sein wird; und diese Furcht war der Grund, warum sich etwas Neues und Sonderbares zutrug. Die Weise, in der dies geschah, kann ich vielleicht erzählen, bevor ich zum Ende komme; und die Geschichte nennt sich *Wie die Tage und Monate und Jahre geschaffen wurden.*

Als nun die großen Götter gerade im geheimen Rat saßen und darüber nachdachten, auf welche Weise sie die Leuchten für immer ihrem Willen unterwerfen und ihre Bewegungen zügeln könnten wie ein Wagenlenker seine galoppierenden Pferde, da standen mit einem Male drei alte Männer vor ihnen und entboten Manwe ihren Gruß.

Manwe aber fragte sie, wer sie seien, ›Denn ich weiß wohl‹, sagte er, ›daß ihr nicht zu dem glücklichen Volk gehört, das in Valmar oder in den Gärten der Götter wohnt.‹ Und die Valar wunderten sich, wie sie ohne Geleit in ihr Land hatten gelangen können. Diese Männer waren nun von sonderbarem Aussehen, erschienen unvorstellbar alt und doch von unbeugsamer Stärke. Und einer, der zur Linken stand, war außerordentlich schlank und kleinwüchsig, der mittlere von gewöhnlicher Größe, und der dritte war sehr groß; und der erste hatte kurzes Haar und einen kleinen Bart, der Bart des zweiten war weder lang noch kurz, doch der des dritten war so lang, daß er, wenn er ging, vor ihm auf dem Boden schleifte. Nach einer Weile gab der kleinwüchsige Alte Manwe zur Antwort: ›Wir sind Brüder und Männer von außerordentlich feiner Kunstfertigkeit‹; und der zweite sagte: ›Hört denn, daß wir Danuin, Ranuin und Fanuin heißen,* und ich bin Ranuin, und Danuin hat vor mir gesprochen.‹ Darauf sagte Fanuin: ›Und wir wollen euch in eurer Verlegenheit unsere Künste anbieten – jedoch: wer wir sind, woher wir kommen oder wohin wir gehen, werden wir euch nur sagen, wenn ihr unser Angebot annehmt, und nachdem wir unser Werk nach unserem Willen vollendet haben.‹

Das wollten ihnen einige der Götter abschlagen, denn sie befürchteten ein Blendwerk (vielleicht gar von Melko), andere wollten ihrem Wunsch entsprechen, und diese gewannen am Ende die Oberhand, weil die Verwirrung in diesen Tagen groß war. Darauf baten Danuin, Ranuin und Fanuin, daß ihnen ein gesondertes Gemach überlassen werde; und dieses erhielten sie in Aules Haus. Dort spannen und woben sie im geheimen, und nach einem Zeitraum von zweimal zwölf Stunden kam Danuin heraus und sagte zu Manwe: ›Sieh, was meine Hände geschaffen haben!‹ Niemand verstand, was er meinte, denn seine Hände waren leer. Als jedoch das Schiff der Sonne heimkehrte, da ging Danuin zum Heck, legte seine Hand darauf und gebot Ulmo, wie es dessen Gewohnheit war, es über die Wasser zum Tor der Nacht zu ziehen; und als Ulmo sich ein wenig von der Küste Valinors entfernt hatte, schritt Danuin zurück, und – fürwahr! – Ulmo konnte das Sonnenschiff nicht weiterziehen, wiewohl er all seine Stärke zusammennahm. Da fürchteten sich Manwe

* Am Rand ist vermerkt: *Dōgor Mōnap & Missére;* altenglische Wörter mit der Bedeutung »Tag, Monat und Jahr«.

und Ulmo und alle, die Zeugen waren, doch danach gab Danuin die Sonne wieder frei und ging fort, und sie konnten ihn nicht finden; doch nach achtundzwanzig Nächten kam Ranuin hervor und sagte ebenfalls: ›Seht, was meine Hände geschaffen haben!‹ Und doch war in seinen ausgestreckten Händen nicht mehr zu sehen als zuvor in denen von Danuin. Nun wartete Ranuin, bis Ilinsor die Rose von Silpion nach Valinor brachte, ging dann hin und stemmte seine Hand gegen einen gläsernen Zacken auf dieser Insel, und anschließend vermochte niemand Ilinsors Barke gegen Ranuins Willen weit von ihm fortzubewegen; doch wiederum sprach Ranuin kein Wort und ging fort; da wurde Rána befreit, doch niemand konnte Ranuin finden.

Nun sannen die Götter lange darüber nach, was dies zu bedeuten habe, doch es geschah nichts mehr, bis Rána dreizehnmal gewachsen und geschwunden war. Da kam Fanuin hervor und gebot den Göttern, Ilinsor festzuhalten, damit bei Sáris Ankunft beide Schiffe zugleich in Valinor stünden. Als dies aber geschehen war, bat er die Götter, ihm zu helfen. ›Ich habe nämlich‹, sagte er, ›etwas von gewaltigem Gewicht geschaffen, das ich euch gern zeigen möchte, aber mit meinen eigenen Kräften nicht herbeiholen kann.‹ Und sieben der stärksten Männer aus den Hallen Tulkas' gingen zu dem Gemach, wo Fanuin gearbeitet hatte, doch darin konnten sie nichts erblicken; doch er bat sie sich zu bücken, und ihnen war, als legten sie ihre Hände auf ein gewaltiges Tau; und sie strauchelten unter dessen Gewicht, als sie es sich auf die Schultern luden, doch sie konnten es nicht sehen.

Darauf ging Fanuin zuerst zu Sári und dann zu Rána und bewegte seine Hände, als befestige er an jedem der beiden Schiffe ein starkes Seil; als aber alles fertig war, sagte er zu Manwe: ›Siehe, o Súlimo, Herr der Götter, das Werk ist vollbracht, und die Schiffe des Lichts sind in die unzerstörbaren Fesseln der Zeit geschlagen, die weder sie selbst noch du jemals zerbrechen und denen sie ebensowenig entfliehen können, obgleich diese Fesseln für alle Lebewesen, die Ilúvatar geschaffen, unsichtbar sind; gleichwohl sind sie nämlich die stärksten aller Dinge.‹

Da standen plötzlich Danuin und Ranuin neben ihm, und Danuin ging zu Manwe und legte ihm ein dünnes Seil in die Hand, das Manwe gleichwohl nicht sah. ›Hiermit‹, sagte er, ›o Manwe Súlimo, kannst du das Kommen und Gehen der Sonne bestimmen, und niemals kann sie der Führung deiner Hand entrückt werden; und so groß ist die Kraft dieses Seils, daß nichts auf dieser Erde sich so verläßlich und unvermeidlich vollziehen wird wie das Kommen und gehen der Sonne.‹ Dann tat Ranuin es ihm nach, und Manwe spürte auf seiner Handfläche ein starkes unsichtbares Seil. ›Hiermit‹, sagte Ranuin, ›sollst du den unsteten Mond halten und lenken, so gut es geht, denn so groß ist die Kraft von ›Ranuins Zügel‹, daß sogar der launische und unzeitige Mond für Elben und Menschen zu einem Maß für die Zeit werden wird.‹ Zum Schluß ließ Fanuin das Ende seines gewaltigen Taus zu Manwe tragen, Manwe berührte es, und es wurde an einem großen Felsen auf Taniquetil (der darum später Gonlath genannt wurde) befestigt, und Fanuin sprach: ›Nun hält dieses allerstärkste Tau Mond und Sonne im Zaum; und mit seiner Hilfe kannst du ihre Bewegungen in Einklang bringen und ihre Geschicke miteinander verflechten; denn das Seil von Fanuin ist das Seil der Jahre, und Urwendi, ausfahrend durch das Tor der Nacht, soll es, verschlungen mit dem zarten Gespinst des Tagesseils, wieder und wieder um die Erde winden, bis das große Ende kommt – und so werden die ganze Welt und alle ihre Bewohner, Götter, Elben und Menschen, alles, was sich bewegt und in der Erde wurzelt, von den Banden der Zeit umfangen sein.«

Da überkam Furcht alle Götter, die weiter voraus sahen und wußten, daß sogar sie von jetzt an in bemessener Zeit dem allmählichen Altern unterworfen sein und ihre strahlenden Tage dahinschwinden würden, bis Ilúvatar sie beim Großen Ende zurückrief. Aber Fanuin sagte: ›Nein, es ist nur die Musik der Ainur; denn seht, wer wir sind: Danuin, Ranuin und Fanuin, Tag und Monat und Jahr, doch die Kinder von Aluin, der Zeit, welcher der älteste der Ainur ist, der im Jenseits ist und Ilúvatar unterworfen; und von dort kamen wir, und dorthin gehen wir nun.‹ Darauf verschwanden diese drei aus Valinor; von ihnen aber rührt es her, daß die unveränderlichen Bahnen von Sonne und Mond geschaffen und alle Dinge der Welt der Zeit und dem Wandel untertan wurden.

Was aber die Schiffe des Lichts angeht, o Gilfanon und alle, die ihr zuhört, so will ich die Geschichte von Lindo und Vaire über die Erschaffung von Sonne und Mond mit der großen Prophezeiung beschließen, die unter den Göttern umging, als das Tor der Nacht zum erstenmal geöffnet wurde: Bevor das Große Ende kommt, wird Melko auf irgendeine Weise einen Streit zwischen Sonne und Mond entfachen, und Ilinsor wird versuchen, Urwendi durch das Tor zu folgen, und wenn sie draußen sind, werden die Tore des Ostens und des Westens zerstört werden und Urwendi und Ilinsor verloren gehen. So wird es geschehen, daß Fionwe Úrion, Sohn Manwes, aus Liebe zu Urwendi am Ende Melkos Verhängnis werden wird, und er wird die Welt zerstören, um seinen Feind zu vernichten, und so werden alle Dinge zunichtegemacht werden.«[19]

Dies waren Vaires letzte Sätze, und die große Geschichte ließ nichts als Schweigen im Raum zurück.

Anmerkungen

1 »sie« ursprünglich: »die Solosimpi«.

2 Der verworfene Entwurf für den Text der Geschichte von diesem Punkt an lautet (im Anschluß an Ailios' Bemerkungen von S. 279, Anmerkung 19):
»Das ist rasch erzählt«, sagte Lindo, »denn das Murren, von dem ich gesprochen habe, wurde immer lauter und kam auf der Ratssitzung zur Sprache, die nun einberufen wurde, um die Bahnen von Sonne und Mond festzulegen; und all der alte Groll, der aufgeflammt war, bevor Melko die Elben aufgestachelt hatte, ihre Freiheit zu fordern – sogar jener Streit, der mit der Verbannung der Noldoli endete –, enzündete sich wieder. Doch nun waren wenige von Mitleid mit den Gnomen erfüllt, und solche der Eldar, welche die gerade erhellte Welt

anlockte, wagten es aus Furcht vor Melkos Macht nicht, von Valinor fortzugehen. Darum behielten am Ende die Feinde der Gnomen die Oberhand, ungeachtet dessen, was Ulmo sagte oder vorschlug und trotz der Güte Manwes – und so kam es zu dem, was die Geschichten die Verhüllung Valinors nennen. Und zu dieser Zeit zogen die Götter nicht aus, um gegen Melko zu kämpfen, und die beste Gelegenheit für sie, Ruhm und ewige Ehre zu gewinnen, wurde vertan, [genau wie es die Musik Ilúvatars vorausgesagt hatte – und sie begriffen es kaum –, und wer weiß, ob die Rettung der Welt und die Befreiung der Menschen und Elben jemals wieder durch sie geschehen wird? Einige gibt es, die raunen, daß es nicht so sei, und nur in einem fernen Land der Menschen wohnt Hoffnung, doch auf welche Weise es geschehen soll, weiß ich nicht].«
Die Schlußpassage ist auch im Manuskript in Klammern gesetzt und mit einem Fragezeichen versehen.

3 Im Manuskript scheint »Osten« zu stehen. Mein Vater fügte das Wort »östlich« hinzu; vielleicht wollte er »Osten« in »Ostrand« oder »Ostseite« oder ein ähnliches Wort ändern.

4 Hier bedeutet »Erde« eindeutig »die Welt« und soll die Großen Lande im Unterschied zu den Äußeren Landen bezeichnen.

5 Die Teleri (d. h. die späteren Vanyar) hatten in der alten Geschichte Kôr nicht verlassen (vgl. S. 226).

6 Ursprünglich *Ówen* und dann *Ónen,* war der Name von Osses Gemahlin bereits in seiner endgültigen Form *Uinen* aufgetaucht (S. 176; 272); doch hier ist eindeutig und mit Absicht *Oinen* geschrieben.

7 Im Entwurf ist die Schilderung der Verhüllung Valinors sehr kurz und führt rasch zum Pfad der Träume. Die Gewebe von Dunkelheit, die auf die Ostseite der Gebirge gelegt wurden, waren nicht von Ungweliante in Valinor ausgeschieden, sondern werden nur verglichen mit »dem Dichtesten, was Ungweliante je wob«. Helkarakse und die Zauberinseln werden nur in einer Randnotiz erwähnt.

8 »Erde« wird hier erneut für »Große Lande« gebraucht (vgl. Anmerkung 4). Im Entwurf steht hier »Kinder der Welt«.

9 Während es bei der Beschreibung von Olóre Malle in den zwei Fassungen keinen wesentlichen Unterschied gibt, wird Oromes Regenbogenpfad im früheren Entwurf nicht erwähnt. – Eine einzelne Anmerkung, offensichtlich vor dieser Geschichte verfaßt, besagt: »Als die Götter Valinor verhüllten ... ließ Lórien einen Pfad über die Berge frei, Olóre Malle genannt; und Manwe nannte ihn den Regenbogen und beschritt ihn, um die Welt zu überschauen. Er ist nur nach Regen sichtbar, denn dann ist er naß.«

[10] »Friedensstiftung«: vorher »Kompromiß«. Es ist bemerkenswert, daß Manwe eher als ein *primus inter pares* dargestellt wird, denn als Herrscher über die anderen Valar.

[11] Zu den Bäumen von Kôr vgl. S. 178; 194.

[12] Vgl. S. 282f.

[13] *Sári* ist hier und im folgenden keine Verbesserung aus *Kalavéne,* dem Namen, der in den Entwürfen zu *Sonne und Mond* und *Die Verhüllung von Valinor* auftaucht (vgl. S. 280). An dieser Stelle heißt es im Entwurf »das Sonnenschiff« (aus: »die Schiffe« verbessert), denn mein Vater schrieb zunächst, daß keines der beiden Schiffe unversehrt unter der Erde entlanggezogen werden konnte.

[14] Der Name des Schläfers im Turm der Perle wird in der *Hütte des Vergessenen Spiels* (S. 25) genannt. Das Lied des Schläfers ist mit ziemlicher Sicherheit das Gedicht *The Happy Mariners,* 1915 verfaßt und 1923 veröffentlicht (vgl. Humphrey Carpenter, Anhang C, S. 304); dieses Gedicht wurde in zwei Fassungen im Zusammenhang mit den Materialien zur *Geschichte Earendels* in den zweiten Band der *Verschollenen Geschichten* aufgenommen. Es enthält einen Hinweis auf die Schiffe, die am Turm der Perle vorbeifahren, beladen »mit Funkenschätzen östlichen Feuers, / die Taucher aus den Wassern der unbekannten See bargen«.

[15] Der ursprüngliche Entwurf lautet: »doch das ist die Geschichte von Qorinómi, und ich wage nicht, sie hier zu erzählen, denn Freund Ailios beobachtet mich« (vgl. auch S. 279, Anmerkungen 18 und 19).

[16] Der Entwurf hat hier zunächst: »und die Galeone der Sonne fährt hinaus in die Finsternis, hinter der Welt entlang und findet wieder in den Osten, doch dort ist kein Tor und die Mauer der Welt niedriger; und erfüllt von der Helligkeit des Morgens, fährt Kalavéne darüber hinweg, und über den östlichen Bergen bricht die Morgendämmerung an vor den Augen der Menschen.« Der Textteil von »dort ist kein Tor« ist in Klammern gesetzt und die Passage über den großen Torbogen im Osten und das Tor des Morgens eingefügt. Im folgenden Satz lautete der Entwurf: »zurück über die östliche Mauer«, das, wie im vorliegenden Text, in »zurück zur östlichen Mauer« geändert wurde. Zum Namen *Kalavéne* vgl. S. 280.

[17] D. h.: bis das Sonnenschiff durch das Tor der Nacht in die Äußere Dunkelheit hinausfährt; wenn das Sonnenschiff aufbricht, gelangen die Sternschnuppen in den Himmel zurück.

[18] Die zweite Fassung dieses Teils von Vaires Geschichte: »Der Hafen der Sonne« folgt dem ursprünglichen Entwurf ziemlich genau und ohne wesentliche Unterschiede; doch der nun folgende Teil *Wie die Tage und Monate und Jahre geschaffen wurden* fehlt im Entwurf völlig.

19 Diese abschließende Passage weicht in verschiedenen Punkten von der ursprünglichen Fassung ab. Hier taucht anstelle von Gilfanon wieder Ailios auf; die »große Prophezeiung« ging unter den Göttern um, »als sie erstmals den Plan faßten, das Tor der Nacht zu bauen«; und wenn Ilinsor Urwendi durch das Tor gefolgt ist, »wird Melko die Tore zerstören und die östliche Mauer bis über die Himmel erheben, und Urwendi und Ilinsor werden zugrundegehen«.

Veränderungen der Namen

Vansamírin < *Samíriens Straße* (*Samírien* erscheint als Name des Festes der Doppelten Freude, S. 204ff.).

Kôr < *Kortirion* (S. 292). Mein Vater schrieb später, obgleich *Kôr* nicht durchgestrichen wurde, *Tûn* (mit Fragezeichen) darüber; dies noch einmal auf S. 297. Hier taucht in den *Verschollenen Geschichten* zum erstenmal dieser Name auf, der schließlich zu *Túna* wurde (der Hügel, auf dem Tirion gebaut wurde).

Ainairos < *Oivárin.*

Moritarnon, Tarn Fui Der ursprüngliche Entwurf hat »*Móritar* oder *Tarna Fui*«.

Sári Der ursprüngliche Entwurf hat *Kalavéne* (S. 280 und oben Anmerkung 13).

Aluin < *Lúmin.*

Kommentar

Die Schilderung der Ratssitzung der Valar und Eldar zu Beginn dieser Geschichte (größtenteils aus dem in Anmerkung 2 zitierten Entwurf entwickelt) ist bemerkenswert und bedeutsam für den Wandel, den die Valar und ihre Taten in der Vorstellung meines Vaters durchmachten. Im *Silmarillion* (S. 115) war die Verhüllung von Valinor die Folge von Melkors Angriff auf den Steuermann des Mondes: »Als die Valar aber sahen, wie Tilion angegriffen wurde, kamen ihnen Zweifel und Besorgnis, was Morgoths List und Tücke noch gegen sie aushecken mochten. Obgleich sie nicht gewillt waren, ihn in Mittelerde zu bekriegen, erinnerten sie sich doch der Zerstörung von Almaren; und sie beschlossen, daß dies sich in Valinor nicht wiederholen dürfe.«

Und weiter oben (S. 112) werden die Gründe genannt, warum die Valar nicht willens waren, Krieg zu führen: »Und es heißt, ebenso wie die Valar um der

Quendi willen gegen Melkor in den Krieg gezogen waren, so seien sie nun um die Hildor besorgt gewesen, die Nachzügler, die jüngeren Kinder Ilúvatars. Denn so schwere Wunden Mittelerde in dem Krieg gegen Utumno auch geschlagen worden waren, die Valar befürchteten, es könne jetzt noch schlimmer kommen, obgleich doch die Hildor sterblich sein würden und schwächer als die Quendi im Ertragen von Angst und Erschütterung. Auch war es Manwe nicht offenbar, wo die Geburtsstätte der Menschen sein werde, ob im Norden, Süden oder Osten. Daher sandten die Valar das Licht und befestigten im übrigen das Land, wo sie selber wohnten.«

Im *Silmarillion* findet sich keine Spur von der stürmischen Ratssitzung, keine Andeutung von Meinungsverschiedenheiten zwischen den Valar, von denen Manwe, Varda und Ulmo die Verhüllung Valinors lebhaft mißbilligten und kein Teil daran hatten; keine Spur desgleichen von Ulmos Bitten um Mitleid für die Noldoli oder von Manwes Abscheu. In der alten Geschichte war es die Feindseligkeit einiger der Eldar gegen die Noldoli, an ihrer Spitze ein Elb aus Kópas (Alqualonde) – der ebenfalls später vollkommen verschwand: in der späteren Schilderung wird kein Wort verloren über die Gefühle der Elben von Valinor für die verbannten Noldor –; das war der Ausgangspunkt für die Verhüllung von Valinor; und es ist höchst sonderbar zu beobachten, wie die Handlungsweise der Valar hier im wesentlichen aus Gleichgültigkeit, gemischt mit Furcht, entsprang. Nirgendwo tritt die frühe Konzeption meines Vaters von den Göttern als »Müßiggänger« klarer hervor. Er betonte ausdrücklich, daß ihr Versäumnis, zu diesem Zeitpunkt Melko zu bekriegen, ein schwerer Fehler war, sie herabwürdigte und (wie es scheint) nicht wiedergutzumachen war. Zwar blieb die Verhüllung Valinors in seinen späteren Schriften erhalten, doch nur als ein Faktum aus mythologischer Vorzeit; von Valinors Verdammung ist keine Rede mehr.

Die Abschottung und völlige Isolierung Valinors von der übrigen Welt wird in der frühen Erzählung vielleicht sogar noch stärker hervorgehoben. Die ausgeschiedenen Gespinste von Ungweliant, welche die Valar benutzten, gibt es in der späteren Geschichte nicht mehr. Höchst bemerkenswert ist die unterschiedliche Erklärung der Tatsache, daß die Öffnung in den umzingelnden Bergen (später Calacirya genannt) nicht blockiert wurde. Im *Silmarillion* (S. 115) heißt es, der Paß wurde nicht geschlossen »den Eldar zuliebe, die ihnen treu geblieben waren; und in der Stadt Tirion auf dem grünen Hügel regierte immer noch Finarfin die Reste der Noldor in der tiefen Schlucht zwischen den Bergen. Denn alle, die elbischen Geschlechtes sind, sogar die Vanyar und Ingwe, ihr König, müssen zuweilen die Luft von draußen atmen und den Wind spüren, der von ihren Geburtslanden über das Meer weht; und auch die Teleri wollten die Valar nicht gänzlich von ihren Stammesbrüdern trennen«.

Später fiel dieser ganze Komplex weg: der Groll der Solosimpi (> Teleri) gegen die Noldoli, Ulmos Weigerung, ihnen zu helfen, und Osses Bereitschaft, ihnen Ulmo zum Trotz beizustehen. In der Passage über die Zauberinseln, geschaffen von Osse, ist der Ursprung des Schlußteils von Kapitel XI im *Silmarillion* erkennbar: »Und in jener Zeit, die in den Liedern *Nurtale Valinóreva* heißt, die Verhüllung von Valinor, wurden auch die Verwunschenen Inseln ins Meer gesetzt, und alle Gewässer um sie her waren voller Schatten und Zauberwerk. Und diese Inseln lagen wie ein Netz von Norden nach Süden im Schattigen Meer, bevor einer, der nach Westen segelt, Tol Eressea, die Einsame Insel, erreicht. Kaum vermochte ein Schiff zwischen ihnen hindurchzufinden, denn gefährlich ächzten die Wellen immer auf den dunklen, im Nebel verborgenen Felsen. Und im Dämmerlicht kam eine tiefe Müdigkeit über die Seeleute und ein Abscheu vor dem Meer; und alle, die je den Fuß auf die Inseln setzten, blieben dort gefangen und schliefen bis zur Wandlung der Welt« (S. 143).

Hieraus geht deutlich hervor, daß die Zauberinseln im Osten des Schattenmeeres ins Meer gesetzt wurden, obgleich dort »ungeheure Finsternisse« herrschten; wogegen es an einer früheren Stelle heißt, daß jenseits von Tol Eressea (das selber jenseits der Zauberinseln lag), »die Nebelwand [war] und die gewaltige Düsternis des Meers, unter der die Schattenmeere liegen« (S. 181). Die späteren »Verwunschenen Inseln« sind gewiß in den Zauberinseln vorgebildet, doch in der zitierten Passage aus dem *Silmarillion* heißt es, daß sie in die Schattenmeere gesetzt wurden und im Dämmer lagen. Es ist daher möglich, daß die Verwunschenen Inseln auf die Dämmerinseln zurückgehen (S. 104; 181).

Die Beschreibung der Werke von Aule und Tulkas in den nördlichen Regionen (S. 241) stimmt nicht mit früher Gesagtem überein, wenn es auch kein wirklicher Gegensatz sein muß. Auf den S. 237ff. heißt es lediglich, daß sich zur Zeit des Überganges der Noldoli zwischen der Landspitze »Eisklaue« (Helkarakse) und den Großen Landen ein schmaler Streifen Wassers befand. Im selben Zusammenhang wird die Eisklaue als eine »schmale Zunge« bezeichnet, welche die Götter später zerstörten. Die Noldoli waren in der Lage, zu den Großen Landen überzusetzen trotz der Lücke (S. 296f.), weil die Meerenge zugefroren war. Die Stelle im vorliegenden Text bedeutet vielleicht, daß bei der Zerstörung der Eisklaue eine um so viel größere Öffnung entstand, daß auf diesem Weg keine Möglichkeit zur Überquerung mehr bestand.

Von den drei »Straßen«, geschaffen von Lórien, Orome und Mandos, findet sich in den späteren Schriften meines Vaters keine Spur mehr. Der Regenbogen wird niemals erwähnt, und es findet sich auch kein Hinweis darauf, wie Menschen und Elben zu den Hallen Mandos' gelangten. Doch es ist schwierig, diese

»Straßen« zu erklären und zu erkennen, bis zu welchem Grad sie lediglich eine rein illustrierende Funktion hatten.

Die Straße Lóriens, Olóre Malle, der Pfad der Träume, wird in der *Hütte des Vergessenen Spiels* von Vaire beschrieben (vgl. S. 29; 43 f.). Sie erzählt dort, daß Olóre Malle aus den Landen der Menschen kam und ein Pfad war »mit hohen Böschungen und mächtigen überhängenden Hecken, hinter denen viele große Bäume standen, worin ein immerwährendes Geflüster zu leben schien«. Von diesem Pfad gelangte man durch ein hohes Tor zur Hütte der Kinder oder zur Hütte des Spiels des Schlafs. Dies war nicht weit von Kôr, und zur Hütte kamen die »Kinder der Väter der Menschenväter«; die Eldar geleiteten sie zur Hütte und in den Garten, »damit sie sich nicht nach Kôr verirrten und bezaubert würden vom Glanze Valinors«. Die Beschreibung in den beiden Geschichten scheint im großen und ganzen übereinzustimmen, obgleich folgende Worte im späteren Text schwer zu verstehen sind: der Pfad »führte an der Hütte der Kinder der Erde vorbei, und von dort lief er durch die ›Allee der flüsternden Ulmen‹, *bis er das Meer erreichte*«. Es ist höchst bemerkenswert, daß noch in dieser Entwicklungsphase der Mythologie die Konzeption erhalten geblieben war, nach der die Kinder der Menschen im Schlaf über einen geheimnisvollen Weg zu einer Hütte in Valinor gelangen.

Im Bericht über die Schaffung der Regenbogenbrücke durch Orome fängt sich die von ihm geworfene Seilschlinge am Gipfel des großen Berges Kalorme (»Berg des Sonnenaufgangs«) im äußersten Osten. Dieser Berg ist auf der Zeichnung vom Welt-Schiff zu sehen (S. 126).

Vaires Geschichte »Der Hafen der Sonne« (S. 301 ff.) bietet die vollständigste Beschreibung der Welt, die man in dieser frühesten Phase der Mythologie finden kann. Die Valar, soviel ist sicher, scheinen davon merkwürdig wenig gewußt zu haben, da sie Ulmo brauchten, der sie mit fundamentalen Tatsachen bekannt machte. Eine mögliche Erklärung dieser Unwissenheit ließe sich vielleicht in dem grundsätzlichen Unterschied finden, wie die Schaffung der Welt in den frühen und in den späten Formen der *Musik der Ainur* behandelt wird. Ich habe bereits gesagt (S. 95), daß die Ainur ursprünglich, als sie die Welt zum erstenmal sahen, diese bereits in ihrer wirklichen Gestalt erblickten. Ilúvatar sagte zu ihnen: »Eben jetzt entfaltet sich die Welt, und ihre Geschichte nimmt ihren Lauf«; dagegen war die Welt in der weiterentwickelten Form der Mythologie eine ihnen entrückte Vision, die nur in den Worten Ilúvatars (»*Ea!* Es sei!«) Gestalt gewann. Im *Silmarillion* (S. 26) heißt es: »Als aber die Valar Ea betraten, waren sie zuerst befremdet und ohne Rat, denn nichts schien schon erschaffen zu sein, wie sie es in dem Gesichte erblickt, sondern alles war noch ungestalt und wollte erst beginnen, und es war dunkel.«

Dann folgt (S. 34f.) eine Beschreibung der ungeheuren Arbeiten der Valar, der eigentlichen »Gestaltung« der Welt: »Und sie erbauten Länder, und Melkor zerstörte sie; Täler gruben sie, und Melkor schüttete sie zu; Berge meißelten sie, und Melkor stieß sie um; Meeren gaben sie ihr Bett, und Melkor verspritzte sie ...«

In der frühen Version findet sich davon nichts, und man gewinnt den Eindruck (obgleich nichts dergleichen gesagt wird), daß die Valar in eine Welt kamen, die bereits »fertig« und ihnen unbekannt war (»die Götter [schritten] nach Norden und Süden und konnten nur wenig sehen; in den unzugänglichsten Gebieten fanden sie nichts als große Kälte und Einsamkeit ...« S. 105). Obgleich der Entwurf tatsächlich in großem Maße auf ihr eigenes Mitwirken in der Musik zurückging, nahm die Welt erst durch einen kreativen Akt Ilúvatars Gestalt an (»Wir möchten die Obhut über die schönen Dinge unserer Träume haben, die durch deine Macht nunmehr Wirklichkeit geworden sind und unübertreffliche Schönheit gewonnen haben«, S. 89); und das Wissen der Valar um die wirklichen Eigenschaften und Dimensionen ihrer Heimat war vergleichsweise kleiner (so dürfen wir vielleicht annehmen) als in späteren Konzeptionen.

Es ist freilich wahrscheinlicher, daß die Unwissenheit der Valar ihrer merkwürdigen kollektiven Isolierung und ihrer Gleichgültigkeit gegen die Welt hinter ihren Bergen zuzurechnen ist, die in dieser Geschichte so sehr betont werden.

Wie auch immer, zu dieser Zeit jedenfalls setzt Ulmo die Valar davon in Kenntnis, daß die ganze Welt ein Ozean (Vai) ist, auf dem die Erde schwimmt, »getragen vom Wort Ilúvatars«; und alle Meere der Erde, selbst das, welches Valinor von den Großen Landen trennt, sind Höhlungen in der Oberfläche der Erde und somit von Vai verschieden, das eine andere Beschaffenheit hat. Darüber ist bereits in einer früheren Geschichte etwas gesagt worden (S. 104): »Über die Welt jenseits von Valinor habe ich nie etwas gehört, nur daß es dort die dunklen Wasser der Äußeren Meere gibt, die weder Ebbe noch Flut kennen und so kalt und dünnflüssig sind, daß kein Boot ihre Buchten befahren und kein Fisch ihre Tiefen durchschwimmen kann, außer der verwunschene Fisch Ulmos und sein Zauberwagen.«

Hier sagt Ulmo, daß weder Fisch noch Schiff darin schwimmen können, »dem ich nicht das gewaltige Wort, das Ilúvatar mir aufgetragen, gesagt und es mit Zauber belegt habe«.

Am äußersten Rand von Vai erhob sich die Mauer der Welt, die als »dunkelblau« (S. 304) beschrieben wird. Valinor liegt näher an der Mauer der Welt als die Ostküste der Großen Lande, was bedeuten muß, daß Vai im Westen schmäler ist als im Osten. In dieser Zeit versahen die Götter die Mauer der Welt mit zwei Zugängen: im Westen das Tor der Nacht und im Osten das Tor des Morgens; und was außerhalb dieser Tore liegt, wird die »sternenlose Weite« und »die äußere Dunkelheit« genannt. Es wird nicht deutlich gemacht, in welcher Beziehung die äußere Luft (»das dunkle und feine Reich von Vaitya, das alles umgibt«, S. 257) zur Konzeption der Mauer der Welt oder der Äußeren Finsternis steht. In dem verworfenen Einleitungstext zu dieser Geschichte schrieb mein Vater zunächst (vgl. oben Anmerkung 16), daß die Mauer der Welt im Osten niedriger sei, so daß die Sonne bei ihrer Rückkehr aus der Äußeren Finsternis den östlichen Himmel nicht durch ein Tor, sondern durch einen »Sprung« über die Mauer erreichte. Dies wurde später geändert und der Gedanke an ein Tor in der östlichen Mauer, das Tor des Morgens, in die Geschichte eingeführt; doch es scheint klar, daß die Mauern ursprünglich wie Mauern irdischer Städte oder Gärten konzipiert waren – Mauern mit einer Krone, eine »Einfriedung«. In dem kosmologischen Aufsatz aus den 30er Jahren, *Ambarkanta,* sehen die Mauern anders aus:

»Um die Welt ziehen sich die *Ilurambar,* die Mauern der Welt. Sie sind aus Eis, Glas und Stahl und so kalt, durchsichtig und hart, daß es die Vorstellungskraft der Kinder der Erde übersteigt. Man kann sie weder sehen noch durchqueren, außer durch das Tor der Nacht. Innerhalb dieser Mauern ist die Erde kugelförmig und auf allen Seiten von *Vaiya,* dem Umschließenden Ozean, umgeben. Doch dieser ähnelt unter der Erde mehr einem Meer und über der Erde mehr der Luft.« (vgl. auch S. 129f.)

Die Geschichte von Qorinómi wurde in der Tat nie erzählt – in der ersten Fassung der vorliegenden Geschichte (vgl. oben Anmerkung 15) scheint es, als hätte Vaire sie gern erzählt, fühlte jedoch die kritischen Augen Ailios' auf sich ruhen. In dem frühen Qenya-Wörterverzeichnis ist *Qorinómi* »der Name der Sonne«, wörtlich ›die im Meer Ertrunkene‹; der Name ist eine Ableitung von einer Wurzel mit der Bedeutung ›ersticken, erdrosseln, ertränken‹ und wird wie folgt erklärt: »Die Sonne, nachdem sie vor dem Mond geflohen war, tauchte in das Meer und wanderte in die Höhlen der Oaritsi.« *Oaritsi* taucht im Wörterverzeichnis nicht auf, wohl aber *oaris,* ›Meerjungfrau‹. In den *Verschollenen Geschichen* wird nichts davon gesagt, daß der Mond die Sonne jagte; es waren die Sterne Vardas, die Ilinsor, ›Jäger des Firmaments‹, verfolgte, und er war »eifersüchtig auf die übermächtige Sonne« (S. 277).

Der Schluß von Vaires Erzählung (»Wie die Tage, Monate und Jahre geschaffen wurden«) zeigt, wie mir scheint, daß mein Vater sich hier auf einen Weg begab, der in einer Sackgasse endete. In ihrem formalen und direkten Symbolismus ist diese Vorstellung der allgemeinen Richtung seines Denkens gänzlich fern, und er tilgte sie später spurlos. Im übrigen erhebt sich eine eigentümliche Frage: in welchem vorstellbaren Sinn standen die Valar »außerhalb« der Zeit, bevor Danuin, Ranuin und Fanuin ihr Werk begannen? In der *Musik der Ainur*

(S. 86) sagte Ilúvatar: »Eben jetzt entfaltet sich die Welt, und ihre *Geschichte nimmt ihren Lauf*«; in der endgültigen Fassung (*Das Silmarillion,* S. 26) heißt es: »Denn die Große Musik war nur ein Blühen und Wachsen der Gedanken in den zeitlosen Hallen gewesen und das Gesicht nur ein Vorgesicht; nun aber waren die Valar beim Anfang der Zeit eingetreten ...«

Im *Silmarillion* (S. 47) heißt es auch, daß mit dem Blühen der Bäume von Valinor die »Zählung der Zeit« begann; dies bezieht sich auf den Beginn der Zeitmessung, ausgehend vom stärker und schwächer werdenden Licht der Bäume.

In der vorliegenden Geschichte heißt es, daß durch die Werke von Danuin, Ranuin und Fanuin »alle Dinge der Welt der Zeit und dem Wandel untertan wurden«. Der Hinweis auf einen historischen Ablauf, eine fortlaufende Erzählung, schließt selbstverständlich Zeit und Wandel ein; wie kann man also sagen, Valinor sei erst dann, als Sonne und Mond sich in regelmäßigen Bahnen bewegten, dem Zwang der Veränderung unterworfen worden, wenn es doch im Verlauf der erzählten Geschichten bereits tiefgreifenden Veränderungen ausgesetzt war? Außerdem wußten die Götter nun, »daß sogar sie *von jetzt an* in bemessener Zeit dem allmählichen Altern unterworfen sein und ihre strahlenden Tage dahinschwinden würden«. Und beispielsweise die Anmerkung, daß Ómar-Amillo der »jüngste der großen Valar« war, der die Welt betrat (S. 102), setzt voraus, daß die anderen Valar, älter als er, dem »Altern unterworfen« waren. Für sterbliche Wesen hat »Altern« natürlich zwei Aspekte: Die Zeit vergeht, und der Körper verfällt. Doch von der »natürlichen« Unsterblichkeit der Eldar heißt es (S. 92): »Und auch das Alter vermindert ihre Kräfte nicht, außer vielleicht im Laufe von zehntausend Zeitaltern.« Zwar altern sie (so ist Gilfanon »einer der ältesten der Feen, und der älteste zugleich, der nun auf der Insel lebte«, S. 247), doch sie altern nicht in dem Sinne, daß ihre Kräfte schwinden. Woher aber wissen die Götter, daß sie danach »allmählichem Altern unterworfen« sein werden – was nur ein Altern im letzteren Sinn bedeuten kann? Es ist möglich, daß diesen Vorstellungen ein tieferer Gedanke zugrundeliegt, als ich ermessen kann; doch mit Sicherheit kann ich keine Erklärung anbieten.

Schließlich, am Ende der frühen Schriften zu Sonne und Mond, sei darauf hingewiesen, welch hervorgehobenen Platz die Schöpfung von Sonne und Mond und die Beherrschung ihrer Bewegungen in der ursprünglichen Konzeption meines Vaters einnahmen: die Himmelskörper bilden das Zentrum des gesamten Mythos. Später wurde ihre Bedeutung zunehmend geringer, und sie wären vielleicht gänzlich verschwunden.

X. GILFANONS GESCHICHTE: DAS LEID DER NOLDOLI UND DIE ANKUNFT DES MENSCHENGESCHLECHTES

Der verworfene Text von der *Verhüllung von Valinor*, ein kleines Stück nach dem Schluß von Vaires Erzählung, lautet: »Nachdem nun diese Geschichte erzählt war, hatte es für diesen Abend mit dem Erzählen sein Bewenden, doch Lindo bat Ailios darin einzuwilligen, daß am nächsten Abend, oder sobald als möglich, ein feierliches Geschichtenerzählen stattfinden sollte; aber Ailios mochte nicht zustimmen und brachte vor, er müsse gewisser Angelegenheiten wegen in ein entferntes Dorf reisen. So kam es, daß man, bevor die Kerzen des Schlafs angezündet wurden, für das Geschichtenerzählen den siebten Abend nach dem gegenwärtigen festsetzte – und das war der Tag von Turuhalme[1] oder dem Holen des Feuerholzes. ›Das wird der geeignete Tag sein‹, sagte Lindo, ›denn die morgendliche Kurzweil im Schnee, das Herbeischleppen der Scheite aus den Wäldern, das Singen und Trinken von Turuhalme werden uns in die rechte Stimmung versetzen, am Feuer zu sitzen und alten Geschichten zuzuhören.‹«

Wie ich bereits früher angemerkt habe (S. 286f.), gehört die ursprüngliche Form der *Geschichte von Sonne und Mond* und *Die Verhüllung von Valinor* in die Phase, bevor Gilfanon von Tavrobel durch Ailios ersetzt wurde.

Unmittelbar an diesen Entwurf anschließend, auf derselben Manuskriptseite, beginnt der mit Tinte geschriebene Text der *Geschichte von Turambar* (Túrin) mit folgenden Worten: »Als dann Ailios seine Geschichte beendet hatte, war die Zeit herangerückt, die Kerzen anzuzünden, und so ging der erste Tag von Turuhalme zu Ende; doch am zweiten Abend war Ailios nicht anwesend, und auf Bitten Lindos begann ein gewisser Eltas eine Geschichte zu erzählen ...«

Welche Geschichte könnte Ailios erzählt haben? (Denn ich bin sicher, daß sie nie niedergeschrieben wurde.) Die Antwort darauf gibt ein gesonderter kurzer Text, der an das oben zitierte Gespräch am Ende von der *Verhüllung von Valinor* anschließt. Dieser berichtet, daß endlich der Tag von Turuhalme gekommen war und die Gesellschaft von Mar Vanwa Tyaliéva in die verschneiten Wälder zog, um Feuerholz auf Schlitten heimzubringen. Niemals durfte das Feuer der Geschichten verlöschen oder zu grauer Asche werden, doch am Vorabend von Turuhalme brannte es immer mit kleinerer Flamme, bis an Turuhalme selbst große Holzscheite in den Raum gebracht wurden und, von Lindo mit alten Zaubersprüchen gesegnet, das Feuer im Kamin aufs neue zu kräftiger Glut entfacht wurde. Vaire segnete die Tür und den Türbalken der Halle, übergab Rúmil den Schlüssel, machte ihn wieder zum Türhüter, und Winzigherz wurde der Hammer für seinen Gong ausgehändigt. Dann sprach Lindo wie in jedem Jahr: »Erhebt eure Stimmen, o Flötenspieler der Küste, und ihr, Elben von Kôr, singt laut; und all ihr Noldoli und ihr verborgenen Feen der Welt, tanzt und singt, singt und tanzt auch ihr, o ihr kleinen Kinder der Menschen, auf daß das Haus der Erinnerung von euren Stimmen widerhalle...«

Darauf wurde ein Lied aus alten Tagen gesungen, das die Eldar verfaßt hatten, als sie unter den Fittichen Manwes wohnten, und das sie auf der großen Straße, die von Kôr zur Stadt der Götter führte, sangen (vgl. S. 205).

Es waren nun sechs Monate vergangen, seit Eriol Meril-i-Turinqi aufgesucht und um einen Becher von *limpe* gebeten hatte (S. 141 ff.), und dieses Verlangen hatte ihn für eine Weile verlassen; doch an diesem Abend sagte er zu Lindo: »Wenn ich doch nur mit dir trinken könnte!« Darauf gab Lindo zur Antwort, daß Eriol nicht daran denken dürfe, »die Grenzen zu überschreiten, die Ilúvatar gesetzt hat«, daß er jedoch auch bedenken möge, daß »Meril dein Begehren noch nicht für immer abgewiesen hat«. Da war Eriol betrübt, denn er ahnte in seinem tiefsten Inneren, daß »er der Süße von *limpe* und der Glückseligkeit der Elben vielleicht niemals teilhaftig werden würde«.

Der Text endet mit den Sätzen, mit denen Ailios seine Erzählung einleitet: »Ich erzähle, so gut ich es vermag, von jenen Geschehnissen, die ich gesehen oder von denen ich Kenntnis habe und die in sehr alten Tagen der Welt vorfielen, als die Sonne sich zum erstenmal erhob und es mancherlei Pein und Leid gab, denn Melko herrschte ungehindert, und die Macht und die Stärke, die von Angamandi ausgingen, reichten fast bis an die Grenzen der weiten Erde.«

Es ist klar, daß mehr nicht geschrieben wurde. Wäre der Text weitergeführt worden, hätte er zum oben zitierten Anfang der Turambar-Geschichte geführt (»Als dann Ailios seine Geschichte beendet hatte...«); und es wäre für die Geschichte der Großen Lande von zentraler Bedeutung gewesen, von der Ankunft der Noldoli aus Valinor, dem Erwachen der Menschen und der Schlacht der Ungezählten Tränen zu erzählen.

Der soeben zitierte Text, der *Die Verhüllung von Valinor* mit Ailios' ungeschriebener Geschichte verbindet, wurde nicht durchgestrichen, und mein Vater schrieb später dazu: »Einfügen nach der Geschichte von Earendel und bevor Eriol nach Tavrobel geht – nach Tavrobel trinkt er *limpe.*« Das ist verwirrend, weil er nicht die Absicht gehabt haben kann, die Geschichte von der Ankunft der Menschen auf die von Earendel folgen zu lassen; doch vielleicht wollte er nur das Wesentliche dieses Textes (die Beschreibung des Festes Turuhalme) übernehmen.

Wie auch immer, er entwarf einen neuen Rahmen, in den diese Geschichten eingebettet werden sollten, wenn er den Plan auch nicht ausführte, und in der *Geschichte von Sonne und Mond* haben wir die revidierte Fassung vor uns: im Anschluß an Gilfanons Einwurf (S. 267f.) beschloß man, am dritten Abend nach Lindos und Vaires Erzählungen von *Sonne und Mond* und der *Verhüllung von Valinor* einen Festabend zu veranstalten, wo Gilfanon »das Leid der Noldoli und die Ankunft des Menschengeschlechtes« erzählen sollte.

Es folgt Gilfanons Geschichte im Anschluß an die zweite Version von Vaires Geschichte *Die Verhüllung von Valinor* und mit fortlaufender Paginierung; doch hier erzählt Gilfanon am folgenden Abend und nicht drei Tage später. Unglücklicherweise bricht Gilfanons Geschichte nach wenigen Seiten ab. An diesem Punkt gab mein Vater die Arbeit an den *Verschollenen Geschichten* auf – oder, genauer gesagt, die Arbeit an jenen Geschichten, die noch geschrieben werden mußten; und das hatte Folgen, die sich durch die ganze Entwicklungsgeschichte des »Silmarillion« nachweisen lassen. Die wichtigen Geschichten, die auf Gilfanons Erzählung folgen sollten (Beren und Tinúviel, Túrin Turambar, Der Fall von Gondolin, Das Halsband der Zwerge), sind geschrieben und (in den ersten drei Fällen) neu geschrieben worden; und die letzte dieser Geschichten sollte überleiten zu »der großen Geschichte von Earendel«. Doch diese wurde nicht einmal begonnen. So fehlt den *Verschollenen Geschichten* Mitte und Ende.

Es folgt nun der Text von Gilfanons Geschichte, soweit sie niedergeschrieben wurde.

Als nun Vaire geendet hatte, sagte Gilfanon: »Beklagt euch nicht, wenn ich morgen abend eine lange Geschichte erzählen werde, denn die Geschehnisse, von denen ich berichte, erstrecken sich über viele Jahre, und ich habe lange darauf gewartet, sie zu erzählen.« Doch Lindo lachte und erwiderte, er solle nur nach Herzenslust alles erzählen, was er wisse.

Am Abend darauf jedoch nahm Gilfanon in dem Sessel Platz und begann folgendermaßen zu erzählen:

»Viele der ältesten Dinge der Erde sind nun vergessen, denn in der Finsternis, die vor der Sonne war, gingen sie verloren, und keine Kunde kann sie enthüllen; doch für viele unter uns ist dies vielleicht neu: Als die Teleri, die Noldoli und die Solosimpi hinter Orome herzogen und später Valinor fanden, waren dies gleichwohl nicht alle Stammesbrüder der Eldalie, die von Palisor aufbrachen; jene, die zurückblieben, werden von manchen die Qendi genannt, die verlorenen Feen der Welt, die ihr, Elben von Kôr, aber Ilkorin nennt, die Elben, die niemals das Licht von Kôr erblickten. Von diesen gingen einige unterwegs zugrunde, andere verloren sich in den pfadlosen Düsternissen jener Tage, irrten umher und wurden erst unlängst auf der Erde erweckt; doch die meisten verließen Palisor überhaupt nicht, wohnten lange Zeit in den Kiefernwäldern von Palisor oder betrachteten schweigend die Sterne, die sich in den matten stillen Wassern des Erwachens spiegelten. So viele Zeitalter gingen über sie hin, daß die Ankunft Nornores bei ihnen zu einer entrückten Sage wurde, und sie sagten einander, daß ihre Brüder nach Westen zu den Leuchtenden Inseln gegangen seien. Dort, sagten sie, wohnten die Götter, und sie nannten sie das Große Volk des Westens und glaubten, daß sie auf feuerhellen Inseln im Meer wohnten; aber viele hatten noch nicht einmal die mächtigen Wogen jenes gewaltigen Wassers zu Gesicht bekommen.

Nun hatten die Eldar oder Qendi die Gabe der Sprache unmittelbar von Ilúvatar verliehen bekommen, und nur die Trennung ihrer Schicksalswege hat sie verändert und verschieden gemacht; doch keine Sprache hat sich so wenig verändert wie die der Dunkel-Elben von Palisor.[2]

Nun weiß meine Geschichte von einem gewissen Elb zu berichten, den sie Tû den Zauberer nennt, der in den Zauberkünsten beschlagener war als jeder andere, der bis dahin außerhalb von Valinor gewohnt hat; und indem er durch die Welt wanderte, fand er die ... – Elben, machte sie sich geneigt, lehrte sie viele verborgene Dinge und wurde ein mächtiger König unter ihnen; und ihre Geschichten nennen ihn den Herrn des Zwielichts, und alle Elben seines Reiches werden Hisildi oder Volk des Zwielichts genannt. Die Umgebung von Koivie-néni, den Wassern des Erwachens, ist nun sehr zerklüftet und voller mächtiger Felsen, und der Fluß, der sie speist, stürzt als ein helles Rinnsal eine tiefe Klamm hinab ... doch der Ausfluß des dunklen Sees lag unter der Erde in vielen endlosen Höhlen, die sich immer tiefer in das Herz der Erde senkten. Dort hauste Tû der Zauberer, und von bodenloser Tiefe ist dieser Ort, doch seine Türen sind schon lange versiegelt, und heute kennt niemand den Eingang.

Dort flackerte immer ... ein bleiches Licht von Blau und Silber, und neben den Elben gingen viele sonderbare Geister ein und aus. Unter diesen Elben war nun ein gewisser Nuin, und er war ein sehr kluger Mann, der es über alles liebte, in die Ferne zu wandern, denn die Augen der Hisildi waren außerordentlich scharf geworden, und sie konnten in jenen dämmrigen Tagen auch sehr undeutlichen Pfaden folgen. Von Zeit zu Zeit wanderte Nuin weit in den Osten von Palisor, und wenige aus seinem Volk gingen mit ihm; doch niemals ließ er sie allein in diese Gegenden gehen, und sonderbare Geschichten wurden darüber erzählt; doch jetzt[3] überkam Nuin die Neugier, er wanderte weit fort und kam an einen seltsamen und wunderbaren Ort, wie er ihn noch nie zuvor gesehen hatte. Eine Bergwand stieg vor ihm auf, und lange Zeit versuchte er hinüber zu gelangen, bis er an einen Durchgang kam, in dem es sehr dunkel und eng war, der durch die große Klippe stieß und in Windungen immer abwärts führte. Mit großem Wagemut folgte er diesem schmalen Steg, bis die Bergwände plötzlich zu beiden Seiten abfielen. Und er sah, daß er den Eingang zu einem großen Becken gefunden hatte, das kreisförmig von glatten Bergwänden eingefaßt war und dessen Ausmaße er in der Düsternis nicht ausmachen konnte.

Plötzlich umflossen ihn die süßesten Gerüche der Erde – auch die Lüfte Valinors durchzogen nie lieblichere Düfte, und er stand still und trank sie mit tiefem Entzücken, und in den Wohlgeruch der Abendblumen mischten sich die kräftigen Düfte, welche viele Kiefern in die mitternächtlichen Lüfte verströmen.

Wie von ungefähr begann mit einem Mal fern in den dunklen Wäldern, die unten im Talgrund lagen, eine Nachtigall zu schlagen, andere antworteten ihr leiser aus der Entfernung, und Nuin, dem vor der Lieblichkeit dieses verträumten Flecks beinahe die Sinne schwanden, wußte, daß er Murmenalda oder das »Tal des Schlafs«

betreten hatte, wo kein Wind weht und unter jungen Sternen immerdar die erste stille Dämmerung steht.

Nun stieg Nuin tiefer in das Tal hinab, und weil ein wundersames Staunen von ihm Besitz ergriffen hatte, trat er leise auf. Und siehe, unter den Bäumen, im sanften Zwielicht, gewahrte er viele schlafende Gestalten, einige einander umarmend, andere ganz allein in sanftem Schlummer liegend. Und Nuin stand stauend da und atmete kaum.

Dann, von jäher Furcht gepackt, wandte er sich und schlich fort von diesem heiligen Ort, überquerte die Berge auf demselben Weg und eilte zurück zu Tûs Behausung; und er trat vor den ältesten der Zauberer und erzählte ihm, daß er just aus den Östlichen Landen komme, und darüber war Tû wenig erfreut; er war noch weniger froh, als Nuin seine Geschichte beschloß und alles erzählte, was er dort gesehen hatte. ›Ich glaube‹, sagte er, ›daß alle, die dort schlummerten, Kinder waren, doch waren sie so groß wie die größten der Elben.‹

Darauf überfiel Tû große Furcht vor Manwe, ja sogar vor Ilúvatar, der über alles gebietet, und er sagte zu Nuin:

Hier bricht *Gilfanons Geschichte* ab. Der Zauberer Tû und der Dunkel-Elb Nuin verschwanden aus der Mythologie zusammen mit der wundervollen Geschichte von Nuin, der die Gestalten der Väter des Menschengeschlechts erblickt hatte, die noch im Tal von Murmenalda schliefen – wegen der Eigenart des Werkes und weil mein Vater den einzelnen Teilen unterschiedlich viel Aufmerksamkeit gewidmet hat, können wir nicht immer zwischen endgültig aufgegebenen und solchen Elementen unterscheiden, die sich »noch in der Schwebe« befanden. So beklagenswert es auch sein mag, daß dieses Werk nicht vollendet wurde, so tappen wir dennoch nicht völlig im dunkeln, wenn es um die weitere Fortführung geht.

Ich habe weiter oben (S. 156, Anmerkung 3) darauf hingewiesen, daß es zwei Exposés oder Abrisse gibt, die Inhalt und Anlage der *Verschollenen Geschichten* skizzieren; einer der Abrisse entspricht den ausgearbeiteten Geschichten, wie sie hier vorliegen, während der andere geplante Umarbeitungen festhält, die freilich nie ausgeführt wurden. Ohne Zweifel wurde der erste Abriß, den ich im folgenden »B« nenne, niedergeschrieben, als die Entwicklung der *Verschollenen Geschichten* bis zu dem Endpunkt fortgeschritten war, der in den letzten Texten und Zusammenstellungen dieses Buches präsentiert wird. In Bezug auf *Gilfanons Geschichte* wird dieser Abriß zunächst sehr viel ausführlicher, beschränkt sich dann jedoch wieder auf sehr kursorische Notizen für die Geschichten von Tinúviel, Túrin, Tuor und dem Halsband der Zwerge und wird bei der Geschichte Earendels unvermittelt wieder ausführlicher. Deshalb ist klar, daß B der Vorbereitung von *Gilfanons Geschichte* diente – entsprechend der Methode, die mein Vater in dieser Zeit anzuwenden pflegte; in der Tat folgt der Teil der Geschichte, der als eigenständige Erzählung geschrieben wurde, offenkundig eng dem Abriß, wobei dieser wesentlich erweitert wurde.

Dann gibt es einen weiteren Abriß von *Gilfanons Geschichte,* der, obgleich eng an B angelehnt, Details aufweist, die sich in B nicht finden und umgekehrt; dieser Abriß ist mit einiger Sicherheit älter als B und wird im folgenden »A« genannt.

Der zweite der oben erwähnten Abrisse, ein unausgeführter Plan zur Umarbeitung des gesamten Werks, bringt Gesichtspunkte ins Spiel, die hier nicht erörtert zu werden brauchen. Es genügt zu sagen, daß der Seefahrer jetzt Ælfwine und nicht Eriol hieß und daß seine Vorgeschichte geändert wurde, doch der allgemeine Plan der *Verschollenen Geschichten* blieb zum größten Teil unangetastet. Diesen Abriß werde ich im folgenden »D« nennen. Wieviel Zeit zwischen der Niederschrift von B und D verstrich, kann ich nicht sagen, doch ich vermute, daß die Spanne nicht lang war.

Schließlich gibt es noch einen kurzen, kursorischen Abriß, der gleichwohl einige interessante Details enthält; dieser folgte B und ging D voraus und wird hier »C« genannt.

Ich werde diese Notizen nicht in voller Länge wiedergeben, was angesichts der vielen Überschneidungen nicht notwendig ist; sie jedoch alle in einem einzigen Text zusammenzufassen, wäre unkorrekt und verwirrend. Weil aber A und B eng verbunden sind, können sie leicht zusammengefaßt werden. Dies gilt auch für C und D (C wird nur hinzugezogen, wenn er wichtige Details bringt). Und weil die Exposés in bezug auf *Gilfanons Geschichte* so deutlich in zwei Teile geschieden sind (das Erwachen der Menschen und die Geschichte der Gnomen in den Großen Landen), behandele ich die Erzählung ebenfalls in zwei voneinander getrennten Abschnitten.

Es gibt einige Unterschiede zwischen den Abrissen und der ausgeführten Geschichte, auf die hingewiesen werden muß:

A und B nennen den Zauberer-König Túvo, nicht Tû; in C hat er keinen Namen, und in D ist er (wie in der Erzählung auch) Tû, »der Elb«. Unheilvolle Verbindungen hat er in A: »Melko traf mit Túvo während seiner Einkerkerung in den Hallen von Mandos zusammen. Er lehrte ihn mancherlei schwarze Zauberkünste.« Dies wurde durchgestrichen; jedoch A und B sagen, nach der Flucht Melkos und der Zerstörung der Bäume sei es geschehen, daß Túvo die Welt betrat und »in den mittleren Landen ein Zauberer-König wurde«.

Nur in A sind es die Elben, die in Palisor blieben, von denen es heißt, sie seien vom Volk der Teleri (die späteren Vanyar) gewesen. Diese Stelle in *Gilfanons Geschichte* gibt den ersten Hinweis darauf, daß es solche Elben gab; ich neige zu der Ansicht, daß die Idee der Dunkelelben (die späteren Avari), die nie von den Wassern des Erwachens aufbrachen, erst im Laufe der Niederschrift der *Verschollenen Geschichten* auftauchte. Doch der Name *Qendi,* der in den frühen Erzählungen hier erstmals erscheint, wird in mehrfacher Bedeutung gebraucht. Im Bruchstück des geschriebenen Textes scheinen die Worte »jene, die zurückblieben, werden von manchen die Qendi genannt, die verlorenen Feen der Welt[4], die ihr, Elben von Kôr, aber Ilkorin nennt« nachdrücklich zu bestätigen, daß Qendi die Dunkel-Elben sind; doch ein wenig später spricht Gilfanon von den »Eldar oder Qendi«, und in B heißt es, daß »eine Anzahl aus dem ursprünglichen Volk der Qendi (der Name Eldar stammt von den Göttern) in Palisor blieb«. Und dies scheint zu bedeuten, daß *Qendi* als Bezeichnung für alle Elben gelten sollte.

Jedoch der Widerspruch ist nur ein scheinbarer. *Qendi* war in der Tat der Name für alle Elben und *Eldar* der von den Göttern verliehene und von den Elben Valinors übernommene Name; jene, die zurückblieben, bewahrten den alten Namen *Qendi.* Das frühe Wörterverzeichnis der gnomischen Sprache hält ausdrücklich fest, daß die »Feen« den Namen *Elda* von den Valar erhielten und »von ihnen weitgehend übernommen wurde; die Ilkorin jedoch bewahrten den alten Namen *Qendi,* und dieser wurde als Name für die wiedervereinigten Sippen in Tol Eressea übernommen«.[5]

In A und B ist hinzugefügt, daß »die Götter untereinander nicht die Sprachen der Eldalie sprachen, doch sie waren ihrer mächtig und verstanden alle Sprachen. Die klügeren der Elben erlernten die geheime Sprache der Götter und hüteten sie lange, doch nach der Ankunft in Tol Eressea erinnerten sich ihrer nur noch die Inwir, und nun ist dieses Wissen erloschen, außer im Hause von Meril.« Man vergleiche damit Rúmils Bemerkungen zu Eriol auf S. 76f.: »außerdem gibt es die geheime Sprache, in der die Eldar viele Dichtungen, Bücher der Weisheit und die Geschichte der ältesten Dinge aufgeschrieben haben – und sie dennoch nicht sprechen. Diese Sprache benutzten einzig die Valar bei ihren hohen Beratungen, und nicht viele der Eldar der heutigen Tage können sie lesen oder ihre Schriftzeichen entziffern.«

Was Nuin zu Tû über die Körpergröße der Schlafenden im Tal von Murmenalda sagt, ist merkwürdig. In A wurde hinzugefügt: »Anfangs waren die Menschen und die Elben fast gleich groß; die Feen (Elben) weit größer und die Menschen kleiner als jetzt. Als die Macht der Menschen zunahm, wurden die Menschen ein wenig größer und die Feen ein wenig kleiner.« Andere frühe Aussagen deuten darauf hin, daß Menschen und Elben ursprünglich einen sehr ähnlichen Körperbau hatten, und daß das »Schrumpfen« der Elben eng mit der Ankunft und der Vorherrschaft der Menschen zusammenhing. Deshalb sind Nuins Worte verwirrend, besonders weil sie in A der Bemerkung über die ursprüngliche Gleichheit der Körpergröße vorangehen; denn er kann gewiß nur meinen, daß die Schlafenden in Murmenalda im Vergleich zu den Eldar sehr groß waren. Daß die Schläfer tatsächlich Kinder waren, geht aus D eindeutig hervor: »Nuin findet das Schlummertal (Murmenalda), wo zahllose schlafende Kinder liegen.«

Wir kommen nun zu dem Punkt, wo die Erzählung nur noch als Entwurf weitergeführt wurde.

Das Erwachen der Menschen (nach den früheren Entwürfen)

Der Zauberer Túvo erzählte Nuin, daß die Schläfer, die er gefunden hatte, die neuen Kinder Ilúvatars seien, und daß sie auf das Licht warteten. Er untersagte allen Elben, sie zu wecken oder diesen Ort aufzusuchen, denn er fürchtete den Zorn Ilúvatars; aber dennoch ging Nuin des öfteren dorthin, saß auf einem Felsen und beobachtete die Schläfer. Einmal stolperte er über einen Schläfer, der sich rührte, aber nicht aufwachte. Schließlich, von Neugier überwältigt, weckte er zwei von ihnen, die Ermon und Elmir hießen; sie waren betäubt und überaus ängstlich, doch er lehrte sie vieles von der Sprache der Ilkorin, weshalb er Nuin, Vater der Sprache, genannt wird. Dann kam die erste Morgendämmerung; und als einzige der Menschen sahen Ermon und Elmir die erste Sonne im Westen aufsteigen und den östlichen Hafen ansteuern. Nun kamen die Menschen aus Murmenalda hervor wie »eine Schar verschlafener Kinder«.

(In der Geschichte von der *Verhüllung von Valinor* war es lange nach dem ersten Aufsteigen des Sonnenschiffes von Valinor, als sein Hafen im Osten gebaut wurde; vgl. S. 303f. Es ist interessant, daß die ersten Menschen, Ermon und Elmir, von Nuin vor dem ersten Sonnenaufgang geweckt wurden und, obgleich es Túvo bekannt war, daß die Menschen »auf das Licht warteten«, zwischen Nuins Handlung und dem Sonnenaufgang keine Verbindung hergestellt wird. Ebenfalls bemerkenswert ist, daß die Sprache der Elben, ursprünglich ein und dieselbe, ein unmittelbares Geschenk Ilúvatars war (S. 329), während die Menschen ohne Sprache in die Welt traten und sie durch die Unterweisung eines Ilkorin erhielten. Vgl. *Das Silmarillion,* S. 158: »Es heißt auch, diese Menschen [das Volk von Beor] hätten lange mit den Dunkel-Elben östlich der Berge Umgang gehabt und viel von deren Sprache erlernt; und da alle Sprachen der Quendi eines Ursprungs waren, ähnelte die Sprache Beors und seines Volkes der Sprache der Elben in vielen Formen und Wörtern.«)

Hier erscheinen nun die Kreaturen von Melko, die Úvanimor, von ihm »in der Erde gezüchtet« (diese »Ungeheuer, Riesen und Oger« sind in einer früheren Geschichte erwähnt, S. 114); und Túvo beschützte Menschen und Elben vor ihnen und vor »bösen Kobolden«. A erwähnt außerdem Orks.

Ein Diener Melkos mit Namen »Fúkil oder Fangli« betrat die Welt und verführte die Menschen, so daß sie heimtückisch über die Ilkorin herfielen; darauf folgte die Schlacht von Palisor, in der das Volk von Ermon an Nuins Seite kämpfte. Nach A wurden »die Elben und jene Menschen, die ihnen halfen, besiegt«, jedoch B spricht von einer »unentschiedenen Schlacht«; und die Menschen, verdorben von Fangli, flohen und wurden »wilde und grausame Stämme«, die Fangli und Melko anbeteten. Danach (nur in A) nahmen »Fangli und sein Heer von Nauglath (oder Zwergen) Palisor in Besitz«. (In den frühen Schriften werden die Zwerge immer als ein böses Volk dargestellt.)

Dieser Abriß macht deutlich, daß die Verführung bestimmter Menschen am Anfang ihrer Tage durch das Betreiben Melkos ein Merkmal der frühesten Phase der Mythologie war; doch von der ganzen, hier skizzierten Geschichte ist nicht mehr als eine schwache Spur, eine Andeutung höchstens, im *Silmarillion* (S. 158) wiederzufinden: »›Ein Dunkel liegt hinter uns‹, sagte Beor, ›und von ihm haben wir uns fortgewandt, und nicht einmal in Gedanken wollen wir dorthin zurückkehren.‹«[6]

Das Erwachen der Menschen (nach dem späteren Entwurf)

Hier wird anfangs erzählt, daß Melkos Úvanimor entflohen waren, als die Götter die Festung des Nordens einnahmen, und daß sie in den Wäldern umherzogen; Fankil, der Diener Melkos, wohnte frei in der Welt. (Fankil ist Fangli/Fúkil in A und B. In C wird er »Kind Melkos« genannt. Fankil wurde in D an einer früheren Stelle erwähnt, als zur Zeit des Erwachens der Elben »Fankil und viele dunkle Wesen in die Welt entwichen«; vgl. S. 156, Anmerkung 3).

Nuin, »Vater der Sprache«, der trotz der Warnungen von Tû (die nicht näher beschrieben werden) immer wieder nach Murmenalda ging, weckte Ermon und Elmir und unterwies sie in der Sprache und in vielen anderen Dingen. Als einzige des ganzen Menschengeschlechtes sahen Ermon und Elmir die Sonne im Westen aufgehen, und die Samen Palúriens Blatt und Knospe treiben. Die Scharen der Menschen kamen hervor wie verschlafene Kinder und begrüßten die Sonne mit dumpfem Gemurmel; sie folgten ihr auf ihrem Rückweg nach Westen und fürchteten sich bitterlich vor der ersten Nacht. Nuin, Ermon und Elmir lehrten sie die Sprache.

Die Körpergröße der Menschen nahm zu, und sie erwarben Kenntnisse von den Dunkelelben,[7] jedoch Tû konnte die Sonne nicht ertragen und verbarg sich in den abgrundtiefen Höhlen. Die Menschen wohnten in der Mitte der Welt und verbreiteten sich von dort in alle Richtungen; und sehr lange Zeit verging.

Fankil, mit den Zwergen und Kobolden, mischte sich unter die Menschen und führte eine Entfremdung zwischen ihnen und den Feen herbei; und viele Menschen halfen den Zwergen. Allein das Volk Ermons stand den Elben im ersten Krieg zwischen Elben und Kobolden (›Kobolde‹ aus: ›Zwerge‹; und diese aus: ›Menschen‹) zur Seite, der Schlacht von Palisor. Nuin starb durch die Hände der Kobolde und durch die Heimtücke der Menschen. Viele Geschlechter der Menschen wurden in die östlichen Ödlande und die südlichen Wälder getrieben, von wo dunkle und grausame Völker kamen.

Die Scharen von Tareg dem Ilkorin zogen nach Nordwesten, als sie Gerüchte über die Gnomen hörten; und viele der heimatlosen Sippen schlossen sich ihnen an.

Die Geschichte der verbannten Gnomen (nach den früheren Abrissen)

Nachdem die Gnomen die Helkarakse überquert hatten, breiteten sie sich in Hisilóme aus, wo sie »Schwierigkeiten« mit dem dortigen eingesessenen Schattenvolk hatten – in A »Feen-Volk«, in B »*Úvalear*-Feen« genannt. (Das Schattenvolk von Hisilóme ist uns bereits in der Geschichte *Die Ankunft der Elben* begegnet, S. 172; dort ist es ein Name, den die von Melko eingeschlossenen Menschen den Verschollenen Elben gaben, die auf dem Marsch von Palisor vom Weg abgekommen und dort geblieben waren. Die späteren Abrisse werden zeigen, daß dies Schattenvolk ein unbekanntes, von den Elben gänzlich verschiedenes Volk war; und es scheint deshalb, daß der Name zwar beibehalten wurde, jedoch eine neue Bedeutung bekam.)

Die Gnomen fanden die Wasser von Asgon (später See von Mithrim) und lagerten dort; dann fand die Zählung des Volkes statt, die Geburt Turgons mit »Prophezeiungen« und der Tod Feanors. Was dessen Tod angeht, weisen die Abrisse Unterschiede auf. In A war es Nóleme, auch Fingolma genannt, der starb: »seine Barke verschwand auf einem geheimen Weg – von dem es heißt, daß dies später Tuors Fluchtweg war. Er segelte, um auf der Felseninsel im See Asgon ein Opfer dazubringen.« (Wem opferte er?) In B, zuerst geschrieben, war es ebenfalls »Fingolma (Nóleme)«, der starb, doch der Name wurde zu Feanor verbessert; »seine Barke verschwand über einen geheimen Weg – es soll die Öffnung gewesen sein, welche die Noldoli später vergrößerten und zu einem Pfad ausgestalteten, so daß Tuor auf diesem Weg entkommen konnte. Er segelte zu der Felseninsel im See Asgon, weil er dort etwas hell Glitzerndes sah und seine Edelsteine suchte.«

Die Gnomen verließen Asgon, zogen durch die Rauhen Berge und schlugen in den Ausläufern der Eisenberge ihre erste Schlacht gegen Orks. (Zu den Eisenbergen als südliche Grenze von Hisilóme vgl. S. 163; 226f. In der *Geschichte von Tinúviel* kam Beren aus Hisilóme, einem Land »jenseits der Rauhen Berge« und »durch die Schrecken der Eisenberge«, und somit scheint klar, daß die Rauhen Berge und die Eisenberge gleichgesetzt werden dürfen.)

Das nächste Lager der Gnomen war »am Sirion« (der hier erstmals genannt wird); und hier trafen die Gnomen zum erstenmal die Ilkorin – A fügt hinzu, daß diese Ilkorin ursprünglich zu den Noldoli gehörten und auf dem Marsch von Palisor verschollen waren. Die Gnomen erfuhren von ihnen, daß die Menschen angekommen seien und die Schlacht von Palisor stattgefunden hätte; und sie erzählten den Ilkorin die Neuigkeiten aus Valinor und von ihrer Suche nach den Edelsteinen.

Nun erscheint erstmals Maidros, Sohn von Feanor (in der Geschichte *Melkos Diebstahl* wurde dieser Name Feanors Großvater beigelegt, S. 208; 226). Maidros, geleitet von den Ilkorin, führte ein Heer in die Berge, entweder »um nach den Edelsteinen zu suchen« (A) oder »um nach den Behausungen Melkos zu forschen« (B), doch das Heer wurde nach einem Gefecht von den Toren Angamandis vertrieben; Maidros selbst wurde lebend gefangen und gefoltert – weil er die geheimen Künste der Noldoli im Gemmenschneiden nicht verraten wollte – und verkrüppelt zu den Gnomen zurückgeschickt. (In A, wo es noch nicht Feanor, sondern Nóleme ist, der im See Asgon ertrinkt, war es Feanor selbst, der das Heer gegen Melko führte, der gefangengenommen, gefoltert und verstümmelt wurde.)

Darauf schwören Feanors Sieben Söhne einen Eid ewiger Feindschaft gegen jeden, der die Silmaril besaß (die Sieben Söhne Feanors tauchen hier zum erstenmal auf, obgleich in der *Geschichte von Sonne und Mond* erwähnt wurde, daß Feanor Söhne hatte, S. 272).

Die Heere Melkos näherten sich nun dem Lager der Gnomen am Sirion, diese flohen nach Süden und wohnten dann bei Gorfalon, wo sie gute und böse Menschen kennenlernten, doch besonders solche aus Ermons Volk; und eine Botschaft wurde zu Túvo, zu Tinwelint (d. i. Thingol, vgl. S. 190) und zu Ermon[8] geschickt. Ein großes Heer von Gnomen, Ilkorin und Menschen wurde zusammengezogen und von Fingolma (Nóleme) im Tal der Quellen (später Tal der Weinenden Wasser) aufgestellt. Doch Melko selbst ging zu den Zelten der Menschen und täuschte sie, und einige von ihnen fielen den Gnomen verräterisch in den Rücken, gerade als Melkos Heer sie angriff; andere überredete Melko, ihre Freunde aufzugeben, und diese, zusammen mit anderen, die er durch Nebel und Zauberwerk vom Weg abbrachte, lockte er ins Land der Schatten. (Vgl. den Hinweis in der Geschichte *Die Ankunft der Elben,* daß die Menschen von Melko in Hisilóme eingeschlossen wurden, S. 172).

Dann fand die »furchtbare Schlacht der Ungezählten Tränen« statt. Die Kinder von Úrin (später Húrin, nach A: Söhne von Úrin) kämpften als einzige der Menschen bis zum Schluß, und keiner (zwei Boten ausgenommen) kam mit dem Leben davon; Turgon und eine starke Abteilung, die Niederlage erkennend, machten kehrt, kämpften sich durch und retteten einen Teil der Frauen und Kinder. Turgon wurde verfolgt, und hier findet sich ein Hinweis auf »das Opfer Mablons, des Ilkorin, um das Heer zu retten«; Maidros und die anderen Söhne Feanors stritten sich mit Turgon um die Führerschaft (A) und zogen in den Süden. Der verbliebene Rest von Überlebenden und Flüchtlingen wurde eingeschlossen und schwor Melko Bündnistreue; und dieser war zornig, weil er nicht herausfinden konnte, wohin Turgon geflohen war.

Nach einem Hinweis auf die »Gruben Melkos« und den »Zauberbann der Abgrundtiefen Furcht« (den Melko auf seine Sklaven legte), schließt die Geschichte mit »der Gründung von Gondolin« und der »Entfremdung zwischen Menschen und Elben, hervorgerufen durch die Schlacht der Ungezählten Tränen«: Melko nährte Mißtrauen und ließ sie einander nachspionieren, damit sie sich nicht gegen ihn zusammentaten; und er schuf die Falschen Feen oder Kaukareldar nach ihrem Bilde, und diese täuschten und betrogen die Menschen.[9]

Die Geschichte der verbannten Gnomen (nach dem späteren Abriß)

Die Gnomen verweilten im Land der Schatten (Hisilóme) und hatten Umgang mit dem Schattenvolk, Feen-Wesen (C) unbekannter Herkunft: Sie stammten weder von den Valar noch von Melko, doch man glaubte, daß sie bei der Erschaffung der Welt aus der äußeren Leere und der urzeitlichen Dunkelheit gekommen waren. Die Gnomen fanden »die Wasser von Mithrim (Asgon)«, in denen Feanor ertrank. Sie stellten zum erstenmal Waffen her und legten in den dunklen Bergen Steinbrüche an. (Das ist merkwürdig, denn in der Schilderung des Sippenmordes bei Alqalunte heißt es: »und so kamen zum erstenmal Eldar durch die Waffen ihrer eigenen Sippe um«, S. 235).

Die Gnomen kämpften nun zum erstenmal mit den Orks und eroberten den Paß der Rauhen Berge; so entkamen sie aus dem Land der Schatten, was Melko mit Staunen und Furcht erfüllte. Sie drangen in den Wald von Artanor (später Doriath) ein und in das Gebiet der Großen Ebenen (vielleicht der Vorläufer der späteren Talath Dirnen, der Bewachten Ebene von Nargothrond); und das Heer Nólemes wuchs zu einer ungeheuren Größe. Sie übten viele Künste aus, wollten aber nicht mehr an festen Orten wohnen. Das Hauptlager Nólemes war an den Wassern des Sirion; und die Gnomen trieben die Orks in die Ausläufer der Eisenberge. In stiller Wut stärkte Melko seine Macht.

Turgon wurde als Sohn Nólemes geboren.

Maidros, »erster Sohn von Feanor«, führte ein Heer gegen Angband, wurde aber durch Feuer von den Toren vertrieben, lebend gefangengenommen und gefoltert (wie in C). Es wird hier nichts darüber gesagt, daß Maidros befreit wurde und zurückkehrte, doch dies geht aus dem darauf folgenden Eid der Sieben Söhne hervor.

Die Sieben Söhne Feanors schworen ihren schrecklichen Eid ewigen Hasses gegen alle, Götter, Menschen oder Elben, die die Silmaril je besitzen sollten; und die Kinder Feanors verließen das Heer Nólemes und kehrten nach Dor Lómin zurück, wo sie ein mächtiges und wildes Geschlecht wurden.

Die Heere von Tareg, dem Ilkorin (vgl. S. 330), fanden die Gnomen am Tag des Festes der Wiedervereinigung, und die Menschen Ermons sahen die Gnomen zum erstenmal. Dann machte sich Nólemes Heer, vermehrt um die Streitkräfte Taregs und Ermons, zur Schlacht bereit; und Boten wurden in alle vier Himmelsrichtungen gesandt. Tinwelint weigerte sich als einziger, dem Aufruf zu folgen: »Zieht nicht in die Berge.« Úrin und Egnor (Vater von Beren) stellten zahllose Battaillone.

Melko zog sich mit seinen gesamten Streitkräften zurück, und Nóleme glaubte, er habe Angst. Die Heere von Elbenheim zogen in die Ödlande und lagerten im Tal der Quellen (Gorfalong), das später Tal der Weinenden Wasser genannt wurde.

(In der Beschreibung der Ereignisse vor der Schlacht der Ungezählten Tränen unterscheidet sich Abriß D von den früheren, eingeschlossen C. In den früheren flohen die Gnomen aus dem Lager am Sirion, als Melkos Heer nahte, und zogen sich nach Gorfalon zurück, wo die große Streitmacht aus Gnomen, Ilkorin und Menschen gesammelt und im Tal der Quellen aufgestellt wurde. In D ist von einem Rückzug des Heeres von Nólemes nicht die Rede: Es scheint, daß sie eher aus dem Lager am Sirion ins Tal der Quellen (Gorfalon) vorrückten. Doch es liegt in der Natur dieser Abrisse, daß sie nicht bis ins letzte Detail stimmig sein können. Der Abriß C, der hier endet, sagt, daß die Gnomen die Menschen in Künsten unterrichteten, als sie diese bei Gorfalon zum erstenmal trafen – und dies war zweifellos einer der Ausgangspunkte der späteren Elbenfreunde in Beleriand.)

Bestimmte Menschen, von Melko bestochen, gingen als Spielleute ins Lager und verrieten es. In der ersten Morgendämmerung bei grauem Regen griff Melko an, und die schreckliche Schlacht der Ungezählten Tränen folgte, von der es nie eine vollständige Beschreibung geben wird, weil kein Gnom darüber sprechen will. (In einer Randnotiz schrieb mein Vater: »War Melko selbst dabei?« In dem früheren Abriß betrat Melko selbst das Lager seiner Feinde.)

In der Schlacht wurde Nóleme von den Seinen getrennt und erschlagen, und die Orks schnitten ihm das Herz heraus; doch Turgon rettete Leichnam und Herz, und es wurde sein Zeichen.[10] Nahezu die Hälfte der Gnomen und Menschen, die dort kämpften, wurde getötet.

Die Menschen flohen, und nur die Söhne von Úrin hielten stand, bis sie getötet wurden; jedoch Úrin wurde gefangengenommen. Turgon war furchtbar in seiner Kampfeswut, und seine starke Abteilung erkämpfte sich den Weg vom Schlachtfeld mit Heldenmut.

Melko ließ sie durch Scharen von Balrogs verfolgen, und Mablon, der Ilkorin, fiel bei dem Versuch, sie zu retten. Turgon floh am Sirion entlang nach Süden, rettete Frauen und Kinder aus den Lagern und entkam, da der Zauber des Flusses ihm half, an einen verborgenen Ort, so daß Melko seine Spur verlor.

Die Söhne Feanors kamen zu spät und fanden ein verlassenes Schlachtfeld. Sie töteten die Plünderer, bestatteten Nóleme und errichteten über ihm und den [Gnomen?] den größten Grabhügel der Welt. Er wurde Hügel des Todes genannt.

Es folgte die Knechtschaft der Noldoli. Die Gnomen waren erbittert über die Heimtücke der Menschen und über die Leichtigkeit, mit der Melko sie verführt hatte. Der Abriß schließt mit Hinweisen auf die »Gruben Melkos«, den »Zauberbann der Abgrundtiefen Furcht« und der Feststellung, daß alle Menschen des Nordens in Hisilóme eingeschlossen wurden.

Der Abriß D wendet sich in natürlicher Weiterführung der eben skizzierten Erzählung der Geschichte von Beren und Tinúviel zu: »Beren, Sohn von Egnor, wanderte von Dor Lómin (Hisilóme, S. 163) nach Artanor...« Dies sollte die nächste Geschichte am Feuer der Geschichten sein (wie auch in Abriß B); in D sollte *Gilfanons Geschichte* sich über vier Abende erstrecken.

Sondert man aus diesen Abrissen bestimmte charakteristische Züge aus und stellt sie auf eine Weise zusammen, welche die Übereinstimmungen stärker betont als die Unterschiede, wird die Ähnlichkeit mit der Erzählstruktur des *Silmarillion* ohne weiteres deutlich:

- Die Noldoli überqueren die Helkarakse, dringen nach Hisilóme ein und schlagen ihr Lager bei Asgon (Mithrim) auf;
- Sie treffen Ilkorin-Elben (Úmanyar);
- Feanor stirbt;
- Erste Schlacht gegen die Orks;
- Eine Gnomen-Armee zieht nach Angband;
- Maidros wird gefangen, gefoltert und verstümmelt;
- Die Söhne Feanors trennen sich vom Heer der Elben (nur in D);
- Eine gewaltige Schlacht, genannt die Schlacht der Ungezählten Tränen, zwischen Elben und Menschen sowie den Heeren Melkos findet statt;
- Verrat der von Melko verführten Menschen in der Schlacht;
- Doch die Gefolgsleute von Úrin (Húrin) sind treu und überleben die Schlacht nicht;
- Der Anführer der Gnomen wird von den Seinen getrennt und erschlagen (nur in D);
- Turgon und seine Streitmacht kämpfen sich den Weg frei und ziehen nach Gondolin;
- Melko ist zornig, weil er nicht herausfinden kann, wohin Turgon gegangen ist;
- Die Söhne Feanors kommen zu spät zur Schlacht (nur in D);
- Ein großer Grabhügel wird errichtet (nur in D).

Dies sind die wesentlichen Elemente der Geschichte, die beibehalten wurden. Doch es gibt auch zahlreiche und große Unterschiede. Am auffälligsten ist das vollständige Fehlen ganzer Episoden: die langjährige Belagerung Angbands, die mit der Schlacht des Jähen Feuers (Dagor Bragollach) endete, und der Zug der

Menschen über das Gebirge nach Beleriand, wo sie in den Dienst der noldorischen Könige traten; in der Tat vermitteln diese Abrisse den Eindruck, als sei zwischen der Ankunft der Noldoli aus Kôr und ihrer großen Niederlage nur kurze Zeit vergangen. Das mag bis zu einem gewissen Grad an der komprimierten Form dieser Abrisse liegen; dem widerspricht allerdings der Hinweis (im letzten Abriß D), daß die Noldoli viele Künste erlernten und später selbst ausübten (S. 333). Jedenfalls war Turgon, geboren als die Gnomen in Hisilóme waren oder (nach D) als sie am Sirion lagerten, in der Schlacht der Ungezählten Tränen voll erwachsen.[11] Auch von dem im *Silmarillion* erweckten Eindruck, daß Jahrhunderte verstrichen, in denen Morgoth streng in Angband gefangengehalten wurde und die Noldor ihre Wohnstätten und Türme erbauten, findet sich nicht die geringste Spur. In späteren Schaffensphasen vergrößerte mein Vater ständig die Zeitspanne zwischen dem Aufgang von Sonne und Mond und der Schlacht der Ungezählten Tränen. Es ist auch ein wesentlicher Zug der alten Konzeption, daß Melkos Sieg so vollkommen und überwältigend war: Die Noldoli wurden in ungeheurer Zahl seine Sklaven, und wohin sie sich auch wandten, überall lebten sie unter dem Bann seines Zaubers; nur in Gondolin waren sie frei – so heißt es in der alten Geschichte *Der Fall von Gondolin,* daß die Bewohner von Gondolin »jene Sippe der Noldoli waren, die als einzige Melkos Macht entfloh, als er in der Schlacht der Ungezählten Tränen ihr Volk besiegte, es versklavte, mit einem Zauberbann belegte und zwang, in den Eisenhöllen zu wohnen, die es nur auf sein Geheiß verlassen durfte«. Außerdem wurde Gondolin erst *nach* der Schlacht der Ungezählten Tränen gegründet.[12]

Über Feanors Tod erfahren wir in den frühen Texten wenig; doch zumindest ist klar, daß es zur Geschichte seines Todes im *Silmarillion* (S. 121) keine Verbindung gibt. Diesen frühen Abrissen zufolge haben die Noldoli nach dem Verlassen von Hisilóme ihr erstes Gefecht mit den Orks in den Ausläufern der Eisenberge oder auf dem Paß der Rauhen Berge, und diese entsprechen ziemlich eindeutig dem späteren Schattengebirge, Ered Wethrin (vgl. S. 226; 331); doch im *Silmarillion* (S. 120) findet die erste Auseinandersetzung zwischen den Noldor und den Orks in Mithrim statt.

Die Begegnung von Gnomen und Ilkorin hat sich erhalten im Zusammentreffen der neu angekommenen Noldor mit den Grauelben von Mithrim (*Das Silmarillion,* S. 122); doch die Noldor hörten lieber von der Macht König Thingols von Doriath als von der Schlacht von Palisor.

Während in diesen Abrissen Maidros, Sohn Feanors, einen Angriff gegen Angband führt, der blutig zurückgeschlagen wird und mit seiner eigenen Gefangennahme endet, ist es im *Silmarillion* Fingolfin, der vor Angband erscheint und sich, als man ihm dort mit Schweigen begegnet, vorsichtig nach Mithrim zurückzieht (S. 123). Maidros (Maedhros), der bereits bei einem Treffen mit einem Boten Morgoths, das man für eine friedliche Unterhandlung hielt, in Gefangenschaft geraten war, hörte den Schall von Fingolfins Trompeten am Ort seiner Qualen auf Thangorodrim – wo Morgoth ihn festhielt, bis die Noldor, nach Morgoths Worten, vom Krieg abließen. Von den getrennten Heeren der Noldor findet sich natürlich in der alten Geschichte keine Spur; und die Rettung von Maedhros durch Fingon, der ihm zu diesem Zweck den Finger abschnitt, erscheint in keiner Form: Statt dessen wird er, wenn auch verstümmelt, von Melko freigelassen, ohne daß eine Erklärung gegeben wird. Doch es ist sehr bezeichnend, daß die Verstümmelung von Maidros – ein wichtiges Moment in den Sagen – niemals als Element verlorenging, wenn ihr später auch ein völlig anderer Hintergrund und eine andere Bedeutung gegeben wurden.

Der Eid der Söhne Feanors wurde hier nach Ankunft der Gnomen aus Valinor und nach dem Tod ihres Vaters geschworen; und nach dem späteren Abriß D verließen sie darauf das Heer von (Finwe) Nóleme, Herr der Noldoli, und kehrten nach Dor Lómin (Hisilóme) zurück. In diesen und anderen Elementen, die nur in D erscheinen, kommt die Geschichte ihrer späteren Form näher. Die Rückkehr nach Dor Lómin ist die Keimzelle des Zuges der Feanorer von Mithrim in den Osten von Beleriand (*Das Silmarillion,* S. 127); das Fest der Wiedervereinigung wurde zum Fest der Versöhnung, Mereth Aderthad, das Fingolfin für die Elben von Beleriand abhielt (*Das Silmarillion,* S. 128), wenn auch die Teilnehmer notwendigerweise ganz andere sind; das Zuspätkommen der Feanor-Söhne zur Schlacht entspricht der verspäteten Ankunft des Heeres von Maedhros (*Das Silmarillion,* S. 215); der Tod des abgeschnittenen (Finwe) Nóleme in der Schlacht entspricht dem Tode von Fingon (*Das Silmarillion,* S. 216, als Finwe zu Feanors Vater wurde und an die Stelle von Bruithwir trat, der in Valinor von Melko getötet wurde; seinen Platz als Heerführer in der Schlacht der Ungezählten Tränen nahm Fingon ein); der große Grabhügel, Hügel des Todes, errichtet von den Söhnen Feanors, entspricht dem späteren Haudh-en-Ndengin, dem Hügel der Erschlagenen, der in Anfauglith von Orks errichtet wurde (*Das Silmarillion,* S. 220). Ob die Botschaften an Túvo, Tinwelint und Ermon (in D sind es Boten geworden) die Bündnispläne von Maedhros entfernt vorwegnehmen (*Das Silmarillion,* S. 210f.), ist nicht klar, obgleich die Weigerung von Tinwelint, sich den Streitkräften Nólemes anzuschließen, in Thingols Zurückweisung Maedhros' erhalten blieb (*Das Silmarillion,* S. 211). Tinwelints Worte »Zieht nicht in die Berge« kann ich nicht eindeutig erklären, vermute aber, daß »die Berge« die Eisenberge (in der *Verhüllung von Valinor,* S. 295f., »Berge von Eisen« genannt) oberhalb von Angband sind und daß er vor einem Angriff Melkos warnte; in der alten *Geschichte von Turambar* sagte Tinwelint: »Die Klugheit meines

Herzens und das Schicksal der Valar haben mich bewogen, mit meinem Volk nicht in die Schlacht der Ungezählten Tränen zu ziehen.«

Andere Elemente im Verlauf der Schlacht haben sich erhalten – die Standfestigkeit des Volkes von Úrin (Húrin) und die Flucht Turgons; sie waren zu dieser Zeit bereits Bestandteil einer geschriebenen Erzählung (der von Túrin).

Geographische Hinweise finden sich kaum, und es existiert keine Karte der Großen Lande für die früheste Periode der Geschichte; es ist sicher das Beste, diese Fragen bis zur Behandlung der Geschichten, die dort spielen, zurückzustellen. Das Tal der Quellen, später Tal der Weinenden Wasser, wird in D ausdrücklich mit Gorfalong gleichgesetzt, das in den früheren Abrissen als Gorfalon erscheint; doch keinesfalls kann dieser Ort und die »Ödlande« mit irgendwelchen Orten oder Namen der späteren Geographie in Zusammenhang gebracht werden – es sei denn (besonders weil es in D heißt, Turgon sei »am Sirion entlang nach Süden geflohen«), man wollte annehmen, daß etwas Ähnliches wie der spätere »Sirion-Paß« bereits in der Vorstellung existierte, und daß »Tal der Quellen« oder »Weinende Wasser« ein Name dafür war.

Anmerkungen

1 Über *Turuhalme* wurde geschrieben: *Duruchalm* (durchgestrichen) und *Halmadhurwion.*

2 Diese Passage ist mit Fragezeichen versehen.

3 Ursprünglich hieße es an dieser Stelle; »und wenige aus seinem Volk gingen mit ihm, und Tû verbot es ihnen, denn er fürchtete den Zorn Manwes und Ilúvatars«.

4 An früherer Stelle in den *Verschollenen Geschichten* sind die »Verschollenen Elben« jene, die während der Großen Wanderung verschollen sind und in Hisilóme wanderten (vgl. S. 172).

5 In der Geschichte wird den »Feen« von Tûs Reich (d. h. den Dunkel-Elben) der Name *Hisildi* (Zwielicht-Volk) gegeben; in den Abrissen A und B werden sie zusätzlich *Humarni, Kaliondi* und *Lómearni* genannt.

6 Vgl. auch, was Sador Túrin in dessen Kindheit sagte (*Nachrichten aus Mittelerde,* S. 86): »Hinter uns liegt eine Finsternis, aus der nur wenige Geschichten überliefert sind. Die Väter unserer Väter hätten vieles erzählen können, doch sie haben es nicht getan. Zwischen uns und dem Leben, aus dem sie kamen, stehen Berge, und niemand weiß heute, wovor die Vorväter geflohen sind.«

7 Vgl. *Das Silmarillion,* S. 118: »Doch heißt es, sie seien binnen kurzem an vielen Orten den Dunkelelben begegnet, die sie freundlich aufnahmen; und so wurden die Menschen in ihrer Kindheit zu Gefährten und Schülern dieses alten Wandervolks von elbischem Geschlecht, das sich nie auf den Weg nach Valinor gemacht hatte und für das die Valar nur ein Gerücht und ein fremder Name waren.«

8 Über *Ermon* ist, allem Anschein nach, altenglisch *æsc* (›Asche‹) geschrieben. Es scheint denkbar, daß dies eine Anglisierung von altnordisch *askr* (›Asche‹) ist, in der nordischen Mythologie der Name des ersten Mannes, der, zusammen mit der ersten Frau *(Embla),* von den Göttern aus zwei Bäumen gemacht wurde, die sie am Meeresufer fanden (Völuspá, Strophe 17; *Snorra Edda, Gylfaginning* § 8).

9 Der Text hat hier in Klammern das Wort »Gongs«. Hierbei könnte es sich um einen Namen für die *Kaukareldar* oder »Falschen Feen« handeln, doch im gnomischen Wörterverzeichnis ist *Gong* definiert als »ein Angehöriger der Rasse der Orks, ein Kobold«.

10 In einer einzelnen frühen Notiz ist erwähnt, daß Nólemes Herz von den Orks herausgeschnitten und von seinem Sohn Turgon zurückerobert wurde; es heißt weiter, daß Turgon es in ein goldenes Kästchen setzen ließ; das Zeichen des Königsvolks in Gondolin, das Purpurherz, wird in der Geschichte *Der Fall von Gondolin* erwähnt.

11 Vgl. S. 237: »Turondo, Sohn Nólemes, war noch nicht auf der Erde.« *Turgon* war der gnomische Name von *Turondo* (S. 167). In der späteren Geschichte war Turgon ein Anführer der Noldor aus Valinor.

12 Nachdem die Geschichte verändert und die Gründung von Gondolin weit früher angesetzt war, wurde der Schlußteil des *Silmarillion* niemals damit in Einklang gebracht; und dies war eine der größten Schwierigkeiten bei der Erstellung des (gedruckten) Textes.

ANHANG

Namen

Es existieren zwei kleine Notizbücher, welche die ersten »Lexika« der Elbensprachen darstellen, entstanden gleichzeitig mit den *Verschollenen Geschichten;* und sie sind äußerst schwierig und komplex.

Das eine befaßt sich mit der Sprache, die *Quenya* genannt wird; dieses Notizheft werde ich als »QL« (Qenya-Lexikon) zitieren. Ein großer Teil der Einträge in der ersten Hälfte des Alphabets wurde zu einer Zeit gemacht, als mein Vater das Werk erst begann; sie waren sehr sorgfältig ausgeführt, obgleich die Bleistiftschrift nunmehr verblaßt ist. Unter diesen ursprünglichen Einträgen findet sich die Gruppe:

Lemin »fünf«
Lempe »zehn«
Leminkainen »23«

Daß ausgerechnet die Zahl »23« aufgeführt wird, läßt vermuten, daß mein Vater zu dieser Zeit 23 Jahre alt war, das Buch demnach im Jahr 1915 begonnen wurde. Dies wird durch die Tatsache bestärkt, daß in den ersten Einträgen über bestimmte mythologische Gestalten Aussagen gemacht werden, die allem widersprechen, was anderswo gesagt wird, und so Einblick in eine Schaffensphase geben, die noch vor den *Verschollenen Geschichten* liegt.

Das Notizbuch war natürlich fortwährend in Gebrauch, und viele Einträge (im Grunde genommen alle Einträge im zweiten Teil des Alphabets) liegen zeitlich später als die erste Gruppe, obgleich mit Bestimmtheit nur gesagt werden kann, daß alle Einträge gleichzeitig mit der Niederschrift der *Verschollenen Geschichten* (oder kurz davor) vorgenommen wurden.

Die Wörter QL sind nach Wortstämmen oder »Wurzeln« geordnet und in einer Anmerkung am Anfang heißt es: »Wurzeln stehen in Großbuchstaben und sind keine Wörter, die in Gebrauch sind; sie dienen vielmehr der Erklärung der Wörter, die derselben Gruppe angehören, und als ein Bindeglied zwischen ihnen.«

Es herrscht einige Unsicherheit, ausgedrückt durch Fragezeichen, in der Formulierung der Wortstämme und in der Zuordnung von Wörtern zum einen oder anderen dieser Stämme, da mein Vater zwischen verschiedenen etymologischen Vorstellungen schwankte; und in einigen Fällen scheint klar, daß das Wort sozusagen »geschaffen« war, seine Etymologie indes ungeklärt blieb, und nicht umgekehrt. Die Wurzeln selbst sind oft schwer wiederzugeben, weil bestimmte Konsonanten diakritische Zeichen tragen, die nicht definiert sind.

Das zweite Notizbuch ist ein Wörterbuch der Gnomischen Sprache, *Goldogrin,* das ich als »GL« (Goldogrin oder Gnomisches Lexikon) zitieren werde. Dieses Buch ist nicht historisch angelegt und nach Wurzeln geordnet (obgleich gelegentlich Wurzeln angeführt werden), sondern vielmehr (zumindest war es so geplant) wie ein gebräuchliches Wörterbuch; und es enthält eine bemerkenswerte Anzahl von Wörtern. Das Buch trägt den Titel *i·Lam na·Ngoldathon* (d. h. »die Sprache der Gnomen«); *Goldogrin* mit dem Datum 1917. Unter dem Titel steht: *Eriol Sorothron* (d. h. »Eriol, der Reisende«), *welcher auch Angol, bei seinem eigenen Volk jedoch Ottor Wǽfre genannt wird* (vgl. S. 36)*

In diesem Fall liegt die große Schwierigkeit in der Intensität, mit der mein Vater dieses winzige Buch benutzte, unablässig verbessernd, tilgend und ergänzend, so daß es stellenweise sehr schwer zu deuten ist. Außerdem sind spätere Veränderungen der Formen in einem Eintrag bei verwandten Einträgen nicht notwendigerweise berücksichtigt; die Stadien eines rasch wachsenden linguistischen Entwurfs sind also in ihrer Wiedergabe sehr verwirrend. Diese kleinen Bücher waren Arbeitsmaterialien und auf keinen Fall die Ausführungen ausgereifter Ideen (es ist ganz klar, daß besonders das GL in engem Zusammenhang mit der eigentlichen Niederschrift der *Verschollenen Geschichten* stand). Darüber hinaus veränderten sich die Sprachen, sogar während der Zeit, in der die ersten Einträge in das GL vorgenommen wurden; so wurde beispielsweise das Wort *mô* ›Schaf‹, später in *moth* geändert, während später im Worterbuch *uimoth,* ›Schaf der Wellen‹ die ursprüngliche Form ist.

Es ist ohne weiteres einsichtig, daß den Sprachen in diesem Stadium eine über die Maßen verzwickte und phonetisch komplizierte Struktur zugrundeliegt; doch wie es scheint, sind aus jenen Tagen sehr wenige phonologische und grammatikalische Ausführungen erhalten geblieben. So habe ich nichts gefunden, das auch nur andeutungsweise auf die phonologischen Beziehungen zwischen den beiden Sprachen schließen ließe. Es existiert eine frühe phonologische Beschreibung von Qenya, doch diese wurde durch spätere Veränderungen und Einführungen zu einem derart verwirrenden Durcheinander (zumal das Material überhaupt außerordentlich komplex ist), daß ich nicht imstande war, es zu verwenden.

Es wäre nicht ratsam, wollte man hier versuchen, späteres Material zur Erklärung der linguistischen Grundkonzeption dieser frühesten Phase heranzuziehen. Doch die Durchsicht dieser beiden Wörterbücher macht vollkommen klar,

---

* Die Anmerkung über *Angol* und *Eriollo* (S. 36f.) steht auf der Innenseite des Umschlages von GL.

wie eng die Entwicklungen in der Mythologie und in den Sprachen miteinander verflochten waren; es wäre also äußerst irreführend, wenn man die *Verschollenen Geschichten* veröffentlichte, ohne zu versuchen, die etymologischen Verbindungslinien zwischen den Namen aufzuzeigen, die in diesem Buch vorkommen. Daher habe ich alle Fakten zusammengestellt, die sich den Notizbüchern entnehmen lassen, ohne diese zu kommentieren. Natürlich gehörte die leichte Veränderung der alten Wortstämme (besonders was die Abfolge der Konsonanten betraf) wesentlich zur Entwicklung eines etymologischen Systems und führte im Laufe der Jahre zu sehr komplizierten semantischen Sachlagen; dies gilt auch für den Ablaut (Veränderung von Länge und Qualität innerhalb einer Vokalreihe); ich hielt es für das Beste, lediglich zu versuchen, den Inhalt der beiden Wörterbücher so übersichtlich wie möglich wiederzugeben.

Es ist bemerkenswert, daß mein Vater hier und da eine Art »historisches Wortspiel« pflegte. So findet sich beispielsweise unter dem Eintrag SAHA, ›heiß sein‹ (neben *saiwa,* ›heiß‹, oder *sára,* ›feurig‹) auch *Sahóra,* ›der Süden‹; und von NENE, ›fließen‹, kommen *nen,* ›Fluß‹, *nénu,* ›gelbe Wasserlilie‹, und *nénuvar,* ›Lilienteich‹ – vgl. frz. *nénufar,* ›Seerose‹. Es gibt auch zahlreiche Anklänge an das frühe Englisch, die offenbar nicht zufällig sind wie: *hôr,* ›alt‹, HERE, ›herrschen‹, *rûm,* ›Wispern‹.

Man kann erkennen, daß sehr viele Elemente der späteren Sprachen, Quenya und Sindarin, wie sie aus den veröffentlichten Werken bekannt sind, auf diese Anfänge zurückgehen; wie die Geschichten wurden auch die Sprachen ständig weiterentwickelt, ergänzt und differenziert. Doch die historische Bedeutung und die Beziehung zwischen den beiden Sprachen, wie sie zu jener Zeit konzipiert waren, wurden später von Grund auf verändert (vgl. S. 80f.).

Die Anordnung des Materials hat sich als sehr schwierig erwiesen, und ohne ausreichende Kenntnis der Verwandtschaften und des Bedeutungswandels konnten die Darlegungen wohl kaum zur Zufriedenheit ausfallen. Ich entschied mich für folgende Anordnung: Ich führe etymologisch zusammenhängende Wortgruppen, sowohl in Qenya als auch in Gnomisch, unter einem wichtigen Namen auf, der einen dieser Stämme enthält; unter diesem Eintrag wird dann auf andere Orte verwiesen, wo die einzelnen Wörter ebenfalls auftauchen; z. B.: *glor-* in *Glorvent;* unter *Bráglorin* wird auf das Stichwort *Laurelin* verwiesen (→), wo das etymologische Umfeld von Qenya *laure,* ›Gold‹ behandelt wird.* Jeder Name, der in diesem Band der *Verschollenen Geschichten* vorkommt, ist ver-

* Zu späteren Quenya- und Sindarin-Formen siehe den Anhang zum *Silmarillion* und: J. Allan, Hg., *An Introduction to Elvish,* 1978.

zeichnet – vorausgesetzt, es ließ sich irgendeine etymologische Information aus der Entstehungszeit finden; alle Namen, die in der folgenden Liste nicht erscheinen, sind mir entweder unverständlich geblieben oder konnten zumindest nicht mit einiger Sicherheit identifiziert werden. Später verworfene Namen wurden in gleicher Weise berücksichtigt, doch finden sich diese unter den Namen, durch die sie ersetzt wurden (z. B. *Dor Uswen* unter: *Dor Faidwen*).

Die Liste der Beinamen der Valar, die auf unbeschriebenen Rückseiten des Manuskripts der Geschichte von der *Ankunft der Valar* notiert wurde (vgl. S. 135), wird von mir als »Namensliste der Valar« zitiert. Das Zeichen < wird nur benutzt, wo dies auch im GL der Fall ist (wie bei *alfa* < *alchwa*), und es bedeutet, daß das eine Wort sich aus dem anderen entwickelt hat; es wird in diesem Anhang also nicht benutzt, um auf Änderungen hinzuweisen, die mein Vater in den Wörterbüchern selbst vornahm.

Ainur Unter den ursprünglichen Einträgen im QL finden sich *ainu,* ›ein heidnischer Gott‹, und *aini,* ›eine heidnische Göttin‹, *áye,* ›Heil!‹, und *Ainatar,* ›Ilúvatar, Gott‹. (Innerhalb des Kontextes der Mythologie kann man die Ainur natürlich nicht ›Heiden‹ nennen.) Das GL hat *Ain:* »auch in maskuliner und femininer Form: *Ainos* bzw. *Ainil,* ein Gott, d. h. einer der Großen Valar«.

Alalminóre → *Aldaron* → *Valinor.* Im QL wird *Alalminóre* wie folgt erklärt: »Land der Ulmen, eine der Provinzen von Inwinóre, in der Kortirion (Warwickshire) liegt«; d. h. *Alalminóre* = *Warwickshire* (vgl. S. 37). Gnomische Wörter sind *lalm* oder *larm,* auch *lalmir,* ›Ulme‹.

Aldaron Im QL findet sich eine Wurzel ALA, ›sich ausbreiten‹, mit Ableitungen *alda,* ›Baum‹, *aldea,* ›baumbeschattet‹, *aldeon,* ›Allee‹, und *alalme,* ›Ulme‹ *(→Alalminóre).* Im GL erscheint dieser Name Oromes als *Aldor* und *Ormaldor* (*Orome* ist gnomisch *Orma*); *ald,* ›Holz‹, später zu *âl* verändert.

Alqalunte QL *alqa,* ›Schwan‹; GL *alcwi* mit dem entsprechenden Wort in Qenya, hier als *alqe, alcwi,* später geändert in *alfa* < *alchwa.*

QL *lunte,* ›Schiff‹, aus der Wurzel LUTU, mit anderen Ableitungen *lúto,* ›Flut‹, und dem Verb *lutta-, lutu-,* ›fluten, schwimmen‹ (vgl. *Ilsalunte*). GL hat entsprechend *lunta,* ›Schiff‹, *lud-,* ›fließen, strömen, fluten‹.

Aluin → *Lúmin.*

Amillo Erscheint im QL, doch ohne Angabe der Bedeutung; *Amillion* ist Amillos Monat, Februar (einer der allerersten Einträge).

Angaino Zusammen mit *angayasse,* ›Elend‹, *angaitya,* ›Qual‹, ist *Angaino* im QL gesondert von den »Eisen«-Wörtern verzeichnet *(→ Angamandi)* und wird zuerst als »ein Riese« erklärt, später zu »die große Kette« verbessert. Im GL hat Melko den Beinamen *Angainos;* dazu die Anmerkung: »Nicht gnomisch *Angainos* und Qenya *Angaino* (gnomisch *Gainu*), die große Kette aus *tilkal,* durcheinanderbringen.« Unter *Gainu* fndet sich die spätere Anmerkung: »volkstümlich mit *ang,* ›Eisen‹, in Verbindung gebracht, doch in Wirklichkeit = ›Quäler, Peiniger‹«.

Angamandi QL hat *anga,* ›Eisen‹ (das *a* aus: *tilkal,* S. 146), *angaina,* ›aus Eisen‹. *Angaron(ti),* ›Berge *aus Eisen‹, und* Angamandu oder *Eremandu,* ›Eisenhölle‹ (später hinzugefügt: »oder *Angamandi,* Plural«). Die gnomischen Formen sind *ang,* ›Eisen‹, (wie in *Angol* → *Eriol*), *angrin,* ›aus Eisen‹, *Angband* – von dem es merkwürdigerweise im GL heißt, es sei, »Melkos große Festung nach der Schlacht der Ungezählten Tränen bis zur Schlacht an den Dämmerseen« (wo Tulkas Melko schließlich besiegte). → *Mandos.*

Angol → *Eriol.*

Arvalin → *Eruman.*

Aryador Auf S. 172 heißt es, dies sei der Name bei den Menschen von Hisilóme gewesen; doch nach dem GL war es ein Wort ilkorischer Herkunft mit der Bedeutung »Land oder Ort des Schattens«; QL *Areandor, Areanor,* »Name eines gebirgigen Gebietes, Heimat des Schattenvolkes« (vgl. S. 330). → *Eruman.*

Asgon GL hat *Asgon* »Name eines Sees in Dor Lómin (Hisilóme), Qenya *Aksanda*«; QL hat *aksa,* ›Wasserfall‹, dessen gnomische Entsprechung mit der gleichen Bedeutung als *acha* angegeben wird. (Auf die Bedeutung des späteren Namens *Mithrim* gibt es in den Wörterbüchern keinen Hinweis.)

Aule Ein Wort *aule,* ›rauhhaarig‹, taucht im QL als Ableitung von einer Wurzel OWO auf (daher auch *oa,* ›Wolle‹, *ue,* ›Vlies‹), doch ohne einen Hinweis darauf, daß es mit dem Namen des Vala in Verbindung zu brinen ist. Die gnomische Form seines Namens ist *Óla,* in *Óli* geändert ohne weitere Erklärung. In der Namensliste der Valar wird Aule auch *Tamar* oder *Tamildo* genannt. Diese Namen finden sich im QL ohne Übersetzung unter der Wurzel TAMA, ›Schmelze, Schmiede‹, mit *tambe,* ›Kupfer‹ (das *t* aus: *tilkal,* S. 146), *tambina,* ›aus Kupfer‹, *tamin,* ›Schmiede‹; gnomische Wörter sind *tam,* ›Kupfer‹, *tambin,* ›aus Kupfer‹, *tambos,* ›Kessel‹. Zu anderen Namen Aules → *Talka Marda.*

Aulenosse Zu *nosse,* ›Sippe, Volk‹ → Valinor.

Aur Gnomischer Name der Sonne; → *Ûr.*

Balrog GL definiert *Balrog* als »eine Art von Feuer-Dämon; Kreaturen und Knechte Melkos«. Mit Artikel lautet die Form *i'Malrog,* Plural *i'Malraugin.* Verzeichnet sind auch *bal,* ›Qual‹ (ursprünglich *mb-*), *balc,* ›grausam‹, und *graug,* ›Dämon‹. Qenya-Formen werden erwähnt: *arauke* und *Malkarauke.* Im QL wird *Malkarauke* zusammen mit anderen Wörtern wie *malkane,*

›Pein‹, unter der Wurzel MALA (MBALA), ›zerschmettern, verletzen, zerstören‹, genannt, doch wurde das Verhältnis dieser Wörter zu MALA, ›zerstören, zerquetschen‹ *(→ Olóre Malle)* offenbar nicht geklärt. Es finden sich auch *Valkarauke* und *valkane,* ›Folter‹, doch auch hier blieb die Art der Verwandtschaft dunkel.

Bráglorin Im Text (S. 264) als »loderndes Schiff« erklärt, doch im GL mit »Goldener Karren, ein Name der Sonne« übersetzt; dazu die Anmerkung: »auch in zerlegter Form *i·Vreda 'Loriol«; brada,* ›Wagen, Karren‹. *Zu -glorin →Laurelin.*

Bronweg GL hat *Bronweg* »(der Beständige), Name eines berühmten Gnomen« mit verwandten Worten wie *brod, bronn,* ›standfest‹, *bronweth,* ›Beständigkeit‹. Im QL wird *Voronwe* (vgl. S. 77) ›der Getreue‹ von der Wurzel VORO abgeleitet, zusammen mit *vor, voro,* ›immer‹, *voronda,* ›getreu‹, *vorima,* ›immerwährend‹, etc.; vgl. *Vorotemnar.*

Die übliche Endung *-weg* fehlt im GL, doch vgl. *gweg,* ›Mann‹, Plural *gwaith.*

Cûm a Gumlaith »Der Grabhügel des Ersten Leides«, Grab von Bruithwir (S. 214). GL *cûm,* ›Hügel, besonders Grabhügel‹ (auch *cum-,* ›liegen‹, *cumli,* ›Liegestatt‹); *gumlaith,* ›Ermattung des Geistes, Kummer‹ (*blaith,* ›Geist‹).

Cûm a Thegranaithos Siehe vorstehenden Eintrag. GL *thegra,* ›erster, vorderster‹, *thegor,* ›Führer‹; *naitha-,* ›klagen, weinen, wehklagen um‹, *naithol,* ›elend‹.

Danuin GL hat *dana,* ›Tag (24 Stunden)‹, mit Bezug auf Qenya *sana* nicht im QL); *Dana* war eine frühere Schreibweise von *Danuin.* Das gleiche Element erscheint in *Lomendánar,* ›Tage des Zwielichts‹.

Dor Faidwen Gnomisch *dôr (< ndor-)* ›(bewohntes) Land, Land, Volk des Landes‹; → *Valinor.*

Dor Faidwen ist im Text mit »Land der Erlösung« übersetzt (S. 21); GL hat *faidwen,* ›Freiheit‹, und viele verwandte Wörter wie *fair,* ›frei‹, *faith,* ›Freiheit‹, etc. Im QL erscheint unter der Wurzel FAYA *faire,* ›frei‹, *fairie,* ›Freiheit‹, *fainu-,* ›Erlösung‹.

Dor Faidwen war der endgültige gnomische Name für Tol Eressea nach vielen Veränderungen (S. 33), doch von den früheren Formen ist wenig bekannt.

Gar in *Gar Eglos* ist ein gnomisches Wort mit der Bedeutung ›Ort, Gegend‹.

Dor Us(g)wen: GL gibt den Stamm *us-,* ›verlassen, abreisen‹ (auch *uthwen,* ›Weg hinaus, Ausgang‹), und QL hat unter der Wurzel USU, ›fliehen‹, *uswe,* ›herausgehen, entfliehen‹, und *usin,* ›er entflieht‹.

Dor Lómin → *Valinor* → *Hisilóme.*

Earendel In einer dem *Fall von Gondolin* beigegebenen kommentierten Liste von Namen äußert Winzigherz, Sohn Voronwes, die Vermutung, das Wort *Earendel* habe eine »gewisse Verwandtschaft mit dem elbischen *ea* und *earen,* ›Adler‹ und ›Adlerhorst‹«. Im QL werden beide Wörter (beide mit der Bedeutung ›Adler‹) zusammen mit *Earendel* genannt, obgleich sie nicht ausdrücklich in Zusammenhang gebracht werden. In der Geschichte selbst heißt es, daß es ›unter den Elben und Menschen viele Deutungen« des Namens *Earendel* gebe, mit der Vermutung, es handle sich um ein Wort aus »irgendeiner geheimen Sprache«, gesprochen vom Volk von Gondolin.

GL hat den Eintrag *loringli,* »echte gnomische Form von Earendels Namen, obgleich auch die Eldar-Form übernommen und in Zwischenformen öfter als *larendel, lorendel* erscheint« (zur Unterscheidung von »Gnomisch« und »Eldar« vgl. S. 79 f.). Gnomische Wörter für ›Adler‹ sind *ior, ioroth.*

Im QL gibt es den Eintrag *Earendilyon,* »Sohn von Earendel (verwendet für einen Seefahrer)«; vgl. S. 22.

Eldamar Zum ersten Wortelement → Eldar. – Im QL sind folgende Wörter, zu einer Gruppe zusammengefaßt: *mar (mas-),* ›Wohnort von Menschen, die Erde, -land‹, *mardo,* ›Bewohner‹, *masto,* ›Dorf‹ und *-mas:* Entsprechung zu englisch *-ton, -by* in Ortsnamen (vgl. *Mar Vanwa Tyaliéva; Koromas; i·Talka Marda,* ›Schmied der Welt‹, Aule). Im GL finden sich *bar,* ›Heim‹ *(< mbar-)* und Ableitungen wie *baros,* ›Weiler‹, und ebenso *-bar* als Suffix, ›Bewohner‹.

Die gnomische Entsprechung von *Eldamar* war *Eglobar* (gnomisch *Elga* = Qenya *Elda*): »*Eglobar,* ›Elbenis‹ = Qenya: *Eldamar,* d. h. Elbenheim; das Land am Rande von Valinor, wo die Elben wohnten und Côr erbauten. Auch in den Formen *Eglabar, Eglamar, Eglomar*«. Im QL heißt es in einem sehr frühen Eintrag, *Eldamar* sei »die felsige Küste im westlichen Inwinóre (Feenland)«; »auf diesem Fels wurde die weiße Stadt erbaut, genannt Kôr«.

Eldar Im QL erscheint *Elda* allein ohne etymologische Verbindungen, definiert als »ein Strandelb oder *Solosimpe* (Küsten-Pfeifer)«. Hier schimmert eine frühe Vorstellung durch – früher noch als die in den *Verschollenen Geschichten:* Die *Eldar* waren ursprünglich die Meer-Elben. GL hat den Eintrag: *Egla,* »›ein Geschöpf von außerhalb‹, Name der Elben bei den Valar und von den Elben weitgehend übernommen, = Qenya: *Edla*« (vgl. S. 327 f.); dazu auch *eg, êg,* ›weit fort, entfernt‹. Die Verbindung von *Eldar* mit den Sternen geht nicht bis auf den Anfang zurück.

Erinti Sie erscheint im QL in einem einzigen frühen Eintrag (später durchgestrichen). In den *Verschollenen Geschichten* wird über Erinti nichts gesagt, doch in dem Eintrag wird sie die Vala der Liebe, Musik und Schönheit genannt und tritt auch unter dem Namen *Lotesse* und *Akairis* (›Braut‹) auf, Schwester von Noldorin und Amillo. Als einzige der Valar haben diese drei Valinor verlassen und wohnen in Inwenóre (Tol Eressea); Erinti selbst wohnt in Alalminóre in einem *korin* von Ulmen, bewacht von den Elben. Die zweite Hälfte des Monats *avestalis* (Januar) wird *Erintion* genannt.

Hiervon findet sich anderswo keine Spur; doch es ist sicher, daß Erintis Haus in Alalminóre, als sie Manwes und Vardas Tochter wurde, von Meril-i-Turinqi, der Herrin von Tol Eressea, übernommen wurde.

In der Namensliste der Valar wird Erinti auch *Kalainis* genannt; dieses Wort erscheint im QL mit der Bedeutung ›Mai‹, eine der vielen Ableitungen von der Wurzel KALA (→ *Galmir*).

Eriol In *der Hütte des Vergessenen Spiels* (S. 22) wird *Eriol* mit »Einer, der für sich träumt« übersetzt. Im QL finden sich die Elemente dieser Deutung unter den Wurzeln ERE, ›allein bleiben‹ *(→ Tol Eressea)* und LORO, ›Schlummer‹ *(→ Lórien).* Im GL erscheint die auf S. 30 zitierte Anmerkung, daß gnomisch *Angol* und Qenya *Eriollo* die Namen des Gebietes »zwischen den Meeren« waren, woher Eriol kam (= Angeln auf der dänischen Halbinsel); und an anderer Stelle wird *Angol* von *ang,* ›Eisen‹, und *ôl,* ›Klippe‹, abgeleitet, und von Eriol heißt es, »dies sei der Name bei den Elben für seine Heimat (Eisenklippen)«. Meril spricht von den »schwarzen Gestaden deiner Heimat« (S. 140). In diesem Zusammenhang heißt es, bei der Deutung »Einer, der für sich träumt« handle es sich um ein Wortspiel Lindos.

Zu *ang,* ›Eisen‹: → *Angamandi.* GL hat *ol, óla,* ›Klippe, Steilküste‹, mit den Qenya-Formen *ollo, oldo, ere(n),* ›Eisen oder Stahl‹, findet sich im QL, und dieses Element erscheint auch in *Eremandu,* dem zweiten Namen von *Angamandu,* ›Eisenhöllen‹.

Eruman Die Namen dieser Gegend sind ebenso kompliziert wie die ursprüngliche Vorstellung von diesem Gebiet (vgl. S. 123f.). Die Form *Erumáni* (die in den *Verschlollenen Geschichten* ebenso erscheint wie *Eruman*) findet sich im QL unter ERE, ›draußen‹ (vgl. *Neni Erúmear*) ohne weitere Angaben. GL hat einen langen Eintrag unter *Edhofon* = Qenya *Erumáni:* es ist ein »dunkles Land außerhalb von Valinor und im Süden der Feenbucht, das sich zu den Sockeln der Westseite der Berge von Valinor hinaufzieht; seine äußerste nördliche Spitze berührt die Wurzeln der Taniquetil, daher der Name *Edhofon* < *Eðusmānī,* d. h. jenseits des Wohnsitzes der Mánir. Daher auch die Qenya-Bezeichnung *Afalinan* oder *Arvalion,* d. h. nahe Valinor«. Daraus scheint hervorzugehen, daß Taniquetil der »Wohnsitz der Mánir« war, was einsehbar ist, weil die Mánir besonders eng verbunden waren mit Manwe (die gnomischen Wörter *móna, móni* werden erklärt als »Geister der Luft, Kinder Manwes«), und folglich lag Eruman jenseits (südlich) ihres Wohnsitzes. → *Mánir.* GL stellt auch fest, daß Edhofon *Garioth* genannt wurde; und *Garioth* ist »die echte gnomische Form« des Namens *Aryador* (ein Wort ilkorischen Ursprungs) ›Land des Schattens‹, obgleich dieser nicht für Hisilóme sondern für Edhofon/Eruman verwendet wurde.

Nach dem QL enthält *Harwalin,* ›in der Nähe der Valar‹, *har(e),* ›nahe‹; die Einträge im GL sind zu verwirrend, um zitiert zu werden, denn die Formen von *Harwalin/Arvalin* werden immer wieder aufs neue vertauscht. Ein später Eintrag im GL weist das Präfix *ar-,* ›neben, entlang‹, auf. Zu *Habbanan* → *Valar.*

Falasse Númea Im Text (S. 180) mit »Westliche Brandung« übersetzt; → *Falman* → *Núme.*

Falman Im QL hat die Wurzel FALA die Ableitungen *falma,* ›Schaum‹, *falmar,* ›sich brechende Welle‹, *fala(s),* ›Küste, Strand‹, *Falman* = Osse; vgl. *Falasse Númea, Falmaríni.* GL hat *falm,* ›Brecher, Welle‹, *falos,* ›Meeressaum, Brandung‹, *Falmon* oder *Falathron,* »Namen von Otha [Osse] = Qenya *Falman* und *Falassar*«.

Falmaríni → *Falman*

Fanturi Im QL erscheint *fantur* ohne Übersetzung, jedoch mit Bezug zu Lórien und Mandos unter der Wurzel FANA mit zahlreichen Ableitungen, die sich alle auf Visionen, Träume und Schlaf beziehen. Im GL (ein später Eintrag) ist *Fanthor,* Plural *i·Fanthaurin* »der Name jedes der zwei Brüder: Tod und Schlaf«.

Fanuin GL hat *fann,* ›ein Jahr‹. → *Gonlath.*

Faskala-númen, Faskalan Im Text (S. 265) mit »Bad der untergehenden Sonne« übersetzt. GL hat *fas-,* ›waschen‹, *fasca»,* ›sauber‹, *fasca-,* ›planschen, spritzen‹, *fôs,* ›Bad‹. Zu *-númen* → *Núme.*

Feanor Der einzige Hinweis auf die mögliche Bedeutung dieses Namens findet sich unter *Fionwe-Úrion.*

Fingolma → *Nóleme.*

Finwe Taucht als Eigenname in den Wörterbüchern nicht auf, doch GL verzeichnet das Substantiv *finweg,* ›Handwerker, geschickter Mann‹ (mit *fim* ›schlau; geschickt‹, und anderen verwandten Wörtern); zu *-weg* → *Bronweg.* Im QL sind Ableitungen von der Wurzel FINI angegeben: *finwa,* ›verschlagen‹, *finië, finde,* ›scharfsinnig‹. → *Nóleme.*

Fionwe-Úrion Fion, ›Sohn‹ taucht gesondert im QL auf (eine hastige späte Hinzufügung) mit der Anmerkung: »besonders Fion(we), der Vala«. Im Gnomischen heißt er *»Auros Fionweg* oder *Fionaur Fionor«.* Ein späterer Eintrag im GL lautet: »*Fionaur (Fionor)* = Qenya *Feanor* (Becherschmied)«, und unter den ursprünglichen Einträgen findet sich *fion,* ›Schale, Becher‹. Es gibt keinen Hinweis, daß sich dies auf Feanor, den Gnom, bezieht.

Zum zweiten Element *(Úrion, Auros)* → *Úr.* In der Namensliste der Valar wird Fionwe *Kalmo* genannt; → *Galmir.*

Fui Im QL finden sich *hui,* ›Nebel, Dunkel, Düsterheit‹, und *huiva,* ›dunstig‹; auch *»Fui (= hui)* Gemahlin von Vê«. Im Gnomischen ist *Fuil* die »Königin der Dunkelheit«; verwandte Wörter sind *fui,* ›Nacht‹, und *fuin,* ›verborgen, dunkel‹.

fumellar Die »Blumen des Schlafs« (Mohn) in Lóriens Garten (S. 113). QL hat unter der Wurzel FUMU, ›Schlaf‹, *fúme,* ›Schlaf‹, *fúmella, fúmellot,* ›Mohnblume‹.

Galmir Im Text (S. 264) mit »das Goldglänzende« übersetzt (ein Name der Sonne). Dies ist eine Ableitung von gnomisch *gal-,* ›glänzen, scheinen‹; Qenya: KALA, ›golden glänzen‹, mit vielen davon abgeleiteten Wörtern im QL wie: *kala-,* ›Schein‹, *kále,* ›Morgen‹, *kalma,* ›Tageslicht«, *Kalainis,* ›Mai‹ *(→ Erinti), kalwa,* ›schön«, etc. Vgl. *Kalorme, Kalavente* und *i·kal' antúlien,* ›das Licht ist zurückgekehrt‹ (S. 261).

Gar Lossion Im Text (S. 25) mit »Fleck der Blumen« übersetzt (der gnomische Name von Alalminóre). Zu *Gar* → *Dor Faidwen.* GL hat *lost,* ›Blüte‹, und *lôs,* ›Blume‹, doch es wird angemerkt, daß beide Wörter vermutlich nicht verwandt sind und *lôs* eher mit *lass,* ›Blatt‹, auch ›Blütenblatt‹, zusammenhängt. (QL hat *lasse,* ›Blatt‹, und *lasselanta,* ›der Blätterfall, Herbst‹) → *Lindelos*

Glorvent Zum Element *Glor-* → *Laurelin.* – GL hat *Glorben(d),* ›Schiff aus Gold‹, später geändert zu *Glorvent,* ›Boot aus Gold‹, *benn,* ›Form, Schnitt, Umriß‹, *benc, bent,* ›kleines Boot‹. QL hat die Wurzel VENE, ›formen, ausschneiden, schöpfen‹, mit den Ableitungen *venië, venwe,* ›Gestalt, Umriß‹, und *vene,* ›kleines Boot, Segelschiff, Schale‹. Vgl. den Titel der Zeichnung vom »Welt-Schiff«: *I Vene Kemen* (S. 125f.) und den Namen der Sonne *i·Kalavente (Kalavéne).*

Golfinweg → *Nóleme* → *Finwe.*

Gondolin QL hat diesen Namen nicht, doch unter der Wurzel ONO, ›hart‹, erscheint *ondo,* ›Stein‹. Im GL ist *Gondolin* = Qenya *Ondolin* (verändert zu *Ondolinda*), ›singender Stein‹. Es findet sich auch ein Eintrag *gond,* ›großer Stein, Felsen‹, später geändert in *gonn* mit der Bemerkung, daß *Gondoin* = *Gonn Dolin,* zusammen mit dem Eintrag *dólin,* ›Gesang‹. → *Lindelos.*

Gong Außer der auf S. 339, Anmerkung 9 zitierten Bemerkung findet sich kein weiterer Hinweis im GL, doch dort wird das Wort mit *sithagong,* ›Drachenfliege, Libelle‹, verglichen (*sitha,* ›Fliege‹, *Sithaloth* oder *Sithaloctha,* ›Fliegenschwarm‹, die Plejaden).

Gonlath Dies ist der Name eines mächtigen Felsens auf Taniquetil, an dem Fanuins Seil befestigt wurde (S. 309); das zweite Element muß folglich gnomisch *lath,* ›ein Jahr‹, sein. Zu *Gon-* → *Gondolin.*

Gwerlum Erscheint im GL mit der Übersetzung »Weberin der Düsternis«; *gwer-,* ›winden, drehen, biegen‹, doch auch gebraucht im Sinne der Wurzel *gwidh-,* ›flechten, weben‹. QL hat eine Wurzel GWERE, ›wirbeln quirlen, drehen‹, doch der Name *Wirilóme* (die große Spinne) findet sich unter der Wurzel GWIDI; daher auch *windele,* ›Düsternis‹, *winda,* ›Gewebe‹, *wiste,* ›Nebelschicht‹. Der Name des großen Strudels *Wiruin* (S. 238), nicht in den Wörterbüchern, muß hierher gehören. Zum Element *-lóme, »lum* → *Hisilóme.*

Haloisi Velike (Auf der Zeichnung vom Welt-Schiff, S. 126) Im QL erscheint *haloisie,* ›Meer (im Sturm)‹, unter einer Wurzel HALA mit anderen Ableitungen wie *haloite,* ›springend‹, und *halta-,* ›springen‹.
Zu Qenya *velike,* ›groß‹, gehört gnomisch *beleg,* ›mächtig, groß« (vgl. Beleg der Bogenschütze in der Geschichte von Túrin).

Helkar QL hat unter der Wurzel HELE die Wörter *helke,* ›Eis‹, *helku,* ›eiskalt‹, *hilkin,* ›es friert‹, *halkin,* ›gefroren‹. GL hat *helc, heleg,* ›Eis‹, *hel-,* ›gefrieren‹, *heloth,* ›Frost‹, und *helcor,* ›antarktische Kälte, tiefster Frost‹; das letztere wurde geändert in: *helchor,* ›arktische Kälte, tiefster Frost des Südens (die Säule der Südlichen Leuchte). Qenya *Helkar*«.

Helkarakse → *Helkar; Helkarakse* ist in keinem der beiden Wörterbücher notiert, und die Bedeutung des zweiten Elements ist unklar, es sei denn, es gehört zu Qenya *aksa,* ›Wasserfall‹ *(→ Asgon).*

Heskil Die Wurzel HESE, ›Winter‹, im QL hat die Ableitungen *Heskil, Hesin,* ›Winter‹, *hessa,* ›tot, verdorrt‹, *hesta-,* ›verdorren‹. Im GL finden sich *Hess,* »Winter, besonders als Name von Fuil«, und *hesc,* ›verdorrt, tot; eisig‹. Zu einem anderen Namen von Fui Nienna → *Vailimo.*

Hisildi → *Hisilóme.*

Hisilóme. QL hat unter HISI die Wörter *híse, histe,* ›dämmrig‹, *Hisinan,* ›Land des Zwielichtes‹. Zur Übersetzung von *Hisilóme* als »Schattige Dämmerungen« vgl. S. 163. Die Wurzel LOMO hat viele Ableitungen wie *lóme,* ›Dämmerung, Düsternis, Dunkelheit‹, *lómear,* ›Kind der Düsternis‹ (vgl. *Lómearni*), *lómin,* ›Schatten‹, *lomir,* ›ich verberge mich‹, *lomba,* ›verborgen‹. Vgl. *Wirilóme.* Gnomische Wörter sind *lôm,* ›Düsternis, Schatten‹, *lómin,* ›schattig, düster‹; ebenso *Dor Lómin.* Das gleiche Element kommt vor in *Lomendánar* »Tage des Zwielichtes«.

Ilinsor Ein später Eintrag im GL hat *Glinthos* = Qenya *Ilinsor,* Steuermann des Mondes. Das erste Element ist vermutlich *glint,* ›Kristall‹. *Ilinsor* kommt im QL nicht vor.

Ilkorin Beide Wörterbücher verzeichnen ein negtives Präfix *il-;* im GL heißt es, daß *il-* »das Gegenteil, die Umkehrung bezeichnet, d. h. mehr ist als die bloße Verneinung«. → *Kôr.*

Ilsalunte (Name des Mondes). *Ilsa* erscheint im QL als der »mystische Name von Silber, wie *laure* für Gold«; es ist das *i* in *tilkal,* S. 146. Zu *lunte,* ›Schiff‹ → *Alqalunte.* Der gnomische Name ist *Gilthalont; giltha,* ›weißes Metall‹, soll im Grunde dasselbe bedeuten wie *celeb,* ›Silber‹ (Qenya *telpé),* doch schließt es nun *gais,* ›Stahl‹, *ladog,* ›Zinn‹, etc. ein, als Gegensatz zu *culu,* ›Gold‹; von *culu* heißt es, es sei ein dichterisches Wort für Gold, das aber in der Mythologie benutzt werde, »um alle roten und gelben Metalle zu kennzeichnen, ebenso wie *giltha* die weißen und die grauen«. → *Telimpe.*

Ilterendi Im Text werden die Fußfesseln *Ilterendi* genannt, »denn sie ließen sich weder durchfeilen noch zerhauen« (S. 147); aber die Wurzel TERE im QL hat Ableitungen, die auf ›durchbohren‹ hindeuten (*tereva,* ›durchdringen‹, *teret,* ›Bohrer‹).

Ilúvatar Es kann kein Zweifel bestehen, daß die ursprüngliche Bedeutung des Wortes ›Himmelsvater‹ war (im QL findet sich *atar,* ›Vater‹); → *Ilwe.*

Ilverin Elbischer Name von Winzigherz, dem Sohn Bronwegs. Der verworfene Name *Elwenildo* (S. 82) enthält das Wort *elwen,* ›Herz‹, das im QL erscheint; GL verzeichnet das Wort *ilf,* »›Herz‹ (besonders zum Ausdruck von Gefühlen)« und zahlreiche Namen *(Ilfin(g), Ilfiniol, Ilfrith),* zugehörig dem Qenya-Wort *Ilwerin.*

Ilwe Im QL wird das Wort *ilu* wie folgt erklärt: »Äther, die dünne Luft zwischen den Sternen«, dagegen heißt es im GL über den gnomischen Namen *Ilon (Ilúvatar),* er entspreche dem Qenya-Wort *Ilu.* Im QL wurde *ilwe* zunächst als »Himmel« gedeutet, dann wurde hinzugefügt: »die blaue Luft, welche die Sterne umgibt, die mittleren Luftschichten«; diesem entspricht im Gnomischen *ilwint* – worüber im GL ausgeführt wird, die echte Form *ilwi* oder *ilwin* sei durch Verknüpfung mit *gwint,* ›Gesicht‹, zu *ilwint,* ›Gesicht Gottes‹, entstellt worden. Andere gnomische Wörter sind *Ilbar, Ilbaroth,* ›Himmel, die von der Welt am weitesten entfernte Region‹; *Ilador, Ilathon = Ilúvatar; ilbrant,* ›Regenbogen‹ (→ *Ilweran).*

Ilweran QL hat *Ilweran, Ilweranta,* ›Regenbogen‹ (ein anderes Wort für Regenbogen in Qenya ist *Iluqinga,* worin *qinga* ›Bogen‹ bedeutet, *qingi-,* ›Schwirren von Saiten, Harfe‹). Die entsprechenden Formen im Gnomischen lauten *Ilbrant* oder *Ilvrant,* von denen im GL gesagt wird, sie würden fälschlich mit *brant,* ›Bogen (zum Schießen)‹, in Verbindung gebracht; das zweite Element ist eher mit *rantha,* ›Bogen, Brücke‹, verwandt, wie Qenya *Ilweran(ta)* zeigt.

Ingil Im GL sind die gnomischen Namen Inwes Sohn *Gilweth* und *Githilma; Gil* ist der Stern Sirius, und es heißt, dies sei der Name Gilweths gewesen, nachdem er sich in die Himmel erhob und »in der Gestalt einer großen Biene, flammenden Honig tragend, Daimord [Telimektar, Orion] folgte«; → *Nielluin* → *Telimektar.* Diese Namen werden nicht erklärt, doch *Gil(weth)* gehört gewiß zu *gil-,* ›strahlen‹, *gilm,* ›Mondlicht‹, *giltha,* ›weißes Metall‹ *(→ Ilsalunte).* Zu *Githilma* → *Isil.*

Inwe Dieser Name »eines alten Feenkönigs, der sie in die Welt führte« ist im QL eine Ableitung von der Wurzel INI, ›klein‹, daher auch das Adjektiv *inya* und die Namen *Inwilis, Inwinóre,* ›Feenland‹ und ›England‹ (letzteres später durchgestrichen). Es heißt hier, Tol Eressea sei nach Inwe *Inwinóre* genannt worden, doch die Stelle wurde geändert, und es erhielt seinen Namen *Ingilnóre* nach Inwes Sohn Ingil. Diese Einträge basieren auf einer sehr frühen Konzeption *(→ Alalminóre → Eldamar).* Zu den anderen Namen Inwes → *Inwithiel* → *Isil.*

Inwir → *Inwe.* Im GL wird die »edle Sippe der Tilthin« (Teleri) *Imrim* genannt, Singular *Im (→ Inwiethiel).*

Inwithiel In den Texten ist *Inwithiel,* der gnomische Name von König Inwe, eine Verbesserung von *(Gim)Githil* (S. 34; 189). Im GL wurden die Namen *Inwithiel, Githil* seinen eigentlichen Namen *Inweg* oder *Im* hinzugefügt → *Isil.*

Isil In der Geschichte *Die Ankunft der Elben* (S. 167f.) wird Inwe *Isil Inwe* genannt, und die *Isil* entsprechende gnomische Form im GL lautet *Githil* (dem Namen seines Sohnes *Githilma* entspricht Qenya *Isilmo*). Im QL findet sich eine Wurzel ISI (*iska,* ›bleich‹, *is,* ›heller Schnee‹) mit der gnomischen Entsprechung *ith-* oder *gith-;* GL hat ein Wort *ith,* ›feiner Schnee«.

Kalavente → *Galmir* → *Glorvent.*

Kalorme Dieses Wort erscheint im QL unter den Ableitungen von der Wurzel KALA *(→ Galmir)* mit der Bedeutung »Gebirgskamm, über dem die Sonne aufgeht«, *orme,* ›Gipfel, Kamm‹, von einer Wurzel ORO, offensichtlich mit der Grundbedeutung ›aufsteigen‹; *or,* ›auf‹, *oro,* ›Hügel‹, *oro-,* ›aufsteigen‹ *orto-,* ›sich erheben‹, *oronta,* ›steil‹, *orosta,* ›Aufstieg‹, etc.; gnomisch *or,* ›auf, hinauf, oben‹, *orod, ort,* ›Berg‹, *orm,* ›Berggipfel‹, *oros, orost-,* aufsteigend‹. Vgl. *Orome, Orossi, Tavrobel.*

Kapalinda (Die Quelle des Flusses am Verbannungsort der Noldoli in Valinor, S. 224). QL hat *kapalinda,* ›Wasserquelle‹, unter den Ableitungen der Wurzel KAPA, ›hüpfen, springen‹, die Bedeutung von *linda* ist unklar.

Kaukareldar Unter der Wurzel KAWA, ›sich bücken‹, finden sich die Ableitungen *kauka,* ›gekrümmt, gebogen, bucklig‹, *kauko,* ›Höcker‹, *kawin,* ›ich bücke mich‹, *kaure,* ›Furcht‹, *kaurea,* ›furchtsam‹.

Kelusindi (Der Fluß am Verbannungsort der Noldoli in Valinor, S. 224; im Text *Sirnúmen* genannt). Im QL sind unter der Wurzel KELE, KELU, ›fließen, rieseln, sickern‹, zahlreiche Ableitungen genannt, darunter *kelusindi,* ›ein Fluß‹, auch *kelu, kelume,* ›Strom‹, *kektele,* ›Springbrunnen‹ (auch in der Form *ektele*) etc. Zu *-sindi* → *Sirion.*

Kemi QL hat *kemi,* ›Erde, Ackerkrume, Land‹, und *kemen,* ›Ackerkrume‹, von der Wurzel KEME. Der gnomische Name ist *Cimir* = Qenya *Kémi,* ›Mutter Erde‹. Es gibt auch ein gnomisches Wort *grosgen,* ›Krume‹ worin *-gen* Qenya *kémi* bedeuten soll.

Koivie-néni »Wasser des Erwachens«. QL verzeichnet unter der Wurzel KOYO ›Leben haben‹, die Ableitungen *koi, koire,* ›Leben‹, *koite,* ›Lebewesen‹, *koina, koirea,* ›lebendig‹, *koiva,* ›erwachen‹, *koivie,* ›Erwachen‹. Im GL finden sich *cuil,* ›Leben‹, *cuith,* ›Leben, lebender Körper‹, etc; *cwiv-,* ›wach sein‹, *cwivra-,* ›erwacht‹, *cuivros,* ›Erwachen‹: *Nenin a Gwivros,* ›Wasser des Erwachens‹. Zu *-néni, Nenin* → *Neni Erúmear.*

Kópas QL hat *kópa,* ›Hafen‹, das einzige Wort, das unter der Wurzel KOPO, ›Hut, Wache‹, angeführt ist. GL hat *gobos,* ›Hafen‹, mit einem Verweis auf Qenya *kópa, kópas;* ebenso *gob,* ›Höhlung der Hand‹, *gobli,* ›Tal‹.

Kôr Im QL steht dieser Name unter der Wurzel KORO, ›verehren?‹, mit der Anmerkung: »die alte Stadt, erbaut auf den Felsen von Eldamar, von wo die Elben in die Welt zogen«; hier finden sich ebenfalls *korda,* ›Tempel‹, und *kordon,* ›Götterbild‹. Die gnomische Form wird hier mit *Côr* angegeben, doch im GL ist *Côr* (»der Hügel der Feen und die darauf erbaute Stadt nahe den Gestaden der Feenbucht«) ersetzt durch *Gwâr, Goros* = »Qenya *Kôr,* die Stadt auf dem runden Hügel«. Diese Deutung des Namens *Kôr* ersetzte mit Sicherheit die im QL, die zu den allerersten Eintragungen gehört. → *korin.*

korin → *Kôr.* Im QL gibt es eine zweite Wurzel KORO (d. h. in der Bedeutung von der ersten verschieden); diese hat die Bedeutung ›rund sein, rollen‹ und hat Ableitungen wie *korima,* ›rund‹, *korne,* ›Laib‹, und auch *korin,* ›eine kreisförmige Einfriedigung, besonders auf einem Berggipfel‹. Zur selben Zeit, als *Côr* durch *Gwâr, Goros* ersetzt wurde, fand in das GL das Wort *gorin (gwarin),* »Kreis von Bäumen, = Qenya *korin*« Eingang, und alle diese Formen leiten sich von der gleichen Wurzel (*gwas-* oder *gor-* < *guor* = Qenya *kor-*) ab, welche ›Rundheit‹ zu beinhalten scheint; so heißt es in der Geschichte *Die Ankunft der Elben:* ».... und weil der Berg rund und glatt war, nannten die Götter ihn Kôr« (S. 177).

Koromas Ein einzelner und früher Eintrag im QL definiert *Kormas* (die Form im Text, bevor sie zu *Koromas* verändert wurde, S. 34) wie folgt: »die neue Hauptstadt der Feen nach ihrem Rückzug aus der feindlichen Welt nach Tol Eressea, nun Inwinóre. Sie erhielt ihren Namen zur Erinnerung an Kôr und wurde wegen ihres großen Turms auch *Kortirion* genannt.« Zu *-mas* → *Eldamar.*

Kortirion Das Wort *tirion,* ›ein großer Turm, eine Stadt auf einem Berg‹ erscheint im QL unter der Wurzel TIRI, ›errichten, aufstellen‹, mit *tinda,* ›Spitze‹, *tirin,* ›hoher Turm‹, *tirios,* ›eine Stadt mit Turm und Mauern‹. Es gibt noch eine Wurzel TIRI mit der Bedeutung ›wachen, hüten; blicken auf, beobachten‹, daher *tiris,* ›wachen, spähen‹, etc. Im GL finden sich *tir-,* ›ausschauen nach, warten‹, *tirin* (dichterische Form von *tirion*), ›Wachtturm, Türmchen‹, *Tirimbrithla,* ›der Turm der Perle‹ → *Silmarilli.*

Kosomot Sohn von Melko (vgl. S. 136). Mit einem anderen zweiten Element findet sich dieser Name als *Kosomoko* unter der Wurzel MOKO, ›Haß‹ (*mokir,* ›ich hasse‹) im QL; die entsprechende gnomische Form soll *Gothmog* sein. Das erste Element entstammt der Wurzel KOSO, ›Streit‹, gnomisch *goth,* ›Krieg, Streit‹, mit vielen Ableitungen.

Kullulin Dieser Name findet sich weder unter den Ableitungen von KULU, ›Gold‹, im QL noch erscheint er bei den gnomischen Wörtern (zumeist Namen der Sonne) unter *culu* im GL. Zur Bedeutung von *culu* im Gnomischen → *Ilsalunte.*

Laisi → *Tári-Laisi.*

Laurelin QL hat *laure,* »›Gold› (entspricht *kulu*)«, *laurina,* ›golden‹. *laure* ist das Schluß-*l* in *tilkal* (auf S. 146 heißt es, dies sei der »magische« Name des Goldes, wie *ilsa* der von Silber). Die gnomischen Wörter sind *glôr,* ›Gold‹, *glôrin, glôriol,* ›golden‹, doch finden sich im GL keine Namen des Goldenen Baumes. Vgl. *Bráglorin, Glorvent.*

limpe »Getränk der Feen«, erscheint im QL unter der Wurzel LIPI, zusammen mit *lipte-,* ›tröpfeln‹, *lipte,* ›ein kleiner Tropfen‹, *lipil,* ›kleines Glas‹. Entsprechende Formen im GL sind *limp* oder *limpelis,* ›das Getränk der Feen‹, *lib-,* ›tröpfeln‹, *lib,* ›ein Tropfen‹, *libli,* ›kleines Glas‹.

Lindelokse Erscheint einmal im Text als Verbesserung von *Lindelokte* und selbst zu *Lindelos* verändert (S. 34), an anderen Stellen als Verbesserung von *Lindelóte* (S. 120; 189). → *Lindelos.*

Lindelos Linde- ist eine der vielen Ableitungen von der Wurzel LIRI, ›singen‹, wie *lin,* ›Melodie‹, *lindele,* ›Gesang, Musik‹, *lindelea,* ›melodisch‹, *lirit,* ›Gedicht‹, *lirilla,* ›Lied, Gesang« (vgl. Rúmils *tirípti lirilla,* S. 75), und den Namen des Vala *Lirillo.* GL hat *lir-,* ›singen‹, und *glîr,* ›Gesang, Gedicht‹. *Lindelos* erscheint nicht im QL, sondern der im Text getilgte Name *Lindelokte* (S. 34), hier mit ›singende Traube, Goldregen‹ übersetzt.

Lokte »Blüte (von Blumen mit Büscheln oder Trauben)«, ist abgeleitet von einer Wurzel LOHO, mit *lokta-,* ›sprießen, Blätter oder Blüten treiben‹. LOHO, so heißt es dort, sei eine erweiterte Form der Wurzel OLO, ›Spitze‹, daher kommen *ole,* ›drei‹, *olma,* ›neun‹, *óleme,* ›Ellbogen‹. Eine andere erweiterte Form dieser Wurzel ist LO'O, von der abgeleitet sind: *lóte,* ›eine Blume‹ (und *-lot,* »die gebräuchliche Form in Zusammensetzungen«) und viele andere Wörter; vgl. *Lindelóte,* ein weiterer getilgter Name des Goldenen Baumes (S. 120; 189), *Wingilot.* Zu gnomischen Wörtern → *Gar Lossion.* Im GL findet sich kein gnomischer Name des Goldenen Baumes, doch dieser trug in Wirklichkeit den Namen *Glingol* (der ursprünglich im Text erschien, vgl. S. 34); GL hat *glin,* ›Klang, Stimme, Äußerung‹ (auch *lin,* ›Geräusch‹), mit der Anmerkung, daß *-glin, -grin* ein Suffix in den Namen der Sprachen sei, wie in *Goldogrin,* ›Gnomisch‹.

Lirillo (Ein Name von Salmar-Noldorin, S. 205) → *Lindelos.*

Lómearni (Ein Name der Dunkel-Elben, S. 338, Anmerkung 5) → *Hisilóme.*

Lomendánar »Tage des Zwielichtes« (S. 105) → *Hisilóme* → *Danuin.*

Lórien Eine Ableitung von der Wurzel LORO, ›Schlummer‹, mit *lor-,* ›schlummern‹, *lorda,* ›schläfrig, schlummernd‹, dazu auch *olor, olóre,* ›Traum‹, *olórea,* ›verträumt‹. (Zu weiteren, viel späteren Ableitungen von Wörtern aus dieser Wurzel, darunter *Olórin* = Gandalf, siehe *Nachrichten aus Mittelerde.* S. 515f.). Im GL finden sich *lûr,* ›Schlummer‹, *Lúriel,* verändert zu *Lúrin* = Qenya *Lórien,* sowie *olm, oloth, olor,* ›Traum, Gesicht, Vision‹, *oltha,* ›als Gesicht erscheinen‹. Vgl. *Eriol, Olofantur, Olóre Malle.*

Lúmin (Getilgter Name für Aluin, ›Zeit‹.) GL hat *lûm,* ›Zeit‹ *luin,* ›verschwunden, vergangen‹, *lu,* ›Gelegenheit‹, *lûtha,* ›Vergehen (von Zeit), geschehen‹. *Aluin* gehört vielleicht ebenfalls hierher.

Luvier Auf der Zeichnung vom Welt-Schiff (S. 126) habe ich dieses Wort mit ›Wolken‹ übersetzt; dies auf der Grundlage von Wörtern aus QL, die von der Wurzel LUVU abgeleitet sind: *Luvu-,* ›lauern, brüten‹, *lumbo,* ›dunkel drohende Wolke‹, *lúre,* ›trübes Wetter‹, *lúrea,* ›dunkel, bewölkt‹. GL hat *lum,* ›Wolke‹, *lumbri,* ›schlechtes Wetter‹, *lumbrin, lumba,* ›bewölkt«, *lur-,* ›tiefhängen, drohen (von Wolken)‹.

Makar Erscheint QL (»Gott der Schlacht«) unter der Wurzel MAKA mit *mak-,* ›erschlagen‹, *makil,* ›Schwert‹. Sein gnomischer Name ist *Magron* oder *Magorn,* mit verwandten Wörtern *mactha-,* ›erschlagen‹, *macha,* ›Gemetzel, Schlacht‹, *magli,* ›ein großes Schwert‹. → *Meásse.*

In der Namensliste der Valar wird Makar auch *Ramandor* genannt. Dies war der ursprüngliche Name des Königs der Adler im *Fall von Gondolin,* durch *Sorontur* ersetzt. Im QL unter der Wurzel RAMA (*rama-,* ›rufen‹, *rambe,* ›ein Ruf‹, *ran,* ›Geräusch‹) ist *Ramandor* mit »›der Rufer‹ = Makar« übersetzt.

Mandos Dieser Name wird im QL als »die Hallen von Vê und Fui (Hölle)« erklärt und verglichen mit *-mandu* in *Angamandu,* ›Eisenhöllen‹. Im GL findet sich der folgende Eintrag: *»Bandorth* [später zu *Bannoth* verändert] (vgl. *Angband*) = Mandos (1) das Gebiet der wartenden Seelen der Toten, (2) der Gott, der über die toten Elben und Gnomen richtete, (3) fälschlich ausschließlich für seine Hallen gebraucht, die eigentlich *Gwê* [geändert in *Gwî*] oder *Ingwi* hießen.« Zur Unterscheidung zwischen *Mandos,* in dem die Totengötter wohnten, und ihren Hallen *Vê* und *Fui* vgl. S. 116f.; 132f.

Mánir Nicht im QL; doch GL hat: »*móna* oder móni: die Geister der Lüfte, Kinder von Manweg«. Hinweise auf weitere Verwandtschaften finden sich im folgenden Eintrag: »*maos* (Plural *manossin*): ein Geist, der zu den Valar oder nach Erumáni (Edhofon) gegangen ist. Vgl. *móna,* Qenya *máne*«. → Eruman und S. 133ff. Andere Wörter sind *mani,* ›gut‹ (nur auf den menschlichen Charakter bezogen), ›heilig‹, QL *mane,* ›gut‹ (moralisch), *mandra,* ›edel‹, und *Manweg* (Qenya Manwe).

Manwe → *Mánir.* Die gnomischen Namen sind *Man* und *Manweg* (zu *-weg* → *Bronweg).*

Mar Vanwa Tyaliéva Zu *Mar* → *Eldamar* und zu *Vanwa* → *Qalvanda. Tyalie,* ›Spiel, Belustigung‹, ist ein einzelner Eintrag im QL unter der Wurzel TYALA.

Meásse Ein später Nachtrag im QL zur Wurzel MEHE ›sickern‹ (?), nennt *Meásse* »eine Schwester von Makar, Amazone mit blutigen Waffen«; daher *mear,* ›Blut‹. Im GL ist sie *Mechos* und *Mechothli* (*mechor,* ›Blut‹) und wird auch *Magrintha,* ›die Rothändige‹, genannt (*magru* = *macha,* ›Gemetzel, Schlacht‹, *magrusaig,* ›blutrünstig‹). In der Namensliste der Valar heißt sie *Ráve* oder *Ravenni;* im QL weist die Wurzel RAVA viele Ableitungen auf wie *rauta-,* ›jagen‹, *raust,* ›Jagd, Verfolgung‹, *Raustar,* ein Name von Orome, *rau* (Plural *rávi*) ›Löwe‹, *ravenne,* ›Löwin‹, *Rávi,* ein Name von Meásse. Sehr ähnliche Formen finden sich im GL: *rau,* ›Löwe‹, *rausta,* ›jagen‹, *raust,* ›Jagd‹.

Melko Der Name erscheint im QL doch ohne Angaben über das etymologische Umfeld. Im GL ist der entsprechende Name *Belca,* verändert zu *Belcha,* mit einem Hinweis auf Qenya *velka,* ›Flamme‹. In der Namensliste der Valar wird er *Yelur* genannt (Wurzel DYELE, davon Qenya *yelwa;* ›kalt‹, *Yelin,* ›Winter‹); die gnomische Form ist *Geluim, Gieluim,* ›Name von Belcha, wenn er nicht Hitze; sondern extreme Kälte verbreitet, Qenya *Yeloimu*«, vgl. *Gilim,* ›Winter‹. Melko wird in der Namensliste auch *Ulban(d)* genannt, was im QL unter dem negativen Präfix UL- als ›Ungeheuer‹ übersetzt wird; sein Sohn Kosomot (Gothmog) war »von Ulbandi« (S. 136). Andere gnomische Namen sind *Uduvrin (→Utumna)* und *Angainos (→Angaino).*

Meril-i-Turinqi Meril findet sich nicht im QL, dagegen ist *turinqi,* ›Königin‹, mit einer Vielzahl anderer Ableitungen von der Wurzel TURU, ›stark sein‹, verzeichnet, darunter *Turambar (Turumarto)* und *tur,* ›König‹. Im GL sind *tur-,* ›vermögen, Macht zu haben zu‹, *tûr,* ›König‹, *turwin,* ›Königin‹ *turm,* ›Herrschaft, Gesetz; Stärke‹, *turinthi,* ›Prinzessin, insbesondere Titel von Gwidhil‹. Vgl. *Sorontur, Valatúru, Tuor.* Im GL finden sich auch spätere Ergänzungen: »*Gwidhil-i-Durinthi = Meril-i-Turinqi,* Königin der Blumen«; *gwethra,* ›blühen, gedeihen‹; und der Stamm *gwedh-* wird hier mit Qenya *mer-* verglichen, das im QL nicht erscheint.

Minethlos GL hat *min,* ›eins, einzeln‹, *mindon,* ›Turm, eigentlich eine alleinstehende Spitze‹, *mineth,* ›Insel‹, *Minethlos,* ›Silberinsel (Mond)‹ – dieselbe Übersetzung findet sich im Text (S. 272). Unter der Wurzel MĪ verzeichnet QL *mir,* ›eins‹, *minqe,* ›elf‹, und unter der Wurzel MINI *mindon,* ›Türmchen‹. Beim zweiten Element von *Minethlos* muß es sich um *lôs,* ›Blume‹, handeln *(→Gar Lossion).*

Miruvor QL *miruvóre,* ›Nektar, Getränk der Valar‹ (vgl. S. 228), zusammen mit *miru,* ›Wein‹; GL *mirofor* (oder *gurmir*), ›Getränk der Götter‹. *mîr, miros,* ›Wein‹.

Moritarnon ›Tür der Nacht‹ *(→Mornie).* GL hat *tarn,* ›Tor‹, *tarnon,* ›Pförtner‹. Vgl. *Tarn Fui.*

Mornie Nicht im QL, doch handelt es sich um eine der vielen Ableitungen von der Wurzel MORO, wie *moru-,* ›sich verbergen‹, *mori,* ›Nacht‹, *morna, morqa,* ›schwarz‹, *morion,* ›Sohn des Dunkels‹. (vgl. aber *Morwen,* ›Tochter der Dunkelheit‹, Jupiter. In der Erstfassung von *Túrin* hieß seine Mutter nicht Morwen). Der gnomische Name des Totenschiffes ist *Mornir,* später den ursprünglichen Einträgen *morn,* ›dunkel, schwarz‹, *morth,* ›Dunkelheit‹, *mortha,* ›halbdunkel‹, hinzugefügt mit der Anmerkung: »das schwarze Schiff, das zwischen Mandos und Erumáni pendelt, Qenya *Mornie* (Schwarzes Leid)«. Das zweite Element ist folglich *nîr,* ›Leid‹ *(<niē̆r-),* wozu Qenya *nyére* gehören soll. Vgl. *Moritarnon, Móru, Morwinyon.*

Móru Im GL findet sich die spätere Hinzufügung *Muru,* »ein Name der Urzeitlichen Nacht, personifiziert als Gwerlum oder Gungliont«; daher meine Lesart *Móru* im Text anstatt *Morn* (S. 223, 228). Unter den ursprünglichen Einträgen im GL findet sich *múri,* ›Dunkelheit, Nacht‹. → *Mornie.*

Morwinyon Dieser Name des Sterns Arkturus ist im Text (S. 257) mit »der Schimmer bei Einbruch der Dunkelheit« übersetzt; QL nennt ihn unter der Wurzel MORO *(→ Mornie)* ›Schimmer in der Dunkelheit‹. QL hat eine Wurzel GWINI mit dem davon abgeleiteten Wort *wintil,* ›ein Schimmer‹.
Der gnomische Name ist *Morwinthi;* wahrscheinlich damit verwandt sind *gwim, gwinc,* ›funkeln, blitzen‹, *gwimla,* ›blinzeln, blinken‹.

Murmenalda Im Text übersetzt mit »Tal des Schlafs«, »das Schlummertal« (S. 324; 327f.; 330). Im QL stehen unter der Wurzel MURU: *muru-,* ›schlummern‹, *murme,* ›Schlummer‹. Das zweite Element stammt von der Wurzel NLDL mit den Ableitungen im QL *nal(le),* ›Tal, Senke‹, und *nalda,* ›wellig‹. Im Gnomischen kommen vor: *nal,* ›Tal‹, *nal,* ›unten, nach unten‹, *nalos,* ›Senkung, Untergang, Abhang‹, *Nalosaura,* ›Sonnenuntergang‹, etc. Vgl. *Murmuran.*

Murmuran → *Murmenalda.* GL hat die entsprechende gnomische Form *Mormaurien,* ›Wohnung von Lúriel‹, doch scheint es sich hier um eine andere etymologische Wurzel zu handeln: vgl. *Malmaurien = Olóre Malle,* der Pfad der Träume, *maur,* ›Traum, Vision‹.

Nandini Auf einer eigenen Liste, die verschiedene Stämme von »Feen« verzeichnet, sind die *Nandini* »Feen der Täler«. QL hat eine Wurzel NARA mit den Ableitungen *nan(d),* ›Waldgebiet‹, *nandin,* ›Dryade‹; GL hat *nandir,* ›Fee des Landes‹ (Qenya *nandin*), zusammen mit *nand,* ›Feld, Acker‹ (Plural *nandin), nandor,* ›Bauer‹ etc.

Nauglath GL verzeichnet die folgenden Wörter: *naug* und *naugli,* ›Zwerg‹, *naugla,* ›von den Zwergen‹, *nauglafel,* »›zwergenartig‹, d. h. niederträchtig, geizig« (vgl. S. 329). QL hat keine Entsprechung, aber im GL wird als Qenya-Entsprechung für *naug* die Form *nauka* genannt.

Neni Erúmear (Auf der Zeichnung vom Welt-Schiff habe ich es übersetzt mit »Äußerste Wasser«, S. 126). QL vermerkt unter der Wurzel NENE, ›fließen‹: *nen,* ›Fluß, Wasser‹; die gnomische Form ist die gleiche. *Erúmea,* ›äußerer, äußerster‹, wird im QL als Ableitung von ERE, ›außen‹, verzeichnet, wie in *Eruman.* Vgl. *Koivie-néni.*

Nermir In der unter *Nandini* erwähnten Liste sind die *Nermir* »Feen der Wiesen«. QL hat einen einzelnen Eintrag *Nermi,* ›ein Feldgeist‹, und GL hat *Nermil* »eine Fee, die sich auf Wiesen und Flußufern aufhält«.

Nessa Dieser Name erscheint nicht in den Wörterbüchern. In der Namensliste der Valar wird sie *Helinyetille* und *Melesta* genannt. Im QL steht unter den sehr frühen Einträgen *helin* als Name des Veilchens oder Stiefmütterchens. *Helinyetille* wird als »Augen des Seelenfriedens« (ein Beiname des wilden

Stiefmütterchens) erklärt; vgl. *yéta,* ›anschauen‹. Doch im QL ist dies ein Name von Erinti. Gewiß hat es in diesem frühen Stadium bei der Namensgebung und der Rollenverteilung der Frühlingsgöttinnen viele Veränderungen gegeben *(→ Erinti). Melesta* ist zweifellos abgeleitet von der Wurzel MELE, ›Liebe‹, *(meles(se),* ›Liebe‹, *melwa,* ›lieblich‹, etc.: gnomisch *mel-,* ›lieben‹, *meleth,* ›Liebe‹, *melon, meltha,* ›geliebt‹, etc.).

Nielíqui Im QL wird dieser Name *(Nieliqi,* auch *Nielikki, Nyelikki)* abgeleitet von der Wurzel NYEHE, ›weinen‹ *(→ Nienna).* Wo ihre Tränen hinfielen, entstanden Schneeflocken (*nieninqe,* wörtlich ›weiße Träne‹). Vgl. das Gedicht *Nieninque* in: J. R. R. Tolkien, *The Monster and the Critics and other Essays,* 1983, S. 215. Dt. *Die Ungeheuer und ihre Kritiker,* Stuttgart 1987, S. 231. Zu *ninqe → Taniquetil.*

Das zweite Element von *Nielíqui* leitet sich wahrscheinlich von der Wurzel LIQI her, wie auch *linqe,* ›Wasser‹, *liqin,* ›feucht‹, *liqis.* ›Durchsichtigkeit‹, etc. *(→ Ulmo).*

Nielluin Der Name des Sterns Sirius ist im Text (S. 208) als »die Biene des Azur« übersetzt *(→ Ingil).* Das erste Element entstammt der Wurzel NEHE, woraus *nekte,* ›Honig‹, *nier (a neier < nexier),* ›Honigbiene‹, *nierwes,* ›Bienenstock‹. Im QL wird der Name des Sirius mit *Niellúne* oder *Nierninwa* angegeben; *ninwa* und *lúne* sind Qenya-Wörter mit der Bedeutung ›blau‹. Im Gnomischen lautet der Name des Sterns *Niothluimi* = Qenya *Nielluin: nio, nios,* ›Biene‹, und *luim,* ›blau‹.

Nienna Die Göttin *Nyenna* steht im QL unter einer Wurzel NYE(NE), ›blöken‹, woher *nyéni,* ›Ziege‹, *nyéna-,* ›jammern‹, etc.; doch es gibt die Anmerkung: »oder alle zur Wurzel NYEHE«. Diese bedeutet ›weinen‹: *nie,* ›Träne‹ (vgl. *Nielíqui), nyenye,* ›weinend‹. Im GL lauten die Formen des Namens: *Nenni(r), Nenir, Ninir* ohne Angaben zur Etymologie; vgl. jedoch *nîn,* ›Träne‹.

Noldoli Die Qenya-Wurzel NOL, ›wissen‹; hat Ableitungen wie *Noldo,* ›Gnom‹, und *Noldorinwa* (Adjektiv), *Noldomar,* ›Gnomenland‹, und *Noldorin,* »die, welche eine Weile in Noldomar wohnten und die Gnomen nach Inwenóre zurückbrachten«. Es scheint, daß *Noldomar* »Große Lande« bedeutet. Doch es ist sehr merkwürdig, daß in diesen Einträgen, die zu den frühesten gehören, ›Gnom‹ eine Verbesserung von ›Kobold‹ ist; vgl. das Gedicht »Koboldsfüße« (1915) und den altenglischen Titel: *Cuamþ þá Nihtielfas* (S. 48). Im Gnomischen ist ›Gnom‹ *Golda* (d. h. Weiser); *Goldothrim,* ›das Volk der Gnomen‹, *Goldogrin,* ihre Sprache, *Goldobar, Goldomar,* ›Gnomenland‹. Die gnomische Entsprechung zu *Noldorin* im GL ist *Goldriel;* diese Form ging *Golthadriel* im Text voraus, bevor beide gestrichen wurden (S. 34). *→ Nóleme.*

Noldorin → *Noldoli.*

Nóleme Dies Wort ist im QL als gewöhnliches Substantiv verzeichnet; ›tiefe Kenntnis, Weisheit‹ *(→ Noldoli).* Der gnomische Name von Finwe Nóleme, *Golfinweg* (S. 167), enthält das gleiche Element, wie auch der Name *Fingolma,* den er in den Entwürfen zu *Gilfanons Geschichte* trägt (S. 330f.).

I Nori Landar (findet sich auf der Zeichnung vom Welt-Schiff und bedeutet vermutlich ›die Großen Lande‹, S. 126) Zu *nori* → *Valinor.* Im QL findet sich kein *landar* ähnliches Wort; GL hat das Wort *land (lann),* ›breit‹.

Nornore Im QL hat dieser Name die Form *Nornoros,* ›Herold der Götter‹, und ist zusammen mit dem Verb *nornoro-,* ›loseilen, gleichmäßig laufen‹, von einer Wurzel NORO, ›rennen, fahren wirbeln‹, abgeleitet. GL hat ähnliche Wörter: *nor-,* ›eilen‹, *norn,* ›Rad‹, *nûr,* ›gleichmäßig, frei dahinfahren‹. Der dem Qenya-Namen *Nornore* entsprechende lautet hier *Drondor,* ›Bote der Götter‹ (*drond,* ›Lauf, Strecke, Spur‹, *drô,* ›Wagenspur‹); *Drondor* wurde später in *Dronúrin* geändert *(< Noronōr-)* und *drond* in *dronn.*

Núme (Auf der Zeichnung vom Welt-Schiff). Im QL ist *núme,* ›Westen‹, von einer Wurzel NUHU, ›beugen, biegen, sich bücken, sinken‹ abgeleitet; andere Wörter sind *núta-,* ›sich bücken, sinken‹, *númeta-, numenda-,* ›sinken (der Sonne)‹, *númea,* ›im Westen‹. Gnomisch: *num-,* ›sinken, niedergehen‹, *númin,* ›im Westen‹, *Auranúmin,* ›Sonnenuntergang‹, *numbros,* ›Neigung, Abhang‹, *nunthi,* ›nach unten‹. Vgl. *Falasse Númea, Faskala-númen, Sirnúmen.*

Núri Name von Fui Nienna: »Núri, die seufzt« (S. 102). Dieses Wort erscheint ohne Übersetzung im QL unter der Wurzel NURU zusammen mit *núru-,* ›knurren (von Hunden), brummen‹, *nur,* ›Groll, Klage‹. Im Gnomischen ist sie *Nurnil,* mit den verwandten Wörtern *nur-,* ›grollen, murren‹, *nurn,* ›Klage‹, *nurna-,* ›jammern, klagen‹.

*Ô (*Auf der Zeichnung vom Welt-Schiff: ›das Meer‹, S. 126) → *Ónen.*

Oarni → *Ónen.*

Olofantur → *Lórien* → *Fanturi.*

Olóre Malle Zu *Olóre* → Lórien. *malle,* ›Straße‹, erscheint im QL unter der Wurzel MALA, ›zerschmettern‹ *(→ Balrog);* die gnomische Form ist *mal,* ›gepflasterter Weg, Straße‹, und die Entsprechung zu *Olóre Malle* ist *Malmaurien (→ Murmuran).*

Ónen Die Wurzel 'O'O im QL hat die Ableitungen *Ô,* ein dichterisches Wort, ›die See‹, *oar,* ›Kind der See, Meereskind‹, *oaris (-ts), oarwen,* ›Meerjungfrau‹, und *Osse;* der Name *Ówen* (Vorform von *Ónen* im Text, S. 94; 119) erscheint ebenfalls und bedeutet offensichtlich das gleiche wie *oarwen* (zu *-wen* → *Urwen*). Die spätere Form *Uinen* in den Texten ist offenbar gnomisch; GL *Únen,* ›Herrin der See‹, später geändert in *Uinen.* Auch eine Form *Oinen* taucht auf (S. 298).

In der Namensliste der Valar wird Ónen auch *Solóre* (→ *Solosimpi)* und *Ui Oarista* genannt. Das letzte Wort erscheint im QL mit der Definition »Königin der Meerjungfrauen«, zusammen mit *Uin,* ›der urzeitliche Wal‹; doch wie diese Wörter mit den anderen Namen zusammenhängen, ist unklar.

Ork QL *ork (orq-),* ›Ungeheuer, Dämon‹. GL *orc,* ›Kobold‹, Plural *orcin, orchoth* (*hoth,* ›Leute, Volk‹, *hothri,* ›Heer‹, *hothron,* ›Hauptmann‹).

Orome Im QL ist *Orome,* »Sohn von Aule«, unter eine Wurzel ORO gestellt, die verschieden ist von ORO (offenbar durch die Qualität des Konsonanten) mit der Bedeutung ›Steilheit, Aufstieg‹, die sich unter → *Kalorme* findet; doch diese beiden Wortstämme, heißt es, seien ›nicht eindeutig‹. Diese zweite Wurzel subsumiert Wörter wie *óre,* ›die Morgendämmerung, Sonnenaufgang, Osten‹, *órea,* ›aus der Morgendämmerung, aus dem Osten‹, *oronte, oronto,* ›Sonnenaufgang‹, *osto,* ›die Tore der Sonne‹, und *Ostor,* ›der Osten, die Sonne, wenn sie aus ihren weißen Toren hervortritt‹. Es wird angemerkt, daß *Orome* vielleicht besser unter die zweite Wurzel gestellt werden sollte, doch es gibt keinen Hinweis auf eine Verbindung. In der *Verhüllung von Valinor* (S. 302f.) verfügt Orome über eine besondere Kenntnis des Ostens der Welt. Sein gnomischer Name ist *Orma;* und in der Namensliste der Valar wird er auch *Raustar* genannt; → *Meásse.*

Oronto (Auf der Zeichnung vom Welt-Schiff: ›Osten‹.) → *Orome.*

Orossi In der Aufzählung der unter *Nandini* erwähnten Feen sind die *Orossi* »Feen der Berge«; folglich ist dieser Name eine Ableitung *von der unter* → *Kalorme* genannten Wurzel ORO.

Osse → *Ónen.* Sein gnomischer Name ist *Otha* oder *Oth.*

Palisor → *Palúrien.*

Palúrien Ein früher Eintrag im QL verzeichnet *Palurin,* ›die weite Welt‹, unter einer Wurzel PALA, deren Ableitungen alle die Bedeutung ›Flachheit‹ haben, darunter *palis,* ›Grasnarbe, Rasen‹; daher zweifellos *Palisor.* Im GL lautet der entsprechende Name *Belaurin, B(a)laurin,* doch es findet sich auch der Name *Bladorwen,* ›die weite Erde, die Welt mit ihren Pflanzen und Früchten, Mutter Erde‹ (verwandte Wörter sind *blant,* ›flach, offen, ausgedehnt, offen‹, *blath,* ›Boden‹, *bladwen* ›eine Ebene‹). → *Yavanna.*

Poldórea Nicht im QL, doch das GL führt zahlreiche entsprechende Formen an: *Polodweg* = Tulcus (*polod,* ›Kraft, Macht, Herrschaft‹); *polodrin,* »›mächtig‹, auch in dichterischer Form *Poldurin* oder *Poldorin,* besonders als Beiwort für Tulcus gebraucht; Qenya: *Poldórea*«.

Qalme-Tári Die Wurzel ist QALA, ›sterben‹; daraus *qalme,* ›Tod‹, *qalin,* ›tot‹, und andere Wörter der gleichen Bedeutung. *Tári* stammt von TAHA: *tâ,* ›hoch‹, *tára,* ›hochragend‹, *tári,* ›Königin‹, etc; gnomisch *dâ,* ›hoch‹, *dara,* ›hochragend‹, *daroth,* ›Gipfel, Spitze‹. Vgl. *Taniquetil.*

Qalvanda »Die Straße des Todes« (S. 300). → *Qalme-Tári.* Das zweite Element entstammt der Wurzel VAHA: *vâ* (Imperfekt), ›gingen‹, *vand-,* ›Weg, Pfad‹, *vandl,* ›Wanderstab‹. *vanwa,* ›auf der Straße verloren, vergangen, vorüber, verschollen‹ (wie in *Mar Vanwa Tyaliéva).* Vgl. *Vansamírin.*

Qerkaringa Das erste Element ist unklar; zu *-ringa* → *Ringil.*

Qorinómi Vgl. S. 318. Die Wurzel ist QORO/QOSO; daher *qoro-,* ›ersticken, erdrosseln‹, *qorin,* ›ertrunken, erstickt‹, etc.

Rána Nicht im QL, doch GL weist *Rân,* »›der Mond‹, (Qenya Rána)« und *ranoth,* ›Monat‹, aus (*Ranoth* war ein getilgter Name, der *Ranuin* voranging). Es heißt im Text (S. 272), daß die Götter den Mond *Rána* nannten.

Ranuin → *Rána.*

Ringil Im QL finden sich *ringa,* ›feucht, kalt, frostig‹, *ringwe,* ›Rauhreif, Frost‹, *rin,* ›Tau‹; GL *rî,* ›Kühle‹, *ring,* ›kühl, kalt, eine plötzliche Brise oder ein kalter Hauch‹; später hinzugefügt: *Ringli,* »die arktischen Kältezonen, der Nordpol‹ (vgl. die Geschichte von der Ankunft der Ainur)«. Vgl. *Qerkaringa.*

Rúmil Dieser Name findet sich in keinem der beiden Lexika, doch er scheint mit folgenden Wörtern im GL verwandt zu sein: *rû* und *rûm,* ›Geheimnis, Rätsel‹, ruim, ›verborgen, geheimnisvoll‹, *rui,* ›Raunen‹, *ruitha,* ›raunen, flüstern‹.

Salmar Dieser Name muß zu den Ableitungen der Wurzel SALA gerechnet werden: *salma,* ›Lyra‹, *salme* ›Harfenspiel‹, etc.

Samírien (»Das Fest der Doppelten Freude«, S. 204). Wahrscheinlich abgeleitet von der Wurzel MIRI, ›lächeln‹; *sa-* wird im QL als ein »verstärkendes Präfix« erwähnt. Vgl. *Vansamírin.*

Sári In keinem der beiden Lexika, doch im QL stehen unter der Wurzel SAHA/SAHYA die Wörter *sâ,* ›Feuer‹, *saiwa,* ›heiß‹, *Sahóra,* ›der Süden‹; GL hat *sâ,* ›Feuer‹ (dichterische Form *sai*), *sairin,* ›feurig‹, *saiwen,* ›Sommer‹, und andere Wörter.

Sil Unter der Wurzel SILI findet sich im QL eine lange Liste von Wörtern, beginnend mit *Sil,* ›Mond‹, denen allen die Bedeutung ›Weiße‹ oder ›weißes Licht‹ zugrundeliegt, doch tauchen weder *Silpion* noch *Silmaril* darin auf. Im GL ist *Sil* »eigenlich = ›Rose von Silpion‹, siehe Geschichte von der Erschaffung von Sonne und Mond. doch oft dichterisch benutzt = Voller Mond oder

Rân«. Es heißt in dieser Geschichte (S. 272), daß die Elben den Mond »Sil, die Rose« (frühere Leseart: »die Silberrose«) nannten.

Silindrin Der ›Mond-Kessel‹ findet sich in keinem der Wörterbücher; die ähnlichste Form ist *Silindo* im QL (ein Name Jupiters). → *Sil.*

Silmarilli → *Sil.* Im GL ist die Entsprechung zu Qenya *Silmaril* das Wort *silubrill- (silum(b)aril-),* Plural *silubrilthin* (das im Text auf S. 186 erscheint), eine spätere Hinzufügung stellt *brithla,* ›Perle‹, daneben, Qenya *marilla* (nicht im QL). Der Turm der Perle wurde im Gnomischen *Tirimbrithla genannt.*

Silmo → *Sil.* Im QL ist *Silmo* mit ›der Mond‹ übersetzt; im GL wird als gnomische Entsprechung von Qenya *Silmo* das Wort *Silma* genannt.

Silpion → *Sil.* Die gnomischen Namen sind *Silpios* oder *Piosil,* doch es werden keine Bedeutungen genannt.

Silubrilthin → *Silmarilli.*

Sirion Die Qenya-Wurzel ist SIRI, ›fließen‹, mit den Ableitungen *sindi,* ›Fluß‹ (vgl. *Kelusindi*), *síre,* ›Strom‹, *sírima,* ›flüssig, fließend‹. Im GL finden sich sîr, ›Fluß‹, *siriol,* ›fließend‹, und *Sirion* (dichterisches Wort) »Fluß, eigentlich der Name des berühmten wunderbaren Flusses, der durch Garlisgion und Nantathrin floß« (*Garlisgion,* ›der Ort des Schilfs‹, blieb erhalten in *Lisgardh* »dem Land der Schilfwälder an den Mündungen des Sirion«, *Nachrichten aus Mittelerde,* S. 51). Vgl. den Namen *Sirnúmen,* später *Numessir.*

Sirnúmen → *Sirion* → *Núme.*

Solosimpi Das QL hat *Solosimpe,* »die Flötenspieler des Küstenlandes«, dessen erstes Element von der Wurzel SOLO stammt: *solme,* ›Welle‹, *solor, solosse,* ›Brandung, Sturzsee‹ (vgl. *Solóre,* Name von Ónen); das zweite Element stammt von SIPI, ›pfeifen, flöten‹: *simpa, simpina,* ›Pfeife, Flöte‹, *simpise,* ›Flötenspiel‹, *simpetar,* ›Flötenspieler‹. Im GL lautet der gnomische Name der Solosimpi *Thlossibin* oder *Thlossibrim,* abgeleitet von *thloss;* ›Brecher‹, mit der Variante *Flossibrim.* Vom Wort *floss* heißt es, es sei aus *thloss* unter dem Einfluß von *flass,* ›Meeressaum, Brandung; Rand, Saum‹, gebildet worden.

Sorontur Abgeleitet von einer Wurzel SORO, ›Adler‹: *sor, sorne,* ›Adler«, *sornon,* ›Adlerhorst‹, *Sorontur,* ›König der Adler‹. Zu *-tur* → *Meril-i-Turinqi.* Die gnomischen Formen sind *thorn,* ›Adler‹, *thrond* ›(Adlerhorst), Felsspitze‹, *Thorndor* und *Throndor,* ›König der Adler‹.

Súlimo Im QL werden unter den drei Wurzelformen SUHYU, SUHU, SUFU, ›Luft, Atem, ausatmen, blasen‹ genannt: *sû,* ›Geräusch des Windes‹, *sûlime,* ›Wind‹, und *Súlimi, -o,* »Vali des Windes = Manwe und Varda«. Dies bedeutet vermutlich, daß Manwe *Súlimo* und Varda *Súlimi* war, denn in der Namensliste der Valar wird Varda *Súlimi* genannt; jedoch heißt es im GL, daß Manwe und Varda gemeinsam *i·Súlimi* genannt wurden. Das GL hat *sû,* ›Geräusch des Windes‹, *súltha,* ›Windstoß‹, doch Manwes Wind-Name ist *Saulmoth* (*saul,* ›ein starker Wind‹), was eine ältere Form des späteren *Solmoth* sein soll; dies ist »Qenya *Súlimo*«.

Im Gnomischen wird er auch *Gwanweg* (*gwâ,* ›Wind‹, *gwam,* ›Windstoß‹) genannt, oft in Verbindung mit *Man (→ Manwe),* dann als *Man' Wanweg* = *Qenya Manwe Súlimo.* Die Wurzel GWĀ erscheint im QL: *wâ,* ›Wind‹, *wanwa,* ›großer Sturm‹, *wanwavoite,* ›windig‹; in der Namensliste der Valar werden Manwe und Varda zusammen *Wanwavoisi* genannt.

Súruli → *Súlimo. Súruli* findet sich nicht im QL, doch das GL hat *Sulus* (Pluralformen *Sulussin* und *Suluthrim*) »eine der zwei Scharen von Manwes Luftgeistern, Qenya *Súru,* Plural *Súruli*«.

Talka Marda Dieser Beiname Aules, im Text mit »Schmied der Welt« übersetzt (S. 254), findet sich nicht im QL; doch im GL steht *»Martaglos,* richtig *Maltagros,* Beiname von Óla, Schmied der Welt« als Entsprechung zu Qenya *Talka Marwa;* dazu auch *tagros, taglos,* ›Schmied‹. Er wird auch *Óla Mar* genannt; in der Namensliste der Valar ist er *Aule Mar.* (Viel später tauchte dieser Beiname Aules wieder auf. In einer sehr späten Anmerkung wird ihm der Name *mbartanō* gegeben: ›Welt-Erbauer‹ > Quenya *Martamo,* Sindarin *Barthan.*)

Taniquetil Unter der Wurzel TAHA *(→ Qalme-Tári)* erscheint *Taniquetil* im QL mit der Bedeutung ›hoher schneebedeckter Gipfel‹. Das zweite Element stammt von der Wurzel NIQI (*ninqe,* ›weiß‹, *niqis,* ›Schnee‹, *niqetil,* ›Schneegipfel‹; vgl. *nieninqe,* ›weiße Träne‹ (Schneeflocke) unter → *Nielíqui*).

Die gnomische Form ist *Danigwethil* (*dâ,* ›hoch‹), doch das zweite Wortelement scheint abzuweichen, denn GL verzeichnet ein Wort *nigweth,* »›Sturm‹ (eigentlich Schneesturm, doch hat sich diese Bedeutung verloren)«.

Tanyasalpe Im Text mit »Schale des Feuers« übersetzt (S. 265). *salpa,* ›Schale‹, erscheint im QL unter einer Wurzel SḶPḶ mit *sulp-,* ›lecken‹, *salpa,* ›einen Schluck nehmen von‹, *sulpa,* ›Suppe‹. *Tanya* steht nicht im QL; GL hat *tan,* ›Feuerholz‹, *tantha-,* ›anzünden‹, *tang,* ›Flamme, Blitz‹, und *Tanfa,* »die unterste aller Lüfte, die heiße Luft der tiefgelegenen Orte«.

Tári-Laisi Zu *Tári* → Qalme-Tári. Im QL hat die Wurzel LAYA, ›lebendig sein, gedeihen‹, die Ableitungen *laire,* ›Wiese‹, *laiqa,* ›grün‹, *laito* und *laisi,* beide mit der Bedeutung ›Jugend, Wachstumskraft, neues Leben‹. Die gnomischen Wörter sind *laib* (auch *glaib*), ›grün‹, *laigos,* ›das Grün‹ = Qenya *laiqasse, lair* (auch *glair*), ›Wiese‹. Die folgende Anmerkung ist sehr interessant: *»Lai-*

golas = Grünblatt *[→ Gar Lossion]* veraltet, weil die endgültige Form *laib* wurde, was *Legolast* ergab, d. h. scharfäugig [*last,* ›sehen, blicken‹, *leg, lêg,* ›scharf, durchdringend‹]. Doch vielleicht trug er beide Namen, da die Gnomen Freude daran hatten, zwei ähnlich klingende Namen von unterschiedlicher Bedeutung zu geben, wie *Laigolas Legolast* oder *Túrin Turambar* etc. Die gebräuchliche Form *Legolas* ist eine Vermengung der beiden anderen.« (Legolas Grünblatt erscheint in der Geschichte *Der Fall von Gondolin;* er war ein Elb aus Gondolin, und da er in der Nacht sehen konnte, führte er die Flüchtenden in der Dunkelheit über die Ebene. Eine Anmerkung zur Geschichte besagt, daß »er noch in Tol Eressea lebte und von den dortigen Eldar *Laiqalasse* genannt wurde«.)

Tarn Fui → Moritarnon → Fui.

Tavari In der unter → *Nandini* erwähnten Liste von Feen sind die *Tavari* die »Feen der Wälder«. Im QL ist *tavar (tavarni)* ›Waldgeister‹, von einer Wurzel TAVA abgeleitet, ebenso wie auch *tauno,* ›Wald‹, *taule,* ›großer Baum‹, *tavas,* ›Waldgebiet‹. Das GL hat *tavor,* ›eine Waldfee‹, *taur, tavros,* ›Forst‹ (*Tavros,* ebenfalls ein Eigenname, bedeutet »oberste der Waldfeen, der Blaue Geist der Wälder«. Später wurde *Tavros* ein Name von Orome, der über *Tauros* zur endgültigen Form *Tauron* des *Silmarillion* wurde).

Tavrobel Erscheint im GL mit der Übersetzung ›Wald-Heim‹ *(→ Tavari).* Das Element *pel,* so heißt es, sei »nur in solchen Ortsnamen gebräuchlich wie *Tavrobel*« und bedeute ›Dorf, Weiler, -dorf‹. In einer einzelnen Anmerkung an anderer Stelle wird ein zusätzlicher gnomischer Name angegeben: *Tavrost;* Qenya-Namen: *Tavaros(se), Taurosse, Tavrost* enthält offenbar *rost,* ›Abhang, Bergflanke, Anstieg‹, mit den verwandten Wörtern *rosta,* ›Anstieg‹ (*Rost'aura,* ›Sonnenaufgang«), *ront,* ›hoch, steil‹, einem Stamm *rō-, oro-* zugeschrieben. Hier handelt es sich um etymologische Varianten von unter → *Kalorme* angeführten Wörtern.

Telelli Die Bedeutung dieses Begriffes, der in den Geschichten nur ein einziges Mal auftaucht (S. 31), ist unklar, In frühen Einträgen im QL wird ein Komplex von Wörtern verzeichnet, die alle »kleiner Elb« bedeuten, darunter *Teler* und *Telelle* und dazu die Adjektive *telerea* und *telella.* Wie sie sich voneinander unterscheiden, ist unklar. In einer einzelnen Anmerkung wird gesagt, daß junge Elben aller Stämme, die in Kôr wohnten, um sich in Gesang und Dichtkunst zu vervollkommnen, *Telelli* genannt wurden; doch an anderer Stelle scheint *Telellin,* ein Dialektwort, anstelle von *Telerin* benutzt worden zu sein. *→ Teleri.*

Teleri → Telelli. Im GL erscheint *Tilith* »ein Elb, ein Angehöriger der drei Elbenstämme oder Eldar; Plural *Tilthin*«. Die spätere Bedeutung von *Teleri,* als es der Name des Dritten Stammes wurde, war bereits potentiell vorhanden: QL gibt eine Wurzel TEL + U mit den Ableitungen *telu-,* ›abschließen, enden‹, *telu,* ›Schluß‹, *telwa,* ›zuletzt, spät‹ (vielleicht eine Weiterentwicklung aus der Wurzel TELE, ›einhüllen‹ → *Telimektar).* Im GL werden diese Bedeutungen ›einschließen, schließen, beenden‹ ausdrücklich der Wurzel TEL- zugeordnet: *telm,* ›Dach, Himmel‹, *teloth,* ›Bedachung, Baldachin, Schutz‹, *telu-,* ›schließen, blenden, abschließen‹, *telu,* ›Ende‹.

Telimektar Im QL wird *Telimektar, Telimbektar* erklärt als »Orion, wörtlich Streiter des Himmels« und erscheint unter der Wurzel TELE, ›umhüllen‹, zusammen mit *tel,* ›Dach‹, *telda,* ›ein Dach haben‹, *telimbo,* ›Baldachin, Himmel‹, etc. *-mektar* leitet sich vermutlich ab von der Wurzel MAKA, → *Makar.* Die gnomische Form ist *Telumaithar.*

In der Namensliste der Valar wird er auch *Taimondo* genannt. In beiden Lexika finden sich zu diesem Namen ausgiebige Anmerkungen, die anscheinend zur gleichen Zeit notiert wurden. Im QL wurden *Taimondo* und *Taimordo* als Namen Telimektars zusammen mit *Taime, Taimie,* ›Himmel‹, der Wurzel TAHA zugeordnet *(→ Qalme-Tári).* Die gnomische Entsprechung ist Daimord (*dai, daimoth,* ›Himmel‹), die auch im GL im Zusammenhang mit Inwes Sohn Ingil (Gil, Sirius) auftaucht: er erhob sich in der Gestalt einer großen Biene in den Himmel und »folgte Daimord« *(→ Ingil).* Doch das Wort *mordo,* ›Krieger, Held‹ in Qenya wurde eigentlich dem gnomischen *mord* nachgebildet; die echte Qenya-Entsprechung von *mord* war *mavar,* ›Hirte‹ – dies war auch die ursprüngliche Bedeutung des gnomischen Wortes, die sich in poetischen Texten zu ›Mann, Krieger‹ veränderte, nachdem es in Prosa und Rede ungebräuchlich geworden war. *Daimord* bedeutete also ursprünglich »Hirte des Himmels‹, wie auch der ursprüngliche Qenya-Name *Taimavar,* der sich unter dem Einfluß des gnomischen Namens zu *Taimondo, Taimordo* veränderte.

Telimpe Nicht im QL unter der Wurzel TELPE; indes findet sich *telempe = telpe,* ›Silber‹. Gnomische Wörter sind *celeb,* ›Silber‹, *celebrin,* ›aus Silber‹, *Celebron, Celioth* als Namen des Mondes. → *Ilsalunte.*

Tevildo Verzeichnet im QL unter der Wurzel TEFE (mit Ableitungen *teve-,* ›hassen‹, *tevin, tevie,* ›Haß‹) und als »der Herr der Katzen« erklärt (vgl. S. 75). Die gnomische Form ist *Tifil,* ›Fürst der Katzen‹.

Tilkal Ein Name, der aus den Anfangsbuchstaben der Namen von sechs Metallen zusammengesetzt ist (vgl. S. 146 und Fußnote). *tambe,* ›Kupfer‹, → *Aule; ilsa,* ›Silber‹, → *Ilsalunte. Latúken,* ›Zinn‹, erscheint in einem gesonderten Eintrag im QL zusammen mit *latukenda,* ›aus Zinn‹; die gnomische Form ist *ladog. Kanu,* ›Blei‹, und *kanuva,* ›aus Blei‹, stehen im QL unter der Wurzel KANA. *anga,* ›Eisen‹, → *Angamandi; laure,* ›Gold‹, → *Laurelin.*

Timpinen Der Name steht im QL als einzige Ableitung von einer Wurzel, TIFI, doch unter der Wurzel TIPI sind verzeichnet: *timpe,* ›feiner Regen‹, *timpine,* ›Sprühregen‹, etc. → *Tinfang.*

Tinfang Der Eintrag im GL lautet: ›*Tinfing* oder *Tinfang* der Flötenspieler (mit dem Beinamen *Gwarbilin* oder Vogelhüter), ein Kobold; vgl. Qenya *timpinen* ein Flötenspieler *(Timpando, Varavilindo)«.* Andere gnomische Wörter sind: *tif-,* ›pfeifen‹, *timpa-* ›klingen, klingeln‹, *timpi,* ›kleine Glocke‹, *timp,* ›Vogelschrei, Ton einer Flöte‹, *tifin,* ›kleine Flöte‹. Das erste Element von *Gwarbilin* erscheint auch im *Amon Gwareth,* ›Hügel der Wacht‹, der in der Geschichte *Der Fall von Gondolin* vorkommt; das zweite ist *bilin(c),* ›Sperling, kleiner Vogel‹.

Tinwe Linto, Tinwelint GL hat den Eintrag: ›*Tinweg* (auch *Lintinweg),* gebräuchlicher *Tinwelint* = Qenya *Tinwe Linto;* ursprünglich Anführer der Solosimpi (später von Ellu geführt), wurde jedoch König der Verschollenen Elben von Artanor«. Das erste Element des Namens ist abgeleitet von TIN-, mit Ableitungen wie *tim,* ›funkeln, schimmern (Stern)‹, *tintiltha-,* ›blinzeln‹, *tinwithli,* ›Sternenhaufen, Sternbild‹. Das zweite Element ist möglicherweise das gnomische *lint,* ›rasch, flink, leicht‹, das mein Vater in *The Monster and the Critics,* S. 205 erwähnt: es gehört in die Anfangszeit seiner Versuche, verschiedene Sprachsysteme zu entwickeln. Im QL findet sich der Name weder in der früheren (*Linwe Tinto,* S. 189) noch in der späteren Form, doch unter der Wurzel TINI sind verzeichnet: *tinwe,* ›Stern‹ *tint,* ›(Silber)funken‹, und auch *lintitinwe,* ›viele Sterne aufweisen‹, wobei das erste Element das vervielfachende Präfix *li-, lin-* ist. Vgl. *Tinwetári.*

Tinwetári »Königin der Sterne«. Zu den Elementen dieses Namens → *Tinwe Linto* → *Qalme-Tári.* Der entsprechende gnomische Name ist *Tinturwin* mit einem weiteren Element *(→ Meril-i-Turinqi). Varda* wird auch *Timbridhil, Timfiril* genannt, mit dem gleichen ersten Element (*Bridhil* ist der gnomische Name Vardas); außerdem heißt sie *Gailbridh(n)ir,* das *gail,* ›Stern‹, enthält (entsprechend dem Qenya *íle* in *Ílivarda,* das nicht im QL aufgeführt ist.)

Tol Eressea Im QL stehen unter der Wurzel TOLO die Ableitungen *tol,* »›Insel‹; jede einzelnstehende Erhebung im Wasser oder auf einer grünen Ebene etc.«, *tolmen* »›Buckel‹ (des Schildes), alleinstehender runder Berg etc.«, *tolos,* ›Knopf, Klumpen‹, *tóle,* ›Mitte‹, und andere Wörter. GL verzeichnet *tol* als »eine Insel mit hohen Steilküsten«.

Eressea steht im QL unter der Wurzel ERE (von der in *Eruman* erkennbaren Wurzel unterschieden), ›allein bleiben‹; *er,* ›einzig‹, *eresse,* ›einzeln, einzig, allein‹, *eressea,* ›einsam‹, *erda,* ›abgesondert, verlassen‹, *erin,* ›Überbleibsel‹. Im Gnomischen heißt die Einsame Insel *Tol Erethrin* (*er,* ›eine‹, *ereth,* ›abgesondert‹, *erethrin,* ›abgesondert, einsam‹, etc.).

Tolli Kuruvar (Auf der Zeichnung vom Welt-Schiff »die Zauberinseln«, S. 122). Zu *Tolli* → *Tol Eressea.* Das QL nennt eine Gruppe von Wörtern (*kuru,* ›magisch, zauberhaft‹, *kuruvar,* ›Zauberer‹, *kuruni,* ›Hexe‹) mit der Bemerkung: »gemeint ist ein guter Zauber«. GL hat *curu,* ›magisch‹, *curug,* ›Zauberer‹, *curus* ›Hexe‹.

Tombo »Gong«, ist im QL von einer Wurzel TUMU, ›anschwellen‹ (dabei ist an einen Hohlraum gedacht) abgeleitet; zusammen mit *tumbe,* ›Trompete‹, *tumbo,* ›dunkles Tal‹, *tumna,* ›tief, unergründlich, dunkel oder rätselhaft‹ (→ *Utumna*). Gnomische Wörter sind: *tûm, ›Tal‹,* tum, ›Höhlung‹, *tumli,* ›Talsenke‹, *tumbol,* ›talähnlich, hohl‹, *tumla-,* ›aushöhlen‹.

Tuilére Die Wurzel im QL ist TUYU: *tuile,* »›Frühling‹, wörtlich ein Knospen – auch als Sammelbegriff für Knospen, frische Schößlinge, junges Grün«, *Tuilére,* ›Frühling‹, und zahlreiche andere Wörter wie *tuilindo* ›(Frühlingssänger), Schwalbe‹. Gnomische Formen sind *tuil, tuilir,* ›Frühling‹ (mit der Anmerkung: *Tuilir* = V*ána);* doch Vána wird auch *Hairen,* ›Frühling‹ genannt, vermutlich verwandt mit *hair,* ›pünktlich, zeitig‹, *hai,* ›pünktlich‹, *haidri,* ›Vormittag‹.

tuivána → *Tuilére* → *Vána.*

tulielto (und ähnliche Formen) *Tulielto* ist mit »sie sind gekommen« (S. 165) und *I·Eldar tulier* mit »die Eldar sind gekommen« (ebd.) übersetzt; *I·kal'antúlien* ist übersetzt »Das Licht ist zurückgekehrt« (S. 261). Im QL steht unter der Wurzel TULU, ›holen, bringen, tragen; bewegen, kommen‹, das Verb *tulu-* mit der gleichen Bedeutung; dazu auch *tulwe,* ›Säule, Ständer, Pfosten‹, *tulma,* ›Totenbahre‹. Das GL hat *tul-,* ›bringen; kommen‹, *tultha-* ›heben, tragen‹.

Tulkas Das QL verzeichnet den Namen unter der Wurzel TULUK zusammen mit *tulunka,* ›stetig, fest‹, *tulka-,* ›festmachen, aufstellen, begründen‹. Die gnomische Form ist *Tulcus (-os)* mit verwandten Wörtern wie *tulug,* ›stetig, fest‹, *tulga-,* ›festmachen, regeln, beruhigen, trösten‹.

Tulkastor Der Name taucht in den Lexika nicht auf (auch nicht die früheren Formen *Tulkasse, Turenbor,* S. 34); → *Tulkas* → *Meril-i-Turinqi.*

Tuor Nicht in den Lexika, doch der Name ist (weil er auch als *Tûr* erscheint) vermutlich abgeleitet von der Wurzel TURU, ›stark sein‹; → *Meril-i-Turinqi.*

Turgon Weder *Turondo* noch das gnomische *Turgon* sind in den Lexika zu finden; von der Ähnlichkeit des ersten Elementes mit der Wurzel TURU abgesehen (→ *Meril-i-Turinqi),* sind diese Namen nicht erklärbar.

Turuhalme »Das Holen des Feuerholzes« (S. 320). Eine zweite Wurzel TURU (TUSO), ›anzünden‹, im QL (durch den medialen Konsonanten von TURU, ›stark sein‹, unterschieden) hat viele Ableitungen: *turu-, tunda-,* ›anzünden‹, *turu* »eigentlich = ›Feuerholz‹, doch für Holz im allgemeinen gebraucht«, *turúva,* ›hölzern‹, *tusture,* ›Zunder‹, etc. Im GL stehen *duru,* ›Holz: Pfahl, Balken, Stamm‹, *durog,* ›hölzern‹. Das zweite Element ist das gnomische *halm,* ›ziehen, Fischzug‹. Der Name des Festes ist *Duruchalmo(s) = Halm nadhuruthon* (*Duruchalm* stand im Text und wurde durchgestrichen, S. 338), übersetzt ›Julfest‹; dies wurde später in *Durufui* geändert, d. h. ›Julnacht, Holz-Nacht‹ *(→ Fui).*

Uin → Ónen. Im GL ist *uin* ein gewöhnliches Substantiv, ›Wal‹, benannt nach *Uin* »der große Wal Gulmas« *(Gulma = Ulmo);* doch offenbar (obgleich dieser Eintrag ziemlich unklar ist) war die ursprüngliche Bedeutung von *uin,* erhalten in Werken der Dichtkunst, ›Welle‹. Ein anderes gnomisches Wort für ›Wal‹ ist *uimoth,* ›Schaf der Wellen‹ (*moth,* ›Schafe‹, auch ›1000‹, vermutlich ursprünglich ›Herde‹; *mothweg,* ›Schäfer‹).

Uinen → Ónen.

Ulmo Der Name erscheint im QL unter der Wurzel ULU, ›strömen, schnell fließen‹, zusammen mit *ulu-* und *ulto-,* ›strömen‹ sowohl transitiv wie intransitiv gebraucht. Sein gnomischer Name ist *Gulma* mit den entsprechenden Verben *gul-* und *gulta-.* Im Entwurf für den Text *Die Musik der Ainur* wird er auch *Linqil* genannt; *→ Nielíqui.* Zu anderen Namen: *→ Vailimo.*

Ulmonan → Ulmo; das zweite Element dieses Namens ist nicht erklärt.

Ungoliont → Ungwe Lianti.

Ungwe Lianti, Ungweliant(e) Unter einer Wurzel (mit einem Fragezeichen versehen) GUNGU steht im QL *ungwe,* »›Spinne‹, besonders *Ungwe,* die Weberin der Düsternis, gewöhnlich Ungwelianti«. Das zweite Element stammt von der Wurzel LĪ + *ya,* ›miteinander verflechten‹, mit Ableitungen wie *lia,* ›verflechten‹, *liante,* ›Ranke‹, *liantasse,* ›Weinrebe‹. In das GL wurde der Name ursprünglich in der Form *Gungliont* aufgenommen, wie er auch zuerst im Text geschrieben wurde (S. 223); später wurde er geändert in »*Ungweliont* oder *Ungoliont«.* Das zweite Element ist der Wurzel LI (*lind,* ›verflechten‹) zugeordnet.

Uole Kúvion Kúvion wurde aus *Mikúmi* gebildet (S. 280). Der Name steht nicht im QL unter der Wurzel KUVU, ›biegen, beugen‹, welche die Ableitungen *kû,* ›Halbmond‹, und *kúne,* ›Halbmond, Bogen‹, hat. Im GL steht *cû,* »›Bogen, Halbmond‹; das Zu- oder Abnehmen des Mondes«, und auch *»Cuvonweg: Ûl Cuvonweg* (= Qenya *Óle Kúmion*), der Mondkönig«. Unter *Ûl* ist die Entsprechung in Qenya gleichwohl *Uole,* und hier heißt es, daß der Name *Ûl* in dem Ausdruck *Ûl·a·Rinthilios* gebräuchlich sei; *Rinthilios* wird als der »gerundete Mond, Name des Mond-Elb« gedeutet (*rinc,* ›kreisförmig, Scheibe‹; *rin-,* ›umkreisen, zurückkehren‹).

Ûr Die Wurzel URU/USU im QL hat Ableitungen wie *uru,* ›Feuer‹, *úrin,* ›brennend heiß‹, *uruvoite,* ›feurig‹, *urúva,* ›wie Feuer‹, *urwa,* ›in Brand‹, *Ûr,* ›die Sonne‹ (mit anderen Formen wie *Úri, Úrinki, Urwen*), *Úrion,* »ein Name Fionwes«, *urna,* ›Ofen‹, *usta-, urya-,* ›brennen‹ (transitiv und intransitiv). Die gnomische Form ist *Aur (aurost,* ›Morgendämmerung‹) und auch ein dichterisches Wort *Uril.* → *Fionwe-Úrion* → *Urwen.*

Urwen/Urwendi In den früheren Geschichten dieses Buches lautet der Name *Urwen* und wird in der *Geschichte von Sonne und Mond* zu *Urwendi.* Der ursprüngliche Eintrag im GL war »*Urwendi* und *Urwin* (Qenya *Urwen*), die Jungfrau des Sonnenschiffes«, doch diese Schreibweise wurde später in »*Urwedhin* und *Urwin* (Qenya *Urwendi*)« geändert. Im QL *(*→ *Ûr)* erscheint *Urwen* als Name der Sonne. In der Namensliste der Valar wird die Sonnen-Jungfrau auch *Úrinki* genannt, und dieses Wort erscheint ebenfalls im QL als ein Name der Sonne.

Das Element *-wen* steht im QL unter der Wurzel GWENE: *wen* und *wendi,* ›Jungfrau, Mädchen‹, *-wen* weiblicher Familienname, ebenso wie das männliche *-ion, wendele,* ›Jungfräulichkeit‹ *(*→ *Wendelin).* Im GL sind die Formen stark verändert und vermischt. Die angegebenen Wörter haben Stämme wie *gwin-, gwen-, gweth* mit den Bedeutungen ›Frau‹, ›Mädchen‹ etc.; die Wurzel scheint sich aus *gweni-* zu *gwedhe-* gewandelt zu haben unter Bezug auf Qenya *meril (* → *Meril-i-Turinqi)* und Qenya *wendi.*

Utumna Im QL wird die Wurzel von *Utumna* (»untere Gefilde von Düsternis und Dunkelheit im Norden, Melkos erste Behausung«) nicht angegeben; vgl. jedoch das unter → *Tombo* genannte Wort *tumna,* ›tief, unergründlich, dunkel, rätselhaft‹. Im Gnomischen lauten die Formen *Udum* und *Uduvna;* Belcha (Melko) wird *Uduvrin* genannt.

Úvanimor → *Vána.*

Vai Die Wurzel VAYA, ›umhüllen, umschließen‹, im QL umfaßt *Vai,* »der Äußere Ozean«, *Vaimo* oder *Vailimo,* »Ulmo als Herrscher über Vai«, *vaima,* ›Gewand‹, *vaine,* ›Scheide‹, *vainole,* ›Köcher‹, *vaita-,* ›einhüllen‹, *Vaitya,* »die äußersten Lüfte über der Welt«, etc. Die gnomische Form ist *Bai* mit den verwandten Formen *Baithon,* ›die äußeren Lüfte‹, *baith,* ›Gewand‹, *baidha,* ›bekleiden‹, *bain,* ›gekleidet‹ (Qenya *vaina*).

Vailimo → *Vai.* Die gnomische Form ist *Bailmoth (< Bailmoth);* dort findet sich auch eine poetische Form, *Bairos.* Ulmo wird im Gnomischen auch *i Chor-*

weg a·Vai genannt, d. h. »der Alte von Vai« (*hôr,* ›alt, vorzeitlich‹, nur auf noch existierende Dinge bezogen; *hortha-,* ›alt werden‹, *horoth,* ›Alter‹, *Hôs,* ›der Alte‹, ein Name von Fuil). Zu *-weg* → *Bronweg.*

Vaitya → *Vai.*

Valahíru (Als Randbemerkung im Text *Valatúru* gegenübergestellt, S. 255). Nicht in den Lexika, doch vermutlich mit der Wurzel HERE, ›herrschen, Macht besitzen‹, im QL in Verbindung zu bringen: *heru-,* ›regieren‹, *heru,* ›Herr‹, *heri,* ›Herrin‹, *hére,* ›Herrschaft‹.

Valar Im QL wird »*Valar* oder *Vali«* abgeleitet von der Wurzel VALA mit Mask. Sing. *Valon* oder *Valmo* und Fem. Sing. *Valis* oder *Valde;* andere Wörter sind *valin, valimo,* ›glücklich‹, *vald-,* ›Glückseligkeit, Fröhlichkeit‹.

Die gnomischen Wörter sind schwierig und sonderbar. Das zuerst geschriebene Wort war *Ban,* »ein Gott, einer der großen Valar«, Plural *Banin,* und »*Dor'Vanion = Dor Banion = Gwalien* (oder *Valinor*)«. Alles wurde durchgestrichen. An anderer Stelle im GL steht die Wurzel GWAL, ›Schicksal, Glück‹: *Gwala,* »einer der Götter, einschließlich ihres göttlichen Gefolges und ihrer Kinder, daher für einen Angehörigen des geringeren Volkes öfter als Gegenstück zu *Ban* gebraucht«; *Gwalon* und *Gwalthi* entsprechen Qenya *Valon, Valsi; gwalt,* ›Glück‹, auch in der Form *i·walth ne Vanion* (Qenya *valto*), ›das Glück der Valar‹; und andere Abstrakta wie *gwalweth,* ›Schicksal, Glück‹. Es findet sich also kein Hinweis auf die spätere Deutung von *Valar.* → *Vána.*

Valatúru → *Valar* → *Meril-i-Turinqi.*

Valinor Im QL gibt es die beiden Formen *Valinor* und *Valinóre* (letztere erscheint auch im Text, S. 258), beide als ›Asgard‹ gedeutet (d. h. als die Stadt der Götter in der altnordischen Mythologie). Zu den gnomischen Namen (*Gwalien* etc.) → *Valar.*

nóre steht im QL unter der Wurzel NŌ, ›werden, geboren werden‹, und hat die Bedeutung ›Geburtsland, Nation, Familie, Land‹; ebenso *-nor,* die Form in Zusammensetzungen. Andere Wörter sind *nosta-,* ›gebären‹, *nosta,* ›Geburt, Geburtstag‹, *nostale,* ›Gattung, Art‹, *nosse,* ›Sippe, Volk‹ (wie in *Aulenosse*). Die gnomische Form ist *dôr;* → *Dor Faidwen.*

Valmar → *Valar* → *Eldamar.*

Vána Eine Ableitung von der Wurzel VANA im QL, zusammen mit *vane,* ›schön‹, *vanesse,* ›Schönheit‹, *vanima,* ›richtig, recht, schön‹, *úvanimo,* ›Ungeheuer‹ (*ú* = ›nicht‹). Hier stehen ebenfalls *Vanar* und *Vani* = *Valar, Vali* mit der Bemerkung: »Vgl. gnomisch *Ban-*«. → *Valar.*

Vánas Name im Gnomischen war *Gwân* oder *Gwani* (später in *Gwann* oder *Gwannuin* geändert); *gwant, gwandra,* ›schön‹, *gwanthi,* ›Schönheit‹.

Vána-Laisi → *Vána* → *Tári-Laisi.*

Vansamírin Dieser Name ersetzte *Samíriens Straße* im Text (S. 313). → *Qalvanda* → *Samírien.*

Varda Im QL erscheint dieser Name zusammen mit *vard-,* ›herrschen, regieren‹, *vardar,* ›König‹, *varni,* ›Königin‹. Im Gnomischen wurde *Varda* auch *Bridhil* (und *Timbridhil* → *Tinwetári*) genannt, ein Wort, das gleichen Ursprungs ist wie Qenya *vard-.*

Vê Das Wort steht im QL als »Name von Fantur« unter der Wurzel VEHE, doch ohne Bedeutung, Zuschreibung oder andere Ableitungen. Im GL lautet die Form *Gwê,* geändert in *Gwî:* »Name der Halle von Bandoth, Qenya *Vê*«. → *Mandos* → *Vefántur.*

Vefántur Im GL wird der Vala *Bandoth Gwê* genannt (geändert in *Bannoth Gwí*), *Gwefantur* (geändert in *Gwifanthor*) und *Gwivannoth.*

Vene Kemen → *Glorvent* → *Kémi.*

Vilna. Im QL hat die Wurzel VILI (keine Bedeutung genannt) die Ableitungen *Vilna* (später in *Vilya* geändert) ›(niedere) Luft‹, *Vilmar,* »Wohnung Manwes – die oberen Lüfte (aber nicht *ilu*)«, *vilin,* ›luftig, windig‹, *víle,* ›sanfte Brise‹. Die Worte »aber nicht *ilu*« beziehen sich auf die Deutung von *ilu* im Sinne von → *Ilwe,* der mittleren Luft zwischen den Sternen. Manwes Wohnung Vilmar ist anderswo nicht genannt.

Die gnomischen Namen für die untersten Lüfte waren *Gwilfa* oder *Fâ;* die Etymologie des letzten Wortes, heißt es, sei unbekannt. Die entsprechenden Qenya-Wörter werden im GL mit *Fâ* und *Favilna* angegeben; sie erscheinen im QL unter einer Wurzel FAGA ohne Übersetzung als bloße Entsprechung zu *Vilna.* Andere gnomische Namen sind: *gwil-,* ›segeln, fließen, fliegen‹, *gwilith,* ›Brise‹, *gwilbrin,* ›Schmetterling‹: diese entsprechen Wörtern, die im QL unter einer Wurzel GWILI stehen: *wili-,* ›segeln, fließen, fliegen‹, *wilin,* ›Vogel‹, *wilwarin,* ›Schmetterling‹. Ein weiterer Name von Manweg, dem Herrn der Winde, wird im GL mit *Famfir* angegeben.

Voronwe → *Bronweg.*

Vorotemnar Zu *voro,* ›immer‹: → *Bronweg. Temnar* muß von der Wurzel TEME, ›binden‹, stammen, von der im QL keine Ableitungen verzeichnet sind.

Wendelin Nicht im QL, doch GL hat *Gwendeling* (später in *Gwedhiling* geändert) als gnomische Entsprechung zu Qenya *Wendelin:* »Königin der Wald-Elben, Mutter von Tinúviel« (einziges Auftauchen des Namens *Tinúviel* in den Lexika). Der Name muß mit Qenya *wen,* ›Jungfrau, Mädchen‹, und den unter → *Urwen* genannten gnomischen Formen verwandt sein.

Wingildi → *Wingilot.*

Wingilot Unter der Wurzel GWINGI/GWIGI stehen im QL: *winge,* ›Schaum, Wasserschwaden‹, *wingilot,* »Schaumblüte, Earendels Boot«, und *wingild-,* ›Nymphe‹ (vgl. *Wingildi*). Zu dem Element *-lot* → *Lindelos.*

GL hat den Eintrag: »*Gwingalos* oder *Gwingli* = *Lothwinga* oder Schaumblüte, der Name von Earendels (Ioringlis) Boot«; auch *lothwing,* ›Schaumblüte‹, *gwing,* ›Wellenkamm, Gischt«, und *gwingil,* »Schaum-Jungfrau (Meerjungfrau, eine der Begleiterinnen von Uinen)«.

Wirilóme → *Gwerlum.*

Wiruin → *Gwerlum.*

Yavanna Im GL steht der Name unter der Wurzel YAVA zusammen mit *yavin,* ›trägt Frucht‹, *yáva,* ›Frucht‹, *yávan,* ›Ernte, Herbst‹. Die gnomische Form ist *Ifon, Ivon,* »besonders in den Verbindungen *Ivon Belaurin, Ivon Címir, Ivon i·Vladorwen«;* → *Kémi* → *Palúrien.*

Register

Dieses Register führt alle Begriffe und Eigennamen nebst den verworfenen Formen auf, wie sie in den »Anmerkungen« erscheinen, nicht jedoch die Stichworte *Eldar/Elben/Gnomen, Götter/Valar, Valinor, Menschen* und *Menschengeschlecht.* Es fehlen selbstverständlich Verweise auf die alphabetische Namensliste (S. 340–372). Gelegentlich wird auf Seiten verwiesen, auch wenn dort eine Person/ein Ort nicht namentlich erwähnt wird (z. B.: »Türhüter«, S. 73, findet sich unter *Rúmil*). Erzählungen, die erst im zweiten Teil der *Verschollenen Geschichten* abgedruckt werden, hier jedoch bereits erwähnt werden, sind ebenfalls aufgeführt.

Alle Erläuterungen sind so knapp wie möglich und fehlen bei Namen, die bereits im *Silmarillion* erklärt wurden.

Karen Wynn Fonstad:
Historischer Atlas von Mittelerde

Vollständig überarbeitete Ausgabe
Aus dem Englischen von Hans J. Schütz
XVIII, 203 Seiten, über 160 zweifarbige Karten, gebunden,
ISBN 3-608-93237-2

Ein umfassender Atlas, der die Entwicklung Mittelerdes bis zum Beginn des Vierten Zeitalters darstellt und neben physikalischen Übersichtskarten zahlreiche geologische Karten enthält, dazu politische Karten, Detailkarten wichtiger Regionen, Behausungen, Geländequerschnitte, Karten zu Klima- und Vegetationszonen, zu Sprachen und Bevölkerungsverschiebungen, Truppenbewegungen etc. Seit der *Historische Atlas von Mittelerde* zum erstenmal erschien, ist zusätzliches Material aus Tolkiens Nachlaß aufgetaucht. Dadurch ergaben sich vor allem für die im *Silmarillion* nur fragmentarisch dokumentierten Zeitalter vor dem Ringkrieg Erkenntnisse, die eine völlig neue kartographische Erfassung notwendig machten.

Die Ungeheuer und ihre Kritiker

Gesammelte Aufsätze. Vorwort von Christopher Tolkien.
Aus dem Englischen von Wolfgang Krege.
262 Seiten, gebunden, ISBN 3-608-95257-8

J. R. R. Tolkien war vierzig Jahre lang Professor für Alt- und Mittelenglisch in Oxford. Was er in dieser Zeit lehrte, forschte und edierte, hatte mit seinem eigenen erzählerischen Werk meistens nicht viel zu tun. Seine Geschichten erläutern oder theoretisch rechtfertigen zu wollen, lag ihm fern. Aber manche seiner Schriften, eher am Rand seiner philologischen Arbeit entstanden, gelten jenen Elementen in der Literatur, die auch in seinen Erzählungen hervorstechen. Ein Autor, der selbst Märchen geschrieben hat, der eigenhändig Engel und Ungeheuer geschaffen, der Sprachen nicht nur erforscht, sondern auch erfunden hat, wird über diese Aspekte des Phantastischen in der Literatur mehr Haltbares zu sagen haben als mancher kritische oder wissenschaftliche Parasit, der diese Szenerie überfliegt.

Klett-Cotta

FORODWAI
Carn Dûm
Eisbucht von FOROCHEL
Das Verlorene Reich von ARNOR
Hier war einst das Hexenreich von ANGMAR
Ettenöd
Evendim-Berge
Nördliche Höhen
Evendim- oder Lenulal-See
Fornost
FORLINDON
ERED LUIN
(Blaue Berge)
Fluß LHÛN (Luhn)
ERIADOR
Forlond
Graue Anfurten
Michelbinge auf den Weißen Höhen
Hobbingen
Brandywein-Brücke
Chetwald
Mückenwassermoore
Wetterberge
Wetterspitze
Trollhöhen
oder MITHEITEL
Bree
Große Oststraße
Die Letzte Brücke
Südhöhen
RHUDAUR
Westmark
weite Höhen
DAS AUENLAND
Bockland
Hügelgräberhöhen
ALTER WALD
Turmberge
Golf von LUHN
Harlond
HARLINDON
ERED LUIN
Sarn-Furt
Der Grünweg
Fl. WEISSQUELL
Fl. LAUTWASSER oder BRUINEN
Eregion (Hulsten)
Moria Tor
Fl. BARANDUIN oder BRANDYWEIN
Tharbad
Alte Südstraße
MINHIRIATH
Fluß GWATHLO oder GRAUFLUT
DUNLAND
ENEDWAITH
Nan Curunír
Isengart
Pforte von Rohan
Fluß ISEN
ERED NIMRAIS
GO
Fluß LEFNUI
PINNATH GELIN
ANFALAS (Lange Küste
N
C.J.R.T.
BUCHT VON BELFALAS
Meilen 50 100 150 200 250 300

FAUGLITH
(Ard-galen)
LOTHLANN
LADROS
Aeluin
UR-NU-FUIN
(Dorthonion)
Himring
Maedhros' Mark
Aglon-Pass
RED GORGOROTH
Dungortheb
Dor Dínen
Arossiach
HIMLAD
Iant Iaur
Kleiner Gelion
Grosser Gelion
HELEVORN-SEE
THARGELION
ELDORETH
Menegroth
Esgalduin
CELON
Nan Elmoth
ESTOLAD
WALD VON REGION
AROS
BELERIAND
GELION
DOLMED-BERG
Zwergenstrasse
Sarn Athrad
ASCAR (Rathlóriel)
ANDRAM
OSSIRIAND
THALOS
Ramdal
Amon Ereb
LEGOLIN
BRILTHOR
AUR-IM-DUINATH
DUILWEN
KARTE VON BELERIAND UND DEN LÄNDERN IM NORDEN
CJRT
TOL GALEN
ADURANT
GELION

J. R. R. TOLKIEN
DAS BUCH DER VERSCHOLLENEN GESCHICHTEN

Herausgegeben
von Christopher Tolkien
Teil 2

Aus dem Englischen übersetzt
von Hans J. Schütz

KLETT - COTTA

Klett-Cotta
Die Originalausgabe erschien unter dem Titel
»The Book of Lost Tales. Part 2«

Published by arrangement with
HarperCollins Publishers Ltd., London
Für die deutsche Ausgabe

Printed in Germany
Kassette & Einband: Dietrich Ebert, Reutlingen
Gesetzt aus der Times 10 pt von Jung Satzcentrum, Lahnau
Gedruckt und gebunden von Clausen & Bosse, Leck
ISBN 3-608-93521-5

INHALT

VORWORT

Der zweite Teil des *Buchs der Verschollenen Geschichten* ist nach denselben Prinzipien und mit denselben Absichten eingerichtet wie der erste Teil (vgl. hierzu das Vorwort zu Teil 1, S. 7ff.).

Wie schon in Teil 1 habe ich ein konsequentes System für die Aktzentsetzung bei Namen benutzt; in Fällen wie *Mim* oder *Niniel,* die durchgehend so geschrieben sind, habe ich die Formen *Mîm* und *Níniel.*

Die zwei Seiten aus den Originalmanuskripten wurden mit der Erlaubnis der Bodleian Library, Oxford, reproduziert, und ich möchte dem Department of Western Manuscripts der Bibliothek für seine Unterstützung danken. Die Originalseiten entsprechen dem abgedruckten Text wie folgt:

(1) Die Seite aus dem Manuskript der *Geschichte von Tinúviel:* Oberer Teil: gedruckter Text S. 40 (13. Zeile *»heftige Furcht«* bis Zeile 23 *»so rasch überkommt«*). Unterer Teil: gedruckter Text S. 41 (27. Zeile *»die rauhe Stimme«*) bis S. 41 (13. Zeile *»aber Tevildo«*).

(2) Die Seite aus dem Manuskript von *Der Fall von Gondolin:* Oberer Teil: gedruckter Text S. 255 (32. Zeile *»›Deshalb müssen wir nun‹, sagte Galdor«*) bis S. 255 (5. Zeile *»wenn nicht weiter«.*) Unterer Teil: gedruckter Text S. 255 (12. Zeile *»Doch die anderen, angeführt von einem gewissen Legolas Grünblatt«*) bis S. 256 (5. Zeile *»und indem er die Hauptstreitmacht folgen ließ, zog er«*).

Zu Abweichungen im gedruckten Text von der reproduzierten Seite vom *Fall von Gondolin* vgl. S. 270, Anmerkungen 34–36 und S. 272, *Bad Uthwen;* einige andere kleine Unterschiede, die in den Anmerkungen nicht erwähnt sind, gehen ebenfalls auf spätere Veränderungen in Text B der Geschichte zurück (vgl. S. 194ff.).

Diese Seiten verdeutlichen die komplizierte Textsituation der Manuskripte der *Verschollenen Geschichten,* wie sie im Vorwort zu Teil 1 beschrieben wurde.

Ich benutze die Gelegenheit, anzumerken, daß Mr. Douglas A. Anderson mich darauf hingewiesen hat, daß die in Teil 1 (S. 290) abgedruckte Fassung des Gedichtes *Warum der Mann im Mond viel zu früh herunterkam* nicht, wie angenommen, jene ist, die 1923 in *A Northern Venture* veröffentlicht wurde, sondern zahlreiche spätere Veränderungen aufweist.

I. DIE GESCHICHTE VON TINÚVIEL

Die *Geschichte von Tinúviel* wurde 1917 geschrieben, der älteste erhaltene Text jedoch ist späteren Datums. Es handelt sich um ein mit Tinte über ein ausradiertes Bleistift-Original geschriebenes Manuskript; genaugenommen scheint diese Neufassung der Tinúviel-Geschichte eines der letzten Teilstücke der *Verschollenen Geschichten* gewesen zu sein, die mein Vater vollendet hat (vgl. Teil 1, S. 285ff.).

Es existiert außerdem ein Typoskript dieser Geschichte, das zwar jünger ist als das Manuskript, aber derselben »Phase« der Mythologie angehört – mein Vater nahm das Manuskript zu Hilfe und veränderte den Text während des Abschreibens. Wesentliche Unterschiede zwischen den beiden Fassungen werden auf Seite 64ff. behandelt.

Die Geschichte trägt im Manuskript die Überschrift: »Verbindungsstück zur Geschichte von Tinúviel, auch die Geschichte von Tinúviel«. Das Verbindungsstück beginnt mit der folgenden Passage:

»Groß muß die Macht Melkos gewesen sein, Böses zu tun«, sagte Eriol, »wenn er durch seine Arglist wirklich das Glück und den Glanz der Götter und Elben zerstören, das Licht ihrer Wohnstätte verdunkeln, und all ihre Liebe zunichte machen konnte. Das war gewißlich die schlimmste Tat, die er jemals vollbracht hat.«

»Fürwahr, niemals wieder ist eine solche Untat in Valinor begangen worden«, sagte Lindo, »doch Melkos Hand hat die Dinge in der Welt zum Schlimmen gewendet, und die Samen seiner Bosheit sind seitdem zu einer großen und schrecklichen Macht herangewachsen.«

»Nein«, sagte Eriol, »dennoch kann mein Herz nicht an anderen Kummer denken als an die Zerstörung der schönsten Bäume und an die Verdunkelung der Welt.«

Diese Passage wurde durchgestrichen und findet sich nicht im Typoskript, doch taucht sie in beinahe identischer Form am Ende des Kapitels *Die Flucht der Noldoli* wieder auf (Teil 1, S. 240). Der Grund dafür ist, daß mein Vater beschlossen hatte, anstelle von *Tinúviel* die *Geschichte von Sonne und Mond* auf die Kapitel *Die Verhüllung von Valinor* und *Die Flucht der Noldoli* folgen zu lassen (vgl. Teil 1, S. 285ff., wo die schwierige Frage der Neuanordnung der Geschichten gerade an diesem Punkt erörtert wird). Die Fortsetzung des Verbindungsstückes (»In den Tagen nun, bald nachdem diese Geschichte erzählt worden war«) bezog sich, als sie niedergeschrieben wurde, auf die Geschichten *Die Verhüllung von Valinor* und *Die Flucht der Noldoli;* aber es wird nicht deutlich, auf welche von beiden, nachdem *Tinúviel* aus der ursprünglichen Anordnung herausgenommen worden war.

Die zwei Fassungen des Verbindungsstückes ähneln einander anfangs sehr, doch als Eriol von seinem vergangenen Leben erzählt, weichen sie voneinander ab. Textgrundlage für den ersten Teil ist ausschließlich das Typoskript; sobald die Abweichungen beginnen, werden beide Fassungen nacheinander wiedergegeben. Die Erörterung der Geschichte von Eriols Leben findet sich in Kapitel VI.

In den Tagen nun, bald nachdem diese Geschichte erzählt worden war, seht, da näherte sich der Winter dem Lande von Tol Eressea, denn inzwischen hatte Eriol, dem seine Wanderlust aus dem Sinn gekommen war, geraume Zeit im alten Kortirion gewohnt. Niemals in diesen Monaten begab er sich über das wohlbestellte Ackerland hinaus, das außerhalb der grauen Mauern dieser Stadt lag, doch manch eine Halle der Sippen der Inwir und der Teleri empfing ihn als frohen Gast, und er wurde immer vertrauter mit der Sprache der Elben, und sein Wissen um ihre Gebräuche, ihre Geschichten und Lieder vertiefte sich.

Dann war plötzlich der Winter über die Einsame Insel hereingebrochen, und die Wiesen und Gärten hüllten sich in funkelnden Schnee; ihre Springbrunnen waren versiegt, all ihre blattlosen Bäume standen stumm, und die ferne Sonne glänzte trübe im Nebel oder zersplitterte auf den Kristallflächen langer Eiszapfen. Noch immer brach Eriol nicht auf, sondern sah dem kalten Mond zu, der aus den frostigen Himmeln auf Mar Vanwa Tyaliéva herabblickte, und wenn die Sterne über den Dächern blau aufschimmerten, lauschte er, doch nun vernahm er nicht den Klang von Timpinens Flöte; dieser

Kobold nämlich lebt vom Hauch des Sommers, und bevor die geheime Ahnung des Herbstes die Lüfte erfüllt, besteigt er sein graues Zauberboot, und die Schwalben entführen ihn in die Ferne.

Gleichwohl erfuhr Eriol Lachen und Fröhlichkeit und auch Musik und Gesang in den Häusern von Kortirion – selbst Eriol, der Wanderer, dessen Herz vorher keine Ruhe gekannt hatte.

So kam nun ein grauer Tag und ein fahler Nachmittag, doch drinnen waren Feuerschein und behagliche Wärme, Tanz und Lärm fröhlicher Kinder, denn Eriol spielte mit den Jungen und Mädchen in der Halle des Wiedergefundenen Spiels ein großes Spiel. Schließlich, durch ihr Herumtollen ermüdet, warfen sie sich auf die Teppiche vor der Feuerstelle nieder, und eines der Kinder, ein kleines Mädchen, sagte: »Erzähl mir, O Eriol, eine Geschichte!«

»Was soll ich denn erzählen, O Veanne?« sagte er, und sie, seine Knie umfassend, erwiderte: »Eine Geschichte von Menschen und von Kindern in den Großen Landen oder von deiner Heimat – und hattest du dort einen ebensolchen Garten wie wir, mit Mohnblumen und Stiefmütterchen, wie sie in meinem Gartenwinkel an der Laube der Drosseln wachsen?«

Es folgt nun die Manuskript-Fassung des restlichen Verbindungsstücks:

Da erzählte ihr Eriol von seiner Heimat, einer alten Stadt der Menschen, umgürtet mit einer Mauer, die nun zerbröckelt und verfallen war, vom nahen Fluß, über dem eine Burg mit einem großen Turm thronte. »Ein sehr hoher Turm, wahrlich«, sagte er, »und der Mond mußte hoch klettern, ehe sich sein Antlitz über ihn erhob.« – »War er denn so hoch wie Ingils Tirin?« fragte Veanne, doch Eriol antwortete, das könne er nicht sagen, denn viele, viele Jahre seien verflossen, seit er die Burg und ihren Turm zum letzten Mal gesehen habe. »Ich habe nämlich, O Veanne«, sagte er, »nur kurze Zeit dort gewohnt, nur bis zum Knabenalter. Mein Vater entstammte einem Küstenvolk, und die Liebe zum Meer, das ich nie gesehen hatte, lag mir im Blut, und mein Vater nährte diese Sehnsucht, denn er erzählte mir Geschichten, die sein Vater ihm einst erzählt hatte. Nun fügte es sich, daß meine Mutter bei einer grausamen Belagerung jener alten Stadt Hungers starb und mein Vater im bitteren Kampf auf den Mauern fiel, und ich, Eriol, am Ende zu den Gestaden des Westlichen Meeres entkam; und so habe ich seit jenen fernen Tagen meist auf den Wellen des Meeres oder an seinem Rande gelebt.«

Trauer erfüllte nun die Kinder ringsum wegen des Leides, das die Bewohner der Großen Lande befiel, und wegen Krieg und Tod, und Veanne, sich an Eriol klammernd, sagte: »O Melinon, zieh niemals in einen Krieg – oder hast du es schon einmal getan?«

»Ja, oft genug«, erwiderte Eriol, »doch waren es nicht die großen Kriege irdischer Könige und mächtiger Staaten, die grausam und bitter sind und die viele schöne Länder und liebliche Dinge, selbst Frauen und unschuldige kleine Mädchen wie dich, Veanne Melinir, zugrunde richten; doch ritterliche Kämpfe habe ich gesehen, bei denen kleine Scharen tapferer Männer zuweilen aufeinandertreffen und die Klingen kreuzen. Aber, ach, warum sprechen wir von diesen Dingen, meine Kleine; möchtest du nicht lieber etwas über meine ersten Abenteuer auf dem Meer erfahren?«

Da wurden sie alle sehr neugierig auf seine Geschichte, und er erzählte ihnen von seinen Streifzügen durch die westlichen Häfen, von den Gefährten, die er gefunden hatte, von den Ankerplätzen, die er kannte, von seinem Schiffbruch auf fernen westlichen Inseln, wo er schließlich auf einer einsamen Insel einem uralten Seemann begegnete, der ihm Obdach gab und ihm am Feuer in seiner abgelegenen Hütte sonderbare Geschichten erzählte von Dingen jenseits der Westlichen Meere, von den Zauberinseln und von jener einen, die in letzter Einsamkeit hinter ihnen lag. Vor langer Zeit habe er sie einmal in weiter Ferne aufschimmern sehen und sie später lange, lange vergeblich gesucht.

»Danach«, fuhr Eriol fort, »war meine Neugier nach den westlichen Inseln geweckt, und um so unermüdlicher befuhr ich das Meer auf der Suche nach mehr Geschichten dieser Art, und so fügte es sich tatsächlich, daß ich am Ende nach vielen großen Reisen, dank des Segens der Götter, nach Tol Eressea gelangte – und darum sitze ich nun hier und spreche zu dir, Veanne, bis mir die Kehle trocken geworden ist.«

Trotzdem bat ihn ein Junge, Ausir, mehr von Schiffen und von dem Meer zu erzählen, aber Eriol sagte: »Nein – jedoch es bleibt noch Zeit, bevor Ilfiniol den Gong zum Abendessen schlägt. So soll denn eines von euch Kindern mir eine Geschichte erzählen, die ihr gehört habt.« Da setzte sich Veanne auf, klatschte in die Hände und sagte: »Ich werde dir die Geschichte von Tinúviel erzählen.«

Die Typoskript-Fassung dieser Passage lautet wie folgt:

Da erzählte Eriol von seiner einstigen Heimat, einer uralten Stadt der Menschen, umgürtet von einer Mauer, die nun zerbröckelt und verfallen war, denn das Volk, das dort wohnte, hatte lange Zeit Reichtum und unbeschwerten Frieden gekannt. Ein Fluß strömte dort vorbei, über dem eine Burg mit einem gewaltigen Turm thronte. »Dort wohnte ein mächtiger Herzog«, sagte er, »und wenn er von seinen höchsten Zinnen Ausschau hielt, konnte er doch nie die Grenzen seines ausgedehnten Besitzes erkennen, ausgenommen im Osten, wo in der Ferne die blauen Schemen der großen Gebirge lagen – dieser Turm indes galt als der höchste, den es in den Ländern der Menschen gab.« – »War er so hoch wie der Tirin des mächtigen Ingil?« fragte Veanne. Doch Eriol sagte: »Es war wahrlich ein sehr hoher Turm, und der Mond mußte hoch klettern, ehe sein Antlitz sich über ihn erhob, doch vermag ich nicht zu sagen, O Veanne, wie hoch er war, denn es ist viele Jahre her, seit ich diese Burg und ihren hohen Turm zum letzten Mal gesehen habe. Der Krieg brach plötzlich über diese Stadt und ihren traulichen Frieden herein, und ihre brüchigen Mauern konnten dem Angriff der wilden Menschen aus den Gebirgen des Ostens nicht standhalten. Dort, bei dieser grausamen Belagerung, ging meine Mutter am Hunger zugrunde, und mein Vater, erbittert auf den Mauern kämpfend, fand im letzten Gefecht den Tod. In jenen Tagen war ich ein Knabe und noch nicht kriegstüchtig, und so wurde ich zu einem Sklaven gemacht.

Wisset denn, daß mein Vater einem Küstenvolk entstammte, ehe er in jene Stadt verschlagen wurde, und die Sehnsucht nach dem Meer, das ich nie gesehen hatte, lag mir im Blut; oft hatte mein Vater sie genährt, indem er mir Geschichten von der großen See erzählte oder die Kunde beschwor, die er vor Zeiten von seinem Vater gelernt hatte. Ich will nicht von der Mühsal erzählen, die ich danach in der Sklaverei erlitt, denn am Ende brach ich meine Ketten und entkam ans Gestade des Westlichen Meeres – und seit jenen fernen Tagen habe ich meist auf den Wellen des Meeres oder an seinem Rande gelebt.«

Als sie nun von den Leiden erfuhren, von Krieg und Tod, welche die Bewohner der Großen Lande befielen, waren die Kinder von Trauer erfüllt, und Veanne, sich an Eriol klammernd, sagte: »O Melinon, zieh niemals in einen Krieg – oder hast du es schon einmal getan?«

»Ja, oft genug«, erwiderte Eriol, »doch waren es nicht die großen Kriege irdischer Könige und mächtiger Staaten, die grausam und bitter sind, und die alles zugrunde richten, die Schönheit der Erde und die der lieblichen Dinge, welche die Menschen in Zeiten des Friedens mit ihren Händen bilden – ach, sie verschonen weder liebliche Frauen noch zarte Mädchen, wie du eines bist, Veanne Melinir, denn dann sind die Männer trunken vor Zorn und Blutgier, und Melko treibt sein Unwesen. Doch ritterliche Kämpfe habe ich gesehen, bei denen tapfere Männer zuweilen aufeinandertreffen und die Klingen kreuzen, und wo die Stärke des Leibes und des Herzens sich beweisen – aber, ach, warum sprechen wir von diesen Dingen, meine Kleine; möchtest du nicht lieber etwas über meine Abenteuer auf dem Meer erfahren?«

Da wurden sie alle sehr neugierig auf seine Geschichte, und Eriol erzählte ihnen von seinen ersten Streifzügen durch die westlichen

Häfen, von den Gefährten, die er gefunden hatte, und von den Ankerplätzen, die er kannte; er erzählte, wie er einmal auf fernen westlichen Inseln Schiffbruch erlitten und dort auf einem einsamen Inselchen einen uralten Seemann getroffen habe, der für sich allein in einer Hütte am Gestade wohnte, die er sich aus den Trümmern seines Bootes erbaut hatte. »Er wußte mehr über die Geheimnisse des Meeres«, sagte Eriol, »als jeder andere, dem ich begegnet bin, und vieles in seinem Wissen grenzte an Zauberei. Sonderbare Dinge erzählte er mir von den Gefilden weit jenseits des Westlichen Meeres, von den Zauberinseln und von jener einen, die in letzter Einsamkeit hinter ihnen lag. Einmal vor langer Zeit, sagte er, habe er sie erspäht, in weiter Ferne aufschimmernd, und sie später lange, lange vergeblich gesucht. Reiches Wissen teilte er mir mit über die verborgenen Meere und die dunklen, unbefahrenen Wasser, und ohne dieses Wissen hätte ich dies lieblichste aller Länder oder diese trauliche Stadt oder die Hütte des Vergessenen Spiels nie gefunden – doch es bedurfte noch einer langen und bitteren Suche und manch einer mühseligen Reise, bis ich am Ende, dank des Segens der Götter, nach Tol Eressea gelangte – und darum sitze ich nun hier und spreche zu dir, Veanne, bis die Kehle mir trocken geworden ist.«

Trotzdem bat ihn ein Junge, Ausir, mehr von Schiffen und dem Meer zu erzählen, und er sagte: »Wußtest du denn nicht, O Eriol, daß dieser uralte Seemann am einsamen Gestade kein anderer war als Ulmo selbst, der Reisenden, die er liebt, nicht selten in dieser Gestalt erscheint? Wer aber mit Ulmo gesprochen hat, weiß manche Geschichte zu erzählen, die selbst in den Ohren derer, die hier in Kortirion wohnen, nicht langweilig klingt.« Doch zu dieser Zeit schenkte Eriol Ausirs Worten keinen Glauben und sagte: »Nein, vergeltet mir meine Geschichte, bevor Ilfrin den Gong zum Abendessen schlägt – einer von euch soll mir eine Geschichte erzählen, die ihr gehört habt.«

Da setzte sich Veanne auf, klatschte in ihre Hände und rief: »Ich werde dir die Geschichte von Tinúviel erzählen.«

Die Geschichte von Tinúviel

Hier folgt nun der Text der *Geschichte von Tinúviel,* wie er im Manuskript erscheint. Das Verbindungsstück ist nicht eigens gekennzeichnet und von der Geschichte selbst in keiner Form abgetrennt. Veanne beginnt ohne Einleitung.

»Wer war Tinúviel?« fragte Eriol. »Weißt du es nicht?« sagte Ausir. »Tinúviel war die Tochter von Tinwe Linto.« – »Tinwelint«, verbesserte Veanne, doch Ausir sagte: »Das gilt gleich, doch die Elben in diesem Haus, welche die Geschichte lieben, nennen ihn Tinwe Linto, obgleich Vaire gesagt hat, daß er bloß Tinwe mit richtigem Namen hieß, bevor er in die Wälder wanderte.«

»Sei still, Ausir«, sagte Veanne, »denn es ist meine Geschichte, und ich werde sie Eriol erzählen. Habe ich nicht einst Gwendeling und Tinúviel mit meinen eigenen Augen gesehen, als ich in längst vergangenen Tagen über den Pfad der Träume wanderte?«[1]

»Wie sah die Königin Wendelin aus (denn so nannten sie die Elben)[2], O Veanne, als du sie gesehen hast?« fragte Ausir.

»Schlank und mit sehr dunklem Haar«, sagte Veanne, »und ihre Haut war weiß und matt, doch ihre Augen leuchteten und verrieten Tiefe, und sie war in hauchdünne allerliebste Gewänder gekleidet, doch sie waren schwarz, von Spangen aus schwarzem Jett und einem silbernen Gürtel gehalten. Wann immer sie sang oder tanzte, stahlen sich Träume und Schläfrigkeit in deinen Kopf und machten ihn schwer. Sie war in der Tat eine Fee, die aus Lóriens Gärten entschlüpfte, bevor noch Kôr erbaut wurde, und sie schweifte durch die waldigen Flecken der Welt, und Nachtigallen folgten ihr und umgaben sie oft mit ihrem Gesang. Es war der Gesang dieser Vögel, der die Ohren Tinwelints betörte, Anführer jenes Stammes der Eldar, die später die Solosimpi wurden, die Flötenspieler des Küstenlandes, als er mit seinen Gefährten von Palisor hinter dem Pferd Oromes herzog. Ilúvatar hat die Gabe der Musik in die Herzen aller gepflanzt, die zu diesem Stamm gehören – so sagt Vaire, die ihm angehört –, und diese Gabe erblühte später aufs Wunderbarste, doch in jenem Augenblick war die Musik der Nachtigallen Gwendelings die allerschönste Musik, die Tinwelint jemals gehört hatte, und so wich er für einen Augenblick bloß, wie er dachte, vom Wege ab, um zwischen den dunklen Bäumen zu forschen, woher diese Musik wohl kommen mochte.

Und es heißt, daß es nicht nur Augenblicke waren, die er lauschte, sondern viele Jahre, und vergeblich suchte ihn sein Volk, bis es endlich Orome folgte und weit fortgetragen wurde nach Tol Eressea; und so sah er es niemals wieder. Doch nach einer Weile, die ihm kurz erschien, stieß er auf Gwendeling, die auf einem Bett von Blättern lag, zu den Sternen über ihr hinaufschaute und ebenfalls ihren Vögeln lauschte. Nun schritt Tinwelint leise zu ihr, beugte sich über sie und schaute sie an. ›Fürwahr‹, dachte er, ›hier liegt ein Geschöpf, das anmutiger ist als selbst die schönste Frau meines Volkes‹ – denn tatsächlich war Gwendeling keine der Elben und keine Frau, sondern eines der Kinder der Götter; und als er sich tiefer beugte, um eine Flechte ihres Haares zu berühren, zertrat er mit seinem Fuß einen Zweig. Da war Gwendeling mit einem leisen Lachen auf und davon, manchmal in der Ferne singend oder immer vor ihm hertanzend, bis ihn wie eine Ohnmacht ein angenehmer Schlummer überkam, er mit dem Gesicht nach unten zwischen die Bäume sank und lange, lange Zeit schlief.

Als er nun erwachte, dachte er nicht mehr an sein Volk (und das wäre in der Tat müßig gewesen, denn längst hatte es inzwischen Valinor erreicht), sondern es verlangte ihn nur noch nach dem Geschöpf des Zwielichts; Gwendeling war freilich nicht weit, denn sie war in seiner Nähe geblieben und hatte über ihn gewacht. Wie ihre Geschichte weiterging, weiß ich nicht, O Eriol, außer, daß sie am Ende seine Gemahlin wurde, denn Tinwelint und Gwendeling waren lange Zeit König und Königin der Verschollenen Elben von Artanor oder dem Jenseitsland, wie man hier sagt.

Lange, lange später brach Melko, wie du weißt, von Valinor wieder in die Welt ein, und alle Eldar machte er sich als Sklaven untertan; jene, die im Dunkel zurückblieben oder auf dem Marsch von Palisor verschollen, und auch jene Noldoli, die ihm auf der Suche nach ihrem geraubten Schatz in die Welt folgten. Doch es wird erzählt, daß es viele gab, die entkamen und in den Wäldern und Ödlanden umherwanderten, und von diesen Sippen der Wildnis und des Waldes schloß sich manche König Tinwelint an. Die meisten von ihnen waren Ilkorindi – was heißt, daß es Eldar waren, die niemals Valinor oder die Zwei Bäume geschaut oder in Kôr gewohnt hatten –, und sie waren unheimliche und sonderbare Wesen, die wenig wußten von Licht und Schönheit und Musik, sondern nur dunkle Weisen und wundersam rauhe Gesänge kannten, die in den Waldgewölben verklangen oder in tiefen Höhlen widerhallten. Anders wurden sie freilich, als die Sonne sich erhob, und schon vorher hatten sich viele wandernde Gnomen zu ihnen gesellt, und auch schweifende Kobolde aus Lóriens Scharen wohnten in den Höfen von Tinwelint und gehörten zum Gefolge Gwendelings, und diese gehörten nicht zu den Geschlechtern der Eldalie.

Nun wohnte Tinwelint in den Tagen des Sonnenlichtes und des Mondscheins noch immer in Artanor, und weder er selbst noch die Mehrzahl seines Volkes zogen in die Schlacht der Ungezählten Tränen, obgleich diese Geschichte nicht hierher gehört. Doch nach jener unglücklichen Schlacht vergrößerte sich seine Herrschaft beträchtlich durch die Flüchtlinge, die unter seinem Dache Schutz suchten. Verborgen den Augen und Gedanken Melkos blieb seine Behausung durch die Zauber von Gwendeling, der Fee, und sie umgab die Pfade, die dorthin führten, mit einem Zauber, so daß niemand außer den Eldar ihnen leicht folgen konnte, und der König vor jeder Gefahr, außer durch Verrat, sicher war. Seine Hallen wurden nun in einer tiefen Höhle von gewaltigem Ausmaß errichtet, und sie waren gleichwohl eine königliche und schöne Wohnstatt. Diese Höhle war im Herzen des gewaltigen Waldes von Artanor gelegen, dem größten aller Wälder, und ein Fluß floß vor ihren Toren, und niemand konnte sie durchschreiten, der nicht den Fluß überquerte, den eine schmale und streng bewachte Brücke überspannte. Dieser Ort war frei vom Bösen, obgleich die Eisenberge nicht allzu weit entfernt waren, hinter denen Hisilóme lag, wo Menschen lebten und versklavte Noldoli arbeiteten, und wohin wenig freie Eldar gingen.

Nun höre, ich will dir von Dingen berichten, die sich nach dem Aufgang der Sonne tatsächlich in den Hallen Tinwelints zutrugen, doch lange bevor die unvergessene Schlacht der Ungezählten Tränen geschlagen wurde. Und weder hatte Melko seine Pläne vollendet noch seine ganze Macht und Grausamkeit enthüllt.

Damals hatte Tinwelint zwei Kinder, Dairon und Tinúviel, und Tinúviel war ein Mädchen, das schönste aller Mädchen der verschollenen Elben, und, fürwahr, wenige sind so schön gewesen, denn Tinúviels Mutter war eine Fee, eine Tochter der Götter; Dairon hingegen war damals ein kräftiger, fröhlicher Junge, der es über alles liebte, auf einer Flöte aus Rohr oder auf anderen Instrumenten des Waldes zu spielen, und er wird heute zu den drei berühmtesten Zaubermusikanten der Elben gezählt; und die beiden anderen sind Zwitschervogel und Iváre, der am Gestade des Meeres spielt. Tinúviels höchste Freude war dagegen der Tanz, und an Anmut und Feinheit ihrer huschenden Füße kam ihr niemand gleich.

Es gab nun für Dairon und Tinúviel kein größeres Entzücken, als den Höhlen-Palast ihres Vaters Tinwelint zu verlassen und gemeinsam lange Zeiten unter den Bäumen zuzubringen. Dort saß Darion oft auf einem Grasbüschel oder einer Baumwurzel und musizierte, während Tinúviel dazu tanzte, und wenn sie zur Musik Dairons tanzte, war sie anmutiger als Gwendeling und zauberischer als Zwitschervogel unter dem Mond, und ein solch federleichter Tanz war vielleicht nur in den Rosengärten Valinors zu sehen, wo Nessa auf dem immergrünen Rasen tanzt.

Selbst zur Nacht, im bleichen Schein des Mondes, spielten und tanzten sie immerfort, ohne sich zu fürchten, wie ich es getan hätte, denn die Herrschaft Tinwelints und Gwendelings hielt das Böse von den Wäldern fern, Melko beunruhigte sie noch nicht, und die Menschen waren jenseits der Berge eingeschlossen.

Der Platz nun, den sie am meisten liebten, war ein schattiger Fleck, wo Ulmen und auch Buchen wuchsen, doch sie waren nicht sehr hoch, und auch einige weißblühende Kastanien standen dort, der Grund jedoch war feucht, und unter den Bäumen wucherte üppig und dicht ein Nest von Schierling. Dort spielten sie an einem Tag im Juni, und die weißen Dolden des Schierlings schwebten wie eine Wolke um die Baumstämme. Dort tanzte Tinúviel, bis spät der Abend schwand und viele weiße Nachtfalter sie umflatterten. Tinúviel, die ein Feengeschöpf war, beachtete sie nicht, wie es viele der Kinder der Menschen tun, wenngleich sie Käfer nicht liebte, und wegen Ungweliante wird kein Eldar eine Spinne berühren – doch jetzt schwirrten die weißen Nachtfalter um ihren Kopf, und Dairon trillerte eine geisterhafte Weise, als sich plötzlich etwas Merkwürdiges ereignete.

Nie habe ich erzählen hören, wie Beren über die Berge an diesen Fleck kam; doch war er tapferer als die meisten, wie du noch hören wirst, und vielleicht war es bloß die Wanderlust, die ihn die Schrekken der Eisenberge überwinden ließ, bis er das Jenseitsland erreichte.

Beren nun war ein Gnom, Sohn von Egnor, dem Waldläufer, der an den dunkleren Plätzen[3] im Norden von Hisilóme jagte. Furcht und Argwohn herrschten zwischen den Eldar und denen ihres Geschlechtes, welche die Sklaverei Melkos erlitten hatten, und so rächten sich die Untaten der Gnomen am Schwanenhafen. Nun verbreiteten sich die Lügen Melkos unter Berens Volk, so daß man den verborgenen Elben böse Dinge zutraute; doch jetzt erblickte er Tinúviel, die im Zwielicht tanzte, gekleidet in ein silbrig perlendes Gewand, und ihre nackten Füße huschten zwischen den Stengeln des Schierlings umher. Da fragte Beren nicht, ob sie eine Vala, eine Elbin oder ein Kind der Menschen war, sondern er kroch näher, um sie zu sehen; und er lehnte sich gegen eine junge Ulme, die auf einem Hügel wuchs, damit er in die kleine Lichtung hinabblicken konnte, wo sie tanzte, denn die Verzauberung machte ihn schwach. Sie war so schlank und so lieblich, daß er schließlich, um besser sehen zu können, schutzlos und offen dastand, und in diesem Augenblick fiel das volle Mondlicht strahlend durch die Zweige, und Dairon erblickte Berens Gesicht. Mit einem Blick erkannte er, daß Beren nicht dem Elbenvolk entstammte, und weil alle Wald-Elben die Gnomen von Dor Lómin für heimtückische, grausame und treulose Geschöpfe hielten, ließ er sein Instrument fallen und rief: ›Fliehe, fliehe, O Tinúviel, ein Feind geht in diesem Walde um!‹ Und schon war er zwischen den Bäumen verschwunden. In ihrer Verwirrung folgte ihm Tinúviel nicht sogleich, denn sie verstand seine Worte nicht so rasch, und da sie wußte, daß sie nicht ebenso schnell laufen oder springen konnte wie ihr Bruder, ließ sie sich geschwind zwischen die weißen Schierlingspflanzen zu Boden sinken und verbarg sich unter einer besonders großen Pflanze mit vielen ausladenden Blättern; und dort lag sie und sah in ihrem weißen Gewand wie ein Flecken von Mondlicht aus, das schimmernd durch die Zweige auf den Boden fiel.

Da war Beren betrübt, denn er fühlte sich einsam, und er war traurig, daß er sie erschreckt hatte, und er hielt überall nach Tinúviel Ausschau, weil er nicht glaubte, daß sie entflohen war. So kam es, daß er plötzlich seine Hand auf ihren schlanken Arm zwischen den Blättern legte, und mit einem Aufschrei schreckte sie hoch und entfloh ihm, so schnell sie es in dem ungewissen Licht zwischen den Baumstämmen und Schierlingstengeln vermochte. Die zarte Berührung ihres Armes hatte Beren nur noch begieriger gemacht, sie zu finden, und er folgte ihr eilig, doch nicht schnell genug, denn am Ende entkam sie ihm und gelangte furchterfüllt zur Wohnung ihres Vaters; und noch viele Tage danach tanzte sie nicht mehr allein in den Wäldern.

Das war ein großer Kummer für Beren, der diesen Ort nicht verlassen mochte, weil er hoffte, dieses schöne Elbenmädchen noch einmal tanzen zu sehen, und auf der Suche nach Tinúviel durchstreifte er die wilden und einsamen Wälder Tag für Tag. Er suchte sie, wenn der Tag anbrach und in der Abenddämmerung, doch er war immer am hoffnungsvollsten, wenn hell der Mond schien. Endlich erspähte er eines Nachts in weiter Ferne ein Flirren, und, siehe, es war Tinúviel, die auf einer kleinen, baumlosen Anhöhe tanzte, und Dairon war nicht bei ihr. Später kam sie immer öfter dorthin, sang und tanzte für sich allein, und zuweilen war Dairon in der Nähe, und dann schaute Beren vom entfernten Waldrande zu, und wenn er manchmal nicht bei ihr war, schlich Beren sich näher heran. In Wirklichkeit wußte Tinúviel längst um sein Kommen, ohne es zu zeigen, und längst war ihre Furcht verschwunden, nachdem sie im Mondlicht das sehnsüchtige Verlangen auf seinem Gesicht gesehen hatte; und sie sah auch, daß Beren guten Herzens war und ihren schönen Tanz liebte.

Darauf begann Beren ihr heimlich durch die Wälder bis zum Kopf der Brücke und zum Höhleneingang zu folgen, und wenn sie hineingegangen war, rief er leise und klagend über den Fluß: ›Tinúviel‹, denn diesen Namen hatte er von Dairons Lippen gehört; und er wußte nicht, daß Tinúviel oft lauschend im Schatten der Höhleneingänge stand und leise lachte oder lächelte. Eines Tages schließlich, als sie allein tanzte, trat er, kühner geworden, vor sie hin und sagte: ›Tinúviel, lehre mich zu tanzen.‹ – ›Wer bist du?‹ fragte sie. ›Beren. Ich bin über die Rauhen Berge gekommen.‹ – ›Wenn du also tanzen willst, so folge mir‹, sagte das Mädchen und tanzte vor Beren dahin und in die Wälder hinein, behende, und doch nicht so rasch, daß er nicht folgen konnte, und von Zeit zu Zeit blickte sie sich nach ihm um, der ihr nachstolperte, lachte und sagte: ›Tanze, Beren, tanze! So wie man hinter den Rauhen Bergen tanzt!‹ Auf diese Weise kamen sie über verschlungene Pfade zur Wohnung von Tinwelint, und Tinúviel lockte Beren über den Fluß, und staunend folgte er ihr hinunter in die Höhle und in die tiefen Hallen ihres Heims.

Als Beren sich aber vor dem König befand, war er beschämt, und die Erhabenheit der Königin Gwendeling erfüllte ihn mit großer Scheu, und als gar der König zu ihm sagte: ›Wer bist du, daß du ungebeten in meine Hallen stolperst?‹, wußte er nichts zu erwidern. Darum antwortete Tinúviel für ihn und sagte: ›Dies, mein Vater, ist Beren, ein Wanderer, der über die Berge gekommen ist, und er möchte lernen zu tanzen, wie die Elben von Artanor tanzen.‹ Und sie lachte, der König jedoch runzelte die Stirn, als er hörte, woher Beren kam, und er sagte: ›Spare dir deine leichtfertigen Worte, mein Kind, und sage mir, ob dieser wilde Elb aus den Schatten versucht hat, dir ein Leid zu tun?‹

›Nein, Vater‹, gab sie zur Antwort, ›und ich glaube, daß sein Herz nicht einen bösen Gedanken hegt, und wenn du nicht willst, daß deine Tochter weint, so sei nicht zu rauh zu ihm, denn meinen Tanz hat er mehr bewundert als jeder andere, den ich gekannt habe.‹ Darum sprach Tinwelint nun: ›O Beren, Sohn der Noldoli, was begehrst du von den Elben des Waldes, bevor du wieder dorthin zurückkehrst, von wo du gekommen bist?‹

So groß war der Jubel in Berens verwirrtem Herzen, als Tinúviel vor ihrem Vater für ihn sprach, daß sein Mut sich erhob und sein Abenteuergeist, der ihn von Hisilóme über die Eisenberge getragen hatte, wieder erwachte, und er schaute Tinúviel kühn ins Angesicht und sagte: ›Nun, wohl, O König, ich begehre deine Tochter Tinúviel, denn sie ist das schönste und lieblichste Mädchen, das ich je gesehen oder von dem ich geträumt habe.‹

Darob breitete sich Schweigen in der Halle aus, bloß Dairon lachte, und alle, die Berens Worte vernahmen, waren erstaunt, jedoch Tinúviel schlug die Augen nieder, und der König brach beim Anblick des verwilderten und zerlumpten Beren ebenfalls in Gelächter aus, worauf Beren die Schamröte ins Gesicht stieg und Tinúviels Herz um seinetwillen schwer wurde. ›Wohlan! Meine Tochter Tinúviel, das schönste Mädchen der Welt, heiraten und ein Prinz der Wald-Elben werden zu wollen – das zu begehren, ist für einen Fremden gewißlich ein wenig vermessen‹, sagte Tinwelint. ›Vielleicht darf auch ich etwas als Gegenleistung erbitten. Es soll nichts Großes sein, ein Zeichen nur deiner Wertschätzung. Bringe mir einen Silmaril aus Melkos Krone, und an diesem Tag wird Tinúviel, wenn sie will, deine Gemahlin werden.‹

Da wußten alle, die dort versammelt waren, daß der König aus Geringschätzung gegen den Gnomen das Ganze als groben Scherz ansah, und sie lächelten, weil der Ruhm von Feanors Silmaril inzwischen über die ganze Welt verbreitet war, und die Noldoli hatten Geschichten von ihnen erzählt, und viele, die aus Angamandi entflohen waren, hatten sie in Melkos eiserner Krone strahlend leuchten sehen. Niemals verließ diese Krone sein Haupt, und er hütete diese Gemmen wie seine Augäpfel, und nicht einer auf der Welt, ob Fee, Elb oder Mensch, durfte hoffen, jemals auch nur den Finger auf sie zu legen und am Leben zu bleiben. Das, in der Tat, wußte auch Beren, er erriet, was das spöttische Lächeln zu bedeuten hatte, und zornentflammt rief er aus: ›Nein, das wäre ein zu geringes Geschenk für den Vater einer so lieblichen Braut. Sonderbar indessen und ähnlich den rauhen Gesetzen des Menschenvolks erscheinen mir die Bräuche der Wald-Elben. Wie sonst könntest du ungebeten das Brautgeschenk bestimmen? Doch höre: Ich, Beren, ein Jäger der Noldoli,[4] werde dir deinen kleinen Wunsch erfüllen!‹ Und mit diesen Worten stürmte er aus der Halle, während alle erstaunt dastanden; doch Tinúviel weinte plötzlich. ›Das war böse gehandelt, mein Vater‹, rief sie, ›jemanden durch deinen schäbigen Spott in den Tod zu schicken – jetzt nämlich, glaube ich, wird er, durch den Hohn rasend gemacht, die Tat zu vollbringen suchen, Melko wird ihn töten, und niemals wieder wird jemand mit solcher Liebe meinem Tanz zusehen.‹

Darauf sagte der König: ›Er wird nicht der erste der Gnomen sein, die Melko mit weniger Grund getötet hat. Mag er froh sein, daß er nicht hier liegt, durch schmerzhaften Zauber gefesselt, weil er in meine Hallen eingedrungen ist und unverschämte Worte gesprochen hat.‹ Gwendeling jedoch sagte nichts, weder tadelte sie Tinúviel, noch fragte sie nach dem Grund ihrer plötzlichen Tränen um diesen unbekannten Wanderer.

Beren jedoch, Tinwelint und seinen Hallen den Rücken kehrend, wurde von seinem Zorn weit durch die Wälder getrieben, bis er sich den flacheren Hügeln und baumlosen Landen näherte, die drohend die Nähe der öden Eisenberge ankündigten. Erst jetzt spürte er seine Müdigkeit und unterbrach seinen Marsch, und danach begannen die größeren Mühsale. Nächte kamen, voll tiefer Mutlosigkeit, und keinerlei Hoffnung sah er auf seiner Fahrt, und, wahrlich, es gab nur wenig Hoffnung, und bald, als er den Eisenbergen folgte, bis er sich den schrecklichen Gefilden von Melkos Behausung näherte, ergriffen ihn die größten Ängste. An diesen Orten lauerten viele giftige Schlangen, Wölfe streiften umher, und noch entsetzlicher waren die streunenden Scharen von Kobolden und Orks – widerwärtige Ausgeburten Melkos, immer unterwegs, Melkos schmutzige Arbeit zu verrichten, Tieren, Elben und Menschen nachstellend, die sie packten und vor ihren Herrn schleppten.

Viele Male war Beren nahe daran, von Orks gefangen zu werden, und einmal entging er den Fängen eines großen Wolfes erst nach einem Kampf, in dem er nur mit einer Keule aus Eschenholz bewaffnet war; und an jedem Tage seiner Wanderung nach Angamandi erfuhr er neue Gefahren und Abenteuer. Auch Hunger und Durst plagten ihn oftmals, und nicht selten dachte er daran, umzukehren, wäre dies nicht ebenso gefährlich gewesen, wie weiterzumarschieren; aber die Stimme Tinúviels, die bei Tinwelint für ihn bat, widerhallte in seinem Herzen, und des Nachts wollte es ihm scheinen, als höre sein Herz sie zuweilen leise weinen, weit entfernt in den Wäldern ihrer Heimat: – und so war es auch wirklich.

Eines Tages trieb ihn der Hunger, in einem verlassenen Lager der Orks nach Speiseresten zu stöbern, doch einige von ihnen kehrten unbemerkt zurück und nahmen ihn gefangen, und sie folterten ihn, töteten ihn jedoch nicht, denn ihr Anführer, der Berens Körperkraft erkannte trotz der Entbehrungen, die ihn zeichneten, dachte, daß Melko vielleicht erfreut sein würde, wenn man Beren zu ihm brächte und er ihm schwere Sklavenarbeit in seinen Gruben oder Schmieden auferlegen könnte. So kam es denn, daß Beren vor Melko geschleppt wurde; trotzdem trug er in sich ein standhaftes Herz, denn in dem Geschlecht seines Vaters glaubte man, die Macht Melkos könne nicht ewig währen, sondern vielmehr würden die Valar am Ende den Tränen der Noldoli Gehör schenken, sich erheben, Melko in Ketten legen und Valinor ein zweites Mal den erschöpften Elben öffnen, auf daß wieder große Freude auf der Erde einkehren werde.

Melko hingegen blickte voll Zorn auf ihn und begehrte zu wissen, wie ein Gnom, nach seinem Willen ein Sklave von Geburt an, es wagen könne, ohne Erlaubnis in die Wälder zu ziehen, doch Beren erwiderte, er sei kein Entlaufener, sondern entstamme einer Gnomensippe, die in Aryador wohne und sich dort stark mit dem Volk der Menschen vermischt habe. Darauf wurde Melko noch wütender, denn er versuchte unablässig, Freundschaft und Verkehr zwischen Elben und Menschen zu zerstören, und Beren, so sagte er, sei offenkundig ein Anstifter zu verräterischen Taten gegen Melkos Herrschaft, wert, von den Balrogs gefoltert zu werden; Beren jedoch, der die Gefahr erkannte, sagte: ›Glaube nicht, O allermächtigster Ainu Melko, Herr der Welt, daß dies wahr ist, denn wenn es so wäre, stünde ich nicht waffenlos und allein hier. Keine Freundschaft empfindet Beren, Sohn Egnors, für das Geschlecht der Menschen; wahrlich nicht, und weil er der Lande, welche die Menschen überschwemmen, aufs äußerste leid ist, hat er seine Wanderung aus Aryador unternommen. Manch eine großartige Geschichte von deinem Glanz und Ruhm hat mein Vater mir vor Zeiten erzählt, und darum, obgleich ich kein abtrünniger Sklave bin, wünsche ich nichts so sehr, wie dir zu dienen, so gut ich kann.‹ Und darauf sagte Beren, er sei ein tüchtiger Jäger kleiner Tiere und Vogelsteller, habe sich auf seinen Streifzügen in den Hügeln verirrt und sei nach mancherlei

Wanderungen in fremde Landstriche geraten, wo er sich, hätten die Orks ihn nicht ergriffen, keinen anderen Rat gewußt hätte, um in Sicherheit zu gelangen, als sich der Majestät des Ainu Melko zu nähern und ihn zu bitten, ihm ein bescheidenes Amt zu gewähren – vielleicht als Jäger, der ihm das Wildbret für seine Tafel beschaffen würde.

Ob nun die Valar ihm diese Worte eingegeben hatten, oder ob es die Zauberkraft listiger Rede war, die Gwendeling ihm aus Mitleid verliehen hatte – seine Worte retteten ihm tatsächlich das Leben, und Melko, der seine gestählte Gestalt bemerkte, glaubte ihm und war willens, ihn als Sklaven für seine Küchen anzunehmen. Schmeicheleien klangen immer süß in den Ohren dieses Ainu, und trotz seiner unermeßlichen Klugheit täuschte ihn manch eine Lüge derer, die er verachtete, war sie nur in die wohlklingenden Worte einer Lobrede gekleidet; darum gab er nun den Befehl, Beren solle ein Sklave von Tevildo werden, dem Fürsten der Katzen.* Tevildo nun war eine mächtige Katze – die mächtigste von allen – und, wie manche sagen, von einem bösen Geist besessen, und er gehörte zu Melkos ständigem Gefolge; und diese Katze herrschte über alle anderen Katzen, und seine Untertanen waren die Jäger, welche das Fleisch für die Tafel Melkos und für seine häufigen Feste beschafften. Daher rührt es, daß zwischen den Elben und allen Katzen noch immer Haß herrscht, selbst heute, wo Melko nicht länger mächtig und die Zahl seiner Tiere sehr geschwunden ist.

Als Beren also zu den Hallen Tevildos fortgeführt wurde, die von Melkos Thron nicht sehr weit entfernt lagen, fürchtete er sich sehr, denn eine solche Wendung der Dinge hatte er nicht vorausgesehen, und diese Hallen waren kaum erleuchtet, sondern erfüllt von Knurren und ohrenbetäubendem Schnurren. Katzenaugen leuchteten überall, wie rote, grüne oder gelbe Lampen glühend, wo die Katzen aus Tevildos Gefolge saßen und mit ihren prachtvollen Schwänzen

* Fußnote im Manuskript: *Tifil (Bridhon) Miaugion oder Tevildo (Vardo) Meoita.*

schlugen oder peitschten; Tevildo selbst aber thronte über ihnen, eine riesige Katze, pechschwarz und bösartig anzuschaun. Seine Augen waren groß, sehr schmal und geschlitzt und leuchteten rot und grün, seine Schnurrhaare jedoch, riesig und grau, waren so starr und spitz wie Nadeln. Sein Schnurren klang wie das Dröhnen von Trommeln und sein Knurren wie Donner, wenn er aber im Zorn kreischte, gefror das Blut in den Adern, und kleine Tiere und Vögel erstarrten in der Tat zu Stein oder fielen beim bloßen Geräusch leblos zu Boden. Als nun Tevildo Beren erbickte, verengten sich seine Augen, bis sie sich zu schließen schienen, und er sagte: ›Ich rieche Hunde‹, und von diesem Augenblick an empfand er gegen Beren einen Widerwillen. Tatsächlich war Beren in seiner heimatlichen Wildnis ein Freund der Hunde gewesen.

›Wie könnt ihr es wagen‹, sagte Tevildo, ›eine solche Kreatur zu mir zu führen, es sei denn, wir sollten vielleicht einen Braten aus ihr machen?‹ Doch jene, die Beren brachten, erwiderten: ›Nein, es ist der Befehl Melkos, daß dieser unglückliche Elb sein Leben damit zubringen soll, in Tevildos Diensten Tiere zu jagen und Vögel zu fangen.‹ Da stieß Tevildo einen Schrei der Verachtung aus, und er sagte: ›Dann muß mein Herr wahrhaftig geschlafen haben oder mit seinen Gedanken anderswo gewesen sein, denn welchen Nutzen hat es, glaubt ihr, dem Fürsten der Katzen und seinem Gefolge ein Kind der Eldar zu schicken, daß es ihnen bei der Jagd auf Vögel oder Tiere helfe – ihr hättet ebensogut einen plumpfüßigen Menschen herbringen können, denn niemanden gibt es, ob Elb oder Mensch, der es im Jagen mit uns aufnehmen kann.‹ Gleichwohl unterzog er Beren einer Prüfung und befahl ihm, drei Mäuse zu fangen, denn seine Halle sei voll davon, wie er sagte. Wie man sich vorstellen kann, war das natürlich nicht wahr, doch einige wenige gab es dort in der Tat – eine sehr wilde, bösartige und zaubermächtige Rasse, die es wagte, dort in dunklen Löchern zu hausen, doch waren diese besonderen Mäuse größer als Ratten und sehr grimmig, und Tevildo hegte sie zu seinem ureigenen Vergnügen und ließ nicht zu, daß ihre Zahl geringer wurde.

Drei Tage lang jagte Beren hinter ihnen her, doch weil er nichts hatte, womit er eine Falle herstellen konnte (und er hatte Melko in der Tat nicht angelogen, als er ihm sagte, er habe ein besonderes Geschick gerade darin), jagte er vergeblich und trug als einzigen Lohn für seine Anstrengungen einen Biß in den Finger davon. Da war Tevildo voll Verachtung und sehr wütend, doch weder er noch seine Vasallen fügten ihm darauf, Melkos Gebot befolgend, ein Leid zu. Doch Berens Leben in der Behausung Tevildos war künftig gleichwohl bitter. Man machte ihn zum Küchenjungen, und er brachte seine Tage mühselig damit zu, die Fußböden und das Geschirr zu reinigen, Tische zu schrubben, Holz zu hacken und Wasser zu schleppen. Oft wurde er auch damit beauftragt, Spieße zu drehen, an denen Vögel und fette Mäuse aufs köstlichste als Speisen für die Katzen geröstet wurden, doch er selbst bekam nur selten genug Essen oder Schlaf; so wurde er mager und ungepflegt und wünschte oft, er hätte Hisilóme nie verlassen und Tinúviel nie zu Gesicht bekommen.

Das schöne Mädchen weinte nun sehr lange, nachdem Beren fortgegangen war, und tanzte nicht mehr in den Wäldern, und Dairon wurde wütend und konnte sie nicht verstehen, doch sie hatte das Gesicht Berens liebgewonnen, seine Augen, die durch die Zweige spähten, das knackende Geräusch seiner Schritte, wenn er ihr durch den Wald folgte; nicht zuletzt seine Stimme verlangte sie wieder zu hören, die vor den Toren ihres Vaters sehnsüchtig ihren Namen über den Fluß rief; und sie wollte nun nicht mehr tanzen, da Beren zu den unheilvollen Hallen Melkos geflohen und vielleicht bereits umgekommen war. Dieser Gedanke wurde ihr schließlich so unerträglich, daß dieses sanfteste aller Mädchen zu ihrer Mutter ging, denn ihren Vater aufzusuchen, wagte sie nicht und wollte es auch nicht leiden, daß er sie weinen sah.

›O Gwendeling, meine Mutter‹, sagte sie, ›sage mir duch deine Zauberkraft, wenn du es vermagst, wie es um Beren bestellt ist. Ergeht es ihm noch gut?‹ – ›Nein‹, erwiderte Gwendeling, ›zwar lebt er, doch in einer qualvollen Gefangenschaft, und die Hoffnung ist versiegt in seinem Herzen, denn, siehe, er ist ein Sklave in der Gewalt von Tevildo, dem Fürsten der Katzen.‹

›Dann‹, sagte Tinúviel, ›muß ich gehen und ihm beistehen, denn ich kenne sonst niemanden, der das tun wird.‹

Darob lachte Gwendeling nicht, denn in vielen Dingen war sie klug und vorausschauend, doch es war die Ausgeburt eines bösen Traums, daß irgendein Elb, noch weniger ein Mädchen, die Tochter des Königs, ohne Begleitung, zu den Hallen Melkos ging, selbst in jenen frühen Tagen vor der Schlacht der Ungezählten Tränen, als Melkos Macht noch nicht zur vollen Größe gewachsen war, er seine Pläne geheim hielt und sein Lügennetz spann. Darum bat Gwendeling ihre Tochter behutsam, nicht von solchen Narreteien zu sprechen; aber Tinúviel sagte: ›Dann mußt du an meiner Stelle meinen Vater um Hilfe bitten, daß er Krieger nach Angamandi schickt und vom Ainu Melko die Freiheit Berens verlangt.‹

Aus Liebe zu ihrer Tochter tat Gwendeling dies wirklich, und Tinwelint war so ergrimmt, daß Tinúviel wünschte, sie hätte ihr Begehren nie geäußert; und Tinwelint befahl ihr, an Beren weder zu denken noch von ihm zu sprechen, und er schwor, er werde ihn töten, wenn er diese Hallen noch einmal betrete. Darauf zerbrach sich Tinúviel den Kopf, was sie tun könne, und sie ging zu Dairon und bat ihn, ihr zu helfen oder, wenn er wolle, sie nach Angamandi zu begleiten; aber Dairon empfand für Beren wenig Liebe, und er sagte: ›Warum sollte ich mich wegen eines wandernden Gnomen aus den Wäldern in die entsetzlichste Gefahr begeben, die es auf der Welt gibt? Wahrlich, ich liebe ihn nicht, weil er unser gemeinsames Spiel zerstört hat, unsere Musik und unseren Tanz.‹ Doch Dairon tat noch ein übriges und erzählte dem König, was Tinúviel von ihm verlangt hatte – er tat dies nicht aus böser Absicht, sondern weil er besorgt war, Tinúviel könne in der Verblendung ihres Herzens die Fahrt in den Tod antreten.

Als nun[5] Tinwelint das hörte, beschied er Tinúviel zu sich und sagte: ›Warum, O mein Mädchen, entsagst du nicht dieser Torheit und versuchst, meinem Befehl zu gehorchen?‹ Aber Tinúviel wollte nicht antworten, und der König befahl ihr, zu geloben, daß sie weder fürderhin an Beren denken, noch in ihrer Torheit versuchen werde, ihm in die Lande des Bösen nachzufolgen, sei es allein oder sei es in der Begleitung eines seiner Untertanen, den sie dazu verführe. Tinúviel jedoch erwiderte, daß sie das erstere nicht versprechen wolle und das zweite nur zum Teil, denn sie wolle niemanden aus dem Volk der Wälder dazu verleiten, mit ihr zu gehen.

Darauf wurde ihr Vater über die Maßen zornig, doch insgeheim war er nicht wenig verwundert und besorgt, denn er liebte Tinúviel; da er jedoch seine Tochter nicht auf immer in den Höhlen einsperren mochte, wo fortwährend bloß ein trübes, flackerndes Licht herrschte, faßte er folgenden Plan: Oberhalb der Eingänge zu seinen unterirdischen Hallen war ein steiler Abhang, der zum Fluß abfiel, und dort wuchsen mächtige Buchen; und darunter war eine mit Namen Hirilorn, Königin der Bäume, denn sie war von gewaltigem Ausmaß, und so tief gespalten war ihr Stamm, daß es schien, als entwüchsen drei Säulen dem Grund; und diese waren gleich groß, rund und gerade gewachsen, ihre Rinde war seidenglatt und bis zu einer erklecklichen Höhe ragten sie auf, ohne daß ein Ast oder ein Zweig ihnen entsproß.

Nun ließ Tinwelint hoch oben in diesem merkwürdigen Baum, so hoch, wie Menschen eben mit ihren längsten Leitern hinaufreichen konnten, eine kleine Hütte aus Holz erbauen, und sie ruhte auf den untersten Zweigen und war liebreizend von Blattwerk eingehüllt. Dieses Haus hatte nun drei Ecken und in jeder Wand drei Fenster, und die drei Säulen von Hirilorn bildeten die Ecken. Dort, so befahl er, solle Tinúviel wohnen, bis sie sich bereit erklärte, vernünftig zu sein; und nachdem sie über Leitern aus hohen Kieferstämmen hinaufgestiegen war, wurden diese von unten fortgenommen, und sie hatte keine Möglichkeit mehr, wieder auf den Boden zu gelangen.

Alles, was sie brauchte, wurde ihr gebracht, Leute stiegen auf den Leitern zu ihr hinauf und brachten ihr Nahrung oder wonach sie sonst verlangte, und der König bedrohte jeden mit der Todesstrafe, der eine Leiter fortzunehmen vergaß oder nächtens heimlich versuchte, sie an den Baum zu lehnen. Darum wurde am Fuß des Baumes eine Wache aufgestellt; und doch kam Dairon oft dorthin, betrübt über das, was er angerichtet hatte, denn ohne Tinúviel fühlte er sich einsam; Tinúviel jedoch hatte zu Anfang viel Freude an ihrem Haus zwischen den Blättern, und sie blickte durch ihre kleinen Fenster, während unten Dairon seine lieblichsten Melodien spielte.

Aber eines Nachts kam ein Traum der Valar über Tinúviel, und sie träumte von Beren, und ihr Herz sprach: ›Ich will ihn suchen gehen, ihn, den alle anderen vergessen haben‹; und als sie erwachte, schien der Mond durch die Blätter, und sie sann tief darüber nach, wie sie entfliehen könne. Nun war Tinúviel, die Tochter Gwendelings, nicht unerfahren in Magie und Zauberei, wie man sich wohl denken kann, und nach langem Sinnen schmiedete sie einen Plan. Am nächsten Tag bat sie jene, die zu ihr kamen, ihr ein wenig von dem klarsten Wasser des Flusses zu bringen. ›Dieses Wasser aber‹, sagte sie, ›muß um Mitternacht in einer silbernen Schale geschöpft und mir gebracht werden, ohne daß ein Wort gesprochen wird.‹ Und darauf verlangte sie, daß ihr Wein gebracht werde. ›Dieser aber‹, sagte sie, ›muß zur Mittagszeit in einem goldenen Krug herbeigetragen werden, und der Überbringer muß singen, wenn er kommt.‹ Und man tat, wie geheißen, doch Tinwelint erfuhr nichts davon.

Darauf sagte Tinúviel: ›Geht nun zu meiner Mutter und sagt ihr, daß ihre Tochter ein Spinnrad wünscht, um sich die müßigen Stunden zu verkürzen.‹ Dairon aber bat sie insgeheim, ihr einen winzigen Webstuhl zu verfertigen, und er machte einen, der für ihr Haus im Baum nicht zu groß war. ›Womit willst du aber spinnen und weben?‹ fragte er; und Tinúviel erwiderte: ›Mit Zaubersprüchen und Wunderkräften.‹ Doch Dairon wußte nichts von ihrem Plan, und auch dem König oder Gwendeling erzählte er nichts.

Als sie nun ungestört war, nahm Tinúviel Wasser und Wein, und während sie wirksame Zauberworte sang, vermischte sie beides miteinander, und als sich das Gemisch im goldenen Krug befand, sang sie ein Lied vom Wachsen, und als es sich in der Silberschale befand, sang sie ein zweites Lied, und die Namen der größten und längsten Dinge auf Erden waren in dieses Lied verflochten: die Bärte der Indravangs, der Schwanz von Karkaras, der Leib von Glorund, der Stamm von Hirilorn und das Schwert von Nan. Diese alle nannte sie, und sie vergaß auch nicht die Kette Angainu, die Aule und Tulkas machten, oder den Hals von Gilim, dem Riesen, und zuletzt sprach sie vom Längsten überhaupt, dem Haar von Uinen, der Gebieterin des Meeres, das sich durch alle Wasser zieht. Darauf wusch sie ihr Haar mit dem Gemisch aus Wasser und Wein, und während sie das tat, sang sie ein drittes Lied, ein Lied vom tiefsten Schlaf, und Tinúviels Haar, das dunkel war und feiner als die zartesten Äderchen des Zwielichts, begann plötzlich sehr rasch zu wachsen, und als zwölf Stunden vergangen waren, füllte es beinahe den kleinen Raum, und darüber war Tinúviel sehr froh, und sie legte sich zur Ruhe nieder; und als sie erwachte, war der Raum wie von einem schwarzen Nebel erfüllt, unter dem sie tief begraben war, und, siehe, ihr Haar ringelte sich aus den Fenstern und wehte in der Morgenbrise um die drei Stämme. Da suchte sie mühsam ihre kleine Schere hervor und schnitt die Strähnen dieser Pracht dicht am Kopf ab, und danach wuchs ihr Haar nur noch, wie es gewöhnlich zu wachsen pflegte.

Dann nahm die Arbeit Tinúviels ihren Anfang, und wenngleich sie mit der Gewandtheit der Elben arbeitete, währte das Spinnen lange, und noch länger das Weben, und wenn jemand kam und sie von unten grüßte, bat sie ihn zu gehen und sagte: ›Ich liege zu Bett und will bloß schlafen.‹ Und Dairon war sehr verwundert und rief oft zu ihr hinauf, doch sie antwortete nicht.

Aus diesem wolkigen Haargespinst wob nun Tinúviel ein Gewand von dunstigem Schwarz, durchtränkt von Schläfrigkeit, die von größerer Zauberkraft war als selbst die des Gewandes, in dem ihre Mutter, lange, lange bevor die Sonne aufstieg, getanzt hatte, und damit verhüllte sie ihre Kleider von schimmerndem Weiß, und ringsum schwebten zaubrische Schlummer durch die Lüfte; aber aus dem Haar, das übrigblieb, drehte sie einen kräftigen Strang, und diesen befestigte sie im Inneren ihres Hauses am Baumstamm, und dann war ihre Arbeit getan, und sie hielt aus ihren Fenstern Ausschau und blickte nach Westen zum Fluß. Das Sonnenlicht zwischen den Bäumen wurde bereits schwächer, und als Dämmerung die Wälder erfüllte, begann sie sehr zart und leise ein Lied zu singen, und währenddessen warf sie ihr langes Haar aus dem Fenster, so daß sein einschläferndes Gespinst die Köpfe und Gesichter der Wachen am Fuße des Baumes berührte, und während sie ihrem Lied lauschten, fielen sie unversehens in einen bodenlosen Schlaf. Da kleidete sich Tinúviel in ihr Gewand aus Dunkelheit, glitt behende wie ein Eichhörnchen an dem Seil aus Haar hinunter und tanzte fort zur Brücke, und bevor die Brückenwachen einen Ruf ausstoßen konnten, war sie tanzend mitten unter ihnen; und als der Saum ihres schwarzen Gewandes sie berührte, fielen sie in Schlaf, und Tinúviel eilte weit, weit davon, so rasch ihre tanzenden Füße sie trugen.

Als nun die Nachricht von der Flucht Tinúviels König Tinwelint zu Ohren kam, war sein Zorn, gemischt mit Kummer, gewaltig, sein ganzer Hof war in Aufregung, und die Wälder widerhallten vom Lärm der Suchtrupps, doch Tinúviel war schon weit fort und näherte sich den düsteren Vorbergen, wo die Gebirge der Nacht beginnen; und es heißt, daß die Spur von Dairon, der ihr folgte, sich gänzlich verlor und er niemals mehr nach Elbenheim zurückkehrte, sondern sich nach Palisor wandte, wo er noch immer feinsinnige, zaubrische Melodien spielt[6], sehnsüchtig und einsam in den Wäldern und Forsten des Südens.

Tinúviel jedoch war noch nicht lange unterwegs, als sie plötzlich Furcht befiel, wenn sie daran dachte, was zu tun sie gewagt hatte und was noch vor ihr lag; dann hielt sie eine Weile inne, weinte und wünschte, Dairon wäre bei ihr, und es heißt, daß er in der Tat nicht weit von ihr entfernt war, sondern zwischen den großen Kiefern des Waldes der Nacht umherirrte, wo später Túrin Beleg erschlug, den er für einen Feind hielt.[7] Diesen Orten war Tinúviel nun sehr nahe, doch sie betrat jene dunklen Gefilde nicht, faßte neuen Mut und verfolgte ihren Weg; und weil ihr Wesen zaubrischer war und ein Bann des Wunders und des Schlafs sie umgab, wurde sie nicht von solchen Gefahren heimgesucht wie zuvor Beren; doch für ein junges Mädchen war es eine lange und schlimme und mühselige Reise, die sie auf sich nahm.

Nunmehr soll dir berichtet werden, Eriol, daß in jenen Tagen es für Tevildo nur einen Grund zur Besorgnis gab: das Geschlecht der Hunde. In der Tat waren viele von ihnen den Katzen weder freundlich noch feindlich gesinnt, denn sie waren nun Melko untertan und ebenso wild und grausam wie seine anderen Tiere; und so züchtete er aus den grausamsten und wildesten der Hunde die Rasse der Wölfe, und diese waren ihm überaus teuer. War es nicht der große, graue Wolf Karkaras Messerrachen, Vater der Wölfe, der in jenen Tagen die Tore von Angamandi bewachte und es schon seit langem tat? Es gab freilich viele Hunde, die sich Melko nicht unterwarfen oder in tiefer Furcht vor ihm lebten, und diese wohnten bei den Menschen, beschützten sie vor vielem Bösen, das ihnen sonst zugestoßen wäre, oder sie streiften durch die Wälder von Hisilóme und gelangten zuweilen gar, wenn sie das gebirgige Land überquerten, in das Gebiet von Artanor und in die Länder, die weiter im Süden lagen.

Jedesmal, wenn einer dieser Hunde Tevildo oder einen seiner Gefolgsleute oder Untertanen zu Gesicht bekam, erhob sich ein gewaltiges Gebell, und eine stürmische Jagd begann; und obgleich selten eine der Katzen getötet wurde, weil sie sich geschickt zu verstecken und zu klettern wußten und Melkos Macht sie schützte, herrschte gleichwohl große Feindschaft zwischen Katzen und Hunden, und einige dieser Hunde waren unter den Katzen sehr gefürchtet. Tevildo indessen fürchtete niemanden, denn er war so stark wie jeder Hund, beweglicher und schneller, ausgenommen nur Huan, der Anführer der Hunde. Huan war so flink, daß er Tevildo schon einmal am Fell gepackt hatte, und obgleich er ihm dafür einen Hieb mit seinen gewaltigen Krallen versetzt hatte, war der Stolz des Fürsten der Katzen dennoch unbefriedigt geblieben, und es gelüstete ihn danach, dem Hunde Huan bitteres Leid zuzufügen.

Darum war es ein glücklicher Zufall, der Tinúviel in den Wäldern mit Huan zusammentreffen ließ, obgleich sie zuerst zu Tode erschrocken war und entfloh. Doch Huan hatte sie mit zwei Sprüngen eingeholt und bat sie mit weicher, tiefer Stimme in der Sprache der Verschollenen Elben, sich nicht zu fürchten. ›Wie kommt es‹, sagte er, ›daß ich ein Elbenmädchen, dazu ein so schönes, allein in der Nähe der Behausungen des Ainu der Bosheit umherwandern sehe? Weißt du nicht, daß dies unheilvolle Orte sind, meine Kleine, selbst mit einem Begleiter, und daß sie für einen einzelnen tödlich sind?‹

›Das weiß ich‹, erwiderte sie, ›und ich bin nicht hier, weil ich das Umherwandern liebe, sondern weil ich Beren suche.‹

›Was weißt denn du von Beren‹, sagte Huan, ›oder solltest du wirklich Beren meinen – den Sohn des Jägers der Elben, Egnor bo-Rimion, der mein Freund ist seit uralten Tagen?‹

›Ach, ich weiß nicht einmal, ob mein Beren dein Freund ist, denn ich suche nur Beren, der über die Rauhen Berge kam, den ich in den Wäldern nahe dem Hause meines Vaters kennengelernt habe. Nun ist er fortgegangen, und meine Mutter Gwendeling, die sehr weise ist, sagt, daß er ein Sklave ist im schrecklichen Haus von Tevildo, dem Fürsten der Katzen; und ob das wahr ist oder ob ihm inzwischen noch Schlimmeres zugestoßen ist, weiß ich nicht, und ich bin auf dem Wege, ihn zu finden – obgleich ich keinen Plan habe.‹

›Dann werde ich dir einen machen‹, sagte Huan, ›aber du mußt mir vertrauen, denn ich bin Huan von den Hunden, der größte Feind Tevildos. Nun ruhe ein wenig mit mir im Schatten des Waldes, und ich werde gründlich nachdenken.‹

Da tat Tinúviel, wie er ihr geheißen hatte, und sie schlief in der Tat lange, da sie sehr erschöpft war, während Huan bei ihr wachte. Doch nach einer Weile erwachte sie und sagte: ›Höre, ich habe über Gebühr lange gesäumt. Sage mir nun, O Huan, was du inzwischen bedacht hast.‹

Und Huan sprach: ›Das ist eine verworrene und schwierige Sache, und ich habe keine andere Lösung als diese: Krieche nun, wenn du das Herz dazu hast, zu Tevildos Behausung, solange noch die Sonne hoch steht und Tevildo und die meisten seiner Vasallen auf den Terrassen vor den Toren schlummern. Dann versuche, auf welche Weise auch immer, herauszufinden, ob Beren wirklich drinnen ist, wie deine Mutter dir gesagt hat. Ich nun werde nicht weit entfernt im Wald auf der Lauer liegen, und du kannst mir einen Gefallen tun und deine eigenen Wünsche befördern, wenn du zu Tevildo gehst, ob Beren nun dort ist oder nicht, und ihm sagst, daß du auf Huan von den Hunden gestoßen seist, der krank an diesem Platz in den Wäldern darniederliege. Schicke ihn nicht geradewegs hierher, denn du mußt ihn, wenn es möglich ist, selbst führen. Dann wirst du sehen, was ich mir für dich und für Tevildo ausgedacht habe. Mir scheint, daß Tevildo dich, wenn du solche Nachricht bringst, in seinen Hallen nicht böse empfangen oder versuchen wird, dich dort festzuhalten.‹

Auf diese Weise plante Huan, sowohl Tevildo eine Kränkung zuzufügen oder ihn, wenn es sich so ergab, zu töten, und Beren zu helfen, von dem er glaubte, daß er in Wahrheit jener Beren, Sohn Egnors, war, den die Hunde von Hisilóme liebten. Als er nämlich den Namen Gwendeling hörte und daraus schloß, daß dieses Mädchen eine Prinzessin der Wald-Elben war, beeilte er sich, ihr zu helfen, und sein Herz erfreute sich an ihrer Lieblichkeit.

Nun faßte sich Tinúviel ein Herz und schlich nahe an die Hallen Tevildos heran, und Huan, sehr verwundert über ihren Mut, folgte ihr heimlich so weit, wie es möglich war, wenn sein Plan Erfolg haben sollte. Schließlich verlor er sie jedoch aus den Augen, sie verließ die schützenden Bäume und kam in ein Gebiet mit hohem Gras, durchsetzt mit Büschen, das bis zu einem Vorsprung der Berge ständig anstieg. Dieser felsige Sporn war nun von der Sonne beschienen, aber über allen Hügeln und Bergen dahinter lastete eine schwarze Wolke, denn dort lag Angamandi; und im Weiterwandern wagte es Tinúviel nicht, in diese Düsternis hinaufzuschauen, denn Furcht bedrückte sie, und während sie ging, hob sich der Grund, und das Gras wurde kärglicher und war von Geröllflächen unterbrochen, bis man an eine Klippe gelangte, auf einer Seite steil abfallend, und dort, auf einem steinigen Vorsprung, stand das Schloß Tevildos. Kein Pfad führte dorthin, und das Gelände, auf dem es erbaut war, fiel in Terrassen zum Wald ab, so daß man seine Tore nur mit vielen großen Sprüngen erreichen konnte, und je näher man dem Schloß kam, desto steiler wurden diese. Das Haus hatte nur wenige Fenster, und zu ebener Erde gab es gar keine – der wirkliche Eingang war nämlich hoch oben, wo bei den Wohnungen der Menschen gewöhnlich die Fenster des oberen Stockwerks sind; das Dach jedoch hatte viele geräumige, flache Stellen, die der Sonne ausgesetzt waren.

Nun wandert Tinúviel mutlos über die unterste Terrasse und schaut furchtsam auf das dunkle Haus auf dem Hügel, als sie an einer Felsenkehre unversehens auf einen einzelnen Kater stößt, der in der Sonne liegt und zu schlafen scheint. Als Tinúviel näherkam, öffnete der Kater ein gelbes Auge und blinzelte sie an, und daraufhin erhob er sich, streckte sich, schritt auf sie zu und sagte: ›Woher des Wegs, kleines Mädchen – weißt du nicht, daß du wider das Recht den sonnigen Grund und Boden Seiner Hoheit Tevildo und seiner Gefolgsleute betrittst?‹

Da fürchtete sich Tinúviel sehr, doch sie nahm ihren ganzen Mut zusammen und erwiderte: ›Das weiß ich, mein Gebieter‹ – und das gefiel dem alten Kater über die Maßen, denn in Wahrheit war er bloß Tevildos Torwächter – ›jedoch ich möchte Euch um die Freundlichkeit bitten, mich sogleich vor das Angesicht Tevildos zu führen – selbst wenn er gerade schläft‹, setzte sie hinzu, weil der erstaunte

Torwächter ablehnend mit dem Schwanz schlug. ›Ich habe eine Nachricht, die nur für sein Ohr bestimmt und so wichtig ist, daß sie keinen Aufschub duldet. Führt mich zu ihm, mein Gebieter‹, bat sie, und darauf schnurrte der Kater so laut, daß sie seinen häßlichen Kopf zu streicheln wagte, und dieser war viel größer als der ihre, ja, größer als der irgendeines Hundes, den es nun auf der Erde gibt. Als Umuiyan, so war der Name dieses Katers, so flehentlich gebeten wurde, sagte er: ›So komm denn mit mir.‹ Und zu ihrem großen Entsetzen packte er sie plötzlich an der Schulter bei ihren Kleidern, warf sie auf seinen Rücken und sprang auf die zweite Terrasse. Dort blieb er stehen, und während Tinúviel mühsam von seinem Rücken kletterte, sagte er: ›Es trifft sich gut, daß mein Herr Tevildo heute nachmittag fern von seinem Hause auf der unteren Terrasse ruht, denn eine große Müdigkeit und ein Verlangen nach Schlaf haben mich überkommen, so daß ich fürchte, daß ich außerstande sein werde, dich weiter zu tragen‹; es verhielt sich aber so, daß Tinúviel in ihr Gewand aus düsterem Nebel gekleidet war.

So sprach Umuiyan*, gähnte gewaltig und streckte sich, bevor er Tinúviel über die Terrasse zu einem freien Platz führte, wo auf einer geräumigen Lagerstatt aus gebrannten Steinen die furchteinflößende Gestalt Tevildos lag, dessen tückische Augen geschlossen waren. Der Torwächter Umuiyan ging zu ihm, näherte sich seinem Ohr und sagte leise: ›Ein Mädchen erbittet Eure geneigte Aufmerksamkeit, mein Fürst, das Euch wichtige Neuigkeiten zu überbringen hat und das sich von mir nicht zurückweisen ließ.‹ Da peitschte Tevildo wütend mit dem Schwanz und öffnete ein Auge zur Hälfte. ›Was es auch sei – beeil dich damit‹, sagte er, ›denn es ist nicht die Stunde, Tevildo, den Fürsten der Katzen, um Gehör zu bitten.‹

›Nein, Fürst‹, sagte Tinúviel bebend, ›sei nicht böse; freilich glaube ich auch nicht, daß du böse sein wirst, wenn du mich angehört hast. Indessen verhält es sich so, daß ich hier, wo der Wind

* Hier steht über *Umuiyan* in Klammern der Name *Gumniow*.

weht, lieber nicht sprechen möchte‹, und sie warf einen Blick, der Besorgnis verraten sollte, zum Wald hinüber.

›Nein, du kannst gehen‹, sagte Tevildo, ›du riechst nach Hund, und welche guten Nachrichten hat je eine Katze von einer Fee erhalten, die mit einem Hunde Umgang gehabt hat?‹

›Wohlan, Fürst, es ist nicht verwunderlich, daß ich nach Hund rieche, denn gerade bin ich einem Hund entkommen – und, wahrlich, es ist ein bestimmter, sehr mächtiger Hund, von dem ich sprechen wollte, und dessen Namen du kennst.‹ Da fuhr Tevildo auf und öffnete seine Augen und blickte sich nach allen Seiten um und streckte sich dreimal, und schließlich befahl er dem Torwächter, Tinúviel ins Innere des Hauses zu geleiten; und wie zuvor nahm Umuiyan sie auf seinen Rücken. Nun befiel Tinúviel heftige Furcht, denn sie hatte zwar erreicht, was sie wollte, indem sie in Tevildos Festung gelangte und vielleicht herausfand, ob Beren dort war, doch sie wußte weder, wie es weitergehen sollte noch was aus ihr werden würde – wäre es ihr möglich gewesen, so wäre sie tatsächlich geflohen; doch schon begannen die Katzen die Terrassen zum Schloß hinaufzusteigen, und Umuiyan, der sie trug, machte einen Satz, dann einen zweiten, und beim dritten strauchelte er, so daß Tinúviel vor Angst aufschrie und Tevildo sagte: ›Was hast du für Beschwerden, Umuiyan, du ungeschickter Tölpel? Es ist Zeit, daß du aus meinen Diensten trittst, da das Alter dich so rasch überkommt.‹ Aber Umuiyan erwiderte: ›Ach, Herr, ich weiß nicht, was es ist, aber ich habe einen Schleier vor meinen Augen, und mein Kopf ist schwer‹, und er schwankte wie ein Trunkener, so daß Tinúviel von seinem Rücken glitt, während er sich wie in einem totenähnlichen Schlaf auf den Boden legte; Tevildo aber war zornig, packte Tinúviel nicht allzu sanft und trug sie selbst zum Tor. Dann sprang er mit einem mächtigen Satz ins Innere, gebot dem Mädchen abzusteigen und stieß einen gellenden Schrei aus, der in den dunklen Fluren und Gängen schrecklich widerhallte. Von überall eilten Katzen herbei, und einigen befahl er, zu Umuiyan hinabzusteigen, ihn zu fesseln und von den Felsen zu stürzen. ›Auf der nördlichen Seite, wo sie am steilsten sind, denn er ist mir nun nicht mehr von Nutzen‹, sagte er, ›denn das Alter hat seine Schritte unsicher gemacht‹; und Tinúviel erzitterte, als sie Zeuge der Unbarmherzigkeit dieses Ungeheuers wurde. Doch während er noch sprach, gähnte er seinerseits und schwankte, wie von jäher Schläfrigkeit heimgesucht, und er befahl den anderen, Tinúviel hinwegzuführen in ein bestimmtes Gemach im Hausinneren, wo er selbst gewöhnlich mit seinen größten Gefolgsleuten zu speisen pflegte. Es war voller Knochen und stank ekelhaft; es gab dort keine Fenster und nur eine Tür; doch eine Luke öffnete sich zu den großen Küchen, und ein rotes Licht sickerte von dort herein und erhellte trübe das Gemach.

Nun war Tinúviel so eingeschüchtert, nachdem die Katzen sie dort alleingelassen hatten, daß sie sich einen Augenblick lang nicht rühren konnte. Doch bald hatte sie sich an die Dunkelheit gewöhnt, sah sich um, und als sie die Luke erblickte, die ein breites Sims hatte, sprang sie hinauf, denn es war nicht allzu hoch, und sie war ein behendes Elbenmädchen. Nun spähte sie hindurch, denn die Luke war einen Spaltbreit geöffnet, und sah die weitläufigen Küchengewölbe und die großen Feuer, die dort brannten, und jene, die sich unablässig dort abrackerten, und die meisten waren Katzen – doch dort, fürwahr, an einem mächtigen Feuer, bückte sich Beren, und er war von der Arbeit mit Ruß und Schmutz bedeckt, und Tinúviel hockte auf dem Sims und weinte, doch bis jetzt wagte sie nicht, etwas zu tun. Tatsächlich hatte sie nur kurze Zeit dort gesessen, als plötzlich im Gemach die rauhe Stimme Tevildos ertönte. ›Nein! Wohin, in Melkos Namen, ist dieses verrückte Elbenmädchen geflüchtet?‹ Und Tinúviel, die das hörte, preßte sich gegen die Mauer, doch Tevildo erblickte sie auf ihrem erhöhten Sitz und schrie: ›Jetzt singt der kleine Vogel nicht mehr! Komm herunter, oder ich muß dich holen, denn, merke dir, ich werde die Elben nicht darin bestärken, nur zum Spott bei mir um Gehör zu suchen.‹

Da begann Tinúviel, halb aus Furcht, halb in der Hoffnung, ihre klare Stimme möge bis zu Beren dringen, plötzlich sehr laut zu sprechen und ihre Geschichte zu erzählen, so daß das Gemach widerhallte. Aber Tevildo sagte: ›Leise, liebes Mädchen, wenn deine Geschichte draußen ein Geheimnis war, so ist sie gewiß auch nicht von solcher Art, sie drinnen herauszuschreien.‹ Darauf erwiderte Tinúviel: ›Sprich nicht so zu mir, O Katze, wenn du auch der mächtige Fürst der Katzen bist, denn bin ich nicht Tinúviel, Prinzessin der Feen, die sich dazu herabgelassen hat, dir einen Gefallen zu erweisen?‹ Bei diesen Worten nun, die sie noch lauter gerufen hatte als die vorigen, war aus der Küche plötzlich ein gewaltiges Krachen und Klirren zu hören, wo viele Metallgefäße und Tongeschirr zu Boden fielen. Aber Tevildo knurrte: ›Dort tappt dieser Narr herum, Beren, der Elb. Melko möge mich von solchen Tölpeln befreien‹ – doch Tinúviel, die erriet, daß Beren ihre Stimme erkannt hatte und von der Überraschung überwältigt worden war, legte ihre Furcht ab und bereute ihre Kühnheit nicht mehr. Gleichwohl war Tevildo über ihre hochfahrenden Worte sehr erzürnt, und wäre es nicht seine Absicht gewesen, zuerst zu erfahren, welch gute Nachricht sie ihm brachte, wäre es Tinúviel auf der Stelle übel ergangen. Und von diesem Augenblick an befand sie sich wirklich in großer Gefahr, denn für Melko und seine Vasallen waren Tinwelint und sein Volk Geächtete; und groß war ihre Freude, sie zu fangen und grausam zu behandeln, so daß Tevildo sich großer Gunst hätte erfreuen können, wenn er Tinúviel seinem Herrn ausgeliefert hätte. Er hatte wirklich, sobald sie sich zu erkennen gegeben hatte, die Absicht dies zu tun, nachdem er das Seinige von ihr erfahren hatte, doch an diesem Tage war sein Scharfsinn wahrhaftig eingeschläfert, und er vergaß sich ernstlich zu wundern, warum Tinúviel auf dem Sims vor der Luke hockte; er dachte auch nicht mehr an Beren, denn sein ganzer Sinn war einzig auf die Geschichte gerichtet, die sie ihm versprochen hatte. Darum verbarg er seine üble Laune und sagte: ›Ach, Herrin, seid nicht ärgerlich, sondern sprecht lieber, denn Säumen vergrößert nur meine

Neugier – was ist es, was Ihr meinen Ohren anvertrauen wollt, die sich bereits spitzen?‹

Tinúviel aber sagte: ›Es gibt ein großes Tier, ungeschlacht und gewalttätig, und sein Name ist Huan‹ – und bei diesem Namen machte Tevildo einen Buckel, und sein Haar sträubte sich und knisterte, und das Licht seiner Augen wurde rot – ›und‹, fuhr sie fort, ›mir scheint, daß es eine Schande ist, einem solchen Wüstling zu gestatten, die Wälder heimzusuchen, ja sogar bis zur Behausung des mächtigen Fürsten der Katzen vorzudringen, meines Gebieters Tevildo‹; jedoch Tevildo erwiderte: ›Es ist ihm nicht gestattet, und er kommt niemals hierher, es sei denn heimlich.‹

›Wie immer es sich verhalten mag‹, sagte Tinúviel, ›nun ist er hier, doch mich dünkt, daß man sein Leben jetzt ein für allemal beenden könnte, denn, höre wohl, als ich durch die Wälder ging, sah ich ein großes Tier am Boden liegen, das wie in schwerer Krankheit stöhnte – und, wahrlich, es war Huan, und ein böser Zauberbann oder eine schleichende Krankheit hat ihn niedergeworfen, und er liegt immer noch hilflos in einem Tal, weniger als eine Meile von diesen Hallen entfernt, in den westlichen Wäldern. Mit dieser Geschichte nun wäre ich deinen Ohren vielleicht nicht lästig gefallen, hätte nicht der Wüstling, als ich ihm zur Hilfe kam, mich angeknurrt und zu beißen versucht, und eine solche Kreatur, so scheint mir, verdient jede Strafe.‹

Dies alles, was Tinúviel sprach, war nun eine große Lüge, die zu ersinnen ihr Huan geholfen hatte, und Mädchen der Eldar sind es nicht gewohnt, sich Lügen auszudenken; doch ich habe nie gehört, daß einer der Eldar, und auch nicht Beren, sie deswegen getadelt hätte, und ich tue es ebenfalls nicht, denn Tevildo war eine bösartige Katze, und Melko war das verruchteste aller Wesen, und in ihren Händen war Tinúviel in tödlicher Gefahr. Tevildo freilich, ein großer und geübter Lügner, war so vertraut mit den Lügen und halben Wahrheiten aller Tiere und Kreaturen, daß er selten wußte, ob er dem, was man ihm sagte, Glauben schenken sollte oder nicht, und er war es gewohnt, allem zu mißtrauen, ausgenommen jenen Dingen, von denen er wünschte, sie seien wahr, und so kam es, daß er von ehrlicheren Leuten oft getäuscht wurde. Die Geschichte nun von Huan und dessen Hilflosigkeit gefiel ihm so sehr, daß er sie gern für wahr gehalten hätte, und er beschloß, sic zumindest einer Prüfung zu unterziehen; zunächst jedoch schützte er Gleichgültigkeit vor und sagte, diese Geschichte sei der Geheimniskrämerei nicht wert und hätte ohne weiteres draußen erzählt werden können. Doch Tinúviel erwiderte, sie hätte nicht geglaubt, daß Tevildo, dem Fürsten der Katzen, unbekannt sei, daß die Ohren Huans die leisesten Geräusche im Umkreis von einer Meile aufnehmen könnten und er die Stimme einer Katze aus noch größerer Entfernung hören könne.

Nun suchte Tevildo, unter dem Vorwand, ihrer Geschichte zu mißtrauen, von Tinúviel zu erfahren, wo genau Huan zu finden sei, doch sie gab nur ungenaue Antworten, weil sie darin ihre einzige Hoffnung sah, aus dem Schloß zu entkommen, so daß Tevildo schließlich, überwältigt von Neugier und ihr für den Fall, daß sie ihn angelogen hatte, schreckliche Dinge androhend, zwei seiner Gefolgsleute zu sich beschied, von denen einer Oikeroi war, ein grausamer und kampflustiger Kater. Darauf verließen diese drei Katzen mit Tinúviel das Schloß, doch Tinúviel zog ihr schwarzes Zaubergewand aus und faltete es zusammen, bis es trotz seiner Größe und Dichte nicht größer war als das kleinste Taschentuch (denn das vermochte sie), und nun wurde sie auf Oikerois Rücken die Terrassen hinuntergetragen, ohne daß er fehltrat oder ihn Schläfrigkeit ergriff. Nun schlichen sie durch die Wälder in die Richtung, die sie ihnen gewiesen hatte, und bald riecht Tevildo den Hund, und seine Haare sträuben sich, und er peitscht mit seinem mächtigen Schwanz, doch zunächst besteigt er einen hohen Baum und blickt von dort in das Tal, das Tinúviel ihnen genannt hat. Dort sieht er wirklich die mächtige Gestalt Huans ausgestreckt daliegen, ächzend und stöhnend, und voll Jubel klettert er eilig herab, und, wahrhaftig, in seinem Übereifer vergißt er Tinúviel, die nun, in großer Sorge um Huan, verborgen in einem Farndickicht liegt.

Tevildo und seine beiden Kumpanen hatten den Plan, aus verschiedenen Richtungen heimlich in das Tal einzudringen, plötzlich und unerwartet zu dritt über Huan herzufallen und ihn zu töten, oder, falls er zu hinfällig zum Kampfe wäre, ihn zu ihrem Vergnügen zu quälen. Dies taten sie nun, doch sowie sie hervorstürzten, sprang Huan mit gewaltigem Bellen in die Höhe, und seine Kiefer schlossen sich um den Hals von Oikeroi, und Oikeroi starb; der andere Gefolgsmann jedoch floh heulend auf einen hohen Baum, und so stand Tevildo Huan allein gegenüber, und ein solcher Zweikampf war nicht nach seinem Geschmack, doch Huan griff ihn so rasch an, daß zur Flucht keine Zeit blieb, und sie kämpften erbittert auf dieser Lichtung, und der Lärm, den Tevildo dabei vollführte, war scheußlich; aber schließlich bekam Huan Tevildos Kehle zu packen, und die Katze wäre vermutlich verloren gewesen, hätte sie nicht, als sie blindlings um sich schlug, mit ihren Krallen Huans Auge durchbohrt. Da brüllte Huan laut auf, und Tevildo schrie gellend, riß sich mit einem mächtigen Ruck los und sprang auf einen hohen, dünnen Baum, der in der Nähe stand, so wie sein Kumpan es getan hatte. Trotz seiner schmerzhaften Wunde sprang Huan laut bellend unter diesen Baum, und aus der Höhe verfluchte ihn Tevildo und warf ihm böse Worte zu.

Darauf sagte Huan: ›Höre, Tevildo, dies sind die Worte von Huan, den du zu fangen und hilflos zu töten trachtetest, so wie jene armseligen Mäuse, die du gewöhnlich jagst – bleibe für immer auf deinem einsamen Baum und blute dich aus deinen Wunden zu Tode oder komm herab und spüre aufs neue meine Zähne. Wenn jedoch keines von beiden nach deinem Geschmack ist, so sage mir, wo Tinúviel ist, die Prinzessin der Feen, und wo Beren, der Sohn Egnors, denn sie sind meine Freunde. Diese nun sollen als Auslöse für dich stehen – wenngleich du ihrer nicht im geringsten wert bist.‹

›Was das verfluchte Elbenmädchen angeht, so liegt es dort hinten wimmernd in den Farnkräutern, wenn meine Ohren mich nicht täuschen‹, antwortete Tevildo, ›und Beren, glaube ich, wird gerade in den Küchen meines Schlosses zu Recht von Miaule, meinem Koch, zerkratzt, weil er sich dort vor einer Stunde wie ein Tölpel benommen hat.‹

›Dann sorge dafür, daß sie beide unversehrt in meine Hände gelangen‹, sagte Huan, ›dann magst du selbst in deine Hallen zurückkehren und unbehelligt deine Wunden lecken.‹

›Gewiß wird sie mein Vasall, der bei mir ist, für dich holen‹, sagte Tevildo. Aber Huan brummte: ›Gewiß, und dazu deinen ganzen Stamm und die Scharen der Orks und die Plagen Melkos. Nein, ich bin kein Narr; statt dessen sollst du Tinúviel ein Zeichen übergeben, und sie soll Beren holen, oder du wirst hierbleiben, wenn du es nicht anders willst.‹ Da wurde Tevildo gezwungen, seine goldene Halskette herunterzuwerfen – ein Zeichen, das keine Katze zu mißachten wagt, doch Huan sagte: ›Nein, es bedarf eines anderen Zeichens, denn dieses wird dein ganzes Volk aufrufen, nach dir zu suchen‹, und das wußte Tevildo, und darauf hatte er gehofft. So kam es denn, daß am Ende Erschöpfung und Hunger und Furcht diese stolze Katze, einen Fürsten im Dienste Melkos, dazu bewogen, das Geheimnis der Katzen zu enthüllen und den Zauberspruch, den Melko ihm anvertraut hatte; und dies waren magische Worte, welche die Steine seines unheilvollen Hauses zusammenhielten, und mit denen er alle Tiere seines Katzenvolks unter sein Szepter zwang, sie gegen ihre Natur mit einer boshaften Macht erfüllend; lange hat es nämlich geheißen, Tevildo sei ein verderbter Elb in Tiergestalt. Darum lachte nun Huan, als Tevildo ihm die Zauberworte mitgeteilt hatte, daß die Wälder erschollen, denn er wußte, daß die Tage der Macht für diese Katzen vorüber waren.

Nun eilte Tinúviel mit dem goldenen Halsband Tevildos zur untersten Terrasse zurück, stand dort und sprach mit ihrer klaren Stimme die Zauberworte. Und seht, da füllte sich die Luft mit Stimmen, und das Haus Tevildos erbebte; und eine Schar von Bewohnern kam daraus hervor, und die Katzen waren zu ihrer gewöhnlichen Größe zusammengeschrumpft und fürchteten sich vor Tinúviel, die Tevildos Halskette vor ihnen schwenkte und jene geheimen Worte sprach, die dieser in ihrer Gegenwart zu Huan gesagt hatte, und sie duckten sich vor ihr. Sie aber sprach: ›Hört! Alle, die in diesen Hallen gefangengehalten werden, seien es Elben oder Kinder der Menschen, sollen hergebracht werden.‹ Und wirklich, sie führten Beren heraus, jedoch weitere Sklaven gab es nicht, ausgenommen nur Gimli, einen bejahrten Gnom, von der Knechtschaft gebeugt und erblindet, dessen Gehör jedoch das schärfste der Welt gewesen ist, wie alle Lieder bezeugen. Gimli kam, auf einen Stock gestützt, und Beren half ihm, der abgezehrt aussah und in Lumpen gekleidet war und in der Hand ein großes Küchenmesser hielt, weil er neues Unheil befürchtete, als das Haus erzitterte und die Stimmen der Katzen erschollen; als er aber Tinúviel erblickte, die inmitten der Schar von Katzen stand, die vor ihr zurückschreckten, und als er das große Halsband Tevildos sah, da war er über die Maßen verwundert[8] und wußte sich keinen Reim darauf zu machen. Tinúviel aber war sehr froh und sagte: ›O Beren, der du über die Rauhen Berge gekommen bist, nun wirst du mit mir tanzen – aber nicht an diesem Ort.‹ Und sie führte Beren weit fort, und alle Katzen stimmten ein Geheul und Gewimmer an, daß Huan und Tevildo es in den Wäldern hören konnten, doch niemand folgte ihnen oder belästigte sie, denn die Katzen waren voller Angst, und der Zauberbann Melkos war von ihnen genommen.

Freilich bereuten sie dies später, als nämlich Tevildo, gefolgt von seinem zitternden Kumpanen, zurückkehrte, denn ihres Herrn Zorn war furchtbar, und er peitschte mit seinem Schwanz und versetzte jedem, der in seine Nähe kam, Tatzenhiebe. Als Beren und Tinúviel zu jener Lichtung kamen, hatte Huan von den Hunden, obgleich dies vielleicht töricht erscheinen mag, Tevildo unbehelligt gelassen und ihm zurückzukehren gestattet, das große goldene Halsband aber hatte er selber angelegt, und über nichts sonst war Tevildo wütender, denn in diesem Band barg sich ein großer Zauber von Stärke und Macht. Es gefiel Huan nur wenig, daß Tevildo noch lebte, doch von jetzt an fürchtete er die Katzen nicht mehr, und diese sind seitdem immer vor den Hunden geflohen, und seit der Demütigung Tevildos in den Wäldern nahe Angamandi strafen die Hunde sie mit Verachtung; und Huan hat keine größere Tat vollbracht als diese. Später erfuhr Melko dies alles und verfluchte Tevildo und sein Volk und verbannte sie, und seit jenem Tage hatten sie weder einen Herrn und Meister noch einen Freund, und ihre Stimmen jammern und klagen, denn ihre Herzen sind sehr einsam und bitter und voller Trauer, doch nur Böses ist darin und keine Freundlichkeit.

Zu der Zeit, von der die Geschichte erzählt, war es Tevildos größtes Begehren, Beren und Tinúviel wieder in seine Gewalt zu bekommen und Huan zu töten und die Zauberworte und die Magie zurückzugewinnen, die er eingebüßt hatte, denn er fürchtete sich sehr vor Melko und wagte es nicht, seinen Meister um Hilfe zu bitten, um nicht die Niederlage und den Verlust seines Zaubers offenbar werden zu lassen. Huan, der dies nicht wußte, mied solche Orte, und fürchtete sehr, was geschehen war, könne rasch Melko zu Ohren kommen, wie es mit den meisten Dingen geschah, die sich in der Welt zutrugen; darum wanderten nun Tinúviel und Beren mit Huan weit fort und schlossen enge Freundschaft miteinander, und in dieser Zeit wurde Beren wieder kräftig, die Spuren seiner Knechtschaft verschwanden, und Tinúviel liebte ihn.

Doch diese Tage waren wild und hart und sehr einsam, denn niemals erblickten sie das Gesicht eines Elben oder Menschen, und schließlich sehnte sich Tinúviel bitterlich nach ihrer Mutter und den Liedern süßen Zaubers, die sie nahe ihren uralten Hallen den Kindern vorzusingen pflegte, wenn über die Waldlande die Dämmerung hereinbrach. Oft glaubte sie auf anmutigen Lichtungen[9], wo sie rasteten, die Flöte ihres Bruders Dairon zu hören, und ihr Herz wurde schwer. Endlich sagte sie zu Beren und Huan: ›Ich muß nach Hause zurückkehren.‹ Und nun ist es Berens Herz, das von Kummer überschattet wird, denn er liebte das Leben in den Wäldern mit den Hunden (denn inzwischen hatten sich viele weitere Hunde Huan angeschlossen), doch ohne Tinúviel freute es ihn nicht.

Gleichwohl sagte er: ›Niemals kann ich mit dir in das Land Artanor zurückkehren – noch dich jemals später dort aufsuchen, liebe Tinúviel, es sei denn, ich trage einen Silmaril; und die Gemme werde ich nun nie mehr erlangen, denn bin ich nicht ein Flüchtling aus den Hallen Melkos, der die schlimmsten Qualen zu gewärtigen hat, wenn einer seiner Diener ihn erspäht?‹

Dies sagte er nun aus Gram, sich von Tinúviel trennen zu müssen, und ihr Herz war zerrissen, denn sie konnte weder den Gedanken ertragen, Beren zu verlassen, mochte jedoch auch nicht für immer in der Verbannung leben. So saß sie eine Weile in trüben Gedanken und sagte kein Wort, doch Beren saß neben ihr und sagte schließlich: ›Tinúviel, wir können nur eines tun – einen Silmaril beschaffen‹; und darauf ging sie zu Huan, bat ihn um Hilfe und Rat, doch er wurde sehr bedenklich und sah in diesem Vorhaben nichts als Torheit. Doch schließlich erbat Tinúviel das Fell Oikerois von ihm, den er beim Angriff auf der Lichtung getötet hatte; Oikeroi war nun eine sehr große Katze gewesen, und Huan hatte das Fell als Siegeszeichen behalten.

Nun wandte Tinúviel ihre Kunstfertigkeit und ihren Feenzauber an, und sie nähte Beren in dieses Fell ein, so daß er aussah wie eine große Katze, und sie lehrte ihn, wie eine Katze zu sitzen, sich zu rekeln, zu schreiten, springen und trotten, bis Huans Schnurrhaare sich bei diesem Anblick sträubten, worüber Beren und Tinúviel lachen mußten. Freilich lernte es Beren nie, zu kreischen, zu jammern oder zu schnurren wie eine wirkliche Katze, und ebensowenig gelang es Tinúviel, ein Leuchten in die toten Augen des Katzenfells zu zaubern. ›Aber wir müssen uns damit abfinden‹, sagte sie, ›und wenn du deine Zunge im Zaum hältst, kannst du gut für eine sehr würdige Katze gelten.‹

Darauf sagten sie Huan Lebewohl und machten sich auf den Weg zu den Hallen Melkos, doch sie kamen nur langsam vorwärts, weil Beren sich in der Enge und Hitze des Katzenfells sehr unbehaglich fühlte, und Tinúviels Herz wurde eine Zeitlang leichter, als es seit langem gewesen war, und sie streichelte Beren oder zog ihn am Schwanz, und Beren wurde wütend, weil er ihn nicht so wild peitschen konnte, wie sie wünschte. Endlich jedoch näherten sie sich Angamandi, denn sie hörten deutlich das Poltern und tiefe Rollen, den gewaltigen Klang der Hammerschläge von zehntausend Schmieden, die unaufhörlich arbeiteten. Nahe waren sie den traurigen Verliesen, wo die Noldoli unter der Knute der Orks und Kobolde aus den Bergen bittere Sklavenarbeit verrichteten, und hier waren Trübsal und Düsternis so groß, daß ihr Mut sank, doch Tinúviel hüllte sich wieder in ihr dunkles Gewand aus tiefem Schlaf. Die Tore von Angamandi waren nur aus Eisen, häßlich geschmiedet und mit Messern und Dornen bewehrt, und davor lag der größte Wolf, den die Welt je gesehen hat, nämlich Karkaras Messerrachen, dem Schlaf fremd war; und Karkaras knurrte, als er Tinúviel näher kommen sah, doch die Katze beachtete er nicht, denn Katzen bedeuteten ihm wenig und gingen jederzeit ein und aus.

›Knurre nicht, o Karkaras‹, sagte sie, ›denn ich bin auf dem Wege zu meinem Gebieter Melko, und dieser Gefolgsmann Tevildos begleitet mich.‹ Ihr dunkles Gewand verhüllte nun all ihre schimmernde Schönheit, und Karkaras war kaum beunruhigt, kam aber dennoch näher, um ihren Geruch zu schnüffeln, und den lieblichen Duft der Eldar vermochte selbst diese Verhüllung nicht zu verbergen. Darum begann Tinúviel sogleich einen Zaubertanz, und sie streifte mit den schwarzen Falten ihres Gewandes seine Augen, so daß Schläfrigkeit seine Beine schwer werden ließ, er sich ausstreckte und einschlief. Tinúviel jedoch hörte nicht eher auf zu tanzen, bis er von tiefem Traum umfangen war, von großen Jagden in den Wäldern von Hisilóme, als er noch ein Welpe war; und dann traten Beren und Tinúviel durch das schwarze Portal, und viele schattige und gewundene Gänge hinunterstolpernd gelangten sie schließlich tatsächlich vor das Angesicht Melkos.

In der Düsternis konnte Beren sehr wohl als ein wirklicher Vasall Tevildos gelten; außerdem war Oikeroi früher des öfteren in den

Hallen Melkos gewesen, so daß niemand ihn beachtete, und er schlüpfte ungesehen unter den Sitz des Ainu, doch die Nattern und ekelhaften Kreaturen, die dort lagen, erfüllten ihn mit großer Angst, so daß er sich nicht zu rühren wagte.

Dies alles nun hatte sich höchst glücklich gefügt, denn wäre Tevildo bei Melko gewesen, wäre ihr falsches Spiel entdeckt worden – und an diese Gefahr hatten sie tatsächlich gedacht, da sie nicht wissen konnten, daß Tevildo in diesem Augenblick in seinen Hallen saß und nicht wußte, was er tun sollte, wenn seine Niederlage in Angamandi ruchbar würde; doch nun gewahrte Melko Tinúviel und sagte: ›Wer bist du, die du wie eine Fledermaus in meine Hallen flatterst? Wie bist du hereingekommen? Denn es ist gewiß, daß du nicht hierher gehörst.‹

›Nein, ich gehöre noch nicht hierher‹, gab Tinúviel zur Antwort, ›vielleicht aber später, wenn es dir beliebt, Melko, mein Gebieter. Wisse denn, daß ich Tinúviel bin, die Tochter von Tinwelint, dem Verbannten, der mich aus seinen Hallen verjagt hat, weil er ein anmaßender Elb ist und ich meine Liebe nicht seinem Befehl unterwerfen will.‹

Melko war nun in Wahrheit erstaunt, daß die Tochter Tinwelints aus freiem Willen in seine Behausung, das schreckliche Angamandi, kam, und da er etwas Unangenehmes argwöhnte, fragte er, was sie wünsche. ›Wisse du denn‹, sagte er, ›daß es hier für deinen Vater und sein Volk keine Liebe gibt, und du brauchst nicht auf freundliche Worte oder Begeisterung von meiner Seite zu hoffen.‹

›Das sagte auch mein Vater‹, erwiderte sie, ›doch warum sollte ich ihm glauben? Seht, ich verstehe mich auf die Kunst elfenhafter Tänze, und ich möchte nun vor dir tanzen, mein Gebieter, denn dann, glaube ich, wirst du mir bereitwillig einen bescheidenen Winkel in deinen Hallen gewähren, wo ich leben und auf solche Zeiten harren kann, da du die kleine Tänzerin Tinúviel rufst, damit sie die Bürde deiner Sorgen erleichtere.‹

›Nein‹, sagte Melko, ›solche Dinge bedeuten mir wenig; doch

wenn du von so weit gekommen bist, um zu tanzen, so tanze, und nachher werden wir weitersehen.‹ Und bei diesen Worten warf er ihr einen tückischen, entsetzlichen Blick zu, denn sein düsterer Geist brütete Übles aus.

Da begann Tinúviel einen Tanz wie nie zuvor, und weder sie noch ein anderes Geisterwesen, keine Fee und keine Elfe, haben seitdem je so getanzt; und nach einer Weile war selbst Melkos Blick vor Staunen wie gebannt. Geschwind wie eine Schwalbe, lautlos wie eine Fledermaus, bezaubernd schön, wie nur Tinúviel es sein konnte, huschte sie durch die Halle, nun an Melkos Seite, nun vor ihm, jetzt wieder hinter ihm, und ihre hauchdünnen Gewänder berührten sein Gesicht, wehten vor seinen Augen, und jene, die dort an den Wänden saßen oder standen, fielen einer nach dem anderen in Schlaf, versanken in tiefe Träume, die alles versprachen, wonach ihre bösen Herzen verlangten.

Unter Melkos Sitz lagen die Nattern wie versteinert, und die Wölfe zu seinen Füßen gähnten und entschlummerten, und Melko starrte sie wie gebannt an, doch er schlief nicht ein. Da begann Tinúviel vor seinen Augen einen noch schnelleren Tanz, und während sie tanzte, sang sie mit sehr leiser und inniger Stimme ein Lied, das Gwendeling sie vor langer Zeit gelehrt hatte, ein Lied, das die Knaben und Mädchen unter den Zypressen in den Gärten von Lórien gesungen hatten, als der Goldene Baum fahl geworden war und Silpion geleuchtet hatte. Die Stimmen von Nachtigallen waren darin, und viele zarte Düfte schienen die Luft dieses stinkenden Ortes zu erfüllen, während sie, leichter als eine Feder im Wind, über den Boden schwebte; nie wieder hat man eine solche Stimme gehört und solche Schönheit mit Augen gesehen, und trotz all seiner Macht und Erhabenheit erlag der Ainu Melko dem Zauber dieses Elbenmädchens, und, wahrlich, sogar Lóriens Lider wären schwer geworden, hätte er ihr zugeschaut. Dann sank Melko schläfrig nach vorn und glitt schließlich in tiefstem Schlaf von seinem Sitz auf den Boden, und seine eiserne Krone rollte davon.

Jäh brach Tinúviel ihren Tanz ab. Außer den Atemzügen der Schlafenden war kein Laut in der Halle zu hören; selbst Beren schlief unter Melkos Sitz, doch Tinúviel rüttelte ihn, bis er endlich aufwachte. Dann riß er angstvoll und zitternd seine Verkleidung entzwei, befreite sich davon und sprang auf die Füße. Nun zog er das Messer von Tevildos Küche hervor und ergriff die mächtige eiserne Krone, doch Tinúviel konnte sie nicht bewegen, und selbst die Muskeln Berens vermochten es kaum, sie zu drehen. Rasende Angst erfüllte sie, während Beren in der dunklen Halle des schlafenden Bösen sich abmüht, so geräuschlos wie möglich, mit seinem Messer einen Silmaril aus der Krone zu brechen. Nun lockert er den großen Edelstein in der Mitte, und der Schweiß rinnt von seiner Stirn, aber gerade als er ihn gewaltsam aus der Krone löst – da zerbricht sein Messer mit einem lauten Krachen!

Tinúviel unterdrückt einen Schrei, und Beren, den einen Silmaril in der Hand, springt davon, und die Schläfer rühren sich, und Melko stöhnt, als ob böse Gedanken seine Träume heimsuchen, und ein schwarzer Schatten legt sich über sein schlafendes Gesicht. Zufrieden nun mit der einen blitzenden Gemme, flohen die zwei verzweifelt aus der Halle, stolperten wild durch viele dunkle Gänge, bis ein Schimmer von grauem Licht ihnen zeigte, daß sie sich den Toren näherten – doch ach, Karkaras lag quer über der Schwelle, wieder wach und aufmerksam.

Ohne Zögern warf Beren sich vor Tinúviel, obgleich sie ihn davon abzuhalten suchte, und das erwies sich am Ende als unheilvoll, denn ihr blieb keine Zeit, erneut ihren Schlummerzauber auf das Untier zu legen, denn schon erblickte es Beren, bleckte die Zähne und knurrte wütend. ›Warum so unfreundlich?‹ fragte Tinúviel. ›Was soll dieser Gnom[10], der nicht eingetreten ist und nun eilig wieder hinaus will?‹ sagte Messerrachen und sprang auf Beren los, der mit seiner Faust mitten zwischen die Augen des Wolfes hieb und mit der anderen nach dessen Kehle griff.

Da packte Karkaras Berens Hand mit seinen schrecklichen Kiefern, und es war die Hand, mit der Beren den leuchtenden Silmaril umklammerte, und Karkaras biß die Hand mitsamt dem Silmaril ab, und sie verschwanden in seinem roten Schlund. Groß waren die Qualen Berens und die Furcht und Pein Tinúviels, doch als sie eben erwarteten, erneut die Zähne des Wolfs zu spüren, geschah etwas, das sonderbar und schrecklich war. Wisset denn, daß der Silmaril mit einem weißen und geheimen Feuer loderte, das aus seinem Inneren kam und das einen grausamen und heiligen Zauber besaß – denn die Gemme stammte aus Valinor und den Segensreichen und war mit den Zauberkräften der Götter und Gnomen gemacht, ehe das Unheil dorthin kam; und der Stein erduldete nicht die Berührung von unreinem Fleisch oder einer unseligen Hand. Nun aber gerät er in den verderbten Leib von Karkaras, und das Untier brennt unter schrecklichen Qualen, und seine Schmerzensschreie, in den felsigen Gängen widerhallend, sind schauerlich anzuhören, daß drinnen der ganze schlafende Hof erwacht. Da entflohen Beren und Tinúviel wie der Wind von den Toren, doch Karkaras war noch weit vor ihnen, rasend und außer sich wie ein Tier, das von Balrogs verfolgt wird; und als sie später innehielten und Atem schöpften, weinte Tinúviel über Berens verstümmelten Arm und küßte ihn immer wieder, und, siehe, er blutete nicht, und der Schmerz hörte auf, und durch die sanfte Kraft der Liebe wurde er geheilt; Beren jedoch erhielt später von allem Volk den Beinamen Ermabwed, der Einhänder, welcher in der Sprache der Einsamen Insel Elmavoite lautet.

Nun aber mußten sie um ihr Entkommen besorgt sein und auf ihr Glück hoffen, und Tinúviel hüllte einen Teil ihres dunklen Mantels um Beren, und so huschten sie eine Zeitlang in der Dämmerung und Dunkelheit durch die Hügel, ohne daß jemand sie sah, obgleich Melko alle seine Orks des Schreckens gegen sie aufgeboten hatte; und sein Zorn über den Raub dieser Gemme war größer, als die Elben ihn je kennengelernt haben.

Allerdings wollte es ihnen bald scheinen, daß das Netz der Jäger sich immer enger um sie zusammenzog, und obgleich sie den Saum vertrauterer Wälder erreicht hatten und den düsteren Forst von Taurfuin durchquerten, waren noch immer viele Wegstunden voller Gefahr bis zu den Höhlen des Königs zurückzulegen, und selbst wenn sie je dorthin gelangten, würden sie bloß ihre Verfolger dorthin lokken und Melkos Haß auf alles Volk dieses Waldlands ziehen. In der Tat waren das Geschrei und Gelärme so groß, daß Huan es weit entfernt vernahm, und er wunderte sich sehr über den Wagemut der beiden und mehr noch darüber, daß sie überhaupt aus Angamandi entkommen waren.

Er zieht aber nun mit vielen Hunden durch die Wälder, jagt Orks und Gefolgsleute Tevildos, empfängt viele Wunden und tötete viele seiner Feinde oder lehrte sie das Fürchten und das Fliehen, als ihn eines Abends zur Dämmerstunde die Valar zu einer Lichtung in jenen nördlichen Teil von Artanor führten, der später Nan Dumgorthin, das Land der dunklen Standbilder, genannt wurde, aber das ist eine andere Geschichte, die nicht hierher gehört. Gleichwohl war es schon damals ein rätselhaftes, düsteres Land, das Unheil verkündete, und nicht weniger Schrecken nistete dort unter den finster drohenden Bäumen als im Taurfuin; und dort lagen, erschöpft und ohne Hoffnung, die zwei Elben, Beren und Tinúviel, und Tinúviel weinte, doch Beren umklammerte sein Messer.

Als nun Huan sie sah, ließ er nicht zu, daß sie sprachen oder ihm ihre Geschichte erzählten, sondern er nahm stracks Tinúviel auf seinen mächtigen Rücken und gebot Beren, so rasch er könne, neben ihm herzulaufen. ›Es kommt nämlich‹, sagte er, ›eine große Schar von Orks in Kürze hierher, und ihre Spurensucher und Späher sind Wölfe.‹ Huans Rudel nimmt sie nun in seine Mitte, und mit großer Schnelligkeit ziehen sie über geheime Pfade zur Heimat des Volks von Tinwelint, die weit entfernt liegt. So geschah es, daß sie dem Heer ihrer Feinde entkamen, doch hatten sie gleichwohl später noch manch eine Begegnung mit bösen Wesen, und Beren tötete einen Ork, der sich Tinúviel näherte, um sie von Huans Rücken zu zerren, und das war eine gute Tat. Als Huan erkennen mußte, daß die Verfolger ihnen noch immer auf den Fersen waren, führte er sie erneut über verschlungene Pfade und wagte es nicht, sie geradewegs zum Land der Wald-Elben zu bringen. Indessen führte er sie mit solchem Scharfsinn, daß schließlich nach vielen Tagen die Jäger weit zurückfielen und sie von den Banden der Orks nichts mehr sahen oder hörten; keine Kobolde lauerten ihnen auf, noch drang das Geheul eines bösen Wolfes durch die Nachtluft zu ihnen, und vielleicht rührte das daher, daß sie bereits den Kreis von Gwendelings Zauber betreten hatten, welcher die Pfade vor unheilvollen Wesen verbarg und Schaden von den Gefilden der Wald-Elben fernhielt.

Da atmete Tinúviel wieder frei, wie sie es nicht mehr getan hatte, seit sie aus den Hallen ihres Vaters geflohen war, und Beren erging sich ruhend in der Sonne, fern der Düsternis von Angband, bis die letzte Bitterkeit über die Knechtschaft von ihm wich. Und das Licht, das durch grüne Blätter fällt, das Lispeln reiner Winde und der Gesang der Vögel, machen, daß sie jede Furcht verlieren.

Schließlich kam desungeachtet ein Tag, an dem Beren, aus tiefem Schlummer aufwachend, aufsprang wie jemand, der einem schönen Traum entsteigt und zu Verstand kommt, und er sagte: ›Lebewohl, Huan, treuester Gefährte, und du, kleine Tinúviel, die ich liebe, lebe auch du wohl. Um dies eine nur bitte ich dich, daß du geradewegs in die Sicherheit deiner Heimat heimkehren sollst, und der gute Huan soll dich begleiten. Ich aber – ich muß fort in die Einsamkeit der Wälder, denn ich habe den einen Silmaril, den ich hatte, verloren, und niemals darf ich's wagen, mich Angamandi zu nähern, und deshalb kann ich auch nicht die Hallen Tinwelints betreten.‹ Darauf weinte er über sich selbst, doch Tinúviel, die in der Nähe war und sein Selbstgespräch gehört hatte, kam herbei und sagte: ›Nein, denn nun hat sich mein Sinn gewandelt,[11] und wenn du in den Wäldern wohnst, O Beren Ermabwed, so will ich es auch tun, und wenn du durch die Wildnis wandern willst, so will ich es ebenfalls tun, gemeinsam mit dir oder dir folgend: – doch niemals wird mein Vater mich wiedersehen, außer du führtest mich zu ihm.‹ Da war Beren wirklich froh über ihre liebevollen Worte, und gern hätte er mit ihr als Jäger in der Wildnis gelebt, doch sein Herz war gerührt von dem, was sie um ihn gelitten hatte, und um ihretwillen entsagte er seinem Stolz. Da redete sie auf ihn ein und sagte, daß es töricht sei, verstockt zu sein, und daß ihr Vater sie mit Freuden begrüßen werde, froh, seine Tochter lebend wiederzusehen. ›Und vielleicht‹, sagte sie, ›wird er sich schämen, daß sein Spott deine treue Hand dem Rachen Karkaras' ausgeliefert hat.‹ Aber sie beschwor auch Huan, für eine Zeit mit ihnen zurückzukehren. ›Denn mein Vater‹, sagte sie zu ihm, ›schuldet dir großen Lohn, wenn er seine Tochter überhaupt liebt.‹

So kam es denn, daß die drei wiederum zusammen aufbrachen und endlich zurückkehrten zu den Waldlanden, die Tinúviel kannte und liebte, zu den Häusern ihres Volkes und den tiefen Hallen ihrer Heimat. Als sie aber näherkamen, fanden sie Angst und Aufregung beim Volk, wie sie seit langem nicht mehr vorgekommen waren, und als sie einige, die vor den Türen weinten, befragten, erfuhren sie, daß seit dem Tage von Tinúviels heimlicher Flucht Unglück sie heimgesucht habe. Den König nämlich hatte der Gram verzehrt, und seine alte Umsicht und Klugheit waren schwächer geworden. Seine Krieger waren nach allen Richtungen in die unwegsamen Wälder gesandt worden, um nach dem Mädchen zu forschen, und viele waren getötet worden oder waren auf immer verschwunden, und an allen nördlichen und östlichen Grenzen lag man im Krieg mit den Dienern Melkos, so daß das Volk große Furcht hatte, dieser Ainu werde mit seiner ganzen Streitmacht über sie kommen, um sie endgültig zu zerschmettern, ohne daß Gwendelings Zauberkraft stark genug wäre, die zahllosen Orks aufzuhalten. ›Und dann‹, so sagten sie, ›ist von allem das Schlimmste geschehen, denn schon seit langem hat Königin Gwendeling abseits gesessen, hat weder gesprochen noch gelacht und aus tiefen Augenhöhlen gleichsam in weite Ferne geblickt, und das Netz ihrer Zauber um die Wälder ist dünn, und die Wälder sind trostlos geworden, weil Dairon nicht zurückkehrt, und auch seine Musik ist auf den Lichtungen nicht mehr zu hören. Und nun erfahrt die schlimmste unserer schlechten Nachrichten, denn ihr müßt wissen, daß ein großer grauer Wolf, den Hallen des Unheils entfahren, über uns gekommen ist, erfüllt von ruchlosem Geist, und er rast umher, als peitsche ihn ein verborgener Wahnsinn, und niemand ist vor ihm sicher. Viele von uns hat er schon getötet, wenn er wild um sich beißend und schreiend durch die Wälder rast, so daß sogar die Ufer des Flusses, der vor den Hallen des Königs vorbeifließt, ein Ort geworden sind, wo die Gefahr lauert. Oft kommt der furchtbare Wolf dorthin, um zu trinken, und mit seinen blutunterlaufenen Augen und seiner heraushängenden Zunge sieht er aus wie der Fürst des Unheils selbst, und niemals vermag er seinen Durst zu stillen, als verzehre ihn ein inneres Feuer.‹

Da war Tinúviel tief betrübt über das Unglück, welches über ihr Volk gekommen war, doch am meisten schmerzte sie die Geschichte Dairons, denn davon hatte sie vorher nicht das geringste gehört. Dennoch konnte sie nicht wünschen, Beren wäre nie in die Lande von Artanor gekommen, und gemeinsam beeilten sie sich, zu Tinwelint zu kommen; und den Wald-Elben wollte es bereits scheinen, als habe das Unheil nun ein Ende, da Tinúviel unversehrt zu ihnen zurückgekehrt war. Denn in Wahrheit hatten sie kaum darauf gehofft.

Sie fanden König Tinwelint in großer Düsterkeit, doch unversehens löste sich sein Leid in Tränen der Freude auf, und Gwendeling singt wieder vor Glück, als Tinúviel dort eintritt, ihr Gewand aus dunklem Nebel abwirft und in alter strahlender Schönheit vor ihnen steht. Eine Zeitlang ist eitel Heiterkeit und Staunen in der Halle, doch schließlich wendet der König sich Beren zu und sagt: ›Also auch du bist zurückgekehrt – um einen Silmaril zu bringen, ohne Zweifel, um all das Unheil zu sühnen, das du meinem Land zugefügt hast; solltest du ihn freilich nicht haben, so weiß ich nicht, wozu du hier bist.‹

Da stampfte Tinúviel mit dem Fuß auf und schrie derart, daß der König und alle, die bei ihm waren, sich über ihr verändertes und furchtloses Gemüt verwunderten: ›Schäme dich, mein Vater – denn siehe, hier ist Beren, der Tapfere, den dein Spott in die Finsternis trieb und in elende Knechtschaft, und den die Valar allein vor bitterem Tode bewahrten. Mich dünkt, für einen König der Eldar würde es sich eher ziemen, ihn zu belohnen, als ihn zu schmähen!‹

›Nein‹, sagte Beren, ›der König, dein Vater, hat recht. Herr, in diesem Augenblick habe ich einen Silmaril in meiner Hand.‹

›Dann zeige ihn mir‹, sagte der König verwundert.

›Das kann ich nicht‹, sagte Beren, ›denn meine Hand ist nicht hier‹; und er streckte seinen verstümmelten Arm aus.

Das wurde des Königs Herz ihm gewogen, ob seines mannhaften und ritterlichen Betragens, und er bat Beren und Tinúviel, ihm alles zu berichten, was jedem von ihnen zugestoßen sei, und er war begierig, ihnen zuzuhören, denn er hatte nicht ganz begriffen, was Beren mit seinen Worten gemeint hatte. Als er jedoch alles erfahren hatte, hatte er Beren um so mehr schätzen gelernt, und er staunte über die Liebe, die in Tinúviels Herz erwacht war, so daß sie mehr gewagt und größere Taten vollbracht hatte, als einer der Krieger seines Volkes.

›Niemals wieder‹, sagte er, ›werde ich von dir, O Beren, verlangen, diesen Hof oder den Platz an Tinúviels Seite zu verlassen, denn du bist ein großer Elb, und dein Name wird immer groß sein bei den Geschlechtern.‹ Doch Beren antwortete ihm stolz und sagte: ›Nein, O König, für mich gilt mein Wort und das deine, und ich werde dir diesen Silmaril holen, bevor ich auf immer in Frieden in deinen Hallen wohne.‹ Und der König bat ihn dringend, nicht noch einmal in die dunklen und unbekannten Reiche zu reisen, doch Beren erwiderte: ›Dazu besteht kein Grund, denn wisse, daß dieser Edelstein zur Zeit deinen Höhlen sehr nahe ist.‹ Und er erklärte Tinwelint, daß jenes Untier, das seine Lande verwüstete, kein anderes sei als Karkaras, der Wolf, der Melkos Tore bewacht hatte – und dies war allen unbekannt, doch Beren hatte es von Huan erfahren, der von allen Hunden am scharfsinnigsten Spuren zu lesen wußte, und keiner von ihnen ist darin ohne Geschick. Und Huan war nun wirklich mit Beren in der Halle, und als nun Beren mit dem König über eine Hetzjagd und die große Verfolgung sprach, bat er, daran teilnehmen zu dürfen, was ihm gnädig gewährt wurde. Nun also machten sich diese drei bereit, das Untier zu jagen, damit das ganze Volk von der Schreckensherrschaft des Wolfes befreit werde, und Beren nahm sein Schwert, um einen Silmaril heimzubringen, auf daß er wieder in Elbenheim erstrahle. König Tinwelint selbst führte die Jagd an, und Beren war an seiner Seite und Mablung, der Schwerhändige, der Führer des königlichen Gefolges, sprang auf und ergriff einen Speer[12] – eine gewaltige Waffe, erbeutet im Kampf mit den fernen Orks –, und mit diesen drei Männern schritt Huan, der stärkste der Hunde; doch getreu dem Wunsche des Königs nahmen sie keine weiteren Streiter mit. ›Vier Männer sind genug‹, sagte er, ›selbst den Höllenwolf zu erschlagen‹ – doch nur jene, die es gesehen hatten, wußten, wie schreckerregend dieses Tier war, fast so groß wie ein Pferd bei den Menschen, und die Glut seines Atems war so gewaltig, daß er alles versengte, worauf er auch traf. Zur Stunde des Sonnenaufgangs brachen sie auf, und bald darauf erspähte Huan eine frische Trittspur unweit der Tore des Königs. ›Dies ist Karkaras' Spur‹, sagte er. Danach folgten sie dem Fluß den ganzen Tag, und seine Ufer waren an vielen Stellen frisch zertrampelt und aufgerissen, und an den seichten Plätzen war das Wasser verdorben, als hätten sich vor nicht langer Zeit viele Tiere, von Raserei besessen, darin gewälzt und gekämpft.

Nun sinkt die Sonne und wird fahl hinter den westlichen Bäumen, und von Hisilóme kriecht Dunkelheit herab, so daß das Licht des Forstes erstirbt. So kommen sie denn an einen Fleck, wo die Spur sich vom Fluß wegwendet oder sich wie von ungefähr in seinen Wassern verliert, und Huan kann ihr nicht mehr folgen; und darum schlagen sie hier ihr Lager auf, schlafen abwechselnd neben dem Fluß, und die frühe Nacht verrinnt.

Plötzlich, während Beren Wache hielt, war aus der Ferne ein

entsetzliches Geräusch zu hören – ein Geheul wie von siebzig rasenden Wölfen –, und dann krachte es im Unterholz, und Schößlinge knickten, als das Entsetzen näher kam, und Beren wußte, daß es Karkaras war. Kaum blieb ihm Zeit, die anderen zu wecken, und sie waren gerade aufgesprungen und noch halb im Schlaf, als eine große Gestalt im ungewissen Mondlicht, das dort durch die Bäume sickerte, auftauchte und wie besessen auf das Wasser zuraste. Da bellte Huan laut, und sogleich änderte das Tier seinen Lauf und kam auf sie zu. Aus seinem Rachen troff Schaum, und ein rotes Licht leuchtete aus seinen Augen, und sein Antlitz war, halb vor Schrekken, halb vor Wut, entstellt. Kaum hatte Karkaras den Schutz der Bäume verlassen, als Huan furchtlosen Herzens auf ihn losging, doch der Wolf sprang mit einem gewaltigen Satz über den großen Hund hinweg, denn sein ganzer entflammter Zorn richtete sich jäh gegen Beren, der im Hintergrund stand, und eine dunkle Ahnung schien ihm zu sagen, daß dort der Urheber all seiner Qualen stand. Da schleuderte Beren blitzschnell einen Speer aufwärts in Karkaras' Kehle, und Huan sprang noch einmal und packte ihn an einem Hinterbein, und Karkaras fiel wie ein Stein zu Boden, denn im selben Augenblick drang ihm der Speer des Königs ins Herz, und sein verderbter Geist strömte hervor und fuhr mit leisem Heulen über die dunklen Berge zu Mandos; doch Beren liegt unter dem Körper des Wolfs, zerquetscht von dessen Gewicht. Nun rollen sie den Leichnam beiseite und fangen an, ihn aufzuschneiden, doch Huan leckt Berens Gesicht, von dem Blut herabfließt. Bald wird die Wahrheit von Berens Worten offenbar, denn die Eingeweide des Wolfs sind halb verzehrt, als habe ein inneres Feuer dort lange geschwelt, und plötzlich ist die Nacht von einem wunderbaren Glanz erfüllt, mit blassen und geheimnisvollen Farben durchschossen, als nämlich Mablung[13] den Silmaril hervorholt. Darauf hält er ihn dem König hin und sagt: ›Schau, O König‹[14], aber Tinwelint sagte: ›Nein, niemals werde ich ihn anfassen, es sei denn Beren übergibt ihn mir.‹ Doch Huan sagte: ›Und das wird wahrscheinlich nie der Fall sein, wenn ihr ihn nicht rasch pflegt, denn mir scheint, daß er schwer verwundet ist.‹ Und Mablung und der König waren beschämt.

Darum hoben sie nun Beren behutsam hoch und pflegten und wuschen ihn, und er atmete, aber er sprach weder ein Wort noch öffnete er seine Augen, und als die Sonne aufging und sie sich ein wenig ausgeruht hatten, trugen sie ihn auf einer Bahre aus Zweigen und Blättern, so vorsichtig wie möglich, zurück durch die Waldlande; und gegen Mittag näherten sie sich wieder der Heimat des Volks, und da waren sie zu Tode erschöpft, und Beren hatte sich weder gerührt noch gesprochen, sondern nur dreimal gestöhnt.

Dort liefen alle Leute zusammen, um sie zu begrüßen, als sich herumsprach, daß sie kamen, und einige brachten ihnen Fleisch und kühle Getränke und Salben und Heilmittel für ihre Wunden, und groß wäre ihr Jubel gewesen, hätte es nicht Leid gegeben, das Beren zugestoßen war. Darauf bedeckten sie nun die grünen Zweige, auf denen er lag, mit weichen Kleidern, und sie trugen ihn weiter zu den Hallen des Königs, und Tinúviel erwartete sie dort in großem Kummer; und sie warf sich an Berens Brust und weinte und küßte ihn, und er erwachte und erkannte sie, und dann gab Mablung ihm den Silmaril, und er hielt ihn in die Höhe, betrachtete seine Schönheit, bevor er leise und unter Schmerzen sagte: ›Siehe, O König, ich gebe dir den wundersamen Edelstein, nach dem dich verlangte, und es ist bloß ein kleines Ding, am Wegesrand aufgelesen, denn du, so dünkt mich, besitzt ein Kleinod, das über die Maßen schöner ist, und dies ist nun mein.‹ Doch während er noch sprach, legten sich die Schatten Mandos' auf sein Gesicht, und sein Geist fuhr in dieser Stunde zum Rande der Welt, und Tinúviels zarte Küsse riefen ihn nicht zurück.«

Damit hörte Veanne plötzlich zu sprechen auf, und Eriol sagte traurig: »Das war eine viel zu kummervolle Geschichte, um sie von einem so lieblichen Mädchen erzählen zu lassen«; doch, seht, Veanne weinte, und erst nach einer Weile sagte sie: »Ach, es ist nicht die ganze Geschichte; doch nur bis hierher kenne ich sie richtig.« Und andere Kinder fielen ein, und eines sagte: »Hört, ich habe gehört, daß der Zauber von Tinúviels sanften Küssen Beren heilte und seinen Geist von den Toren Mandos' zurückrief, daß er lange Zeit bei den Verschollenen Elben wohnte und in Liebe mit der schönen Tinúviel über die Lichtungen wandelte.« Doch ein zweites sagte: »Nein, so war es nicht, O Ausir, und wenn du mir zuhören willst, werde ich die wahre und wundersame Geschichte erzählen; Beren nämlich starb dort in Tinúviels Armen, genau wie Veanne es erzählt hat, und Tinúviel, vom Leid erdrückt, fand in der ganzen Welt weder Trost noch Licht und folgte ihm rasch über die dunklen Pfade hinab, die wir alle allein gehen müssen. Nun berührten ihre Schönheit und zarte Lieblichkeit selbst Mandos' kaltes Herz, so daß er ihr erlaubte, Beren noch einmal in die Welt hinaufzuführen, und solches ist seitdem nie für einen Menschen oder einen Elb vollbracht worden; und es gibt viele Lieder und Geschichten vom Flehen Tinúviels vor Mandos' Thron, an die ich mich nicht recht erinnern kann. Doch Mandos sprach zu den beiden: ›Hört denn, O Elben, kein Leben vollkommener Freude ist es, in das ich euch entlasse, denn solches gibt es in der ganzen Welt nicht mehr, wo Melkos böses Herz waltet – und so wisset denn, daß ihr sterblich sein werdet, genau wie die Menschen, und wenn ihr wieder hierher kommt, wird es für immer sein, es sei denn, die Götter riefen euch tatsächlich nach Valinor.‹ Gleichwohl gingen die zwei Hand in Hand davon, und sie zogen zusammen durch die Wälder des Nordens, und oft sah man sie hügelentlang Zaubertänze tanzen, und ihre Namen wurden weit und breit bekannt.«

Und damit verstummte der Junge, und Veanne sagte: »Ach, sie taten mehr als tanzen, denn ihre späteren Taten waren sehr groß, und viele Geschichten erzählt man sich darüber, die du hören mußt, O Eriol Melinon, wenn wieder einmal die Zeit gekommen ist, Geschichten zu erzählen. Denn von den beiden gibt es die Geschichte, die i·Cuilwarthon heißt, was ›Die Toten, die wieder leben‹ bedeutet, und sie wurden mächtige Elben in den Landen nördlich des Sirion. Damit ist nun alles zu Ende erzählt – und hat es dir gefallen?« Eriol aber sagte: »Es ist wahrhaftig eine wundersame Geschichte, die ich von den Lippen der kleinen Mädchen von Mar Vanwa Tyaliéva nicht zu hören erwartet habe.« Veanne erwiderte jedoch: »Ach, ich habe sie nicht mit meinen eigenen Worten erzählt; aber ich mag sie sehr gern – und alle Kinder kennen die Taten, von denen sie berichtet –, und als ich sie in den großen Büchern las, habe ich sie auswendig gelernt, und ich verstehe nicht alles, was darin gesagt wird.«

»Und ich ebensowenig«, sagte Eriol. Ausir aber rief plötzlich: »Höre, Eriol, Veanne hat dir nicht erzählt, was mit Huan weiter geschah. Er wollte von Tinwelint weder eine Belohnung annehmen noch bei ihm wohnen, sondern er wanderte fort und dachte voll Kummer an Beren und Tinúviel. Nach einer Weile stieß er auf Mablung[15], der bei der Wolfsjagd dabei gewesen war und nun begonnen hatte, häufig in einsamen Gegenden zu jagen; und die beiden jagten gemeinsam als Freunde, bis zu den Tagen von Glorund, dem Drachen, und von Túrin Turambar, als Huan Beren wiederfand und seine Rolle spielte in der Geschichte vom Nauglafring, dem Halsband der Zwerge.«

»Nein, wie hätte ich all das erzählen können«, rief Veanne, »denn, seht, es ist bereits Zeit zum Abendessen.« Und kurz darauf ertönte der große Gong.

Die zweite Fassung der »Geschichte von Tinúviel«

Wie bereits oben (S. 9) bemerkt, liegt ein Teil der Erzählung in einer revidierten Fassung vor (ein von meinem Vater angefertigtes Typoskript). Diese folgt der Manuskriptversion im großen und ganzen sehr eng und hat Stil und Atmosphäre der ersten Fassung beibehalten; es ist darum nicht notwendig, diese zweite Fassung in voller Länge wiederzugeben. Gleichwohl weist sie an einigen Stellen interessante Veränderungen auf, die im folgenden aufgeführt sind (die Seitenzahlen der entsprechenden Manuskriptfassung, wie oben abgedruckt, stehen am Rand).

Die Überschrift im Typoskript (das mit dem oben, S. 11 ff. abgedruckten *Verbindungsstück* beginnt), lautete ursprünglich »Die Geschichte von Tynwfiel, Prinzessin von Dor Athro« und wurde später geändert zu »Die Geschichte von Tinúviel, der Tänzerin von Doriath«.

15 Wer war Tinúviel?« fragte Eriol. »Weißt du denn nicht«, sagte Ausir, »daß sie die Tochter war von Singoldo, dem König von Artanor?« – »Sei still, Ausir«, sagte Veanne, »dies ist meine Geschichte, und es ist eine Geschichte der Gnomen, und deshalb bitte ich dich, Eriol nicht mit deinen elbischen Namen in den Ohren zu liegen. Höre! Ich allein werde diese Geschichte erzählen. Habe ich nicht vor langer Zeit Melian und Tinúviel mit meinen eigenen Augen gesehen, als ich über den Pfad der Träume wanderte?«

»Wie sah denn Königin Melian aus«, fragte Eriol, »als du sie gesehen hast, O Veanne?«

»Schlank und mit sehr dunklem Haar«, sagte sie, »und ihre Haut war weiß und matt, doch ihre Augen leuchteten und verrieten große Tiefe. Gekleidet war sie in allerliebste, hauchdünne Gewänder, nächtlichen Farben vergleichbar, und sie wurden von Spangen aus Jett und einem silbernen Gürtel gehalten. Wenn immer sie sang oder tanzte, drängten sich Träume und Schläfrigkeit in die Köpfe jener, die in der Nähe waren, und machten sie schwer, als hätten sie vom starken Wein des Schlafs gekostet. Tatsächlich war sie eine Fee, die, lange bevor Kôr erbaut wurde, aus den Gärten Lóriens entschlüpft, durch die wilden Flecken der Welt und jeden einsamen Wald schweifte. Nachtigallen folgten ihr und umgaben sie mit ihrem Gesang – und dieser Gesang war es, der die Ohren Thingols betörte, als er an der Spitze jenes zweiten[16] Stammes der Eldalie marschierte, der später die Flötenspieler des Küstenlandes genannt wurde, die Solosimpi der Insel. Nun hatten sie sich ein gehöriges Stück Weges vom trüben Palisor entfernt, und als die Scharen sich mühselig hinter dem schnellfüßigen Pferd Oromes dahinschleppten, kam Thingol die Musik der zaubrischen Vögel Melians wie ein Trostgesang vor, schöner als andere Melodien der Erde, und er entfernte sich nur einen Augenblick, wie es ihm schien, vom Heer und forschte zwischen den dunklen Bäumen nach der Quelle des Gesanges.

Und es heißt, daß es kein Augenblick war, den er lauschend verhielt, sondern viele Jahre, und vergeblich suchte sein Volk nach ihm, bis es schließlich wohl oder übel Orome nach Tol Eressea folgen mußte und auf und davon war und ihn in den Wäldern von Aryador zurückließ, wo er verzückt den singenden Vögeln lauschte. Dies war das erste Leid der Solosimpi, dem später viele andere folgten; doch zur Erinnerung an Thingol pflanzte Ilúvatar eine Gabe der Musik in die Herzen dieses Volkes, die sie über alle Kinder der Erde erhob, ausgenommen nur die Götter, und diese Gabe blühte später, wie die Geschichten vermelden, aufs wunderbarste auf der Insel und im prächtigen Valinor.

Thingol hingegen wurde nur geringes Leid zuteil; denn nach einer kleinen Weile, wie ihm schien, stieß er auf Melian, die auf einem Bett aus Blättern lag...

16 Lange Zeit später brach Melko, wie du weißt, von Valinor wieder in die Welt ein, und nahezu alle Geschöpfe der Welt gerieten unter seine elende Sklavenherrschaft; und weder die Verschollenen Elben waren frei noch die umherwandernden Gnomen, die auf der Suche nach ihrem gestohlenen Schatz durch die gebirgigen Lande zogen. Doch einige wenige gab es, die, angeführt von mächtigen Königen, dennoch dem Bösen trotzten, an sicheren Orten verborgen, und wenn Turgon, König von Gondolin, der ruhmreichste dieser Könige war, so war Thingol aus den Wäldern eine Zeitlang der mächtigste, und er bewahrte sich am längsten seine Freiheit.

Nun wohnte Thingol in den späten Tagen des Sonnenlichtes und des Mondscheins noch immer in Artanor und herrschte über ein zahlreiches und ausdauerndes Volk, zusammengeflossen aus allen Stämmen des alten Elbenheim – denn weder er selbst noch sein Volk zog in die Schlacht der Ungezählten Tränen –, dies ist eine eigene Geschichte, die nicht hierhergehört. Doch nach jener allerschlimmsten Schlacht hatte sich seine Herrschaft beträchtlich vergrößert, weil viele Flüchtlinge einen Führer und eine Heimat suchten. Danach war seine Behausung durch den kunstreichen Zauber Melians, der Fee, den Augen und Gedanken Melkos verborgen, und sie umwob die Pfade, die dorthin führten, mit Zauber, so daß niemand außer den Kindern der Eldalie sie betreten konnte, ohne sich zu verirren. Auf diese Weise war der König gegen jedes Unheil geschützt, ausgenommen allein gegen Verrat; seine Hallen befanden sich in einer Höhle von gewaltigem Ausmaß, zu der es keinen anderen Eingang gab als ein Felsentor, von mächtigen steinernen Säulen gestützt und überschattet von den höchsten und ältesten Bäumen, die es in all den wilden Forsten von Artanor gab. Ein gewaltiger Fluß war dort, der sich dunkel und still in die tiefen Wälder zog, und er floß breit und schnell an jenem Eingang vorüber, so daß alle, die das Tor durchschreiten wollten, zuerst eine Brücke überqueren mußten, welche die Noldoli, die Thingol dienten, über dem Wasser errichtet hatten – und diese war schmal und wurde scharf bewacht. In diesen Waldlanden gab es keinen Hauch von Bosheit, obgleich die Eisenberge nicht sehr weit entfernt waren, hinter denen

das schwarze Hisilóme lag, wo die seltsame Rasse der Menschen hauste und Noldoli Sklavenarbeit verrichteten und wenige freie Eldar lebten.
Thingol nun hatte zwei Kinder. Dairon und Tinúviel ...

17 »Tinúviels Mutter war eine Fee, eine Tochter von Lórien« statt: »Tinúviels Mutter war eine Fee, eine Tochter der Götter«.

18 »Beren nun war ein Gnom, Sohn von Egnor, dem Waldläufer« wie im Manuskript; jedoch Egnor wurde zu Barahir verändert. Dies war jedoch offensichtlich ein Versehen; noch 1925 war Egnor Berens Vater.

19 Der Satz »... und weil alle Wald-Elben die Gnomen von Dor Lómin für heimtückische, grausame und treulose Geschöpfe hielten« wurde im Typoskript gestrichen.

21 Im Typoskript heißt es überall *Angband* statt *Angamandi*.

23 In jenen Tagen widerfuhren ihm viele Kämpfe, und oft mußte er fliehen, und mehr als einmal tötete er sowohl den Wolf als auch den Ork, der darauf ritt, nur mit einer Keule aus Eschenholz bewaffnet, und weitere Gefahren und Abenteuer ...

23 Aber Melko blickte zornig auf ihn und fragte: »Wieso hast du, O Sklave, es gewagt, solchermaßen das Land zu verlassen, wo dein Volk auf mein Geheiß wohnt, ohne Erlaubnis in die großen Wälder zu wandern und dich der Arbeit zu entziehen, die man dir aufgetragen hat?« Darauf erwiderte Beren, daß er kein entlaufener Sklave sei, sondern einem Geschlecht der Gnomen entstamme, das in Aryador lebe, wo viele aus dem Volk der Menschen wohnten. Darüber wurde Melko noch wütender und sagte: »Hier haben wir einen Ränkeschmied, der auf bösen Verrat sinnt gegen Melkos Herrschaft, einen, der es verdient, von den Balrogs gemartert zu werden« – denn er suchte unablässig Freundschaft und Verkehr zwischen Elben und Menschen zu zerstören, damit sie die Schlacht der Ungezählten Tränen nicht vergäßen und sich nochmals im Zorn gegen ihn, Melko, erhoben. Jedoch Beren erkannte die Gefahr, in der er schwebte, und er antwortete: »Glaube nicht, O allermächtigster Belcha Morgoth (denn diese Namen trug Melko bei den Gnomen), daß dies wahr ist; wäre es nämlich wirklich so, stünde ich nicht ohne Hilfe und allein hier. Keine Freundschaft empfindet Beren, Sohn Egnors, für das Geschlecht der Menschen; und eben weil er der Lande, welche die Menschen überschwemmen, auf äußerste leid ist, hat er sich aus Aryador fortbegeben. Wohin sonst hätte er gehen können als nach Angband? Denn viele großartige Geschichten von deinem Glanz und Ruhm hat mein Vater mir vor Zeiten erzählt. Fürwahr, Herr, obgleich ich kein entlaufener Sklave bin, wünsche ich dennoch nichts sehnlicher, als dir zu dienen, wie gering mein Vermögen auch sein mag.« Wenig Wahrheit lag in diesen Worten, denn tatsäch-

lich war Berens Vater, Egnor, von der ganzen Sippe der Gnomen, die noch frei waren, der härteste Widersacher Melkos, ausgenommen nur Turgon, König von Gondolin, und die Söhne von Feanor, und lange war er dem Volk der Menschen in Freundschaft verbunden gewesen in jener Zeit, da er der Waffenbruder von Úrin, dem Standhaften, gewesen war; doch in jenen Tagen trug er einen anderen Namen, und Egnor war Melko unbekannt. Gleichwohl sprach Beren damals die Wahrheit, als er sagte, er sei ein großer Jäger, behende und geschickt, alles Getier zu erlegen, zu fangen oder zu hetzen. »Ohne es zu bemerken, verirrte ich mich in einen Teil der Berge, der mir unbekannt war, O Herr«, sagte er, »während ich jagte; und als ich beim Umherwandern in fremde Gegenden geriet, wußte ich keinen anderen Rat, mich zu retten, als nach Angband zu gehen, das alle finden können, welche die schwarzen Berge des Nordens aus der Ferne sehen. Ich wäre von allein zu dir gekommen, dich um irgendein bescheidenes Amt zu bitten (vielleicht als Jäger, der das Wildbret für deine Tafel beschafft), hätten nicht diese Orks mich gefangen und zu Unrecht gemartert.«

Ob nun die Valar ihm diese Worte eingegeben hatten oder ob es die Zauberkraft listiger Worte war, die Melian ihm aus Mitleid verliehen hatte, als er aus der Halle stürzte – seine Worte retteten ihm tatsächlich das Leben...

(Im folgenden wurde ein Teil dieser Passage im Typoskript verändert. Er lautet:)

...und lange war er dem Volk der Menschen in Freundschaft verbunden gewesen (ebenso wie Beren, der später der Waffenbruder von Úrin, dem Standhaften, wurde); doch in jenen Tagen nannten ihn die Orks Rog, den Flinken, und der Name Egnors war Melko unbekannt...

Zur selben Zeit wurden die Worte »Ob nun die Valar ihm diese Worte eingegeben hatten« verändert zu »Nun gaben ihm die Valar folgende Worte ein«.

24 So wurde Beren von Melko als Sklave dem Fürsten der Katzen übergeben, den die Gnomen Tiberth Bridhon Miaugion, die Elben jedoch Tevildo nannten...

Folglich heißt es im Typoskript überall *Tiberth* anstelle von *Tevildo,* und einmal taucht der volle Name *Tiberth Bridhon Miaugion* wieder auf. Im Manuskript lautet der gnomische Name *Tifil.*

25 ...und trug als einzigen Lohn für seine Anstrengungen einen Biß in den Finger davon. Da wurde Tiberth wütend und sagte: »Du hast meinen Herrn angelogen, O Gnom, und du bist für die Arbeit eines Küchenjungen besser geeignet als für die eines Jägers, der noch nicht einmal die Mäuse in meinen Hallen fangen kann.« Da kamen für Beren schlimme Tage unter der Knute

von Tiberth; denn sie machten ihn zum Küchenjungen, und ohne Ende mußte er Holz hacken, Wasser schleppen und in der lärmigen Behausung die niedrigsten Arbeiten verrichten. Mehr als einmal wurde er auch von den Katzen oder anderen boshaften Tieren, die zu Gast waren, gequält, und wenn, was von Zeit zu Zeit geschah, in diesen Hallen ein Ork-Fest stattfand, wurde er oft damit beauftragt, vor den mächtigen Feuern in Melkos Verliesen Vögel und anderes Fleisch an Spießen zu rösten, bis er von der ungeheuren Hitze ohnmächtig wurde; doch selbst in dieser hoffnungslosen Lage schätzte er sich glücklich, daß er inmitten dieser grausamen Feinde der Götter und Elben noch immer am Leben war. Selten bekam er Essen und Schlaf, und er wurde mager und halb blind, so daß er oft wünschte, er hätte die wilden, freien Orte von Hisilóme nie verlassen und Tinúviel nicht einmal aus der Ferne zu Gesicht bekommen.

26 Doch Melian lachte nicht, und sie sagte auch nichts dazu; denn in vielen Dingen war sie klug und vorausblickend – doch desungeachtet kam es ihr wie die Ausgeburt eines bösen Traumes vor, daß ein Elb, überdies noch ein Mädchen, die Tochter des Königs, der Melko am längsten widerstanden hatte, sich allein zu den Grenzen jenes jammervollen Landes begab, in dessen Mitte Angband und die Höllen aus Eisen lagen. Wenig Liebe gab es zwischen den Wald-Elben und dem Volk von Angband, selbst in jenen Tagen vor der Schlacht der Ungezählten Tränen, als Melkos Macht noch nicht zur vollen Größe gewachsen war, er seine Pläne geheim hielt und seine Lügennetze spann. »Wenn du dort bist, werde ich dir nicht helfen können, Kleines«, sagte sie; »denn selbst wenn Zauber und Fügung dich unversehrt diese Tollkühnheit überstehen ließen, würden doch viele große Dinge die Folge sein, und viele davon sind mit schwerem Leid beladen. Daher ist mein Rat, daß du niemals deinem Vater von deinem Begehr erzählst.«

Doch diese letzten Worte Melians hatte Thingol zufällig mit angehört, und sie mußten ihm wohl oder übel alles erzählen, und als er alles erfahren hatte, war er so zornig, daß Tinúviel wünschte, sie hätte selbst ihrer Mutter gegenüber geschwiegen.

27 Wahrlich, ich liebe ihn nicht, denn er hat unser gemeinsames Spiel zerstört, unsere Musik und unseren Tanz.« Doch Tinúviel erwiderte: »Nicht seinetwegen bitte ich dich um Hilfe, sondern ich bitte für mich selbst und für das Spiel, das wir früher miteinander spielten.« Und Dairon sagte: »Und um deinetwillen sage ich nein«; und sie sprachen nicht mehr darüber, doch Dairon erzählte dem König, was Tinúviel von ihm verlangt hatte, denn er fürchtete, das unerschrockene Mädchen könne in der Verblendung ihres Herzens in den Tod rennen.

28 ... er mochte seine Tochter nicht auf immer in den Höhlen einsperren, wo es nur das trübe, flackernde Licht von Fackeln gab.

29 Die Namen der größten und längsten Dinge auf Erden waren in dieses Lied verflochten: die Bärte der Indrafangs, der Schwanz von Carcaras, der Leib von Glorund, dem Drachen, der Stamm von Hirilorn und das Schwert von Nan. Diese alle nannte sie, doch vergaß sie auch nicht die Kette Angainu, die Aule und Tulkas machten, oder den Hals von Gilim, dem Riesen, der länger ist, als Ulmenbäume hoch sind...

Im Typoskript gibt es in der Folge nur noch die Schreibweise *Carcaras.*

30 ... so rasch ihre tanzenden Füße sie trugen.

Als nun die Wächter erwachten, war es bereits heller Tag, und sie suchten das Weite und wagten es nicht, ihrem Herrn die Nachricht zu bringen; und es war Dairon, der Thingol von der Flucht Tinúviels Kunde brachte, denn er hatte die Leute getroffen, die verwundert von den Leitern fortrannten, welche an jedem Morgen zu Tinúviels Tür hinaufgeschoben wurden. Tief war der Kummer des Königs, gemischt mit großem Zorn, und die Tiefen seiner Hallen waren in Aufruhr, und die Wälder widerhallten vom Lärm der Suchtrupps; doch Tinúviel war schon weit fort und tanzte wie von Sinnen durch die dunklen Wälder und näherte sich den düsteren Vorbergen und den Gebirgen der Nacht. Es heißt, Dairon sei von ihren Verfolgern der schnellste und ihr am dichtesten auf den Fersen gewesen, doch der Trug jener entlegenen Orte umnebelte seine Sinne, so daß er sich gänzlich verirrte; er kehrte nie nach Elbenheim zurück, sondern wandte sich nach Palisor; und dort spielt er noch immer feinsinnige, zaubrische Musik, sehnsüchtig und einsam in den Wäldern und Forsten des Südens.

Nun wanderte Tinúviel dahin, und plötzlich überkam sie Furcht, als sie daran dachte, was sie zu tun gewagt hatte und was vor ihr lag. Da hielt sie eine Weile inne und weinte und wünschte, Dairon wäre bei ihr. Es heißt, daß er zu dieser Zeit in der Tat nicht weit von ihr entfernt war und im Taurfuin umherirrte, dem Wald der Nacht, wo später Túrin Beleg erschlug, den er für seinen Feind hielt. Diesen unheilvollen Orten war Tinúviel sehr nahe; doch sie betrat dieses dunkle Gefilde nicht, und die Valar gaben ihr neue Hoffnung ein, so daß sie sich wieder aufraffte und weiterging.

31 In Wahrheit wurde selten eine der Katzen getötet; denn in jenen Tagen waren sie weitaus tapferer und stärker, als sie es gewesen sind, seit sich jene Dinge zutrugen, von denen du bald erfahren wirst; sie waren sogar noch mächtiger als die gelbbraunen Katzen der südlichen Lande, wo die Sonne heiß niederbrennt. Auch ihre Geschicklichkeit im Klettern und Verstecken war nicht geringer, und sie flogen so schnell dahin wie ein Pfeil; jedoch die freien Hunde

der nördlichen Wälder waren von unglaublicher Tapferkeit und kannten keine Furcht, und groß war die Feindschaft zwischen ihnen und den Katzen; und einige dieser Hunde wurden selbst von den größten unter den Katzen gefürchtet. Tiberth indessen fürchtete niemanden, ausgenommen nur Huan, den Anführer der Hunde von Hisilóme. Huan war so flink, daß er Tiberth einmal angegriffen hatte, als dieser allein in den Wäldern jagte; er verfolgte Tiberth, holte ihn ein und riß ihm fast das Fell vom Genick, bevor Tiberth von einer Schar von Orks gerettet wurde, die seine Schreie gehört hatten. In diesem Kampf trug Huan viele Wunden davon, bevor er sich befreien konnte, doch der verwundete Stolz Tiberths gierte immer nach Huans Tod.

Darum war es ein glücklicher Zufall, der Tinúviel in den Wäldern mit Huan zusammentreffen ließ; und dies geschah auf einer kleinen Lichtung nahe am Waldrand, wo die ersten Graslande beginnen, die von den oberen Wassern des Flusses Sirion genährt werden. Als sie ihn erblickte, war sie zu Tode erschrocken und wandte sich zur Flucht; doch Huan hatte sie mit zwei raschen Sprüngen eingeholt. In der Sprache der Verschollenen Elben bat er sie mit tiefer, weicher Stimme, sich nicht zu fürchten. »Wie kommt es«, sagte er, »daß ich ein Elbenmädchen erblicke, dazu ein so schönes, das sich so nahe bei den Orten aufhält, wo der Fürst des Bösen Herzens wohnt?«
32 »Was hast du inzwischen bedacht, O Huan?«

»Wenig kann ich dir raten«, sagte er, »außer daß du so rasch du kannst nach Artanor zu den Hallen deines Vaters zurückkehrst, und ich werde dich so weit begleiten, bis wir die Lande erreichen, die der Zauber der Königin Melian umgibt.« – »Das werde ich niemals tun«, antwortete sie, »solange Beren hier lebt, verlassen von seinen Freunden.« – »Ich dachte mir, daß deine Antwort so ausfallen würde«, sagte Huan, »wenn du aber deine verrückte Suche dennoch fortsetzen willst, habe ich bloß einen verzweifelten und gefährlichen Vorschlag für dich: Wir müssen uns nun, so rasch wir können, zu dem bösen Ort begeben, wo Tiberth haust, der noch weit entfernt ist. Über die verborgensten Wege werde ich dich dorthin führen, und wenn wir angelangt sind, mußt du dich allein, wenn du das Herz dazu hast, zur Behausung des Fürsten begeben, und zwar gegen den hohen Mittag, wenn er und die meisten seines Gefolges schlummernd auf den Terrassen vor seinen Toren liegen. Dort kannst du vielleicht, wenn das Glück dir sehr hold ist, herausfinden, ob Beren sich tatsächlich an diesem bösen Ort aufhält, wie deine Mutter gesagt hat. Höre jedoch, ich selbst werde nicht weit vom Fuß des Berges, auf dem Tiberths Halle steht, auf der Lauer liegen, und sobald du Tiberth siehst, mußt du ihm, sei Beren nun dort oder nicht, sogleich sagen, du seist auf Huan den Hund gestoßen, der, aus vielen Wunden blutend, elend in einem verdorrten Tal vor seinen Toren liege. Habe nicht zuviel Furcht, denn damit tust du sowohl mir einen Gefallen als auch, wenn alles glückt, dir selber; ich glaube auch nicht, daß du in Gefahr gerätst, wenn Tiberth deine Nachricht vernimmt. Doch du darfst ihn nicht zu dem Ort schicken, den ich dir zeigen werde, sondern mußt ihn selber dorthin geleiten. Auf diese Weise kannst du sein unheilvolles Haus wieder verlassen, und du wirst sehen, was ich mir für den Fürsten der Katzen ausgedacht habe.« Bei dem Gedanken an das, was vor ihr lag, überlief Tinúviel ein Schauder, doch sie sagte, sie wolle lieber diesem Vorschlag folgen als nach Hause zurückkehren. Und so machten sie sich auf der Stelle auf den Weg, folgten verborgenen Pfaden durch die Wälder und zogen über gewundene Wege durch die öden und steinigen Lande, die dahinter lagen.

Eines Morgens kamen sie endlich zu einem weiträumigen Tal, das wie eine flache Schale zwischen den Felsen lag. Nichts wuchs dort, außer niedrigem, kaum begrüntem Buschwerk und verdorrtem Gras. »Dies ist das Verdorrte Tal, von dem ich gesprochen habe«, sagte Huan. »Dort drüben ist die Höhle, in der

Hier endet die Typoskript-Fassung der *Geschichte von Tinúviel.* Ich halte es für unwahrscheinlich, daß es eine Fortsetzung dieser Version gibt.

Anmerkungen

1 Zum Olóre Malle, dem Pfad der Träume, vgl. auch Teil 1, S. 29, 40; 299, 316.

2 Die unterschiedliche Namengebung (die Elben nennen die Königin *Wendelin,* die Gnomen nennen sie *Gwendeling*) wird in der Typoskript-Version noch deutlicher (»es ist eine Geschichte der *Gnomen,* und deshalb bitte ich dich, Eriol nicht mit deinen *elbischen* Namen in den Ohren zu liegen«; S. 65; der »Fürst der Katzen ..., den die *Gnomen* Tiberth Bridhon Miaugion, die *Elben* jedoch Tevildo nannten«; S. 68). Siehe auch Teil 1, S. 80f.

3 Im Manuskript hieß es ursprünglich: »Beren nun war ein Gnom, der, wie manche sagen, Sohn eines Sklaven von Melko war, der in den dunkleren Verliesen arbeitete ...«. Vgl. Anmerkung 4.

4 Im Manuskript hieß es ursprünglich: »Ich, Beren von den Noldoli, Sohn von Egnor, dem Jäger ...«; vgl. auch Anmerkung 3.

5 Von dieser Stelle an bis zu den Worten »Forsten des Südens« auf S. 34 ist der Text auf lose, dem Notizbuch beigefügte Blätter geschrieben. Weiteres Material, das sich auf diese Passage bezieht, gibt es nicht.

6 Im Manuskript hieß es ursprünglich: »kam niemals zu Ellu zurück, sondern spielt...« (zu *Ellu* siehe unten: *Veränderungen der Namen*). Mit der Einfügung des Halbsatzes »sondern sich nach Palisor wandte« wird Palisor in den Süden der Welt verlegt. In der Geschichte *Die Ankunft der Elben* (Teil 1, S. 165) liegt Palisor »in der Mitte« (vgl. auch die Zeichnung vom »Welt-Schiff«, Teil 1, S. 126), und es scheint möglich, daß das Wort »Süden« geändert werden sollte; doch es blieb im Typoskript stehen (S. 70).

7 Die *Geschichte von Turambar,* obgleich nach der *Geschichte von Tinúviel* abgeschlossen, gab es bereits, als *Tinúviel* umgeschrieben wurde.

8 Von »über die Maßen verwundert« bis »doch ohne Tinúviel freute es ihn nicht« (S. 48) ist der Text auf ein eingelegtes Blatt geschrieben; vgl. auch Anmerkung 5 – auch hier ist die Text-Situation unklar.

9 Hier wird eine kurze Passage des frühen Bleistifttextes sichtbar, die endet: »...und Tinúviel verlangte es bitterlich nach Wendelin, ihrer Mutter, und nach dem Anblick Linwes und nach Kapalen, der auf lieblichen Lichtungen musizierte«. *Kapalen* muß eine Vorstufe von *Tifanto* sein, aus dem wiederum *Dairon* hervorging (vgl. unten: *Veränderungen der Namen*).

10 dieser Gnom: ursprünglich: dieser Mensch. Dies war höchstwahrscheinlich ein – bezeichnendes – Versehen (vgl. S. 76). Es ist möglich, daß »Mensch« hier, wie gelegentlich auch an anderer Stelle (z. B. auf Seite 31: »...wie Menschen eben mit ihren längsten Leitern hinaufreichen konnten«), »männlicher Elb« bedeuten sollte, doch in diesem Falle wäre kein Grund gewesen, das Wort zu ändern.

11 Im Manuskript ist hier gestrichen: »Beren aus den Bergen«.

12 »Mablung, der Schwerhändige, der Führer des königlichen Gefolges, sprang auf und ergriff einen Speer« ersetzte die ursprüngliche Fassung »Tifanto warf seine Flöte fort und ergriff einen Speer«. Ursprünglich lautete der Name von Tinúviels Bruder überall Tifanto. Vgl. Anmerkungen 13–15 und Kommentar S. 84.

13 *Mablung* anstelle von *Tifanto;* vgl. Anmerkung 12.

14 »O König« anstelle von »O Vater«; vgl. Anmerkung 12.

15 An dieser Stelle war *Mablung* die zuerst geschriebene Form; siehe *Kommentar,* S. 70.

16 Für die Erzählung von der Ankunft der Elben ist es wesentlich, daß die Solosimpi der dritte und letzte der drei Stämme waren; daß sie hier als »der zweite« bezeichnet werden, kann nur ein Versehen sein.

Veränderungen der Namen

(1) Manuskript-Version

Ilfiniol < *Elfriniol.* Im Typoskript lautet der Name *Ilfrin.* Vgl. S. 270f.

Tinwe Linto, Tinwelint Zu Beginn der Erzählung, wo Ausir und Veanne verschiedene Formen von Tinwelints Namen benutzen, ist das Manuskript sehr verwirrend, und es ist unmöglich, die nachfolgenden Abstufungen zu verstehen. In der ursprünglichen Niederschrift der Geschichte wird Tinwelint von Veanne durchgehend als *Tinto Ellu* oder *Ellu* genannt, doch bei der Auseinandersetzung am Anfang ist es Ausir, der ihn *Tinto Ellu* nennt, wogegen er bei Veanne *Tinto'ellon* heißt, *(Tinto) Ellu* ist mit Sicherheit eine »elbische« Form, doch wurde sie in der Geschichte durchgehend zu gnomisch *Tinwelint,* Ausirs *Tinto Ellu* am Anfang dagegen zu *Tinwe Linto* verbessert. (Beim dritten Auftauchen von *Tinwe* am Anfang lautete der ursprünglich geschriebene Name *Linwe:* vgl. Teil 1, S. 188).

In den Geschichten *Die Ankunft der Elben* und *Melkos Diebstahl* in Teil 1 ist *Ellu* der Name des zweiten Führers der Solosimpi, der an Tinwelints Stelle trat (später Olwe), doch bei den zwei Nennungen (Teil 1, S. 173; 202) handelt es sich um eine spätere Ergänzung (Teil 1, S. 188, Anmerkung 5; S. 222). Viele Jahre später wurde *Ellu* wieder der Name Thingols (Sindarin *Elu Thingol,* Quenya *Elwe Singollo;* in: *Das Silmarillion*).

Gwendeling In der ursprünglichen Niederschrift lautete der Name durchgehend *Wendelin* (*Wendelin* findet sich in Geschichten in Teil 1 als Verbesserung aus *Tindriel:* dort S. 155f.; 189). Später wurde daraus durchgehend die gnomische Form *Gwendeling* (vgl. das frühere Gnomische Wörterbuch, Teil 1, S. 372f., später geändert zu *Gwedhiling*), außer bei Ausir, der die »elbische« Form *Wendelin* verwendet (S. 16).

Dairon < *Tifanto* durchgehend. Zur Veränderung von *Tifanto* < *Mablung* am Ende der Geschichte (vgl. oben Anmerkungen 12–14) siehe Kommentar, S. 70; zum Namen *Kapalen* als Vorstufe von *Tifanto* vgl. Anmerkung 9.

Dor Lómin < *Aryador* (S. 19). In der Geschichte *Die Ankunft der Elben* heißt es (Teil 1, S. 172), daß Hisilóme bei den Menschen Aryador hieß; zu *Dor Lómin – Hisilóme* vgl. Teil 1, S. 163.

Angband Dieser Name taucht ursprünglich zweimal auf. In einem dieser Fälle wurde er zu *Angamandi* verändert, im anderen (S. 49) blieb er unverändert; in allen anderen Fällen war *Angamandi* die zuerst geschriebene Form. In der Manuskript-Version der Geschichte macht Veanne keinen konsequenten Gebrauch von gnomischen oder »elbischen« Formen: so sagte sie *Tevildo* (nicht

Tifil), *Angamandi, Gwendeling* (< *Wendelin*), *Angband, Melian* (< *Gwenethlin*), *Thingol* (< *Tinwelint*).

Hirilorn, die Königin der Bäume < *Golosbrindi, die Königin des Waldes* (S. 27); *Hirilorn* < *Golosbrindi* bei späteren Nennungen.

Uinen < *Ónen* (oder möglicherweise *Únen*).

Egnor bo-Rimion < *Egnor go-Rimion.* In den Geschichten von Teil 1 ist die patronymische Vorsilbe *go-* (vgl. dort S. 209; 222).

Tinwelint < *Tinthellon* (nur auf S. 55). Vgl. *Tinto'ellon* unter *Tinwe Linto.*

i·Cuilwarthon < *i·Guilwarthon.*

(2) Typoskript-Version

Tinúviel < *Tynwfiel* im Titel und bei jeder Nennung bis zur Passage auf S. 20 der Manuskript-Version: »...doch jetzt erblickte er Tinúviel, die im Zwielicht tanzte«; von da an konsequent *Tinúviel.*

Singoldo < *Tinwe Linto* (S. 65).

Melian < *Gwenethlin* bei jeder Nennung bis zur Passage, die sich in der Manuskript-Version auf S. 23 findet: »...die Erhabenheit der Königin Gwendeling«; von da an konsequent *Melian.*

Thingol < *Tinwelint* bei jeder Nennung bis zur Passage, die sich in der Manuskript-Version auf S. 22 findet: »...über verschlungene Pfade zur Wohnung von Tinwelint«; von da an konsequent *Thingol.*

Egnor < *Barahir.* Vgl. dazu S. 67.

Kommentar

1. Die Fabel

In diesem Abschnitt werde ich lediglich den Fortgang der Fabel untersuchen und solche Fragen wie die nach dem größeren historischen Zusammenhang, nach Tinwelints Volk und Behausung oder der Geographie zunächst außer acht lassen.

Die Geschichte von Berens Zusammentreffen mit Tinúviel auf der mondhellen Lichtung in ihrer frühesten niedergeschriebenen Form (S. 20f.) wurde in ihrem Kern nie verändert; und es bleibt festzuhalten, daß es sich bei der Passage im *Silmarillion* (S. 184) um eine außerordentlich verdichtete und stilisierte Ausgestaltung dieser Szene handelt: Viele dort nicht erwähnte Elemente wurden in Wirklichkeit niemals aufgegeben. In einer sehr späten Neufassung der Passage, in dem *Leithian-Lied**, erscheinen die Schierlingspflanzen und die Nachtfalter aufs neue, und Daeron, der Spielmann, ist zugegen, als Beren zur Lichtung kommt. Jedoch gibt es dennoch die bemerkenswertesten Unterschiede; und der wichtigste ist natürlich, daß Beren hier kein sterblicher Mensch war, sondern ein Elb, einer der Noldoli, und daß das unabdingbar notwendige Element der Geschichte von Beren und Lúthien nicht vorhanden ist. Gleichwohl werden wir später (S. 98f.; 186f.) sehen, daß dies ursprünglich nicht so war: In der nun verlorenen (weil ausradierten) Fassung der *Geschichte von Tinúviel* war er ein Mensch gewesen. Deshalb habe ich die Verbesserung von »Mensch« zu »Gnom« im Manuskript (vgl. Anmerkung 10) ein »bezeichnendes Versehen« genannt. Viele Jahre später, nach der Niederschrift der Geschichte in der Form, die sie jetzt hat, wurde Beren wieder ein Mensch, obgleich mein Vater zu dieser Zeit (um 1925) lange geschwankt zu haben scheint, ob Beren ein Elb oder ein Mensch sein sollte.

Notwendigerweise gibt es in der Geschichte einen ganz anderen Grund für die Feindschaft und das Mißtrauen, dem sich Beren in Artanor (Aryador) gegenübersieht – es ist namentlich die Tatsache, daß »alle Wald-Elben die Gnomen von Dor Lómin für heimtückische, grausame und treulose Geschöpfe hielten« (vgl. unten S. 90). Es scheint klar, daß die Geschichte von Beren und seinem Vater (Egnor) zu dieser Zeit erst in groben Umrissen konzipiert war; es findet sich nicht der geringste Hinweis auf die Geschichte von der Schar der Gesetzlosen, die von seinem Vater angeführt und von Gorlim, dem Unglücklichen, verraten wurde (*Das Silmarillion,* S. 181f.) vor der ersten Fassung des *Leithian-Liedes,* wo die Geschichte voll ausgeformt erscheint (die Arbeiten am Lied waren im Spätsommer 1925 bis zu diesem Punkt gediehen). Doch es wird auf eine Verbindung zwischen Berens Vater (später ist es Beren selbst) und Úrin (Húrin) als »Waffenbrüder« hingewiesen (vgl. die Typoskript-Version der Geschichte, S. 68); nach den späteren Abrissen für *Gilfanons Geschichte* (Teil 1, S. 333) stellten »Úrin und Egnor (Vater von Beren) ... zahllose Bataillone« (gegen Melkos Heere).

In der alten Geschichte gab es vor dem Tag, an dem er sich ihr schließlich kühn näherte, keine Treffen zwischen Beren und Tinúviel, und daraufhin geschah es, daß sie ihn zu Tinwelints Höhlen führte; sie waren kein Liebespaar, Tinúviel wußte von Beren lediglich, daß er von ihrem Tanz bezaubert war, und es scheint, daß sie ihn, was ganz natürlich war, aus reiner Höflichkeit zu ihrem Vater brachte. Folglich gibt es in der alten Geschichte auch keinen Platz für

* Das lange, unvollendete Gedicht in Reimpaaren, in dem die Geschichte von Beren und Lúthien Tinúviel erzählt wird; verfaßt zwischen 1925 und 1931, doch viele Jahre später in Teilen völlig neu geschrieben.

Daerons Verrat (*Das Silmarillion,* S. 192) – es gibt nichts zu verraten; und in der Tat wird aus der Geschichte nicht ersichtlich, daß Dairon das geringste über Beren wußte, bevor Tinúviel diesen in die Höhle brachte, außer, daß er einmal sein Gesicht im Mondlicht gesehen hatte.

Trotz dieser grundsätzlichen Unterschiede in der erzählerischen Struktur ist es bemerkenswert, wie viele Einzelheiten der Szene in Tinwelints Halle (S. 22ff.), wo Beren vor dem König stand, überdauerten, während der gesamte Sinngehalt verlagert und verstärkt wurde. So zum Beispiel Berens Verlegenheit und sein Schweigen zu Beginn, die Tinúviel bewegen, für ihn zu antworten, das plötzliche Erwachen seines Mutes, das Äußern seines Wunsches ohne Zögern und Beiwerk. Doch insgesamt ist der Ton leichter und weniger ernst, verglichen mit der späteren Fassung; im spöttischen Gelächter Tinwelints, der das Ganze als Spaß auffaßt und Beren wie einen unwissenden Narren behandelt, findet sich keine Spur von dem, was in der späteren Geschichte deutlich gemacht wird: »So fädelte er das Verhängnis von Doriath ein und wurde mitverurteilt durch Mandos' Spruch« (*Das Silmarillion,* S. 187). Die Silmaril sind in der Tat berühmt und besitzen eine heilige Kraft (S. 54), doch das Schicksal der Welt ist nicht mit ihnen verknüpft (*Das Silmarillion,* S. 187); Beren ist ein Elb, wenn auch aus einem Volk, das man fürchtet und dem man nicht traut, und seiner Forderung fehlt die Dimension einer Freveltat; und er und Tinúviel sind kein Liebespaar.

In dieser Passage wird zum ersten Mal die Eiserne Krone Melkos erwähnt, in welche die Silmaril eingelassen waren; und hier ist wieder ein Detail, das nie verlorenging: »Niemals verließ diese Krone sein Haupt« (vgl. *Das Silmarillion,* S. 94: »Die Krone nahm er nie von seinem Haupte, obwohl ihre Last ihm zur unerträglichen Qual wurde«).

Doch von diesem Punkt an weicht Veannes Geschichte in einer ganz und gar unerwarteten Weise von der späteren Erzählung ab. Nirgendwo sonst in den *Verschollenen Geschichten* ist die spätere Umgestaltung so tiefgreifend wie hier, beim Vorläufer der Geschichte von der Gefangennahme Berens, Felagunds und ihrer Gefährten durch Sauron, der Einkerkerung und dem Tod aller, ausgenommen Beren, in den Verliesen von Tol-in-Gaurhoth (der Insel der Werwölfe im Sirion) und der Rettung Berens und der Überwältigung Saurons durch Lúthien und Huan.

Es ist bemerkenswert, daß das »Nargothrond-Element« völlig fehlt und, insoweit es bereits existiert hat, noch in keiner Verbindung steht zur Geschichte von Beren und Lúthien (zu Nargothrond, das zu dieser Zeit noch anders hieß, vgl. S. 112; 170). Beren hat keinen Ring von Felagund, er hat auf seiner Reise nach Norden keine Gefährten, und es gibt – einerseits – keine Beziehung zwischen der Geschichte seiner Gefangennahme, seiner Unterhaltung mit Melko und seinem Aufenthalt im Haus Tevildos und – andererseits – den Ereignissen der späteren

Geschichte, denen zufolge Beren und die Elbenschar aus Nargothrond in die Verliese Saurons geraten. Es fehlt in der Tat der allergrößte Teil des vielschichtigen Hintergrundes von Sagen, Schlachten und Rivalitäten, Eiden und Bündnissen, aus dem im *Silmarillion* die Geschichte von Beren und Lúthien erwächst. Das Schloß der Katzen entspricht nur insoweit Saurons Turm auf Tol-in-Gaurhoth, als es in der Erzählung eine ähnliche Funktion hat; es gibt darüber hinaus keine Ähnlichkeiten zwischen den beiden Gebäuden. Die riesigen, schlemmenden Katzen, ihre Küchen, ihre Sonnenterrassen und ihre einnehmenden elbisch-kätzischen Namen *(Miaugion, Miaule, Meoita)* sind spurlos verschwunden. Gilt das auch für Tevildo? Ich glaube, es enspräche kaum der Wahrheit, zu sagen, Sauron sei aus einer Katze hervorgegangen: In der nächsten Phase der Sagen hat der Zauberer (Thû) keine kätzischen Eigenschaften. Andererseits wäre es falsch, von einem bloßen *Ersatz* (Thû nimmt in der Erzählung den freigewordenen Platz Tevildos ein) ohne jede Umgestaltung vorhergehender Elemente zu sprechen. Tevildos unmittelbarer Nachfolger ist der »Herr der Wölfe«, selbst ein Werwolf, und indem er Huan mehr als jedes andere Wesen haßt, ist in ihm dieser Hauptzug Tevildos bewahrt. Tevildo war ein »verderbter Elb in Tiergestalt« (S. 46); und der Zweikampf zwischen den zwei großen Tieren, Hund gegen Werwolf (ursprünglich Hund gegen den Dämon in Katzengestalt), blieb erhalten.

Wenn die Geschichte sich wieder Tinúviel in Artanor zuwendet, ist die Situation genau umgekehrt: denn die Geschichte ihrer Gefangenschaft in dem Haus in Hirilorn und ihre Flucht erlebte nie eine durchgreifende Veränderung. Die entsprechende Passage im *Silmarillion* (S. 192) ist in der Tat sehr kurz, doch ihr Mangel an Einzelheiten ist eher auf die Verdichtung als auf bewußte Streichungen zurückzuführen; das *Leithian-Lied,* von dem die Prosa-Erzählung des *Silmarillion* sich direkt herleitet, kommt in bezug auf erzählerische Details der Geschichte von Tinúviel in dieser Passage so nahe, daß man fast sagen kann, sie seien identisch.

Es sollte angemerkt werden, daß die früheste Version in diesem Teil der Geschichte eine Stringenz besitzt, die später insofern gemindert wurde, als Tinúviels Gefangenschaft nur kurz beschrieben wird und sie rasch aufbricht, um Beren zu retten, der nach dem Willen seiner Wächter für immer eingekerkert bleiben sollte; in der späteren Geschichte dagegen wird die Zeit, in der Beren in den Verliesen des Zauberers auf seinen Tod wartet, durch zahlreiche Ereignisse (Lúthiens Gefangenschaft in Nargothrond) ausgefüllt.

Während das Element der Tier-Fabel (Hunde und Katzen betreffend) später vollkommen getilgt werden sollte und Tevildo, Fürst der Katzen, durch den Zauberer ersetzt wurde, blieb Huan indessen als der große Hund von Valinor erhalten. Seine Begegnung mit Tinúviel in den Wäldern, ihre Unfähigkeit, vor ihm zu fliehen, und vor allem seine Liebe zu ihr vom ersten Augenblick an (in der Geschichte auf S. 37 angedeutet, im *Silmarillion,* S. 193 ausgesprochen) waren bereits vorhanden, obgleich der Kontext ihrer Begegnung und Huans Motive vom Fehlen des »Nargothrond-Elementes« (Felagund, Celegorm und Curufin) völlig verschieden waren.

In der Geschichte von der Besiegung Tevildos und der Rettung Berens ist die spätere Sage deutlich erkennbar, wenn auch zum größten Teil nur in groben Zügen. Das laute Sprechen Tinúviels im Schloß der Katzen, um Berens Aufmerksamkeit zu erregen, findet sich wieder in ihrem Gesang auf der Brücke von Tol-in-Gaurhoth, den Beren in seinem Kerker hörte (*Das Silmarillion,* S. 194). Tevildos Absicht, sie Melko auszuliefern, findet sich bei Sauron wieder, der dasselbe Ziel verfolgt (ebda.); das Töten der Katze Oikeroi (S. 44f.) ist die Keimzelle von Huans Kampf mit Draugluin – das Fell von Huans totem Gegner wird in beiden Fällen zum selben Zweck verwendet (S. 49; *Das Silmarillion,* S. 199f.); aus dem Zweikampf zwischen Huan und Tevildo wurde der zwischen Huan und Wolf-Sauron, und der Ausgang ist im wesentlichen derselbe: Huan gibt seinen Gegner frei, als dieser ihm die Gewalt über seine Behausung zugesteht. Und noch etwas ist sehr bemerkenswert: das Aussprechen der Zauberworte, welche die Steine des unheilvollen Schlosses zusammenhielten (S. 46), durch Tinúviel. Natürlich war, als das geschrieben wurde, das Schloß Tevildos ein nebensächliches Element in der Geschichte – es hatte keine Vorgeschichte: es war ein durch und durch böser Ort, und der Zauber (von Melko stammend), den Tevildo zu enthüllen gezwungen wurde, barg sowohl das Geheimnis von Tevildos Macht über die Tiere als auch das magische Wort, welches die Steine zusammenhielt. Mit dem Eintritt von Felagund in die Geschichte und der Einführung eines elbischen Wachturms auf Tol Sirion (*Minas Tirith: Das Silmarillion,* S. 135), den der Zauberer eroberte (ebda.; S. 179), wurde der Zauber umgeformt. Gleichwohl blieb dieses Element erhalten und ist im *Silmarillion* (S. 195) vollständig vorhanden; wenn dort auch nicht ausdrücklich gesagt wird, daß Sauron Huan und Lúthien den genauen Wortlaut mitteilte, sondern nur, daß er sich »ergab«, so ist doch die Bedeutung dessen, was geschah, nicht zu übersehen:

»›Auf ewig sei dort dein nacktes Selbst der Folter seines Hohns preisgegeben‹, sagte sie, ›durchlöchert von seinen Blicken, wenn du mir nicht deinen Turm auslieferst.‹ Da ergab sich Sauron, und Lúthien bemächtigte sich der Insel mit allem, was darauf war ... Nun trat Lúthien auf die Brücke und erklärte ihre Macht: und der Zauber wurde gelöst, der Stein an Stein band, und die Tore fielen ein, und die Mauern öffneten sich, und die Verliese wurden freigelegt.«

Auch hier unterscheiden sich die frühe und die späten Ausformungen der Sage völlig voneinander: Im *Silmarillion* kamen »viele Knechte und Gefangene heraus, voll Furcht und Staunens…, denn sie hatten lange in Saurons Dunkel gelegen«; dagegen kommen in der Geschichte, außer Beren und dem offenbar belanglosen blinden Sklaven-Gnom Gimli, viele Katzen zum Vorschein, die, weil Tevildos Bann gebrochen war, auf ihre gewöhnliche Größe geschrumpft waren.

Es sei noch auf ein weiteres geringfügiges erzählerisches Detail hingewiesen; die Typoskript-Version hätte den Kampf zwischen Huan und Tevildo wahrscheinlich ein wenig anders dargestellt, denn im Manuskript können Tevildo und sein Kumpan auf große Bäume flüchten (S. 45), wogegen im Typoskript im Verdorrten Tal (wo Huan angeblich krank liegen sollte) nichts wuchs, außer »niedrigem, kaum begrüntem Buschwerk« (S. 72).

Der Rest der Geschichte zeigt eine weit größere Übereinstimmung zwischen der frühen und den späten Formen. Die erzählerische Hauptlinie ließe sich folgendermaßen zusammenfassen:

- Beren verkleidet sich mit dem Fell der toten Katze Oikeroi.
- Er und Tinúviel reisen zusammen nach Angamandi.
- Tinúviel versetzt Karkaras, den Wolf-Wächter von Angamandi, in einen Zauberschlaf.
- Sie betreten Angamandi, Beren schlüpft in seiner Tiergestalt unter den Thron Melkos, und Tinúviel tanzt vor Melko.
- Alle Bewohner von Angamandi und schließlich auch Melko fallen in Schlaf, und Melkos Krone gleitet von seinem Haupt.
- Tinúviel rüttelt Beren wach, der einen Silmaril aus der Krone löst, wobei das Messer zerbricht.
- Die Schlafenden rühren sich, und Beren und Tinúviel fliehen zurück zu den Toren, wo sie aber Karkaras wieder wach vorfinden.
- Beren führt einen Schlag gegen Karkaras, doch dieser beißt Berens Hand, die den Silmaril hält, ab.
- Karkaras wird vor Schmerz in seinem Leib rasend, denn der Silmaril als ein heiliger Gegenstand versengt bösartiges Fleisch.
- Karkaras rast südlich nach Artanor.
- Beren und Tinúviel kehren nach Artanor zurück; sie treten vor Tinwelint, und Beren erklärt, daß er einen Silmaril in der Hand halte.
- Die Jagd nach dem Wolf findet statt, und Mablung, der Schwerhändige, ist einer der Jäger.
- Beren wird von Karkaras tödlich verwundet und auf einer Bahre aus Zweigen zu Tinwelints Hallen zurückgebracht; sterbend händigt er Tinwelint den Silmaril aus.
- Tinúviel folgt Beren zu Mandos, und dieser erlaubt ihnen, in die Welt zurückzukehren.

Vertauscht man das Katzenfell Oikerois mit dem Wolfspelz von Draugluin und ändert ein paar weitere Namen, läßt sich obige Übersicht ziemlich gut als eine Zusammenfassung der Geschichte im *Silmarillion* lesen. Doch würde es sich dabei natürlich um eine bloße Auflistung von Entsprechungen handeln. Es gibt sowohl wesentliche Unterschiede als auch eine Vielzahl kleinerer, die darin nicht erscheinen.

Außerdem, und das ist sehr wichtig, fehlt das »Nargothrond-Element«. Als dieses mit der Beren-Sage verbunden wurde, kamen wichtige neue Elemente hinzu: Felagund als Gefährte Berens, Lúthiens Festsetzung in Nargothrond durch Celegorm und Curufin, ihre Flucht mit Huan, dem Hund Celegorms, der Angriff auf die aus Tol-in-Gaurhoth zurückkehrenden Beren und Lúthien durch Celegorm und Curufin, die ihrerseits aus Nargothrond fliehen. (*Das Silmarillion,* S. 193f., 197f.).

In der alten Geschichte wird die Erzählung nach Abschluß der Episode von Berens Knechtschaft (S. 48f.) ganz anders fortgeführt: Huan ist hier mit Beren und Tinúviel zusammen; Tinúviel hat Sehnsucht nach ihrer Heimat, und Beren ist betrübt, weil er das Leben in den Wäldern mit den Hunden liebt, doch er löst das Problem, indem er beschließt, einen Silmaril zu gewinnen, und obgleich Huan ihren Plan für töricht hält, übergibt er ihnen das Fell von Oikeroi, in das sich Beren kleidet, um mit Tinúviel nach Angamandi aufzubrechen. Im *Silmarillion* (S. 197) ist es ebenso: Nachdem Beren lange mit Tinúviel durch die Wälder gezogen ist (ohne Huan), beschließt er, die Suche nach dem Silmaril fortzusetzen; Tinúviel dagegen vertritt einen anderen Standpunkt:

»Eins von beiden, Beren: Entweder du läßt ab von deinem Auftrag, brichtst deinen Eid und führst ein unstetes Leben auf Erden, oder du hältst Wort und forderst den Herrn des Dunkels auf seinem Thron heraus. Aber welchen Weg du auch gehst, ich gehe mit dir, und unser Schicksal wird eines sein.«

Darauf kommt es zum Angriff Celegorms und Curufins auf Beren und Lúthien, Huan verläßt seinen Herrn und schließt sich den beiden an; zusammen kehren sie nach Doriath zurück; als sie dort angekommen sind, verläßt Beren die schlafende Lúthien und reitet auf Curufins Pferd zurück nach Norden. Am Rand der Anfauglith wird er von Huan eingeholt, der Lúthien auf dem Rücken trägt und aus Tol-in-Gaurhoth die Felle von Draugluin und Thuringwethil (Saurons Botin in Gestalt einer Fledermaus, die in der alten Geschichte fehlt) mitbringt; in diese Felle gekleidet gehen Beren und Lúthien nach Angband. Huan ist ihr tatkräftiger Ratgeber.

Die spätere Sage ist also in diesem Teil bewegter und ereignisreicher als die *Geschichte von Tinúviel* (obgleich die endgültige Form sich nicht, wie man glauben könnte, bruchlos herstellte); im *Silmarillion* wird das besonders durch die

Tatsache deutlich, daß die Schilderung eine Verdichtung und Straffung des *Leithian-Liedes* ist.*

In der Geschichte von Tinúviel ist die Verkleidung Berens mit charakteristischen Einzelheiten beschrieben: Tinúviel unterweist ihn im kätzischen Benehmen; er fühlt sich unbehaglich in der Hitze des Fells. Hier verkleidet sich Tinúviel noch nicht als Fledermaus, und während sie im *Silmarillion* »ihr ekles Gewand abwerfend« vor Carcharoth trat und »ihm zu schlafen gebot«, benutzt sie hier abermals ihr magisches Haargespinst: »und sie streifte mit den schwarzen Falten ihres Gewandes seine Augen« (S. 50). Die Gleichgültigkeit Karkaras' gegen den falschen Oikeroi steht im Gegensatz zu Carcharoths Argwohn gegen den falschen Draugluin, von dessen Tod er gehört hatte: In der alten Geschichte wird betont, daß noch keine Nachricht der Niederlage Tevildos (und dem Tod von Oikeroi) nach Angamandi gelangt war.

Die Begegnung Tinúviels mit Melko wird weitaus detaillierter beschrieben als im *Silmarillion*. Bemerkenswert ist die Stelle S. 52: »... warf er ihr einen tückischen, entsetzlichen Blick zu, denn sein düsterer Geist brütete Übles aus«. Dies ist der Vorläufer folgender Passage im *Silmarillion* (S. 201):

»Da erfaßte Morgoth, als er ihre Schönheit sah, im Geiste ein böses Gelüst, und ein schwärzerer Plan als je einer seit seiner Flucht aus Valinor kam ihm ins Herz.«

Ob Melkos Worte zu Tinúviel (»Wer bist du, die du wie eine Fledermaus in meine Hallen flatterst?«) und die Beschreibung ihres Tanzes (»lautlos wie eine Fledermaus«) der Keim ihrer späteren Verkleidung als Fledermaus waren, kann man nicht sagen, obgleich es möglich erscheint.

In der *Geschichte von Tinúviel* stammt das Messer, mit dem Beren den Silmaril aus der Eisernen Krone schnitt, aus der Küche von Tevildos Schloß (S. 47; 53), im *Silmarillion* war es Angrist, das berühmte von Telchar angefer-

* Vgl. T. A. Shippey, *The Road to Middle-earth,* 1982, S. 193: »Im Ganzen genommen, gibt es in ›Beren und Lúthien‹ zuviel Handlung. Andererseits ist zu kritisieren, daß Tolkien zuweilen aus seinen Einfällen zu wenig macht. Celegorm verwundet Beren, und Huan, der Hund, wendet sich gegen seinen Herrn und verfolgt ihn; zurückkehrend ›brachte er Lúthien ein Kraut aus dem Walde. Damit stillte sie Berens Wunde, und so, mit Kunst und Liebe, heilte sie ihn ...‹ Das Motiv des heilenden Krautes ist alt; es steht zum Beispiel im Zentrum des bretonischen *Lai* von *Eliduc* (von Marie de France in eine *conte* gebracht). Doch dort beansprucht es eine ganze Szene, wenn nicht gar ein Gedicht. Im *Silmarillion* taucht es nun auf, um in zwei Zeilen abgetan zu werden, während Beren in fünf Zeilen verwundet und geheilt wird. Aufs neue hat man den Eindruck einer Zusammendrängung ...« Dieser Eindruck ist nur allzu berechtigt! Im *Leithian-Lied* werden Verwundung und Heilung in etwa 64 Zeilen abgehandelt (vgl. mein Vorwort zum *Silmarillion*).

tigte Messer, das Beren Curufin abnahm. Hier werden die Schlafenden in Angamandi vom Geräusch der zerbrechenden Messerklinge aufgestört; im *Silmarillion* fliegt ein Stückchen des abgebrochenen Messers davon und trifft Morgoths Wange, was ihn aufstöhnen und sich rühren läßt.

Es gibt einen kleinen Unterschied in der Beschreibung der Begegnung mit dem Wolf, als Beren und Tinúviel aus dem Schloß fliehen. Im *Silmarillion* war Lúthien »erschöpft und hatte weder Zeit mehr noch Kraft, den Wolf zu bändigen«; in der Geschichte, so scheint es, hätte sie es getan, wäre ihr Beren nicht zuvorgekommen. Weit wichtiger ist, daß hier zum ersten Mal von der heiligen Kraft des Silmaril die Rede ist, die unheiliges Fleisch versengt.*

Die Flucht von Beren und Tinúviel aus Angamandi und ihre Rückkehr nach Artanor werden in der *Geschichte von Tinúviel* ganz anders behandelt. Im *Silmarillion* (S. 202 f.) wurden sie von Adlern gerettet und an den Grenzen Doriaths abgesetzt; breiter wird die Heilung von Berens Wunde behandelt, wobei Huan eine Rolle spielt. In der alten Geschichte stößt Huan später, nach ihrer langen Flucht zu Fuß nach Süden, zu ihnen. In beiden Schilderungen gibt es zwischen ihnen eine Auseinandersetzung, ob sie zu den Hallen ihres Vaters zurückkehren sollen oder nicht, die auf verschiedene Weise beendet wird – in der *Geschichte* ist es Tinúviel, die Beren zur Rückkehr überredet, im *Silmarillion* ist es Beren, der sie überredet.

In der Geschichte von der Wolfsjagd gibt es ein merkwürdiges Detail, das hier diskutiert werden soll (vgl. oben S. 59 ff. und Anmerkungen 12–15). Zuerst war es Tinúviels Bruder, der zusammen mit Tinwelint, mit Beren und Huan an der Jagd teilnahm. Sein Name ist hier *Tifanto,* und so hieß er in der ganzen Geschichte, bevor er durch *Dairon* ersetzt wurde.† In der Folge wurde »Tifanto« – wobei die Stufe »Dairon« übersprungen wurde – durch *Mablung* ersetzt, den »Schwerhändigen, Anführer des königlichen Gefolges«, der hier als vierter Teilnehmer an der Jagd erstmals auftritt. Doch früher in der Geschichte wird gesagt, daß Tifanto > Dairon, der Artanor verließ, um Tinúviel zu suchen, »sich gänzlich verlor und niemals mehr nach Elbenheim zurückkehrte« (S. 34); und als Beren und Tinúviel nach Artanor zurückkehrten, ist nochmals von dem Verschwinden von Tifanto > Dairon die Rede (S. 57).

---

* In einer frühen Anmerkung findet sich ein Hinweis auf die »heiligen Silmaril«: Teil 1, S. 241, Anmerkung 2.

† Die Idee, nach der Timpinen (Zwitschervogel) der Sohn von Tinwelint sein sollte (vgl. Teil 1, S. 155, Anmerkung 1), wurde später fallengelassen. Tifanto/Dairon wird nun zusammen mit Zwitschervogel und Iváre »zu den drei berühmtesten Zaubermusikanten der Elben gezählt« (S. 19 f.).

So ist also einerseits Tifanto verschwunden, was Tinúviel bei ihrer Rückkehr mit Kummer erfüllte, doch andererseits war er bei der Wolfsjagd zugegen. *Tifanto* wurde dann durchgehend in *Dairon* geändert, außer in der Geschichte von der Wolfsjagd, wo *Tifanto* durch eine neue Figur, *Mablung,* ersetzt wurde. Dies zeigt, daß *Tifanto* vor der Änderung des Namens in *Dairon* aus der Jagdszene getilgt wurde, ohne daß erklärt würde, wie er sowohl sich in der Wildnis verirren als auch bei der Jagd zugegen sein konnte. Da es nichts im Manuskript gibt, dieses Rätsel zu lösen, kann ich nur folgern, daß mein Vater tatsächlich zuerst schrieb, daß Tifanto verschollen sei und nie zurückkehrte und auch an der Wolfsjagd teilnahm; doch als ihm dieser Widerspruch auffiel, ließ er Mablung in dessen Rolle schlüpfen (und das tat er vermutlich, bevor die Geschichte beendet war, weil bei der letzten Nennung Mablungs dessen Name nicht aus *Tifanto* verbessert wurde; vgl. Anmerkung 15). Die Folge war, daß *Tifanto,* wo immer der Name noch auftauchte, in *Dairon* geändert wurde.

In der *Geschichte von Tinúviel* wird die Jagd anders beschrieben als im *Silmarillion* (wo zufällig Beleg Langbogen anwesend ist). Es ist merkwürdig, daß alle (wie es scheint, Huan eingeschlossen!), außer Beren, schliefen, als Karkaras sie angriff (»während Beren Wache hielt«, S. 60). Im *Silmarillion* tötete Huan Carcharoth und wurde von diesem getötet, während Karkaras hier vom Speer des Königs tödlich getroffen wird, und Ausir sagt zum Schluß, daß Huan weiterlebte, um Beren später wiederzutreffen, als die Geschichte vom Nauglafring sich zutrug (S. 64f.). Es findet sich keine Spur von Huans Schicksal, »daß er den Tod finden sollte, doch erst, wenn er dem mächtigsten Wolf begegnete, der je die Erde betreten«, und daß es ihm »nur dreimal vor seinem Tode beschieden [war], mit Worten zu reden« (*Das Silmarillion,* S. 192, 193).

Die bemerkenswerteste Besonderheit der *Geschichte von Tinúviel* bleibt, daß in ihrer frühesten erhaltenen Fassung Beren ein Elb war; und in diesem Zusammenhang sind die Worte sehr bedeutsam, die der Junge am Schluß sagt:

»Doch Mandos sprach zu den beiden: ›Hört denn, O Elben, kein Leben vollkommener Freude ist es, in das ich euch entlasse, denn solches gibt es in der ganzen Welt nicht mehr, wo Melkos böses Herz waltet – und so wisset denn, daß *ihr sterblich sein werdet, genau wie die Menschen,* und wenn ihr wieder hierher kommt, wird es für immer sein, es sei denn, die Götter riefen euch tatsächlich nach Valinor.‹«

In der Geschichte *Die Ankunft der Valar und die Gründung Valinors* findet sich folgende Passage (Teil 1, S. 116; 132):

»In späteren Tagen zogen hierher [d. h. nach Mandos] die Elben aller Stämme, die im Kampf erschlagen worden oder aus Kummer um die Erschlagenen gestorben waren – nur so können die Eldar sterben und auch nur für eine bestimmte Zeit. Dort sprach Mandos sein Urteil, und dort warteten sie in der Finsternis, träumten von ihren vergangenen Taten, bis die von ihm bestimmte Zeit gekommen war, da sie in ihren Kindern wiedergeboren werden und wieder fortgehen, lachen und singen würden.«

Die gleiche Vorstellung findet sich in der Geschichte *Die Musik der Ainur* (Teil 1, S. 93). Die besondere Ausnahme, die Mandos im Falle von Beren und Tinúviel macht, beruht also darauf, daß ihre gesamte »natürliche« Bestimmung als Elben geändert wurde: gestorben, wie es Elben zukam (an Wunden oder Kummer), wurden sie nicht als neue Geschöpfe wiedergeboren, sondern kehrten von Mandos in ihrer alten Individualität zurück – doch nun »sterblich, genau wie die Menschen«. Die früheste Eschatologie ist zu unklar, um eine befriedigende Deutung dieser »Sterblichkeit« zu erlauben, und die Stelle in der Geschichte *Die Gründung von Valinor* über die Schicksale der Menschen (Teil 1, S. 117) ist besonders schwer zu verstehen (vgl. den Kommentar dazu: Teil 1, S. 132). Doch es erscheint möglich, daß die Worte »genau wie die Menschen« in Mandos' Rede eingefügt wurden, um die Endgültigkeit ihres zweiten Todes, wie immer er auch geartet war, hervorzuheben; ihr Hinscheiden würde ebenso endgültig sein wie das der Menschen, es würde keine zweite Rückkehr als Individuum geben und auch keine Wiedergeburt. Sie werden in Mandos bleiben («wenn ihr wieder hierher kommt, wird es für immer sein«) – es sei denn, die Götter riefen sie nach Valinor. Diese letzten Worte könnten sich vielleicht auf die Stelle aus Teil 1, S. 117f. *(Die Gründung von Valinor)* beziehen, in der von dem Schicksal bestimmter Menschen die Rede ist:

»Wahrlich, klein ist die Zahl jener Glücklichen, die zu einer bestimmten Zeit von Nornore, dem Herold der Götter, aufgesucht werden. Dann fahren sie mit ihm in Wagen oder reiten auf prächtigen Pferden hinunter in das Tal von Valinor, feiern in den Hallen Valmars und wohnen in den Häusern der Götter, bis das Große Ende kommt.«

2. *Schauplätze und Personal*

Betrachten wir zunächst, was wir aus dieser Geschichte über die Geographie der Großen Lande erfahren können: Aus dem frühen »Wörterbuch« der gnomischen Sprache geht hervor, daß die Bedeutung von *Artanor* »Jenseitsland« war, so wie auch im Text (S. 17). Mehrere Passagen in den *Verschollenen Geschichten* verdeutlichen diesen Ausdruck. In einem Abriß zu Gilfanos unerzählter Geschichte (Teil 1, S. 333) kämpften die aus Valinor verbannten Gnomen »nun zum erstenmal mit den Orks und eroberten den Paß der Rauhen Berge; so entkamen sie aus dem Land der Schatten ... Sie drangen in den Wald von Artanor (später Doriath) ein und in das Gebiet der Großen Ebenen ...« wobei die letzteren, wie ich schloß, vielleicht der Vorläufer der späteren Talath Dirnen, der Bewachten Ebene von Nargothrond, waren. Die Geschichte, die laut Plan auf die von Gilfanon folgen sollte, war die Tinúviels, und dieser Abriß beginnt: »Beren, Sohn von Egnor, wanderte von Dor Lómin [d. h. Hisilóme, vgl. Teil 1, S. 163] nach Artanor ...« (Teil 1, S. 335). In der vorliegenden Geschichte kam Beren durch die »Schrecken der Eisenberge, bis er das Jenseitsland erreichte« (S. 20); und weiter (S. 35) heißt es von einigen der Hunde: »sie streiften durch die Wälder von Hisilóme und gelangten zuweilen gar, wenn sie das gebirgige Land überquerten, in ... die Länder, die weiter im Süden lagen«. Und schließlich findet sich in der *Geschichte von Turambar* (S. 99) ein Hinweis auf den »Weg über die dunklen Berge von Hithlum in die Großen Wälder des Jenseitslandes, wo in jenen Tagen Tinwelint, der verborgene König, seinen Sitz hatte«.

Damit ist ganz klar, daß sich Artanor, später Doriath genannt (der Name taucht zusammen mit der früheren Form *Dor Athro* im Titel der Typoskriptfassung von *Tinúviel* auf, vgl. S. 65), in der ursprünglichen Konzeption in etwa der gleichen Konstellation zu Hisilóme (Land der Schatten, Dor Lómin, Aryador) befand wie Doriath zu Hithlum (Hisilóme) im *Silmarillion:* Es lag südlich davon und wurde durch einen Gebirgszug, die Eisenberge oder Rauhen Berge, von ihm getrennt.

Im Kommentar zu *Melkos Diebstahl und die Verdunkelung von Valinor* (Teil 1, S. 226f.) habe ich darauf hingewiesen, daß, obgleich den *Verschollenen Geschichten* zufolge Hisilóme jenseits der Eisenberge liegen soll, es dort auch heißt (vgl. *Die Geschichte von Turambar,* S. 106), daß diese Berge ihren Namen nach Angband, den Eisenhöllen, erhielten, die unter ihren nördlichsten Festungen lagen; es scheint innerhalb der *Verschollenen Geschichten* einen widersprüchlichen Gebrauch der Bezeichnung »Eisenberge« zu geben – »es sei denn, man setzte voraus, daß dieses Gebirge als ein zusammenhängender Gebirgszug konzipiert war, dessen südliche Ausläufer (die späteren Schattenberge) die Südgrenze von Hisilóme bildeten, während die nördlichen Berggipfel, oberhalb Angband liegend, der ganzen Gebirgskette ihren Namen gaben« (Teil 1, S. 226).

Als in der *Geschichte von Tinúviel* Beren von Artanor aus nach Norden ging, wanderte er »bis er sich den flacheren Hügeln und baumlosen Landen näherte, die drohend dic Nähe der öden Eisenberge ankündigten« (S. 25). Diese hatte er schon vorher aus Hisilóme kommend überquert; doch nun folgte er den Eisenbergen, »bis er sich den schrecklichen Gefilden von Melkos Behausung näherte«.

Das scheint die Annahme zu erhärten, daß die Berge, die Hisilóme von dem

Jenseitsland abgrenzten, eine Fortsetzung jener Berge waren, unter denen Angband lag; wir können zum Vergleich die kleine, einfache Karte (Teil 1, S. 122) heranziehen, wo der Gebirgszug *f* Hisilóme *(g)* isoliert; vgl. Teil 1, S. 163, 194. Das bedeutet, daß das »trübe« oder »schwarze« Hisilóme keinen Schutz gegen Melko hatte.

Auch die Gebirge der Nacht tauchen auf (S. 34; 70), und es scheint klar, daß die großen Kiefernwälder von Taurfuin, dem Wald der Nacht, auf diesen Höhen wuchsen (im *Silmarillion* wird Dorthonion »Land der Kiefern« und später Taur-nu-Fuin genannt). Dort verscholl Dairon, doch Tinúviel, obgleich ganz in der Nähe, betrat »dieses dunkles Gefilde« nicht. Alles deutet darauf hin, daß es sich bereits damals dort befand, wo es auch später angesiedelt war – östlich der Ered Wethrin, der Berge des Schattens. Es ist auch zumindest möglich, daß sich Tinúviel, nachdem sie Huan verlassen hatte (nur in der Manuskript-Version, S. 38) und »ein Gebiet mit hohem Gras« betrat, auf der großen Ebene von Ardgalen, befand (nach ihrer Verwüstung Anfauglith und Dor-nu-Fauglith genannt); dies wird noch wahrscheinlicher, wenn man sich jene Passage in der Typoskript-Version vergegenwärtigt, nach der Tinúviel mit Huan »auf einer kleinen Lichtung nahe am Waldrand« zusammentraf, »wo die ersten Graslande beginnen, die von den oberen Wassern des Flusses Sirion genährt werden« (S. 71).

Nachdem sie aus Angamandi entkommen waren, fand Huan Beren und Tinúviel in dem »nördlichen Teil von Artanor«, der später »Nan Dumgorthin, das Land der dunklen Standbilder, genannt wurde« (S. 55). Im Gnomischen Wörterbuch heißt es zu *Nan Dumgorthin,* es sei »ein Land dunkler Wälder im Osten von Artanor, wo auf einem bewaldeten Berg verborgene Standbilder von einigen bösen Stämmen abtrünniger Menschen angebetet werden« (*dum,* ›geheim, unaussprechlich‹, *dumgort, dungort,* ›ein böses Standbild‹).

Im *Lied von den Kindern Húrins,* in alliterierenden Versen geschrieben, fliehen Túrin und sein Gefährte Flinding (später Gwindor) nach dem Tod von Beleg Langbogen und kommen in dieses Land:

Dort umhüllte die zwei geisterhaftes Zwielicht
und düstere Irrgärten, dunkel, heillos,
in Nan Dungorthin, wo namenlose Götter
verschleierte Schreine haben in verborgenen Schatten,
älter als Morgoth oder die uralten Götter,
die goldenen Götter des beschirmten Westens.
Doch die geisterhaften Bewohner dieses grauen Tales
hinderten und verletzten sie nicht, und sie gingen ihren Weg
mit schauderndem Fleisch und bebendem Gebein,

doch zuweilen fiel Gelächter sie an mit langem Widerhall
wie ferner Spott dämonischer Stimmen,
rauh und hohltönend in dem verstummten Zwielicht,
und Flinding schien es grausam und voll Verderben...

Wie ich glaube, gibt es keine weiteren Hinweise auf die Götter von Nan Dumgorthin. In dem Gedicht liegt das Land westlich des Sirion; und schließlich wurde es als Nan Dungortheb, »Tal des Abscheulichen Todes«, im *Silmarillion* (S. 93, 136) ein »Unland« zwischen dem Gürtel Melians und den Ered Gorgoroth, den Bergen des Grauens. Doch wenn es in der *Geschichte von Tinúviel* auch als ein Land im »nördlichen Teil von Artanor« bezeichnet wird, heißt das mit Sicherheit nicht, daß es innerhalb des schützenden Zaubers von Gwendeling lag, und es scheint, daß diese »Zone« ursprünglich weniger klar begrenzt und kleiner war als der »Gürtel Melians« dies später wurde. Vermutlich war *Artanor* zu dieser Zeit als ein großes Waldgebiet konzipiert, in dessen Mitte Tinwelints Höhle lag, und nur sein unmittelbarer Herrschaftsbereich wurde von der Zauberkraft seiner Königin geschützt:

»Verborgen den Augen und Gedanken Melkos blieb seine Behausung durch den Zauber von Gwendeling, der Fee, und sie umgab die Pfade, die dorthin führten, mit einem Zauber, so daß niemand außer den Eldar ihnen leicht folgen konnte, und der König vor jeder Gefahr, außer durch Verrat, sicher war« (S. 18).

Es scheint überdies, daß dieser Schutz ursprünglich keinesfalls so umfassend und mächtig war wie später. Obgleich Orks und Wölfe verschwanden, als Beren und Tinúviel »den Kreis von Gwendelings Zauber betreten hatten, welcher die Pfade vor unheilvollen Wesen verbarg und Schaden von den Gefilden der Wald-Elben fernhielt« (S. 56), wird die Furcht ausgedrückt, daß selbst wenn Beren und Tinúviel die Höhlen des Königs Tinwelint erreichten, »sie bloß ihre Verfolger dorthin locken und Melkos Haß auf alles Volk dieses Waldlands ziehen« (S. 55); und Tinwelints Volk fürchtete, »dieser Ainu werde mit seiner ganzen Streitmacht über sie kommen, um sie endgültig zu zerschmettern, ohne daß Gwendelings Zauberkraft stark genug wäre, die zahllosen Orks aufzuhalten« (S. 57).

Das Bild von Menegroth am Esgalduin, erreichbar nur über die Brücke (*Das Silmarillion,* S. 106), geht bis hierhin zurück, obgleich weder die Höhle noch die Brücke in der Erzählung einen Namen haben. Doch spätere Erzählungen in diesem Buch werden deutlich machen, daß Tinwelint, der Wald-Elb, in seiner Höhle eine lange Entwicklung vor sich hatte, bis er am Ende Thingol von den Tausend Grotten wurde (»Es war das schönste Haus, das je ein König östlich des Meeres besessen hat«). Am Anfang war Tinwelints Behausung keine unterirdische Stadt voller Wunder; und wenn die Höhle in der Typoskript-Version als ein Raum »von gewaltigem Ausmaß« beschrieben wird, ist dieser gleichwohl nur durch das »trübe, flackernde Licht von Fackeln« erhellt (S. 18; 69).

Bereits in Teil 1 der *Verschollenen Geschichten* hat es Hinweise auf Tinwelint und seine Behausung gegeben. In einer Passage, die der Geschichte von der *Einkerkerung Melkos* hinzugefügt, dann aber wieder gestrichen wurde (Teil 1, S. 155f., Anmerkung 1) heißt es, daß er sich in Hisilóme verirrte und dort Wendelin traf; »da er sie liebte, war er einverstanden, sein Volk zu verlassen und für immer in den Schatten zu tanzen«. In der Geschichte von der *Ankunft der Elben* (Teil 1, S. 167f.) heißt es: »Tinwe hingegen wohnte nicht lange bei seinem Volk, und doch heißt es, er lebe noch immer als Herr der verstreuten Elben Hisilómes«; und in derselben Erzählung (S. 172) wird von den Verschollenen Elben gesagt: »Sie waren noch lange danach dort, als die Menschen von Melko in Hisilóme eingesperrt wurden«, und die Menschen nannten sie das Schattenvolk und fürchteten sie. In der *Geschichte von Tinúviel* dagegen hat die Konzeption sich geändert: Tinwelint ist nun ein König, der nicht in Hisilóme, sondern in Artanor herrscht.* (Es wird nicht gesagt, wo er Gwendeling traf.)

In der Beschreibung von Tinwelints Volk (nur in der Manuskript-Version, vgl. S. 18) werden Elben erwähnt, »die im Dunkel zurückblieben«; und damit sind offenbar Elben gemeint, welche die Wasser des Erwachens nie verlassen haben. (Natürlich haben auch diejenigen, die auf dem Marsch von Palisor verschollen, eigentlich nie das »Dunkel« verlassen; d. h. sie sind nie zum Licht der Bäume gekommen, doch in diesem Satz wird nicht unterschieden zwischen Dunkelheit und Licht, sondern zwischen den Elben, die *zurückblieben,* und denen, die *aufbrachen.*) Zur Herausbildung dieser Idee im Verlauf der Niederschrift der *Verschollenen Geschichten* vgl. Teil 1, S. 327. Die meisten von Tinwelints Untertanen waren Ilkorindi, und es muß sich dabei um jene gehandelt haben, die »auf dem Marsch von Palisor verschollen« (früher die »Verlorenen Elben von Hisilóme«).

Hier wird ein wichtiger Unterschied in der Grundkonzeption zwischen der alten Sage und der *Silmarillion*-Version offenbar. Diese Ilkorindi aus Tinwelints Volk (»unheimliche und sonderbare Wesen . . ., die nur dunkle Weisen und wundersam rauhe Gesänge kannten, die in den Waldgewölben verklangen oder in tiefen Höhlen widerhallten«) werden so beschrieben, daß sie an die Avari (»die

* In den Abrissen zu *Gilfanons Geschichte* ist das »Schattenvolk von Hisilóme« kein Elbenvolk mehr, sondern es handelt sich um »Feen-Wesen unbekannter Herkunft«; Teil 1, S. 330, 333.

Widerstrebenden«) des *Silmarillion* erinnern; doch in Wirklichkeit sind sie natürlich die Vorläufer der Grauelben von Doriath. Die Bezeichnung *Eldar* ist hier gleichbedeutend mit *Elben* (»und alle Eldar ... jene, die im Dunkel zurückblieben oder auf dem Marsch von Palisor verschollen«) und ist nicht auf jene beschränkt, welche die Große Reise unternahmen oder sich wenigstens einschifften; alle waren Ilkorindi – Dunkelelben –, falls sie nie das Meer überquerten. Die spätere Bedeutung der Großen Reise, die »Eldar«-Status verlieh, war ein Aspekt der Entwicklung der Grauelben aus Beleriand, der innerhalb der Kategorie der *Moriquendi* oder »Elben der Dunkelheit« zu einer höchst wichtigen Unterscheidung führte – zwischen den *Avari* (die keine Eldar waren) und den *Úmanyar* (»die Eldar, die nicht aus Aman kommen«); vgl. die Tafel »Die Sonderungen unter den Elben« im *Silmarillion* (S. 339). Folglich ergibt sich:

	Verschollene Geschichten	*Silmarillion*	
Eldar	aus Kôr	Avari	
	aus den Großen Landen (der Dunkelheit): Ilkorindi	Eldar (der Großen Reise)	aus Aman
			aus Mittelerde (Úmanyar)

Doch unter Tinwelints Untertanen waren auch *Noldoli,* Gnomen. Das ist ein wenig seltsam, doch man sollte berücksichtigen, daß die Manuskript- und Typoskript-Versionen der *Geschichte von Tinúviel* nicht haargenau dieselbe Situation darstellen.

Der Text des Manuskriptes ist vielleicht an diesem Punkt nicht vollkommen deutlich, doch es heißt von Tinwelints Untertanen, daß die »meisten von ihnen Ilkorindi« waren, zu denen sich schon vorher »viele wandernde Gnomen« gesellt hatten. Dairon jedoch entfloh beim Anblick von Beren, »weil alle Wald-Elben die Gnomen von Dor Lómin für heimtückische, grausame und treulose Geschöpfe hielten« (S. 21; und: »Furcht und Argwohn herrschten zwischen den Eldar und denen ihres Geschlechtes, welche die Sklaverei Melkos erlitten hatten, und so rächten sich die Untaten der Gnomen am Schwanenhafen« (S. 20). Die Feindschaft der Elben von Artanor gegen Gnomen war damals besonders eine Feindschaft gegen die Gnomen von Hisilóme (Dor Lómin), die man verdächtigte, Melko zu Willen zu sein (und dies ist wahrscheinlich eine Vorwegnahme der Ablehnung und Feindseligkeit gegen Elben, die aus Angband entkommen waren; vgl. *Das Silmarillion,* S. 175). Es heißt in der Manuskriptfassung (S. 18), daß *alle* Elben der Großen Lande (jene, die in Palisor blieben, jene, die auf dem Marsch verschollen, und die aus Valinor zurückgekehrten Noldoli) von Melko versklavt wurden, obgleich viele entkamen und in die Wildnis wanderten; und bei der ersten Niederschrift des Manuskripts (vgl. Anmerkung 3) war Beren »ein Gnom, der, wie manche sagen, Sohn eines Sklaven von Melko war, der in den dunkleren Verliesen arbeitete ...« Bis hierher scheint diese Auffassung ziemlich klar.

In der Typoskript-Version wird ausdrücklich gesagt, daß es Gnomen gab, »die Thingol dienten« (S. 66): Sie errichteten die Brücke über den Fluß, die zu seinen Toren führte. Hier wird nun nicht mehr behauptet, alle Elben der Großen Lande seien von Melko beherrscht worden; statt dessen werden neben Tinwelint/Thingol in Artanor zahlreiche andere Zentren des Widerstandes gegen seine Macht genannt: Turgon von Gondolin, die Söhne von Feanor und Egnor von Hisilóme (Berens Vater) – dieser war »von der ganzen Sippe der Gnomen, die noch frei waren, der härteste Widersacher Melkos« (S. 68): Wahrscheinlich führte dies zur Tilgung der Passage im Typoskript, in der von der Tücke und Treulosigkeit der Gnomen von Dor Lómin die Rede war (vgl. S. 67), wogegen die über das Mißtrauen gegen jene, die Melkos Sklaven gewesen waren, beibehalten wurde. Auch die Passage über Hisilóme, »wo Menschen lebten und versklavte Noldoli arbeiteten, und wohin wenige freie Eldar gingen« (S. 19) blieb stehen; doch Hisilóme, das Beren am liebsten nie verlassen hätte, wurde ein wilder, freier Ort (S. 29; 69).

Das führt zur verwirrenden Frage nach dem Zusammenhang mit der Schlacht der Ungezählten Tränen; denn viele der zitierten Stellen beziehen sich darauf.

Auf die Geschichte *Das Leid der Noldoli und die Ankunft des Menschengeschlechtes,* die Gilfanon erzählen sollte, die jedoch Fragment blieb, sollte die von Beren und Tinúviel folgen (vgl. Teil 1, S. 335). Nach der Schlacht der Ungezählten Tränen ist die Rede von der Knechtschaft der Noldoli, den Gruben Melkos, dem Zauberbann der Abgrundtiefen Furcht, dem Einschluß der Menschen von Hisilóme, und *erst dann* »wanderte Beren, Sohn von Egnor, von Dor Lómin nach Artanor ...« (Im *Silmarillion* finden Berens und Lúthiens Taten vor der Schlacht statt.)

In der *Geschichte von Tinúviel* findet sich in beiden Versionen ein Hinweis auf die Noldoli-Sklaven in Hisilóme und auf die Menschen, die dort lebten; und zuerst war Berens Vater einer dieser Sklaven. Es heißt, wiederum in beiden Versionen, daß weder Tinwelint noch der größte Teil seines Volkes in die Schlacht der Ungezählten Tränen zogen, sondern daß sich unter seinem Szepter viele Flüchtlinge dieser Schlacht sammelten (S. 18); und im Typoskript ist der Aussage, seine Behausung sei durch den Zauber von Gwendeling/Melian verborgen gewesen, das Wort »danach« hinzugefügt, d. h. nach der Schlacht der Ungezählten Tränen. In der veränderten Passage des Typoskripts über Egnor ist dieser »von der ganzen Sippe der Gnomen, die noch frei waren, der härteste Widersacher Melkos«.

Dies alles scheint nur einen einzigen Schluß zuzulassen: Die Ereignisse, die in der *Geschichte von Tinúviel* erzählt werden, fanden *nach* der Großen Schlacht statt; und dies scheint durch die Typoskript-Fassung bestätigt zu werden: Wo es im Manuskript (S. 26) heißt, Melko »versuchte unablässig, Freundschaft und Verkehr zwischen Elben und Menschen zu zerstören«, setzt die zweite Version (S. 67) hinzu: »damit sie die Schlacht der Ungezählten Tränen nicht vergäßen und sich nochmals im Zorn gegen ihn, Melko, erhoben«.

Es ist darum sehr merkwürdig, wenn Veanne am Anfang (nur im Manuskript, S. 19; vgl. S. 66) sagt, sie werde von Dingen berichten, »die sich *nach dem Aufgang der Sonne tatsächlich in den Hallen Tinwelints zutrugen, doch lange bevor die unvergessene Schlacht der Ungezählten Tränen geschlagen wurde*«. (Danach scheint zwischen den zwei Ereignissen eine erheblich längere Zeitspanne zu liegen als aus den Abrissen zu Gilfanons Geschichte hervorgeht; vgl. Teil 1, S. 336).

Diese Aussage wird später wiederholt (S. 30): »es war die Ausgeburt eines bösen Traums, daß irgendein Elb ... ohne Begleitung zu den Hallen Melkos ging, selbst in jenen früheren Tagen vor der Schlacht der Ungezählten Tränen, als Melkos Macht noch nicht zur vollen Größe gewachsen war ...« Noch merkwürdiger ist es allerdings, daß dieser zweite Satz im Typoskript stehenblieb (S. 69). Folglich finden sich in der Typoskript-Version zwangsläufig zwei widersprüchliche Aussagen:

Melko »suchte unablässig Freundschaft und Verkehr zwischen Elben und Menschen zu zerstören, damit sie die Schlacht der Ungezählten Tränen nicht vergäßen« (S. 67);

»Wenig Liebe gab es zwischen den Wald-Elben und dem Volk von Angband, selbst in jenen Tagen vor der Schlacht der Ungezählten Tränen« (S. 69).

Ein solch radikaler Widerspruch innerhalb eines einzigen Textes ist im höchsten Grade ungewöhnlich und vielleicht in allen Schriften über das Erste Zeitalter einzigartig. Jedoch sehe ich keine Lösungsmöglichkeit; ebensowenig kann ich die Behauptungen in beiden Versionen erklären, die Ereignisse der Geschichte hätten *vor* der Schlacht stattgefunden, wo doch in Wirklichkeit alles auf das Gegenteil hindeutet.*

* In der *Geschichte von Turambar* ereignet sich die Geschichte von Beren und Tinúviel eindeutig und folgerichtig *vor* der Schlacht der Ungezählten Tränen.

Morgoth

Beren nennt Melko »allermächtigster Belcha Morgoth (denn diesen Namen trug Melko bei den Gnomen)« (S. 67). Im Gnomischen Wörterbuch erscheint *Belcha* als gnomische Entsprechung zu Melko (vgl. Teil 1, S. 356f.), doch Morgoth wird nicht aufgeführt; tatsächlich taucht der Name in den *Verschollenen Geschichten* hier zum ersten und einzigen Mal auf. Das Element *goth* hat nach dem Gnomischen Wörterbuch die Bedeutung ›Krieg, Hader‹; wenn jedoch *Morgoth* zu dieser Zeit ›Schwarzer Hader‹ bedeutete, ist es vielleicht seltsam, daß Beren den Namen in einer schmeichelnden Anrede verwendet. Eine Namensliste aus den dreißiger Jahren erklärt *Morgoth* als eine »Verbindung seines Ork-Namens Goth, ›Herr‹ oder ›Meister‹, mit davorgestelltem *mor,* ›dunkel‹ oder ›schwarz‹«, doch es scheint zweifelhaft, daß diese Etymologie für die frühere Periode Gültigkeit hat. Die Namensliste deutet *Gothmog,* ›Hauptmann der Balrogs‹, durch dasselbe Ork-Element (›Stimme von *Goth*‹ = Morgoth), doch in der Namensliste zur Geschichte *Der Fall von Gondolin* (vgl. unten S. 285) bedeutet *Gothmog* ›Hader-und-Haß‹ (*mog,* ›Abneigung, Haß‹, erscheint im Gnomischen Wörterbuch), was die Deutung von *Morgoth* als ›Schwarzer Hader‹ in der vorliegenden Geschichte stützt.*

Orks und Balrogs

Trotz des Hinweises auf die »streunenden Scharen von Kobolden und Orks« (S. 25, in der Typoskript-Version belassen) sind die Namen in der *Geschichte von Turambar* dieselben. In der vorliegenden Geschichte werden die Orks als »widerwärtige Ausgeburten Melkos« bezeichnet (S. 25). In der zweiten Version tauchen auf Wölfen reitende Orks auf (S. 68).

Balrogs (S. 26) sind bereits in den Abrissen zu Gilfanons Geschichte erwähnt (vgl. Teil 1, S. 334); doch sie haben schon in der frühesten der *Verschollenen Geschichten,* der vom *Fall von Gondolin,* eine wichtige Rolle gespielt (vgl. unten S. 282).

---

* In keinem Text findet sich ein Hinweis, daß Gothmog in bezug auf Morgoth eine solche Rolle spielte, wie die Interpretation ›Stimme von *Goth*‹ nahelegt, doch findet sich auch kein Beweis für das Gegenteil. Er war von Anfang an eine wichtige Figur im Reich des Bösen und stand in einer besonderen Beziehung zu Melko (vgl. S. 285). Ein Nachhall der ›Stimme von Morgoth‹ findet sich vielleicht in ›Saurons Mund‹, dem Beinamen des Schwarzen Númenórers, der Befehlshaber von Barad-dûr war (*Die Rückkehr des Königs,* S. 223).

Tinúviels Lied vom Wachsen

Von den »längsten Dingen auf Erden«, die Tinúviel in ihrem Zauber benannte, sind zwei, »das Schwert von Nan« und der »Hals von Gilim, dem Riesen«, scheinbar gänzlich verschwunden, wenngleich sie auch im *Leithian-Lied* auftauchen, wo *Glend* als das Schwert von Nan und Gilim der »Riese aus Eruman« genannt werden. Im Gnomischen Wörterbuch bedeutet *Gilim* ›Winter‹ (vgl. Teil 1, S. 356, Stichwort *Melko*); doch in dem in Teil 1, S. 243 erwähnten kleinen Notizbuch heißt es, Nan sei ein Sommerriese aus dem Süden und habe die Gestalt einer Ulme.

Die *Indravangs* (*Indrafangs* im Typoskript) sind die »Langbärte«; nach dem Gnomischen Wörterbuch ist dies »ein spezieller Name für die Zwerge oder Nauglath« (vgl. auch *Die Geschichte vom Nauglafring*).

Karkaras (*Carcaras* im Typoskript), ›Messerrachen‹, wird im Zauber genannt, weil er ursprünglich als »Vater der Wölfe, der in jenen Tagen die Tore von Angamandi bewachte und es schon *seit langem tat*«, konzipiert war (S. 35). Im *Silmarillion* (S. 200) hat er eine andere Geschichte: Morgoth hatte ihn aus den »Welpen von Draugluins Rasse« ausgewählt und aufgezogen, damit er Huan töte; in eben dieser Zeit wurde er vor die Tore von Angband gelegt. Im *Silmarillion* bedeutet Carcharoth »der Rote Rachen«, und auch im Text der *Geschichte von Tinúviel* klingt dieser Name an: »und Karkaras biß die Hand mitsamt dem Silmaril ab, und sie verschwanden in seinem roten Schlund«.

Glorund ist der Name des Drachen in der *Geschichte von Turambur (Glaurung* im *Silmarillion).*

In der Geschichte *Die Einkerkerung Melkos* findet sich kein Hinweis, daß Tulkas an der Verfertigung der Kette (dort *Angaino*) Anteil hatte (vgl. Teil 1, S. 146).

Der Einfluß der Valar

Es entsteht häufig der Eindruck, als hätten die Valar auf irgendeine Weise einen unmittelbaren Einfluß auf die Gedanken und Herzen der fernen Elben in den Großen Landen. So heißt es (S. 27), die Valar hätten Beren seine klugen Worte vor Melko eingegeben; während das lediglich eine rhethorische Floskel sein kann, ist klar, daß Tinúviels Traum von Beren als »ein Traum der Valar« aufzufassen ist (S. 32). Und: »die Valar gaben ihr neue Hoffnung ein« (S. 70); und später in Veannes Erzählung erscheinen die Valar als tätige Schicksalsgötter, welche die Schicksale der Helden lenken – sie führen Huan zu Beren und Tinúviel in Nan Dumgorthin (S. 55), und Tinúviel sagt zu Tinwelint, Beren sei durch »die Valar allein vor bitterem Tod bewahrt« worden (S. 59).

II. TURAMBAR UND DER FOALÓKE

Wie die *Geschichte von Tinúviel* liegt auch die von *Turambar* in einem Manuskript vor, das mit Tinte über ein vollkommen ausradiertes Bleistift-Original geschrieben wurde. Doch es scheint sicher, daß die *vorliegende* Form von *Turambur* der *vorliegenden* Form von *Tinúviel* vorausging. Dies ließe sich auf vielerlei Arten nachweisen, doch die zeitliche Abfolge der Niederschriften läßt sich deutlich an den Namensvarianten für Thingol, den König der Wald-Elben, ablesen. Im *Turambar*-Manuskript hieß er ursprünglich stets *Tintoglin* (so auch in der Geschichte *Die Ankunft der Elben,* wo der Name in *Tinwelint* geändert wurde; Teil 1, S. 167, 189). In einer Anmerkung am Anfang des Manuskriptes heißt es: »Tintoglins Name muß überall in *Ellon* oder *Tinthellon* = Q. *Ellu* geändert werden«, doch die Anmerkung wurde durchgestrichen, und in der Geschichte wurde der Name *Tintoglin* durchgehend in *Tinwelint* geändert.

In der *Geschichte von Tinúviel* lautete der Name des Königs zuerst *Ellu* (oder *Tinto Ellu)* und einmal *Tinthellon* (vgl. S. 74); in der Folge wurde er in allen Fällen zu *Tinwelint* geändert. Es besteht kein Zweifel, daß die Anweisung, *Tintoglin* in »*Ellon* oder *Tinthellon* = Q. *Ellu*« zu ändern, jener Zeit zuzuordnen ist, in der die *Geschichte von Tinúviel* umgeschrieben wurde oder bereits umgeschrieben war und daß die vorliegende *Geschichte von Turambar* ebenfalls bereits existierte.

Es ist weiterhin gesichert, daß auf die Neufassung von *Tinúviel* das »Gilfanon-Zwischenspiel« folgte (vgl. Teil 1, S. 286), wogegen sich am Beginn von *Turambar* ein Hinweis auf Ailios findet (der durch Gilfanon ersetzt wurde), der die vorangegangene Geschichte abschließt. Zu der anderen Reihenfolge, in der die Geschichten erzählt werden sollten, vgl. Teil 1, S. 320f. Nach der ursprünglichen Reihenfolge erzählte Ailios seine Geschichte in der ersten Nacht des Turuhalme-Festes, und in der zweiten folgte Eltas mit der *Geschichte von Turambar.*

Es gibt einen Beweis, daß die *Geschichte von Turambar* auf jeden Fall um die Mitte des Jahres 1919 existierte. Auf einer Fahne für das Oxford English Dictionary entdeckte Humphrey Carpenter eine Textpassage, geschrieben in Zeichen eines frühen, von meinem Vater erfundenen Alphabets. Nach der Transkription zeigte sich, daß sie an den Anfang dieser Geschichte gehörte. Carpenter sagte mir, mein Vater habe diese Version von »Rúmils Alphabet« gegen Juni 1919 benutzt (vgl. Carpenter, *J. R. R. Tolkien. Eine Biographie,* S. 120).

Als dann Ailios seine Geschichte beendet hatte, war die Zeit herangerückt, die Kerzen anzuzünden, und so ging der erste Tag von Turuhalme zu Ende; doch am zweiten Abend war Ailios nicht anwesend, und auf Bitten Lindos begann ein gewisser Eltas eine Geschichte zu erzählen, und er sagte:

»Nun wissen alle, die hier versammelt sind, daß dies die Geschichte ist von Turambar und dem Foalóke, und diese ist«, sagte er, »bei den Menschen sehr beliebt, und sie berichtet von sehr alten Tagen dieses Volkes vor der Schlacht von Tasarinan, als die ersten Menschen die dunklen Täler von Hisilóme betraten.

In diesen Tagen erzählen die Menschen noch immer viele solcher Geschichten, und in der Vergangenheit haben sie noch mehr erzählt, besonders in jenen Königreichen des Nordens, die ich einst kannte. Vielleicht sind mittlerweile die Taten anderer ihrer Krieger darin eingewoben und auch mancherlei Beiwerk, von dem die älteste Geschichte nicht spricht – heute jedoch will ich euch die wahre und jammervolle Geschichte erzählen, die ich kannte, lange bevor ich, in den Tagen vor dem Fall von Gondolin, über den Olóre Malle wandelte.

In jenen Tagen wohnte mein Volk in einem Tal von Hisilóme, und in der Sprache, die sie damals benutzten, nannten die Menschen dieses Land Aryador, doch sehr fern waren sie den Gestaden von Asgon und nahe den Ausläufern der Eisenberge und der großen Wälder voll düsterer Bäume. Viele unserer älteren Männer, die sich weit fortgewagt hatten, so sagte mir mein Vater, hätten das böse Drachengezücht Melkos gesehen, und manche seien ihm zum Opfer gefallen, und weil mein Volk diese Untiere und den unheilvollen Vala haßte, machte oft die Geschichte von Turambar und dem Foalóke die Runde – doch nach Gnomenweise sagten sie lieber Turumart und der Fuithlug.

Ihr müßt nämlich wissen, daß vor der Schlacht des Jammers und dem Untergang der Noldoli dort ein Fürst der Menschen wohnte, der Úrin hieß. Und dieser folgte dem Aufruf der Gnomen, und er und sein Volk zogen mit den Ilkorindi gegen Melko, doch ihre Weiber und Kinder ließen sie in den Waldlanden zurück, darunter auch Mavwin, Úrins Gemahlin, und auch ihr Sohn, denn dieser war noch nicht kriegstüchtig. Dieser Knabe nun hieß in allen Sprachen Túrin, seine Mutter Mavwin hingegen wird von den Eldar Mavoine genannt.

Nun flohen Úrin und seine Männer nicht aus dieser Schlacht wie die meisten der Menschen, sondern viele von ihnen wurden getötet, als sie bis zuletzt kämpften, und Úrin selbst wurde gefangengenommen. Von den Noldoli, die dort kämpften, wurden die meisten erschlagen, gefangengenommen oder in die Flucht geschlagen, mit Ausnahme der Schar von Turondo (Turgon); er und seine Männer bahnten sich einen Weg aus dem Schlachtgetümmel und gehören nicht in diese Geschichte. Daß jedoch eine solch große Schar aus dieser Schlacht entkommen war, war ein Makel auf dem vollkommenen Sieg, den Melko sonst über seine Widersacher davongetragen hätte, und seine Begierde war groß, herauszufinden, wohin sie geflohen waren; doch dies gelang ihm nicht, denn seine Späher richteten nichts aus, und zu dieser Zeit vermochte keine Folter die gefangenen Noldoli zu gemeinem Verrat zu zwingen.

Da Melko nun wußte, daß die Elben von Kôr von den Menschen wenig hielten und sie wegen ihrer Blindheit und Unbeholfenheit mit Scheu und Argwohn ansahen, wollte er Úrin zwingen, in seine Dienste zu treten und als sein Späher auf die Suche nach Turondo zu gehen. Doch weder die Drohung mit der Folter noch das Versprechen reicher Belohnung vermochten Úrin umzustimmen. Er sagte: ›Nein, tue, was du willst, doch niemals wirst du mich zu einem deiner bösen Werke zwingen, O Melko, du Feind der Götter und Menschen.‹

›Sei gewiß‹, sagte Melko zornig, ›nicht noch einmal werde ich dich bitten, mir zu helfen, und ich werde dich auch nicht dazu zwingen, doch sitzen sollst du hier und Zeuge meiner Taten sein, die dir wenig behagen werden, und kein Glied wirst du rühren können, sie zu hindern.« Dies war die Pein, die Melko ersonnen hatte, Úrin, den

Standhaften, zu quälen, und er setzte ihn hoch oben in das Gebirge, stellte sich neben ihn und belegte ihn und sein Volk mit den furchtbaren Bannflüchen der Valar, verdammte sie zu Leid und kummervollem Tod; doch Úrin verlieh er soviel Weitsicht, daß er viele der Dinge sehen konnte, die seinem Weib und seinen Kindern zustießen, ohne ihnen helfen zu können, denn ein Zauberbann hielt ihn an jenem hohen Ort fest. ›Siehe!‹ sagte Melko. ›Das Leben deines Sohnes Túrin wird die Quelle vieler Tränen sein, wo immer sich Elben und Menschen versammeln, um Geschichten zu erzählen.‹ Aber Úrin erwiderte: ›Zumindest soll ihn niemand bemitleiden, daß er eine Memme zum Vater hatte.‹

Nun begab sich Mavwin nach der Schlacht weinend in das Land Hithlum oder Dor Lómin, wo alle Menschen nun auf Geheiß Melkos wohnen mußten, einige Unbeugsame ausgenommen, die noch umherschweiften. Dort wurde ihr Nienóri geboren, während Úrin in der Knechtschaft Melkos schmachtete, und weil Túrin noch ein kleiner Junge war, wußte Mavwin in ihrer Not nicht, wie sie ihn und seine Schwester aufziehen sollte, weil alle Männer Úrins im großen Gemetzel ums Leben gekommen waren, und die fremden Menschen, die in der Nähe wohnten, wußten nichts von der hohen Stellung der Frau Mavwin, und alle Lande waren dunkel und wenig freundlich.

Der nächste kurze Textabschnitt wurde später durchgestrichen und durch einen beigefügten Zusatz ersetzt. Die gestrichene Passage lautet:

Um diese Zeit sprach man in Dor Lómin sehr viel von den Taten des Beren Ermabwed, und weil sie keinen besseren Rat wußte, kam es Mavwin in den Sinn, Túrin zum Hof von Tintoglin[1] zu schicken und ihn zu bitten, dieses Waisenkind um Berens willen aufzuziehen und ihn die Weisheit der Feen und der Eldar zu lehren; Egnor[2] nun war mit Mavwin verwandt, und er war der Vater von Beren, dem Einhänder.

Der beigefügte Zusatz lautet:

Verbesserter Text, der sich besser zur Geschichte von Tinúviel und zur nachfolgenden Geschichte vom Nauglafring fügt:

Die Geschichte spricht indessen davon, daß Úrin ein Freund der Elben gewesen war, und darin unterschied er sich von vielen aus seinem Volk. Eine tiefe Freundschaft hatte ihn nun mit Egnor verbunden, dem Elb aus dem Grünwald und Jäger der Gnomen, und er kannte Beren Ermabwed, Sohn Egnors, und hatte ihm einst für seinen Sohn Damrod einen Dienst erwiesen; doch in Dor Lómin erinnerte man sich noch der Taten von Beren dem Einhänder, in den Hallen von Tinwelint[3]. Darum und weil sie keinen anderen Rat wußte, kam es Mavwin in den Sinn, Túrin, ihren Sohn, zum Hof von Tinwelint zu schicken und ihn zu bitten, dieses Waisenkind zur Erinnerung an Úrin und an Beren, den Sohn Egnors[4], aufzuziehen.

Wahrlich, bitter war die Trennung, und Túrin weinte lange und wollte seine Mutter nicht verlassen, und das war das erste der vielen Leiden, die ihm in seinem Leben beschieden waren. Doch als seine Mutter ihm gut zugeredet hatte, fügte er sich endlich und bereitete sich voller Schmerz auf diese Reise vor. Zwei alte Männer, die einst Gefährten seines Vaters Úrin gewesen waren, gingen mit ihm, und als alles bereit war und sie Abschied genommen hatten, machten sie sich auf den Weg zu den dunklen Bergen, und Mavwins kleines Haus in den Bäumen blieb zurück, so daß Túrin, blind von Tränen, sie nicht mehr sehen konnte. Doch bevor sie außer Hörweite waren, rief er aus: ›O Mavwin, meine Mutter, ich werde bald zu dir zurückkehren‹ – doch er wußte nicht, daß das Verhängnis Melkos zwischen ihnen lag.

Lang und sehr mühselig und unsicher war der Weg über die dunklen Berge von Hithlum in die Großen Wälder des Jenseitslandes, wo in jenen Tagen Tinwelint, der verborgene König, seinen Sitz hatte;

und Túrin, Sohn von Úrin[5], war der erste der Menschen, der ihn beschritt, und seitdem haben ihn nur wenige betreten. Túrin und seine Hüter gerieten in Gefahren, denn es gab dort Wölfe und wandernde Orks, die zu dieser Zeit selbst hierher kamen, als Melkos Macht wuchs und sich über die Königreiche des Nordens ausbreitete. Böse Zauber umgaben sie, so daß sie oft ihren Weg verloren und viele Tage hilflos umherzogen, doch am Ende kamen sie durch und dankten den Valar dafür – doch vielleicht war es bloß ein Teil des Verhängnisses, mit dem Melko ihre Pfade umwob, denn in späteren Tagen wünschte sich Túrin, er wäre als Kind in den dunklen Wäldern ums Leben gekommen.

Wie dem auch sei, auf diese Weise gelangten sie zu Tinwelints Hallen: Als sie sich nämlich in den Wäldern jenseits des Gebirges völlig verirrt und keine Nahrung mehr hatten, so daß sie schließlich glaubten, den Tod zu erleiden, wurden sie von einem Waldläufer entdeckt, einem Jäger der verborgenen Elben; und dieser wurde Beleg genannt, denn nach der Art dieses Volkes war er von mächtigem Wuchs. Darauf führte sie Beleg über gewundene Pfade und durch viele, dunkle, unwegsame Wälder zu den Ufern des schattigen Flusses vor den Toren von Tinwelints tiefen Hallen.

Als sie nun vor den König kamen, hieß er sie um Úrins willen herzlich willkommen, und als der König von dem Band zwischen Úrin und Beren, dem Einhänder[6], und von der Bitte Frau Mavwins erfuhr, wurde sein Herz weich, und er erfüllte ihren Wunsch. Er wollte ihn nicht fortschicken, sondern sagte: ›Sohn Úrins, du sollst an meinem Hof in den Waldländern auf angenehmste wohnen, und du sollst mir nicht bloß ein Gefolgsmann, sondern fürwahr ein zweites Kind sein, und Gwedheling und ich werden dich alles lehren, was wir wissen.‹

Darum sandte er, nachdem die Reisenden sich ausgeruht hatten, den jüngeren der zwei Hüter Túrins zu Mavwin zurück, denn es war der Wunsch dieses Mannes, sein Leben im Dienste der Gemahlin Úrins zu opfern; doch eine Schar von Elben wurde ihm zur Begleitung gegeben und alle erdenklichen Erquickungen und Zauber; und außerdem sollte er Mavwin folgende Worte Tinwelints überbringen: ›Wisse denn, O Frau Mavwin, Gemahlin von Úrin, dem Standhaften, nicht aus Liebe zu Melko und nicht aus Furcht vor ihm, sondern wegen der Klugheit meines Herzens und des Geschicks der Valar bin ich nicht mit meinem Volk in die Schlacht der Ungezählten Tränen gezogen, der ich nun ein Hort der Sicherheit und eine Zuflucht für alle geworden bin, welche die geheimen Pfade finden, die zu meinen schützenden Hallen führen. Vielleicht gibt es jetzt kein anderes Bollwerk mehr gegen den Hochmut des Vala aus Eisen, denn die Menschen sagen, Turgon sei noch am Leben, doch wer kennt die Wahrheit, und wie lange wird er noch frei sein? Darum nun will ich deinen Sohn Túrin hier aufziehen wie mein eigenes Kind, bis er alt genug ist, dir beizustehen – dann kann er, wenn er will, fortgehen.‹ Außerdem bat er Frau Mavwin, wolle sie die Reise auf sich nehmen, ebenfalls in seine Hallen einzukehren und dort in Frieden zu leben; doch nachdem sie dies gehört hatte, lehnte sie ab, denn ihre Tochter war noch zart, und sie selbst wollte lieber arm unter Menschen leben als angenehm bei den Wald-Elben als Empfängerin von Almosen. Vielleicht hing sie auch an dem Haus, das Úrin ihr eingerichtet hatte, ehe er in den großen Krieg zog, und hegte im stillen immer noch schwache Hoffnung auf seine Rückkehr, denn keiner der Boten, welche die jammervolle Nachricht von jenem Schlachtfeld gebracht hatten, konnte sagen, daß er tot sei, sondern wußte nur zu berichten, daß niemand wisse, wo er sei – doch in Wahrheit gab es nur wenige Boten und deren Sinn war verdunkelt, und inzwischen waren Jahre vergangen, seit der letzte Hieb auf diesem bitteren Schlachtfeld geführt worden war. In späteren Tagen sehnte sie sich freilich danach, Túrin wiederzusehen, und hätte vielleicht am Ende, nachdem Nienóri erwachsen geworden war, ihren Stolz abgelegt und wäre übers Gebirge gezogen, doch dieses war wegen der Macht des großen Zaubers Melkos unüberwindlich geworden, denn er schloß alle Menschen in Hithlum ein und tötete jeden, der sich über die Mauern dieses Landes wagte.

So fügte es sich denn, daß Túrin in den Hallen Tinwelints wohnte; und es wurde gestattet, daß der bejahrte Gumlin, der mit ihm aus Hithlum gekommen war, bei ihm bleiben durfte, da er weder den Mut noch die Kraft zur Rückkehr hatte. Dieser Aufenthalt schenkte Túrin sehr viel Freude, doch der Kummer über seine Trennung von Mavwin wich niemals gänzlich von ihm; seine Körperkräfte nahmen gewaltig zu, und seine Tapferkeit trug ihm Ruhm ein, wo immer Tinwelint als König angesehen wurde, doch er war ein stiller Junge und oft düster, der sich der Liebe nicht leicht öffnete und dem das Glück nicht hold war, denn nur wenige Dinge, die er sich sehnlich wünschte, bekam er, und viele, um die er sich bemühte, schlugen fehl. Nichts indessen machte ihm mehr Kummer als das Versiegen der Nachrichten von Mavwin, als, wie schon erzählt, die Berge unüberwindlich und die Wege versperrt wurden. Túrin nun war sieben Jahre alt gewesen, als er zu den Wald-Elben gekommen war, und wohnte dort sieben Jahre, und während dieser Zeit kamen hin und wieder Nachrichten von seiner Mutter, so daß er wußte, daß seine Schwester Nienóri zu einem schlanken und sehr schönen Mädchen herangewachsen war, daß die Dinge in Hithlum sich gebessert hatten und seine Mutter friedlicher lebte; und dann gab es überhaupt keine Nachrichten mehr, und die Jahre vergingen.

Um seinen Kummer und die Stürme des Herzens zu besänftigen, die ihn immer daran erinnerten, wie Úrin und sein Volk in der Schlacht gegen Melko zugrunde gegangen waren, streifte Túrin fortwährend mit den kriegerischsten Männern aus Tinwelints Volk weit umher, und lange bevor er ein Mann geworden war, schlug und empfing er Wunden in Gefechten mit den Orks, die unablässig an den Grenzen des Reiches auf Raub ausgingen und eine Bedrohung für die Elben waren. Fürwahr, dieses Volk hätte ohne seine Tapferkeit viel Schlimmes erdulden müssen, und viele Jahre hielt er den Zorn Melkos von ihm fern, und nach seiner Zeit wurde es bitter gequält und wäre am Ende in die Sklaverei gestoßen worden, hätten sich nicht solch große und furchtbare Dinge ereignet, daß Melko es vergaß.

Es lebte nun am Hofe Tinwelints ein Elb namens Orgof, und er war, wie die meisten aus dem Volk des Königs, ein Ilkorin, doch auch Gnomenblut floß durch seine Adern. Mütterlicherseits war er dem König nahe verwandt, und er stand in dessen Gunst, da er ein guter Jäger und ein tapferer Elb war, doch hatte er eine ziemlich lose Zunge und war, weil er die Gunst des Königs genoß, sehr anmaßend; doch nichts hatte er so gern wie feine Kleider und Edelsteine und Zierat aus Gold und Silber, und er war immer aufs prächtigste gekleidet. Túrin nun, der sich ständig in den Wäldern aufhielt und an fernen und unwegsamen Orten hauste, wurde nachlässig in seiner Kleidung, ließ sein Haar wild wachsen, und wann immer die beiden an des Königs Tafel saßen, hänselte Orgof ihn deswegen; Túrin jedoch sagte nie ein Wort zu diesen läppischen Scherzen, zumal er ohnehin nur wenig auf Worte achtete, die man ihm sagte, und die Augen unter seinen struppigen Brauen schienen oft in weite Fernen zu blicken – so als sehe er entfernte Dinge und höre Klänge aus den Wäldern, die andere nicht hörten.

Eines Tages saß Túrin mit dem König an der Tafel, und es waren an diesem Tag zwölf Jahre vergangen, seit er durch einen Schleier von Tränen auf Mavwin geblickt hatte, die weinend vor der Tür stand, während er durch die Bäume davonging, bis ihre Stämme ihm die Sicht versperrten, und er war trübsinnig, und jenen, die neben ihm saßen, gab er nur kurz Antwort, vor allem Orgof.

Dieser Tor jedoch wollte ihn nicht in Frieden lassen, lachte über Túrins grobe Kleider und sein struppiges Haar, denn dieser war gerade von einem langen Aufenthalt in den Wäldern zurückgekehrt, und schließlich zog er voll Ziererei einen goldenen Kamm hervor und bot ihn Túrin an; und da er dem Wein kräftig zugesprochen hatte, sagte er, als Túrin sich nicht zu einer Antwort herabließ: ›Nun, falls du nicht weißt, wie man einen Kamm benutzt, eile rasch zu deiner Mutter zurück, denn sie kann es dich vielleicht lehren – es sei denn, die Frauen von Hithlum sind ebenso häßlich und ungekämmt wie ihre Söhne.‹ Da entbrannte in Túrins wundem Herzen plötzlich ein wilder Zorn über diese Worte, welche Frau Mavwin betrafen, so daß er ein schweres goldenes Trinkgefäß ergriff, das zu seiner Rechten stand, und seiner Kraft nicht eingedenk, schleuderte er es mit großer Wucht in Orgofs Zähne und sagte: ›Stopfe dir dein Maul damit, Narr, und schwätze nicht mehr.‹ Doch Orgofs Gesicht war zertrümmert, mit großer Wucht fiel er zurück, schlug mit dem Kopf auf den steinernen Fußboden, riß den Tisch mitsamt dem Geschirr über sich und sprach und schwätzte nicht mehr, denn er war tot.

Da erhoben sich alle Männer ohne ein Wort, doch Túrin starrte entsetzt auf den Leichnam Orgofs und den verschütteten Wein auf seiner Hand, wandte sich jäh um und schritt hinaus in die Nacht; und einige Verwandte Orgofs zogen ihre Waffen halb aus den Scheiden, doch niemand schlug zu, denn der König gab kein Zeichen, sondern starrte nur unentwegt auf den toten Orgof, und sehr großes Staunen malte sich auf seinem Gesicht. Doch Túrin wusch im Fluß vor dem Tor seine Hand ab, brach in Tränen aus und sagte: ›Wehe! Ein Fluch liegt auf mir, denn alles, was ich tue, wendet sich zum Bösen, und nun hat es sich so gefügt, daß ich aus dem Hause meines Ziehvaters fliehen muß, ein Gesetzloser, der Blut vergossen hat – und alle Gesichter, die ich liebe, werde ich nicht mehr sehen.‹ Und in seinem Herzen wagte er es nicht, nach Hithlum zurückzukehren, damit seine Mutter ob seiner Ungnade nicht bitterlich betrübt werde oder er vielleicht den Zorn der Wald-Elben auf sein Volk lenke; darum begab er sich weit fort, und als Männer kamen, die ihn suchten, ließ er sich nicht finden.

Jedoch wollten sie ihm nichts Böses, was er nicht wissen konnte, denn Tinwelint, trotz seines Kummers und der bösen Tat, verzieh ihm, und die meisten seines Volkes taten es auch, denn Túrin hatte sich lange friedlich verhalten oder die Torheiten Orgofs mit Höflichkeit beantwortet, obglcich diese ihn oft schmerzten, denn dieser Elb, mißgünstig wie er war, verstand es wohl, seine Worte mit Widerhaken zu versehen; und deshalb wurden nun die nahen Verwandten Orgofs aus Furcht vor dem König und durch viele Geschenke dazu bewogen, sich dem Spruch des Königs zu beugen.

Der unglückliche Túrin jedoch, im Glauben, alle hätten sich gegen ihn gewandt und das Herz des Königs sei das eines Feindes geworden, zog sich bis zu den äußersten Grenzen des Waldländer-Reiches zurück. Dort jagte er für seinen Lebensunterhalt, und obgleich er ein guter Bogenschütze war, konnte er es dennoch mit den Elben darin nicht aufnehmen, sondern übertraf sie nur im Umgang mit dem Schwert. Zu ihm gesellten sich ein paar abenteuerliche Männer, unter denen Beleg war, der Jäger, der einst Gumlin und Túrin in den Wäldern gerettet hatte. Nun überstanden diese zwei viele Abenteuer, Beleg, der Elb, und Túrin, der Mensch, über die man nun weder spricht noch ihrer gedenkt, die jedoch früher vielerorts besungen wurden. Gegen Tier und Kobold zogen sie zu Felde, und zuweilen drangen sie zu entlegenen Plätzen vor, die den Elben unbekannt waren, und der Ruhm der heimlichen Jäger der Marken begann unter Orks und Elben ruchbar zu werden, so daß Tinwelint vielleicht rasch Kenntnis von Túrins Aufenthalt erhalten hätte, wäre nicht Túrins gesamte Schar eines Tages in ein verzweifeltes Scharmützel mit Orks verwickelt worden, die seine Männer an Zahl ums Dreifache übertrafen. Dort wurden alle getötet, außer Túrin und Beleg, und Beleg entkam verwundet, doch Túrin wurde überwältigt und gefesselt, denn nach Melkos Willen sollte er ihm lebend gebracht werden; denn seht, da Túrin in den Hallen Linwes[7] gewohnt hatte, welche die Fee Gwedheling, die Königin, mit solchem großen Zauber und Geheimnis und mit so mächtigem Zauberbann umwoben hatte, wie er nur aus Valinor stammen konnte, von wo sie diese Gabe in der Tat vor langer Zeit mitgebracht hatte, war Túrin ihm aus den Augen gekommen, und er fürchtete, er könne sich dem Schicksal, das er ihm bestimmt hatte, entziehen. Deshalb hatte er nun vor, ihn vor Úrins Angesicht qualvoll zu mißhandeln; aber Úrin hatte die Valar des Westens angerufen, über die er von den Eldar aus Kôr vieles erfahren hatte und von den Gnomen, denen er begegnet war, und seine Worte kamen – auf welche Weise auch immer – zu Manwe Súlimo auf den Höhen von Taniquetil, dem Berg der Welt. Gleichwohl wurde Túrin nun in bitterer Qual über viele schlimme Meilen geschleppt, ein Gefangener der erbarmungslosen Orks, und sie kamen langsam vorwärts, denn sie zogen immer am Rande der dunklen Berge entlang zu jenen Gegenden, wo das Gebirge hoch und düster aufragt und schwarze Nebel seine Gipfel umhüllen. Dort werden sie Angorodin genannt oder die Eisenberge, denn unter den Wurzeln ihrer nördlichsten Festungen liegt Angband, die Eisenhölle, die furchtbarste aller Behausungen – und dorthin zogen sie nun, beladen mit Beute und voll unheilvoller Gedanken.

Ihr müßt nun wissen, daß Hithlum und die Jenseitslande in jenen Tagen von wilden Elben und noch freien Noldoli bevölkert waren, Flüchtlingen aus der einstigen Schlacht; und manche führten ein mühseliges Wanderleben, und andere hatten geheime Verstecke in Höhlen oder Walddickichten, doch Melko suchte unermüdlich nach ihnen, und wenn er sie fing, behandelte er sie grausamer als alle seine anderen Sklaven. Orks und Drachen und bösartige Kobolde ließ er gegen sie los, und ihr Dasein war voller Kummer und Mühsal, so daß alle, die nicht am Ende in den Reichen von Tinwelint oder in der verborgenen Festung des Königs der Stadt aus Stein [Gondolin] Zuflucht fanden, zugrunde gingen oder versklavt wurden.

Es gab dort auch Noldoli, auf denen der böse Zauber Melkos lag und die wie in einem Angsttraum wandelten und seine verderblichen Gebote befolgten, denn der Zauberbann der abgrundtiefen Furcht lag auf ihnen, und aus der Ferne spürten sie Melkos glühende Blicke. Jedoch oft vernahmen diese beklagenswerten Elben, die frei und zugleich geknechtet waren, die Stimme Ulmos an den Flüssen oder in der Nähe des Meeres, wo dessen Wogen sich mit den Wassern des Sirion mischten; denn Ulmo und alle anderen Valar gedachten ihrer immer noch mit Zärtlichkeit und hatten im Sinn, mit ihrer schwachen Hilfe Melkos Reich des Unheils zu zerstören. Wenn sie sich dann zuweilen der Glückseligkeit von Valinor erinnerten, streiften diese Noldoli ihre Furcht ab, vollbrachten Gutes und halfen Elben und Menschen gegen den Herren aus Eisen.

Nun fügte es sich, daß sich im Herzen Belegs, des Elbenjägers, der Wunsch regte, sobald seine Wunden geheilt waren, nach Túrin zu suchen. Da er nun eine große Geschicklichkeit in der Heilkunst besaß, gelang ihm dies in wenigen Tagen, und er setzte, so schnell er vermochte, der Bande von Orks nach, und es bedurfte seiner ganzen Kunst als Fährtenleser, ihrer Spur zu folgen, denn eine Gruppe von Melkos Kobolden bewegt sich höchst listig und behende. Bald hatte er die Landstriche, die ihm bekannt waren, weit hinter sich gelassen, doch aus Liebe zu Túrin drang er weiter vor und bewies damit größeren Mut als die meisten des Waldvolkes, und, wahrlich, niemand kann heute die Tiefe der Furcht und Pein ermessen, in die Melko in jenen Tagen die Seelen der Menschen und Elben gestürzt hatte. So geschah es denn, daß Beleg, von der Nacht überrascht, sich in einer dunklen, gefährlichen Gegend verirrte, in der Kiefern gewaltiger Größe so dicht beieinanderstanden, daß niemand außer den Orks sich dort zurechtfinden konnte, deren Augen die größte Düsternis durchdrangen, doch selbst viele dieser Wesen waren lange Zeit in diesem Landstrich verschollen; und diesen nannten die Noldoli Taurfuin, den Wald der Nacht.

Nun mußte Beleg sich eingestehen, daß er sich gänzlich verirrt hatte, und er lehnte sich mit dem Rücken an einen riesigen Baum und lauschte dem Wind in den kahlen Baumwipfeln hoch über ihm, und das Seufzen der Nachtlüfte und das Ächzen der Zweige war voll Gram und böser Ahnung, und er verzagte in seinem Herzen.

Plötzlich bemerkte er in der Ferne zwischen den Bäumen ein kleines Licht, stetig und fahl, als sei es ein Glühwürmchen, doch da er dachte, an einem solchen Ort werde es kaum ein Glühwürmchen geben, bewegte er sich darauf zu. Die Noldoli nun, die in der Erde arbeiteten und einst in Valinor geschickt mit Metallen und Gemmen umzugehen wußten, waren unter den Sklaven Melkos für diesen am wertvollsten, und er duldete nicht, daß sie sich weit fortbegaben, und so kam es, daß Beleg nicht wußte, daß diese Elben kleine Laternen von seltsamem Bau hatten, die aus Silber und Kristall gefertigt waren und in denen immerfort eine matte blaue Flamme brannte; und dies war ein Geheimnis, das allein die Edelsteinschmiede unter den Noldoli kannten und das sie selbst Melko nicht preisgaben, wiewohl sie gezwungen waren, viele Juwelen und Zauberlichter für ihn zu machen.

Mit der Hilfe dieser Lampen zogen die Noldoli häufig durch die Nacht, und hatten sie einen Pfad nur einmal betreten, fanden sie ihn nur selten nicht wieder. Als nun Beleg näherkam, erblickte er einen der Berg-Gnomen, der, auf das Nadelpolster unter einer großen Kiefer hingestreckt, im Schlafe lag, und seine blaue Laterne stand schimmernd neben seinem Kopf. Da weckte ihn Beleg auf, und der Elb fuhr erschreckt und voller Furcht aus dem Schlaf, und Beleg erfuhr, daß er ein Flüchtling aus den Gruben Melkos war, der sich Flinding bo-Dhuilin nannte und aus dem alten Geschlecht der Gnomen stammte. Als nun ein Wort das andere gab, war Flinding vor Freude überwältigt, mit einem freien Noldo sprechen zu können, und erzählte viele Geschichten über seine Flucht aus den tiefsten Gruben Melkos; und schließlich sagte er: ›Als ich mich bereits frei dünkte, geriet ich bei Nacht durch Unachtsamkeit mitten in ein Ork-Lager, und sie schliefen und führten allerlei Beutestücke und schwere Packen mit sich, und ich meinte, viele gefangene Elben erkennen zu können: Und da war einer, höchst qualvoll an einem Baumstamm gefesselt, der bittere Schreie gegen Melko ausstieß und die Namen von Úrin und Mavwin rief; und wenn ich auch damals, durch die lange Gefangenschaft feige geworden, Hals über Kopf entfloh, muß ich doch heute sehr staunen, denn welcher der Sklaven von Angband hat nicht von Úrin, dem Standhaften, gehört, der als einziger unter den Menschen, auf einem öden Berggipfel qualvoll in Ketten geschlagen, sich Melko widersetzt?‹

Darob geriet Beleg in große Erregung, und er sprang auf die Füße und rief: ›Es ist Túrin, Tinwelints Pflegesohn und vor langer Zeit der Sohn von Úrin, er ist's, den ich suche. – Auf denn, führe mich zu diesem Lager, O Sohn Duilins, und bald wird er frei sein!‹ Doch Flinding wurde von großer Furcht ergriffen, und er sagte: ›Dämpfe deine Stimme, mein Beleg, denn die Orks haben Ohren wie Katzen, und wenn auch ein Tagesmarsch zwischen mir und diesem Lager liegt, so weiß doch niemand, ob sie mir nicht gefolgt sind.‹

Als er nun jedoch Túrins Geschichte von Beleg hörte, willigte er trotz seiner Furcht ein, Beleg zu diesem Ort zu führen, und lange bevor es tagte und die schwachen Sonnenstrahlen in den dunklen Wald drangen, waren sie unterwegs, geleitet vom tanzenden Licht aus Flindings schwankender Lampe. Es geschah nun aber, daß sie dabei den Pfad der Orks kreuzten, die nun ihren Marsch fortsetzten, doch in einer anderen Richtung als zuvor, denn sie fürchteten nun, ihr Gefangener könne entfliehen, und strebten darum einem Ort zu, wo, wie sie wußten, die Bäume spärlicher waren und eine Spur über viele Meilen leicht zu verfolgen war; bevor sie also an diesem Abend zu dem Platz kamen, den Flinding suchte, hörten sie entfernt in den Wäldern Geschrei und rauhen Gesang, die jedoch lauter wurden; kaum hatten sie Zeit sich zu verstecken, als auch schon die ganze Ork-Bande nahe bei ihnen vorüberkam, und einige der Anführer ritten auf kleinen Pferden, und an eines davon war Túrin mit den Handgelenken angebunden, so daß er hinterherstolpern mußte, wollte er nicht grausam vorwärtsgezerrt werden. Als die Dämmerung sich über den Wald senkte, folgten Beleg und Flinding zaghaft, und als die Orks ihr Lager aufschlugen, lauerten sie in der Nähe, bis alles still und nur das Stöhnen der Gefangenen zu hören war. Nun verhüllte Flinding seine Lampe mit einem Fell, und sie krochen näher und sahen die Orks schlafen, denn es war nicht deren Gewohnheit, bei ihren Biwaks ein Lagerfeuer brennen zu lassen oder Wache zu halten, weil sie auf den Schutz gewisser grausamer Wölfe vertrauten, die ihre Banden immer begleiteten wie Hunde die Menschen; doch diese Wölfe schliefen im Lager nie, und ihre Augen leuchteten wie rote Punkte zwischen den Bäumen. Nun ergriff Flinding schreckliche Furcht, doch Beleg gebot ihm zu folgen, und an einer Stelle, wo zwischen den Wölfen ein großer Zwischenraum war, krochen sie hindurch, und, wie das Glück der

Valar es wollte, lag Túrin in der Nähe und abseits von den anderen. Und Beleg gelangte unentdeckt an seine Seite und wollte seine Fesseln zerschneiden, als er bemerkte, daß ihm beim Kriechen sein Messer entfallen war; sein Schwert hatte er zurückgelassen. Weil sie nicht wagten, zurückzukriechen und wieder nach vorn, versuchten nun Beleg und Flinding, beide kräftige Männer, den tief schlafenden Túrin mit größter Mühe heimlich vom Lager fortzutragen: Und dies vollbrachten sie, und immer hat es als eine große Heldentat gegolten, und nur wenige haben sich wie sie an den Wolfswachen vorbeigeschlichen und die Lager der Orks beraubt.

Nicht weit vom Lager entfernt in den Wäldern legten sie ihn nieder, denn sie konnten ihn nicht länger tragen, weil er ein Mann war, der größer gewachsen war als sie;[8] Beleg aber zückte sein Schwert und wollte die Fesseln damit zerschneiden. Die Handfesseln durchtrennte er zuerst, und als er, in der Dunkelheit unsicher, die Fußfesseln suchte, stach er Túrin tief in den Fuß, und Túrin erwachte voll Furcht. Als er nun sah, daß eine Gestalt mit einem Schwert in der Hand sich in der Düsternis über ihn beugte und er den Schmerz in seinem Fuß spürte, meinte er, einer der Orks sei gekommen, ihn zu töten oder zu quälen – und das taten sie oft, indem sie ihn mit ihren Messern schnitten oder mit ihren Speeren stachen; doch als Túrin merkte, daß seine Hände frei waren, sprang er auf und warf sich plötzlich mit seinem ganzen Gewicht auf Beleg, der fiel und halb erdrückt und sprachlos am Boden lag; Túrin jedoch ergriff in diesem Augenblick das Schwert und durchbohrte damit Belegs Kehle, bevor Flinding begriff, was geschah. Dann sprang Túrin zurück, schleuderte laute Flüche gegen die Orks, forderte sie auf zu kommen und ihn zu töten oder sich mit seinem Schwert zu messen, denn er glaubte sich inmitten ihres Lagers und dachte nicht an Flucht, sondern nur daran, sein Leben teuer zu verkaufen. Er hätte nun Flinding angegriffen, wäre der Gnom nicht zurückgewichen und hätte die Lampe fallen lassen, so daß ihre Hülle abfiel und das Licht aufschien; und er rief in der Sprache der Gnomen, Túrin solle einhalten und nicht seine Freunde töten – da ließ Túrin, als er diese Worte hörte, von ihm ab, und als er dastand, erblickte er im Schein der Lampe das weiße Gesicht Belegs, der mit durchbohrter Kehle zu seinen Füßen lag, und er stand wie versteinert, und seine Miene war so furchtbar, daß Flinding lange Zeit nicht zu sprechen wagte. In Wahrheit war ihm nach Worten nicht zumute, denn im Lampenlicht hatte er auch gesehen, was mit Beleg geschehen war, und er fühlte Bitterkeit im Herzen. Gleichwohl wollte es ihm schließlich scheinen, als regten sich die Orks, und so war es in der Tat, denn Túrins Rufe waren zu ihnen gedrungen; darum sagte er zu Túrin: ›Die Orks gehen auf uns los, laß uns fliehen‹, doch Túrin antwortete nicht, und Flinding rüttelte ihn und beschwor ihn, zu Verstand zu kommen oder zugrunde zu gehen. Und dann tat Túrin wie geheißen, doch noch immer wie ein Betäubter, und er beugte sich nieder, hob Beleg hoch und küßte ihn auf den Mund.

Dann führte Flinding Túrin, so rasch es ging, aus dieser Gegend fort, und Túrin ging mit ihm und überließ sich seiner Führung, und nach einer Weile hatten sie endlich ihre Verfolger abgeschüttelt und konnten Atem schöpfen. Nun hatte Flinding Zeit, Túrin alles zu erzählen, was er wußte und wie er Beleg begegnet war, und Túrins Tränen begannen zu fließen, und er weinte bitterlich, denn bei vielen Taten war Beleg sein Kampfgefährte gewesen; und dies war die dritte Qual, die Túrin befiel, und niemals in seinem Leben wurde er ganz frei von diesem Kummer; und lange wanderte er mit Flinding, sich wenig daran kehrend, wohin sie gingen, und ohne diesen Gnom wäre er rasch wieder in Gefangenschaft geraten oder in die Irre gegangen, denn er dachte nur an das starre Gesicht von Beleg, dem Jäger, der im dunklen Forst lag, getötet von seiner Hand, in dem Augenblick, da er ihn von den Fesseln der Knechtschaft befreite.

In jener Zeit kam ein Anflug von Grau in Túrins Haar, obgleich er noch jung an Jahren war. Indessen wanderten Túrin und der Noldo lange Zeit zusammen, und weil sie die Zauberlampe mit sich führten, gingen sie nachts und verbargen sich tags und verschwanden in den Bergen, und die Orks fanden sie nicht.

Nun gab es in den Bergen über einem Fluß eine Anzahl von Höhlen, und dieser Fluß strömte hinab, den Sirion zu speisen, vor den Eingängen der Höhlen jedoch sproß Gras, und sie waren listenreich verborgen durch Bäume und mancherlei Zauber, über welchen jene versprengte Scharen, die in den Höhlen hausten, noch immer verfügten. Tatsächlich war dieser Ort zu dieser Zeit eine mächtige Wohnstätte des Volkes geworden, und manch ein Flüchtling vermehrte es, und die alten Künste und Handwerke der Noldoli erwachten dort wieder zum Leben, wenngleich in einer unbeholfenen, groben Weise.

Dort wurden insgeheim gute Waffen geschmiedet und außerdem sogar einige schöne Dinge hergestellt, und die Frauen webten und spannen wieder, und zuweilen wurde in der Nähe heimlich Gold geschürft, so daß in den Tiefen dieser Höhlen im Flammenschein verborgener Lichter schöne Gefäße zu sehen waren und alte Lieder leise gesungen wurden. Doch diese Höhlenbewohner flohen stets vor den Orks und vermieden jeden Kampf, es sei denn, sie wurden durch ein Mißgeschick dazu genötigt oder es war ihnen möglich, sie in eine Falle zu locken, in der alle umkamen und keiner lebend entfliehen konnte; und dies taten sie mit Absicht, denn sie wollten nicht, daß Melko von ihren Behausungen Nachricht erhielt oder sich ein Verdacht in ihm regte, in diesen Landstrichen könne es eine größere Ansammlung Volks geben.

Indessen war dieser Ort dem Noldo Flinding bekannt, der mit Túrin unterwegs war; in Wirklichkeit hatte er vor langer, langer Zeit diesem Volke angehört, bevor die Orks ihn fingen und er in Knechtschaft geriet. Hierher wandte er sich nun, nachdem er sicher war, daß die Verfolger ihnen nicht mehr auf den Fersen waren, nicht ohne indes über geheime Pfade zu wandern, so daß es lange währte, bis sie sich dieser Gegend näherten und die Späher und Wächter der Rodothlim (denn so wurde dieses Volk genannt) ihr Nahen meldeten;

darauf zog sich alles Volk, das sich im Freien befand, zurück. Dann schlossen sie ihre Türen und hofften, die Fremdlinge würden ihre Höhlen nicht entdecken, denn sie fürchteten jegliches unbekannte Volk, welcher Rasse auch immer, und trauten ihm nicht, so unheilvoll waren die Lehren dieser furchtbaren Zeit.

Darauf wagten sich nun Túrin und Flinding bis zu den Höhleneingängen vor, und als die Rodothlim erkannten, daß diese zwei die Pfade kannten, brachen sie hervor, nahmen sie gefangen und schleppten sie in ihre Felsenhallen, wo sie vor Orodreth, ihren Anführer, gebracht wurden. Nun hatten die freien Noldoli jener Tage große Furcht vor all jenen ihrer Sippe, die in Knechtschaft geschmachtet hatten, denn diese hatten, durch Furcht, Folter und bösen Zauber gezwungen, manch eine heimtückische Tat begangen; selbst auf diese Weise hatten sich die unheilvollen Taten der Gnomen bei Cópas Alqalunten gerächt[9], und die Noldoli verfluchten den Tag, da sie zum ersten Mal der Tücke Melkos Gehör geschenkt hatten, und bereuten bitterlich, daß sie aus dem Segensreich Valinor fortgegangen waren.

Als Orodreth jedoch die Geschichte Flindings vernommen und sie für wahr befunden hatte, hieß er ihn mit Freuden wieder bei seinem Volk willkommen, doch war dieser Gnom durch die Qualen der Sklaverei so entstellt, daß wenige ihn wiedererkannten; doch um Flindings willen lauschte Orodreth Túrins Geschichte, und dieser berichtete von seinem Unglück und nannte Úrin als seinen Vater, einen Namen, den die Gnomen nie vergessen hatten. Da wurde Orodreth freundlich gestimmt, und er bat sie, bei den Rodothlim zu wohnen und ihm getreu zu sein. So nahm denn Túrin seinen Aufenthalt beim Volk der Höhlen, und er wohnte dort mit Flinding bo-Dhuilin und tat für dieses Volk manch gutes Werk, tötete viele streunende Orks und vollbrachte viele kühne Taten, um es zu verteidigen. Er wiederum lernte von ihnen viel Neues, denn die Erinnerung an Valinor brannte tief in ihren wilden Herzen, und ihr Wissen war größer noch als das jener Eldar, die niemals die gesegneten Antlitze der Götter erblickt hatten.

Unter diesem Volk war nun ein sehr schönes Mädchen, und sie wurde Failivrin genannt, und ihr Vater hieß Galweg; und dieser Gnom hatte Gefallen an Túrin und stand ihm oft zur Seite bei Abenteuern und guten Taten. Am Kaminfeuer erzählte Galweg oft davon, und Túrin war häufig bei ihm zu Gast, und Failivrins Herz schlug ihm entgegen, wenn sie ihn sah. Oft fragte sie sich angesichts seiner Düsterkeit und Schwermut, welches Leid er in seiner Brust verschlossen hielt, denn Túrin mangelte die Fröhlichkeit, weil er das Gewicht der Schuld am Tode Belegs auf sich lasten fühlte, und er litt es nicht, daß sein Herz gerührt werde, obgleich er Freude über ihre Schönheit empfand; doch er hielt sich für einen Ausgestoßenen, beladen mit der schweren Bürde eines bösen Schicksals. Da wurde Failivrin von Kummer ergriffen, und sie weinte im geheimen, und sie wurde so blaß, daß die Leute sich über die Blässe und Zartheit ihres Gesichtes verwunderten und über die strahlenden Augen, die darin leuchteten.

Nun kam eine Zeit, in der die Ork-Banden und die bösen Wesen Melkos dem Unterschlupf dieses Volkes immer näher kamen und es trotz des guten Zaubers, der dem Fluß innewohnte, wahrscheinlich schien, daß ihr Versteck nicht länger unentdeckt bleiben würde. Gleichwohl sagt man, daß Túrins Aufenthalt in den Höhlen und seine Taten bei den Rodothlim den Augen Melkos bis dahin verborgen geblieben waren und daß er die Rodothlim nicht Túrins wegen heimsuchte, sondern daß es eher die ständig wachsende Zahl seiner Kreaturen war, ihre zunehmende Macht und Grausamkeit, die sie so weit hinaustrieb. Dennoch ließen die Verblendung und das Unglück, das er einst bestimmt hatte, Túrin nicht los, wie wir sehen werden.

Mit jedem Tag wurden die Stirnen der Anführer der Rodothlim bewölkter, und Träume suchten sie heim[10], die ihnen geboten, sich aufzumachen und rasch und verstohlen fortzugehen und alles zu versuchen, um Turgon zu finden, bei dem es vielleicht noch Rettung für die Gnomen gab. Auch hörte man des Abends Geflüster im Fluß, und jene unter ihnen, die solche Stimmen zu deuten verstanden, enthüllten ihre Prophezeiungen auf den Ratsversammlungen des Volkes. Bei diesen Versammlungen nun hatte Túrin vermöge seiner vielen tapferen Taten eine Stimme, und er sprach gegen ihre Ängste und vertraute auf seine Kraft, denn er lechzte immer nach Krieg gegen die Kreaturen Melkos, und er stachelte die Männer des Volkes auf und sagte: ›Hört! Ihr habt Waffen, die mit vorzüglicher Handwerkskunst geschmiedet sind, und doch sind die meisten davon noch nicht vom Blut eurer Feinde benetzt. Denkt an die Schlacht der Ungezählten Tränen und vergeßt nicht eure Brüder, die dort gefallen sind. Denkt nicht an Flucht, sondern an Kampf und Widerstand!‹

Trotz der Bedachtsamkeit ihrer weisesten Männer verwirrten solch bittere Worte ihre Überlegungen und verzögerten ihre Entscheidung, und unter den Starkherzigen gab es nicht wenige, die Hoffnung darin fanden, denn der Gedanke machte sie traurig, diesen Ort verlassen zu müssen, wo sie begonnen hatten, sich eine Wohnstätte des Friedens und der Schönheit zu schaffen; Túrin aber bat Orodreth um ein Schwert, und seit Beleg getötet worden war, hatte er kein Schwert mehr geschwungen, sondern sich statt dessen mit einer gewaltigen Keule bewaffnet. Nun ließ Orodreth für ihn ein großes Schwert schmieden, und ein Zauber machte die Klinge schwarz, und nur die Schneiden waren strahlend hell und scharf; und es steckte in einer schwarzen Scheide und hing an einem schwarzen Gürtel; und oft sprang dieses Schwert von selbst in Túrins Hand, und man erzählte sich, daß es zuweilen rätselhafte Worte zu ihm spreche. Und Túrin nannte es Gurtholfin, den Stab des Todes. Derart bewaffnet, durchstreifte er nun die Berge und tötete unablässig, so daß Schwarzschwert von den Rodothlim für die Orks ein Name des Entsetzens wurde, und lange Zeit wurde alles Unheil von den Höhlen der Gnomen abgewehrt. Daher rührt auch der Name Túrins bei den Gnomen, welche ihn in ihrer Sprache Mormagli oder Mormakil nennen, was schwarzes Schwert bedeutet.

Je größer indessen Túrins Tapferkeit wurde, desto tiefer wurde Failivrins Liebe, und wenn Männer in seiner Abwesenheit gegen ihn murrten, sprach sie für ihn und suchte immer, ihn zu unterstützen, und er betrug sich immer höflich und unbefangen gegen sie und sagte, er habe in den Landen der Gnomen eine liebliche Schwester gefunden. Jedoch durch Túrins Taten wurden die ursprünglichen Ratschlüsse der Rodothlim aufgehoben und ihre Behausungen weit und breit bekannt, so daß sie auch Melko nicht mehr verborgen waren; doch viele Noldoli flüchteten sich jetzt zu ihnen, ihre Stärke nahm zu, und Túrin wurde von ihnen in großen Ehren gehalten. Das war eine Zeit großer Fröhlichkeit, und die Menschen lebten für eine Weile wieder offen und konnten sich unbesorgt weit von ihren Heimen entfernen, und viele brüsteten sich mit der Errettung der Noldoli, während Melko im stillen seine gewaltigen Horden sammelte. Diese ließ er plötzlich und unerwartet gegen sie los, und sie sammelten ihre Krieger in großer Hast und zogen gegen ihn, aber ach, ein Heer von Orks brach über sie herein und Wölfe und Orks, die auf Wölfen ritten; und darunter war auch ein großer Drache mit Schuppen aus glänzender Bronze, in dessen Atem sich Feuer und Rauch mischten, und sein Name war Glorund.[11] In dieser Schlacht fielen alle Männer der Rodothlim oder wurden gefangen, denn zahllos waren die Feinde, und das war das schlimmste Gemetzel seit der unheilvollen Schlacht von Nínin-Udathriol.* Im Kampf wurde Orodreth schwer verwundet, und Túrin trug ihn vom Schlachtfeld, bevor der Kampf zu Ende war, und mit der Hilfe Flindings, dessen Wunden nicht schwer waren,[12] brachte er ihn zu den Höhlen.

Dort starb Orodreth, und zuvor klagte er Túrin an, daß er sich immer seinem klugen Rat widersetzt habe, und Túrins Herz wurde schwer ob der Vernichtung des Volkes, für die er verantwortlich gemacht wurde.[13] Darauf ließ er den toten Orodreth zurück und ging zu Galwegs Höhle, und dort weinte Failivrin bitterlich bei der Nach-

---

* Am Ende der Manuskriptseite steht:
»*Nieriltasinwa* die Schlacht der Ungezählten Tränen
Glorund Laurundo oder *Undolaure*«
Später wurden *Glorund* und *Laurundo* zu *Glorunt* und *Laurunto* verbessert.

richt von ihres Vaters Tod, doch Túrin versuchte sie zu trösten; und, überwältigt von Herzenspein und der Trauer um ihren Vater und den Untergang ihres Volkes, sank sie halb ohnmächtig an seine Brust und warf die Arme um ihn. So tief war Túrins Mitleid, daß er in dieser Stunde meinte, sie von Herzen zu lieben; doch nun waren er und Flinding und ein paar Greise und sterbende Männer allein, und die Orks, nachdem sie die Toten des Schlachtfeldes geplündert hatten, waren ihnen dicht auf den Fersen.

So stand Túrin vor den Türen, hatte Gurtholfin in der Hand, und Flinding war neben ihm; und die Orks fielen über die Höhlen her und raubten sie vollständig aus, zerrten alle Menschen heraus, die sich dort versteckt hielten, und alle ihre Habe, ob die versteckten Güter von großem oder kleinem Wert waren. Doch Túrin verwehrte ihnen den Zutritt zu Galwegs Behausung, und er fällte sie reihenweise, bis eine Schar ihrer Bogenschützen, die in einiger Entfernung stand, einen Hagel von Pfeilen auf ihn abschoß. Nun trug Túrin einen Kettenpanzer, wie ihn alle Krieger der Gnomen von jeher schätzten und ihn noch immer tragen, doch dieser wehrte nicht alle bösen Geschosse ab, und er war bereits schwer verletzt, als Flinding plötzlich mit durchbohrtem Auge fiel; und rasch hätte auch Túrin den Tod gefunden – und dadurch wäre ihm ein schlimmeres Schicksal erspart geblieben –, hätte nicht der große Drache, der jetzt auf dem Plan erschien, ihnen befohlen, mit dem Schießen aufzuhören; mit der Kraft seines Atems jedoch vertrieb er Túrin von dem Eingang, und mit der Magie seiner Augen bannte er ihm Hand und Fuß.

Nun sind die Drachen und Würmer die bösartigsten Kreaturen, die Melko geschaffen hat, wenn auch die unbeholfensten, doch sie sind, vielleicht die Balrogs ausgenommen, die stärksten. Große Verschlagenheit und Klugheit sind ihnen eigen, so daß es bei den Menschen lange geheißen hat, wer immer vom Herzen eines Drachen koste, verstünde alle Sprachen der Götter und Menschen oder der Tiere, und seine Ohren könnten das Flüstern Melkos oder der Valar erlauschen, Worte, die er nie zuvor gehört habe. Wenige hat es gegeben, die je eine solche Heldentat vollbracht und einen Drachen getötet haben, und selbst unter diesen Tapferen hatte keiner sich Blut und Leben des Drachen einverleibt, denn es ist wie ein feuriges Gift, das alle tötet, die nicht mit göttlicher Stärke ausgestattet sind. Wie immer es sich verhalten mag, so lieben dicse ekelhaften Kreaturen ebenso wie ihr Herr die Lüge und lechzen nach Gold und kostbaren Dingen in rasendem Verlangen, obgleich sie diese weder benutzen noch sich daran erfreuen können.

So kam es, daß dieser *lóke* (denn so nennen die Eldar die Würmer Melkos) den Orks erlaubte, zu töten, wen immer sie wollten, und alle, die sie faßten, in einer sehr langen und sehr jammervollen Reihe aus Frauen, Mädchen und kleinen Kindern aufzustellen; aber den riesigen Schatz, den sie aus den felsigen Hallen ans Licht gebracht und vor den Türen zu einem Haufen aufgetürmt hatten und der in der Sonne glitzerte, begehrte er für sich selbst und verbot ihnen, ihn auch nur anzurühren; und sie wagten nicht, ihm zu widersprechen, und selbst wenn sie es gewollt hätten, wäre es ihnen nicht möglich gewesen.

Voll Entsetzen stand Failivrin inmitten dieser traurigen Schar, und sie streckte die Arme nach Túrin aus, doch dieser wurde durch den Zauberbann des Drachen festgehalten, denn das Untier hatte wie viele andere seiner Art einen bösen Blick, der Túrins Muskeln gleichsam in Stein verwandelte, denn sein Auge hielt Túrins Blick fest, so daß dessen Wille erstarb und er sich aus eigenem Entschluß nicht rühren, wohl aber sehen und hören konnte.

Darauf verhöhnte Glorund Túrin, daß dieser fast rasend wurde, fragte, warum er denn sein Schwert fortgeworfen und keinen Mut gehabt hätte, es für seine Freunde zu erheben – Túrins Schwert war nämlich aus seinen gefühllosen Fingern geglitten und lag zu seinen Füßen. Da erfüllte unsägliche Qual Túrins Herz, und die Orks verlachten ihn, und einige der Gefangenen schrien ihm Vorwürfe zu. In diesem Augenblick begannen die Orks die Schar der Sklaven wegzutreiben, und Túrins Herz brach bei diesem Anblick, doch er rührte sich nicht; und das bleiche Antlitz Failivrins entschwand, und ihre flehende Stimme drang an sein Ohr: ›O Túrin Mormakil, wo ist dein Herz; O mein Liebster, warum läßt du mich im Stich?‹ Da wurde Túrins Qual so groß, daß selbst der Bann des Drachen sie nicht zügeln konnte, und mit einem lauten Schrei griff er nach dem Schwert zu seinen Füßen und wollte den Drachen damit verwunden, doch dieser blies einen ekligen, heißen Atem gegen ihn, so daß ihm die Sinne schwanden und er zu sterben glaubte.

Lange Zeit danach – die Geschichte sagt nicht, wieviel Zeit verging – kam er zu sich, und er lag vor den Türen und blickte in die Sonne, und sein Haupt ruhte auf einem Haufen Goldes, der dort lag, wie die Plünderer ihn zurückgelassen hatten. Da sagte der Drache, der nahe bei ihm war: ›Wunderst du dich nicht, O Túrin Mormakil, daß ich dir den Tod vorenthalten habe, du, der du einst als tapfer galtest?‹ Da erinnerte sich Túrin all seiner Leiden und des Unheils, das über ihn gekommen war, und er sagte: ›Spotte meiner nicht, ekliger Wurm, denn du hast gewußt, daß ich sterben wollte; und allein darum, deucht mich, hast du mich nicht getötet.‹

Jedoch der Drache erwiderte: ›So wisse denn dieses, O Túrin, Sohn von Úrin, daß ein unheilvolles Schicksal über dich verhängt ist, und wohin du auch gehen magst, werden deine Füße es nicht abschütteln können. Wisse fürwahr, daß ich dich nicht getötet hätte, denn dann wärest du sehr schlimmen Leiden entgangen und einem qualvollen Geschick!‹ Da sprang Túrin plötzlich auf die Füße, mied des Untiers verderblichen Blick, schwang sein Schwert hoch empor und rief: ›Nein, von dieser Stunde an soll niemand mehr, solange ich lebe, mich Túrin nennen. Höre denn, daß ich mir einen neuen Namen geben will, und er soll Turambar sein!‹ Dies bedeutet nun Meister des Schicksals, und in der Gnomensprache lautet der Name Turumart. Als er diese Worte ausgesprochen hatte, machte er einen zweiten Ausfall gegen den Drachen, weil er tatsächlich glaubte, ihn zwingen zu können, ihn zu töten und sein Schicksal mit dem Tode zu besiegeln; aber der Drache lachte und sprach: ›Du Narr! Wenn ich wollte, hätte ich dich längst vernichten können, und ich könnte es auf der Stelle tun; und wenn ich es nicht will, kannst du nicht wach sein und gegen mich kämpfen, denn mein Auge kann dich aufs neue bannen, so daß du zu Stein wirst. Nein, hebe dich weg, O Turambar, Meister des Schicksals! Zuerst muß dein Verhängnis dich treffen, wenn du es besiegen willst!‹ Turambar jedoch war erfüllt von Scham und Wut, und vielleicht hätte er sich selbst getötet, so rasend war er, obgleich er nicht hoffen durfte, daß sein Geist jemals aus dem dunklen Schattenreich Mandos' befreit werden oder über die lieblichen Pfade von Valinor wandeln würde;[14] aber inmitten seines Elends gedachte er des bleichen Gesichts von Failivrin, und er senkte das Haupt, denn der Gedanke kam ihm in den Sinn, ihrer traurigen Spur durch alle Wälder zu folgen, sei es bis nach Angamandi und zu den Bergen aus Eisen. Vielleicht fand er bei diesem verzweifelten Wagestück einen schmerzlosen und raschen Tod oder auch einen bösen; vielleicht konnte er Failivrin retten und das Glück finden und so doch noch Wahrheit werden lassen, was in seinem neuen Namen beschlossen lag; und der Drache las seine Gedanken und ließ nicht zu, daß er so leicht dem Lauf des Bösen entkam.

›Höre mich, O Sohn Úrins‹, sagte er, ›immer warst du ein Feigling im Herzen, der sich fälschlich vor mir gebrüstet hat. Vielleicht hältst du es für eine mannhafte Tat, den Spuren eines Mädchens aus fremder Sippe zu folgen, ohne dich um deine eigene zu sorgen, die nun Schreckliches erleidet? Wisse, daß Mavwin, die dich liebt, seit langem voll Sehnsucht deine Rückkehr erwartet, wissend, daß du vor einer Weile zum Manne geworden bist, und vergeblich hat sie auf deine Hilfe gewartet, weil sie nicht weiß, daß ihr Sohn ein Gesetzloser ist, besudelt mit dem Blute seiner Gefährten, der den Tisch seines Herrn beschmutzt hat. Schlecht behandeln sie die Menschen, und die Orks, mußt du wissen, suchen jetzt jene Gegenden von Hithlum heim, und sie lebt in Furcht und Gefahr und ebenso ihre Tochter Nienóri, deine Schwester.‹

Da entbrannte Túrin in Kummer und Scham, denn die Lügen des Drachen waren mit Wahrheit durchsetzt, und wegen des bannenden Blickes seiner Augen glaubte Túrin alles, was der Drache sagte. Deshalb flackerte sein altes Verlangen wieder in ihm auf, Mavwin, seine Mutter, wiederzusehen und das Gesicht Nienóris, das er seit seinen ersten Tagen nicht gesehen hatte;[15] und obgleich die Sorge um Failivrins Schicksal ihm das Herz zerriß, machte er sich auf den Weg zu den Bergen, um nach Dor Lómin zu wandern, und sein Schwert blieb in der Scheide. Und es heißt zu Recht: ›Um keinen Preis verrate deine Freunde – und glaube jenen nicht, die dir raten, es zu tun‹ – denn dadurch, daß er Failivrin aufgab, um deren gefährliche Lage er wußte, brachte er das gräßlichste Unheil über sich und alle, die er liebte; und in der Tat war sein Herz verwirrt und schwankend, und auf tiefste beschämt und zerrissen schied er von diesem Ort. Der Drache aber weidete sich am Anblick des Hortes und streckte sich darauf aus; und der Ruhm dieses riesigen Schatzes aus unbearbeitetem Gold und goldenen Gefäßen, der vor den Höhlen oberhalb des Flusses lag, verbreitete sich in alle Winde; der Drache indessen schlief davor und wälzte üble Gedanken, während er über die Saat seiner schlauen Lügen sann, über das, was ihnen entsproß, wuchs und Früchte trug; und während er schlief, stiegen Rauchwolken aus seinen Nüstern empor.

Lange Zeit später gelangte Turambar mit vielen Mühen nach Hisilóme und fand schließlich den Ort, wo seine Mutter wohnte, und es war derselbe, wo er als Kind von ihr getrennt worden war, doch seht, das Haus war ohne Dach, und die Felder ringsum waren verwildert. Da schlug ihm das Gewissen, doch erfuhr er von einigen Leuten, die in der Nähe wohnten, daß Frau Mavwin in der Hoffnung auf bessere Tage vor einigen Jahren zu einem nicht weit entfernten Ort gezogen war, wo sich eine große und blühende Siedlung der Menschen befand, denn dort war Hisilóme fruchtbar, und die Menschen trieben ein wenig Ackerbau, und viele hatten Viehherden, obwohl in den dunklen Tagen nach der großen Schlacht die meisten Menschen sich davor scheuten, an festen Plätzen zu wohnen, sondern die Wälder durchstreiften, jagten und fischten, so wie es auch jene Sippen an den Wassern von Asgon taten, woher später Tuor, Sohn von Peleg, kam.

Als Turambar indessen diese Kunde vernahm, war er erstaunt und fragte sie, wie man in Gegenden ziehen könne, in denen es Orks und andere grausame Geschöpfe Melkos gebe, doch sie schüttelten ihre Köpfe und sagten, daß solche Kreaturen niemals bis ins Herz Hisilómes gekommen seien.[16] ›Falls dich nach Orks verlangt‹, sagten sie, ›so gehe in die Berge, die unser Land umgeben, und du brauchst nicht lange zu suchen. Und sie halten so scharf Wacht, daß der Geschickteste kaum hinein und hinaus kann, und sie machen die Felsentore des Landes unsicher, auf daß die Menschen für immer im Land der Schatten eingesperrt bleiben; doch sagt man, es sei der Wille Melkos, daß sie uns hier nicht belästigen – uns will es jedoch scheinen, daß du von weither kommst, und darüber wundern wir uns, weil lange nicht mehr jemand aus anderen Ländern zu uns gekommen ist.‹ Darüber war Túrin ganz verwirrt, und er zweifelte an der Wahrheit der Worte des Drachen; gleichwohl begab er sich nun voller Hoffnung zu jener Siedlung, und als er auf Gehöfte der Menschen stieß, fand er leicht den Weg. Als er nun nach dem Hause seiner Mutter fragte, blickten ihn die Menschen befremdet an, und sie hatten Grund dazu; diejenigen, die er ansprach, waren voller Scheu und Verwunderung und schreckten davor zurück, mit ihm zu sprechen, denn sein Gewand stammte aus den wilden Wäldern, sein Haar war lang, das Gesicht hager und von unauslöschbarem Leid gezeichnet, und unter den buschigen Brauen brannten seine dunklen Augen in düsterer Glut. Er trug eine Halskette aus feinem Gold und an seiner Seite ein mächtiges Schwert, und die Menschen staunten ihn an; und wagte es jemand, ihn nach seinem Namen zu fragen, so erwiderte er, er sei Turambar, Sohn des öden Waldes,* und das kam ihnen noch merkwürdiger vor.

Nun kam er zum Hause seiner Mutter, und siehe, es war ein schönes Haus, doch niemand wohnte dort, das Gras stand hoch in den Gärten, es waren keine Kühe in den Ställen, keine Pferde in den Pferchen, und ringsum waren die Weiden still und leer. Nur die Schwalben, die im Dachstuhl genistet hatten, tummelten sich und machten einen Lärm, als stehe der herbstliche Abflug bevor, und Túrin ließ sich vor der geschnitzten Tür nieder und weinte. Und ein Mann, der auf einem nahen Weg, der am Haus vorbeiführte, zu anderen Wohnstätten ging, erblickte ihn, kam herbei und fragte, was ihn bedrücke; und Turambar sagte: ›Bitter ist es für einen Sohn, der viele Jahre von seiner Heimat getrennt war und der alles, was ihm teuer war, aufgegeben und die Gefahren der unsicheren Berge auf sich genommen hat, die Hallen seiner Sippe leer vorzufinden, nachdem er endlich heimgekehrt ist.‹

›Nein, es ist bloß eine der Tücken Melkos‹, sagte der andere, ›denn es ist wirklich wahr, daß Frau Mavwin, Úrins Gemahlin, hier gewohnt hat, und vor zwei Jahren ist sie heimlich und überraschend fortgegangen, und man sagt, sie suche ihren verschollenen Sohn, und ihre Tochter Nienóri ist bei ihr, jedoch kenne ich die Geschichte nicht. Freilich weiß ich etwas anderes, und mancher hier weiß es auch und nennt es eine Schande. Du mußt nämlich wissen, daß sie all ihr Gut und Land in die Obhut Broddas gegeben hat, einem Mann, dem sie traute, und mit dem Einverständnis der Menschen ist er Herr über diesen Landstrich und hat eine ihrer Verwandten zur Frau. Doch nun, nachdem sie lange fort ist, hat er ihre kleinen Herden seinen großen zugeschlagen und ihnen seine eigenen Zeichen eingebrannt, doch Mavwins Gehöft und Stallungen läßt er verfallen, und die Menschen nehmen es ihm übel, tun aber nichts, denn Broddas Macht ist sehr groß geworden.‹

---

* Eine Anmerkung im Manuskript, die sich auf diesen Namen bezieht, lautet: *»Turumart go-Dhrauthodauros* [verbessert zu *bo-Dhrauthodavros*] oder *Turambar Rúsitaurion.«*

Darauf bat ihn Turambar, ihm den Weg zu Broddas Hallen zu zeigen, und der Mann tat es, so daß Turambar, nachdem er kräftig ausgeschritten war, gerade bei Anbruch der Nacht dort anlangte, als die Männer in Broddas Haus bei Tische saßen. Es war eine große Gesellschaft an diesem Abend, beschienen vom Licht vieler Fackeln, jedoch Frau Airin war nicht anwesend, denn bei Broddas Festen tranken die Männer im Übermaß, und ihre Gesänge waren wild, und Streit flammte auf in der Halle, und solche Dinge liebte sie nicht. Nun pochte Turambar an die Türen, und sein Herz war finster, und ein großer Zorn war in ihm, denn die Worte, die der Fremde vor dem Haus seiner Mutter zu ihm gesagt hatte, erbitterten ihn.

Darauf öffnete jemand auf sein Klopfen, Turambar schritt in die Halle, und Brodda bat ihn, Platz zu nehmen, und befahl, ihm Wein und Fleisch vorzusetzen, jedoch Turambar wollte weder trinken noch essen, so daß die Männer ihn wegen seiner Düsterkeit mißtrauisch ansahen und ihn fragten, wer er sei. Da trat Turambar hinaus in ihre Mitte und vor den erhöhten Platz, wo Brodda saß, und sagte: ›Hört! Ich bin Turambar, Sohn des Waldes!‹ Und die Männer lachten darüber, doch Turambars Augen glühten vor Zorn. Da sagte Brodda unschlüssig: ›Was willst du von mir, O Sohn des wilden Waldes?‹ Aber Turambar erwiderte: ›Herr Brodda, ich bin gekommen dich zu bezahlen, weil du die Güter anderer verwaltet hast.‹ Da wurde es still in der Halle, doch Brodda lachte und sagte: ›Doch wer bist du?‹ Und darauf sprang Turambar zu ihm hinauf, und bevor Brodda etwas ahnte, zog er Gurtholfin, packte ihn bei den Haaren, schlug ihm das Haupt ab und rief laut: ›So stirbt der reiche Mann, der das wenige einer Witwe seinem Überfluß hinzufügt. Seht, nicht alle Männer sterben in den Wäldern, und ich bin Úrins Sohn, der, nachdem er zu den Seinen zurückgekehrt ist, ihre Halle leer und ausgeraubt vorfindet!‹ Da gab es in der Halle einen gewaltigen Aufruhr, und wenn Turambar auch mit der übergroßen Bürde seines Leides beladen und halb wahnsinnig war, so war seine Tat dennoch gewalttätig und wider das Gesetz. Gleichwohl gab es einige, die ihre Schwerter nicht gegen ihn ziehen mochten, weil Brodda, wie sie sagten, ein Dieb gewesen und wie ein Dieb gestorben sei, doch viele andere sprangen mit gezückten Schwertern auf Turambar los, und er geriet in Bedrängnis und erschlug einen Mann namens Orlin. Da kam die langhaarige Airin in großer Furcht in die Halle, und beim Klang ihrer Stimme hielten die Männer ein; doch groß war ihr Entsetzen, als sie sah, was geschehen war, und Turambar wandte sein Gesicht weg und mochte sie nicht anschauen, denn sein Zorn war erkaltet, und er fühlte sich elend und erschöpft.

Als sie aber die Geschichte gehört hatte, sagte sie: ›Nein, gräme dich nicht um mich, Sohn Úrins, sondern um dich selbst; mein Gebieter war ein harter Herr und grausam und ungerecht, und die Menschen könnten einiges zu deiner Verteidigung anführen; doch siehe, nun hast du ihn an seinem Tisch getötet, als du sein Gast warst, und du hast Orlin erschlagen, der aus der Sippe deiner Mutter stammt; und wie soll dein Urteil lauten?‹ Bei diesen Worten schwiegen einige, doch viele riefen: ›Tod!‹ Doch Airin sagte, das sei nicht gänzlich im Einklang mit den Gesetzen dieses Ortes. ›Brodda nämlich‹, fuhr sie fort, ›wurde widerrechtlich getötet, doch angemessen war der Zorn des Mannes, der ihn erschlug, und auch Orlin hat er in Notwehr getötet, wenn auch in einer friedlichen Halle. Doch nun, so fürchte ich, muß dieser Mann sich rasch aus unserer Mitte entfernen, und nie wieder darf er den Fuß in dieses Land setzen, andernfalls ihn jedermann erschlagen darf; die Länder und Güter aber, die Úrin gehörten, soll Broddas Sippe behalten, es sei denn, Mavwin und Nienóri kehrten je von ihrer Wanderung zurück, doch Túrin, Úrins Sohn, soll niemals auch nur das kleinste Stück davon erben.‹ Dieses Urteil hielten nun alle für gerecht, Turambar ausgenommen, und sie staunten, wie unparteiisch Airin war, deren Mann tot vor ihr lag, doch bedachten sie nicht, wie schrecklich ihr Leben einst mit diesem Mann gewesen war; Turambar jedoch schleuderte sein Schwert zu Boden und flehte, ihn zu töten, doch um Airins willen, die sie liebten, wollten die Männer es nicht tun, und Airin duldete es nicht aus

Liebe zu Mavwin, immer noch hoffend, diese beiden, Mutter und Sohn, glücklich zu vereinen, und sie hatte ihr Urteil so gesprochen, um den Zorn der Männer zu besänftigen und Túrin vor dem Tod zu bewahren.

›Nein‹, sagte sie, ›ich lasse dir drei Tage Zeit, dieses Land zu verlassen, und darum geh jetzt!‹ Und Turambar hob sein Schwert auf, schwang es und sagte: ›Ich wollte, ich wäre rein von seinem Blut.‹ Und damit ging er in die Nacht hinaus. Er meinte nun in der Verblendung seines Herzens, endgültig und für immer von Mavwin, seiner Mutter, getrennt zu sein, und glaubte, keiner derer, die er liebte, werde ihm je wieder mit Liebe begegnen. Da sehnte er sich nach Nachricht von seiner Mutter und seiner Schwester und mochte niemanden fragen, sondern wanderte über die Berge zurück; und er wußte nur, daß sie ihn vielleicht immer noch in den Wäldern des Jenseitslandes suchten, und lange Zeit blieb dies alles, was er wußte.

Von seinen späteren Wanderungen hat keine Geschichte erzählt; eines nur weiß man, daß nach vielem Umherstreifen sein Schmerz stumpf wurde und sein Herz leblos, bis er endlich an einem Ort, viele, viele Tagesreisen jenseits des Flusses der Rodothlim, ein paar Jägern der Wälder begegnete, und diese waren Menschen. Einige aus dieser Schar waren Lehnsmänner Úrins oder deren Söhne, und seit der Schlacht der Tränen waren sie immerfort geheimnisvoll umhergezogen, doch nun kam Turambar zu ihnen und begann, so gut er konnte, ein neues Leben. Dieses Volk nun hatte Häuser in einem freundlicheren Teil der Wälder, in Landstrichen, die nicht weit entfernt waren vom Sirion oder den grasigen Hügeln seines Mittellaufes; und es waren verwegene Männer, die sich Melko nicht beugten, und Turambar gewann ihre Achtung.

Nun soll erzählt werden, daß die Dinge um Mavwin gänzlich anders standen, als der Foalóke Túrin gesagt hatte, denn ihr Leben war besser geworden, sie lebte in Frieden und genoß die Verehrung der Menschen jenes Landes. Gleichwohl war ihr Kummer um den Verlust ihres Sohnes wegen des völligen Ausbleibens von Boten mit den Jahren nur größer geworden, obgleich Nienóri zu einem überaus schönen, schlanken Mädchen heranwuchs. Als Túrin aus Tinwelints Hallen entfloh, war sie schon zwölf Jahre alt[17] und groß und schön.

Nun sagt die Geschichte nichts über die Anzahl der Tage, die Turambar bei den Rodothlim verbrachte, doch es waren ihrer viele, und während dieser Zeit wurde aus dem Mädchen Nienóri eine Frau, und oft sprach sie mit ihrer Mutter von Túrin, der verschwunden war.

Auch in den Hallen Tinwelints lebte noch die Erinnerung an Túrin, und dort wohnte immer noch Gumlin, nun altersschwach, der einstmals das Kind Túrin während der ersten Reise ins Jenseitsland behütet hatte. Nun war Gumlin weißhaarig, und die Last der Jahre drückte ihn schwer, doch er hatte das schmerzliche Verlangen, das Volk der Menschen und Frau Mavwin, seine Herrin, noch einmal zu sehen. Gumlin nun erfuhr eines Tages, daß der größte Teil jener Ork-Banden und andere wilde Geschöpfe Melkos sich aus den Bergen zurückgezogen hatten, welche sie so lange für Menschen und Elben unüberwindlich gemacht hatten. Für eine bestimmte Zeit waren nun die Berge und die Pfade, die hinüberführten, ganz und gar von Melkos Unheil frei, denn dieser hatte gerade ein großes und furchtbares Vorhaben in Angriff genommen, nämlich die Vernichtung der Rodothlim und außerdem vieler Siedlungen der Gnomen, die seine Späher aufgespürt hatten,[18] doch das ganze Volk jener Landstriche atmete für eine Weile freier, obgleich es das, wenn es alles gewußt hätte, vielleicht unterlassen hätte.

Da fiel der alte Gumlin vor Tinwelint auf die Knie und bat, ihm die Reise in die Heimat zu gestatten, damit er seine einstige Herrin noch einmal sehen könne, bevor der Tod ihn zu den Hallen Mandos' führe – falls Mavwin diesen Weg nicht schon vor ihm angetreten habe. Dazu gab der König[19] seine Zustimmung, und weil Gumlin wegen seines Alters Beistand brachte, gab er ihm für die Reise zwei Führer; diese drei indes, Gumlin und die beiden Wald-Elben, hatten eine überaus mühselige Reise, denn obwohl es später Winter war, hatte Gumlin um keinen Preis bis zum Anbruch des Frühjahrs warten wollen.

Als sie sich nun der Gegend in Hisilóme näherten, wo Mavwin früher gewohnt hatte, nicht weit entfernt von ihrem jetzigen Wohnsitz, setzten gewaltige Schneefälle ein, wie es in diesen Landstrichen oft an Tagen der Fall ist, die eigentlich schon zum Frühling gehören. Dieser Schnee begrub Gumlin unter sich, und auf der Suche nach Hilfe stießen seine Begleiter unversehens auf Mavwins Haus, und als sie um Beistand baten, wurde er ihnen gewährt. Mit der Hilfe von Mavwins Gesinde wurde Gumlin gefunden, zum Haus getragen, und als er in der Wärme wieder zu sich gekommen war, erkannte er schließlich Mavwin und war überglücklich.

Als er nun wieder ein wenig zu Kräften gekommen war, erzählte er Mavwin seine Geschichte, und als er die Jahre vorüberziehen ließ und von Túrins tapfersten Taten berichtete, war sie froh; doch groß waren ihr Gram und ihre Abscheu, als sie erfuhr, daß er von Linwe[20] fortgegangen und wie es dazu gekommen war, und sie verließ Gumlin und weinte bitterlich. In der Tat hatte sie sich, seit sie wußte, daß Túrin, falls er lebte, ein Mann geworden war, schon lange gewundert, daß er nicht zu ihr zurückgekehrt war, und oft hatte sie gefürchtet, er könne bei diesem Versuch in den Bergen umgekommen sein; doch nun war die Wahrheit schwer zu ertragen, und sie war lange Zeit traurig, und auch Nienóri konnte sie nicht trösten.

Wegen des unwirtlichen Wetters blieben nun die beiden Begleiter Gumlins, die ihn aus Tinwelints Reich hergeführt hatten, bis zum Frühling als Gäste in Mavwins Haus, doch Gumlin starb in den ersten Tagen des Frühlings.

Da machte sich Mavwin auf, ging zu einigen Anführern der Umgebung, bat sie um Hilfe und erzählte ihnen die Geschichte von Túrins Schicksal, wie sie es von Gumlin erfahren hatte. Aber einige lachten und sagten, sie habe sich vom Gestammel eines sterbenden Mannes täuschen lassen, und die meisten sagten, sie sei vor Gram außer sich, und nur ein Narr könne auf den Gedanken kommen, jenseits der Berge nach einem Manne zu suchen, der seit vielen Jahren verschollen sei. ›Kein Mann und kein Pferd werden wir für solche Suche hergeben‹, sagten sie, ›trotz all unserer Liebe zu dir, O Mavwin, Weib Úrins.‹

Darauf schied Mavwin weinend, doch haderte sie nicht mit ihnen, denn sie hatte wenig Hoffnung in ihr Ansuchen gesetzt und wußte, daß Vernunft in den Worten der Männer lag. Da sie gleichwohl keine Ruhe finden konnte, kam sie nun zu den beiden elbischen Führern, die bereits ungeduldig darauf warteten, in sonnige Gefilde zurückzukehren; und sie sagte zu ihnen: ›Geleitet mich zu eurem Herrn.‹ Und die beiden wollten sie davon abbringen und sagten, der Weg sei für eine Frau zu beschwerlich; doch Mavwin wollte nicht auf sie hören. Statt dessen bat sie ihre Freundin Airin Faiglindra* (langgelockt), die mit Brodda vermählt war, einem reichen und mächtigen Herrn dieser Gegend, ihr Gemahl solle Nienóri und ihren Besitz unter seine Obhut nehmen. Um dies mußte Airin Brodda nicht lange bitten, und als Mavwin das erfuhr, wollte sie von ihrer Tochter Abschied nehmen; doch ihr Plan schlug fehl, denn Nienóri stand vor ihrer Mutter und sagte: ›Entweder du gehst nicht, O Mavwin, meine Mutter, oder wir gehen beide.‹ Und nichts konnte sie von ihrem Entschluß abbringen. So machten sich denn am Ende Mutter und Tochter zur beschwerlichen Reise bereit, und die beiden Führer waren darüber sehr ungehalten. Doch es traf sich, daß der Frühling, welcher auf den bitteren Winter folgte, sehr freundlich war, und trotz der Voraussagen der Führer gelangten die vier über die Berge und vollbrachten ihre lange Reise, ohne daß ihnen mehr Böses widerfuhr als Hunger und Durst.

Als sie endlich bei Tinwelint angelangt waren, warf Mavwin sich nieder, weinte und flehte um Vergebung und Mitleid für Túrin und bat um Hilfe für sich und Nienóri; doch Tinwelint hieß sie aufstehen,

---

* An den Rand ist *Firilanda* geschrieben.

sich neben die Königin Gwedheling setzen, und sagte: ›Vor vielen Jahren habe ich Túrin, deinem Sohn verziehen, ja, schon als er diese Hallen verließ; und manch eine beschwerliche Suche haben wir unternommen, um ihn zu finden. Es war nicht mein Bann, der ihn aus meinem Reich verstieß, sondern Reue und Bitterkeit haben ihn in die Wildnis getrieben, und dort, so fürchte ich, ist Unheil über ihn gekommen oder, falls er noch lebt, ist er vielleicht in die Gewalt der Orks geraten.‹ Da weinte Mavwin abermals, flehte den König um Beistand an und sagte: ›Ja, wahrlich, ich würde wandern, bis ich kein Fleisch mehr an den Füßen hätte, wenn ich nur am Ende der Reise das Antlitz sehen könnte von Túrin, Sohn Úrins, den ich über alles liebe.‹ Jedoch der König erwiderte, er wisse nicht, wo anders sie ihren Sohn suchen könne als in Angamandi, und dorthin wolle er keinen seiner Untertanen schicken, wenn sein Herz auch des Mitleids voll sei für die Leiden von Úrins Volk. In der Tat sprach der König nur aus, was er für angemessen hielt, und wollte Mavwins Kummer nicht vermehren, sondern sie nur von einer solchen törichten und todbringenden Suche zurückhalten, doch Mavwin hörte ihm nicht länger zu, schied von ihm, ging hinaus in die Wälder und duldete nicht, daß jemand bei ihr blieb, und nur Nienóri folgte ihr, wohin sie auch ging.

Die Untertanen Tinwelints blickten nun mit Freundlichkeit und Mitleid auf die beiden, wachten im Verborgenen über sie und bewahrten sie insgeheim vor mancher Unbill, so daß die beiden wandernden edlen Frauen ihnen vertraut und manchem lieb wurden; doch boten sie einen so erbarmungswürdigen Anblick, daß jeder, der sie vorbeikommen sah, von Haß auf Melko und seine Werke ergriffen wurde.

Es geschah nun, daß Mavwin viele Monde später mit einer Schar wandernder Gnomen zusammentraf, und als sie mit ihnen ins Gespräch kam, erzählten diese ihr alles, was ihnen über die Geschichte der Rodothlim zu Ohren gekommen war und auch, daß Túrin bei diesem Volk gewohnt habe. Sie sprachen auch von der Vernichtung der Wohnstätten dieses Volks durch Melkos Knechte und von dem Drachen Glorund, denn diese Ereignisse waren damals neu und in aller Munde. Sie nannten nun Túrin nicht beim Namen, sondern hießen ihn Mormakil, einen wilden Mann, der vor dem Antlitz Tinwelints geflohen und danach aus den Händen der Orks geflüchtet sei.

Da wurde Mavwins Herz mit Hoffnung erfüllt, und sie wollte mehr von ihnen wissen, doch die Noldoli sagten, soweit sie wüßten, sei niemand lebend der Plünderung entkommen, bis auf jene, die nach Angamandi verschleppt worden seien, und darauf sanken Mavwins Hoffnungen wieder. Trotzdem begab sie sich zurück zu den Hallen des Königs, erzählte ihm diese Geschichte und erbat seine Hilfe gegen Foalóke. Mavwin glaubte nun, daß Túrin vielleicht noch immer in der Knechtschaft des Drachen lebe und es ihnen auf irgendeine Weise gelingen könne, ihn zu befreien; überdies glaubte sie, die Tapferkeit der Männer des Königs werde ausreichen, den Drachen zur Vergeltung seiner bösen Taten zu töten, so daß er vor seinem Tode sein Wissen um das Schicksal Túrins offenbaren werde, falls dieser tatsächlich nicht mehr in der Nähe der Höhlen der Rodothlim zu finden war. Der gewaltige Schatz, den der Drache bewachte, bedeutete ihr wenig, doch zu Tinwelint sprach sie viel davon, ebenso wie die Noldoli es ihr gegenüber getan hatten. Nun lebte Tinwelints Volk in den Wäldern und verfügte über wenige Reichtümer, doch wie alle Eldar liebte es edle und schöne Dinge, Gold und Silber und Edelsteine, die Noldoli jedoch verlangte besonders heftig danach; auch der König war nicht anderen Sinnes, und seine Schätze waren gering, abgesehen von dem ruhmreichen Silmaril, den zu besitzen manch ein König alle seine aufgehäuften Schätze hingegeben hätte.

Darum erwiderte Tinwelint: ›Nun sollst du Hilfe haben, O Mavwin, du Hartnäckigste. Jedoch ich sage dir unverblümt, daß ich sie dir nicht gewähre, weil ich hoffte, Túrin dadurch zu befreien, denn solche Hoffnung lese ich nicht aus dieser Geschichte, sondern eher den Tod der Hoffnung. Es ist vielmehr wahr, daß ich einen Schatz brauche und begehre, und es ist möglich, daß er mir durch dieses Unternehmen zufällt; doch die Hälfte der Beute sollst du bekommen, O Mavwin, zur Erinnerung an Úrin und Túrin, oder du magst sie für Nienóri, deine Tochter, verwahren.‹ Darauf erwiderte Mavwin: ›Nein, gib mir nur eine Kate im Wald und meinen Sohn.‹ Und der König sagte: ›Das vermag ich nicht, denn ich bin bloß ein König der wilden Elben und kein Vala von den Inseln des Westens.‹

Darauf versammelte Tinwelint eine ausgesuchte Schar seiner Krieger und Jäger und verkündete ihnen seine Absichten, und es schien, als sei der Name des Foalóke unter ihnen bereits bekannt, und es gab viele, welche die Schar dorthin führen konnten, wo er hauste, doch sein Name war für die tapfersten Männer ein Graus und der Landstrich, wo er wohnte, eine Gegend, über die Fluch und Angst lauerten. Nun lagen die alten Wohnsitze der Rodothlim recht nahe am Reich Tinwelints, wenn auch weit genug entfernt, doch der König sagte zu Mavwin: ›Harre nun bei mir aus, und Nienóri desgleichen, und meine Männer sollen gegen den Drachen ziehen und über alles, was sie an jenem Ort tun und entdecken, getreulich berichten.‹ Und seine Männer sagten: ›Ja, wir werden deinen Befehl ausführen, O König‹, doch in ihren Augen stand die Furcht.

Als Mavwin das sah, sagte sie: ›Ja, O König. Meine Tochter Nienóri soll in der Tat zu Füßen der Königin Gwedheling ausharren, aber ich, der es gleich gilt, ob ich sterbe oder lebe, ich werde dem Drachen ins Auge sehen und meinen Sohn finden‹; und Tinwelint lachte, doch Gwedheling und Nienóri, die besorgten, sie könne nicht im Scherz gesprochen haben, baten sie flehentlich, von ihrem Vorhaben abzulassen. Doch sie war unerschütterlich, weil sie fürchtete, ihre letzte Hoffnung, Túrin zu retten, könne durch die entsetzliche Angst von Tinwelints Männern zunichte werden, und niemand konnte sie umstimmen. ›Der Liebe entsprossen‹, sagte sie, ›sind alle Worte, die ihr sprecht, doch gebt mir lieber ein Pferd und, wenn ihr wollt, ein scharfes Messer, damit ich mich, wenn es nötig ist, selbst töten kann, und laßt mich ziehen.‹ Diese Worte nun setzten die Elben in Erstaunen; zwar waren die Frauen und Töchter der Menschen in jenen Tagen verwegen, und ihre Jugend währte lang, doch dies hielten alle für Wahnsinn.

Als Gipfel des Wahns mußte es ihnen erscheinen, als Nienóri, angesichts der Hartnäckigkeit ihrer Mutter, vor ihnen allen sagte: ›Dann werde auch ich gehen; wohin meine Mutter Mavwin geht, dorthin kann ich um so leichter gehen, ich, Nienóri, Tochter Úrins.‹ Doch Gwedheling sagte zum König, er solle es nicht erlauben, denn sie war eine Fee und ahnte vielleicht dunkel, was geschehen würde.

Mavwin hätte nun den Streit beendet, den König verlassen und wäre in die Wälder gegangen, hätte nicht Nienóri sie am Gewand festgehalten und zum Bleiben gezwungen, und so redeten alle bittend auf Mavwin ein, bis man schließlich darin übereinkam, daß der König eine starke Streitmacht gegen den Foalóke entsandte, mit der Mavwin und Nienóri bis in die Gegend reiten sollten, wo der Drache zu finden war. Dann sollten sie einen hochgelegenen Ort aufsuchen, von wo sie sicher und wohlverborgen das Geschehen mitansehen konnten, während die Krieger sich an den Wurm heranschlichen, um ihn zu töten. Von diesem Ort hatte nun ein Waldläufer erzählt, der von dort aus häufig aus der Ferne die Behausung des Drachen beobachtet hatte. Schließlich war die Schar der Drachentöter bereit, und den Männern standen stattliche Pferde zur Verfügung, schnelle Tiere mit sicherem Gang, obgleich das Waldvolk davon nur wenige besaß. Auch für Mavwin und Nienóri fanden sich Pferde, und sie ritten an der Spitze der Kriegerschar, und die Leute staunten sehr, wie sicher sie im Sattel saßen, denn die Männer Úrins und jene, unter denen Nienóri aufgezogen worden war, waren geübte Reiter, und Knaben und Mädchen erlernten bei ihnen das Reiten schon im zarten Alter.

Nach einem Ritt von vielen Tagen gelangte der Zug nun in eine Gegend, die einst anmutig gewesen war, und ein geschwinder Fluß durchfloß sie in einem steinigen Bett; und das eine Ufer war hoch und baumbestanden, und auf dem anderen war das Land flacher, fruchtbar und ausgedehnt, doch jenseits des hohen Ufers rückten die

Berge dicht heran. Als sie dorthin schauten, sahen sie, daß das Land überall unfruchtbar und im weiten Umkreis um die angestammten Höhlen der Rodothlim verdorrt war, und die Bäume waren zu Boden gequetscht oder umgeknickt. Eine schwarze Heide erstreckte sich bis zu den Bergen, und die Erde war von den großen Spuren zerfurcht, die der widerliche Wurm beim Kriechen hinterlassen hatte.

Groß ist die Zahl der Drachen, die Melko auf die Welt losgelassen hat, und es gibt unter ihnen größere und kleinere. Die kleinsten nun – die, gemessen an den Menschen jener Tage, indessen sehr groß sind – haben kaltes Blut, wie es den Würmern und Schlangen eigen ist, und einige davon sind geflügelt und bewegen sich mit ungeheurem Lärm und größter Schnelligkeit; die größeren Drachen jedoch sind heißblütig und sehr schwer und bewegen sich langsam, und einige speien Flammen, und unter ihren Schuppen züngelt Feuer, und von allen Untieren sind ihre Gier, Gefräßigkeit und böse Heimtücke am größten; und zu diesen Kreaturen gehörte der Foalóke, der dort, wo er sich aufhielt, mit seinen Flammen jedes Fleckchen versengte und verheerte. Seit den Tagen des Angriffs auf die Rodothlim war dieser Wurm bereits viel größer geworden, und auch sein gehorteter Schatz war gewachsen, denn Menschen und Elben und selbst Orks, die er tötete oder zwang, ihm zu dienen, brachten ihm Nahrung, seine Gier nach kostbaren Dingen zu stillen, und Beute von ihren Raubzügen, um seinen Hort zu vergrößern.

Entgeistert war nun die Schar, als sie von ferne dies öde Land erblickte, doch sie bereitete sich auf den Kampf vor; einer aus ihrer Mitte wurde durch das Los dazu bestimmt und mit Nienóri und Mavwin zu jenem erhöhten Fleck[21] an den Rändern des verdorrten Landes gesandt, der ihnen bezeichnet worden war; er war mit Bäumen bewachsen und ließ sich über geheime Pfade erreichen. Gerade als die drei dorthin ritten und die Krieger verstohlen auf die Höhlen zukrochen, wobei sie ihre Pferde zurückließen, die bereits von Angstschweiß bedeckt waren – seht, da kam der Foalóke aus seinem Lager hervor, glitt das Ufer hinab und legte sich quer über den Fluß, wie er es häufig zu tun pflegte. Augenblicklich stiegen mächtige Nebel und Dämpfe auf, in die ein stechender Gestank sich mischte, so daß die Schar in Dünste gehüllt wurde und zu ersticken drohte, und indem die Männer sich im Nebel zuriefen, verrieten sie dem Wurm ihre Anwesenheit; und er lachte laut. Als sie diesen entsetzlichsten aller tierischen Laute vernahmen, stoben die Männer kopflos in die Nebel davon, und sie konnten ihre Pferde nicht wiederfinden, weil diese sich, rasend vor Schrecken, losgerissen hatten und geflohen waren.

Als Nienóri die Schreie in der Ferne hörte und vom Fluß den gewaltigen Nebel zu ihnen emporquellen sah, kehrte sie mit ihrer Mutter zu der Stelle zurück, von der sie aufgestiegen waren, und dort ließen sie sich nieder und harrten in großer Ungewißheit aus. Plötzlich umhüllte sie der dumpfe Nebel, und mitten darin rasten undeutlich die Pferde der Jäger in wilder Flucht dahin. Da wurden auch die ihren von Entsetzen gepackt, trampelten den Elb, der ihr Begleiter war, zu Tode, als er die fliegenden Zügel zu packen suchte, und rasend vor Furcht stoben sie in die dunklen Wälder und trugen nie mehr einen Elb oder Menschen auf ihren Rücken; Nienóri und Mavwin aber blieben verlassen und hilflos am Rande dieses Ortes der Furcht zurück. Und wahrlich, sie waren in großer Gefahr, und lange tasteten sie im Nebel umher, wußten weder, wo sie waren, noch sahen sie einen der Männer jemals wieder, und nur dünne Stimmen schienen wie Angstschreie in der Ferne vorbeizuziehen, und dann war alles still. Nun klammerten sie sich aneinander, und müde stolperten sie vorwärts, ohne achtzugeben, wohin ihre Füße sie trugen, bis plötzlich über ihnen schwach die Sonne aufschimmerte, und sie schöpften neue Hoffnung; und seht, die Nebel lichteten sich, die Luft wurde klarer, und sie standen in der Nähe des Flusses. Dieser rauchte jetzt, als sei das Wasser erhitzt, und seht, der Foalóke lag dort, und seine Augen waren auf sie gerichtet.

Er sprach kein Wort und regte sich nicht, doch sein haßerfülltes Auge hielt ihren Blick in seinem Bann, bis ihnen die Knie zu zittern begannen und ihre Gedanken sich verwirrten. Da machte sich Nienóri mit aller Willenskraft für eine Weile von diesem Einfluß frei und rief: ›Höre, O Schlange Melkos, was du von uns willst – sage oder tue es rasch, denn wisse, daß wir nicht dich suchen oder dein Gold, sondern jemanden namens Túrin, der hier einst wohnte.‹ Darauf sagte der Drache, während die Erde unter ihm bebte: ›Du lügst – froh über meinen Tod wärst du gewesen, ebenso wie deine Bande von Memmen, die jetzt wimmernd in die Wälder flieht, froh gewesen wäre, mich zu berauben. Narren und Lügner, Memmen und Lügner, wie wollt ihr Glorund, den Foalóke, töten oder berauben, der, bevor noch seine Kraft gewachsen war, die Heerschar der Rodothlim schlug und ihren Anführer Orodreth tötete und sein ganzes Volk vernichtete?‹

›Doch vielleicht‹, sagte Nienóri, ›ist dieser Túrin dem Gemetzel entgangen und lebt noch hier in deinen Fesseln, falls er dir nicht entkommen und nun weit fort ist.‹ Und dies sagte sie aufs Geratewohl und wider alle Hoffnung, doch das Untier erwiderte: ›Höre! Die Namen aller kenne ich genau, die hier wohnten, bevor die Höhlen eingenommen wurden, und ich sage dir, daß niemand, der sich Túrin nannte, lebend von hier davonkam.‹ Und dadurch geriet Túrins Prahlerei unmerklich zu seinem Schaden, denn diese Untiere lieben es, mit zwei Zungen zu sprechen und mit schlauen Worten zu spielen.[22]

›Dann ist Túrin an diesem schlimmen Ort erschlagen worden‹, sagte Mavwin, doch der Drache antwortete: ›Hier verschwand der Name Túrin für immer von der Erde – aber weine nicht, Weib, denn es war der Name eines Feiglings, der seine Freunde verriet.‹ – ›Widerwärtiges Scheusal, höre auf mit deinen boshaften Reden‹, sagte Mavwin, ›Mörder meines Sohnes, schmähe nicht den Toten, damit dein eigener Bannfluch nicht über dich komme.‹ – ›Lege weniger Stolz in deine Worte, O Mavwin, wenn du der Folter entgehen willst und mit dir deine Tochter‹, antwortete der Drache, jedoch Mavwin schrie: ›Oh, du dreimal Verfluchter, wisse, daß ich dich nicht fürchte! Foltere mich und knechte mich, wenn du willst, weil ich in der Tad deinen Tod gewünscht habe, doch lasse nur Nienóri, meine Tochter, zu den Behausungen der Menschen zurückkehren: Ich nämlich habe sie gezwungen, hierher zu kommen, und sie kannte den Zweck unserer Reise nicht!‹

›Suche nicht mich zu erweichen, Weib‹, sagte das Untier. ›Lieber behielte ich deine Tochter und tötete dich oder schickte dich in deine Klause zurück, doch keine von euch ist von Nutzen für mich.‹ Mit diesen Worten öffenete er seine bösartigen Augen zur Gänze, und ein Licht leuchtete darin auf, und Mavwin und Nienóri erbebten darunter, eine Ohnmacht umfing sie, und ihnen war, als tasteten sie sich durch endlose dunkle Gänge, wo sie einander nicht wiederfanden, und ihren Rufen antwortete nur ein höhnischer Widerhall, und es gab nicht einen Schimmer von Licht.

Als jedoch nach einer Zeit, die sie nicht ermessen konnte, die Schwärze von Nienóris Gesicht wich, da waren mit einem Mal der Fluß und die vom Foalóke verheerten Plätze nicht mehr da, sondern es umgab sie tiefer, düsterer Wald. Es schien ihr nun, sie sei aus den Schreckensträumen erwacht und könne sie auch nicht zurückrufen, doch ihr Grauen umdunkelte ihren Geist, und ihre Erinnerung an jedes Vergangene war verblaßt. So irrte sie lange Zeit in den Wäldern umher, und vielleicht hielt nur der Zauber sie am Leben, denn sie litt bitteren Hunger und Durst, und zum Glück war es Sommer, denn ihr Gewand wurde zu Fetzen und die nackten Füße taten weh, und sie weinte oft und wußte nicht, wohin sie ging.

Einmal nun erspähte sie auf einer Waldlichtung ein Lager von Menschen, wie ihr schien, und als sie, von Hunger getrieben, näherkroch, entdeckte sie, daß Wesen von vierschrötiger, unschöner Gestalt dort lagerten, die höchst bösartige Gesichter hatten, und deren Stimmen und Gelächter klangen wie Metall gegen Stein. Sie waren mit Krummschwertern und Bogen aus Horn bewaffnet, und bei ihrem Anblick wurde Nienóri von Angst gepackt, obgleich sie nicht wußte, daß es Orks waren, denn nie zuvor hatte sie diese bösen

Kreaturen gesehen. Da wandte sie sich zur Flucht, doch sie wurde entdeckt, und ein Ork sandte ihr einen Pfeil nach, der plötzlich zitternd neben ihr in einem Baumstamm steckenblieb, und andere, die sahen, daß sie eine schöne junge Frau war, nahmen mit lautem, mißtönendem Geschrei die Verfolgung auf. Nienóri rannte nun, so schnell sie konnte, dem dichten Wald entgegen, doch sie war rasch erschöpft und stand kurz davor, gefangengenommen und schrecklich versklavt zu werden, als eine Gestalt krachend durch den Wald brach, als habe sie ihre jammervollen Schreie gehört.

Wild und schwarz war das Haar dieses Mannes, doch von grauen Strähnen durchzogen, und sein Gesicht war bleich und tief zerfurcht von Leiden der Vergangenheit, und in seiner Hand trug er ein großes Schwert, das bis auf die Schneiden ganz schwarz war. Damit sprang er auf die anstürmenden Orks los und hieb auf sie ein, und bald ergriffen sie die Flucht, denn sie waren verblüfft, und obgleich einige von ihnen auf gut Glück Pfeile durch die Bäume abschossen, richteten diese keinen Schaden an, und fünf Orks blieben tot zurück.

Darauf ließ sich Nienóri auf einem Stein nieder, und weil sie erschöpft und das Gewicht ihrer Furcht von ihr genommen war, wurde sie von Schluchzen geschüttelt und konnte nicht sprechen; ihr Retter indes stand neben ihr, wunderte sich über ihre Schönheit und darüber, daß sie so allein durch die Wälder zog, und schließlich sagte er: ›Oh, liebliches Mädchen aus den Wäldern, woher kommst du und wie ist dein Name?‹

›Ach, das weiß ich nicht‹, erwiderte sie. ›Doch ich glaube, daß ich fern, fern von meiner Heimat und meinem Volk umherirre, und unterwegs sind mir viele böse Dinge zugestoßen, an die ich mich nur noch dunkel erinnern kann – nein, woher ich komme oder wohin ich gehe, weiß ich nicht – und sie begann aufs neue zu schluchzen, doch der Mann sagte: ›So will ich dich denn Níniel nennen oder das Mädchen der Tränen.‹ Und als sie das hörte, hob sie ihr Gesicht auf zu ihm, und es war liebreizend trotz der Tränenspuren, und sie sagte mit verwundertem Blick: ›Nein, nicht Níniel, nicht Níniel.‹ Doch an mehr konnte sie sich nicht erinnern, und ihr Gesicht verzog sich peinvoll, so daß sie rief: ›Nein, wer bist du, Krieger der Wälder; warum belästigst du mich?‹ – ›Turambar werde ich genannt‹, sagte er, ›und ich habe weder ein Heim noch eine Sippe und keine Vergangenheit, an die ich denken kann, sondern ich wandere auf ewig umher.‹ Und wiederum verwunderte sich das Mädchen, als es diesen Namen hörte.

›Nun trockne deine Tränen, O Níniel‹, sagte Turambar, ›denn ungeachtet meiner Worte hast du Sicherheit gefunden. Wisse, daß ich zu einem kleinen Volk des Waldes gehöre, und fern von hier haben wir auf einer Lichtung eine behagliche Behausung, doch heute wollte es dein Glück, daß wir auf der Jagd waren – ja, auch auf der Jagd nach Orks, denn wir müssen uns tummeln, um diese bösen Wesen von unserem Heim fernzuhalten.‹

Da ging Níniel (denn so nannte Turambar sie immer, und sie lernte, diesen Namen als den ihren anzuerkennen) mit ihm fort zu seinen Gefährten, und diese stellten kaum Fragen, bestiegen ihre Pferde, und Turambar ließ Níniel vor sich sitzen, und so schnell sie konnten, ritten sie fort von den gefährlichen Orks.

Als nun Turambar die verfolgenden Orks in die Flucht geschlagen hatte, war es bereits Nachmittag gewesen, doch sie waren meilenweit geritten, ehe sie abermals absaßen, und da war es kurz vor Anbruch der Nacht. Schon als die Sonne unterging, war es Níniel vorgekommen, als würden die Wälder lichter und weniger düster und als sei die Luft weniger unheilschwanger als hinter ihnen. Nun schlugen sie auf einer Lichtung ein Lager auf, und wo das Baumdach dünn war, schimmerten klar die Sterne, doch Níniel lag ein wenig abseits, und die Männer gaben ihr viele Felle, um sie vor den Nachtfrösten zu bewahren, und so schlief sie so sanft wie viele Nächte nicht mehr, und die Winde fächelten ihr Gesicht; Turambar jedoch berichtete seinen Gefährten, wie er sie in den Wäldern getroffen hatte, und sie fragten sich, wer sie sein könne und wie es wohl dazu gekommen sei, daß sie hierher gewandert war wie unter einem Zauberbann rätselhaften Vergessens.

Am folgenden Tag eilten sie wieder weiter, und so ging es viele Tagesreisen lang, bis sie endlich, erschöpft und der Ruhe bedürftig, eines Mittags zu einem Waldfluß kamen, und diesem folgten sie ein Stück, bis sie an eine Stelle gelangten, wo er überquert werden konnte, denn dort war er flach, und Felsbrocken standen im Flußbett; zu ihrer Rechten jedoch stürzte der Fluß in einem mächtigen Wasserfall in eine Schlucht hinab, und Turambar deutete dorthin und sagte: ›Nun sind wir der Heimat nah, denn dies ist der Wasserfall der Silberschale.‹ Aber Níniel war, ohne daß sie den Grund kannte, von Furcht erfüllt und mochte die Schönheit dieses schäumenden Wassers nicht sehen. Nun wurde der Wald rasch lichter, und sie kamen zu einem Hang, wo nur wenig wuchs, bis auf ein paar uralte Eichen von mächtigem Umfang, und das Gras darunter war weich, denn die Lichtung war vor vielen Jahren geschlagen worden und sehr ausgedehnt. Dort stand auch eine Anzahl ansehnlicher Holzhäuser, umgeben von Ackerland und Obstbäumen. Zu einem dieser Häuser, das mit seltsamen plumpen Schnitzereien verziert war und das Blumen strahlend umblühten, führte Turambar nun Níniel. ›Sieh‹, sagte er, ›das ist meine Behausung – dort sollst du, wenn es dir beliebt, für den Augenblick wohnen, doch mir scheint, daß es ein einsames Haus ist; aber es gibt auch noch Häuser dieses Volks, wo Mädchen und Frauen wohnen, und dort wärest du angenehmer und besser aufgehoben.‹ So geschah es denn, daß Níniel bei den Waldläufern* wohnenblieb, und nach einer Weile zog sie in das Haus von Bethos, der ein wackerer Mann war und, obgleich damals noch ein Knabe, in der Schlacht der Ungezählten Tränen gekämpft hatte. Von dort konnte er entrinnen, doch sein Weib war, wie die Geschichte sagt, ein Noldo-Mädchen von großem Liebreiz, und schön waren auch seine Söhne und Töchter, ausgenommen sein ältester Sohn, Tamar Lahmfuß.

---

* Offenbar mit Bezug auf das Wort »Waldläufer« ist an den Rand geschrieben: *Vettar.*

Als nun die Tage verflossen, gewann Turambar Níniel überaus lieb, und das ganze übrige Volk liebte sie wegen ihrer Schönheit und Anmut, doch sie war immer ein wenig traurig und oft im Geist abwesend wie jemand, der etwas an einen falschen Platz gelegt hat, das er rasch wiederfinden will, so daß die Leute sagten: ›Würden doch die Valar den Zauberbann von ihr nehmen, der auf ihr liegt.‹ Gleichwohl war sie die meiste Zeit glücklich bei diesem Volk und im Hause von Bethos, und mit jedem Tag wurde sie schöner, und Tamar Lahmfuß, der wenig Ansehen genoß, liebte sie, obgleich vergeblich.

Nun kamen Tage, in denen das Leben für Turambar wieder Freude bereitzuhalten schien, und die Bitterkeit der Vergangenheit wurde schwach und entrückt, und neue Liebe zog in sein Herz ein. Da dachte er daran, sein Schicksal für immer von sich abzuschütteln und sein Leben hier in der Waldheimat zu verbringen, umgeben von Kindern, und er wünschte sich Níniel zur Frau. Oft bedrängte er sie nun mit seinem Antrag, doch obgleich er ein tapferer Mann von hohem Ansehen war, vertröstete sie ihn und sagte weder Ja noch Nein; sie wußte nicht warum, denn ihrem Herzen schien es, daß sie tiefe Liebe für ihn empfand, um ihn bangte, wenn er fort war, und Glück erfuhr, wenn er in ihrer Nähe war.

Nun war es bei diesem Volke Brauch, daß es einem Führer folgte, und er wurde unter den tapfersten Männern auserwählt, und er bekleidete dieses Amt, bis er es aus eigenem Willen wieder niederlegte, weil er krank oder zu alt geworden war, oder wenn er getötet wurde. Und zu dieser Zeit war Bethos ihr Anführer; doch dieser wurde kurz darauf durch einen unglücklichen Zufall bei einem Überfall erschlagen – denn trotz seines Alters ritt er noch immer hinaus –, und ein neuer Anführer mußte gewählt werden. Am Ende bestimmten sie Turambar dazu, denn seine Sippe – sie wußten nämlich, daß er der Sohn Úrins war – stand in Achtung unter diesen tapferen Widersachern Melkos, und außerdem[23] war er durch seine weiten Wanderungen und seinen Umgang mit den Elben ein überaus tatkräftiger und ein für sein Alter sehr kluger Mann geworden.

Als sie darum die Liebe ihres neuen Anführers zu Níniel sahen und zu wissen glaubten, daß auch sie ihn liebte, fingen die Leute davon zu sprechen an, wie gern sie ihren Herrn vermählt sehen würden und daß es töricht sei, ohne triftigen Grund mit der Heirat zu warten; doch diese Worte kamen Níniel zu Ohren, und schließlich willigte sie ein, Turambars Gattin zu werden, und alle waren froh darüber. Ein prächtiges Fest wurde abgehalten, und es gab Gesang und Fröhlichkeit, und Níniel wurde die Herrin der Waldläufer und wohnte danach in Turambars Haus. Groß war da ihr Glück, obgleich sich zuweilen eine bedrückende Vorahnung in Níniels Herz schlich, doch Turambar jubelte und sagte bei sich: ›Es war gut, daß ich mich Turambar genannt habe, dadurch nämlich habe ich das Unheil, das mich verfolgte, abgestreift.‹ Das Vergangene schob er beiseite und sprach nicht viel zu Níniel von vergangenen Dingen, außer über seinen Vater, seine Mutter und seine Schwester, die er nicht kannte, doch jedesmal, wenn er davon sprach, wurde Níniel traurig und wußte nicht warum.[24] Jedoch von seiner Flucht aus den Hallen Tinwelints, dem Tode Belegs und seiner Rückkehr nach Hisilóme sagte er nie ein Wort, und der Gedanke an Failivrin lag, fast vergessen, tief verschlossen in seinem Herzen.

Niemals konnte Níniel ihm etwas über ihr früheres Leben erzählen, und wenn er sie danach fragte, malte sich Qual auf ihrem Gesicht, als habe er die Oberfläche dunkler Träume aufgerührt, und zuweilen empfand er darüber Kummer, doch dieser lastete nicht schwer auf ihm.

So verfließen nun die Tage, und Níniel und Turambar leben in Frieden, doch Tamar Lahmfuß wandert durch die Wälder, die Welt scheint ihm ein böser und bitterer Ort, und er liebte Níniel über die Maßen und konnte seine Liebe nicht unterdrücken. Doch wisset, daß in diesen Tagen der Foalóke zu mächtiger Größe sich mästete, und da er viele Banden von Noldoli und Orks hatte, die ihm untertan waren, gedachte er sein Reich nach allen Seiten auszudehnen. So machten es in diesen Tagen an vielen Orten die Untiere Melkos, errichteten eigene Königreiche des Schreckens, die unter dem unheilvollen Schutz von Melkos Herrschaft gediehen. So kam es denn, daß die Scharen Glorunds das Volk von Tinwelint schwer heimsuchten und daß am Ende einige von ihnen sogar in die Nähe jener Wälder und Lichtungen kamen, denen die Liebe Turambars und seines Volkes galt.

Diese Waldleute indes flohen nicht, sondern setzten sich gegen ihre Feinde tapfer zur Wehr, und der Zorn von Glorund, dem Wurm, war sehr groß, als ihm die Nachricht von einem tapferen Volk von Menschen überbracht wurde, das weit jenseits des Flusses wohnte und das seine Plünderer nicht besiegen konnten. Man sagt, daß er trotz des Scharfsinns seiner üblen Pläne noch nicht wußte, wo Turambar oder Nienóri sich aufhielten; und in der Tat schien in diesen Tagen das Glück Turambar für eine Weile hold zu sein, denn das Volk wuchs und wurde wohlhabend, und viele Flüchtlinge aus dem fernsten Hisilóme stießen zu ihm, und er sammelte Reichtümer und schöne Dinge, denn alle seine Schlachten brachten ihm Sieg und reiche Beute. Turambar und Níniel wurden wie König und Königin, und es herrschten Gesang und Frohsinn auf den Lichtungen ihrer Wohnstätte, und das Glück wohnte in ihren Hallen. Und Níniel ward schwanger.[25]

Viele dieser Dinge berichteten Späher dem Foalóke, und seine Wut war furchtbar. Außerdem wurde seine Habgier mächtig entflammt, so daß er nach vielem Grübeln eine Wache, der er trauen konnte, bestimmte, die sein Heim und seinen Schatz behüten sollte, und der Hauptmann dieser Wächter war Mîm, der Zwerg.[26] Darauf verließ er die Höhlen und Plätze seines Schlafs, überquerte die Flüsse und drang in die Wälder ein, und sie loderten auf vor seinem Antlitz. Nachricht davon gelangte hurtig zu Turambar, jedoch dieser sah weder Grund zur Furcht noch gab er viel auf diese Geschichte, denn sehr weit war der Weg von der Heimat des Waldvolkes zu den Höhlen des Wurms. Doch nun sank Níniels Mut, und ohne daß sie den Grund kannte, spürte sie die Last von Furcht und Kummer auf sich, und selten lachte sie nach dem Eintreffen dieser Nachricht, so daß Turambar sich wunderte und traurig war.

Nun bahnte sich der Foalóke während dieser Zeit seinen Weg durch die tiefen Wälder und ließ eine Schneise der Verwüstung zurück, und weil er sehr langsam vorwärtskroch, verging eine sehr lange Zeit, bis plötzlich eine Schar der Waldleute unvermutet auf den Drachen traf, der zwischen den zersplitterten Bäumen schlief. Einige der Männer wurden von dem verderblichen Atem des Untiers überwältigt und bald darauf getötet; zwei jedoch flohen so rasch sie konnten und brachten ihrem Herrn die Kunde, daß die erste Nachricht kein Gerücht gewesen sei und der Drache nun tatsächlich die Grenzen ihres Reiches überschritten habe; und nachdem sie das gesagt hatten, fielen sie ohnmächtig zu seinen Füßen nieder.

Der Drache lag nun in einer Senke, und nicht weit davon entfernt war ein kleiner Hügel, ringsum von Wald umgeben, doch selbst kaum bewaldet, und von dort konnte man, wenn auch aus der Ferne, einen großen Teil der Gegend überblicken, die nun vom Durchzug des Drachen verheert war. Auch einen Fluß gab es dort, der zwischen dem Lagerplatz des Drachen und den Wohnstätten der Waldleute durch den Wald floß, doch sein Lauf führte sehr dicht am Drachen vorbei, und es war ein schmaler Fluß mit tief eingeschnittenen Ufern und überhängenden Bäumen. Deshalb faßte Turambar nun den Plan, seine tapfersten Männer mit auf diesen Hügel zu nehmen und, wenn es möglich war, im Verborgenen die Bewegungen des Drachen zu beobachten, um vielleicht, wenn dessen Lage ungünstig war, über ihn herzufallen und ihn zu töten, denn davon erhoffte er sich am meisten. Bei dieser Schar beschränkte sich Turambar auf eine kleine Zahl von Männern, während die übrigen auf sein Geheiß sich bewaffneten und ausschwärmten, denn es stand zu befürchten, daß Scharen von Orks ihrem Herrn, dem Drachen, gefolgt waren. In Wahrheit war dies nicht der Fall, und er war allein gekommen, im Vertrauen auf seine unüberwindliche Kraft.

Als nun Turambar sich zum Abmarsch bereit machte, bat Níniel, an seiner Seite reiten zu dürfen; und er stimmte zu, denn er liebte sie, und er hegte den Gedanken, daß, wenn er fiel und der Drache lebte, niemand sich würde retten können und er dann Níniel lieber bei sich hätte, in der Hoffnung, sie vielleicht wenigstens vor den Krallen des Wurms bewahren zu können, sei es, daß er selbst oder einer seiner Leute ihr den Tod gab.

So ritten sie denn zusammen fort, Turambar und Níniel, wie dieses Volk sie kannte, und ihnen folgte eine Schar tapferer Männer. Die Entfernung nun bis zu dem Hügel inmitten der Wälder legten sie in einem Tagesritt zurück, und ihnen folgte heimlich, entgegen Turambars Gebot und Rat, eine große Volksmenge, darunter sogar Frauen und Kinder. Der lockende Zauber einer sonderbaren Furcht umfing sie, und manche dachten Zeuge eines großen Kampfes zu werden, andere gingen mit den übrigen, ohne viel nachzudenken, und nicht einer ahnte, was seine Augen am Ende wirklich sehen sollten; und sie folgten in geringem Abstand, denn Turambars Trupp bewegte sich langsam und vorsichtig. Zuerst, als Turambar sie neben sich reiten ließ, war Níniel vergnügt wie lange nicht mehr, und sie heiterte die trüben Gedanken der Männer auf; doch bald näherten sie sich dem Fuß des Hügels, und dort sank ihr das Herz und wahrlich, eine düstere Stimmung legte sich auf alle.

Dabei war dieser Ort voll Anmut, denn hier floß in einem tief eingegrabenen Bett derselbe Fluß, der weiter unterhalb sich um das Lager des Drachen wand; und er kam rauschend und kalt von den Bergen hinter der Siedlung der Waldleute und stürzte über einen großen Abgrund, wo der zerwaschene Fels glatt und grau aus dem Gras hervorstieß. Dies war nun das obere Ende jenes Wasserfalls, den die Waldleute die Silberschale nannten, und Turambar und Níniel waren daran vorbeigekommen, als sie nach der Rettung Níniels heimwärts zogen. Die Höhe des Falls war gewaltig, und die Stimme der Wasser war laut und wohltönend, wenn sie tief unten in einer silbernen Gischt zerspellten, wo sie eine mächtige Höhlung in das Gestein gewaschen hatten; und dieser Hohlraum war von Bäumen und Buschwerk überschattet, doch die Sonne schimmerte durch die Gischt; und am oberen Ende des Falls war ein offener Platz, mit grünem Rasen bewachsen, wo eine Fülle von Blumen sproß, und die Menschen liebten diesen Fleck.

Hier weinte Níniel mit einem Mal, und sie umschlang Turambar und bat ihn, nicht das Schicksal herauszufordern, sondern mit ihr und all seinem Volk zu fliehen und sie in entfernte Länder zu führen. Er aber blickte sie an und sagte: ›Nein, du meine Níniel, nicht du, nicht ich werden heute sterben, und auch nicht morgen, weder durch die Bosheit des Drachen noch durch die Schwerter der Feinde‹, aber er wußte nicht, daß seine Worte in Erfüllung gehen würden; und als Níniel sie hörte, stillte sie ihre Tränen und fiel in Schweigen. Als sie nun hier eine Weile gerastet hatten, erklommen die Krieger den Hügel, und Níniel kam mit ihnen. Von der Spitze aus konnten sie weit in der Ferne eine ausgedehnte Fläche erkennen, wo alle Bäume geknickt, das Erdreich aufgerissen, versengt und schwarz war, doch dicht am Rande der Bäume, die noch unversehrt waren, nicht weit vom Rand des abgrundtiefen Flußbettes entfernt, stieg ein dünner, pechschwarzer Rauch auf, und die Männer sagten: ›Dort liegt der Wurm.‹

Da machten auf der Spitze des Hügels vielerlei Vorschläge die Runde, und die Männer hatten Angst, offen auf den Drachen loszugehen, sei es bei Tag oder bei Nacht, sei es, daß er schlief oder wachte, und als er ihre Furcht sah, legte Turambar einen Plan vor, dem sie zustimmten. Und dies waren seine Worte: ›Richtig ist, was ihr sagt, O Jäger der Wälder, daß Menschen weder tags noch bei Nacht hoffen können, einen Drachen Melkos zu überrumpeln, zumal dieser hier sich mit einem Ödland umgeben hat und die Erde plattgetrampelt ist, so daß niemand unbemerkt zu ihm herankriechen kann. Wer immer das Herz hat, soll darum mit mir kommen, und wir werden über die Felsen zum Grund des Wasserfalls hinunterklettern, und wenn wir so den Flußlauf erreicht haben und ihm folgen, können wir vielleicht nahe genug an den Drachen herankommen. Dann müssen wir, wenn wir dazu imstande sind, am jenseitigen Ufer hinaufklettern und warten, weil, wie ich glaube, der Drache nicht mehr lange ruhen wird, bevor er auf unsere Wohnstätten losgeht. In diesem Falle muß er entweder das tiefe Flußbett überqueren oder einen großen Umweg machen, denn er ist zu groß, um im Flußbett vorwärtszukriechen. Nun, ich glaube nicht, daß er einen Umweg machen wird, denn für den großen Foalóke aus den goldenen Höhlen ist die Schlucht nur ein Graben, eine schmale Furche, gefüllt mit tröpfelndem Wasser. Wenn er sich freilich anders verhält, als ich vermute, und diesen Weg nicht einschlägt, müssen ein paar von euch allen Mut zusammennehmen und suchen, ihn zurück über den Fluß zu locken, damit wir, die dort verborgen liegen, von unten zustechen und ihm den Todesstoß versetzen können, denn am Bauch ist der Panzer dieses abscheulichen Gezüchts nicht viel wert.‹

Nun fanden sich in der ganzen Schar nur sechs Männer, die bereitwillig vortraten, um mit Turambar zu gehen, und als er das sah, sagte er, er habe gedacht, mehr als sechs tapfere Männer in seinem Volk zu finden, doch danach duldete er nicht, daß einer der anderen sich anschloß, weil, wie er sagte, diese sechs ohne die Last der Ängstlichen wertvoller seien. Darauf nahm Turambar von Níniel Abschied, und oben auf dem Hügel küßten sie sich, und es war spät am Nachmittag, doch Níniels Herz wurde vor Leid wie ein Stein; und die ganze Schar stieg hinab zum Rand der Silberschale, und von dort sah sie ihren Gebieter mit seinen sechs Gefährten zum Grund des Wasserfalls hinunterklettern. Als er nun tief unten verschwunden war, richtete sie bittere Worte an jene, die diesen Gang nicht gewagt hatten, und voller Scham antworteten sie nicht, sondern krochen zur Spitze des Hügels zurück und starrten hinüber zum Lager des Drachen, und Níniel saß am Wasser und sah vor sich nieder, und sie weinte nicht, sondern war voller Qual.

Niemand harrte bei ihr aus bis auf Tamar, der sich der Schar ungebeten angeschlossen hatte, und seit sie den Fuß über Bethos' Schwelle gesetzt hatte, war er ihr in Liebe zugetan gewesen und hatte einst gedacht, ihr Herz zu gewinnen, bevor es Turambar zufiel. Tamar war seit seiner Kindheit lahm, doch er war klug und gutherzig, wenn er auch beim Waldvolk wenig Achtung genoß, für das Körperkraft Sicherheit bedeutete und Tapferkeit der Männer größter Stolz war. Nun freilich trug Tamar ein Schwert, und viele hatten ihn deshalb verspottet, doch ihn entzückte die Gelegenheit, Níniel zu beschützen, obgleich sie ihn nicht beachtete.

Nun soll erzählt werden, wie Turambar nach großer Mühsal im felsigen Flußbett den von ihm bestimmten Platz erreichte und mit seinen Männern unter Schwierigkeiten an der steilen Wand der Schlucht emporkletterte. Knapp unterhalb ihres Randes nisteten sie sich in einigen überhängenden Bäumen ein und konnten nicht weit entfernt den gewaltigen Atem des Untiers hören, und einige von Turambars Gefährten beschlich Furcht.

Die Dunkelheit war bereits hereingebrochen, und während der ganzen Nacht klammerten sie sich dort fest, und vom Lager des Drachen kam ein sonderbares Flackerlicht und schreckliche Geräusche und ein Beben, wenn er sich rührte, und als der Morgen dämmerte, sah Turambar, daß ihm nur noch drei Gefährten geblieben waren, und er verfluchte sie ob ihrer Feigheit, und keine Geschichte erzählt, wohin diese Ungetreuen geflohen sind.

An diesem Tage verlief alles so, wie Turambar es hatte kommen sehen, denn der Drache raffte sich auf, kroch langsam zum Rande des Abgrunds und wich nicht zur Seite aus, sondern versuchte ihn zu überwinden, um zur Siedlung des Waldvolkes zu gelangen. Überaus entsetzlich war die Gewalt seines Anmarsches, so daß die Erde zitterte und die drei Männer fürchteten, die Wurzeln der Bäume, in denen sie hockten, könnten aus dem Boden gerissen werden und hinab in den steinigen Fluß fallen. Auch die Blätter der Bäume, die in der Nähe wuchsen, schrumpelten unter dem Atem des Untiers, doch die Männer, vom überhängenden Uferrand geschützt, trugen keinen Schaden davon.

Schließlich kam der Drache zum Rand des Flusses, und der Anblick seines bösartigen Hauptes mit dem triefenden Maul war über die Maßen ekelerregend; und als sie dies so deutlich sahen, packte sie entsetzliche Angst, er könnte sie erspähen, denn er überquerte die Schlucht nicht an jenem Ort, den Turambar wegen der Enge und geringeren Tiefe der Schlucht als Versteck gewählt hatte. Statt dessen begann er nunmehr, sich ein wenig unterhalb über die Schlucht zu schieben, und darum schlüpften Turambar und seine Männer, so geschwind es ihnen möglich war, von ihrem Platz fort, um ins Flußbett und so unter den Bauch des Drachen zu gelangen. Hier war die Hitze so groß und der Gestank so widerlich, daß seine Männer, ergriffen von bitterer Furcht, es nicht wagten, abermals das Ufer zu erklimmen. Da wollte Turambar in seiner Wut mit dem Schwert auf sie losgehen, doch sie ergriffen die Flucht, und so kam es, daß er allein die Felswand hinaufkletterte, bis er dicht unter den Leib des Drachen gelangte, und die Hitze und der Gestank raubten ihm den Atem, und er klammerte sich an einen kräftigen Busch.

Darauf wartete er, bis eine sehr empfindliche und ungeschützte Stelle des Bauchs in seine Reichweite kam, hob sein scharzes Schwert Gurtholfin über den Kopf und stach mit aller Kraft zu, und die Zauberklinge der Rodothlim drang bis zum Heft in den Lebensquell des Drachen, und der gellende Schrei seiner Todesqual zerriß die Wälder, und alle, die ihn vernahmen, waren entgeistert.

Darauf begann der Drache sich entsetzlich zu krümmen, und die Windungen seiner riesigen Masse waren schrecklich anzusehen, und alle Bäume in der Nähe des Flecks, wo er mit dem Tode kämpfte, zersplitterte er. Er hatte die Schlucht beinahe überquert, als Gurtholfin ihn durchbohrte, und jetzt warf er sich auf das andere Ufer, verheerte alles ringsum, wälzte sich und peitschte um sich und brüllte und kreischte dermaßen, daß der tapferste Mann erbleicht und geflohen wäre. Nun glaubten jene, die weit weg waren, dies sei der furchteinflößende Lärm des Kampfes zwischen den sieben, Turambar und seinen Gefährten, und dem Drachen, und sie hatten wenig Hoffnung, jemals einen von ihnen wiederkehren zu sehen, und Níniels Herz brach bei diesem Getöse; doch jene drei Feiglinge unten in der Schlucht, die Turambar aus der Ferne beobachtete hatten, flohen nun voller Entsetzen zum Wasserfall zurück, und Turambar hing bleich und zitternd am Rande des Abgrundes, denn er war erschöpft. Endlich verstummte das grausige Getöse, und ein mächtiger Rauch stieg auf, denn Glorund lag im Sterben. Da kroch Turambar in äußerster Verwegenheit allein aus seinem Versteck, denn beim Todeskampf des Foalóke war ihm sein Schwert aus der Hand gerissen worden, ehe er es zurückziehen konnte; doch von allem, was er besaß, schätzte er Gurtholfin am höchsten, weil alles starb, was einmal seine Schärfe zu spüren bekam, ob Mensch oder Tier. Turambar sah nun, wo der Drache war, und starr ausgestreckt lag er auf der Seite und Gurtholfin stak noch in seinem Bauch; aber der Drache atmete noch. Trotzdem kroch Turambar auf den Drachenleib, stemmte den Fuß dagegen, und es bedurfte seiner ganzen Kraft, um Gutholfin herauszuziehen, und während er das tat, sagte er in höchstem Triumph: ›Nun haben wir uns wiedergetroffen, O Glorund, du und ich, Turambar, den man einst tapfer hieß‹;[27] doch kaum hatte er diese Worte gesprochen, spritzte giftiges Blut aus der Wunde auf seine Hand und verbrannte sie, und sie verdorrte, so daß der jähe Schmerz ihn laut aufschreien ließ. Da öffnete der Foalóke seine furchtbaren Augen, blickte ihn an, und ohnmächtig fiel Turambar neben dem Drachen zu Boden und begrub sein Schwert unter sich.

So verging der Tag, und keine Nachricht gelangte zur Spitze des Hügels, so daß Níniel ihre Qual nicht länger ertrug, sondern aufsprang, um sich auf den Weg zu jenem offenen Platz oberhalb des Wasserfalls zu machen, und Tamar Lahmfuß sagte: ›Was hast du vor?‹ Jedoch sie erwiderte: ›Ich will meinen Gebieter suchen und mich im Tod neben ihn legen, denn ich glaube, daß er tot ist.‹ Und er versuchte sie davon abzubringen, doch ohne Erfolg. Und als es Abend wurde, stahl sich die schöne Frau in die Wälder, und sie wollte nicht, daß Tamar ihr folgte, als sie aber gewahrte, daß er es tat, stob sie blindlings durch die Bäume, zerriß sich im dornigen Unterholz die Gewänder und zerschrammte sich das Gesicht, doch Tamar konnte, weil er lahm war, nicht mit ihr Schritt halten. So brach die Nacht über den Wäldern herein, und alles war still, und Tamar war von großer Sorge um Níniel erfüllt, so daß er sein Gebrechen verfluchte und sein Herz bitter wurde, doch ließ er nicht nach, ihr, so gut er konnte, zu folgen, und als er sie aus den Augen verlor, änderte er seine Richtung und strebte dem Teil des Waldes zu, der an den Abgrund grenzte, wo der letzte Kampf des Drachen ausgetragen worden war, denn dies hatten die Späher auf dem Hügel tatsächlich ausmachen können. Da die Nacht nun vorgeschritten war, stieg ein strahlender Mond auf, und Tamar, der oft allein und fern der Siedlungen des Waldvolkes umherwanderte und diese Gegend kannte, kam schließlich zum Rand der Verwüstung, die der Drache in seinem Todeskampf angerichtet hatte; weil aber nun das Mondlicht sehr hell war und Tamar am Rand dieses Fleckens im Buschwerk stand, sah und hörte er alles, was dort geschah.

So vernehmt denn, daß Níniel diesen Ort kurz vor ihm erreicht hatte, und die Liebe zu ihrem Gemahl trieb sie furchtlos geradewegs auf die Lichtung, und so fand sie ihn, ohnmächtig daliegend und mit verdorrter Hand über seinem Schwert; doch das Untier, das massig ausgestreckt neben ihm lag, beachtete sie überhaupt nicht, sondern sank neben Turambar nieder, weinte, küßte sein Gesicht und strich Salbe auf seine Hand, denn diese trug sie seit ihrem Aufbruch in einem Kästchen bei sich, da sie fürchtete, daß viele Wunden empfangen werden würden, bevor die Männer heimkehrten. Als jedoch Turambar sich unter ihren Händen nicht rührte und nicht erwachte, schrie sie laut auf, denn sie glaubte ihn nun gewißlich tot: ›O Turambar, mein Gebieter, wach auf, denn die Ausgeburt des Zorns ist tot, und ich bin allein in deiner Nähe!‹ Doch hört, bei diesen Worten regte sich der Drache zum letzten Mal, und er richtete seine haßerfüllten Augen auf sie, bevor er sie für immer schloß und sagte: ›O du Nienóri, Tochter von Mavwin, ich verkünde dir die Freude, daß du am Ende deinen Bruder gefunden hast, denn beschwerlich ist die Suche gewesen – und nun ist er sehr mächtig geworden und ein Werkzeug seiner unsichtbaren Feinde‹; jedoch Nienóri saß da wie eine Gelähmte, und so starb Glorund, und mit seinem Tod fiel der Mantel seines Zauberbannes ab von ihr, und ihr Gedächtnis wurde hell wie Kristall, und an alles konnte sie sich erinnern, was ihr widerfahren war, seit sie erstmals unter den Zauber des Drachen geraten war; da zitterte sie am ganzen Leibe vor Grauen und Qual. Darauf sprang sie auf, stand fahl im Mondlicht, und mit weit geöffnete Augen auf Turambar blickend sprach sie laut die Worte: ›Nun hat sich dein Schicksal am Ende erfüllt. Wohl dir, daß du tot bist, O unglücklichster Mann!‹ Doch plötzlich, rasend vor Schmerz, floh sie diesen Ort und rannte wie eine Besessene blindlings davon, wohin ihre Füße sie trugen.

Tamar jedoch, betäubt von Gram und Mitleid, folgte ihr und bekümmerte sich wenig um Turambar, denn der Zorn über Nienóris Geschick erfüllte sein Herz zu sehr. Der Fluß und die tiefe Schlucht lagen nun auf ihrem Weg, doch es fügte sich, daß sie sich seitlich wandte, bevor sie zu ihren steilen Wänden kam; und sie folgte ihrem gewundenen Lauf über Steine und durch Dornen, bis sie abermals zu dem freien Platz oberhalb des gewaltigen tosenden Falls kam, und dieser war ausgestorben, während das erste graue Licht eines neuen Tages durch die Bäume sickerte.

Dort zügelte sie ihren Lauf, blieb stehen und sprach zu sich selbst: ›O Wasser des Waldes, wohin geht euer Lauf? Wollt ihr Nienóri zu euch nehmen, Nienóri, die Tochter von Úrin, das Kind des Leides? O du weiße Gischt, mögest du mich reinwaschen – doch tief, tief müssen die Wasser sein, meine Erinnerung an diesen namenlosen Fluch zu ertränken. Oh, tragt mich von hinnen, weit, weit fort zu den Wassern im Meer des Vergessens. O Wasser des Waldes, wohin geht euer Lauf?‹ Dann verstummte sie plötzlich, warf sich über den Rand des Wasserfalls, und tief unten, wo die Wasser um die Felsen schäumten, hauchte sie ihr Leben aus; in diesem Augenblick aber stieg die Sonne über den Bäumen auf, und Licht fiel auf die Wasser, und diese, unbekümmert um Nienóris Tod, brausten weiter.

Dies alles sah nun Tamar mit an, und ihm schien das Licht der neuen Sonne dunkel, und er verließ diesen Ort und ging zur Spitze des Hügels, wo bereits eine große Menge Volk zusammengelaufen war, darunter auch jene drei, die Turambar am Schluß im Stich gelassen hatten, und die nun eine Geschichte für die Ohren der Leute erfanden. Doch Tamar kam näher und stand plötzlich vor ihnen, und sein Antlitz war so furchtbar anzuschauen, daß ein Raunen durch die Menge ging: ›Er ist tot!‹ Andere sagten: ›Was mag der kleinen Níniel zugestoßen sein?‹ Doch Tamar rief laut: ›Höre, mein Volk, O Männer und Frauen, sagt, ob euch ein Schicksal bekannt, das jenem gleicht, von dem ich euch berichten werde, oder ein Leid, so schwer wie dieses. Tot ist der Drache, doch ihm zu Seite liegt tot auch Turambar, eben jener, der zuerst Túrin hieß, Sohn Úrins,[28] und das ist gut, ja, das ist sehr gut!‹ Und die Leute, verwundert ob seiner Rede, murrten, und manche sagten, er sei von Sinnen. Doch Tamar fuhr fort: ›Wisse nämlich, O Volk, daß die schöne Níniel, von euch allen geliebt und mir teurer als mein Leben, nicht mehr lebt, und die Wasser umrauschen sie, denn sie hat sich von den Fällen der Silberschale gestürzt, weil sie niemals mehr das Licht des Tages erblicken wollte. Nun ist der Kreis des Unheils geschlossen, nun hat sich das Verhängnis der Sippe Úrins schrecklich erfüllt: Sie nämlich, die ihr Níniel nanntet, war in Wahrheit Nienóri, Tochter Úrins, und das erfuhr sie, bevor sie starb, und sie rief es den wilden Wäldern zu, und der Widerhall ihrer Worte drang an mein Ohr.‹

Bei diesen Worten ergriff die Herzen aller, die dort standen, Kummer und Furcht, doch keiner wagte dorthin zu gehen, wo die schöne Frau solche Qualen gelitten, denn ein Hauch von Schwermut liegt über dem Fleck, und niemand setzt den Fuß auf seinen Rasen; doch die drei Feiglinge quälte große Reue, und sie stahlen sich weg von der Menge, den Leichnam ihres Herrn zu suchen; und hört, sie fanden ihn lebend, und er regte sich, denn mit dem Tode des Drachen war die

Ohnmacht von ihm gewichen, und er schlief den tiefen Schlaf der Erschöpfung, doch nun weckten seine Schmerzen ihn auf. Und als die drei Männer zu ihm traten, sagte er: ›Níniel.‹ Doch in Mitleid und Schrecken verbargen sie ihre Gesichter und konnten ihm nicht in die Augen sehen, doch dann rüttelten sie ihn gänzlich wach, und nach seinem Sieg war er sehr geschwächt; plötzlich jedoch bemerkte er seine verdorrte Hand, und er sagte: ›Seht! Jemand ist hiergewesen und hat meine Wunde mit kundiger Hand gepflegt – wer, glaubt ihr, kann das gewesen sein?‹ – doch sie gaben ihm keine Antwort, denn sie ahnten, wer es gewesen war. So wurde nun Turambar, erschöpft und verletzt, zurückgetragen zu seinem Volk, und einer lief voraus und rief, daß ihr Herr am Leben sei, doch die Menschen wußten nicht, ob sie darüber froh sein sollten; und als er zu ihnen kam, wandten viele ihre Gesichter ab, um ihre Tränen und die Verwirrung ihrer Herzen zu verbergen, und niemand wagte zu sprechen.

Turambar aber sagte zu denen, die in der Nähe waren: ›Wo ist Níniel, meine Níniel – denn ich hatte gehofft, sie glücklich vorzufinden – doch falls sie statt dessen zu meinen Hallen zurückgekehrt ist, mag es gutsein.‹ Diejenigen indessen, die das hörten, konnten ihre Tränen nicht mehr zurückhalten, und Turambar erhob sich und rief: ›Was soll dies Schlimmes bedeuten – sprecht, sprecht, Leute, und foltert mich nicht!‹ Darauf sagte einer: ›Níniel, ach, sie ist tot, Herr‹, doch Turambar schrie voll Bitterkeit gegen die Valar und sein jammervolles Geschick, und schließlich sagte ein zweiter: ›Ja, sie ist tot, denn sie fiel geradewegs in die Tiefen der Silberschale.‹ Doch Tamar, der dabeistand, murmelte: ›Nein, sie stürzte sich selbst hinein.‹ Da packte ihn Turambar, der diese Worte aufschnappte, beim Arm und schrie: ›Sprich, du Klumpfuß, sprich, sag, was deine gemeinen Worte bedeuten, oder du wirst deine Zunge verlieren!‹ Und sein Elend war schrecklich mitanzusehen.

Nun tobte in Tamars Herz ein wilder Schmerz ob der schrecklichen Dinge, die er gesehen und gehört hatte, und ob seiner langen hoffnungslosen Liebe zu Níniel, so daß der Zorn gegen Turambar jäh in ihm entbrannte, er seinen Griff abschüttelte und sagte: ›Eine Jungfrau fandest du in den wilden Wäldern und gabst einen Namen ihr zum Spaß, auf daß du und das ganze Volk sie Níniel nannten, das Mädchen der Tränen. Ein übler Spaß war das, Turambar, denn wisse, blind vor Entsetzen und Gram warf sie ihr Leben fort, und nie wollte sie dich sehen, und im Tode nannte sie sich Nienóri, Tochter von Úrin, Kind des Leides; und alle Wasser der Silberschale, die in die Tiefen fallen, wären der Tränen nicht genug, die man über die Geschichte Níniels vergießen könnte.‹

Da packte ihn Turambar mit einem Gebrüll bei der Kehle, schüttelte ihn und rief: ›Du lügst – du bösartiger Sohn Bethos' –‹, doch Tamar keuchte: ›Nein, Verfluchter; so sprach Glorund, der Drache, und Níniel, die es vernahm, wußte, daß er die Wahrheit sprach.‹ Aber Turambar erwiderte: ›So fahre denn hin zu Mandos und geselle dich zu deinem Glorund!‹ Und er erschlug ihn vor aller Augen und rannte wie ein Besessener davon und rief: ›Er lügt, er lügt!‹; und doch wußte er, nun befreit von Blindheit und Träumen, im tiefsten Herzen, daß es die Wahrheit war und daß sein vorbestimmtes Geschick sich erfüllt hatte.

So verließ er denn sein Volk, irrte ziellos durch die Wälder, und immer wieder rief er den Namen Níniels, bis die Wälder schauerlich von diesem Wort widerhallten, und sein Weg führte ihn auf Umwegen wieder zu der Lichtung an der Silberschale zurück, und niemand hatte ihm zu folgen gewagt. Dort schien die Sonne des Nachmittags und hört, alle Bäume waren verdorrt, obgleich es noch hoher Sommer war, und in den Blättern knisterte es, als sterbe der Herbst. Verwelkt alle Blumen und Gräser, und die Stimme des fallenden Wassers war trauriger, als beweine es den Tod des weißen Mädchens Nienóri, Tochter Úrins, der hier stattgefunden hatte. Dort stand Turambar schließlich, all seiner Kraft beraubt, und dort zog er sein Schwert und sprach: ›Heil, Gurtholfin, Stab des Todes, der du jedermanns Verderben bist und gern aller Menschen Leben nimmst, der du keinen Herrn und keine Treue kennst, wenn die Hand, die dich führt, nur stark ist, dich allein besitze ich nun – so töte mich denn und beeile dich, denn das Leben ist ein Fluch, und alle meine Tage kriechen ekelhaft dahin, und alle meine Taten sind schändlich, und alles, was ich liebe, ist tot.‹ Und Gurtholfin gab zur Antwort: ›Das will ich mit Freuden tun, denn Blut ist Blut, und vielleicht ist das deine nicht weniger süß als das vieler anderer, das du mich früher trinken ließest.‹ Und Turambar stürzte sich in sein Schwert, und Gurtholfins schwarze Klinge nahm ihm das Leben.

Später jedoch kamen furchtsam einige aus dem Volk, trugen ihn fort, begruben ihn an einem nahen Platz und errichteten über ihm einen großen Grabhügel. Danach schleppten einige einen mächtigen Felsblock mit glatter Oberfläche dorthin, und sonderbare Schriftzeichen wurden darin eingegraben, die Turambar sie in früheren Tagen gelehrt hatte und die er aus den Höhlen der Rodothlim kannte. Und diese Inschrift lautete:

Turambar, der Glorund, den Drachen, erschlug,
der auch Túrin Mormakil war,
Sohn Úrins aus den Wäldern.

Und darunter schrieben sie das Wort ›Níniel‹ (oder Kind der Tränen); doch ihr Leichnam lag nicht dort, und niemand wußte auch zu sagen, wohin die Wasser ihre schöne Gestalt getragen hatten.«

Hierauf nun endigte Eltas seine Geschichte, und mit einem Mal weinten alle, die zuhörten; er jedoch sagte darauf: »Wahrlich, es ist eine Geschichte vom Unglück, denn das Leid ist immer unter den Menschen umgegangen, und das tut es noch, doch in den wilden Tagen wurden schreckliche Dinge vollbracht und erlitten; und gleichwohl hat Melko selten mehr Grausamkeit ersonnen, und ich weiß keine Geschichte, die mehr Mitleid erregte.«

Nach einer Weile befragten ihn einige nach Mavwin und Úrin und nach den späteren Ereignissen, und er sagte: »Nun, von Mavwin ist kein verläßlicher Bericht überliefert worden, bis auf die Geschichte von Túrin Turambar, ihrem Sohn; viele Dinge sind gesagt worden, und wieder andere unterscheiden sich davon; aber dies kann ich euch sagen, daß nämlich nach jenen furchtbaren Ereignissen das Waldvolk keinen Gefallen mehr an seiner Wohnstatt fand und in andere Täler des Waldes übersiedelte, und doch weilen noch einige traurig in der Nähe ihrer alten Heimat; und einst kam eine wandernde Edelfrau durch die Wälder, und zufällig stieß sie auf den Felsen mit den Schriftzeichen. Einer dieser Waldleute erklärte ihr die Bedeutung der Inschrift, und er erzählte ihr die ganze Geschichte, wie er sie in der Erinnerung hatte – doch sie verstummte, sprach kein Wort und rührte sich nicht. Da sagte er: ›Dein Herz ist schwer, denn dies ist eine Geschichte, um alle Menschen zu Tränen zu rühren.‹ Sie jedoch erwiderte: ›Ja, mein Herz ist wahrlich traurig, denn ich bin Mavwin, dieser beiden Mutter.‹ Und jener Mann begriff, daß diese lange jammervolle Geschichte noch nicht zu Ende war – doch Mavwin stand auf, ging hinaus in die Wälder und schrie vor Qual, und lange Zeit ging sie an diesem Ort um, so daß dieser Mann und sein Volk flüchteten und niemals zurückkehrten; und niemand kann sagen, ob es wirklich Mavwin war, die dorthin kam oder ihr dunkler Schatten, der wegen ihres großen Unglücks nicht zu Mandos einkehren wollte.[29]

Doch man sagt, durch den Zauber Melkos habe Úrin alle diese entsetzlichen Ereignisse gesehen, und unablässig wurde er von diesem Ainu dazu verlockt, sich seinem Willen zu unterwerfen, und Úrin blieb standhaft; als aber das Schicksal seiner Sippe sich zur Gänze erfüllt hatte, gedachte Melko, sich Úrins auf andere und feinere Weise zu bedienen, und er befreite ihn von jenem hohen, öden Ort in den Bergen, wo er viele Jahre lang in Herzensqualen gesessen hatte. Melko aber ging zu ihm und erzählte ihm schlimme Dinge über die Elben, und insbesondere klagte er Tinwelint[30] wegen Schwäche und Feigheit an. ›Niemals werde ich begreifen‹, sagte er, ›warum es immer noch große und weise Männer gibt, welche der Freundschaft der Elben trauen, und indem sie so töricht sind, sich meiner Macht zu widersetzen, vervielfachen sie ihre Torheit noch und bauen dabei auf die sichere Hilfe von Gnomen oder Elben. Sieh, O Úrin, ohne Tinwelints feiges Herz hätten meine Pläne kaum gelingen können, und vielleicht lebte Níniel noch, und dein Weib Mavwin hätte keine Tränen vergossen und wäre glücklich gewesen, ihren Sohn wiederzuhaben. Deshalb geh, O Narr, und kehre zurück, um in den Hallen deiner gefälligen Freunde das bittere Brot der Almosen zu essen.‹

Da ging Úrin, gebeugt von Alter und Leid, unbehelligt aus den Reichen Melkos fort und kam in bessere Lande, doch bei jedem Schritt grübelte er über Melkos Worte nach, und das Gespinst der Arglist, darin wahr und falsch verwoben waren, umgarnte seinen aufrechten Sinn, und seinc Seele verhärtete sich. Darum sammelte er nun um sich eine Anzhal wilder Elben,[31] die zu einer grausamen und gesetzlosen Schar geworden waren, die nicht bei ihrem Volk lebte, das sie verstoßen hatte, damit es in den Bergen auf eigene Faust lebe oder zugrunde gehe. Einmal nun führte sie Úrin zu den Höhlen der Rodothlim, und fürwahr, beim Tode Glorunds waren die Orks von dort geflüchtet und nur ein Geschöpf wohnte noch dort, ein alter unglücklicher Zwerg, der fortwährend auf einem Haufen Goldes saß und sich Lieder schwarzer Zauberei vorsang. Doch bis zu diesem Tage war niemand in seine Nähe gekommen, um ihn zu berauben, weil der Schrecken des Drachen länger lebte als dieser selbst, und aus Furcht vor dem bloßen Geist Glorunds, des Wurms, hatte sich niemand hierhergewagt.[32] Als nun diese Elben sich näherten, stand der Zwerg vor dem Eingang der Höhle, die einst Galweg bewohnt hatte, und er rief: ›Was erheischt ihr von mir, O Gesetzlose der Berge?‹ Úrin jedoch antwortete: ›Wir sind gekommen, das zu nehmen, was nicht dein ist.‹ Da sagte der Zwerg, dessen Name Mîm war: ›O Úrin, kaum habe ich gedacht, dich so zu sehen, einen Fürsten der Menschen an der Spitze solchen Pöbels. Gib nun wohl acht auf die Worte von Mîm, dem Vaterlosen, zieh deiner Wege und rühre nicht an dieses Gold, das mehr ist als giftiges Feuer. Hat nicht Glorund lange Jahre darauf gelegen, und das Unheil der Drachen

Melkos lastet auf ihm, und weder Menschen noch Elben bringt es Heil, sondern nur ich, ich allein, kann es hüten, Mîm, der Zwerg, und durch vielfältigen dunklen Zauber habe ich es an mich gefesselt.‹ Da wurde Úrin unsicher, doch seine Männer waren erzürnt, und also befahl er ihnen, sich des ganzen Goldes zu bemächtigen, und Mîm stand dabei und sah zu und stieß furchtbare, unheilvolle Flüche aus. Da versetzte ihm Úrin einen Hieb und sagte: ›Wir kamen nur, um zu nehmen, was nicht dein war – nun werden wir wegen deiner bösen Worte auch noch das nehmen, was dein ist – dein Leben.‹

Doch sterbend sagte Mîm zu Úrin: ›Wohlan, Elben und Menschen sollen diese Tat bereuen, und weil Mîm, der Zwerg, starb, soll Tod diesem Golde folgen, solange es auf Erden ist, und dem kleinsten Teil davon soll dieser Fluch ebenso anhaften wie dem Ganzen.‹ Und Úrin schauderte, doch sein Gefolge lachte.

Úrin bewog nun seine Gefährten, das Gold zu den Hallen Tinwelints zu tragen, und sie murrten darob, doch er sagte: ›Seid ihr geworden wie die Drachen Melkos, die sich am liebsten im Golde wälzen und suhlen und keine andere Freude kennen? Ein angenehmeres Leben werdet ihr haben am Hofe dieses gierigen Königs, wenn ihr ihm diesen Schatz bringt, als alles Gold Valinors es euch in den öden Wäldern bescheren kann.‹

Nun war sein Herz von Bitterkeit gegen Tinwelint erfüllt, und es verlangte ihn, sich an ihm zu rächen, wie man sehen wird. Dieser Hort war so gewaltig, daß Úrins Schar, so zahlreich sie auch war, ihn kaum zu den Höhlen des Königs Tinwelint befördern konnte; und man sagt, etwas davon sei zurückgelassen, anderes unterwegs verloren worden, und jene, die es fanden, habe das Unheil auf immer heimgesucht.

Doch endlich langte die schwerbeladene Schar an der Brücke vor den Toren an, und auf die Fragen der Wächter antwortete Úrin: ›Sagt dem König, Úrin der Standhafte sei mit Geschenken gekommen.‹ Und das wurde dem König gemeldet. Darauf ließ Úrin den ganzen ungeheuren Hort vor den König bringen, doch er war geborgen in Säcken oder Truhen aus rohem Holz; und Tinwelint begrüßte Úrin voller Freude und Verwunderung und entbot ihm ein dreifaches Willkommen, und er und sein ganzer Hofstaat erhoben sich zu Ehren dieses Fürsten der Menschen; aber die jahrelange Folter und die Lügen Melkos hatten Úrins Herz verblendet, und er sagte: ›Nein, O König, solche Worte möchte ich nicht hören – du sollst mir vielmehr nur sagen, wo Mavwin, mein Weib, ist und welchen Tod Nienóri, meine Tochter, gestorben ist.‹ Und Tinwelint sagte, er wisse es nicht.

Da erzählte Úrin voll Grimm die ganze Geschichte, und der König und sein Gefolgte verhüllten ihre Gesichter in großem Mitleid, aber Úrin sagte: ›Nein,[33] hättest du ein Herz, wie es die geringsten der Menschen haben, wären sie niemals umgekommen; doch höre, ich bringe dir nun reichlichen Lohn für die Mühen deiner armseligen Schar, die gegen Glorund, den Drachen, auszog und die davonlief und meine Teuren seiner Macht auslieferte. Blicke mit Entzücken, O Tinwelint, auf meine Geschenke, denn die Gier nach Gold ist, wie mir scheint, das einzige, das dein Herz empfindet.‹

Darauf breiteten seine Männer den Hort zu Füßen des Königs aus, so daß der ganze Hof verblüfft und geblendet war – jedoch Úrins Männer begriffen nun, was geschehen würde, und waren wenig erbaut. ›Weide dich an Glorunds Schatz‹, sagte Úrin, ›erkauft mit Nienóris Tod und dem Blut von Túrin, der den Drachen erschlug. Nimm ihn hin, O feiger König, und freue dich, daß manche Menschen so tapfer sind, dir Reichtümer zu gewinnen.‹

Da waren nun Úrins Worte mehr, als Tinwelint ertragen konnte, und er sagte: ›Was bildest du dir ein, Kind der Menschen, und warum tadelst du mich?[34] Lange habe ich deinen Sohn aufgezogen und ihm seine bösen Taten verziehen, und später habe ich deiner Gemahlin zur Seite gestanden und habe gegen besseres Wissen ihren gefährlichen Wünschen nachgegeben. Es ist Melko, der dich haßt, nicht ich! Doch was kümmert mich das – und warum machst du, Abkömmling der ungehobelten Rasse der Menschen, fortwährend einem König der Eldalie Vorwürfe? Wisse, daß mein Leben in Palisor begann, ungezählte Jahre bevor die ersten Menschen erwachten. Geh mir aus den Augen, O Úrin, denn Melko hat dich verhext, und nimm deine Reichtümer mit dir‹ – doch er verbot, daß Úrin erschlagen oder mit einem Zauberbann belegt werde, denn er vergaß nicht seine frühere Tapferkeit für die Sache der Eldar.

Darauf ging Úrin fort, das Gold aber rührte er nicht an, und vom Alter gebeugt kam er nach Hisilóme und starb unter Menschen, doch seine Worte überlebten ihn und riefen Fremdheit hervor zwischen Elben und Menschen. Doch man sagt, daß nach seinem Tode sein Schatten auf der Suche nach Mavwin in die Wälder fuhr, und lange gingen diese zwei in den Wäldern am Fall der Silberschale um und bejammerten ihre Kinder. Die Elben von Kôr jedoch haben erzählt – und sie müssen es wissen –, daß Úrin und Mavwin schließlich nach Mandos gingen, doch dort war weder Nienóri noch Túrin, ihr Sohn. Turambar nämlich war Nienóri über die schwarzen Pfade zu den Toren von Fui gefolgt, doch weder Fui noch Vefántur wollten ihnen öffnen. Doch nun kam das Flehen Úrins und Mavwins sogar Manwe zu Ohren, und die Götter hatten Erbarmen mit ihrem unglückseligen Schicksal, so daß Turambar und Nienóri ins Fôs' Almir, das Bad der Flamme, eingehen konnten, wie es vor vielen Zeitaltern vor dem Aufgang der Sonne Urwendi und ihre Jungfrauen getan hatten, und so wurden alle ihre Leiden und Makel abgewaschen, und sie wohnten wie leuchtende Valar unter den Seligen, und nun ist die Liebe zwischen Bruder und Schwester sehr rein; Turambar indes wird bei der Großen Zerstörung neben Fionwe stehen, und Melko und seine Drachen werden das Schwert Mormakils verfluchen.«

Und damit schloß Eltas seine Geschichte, und niemand stellte noch eine Frage.

1 Dieser Abschnitt wurde gestrichen, bevor *Tintoglin* zu *Tinwelint* geändert wurde; vgl. S. 95.

2 Über den Namen *Egnor* ist geschrieben: »Damrod, der Gnom«; vgl. Kommentar, S. 187.

3 Hier und ein wenig später war der zuerst geschriebene Name *Tinthellon;* dieses Beiblatt muß aus derselben Zeit stammen wie die Anmerkung auf dem Manuskript, *Tintoglin* sollte in *Ellon* oder *Tinthellon* verändert werden (vgl. oben S. 95). Siehe auch Anmerkung 30.

4 Zu dieser Stelle findet sich im Manuskript folgende Anmerkung: »Wenn Beren ein Gnom ist (wie hier in der Geschichte von Tinúviel), müssen seine Verwandtschaftsbeziehungen geändert werden.« In der getilgten Passage ist Berens Vater Egnor »mit Mavwin verwandt«, d. h. Egnor war ein Mensch. Siehe Anmerkungen 5 und 6 und Kommentar, S. 187.

5 »Túrin, Sohn von Úrin«: ursprünglich: »Beren Ermabwed«. Vgl. Anmerkungen 4 und 6.

6 Ursprünglich: »Und als der König auch von der Verwandtschaft zwischen Beren und Mavwin erfuhr«. Siehe Anmerkungen 4 und 5.

7 *Linwe (Tinto)* war der ursprüngliche »Elbische« Name des Königs und gehört derselben Entstehungszeit an wie *Tintoglin* (vgl. Teil 1, S. 167, 189). Durch ein Versehen wurde er beibehalten und nicht zu *Tinwe* geändert. Siehe Anmerkungen 19 und 20.

8 Ursprünglich: »daß er ein Mann von gewaltiger Größe war«.

9 Man vergleiche diese Passage mit der in der *Geschichte von Tinúviel* (S. 19f.), die ihr sehr ähnlich ist. Daß die Passage in *Turambar* die frühere ist (wie anzunehmen), ergibt sich aus der Tatsache, daß die in *Tinúviel* nur sinnvoll ist, wenn Beren ein Gnom und kein Mensch ist (vgl. Anmerkung 4).

10 »Träume suchten sie heim«: ursprünglich: »Die Valar sandten ihnen Träume«.

11 »und sein Name war Glorund« wurde später hinzugefügt, wie auch später der Name S. 118; 131; 136; ab S. 143 heißt es im Manuskript durchweg *Glorund.*

12 »mit der Hilfe Flindings, dessen Wunden nicht schwer waren«: ursprünglich: »mit der Hilfe eines leicht verwundeten Mannes«. Alle folgenden Hinweise auf Flinding in diesem Abschnitt wurden hinzugefügt.

13 Ursprünglich: »Túrins Herz wurde schwer, und so kam es, daß er allein und jener andere diese Schlacht überlebten«.

14 Ursprüngliche Fassung: »obgleich eine solche Tat zu jener Zeit allgemein als schwerwiegend und feige erachtet wurde«.

15 Ursprünglich: »und das Gesicht Nienóris wiederzusehen«. Dies wurde verbessert zu: »und das Gesicht Nienóris, das er nicht gesehen hatte«. Die Worte »seit seinen ersten Tagen« wurden noch später hinzugefügt.

16 Die folgenden Zeilen wurden offenbar zur Zeit der Niederschrift durchgestrichen:

»Tatsächlich«, sagten sie, »berichten Reisende und Waldläufer der Berge, daß für viele, viele Monde selbst die entferntesten Marken von ihnen frei und ungewohnt sicher seien, und darum sind viele Menschen aus dem Land Hisilóme ins Jenseitsland gezogen.« Und es traf zu, daß während Túrins Leben als Verbannter vom Hofe Tintoglins oder als Fremder bei den Rothwarin, Hisilóme und die Pfade dorthin von Melko wenig heimgesucht wurden.

(Rothwarin war durchgehend die ursprüngliche Form, die später durch Rodothlim ersetzt wurde.) Vgl. S. 127, wo die in der gestrichenen Passage beschriebene Lage auf die frühere Zeit (vor der Vernichtung der Rodothlim), als Mavwin und Nienóri Hisilóme verließen, bezogen ist.

17 Ursprünglich: »zweimal sieben«. Als Túrin aus Tinwelints Land floh, waren genau 12 Jahre vergangen, seit er das Haus seiner Mutter verlassen hatte (S. 103), und Nienóri kam vor diesem Zeitpunkt zur Welt, doch eine genauere Angabe gibt es nicht.

18 Auf »ein großes und furchtbares Vorhaben in Angriff genommen« folgte ursprünglich: »dessen Geschichte nicht in diese Erzählung gehört«. Ich weiß nicht, ob dies bedeutet, daß mein Vater nicht an die Vernichtung der Rodothlim dachte, als er hier erstmals von Melkos »Vorhaben« sprach.

19 »der König«: ursprünglich: »Linwe«; vgl. auch Anmerkung 7.

20 Linwe: ein Versehen; vgl. auch Anmerkung 7.

21 »erhöhter Fleck«: ursprünglich: »ein Hügel«.

22 Der Satz »Und dadurch geriet Túrins Prahlerei ...« wurde später mit Bleistift hinzugefügt. Er bezieht sich auf den Namen, den Túrin sich selbst gab: Turambar (»von dieser Stund an soll niemand mehr, solange ich lebe, mich Túrin nennen«; S. 119).

23 Dieser Satz, beginnend mit »denn seine Sippe ...« bis zu diesem Punkt ist leicht durchgestrichen. Im Manuskript findet sich die hastige Notiz: »Turambar nie von seiner Herkunft erzählen lassen (will die Vergangenheit begraben) – dadurch hat Níniel kaum eine Möglichkeit, von anderen etwas über seine Herkunft zu erfahren.« Vgl. Kommentar, S. 178.

24 Bei diesem Satz steht ein Fragezeichen am Rand. Vgl. Anmerkung 23 und Kommentar, S. 177f.

25 »Und Níniel ward schwanger« wurde später hinzugefügt. Vgl. Kommentar, S. 182.

26 »und der Hauptmann dieser Wächter war Mîm, der Zwerg« wurde später hinzugefügt. Vgl. Kommentar, S. 183f.

27 Turambar bezieht sich auf die Worte, die Glorund vor den Höhlen der Rodothlim zu ihm sprach: »O Túrin Mormakil ... du, der du einst als tapfer galtest« (S. 119).

28 Diese Worte von »eben jener ...« an wurden später mit Bleistift hinzugefügt.

29 Von dieser Stelle an bis zum Ende von Eltas' Geschichte wurde der Text durchgestrichen. Im Manuskript folgen hier zwei kurze erzählende Abrisse, die ebenfalls nicht verwendet wurden. Der abgedruckte Text (von »Doch man sagt ...« an) findet sich auf losen Blättern, die in das Heft eingelegt wurden. Zum nicht verwendeten Material vgl. Kommentar, S. 182ff.

30 Im gesamten Schlußteil des Textes lautet der Name des Königs Tinthellon und nicht Tintoglin (vgl. Anmerkung 3).

31 »Elben«: ursprünglich: »Männer«. Dieselbe Änderung ein wenig später (»Als nun diese Elben sich näherten ...«) und auf S. 159 (»doch sein Gefolge lachte«, »Úrin bewog nun seine Gefährten«); doch an zahlreichen anderen Stellen blieb »Männer« stehen, möglicherweise durch ein Versehen, obgleich in der *Geschichte von Turambar* »Männer« ein Synonym für Elben ist (»Beleg und Flinding, beide kräftige Männer«, S. 110).

32 Der Satz »Doch bis zu diesem Tage war niemand in seine Nähe gekommen ...« wurde später mit Bleistift hinzugefügt.

33 Dieser Satz (von »Da erzählte Úrin voll Grimm die ganze Geschichte ...«) wurde später hinzugefügt und ersetzte: »Darauf sagte Úrin: ›Doch hättest du ein solches Herz ...‹«

34 Dieser Satz (von »Was bildest du dir ein ...« an) trat an die Stelle von: »Hebe dich hinweg, und deinen Unflat nimm mit dir.«

Veränderungen der Namen

Fuithlug < Fothlug < Fothlog.

Nienóri Bei der ersten Nennung des Namens schrieb mein Vater ursprünglich *Nyenòre (Nienor).* Später stricht er *Nyenòre* durch, entfernte die Klammern um *Nienor* und fügte dem Wort ein *-i* hinzu, so daß sich *Nienori* ergab. In der Folge schrieb er sowohl *Nienor* als auch *Nienóri,* doch später wurde im früheren Teil der Geschichte *Nienor* durchgehend zu *Nienóri* verändert. Gegen Ende des auf losen Blättern notierten Textes lautet der Name *Nienor.* Ich habe mich durchgehend für *Nienóri* entschieden.

Tinwelint < *Tinthellon* (S. 99). Vgl. Anmerkung 3 und S. 95. *Tinwelint* < *Tinthellon* auch im Schlußteil des Textes. Vgl. Anmerkung 30.

Tinwelint < *Tintoglin* durchgehend, außer wo *Tinwelint* < *Tinthellon* in später hinzugefügten Passagen; vgl. S. 95.

Gwedheling < *Gwendeling* überall im Text. Im Gnomischen Wörterbuch wurde die Form *Gwendeling* zu *Gwedheling* verändert; vgl. S. 74f.

Flinding bo-Dhuilin < *Flinding go-Dhuilin.* In beiden Fällen habe ich (S. 108) *bo-Dhuilin* geschrieben; dieselbe Veränderung von *go-* zu *bo-* in der *Geschichte von Tinúviel,* vgl. S. 75. Die Form *Dhuilin* erhält der Name, wenn das Patronym davorgesetzt wird (vgl. dagegen *Duilin,* S. 108).

Rodothlim < *Rothwarin* durchgehend.

Gurtholfin < *Gortholfin* bei den ersten Nennungen, doch ab S. 124 nur noch *Gurtholfin.*

Kommentar

1. Die eigentliche Erzählung

Bei der Kommentierung dieser langen Geschichte empfiehlt es sich, abschnittsweise vorzugehen. Im folgenden werde ich häufig auf die Prosaerzählung *Narn i Hîn Húrin* Bezug nehmen, die in *Nachrichten aus Mittelerde* abgedruckt ist und der ich oft den Vorzug vor der kürzeren Schilderung im *Silmarillion* gebe. Den Text aus *Nachrichten* zitiere ich als *»Narn«.*

Die Gefangennahme Úrins und Túrins Kindheit in Hisilóme (S. 95–99)

Zunächst wäre es von Interesse, mehr über den Erzähler, Eltas, zu erfahren. Er ist eine merkwürdige Gestalt: Er scheint ein Mensch zu sein (er sagt, sein Volk nenne Turambar »nach der Gnomenweise« *Turumart*), der nach den Tagen Turambars, doch vor dem Fall von Gondolin in Hisilóme lebte und »über den Olóre Malle wandelte«, den Pfad der Träume. Ist er also ein Kind, eines der »Kinder der Väter der Menschenväter«, die »Kôr gefunden haben und für immer bei den Eldar blieben« (vgl. Teil 1, S. 30f.)?

Der Anfang stimmt in nahezu allen wichtigen Elementen mit der letzten Fassung der Geschichte überein. So gehen beispielsweise folgende Details bis zu den Anfängen, bzw. bis zu den ersten schriftlichen Fassungen, die erhalten sind, zurück: Húrins Aufbruch zur Schlacht der Ungezählten Tränen auf Bitten der

Noldor, während seine Gattin (Mavwin = Morwen) und sein Sohn Túrin zurückbleiben; der heftige Widerstand von Húrins Männern und Húrins Gefangennahme durch Morgoth; der Grund für Húrins Marterung (Morgoths Wunsch, etwas über den Aufenthaltsort Turgons zu erfahren) und die Art ihrer Durchführung; die Geburt Nienors kurz nach der großen Schlacht. Daß die Menschen nach der Schlacht der Ungezählten Tränen in Hisilóme (oder Hithlum, das hier erstmals in der gleichen Bedeutung wie Dor Lómin erscheint, vgl. S. 98) eingeschlossen wurden, wird in der Erzählung von der *Ankunft der Elben* (Teil 1, S. 172) und im letzten der Abrisse für *Gilfanons Geschichte* (Teil 1, S. 335) gesagt; später wurde daraus die Einschließung der verräterischen Ostlings-Menschen in Hithlum (*Das Silmarillion,* S. 218), und ihr übler Umgang mit den Überlebenden des Hauses Hador wurde in der Geschichte von Túrins Kindheit wichtig. Doch in der *Geschichte von Turambar* ist bereits die Vorstellung gegenwärtig, daß »die fremden Menschen, die in der Nähe wohnten, nichts von der hohen Stellung der Frau Mavwin wußten«. Es ist nicht klar, wo Úrin wohnte: Es heißt lediglich, daß sich »Mavwin nach der Schlacht weinend in das Land Hithlum oder Dor Lómin« begab, »wo alle Menschen nun auf Geheiß Melkos wohnen mußten«; andererseits heißt es ein wenig später in der Geschichte (vgl. S. 101), daß Mavwin die Einladung Tinwelints, nach Artanor zu kommen, zum Teil auch deshalb ablehnte, weil sie an dem Haus hing, »das Úrin ihr eingerichtet hatte, *ehe er in den großen Krieg zog*«.

In der späteren Fassung beschloß Morwen aus Furcht, Túrin könne von den Ostlingen versklavt werden, ihn fortzuschicken (*Narn,* S. 99), während es hier lediglich heißt, daß sie in ihrer Not nicht wußte, »wie sie ihn und seine Schwester aufziehen sollte« (ihrer Armut wegen). Dies wiederum führt zu einem weiteren Unterschied: hier wird Nienóri vor Túrins Abreise geboren (vgl. jedoch S. 178); in der späteren Geschichte verließen er und seine Gefährten Dor-lómin im Herbst des Jahres des Jammers, und Nienor wurde im Frühjahr des folgenden Jahres geboren – folglich hatte er sie nie, auch nicht als Säugling, gesehen.

Ein wichtiger und grundlegender Unterschied ist, daß in der Geschichte der Grund fehlt, weswegen Húrin selbst Gondolin besuchte, was Morgoth bekannt war und ihn bewog, Húrin am Leben zu lassen (*Das Silmarillion,* S. 172f., 217f.); dieses Element der Geschichte tauchte viel später auf, als die Auffindung Gondolins weit zurückverlegt wurde und lange vor der Schlacht der Ungezählten Tränen stattfand.

Túrin in Artanor (S. 99–105)

Die beiden alten Männer aus der frühen Geschichte, die Túrin auf seiner Reise begleiteten und von denen einer zu Mavwin zurückkehrte, während der ältere bei

Túrin blieb, sind in der späteren Fassung erhalten; und Túrins Klage bei ihrem Aufbruch findet sich auch in der *Narn* wieder: »Morwen, Morwen, wann werde ich dich wiedersehen?« (S. 102).

Beleg findet sich schon in frühen Fassungen, ebenso wie die Erklärung seines Namens: »und dieser wurde Beleg nenannt, denn nach der Art des Volkes war er von mächtigem Wuchs« (vgl. Teil 1, S. 350 unter *Haloisi velike* und Anhang zum *Silmarillion* unter dem Eintrag *beleg*); und in der alten Geschichte spielt er dieselbe Rolle: Er rettet die Reisenden vor dem Hungertod im Wald und bringt sie zum König.

In den späteren Fassungen findet sich keine Spur von der bemerkenswerten Botschaft Tinwelints an Mavwin, und in der Tat läßt sich seine merkwürdig freimütige Erklärung, er habe sich von der Schlacht der Ungezählten Tränen ferngehalten, weil er in seiner Weisheit vorausgesehen habe, Artanor könne im Fall einer Katastrophe zur Zuflucht werden, kaum mit seinem Charakter, wie er sich später enthüllt, in Einklang bringen. Es gab natürlich ganz andere Gründe für sein Verhalten (*Das Silmarilion,* S. 211). Andererseits blieben Mavwins Gründe, Hithlum nicht zu verlassen, unverändert (vgl. *Narn,* S. 99, wo das Wort »Empfängerin von Almosen« ein Widerhall der alten Geschichte ist); hingegen ist die Aussage verwirrend, daß Mavwin, wenn Nienóri älter gewesen wäre, ihren Stolz vergessen und die Berge überquert haben würde, wären diese nicht unpassierbar gewesen. Damit ist vielleicht gemeint, daß sie die Reise *früher* angetreten hätte (während Túrin noch in Artanor war), als sie es in Wirklichkeit tat (als die Wege eine Zeitlang besser wurden, Túrin jedoch fort war).

Der Knabe Túrin wird in der *Narn* in allen Einzelheiten übereinstimmend beschrieben (S. 107f.):

»Auch in anderen Belangen schien ihm das Glück nicht günstig, so daß seine Pläne oft scheiterten und er nicht erreichte, was er sich vorgenommen hatte. Auch Freundschaft schloß er nicht leicht, denn er war nicht heiter, lachte selten, und ein Schatten lag über seiner Jugend.«

(Es ist anzumerken, daß in der Geschichte hinzugefügt wird, daß er »ohnehin nur wenig auf die Worte achtete, die man ihm sagte«). Daß die Botschaften seiner Mutter ausbleiben, wird auf dieselbe Weise begründet, durch eine strengere Überwachung der Berge nämlich (*Narn,* S. 109).

Die Geschichte von Túrin und Saeros, wie sie im *Silmarillion* und ausführlicher in der der *Narn* erzählt wird, geht zwar im wesentlichen auf die *Geschichte von Turambar* zurück, doch es gibt auch bemerkenswerte Unterschiede. Deren wichtigster besteht darin, daß in der ersten Fassung der Geschichte Túrins Peiniger ganz offen durch den auf ihn geschleuderten Trinkbecher getötet wird. Hier fehlen natürlich völlig die späteren Verwicklungen: Saeros' heimtückischer

Anschlag auf Túrin am nächsten Tag und die Jagd, die zu Saeros' Tod führt, der Urteilsspruch über Túrin in dessen Abwesenheit und die Zeugenaussage von Nellas (letztere nur in der *Narn,* S. 116f.). Auch Mablung ist nicht zugegen – in der Tat scheint klar, daß dieser zuerst am Ende der *Geschichte von Tinúviel* erschien (S. 84). Einige Details blieben erhalten (wie der Kamm, den Orgof/Saeros Túrin im Spott anbot, *Narn,* S. 112), andere wurden verändert oder entfielen (z. B., daß es sich um den Jahrestag der Abreise Túrins aus seiner Heimat handelte – wenngleich die genannten zwölf Jahre mit der späteren Geschichte übereinstimmen und ebenso, daß der König in der Halle anwesend war – im Gegensatz zur Schilderung der *Narn,* S. 111). Doch der Spott, der Túrin zum mörderischen Racheakt trieb, blieb derselbe, denn er richtete sich gegen seine Mutter; und unverändert blieb auch, daß Túrin zerzaust und schäbig gekleidet in die Halle kam und daß er deswegen von seinem Feind verhöhnt wurde. Orgof ist von Saeros nicht sehr verschieden, wenn auch weniger deutlich gezeichnet. Er stand in der Gunst des Königs, war stolz und auf Túrin neidisch; in der späteren Geschichte ist er ein Nandor-Elb, während er hier ein Ilkorin mit gnomischem Einschlag ist (zu den Gnomen in Artanor vgl. S. 90), doch zweifellos ist er ein ausgesprochener Geck und Narr, ohne jenen Haß gegen Túrin, der ihm in der *Narn* (S. 108) zugeschrieben wird.

Wenn auch weit schlichter erzählt, ist das wesentliche Element von Túrins Unwissenheit (daß ihm verziehen worden war) von Beginn an vorhanden. Die Geschichte bietet eine Erklärung (die später fehlt), warum Túrin, nachdem er Artanor verlassen hatte, nicht nach Hithlum zurückkehrte; vgl. *Narn,* S. 121: »nach Dor-lómin wagte er sich nicht, denn es war völlig eingeschlossen, und ein einzelner Mann konnte in diesen Zeiten, wie er glaubte, nicht darauf hoffen, über die Pässe des Schattengebirges zu gelangen«.

Túrins Heldenmut im Kampf gegen die Orks erhält in dieser Geschichte eine größere oder gar einzigartige Bedeutung (»und viele Jahre hielt er den Zorn Melkos von ihnen fern«), besonders da Beleg, sein Waffenbruder in späteren Versionen, hier nicht erwähnt wird; überdies scheint hier (vgl. S. 88) die Macht der Königin, einen Einmarsch zu verhindern, geringer als in den späteren Fassungen.

Túrin und Beleg (S. 105–112)

Jener Teil der Túrin-Geschichte, der auf seine Tage in Artanor/Doriath folgte, wurde später stark umgeformt (»Túrin bei den Geächteten«), und in der Tat hat mein Vater diesen Teil der Geschichte nie zu einem Abschluß gebracht. In der ältesten Version wird die Handlung ungleich rascher vorangetrieben. Beleg schließt sich Túrins Schar an, und die Auflösung der Schar und die Gefangennahme Túrins durch die Orks folgen fast unmittelbar darauf. »Geächtete« werden sie nicht genannt, sondern es ist nur von »freiheitsliebenden Männern« die Rede. Beleg braucht nicht lange nach Túrin zu suchen, er wird weder gefangengenommen noch von der Bande mißhandelt, und das Lager wird auch nicht von einem Verräter preisgegeben (dessen Rolle am Ende Mîm, der Zwerg, übernahm). Es heißt auch nicht von Beleg (wie bereits gesagt), daß er in früheren Zeiten (vor dem Mord an Orgof) Túrins Gefährte gewesen sei, und sie schließen sich einander erst nach Túrins selbstgewählter Verbannung an.

Beleg wird ein Noldo genannt (S. 108). Mißt man diesem einzigen Hinweis volles Gewicht bei (und nichts scheint dagegen zu sprechen: in der *Geschichte von Tinúviel* heißt es, daß es in Artanor Noldoli gab, und Orgof hatte gnomisches Blut), dann muß man dabei beachten, daß Beleg, so wie er ursprünglich konzipiert war, ein Elb aus Kôr war. Er tritt hier nicht als ein gewaltiger Bogenschütze auf (weder sein Name »Langbogen« noch sein großer Bogen Belthronding werden erwähnt); als er zum ersten Mal auftritt, wird er als ein »Waldläufer«, ein »Jäger der verborgenen Elben« beschrieben (S. 100), nicht jedoch als Anführer der Wächter des Reiches.

Doch von der Gefangennahme Túrins an bis zu Belegs Tod wurde die alte Geschichte später kaum in einem wichtigen Punkt verändert, wenn auch in vielen Details modifiziert: So erschießt Beleg in der späteren Geschichte in der Dunkelheit lautlos die Wolfswachen, und es ist ein Blitzstrahl, der Belegs Gesicht erhellt – doch die blauleuchtenden Lampen der Noldor kehren in viel späteren Schriften wieder; eine wird von den Elben Gelmir und Arminas getragen, die Tuor auf seiner Reise zum Meer durch die Pforte der Noldor geleiten (vgl. *Nachrichten aus Mittelerde,* S. 34, 75, Anmerkung 2). In einem Gemälde meines Vaters (vermutlich 1927 oder 1928 zu datieren) vom Treffen Belegs und Flindings in Taur-nu-Fuin (vgl. *Pictures by J. R. R. Tolkien,* Nr. 37) ist Flindings Lampe neben ihm zu sehen. Die Handlung der alten Geschichte ist, was derartige Details betrifft, sorgfältig durchdacht: so wird der noch schlafende Túrin aus dem Ork-Lager fortgeschleppt, und Beleg benutzt statt seines Messers ein Schwert, um Túrins Fesseln zu durchschneiden; dies gilt vielleicht auch für den Angriff Túrins auf Beleg, der diesem den Atem raubte, so daß er nicht seinen Namen aussprechen konnte, ehe ihm Túrin den tödlichen Stich versetzte.

Die Geschichte von Túrins Raserei nach Belegs Tod, Gwindors Geleit und Túrins Tränen am Eithel Ivrin ist hier bereits im Keim vorhanden. Es findet sich kein Hinweis darauf, daß es sich bei Belegs Schwert um eine ganz besondere Waffe handelte.

Túrin bei den Rodothlim; Túrin und Glorund (S. 112–121)

In diesem Abschnitt taucht zum ersten Mal, wenn auch noch ohne Namen, Nargothrond auf. Unter vielen bemerkenswerten Details ist vielleicht das wichtigste, daß Orodreth vor Felagund dort war, dem Herrn der Grotten, der in der späteren Sage als dessen Begründer und Schöpfer mit Nargothrond identifiziert wurde. (Im *Silmarillion* war Orodreth einer der Brüder von Finrod Felagund [die Söhne von Finarfin], dem Felagund nach dem Bau Nargothronds den Befehl über Minas Tirith auf Tol Sirion übertrug [S. 135], und Orodreth wurde nach Felagunds Tod König von Nargothrond.) In dieser Geschichte hier ist die Höhlen-Behausung der verbannten Noldoli ein anspruchsloser, schmuckloser Ort, der gegenüber der überwältigenden Macht Melkos nur kurz Bestand hat; doch, wie so oft, gab es viele Einzelheiten, die nie verändert wurden, wenn auch die Geschichte Nargothronds durch die Verbindung mit der Sage von Beren und Tinúviel stark verändert werden sollte. Nargothrond lag von Beginn an »über einem Fluß« (dem späteren Narog), der »hinabströmte, den Sirion zu speisen«, und, wie man später sehen wird (S. 133), ist das Flußufer auf der Höhlenseite höher, und die Berge traten dicht heran (vgl. *Das Silmarillion,* S. 129: »Höhlen unter Hoch-Faroth an seinem steilen westlichen Ufer«). Die Politik der Elben von Nargothrond, ihren Wohnort geheimzuhalten und offene Kämpfe zu vermeiden, war immer ein wichtiges Element (vgl. *Das Silmarillion,* S. 184, 189)*, ebenso wie die Mißachtung dieser Politik durch Túrins Herrschsucht (obgleich die große Brücke, die er bauen ließ, nicht erwähnt wird). Daß diese Politik geändert wurde, wird hier Túrin zugeschrieben, sein Kommen ist mehr als einfach ein Verhängnis, und die Katastrophe ist unvermeidlich eine Folge seiner Unklugheit: zumindest in den Bruchstücken dieses Teils in der *Narn* (S. 123–216) sind Túrins Argumente im Streit mit Gwindor, der für die Fortsetzung der Geheimhaltung eintrat, trotz des Ausganges nicht ohne Gewicht. Doch das Wesentliche blieb erhalten: Túrins Vorgehen offenbart Morgoth Nargothronds Lage, der mit überwältigender Macht über den Ort herfällt und ihn zerstört.

In Bezug auf die frühesten Fassungen sollten Flinding/Gwindor, Failivrin (Finduilas)† und Orodreth eine erstaunliche Folge von Verwandlungen durchmachen. In der alten Geschichte hatte Flinding vor seiner Gefangennahme und Ein-

* Aus der ersten dieser Passagen scheint hervorzugehen, daß, als Beren nach Nargothrond kam, die Politik der »Geheimhaltung« bereits unter Felagund verfolgt wurde; die zweite läßt den Schluß zu, daß sie auf die Redegewandtheit Curufins zurückzuführen war, nachdem Beren angekommen war.

† Im *Silmarillion* heißt sie Finduilas, und den Namen Faelivrin (»was das Glitzern der Sonne auf den Weihern von Ivrin bedeutet«, S. 234) erhielt sie von Gwindor.

kerkerung in Angband zu den Rodothlim gehört, ebenso wie später Gwindor aus Nargothrond kam (jedoch mit einer gänzlich veränderten Geschichte; vgl. *Das Silmarillion,* S. 211, 214), und bei seiner Rückkehr war er so verändert, daß er kaum wiederzuerkennen war. Die schöne Failivrin und ihre unerwiderte Liebe zu Túrin sind bereits vorhanden, doch ihre frühere Beziehung zu Gwindor fehlt ganz, und sie ist nicht die Tochter von Orodreth, dem König, sondern die von Galweg (der später ebenfalls ganz verschwand). Flinding wird nicht als Gegner von Túrins Politik dargestellt; und in dem letzten Gefecht hilft er Túrin, Orodreth vom Schlachtfeld zu tragen. Orodreth stirbt (nachdem man ihn zu den Höhlen zurückgetragen hat) und macht Túrin Vorwürfe wegen dessen Vorgehen – so wie es der sterbende Gwindor im *Silmarillion* (S. 237) tut, wobei er ihn an seine Beziehung zu Finduilas erinnert. Jedoch Failivrins Vater, Galweg, fällt – ebenso wie Finduilas' Vater, Orodreth, im *Silmarillion* – in der Schlacht. In der späteren Fassung der Sage übernahm also Orodreth die Rolle von Galweg, Gwindor hingegen zum Teil die von Orodreth.

Wie bereits bemerkt, gibt es in dieser Geschichte keinen Hinweis auf die Besonderheit von Belegs Schwert. Das Schwarze Schwert taucht bereits auf, doch es ist auf Anordnung Orodreths für Túrin angefertigt worden und wies die schwarze Farbe und die mattschimmernden Schneiden auf (vgl. *Das Silmarillion,* S. 234). Seine Fähigkeit zu sprechen (»man erzählte sich, daß es zuweilen rätselhafte Worte zu ihm spreche«) kehrt später in den schrecklichen Worten wieder, die es vor Túrins Tod an diesen richtet (*Narn,* S. 200) – ein Motiv, das schon in der frühen Geschichte auftaucht (S. 155); auch Túrins Beiname (abgeleitet vom Schwert *Mormagi, Mormakil,* später *Mormegil*) war bereits erdacht. Doch Túrin verheimlicht Nargothrond nicht seinen wirklichen Namen: im Gegenteil, es wird ausdrücklich betont, daß er sagte, wer er war.

Die Warnung Ulmos, die Gelmir und Arminas nach Nargothrond brachten (*Narn,* S. 218f.), ist keimhaft vielleicht im Geflüster des Flusses am Abend zu erkennen, das zweifellos als Botschaft Ulmos zu verstehen ist (vgl. S. 106).

Der Drache Glorund wird im Wachstumszauber in der *Geschichte von Tinúviel* genannt (S. 33), doch als Name für den Drachen wurde er erst bei der Niederschrift der *Geschichte von Turambar* verwendet (vgl. Anmerkung 11). Es gibt keinen Hinweis, daß er in der vorausgegangenen Geschichte eine Rolle gespielt hatte, oder gar, daß er der erste seiner Rasse, der Vater der Drachen, war, der bereits vor der Plünderung Nargothronds eine Vielzahl von Untaten begangen hatte. Von großem Interesse ist die Passage, in der das Wesen von Melkos Drachen beschrieben wird: ihre unheilvolle Schlauheit, ihre Vorliebe für Lügen und Gold (welches »sie weder benutzen noch sich daran erfreuen können«) und die unter den Menschen verbreitete Meinung, wer das Herz eines Drachen ge-

gessen habe, »verstünde alle Sprachen« (mit offensichtlichem Bezug auf die Sage von Sigurd Drachentöter in der Edda).

Die Geschichte der Plünderung Nargothronds wird hier ein wenig anders erzählt, wenngleich alles Wichtige auch später erhalten blieb: Failivrin/Finduilas wird mit den anderen Gefangenen weggetrieben, die Machtlosigkeit Túrins, ihr zu helfen, da der Drache ihn gebannt hat. Kleinere Unterschiede (wie das spätere Auftauchen Glorunds auf dem Schauplatz – im *Silmarillion* kommt Túrin erst nach Nargothrond zurück, nachdem Glaurung in die Höhlen eingedrungen und die Plünderung fast vorüber ist) oder Übereinstimmungen (den Orks wird die Beute verweigert) können hier außer acht bleiben. Von größtem Interesse ist die Schilderung von Túrins Wortstreit mit dem Drachen. Hier wird die Kernfrage, ob es Túrin möglich war, seinem Schicksal zu entgehen oder nicht, behandelt, und es ist bezeichnend, daß er in diesem entscheidenden Augenblick den Namen *Turambar* annimmt, wogegen er dies in der späteren Geschichte beim Zusammentreffen mit den Waldmenschen von Brethil viel weniger spektakulär tut. Hier wird auch der moralische Aspekt betont: Túrin hätte Failivrin nicht im Stich lassen dürfen, »um deren gefährliche Lage er wußte« – legt dies nicht die Vermutung nahe, daß sich, selbst unter dem Bann des Drachen, in Túrin eine Schwäche (»die Verblendung«, S. 114) verbarg, die der Drache sich zunutze machte? So wie die Geschichte im *Silmarillion* erzählt wird, scheint die moralische Frage unangebracht: Túrin stand einem Widersacher gegenüber, der für seinen Geist und Willen zu mächtig war.

Es gibt eine bemerkenswerte Stelle, wo es heißt, Selbstmord sei Sünde, da er den Selbstmörder aller Hoffnung beraube, »daß sein Geist jemals aus dem dunklen Schattenreich Mandos' befreit werden oder über die lieblichen Pfade von Valinor wandeln würde«. Dies scheint mit der merkwürdigen Stelle in der Geschichte *Die Ankunft der Valar und die Gründung Valinors* übereinzustimmen, in der von den Schicksalen der Menschen die Rede ist (vgl. Teil 1, S. 92).

Sonderbar ist, daß in der frühen Geschichte der Schatz von den Orks aus den Höhlen geschleppt wurde und dort liegenblieb (er lag »vor den Höhlen oberhalb des Flusses«), während der Drache höchst untypisch im Freien davor einschlief. Im *Silmarillion* (S. 239) dagegen »fegte er alle Schätze und Reichtümer Felagunds auf einen Haufen und legte sich darauf in der innersten Halle, um eine Weile zu ruhen«.

Túrins Rückkehr nach Hithlum (S. 121–126)

Die Struktur dieses Abschnitts wurde später nicht wesentlich verändert, wenn es auch einige wichtige Unterschiede gibt.

Aus der *Geschichte von Turambar* läßt sich ersehen, daß Mavwins Haus nicht in der Nähe jener Berge oder Hügel stand, welche Hithlum vom Jenseitsland trennten: Túrin wurde gesagt, daß Orks niemals so tief nach Hisilóme eindringen würden; in der *Narn* (S. 96) heißt es dagegen: »Húrins Haus befand sich im Südosten Dor-lómins in der Nähe der Berge. Der Ursprung der Nen Lalaith war eine Quelle unterhalb des Amon Darthir, über dessen Rücken ein steiler Paß führte.« Der Umzug Mavwins in Hithlum von einem Haus zu einem zweiten, die Túrin nacheinander aufsucht, wurde später zum Vorteil der Geschichte aufgegeben. Hier kommt Túrin im Spätsommer zu seiner alten Heimat zurück, wogegen im *Silmarillion* der Fall von Nargothrond im Spätherbst stattfindet (»ein starker Wind blies die Blätter von den Bäumen, als sie dahineilten, denn der Herbst wich einem strengen Winter«, S. 237), und Túrin kam im Grausamen Winter nach Dor-lómin (S. 240).

Die Namen Brodda und Airin (später Aerin) blieben erhalten; doch hier ist Brodda der Herr des Landes, und Airin spielt in der Szene in der Halle eine wichtigere Rolle als später, indem sie mit Nachdruck und Klugheit Recht spricht. Hier hat sie Brodda nicht gegen ihren Willen geheiratet, doch ihr Leben mit ihm wird als schlimm bezeichnet; doch natürlich ist die Situation in den späteren Erzählungen weitaus klarer – die Menschen von Hithlum waren »Ostlinge«, »Eindringlinge«, feindlich gegen die Elben und die Nachkommen des Hauses Hador gesonnen, wogegen in der frühen Geschichte nicht differenziert wird und Brodda gar ein Mann ist, dem Mavwin vertraut. Das Motiv für die üble Behandlung Mavwins durch Brodda ist bereits vorhanden, doch nur in dem Maße, daß er nach ihrer Abreise ihre Güter veruntreut; in der *Narn* scheint aus Aerins Worten zu Túrin hervorzugehen, daß Morwen nach Doriath aufbrach, weil Brodda und andere sie unterdrückten (S. 150). In der kurzen Schilderung im *Silmarillion* (S. 240) wird nicht deutlich, daß besonders Brodda Túrins Haß verdiente.

Túrins Verhalten in der Halle ist in der frühen Geschichte weniger plausibel: Jemand, den er traf, hat ihm die wahre Geschichte erzählt, er betritt die Halle, um an Brodda wegen Diebstahls von Mavwins Gütern Rache zu nehmen, und er tut es kurz und bündig. In der *Narn,* wo erzählt wird, wie ihm erst zum Schluß aufgeht, daß die Worte Aerins (die in der Halle anwesend ist) ihn irreführen sollten, ist sein Zorn leidenschaftlicher, rasend und bitter und in der Tat begreiflicher; und die moralische Bemerkung, Túrins Tat sei »gewalttätig und wider das Gesetz« fehlt in der *Narn* ganz. Aerins Urteilsspruch, der Túrin retten sollte, wurde später getilgt; dafür wurde Túrins einsamer Aufbruch hinausgezögert, und es wurde hinzugefügt, daß Aerin die Halle Broddas in Brand setzt (*Narn,* S. 152).

Einige Details überdauerten alle Veränderungen: Noch in der *Narn* packt Túrin Brodda bei den Haaren, und sein plötzlicher Zorn ist nach der Gewalttat erloschen (»das Feuer seines Zorns wurde zu Asche«, *Narn,* S. 151).

Die Geschichte, wie Túrin zu den Waldmenschen kam und sie von den Orks befreite, fehlt in der *Geschichte von Turambar;* ebenso findet sich keine Spur vom Grabhügel Finduilas' an den Stegen des Teiglin noch eine Schildung ihres Schicksals.

Die Rückkehr Gumlins nach Hithlum und die Abreise Mavwins und Nienóris nach Artanor (S. 126–130)

In den späteren Fassungen der Geschichte spielt der ältere der beiden Wächter (Gumlin in *Turambar und der Foalóke,* Grithnir in der *Narn*) keine Rolle mehr, nachdem er Túrin nach Doriath gebracht hat: es heißt nur, daß er bis zu seinem Tod dort blieb (*Narn,* S. 104); und Morwen hat keine Nachricht aus Doriath, bevor sie ihre Heimat verläßt – in der Tat erfährt sie erst, daß Túrin Thingols Reich verlassen hat, als sie dort ankommt (*Das Silmarillion,* S. 236; vgl. Aerins Worte in der *Narn,* S. 150: »Sie hoffte, ihren Sohn dort zu finden, der sie erwartete«). Der Unterschied zwischen den beiden Fassungen beruht darauf, daß ihre Lebensumstände in Hithlum abweichend geschildert werden. In der alten Geschichte erleidet sie weder Not durch Unterdrückung; sie traut Brodda so sehr, daß sie ihm nicht nur ihre Güter, sondern sogar ihre Tochter anvertraut, sie lebte geachtet und in Frieden, und die Anführer der Menschen in Hithlum brachten ihr Liebe entgegen. Der Grund für ihre Reise ist die Ankunft Gumlins, der die Nachricht bringt, Túrin sei aus dem Land Tinwelints geflohen. Andererseits wird in der späteren Geschichte Broddas Charakter als Tyrann und Unterdrücker breiter ausgeführt, und die Zwangslage, in die sie durch ihn gerät, bewegt sie zur Abreise. Die Nachricht, die zu Túrin nach Doriath gelangte, daß »Morwens Lage sich gebessert« habe (*Narn,* S. 109; vgl. *Das Silmarillion,* S. 222), ist vermutlich ein Überbleibsel aus der alten Geschichte. In beiden Fällen ist ihr Entschluß, aufzubrechen, von der Tatsache bestimmt, daß das Land sicherer geworden war; doch während dies in der späteren Geschichte auf die Heldentaten des Schwarzen Schwertes von Nargothrond zurückzuführen war, ist es in der frühen Geschichte das von Melko geplante Unternehmen, nämlich der Angriff auf die Höhlen der Rodothlim (vgl. Anmerkung 18).

Mavwin und Nienóri in Artanor und ihr Zusammentreffen mit Glorund (S. 130–137)

Der nächste wichtige Schritt im Handlungsverlauf – Mavwin/Morwen erfährt von Túrins Aufenthalt in Nargothrond – wird im *Silmarillion* (S. 242) und in der *Narn* (S. 157) geschickter und natürlicher ausgeführt, wo es Flüchtlinge sind, die Thingol die Nachricht vom Fall Nargothronds bringen; dagegen erfahren in der

Geschichte von Turambar Mavwin und Nienóri erst durch eine Gruppe Noldoli von der Vernichtung der Elben, als sie ziellos durch die Wälder irren. Es ist merkwürdig, daß diese Noldoli Túrin nur *Mormakil* nennen; es scheint, daß sie nicht wußten, wer er war, doch wußten sie genug von seiner Geschichte, um Mavwin keinen Zweifel an seiner Identität zu lassen. Wie bereits bemerkt, klärte Túrin die Elben der Höhlen über seinen Namen und seine Herkunft auf. In der späteren Geschichte hingegen schwieg er sich darüber aus und nannte sich Agarwaen, doch alle, welche die Nachricht vom Fall nach Doriath brachten, »erklärten, in Nargothrond sei es bis zum Ende vielen bekannt geworden, daß Mormegil niemand anderes war als Túrin, der Sohn Húrins von Dor-lómin« (*Das Silmarillion,* S. 242).

Wie oft wurden auch hier unnötig komplizierte Zusammenhänge der früheren Geschichte später beseitigt. So ist die lange Diskussion vor dem gemeinsamen Aufbruch von Tinwelints Kriegern, von Mavwin und Nienóri aus dem *Silmarillion* und der *Narn* verschwunden. In der Frühfassung sollen die Frauen von einem hochgelegenen Ort (später Amon Ethir, der Hügel der Späher) den Verlauf des Geschehens beobachten; in der späteren Geschichte reitet Morwen einfach fort, und die Schar der Elben, angeführt von Mablung, folgt ihr, zusammen mit der verkleideten Nienor.

Besonders bemerkenswert ist die Stelle, wo Mavwin Tinwelint den großen Goldschatz der Rodothlim als Beute in Aussicht stellt, dieser das Angebot ohne Scham annimmt (wie ein wilder Elb der Wälder), und es im Grunde die Gier nach dem Schatz ist, nicht der Wunsch, Túrin zu helfen, der ihn bestimmt, einen Trupp auszusenden. Die Würde, die Macht und der Stolz Thingols werden größer, je deutlicher die Grauelben von Beleriand konturiert werden; ich habe bereits gesagt, daß Tinwelints Behausung anfangs »keine unterirdische Stadt voller Wunder war«, sondern eine zerklüftete Höhle, und hier wird nun deutlich, daß er einen Raubzug plant, um seinen kleinen Schatz an kostbaren Dingen zu vergrößern – himmelweit entfernt von der Beschreibung seiner ungeheuren Schätze in der *Narn* (S. 106): »Es verhielt sich nun so, daß Thingol in Menegroth über wohlbestückte Waffenkammern verfügte ... Metalle, geschmiedet wie Panzer von Fischen und schimmernd wie Wasser im Mondlicht, Schwerter, Äxte, Schilde, Helme angefertigt von Telchar selbst oder von seinem Lehrmeister Gamil Zirak, dem Alten, oder von Elbenschmieden, deren Arbeiten noch kunstreicher waren. Einige Stücke hatte er als Geschenke erhalten, sie stammten aus Valinor und waren der Meisterhand Feanors zu verdanken, den in allen Zeitaltern kein Kunstschmied übertraf.«

In der späteren Erzählung wird die Begegnung mit dem Drachen zwar ganz anders geschildert, doch die übelriechenden Dämpfe als Grund für das Mißlingen des Plans, die wahnsinnige Flucht der Pferde, die Verzauberung Nienors, die jede Erinnerung an ihre Vergangenheit auslöscht, sind bereits vorhanden. Der überraschende Unterschied besteht vielleicht in der Tatsache, daß Mavwin bei der Unterhaltung mit Glorund anwesend war; und von diesem Gespräch findet sich in der *Narn* (S. 164f.) keine Spur; Nienor sagt nur, daß sie Túrin suche, und gibt damit dem Drachen ihre Identität preis. Die besondere Redeweise Glaurungs in der späteren Geschichte (höhnisch, barsch, klug und selbstbeherrscht und bodenlos niederträchtig) ist bereits in den Worten Glorunds vorgebildet, doch im Lauf der Entwicklung wurde er lakonischer und dadurch ungleich furchterregender.

Der strukturelle Hauptunterschied liegt darin, daß der Geschichte das »Mablung-Element« völlig fehlt. Es gibt keinen Hinweis auf eine Erkundung der geplünderten Höhlen in der Abwesenheit des Drachen (wie es scheint, hat er sich tatsächlich nicht von ihnen entfernt); der Zweck des Unternehmens war ausgesprochen kriegerisch (»eine starke Streitmacht gegen den Foalóke«, »sie bereiteten sich auf den Kampf vor«), weil Tinwelint auf die Erbeutung des Schatzes hoffte, wogegen es später zu einem reinen Erkundungsunternehmen wurde, denn Thingol hatte »großes Verlangen, mehr über das Schicksal Nargothronds zu erfahren« (*Narn,* S. 157).

Ein sonderbarer Punkt ist, daß, obgleich Mavwin und Nienóri auf dem »hochgelegenen Fleck« bleiben sollten, der später »Hügel der Späher« genannt wurde, und wo sie sich im *Silmarillion* und in der *Narn* auch tatsächlich aufhielten, sie diesen in der frühen Fassung offenbar nie erreichten, sondern Glorund in die Fänge liefen. Der Hügel hat also ursprünglich fast keine Rolle gespielt.

Turambar und Níniel (S. 137–142)

In der späteren Geschichte wurde Nienor nach ihrer Verzauberung durch Glaurung von Mablung gefunden, der sie mit drei Gefährten zu den Grenzen von Doriath zurückführte. Die Verfolgung Nienors durch eine Bande von Orks (*Narn,* S. 167) ist vorhanden, doch sie hat nicht (wie später) die Funktion, dazu zu führen, daß Mablung und die anderen Elben (die nicht auftauchen) die fliehende Nienor verlieren. Statt dessen wird sie von Turambar gerettet, der nun bei den Waldmenschen haust. In der *Narn* (S. 167) fanden sie die Waldmenschen von Brethil, als sie von einem Zug gegen die Orks zurückkkehrten; doch die Umstände sind ganz andere, weil in der Geschichte der Haudh-en-Elleth, der Grabhügel Finduilas', nicht vorkommt.

Interessant ist Nienors Antwort, als Turambar sie *Níniel* nennt. Im *Silmarillion* und in der *Narn* schüttelt sie den Kopf, sagt jedoch: »Níniel«; in der vorliegenden Geschichte sagt sie: »Nicht Níniel, nicht Níniel«. Man hat den Eindruck, daß es in der alten Geschichte lediglich die Ähnlichkeit von *Níniel* mit ihrem eigenen vergessenen Namen *Nienóri* war, die ihren verdunkelten Geist anrührte, wogegen sie in der späteren Geschichte den Namen *Níniel* in gewisser Weise akzeptierte.

Ein ursprüngliches Element der Sage ist, daß die Waldmenschen Níniel zu einem Ort brachten (»Silberschale«), wo ein großer Wasserfall war (später Dimrost, die Regentreppe, wo der Celebros in den Teiglin stürzte). Und dieser Wasserfall lag in der Nähe der Siedlung der Waldmenschen – doch der Ort, wo sie Níniel fanden, war weiter davon entfernt (mehrere Tagesreisen durch den Wald) als die Stege des Teiglin von Dimrost. Als sie dorthin kam, ergriff sie Furcht, eine Vorahnung dessen, was später hier geschehen sollte, und dies war der Grund ihres Schauderns in den späteren Fassungen, weswegen dieser Ort den Namen Nen Girith, das Schauderwasser, erhielt (vgl. *Narn,* S. 205, Anmerkung 24).

Die völlige Dunkelheit, die der Zauber des Drachen auf Níniels Geist legte, wird in der frühen Geschichte weniger hervorgehoben, und es findet sich kein Hinweis, daß sie ihre Sprache neu erlernen mußte; interessant ist, wie das Bild von einem, »der etwas an einen falschen Platz gelegt hat, das er rasch wiederfinden will« in einem veränderten Kontext wiederum auftaucht: In der *Narn* (S. 171) heißt es: »Doch sie lernte schnell und hatte Freude daran, wie jemand, der große und kleine Schätze wiederfindet, die er verlegt hatte.«

Der lahme Mann, Tamar genannt, und seine vergebliche Liebe zu Níniel, taucht bereits hier auf; im Gegensatz zu seinem späteren Gegenstück, Brandir, war er nicht der Anführer der Waldmenschen, sondern der Sohn des Anführers. Er war also ein Halb-Elb. Höchst bedeutsam ist die Feststellung, daß die Gattin des Anführers Bethos, Tamars Mutter, eine Noldoli-Frau, also elbischer Herkunft war. Dies wird eher nebenbei erwähnt, als sei eine Verbindung zwischen Elben und Sterblichen noch nichts Bedeutsames oder Seltenes – doch in der Namensliste zum *Fall von Gondolin* heißt es von Earendel, er sei »das einzige Geschöpf, halb aus der Rasse der Eldalie und halb aus der Menschenrasse« (S. 284).*

Das anfängliche Zögern Níniels, Turambars Werbung anzunehmen, wird nicht erklärt, könnte jedoch bedeuten, daß irgendein Instinkt, eine unbewußte Ahnung, sie zurückhielt. Im *Silmarillion* heißt es (S. 245): »doch fürs erste zögerte sie, obgleich sie ihn liebte. Denn Brandir ahnte, er wußte nicht, was, und

* In einer späteren Umarbeitung heißt es in dieser Geschichte (S. 219 und Anmerkung 22) über Tuor und Idril von Gondolin: »So kam es zur ersten Vermählung eines Kindes der Menschen mit einer Tochter aus Elbenheim, doch Tuor war nicht der letzte.«

er bemühte sich, sie zurückzuhalten, mehr um ihretwillen als zum eigenen Vorteil oder aus Nebenbuhlerschaft gegen Turambar; und er verriet ihr, daß Turambar Túrin war, Húrins Sohn, und wenn sie auch den Namen nicht erkannte, fiel doch ein Schatten auf ihr Gemüt.«

In der letzten wie in der ältesten Fassung wußten die Waldmenschen, wer Túrin war. Die Notiz meines Vaters zur Veränderung dieses Teils der Geschichte (vgl. Anmerkung 23) ist verwirrend. Da nämlich Níniel jegliche Erinnerung an ihre Vergangenheit eingebüßt hatte, hätte sie die Namen Túrin und Húrin nicht erkannt, selbst wenn man ihr gesagt hätte, Turambar sei Túrin. Es ist immerhin denkbar, daß mein Vater bei der Niederschrift davon ausging, Níniels Wissen um sich selbst und ihre Familie sei nicht so tief versunken, daß es nicht durch die Nennung der Namen wieder geweckt werden könnte – im Gegensatz zur späteren Geschichte, wo sie den Namen Túrin nicht bewußt wiedererkannte, selbst als Brandir ihn ihr nannte. Diese Unsicherheit drückt sich auch durch das Fragezeichen aus (vgl. Anmerkung 24), mit dem die Textstelle markiert ist, wo Turambar zu Níniel »über seinen Vater, seine Mutter und seine Schwester, die er nicht kannte« spricht, was Níniel traurig macht. Wenn er hier sagt, er habe seine Schwester nie gesehen, so steht das im Gegensatz zu der früheren Aussage (S. 98), Túrin habe Hithlum erst nach Nienóris Geburt verlassen; doch in diesem Punkt war mein Vater unsicher, wie aus den verschiedenen Umformungen deutlich hervorgeht (vgl. Anmerkung 15).

Die Tötung Glorunds (S. 142–150)

Ich folge der Erzählung bis zu dem Punkt, wo Túrin ohnmächtig wird, als der sterbende Drache die Augen öffnet und ihn anblickt. Hier stimmen alte und spätere Geschichte weitgehend überein, doch es gibt interessante Unterschiede.

Es heißt in der Geschichte, daß Glorund sowohl Ork- als auch Noldoli-Banden untertan waren, doch die spätere Geschichte sprach nur von Orks; vgl. *Narn*, S. 174: »Nun wuchsen die Kraft und die Bosheit Glaurungs schnell, er wurde fett [vgl. »der Foalóke mästete sich zu mächtiger Größe«], sammelte Orks um sich, herrschte als ein Drachenkönig, und alles, was zum Reich von Nargothrond gehört hatte, wurde von ihm unterworfen.«

Wenn es in der frühen Geschichte heißt, daß die Scharen Glorunds das Volk Tinwelints »schwer heimsuchten«, so legt dies einmal mehr die Vermutung nahe, daß der Zauber der Königin kein sehr wirksamer Schutz war; hingegen steht die Aussage, daß »am Ende einige [Orks] sogar in die Nähe jener Wälder und Lichtungen kamen, denen die Liebe Turambars und seines Volkes galt«, im Widerspruch zu den Worten, die Turambar vorher zu Níniel sagte: »wir müssen uns tummeln, um diese bösen Wesen von unserem Heim fernzuhalten« (S. 139).

Es findet sich hier kein Hinweis auf Turambars Versprechen, er werde nur dann in die Schlacht ziehen, wenn die Siedlung der Waldmenschen angegriffen würde (*Narn,* S. 174f.); und es gibt keine Gestalt, die dem Dorlas der späteren Fassungen entspräche. Tamars Charakter, kurz umrissen (S. 147f.), stimmt in den Hauptzügen mit denen Brandirs überein, doch Brandirs Beziehung zu Níniel, die ihn ihren Bruder nennt (*Narn,* S. 173), gab es noch nicht. Das glückliche und blühende Leben der Waldmenschen unter der Führung Turambars wird in der Geschichte viel stärker hervorgehoben (später war er nicht ihr Anführer, zumindest nicht dem Namen nach); und es ist ihr Wohlstand, der Glorunds Habgier erregt und ihn dazu bringt, sie anzugreifen.

Die topographischen Details dieser Stelle, die für die Erzählung wichtig sind, lassen sich, mit einer wichtigen Ausnahme, unschwer mit den späteren Beschreibungen in Einklang bringen: Es ist klar, daß in der frühen Geschichte der Fluß, der über den Felsen in die Silberschale stürzte, und derjenige, der die Schlucht durchfloß, wo Turambar Glorund tötete, ein und derselbe waren: »... hier floß in einem tief eingegrabenen Bett derselbe Fluß, der weiter unterhalb sich um das Lager des Drachen wand« (S. 145). Folglich schlägt Turambar seinen Gefährten folgendes vor: »... wir werden über die Felsen zum Grund des Wasserfalls hinunterklettern, und wenn wir so den Flußlauf erreicht haben und ihm folgen, können wir vielleicht nahe genug an den Drachen herankommen« (S. 146f.).

In der letzten Fassung hingegen war der Fluß des Wasserfalls (Celebros) ein Zufluß des Teiglin, vgl. *Narn,* S. 177: »Der Verlauf des Teiglin war nun folgender: Schnell wie der Narog floß er von den Ered Wethrin herab, doch zunächst zwischen niedrigen Ufern, bis er hinter den Stegen durch weitere Zuflüsse Kraft gewann und sich am Fuß der Hochländer, auf denen sich der Wald von Brethil erhob, seinen Weg durch den Felssockel grub. Danach strömte er durch tiefe Schluchten, deren gewaltige Seitenwände wie Steinmauern aufragten und an deren Grund das eingeschlossene Wasser mit großer Gewalt lärmend dahinströmte. Und gerade auf dem Weg Glaurungs lag nun eine dieser Schluchten, keineswegs die tiefste, aber die schmalste, genau nördlich von der Einmündung des Celebros.«

Der liebliche Ort (»mit grünem Rasen bewachsen, wo eine Fülle von Blumen sproß«) blieb erhalten; vgl. *Narn,* S. 171: »Am oberen Ende der Fälle, wo Birken wuchsen, war eine weite Rasenfläche.« Desgleichen die »Silberschale«, obgleich der Name verschwand; »der Strom [floß] über die Rundung eines ausgewaschenen Steins, fiel über viele schäumende Stufen tief nach unten in ein felsiges Bekken« (*Narn,* S. 170f.); vgl. die frühe Fassung (S. 145): »[er] stürzte über einen großen Abgrund, wo der zerwaschene Fels glatt und grau aus dem Gras hervorstieß«. Der »kleine Hügel, ringsum von Wald umgeben«, von dem aus Turambar und seine Gefährten Ausschau hielten, wird in der *Narn* nicht beschrieben, aber das Bild eines hochgelegenen Ausgucks nahe dem Wasserfall blieb erhalten; vgl. die Feststellung in der *Narn* (S. 171), daß man von Nen Girith »einen weiten Blick bis zu den ungefähr zwei Meilen entfernten Schluchten des Teiglin« hatte; später (S. 177) heißt es, Turambar »wollte zum hohen Wasserfall Nen Girith reiten, wo Nachrichten ihn rasch erreichen konnten und von wo er weit die Lande überschauen konnte«. Es scheint also gesichert, daß die ursprüngliche Vorstellung nie verschwand, sondern nur ein wenig verändert wurde.

Während in der alten wie in der neuen Schilderung, entgegen dessen Weisung, eine große Volksmenge Turmabar zur Spitze des Wasserfalls folgte, wird in der letzten Fassung das Motiv für seinen Befehl deutlich ausgesprochen: Sie sollen in ihren Häusern bleiben und sich auf die Flucht vorbereiten. Andererseits reitet hier Níniel mit Turambar zur Silberschale und verabschiedet sich dort von ihm. Doch ein Detail der frühen Geschichte überlebte: Turambars Worte zu Níniel (»nicht du, nicht ich werden heute sterben, weder durch die Bosheit des Drachen noch durch die Schwerter der Feinde«) finden sich fast gleichlautend in der *Narn* (S. 180) wieder: »Weder werden du noch ich von diesem Drachen getötet werden, noch von irgendeinem anderen Feind aus dem Norden«; und im ersten Fall »stillte sie ihre Tränen und fiel in Schweigen«, im zweiten »hörte sie zu weinen auf und verfiel in Schweigen«. Ingesamt ist die Situation in der Geschichte einfacher, da die Waldmenschen kaum als Charaktere gezeichnet sind; Tamar ist nicht wie Brandir der rechtmäßige Anführer der Waldmenschen, also fehlt auch das Motiv der Erbitterung gegen Turambar; es gibt dort keinen Dorlas, um ihn zu beleidigen, und keinen Hunthor, um Dorlas zurechtzuweisen. Tamar ist freilich in der Geschichte zusammen mit Níniel am Ort des Geschehens und hat sich mit einem Schwert bewaffnet. Viele verspotteten ihn deswegen, ebenso wie es später von Brandir heißt, so etwas habe er »zuvor selten getan« (*Narn,* S. 184).

In der frühen Fassung bricht Turambar vom Wasserfall mit sechs Gefährten auf, die sich am Ende alle als feige erweisen, wogegen er in der späteren Fassung nur zwei Begleiter hat, Dorlas und Hunthor, von denen Hunthor standhaft blieb, jedoch in der Schlucht von einem fallenden Stein getötet wurde. Doch das Ergebnis ist dasselbe: Turambar muß allein in die Schlucht klettern. In der frühen Fassung bleibt der Drache die ganze Nacht am Rande der Schlucht und rührt sich erst bei Tagesanbruch, so daß die Ereignisse, die unmittelbar danach stattfinden, sich bei Tageslicht abspielen. Doch in anderen Punkten blieb die Tötung des Drachen fast unverändert, was besonders deutlich wird, wenn man die Geschichte mit der *Narn* vergleicht (S. 186f.). In beiden Fällen muß Turambar sein erstes Versteck verlassen, um direkt unter den Bauch des Drachen zu gelangen (dies fehlt im *Silmarillion*).

Es bleiben noch zwei wichtige Punkte zu erwähnen. An zwei Stellen ist dem Manuskript mit Bleistift etwas hinzugefügt worden. Die eine Stelle macht uns mit dem Zwerg Mîm bekannt, der während Glorunds Abwesenheit dessen Schatz bewachen soll – es darf bezweifelt werden, ob er für dieses Amt der Richtige war; vgl. dazu S. 185. Die andere Stelle betrifft die Tatsache, daß Níniel von Turambar schwanger war, wovon im ursprünglichen Text nicht die Rede ist; vgl. S. 150.

Der Tod von Túrin und von Nienóri (S. 150–156)

Der Schluß der Geschichte stimmt in allen Fassungen überein: das Mondlicht, die Pflege von Turambars verbrannter Hand, der Schrei Níniels, der den Drachen weckte und zu seiner letzten Bosheit führte, die Anklage des Drachen, Turambar sei das Werkzeug unsichtbarer Feinde; Tamar/Brandir wird von Turambar »Klumpfuß« genannt und getötet; das plötzliche Verwelken der Blätter am Ort von Níniels Todessprung; die Anrufung der Wasser durch Níniel und die Worte Turambars an sein Schwert, die Errichtung von Túrins Grabhügel und das Anbringen der »sonderbaren Schriftzeichen«. Diese Aufzählung ließe sich noch ergänzen. Doch es gibt auch viele Unterschiede, von denen ich hier nur einige der wichtigsten erwähne.

Da Mablung in der frühen Geschichte fehlt, ist es nur Turambars Eingebung (»nun befreit von Blindheit« – die Verblendung, die Melko »Túrin einst bestimmt hatte«, S. 114)*, die ihm sagt, daß Tamar die Wahrheit spricht. Die Tötung Glaurungs und alle folgenden Ereignisse sind in der späten Geschichte auf den Zeitraum einer einzigen Nacht und den folgenden Morgen zusammengedrängt, wogegen dies in der frühen Fassung zwei Nächte, den dazwischenliegenden Tag und den Morgen des zweiten erforderte. Turambar wird von den drei Männern, die ihn in der Schlucht im Stich gelassen hatten, zum Hügel zurückgetragen, während er in der späten Fassung aus eigener Kraft dorthinkommt. (In der frühen Geschichte fehlt der Tod Dorlas' durch Brandirs Hand.)

Interessant ist der Wechsel des Ortes, an dem Túrin und Nienóri starben. In der frühen Geschichte gibt es nur einen Fluß; Níniel folgt ihm flußaufwärts durch die Wälder und stürzt sich von den Fällen der Silberschale (der Ort wurde später Nen Girith genannt), und hier, auf der Lichtung oberhalb der Fälle, tötet sich auch Turambar; in der späteren Geschichte sprang sie in die Teiglin-Schlucht bei Cabed-en-Aras, dem Hirschsprung, in der Nähe des Ortes, wo

* Vgl. seine Worte zu Mablung (*Narn,* S. 199): »Denn siehe: Ich bin blind! Weißt du das nicht? Blind, blind, seit meiner Kindheit taste ich im dunklen Nebel Morgoths umher!«

Turambar neben Glaurung lag und wo auch Turambars Selbstmord stattfand. Das Gefühl der Furcht, das Níniel empfand, als sie zum ersten Mal mit den Waldmenschen zur Silberschale kam (S. 140), war also eine Vorahnung des Todes an dieser Stelle; in der veränderten Geschichte jedoch gibt es weniger Grund für eine von diesem Ort ausgehende Todesahnung. Während jedoch der Ort sich änderte, blieb das Welken der Blätter erhalten und auch der Hauch von Ehrfurcht, der den Schauplatz ihre Todes umgab: Niemand suchte später Cabed-en-Aras auf, und niemand betrat den Rasen oberhalb der Silberschale.

Der bemerkenswerteste Punkt der frühesten Fassung der Geschichte von Turambar und Níniel ist mit Sicherheit, daß mein Vater bei der ersten Niederschrift *nicht* schrieb, daß sie ein Kind von Turambar erwartete (Anmerkung 25); und folglich gibt es in der frühen Geschichte keine Entsprechung zu Glaurungs Worten in der *Narn* (S. 191): »Die schlimmste von allen Taten aber spüre du im eigenen Leibe!« Der eigentliche Grund für Níniels äußerste Verzweiflung und für ihr Grauen wurde also erst in einer späteren Fassung genannt.

Zum Schluß dieser langen Analyse der *Geschichte von Turambar* sollte nicht versäumt werden, auf das Fehlen von Ortsnamen im letzten Teil hinzuweisen. Der Wohnort der Rodothlim wird nicht benannt und auch nicht der Fluß, an dem er lag; der Wald, in dem die Waldmenschen wohnten, ihre Siedlung, ja selbst der Fluß, der am Schluß der Erzählung von so zentraler Bedeutung ist – sie haben keine Namen. (Im Gegensatz dazu die spätere Erzählungen: Nargothrond, Narog, Tumhalad, Amon Ethir, Brethil, Amon Obel, Ephel Brandir, Teiglin, Celebros.)

2. *Eltas' Fortsetzung der Geschichte* (nach Túrins Tod)

Mein Vater strich den größeren Teil dieser Fortsetzung und ließ nur den Text bis zu den Worten »der wegen ihres großen Unglücks nicht zu Mandos einkehren wollte« stehen (S. 157; vgl. Anmerkung 29). Aus der kurzen erhaltenen Passage ist zu ersehen, daß die Geschichte Morwens, die zu Túrins Grab kommt, bereits in der ersten Fassung vorhanden ist, obgleich Morwen in der späteren Geschichte dort auf Húrin traf (*Das Silmarillion,* S. 225). Der später verworfene Textabschnitt setzt die Geschichte fort wie folgt:

Doch heißt es, daß Úrin, nachdem das Verhängnis seines Volkes gänzlich erfüllt war, von Melko freigelassen wurde und, vom Alter gebeugt, in bessere Lande zog. Dort sammelte er einige Männer um sich, und sie gingen und fanden die Höhlen der Rothwarin leer, und niemand bewachte sie, und noch immer lag dort ein gewaltiger Schatz, denn niemand hatte ihn gefunden, weil der Schrecken des Drachen länger lebte als dieser selbst, und niemand hatte sich dorthin gewagt. Úrin aber ließ das Gold stracks vor Linwe bringen, und indem er es ihm vor die Füße warf, gebot er ihm verbittert, seinen schändlichen Lohn in Empfang zu nehmen und nannte ihn eine Memme, deren Schwächlichkeit viel Unheil über sein Haus gebracht habe, das niemals hätte geschehen dürfen; und damit begann eine neue Fremdheit zwischen Elben und Menschen, denn Linwe war zornig über Úrins Worte, hieß ihn sich zu entfernen und sagte: »Lange habe ich Túrin, deinen Sohn, aufgezogen, ihm seine bösen Taten verziehen, und danach habe ich deiner Gemahlin geholfen und, gegen mein besseres Wissen, ihren stürmischen Wünschen nachgegeben. Doch was kümmert mich das – und warum machst du, O Sohn der ungehobelten Menschenrasse, fortwährend einem König der Eldalie Vorwürfe, dessen Leben in Palisor begann, ungezählte Zeitalter, bevor Menschen geboren wurden?« Und da wollte Úrin fortgehen, seine Männer jedoch waren nicht gewillt, das Gold zurückzulassen, und zwischen ihnen und den Elben erwuchs ein Zwist, scharfe Hiebe wurden ausgeteilt, und Tintoglin [Tinwelint] konnte ihnen keinen Einhalt gebieten.

So wurde denn Úrins Schar in der Halle erschlagen, und mit ihrem Blut befleckten sie den Hort des Drachen; Úrin aber entkam und sprach über dieses Gold einen furchtbaren Fluch, daß niemand sich daran ergötze und jedem, der ein Stückchen davon besitze, Unheil und Tod daraus erwachse. Linwe aber, der diesen Fluch vernahm, ließ das Gold an einer tiefen Stelle in den Fluß werfen, der vor seinen Toren floß, und lange sah ihn niemand wieder, bis auf den Ring des Schicksals [verbessert zu: das Halsband der Zwerge], und diese Geschichte gehört nicht hierher, obgleich darin die Bosheit des Wurmes Glorund ihre letzte Erfüllung fand.

Der Rest dieser später verworfenen Erzählung (über die letzten Schicksale Úrins, Mavwins und ihrer Kinder) stimmt im wesentlichen mit dem auf S. 161 abgedruckten Text überein und ist hier entbehrlich.

Unmittelbar auf diese verworfene Erzählung folgt ein kurzer Entwurf, überschrieben »Geschichte von dem Nauglafring oder dem Halsband der Zwerge«, der ebenfalls durchgestrichen ist. Hierin wird Úrin überhaupt nicht erwähnt; es wird jedoch berichtet, daß die Orks (verbessert aus *Gongs,* vgl. Teil 1, S. 339, Anmerkung 9), die den Schatz bewachten, sich auf die Suche nach Glorund machten, als er nicht zurückkehrte, und daß Tintoglin [Tinwelint], der von Glorunds Tod erfahren hatte, während der Abwesenheit der Orks Elben hinschickte, um den Schatz der Rothwarin zu stehlen. Die zurückkehrenden Orks belegten die Diebe und das Gold mit einem Fluch.

Linwe [Tinwelint] hütete das Gold, und er besaß ein großes Halsband, das sogenannte Úvanimor (Nautar oder Nauglath) angefertigt hatten. (*Úvanimor* sind in einer früheren Geschichte als »Ungeheuer, Riesen und Oger« bezeichnet worden; vgl. Teil 1, S. 114, 329; *Nauglath* sind Zwerge; Teil 1, S. 329). In dieses Halsband war der Silmaril eingesetzt; doch der Fluch des Goldes lag darauf, und Linwe betrog die Nauglath um einen Teil ihrer Belohnung. Diese verschworen sich und wurden von Menschen unterstützt; bei einem Überfall wurde Linwe erschlagen und das Gold fortgeschleppt.

Darauf folgt ein weiterer ebenfalls verworfener Entwurf, überschrieben »Das Halsband der Zwerge«, und dieser verbindet Elemente des vorhergehenden Entwurfs mit solchen aus dem gestrichenen Endstück von Eltas' Erzählung (s. o.). Hier sammelt Úrin eine Schar wilder und grausamer Menschen und Elben um sich, und sie begeben sich zu den Höhen, die kaum bewacht sind, weil die »Orqui« [Orks] unterwegs sind, um Glorund zu suchen. Sie schleppen den Schatz fort, und die zurückkehrenden Orks belegen ihn mit einem Fluch. Úrin wirft den Schatz dem König vor die Füße und macht ihm Vorwürfe (er hätte, sagt er, einen größeren Trupp zu den Höhlen schicken sollen, um den Schatz zu erlangen und vielleicht Mavwin in ihrer Not zu helfen); »Tintoglin wollte den Schatz nicht anrühren und gebot Úrin, ihn zu behalten, doch Úrin schied mit bitteren Worten«. Úrins Männer wollten den Schatz nicht zurücklassen, es gab einen Kampf in den Hallen, und viel Blut wurde vergossen. Der Entwurf endet wie folgt:

Die Gongs erobern Linwes Hallen, Linwe wird getötet und das Gold weit fort geschleppt. An den Furten des Sirion greift Beren Ermabwed sie an, der Schatz wird ins Wasser geworfen und mit ihm Feanors Silmaril. Die Nauglath, die in der Nähe wohnen, tauchen nach dem Gold, fördern aber nur ein mächtiges goldenes Halsband zutage (in das der Silmaril eingesetzt ist). Dieses wird ein Zeichen ihres Königs.

Diese beiden Entwürfe befassen sich zum Teil mit der Geschichte vom Nauglafring, die mein Vater schreiben wollte, und diese Elemente können wir hier außer acht lassen. Es ist offensichtlich, daß mein Vater im Zweifel war, wie die Geschichte nach der Freilassung Úrins weitergeführt werden sollte – was geschah mit dem Schatz des Drachen? War er bewacht oder unbewacht, und falls er bewacht war, von wem? Wie gelangte er schließlich in Tinwelints Besitz? Wer verfluchte ihn, und an welchem Punkt der Geschichte geschah dies? Falls es Úrins Schar war, die ihn sich aneignete, bestand sie aus Menschen oder aus Elben oder aus beiden?

In dem letzten Text, der auf Zettel geschrieben und in das Notizbuch eingelegt wurde (abgedruckt oben S. 156ff.), wurden diese Probleme wie folgt gelöst: Úrins Schar bestand zuerst aus Menschen, dann wurden es Elben (vgl. Anmerkung 31); der Schatz wurde von dem Zwerg Mîm bewacht, den Úrin tötete und der sterbend das Gold verfluchte; Úrins Schar schleppte ihn bis zur Brücke vor die Tür des Königs. In diesem Text wird keine Andeutung gemacht, was nach Úrins Fortgang mit dem Schatz geschah (weil die *Geschichte vom Nauglafring* an dieser Stelle beginnt).

Folgerichtig führte mein Vater nach der Niederschrift der *Geschichte von Turambar* die Figur Mîms an einem früheren Punkt in die Geschichte ein (vgl. S. 143, Anmerkung 26) und machte ihn zum Hauptmann der Schatzwächter; ob dies jedoch vor oder nach dem Auftauchen Mîms am Schluß geschrieben wurde – ob sich darin eine andere Idee widerspiegelt oder ob es eine Erklärung für Mîms Auftauchen sein soll –, kann ich nicht sagen.

Im *Silmarillion* (S. 256f.) ist die Geschichte völlig verändert: Der Schatz blieb in Nargothrond, und Húrin, nachdem er Mîm getötet hat (mit weit mehr Grund als in der frühen Erzählung), bringt nichts davon nach Doriath, ausgenommen das Halsband der Zwerge.

Zu dem erstaunlichen Einfall am Schluß von Eltas' Geschichte, wo Túrin Turambar und Nienóri zu Gottheiten erhoben werden, muß gesagt werden, daß sich nirgendwo eine Erklärung dafür finden läßt – wenn auch in späteren Umformungen des Textes Túrin Turambar in der Letzten Schlacht erscheint und mit seinem scharzen Schwert auf Morgoth losgeht. Das reinigende Bad, *Fôs' Almir* genannt, in das Túrin Turambar und Nienóri steigen (letzte Textfassung), trägt in dem verworfenen Text den Namen *Fauri;* in der *Geschichte von Sonne und Mond* wird es zwar beschrieben, hat aber andere Namen: *Tanyasalpe, Faskalanúmen* und *Faskalan* (vgl. Teil 1, S. 265).

Es gibt noch ein weiteres Textstück, das Beachtung verdient. Der zweite der verworfenen Abrisse (s. o. S. 184f.) wurde mit Tinte über einen Bleistifttext geschrieben, der nicht ausradiert wurde, und ich habe einen großen Teil davon entziffern können. Die beiden Passagen haben nichts miteinander zu tun. Das Bruchstück, soweit entzifferbar, lautet:

Tiranne und Vainóni treffen auf den bösen Zauberer Kurúki, der ihnen einen verderblichen Trank einflößt. Sie vergessen ihre Namen und wandern verwirrt in die Wälder. Vainóni verirrt sich. Sie trifft Turambar, der sie vor den Orks rettet und ihr bei der Suche nach ihrer Mutter hilft. Turambar wird Anführer der Waldläufer und Verfolger der Orks. Er begibt sich auf die Suche nach dem Foalóke, der sein Land verwüstet. Der Schatz – und die Flucht seiner Schar. Er tötet den Foalóke und wird verwundet. Vainóni steht ihm bei, doch der sterbende Drache erzählt ihr alles, lüftet den Schleier des Vergessens, der über ihnen lag. Turambar und Vainónis Qual. Sie flieht in die Wälder und springt in einen Wasserfall. Raserei Turambars, der allein haust... Úrin entflieht aus Angamandi und sucht Tiranne. Turambar flieht vor ihm und stürzt sich in sein Schwert... Úrin baut einen Grabhügel und... Melkos Verhängnis. Tiranne stirbt vor Kummer, und Úrin erreicht Hisilóme... Reinigung von Turambar und Vainóni, die leuchtend über die Welt wandern und mit Tulkas Heermacht gegen Melko ziehen.

Es folgen einzelne Notizen, die ohne Zweifel aus derselben Zeit stammen:

Úrin entflieht. Tiranne erfährt von Túrin. Beide wandern verwirrt in die Wälder.

Túrin verläßt Linwe, weil er im Streit einen aus Linwes Sippe erschlagen hat (versehentlich).

Failivrin-Element in die Geschichte einführen?

Turambar wegen Foalókes Augen nicht in der Lage zu kämpfen. Sieht Failivrin fortziehen.

Hier kann es sich nur um die allerersten Überlegungen meines Vaters zur Geschichte von Túrin Turambar handeln (daß sie im Notizbuch am *Ende* der fertig ausgeführten Geschichte erscheinen, mag überraschen, doch er benutzte diese Bücher in ziemlich ungewöhnlicher Weise). Nienóri wird hier *Vainóni* und Mavwin *Tiranne* genannt; der Zauberbann des Vergessens ist hier das Werk eines Zauberers, *Kurúki,* obgleich es der Drache ist, der den Schleier lüftet. Ursprünglich scheint Túrin dem Drachen nur einmal zu begegenen.

Wie bereits gesagt, wurde die *Geschichte von Turambar,* wie andere der *Verschollenen Geschichten,* auch mit Tinte über einen ausradierten Bleistifttext geschrieben, und aus der vorliegenden Form der Geschichte läßt sich schließen, daß sie nur aus einem einzigen vorangegangenen Rohentwurf hervorgegangen sein kann; der zugrundeliegende Text ist jedoch so gründlich ausradiert worden, daß man unmöglich sagen kann, welches Stadium in der Entwicklung der Sage er repräsentierte. Es ist gut möglich, daß uns ein sonderbarer Zufall den Blick auf eine »Phase« der Entwicklung der Túrin-Sage ermöglicht hat, die noch älter ist als der ausradierte Text, welcher der vorliegenden Fassung zugrundeliegt.

3. *Verschiedenes*

Beren

Die verworfene, auf S. 98 abgedruckte Passage und die Anmerkung 4 (»Wenn Beren ein Gnom ist – wie hier in der Geschichte von Tinúviel – müssen seine Verwandtschaftsbeziehungen geändert werden«) sind die Grundlage für meine Behauptung (vgl. oben S. 75), daß Beren in der frühesten, jetzt verlorenen Fassung der *Geschichte von Tinúviel* ein Mensch war (vgl. oben S. 95). Beren war ein Mensch *und mit Mavwin verwandt,* als die vorliegende *Turambar*-Geschichte geschrieben wurde; in der *Tinúviel*-Geschichte wurde er ein Gnom; und diese Änderung wurde dann in die *Turambar*-Geschichte übernommen. In der eingeschobenen Passage, S. 99, wird dieser Veränderung Rechnung getragen: Egnor und Beren sind nicht mehr mit Úrins Gemahlin verwandt, sondern mit Úrin befreundet. (Eine Korrektur im Typoskript von *Tinúviel,* S. 68, wurde später gemacht: Úrin wird jetzt anstatt der Gefährte Egnors der Berens.) In den Anmerkungen 5 und 6 finden sich zwei weitere Belege für Berens Verwandlung vom Menschen zum Elb. – Es ist interessant, daß Beren in der Genealogie des *Silmarillion,* wo Beren natürlich wieder ein Mensch ist, er auch wieder mit Morwen verwandt ist; denn zuerst war Beren der Vetter von Morwens Vater Baragund.

In der gestrichenen Passage, oben S. 68, notierte mein Vater neben dem Namen Egnor: »Damrod, der Gnom« (Anmerkung 2), und in der verbesserten Textstelle schrieb er, Úrin habe Beren gekannt und ihm »einst für seinen Sohn Damrod einen Dienst erwiesen«. Wir wissen nicht, worin dieser Dienst bestanden haben könnte; doch im zweiten der »Abrisse« für das *Buch der Verschollenen Geschichten* (vgl. Teil 1, S. 326) wird *Daimord* erwähnt, Sohn von Beren und Tinúviel und Vater von Elwing, obgleich in der eigentlichen Geschichte der Name des Sohnes *Dior* lauten sollte. Vermutlich ist *Daimord* mit *Damrod* gleichzusetzen. Ich kann nicht erklären, warum in der gestrichenen Passage »Damrod, der Gnom« neben »Egnor« gesetzt wurde – möglicherweise war es nicht mehr als der flüchtige Einfall, Berens Vater den Namen *Damrod* zu geben.

Sowohl die gestrichenen wie die neugeschriebenen Abschnitte machen deutlich, daß die Ereignisse in der Geschichte von Beren und Tinúviel *vor* der Schlacht der Ungezählten Tränen stattfand; vgl. S. 91.

Die Schlacht von Tasarinan

Zu Anfang der vorliegenden Geschichte heißt es, sie berichte »von sehr alten Tagen dieses Volkes [Menschen] vor der Schlacht von Tasarinan, als die ersten Menschen die dunklen Täler von Hisilóme betraten«.

Darin liegt ein Widerspruch, denn es wird viele Male gesagt, die Menschen seien zur Zeit der Schlacht der Ungezählten Tränen in Hisilóme eingeschlossen gewesen, und die *Geschichte von Turambar* hat mit Sicherheit nach dieser Schlacht stattgefunden. Die Lösung liegt in einer Doppeldeutigkeit des zitierten Satzes. Mein Vater meinte nicht, es handle sich um eine Geschichte der Menschen in alten Tagen dieses Volkes, bevor es Hisilóme betrat; er meinte, es sei

»eine Geschichte aus den alten Tagen, *als* die Menschen erstmals Hisilóme betraten – lange vor der Schlacht von Tasarinan«.

Tasarinan ist das Land der Weidenbäume, *Nan-tathren* im *Silmarillion;* die frühen Wörterlisten und Wörterbücher verzeichnen die »elbische« Form *tasarin,* ›Weide‹, und das Gnomische *tathrin.** Die Schlacht von Tasarinan fand lange danach statt, im Verlaufe des großen Unternehmens von Valinor zur Befreiung der versklavten Noldoli in den Großen Landen (vgl. S. 289).

Die Geographie in der Geschichte von Turambar

Die Textstelle, in welcher der Weg der Orks beschrieben wird, die Túrin fingen (S. 106), scheint die Annahme zu stützen, »daß die Berge, die Hisilóme von dem Jenseitsland abgrenzten, eine Fortsetzung jener Berge waren, unter denen Angband lag« (S. 86); denn es heißt hier: »... sie zogen immer am Rande der dunklen Berge entlang zu jenen Gegenden, wo das Gebirge hoch und düster aufragt und schwarze Nebel seine Gipfel umhüllen«; und: »dort werden sie Angorodin genannt oder die Eisenberge, denn unter den Wurzeln ihrer nördlichen Festungen liegt Angband«.

Die Lage der Höhlen der Rodothlim stimmt mit dem überein, was später von Nargothrond gesagt wird. Dies ist bereits erörtert worden (vgl. oben S. 170), ebenso wie die Topographie der Silberschale und der Schlucht, in der Turambar Glorund tötete, und ihre Beziehung zum späteren Teiglin, Celebros und Schauderwasser (Nen Girith) (S. 179f.). Außerdem gibt es in der Geschichte einige Hinweise auf die Lage der Höhlen der Rodothlim in bezug auf Tinwelints Königreich und das Land der Waldmenschen. Es heißt, S. 132, daß die Wohnsitze der Rodothlim »recht nahe am Reich Tinwelints, wenn auch weit genug entfernt« lagen; dagegen wohnten die Waldmenschen »in Landstrichen, die nicht weit entfernt waren vom Sirion oder den grasigen Hügeln seines Mittellaufes« (S. 126), was in etwa der Lage des Waldes von Brethil entspricht. Ihr Land lag, heißt es dort ebenfalls, »viele, viele Tagesreisen jenseits des Flusses der Rodothlim«, und Glorunds Zorn war groß, »als ihm die Nachricht von einem tapferen Volk von Menschen überbracht wurde, das weit jenseits des Flusses wohnte« (S. 143); dies läßt sich ebenfalls recht gut mit der endgültigen geographischen Konzeption in Einklang bringen – Brethil lag in der Tat, von Nargothrond aus gesehen, ein gehöriges Stück jenseits des Flusses (Narog).

Wenn auch die Topographie des Westens der Großen Lande noch ziemlich vage erscheinen mag, habe ich gleichwohl den Eindruck, daß sie in mancher

---

* *Tasarinan* überlebte als Quenya-Name ohne Veränderung: »die Fluren von Tasarinan« in Baumbarts Lied (*Die Zwei Türme,* S. 79).

Hinsicht dieselben Hauptmerkmale und Verhältnisse aufweist wie im *Silmarillion* (vgl. dort die Karte).

Der Einfluß der Valar

Wie in der *Geschichte von Tinúviel* gibt es auch in der *Geschichte von Turambar* zahlreiche Hinweise auf den Einfluß der Valar auf die Angelegenheiten der Menschen und Elben in den Großen Landen – und auf Anrufungen und Gebete, die als Dank oder Bitte an sie gerichtet werden; so »dankten« Túrins Begleiter »den Valar«, als sie nach Artanor gelangt waren (S. 100) oder, besonders bemerkenswert, Úrins Anrufung der »Valar des Westens ... über die er von den Eldar aus Kôr vieles erfahren hatte und von den Gnomen, denen er begegnet war, und seine Worte kamen – auf welche Weise auch immer – zu Manwe Súlimo auf den Höhen von Taniquetil« (S. 105; Úrin war bereits ein »Elbenfreund«, unterwiesen von den Noldoli; vgl. die eingefügte Passage, S. 99). Wurde sein Gebet »erhört«? Möglicherweise ist dies die Bedeutung des sehr merkwürdigen Ausdrucks »wie das Glück der Valar es wollte« (S. 109f.), als Flinding und Beleg Túrin ein wenig abseits vom Lager der Orks fanden.*

Von den Valar gesandte Träume kamen zu den Anführern der Rodothlim, obgleich dies später verändert und der Bezug auf die Valar getilgt wurde (vgl. S. 114 und Anmerkung 10); die Waldmenschen sagten: »Würden doch die Valar den Zauberbann von [Níniel] nehmen« (S. 141) und Túrin »schrie voll Bitterkeit gegen die Valar und sein jammervolles Geschick« (S. 154).

Ein interessanter Bezug auf die Valar (und auf ihre Macht) erscheint in Tinwelints Antwort (S. 110) auf Mavwins Worte: »Gib mir nur eine Kate im Wald und meinen Sohn«. Der König erwiderte: »Das vermag ich nicht, denn ich bin bloß ein König der wilden Elben *und kein Vala von den Inseln des Westens.*« In dem kleinen erhaltenen Textstück von *Gilfanons Geschichte* wird von den Dunkelelben, die in Palisor blieben, erzählt, »daß ihre Brüder nach Westen zu den Leuchtenden Inseln gegangen seien. Dort, sagten sie, wohnen die Götter; und sie nannten sie das Große Volk des Westens und glaubten, daß sie auf feuerhellen Inseln im Meer wohnten« (Teil 1, S. 323).

Túrins Alter

Nach der *Geschichte von Turambar* war Túrin, als er Mavwin verließ, sieben Jahre alt, und die Nachrichten von seiner Heimat versiegten, nachdem er sieben

* Das Gnomische Wörterbuch hat den Eintrag: *gwalt,* ›Glück‹; »das Glück der Valar«: *i·walt ne Vanion* (Teil 1, S. 371).

Jahre lang bei den Wald-Elben gewohnt hatte (S. 102); in der *Narn* betragen die entsprechenden Zeitspannen acht und neun Jahre, und Túrin war siebzehn, nicht vierzehn, als »sein Schmerz aufs neue entfacht« wurde (*Narn,* S. 96, 108). Es war genau zwölf Jahre nach seiner Trennung von Mavwin, als er Orgof erschlug und aus Artanor floh (S. 104) – im Alter von neunzehn Jahren; in der *Narn* (S. 111) war es zwölf Jahre her, seit er Hithlum verlassen hatte, und er war zwanzig, als er Saeros zu Tode hetzte.

»Nun sagt die Geschichte nichts über die Anzahl der Tage, die Turambar bei den Rodothlim verbrachte, doch es waren ihrer viele, und während dieser Zeit wurde aus dem Mädchen Nienóri eine Frau« (S. 127). Nienóri war sieben Jahre jünger als Túrin; sie war zwölf, als er aus Artanor floh. Bei den Rodothlim kann er nicht länger als etwa fünf oder sechs Jahre gelebt haben; und es heißt, daß er, als er ihr Anführer wurde, ein »für sein Alter sehr kluger Mann« war.

Bethos, vor Túrin Anführer der Waldmenschen, hatte, »obgleich damals noch ein Knabe, in der Schlacht der Ungezählten Tränen gekämpft« (S. 140), doch er wurde bei einem Überfall getötet, weil er »trotz seines Alters noch immer hinausritt«. Doch es ist unmöglich, Bethos' Lebensspanne (von einem »Knaben« zur Zeit der Schlacht der Ungezählten Tränen bis zu seinem Tod in hohem Alter) zu der von Túrin in Beziehung zu setzen; die Ereignisse nach der Vernichtung der Rodothlim mit dem Höhepunkt der Rettung Níniels nach ihrem ersten Zusammentreffen mit Glorund können nämlich keine so lange Zeitspanne in Anspruch genommen haben. Vollkommen sicher ist, daß Túrin in der frühen Geschichte bei seinem Tod noch ein sehr junger Mann war. Nach den genauen Angaben der späteren Schriften war er bei seinem Tod 35 Jahre alt.

Die Körpergrößen von Elben und Menschen

Die Elben scheinen von schlankerem Wuchs und kleiner als die Menschen gewesen zu sein. So war Beleg »nach der Art dieses Volkes … von mächtigem Wuchs« (S. 100), und Túrin war ein Mann, »der größer gewachsen war als sie«, d. h. als Beleg und Flinding (S. 110) – dieser Satz war eine Verbesserung von: »er war ein Mann von gewaltiger Größe« (Anmerkung 8). Vgl. zu diesem Thema Teil 1, S. 48 und 327f.

Geflügelte Drachen

Gegen Ende des *Silmarillion* (S. 278) ließ Morgoth »den letzten verzweifelten Ansturm, den er vorbereitet hatte, auf seine Feinde los, und aus den Grüften von Angband stiegen die geflügelten Drachen auf, die man noch nie zuvor gesehen hatte«. Dies läßt vermuten, daß geflügelte Drachen eine Weiterentwicklung von

Morgoths ursprünglichen Kreaturen waren (verkörpert in Glaurung, dem Vater der Drachen, der auf seinem Bauch dahinkroch). Nach der *Geschichte von Turambar* hingegen (S. 134) gab es unter Melkos Drachen viele, die kleiner waren, kalt wie Schlangen, und von denen viele fliegen konnten; die größeren dagegen waren heiß und schwerfällig, spien Feuer und hatten keine Flügel. Wie bereits angemerkt, findet sich in der Geschichte kein Hinweis, Glorund sei der erste seiner Rasse gewesen.

III. DER FALL VON GONDOLIN

Nach Eltas' Erzählung von Úrins Besuch bei Tinwelint und den seltsamen Schicksalen Úrins, Mavwins und ihrer Kinder, die auf lose Blätter geschrieben war, folgt nun im Manuskript ein kurzes Zwischenspiel, in dem der weitere Verlauf des Geschichten-Erzählens in Mar Vanwa Tyaliéva erörtert wird.

Und damit schloß Eltas seine Geschichte, und niemand stellte mehr eine Frage. Aber Lindo hieß alle ihm für seine Erzählung danken, und darauf sagte Eltas: »Nein, wenn ihr freilich wollt, so gibt es noch viel zu erzählen über das Gold von Glorund und wie die Bosheit dieses Wurms ihre letzte Erfüllung fand – jedoch, seht, das ist die Geschichte von dem Nauglafring oder dem Halsband der Zwerge, die eine Weile warten muß – und ich habe Geschichten von helleren und fröhlicheren Dingen zu erzählen, falls ihr lieber solche hören möchtet.«

Da erhoben sich viele Stimmen und baten Eltas am folgenden Tag die Geschichte vom Nauglafring zu erzählen, aber er sagte: »Nein! Denn wer hier kennt die ganze Geschichte von Tuor und der Ankunft Earendels oder weiß, wer Beren Ermabwed war und was seine Taten, von denen man zuerst die rechte Kenntnis haben muß?« Und alle sagten, Beren Ermabwed sei ihnen wohlbekannt, doch von der Ankunft Earendels sei immer nur wenig erzählt worden.

»Und das ist ein großer Jammer«, sagte Lindo, »weil es die größte der Geschichten der Gnomen ist, und es trifft sich, daß Ilfiniol in diesem Hause weilt, der Sohn von Bronweg, der über diese Taten getreulicher zu berichten weiß als alle anderen, die nun auf Erden sind.«

In diesem Augenblick trat Ilfiniol, der Hüter des Gongs, tatsächlich ein, und Lindo sagte zu ihm: »Höre, O Winzigherz, Sohn Bronwegs, es ist unser aller Wunsch, daß du uns so bald als nur möglich die Geschichten von Tuor und von Earendel erzählst.« Und Ilfiniol war gern dazu bereit, doch er sagte: »Es ist eine umfangreiche Geschichte, und wenn sie richtig erzählt werden soll, müßt ihr siebenmal zum Geschichten-Feuer kommen; und so verflochten ist sie mit den Geschichten von dem Nauglafring und vom Elben-Marsch[1], daß ich beim Erzählen gern Beistand hätte von Ailios und von Meril, der Herrin der Insel, denn dieses Haus hat sie schon lange nicht mehr besucht.«

Darum wurden am nächsten Tag Boten zu dem *korin*[2] von hohen Ulmen gesandt, welche sagten, Lindo und Vaire würden gern das Antlitz ihrer Herrin bei sich sehen, weil sie planten, ein Fest abzuhalten und ein großes Erzählen elbischer Geschichten, bevor Eriol, ihr Gast, für eine Weile nach Tavrobel ginge. So kam es denn, daß in jenem Raum drei Tage lang nicht erzählt wurde, und die Bewohner von Vanwa Tyaliéva trafen große Vorbereitungen, doch am vierten Abend kam Meril dorthin, inmitten der Schar ihrer Jungfrauen, und voll Fröhlichkeit und Licht war nun der Ort; nach dem Abendessen jedoch nahm eine große Schar von Zuhörern vor dem Tôn a Gwedrin[3] Platz, und die Jungfrauen Merils sangen die schönsten Lieder, welche die Insel kannte.[4]

Und eines davon hat Heorrenda später in die Sprache seines Volkes übertragen, und es lautet so.[5]

Als jedoch diese Lieder verklungen waren, sagte Meril, die in Lindos Sessel saß: »Wohlan denn, O Ilfiniol, beginne du die Geschichte aller Geschichten, und erzähle sie ausführlicher, als du es je getan hast.«

Da sagte Winzigherz, Sohn von Bronweg... (Geschichte von Gondolin). [sic]

Dies ist nun das Verbindungsstück zwischen der *Geschichte von Turambar* und dem *Fall von Gondolin* (eine ältere »Vorbemerkung« zur Geschichte folgt weiter unten). Wie es scheint, war mein Vater unsicher, welche Geschichte auf *Turambar* folgen sollte (vgl. Anmerkung 4), doch er entschied sich für den *Fall von Gondolin,* eine Erzählung, die bereits existierte.

In diesem *Verbindungsstück* ist Ailios (später Gilfanon) anwesend (ich hätte

»gern Beistand von Ailios«) ebenso wie am Ende von Eltas' Turambar-Erzählung, jedoch am Anfang von Eltas' Geschichte wird ausdrücklich gesagt, daß er an jenem Abend nicht anwesend war. Verbunden mit dem Vorschlag, Eriol solle »eine Zeitlang« als Gast Gilfanons in Tavrobel weilen (vgl. Teil 1, S. 247).

Die Tatsache, daß Eltas von der Geschichte Beren Ermabweds spricht, als wüßte er nicht, daß sie erst kürzlich in Mar Vanwa Tyaliéva erzählt worden war, läßt sich zweifellos dadurch erklären, daß diese Geschichte nicht vor dem Geschichten-Feuer erzählt wurde (vgl. S. 11 ff.).

Der Erzähler des *Falls von Gondolin,* Winzigherz, der Hüter des Gongs von Mar Vanwa Tyaliéva, ist in den *Verschollenen Geschichten* mehrfach in Erscheinung getreten, und seine elbischen Namen haben viele verschiedene Formen (vgl. unten *Veränderungen der Namen*). In der Geschichte *Die Hütte des Vergessenen Spiels* heißt es von ihm: »Er segelte mit Earendel in Wingilot auf jener letzten Reise, da sie nach Kôr suchten« (Teil 1, S. 24). Und im Verbindungsstück zur *Musik der Ainur* (Teil 1, S. 137) hat er »ein wettergegerbtes Gesicht und große, von Fröhlichkeit strahlende blaue Augen, war sehr schlank und zierlich, ohne daß jemand hätte sagen können, ob er fünfzig oder zehntausend Jahre alt war.« Er ist ein Gnom, der Sohn von Bronweg/Voronwe (Voronwe aus dem *Silmarillion*) (vgl. Teil 1, S. 77, 137).

Die Textsituation

Betrachtet man die Textsituation im Detail, so ist sie für diese Geschichte überaus verwickelt; doch wenn ich sie hier auch darlege, wie ich sie verstehe, muß dies keinesfalls das Lesen der Geschichte erschweren.

Zunächst gibt es ein schwer zu entzifferndes Manuskript, enthalten in zwei Schulheften, mit dem Titel *Tuor und die Verbannten von Gondolin (worin enthalten ist die große Geschichte von Earendel).* (Dies ist der einzige Titel, der sich in den frühen Fassungen überhaupt findet, doch später sprach mein Vater immer vom *Fall von Gondolin.*) Dieses Manuskript enthält (besser: enthielt) den ursprünglichen Text der Geschichte, ist zwischen 1916 und 1917 zu datieren (vgl. Teil 1, S. 72 und *Nachrichten aus Mittelerde,* S. 13), und ich will es hier *Tuor A* nennen.

Anders als bei *Tinúviel* und *Turambar* (wo der ursprüngliche Text ausradiert und eine neue Fassung darübergeschrieben wurde) ist diese Geschichte nicht vollständig neu geschrieben worden, vielmehr blieb ein großer Teil des alten Textes stehen, zumindest im ersten Teil; mit dem Fortschreiten der Überarbeitung wurde fast eine fortlaufende Neufassung in Tinte daraus, die zwischen die mit Bleistift geschriebenen ursprünglichen Zeilen geschrieben wurde und den Bleistifttext unkenntlich machte, obgleich er nicht ausradiert war. An zahlreichen Stellen wurde die alte Erzählung lediglich durchgestrichen, blieb aber lesbar. *Tuor A* ist also (wie *Tinúviel, Turambar* und andere der *Verschollenen Geschichten*) eine später revidierte, eine zweite Fassung; andererseits läßt die Methode, die mein Vater bei *Gondolin* anwandte, erkennen, daß zumindest die Revision auf keinen Fall eine vollständige Neuformung darstellt; jene Teile der Erzählung, die sich in den beiden Fassungen vergleichen lassen, zeigen, daß er der ursprünglichen Fassung ziemlich genau folgte; dies ist sehr wahrscheinlich auch dort der Fall, wo die beiden Fassungen sich nicht mehr vergleichen lassen.

Von *Tuor A* wurde, *nachdem alle Veränderungen ausgeführt worden waren* (d. h. als die Geschichte die hier vorliegende Form hatte), von meiner Mutter eine saubere Abschrift angefertigt *(Tuor B),* die trotz der Schwierigkeit des Originals außerordentlich genau ist und nur gelegentlich Übertragungsfehler aufweist. In *Nachrichten aus Mittelerde* (S. 13) habe ich gesagt, diese Abschrift sei »offenbar 1917« angefertigt worden, doch scheint mir dies heute unwahrscheinlich.* Vorstellungen wie die von der Musik der Ainur, auf die durch spätere Hinzufügung in *Tuor A* (S. 218) Bezug genommen wird, kann mein Vater natürlich lange Zeit vor der Niederschrift der Erzählung in Oxford im Kopf gehabt haben, doch es scheint wahrscheinlicher, daß die Neufassung von *Tuor A* (und damit auch die davon angefertigte Abschrift, *Tuor B*) ebenfalls in diese Phase gehört.

In der Folge hat mein Vater *Tuor B* ziemlich eingehend überarbeitet, wenn auch zumeist im ersten Teil der Geschichte, und fast ausschließlich in stilistischer Hinsicht; doch es wird sich zeigen, daß diese Verbesserungen nicht alle zur gleichen Zeit vorgenommen wurden. Einige davon finden sich auf separaten Zetteln. Einer davon weist auf der Rückseite eine Notiz mit Überlegungen zur Kürzung der Geschichte für den mündlichen Vortrag auf (vgl. Anmerkung 21), woraus eindeutig hervorgeht, daß mein Vater einen großen Teil der Überarbeitung von *Tuor B* vornahm, bevor er die Geschichte im Frühjahr 1920 im Essay Club des Exeter College vorlas (vgl. *Nachrichten aus Mittelerde,* S. 15).

Daß nicht alle Verbesserungen von *Tuor B* zur gleichen Zeit vorgenommen wurden, geht daraus hervor, daß es ein Typoskript ohne Titel gibt *(Tuor C),* das den Text bis zur Stelle »eurem Berg der Wachsamkeit gegen die Bosheit Mel-

---

* Humphrey Carpenter (*J. R. R. Tolkien, Eine Biographie,* S. 112) sagt, die Geschichte »wurde während Tolkiens Genesungsurlaubs in Great Haywood Anfang 1917 niedergeschrieben.« Doch hier bezieht er sich sicher auf die erste, mit Bleistift niedergeschriebene Fassung von *Tuor A*.

kos« (S. 215) enthält. *Tuor C* beruht auf *Tuor B,* nachdem einige Veränderungen daran vorgenommen worden waren, nicht jedoch diejenigen, die, wie ich meine, vor der Lesung gemacht wurden. Auffällig ist, daß für die Eigennamen Platz ausgespart blieb; und nicht in allen Fällen wurden die Namen nachträglich ergänzt.

Die Textsituation stellt sich also folgendermaßen dar:

Tuor A (ursprünglicher Text in Bleistift, 1916/17)

↓

stark überarbeitet und in den letzten Teilen völlig neu geschrieben

↓

Tuor B (saubere Abschrift)

↓

kleinere stilistische Korrekturen und Änderungen von Namen

↓ Tuor C (Typoskript; reicht nicht weit; keine stilistischen Veränderungen)

↓ weitere Veränderungen hauptsächlich auf Zetteln und weitere Namensänderungen vor der Lesung im Exeter College 1920 (der hier wiedergegebene Text)

Der hier abgedruckte Text ist der von *Tuor B* in seiner endgültigen Fassung; dazu kommen einige interessante frühere Lesarten, die in den Anmerkungen wiedergegeben sind. Es scheint, daß mein Vater die Abschrift *Tuor B* nicht mit dem Original verglichen hat und nicht alle Fehler entdeckte, die bei der Übertragung aufgetreten waren; wenn sie ihm auffielen, verbesserte er sie zwar, jedoch nicht durch Gegenlesen von *Tuor A,* sondern nach Gefühl. In einigen wenigen Fällen habe ich auf *Tuor A* zurückgegriffen.

Im Typoskript wird Tuor überall *Tûr* genannt. In *Tuor B* ist der Name im ersten Teil gelegentlich von *Tuor* zu *Tûr* verbessert (in den letzten Bearbeitungen erscheint er als *Tûr*), doch durchaus nicht in jedem Fall. Ich habe mich für *Tuor* entschieden.

Zu der Tuor-Geschichte gehört ein interessantes Dokument: eine aussagekräftige, wenn auch unvollständige Liste von Namen (mit Erläuterungen), die in ihr vorkommen, und die stellenweise schwierig oder gar nicht zu entziffern ist. Die Namen reichen in alphabetischer Reihenfolge bis zum Buchstaben L. Die linguistischen Informationen dieser Liste sind in den Anhang von Namen eingearbeitet. Die Vorbemerkung zur Liste lautet: »Hier sind zwecks Belehrung von Bronwegs Sohn Elfrith [*verbessert aus* Elfriniel] oder Winzigherz (der wegen seines jugendlich staunenden Herzens so genannt wurde) die Namen und Wörter aufgezeichnet, welche in diesen Geschichten Verwendung finden, sowohl in der Sprache der Elben von Kôr, die zu jener Zeit auf der Einsamen Insel gesprochen wurde, als auch in der verwandten Sprache der Noldoli, welche aus demselben Geschlecht stammen und die sie Melko entrissen.

Zuerst sind hier genannt jene Namen, die in der *Geschichte von Tuor und den Verbannten von Gondolin* vorkommen, darunter zuerst die in der Sprache der Gnomen.«

Zu *Tuor A* gibt es zwei Fassungen (eine ist durchgestrichen) eines kurzen »Vorwortes« zur Geschichte von Winzigherz, das in *Tuor B* fehlt. Die zweite Fassung lautet:

Da sprach Winzigherz, Sohn von Bronweg: »Die Geschichte nun, die ich erzähle, ist eine der Noldoli, die meines Vaters Volk waren, und vielleicht werden die Namen seltsam in euren Ohren klingen, vielleicht werden vertraute Gestalten bei Namen genannt werden, die ihr zuvor nicht hörtet, denn die Noldoli sprechen eine sonderbare Sprache, die mir immer noch lieblich erscheint, wenn vielleicht auch nicht allen Eldar. Die Weisen meinen, daß sie eng verwandt mit Eldarissa sei, doch klingt sie nicht so, und von solchem Wissen verstehe ich nichts. Darum will ich euch die rechten Eldar-Namen nennen, sofern es welche gibt, doch vielfach gibt es keine.

Wisset denn«, sagte er, »daß ...«

Die frühere Version (überschrieben »Verbindung zwischen *Tuor* und der vorangegangenen Geschichte«) beginnt mit demselben Text, weicht dann aber ab:

»... und sie klingt mir noch immer lieblich in den Ohren, doch da ich fürchte, daß dies nicht bei allen anderen Eldar und Menschen, die hier versammelt sind, der Fall sein wird, will ich mich ihrer nur bedienen, wenn ich muß, und das betrifft die Namen der Gestalten und Dinge, von denen die Geschichte erzählt, für die aber die Elben keine eigenen Namen haben, weil sie jenes Volk verschwinden sahen, bevor die übrigen Eldar aus Kôr kamen. Wisset denn«, sagte er, »daß Tuor ...«

Dieses »Vorwort« stellt also die Verbindung zum Beginn der Geschichte her. In der zweiten Fassung erscheint der Name *Eldarissa* für die Sprache der *Eldar* oder *Elben* (das Gegenstück *Noldorissa* findet sich in der Namenliste); zu dieser Unterscheidung vgl. Teil 1, S. 79f. Man vergleiche Winzigherz' Worte mit denen Rúmils (Teil 1, S. 76):

›Was sind schon Sprachen und ihre verschiedenen Arten‹, sagen sie, ›eine einzige genügt mir.‹ Und Winzigherz, der Hüter des Gongs, sagte einmal vor langer Zeit: ›Die Gnomensprache reicht für mich aus – haben nicht Earendel und Tuor und mein Vater Bronweg, dem du unverblümt den falschen Namen Voronwe gibst, diese Sprache und keine andere gesprochen?‹ Doch am Ende mußte er Elbisch lerne, wollte er nicht zum Schweigen verdammt sein oder gezwungen, Mar Vanwa Tyaliéva zu verlassen …

Nach diesen längeren Vorbemerkungen folgt nun der Text der Geschichte.

Tuor und die Verbannten von Gondolin
(Worin enthalten ist die große Geschichte von Earendel)

Da sagte Winzigherz, Sohn von Bronweg: »Wisset denn, daß Tuor ein Mann war, der in sehr alten Tagen in jenem Lande des Nordens wohnte, das genannt wurde Dor Lómin oder Land der Schatten, und von den Eldar kennen es die Noldoli am besten.

Das Volk nun, dem Tuor entstammte, wanderte durch die Wälder und Hügel, wußte nicht vom Meer und sang nicht davon; Tuor aber wohnte nicht bei ihm und lebte allein an dem See, Mithrim genannt, und wenn er nicht in den Wäldern jagte, musizierte er am Seeufer auf seiner ungefügen Harfe, aus Holz und den Sehnen von Bären gemacht. Nun kamen viele, die von seinen kraftvollen, rauhen Liedern gehört hatten, von nah und fern, um seinem Harfenspiel zu lauschen, jedoch Tuor sang nicht mehr und zog sich in die Einöde zurück. Dort wurden ihm viele sonderbare Dinge kund, und er hatte Teil am Wissen der wandernden Noldoli, die ihn in ihrer Sprache und Überlieferung unterwiesen; doch er war nicht dazu bestimmt, für immer in diesen Wäldern zu leben.

Hernach führten ihn Zauberkraft und Schicksal eines Tages zu einer Öffnung wie eine Höhle, wo unten ein verborgener Fluß aus dem Mithrim hervorströmte. Und Tuor betrat diese Höhle, um ihr Geheimnis zu entdecken, doch die Wasser von Mithrim trieben ihn vorwärts ins Herz des Gesteins, und er konnte nicht mehr ins Licht zurückfinden. Und dies, so heißt es, war der Wille von Ulmo, dem Herrn der Wasser, auf dessen Geheiß die Noldoli diesen verborgenen Pfad geschaffen hatten.

Da kamen die Noldoli zu Tuor und geleiteten ihn über dunkle Pfade im Inneren der Berge, bis er wieder ins Licht hinaustrat und sah, daß der Fluß rasch eine sehr tiefe Schlucht durchströmte, deren Wände unersteigbar waren. Nun mochte Tuor nicht mehr umkehren, sondern schritt immer voran, und der Fluß führte ihn immerzu nach Westen.[6]

Hinter seinem Rücken stieg die Sonne auf, und vor seinem Antlitz ging sie unter, und wo das Wasser zwischen vielen Felsbrocken aufschäumte oder über Fälle stürzte, spannten sich zuweilen Regenbogen über die Schlucht, doch am Abend erglühten ihre glatten Flanken in der untergehenden Sonne, und darum gab Tuor ihr den Namen Goldene Spalte oder Wasserrinne des Regenbogendaches, und das heißt in der Sprache der Gnomen Glorfalc oder Cris Ilbranteloth.

Hier nun wanderte Tuor drei Tage lang,[7] trank das Wasser des verborgenen Flusses und nährte sich von dessen Fischen; und diese waren golden, blau und silbrig und hatten viele wundersame Formen. Schließlich wurde die Schlucht breiter, und je mehr sie sich öffnete, desto niedriger und zerklüfteter wurden ihre Flanken, und im Bett des Flusses hinderten immer mehr Felsen seinen Lauf, so daß seine Wasser dagegenschäumten und aufspritzten. Lange saß Tuor da, bestaunte das aufgerührte Wasser und lauschte seiner Stimme, und dann erhob er sich, sprang vorwärts von Stein zu Stein und sang dabei; erschienen aber die Sterne in dem schmalen Streifen des Himmels über der Rinne, schlug er die Harfe, und Echos antworteten ihrem harschen Gezupf.

Eines Tages, als Tuor ein großes Stück Wegs zurückgelegt hatte und müde vom Gehen war, vernahm er im tiefen Abend einen

Schrei, und er konnte sich nicht schlüssig werden, von welchem Wesen er stammte. Zuerst meinte er, es sei ein Feen-Geschöpf, dann glaubte er, es sei nur ein kleines Tier, das zwischen den Felsen winsele, dann wieder war ihm, als pfeife ein unbekannter Vogel mit einer Stimme, die ihm neu war und wundersam traurig klang – und weil er auf seinem ganzen Wege durch die Goldene Spalte nicht eine einzige Vogelstimme gehört hatte, war er froh über dieses Getön, mochte es auch eine Klage sein. Am nächsten Tag zur Morgenstunde vernahm er über seinem Kopf denselben Schrei, und aufblickend gewahrte er drei große weiße Vögel; von rückwärts näherten sie sich, flogen mit kräftigen Flügelschlägen die Schlucht hinauf und stießen Schreie aus, denen gleich, die er in der Mitte der Dämmerung vernommen hatte. Diese Vögel nun waren Möwen, die Vögel von Osse.[8]

In diesem Teil des Flußlaufs gab es kleine Felsinseln im Strom und an den Wänden der Schlucht herabgefallene Felsbrocken, von weißem Sand umsäumt, so daß das Gehen beschwerlich war, und nachdem Tuor eine Weile gesucht hatte, fand er eine Stelle, wo er schließlich unter Mühen zur Spitze der Klippen hinaufklettern konnte. Da blies ein frischer Wind ihm ins Gesicht, und er sagte: »Das tut wohl, und es ist wie ein Trunk Weines«, doch er wußte nicht, daß er den Gestaden des Großen Meeres nahe war.

Während er über den Wassern dahinschritt, verengte sich die Schlucht aufs neue, und die Wände ragten hoch hinauf, so daß er sich auf dem hohen Kamm einer Klippe bewegte, bis er an eine schmale Felsenenge kam, die lautes Getöse umhüllte. Da blickte Tuor in die Tiefe und sah das größte der Wunder: Es schien, als steige eine Flut wütenden Wassers die Enge empor und wolle in den Fluß zurück zu seiner Quelle strömen, doch das Wasser aus dem fernen Mithrim stemmte sich ihm entgegen, und eine Mauer aus Wasser reckte sich fast bis zur Klippenspitze, von Gischt gekrönt und von den Winden gezaust. Dann wurden die Wasser des Mithrim niedergeworfen, und die einströmende Flut schoß brausend in die Enge, überschwemmte die Felsinseln und wühlte den weißen Sand auf – so daß Tuor, der vom Wesen des Meeres nichts wußte, voller Furcht floh; aber es waren die Ainur gewesen, die ihn in seinem Herzen bewogen hatten, aus der Schlucht herauszuklettern, sonst hätte die kommende Flut ihn ertränkt, die ein Wind aus Westen mächtig aufschwellen ließ. Darauf fand sich Tuor in einem öden Land, karg an Bäumen, und ein Wind aus dem Westen fegte darüber hin, der so mächtig war, daß jedwedes Gestrüpp und Gebüsch sich zu Boden neigte. Und hier wanderte er eine Zeitlang umher, bis er zu den schwarzen Klippen am Meeresufer kam und den Ozean und seine Wogen zum ersten Male erblickte, und zu dieser Stunde sank weit draußen im Meer die Sonne unter den Saum der Erde, und mit ausgebreiteten Armen stand er oben auf der Klippe, und ein unermeßliches Verlangen erfüllte sein Herz. Es sagen nun einige, daß er der erste der Menschen war, der das Meer erreichte, es beschaute und die Sehnsucht erfuhr, die ihm eigen ist; doch weiß ich nicht, ob sie die Wahrheit sprechen.

In diesen Landstrichen schuf er sich eine Bleibe und hauste in einer Bucht, die von großen, finsteren Felsen geschützt und deren Grund mit weißem Sand bedeckt war, außer wenn die hohe Flut ihn zum Teil mit blauem Wasser überschwemmte, und weder Feuchtigkeit noch Gischt kamen dorthin, es sei denn in Zeiten schwersten Sturms. Lange hielt er sich dort auf, lebte allein, wanderte am Ufer umher oder durchstreifte bei Ebbe die Felsen, bestaunte die Teiche und die hohen Kräuter, die tropfenden Grotten und lernte die seltsamen Meeresvögel kennen; doch das Steigen und Fallen des Wassers und die Stimme der Wellen blieben für ihn immer das größte Wunder, und jedesmal kam es ihm neu und unvorstellbar vor.

Die ruhigen Wasser der Mithrim nun, über denen die Stimmen der Enten und Teichhühner weithin erschollen, hatte er oft mit einem kleinen Boot befahren, dessen Bug wie ein Schwanenhals geschwungen war, und dies hatte er an jenem Tage zurückgelassen, als er den verborgenen Fluß fand. Auf das Meer wagte er sich noch nicht, wenngleich sein Herz ihn immerzu mit sonderbarem Sehnen dazu drängte, und an stillen Abenden, wenn die Sonne hinter dem Rand des Meeres versank, wurde es zu einem wilden Verlangen.

Holz zum Bauen hatte er, denn es kam den Fluß herab; es war gutes Holz, denn die Noldoli schlugen es in den Wäldern von Dor Lómin und flößten es mit Bedacht zu ihm hinunter. Doch zunächst baute er nichts anderes als ein Haus an einem geschützten Fleck seiner Bucht, die in den Geschichten der Eldar seitdem Falasquil genannt wird. In geruhsamer Arbeit schmückte er es mit schönen Schnitzereien von Tieren und Blumen und Blumen und Vögeln, die er von den Wassern des Mithrim kannte, doch immer stand der Schwan über allen anderen, weil Tuor dieses Zeichen liebte, und es wurde sein eigenes Kennzeichen und später das seines Geschlechts und Volks. Dort verstricht eine sehr lange Zeit, bis die Verlorenheit des großen Meeres sich auf sein Herz legte und selbst Tuor, der Einzelgänger, sich nach der Stimme von Menschen sehnte. Hierbei hatten die Ainur[9] ein wenig mitgewirkt, denn Ulmo liebte Tuor.

Eines Morgens, als er seine Augen über den Strand schweifen ließ – und das war in den letzten Tagen des Sommers –, erblickte Tuor drei Schwäne, die hoch und kraftvoll aus dem Norden heranflogen. Nun hatte er diese Vögel in diesen Gegenden zuvor nicht gesehen, und er nahm sie als ein Zeichen und sagte: ›Lange hat mich mein Herz zu einer Reise gedrängt, weit fort von hier; fürwahr, nun will ich endlich diesen Schwänen folgen.‹ Seht, die Schwäne ließen sich auf dem Wasser seiner Bucht nieder, umschwammen sie dreimal, stiegen wieder auf und flogen langsam die Küste entlang nach Süden, und Tuor, beladen mit Harfe und Speer, folgte ihnen.

Es war ein gewaltiger Marsch, den Tuor an diesem Tage in ihrem Gefolge hinter sich brachte; und bevor der Abend sich senkte, kam er in eine Gegend, in der wieder Bäume wuchsen, und das Gesicht der Landschaft, die er nun durchquerte, war gänzlich anders als das der Gestade bei Falasquil. Dort hatte Tuor gewaltige Klippen kennengelernt, durchsetzt mit Höhlen und Auswaschungen und geschützten Buchten, doch vom Kamm der Klippen lief ein rauhes, flaches und ödes Land dahin bis zu einem blauen Saum weit im Osten, der von fernen Bergen kündete. Nun hingegen erblickte er eine lange, abfallende Küste und Sandflächen, während die fernen Berge immer näher an den Rand des Meeres rückten, und ihre dunklen Hänge waren mit Kiefern und Tannen bewachsen, und zu ihren Füßen erhoben sich Birken und uralte Eichen. Und aus den Bergen brachen frische Sturzbäche hervor, rauschten hinab durch schmale Klüfte und fanden das Ufer und die salzigen Wellen. Einige dieser Klüfte konnte nun Tuor nicht überspringen, und oft kam er an diesen Stellen nur mühsam vorwärts, aber dennoch arbeitete er sich voran, denn die Schwäne flogen immer vor ihm her, einmal unverhofft kreisend, dann wieder vorwärtsschießend; aber niemals ließen sie sich auf der Erde nieder, und das Rauschen ihrer kräftig schlagenden Flügel gab ihm neuen Mut.

Es wird erzählt, daß Tuor auf diese Weise, viele, viele Tage rastlos unterwegs war und daß der Winter aus dem Norden trotzdem noch ein wenig rascher herbeikam. Dennoch gelangte er, ohne daß er durch wildes Getier oder Unwetter Schaden litt, zur Zeit des ersten Frühlings zur Mündung eines Flusses. Das Land hier lag nun nicht so weit nördlich und war freundlicher als am Ausgang der Goldenen Spalte; noch dazu verlief die Küste anders, und für Tuor lag das Meer nun im Süden anstatt im Westen, wie Sonne und Sterne ihm verrieten; doch er gab acht, daß er das Meer immer zu seiner Rechten hatte.

Dieser Fluß strömte durch ein breites Bett, und an seinen Ufern lagen fruchtbare Lande: auf der einen Seite grasige, feuchte Auen, baumbestandene Hänge auf der anderen; seine Wasser strömten träge ins Meer und tosten nicht wie Mithrim im Norden. Langgestreckte Landinseln lagen im Strom, mit Schilf und buschigem Dikkicht überwachsen, die weiter seewärts in sandige Spitzen ausliefen; und diese waren die Lieblingsplätze einer solchen Vielzahl von Vögeln, wie sie Tuor noch irgendwo begegnet war. Ihr Pfeifen und Flöten und Schreien erfüllte die Luft; und hier, in einem Meer weißer Flügel, verlor Tuor die drei Schwäne aus den Augen, und nie sah er sie wieder.

Da ward Tuor eine Zeitlang der See müde, denn die Anstrengungen seiner Reise waren groß gewesen. Auch geschah dies nicht ohne Zutun Ulmos, und in dieser Nacht kamen die Noldoli zu ihm, und Tuor erhob sich aus seinem Schlaf. Von ihren blauleuchtenden Lampen geleitet, fand er einen Weg neben dem Ufer des Flusses, und landeinwärts schritt er so mächtig aus, daß, als die Morgendämmerung zu seiner Rechten den Himmel erfüllte, seht, das Meer und seine Stimme weit hinter ihm lagen und der Wind von vorn blies, so daß nicht einmal der Geruch des Meeres in der Luft zu schmecken war. So gelangte er rasch in den Landstrich, der Arlisgion genannt worden ist oder Ort des Rieds, und dieser liegt in den Landen, die sich südlich von Dor Lómin erstrecken und getrennt sind durch die Eisenberge, deren Ausläufer bis ans Meer reichten. Aus diesen Bergen kam der Fluß, und seine Wasser waren selbst an diesem Ort tiefklar und wundersam kühl. Nun ist dieser Fluß höchst berühmt in der Geschichte der Eldar und Noldoli, und er wird in allen Zungen Sirion genannt. Tuor rastete eine Weile, bis er sich, von Sehnsucht getrieben, wieder erhob, um weiter zu wandern, viele Tagesmärsche lang, dem Ufer des Flusses folgend. Als er in eine noch lieblichere Gegend gelangte, war der Frühling vorüber, doch der Sommer zeigte sich noch nicht. Hier umschwirrte ihn der Gesang kleiner Vögel wie eine anmutige Musik, denn es gibt keine Vögel, die schöner singen als die Singvögel im Lande der Weidenbäume; und dieses wundersame Land hatte er nun betreten. Der Fluß wand sich hier in weiten Biegungen und zwischen flachen Ufern durch eine ausgedehnte Ebene, auf der das duftigste Gras wuchs, sehr hoch und grün; unsagbar alte Weidenbäume säumten die Ufer des Flusses, und sein breiter Spiegel war überzogen mit den Blättern der Wasserrosen, deren Blüten so früh im Jahr noch nicht geöffnet waren, doch unter den Weiden hatten Lilien ihre grünen Schwerter gezückt, und Seggen standen dort und Riedgräser, wie zum Kampf gerüstet. In diesem dunklen Verhau hauste ein Hauch von Geflüster, und in der Dämmerung sprach Wispern zu Tuor, und es widerstrebte ihm aufzubrechen; und am Morgen, angesichts der Pracht ungezählter Butterblumen, war seine Lust noch geringer, und er zauderte.

Hier erblickte er die ersten Schmetterlinge und erfreute sich an ihrem Anblick; und es heißt, alle Schmetterlinge und ihre Verwandten stammten aus dem Tal des Landes der Weidenbäume. Dann kam der Sommer und die Zeit der warmen Abende und Nachtfalter, und Tuor staunte über die Vielzahl von Fliegen, ihr Gesurr, das Brummen der Käfer und das Bienengesumm; und allen diesen Dingen gab er Namen seiner eigenen Erfindung und fügte sie ein in neue Lieder für seine alte Harfe; und diese Lieder klangen weicher als die von einst.

Da begann Ulmo zu besorgen, Tuor könne sich für immer hier niederlassen und der große Plan, den er, Ulmo, ersonnen, nicht zur Erfüllung gelangen. Darum mochte er Tuors Geleit nicht mehr den Noldoli allein überlassen, die ihm im Verborgenen dienten und die aus Furcht vor Melko oft schwankend waren. Auch waren sie nicht gefeit vor der magischen Kraft des Landes der Weidenbäume, denn sein Zauber war sehr mächtig. Kamen nicht noch nach den Tagen Tuors Noldorin und seine Eldar auf dem Wege nach Dor Lómin hierher, suchten nach dem verborgenen Fluß und den Höhlen der gefangenen Gnomen, und waren sie nicht, so nahe am Ende ihrer Suche, geneigt gewesen, sie aufzugeben? Als sie tatsächlich hier schlummerten und tanzten, liebliche Musik ersannen aus Flußgetön und Grasgemurmel und prächtige Stoffe webten aus Altweibersommerfäden und Vogelfedern, wurden sie von den Kobolden überfallen, die Melko eilends aus den Eisenbergen sandte, und Noldorin entkam von dort nur um ein Haar.

Hört nun, wie Ulmo vor dem Eingang zu seinem Palast, tief in den stillen Wassern des Äußeren Meeres, in seinen Wagen sprang; und dieser wurde von Narwal und Seelöwe gezogen und war geformt wie ein Walfisch; und er verließ Ulmonan, begleitet vom Klang großer Muschelhörner. Er eilte so geschwind dahin, daß er binnen Tagen – und nicht nach unzähligen Jahren, wie man denken könnte – die Mündung des Flusses erreichte. Dessen Fluten konnte sein Wagen nicht befahren, ohne dem Wasser oder den Ufern Schaden zuzufügen; darum ging Ulmo, der alle Flüsse und diesen einen am meisten liebte, von dort zu Fuß weiter. Bis zur Mitte seines Leibes reichte seine Rüstung, den Schuppen blauer und silberner Fische gleich, doch sein Haar hatte die Farbe bläulichen Silbers, und er trug weder Helm noch Krone. Aus seinem Panzer fielen die Falten seines Schurzes aus schimmerndem Grün, und niemand weiß, woraus dieses Gewand gewebt ist, doch wer immer in die Tiefen seiner zarten Farben schaute, meinte das unmerkliche Strömen tiefen Wassers wahrzunehmen, durchschossen vom unsteten Licht leuchtender Fische, die in diesen Abgründen leben. Umgürtet war er mit einer Kette riesiger Perlen, und an den Füßen trug er riesige Schuhe von Stein.

Hierher trug er auch das große Instrument, mit dem er musizierte; und dies war von seltsamer Art, denn es war aus vielen langen, gekrümmten Muscheln gemacht, in welche Löcher gebohrt waren. Wenn er hineinblies und mit seinen langen Fingern spielte, erklangen unergründliche Melodien von einem Zauber, wie ihn kein anderer Musikant je mit Harfe oder Laute, mit Lyra oder Flöte oder Violine hervorgebracht hat. Als Ulmo nun zum Fluß kam, ließ er sich im Zwielicht zwischen den Riedgräsern nieder und spielte auf seinem Gebilde aus Muscheln; und es war in der Nähe des Flecks, wo Tuor weilte. Und Tuor lauschte, und es verschlug ihm die Sprache. Er stand dort im kniehohen Gras und hörte weder das Summen der Insekten noch das Gelispel der Flußufer, und der Duft der Blumen stieg ihm nicht in die Nase; er vernahm vielmehr das Schlagen der Wellen und das klagende Rufen der Seevögel, und in seiner Seele malte sich das Bild felsiger Plätze und Bänke, überschwemmt von Fischgeruch, und er hörte, wie der tauchende Kormoran ins Wasser klatschte, und das Aufbrüllen der See, die sich in die schwarzen Klippen bohrte.

Da erhob sich Ulmo und sprach zu ihm, und die Furcht raubte Tuor beinahe das Leben, denn Ulmos mächtige Stimme ist abgrundtief: so tief wie seine Augen, die unter allen Dingen die unergründlichsten sind. Und Ulmo sagte: ›O Tuor, einsames Herz, ich will nicht, daß du für immer an diesem schönen Ort der Vögel und Blumen verweilst; ich hätte dich auch nicht durch dieses liebliche Land geführt,[10] wenn es nicht hätte sein müssen. Aber nun begib dich auf deinen vorgezeichneten Weg und säume nicht, denn fern von hier wartet dein Geschick. Nun muß du die Lande durcheilen zur Stadt jenes Volkes, das genannt wird Gondothlim oder Bewohner der Steine, und die Noldoli sollen dich heimlich dorthin begleiten, denn die Späher Melkos sind zu fürchten. Dort werde ich dir Worte in den Mund legen, und dort sollst du eine Weile bleiben. Doch vielleicht wird dein Herz sich aufs neue den gewaltigen Wassern zuwenden; doch gewißlich wirst du ein Kind zeugen, das mehr als jeder andere Mensch von den äußersten Tiefen wissen wird, seien es die des Meeres oder des Himmelsgewölbes.‹ Dann teilte Ulmo Tuor auch einiges von seinen Plänen und Wünschen mit, doch damals begriff Tuor wenig davon und fürchtete sich sehr.

Dann hüllte sich Ulmo in einen Nebel, der gleichsam auf festem Land aus Meeresluft entstand, und Tuor, mit der Musik in den Ohren, wollte gern zu den Gestaden des Großen Meeres zurückkehren; doch er erinnerte sich seines Auftrages, wandte sich um und ging landeinwärts am Fluß entlang den ganzen Tag. Doch derjenige, der den Muschelhörnern Ulmos gelauscht hat, vernimmt ihr Rufen bis zum Tode, und so erging es Tuor.

Als der Tag anbrach, war er müde und schlief, bis es fast wieder dunkel war, und die Noldoli kamen zu ihm, um ihn zu führen. So wanderte er viele Tage in Dämmerung und Dunkelheit und schlief bei Tag, und daher rührt es, daß er sich später nicht sehr gut an jene Pfade zu erinnern vermochte, die er in jenen Zeiten beschritten hatte.

Nun eilten Tuor und seine Führer unermüdlich weiter, und das Land begann sich hügelig zu wellen, und der Fluß wand sich um die Füße der Berge, und es gab viele Täler von allergrößter Lieblichkeit; doch hier wurden die Noldoli unruhig. ›Dies‹, sagten sie, ›sind die Grenzen der Gebiete, die Melko mit seinen Kobolden überschwemmt, dem Volk des Hasses. Fern im Norden – doch, ach, nicht weit genug entfernt, und wären es zehntausend Wegstunden – liegen die Eisenberge, wo die Macht und der Schrecken Melkos hausen, dessen Sklaven wir sind. Tatsächlich verheimlichen wir ihm, daß wir dich geleiten, und wüßte er um all unser Treiben, fielen wir der Folter der Balrogs anheim.‹

Solcherart von Furcht gepackt, verließen ihn die Noldoli bald darauf, und er zog allein durch das Hügelland, und ihr Fortgehen erwies sich später als unheilvoll, denn ›Melko hat viele Augen‹, heißt es, und so lange Tuor mit den Gnomen wanderte, führten sie ihn über verschattete Pfade und auf manch einem geheimen Gang durch die Berge. Nun aber verirrte er sich, und oft erklomm er Anhöhen und Hügel und spähte über das umliegende Land. Doch er erblickte kein Zeichen einer Siedlung, und, wahrlich, die Stadt der Gondothlim war nicht leicht zu finden, denn noch nicht einmal Melko und seine Späher hatten sie bis jetzt entdeckt. Gleichwohl sagt man, daß zu dieser Zeit jene Späher dennoch Wind davon bekamen, daß eines Menschen Fuß diese Lande betreten hatte und daß Melko deshalb seinen Scharfsinn und seine Vorsicht verdoppelte.

Als nun die Gnomen aus Angst Tuor im Stich ließen, folgte ihm einer trotz seiner Furcht aus der Ferne, der Voronwe oder Bronweg hieß, nachdem er vergeblich versucht hatte, durch Schelten die anderen zu ermutigen. Nun war Tuor von großer Müdigkeit befallen, und er saß am rauschenden Fluß, und die Sehnsucht nach dem Meer machte ihm das Herz schwer, und noch einmal kam ihm in den Sinn, diesem Fluß zu folgen und zu den Wassern und brausenden Wogen zurückzukehren. Doch Voronwe, dieser getreue, gesellte sich wieder zu ihm und sprach ihm ins Ohr: ›O Tuor, glaube nicht, daß du nicht eines Tages wiedersehen wirst, wonach dich verlangt; erhebe dich nun, und glaube mir, ich will dich nicht verlassen. Ich gehöre nicht zu den wegekundigen Noldoli, weil ich ein Künstler und Handwerker bin, der mit seinen Händen Gebilde schafft aus Holz und Metall, und spät erst habe ich mich der Schar deiner Begleiter angeschlossen. Doch einst, in der Mühsal der Knechtschaft, hörte ich heimliches Geflüster und Worte über eine Stadt, wo Noldoli in Freiheit leben können, wenn sie den verborgenen Weg dorthin zu finden vermögen; und wir beide können ohne Zweifel[11] den Weg zur Stadt aus Stein finden, wo diese Freiheit der Gondothlim zu Hause ist.‹

Wisset denn, daß die Gondothlim jene Sippe der Noldoli waren, die als einzige Melkos Klauen entkam, als er in der Schlacht der Ungezählten Tränen ihr Volk besiegte und versklavte[12], es mit einem Zauberbann belegte und zwang, in den Eisenhöllen zu leben, die niemand ohne seinen Willen und Befehl verlassen durfte.

Lange Zeit suchten Tuor und Bronweg[13] nach der Stadt dieses Volkes, bis sie nach vielen Tagen zu einem Tal in den Bergen kamen. Hier strömte der Fluß mit viel Wucht und Getöse durch ein sehr steiniges Bett, das von einem dichten Verhau von Erlen verhüllt war; doch die Wände des Tales waren steil, denn sie grenzten an Berge, die Voronwe nicht kannte. Dort fand der Gnom in der grünen Mauer eine Öffnung mit abfallenden Wänden wie eine große Tür, und diese war von dichtem Buschwerk und rankendem Unterholz verdeckt; doch Voronwes durchdringender Blick ließ sich nicht täuschen. Man sagt jedoch, die Erbauer hätten diese Tür mit solchem Zauber umgeben (mit der Hilfe Ulmos, dessen Macht in diesem Fluß lebte, ebenso wie der Schrecken Melkos über seine Ufer schlich), daß nur einer aus dem Stamm der Noldoli so unverhofft darauf stoßen konnte; niemals hätte Tuor diese Tür gefunden ohne die Standhaftigkeit Voronwes, des Gnoms.[14] Aus Furcht vor Melko hatten nun die Gondothlim ihre Zuflucht so sorgsam verborgen; doch desungeachtet schlichen nicht wenige der mutigeren Noldoli von den Bergen zum Fluß hinunter, und wenn auch viele Melkos Bosheit zum Opfer fielen, fanden doch viele den Zauberweg, gelangten schließlich zur Stadt aus Stein und vermehrten die Zahl ihrer Bewohner.

Groß war der Jubel Tuors und Voronwes, als sie die Tür gefunden hatten, doch bei ihrem Eintritt fanden sie einen dunklen, unebenen und verwirrenden Pfad; und lange Zeit irrten sie unsicher in den Gängen umher. Diese waren voller Echos, und das Geräusch ungezählter Fußtritte folgte ihnen, so daß Voronwe Furcht bekam und sagte: ›Das sind Melkos Kobolde, die Orks von den Bergen.‹ Da rannten sie und stolperten in der Schwärze über Steine, bis sie begriffen, daß bloß der Trug des Ortes sie narrte. So kamen sie denn nach einer Zeit furchtsamen Tastens, die ihnen unendlich vorkam, zu einem Fleck, wo ein fernes Licht schimmerte, und als sie sich diesem Schein näherten, stießen sie auf eine Tür, jener gleich, durch die sie eingetreten waren, jedoch nicht überwachsen. Dort traten sie hinaus ins Sonnenlicht, und für eine Weile waren sie geblendet, doch sogleich ertönte ein großer Gong, sie hörten das Klirren von Waffen, und im Nu waren sie von Kriegern in stählernen Rüstungen umringt.

Da blickten sie auf und konnten sehen, und sie befanden sich am Fuße der steilen Berge, und diese Berge beschrieben einen großen Kreis, der eine ausgedehnte Ebene einschloß, und darauf erhob sich – nicht genau in der Mitte, sondern eher näher dem Fleck, wo sie standen – ein großer Berg mit einer flachen Kuppe, und, seht, auf dieser Höhe erhob sich eine Stadt im neuen Licht des Morgens.

Darauf redete Voronwe die Wachen der Gondothlim an, und sie verstanden, was er sagte, denn er bediente sich der lieblichen Sprache der Gnomen.[15] Da nahm auch Tuor das Wort und fragte, wo sie sich befänden und wer die bewaffneten Männer seien, denn er war ein wenig verblüfft und wunderte sich sehr über ihre vortrefflich geschmiedeten Waffen. Da sagte eine der Wachen zu ihm: ›Wir sind die Wachen vom Ausgang des Weges der Flucht. Freut euch, daß ihr ihn gefunden habt, denn vor euch seht ihr die Stadt mit den sieben Namen, wo alle, die im Krieg sind mit Melko, Hoffnung finden können.‹

Da sagte Tuor: ›Wie lauten diese Namen?‹ Und der Anführer der Wache gab zur Antwort: ›Solchermaßen sagt und singt man: Gondobar werd ich genannt und Gondothlimbar, Stadt aus Stein und Stadt der Bewohner der Steine; Gondolin, der Singende Stein, und Gwarestrin, Turm der Wacht, Gar Thurion oder der Verborgene Ort, denn verborgen bin ich den Augen Melkos; doch jene, die mich am meisten lieben, nennen mich Loth, denn wie eine Blume bin ich, oder auch Lothengriol, die Blume, die auf der Ebene blüht. In unserer alltäglichen Sprache jedoch‹, fuhr er fort, ›nennen wir sie meistens Gondolin.‹ Da sagte Voronwe: ›Bringt uns dorthin, denn gern würden wir diese Stadt betreten.‹ Und Tuor sagte, er trage großes Verlangen, die Gassen dieser schönen Stadt zu durchstreifen.

Darauf erwiderte der Anführer der Wache, daß sie, die Wächter, hierbleiben müßten, denn noch viele Tage ihres Monates der Wache lägen vor ihnen, daß Voronwe und Tuor jedoch ihren Weg nach Gondolin fortsetzen könnten; und außerdem sei kein Geleit erforderlich. ›Seht selbst‹, sagte er, ›die Stadt ist klar und sehr deutlich zu sehen, und die Spitzen ihrer Türme stechen in den Himmel über dem Berg der Wacht in der Mitte der Ebene.‹ Darauf wanderten Tuor und sein Gefährte über die Ebene, die wunderbar glatt war, nur hier und dort unterbrochen von runden, geschliffenen Felsblöcken, umgeben von Rasen oder von Teichen in steinigen Betten. Viele saubere Pfade liefen über die Ebene, und nach einem Tagesmarsch kamen sie im letzten Tageslicht zum Fuß des Berges der Wacht (der in der Sprache der Noldoli Amon Gwareth genannt wird). Dann begannen sie die gewundene Treppe hinaufzusteigen, die sich zum Stadttor emporzog; niemand konnte diese Stadt erreichen, ohne von ihren Mauern erspäht zu werden, weil er zu Fuß kommen mußte. Als das westliche Tor golden im letzten Sonnenlicht lag, erreichten sie das Ende der langen Treppe, und von den Brustwehren und Türmen starrten viele Augen sie an.[16]

Tuor aber blickte auf die Mauern aus Stein und die hochgereckten Türme, auf die glitzernden Zinnen, und er blickte auf die Treppen aus Stein und Marmor, gesäumt von zierlichen Balustraden und gekühlt vom Rinnen fadendünner Wasserfälle, die von den Quellen des Amon Gwareth den Weg auf die Ebene fanden, und er schritt dahin wie jemand, der einen Traum der Götter träumt, denn er glaubte nicht, daß solche Traumgesichte Menschen im Schlaf beschieden seien, so groß war sein Staunen über die Pracht Gondolins.

Indessen gelangten sie zu den Toren, Tuor in tiefem Staunen und Voronwe von großer Freude erfüllt, daß er das Wagnis bestanden, Tuor nach dem Willen Ulmos hierhergebracht und selbst das Joch Melkos für immer abgeworfen hatte. Obwohl er ihn nicht weniger haßte, fesselte ihn dieser Böse[17] nicht mehr durch ein lähmendes Entsetzen (und, fürwahr, jener böse Zauber, den Melko auf die Noldoli ausübte, war der einer abgrundtiefen Furcht, so daß sie ihn immer in der Nähe wähnten, selbst wenn sie den Eisenhöllen fern waren, und ihre Herzen bebten, und sie flohen nicht, selbst wenn sie es konnten; und darauf baute Melko oft).

Nun öffnen sich die Tore von Gondolin, und eine Menge kommt den beiden Wanderern neugierig entgegen, voll Freude, daß weitere Noldoli vor Melko hierher geflohen sind, und sie wundern sich über Tuors große Gestalt und seine hageren Glieder, über seinen schweren Speer mit einer Spitze aus Fischknochen und über seine große Harfe. Wild sah er aus, und seine Locken waren ungekämmt, und er war in Bärenfelle gekleidet. Es steht zu lesen, daß die Väter der Väter der Menschen in jenen Tagen kleiner waren als die heutigen Menschen und die Kinder von Elbenheim größer gewachsen waren, doch Tuor war größer als alle, die ihn umstanden. In der Tat hatten sich die Rücken der Gondothlim nicht gekrümmt wie die manch anderer aus ihrem unglücklichen Geschlecht, die ohne Unterlaß für Melko schufteten, gruben und hämmerten, sondern sie waren klein und schlank und sehr geschmeidig.[18] Sie waren schnellfüßig und über die Maßen wohlgebildet; Süße und Bitterkeit waren in ihre Lippen gegraben, und die Freude in ihren Augen war immer den Tränen nahe; denn in jenen Zeiten waren die Gnomen Verbannte im Grunde des Herzens, von einem Verlangen gequält nach ihrer alten Heimat, das niemals verblaßte. Doch Schicksal und unstillbarer Hunger nach Wissen hatten sie an ferne Plätze verschlagen, und nun waren sie von Melko eingesperrt und mußten ihre Wohnstätte mit Liebe und Arbeit so schön gestalten, wie sie es vermochten.

Ich weiß nicht, wie es dazu gekommen ist, daß die Menschen immer die Noldoli mit den Orks gleichgesetzt haben, welche die Kobolde Melkos sind; vielleicht weil gewisse Noldoli dem Bösen Melkos verfielen und sich mit den Orks vermischt haben, denn diese ganze Rasse erschuf Melko unter der Erde aus Hitze und Schlamm. Ihre Herzen waren aus Granit und ihre Leiber mißgestaltet; ekelhaft ihre Gesichter, und kein Lächeln war ihnen eigen, sondern nur ein Lachen wie schepperndes Metall, und nichts taten sie lieber, als bei den niederträchtigsten Anschlägen Melkos zu helfen. Der größte Haß war zwischen ihnen und den Noldoli, von denen sie Glamhoth genannt wurden oder das Volk furchtbaren Hasses.

Hört nun, wie die bewaffneten Wächter des Tores die Menge zurückdrängten, die sich dort um die Wanderer versammelte. Und einer von ihnen sprach: ›Dies ist eine Stadt der Wacht und Hut, Gondolin auf dem Amon Gwareth, wo alle frei leben können, die reinen Herzens sind, doch kein Unbekannter darf sie betreten. So nennt mir denn eure Namen.‹ Doch Voronwe nannte sich Bronweg von den Gnomen, der hierhergekommen sei[19] nach dem Willen Ulmos als Führer dieses Sohnes der Menschen; und Tuor sagte: ›Tuor heiß ich, bin der Sohn von Peleg, dem Sohn von Indor aus dem Haus der Schwäne von den Söhnen der Menschen des Nordens, die weit von hier wohnen, und auf Geheiß Ulmos von den Äußeren Ozeanen komme ich her.‹

Da verstummten alle, die zuhörten, und seine tiefe, dröhnende Stimme versetzte sie in Erstaunen, denn ihre eigenen Stimmen waren so lieblich wie das Gelispel der Quellen. Darauf riefen viele Stimmen: ›Führt ihn zum König.‹

Darauf kehrte die Menge durch die Tore in die Stadt zurück, und die Wanderer gingen mit ihr, und Tuor sah, daß die Tore aus Eisen waren und sehr hoch und dick. Die breiten Straßen von Gondolin waren nun mit Steinen gepflastert, mit Marmor eingefaßt, und schöne Häuser und Höfe inmitten von blumenhellen Gärten umsäumten sie, und viele Türme erhoben sich gegen den Himmel, erbaut aus weißem Marmor und mit wundervollen Steinmetzarbeiten verziert. Plätze gab es, wo Springbrunnen waren und Vögel im Geäst uralter Bäume sangen, doch auf dem größten aller Plätze stand der Palast des Königs, und dessen Turm war der höchste der Stadt, und die Springbrunnen, die vor seinen Toren spielten, schossen mehr als einhundertundfünfzig Fuß hoch in die Luft und fielen in einem klingenden Kristallregen nieder; darin glitzerte bei Tag prächtig die Sonne, und bei Nacht schimmerte darin das Mondlicht höchst zauberhaft. Die Vögel, die dort hausten, waren weiß wie Schnee und ihre Stimmen süßer als ein Schlaflied.

Zu beiden Seiten der Palasttore stand ein Baum, und einer davon trug goldene und der andere silberne Blätter, und niemals welkten sie, denn einst waren sie Schößlinge der ruhmreichen Bäume von Valinor, die jene Orte erhellten, bevor Melko und die Weberin der Düsternis sie zum Verdorren brachten; und die Gondothlim nannten diese Bäume Glingol und Bansil.

Da stand Turgon, König von Gondolin, angetan mit einem weißen Gewand und einem goldenen Gürtel und einem granatgeschmückten Diadem auf dem Haupt, vor seinen Türen und sprach von der obersten Stufe der Marmortreppe, die zu ihnen hinaufführte: ›Willkommen, O Mann aus dem Lande der Schatten. Wisse! Deine Ankunft war aufgezeichnet in unseren Büchern der Weisheit, und es steht geschrieben, viele große Dinge würden sich in der Stadt der Gondothlim zutragen, wenn du dort einträfest.‹

Da sprach Tuor, und Ulmo legte Kraft in sein Herz und Erhabenheit in seine Stimme: ›Höre, O Vater der Stadt aus Stein, er, der dunkle Musik ersinnt in der Meerestiefe, der die Gedanken von Elben und Menschen lesen kann, hat mir aufgetragen, dir zu sagen, daß die Tage der Befreiung näherrücken. Geflüster ist Ulmo zu Ohren gekommen von eurer Behausung und eurem Berg der Wachsamkeit gegen die Bosheit Melkos, und er ist froh. Aber sein Herz ist voller Grimm, und die Herzen der Valar, die in den Bergen von Valinor wohnen und vom Gipfel des Taniquetil die Welt betrachten, sind erzürnt beim Anblick der Leiden und der Knechtschaft der Noldoli und der Wanderungen der Menschen; denn Melko sperrt sie ein in dem Land der Schatten jenseits der Eisenberge. Darum bin ich im geheimen hergeführt worden, dir zu gebieten, deine Heere zu sammeln und dich zum Kampf bereit zu machen, denn die Zeit ist reif.‹

Da sagte Turgon: ›Das werde ich nicht tun, mögen dies auch die Worte Ulmos und aller Valar sein. Ich will weder das Leben meines Volkes aufs Spiel setzen gegen die Schrecken der Orks, noch meine Stadt durch das Feuer Melkos in Gefahr bringen.‹

Darauf erwiderte Tuor: ›Nein! Denn wenn du jetzt nichts Großes wagst, dann werden die Orks für immer bleiben und am Ende die meisten Gebirge der Erde besitzen und nicht aufhören, Elben und Menschen zu befeinden, selbst wenn es den Valar künftig gelingt, die Noldoli auf andere Weise zu befreien; doch wenn du nun den Valar vertraust, sei der Kampf auch furchtbar, werden die Orks fallen, und Melkos Macht wird auf ein Nichts schrumpfen!‹

Turgon jedoch erwiderte, er sei der König von Gondolin, und kein Wille könne ihn gegen sein besseres Wissen zwingen, die teuren Mühen langer früherer Zeitalter aufs Spiel zu setzen; doch Tuor sagte, denn dies hatte ihn Ulmo geheißen, der das Zögern Turgons befürchtet hatte: ›Alsdann soll ich dir sagen, daß Männer der Gondothlim sich rasch und heimlich den Sirion hinab zum Meer begeben, sich dort Boote bauen und zurück nach Valinor fahren sollen: Höre! die Pfade dorthin sind vergessen und die Straßen von der Welt verschwunden, und die Meere und Gebirge umgeben es, doch noch immer wohnen dort die Elben auf dem Berg von Kôr, und die Götter sitzen in Valinor, wenngleich auch ihre Heiterkeit gemindert ist aus Kummer und Furcht vor Melko, und sie verbergen ihr Land und weben darum undurchdringlichen Zauber, auf daß kein Unheil zu seinen Gestaden gelange. Doch vielleicht können deine Boten dorthin gelangen und ihre Herzen rühren, daß sie sich im Zorn erheben und Melko zerschmettern und die Eisenhöllen vernichten, die er unter den Bergen der Düsternis erbaut hat.‹

Da sagte Turgon: ›Jedes Jahr, wenn der Winter endete, haben Boten sich rasch und heimlich auf dem Fluß, der Sirion genannt wird, zu den Küsten des Großen Meeres begeben, sich dort Schiffe gebaut, sie von Schwänen oder Möwen ziehen lassen oder von den starken Flügeln des Winds, und sie sind über Sonne und Mond hinaus nach Valinor gefahren; doch die Pfade dorthin sind vergessen und die Straßen von der Welt verschwunden, und die Meere und Gebirge umgeben es, und sie, die dort in Heiterkeit sitzen, bekümmern sich wenig um die Furcht vor Melko und um die Leiden der Welt, sondern verbergen ihr Land und umweben es mit undurchdringlichem Zauber, auf daß nie eine Botschaft des Unheils an ihre Ohren dringe. Nein, allzu viele aus meinem Volk sind ungezählte Jahre hindurch hinausgefahren auf die riesigen Wasser, um nie heimzukehren, sondern sind zugrundegegangen in den Tiefen oder wandern nun verloren in den Schatten, die keine Pfade kennen; und wenn das nächste Jahr kommt, soll keiner mehr sich zum Meer begeben, sondern lieber wollen wir auf uns selbst bauen und auf unsere Stadt, um Melko abzuwehren; und dabei sind die Valar vormalen nur eine geringe Hilfe gewesen.‹

Da wurde Tuors Herz schwer, und Voronwe weinte; und Tuor saß bei dem großen Springbrunnen des Königs, und sein Geplätscher erinnerte ihn an die Musik der Wellen, und in seiner Seele erklangen schmerzlich die Muscheln Ulmos, und er wollte zurückkehren über die Wasser des Sirion zum Meer. Turgon aber, der wußte, daß Tuor, wenn er auch sterblich war, die Gunst der Valar genoß, was sein kraftvoller Blick und die Kraft seiner Stimme verrieten, ließ ihm sagen, er möge in Gondolin bleiben, sein Wohlwollen genießen und, wenn er wolle, sogar in den königlichen Hallen wohnen.

Da sagte Tuor ja, weil er müde und dieser Ort angenehm war; und so kam es, daß Tuor in Gondolin blieb. Nicht von allem, was Tuor bei den Gondothlim tat, berichtet die Geschichte, doch es heißt, daß er oft versucht war, sich fortzustehlen, denn er war der Menge des Volks überdrüssig und dachte an einsame Wälder und Täler oder hörte von ferne die Meeresmusik Ulmos, wäre nicht sein Herz erfüllt gewesen von der Liebe zu einer Frau der Gondothlim, und sie war die Tochter des Königs.

Tuor lernte nun viele Dinge in diesen Reichen, die ihn Voronwe lehrte, den er liebte und der ihm die allergrößte Liebe entgegenbrachte; auch von den geschickten Männern der Stadt und von den weisen Männern des Königs wurde er unterwiesen. So wurde er denn kraftvoller, als er es vorher gewesen war, und seine Worte zeugten von Klugheit; und vieles enthüllte sich ihm, das zuvor unklar gewesen war, und viele Dinge erfuhr er, die sterblichen Menschen noch unbekannt waren. Dort vernahm er die Geschichte der Stadt Gondolin und daß unermüdliche Arbeit durch Jahre und Zeitalter zu ihrem Bau und ihrer Ausschmückung nicht ausgereicht hatten, woran das Volk[20] noch arbeitet; man erzählte, wie der geheime Gang angelegt wurde, den das Volk Weg der Flucht nannte; darüber hatte es geteilte Meinungen gegeben, doch am Ende hatte das Mitleid mit den versklavten Noldoli überwogen, und man hatte sich zum Bau entschlossen; man erzählte ihm von der Wache, die bewaffnete Männer dort stets hielten und desgleichen an bestimmten niedrig gelegenen Plätzen in den umzingelnden Bergen; von den Wächtern, die unausgesetzt auf den höchsten Gipfeln dieses Gebirgszuges Ausschau hielten, wo Leuchtfeuer als Signale bereit waren; denn immer war dieses Volk auf der Hut vor einem Angriff der Orks, falls ihre Festung entdeckt werden sollte.

Nun wurde die Wache auf den Bergen eher aus Gewohnheit denn aus Notwendigkeit unterhalten, denn vor langer Zeit hatten die Gondothlim unter unvorstellbaren Mühen die ganze Ebene rings um Amon Gwareth eingeebnet und freigeräumt und erforscht, daß kaum ein Gnom oder Vogel, kein wildes Tier, keine Schlange sich nähern konnte, sondern bereits viele Wegstunden entfernt erspäht wurde, denn viele gab es unter den Gondothlim, deren Augen schärfer waren als die der Falken von Manwe Súlimo, des Herrn der Götter und Elben, der auf dem Taniquetil wohnt; und deshalb nannten sie das Tal Tumladin oder das Tal der Glätte. Nun war dieses große Werk zu ihrer Zufriedenheit beendet, und das Volk grub um so emsiger nach Metallen und schmiedete alle Arten von Schwertern und Äxten, Speeren und Hellebarden, und es fertigte Kettenhemden, Harnische und Halsbergen, Beinschienen, Armschienen, Helme und Schilde. Tuor erfuhr nun, daß man bereits so viele Pfeile besaß, daß das ganze Volk von Gondolin ohne Innehalten viele Jahre Tag und Nacht mit seinen Bogen schießen konnte, ohne den Vorrat an Pfeilen aufzubrauchen, und daß darum die Furcht vor den Orks von Jahr zu Jahr geringer wurde.

Dort erwarb Tuor Kenntnis vom Bauen mit Stein, von der Kunst des Steinmetzen, der Gestein und Marmor behaute; er vertiefte sich ins kunstreiche Weben und Spinnen, Sticken und Malen und Hämmern von Metall. Liebliche Musik vernahm er dort, worin jene am erfindungsreichsten waren, die in der südlichen Stadt wohnten, denn dort spielte eine Vielzahl murmelnder Quellen und Brunnen. Vieles dieser zarten Kunst machte sich Tuor zu eigen und lernte es einzuflechten in seine Lieder, zur Verwunderung und Freude aller, die ihnen lauschten. Seltsame Geschichten wurden ihm erzählt von Sonne und Mond und Sternen und den Himmelstiefen; und er erfuhr vom geheimen Wesen der Elben und von ihrer Art zu reden und ihren alten Sprachen; und er hörte von Ilúvatar erzählen, dem Herrn auf immer und ewig, der außerhalb der Welt wohnte, von der großen Musik der Ainur zu Ilúvatars Füßen in den tiefsten Tiefen der Zeit, aus der die Schöpfung der Welt hervorging, und ihr Treiben und alles, was dort kreuchte und fleuchte unter göttlicher Herrschaft.[21]

Tuor wurde nun wegen seiner Kenntnis und seiner Meisterschaft in jedweder Kunde und Kunst und wegen seines großen Mutes an

Leib und Seele ein Trost und eine Stütze des Königs, der keinen Sohn hatte; und das Volk von Gondolin liebte ihn. Einmal nun gab der König seinen geschicktesten Waffenschmieden den Auftrag, als großes Geschenk für Tuor eine Rüstung zu fertigen, und diese war aus Gnomen-Stahl gemacht und mit Silber überzogen; sein Helm jedoch hatte als Schmuck auf jeder Seite einen Schwanenflügel aus Metall und Edelsteinen, und auch sein Schild trug einen geschmiedeten Schwanenflügel; doch anstatt eines Schwertes trug Tuor eine Axt, und diese nannte er Dramborleg in der Sprache der Gondothlim, weil ihr Hieb jeden zu Boden streckte und ihre Schneide jeden Panzer zerhieb.

Auf den südlichen Mauern wurde ihm ein Haus erbaut, denn er liebte die freien Lüfte, und die enge Nachbarschaft anderer Häuser war ihm nicht angenehm. Dort stand er oft zu seinem Vergnügen auf der Brustwehr, wenn die Sonne aufging; und das Volk jubelte, wenn es sah, wie sich das neue Licht in den Flügeln seines Helms fing – und viele murrten und wären gleich ihm gern in den Kampf gegen die Orks gezogen, waren doch Tuors und Turgons Worte vor dem Palast vielen bekannt; aus Ehrerbietung vor Turgon sprachen sie jedoch nicht weiter davon, und zu dieser Zeit schien der Gedanke an Ulmos Worte Tuors Herz ferngerückt und verblaßt zu sein.

Nun kamen Tage, da Tuor viele Jahre bei den Gondothlim gewohnt hatte. Lange hatte er um seine Liebe zu der Tochter des Königs gewußt und sie gehegt, und nun war sein Herz ganz davon erfüllt. Auch Idril liebte Tuor sehr, und die Fäden ihres Schicksals waren mit den seinen verflochten seit jenem Tag, da sie ihm zum ersten Mal von einem hohen Fenster erblickte, als er, ein reisemüder Bittsteller, vor dem Palast des Königs stand. Wenig Grund hatte Turgon, sich ihrer Liebe zu widersetzen, weil er in Tuor einen Verwandten sah, der Trost und große Hoffnung versprach. So kam es zur ersten Vermählung eines Kindes der Menschen mit einer Tochter aus Elbenheim, doch Tuor war nicht der letzte. Vielen war weniger Glück beschieden als Tuor und Idril, und vielen widerfuhr am Ende großes Leid. Doch groß war die Fröhlichkeit jener Tage, als Idril und Tuor vor allem Volk vermählt wurden auf Gar Ainion, dem Platz der Götter, nahe dem Palast des Königs. Ein Tag der Freude war diese Heirat für die Stadt Gondolin, und am allerglücklichsten waren Tuor und Idril.[22] Später wohnten sie in Freuden in dem Haus auf den Mauern, das nach Süden über Tumladin blickte, und jedermann in der Stadt hatte sein Wohlgefallen, ausgenommen Meglin. Dieser Gnom nun entstammte einem alten Hause, obgleich seine Sippe zu der Zeit kleiner war als andere, doch er war durch seine Mutter Isfin, welche die Schwester des Königs war, dessen Neffe; doch die Geschichte von Isfin und Eol soll hier nicht erzählt werden.[23]

Das Zeichen Meglins war nun ein finsterer Maulwurf, und er war angesehen unter Steinbrechern und der oberste der Erzschürfer. Er war weniger schön als die meisten seines ansehnlichen Volks, dunkelhäutig und von nicht sehr liebenswürdige Art, so daß er wenig Liebe erweckte und man sich zuflüsterte, er habe Orkblut in seinen Adern, doch ich weiß nicht, ob dies die Wahrheit war. Er hatte nun mehrmals den König um die Hand Idrils gebeten, doch Turgon hatte, da er Idril sehr unwillig fand, ebensooft abgelehnt, zumal ihm schien, daß Meglins Antrag ebenso der Begierde entsprang, als Mächtiger neben dem königlichen Thron zu stehen, wie der Liebe zu diesem wunderschönen Mädchen. Idril war in der Tat schön von Angesicht und mutig dazu; und das Volk nannte sie Idril Silberfuß*, weil sie, mochte sie auch eine Königstochter sein, stets barfüßig und barhäuptig ging, ausgenommen bei Festen zu Ehren der Ainur; und Meglin erfüllte zehrende Wut, weil Tuor ihn ausgestochen hatte.

In diesen Tagen geschah es, daß der Wunsch der Valar und die Hoffnung der Eldalie sich am Ende erfüllten, denn in großer Liebe gebar Idril Tuor einen Sohn, und er wurde Earendel genannt. Dieser Name nun ist bei Elben und Menschen auf mancherlei Weise gedeu-

* In *Tuor B* ist mit Bleistift dünn darübergeschrieben: *Idril Talceleb.*

tet worden, doch vielleicht ist er aus einer geheimen Sprache der Gondothlim[24] gebildet, die mit ihnen von den Stätten der Erde verschwunden ist.

Nun war dieser Säugling von größter Schönheit; seine Haut war leuchtend weiß und seine Augen noch blauer als der Himmel über südlichen Landen – blauer gar als die Saphire von Manwes Gewand;[25] und tief war Meglins Neid bei seiner Geburt, doch der Jubel Turgons und des ganzen Volks war wahrlich groß.

Seht, viele Jahre waren inzwischen vergangen, seit Tuor sich, von den Noldoli im Stich gelassen, in den Vorbergen verirrt hatte; doch viele Jahre waren auch vergangen, seit Melko zum ersten Mal die sonderbaren Nachrichten zu Ohren kamen – nicht eindeutig waren sie, und sie kamen in verschiedenen Gestalten – von einem Mann, der die Täler des Sirion durchwanderte. Nun fürchtete Melko in jenen Tagen die Rasse der Menschen nicht übermäßig, weil er sehr mächtig war, und darum hatte sich Ulmo bei seinem Plan eines Menschen bedient, um Melko sicherer täuschen zu können, konnte sich doch kein Valar und kaum einer der Eldar oder Noldoli rühren, ohne der Wachsamkeit Melkos zu entgehen. Dennoch beschlich dessen böses Herz bei dieser Nachricht eine böse Vorahnung, und er zog ein mächtiges Heer von Spähern zusammen: Söhne der Orks waren darunter mit gelben und grünen Augen wie Katzen, welche gleichermaßen Düsternis, Nebel oder Dunst oder Nacht durchdrangen; Schlangen, die überallhin gelangen und in jede Ritze oder in die tiefsten Gruben oder auf die höchsten Gipfel schlüpfen und jedes Flüstern hören konnten, welches durchs Gras lief oder in den Bergen widerhallte; Wölfe gab es und reißende Hunde und große Wiesel blutrünstiger Art, deren Nüstern durch fließendes Wasser Monate alte Gerüche wittern oder deren Augen im Kies Fußspuren finden konnten, die vor langer Zeit dort hinterlassen worden waren; Eulen kamen und Falken, deren scharfer Blick bei Tag oder Nacht das Flattern kleiner Vögel in allen Wäldern der Welt erspähen konnten, und die Bewegung jeder Maus, Wühlmaus oder Ratte, die irgendwo in der

Erde wühlte oder hauste. Alle diese Späher beschied er zu seiner Halle aus Eisen, und sie kamen in hellen Scharen. Von dort sandte er sie aus über die Erde, diesen Mann aufzuspüren, der aus dem Land der Schatten entkommen war, jedoch noch sorgfältiger und planvoller nach der Behausung der Noldoli zu suchen, die seiner Knechtschaft entronnen waren; denn sein Herz brannte darauf, sie zu vernichten oder zu versklaven.

Während nun Tuor in Freuden in Gondolin lebte und sein Wissen und seine Macht gewaltig wuchsen, durchschnüffelten diese Kreaturen jahrelang unermüdlich Steine und Felsen, pirschten durch Wald und Heide, durchspähten die Lüfte und hohen Orte, spürten den Pfaden aller Täler und Ebenen nach und ließen nicht nach und hielten nicht ein. Von dieser Jagd brachten sie Melko eine Fülle von Nachrichten – tatsächlich war unter den vielen verborgenen Dingen, die sie ans Licht zerrten, auch der Weg der Flucht, den Tuor und Voronwe einst betreten hatten. Dies wäre ihnen nicht gelungen, hätten sie nicht einige der weniger mannhaften Noldoli mit schrecklicher Folter bedroht und sie so gezwungen, sich an der großen Suche zu beteiligen; wegen des Zaubers nämlich, der diese Tür umgab, konnte ihr niemand aus dem Volk Melkos ohne Hilfe der Gnomen auf die Spur kommen. Doch unlängst waren sie nun weit in die Gänge vorgedrungen und hatten drinnen viele Noldoli gefangen, die dort umherschlichen, um der Knechtschaft zu entfliehen. Auch die Umzingelnden Berge* hatten sie an gewissen Stellen erstiegen und aus der Ferne die Schönheit der Stadt Gondolin und die Stärke von Amon Gwareth erblickt; doch wegen der Aufmerksamkeit der Wachen und der Unwegsamkeit der Berge konnten sie nicht auf die Ebene gelangen. Freilich waren die Gondothlim gewaltige Bogenschützen und verfertigten Bogen von unvorstellbarer Kraft. Damit konnten sie einen Pfeil siebenmal so weit in den Himmel fliegen lassen, wie es der beste Bogenschütze vermochte, der auf der Erde auf

* In *Tuor B* mit Bleistift darübergeschrieben: *Heborodin.*

ein Ziel schoß; und sie ließen keinen Falken lange über ihrer Ebene kreisen und keine Schlange dorthin kriechen; denn sie ertrugen keine Kreaturen des Blutes wie Melkos Brut.

In jenen Tagen nun war Earendel ein Jahr alt, als die schlimme Nachricht in die Stadt gelangte von Melkos Spähern und wie sie das Tal von Tumladin von allen Seiten einschlossen. Da wurde Turgons Herz traurig, und er gedachte der Worte, die Tuor vor langen Jahren vor den Toren des Palastes gesprochen hatte; und er gebot, die Wachen an allen Stellen zu verdreifachen, und ließ von seinen Feuerwerkern Maschinen bauen und auf dem Berg aufstellen. Vergiftete Feuer und siedende Flüssigkeiten, Pfeile und große Felsbrocken wurden vorbereitet, jeden, der diese leuchtenden Mauern angriff, zu empfangen; und darauf lebte er so zufrieden weiter wie möglich, doch Tuors Herz war schwerer als das des Königs, denn nun kamen ihm immer Ulmos Worte in den Sinn, und jetzt begriff er ihren Sinn und Ernst eindringlicher als einst; auch bei Idril fand er kaum Trost, denn ihr Herz war noch mehr erfüllt von dunklen Ahnungen als sein eigenes.

Ihr müßt wissen, daß Idril die starke Macht besaß, die Dunkelheit in den Herzen von Elben und Menschen mit ihren Gedanken zu durchdringen und die Finsternisse der Zukunft dazu – sogar noch tiefer als es gewöhnlich in der Macht der Geschlechter der Eldalie steht; darum sagte sie eines Tages zu Tuor: ›Wisse, mein Gemahl, daß ich an Meglin zweifle und mein Herz mich Böses ahnen läßt, und ich fürchte, daß er ein Unheil über dieses schöne Reich bringen wird, wenn ich auch durchaus nicht erkennen kann, wie und wann – aber ich fürchte, daß alles, was er über unsere Maßnahmen und Vorkehrungen weiß, auf irgendeine Weise dem Feinde bekannt werden könnte, so daß er auf ein neues Mittel sinnen kann, uns zu überwältigen, welches wir bei unserer Verteidigung nicht bedacht haben. Höre! Eines Nachts träumte mir, daß Meglin eine Esse baute, unvermutet zu uns kam und Earendel, unser Kind, hineinwarf und danach dich und mich; doch ich widersetzte mich nicht aus Kummer um den Tod unseres schönen Kindes.‹

Und Tuor antwortete: ›Deine Furcht ist nicht grundlos, denn auch mein Herz ist Meglin nicht wohlgesonnen; doch ist er der Neffe des Königs und dein eigner Vetter, und es ist ihm nichts vorzuwerfen. Ich sehe nicht, was wir tun können, außer warten und wachen.‹

Aber Idril sagte: ›Dies nun ist mein Rat: Sammle du ganz im geheimen jene Schürfer und Steinbrecher, von denen nach sorgsamer Prüfung feststeht, daß sie, wegen Meglins stolzen und anmaßenden Betragens gegen sie, die geringste Liebe für ihn hegen. Von diesen mußt du vertrauenswürdige Männer auswählen, die Meglin im Auge behalten, wann immer er sich zu den äußeren Bergen begibt, doch ich rate dir, den größten Teil jener, deren Verschwiegenheit du trauen kannst, insgeheim graben zu lassen und mit ihrer Hilfe – so behutsam und zeitraubend das Werk auch vorankommen mag – einen verborgenen Gang zu bauen, der von deinem Haus durch die Felsen dieses Berges nach unten bis ins Tal führt. Dieser Gang soll nun nicht in den Weg der Flucht münden, denn mein Herz rät mir, ihm nicht zu trauen, sondern geradewegs zu dem weit entfernten Paß, der Adlerspalte in den südlichen Bergen; und je weiter dieser Gang sich unterhalb der Ebene in diese Richtung erstreckt, desto besser wird er uns dienen – doch außer einigen wenigen darf von diesen Arbeiten niemand etwas wissen.‹

Es gibt nun niemanden, der sich so auf den Tunnelbau in Erde oder Fels versteht wie die Noldoli (und das weiß Melko), doch an diesen Orten ist die Erde sehr hart; und Tuor sagte: ›Das Gestein des Amon Gwareth ist wie Eisen, und nur unter großen Mühen kann es gespalten werden; wenn das jedoch im geheimen geschehen soll, muß viel Zeit und Geduld hinzukommen; der Stein jedoch, der den Boden des Tales von Tumladin bildet, ist wie geschmiedeter Stahl, und ohne das Wissen der Gondothlim läßt er sich nicht aushauen, außer in Monaten und Jahren.‹

Darauf erwiderte Idril: ›Vielleicht ist das wahr, aber so ist mein Rat, und wir haben noch Zeit.‹ Tuor sagte, er begreife nicht ganz den

Sinn, ›doch »jeder Plan ist besser als gar kein Rat«, und ich werde tun, was du gesagt hast.‹

Nun fügte es sich, daß nicht lange danach Meglin in die Berge zog, um Erz zu holen. Und als er allein durch die Berge streifte, nahmen ihn einige der Orks gefangen, die dort umherschlichen, und sie wollten ihm Böses tun und ihn schwer zurichten, denn sie wußten, daß er aus Gondolin kam. Dies jedoch blieb Tuors Wächtern verborgen. Doch Bosheit kam in Meglins Herz, und er sagte zu seinen Peinigern: ›Wisset denn, daß ich Meglin bin, der Sohn von Eol, welcher Isfin zum Weibe hatte, die Schwester von Turgon, dem König der Gondothlim.‹ Doch die Orks erwiderten: ›Was schert uns das?‹ Und Meglin sagt: ›Es ist sehr wichtig für euch; wenn ihr mich nämlich tötet, ob rasch oder allmählich, so werden euch wichtige Kenntnisse verloren gehen über die Stadt Gondolin, die euer Herr mit Freude hören würde.‹ Da ließen die Orks ihre Hände von ihm und sagten, sie würden ihm das Leben schenken, wenn die Dinge, die er ihnen eröffne, dessen wert schienen; und Meglin erzählte ihnen alles über die Beschaffenheit der Ebene und der Stadt, von ihren Mauern, ihrer Dicke und Höhe und über die Festigkeit der Tore; er sprach von dem Heer bewaffneter Männer, das Turgon befehligte, von dem unermeßlichen Vorrat an Waffen, das zu ihrer Ausrüstung angesammelt worden war, von den Kriegsmaschinen und dem giftigen Feuer.

Da wurden die Orks wütend, und nachdem sie diese Dinge gehört hatten, wollten sie ihn gleichwohl auf der Stelle töten als einen, der unverschämt die Macht dieses erbärmlichen Volkes größer machte, um die große Macht und Gewalt Melkos zu verhöhnen; doch Meglin klammerte sich an einen Strohhalm und sagte: ›Könnt ihr euch nicht vorstellen, daß ihr euren Meister mehr erfreuen würdet, wenn ihr ihm einen solch hochgeborenen Gefangenen zu Füßen legt, damit er die Nachrichten von diesem selbst höre und ihre Wahrheit selbst beurteile?‹

Dies nun erschien den Orks nicht übel, und sie kehrten von den Bergen um Gondolin zu den Eisenbergen und den düsteren Hallen

Melkos zurück; Meglin schleppten sie mit sich, und nun war er in bitterer Furcht. Doch als er vor dem schwarzen Thron Melkos kniete, entsetzt über die Grausigkeit der Gestalten, die ihn umgaben, über die Wölfe, die unter dem Sessel lagen, und die Nattern, die sich um seine Beine wanden, forderte ihn Melko auf zu sprechen. Da wiederholte er, was er gesagt hatte, und Melko lauschte und richtete schöne Worte an ihn, so daß die Unverschämtheit in großem Maße in Meglins Herz zurückkehrte.

Am Ende all dessen stand nun, daß Melko, unterstützt von der Verschlagenheit Meglins, einen Plan zur Vernichtung Gondolins ersann. Zur Belohnung dafür sollte Meglin ein mächtiger Hauptmann der Orks werden – in seinem Herzen dachte Melko freilich nicht daran, sein Versprechen zu erfüllen –, Tuor und Earendel aber sollte Melko verbrennen und Idril Meglin ausliefern –, und solche Versprechen wollte dieser Böse gern einlösen. Sollte Meglin jedoch Verrat üben, drohte ihm Melko die Folter der Balrogs an. Diese waren nun die Dämonen mit Flammenpeitschen und stählernen Klauen, von denen er jene Noldoli martern ließ, die es wagten, sich ihm zu widersetzen – und die Eldar haben ihnen den Namen Malkarauki gegeben. Doch Meglin hatte Melko anvertraut, daß alle Heere der Orks und Balrogs in ihrer Wildheit, weder durch Angriff noch durch Belagerung, jemals hoffen konnten, die Mauern und Tore Gondolins zu bezwingen, selbst wenn es ihnen gelang, auf die umliegende Ebene vorzudringen. Deshalb riet er Melko, durch schwarze Zauberei eine Hilfe für seine Krieger bei ihrem Unternehmen zu schaffen. Aus dem Überfluß an Metallen, riet er ihm, mit seiner Gewalt über das Feuer Untiere zu machen, Schlangen und Drachen von unwiderstehlicher Kraft, welche über die Umzingelnden Berge kriechen und der Ebene und der schönen Stadt leckende Flammen und Tod bringen sollten.

Darauf gebot Melko Meglin heimzukehren, damit seine Abwesenheit keinen Verdacht errege; doch Melko wob um ihn den Zauberbann der abgrundtiefen Furcht, und danach fand Meglin in seinem Herzen weder Freude noch Ruhe. Gleichwohl gab er sich den Anschein der Zufriedenheit und Heiterkeit, so daß man sagte: ›Meglin ist sanfter geworden‹, und er wurde mit weniger Mißfallen betrachtet, doch Idril fürchtete ihn um so mehr. Nun sagte Meglin: ›Ich habe viel gearbeitet, und ich möchte mich ausruhen und teilnehmen an Tanz und Gesang und den Festen des Volkes‹, und er ging nicht mehr in die Berge, um Steine zu brechen oder Erz zu schürfen. Doch in Wahrheit wollte er im Vergnügen seine Furcht und Unruhe ertränken. Eine Angst hatte von ihm Besitz ergriffen, daß Melko immer in seiner Nähe sei, und das vollbrachte der Zauberbann; und nie wieder wagte er, die Gruben aufzusuchen, auf daß er den Orks nicht begegne und noch einmal in die entsetzlichen Hallen der Finsternis befohlen werde.

So ziehen die Jahre dahin und, angestachelt von Idril, setzt Tuor sein geheimes Graben immerzu fort; Turgon aber, der sieht, daß die Belagerung durch die Späher sich abgeschwächt hat, lebt behaglicher und mit geringerer Furcht. Doch für Melko sind diese Jahre von angestrengter Arbeit erfüllt, und das ganze Sklavenvolk der Noldoli muß unablässig nach Metallen graben, während Melko sitzt und Feuer ersinnt und Flammen und Dämpfe aus den niederen Hitzen steigen läßt, und keinem der Noldoli erlaubt er, sich auch nur einen Fußbreit vom Ort seiner Knechtschaft zu entfernen. Einmal dann versammelte Melko seine geschicktesten Schmiede und Zauberer, und aus Eisen und Flammen schmiedeten sie ein Heer von Ungeheuern, wie man sie nur zu dieser Zeit erblickt hat und bis zum Großen Ende nicht wieder sehen wird. Manche waren ganz aus Eisen und so kunstreich mit Gliedern versehen, daß sie wie langsame Flüsse aus Metall strömten, sich um Hindernisse herumwinden oder sie überkriechen konnten, und sie bargen in ihrem Inneren die grausamsten Orks, bewaffnet mit Krummsäbeln und Speeren; andere waren aus Bronze und Kupfer und hatten Innereien aus loderndem Feuer, und mit ihrem entsetzlichen Flammenspeien vernichteten sie alles, was vor ihnen stand, oder sie zertrampelten, was immer der verzehrenden Glut ihres Atems entging; doch wieder andere waren Kreaturen aus reinem Feuer, die sich wanden wie Schlangen geschmolzenen Metalls, und sie vernichteten jedweden Stoff, der in ihre Nähe kam, und Eisen und Stein lösten sich vor ihnen auf und wurden wie Wasser, und darauf ritten die Balrogs zu Hunderten; und diese waren die schrecklichsten Ungeheuer, die Melko gegen Gondolin auf den Plan rief.

Als nun der siebte Sommer seit Meglins Verrat vergangen war, und Earendel zwar noch im zarten Kindesalter, doch ein tapferer Knabe war, rief Melko alle seine Späher zurück, denn ihm war nun jeder Pfad und Winkel der Berge bekannt; die Gondothlim jedoch, unvorsichtig wie sie waren, glaubten, er habe es nicht mehr auf sie abgesehen, weil er ihre Macht und die unüberwindliche Stärker ihrer Stadt erkannt habe.

Aber Idrils Gemüt verdüsterte sich, und der Glanz ihres Gesichtes war getrübt, und viele wunderten sich darüber; doch Turgon verminderte die Zahl der Hüter und Wächter auf die alte Stärke, ja machte sie noch geringer, und als der Herbst kam und die Ernte vorüber war, wandte sich das Volk frohen Herzens den Festen des Winters zu: Tuor aber stand auf der Brustwehr und schaute zu den Umzingelnden Bergen hinüber.

Nun stand dort Idril neben ihm, und der Wind war in ihrem Haar, und Tuor erschien sie über die Maßen schön, und er beugte sich nieder, um sie zu küssen; doch ihr Gesicht war traurig, und sie sagte: ›Nun kommt die Zeit, da du dich entscheiden mußt.‹ Und Tuor wußte nicht, was sie meinte. Dann zog sie ihn in ihre Hallen und sagte ihm, wie schwer ihr Herz sei aus Furcht um ihren Sohn Earendel und voller Vorahnung, daß ein großes Unheil bevorstehe, dessen Urheber Melko sei. Da wollte Tuor sie trösten, vermochte es aber nicht, und sie fragte ihn nach seiner geheimen Arbeit, und er sagte ihr, der Gang reiche nun eine Wegstunde weit in die Ebene, und da wurde sie ein wenig froher bestimmt. Aber dennoch riet sie ihm, das Graben zu beschleunigen, denn hinfort sei Schnelligkeit wichtiger als Heimlichkeit, ›weil nun die Zeit sehr knapp ist‹. Und sie gab ihm einen weiteren Rat, und auch diesen befolgte er: Bestimmte Führer und Krieger der Gondothlim, die zu den mutigsten und ehrlichsten gehörten, sollte er sorgsam auswählen und ihnen von dem geheimen Gang und seinem Ausgang erzählen. Diese solle er, riet sie ihm, zu einer starken Garde machen und sie sein Zeichen tragen lassen, um sie zu seinen Gefolgsleuten zu machen, unter dem Vorwand, er handle aus dem Recht und der Würde eines großen Fürsten, der ein Verwandter des Königs sei. ›Darüber hinaus‹, sagte sie, ›will ich mich in dieser Sache des Wohlwollens meines Vaters versichern.‹ Sie ließ auch insgeheim im Volk ausstreuen, es solle sich, falls die Stadt zum letzten Kampf antreten müsse oder Turgon falle, um Tuor und ihren Sohn scharen; und dazu sagte man lachend ja, fügte jedoch hinzu, Gondolin werde ebenso lange Bestand haben wie der Taniquetil oder die Berge von Valinor.

Doch Turgon sagte sie nicht die Wahrheit, und als Tuor das tun wollte, ließ sie es nicht zu, trotz ihrer Liebe und Achtung, die sie für ihn hegte, denn er war ein großer und edler und ruhmreicher König. Doch weil sie erkannte, daß er Meglin vertraute und in blindem Eigensinn an der Überzeugung festhielt, die Stadt sei unüberwindlich und Melko habe es nicht mehr auf sie abgesehen, setzte sie keine Hoffnung darein. In seiner Meinung wurde der König nun immerfort durch die listigen Einflüsterungen Meglins bestärkt. Wisset, daß die Heimtücke dieses Gnomen sehr groß war, und weil er sich viel im Dunkel zu schaffen machte, hieß es: ›Zu Recht trägt er das Zeichen eines finsteren Maulwurfs‹; und durch die Torheit einiger Bergleute und mehr noch durch die nachlässigen Worte bestimmter Verwandter, denen Tuor unvorsichtigerweise etwas anvertraut hatte, erlangte er Kenntnis von dem geheimen Werk und schmiedete einen eigenen Plan dagegen.

So wurde es tiefer Winter, und für diese Landstriche war es sehr kalt, so daß der Frost über die Ebene von Tumladin zog und Eis auf ihren Weihern lag; doch auf dem Amon Gwareth sprudelten die

Quellen fort, und die zwei Bäume blühten, und das Volk vergnügte sich bis zum Tag des Entsetzens, der im Herzens Melkos verborgen war.

So verging dieser bittere Winter, und auf den Umzingelnden Bergen lag der Schnee höher als je zuvor; doch als die Zeit gekommen war, schmolz ein Frühling von wunderbarer Pracht die Ausläufer dieser weißen Decke, und das Tal trank die Wasser und erblühte in einer Blumenpracht. So kam und verging unter dem Jubel der Kinder das Fest der Nost-na-Lothion oder der Geburt der Blumen, und wegen der guten Aussicht auf das Jahr wurden die Herzen der Gondothlim aufgerichtet; und nun endlich steht das große Fest Tarnin Austa oder die Pforten des Sommers nahe bevor. Ihr müßt nämlich wissen, daß es bei ihnen Brauch war, in einer Nacht um Mitternacht eine feierliche Zeremonie zu beginnen, die fortgesetzt wurde, bis die Morgendämmerung der Tarnin Austa anbrach, und von Mitternacht bis Tagesanbruch war in der Stadt kein Laut zu hören, doch den neuen Morgen hießen sie mit alten Liedern willkommen. Seit ungezählten Jahren war die Ankunft des Sommers so begrüßt worden, mit dem Gesang von Chören, die auf der schimmernden östlichen Mauer standen; und nun kommt auch die Zeit der Nachtwache, und die Stadt ist von silbernen Lampen überschwemmt, während in den Hainen im Geäst der neubegrünten Bäume vielfarbige Lichter schaukeln und leise Musik durch die Straßen zieht; doch bis zur Morgendämmerung erhebt sich keine Stimme zu Gesang.

Die Sonne ist hinter den Bergen versunken, und das Volk reiht sich emsig und freudig zum Fest auf – und blickt voll Erwartung nach Osten. Seht! Als die Sonne gerade verschwunden und alles dunkle war, schien plötzlich ein neues Licht, und ein Glühen war da, doch es war hinter den nördlichen Höhen[26], und die Gondothlim waren verwundert und liefen auf den Mauern und Brustwehren zusammen. Da verwandelte das Wundern sich in Unglauben, als das Licht wuchs und noch röter wurde, und aus Unglauben wurde Angst, als das Volk sah, daß der Schnee auf den Bergen sich rot färbte wie Blut.

Und so geschah es, daß die Feuer-Schlangen Melkos über Gondolin kamen.

Dann kamen Reiter über die Ebene und brachten atemlos Nachricht von den Wachen auf den Gipfeln; und sie berichteten von den feurigen Heeren und den Drachengestalten und sagten: ›Melko greift uns an!‹ Groß waren Furcht und Schmerz in dieser an Schönheit reichen Stadt, und die Straßen und Gassen waren erfüllt vom Weinen der Frauen und dem Jammern der Kinder und die Plätze von den Stimmen der sich sammelnden Krieger und dem Klirren von Waffen. Dort waren die leuchtenden Banner aller großen Häuser und Geschlechter der Gondothlim zu sehen. Gewaltig war die Heerschau vor dem Hause des Königs, und seine Banner waren weiß und golden und rot, und die Zeichen waren der Mond, die Sonne und das Purpurherz.[27] In der Mitte nun stand Tuor, alle Häupter überragend, und seine silberne Rüstung glänzte; und um ihn drängte sich eine Schar der wackersten Kämpfer des Volks. Seht! Alle trugen sie Flügel wie die von Schwänen oder Möwen auf ihren Helmen, und das Zeichen des Weißen Flügels war auf ihren Schilden. Aber das Gefolge Meglins sammelte sich auf demselben Platz, und die Krieger waren schwarz geharnischt, und sie trugen weder Zeichen noch Wappen, aber ihre runden Stahlhauben waren mit Maulwurfsfell überzogen, und sie kämpften mit Äxten, die zwei Schneiden hatten wie Hacken. Dort scharrte Meglin, Prinz von Gondobar, viele Krieger um sich, mit finsteren Mienen und lauernden Blicken, und ein rötliches Glühen lag auf ihren Gesichtern und waberte über die glatten Flächen ihrer Ausrüstung. Seht, alle Berge im Norden standen in Flammen, und es war, als liefen Flüsse aus Feuer die Hänge hinunter, die auf die Ebene von Tumladin führten, und das Volk konnte schon deren Hitze spüren.

Und viele andere Geschlechter waren dort versammelt, das Haus der Schwalbe und des Himmlischen Bogens, welches die größte Zahl der besten Bogenschützen stellte, und diese wurden an den breiten Stellen der Mauern aufgestellt. Das Volk der Schwalbe trug einen Helmbusch aus Federn, und die Krieger waren in Weiß und Dunkelblau und in Purpurrot und Schwarz gekleidet und trugen eine Pfeilspitze auf ihren Schilden. Ihr Führer war Duilin, der schnellste Läufer, beste Springer und sicherste Bogenschütze unter allen Männern. Doch die Männer des Himmlischen Bogens, ein Geschlecht von unermeßlichem Reichtum, sammelten sich in einer Pracht von Farben, und ihre Waffen waren mit Edelsteinen besetzt, die in dem Licht erstrahlten, das nun den Himmel erleuchtete. Jeder Schild dieses Bataillons war von himmelblauer Farbe, und sein Buckel war aus sieben Edelsteinen zusammengefügt: Rubin und Amethyst, Saphir und Smaragdt, Chrysopras, Topas und Bernstein, doch in die Helme war ein Opal von mächtiger Größe eingesetzt. Egalmoth war ihr Anführer, und er trug einen blauen Umhang, auf den mit Kristallen die Sterne gestickt waren, und sein Schwert war gebogen – niemand sonst von den Noldoli trug ein Krummschwert –, doch er vertraute lieber dem Bogen, mit dem er weiter schoß als jeder andere dieser Schar.

Auch die Geschlechter der Säule und des Turms aus Schnee waren angetreten, und beide Kriegerscharen wurden von Penlod befehligt, der an Körpergröße alle Gnomen übertraf. Da waren die Männer des Hauses des Baums, die sehr zahlreich waren, und sie waren grün gekleidet. Sie kämpften mit eisenbeschlagenen Keulen und mit Schlingen, und ihr Anführer, Galdor, galt als der tapferste aller Gondothlim, ausgenommen Turgon selbst. Dort stand das Haus der Goldenen Blume, deren Männer eine Strahlensonne auf den Schilden hatten, und ihr Anführer, Glorfindel, trug einen Mantel, so kunstvoll mit Goldfäden durchwirkt, daß er gelb durchschossen war wie ein Feld im Frühling; und ihre Waffen waren kunstvoll mit Gold überzogen.

Aus dem Süden der Stadt kam das Volk der Quelle, und Ecthelion war sein Herr, und ihr Entzücken waren Silber und Diamanten; und sie trugen sehr lange strahlende und matte Schwerter und zogen unter Flötenmusik in den Kampf. Ihnen folgte die Schar der Harfe, ein

Bataillon tapferer Krieger; doch ihr Anführer, Salgant, war ein Feigling, und er schmeichelte Meglin. Sie waren mit Quasten von Silber und von Gold geschmückt, und ihr Wappen zeigte eine silberne Harfe auf schwarzem Grund; doch Salgants Wappen zierte eine goldene Harfe, und als einziger der Söhne der Gondothlim ritt er in den Kampf, und er war dickleibig und untersetzt.

Das letzte Bataillon bildete nun das Volk des Hammers des Zorns, und diesem entstammten viele der besten Schmiede und Handwerker, und dieses ganze Geschlecht verehrte Aule, den Schmied, mehr als alle anderen Ainur. Sie kämpften mit gewaltigen Keulen, wie Hämmer geformt, und ihre Schilde waren schwer, denn sie hatten starke Arme. In früheren Zeiten waren viele Noldoli zu ihnen gestoßen, die aus den Gruben Melkos entkommen waren, und der Haß dieser Männer auf Melko, den Bösen, und auf die Balrogs, seine Dämonen, war über die Maßen groß. Ihr Anführer war Rog, der stärkste der Gnomen, kaum weniger tapfer als Galdor vom Baum. Das Zeichen dieses Hauses war der Geschlagene Amboß, und ein funkensprühender Hammer zierte ihre Schilde, und rotes Gold und schwarzes Eisen war ihnen am teuersten. Diese Schar war sehr zahlreich, und keiner dieser Männer hatte ein feiges Herz, und von allen edlen Geschlechtern erwarben sie in jener Schicksalsschlacht den höchsten Ruhm; doch Unglück war ihr Schicksal, und nicht einer kehrte vom Schlachtfeld zurück, sondern alle fielen, zusammen mit Rog, und verschwanden von der Erde; und mit ihnen sind reiche Kunstfertigkeit und Erfahrung für immer verloren gegangen.[28]

Dies war die Heerschau der elf Häuser der Gondothlim mit ihren Zeichen und Wappen, und die Leibwache von Tuor, das Volk des Flügels, wurde als das zwölfte angesehen. Nun ist das Gesicht seines Führers grimmig, und er erwartet nicht, lange zu leben – und in seinem Haus auf den Mauern legt Idril ihre Rüstung an und geht zu Earendel. Und das Kind weinte, aus Furcht vor den seltsamen roten Lichtern, die auf den Wänden des Gemachs spielten, wo es schlief; und Geschichten, die seine Kinderfrau Earendel über den feurigen

Melko erzählt hatte, wenn er unartig gewesen war, stellten sich wieder ein und quälten ihn. Doch seine Mutter kam und bekleidete ihn mit einem winzigen Kettenhemd, das sie insgeheim hatte anfertigen lassen, und sogleich war er fröhlich und überaus stolz und schrie vor Vergnügen. Doch Idril weinte, denn in ihrem Herzen liebte sie zärtlich die schöne Stadt und ihr prächtiges Haus, das ihre und Tuors Liebe beherbergt hatte; doch nun sah sie seine Zerstörung näherrükken und fürchtete, daß ihre Vorkehrungen gegen die überwältigende Macht der entsetzlichen Schlangen nichts ausrichten könnten.

Vier Stunden waren es nun noch bis Mitternacht, und der Himmel war rot im Norden, im Osten und im Westen; und die Schlangen aus Eisen hatten die Ebene von Tumladin erreicht, und die feurigen Ungeheuer bewegten sich an den untersten Hängen der Berge, so daß die Wachen gefangengenommen und von den Balrogs grausam gequält wurden, die alles durchkämmten und nur den äußersten Süden verschonten, wo Cristhorn, die Adlerspalte, lag.

Darauf berief Turgon einen Rat ein, und Tuor und Meglin, als königliche Fürsten, gingen dorthin; und Duilin kam mit Egalmoth und Penlod dem Großen, und Rog schritt herbei mit Galdor vom Baum und der goldene Glorfindel und Ecthelion von der Quelle. Auch Salgant machte sich auf, schlotternd ob der Nachricht, und noch andere Edle von geringem Blut, aber mit ehrlicheren Herzen.

Da sprach Tuor, und dies war sein Plan: Es solle ein gewaltiger Ausfall gemacht werden, bevor das Licht und die Hitze auf der Ebene zu stark geworden waren; und viele stimmten ihm zu, und sie waren nur verschiedener Meinung, ob der Ausfall mit dem gesamten Volk und Heer, Frauen, Mädchen und Kinder eingeschlossen, unternommen werden sollte oder von einzelnen Gruppen, die in verschiedene Richtungen ausschwärmen sollten; und Tuor neigte dem zweiten Vorschlag zu.

Allein Meglin und Salgant rieten anders und sprachen dafür, die Stadt zu halten und zu versuchen, jene Schätze zu bewahren, die sie barg. Heimtücke war es, die Meglin so sprechen ließ, denn er fürchtete, daß jemand dem Verhängnis entrinnen könnte, das er über alle Noldoli gebracht hatte, um seine Haut zu retten, und er hatte Angst, sein Verrat könnte ruchbar werden und die Rache ihn in späteren Tagen ereilen. Salgant hingegen plapperte bloß Meglins Worte nach, von bitterer Angst geplagt, die Stadt zu verlassen, denn er wollte lieber von einer uneinnehmbaren Festung aus Krieg führen, als auf dem Schlachtfeld das Wagnis eingehen, mit scharfen Hieben bedacht zu werden.

Da spielte der Fürst aus dem Hause des Maulwurfs auf die einzige Schwäche Turgons an und sagte: »Hört, O Herr! Die Stadt Gondolin beherbergt einen Schatz von Edelsteinen und Metallen und vielerlei Dingen von unübertrefflicher Schönheit, geschaffen von den Händen der Gnomen, und all dies wollen deine Fürsten – die, wie mir scheint, tapferer sind als klug – dem Feind überlassen. Selbst wenn der Sieg auf der Ebene dir gehören sollte, wird die Stadt geplündert werden, und die Orks werden mit unermeßlicher Beute von hier fortziehen‹; und Turgon seufzte, denn Meglin wußte um seine große Liebe zu den Reichtümern und Schönheiten jener befestigten Stadt[29] auf dem Amon Gwareth. ›Höre!‹ fuhr Meglin fort und legte Leidenschaft in seine Stimme. ›Hast du ungezählte Jahre hindurch umsonst gearbeitet, Mauern von unüberwindlicher Stärke gebaut und Tore, so mächtig, daß sie nicht einzurennen sind; ist die Macht des Berges Amon Gwareth so unbedeutend geworden wie das tiefe Tal oder der Vorrat an Waffen und die unzähligen Pfeile, die dort lagern, von so geringem Wert, daß du in der Stunde der Gefahr all diese beiseite wirfst und nackt gegen Feinde aus Stahl und Eisen zu Felde ziehst, deren Stampfen die Erde erschüttert und deren Tritt die Umzingelnden Berge mit Lärm erfüllen?‹

Und Salgant erhob seine lärmende Stimme, bei dem Gedanken an Kampf zitternd, und sagte: ›Meglin hat recht, O König, höre auf ihn.‹ Und der König befolgte den Rat dieser beiden, obgleich alle Fürsten dagegen sprachen, und vielleicht tat er es gerade deswegen: darum erwartete nun das ganze Volk auf seinen Befehl den Angriff auf den Mauern. Tuor aber weinte und verließ die Hallen des Königs, und die Männer des Flügels um sich scharend, ging er durch die Straßen zu seinem Haus; und zu dieser Stunde war das Licht gewaltig und geisterhaft, und in den Gassen der Stadt machten sich erstickende Hitze breit und schwarzer Rauch und Gestank.

Und nun kamen die Ungeheuer durch das Tal, und die weißen Türme Gondolins röteten sich vor ihnen; doch die Standhaftesten gerieten in Angst beim Anblick dieser Drachen aus Feuer und Schlangen aus Bronze und Eisen, die bereits den Berg der Stadt umschwärmten; und sie beschossen sie mit Pfeilen, die nichts ausrichteten. Da steigt ein Schrei der Hoffnung auf, denn, hört, die Schlangen aus Feuer können den Berg nicht erklimmen, weil er zu steil und glatt ist und löschende Wasser über seine Flanken strömen; doch sie liegen an seinem Fuß, und wo die Flammen der Schlangen und diese Wasserfluten vom Amon Gwareth zusammentreffen, steigt ein ungeheurer Dampf auf. Eine solche Hitze entstand dort, daß Frauen ohnmächtig wurden, der Schweiß unter den Rüstungen die Männer erschöpfte und alle Quellen der Stadt, ausgenommen die des Königs, heiß wurden und rauchten.

Aber Gothmog, Fürst der Balrogs, Führer der Heere Melkos, wußte sich Rat und sammelte alle seine Maschinen aus Eisen, die ihre Leiber winden und alle Hindernisse überkriechen konnten. Diesen befahl er, sich vor dem nördlichen Tor aufzutürmen; und, fürwahr, ihre gekrümmten Leiber reichten gerade bis zu dessen Schwelle und drückten gegen die benachbarten Türme und Bastionen, und wegen der außerordentlichen Schwere ihrer Körpermassen brachen die Tore mit gewaltigem Krachen; doch der größte Teil der angrenzenden Mauern stand noch immer fest. Da ergossen sich aus den Maschinen und Katapulten des Königs Pfeile und Steinbrocken und geschmolzenes Metall auf die grausamen Untiere, und ihre hohlen Wänste dröhnten unter dem Aufprall, doch es verschlug nichts, denn sie zerbarsten nicht, und die Flammen prallten von ihnen ab. Darauf öffneten sich die Leiber der obersten in der Mitte, und ein

Heer zahlloser Orks, der Kobolde des Hasses, strömte hervor und drang in die Bresche; und wer kann das Glänzen ausmalen ihrer Krummschwerter oder das Aufblitzen der breitschneidigen Speere, mit denen sie zustachen?

Da ließ Rog seine gewaltige Stimme erschallen, und das Volk vom Hammer des Zorns und das Geschlecht vom Baum mit Galdor dem Tapferen sprang auf den Feind los. Und die Schläge ihrer großen Hämmer und die Hiebe ihrer Keulen hallten bis zu den Umzingelnden Bergen, und die Orks fielen wie Fliegen; und die Männer der Schwalbe und des Bogens überschwemmten sie mit Pfeilen wie mit den dunklen Regen des Herbstes, und in Getümmel und Rauch fielen Orks wie Gondothlim. Gewaltig war dieser Kampf, doch trotz all dieses Heldenmutes wurden die Gondothlim unter der Wucht der ständig zunehmenden Zahl ihrer Gegner allmählich zurückgedrängt, bis die Kobolde einen Teil der nördlichsten Stadt erobert hatten.

Zu dieser Zeit kämpft sich Tuor an der Spitze des Volks vom Flügel durch den Aufruhr in den Straßen, und nun zwängt er sich durch zu seinem Haus und erkennt, daß Meglin vor ihm dort ist. Darauf vertrauend, daß der Kampf am nördlichen Tor begonnen hatte, und auf den Aufruhr in der Stadt, hatte Meglin auf diesen Augenblick gewartet, seine Pläne zu vollenden. Er hatte viel über Tuors geheimes Werk erfahren (doch erst im letzten Augenblick hatte er davon Kenntnis bekommen und nicht alles herausfinden können), aber er sagte weder dem König noch einem anderen etwas davon, weil er es für gewiß hielt, daß der Tunnel schließlich in den Weg der Flucht münden würde, der in unmittelbarer Nähe der Stadt lag, und er gedachte, dies zu seinem Vorteil zu verwenden und zum Bösen der Noldoli. Überaus heimlich sandte er Boten zu Melko, damit dieser vor Beginn der Schlacht das äußere Ende des Weges der Flucht bewachen lasse; er selbst jedoch dachte nun, sich Earendels zu bemächtigen und ihn in die Feuer am Fuß der Mauern zu werfen, Idril zu ergreifen und sie zu zwingen, ihn in den geheimen Tunnel zu führen; so wollte er den Schrecken des Feuers und Gemetzels entrinnen und Idril mit sich in die Lande Melkos schleppen. Meglin fürchtete nun, selbst das geheime Versprechen, das Melko ihm gegeben hatte, könne sich in dieser schrecklichen Plünderung als unwirksam erweisen, und war gesonnen, diesem Ainu, der ihm Sicherheit versprochen hatte, bei der Erfüllung seines Versprechens zu helfen. Er hatte jedoch keinen Zweifel, daß Tuor in dem großen Brand den Tod finden werde, denn Salgant hatte er die Aufgabe anvertraut, Tuor in den Hallen des Königs aufzuhalten und ihn von dort schnurstracks in den tödlichsten Kampf zu treiben – aber, ach! Salgant, von Todesangst gepackt, ritt nach Hause und lag dort zitternd darnieder; aber Tuor war mit dem Volk vom Flügel auf dem Weg zu seinem Heim.

Tuor tat dies, obwohl sein tapferes Herz ihn ins Kampfgetümmel zog, um von Idril und Earendel Abschied zu nehmen und sie mit einer Leibwache eiligst in den geheimen Tunnel zu schicken, bevor er selbst wieder in die Schlacht zurückkehrte, um zu sterben, wenn es sein mußte; doch vor seiner Tür fand er ein Gedränge von Maulwurfsvolk, und diese Männer waren die grausamsten und herzlosesten, die Meglin in der Stadt hatte finden können. Doch sie waren freie Noldoli, die nicht, wie ihr Meister, unter Melkos Bann standen; zwar halfen sie Idril nicht, weil Meglin ihr Herr war, doch ebensowenig wollten sie, trotz all seiner Flüche, sein Werkzeug sein.

Nun hatte Meglin Idril gerade bei den Haaren gepackt und suchte sie grausam zu den Brustwehren zu schleifen, damit sie mitansehe, wie Earendel in die Flammen stürzte; doch das Kind behinderte ihn, und Idril, obgleich ganz allein, kämpfte ungeachtet ihrer Schönheit und Zierlichkeit wie eine Tigerin. Dort ringt er nun mit ihr, Verwünschungen ausstoßend, und verliert Zeit, während das Volk vom Flügel näherkommt – und, hört! Tuor läßt einen Ruf erschallen, so gewaltig, daß die Orks in der Ferne ihn hören und bei seinem Klang erbeben. Wie ein krachender Sturmwind brach die Garde vom Flügel über die Männer vom Maulwurf herein, und sie wurden auseinandergeschleudert. Als Meglin dies sah, stach er mit einem kurzen Messer auf das Kind ein; doch Earendel biß ihn in die linke Hand, grub seine

Zähne tief hinein, und Meglin strauchelte, stach zu schwach, und die Klinge glitt von dem kleinen Kettenhemd ab; und sogleich war Tuor über ihm, und sein Zorn war furchtbar anzusehen. Er ergriff Meglin bei der Hand, die das Messer hielt, drehte seinen Arm, bis er brach, und dann packte er ihn um die Leibesmitte, sprang mit ihm auf die Mauer und schleuderte ihn weit hinaus. Gewaltig war der Fall seines Körpers, und dreimal prallte er gegen den Amon Gwareth, bevor er mitten in die Flammen schlug; und der schändliche Name Meglins wurde bei den Eldar und den Noldoli ausgelöscht.

Da gingen die Krieger vom Maulwurf, die zahlreicher waren als die wenigen vom Flügel und ihrem Herrn ergeben, auf Tuor los, und ein heftiges Handgemenge begann, doch kein Mann konnte vor Tuors Zorn bestehen, und sie wurden geschlagen, mußten in welch dunkle Löcher auch immer fliehen oder wurden von den Mauern geworfen. Dann mußten Tuor und seine Mannen sich zum Gefecht am Tor begeben, denn der Lärm von dort war sehr laut geworden, und Tuor glaubte noch immer, die Stadt könne gehalten werden; doch bei Idril ließ er Voronwe, der sich sträubte, und einige andere Krieger zurück, die sie beschützen sollten, bis er zurückkehrte oder ihr aus dem Kampf Nachricht sandte.

Nun war der Kampf am Tor in der Tat sehr schlimm, und Duilin von der Schwalbe wurde, als er von der Mauer schoß, von einem brennenden Pfeil der Balrogs getroffen, die am Fuß des Amon Gwareth umhersprangen; und er fiel von der Brustwehr und ging zugrunde. Da fuhren die Balrogs fort, Feuerspeere und flammende Pfeile wie kleine Schlangen in den Himmel zu schießen, und diese fielen auf die Dächer und in die Gärten von Gondolin, bis alle Bäume versengt waren, und Blumen und Gras verbrannten und die weißen Mauern und Säulengänge geschwärzt und rußig waren: doch weit schlimmer war es, daß eine Gruppe dieser Dämonen die Windungen der eisernen Schlangen erklomm und von dort unaufhörlich mit Bogen und Schleudern schoß, bis im Rücken der Hauptstreitmacht der Verteidiger ein Feuer zu brennen begann.

Da rief Rog mit lauter Stimme: ›Sollen wir die Balrogs wegen all ihres Schreckens fürchten? Seht sie vor uns, die Verfluchten, die viele Zeitalter lang die Kinder der Noldoli gequält haben und die jetzt mit ihren Geschossen in unserem Rücken ein Feuer entfacht haben. Kommt herbei, ihr Männer vom Hammer des Zorns, wir wollen sie zerschmettern und ihnen ihre Bosheit heimzahlen!‹ Darauf hob er seine Keule, und ihr Griff war lang; und so gewaltig war der Ingrimm seines Angriffs, daß er eine Bresche schlug bis zum gefallenen Tor; doch alle Männer vom Geschlagenen Amboß folgten ihm wie ein Keil, und die Raserei ihres Zorns ließ Funken aus ihren Augen springen. Eine gewaltige Tat war dieser Ausfall, den die Noldoli immer noch besingen, und viele der Orks wurden zurückgedrängt bis in die Feuer unter ihnen; doch sogar auf die gewundenen Schlagenleiber sprangen Rogs Männer, griffen die Balrogs an und droschen auf sie ein, obgleich diese Kreaturen Flammenpeitschen und stählerne Krallen hatten und sehr groß gewachsen waren. Sie schlugen sie in die Flucht oder fingen ihre Peitschen auf und schwangen sie gegen die Untiere, so daß sie in Stücke gerissen wurden, wie sie einst die Gnomen zerfetzt hatten; und die Zahl der Balrogs, die erschlagen wurden, erfüllte die Scharen Melkos mit Staunen und Furcht, denn vor diesem Tag war niemals ein Balrog durch die Hände von Elben und Menschen getötet worden.

Da sammelte Gothmog, Fürst der Balrogs, alle seine Dämonen, die in der Nähe der Stadt waren, und ordnete sie so: Eine Anzahl von ihnen griff das Volk vom Hammer an und wich vor ihm zurück, doch die größere Schar eilte seitlich vorbei, und es gelang ihr, in den Rükken der Gnomen zu gelangen, höher auf den Drachenleibern und näher an den Toren, so daß Rog sich nur unter großen Verlusten hätte zurückziehen können. Aber Rog, als er die Lage erkannte, versuchte gar nicht, wie die Balrogs gehofft hatten, umzukehren, sondern fiel mit seiner ganzen Schar über jene Balrogs her, deren Aufgabe es war, vor ihm zurückzuweichen; und sie flohen vor ihm, jetzt aus nackter Not und nicht aus Berechnung. Hinunter in die Ebene wurden sie gehetzt, und ihre Schreie zerrissen die Luft über Tumladin. Dann setzten die Männer des Hauses vom Hammer ihnen nach und schlugen und hieben auf die verblüfften Scharen Melkos ein, bis sie schließlich von einer überwältigenden Streitmacht von Orks und Balrogs zum Stehen gebracht wurden und ein Feuerdrache auf sie losgelassen wurde. Dort, um Rog geschart und bis zuletzt kämpfend, gingen sie zugrunde, besiegt von Eisen und Flammen, und jetzt noch heißt es im Lied, daß jeder Mann vom Hammer des Zorns sich sein Leben mit den Leben von sieben Feinden bezahlen ließ. Ob des Todes von Rog und des Verlustes seiner Streitmacht packte die Gondothlim noch größerer Schrecken, und sie wichen noch weiter in die Stadt zurück, und dort starb Penlod in einer Gasse, mit dem Rücken zur Wand, und viele Männer von der Säule und viele vom Turm aus Schnee fielen neben ihm.

Darum hielten nun Melkos Kreaturen das Tor zur Gänze und einen großen Teil der Mauer zu beiden Seiten, von wo viele vom Haus der Schwalbe und vom Haus des Regenbogens ins Verderben gestürzt wurden; doch im Inneren der Stadt hatten sie sich fast bis zur Mitte vorgekämpft, ja, bis zum Platz der Quelle, der an den Platz des Palastes grenzte. Doch entlang der Straßen und am Tor türmten sich zahllos ihre Toten auf, und darum hielten sie inne und beratschlagten, hatten sie doch durch die Tapferkeit der Gondothlim viel mehr Kämpfer verloren, als sie gedacht hatten, und weit mehr als die Verteidiger. Auch das Gemetzel, das Rog unter den Balrogs angerichtet hatte, erfüllte sie mit Furcht, denn diese Dämonen flößten ihnen viel Mut und Selbstvertrauen ein.

Der Plan, den sie machten, war nun, zu verteidigen, was sie erobert hatten; währenddessen sollten die Schlangen aus Bronze mit ihren mächtigen Trampelfüßen über die Eisenschlangen kriechen und, wenn sie die Mauern erreicht hatten, eine Bresche hineinschlagen, durch welche die Balrogs auf den Flammendrachen reiten konnten; doch sie wußten, daß dies rasch geschehen mußte, denn die Hitze dieser Drachen währte nicht unbegrenzt und konnte nur aus den Feuerbrunnen, die Melko in den Festungen seines eigenen Landes geschaffen hatte, erneuert werden.

Doch gerade als ihre Boten ausgesandt wurden, hörten sie eine liebliche Musik, die inmitten des Heeres der Gondothlim gespielt wurde, und sie fragten sich erschrocken, was das bedeuten mochte; und hört! Ecthelion kam dort und mit ihm das Volk von der Quelle, das Turgon bis jetzt zurückgehalten hatte, denn er beobachtete den größten Teil des Angriffs aus der Höhe seines Turms. Diese Männer marschierten nun zur mächtigen Musik ihrer Flöten, und das Kristall und Silber ihrer Rüstungen war wunderbar anzusehen inmitten des roten Lichtes der Feuer und der Schwärze der Ruinen.

Dann verstummte plötzlich die Musik, und Ecthelion der Schönstimmige gab laut den Befehl, die Schwerter zu zücken, und ehe die Orks sich's versahen, ging das Gewitter jener blitzenden matten Klingen auf sie nieder. Ecthelions Volk, so sagt man, erschlug mehr Kobolde, als jemals in allen Schlachten der Eldalie mit dieser Rasse getötet wurden, und sein Namen löst bei ihnen bis auf den heutigen Tag Entsetzen aus, und für die Eldar wurde er zum Schlachtruf.

Nun geschieht es, daß Tuor und die Männer vom Flügel in den Kampf eingreifen und sich neben Ecthelion und die Männer von der Quelle einreihen, und die zwei teilen gewaltige Schläge und schützen sich gegenseitig vor manch einem Hieb und treiben die Orks in die Flucht, so daß diese fast bis zum Tor zurückweichen müssen. Aber von dort ertönt ein Beben und Stampfen, denn gewaltig trampeln die Drachen voran, sich einen Weg zu bahnen den Amon Gwareth hinauf, um die Mauern der Stadt niederzuwerfen; und schon klafft eine Lücke darin, und ein Gewirr von Steinbrocken liegt dort, wo die Wachtürme in Trümmer gefallen sind. Gruppen von der Schwalbe und vom Bogen des Himmels kämpfen dort erbittert inmitten der Trümmer oder sind an den Mauern von Osten nach Westen handgemein mit dem Feind: Doch gerade als Tuor näherkommt, die Orks vor sich hertreibend, wälzt sich eine der metallischen Schlangen gegen die westliche Mauer, und ein großes Mauerstück schwankt und fällt, und dahinter erscheint ein Untier aus Feuer, auf dem Balrogs reiten. Flammen schießen aus dem Rachen des Drachen und versengen die Angreifer, und die Flügel auf Tuors Helm werden schwarz, doch er hält stand und sammelt seine Garde um sich und die Männer vom Bogen und der Schwalbe, die er finden kann, während Ecthelion zu seiner Rechten die Männer von der Quelle des Südens um sich schart.

Die Ankunft der Drachen hat nun den Orks neuen Mut eingeflößt, und sie mischen sich unter die Balrogs, die durch die Bresche strömen, und sie fallen furchtbar über die Gondothlim her. Dort erschlug Tuor Othrod, einen Fürsten der Orks, dem er den Helm spaltete, und Balcmeg hieb er in Stücke, und Lug traf er mit seiner Axt und schlug ihm unterhalb der Knie die Beine ab, doch Ecthelion durchhieb mit einem Streich zwei Hauptleute der Kobolde und spaltete den Schädel von Orcobal, ihrem besten Streiter, bis auf die Zähne; und dank der Mannhaftigkeit dieser beiden Fürsten drangen die Gondothlim sogar auf die Balrogs ein. Von diesen Dämonen der Macht erschlug Ecthelion drei, denn sein strahlendes Schwert spaltete ihre eiserne Haut, entfesselte ihr Feuer, so daß sie verbrannten; doch mehr noch entsetzte sie der Wirbel der Axt Dramborleg, von der Hand Tuors geschwungen, denn sie fuhr durch die Luft wie rauschende Adlerflügel, und wo sie fiel, brachte sie den Tod, und fünf der Balrogs gingen unter ihnen zugrunde.

Es ist aber so, daß wenige nicht immerfort gegen viele kämpfen können, und Ecthelion trug von der Peitsche eines Balrogs einen tiefen Riß am linken Arm davon, und sein Schild fiel zur Erde, gerade als der Feuerdrache inmitten der Mauerreste näherkam. Da mußte sich Ecthelion auf Tuor stützen, und dieser wollte ihn nicht im Stich lassen, obgleich die stampfenden Füße des Untiers auf sie zukamen, und ihr Schicksal schien besiegelt: Aber Tuor hieb in den Fuß des Drachen, so daß eine Flamme herausschoß und die Kreatur kreischte und mit dem Schwanz peitschte; und viele Orks und Noldoli fanden dadurch den Tod. Nun spannte Tuor alle Kräfte an, hob Ecthelion hoch, und inmitten einer verbliebenen Kriegerschar kroch er unter dem Drachen hervor und entkam; doch schrecklich war das Blutbad, das dieses Untier unter den Männern angerichtet hatte, und die Gondothlim waren schmerzerschüttert.

So kam es denn, daß Tuor, Sohn von Peleg, vor ihnen zurückwich, um jeden Fußbreit Boden kämpfend; und er trug Ecthelion von der Quelle aus der Schlacht, doch die Drachen und die anderen Feinde hatten die Hälfte der Stadt und den ganzen nördlichen Teil erobert. Von dort zogen plündernde Banden durch die Straßen, machten viel Beute oder töteten in der Dunkelheit Männer und Frauen und Kinder, und wenn sich Gelegenheit bot, fesselten sie viele, führten sie zurück und warfen sie in die Hohlräume der eisernen Drachen, um sie später mitzuschleppen, auf daß sie Sklaven Melkos würden.

Von Norden kommend erreichte Tuor nun den Platz der Quelle des Volks und fand dort Galdor, der den westlichen Zugang durch den Bogen von Inwe gegen eine Horde der Kobolde verteidigte, doch nur noch wenige Männer vom Baum standen ihm zur Seite. Dort wurde Galdor Tuors Rettung, denn im Gefolge seiner Männer stolperte er unter Ecthelions Last über einen Leichnam, der im Dunkel lag, und die Orks hätten beide ergriffen, wäre nicht dieser Held unvermutet mit geschwungener Keule auf sie losgegangen.

Dort wurden die zerstreuten Reste der Garde des Flügels, des Hauses vom Baum und der Quelle, der Schwalbe und des Bogens zu einem ansehnlichen Bataillon verschmolzen, und auf Rat Tuors zog es sich vom Platz der Quelle zurück, weil der angrenzende Platz des Königs besser zu verteidigen war. Auf diesem Platz hatten nun früher viele schöne Blumen gestanden, Eichen und Pappeln, die einen großen Brunnen von gewaltiger Tiefe umstanden, der ein überaus reines Wasser enthielt; zu dieser Stunde jedoch war dieser Platz erfüllt von der Zügellosigkeit und Schändlichkeit der abscheulichen Kreaturen Melkos, und ihre Kadaver verseuchten die reinen Fluten.

So schließen sich die Verteidiger zum letzten Mal auf dem Platz vor dem Palast des Königs tapfer zusammen, und viele von ihnen sind verwundet und matt, und Tuor ist erschöpft durch die Anstrengungen der Nacht und die Last Ecthelions, den eine tödliche Ohnmacht umfängt. Gerade als Tuor dieses Bataillon von Nordwesten über die Straße der Bögen heranführt (und sie hatten große Mühe zu verhindern, daß der Feind ihnen in den Rücken fiel), ertönt Lärm an der Ostseite des Platzes und, seht! Glorfindel wird dorthin zurückgedrängt mit den letzten Männern der Goldenen Blume.

Diese hatten einem furchtbaren Angriff auf dem Großen Markt im Osten der Stadt standgehalten, wo eine Streitmacht von Orks und Balrogs sie unvermutet überfiel, als sie auf einem Umweg zum Kampf am Tor marschierten. Dort wollten sie den Feind überraschend auf seiner linken Flanke angreifen, doch sie gerieten selbst in einen Hinterhalt; dort fochten sie stundenlang erbittert, bis ein gerade durch die Bresche gekommener Feuerdrache sie überwältigte, und Glorfindel und wenige Männer hieben sich mit knapper Not den Weg frei; jener Markt jedoch mit seinen Läden und prächtigen Waren, Zeugnisse edlen Handwerks, war eine Flammenwüste.

Die Geschichte erzählt, daß Turgon auf dringendes Ersuchen Glorfindels ihnen die Männer der Harfe zu Hilfe schicken wollte, aber Salgant verschwieg ihnen diesen Befehl und sagte, sie sollten den Platz des Kleineren Marktes im Süden besetzen, wo er wohnte, und die Männer waren darüber ergrimmt. Doch nun hatten sie sich von Salgant losgesagt und waren vor die Hallen des Königs gezogen; und sie kamen gerade zur rechten Zeit, denn ein Gewimmel triumphierender Feinde war Glorfindel auf den Fersen. Über diese fielen die Männer der Harfe ohne Befehl und mit großer Kampfeslust her und machten die Feigheit ihres Anführers um das Vielfache wieder wett; sie jagten den Feind zum Markt zurück, und ihr Zorn trieb sie, führerlos wie sie waren, sogar noch weiter, so daß viele von ihnen ein Opfer der Flammen wurden oder, getroffen vom Atem des Drachen, der dort wütete, zu Boden sanken.

Nun trank Tuor aus der großen Quelle und war erfrischt, und er lüftete Ecthelions Helm, gab ihm zu trinken und bespritzte sein Gesicht, und die Ohnmacht wich von ihm. Nun räumten die Fürsten Tuor und Glorfindel den Platz und zogen alle entbehrlichen Männer von den Zugängen zurück, die sie mit Barrikaden sperrten, und nur den Zugang von Süden ließen sie noch offen. Von dort kommt in diesem Augenblick Egalmoth. Er hatte den Befehl über die Maschinen auf der Mauer innegehabt; doch da er es seit geraumer Zeit für notwendiger hielt, mit dem Schwert in den Straßen zu kämpfen als auf den Brustwehren zu schießen, sammelte er einige Männer vom Bogen und von der Schwalbe um sich und warf seinen Bogen fort. Dann zog er mit ihnen durch die Stadt, und sie schlugen sich wacker, wann immer sie auf feindliche Banden stießen. Dabei rettete er viele Scharen von Gefangenen, nahm nicht wenige umherirrende und gejagte Männer auf und kam so nach hartem Kampf zum Platz des Königs; und die Männer sahen ihn gern, denn sie hatten befürchtet, er sei gefallen. Nun drängten sich alle Frauen und Kinder, die sich hier zusammengefunden hatten oder die Egalmoth mitgebracht hatte, in den Hallen des Königs zusammen, und die tapfersten Kämpfer der Häuser machten sich zum letzten Kampf bereit. In dieser Schar der Überlebenden finden sich einige, wenn auch nur wenige, aus jedem der Geschlechter Gondolins, ausgenommen das Haus vom Hammer des Zorns; und das Haus des Königs ist bis jetzt untätig gewesen. Doch ist das keine Schande, denn es war immer seine Aufgabe, sich bis zuletzt zu schonen und den König zu verteidigen.

Aber jetzt haben die Männer Melkos ihre Streitkräfte vereinigt, und sieben Feuerdrachen rücken an, umgeben von Orks und geritten von Balrogs, und sie kommen von Norden, Osten und Westen zum Platz des Königs. Da gab es an den Barrikaden ein Gemetzel, und Tuor und Egalmoth gingen von einer Sperre zur nächsten, und Ecthelion lag bei der Quelle; und dieser Widerstand war der hartnäckigste und mannhafteste, und seiner wird gedacht in allen Liedern und in jeder Geschichte. Doch nach langem Kampf durchbrach zuletzt ein Drache die Barrikade im Norden – und dort hatte früher die

Allee der Rosen begonnen, ein lieblicher Ort zum Schauen und Spazieren, doch nun ist dort nur noch eine Schneise aus Schwärze, erfüllt von Getöse.

Tuor stand dort, versperrte dem Untier den Weg, doch er war getrennt von Egalmoth, und die Feinde drängten ihn zurück bis zur Mitte des Platzes in der Nähe der Quelle. Dort wurde ihm schwach von der würgenden Hitze, und er wurde von einem großen Dämon niedergeschlagen, von Gothmog selbst, dem Fürsten der Balrogs und Sohn Melkos. Doch hört! Ecthelion, das Antlitz bleich wie grauer Stahl, der Schildarm schlaff, stellte mit gespreizten Beinen sich über ihn, als Tuor fiel; und der Gnom stach auf den Dämon ein, doch er traf ihn nicht tödlich, sondern wurde selbst am Schwertarm verwundet, so daß seine Waffe ihm aus der Hand glitt. Da sprang Ecthelion, Herr der Quelle, schönster der Noldoli, Gothmog mit seinem ganzen Gewicht an, gerade als dieser mit seiner Peitsche ausholte, und Ecthelions Helm trug einen Sporn, und diesen rammte er dem Untier in die Brust und umschlang mit seinen Beinen die Lenden des Feindes; und der Balrog schrie gellend und fiel nach vorn; doch alle beide stürzten sie in das Becken der königlichen Quelle. Dort fand diese Kreatur ihre verdiente Strafe; und Ecthelion sank, gezogen vom Gewicht des Stahls, in die Tiefe, und so hauchte der Herr der Quellen nach einem feurigen Kampf im kühlen Wasser seine Seele aus.[30]

Tuor nun hatte sich erhoben, als Ecthelions Angriff ihm Zeit gab, und als er diese große Tat sah, weinte er aus Liebe zu diesem schönen Gnomen von der Quelle, doch im Nu wieder ins Gefecht verwickelt, konnte er sich mit knapper Not den Weg zu den Kämpfern am Palast bahnen. Dort gingen nun, als sie den Feind wanken sahen, den ob des Falls von Gothmog, dem Marschall der Heere, Angst ergriff, die Streiter des königlichen Hauses zum Angriff über, und mit ihnen kam der König in seinem Glanz herab und kämpfte mit ihnen, so daß sie einen großen Teil des Platzes zurückgewannen und sogar zwei von den Balrogs erschlugen, was in der Tat von großem Heldenmut zeugt; doch größres noch vollbrachten sie: Trotz seiner Flammen schlossen sie einen der Feuerdrachen ein und zwangen ihn bis in die Wasser der Quelle, daß er darin zugrunde ging. Dies nun war das Ende dieses reinen Wassers; und seine Weiher verwandelten sich in Dampf, und sein Springquell versiegte und stieg nie mehr in den Himmel, sondern statt dessen erhob sich eine riesige Säule aus Dampf gen Himmel, und dessen Wolke zog über das ganze Land.

Da befiel alle Furcht ob des bösen Schicksals der Quelle, und der Platz füllte sich mit Schwaden glühender Hitze und blendenden Nebeln, und die Streiter des königlichen Hauses kamen um, getötet von der Hitze, einem Feind, einem Drachen oder einem Waffenbruder; doch eine Abteilung rettete den König, und unter den Bäumen Glingol und Bansil scharten sich die Männer zusammen.

Da sagte der König: ›Tief ist der Fall von Gondolin‹, und ein Schauder überlief die Männer, denn so lauteten die Worte von Amnon, dem Propheten von einst;[31] doch Tuor, von Liebe und Mitleid für den König erfüllt, sprach stürmische Worte und rief: ›Noch steht Gondolin, und Ulmo wird es nicht untergehen lassen!‹ In diesem Augenblick standen nun beide, Tuor bei den Bäumen und der König auf der Treppe, ebenso da wie damals, als Tuor Ulmos Botschaft überbracht hatte. Aber Turgon sagte: ›Unheil habe ich über die Blumen der Ebene gebracht, Ulmo zum Trotz, und nun läßt er sie im Feuer vergehen. Hört! Keine Hoffnung ist mehr in meinem Herzen für meine Stadt der Lieblichkeit, aber die Kinder der Noldoli sollen nicht auf ewig besiegt sein.‹

Da schlugen die Gondothlim an ihre Waffen, denn viele standen in der Nähe, doch Turgon sagte: ›Kämpft nicht gegen das Schicksal, O meine Kinder! Suche, wer mag, sein Heil in der Flucht, falls überhaupt noch Zeit dazu ist: Doch Tuor erhaltet eure Treue.‹ Doch Tuor erwiderte: ›Du bist der König‹; und Turgon gab zur Antwort: ›Doch keinen Schwertsreich mehr werde ich tun‹, und er warf seine Krone auf die Wurzeln von Glingol. Darauf hob sie Galdor auf, der dort stand, aber Turgon nahm sie nicht an, und barhäuptig erstieg er die höchste Spitze des weißen Turms, der in der Nähe seines Palastes stand. Dort hob er seine Stimme, und sie klang wie ein Horn, das in den Bergen geblasen wird, und alle, die unter den Bäumen versammelt waren, und die Feinde in den Nebeln des Platzes, vernahmen sie: ›Gewaltig ist der Sieg der Noldoli!‹ Und es heißt, daß dies um Mitternacht geschah und die Orks in ein Hohngeschrei ausbrachen.

Dann berieten die Männer über einen Ausfall, und es gab zwei Meinungen. Viele glaubten, es sei unmöglich durchzubrechen, geschweige denn über die Ebene und durch die Berge zu gelangen, und es sei darum besser, zusammen mit dem König zu sterben. Tuor jedoch mochte nicht an den Tod so vieler schöner Frauen und Kinder denken, sei es, als der letzte Ausweg, durch die Hände ihres eigenen Volks oder durch die Waffen der Feinde, und er sprach von dem Tunnel und dem geheimen Weg. Darum schlug er vor, man solle Turgon umzustimmen suchen, ihn bitten, zu ihnen zu kommen und die Überlebenden nach Süden zu den Mauern und zum Eingang des Tunnels zu führen; er selbst aber brannte vor Verlangen, sich dorthin zu begeben und zu erfahren, wie es Idril und Earendel ginge oder ihnen die Nachricht zukommen zu lassen, sich schleunigst auf den Weg zu machen, weil Gondolin gefallen sei. Tuors Plan erschien den Fürsten in der Tat verzweifelt – angesichts der Enge des Tunnels und der großen Zahl der Flüchtlinge, die ihn durchqueren mußte –, doch in ihrer Not wollten sie seinem Vorschlag gern folgen. Turgon aber hörte nicht auf sie und befahl ihnen, sogleich aufzubrechen, ehe es zu spät sei. ›Tuor‹, sagte er, ›soll euch leiten und anführen. Ich hingegen, Turgon, werde meine Stadt nicht verlassen und werde mit ihr verbrennen.‹ Da sandten sie abermals Boten zum Turm, die sagten: ›Herr, was sind die Gondothlim ohne dich? Führe uns!‹ Doch er erwiderte: ›Hört mich! Hier bleibe ich!‹ Und als sie ein drittes Mal kamen, sagte er: ›Als euer König sage ich euch: Gehorcht meinem Geheiß und wagt es nicht, weiterhin meine Befehle zu bekritteln!‹ Danach schickten sie keine Boten mehr und machten sich zu dem verzweifelten Versuch bereit. Aber die Männer des königlichen

Hauses, die noch am Leben waren, wollten keinen Fuß rühren, sondern scharten sich dicht um den Fuß des königlichen Turms. ›Hier‹, sagten sie, ›werden wir bleiben, wenn Turgon nicht fortgeht‹; und sie ließen sich nicht überreden.

Nun war Tuor schmerzlich zerrissen zwischen seiner Achtung für den König und seiner Liebe zu Idril und seinem Kind, nach denen sein Herz sich sehnte; doch schon drangen Drachen auf den Platz, stampften über Tote und Sterbende, und in den Nebeln sammelte sich der Feind zum letzten Angriff; und die Entscheidung mußte getroffen werden. Da versammelte er, überwältigt vom Klagen der Frauen in den Hallen des Palastes und von großem Mitleid für die bejammernswerten Überreste des Volkes von Gondolin, die ganze traurige Menge um sich, Mädchen, Kinder und Mütter, und hieß sie in der Mitte gehen, und seine Männer ordnete er, so gut er konnte, rings um sie an. Die Flanken und den Rücken machte er am stärksten, denn er plante beim Rückzug nach Süden nach besten Kräften mit der Nachhut zu kämpfen; und so, wenn alles glücklich ablief, dachte er, über die Straßen des Prunks zum Platz der Götter zu ziehen, ehe eine große Streitmacht ausgesandt werden konnte, ihn zum umgehen. Von dort wollte er über den Weg der Eilenden Wasser, vorbei an den Quellen des Südens, zu den Mauern und zu seinem Haus ziehen; doch wenn er an den Zug durch den geheimen Tunnel dachte, überkamen ihn große Zweifel. Darauf nun rückte der Feind, auf seine linke Flanke und seine Nachhut vor – von Osten und Norden –, just als er sich zurückzuziehen begann; doch seine rechte Flanke wurde von der Halle des Königs gedeckt, und die Spitze seiner Marschsäule bog bereits in die Straße des Prunks ein.

Darauf kamen einige der gewaltigsten Drachen herbei und glühten in dem Nebel, und Tuor mußte die Schar zwingen, loszurennen, während er auf der linken Flanke aufs Geratewohl kämpfte; doch Glorfindel hielt ihm mannhaft den Rücken frei, und hier fielen abermals viele Männer von der Goldenen Blume. So kam es, daß sie die Straße des Prunks hinter sich ließen und Gar Ainion erreichten, den

Platz der Götter; und dieser Platz war wie ein offenes Gelände, und in der Mitte lag der höchste Punkt der ganzen Stadt. Hier gerät Tuor in eine schlimme Lage und hat kaum noch Hoffnung, viel weiter vorzudringen; doch seht! Die Feinde scheinen bereits zu erlahmen, und kaum einer folgt ihnen noch, und das ist ein Wunder. Nun kommt Tuor an der Spitze des Zuges zum Platz der Vermählung, und siehe!, dort steht Idril vor ihm mit gelöstem Haar wie am Tage ihrer Hochzeit; und groß ist die Verblüffung. Voronwe stand neben ihr und niemand sonst, doch Idril sah Tuor überhaupt nicht an, denn ihr starrer Blick war zurückgerichtet auf den Platz des Königs, der nun ein wenig unter ihnen lag. Da kam der ganze Zug zum Stehen, und alle Augen folgten Idrils Blick, und ihre Herzen standen still; denn nun erkannten sie, warum der Feind sie so wenig bedrängte, und den Grund für ihre Rettung. Seht! In diesem Augenblick wand sich ein Drache über die letzten Stufen des Palastes und besudelte ihre Weiße; doch Schwärme von Orks hausten in seinem Inneren, schleppten vergessene Frauen und Kinder ins Freie oder erschlugen die Männer, die allein kämpften. Glingol war bis auf einen Stumpf vertrocknet und Bansil war zur Gänze schwarz geworden, und der Turm des Königs war belagert. Hoch oben konnten sie die Gestalt des Königs erkennen, doch am Fuß des Turms schlug und peitschte ein flammenspeiender Drache mit seinem Schwanz, und Balrogs umgaben ihn; und die Männer des Königshauses waren in höchster Not, und Angstschreie drangen bis zu den Zuschauern hinauf. Die Plünderung der Hallen Turgons und der allertapferste Widerstand des königlichen Hauses waren es also, die den Feind fesselten, so daß Tuor mit seiner Schar von dort wegzog und nun in Tränen auf dem Platz der Götter stand.

Da sagte Idril: ›Weh mir, einer Tochter, deren Vater hoch auf der höchsten Spitze sein Schicksal erwartet; doch siebenmal größer ist das Leid der Frau, deren Gebieter vor Melko zugrundegegangen ist und nicht mehr heimkommen wird!‹ – denn die Qualen dieser Nacht hatten ihren Geist verwirrt.

Da sagte Tuor: ›Schau mich an, Idril! Ich bin's, und ich lebe; doch nun will ich deinen Vater holen, und sei es aus den Höllen Melkos!‹ Mit diesen Worten wollte er allein den Hügel hinabstürzen, außer sich über das Leid seiner Gemahlin; doch sie, in einer Flut von Tränen zu sich kommend, umklammerte seine Knie und sagte: ›Mein Gebieter! Mein Gebieter!‹ und hielt ihn zurück. Doch gerade als sie sprachen, stiegen aus dem Palast der Qual gewaltiger Lärm und gellendes Geschrei auf. Seht! Der Turm fing Feuer, und in einer Stichflamme brach er zusammen, denn die Drachen zermalmten seine Festen und alle, die dort standen. Ungeheuer war das Krachen dieses entsetzlichen Falls, und darin verschwand Turgon, König von Gondolin, und von diesem Augenblick an gehörte Melko der Sieg.

Da sprach Idril mit schwerer Stimme: ›Beklagenswert ist die Blindheit der Weisen‹; doch Tuor erwiderte: ›Beklagenswert ist auch der Starrsinn jener, die wir lieben – doch es war ein Irrtum voller Heldenmut.‹ Darauf beugte er sich nieder und küßte sie, denn sie bedeutete ihm mehr als alle Gondothlim; doch sie weinte bitterlich um ihren Vater. Darauf wandte sich Tuor an die Hauptleute und sagte: ›Hört! Wir müssen von hier fort, so rasch wir können, damit wir nicht eingeschlossen werden‹; und damit setzten sie sich in Bewegung, so rasch sie es vermochten, und verließen diesen Ort, bevor die Orks der Plünderung des Palastes überdrüssig und des Jubels über den Sturz des Turms von Turgon müde werden würden.

Nun befinden sie sich im südlichen Teil der Stadt und stoßen bloß auf verstreute Banden von Plünderern, die vor ihnen fliehen; doch überall finden sie Feuer und Brand, die der ruchlose Feind hinterlassen hat. Frauen treffen sie, einige Säuglinge tragend, andere mit Hausrat beladen, doch Tuor erlaubte nicht, daß sie etwas anderes mitnahmen als ein wenig Nahrung. Als sie nun endlich in ein ruhigeres Gebiet kamen, fragte Tuor Voronwe nach Neuigkeiten, weil Idril kein Wort sprach und wie eine Schlafwandlerin dahinschritt; und Voronwe erzählte ihm, wie er und Idril vor den Toren des Hauses gewartet hätten, während der Schlachtlärm wuchs und ihre Herzen erschütterte; und Idril habe geweint, weil von Tuor keine Nachricht gekommen sei. Schließlich hatte sie den größten Teil ihrer Wachmannschaft mit Earendel in den geheimen Tunnel hinabgeschickt und sie mit herrischen Worten zum Abmarsch gezwungen, doch groß sei ihr Kummer über diese Trennung gewesen. Sie selbst wolle bleiben, sagte sie, und ohne ihren Gebieter wolle sie nicht weiterleben; und dann lief sie umher, sammelte Frauen und Umherirrende und sandte sie eilends in den geheimen Tunnel und kämpfte mit ihrer kleinen Schar gegen Räuber; und niemand konnte sie davon abbringen, ein Schwert zu tragen.

Schließlich waren sie mit einer Bande aneinandergeraten, die ein wenig zu zahlreich gewesen war, und nur mit dem Glück der Götter hatte Voronwe sie von dort weggezerrt, denn alle anderen waren umgekommen, und der Feind brannte Tuors Haus nieder; doch den geheimen Tunnel fand er nicht. ›Dadurch‹, sagte Voronwe, ›verwirrten Erschöpfung und Gram deiner Gemahlin den Geist, und zu meiner großen Besorgnis eilte sie wie toll in die Stadt – und ich konnte sie nicht dazu bewegen, fortzugehen, als der Palast in Flammen aufging.‹

Während Voronwes Erzählung waren sie zu den südlichen Mauern und zu Tuors Haus gelangt, und siehe! das Haus war niedergerissen und die Trümmer rauchten, und darüber geriet Tuor in bitteren Zorn. Jedoch sie hörten Lärm, der anzeigte, daß Orks sich näherten, und Tuor schickte seine Schar so rasch wie möglich hinab in den geheimen Tunnel.

An dieser Treppe nun überkommt die Verbannten großer Jammer, als sie Gondolin Lebewohl sagen; doch haben sie nicht viel Hoffnung, jenseits der Berge weiterleben zu können, denn wie sollen sie den Händen Melkos entschlüpfen?

Tuor ist froh, als alle den Eingang durchschritten haben, und sein Herz wird leichter; in Wirklichkeit ist es allein dem Glück der Valar zu verdanken, daß sie alle in den Tunnel gelangen, ohne von den Orks erspäht zu werden. Einige werden nun zurückgelassen, die ihre

Waffen ablegen und mit Pickeln arbeiten und von drinnen den Zugang zum Tunnel verschließen, und dann den übrigen so rasch wie möglich folgen; doch als die Flüchtlinge die Treppe herabgestiegen waren und sich auf gleicher Höhe mit dem Tal befanden, wurde die Hitze zur Qual, die das Feuer der Drachen verursachte, die in der Stadt waren, und diese Untiere waren in der Tat nah, denn der Tunnel verlief nicht sehr tief unter der Erde. Durch die Erschütterungen der Erde wurden Felsbrocken gelöst, die herabstürzten und viele zermalmten, und in der Luft waren Rauchschwaden, so daß die Fakkeln und Lampen verlöschten. Hier stolperten sie über die Leichname einiger, die vor ihnen aufgebrochen und zugrundegegangen waren, und Tuor sorgte sich um Earendel; und in dichter Finsternis und voller Angst eilten sie vorwärts. Fast zwei Stunden waren sie in diesem Erdtunnel, und zum Ende hin war er kaum fertiggestellt, sondern an den Seiten unbehauen und niedrig.[32]

Dann kamen sie schließlich, um fast ein Zehntel ihrer Zahl vermindert, zur Öffnung des Tunnels, und dieser mündete klugerweise in einer großen Senke, die einst mit Wasser gefüllt gewesen, nun jedoch mit dichtem Buschwerk bestanden war. Hier drängte sich eine große Menge allerlei Volks zusammen, das Idril und Voronwe zuvor durch den verborgenen Weg geschickt hatte, und diese Gnomen weinten leise vor Erschöpfung und Kummer, und Earendel war nicht unter ihnen. Darob ergriff Tuor und Idril große Herzensqual.[33] Auch bei allen anderen war Wehklagen zu hören, denn in der Mitte der Ebene, die sie umgab, ragte in der Ferne Amon Gwareth auf, von Flammen gekrönt, wo einst die schimmernde Stadt, ihre Heimat, gestanden hatte. Feuerdrachen sind über ihr, und durch ihre Tore kriechen Ungeheuer aus Eisen hinein und hinaus, und gewaltig ist die Plünderung durch Orks und Balrogs. Doch für die Anführer liegt darin gleichwohl ein wenig Trost, denn sie können annehmen, daß die Ebene von Melkos Volk fast frei ist, ausgenommen die unmittelbare Nähe der Stadt, denn alle seine bösen Wesen haben sich dorthin begeben, um sich an der Zerstörung zu weiden.

›Deshalb müssen wir nun‹, sagte Galdor, ›von hier aus so nahe wie möglich an die Umzingelnden Berge gelangen, bevor die Morgendämmerung uns überrascht, und dazu bleibt uns nicht viel Zeit, weil der Sommer bevorsteht.‹[34] Darüber entstand Uneinigkeit, denn einige sagten, es sei eine Torheit, zum Cristhorn zu gehen, wie Tuor es plante. ›Die Sonne‹, sagen sie, ›wird längst aufgegangen sein, bevor wir die Vorberge erreichen, und die Drachen und Dämonen werden uns in der Ebene zur Strecke bringen. Laßt uns zum Bad Uthwen ziehen, zum Weg der Flucht, denn diese Strecke ist nur halb so lang, und unsere Erschöpften und Verwundeten können hoffen, so weit zu kommen, wenn nicht weiter.‹

Doch Idril sprach dagegen und überzeugte die Fürsten, daß es nicht gut sei, auf den Zauber dieses Weges zu vertrauen, der ihn einst vor Entdeckung geschützt habe: ›Denn welcher Zauber besteht wohl weiter, wenn Gondolin gefallen ist?‹ Trotzdem trennte sich eine große Schar von Männern und Frauen von Tuor, zog nach Bad Uthwen und lief dort in den Rachen eines Ungeheuers, das Melko voll Tücke auf Meglins Rat vor den Ausgang gesetzt hatte, daß niemand hindurchkonnte. Doch die anderen, angeführt von einem gewissen Legolas Grünblatt aus dem Hause des Baums, der in der Nacht sehen und sich bei Tag und Nacht in der Ebene zurechtfinden konnte, zogen ungeachtet ihrer Müdigkeit mit großer Schnelligkeit durch das Tal und machten erst nach einem langen Marsch halt. Da war die ganze Erde in das graue Licht jener trüben Morgendämmerung getaucht, die nicht mehr auf die Schönheit Gondolins blickte; doch die Ebene war voller Nebel – und das war ein Wunder, denn nie zuvor waren Dunst oder Nebel dorthin gekommen, und dies hatte vielleicht mit dem bösen Schicksal der Quelle des Königs zu schaffen. Sie brachen wieder auf und zogen, im Nebel verborgen, im Morgenlicht sicher dahin, bis sie schließlich zu weit entfernt waren, als daß sie jemand von dem Hügel oder den zerstörten Mauern in den Nebelschwaden hätte erspähen können.

Die Berge, oder besser ihre niedrigsten Ausläufer, waren nun auf dieser Seite etwas weniger als sieben Wegstunden von Gondolin entfernt, und der Aufstieg zum Cristhorn, was Adlerspalte bedeutet, vom Fuß der Berge erforderte zwei Wegstunden, denn die Adlerspalte lag sehr hoch; darum mußten sie nun in den Ausläufern und Vorbergen noch mehr als zwei Wegstunden hinter sich bringen, und sie waren sehr müde.[35] Inzwischen stand die volle Sonne über einem Grat in den südlichen Bergen, und sie war sehr groß und rot; und in ihrer Nähe lichteten sich die Nebel, doch die Ruinen von Gondolin waren wie von einer Wolke gänzlich verhüllt. Als die Sicht sich klärte, erblickten sie, nur wenig entfernt, eine Gruppen von Männern, die zu Fuß flohen, und diese wurden von einem sonderbaren Reitertrupp verfolgt, denn Orks waren es, die auf den großen Wölfen ritten und, wie sie zu erkennen meinten, Speere schwangen. Da rief Tuor: ›Seht! Dort ist Earendel, mein Sohn! Seht doch! Sein Gesicht leuchtet wie ein Stern in der Einöde,[36] und meine Männer vom Flügel sind bei ihm, und sie sind in größter Not.‹ Sogleich wählte er fünfzig Männer aus, die am wenigsten erschöpft waren, und indem er die Hauptstreitmacht folgen ließ, zog er mit diesem Trupp, so rasch es ihre letzten Kräfte erlaubten, über die Ebene. Als sie nun auf Rufweite herangekommen waren, rief Tuor den Männern um Earendel zu, nicht weiterzufliehen, sondern stehenzubleiben, denn die Wolfreiter zersprengten sie und töteten sie einen nach dem anderen. Und Hendor, einer von Idrils Hausknechten, trug das Kind auf seinen Schultern, und er schien mit seiner Last zurückzubleiben. Dann standen sie Rücken an Rücken und Hendor und Earendel in der Mitte; doch Tuor und seine Männer kamen rasch heran, obgleich sie aller außer Atem waren.

Es waren zwanzig Wolfreiter, und von den Männern um Earendel waren nur noch sechs am Leben; darum ließ Tuor seine Männer sichelförmig in einer Reihe ausschwärmen und hoffte, die Reiter so einzuschließen, daß keiner entkommen, das feindliche Hauptheer benachrichtigen und Verderben über die Flüchtlinge bringen könne. Damit hatte er Erfolg, denn nur zwei entflohen, und da sie überdies verwundet und ihrer Reittiere verlustig waren, brachten sie die Nachricht zu spät zur Stadt.

Earendel war glücklich, Tuor wiederzusehen, und Tuor freute sich über die Maßen über sein Kind; doch Earendel sagte: ›Ich bin durstig, Vater, denn ich bin weit gelaufen – und Hendor hätte mich nicht zu tragen brauchen.‹ Sein Vater sagte nichts dazu, denn er hatte kein Wasser, und dachte an den Durst der ganzen Schar, die er führte; doch Earendel sprach weiter: ›Es war gut, Meglin sterben zu sehen, denn er wollte meiner Mutter Gewalt antun – und ich konnte ihn nicht leiden; aber in Tunnels möchte ich nicht reisen, trotz der Wolfreiter Melkos.‹ Da lächelte Tuor und setzte ihn auf seine Schultern. Bald danach kam die übrige Schar heran, und Tuor übergab Earendel seiner Mutter, und Idril war sehr glücklich; doch Earendel mochte nicht in ihren Armen getragen werden und sagte: ›Mutter Idril, du bist müde, und bei den Gondothlim reiten Krieger nicht, wenn sie eine Rüstung tragen, höchstens der alte Salgant!‹ Und trotz ihres Kummers mußte seine Mutter lachen; doch Earendel fuhr fort: ›Ach, wo ist Salgant?‹ – denn Salgant hatte ihm wunderliche Geschichten erzählt oder zuweilen spaßige Spiele mit ihm gespielt, und Earendel hatte mit dem alten Gnom in jenen Tagen viele lustige Stunden verbracht, als dieser manchen Tag in Tuors Haus kam, weil er den guten Wein und die feinen Speisen liebte, die ihm dort vorgesetzt wurden. Aber niemand konnte sagen, wo Salgant war, und jetzt erst recht nicht. Vielleicht hat das Feuer ihn auf seinem Bett ereilt; doch einige meinten, er sei als Gefangener zu den Hallen Melkos geführt worden und spiele dort dessen Narren – und das ist ein schlimmes Schicksal für einen Edlen aus der guten Rasse der Gnomen. Da wurde Earendel traurig und ging stumm neben seiner Mutter.

Sie kamen nun zu den Vorbergen, und es war später Morgen, doch noch immer grau, und dort, nahe dem Beginn des Aufstiegs, streckte man sich aus und rastete in einem kleinen Tal, gesäumt von Bäumen und Haselgesträuch, und viele schliefen trotz der Gefahr, denn sie waren völlig erschöpft. Doch Tuor ließ strenge Wache halten, und er selbst schlief nicht. Hier verzehrten sie ein karges Mahl; und Earendel stillte seinen Durst und spielte am Rande eines kleinen Baches. Dann sagte er zu seiner Mutter: ›Mutter Idril, ich wollte, der gute Ecthelion wäre bei uns und spielte mir auf seiner Flöte vor oder schnitzte mir Pfeifen aus Weidenrohr! Ist er vielleicht schon vorausgegangen?‹ Doch Idril verneinte und erzählte ihm, was sie über das Ende Ecthelions von der Quelle gehört hatte. Darauf erwiderte Earendel, es liege ihm nichts daran, die Straßen von Gondolin jemals wiederzusehen, und er weinte bitterlich; doch Tuor sagte, die Straßen Gondolins werde er nie wieder sehen, ›denn Gondolin ist nicht mehr.‹

Als die Sonne hinter den Bergen zu sinken begann, befahl Tuor aufzubrechen, und die Flüchtlinge eilten weiter über zerklüftete Pfade. Das Gras wurde nun rasch dünner, wich bemoosten Steinen, die Bäume verschwanden, und sogar die Kiefern und Tannen wuchsen spärlich. Gegen Sonnenuntergang wand sich der Weg um einen Bergrücken, so daß sie nicht mehr nach Gondolin zurückschauen konnten. Dort wandte sich die ganze Schar um, und seht! wie einst liegt die Ebene klar und freundlich im letzten Licht; doch weit in der Ferne schoß eine gewaltige Flamme auf gegen den verdunkelten nördlichen Himmel – und das war der Fall des letzten Turms von Gondolin, und es war eben jener, der dicht am südlichen Tor gestanden hatte und dessen Schatten oft auf die Mauern von Tuors Haus gefallen war. Dann versank die Sonne, und sie sahen Gondolin nicht mehr.

Der Paß von Cristhorn, die Adlerspalte, ist ein gefährlicher Pfad, und diese Schar hätte ihn bei Dunkelheit nicht zu betreten gewagt, ohne Lampen oder Fackeln, todmüde und belastet mit Frauen und Kindern und elenden und verwundeten Männern, wäre nicht die Furcht vor Melkos Spähern so groß gewesen, denn die Zahl der Flüchtlinge war groß, und sie konnten sich nicht völlig lautlos bewegen. Die Dunkelheit verdichtete sich rasch, als sie sich der Höhe näherten, und sie mußten hintereinander in einer lang auseinandergezogenen Linie gehen. Galdor und eine Gruppe mit Speeren bewaffneter Männer ging voran, und bei ihnen war Legolas, der in der Dunkelheit schärfer und weiter sehen konnte als eine Katze. Darauf folgten die kräftigsten der Frauen, die den Kranken und Verwundeten beistanden, die zu Fuß gehen konnten. Darunter waren Idril und Earendel, der sich tapfer hielt, doch hinter ihnen in der Mitte ging Tuor mit allen seinen Männern vom Flügel, und sie trugen einige, die schwer verwundet waren, und Egalmoth war bei ihm, doch er hatte beim Ausfall vom Platz eine Wunde davongetragen. Dahinter folgten wieder viele Frauen mit Säuglingen und Mädchen und lahmen Männern, denen selbst das langsame Gehen schwerfiel. Die Nachhut bildete die größte Gruppe kampftüchtiger Männer, und dort war der goldhaarige Glorfindel.

So waren sie zum Cristhorn gekommen, einem schlimmen Ort, denn er liegt so hoch, daß weder Frühling noch Sommer je dorthin kommen, und es ist dort sehr kalt. Wahrlich, während im Tal die Sonne lacht, liegt in diesen öden Gefilden das ganze Jahr Schnee, und eben als sie dort anlangten, kam hinter ihrem Rücken aus dem Norden ein heulender schneidender Wind. Schnee fiel, wurde vom Wind umhergewirbelt und trieb ihnen in die Augen; und das war gefährlich, denn dort ist der Pfad schmal, und zu ihrer Rechten oder nach Westen hin steigt senkrecht zum Pfad eine Felswand beinahe sieben mal sechzig Fuß hoch empor, bevor sie oben in zerklüftete Spitzen ausläuft, wo viele Adlerhorste sind. Dort haust Thorndor, König der Adler, Fürst der Thornhoth, den die Eldar Sorontur nannten. Doch auf der anderen Seite gähnt ein Abgrund, wenn auch nicht senkrecht, so doch entsetzlich steil, und lange Felsnadeln stechen aus ihm hervor, so daß man hinunterklettern – oder vielleicht fallen, doch unter keinen Umständen hinaufgelangen kann. Und aus dieser Tiefe gibt es nach keiner Seite ein Entkommen, und an ihrem Grund fließt der Thorn Sir. Von Süden stürzt er über einen mächtigen Felsvorsprung hinab, doch sein Wasserfall ist dünn, denn in diesen Höhen ist er noch ein kleiner Fluß. Er fließt nur ein kurzes Stück über der Erde durch ein steiniges Bett, ehe er nach Norden hin in einen schmalen Spalt hinabfließt, der in den Berg führt, und nicht einmal ein Fisch könnte sich mit ihm hindurchzwängen.

Galdor und seine Männer sind nun fast bis zu der Stelle gekommen, wo der Thorn Sir in den Abgrund stürzt, und die anderen waren, trotz aller Anstrengungen Tuors, fast über die ganze Länge des gefährlichen Weges zwischen Abgrund und Klippe verteilt, so daß Glorfindels Schar kaum den Anfang des Pfades erreicht hatte, als ein Schrei durch die Nacht gellte, der in der wilden Gegend widerhallte. Seht! Galdors Männer wurden in der Dunkelheit plötzlich von Gestalten angegriffen, die hinter Felsen hervorsprangen, wo sie, selbst den Augen von Legolas verborgen, auf der Lauer gelegen hatten. Tuor war der Meinung, sie seien mit einem der streifenden Trupps Melkos zusammengestoßen, und glaubte, ihnen stehe nur ein kurzes Scharmützel bevor, doch er schickte die Frauen und Kranken nach hinten, vereinigte seine Männer mit denen von Galdor, und es kam zum Kampf auf dem gefährlichen Pfad. Doch nun stürzten von oben Felsbrocken herunter, und das war eine böse Überraschung, denn sie richteten schlimmes Unheil an; doch noch schlimmer schien Tuor die Lage, als er von der Nachhut Waffenlärm hörte, und ein Mann aus dem Haus der Schwalbe brachte ihm die Nachricht, daß Glorfindel von Männern hart bedrängt wurde, die ihn von hinten angegriffen und einen Balrog bei sich hatten.

Da befürchtete er ernsthaft, sie seien in eine Falle geraten, und ebendies war in Wahrheit auch geschehen; denn überall in den Umzingelnden Bergen hatte Melko Wächter postiert. Doch wegen der Tapferkeit der Gondothlim waren so viele davon für den Angriff auf die Stadt abgezogen worden, daß ihrer nur noch wenige waren, und hier im Süden war ihre Zahl am kleinsten. Gleichwohl hatte einer dieser Wächter Tuors Zug erspäht, als dieser aus dem Haselnußtal aufbrach und sich an den Aufstieg machte; und als man so viele Banden zusammengerufen hatte, wie irgend möglich, beschloß man, die Verbannten auf dem gefährlichen Pfad am Cristhorn von vorn und von hinten anzugreifen. Trotz der Plötzlichkeit des Überfalls hielten nun Galdor und Glorfindel stand, und viele Orks wurden in den Abgrund gestoßen; aber die stürzenden Felsbrocken würden wahrscheinlich alle ihre Tapferkeit zunichte machen und die Flucht aus Gondolin am Ende scheitern lassen. Zu dieser Stunde stieg der Mond über den Paß, und die Düsternis wurde ein wenig lichter, denn sein mattes Licht drang an dunkle Orte; doch den Pfad erhellte es nicht, weil die Felswände zu hoch waren. Da erhob sich Thorndor, König der Adler, und er liebte Melko nicht, denn Melko hatte viele Adler aus seiner Sippe gefangen, sie an spitze Felsen gekettet, um ihnen die Zauberworte abzupressen, durch die er das Fliegen zu erlernen hoffte (denn er träumte davon, es in den Lüften selbst mit Manwe aufzunehmen); und wenn die Adler nichts sagten, schnitt er ihnen die Flügel ab und versuchte, sich daraus ein Flügelpaar zu seinem eigenen Gebrauch zu fertigen, doch es gelang ihm nicht.

Als nun der Kampflärm vom Paß bis zu seinem großen Horst hinaufdrang, sagte Thorndor: ›Warum sind diese üblen Wesen, dicsc Orks aus den Bergen, so nahe an meinen Thron geklettert; und warum schreien da unten diese Söhne der Noldoli aus Furcht vor den Kindern Melkos, dem Verfluchten? Schwingt euch in die Lüfte, O Thornhoth, mit euren stählernen Schnäbeln und Krallenschwertern!‹

Darauf erhob sich ein Rauschen wie ein mächtiger Wind zwischen den Felsen, und die Thornhoth, das Volk der Adler, fielen über die Orks her, die oberhalb des Pfades in den Fels gestiegen waren, zerfetzten ihnen ihre Gesichter und Hände und schleuderten sie auf die Steine des Thorn Sir in der Tiefe. Da waren die Gondothlim froh, und zum Beweis ihrer Freude machten sie in späteren Tagen den Adler zum Zeichen ihres Stammes, und Idril trug es, doch Earendel liebte den Schwanenflügel seines Vaters noch mehr. Ungehindert konnten nun Galdors Männer ihre Widersacher zurückdrängen, denn dieser waren nicht sehr viele, und der Angriff der Thornhoth erschreckte sie sehr; und die Schar der Verbannten setzte ihren Weg fort, obgleich Glorfindel mit der Nachhut hart zu kämpfen hatte. Die

Hälfte der Schar hatte den gefährlichen Weg und den Wasserfall von Thorn Sir bereits hinter sich, als der Balrog, der unter denen war, die von hinten angriffen, mit einem mächtigen Satz auf ein paar hohe Felsen sprang, die auf der linken Seite des Pfades am Rand des Abgrunds standen, und von dort flog er mit einem wütenden Sprung an Glorfindels Männern vorbei, landete vor den Frauen und Kranken und peitschte mit seinem Flammenschwanz. Da sprang Glorfindel mit einem Satz auf ihn los, und seine goldene Rüstung schimmerte eigenartig im Mondlicht, und er hieb auf den Dämon ein, so daß er auf einen zweiten Felsen sprang, gefolgt von Glorfindel. Nun begann über ihnen auf dem hohen Felsen ein Zweikampf auf Leben und Tod; und die Noldoli in der Mitte, von hinten geschoben und von vorn gehemmt, wurden so dicht zusammengedrängt, daß fast alle zuschauen konnten, doch der Kampf war vorüber, ehe Glorfindels Männer ihm zur Seite springen konnten. Glorfindels Hitzigkeit trieb den Balrog in die Enge, und seine Rüstung schützte ihn vor dessen Schwanz und Krallen. Jetzt landete er einen schweren Schlag auf der eisernen Haube des Untiers, jetzt hatte er den Peitschenarm am Ellenbogen abgetrennt. Da warf sich der Balrog in Schmerzensqual und Furcht mit seinem ganzen Leib auf Glorfindel, dessen Schwert hervorschnellte wie die Zunge einer Schlange; doch er traf nur die Schulter und wurde umklammert, und schwankend drohten sie von der Spitze der Klippe zu stürzen. Da packte Glorfindels Linke einen Dolch, und diesen stieß er nach oben, so daß er, nahe an Glorfindels Gesicht, in den Bauch des Balrogs drang (denn dieser Dämon war doppelt so groß wie Glorfindel); und das Untier schrie und stürzte rücklings vom Felsen, und im Fallen ergriff es Glorfindels gelbe Locken unter dem Helm, und alle beiden fielen sie in den Abgrund.

Dies war nun ein Augenblick größten Schmerzes, denn Glorfindel gehörte die innigste Liebe – und hört! das Geräusch ihres Aufpralls widerhallte von den Bergen, und der Abgrund von Thorn Sir klang mit. Beim Todesschrei des Balrogs gerieten die Orks an der

Spitze und am Ende des Zuges ins Wanken, und sie wurden erschlagen oder flohen weit fort, und Thorndor selbst, ein riesiger Vogel, schwebte in den Abgrund hinunter und brachte Glorfindels Leichnam herauf; doch der Balrog lag unten, und viele Tag lang waren weit unten in Tumladin die Wasser des Thorn Sir schwarz gefärbt.

Noch immer sagen die Eldar, wenn sie jemanden mit weit unterlegenen Kräften tapfer gegen einen Ausbruch des Bösen kämpfen sehen: ›Wehe! Wie Glorfindel und der Balrog‹, und noch immer trauern ihre Herzen um diesen edlen Noldo. Wegen dieser Liebe und trotz ihrer Eile und der Furcht vor dem Eintreffen neuer Feinde ließ Tuor ein großes Steinmal über Glorfindel errichten, auf der anderen Seite des gefährlichen Pfades, nahe am Abgrund des Adler-Flusses, und bis jetzt hat Thorndor nicht zugelassen, daß ihm ein Schaden zugefügt wurde; vielmehr haben gelbe Blumen sich dort angesiedelt und umblühen dort nun immer den Grabhügel in diesen unfreundlichen Gefilden; doch als er erbaut wurde, weinte das Volk von der Goldenen Blume und konnte seine Tränen nicht trocknen.

Wohlan, wer vermag schon von den Wanderungen Tuors und der Verbannten von Gondolin zu erzählen, in den Einöden jenseits der Berge, im Süden des Tales von Tumladin? Voller Elend waren ihre Tage, voll Tod und Kälte und Hunger und unaufhörlichem Wachen. Daß sie jemals unversehrt durch diese Gegenden gelangten, die Melkos Unheil umlauerte, kam daher, daß das große Gemetzel beim Angriff seine Macht beschädigt hatte und Tuor sie mit größter Eile und Vorsicht führte; denn sicher ist, daß Melko von dieser Flucht wußte und darüber vor Wut raste. Ulmo hatte in den fernen Ozeanen von allem Kenntnis erhalten, was vorgefallen war, doch er konnte ihnen noch nicht helfen, denn sie waren fern von Wassern und Flüssen – und in der Tat litten sie bitteren Durst, und sie kannten den Weg nicht.

Aber nachdem sie länger als ein Jahr unterwegs gewesen und manches Mal von den Zaubern dieser Einöden in die Irre geführt worden waren, so daß sie sich auf ihren eigenen Spuren wiederfanden, wurde es abermals Sommer, und als er sich seiner Mitte näherte,[37] kamen sie endlich an einen Fluß, und als sie ihm folgten, in bessere Lande und waren ein wenig getröstet. Hier übernahm Voronwe ihre Führung, denn spät in einer Sommernacht hatte er in diesem Fluß ein Wispern Ulmos erlauscht – und er wußte die Stimmen der Wasser immer klug zu deuten. Nun führte er sie weiter, bis sie zum Sirion kamen, der von diesem Fluß gespeist wurde, und da erkannten Tuor und Voronwe, daß sie in der Nähe des einstigen Ausgangs des Weges der Flucht waren und sich abermals in dem tiefen Tal mit den Erlen befanden. Hier waren alle Büsche zertrampelt und die Bäume verbrannt und die Wände des Tals von Flammen versengt, und sie weinten, denn sie glaubten das Schicksal jener zu kennen, die sich einst am Eingang des Tunnels von ihnen getrennt hatten.

Nun zogen sie an diesem Fluß entlang, doch abermals in Furcht vor Melko, und wehrten Angriffe von Ork-Banden ab und gerieten durch die Wolfreiter in Gefahr, doch Feuerdrachen ließ Melko nicht gegen sie los, weil ihre Feuer durch die Einnahme Gondolins erschöpft waren und weil mit dem Fluß die Macht Ulmos wuchs. So kamen sie nach vielen Tagen – denn sie wanderten langsam und klaubten mühsam zusammen, was sie zum Leben brauchten – zu den großen Heideflächen und Sümpfen hinter dem Land der Weidenbäume, und diese Gegend kannte Voronwe nicht. Hier nun fließt der Sirion eine sehr lange Strecke unter der Erde und taucht in die große Höhle der Stürmischen Winde, doch dann fließt er hinter den Dämmerseen wieder oben weiter, wo Tulkas später mit Melko selbst kämpfte.[38] Tuor hatte diese Gegend bei Nacht und in der Dämmerung durchquert, nachdem Ulmo im Ried zu ihm gekommen war, und er konnte sich daher an die Pfade nicht erinnern. Stellenweise ist dieses Land voll von Trugbildern und sehr sumpfig; und hier wurde die Schar lange aufgehalten und von Stechfliegen belästigt, denn es war noch immer Herbst, und Schüttelfröste und Fieber gingen unter ihnen um, und sie verfluchten Melko.

Doch schließlich erreichten sie die großen Teiche und die Ränder des überaus lieblichen Landes der Weidenbäume, und der erste Hauch seiner Winde brachte ihnen Ruhe und Frieden, und der Trost, den dieses Land spendete, milderte ein wenig das Leid jener, welche die Toten des Falls von Gondolin beklagten. Dort wurden Frauen und Mädchen wieder schön und ihre Kranken wieder gesund, und alte Wunden hörten zu schmerzen auf; doch allein jene, die mit Grund um ihr Volk fürchteten, das noch immer in bitterer Knechtschaft in den Eisenhöllen schmachtete, sangen nicht und lächelten nicht.

Hier blieben sie sehr lange, und Earendel war ein Jüngling geworden, ehe der Klang von Ulmos Muscheln Tuors Herz fesselte, so daß die Sehnsucht nach dem Meer mit einer Kraft zurückkehrte, die um so stärker war, als sie über Jahre unterdrückt worden war; und auf sein Geheiß machte sich die ganze Schar auf und zog am Sirion entlang zum Meer.

Nun hatte das Volk, das in die Adlerspalte gezogen und den Fall Gondolins gesehen hatte, fast achthundert Köpfe gezählt – ein großer Zug von Wanderern, doch es war ein trauriger Überrest einer so schönen und volkreichen Stadt. Jene jedoch, die Jahre danach aus den Gräsern des Landes der Weidenbäume aufbrachen und zum Meer zogen, als der Frühling Scharbockskraut über die Auen streute und sie zum Gedenken an Glorfindel eine Trauerfeier abgehalten hatten, zählten nur noch dreihundertachtzig Männer und Knaben und zweihundertsechzig Frauen und Mädchen. Die Zahl der Frauen war nun darum so gering, weil sie von ihren Familien zu verborgenen Plätzen in der Stadt gebracht oder versteckt worden waren. Dort waren sie in den Flammen umgekommen oder erschlagen oder ergriffen und in die Sklaverei verschleppt worden; und daran kann man nur mit größtem Mitleid denken, denn die Frauen und Mädchen der Gondothlim waren schön wie die Sonne, lieblich wie der Mond und strahlender als die Sterne. Pracht und Ruhm wohnten in jener Stadt Gondolin mit den Sieben Namen, und keine Stadt auf der Erde, die erobert wurde, hat einen so furchtbaren Untergang gefunden wie sie. Nicht Bablon, nicht Ninwi, weder die Türme von Trui noch das oft eroberte Rûm, die größte Stadt bei den Menschen, haben solch Entsetzen erlebt wie das Geschlecht der Gnomen an jenem Tag auf dem Amon Gwareth; und dies hält man für die schlimmste Tat, die Melko in der Welt je ersonnen hat.

Doch nun wohnen die Verbannten aus Gondolin an der Mündung des Sirion an den Wellen des Großen Meeres. Dort nahmen sie den Namen Lothlim an, das heißt, das Volk der Blume, denn der Name Gondothlim schmerzte ihre Herzen zu sehr; und unter den Lothlim wächst Earendel im Hause seines Vater[39] stattlich heran, und die große Geschichte von Tuor ist nun zu Ende erzählt.«

Da sagte Winzigherz, Sohn von Bronweg: »O Gondolin, welches Leid, das über dich kam.«

Und im Raum der Scheite sprach lange Zeit nicht einer ein Wort, und niemand rührte sich.

Anmerkungen

1 Natürlich nicht die große Reise von den Wassern des Erwachens zum Meer, sondern der »Große Auszug« der Elben von Kôr zur Rettung der Gnomen (vgl. Teil 1, S. 39).

2 In *Die Hütte des Vergessenen Spiels* (Teil 1, S. 26) wird ein *korin* so definiert: »Ein *korin* ist eine große kreisförmige Einfriedung, ob aus Stein, Dornenhecke oder aus Bäumen, die einen grünen Rasenplatz umschließt«; Meril-i-Turinqi wohnte »in einem großen *korin* von Ulmen«.

3 *Tôn a Gwedrin:* das Geschichten-Feuer.

4 Hier steht die Anweisung: »Siehe künftig Das Nauglafring«, doch dies ist durchgestrichen.

5 Zu Heorrenda vgl. S. 372ff. Für das Gedicht in Altenglisch, das eingefügt werden sollte, ist Platz freigelassen, doch es gibt keinen Hinweis auf seinen Inhalt.

(In den folgenden Anmerkungen bezieht sich »ursprüngliche Fassung« auf den Text *Tuor A* und *Tuor B* vor der Verbesserung der fraglichen Stelle. Es bedeutet nicht, daß die Lesart von *Tuor A* sich in dem ursprünglichen, mit Bleistift geschriebenen Text befand.)

6 Der Abschnitt, der mit »Und Tuor betrat diese Höhle« beginnt (oben S. 198) ist später eingefügt worden (vgl. auch S. 196f.). Hier der ursprüngliche Wortlaut:

»Dieses Flußbett unter den Hügeln hatten die Noldoli gegraben, ohne daß Melko es wußte, der sie in diesen tiefen Tagen noch verborgen hielt und als Sklaven unter seinem Willen. Statt dessen wurden sie von Ulmo angetrieben, der immer gegen Melko stritt; und mit der Hilfe von Tuor glaubte er die Befreiung der Gnomen von den Schrecken der Bosheit Melkos bewerkstelligen zu können.«

7 »drei Tage«: »drei Jahre« in allen Texten, doch in *Tuor B* ist »Tage?« mit Bleistift über »Jahre« geschrieben.

8 Zu Osse und den Seevögeln siehe Teil 1, S. 179f.

9 Im Typoskript *Tuor C* ist hier eine Leerstelle (vgl. oben, S. 196), in die später »Ulmo«, nicht »Ainur« eingesetzt wird.

10 Ursprüngliche Fassung: »Die Valar wollen nicht, daß du, Tuor, einsames Herz, für immer an schönen Plätzen mit Vögeln und Blumen wohnst; sie hätten dich nicht durch dieses angenehme Land geleitet...«

11 *Tuor C* fügt hinzu: »mit Ulmos Hilfe...«

12 Der Hinweis auf die Schlacht der Ungezählten Tränen ist später in *Tuor B* hinzugefügt worden. Ursprüngliche Fassung: »die allein Melkos Macht entkamen, als dieser ihr Volk fing...«

13 In *Tuor A* und *B* heißt es immer Voronwe, doch diese Stelle mit der Form Bronweg ist in *Tuor B* hinzugefügt worden.

14 Typoskript *Tuor C:* »... daß niemand, der nicht aus dem Blut der Noldoli war, ihn erspähen konnte, weder durch Zufall noch durch jahrelanges Suchen. So war er sicher vor allem Unglück, bis auf Verrat, und niemals hätte Tuor ihn gefunden ohne die Standhaftigkeit dieses Gnomen Voronwe.«

15 Ursprüngliche Fassung: »sie verstanden seine Sprache, obgleich in diesen Tagen die Sprache der freien Noldoli von der der Sklaven Melkos ein wenig verschieden war.« Typoskript *Tuor C:* »sie verstanden ihn, denn sie waren Noldoli. Da sprach Tuor ebenfalls in dieser Sprache...«

16 Ursprüngliche Fassung: »Es war früher Morgen, als sie sich den Toren näherten, und viele Augen blickten...« Doch als Tuor und Voronwe Gondolin zum ersten Mal erblickten, lag es »im neuen Licht des Morgens« (S. 210), und es war ein »Tagesmarsch« über die Ebene; deshalb später die Änderung in *Tuor B*.

17 Ursprüngliche Fassung: »Ainu«.

18 Der Abschnitt von »Wild sah er aus...« ist auf einem Zettel hinzugefügt worden; der ursprüngliche Text lautete:

»Tuor war eine stattliche Erscheinung, jedoch sah er abgerissen aus, seine Locken waren nicht gekämmt, und er war in Bärenfelle gekleidet, doch er war nicht größer als die meisten seines Volkes; die Gondothlim hingegen, obgleich nicht gebeugt wie nicht wenige ihres Stammes, die ohne Unterlaß für Melko schufteten, gruben und hämmerten, waren klein, schlank und geschmeidig.« In der ursprünglichen Fassung sind die Menschen von Natur aus größer als die Elben von Gondolin; dazu S. 190; 289f.

19 »hierhergekommen«: »Melko entkommen« in *Tuor C*.

20 »Volk«: ursprünglich »Menschen«. Dies ist die einzige Stelle, wo »Menschen« in Bezug auf »Elben« verändert wurde.

21 Der Text, der hier endet und mit den Worten »Da wurde Tuors Herz schwer...« weiter oben begann, wurde in *Tuor B* in Klammern gesetzt, und in Bezug auf diese eingeklammerte Stelle schrieb mein Vater auf einen losen Zettel:
»(Falls notwendig): Dann wird erzählt, wie Idril, Tochter des Königs, die Klugheit des Königs mit Worten unterstützte, so daß Turgon Tuor bat, sich eine Weile in Gondolin auszuruhen, um ihn so vielleicht zu bewegen, für immer dortzubleiben. Wie er sich in die Königstochter Idril Silberfuß verliebte, wie er eingehend in der Überlieferung dieses großen Volks unterwiesen wurde, sich seine Geschichte und die der Elben aneignete. Wie er ein kluger Mann wurde und seine Stimme im Rat der Gondothlim Gewicht bekam.«

22 Der Text ab »Auch Idril liebte Tuor sehr...« wurde auf einen besonderen Zettel geschrieben und ersetzte folgenden ursprünglichen Text:
»Als der König davon erfuhr und merkte, daß seine Tochter Idril, welche die Eldar Irilde nennen, Tuor ebenfalls liebte, stimmte er einer Heirat zu, hatte er doch keinen Sohn, und Tuor versprach ein Verwandter zu werden, der Kraft und Trost geben konnte. Da wurden Idril und Tuor vor dem ganzen Volk auf dem Platz der Götter, Gar Ainion, miteinander vermählt; und es war ein Tag des Frohsinns für die Stadt Gondolin, jedoch...«
Der neue Text nennt Tuor und Idrils Heirat die erste, jedoch nicht die letzte Verbindung zwischen Mensch und Elben, wogegen es in der Namensliste zum *Fall von Gondolin* heißt; Earendel sei »das einzige Geschöpf, halb aus der Rasse der Eldalie und halb aus der Menschenrasse« gewesen (S. 284).

23 Der Satz »doch die Geschichte von Isfin und Eol soll hier nicht erzählt werden« wurde in *Tuor B* hinzugefügt; vgl. S. 290.

24 Ursprüngliche Fassung: »ein Name, gebildet aus der Sprache der Gondothlim«.

25 Die Saphire, die Manwe von den Noldoli erhielt, werden in der Geschichte

Die Ankunft der Elben (Teil 1, S. 186) erwähnt. Der ursprüngliche Bleistift-Text von *Tuor A* lautet hier: »blauer als die Saphire von Súlimo«.

26 Die Textstelle, die hier endet und mit den Worten »So verging dieser bittere Winter...« begann, ist auf einem Blatt in *Tuor B* eingefügt; sie ersetzt eine viel kürzere Stelle im ursprünglichen Text von *Tuor A:*

»An einem Tag im Mittwinter nun, früh am Abend, versank die Sonne vorzeitig hinter den Bergen, und seht! als sie verschwunden war, stieg ein Licht über den nördlichen Bergen auf, und die Leute wunderten sich...« (vgl. Anmerkungen 34 und 37).

27 Das Purpurherz: das Herz von Finwe Nóleme, Turgons Vater, wurde von den Orks in der Schlacht der Ungezählten Tränen herausgeschnitten, doch von Turgon zurückerobert; es wurde sein Zeichen; vgl. Teil 1, S. 334 und 339, Anmerkung 11.

28 Diese Heerschau der elf Häuser der Gondothlim mit ihren Zeichen und Waffen blieb fast unverändert erhalten, wie sie in der Bleistiftfassung von *Tuor A* konzipiert war, ebenso wie offenbar alle Eigennamen.

29 »befestigte Stadt«: hier steht das altenglische Wort »burg«, das eine von Mauern umgebene, befestigte Stadt bedeutet.

30 Die Beschreibung des Todes von Ecthelion ist im ursprünglichen Text von *Tuor A* zu entziffern; die Überarbeitung beschränkte sich lediglich auf wenige Neuformulierungen.

31 Der Satz »und ein Schauder überlief die Männer« wurde in *Tuor B* hinzugefügt. Zur Prophezeiung siehe Teil 1, S. 244.

32 Der Abschnitt, der mit »Nun kommt Tuor an der Spitze des Zuges zum Platz der Vermählung« beginnt und hier endet, steht in *Tuor B* in Klammern. Dazu gehört folgender Einschub:

»Tuor und sein Volk stießen auf Idril, die verwirrt auf dem Platz der Götter umherirrte. Tuor und Idril werden von diesem hochgelegenen Ort aus Zeugen der Plünderung der königlichen Hallen, des Einsturzes des Königturms und des Todes des Königs; deshalb folgte ihnen der Feind nicht. Tuor erfuhr von Voronwe, daß Idril Earendel und ihre Garde in den geheimen Tunnel geschickt hat und selbst in die Stadt gegangen ist, um ihren Gemahl zu suchen; selbst in Gefahr, hat sie viele Flüchtende gerettet und ebenfalls in den Tunnel geschickt. Tuor führte seine Schar mit dem Glück der Götter zum Eingang des Tunnels, alle steigen sie hinab und verschließen hinter sich den Eingang. Die jammervolle Schar kampierte in einer Senke im Tal von Tumladin.«

Dies ist eine Zusammenfassung des Textes, wie er vorliegt.

33 Der Text von »Hier drängte sich eine große Menge...« ab ersetzte in *Tuor B* die ursprüngliche Form: »Hier wollen sie gern rasten, doch sie finden keine

Spur von Earendel und seiner Begleitung; da ist Tuor niedergeschlagen, und Idril weint.« Dies wurde u. a. auch deswegen neu geschrieben um es in die Vergangenheitsform zu bringen. Im folgenden Satz wurde der Text von »war Wehklagen zu hören« und »ragte in der Ferne« aus der Gegenwart in die Vergangenheitsform übertragen, doch der folgende (»Feuerdrachen sind über ihr«) blieb unangetastet. Ich glaube, daß mein Vater die Absicht hatte, den Anteil des »historischen Präsens« im Text zu reduzieren; er hat dies freilich nur ansatzweise getan.

34 »weil der Sommer bevorsteht«: ursprüngliche Fassung: »obgleich es Winter ist«. Siehe Anmerkungen 26 und 27.

35 Die ursprüngliche Fassung lautet:
»Die Berge waren nun auf dieser Seite etwas weniger als sieben Wegstunden von Gondolin entfernt, und der Aufstieg vom Fuß der Berge zum Cristhorn, der Adlerspalte, erforderte eine weitere Wegstunde; darum waren sie nun noch mehr als zwei Wegstunden vom Paß entfernt, und überdies waren sie sehr erschöpft.«

36 »Seht doch! Sein Gesicht leuchtet wie ein Stern in der Einöde« wurde in *Tuor B* hinzugefügt.

37 Dieser Abschnitt von »Aber nachdem sie länger als ein Jahr unterwegs gewesen [waren]« ersetzte die ursprüngliche Fassung: »Aber nachdem sie ein halbes Jahr bis zum Mittsommer unterwegs gewesen waren«. Diese Änderung war notwendig, weil der Zeitpunkt des Angriffs auf Gondolin vom Mittwinter auf die »Pforten des Sommers« verlegt worden war (vgl. Anmerkungen 26 und 34). So ist auch in der revidierten Fassung der Sommer als die Jahreszeit beibehalten, in der die Verbannten zu den Landen am Sirion kamen, doch um sie zu erreichen, brauchten sie nicht ein halbes, sondern mehr als ein ganzes Jahr.

38 »wo Tulkas«: ursprüngliche Fassung: »wo Noldorin und Tulkas«; S. 359.

39 Ursprünglicher, in Bleistift geschriebener Text von *Tuor A:* »Unter den Lothlim wächst Earendel in Sornontur, dem Haus seines Vaters, heran.«

Veränderungen der Namen

Ilfinil < *Elfriniol:* dreimal in der verbindenden Eröffnungsphase, später *Ilfiniol.* (In der *Hütte des Vergessenen Spiels* (Teil 1, S. 24) wird der Hüter des Gongs von Mar Vanwa Tyaliéva nur *Winzigherz* genannt; im Verbindungsstück zur *Musik der Ainur* ist sein elbischer Name *Ilverin* < *Elwenildo* (Teil 1, S. 73,

82); im Verbindungsstück zur *Geschichte von Tinúviel* heißt er wie hier *Ilfiniol* < *Elfriniol,* während er im Typoskript *Ilfrin* heißt (S. 15).

In der Vorbemerkung zur Namensliste des *Falls von Gondolin* heißt er *Elfrith* < *Elfriniel,* und dies ist die einzige Stelle, wo die Bedeutung seines Namens »Winzigherz« erklärt wird (S. 197); die Namensliste hat einen Eintrag »*Elb* bedeutet *Herz* (wie in *Elben*): *Elfrith* ist *Winzigherz*«; (vgl. Teil 1, S. 351 unter *Ilverin*). In einer weiteren unvollendeten Liste von Namen stoßen wir abermals auf die Formen *Elfrith* und *Elbenil* > *Elwenil.*

Die folgenden Anmerkungen sind so zu verstehen, daß sich Namen aus *Tuor B* (vor der Überarbeitung) in der gleichen Form auch in *Tuor A* finden; z. B. »*Mithrim* < *Asgon* in Tuor B«, daß *Tuor A* die Form *Asgon* (unverändert) hat.

Tuor Obgleich in *Tuor B* gelegentlich zu *Tûr* verändert und in *Tuor C* durchgehend *Tûr* geschrieben, habe ich mich für die Form *Tuor* entschieden; vgl. S. 196.

Dor Lómin Diese Form findet sich von Anfang an in *Tuor B. Tuor A* hat zunächst *Aryado*r > *Mathusdor,* später *Aryador* > *Mathusdor* > *Dor Lómin.*

Mithrim < *Asgon* überall in *Tuor B; Tuor C* hat *Asgon* unverändert.

Glorfalc oder Cris Ilbranteloth (S. 199) *Tuor A* hat *Glorfalc oder Teld Quing Ilon; Tuor B* hat keine elbischen Namen, und die Form *Glorfalc oder Cris Ilbranteloth* wurde später hinzugefügt.

Ainur Wie im ersten Entwurf zur *Musik der Ainur* Teil 1, S. 94) hatte der ursprüngliche Text von *Tuor A* die Form *Ainu* (Plural).

Falasquil Zweimal in *Tuor A* (S. 202) als Ersatz des ursprünglichen Namens, der unleserlich ist und mit *Q* beginnt; in *Tuor B* blieben leere Stellen, und der Name wurde später mit Bleistift hinzugefügt; in *Tuor C* blieben die Leerstellen im Typoskript stehen.

Arlisgion Dieser Name wurde später in *Tuor B* eingefügt.

Orks Tuor A und *B* haben überall *Orqui;* in *Tuor B* nicht überall zu *Orks* verbessert. Nur an einer Stelle (S. 261, in den Worten von Thorndor) haben beide Texte *Orks* (auch Ork-Banden). Ich habe mich für die Form *Orks* entschieden.

Gar Thurion < *Gar Furion* in *Tuor B (Gar Furion* in *Tuor C).*

Loth < *Lôs* in *Tuor B (Lôs* in *Tuor C).*

Lothengriol < *Lósengriol* in *Tuor B (Lósengriol* in *Tuor C).*

Taniquetil Wo dieser Name auf S. 215 erscheint, ist im uspründlichen Text von *Tuor A* das Wort *Danigwiel* hinzugefügt, das jedoch durchgestrichen ist.

Kôr In *Tuor B* ist mit Bleistift neben diesen Namen *Tûn* geschrieben (S. 177); vgl. Teil 1, S. 313; Teil 2, S. 374.

Gar Ainion < *Gar Ainon* in *Tuor B* (S. 220).

Nost-na-Lothion < *Nost-na-Lossion* in *Tuor B*.

Duilin Bei der ersten Nennung (S. 232) < *Duliglin* im ursprünglichen Text von *Tuor A*.

Rog In *Tuor A* zunächst *Rôg*, später *Rog;* in *Tuor B* durchgehend *Rôg*, jedoch meist später verändert in *Rog*.

Dramborleg Bei der ersten Nennung im urprünglichen Text von *Tuor A* (S. 243) < *Drambor.*

Bansil In *Tuor* nur in einem Fall (S. 248) > *Banthil.*

Cristhorn Überall in *Tuor A;* in *Tuor B* überall *Cris Thorn.*

Bad Uthwen < *Bad Uswen* in *Tuor B.* Die ursprüngliche Form in *Tuor A* wahrscheinlich *Bad Usbran.*

Sorontur < *Ramandur* in *Tuor B.*

Bablon, Ninwi, Trui, Rûm Der ursprüngliche Text von *Tuor A* hatte *Babylon, Nineveh, Troja* und (vermutlich) *Rom.* Diese Namen wurden zu *Bablon, Trui, Rûm* verändert; *Nineveh* > *Ninwe* wurde in *Tuor B* zu *Ninwi.*

Kommentar

1. Die eigentliche Erzählung

Wie bei der *Geschichte von Turambar* unterteile ich den Kommentar in Abschnitte. Ich beziehe mich häufig auf die viel spätere Fassung (die nur bis zur Ankunft Tuors in Gondolin reicht), die in *Nachrichten aus Mittelerde* unter dem Titel »Von Tuor und seiner Ankunft in Gondolin« abgedruckt ist; diesen Text bezeichne ich hier als »späteren Tuor« abgekürzt ST.

Tuors Reise zum Meer und das Auftreten Ulmos (S. 198–207)

Stellenweise stimmt »Tuor und seine Ankunft in Gondolin« fast wörtlich mit der mehr als dreißig Jahre vorher geschriebenen Geschichte des *Falls von Gondolin* überein. Einige Beispiele: »Hinter ihm ging die Sonne auf und am Abend vor ihm unter, und wo das Wasser über Geröll schäumte und über jähe Wasserfälle schoß, spannten sich morgens und abends Regenbogen über den Strom«; »Zuerst sagte er: ›Es ist eine Feenstimme‹, dann meinte er: ›Nein, es muß ein kleines Tier sein, das in der Einöde klagt.‹«; [Tuor] »wanderte noch einige Tage durch ein wildes, baumloses Land. Der Seewind fegte darüber hin, und alles, was dort wuchs, Kraut oder Busch, wurde durch die Übermacht des Westwindes zu Boden gedrückt« (ST, S. 37, 38, 39). Diese Stellen sind zum Teil fast identisch mit den entsprechenden Passagen in der Geschichte. Doch die Unterschiede zwischen beiden Erzählungen sind grundlegender Art.

Tuors Herkunft bleibt in der frühen Geschichte im Dunkel. In der *Geschichte von Turambar* gibt es einen Hinweis auf »jene Sippen an den Wassern von Asgon ..., woher später Tuor, Sohn von Peleg, kam« (S. 122); doch in der Tuor-Geschichte heißt es, daß er nicht bei seinem Volk wohnte (das »durch die Wälder und Hügel« wanderte), sondern »[er] lebte allein an dem See, Mithrim [< Asgon] genannt«, den er in einem kleinen Boot mit einem Schwanenbug befuhr. Es gibt in der Tat keine Verbindungslinie zu anderen Ereignissen und keine Spur von den Grauelben aus Hithlum, wo er in der späteren Geschichte aufwuchs, oder von den Ostlingen, die den Gesetzlosen Tuor jagten; doch es gibt »wandernde Noldoli« in Dor Lómin (Hisilóme, Hithlum) – vgl. dazu S. 90 –, von denen Tuor viel lernte (auch ihre Sprache) und die ihn zum »verborgenen Pfad« unter den Bergen führen. Dies ist eine Vorwegnahme der noldorischen Elben Gelmir und Arminas, die Tuor durch die Pforte der Noldor führen (ST, S. 35); der Gedanke, daß es Ulmo war, »auf dessen Geheiß die Noldoli diesen verborgenen Pfad geschaffen hatten«, taucht in größerem historischen Kontext in ST wieder auf: »denn dieses kunstreiche Volk [die Noldor] hat sie [die Pforte] vor langer Zeit in den Tagen Turgons errichtet« (ST, S. 30).

Die spätere Tuor-Geschichte folgt eine Zeitlang eng der alten Geschichte, als Tuor aus dem Tunnel in die Schlucht kommt (später Cirith Ninniach genannt); viele Details tauchen wieder auf: die Sterne, die weiß »im dunklen Band des Himmels« leuchten (ST, S. 37), der Widerhall seiner Harfe, seine Zweifel über die Möwenschreie, die Verengung der Schlucht, wo die auflaufende Flut mit dem Wasser des Flusses zusammenprallt, und Tuors Entkommen, indem er aus der Schlucht auf die Klippe klettert. Bemerkenswert ist, daß sich der Gedanke erhalten hat, Tuor sei der erste Mensch gewesen, der das Meer erblickte: »Tuor stand mit ausgebreiteten Armen allein auf der Klippe, und eine tiefe Sehnsucht erfüllte sein Herz« (ST, S. 39). Verschwunden dagegen ist die Geschichte seines Aufenthalts in der Bucht Falasquil; in ST findet Tuor an der Küste die Reste der alten Hafenanlagen der Noldor aus der Zeit von Turgons Herrschaft in Nevrast und seines früheren Wohnsitzes, bevor er nach Gondolin ging; davon findet sich in der frühen Fassung keine Spur. Somit fehlte auch die ganze Vinyamar-Episode, und trotz der häufigen Hinweise auf Ulmo (der Tuor als Instrument seiner Pläne benutzt) fehlt das wichtige Element der späteren Sage, wo Turgon auf Anweisung Ulmos für Tuor Waffen hinterlassen hat (*Das Silmarillion,* S. 142, 265).

Die nach Süden fliegenden Schwäne (sieben in ST) spielen in beiden Geschichten dieselbe wichtige Rolle: Sie mahnen Tuor, seine Reise fortzusetzen;

doch der Schwan als Zeichen bekommt später einen anderen Ursprung als »das Zeichen Annaels und des Volkes, das ihn aufgezogen hatte«, die Grauelben des Mithrim (ST, S. 40).

Sowohl was die Reiseroute als auch was die Jahreszeiten angeht (zur Geographie vgl. S. 286f.), wich mein Vater später erheblich von der ursprünglichen Geschichte von Tuors Reise nach Gondolin ab. In ST herrschte der Grausame Winter nach dem Fall von Nargothrond, in dem Túrin nach Hithlum zurückkehrte, als Tuor und Voronwe bei Schnee und bitterer Kälte an den Schattenbergen entlang nach Osten zogen. Im vorliegenden Text dauert die Reise viel länger: Er verließ Falasquil »in den letzten Tagen des Sommers« (vgl. auch ST), aber er zog an der ganzen Küste Beleriands entlang bis zu den Mündungen des Sirion, und es war der Sommer des folgenden Jahres, als er sich im Land der Weidenbäume aufhielt. (Zweifellos waren die geographischen Details noch nicht so festumrissen wie später).

Einzigartig innerhalb der Erzählstruktur ist die Ähnlichkeit zwischen den beiden Beschreibungen von Ulmos Erscheinen von Tuor im Land der Weidenbäume und von seinem Auftauchen aus einem Sturm an der Küste bei Vinyamar. Das alte Bild vom Land der Weidenbäume und seiner Schönheit ging nicht verloren, wenn es später auch nicht Tuor, sondern Voronwe ist, der es durchwandert und Namen erfindet und verzaubert im »kniehohen Gras« steht (S. 169; ST, S. 53), bevor ihn sein Schicksal (oder Ulmo) zum Meer treibt. Ein schwacher Nachhall der alten Geschichten findet sich vielleicht in Ulmos Worten: »Du mußt lernen, dich zu sputen; den angenehmen Weg, den ich dir bestimmt hatte, kannst du jetzt nicht mehr gehen.« In der alten Geschichte spricht Ulmo schlichter und kürzer mit Tuor, und er sagt auch nicht, daß er »dem Willen meiner Brüder, den Herren des Westens, scheinbar zuwider handle« (ST, S. 45); doch zwei wichtige Elemente sind bereits vorhanden: Tuor wird die richtigen Worte finden, wenn er vor Turgon steht, und er wird einen Sohn haben (in ST freilich weniger deutlich ausgesprochen: »Aber nicht nur wegen deiner Tapferkeit habe ich dich gewählt, sondern um eine Hoffnung in die Welt zu tragen, die größer ist als du selbst, und ein Licht, das die Finsternis durchdringen soll«, ST, S. 46).

Die Reise Tuors und Voronwes nach Gondolin (S. 208–211)

Von Tuors Reise nach Gondolin (abgesehen von seinem Aufenthalt im Land der Weidenbäume) wird in der frühen Fassung wenig erzählt. Voronwe erscheint erst gegen Ende als der einzige Noldo, der genug Mut hat, ihn weiterhin zu begleiten; von Voronwes Geschichte erfahren wir nichts, und er ist kein Elb aus Gondolin.

Es ist bemerkenswert, daß die Noldoli, die Tuor aus dem Land der Weidenbäume nach Norden führten, sich als Sklaven Melkos bezeichnen. Hierzu heißt es in der *Geschichte von Tinúviel:* »... und alle Eldar machte er [Melko] sich als Sklaven untertan: jene, die im Dunkel zurückblieben, oder auf dem Marsch von Palisor verschollen, und auch jene Noldoli, die ihm auf der Suche nach ihrem geraubten Schatz in die Welt folgten.«

Im *Fall von Gondolin* dienten die Noldoli Ulmo »im Verborgenen« und waren »aus Furcht vor Melko oft schwankend«, und Voronwe spricht zu Tuor von der »Mühsal der Knechtschaft«; Melko sandte ein Heer von Spähern aus, um »nach der Behausung der Noldoli zu suchen, die seiner Knechtschaft entronnen waren«. Diese »Sklaven-Noldoli« bewegen sich sozusagen frei durchs Land, selbst bis zu den Mündungen des Sirion, doch es waren Wesen, »die wie in einem Angsttraum wandelten und seine verderblichen Gebote befolgten, denn der Zauberbann der abgrundtiefen Furcht lag auf ihnen, und aus der Ferne verspürten sie Melkos glühende Blicke« (*Geschichte von Turambar,* S. 106). Dieser Ausdruck wird öfter benutzt: Voronwe jubelt in Gondolin, daß Melko ihn nicht mehr durch »lähmendes Entsetzen« fesselt – »fürwahr, jener böse Zauber, den Melko auf die Noldoli ausübte, war der einer abgrundtiefen Furcht, so daß sie ihn immer in der Nähe wähnten, selbst wenn sie den Eisenhöllen fern waren, und ihre Herzen bebten, und sie flohen nicht, selbst wenn sie es konnten« (S. 212). Der Zauberbann der abgrundtiefen Furcht wurde auch auf Meglin gelegt (S. 226f.).

Es findet sich nur wenig, das nicht mehr oder weniger mit den späteren Erzählungen in Einklang gebracht werden könnte, und in der Tat kann man einen Widerhall in den Worten des *Silmarillion* (S. 175) vernehmen:

»Am meisten aber fürchteten die Noldor den Verrat derer aus dem eigenen Geschlecht, die in Angband geknechtet worden waren; denn manche von diesen verwandte Morgoth für seine Unheilspläne und schickte sie fort, zum Schein ihnen die Freiheit schenkend, während ihr Wille an den seinen gekettet blieb und sie nur umherirrten, um wieder zu ihm zurückzukehren.«

Der Zugang zu Gondolin, wie er im vorliegenden Text beschrieben wird, hat eine gewisse Ähnlichkeit mit der ausführlicheren und anschaulicheren Schilderung in ST: ein tief eingeschnittenes Flußbett, dichtes Buschwerk, eine Höhlenöffnung – doch der Fluß ist gewiß der Sirion (vgl. den Schluß der Erzählung auf S. 264, wo die Verbannten zum Eingang zurückkommen), und der Eingang zum geheimen Pfad befindet sich in einem der steilen Flußufer; ganz anders in ST, wo das alte Bett des Trockenen Flusses selbst der geheime Pfad ist (ST, S. 63f.). Der lange Tunnel, den Tuor und Voronwe in der Geschichte durchqueren, führt sie am Ende nicht nur zur Wache, sondern auch ans Tageslicht, und sie befinden sich »am Fuß steiler Berge« und können die Stadt sehen. Mit anderen Worten handelt es sich um die einfache Konzeption einer Ebene, einem Ringwall von

Bergen und einem Tunnel durch das Gebirge, der in die Außenwelt führt. In ST ist der Zugang zur Stadt komplizierter: Der Tunnel führt zur Schlucht von Orfalch Echor, einem großen Riß in den Umzingelnden Bergen (»die Seitenwände der Schlucht waren so glatt wie mit der Axt behauen«, ST, S. 69), durch welchen die Straße zu den Toren aufstieg, bis man das Siebte Tor erreichte, das den Riß am oberen Ende sperrte. Erst nachdem er dieses Tor durchschritten hatte, konnte Tuor Gondolin sehen.

Es bleibt anzumerken, daß Tuor und Voronwe von der Wache ohne Argwohn und Drohung empfangen werden, anders als in der späteren Geschichte (vgl. ST, S. 66).

Tuor in Gondolin (S. 211–219)

Man vergleiche diese Stelle mit der entsprechenden aus dem *Silmarillion* (S. 142).

»Hinter dem Ring der Berge aber wuchs und gedieh das Volk, und sie übten ihre Kunstfertigkeit in unermüdlicher Arbeit, so daß Gondolin auf dem Amon Gwareth eine herrliche Stadt wurde, würdig, daß man es selbst mit Tirion jenseits des Meeres verglich. Hoch und weiß waren seine Mauern und glatt die Stufen auf den Treppen, und hoch und stark war der Turm des Königs. In schimmernden Brunnen spielte das Wasser, und in Turgons Gärten standen Bilder der Bäume von einst, die Turgon selbst mit Elbenkunst geschaffen; und der Baum, den er aus Gold geschmiedet hatte, wurde Glingal geheißen, und der Baum, dessen Blüten er aus Silber machte, hieß Belthil.«

Das Bild von Gondolin erwies sich als dauerhaft und läßt sich in den Andeutungen wiederfinden, die in den Bemerkungen zur Fortsetzung der Geschichte in *Nachrichten aus Mittelerde* erscheinen: »die Treppen, die auf ihre hochgelegenen Terrassen führten, und ihr großes Tor ... der Platz der Quelle, der Königsturm über einem Säulengang, das Haus des Königs ...« (ST, S. 80). Der einzige wirkliche Unterschied findet sich in der Beschreibung der Zwei Bäume: In der frühen Fassung sind sie »Schößlinge der ruhmreichen Bäume von Valinor«, im *Silmarillion* hingegen handelt es sich um Nachbildungen aus kostbaren Metallen (zu den Bäumen *Bansil* und *Glingol* siehe Namensliste unten). Diese Bäume machten die Götter zur Zeit der Erbauung von Kôr Inwe und Nóleme zum Geschenk. Jeder erhielt je einen Schößling von jedem Baum, und diese welkten niemals. So heißt es in der *Ankunft der Elben* (Teil 1, S. 178), und in der *Verhüllung von Valinor* wird erzählt, daß Nólemes Schößlinge ausgerissen worden waren, »und niemand wußte wohin [sie verschwunden waren], und weitere hat es nie gegeben« (Teil 1, S. 301).

Doch eine grundlegende Verschiebung in der Geschichte Gondolins trennt frühe und späte Beschreibung: In den *Verschollenen Geschichten* (und später) wird Gondolin erst *nach* der Schlacht der Ungezählten Tränen entdeckt, als das Heer Turgons sich nach Süden am Sirion entlang zurückzieht; dagegen ist es im *Silmarillion* von Turgon aus Nevrast mehr als vierhundert Jahre vorher gefunden worden (442 Jahre bevor Tuor im Grausamen Winter nach dem Fall von Nargothrond im Jahr der Sonne 495 nach Gondolin kam). In der frühen Fassung legte mein Vater eine gewaltige Zeitspanne *zwischen* die Schlacht der Ungezählten Tränen und die Zerstörung der Stadt (»... daß unermüdliche Arbeit durch Jahre und Zeitalter zu ihrem Bau und ihrer Ausschmückung nicht ausgereicht hatten, woran das Volk noch arbeitete«, S. 217); später wurde diese Periode im Zusammenhang mit radikalen Veränderungen in der Chronologie des Ersten Zeitalters auf 38 Jahre reduziert (so in der letzten existierenden Fassung der »Aufzählung der Jahre« des Ersten Zeitalters). Doch die alte Konzeption ist noch im *Silmarillion* (S. 266) erahnbar, wo beschrieben wird, wie das Volk von Gondolin sich nach der Nirnaeth Arnoediad von der Welt abschließt.*

Im *Silmarillion* (S. 141) heißt es ausdrücklich, daß Turgon Gondolin dazu bestimmt hatte, ein »Andenken an Tirion auf dem Túna« zu werden, und es wurde »ein Abglanz der Elbenstadt Tirion« (ebd., S. 266). In der frühen Fassung indes hat Turgon selbst Kôr nie kennengelernt (er wurde in den Großen Landen nach der Rückkehr der Noldoli aus Valinor geboren; vgl. Teil 1, S. 237; 332f.); dennoch hat man den Eindruck, daß der Turm des Königs, die Quellen und Treppen und der weiße Marmor eine Erinnerung an Kôr sind, so wie die Stadt in der Geschichte *Die Ankunft der Elben und die Gründung von Kôr* beschrieben worden ist (Teil 1, S. 301f.).

Ich habe bereits darauf hingewiesen, daß ein wesentliches Element der späteren Sage (die für Tuor zurückgelassenen Waffen) in der frühen Fassung fehlt. Gleichwohl scheint die spätere Konzeption bereits hier angedeutet (S. 214): »Wisse! Deine Ankunft war aufgezeichnet in unseren Büchern der Weisheit, und es steht geschrieben, viele große Dinge würden sich in der Stadt der Gondothlim zutragen, wenn du dort einträfest.« Aus Tuors Antwort jedoch geht hervor, daß die Gründung Gondolins noch nicht Teil der Pläne Ulmos war, denn »Geflüster ist Ulmo zu Ohren gekommen von eurer Behausung und eurem Berg der Wachsamkeit gegen die Bosheit Melkos, und er ist froh«.

In der frühen Fassung sah Ulmo voraus, daß Turgon sich weigern würde, ge-

* Über die Geschichte Gondolins von Tuors Ankunft bis zur Zerstörung der Stadt schrieb mein Vater nach der Version im »Silmarillion« (etwa 1930) nichts; und darin ist die alte Konzeption noch gegenwärtig. Dies war die Grundlage für einen Teil von Kapitel XXIII des veröffentlichten *Silmarillion.*

gen Melko in den Kampf zu ziehen, und er versuchte es, durch den Mund Tuors, mit einem zweiten Vorschlag: Turgon sollte Elben von Gondolin an die Küste schicken, dort Schiffe bauen lassen und Nachricht nach Valinor bringen. Darauf antwortete Turgon schroff und unmißverständlich, zu ebendiesem Zweck habe er »ungezählte Jahre hindurch« Boten über den großen Fluß geschickt, und weil dies alles ohne Ergebnis geblieben sei, werde er es nicht noch einmal tun. Diese Haltung Turgons hat ihre Entsprechung im *Silmarillion* (S. 178f.). Nach der Dagor Bragollach und nachdem die Belagerung von Angband gebrochen war, schickte er insgeheim

»Gesandtschaften der Gondolindrim zu den Mündungen des Sirion und auf die Insel Balar. Dort bauten sie Schiffe und setzten Segel und fuhren in Turgons Auftrag in den äußersten Westen, Valinor suchend, um Vergebung und Hilfe von der Valar zu erbitten; und sie flehten die Vögel des Meeres an, ihnen den Weg zu zeigen. Doch die Meere waren weit und wild, und Schatten und Zauberwerk lagen auf ihnen, und Valinor blieb verborgen. So gelangte keiner von Turgons Boten in den Westen, viele gingen verloren, und wenige kehrten wieder.«

Tatsächlich wiederholte Turgon diesen Versuch nach der Schlacht der Ungezählten Tränen noch einmal (vgl. *Das Silmarillion,* S. 219), und der einzige Überlebende dieser letzten Expedition in den Westen war Voronwe aus Gondolin. So zieht sich, trotz grundlegender Änderungen in der Chronologie und einer großen Entwicklung in der Geschichte der letzten Jahrhunderte des Ersten Zeitalters, die Vorstellung der verzweifelten Versuche Turgons, eine Botschaft nach Valinor zu schicken, von Anfang bis Ende durch die Sage.

Auch die Tatsache, daß Turgon keinen Sohn hatte, gehört zu der ursprünglichen Konzeption; jedoch findet sich merkwürdigerweise in der Geschichte kein einziger Hinweis auf seine Gemahlin, die Mutter von Idril. Im *Silmarillion* (S. 103) kam seine Gemahlin, Elenwe, beim Übergang über die Helcaraxe ums Leben, doch offenbar gehört diese Geschichte in eine spätere Periode, als Turgon in Valinor geboren wurde.

Die Geschichte von Tuors Aufenthalt in Gondolin überlebte in wenigen Worten im *Silmarillion* (S. 267):

»Und Tuor blieb in Gondolin, denn Glück und Schönheit der Stadt und die Kenntnisse ihrer Bewohner nahmen ihn gefangen; und er wurde mächtig an Körper und Geist und vertiefte sich in die Wissenschaft der verbannten Elben.«

In der vorliegenden Geschichte »hörte [er] von Ilúvatar erzählen, dem Herrn auf immer und ewig, der außerhalb der Welt wohnte« und von der Musik der Ainur. Wissen um die wirkliche Existenz Ilúvatars war, wie es scheint, ein Vorrecht der Elben; lange später, in den Gärten von Mar Vanwa Tyaliéva, fragt Eriol Rúmil (Teil 1, S. 78): »Wer war Ilúvatar? ... War er ein Gott?« »Nein«, sagte Rúmil, »er war keiner der Götter, denn er schuf sie. Ilúvatar ist der Herr auf immer und ewig, der über der Welt thront.«

Die Einschließung Gondolins; der Verrat von Meglin (S. 219–230)

Die Königstochter trug von Anfang an den Namen »Idril Silberfuß« (Irilde in der Sprache der »Eldar«, vgl. Anmerkung 22); Meglin (später Maeglin) war Turgons Neffe, obgleich der Name seiner Mutter (Turgons Schwester), Isfin, später geändert wurde.

In diesem Abschnitt der Erzählung hat die Geschichte im *Silmarillion* (S. 267f.) alles Wesentliche der ursprünglichen Fassung bewahrt, bis auf eine wichtige Ausnahme. Die Heirat zwischen Tuor und Idril findet mit der Zustimmung und dem Wohlwollen des Königs statt und wird von allen in Gondolin bejubelt – bis auf Meglin (dessen Liebe zu Idril im *Silmarillion* früher erzählt wird und die wegen seiner engen Verwandtschaft unmöglich ist; S. 156). Idrils Fähigkeit der Prophezeiung und ihre Vorahnung des kommenden Unheils; der auf ihre Veranlassung gegrabene geheime Tunnel; Meglin, der auf der Suche nach Erz in den Bergen von Orks gefangengenommen wird; sein Verrat, um sein Leben zu retten, und seine Rückkehr nach Gondolin, um Verdacht zu zerstreuen – all dies blieb erhalten. Vieles fehlt in der knappen Beschreibung des *Silmarillion:* z. B. Idrils Traum von Meglin, das Überwachen seiner Ausflüge in die Berge, die auf Idrils Rat gebildete Garde, die Tuors Zeichen trug, die Weigerung Turgons, eine mögliche Einnahme Gondolins ins Kalkül zu ziehen, und sein Vertrauen in Meglin, Meglins Kenntnis des geheimen Tunnels,* oder auch die bemerkenswerte Geschichte, daß es Meglin selbst war, der die Idee der Ungeheuer aus Feuer und Eisen hatte und sie an Melko weitergab.

Der große Unterschied zwischen alter und neuer Fassung liegt natürlich darin, in welchem Maße Melko/Morgoth über Gondolin informiert war. In der frühen Fassung hatte er die Stadt durch ein Heer von Spähern† bereits entdeckt, bevor Meglin ihm in die Hände fiel, und Kreaturen Melkos hatten den »Weg der Flucht« gefunden und von den Bergen der Umgebung auf Gondolin hinuntergeschaut. Meglins Verrat besteht darin, daß er eine genaue Beschreibung der Stadt und der Vorbereitungen zu ihrer Verteidigung liefert – und Melko zum Bau der

---

* Dies wird im *Silmarillion* ausdrücklich verneint: »und sie fing es so an, daß die Arbeiten nur wenigen bekannt wurden und kein Wort davon je an Maeglins Ohr drang« (S. 268).

† Es scheint, daß diese »Kreaturen des Blutes« (Schlangen, Wölfe, Wiesel, Eulen, Falken), welche die Gondothlim »nicht ertrugen«, hier als natürliche Knechte und Verbündete Melkos angesehen werden.

Ungeheuer aus Flammen rät. Im *Silmarillion* andererseits findet sich das später entwickelte Motiv, daß Húrin Morgoths Spähern unbewußt einen ungefähren Aufschluß über die geographische Lage Gondolins gab: »das gebirgige Land zwischen dem Anach und dem Oberlauf des Sirion; dank der Wachsamkeit der Adler jedoch konnte noch kein Späher aus Angband dorthin gelangen« (S. 327) – und von dieser Rolle der Adler in den Umzingelnden Bergen (obgleich sie Melko ja feindlich gesonnen waren, vgl. S. 261) findet sich in der ersten Fassung keine Spur.

So hatte Morgoth im *Silmarillion* bis zu Maeglins Gefangennahme keine Kenntnis von der genauen Lage Gondolins. Maeglins Information war für ihn entsprechend wertvoll und führte auch zu einer stärkeren Zerstörung der Stadt. Die Geschichte der letzten Jahre Gondolins hat folglich in der frühen Fassung eine etwas andere Qualität, da die Gondothlim von Melkos Spähern wissen und Turgon sich auf Krieg vorbereitet und die Wachen verstärkt. Als Melko kurz vor dem Angriff auf Gondolin alle Späher abzieht, flammt der Optimismus bei den Gondothlim wieder auf, nicht zuletzt bei Turgon, so daß der Angriff die Einwohner unvorbereitet traf; in der späteren Fassung ist der Schock des plötzlichen Angriffs größer, denn es hat nie einen Grund zur Annahme gegeben, die Stadt befinde sich in unmittelbarer Gefahr, und Idrils Vorahnung kommt ihr selber eigentümlich und rätselhaft vor.

Die Heerschau der Gondothlim (S. 230–233)

Obgleich das zentrale Bild dieses Teils der Geschichte – das Volk von Gondolin begrüßt am Fest der Pforten des Sommers von seinen Mauern aus die aufgehende Sonne und erblickt ein rotes Licht im Norden, und nicht im Osten – erhalten blieb, findet sich von der Heerschau in späteren Schriften kaum etwas. Hätte mein Vater den »späteren Tuor« fortgesetzt, wäre zweifellos einiges davon, wenn auch verändert, wieder aufgenommen worden; wir brauchen nur an die ausführliche »heraldische« Beschreibung der großen Tore und ihrer Wachen in der Orfalch Echor denken (ST, S. 68f.). Doch in der knappen Schilderung des *Silmarillion* sind nur die Beinamen erhalten: Ecthelion »von der Quelle«* und Glorfindel, »Herr des Hauses der Goldenen Blume von Gondolin«. Ecthelion und Glorfindel werden auch im *Silmarillion* (S. 217) als Turgons Hauptleute genannt, welche beim Rückzug des Heeres von Gondolin aus der Nirnaeth Arnoediad am Sirion entlang die Flanken deckten, doch von anderen in der Geschichte genannten Hauptleuten findet sich später keine Spur mehr† – obgleich

* Im späteren Tuor (ST, S. 73) ist er »Herr der Brunnen«, Plural.

† In der Version des »Silmarillion« (um 1930), der letzten Niederschrift des Falls von

es bezeichnend ist, daß der achtzehnte Herrschende Truchseß von Gondor Egalmoth genannt wurde, und der siebzehnte und fünfundzwanzigste Ecthelion (*Die Rückkehr des Königs,* Anhänge A, I, S. 360)*.
Glorfindel, »der Goldhaarige«, blieb als »der Goldblonde« im *Silmarillion* erhalten, und dies war von Anfang an die Bedeutung seines Namens.

Die Schlacht um Gondolin (S. 233–253)

Die ausführliche, wahrhaft einzigartige Schilderung des Kampfes um Gondolin ist im *Silmarillion* auf wenige Zeilen zusammengedrängt (S. 269):

»Von den Taten verzweifelten Mutes, welche die Häupter der edlen Häuser und ihre Krieger dort leisteten ... wird ausführlich im *Fall von Gondolin* erzählt: wie Ecthelion von der Quelle auf dem Platz vor dem Königshause mit Gothmog, dem Fürsten der Balrogs, kämpfte und beide einander erschlugen, und wie Turgons Turm von den Männern seines Hauses verteidigt wurde, bis man den Turm umwarf. Gewaltig war sein Einsturz wie der Sturz Turgons zwischen den Trümmern.

Tuor versuchte Idril aus den Trümmern der Stadt zu retten, doch Maeglin hatte Hand an sie und Earendel gelegt; und Tuor rang mit Maeglin auf der Stadtmauer und warf ihn hinunter, und dreimal schlug sein Leib im Fallen auf die Felswände des Amon Gwareth auf, ehe er drunten in die Flammen stürzte. Dann führten Tuor und Idril diejenigen, die sie in der Verwirrung der niederbrennenden Stadt noch zu sammeln vermochten, den geheimen Weg hinab, den Idril vorbereitet hatte.«

In dieser stark verdichteten Beschreibung wurde das Detail, daß Maeglins Leib dreimal gegen die Felswände des Amon Gwareth schlug, beibehalten. Dem Text des *Silmarillion* könnte man entnehmen, daß Maeglins Angriff auf Idril und Earendel zeitlich viel später erfolgte (kurz bevor die Flüchtlinge den Tunnel be-

---

Gondolin und Grundlage für Kapitel XXIII der Buchausgabe, lautet der Text ursprünglich: »... wird viel *im Fall von Gondolin* erzählt: vom Tode Rogs außerhalb der Mauern und dem Kampf Ecthelions von der Quelle« usw. Den Hinweis auf Rog (*Das Silmarillion,* S. 270) habe ich getilgt, weil ich absolut sicher war, daß mein Vater diesen Namen als den eines Fürsten von Gondolin nicht beibehalten hätte.

* In einer sehr späten Anmerkung zu einem der Texte, die Kapitel XVI des *Silmarillion* bilden (»Von Maeglin«), spielte mein Vater mit dem Gedanken, Glorfindel, Ecthelion und Egalmoth zu den drei Fürsten Gondolins zu machen, die Tuor dazu bestimmte, mit Aredhel aus Gondolin fortzureiten (»... er gab drei Edlen aus seinem Hause den Auftrag, mit Aredhel zu reiten«, S. 147). Er notierte, Ecthelion und Egalmoth stammten zwar aus dem »primitiven Fall von Gondolin«, doch hätten sie »wohlklingende Namen, die bereits gedruckt seien« [als Namen von Truchsessen von Gondor]. Später verwarf er diesen Einfall.

traten); doch ich halte es für wahrscheinlicher, daß dies eine Folge der Verdichtung war und weniger auf eine Änderung in der Beschreibung des Kampfes zurückzuführen ist. In der frühen Fassung tritt uns Gondolin deutlich als eine Stadt entgegen, mit ihren Märkten und großen Plätzen, von denen sich in der späten Fassung nur noch Spuren finden (vgl. etwa S. 276f.); und in der Beschreibung des Kampfgeschehens bliebt nichts verschwommen. Die frühe Konzeption der Balrogs macht sie weniger furchtbar und gewiß leichter zerstörbar, als sie es später wurden. Sie existieren »zu Hunderten«*, und Tuor und die Gondothlim erschlugen eine große Anzahl davon: fünf fielen durch Tuors Axt Dramborleg, drei durch Ecthelions Schwert und vierzig wurden von den Kriegern des Königshauses getötet. Die Balrogs sind »Dämonen der Macht«; sie können Schmerz und Furcht verspüren; ihre Hülle ist aus Eisen, und sie haben Flammenschwänze (eine Eigenart, die sie beibehalten sollten) und stählerne Krallen; vgl. S. 226; 240.

Im *Silmarillion* waren die Drachen »aus Glaurungs Brut« und »zahlreich und furchtbar« geworden; dagegen läßt sich aus dem Sprachgebrauch in der frühen Geschichte schließen, daß zumindest einige der »Ungeheuer« unbeseelte »Maschinen« waren, die von Schmieden in Angband konstruiert worden waren (so S. 227). Doch sogar die »Maschinen aus Eisen«, die sich »in der Mitte« öffneten und ein Heer von Orks ausspien, werden »grausame Untiere« genannt, denen Gothmog »befahl, ... sich vor dem nördlichen Tor aufzutürmen«; die Ungeheuer aus Bronze und Kupfer hatten »Innereien aus loderndem Feuer«, und der »Feuer-Drache«, mit dem Tuor kämpfte, schrie und peitschte mit dem Schwanz (S. 243).

Das Entkommen der Flüchtlinge und das Gefecht am Cristhorn (S. 253–263)

Die Geschichte, wie sie im *Silmarillion* (S. 269f.) erzählt wird, ist ein wenig ausführlicher, was die Flucht von Tuors Schar betrifft und das Gefecht in der Adlerspalte (dort Cirith Thoronath genannt) als bei der Schilderung des Angriffs auf die Stadt und ihrer Plünderung, doch nur in einem Punkt stehen die beiden Erzählungen wirklich im Gegensatz – die Adlerspalte wurde später aus dem südlichen in den nördlichen Teil der Umzingelnden Berge verlegt, und Idrils Tunnel führte von der Stadt nach Norden; dazu wird bemerkt, daß die Hauptleute Melkos nicht glaubten, »daß Flüchtlinge einen Weg nach Norden nehmen würden, wo die Berge am höchsten waren und Angband am nächsten« (*Das Silmarillion,*

* Die Vorstellung, Morgoth verfüge über ein »Heer« von Balrogs, hielt sich lange, doch in einer späten Notiz heißt es, es habe nur wenige gegeben – »höchstens sieben«.

S. 269). Die alte Geschichte bietet eine Fülle an Details und eine Unmittelbarkeit, die der kurzen Version fehlen; und dort fehlen auch jene Gondothlim, die gegen den Rat Idrils und Tuors zum Weg der Flucht gingen und dem wartenden Drachen zum Opfer fielen;* entsprechend das Gefecht zur Rettung Earendels.

Mit dem scharfäugigen Elben Legolas Grünblatt erscheint der erste der Gefährten des Rings in den Schriften meines Vaters (vgl. S. 286 zu diesem frühen Legolas), gefolgt von Gimli (ein Elb) in der *Geschichte von Tinúviel.*

Der Name Cristhorn erscheint in der Zeichnung meines Vaters von »Gondolin und das Tal von Tumladin, gesehen vom Cristhorn«, September 1928 (*Pictures by J. R. R. Tolkien,* 1979, Nr. 35).

Die Wanderungen der Verbannten von Gondolin (S. 263–266)

Im *Silmarillion* (S. 270) heißt es: »So zogen die Überlebenden von Gondolin über die Berge, geführt von Tuor, Huors Sohn, und sie kamen ins Tal des Sirion hinab«. Man darf vermuten, daß sie nach Dimbar gelangten und von dort »auf beschwerlichen und gefahrvollen Wegen nach Süden fliehend... schließlich nach Nan-tathren, ins Land der Weidenbäume« gelangten (ebd.). In der frühen Fassung mutet es sonderbar an, daß sie Verbannten länger als ein Jahr durch die Wildnis zogen und doch lediglich den Eingang zum Weg der Flucht erreichten; doch es ist möglich, daß die Geographie dieser Region noch unklar war, als *Der Fall von Gondolin* geschrieben wurde.

Im *Silmarillion* (S. 270) »gingen Idril und Tuor aus Nan-tathren fort, den Strom hinab nach Süden bis ans Meer; und dort lebten sie bei den Sirion-Häfen, und ihr Volk vereinigte sich mit der Schar von Elwing, Diors Tochter, die nur wenig früher hierher geflohen war«. In der frühen Fassung ist davon nicht die Rede; doch eine eingehende Diskussion dieses Teils der Geschichte verschiebe ich auf später.

2. *Namensliste*

Zu dieser Liste vgl. oben, S. 197, wo die Vorbemerkung abgedruckt ist. Linguistische Details, eingeschlossen Wortbedeutungen, sind in den Anhang (Namen) eingegangen, doch habe ich hier Fakten anderer Art zusammengestellt (alphabetisch geordnet), die sich ihr entnehmen lassen.

---

* Dieses Element war noch im »Silmarillion« von 1930 vorhanden, doch ich tilgte es in der gedruckten Fassung. Ich berief mich dabei auf ein wesentlich jüngeres Textfragment, nach dem der Zugang Gondolins zu dem Zeitpunkt bereits versiegelt war.

Bablon »war eine Stadt der Menschen, richtiger *Babylon* genannt, doch Bablon ist der Name, wie die Gnomen ihn nun verwenden, und sie haben ihn einst von den Menschen übernommen.«

Bansil »Diesen Namen nun hatten die Gondothlim für jenen Baum vor den Toren ihres Königs, der silberne Blüten trug und nicht welkte – und seinen Namen hatte Elfriniel von seinem Vater Voronwe gehört; und er bedeutete ›Schönglanz‹. Der Baum nun, von dem dieser ein Schößling war (in tiefen Zeitaltern von den Noldoli aus Valinor hergebracht), hatte dieselben Eigenschaften, doch war er größer, erleuchtete er doch für die Hälfte der vierundzwanzig Stunden ganz Valinor mit silbernem Licht. Diesen Baum heißen die Eldar immer noch *Silpion* oder ›Kirschen-Mond‹, denn seine Blüten waren wie Kirschblüten im Frühling – doch von jenem Baum in Gondolin kennen sie keinen Namen, und allein die Noldoli erzählen von ihm.«

Dor Lómin »oder das ›Land der Schatten‹ war der Landstrich, den die Eldar Hisilóme nannten (und das bedeutet Schattige Zwielichter), wo Melko Menschen einschloß; und es wird wegen des kargen Sonnenlichts so genannt, weil die Sonne nur ein wenig im Osten und Süden des Landes über die Eisenberge blinzelt – dort wohnt nun das Schattenvolk. Von dort kam Tuor nach Gondolin.«

Earendel »war der Sohn von Tuor und Idril, und es heißt, er sei das einzige Geschöpf, halb aus der Rasse der Eldalie und halb aus der Menschenrasse. Unter den Menschen war er der erste und größte aller Seefahrer, und er sah Gefilde, welche die Menschen ungeachtet der Vielzahl ihrer Schiffe, noch nicht gefunden oder erblickt haben. Er reitet nun mit Voronwe auf den Winden des Firmaments und kehrt nie weiter als bis nach Kôr zurück, sonst würde er wie andere Menschen sterben, so viel Sterbliches ist ihn ihm.«

(Zu diesen letzten Ausführungen, über Earendel vgl. S. 345. Die Behauptung, daß Earendel »das einzige Geschöpf, halb aus der Rasse der Eldalie und halb aus der Menschenrasse« gewesen sei, ist höchst bedeutsam. Vermutlich wurde sie niedergeschrieben, als Beren noch ein Elb und kein Mensch war, vgl. S. 186f.; Dior, Sohn von Beren und Tinúviel, erscheint in der *Geschichte von dem Neugalfring,* doch dort ist Beren ein Elb und Dior kein Halb-Elb. Im *Fall von Gondolin* selbst heißt es in einer später eingeführten Passage [S. 181 und Anmerkung 22], daß Tuor der erste, jedoch nicht der letzte war, der eine »Tochter aus Elbenheim« heiratete. Zu der erstaunlichen Feststellung in der *Geschichte von Turambar,* Tamar, der lahme Mann, sei ein Halb-Elb gewesen, vgl. S. 177).

Ecthelion »war der Herr des Hauses der Quelle; er hatte die schönste Stimme und war von allen Gondothlim der größte Musikant. Er erwarb ewigen Ruhm, indem er Gothmog, Sohn von Melko, erschlug, wodurch Tuor vor dem Tode bewahrt wurde; doch Ecthelion ertrank zusammen mit seinem Feind in der Quelle des Königs.«

Egalmoth »war der Herr des Hauses vom Himmlischen Bogen und entkam mit knapper Not aus dem brennenden Gondolin und wohnte später an den Mündungen des Sirion; doch in einem bitteren Kampf wurde er dort erschlagen, als Melko Elwing gefangennahm.« (Vgl. S. 339)

Galdor »war jener tapfere Gnom, der die Männer vom Baum in vielen Angriffen anführte und dennoch aus Gondolin entkam, ebenso wie dem Angriff Melkos gegen die Bewohner des Landes an der Mündung des Sirion, und mit Earendel zu den Ruinen zurückging. Er wohnt noch in Tol Eressea (sagte Elfriniel), und manche aus seinem Volk nennen sich noch *Nos Galdon,* denn *Galdon* ist ein Baum und so mit Galdors Namen verwandt.« Der letzte Halbsatz wurde verbessert: »*Nos nan Alwen,* denn *Alwen* ist ein Baum.«

(Zu Galdors Rückkehr mit Earendel zu den Ruinen von Gondolin vgl. S. 339)

Glingol »bedeutet ›singendes Gold‹ (so heißt es), und dies war bei den Gondothlim der Name für den zweiten der nie welkenden Bäume auf dem Platz des Königs, der goldene Blüten trug. Auch er war ein Schößling der Bäume von Valinor, doch er stammte von Lindelokte (das heißt ›singende Traube‹) oder Laurelin [*verbessert aus:* Lindelaure] (das heißt ›singendes Gold‹), der ganz Valinor für die Hälfte von 24 Stunden mit goldenem Licht erhellte.«

(Zum Namen *Lindelokte* vgl. Teil 1, S. 34 und 354f. unter *Lindelos*).

Glorfindel »führte die Männer der Goldenen Blume, und ihn liebten die Gondothlim am meisten, außer vielleicht Ecthelion, doch die Wahl ist schwer. Doch ihn traf Unglück, und er fiel, als er am Cristhorn einen Balrog nach großem Kampf erschlug. Sein Name bedeutet Goldsträhne, denn sein Haar war golden, und der Name seines Hauses in Noldorissa ist *Los'lóriol*« (verbessert aus *Los Glóriol*).

Gondolin »bedeutet ›singender Stein‹ (damit meinten die Gnomen im übertragenen Sinne einen überaus schön behauenen und verzierten Stein), und dies war der gebräuchlichste der Sieben Namen, die sie ihrer Stadt gaben, ihrer verborgenen Zuflucht vor Melko in den Tagen vor ihrer Befreiung.«

Gothmog »war ein Sohn von Melko und dem Ogerweib Fluithuin, und sein Name ist Hader und Haß, und er war der Hauptmann der Balrogs und der Heerführer Melkos, bis der schöne Ecthelion ihn beim Kampf um Gondolin erschlug. Die Eldar nannten ihn *Kosmoko* der *Kosomok(o),* doch dies sei ein Name, so sagt Elfrith [*verbessert aus:* Elfriniel], der ihrer Zunge nicht schmeckt, und der selbst in unserer gröberen Sprache einen üblen Beiklang hat.«

(In einer Namensliste, die zur Geschichte *Die Ankunft der Valar* gehört, heißt es, daß Melko einen Sohn »von Ulbandi« hatte, genannt *Kosomot;* das frühe Qenya-Wörterbuch verzeichnet *Kosomolo* = Gnomisch *Gothmog;* vgl. Teil 1, S. 354. In unserer Geschichte hier ist Gothmog der »Marschall« der Heere Melkos.

In der späteren Entwicklung der Sagen war Gothmog derjenige, der Feanor tötete, und in der Schlacht der Ungezählten Tränen erschlug er Fingon und nahm Húrin gefangen; [vgl. *Das Silmarillion,* S. 216, 269, 218]. Natürlich wird er später nicht »Sohn Melkos« genannt; der Terminus »Kinder der Valar« entstammt der frühen Mythologie und wurde später getilgt.

Im Dritten Zeitalter war *Gothmog* der Name des Statthalters von Minas Morgul [vgl. *Die Rückkehr des Königs,* S. 133].)

Hendor »war ein bejahrter Hausknecht Idrils, doch er trug Earendel in den geheimen Tunnel hinab.«

Idril »war die überaus schöne Tochter des Königs von Gondolin, deren Liebe schon Tuor galt, als sie noch ein Mädchen war, und die ihm Earendel gebar. Die Elben nennen sie *Irilde;* und wir sprechen von ihr als *Idril Tal-Celeb* oder Idril Silberfuß, doch die Elben von *Irilde Taltepepta.*«

Vgl. Anhang unter dem Namen *Idril.*

Indor »war der Name des Vaters von Tuors Vater, und darum nannten die Gnomen Earendel *Gon Indor* und die Elben *Indorildo* oder *Indorion.*«

Legolas »oder Grünblatt war ein Mann aus dem Hause des Baums, der die Verbannten in der Dunkelheit über die Ebene von Tumladin führte, und er lebt noch immer in Tol Eressea und wird dort von den Eldar *Laiqalasse* genannt; doch das Buch von Rúmil sagt mehr darüber.«

(Vgl. Teil 1, S. 364 unter *Tári-Laisi*).

3. *Verschiedenes*

Geographische Aspekte beim Fall von Gondolin

Als Tuor auf seiner Reise entlang jener Küste (später Beleriand) zu den Mündungen des Sirion wanderte, machte die Küstenlinie eine Biegung aus der Nord-Süd-Richtung in eine Ost-West-Richtung: ohne Frage eine Übereinstimmung mit der späteren Karte. Es heißt dort auch, daß, nachdem er Falasquil verlassen hatte, »die fernen Berge immer näher an den Rand des Meeres rückten« und die Ausläufer der Eisenberge »bis ans Meer reichten« (S. 203). Diese Aussagen lassen sich verhältnismäßig leicht mit der Karte in Einklang bringen, wo die lange westliche Ausdehnung der Ered Wethrin oder Berge des Schattens, die südliche Grenze von Nevrast bildend, bei Vinyamar ans Meer stößt (zur Gleichsetzung der Eisenberge und der Schattenberge vgl. Teil 1, S. 163).

Arlisgion, »der Ort des Rieds« im Mündungsgebiet des Sirion, blieb in »Lisgardh« erhalten, den »Schilfwäldern an den Mündungen des Sirion« (ST, S. 51); und die Vorstellung, daß der große Fluß eine Zeitlang unterirdisch floß, geht ebenso auf die früheste Periode zurück wie die Erwähnung der Dämmerseen, Aelin-uial (S. 264). Trotzdem besteht ein wesentlicher Unterschied zwischen früher Fassung der Geschichte und dem *Silmarillion,* wo Aelin-uial die Gegend großer Teiche und Marschen war, wo der Sirion »seinen Lauf unterbrach« (S. 137); *südlich von den Dämmerseen* »stürzte der Sirion von Norden in einem mächtigen Fall von den Seen herab und verschwand dann plötzlich unter der Erde, in großen Tunnels, die das Gewicht seiner herniederbrechenden Wasser gegraben hatte« (S. 138). Hier also liegen die Dämmerseen eindeutig *südlich* der »Höhle der Stürmischen Winde« (später nie erwähnt), in denen der Sirion unter der Erde verschwand. Doch das Land der Weidenbäume, im Süden des unterirdischen Flußlaufs, liegt dort, wo es auch später liegen sollte.

Die Schlüsse, die ich aus den geographischen Hinweisen in der *Geschichte von Turambar* gezogen habe (S. 188), dürfen also auch für den *Fall von Gondolin* gelten.

Ulmo und die anderen Valar

In der von Ulmo inspirierten Ansprache Tuors, die er bei seinem ersten Zusammentreffen mit Turgon an diesen richtet, sagte er: »... die Herzen der Valar ... sind erzürnt beim Anblick der Leiden und der Knechtschaft der Noldoli und der Wanderungen der Menschen.« Das steht in deutlichem Gegensatz zu dem, was in der *Verhüllung von Valinor* ausgeführt wird (Teil 1, S. 294)*:

»Die meisten der Valar hingen außerdem ihrer alten Bequemlichkeit an, wollten nur Frieden und wünschten, weder Gerüchte über Melko und seine Gewalt noch das Murren der ruhelosen Gnomen mögen sich je wieder unter ihnen verbreiten, ihr Glück zu stören; und aus diesen Gründen traten auch sie lärmend dafür ein, daß das Land verhüllt werde. Unter diesen waren Vána und Nessa nicht die geringsten, obgleich selbst die meisten der großen Götter einer Meinung waren. Vergeblich bat Ulmo, weil er in die Zukunft sah, um Mitleid und Vergebung für die Noldoli ...«

---

* Er scheint ebenfalls im Widerspruch zur vorliegenden Geschichte zu stehen, daß alle Menschen auf Befehl Melkos nach der Schlacht der Ungezählten Tränen in Hisilóme eingeschlossen wurden; doch »Wanderungen« ist ein befremdliches Wort in diesem Zusammenhang, zumal die folgenden Worte lauteten: »... denn Melko sperrt sie ein in dem Land der Schatten«.

Tuor sagte weiter (S. 215f.): »... die Götter sitzen in Valinor, wenngleich auch ihre Heiterkeit gemindert ist aus Kummer und Furcht vor Melko, und sie verbergen ihr Land und weben darum undurchdringlichen Zauber, auf daß kein Unheil zu seinen Gestaden gelange.« In seiner Antwort wiederholt und verändert Turgon diese Worte ironisch: »... und sie, die dort in Heiterkeit sitzen, bekümmern sich wenig um die Furcht vor Melko und um die Leiden der Welt, sondern verbergen ihr Land und umweben es mit undurchdringlichem Zauber, auf daß nie eine Botschaft des Unheils an ihre Ohren dringe.«

Wie ist das zu verstehen? War es Ulmos »Diplomatie«? Gewiß paßt Turgons Meinung von den Motiven der Valar besser zu dem, was in der *Verhüllung von Valinor* von ihnen gesagt wird.

Doch die Gnomen von Gondolin verehrten die Valar. Es gab »Feste zu Ehren der Ainur«, einen großen Platz (mit Gar Ainion, dem höchsten Punkt), den Platz der Götter, wo Vermählungen stattfanden; und das Volk vom Hammer des Zorns »verehrte Aule, den Schmied, mehr als alle anderen Ainur«.

Von besonderem Interesse ist die Stelle der Erzählung, wo begründet wird, warum sich Ulmo als Werkzeug seiner Pläne einen Menschen ausgesucht hat (S. 221): »Nun fürchtete Melko in jenen Tagen die Rasse der Menschen nicht übermäßig, weil er sehr mächtig war, und darum hatte sich Ulmo bei seinem Plan eines Menschen bedient, um Melko sicherer täuschen zu können, konnte sich doch kein Valar und kaum einer der Eldar oder Noldoli rühren, ohne der Wachsamkeit Melkos zu entgehen.« Dies ist die einzige Stelle, wo ausdrücklich ein Grund genannt wird; es gibt sonst nur noch eine einzelne frühe Anmerkung, in der zwei Gründe genannt werden:

(1) »der Zorn der Götter« (d. h. gegen die Gnomen);

(2) »Melko fürchtete die Menschen nicht – wäre er darauf gekommen, daß Boten nach Valinor gelangen könnten, hätte er seine Wachsamkeit und Bosheit verdoppelt und die Gnomen gänzlich verborgen.«

Die Konzeption vom »Glück der Götter« taucht auch in dieser Geschichte wieder auf (vgl. S. 253, Anmerkung 32), ebenso wie in der *Geschichte von Turambar:* S. 189; »aber es waren die Ainur gewesen, die ihn in seinem Herzen bewogen hatten, aus der Schlucht herauszuklettern, sonst hätte die kommende Flut ihn ertränkt« (S. 201).

Sehr sonderbar ist die Beschreibung von Earendels Geburt (S. 220): »In diesen Tagen geschah es, daß der Wunsch der Valar und die Hoffnung der Eldalie sich am Ende erfüllten, denn in großer Liebe gebar Idril Tuor einen Sohn, und er wurde Earendel genannt.« Ist das so zu verstehen, daß die Vermählung zwischen Elbenfrau und sterblichem Mann und die Geburt ihres Sohnes der »Wunsch« der Valar war – von ihnen vorausgesehen und als Erfüllung eines Plans von Ilúvatar erhofft, dem Gutes entspringen sollte? Nirgendwo sonst findet sich die Spur einer vergleichbaren Überlegung.

Orks

Auf S. 213 dieser Geschichte findet sich eine aufschlußreiche Bemerkung zum Ursprung der Orks (oder *Orqui,* wie sie in *Tuor A* durchgehend und in *Tuor B* anfangs genannt werden): ».. . diese ganze Rasse erschuf Melko unter der Erde aus Hitze und Schlamm«. Es deutet noch nichts auf die spätere Vorstellung hin, daß »nichts, was nach eigener Art lebte oder zu leben schien ... Melko je mehr schaffen [konnte] seit seiner Auflehnung in der Ainulindale vor dem Anbeginn« oder daß die Orks nach dem Erwachen aus versklavten Quendi geschaffen wurden *(Das Silmarillion,* S. 60). Vielleicht kann man die ersten Hinweise auf den Ursprung der Orks in derselben Passage der Erzählung erblicken, wo von gewissen Noldoli die Rede ist, die dem »Bösen Melkos verfielen und sich mit den Orks vermischt haben«.

Hier erscheint auch der Name *Glamhoth* für die Orks, der in der späteren Fassung wiederkehrt (ST, S. 58 und 77, Anmerkung 18).

Zu den Drachen und Balrogs in der Erzählung vom *Fall von Gondolin* vgl. S. 282.

Noldorin im Land der Weidenbäume

»Kamen nicht noch nach den Tagen Tuors Noldorin und seine Eldar auf dem Wege nach Dor Lómin hierher, suchten nach dem verborgenen Fluß und den Höhlen der gefangenen Gnomen, und waren sie nicht, so nahe am Ende ihrer Suche, geneigt gewesen, sie aufzugeben? Als sie tatsächlich hier schlummerten und tanzten ... wurden sie von den Kobolden überfallen, die Melko eilends aus den Eisenbergen sandte, und Noldorin entkam von dort nur um ein Haar« (S. 205). Damit war die Schlacht von Tasarinan gemeint, erwähnt in der *Geschichte von Turambar* (S. 95; 187f.), die zur Zeit des großen Auszugs der Elben von Kôr stattfand. Vgl. Lindos Bemerkung in der *Hütte des Vergessenen Spiels,* daß Valwe, sein Vater, »mit Noldorin ging, um die Gnomen zu finden« (Teil 1, S. 26).

Noldorin (Salmar, Gefährte Ulmos) soll nach der vorliegenden Geschichte auch an den Dämmerseen mit Tulkas gegen Melko gekämpft haben, obgleich sein Name später durchgestrichen wurde (S. 264 und Anmerkung 38); dies war nach der Schlacht von Tasarinan. Vgl. dazu S. 358ff.

Die Körpergröße von Elben und Menschen

Die Ausführungen über Tuors Größe auf S. 212f. (vor der Neufassung; siehe

Anmerkung 18) können nur bedeuten, daß Tuor obgleich von normaler menschlicher Größe, dennoch größer war als die Elben von Gondolin; das stimmt mit den Äußerungen in der *Geschichte von Turambar* (vgl. S. 190) überein. Die Neufassung hingegen vermittelt den Eindruck, die Elben und Menschen seien ungefähr gleich groß gewesen.

Isfin und Eol

Die früheste Fassung dieser Geschichte findet sich in dem kleinen Notizbuch zu den *Verschollenen Geschichten* (vgl. Teil 1, S. 242f.):

Isfin und Eol

Isfin, Tochter von Fingolma, wird aus der Ferne geliebt von Eol (Arval) aus der Maulwurf-Sippe der Gnomen. Er ist stark und steht in Gunst bei Fingolma und den Söhnen von Feanor, weil er der Anführer der Schürfer ist und verborgenen Edelsteinen nachspürt, doch er ist von häßlicher Gestalt, und Isfin verabscheut ihn.

(Fingolma als Name für Finwe Nóleme erscheint in den Abrissen zu *Gilfanons Geschichten,* Teil 1, S. 332). Hier ist es ein häßlicher Erzschürfer aus der »Maulwurf-Sippe«, der Isfin liebt, jedoch wegen seiner Häßlichkeit von ihr verabscheut wird – offensichtlich eine Parallele zum häßlichen Schürfer Meglin mit dem Zeichen des düsteren Maulwurfs, dem Idril im *Fall von Gondolin* die Hand verweigert. Die Interpretation ist schwierig. Die einfachste Erklärung wäre, daß die im Notizbuch skizzierte Geschichte früheren Datums ist als die im *Fall von Gondolin;* daß Meglin noch nicht existierte. In der Folgezeit wurde das Bild vom »häßlichen Schürfer – abgewiesener Bewerber« zu dem des Sohnes, und das Objekt seiner Wünsche wurde Idril (Nichte von Isfin), während für den Vater, Eol, den dunklen Elb aus den Wäldern, der Isfin umgarnte, eine neue Geschichte entwickelt wurde. Doch es ist überhaupt nicht klar, wo sich Eol der Schürfer aufhielt, als er Isfin »aus der Ferne liebte«. Es scheint keinen Grund zu geben, ihn mit Gondolin in Verbindung zu bringen; es ist wahrscheinlicher, daß die Figur des Schürfers mit dem Zeichen des Maulwurfs in der Gestalt Meglins in die Gondolin-Geschichte übernommen wurde.

IV. DAS NAUGLAFRING

Wir kommen nun zur letzten der ursprünglichen *Verschollenen Geschichten,* die eine abgeschlossene erzählerische Form erhielt. Sie findet sich in einem einzelnen Notizbuch und trägt den Titel *Das Nauglafring: Das Halsband der Zwerge.*

Der Anfang der Geschichte ist ein wenig verwirrend. Bevor die Geschichte *Der Fall von Gondolin* erzählt wird, sagt Lindo zu Winzigherz: »... es ist unser aller Wunsch, daß du uns so bald als nur möglich die Geschichten von Tuor und von Earendel erzählst.« Und dieser erwidert: »Es ist eine umfangreiche Geschichte, und wenn sie richtig erzählt werden soll, müßt ihr siebenmal zum Geschichten-Feuer kommen; und so verflochten ist sie mit den Geschichten vom Nauglafring und vom Elben-Marsch, daß ich beim Erzählen gern Beistand hätte von Ailios...« Wenn also zu Beginn der vorliegenden Geschichte Winzigherz den Sessel des Geschichtenerzählers an Ailios abtritt, damit dieser vom Nauglafring erzählen kann, paßt das in den allgemeinen Kontext; doch hätten wir nicht erwartet, daß die neue Geschichte mit den Worten »Aber nach einer Weile wurde das Schweigen gebrochen« beginnen würde, nachdem *Der Fall von Gondolin* mit den Worten schloß: »Und im Raum der Scheite sprach lange Zeit nicht einer ein Wort, und niemand rührte sich.« Auf jeden Fall hätte man nach der sehr langen Geschichte *Der Fall von Gondolin* mit der nächsten Geschichte gewiß bis zum kommenden Abend gewartet.

Auch hier handelt es sich wieder um ein Manuskript, das mit Tinte über einen ausradierten Bleistifttext geschrieben ist, doch reicht dies nur bis zu den Worten »seine Habgier zu stillen« (S. 304). Von dort an gibt es nur noch die hastig geschriebene ursprüngliche Rohfassung in Bleistift, die stellenweise nicht zu entziffern ist; und einen Teil davon hat mein Vater gründlich überarbeitet, während er noch mit der Niederschrift der Geschichte selbst beschäftigt war.

Das Nauglafring
Das Halsband der Zwerge

Aber nach einer Weile wurde das Schweigen gebrochen, und einige Zuhörer murmelten »Earendel«, doch andere sagten: »Nein – was hat es auf sich mit dem Nauglafring, dem Halsband der Zwerge?« Darum räumte Ilfiniol den Sessel des Geschichtenerzählers und sagte: »Fürwahr, es wäre besser für diese Geschichte, wenn Ailios von all den Dingen erzählte, die mit diesem Halsband zu tun haben.« Und Ailios war in keiner Weise abgeneigt, und indem er seine Zuhörer anblickte, begann er folgendermaßen zu erzählen:

»Erinnert ihr euch alle daran, wie Úrin der Standhafte Tinwelint das Gold Glorunds vor die Füße warf, es nicht wieder anrührte, sondern voller Kummer nach Hisilóme zurückging und dort starb?« Und alle sagten, die Geschichte stehe ihnen noch lebendig vor Augen.

»So wißt denn«, sagte Ailios, »daß der König mit großem Schmerz auf Úrin blickte, als dieser die Halle verließ, und er war des Bösen überdrüssig, mit dem Melko solchermaßen alle Herzen betrog; doch die Geschichte erzählt, daß der Zauberbann, den Mîm, der Vaterlose, auf jenen Hort gelegt hatte, so wirksam war, daß alle, die ihn anschauten, vom Hauch des Unheils gestreift wurden, während er, sonderbar schimmernd im Fackelschein, in der königlichen Halle am Boden lag.

Darum murrten nun die Männer aus Úrins Bande, und einer sagte zum König: ›Hört, Herr, unser Anführer Úrin, ein alter, verrückter Mann, ist fortgegangen, doch wir haben nicht die Absicht, auf unsere Beute zu verzichten.‹

Darauf sagte Tinwelint, denn auch er war von der goldenen Verlockung nicht unberührt: ›Niemals! Wißt ihr nicht, daß dieses Gold dem Stamme der Elben gemeinsam gehört, denn die Rodothlim, die es vor langer Zeit der Erde abgewannen, sind nicht mehr? Und nicht eine Handvoll davon darf jemand für sich beanspruchen[1], ausgenommen Úrin für seinen Sohn Túrin, welcher den Drachen erschlug, der die Elben beraubte; doch Túrin ist tot, und Úrin will nichts von dem Schatz haben; und Túrin war mein Gefolgsmann.‹

Diese Worte versetzten die Gesetzlosen in große Wut, bis der König sagte: ›Verlaßt nun diese Hallen und sucht nicht, O Narren, den Streit mit den Elben des Waldes, daß euch der Tod nicht ereile oder der schreckliche Zauber Valinors euch in den Wäldern heimsuche.

Schmäht nicht den Namen Tinwelints, des Königs der Wald-Elben, denn reichlich will ich euch eure Mühe lohnen, mit der ihr das Gold hergebracht habt. Trete nun ein jeder vor, nehme von dem Gold so viel, wie er mit beiden Händen ergreifen kann, und gehe dann in Frieden seiner Wege.‹

Dies nun wiederum mißfiel den Elben des Waldes, die lange in der Nähe gestanden und das Gold angestarrt hatten; doch die Gesetzlosen taten wie geheißen, und mehr noch, denn einige gingen zweimal zum Schatz und gar dreimal, und in der Halle erhob sich ein Wutgeschrei. Da wollten die Wald-Elben sie an diesem Diebstahl hindern, und darüber gab es mächtigen Streit, so daß niemand auf den König hörte, der ihnen befahl einzuhalten. Darauf zogen die Gesetzlosen, eine Schar grimmiger und furchtloser Männer, ihre Schwerter und schlugen um sich, so daß auf den Stufen des königlichen Thronsitzes selbst im Nu ein heftiger Kampf entbrannte. Die Gesetzlosen waren mutige Männer und wußten, nicht zuletzt durch ihren Krieg mit den Orks,[2] Schwert und Axt vortrefflich zu führen, so daß viele Elben ihr Leben lassen mußten, bevor der König, der sah, daß es weder Frieden noch Versöhnung geben werde, eine Schar seiner Krieger herbeirief; und die Gesetzlosen, verwirrt durch die stärkeren Zauber des Königs[3] und mit dem Dunkel in den Hallen des Königs nicht vertraut, wurden allesamt erschlagen, so erbittert sie auch fochten; doch des Königs Halle schwamm in Blut, und das Gold, das vor seinem Thron lag, von stampfenden Füßen zerstreut und zertreten, war mit Blut getränkt. So nahm der Fluch von Mîm, dem Zwerg, seinen Lauf; und noch eine weitere Saat des Leides, welche die Noldoli einst in Valinor gesät hatten, war aufgegangen.[4]

Dann wurden die Leichen der Gesetzlosen fortgeschafft, doch die toten Wald-Elben ließ Tinwelint in der Nähe des Grabhügels von Tinúviel bestatten, und es heißt, daß dieser große Grabhügel noch immer in Artanor steht und die Elben ihn lange Cûm an-Idrisaith nannten, den Grabhügel der Habsucht.

Nun kam Gwenniel zu Tinwelint und sprach: ›Rühr dieses Gold

nicht an, denn mein Herz sagt mir, daß ein dreifacher Fluch darauf liegt. Verflucht ist es wahrlich durch den Atem des Drachen und verflucht auch durch das Blut deiner Vasallen, das es befleckt, und durch den Tod jener[5], die sie erschlugen; doch ein noch schlimmeres und tieferes Übel, so scheint mir, lastet darauf, das ich nicht zu erkennen vermag.‹

Da besann sich der König auf die Klugheit seiner Gemahlin Gwenniel und war gesonnen, ihrem Rat zu folgen, und er befahl, den Schatz zusammenzulesen und in den Strom zu werfen, der vor seinen Toren floß. Aber trotzdem konnte er seinen Zauber nicht abschütteln, und er sagte zu sich selbst: ›Zuerst will ich einen letzten Blick auf seine Pracht werfen, bevor ich mich seiner für immer entledige.‹ Deshalb ließ er den Schatz in reinem Wasser waschen, von den Blutflecken säubern und ihn vor sich ausbreiten. Nun sind solch gewaltige Haufen Goldes seitdem nie mehr an einem Platz beisammen gewesen; und das Gold war zum Teil zu Bechern verarbeitet, zu Schalen und Geschirr, und es gab Hefte für Schwerter und Scheiden für Degen und Dolche; doch der größte Teil war unbearbeitetes rotes Gold in Klumpen und Barren. Den Wert dieses Schatzes konnte niemand schätzen, denn inmitten des Goldes lagen viele Edelsteine, herrlich anzuschauen; die Väter der Rodothlim hatten sie nämlich aus Valinor mitgebracht als Teil jenes unermeßlichen Hortes, den die Noldoli dort ihr eigen genannt hatten.

Als er nun den Schatz betrachtete, sagte Tinwelint: ›Wie prachtvoll ist dieser Schatz! Und ich habe nicht den zehnten Teil davon, und von den Gemmen aus Valinor besitze ich nicht eine, bis auf den Silmaril, den Beren aus Angband brachte.‹ Aber Gwenniel, die bei ihm war, sagte: ›Und dieser ist ebensoviel wert wie alles, was hier liegt, und wäre es dreimal so viel.‹

Darauf erhob sich einer aus dem Gefolge, und das war Ufedhin, ein Gnom; doch er hatte auf seinen Wanderungen mehr von der Welt gesehen als irgendeiner sonst aus des Königs Volk, und lange hatte er bei den Nauglath gewohnt und den Indrafangs, ihren Verwandten.

Die Nauglath sind eine sonderbare Rasse, und niemand weiß genau, woher sie kommen; und sie dienen weder Melko noch Manwe und bekümmern sich nicht um Elben und nicht um Menschen, und manche sagen, daß sie von Ilúvatar nicht gehört haben, und wenn doch, so glauben sie nicht an ihn. Gleichwohl übertrifft sie niemand an Künsten und Wissenschaften und an Kenntnis der verborgenen Kräfte aller Dinge, die in der Erde[6] oder unter dem Wasser zu finden sind; doch sie wohnen unter der Erde in Grotten und Tunnelstädten, und einst war Nogrod von diesen die gewaltigste. Alt sind sie, und niemals sieht man ein Kind bei ihnen, und nie lachen sie. Sie sind untersetzt, doch sehr stark, und ihre Bärte fallen bis auf die Zehen, doch die Bärte der Indrafangs sind von allen die längsten, und sie sind gegabelt, und sie binden sie um den Leib, wenn sie umhergehen. Alle diese Geschöpfe haben die Menschen ›Zwerge‹ genannt, und sie sagen, die Geschicklichkeit und der Witz, mit denen sie schöne Dinge erfinden, übertreffe noch die der Gnomen; doch in Wahrheit ist wenig Schönheit in den Dingen, die sie selber in den vergangenen Zeitaltern geschaffen haben, vielmehr hatten immer abtrünnige Gnomen wie Ufedhin ihren Teil daran. Vor langer Zeit hatte dieser Gnom sein Volk verlassen, war ein Verbündeter der Zwerge von Nogrod geworden und zu dieser Zeit mit einigen anderen gleichgesinnten Noldoli in die Reiche Tinwelints gekommen; und sie führten Schwerter und Rüstungen und andere mit außerordentlicher Kunst geschmiedete Dinge mit sich, und es heißt, daß sie damit in jenen Tagen regen Handel mit den freien Noldoli trieben, doch auch mit den Orks und den Soldaten Melkos.

Als er an jenem Platz stand, hatte der Zauber des Goldes das Herz Ufedhins tiefer durchdrungen als das jedes anderen, und er konnte es nicht ertragen, daß das Gold fortgeworfen werden sollte. Und dies waren seine Worte: ›Unheilvoll ist das, was König Tinwelint im Sinn hat; wer soll später sagen, daß die Geschlechter der Eldalie schöne Dinge liebten, wenn ein König der Eldar einen so gewaltigen Hort der Schönheit in die dunklen Waldflüsse werfen läßt, wo niemand außer den Fischen ihn beschauen kann? Anstatt dies geschehen zu lassen, bitte ich dich, O König, den Künstlern der Zwerge zu erlauben, ihre Kunst an diesem formlosen Gold zu versuchen, auf daß der Name des goldenen Horts von Tinwelint über die ganze Erde getragen werde. Dies werden sie, so verspreche ich dir, für ein geringes Entgelt tun, wenn sie nur den Hort vor der Vernichtung retten dürfen.‹

Da blickte der König auf das Gold, und er schaute Ufedhin an. Und der Gnom war kostbar gekleidet, trug eine Tunika aus goldenem Gewebe und einen goldenen, mit winzigen Gemmen besetzten Gürtel; und sein Schwert war höchst sonderbar verziert, doch um den Hals trug er eine Kette, in der sich Gold und Silber aufs feinste verflochten, und Tinwelints Gewand konnte es in keiner Weise mit dem des Wanderers in seinen Hallen aufnehmen. Abermals betrachtete Tinwelint das Gold, und jetzt leuchtete seine Schönheit noch betörender, und niemals, schien ihm, hatten die Edelsteine so strahlend gefunkelt. Und Ufedhin sagte: ›Sage mir, O König, wie du den Silmaril hütest, von dem die ganze Welt gehört hat.‹

Gwenniel bewahrte diesen nun in einem hölzernen, eisenbeschlagenen Kästchen auf, und Ufedin sagte, es sei schandbar, diesen Stein auf solche Weise aufzubewahren, den nichts berühren dürfe, das weniger wertvoll sei als reines Gold. Da war Tinwelint beschämt und gab nach, und er traf mit dem Gnomen folgende Abmachung: Die Hälfte des Goldes sollte der König abmessen und sie Ufedhin und seinen Gefährten übergeben, und diese sollten es nach Nogrod und zu den Wohnstätten der Zwerge tragen. Dies war nun eine sehr lange Reise nach Süden über den ausgedehnten Wald hinaus, an den Grenzen jener großen Heideflächen nahe Umboth-muilin, den Dämmerseen, in den Marschen von Tasarinan. Doch nach nur sieben vollen Monden wollten die Nauglath zurückkehren, und alles geliehene Gut des Königs würde zu kunstvollsten Gebilden verarbeitet sein, ohne daß Gewicht oder Reinheit des Goldes sich im geringsten verringert hätten. Dann wollten sie Tinwelint befragen; hatte er kein

Wohlgefallen an ihrer Arbeit, wollten sie heimkehren und nichts mehr sagen; wenn die Arbeit ihm jedoch gut erschiene, wollten sie aus dem übrigen Gold für ihn und die Königin Gwenniel den wundervollsten Schmuck schmieden, den jemals ein Gnom oder Zwerg geschaffen hatte.

›Denn ich habe‹, sagte Ufedhin, ›mir die Kunstfertigkeit der Nauglath zu eigen gemacht und die Schönheit der Gestaltung, die einzig die Noldoli begreifen können – doch der Lohn für unsere Mühen wird wahrlich gering sein, und wir werden ihn dir nennen, wenn alles vollbracht ist.‹

Als er nun den Glanz des Goldes sah, reute den König seine Abmachung mit Ufedhin, und dessen Worte mißfielen ihm ganz und gar, und er wollte nicht zulassen, daß ein so großer Goldschatz ohne Sicherheit aus seinen Augen geriet und sich sieben Monde lang in den fernen Behausungen der Zwerge befinden sollte; aber er wollte gleichwohl seinen Nutzen aus der Kunst der Zwerge ziehen. Darum ließ er Ufedhin und seine Gefährten unvermittelt ergreifen, und er sagte zu ihnen: ›Hier in meinen Hallen sollt ihr als Geiseln bleiben, bis ich meinen Schatz wiedersehe.‹ Nun dachte Tinwelint insgeheim, Ufedhin und seine Gnomen seien für die Zwerge von größter Wichtigkeit und keine Begierden so stark sie zu verleiten, die Gnomen ihrem Schicksal zu überlassen: Doch der Gnom war sehr zornig und sagte: ›Die Nauglath sind keine Diebe, O König, und ihre Freunde sind es ebensowenig.‹ Doch Tinwelint erwiderte: ›Doch der Glanz von allzu vielem Gold hat viele zu Dieben gemacht, die vorher anders waren‹, und Ufedhin sah sich gezwungen einzuwilligen, doch in seinem Herzen verzieh er Tinwelint nicht.

Darum wurde nun das Gold von Männern des Königs nach Nogrod gebracht, und nur ein einziger Gefährte Ufedhins geleitete den Zug; und die Abmachung zwischen Ufedhin und Tinwelint wurde Naugladur, dem König von Nogrod, kundgetan.

Während der Zeit des Wartens wurde nun am Hof von Tinwelint Ufedhin freundlich behandelt, doch er war zum Nichtstun gezwungen, und der Ärger nagte an ihm. In seiner Muße grübelte er fortwährend darüber nach, welch schönen Schmuck aus Gold und Edelsteinen er später für den König schmieden würde, doch dieser war bloß dazu bestimmt, den König noch mehr zu umgarnen, denn der Gnom begann bereits düstere Ränke tiefster Habgier und Rache zu spinnen.

Nachdem auf den Tag genau sieben volle Monde verstrichen waren, riefen die Wächter an der Brücke des Königs: ›Seht! Dort kommt eine große Schar durch den Wald, und alle sind, wie es scheint, alte Männer, und sie tragen sehr schwere Lasten auf ihren Rücken.‹ Als er das hörte, sagte der König: ›Es sind die Nauglath, die ihr Versprechen halten: Nun sollst du frei sein, Ufedhin, und ihnen meine Grüße bringen und sie auf der Stelle in meine Hallen führen.‹ Und Ufedhin eilte glücklich fort, doch der Groll blieb in seinem Herzen. Darum bewog er die Nauglath, als er insgeheim mit ihnen sprach, am Ende eine sehr große Belohnung zu fordern, die der König nicht gewähren konnte, ohne gedemütigt zu werden; und er enthüllte ihnen noch mehr von seinen Plänen, deren Ziel es war, daß das Gold am Ende für immer nach Nogrod kam.

Nun kamen die Zwerge gleichwohl über die Brücke und vor den Thron des Königs, und, wahrlich, was ihre Handwerkskunst geschaffen, hatten sie in seidenen Tüchern und kunstvoll geschnitzten Schreinen hierhergebracht. Wie anders hatte Úrin den Schatz herbeigeschleppt, und die Hälfte davon ruhte noch in groben Säcken und ungefügen Kästen; doch als das Gold nun wieder zum Vorschein kam, erhob sich ein einziger Ruf des Staunens, denn die Dinge, welche die Nauglath gemacht hatten, waren weit wunderbarer als die schlichten Gefäße und Verzierungen, welche die Rodothlim einst geschaffen hatten. Der König erblickte Becher und Kelche, und manche hatten doppelte Böden oder seltsam verschlungene Henkel, und es gab sonderbar geformte Trinkhörner, Schüsseln und Platten, Krüge und Flaschen und alles Zubehör für ein königliches Festessen. Es gab Kerzenständer und Halter für Fackeln, und niemand konnte die Ringe und Armreifen, die Spangen und Ketten zählen und die kleinen Kronen aus Gold; und all diese Dinge waren so fein gearbeitet und so kunstreich verziert, daß Tinwelint viel glücklicher war, als Ufedhin gehofft hatte.

Doch bis jetzt war Ufedhins Plänen kein Erfolg beschieden, denn Tinwelint erlaubte mitnichten, daß Ufedhin oder die Nauglath sich nach Nogrod aufmachten, weder mit dem unbearbeiteten Gold, das übrig war, noch ohne es, und er sagte: ›Was würde man von mir denken, wenn ich euch nach der Mühsal eurer schwerbeladenen Reise hierher so rasch wieder ziehen ließe, damit ihr Tinwelints Mangel an Höflichkeit dort in Nogrod laut verkündet? Verweilt eine Zeitlang, ruht euch aus und laßt es euch wohl ergehen, und danach sollt ihr das übrige Gold haben und könnt mit Freuden an die Arbeit gehen; jede Hilfe, die ich oder mein Volk euch bei eurem Werk gewähren können, soll euch zuteil werden, und am Ende erwartet euch eine Belohnung, die reich sein wird und mehr als angemessen.‹

Doch sie wußten trotz allem, daß sie Gefangene waren, und als sie insgeheim die Ausgänge prüften, fanden sie sie streng bewacht. Da sie sich nun keinen anderen Rat wußten, verbeugten sie sich vor dem König, und die Gesichter des Zwergenvolks offenbaren selten, was sie denken. Nach einer Zeit der Ruhe nun begannen die Nauglath die letzte Schmiedearbeit in einer tiefen Kammer von Tinwelints Behausung, die er für ihre Zwecke hatte bereitstellen lassen, und was ihnen an Eifer fehlte, ersetzte die Furcht, und an der ganzen Arbeit hatte Ufedhin einen sehr großen Anteil.

Sie machten eine goldene Krone für Tinwelint, der bis jetzt nichts als ein Gewinde aus purpurnen Blättern getragen hatte; und sie machten auch einen überaus prächtigen Helm; und das Schwert war aus Zwergenstahl, von weither gebracht, und das Heft war aus blankem Gold, und mit Gold und Silber waren merkwürdige Figuren darin eingelegt, in denen man deutlich die Wolfsjagd erkennen konnte, die Jagd auf Karkaras Messerrachen, den Vater der Wölfe. Nie zuvor hatte Tinwelint ein prächtigeres Schwert gesehen, und es übertraf jenes, das Ufedhin getragen und das der König begehrt hatte. Diese Dinge hatte die Kunst Ufedhins geschaffen, doch die Zwerge machten für Tinwelint einen Kettenpanzer mit Gliedern aus Stahl und Gold und einen goldenen Gürtel. Da war der König beglückt, doch die Zwerge sagten: ›Noch ist nicht alles fertig‹, und Ufedhin machte eine silberne Krone für Gwenniel, und mit der Hilfe der Zwerge fertigte er ein Paar silberne Schuhe, überzogen mit Diamanten, und das Silber war zu solch feinen Schuppen ausgehämmert, daß es sich den Füßen anschmiegte wie weiches Leder; und auch einen Gürtel machten sie aus Silber, vermischt mit Gold. Doch diese Dinge machten nur ein Zehntel ihrer Arbeiten aus, und keine Geschichte zählt sie alle auf.

Als nun alles getan und ihr Geschmeide dem König übergeben worden war, sagte Ufedhin: ›O Tinwelint, reichster der Könige, erachtest du diese Dinge für schön?‹ Und er antwortete: ›Ja.‹ Doch Ufedhin sagte: ›Wisse denn, daß noch ein großer Vorrat deines besten und reinsten Goldes übrig ist, denn wir haben ihn aufgespart, weil wir dich um eine Gunst bitten wollen, und es ist diese: Wir wollen dir ein Halsband machen, mit Edelsteinen besetzt, und in diese Arbeit wollen wir alle Geschicklichkeit und Kunst legen, die wir haben, und wir trachten danach, das Halsband zum wunderbarsten Geschmeide zu machen, das die Erde gesehen hat und zum größten der Werke der Elben und Zwerge. Deshalb erbitten wir den Silmaril von dir, den du verwahrst, auf daß er wundersam leuchte in dem Nauglafring, dem Halsband der Zwerge.‹

Da zweifelte Tinwelint abermals an Ufedhins Ehrlichkeit, doch gewährte er die Gunst, unter der Bedingung, daß er bei der Schmiedearbeit anwesend sein dürfe.

Keiner mehr ist noch am Leben – sagte Ailios[7] – von denen, die dieses wunderbarste Geschmeide gesehen haben, bis auf[8] Winzigherz, Sohn von Bronweg, doch es wird viel darüber erzählt. Es war nicht nur mit der größten Kunst und Feinheit der Welt geschmiedet, sondern es verfügte über zaubrische Macht, und kein Hals war zu dick oder zu schlank, um den es sich nicht anmutig und schön fügte. Obgleich eine unschätzbare Menge Goldes verbraucht worden war, um es zu schmieden, hing es so leicht am Hals wie eine Flachsfaser; und allen, die es anlegten, kam es vor, wenn es auf ihrer Brust lag, als erfülle sie Mut und Zuversicht, und die Frauen machte es schön. Unzählige Edelsteine waren in dieses Halsband eingesetzt, doch sie waren nicht mehr als eine Umrahmung, die das Auge auf seinen großen, alles überstrahlenden Glanz vorbereiten und hinlenken sollten, denn in der Mitte hing wie eine kleine Leuchte flüssigen Feuers der Silmaril von Feanor, der Edelstein der Götter.

Aber ach, selbst wenn das Gold der Rodothlim keinen bösen Zauber besessen hätte, wäre doch dieses Halsband ein Gebilde gewesen, das Unglück brachte, denn voller Bitterkeit waren die Zwerge, und alle Glieder des Bandes waren mit haßerfüllten Gedanken getränkt. Nun jedoch trugen sie es in seinem frischen Strahlenglanz vor den König; und darob kannte der Jubel Tinwelints, des Königs der Waldland-Elben, keine Grenzen mehr, und er schlang das Nauglafring um seinen Hals, und sogleich fiel der Zauberbann Mîms auf ihn. Da sprach Ufedhin: ›Nun, O Herr, da deine kühnsten Erwartungen übertroffen sind, wirst du vielleicht den Künstlern deine königliche Belohnung gewähren und ihnen erlauben, daß auch sie in Freuden in ihre eigenen Lande zurückkehren.‹

Doch Tinwelint, vom goldenen Zauber umgarnt und befallen vom Fluche Mîms, mißfiel es, an sein Versprechen erinnert zu werden. Doch er heuchelte Wohlwollen, ließ die Künstler zu sich kommen und pries ihre Arbeit mit königlichen Worten. Schließlich sagte er: ›Jemand, Ufedhin mit Namen, sagte mir vorzeiten, am Ende würden die Künstler ihren Lohn mir nennen, den sie erheischten, doch werde er gering sein, da sie die Arbeit aus Liebe verrichteten und es Ufedhins Wunsch sei, der goldene Hort möge nicht fortgeworfen werden und verloren gehen. Was also verlangt ihr, das ich euch gewähren soll?‹

Darauf erwiderte Ufedhin spöttisch: ›Für meinen Teil verlange ich nichts, O Herr; wahrlich, die Gastfreundschaft, die ich sieben und drei Monde in deinen Hallen genoß, ist mehr wert, als ich verlangen kann.‹ Aber die Zwerge sprachen: ›Dies erbitten wir: Jeder von uns verlangt für die sieben Monde seiner Arbeit sieben Edelsteine aus Valinor und sieben Zaubergewänder, die allein Gwendelin[9] weben kann, und jeder verlangt einen Sack voll Gold; doch für die schwere Arbeit, die wir drei Monde lang gegen unseren Willen in deinen Hallen verrichtet haben, erheischt jeder von uns drei Säcke voll Silber und jeder einen goldenen Becher, um auf dein Wohl zu trinken, O König, und überdies verlangt jeder ein schönes Mädchen aus dem Volk der Wald-Elben, um es mit sich zu führen in unsere Heimat.‹

Da wurde der König Tinwelint überaus zornig; was die Zwerge von ihm verlangt hatten, machte allein schon einen stattlichen Schatz aus, denn ihre Zahl war sehr groß; und er hatte nicht im Sinn, auf solche Art den Hort des Drachen zu vergeuden, niemals aber konnte er mißgestalteten Zwergen Mädchen der Elben überlassen, ohne unsterbliche Schmach auf sein Haupt zu laden.

Diese Forderungen hatten sie nun einzig auf Anraten Ufedhins erhoben, doch als sie die Wut auf dem Antlitz des Königs sahen, fuhren sie fort: ›Mitnichten ist dies alles, denn um Ufedhins siebenmonatige Gefangenschaft einzulösen, müssen sieben kräftige Elben mit uns kommen und sieben mal sieben Jahre bei uns wohnen als Fronpflichtige und Knechte für unsere Arbeit.‹

Darauf sprang Tinwelint von seinem Sitz auf und befahl seine gewappneten Vasallen und Krieger zu sich und ließ sie die Nauglath und Gnomen einkreisen. Dann sagte er: ›Für eure Unverschämtheit soll jeder von euch drei Hiebe mit peitschenden Weidenruten erhalten und Ufedhin sieben, und danach werden wir von Belohnung sprechen.‹

Als dies geschehen war und eine Flamme tiefer Rachsucht in den Tiefen der Herzen entzündet war, sagte er: ›Hört! Jeder von euch soll für die Arbeit von sieben Monden sechs Stücke Goldes und eines von Silber erhalten, und für eure Arbeit in meinen Hallen drei

Stücke Goldes und ein paar kleine Edelsteine, die ich erübrigen kann. Zum Lohn für eure Reise hierher soll ein Festmahl für euch ausgerichtet werden, und mit Mundvorrat für die Rückreise werdet ihr wohl versehen werden, und bevor ihr aufbrecht, sollt ihr mit elbischem Wein auf Tinwelints Wohl trinken; doch, merkt auf: Weil Ufedhin sieben Monate mit Nichtstun in meinen Hallen zugebracht hat, sollt ihr jeder ein Stück Gold und zwei Stücke Silber bezahlen, weil er selbst nichts besitzt und nichts erhalten wird, denn er wünscht es so; doch will mir scheinen, daß er der Urheber eures Hochmutes ist.‹

Darauf erhielten die Zwerge ihren Lohn wie gewöhnliche Schmiede, die Bronze und Eisen verarbeiten, und waren gezwungen, um Ufedhins willen einen Teil davon zurückzuzahlen – ›sonst‹, sagte der König, ›wird er niemals mit euch von hier fortgehen‹. Dann setzten sie sich zum Festmahl nieder und verbargen ihren Groll; doch schließlich kam die Zeit ihrer Abreise, und mit elbischem Wein tranken sie Tinwelint zu, doch hinter ihren Bärten verfluchten sie ihn, und Ufedhin schluckte den Wein nicht hinunter, sondern spie ihn aus seinem Munde auf die Schwelle.

Nun berichtet die Geschichte, daß die Nauglath wieder heimzogen, und wenn ihre Lüsternheit entzündet worden war, als das Gold zum ersten Mal nach Nogrod kam, so loderte in ihnen nun eine Flamme rasender Begierde, und überdies quälten sie die Beleidigungen des Königs. In der Tat liebt dieses Volk Gold und Silber heftiger als irgendein anderes Volk der Erde, und solange jener Schatz mit einem Zauberbann belegt war, waren sie in keiner Weise dagegen gefeit. Nun war einer unter ihnen gewesen, Fangluin [Blaubart] der Alte, der ihnen von Beginn an geraten hatte, das geliehene Gut des Königs nicht zurückzugeben, denn er meinte, Ufedhin könnten sie später, wenn es an der Zeit scheine, durch eine List befreien. Doch zu jener Zeit dachte Naugladur, ihr Herr, anders darüber, und er wünschte keinen Krieg mit den Elben. Nun jedoch verhöhnte sie Fangluin bei ihrer Rückkehr nach Kräften und sagte, sie hätten ihre

Arbeit für einen Hungerlohn und für einen Schluck Weines verschleudert und obendrein noch ihre Ehre eingebüßt, und er kitzelte ihre Begierde, und Ufedhin fügte seine bitteren Worte hinzu. Darum berief Naugladur einen geheimen Rat der Zwerge von Nogrod ein und suchte nach einem Weg, sich sowohl an Tinwelint zu rächen als auch seine Habgier zu stillen.[10]

Doch nach langem Grübeln sah er nicht, wie er sein Ziel erreichen könnte, ausgenommen durch Gewalt, und darin lag wenig Hoffnung, denn in jenen Tagen war die Zahl der Elben von Artanor sehr groß; und der Zauber, den Gwenniel spann, schützte alle diese Landstriche, so daß keiner, der feindlich gesinnt war, zu diesen Wäldern vordringen konnte, es sei denn durch Verrat von innen.

Als nun die Alten der Zwerge gerade in ihren dunklen Hallen saßen und an ihren Bärten kauten, vernahmen sie plötzlich Hörnerklang, und Boten von Bodruith von den Indrafangs waren gekommen, einer Sippe von Zwergen, die in anderen Reichen wohnte. Diese brachten nun die Nachricht von Mîms des Vaterlosen Tod durch Úrins Hand und vom Raub von Glorunds Gold, die erst jetzt Bodruith zu Ohren gekommen war. Nun kannten die Zwerge bis jetzt nicht die vollständige Geschichte des Hortes und wußten nicht mehr als das, was Ufedhin den Gesprächen in Tinwelints Hallen hatte entnehmen können, und Úrin hatte nicht die ganze Geschichte erzählt, bevor er fortging. Als sie nun diese Neuigkeiten hörten, gesellte sich neuer Zorn zu ihrer Habgier, und ein Lärm brach unter den Zwergen aus; und Naugladur gelobte, nicht eher zu ruhen, bis Mîm dreifach gerächt sei. ›Und mehr noch‹, sagte er, ›mich dünkt, das Gold gehört von Rechts wegen dem Volk der Zwerge.‹

Und dann machte er seinen Plan; und durch seine Taten sind die Zwerge seit jenen Tagen für immer durch Fehde von den Elben getrennt worden und den Abkömmlingen Melkos in Freundschaft nähergerückt. Heimlich ließ er die Indrafangs davon in Kenntnis setzen, sie sollten ihr Heer bis zu einem Tag, den er nennen werde, wenn die Zeit reif sei, zum Kampfe rüsten; und darauf begann in aller Heimlichkeit das Schmieden scharfen Stahls in Belegost, der Behausung der Indrafangs. Außerdem scharte Naugladur ein großes Heer von Orks um sich und wandernde Kobolde, denen er reichen Lohn versprach und überdies das Wohlgefallen ihres Meisters und am Ende eine pralle Beute; und alle bewaffnete er mit seinen eigenen Waffen. Nun kam ein Elb zu Naugladur, der aus Tinwelints Volk stammte, und er machte sich erbötig, das Heer durch die Zauber Gwendelins zu führen, denn er war von der Gier gepackt nach Glorunds Gold, und so kam Mîms Fluch über Tinwelint, und zum ersten Mal entstand Verräterei unter den Elben von Artanor. Da lächelte Naugladur höhnisch, denn er wußte, daß die Zeit reif und Tinwelint ihm ausgeliefert war.

In jedem Jahr nun, wenn die Zeit der großen Wolfsjagd Berens gekommen war, hatte Tinwelint die Gewohnheit, zur Erinnerung an diesen Tag in den Wäldern eine Jagd zu veranstalten, und es war eine gewaltige Jagd, zu der sehr viel Volks zusammenströmte, und in den Nächten wurden in den Wäldern frohe Feste gefeiert. Als nun Naugladur von jenem Elb – dessen Namen, Narthseg, den Elben noch heute bitter in den Ohren klingt – erfuhr, daß der König beim übernächsten Vollmond auf die Jagd gehen würde, sandte er unverzüglich das verabredete Zeichen, ein blutbeflecktes Messer, an Bodruith in Belegost. Darauf versammelte sich dessen ganzes Heer an den Grenzen der Wälder.

Nun berichtet die Geschichte, daß ein Mann zu Tinwelint kam, den er wegen dessen wild wuchernden Haares nicht erkannte – und seht! es war Mablung, und er sagte: ›Fürwahr, selbst in den Tiefen der Wälder haben wir davon erfahren, daß du in diesem Jahr den Tod von Karkaras mit einem Fest begehen willst, das größer ist als je zuvor, O König – und also bin ich zurückgekehrt, um dir Gesellschaft zu leisten.‹ Und der König freute sich sehr und hieß Mablung, den Tapferen, gern willkommen; und als Mablung sagte, daß auch Huan, der Anführer der Hunde, nach Artanor gekommen sei, wurde seine Freude noch vermehrt.

Wahrlich! Als nun Tinwelint, der König, zur Jagd ausritt, war er prächtiger anzuschauen als je zuvor, und der goldene Helm krönte seine wehenden Locken, und das Geschirr seines Pferdes war mit Gold verziert; und das Sonnenlicht zwischen den Bäumen fiel auf sein Gesicht, und denen, die es erblickten, kam es vor wie das strahlende Antlitz der morgendlichen Sonne; denn um seinen Hals trug er das Nauglafring geschlungen, das Halsband der Zwerge. Neben ihm ritt Mablung von der schweren Hand, und dies war ein Ehrenplatz wegen seiner großen Taten bei der einstigen großen Jagd – doch Huan von den Hunden war den Jägern voraus, und die Männer dachten, der große Hund verhalte sich sonderbar, doch vielleicht witterte er an diesem Tag etwas im Wind, das ihm nicht behagte.

Nun ist der König mit seinem ganzen Gefolge tief in den Wäldern, und der Hörnerklang erstirbt im Herzen des Waldes, doch Gwendelin sitzt in ihrem Gemach, und in Auge und Herz schleicht sich eine böse Ahnung. Da sagte Nielthi, ein Elbenmädchen: ›Warum, O Herrin, bist du so sorgenvoll am Freudentag des Königs?‹ Und Gwendelin sagte: ›Unheil droht unserem Land, und mein Herz sagt mir, daß meine Tage in Artanor sich rasch ihrem Ende nähern, doch sollte ich Tinwelint verlieren, dann wünschte ich, niemals hätte ich Valinor verlassen.‹ Doch Nielthi sagte: ›Nein, O Herrin Gwendelin, hast du uns nicht zur Gänze in deinen Zauber eingesponnen, so daß wir uns nicht fürchten müssen?‹ Die Königin jedoch gab zur Antwort: ›Mir scheint vielmehr, daß eine Ratte an den Fäden nagt und das ganze Gespinst entwirrt worden ist.‹Just bei diesen Worten ertönte vor den Toren ein Schrei, und plötzlich wuchs er zu einem wilden Lärm, und Stahl klirrte. Da trat Gwendelin ohne Furcht aus ihrem Gemach, und seht! eine Menge von Orks und Indrafangs hielt die Brücke besetzt, und an den Eingängen zu den Grotten tobte ein Kampf; doch der Platz schwamm in Blut, und ein großer Haufen Erschlagener lag dort, denn der Angriff war heimlich und ganz unbemerkt erfolgt.

Da wußte Gwendelin nur zu gut, daß ihre böse Ahnung sie nicht getrogen und am Ende Verrat ihr Reich heimgesucht hatte, doch sie ermutigte die wenigen Wachen, die bei ihr geblieben und nicht an der Jagd teilgenommen hatten, und tapfer verteidigten sie den Palast des Königs, bis die Flut der Feinde sie zurückdrängte und Feuer und Blut alle Hallen und tiefen Gänge dieser mächtigen Festung der Elben erfüllte.

Dann plünderten die Orks und Zwerge alle Gemächer und suchten nach Schätzen, und einer kam und setzte sich laut lachend auf den hohen Sitz des Königs, und Gwendelin sah, daß es Ufedhin war; und spöttisch forderte er sie auf, in ihrem angestammten Sitz neben dem des Königs Platz zu nehmen. Da warf ihm Gwendelin einen tiefen Blick zu, so daß er die Augen niederschlug, und sie sagte: ›Warum, O Abtrünniger, besudelst du meines Gebieters Thron? Kaum habe ich daran gedacht, einen der Elben dort sitzen zu sehen, einen Räuber und blutbefleckten Mörder, einen Kumpanen der ruchlosen Feinde seines Geschlechts. Hältst du es gar für eine ruhmreiche Tat, ein schlecht gewappnetes Haus anzugreifen, zu einer Zeit, da sein Herr weit fort ist?‹ Ufedhin jedoch sagte nichts und mied die strahlenden Augen Gwendelins, so daß sie fortfuhr: ›Hebe dich nun hinweg mit deinen eklen Orks, damit Tinwelint nicht komme und es euch bitter heimzahle!‹

Da schließlich antwortete Ufedhin, und er lachte, doch ihm war unbehaglich, und er blickte die Königin nicht an, sondern sagte, auf ein Geräusch von draußen lauschend: ›Nein, er ist schon da.‹ Und wirklich, nun trat Naugladur ein, und eine Schar von Zwergen war bei ihm; er jedoch trug das goldgekrönte Haupt Tinwelints; doch das Halsband, das alle bestaunten, lag um den Hals von Naugladur. Da sah Gwendelin in ihrem Herzen alles, was vorgefallen und wie der Fluch des Goldes über das Reich von Artanor hereingebrochen war, und nie wieder seit dieser dunklen Stunde hat sie getanzt oder gesungen; Naugladur indes befahl, jedes Stück von Gold, Silber und alle kostbaren Steine zusammenzulesen und nach Nogrod zu tragen. ›Und was immer übrigbleibt an Gut oder Volk, sollen die Orks behalten oder töten, wie sie wollen. Doch die Herrin Gwendelin, Königin von Artanor, soll mich begleiten.‹

Darauf erwiderte Gwendelin: ›Dieb und Mörder, Kind Melkos, du bist dennoch ein Narr, denn du kannst nicht sehen, was über deinem eigenen Haupte hängt.‹ Durch die Qual ihres Herzens waren ihre Gesichte sehr deutlich geworden, und in ihrer Feen-Weisheit durchschaute sie den Fluch von Mîm und vieles, das sich noch zutragen würde.

Da lachte Naugladur in seinem Triumph, bis sein Bart zitterte, und er befahl, sie zu ergreifen; doch niemand vermochte es, denn wenn sie auf Gwendelin zukamen, tasteten sie umher wie von jäher Dunkelheit umfangen, oder sie stolperten und fielen übereinander, und Gwendelin ging fort von ihrem Heim, und ihr bitterliches Weinen erfüllte den Wald. Nun befiel eine große Dunkelheit ihren Geist, und ihre Klugheit und Kunde verließen sie, so daß sie lange Zeit umherwanderte, ohne zu wissen, wohin; und daran trug ihre Liebe zu Tinwelint, dem König, die Schuld, um dessentwillen sie sich entschieden hatte, nie mehr nach Valinor zurückzukehren und zur Schönheit der Götter, sondern immer in den wilden Wäldern des Nordens zu wohnen; und nun schien es für sie keine Freude und keine Schönheit mehr zu geben, sei es in Valinor oder in den benachbarten Landen. Viele der zerstreuten Elben traf sie auf ihren ziellosen Reisen, und sie hatten Mitleid mit ihr, doch sie achtete ihrer nicht. Geschichten hatten sie ihr erzählt, doch sie lauschte ihnen nur flüchtig, denn Tinwelint war tot. Gleichwohl müßt ihr wissen, daß zur selben Stunde, als Ufedhins Streitmacht den Palast stürmte und verwüstete, und andere ebenso große und schreckliche Scharen von Orks und Indrafangs mit Tod und Feuer über das ganze Reich Tinwelints hereinbrachen, hört, die wackeren Jäger in Frohsinn und Gelächter der Ruhe oblagen – Huan jedoch stahl sich beiseite. Da waren die Wälder plötzlich von Geräuschen erfüllt, und Huan bellte laut; doch der König und sein Gefolge waren von bewaffneten Feinden ganz umzingelt. Lange kämpften sie dort erbittert zwischen den

Bäumen, und die Nauglath – denn sie waren die Angreifer – hatten große Verluste, doch am Ende wurden die Elben alle erschlagen, und Mablung und der König fielen Seite an Seite – Naugladur aber war es, der dem König, nachdem dieser tot war, das Haupt abschlug, denn solange Tinwelint lebte, wagte er es nicht, seinem strahlenden Schwert zu nahe zu kommen oder der Axt Mablungs.[11]

Die Geschichte weiß nun von Huan nichts mehr zu erzählen, außer daß dieser große Hund, während noch die Schwerter klirrten, durch das Land eilte, und sein Weg führte ihn zum Lande der i·Guilwarthon, der Lebendig-Toten, wo Beren herrschte und Tinúviel, Tinwelints Tochter. Diese zwei hatten keine feste Bleibe, und auch die Grenzen ihres Reiches waren nicht genau markiert – und wahrlich, kein anderer Bote außer Huan, dem alle Pfade vertraut waren, hätte jemals Beren gefunden und so rasch seine Hilfe erlangt.[12] So erzählt denn die Geschichte, daß gerade, als das Heer der Orks das Land Tinwelints niederbrannte und die Nauglath und Indrafangs sich heimwärts wendeten, aufs schwerste beladen mit erbeutetem Gold und kostbaren Dingen, Huan zu Berens Hütte kam, und es war dämmrig. Seht, dort saß Beren auf einer Baumwurzel und sah Tinúviel zu, die in der Abenddämmerung auf einem grünen Rasenstück tanzte, als plötzlich Huan vor ihnen stand, und Beren stieß einen Schrei der Freude und Verwunderung aus, denn es war lange her, seit er und Huan zusammen gejagt hatten. Doch als Tinúviel Huan betrachtete, sah sie, daß er blutete, und von seinen großen Augen konnte man eine Geschichte ablesen. Und sie sagte unvermittelt: ›Welches Unheil ist über Artanor hereingebrochen?‹ Und Huan erwiderte: ›Feuer und Tod und der Schrecken der Orks; aber Tinwelint ist nicht mehr.‹

Da vergossen Beren und Tinúviel bittere Tränen, und die ganze Geschichte Huans trocknete ihre Augen ebensowenig. Als Huan zu Ende erzählt hatte, sprang Beren in rasendem Zorn auf die Füße, ergriff ein Horn, das an seinem Gürtel hing, und blies darauf einen gewaltigen Ton, der von allen Bergen in der Runde widerhallte, und wie von einem Zauber angelockt sprang ein elbisches Volk, ganz in Grün und Braun gekleidet, aus Lichtungen und Unterholz, von Strömen und aus Tälern zu ihm hin.

Nun wußte nicht einmal Beren, wieviele Köpfe dieses riesige Volk zählte, das seinem Horn in die Wälder von Hisilóme folgte, und noch bevor der Mond hoch über den Bergen stand, hatten sich die Scharen auf der Lichtung seiner Behausung versammelt, ihre Zahl war sehr groß, doch sie waren nur leicht bewaffnet, und die meisten trugen lediglich Messer und Bogen. ›Gleichwohl ist es Eile‹, sagte Beren, ›die jetzt am dringlichsten geboten ist.‹ Und einige Elben flogen auf seinen Befehl wie Hirsche voraus und suchten Näheres über den Marsch der Zwerge und Indrafangs zu erkunden, doch am Morgen folgte er ihnen an der Spitze des Heeres der grünen Elben; und Tinúviel blieb auf der Lichtung zurück und beweinte den Tod Tinwelints, und Gwendelin beklagte sie ebenfalls, als sei sie tot.

Nun ist zu berichten, daß das schwer beladene Heer der Zwerge von der Stätte ihrer Plünderung fortzog, und Naugladur war an seiner Spitze, und neben ihm waren Ufedhin und Bodruith; und während sie ritten, suchte Ufedhin unablässig die furchtbaren Blicke Gwendelins von seinem Geist zu verscheuchen und konnte es nicht, und alle Fröhlichkeit war aus seinem Herzen geflohen, das beim Gedanken an diesen durchdringenden Blick zusammenschrumpfte; doch dies war nicht die einzige Unruhe, die ihn quälte, denn immer, wenn er seine Augen hob, fiel sein Blick auf das Halsband der Zwerge, das am welken Hals des alten Naugladur erglänzte, und sogleich wurden alle anderen Gedanken ausgelöscht, bis auf ein grenzenloses Verlangen nach seiner Schönheit.

So zogen diese drei dahin, und mit ihnen ihr ganzes Heer; doch die Folter, die Ufedhins Geist marterte, wurde so groß, daß er sie am Ende nicht mehr ertragen konnte; so kroch er denn, als zur Nacht Halt geboten wurde, verstohlen zu dem Platz, wo Naugladur schlief, und wenn er nahe genug an den alten Zwerg, den tiefer Schlummer umfing, herangekommen war, wollte er ihn ermorden und sich des wundersamen Nauglafring bemächtigen. Als er nun gerade sein Vorhaben auszuführen suchte, siehe, da packte ihn plötzlich jemand von hinten bei der Kehle, und es war Bodruith, der, von derselben Begierde erfaßt, ebenfalls versuchte, das schöne Geschmeide in seinen Besitz zu bringen; als er jedoch Ufedhin überraschte, wollte er ihn töten, denn Bodruith war mit Naugladur verwandt. Da stach Ufedhin unversehens und auf gut Glück mit einem langen, scharfen und spitzen Messer, mit dem er Naugladur hatte töten wollen, nach hinten ins Dunkel, und dieses Messer durchbohrte Bodruith, Fürst von Belegost, so daß er sterbend auf Naugladur fiel, und dessen Hals und das zaubrische Halsband wurden aufs neue mit Blut besudelt.

Darüber erwachte Naugladur mit einem gellenden Schrei, doch Ufedhin floh keuchend von diesem Ort, denn die langen Finger des Indrafang hätten ihn fast erdrosselt. Als nun einige Zwerge eilig mit Fackeln herbeikamen, glaubte Naugladur, daß Bodruith allein versucht hätte, ihm das Halsband zu rauben, und wunderte sich, wie er im letzten Augenblick hatte getötet werden können. Und er verhieß dem Mörder von Bodruith eine reiche Belohnung, wenn er sich melden und ihm alles berichten würde, was er gesehen hätte. So kam es, daß eine Weile niemand die Flucht Ufedhins bemerkte, und Zorn erwachte zwischen den Zwergen von Nogrod und den Indrafangs, und viele mußten ihr Leben lassen, bevor die Indrafangs, die in der Minderzahl waren, zersprengt wurden, sich recht und schlecht nach Belegost retteten und nur einen geringen Schatz mit sich trugen. Hieraus ging die Fehde zwischen diesen Geschlechtern der Zwerge hervor, die Zeitalter währte, sich über viele Lande ausbreitete und über die es viele Geschichten gibt, von denen die Elben wenig Kunde und die die Menschen kaum gehört haben. Doch mag man daraus ersehen, wie rasch der Fluch von Mîm heimkehrte und sich erfüllte, und wäre er tatsächlich bei dessen eigener Sippe zur Ruhe gekommen, hätte er sich nicht fortgepflanzt und die Eldar nie mehr heimgesucht.

So hört denn, daß, als dann auch die Flucht Ufedhins ans Licht kam, Naugladur in Zorn entflammte und er alle Gnomen aus dem Heer töten ließ, die noch übrig waren. Darauf sagte er: ›Nun sind wir die Indrafangs und Gnomen und alle Verräter los, und ich fürchte überhaupt nichts mehr.‹

Ufedhin aber durchstreifte in großer Furcht und Qual die wilden Länder, denn ihm schien, daß er zum Verräter an seinem Stamm geworden war, für die Elben mit Blutschuld beladen und heimgesucht von den glühenden Augen Gwendelins; nichts war ihm geblieben als Verbannung und Elend, und er besaß nicht das winzigste Stückchen vom Golde Glorunds, denn sein ganzes Herz brannte vor Begierde; doch wenige haben Mitleid mit ihm gehabt.

Nun weiß die Geschichte zu berichten, daß er mit den Waldläufern von Berens Volk zusammentraf, und als diese von ihm genaue Auskunft über das ganze Heer Naugladurs und dessen Ausrüstung erhielten und über die Wege, die es einzuschlagen gedachte, eilten sie wie der Wind durch die Bäume zu ihrem Herrn zurück; doch Ufedhin enthüllte ihnen nicht, wer er sei, sondern gab vor, ein Elb aus Artanor zu sein, der aus der Gefangenschaft des Zwergenheeres entkommen sei. Deshalb nun behandelten sie ihn gut, und er wurde zu Beren zurückgesandt, damit ihr Anführer seine Worte ... könne; und obgleich Beren sich über seinen [ängstlichen?] und verlegenen Blick[13] verwunderte, wollte ihm scheinen, daß er die Wahrheit sprach, und er stellte Naugladur eine Falle.

Er folgte nicht mehr voller Eifer der Spur der Zwerge; da er wußte, daß sie zu einer bestimmten Zeit versuchen würden, den Aros zu überqueren, bog er ab und zog mit seinen leichtfüßigen Elben auf geradem Wege rasch vorwärts, damit er vor den Zwergen Sarnathrod, die Steinige Furt, erreichte. Nun ist der Aros ein wilder Strom – und es ist nicht dasselbe Wasser, das, näher an seiner Quelle, rasch an den uralten Toren der Höhlen der Rodothlim und dem dunklen Unterschlupf Glorunds vorbeifließt[14] –, und in diesen flacheren Landstrichen kann ein großes Heer schwerbeladener Männer den Strom nicht anders überqueren als an dieser Furt, und auch hier ist es nicht sehr leicht. Niemals hätte Naugladur diesen Weg eingeschlagen, hätte er von Beren gewußt – doch vom Zauber blind gemacht und vom Gold besessen, fürchtete er nichts innerhalb und außerhalb seines Heeres, und er hatte es eilig, Nogrod und seine dunklen Höhlen zu erreichen, denn die Zwerge lieben es nicht, lange im hellen Tageslicht zu weilen.

Nun kam das ganze Heer zu den Ufern des Aros, und seine Ordnung war die folgende: Zuerst kam eine Anzahl unbeladener Zwerge, zumeist voll bewaffnet, und inmitten dieser großen Schar gingen jene, welche den Hort Glorunds trugen und viele schöne Dinge außerdem, die sie aus Tinwelints Hallen geraubt hatten; und dahinter folgte Naugladur, der Tinwelints Pferd ritt; und er bot einen sonderbaren Anblick, denn die Beine der Zwerge sind kurz und krumm, doch zwei Zwerge führten das Pferd am Zügel, weil es nicht freiwillig ging, und es war mit Beute beladen. Doch auf diese folgte wieder eine große Menge bewaffneter Krieger, die leichtere Lasten trugen; und in dieser Ordnung machten sie sich daran, Sarnathrod zu überqueren am Tage, da die Stunde ihres Verhängnisses gekommen war.

Morgen war es, da sie das diesseitige Ufer erreichten, und der hohe Mittag sah sie noch immer in langgezogenen Reihen den Fluß überqueren und langsam die seichten Stellen des rasch fließenden Stroms durchwaten. An dieser Stelle verbreitert er sich und strömt durch schmale Rinnen, gespickt mit Steinbrocken, und zwischen langen Kieszungen und kleineren Steinen dahin. Nun saß Naugladur von seinem schwer beladenen Pferd ab und machte sich zum Übergang bereit, denn die bewaffnete Schar der Vorhut hatte das andere Ufer bereits erklommen, und es war hoch und steil und dicht mit Bäumen bewachsen; einige der Träger des Goldes setzten schon den Fuß an Land, andere befanden sich mitten im Strom, doch die bewaffneten Zwerge der Nachhut verschnauften ein wenig.

Plötzlich ist der ganze Platz vom Klang elbischer Hörner erfüllt, und eines davon ...[15] übertönt die übrigen mit hellerem Klang, und das ist das Horn von Beren, dem Jäger der Wälder. Dann durchsieben die schlanken Pfeile der Eldar die Luft, die weder fehlgehen noch vom Wind abgetrieben werden können, und von jedem Baum und Felsblock springen plötzlich die braunen und grünen Elben und leeren unaufhörlich ihre vollen Köcher. Da machten sich Entsetzen breit und Gelärm im Heer Naugladurs, und jene, die im Wasser wateten, warfen ihre goldenen Lasten von sich und suchten erschreckt das Ufer zu gewinnen, doch viele wurden von den erbarmungslosen Pfeilen getroffen und fielen mit ihrem Gold in die Strömung des Aros, seine reinen Wasser mit ihrem dunklen Blut besudelnd.

Nun wurden die Krieger auf dem entfernten Ufer in den Kampf [verwickelt] und versuchten ihre Feinde anzugreifen, doch diese wichen behende vor ihnen zurück, während [andere] weiterhin einen Hagel von Pfeilen auf die Zwerge niedergehen ließen, und so trugen die Eldar kaum Schaden davon, und die Zwerge fanden einer nach dem anderen den Tod. Nun kam der große Kampf an der Steinigen Furt ... in die Nähe von Naugladur, denn obschon er und seine Hauptleute ihre Scharen mannhaft antrieben, bekamen sie ihren Feind nie zu fassen, und wie Regen fiel der Tod in ihre Reihen, bis die meisten der Zwerge ausbrachen und flohen, und darob erhob sich unter den Elben ein schallendes Gelächter, und sie hielten mit dem Schießen ein, denn die mißgestalteten Zwerge, die mit flatternden weißen Bärten das Weite suchten, stimmten sie heiter. Doch nun standen Naugladur und wenige andere allein, und die Worte Gwendelins fielen ihm ein, denn seht, Beren kam auf ihn zu, da warf er seinen Bogen weg und zog ein strahlendes Schwert; und Beren war unter den Eldar von stattlicher Größe, wenn auch nicht so dick und breit wie Naugladur von den Zwergen.

Da sagte Beren: ›Wahre dein Leben, wenn du kannst, O krummbeiniger Mörder, sonst werde ich dir's nehmen!‹ Und Naugladur bot ihm sogar das Nauglafring, das Halsband des Wunders, an, wenn er ihn nur unbeschadet gehen ließe; doch Beren sagte: ›Nein, das kann ich immer noch nehmen, wenn du tot bist.‹ Und mit diesen Worten ging er allein auf Naugladur und dessen Kumpane los, und als er die meisten davon erschlagen hatte, ergriffen die übrigen die Flucht, verfolgt von elbischem Gelächter. Und so griff Beren Naugladur an, den Mörder Tinwelints. Da wehrte sich der alte Zwerg tapfer, und es war ein erbitterter Zweikampf, und viele der Elben, die zusahen, tasteten aus Liebe und Besorgnis nach ihren Bogen, doch Beren gebot ihnen, während er kämpfte, sich nicht einzumischen.

Nun weiß die Geschichte von den Wunden und Hieben dieses Kampfes wenig zu berichten, außer daß Beren dabei manche Schramme davontrug, und viele seiner heftigsten Schläge fügten Naugladur wenig Schaden zu, weil er einen [kunstvollen?] und zaubrischen Zwergenpanzer trug; und es heißt, daß sie drei Stunden lang kämpften und Berens Arme schwer wurden, nicht aber die von Naugladur, der es gewohnt war, in der Schmiede seinen gewaltigen Hammer zu schwingen, und es ist mehr als wahrscheinlich, daß der Kampf einen anderen Ausgang genommen hätte, wäre nicht der Fluch von Mîm gewesen; denn als Naugladur bemerkte, daß Berens Kräfte erlahmten, bedrängte er ihn immer heftiger, und der Hochmut, der dem bitteren Zauber entsproß, kam in sein Herz, und er dachte: ›Ich will diesen Elb erschlagen, und sein Volk wird in Furcht vor mit fliehen.‹ Und er umklammerte sein Schwert, holte zu einem mächtigen Schlag aus und rief: ›So empfange denn dein Verderben, O Jüngelchen aus den Wäldern!‹ Doch in diesem Augenblick trat er auf einen zackigen Stein und stolperte nach vorn, doch Beren wich dem Schlag aus, bekam Naugladurs Bart zu fassen, seine Hand ergriff das goldene Halsband, und damit riß er den Zwerg von den Füßen, daß er aufs Gesicht fiel; und Naugladurs Schwert wurde ihm aus der Hand geschleudert, doch Beren packte es und erschlug ihn damit. Und er sagte: ›Ich will nicht meine blanke Klinge mit deinem dunklen Blut beflecken, wenn es nicht notwendig ist.‹ Naugladurs Leichnam aber wurde in den Aros geworfen.

Darauf löste er das Halsband und starrte es staunend an – und erblickte den Silmaril, jenen Edelstein, den er aus Angband geholt, eine Tat, die ihm unsterblichen Ruhm eingetragen hatte; und er sagte: ›Niemals haben meine Augen dich, O Leuchte des Feenreiches, nur halb so schön leuchten sehen wie jetzt, da du umgeben bist von Gold und Gemmen und dem Zauber der Zwerge‹; und er ließ die Flecken von dem Halsband abwaschen, und er warf es nicht fort, da er nichts von seiner Kraft wußte, sondern nahm es mit sich zurück in die Wälder von Hithlum.

Die Wasser des Aros aber flossen immer weiter über dem versunkenen Hort von Glorund dahin, und sie tun es noch immer; in späteren Tagen kamen Zwerge aus Nogrod, die nach dem Schatz und dem Leichnam Naugladurs suchten, doch von den Bergen strömte eine Flut herab und ertränkte die Sucher; und nun sind Düsternis und Schrecken der Steinigen Furt so groß, daß niemand den Schatz sucht, den sie hütet, oder es je wagt, an diesem verwunschenen Ort den zaubrischen Strom zu überqueren.

Doch in den Tälern von Hithlum war die Freude groß bei der Rückkehr der Elben, und Tinúviel war sehr glücklich, als sie ihren Gemahl inmitten seiner Truppen wieder heimkehren sah, doch nur wenig leichter machte es ihren Kummer über den Tod von Tinwelint, daß Naugladur erschlagen war und viele Zwerge außerdem. Da suchte Beren sie zu trösten, nahm sie in die Arme und legte das prächtige Nauglafring um ihren Hals, und alle waren geblendet von ihrer überwältigenden Schönheit; und Beren sagte: ›Sieh, es ist die Leuchte Feanors, die du und ich aus der Hölle geholt haben.‹ Und Tinúviel lächelte, als sie der ersten Tage ihrer Liebe und jener mühseligen Zeit in der Wildnis gedachte.

Nun muß erzählt werden, daß Beren nach Ufedhin schicken ließ und ihn für seine Dienste, die zum Sieg über die Zwerge geführt hatten, reich belohnte, und er bat ihn, bei seinem Volk in ... zu wohnen, und Ufedhin war dazu wenig geneigt; doch nicht lange danach trat das ein, was er sich am wenigsten gewünscht hatte. Aus den Wäldern kam nämlich der Klang eines sehr traurigen Gesanges herbei, und seht, es war Gwendelin, die verwirrt umherwanderte, und ihre Füße trugen sie mitten auf die Lichtung, wo Beren und Tinúviel saßen; und es war früh am Morgen, doch als sie den Gesang vernahmen, hörten sie sogleich zu sprechen auf und waren ganz still. Dann blickte Beren voll ehrfürchtiger Scheu auf Gwendelin, doch Tinúviel stieß plötzlich einen Schrei des Kummers aus, gemischt mit Freude: ›O, Mutter Gwendelin, wohin haben deine Füße dich getragen, denn ich glaubte dich tot?‹ Doch voller Zärtlichkeit fielen sich diese beiden auf dem grünen Rasen in die Arme. Und Ufedhin flüchtete von den Elben, denn er konnte es nicht ertragen, in Gwendelins Augen zu blicken, und Irrsinn ergriff ihn, und niemand kann sagen, welches unglückliche Los ihm danach beschieden war, und vom Golde Glorunds trug er wenig mehr davon als ein gefoltertes Herz.

Als sie nun die Schreie Ufedhins hörte, sah ihm Gwendelin verwundert nach und unterbrach ihre sanften Worte; und die Erinnerung kehrte in ihre Augen zurück, so daß sie vor Verblüffung aufschrie, als sie das Halsband der Zwerge erblickte, das um Tinúviels weißen Hals hing. Dann fragte sie Beren erzürnt, was das bedeute und warum er es dulde, daß dieses fluchbeladene Kleinod Tinúviel berühre; und Beren erzählte alles[16], war er von Huan erfahren hatte, und von der Verfolgung der Zwerge und dem Kampf an der Furt sprach er auch; und am Ende sagte er: ›Ich sehe wahrlich niemanden, nun, da Herr Tinwelint nach Valinor eingegangen ist, dem es besser anstünde als Tinúviel, dieses Kleinod der Götter zu tragen.‹ Aber Gwendelin erzählte vom Zauberbann des Drachen, der auf dem Golde lag, und von dem [vergossenen] Blut in des Königs Hallen. ›Und noch ein weiterer und viel mächtigerer Fluch, dessen Ursprung ich nicht kenne, ist damit verbunden‹, sagte sie, ›und ich glaube nicht, daß die Arbeit der Zwerge frei war von Zaubern, deren Niedertracht sich nicht so schnell verliert.‹ Doch Beren lachte und sagte, der Glanz und die Heiligkeit des Silmaril könnten jegliches Unheil besiegen, ebenso wie sie das [ekle?] Fleisch von Karkaras verbrannt hätten. ›Außerdem‹, fuhr er fort, ›habe ich meine Tinúviel nie so schön gesehen wie jetzt, da die Pracht dieses goldenen Bandes sie schmückt‹; aber Gwendelin erwiderte: ›Doch der Silmaril funkelte in Melkos Krone, und diese ist in der Tat das Werk bösartiger Schmiede.‹

Darauf sagte Tinúviel, sie begehre keine wertvollen Dinge oder kostbaren Edelsteine, sondern sie wünsche sich die elbische Heiterkeit des Waldes, und um Gwendelin zu erfreuen, nahm sie das Halsband ab; aber Beren sah es nicht gern und litt es nicht, daß es fortgeworfen wurde, sondern barg es in seiner ...[17]

Danach blieb Gwendelin eine Zeitlang bei ihnen in den Wäldern und genas; und schließlich zog sie wehmütig zurück ins Land von Lórien, und niemals wieder kehrte sie zurück in die Geschichten der Bewohner der Erde; doch über Beren und Tinúviel kam rasch das Verhängnis der Sterblichkeit, das Mandos über sie ausgesprochen hatte, als er sie von seinen Hallen fortschickte – und vielleicht bewies Mîms Fluch dadurch seine [Macht?], daß ihr Schicksal sie schneller ereilte; dieses Mal auch gingen diese beiden den Weg nicht gemeinsam, sondern als Dior[18] der Schöne, ihrer beider Sohn, noch klein war, schwand Tinúviel allmählich dahin, ebenso wie die Elben späterer Tage es auf der ganzen Welt taten, und sie verschwand in den Wäldern, und niemand hat sie je wieder dort tanzen sehen. Beren aber durchstreifte alle Lande von Hithlum und Artanor und forschte nach ihr; und niemals hat einer der Elben tiefere Einsamkeit erfahren als er, bevor auch er aus dem Leben schwand, und zurück blieb Dior, sein Sohn, als Herr der braunen und der grünen Elben und Besitzer des Nauglafring.

Vielleicht ist wahr, was alle Elben sagen, und diese zwei jagen nun in Oromes Forst in Valinor, und Tinúviel tanzt nun für immer auf den grünen Auen von Nessa und Vána, den Töchtern der Götter. Doch tief war der Gram der Elben, als Guilwarthon von ihnen ging, und ohne Anführer und an Zauberkraft geschwächt, verringerte sich ihre Zahl; und viele machten sich auf den Weg nach Gondolin, denn das Gerücht seiner wachsenden Macht und Pracht lief wie ein verborgenes Raunen durch alle Elbenvölker.

Trotzdem herrschte Dior, nachdem er zum Manne geworden, über ein zahlreiches Volk, und er liebte die Wälder ebenso wie Beren; und in Liedern heißt er zumeist Ausir der Reiche, weil er jenen wundersamen Edelstein sein eigen nannte, der in das Halsband der Zwerge gefügt war. Die Geschichten von Beren und Tinúviel freilich verblaßten in seinem Herzen, und er pflegte es um den Hals zu tragen und liebte seine Schönheit über alles; und der Ruhm dieses Kleinods flog durch alle Lande des Nordens, und die Elben sagten untereinander: ›Ein Silmaril von Feanor brennt in den Wäldern von Hisilóme.‹

Nun vergehen die langen Tage von Elbenheim bis zu jener Zeit, da Tuor in Gondolin wohnte; und damals hatte Dior, der Elb,[19] zwei Kinder, Auredhir und Elwing; und Auredhir war seinem Großvater Beren überaus ähnlich, und alle liebten ihn, doch niemand so sehr wie Dior; Elwing indessen, die Fee, so singen alle Lieder, soll so schön gewesen sein wie Tinúviel, doch das ist schwer zu sagen, wenn man bedenkt, wie überaus anmutig dieses Elbenvolk von einst gewesen ist. Dies nun waren Tage des Glücks in den Tälern von Hithlum, denn man lebte in Frieden mit Melko und den Zwergen, die nur daran dachten, sich gegen Gondolin zu verschwören, und Angband war voller Arbeit; doch ist nun davon zu berichten, daß Bitterkeit sich einnistete in den Herzen der sieben Söhne von Feanor, die sich ihres Eides erinnerten. Maidros, den Melko verstümmelte, war nun ihr Führer; und er rief seine Brüder Maglor und Dinithiel und Damrod, Celegorm, Cranthor und Curufin den Geschickten; und er sagte ihnen, nun sei ihm bekannt geworden, daß einer der Silmaril, die ihr Vater, Feanor, geschaffen, der Stolz und der Ruhm sei von Dior aus den südlichen Tälern. ›Und Elwing, seine Tochter, trägt ihn, wohin immer sie geht – aber vergeßt nicht‹, sagte er, ›daß wir geschworen haben, weder mit Melko oder jemandem aus seinem Volk noch irgendeinem anderen Erdbewohner Frieden zu halten, die uns Feanors Silmaril vorenthalten. Denn wozu erdulden wir Verbannung und Heimatlosigkeit und herrschen über ein geringes und vergessenes Volk, wenn andere ihrem Hort jene Erbstücke einverleiben, die unser sind?‹

So geschah es, daß sie Curufin den Geschickten zu Dior entsandten, der ihm von ihrem Eid erzählte und ihn bat, denen den schönen Stein zurückzugeben, denen er rechtens gehöre; doch Dior, dem die Schönheit Elwings ins Auge stach, wollte es nicht tun, und er sagte, er könne es nicht ertragen, daß das Nauglafring, das schönste Zeugnis irdischer Kunst, solchermaßen zerstört werde. ›Dann‹, sagte Curufin, ›muß das Nauglafring unversehrt den Söhnen Feanors ausgehändigt werden‹; und Diors Zorn wuchs, und er befahl Curufin zu gehen; und er solle es nicht wagen zu beanspruchen, was sein Vater, Beren der Einhänder, mit eigener Hand den [Klauen?] Melkos entrissen habe – ›an ebendiesem Ort sind noch zwei davon‹, sagte er, ›falls eure Herzen tapfer genug sind.‹

Darauf kehrte Curufin zu seinen Brüdern zurück, und wegen ihres unumstößlichen Eides und ihres [Verlangens?] nach dem Silmaril (und tatsächlich hatte der Zauber von Mîm und der des Drachen nichts von seiner Kraft eingebüßt) planten sie, gegen Dior in den Krieg zu ziehen – und um dieser Tat willen häuften die Eldar Schande auf ihre Häupter, denn dies war der erste vorsätzliche Krieg zwischen zwei elbischen Völkern, deren Namen sonst unter den Eldalie wegen ihrer Leiden von Ruhm kündeten. Aus diesem Krieg erwuchs ihnen nicht viel Gutes; denn sie überfielen Dior unverhofft, und Dior und Auredhir wurden erschlagen; doch hört, Evranin, die Kinderfrau, und Gereth, ein Gnom, nötigten die widerstrebende Elwing zur überstürzten und raschen Flucht aus diesen Landen, und das Nauglafring trugen sie bei sich, so daß die Söhne Feanors es nicht finden konnten; doch ein Heer des Volkes von Dior, das so rasch es konnte und dennoch zu spät auf das Schlachtfeld gelangte, griff sie plötzlich von hinten an, und eine große Schlacht begann, und Maglor fiel unter dem Schwert, und Mai ...[20] starb in der Wildnis an seinen Verwundungen, und Celegorm wurde von hundert Pfeilen durchbohrt und Cranthor ebenso. Doch am Ende hatten die

Söhne Feanors die Schlacht für sich entschieden, und die braunen und die grünen Elben zerstreuten sich unglücklich in alle Winde, denn sie wollten Maidros dem Verstümmelten nicht gehorchen und auch nicht Curufin und Damrod, die ihren Herrn erschlagen hatten; und man sagt, daß am selben Tag, als diese Elbenschlacht stattfand, Melko gegen Gondolin zog, und das Glück der Elben näherte sich seinem Ende.

Nun war niemand mehr übrig aus dem Stamme von Beren Ermabwed, Sohn Egnors, bis auf Elwing die Liebliche, und sie wanderte in die Wälder, und ein paar der braunen und grünen Elben schlossen sich ihr an, und sie verschwanden für immer von den Lichtungen Hithlums und zogen in den Süden zu den tiefen Wassern des Sirion und in die freundlichen Lande. Und so liefen denn alle Schicksalsfäden der Elben damals zu einem einzigen Strang zusammen, und darin ist eingewoben die große Geschichte von Earendel; und zum wahren Anfang dieser Geschichte sind wir nunmehr gekommen.«

Dann sagte Ailios: »Und mich dünkt, daß mit dieser Geschichte für dieses Mal genug erzählt worden ist.«

Anmerkungen

1 Dieser Satz ist eine Neufassung des Textes, der ursprünglich lautete: »Nein, weißt du denn nicht, daß dieses Gold dem Stamm der Elben gehört, die es vor langer Zeit der Erde abgewannen, und niemand unter den Menschen Anspruch hat ...?«

2 Der ursprüngliche Satz lautete: »Tapfer waren diese Männer und wußten Schwert und Axt wohl zu führen, und in jenen unverwelkten Tagen konnten noch sterbliche Waffen die Körper des Elbenvolks verwunden.«

3 Ursprünglich: »und diese Männer, vom Zauber verwirrt.«

4 Der Satz von »noch eine weitere Saat des Leides ...« wurde dem Text später hinzugefügt.

5 »jener«: der Text hatte »Männer«, ein Wort, das unverbessert stehenblieb.

6 »in der Erde« ist eine Verbesserung aus »auf der Erde«.

7 Der Text hat »Eltas« und darüber geschrieben »Ailios«. Da Ailios am Anfang der Geschichte als der Erzähler auftaucht und nicht als Ergebnis einer Verbesserung, war »Eltas« hier vermutlich nur ein Versehen.

8 »außer Winzigherz« ist eine spätere Verbesserung von »nicht einmal Winzigherz«; vgl. unten S. 337.

9 Es ist merkwürdig, daß hier *Gwendelin* und nicht mehr *Gwenniel* erscheint. Diese Form findet sich (mit einer Ausnahme) dann auch durchgehend in dem mit Bleistift geschriebenen letzten Teil des Manuskripts; vgl. unten *Veränderungen der Namen.*

10 Hier endet das mit Tinte geschriebene Manuskript.

11 Aus einer Anmerkung geht hervor, daß sich der Vorfall so abspielen sollte, daß das Nauglafring sich in den Büschen verfing und den König festhielt.

12 Eine im Manuskript getilgte Passage gibt eine frühere Version dieser Ereignisse; und hier ist es Gwendelin (nicht Huan), die Beren die Nachricht bringt: »... und ihr bitterliches Weinen erfüllte den Wald. Nun scharte Gwendelin viele der verstreuten Waldland-Elben um sich, und von diesen erfuhr sie, daß sich alles so abgespielt hatte, wie sie vermutet hatte: wie die Jagdgesellschaft umzingelt und von den Nauglath besiegt worden war, während die Indrafangs und Orks plötzlich mit Tod und Feuer über das ganze Reich Tinwelints herfielen, und nicht das kleinste Heer war das von Ufedhin, das die Wachen an der Brücke erschlug; und es hieß, daß Naugladur Tinwelint getötet hatte, nachdem dieser von einer Übermacht niedergeworfen worden war; und das Volk glaubte, daß Narthseg, ein wilder Elb, die Feinde hingeführt hätte und daß dieser im Kampf gefallen sei.

Da sie nun keine Hoffnung mehr sahen, zogen Gwendelin und ihre Gefährten in größter Eile fort aus dem Land des Kummers und begaben sich nach i·Guilwarthon, dem Königreich in Hisilóme, wo Beren und Tinúviel, Gwendelins Tochter, herrschten. Beren und Tinúviel nun hatten keine feste Bleibe und auch die Grenzen ihres Reiches waren nicht genau markiert, und kein anderer Bote außer Gwendelin, Tochter der Vali, hätte so rasch und sicher diese beiden Lebend-Toten gefunden.«

Aus dem Manuskript geht eindeutig hervor, daß die Rückkehr Mablungs und Huans nach Artanor und ihre Anwesenheit bei der Jagd (am Ende der *Geschichte von Tinúviel,* S. 64f. kurz erwähnt) der Geschichte hinzugefügt wurde.

13 Die erste dieser Leerstellen im Text enthält zwei Worte (möglicherweise »glauben« und »am besten«).

14 Dieser Satz von »und es ist nicht dasselbe Wasser ...« ist durchgestrichen und in Klammern gesetzt. Am Rand vermerkt ist: »Nein, das ist der Narog.«

15 Vielleicht: »schmettert lauter«.
16 Ursprünglich: »sie erzählte Beren alles«.
17 Möglicherweise: »Schatzkammer«.
18 *Dior* ersetzte den Namen *Ausir,* der freilich später als zweiter Name Diors erscheint.
19 »Dior, der Elb« ist eine Verbesserung von »Dior, damals ein alter Elb«.
20 Der letzte Teil dieses Namens ist ganz unleserlich: er könnte *Maithog* oder *Mailweg* lauten; vgl. *Veränderungen der Namen* unter *Dinithel.*

Veränderungen der Namen

Ilfiniol (S. 291) Hier von Anfang an so geschrieben: vgl. S. 270f.

Gwenniel durchgehend im revidierten Teil der Geschichte; S. 302 erstmals *Gwendelin;* im mit Bleistift geschriebenen Teil mit einer Ausnahme (S. 304) durchgehend *Gwendelin* (vgl. Anmerkung 9).

Der Name der Königin wird in den *Verschollenen Geschichten* ebenso vielen Veränderungen unterworfen wie der von Winzigherz. In der *Einkerkerung Melkos* und der *Ankunft der Elben ist sie Tindriel > Wendelin.* In der *Geschichte Tinúviels* ist sie *Wendelin > Gwendeling* (vgl. S. 74); im Typoskript-Text von *Tinúviel* lautet der Name *Gwenethlin > Melian;* in *Turambar* ist *Gwendeling > Gwedheling;* in der vorliegenden Geschichte lautet er *Gwendelin/Gwenniel* und im Gnomischen Wörterbuch *Gwendeling > Gwedhiling.*

Belegost Bei der ersten Nennung S. 305 hat das Manuskript *Ost Belegost* (*Ost* ist eingekreist), dann durchgehend *Belegost.*

(i·)Guilwarthon In der *Geschichte Tinúviels,* S. 63, lautet die Form *i·Cuilwarthon.* Bei der Nennung auf S. 318 scheint das Wort nicht auf *-on* zu enden. Ich habe mich für *Guilwarthon* entschieden.

Dinithel vielleicht auch *Durithel* (S. 319). Dieser Name wurde später mit Tinte über einen früheren mit Bleistift geschriebenen Namen geschrieben, der ebensowenig zu entziffern ist wie das Wort *Mai*... als Name für einen der Söhne Feanors (vgl. Anmerkung 20).

Kommentar

In diesem Kommentar werde ich die *Geschichte vom Nauglafring* nicht im Detail mit der Geschichte vergleichen, die im *Silmarillion* (Kapitel XXII »Vom Untergang Doriaths«) erzählt wird. Beide Geschichten sind in wesentlichen Zügen grundsätzlich verschieden – in erster Linie betrifft das den Schatz: Im »Silmarillion« ist der Schatz, den Húrin aus Nargothrond mitbrachte, auf einen einzigen Gegenstand reduziert, auf das Halsband der Zwerge, das es bereits lange gab (natürlich ohne den Silmaril); dagegen ist die ganze Geschichte der Beziehung zwischen Thingol und den Zwergen verändert.

Es scheint klar, daß ein großer Teil der ausgearbeiteten Erzählung vom *Nauglafring* früh abgeschlossen wurde. In der Folge wurde die Geschichte des Kampfes zwischen Úrins Bande und Tinwelints Elben getilgt, und es findet sich später keine Spur mehr von Ufedhin oder den anderen Gnomen, die bei den Zwergen wohnten, oder von der Geschichte, daß die Zwerge die Hälfte des unbearbeiteten Goldes (»das geliehene Gut des Königs«) mit nach Nogrod nahmen, von Ufedhins Aufenthalt als Geisel, von Tinwelints Weigerung, die Zwerge gehen zu lassen, von ihrer Auspeitschung und ihrer beleidigenden Bezahlung.

Stark hervorgehoben wird hier Tinwelints Liebe zu Schätzen, die ihm fehlen. In der späteren Konzeption hingegen ist er ungeheuer reich (vgl. S. 176). Der Silmaril wird in einem hölzernen Kästchen aufbewahrt, Tinwelint trägt keine Krone, sondern ein »Gewinde aus purpurnen Blättern«, und er ist weniger kostbar gekleidet als der »Wanderer in seinen Hallen« (Ufedhin). Das ist in sich stimmig – der Elb aus dem Wald, verdorben durch den Glanz des Goldes, doch es muß nicht noch einmal darauf hingewiesen werden, wie seltsam diese Vorstellung mit dem Bild von Thingol kontrastiert, dem Herrn von Beleriand, der in seinem wunderbaren unterirdischen Reich von Menegroth, den Tausend Grotten, riesige Schätze hütet, die zum größten Teil vor langer Zeit von den Zwergen von Belegost geschaffen wurden und der zu dieser Zeit gewiß nicht die Hilfe der Zwerge benötigte, um sich eine Krone, ein Schwert oder Tafelgeschirr anfertigen zu lassen. In der späten Konzeption ist Thingol stolz und ernst, doch er ist auch weise und mächtig, und durch seine Vermählung mit einer Maia hat er an Größe und Wissen gewonnen.

Mit Nachdruck wird auf die enorme Größe des Schatzes hingewiesen – »Nun sind solch gewaltige Haufen Goldes seitdem nie mehr an einem Platz beisammen gewesen«, S. 294 –, der so riesig ist, daß es schwer zu glauben ist, daß eine Bande von Gesetzlosen ihn zu Tinwelints Hallen transportieren konnte, wenngleich ein Teil davon »unterwegs verlorenging«. Das steht vielleicht ein wenig im Gegensatz zu der Beschreibung der Rodothlim und ihrer Arbeiten in der *Geschichte von Turambar,* wo nichts darauf schließen läßt, daß die Rodothlim Schätze aus Valinor besaßen – obgleich dieser Gedanke bei allen Umformungen dieses Teils der Geschichte erhalten blieb: Im *Silmarillion* (S. 129) heißt es vom

Herrn von Nargothrond, »Finrod hatte mehr Schätze aus Tirion mitgebracht als alle andern Prinzen der Noldor«.

Wichtiger ist, daß die Elemente von »Zauberbann« und »Fluch« in dieser Geschichte in solchem Maße dominieren, daß man sie beinahe als die wichtigsten Handlungsträger bezeichnen kann. Der Fluch, mit dem Mîm das Gold belegte, wird an allen wichtigen Punkten der Erzählung spürbar. Rache für Mîms Tod ist einer der Beweggründe für Naugladurs Entschluß, die Elben von Artanor anzugreifen. Sein Fluch erfüllt sich in der »Fehde zwischen diesen Geschlechtern der Zwerge ... die Zeitalter währte« (S. 311) – all das verschwand später ebenso wie die ganze Geschichte von Ufedhin. Naugladur, »vom Zauber blind gemacht«, war unbesonnen in der Wahl des Weges von Artanor nach Hause; und der Fluch Mîms ist auch der Grund für Naugladurs »Stolpern« im Kampf mit Beren (S. 315). Er wird sogar überraschenderweise als Grund für die verkürzten »zweiten« Leben von Beren und Tinúviel genannt (S. 318); und schließlich spielt Mîms Zauber eine Rolle beim Angriff der Söhne Feanors auf Dior (S. 319f.). Auch die unheilvollen Eigenschaften des Nauglafring sind ein wichtiges Element, denn die Zwerge hatten es mit bitteren Gedanken gemacht; und in diesen Zusammenhang gehört auch der »Zauberbann des Drachen, der auf dem Golde lag« oder der »Zauber des Drachen«. In der *Geschichte von Turambar* heißt es nicht ausdrücklich, daß Glorund das Gold verflucht oder verzaubert hatte, doch Mîm sagt zu Úrin: »Hat nicht Glorund lange Jahre darauf gelegen, und das Unheil der Drachen Melkos lastet auf ihm, und weder Menschen noch Elben bringt es Heil« (S. 158f.). Es ist bedeutungsvoll, daß Gwendelin Berens Behauptung, »der Glanz und die Heiligkeit des Silmaril könnten jegliches Unheil besiegen« (S. 317), entgegenhält, der Silmaril sei entweiht, denn »er funkelte in Melkos Krone« (S. 318). Im späteren der beiden Abrisse für die *Verschollenen Geschichten* (vgl. dazu Teil 1, S. 156, Anmerkung 3) heißt es, daß das Nauglafring »Tinúviel krank werden ließ«.*

Doch wenn viele der Hauptakteure dieser Geschichte auch unter einem Zauberbann stehen oder blindlings die Befehle eines geheimnisvollen Fluchs ausführen, so steht doch außer Frage, daß die Zwerge insgesamt in der ursprünglichen Konzeption unehrenhafter sind als später, anfälliger für das Böse, um ihre Ziele zu erreichen, und stärker von Habsucht erfüllt; es heißt sogar, daß die Zwerge durch die Taten Naugladurs »seit jenen Tagen für immer durch Fehde von den Elben getrennt worden und den Abkömmlingen Melkos in Freundschaft nähergerückt« seien (S. 304); und in den Abrissen für *Gilfanons Geschichte* (Teil

* Im Gnomischen Wörterbuch heißt es, der Fluch Mîms sei gemildert worden, als das Nauglafring im Meer versank; vgl. Namensanhang unter *Nauglafring*.

1, S. 329) sind die Nauglath ein bösartiges Volk und Bundesgenossen von Kobolden. In einem verworfenen Entwurf für die *Geschichte vom Nauglafring* (vgl. S. 184) wird das Halsband von »Úvanimor (Nautar oder Nauglath)« angefertigt, die als »Ungeheuer, Riesen und Oger« bezeichnet werden (ebd.). Man vergleiche damit den Anhang F (I) zum *Herrn der Ringe* (»Die Rückkehr des Königs«, S. 461): »[Die Zwerge] sind nicht böse von Natur aus, und wenige dienten dem Feind jemals aus freien Stücken, was immer in den Geschichten der Menschen behauptet worden sein mag.«

Die Schilderung der Zwerge in dieser Geschichte ist in anderer Hinsicht von außerordentlichem Interesse. »Die Bärte der Indrafangs« sind in Tinúviels »Wachstumszauber« genannt worden (S. 29); doch hier handelt es sich um die erste Beschreibung von Zwergen in den Schriften meines Vaters, und sie sind außerordentlich scharf gezeichnet mit ihrem strengen, verschlossenen Wesen, ihrer »unliebenswürdigen« Art (*Das Silmarillion,* S. 127) und der Eigenschaft, sich »wunderbar auf die Metalle und Steine« zu verstehen (ebd., S. 105). Die sonderbare Behauptung, daß man »niemals ein Kind bei ihnen [sieht]«, hat vielleicht mit der »törichten Meinung bei den Menschen« zu tun, »daß es keine Zwergenfrauen gebe und die Zwerge ›aus Stein wachsen‹« [Anhang A (III) zum *Herrn der Ringe,* »Die Rückkehr des Königs«, S. 407]. An derselben Stelle heißt es: »Daß es so wenig Frauen unter den Zwergen gibt, ist der Gund, warum sich ihr Geschlecht so langsam vermehrt«.

Es heißt in der Geschichte auch: »... manche sagen, daß sie von Ilúvatar nicht gehört haben«; zum Wissen der Menschen um die Existenz Ilúvatars vgl. S. 278f.

Nach dem Gnomischen Wörterbuch ist *Indrafang* ein »besonderer Name der Langbärte oder Zwerge«, doch aus der Geschichte geht eindeutig hervor, daß die Langbärte zu den Zwergen von Belegost in Gegensatz standen; die Zwerge von Nogrod waren die Nauglath mit ihrem König Naugladur. Die Verwendung der verschiedenen Begriffe ist gelegentlich verwirrend: So scheint es sich bei der Beschreibung der Nauglath, S. 295, um eine Schilderung aller Zwerge zu handeln, eingeschlossen die Indrafangs, obgleich dies nicht beabsichtigt gewesen sein kann. Von Naugladur von Nogrod und Bodruith von Belegost wird gesagt, sie seien »verwandt« gewesen (S. 311), obgleich damit vielleicht nur gemeint ist, daß sie beide Zwerge waren, wogegen Ufedhin ein Elb war.

Zur Zwergenstadt Nogrod, so heißt es, war es »eine sehr lange Reise nach Süden über den ausgedehnten Wald hinaus an den Grenzen jener großen Heideflächen nahe Umboth-muilin, den Dämmerseen, in den Marschen von Tasarinan« (S. 296). Das könnte man so auffassen, als habe Nogrod selbst »an den

Grenzen jener großen Heideflächen nahe Umboth-muilin« gelegen; aber ich denke, das ist unmöglich. Dies wäre ein höchst ungeeigneter Ort für Zwerge, die »unter der Erde in Grotten oder Tunnelstädten [wohnen], und einst war Nogrod von diesen die gewaltigste« (S. 295). Obgleich die Berge hier im Zusammenhang mit Zwergen nicht ausdrücklich erwähnt werden, halte ich es für sehr wahrscheinlich, daß mein Vater in dieser Zeit ihre Städte in den Gebirgen ansiedeln wollte, wie es später der Fall war. Im übrigen war die Geographie der Länder in den *Verschollenen Geschichten* im wesentlichen dieselbe wie auf den frühesten und späteren Landkarten zum »Silmarillion«; und auf diesen Karten erfordert die Entfernung zwischen den Tausend Grotten und den Dämmerseen eben keine »sehr lange Reise nach Süden«.

Die fragliche Stelle meint also einfach »eine sehr lange Reise nach Süden über den ausgedehnten Wald hinaus«, und das folgende lokalisiert den ausgedehnten Wald und nicht Nogrod; der Wald ist ohne Zweifel der Wald von Artanor.

Die Dämmerseen werden im *Fall von Gondolin* beschrieben, doch der elbische Name erscheint nicht (vgl. S. 264; 287). Ob Belegost von Nogrod weit entfernt oder in seiner Nähe lag, wird nicht deutlich; es heißt, das Gold solle »nach Nogrod und zu den Wohnstätten der Zwerge« gebracht werden, doch später heißt es von den Indrafangs, es sei eine Sippe gewesen, die »in anderen Reichen wohnte«.

In seinem Verhältnis zu den Zwergen erinnert Ufedhin an Eol, den Vater von Maeglin, von dem es im *Silmarillion* (S. 149) heißt: »für die Zwerge jedoch hatte er mehr Zuneigung als alle anderen aus dem alten Elbenvolk«; und an anderer Stelle (S. 105): »Wenige der Eldar kamen ja nach Nogrod oder Belegost, bis auf Eol von Nan Elmoth und Maeglin, seinen Sohn«. In den frühen Fassungen der Geschichte von Eol und Isfin (erwähnt im *Fall von Gondolin,* S. 220) hat Eol keine Verbindung zu den Zwergen. In der vorliegenden Geschichte wird erwähnt, daß die Zwerge »in jenen Tagen regen Handel mit den freien Noldoli trieben, doch auch mit den Orks und den Soldaten Melkos«. Da der Stamm der Rodothlim vernichtet und die Lage Gondolins unbekannt war, kann es sich bei diesen »freien Noldoli« möglicherweise um die Söhne Feanors oder Egnor, den Vater Berens, gehandelt haben (vgl. S. 91).

Die Vorstellung, daß es die Zwerge von Nogrod waren, die als erste an Krieg gegen Tinwelint dachten, blieb erhalten; doch später führten sie ihn allein und bekamen keine Hilfe aus Belegost (vgl. *Das Silmarillion,* S. 260).

Wenden wir uns nun den Elben zu. Beren ist natürlich noch ein Elb (vgl. S. 186f.), und in der zweiten Spanne seines Lebens herrschte er in Hisilóme über ein elbisches Volk, das so groß war, daß nicht einmal er wußte, »wieviele Köpfe dieses riesige Volk zählte«; sie wurden die »grünen Elben« und die »braunen und die grünen Elben« genannt, weil sie in »Grün und Braun gekleidet waren«. Später, nach dem endgültigen Verschwinden von Beren und Tinúviel, herrschte Dior über sie. Es ist unklar, wo man sie in der Konzeption der Elben der Großen Lande einordnen soll. In der Geschichte *Die Ankunft der Elben* (Teil 1, S. 172) heißt es:

»Wahrlich, lange nachdem der Jubel über Valinor die Erinnerung getrübt hatte [d. h. die Erinnerung an die Reise durch Hisilóme], sangen die Elben noch immer traurige Lieder und erzählten Geschichten von jenem Marsch und den vielen ihres Volkes, die, wie sie noch immer glauben, in jenen alten Wäldern verschollen sind und auf immer kummervoll dort umherwandern. Sie waren noch lange danach dort, als die Menschen von Melko in Hisilóme eingesperrt wurden, und sie tanzen noch immer dort, wenn die Menschen längst in hellere Gefilde der Erde gewandert sind. Die Menschen nannten Hisilóme Aryador, und die Verschollenen Elben nannten sie das Schattenvolk und fürchteten sie.«

Doch die Geschichte ist noch so konzipiert, daß Tinwelint die verstreuten Elben von Hisilóme regierte, und in den Abrissen zu *Gilfanons Geschichte* ist das »Schattenvolk von Hisilóme« nicht mehr elbisch. Bringt man den Ausdruck »grüne Elben« mit der Tatsache in Beziehung, daß es die Grünelben von Ossiriand waren, mit denen Beren in der späteren Geschichte bei Sarn Athrad die Zwerge überfiel (*Das Silmarillion,* S. 261 f.), wird klar, welche Elben in ihnen vorgebildet sind, obgleich von Ossiriand jenseits des Flusses Gelion noch nicht die Rede und die Geschichte vom Ursprung der Laiquendi noch unbekannt ist (ebd. S. 107, 108).

Es war unvermeidlich, daß das »Land der Lebend-Toten« nicht mehr in Hisilóme sein konnte (das von Überbevölkerung bedroht zu sein schien), und eine Anmerkung im Manuskript der *Geschichte vom Nauglafring* lautet: »Beren muß in Doriath sein, jenseits des Sirion ... nicht in Hithlum.« Doriath jenseits des Sirion ist im *Silmarillion* (S. 137) Nivrim, die Westmark, die Wälder auf dem Westufer des Flusses zwischen dem Zusammenfluß von Teiglin und Sirion und den Dämmerseen. In der *Geschichte von Tinúviel* wurden Beren und Tinúviel, genannt i·Cuilwarthon, »mächtige Elben in den Landen nördlich des Sirion« (S. 63).

Verglichen mit der Melian des *Silmarillion* erscheint Gwendelin/Gwenniel als eine etwas blasse und passive Figur. Möglicherweise drückt sich das auch in dem weit schwächeren Schutz für das Reich von Artanor durch ihren Zauber aus, als ihn später die undurchdringliche Mauer und die verwirrenden Irrgärten des Gürtels von Melian darstellen. Die Beschaffenheit des Schutzes durch Zauber ist in der alten Konzeption sehr unklar. In der *Geschichte vom Nauglafring* wird die Ankunft der Zwerge erst bemerkt, als sie sich der Brücke von Tinwelints Höhlen nähern; andererseits heißt es: »der Zauber, den Gwenniel spann, schützte alle diese Landstriche, so daß keiner, der feindlich gesinnt war, zu diesen Wäldern vordringen konnte, es sei denn durch Verrat von innen.« Im vorliegenden Fall wird der Zauber leicht – zu leicht – durch den simplen Kunstgriff überwunden, daß ein verräterischer Elb aus Artanor eingeführt wird, er »sich erbötig [machte], das Heer durch die Zauber Gwendelins zu führen«.

Es ließe sich denken, daß die Geschichte des bei der Steinigen Furt im Wasser versinkenden Schatzes aus jener entwickelt wurde, die den verworfenen Schluß der *Geschichte von Turambar* bildete (S. 183): [Tinwelint], »der diesen Fluch [mit dem Úrin den Schatz belegt hatte] vernahm, ließ das Gold an einer tiefen Stelle in den Fluß werfen, der vor seinen Toren floß«. In der *Geschichte vom Nauglafring* hat er, beeinflußt von den ahnungsvollen Worten der Königin, zwar diese Absicht, führt sie aber nicht aus (S. 294).

Die Beschreibung des zweiten »Todes« von Beren und Tinúviel führt abermals zu der außerordentlich schwierigen Frage des besonderen Schicksals, das den beiden durch den Spruch von Mandos auferlegt war. Oben S. 85 habe ich dazu ausgeführt: »Die besondere Ausnahme, die Mandos im Falle von Beren und Tinúviel macht, beruht also darauf, daß ihre gesamte ›natürliche‹ Bestimmung als Elben geändert wurde: gestorben, wie es Elben zukam (an Wunden oder Kummer), wurden sie nicht als neue Geschöpfe wiedergeboren, sondern kehrten von Mandos in ihrer alten Individualität zurück – doch nun ›sterblich, genau wie die Menschen‹.«

Hier jedoch »schwand« Tinúviel und »verschwand in den Wäldern«; und Beren, nachdem er sie gesucht hatte, »schwand« schließlich ebenfalls »aus dem Leben«. Da dieses Hinschwinden zweifelsohne die Art des Sterbens ist, in der sich »das Verhängnis der Sterblichkeit, das Mandos über sie ausgesprochen hatte« vollzieht, ist es sehr bedeutungsvoll, daß diese Art mit dem Dahinschwinden der »Elben späterer Tage« gleichgesetzt wird – als sei in der ursprünglichen Vorstellung das elbische Dahinschwinden eine Form von Sterblichkeit. Dies wird in der Tat aus späteren Versionen deutlich.

Die sieben Söhne Feanors, ihr Eid (geschworen nicht in Valinor, sondern nach der Ankunft der Noldoli in den Großen Landen) und die Verstümmelung von Maidros tauchen in den Abrissen für *Gilfanons Geschichte* auf; im letzten dieser Abrisse wohnen die Feanorer in Dor Lómin (= Hisilóme, Hithlum) (vgl. Teil 1, S. 332f., 337). Hier, in der *Geschichte vom Nauglafring,* tauchen die Namen der Söhne zum ersten Male auf, und zwar fünf in den Formen, die sie beibehalten sollten (Maidros, Maglor, Celegorm, Cranthor, Curufin), und Curufin bereits mit seinem Beinamen »der Geschickte«. Die Namen Amrod und Amras im *Silmarillion* waren eine späte Veränderung; denn diese zwei Söhne Feanors waren lange Damrod (wie hier) und Díriel (hier Dinithel oder Durithel); vgl. *Veränderungen der Namen,* S. 323.

Hier erscheint auch Dior der Schöne, auch Ausir der Reiche genannt; sein Sohn Auredhir verschwand früh. Doch Dior herrschte »in den südlichen Tälern« von Hisilóme und nicht in Artanor, und es gibt keinen Hinweis auf eine mögliche Erneuerung von Tinwelints Königreich nach seinem Tod, im Gegensatz zu dem, was später gesagt wird (*Das Silmarillion,* S. 262); überdies wohnten auch die Feanorer in Hisilóme – ich kann nicht sagen, wie all dies mit der Aussage über die Bewohner dieses Gebietes auf einen Nenner zu bringen ist, die sich in der *Geschichte von Tinúviel* findet: »... Hisilóme ... wo Menschen lebten und versklavte Noldoli arbeiteten, und wohin wenige freie Eldar gingen« (S. 19).

Eine sehr sonderbare Stelle findet sich am Schluß der Geschichte: »Dies nun waren Tage des Glücks in den Tälern von Hithlum, denn man lebte in Frieden mit Melko und den Zwergen, die nur daran dachten, sich gegen Gondolin zu verschwören« (S. 319). Vermutlich will »Frieden mit Melko« nicht mehr besagen, als daß Melko seine Aufmerksamkeit von diesen Regionen abgewendet hatte; doch von einer Verschwörung der Zwerge gegen Gondolin ist nirgendwo sonst die Rede.

In der Typoskript-Fassung der *Geschichte von Tinúviel* (S. 66) heißt es von Turgon, König von Gondolin, er war der »ruhmreichste« der Könige der Elben, die Melko Widerstand leisteten; Thingol jedoch war »eine Zeitlang der mächtigste, und er bewahrte sich am längsten seine Freiheit« Die nächstliegende Deutung ist sicherlich, daß Gondolin vor Artanor zugrunde ging, wogegen es im *Silmarillion* (S. 267) heißt: »Nachricht kam durch Thorondor, den Herrn der Adler, vom Fall Nargothronds und später vom Tode Thingols und Diors, seines Erben, und von der Vernichtung Doriaths; doch Turgon verschloß seine Ohren vor den Leiden der Welt draußen und gelobte ...«. Der vorliegenden Geschichte liegt dieselbe Chronologie zugrunde: Viele der Elben, die Beren folgten, gingen nach seinem Tode nach Gondolin, »denn das Gerücht seiner wachsenden Macht und Pracht lief wie ein verborgenes Raunen durch alle Elbenvölker« (S. 318), obgleich hier die Zerstörung Gondolins am selben Tag stattfindet, wie der Angriff der Söhne Feanors auf Dior (S. 320). Um diesen Widerspruch aufzuheben, muß man die Passage in der *Geschichte von Tinúviel* so interpretieren, daß sie meint, Thingols Freiheit habe einige Jahre länger gedauert als die Turgons, unabhängig von den Zeitpunkten ihres Untergangs.

Die Bemerkungen schließlich, daß Cûm an-Idrisaith, der Grabhügel der Habsucht, »noch immer in Artanor steht« (S. 293) und die Wasser des Aros »immer weiter über dem versunkenen Hort« flossen (S. 316) sind bedeutungsvoll, da sie bezeugen, daß in der vorliegenden Geschichte nichts vorhanden war, was der späteren Überschwemmung Beleriands entspricht.

V. DIE GESCHICHTE VON EARENDEL

Die Geschichte von Earendel sollte eigentlich mit dem Aufenthalt der Lothlim an den Mündungen des Sirion beginnen (genau an der Stelle, wo es im *Fall von Gondolin* heißt: »und unter den Lothlim wächst Earendel im Hause seines Vaters stattlich heran«; S. 266), als Elwing eintrifft (vgl. dazu den Schluß der *Geschichte vom Nauglafring:* ».... und sie verschwanden für immer von den Lichtungen Hithlums und zogen in den Süden zu den tiefen Wassern des Sirion und in die freundlichen Lande. Und so liefen denn alle Schicksalsfäden der Elben damals zu einem einzigen Strang zusammen, und darin ist eingewoben die große Geschichte von Earendel; und zum wahren Anfang dieser Geschichte sind wir nunmehr gekommen«; S. 321). Doch so einfach liegen die Dinge nicht, weil mein Vater das *Nauglafring* andererseits auch zum ersten Teil der *Geschichte von Earendel* gemacht hat.

Die Geschichte wurde nie vollständig ausgearbeitet; für das Konzept sind wir aber auf knappe, oft widersprüchliche Entwürfe angewiesen und auf viele vereinzelte Notizen, sowie auf die sehr frühen »Earendel-Gedichte«. Während die Gedichte sich genau datieren lassen, ist dies bei den Notizen und Entwürfen natürlich nicht der Fall, so daß es fast unmöglich ist, sie so zu ordnen, daß sich eine klare Entwicklungslinie ergibt.

Einer der Entwürfe für *Earendel* ist der ältere der zwei Abrisse für die *Verschollenen Geschichten,* die das Hauptmaterial *für Gilfanons Geschichte* enthalten; ich wiederhole hier, was ich in Teil 1 (S. 325f.) gesagt habe:

»Ohne Zweifel wurde der erste Abriß, den ich im folgenden ›B‹ nenne, niedergeschrieben, als die Entwicklung der *Verschollenen Geschichten* bis zu dem Endpunkt fortgeschritten war, der in den letzten Texten und Zusammenstellungen dieses Buches präsentiert wird. In Bezug auf *Gilfanons Geschichte* wird dieser Abriß zunächst viel ausführlicher, beschränkt sich dann jedoch wieder auf sehr kursorische Notizen für die Geschichten von Tinúviel, Túrin, Tuor und dem Halsband der Zwerge und wird bei der Geschichte Earendels unvermittelt wieder ausführlicher.«

Dieser Abriß B (wie ich ihn auch weiterhin nennen will) bietet einen zusammenhängenden, wenn auch sehr groben Plan für die Erzählung und gliedert diese in sieben Teile, von denen der erste (mit dem Vermerk »Erzählt«) die »Geschichte vom Nauglafring bis zur Flucht Elwings« enthält. Von dieser Unterteilung spricht auch Winzigherz am Beginn seiner Erzählung vom *Fall von Gondolin* (S. 192f.):

»Es ist eine umfangreiche Geschichte, und wenn sie richtig erzählt werden soll, müßt ihr siebenmal zum Geschichten-Feuer kommen; und so verflochten ist sie mit den Geschichten von dem Nauglafring und vom Elben-Marsch, daß ich beim Erzählen gern Beistand hätte ...«

Wären alle auf das *Nauglafring* folgenden sechs Teile etwa gleich lang gewesen, wäre die ganze *Geschichte von Earendel* etwa halb so lang geworden wie alle bereits geschriebenen Erzählungen; doch mein Vater hat sie später nie wieder in Angriff genommen.

Es folgt nun der Schlußteil von Abriß B.

Beginn der Geschichte von Earendel, mit der verwoben ist das Nauglafring und der Marsch der Elben. Zu weiteren Einzelheiten siehe Notizbuch C. (vgl. unten S. 334).

Erster Teil. Die Geschichte vom Nauglafring bis zur Flucht Elwings.

Zweiter Teil. Der Aufenthalt am Sirion. Ankunft Elwings. Sie und Earendel lieben sich als Knabe und Mädchen. Tuor im Alter – folgt der Musik Ulmos und bricht heimlich mit »Schwanenschwinge« auf.

Earendel segelt gen Norden, um Tuor zu finden und möglicherweise Mandos. Erleidet mit »Earáme« Schiffbruch. Ulmo erscheint und rettet ihn. Befiehlt ihm, nach Kôr zu segeln – »denn zu diesem Zweck bist du beim Untergang Gondolins verschont worden«.

Dritter Teil. Zweiter Aufbruch Earendels nach Mandos. Schiffbruch bei Falasquil und Rettung durch die Oarni[1]. Er sichtet die Insel der Seevögel, »wohin alle Vögel aller Wasser zuweilen kommen«. Kehrt zum Sirion zurück.

Idril ist verschwunden (sticht bei Nacht in See). Die Hörner Ulmos rufen Earendel. Letzteres Lebewohl Elwings. Bau von Wingilot.

Vierter Teil. Earendel segelt, um Valinor zu finden. Seine zahlreichen Wanderungen, die viele Jahre dauern.

Fünfter Teil. Vögel kommen von Gondolin mit Nachrichten nach Kôr. Aufregung der Elben. Rat der Götter. Marsch der Inwir (Tod von Inwe), der Teleri und Solosimpi.

Überfall auf die Siedlung am Sirion und Raub Elwings.

Kummer und Zorn der Götter, und ein Schleier wird zwischen Valmar und Kôr niedergesenkt, weil die Götter es nicht zerstören wollen, seinen Anblick jedoch nicht ertragen können.

Ankunft der Eldar. Fesselung Melkos. Fahrt zur Einsamen Insel. Fluch des Nauglafring und Tod Elwings.

Sechster Teil. Earendel kommt nach Kôr und findet es verlassen. Kehrt kummervoll zurück (sieht Tol Eressea und die Flotte der Elben, doch starker Wind und Dunkelheit treiben ihn fort, er kommt vom Kurs ab und segelt nach Osten).

Kommt endlich am Sirion an und findet die Siedlung verlassen. Geht zu den Ruinen Gondolins. Erfährt, was geschehen ist. Segelt zur Insel der Seevögel.

Siebter Teil. Seine Fahrt in den Himmel.

Am Ende dieses Textes steht: »Rest des Abrisses in Notizbuch C«. Diese Hinweise in Abriß B auf »Notizbuch C« beziehen sich auf ein kleines Buch, das 1916/17 angelegt wurde, um Ideen und Konzeptionen festzuhalten, die Grundlage für die Ausarbeitung der *Verschollenen Geschichten* sein sollten. Am Anfang dieses Büchleins findet sich ein Entwurf (hier ›C‹ genannt), überschrieben mit »Earendels Geschichte, des Sohnes von Tuor«, der im wesentlichen mit Abriß B übereinstimmt:

Earendel wohnt mit Tuor und Irilde[2] am Meer an der Mündung des Sirion (auf den Inseln des Sirion). Elwing von den Gnomen aus Artanor[3] flieht zu ihnen mit dem Nauglafring. Earendel und Elwing lieben einander als Junge und Mädchen.

Große Liebe zwischen Earendel und Tuor. Tuor altert, und die Hörner Ulmos rufen ihn vom fernen westlichen Meer immer lauter, bis er eines Abends auf seinem Boot der Dämmerung mit purpurnen Segeln, Schwanenschwinge (Alqaráme)[4], in See sticht, Idril bemerkt es zu spät. Ihr Lied am Ufer des Sirion.

Kummer Earendels und Idrils, als er nicht zurückkehrt. Earendel (gedrängt auch von Idril, die unsterblich ist) will aufbrechen und sogar in Mandos suchen. [Randbemerkung]: Fluch des Nauglafring liegt auf seinen Reisen. Osse ist sein Feind.

Fjord der Meerjungfrau. Schiffbruch. Ulmo erscheint und rettet sie unter der Bedingung, daß Earendel nach Kôr fährt.

Elwings Kummer, als sie von Ulmos Befehl erfährt. »Denn kein Mensch kann die Straßen von Kôr betreten oder die Orte der Götter schauen und wieder in Frieden in den Äußeren Landen wohnen.«

Trotzdem bricht Earendel auf, erleidet durch die Tücke Osses Schiffbruch, wird allein mit Voronwe von den Oarni (die ihn lieben) gerettet und nach Falasquil geschleppt.

Zusammen mit Voronwe macht sich Earendel zu Lande auf den Heimweg. Stellt fest, daß Idril verschwunden ist.[5] Sein Kummer. Flcht zu Ulmo und hört dessen Muschelhörner. Ulmo befiehlt ihm, aus Tuors Holz von Falasquil ein neues, wunderbares Schiff zu bauen. Wingilot wird gebaut.

Auf dieser Seite des Notizbuches finden sich vier »Zusätze«:

Bau von Earáme (Adlerschwinge)
Zu Ulmos Befehl kommen die Bitten der Noldoli.
Earendel besichtigt die erste Behausung Tuors bei Falasquil.
Die Reise nach Mandos und in die Eismeere.

Der Abriß fährt fort:

Voronwe und Earendel stechen mit Wingilot in See. Treiben nach Süden. Feuerberge. Baum-Wesen. Pygmäen. Sarqindi oder Kannibalen-Oger.

Treiben nach Westen. Ungweliante. Zauberinseln. Dämmerinsel. Winzigherz' Gong weckt den Schläfer im Turm der Perle.[6]

Sie finden Kôr verlassen. Earendel liest Geschichten und Prophezeiungen in den Wassern; wie Kôr aufgegeben wurde. Earendel selbst und seine Schuhe sind mit Diamantenstaub gepudert, so daß sie strahlend leuchten.

Abenteuerliche Heimfahrt. In den Osten abgetrieben – die Wüsten und roten Paläste, wo die Sonne wohnt.[7]

Kommt am Sirion an. Findet die Stätte ausgeraubt und verlassen. Der verwirrte Earendel macht sich mit Voronwe auf und kommt zu den Ruinen von Gondolin. Die Leute hausen dort im Elend. Dort suchen auch Gnomen noch immer nach den verlorenen Edelsteinen (oder einige Gnomen sind nach Gondolin zurückgekehrt).

Von der Fesselung Melkos.[8] Die Kriege mit Menschen und die Abreise nach Tol Eressea (die Eldar können den Hader der Welt nicht ertragen). Earendel segelt nach Tol Eressea und erfährt, daß Elwing und das Nauglafring in den Wassern versunken sind. Elwing wurde ein Seevogel. Sein Leid ist groß. Seine Kleider und sein Körper leuchten wie Diamanten, und vor Kummer ist sein Antlitz silbern umflammt und ...

Er sticht mit Voronwe in See und wohnt auf der Insel der Seevögel in den nördlichen Gewässern (in der Nähe von Falasquil) – und hofft dort, daß Elwing mit den Seevögeln kommen werde, doch klagend sucht sie ihn an allen Küsten und an jedem Wrack.

Nach dreimal sieben Jahren segelt er abermals mit Voronwe zu den Hallen von Mandos – er gelangt dorthin, weil jene, die noch immer ... und es ihm erlaubten – Tuor ist nach Valinor gegangen, und von Idril oder Elwing ist nichts bekannt.

Er erreicht die Schranke am Rand der Welt und fährt hinaus auf die Ozeane des Himmels, um die Welt überblicken zu können. Der Steuermann des Mondes jagt ihn wegen seiner Helligkeit, und er taucht durch das Tor der Nacht. Wenn er nun zurückkehrt, muß er sterben.

Er wird Elwing beim Auszug finden.

Einige sagen, daß Tuor und Idril nun mit Schwanenschwinge segeln und man sie in der Dämmerung des Morgens und des Abends rasch herniederfahren sehen kann.

Die Ereignisse, die mit Earendels Geschichte zusammenhängen

Überfall auf die Siedlung am Sirion durch Melkos Orks und Gefangennahme Elwings.

Vögel berichten den Elben vom Fall Gondolins und dem schrecklichen Schicksal der Gnomen. Rat der Götter und Aufruhr der Elben. Marsch der Inwir und Teleri. Auch die Solosimpi brechen auf, doch sie folgen den Küsten der Welt, denn sie wollen sich nicht zu weit vom Rauschen des Meeres entfernen – und haben nur unter dieser Bedingung zugestimmt, mit den Teleri zu gehen –, denn die Noldoli haben einige aus ihrer Sippe bei Kópas erschlagen.

Der Abriß geht dann weiter bis zu den Ereignissen nach der Ankunft der Elben in den Großen Landen, die im nächsten Kapitel behandelt werden sollen.

Obgleich C erheblich ausführlicher ist, scheint es wenig zu geben, was dem in B Gesagten widerspräche; und in B gibt es Elemente, die in C fehlen. Bei der Betrachtung der Abrisse folge ich der Kapiteleinteilung von B.

Zweiter Teil. Hier wird in C ein wenig mehr über Tuors Abreise vom Sirion erzählt (in B wird Idril nicht erwähnt), und es erscheint das Motiv von der Feindseligkeit Osses gegen Earendel und das des Fluches des Nauglafring als Grund für seine Schiffbrüche. Der Ort des ersten Schiffbruchs wird Fjord der Seejungfrau genannt. Das Faktum, daß Ulmo »sie« rettet, damit Earendel nach Kôr gehen kann, deutet möglicherweise darauf hin, daß Idril oder Elwing (oder beide) bei ihm waren.

Dritter Teil. In B werden Earendels erste Reise, ebenso wie die zweite, ausdrücklich als Versuche bezeichnet, Mandos zu erreichen (auf der Suche nach seinem Vater), während er in C die zweite Reise eher auf Geheiß Ulmos unternimmt, um (zu Elwings Kummer) nach Kôr zu segeln. In C wird Voronwe als Earendels Gefährte genannt, der ihn auf der zweiten Reise, die bei Falasquil endete, begleitete; doch die Insel der Seevögel wird an dieser Stelle nicht erwähnt. In C wird Wingilot aus »dem Holz Tuors von Falasquil« erbaut; im *Fall von Gondolin* wurde dieses Holz von den Noldoli in Hisilóme geschlagen und über den verborgenen Fluß zu Tuor geflößt (S. 202).

Vierter Teil. Während B lediglich erwähnt, Earendel habe »zahlreiche Wanderungen« unternommen, die »viele Jahr« dauerten, um Valinor zu finden, finden sich in C ein paar Hinweise auf Ereignisse, die auf der Reise in den Süden und Westen stattfinden sollten. Die Begegnung mit Ungweliante ist sonderbar; es heißt in der *Geschichte von Sonne und Mond* (Teil 1, S. 258, 283): »denn Melko hielt den Norden und Ungweliant den Süden.«

In C treffen wir abermals auf den Schläfer im Turm der Perle (angeblich Idril, doch der Name wurde durchgestrichen; vgl. Anmerkung 6), der vom Gong Winzigherz' aufgeweckt wird; vgl. die Schilderung von Winzigherz in der *Hütte des Vergessenen Spiels* (Teil 1, S. 24): »Er segelte mit Earendel in Wingilot auf jener letzten Reise, da sie nach Kôr suchten. Es war der Klang dieses Gongs über dem Schattenmeer, dcr den Schläfer weckte im Turm der Perle, der weit draußen im Westen der Dämmerinseln steht.«

In der Geschichte *Die Ankunft der Valar* heißt es, daß die Dämmerinseln in den Schattenmeeren »schwimmen«, auf »deren westlichster Landspitze sich bleich der Turm der Perle erhebt« (Teil 1, S. 104; vgl. auch Teil 1, S. 181). Doch in C wird Winzigherz, der Sohn Voronwes, als Gefährte Earendels nicht mehr genannt, obgleich er in einer gestrichenen Passage eines früheren Entwurfs erwähnt wird (vgl. Anmerkung 5); und in der *Geschichte vom Nauglafring* sagt Ailios, daß niemand mehr lebe, der das Nauglafring gesehen habe, »außer« [eine Verbesserung aus »nicht einmal«] Winzigherz, Sohn Bronwegs.

Fünfter und sechster Teil. In C heißt es, daß Earendels Schuhe vom Staub der Diamanten aus Kôr leuchteten, und das Bild findet sich noch im *Silmarillion* (S. 275):

»Er ging in den verlassenen Straßen von Tirion umher, und der Staub auf seinen Kleidern und Schuhen war Staub von Diamanten, und er schien und funkelte, als er die langen weißen Treppen erklomm.«

Jedoch im *Silmarillion* (S. 274) war Tirion ausgestorben, weil Earendel »zur Zeit eines Festes« angekommen war, »und fast alles Elbenvolk war nach Valimar gegangen oder hatte sich in Manwes Hallen auf dem Taniquetil versammelt«; hier dagegen scheint klar, daß sowohl in B als auch in C Kôr verlassen war, weil die Elben von Valinor aufgrund der Nachrichten, welche die Vögel aus Gondolin gebracht hatten, in die Großen Lande gezogen waren. In diesen sehr frühen Entwürfen spricht Earendel nicht zu den Valar als Botschafter der Elben und Menschen (vgl. *Das Silmarillion,* S. 275), woraus wir nur den Schluß ziehen können, daß Earendels große Reise in den Westen, obgleich er sein Ziel erreichte, fruchtlos war, daß er nicht der Vermittler jener Hilfe war, die den Elben der Großen Lande tatsächlich aus Valinor zuteil wurde, und daß Ulmos Pläne mit Tuor fruchtlos blieben. Mein Vater schrieb in der Fassung des »Silmarillion« von 1930: »So kam es, daß in späteren Tagen viele Boten der Gnomen niemals aus

Valinor zurückkehrten – bis auf einen: und dieser kam zu spät.« Die letzten Worte wurden verändert zu »bis auf einen, den größten Seefahrer der Lieder«, und diese Worte finden sich im *Silmarillion* (S. 116).

Unglücklicherweise geht aus den frühesten Schriften nirgends klar hervor, zu welchem Zweck Ulmo Earendel nach Kôr schickte. Was hätte er erreicht, wäre er »rechtzeitig« dorthin gekommen – mehr als das, was nach dem Eintreffen der Nachrichten aus Gondolin tatsächlich stattfand, nämlich der Marsch der Elben in die Großen Lande? In einer merkwürdigen Notiz von C fragte mein Vater: »Wie gelangten König Turgons Boten nach Valinor oder wie erreichten sie die Zustimmung der Götter?« Und er antwortete: »Seine Boten kamen nie dorthin. Nicht Ulmo, sondern die Vögel überbrachten den Elben die Nachricht vom Schicksal Gondolins (die Tauben Turgons) und sie [bewaffneten sich und marschierten los].«

Auf das Eintreffen der Botschaft folgte der Rat der Götter und der Aufruhr unter den Elben; doch in C findet sich nichts vom »Kummer und Zorn der Götter« oder von dem »Schleier« zwischen Valmar und Kôr, wovon in B die Rede ist: Dies kann nur bedeuten, daß der Marsch der Elben von Valinor gegen den ausdrücklichen Willen der Valar unternommen wurde und diese sich jedem Eingreifen der Elben von Valinor in die Angelegenheiten der Großen Lande ernstlich widersetzten. Es ist möglich, daß hier ein Zusammenhang mit Vaires Worten besteht (Teil 1, S. 31): »Als nun die Feen Kôr verließen, wurde jener Pfad [d. h. Olore Malle] *für immer mit großen unübersteigbaren Felsen versperrt.*« Ansonsten gibt es nur noch einen weiteren Hinweis auf die Wirkung, welche die Botschaft von der anderen Seite des Meeres hatte, und dieser findet sich in Lindos Worten in der *Hütte des Vergessenen Spiels* (Teil 1, S. 26): Inwe, »den die Gnomen Inwithiel nennen, und er war der König aller Eldar, als sie in Kôr wohnten. Das war in den Tagen, bevor das Klagelied der Welt [d. h. der Großen Lande] gehört wurde und Inwe sie hinführte zu den Ländern der Menschen.«

An anderer Stelle sagt Meril-i-Turinqi zu Eriol (Teil 1, S. 187): »... denn Inwe war der Vater meines Goßvaters; und er war der älteste der Elben und hätte sein Leben in Würde vollendet, wäre er nicht bei jenem Auszug in die Welt zugrundegegangen, doch Ingil, sein Sohn, kehrte vor langer Zeit nach Valinor zurück und ist bei Manwe«; und in B findet sich ein Hinweis auf Inwes Tod.

In C sind die Solosimpi dazu bereit, sich an dem Unternehmen zu beteiligen, wenn sie in Meeresnähe bleiben dürfen, und das Zögern des Dritten Geschlechtes wegen des Sippenmordes am Schwanenhafen blieb erhalten (vgl. *Das Silmarillion,* S. 277). Aber es findet sich kein Hinweis auf Schiffe als Transportmittel der Elben; im Gegenteil, die Solosimpi »folgen den Küsten der Welt« und das

Unternehmen ist ein »Marsch«; dennoch bleibt unklar, wie sie in die Großen Lande gelangten.

In beiden Abrissen wird Earendel auf der Heimreise von Kôr nach Osten getrieben und findet, als er schließlich dort ankommt, die Siedlungen an der Mündung des Sirion verwüstet; doch in B wird nicht gesagt, wer die Plünderer waren und wer Elwing gefangennahm. In C war es ein Überfall von Melkos Orks; vgl. die Namensliste zur Geschichte *Der Fall von Gondolin* (S. 285) unter *Egalmoth:* »... [er] entkam mit knapper Not aus dem brennenden Gondolin und wohnte später an den Mündungen des Sirion; doch in einem bitteren Kampf wurde er dort erschlagen, als Melko Elwing gefangennahm«.

Keiner der Abrisse sagt etwas über Elwings Entkommen aus der Gefangenschaft. Beide erwähnen, daß Earendel zu den Ruinen Gondolins zurückkehrte – in C wird er von Voronwe begleitet und findet Menschen und Gnomen; ein weiterer Eintrag in der Namensliste zum *Fall von Gondolin* sagt unter *Galdor:* »... [der] aus Gondolin entkam, ebenso wie dem Angriff Melkos gegen die Bewohner des Landes an der Mündung des Sirion, und mit Earendel zu den Ruinen zurückging« (S. 285).

Beide Abrisse erwähnen die Abreise der Elben aus den Großen Landen nach der Fesselung Melkos nach Tol Eressea. C spricht außerdem von »Kriegen mit Menschen« und den Eldar (die den »Hader der Welt nicht ertragen können«), und beide lassen Earendel später folgen, doch die Reihenfolge der Ereignisse scheint anders: in B sieht Earendel auf der Heimfahrt von Kôr Tol Eressea und die Flotte der Elben (vermutlich jene, die von den Großen Landen zurückkehrte), wogegen in C die Abreise der Elben erst nach Earendels Heimkehr stattfindet.

Jedoch, was das Schicksal Elwings betrifft, stimmen B und C überein: In B gibt es einen Hinweis auf ihren Tod, offensichtlich im Zusammenhang mit dem Fluch des Nauglafring; wir dürfen annehmen, daß ihr Tod sich auf der Reise nach Tol Eressea ereignete; C erwähnt besonders, daß Elwing und das Nauglafring in den Wassern versanken – sagt aber auch, daß sie ein Seevogel wurde, ein Einfall, der erhalten blieb (vgl. *Das Silmarillion,* S. 276). Das macht es auch vielleicht verständlicher, daß Earendel sich zur Insel der Seevögel begibt (in B und C): in C hofft er, »daß Elwing mit den Seevögeln dorthin kommen werde«.

Siebter Teil. B faßt den Schlußteil der Geschichte in dem schlichten Satz »Seine Fahrt in den Himmel« zusammen, mit einem Verweis auf Abriß C. Wie es scheint, soll angedeutet werden, daß Earendels Glänzen (das nichts mit den Silmaril zu tun hat) von dem »Diamantenstaub« aus Kôr herrührte, doch in gewissem Sinne auch von der »Aura« seines Schmerzes. Eine vereinzelte Notiz in C sagt: »Was wurde aus den Silmaril nach der Einkerkerung Melkos?« Damals gab mein Vater auf diese Frage keine Antwort; doch die Frage selbst legt Zeugnis davon ab, welch relativ geringe Bedeutung die Silmaril Feanors hatten; sie zeigt jedoch auch, daß er sich vielleicht dessen bewußt war, daß sie in der Mythologie eine zentrale Rolle spielen könnten.

Er scheint auch, daß Earendel in den Himmel fuhr, weil er unentwegt nach Elwing suchte (»Er fährt hinaus auf die Ozeane des Himmels, um die Welt überblicken zu können«); und er durchfuhr das Tor der Nacht (der Eingang in der Mauer der Welt im Westen, geschaffen von den Göttern; vgl. Teil 1, S. 304f.) nicht mit einer bestimmten Absicht, sondern weil er vom Monde gejagt wurde. (Vgl. damit Teil 1, S. 273; wo Ilinsor, Steuermann des Mondes, die Sterne jagt.)

Der spätere der zwei Abrisse für die *Verschollenen Geschichten* (dort ›D‹ genannt; vgl. Teil 1, S. 326) läßt uns hier im Stich, denn die Schlußpassage ist sehr verkürzt, zum Teil ausradiert und endet unvermittelt früh in der *Geschichte von Earendel.* Ich zitiere den Abriß hier ein wenig ausführlicher:

Vom Tode Tinwelints und der Flucht von Gwenethlin [dazu S. 74f.]. Wie Beren Tinwelint rächte und wie das Halsband sein wurde. Wie es Krankheit über Tinúviel brachte [dazu S. 325] und wie Beren und Tinúviel von der Erde schwanden. Wie ihre Söhne [sic] nach ihnen regierten und die Söhne Feanors wegen des Silmaril mit einem Heer über sie herfielen. Wie alle getötet wurden, Elwing jedoch, Tochter von Daimord [vgl. S. 187], dem Sohn Berens, mit dem Halsband entfloh.

Von Tuors Schiff mit weißen Segeln.

Wie das Volk der Lothlim an der Mündung des Sirion wohnte. Earendel wuchs zum schönsten aller Männer heran, die es gab und gibt. Wie die Meerjungfrauen (Oarni) ihn liebten. Wie Elwing zu den Lothlim kam, und von der Liebe zwischen ihr und Earendel. Wie Tuor alterte und wie Ulmo ihn abends lockte; und er hißte die Segel, fuhr hinaus und verscholl. Wie Idril ihm nachschwamm.

(Im folgenden Abschnitt schien mein Vater zunächst geschrieben zu haben: »Earendel ... Oarni baute Wingilot, und er brach zur Suche auf ... ließ Voronwe mit Elwing zurück«, wobei man die erste Auslassung vielleicht mit »mit der Hilfe« ergänzen könnte; doch dann schrieb er: »Earendel baute »Schwanenschwinge« und radierte die Passage zum Teil wieder aus: Es ist heute unmöglich zu erkennen, was gelten sollte.)

Elwings Wehklage. Wie Ulmo die Suche untersagte, Earendel aber trotzdem in See stach, um Mandos zu finden. Wie Wingilot bei Falasquil strandete und wie Earendel dort das geschnitzte Haus Tuors fand.

Hier endet Abriß D. Darin gibt es auch einen Hinweis auf »die Boten, die aus Gondolin kamen. Die Tauben von Gondolin flogen beim Fall der Stadt nach Valinor«.

Dieser Abriß läßt vielleicht erkennen, daß die Geschichte gestrafft werden sollte (Wingilot ist das Schiff, mit dem Earendel Mandos zu erreichen versucht und mit dem er bei Falasquil Schiffbruch erleidet), doch ist er zu kurz, um verläßliche Schlüsse zu ziehen.

Ein vierter Abriß, den ich ›E‹ nennen will, findet sich auf einem losen Blatt; darin wird Tuor Tûr genannt (vgl. S. 196).

Fall von Gondolin. Die Feier zu Ehren von Glorfindel. Die Behausung an der Mündung des Sirion. Die Meerjungfrauen kommen zu Earendel.

Tûr bekommt Sehnsucht nach der See – sein Lied an Earendel. Eines Abends ruft er ihn, und sie gehen an den Strand. Dort ist ein Boot. Tûr sagt Earendel Lebewohl und bittet ihn, das Boot ins Wasser zu stoßen – das Boot treibt fort nach Westen. Earendel hört einen großen Gesang aus dem Meer aufsteigen, als Tûrs Boot hinter dem Rand der Welt verschwindet. Sein Tränenausbruch am Ufer. Die Wehklage von Idril.

Der Bau von Earum.[9] Die Ankunft Elwings. Earendels Zögern. Elwing drängt ihn. Reise und Untergang von Earum im Norden und Verschwinden Idrils. Meerjungfrauen retten Earendel und bringen ihn zu Tûrs Bucht. Seine Reise entlang der Küste.

Der Raub Elwings. Earendel entdeckt die Verwüstung der Wohnstätte an der Mündung des Sirion.

Der Bau von Wingilot. Er sucht nach Elwing und wird weit in den Süden getrieben. Wirilóme. Er entkommt nach Osten. Auf der Rückfahrt nach Westen entdeckt er die Feenbucht. Der Turm der Perle, die Zauberinseln, die großen Schatten. Er findet Kôr verlassen; er segelt zurück, mit Staub überkrustet und mit flammendem Gesicht. Er erfährt, daß Elwing ertrunken ist. Er läßt sich auf der Insel der Seevögel nieder. Elwing kommt als Seemöwe zu ihm. Er segelt über den Rand der Welt.

Sieht man von der ausführlichen Schilderung der Abreise Tuors von den Mündungen des Sirion ab, ist dieser Abriß nicht sehr ergiebig – er ist zu konzentriert. Dennoch ergeben sich einige wesentliche Unterschiede zu B und C. So kommt in E Elwing erst nach Tuors Abreise zum Sirion; doch der Überfall und der Raub Elwings scheinen früher stattgefunden zu haben, während Earendel nach seinem Schiffbruch im Norden auf dem Heimweg zum Sirion ist (er ist nicht, wie in B und C, auf seiner großen Reise mit Wingilot, die ihn nach Kôr führte). Hier scheint es nur eine Reise in den Norden gegeben zu haben, die mit dem Schiffbruch von Earáme/Earum nahe Falasquil endete. Ich neige zu der Vermutung, daß E auf B und C folgte, nicht zuletzt deshalb, weil die Form Tûr auftaucht, die *Tuor* für eine gewisse Zeit ersetzte, wenn sie auch nicht erhalten blieb.

Es sei noch auf zwei weitere Punkte hingewiesen. Der großen Spinne, in C *Ungweliante,* hier aber *Wirilóme* (»Weberin der Düsternis«, vgl. Teil 1, S. 217) genannt, begegnet Earendel hier tief im Süden, nicht wie in C auf seiner Reise nach Westen; vgl. S. 336f. In dieser Version kommt Elwing als Seevogel zu Earendel (wie auch im *Silmarillion,* S. 276); nichts davon in C.

Ein zweites loses Blatt (das zu dem Gedicht »Die Bitte an den Sänger«, s. u. S. 351, gehört) gibt einen sehr merkwürdigen Bericht von Earendels großer Fahrt:

Earendels Boot durchfährt den Norden. Eisland. [Am Rand: hinter dem Nordwind]. Grünland und die wilden Inseln: ein gewaltiger Wind und starker Seegang tragen ihn in wärmeres Klima hinter dem Westwind. Land seltsamer Menschen, verzaubertes Land. Heimstatt der Nacht. Die Spinne. Mit wenigen Kameraden entkommt er den Schlingen der Nacht. [Sieht eine große Berginsel und eine goldene Stadt] [Am Rand: Kôr] – Wind treibt ihn südwärts. Baum-Menschen, Sonnenbewohner, Gewürze, Feuer-Berge, rotes Meer: Mittelmeer (verliert sein Boot, reist zu Fuß durch Wildnisse Europas?) oder Atlantik.* Nach Hause. Läßt ein neues Schiff bauen. Bricht auf zu seinem Nordland. Segelt abermals nach Westen zum Rand der Welt, gerade als die Sonne ins Meer taucht. Er fährt in den Himmel und kehrt nicht mehr auf die Erde zurück.

Die goldene Stadt war Kôr, und er hatte die Musik der Solosimpi gehört und kehrt zurück, um sie zu finden; stellt fest, daß die Elben aus Eldamar fortgegangen sind. Siehe kleines Buch. Bedeckt mit Diamentenstaub, erklimmt er die verlassenen Straßen von Kôr.

Man könnte gewiß annehmen, dieser Entwurf sei älter als alle anderen, wenn es nicht den Hinweis auf das »kleine Buch« gäbe, womit das »Notizbuch C« gemeint sein muß, dem der Abriß C entnommen wurde (vgl. S. 335). Doch halte ich es für sehr wahrscheinlich, daß der letzte Absatz (»Die goldene Stadt war Kôr ...«) später hinzugefügt wurde und der Rest des Abrisses zusammen mit der ersten Niederschrift des Gedichtes im Winter 1914 entstanden ist.

Es ist bemerkenswert, daß nur hier in den frühesten Schriften deutlich gesagt wird, daß der »Diamantenstaub« der Earendel bedeckte, aus Kôr stammte. (Vgl. die Passage aus dem *Silmarillion,* S. 275).

Ein anderes der frühen »Earendel-Gedichte« hat ein kurzes Vorwort in Prosa, das vermutlich ebenso alt ist wie das Gedicht selbst (»Die Feenküste«, Juli 1915; vgl. S. 352):

»Earendel, der Wanderer, der die Ozeane der Welt in seinem weißen Schiff

* Die Worte sind hier zwar deutlich zu lesen, doch es ist möglich, daß ihre Anordnung nicht der ursprünglichen Absicht entspricht.

Wingilot besegelte, saß in seinem Alter lange Zeit auf der Insel der Seevögel in den Nördlichen Gewässern, bevor er zu seiner letzten Reise aufbrach.

Er ließ Taniquetil und sogar Valinor hinter sich und trieb seine Barke über die Schranke am Rande der Welt und fuhr mit ihr hinaus auf die Ozeane des Himmels. Von seinen Reisen dort hat niemand erzählt, außer, daß er, gejagt vom gerundeten Mond, nach Valinor zurückfloh, die Türme von Kôr auf den Felsen von Eglamar bestieg und zurückblickte über die Ozeane der Welt. Nach Eglamar kommt er immer bei Vollmond, wenn der Mond eilig hinter Taniquetil und Valinor dahinsegelt.*

Sowohl hier wie in dem Abriß in Verbindung mit »Die Bitte an den Sänger« ist Earendel ein alter Mann, als er zu seiner Fahrt in den Himmel aufbricht.

Aus der frühesten Periode gibt es keinen weiteren »zusammenhängenden« Bericht der *Geschichte von Earendel,* sondern nur noch eine Anzahl einzelner Notizen, zumeist in der Form knapper Sätze, von denen sich einige im Notizbuch C, andere auf Zetteln finden. Ich habe sie hier gesammelt und gebe sie, in etwa dem Verlauf der Handlung folgend, wieder:

(1) »Wohnstätte auf der Insel des Sirion in einem Haus aus schneeweißem Stein« – In C (vgl. S. 334) wohnte Earendel mit Tuor und Idril an der Mündung des Sirion auf »den Inseln des Sirion«.

(2) »Die Oarni geben Earendel einen wunderbar leuchtenden Mantel aus Silber, der Wasser abstößt. Osse zum Trotz lieben sie Earendel und lehren ihn, zu schwimmen und Boote zu bauen, als er an den Ufern des Sirion mit ihnen spielt.« – In den Abrissen finden sich Hinweise auf die Liebe der Oarni zu Earendel (D, S. 340), die sich ihm nähern (E, ebd.) und auf die Feindseligkeit Osses (C, S. 334).

(3) Earendel war kleiner als die meisten Menschen, jedoch schnellfüßig und ein gewandter Schwimmer (Voronwe dagegen konnte nicht schwimmen).

(4) »Idril und Earendel sehen Tuors Boot im Zwielicht verschwinden und hören Gesang.« In B segelt Tuor »heimlich« fort (S. 333); in C bemerkt es Idril »zu spät« (ebd.); und in E ist Earendel bei Tuors Abreise anwesend, stößt sein Boot ins Wasser und »hört einen großen Gesang aus dem Meer aufsteigen« (S. 341).

(5) »Tod Idrils? – folgt Tuor heimlich nach.« – In C stirbt Idril nicht: »Einige

---

* Diese Einleitung findet sich in allen Texten des Gedichtes, die frühesten ausgenommen, und seine verschiedenen Versionen unterscheiden sich nur bei den Namen: *Wingelot/Vingelot* und *Eglamar/Eldamar* und *Kôr/Tûn.* Zu *Egla = Elda* vgl. Teil I, S. 346 und zu *Tûn* vgl. unten S. 374.

sagen, daß Tuor und Idril nun mit Schwanenschwinge segeln...« (S. 336); in D schwimmt Idril ihm nach (S. 340).

(6) »Tuor ist nach Falasquil zurückgesegelt und durch Ilbranteloth nach Asgon zurückgekehrt, wo er auf der Felseninsel sitzt und seine einsame Harfe schlägt.« – Dies ist mit einem Fragezeichen und einem ›X‹ versehen, was anzeigt, daß der Einfall fallengelassen wurde. In den Abrissen zu *Gilfanons Geschichte* (Teil 1, S. 331) gibt es merkwürdige Hinweise auf die »Felseninsel« im See Asgon.

(7) »Der Fjord der Meerjungfrau: Verzauberung seiner Matrosen. Meerjungfrauen sind keine Oarni (sondern irdische Wesen oder Feen? – oder beides).« In D (S. 341) werden Meerjungfrauen und Oarni gleichgesetzt.

(8) Das Schiff Wingilot wurde mit Holz aus Falasquil »mit Hilfe der Oarni« gebaut. – Siehe auch D (ebd.).

(9) Wingilot hatte die Form »eines Schwans aus Perlen«.

(10) »Die Tauben Turgons bringen Nachrichten nach Valinor – nur den Elben.« – Andere Hinweise auf die Vögel, die von Gondolin nach Valinor flogen, sagen ebenfalls, daß sie zu den Elben bzw. nach Kôr kamen (S. 337).

(11) »Auf seinen Reisen sieht Earendel die weißen Mauern von Kôr in der Ferne schimmern, doch Osses widrige Winde und Wogen treiben ihn fort.« – Dasselbe, jedoch auf Tol Eressea bezogen, wird in B (S. 334) gesagt.

(12) »Der Schläfer im Turm der Perle, von Winzigherz' Gong aufgeweckt: ein Bote, der vor vielen Jahren von Turgon ausgesandt und verzaubert wurde. Selbst jetzt kann er den Turm nicht verlassen und warnt sie vor dem Zauber.« – In C heißt es, daß Idril selbst der Schläfer war (später gestrichen, vgl. Anmerkung 6).

(13) »Beim zweiten Versuch Earendels, Mandos zu erreichen, wird Osse zornig und entzieht der Behausung am Sirion seinen Schutz, und darum konnte Melko sie überwältigen.« – Diese Anmerkung ist durchgestrichen und mit einem ›X‹ versehen; doch in D (S. 340) heißt es, daß »Ulmo die Suche untersagte, Earendel aber trotzdem in See stach, um Mandos zu finden«. Das heißt: es stand im Widerspruch zu Osses Plänen, daß Earendel in Mandos nach seinem Vater suchte; er sollte statt dessen nach Kôr segeln.

(14) »Earendel heiratet Elwing, bevor er in See sticht. Als er von ihrem Verschwinden erfährt, sagt er, seine Kinder sollten später allesamt Menschen sein, welche sich in Schiffen auf das große Meer hinauswagen.« – Vgl. dazu *Die Hütte des Vergessenen Spiels* (Teil 1, S. 21f.): »sogar ein Sohn Earendels, wie dieser Wandersmann es war« und (Teil 1, S. 28): »einen weitgereisten trefflichen Mann, einen Sohn Earendels, wie mich dünkt«. In einer Skizze zu Eriols Leben (Teil 1, S. 36) ist dieser ein Sohn von Earendel, und unter dessen Lichtstrahl

wurde er geboren: »Wenn ein Strahl Earendels auf ein neugeborenes Kind fällt, wird dieses ein ›Kind Earendels‹ und ein Wanderer«. Im frühen Qenya-Lexikon gibt es einen Eintrag *Earendilyon* »Sohn von Earendel (verwendet für einen Seefahrer)« (vgl. Teil 1, S. 346).

(15) »Earendel dringt auf seiner Suche nach Elwing sogar bis in die Hallen aus Eisen vor.« – Earendel muß Angamandi (das nach Melkos Sturz leerstand) zur gleichen Zeit aufgesucht haben wie die Ruinen von Gondolin (S. 334f.).

(16) Der Untergang des Schiffes, auf dem sich Elwing mit dem Nauglafring befand, ereignet sich während des Auszugs der Elben aus den Großen Landen auf der Reise nach Tol Eressea (Vgl. S. 339) – Zur »Abschwächung« von Mîms Fluch durch das Versinken des Nauglafring vgl. Anhang der Namen unter *Nauglafring*. Die Abreise der Elben nach Tol Eressea wird im nächsten Kapitel behandelt.

(17) »Earendel und der nördliche Turm auf der Insel der Seevögel.« – In C (S. 335): Earendel »sticht mit Voronwe in See und wohnt auf der Insel der Seevögel in den nördlichen Gewässern (in der Nähe von Falasquil) – und hofft dort, daß Elwing mit den Seevögeln kommen werde«; in B (S. 333) sichtet er die Insel der Seevögel, »wohin alle Vögel aller Wasser zuweilen kommen«. Daran erinnert eine Stelle im *Silmarillion* (S. 276): »Daher wurde ein weißer Turm für [Elwing] erbaut, nach Norden zu am Ufer des Scheidemeeres, und dort rasteten zuweilen alle Seevögel der Erde.«

(18) Als Earendel nach Mandos kommt, stellt er fest, daß Tuor »*nicht* in Valinor und auch nicht in Erumáni ist, und daß weder die Elben noch Ainu wisse, wo er ist (er ist bei Ulmo).« In C (S. 335) erfährt Earendel, als er die Hallen von Mandos erreicht, daß Tuor nach Valinor gegangen ist. Zur Frage, ob Tuor die Möglichkeit hatte, nach Erumáni oder Valinor zu gelangen, vgl. Teil 1, S. 133.

(19) Earendel »kehrt mit Voronwe immer wieder aufs neue vom Himmel zurück nach Kôr, um nachzusehen, ob die Magische Sonne entzündet worden ist und die Elben zurückgekehrt sind – doch der Mond treibt ihn zurück.« Zu Earendels Rückkehr vom Himmel siehe unten Abschnitt 21; zur Wiederentzündung der Magischen Sonne vgl. S. 363.

(20) In der Geschichte von *Melkos Diebstahl* (Teil 1, S. 202) heißt es, daß »viele dunkle Geschichten auf die Mauern von Kôr geschrieben [wurden], und auch Runen von großer Schönheit setzte man dorthin oder grub sie in Stein, und Earendel hat dort vor langer Zeit viele wundersame Geschichten gelesen.«

(21) Die Namensliste zur Geschichte *Der Fall von Gondolin* hat folgenden Eintrag: »*Earendel* war der Sohn Tuors und Idrils, und es heißt, er sei das einzige Geschöpf, halb aus der Rasse der Eldalie und halb aus der Menschenrasse. Unter

den Menschen war er der erste und größte aller Seefahrer und sah Gefilde, welche die Menschen, ungeachtet der Vielzahl ihrer Schiffe, noch nicht gefunden oder erblickt haben. Er reitet nun mit Voronwe auf den Winden des Firmaments und kehrt nie weiter als bis nach Kôr zurück, sonst würde er wie andere Menschen sterben, so viel Sterbliches ist in ihm.« – In dem Abriß in Verbindung mit dem Gedicht »Die Bitte an den Sänger« heißt es: »Er fährt in den Himmel und kehrt nicht mehr auf die Erde zurück« (S. 342); im Prosa-Vorwort zum Gedicht »Feenküste« (S. 342) kommt er nach Eglamar »immer bei Vollmond, wenn der Mond eilig hinter Taniquetil und Valinor dahinsegelt«; in C heißt es: »Wenn er nun zurückkehrt, muß er sterben« (S. 335); und oben in Punkt 19 kehrt er mit Voronwe immer wieder aufs neue vom Firmament nach Kôr zurück.

Im *Silmarillion* (S. 275) sollen nach Manwes Spruch Earendel und Elwing »nie wieder unter die Elben oder Menschen in den Außenlanden gehen«; doch es heißt auch, daß Earendel »von [seinen] Fahrten jenseits der Welt nach Valinor heimkam« (S. 337), so wie es auch in der Namensliste zum *Fall von Gondolin* heißt, daß er in disem Falle wie andere Menschen sterben würde, da »so viel Sterbliches in ihm« sei. Noch viel später klingt dies in einem Brief meines Vaters an, den er 1967 schrieb: »Earendel aber, der zu einem Teil ein Mensch war, durfte nie wieder die Welt betreten, und er wurde ein Stern, der in dem Licht des Silmaril erstrahlte« (Carpenter, *The Letters of J. R. R. Tolkien,* Nr. 297).

Damit sind wir am Ende des gesamten »Prosa-Materials«, das sich auf die früheste Form der *Geschichte von Earendel* bezieht (im folgenden Kapitel folgen noch ein paar zusätzliche Hinweise). Mit diesen Abrissen und Notizen befinden wir uns in einem sehr frühen Stadium der Ausarbeitung, als die Konzeption noch fließend war und noch nicht einmal eine vorläufige erzählerische Realisierung erfahren hatte: Der Mythos war in bestimmten Bildern vorhanden, die Dauer haben sollten, doch diese Bilder wurden nicht ausgeformt.

Ich habe bereits auf die bedeutungsvolle Tatsache hingewiesen, daß sich nicht die kleinste Andeutung finden läßt, das Earendel es war, der durch sein Eingreifen Hilfe aus dem Westen brachte; ebenso deutet nichts darauf hin, daß die Valar sein Schiff segneten und ihn in den Himmel setzten oder daß sein Leuchten von dem Silmaril herrührte. Gleichwohl gab es bereits die Ankunft Earendels in Kôr (Tirion), den Diamantenstaub an seinen Schuhen, die Verwandlung Elwings in einen Seevogel, die Fahrt seines Schiffes durch das Tor der Nacht und das Verbot seiner Rückkehr in die Lande östlich des Meeres. Auch der Überfall auf die Häfen des Sirion erscheint, obgleich Melkos Orks und nicht die Feanorer ihn verüben; ebenso finden wir die Abreise Tuors, doch ohne Idril, die er zurückließ. Sein Schiff war *Alqaráme,* Schwanenschwinge; später trug es den

Namen *Earráme* mit der Bedeutung »Meeresschwinge« (*Das Silmarillion,* S. 271), der in dieser Form, doch mit anderer Bedeutung als Name für das erste Schiff Earendels erhalten blieb: *Earáme* »Adlerschwinge« (S. 335; und Anmerkung 9).

Es ist interessant zu lesen, was mein Vater etwa ein halbes Jahrhundert später in dem bereits zitierten Brief von 1967 über die Ursprünge von Earendel schrieb:

Der wichtigste Name in diesem Zusammenhang ist *Earendil.* Es ist klar, dieser Name ist tatsächlich von altenglisch *éarendel* abgeleitet. Bei meiner ersten akademischen Bekanntschaft mit dem Altenglischen (1913 –) – es war ein Hobby, das ich schon als Knabe gehabt hatte, als ich eigentlich Griechisch und Latein lernen sollte – war mir die große Schönheit dieses Wortes (oder Namens) aufgefallen, der dem normalen Stil des Altenglischen völlig gemäß ist, aber in dieser angenehm, doch nicht geradezu wie ein »Ohrenschmaus« klingenden Sprache ein besonderes Maß an Wohllaut besitzt. Auch spricht seine Form deutlich dafür, daß es dem Ursprung nach ein Eigenname und kein gewöhnliches Substantiv ist. Dies bestätigen die offenbar verwandten Formen in anderen germanischen Sprachen; aus ihnen scheint bei allen Verworrenheiten und Entstellungen der späteren Überlieferungen zumindest soviel mit Sicherheit hervorzugehen, daß er zum Astronomisch-Mythischen gehörte und der Name eines Sterns oder einer Sternengruppe war. Nach meiner Auffassung scheinen die altenglischen Belege schlicht zu besagen, daß es ein Stern war, der (jedenfalls in der englischen Tradition) als Vorbote der Morgendämmerung auftritt: derjenige, den wir heute *Venus* nennen, der Morgenstern, wie man ihn, bevor die Sonne schließlich aufgeht, hell in der Dämmerung leuchten sehen kann. So jedenfalls verstand ich es. Vor 1914 schon schrieb ich ein »Gedicht« über Earendel, der mit seinem Schiff wie mit einem hellen Funken aus dem Hafen der Sonne auslief. Ich nahm ihn in meine Mythologie auf – in der er das Urbild eines Seefahrers wurde, und endlich ein Heroldsstern, ein Hoffnungszeichen für die Menschen. *Aiya Earendil Elenion Ancalima (Der Herr der Ringe,* Band II, S. 380), »gegrüßt seist du, Earendil, hellster der Sterne«, ist ganz entfernt von *Éala Éarendel engla beorhtast* abgeleitet. Aber der Name konnte nicht so, wie er war, übernommen werden: Er mußte der sprachlichen Umgebung des Elbischen angepaßt werden, während zugleich in der Sage für diese Person Platz geschaffen wurde. Weit zurückverlegt in die Geschichte des »Elbischen«, das, nach vielen Ansätzen in der Kindheit, zu der Zeit, als der Name übernommen wurde, eine feste Form anzunehmen begann, entstand daraus schließlich a) die gemeinelb. Wurzel *AYAR, ›Meer‹, hauptsächlich in bezug auf das Große Meer des Westens, zwischen Mittelerde und Aman, dem Segensreich der Valar; und b) das Element oder der Verbalstamm (N)DIL, ›lieben, ergeben sein‹ – zur Bezeichnung der Haltung, die jemand gegen einen Menschen, eine Sache, ein Vorhaben oder eine Beschäftigung einnimmt, denen man sich um ihrer selbst willen widmet. *Earendil* wurde eine Gestalt in der zuerst niedergeschriebenen (1916/17) der größeren Sagenerzählungen, *Gondolins Fall,* der größte der *Pereldar* oder »Halbelben«, Sohn des *Tuor* aus dem berühmtesten Haus der *Edain* und seiner Gattin *Idril,* der Tochter des Königs von Gondolin.

Gewiß sagt mein Vater hier nicht, daß *Earendel* von Beginn an Elemente enthielt, die, miteinander verbunden, etwa die Bedeutung »Liebhaber des Meeres« ergeben; doch auf jeden Fall ist klar, daß zur Zeit der frühesten Schriften über Earendel der Name mit dem elbischen Wort *ea,* ›Adler‹, in Zusammenhang gebracht wurde – vgl. S. 347 zum Namen von Earendels erstem Schiff *Earáme,* ›Adlerschwinge‹. In der Namensliste zum *Fall von Gondolin* wird es deutlich ausgesprochen: »*Earendl* [sic], obgleich das Wort einige Verwandtschaft mit den elbischen Wörtern *ea* und *earen,* ›Adler‹ und ›Adlerhorst‹, aufweist (wozu die Ereignisse am Cristhorn passen und daß der Adler das Zeichen Idrils ist [vgl. S. 261], soll, so heißt es, ein Name sein, welcher der geheimen Sprache der Gondothlim entstammt [vgl. S. 221].«

Zum Schluß folgen vier Gedichte meines Vaters, in denen Earendel vorkommt.*

I.
Éalá Éarendel Engla Beorhtast

Es kann kaum einen Zweifel geben, daß, wie Humphrey Carpenter vermutet, S. 87), dies das erste Gedicht meines Vaters über Earendel war und daß es im September 1914 geschrieben wurde.[10] Es war jenes Gedicht, das er in seinem bereits zitierten Brief aus dem Jahre 1967 erwähnte.

Es gibt fünf verschiedene Versionen und jede davon ist durch Verbesserungen der vorhergehenden Fassung entstanden, obgleich nur die erste Strophe völlig neu geschrieben wurde. Der Titel lautete ursprünglich »Die Fahrt von Earendel, dem Abendstern«, dazu, wie üblich, eine Übersetzung ins Altenglische *(Scipfæreld Éarendeles Æfensteorran);* in einer späteren Abschrift wurde dies verändert, und das Gedicht erhielt den obengenannten altenglischen Titel »Die letzte

---

* Die erste Strophe der frühesten Fassung ist bereits bei Carpenter (*J. R. R. Tolkien. Eine Biographie,* S. 87) abgedruckt. Wir verzichten auf den Lesartenapparat, denn die Abweichungen der unterschiedlichen Fassungen sind so minimal, daß eine poetische Übertragung sie nicht berücksichtigen kann. (A. d. Ü.)

Reise von Earendel«. Ich lasse hier die letzte Fassung folgen, die sich nicht datieren läßt, obgleich die Handschrift zeigt, daß sie wesentlich jünger ist als die ursprüngliche Niederschrift.

Éarendel stieg auf aus der Schatten Flut
  Am stummen Meeresrand;
Durch den Schlund der Nacht wie ein Strahl von Licht,
  Wo schroff und düster das Uferland,
Stieß seine Barke wie ein Silberfunke
  Vom letzten und einsamen Sand;
Mit der sonnenhellen Brise des sterbenden Tags
  Segelte er fort vom Westerland.

Er suchte den Weg sich auf der Spur
  Des Strahls, den die Sonne nährt,
Und trieb vorbei am nahen Stern
  In seinem schimmernden Gefährt.
Auf der schwellenden Flut des Dunkels fahren
  Des Himmels große Galeeren,
Und schmücken die Nacht mit Segeln aus Licht,
  Wenn den wandelnden Stern sie queren.

Er zieht an den blinkenden Schiffen vorbei,
  Unbeirrt, von unbänd'ger Reiselust gequält,
Auf endloser Fahrt durch den dämmrigen Westen
  Bis über den Rand der Welt;
Und er durcheilt voll Unrast die blitzende Weite
  Und das Dunkel, aus dem er stammt,
Das Herz erfüllt von heißem Verlangen
  Und das Antlitz silbern umflammt.

Das Schiff des Mondes naht rasch von Osten
  Vom Hafen, wo die Sonne wohnt,
Dessen weiße Tore im kommenden Strahl erglänzen,
  Wenn riesig kommt der Mond.
Sieh! Schwellende Wolkensegel gehißt,
  Lichtet er den Anker, wo tief es dämmert,
Und mit schimmernden Rudern verläßt er die Flammenufer
  In der Barke, aus Silber gehämmert.

Da wich Éarendel vor dieses Schiffers Schrecken,
    Hinaus aus der dunklen Erde Feld
Unter den Rand zurück des trüben Meers,
    Und setzte Segel hinter der Welt;
Und er vernahm den Frohsinn des Erdenvolks,
    Und hörte die Tränen fallen,
Als die Welt in Wolkentrümmern versank
    Auf seiner langen Fahrt durch der Zeiten Hallen.

Dann zog er schimmernd durch die sternlose Weite
    Wie ein einsames Licht auf dem Meer
Und, unsichtbar für sterbliche Menschen,
    Zog er einsam kreuz und quer,
Folgt in seiner Galeone der Sonne Spur
    Durch das weglose Firmament,
Bis in kalten Tiefen sein Licht sich mindert
    Und seine heiße Flamme nicht mehr brennt.

Es gibt genügend Gründe anzunehmen, daß dieses Gedicht allen Abrissen und Notizen vorausging, und wörtliche Ähnlichkeiten in ihren kann man für Anklänge an das Gedicht halten (z. B. sein »Antlitz silbern umflammt«, vgl. C, S. 335; »Er segelt über den Rand der Welt«, vgl. Abriß E, S. 279).

In der vierten Strophe kommt das Schiff des Mondes aus dem Hafen der Sonne; in der Geschichte *Die Verhüllung von Valinor* (Teil 1, S. 303f.) bauten Aule und Ulmo im Osten zwei Häfen, den der Sonne (»weiträumig und golden«) und den des Mondes (»er war weiß und hatte Tore aus Silber und Perlen«) – doch in den Hafen der Sonne wurde der des Mondes »hineingesetzt«. Wie im Gedicht wird auch in der *Geschichte von Sonne und Mond* (Teil 1, S. 276) der Mond von »schimmernden Rudern« bewegt.

II.
Die Bitte an den Sänger

Dieses Gedicht wurde im Winter 1914 in Oxford geschrieben (vgl. Teil 1, S. 41). Seine frühesten Ausarbeitungen existieren noch, und auf der Rückseite eines dieser Blätter findet sich der Abriß von S. 341f. Das ursprünglich erheblich längere Gedicht erhielt schließlich den Titel: »Die Bitte an den Sänger, aus dem Lied von Earendel«.

Es gibt vier Versionen, die sich jedoch nur leicht unterscheiden. Hier folgt die letzte Fassung, zu der ich nur bemerke, daß der Sänger in der ursprünglichen Form der Bitte eher entsprochen zu haben scheint.

»Singe uns mehr noch von Earendel, dem Wanderer,
Ein Lied von seinem Schiff mit weißen Ruderbäumen,
Einem Gefährt, so voller Wunder, das nie ein andrer
Sterblicher ersann. Ein klingendes Lied aus der Tiefe schäumen.
Sing uns ein Lied vom ewig nach dem Meere Begehrenden,
Ehe das Licht sich wandelte, von den Eldar gemacht,
Einen rauschhaften Zauber verspinnend und einen verzehrenden
Durst nach Gischt und den Düften der Nacht;
Von raunendem Dämmer abends auf fernen Ozeanen;
Von seinem Schiff, verankert in rollender See an Inseln, verloren
Auf nie schlafender Wellen endloser Dünung Bahnen,
Vor gebauschten Segeln, wenn ein Wind ward geboren,
Und dem Murmeln tropischer Wasser, die nie schlafen,
Sondern wohltönend unter dem runden Kiel erklingen.
Und Tausende von Meilen war sein Schiff fern seinem Hafen,
Ein Sturmgetier, ein Seevogel, ein Edelstein mit weißen Schwingen,
Prächtig gerüstet zu maßloser Reise,
Bevor es heimkehrt, schwer und vom Meerwasser müde gemacht,
Noch verweilend und ruhelos nochmals im Kreise,
Und plötzlich dem Hafen sich nähert zur Nacht.«

»Doch jetzt sind die Töne verklungen, die Worte verhallen,
Das Sonnenlicht ist schwach, und der Mond ward so alt,
Gesunken sind der Elben Schiffe oder tangschwer verfallen,
Und die feurige Neugier der Herzen ist kalt.
Wer nun singt die Melodie, und welche Harfe untermalt sie
Mit Weise, so sonderbar, mit Reichtum ohn' Ende,
Getränkt vom Zauber tiefer Harmonie,
Widerhallend von der Musik der Gestade und Strände?
Wie schlank war sein Schiff, gezimmert aus schimmerndem Stoff,
Aus Silber ganz seine Segel und spitz der Mast
Und versilbert sein Bug, wenn von Gischt er troff,
Wenn es schwanengleich dahinglitt ohne Last!
Das Lied, das ich singen kann, ist bloß eine erinnerte Weise
Von goldenen Bildern, gemalt zur Nacht in den Kissen,
Vor erlöschender Glut erzählt, nur ganz leise,
Von alten entrückten Dingen, die nur wenige wissen.«

III.
Die Feenküste

Dieses Gedicht ist in seiner frühesten Fassung bei Carpenter (*J. R. R. Tolkien. Eine Biographie,* S. 94) abgedruckt.[11] Es exitiert in vier Versionen, die sich wenig unterscheiden. Drei der Abschriften sind datiert: 1915, 1924 und 1910 (das letzte Datum ist allerdings nicht richtig). Der altenglische Titel war *Ielfalandes Strand* (Die Strände von Elbenland). Dem Gedicht geht ein kurzes Vorwort in Prosa voraus, das auf S. 342 f. abgedruckt ist. Hier folgt die letzte (undatierbare) Version.

Östlich des Mondes, westlich der Sonne,
Steht ein Berg ganz einsam;
Sein Fuß wurzelt im blaßgrünen Meer,
Seine Türme sind weiß und schweigsam,
Jenseits des Taniquetil
In Valinor.
Ein einziger Stern kommt dorthin nur einmal,
Der vor dem Monde floh,
Und dort wachsen die Zwei Bäume kahl,
Trugen die Silberblüte der Nacht
Und des Mittags gewölbte Frucht
In Valinor.
Dort ist die Feenküste
Mit dem mondhellen Kieselstrand,
Dessen Gischt wie silberne Musik ist
Auf dem schillernden Grund
Hinter den großen Meeresschatten,
Auf den Weiten des Sandes,
Die sich endlos erstrecken
Zum drachenköpfigen Tor,
Der Ausfahrt des Mondes,
Jenseits des Taniquetil
In Valinor.
Westlich der Sonne, östlich des Mondes,
Liegt der Hafen des Sterns,
Der weiße Turm des Wanderers
Und die Felsen von Eglamar.
Dort liegt Wingelot im Hafen,

Während Earendel in die Ferne blickt
Über die Dunkelheit der Gewässer
Von hier bis Eglamar –
Weit, weit von hier, jenseits des Taniquetil
Fern in Valinor.

Es gibt ein paar interessante Verbindungen zwischen diesem Gedicht und der Geschichte *Die Ankunft der Elben und die Gründung von Kôr.* Der »einsame Berg« des Gedichtes ist der Berg von Kôr (vgl. Teil 1, S. 177: »Am oberen Ende dieses langen Einschnitts steht ein vereinzelter Berg, der zu den höheren Bergen hinaufblickt«); und die »Weiten des Sandes, die sich endlos erstrecken«, finden sich in der folgenden Passage der Geschichte aus Teil 1 wieder: »Hierher [d. h. nach Kôr] brachte Aule allen zaubrischen Metallstaub, der sich bei seinen großen Arbeiten angesammelt hatte, und er häufte ihn rund um den Fuß des Berges, und das meiste dieses Staubes war Gold, und so erstreckte sich goldener Sand vom Fuße Kôrs bis hin in die Ferne, wo die Zwei Bäume blühten.«

Mit dem »drachenköpfigen Tor« des Gedichtes vgl. die Beschreibung der Tore der Nacht in der Geschichte *Die Verhüllung von Valinor* (Teil 1, S. 304): »Seine Säulen bestehen aus stärkstem Basalt und sein Sturz ebenso, doch große Drachen aus schwarzem Stein sind dort herausgemeißelt, und ihren Mäulern entströmt langsam wesenloser Rauch.«

In dieser Schilderung ist das Tor der Nacht indes nicht »die Ausfahrt des Mondes«, sondern die der Sonne, die dort in die äußere Dunkelheit zieht; der Mond dagegen wagt sich »nicht in die tiefste Verlassenheit der äußeren Dunkelheit, und noch immer fährt er unter der Welt dahin [d. h. durch die Wasser von Vai]«; Teil 1, S. 306.

IV.
Die glücklichen Seefahrer

Zum Schluß folgt jenes Gedicht über den Turm der Perle auf den Dämmerinseln, das im Juli 1915 geschrieben wurde.[12] Es existieren sieben Fassungen. Die letzte wurde (zusammen mit »Warum der Mann im Mond viel zu früh herunterkam«, Teil 1, S. 233ff. 1923 in Leeds* veröffentlicht und stellt die erste der beiden hier abgedruckten Versionen dar.

---

* *A Northern Venture:* siehe Teil 1, S. 287; Fußnote. Mr. Douglas A. Anderson hat mir freundlicherweise das Gedicht in dieser Version zur Verfügung gestellt, die sich nur leicht von der in *The Stapeldon Magazine* (Exeter College, Oxford) vom Juni 1920 (Carpenter, *J. R.R. Tolkien. Eine Biographie,* S. 303) abgedruckten unterscheidet.

(I)

Ich weiß ein Fenster in einem westlichen Turm,
Das blickt auf himmelblauer Meere Rauschen,
Und Wind kommt, der die Sterne wehend umkreist hat,
Um in seinen Vorhängen zu ruhen, die sich bauschen.
Es ist ein weißer Turm, auf den Dämmerinseln erbaut,
Wo am Abend immer sich Schatten finden;
Seine Spitze schimmert wie eine einsame Perle,
Die verlorene Strahlen spiegelt und Lichter, die schwinden;
Und das Meer spielt um den Fels, auf dem er steht,
Und schöne Boote fahrn vorbei zu Landen, vom Dämmer umweht,
Bis zum Bord beladen und blinkend im Düster
Mit gehäuften Funken, die östliche Feuer tragen,
Die Taucher gewannen in der unbekannten Sonne Gewässer –
Und vielleicht hört man eine silberne Leier schlagen
Oder die hallenden Stimmen grauer Matrosen,
Die treiben in den Schatten der Welt ohne Not,
Mit gerefften Segeln und in ruderlosem Boot;
Denn oft scheint man dort Tritte zu hören und Gesang
Oder von einem Gong den verwehenden Klang.

O, glückliche Seefahrer, die ihr euch zur langen Reise
Zu den großen Pforten auf westlichen Ufern aufmacht,
Wo in weiter Ferne Quellen von Gestirnen blinken
Und, geworfen gegen die drachenköpfigen Tore der Nacht,
Als Sternenregen funkelnd in die Tiefe sinken.
Während ich allein dem Monde nachschau von den Klippen
Von meinem weißwindigen Turm aus Licht,
Säumt ihr keinen Augenblick und zögert nicht,
Sondern fahrt, geheimste Lieder auf den Lippen,
Durch der Meere Gefahren und durch die Schatten
An sonnenlosen Landen vorbei zu lieblichen Matten,
Wo Sterne an des Raumes tiefblauer Mauer
Sich kreuzen und bersten und verwehn ohne Dauer.
Ihr folgt Earendel durch den Westen nicht vergebens,
Dem strahlenden Seefahrer, zu Inseln des Segens,
Während von jenem düsteren Rand ohne Säumen
Nur ein Wind zurückkehrt, diese kristallenen Fenster zu bewegen,
Und zaubrisches Murmeln goldener Regen,
Die immer fallen in diesen dämmrigen Räumen.

In der Geschichte *Die Verhüllung von Valinor* (Teil 1, S. 304) wird erzählt, daß die Götter nach der Schaffung der Sonne planten, sie unter der Erde hindurchzuziehen, doch »sie war zu zerbrechlich und flüchtig; und bei den Versuchen der Götter in den tiefsten Wassern wurde viel von ihrem kostbaren Glanz vergossen, der entschlüpfte und als geheimnisvolle Funken in manch einer Meereshöhle erhalten blieb. Diese Funken haben viele elbische Taucher lange Zeit jenseits des äußersten Ostens gesucht, so wie es im Lied vom Schläfer im Turm der Perle besungen worden ist.«

Viele Jahre später überarbeitete mein Vater das Gedicht, und diese Fassung folgt hier. Noch später fügte er weitere Veränderungen hinzu; damals notierte er, daß die revidierte Fassung von 1940 datiere.

(2)

Ich weiß ein Fenster in einem westlichen Turm,
Das auf himmelblaue Meere geht,
Wo aus dunklen Brunnen hinter den Sternen
Immer eine scharfe, unirdisch kalte Brise weht.
Es ist ein weißer Turm, auf den Dämmerinseln erbaut
Und aus ihren immerwährenden Schatten entlassen,
Schimmert er wie ein Haus einsamer Perlen,
Wohin verlorene Lichter fliehen, bevor sie verblassen.

Sein Fuß wird von Wasser umspült, das nie ruhen will.
Dort fahrn Boote vorbei in den Westen still,
Überhäuft und in der Dunkelheit blinkend
Vom östlichen Feuer vieler gesammelter Funken,
Die Taucher nach oben geschafft
Aus Wassern der Sonne, sagenhaft.
Manchmal hört man dort unten einer Silberharfe Schlag,
Deren jähe Musik heftig das Herz zu rühren vermag,
Oder wo fern die hohen, schroffen Berge verschwimmen,
Widerhallen klar grauer Seefahrer Stimmen,
Treibend zwischen den Schatten der Welt ohne Not
Mit gerefften Segeln und in ruderlosem Boot,
Ein Abschiedslied singend und einen ernsten Gesang,
Denn weit ist das Meer und die Reise ist lang.

O, glückliche Seefahrer, auf einer Reise wunderbar,
Jenseits der grauen Inseln und vorbei an Gondobar,

Die ihr euch zu den großen Pforten auf westlichen Ufern aufmacht,
Wo in weiter Ferne Quellen von Gestirnen blinken
Und, geworfen gegen die drachenköpfigen Tore der Nacht,
Als Sternenregen funkelnd in die Tiefe sinken.
Während ich allein dem Monde nachschau von den Klippen
Von meinem weißwindigen Turm aus Licht,
Säumt ihr keinen Augenblick und zögert nicht,
Sondern fahrt mit Harfenklang und Gesang auf den Lippen
Durch die Schattenmeere, welche die Schatten entbanden,
Zu der Zwei Bäume letzten Landen,
Deren Frucht und Blüte sind Sonne und Mond,
Wo das Licht der Erde stirbt und wird und wohnt.

Ihr folgt Earendel ohne Ruh,
Dem leuchtenden Seefahrer nach Westen zu,
Der die Nacht durchfuhr und seine Barke trieb
Auf die äußeren Meere, wo ewige Finsternis blieb.
Hier hebt sich nur zuweilen ein Wind, der weht
Und euch dunkel begegnet auf dem Weg, den ihr geht,
Den die Düfte unirdischer Bäume beschweren.
Durchs Fenster nur in weiter Ferne seh ich es schimmern
Und erspähe des goldenen Regens Flimmern,
Der immer fällt über den äußeren Meeren.

Die Zeile »Jenseits der grauen Inseln und vorbei an Gondobar« kann ich nicht erklären. *Gondobar* (»Stadt aus Stein«) war einer der sieben Namen von Gondolin (S. 211).

Anmerkungen

1 Falasquil war der Name von Tuors Behausung an der Küste (vgl. S. 202); die Oarni werden, zusammen mit den Falmaríni und den Wingildi »die Geister der Gischt und der Brandung des Meeres« genannt (Teil 1, S. 101).

2 *Irilde:* dieser elbische Name entspricht dem gnomischen *Idril;* vgl. Anhang der Namen unter *Idril.*

3 »Elwing von den Gnomen aus Artanor« ist wahrscheinlich ein bloßes Versehen.

4 Zur Schwanenschwinge als Zeichen von Tuor siehe S. 202f., 219, 231, 261.

5 »daß Idril verschwunden ist«: ursprünglich: »Sirion wurde geplündert, und nur Winzigherz (Ilfrith) blieb übrig, der die Geschichte erzählt«. *Ilfrith* ist eine weitere Form von Winzigherz' elbischem Namen (vgl. S. 270f.).

6 Hier durchgestrichen: »Der Schläfer im Turm der Perle ist Idril, doch er weiß es nicht.«

7 Vgl. *Kortirion unter den Bäumen* (Teil 1, S. 56, Zeilen 129–30): »Ich brauche weder Wüste oder rote Paläste zu kennen, / Wo die Sonne wohnt...«; die Zeilen finden sich leicht verändert auch in der zweiten Fassung.

8 Von »Der verwirrte Earendel...« an hieß der Text ursprünglich: »Orlon [?] ist dort und erzählt ihm vom Fall von Sirion und Elwings Gefangennahme. Die Ausfahrt der Koreldar und die Fesselung Melkos.« Vielleicht wurden die Worte »Ausfahrt der Koreldar« irrtümlich gestrichen (vgl. Abriß B).

9 *Earum* ist (nur beim ersten Mal) aus *Earam* verbessert; und dahinter stand der Name *Earnhama,* der jedoch durchgestrichen wurde. *Earnhama* ist altenglisch und heißt »Adlerkleid«, »Adlergewand«.

10 Die zwei frühesten erhaltenen Texte nennen dieses Datum; einer davon trägt den Zusatz: »Exeter College Essay Club, Dezember 1914«, der andere »Gedling, Nottinghamshire, 1913 [irrtümlich für 1914] und später«. Dies bezog sich auf eine Lesung meines Vaters in Exeter (Brief an meine Mutter vom 27. November 1914).

11 In Zeile 26 muß es jedoch »der Felsen von Eglamar« heißen.

12 Nach einer Notiz wurde es in Barnt Green im Juli 1915 und später in Bedford geschrieben, nach einer zweiten Notiz am 24. Juli 1915 überarbeitet und dann noch einmal am 9. September.

VI. DIE GESCHICHTE VON ERIOL ODER ÆLFWINE UND DAS ENDE DER GESCHICHTEN

In diesem letzten Kapitel kommen wir zum schwierigsten (wenn auch, wie ich zu zeigen hoffe, nicht gänzlich unentwirrbaren) Abschnitt des gesamten Komplexes der Mythologie in ihrer ältesten Form, zu der abschließenden Erzählung von Eriol/Ælfwine nämlich, die mit der Geschichte Tol Eresseas und ihrer ursprünglichen Bedeutung verknüpft ist. Es stehen uns einige kurze, zusammenhängende Erzähltexte zur Verfügung, doch in erster Linie sind wir auf ähnliches Material angewiesen wie für *Gilfanons Geschichte* und für die Geschichte von Earendel: Handlungsskizzen, endlos variiert, auf einzelne Zettel oder in das kleine Notizbuch ›C‹ geschrieben. Da in diesem Kapitel umfangreiches Material heranzuziehen ist, habe ich die verschiedenen zitierten Stellen durchnumeriert. Doch es muß betont werden, daß keine noch so kluge Anordnung die Komplexität des Ganzen wesentlich vereinfachen kann.

Die ausführlichste Schilderung (immer noch knapp genug) des Marsches der Elben von Kôr und der folgenden Ereignisse findet sich im Notizbuch C und setzt dort ein, wo ich den Abriß mit dem Aufbruch der Inwir und Teleri (denen die Solosimpi nur unter der Bedingung folgen, in Meeresnähe bleiben zu dürfen) auf S. 336 enden ließ. Dieser Abriß geht wie folgt weiter:

(1) Ankunft der Eldar. Die erste Schar lagert in dem Land der Weidenbäume. Noldorin und Valwe werden besiegt. Wanderungen Noldorins mit seiner Harfe.

Tulkas besiegt Melko im Kampf an den Stillen Weihern (= Dämmerseen). Er wird in Lumbi eingekerkert und von Gorgumoth, dem Hund von Mandos, bewacht.

Befreiung der Noldoli. Krieg mit Menschen, sobald Tulkas und Noldorin nach Valinor zurückgekehrt sind.

Die Noldoli werden von Egalmoth und Galdor nach Valinor geführt.

In den *Verschollenen Geschichten* gab es bereits Hinweise auf eine Schlacht in Tasarinan, dem Land der Weidenbäume: in der *Geschichte von Turambar* (S. 96; 187f.) und, bemerkenswerterweise, im *Fall von Gondolin* (S. 205), wo, anläßlich von Tuors Aufenthalt in diesem Land, auf Ereignisse in der Zukunft Bezug genommen wird:

»Kamen nicht noch nach den Tagen Tuors Noldorin und seine Eldar auf dem Wege nach Dor Lómin hierher, suchten nach dem verborgenen Fluß und den Höhlen der gefangenen Gnomen, und waren sie nicht, so nahe am Ende ihrer Suche, geneigt gewesen, sie aufzugeben? Als sie tatsächlich hier schlummerten und tanzten ... wurden sie von den Kobolden überfallen, die Melko eilends aus den Eisenbergen sandte, und Noldorin entkam von dort nur um ein Haar.«

Valwe ist bereits vorher einmal von Lindo erwähnt worden, als dieser am ersten Abend in Mar Vanwa Tyaliéva zu Eriol sagt (Teil 1, S. 26): »Mein Vater Valwe ..., der mit Noldorin ging, um die Gnomen zu finden.« Von Noldorin wissen wir auch, daß er der Vala Salmar war, der Zwillingsbruder von Ómar-Amillo, daß er mit Ulmo in die Welt kam, in Valinor Harfe und Leier spielte und die Noldoli liebte (Teil 1, S. 101, 114, 136, 183).

Eine einzelne Notiz lautet:

(2) Noldorin rettet sich aus der Niederlage im Land der Weidenbäume und nimmt seine Harfe und geht auf der Suche nach Valwe und den Gnomen in die Eisenberge, bis er den Ort ihrer Einkerkerung findet. Fulkas folgt. Melko kommt, um ihm gegenüberzutreten.

Der einzige der großen Valar, der nach diesen Notizen an dem Zug in die Großen Lande teilnimmt, ist Tulkas; doch der Grund für seine Anwesenheit (dem Kummer und Zorn der Valar über den Marsch der Elben zum Trotz, S. 338), wird nicht genannt. Ein kleiner Hinweis findet sich in zwei einzelnen Notizen: »Tulkas gibt ihnen – oder die Elben führen selbst *limpe* mit sich«; und: »Von den Göttern (Orome? Tulkas?) erhielten die Elben *limpe,* als sie Valinor verließen«; vgl. *Die Flucht der Noldoli* (Teil 1, S. 236): »... aber *limpe* führten [die Noldoli] noch nicht mit sich, denn dieser Trank wurde den Feen erst viel später zuteil, als der Auszug der Befreiung unternommen wurde«. Nach (1) besiegte Tulkas Melko im Kampf an den Stillen Weihern; und diese sind die Dämmerseen, wo »Tulkas später mit Melko selbst kämpfte« (*Der Fall von Gondolin,* S. 264); ursprünglich hieß es »Noldorin und Tulkas«.

Der Name *Lumbi* steht in einer Namensliste, die ich erwähnt habe (*Die Ankunft der Valar,* Teil 1, S. 136), und er bezeichnet Melkos dritte Behausung; eine rätselhafte Notiz im Notizbuch C lautet: »Lumfad. Melkos Behausung nach der Befreiung. Schloß von Lumbi.« Doch auch diese Geschichte verschwand.

Daß die Noldoli von Egalmoth und Galdor nach Valinor zurückgeführt wurden (1), ist bedeutungsvoll. Denn dies widerspricht einer Feststellung in der Namensliste zum *Fall von Gondolin* (S. 285): dort wird Egalmoth beim Überfall auf die Siedlung an der Mündung des Sirion getötet; und es steht im Widerspruch zur folgenden zitierten Stelle, nach der es den Elben nicht erlaubt war, in Valinor zu wohnen.

Die einzige andere Aussage über diese Ereignisse findet sich im ersten der vier Abrisse, die *Gilfanons Geschichte* bilden und den ich ›A‹ genannt habe (Teil 1, S. 326). Die Stelle lautet:

(3) Marsch der Elben in die Welt.
Die Gefangennahme von Noldorin.
Das Lager im Land der Weidenbäume.
Heer von Tulkas an den Dämmerseen... und viele Gnomen, doch viele Menschen aus Hisilóme überfielen sie.
Niederwerfung Melkos.
Eroberung von Angamandi und Befreiung der Gefangenen.
Feindseligkeit der Menschen. Die Gnomen lesen einige der Edelsteine auf.
Elwing und die meisten Elben gehen zurück, um in Tol Eressea zu wohnen. Die Götter wollen sie in Valinor nicht wohnen lassen.

Was die Gefangennahme Noldorins und den Angriff der Menschen aus Hisilóme vor der Niederwerfung Melkos betrifft, scheint dies von (1) abzuweichen; doch die bemerkenswerteste Aussage betrifft die Weigerung der Götter, den Elben das Wohnen in Valinor zu erlauben. Es gibt keinen Grund zur Annahme, dies Verbot gelte nur oder hauptsächlich für die Noldoli. Der Text (3) nennt nicht ausdrücklich die Gnomen in diesem Zusammenhang; und das Verbot ist gewiß auf »den Kummer und Zorn der Götter« zur Zeit des Marsches der Elben zurückzuführen (S. 338). Es heißt weiterhin in der Geschichte *Die Hütte des Vergessenen Spiels* (Teil 1), daß Ingil, Sohn von Inwe, nach Tol Eressea mit den »schönsten, fröhlichsten und freundlichsten von allen Eldar« zurückkehrte und daß die von ihm erbaute Stadt »Koromas oder ›Zuflucht der Verbannten von Kôr‹« genannt wurde. Hier ergeben sich klare Verbindungen zu (3) (»... die meisten Elben gehen zurück, um in Tol Eressea zu wohnen« und zur Aussage S. 335: »Die Kriege mit Menschen und die Abreise nach Tol Eressea [die Eldar können den Hader der Welt nicht ertragen]«). Zusammengenommen, lassen diese Hinweise keinen Zweifel über die ursprüngliche Konzeption meines Vaters: Die Eldar von Valinor unternahmen den Zug in die Großen Lande gegen den Willen der Valar; zusammen mit den geretteten Noldoli kehrten sie über den Ozean zurück, da ihnen aber das Wiederbetreten Valinos verweigert wurde, ließen sie sich in Tol Eressea nieder, als die »Verbannten von Kôr«. Daß einige am Ende nach Valinor heimkehrten, könnte man aus den Worten Meril-i-Turinqis schließen, nach denen Ingil, der Kortirion erbaute, »vor langer Zeit nach Valinor zurück[kehrte] und ... bei Manwe [ist]« (Teil 1, S. 187).

Doch in der frühen Fassung blieb Tol Eressea das Land der Feen, der Verbannten von Kôr, Eldar und Gnomen, die sowohl *Eldarissa* als auch *Noldorissa* sprachen.

Der Schluß der ganzen Geschichte, wie er meinem Vater ursprünglich vor Augen stand, wurde in seiner Gesamtheit verworfen. Was ihn angeht, sind wir fast ausschließlich auf den Abriß im Notizbuch C angewiesen, wie er mit (1) begonnen wurde; dieser ist außerordentlich ungeformt und zerstückelt und wird hier in einer leicht überarbeiteten Form abgedruckt.

(4) Nach der Abreise Earendels und der Ankunft der Elben in Tol Eressea (und das meiste hiervon gehört in die Geschichte der Menschen) vergehen viele Zeitalter; Menschen breiten sich aus und gewinnen an Macht, und die Elben der Großen Lande schwinden. Die Menschen werden größer und die Elben kleiner. Menschen und Elben waren früher gleich groß, doch die Größe der Menschen nahm immer mehr zu.[1]

Melko bricht wieder aus mit der Hilfe von Tevildo (der in langen Zeitaltern seine Fesseln durchnagt); die Götter sind uneins über Menschen und Elben, einige schenken den Menschen, andere den Elben ihre Gunst. Melko geht nach Tol Eressea und versucht zwischen den Elben (Gnomen und Solosimpi) Unfrieden zu stiften, die sich in ihrer Verwirrung um Rat an Valinor wenden. Keine Hilfe kommt, nur Tulkas sendet heimlich Telimektar (Taimonto), seinen Sohn.[2]

Telimektar vom silbernen Schwert und Ingil überraschen Melko und verwunden ihn. Er flieht und klettert auf die große Kiefer bei Tavrobel. Bevor die Inwir Valinor verließen, gab ihnen Belaurin (Palúrien)[3] einen Samen in ihre Obhut und sagte, große Dinge würden eines Tages aus ihm erwachsen. Doch er wurde in den Garten von Gilfanon geworfen, und eine gewaltige Kiefer wuchs daraus hervor, die bis zu Ilwe und zu den Sternen reichte.[4]

Telimektar und Ingil verfolgen ihn und bleiben nun am Himmel, um ihn zu bewachen, und Melko schreitet hoch über der Luft und versucht ständig, der Sonne, dem Mond und den Sternen Schaden zuzufügen (Verfinsterungen, Meteore). Er wird immer enttäuscht, doch bei seinem ersten Versuch – er behauptet, die Götter hätten, um die Sonne zu machen, sein Feuer gestohlen – kippte er die Sonne um, so daß Urwendi ins Meer fiel und das Schiff so nahe an die Erde geriet, daß es Teile der Erde versengte. Seitdem ist der Sonnenglanz nicht mehr so klar gewesen, und sie hat ein wenig von ihrem Zauber eingebüßt. Daher rührt es, und lange ist es so gewesen, daß die tanzenden Feen beim Licht des Mondes besser zu sehen sind und schöner singen – wegen des Todes von Urwendi.

Die »Wiederentzündung der Magischen Sonne« bezieht sich zum Teil auf die Bäume, zum Teil auf Urwendi.

Fionwes rasender Zorn und sein Gram. Am Ende wird er Melko erschlagen.

»Orion« ist nur das Bild Telimektars am Himmel? [sic] Varda gab ihm Sterne, und er trug sie empor, damit die Götter wußten, daß er wachte; er hat Diamanten auf der Scheide seines Schwerts, und diese werden sich rot färben, wenn er beim Großen Ende sein Schwert zückt.

Doch nun wehren Telimektar und Gil[5], der ihm folgt wie eine Blaue Biene, Unheil ab, und Varda ersetzt sogleich jeden Stern, den Melko losreißt und hinabwirft.

Zu aller Leidwesen wird die Kiefer auf Geheiß der Götter abgehauen; und Melko ist nun folglich außerhalb der Welt – doch eines Tages wird er einen Weg zurück finden, und die letzten großen Tumulte vor dem Großen Ende werden beginnen.

Die unheilvollen Dinge, die noch geschehen, haben ihre Wurzeln in folgendem: Die Götter können Dinge in die Herzen von Menschen legen, doch nicht in die der Elben (daher ihre Schwierigkeiten in den alten Tagen der Verbannung der Gnomen) – und wenn Melko auch außerhalb sitzt und wütend die Welt betrachtet, kann er Menschen, die dazu neigen, Böses eingeben – doch die Lügen, die er einst gesät, wachsen noch und breiten sich aus.

Darum kann Melko nun nur mit Hilfe von Menschen der Welt Schmerz und Schaden und Unheil zufügen, und er hat mehr Macht und Geschick im Umgang mit den Menschen als Manwe oder einer der Götter, weil er sich lange in der Welt und unter Menschen aufgehalten hat.

In diesen frühen Skizzen offenbart sich eine schlichte Mythologie, in der Melko auf eine groteske Figur reduziert ist, hinaufgescheucht auf eine große Kiefer, die später gefällt wird, um ihn aus der Welt zu entfernen, so daß er über den Lüften schreitet und die Sonne umkippt, daß Urwendi ins Meer fällt, wo sie den Tod findet.

Daß Ingil (Gil), der zusammen mit Telimektar Melko verfolgt, mit Ingil, dem Sohn Inwes, der Kortirion erbaute, gleichzusetzen ist, ist sicher und wird durch mehrere Anmerkungen bewiesen; vgl. im Anhang der Namen unter *Ingil, Telimektar* (Teil 1, S. 352, 336). Dies ist die ausführlichste Schilderung des Orion-Mythos, auf den auch in der *Geschichte von Sonne und Mond* (Teil 1, S. 257, 282) Bezug genommen wird: »... es ist viel darüber erzählt worden ... auch von Nielluin, der Biene des Azurs, den noch alle Menschen im Herbst oder im Winter sehen können, wenn er am Fußpunkt von Telimektar leuchtet, Sohn des Tulkas, dessen Geschichte noch zu erzählen ist.«

Im Gnomischen Wörterbuch lesen wir, daß Gil sich, Telimektar folgend, in den Himmel erhob »in der Gestalt einer großen Biene, flammenden Honig tragend«. Hier zeigt sich vermutlich eine andere Konzeption als die in den Worten Merils-i-Turinqis: »... doch Ingil, sein Sohn, kehrte vor langer Zeit nach Valinor zurück und ist bei Manwe« (Teil 1, S. 187).

Zur Rolle Fionwes beim »Großen Ende« vgl. *Die Verhüllung von Valinor* (Teil 1, S. 309):

»So wird es geschehen, daß Fionwae Úrion, Sohn Manwes, aus Liebe zu Urwendi am Ende Melkos Verhängnis werden wird, und er wird die Welt zerstören, um seinen Feind zu vernichten, und so werden alle Dinge zunichtegemacht werden.«

Vgl. auch die *Geschichte von Turambar* (S. 161), wo es heißt: »Turambar indes wird bei der Großen Zerstörung neben Fionwe stehen«. Zu den Prophezeiungen und Hoffnungen der Elben in Bezug auf die Wiederentzündung der Magischen Sonne vgl. S. 367.

Der Abriß in C bis zum Schluß lautet:

(5) Längere Zeitalter verstreichen. Gilfanon ist nun der älteste und weiseste Elb in Tol Eressea, doch er ist keiner der Inwir – darum ist Meril-i-Turinqi Herrin der Insel.

Eriol kommt nach Tol Eressea. Hält sich in Kortirion auf. Geht nach Tavrobel, um Gilfanon kennenzulernen, und wohnt im Haus der Hundert Kamine – denn dies muß er tun, wenn er *limpe* trinken will. Bevor er trinkt, bittet ihn Gilfanon, alles, was er gehört hat, niederzuschreiben.

Eriol trinkt *limpe,* Gilfanon erzählt ihm von Dingen, die in der Zukunft liegen: daß er glaubt (obgleich die Feen das nicht hoffen), Tol Eressea werde eine Wohnstätte der Menschen werden. Gilfanon sagt auch prophetische Worte über das Große Ende, die Zerstörung der Dinge und über Fionwe, Tulkas und Melko und über den letzten Kampf auf den Ebenen von Valinor.

Eriol beendet sein Leben in Tavrobel, doch in seinen letzten Tagen verzehrt er sich vor Sehnsucht nach den schwarzen Klippen an den Gestaden seiner Heimat, genau wie Meril es vorhergesagt hat.

Das Buch lag viele Menschenalter lang unberührt im Hause von Gilfanon.

Derjenige, der das Goldene Buch zusammenstellt, nimmt die Erzählungen auf: eines der Kinder der Väter der Menschenväter [*Daneben steht*]: Es ist vielleicht besser, Eriol die letzten Ereignisse mit eigenen Augen sehen und das Buch beenden zu lassen.

Erhebung der Verschollenen Elben gegen die Orks und Nautar.[6] Die Zeit zum

Auszug ist nicht gekommen, doch die Feen halten ihn für notwendig. Durch Ulmo erhalten sie die Hilfe von Uin[7], Tol Eressea wird losgemacht und in die Nähe der Großen Lande gezogen, in die Nähe der Landzunge von Rôs. Eine Zauberbrücke wird über den trennenden Sund geschlagen. Osse ist wütend, weil man die Wurzeln der Insel, die er vor langer Zeit eingepflanzt hat, zerrissen hat – und viele seiner seltenen Meeresschätze umwuchsen sie –, so daß er versucht, sie zurückzuziehen; die westliche Hälfte bricht ab und ist nun die Insel von Íverin.

Die Schlacht von Rôs: die Insel-Elben und die Verschollenen Elben gegen Nautar, Gongs,[8] Orks und einige böse Menschen. Niederlage der Elben. Die schwindenden Elben ziehen sich nach Tol Eressea zurück und verbergen sich in den Wäldern.

Menschen kommen nach Tol Eressea, auch Orks, Zwerge, Gongs, Trolle etc. Nach der Schlacht von Rôs schwinden die Elben vor Gram dahin. Sie können nicht in einer Luft leben, die von einer gleich großen (wenn nicht größeren) Anzahl von Menschen eingeatmet wird; und die Menschen werden immer mächtiger und zahlreicher, die Elben dagegen schwinden dahin, werden klein und zart, hauchdünn und durchsichtig; doch die Menschen werden größer, massiger und plumper. Schließlich können die Menschen, wenn nicht gar alle Wesen, die Elben nicht mehr sehen.

Die Götter wohnen nun in Valinor und kommen kaum je in die Welt. Sie sind damit zufrieden, daß sie die völlige Vernichtung der Menschen verhindert haben. Es bekümmert sie sehr, was sie sehen; *doch Ilúvatar ist über allem.*

[Neben den Satz über die Schlacht von Rôs ist geschrieben:]

Eine große Schlacht zwischen Menschen auf der Heide vom Himmelsdach (nun die Dürre Heide), ungefähr eine Wegstunde von Tavrobel entfernt. Die Elben und die Kinder fliehen über Gruir und Afros.

»Eben jetzt nähern sie sich, und unsere große Geschichte geht zu Ende.« Das Buch, gefunden in den Ruinen des Hauses der hundert Kamine.

Daß Gilfanon der älteste Elb von Tol Eressea war, obgleich Meril den Titel »Herrin der Insel« trug, steht auch in der *Geschichte von Sonne und Mond* (Teil 1, S. 247); doch ist es auffallend, daß Gilfanon (nicht Ailios, Erzähler der *Geschichte vom Nauglafring,* den Gilfanon ersetzte; vgl. Teil 1, S. 279, Anmerkung 19, und S. 320f.) in diesem Abriß hier erscheint, der folglich der späten Konzeptphase angehören muß. Ebenso bemerkenswert sind die Hinweise darauf, daß Eriol in Filganons Haus der hundert Kamine *limpe* trinkt. In der Geschichte *Die Hütte des Vergessenen Spiels* (Teil 1, S. 26f.) sagt Lindo zu Eriol, daß er ihm keine *limpe* geben könne:

»Turinqi allein darf ihn an jene austeilen, die nicht vom Stamm der Eldar sind, und die ihn trinken, müssen auf immer bei den Eldar der Insel wohnen, bis die Zeit gekommen ist, da sie ausziehen, um die verlorenen Familien der Sippe zu finden.«

Meril selbst wurde ernst, als Eriol sie um einen Trunk von *limpe* bat:

»Wenn du von diesem Trank kostest, muß du ... selbst wenn beim großen Aufbruch die Eldar und Menschen einander bekriegen sollten ... uns beistehen gegen die Kinder deiner Freunde und Verwandten; doch bis dahin darfst du niemals nach Hause zurückkehren, mag auch das Heimweh an dir nagen ...« (Teil 1, S. 143)

Im ersten Teil der *Verschollenen Geschichten* (S. 260) beklagt sich Eriol bei Lindo, daß man ihm seinen Wunsch nicht erfüllt. Lindo warnt ihn davor, »die Grenzen zu überschreiten, die Ilúvatar gesetzt hat«, sagt ihm jedoch auch, daß Meril ihn nicht unwiderruflich abgewiesen habe. In einer Anmerkung zu diesem Text schrieb mein Vater: »... Eriol geht nach Tavrobel – danach trinkt er *limpe*.«

In derselben Passage von Abriß C heißt es: »... doch in seinen letzten Tagen verzehrt [Eriol] sich vor Sehnsucht nach den schwarzen Klippen an den Gestaden seiner Heimat, genau wie Meril es vorhergesagt hat«; vgl. damit *Die Einkerkerung Melkos* (Teil 1, S. 140): »... an einem Tag im Herbst werden die Winde kommen, vielleicht wird über dir eine verirrte Möwe schreien, und dann wird dich das Verlangen packen, wenn du dich der schwarzen Gestade deiner Heimat erinnerst.«

Lindos Hinweis (in der *Hütte des Vergessenen Spiels*) auf den Auszug von Tol Eressea, »um die verlorenen Familien der Sippe zu finden«, muß sich auf den in Text (5) erwähnten Auszug beziehen (obgleich die Zeit noch nicht gekommen war), auf die »Erhebung der Verschollenen Elben gegen die Orks und Nautar« und ebenso auf die »Insel-Elben und die Verschollenen Elben« in der Schlacht bei Rôs. Was genau unter den »Verschollenen Elben« zu verstehen ist, ist nicht klar; doch in *Gilfanons Geschichte* (Teil 1, S. 323) werden alle Elben der Großen Lande, die »niemals das Licht von Kôr erblickten« (Ilkorin), ob sie nun die Wasser des Erwachens verließen oder nicht, die »verlorenen Feen der Welt« genannt, und dies ist wahrscheinlich auch hier gemeint. Dann muß man annehmen, daß in Tol Eressea nur die Eldar von Kôr (die »Verbannten«) und die aus der Knechtschaft Melkos befreiten Noldoli wohnten; der Auszug war jenes große Unternehmen von Tol Eressea zur Rettung jener Elben, die niemals aus den Großen Landen fortgegangen waren.

In Text (5) wird Tol Eressea über den Ozean zurück nach Osten in die geographische Lage Englands gezogen – es wird England (vgl. Teil 1, S. 36); das Qenya-Lexikon hält ausdrücklich fest, daß der von Osse abgerissene Teil die Insel Íverin, Irland war. Die Landzunge von Rôs ist vielleicht die Bretagne.

Hier finden wir auch eine deutliche Beschreibung des »Dahinschwindens« der Elben, ihrer physischen Verkleinerung, zunehmenden Zartheit und Durchsichtigkeit, so daß sie für die Menschen unsichtbar werden. Dies ist ein zentraler Aspekt der frühen Mythologie: die »Feen« sind so *geworden.* Sie waren nicht immer so. Und der vielleicht wichtigste Punkt in dieser bemerkenswerten Passage ist die Tatsache, daß die Götter sich endgültig und total (dabei waren die Eldar »in ihrem Wesen… den Ainur höchst ähnlich geschaffen«; Teil 1, S. 89) von den Angelegenheiten »der Welt«, der großen Lande jenseits des Meeres also, zurückziehen. Wie es scheint, läßt ihr Schmerz sie wachen, und darum sind sie nicht völlig gleichgültig gegen das, was in den Landen der Menschen vor sich geht; doch fortan sind sie völlig entrückt, verborgen im Westen.

Weitere Einzelheiten aus Text (5) – das Goldene Buch von Tavrobel und die Schlacht auf der Heide vom Himmelsdach – werden ein wenig später erklärt. Ich gebe zunächst eine einzelne Textstelle aus dem Notizbuch C wieder, welche die Überschrift »Wiederentzündung der Magischen Sonne. Auszug.« trägt.

(6) Es gibt unter den Elben eine Prophezeiung, daß sie eines Tages von Tol Eressea ausziehen werden; nach ihrer Ankunft in der Welt werden sie alle ihre schwindenden Sippen vereinigen, die noch dort leben, und mit ihnen nach Valinor marschieren – durch die Länder des Südens. Dies werden sie nur mit der Hilfe der Menschen erreichen können. Sollten die Menschen ihnen helfen, werden die Elben sie mit nach Valinor nehmen – die, welche Lust dazu haben –, um mit ihnen in einer großen Schlacht in Erumáni gegen Melko zu kämpfen und Valinor zu öffnen.[9] Laurelin und Silpion werden wieder entzündet und die Gebirgswand wird niedergerissen werden, so daß ein sanftes Licht sich über die ganze Welt ausbreiten wird; Sonne und Mond werden zurückgerufen werden. Wenn die Menschen sich aber gegen sie stellen und Melko helfen, wird die Vernichtung der Götter und das Erlöschen der Elben die Folge sein – und vielleicht das Große Ende.

[Auf die gegenüberliegende Seite ist geschrieben:]

Wenn die Bäume wieder entzündet waren, würde man allen Pfaden nach Valinor leicht folgen können – und die Schattenmeere würden wieder klar und offen sein –, Menschen und Elben würden den Segen der Götter genießen, und Mandos würde leerstehen.

Diese Prophezeiung steht auch deutlich hinter Vaires Worten zu Eriol (Teil 1, S. 31): »…nach dem Auszug [werden], so alles einen guten Lauf nimmt, die Straßen durch Arvalin nach Valinor von den Söhnen und Töchtern der Menschen erfüllt sein…«

Da »Sonne und Mond zurückgerufen werden«, nachdem die Zwei Bäume wieder Licht spenden, scheint es, daß sich hier die »Wiederentzündung der Magischen Sonne« (vgl. den Trinkspruch in Mar Vanwa Tyaliéva; Teil 1, S. 27, 100) auf die Wiederanzündung der Bäme bezieht. Doch in Text (4) bezieht sich die »Wiederentzündung« »zum Teil auf die Bäume, zum Teil auf Urwendi«, wogegen in der *Geschichte von Sonne und Mond* (Teil 1, S. 254) Yavanna die beiden Vorstellungen voneinander zu trennen scheint:

»›Viele Dinge werden getan werden und sich ereignen, und die Götter werden alt werden und die Elben beinahe vergehen, bevor ihr sehen werdet, wie diese Bäume wieder entzündet werden oder die Magische Sonne wieder erleuchtet wird.‹ Und die Götter wußten nicht, was sie meinte, als sie von der Magischen Sonne sprach, und auch lange Zeit danach verstanden sie es nicht.«

Das Textstück (19) auf S. 345 macht den Bezug nicht deutlich: Earendel »kehrt mit Voronwe immer wieder aufs neue vom Himmel zurück nach Kôr, um nachzusehen, ob die Magische Sonne entzündet ist und die Elben zurückgekehrt sind«, doch aus der folgenden Notiz geht eindeutig hervor, daß mit der Wiederentzündung der Magischen Sonne der erneute Aufstieg Urwendis gemeint ist:

(7) Urwendi von Móru gefangengehalten (von Melko aus dem Boot gestoßen; seitdem ist nur der Mond magisch gewesen). Der Auszug und die Schlacht von Erumáni befreien sie und entzünden die Magische Sonne aufs neue.

Dieses »Umkippen« des Sonnenschiffes, wobei die Sonne ihre magische Kraft verliert, wird auch in Text (4) erwähnt, wo noch hinzugefügt wurde, daß Urwendi im Meer den Tod findet. In der Geschichte *Melkos Diebstahl* (Teil 1, S. 217) ist die Höhle, wo Melko Ungweliant traf, der Ort, an dem »später der Mond und die Sonne für eine Zeitlang eingesperrt« wurden, denn die »Urweltliche Geisterfrau Móru« war tatsächlich Ungweliant (Teil 1, S. 357). Die Schlacht von Erumáni wird auch in Text (6) erwähnt und ist möglicherweise mit »dem letzten Kampf auf den Ebenen von Valinor« identisch, von dem Gilfanon in Text (5) spricht. Doch der letzte Teil von Text (5) macht deutlich, daß der Auszug scheiterte und die Prophezeiungen sich nicht erfüllten.

Daß Tol Eressea von Uin, dem großen Walfisch, über den Ozean gezogen wurde, wird nicht weiter erwähnt, ebensowenig wie die Insel Íverin oder die Schlacht von Rôs; wohl aber existiert eine wichtige Notiz zu den Folgen der »großen Schlacht zwischen Menschen auf der Heide vom Himmelsdach (nun die Dürre Heide), ungefähr eine Wegstunde von Tavrobel entfernt« (5), die den Titel *Epilog* trägt. Sie beginnt mit einer kurzen einleitenden Anmerkung:

(8) Eriol flieht mit den schwindenden Elben aus der Schlacht auf der Hohen Heide (Ladwen-na-Dhaideloth) und über die Flüsse Gruir und Afros.

Die letzten Worte des Buches der Geschichten. Geschrieben von Eriol in Tavrobel, bevor er das Buch versiegelte.

Dies stimmt mit Text (5) überein, wo es heißt, Eriol solle »die letzten Ereignisse mit eigenen Augen sehen und das Buch beenden«; aber eine einzelne Anmerkung in C zeigt, daß mein Vater noch schwankte, selbst als er den Epilog zu schreiben begonnen hatte: »Prolog des Schreibers aus Tavrobel [d. h. ein solcher Prolog ist notwendig], in dem er erzählt, wie er Eriols Schriften fand und sie zusammenfügte. Sein Epilog wird nach der Schlacht von Ladwen Daideloth geschrieben.«

Die Flüsse Gruir und Afros erscheinen ebenfalls am Ende von Text (5). Da gesagt wird, die Heide sei ungefähr eine Wegstunde von Tavrobel entfernt, handelt es sich bei den zwei Flüssen eindeutig um die beiden in der *Geschichte von Sonne und Mond* (Teil 1, S. 247; auch S. 277, Anmerkung 2) genannten: »der Turm von Tavrobel an den Flüssen«. In einzelnen Anmerkungen wird die Schlacht auch »die Schlacht vom Himmelsdach« und »die Schlacht von Dor-na-Dhaideloth« genannt.[10]

Es folgt nun der Schluß des *Epilogs:*

Und nun ist das Ende der schönen Zeiten nahe herangerückt und, wahrlich, all die Schönheit, die noch auf Erden war – Bruchstücke der unvorstellbaren Lieblichkeit von Valinor, wohin das Elbenvolk vor langer, langer Zeit kam –, geht nun in Rauch auf. Wenige Geschichten weiß ich nur mit dürren Worten zu erzählen von all dem Zauber und den Wundern zwischen hier und Eldamar, mit denen ich vertrauter geworden bin als je ein sterblicher Mensch, seit ich meinen Fuß zum ersten Mal auf diese traurige Insel setzte.

Von jener letzten Schlacht auf der hohen Heide, deren Dach der weite Himmel ist – kein anderer Ort unter den blauen Falten von Manwes Gewand war den Himmeln so nah, war so ausgedehnt und so heimelig überdacht –, habe ich erzählt und von den jammervollen Dingen, die ich sah.

Schon schwinden die Elben vor Kummer dahin, und der Auszug ist zunichte geworden, und Ilúvatar allein weiß, ob jemals, solange die Welt bestehen wird, die Bäume wieder entzündet werden. Hört, ich schlich mich gegen Abend von der verwüsteten Heide und floh durch das gewundene Tal des Baches aus Glas, doch die sinkende Sonne war vom Qualm der Feuer geschwärzt, und die Wasser des Flusses waren vergiftet vom Krieg und grimmigen Kampf. Da wurde mein Herz bitter, die Gebeine der guten Erde von Winden entblößt zu sehen, wo die zerstörerischen Hände von Menschen sie des Krauts und der Farne beraubt und sie verbrannt hatten, Melko und der Lust an der Zerstörung zu huldigen; und die wimmelnden Plätze der Bienen, die vor langer Zeit alle Tage zwischen den Ginstern und Heidelbeeren summten, schwere Trachten Honigs nach Tavrobel tragend – sie waren nun Gruben und [Grabhügel?] blanker roter Erde, und nichts sang oder tanzte dort, sondern die Luft war verderblich und voller Pestfliegen.

Nun starb die Sonne, und hört, ich kam in den zauberhaftesten Forst, wo einst die alterslosen Eichen stattlich zwischen jüngeren Buchen und Birken standen, doch alle waren sie gefallen unter den Äxten gedankenloser Menschen. Ach weh, hier war der Pfad mit Zaubern verhangen, getränkt mit Musik und schönem Spuk, der alles erfüllte, und auf diesem Weg pflegten die Elben zur Jagd zu reiten. Viele Male habe ich sie gesehen, und Gilfanon ist dabeigewesen, und wie die Könige ritten sie auf die Pirsch, und ihre Gesichter in der Sonne waren so schön wie der lichte Morgen und der Wind in ihren Haaren wie die Pracht leuchtender Blumen im Morgenwind, und der kräftige Wohllaut ihrer Stimme war wie das Meer und wie Trompeten und wie der Klang sehr vieler Violen und ungezählter Harfen. Und noch einmal habe ich das Volk von Tavrobel unter dem Mond gesehen, und sie ritten oder tanzten durch das Tal der zwei Flüsse, wo die graue Brücke die Wasser überspannt, die sich einen; und sie ziehen rasch dahin, wie in einen Traum eingesponnen, mit Gemmen geschmückt wie grauer Tau auf den Grashalmen, und in ihren weißen Gewändern fing sich der Glanz des Mondes... und ihre Speere schimmerten wie silberne Flammen.

Und nun ist Leid über die Elben gekommen, verlassen ist Tavrobel, und alle sind geflüchtet, [fürchtend] den Feind, der auf der zerstörten Heide sich breitmacht, nicht eine Wegstunde entfernt; dessen Hände rot sind vom Blut der Elben, der sich und sein Geschlecht besudelt hat, der sich gemein gemacht hat mit Melko und dem Fürsten des Hasses, der gekämpft hat für die Orks und Gongs und für die verderbten Ungeheuer der Welt – verblendet und töricht und nur Zerstörung im Sinn. Die Pfade der Elben hat er zu staubigen Straßen gemacht, über denen [quälender Durst lastet] und wo niemand den anderen grüßt, sondern verdrossen vorübergeht.

So schwinden die Elben dahin, und es wird geschehen, daß wegen der umschließenden Wasser dieser Insel und noch mehr wegen ihrer unstillbaren Liebe zum Meer einige wenige fliehen werden; doch indem die Menschen dort wachsen und immer fetter und verblendeter werden, schwinden sie immer mehr, und ihre Zahl wird geringer; und jene Menschen späterer Tage werden spotten und sagen: Wer sind die Elben – Lügen, die Weiber oder verrückte Männer Kindern erzählen – was sind diese Elben? Und einige wenige werden erwidern: ein Hauch von Erinnerung, ein Gebinde verströmenden Liebreizes in den Bäumen, ein Rascheln von Gräsern, ein Glitzern von Tau, ein zartes Getön des Windes; und andere, deren Zahl noch kleiner ist, werden sagen ... »Überaus winzig und zerbrechlich sind nun die Elben, doch wir haben Augen, um zu sehen, und Ohren, um zu hören, und Tavrobel und Kortirion sind noch voll [dieses?] liebreizenden Volkes. Der Frühling weiß um sie und auch der Sommer, und im Winter sind sie noch unter uns, doch im Herbst kommen sie am häufigsten hervor, denn der Herbst ist ihre Jahreszeit, denn angelangt sind auch sie im Herbst ihrer Jahre. Was mag aus den Träumern der Erde werden, wenn ihr Winter kommt?

Hört, O meine Brüder, werden sie sagen, die kleinen Trompeten blasen; wir hören einen Klang von Instrumenten, undenkbar winzig. Wie Fasern aus Wind, wie ein mystisch, halb durchsichtiges Gebild, reitet Gilfanon, Herr von Tavrobel, heute nacht aus inmitten seines Volkes und jagt den elbischen Hirsch unter dem verblassenden Himmel. Ein Tönen verklungener Tritte, ein Blätterschimmern, eine jähe Welle im Gras[11] und wehmütig raunende Stimmen auf der Brücke – und sie sind verschwunden.

Doch hört! Travrobel wird seinen Namen vergessen, und das ganze Land wird sich verändern, und selbst diese meine geschriebenen Worte werden vielleicht verlorengehen; und so lege ich meine Feder hin, und so lasse ich ab, von den Elben zu erzählen.

Hierzu gehört ebenfalls die Vorbemerkung zu dem Gedicht »Kortirion unter den Bäumen«, die in Teil 1 (S. 38f.) abgedruckt ist und die ich hier wiederhole:

(9) Nun aber zu einer Zeit nach den großen Kriegen mit Melko und dem Untergang Gondolins lebten die Feen auf der Einsamen Insel; und dort, genau in der Mitte jener Insel, erbauten sie eine herrliche Stadt, und diese war umschlossen von Bäumen. Diese Stadt nun nannten sie Kortirion, zum Gedenken an ihre alte Wohnstätte Kôr in Valinor, und auch weil diese Stadt auf einem Hügel stand und einen mächtigen Turm, hoch und grau, besaß, welchen Ingil, Sohn ihres Herrn Inwe, errichten ließ.

Über die Maßen schön war Kortirion und geliebt von den Feen, und es wurde reich an Liedern und Dichtkunst und hellem Frohsinn; doch zu einer Zeit geschah der Große Auszug, und die Feen hatten um ein anderes Mal die Magische Sonne von Valinor wieder entzündet, weil die Herzen der Menschen treulos und kleinmütig waren. So aber ist es nun, daß die Magische Sonne erloschen und die Einsame Insel bis zu den Grenzen der Großen Lande entrückt ist und die Feen verstreut sind über all die weitläufigen, unfreundlichen Pfade der Welt; und nun gar wohnen Menschen auf dieser verblühten Insel, und sie wissen nichts von den alten Inseltagen oder scheren sich keinen Deut darum. Doch immer noch gibt es dort einige der Eldar und der Noldoli von einst, die auf der Insel hausen, und ihre Lieder sind zu hören an den Küsten des Landes, das einstmals der schönste Wohnsitz des unsterblichen Volkes war.

Und es scheint den Feen und auch mir, der ich diese Stadt kenne und oft ihre verunstalteten Gassen durchschritten habe, daß der Herbst und der Blätterfall die Jahreszeit ist, in der vielleicht hier oder dort ein menschliches Herz sich auftut und ein Auge erschaut, wie das Weltalter abgefallen ist von dem Lachen und der Lieblichkeit alter Tage. Gedenke Kortirions und verspüre Trauer – aber gibt es nicht doch Hoffnung?

An diesem Punkt sollten wir uns der Geschichte Eriols zuwenden. Ein frühes Konzept meines Vaters vom Seefahrer, der nach Tol Eressea kommt, läßt sich auch hier lediglich aus knappen Eintragungen im Notizbuch C erschließen; ein Teil dieses Materials kann jedoch nicht ausreichend rekonstruiert werden. Am ältesten ist vielleicht eine Sammlung von Notizen mit der Überschrift »Geschichte von Eriols Leben«; diese sind in Teil 1 (S. 36) abgedruckt, wobei einiges, was dort nicht relevant war, weggelassen wurde. An dieser Stelle gebe ich die Notizen nun ungekürzt wieder:

(10) Eriols ursprünglicher Name war Ottor, doch er selber nannte sich W´æfre (altenglisch: ›ruhelos, wanderlustig‹) und verbrachte sein Leben auf dem Meer. Sein Vater hieß Eoh (altenglisch: ›Pferd‹); und Eoh wurde erschlagen von seinem Bruder Beorn, entweder »bei der Belagerung« oder »in einer großen Schlacht«. Ottor W´æfre wohnte auf der Insel Helgoland in der Nordsee und heiratete eine Frau namens Cwén; sie hatten zwei Söhne, Hengest und Horsa, »um Eoh zu rächen«.

Dann packte Ottor die Sehnsucht nach dem Meer (er war ein »Sohn Earendels« und unter dessen Strahl geboren), und nach dem Tode Cwéns verließ er seine kleinen Kinder. Hengest und Horsa wurden mächtige Anführer; doch Ottor brach auf, um Tol Eressea zu suchen, und fand »Das unbekannte Eiland« *(se uncúpa holm).*

In Tol Eressea, durch *limpe* (hier auch mit dem altenglischen Wort *lip* bezeichnet) verjüngt, heiratete er Naimi (Éadgifu), Nichte von Vaire, und sie hatten einen Sohn namens Heorrenda.

Es heißt dann weiter, daß Eriol den Feen von *Wóden, Þunor, Tíw* etc. erzählte (dies sind die altenglischen Namen der germanischen Götter *Odin, Thor und Tyr*), und sie identifizieren sie mit Manweg, Tulkas und einem dritten Gott, dessen Name nicht zu entziffern ist.

Eriol nahm den Namen *Angol* an.

So kommt es, daß es auf Eriol und seine Söhne zurückzuführen ist, daß die *Engle* (d. h. die Engländer) die echte Tradition der Feen haben, von denen die *Íras* und die *Wéalas* (Iren und Waliser) falsche Dinge erzählen.

So wurde eine spezifisch englische Feen-Überlieferung geboren, überdies eine, die echter ist als alles, was sonst in den keltischen Ländern zu finden ist.

Die Heirat Eriols in Tol Eressea wird sonst nirgends erwähnt; doch sein Sohn Heorrenda wird im einleitenden Verbindungsstück zum *Fall von Gondolin* (wenn auch nicht als Eriols Sohn) als derjenige erwähnt, der »später« ein Lied der Jungfrauen Merils in die Sprache seines Volkes übertrug (S. 193). Im Verlaufe dieses Kapitels werden wir ein wenig mehr über ihn erfahren.

Zu den obigen Notizen gehören auch ein Titelblatt und ein Prolog, der nach wenigen Zeilen abbricht:

(11) Das Goldene Buch von Heorrenda:
das ist das Buch der
Geschichten aus Tavrobel

Heorrenda aus Hægwudu

Dieses Buch habe ich geschrieben und dabei die Aufzeichnungen benutzt, die mein Vater, W´æfre (den die Gnomen nach seinem Heimatland Angol nannten), bei seinem Aufenthalt auf der heiligen Insel in den Tagen der Elben gemacht hat; und sonst noch vieles habe ich hinzugefügt von späteren Dingen, die er nicht gesehen; doch ist noch nicht Zeit, davon zu erzählen. Denn wisset...

Hier wird also das Goldene Buch aus Eriols Aufzeichnungen von seinem Sohn Heorrenda zusammengestellt – im Gegensatz zu Text (5), wo ein Ungenannter das besorgte; im Gegensatz auch zum *Epilog* in Text (8), wo Eriol selbst das Buch abschloß und versiegelte.

Ich habe bereits darauf hingewiesen (Teil 1, S. 36f.), daß *Angol* sich auf das alte Heimatland der »Engländer« bezieht, wo sie vor ihrer Auswanderung über die Nordsee wohnten (zur Etymologie von *Angol/Eriol,* ›Eisenklippen‹, vgl. Teil 1, S. 36f., 347).

(12) Zum Text (10) gehört auch eine genealogische Tafel, die im großen und ganzen mit ihm übereinstimmt. Die Tafel existiert in zwei Niederschriften, die bis auf einen Punkt identisch sind: statt Beorn, Bruder von Eoh, in der einen, findet sich in der anderen *Hasen von Isenóra* (altenglisch: ›Eisenküste‹). Doch am

Ende der Genealogie stoßen wir auf die wichtigste Stelle zu Eriol und Tol Eressea überhaupt: Hengest und Horsa, Eriols Söhne von Cwén in Helgoland, und Heorrenda, sein Sohn von Naimi in Tol Eressea, sind durch eine Klammer zusammengefaßt, und unter ihren Namen steht:

eroberten Íeg
(»seo unwemmende Íeg«),
nun genannt Englaland,
und dort wohnen die Angolcynn oder Engle.

Íeg ist altenglisch ›Insel‹; seo unwemmede Íeg, ›die unbefleckte Insel‹. Ich habe früher (Teil 1, S. 38) auf ein an England gerichtetes und »Die Einsame Insel« überschriebenes Gedicht meines Vaters hingewiesen (geschrieben im Juni 1916 in Étaples): Dieses Gedicht trägt den altenglischen Untertitel seo Unwemmede Íeg.

(13) Im Notizbuch C folgen nun einige Anmerkungen, die genaue Übereinstimmungen von Orten in Tol Eressea mit solchen in England fixieren.

Zuerst wird der Name *Kortirion* erklärt. Das Element *Kôr* wird von einem früheren *Qorá* abgeleitet, dem *Guorá* vorangeht; doch von *Guorá* wurde auch (im Gnomischen) die Form *Gwâr* abgeleitet (dies stimmt überein mit der Form im Gnomischen Wörterbuch, vgl. Teil 1, S. 353). Folglich ist *Kôr* = *Gwâr* und *Kortirion* = **Gwarmindon* (der Stern bezeichnet eine nicht belegte Form). In dem Namen, der eigentlich im Gnomischen verwendet wurde, sind die Elemente vertauscht: *Mindon-Gwar* (*Mindon* hatte, ebenso wie *Tirion,* immer die Bedeutung »Turm«. Die Bedeutung von *Kôr/Gwâr* wird hier nicht genannt, doch sowohl in der Geschichte *Die Ankunft der Elben* (Teil 1, S. 177) als auch im Gnomischen Wörterbuch (Teil 1, S. 353) heißt es, daß der Name sich auf die *Rundheit* des Berges von Kôr bezieht).

Es heißt weiter (unter Benutzung eltenglischer Formen): »altenglisch: *Caergwâr;* Englisch: *Warwíc.*« Folglich wird das Element *War-* in *Warwick* aus derselben elbischen Wurzel hergeleitet wie *Kôr* in *Kortirion* und *Gwar* in *Mindon-Gwar.*[12] Zum Schluß heißt es: »Hengests Hauptstadt war Warwick«.

Horsa (Hengests Bruder) wird mit *Oxenaford* (altenglisch: Oxford) in Verbindung gebracht, dem Qenya *Taruktarna* und Gnomisch **Taruithorn* zur Seite gestellt werden (vgl. Anhang der Namen, S. 437).

Von Heorrenda heißt es, er habe seine Hauptstadt in Great Haywood gehabt (das Dorf in Staffordshire, wo meine Eltern 1916/17 lebten; vgl. Teil 1, S. 38); dazu gehören Qenya *Tavaros(se)* und *Taurosse* und das Gnomische *Tavrobel* und *Tavrost;* ebenso altenglisch *Hægwudu se gréata, Gréata Hægwudu.*[13]

Diese Notizen schließen mit der Feststellung, das »Heorrenda Kôr oder Gwâr ›Tûn‹ nannte«. Dies ist offensichtlich das altenglische Wort *tún,* eine geschlossene Siedlung, von dem das moderne Wort *town* abgeleitet ist. Der Name *Tûn* ist mehrere Male in den *Verschollenen Geschichten* aufgetaucht, entweder als spätere Verbesserung oder als Alternative zu *Kôr;* dies spiegelt ohne Zweifel eine spätere Zeit wieder (oder nimmt sie vorweg), als nämlich die Stadt *Tûn* genannt wurde und der Name *Kôr* nur noch dem Berg galt, auf dem sie stand. Noch später wurde aus *Tûn* der Name *Tûna,* und als dann (im *Silmarillion*) die Stadt der Elben den Namen *Tirion* erhielt, wurde der Berg *Túna* genannt; zu dieser Zeit hatte das Wort seine ursprüngliche Bedeutung »Wohnort« ganz eingebüßt.

Lassen sich alle diese Materialien zusammenfügen, so daß sich eine zusammenhängende Erzählung ergibt? Ich glaube, es ist möglich (trotz gewisser Unklarheiten in Eriols Vita), und ich möchte diese Erzählung folgendermaßen rekonstruieren:

– Die Eldar und die geretteten Noldoli verließen die Großen Lande und kamen nach Tol Eressea.
– In Tol Eressea erbauten sie viele Städte und Dörfer, und in Alalminóre, dem Mittelteil der Insel, baute Ingil, Sohn von Inwe, die Stadt Koromas, »die Zuflucht der Verbannten von Kôr« (»Verbannte«, weil sie nicht nach Valinor zurückkehren konnten); und der große Turm Ingils gab der Stadt ihren Namen: *Kortirion* (vgl. Teil 1, S. 25f.).
– Ottor Wæfre kam von Helgoland nach Tol Eressea und wohnte in Kortirion in der Hütte des Vergessenen Spiels; die Elben nannten ihn *Eriol* oder *Angol* nach den »Eisenklippen« seiner Heimat
– Später, nachdem er in der alten Geschichte der Götter, Elben und Menschen gründlich unterwiesen worden war, besuchte Eriol Gilfanon im Dorf Tavrobel, und dort schrieb er nieder, was er erfahren hatte; dort trank er auch zum ersten Mal *limpe.*
– In Tol Eressea heiratete Eriol und hatte einen Sohn namens Heorrenda (ein Halb-Elb). Nach Text (5) starb Eriol in Tavrobel an Heimweh; doch nach Text (8) erlebte er noch die Schlacht auf der Heide vom Himmelsdach.
– Die Verschollenen Elben der Großen Lande erhoben sich gegen die Vorherrschaft der Knechte Melkos; und der vorzeitige Auszug fand statt; zu dieser Zeit wurde Tol Eressea nach Osten zurück über den Ozean geschleppt und vor den Küsten der Großen Lande verankert. Die westliche Hälfte brach ab, als Osse versuchte, die Insel zurückzureißen; daraus wurde die Insel Íverin (= Irland).

- Toll Eressea befand sich nun in der geographischen Lage Englands.
- Die große Schlacht von Rôs endete mit der Niederlage der Elben, die sich zurückzogen und in Tol Eressea versteckten.
- Böse Menschen kamen nach Tol Eressea, begleitet von Orks und anderen feindlichen Wesen.
- Die Schlacht auf der Heide vom Himmelsdach fand in der Nähe von Tavrobel statt; nach Text (8) war Eriol Augenzeuge; er vollendete das Goldene Buch.
- Die Söhne Eriols (Hengest, Horsa und Heorrenda) eroberten die Insel, und diese wurde »England«. Sie waren den Elben nicht feindlich gesinnt, und von ihnen haben die Engländer die »echte Feen-Überlieferung«.
- Kortirion, die alte Heimat der Elben, wurde in der Sprache der Engländer als Warwick bekannt; Hengest lebte dort, Horsa in Taruithorn (Oxford) und Heorrenda in Tavrobel (Great Haywood). Nach Text (11) vollendete Heorrenda das Goldene Buch.

Diese Rekonstruktion mag nicht in allen Teilen »korrekt« sein; vielleicht ist jeder Versuch unbefriedigend, der alle Bemerkungen und Notizen gleich gewichtet und alle Ideen so behandelt, als seien sie gleichzeitig existent gewesen und miteinander in Beziehung zu setzen. Trotzdem glaube ich, daß dieses Handlungsgerüst die Vorstellungen meines Vaters über die Anordnung der *Verschollenen Geschichten* im wesentlichen richtig wiedergibt; und ich glaube ebenfalls, daß dies die Konzeption war, die den *Verschollenen Geschichten,* wie wir sie vor uns sehen, noch immer zugrundeliegt und wie sie in diesen Büchern wiedergegeben worden ist.

Im folgenden werde ich diese rekonstruierte Erzählung als »die Eriol-Geschichte« bezeichnen. Ihre wichtigsten Züge, im Gegensatz zur späteren Geschichte, sind die Verwandlung von Tol Eressea in England und das frühe Auftreten des Seefahrers und seine Bedeutung.

Tatsächlich verfolgte mein Vater (bevor er sich zu einer radikalen Umformung der gesamten Konzeption entschloß) den Gedanken, Eriols Bedeutung noch zu steigern.

(14) Kurzen Notizen zufolge sollte Eriol so sehr von Heimweh geplagt werden, daß er mit seinem Sohn Heorrenda von Tol Eressea fortsegelte, dem Befehl von Meril-i-Turinqi zum Trotz (vgl. das Zitat aus der *Einkerkerung Melkos,* Teil 1, S. 141, in Text (5) zitiert); doch seine Absicht dabei war, »den Auszug zu beschleunigen«, zu dem er in den Ländern des Ostens aufrief. Tol Eressea wurde zu den Grenzen der Großen Lande gezogen, doch plötzlich kam es zu einer Invasion feindlicher Völker (die *Guiðlin* und die *Brithonin;* einmal auch die *Rúm-*

hoth, die Römer). Eriol starb, doch seine Söhne Hengest und Horsa besiegten die Guiðlin. Weil aber Eriol ungehorsam gewesen war und gegen Merils Befehl mit dem Großen Auszug begonnen hatte, »war alles verflucht«; und die Elben schwanden vor dem Getöse und dem Unheil des Krieges dahin. Nach einer Notiz gab es eine »sonderbare Prophezeiung, daß ein Mann guten Willens, doch voller Sehnsucht nach den Dingen der Menschen, den Auszug zunichte machen wird«.

Eriols Rolle in der Elbengeschichte sollte also von grundsätzlicher Art sein; doch es gibt keinen Hinweis, daß diese Ideen jemals konkrete Form angenommen hätten.

Ich habe behauptet, die obige Rekonstruktion (»die *Eriol*-Geschichte«) zeige die Konzeption der Rahmenhandlung. Dafür spricht, daß der Name noch immer Eriol ist (vgl. S. 382) und daß Gilfanon, der (Ailios ersetzend) später in die *Geschichten* eingeführt wird, ebenfalls in Text (5) auftaucht, jenem Text, der eine der Hauptstützen der Rekonstruktion ist. Dagegen spricht, daß sich nirgends in den *Verschollenen Geschichten* ein Hinweis darauf findet, daß Eriol aus England kam. Am Anfang ist er bloß ein »Reisender aus fernen Landen« (Teil 1, S. 21); und die Tatsache, daß alles, was er Veanne von seinem früheren Leben erzählt, mit anderen Beschreibungen (die als seine Heimat England nennen) übereinstimmt, beweist nur, daß die Geschichte erhalten blieb, während die Geographie sich änderte – ebenso wie die »schwarzen Küsten« seiner Heimat in den späteren Schriften erhalten blieben und zu den westlichen Küsten Britanniens wurden; wogegen sich der früheste Hinweis auf diese Küsten in der Etymologie von Angol, ›Eisenklippen‹, findet. Es gibt eine sehr frühe, später verworfene Skizze von Eriols Leben, in der wesentliche Züge von Eriols späterer Vita enthalten sind – der Angriff auf die Behausung seines Vaters (in diesem Fall die Zerstörung von Eohs Schloß durch seinen Bruder Beorn; vgl. Text [10]), Eriols Gefangennahme und Flucht – und in dieser Skizze heißt es, daß Eriol danach »durch die Wildnisse der Mittleren Lande zu dem Binnenmeer *Wendelsæ* [altenglisch: Mittelmeer] wanderte und von dort zu den Küsten des westlichen Meeres«, von wo sein Vater ursprünglich stammte.

Im Verbindungsstück zur *Geschichte von Tinúviel* (Typoskript-Version; S. 13) ist davon die Rede, daß der Herzog vom Turm seiner Burg die Gebiete »der wilden Menschen aus den Gebirgen des Ostens« sehen konnte. Möglicherweise bedeutet dies, daß Eriols ursprüngliche Heimat zu dieser Zeit in einem »kontinentalen« Gebiet zu suchen war.

So weit ich sehe, existiert lediglich ein frühes Gedicht, das darauf hindeuten könnte, daß meine Sicht der Dinge nicht korrekt ist. Die Textsituation ist allerdings äußerst verworren.

Die ältesten unfertigen Entwürfe zu diesem Gedicht existieren noch; der ursprüngliche Titel war »Des Wanderers Treue«. In der Folge nahm mein Vater eine Aufteilung in drei Gedichte vor und gab den Teilen folgende Untertitel: *Vorspiel, Die Stadt im Land* und *Die kummervolle Stadt* sowie den Haupttitel *Die kummervolle Stadt* (datiert: 16./18. März 1916). In der einzigen späteren Abschrift des vollständigen Gedichts trägt es den Titel *Die Stadt der Träume und die Stadt gegenwärtigen Leides.* Die drei Teile haben die Titel: *Vorspiel* (altenglisch: *Foresang*), *Die Stadt der Träume* (altenglisch: *pæt Slæpende Tún*) und *Die Stadt gegenwärtigen Leides* (altenglisch: *Seo Wépende Burg*). Die Abschrift trägt die Datierungen: »März 1916, Oxford und Warwick; überarbeitet Birmingham, November 1916«. Die »Stadt der Träume« ist Warwick am Avon und die »Stadt gegenwärtigen Leides« ist Oxford an der Themse während des Ersten Weltkrieges; eine Verbindung zu Eriol oder den *Verschollenen Geschichten* ist nicht zu erkennen.

Vorspiel

Vor langen Tagen kamen meine Ahnen
Und wurzelten in dem Lande, das sie gesucht,
In Hainen voll Frucht und in des Flusses Au
Und auf duftenden Ebenen mit hohen Gräsern nur:
Manch Sommer brannten die gelben Fahnen
Der Lilien im welligen Schilfverhau,
Und manch Blütenmeer wurde golden zur Frucht
In ummauerten Gärten der großen Flur.

Zwischen den Bäumen dort Narzissen schienen
Im Frühling, und Menschen lachten tief und rein,
Sangen froh bei der Arbeit bis zur Nacht
Und erhellten den Abend mit einem Lied beim Wein.
Leicht kam dort der Schlaf im Gesumm der Bienen;
In Bauerngärten schwirrend, mit Blumen zuhauf,
Voller Liebe zu der Tage sonniger Pracht
Verlief dort ihr heitres Leben in geregeltem Lauf –
Doch das ist nun lange, lange her,
Und hun hört man kein Lied, und sie säen und ernten nicht mehr,
Und auf dieser Insel mußt ich in manch einer Stadt
Als Wanderer wohnen, der keine Heimat hat.

Die Stadt der Träume

Hier zogen einst viele Tage sanft an mir vorbei,
In dieser teuren Stadt, die längst Vergessenes hält;
Hier schlief ich einst lang, versenkt in Träumerei,
Und nicht ein Hall der umgetriebnen Welt
Kam durch das Rascheln des Ulmenlaubs oder Sorgen,
Während der Avon, über Untiefen sprudelnd,
Unendliche Melodien spann und Abende und Morgen
Zum Meere trug, bis Herbst das Land verhängt.
(Mit dem goldnen Flitter der Blätter, die fallen vor den Winden,
Bis der dunkle Fluß aufflammend Feuer fängt,
Und Blatt und Glut gemächlich abwärts treiben und verschwinden.)

Hier schlafen Schloß und mächtger Turm im Bunde,
Steiler noch als hochgeschoßne Ulmen,
Trüber als Novemberregen und grauer,
Kein flüchtger Sonnenstrahl, keines Jubels Stunde,
Kein Gehn der Jahreszeiten noch der Sonne
Weckt ihre alten Herrn im Schlummer hinter der Mauer.

Kein Argwohn stört ihren seligen Traum,
Keines lachenden Glanzes Tanz an des Flusses Saum;
Ob in Schnee gehüllt oder von windigem Regen geplagt,
Ob der März den Staub durch die winkligen Gassen jagt,
Die Ulme sich in Millionen Blätter hüllt und sich wieder entkleidet
Wie Nichts und wieder Nichts in einem überreichen Jahr –
Unbewegt ihr altes Herz, nicht daß es weint, nicht daß es leidet,
Doch faßt es nicht das Unheil dieser Zeit,
Weder das Leid von heut noch die Furcht von morgen:
In den Hallen ihres Traums schwach die Echos verklingen
Wie Geisterstimmen; die Lichter des Tags über ihre Mauern dringen.

Die Stadt gegenwärtigen Leides

In weiter Ferne liegt eine Stadt
Und ein Tal, das eine vergessene Zeit gegraben hat –
Das Grasland war dort weit, und hohe Ulmen sah man kaum;
Und Flußgeruch hing schwer über des Tieflands Saum.
Die Himmel sind und die Erde immer belebt von Weiden, die sprießen,
Wo kleine Bäche gewunden und träge fließen,

Und unten, wo der ziehenden Themse Ufer steigt,
Um die alte, breite Flut, sind die Stämme geneigt,
Und feine Schatten sich auf ihrer Strömung malen,
Wo graue Blätter müde über Silberweihern weinen,
Einen Baldachin webend aus schimmernden Edelsteinen,
Aus Blau und mattem Grün und zitterdünnen Strahlen.

O, altersschwere Stadt, wo nur zu kurz ich war,
Ich seh deine erleuchteten Fenster, vieläugig, wunderbar,
Lichter der Menschen, verschwunden nach und nach.
Die matten Sterne sind deine Krone, dein Kleid ist die Nacht,
Und du umfängst mein Herz unsagbar mit Zaubermacht,
Und alte schlafende Tage werden wieder wach.
Alte Morgendämmerungen oder dunkle Abende bringen
Von der Stadt des nämlichen Zwielichts vertrauten Klang.
Du bist die wahre Quelle mir von Verlangen und Weh,
Oft eilt meine Seele zu dir aus den Schlafes Räumen,
Treibt deine breiten, grauen Straßen entlang
Oder zur Nacht durch eine kleine laternenhelle Allee –
Ich denke nicht mehr an anderer Städte Klang,
Vergesse für eine Weile das Verlies in den Bäumen
Und die Stadt der Träume, wo Menschen nicht mehr singen.

Denn dein Herz ist weise, und viele Tränen lösen
Sich um all das Leid dieser Jahre des Bösen.
Deine tausend verzierten Spitzen und Türme
Sind von Echos umrauscht durch die Stürme
Vieler Scharen von Glocken, die läuten,
Daß das blasse Bild prächtiger Tage ersteht,
Das windige Jahre über ferne Pfade verweht;
Und in deinen Hallen singt noch immer dein Geist
Inmitten des jetzigen Leids der alten Erinnerung Melodie,
Von Ängsten und Trauer, doch ohne Hoffnung auf morgen nie.
Höre! Wenn auch kein Gelächter deine Straßen belaubt,
Weil unzeitger Krieg dir viele deiner Söhne raubt,
Kann doch keine Flamme des Unheils deinen Glanz verzehren,
Du, im Gewande trauriger Pracht, gekrönt von Sternenheeren.

Außerdem gibt es zwei Texte, in denen ein Teil des Gedichts *Die Stadt gegenwärtigen Leides* als eine selbständige Einheit behandelt wird. Der Schluß dieser Texte lautet:

> Meine Seele vergißt für eine Weile, daß Menschen weinen
> Und schweift dort glücklich umher und singt zwischen Steinen:
> »Keine Flamme des Unheils kann deinen Glanz verzehren,
> Du, im Gewande trauriger Pracht, gekrönt von Sternenheeren!«

Schließlich gibt es noch ein zweiteiliges Gedicht mit dem Titel »Eriols Lied«. Es sind drei Manuskripte vorhanden. Die letzten beiden sind gegenüber dem ersten leicht verändert, doch das dritte enthält nur den zweiten Teil des Gedichtes.

Eriols Lied

Eriol sang im Raum des Geschichten-Feuers ein Lied, das davon erzählte, wie es dazu kam, daß er auf Wanderschaft ging und am Ende die Einsame Insel und Kortirion, schönste aller Städte, fand.

I.

Vor langen Tagen kamen meine Ahnen
Und wurzelten in dem Lande, das sie gesucht,
In Hainen voller Frucht und in des Flusses Au
Und auf duftenden Ebenen mit hohen Gräsern nur:

Manch einen Sommer brannten die gelben Fahnen
Der Lilien im welligen Schiffverhau,
Und manch Blütenmeer wurde golden zur Frucht
In ummauerten Gärten der großen Flur.

Zwischen den Bäumen dort Narzissen schienen
Im Frühling, und Menschen lachten tief und rein,
Sangen froh bei der Arbeit bis zur Nacht,
Und erhellten den Abend mit einem Lied beim Wein.

Leicht kam dort der Schlaf im Gesumm der Bienen,
In Bauerngärten schwirrend, mit Blumen zuhauf;
Voller Liebe zu der Tage sonniger Pracht
Verlief dort ihr heitres Leben in geregeltem Lauf –
Doch das ist lange, lange her,

Und nun hört man kein Lied, und sie säen und ernten nicht mehr;
Und auf dieser Insel mußt ich in manch einer Stadt
Als Wanderer wohnen, der keine Heimat hat.

2.

Kriege großer Könige und kämpfende Heere
Mit unzählgen Schwertern und Speeren,
Zahlreich wie eines Weizenfelds Ähren,
Kamen über die Großen Lande; und die Meere

Wimmelten von Flotten; ihrer verzehrenden Feuer Wut
Hinter den Heeren verbrannten Felder und Plätze,
Und geplündert und zerstäubt oder zu flammender Glut
Wurden die Städte, wo Kronen und Schätze,

Könige und ihr Volk, ihre Mädchen und Frauen,
Alle verschlungen wurden: Nun sind stumm diese Orte,
Die alte Gestalt verfällt, die Türme in Stücke gehauen,
Und kein Fuß tritt in die zertrümmerte Pforte.

Dort starb mein Vater auf einem Feld von Blut
Und in der belagerten Stadt meine Mutter, ich weiß nicht wie,
Und ich, ein Gefangener, hörte des großen Meeres Flut
Rufen und abermals rufen, bis meine Seele schrie

Nach den dunklen Küsten im Westen, woher vor langer Zeit
Ahnen meiner Mutter gekommen, und ich brach meine Ketten,
Zog durch verwüstete Täler und tote Lande,
Bis das westliche Meer meine Füße netzte,
Bis meine Ohren ertaubten vom Säuseln
Und Schlagen und Tosen des westlichen Meers –
Doch das ist lange, lange her.
Und nun kenne ich die dunklen Buchten, das unbekannte Meer,
Die Vorgebirge im Zwielicht, die Inseln, von Nebeln schwer,
Und aller Sunde Gefahr und die salzigen Wüsten
Zwischen dieser Insel des Zaubers und den fernen Küsten.

Eines der Manuskripte von *Eriols Lied* trägt den Vermerk »Easington 1917–18« (Easington an der Humbermündung; vgl. Carpenter, *J. R. R. Tolkien, Eine Bio-*

graphie, S. 119). Möglicherweise wurde der zweite Teil von *Eriols Lied* in Easington geschrieben und dem bereits vorhandenen ersten Teil *(Vorspiel)* hinzugefügt.

Inhaltlich sind diese Gedichte nicht sehr ergiebig; wir erfahren, daß Eriols Vater »auf einem Felde von Blut fiel« und seine Mutter bei einer Belagerung umkam; er selbst geriet in Gefangenschaft, entfloh jedoch und kam schließlich zu den Küsten des Westlichen Meeres (woher die Vorfahren seiner Mutter stammten).

Die Tatsache, daß er erste Teil von Eriols Lied auch einem Gedicht über Warwick und Oxford vorangestellt wurde, könnte zu der Annahme verleiten, bei der Burg mit dem großen Turm über einem Fluß, von dem Eriol Veanne erzählt, handle es sich ebenfalls um Warwick. Denn es bliebe der Einwand, daß es schwierig wäre, den Angriff von Menschen aus den Bergen des Ostens auf diese Burg mit dieser Erzählung in Einklang zu bringen. Ich meine vielmehr, daß das Vorspiel aus dem Gedicht herausgelöst wurde und eine neue Bedeutung erhielt, daß die ›Vorväter‹ meines Vaters zu den ›Vorvätern‹ Eriols wurden. Zur selben Zeit, als die Struktur der Geschichte vom Seefahrer (wie wir sehen werden) von Grund auf verändert wurde, sollte der große Turm aus Eriols Heimat tatsächlich der Turm von Kortirion oder Warwick werden. Die vielschichtigen Ursprünge dieser Geschichte lassen sich deutlich an der Entwicklung dieses einen Gedichts ablesen.

In seiner *Biographie* (S. 194) schrieb Humphrey Carpenter über das Leben meines Vaters nach der Rückkehr nach Oxford im Jahre 1925:

»Er unternahm zahlreiche Überarbeitungen und Neufassungen der wichtigsten Geschichten des Zyklus, entschloß sich, auf den Seefahrer ›Eriol‹ zu verzichten, dem die Geschichten ursprünglich hatten erzählt werden sollen, und nannte ihn statt dessen ›Ælfwine‹ oder ›Elbenfreund‹.«

Es ist sicher, daß *Eriol* (für eine gewisse Zeit) von Ælfwine verdrängt wurde. Zwar ist es möglich, daß zur Entstehungszeit der Texte, die hier zur Diskussion stehen, der Name *Eriol* wirklich verworfen worden war, doch in der ersten Fassung des eigentlichen »Silmarillion« (geschrieben 1926) taucht *Eriol* wieder auf, während es in den frühesten *Annalen von Valinor* (geschrieben in den 30er Jahren) heißt, diese seien in Tol Eressea übersetzt worden »von Eriol von Leithien, das ist Ælfwine von den Angelcynn«. Andererseits scheint es in Bezug auf diese frühere Periode völlig gerechtfertigt, die beiden Namen als Erscheinungsformen von zwei verschiedenen Erzählungsentwürfen zu betrachten – nämlich der »*Eriol*-Geschichte« und der »*Ælfwine*-Geschichte«.

Danach ist »Ælfwine« mit einer neuen Konzeption verknüpft, die nach der Niederschrift der *Verschollenen Geschichten* entwickelt wurde. Der Seefahrer ist Ælfwine, nicht Eriol, im zweiten Abriß für die *Verschollenen Geschichten,* den ich einen »unausgeführten Plan zur Umarbeitung des gesamten Werks« genannt habe (Teil 1, S. 326). Der wesentliche Unterschied zwischen der alten und der neuen Konzeption liegt also darin, daß *Tol Eressea nun nicht mehr mit England identifiziert wurde;* die Geschichte von Tol Eressea, der Insel, die über das Meer zurückgezogen wurde, war verworfen worden. Indes steht England immer noch im Mittelpunkt des späteren Entwurfs und trägt den Namen Luthanien.[14] Der Seefahrer Ælfwine ist ein Engländer, der von der Küste Britanniens nach Westen segelt; und seine Rolle ist nicht so gewichtig: In den bisher diskutierten Texten kommt er nach Tol Eressea, *bevor* der Auszug stattfindet, der mit einer Katastrophe endet, und entweder er selbst oder seine Nachfahren werden Zeugen der Verwüstung von Tol Eressea durch den Einmarsch von Menschen und ihrer bösen Verbündeten (in einem Entwurf ist Eriol sogar dafür verantwortlich, S. 375); in den späteren Skizzen zur Erzählung jedoch kommt er erst an, nachdem die ganze tragische Entwicklung abgeschlossen ist. Er hat nur noch die Aufgabe, die Fakten zusammenzutragen und sie aufzuzeichnen.[15]

Ich wende mich nun einer Anzahl kurzer, vieldeutiger Textstücke zu, auf einzelne Zettel geschrieben, doch eindeutig zusammengehörend und derselben Zeit entstammend.

(15) Ælfwine aus England wohnte im Südwesten; er entstammte dem Hause Ing, König von Luthanien. Sein Vater und seine Mutter wurden von Seeräubern ermordet, und er geriet in Gefangenschaft.

Er hatte die Feen immer geliebt; sein Vater hatte ihm viele Dinge (aus der Überlieferung von Ing) erzählt. Er entflieht. Er befährt die nördlichen und westlichen Gewässer. Er begegnet dem Uralten Seemann [Ancient Mariner] – und sucht nach Tol Eressea *(seo unwemmede íeg),* wohin sich die meisten der Elben, die nicht dahingeschwunden waren, vor dem Lärm, dem Krieg und dem Getöse der Menschen zurückgezogen hatten.

Die Elben heißen ihn willkommen, und dies um so mehr, als sie erfahren, wer er ist. Sie nennen ihn *Lúthien,* den Mann aus Luthanien. Er stellt fest, daß auf der Insel eine eigene Sprache, das alte Englisch, gesprochen wird.

Der »Uralte Seemann« kam in der Geschichte vor, die Eriol Veanne erzählte (S. 13, 15), und von ihm wird in der Folge noch öfter die Rede sein.

(16) Ælfwine aus Englaland [*später hinzugefügt:* von den Normannen vertrieben] kommt nach Tol Eressea, wohin sich die meisten der schwindenden Elben aus der Welt zurückgezogen haben; dort schwinden sie nun nicht mehr.

Beschreibung des Hafens an der Südküste. Die Feen heißen ihn willkommen, als sie erfahren, daß er aus Englaland kommt. Er hört zu seiner Überraschung, daß sie die Sprache von Ælfred von Wessex sprechen, obgleich sie sich untereinander einer angenehmen Sprache bedienen, die ihm unbekannt ist.

Die Elben geben ihm den Namen Lúthien, denn er ist aus Luthanien gekommen, wie sie das Land nennen (es heißt »Freund« oder »Freundschaft«). Eldaros oder Ælfhâm. Er wird zu ihrer Hauptstadt Rôs gebracht. Dort findet er die Hütte des Vergessenen Spiels und Lindo und Vaire.

Er erzählt ihnen, wer er ist und woher er kommt und warum er so lange nach der Insel gesucht hat (weil er die Überlieferungen der Sippe von Ing kannte), und er bittet die Elben, nach Englaland zurückzukehren.

Hier beginnt (als Erklärung, warum sie dies nicht können) der Zyklus von Erzählungen, der das Buch der Verschollenen Geschichten genannt wird.

In Text (16) wird Ælfwine fester in der englischen Geschichte verankert: Er ist offenbar ein Mann aus dem Wessex des 11. Jahrhunderts – doch (wie in Text 15) stammt er »aus der Sippe von Ing«. Die Hauptstadt der Elben von Tol Eressea ist nicht Kortirion, sondern Rôs, ein Name, der jetzt nicht mehr wie in Text (5) für eine Landzunge der Großen Lande verwendet wird.

Ich bin nicht imstande gewesen, die Entwicklung nachzuvollziehen, die später zu der verschiedenartigen Verwendung des Namens Lúthien führte (Lúthien Tinúviel). Eine Notiz aus dieser Zeit erklärt den Namen ganz anders: »Lúthien oder Lúsion war der Sohn von Telumaith (Telumektar). Ælfwine liebte das Sternbild des Orion und machte es zu seinem Zeichen; darum nannten ihn die Feen Lúthien (Wanderer).« Doch diesen Einfall scheint mein Vater nicht weiter verfolgt zu haben.

Es ist angebracht, hier die einleitenden Sätze des zweiten Abrisses für die *Verschollenen Geschichten* zu zitieren, der offensichtlich derselben Zeit entstammt wie die folgenden dieser »Ælfwine-Texte«:

(17) Ælfwine erwacht am sandigen Ufer. Er lauscht der See, die weit entfernt ist. Die Ebbe hat ihn auf dem Strand zurückgelassen.

Ælfwine trifft die Elben von Rôs; sie sprechen die Sprache der Engländer neben ihrer eigenen. Der Grund: die Siedlung der Elben in Luthanien, zu der sie fahren und von der sie zurückkehren. Sie geben ihm Kleider und zu essen, und er setzt seinen Weg über die umblühten Pfade der Insel fort.

An einem Sommerabend kommt Ælfwine nach Kortirion. Das weicht von Text (16) ab, wo er nach Rôs geht und die Hütte des Vergessenen Spiels findet. In Text

(17) scheint der Name Rôs anders gebraucht zu werden – vielleicht als Name für Tol Erresea.

(18) Er wird nach Ælfhâm (Elbenheim) Eldos gebracht, wo Lindo und Vaire ihm viele Dinge erzählen: von der Erschaffung und der alten Gestalt der Welt; von den Göttern; von den Elben von Valinor; von Verschollenen Elben und Menschen; vom Leid der Noldoli; von Earendel; vom Auszug und dem Verlust von Valinor; von dem Unglück des Auszuges und dem Krieg mit bösen Menschen. Vom Rückzug nach Luthanien, wo Ingwe König war. Vom Heimweh der Elben und dem Versuch des größeren Teils von ihnen, nach Valinor zurückzukehren. Das Verschwinden Elwings. Wie von den Solosimpi und anderen in Tol Eressea eine neue Heimat geschaffen wurde. Wie die Elben traurig die Welt verlassen und stetig nach Tol Eressea kommen.

Für die Interpretation dieses Textstückes ist es wichtig, sich klarzumachen (denn das ist der Schlüssel zum Verständnis dieses Geschichtsentwurfs), daß »Auszug« sich hier *nicht* auf den Auszug bezieht, wie er bisher verstanden wurde (der Auszug von Tol Eressea zur Wiederentzündung der Magischen Sonne, der mit Zerstörung endete), sondern auf den Marsch der Elben von Kôr und den »Verlust von Valinor«, den dieser nach sich zog (vgl. S. 332, 337f., 359). Unklar ist, warum er hier ein »Unglück« genannt wird: doch dies steht offenbar im Zusammenhang mit dem »Krieg mit bösen Menschen«, und Krieg zwischen Elben und Menschen zur Zeit des Marsches von Kôr wird in Text (1) und Text (3) erwähnt.

Die »*Eriol*-Geschichte« macht deutlich, daß die Elben nach dem Marsch von Kôr aus den Großen Landen nach Tol Eressea zogen; hier folgt andererseits auf den »Krieg mit bösen Menschen« der »Rückzug nach Luthanien, wo Ingwe König war«; der Tod Elwings scheint auf einer dieser Reisen stattgefunden zu haben. Wie wir sehen werden, ist der »Auszug« der »*Eriol*-Geschichte« aus der elbischen Historie verschwunden und wird nur noch als Phrophezeiung und Hoffnung erwähnt.

Die wichtigsten Unterschiede zwischen den beiden Handlungsabläufen lassen sich schematisch folgendermaßen darstellen:

(*Eriol*-Geschichte)	(*Ælfwine*-Geschichte)
Marsch der Elben von Kôr in die Großen Lande	Marsch der Elben von Kôr in die Großen Lande (genannt: »der Auszug«)

(*Eriol*-Geschichte)	(*Ælfwine*-Geschichte)
Krieg mit Menschen in den Großen Landen	Krieg mit Menschen in den Großen Landen
Rückzug der Elben nach Tol Eressea (Das Verschwinden Elwings)	Rückzug der Elben nach Luthanien (> England), wo Ingwe herrscht.
	Abreise vieler Elben nach Tol Eressea (Tod Elwings)
Eriol segelt aus dem Osten (Nordseegebiet) nach Tol Eressea	Ælfwine segelt von England nach Tol Eressea
Der Auszug, Tol Eressea wird zu den Großen Landen gezogen; schließlich Tol Eressea >England	

Natürlich soll diese Auflistung lediglich die grundsätzlichen strukturellen Abweichungen aufzeigen. Es fehlt nur die Geschichte von Luthanien, die nun folgt.

(19) *Luthanien* bedeutet ›Freundschaft‹, Lúthien ›Freund‹; Luthanien ist das einzige Land, wo einst Menschen und Elben ein Zeitalter lang in Frieden und Liebe wohnten.

Wie nach der Ankunft der Söhne von Ing die Elben wieder für eine Weile erblühten und aufhörten, nach Tol Eressea zu gehen.

Wie Altenglisch die einzige Sterblichensprache wurde, die ein Elb mit einem Sterblichen spricht, der des Elbischen nicht mächtig ist.

(20) Ælfwine aus England (dessen Eltern von den wilden Menschen des Meeres getötet wurden, die von den Elben nichts wußten) liebte die Elben sehr, besonders die Elben des Küstenlandes, die sich dort aufhielten. Er suchte nach Tol Eressea, der Insel, wohin sich die Feen zurückgezogen haben sollten.

Er kommt dorthin. Die Feen nennen ihn Lúthien. Er erfährt, wie die Welt geschaffen wurde … er hört von Göttern, von Elben und Menschen, bis zu dem Zeitpunkt, als sie nach Tol Eressea aufbrachen.

Wie der Auszug zunichte wurde und wie die Feen in Albion oder Luthanien Zuflucht suchten (der Insel der Freundschaft).

Sieben Einwanderungen.

Menschen kommen nach Luthanien, und jede Rasse bringt Krieg, und die Feen schwinden, bis die meisten nach der Ankunft der Rúmhoth in den Westen segeln. Warum die Menschen der siebten Einwanderung, die Ingwaiwar, freundlicher waren.

Ingwe und Earendel, die in Luthanien lebten, bevor es eine Insel war und von Osse nach Osten geschoben wurde, um den Ingwaiwar eine Heimat zu geben.

(21) Alle Nachfahren von Ing waren den Elben wohlgesinnt; darum sprachen die Elben von Luthanien mit ihnen in der alten Sprache der Engländer, und seit einige Elben ... nach Tol Eressea gezogen sind, wird diese Sprache dort verstanden; und alle, die mit den Elben sprechen wollen und die Elbensprachen nicht beherrschen oder sie nicht erlernen wollen, müssen sich der alten Sprache der Engländer bedienen.

Wie in Text (18) bezieht sich auch in Text (20) der Begriff »Auszug« auf den Marsch von Kôr. Dort wurde er ein »Unglück« genannt, hier heißt es, daß er »zunichte wurde«: diese Bewertung ist schwer nachzuvollziehen, hat er doch immerhin zur Fesselung von Melko und der Befreiung der versklavten Noldoli geführt; vgl. Text (1) und (3).

In Text (20) ist zum ersten Mal von den Sieben Einwanderungen die Rede. Eine davon war die der Rúmhoth oder Römer, die auch in Text (14) erwähnt werden; und die siebte war die der Ingwaiwar, die den Elben nicht feindlich gesinnt waren.

An dieser Stelle muß etwas über den Namen *Ing (Ingwe, Ingwaiwar)* in den Texten gesagt werden. Wie schon bei Hengest und Horsa ist die Verknüpfung der Mythologie mit alter englischer Sagentradition offenkundig. Doch es hätte wenig Sinn, in die Diskussion über englische und skandinavische Ursprünge einzutreten: die Bezeichnung *Ingwäonen* für die Völker aus dem Nordseeraum, aus denen die Engländer hervorgingen; der Name *Ingwine* (deutbar als *Ing-wine,* ›die Freunde von Ing‹, oder dasselbe *Ingw-* wie Ingwäonen enthaltend); oder die mysteriöse Gestalt *Ing,* die in dem altenglischen Runen-Gedicht erscheint:

Ing wæs ærest   mid East-Denum
gesewen secgum   oρhe si ρρan east
ofer wæg gewat;   wæn æfter ran

Das heißt frei übersetzt: »Ing wurde unter den Menschen zuerst bei den Ost-Dänen gesehen, bis er über die Wellen nach Osten zog; sein Wagen fuhr ihm nach.« Wenn auch die Verbindung zwischen dem *Ing, Ingwe* meines Vaters mit dem nebelhaften *Ing (Ingw-)* der nordischen Sage gewiß ist, scheint er dennoch nicht mehr beabsichtigt zu haben als eine lose Gedankenverbindung seiner Mythologie mit bekannten Überlieferungen (wenn die Worte des Runen-Gedichtes auch gewiß von Einfluß waren). Zudem wird das Ganze dadurch noch schwieriger, daß in diesen Texten die Namen *Ing* und *Ingwe* sich miteinander verflechten und niemals ausdrücklich definiert oder voneinander abgegrenzt werden.

So war Ælfwine »aus der Sippe von Ing, dem König von Luthanien« (Texte 15, 16), doch die Elben zogen sich zurück »nach Luthanien, wo Ingwe König war« (Text 18). Die Elben von Luthanien erblühten nach der Ankunft »der Söhne von Ing« (Text 19), und die Ingwaiwar, die als siebtes Volk einwanderten, waren freundlicher zu den Elben (Text 20), während Ingwe den Ingwaiwar eine Heimat gab (Text 20). Dieser Name ist gewiß mit Ingwäonen gleichzusetzen, und unter der Einwanderung der Ingwaiwar (oder »Söhne von Ing«) haben wir ebenso sicher die Einwanderung der Angelsachsen nach Britannien zu verstehen. Können *Ing* und *Ingwe* gleichgesetzt werden? Nach dem vorliegenden Material würde ich diese Frage bejahen. Ob dieser Stammesgründer mit dem *Inwe* (dessen Sohn *Ingil* war) der *Verschollenen Geschichten* gleichzusetzen ist, bleibt offen. Doch fällt es schwer zu glauben, daß keine Beziehung bestand (besonders deshalb, weil *Inwe* in der Geschichte *Die Hütte des Vergessenen Spiels* aus *Ing* verbessert wurde (Teil 1, S. 34); doch welcher Art hätte diese Verbindung sein können? Inwe der *Verschollenen Geschichten* ist ein Elda aus Kôr (Ingwe, Herr der Vanyar, im *Silmarillion*), wogegen der Ing(we) der »Ælfwine-Geschichte« ein Mensch ist, König von Luthanien und Ælfwines Vorfahr. (In den Abrissen zu *Gilfanons Geschichte* soll er von Ermon oder von Ermon und Elmir, den ersten Menschen, abstammen; Teil 1, S. 330).

Die folgenden Textstücke berichten mehr über Ing(we) und die Ingwaiwar:

(22) Wie Ing in alten Zeiten in das Zwielicht segelte; und die Menschen sagen, daß er zu den Göttern kam, doch er wohnt in Tol Eressea und wird eines Tages die Feen nach Luthanien zurückführen, wenn der Tag des Auszuges kommt.*

Er prophezeite, seine Sippe werde wieder zurückkehren und Luthanien besitzen, bis zu den Tagen der Ankunft der Elben.

Siebenmal wanderten Menschen nach Luthanien ein, bis als siebte Einwanderer die Kinder der Kinder von Ing in ihre Heimat zurückkehrten.

Bei jeder neuen Einwanderung und jedem neuen Krieg schwanden die Elben, und jeder Eindringling liebte die Elben weniger, bis die Rúmhoth kamen – die nicht einmal glaubten, daß es Elben gab. Und die Elben flohen alle, so daß, bis auf einige wenige, die Insel dreihundert Jahre lang keine Elben sah.

---

* Die Bezeichnung »Auszug« ist hier in prophetischem Sinne gebraucht und nicht wie in Text (18) oder (20).

(23) Wie Ingwe aus den Händen der Elben *limpe* empfing und lange Zeit in Luthanien herrschte.

Wie Earendel nach Luthanien kam und sah, daß die Elben verschwunden waren.

Wie Ingwe ihm half, ihn aber nicht begleiten durfte. Earendel segnete Ingwes Nachfahren als die größten Seefahrer der Welt.[16]

Wie Osse wegen Earendel einen Krieg gegen Ingwe begann und Ing vor Sehnsucht nach den Elben Segel setzte, und wie alle, nachdem sie weit in den Osten getrieben worden waren, Schiffbruch erlitten.

Wie Ing, der Unsterbliche, zu den Ost-Dänen kam (Dani, OroDáni, Urdainoth).

Wie er der halb-göttliche König der Ingwaiwar wurde, sie viele Dinge über die Elben und Götter lehrte, so daß allein in diesem Volk ein wenig wahres Wissen um Götter und Elben zu finden ist.

Ein weiterer Text, der mit den vorhergehenden Texten nicht verbunden ist, jedoch die Ereignisse in Text (23) behandelt, soll hier eingefügt werden:

(24) Earendel sucht vor dem Zorn Osses bei [Ingwe] Zuflucht und läßt ihn *limpe* kosten (genug, um ihn unsterblich zu machen). Er erzählt ihm von den Elben und von der Behausung auf Tol Eressea.

Ingwe und eine Schar seines Volkes stechen in See, um Tol Eressea zu finden, aber Osse treibt sie nach Osten zurück. Das Schiff geht unter, und nur Ingwe rettet sich auf ein Floß. Er wird König der Angali, Euti, Saksani und Firisandi *, die sich nun Ingwaiwar nennen. Er lehrt sie mancherlei Zauber und bringt sie zum ersten Mal auf den Gedanken, nach Westen übers Meer zu fahren ...

Nach einer langen [Regierungszeit] sticht er mit einem kleinen Boot in See, und man hört nichts mehr von ihm.

Es ist klar, daß die Einführung von Luthanien und Ing(we) in die Konzeption die Geschichte von Earendel veränderte: während er in der älteren Version nach dem Fortgang der Eldar und Noldoli aus den Großen Landen nach Tol Eressea ging (S. 334f.), fährt er nun nach Luthanien; die Vorstellung von der Feindseligkeit Osses gegenüber Earendel (S. 334, 355) wird beibehalten, doch mit der Entstehung der Ingwaiwar in Verbindung gebracht. Damit ergibt sich folgender Handlungsablauf:

* Angeln, Sachsen, Jüten und Friesen.

- Ing(we), König von Luthanien.
- Earendel sucht bei ihm Zuflucht (nachdem [viele] der Elben nach Tol Eressea gegangen sind).
- Ing(we) sucht Tol Eressea, wird aber in den Osten getrieben.
- Sieben Einwanderungen in Luthanien.
- Das Volk von Ing(we) sind die Ingwaiwar, und sie kehren in »ihre Heimat« zurück, als sie über die Nordsee kommend nach Luthanien einwandern.

(25) Luthanien war das Land, von dem aus sich die Stämme auf der Einsamen Insel nach Valinor einschifften, wo sie sich zum Auszug* sammelten und von wo [auch] viele mit Elwing aufbrachen, um Eressea zu suchen.

Daß es Luthanien war, wo die Elben am Ende der großen Reise von Palisor die Einsame Insel bestiegen, um nach Valinor zu fahren, ist vermutlich mit der Bemerkung in Text (20) im Zusammenhang zu sehen, daß Ingwe und Earendel »in Luthanien lebten, bevor es eine Insel war«.-

(26) Es gibt andere Hinweise auf den Meeresarm, der Luthanien von den Großen Landen trennte: in Notizbuch C wird erwähnt, daß die Elben eine Landenge schufen, da sie »nun, da Ingwe verschwunden war, die Menschen fürchteten«; und es ist die Rede von »weißen Klippen, welche die Teleri mit silbernen Spaten bearbeiteten«; auch im folgenden Text wird der Meeresarm erwähnt.

(27) Die Elben erzählen Ælfwine von den alten Tagen Luthaniens, von Kortirion oder Gwarthyryn (Caer Gwár)[17], von Tavrobel.

Wie die Elben hundert Zeitalter dort wohnten, bevor die Menschen in der Lage waren, Schiffe zu bauen und den Meeresarm zu überqueren – so daß in den Wäldern und Tälern noch mächtiger Zauber haust.

Wie sie viele Orte in Tol Eressea nach Plätzen in ihrer Heimat Luthanien benannten. Von dem Zweiten Auszug und der Hoffnung der Elben, in Luthanien zu herrschen und dort ihre magischen Bäume aufs neue zu pflanzen – und es hängt am meisten von der Wesensart der Menschen aus Luthanien ab (weil sie zuerst dorthin kommen müssen), ob alles einen guten Verlauf nimmt.

Der hier erwähnte »Zweite Auszug« unterstützt meine Deutung des Begriffs »Auszug«, wie ich sie in den Texten (18), (20) und (25) vorgetragen habe; doch die Prophezeiung und Hoffnung der Elben bezüglich des Auszuges sind gegen-

* Hier ist der Marsch der Elben von Kôr gemeint, wie in den Texten (18) und (20).

über Text (6) gänzlich verändert: Hier sollen die Bäume in Luthanien neu gepflanzt werden.

(28) Wie Ælfwine in Tol Eressea landet; es scheint ihm von ähnlicher Art wie sein eigenes Land ... gehüllt in die Schönheit eines glücklichen Traums. Wie das Volk [seine Sprache] versteht und erfährt, woher er, weil Ulmo ihm wohlgesonnen war, gekommen ist. Wie er nach Kortirion gebracht wird.

Es ist interessant, die Texte (27) und (28) mit Text (9) zu vergleichen, dem Prosa-Vorwort zu *Kortirion unter den Bäumen;* letzterem zufolge war Kortirion eine Stadt, die Elben in Tol Eressea erbauten; und als Tol Eressea, über das Meer befördert, zu England wurde, erhielt die Stadt den englischen Namen *Warwick* (Text 13). In der neuen Geschichte ist Kortirion ebenfalls eine alte Wohnstätte der Elben, doch es liegt in Luthanien; und das Kortirion, zu dem Ælfwine in Tol Eressea kommt, ist eine zweite Stadt dieses Namens (genannt »nach ihrer Heimstatt in Luthanien«).

Diese sehr merkwürdige Übertragung von Namen läßt sich schematisch folgendermaßen darstellen:

(I) Kortirion, elbische Stadt in Tol Eressea
Tol Eressea ----→ England
Kortirion = Warwick

(II) Kortirion, elbische Stadt in Luthanien (> England)
Elben ----→ Tol Eressea
Kortirion (2) in Tol Eressea, benannt nach Kortirion (1)
in Luthanien.

Auf der Grundlage der Textstücke (15) bis (28) ließe sich versuchen, ein Erzählungsgerüst zu konstruieren, das allen wichtigen Elementen Rechnung trägt:

- Marsch der Elben von Kôr, genannt »der Auszug«, oder, nach Text (27) »der Erste Auszug« in die Großen Lande; Landung in Luthanien (Text 25) und der Verlust von Valinor (Text 18).
- Krieg mit bösen Menschen in den Großen Landen (Text 18).
- Die Elben zogen sich zurück nach Luthanien (das noch keine Insel war), wo Ing(we) König war (Text 18, 20).
- Viele [doch auf keinen Fall alle] der Elben ziehen zurück nach Westen über das Meer und lassen sich in Tol Eressea nieder; doch Elwing verschwand (Text 18, 25).

- Orte in Tol Eressea wurden nach Plätzen in Luthanien benannt (Text 27).
- Earendel kam nach Luthanien und suchte bei Ing(we) Zuflucht vor der Feindseligkeit von Osse (Text 20, 23, 24).
- Earendel gab Ing(we) *limpe* zu trinken (Text 24) *oder* Ing(we) erhielt vor Earendels Ankunft *linpe* von den Elben (Text 23).
- Earendel segnete vor seiner Abreise die Nachfahren Ing(we)s (Text 23).
- Osses Feindschaft gegen Earendel verfolgt auch Ing(we) (Text 23, 24).
- Ing(we) brach (mit vielen aus seinem Volk) auf (Text 24), um Tol Eressea zu finden (Text 23, 24).
- Wegen der Feindseligkeit Osses endete Ing(we)s Reise mit Schiffbruch, doch Ing(we) überlebte und wurde fern im Osten [d. h. nachdem er über die Nordsee getrieben worden war] König der Ingwaiwar, Vorfahren der angelsächsischen Einwanderer Britanniens (Text 23, 23).
- Ing(we) unterwies die Ingwaiwar im wahren Wissen um Götter und Elben (Text 23) und gab den Anstoß zur Seefahrt nach Westen (Text 24). Er prophezeite, seine Sippe werde eines Tages nach Luthanien zurückkehren (Text 22).
- Schließlich stach Ing(we) in einem Boot in See (Text 22, 24); man hörte nichts mehr von ihm (Text 24) *oder* er kam nach Tol Eressea (Text 22).
- Nach Ing(we)s Abreise wurde eine Meerenge geschaffen, so daß Luthanien eine Insel wurde (Text 26); doch die Menschen überquerten die Meerenge mit Booten (Text 27).
- Sieben Einwanderungen folgten einander, eingeschlossen die Rúmhoth oder Römer, und bei jedem neuen Krieg flohen mehr der verbliebenen Elben von Luthanien über das Meer (Text 20, 22).
- Jedoch die Ingwaiwar, die als siebte einwanderten, waren den Elben freundlich gesinnt (Text 20, 21); und diese Einwanderer »kehrten in ihre Heimat zurück« (Text 22), weil sie das Volk von Ing(we) waren.
- Die Elben von Luthanien (jetzt England) erblühten wieder und zogen nicht mehr von Luthanien nach Tol Eressea (Text 19); und sie sprachen mit den Ingwaiwar in deren eigener Sprache, dem Altenglischen (Text 21).
- Ælfwine war ein Engländer der angelsächsischen Periode, ein Abkömmling von Ing(we), dessen Liebe zu den Elben und dessen Wissen sich aus der Überlieferung seiner Familie herleiteten (Text 15, 16).
- Ælfwine kam nach Tol Eressea, wo Altenglisch gesprochen wurde; er wurde von den Elben Lúthien, ›Freund‹, genannt, der Mann aus Luthanien (Insel der Freundschaft) (Text 15, 16, 19).

Alles, was ich sagen will, ist, daß nur dieser Ablauf mir möglich scheint, um das verstreute Material zu einer fortlaufenden Erzählung zusammenzufügen. Zugegeben, um die einzelnen Fakten in den Rahmen einzupassen, mußten sie manchmal ein wenig gewaltsam interpretiert werden. Zum Beispiel die verwandtschaftlichen Beziehungen zwischen den Ingwaiwar und Ing(we): Sie sind »die Söhne von Ing« (Text 19), »seine Sippe« (Text 22), »die Kinder der Kinder von Ing« (Text 22), doch er scheint der König und Lehrmeister der Nordseevölker geworden zu sein, die in keiner Verbindung zu Luthanien oder den Elben standen (Text 23, 24). Über welches Volk herrschte er, als die Elben sich zum ersten Mal nach Luthanien zurückzogen (Text 18, 23)? Auch die »hundert Zeitalter«, welche die Elben in Luthanien zubrachten, ehe die Einwanderung der Menschen begann (Text 27), wollen nur schwer in den übrigen Ablauf passen.

Zweifellos ließ mein Vater bei der Niederschrift dieser Notizen seine Gedanken frei schweifen; man bekommt den Eindruck, daß neue Ideen rasch die alten zersetzten, so daß man keinen festen Erzählkern herauslösen kann. Eine endgültige Fassung zu rekonstruieren ist daher sicher ein unrealistisches Ziel, und dieser Versuch ist wahrscheinlich nicht weniger konstruiert als jener der »*Eriol*-Geschichte« (vgl. S. 375). Doch glaube ich, daß wenigstens deutlich wird, in welcher Richtung die Überlegungen meines Vaters zu der Zeit gingen.

Es gibt nur wenige Hinweise auf den weiteren Verlauf der »Ælfwine-Geschichte« nach seinem Aufenthalt in Tol Eressea (wie oben S. 382 bemerkt, hat der Seefahrer »nur noch die Aufgabe, die Fakten zusammenzutragen und sie aufzuzeichnen«); folgende Notiz findet sich auf einem Zettel:

(29) Wie Ælfwine *limpe* trank, aber sich nach seiner Heimat sehnte und nach Luthanien zurückkehrte; und dann wurde sein Verlangen nach den Elben unstillbar, und er ging zum alten Tavrobel zurück und wohnte im Haus der Hundert Kamine (wo noch immer wächst das Kind des Kindes der Kiefer von Belawryn) und schrieb das Goldene Buch.

[Dazu gehört ein Titelblatt:]

(30) Das Buch der Verschollenen Geschichten
und die Geschichte der Elben von Luthanien
[das ist?]
Das Goldene Buch von Tavrobel
das nämliche, das Ælfwine schrieb und im Haus
der Hundert Kamine zu Tavrobel niederlegte,
wo es noch immer ruht, und jeder, der mag, es lesen kann.

Die Texte (29) und (30) enthalten ein paar sonderbare Details. Beim »alten Tavrobel« muß es sich um das ursprüngliche Tavrobel in Luthanien handeln (nach dem das Tavrobel in Tol Eressea benannt wurde, ebenso wie Kortirion in Tol Eressea seinen Namen von Kortirion = Warwick in Luthanien erhielt); und das Haus der Hundert Kamine und die Kiefer von Belawryn (vgl. S. 361 und Anmerkung 4) wurden von Tol Eressea nach Luthanien verlegt. Vermutlich hatte mein Vater die Absicht, die Stellen, wo in der Rahmenerzählung zu den *Verschollenen Geschichten* vom Haus der Hundert Kamine die Rede ist, zu überarbeiten; es sei denn, es sollte im neuen Tavrobel in Tol Eressea ein weiteres Haus der Hundert Kamine geben.

Zum Schluß sei auf einen interessanten Eintrag im Qenya-Wörterbuch hingewiesen: *Parma Kuluinen* »Das Goldene Buch – das Buch, in dem Sagen gesammelt sind, besonders solche von Ing und Earendel«.

Mein Vater hat jedenfalls von allen diesen Entwürfen nur die Geschichte von Ælfwines Jugend und seiner Reise nach Tol Eressea weiterentwickelt und ihr eine vollständige und abgerundete Form gegeben, und diesem Werk wende ich mich nun zu; doch es ist notwendig, zuerst jene vorher behandelten Texte zusammenzustellen, die sich mit diesem Werk befassen.

Zu Beginn des Verbindungsstücks zur *Geschichte von Tinúviel* erzählt Eriol, er stamme »aus einer alten Stadt der Menschen, umgürtet mit einer Mauer, die nun zerbröckelt und verfallen« war und sprach »vom nahen Fluß, über dem eine Burg mit einem hohen Turm thronte«. Er fährt fort:

»Mein Vater entstammte einem Küstenvolk, und die Liebe zum Meer, das ich nie gesehen hatte, lag mir im Blut, und mein Vater nährte diese Sehnsucht, denn er erzählte mir Geschichten, die sein Vater ihm einst erzählt hatte. Nun fügte er sich, daß meine Mutter bei einer grausamen Belagerung jener alten Stadt Hungers starb und mein Vater im bitteren Kampf auf den Mauern fiel, und ich, Eriol, am Ende zu den Gestaden des Westlichen Meeres entkam.«

[Dann erzählt er von] seinen Streifzügen durch die westlichen Häfen ... von seinem Schiffbruch auf fernen westlichen Inseln, wo er schließlich auf einer einsamen Insel einen uralten Seemann traf, der ihm Obdach gab und ihm am Feuer in seiner abgelegenen Hütte sonderbare Geschichten erzählte von Dingen, jenseits der Westlichen Meere, von den Zauberinseln und von jener einen, die in letzter Einsamkeit hinter ihnen lag ...

»Danach«, fuhr Eriol fort, »war meine Neugier nach den westlichen Inseln geweckt, und um so neugieriger befuhr ich das Meer auf der Suche nach Geschichten dieser Art, und so fügte es sich tatsächlich, daß ich am Ende nach vielen großen Reisen, dank des Segens der Götter, nach Tol Eressea gelangte ...«

[In der Schreibmaschinenfassung dieses Verbindungsstückes wird außerdem gesagt, daß in Eriols Vaterstadt »ein mächtiger Herzog wohnte«, der] wenn er von seinen höchsten Zinnen Ausschau hielt ... doch nie die Grenzen seines ausgedehnten Besitzes erkennen [konnte], ausgenommen im Osten, wo in der Ferne die blauen Schemen der großen Gebirge lagen – dieser Turm indes galt als der höchste, den es in den Ländern der Menschen gab.

Die Belagerung und die Eroberung der Stadt waren das Werk »wilder Menschen aus den Gebirgen des Ostens«.

Am Ende der Schreibmaschinenfassung versicherte Ausir Eriol, »daß dieser uralte Seemann am einsamen Gestade kein anderer war als Ulmo selbst, der Reisenden, die er liebt, nicht selten in dieser Gestalt erscheint«; doch Eriol glaubte ihm nicht.

Oben S. 376 habe ich Gründe genannt, warum in der »*Eriol*-Geschichte« sich seine Jugend nicht in England abgespielt haben kann.

Wenden wir uns nun den Textstücken zu, die sich mit der späteren, der *Ælfwine*-Geschichte befassen. Aus Text (15) wissen wir, daß Ælfwine im Südwesten von England wohnte und daß sein Vater und seine Mutter von Seeräubern ermordet wurden; aus Text (20), daß sie »von wilden Menschen des Meeres getötet wurden«; aus Text (16), daß er »von den Normannen vertrieben« wurde. In Text (15) wird seine Begegnung mit dem »uralten Seemann« erwähnt. In Text (16) kommt er zum Hafen an der Südküste von Tol Eressea; und in Text (17) erwacht er bei Ebbe am Strand.

Ich komme nun zu der Erzählung, die schließlich Gestalt erhielt. Man wird, vielleicht erleichtert, feststellen, daß Ing, Ingwe und die Ingwaiwar völlig verschwunden sind.

Ælfwine aus England

Dieses kurze Werk existiert in drei Fassungen. Eine davon ist eine Skizze der Handlung von weniger als 500 Worten, die ich *Ælfwine A* nennen werde; jedoch die zweite ist eine erheblich ausführlichere Erzählung mit dem Titel *Ælfwine aus England.* Diese Version wurde 1920 oder später geschrieben: daß die Niederschrift nicht früher erfolgte, beweist das Papier, auf dem mein Vater schrieb (es sind zum Teil an ihn gerichtete Briefe vom Februar 1920).[18] Der dritte Text beginnt als saubere Abschrift des zweiten, nimmt dann aber in zunehmendem Maße den Charakter einer Neufassung (unter Einführung neuen Stoffes) an, die nach ihrer Fertigstellung weiterhin verbessert wurde. Diese Fassung trägt im Manuskript keinen Titel und muß offenbar ebenfalls *Ælfwine aus England* genannt werden.

Die erste, vollständig ausgeführte Fassung werde ich *Ælfwine I* nennen; die Neufassung bezeichne ich als *Ælfwine II*. Es ist schwer zu bestimmen, wie sich I und II zu *Ælfwine A* verhalten, denn A stimmt in einigen Punkten mit I, in anderen hingegen mit II überein. Es ist offensichtlich, daß mein Vater *Ælfwine I* vor sich hatte, als er *Ælfwine II* schrieb, doch es scheint wahrscheinlich, daß er gleichzeitig auch *Ælfwine A* hinzuzog.

Es folgt nun der vollständige Text von Ælfwine II in seiner endgültigen Form. Alle wichtigen Veränderungen und alle wesentlichen Unterschiede im Vergleich mit anderen Texten finden sich in den Anmerkungen (Unterschiede bei Namen und deren Veränderungen sind gesondert erfaßt).

Es war einmal ein Land, genannt England, und es war eine Insel des Westens, und bevor sie im Krieg der Götter zerbrochen wurde, war sie von allen nördlichen Landen das westlichste und blickte auf das Große Meer, das die Menschen einst Garsecg[19] nannen; jener Teil aber, der abbrach, wurde Irland genannt und hat noch viele Namen mehr, und seine Bewohner haben keinen Anteil an diesen Geschichten.

Dieses ganze Land nannten die Elben Lúthien[20], und sie tun es noch immer. In Lúthien allein wohnt noch immer der größte Teil der Schwindenden Scharen, die Heiligen Feen, die aus der Welt noch nicht fortgesegelt sind, weiter als Menschen erahnen können, zu der Einsamen Insel oder gar zum Berg von Tûn[21] über der Feenbucht, welche die westlichen Gestade des Königreichs der Götter umspült. Darum ist Lúthien selbst jetzt noch ein heiliges Land, und ein Zauber, den es sonst nirgendwo gibt, umgibt noch viele Plätze dieser Insel.

Nun liegt noch in der Mitte der Insel eine Stadt, alt in den Augen der Menschen, doch für die Elben ist sie sehr viel älter; und weil dies ein Buch der Verschollenen Geschichten von Elbenheim ist, soll sie in der Elbensprache Kortirion heißen, und die Gnomen nennen sie Mindon Gwar.[22]

Auf dem Berg von Gwar wohnte in den Tagen der Engländer ein Mann, und sein Name war Déor, und von weit her war er gekommen, aus dem Süden der Insel, aus den Wäldern und dem verwunschenen Westen, wo er, obgleich er der Engländer Volk entstammte, lange Zeit umhergewandert war. Nun war der Fürst von Gwar in jenen Tagen ein Liebhaber von Liedern und kein Feind der Elben, und so hielten sie sich am liebsten in den Landstrichen rings um Kortirion auf (welche sie Alalminóre nannten, das Land der Ulmen); und dorthin kam Déor, der Sänger, um den Fürsten von Gwar aufzusuchen und die Scharen der Schwindenden Elben, weil er ein Elbenfreund war. Obgleich Déor von englischem Geblüt war, nahm er, so erzählt man, eine Jungfrau aus dem Westen zur Gemahlin, aus Lionesse, wie manche es seitdem nennen, oder Evadrien, »Eisenküste«, wie die Elben immer noch sagen. Déor fand sie in dem vergessenen Land jenseits von Belerion, von wo die Elben dann und wann in See stachen.

Voll Freuden hatte Déor lange Zeit in Mindon Gwar gelebt, aber die Menschen aus dem Norden, welche die Feen der Insel Forodwaith nannten, denen die Menschen jedoch andere Namen gaben, griffen Gwar in jenen Tagen an, als sie beinahe das ganze Land von Lúthien verwüsteten. Die Stadtmauern vermochten nichts, und die Türme konnten dem Feind nicht für immer standhalten, wenn auch die Belagerung lang und bitter war.

Dort starb Éadgifu (denn so nannte Déor die Jungfrau aus dem Westen, obgleich sie vormalen einen anderen Namen trug)[23] in jenen schlimmen Tagen des Hungers; Déor jedoch fiel vor den Mauern, als er gerade ein Lied von alter Tapferkeit anstimmte, die Herzen der Männer zu ermutigen. Das war ein verzweifelter Ausfall, und Déors Sohn war Ælfwine, und er war damals erst ein Knabe, der nun vaterlos war. Die Plünderung dieser Stadt war sehr grausam, und von ihren alten Tagen blieb nur noch ein Raunen, und die Elben, welche die Engländer der Insel inzwischen liebten, flohen und versteckten sich lange Zeit, und weder Elb noch Mensch blieb in den alten Hallen der Stadt zurück, den Fall zu beklagen von Óswine, Fürst von Gwar.

Da machten die grausamen Herren der Forodwaith Ælfwine, ihn, den die nicht geschwundenen Elben jenseits der Wasser von Garsecg später Eldairon von Lúthien nannten (was Ælfwine aus England heißt), zu einem Sklaven, und er erfuhr schlimme Tage in seiner Knabenzeit. Doch es war fürwahr wie ein Wunder, daß Ælfwine, obgleich er das Meer nicht kannte und es nie gesehen, dennoch seine gewaltige Stimme tief in seinem Herzen sprechen hörte, und zwischen Wachen und Schlaf vernahm er in seinem Inneren immerfort des Meeres murmelnde Chöre. Dies vollbrachte der Zauber von Éadgifu, Mädchen aus dem Westen, seine Mutter, und diese unstillbare Sehnsucht hatte sie alle Tage erfüllt, da sie an den stillen Plätzen im Land bei den Ulmen von Mindon Gwar wohnte – und inmitten ihrer Sehnsucht wurde Ælfwine geboren, ihr Kind, und die Gischtreiter, die Elben des Meeressaums, die sie einst in Lionesse gekannt, sandten Boten zu seiner Geburt. Doch nun war Éadgifu hinter dem Rand der Erde verschwunden, ihre schöne Gestalt lag ohne Ehren in Mindon Gwar, und Déors Harfe war verstummt, doch Ælfwine trug das Joch der Sklaverei bis zur Schwelle des Mannesalters, hing Träumen nach, war von Verlangen nach dem Meer erfüllt, und nur selten einmal hielt er Zwiesprache mit den verborgenen Elben.

Schließlich zehrte die Sehnsucht nach dem Meer so schmerzlich an ihm, daß er darauf sann, seine Ketten zu sprengen, und indem er große Gefahren wagte und viele bittere Mühen auf sich nahm, entkam er in Lande, wohin die Fürsten der Forodwaith nicht gekommen waren, fern der Orte von Déors Behausung in Mindon Gwar. Unablässig wanderte er südwärts und nach Westen, denn seine Füße trugen ihn von allein dorthin. Nun besaß Ælfwine in bestimmten Maße die Gabe der Elben-Sicht (welche in jenen Tagen des Schwindens der Elben nicht allen verliehen wurde und nun noch weniger Menschen zuteil wird), und überdies waren die Elben von Lúthien in jenen Tagen weniger geschwunden, so daß er manch eine Schar dieser schönen Gestalten auf seiner Wanderung zu Gesicht bekam. Einige von ihnen wohnten noch dort und tanzten noch wie einst durch das Land, die meisten freilich wanderten langsam und schwermütig nach Westen; denn das ganze Land hinter ihnen war voller Feuer und Krieg, und Tränen und Blut flossen dort, weil die Liebe unter den Menschen geschwunden war – und es war nicht das letzte Mal, daß Menschen Lúthien anderen Menschen entrissen, denn das vollzog sich siebenmal und wird vielleicht noch öfter geschehen. Menschen aus dem Osten und aus dem Westen, aus dem Süden und aus dem Norden hat es nach diesem Lande gelüstet, und sie haben es jenen geraubt, die es vor ihnen besaßen, weil es schön und prächtig war und der Glanz der verwehenden Zeitalter der Elben noch immer unter seinen Bäumen hinter seinen hohen, weißen Gestaden wohnte.[24]

Doch bei jeder Eroberung dieser Insel wurde die Zahl ihrer ältesten Bewohner, des Volks von Lúthien, größer, die sich nach Westen wandten; und sie schifften sich ein in Belerion im Westen und segelten für immer fort in Fernen, von denen die Menschen nichts wissen, und nach ihrer Abreise war die Insel ärmer und ihr Laub weniger grün; doch immer noch beherbergt sie die reichsten der Menschen in der Gegenwart der Elben. Niemals sonst, sagt man, ausgenommen die Zeit, da die grausamen Väter der Menschen, Feinde der Elben und gerade dem Bösen verfallen,[25] zum ersten Mal das Land betraten, sei eine so große Flotte elbischer Schiffe und weißsegliger Galeonen zum Sonnenaufgang aufgebrochen, als in jenen Tagen, da die alten Menschen des Südens zuerst machtvoll den Fuß auf Lúthiens Boden setzten – die Menschen, deren Herren in der Stadt der Macht thronten, welche Elben und Menschen Rûm genannt haben (doch bloß die Elben kennen sie als Magbar).[26]

Nun sind es weniger die trüben Herzen späterer Tage als die blutigen Taten grausamer Hände, welche das kleine Volk zur Abreise bewegen; und immer wieder sticht ein kleines Schiff[27] von Belerion in See, wenn es Abend wird, und sein lieblicher, schwermütiger Gesang verliert sich für immer über den Wogen. Ja selbst in den Tagen Ælfwines gab es manch ein vollbesetztes Schiff unter elbischen Segeln, das jene Küsten für immer verließ, und auf seinem Weg nach Westen fand er manch einen Gefährten, sichtbar oder halb unsichtbar. Und so kam er endlich nach Belerion, und dort wusch er seine müden Füße in den grauen Wassern des Westlichen Meers, dessen mächtiges Tosen seine Ohren betäubte. Dort fuhren die Schemen elbischer[28] Boote an ihm vorbei in die Dämmerung, und manch ein Elb rief ihm von Bord ein Lebewohl zu. Er aber durfte diese zerbrechlichen Gefährte nicht besteigen, und die Elben erhörten sein Flehen nicht – denn sie wollten nicht zulassen, daß jemand, selbst ein Mensch, den sie liebten, mit ihnen über den äußersten Rand des Westens kam oder erfuhr, was sich weit draußen verbarg, auf Garsecg, dem großen unendlichen Meer.

Die wenigen Menschen nun, die dort in der Nähe Belerions hausten, waren Fischer, und Ælfwine wohnte lange bei ihnen, und weil er in seinem innersten Wesen dazu geschaffen war, eignete er sich alles Wissen über Schiffahrt und Meer an, das ein Mann nur erwerben kann. Auf sein Leben gab er wenig, und er fuhr weiter auf den Ozean hinaus als die meisten dieser Männer, so gute Seefahrer sie auch waren; und am Ende waren es nur noch wenige, die ihm zu folgen wagten, ausgenommen Ælfheah, den Vaterlosen, der bei allen Abenteuern an seiner Seite war bis zu seiner letzten Reise.[29]

Einmal nun, auf einer Fahrt weit aufs offene Meer, zuerst in dichtem Nebel gefangen, danach hilflos von einem mächtigen Wind aus dem Osten dahingetrieben, erspähte er in der Dämmerung einige Inseln, doch er konnte nicht zu ihnen gelangen, weil der drehende Wind ihn wieder weit abtrieb, und nur die Macht seines Schicksals bewahrte ihn, so daß er die schwarzen Küsten seiner Heimat wiedersehen konnte. Da war er wenig zufrieden mit seinem guten Geschick und beschloß in seinem Herzen, beim nächsten Mal noch tiefer in den Westen zu segeln, denn in seiner Unwissenheit glaubte er die Zauberinseln aus den Liedern der Menschen von fern erblickt zu haben. Wenige Gefährten konnte er für sein Abenteuer gewinnen. Nicht alle Männer lieben es auszufahren, um die rote Sonne zu suchen oder, dürstend nach dem Unentdeckten, es mit den gefährlichen Meeren aufzunehmen. Schließlich fand er sieben solcher Männer, die größten Seefahrer, die es damals in England gab, und Ulmo, Herr der Meere, nahm sie später zu sich, und ihre Namen sind nun vergessen bis auf den von Ælfheah.[30] Eben hatten sie die Inseln gesichtet, nach denen Ælfwine verlangte, als ein gewaltiger Sturm ihr Schiff ergriff und eine mächtige Woge darüber hereinbrach; doch Ælfwine wurde von den Wellen fortgeschwemmt, und als er zu sich kam, sah er keine Spur von seinem Schiff oder seinen Gefährten, und er lag auf einem sandigen Strand in einer Bucht mit dicken Felsmauern. Dunkel und sehr verlassen war die Insel, und da wußte er, das dies nicht die Zauberinseln waren, von denen er oft hatte erzählen hören.[31]

Lange wanderte er dort umher, heißt es, und dabei stieß er auf viele Schiffsrümpfe, die auf den langen düsteren Stränden verfaulten, und einige waren die Wracks einst mächtiger Schiffe, und manche waren mit Schätzen beladen. Am entfernten Ufer nach Westen zu fand er schließlich eine einsame Hütte, und sie war aus dem umgestülpten Rumpf eines kleinen Schiffes gezimmert. Dort wohnte ein uralter Mann, und Ælfwine fürchtete ihn, denn die Augen des Mannes waren so unergründlich wie die bodenlose See, und sein langer Bart war blau und grau; riesig war seine Gestalt und sein Schuhwerk aus Stein,[32] doch er war in Lumpen und Fetzen gehüllt und saß an einem kleinen Feuer, von Treibholz genährt.

Lange blieb Ælfwine in diesem seltsamen Unterschlupf, aus Mangel an einem anderen Dach und einem besseren Rat, und er glaubte sein Schiff verloren und seine Gefährten ertrunken. Doch der alte Mann war freundlich gegen ihn, befragte ihn, was er in der Welt treibe und wohin er habe segeln wollen, bevor der Sturm ihn überkam. Und viele Dinge, von denen er zuvor nie gewußt, hörte ihn Ælfwine abends am rauchigen Feuer erzählen und sonderbare Geschichten von windgejagten Schiffen und unbarmherzigen Stürmen über den verbotenen Wassern. So erfuhr denn Ælfwine, daß es noch eine weite Reise sei bis zu den Zauberinseln, die eine dunkle und geheime Wacht hielten am Rande der Erde, hinter dem die Wasser von Garsecg ruhiger werden und wo das Zwielicht herrscht der letzten Tage des Feenlandes. Dahinter, an den Grenzen der Schatten, liegt die Einsame Insel, nach Osten blickend zu den Zauberinseln und zu den Landen der Menschen dahinter, und nach Westen zu, in den fernen Schatten, kann man das Äußere Land erspähen, das Königreich der Götter – sogar die uralte Feenbucht, deren Glanz trübe geworden ist. Von dort fällt die Welt steil ab unter den Saum der Dinge gen Valinor, dem Gott-Heim, und zu der Mauer und zum Rande des Nichts, über das die Sterne verstreut sind. Die Einsame Insel aber gehört weder zu den Großen Landen noch zum Äußeren Land, und keine Insel liegt in ihrer Nähe.

In seinen Geschichten nannte der alte Mann sich selbst den Mann vom Meer, und er sprach von seiner letzten Fahrt, bevor er an dieser äußeren Insel Schiffbruch erlitt; er erzählte, wie er, bevor der Westwind ihn packte, weit in der Ferne, im Schoße der Tiefe, die blinkenden Laternen der Einsamen Insel erspäht hatte. Da machte Ælfwines Herz einen Freudensprung, doch er sagte zu dem alten Mann, er dürfe nicht hoffen, noch einmal ein tüchtiges Schiff oder Gefährten zu finden. Aber der Mann vom Meer erwiderte: »Höre, dies ist eine aus der Kette der Hafenlosen Inseln, welche alle Schiffe auf ihre versteckten Klippen und trügerischen Strände locken, damit Menschen nicht weiter hinausfahren auf Garsecg und Dinge sehen, die für ihre Augen nicht bestimmt sind. Und diese Inseln wurden bei der Verhüllung von Valinor hierhergesetzt, und auf ihnen wächst nur wenig Holz für Schiff und Floß, wie man sich denken kann;[33] aber trotzdem kann ich dir bei deinem Wunsche helfen, diese gefräßigen Gestade zu verlassen.«

An einem Tage danach streifte Ælfwine an den östlichen Stränden entlang und betrachtete die vielen unglückseligen Wracks, die dort lagen. Er suchte, wie schon oft zuvor, nach einer Spur oder einem Überrest seines guten Schiffes aus Belerion. In der vergangenen Nacht hatte ein furchtbarer Sturm mit großer Gewalt getobt, und siehe! Ælfwine sah, daß die Zahl der Wracks sich um eines vermehrt hatte, und es war ein großes und wohlgebautes Schiff gewesen und von edler Form, wie sie die Forodwaith damals liebten. Es war hoch auf die trügerischen Dünen geworfen worden, und sein mächtiger Bug, geschnitzt wie ein Drachenhaupt, war unversehrt dem Lande zugekehrt. Als nun die Flut allmählich die trockenen Flächen zu überschwemmen begann, watete der Mann vom Meer ins flache Wasser hinaus. Als Stab hatte er ein Stück Holz, so groß wie ein junger Baum, und er stapfte dahin, als brauche er weder Flut noch Treibsand zu fürchten, bis er so weit draußen war, daß seine Schultern kaum aus den gelben Wassern der auflaufenden Flut hervorragten und er den geschnitzten Bug erreichte, der nun allein noch nicht vom Wasser überflutet war. Dann staunte Ælfwine, der ihn aus der Ferne beobachtete, als er ihn einzig mit seiner Kraft das ganze große Schiff aus der saugenden Umklammerung des Sandes emporheben sah, der das versunkene Heck festhielt; und als der Rumpf freikam, trieb er ihn vor sich her, nun mit mächtigen Stößen in tieferem Wasser schwimmend. Bei diesem Anblick ergriff Ælfwine aufs neue die Furcht vor dem Alten, und er fragte sich, welch ein Geschöpf er wohl sein möge; doch nun war das Schiff hoch auf festeren Grund geschoben, und der Schwimmer schritt an Land, und sein gewaltiger Bart war behangen mit Flechten von Seetang und ebenfalls sein Haar.

Als die Flut die Gefräßigen Strände wieder verließ, gebot der Mann vom Meer Ælfwine, das gerettete Wrack zu untersuchen, und Ælfwine sah, daß es nicht beschädigt war; doch im Inneren des Rumpfes fand er neun tote Männer, die vor kurzem noch gelebt hatten. Sie lagen auf den Rücken und starrten gen Himmel, und siehe, einer war unter ihnen, der, obgleich sein Haar altersweiß und sein Gesicht vom Tode bleich, noch immer durch Kleidung und Miene verriet, daß er unter den Menschen ein Anführer gewesen war, ein stolzer und grausamer Mann. »Männer aus dem Norden, Forodwaith, sind sie«, sagte der Mann vom Meer, »doch Hunger und Durst ließen sie sterben, und ihr Schiff sank im Sturm letzte Nacht, als es auf die Gefräßigen Strände lief und alllmählich vom Treibsand begraben worden wäre, hätte das Schicksal es nicht anders bestimmt.«

»Wahr ist, was du von ihnen sagst, O Mann vom Meer; und jenen dort, den Weißhaarigen, kenne ich wohl, denn er erschlug meinen Vater; und lange war ich sein Sklave, und Orm nennen ihn die Menschen, und wenig Liebe hege ich für ihn.«

»Und sein Schiff soll es sein, das dich forträgt von dieser Hafenlosen Insel«, sagte der Alte, »und es war ein kühnes Schiff eines mutigen Mannes, denn kaum ein Volk hat nun soviel Herz, die Abenteuer der See zu wagen wie die Forodwaith, die es immerzu drängt, die Nebel des Westens zu durchstoßen, wenn auch wenige überleben, um die Mär zurückzubringen von dem, was sie erschaun.«

So kam es, daß gegen alle Hoffnung Ælfwine von dieser Insel entkam, doch der Mann vom Meer war sein Kapitän und Steuermann, und so gelangten sie nach wenigen Tagen zu einem kaum bekannten Land.[34] Und dort wohnt ein sonderbares Volk, von dem niemand weiß, wie es aus dem Westen dorthin gekommen ist, doch zählt man es zu den Geschlechtern der Menschen, obgleich ihr Land an den äußeren Grenzen der Menschheit liegt, weiter gen Sonnenuntergang jenseits der Hafenlosen Insel und nördlicher noch als jene Insel, auf der Ælfwine scheiterte. Ans Wunderbare grenzt die Kunst dieses Volks, Boote und Schiffe jeder Art zu bauen und zu steuern; doch segeln sie selten oder nie zu den Ländern anderen Volks, und sie lassen sich nur wenig ein auf Handel oder Krieg. Sie bauen ihre Schiffe, weil sie diese Arbeit lieben und einzig wegen der Freude, die es ihnen bereitet, das Meer darin zu befahren. Und ein großer Teil dieses Volks ist immer an Bord seiner Schiffe, und alle Gewässer um ihre Heimatinsel, ob in Stille oder Sturm, sind immerfort weiß von ihren Segeln. Ihr Vergnügen ist es, mit ihren Booten von außerordentlicher Schnelligkeit miteinander um die Wette zu fahren, unter Segel oder von Reihen langschäftiger Ruder angetrieben. Mit Schiffen von großer Seetüchtigkeit führen sie andere Wettkämpfe aus, um zu ermitteln, welches Schiff den stärksten Stürmen trotzen kann (und diese sind wahrlich furchtbar, die über ihrer Insel tosen, deren Küsten eisengesäumt sind, bis auf einen stillen Hafen im Norden). Auf diese Weise beweist sich die Kunst ihres Schiffbaus; und die Menschen nennen sie die Ythlinge,[35] die Kinder der Wellen, doch die Elben nennen ihre Insel Eneadur und ihr Volk die Schiffer des Westens.[36]

Freundlich empfing dieses Volk Ælfwine und seinen Steuermann an den bevölkerten Kais ihres Hafens im Norden, und es wollte Ælfwine scheinen, als sei der Mann vom Meer hier nicht unbekannt und daß man ihm mit größter Ehrfurcht und Verehrung begegnete und seine Forderungen erfüllte, als seien es die Gebote eines Königs. Doch noch größer wurde seine Verwunderung, als er in der Menge an diesem Ort zwei seiner Gefährten traf, die er ertrunken gewähnt; und er erfuhr, daß die sieben Seefahrer aus England in diesem Lande lebten, doch das Schiff war gänzlich zerschellt an den schwarzen Gestaden im Süden, nicht lange nach jener Nacht, in der die mächtige Sturzsee Ælfwine über Bord gespült hatte.

Auf Geheiß nun des Mannes vom Meer bauten die Inselbewohner mit großer Schnelligkeit ein neues Schiff für Ælfwine und seine Gefährten, weil er in Orms Schiff nicht länger fahren wollte; und das Holz für den Bau wurde, wie der uralte Seemann es befahl, tief im Land in einem Hain zaubrischer Eichen geschlagen, der auf einem hochgelegenen Platz der Götter wuchs, Ulmo geweiht, dem Herrn des Meeres, und selten wurde einer dieser Bäume gefällt. »Ein Schiff, das aus diesem Holz erbaut ist«, sagte der Mann vom Meer, »kann vielleicht verlorengehen, doch jene, die darin segeln, werden auf dieser Reise ihre Leben nicht verlieren; doch vielleicht werden sie an ein Gestade geworfen, an das zu gelangen sie kaum gedacht haben.«

Als aber dieses Schiff vollendet war, hieß der alte Seemann sie an

Bord gehen, und dies taten sie, doch mit ihnen ging auch Bior von den Ythlingen, ihnen mit seiner großen Erfahrung beizustehen, einer, der mehr als jeder andere aus diesem sonderbaren Volk geneigt war, zuweilen weit fortzusegeln vom Lande Eneadur nach Westen oder Norden oder Süden. Viele Ythlinge standen dort am Ufer neben dem Schiff; denn sie hatten es in einer Bucht in der Steilküste gebaut, die nach Westen blickte, und eine Felsbarre mit nur einer schmalen Öffnung schuf hier einen geschützten Hafen und Ankerplatz, und auf dieser Insel steiler Klippen waren nur wenige solcher Plätze zu finden. Darauf legte der Uralte seine Hand auf den Bug des Schiffes und sprach Worte eines Zaubers, der dem Schiff Macht verlieh, unberührte Wasser zu durchschneiden, in nie befahrene Häfen einzulaufen und an unbetretenen Stränden zu landen. Nach Art der Ythlinge hatte das Schiff auf jeder Seite ein Seitenruder, und jedes segnete er und verlieh ihm die Fähigkeit zu steuern, wenn die Hände, die es führten, versagten, den verlorenen Kurs wiederzufinden und Sternen zu folgen, die verborgen waren. Dann schritt er davon, und die Menschenmenge machte ihm Platz, und er erklomm die Klippen, bis er eine hohe Spitze erreichte. Dann sprang er weit hinaus, stürzte hinab, und mit einem gewaltigen Schaumspritzer verschwand er im Meer, wo die großen Brecher sich sammelten, um gegen die hochragende Küste anzurennen.

Ælfwine sah ihn nicht mehr, und voller Schmerz und Staunen sagte er: »Warum war er des Lebens so überdrüssig? Es schmerzt mein Herz, daß er tot ist«; doch die Ythlinge lächelten, so daß er einige, die in der Nähe standen, fragte: »Wer war dieser mächtige Mann, denn mich dünkt, daß ihr ihn gut kennt?« Und sie gaben ihm keine Antwort. Dann stießen sie dieses kühngezimmerte Schiff ins Meer hinaus, denn Ælfwine mochte nicht länger bleiben, obgleich die Sonne zu den Bergen von Valinor jenseits der Westlichen Mauern herabsank. Bald war das weiße Segel in weiter Ferne zu sehen, gebauscht von einem Wind, der vom Lande kam, und rot überhaucht vom Licht der halb versunkenen Sonne; und die Männer an Bord sangen alte Lieder des englischen Volkes, die über den segellosen Wellen des Westlichen Meeres verklangen, und dann drang kein Laut mehr zu denen, die am Ufer ausharrten. Die Nacht brach herein, und niemand auf Eneadur sah dieses kraftvolle Schiff jemals wieder.[37]

So begannen diese Seefahrer jene lange und merkwürdige und gefährliche Reise, deren vollständige Geschichte noch nie erzählt worden ist. Nichts von ihren Abenteuern in den Inselreichen des Westens, von den Wundern und Gefahren, welche die Zauberinseln ihnen bescherten und unbekannte Meere und Sunde, soll hier erzählt werden, sondern vom Ende ihrer Reise, als nach vielen Jahren, da sie der See müde und im Herzen elend geworden waren, ein grauer, trostloser Tag heraufdämmerte. Wenig Wind ging dort, und niedrig hingen die Wolken über ihnen, und nichts konnten sie vor dem Bug ausmachen, der sich nun langsam und unsicher seinen Weg über die Wellen bahnte. Sie waren übereingekommen, daß dieser Tag der letzte sein sollte, ehe sie ihr Schiff zur Heimfahrt wendeten (wenn sie konnten), falls nicht ein Wunder geschähe oder ein Hoffnungszeichen auftauche. Denn ihr Wagemut hatte sie verlassen. Hinter ihnen lagen die Zauberinseln, wo drei ihrer Kameraden auf den dämmrigen Stränden in tödlichem Schlafe lagen, ihre Häupter auf weißen Sand gebettet und in Gischt gehüllt, umfangen von den ewigen Zaubern von Eglavain. Seitdem waren alle ihre Reisen fruchtlos gewesen, denn immer wieder hatten die Winde sie zurückgeworfen, ohne daß sie die Gestade der Elbeninsel gesichtet hatten.[38] Da sagte Ælfheah,[39] der das Steuer führte: »Nun, Ælfwine, ist die verabredete Zeit gekommen! Laß uns das tun, was die Götter und die Winde lange schon von uns verlangen – laß uns absehen von unserer herzermattenden Suche nach einem Nichts, einem Truggebilde in der Leere, und laß uns umkehren, wenn die Götter es wollen, und die heimischen Herde suchen.« Und Ælfwine fügte sich. Dann schlief der Wind ein, kein Hauch kam von Osten oder Westen, und langsam senkte sich die Nacht über das Meer.

Und siehe, endlich erhob sich eine sanfte Brise, und sie kam weich aus dem Westen; und gerade als sie ihre Segel zur Heimfahrt damit füllen wollten, sagte plötzlich einer der Seefahrer: »Fürwahr, eine sonderbare Luft ist das und schwer von Düften der Erinnerung«; und alle hielten inne und atmeten tief ein. Die Nebel wichen vor dem sanften Wind, und sie konnten eine zarte Mondscheibe in den aufreißenden Schwaden dahinziehen sehen, bis dahinter rasch tausend kalte Sterne hervorblinkten in die Dunkelheit. »Die Nachtblumen öffnen sich in Elbenheim«, sagte Ælfwine. »Und seht«, sagte Bior[40], »die Elben entzünden Kerzen in ihrem silbrigen Zwielicht«, und aller Blicke folgten seiner langen Hand, die über das dunkle Heck deutete. Da verstummten sie alle vor Verwunderung und Überraschung und erblickten tief in der westlichen Dämmerung einen blauen Schatten und in dem blauen Schatten viele glitzernde Lichter, und immer mehr und mehr kamen blinkend hervor, bis zehntausend Punkte flackernden Glanzes in der Ferne aufsplitterten, als wäre Staub der glühenden Juwelen, die Feanor geschaffen, auf dem Schoß des Ozeans verstreut.

»Dann ist dies der Hafen der Vielfarbenen Lichter«, sagte Ælfheah, »von dem manch eine wenig beachtete Geschichte in unsrer Heimat erzählt hat.« Dann sagten sie nichts mehr, legten die Ruder aus, wendeten eilig ihr Schiff und ruderten auf die unsterbliche Küste zu. Beinahe, so kurz vor dem Ziel, hätten sie ihre Suche aufgegeben. Wenig schreckte sie die lange Strecke, und kraftvoll legten sie sich in die Riemen, und die lange Nacht des Feenreiches dauerte an, und über ihnen zog der gehörnte Mond von Elbenheim seine Bahn.

Da kam Musik sehr sachte über die Wasser gezogen, und sie war von ungeahnter Sehnsucht durchtränkt, daß Ælfwine und seine Gefährten sich auf die Ruder stützten und leise weinten; und ein jeder beweinte sein halb erinnertes Herzeleid, die Erinnerung an die Schönheit lange verlorener Dinge, und ein jeder weinte aus Sehnsucht nach der reinen Schönheit, die jedes Kind der Menschen erfüllt, Schönheit, die es sucht und die es nicht findet. Und einer sagte: »Es sind die Harfen, die erklingen, und die Lieder, die sie singen von schönen Dingen; und die Fenster zum Meer sind von Licht erfüllt.« Und ein zweiter sagte: »Die Saiten ihrer Violen beklagen die alten Kümmernisse des unsterblichen Volks der Erde, doch auch ein Hauch von Freude liegt darin.« – »Ach, ich höre die Hörner der Feen in den verwunschenen Wäldern erklingen«, sagte Ælfwine, »eine Musik, wie ich sie einst schwach zu vernehmen glaubte, vor langen Jahren unter den Ulmen von Mindon Gwar.«

Und seht! als sie so nachsinnend sprachen, verbarg sich der Mond, und die Sterne wurden umwölkt, und die Nebel der Zeit verhüllten das Gestade, und nichts konnten sie sehen und nichts mehr hören, bis auf das Rauschen der Brandung an den fernen Kieselstränden der Einsamen Insel; und rasch trug der Wind auch dieses schwache Geräusch davon. Doch Ælfwine beugte sich vor mit weit geöffneten Augen und ohne ein Wort, und mit einem gewaltigen Schrei sprang er plötzlich nach vorn ins dunkle Meer, und die Wasser, die ihn umschlossen, waren warm, und ein freundlicher Tod, so schien ihm, nahm ihn in seinen Armen auf. Da war es den anderen, als erwachten sie beim Klang seiner Stimme aus einem Traum; doch der Wind wurde nun plötzlich heftig und füllte ihre Segel, und niemals sahen sie ihn wieder, sondern wurden fortgetrieben, die Herzen zerrissen von Trauer und Verlangen. Fahle Elbenschiffe sahen sie zuweilen, die heimkehrten vielleicht zum Hafen der Vielfarbenen Lichter, und sie grüßten sie; doch nur schwache Echos aus weiten Fernen drangen an ihr Ohr, und niemand lenkte sie jemals zu dem Land ihrer Sehnsucht; und jene, die nach langer Zeit und nach zahllosen Irrfahrten den Rückweg fanden, bis sie endlich im Hafen von Belerion Anker warfen, waren gealterte Männer und reisemüde. Und die Dinge, die sie gesehen und gehört, kamen ihnen danach wie ein Trugbild vor, wie ein Wachtraum, aus Verlangen und Meereszauber geboren, ausgenommen Bior von Eneadur aus dem Schiffs-Volk des Westens.

Doch unter den Nachfahren dieser Männer ist danach manch ein ruheloser und grüblerischer Geist gewesen, seit sie tot und über den Rand der Erde gefahren waren, ohne eines Schiffs oder Segels zu bedürfen. Niemals aber, so lange Leben in ihnen war, ließen sie ab von der Seefahrt, und ihre Leiber fanden allesamt ihre Ruhe im Meer.[41]

Hier endet die Geschichte. Es findet sich keine Spur von einer Weiterführung, obgleich es wahrscheinlich ist, daß *Ælfwine aus England* den Anfang zu einer vollständigen Neubearbeitung der *Verschollenen Geschichten* bilden sollte. Es wäre interessant, exakt zu wissen, wann *Ælfwine II* geschrieben wurde. Die Handschrift des Manuskriptes ist gewiß anders als die der übrigen *Verschollenen Geschichten;* doch ich neige zu der Ansicht, daß *Ælfwine II* in nicht zu großem Abstand auf *Ælfwine I* folgte; und es ist unwahrscheinlich, daß die erste Version wesentlich später als 1920 entstand (dazu S. 395).

An das Ende von *Ælfwine II* setzte mein Vater zwei Notizen; er spielte mit dem Gedanken, (1) Ælfwine zu einem »frühen heidnischen Engländer zu machen, der in den Westen floh« und (2) die Episode mit der Insel des alten Mannes wegzulassen; alle sollten auf Eneadur, der Insel der Ythlinge, stranden.

In dieser Erzählung – in welcher das »Zauberhafte« der frühen Elben höchst eindringlich in der Vision der Seefahrer von der Einsamen Insel vermittelt wird – ist Ælfwine noch in den Kontext der Gestalten alter englischer Sagen gestellt: sein Vater ist Déor der Sänger. In dem berühmten angelsächsischen Manuskript, dem sogenannten »Exeter-Buch«, findet sich ein kleines Gedicht von 42 Zeilen, dem man den Titel *Déor* gegeben hat. Darin berichtet Déor, daß ihm ein anderer Barde namens Heorrenda die Gunst seines Herrn abspenstig gemacht habe; er zählt Beispiele großen Unglücks auf, die in den großen Heldenliedern beschrieben sind, und zieht Trost daraus, jeweils mit dem Refrain schließend: *þæs ofereode; þisses swa mæg,* den man auf verschiedene Weise übersetzt hat; mein Vater schlug vor: »Zeit ist seit damals vergangen, und auch dies kann vorübergehen«.[42]

Déor und Heorrenda sind diesem Gedicht entnommen. In der »*Eriol*-Geschichte« war Heorrenda der Sohn Eriols, der ihm in Tol Eressea von seiner Gemahlin Naimi geboren wurde (S. 371 f.); zusammen mit Hengest und Horsa eroberte er die Einsame Insel (S. 373); in England wohnte er in Tavrobel (ebd.). Ich glaube nicht, daß es zwischen Déor, dem Sänger von Kortirion, Heorrenda von Tavrobel und dem angelsächsischen Gedicht außer den Namen noch weitere Verbindungen gibt – obgleich mein Vater die Namen sich nicht willkürlich gewählt hat. Die hinter dem Gedicht verborgene Geschichte hat ihn gereizt; und als er in Oxford über *Beowulf* las, gab er dem unbekannten Verfasser gelegentlich den Namen *Heorrenda.*

Auch die anderen Namen in der Erzählung sind, so meine ich, wenig ergiebig: Óswine, Fürst von Gwar, Éadgifu, Ælfheah (obgleich die Namen zweifellos »sprechende« Namen sind: so enthält Óswine *ós,* ›Gott‹, und *wine,* ›Freund‹; *Éadgifu* enthält *éad,* ›Glückseligkeit‹, und *gifu,* ›Gabe, Geschenk‹). Die Forodwaith sind natürlich die Wikinger, die aus Norwegen oder Dänemark einwanderten; der Name *Orm* ist im Norwegischen wohlbekannt. Doch all dies ist bloßer Hintergrund, der vorgibt historisch zu sein, es aber in Wirklichkeit nicht ist.

Die Vorstellung, daß sieben Völker nach Lúthien (Luthanien) einwanderten, blieb erhalten (S. 399), ebenso die vom Schwinden der Elben und ihrer Flucht nach Westen (die in Wirklichkeit ja nie gänzlich aufgegeben wurde).[43] Während jedoch in den Abrissen die Ingwaiwar (d. h. die Angelsachsen) als siebtes Volk einwanderten (vgl. Text 20 und 22), sind es hier die Wikinger-Invasionen, die den Engländern bevorstehen – »und es war nicht das letzte Mal, daß Menschen anderen Menschen Lúthien entrissen«, offenbar ein Hinweis auf die Normannen.

Die »Geographie« der Geschichte ist von großem Interesse. Gleich zu Anfang findet sich die merkwürdige Aussage, Irland sei »im Krieg der Götter« abgebrochen worden. Da die »*Ælfwine*-Geschichte« das Element der übers Meer gezogenen Insel Tol Eressea nicht enthält, muß sich dies auf etwas ganz anderes beziehen als auf die Geschichte in Text (5), wo die Insel Íverin abbrach, als Osse Tol Eressea zurück zu zerren versuchte. Was dies sein konnte, weiß ich nicht; doch es scheint vorstellbar, daß es sich hier um die erste Andeutung der großen Katastrophe am Ende der Älteren Tage handelt, als Beleriand überschwemmt wurde. (Ich habe keine Verbindung zwischen dem Hafen von *Belerion* und der Region *Beleriand* finden können).

Kortirion (Mindon Gwar) ist in dieser Geschichte natürlich »das alte Kortirion«, die ursprüngliche elbische Stadt in Lúthien, nach der Kortirion in Tol Eressea benannt wurde (vgl. S. 391 ff.); wir müssen ebenso annehmen, daß der Name Alalminóre (S. 393) für Kortirions Umgebung (»Warwickshire«) wiederum dem Mittelteil von Tol Eressea beigelegt wurde.

Wenden wir uns nun den Inseln und Inselgruppen im Großen Meer zu. Zuerst wollen wir die Angaben in *Ælfwine aus England* mit denen der Geschichten *Die Ankunft der Valar* und *Die Ankunft der Elben* (aus Teil 1) vergleichen, die einander sehr ähnlich sind; dort erfahren wir, daß man an vielen Landen und Inseln im Großen Meer vorbeikam, bevor man die Zauberinseln erreichte; hinter den Zauberinseln liegt Tol Eressea; und jenseits von Tol Eressea »liegen die Schattenmeere, in denen die Dämmerinseln schwimmen«, das erste der Äußeren

Lande. Tol Eressea selbst »gehört weder zu den Äußeren Landen noch zu den Großen Landen« (Teil 1, S. 181); es liegt weit draußen, mitten im Ozean, »und wenn man von seinen Klippen fortsegelt, sieht man über viele Seemeilen kein Land« (Teil 1, S. 175). Dies stimmt mit *Ælfwine* überein; doch hinzu kommt nun die Inselgruppe der Hafenlosen Inseln.

Ich habe bereits in Teil 1 (S. 193) darauf hingewiesen, daß die Reihenfolge von Osten nach Westen (Hafenlose Inseln, Zauberinseln, Einsame Insel, Schattenmeere mit Dämmerinseln) später geändert wurde. Im *Silmarillion* (S. 116) wurden nach der Verhüllung von Valinor »auch die Verwunschenen Inseln ins Meer gesetzt, und alle Gewässer um sie her waren voller Schatten und Zauberwerk. Und diese Inseln lagen wie ein Netz von Norden nach Süden im Schattigen Meer, bevor einer, der nach Westen segelt, Tol Eressea, die Einsame Insel, erreicht. Kaum vermochte ein Schiff zwischen ihnen hindurchzufinden, denn gefährlich ächzten die Wellen immer auf den dunklen, im Nebel verborgenen Felsen. Und im Dämmerlicht kam eine tiefe Müdigkeit über die Seeleute und ein Abscheu vor dem Meer; und alle, die je den Fuß auf die Insel setzten, blieben dort gefangen und schliefen bis zur Wandlung der Welt.«

Die Vorstellung von den Verwunschenen Inseln wurde in erster Linie aus den alten Zauberinseln entwickelt, die zur Zeit der Verhüllung von Valinor ins Meer gesetzt wurden. Es heißt in dieser Geschichte: »... und so schuf Osse in jenen Tagen die Zauberinseln und setzte sie in einem weiten Ring an die westlichen Grenzen des riesigen Meeres, so daß sie die Feenbucht beschützten... Doch alle, die ihren Fuß auf diese Inseln setzten, kehrten nie mehr von dort zurück, sondern Netze spannen sie ein aus Oinens Haar, der Gebieterin der See, und für Jahrhunderte sinken sie in Schlummer, von Lórien verhängt; und so liegen sie am Rand der See wie Ertrunkene, die von den Wellen noch einmal an Land gespült werden; diese Unglücklichen indessen schlafen einen bodenlosen Schlaf, die dunkle See umspielt ihre Glieder...« (Teil 1, S. 297f.).

Hier war es, wo drei von Ælfwines Gefährten »auf den dämmrigen Stränden in tödlichem Schlafe lagen, ihre Häupter auf weißen Sand gebettet und in Gischt gehüllt, umfangen von den ewigen Zaubern von Eglavain« (S. 407).

(Die Bedeutung von *Eglavain* kenne ich nicht, doch da das Wort mit Sicherheit *Egla* [gnomisch = *Elda,* vgl. Teil 1, S. 346] enthält, bedeutet es vielleicht »Elbenheim«.) Doch die Verwunschenen Inseln sind vielleicht auch aus den Dämmerinseln hervorgegangen, da die Verwunschenen Inseln ja ebenfalls im Zwielicht und in den Schattenmeeren lagen (vgl. Teil 1, S. 315); ebenso die Hafenlosen Inseln, die, wie der Mann vom Meer Ælfwine erzählte, zur Zeit der Verhüllung von Valinor ins Meer gesetzt wurden (S. 402) – und tatsächlich auch demselben Zweck dienten, obgleich sie weiter östlich lagen.

Eneadur, die Insel der Ythlinge (altenglisch ýδ, ›Welle‹), deren Leben in *Ælfwine aus England* so ausführlich beschrieben wird, scheint niemals wieder erwähnt worden zu sein. Haben wir vielleicht in Eneadur und den Schiffbauern des Westens einen Vorgriff auf die Númenórer und ihre klippengesäumte Insel zu sehen?

Die folgende Textstelle (S. 402) ist nicht leicht zu deuten:

»Von dort fällt die Welt steil ab [d. h. von der Feenbucht] unter den Saum der Dinge gen Valinor, dem Gott-Heim, und zu der Mauer und zum Rande des Nichts, über das die Sterne verstreut sind.«

In der *Ambarkanta* oder »Gestalt der Welt« aus den 30er Jahren fallen auf einer Karte die Äußeren Lande von den Bergen Valinors nach Westen steil ab. Möglich, daß mein Vater dies meinte und der Saum der Dinge die große Bergwand sein soll; es ist allerdings schwer zu beweisen. In *Ælfwine aus England* finden sich auch Hinweise auf den »Rand der Erde«, den die Toten überschreiten (S. 398, 410); und in einem Abriß zur *Geschichte von Earendel* (S. 341) verschwindet Tuors Boot hinter dem Rand der Welt.

Der Ausdruck, daß »die Sonne zu den Bergen von Valinor jenseits der Westlichen Mauern herabsank« (S. 329), bleibt für mich unerklärlich. Eine mögliche, wenn auch kaum überzeugende Deutung ist, daß die Sonne sich auf jene Stelle jenseits der Westlichen Mauern zubewegte, die sie durchqueren würde, nämlich das Tor der Nacht (vgl. Teil 1, S. 304).

Schließlich sei noch auf die Stelle S. 396 hingewiesen, wo es heißt, daß die Elben westwärts »zu der Einsamen Insel oder gar zum Berg von Tûn über der Feenbucht« segeln konnten; vgl. dazu S. 361.

Bevor wir schließen, bleibt noch ein Problem allgemeiner Art zu erörtern, das in den Texten des öfteren aufgetaucht ist, besonders in den letzten Kapiteln: das »Schwinden« der Elben.

An verschiedenen Stellen heißt es in den *Verschollenen Geschichten*, die Elben der alten Tage seien größer von Gestalt gewesen, als sie es später wurden. Im *Fall von Gondolin* (S. 212) heißt es, »daß die Väter der Väter der Menschen in jenen Tagen kleiner waren als die heutigen Menschen und die Kinder von Elbenheim größer gewachsen waren«; in einem Abriß zu *Geschichte Gilfanons* (Teil 1, S. 328): »Anfangs waren die Menschen und die Elben fast gleich groß; die Feen (Elben) weit größer und die Menschen kleiner als jetzt«; in Text (4) im vorliegenden Kapitel: »Menschen und Elben waren früher gleich groß, doch die Größe der Menschen nahm immer mehr zu«.

Daß die Elben späterer Zeiten zunehmend kleiner wurden, wird mit der Ankunft der Menschen in Zusammenhang gebracht. So in Text (4): »Menschen breiten sich aus und gewinnen an Macht, und die Elben der Großen Lande schwinden. Die Menschen werden größer und die Elben kleiner«; und in Text (5): »... und die Menschen werden immer mächtiger und zahlreicher, die Elben dagegen schwinden dahin, werden klein und zart; hauchdünn und durchsichtig; doch die Menschen werden größer, massiger und plumper. Schließlich können die Menschen, wenn nicht gar alle Wesen, die Elben nicht mehr sehen.« Das eindringlichste Bild der Elben, nachdem sie ganz und gar geschwunden sind, gibt der *Epilog* S. 370:

»Wie Fasern aus Wind, wie ein mystisch, halb durchsichtiges Gebild, reitet Gilfanon, Herr von Tavrobel, heute nacht aus inmitten seines Volkes und jagt den elbischen Hirsch unter dem verblassenden Himmel. Ein Tönen verklungener Tritte, ein Blätterschimmern, eine jähe Welle im Gras und wehmütig raunende Stimmen auf der Brücke – und sie sind verschwunden.«

Doch nach den Notaten zur späteren *Ælfwine*-Fassung waren die Elben von Tol Eressea nicht geschrumpft oder hatten zu schwinden aufgehört, nachdem sie Luthanien verlassen hatten. So in Text (15): »Tol Eressea, wohin sich die meisten der Elben, die nicht dahingeschwunden waren ... zurückgezogen hatten«; und in Text (16): »Tol Eressea, wohin sich die meisten der schwindenden Elben aus der Welt zurückgezogen haben; dort schwinden sie nun nicht mehr«; oder in *Ælfwine* (S. 398): »die nicht geschwundenen Elben jenseits der Wasser von Garsecg«.

Andererseits sagte der Türhüter zu Eriol, als dieser zur Hütte des Vergessenen Spiels kam (Teil 1, S. 19):

»Klein ist das Haus, doch kleiner noch sind die, welche darin wohnen – denn alle, die eintreten, müssen in der Tat sehr klein sein oder, sobald sie auf der Schwelle stehen, aus freien Stücken so winzig werden wie das sehr kleine Volk.«

Ich habe bereits früher gesagt (Teil 1, S. 48), daß die Vorstellung von der Winzigkeit der Hütte und ihrer Bewohner auf einer Insel, die ausschließlich von Elben bewohnt wurde, sehr merkwürdig sei. Und wenn mein Vater *Die Hütte des Vergessenen Spiels* jemals neugeschrieben hätte, wäre dieses Element gewiß getilgt worden; und es ist möglich, daß er sich bereits zur Zeit von *Ælfwine II* von der Vorstellung zu lösen begann, die »geschwundenen« Elben seien winzig gewesen, worauf die Tilgung des Wortes »klein« in »kleines Volk« oder »kleine Schiffe« hindeuten könnte (vgl. Anmerkung 27).

Am Ende hatten die Elben natürlich alle spezifischen Eigenschaften verloren, die man heute gewöhnlich als »elfenhaft« ansieht. Jene Elben, die in späteren Zeitaltern der Welt in den Großen Landen lebten, waren großgewachsen und kraftvoll: nichts Zartes oder Durchscheinendes haftete den heldenhaften und majestätischen Eldar des Dritten Zeitalters in Mittelerde an. Lange danach schrieb mein Vater in einem erzürnten Kommentar zu einer »niedlichen« und »damenhaften« bildlichen Darstellung von Legolas:

»Er war groß wie ein junger Baum, schlank, außerordentlich kräftig, in der Lage, blitzschnell einen großen Kriegs-Bogen zu spannen und einen Nazgûl niederzustrecken, ausgestattet mit der enormen Lebenskraft elbischer Körper; er war so abgehärtet und unempfindlich für Wunden, daß er, nur mit leichten Schuhen bekleidet, über Felsen und durch Schnee ging, er war der unermüdlichste aller Gefährten.«

Damit bin ich am Ende meiner Betrachtung und Untersuchung der frühen Schriften, die sich mit dem Leben des Seefahrers befassen, der zur Einsamen Insel kam und dort die wahre Historie der Elben erfuhr. Ich habe, überzeugend, wie ich hoffe, den sonderbaren und verschlungenen Weg aufgezeigt, auf dem sich die Auffassung meines Vaters von der Bedeutung Tol Eresseas veränderte. Als er die Synopse niederschrieb (Text 10), hatte er die Vorstellung von der Reise des Seefahrers zu der Insel der Elben natürlich bereits im Kopf; doch er begann seine Reise im Osten, und das Ziel seiner Suche, die Insel, war England (wenn auch noch nicht das heutige Land der Engländer und noch nicht die Nordsee). Als sich später die Konzeption grundlegend änderte, blieb England (als Lúthien oder Luthanien) das elbische Land; und Tol Eressea mit seinen Wiesen und Hügeln und den Krähennestern von Alalminóre erschien dem englischen Seefahrer wie das Ebenbild seines eigenen Landes, das die Elben bei der Ankunft der Menschen verloren hatten: denn es war in der Tat eine Wiederverkörperung des elbischen Luthanien auf der anderen Seite des Ozeans.

All dies wurde später aus der sich entwickelnden Mythologie ausgeschieden; doch Ælfwine hinterließ manche Spur, ehe auch er endgültig verschwand.

Vieles in diesem Kapitel ist notwendigerweise nicht schlüssig und ungesichert, doch ich glaube, daß diese sehr frühen Notate und Entwürfe zu Recht ans Licht befördert wurden. Wenn auch als »Pläne« aufgegeben und zweifellos vergessen, zeugen sie doch von jenem Grundmuster im Denken und Fühlen meines Vaters, von dem er nie abwich. Diese Notate wurden in seiner Jugend niedergeschrieben, als für ihn der elbische Zauber »noch mächtig in den Wäldern und Tälern von Luthanien hauste«; in seinen alten Tagen war alles nach Westen über das Meer gezogen, und für die Eldar der Geschichte und des Liedes war wirklich ein Ende gekommen.

1 Zur Körpergröße von Elben und Menschen vgl. S. 413.
2 Zur Form *Taimonto (Taimondo)* vgl. Teil 1, S. 366 unter *Telimektar.*
3 *Belaurin* ist die gnomische Entsprechung zu *Palúrien* (vgl. Teil 1, S. 361).
4 Eine Randbemerkung deutet darauf hin, daß die Kiefer sich möglicherweise nicht in Tol Eressea befinden sollte. Zu *Ilwe,* der mittleren Luft (»sie ist blau und klar und strömt zwischen den Sternen«), vgl. Teil 1, S. 100, 112.
5 *Gil =Igil.* Bei der ersten Nennung von *Igil* in diesem Textstück war der Name *Ingil (Gil),* doch *(Gil)* wurde gestrichen.
6 Das Wort *Nautar* erscheint in einem verworfenen Abriß zur *Geschichte vom Nauglafring* (S. 184), wo es mit *Nauglath* gleichgesetzt wird (= Zwerge).
7 *Uin;* »der mächtigste und älteste der Walfische«, der die Fische und Wale anführte, die Tol Eressea zogen, als Ulmo die Elben nach Valinor transportierte (Teil 1, S. 171).
8 *Gongs:* dies sind böse Geschöpfe, auf irgendeine Weise mit den Orks verwandt; vgl. Teil 1, S. 339, Anmerkung 9 und die verworfenen Abrisse zur *Geschichte vom Nauglafring,* S. 184.
9 Hier steht am Rand ein großes Fragezeichen.
10 Die Ähnlichkeit dieses Namens mit *Dor Daedeloth* ist auffallend, doch dies ist im *Silmarillion* der Name von Morgoths Land (»Land des Schattens des Schreckens«); der alte Name (dessen Elemente *dai,* ›Himmel‹, und *teloth,* ›Dach‹, sind) hat außer der Form mit ihm nichts gemeinsam.
11 Vgl. *Kortirion unter den Bäumen* (Teil 1, S. 53, 60, 66): *Eine Welle sich neigenden Grases.*
12 Nach der konventionellen Etymologie ist der Ursprung von *Warwick* unsicher.
13 Vgl. die Titelseite nach Text (11): *Heorrenda aus Hægwudu.* Aus der Zeit vor der normannischen Eroberung sind keine Formen des Namens dieses Dorfes in Staffordshire belegt, doch die altenglische Form war unzweifelhaft *hæg-wudu,* ›umschlossener Wald‹ (vgl. den *Hohen Hag,* die große Hecke, im *Herrn der Ringe*).
14 Der Name Luthanien für ein Land erscheint fünfmal in dem Gedicht *The Mistress of Vision* von Francis Thompson, dessen Gesammelte Gedichte mein Vater 1913/14 erwarb (vgl. Teil 1, S. 44); und in diesem Exemplar machte er bei einem Vers, der den Namen enthielt, einen Vermerk. Ich weiß nicht, woraus Thompson den Namen ableitete. Ebenso wie bei *Kôr* scheint auch hier der Ursprung des Namens in einer Kombination von Lauten zu liegen, die zunächst keine Bedeutung oder linguistische Basis hatten.

15 Die Lage ist kompliziert, da es einige Notizen (nahezu unleserlich) gibt, in denen der Seefahrer Ælfwine genannt wird, und in denen dennoch wichtige Elemente der »*Eriol*-Geschichte« vorhanden sind. Diese Notizen scheinen ein Zwischenstadium darzustellen, und es würde zu weit führen, sie hier zu diskutieren.

16 Vgl. S. 344 (14).

17 *Caer Gwâr:* vgl. S. 373.

18 Als mein Vater die Geschichte *Der Fall von Gondolin* 1920 im Exeter Essay Club vorlas, war der Seefahrer nach Eriol (das geht aus seinen Notizen zur Vorbemerkung hervor; vgl. *Nachrichten aus Mittelerde,* S. 14). Hier heißt es, daß Eriol zufällig zur Einsamen Insel kam.

19 *Garsecg* (in Ælfwine A: *Garsedge*) war einer der vielen altenglischen Namen dieses Meeres.

20 In *Ælfwine I* wird das Land ebenfalls *Lúthien* und nicht *Luthanien* genannt. Andererseits werden in *Ælfwine A* dieselben Unterscheidungen gemacht wie in den Abrissen: »Ælfwine aus England, den die Feen später Lúthien (Freund) aus Luthanien (Freundschaft) nannten.« – Bei der ersten Nennung von *Lúthien* in *Ælfwine II* ist mit Bleistift die Form *Leithian* darübergeschrieben, doch Lúthien ist nicht gestrichen. Das *Leithian-Lied* war später der Titel eines langen Gedichtes über Beren und Lúthien Tinúviel.

21 Der *Berg von Tûn:* d. h. der Berg, auf dem die Stadt Tûn erbaut war; vgl. S. 374.

22 *Mindon Gwar:* vgl. S. 373.

23 *Éadgifu:* In der »*Eriol*-Geschichte« ist dieser altenglische Name eine Entsprechung zu *Naimi* (Eriols Gemahlin, die er in Tol Eressea heiratete; S. 410).

24 In *Ælfwine I* lautet der Text: » ... weil es so schön und prächtig war, genau wie der König der Franken, der einst unter den Menschen der mächtigste war, gesagt hatte ...« In *Ælfwine II* bricht das (mit Tinte geschriebene) Manuskript bei »hohen, weißen Gestaden« ab, doch dann folgt mit Bleistift: »... .genau wie der König der Franken, der in jenen Tagen der mächtigste der irdischen Könige war, gesagt hatte ...« Der einzige Hinweis auf die Zeit, in der Ælfwine lebte, ist in *Ælfwine aus England* die Einwanderung der Forodwaith (Wikinger); möglicherweise ist der mächtige Frankenkönig deshalb Karl der Große.

25 »dem Bösen« ist verbessert aus »Melko«. *Ælfwine I* hat diesen Ausdruck nicht.

26 Ælfwine I: »als die alten Menschen aus dem Süden, von *Micelgeard,* der Herzlosen Stadt, ihren mächtigen Fuß auf den Boden von Lúthien setzten«.

In diesem Text fehlt ein Hinweis auf Rûm und Magbar. Der Name Micelgeard ist durchgestrichen, doch oben auf die Seite ist *Mickleyard* geschrieben. *Micelgeard* ist Altenglisch (*Mickleyard* die modernisierte Schreibweise), obgleich das Wort in altenglischen Schriften nicht belegt und dem Altnordischen *Mikligarðr* (Konstantinopel) nachgebildet ist. – Daß die Römer den Elben Luthaniens besonders feindlich gesinnt waren und nicht an ihre Existenz glaubten, geht aus den Texten (20) und (22) hervor.

27 In *Ælfwine I* werden die Feen (Elben) von Lúthien und ihre Schiffe häufig als »klein« bezeichnet; dies gilt zunächst auch für *Ælfwine II,* doch später wurde das Beiwort gestrichen.

28 »elbische Boote«: verbessert aus »Feen-Boote«.

29 Dieser Satz, beginnend mit »ausgenommen Ælfheah...«, wurde in *Ælfwine II* später hinzugefügt und findet sich nicht in Ælfwine I. Der gesamte Text bis zu diesem Punkt ist in *Ælfwine A* wie folgt konzentriert: »Ælfwine aus England (den die Feen später Lúthien aus Luthanien nannten), Sohn von Déor und Éadgifu. Ihre Stadt erobert und Déor erschlagen, und Éadgifu stirbt. Ælfwine ein Sklave der Geflügelten Helme. Er entkommt zum Westlichen Meer, schifft sich in Belerion ein und macht große Reisen. Er sucht nach den Inseln des Westens, von denen Éadgifu ihm in seiner Kindheit erzählt hat.«

30 *Ælfwine I:* »Doch drei Männer konnte er als Gefährten gewinnen; und Osse nahm sie zu sich.« *Osse* wurde zu *Neorth* verbessert, und die Neufassung lautete: »Er fand nur drei Gefährten; und diese drei nahm Neorth später zu sich, und ihre Namen sind nicht bekannt.« Neorth = Ulmo; vgl. Anmerkung 38.

31 Ælfwine A: »Er erspäht in der Dämmerung einige Inseln, wird aber durch starke Winde von dort vertrieben. Er gelangt mit Mühe nach Belerion zurück. Er schart die sieben größten Seefahrer Englands um sich; sie segeln im Frühjahr. Sie stranden auf den Inseln, nach denen Ælfwine sich gesehnt hatte, und finden sie wüst und verlassen und voll von düster flüsternden Bäumen.« In Ælfwine I und II dagegen strandet Ælfwine allein; doch hier wie in Ælfwine II hat er sieben und nicht drei Gefährten.

32 Ein Hinweis, daß es sich um Ulmo handeln könnte: vgl. *Der Fall von Gondolin* (S. 206): »er trug riesige Schuhe von Stein«.

33 In *Ælfwine A* sind sie »voll von düster flüsternden Bäumen« (vgl. auch Anmerkung 31).

34 Die ganze Episode vom gesunkenen Wikingerschiff, das der Mann vom Meer wieder flottmacht, fehlt in *Ælfwine I;* dort heißt es bloß: »aber der Mann vom Meer half ihm ein kleines Schiff zu bauen, und zusammen, der

einsame Seefahrer als Steuermann, fuhren sie fort und kamen zu einem nur wenig bekannten Land.« Zur Erzählung in *Ælfwine A* vgl. Anmerkung 38.

35 Bei der ersten Nennung des Namens Ythlinge (altenglisch ýð, ›Welle‹), in *Ælfwine I* ist die Schreibung *Ythlingas* (Plural).

36 *Die Schiffer des Westens:* Verbesserung aus *Eneathrim.*

37 Der ganze Abschnitt der Erzählung über die Insel der Ythlinge ist in *Ælfwine I* kürzer; es fehlen die Details, daß das Bauholz in einem Ulmo geweihten Hain geschlagen und das Schiff vom Mann vom Meer gesegnet wurde. In *Ælfwine II* findet Ælfwine seine sieben Gefährten im Lande der Ythlinge wieder und segelt, zusammen mit Bior, mit ihnen nach Westen; in *Ælfwine I* dagegen sind sie tatsächlich ertrunken, und er sucht sich unter den Ythlingen sieben neue Gefährten aus (Bior wird nicht genannt).

38 Es folgt der Handlungsverlauf von *Ælfwine A,* wonach (im Unterschied zu I und II, wo Ælfwine allein war) er und seine sieben Gefährten auf der Insel des Mannes vom Meer stranden:
Sie wandern über die Insel, an der sie gestrandet waren, und stoßen auf viele verfallende Wracks – oft von großen Schiffen, manche mit Schätzen beladen. Sie finden eine einsame Hütte am Meeresufer, aus Wrackteilen erbaut, in der ein einsamer und sonderbarer alter Seefahrer wohnt, der ihnen Furcht einflößt. Er sagt ihnen, dies seien die Hafenlosen Inseln, deren verzauberte Felsen alle Schiffe auf sich zögen, damit die Menschen nicht weiter auf Garsedge [dazu Anmerkung 19] hinausführen – und diese seien während der Verhüllung von Valinor geschaffen worden. Hier, sagt er, seien die Bäume verzaubert. Sie erfahren von ihm viele merkwürdige Dinge über die westliche Welt, und ihre Abenteuerlust wird angestachelt. Er hilft ihnen, heilige Bäume in den Hainen der Insel zu fällen, ein wundersames Schiff zu bauen und es mit Proviant für eine lange Reise zu versehen. Dies segnet er mit einem Zauberspruch von Abenteuer und Entdeckung; dann springt er von einer der Klippen ins Wasser. Sie vermuten, daß es Neorth, der Herr der Wasser, war.

Sie fahren viele Jahre zwischen den westlichen Inseln umher und vernehmen oft viele sonderbare Berichte – über den Gürtel der Zauberinseln, den wenige durchfahren haben; von dem unbefahrenen Meer dahinter, wo der Wind immer aus Westen weht; vom Rande des Zwielichts und der Insel, die dort liegt, und ihrem schimmernden Hafen. Sie erreichen die Zauberinseln, und drei von ihnen werden verzaubert und fallen am Gestade in Schlaf.

Die anderen fahren weiter auf das Meer hinter den Zauberinseln hinaus und sind verzweifelt – denn so oft sie stracks gen Westen segeln, dreht sich der Wind und treibt sie zurück. Schließlich kommen sie überein, am nächsten Morgen umzukehren, falls nichts Neues geschieht. Der Tag bricht kalt und öde an, sie liegen in einer Flaute und versuchen vergeblich mit ihren Blicken den strömenden Regen zu durchdringen.

Im Gegensatz zu *Ælfwine I* und *II* werden hier die Ythlinge nicht erwähnt; und Ælfwine und seine sieben Gefährten verlassen die Hafenlose Insel des alten Seefahrers auf ihrer langen Reise nach Westen. Der Name *Neorth* erscheint auch in *Ælfwine I;* das Fällen der heiligen Bäume jedoch weist schon auf *Ælfwine II.*

39 In *Ælfwine I* erscheint Ælfheah nicht, und seine Worte in dieser Passage werden *Gelimer* in den Mund gelegt. Gelimer (Geilamir) war der Name eines Vandalen-Königs im 6. Jahrhundert.

40 In *Ælfwine I* spricht Gelimer diese Worte (vgl. auch Anmerkung 39).

41 *Ælfwine I* schließt mit fast denselben Worten, doch mit einem höchst bemerkenswerten Unterschied; Ælfwine springt nicht über Bord, sondern kehrt mit seinen Gefährten nach Belerion zurück – kommt also nie nach Tol Eressea! *Ælfwine A* endet fast genauso wie *Ælfwine II:*

Als die Nacht kommt, erhebt sich ein leichter Wind, und die Wolken verziehen sich. Sie hissen die Segel zur Heimkehr – als sie plötzlich tief unten in der Dämmerung die vielen Lichter des Hafens der Vielfarbenen Lichter aufblinken sehen. Sie rudern näher und hören süße Musk. Dann hüllt der Nebel alles ein, und die anderen besinnen sich und sagen, es sei ein Wunschbild gewesen, aus Hunger geboren, und machen sich schweren Herzens zur Rückkehr bereit; aber Ælfwine springt über Bord und schwimmt ins Dunkel, bis er im Wasser versinkt und der Tod, wie ihm scheint, ihn in seine Arme nimmt. Die anderen segeln heim und verlassen die Geschichte.

42 Wörtlich übersetzt: »Nach jenem Kummer lebt man weiter; nach diesem Kummer kann man ebenfalls weiterleben.«

43 Die folgenden Worte im *Herrn der Ringe* (Die Gefährten, S. 63) reichen weit zurück: »Elben, die selten im Auenland wanderten, sah man jetzt des Abends westwärts durch die Wälder ziehen, sie gingen und kehrten nicht zurück; denn sie verließen Mittelerde und nahmen keinen Anteil mehr an ihren Wirren.« Als Sam Gamdschie davon spricht, erwidert ihm Timm Sandigmann: »Na, das ist doch nichts Neues, wenn du den alten Erzählungen glaubst.« (S. 65).

Ich füge hier eine Synopse der Unterschiede zwischen den drei Fassungen von *Ælfwine von England* an:

A	I	II
Æ. segelt von Belerion fort und sieht »Inseln in der Dämmerung«.	Wie in A.	Wie in A, doch Ælfheah wird genannt.
Æ. segelt wiederum mit 7 Gefährten von England fort. Sie stranden auf der Insel des Mannes vom Meer (alle überleben).	Æ. hat nur 3 Gefährten und ist der einzige Überlebende.	Æ. hat 7 Gefährten, ist allein auf der Insel und glaubt die anderen ertrunken.
Der Mann vom Meer hilft ihnen ein Schiff zu bauen, begleitet sie aber nicht.	Der Mann vom Meer hilft beim Bau und begleitet Æ.	Æ. und der Mann vom Meer finden ein gestrandetes Wikingerschiff, mit dem sie gemeinsam fortsegeln.
Der Mann vom Meer springt von einer Klippe ins Meer.	Sie kommen zur Insel der Ythlinge. Der Mann vom Meer springt von einer Klippe. Æ. findet 7 Gefährten unter den Ythlingen.	Wie in I, doch Æ. findet seine Gefährten aus England, die er ertrunken glaubte; dazu kommt Bior von den Ythlingen.
3 seiner Gefährten werden auf den Zauberinseln verzaubert.	Wie in A, doch in diesem Fall sind sie Ythlinge.	Wie in A.
Sie werden von Tol Eressea fortgetrieben, nachdem sie es gesichtet haben; Æ. springt über Bord, und die übrigen kehren heim.	Sie werden von Tol Eressea fortgetrieben; alle, eingeschlossen Æ., kehren heim.	Wie in A.

Veränderungen der Namen und unterschiedlichen Namen

Lúthien Der Name der Insel in I und II; in A *Luthanien* (vgl. Anmerkung 20).

Déor Nur in I bei der ersten Nennung Déor < *Heorrenda,* danach immer *Déor;* A hat *Déor.*

Evadrien in I < *Erenol. Erenol* = »Eisenklippe«; vgl. Teil 1, S. 280 unter *Eriol.*

Forodwaith II hat *Forodwaith* < *Forwaith* < *Gwasgonin;* I hat *Gwasgonin oder die Geflügelten Helme;* A hat *die Geflügelten Helme.*

Äußeres Land < *Äußere Lande* bei beiden Nennungen in II (S. 402).

Ælfheah I hat *Gelimer* (nur bei der ersten Nennung < *Helgor*).

Schiffer des Westens In II < *Eneathrim.*

ANHANG

Namen

Dieser Anhang versteht sich lediglich als eine Erweiterung des Anhanges in Teil 1. Namen, die bereits dort untersucht worden sind, wurden nicht mehr berücksichtigt, wenn sie in Teil 1 als Einträge vorhanden sind (zum Beispiel *Melko* oder *Valinor*); wenn sich jedoch, wie es oft der Fall ist, in Teil 1 die etymologische Information unter einem anderen Namen findet, ist dies folgendermaßen bezeichnet: »*Gilim* → Teil 1, S. 357 *(Melko)*«.

Weitere linguistische Details aus der Namensliste zum *Fall von Gondolin* (vgl. S. 283 ff.), die in die vorliegende Liste eingegangen sind, werden mit »NFG«bezeichnet, »GL« und »QL« beziehen sich auf das Gnomische- bzw. Qenya-Wörterbuch (dazu Teil 1, S. 340 f.). Die Bezeichnung *Qenya* wird in beiden Teilen benutzt, und es ist damit ausschließlich die Sprache gemeint, die in Tol Eressea gesprochen wurde; in den frühen Schriften erscheint diese Bezeichnung nirgendwo, sondern dort wird zwischen »Gnomisch« einerseits und »Elbisch«, »Eldar« oder »Eldarissa« andererseits unterschieden.

Alqaráme Zum ersten Element, Qenya *alqa, ›Schwan‹* → Teil 1, S. 343 *(Alqalunte)*. QL verzeichnet unter einer Wurzel RAHA *râ,* ›Arm‹, *rakta,* ›ausstrekken, reichen‹, *ráma,* ›Flügel‹, *rámavoite,* ›flügeltragend‹; GL hat *ram,* ›Flügel, Schwinge‹, und bemerkt, Qenya *ráma* sei eine Verschmelzung von *ram* und *róma,* ›Schulter‹.

Amon Qwareth QL nennt unter der Wurzel AM(U), ›aufwärts‹, *amu,* ›aufwärts‹, *amu,* ›aufwärts‹, *amu-,* ›hochheben«, *amunte,* ›Sonnenaufgang‹, *amun(d),* ›Hügel‹, GL hat *am,* ›aufwärts‹, *amon,* ›Hügel, Berg‹ ›bergauf‹.
GL verzeichnet den Namen als *Amon 'Wareth,* ›Hügel der Wacht‹, auch *gwareth,* ›Wache, Wacht‹, aus dem Stamm *gwar-,* ›wachen‹; vgl. auch den Namen *Tinfang Warble* (*Gwarbilin,* ›Vogelhüter‹, Teil 1, S. 367) → *Glamhoth* → *Gwarestrin.*

Angorodin → Teil 1 S. 344 *(Angamandi)* → Teil 1, S. 352 *(Kalorme).*

Arlisgion GL verzeichnet *Garlisgion* (→ Teil 1, S. 363; *Sirion*); ebenso NFG: »*Garlisgion* war unser Name, sagte Elfrith, für den Ort des Rieds«; *»lisg, ›Ried‹* (liske)«. GL hat *lisg, lisc,* ›Ried, Segge‹, und QL *liske* mit derselben Bedeutung. Zu *gar* → Teil 1, S. 345 *(Dor Faidwen).*

Artanor GL verzeichnet *athra,* ›über, quer‹, *athron,* ›weiter, jenseits‹ *athrod,*

›Steg, Furt‹ (später verändert zu *adr(a), adron, adros)*. Mit *athra, adr(a)* wird Qenya *arta* verglichen. Vgl. auch den Namen *Dor Athro* (S. 65). Es ist klar, daß sowohl *Artanor* wie auch *Dor Athro* »das Jenseitsland« bedeuten. Vgl. *Sarnathrod.*

Asgon NFG: »*Asgon:* eine See im ›Land der Schatten‹, Dor Lómin, von den Elben *Aksan* genannt«.

Ausir GL nennt *avros,* ›Glück, Reichtum, Gedeihen‹ *avosir, Ausir:* selbe Bedeutung (personifiziert); auch *ausin,* ›reich‹, *aus(s)aith* oder *avosaith,* ›Habsucht‹. Unter der Wurzel AWA im QL *aute,* ›Gedeihen, Reichtum; reich‹, *ausië,* ›Reichtum‹.

Bablon vgl. S. 284.

Bad Uthwen Gnomisch *uthwen,* ›Weg nach draußen, Ausgang, Fluchtweg‹ → Teil 1, S. 345 *(Dor Faidwen)*. In NFG heißt es: »*Bad Uthwen* [verbessert aus: *Uswen*] bedeutet lediglich ›Weg der Flucht‹ und heißt in Eldarissa *Uswevande.*« Zu *vande* →Teil 1, S. 362 *(Qalvanda)*.

Balcmeg NFG: »Balcmeg war ein großer Kämpfer der *Orclim* (die Elben sagen *Orqui*), der unter der Axt Tuors fiel – das heißt ›Herz der Bosheit‹«. (Zu *-lim* in *Orclim* →*Gondothlim*). Nach NFG heißt *Balrog:* »*Bal* bedeutet ›Bosheit‹ und *Balc* ›böse‹, und *Balrog* bedeutet ›böser Dämon‹.« GL hat *balc,* ›grausam‹: →Teil 1, S. 344 *(Balrog)*.

Bansil Zum Eintrag in NFG, wo der Namen mit »Schönglanz« übersetzt ist, vgl. S. 233f.; zu den Elementen des Namens → Teil 1 S. 371 *(Vána)* →Teil 1, S. 362 *(Sil)*.

Belaurin →Teil 1, S. 361 *(Palúrien)*.

Belcha →Teil 1, S. 356 *(Melko)*. NFG hat einen Eintrag: »*Belca.* Gegen den allgemeinen Gebrauch benutzt Bronweg die elbischen Namen, und dies war früher der Name dieses bösen Ainu.«

Beleg →Teil 1, S. 350 *(Haloisi Velike)*.

Belegost Zum ersten Element → *Beleg*. GL hat *ost,* ›Enfriedung, Hof, Stadt‹ auch *oss,* ›äußere Mauer, Stadtmauer‹ *osta-,* ›mit Mauern umgeben, befestigt‹, *ostor,* ›Einfriedung, Ring von Mauern‹. QL hat unter der Wurzel OSO *os(t),* ›Haus, Hütte‹, *osta,* ›Heimstatt‹, *ostar* ›Gemeinde, Gebiet‹, *ossa,* ›Mauer und Graben‹.

bo- Ein später Eintrag in GL: »*bo (bon)* (vgl. Qenya *vô, vondo,* ›Sohn‹) als patronymische Vorsilbe *bo-, bon-,* ›Sohn von‹. Zum Beispiel *Tuor bo-Beleg;* dazu auch *bôr,* ›Nachkomme‹«: →*go* →*Indorion.*

Bodruith In Verbindung mit *bod-,* ›zurück, wieder‹, hat GL die Wörter *bodruith,* ›Rache‹, *bodruithol,* ›rachsüchtig (von Natur aus)‹, *bodruithog,* ›rachsüchtig (von Natur aus)‹, *bodruithog,* ›nach Rache dürstend‹, doch diese Wörter wurden durchgestrichen; auch *gruith,* ›schreckliche Tat, grausame Handlung, Rache‹. Möglich, daß Bodruith, Fürst von Belegost, wegen der Ereignisse, die mit dem Zwergenhalsband zusammenhängen, diesen Namen bekam.

Cópas Alqalunten →Teil 1, S. 353 *(Kópas)* →Teil 1, S. 343 *(Alqalunte).*

Cris Ilbranteloth GL hat die Gruppe *crisc,* ›scharf‹, *criss,* ›Spalte, Einschnitt, Rinne‹, *crist,* ›Messer‹, *crista-,* ›schlitzen, schneiden‹; NFG: »*Cris* bedeutet ebenso wie *falc* eine Spalte, Schlucht, einen engen Wasserlauf mit hohen Mauern.« QL hat unter der Wurzel KIRI, ›schneiden, aufsplittern‹, *kiris,* ›Spalte, Ritz‹, und andere Wörter Zu *ilbrant,* ›Regenbogen‹ →Teil 1, S. 351 *(Ilweran).* Das zweite Element ist *teloth,* ›Dach, Baldachin‹; →Teil 1, S. 365 *(Teleri).*

Cristhorn Zu *Cris* →*Cris Ilbranteloth;* zu *thorn* →Teil 1, S. 363 *(Sorontur).* In NFG: »*Cris Thorn* ist Adlerspalte oder *Sornekiris.*«

Cuilwarthon Zu *cuil* →Teil 1, S. 353 *(Koivie-néni);* das zweite Element ist nicht erklärt.

Cûm an-Idrisaith Zu *cûm,* ›Grabhügel‹ →Teil 1, S. 345 *(Cûm a Gumlaith). Idrisaith* wurde in GL so definiert: »vgl. *avosaith,* doch das bedeutet habsüchtig, geldgierig; *idrisaith* hingegen ist eine übermäßige Liebe zu Gold, Edelsteinen, schönen und kostbaren Dingen« (zu *avosaith* →*Ausir*). Verwandte Wörter sind *idra,* ›teuer, kostbar‹, *idra,* ›schätzen, würdigen‹, *idri (îr),* ›ein Schatz, ein Juwel‹, *idril,* ›Liebling‹ *(→Idril).*

Curufin enthält vermutlich *curu,* ›Zauber‹; →Teil 1, S. 368 *(Tolli Kuruvar).*

Dairon Der Name findet sich in GL, doch ohne etymologische Erklärung: *»Dairon,* der Flötenspieler (Qenya *Sairon*).« →*Mar Vanwa Tyaliéva.*

Danigwiel In GL ist die gnomische Form *Danigwetil;* →Teil 1, S. 364 *(Taniquetil).* NFG: »*Danigwethil* nannten die Gnomen den *Taniquetil;* doch sie verwenden in Geschichten über den Berg eher den elbischen Namen.«

(bo-) Dhrauthodavros »(Sohn des) mühseligen Waldes«. Gnomisch *drauth,* ›müde, erschöpft‹, *drauthos,* ›schwere Arbeit, Mühseligkeit‹, *drautha-,* ›ermattet sein‹; zum zweiten Element *tavros* →Teil 1 S. 365 *(Tavari).*

Dor Athro →*Artanor* →*Sarnathrod.*

Dor-na-Dhaideloth Zu Gnomisch *dai,* ›Himmel‹ →Teil 1, S. 366 *(Telimektar); zu* teloth, ›Dach, Baldachin‹ →Teil 1, S. 365 *(Teleri);* vgl. *Cris Ilbranteloth.*

Dramborleg NFG: »*Dramborleg* (auch *Drambor*) bedeutet eigentlich Schlag-Schärfe und war Tuors Axt, mit der man einen schweren Schlag wie mit einer Keule führen und wie mit einem Schwert spalten konnte; und die Eldar sagten

Tarambor oder *Tarambolaika.*« QL hat *Tarambor, Tarambolaike* »Tuors Axt« unter der Wurzel TARA, TARAMA, ›Schlag, Stoß, Hieb‹, mit *taran, tarambo,* ›Schlag‹, und *taru,* ›Horn‹ (mit einem Fragezeichen: →*Taruithorn*). GL hat keine gnomischen Entsprechungen.

Das zweite Element ist gnomisch *leg, lêg,* ›scharf, durchdringend‹, Qenya *laika;* vgl. *Legolast,* ›Scharfsichtiger‹; →Teil 1, S. 364 *(Tári-Laisi).*

Duilin NFG hat folgenden Eintrag: »*Duilin,* dessen Name Schwalbe bedeutet, war der Herr des Hauses der Gondothlim, dessen Zeichen die Schwalbe war; er war der sicherste Bogenschütze der Eldalie, doch er starb beim Fall von Gondolin. Die Namen dieser Helden finden sich bloß in Noldorissa, weil sie Gnomen waren, doch sein Name hätte in Eldarissa *Tuilindo* gelautet und der seines Hauses (das die Gnomen *Nas Duilin* nannten) *Nosse Tuilinda.*« *Tuilindo* ›(Frühlingssänger) Schwalbe‹, findet sich in QL; → Teil 1, S. 368 *(Tuilére);* GL hat *duilin(g),* ›Schwalbe‹, mit *duil, duilir,* ›Frühling‹, doch die beiden letzten Wörter wurden durchgestrichen, und an anderer Stelle erscheinen *tuil, tuilir,* ›Frühling‹ (→Teil 1, S. 368).

Für *nosse,* ›Volk, Sippe‹ →Teil 1, S. 371 *(Valinor);* GL nennt *nos* mit dieser Bedeutung nicht, jedoch *nosta-,* ›geboren werden‹, *nost,* ›Geburt; Geblüt; Geburtstag‹, ferner *noss* (verändert zu *nôs*) ›Geburtstag‹. Vgl. *Nost-na-Lothion,* ›Entstehung der Blumen‹, *Nos Galdon, Nos nan Alwen.*

Earáme Zu *ea,* ›Adler‹, →Teil 1, S. 346 *(Earendel);* zu *ráme* →*Alqaráme.* GL hat *Iorothram,* -um »= Qenya *Eráme* oder Adlerschwinge, ein Name für eines von Earendels Schiffen«.

Zu gnomisch *ior, ioroth,* ›Adler‹ →Teil 1, S. 346 *(Earendel);* vgl. auch die Formen *Earam, Earum* als Namen des Schiffes (S. 340, 357).

Earendel →S. 347f. →Teil 1, S. 346.

Earendilyon →Teil 1, S. 346 *(Earendel)* →*Indorion.*

Ecthelion GL und NFG leiten den Namen als von *ecthel,* ›Quelle‹, wozu Qenya *ektele* gehört. (Das Wort blieb erhalten; vgl. Anhang zum *Silmarillion* (S. 398) unter *kel-:* »aus *et-kele,* ›Austritt des Wassers, Quelle‹, wurde durch Umstellung der Konsonanten Quenya *ehtele,* Sindar *eithel* abgeleitet«. Ein späterer Eintrag in GL hat *aithil (< ektl),* ›eine Quelle‹.) – Eine Form *kektele* findet sich auch unter der Qenya-Wurzel KELE, KELU: →Teil 1, S. 353 *(Kelusindi).*

Egalmoth NFG: ›*Egalmoth* ist ein großer Name, doch seine Bedeutung kennt niemand ganz genau – einige haben gesagt, sein Träger werde so genannt, weil er so viel wert sei wie tausend Elben (doch Rúmil verneint das), andere sagten, der Name bezeichne die mächtigen Schultern dieses Gnomen (das meint auch Rúmil), aber wahrscheinlich stammt er aus einer geheimen Sprache der Gondothlim.« Zur Neufassung dieses Eintrags vgl. S. 285. Zu gnomisch *moth,* ›tausend‹ →Teil 1, S. 369 *(Uin).*

GL deutet den Namen im Sinne Rúmils und leitet ihn ab von *alm (< alðam-),* ›die Breite des Rückens von Schulter zu Schulter, Rücken, Schulter‹, daher *Egalmoth* = ›Breitschulter‹; der Name in Qenya soll *Aikaldamor* lauten, und ein Eintrag in QL gibt *aika,* ›breit, weit‹, und vergleicht damit gnomisch *eg, egrin.* Dies wiederum heißt nach GL ›weit weg, weit entfernt‹, und ›weit fern, breit‹: wie in *Egla;* →Teil 1, S. 346 *(Eldar).*

Eglamar →Teil 1, S. 346 *(Eldamar).* NFG: »*Egla,* sagte der Sohn von Bronweg, war der gnomische Name der Eldar (nun selten verwendet), die in Kôr wohnten, und sie wurden *Eglothrim* genannt [verbessert aus *Eglothlim*] (das heißt *Eldalie*) und ihre Sprache *Lam Eglathom* oder *Egladrin.* Rúmil sagte, die Namen *Egla* und *Elda* seien verwandt, doch Elfrith bekümmerte sich nicht viel um solche Gelehrsamkeit.« Vgl. damit Teil 1, S. 346 *(Eldar).* GL hat *lam,* ›Sprache‹, und *lambe* findet sich in QL: ein Wort, das erhalten blieb im späten Quenya. In QL erscheint es als eine Ableitung von einer Wurzel LAVA, ›lekken‹, und wird definiert als »Zunge (des Körpers, doch auch eines Landes oder = ›Sprache‹)«.

Eldarissa Erscheint in QL (»die Sprache der Eldar«), doch ohne Erklärung des zweiten Elements. Möglicherweise abgeleitet von der Wurzel ISI: *ista,* ›wissen‹, *isse,* ›Wissen, Kunde‹, *iswa, isqa* ›weise‹, etc.

Elfrith →S. 270f. →Teil 1, S. 351 *(Ilverin).*

Elmavoite »Einhänder« (Beren) →*Ermabwed.*

Elwing GL hat folgenden Eintrag: »*Ailwing,* ältere Schreibweise von *Elwing,* ›See-Gischt‹. Als Substantiv = ›weiße Wasserlilie‹. Der Name der Jungfrau, die von Ioringli geliebt wurde« (*Ioringli = Earendel,* →Teil 1, S. 346). Das erste Element erscheint in den Wörtern *ail,* ›See, Teich‹, *ailion,* ›See‹, Qenya *ailo, ailin;* vgl. später *Aelin-uial.* Das zweite Element ist *gwing,* ›Gischt‹: →Teil 1, S. 372 *(Wingilot).*

Erenol →Teil 1, S. 347 *(Eriol).*

Ermabwed »Einhänder« (Beren). GL hat *mab,* ›Hand‹, *amabwed, mabwed,* ›Hände haben‹, *mabwedri,* ›Rechtshändigkeit‹, *mabol,* ›geschickt‹, *mablios,* ›schlau‹, *mablad, mablod,* ›Handfläche‹, *mabrin(d),* ›Handgelenk‹. Nach GL soll ein verwandtes Wort in Qenya *mapa* sein (Wurzel MAPA) ›ergreifen‹, doch das wurde durchgestrichen. QL hat auch eine Wurzel MAHA mit vielen Ableitungen, besonders *ma* (= maha) ›Hand‹, *mavoite,* ›Hände haben‹ (vgl. *Elmavoite).*

Faiglindra »Die Langhaarige« (Airin). Gnomisch *faigli,* ›Haar, lange Flechten‹ (besonders von Frauen); *faiglion,* ›lange Haare haben‹, und *faiglim* mit derselben Bedeutung, »besonders als Eigenname«, *Faiglim, Aurfaiglim* »Die Sonne im Mittag«. Dazu *faiglin(d)ra* (in Klammern gesetzt).

Failivrin Zusammen mit *fail,* ›fahl, matt‹, *failthi,* ›Blässe‹, und *Failin* ein Name des Mondes. GL: *Failivrin:* »(1) eine Jungfrau, geliebt von Silmo; (2) bei den Gnomen ein Name für viele Mädchen von großer Schönheit, besonders Failivrin von den Rothwarin in der Geschichte von Turumart.« (In der *Geschichte* wurde *Rothwarin* durch *Rodothlim* ersetzt).

Das zweite Element ist *brin,* Qenya *vírin,* »eine magische, glasige Substanz von großer Klarheit, die bei der Schaffung des Mondes verwendet wurde. Bezeichnet Dinge von großer Durchsichtigkeit‹. Zu *vírin* →Teil 1, S. 272.

Falasquil In NFG gibt es drei Einträge (zu *falas* → Teil 1, S. 348; *Falman*): »*Falas* bedeutet (ebenso wie *falas* oder *falasse* in der Sprache der Eldar) einen Strand.«

»*Falas-a Gwilb* der ›Strand des Friedens‹ hieß elbisch *Falasquil* und war Tuors erste Heimstatt in einer geschützten Bucht am Großen Meer«. *-a-Gwilb* ist durchgestrichen und darüber steht *'Wilb oder Wilma.*

»Gwilb bedeutet ›voller Frieden‹; elbisch *gwilm«.*

GL hat *gwîl, gwilm, gwilthi,* ›Frieden‹, und *gwilb,* ›still, friedlich‹.

Fangluin »Blaubart« →*Indrafang.* Zu *luin,* ›blau‹ →Teil 1, S. 359 *(Nielluin).*

Foalóke QL verzeichnet unter einer Wurzel FOHO, ›verbergen, horten, speichern‹, *foa,* ›Hort, Schatz‹, *foina,* ›verborgen‹, *fôle,* ›Geheimnis‹ *fôlima,* ›verschwiegen‹, und *foalóke,* »Name eines Drachen, der einen Schatz hütete«. *lóke,* ›Schlange‹, ist abgeleitet von einer Wurzel LOKO, ›verwirren, drehen, zusammenrollen‹.

GL hatte ursprünglich die Einträge *fû, fûl, fûn,* ›Schatz‹, *fûlug,* »ein Drache (der einen Schatz hütet)«, und *ulug,* ›Wolf‹. Später wurden die Wörter geändert in *fuis,* ›Schatz‹, *fuithlug, -og* (die Form, die im Text S. 96 erscheint), *ulug,* ›Drache‹ (vgl. Qenya *lóke*). Ein Eintrag in NFG: »*Lûg* ist *lóke* in der Sprache der Eldar und bedeutet ›Drache‹«.

Fôs' Almir (Früherer Name von *Faskala-númen;* im Text S. 161 mit »das Bad der Flamme« übersetzt.) Zu *fôs,* ›Bad‹ →Teil 1, S. 348 *(Faskala-númen).* GL hat drei Namen: »*Fôs Aura, Fôs'Almir* und *Fôs na Ngalmir,* d. h. »Bad der Sonne = das Westliche Meer«. Zu *Galmir, Aur,* den Namen der Sonne → Teil 1, S. 349 →Teil 1, S. 370 *(Úr).*

Fuithlug →*Foalóke.*

Galdor Zum entsprechenden Eintrag in NFG →S. 285; erscheint zunächst als *galdon,* ›Baum‹, und Galdors Volk als *Nos Galdon. Galdon* findet sich nicht im GL. In der Folge erscheinen *galdon* > *alwen* und *alwen* in GL als ein Wort aus der Dichtersprache: *alwen »= orn«.* – Vgl. Qenya *alda,* ›Baum‹ (→Teil 1, S. 343; *Aldaron*) und die verwandten Wörter in Quenya *alda* und Sindarin *galadh.*

Gar Thurion NFG hat die frühere Form *Gar Furion* (S. 271), und GL hat *furn, furion,* ›geheim, verhüllt‹, sowie *fûr,* ›eine Lüge‹ (Qenya *furu*) und *fur-,* ›verhüllen, lügen‹. QL hat *furin* und *hurin,* ›verborgen, verhüllt‹ (Wurzel FURU oder HURU). Mit *Thurion* vgl. *Thuringwethil,* »Frau des Geheimen Schattens«, und *Thurin,* »der Geheimnisvolle«, Finduilas' Name für Túrin (*Nachrichten aus Mittelerde,* S. 215).

Gil →Teil 1, S. 352 *(Ingil).*

Gilim →Teil 1, S. 356 *(Melko).*

Gimli GL hat *gimli,* ›Gehör‹, *gim-,* ›hören‹, *gimriol,* ›achtsam‹ (verändert zu ›hörbar‹), *gimri,* ›Lauschen, Aufmerksamkeit‹. Das Gehör von Gimli, dem gefangenen Gnom in den Verliesen von Tevildo, war »das schärfste der Welt« (S. 47).

Glamhoth In GL als ein Name bezeichnet, »den die Goldothrim den Orks gaben: Volk des Furchtbaren Hasses« (vgl. dazu S. 213). Zu *Goldothrim* →Teil 1, S. 289 *(Noldoli).* Das erste Element ist *glâm,* ›Haß, Abscheu‹; andere Wörter sind *glamri,* ›erbitterte Fehde‹, *glamog,* ›abscheulich‹. Ein Eintrag in NFG besagt: »*Glam* bedeutet ›erbitterter Haß‹ und hat ebenso wie *Gwar* in der Sprache der Eldar keine verwandten Wörter.«

Zu *hoth,* ›Volk‹ →Teil 1, S. 361 (*orchoth* unter *Ork*); vgl. auch *Goldothrim, Gondothlim, Rúmhoth, Thornhoth.* Unter der Wurzel HOSO verzeichnet QL *hos,* ›Volk‹, *hosse,* ›Heer, Bande, Truppe‹, *hostar,* ›Stamm‹, *horma,* ›Horde, Schar‹; auch *Sankossi,* ›die Kobolde‹, die Entsprechung zu gnomisch *Glamhoth* und offenbar zusammengesetzt aus *sanke,* ›haßerfüllt‹ (Wurzel SṆKṆ, ›reißen‹) und *hosse.*

Glend Hängt vielleicht zusammen mit gnomisch *glenn,* ›dünn, fein‹, *glendrin,* ›schlank‹, *glendrinios,* ›Schlankheit‹, *glent, glentweth,* ›Dünne‹; Qenya-Wurzel: LENE, ›lang‹, deren Bedeutung sich verschieden weiterentwickelte: ›langsam, zögernd, schleppend‹ und ›gestreckt, dünn‹: *lenka,* ›langsam‹, *lenwa,* ›lang und dünn, gerade, schmal‹, *lenu-,* ›gestreckt‹, etc.

Glingol Zum Eintrag in NFG, wo der Name mit »singendes Gold« übersetzt ist, →S. 285; weiterhin →Teil 1, S. 354 *(Lindelos).* Das zweite Element ist *culu,* ›Gold‹; dazu →Teil 1, S. 351 *(Ilsalunte);* ein weiterer Eintrag in NFG lautet: »*Culu* oder *Culon* ist der Name, den wir in der Dichtkunst für *Glor* haben, und Rúmil sagt, daß es das elbische *Kulu* und *-gol* in *Glingol* ist.«

Glorfalc Zu *glor* →Teil 1, S. 354 *(Laurelin).* NFG: »*Glor* ist Gold, und es ist das Wort, das in den Versen der Kôr-Eldar *laure* lautet, sagte Rúmil.« *Falc* bedeutet nach GL: »(1) Spalte, Schnitt; (2) Spalte, Schlucht, Klippen« (verzeichnet ist auch *falcon,* ›ein großes zweihändiges Schwert, zweischneidige Streitaxt‹, das zu *falchon* verändert wurde und so dem Englischen *falchion,* ›Breitschwert‹, ähnelt. NFG: »*Falc* ist Spalte und ähnelt *Cris;* elbisch *Falqa*«; und unter der Wurzel FḶKḶ sind in QL *falqa,* ›Spalte, Bergpaß, Schlucht‹, und *falqan,* ›großes Schwert‹, verzeichnet. GL hat einen weiteren Eintrag: *Glorfalc* »eine große Schlucht, die aus Garioth herausführte«. *Garioth* = Hisilóme; →Teil 1, S. 347 *(Eruman);* vgl. das spätere *Orfalch Echor.*

Glorfindel Zum Eintrag in NFG, wo der Name mit »Goldsträhne« übersetzt ist → S. 285. Zu *glor* → Teil 1, S. 354 *(Laurelin)* → *Glorfalc.* GL hat *findel,* ›Haarlocke‹, zusammen mit *fith (fidhin),* ›ein einzelnes Haar‹, *fidhra,* ›haarig‹, doch *findel* wurde durchgestrichen; spätere Einträge sind *finn,* ›Haarlocke‹ (vgl. *fin-* im Anhang zum *Silmarillion*) und *fingl* oder *finnil,* ›Haarsträhne‹. NFG: »*Findel ist* ›Strähne‹ und ist das elbische *Findil.*« Unter der Wurzel FIRI verzeichnet QL *findl,* ›Haarlocke‹, und *firin,* ›Sonnenstrahl‹. An anderer Stelle in GL steht *Glorfindel* mit der Übersetzung »Goldlocken«; später zu *Glorfinn* mit der Variante *Glorfingl* verändert.

Glorund Zu *glor* →Teil 1, S. 354 *(Laurelin)* →*Glorfalc.* GL hat *Glorum* »der große Drache, von Turumart erschlagen«. Die Qenya-Formen *Laurundo, Undolaure* (S. 116) erscheinen nicht in QL, sondern ein Name *Fentor* für den »großen Wurm«, zusammen mit *fent,* ›Schlange‹, *fenume,* ›Drache‹. Zunächst hieß es »der große Drache, erschlagen von Ingilmo«, später wurde hinzugefügt »oder Turambar«.

go- Ein ursprünglicher Eintrag (später gestrichen) in GL lautete: »*gon-, go-,* ›Sohn von‹, patronymisches Suffix (vgl. Suffix *ios/ion(io* und Qenya *yô, yondo*).« Zur Neufassung →*bo-* →*Indorion.*

Golosbrindi (Früherer Name von Hirilorn; S. 75 mit »Königin des Waldes« übersetzt.) GL hat ein Wort, *goloth,* ›Forst‹, abgeleitet von **gwo loth,* zusammengesetzt aus *aloth (alos)* ›Forst‹ *(= taur)* und dem Präfix **ngua > gwa,* ›zusammen, in einem‹, »oft nur verstärkend gebraucht«. Die entsprechende Qenya-Form soll *málos* sein (nicht im QL).

Gon Indor →*go-* →*Indorion.*

Gondobar →*Gondolin;* zu *-bar* →Teil 1, S. 346 *(Eldamar).* In GL wurde die Form *Gondobar* später zu *Gonthobar* verändert.

Gondolin Zu den Einträgen in Teil 1, S. 349 sei NFG hinzugefügt: »*Gond* bedeutet ›ein Stein‹ oder ›Stein‹, ebenso wie elbisch *on* und *ondo.*« Zum Eintrag in

NFG, wo der Name mit »singender Stein« übersetzt ist, →S. 285; zur letzten Fassung der Etymologie von *Gondolin* → Anhang zum *Silmarillion* unter *gond*.

Gondothlim GL hat folgenden Eintrag über das Wort *lim,* ›viele‹, Quenya *limbe* (nicht in QL): »Wird sehr oft als Suffix benutzt und dient der Pluralbildung. Im Singular ›manch einer‹ wie in *golda-lim.* Gleichwohl wird es sehr oft bei Substantiven, die den Plural mit *-th* bilden, angehängt, wobei *-l* > *-r* wird. Daher Verwirrung bei Formen wie *grim,* ›Schar‹, und *thlim,* ›Rasse‹, sowie *Goldothrim* (›das Volk der Gnomen‹).« NFG: »*Gondothlim* heißt ›Volk des Steins‹ und (sagt Rúmil) ist *Gond,* ›Stein‹, dem *Hoth,* ›Volk‹, und jenes – *lim* hinzugefügt wurde, durch das wir Gnomen ›die vielen‹ ausdrücken.« Vgl. *Lothlim, Rodothlim* und *Orclim* unter *Balcmeg;* zu *hoth* →*Glamhoth.*

Gondothlimbar →*Gondolin* →*Gondothlim;* zu *-bar* →Teil 1, S. 346. *(Eldamar).* In GL wurde die Form *Gondothlimbar* später zu *»Gonthoflimar oder Gonnothlimar«.*

Gothmog →S. 93, 285 →Teil 1, S. 354 *(Kosomot).* GL hat *mog-,* ›Abscheu, Haß‹ *mogri,* ›Verabscheuung‹, *mogrin,* ›haßerfüllt‹; Qenya-Wurzel MOKO, ›Haß‹. Zusätzlich zu *goth,* ›Krieg, Streit‹, (Qenya-Wurzel KOSO, ›streiten‹) ist zu erwähnen *gothwen,* ›Schlacht‹, *gothweg,* ›Krieger‹, *gothwin,* ›Amazone‹, *gothriol,* ›kriegerisch‹, *gothfeng,* ›Kriegspfeil‹, *gothwilm,* ›Waffenstillstand‹.

Gurtholfin GL: *Gurtholfin,* »Urdolwen, ein Schwert Turambars, Stab des Todes«. Daneben auch *gurthu,* ›Tod‹ (Qenya *urdu;* nicht im QL). Das zweite Element des Namens ist *olfin(g)* (auch *olf*) ›Zweig, Stab, Stock‹ (Qenya *olwen(n)*).

In QL heißt Turambars Schwert *Sangahyando,* ›Spalter von Gedrängen‹, Wurzeln SANGA, ›fest packen, pressen‹ (*sanga,* ›Menge, Masse‹) und HYARA, ›durchpflügen‹ (*hyar,* ›pflügen‹, *hyanda,* ›Klinge, Pflugschar‹). *Sangahyando,* ›Gedränge-Spalter‹, wurde der Name eines Mannes in Gondor (→Anhang zum *Silmarillion* unter *thang*).

Gwar →Teil 1, S. 353 *(Kôr, korin).*

Gwarestrin In der Geschichte (S. 211) mit »Turm der Wacht« übersetzt; so auch in NFG; GL erklärt ihn als »Wachtturm« (besonders als ein Name für Gondolin)«. Ein später Eintrag in GL hat *estirin, estirion, estrin,* ›Spitze‹, neben *esc,* ›scharfe Spitze oder Kante‹. Das zweite Element dieses Wortes ist *tiri(o)n;* →Teil 1, S. 354 *(Kortirion).* Zu *gwar* →*Amon Gwareth.*

Gwedheling →Teil 1, S. 372 *(Wendelin).*

Heborodin »Die Umzingelnden Berge«. Gnomische Präposition *heb,* ›ringsum, rund um‹; *hebrim,* ›*Grenze*‹, *hebwirol,* ›Umgebung‹. Zu *orod* →Teil 1, S. 352 *(Kalorme).*

Hirilorn GL hat *hiril,* »Königin (dichterisch), Prinzessin; weibliche Form von *bridhon*«. Zu *bridhon* →*Tevildo.* Das zweite Element ist *orn,* ›Baum‹. In QL findet sich das Wort *neldor,* ›Buche‹; →Anhang zum *Silmarillion* unter *neldor.*

Idril Zu Gnomisch *idril,* ›Liebling‹ →*Cûm an-Idrisaith.* GL hat folgenden Eintrag: *Idhril,* ›Name eines Mädchens, wird oft mit *Idril* verwechselt. *Idril* = ›geliebt‹, aber Idhril = ›sterbliches Mädchen‹. Beide scheinen die Namen der Tochter von Turgon gewesen zu sein – oder *Idril* war die ältere und die Kôr-Eldar nannten sie *Irilde (= Idhril),* weil sie Tuor heiratete.« Anderswo im GL erscheint *idhrin,* »Menschen, Erdbewohner; besonders als Volksname benutzt im Gegensatz zu *Eglath* etc.; vgl. Qenya *indi*«, und *Idhru, Idhrubar,* »die Welt, alle von Menschen bewohnten Gebiete; vgl. Qenya *irmin.* Im QL erscheinen *indi* und *irmin* unter der Wurzel IRI, ›wohnen?‹, mit *irin,* ›Stadt‹, *indo,* ›Haus‹, *indor,* ›Hausherr‹ *(→Indor)* etc.; doch *Irilde* ist nicht verzeichnet. Ähnliche gnomische Worte: *ind, indos,* ›Haus, Halle‹, *indor,* ›Hausherr, Herr‹. Dem Eintrag in NFG (S. 286) wurde später hinzugefügt: »und ihr Name bedeutet ›geliebt‹, doch oft sagen die Elben *Idhril,* das mit *Irilde* zusammenhängt ›sterbliches Mädchen‹ bedeutet und sich vielleicht auf ihre Heirat mit Tuor, Sohn der Menschen, bezieht.«

Ilbranteloth →Cris Ilbranteloth.

Ilfiniol, Ilfrith →Teil 1, S. 351 *(Ilverin).*

Ilúvatar NFG: »In den mystischen Sprüchen der Noldoli heißt *En* auch *Ilathon* [verbessert aus *Âd Ilon*], das ist Ilúvatar – und das entsprich dem *Enu* der Eldar.« QL hat *Enu,* den Allmächtigen Schöpfer, der außerhalb der Welt wohnt. Zu *Ilathon* →Teil 1, S. 351 *(Ilwe).*

Indor (Vater von Tuors Vater Peleg). Dies ist vielleicht das Wort *indor,* ›Hausherr, Herr‹ (→*Idril*), das als Eigenname verwendet wurde.

Indorion →go-. QL hat *yô, yond-* als dichterische Wörter für ›Sohn‹: »aber ebenso verbreitet wie *-ion* in Patronymen (daher = ›Abkömmling‹)«; auch *yondo,* ›männlicher Nachkomme, Enkel‹, (vgl. Earendels Name *Gon Indor*); vgl. *Earendilyon.*

Indrafang GL hat *indra,* ›lang‹ (auch zeitlich), *indraluin,* ›vor langer Zeit‹; auch *indravang* »ein besonderer Name für die *nauglath* oder Zwerge (dazu → S. 326). Diese Formen wurden später zu *in(d)ra, in(d)rafang, in(d)raluin/idhraluin* verändert. Ein ursprünglicher Eintrag in GL war *bang,* ›Bart‹ = Qenya *vanga* (durchgestrichen); ein weiteres Wort gleicher Bedeutung erschien mit *Bangasur,* verändert zu *Fangasur.* Das zweite Element ist *sûr,* ›lang, schleppend‹, Qenya *sóra;* spätere Hinzufügung: *Surfang,* ›ein Langbart, ein *naugla* oder *inrafang*«; vgl. *Fangluin* jnd das spätere *Fangorn,* ›Baumbart‹.

Irilde →*Idril.*

Isfin NFG: »*Isfin* war die Schwester von Turgon, Herr von Gondolin, die Eol schließlich heiratete; und es bedeutet entweder ›Schneelocke‹ oder ›außerordentlich scharfsinnig‹.« Später notierte mein Vater, der Name habe keine Bedeutung, doch man vergleiche mit dem zweiten Element *finn,* ›Haarlocke‹ → *(→ Glorfindel)* oder *fim,* ›schlau‹, *finthi,* ›Idee, Ansicht‹, etc.; (→ Teil I, S. 348, *Finwe).*

Iváre GL hat *Ior,* »der berühmte ›Flötenspieler des Meeres‹; Qenya *Iváre«.*

Íverin Ein später Eintrag in GL hat *Aivrin oder Aivrien,* »eine Insel vor der Westküste von Tol Eressea, Qenya *Íwerin* oder *Iverindor.*« QL hat *Íverind-,* ›Irland‹.

Karkaras Im GL ist dies als die Qenya-Form verzeichnet; die gnomische Form des Namens (»der große Wolfswächter vor Belcas Tor«) war *Carcaloth* oder *Carcamoth,* verändert zu *Carchaloth, Carchamoth.* Das erste Element ist *carc,* ›Zacke, Spitze, Rachen‹; QL hat unter der Wurzel KṚKṚ *karka,* ›Rachen, Zahn, Hauer‹, *karkasse, karkaras,* ›Reihe von Spitzen oder Zähnen‹.

Kosmoko →*Gothmog.*

Kurûki →Teil I, S. 368 *(Tolli Kuruvar).*

Ladwen-na-Dhaideloth »Heide vom Himmelsdach«. →*Dor-na-Dhaideloth.* GL hat *ladwen* »(1) Ebenheit, Flachheit; (2) eine Ebene, Heide; (3) eine ebene Fläche; (4) Oberfläche«. Andere Wörter sind *ladin,* ›eben, glatt; gleichförmig‹ (vgl. *Tumladin*); *lad,* ›eine ebene Fläche‹ (vgl. *mablad,* ›Innenfläche der Hand‹, unter *Ermabwed* erwähnt); *lada-,* ›glätten, streichen, besänftigen, betrügen‹, und *ladwinios,* ›Gerechtigkeit‹. Weiter: *bladwen,* ›eine Ebene‹ (→ Teil I, S. 361, *Palúrien*), und *fladwen,* ›Wiese‹ (mit *flad,* ›Rasen‹, und *Fladweth Amrod/Amrog,* »ein Ort in der Nähe von Tavrobel, wo Eriol sich eine Weile aufhielt.« *Amrog, amrod* = ›Wanderer, umherwandern‹, von *amra-,* ›hinauf und hinab gehen, in den Bergen leben, wandern‹; →*Amon Gwareth*).

Laiqalasse →Teil I, S. 364 *(Tári-Laisi)* →Teil I, S. 349 *(Gar Lossion).*

Laurundo →*Glorund.*

Legolas →*Laiqalasse.*

Lindelokte →Teil I, S. 354 *(Lindelos).*

Linwe Tinto →Teil I, S. 367 *(Tinwe Linto).*

Lóke →*Foalóke.*

Lôs →Teil I, S. 349 *(Gar Lossion). Die spätere Form* loth ist nicht im GL (dagegen *lothwing,* ›Schaumblüte‹). NFG: »Lôs ist eine Blume; in Eldarissa *losse,* was Rose heißt« (nach dem Wort ›Blume‹ wurde alles weitere gestrichen).

Lósengriol Ebenso wie bei *lôs* erscheint die spätere Form *lothengriol* nicht im GL. *Losengriol* wird im GL mit »Lilie des Tals« übersetzt; dort die gnomischen Wörter *eng,* ›glatt, eben‹, *enga,* ›Ebene, Tal‹, engri, ›eine Ebene‹, *engriol,* ›tal-ähnlich‹. NFG: »*Eng* ist eine Ebene oder ein Tal und *Engriol* das, was darin lebt oder wohnt«; Übersetzung: »Blume/Lilie des Tals«.

Los 'lóriol (aus *Los Glóriol;* die Goldene Blume von Gondolin). →Teil I, S. 349 *(Gar Lossion);* zu *glóriol,* ›golden‹ →Teil I, S. 354 *(Laurelin).*

Loth, Lothengriol →*Lôs* →*Lósengriol.*

Lothlim →*Lôs* →*Gondothlim.* NFG: »*Lothlim/Loslim* bedeutet Volk der Blume, und das ist der Name, den die Verbannten von Gondolin annahmen (die ihre Stadt früher *Lôs* genannt hatten)«.

Mablung Zu *mab,* ›Hand‹ →*Ermabwed.* Das zweite Element ist *lung,* ›schwer‹; ernst; ernsthaft‹; verwandte Wörter sind *lungra-,* ›wiegen, schwer hängen‹, *luntha,* ›Gleichgewicht, Gewicht‹, *lunthang,* ›Waagschalen‹.

Malkarauki →Teil I, S. 344 *(Balrog).*

Mar Vanwa Tyaliéva →Teil I, S. 356. Ein später Eintrag im GL verzeichnet den gnomischen Namen *Bara Dhair Haithin,* die Hütte des Vergessenen Spiels; auch *daira-,* ›Spiel‹ (mit *dairwen,* ›Freude‹), und *haim* oder *haithin,* ›verschwunden, fortgegangen, vergessen‹ (mit *haitha-,* ›gehen, schreiten‹ etc.); vgl. *Dairon.*

Mathusdor (Aryador, Hisilóme) Im GL: *math,* ›Dämmerung‹, *mathrin,* ›dämmrig‹, *mathusgi,* ›Zwielicht‹, *mathwen,* ›Abend‹. →*Umboth-muilin.*

Mavwin Ein Substantiv *mavwin,* ›Wunsch‹, im GL wurde durchgestrichen, doch verwandte Wörter blieben stehen: *mav-,* ›wünschen‹, *mavra,* ›begierig nach‹, *mavri,* ›Hunger nach‹, *mavrin,* ›schön, begehrenswert‹, *mavros,* ›Verlangen‹, *maus,* ›Vergnügen; hübsch‹. Mavwins Name in Qenya, *Mavoine,* ist nicht im QL verzeichnet, es sei denn, er wäre mit *maivoine,* ›großes Verlangen‹, gleichzusetzen.

Meleth Ein Substantiv *meleth,* ›Liebe‹, steht im GL; →Teil I, S. 358 *(Nessa).*

Melian, Melinon, Melinir Keiner dieser Namen erscheint in den Wörterbüchern, doch sind sie vermutlich alle Ableitungen von dem Stamm *mel-,* ›lieben‹; → Teil I, S. 358 *(Nessa).* Die spätere Etymologie von *Melian* leitete den Namen jedenfalls von *mel-,* ›lieben‹, ab (*Melyanna,* ›gütige Gabe‹).

Meoita, Miaugion, Miaule →*Tevildo.*

Mindon Gwar Zu *mindon,* ›Turm‹ → Teil 1, S. 357 *(Minethlos); zu* Gwar → S. 303 → Teil 1, S. 353 *(Kôr, korin).*

Morgoth → S. 93 → *Gothmog.* Zum Element *mor-* → Teil 1. S. 357 *(Mornie).*

Mormagli, Mormakil → Teil 1, S. 357 *(Mornie)* → Teil 1, S. 355 *(Makar).*

Nan Dumgorthin → S. 73. Zu *nan* → Teil 1, S. 358 *(Nandini).*

Nantathrin Der Name erscheint nicht in den *Verschollenen Geschichten,* wo das Land der Weidenbäume *Tasarinan* genannt wird, doch GL verzeichnet ihn (→ Teil 1, S. 363; *Sirion*), und NFG hat den Eintrag: »*Dor-tathrin* war das Land der Weidenbäume, von dem diese und manch andere Geschichte erzählt«. GL hat *tathrin,* ›Weide‹ und QL *tasarin* mit derselben Bedeutung.

Nauglafring GL hat den folgenden Eintrag: »*Nauglafring = Fring na Naugli-thon,* das Halsband der Zwerge. Geschaffen für Ellu von den Zwergen aus dem Gold von Glorund, das Mîm, der Vaterlose, verfluchte und das Beren Ermabwed und Damrod, seinen Sohn, ins Verderben stürzte und dessen Fluch nicht gemildert wurde, bis es mit Elwing, der Liebsten von Earendel, auf den Grund des Meeres sank.« Zu Damrod (Daimord), Sohn von Beren, → S. 187, 340; zu Elwings Tod mit dem Nauglafring → S. 335, 345. Dies ist der einzige Hinweis darauf, daß der Fluch des Halsbandes »gemildert« wurde. – Gnomisch *fring* bedeutet »Halsband« (Qenya *firinga*).

Níniel Vgl. Gnomisch *nîn,* ›Träne‹, *ninios, ›Klage‹, ninna-,* ›weinen‹; → Teil 1, S. 359 *(Nienna).*

Nínin-Udathriol (»Ungezählte Tränen«) → *Níniel.* GL hat *tathn,* ›Zahl‹, *tathra-,* ›zählen‹, *udathnarol, udathriol,* ›unzählig‹. *û-* ist eine verneinende Vorsilbe. (QL erklärt nicht *Nieriltasinwa* auf S. 116, abgesehen vom Element *nie,* ›Träne‹; → Teil 1, S. 359; *Nienna*).

Noldorissa → *Eldarissa.*

Nos Galdon, Nos nan Alwen → *Duilin* → *Galdor.*

Nost-na-Lothion → *Duilin.*

Parma Kuluinen Das Goldene Buch, → S. 393f. im QL unter der Wurzel PARA ist folgender Eintrag: ›*parma,* ›Haut, Rinde‹; Pergament; Buch, Schriften«. Das Wort *parma* findet sich noch im späten Quenya (*Die Rückkehr des Kö-nigs,* S. 450); zu *Kuluinen* → *Glingol.*

Peleg (Vater von Tuor) GL hat das Substantiv *peleg,* ›Axt‹, das Verb *pelectha-,* ›hauen‹, (QL *pelekko,* ›Axt‹, *pelekta-,* ›hauen‹); vgl. Tuors Name *Pelecthon* unter *Idril.*

Ramandur → Teil 1, S. 354 *(Makar).*

Rog GL hat ein Adjektiv *rôg, rog,* ›mannhaft, stark‹. Doch vgl. den orkischen Namen von Berens Vater, Egnor, »Rog der Behende«, mit *arog,* ›schnell, rauschend‹, und *raug* mit derselben Bedeutung; Qenya *arauka.*

Rôs GL hat noch eine weitere Bedeutung für diesen Namen: »das Meer« (Quenya *Rása*).

Rodothlim →*Rothwarin* (frühere Form, die durch *Rodothlim* ersetzt wurde).

Rothwarin GL hat diesen Namen in den Formen *Rothbarin, Rosbarin:* »(wörtlich ›Höhlen-Bewohner‹) Name eines Volkes verborgener Gnomen und auch der Gegend um ihre Höhlenwohnungen an den Flußufern«. Von der Wurzel ROTO, ›Hohlraum‹, sind die gnomischen Wörter abgeleitet: *rod,* ›Röhre, Stamm‹, *ross,* ›Pfeife‹, *roth,* ›Höhle, Grotte‹, *rothrin,* ›hohl‹, *rodos,* ›Höhle‹; QL hat *rotse,* ›Pfeife‹, *róta,* ›Röhre‹, *ronta, rotwa,* ›hohl‹, *rotele,* ›Höhle‹.

Rúmhoth →*Glamhoth.*

Rúsitaurion GL hat ein Substantiv *rûs (rôs)* ›Ausauer, Geduld‹, zusammen mit dem Adjektiv *rô,* ›ausdauernd, geduldig, still‹, und dem Verb *rô-,* ›bleiben, aushalten‹. Zu *taurion* →Teil 1, S. 365 *(Tavari).*

Sarnthrod Gnomisch *sarn,* ›ein Stein‹; zu *athrod,* ›Furt‹ →*Artanor.*

Sarqindi (»Kannibalen-Oger«) Dies Wort muß von der Wurzel SṚKṚ abgeleitet sein, die im QL mit den Ableitungen *sarko,* ›Fleisch‹, *sarqa,* ›fleischig‹, *sarkuva,* ›körperlich, leiblich‹, aufgeführt wird.

Silpion NFG übersetzt den Namen mit »Kirschen-Mond«. Im QL ist ein Wort *pio,* ›Pflaume, Kirsche‹ (mit *piukka,* ›Brombeere‹, *piosenna,* ›Stechpalme‹) verzeichnet; dazu auch *Valpio* ›die heilige Kirsche und Valinor‹. GL hat *Piosil* und *Silpios* ohne Übersetzung als Namen des Silbernen Baumes; dazu ein Wort *piog,* ›Beere‹.

Taimonto →Teil 1, S. 366 *(Telimektar).*

Talceleb, Taltelepta (Name von *Idril/Irilde,* »die Silberfüßige«). Das erste Element ist gnomisch *tâl,* ›Fuß‹ (von Lebewesen); davon abgeleitet *taltha,* ›Fuß (von Dingen), Sockel, Grundlage‹, *talrind, taldrin,* ›Fußknöchel‹, *taleg, taloth,* ›Pfad‹ – ein weiterer Name für den Weg der Flucht in Gondolin war *Taleg Uthwen* → *Bad Uthwen*). QL verzeichnet unter der Wurzel TALA, ›Unterstützung‹: *tala,* ›Fuß‹, *talwi,* ›die Füße‹, *talas,* ›Sohle‹. Zum zweiten Element →Teil 1, S. 366 *(Telimpe).* QL hat die Form *telepta* ohne Übersetzung.

Tarnin Austa Zu *tarn,* ›Pforte‹ →Teil 1, S. 357 *(Moritarnon).* GL hat *aust,* ›Sommer‹; vgl. *Aur,* ›die Sonne‹, Teil 1, S. 370 *(Ûr).*

Taruithorn, Taruktarna (Oxford). GL hat *târ,* ›Horn‹, und *tarog,* ›Ochse‹ (Qenya *taruku-,) Taruithron* und das ältere *Taruitharn,* »Oxford«. Unmittelbar darauf folgen die Wörter: *tarn,* ›Pforte‹, und *taru* »(1) kreuzen, (2) Kreuzung«. QL hat *taru,* ›Horn‹, *(→ Dramborleg), tarukka,* ›gehörnt‹, *tarukko, tarunko,* ›Bulle‹, *Taruktarna,* »Oxford«, und unter der Wurzel TARA: *tara-,* ›kreuzen‹, *tarna,* ›Kreuzung, Übergang‹.

Tasarinan →Nantathrin.

Taurfuin →Teil 1, S. 365 *(Tavari)* →Teil 1, S. 349 *(Fui).*

Teld Quing Ilon NFG: »*Cris a Teld Quing Ilon* bezeichnet die Schlucht des Regenbogendaches, und das ist in der Sprache der Eldar *Kiris Iluqingatelda*«; *a Teld Quing Ilon* wurde durchgestrichen und ersetzt durch *Ilbranteloth.* Ein zweiter Eintrag lautet: »*Ilon* ist der Himmel«; in GL ist *Ilon* (= Qenya *Ilu*) der Name von *Ilúvatar* (→Teil 1, S. 351; *Ilwe*). *Teld* erscheint nicht im GL, dagegen verwandte Wörter wie *telm,* ›Dach‹ (→Teil 1, S. 365; *Teleri*) und *cwing,* ›Bogen‹. QL hat *iluqinga,* ›Regenbogen‹ (→ Teil 1, S. 351; *Ilweran*) und *telda,* ›ein Dach haben‹ (→Teil 1, S. 366; *Telimektar*). Zu *Cris, Kiris →Cris Ilbranteloth.*

Tevildo, Tifil Zur Etymologie →Teil 1, S. 366; es ist hinzuzufügen, daß die frühere gnomische Form *Tifil* (später *Tiberth*) im GL mit einem Substantiv *tîf,* ›Groll, Bitterkeit‹, zusammen genannt wird.

Vardo Meoita »Fürst der Katzen«: zu *Vardo* →Teil 1, S. 371 f. *(Varda).* QL hat *meoi,* ›Katze‹.

Bridhon Miaugion »Fürst der Katzen«: *bridhon,* ›König, Fürst‹; vgl. *Bridhil,* Vardas gnomischer Name (Teil 1, S. 371). Substantive *miaug, miog,* ›Kater‹, und *miauli,* ›weibliche Katze‹ (verändert zu *miaulin*) erscheinen im GL, wo der Fürst der Katzen *Tifil Miothon oder Miaugion* heißt. *Miaule* war der Name von Tevildos Koch (S. 40).

Thorndor →Teil 1, S. 363 *(Sorontur).*

Thornhoth →Glamhoth.

Thorn Sir →Teil 1, S. 363 *(Sirion).*

Tifanto Der Name ist eindeutig mit den gnomischen Wörtern *tif-, tifin* verwandt (→Teil 1, S. 367; *Tinfang*).

Tifil →Tevildo.

Tirin →Teil 1, S. 354 *(Kortirion).*

Tôn a Gwedrin Tôn ist ein gnomisches Wort mit der Bedeutung ›Feuer (auf einem Herd)‹, verwandt mit *tan* und anderen unter *Tanyasalpe* (Teil 1, S. 364) genannten Wörtern; *Tôn a Gwedrin,* »das Feuer der Geschichten«, in *Mar Vanwa Tyaliéva;* vgl. *Tôn Sovriel,* »der Feuersee von Valinor« (*sovriel,* ›Reinigung‹, *sovri,* ›reinigen‹, *sôn,* ›rein, sauber‹, *soth,* ›Bad‹, *sô-,* waschen, reinigen, baden‹).

Gwedrin gehört zur Gruppe *cwed-* (Preteritum *cwenthi*) ›sagen, erzählen‹, *cweth,* ›Wort‹, *cwent,* ›Erzählung, Sprichwort‹, *cwess,* ›Redewendung‹, *cwedri,* ›Erzählen (von Geschichten)‹, *ugwedriol,* ›unaussprechlich, unbeschreiblich‹. Im QL stehen unter der Wurzel QETE *qet- (qente)* ›sprechen, sagen‹, *quent,* ›Wort‹, *qentele,* ›Satz‹, *»Eldaqet = Eldarissa;* vgl. Anhang zum *Silmarillion* unter *quen- (quet-).*

Tumladin Zum ersten Element, gnomisch *tûm,* ›Tal‹, → Teil 1, S. 368 *(Tombo);* zum zweiten, *ladin,* ›eben, glatt‹ → *Ladwen na Dhaideloth.*

Turambar Zum ersten Element → Teil 1, S. 357 *(Meril-i-Turinqi).* QL hat *amarto, ambar,* ›Schicksal‹, und auch (Wurzel MRTR) *mart,* ›ein bißchen Glückk‹, *marto,* ›Geschick, Verhängnis, Los‹, *mart-,* ›es geschieht‹. GL hat *mart,* ›Schicksal‹, *martion,* ›dazu bestimmt, verdammt, todgeweiht‹; auch *umrod* und *umbart,* ›Schicksal‹.

Turumart → *Turambar.*

Ufedhin Mit diesem Namen sind möglicherweise verwandt: gnomisch *uf,* ›heraus, weg von‹, oder *fedhin,* ›durch Vertrag gebunden, Bundesgenosse, Freund.‹

Ulbandi → Teil 1, S. 356 *(Melko).*

Ulmonan Der gnomische Name war *Ingulman(n) (Gulama = Ulmo),* mit der Vorsilbe *in- (ind-, im-)* ›Haus von‹ (zu *ind,* ›Haus‹ → *Idril*). Andere Beispiele dieser Wortbildung sind: *Imbelca, Imbelcon,* »Hölle (Haus von Melko)«, *inthorn,* ›Adlerhorst‹, *Intavros,* ›Wald‹, (eigentlich »Wald-Palast von Tavros«).

Umboth-muilin Gnomisch *umboth, umbath,* ›Einbruch der Nacht‹; *Umbathor* ist ein Name von *Garioth* (→ Teil 1, S. 347; *Eruman*). Dieses Wort ist abgeleitet von **mbap-,* verwandt mit **map-,* erkennbar in *math,* ›Dunkelheit‹: → *Mathusdor.* Das zweite Element ist *muil,* ›Bergsee‹, Quenya *moile.*

Undolaure → *Glorund.*

Valar NFG hat folgenden Eintrag: »*Banin* [verbessert aus *Banion*] oder *Bandrim* [verbessert aus *Banlim*]. Diese wohnen nun, sagen die Noldoli, in *Gwalien* [verbessert aus *Banien*], doch von Elfrith und den anderen werden sie immer bei ihren elbischen Namen die *Valar* (oder *Vali*) genannt, und der prächtige Landstrich ihrer Wohnstätte ist *Valinor.*« → Teil 1, S. 371 *(Valar).*

Register

Dieses Register beruht auf derselben Grundlage wie das zu Teil 1, doch die Zahl ausgewählter Verweise ist um einiges größer, und die einzelnen *Verschollenen Geschichten* sind nicht einbezogen. Aufgrund der großen Zahl von Namen, die in Teil 2 erscheinen, bietet es ziemlich vollständige Querverweise auf verwandte Namen (frühere und spätere Formen, Entsprechungen in verschiedenen Sprachen etc.). Wie beim Register zu Teil 1 werden die wichtigsten Namen, die im *Silmarillion* vorkommen, nicht erklärt. Gelegentlich beziehen sich Verweise auf Textstellen, in denen der Ort oder die Person nicht namentlich genannt sind.

Fantasy und Abenteuerromane bei Klett-Cotta

Gesa Helm:

Der Spiegel von Kajx

687 Seiten, gebunden,eine Karte, bedruckte Vorsätze, Lesebändchen
ISBN 3-608-93465-0

Zjapina wächst auf Dochant auf, einer verschlafenen Burg, wo sie bei einer heilkundigen Frau in die Lehre geht. Ihren Lebensweg meint sie zu kennen. Daß sie anders ist, beunruhigt sie, bis sie Pekeiraz trifft, der ebenfalls diese besondere seherische Gabe, das Miach-Sehen, hat. Er schickt sie als Adeptin an die Hohe Schule von Zabga. Damit beginnt sich für Zjapina der Weg zu erfüllen, den ein Orakelspruch der Götter geweissagt hatte. Dieser Spruch, aufbewahrt im Spiegelschrein von Kajx, ist dunkel. Seine wahre Bedeutung wird erst offenbar, nachdem er sich erfüllt hat:
Aus dem elternlosen Kind Zjapina wird eine stolze Regentin, gefürchtet als Hexenfürstin und kluge Gemahlin eines mächtigen Herrschers, dem es gelingt, die verfeindeten Fürstentümer zu einen. Pekeiraz aber bleibt der geheimnisvolle Mann, der die Fäden hält. Er ist machtbesessen und rachsüchtig, ebenbürtig der Hexenfürstin, mit der ihn eine leidenschaftliche, verbotene Liebe verbindet.
Zjapina, die Erzählerin, führt in eine völlig neue Fantasy-Welt, zu fremden Völkern mit ihren verschiedenen Sprachen, ihrem Götterglauben, den Staatsintrigen und Machtkämpfen und ihren als Hexen gefürchteten Menschen, die über eine geheimnisvolle Kraft verfügen. Und sie erzählt von dem schüchternen Mädchen, das sie einst war und das lernte, seinen Gefühlen und seinem Ehrgeiz zu folgen.

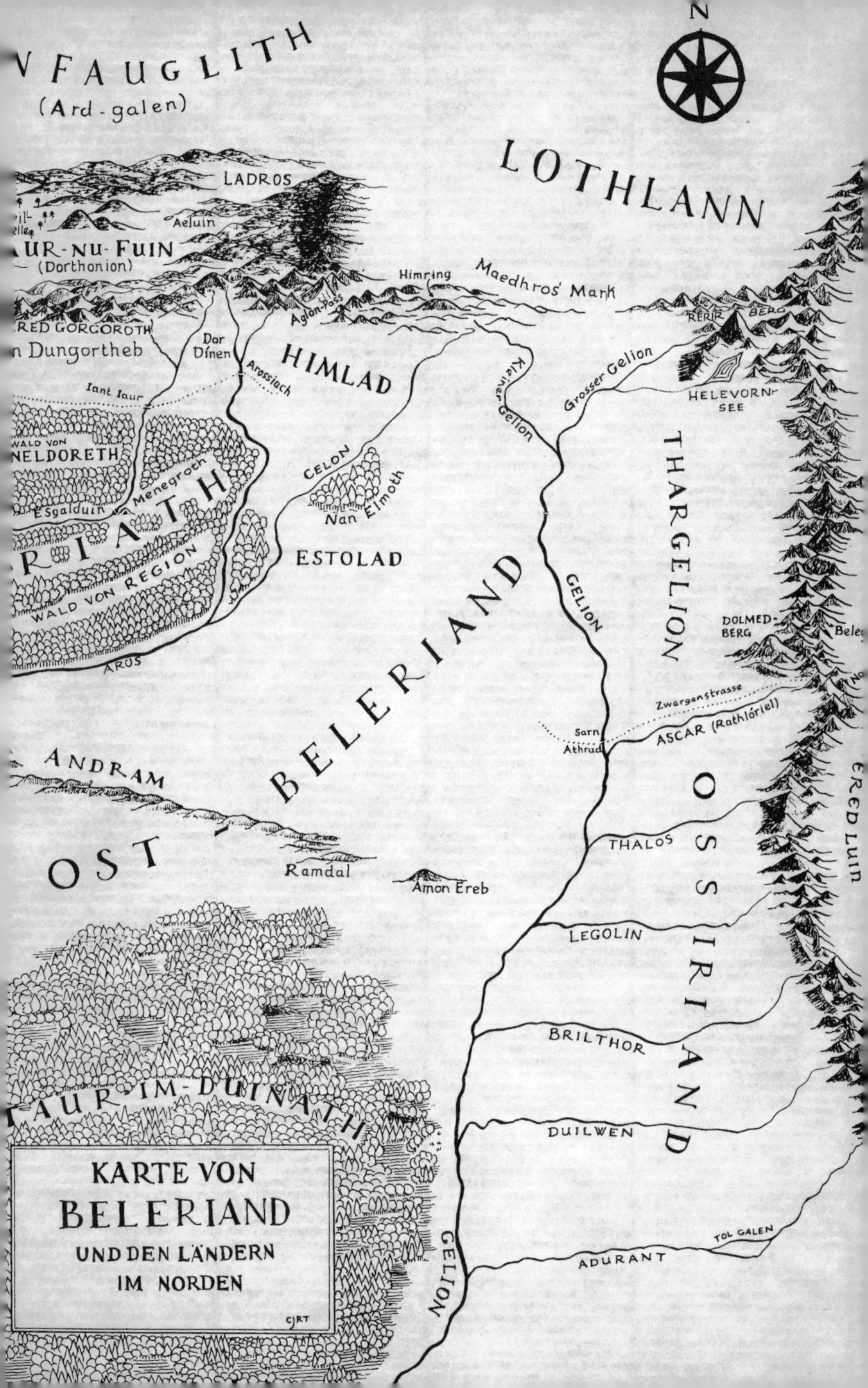

NFAUGLITH
(Ard-galen)
LADROS
Aeluin
AUR-NU-FUIN
(Dorthonion)
RED GORGOROTH
n Dungortheb
Dor Dinen
Arossiach
Aglon-Pass
Himring
Maedhros' Mark
LOTHLANN
HIMLAD
Kleiner Gelion
Grosser Gelion
RERIR BERG
HELEVORN-SEE
Iant Iaur
WALD VON
NELDORETH
Menegroth
Esgalduin
RIATH
WALD VON REGION
CELON
Nan Elmoth
ESTOLAD
BELERIAND
GELION
THARGELION
DOLMED-BERG
AROS
Zwergenstrasse
Sarn Athrad
ASCAR (Rathlóriel)
ANDRAM
OST
Ramdal
Amon Ereb
THALOS
OSSIRIAND
ERED LUIN
LEGOLIN
BRILTHOR
TAUR-IM-DUINATH
DUILWEN
KARTE VON
BELERIAND
UND DEN LÄNDERN
IM NORDEN
CJRT
TOL GALEN
ADURANT
GELION

WOLFGANG KREGE

HANDBUCH DER WEISEN VON MITTELERDE

mit Landkarten und Tabellen
von J. R. R. Tolkien

KLETT-COTTA

Klett-Cotta

Printed in Germany
Kassette & Einband: Dietrich Ebert, Reutlingen
Gesetzt aus der Times New Roman
von Steffen Hahn GmbH, Kornwestheim
Gedruckt und gebunden von Clausen & Bosse, Leck

ISBN 3-608-93521-5

Vorwort

Die Weisen von Mittelerde kannten zauberkräftige Verse, die ihnen unvergeßlich eingeprägt waren; ein Handbuch hatten und brauchten sie nicht. Immerhin verschmähten auch sie die Schrift nicht, und manche von ihnen stöberten gelegentlich in den Archiven von Bruchtal und Minas Tirith. Unsereins kann nur durch die Bücher zu ihrer „Kunde" Zugang finden: gewiß eine unbefriedigende Annäherung an all die Dinge, die man lieber sehen, hören, fühlen, riechen oder schmecken würde, aber letztlich wohl besser so, denn sonst gäbe es Mittelerde bald als Pauschalreise oder Freizeitpark.

An der Überlieferung von Mittelerde haben viele mitgeschrieben, die nicht allesamt weise waren: Elben, Zwerge, Hobbits – sogar Menschen und wer weiß, wer noch alles, denn auch die Feinde waren nicht sämtlich Analphabeten. Wie wollen wir da Wahres von Falschem, die aus reinem Herzen erdichtete Legende von der arglistigen Entstellung sondern? Ich will es gar nicht erst versuchen; Kritik ist nicht meine Sache. Ich glaube einfach, daß in Mittelerde alles an der Wahrheit teilhat, was „Kunde" ist, d. h. wovon in einer Erzählung berichtet wird oder was so aussieht, als könnte es in einer (vielleicht verschollenen) Erzählung eine Rolle spielen. Wahre Kunde ist nicht dasselbe wie richtige Information: Die Information läßt uns kalt, obwohl sie uns klüger macht; die Kunde erwärmt und weckt Neugier, auch wenn sie so unverständlich bleiben mag wie ein Gedicht in einer Elbensprache.

Wo und wann war oder ist Mittelerde? In keiner fernen Vergangenheit oder Zukunft, auf keinem fremden Planeten, überhaupt in keinem der Freiräume, in die sich die belletristische Phantasie manchmal flüchtet. Es ist ein Trabant unserer Welt, aus deren luftigsten Elementen zusammengeballt, und zwar zu solcher Dichte, daß es eine eigene Schwerkraft auszuüben scheint. Manche frühsenilen Erwachsenen haben sich dadurch in ihrem Realitätssinn verunglimpft gefühlt. Daß jemand von Drachen und Trollen erzählt, ist nichts Neues; aber daß er um sie her einen Erdteil schafft, in dem sie so natürlich sind wie Hunde und Katzen, scheint gegen die Bescheidenheitspflichten des Erzählers zu verstoßen: Wenn er von der verbürgten Wirklichkeit ins Phantastische abweicht, muß er um Nachsicht bitten, muß signalisieren, daß dies nicht sein Ernst ist, daß er sich ausnahmsweise schelmisch zu flunkern gestattet. Mit solchen Augenzwinkereien hatte der Schöpfer von Mittelerde nichts im Sinn. Seine Welt ist nach dem Muster einer Wirklichkeit aufgebaut, eines Verweisungszusammenhangs, in dem eins zum andern paßt (oder manchmal auch nicht paßt) – genau wie in der Welt, die wir kennen. Eine solche „Sekundärwelt", wie er sie nannte, will von erwachsenen Lesern eine Art Glauben erzwingen. Sie ist phantastisch, aber nicht willkürlich erfunden. Alte Wunsch- und Angstträume der Menschheit werden wieder gegenwärtig; Mythen, Märchen und Sagen klingen an; die Länder und Völker, in denen man sie sich erzählt, werden beschrieben. Alles ist fremd und vertraut zugleich. Kein Ort, der bloß Kulisse wäre; jeder ist belebt von einer Geschichte. Aber nicht alle Geschichten kennen wir. (Höchste Wißbegier erregen die weißen Flecken auf den Landkarten, Rhûn, Khand und der ferne Süden, über die man so gut wie nichts erfährt, weil keiner der Helden je dort gewesen ist.) Die Sprachen von Mittelerde müssen in vielen lexikalischen und phonetischen Einzelheiten ausgearbeitet werden, denn aus ihnen ist alles nur übersetzt – ins Englische oder in irgendeines unserer müden und korrupten Idiome, in denen es natürlich nicht mehr möglich ist, mit den Vögeln oder mit den Bäumen zu reden.

Eine solche Welt konnte wohl kein Literat konfabulieren. Hier war ein Philologe am Werk, der, von einem historisch-rekonstruktiven Interesse geleitet, eines Tages zu konstruieren anfing.* Eine große Sammlung von Quellen scheint ihm zugänglich zu sein, darunter kurze weltbeschreibende Gedichte, Chroniken und Annalen und etliche lange „Romane" im Stil der mittelalterlichen Verserzählungen. Dies alles wird in Prosa nacherzählt – in einer Prosa, die im Rahmen der modernen Konvention bleibt, obwohl sie sich nicht scheut, die Ausdrucks- und Empfindungsweisen einer altertümlichen, klangvolleren Sprache wenigstens anzudeuten. Stoffe, Gestalten und Handlungsmotive sind nicht unbedingt neu, sondern viele haben ihre Vorbilder in der germanischen oder keltischen Literatur; doch werden sie einem Gebilde anverwandelt, das ganz

* Wie eng Tolkiens erzählerisches Werk nicht nur in tausend Details (Namen), sondern auch in der Konzeption mit seiner philologischen Arbeit verbunden war, zeigt die ausgezeichnete Studie von T. A. Shippey, *The Road to Middle-Earth* (London, Allen & Unwin, 1982).

und gar *sui generis* und mit keinem alten oder neuen literarischen Gattungsnamen zu bezeichnen ist.
Die folgenden Artikel sollen helfen, in diese Welt hineinzufinden. Ich will zeigen, herumführen, aufmerksam machen, staunen, bewundern und manchmal auch den Kopf schütteln. Ich will nicht deuten, geheime Botschaften entschlüsseln oder Tolkiens Quellen nachspüren. Den Weg zu finden, sollte nicht schwer sein, denn Mittelerde ist nicht durchweg eine „alte", entschwundene Welt. Aus den Tiefen der drei Zeitalter reicht manches nah an unsere Verhältnisse heran. Ganz abgesehen von dem stummen Kommentar zur Gegenwart, den der Erzähler natürlich schon damit abgibt, daß er es vorzieht, von den Blumen Lothlóriens und von Fangorns Bäumen zu reden, haben wir auch das Auenland der Hobbits als Übergangszone: ein rustikales Idyll mit Postämtern und mancherlei nahezu modernem Komfort, wo uns die Eingewöhnung nicht schwerfällt. Nach ein paar Tagen in einem behaglichen Ferien-Smial oder im „Grünen Drachen" zu Wasserau können wir uns, quer durchs Alphabet, auf den Weg machen, den einst Frodo gegangen ist: durch die Grünberge nach Bockland, in den Alten Wald und über die Hügelgräberhöhen, und so immer weiter bis in die Reiche der Industriedämonen mit ihren verwüsteten Landschaften und den numerierten Orks, die sich darin zu Hause fühlen. (Auch sie kommen uns nicht allzu fremd vor.)
Mögen dem Leser die Wegstunden nicht lang werden!

In Tolkiens Erzählungen aus Mittelerde treten mehrere tausend Namen auf. Nur einen kleinen Teil davon findet man in diesem Buch unter den Stichworten. Namen, die dort fehlen, findet man im Register am Ende des Buches, mit Hinweisen auf die Stellen, wo sie auftauchen.
Die Namen gehören mindestens sechs Sprachen an, die in Mittelerde gesprochen wurden. Ihre Bedeutungen werden angegeben, soweit sie bekannt sind, d. h. soweit sie von Tolkien selbst erklärt wurden oder sich auf Grund unserer (lückenhaften) Kenntnis dieser Sprachen zuverlässig erschließen lassen. Bei weitem die meisten sind Sindarin-Namen. Sollte bei einer Namenserklärung die Angabe der Sprache einmal versäumt worden sein, handelt es sich immer um Sindarin.
Obwohl viele Dinge, Orte und Personen mehrere Namen haben, wollten wir sie unter *einem* Stichwort behandeln, in der Regel dem am häufigsten gebrauchten Namen. In Zweifelsfällen wurde die Originalform der Übersetzung vorgezogen, also z. B. der elbische Name *Imladris* gegenüber *Bruchtal*. In diesen Fällen findet man an der Stelle, an der das Stichwort vermutet werden könnte, einen Verweis. Wo ein solcher fehlt, hilft das Register.
Am Ende jedes Artikels stehen Hinweise auf die Quellen der jeweiligen Angaben. Da Tolkiens bekannteste Bücher in vielen Ausgaben mit unterschiedlicher Paginierung verbreitet sind, wurden für sie keine Seiten, sondern nur die Kapitel angegeben. Im allgemeinen wird die deutsche Textfassung zugrunde gelegt, doch mußte im Interesse der Genauigkeit manchmal auf die englischen Originale zurückgegriffen werden.

In den Quellenangaben werden die folgenden Kürzel verwendet:
H *Der Hobbit* (Klett-Cotta 1998); *The Hobbit* (Allen & Unwin 1937). Die Angabe „*H*, 3“ bedeutet z. B. Kapitel 3, „Eine kurze Rast“. Allerdings sind die 19 Kapitel in der deutschen Ausgabe nicht numeriert.
R *Der Herr der Ringe* (Klett-Cotta, überarbeitete einbändige Ausgabe 1991); *The Lord of the Rings* (Allen & Unwin, 2. Ausgabe 1966). Zitiert nach Büchern (I-VI), Kapiteln und den Anhängen. „*R*, III, 4“ bedeutet z. B. Buch III, 4. Kapitel, „Baum-bart“.
S *Das Silmarillion* (Klett-Cotta 1978); *The Silmarillion* (Allen &

Unwin 1977). Zitiert nach Kapiteln (I-XXIV) und den angeschlossenen Teilen „Ainulindale“, „Valaquenta“, „Akallabêth“ und „Von den Ringen der Macht“.

Nachrichten *Nachrichten aus Mittelerde,* hg. von Christopher Tolkien (Klett-Cotta 1982); *Unfinished Tales of Númenor and Middle-Earth* (Allen & Unwin 1980). Zitiert nach Teilen (I-IV) und weiteren Untergliederungen, z. B. III, ii, 3 („Cirion und Eorl“).

Briefe *Briefe,* hg. von Humphrey Carpenter (Klett-Cotta 1991); *The Letters of J. R. R. Tolkien* (Allen & Unwin 1981). Zitiert nach den Nummern der Briefe (1–354).

Verschollene Geschichten *Das Buch der verschollenen Geschichten, Teil I* und *Teil II,* hg. von Christopher Tolkien (Klett-Cotta 1986 und 1987). Zitiert nach Teilen (I, II) und Kapiteln (i, ii . . .).

HME 3 *The History of Middle-Earth III: The Lays of Beleriand,* hg. von Christopher Tolkien (Allen & Unwin 1985). Zitiert nach Teilen, mit Seitenangaben.

HME 4 *The History of Middle-Earth IV: The Shaping of Middle-Earth,* hg. von Christopher Tolkien (Allen & Unwin 1986). Teile und Seitenangaben.

HME 10 *The History of Middle-Earth X: Morgoth's Ring,* hg. von Christopher Tolkien (HarperCollins 1993). Teile und Seitenangaben.

Einige weitere Titel, die nur an wenigen Stellen zitiert werden:

H. Carpenter: *J. R. R. Tolkien. Eine Biographie.* Stuttgart, Klett-Cotta, 1979.

F. G. Jünger: „Der Herr der Ringe“, in: *Scheidewege*, I, 1976.

J. Tinkler: „Old English in Rohan“, in: *Tolkien and the Critics*, hg. von N. D. Isaacs und R. A. Zimbardo. Notre Dame, Indiana, University of Notre Dame Press. 4. Auflage 1972.

J. R. R. Tolkien: „Beowulf: Die Ungeheuer und ihre Kritiker“, in: J. R. R. Tolkien: *Die Ungeheuer und ihre Kritiker. Gesammelte Aufsätze.* Stuttgart, Klett-Cotta, 1987.

–: „Über Märchen.“ Ebd.

–: *The Road Goes Ever On. A Song Cycle.* Boston, Houghton Mifflin, 1967.

–: *The War of the Ring. The History of Middle-Earth VIII,* hg. von Christopher Tolkien. London, Grafton, \1992.

Abkürzungen werden so wenig wie möglich verwendet:

A. Z.: Auenland-Zeitrechnung
Z. Z.: Zweites Zeitalter
D. Z. : Drittes Zeitalter

Die beiden Elbensprachen *Quenya* und *Sindarin* werden manchmal nur mit Q. bzw. S. bezeichnet.

Abendrotsee

In den bisher bekannten Karten fälschlich „Evendimsee“. Sindarin *Nenuial;* der große See nordwestlich des Auenlandes. An seinem Südufer lagen die Ruinen von Annúminas, der alten Hauptstadt des Königreichs Arnor. Das Gebiet um den See war zu Elendils Zeiten von Menschen besiedelt, seit der Vernichtung der nördlichen Königreiche aber verödet. Hobbits kamen selten dorthin.

Der See lag am Fuß der *Abendrotberge* (S. *Emyn Uial*), einer niedrigen, in nord-südlicher Richtung verlaufenden Bergkette.

Vgl. Annúminas, Arnor, Elendil, Eriador; Karte S. 99.

R II, 2; *VI,* 7.

Adler

Sindarin *thoron,* Manwes Vögel, die ihm auf dem Taniquetil von allem Nachricht bringen, was auf Erden geschieht. In Mittelerde gab es auch gewöhnliche Adler, aber in den Erzählungen ist nur vom Volk Thorondors die Rede. Dies waren riesige Vögel von bis zu dreißig Faden Flügelspannweite, die zwei ausgewachsene Elbenkrieger durch die Luft tragen konnten. Sie waren eigentlich Maiar in Vogelgestalt oder stammten von solchen Maiar ab. Zuerst horsteten sie in den Eisenbergen um die Thangorodrim, später in den Crissaegrim, wo sie vor allem die geheimen Zugänge zu Gondolin bewachten. Morgoth versuchte, gefangenen Adlern das Geheimnis des Flugzaubers abzupressen, das er für seine Drachenzucht brauchte, und untersuchte ihre abgeschnittenen Flügel.

Thorondors Adler griffen bei vielen Gelegenheiten in die Kriege und Abenteuer des Ersten Zeitalters ein – immer auf seiten der Elben und der mit ihnen verbündeten Menschen. Von ihnen stammten die Adler von Númenor ab, die ihre Horste auf dem gebirgigen Nordkap hatten, und im Dritten Zeitalter die Adler aus dem Nebelgebirge, das Volk Gwaihirs, der seinem Freund Gandalf etliche gute Dienste erwies.

Diese Adler, anders als ihre gewöhnlichen Artgenossen, traten oft in Gruppen oder Schwärmen auf; bisweilen zogen sie sogar in Geschwader-Formation in den Kampf; so in der Schlacht der fünf Heere und am Morannon. Öfter aber dienten sie als Retter oder Fluchthelfer in letzter Sekunde (sogar ein bißchen zu oft: „Die Adler sind ein gefährliches Stück Maschinerie“ – Tolkien).

Die Adler liebten Goldschmuck und nahmen für ihre Dienste gern Geschenke an. Bei den Menschen waren sie unbeliebt, weil sie Schafe raubten. (Bei ihrer Größe müssen sie ganze Herden aufgefressen haben.)

Im Dritten Zeitalter sprachen sie geläufig Westron und Sindarin, waren aber ziemlich wortkarg. Im Gespräch mit Bilbo Beutlin bewiesen sie einen grimmigen Humor.

„Fahrt wohl“, lautete einer ihrer höflichen Abschiedsgrüße, „bis ihr wieder wohlbehalten in euren Horsten landet!“ Und die korrekte Antwort hieß: „Möge der Wind unter euren Schwingen euch dorthin tragen, wo die Sonne zieht und der Mond wandert!“

Vgl. GONDOLIN, GWAIHIR, THORONDOR.

R, II, 2; III, 5; VI, 4; *S,* XIII, XIX, XXIII; *H,* 6, 7, 18; *Nachrichten,* II, i; *HME 10,* II (137 f.); *Briefe,* 210.

ADÛNAÏSCH

Die Sprache der Dúnedain, auch als *Númenórisch* bezeichnet. Sie hatte sich aus der Sprache des Volkes von Hador entwickelt und war die Vorläuferin des *Westron.* Aus dem Adûnaïschen sind nur wenige Wörter, zumeist Königsnamen, bekannt. Es hatte viele Sindarin-Wörter aufgenommen.

Vgl. HADOR, WESTRON.

S, XVII; *Nachrichten,* II, ii.

ADÛNAKHÔR (AR-ADÛNAKHÔR)

König von Númenor (2899–2962 Z. Z.), nahm als erster einen adûnaïschen Titel an. Dessen Bedeutung: „Herr des Westens“, erschien den Getreuen lästerlich, weil eine solche Bezeichnung nur Manwe gebührte. In die Schriftrollen ließ er sich zwar mit dem Quenya-Namen *Tar-Herunúmen* eintragen, doch im übrigen durften unter seiner Regierung die Elbensprachen nicht mehr gebraucht werden. Die Schiffe von Eressea kamen nur noch selten und heimlich an die westliche Küste.

Vgl. NÚMENOR.

S, Akallabêth; *Nachrichten,* II, iii; *R,* Anhänge A und B.

Adurant

Der südlichste Nebenfluß des Gelion in Ossiriand. Der Name bedeutet „Doppelfluß“: Der Adurant teilte sich und umfloß die langgestreckte grüne Insel *(Tol Galen)*. Dort sollen Beren und Lúthien nach ihrer Rückkehr aus Mandos' Hallen eine Weile gelebt haben. Den Elben von Ossiriand war die ganze Gegend ein wenig unheimlich, denn sie nannten sie *Dor Firn-i-Guinar,* das Land der Toten, die leben.

Vgl. Ossiriand.

S, XIV, XX.

Aeglos

S. „Eiszapfen“: Gil-galads Speer (auch *Aiglos* geschrieben). Dies war auch der Name einer weißblühenden Stechginster-Pflanze, die auf den unteren Hängen des Amon Rûdh wuchs.

R, II, 2; *S,* Von den Ringen ...; *Nachrichten,* I, ii.

Aegnor

(Von Quenya *Aikanáro,* „wildes Feuer“), Finarfins jüngster Sohn, Bruder Finrod Felagunds, als dessen Lehnsmann er zusammen mit seinem Bruder Angrod die Nordhänge von Dorthonion bewachte.

Unter den Liebesgeschichten zwischen Menschen und Elben, die aus Mittelerde überliefert sind, ist die von Aegnor und Andreth am merkwürdigsten: weil sie unerfüllt blieb; weil der männliche Teil ein Elb war (und nicht ein für heroische Taten mit der Unsterblichkeit belohnter Mensch); und weil die Schwierigkeiten einer solchen Verbindung darin realistisch aufgefaßt wurden.

Aegnor hatte Andreth, ein junges Mädchen aus dem Hause Beor, in Dorthonion kennengelernt, „und ihre Hände berührten sich im Dunkeln“. Offenbar sah Aegnor ein Problem, an das Beren und Tuor keine Sekunde lang dachten: Er stellte sich vor, welche Demütigung es für Andreth sein müßte, vor seinen Augen alt und hinfällig zu werden, während ihm die Jahre nichts anhaben konnten. Deshalb setzte er das Verhältnis nicht fort. Andreth klagte ihr Leid später seinem Bruder Finrod. Tatsächlich überlebte sie Aegnor um etliche Jahre. Er fiel in der Dagor Bragollach.

Vgl. Menschen, Zwei Geschlechter.

S, V, XVIII; *HME 10,* IV.

Aelin-uial (Dämmerseen)

Unterhalb der Einmündung des Aros, bis zu den großen Wasserfällen, floß der Sirion träge durch flaches Land, wobei er sich in mehrere Arme teilte und an den Ufern Sümpfe und Teiche bildete, zwischen Riedfeldern und Weidengebüschen. Der Name Dämmerseen bezieht sich auf die dichten Morgennebel, die von den Gewässern aufstiegen. Der Norden des Gebiets bildete den südwestlichen Zipfel von Doriath, und die Grenzwachen unterhielten hier einen Posten, der den Botenverkehr mit Nargothrond sicherte.

Im Sommer des einundfünfzigsten Sonnenjahres kam der Wassergott Ulmo den Fluß herauf und erschien Finrod und Turgon im Traum, die ihr Nachtlager am Ufer aufgeschlagen hatten. Er gab ihnen den Rat, sich nach verborgenen Festungen umzusehen.

Vgl. Finrod, Sirion, Turgon, Ulmo.

S, XIII, XXI, XXII; *Nachrichten,* I, ii.

Aeluin-See (Tarn Aeluin)

Ein Bergsee im Osten des Hochlands von Dorthonion, inmitten struppiger, unbevölkerter Heiden; am Ufer Erlen und Birken. Sein Wasser soll von Melian geweiht worden sein. Hier war das Versteck, von dem aus Barahir, Berens Vater, und seine zwölf Gefährten nach der Dagor Bragollach ihren Bandenkrieg gegen Morgoth führten. Als Beren von einem Kundschaftergang zurückkam, fand er die Männer erschlagen und das Ufer des Sees verwüstet:

But Aeluin was red with blood,
red were the stones and trampled mud.
Black in the birches sat a-row
the raven and the carrion crow;
wet were their nabs, and dark the meat
that dripped beneath their griping feet.
One croaked: „Ha, ha, he comes too late!“
„Ha, ha!“ they answered, „ha! too late!“

Vgl. Beren, Dorthonion.

S, XIX; *HME 3* (341).

AGLAROND

Die Tropfsteinhöhlen unter dem nördlichsten Ausläufer des Weißen Gebirges wurden schon von den Númenórern als Teil der Festung Hornburg ausgebaut, später von den Rohirrim aber nur noch als Vorratskammern benutzt. Die begeisterten Worte, mit denen der Zwerg Gimli sie beschreibt, geben einen Eindruck von der Leidenschaft seines Volkes für die Grotten-Architektur: „Edelsteine, Kristalle und Adern von kostbarem Erz glitzern in den geglätteten Wänden; und durch Falten von Marmor, durchscheinend wie die Hände der Königin Galadriel, schimmert das Licht wie durch Muscheln. Säulen in Weiß, Safran und Morgenrot, gerillt und zu traumhaften Formen verschlungen, streben vom vielfarbigen Boden empor, den glitzernden Gehängen an der Decke entgegen ... Dann wird es Abend ... die Fackeln ziehen weiter in eine andere Kammer und einen anderen Traum."

Nach dem Ringkrieg zog ein Teil der Zwerge vom Einsamen Berg unter Gimlis Führung nach Aglarond und ließ sich dort nieder.

Der Name *Aglarond* bedeutet im Sindarin „glänzendes Gewölbe".

Vgl. GONDOR, HORNBURG, ROHAN, ZWERGE.

R, III, 8; Anhang A.

AGLON

„Der enge Paß" zwischen Dorthonion und Himring, die wichtigste Verbindung zwischen Lothlann und Beleriand. Die Hänge auf der Westseite waren sehr steil; „stets pfiff ein kalter Wind von Norden hindurch". Feanors Söhne Celegorm und Curufin hielten den Paß besetzt, wurden aber in der Dagor Bragollach vertrieben; Maedhros eroberte ihn zurück.

S, XIV, XVIII.

AINULINDALE

Q. „Die Musik der Ainur", auch „die große Musik" oder „das große Lied" genannt: die Erzählung von der Erschaffung Ardas, erstmals aufgezeichnet von Rúmil, einem gelehrten Noldo aus Tirion.

Vgl. AINUR, ARDA.

S, Ainulindale; VI; *HME 10,* I.

AINUR

Q. „Die Heiligen", (Singular: *Ainu*) die ersten von Ilúvatar erschaffenen Wesen, „Sprößlinge seiner Gedanken". Wie Figuren in einer Erzählung werden sie nie unabhängig vom Willen ihres Schöpfers, doch manche von ihnen versuchen ihre eigenen Wege zu gehen und Neues zu erfinden. Nur Melkor, der lange in der Äußeren Leere gewandert ist, geht bis zur Auflehnung.

Nach elbischer Überlieferung bringen die Ainur die Welt gemeinsam mit Ilúvatar in einer Art Konzert hervor („die Musik der Ainur"), und diesem zunächst fiktionalen und ästhetischen Gebilde wird dann vom Schöpfer die besondere Eigenschaft der Realität beigelegt. Manche Ainur nehmen irdische Gestalt an und treten in diese Welt ein, um sie zu hüten und ihre Schicksale zu lenken. Diese werden von den Elben die *Valar* und *Maiar* genannt, von den Menschen auch die „Götter".

Vgl. AINULINDALE, ILÚVATAR, VALAR.

S, Ainulindale.

AKALLABÊTH

Adûnaïsch „die Versunkene", Bezeichnung für das untergegangene Númenor, Titel eines Werkes über die Geschichte des Reiches, das von Elendil verfaßt worden sein soll.

S, Akallabêth.

ALCARINQUE

Q. „Der Ruhmreiche", einer der neuen Sterne, die Varda in den Himmel von Arda setzte, um den Elben bei ihrem Erwachen zu leuchten. Vermutlich Jupiter.

Vgl. VARDA.

S, III; *HME 10,* V (Index).

ALCARONDAS

Q. „die Meeresburg", Ar-Pharazôns großes Schiff, auf dem sein Thron stand, als er gegen die Valar in den Krieg zog, „vielruderig und vielmastig, golden und pechschwarz".

Vgl. PHARAZÔN.

S, Akallabêth.

Aldarion

Der sechste König von Númenor, geboren 700, gestorben 1098 Z.Z., regierte von 883 bis 1075. Von Geburt hieß er *Anardil,* bestieg den Thron aber unter dem etwas doppeldeutigen Namen *Tar-Aldarion,* „Fürst der Bäume": er ließ sie massenhaft fällen, kümmerte sich aber auch um die Aufforstung. Mit Aldarion beginnt die Entwicklung Númenors zu einem Reich der Seefahrer. Schon in seiner Jugend unternahm er mit seinem Großvater Veantur eine Seereise nach Mittelerde, wo er mit den Elbenkönigen Círdan und Gil-galad Freundschaft schloß. Lange bevor er die Thronfolge antrat, sorgte er für den Holzbedarf der Werften von Rómenna, gründete die Gilde der „Wagemutigen" (eine Art Kapitänsverein) und ließ den Calmindon („Leuchtturm") auf der Insel Tol Uinen errichten – all dies gegen den Widerstand seines Vaters Tar-Meneldur. Er verbrachte viele Jahre auf Seereisen; in Mittelerde gründete er Vinyalonde als Stützpunkt und Holzhafen für die Númenórer. Durch seine langen Abwesenheiten entfremdete er sich von seiner Gattin Erendis.

Im Jahre 882 kehrte er von einer Reise mit einem Schreiben Gil-galads zurück, der seinen Vater um Beistand im Krieg gegen Sauron bat. Tar-Meneldur mochte dazu selbst keine Entscheidung treffen; er dankte ab und übertrug seinem Sohn das Szepter. Aldarion schickte Gil-galad eine Kriegsflotte zu Hilfe.

Da er keinen Sohn hatte, ließ er seine Tochter Ancalime zur Thronfolgerin ausrufen – eine umstrittene Änderung des Thronfolgerechts, denn nach alter Sitte wäre vielmehr der nächste männliche Verwandte erbberechtigt gewesen.

Vgl. Erendis, Lond Daer, Meneldur, Númenor.

Nachrichten, II.

Aldudénië

Klagelied um die Zwei Bäume, berichtet von Geschehnissen an dem Tag, als Melkor und Ungoliant Valinor verdunkelten. Elemmíre, ein Vanya, schrieb es, und es ist „allen Eldar bekannt". Wir aber kennen nur die Wiedergabe in Prosa.

Vgl. Zwei Bäume.

S, VIII.

ALFIRIN

Eine kleine weiße Blume, die zu allen Jahreszeiten blüht, „wo tote Männer ruhen", auch *Uilos* (Sindarin), „die Weiße", genannt; *Simbelmyne,* „Immertreu", in der Sprache der Rohirrim. Sie wuchs vor den Toren von Edoras und von Gondolin und auf dem Halifirien-Berg am Grab Elendils des Langen.
Nachrichten, I, i; III, ii, 2; *R,* III, 6.

ALQUALONDE

Die Hafenstadt der Teleri am Nordufer der Bucht von Eldamar in Aman; der Sitz ihres Königs Olwe. Berühmt war die Hafeneinfahrt durch einen großen Bogen vom Meer ausgewaschenen Gesteins. Hier konnten die Teleri das Licht der Zwei Bäume sehen, das durch die Calacirya-Schlucht fiel; aber es war nicht so grell, daß es die Sterne verdeckte.
Bei der Rebellion der Noldor kam es zu dem Sippenmord von Alqualonde, durch den sie Mandos' Fluch auf sich herabbeschworen: Als die Teleri ihre Schiffe nicht freiwillig für die Überfahrt nach Mittelerde hergaben, ließ Feanor sie ihnen mit Gewalt wegnehmen; dabei wurden von den nur leicht bewaffneten Teleri viele getötet.
Alqualonde bedeutet im Quenya „Schwanenhafen": Als die Teleri zuerst von Tol Eressea nach Aman kamen, herrschte entweder Windstille oder sie waren in der Kunst des Segelns noch ungeübt; deshalb ließ ihr Freund, der Maia Osse, ihre Schiffe von Schwänen ziehen.
Vgl. AMAN, TELERI, NOLDOR.
S, V, IX.

ALTBOCK

Erster Name einer alten Hobbitfamilie, in der das Amt des Thain erblich gewesen war, bis Gorhendad Altbock aus dem Westviertel nach Bockland zog (2340 D. Z.) und den Familiennamen zu BRANDYBOCK abänderte.
Vgl. BOCKLAND.
R, Prolog; Anhang B.

ALTER WALD

Der Alte Wald zwischen den Hügelgräberhöhen und Bockland war (wie Fangorn) ein Überbleibsel der urzeitlichen Wälder, die einst große Teile von Mittelerde bedeckten. In ihm lebte der Haß der Bäume auf die frei beweglichen Geschöpfe fort. Der Alte Weidenmann und die Bäume am Ufer der Weidenwinde werden gewalttätig gegen Fremde, die in ihr Gebiet eindringen. Der Hüter dieses Waldes ist der rätselhafte, kindliche und uralte Tom Bombadil, ein Wesen, das der Sphäre der Valar und Maiar angehört und doch außerhalb aller Sorgen und Streitigkeiten dieser Welt zu stehen scheint.

Im Auenland erzählte man sich über den Alten Wald Gruselgeschichten. Nur wenige Hobbits, unter ihnen der Bauer Maggot, haben sich je hineingewagt. Einmal sollen die Bäume versucht haben, die Hecke zu überschreiten, durch die sich Bockland gegen den Wald abschirmte, aber die Hobbits schlugen sie mit Äxten und einem großen Feuer zurück. Eine kahlgebrannte Lichtung, auf der keine Bäume nachwuchsen, erinnerte noch lange an die alte Feindschaft.

Vgl. FANGORN, HUORNS, OLVAR; Karte S. 43.

R, I, 6.

ALTER WEIDENMANN

Ein großer Baum am Ufer der Weidenwinde, der durch das Rauschen seiner Blätter die anderen Bäume des Alten Waldes zu beeinflussen vermochte. Als die Hobbits Merry und Pippin sich gegen ihn lehnten, schläferte er sie ein und ließ sie zwischen den Spalten in seiner Rinde verschwinden; mit Gesang und Drohungen konnte Tom Bombadil ihn bezähmen. Er war ein Huorn, ein „entisch" gewordener Baum (oder „baumisch" gewordener Ent), erfüllt von dem Auftrag, den die Vegetationsgöttin Yavanna einst den Bäumen mitgegeben hatte: als Fürsprecher aller Olvar, der verwurzelten Geschöpfe, gegen die Kelvar, die frei beweglichen, aufzutreten.

Vgl. ALTER WALD, HUORNS.

R, I, 6, 7; III, 4; *S,* II.

ALTER WESTEN
Vgl. AMAN, VALINOR.

ÄLTESTE TAGE
Das Erste Zeitalter.
Vgl. DREI ZEITALTER.

ALTVORDERENZEIT
Das Erste Zeitalter.
Vgl. DREI ZEITALTER.

AMAN
(Quenya: „Gesegnet, frei vom Unheil"), auch das Segensreich, die Unsterblichen Lande oder der Alte Westen genannt: das Land weit im Westen von Arda, in das sich die Valar zurückzogen, nachdem Melkor ihre erste Wohnstätte auf der Insel Almaren zerstört hatte. Von Mittelerde war Aman durch Belegaer, das große Meer, getrennt, und im Westen grenzte es an Ekkaia, das Außenmeer.
Als Schutzwall gegen den Osten bauten die Valar die Pelóri auf, die höchsten Berge der Welt, und auf ihrem höchsten Gipfel, dem Taniquetil (auch Oiolosse oder Amon Uilos genannt), wohnten Manwe und Varda. Damit das Licht der Zwei Bäume auch ein Stück der Ostküste bescheinen konnte, wurde eine Bresche durch die Pelóri gelegt, der Calacirya („Lichtspalt"). Dort stand Tirion, die Stadt der Vanyar und der Noldor. Westlich der Berge lag Valinor, das Land der Valar. Die Gegenden, wo das Licht der Bäume nicht so hell war, daß es die Sterne verdeckte, hießen Elende (Elbenland). Eldamar (Elbenheim), der Küstenstreifen im Osten, war das Land der Teleri, und auf Tol Eressea, einer Insel in Sichtweite der Küste, wohnten diejenigen Elben, die erst am Ende des Ersten Zeitalters oder später in den Westen gekommen waren.
Südlich von Eldamar lag die gebirgige Einöde von Avathar („die Schatten"), wo Ungoliant gehaust hatte. Im Norden reichte Aman dicht an den Norden von Mittelerde heran. Das Ödland von Araman ging hier in die Eisregion der Helcaraxe über.
Menschen durften Aman nicht betreten. Dies war vielen von ihnen unverständlich. Besonders die Númenórer glaubten, durch dieses Verbot

werde ihnen die Unsterblichkeit vorenthalten, die das Land Aman seinen Bewohnern verleihe. Die Valar versicherten dagegen, die Unsterblichkeit sei eine Eigenschaft der Bewohner, nicht des Landes. Für die Auffassung der Númenórer sprach das Gerücht, daß auch die Tiere und Pflanzen von Aman an der Unsterblichkeit teilhätten. Als die Númenórer unter ihrem König Pharazôn versuchten, Aman zu erobern, wurde der Bau der Welt geändert und Aman aus den Kreisen von Arda entrückt. Seither war es nur auf dem Geraden Weg noch zu erreichen.
Vgl. Arda, Valar, Valinor, Zwei Geschlechter.
S, I, V-IX, Akallabêth.

Amandil

Q. „Freund von Aman", der Fürst von Andúnië, aus einer Nebenlinie der königlichen Familie stammend, der geheime Führer der Getreuen zur Zeit Ar-Pharazôns, des letzten Königs von Númenor. In seiner Jugend war er ein Freund und Waffengefährte Pharazôns und behielt auch nach dessen unrechtmäßiger Thronbesteigung seinen Sitz im königlichen Rat, bis Sauron dort Einfluß gewann. Dann sammelte er die letzten der Getreuen um sich in Rómenna und gab seinem Sohn Elendil den Rat, Schiffe für die Flucht nach Mittelerde bereitzuhalten. Er selbst fuhr mit einem kleinen Schiff nach Westen, um wie sein Vorfahr Earendil die Verzeihung der Valar zu erflehen. Dann hörte man nichts mehr von ihm.
Vgl. Elendil, Getreue, Númenor, Pharazôn.
S, Akallabêth.

Amlach

Ein Wortführer derjenigen Menschen in Estolad, die sich aus den Kriegen der Elben gegen Morgoth heraushalten wollten; er stammte aus dem dritten Haus der Edain. Bei einer Versammlung erklärte er alles, was man über die Valar im Westen und den Dunklen Herrscher im Norden gehört hatte, für Elbenmärchen: „Laßt den Orks ihr Reich, und wir werden das unsere haben! Platz genug ist auf der Welt, wenn ihn die Eldar uns nur gönnen." Später bestritt Amlach, an dieser Versammlung überhaupt teilgenommen zu haben. Er bedauerte, was er gesagt haben sollte, und trat in Maedhros' Dienst. Dennoch hatten seine Worte vielen Eindruck gemacht, und sie zogen aus Estolad fort.

Vgl. EDAIN, ESTOLAD.
S, XVII.

AMON AMARTH
Sindarin für SCHICKSALSBERG

AMON EREB
Q. „Der einsame Berg“, zwischen dem östlichsten Ausläufer der langen Bergkette von Andram und dem Gelion. Auf diesem nicht sehr hohen, sondern breiten und sanft abfallenden Berg befand sich die Festung Amrods und Amras’, in die sich nach ihren Niederlagen im Norden auch die anderen Söhne Feanors zurückzogen.
Auf dem Amon Ereb war in der ersten der großen Schlachten von Beleriand Denethor, der Fürst der Nandor von Ossiriand, gefallen.
Vgl. BELERIAND.
S, X, XIV, XVIII.

AMON ETHIR
S. „Hügel der Späher“: ein künstlich aufgeworfener Hügel in der Ebene östlich des Narog, eine Wegstunde vor den Toren von Nargothrond. Hier ließ Mablung seinen Trupp haltmachen, als er Morwen und Niënor bei ihrer Suche nach Túrin begleitete. Dann machte der Dunst des plötzlich hervorkommenden Drachen die Pferde scheu, und die Reiter wurden versprengt. Niënor wurde abgeworfen, und als sie auf den Hügel zurückkam, sah sie dem Drachen ins Auge.
Vgl. NIËNOR.
S, XXI; *Nachrichten,* I, ii.

AMON HEN
S. der „Berg des Auges“ am südwestlichen Ufer von Nen Hithoel, kurz vor den Rauros-Fällen. Auf dem Gipfel war ein steinerner Hochsitz, den in früherer Zeit die Grenzwachen von Gondor benutzt hatten. Von hier aus konnte Frodo, als er den Ring aufgesteckt hatte, ganz Mittelerde überblicken und wäre beinah von Sauron erkannt worden.
R, II, 9, 10.

Amon Lhaw
S. der „Berg des Ohrs" auf dem südöstlichen Ufer von Nen Hithoel, kurz von den Rauros-Fällen. Hier landeten Frodo und Sam und versteckten ihr Boot, nachdem sie sich von ihren Gefährten getrennt hatten. Auf dem Gipfel war ein nicht mehr besetzter steinerner Hochsitz für die Grenzwachen von Gondor.
R, II, 9, 10.

Amon Obel
Ein Berg im Wald von Brethil; dort hatten die Haladin zu der Zeit, als Túrin und Niënor bei ihnen wohnten, eine befestigte Siedlung, Ephel Brandir, angelegt. Vom Amon Obel stürzte der Bach Celebros über einen vielstufigen Wasserfall, *Dimrost* („Regentreppe") oder *Nen Girith* („Schauderwasser") genannt, zum Teiglin hinab. Vom oberen Absatz des Wasserfalls hatte man einen weiten Ausblick nach Westen und Süden, auch auf die etwa zwei Meilen weit entfernte Teiglin-Schlucht Cabed-en-Aras, über die der Drache Glaurung hinwegzusetzen versuchte.
Vgl. Brethil, Haladin, Túrin; Karte S. 59.
S, XXI; *Nachrichten,* I, ii.

Amon Rûdh
„Kahler Berg", von den Zwergen Scharbhund genannt, ein hochaufragender Berg inmitten einer felsigen Ebene, am Ostrand der Hochmoore zwischen Sirion und Narog. Unter dem Gipfel waren die Hallen Mîms, des Kleinzwergs, in den Fels gehauen. Hier schlug Túrin mit seinen Banditen sein Hauptquartier auf, und von hier aus führte er zusammen mit Beleg eine Zeitlang Krieg gegen die Orks.
Der Berg war mit rotblühendem Seregon, einer Art Mauerpfeffer, bewachsen.
Vgl. Beleriand, Mîm, Túrin. Karte S. 59.
S, XXI; *Nachrichten,* I, ii.

Amon Sûl
Sindarin für Wetterspitze.

Amroth und Nimrodel

Als die Gefährten am Bach Nimrodel rasteten, sang ihnen Legolas die traurige elbische Ballade von Amroth und Nimrodel vor. (Wie immer in solchen Liedern waren die Helden historisch. Die Elben kannten keine „Fiktion".)

Nimrodel war eine Waldelbin, die mit den Sindar und Noldor nichts zu tun haben wollte, weil sie ihnen an den ewigen Kriegen von Mittelerde Schuld gab. Amroth, der König von Lórien, ein Sinda, liebte sie und nahm um ihretwillen die Gewohnheit an, auf Fletts in den Baumwipfeln zu leben. Als Lórien von den Orks unsicher gemacht wurde, die sich in Moria festgesetzt hatten (1980 D. Z.), versprach Nimrodel, sie wolle Amroths Frau werden, wenn er sie in ein Land bringe, wo Frieden herrschte. In Mittelerde gab es kein solches Land, also wollte er mit ihr übers Meer in den Westen fahren. Auf dem Weg nach Belfalas, wo sich ein kleiner Elbenhafen befand, wurden sie getrennt. Auf dem einzigen Schiff, das dort zur Abfahrt bereitlag, wartete Amroth viele Tage lang, bedrängt von ungeduldigen Gefährten. Ein Sturm von Norden kam auf, riß das Schiff von seinen Vertäuungen los und trieb es aufs offene Meer hinaus. Amroth ertrank beim Versuch, an Land zurückzuschwimmen.

Über Nimrodels Schicksal wird in diesem Lied nichts gesagt. Nach anderen Erzählungen soll sie sich in den Ered Nimrais verirrt haben. Eine ihrer Begleiterinnen namens Mithrellas soll die Vorfahrin der Herren von Dol Amroth geworden sein.

Vgl. Belfalas, Dol Amroth, Nimrodel, Waldelben.

R, II, 6; *Nachrichten,* II, iv.

Anach

Ein Paß zwischen den Echoriath und den Ered Gorgoroth, den die Orks nach der Dagor Bragollach als Straße ausbauten. Auf diesem Weg gelangten sie von Taur-nu-Fuin nach Dimbar.

S, XXI .

Anárion

Jüngerer Sohn Elendils, gründete zusammen mit seinem Bruder Isildur das Südliche Königreich (Gondor) am Unterlauf des Anduin. Seine Stadt war *Minas Anor* (S. „Sonnenturm"), das spätere Minas Tirith, doch die

Königsthrone der beiden Brüder standen Seite an Seite in Osgiliath. Als Sauron das Reich angriff (3429 Z. Z.), verteidigte Anárion sich vier Jahre lang, bis Elendil und Gil-galad mit dem Heer des Letzten Bundes von Norden herangerückt waren. Er fiel bei der Belagerung Barad-dûrs. Isildur setzte Anárions Sohn Meneldil als Thronerben ein, bevor er nach Norden ging.
Vgl. ELENDIL, GONDOR, ISILDUR, MINAS TIRITH.
R, II, 2; Anhänge A und B; *S,* Von den Ringen …

ANCALIME (TAR-ANCALIME)
Aldarions und Erendis' einziges Kind, die erste regierende Königin von Númenor. Sie wuchs bei ihrer Mutter und fast nur unter Frauen auf; gegen Männer hatte sie zeitlebens eine Abneigung.
Zu Ancalimes Gunsten änderte Aldarion die Regeln der Erbfolge: Wenn ein König keine Söhne hatte, sollte von nun an die älteste Tochter den Thron besteigen können – vorausgesetzt, daß sie nicht unverheiratet blieb. Darum entschloß sich Ancalime zu einer lieblosen Ehe, aus der immerhin ein Thronerbe hervorging. Im Jahre 1075 Z. Z. übernahm sie das Szepter. Sie verfolgte Aldarions Politik in Mittelerde nicht weiter und gewährte Gil-galad keine Unterstützung. Sie regierte bis 1280 und starb 1285 im Alter von vierhundertundzwölf Jahren.
Vgl. ALDARION, ERENDIS, NÚMENOR.
R, Anhang B; *Nachrichten,* II, iii.

ANCALIMON (TAR-ANCALIMON)
Vierzehnter König von Númenor, regierte von 2221 bis 2386 Z. Z. Unter seiner Herrschaft spalteten sich die Númenórer in eine Königspartei und eine Opposition der Elbenfreunde oder Getreuen.
Vgl. GETREUE, NÚMENOR.
S, Akallabêth; *R,* Anhänge A und B; *Nachrichten,* II, iii.

ANDRAM
S. „Der lange Wall": Von Süden gesehen eine Hügelkette, die sich von Taur-en-Faroth im Westen bis weit in den Osten zog. Von Norden waren die Hügel kaum zu bemerken; das Land fiel hier plötzlich ab. Das östliche Ende der Kette hieß Ramdal und lag nicht weit vom Amon Ereb.

Der Sirion stürzte südlich der Dämmerseen den Wall hinab, verschwand unter der Erde und kam drei Meilen weiter am Fuß der Hügel wieder zum Vorschein, zwischen Felsen, die man die Pforten des Sirion nannte.
Vgl. BELERIAND, SIRION.
S, XIV.

ANDROTH

Eine Gruppe von Höhlen in den Bergen von Mithrim, westlich des Sees. Nach der Besetzung des Landes durch die Ostlinge hielt sich dort noch ein kleines Volk von Sindar unter Führung von Annael verborgen, bei denen Tuor aufwuchs. Später lebte Tuor dort einige Jahre allein als Bandit. In der Nähe der Höhlen entsprang ein Bach, dem Tuor nach Westen folgte, bis er an die Echoberge kam, wo er einen Tunnel fand.
Vgl. MITHRIM, TUOR.
S, XXIII; *Nachrichten,* I, i.

ANDUIN

„Als uns der Silberlauf zum Anduin brachte, kehrten wir in die Zeit zurück, die durch sterbliche Lande zum Großen Meer fließt." Denn der Anduin, der „lange Fluß", oft auch der Große Strom genannt, war die reichste Lebensader von Mittelerde. Von den nördlichen Gebirgen herab durch die Länder der Orks, der Zwerge, Elben und Menschen strömte er, viele Zuflüsse aufnehmend, in die Bucht von Belfalas, weit im Süden von Gondor. Schon im Ersten Zeitalter bildete er zusammen mit dem Nebelgebirge die natürliche Grenze zwischen den Ländern des Westens und denen des Ostens, wo die wilden und wüsten Menschenvölker lebten, die auf Morgoth hörten. Im Zweiten Zeitalter, nach dem Untergang von Beleriand, wurde er vollends zur Frontlinie, auch wenn der Westen in den Menschen von Rhovanion und den Elben im Großen Grünwald noch manche Verbündete auf dem östlichen Ufer hatte. Im Dritten Zeitalter war das Ostufer gewöhnlich Feindesland; sogar zu einer Zeit, als Sauron eben niedergeworfen worden war, wurde Isildur hier von Orks angegriffen. Das Reich von Gondor befestigte das Ufer zwischen den Emyn Muil und Ithilien; immer wieder mußten an dieser Grenze Einfälle von Osten abgewehrt werden.
Die wichtigsten Nebenflüsse des Anduin waren (von Norden nach

Süden) Grauquell, Langquell, Schwertel, Silberlauf, Limklar und Entwasser. Aus dem Weißen Gebirge nahm er noch Erui und Sirith, aus dem Schattengebirge den Poros auf. Osgiliath, die alte Hauptstadt von Gondor, lag zu beiden Seiten des Flusses. Der große Seehafen Pelargir, kurz vor dem Mündungsdelta *(Ethir Anduin),* wurde schon im Zweiten Zeitalter von den Númenórern erbaut.
Vgl. Karte S. 99.
R, II, 8–10; *S,* III.

Andúnië

Hafen an der Nordwestküste der Insel Númenor, an einem ins Vorgebirge von Andustar eingeschnittenen Fjord gelegen. Andúnië war die erste Hauptstadt von Númenor, weil die Schiffe der Eldar aus Eressea dort landeten. Die Häuser standen dicht am Strand und an den Berghängen dahinter. Als die Besuche der Elben seltener wurden, während der Schiffsverkehr mit Mittelerde zunahm, verlor Andúnië an Bedeutung. Die Stadt war Sitz der Herren von Andúnië, einer Nebenlinie der königlichen Familie, und die Hochburg der Getreuen, die mit den Elben Freundschaft halten wollten. Unter dem König Gimilzôr mußten alle, die verdächtig waren, dieser Partei nahezustehen, aus dem Westen in den Osten des Landes ziehen, wo sie leichter zu beaufsichtigen waren.
Vgl. Amandil, Getreue, Númenor; Karte S. 273.
S, Akallabêth; *Nachrichten,* II, iii.

Andúril

Aragorns Schwert, Q. „Flamme des Westens", wie er es nannte, nachdem es aus den Bruchstücken von Narsil neu geschmiedet worden war. Auf der Klinge waren die sieben Sterne *(Valacirca)* eingraviert, zwischen einer Mondsichel und einer Sonne, den Wahrzeichen Isildurs und Anárions, umgeben von einem Kranz grimmiger Runen. Das Umschmieden war keine einfache Reparatur; nur die Noldor von Bruchtal konnten sie leisten, denn die Weissagungen, die auf dem Schwert lagen, mußten beachtet werden.
Der Name eines Schwerts war oft wichtiger als seine mechanischen Eigenschaften, denn man brüllte ihn in der Schlacht laut heraus, und wenn er berühmt genug war, konnte er allein schon manche Feinde

kampfunfähig machen. Dennoch ist unklar, warum Aragorn bei der Begegnung mit den Hobbits in Bree die Bruchstücke bei sich trug, statt einer weniger edlen, aber brauchbaren Waffe.
Vgl. NARSIL.
R, I, 10; II, 3.

ANFALAS
„Langstrand", der Küstenstreifen südlich der Pinnath Gelin, zwischen den Mündungen der Flüsse Morthond und Lefnui; eines der südlichen Lehen von Gondor. Zur Verteidigung von Minas Tirith kam von dort ein bunt zusammengewürfelter Haufen von Jägern, Hirten und Bauern aus kleinen Dörfern. Mit Ausnahme ihres Fürsten Golasgil und seines Gefolges waren sie alle nur spärlich bewaffnet.
Vgl. GONDOR; Karte, S. 99.
R, V, 1.

ANFAUGLITH
S. „Erstickender Staub": späterer Name für ARD-GALEN.

ANGAINOR
Q. „Eiserner Bedrücker": die Kette, mit der Melkor zu Beginn und am Ende des Ersten Zeitalters gefesselt wurde. Aule schmiedete sie aus sechs Metallen: Kupfer, Silber, Zinn, Blei, Eisen und Gold und aus einem siebenten, *Tilkal* genannt, das er durch eine alchemische Verbindung der sechs ersteren eigens zu diesem Zweck erschuf. Sie hatte zwei Hand- und vier Fußfesseln, die absolut unzerbrechlich waren. Diese Kette mußte Melkor das erste Mal drei Zeitalter lang tragen, während er in Mandos' Festung in Einzelhaft saß; beim zweiten Mal wurden ihm außerdem die Füße unterm Leib abgehauen, der Kopf auf die Knie herabgebogen und mit einem aus der Eisenkrone verfertigten Halseisen daran befestigt.
S, III, XXIV; *Verschollene Geschichten I,* iv.

ANGBAND
S. „Eisenkerker, Eisenhölle": Morgoths Hauptquartier unter dem südwestlichsten Zipfel der Ered Engrin. Angband war alles: Festung,

Befehlszentrale, Bergwerk, Gefängnis, Arbeitslager, Waffenschmiede, Forschungslabor und Hexenküche. Es konnte Flammen speien, seuchentragende Winde oder Schneestürme in Marsch setzen. Vulkanische Feuer brannten in seinen tiefsten Kammern, und seine höchsten Gipfel reichten in die Regionen des ewigen Eises hinauf. Wenige, deren Berichten die Eldar Glauben schenkten, sind je dort gewesen, und von Beren und Lúthien wissen wir nur, daß sie über eine labyrinthische Treppe in Morgoths Thronhalle gelangten, „die von Grauen gestützt und von Feuer erhellt und mit Mord- und Marterwaffen geschmückt war". Die Gefangenen, die in den Bergwerken schuften mußten und von denen manchmal einer entkam, wie Gwindor, sprachen wenig von dem, was sie dort gesehen hatten, denn ihre Angst hätte die Zuhörer angesteckt.
In den Kriegen der Valar nach der Erschaffung der Welt soll Angband nur Melkors westlicher Vorposten gewesen sein; die Hauptfestung war das weiter nordöstlich gelegene Utumno. Melkors Statthalter in Angband war der Maia Sauron. Im Feldzug der Valar nach dem Erwachen der Elben wurden beide Festungen zerstört, aber nicht alles, was dort verborgen lag, wurde entdeckt. Als Melkor nach seiner Gefangenschaft in Valinor zurückkehrte, baute er Angband wieder auf, vermutlich weil es näher an Beleriand lag, auf das er es besonders abgesehen hatte. (Die Entfernung nach Menegroth betrug nur 450 englische Meilen.) Der älteste Teil der Festungsanlagen befand sich auf der Nordseite des Gebirges; nun wurden Tunnel zu den Südhängen gegraben. Das Haupttor lag jetzt in einem von allerlei Höllengetier bevölkerten Tal, das sich nach Süden zur Ebene von Ard-galen öffnete. Viele versteckte Ausfalltore erlaubten den raschen Einsatz großer Kampfverbände. Über dem Tor wurde aus Schlacken und dem Aushub der Grabungen der dreizackige Gipfel der Thangorodrim aufgetürmt, über dem immer eine stinkende Rauchfahne hing. Die nähere Umgebung, im Norden wie im Süden, hieß *Dor Daedeloth,* Land des dunklen Schreckens.
Nach seinem Zweikampf mit Fingolfin soll sich Morgoth aus seiner Festung nicht mehr hervorgewagt haben. Angband war so tief in den Grundfesten der Erde verankert, daß seine Zerstörung am Ende des Ersten Zeitalters den ganzen Norden der Welt in Mitleidenschaft zog. Nachdem das Heer der Valar in der Großen Schlacht gesiegt hatte, lag Beleriand in Trümmern und wurde zum größten Teil vom Meer überflutet.

Vgl. Ered Engrin, Melkor, Morgoth, Thangorodrim. *S,* III, IX, XIX, XXIV.

Angmar

Über tausend Jahre nach seiner Niederlage im Krieg des Letzten Bündnisses, als Sauron sich in Dol Guldur wieder erholt hatte, kam der Anführer der Nazgûl in den Norden, um dort eine Machtbasis zu schaffen. Es ist nicht klar, wieweit Sauron damals – nach dem Verlust des Herrscherrings – die Nazgûl wirklich kontrollierte; jedenfalls handelte ihr Anführer mehr oder weniger selbständig. In dem Gebiet um die nördlichen Ausläufer des Nebelgebirges sammelte er Orks und allerlei wüste Menschenvölker um sich, und bei Carn Dûm erbaute er eine Festung. Nicht weit südöstlich davon lag die große Orkstadt unter dem Berg von Gundabad. Das ganze Gebiet wurde Angmar („Eisenheim") genannt, und sein Gebieter machte sich als der *Hexenkönig von Angmar* einen Namen. Wenn er in schwarzer Rüstung, mit schwarzer Maske und auf einem schwarzen Gaul in die Schlacht ritt, einen Herz und Hirn durchbohrenden Schrei ausstoßend, gingen manchen Dúnedain die Pferde durch. Besonders stark war er im Winter: Die Lossoth glaubten, er könne über Frost oder Tauwetter bestimmen.

Auf die Vernichtung der Dúnedain und ihrer drei zerstrittenen Fürstentümer im Norden hatte er es abgesehen. In Rhudaur fand er Verbündete. Im Jahre 1409 D. Z. drang er nach Cardolan ein und eroberte die Wetterspitze. König Arveleg von Arthedain fiel, aber seine Nachfolger und ein Rest der Dúnedain von Cardolan leisteten beharrlichen Widerstand. Erst 1974 konnte der Hexenkönig Arthedain erobern und König Arvedui aus seiner Hauptstadt Fornost vertreiben. Zwar wurde er im Jahr darauf von einem Heer aus Gondor unter Führung von Earnur besiegt, aber das Nördliche Königreich war für lange Zeit zerschlagen, und Angmar blieb eine üble Gegend, wo die Orks, Wölfe, Trolle etc. unter sich waren.

Der Hexenkönig verließ den Norden und ging nach Mordor, wo er die anderen Nazgûl um sich sammelte. Während des Ringkriegs war er der *Schwarze Heermeister.*

Vgl. Arnor, Arthedain, Nazgûl, Schwarzer Heermeister; Karte S. 99. *R,* Anhänge A und B.

Angrenost
Sindarin für Isengart: Beides bedeutet „Eisenfestung".

Angrist
S. „Eisenspalter", das Messer, mit dem Beren den Silmaril aus Morgoths Krone schnitt. Telchar von Nogrod hatte es geschmiedet. „Eisen spaltete es wie grünes Holz." Aber bei dem Versuch, auch die beiden anderen Silmaril loszuschneiden, zerbrach es.
Vgl. Beren, Telchar.
S, XIX.

Annúminas
S. „Turm des Westens", die erste Hauptstadt des Nördlichen Königreichs der Dúnedain, von Elendil am Südufer des Nenuial-Sees in Eriador erbaut. Wegen des Bevölkerungsschwundes nach dem Krieg des Letzten Bundes verfiel die Stadt, und die Könige nach Valandil nahmen Fornost zum Hauptsitz. Nach dem Ringkrieg ließ König Elessar Annúminas wieder aufbauen.
Das *Szepter von Annúminas,* ein Zeichen der Königswürde, wurde nach der Vernichtung der nördlichen Königreiche in Bruchtal verwahrt. Elrond brachte es Elessar zu seiner Krönung.
Vgl. Arnor.
R, II, 2; VI, 5; *S,* Von den Ringen …

Anórien
S. „Sonnenland", das Land nordwestlich von Minas Tirith, zwischen Anduin, Weißem Gebirge und den Mündungen der Entwasser; der Mering-Bach im Westen bildete die Grenze zu Rohan. Das Gebiet, in dem viel fruchtbares Ackerland lag, war einst die Domäne Anárions gewesen. Die Rohirrim nannten es Sunlending („. . . sechstausend Speere nach Sunlending"). Zu Anórien gehörte auch der Drúadan-Wald.
Vgl. Gondor; Karte S. 99.
R, V, 3, 5.

Ar-

Adúnaïsch „König“: den Namen der späteren Könige von Númenor vorangestellt.

Vgl. die jeweilige reine Namensform, z. B. Ar-Pharazôn unter Pharazôn.

Aragorn

„Streicher, wie er im Wirtshaus in einer Ecke saß, war ein Schock, und ich hatte, ebensowenig wie Frodo eine Ahnung, wer er war“ (Tolkien). Er war Aragorn, Stammesführer der Dúnedain des Nordens, Elendils und Isildurs Nachkomme und rechtmäßiger Erbe. Aber für den Gastwirt Butterblume war er ein „Waldläufer“ – eine vorsichtige Bezeichnung für jemanden, der vom Landstreicher bis zum Straßenräuber so gut wie alles sein konnte. Die Dúnedain waren seit dem Ende ihres Königreichs Arthedain ein ärmliches, verstreut lebendes kleines Volk geworden; und obendrein hatte Aragorn viele gute Gründe, das Inkognito zu wahren.

Er war fast neunzig Jahre alt, als er Frodo begegnete: kein hohes Alter für einen Mann von reiner númenórischer Abkunft. Nach dem frühen Tod seines Vaters Arathorn war seine Mutter Gilraen mit ihm nach Bruchtal gezogen, wo Elrond sich seiner Erziehung annahm. *Estel* („Hoffnung“) wurde er genannt. Erst als er zwanzig war, sagte ihm Elrond, wer er war, und übergab ihm zwei Erbstücke seines Hauses: Barahirs Ring und das zerbrochene Schwert Narsil. Gleich darauf verliebte er sich in Elronds Tochter Arwen. Um aber ihre Hand zu gewinnen, mußte er etwas Außerordentliches vollbringen: Elrond, der seine Tochter nicht gern an einen Sterblichen verlieren wollte, machte zur Bedingung, daß er wenigstens König werden müsse, und zwar kein gewöhnlicher König, sondern der Erneuerer der vereinigten Reiche von Arnor und Gondor.

Er leistete Kriegsdienste in Rohan und Gondor und wurde ein tüchtiger Heerführer. Unter dem Namen *Thorongil* – „Adler des Sterns“, weil er einen kleinen silbernen Adler am Mantel trug – drang er mit einer kleinen Flotte in den Hafen von Umbar ein und verbrannte die Schiffe der Korsaren. Der Truchseß Ecthelion von Gondor hörte auf seinen Rat, aber Ecthelions Sohn Denethor ahnte oder wußte, wer er war, und hielt ihn nicht zurück, als er aus Gondor fortging.

Von seinem Freund Gandalf erfuhr er, daß der Herrscherring gefunden worden war. Er stellte Wachen um das Auenland auf, machte sich auf die Suche nach Gollum und führte die Hobbits durch Sumpf und Wildnis über die schwierige Wegstrecke von Bree nach Bruchtal. Narsil konnte neu geschmiedet werden, und er nannte es nun *Andúril.* Den Zerfall der Ringgemeinschaft bei Parth Galen konnte er nicht verhindern, aber dann wurde er ein unermüdlicher Führer und Antreiber im Krieg gegen Sauron. Über seinen Ritt auf den Pfaden der Toten durch das Weiße Gebirge und den Süden von Gondor gibt es nur verworrene Berichte und Legenden. Jedenfalls hob er unter Berufung auf alte Treueide, die einst von den Bergbewohnern gebrochen worden waren, ein Heer aus, eroberte damit eine Flotte der Südländer bei Pelargir und erschien in der Stunde der höchsten Not auf dem Pelennor vor den Toren von Minas Tirith.
Nach dem Sieg über Sauron wurde er unter dem Namen *Elessar* („Elbenstein", nach einem großen Smaragd, den er an der Brust trug, einem Geschenk Arwens und Galadriels) zum König von Gondor und Arnor gekrönt. Auch seinen alten Spitznamen „Streicher" behielt er bei, als *Telcontar* ins Quenya übersetzt. Er heiratete Arwen, die nach Lúthiens Vorbild das Schicksal der Sterblichkeit auf sich nahm. Dann regierte er noch hundertzwanzig Jahre. Im Jahr 15 des Vierten Zeitalters ritt er in den Norden und wohnte eine Zeitlang im alten Annúminas. An der Brandyweinbrücke traf er sich mit seinen Freunden aus dem Auenland. Er führte noch so manchen ruhmreichen Krieg und war ein guter König, aber nicht ohne Vorbehalt glücklich über die neue Zeit, die nun anbrach: „Und auf dem Thron des fernen Gondor bemüht sich Aragorn, in dem Menschengewimmel, das unter Sauron nach Westen geströmt ist, ein wenig Ordnung zu schaffen und ein Andenken an die alten Zeiten zu wahren."
Vgl. ARNOR, ARTHEDAIN, ELENDIL, ELROND, GONDOR, ISILDUR, PELENNOR, PFADE DER TOTEN, RINGKRIEG.
R, passim, besonders Anhang A; *Briefe,* 91.

ARD-GALEN
„Die grüne Gegend": der Boden der weiten Ebene zwischen Dorthonion und den Ered Engrin war mit ungezählten Leichen gedüngt, denn dies war das Hauptschlachtfeld in den Kriegen von Beleriand. Angband verbreitete von Norden eine Dreckwüste um sich her, aber solange der Bela-

gerungsring der Noldor hielt, „wuchs Grünzeug bis vor die Pforten der Hölle". Von ihren Festungen auf den Höhen der Ered Wethrin und der Berge von Dorthonion überwachten die Noldor und die mit ihnen verbündeten Menschenvölker das Land, und die Orks konnten nur auf weiten Umwegen über den Osten nach Beleriand gelangen.

Dies änderte sich mit der Schlacht des jähen Feuers, das sich über die ganze Ebene ergoß. Danach war Ard-galen eine verbrannte Wüste: *Dor-nu-Fauglith,* Land des erstickenden Staubs oder kurz *Anfauglith*. Nirgendwo wuchs wieder Gras, nur auf einem Hügel inmitten der Ebene, dem *Haudh-en-Ndengin* (Hügel der Erschlagenen), den Morgoth nach der Nirnaeth Arnoediad aus den Leichen und Waffen aller in der Schlacht Gefallenen hatte aufwerfen lassen.

Vgl. ANGBAND, DAGOR BRAGOLLACH, NIRNAETH ARNOEDIAD; Karte S. 59.

S, XIII, XIV, XVIII, XX.

ARDA

Quenya „Reich", die Erde. Über ihre Entstehung, Gestalt und Veränderung gaben vor allem drei Schriften der Elben von Valinor Auskunft: *Ainulindale, Narsilion* und *Ambarkanta.* Arda war zuerst ein Gesang, eine musikalische Improvisation der Ainur zu drei von Ilúvatar vorgegebenen Themen und wurde dann von Ilúvatar verwirklicht. Elben und Menschen, die *Kinder Ilúvatars,* wurden in der Musik angekündigt. Diejenigen Ainur, die Arda betraten, die Valar, wollten die Welt für die Kinder Ilúvatars einrichten. Die Valar zerfielen in zwei Parteien unter Führung der beiden feindlichen Brüder Melkor und Manwe. Der genialische Melkor wollte eine Welt der Spannungen und Gegensätze erschaffen: aus Eis und Feuer, Wüsten und Sümpfen, grellem Licht und tiefem Schatten. Manwe dagegen wollte ein wohlgeordnetes Reich mit symmetrischen Abmessungen, mäßigen Temperaturen und milder Beleuchtung. Melkor war der mächtigere, und viele Geister der niederen Ränge *(Maiar)* folgten ihm, aber die anderen Valar brachte er durch seine Herrschsucht und Rechthaberei gegen sich auf. Lange tobte der Kampf. Keine Seite konnte die andere endgültig besiegen und die Erde ganz nach den eigenen Wünschen gestalten; darum haben an allen Dingen, die erschaffen wurden, sowohl die Valar als auch Melkor Anteil gehabt.

Während aber die Valar auch für die schadhafte, durch die Einflüsse ihres Feindes „verdorbene“ Welt noch Mitleid bewahrten und hier und da etwas zu bessern suchten, verströmte Melkor seine schöpferischen Energien in Haß, Hohn und Vernichtungslust.
Schließlich zogen sich beide Seiten in abgeschirmte Regionen zurück: Melkor in seine unterirdische Festung Utumno im hohen Norden, eine brodelnde und qualmende Hölle der vulkanischen Destruktivität; die Valar nach Aman, im äußersten Westen, wo alles nahezu vollkommen eingerichtet ist (so sehr, daß man ahnt, was für eine Puppenstube die Welt wohl geworden wäre, hätte der gute Manwe überall seinen Willen gehabt).
Übrig blieb die Landmasse in der Mitte von Arda, *Endóre,* Mittelerde, wo sich die Einflüsse beider Seiten die Waage hielten. Auf einer Skizze zum *Ambarkanta (HME 4,* S. 249) sehen wir, wie die ursprünglich beabsichtigte symmetrische Verteilung von Land und Wasser gestört worden ist: Als ein gerader breiter Landstreifen sollte sich Mittelerde von Norden nach Süden erstrecken, mit zwei etwa gleich großen parallelen Meeresgräben rechts und links davon. Um aber Valinor mehr Sicherheitsabstand von allem Bösen zu verschaffen, haben die Valar Mittelerde nach Osten weggebogen und das trennende Meer im Westen, Belegaer, verbreitert. Später, in den großen Schlachten mit Melkor wurden auch diese immer noch etwas pedantisch angeordneten Küstenlinien, Gebirgszüge und Binnenmeere mächtig durcheinandergeworfen.
Über Land und Meer wölben sich die drei Luftschichten *Vista, Ilmen* und *Vaiya.* Vista, die Luft des Atems und des Fluges, liegt als eine dicke Glocke über Mittelerde und flacht sich nach Westen und Osten hin ab. Ilmen, die hohen Lüfte über den Wolken von Mittelerde, reicht in Valinor bis auf den Boden herab; nur die Götter und die in ihrer Nähe Geduldeten können dort atmen. Vaiya ist eine zähe, kalte Schicht, halb Gas, halb Flüssigkeit, die in das Wasser des Außenmeeres übergeht.
Im äußersten Osten, jenseits des schmalen Ostmeeres, liegen die Sonnenlande, über die nichts bekannt ist, mit den Sonnenwänden, einem Gebirge, über dem morgens die Sonne aufsteigt.
Norden und Süden sind die Regionen ewigen Eises. Unter der Erde ist ein Reich der Höhlen und Grotten, in dem Ulmo regiert und das auch

von einer Schicht des Ilmen durchzogen wird; hier werden Sonne und Mond von Westen nach Osten gebracht.

Arda schwebt in *Ea,* dem Weltall mit seinen kreisenden Feuern, „in den Tiefen der Zeit und inmitten der unzähligen Sterne"; und Ea wiederum schwebt in der Äußeren Leere (Q. *Kúma*), die nun, seit Arda darin leuchtet, zugleich die Äußere Dunkelheit heißt. Arda ist durch die undurchdringlichen Mauern der Nacht von der Leere getrennt, die nur durch die Pforten der Nacht und mit Erlaubnis Manwes durchschritten werden können.

Nach dem Untergang von Númenor wurde der Bau der Welt auf Manwes Ersuchen von Ilúvatar geändert: An die Stelle der flachen Erde trat die krumme Welt (wie wir sie kennen); Valinor wurde entrückt, und nur die Elbenschiffe können es auf dem geraden Weg noch erreichen.

Vgl. AINUR, AMAN, BELEGAER, EA, EKKAIA, GERADER WEG, HIMMELSRICHTUNGEN, ILMEN, MANWE, MELKOR, ULMO.

S, Ainulindale; I, XI, Akallabêth; *HME 4,* V.

ARGONATH

Zwei gewaltige Steinfiguren, Isildur und Anárion darstellend, zu beiden Seiten des an dieser Stelle verengten und schnellfließenden Stromes Anduin, zwischen Sarn Gebir und den Rauros-Fällen. Sie wurden von König Romendacil II. zur Markierung der Nordgrenze von Gondor an der Stelle errichtet, wo der Fluß den westlichen Ausläufer der Emyn Muil durchbricht. Der Name bedeutet im Sindarin „Königssteine".

R, II, 9; Anhang A, I, 4; *S,* Von den Ringen der Macht.

ARIËN

Ein feuerherziges Mädchen aus den Gärten der Valië Vána, von dem das Sonnenschiff Anar über den Himmel gelenkt wurde. Ariëns Augen strahlten so hell, daß selbst die Eldar nicht hineinblicken konnten, „und als sie Valinor verließ, gab sie die Gestalt und Hülle auf, die sie wie die Valar dort getragen hatte, und erschien wie eine nackte Flamme". Als sie zum erstenmal aufstieg, fuhr sie von Westen nach Osten über den Himmel; später ließ man sie nach jeder Fahrt eine Weile am westlichen Rand des Außenmeeres ruhen, bevor sie von Ulmos Dienern unter der Erde nach Osten gebracht wurde, wo sie von neuem aufging. Weil sie

pünktlicher war und ihre Bahn besser einhielt als der Mondfährmann Tilion, zählte man die Tage nach Ariëns Ruhepausen.
Dies ist die Geschichte, so wie sie im *Narsilion* erzählt wird. Nach einer (umstrittenen) anderen Version befuhr Ariën mit der Sonne schon vor der Zeit der Zwei Bäume den Himmel und wurde von Melkor vergewaltigt. Darum hatten manche Elben Vorbehalte gegen das Sonnenlicht: Es galt als befleckt.
Vgl. ARDA, NARSILION, ZWEI BÄUME.
S, XI; *HME 10,* V (375 ff.).

ARKENSTEIN
Ein großer Edelstein, den der Zwergenkönig Thráin I. unter dem Berg Erebor fand. Die Zwerge vom Erebor nannten ihn „das Herz des Berges" und betrachteten ihn als wertvollstes Erbstück ihres Königshauses. „Er war einer Kugel mit tausend Facetten gleich, er schimmerte wie Silber im Schein des Feuers, wie Wasser im Sonnenlicht, wie Schnee unter den Sternen, wie Regen unter dem Mond."
Thorin Eichenschild war bereit, gegen alle Welt um ihn zu kämpfen. Nach der Schlacht der fünf Heere wurde Thorin mit dem Arkenstein auf der Brust begraben.
Vgl. EREBOR, THORIN II.
H, 12, 18; *R,* Anhang A.

ARMENELOS
Die Königsstadt von Númenor, wo Elros bald nach seiner Ankunft (32 Z.Z.) seinen Sitz wählte, obwohl die wichtigste Stadt zunächst Andúnië an der Westküste war. Die Nähe des Meneltarma mit dem Heiligtum Ilúvatars scheint bei dieser Wahl den Ausschlag gegeben zu haben. Elros erbaute eine Zitadelle und einen Turm auf einem Hügel. In den Königsgärten wuchs Nimloth, der Weiße Baum, ein Nachkömmling des Lichtbaumes Telperion aus Valinor. Während der Herrschaft Ar-Pharazôns ließ Sauron den Baum fällen und errichtete an derselben Stelle einen dem Gott Melkor geweihten Tempel.
Der Name Armenelos (Q.) bedeutet „königliche Himmelsfestung". Als die Stadt durch Handel und Eroberungen reich geworden war, nannte man sie oft auch „die Goldene".

Vgl. NÚMENOR; Karte S. 273.
S, Akallabêth; *Nachrichten,* II; *R,* Anhang A.

ARNOR

S. „Königsland", das Dúnedain-Reich, das Elendil im Norden gründete, nachdem er mit vier Schiffen dem Untergang von Númenor entkommen war. Seine Hauptstadt Annúminas erbaute er am Ufer des Nenuial-Sees. Auf dem Gipfel seiner Macht erstreckte sich Arnor über den größten Teil von Eriador, zwischen den Flüssen Grauflut und Lhûn. Es wurde auch als das *Nördliche Königreich* bezeichnet, im Unterschied zu Gondor als dem *Südlichen Königreich.* Oberster Herr über beide Reiche war Elendil. Weil Isildur sein ältester Sohn war, erhoben Isildurs Nachkommen, die in Arnor regierten, manchmal Anspruch auf die Hoheit auch über Gondor.

Während sich die Dúnedain in Gondor vielfach mit den dort lebenden Menschen von gewöhnlicher Art vermischten, blieben sie im Norden vor diesem Schicksal bewahrt, denn in Eriador lebten nur wenige Menschen außer ihnen. Und die Dúnedain selbst, weder sehr zahlreich noch vermehrungstüchtig, wurden durch den Krieg des Letzten Bündnisses und das Gemetzel bei den Schwertelfeldern stark dezimiert. Schon in den ersten Jahrhunderten des Dritten Zeitalters verödete Annúminas, und die Könige verlegten den Regierungssitz in das kleinere Fornost.

Nach dem Tod Earendurs, des zehnten Königs, zerstritten sich dessen Söhne, und das Reich spaltete sich in drei Teile: Arthedain im Nordwesten, Rhudaur im Nordosten und Cardolan im Süden. Alle drei grenzten an das Gebiet um die Wetterspitze, das heftig umstritten war, weil sich in dem befestigten Turm auf diesem Berg ein Palantír befand.

Arthedain, wo sich die Linie Isildurs am reinsten erhielt, weil dort nach alter Sitte die Königswürde an den jeweils ältesten Sohn überging, konnte dem Andringen der wüsten Völker aus Angmar am längsten standhalten. Mit der Eroberung von Fornost im Jahre 1974 D. Z. war jedoch das Nördliche Königreich einstweilen vernichtet. Unter den wenigen überlebenden Dúnedain des Nordens konnte sich die Linie Isildurs (unterstützt von den Elben aus Lindon, Bruchtal und Lórien) fortpflanzen, und nach dem Ringkrieg trat Aragorn die Herrschaft über das Südliche Königreich an und stellte das Nördliche wieder her.

Vgl. Aragorn, Arthedain, Dúnedain, Elendil, Eriador, Gondor; Karte S. 99.
R, Anhänge A und B.

Aros
Der Fluß, der die Süd- und Ostgrenze von Doriath bildete; floß von Dorthonion herab und mündete oberhalb der Dämmerseen in den Sirion. Seinen Oberlauf kreuzte die Zwergenstraße bei der Arossiach (Aros-Furt). Das Waldgebiet im Winkel zwischen dem Aros und seinem größten Nebenfluß, dem Celon, hieß Arthórien: es lag außerhalb des Banngürtels von Doriath und wurde von Nandor-Elben bewohnt.
Vgl. Karte S. 59.
S, XIV; *Nachrichten,* I, ii.

Arthedain
S. „Reich der Edain", der Rest des alten Königreiches Arnor nach der Abspaltung von Cardolan und Rhudaur im 9. Jahrhundert des Dritten Zeitalters. In Arthedain blieb die Linie Isildurs erhalten, da jeweils der älteste Sohn des Königs den Thron erbte. Seit dem vierzehnten Jahrhundert erhoben die Könige von Arthedain wieder Anspruch auf die Herrschaft über ganz Arnor und bekundeten dies durch die Silbe *Ar-* („edel, königlich") vor ihrem Namen. Das Land erstreckte sich vom Baranduin bis zum Lhûn und über das Gebiet nördlich der Großen Oststraße bis zu den Wetterbergen. Der Turm auf der Wetterspitze gehörte Arthedain, mußte jedoch gegen Cardolan und Rhudaur verteidigt werden. König Argeleb II. gestattete um 1600 D. Z. den Hobbits die Besiedelung des Auenlands.
Gemeinsam mit Cardolan wehrte sich Arthedain beharrlich gegen das Vordringen des Hexenkönigs von Angmar, doch im Jahre 1409 D. Z. wurde die Wetterspitze erobert, Cardolan verwüstet und Rhudaur (das schon vorher mit Angmar im Bunde gewesen war) besetzt. Mit Hilfe der Elben von Lindon und Bruchtal konnte Arthedain sich noch über fünfhundert Jahre lang behaupten, doch schwand seine Bevölkerung immer mehr dahin, und im Winter 1974 wurde es von den Heeren aus Angmar überrannt. An der letzten Schlacht bei Fornost nahm auch ein Trupp Bogenschützen aus dem Auenland teil. König Arvedui floh zu den Los-

soth und ging mit dem Schiff unter, das Círdan zu seiner Rettung nach Forochel geschickt hatte.

Damit war das Reich von Arthedain am Ende. Die Linie der Könige setzte sich jedoch in den Stammesführern der Dúnedain fort, deren Söhne in Bruchtal aufgezogen wurden. Auch die großen Erbstücke ihres Hauses wurden dort aufbewahrt: Barahirs Ring, die Bruchstücke von Narsil, der Elendilmir (ein weißer Edelstein, den der König an der Stirn trug) und das Szepter von Annúminas. Der sechzehnte der Stammesführer, Aragorn, stellte nach dem Ringkrieg das Vereinigte Königreich wieder her.

Vgl. ARNOR, ARVEDUI, AUENLAND; Karte S. 99.

R, Anhänge A und B.

ARVEDUI

Der „letzte König“: dies ist die Bedeutung seines Namens, der ihm auf Anraten des Sehers Malbeth bei der Geburt gegeben wurde. Er und seine Sippe hofften, daß er der letzte nur von Arthedain, dafür aber der erste des wieder vereinigten Königreichs von Arnor und Gondor sein werde. In dieser Absicht knüpfte er die abgerissenen Verbindungen zu Gondor wieder an und heiratete König Ondohers Tochter Fíriel; als Ondoher mitsamt seinen beiden Söhnen im Kampf gegen die Wagenfahrer auf der Dagorlad fiel (1944 D. Z.), erhob er Anspruch auf die Krone von Gondor. Der Rat der Edlen von Gondor übertrug sie jedoch Earnil, einem siegreichen Heerführer, der gleichfalls aus dem königlichen Hause stammte. Earnil versprach Arvedui Hilfe in den Kriegen gegen Angmar, war aber selbst in Bedrängnis. Die Flotte, die er 1975 unter dem Befehl seines Sohnes Earnur nach Mithlond schickte, kam für Arvedui zu spät. Schon im Jahr zuvor war Arthedain einem Angriff aus Angmar erlegen. Arvedui hielt sich bis zuletzt auf den Nördlichen Höhen und flüchtete dann mit wenigen Gefährten zu den Lossoth an der Eisbucht von Forochel. Mit ihrer Hilfe überlebte er dort den Winter, doch im März 1975 ging er mit dem Schiff unter, das Círdan zu seiner Rettung ausgeschickt hatte. Mit ihm versanken die Palantíri von Annúminas und Amon Sûl. Barahirs Ring, den er den Lossoth als Unterpfand für spätere Dankesbeweise gegeben hatte, wurde von seinen Nachkommen wieder ausgelöst.

Vgl. ANGMAR, ARTHEDAIN, EARNUR, LOSSOTH.
R, Anhang A.

ARVERNIEN

Das Küstenland westlich der Sirion-Mündungen. Es stand unter dem besonderen Schutz des Wassergotts Ulmo; daher sammelten sich hier gegen Ende des Ersten Zeitalters die Flüchtlinge aus den vernichteten Elbenreichen von Nargothrond, Doriath und Gondolin, unterstützt von Círdans See-Elben auf der Insel Balar. In den Birkenwäldern von Nimbrethil schlug Earendil angeblich das Holz, aus dem er sein Schiff Vingilot baute.
Vgl. Karte S. 59.
S, XXIV; *R,* II, 1.

ASCAR

S. „der Wilde", nördlichster Nebenfluß des Gelion in Ossiriand, floß von den Ered Luin in der Nähe des Dolmed-Bergs herab, und die Zwergenstraße führte an seinem nördlichen Ufer entlang bis Sarn Athrad. Nach der Schlacht bei Sarn Athrad warf Beren die zurückeroberten Schätze von Doriath in den Fluß, der daraufhin *Rathlóriel,* Goldbett, genannt wurde.
Vgl. SARN ATHRAD; Karte S. 59.
S, XIV, XXII.

ASCHENGEBIRGE

(Sindarin *Ered Lithui*), die Nordgrenze von Mordor. Es war staubig und trocken; keine Bäche flossen von dort herab. Auf einem südlichen Vorsprung des Gebirges stand Barad-dûr.
Vgl. MORDOR; Karte S. 99.
R, V, 10; VI, 2, 3.

ATALANTE

„Die Versunkene", Quenya-Bezeichnung für das untergegangene NÚMENOR, gleichbedeutend mit Adûnaïsch AKALLABÊTH.

ATANAMIR
(Tar-Atanamir): Dreizehnter König von Númenor, regierte von 2029 bis 2221 Z. Z., manchmal „der Große“ genannt, weil Númenor unter ihm auf dem Höhepunkt seines Glücks angelangt zu sein schien. Er ließ gewaltige Reichtümer aus aller Welt herbeischleppen; gegen den Bann der Valar meldete er Vorbehalte an, ohne bis zur Auflehnung zu gehen. Schon vor seiner Thronbesteigung empfing er eine Gesandtschaft der Valar, die das Vertrauen anmahnten, das man ihnen schulde. Dabei wurden auch die Bedenken der Menschen vorgebracht (vielleicht von Atanamir persönlich): „Von uns wird blindes Vertrauen verlangt, Hoffnung ohne Gewißheit, und wir wissen nicht, was uns erwartet, schon in kurzer Zeit. Wie könnten wir nicht die Valar beneiden oder selbst den Geringsten unter den Unsterblichen?“
Atanamir wurde auch „der Unwillige“ genannt, weil er sich von der Macht und vom Leben nicht freiwillig trennte, sondern an Altersschwäche starb.
Vgl. BANN DER VALAR, MENSCHEN.
S, Akallabêth; *Nachrichten,* II, iii.

ATHELAS
oder *Königskraut,* eine Pflanze, von der dem Kräutermeister in den Häusern der Heilung von Minas Tirith auch der Quenya-Name *asea aranion,* nicht aber die Heilwirkung bekannt war. Diese entfaltete sie erst in den Händen eines Königs. Sie war von den Númenórern nach Mittelerde gebracht worden und wuchs nur in der Nähe ihrer früheren Wohn- oder Lagerstätten. Aragorn verwendete sie gegen die Hexengifte aus den Labors von Barad-dûr. Er wusch mit dem Absud der Blätter die Wunden aus und ließ die Patienten den süßduftenden Dampf inhalieren.
R, I, 12; V, 8.

AUENLAND
Ein leicht bewaldetes Hügelland in Eriador, das sich vom Baranduin etwa vierzig Wegstunden weit nach Westen bis zu den Fernen Höhen erstreckte, wurde im Dritten Zeitalter zu einer idyllischen Zivilisationslandschaft. Hier, in einer Welt mit Straßen, Postämtern und säuberlich beschnittenen Gartenhecken, klangen die Berichte von Drachen, Trol-

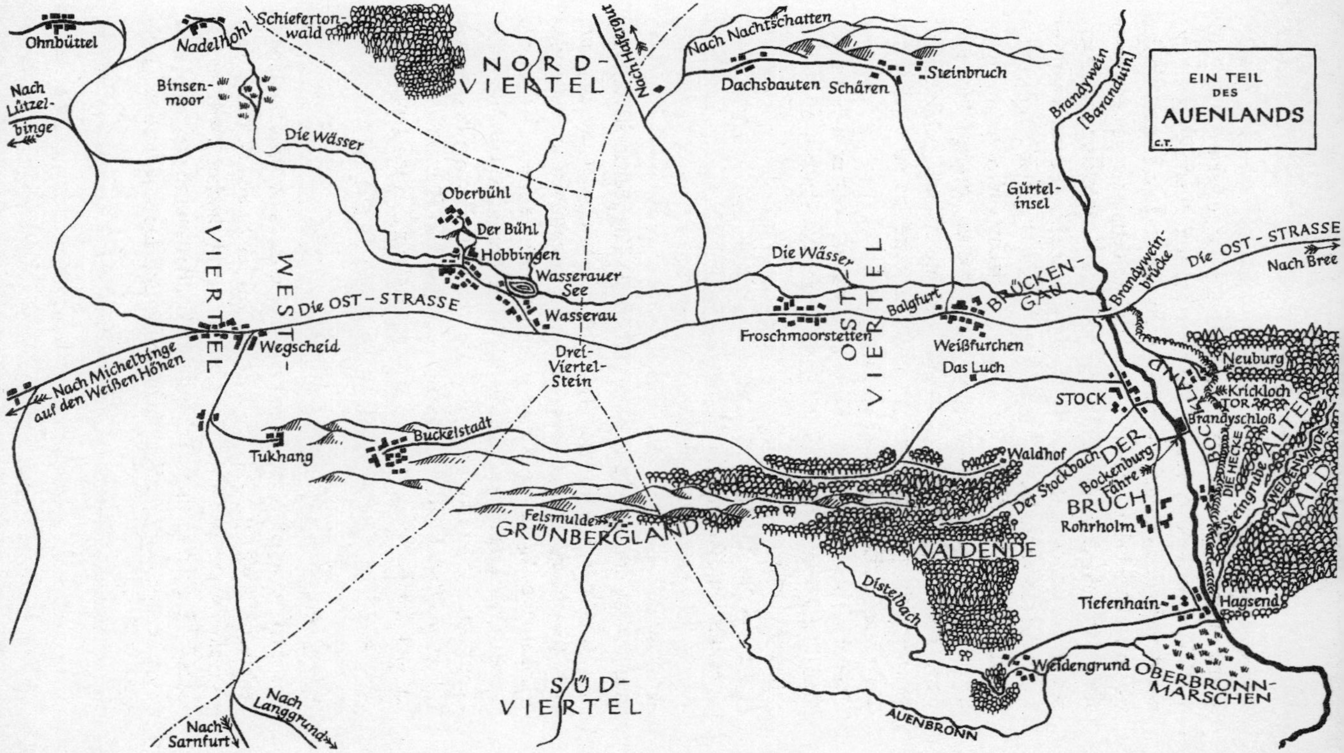

EIN TEIL DES AUENLANDS
C.T.
Ohnbüttel
Nadelhöhl
Schieferton-wald
NORD-VIERTEL
Nach Haferqut
Nach Nachtschatten
Dachsbauten
Schären
Steinbruch
Brandywein [Baranduin]
Nach Lützel-binge
Binsen-moor
Die Wässer
Oberbühl
Der Bühl
Hobbingen
Wasserauer See
Wasserau
Gürtel-insel
Die Wässer
OST-VIERTEL
BRÜCKEN-GAU
Brandywein-brücke
Die OST-STRASSE
Nach Bree
WEST-VIERTEL
Die OST-STRASSE
Wegscheid
Balgfurt
Froschmoorstetten
Weißfurchen
Das Luch
Nach Michelbinge auf den Weißen Höhen
Drei-Viertel-Stein
STOCK
Neuburg
Krickloch
TOR
Brandyschloß
BOCKLAND
DIE HECKE
Steingrube
WEIDENWINDE
ALTER WALD
Buckelstadt
Tukhang
Waldhof
DER BRUCH
Der Stockbach
Bockenburg-Fähre
Rohrholm
Felsmulden
GRÜNBERGLAND
WALDENDE
Distelbach
Tiefenhain
Hagsend
Weidengrund
OBERBRONN-MARSCHEN
SÜD-VIERTEL
AUENBRONN
Nach Sarnfurt
Nach Langgrund

len und Wölfen, mit denen man sich anderswo herumschlagen mußte, wie Märchen. Die Bewohner waren die Hobbits, ein seit dem Jahre 1601 D. Z. vom oberen Anduin zugewandertes Volk, dem König Argeleb II. von Arthedain das vormals von Menschen besiedelte, mit dem Niedergang der Dúnedain-Reiche aber verödete Gebiet überlassen hatte.
Die Hobbits lebten in kleinen Dörfern und vereinzelten Gehöften. Etwas dichter war die Besiedlung zwischen den Schärenhügeln im Norden und den Grünbergen im Süden. Am Fluß Wässer, der von den Nordmooren und dem Nordzipfel der Weißen Höhen herabfloß, lagen die Städte Hobbingen und Wasserau (als Städte galten Ortschaften mit mehr als einem Wirtshaus); bei der Steinbogenbrücke mündete der Fluß in den Baranduin. Das Auenland hatte keine Hauptstadt, doch galt die Ratshöhle des Bürgermeisters von Michelbinge als das wichtigste öffentliche Gebäude, und der Tháin oder Kriegshauptmann hatte seinen Sitz in Groß-Smials bei Buckelstadt in Tukland.
Die Hobbits teilten das Land grob in West-, Süd-, Ost- und Nordviertel ein. In allen Vierteln gab es brauchbares Ackerland; im Südviertel gestattete das milde Klima den Anbau von Wein und Tabak. Im felsigen Heideland des Nordviertels gediehen Hafer und Gerste. Das Westviertel hatte vor allem hügeliges Weideland, das Ostviertel die dichtbewaldeten Grünberge und das Marschgebiet am Baranduin. Seit dem Jahr 2340 wurde von der Sippe der Brandybocks auch der schmale Streifen Land am Ostufer des Baranduin bis an den Rand des Alten Waldes besiedelt (Bockland). Hier befand sich auch Brandyschloß, der große Smial der Familie Brandybock, umgeben von dem Dorf Bockenburg.
Durch das Auenland führte die Große Oststraße. Von ihr zweigte in südöstlicher Richtung die Straße über die Sarnfurt ab. Diese Straßen wurden jedoch selbst in Friedenszeiten nur wenig genutzt. Handel und Verkehr mit den Nachbarländern spielten im Leben der Hobbits keine Rolle.
Nach dem Ringkrieg erweiterte König Elessar das Auenland um die Westmark, das Gebiet zwischen den Fernen Höhen und den Turmbergen. Der König erklärte das Auenland zu einem freien Land unter seinem Schutz und verfügte, daß Menschen es nicht betreten durften. Er selbst kam bei einem Besuch im Jahre 1436 A. Z. nur bis zur Baranduin-Brücke. Der Bürgermeister von Michelbinge, der Thain und der Herr

von Bockland wurden zu Ratsherren des Nördlichen Königsreichs ernannt.
Vgl. AUENLAND-ZEITRECHNUNG, ARTHEDAIN, BOCKLAND, ERIADOR, GRÜNBERGE, HOBBINGEN, HOBBITS, MICHELBINGE; Karte S. 43.
R, Prolog; Anhang B.

AUENLAND-KALENDER
Die Hobbits hatten den *Königs-Kalender* der nördlichen Dúnedain-Reiche übernommen und die Namen der Monate und Wochentage in ihre eigene Sprache übersetzt. Zur Zeit des Ringkrieges waren diese Namen vielfach abgewandelt, zum Teil so, daß ihre ursprüngliche Bedeutung unkenntlich wurde. Von dem zu dieser Zeit in Mittelerde gebräuchlichen *Truchsessen-Kalender* unterschied sich der Auenland-Kalender nur wenig. Das Jahr hatte zwölf Monate zu je dreißig Tagen, plus fünf (in Schaltjahren sechs) Feiertage außerhalb der Monate: der erste und der letzte Tag des Jahres *(Jultage)* und die drei (vier) *Lithe-* oder Mittjahrstage zwischen dem 6. und dem 7. Monat. Das neue Jahr begann nach der Wintersonnenwende.
Ein kleiner Unterschied, auf den die Hobbits stolz waren, wurde zur Zeit Isengrims II. eingeführt, die sogenannte Auenland-Reform (ca. 1100 A. Z.): Der Mittjahrstag (und in Schaltjahren auch der auf ihn folgende Überlithe) wurde nicht mehr als Wochentag mitgezählt. Dadurch kam man zu einem Jahr von exakt 52 Wochen, was den Vorteil hatte, daß das gleiche Datum in jedem Jahr auf den gleichen Wochentag fiel. Das Jahr begann also immer mit einem *Stertag* (erster Wochentag) und endete mit einem *Hochtag* (7. Wochentag). Die Wochentage in der Reihenfolge: *Stertag, Sonntag, Montag, Trewstag, Hevenstag* (oder *Henstag*), *Merstag, Hochtag.* In den meisten Erzählungen aus dem Dritten Zeitalter sind die Wochentags- und Monatsnamen in moderne Entsprechungen übersetzt, ohne Berücksichtigung der Verschiebungen, die sich durch den früheren Jahresanfang und die unterschiedliche Länge der Monate ergeben müßten. Der 22. September (Frodos und Bilbos Geburtstag) war also einfach der 22. *Halimath* und fiel in jedem Jahr auf einen *Merstag* (der in seinem Charakter etwa unserem Donnerstag entsprach: der letzte volle Werktag; am *Hochtag* wurde ab Mittag gefeiert).

AUENLAND-KALENDER

(Zur Verwendung in allen Jahren)

(1) *Nachjul*					(4) *Astron*					(7) *Nachlithe*					(10) *Winterfilth*				
2. Jul	7	14	21	28	1	8	15	22	29	2. Lithe	7	14	21	28	1	8	15	22	29
1	8	15	22	29	2	9	16	23	30	1	8	15	22	29	2	9	16	23	39
2	9	16	23	30	3	10	17	24	–	2	9	16	23	30	3	10	17	24	–
3	10	17	24	–	4	11	18	25	–	3	10	17	24	–	4	11	18	25	–
4	11	18	25	–	5	12	19	26	–	4	11	18	25	–	5	12	19	26	–
5	12	19	26	–	6	13	20	27	–	5	12	19	26	–	6	13	20	27	–
6	13	20	27	–	7	14	21	28	–	6	13	20	27	–	7	14	21	28	–
(2) *Solmath*					(5) *Thrimidge*					(8) *Wedmath*					(11) *Blotmath*				
–	5	12	19	26	–	6	13	20	27	–	5	12	19	26	–	6	13	20	27
–	6	13	20	27	–	7	14	21	28	–	6	13	20	27	–	7	14	21	28
–	7	14	21	28	1	8	15	22	29	–	7	14	21	28	1	8	15	22	29
1	8	15	22	29	2	9	16	23	30	1	8	15	22	29	2	9	16	23	30
2	9	16	23	30	3	10	17	24	–	2	9	16	23	30	3	10	17	24	–
3	10	17	24	–	4	11	18	25	–	3	10	17	24	–	4	11	18	25	–
4	11	18	25	–	5	12	19	26	–	4	11	18	25	–	5	12	19	26	–
(3) *Rethe*					(6) *Vorlithe*					(9) *Halimath*					(12) *Vorjul*				
–	3	10	17	24	–	4	11	18	25	–	3	10	17	24	–	4	11	18	25
–	4	11	18	25	–	5	12	19	26	–	4	11	18	25	–	5	12	19	26
–	5	12	19	26	–	6	13	20	27	–	5	12	19	26	–	6	13	20	27
–	6	13	20	27	–	7	14	21	28	–	6	13	20	27	–	7	14	21	28
–	7	14	21	28	1	8	15	22	29	–	7	14	21	28	1	8	15	22	29
1	8	15	22	29	2	9	16	23	30	1	8	15	22	29	2	9	16	23	30
2	9	16	23	30	3	10	17	24	1. Lithe	2	9	16	23	30	3	10	17	24	1. Jul
					Mittjahrstag (Überlithe)														

Obenstehend der Auenland-Kalender (nach der englischen Ausgabe von *R* berichtigt. Das Hobbit-Jahr hatte natürlich 365 Tage und nicht, wie in den deutschen Ausgaben, nur 361).

Daß der *Neue Kalender,* den König Elessar nach dem Ringkrieg für das Vierte Zeitalter einführen ließ, im Auenland übernommen wurde, ist

unwahrscheinlich, obwohl den Heldentaten der Hobbits darin etliche Gedenktage gewidmet waren. Die Hobbits waren in solchen Dingen sehr konservativ.
Der Auenland-Kalender wurde in Bree auch von den Menschen übernommen.
Vgl. TRUCHSESSEN-KALENDER.
R, Anhang D (engl. Ausgabe).

AUENLAND-ZEITRECHNUNG (A. Z.)
Die Hobbits zählten das Jahr 1601 des Dritten Zeitalters (D. Z.), in dem sie den Brandywein nach Westen überschritten und das Auenland zu besiedeln begannen, als das Jahr 1 ihrer Geschichte. Abweichend davon galt in Bree, das den Auenland-Kalender übernommen hatte, das Jahr 1300 D. Z. als Beginn der lokalen Zeitrechnung.
Vgl. DREI ZEITALTER.
R, Prolog; Anhang D.

AULE
Ein Vala; Herr über alle Stoffe, die aus der Erde kommen, und Erfinder aller Techniken, deren Grundlage die Schmiedekunst ist. Zusammen mit Ulmo und Manwe hat er die Länder und Gebirge erbaut. In seinem technophilen Ehrgeiz ist er Melkor ähnlich, aber frei von dessen Begeisterung für Qualm und Feuer, ebenso wie von Eifersucht auf die Werke anderer. Die Zwerge soll er eigenhändig geschaffen haben, weil er das Erwachen der Kinder Ilúvatars nicht abwarten konnte. Ilúvatar ertappte ihn und zeigte ihm seine Grenzen: „Die Geschöpfe deiner Kunst leben nur aus deinem Sein; sie bewegen sich, wenn du gedenkst, sie zu bewegen, und wenn dein Gedenken anderswo weilt, stehen sie still." Weinend vor Scham über solchen Pfusch, wollte der große Nebenschöpfer sein Werk zertrümmern, da verzieh ihm Ilúvatar und schenkte den Zwergen eigenes Leben.
Obwohl selbst ein Technologe von der frommen und friedfertigen Art, der die Natur nur von den in ihr schlummernden Möglichkeiten entbinden wollte, hatte Aule doch manche Schüler, die sich den schwarzen Künsten der Naturbeherrschung zuwandten. Sauron war anfangs ein Maia aus seinem Gefolge, und auch Saruman wurde auf seinen Wunsch

nach Mittelerde entsandt. Seine Lieblingsschüler in Valinor waren die Noldor, und unter ihnen besonders Mahtan, Feanors Schwiegervater. Aules Gemahlin war die Erdgöttin Yavanna, die ihm wegen der baumfällenden Zwerge manche Stunde ehelichen Unfriedens bereitete.
Vgl. ARDA, ILÚVATAR, ZWERGE.
S, Valaquenta, II, VI; *Nachrichten,* IV, ii.

ÄUSSERE LEERE

Auch *Äußere Dunkelheit* (beides sind Übersetzungen von Quenya *Avakúma),* das Nichts, in das hinein *Ea* erschaffen wird: „Und sie (die Ainur) sahen eine neue Welt, und sie wölbte sich in die Leere und wurde von der Leere getragen, doch war sie nicht gleich ihr.“ Melkor ist lange dort gewandert, weil die Leere allein von Ilúvatars Willen frei ist und weil er vergebens hoffte, in ihr die Unverlöschliche Flamme zu finden; dabei ist er auf eigene Gedanken gekommen, die den anderen Valar fremd sind. Nach seiner Niederlage in der großen Schlacht am Ende des Ersten Zeitalters wurde er durch das Tor der Nacht aus den Mauern der Welt in die Leere hinausgestoßen, und dort geht er seither um, denn die Leere ist zeitlos. Sauron predigte in Númenor den Glauben an Melkor, den Fürsten des Alten Dunkels, aus dem die Welt erschaffen wurde.
Vgl. EA, MELKOR, UNVERLÖSCHLICHE FLAMME.
S, Ainulindale, XIX, XXIV, Akallabêth; *HME 4,* V.

AVALLÓNE

Vom Gipfel des Meneltarma konnten die weitsichtigen Menschen von Númenor (auf der noch ungekrümmten Erdoberfläche), wenn sie bei klarem Wetter nach Westen blickten, die Umrisse einer weißen Stadt mit einem hohen Turm erkennen. Dies war Avallóne (Q. „nahe bei Valinor“), die Stadt derjenigen Eldar, die am Ende des Ersten Zeitalters aus Mittelerde in den Westen gefahren waren und sich auf Tol Eressea niedergelassen hatten. Aus Avallóne kamen manchmal die ruderlosen Elbenschiffe nach Andúnië oder Eldalonde herübergefahren; dagegen durften Menschen Avallóne nicht betreten, denn es gehörte zu den Unsterblichen Landen. (Manche verirrten Seefahrer, die dennoch dort hingelangten, sollen dies sofort mit dem Leben bezahlt haben.)
Nachdem Aman und Tol Eressea aus den Kreisen der Welt entrückt

waren, wurden die Kais von Avallóne nicht mehr von Sonne und Mond, sondern von Lampen erhellt.
Vgl. Tol Eressea.
S, Akallabêth.

Avari
Q. „Die Widerstrebenden": Beiname derjenigen Elben, die sich gleich zu Anfang weigerten, die große Wanderung von Cuiviénen nach Aman mitzumachen. Die Eldar glaubten, daß die Avari teils verwildert, teils von Morgoth eingefangen und zur Züchtung der Orks benutzt worden seien. Zusammen mit den Nandor wurden die Avari oft auch als *Dunkelelben* bezeichnet.
Vgl. Elben, Orks.
S, III, X.

Azaghâl
Fürst der Zwerge von Belegost, fiel in der Nirnaeth Arnoediad, als er den Drachen Glaurung verwundete und vom Schlachtfeld vertrieb. Für Azaghâl soll der Drachenhelm angefertigt worden sein, den Túrin später an den Grenzen von Doriath trug.
S, XX; *Nachrichten,* I, ii.

Azanulbizar
Das Schattenbachtal (Sindarin *Nanduhirion*), vor dem Osttor von Khazad-dûm (Moria), nach Norden zu in einer Schlucht zwischen zwei großen Massiven des Nebelgebirges endend, wo der Schattenbachsteig zum Rothorn-Paß hinaufführt. Im südöstlichen Teil des Tales lag der Spiegelsee (Kheled-zâram), etwas unterhalb davon die in einen steinernen Brunnen gefaßte Quelle des Flusses Silberlauf.
Die *Schlacht im Schattenbachtal* war der Höhepunkt des großen Feldzugs gegen die Orks, zu dem sich die Zwerge aus den verschiedenen Wohnsitzen im Norden vereinigten, um den Tod ihres Königs Thrór zu rächen (2793–2799 D. Z.). Die Orks, aus ihren anderen Festungen im Gebirge vertrieben, sammelten sich in großer Zahl auf den Berghängen und hinter den Toren von Khazad-dûm. Der Sieg schien ihnen sicher, weil Thráin II. einen voreiligen Angriff unternahm, der unter großen Ver-

lusten zurückgeschlagen wurde. Aber als die Zwerge von den Eisenbergen eintrafen, wendete sich das Blatt. Zwar wurde ihr Fürst Náin von dem Orkhäuptling Azog erschlagen, aber gleich darauf beglich Dáin Eisenfuß, Náins Sohn, die Rechnung. Azogs Kopf wurde auf einen Pfahl gesteckt, und die Orks, soweit nicht massakriert, flüchteten nach Süden. Bis zu dieser Schlacht war das Tal bewaldet; nachher blieb es kahl: Die Zwerge holzten alle Bäume ab, um ihre vielen Toten zu verbrennen. Sie hatten keine Zeit, sie unter Steinen zu begraben, wie es ihre Sitten erforderten. Der Wald wuchs nicht nach.

Khazad-dûm konnten die Zwerge nach der Schlacht trotz ihres Sieges nicht wieder einnehmen. Hinter den Toren wartete der Balrog, der sich um die Kämpfe im Tal nicht gekümmert hatte.

Vgl. AZOG, DÁIN II., MORIA, THRÓR; Karte S. 250.

R, II, 6; Anhänge A und B.

AZOG

Häuptling der Orks im Nebelgebirge. In Moria brannte er seinen Namen in Zwergenrunen auf Thrórs abgeschlagenen Kopf ein und provozierte damit einen Rachekrieg der Zwerge, bei dem alle Orkfestungen im Gebirge gebrandschatzt wurden (2793–99 D. Z.). Dáin Eisenfuß erschlug ihn in der Schlacht von Azanulbizar.

Azog war vermutlich ein *Uruk* aus der Zucht von Dol Guldur. Sein Sohn Bolg befehligte die Orks in der Schlacht der fünf Heere.

Vgl. AZANULBIZAR, ORKS.

R, Anhang A.

R

Balar

Die große Insel in der gleichnamigen Bucht südlich von Beleriand, soll ursprünglich der abgebrochene Ostzipfel von Tol Eressea gewesen sein. In den flachen Gewässern der Bucht fischten die Elben von den Falas nach Perlen. Die ersten Boten, die Turgon in den Westen schicken wollte, kamen mangels seemännischer Fähigkeiten nur bis zu der Insel und schufen hier Zufluchtstätten. Nach der Eroberung von Brithombar und Eglarest bevölkerte sich die Insel mit Flüchtlingen von den Falas unter der Führung Círdans und Gil-galads. Vor Morgoth waren sie dort sicher, denn er hatte keine seefahrenden Völker zu Verbündeten. Die Bewohner der Insel unterstützten die Flüchtlinge an den Sirion-Mündungen und halfen ihnen beim Schiffbau.

Bei den großen Erderschütterungen am Ende des Ersten Zeitalters versank die Insel im Meer, Círdan, Gil-galad und viele aus ihrem Gefolge retteten sich nach Lindon.

Vgl. Karte S. 59.

S, X, XXIII, XXIV; *Nachrichten,* I, i.

Balchoth

Ein Volk aus dem Osten, primitiv bewaffnet, das wie die Wagenfahrer Pferde als Zugtiere statt zum Reiten benutzte. Im Jahre 2510 D. Z. setzte ein großes Heer der Balchoth, aus den Braunen Landen kommend, über den Anduin und verwüstete den Nordosten von Calenardhon. Der Truchseß Cirion rief aus dem fernen Norden die Éothéod zu Hilfe. Auf der Ebene des Celebrant (zwischen Celebrant und Limklar, südlich von Lórien) kam es zur Entscheidungsschlacht. Cirion war schon fast besiegt, als Eorls Reiter den Feinden in den Rücken fielen und sie über die Ebenen jagten.

Die Balchoth (sprich: *Balk-hoth*) waren nur eines von den vielen Völkern der Ostlinge, zwischen denen die Dúnedain nicht genau unterschieden. Der Name ist zusammengesetzt aus Westron *balc,* „widerlich", und Sindarin *hoth,* „Horde".

Vgl. Cirion, Eorl, Ostlinge, Rohan.
R, Anhang A; *Nachrichten,* III, ii.

Balin

Ein Zwerg aus Durins Volk, nahm an der Schlacht von Azanulbizar teil, folgte dann Thráin II. nach Dunland und in die Ered Luin, später auch auf seiner letzten Wanderung in den Osten. Bei dem Konzert, mit dem sich die Zwerge bei Bilbo Beutlin einführten, spielte Balin Bratsche. Er war der älteste von den zwölf Zwergen, mit denen Thorin Eichenschild zum Erebor zurückkehrte. Nachdem sich das Königreich dort unter Dáin Eisenfuß wieder gefestigt hatte, führte Balin 2989 D. Z. eine große Schar der Zwerge zurück in ihren alten Stammsitz in Moria. Dort wurde er fünf Jahre später am Spiegelsee von einem Ork aus dem Hinterhalt erschossen. Bald darauf fiel auch sein ganzes Gefolge dem Angriff der Orks zum Opfer. Balin wurde in der Kammer von Mazarbul begraben.
Vgl. Erebor, Moria.
R, II, 5; Anhang A; *H,* 1.

Balrog

Von Q. *Valarauko,* „mächtiger Dämon". Legolas' Pfeil glitt zu Boden, und Gimli ließ seine Axt fallen, als sie in Moria den Balrog sahen: Etwas „wie ein großer Schatten, in dessen Mitte sich ein dunkler Umriß abzeichnete, von Menschengestalt vielleicht, doch größer… Seine flatternde Mähne fing Feuer und brannte hinter ihm lichterloh. In seiner rechten Hand war eine Klinge wie eine zustoßende Flamme, in der linken hielt es eine Peitsche mit vielen Riemen." Keiner der Gefährten bis auf Gandalf hatte je einen Balrog gesehen, aber wer sich in den Überlieferungen auskannte, hatte von diesen funkenstiebenden Burschen zumindest gehört. Denn im Ersten Zeitalter waren die Balrogs wohlbekannt; sie traten in allen großen Schlachten von Beleriand als Morgoths Elitetruppe oder als Kommandanten der Ork-Bataillone in Erscheinung. Ihr Fürst war Gothmog, der den Angriff auf Gondolin befehligte. Sie waren Maiar oder andere urzeitliche Geister niederen Ranges, die Morgoth in seinen Dienst gezogen und mit ihrer flammenden Gestalt ausgestattet hatte. Obwohl unbezweifelbar intelligent, sprachen sie nicht, sondern verständigten sich untereinander und mit anderen Geschöpfen

durch Rauch- und Flammenzeichen, Drohgebärden und Suggestion. Hätten sie eine Sprache gehabt, so wäre der Imperativ darin der einzige Modus gewesen: Alles, was sie sagten, war Befehl. (Das blasse Abbild einer solchen Sprache ist die Sprache der Nazgûl.)
Im Krieg des Zorns am Ende des Ersten Zeitalters wurden die meisten Balrogs vernichtet, aber einige entkamen und verkrochen sich „unter den Wurzeln der Erde“. Ob sie, nachdem Morgoth aus der Welt verstoßen war, auch Sauron dienten, ist fraglich. Der Balrog von Moria, den Gandalf besiegte, hatte in die Schlacht von Azanulbizar, die doch vor seiner Haustür stattfand, nicht eingegriffen; offenbar waren die Streitigkeiten der Zwerge mit den Orks ihm gleichgültig.
Vgl. Gothmog, Maiar, Moria.
S, Valaquenta; *R,* II, 5; III, 5; *Briefe,* 144, 210.

Bann der Valar
Den Númenórern wurde zu Beginn des Zweiten Zeitalters von den Valar ein Verbot auferlegt: Niemals durften sie nach Eressea oder außer Sichtweite des eigenen Landes nach Westen segeln. Sie fügten sich zunächst; aber schon bevor Sauron zu ihnen kam, glaubten sie, auf diese Weise werde ihnen die Unsterblichkeit vorenthalten. Unter ihrem König Pharazôn brachen sie den Bann. Da griff Eru in den Bau der Welt ein: Ein Abgrund zwischen den sichtbaren und den unsichtbaren Dingen wurde aufgerissen, in dem Númenor versank. Seither ist Arda rund, und Valinor ist nur auf dem Geraden Weg noch zu erreichen.
Vgl. Arda, Gerader Weg, Númenor, Pharazôn.
S, Akallabêth; *R,* Anhang A.

Barad-dûr
Sindarin für „dunkler Turm“, der Schrecken aller Elben, Menschen, Hobbits und Zwerge; ein Name, den man, wenn überhaupt, dann nur flüsternd aussprach. Selbst die Orks waren froh, wenn sie *Lugbúrz* – so der Name in der Schwarzen Sprache – nicht zu nahe kamen.
Wenige haben Saurons Festung je gesehen, denn sie war meistens von schwarzen Wolken verhüllt. Auch Frodo, der nah genug daran vorüberkam, sah nur für einen Augenblick, als die Wolken einmal aufrissen, „grausame Zinnen“ in der Ferne, überragt von einem riesigen Turm mit

eiserner Kuppel, „schwärzer und dunkler als die gewaltigen Schatten, in deren Mitte er stand". Die Kuppel, ähnlich wie die des Turms von Minas Morgul, war drehbar, und in ihr war das Fenster für das Lidlose Auge, aus dem eine rote Flamme hervorstieß.

Sauron hatte den Turm in den Dunklen Jahren des Zweiten Zeitalters erbaut. Kräfte des Erdinnern, die er in den Herrscherring eingeschlossen hatte, hielten die Grundmauern zusammen; darum konnten sie nach der Eroberung von Barad-dûr im Krieg des Letzten Bündnisses nicht zerstört werden. Erst als der Ring der Erde zurückgegeben wurde, fiel die ganze schwarze Herrlichkeit unter gewaltigen Erschütterungen in sich zusammen.

Barad-dûr diente ähnlichen Zwecken wie Angband im Ersten Zeitalter. Es stand auf einem südlichen Vorsprung des Aschengebirges und umfaßte Bergwerke, Waffenschmieden, Folterkammern, Zucht- und Dressuranstalten, in denen neue Rassen von Kampforks und anderen Unwesen erprobt wurden. Vor allem aber war es – anders als die Thangorodrim von Angband – ein Ausguck, ein Kontrollturm. Von dort aus überwachte Sauron mit flammendem Blick, ob alles in der Welt seinen schlimmstmöglichen Verlauf nahm.

Nach seiner Vertreibung am Ende des Zweiten Zeitalters konnte Sauron lange nicht nach Barad-dûr zurückkehren. Seine wichtigsten Stützpunkte in dieser Zeit waren Dol Guldur, Angmar und Minas Morgul, wo die Nazgûl etwa seit 2000 D. Z. seine Rückkehr vorbereiteten. Als der Weiße Rat gegen Dol Guldur vorging, zog sich Sauron von dort scheinbar zurück. Aber bald darauf sah man in Gondor mächtige Rauchwolken vom Orodruin aufsteigen, und man wußte: Sauron war wieder da. Scharen von Ork-Sklaven wurden verbraucht, um den Turm in wenigen Jahren neu aufzubauen. Zur Zeit des Ringkrieges waren viele zukunftsweisende Techniken, die dort ersonnen wurden, noch im Stadium der Entwicklung.

Vgl. Angband, Herrscherring, Mordor, Sauron; Karte S. 99.

R, VI, 3, 4; Anhänge A und B; *S,* Von den Ringen …

Barahirs Ring

Auch Felagunds Ring genannt; er zeigte das Wappen des Hauses Finarfin: „zwei Schlangen, deren Köpfe sich unter einer Krone goldener Blumen trafen, welche die eine hochhielt, während die andere sie verschlang." Finrod hatte ihn aus Valinor mitgebracht. Er gab ihn Berens Vater Barahir, der ihn in der Dagor Bragollach aus einer gefährlichen Lage gerettet hatte, und schwor dazu einen Eid, Barahir und jedem aus seiner Sippe in der Not Freundschaft zu erweisen. Unter Vorweis des Rings erbat und erhielt Beren Finrods Hilfe bei seiner aussichtslosen Fahrt nach dem Silmaril.

Der Ring wurde als Erbstück der Herren von Andúnië aufbewahrt (die ebenso wie Beren vom Volk Beors abstammten) und kam nach dem Untergang von Númenor im Besitz Isildurs nach Mittelerde. Arvedui, der letzte König von Arthedain, gab ihn kurz vor seinem Tod als Dankeszeichen für geleistete Hilfe den Lossoth in der Eisbucht von Forochel. Von Arveduis Nachkommen wurde er später wieder ausgelöst. Aragorn gab den Ring Arwen, als er sich in Lothlórien mit ihr verlobte.

Vgl. Arvedui, Beren, Finrod.

S, XVIII, XIX; *R,* Anhang A, I, 3.

Baranduin

Fluß in Eriador, entsprang im Nenuial-See, floß nach Süden, dann nach Südwesten und mündete zwischen Minhiriath und Harlindon ins Meer. In seinem oberen Abschnitt bildete er die Ostgrenze des Auenlands. Die Große Oststraße überquerte den Fluß auf der Steinbogenbrücke, die die Könige von Arnor erbaut hatten; der wichtigste Übergang nach Süden war die Sarnfurt.

Der Name bedeutet im Sindarin „brauner Fluß". In der Hobbitsprache hieß der Fluß *Branda-nîn* (Grenzwasser), was zu *Bralda-hîm* (berauschendes Bier) verballhornt wurde, in der Übersetzung mit *Brandywein* wiedergegeben.

Vgl. Auenland, Eriador; Karte S. 99.

R, Anhang F, 2.

Bard

Ein Bogenschütze aus Esgaroth, Nachkomme König Girions von Thal, tötete den Drachen Smaug. Wie alle berühmten Drachentöter war er von ein wenig grimmiger, pessimistischer Geistesart; ständig warnte er vor Überschwemmungen und vergifteten Fischen. Bevor er den tödlichen

Schuß abgab, sah man ihn mit einer Drossel reden; dann sprach er auf den Pfeil ein – ein schwarzes Erbstück seiner Familie. Als Anführer der Menschen nahm er an der Schlacht der fünf Heere teil und stellte mit seinem Anteil an dem Drachenhort das Königreich Thal wieder her. Im Jahr 2977 D. Z. folgte ihm sein Sohn Bain auf dem Thron. In gutem Einvernehmen mit den Zwergen weitete Thal seine Macht nach Süden und Osten aus.
Vgl. THAL, SCHLACHT DER FÜNF HEERE, SMAUG.
H, 14; *R,* Anhang B.

BAUMBART
Der älteste der Ents, die zu den ältesten Lebewesen von Mittelerde gehörten. „Baumbart“ war die Übersetzung seines Sindarin-Namens *Fangorn* – und so hieß zugleich der Wald, den er behütete. Aber sein wirklicher Name war unaussprechlich lang, denn sein Name war seine ganze Geschichte und durch alle Zeitalter mit ihm gewachsen.
Baumbart war wahrhaft baumlang (über vier Meter), von menschen- oder trollähnlicher Gestalt. „Ob er in einen Stoff, der wie grüngraue Rinde aussah, gekleidet war oder ob das seine Haut war, konnte man schwer sagen ... Die großen Füße hatten je sieben Zehen. Der untere Teil des langen Gesichts war mit einem wallenden grauen Bart bedeckt, buschig, fast zweigartig an den Wurzeln, dünn und moosig an den Enden.“ Bei seinen Bewegungen schien er ohne Gelenke auszukommen. Wenn er regungslos dastand, konnte man ihn für einen alten Baumstamm halten. Er wohnte in *Quellhall*, einer Laube am Fuß des Methedras.
Aus den Kriegen der Völker von Mittelerde hielt sich Baumbart für gewöhnlich heraus: „Ich bin nicht ganz und gar auf der Seite von irgend jemandem, denn niemand ist ganz und gar auf meiner Seite.“ Treu stand er zu seiner hoffnungslosen Sache: Der Verteidigung der letzten freien Bäume gegen Holzfäller, Forstwirte und Straßenbauer. (Aber er gestattete Legolas und Gimli eine Besichtigung; vom Tourismus ahnte er wohl noch nichts.) Doch die unmittelbare Gefahr für seinen Wald ging von Isengart aus, und darum rief er während des Ringkrieges die Ents zu einem Thing zusammen, bei dem es ihm gelang, sie zu einer gewaltigen Empörung aufzurütteln.
Vgl. ENTS, FANGORN, HUORNS, OLVAR.
R, III, 4.

BELEG

Auch *Beleg Cúthalion,* „Mächtiger Bogen“ oder Beleg Langbogen genannt: ein Sinda aus Doriath, Hauptmann der Grenzwachen. Von ihm erlernte Túrin das Waffenhandwerk. Als Túrin aus Doriath geflohen war, folgte ihm Beleg und überredete ihn, seine Räuberbande als Kampftrupp gegen die Orks einzusetzen. Bald hieß die Gegend um ihr Hauptquartier auf dem Amon Rûdh *Dor-Cúarthol,* das Land von Bogen und Helm, oder auch das Land der Zwei Kapitäne. Als die Orks Túrin gefangengenommen hatten, befreite ihn Beleg; dabei wurde er von Túrin, der ihn im Dunkeln für einen Feind hielt, mit seinem eigenen Schwert Anglachel erschlagen. Túrin begrub ihn und legte ihm seinen schwarzen Eibenholzbogen Belthronding ins Grab. Er machte ein Lied für ihn, *Laer Cú Beleg,* das Lied vom Großen Bogen. Das Schwert Anglachel, das vor Trauer stumpf geworden war, ließ er in Nargothrond neu schleifen und nannte es Gurthang.

Vgl. DORIATH, GURTHANG, TÚRIN.

S, XXI; *Nachrichten,* I, ii.

BELEGAER

S. „das große Meer“ im Westen, auch *Westmeer* oder *Scheidemeer* genannt, zwischen Mittelerde und Aman. Um Aman für Schiffe aus Mittelerde unerreichbar zu machen, wurden nach der Vernichtung der Zwei Bäume und der Flucht der Noldor die *Schattigen* oder *Verwunschenen Inseln* ins Meer gesetzt, die den Seefahrer in die Irre (und in den Schiffbruch) führten. Jedenfalls scheint vor Earendil niemandem die Überfahrt gelungen zu sein, und von den Seefahrern, die den Versuch gewagt hatten, kehrte außer Voronwe keiner zurück.

Nach dem Untergang von Beleriand wurde etwa in der Mitte zwischen den beiden Kontinenten die große Insel Númenor ins Meer gesetzt. Außerdem sollen einige Punkte des einstigen Landes als Inseln über die Wasserfläche aufgeragt haben, zum Beispiel Tol Morwen mit dem Grabstein Túrins, Niënors und ihrer Mutter Morwen. (Authentische Seekarten, auf denen sie verzeichnet wären, gibt es nicht.) Nachdem Valinor am Ende des Zweiten Zeitalters aus der sichtbaren Welt entrückt war, wurde das Westmeer so uninteressant wie unser Atlantischer Ozean:

„Und jene, die weit fuhren, kamen bloß zu den neuen Ländern und fanden, sie waren wie die alten und kannten den Tod."
Vgl. AMAN, ARDA.
S, XI, XXII; Akallabêth.

BELEGOST

S. „Große Festung", Khuzdul *Gabilgathol,* eine der beiden großen Höhlenstädte der Zwerge am Osthang der Ered Luin, nördlich von Nogrod und vom Berg Dolmed. Die Naugrim von Belegost arbeiteten viel und gern für Thingol und Melian; der Palast von Menegroth wurde von ihnen in einen Berg gegraben. Von Melian wurden sie mit weisen Lehren, von Thingol mit Perlen belohnt. In den Kriegen gegen Morgoth kämpften sie auf seiten der Elben. Ihr Fürst Azaghâl war ein Freund des Noldorfürsten Maedhros. In Belegost sollen zuerst Kettenpanzer angefertigt worden sein.

Im Krieg zwischen Nogrod und Doriath verhielt sich Belegost neutral, doch ist zweifelhaft, ob nicht auch Zwerge aus Belegost in die Streitigkeiten um das Nauglamír verwickelt waren.

In der großen Schlacht am Ende des Ersten Zeitalters wurde Belegost zerstört, doch sollen im südlichen Teil der Ered Luin noch im Dritten Zeitalter Überreste erhalten gewesen sein.

Von den Elben wurden die Zwerge von Belegost als die *Langbärte* bezeichnet, weil ihre Bärte manchmal bis zur Erde hinabreichten.

Vgl. AZAGHÂL, ERED LUIN; Karte S. 59.
S, X, XX, XXII; *HME 10* (83).

BELERIAND

Das große Land beiderseits des Sirion, wo sich diejenigen Elben niederließen, die dem Vala Orome zu Beginn des Ersten Zeitalters zwar bis weit nach Westen, aber nicht übers Meer bis nach Valinor gefolgt waren (die Sindar). Das „sternbeschienene Beleriand" vor dem Aufgang von Mond und Sonne ist die wahre Heimat der Elben, ihre älteste Erinnerung an die Zeit, als die Welt jung war.

Der Name Beleriand soll ursprünglich „Land von Balar" bedeutet haben und nur für das Gebiet an der Sirionmündung gebraucht worden sein, später für das ganze Land westlich der Ered Luin und südlich der Ered

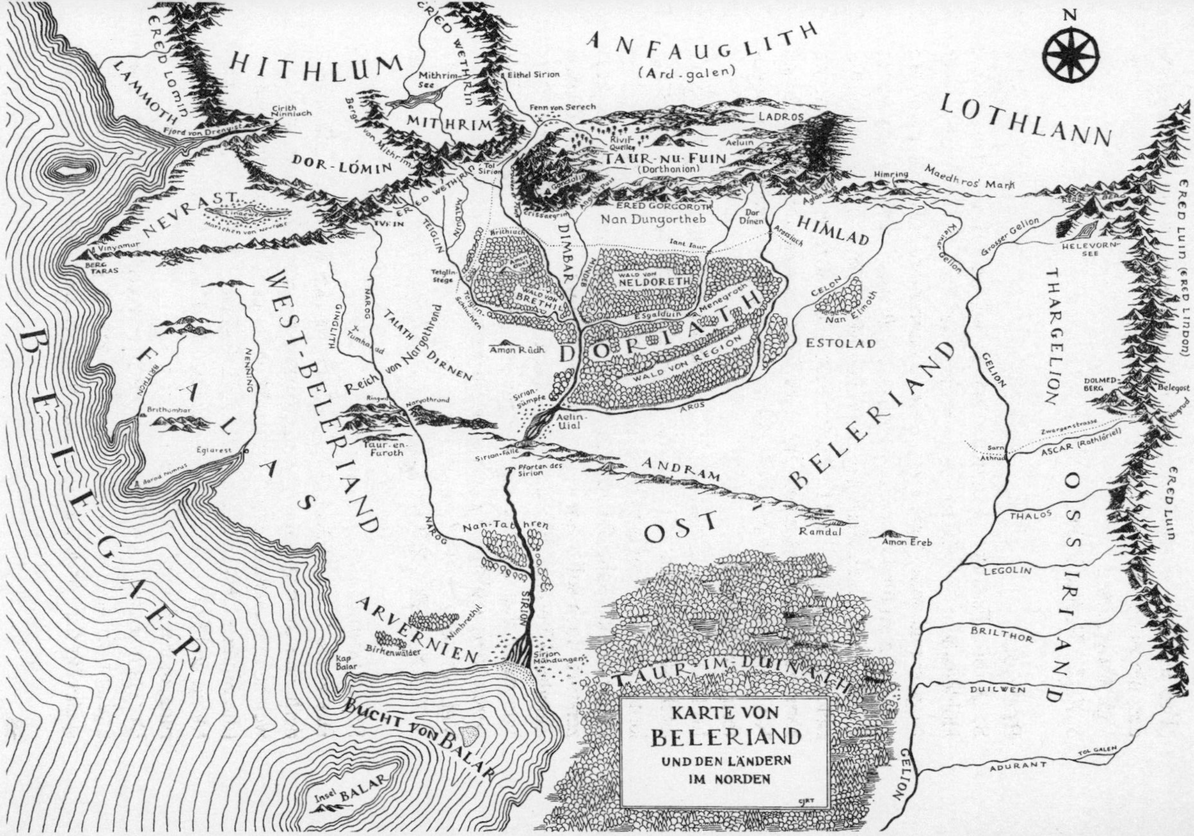
KARTE VON
BELERIAND
UND DEN LÄNDERN
IM NORDEN
ANFAUGLITH
(Ard-galen)
LOTHLANN
HITHLUM
MITHRIM
Mithrim-See
Eithel Sirion
ERED WETHRIN
ERED LÓMIN
LAMMOTH
Cirith Ninniach
Fjord von Drengist
Berge von Mithrim
DOR-LÓMIN
NEVRAST
Linaewen
Marschen von Nevrast
Vinyamar
BERG TARAS
Fenn von Serech
LADROS
Rivil-Quelle
Aeluin
TAUR-NU-FUIN
(Dorthonion)
Tol Sirion
Himring
Maedhros' Mark
ERED GORGOROTH
Nan Dungortheb
Dor Dínen
HIMLAD
Aros-Furt
Iant Iaur
Brithiach
DIMBAR
MINDEB
Teiglin-Stege
Teiglin-Schluchten
WALD VON BRETHIL
WALD VON NELDORETH
Menegroth
Esgalduin
DORIATH
WALD VON REGION
AROS
CELON
Nan Elmoth
ESTOLAD
Amon Rûdh
Sirion-Sümpfe
Aelin-Uial
Sirion-Fälle
Pforten des Sirion
ANDRAM
Ramdal
Amon Ereb
OST BELERIAND
BELERIAND
WEST-BELERIAND
TALATH DIRNEN
Reich von Nargothrond
Nargothrond
Ringwil
Tumhalad
NAROG
GINGLITH
TEIGLIN
MALDUIN
IVRIN
Taur-en-Faroth
Nan-Tathren
SIRION
Sirion Mündungen
ARVERNIEN
Nimbrethil
Birkenwälder
Kap Balar
BUCHT VON BALAR
Insel BALAR
TAUR-IM-DUINATH
FALAS
NENNING
BRITHON
Brithombar
Eglarest
Barad Nimras
BELEGAER
GELION
Kleiner Gelion
Grosser Gelion
HELEVORN-SEE
THARGELION
DOLMED-BERG
Belegost
Nogrod
Zwergenstrasse
ASCAR (Rathlóriel)
Sarn Athrad
ERED LUIN (ERED LINDON)
ERED LUIN
OSSIRIAND
THALOS
LEGOLIN
BRILTHOR
DUILWEN
ADURANT
TOL GALEN
N

Wethrin. Der Sirion teilte es in West- und Ost-Beleriand. Die lange Hügelkette von Andram trennte den Norden vom wenig bevölkerten Süden. Im Herzen des Landes lagen die großen Elbenkönigreiche von Doriath und Nargothrond.
Menschen kamen nur wenige nach Beleriand: zuerst nur die aus den Drei Häusern der Edain. Einige siedelten sich in Estolad an, einige im Wald von Brethil (die Haladin), manche traten in den Dienst der Elbenfürsten; und viele zogen weiter in die nördlichen Länder, wo sie als Verbündete im ewigen Krieg gegen den dunklen Herrscher Morgoth besonders willkommen waren.
Bei den Erschütterungen der Welt durch die große Schlacht am Ende des Ersten Zeitalters versank Beleriand im Meer; nur ein Stück der Ered Luin blieb westlich von Eriador erhalten. Für die Menschen und Hobbits im Dritten Zeitalter war Beleriand ein Reich der Sage. Doch manche der Elben (Galadriel, Elrond, Círdan) hatten es gekannt.
Vgl. DORIATH, EDAIN, NARGOTHROND, SINDAR, SIRION; Karte S. 59.
R, Anhang A; *S,* passim.

BELFALAS
Die Südküste von Gondor zwischen den Mündungen der Flüsse Gilrain und Ringló. Belfalas war das Lehen der Fürsten von Dol Amroth. Die Burg der Fürsten lag auf einer Halbinsel südlich des alten Elbenhafens Edhellond. Der östliche Teil des Gebiets hieß Dor-en-Ernil, „Land des Fürsten" (weil er in einer früheren Zeit noch nicht ganz Belfalas in Besitz genommen hatte). Die Menschen dort waren von númenórischer Abkunft. Vor der Belagerung von Minas Tirith kam Fürst Imrahil mit einer Schar Ritter von Dol Amroth in die Stadt.
Nach diesem Teil der Küste wurde die große Meeresbucht im Süden die Bucht von Belfalas genannt. In der Bucht lag die Insel Tolfalas.
Vgl. AMROTH UND NIMRODEL, DOL AMROTH, GONDOR; Karte S. 99.
R, V, 1; *Nachrichten,* II, iv.

BEOR
Genannt Beor der Alte, der Führer der ersten Menschen, die über die Ered Luin nach Beleriand kamen. In Ossiriand, am Oberlauf des Thalos, begegneten sie dem Elbenkönig Finrod Felagund. Dessen Weisheit und

Sangeskunst machten Beor solchen Eindruck, daß er sein Volk in Estolad verließ, in Finrods Dienst trat und ihm nach Nargothrond folgte. Von Geburt hieß er Balan; Beor war ein Beiname, der in der Sprache seines Volkes „Vasall“ bedeutete: Seine Ergebenheit gegen den Elbenkönig ging manchen zu weit. Als später viele aus seinem Volk nach Dorthonion zogen, wurde seinem Urenkel Boromir die Herrschaft über die dortigen Menschen verliehen; diese nannte man das Volk Beors, das Haus Beor oder das Erste Haus der Edain. Die Menschen aus dem Haus Beor waren meist dunkelhaarig und grauäugig; sie sahen den Noldor ähnlich, bei denen sie auch wegen ihrer Neugier und Intelligenz sehr beliebt waren. Sie gaben die eigene Sprache auf und übernahmen das Sindarin. In Númenor lebten die meisten Menschen dieser Abstammung im Westen der Insel, in der Gegend um Andúnië; aus ihren Familien kamen viele der Getreuen.
Beors berühmtester Nachkomme war Beren.
Vgl. Edain, Menschen.
S, XVII; *Nachrichten,* II, ii.

Beorn
Ein bärenstarker Mensch, dessen Haus in einem Eichenwald zwischen Anduin und Düsterwald stand. Bilbo, Gandalf und die dreizehn Zwerge mußten sich paarweise bei ihm einfinden, denn Beorn hätte so viele Leute auf einmal nicht ertragen. Er hatte Rinder, Pferde und Bienen und ernährte sich fleischlos von Milch und Honig. Nachts verwandelte er sich in einen Bären und ging Orks und Wölfe jagen. Seine Berserkerwut entschied die Schlacht der fünf Heere.
Beorns Verwandte und Nachkommen, die Beorninger, geführt von seinem Sohn Grimbeorn dem Alten, hielten in den Jahren vor dem Ringkrieg die Carrock-Furt und den Hohen Paß über das Nebelgebirge offen (und erhoben dafür einen ansehnlichen Wegzoll).
H, 7, 18; *R,* II, 1.

Bereg
Ein Urenkel Beors, Anführer der Unzufriedenen in Estolad. Er fand, das Leben der Menschen sei zu kurz, um es in den Kriegen der Eldar gegen Morgoth zu opfern. Er führte tausend Menschen fort nach Süden und

über die Berge nach Eriador. Auch viele Anhänger Amlachs schlossen sich ihm an.
Vgl. AMLACH, ESTOLAD, MENSCHEN.
S, XVII.

BEREGOND
Ein Soldat vom dritten Wachbataillon der Zitadelle von Minas Tirith. Er hatte gerade dienstfrei und war imstande, Pippins dringliche Frage nach einem zweiten Frühstück zu beantworten. Bei den Grabstätten der Könige und Truchsesse erschlug er drei Mann, um Faramir vor Denethors Scheiterhaufen zu retten. Dafür wurde er später von König Elessar symbolisch bestraft: Er mußte aus der Wache ausscheiden und Minas Tirith verlassen; dafür wurde er Hauptmann von Faramirs Leibwache und ging mit ihm nach Ithilien. In der Schlacht vor dem Morannon kämpfte er in vorderster Reihe, Seite an Seite mit Pippin.
Vgl. DENETHOR, MINAS TIRITH.
R, V, 1, 7, 10; VI, 5.

BEREN
Barahirs Sohn, der Held des Leithian-Liedes, Lúthiens Geliebter. Beren ist ein Held von einfacherem Charakter als Túrin: ein tapferer Mann, der ein außerordentliches Schicksal auf sich nimmt; bei seinen Taten führen ihm höhere Mächte die Hand.
Als letzter Überlebender des Bandenkriegs in Dorthonion rettete er Barahirs Ring vor den Orks, hielt vier Jahre lang Saurons Heere in Atem und flüchtete schließlich über die Ered Gorgoroth und Nan Dungortheb nach Doriath. Als er dort Lúthien begegnete, war er alles andere als ein Märchenprinz: ein gehetzter, narbenreicher Bandit, schon etwas grau und krummrückig. Daß einer wie er vor Thingol hintrat und um die Hand der Königstochter anhielt, wirkte wie Hohn, und Beren selbst hätte es ohne Melians und Lúthiens Zutun gar nicht gewagt. Thingol hatte seiner Tochter versprochen, nichts gegen Beren zu unternehmen; um ihn aber trotzdem auf anständige Art loszuwerden, verlangte er einen unmöglichen Brautpreis: einen Silmaril aus Morgoths Krone.
Der Elbenkönig ahnte nicht, was er damit auslöste. Zunächst stürzte Beren Nargothrond in Verwirrung, denn Finrod Felagund legte die Krone

nieder, um den Eid erfüllen zu können, den er Barahir geleistet hatte. Mit nur zehn Gefährten zogen sie nach Norden, aber weiter als bis in den Kerker von Tol-in-Gaurhoth kamen sie nicht. Felagund opferte sein Leben, und auch um Beren stand es schlecht; doch da trat Lúthien auf den Plan und zeigte, was in ihr steckte. Mit Hilfe des großen Jagdhundes Huan wurden Sauron und seine Werwölfe besiegt, alle Gefangenen befreit und die Mauern der Festung mit Zaubergesängen niedergelegt. Durch Lúthiens Künste in die Felle des Werwolfs Draugluin und der Fledermaus Thuringwethil gesteckt, kamen sie bis in Morgoths große Halle in Angband, und mit dem Messer Angrist schnitt Beren einen Silmaril aus der Eisenkrone.

Aber bevor Beren den Silmaril Thingol übergeben konnte, mußte er sich noch mit dem Höllenhund Carcharoth auseinandersetzen, der ihm die Hand abbiß, in der er den Edelstein trug. Daraufhin wurde er *Erchamion,* der Einhänder, genannt; er selbst aber nannte sich *Camlost,* der mit der leeren Hand, nämlich der linken, in der kein Silmaril war.

Nach einer großen Jagd in den Wäldern am Esgalduin, bei der sowohl Beren wie Carcharoth und Huan den Tod fanden, hätte die Geschichte ein logisches, wenngleich trauriges Ende gehabt; aber dabei blieb es nicht. Denn auf Lúthiens Bitten wurde Beren von den Valar ein zweites Leben gewährt, das sie zusammen auf der Insel Tol Galen im Adurant verbrachten: ein glückliches Leben, ereignislos bis auf die Schlacht mit den Zwergen bei Sarn Athrad.

Berens Ehe mit Lúthien war die eine der beiden Vereinigungen zwischen den Zwei Geschlechtern. Über ihren Sohn Dior und dessen Tochter Elwing wurden sie die Vorfahren Elronds und Elros' und der Könige von Númenor.

Vgl. BARAHIRS RING, CARCHAROTH, DORTHONION, FINROD, LÚTHIEN, SILMARIL, THINGOL, ZWEI GESCHLECHTER.
S, XIX, XXII.

BERGIL

Beregonds zehnjähriger Sohn. Er war schon größer als ein ausgewachsener Hobbit und hätte mit Pippin gern einmal gerauft. Seine größte Sorge war, daß man ihn mit den Mädchen aus der vom Krieg bedrohten Stadt fortschicken könnte. Während der Schlacht auf dem Pelennor erle-

digte er Botengänge für die Häuser der Heilung. Er brachte Aragorn endlich sechs nicht mehr ganz frische Blätter Athelas.
Vgl. MINAS TIRITH, PELENNOR, PEREGRIN TUK.
R, V, 1, 8.

BERÚTHIEL
Gandalf finde den Weg in dunkler Nacht so sicher wie die Katzen der Königin Berúthiel, sagte Aragorn zur Beruhigung der Gefährten in den Stollen von Moria. Berúthiel, die Gattin Tarannon Falasturs, des zwölften Königs von Gondor (830–913 D. Z.), war eine sprichwörtliche Katzennärrin. Sie soll ihre Katzen abgerichtet haben, die Geheimnisse ihrer Nachbarn auszuspionieren. Sie schenkte ihrem Mann keine Kinder und war auch sonst unausstehlich. Der König setzte sie schließlich mit allen ihren Katzen auf ein Schiff und ließ sie bei Nordwind aufs Meer hinaus treiben. Zuletzt wurde das Schiff gesehen, „wie es unter einem Sichelmond an der Küste von Umbar vorbeiflog, mit einer Katze auf der Mastspitze und einer anderen als Galionsfigur am Bug".
R, II, 4; *Nachrichten,* IV, ii.

BEUTLIN
Eine geachtete und wohlhabende Hobbitfamilie, ursprünglich vor allem in Hobbingen ansässig, später über das Auenland verteilt und mit den anderen angesehenen Familien vielfach verschwägert. Die beiden berühmtesten Träger dieses Namens, BILBO BEUTLIN und FRODO BEUTLIN, waren mütterlicherseits mit den Tuks und Brandybocks verwandt.
H, 1, 19; *R,* Prolog; Anhang C.

BILBO BEUTLIN
Alles begann mit dem Satz: „In einem Loch im Boden, da lebte ein Hobbit." Aus dem Loch im Boden wurde bald eine Höhle und später ein behaglicher Smial, aber Hobbit blieb Hobbit; und nun mußte erst erforscht werden, was denn Hobbits seien.
Insofern ist Bilbo der Ur-Hobbit und der Stammvater des ganzen Auenland-Volkes, obwohl er in den Ahnentafeln einen bescheideneren Platz einnimmt. Er stammte väterlicherseits von den biederen Beutlins und mütterlicherseits von den wohlhabenden, aber nicht ganz respektablen

Tuks ab und verbrachte die ersten fünfzig Jahre seines Lebens in beschaulicher Genügsamkeit. Nur Gandalfs prophetischer Scharfblick konnte Eigenschaften an ihm erkennen, die ihn zum Abenteurer, Meisterdieb und Ringfinder disponierten.

Durch seine Taten bei der Fahrt zum Erebor wurde Bilbo für lange Zeit der berühmteste seines Volkes und galt als Musterexemplar eines Hobbits – nur nicht im Auenland selbst. Hier war er nach seiner Rückkehr ein reicher, kauziger Außenseiter. Er heiratete nicht und hatte keine Kinder, adoptierte aber seinen Neffen Frodo Beutlin. Nur ein paar junge Männer aus den Familien Tuk und Brandybock interessierten sich für seine Geschichten.

Den Herrscherring, den er in den Stollen im Nebelgebirge gefunden hatte, verwendete er nur, um sich unsichtbar zu machen, wenn lästige Verwandte wie die Sackheim-Beutlins auftauchten. Was es sonst noch damit auf sich hatte, davon ahnte er nichts. Das mächtigste Zauberwerk des Dunklen Herrschers, dazu geschaffen, alle Völker der Welt zu knechten, war in der Hosentasche des Hobbits nicht viel mehr als ein Scherzartikel. So gewann der Ring nur wenig Macht über ihn. Von allen Besitzern des Ringes war Bilbo der einzige, der ihn freiwillig hergab.

Am 22. September 1401 A. Z., seinem 111. Geburtstag, verabschiedete er sich von Beutelsend mit einem großen Fest und verschwand auf Nimmerwiedersehn. All seinen Besitz, auch den Ring, hinterließ er Frodo. Die letzten zwanzig Jahre seines Lebens verbrachte er in Bruchtal. Dort widmete er sich gelehrten Studien. Er dichtete, übersetzte Lieder aus den Elbensprachen und stellte den größten Teil des *Roten Buchs der Westmark* zusammen. Am Ende des Dritten Zeitalters fuhr er zusammen mit Frodo und den Trägern der drei Elbenringe in den Alten Westen. Da war er hunderteinunddreißig Jahre alt: älter, als je ein Hobbit geworden war. Um an der Fahrt zum Schicksalsberg teilzunehmen, war er nach Ansicht der Weisen nicht mehr rüstig genug.

Vgl. AUENLAND, EREBOR, HERRSCHERRING, HOBBITS, MEISTERDIEB, SMAUG.

H, passim; *R,* I, 1; II, 1, 2; *Nachrichten,* III, iii.

Blaue Berge

Die lange, von Norden nach Süden verlaufende Gebirgskette, die im Ersten Zeitalter Eriador von Beleriand trennte. Beim Untergang von Beleriand blieb ein Teil des Gebirges erhalten. Es bildete im Zweiten und Dritten Zeitalter die Westgrenze von Eriador. Westlich davon lag der schmale Küstenstreifen von Lindon, ein Rest des alten Ossiriand, nun das Land der Elben, die Gil-galad und später Círdan von den Grauen Anfurten als ihren Herrn anerkannten. Menschen oder Hobbits wagten sich kaum je in dieses Land. In den Blauen Bergen lagen die alten Zwergenstädte Nogrod und Belegost, die am Ende des Ersten Zeitalters zerstört oder überflutet worden waren; Reste von Belegost waren vermutlich erhalten geblieben, denn die Zwerge betrieben hier auch in späteren Zeiten noch Bergbau.

„Blaue Berge" war die Übersetzung von Sindarin *Ered Luin;* von den Elben auch Ered Lindon, „Berge von Lindon" genannt.

Vgl. Beleriand, Eriador, Lindon; Karte S. 59; 99.

S, passim; *R,* Anhänge A und B.

Bockland

Ein schmaler, dichtbevölkerter Landstreifen zwischen dem Ostufer des Baranduin und dem Alten Wald, seit 740 A. Z. von den Hobbits aus der Familie Altbock (später Brandybock) besiedelt. Den Hobbits aus dem Auenland erschienen die Bockländer bald als fremdartig, weil sie so nah an der Grenze zu nicht geheuren Gegenden lebten. Außerdem wagten sich Bockländer in Booten aufs Wasser hinaus – was den übrigen Hobbits als unbegreiflicher Leichtsinn erschien –, und manche von ihnen konnten sogar schwimmen. Gegen den Alten Wald war Bockland durch eine dichte Hecke, den Hohen Hag, abgeschirmt. Es erstreckte sich von der Brandywein-Brücke im Norden etwa sechs Wegstunden bis nach Hagsend im Süden. Der Hauptort war Bockenburg, eine Ansammlung von Häusern und Smials um das nah am Flußufer gelegene Brandyschloß.

Vgl. Auenland, Brandybock; Karte S. 43.

R, I, 5.

Bolg

Azogs Sohn, ein Orkhäuptling aus Gundabad, der die Zwerge, Menschen und Elben überraschend mit einem großen Heer angriff, als sie am Erebor noch um den Drachenhort stritten: „Bolg aus dem Norden ist gekommen ... Seht, die Fledermäuse schwirren über seinem Heer wie ein riesiger Heuschreckenschwarm. Die Orks reiten auf Wölfen. Und die Warge sind mit ihnen!" So begann die Schlacht der fünf Heere. Gegen Bolgs Leibwache (athletische Uruks mit Krummsäbeln) konnten auch Thorin und seine Mannen nichts ausrichten. Erst ein Berserker wie Beorn trieb sie auseinander, griff sich Bolg und zermalmte ihn.

Vgl. Azog, Orks, Schlacht der fünf Heere.

H, 17.

Bombur

Ein Zwerg aus Durins Volk, Paukenspieler; zusammen mit seinen Verwandten Bifur und Bofur begleitete er Thorin Eichenschild auf der Wanderung zum Erebor. Unterwegs fiel er in den verzauberten Fluß; danach war er immer sehr schläfrig. (Er hatte herrliche Träume gehabt.) Nachdem das Königreich unter dem Berg wiederhergestellt war, blieb Bombur am Erebor. Schon immer wohlbeleibt, wurde er später so dick, daß er nicht mehr laufen konnte. Sechs junge Zwerge waren nötig, um ihn zu tragen.

H, VIII, XVI; *R,* II, 1.

Borgil

Ein heller roter Stern, den Frodo und seine Gefährten in der Nacht vom 24. auf den 25. September, während ihrer Rast mit den Elben, im Osten aufsteigen sahen – in Nachbarschaft zu Menelvagor (Orion) und Remmirath (Plejaden), daher vermutlich Beteigeuze oder Aldebaran.

R, I, 3.

Boromir

Der älteste Sohn Denethors II. von Gondor, machte sich auf den Weg nach Imladris, um die Bedeutung eines Traums zu erfragen, und wurde dort einer der acht Gefährten, die mit dem Ringträger nach Süden aufbrachen. Ebenso wie sein Vater hielt er es für hellen Wahnsinn, Frodo

mit dem Ring nach Mordor gehen zu lassen; alle (gewöhnliche) Vernunft sprach dafür, den Ring nach Minas Tirith zu bringen und ihn *gegen* Sauron zu verwenden. Auf dem Amon Hen versuchte er daher, Frodo den Ring abzunehmen. Wenig später wurden die Gefährten bei Parth Galen von Orks überfallen. Boromir erschlug viele Feinde und stieß in sein großes Jagdhorn, bis es zerschlagen wurde; man hörte es noch im fernen Minas Tirith. Die Orks erschossen ihn mit schwarzgefiederten Pfeilen. Aragorn, Gimli und Legolas bestatteten ihn unter Trauergesängen in einem Boot und ließen ihn den Anduin hinabtreiben. Das gespaltene Horn, das von den Rindern Araws stammte, legten sie ihm auf den Schoß.
Vgl. DENETHOR, HERRSCHERRING.
R, II, 2, 10; III, 1.

BRAND
König der Menschen von Thal, Enkel Bards und Sohn Bains, regierte seit 3007 und fiel in der Schlacht von Thal (3019 D. Z.). Sauron hatte ihn durch Boten zur Kollaboration bei der Suche nach dem Ring auffordern lassen; Brand antwortete hinhaltend, kämpfte dann aber im Bündnis mit den Zwergen vom Erebor.
Vgl. THAL.
R, II, 2; Anhang B.

BRANDIR
Fürst der Haladin in Brethil, genannt der Lahme, weil er von Kind an einen Klumpfuß hatte. Er wollte sein in den Kriegen dezimiertes Volk in den Tiefen des Waldes verborgen halten und sich nicht auf neue Abenteuer einlassen; dazu gründete er die mit einem Palisadenzaun befestigte Siedlung Ephel Brandir auf dem Amon Obel. Er war ein kluger und heilkundiger Mann, hatte aber wegen seines Gebrechens wenig Autorität. Túrin nahm er mit bösen Vorahnungen bei sich auf, denn er verstärkte die Kriegspartei in seinem Volk, die von Dorlas angeführt wurde. Brandir heilte Niënor, als sie nach ihrer Begegnung mit Glaurung umnachtet durch die Wildnis irrte, und faßte eine hoffnungslose Liebe zu ihr. Túrin erschlug ihn, als er ihm sagte, daß Niënor seine Schwester sei.
Vgl. HALADIN, NIËNOR, TÚRIN.
S, XXI.

Brandybock

Eine der großen Familien des Auenlands, stark von den Falbhäuten geprägt, obwohl vielfach mit den anderen Hobbit-Familien versippt. Stammsitz der Familie war das Brandyschloß, mit dessen Bau Gorhendad Altbock um 740 A. Z. begonnen hatte, der auch den Familiennamen in Brandybock abänderte. Das Oberhaupt der Brandybocks galt zugleich als Herr von Bockland. Meriadoc Brandybock, einer von Frodos Gefährten, erhielt diesen Titel im Jahre 1432 A. Z. Frodos Mutter Primula Beutlin war eine geborene Brandybock.

Vgl. Bockland, Hobbits, Meriadoc Brandybock.

R, I, 1, 5; Anhänge B und C.

Brandyschloss

Ein großer Smial, der den ganzen unteren Teil des Bocksbergs einnahm, am Ostufer des Baranduin (verballhornt: Brandywein) in Bockland. Gorhendad Altbock hatte um 740 (A. Z.) mit dem Graben und Bauen begonnen, und seine zahlreichen Nachkommen hatten es fortgesetzt. Zur Zeit des Ringkrieges hatte Brandyschloß drei Haupteingänge, viele Nebeneingänge und hundert (runde) Fenster. Frodo Beutlin hatte bis in seine Jugend hier gelebt.

Vgl. Bockland, Brandybock, Smials.

R, I, 5.

Brandywein

Auenländische Verballhornung von Baranduin.

Bree

Der Hauptort des Breelandes, etwa einen Tagesritt östlich der Baranduin-Brücke, an der Kreuzung der Alten Oststraße mit dem Grünweg. Bree war eine der ältesten Ansiedlungen der im Zweiten Zeitalter nach Westen gezogenen Menschen und wurde zur Zeit der númenórischen Königreiche eine Stadt mit lebhaftem Handel und Verkehr.

Die ersten Hobbits, die aus dem Anduin-Tal nach Westen gezogen waren, hatten sich um 1300 D. Z. im Breeland niedergelassen; von hier aus begannen sie dreihundert Jahre später das Auenland zu besiedeln. Auch zur Zeit des Ringkrieges lebten in Bree noch viele Hobbits, in gutem Einvernehmen mit den Menschen.

Zu dieser Zeit bestand Bree aus etwas über hundert steinernen Menschenhäusern am Westhang des Breebergs und einigen Hobbithöhlen an den oberen Hängen des Berges. Die meisten Hobbits wohnten jedoch in dem Nachbardorf Stadel. Außerdem gehörten zum Breeland noch die Dörfer Schlucht und Archet.
Vgl. ERIADOR, HOBBITS, MENSCHEN, ZUM TÄNZELNDEN PONY; Karte S. 99.
R, I, 9; VI, 7.

BRETHIL
Das Waldgebiet westlich von Doriath, im Winkel zwischen dem Teiglin und dem Sirion; der Name bedeutet vermutlich „Silberbirkenwald". Obgleich nicht innerhalb des Banngürtels von Doriath gelegen, galt Brethil als Teil von König Thingols Reich. Thingol hatte Haleth und ihrem Volk erlaubt, sich dort niederzulassen, unter der Bedingung, daß sie die Teiglin-Übergänge gegen die Orks verteidigen halfen. Dort ganz in der Nähe lag der Amon Obel, die höchste Erhebung des Landes, wo die Haladin zur Zeit Brandirs eine Palisaden-Festung hatten.
Vgl. AMON OBEL, BRANDIR, DORIATH, HALADIN; Karte S. 59.
S, XVII, XXI.

BRUCHTAL
Vgl. IMLADRIS.

BUCH DES MAZARBUL
Fünfundzwanzig Jahre nach Balins Tod fanden Frodo und seine Gefährten in Moria ein angesengtes, blutverschmiertes und teilweise zerfetztes Tagebuch mit Berichten über den Verlauf seines Unternehmens (2889–2894 D. Z.). Sie fanden es in der Kammer des Mazarbul (Khuzdul für „Archiv"), wo Balin sein Hauptquartier aufgeschlagen hatte. Die letzten Seiten zeigten Oris Handschrift.
Vgl. BALIN, MORIA.
R, II, 5.

Buckelstadt

Der westliche Zipfel der Grünberge im Herzen des Auenlands war das Gebiet der wehrhaften Sippe der Tuks, das Tukland, in das Scharrers Horden sich nicht hineinwagten, auch als sie schon das ganze übrige Auenland schikanierten. Der Hauptort war Buckelstadt, am Südhang der Grünberge, mit den Groß-Smials, den Familienhöhlen der Tuks. Nicht in allen Räumen dort herrschte eine so stickige Pietät wie im Zimmer von Pippins Ur-Urgroßvater Gerontius, wo die Möbel seit Generationen nicht mehr ausgewechselt oder umgestellt wurden; aber im Vergleich zu den gutbelüfteten und komfortablen Höhlen von Beutelsend oder Bockenburg waren die Smials von Buckelstadt von asketischer Strenge. Dort wurde die „Gelbhülle" verwahrt, ein Buch mit alten Aufzeichnungen zur Familiengeschichte der Tuks.

Vgl. Grünberge, Smials, Tuk; Karte S. 43.

R, III, 4; *Briefe,* 214.

Bürgermeister von Esgaroth

Als Thorin Eichenschild mit seinen Gefährten in die Stadt der Menschen am Langen See kam, war dort ein reicher Händler das Oberhaupt, das für Frieden und gute Geschäfte sorgte, obwohl der Drache Smaug in der Nachbarschaft hauste. An der Verteidigung der Stadt gegen den Angriff des Drachen nahm er keinen Anteil, kassierte aber die Entschädigung für die angerichteten Verwüstungen, brannte mit dem Gold durch und verhungerte in der Wildnis. Zuvor soll er einige (leider nicht erhaltene) Lieder zum Lob des gefahrlos erworbenen Reichtums gedichtet oder inspiriert haben.

Vgl. Esgaroth.

H, 19.

Bürgermeister von Michelbinge

In den langen Jahren beschaulichen Friedens übte der Bürgermeister in der Ratshöhle von Michelbinge das einzige echte Regierungsamt im Auenland aus. Er wurde alle sieben Jahre am Mittsommertag auf dem Freimarkt bei den Weißen Höhen gewählt. Wahlberechtigt waren alle, die Zeit hatten; aber gewöhnlich kamen nur die (männlichen) Familienoberhäupter zu der Versammlung. Die wichtigste Aufgabe des Bürger-

meisters war es, bei den zahlreichen Festessen die Begrüßungsansprache zu halten; außerdem unterstanden ihm die Briefträger und die Landbüttel. Zur Zeit des Ringkrieges hatte Willi Weißfuß das Amt inne; danach übernahm es Sam Gamdschie.
Vgl. AUENLAND, LANDBÜTTEL, SAM GAMDSCHIE, WILLI WEISSFUSS.
R, Prolog, Anhang B; *Briefe,* 214.

Cabed-en-Aras
Eine Schlucht am südwestlichen Rand des Waldes von Brethil, durch die der Teiglin floß; der Name bedeutet im Sindarin „Hirschsprung“: ein Hirsch konnte über die Schlucht hinwegsetzen. Hier fand Túrin die Gelegenheit, mit dem Schwert von unten an Glaurungs ungepanzerten Bauch heranzukommen, als der Drache die Schlucht überquerte. Aber dann machte er sich über den Drachen lustig, der noch nicht tot war, und das konnte nicht gutgehn. Als Niënor hinzukam, erfuhr sie die monströse Wahrheit, daß Túrin ihr Bruder war, und stürzte sich in die Schlucht, die hernach *Cabed Naeramarth* hieß, „Sprung des entsetzlichen Schicksals“. Auf einer Anhöhe am Ostrand der Schlucht errichteten die Elben aus Doriath für Húrins Kinder einen Gedenkstein.
Vgl. Brethil, Glaurung, Niënor, Túrin.
S, XXI; *Nachrichten,* I, ii.

Cair Andros
Eine lange Insel im Anduin, nördlich von Minas Tirith, von den Menschen aus Gondor befestigt, um Feinde aus dem Osten am Übergang über den Fluß zu hindern. Während des Ringkriegs war die Insel heftig umkämpft und zeitweise von den Feinden besetzt.
Der Sindarin-Name bedeutet „lang schäumendes Schiff“, denn die Insel hatte die Form eines gegen die starke Strömung fahrenden Schiffs mit hohem Bug, den das Wasser umschäumte.
Vgl. Gondor, Pelennor; Karte S. 99.
R, V, 4; Anhang A; *Nachrichten,* II, ii.

Calenardhon
S. „Grüne Provinz“: der ältere Name für Rohan.

Caradhras
Einer der drei Berge von Moria, von den Zwergen *Barazinbar* genannt. Sindarin *Caradhras* bedeutet „Rothorn“: der Berg bestand aus stumpfro-

tem Felsgestein. Zwischen Caradhras und Celebdil (Silberzinne) führte der Rothorn-Paß hindurch, über den Frodo und seine Gefährten vergeblich ins Schattenbachtal zu steigen versuchten.
Unter dem Caradhras befand sich die einzige Mithril-Ader der Welt. Dort stießen die Zwerge bei ihren Grabungen auf einen Balrog.
Vgl. MORIA; Karte S. 250.
R, II, 3; Anhang B.

CARAGDÛR
S. „Dunkler Hauer": ein schwarzer Felsvorsprung an der steilen Nordseite des Amon Gwareth, des Berges, auf dem Gondolin stand. Er diente als Hinrichtungsstätte. Hier wurde der Dunkelelb Eol zu Tode gestürzt.
Vgl. EOL, GONDOLIN.
S, XVI.

CARANTHIR
Vierter Sohn Feanors, genannt „der Dunkle" (was jedoch nicht die Übersetzung des Namens sein kann, diese wäre „der Rote"). Caranthir war der aufbrausendste und hochfahrendste unter den Noldorfürsten, darum schickte ihn Maedhros in den Nordosten, wo er am wenigsten Gelegenheit hatte, mit den Sindar und mit Finarfins Söhnen Streit anzufangen. Caranthirs Volk wohnte in Thargelion und bewachte die westlichen Ausläufer der Ered Luin. Es wurde reich durch die Kontrolle des Handelsverkehrs auf der Zwergenstraße. In der Dagor Bragollach wurde Caranthir besiegt und flüchtete nach Süden zu seinen Brüdern Amrod und Amras. Er fiel beim Angriff auf Menegroth.
Vgl. FEANOR, NOLDOR, THARGELION.
S, XIII, XVIII.

CARCHAROTH
„Der rote Rachen", auch *Anfauglir,* „Maul des Durstes" genannt: der große Wolf von Draugluins Stammbaum, den Morgoth eigenhändig mit Elben- und Menschenfleisch gefüttert und mit höllischem Gift und Feuer erfüllt hatte. Carcharoth wachte vor dem Tor von Angband, als Beren und Lúthien dort Einlaß begehrten. Ihre Verkleidung täuschte ihn nicht, aber Lúthiens Schlafzauber war unwiderstehlich. Erst als sie wieder hinaus

wollten, ließ er sich nicht mehr bezähmen: Er biß Beren die Hand mit dem Silmaril ab, und gleich darauf versengte der heilige Stein seine unreinen Eingeweide. Vor Schmerz und Wut wahnsinnig, raste er durch Beleriand, alles tötend, was ihm begegnete, und selbst Melians Banngürtel konnte ihn nicht aufhalten.
An der großen Wolfshatz in Doriath nahmen Mablung und Beleg teil, Beren, König Thingol und der Jagdhund Huan aus Valinor. Bei einem Wasserfall am Esgalduin stellten sie ihn. Beren erlag dem Biß seiner Giftzähne, aber dann fiel Huan über ihn her. Sie bellten und heulten so laut, daß die Felsen von den Hängen fielen und den Esgalduin verstopften, und am Ende machten sie sich gegenseitig den Garaus.
Nachher schnitt Mablung dem Wolf den Bauch auf und nahm den Silmaril heraus.
Vgl. BEREN, HUAN, WÖLFE.
S, XIX; *HME 3,* III, xii-xiv (284 ff.).

CARDOLAN
Der Süden des Königreichs Arnor, der sich nach dem Tod König Earendurs (861 D. Z.) unter einem der jüngeren Königssöhne abspaltete. Cardolan war das Gebiet südlich der Großen Oststraße zwischen Grauflut und Baranduin. Es stritt mit Rhudaur und Arthedain um den Besitz der Wetterspitze, leistete jedoch gemeinsam mit Arthedain Widerstand gegen das Vordringen des Hexenkönigs von Angmar. Im Jahre 1409 wurde das Land erobert, und die wenigen überlebenden Dúnedain zogen sich in das Hügelland östlich des Alten Waldes zurück. Nach den Grabhügeln dort hieß die Gegend später die Hügelgräberhöhen. Die letzten Dúnedain von Cardolan starben während der Großen Pest von 1636 D. Z.
Vgl. ARNOR, HÜGELGRÄBERHÖHEN, WETTERSPITZE; Karte S. 99.
R, Anhang A, I, 3.

CARNIL
Ein rotschimmernder Stern, vermutlich Mars, den Varda zum Erwachen der Elben neu an den Himmel setzte. Diesen Stern konnte Frodo jeden Abend sehen, wenn er in Bruchtal aus seinem Fenster nach Süden blickte: „Er stand tief am Himmel und leuchtete wie ein wachsames Auge, das über die Bäume am Rand des Tals starrt."

Vgl. VARDA.
R, II, 3; *S,* III; *HME 10,* V (Index).

CARROCK
Der Felsen mitten im Anduin, auf dem die Adler Bilbo und die Zwerge absetzten. In den Felsen hatte Beorn Stufen gehauen. Eine Furt aus flachen Steinen führte zu beiden Seiten ans Ufer. Die Beorninger hielten diese Furt offen, als die Alte Furt weiter südlich von den Orks und Wölfen kontrolliert wurde.
Vgl. GROSSE OSTSTRASSE; Karte S. 264–265.
H, 7; *R,* II, 1.

CELEBDIL
Der Sindarin-Name eines der Berge von Moria, mit der Bedeutung Silberzinne, von den Zwergen *Zirak-Zigil* genannt. Aus den tiefsten Schächten von Moria führte eine Wendeltreppe bis hinauf zu Durins Turm im Gipfel des Berges. Dorthin verfolgte Gandalf den Balrog und stürzte ihn vom Gipfel hinab.
Vgl. MORIA; Karte S. 250.
R, II, 3, III, 5.

CELEBORN
Sindarin „Silberbaum": ein Elb aus Doriath, Verwandter Thingols, Galadriels Gatte. (Nach anderen Quellen stammte er von den Teleri in Alqualonde und war schon mit Galadriel zusammen aus Aman gekommen.) Als Frodo ihm in Lórien begegnete, war er ein sehr großer Mann, weiß gekleidet, mit langem, silbern schimmerndem Haar, ohne ein Zeichen seines hohen Alters. Galadriel rühmte ihn als den „Weisesten der Elben von Mittelerde" – eine diplomatische Schmeichelei, die nur besagte, daß er manchmal auf den Rat seiner klugen Frau hörte. Celeborn und Galadriel hatten eine lange Ehe hinter sich und waren nicht immer in allem einig.
Während des Ersten Zeitalters lebten sie lange in Menegroth, gingen später aber zusammen nach Osten zu den Nandor-Völkern in den Wildnissen von Eriador. Celeborn war ein konservativer Sinda, der sich zu den Waldbewohnern stärker hingezogen fühlte als zu der magisch-tech-

nischen Zivilisation der Noldor und der Naugrim. Galadriel folgte ihm, hatte aber ihre eigenen Gründe. Besonders strittig war zwischen ihnen das Verhältnis zu den Zwergen, die Celeborn haßte, während Galadriel sie als tüchtige Krieger und Künstler schätzte.
Zu Beginn des Zweiten Zeitalters lebten sie in Lindon. Von dort zogen sie nach Eregion, jeder mit einem Gefolge von Noldor und Sindar, und waren an der Gründung der Elben-Kolonie von Ost-in-Edhil beteiligt (etwa 750 Z. Z.). Als Celebrimbor und die Juwelenschmiede auf Annatars Einflüsterungen zu hören begannen, zog Galadriel über die unterirdischen Straßen von Moria nach Lórien. Celeborn, der die Zwergenhöhlen nicht betreten mochte, blieb in Eregion, obwohl ihn Celebrimbor wie Luft behandelte. Als das Land von Sauron angegriffen wurde, beteiligte er sich an der Verteidigung und konnte sein Gefolge mit Elronds Heer vereinigen, das aus Lindon heraneilte, doch zusammen wurden sie nach Norden abgedrängt. Nachdem Sauron mit Hilfe der Númenórer besiegt war (1701 Z.Z.), blieb Celeborn lange in Imladris, wo er endlich wieder mit Galadriel zusammentraf.
In den folgenden Jahrhunderten unternahm er, meist zusammen mit Galadriel, viele Reisen zu den Waldelben östlich des Nebelgebirges. Er trug nie eine Königskrone, doch waren die Waldelbenkönige Oropher und Amdír wahrscheinlich seine Verwandten oder Gefolgsmänner. Im Dritten Zeitalter nahm er sich nach Amroths Tod der Waldelben in Lórien an, um sie vor der völligen Vertreibung oder Vernichtung zu bewahren (1981 D. Z.). Er war dort der anerkannte Kriegsherr, während Galadriels subtilere Macht alle schleichenden Verwüstungen fernhielt, gegen die Waffen allein nicht halfen. Im Ringkrieg schlugen die Galadhrim unter seiner Führung drei Angriffe aus Dol Guldur zurück, und am 28. März 3019 setzten sie in Booten über den Anduin und begannen, die feindliche Festung zu stürmen. Am 6. April, dem Neujahrstag der Elben, traf er im Düsterwald mit Thranduil zusammen.
Als Galadriel nach dem Krieg in den Alten Westen fuhr, begleitete Celeborn sie nicht. Aber in Lórien, das nun verödete, hielt es ihn nicht mehr, und er ging zu Elronds Söhnen Elladan und Elrohir, die noch in Imladris wohnten. Wann und wo er Galadriel wiedersah, ob unter den Bäumen von Eldamar oder auf den Kaien von Avallóne, ist nicht überliefert.

Vgl. Galadriel, Lórien (2), Sindar, Waldelben.
S, XIII; Von den Ringen …; *R,* II, 6, 7; VI, 6; Anhang B; *Nachrichten,* II, iv.

Celebrimbor

„Silberfaust" (Quenya *Telperinquar):* der große Juwelenzauberer des Zweiten Zeitalters. Er war der Sohn Curufins, distanzierte sich jedoch von seinem Vater und blieb nach dessen Vertreibung in Nargothrond. Er hatte den Ehrgeiz, die Kunst seines Großvaters Feanor noch zu übertreffen. In Eregion wurde er das Oberhaupt der Gwaith-i-Mírdain, der Gilde der Juwelenschmiede. Reinen Herzens, doch unter Saurons Anleitung schuf er die Ringe der Macht. Als er Saurons Absichten erkannte, brachte er die drei Elbenringe in Sicherheit. Dann wurde Eregion von Sauron erobert, Celebrimbor gefangengenommen und gefoltert. Er verriet, wo sich die sieben Ringe der Zwerge befanden, doch über die Elbenringe wahrte er Stillschweigen und wurde schließlich von Sauron getötet.
Nach anderen Quellen war Celebrimbor ein Noldo aus Gondolin und ein Verehrer von Galadriel, in deren Gefolge er um 750 Z. Z. nach Eregion kam. Von Annatar (Sauron) angestiftet, lehnte er sich gegen Galadriel auf, so daß sie es vorzog, nach Lórien zu gehen. Dort suchte Celebrimbor sie auf, nachdem er Saurons Betrug bemerkt hatte, und übergab ihr den Weißen Ring Nenya.
Vgl. Eregion, Galadriel, Ringe der Macht.
R, II, 2; *S,* Von den Ringen …; *Nachrichten,* II, iv.

Celegorm

Dritter Sohn Feanors, „der Helle" genannt (mit Bezug auf Haut- und Haarfarbe, nicht auf den Verstand). Zusammen mit seinem Bruder Curufin regierte er Himlad und bewachte den Aglon-Paß. Nach ihrer Niederlage in der Dagor Bragollach flohen die Brüder nach Nargothrond, wo sie die Macht an sich zu reißen versuchten, als Finrod mit Beren zur Fahrt nach dem Silmaril aufgebrochen war. Er brachte Lúthien in seine Gewalt und wollte sie zur Ehe zwingen. Aus Nargothrond vertrieben, begaben sich die Brüder zu Maedhros auf dem Berg von Himring. Spä-

ter überredete Celegorm seine Brüder zu dem Angriff auf Menegroth, bei dem er von Dior erschlagen wurde.
Celegorm war ein großer Jäger; in Valinor hatte er viel von Orome gelernt. Er verstand die Sprachen der Tiere. Ein Geschenk Oromes, das er nach Mittelerde mitgebracht hatte, war der Jagdhund Huan.
Vgl. FEANOR, LÚTHIEN, NARGOTHROND.
S, XIV, XIX, XXII.

CERIN AMROTH
„Amroths Hügel" im Herzen von Lórien. Hier hatte König Amroth (regierte vom Beginn des Dritten Zeitalters bis 1981) sein „Haus": vermutlich ein Flett in den Wipfeln der Mallornbäume, die auf der Hügelkuppe wuchsen. Die Hänge des Hügels waren eine immergrüne, mit Elanor und Niphredil bestandene Wiese. Als die Gefährten dorthin kamen, wurde es Aragorn weh ums Herz. Er pflückte eine Blume und gedachte Arwen Undómiels, mit der er sich vor fast vierzig Jahren an dieser Stelle verlobt hatte. Nach Aragorns Tod kam Arwen nach Lórien, um dort zu sterben. Sie wurde auf dem Cerin Amroth begraben.
Vgl. AMROTH UND NIMRODEL, LÓRIEN (2).
R, II, 6; Anhänge A und B.

CÍRDAN
„Der Schiffbauer", ein alter und weiser Elb, Hüter der Grauen Anfurten, wo er die Schiffe bereithielt, denen erlaubt war, in den Alten Westen zu fahren. In den Erzählungen aus Mittelerde ist Círdan im Hintergrund an vielen Geschehnissen beteiligt, manchmal ohne daß er auch nur erwähnt wird. Frodo begegnete ihm kurz vor der Abfahrt des Schiffes gen Westen; er sah einen sehr großen und sehr alten Mann mit langem Bart, die Augen „scharf wie Sterne". (Bärte waren bei den Elben äußerst ungewöhnlich.) Círdan war tatsächlich eines der ältesten lebenden Wesen; er muß einer der Elben gewesen sein, die am Wasser von Cuiviénen erwachten; niemand war sein Vater. Zu Beginn des Ersten Zeitalters war er der Anführer derjenigen Teleri, die sich auf Osses Anraten dafür entschieden, lieber an den Küsten von Mittelerde als im Schutze der Valar in Aman zu wohnen. Sie ließen sich im Gebiet der Falas nieder (daher *Falathrim*), um die Häfen von Brithombar und Eglarest. Von Osse erlernte Círdan

die Kunst des Schiffbaus, und alle drei Zeitalter hindurch blieb er an der Küste. Durch Morgoths siegreiche Heere von den Falas vertrieben, schuf er einen neuen Hafen und eine Zuflucht für alle Flüchtlinge auf der Insel Balar. Zu Beginn des Zweiten Zeitalters zog er mit dem Noldorkönig Gil-galad, der in seiner Obhut aufgewachsen war, nach Lindon und wurde der Herr von Mithlond, den Grauen Anfurten.

Círdan hielt sich aus den Streitigkeiten zwischen den Noldor und Sindar heraus. Obwohl unermüdlich tätig und von großem Einfluß, lag ihm wenig an Ruhm und Macht. Er genoß den besonderen Schutz des Wassergotts Ulmo.

Círdan war einer der wenigen, die wußten, wer die Istari waren, die um das Jahr 1000 D. Z. in Mittelerde auftauchten. Er überließ Gandalf den Roten Ring Narya, den ihm Gil-galad vor dem Krieg des Letzten Bündnisses in Obhut gegeben hatte. Als Mitglied des Weißen Rates war er an allen Beschlüssen gegen Sauron beteiligt; aber für ihn war Mittelerde nur „eine Welt, die kalt wird", gleichgültig, wie der Krieg ausgehen mochte. Wann das letzte Schiff, das er bereithielt, in den Alten Westen fuhr, und ob Círdan selbst es bestiegen hat, ist nicht überliefert.

Vgl. BALAR, FALAS, MITHLOND, VINGILOT.

S, passim; R, II, 2; VI, 9; *Nachrichten,* II, iv.

CIRION

Der zwölfte Herrschende Truchseß von Gondor (2489–2567 D. Z.), rief im Krieg gegen die Balchoth die Éothéod aus dem Norden des Anduin-Tals zu Hilfe und errang gemeinsam mit ihnen den Sieg in der Schlacht auf der Ebene des Celebrant (2510). Zum Dank trat er den Éothéod die Ebene von Calenardhon ab. Am Grabe Elendils auf dem Halifirien schwor er mit Eorl, dem Fürsten der Éothéod, immerwährende Freundschaft und Bündnistreue zwischen beiden Völkern.

Vgl. EORL, ÉOTHÉOD, ROHAN.

R, Anhang A; *Nachrichten,* III, ii, 3.

CIRITH THORONATH

Sindarin für „Adlerspalte": ein Paßweg, dicht unter dem höchsten Gipfel der Echoriath nördlich von Gondolin ins Tal des Sirion. Über diesen Paß führte Tuor die letzten Überlebenden bei der Flucht aus Gondolin.

Auf der Paßhöhe, bei Schneegestöber und schneidendem Nordwind kämpfte Fürst Glorfindel mit einem Balrog und stürzte zusammen mit ihm in die Tiefe.
Vgl. ECHORIATH, GONDOLIN.
S, XXIII.

CIRITH UNGOL
S. „Spinnen-Paß“: ein steiler, mit Treppen in den Fels des Schattengebirges gehauener Weg über die Nordseite des Morgul-Tals. Das letzte Stück vor der Paßhöhe führte durch unterirdische Stollen, in denen sich *Torech Ungol,* das „Spinnennest“ oder Kankras Lauer, befand. Es stank ungeheuerlich, und eine Stockfinsternis schien selbst die Erinnerung an Licht auslöschen zu wollen. Nie war Galadriels Phiole nützlicher gewesen als hier. Als Sam mit Gollum und der Spinne fertig war, kam er zu dem Turm von Cirith Ungol, der den Paß und die Morgul-Straße überwachte. Der Turm war nach dem Krieg des Letzten Bündnisses von Gondor erbaut, dann aber von den Nazgûl besetzt worden. Er diente weniger zur Abwehr von Feinden aus dem Westen als zur Sperrung der Grenze für die Bewohner von Mordor. Im Turm lag eine Orkwache unter dem Befehl von Schagrat. Am Tor standen zwei steinerne Wächter mit Geierköpfen, die keinen Unbefugten einließen. Von Galadriels Phiole wurden sie eingeschüchtert, aber als Sam sie passiert hatte, stießen sie einen durchdringenden Schrei aus. „Jetzt habe ich an der Haustür geklingelt!“ dachte Sam. Und aus diesem Turm mußte er Frodo herausholen.
Vgl. MINAS MORGUL, SCHAGRAT, SNAGA; Karte S. 99.
R, IV, 8–10; VI, 1.

CIRTH
Die von Daeron für das Sindarin erfundene Schrift, auch als *Certhas Daeron,* in der modernen Wiedergabe oft als „Runen“ bezeichnet. Ihre geraden und eckigen Zeichen eigneten sich besonders für eingekerbte oder eingemeißelte Inschriften; daher wurde sie schon frühzeitig von den Zwergen übernommen. Die Sindar dagegen, soweit überhaupt schreibkundig, benutzten vornehmlich die Tengwar.
Im Dritten Zeitalter war dieses System vor allem in der Form des *Angerthas* („Langrunen“) bekannt. (Vgl. die obenstehenden Tafeln.) Darin

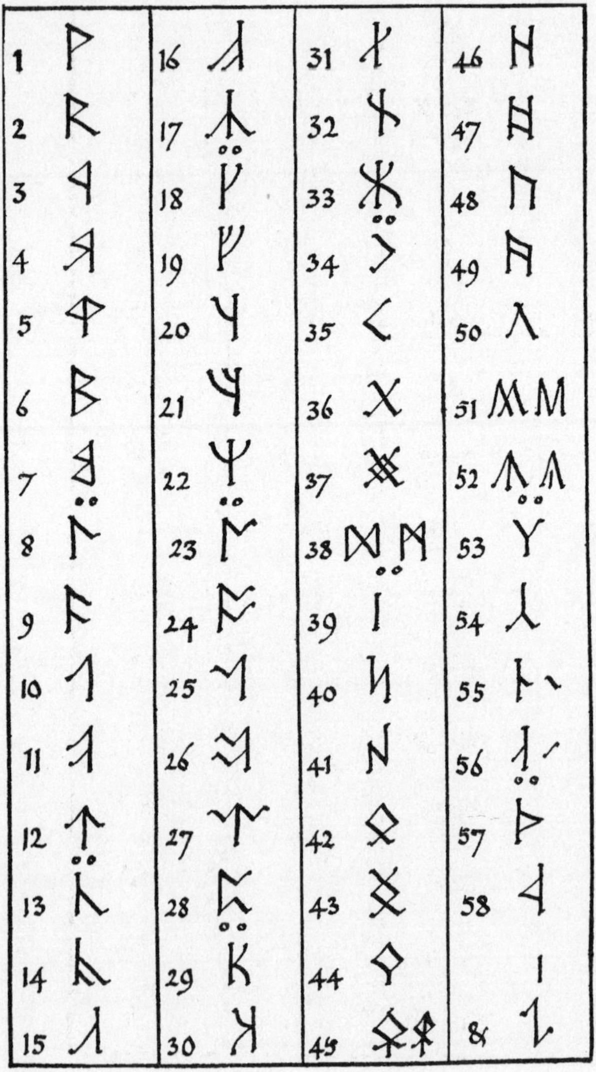
1 2 3 4 5 6 7 8 9 10 11 12 13 14 15
16 17 18 19 20 21 22 23 24 25 26 27 28 29 30
31 32 33 34 35 36 37 38 39 40 41 42 43 44 45
46 47 48 49 50 51 52 53 54 55 56 57 58 &

1	p	16	zh	31	l	46	e
2	b	17	nj—z	32	lh	47	ē
3	f	18	k	33	ng—nd	48	a
4	v	19	g	34	s—h	49	ā
5	hw	20	kh	35	s—'	50	o
6	m	21	gh	36	z—ŋ	51	ō
7	(mh) mb	22	ŋ—n	37	ng*	52	ö
8	t	23	kw	38	nd—nj	53	n*
9	d	24	gw	39	i (y)	54	h—s
10	th	25	khw	40	y*	55	*
11	dh	26	ghw,w	41	hy*	56	*
12	n—r	27	ngw	42	u	57	ps*
13	ch	28	nw	43	ū	58	ts*
14	j	29	r—j	44	w		+h
15	sh	30	rh—zh	45	ü		&

sind Certar von unterschiedlicher Herkunft vereinigt. Die ältesten (Nr. 1, 2, 5, 6, 8, 9, 12, 18, 19, 22, 29, 31, 35, 36, 39, 42, 46, 50) gehen vermutlich auf Daeron zurück. Die Zeichen 13–17 und 23–28 stammen von den Noldor von Eregion; sie wurden für Laute verwendet, die im Sindarin nicht vorkamen. In seiner älteren Form bezeichnete man dieses System als *Angerthas Daeron.* Von den Zwergen wurde es weiter ergänzt und modifiziert zum *Angerthas Moria,* mit Rücksicht auf die Erfordernisse des Khuzdul.

Wo in den Tafeln für ein Zeichen oder einen Lautwert zwei Varianten angegeben sind, bezieht sich die linke auf das ältere System, die rechte auf das Angerthas Moria. Die mit einem Sternchen versehenen Lautwerte (und die entsprechenden Certar) wurden nur von den Zwergen gebraucht. Die Lautwerte in Klammern galten nur für die Elben. Die kurzen Striche in 55) und 56) bezeichnen ein kurzes, fast stummes *a.* Mit *w* ist in allen Fällen der englische Halbvokal gemeint; dem deutschen *w* entspricht *v. th, dh, kh* (Nr. 10, 11, 20) waren im Khuzdul „behauchte" Explosivlaute, im Sindarin dagegen Spiranten (wie engl. *th).*

Balins Grabinschrift ist nach dem Angerthas Moria leicht zu entziffern. Sie lautet: BALIN/FUNDINUL/UZBADKAHZADDÛMU. Im Buch wird in der gleichen Schrift die englische Übersetzung angegeben: BALINSONOFFUNDINLORDOFMORIA.

Dagegen ist der Text der Bemerkungen auf Thrórs Karte modernes Englisch, in einer altenglischen Runenschrift wiedergegeben. (Die Zeichen stimmen mit den Certar überein, haben aber andere Lautbedeutungen).

Vgl. TENGWAR, KHUZDUL, SINDARIN.

R, II, 4, Anhang E; *H,* 3 (Thrórs Karte).

CIRYATAN

(Tar-Ciryatan, „der Schiffbauer"): Zwölfter König von Númenor, regierte von 1869 bis 2029 Z. Z. Er bereiste den Osten, Norden und Süden, bevor er das Szepter übernahm. Er nötigte seinen Vater Tar-Minastir zu frühzeitiger Abdankung. Unter seiner Herrschaft begannen das Aufbegehren gegen den Bann der Valar und die Tributerhebung in Mittelerde.

Vgl. BANN DER VALAR, NÚMENOR.

S, Akallabêth; *Nachrichten,* II, iii.

CRAM

Ein von den Menschen in Esgaroth gebackener Reisezwieback, die Hauptnahrung Bilbos und der Zwerge während der letzten Wochen ihrer Fahrt zum Erebor („hält sich unendlich lange frisch, schmeckt nach nichts und soll sehr kräftigend sein“).
H, 13.

CURUFIN

„Der Geschickte“, fünfter Sohn Feanors, von dessen Handfertigkeiten er am meisten geerbt haben soll. Sein Schicksal war etwa das gleiche wie das seines Bruders Celegorm, von dem er unzertrennlich war. Curufin war der klügere von den beiden und ein guter Redner. Den Elben von Nargothrond redete er für lange Zeit eine Art der Buschkriegführung ein, die zwischen Freund und Feind wenig Unterschied machte.
Irgendwelche Werke, in denen Curufin seine Fertigkeiten bewiesen hätte, sind nicht bekannt, doch gab er Feanors Erbe offenbar an seinen Sohn Celebrimbor weiter, den Schöpfer der Elbenringe.
Vgl. CELEBRIMBOR, CELEGORM.
S, XIV, XIX, XXII.

CURUNÍR

Sindarin „Mann der schlauen Pläne“: SARUMAN.

DAERON

Galt als größter Sänger des Ersten Zeitalters; Spielmann und Gelehrter am Hofe König Thingols in Menegroth; Erfinder der Cirth oder Runen, die vor allem von den Zwergen aufgenommen wurden. Daeron verehrte und besang Lúthien; er verriet Thingol ihre heimlichen Zusammenkünfte mit Beren. Als Lúthien aus Doriath entflohen war, um Beren auf seiner Fahrt nach dem Silmaril zu helfen, soll Daeron in den Osten von Mittelerde gegangen sein, „wo er an dunklen Wassern viele Alter lang um Lúthien klagte".

Es ist anzunehmen, daß manche Teile des Leithian-Liedes, besonders die Verse, in denen Lúthiens Schönheit gepriesen wird, auf Daeron zurückgehen.

Vgl. CIRTH, LEITHIAN-LIED, LÚTHIEN.

S, X, XIX.

DAGOR AGLAREB

S. „die ruhmreiche Schlacht", die dritte in den Kriegen von Beleriand, nach etwa sechzig Sonnenjahren. Ein Orkheer, das von Angband gegen Dorthonion vorstieß, wurde in der Ebene von Ard-galen zwischen Fingolfins und Maedhros' Heeren in die Zange genommen und bis auf den letzten Mann vernichtet. Kleinere Trupps der Orks drangen durch den Sirion-Paß und durch Maglors Lücke nach Süden vor, wurden aber verfolgt und aufgerieben. Nach diesen Kämpfen umgaben die Noldor Angband mit einem Belagerungsring – einem dichten Netz von Festungen und Wachtposten, das fast vierhundert Jahre lang hielt.

Vgl. ARD-GALEN.

S, XIII.

DAGOR BRAGOLLACH

S. „die Schlacht des Jähen Feuers", die vierte in den Kriegen von Beleriand, im vierhundertfünfundfünfzigsten Sonnenjahr. Sie begann in einer Winternacht, als sich plötzlich Flammenströme von den Eisenbergen über Ard-galen und Lothlann ergossen und die dort postierten Wachen verbrannten. Dann kamen der Drache Glaurung, die Balrogs und gewaltige Scharen von Orks. Alle Festungen der Noldor und der Edain wurden angegriffen, und nur die an den Hängen der Ered Wethrin und auf dem Himring-Berg konnten mit Mühe behauptet werden. An den Nordhängen von Dorthonion fielen Angrod und Aegnor, ebenso Bregolas, der Fürst des Hauses Beor, und die Orks drangen ins Land ein. Celegorm und Curufin konnten den Aglon-Paß nicht halten. Im Osten brach Glaurung durch Maglors Lücke, stürmte und verwüstete den Norden von Thargelion. Die Festung am Rerirberg wurde eingenommen, Caranthir vertrieben. Zur Verteidigung des Sirion-Passes eilte Finrod mit einem Heer aus Nargothrond herbei, mußte sich aber bald zurückziehen und wurde von Barahirs Männern aus höchster Gefahr gerettet (vgl. BARAHIRS RING). Tol Sirion wurde von Orodreth noch zwei Jahre lang verteidigt, bis Sauron es einnahm.

Im Frühjahr flauten die Kämpfe etwas ab, aber der Belagerungsring um Angband war gebrochen, und der Krieg hörte nun nicht mehr auf. Den Aglon-Paß konnte Maedhros wieder schließen, aber der Anach- und der Sirion-Paß und Maglors Lücke blieben offen.

Aus Verzweiflung über diese Niederlage ritt Fingolfin allein nach Angband, um Morgoth zum Zweikampf zu fordern.

Vgl. ANGBAND, ARD-GALEN, DORTHONION, FINGOLFIN, NOLDOR.

S. XVIII.

DAGOR-NUIN-GILIATH

S. „die Schlacht unter den Sternen", die zweite Schlacht in den Kriegen von Beleriand, etwa zehn Tage vor dem ersten Aufgang des Mondes. Morgoth schickte aus Angband ein Heer über die Pässe der Ered Wethrin, das Feanor und seine Söhne, die eben nach Mittelerde gekommen waren, in ihrem Lager am Nordufer des Sees von Mithrim angriff. Die Noldor siegten, aber bei der Verfolgung der flüchtenden Feinde wurde Feanor von einem Trupp Balrogs tödlich verwundet. Ein von den Falas zurückkehrendes Ork-Heer wurde von Celegorm ins Fenn von Serech getrieben, ehe es in die Kämpfe in Mithrim eingreifen konnte.

Nach den Kämpfen gingen beide Seiten zum Schein auf Friedensverhandlungen ein; dabei geriet Maedhros in Gefangenschaft. Beim Auf-

gang der Sonne zog auch Fingolfins Schar in Mithrim ein und marschierte unter Hörnerschall und blausilbernen Bannern ohne Widerstand bis vor die Tore von Angband. Dort allerdings sah Fingolfin, daß die Festung so leicht nicht zu nehmen war. Wegen der Zwistigkeiten unter ihren Führern konnten die Noldor ihren Vorteil nicht nutzen.
Vgl. ANGBAND, FEANOR, FINGOL-FIN, MAEDHROS, NOLDOR.
S, XIII.

DAGORLAD
S. „Walstatt“: eine kahle, steinige Ebene vor dem Morannon, nördlich des Aschengebirges. Dort hatte das Heer des Letzten Bündnisses über Sauron gesiegt (3334 Z. Z.). In späterer Zeit war die Ebene das Terrain, wo sich die Heere von Gondor gewöhnlich den aus dem Osten andrängenden Völkern entgegenstellten. Zu Füßen des Aschengebirges verlief eine große Straße nach Osten; auf ihr herrschte, als Frodo und Sam einen Weg zum Schicksalsberg suchten, starker Verkehr. Außerdem war die Ebene streng überwacht. Gollum war schon einmal dort erwischt worden; darum zog er den unbequemeren Weg durch die Totensümpfe vor.
Vgl. GONDOR, TOTENSÜMPFE; Karte S. 99.
R, IV, 2; Anhänge A und B.

DÁIN I.
König der Zwerge von Durins Volk (2440–2589 D. Z.) in den Ered Mithrin, wurde zusammen mit seinem zweiten Sohn Frór an der Tür seines Palastes von einem großen Kaltdrachen erschlagen. Unter seinen Söhnen Grór und Thrór zogen sich die Zwerge aus den Ered Mithrin teils in die Eisenberge und teils zum Erebor zurück.
Vgl. ZWERGE.
R, Anhang A iii.

DÁIN II.
Genannt Eisenfuß (2767–3019 D. Z.), Náins Sohn, bewies schon in jungen Jahren sowohl Kriegstüchtigkeit als auch politischen Verstand: In der Schlacht von Azanulbizar erschlug er auf der Schwelle von Moria den Ork-Häuptling Azog und spießte seinen Kopf auf einen Pfahl; dann

aber hielt er den hitzköpfigen Thráin davon ab, ins Innere der Minenstadt einzudringen (wo der Balrog wartete).
Als Fürst der Zwerge von den Eisenbergen kam er dem belagerten Thorin Eichenschild am Erebor mit fünfhundert grimmigen Mannen zu Hilfe, verständigte sich aber sofort mit Thranduil und Bard, als es galt, gegen die Orks gemeinsame Sache zu machen. Nach dem Sieg in der Schlacht der fünf Heere (2941) wurde er als Thorins rechtmäßiger Erbe König unter dem Berg. Anders als viele seiner Vorgänger regierte er in gutem Einvernehmen mit den Waldelben und den Menschen. Er wurde märchenhaft reich.
Als Sauron vor dem Ringkrieg die Zwerge vom Erebor auf seine Seite zu ziehen versuchte, gab Dáin seinem Boten hinhaltende Antworten und schickte seinerseits Boten an Elrond. Auf dem Höhepunkte des Krieges leistete er den mit Sauron verbündeten Ostlingen tapferen Widerstand. Er fiel, als er die Leiche König Brands von Thal gegen die Feinde verteidigte.
Vgl. AZANULBIZAR, EREBOR, SCHLACHT DER FÜNF HEERE, THORIN II.
H, 15–19; *R,* Anhang A iii und B.

DENETHOR
Der sechsundzwanzigste und letzte Herrschende Truchseß von Gondor (Denethor II., 2984–3019 D. Z.). Er war etwa gleichaltrig mit Aragorn, aber nach dem frühen Tod seiner Gattin Finduilas von Dol Amroth (einer Schwester des Fürsten Imrahil) vor der Zeit gealtert. Pippin fand, daß er viel eher als Gandalf wie ein großer Zauberer aussah. Er war keiner – aber ein Mann von hellem Verstand, der sich nicht scheute, Saurons bösem Blick im Palantír zu begegnen. Durch den Gebrauch des Palantír erfuhr er vieles, das nicht zu wissen besser gewesen wäre: Sauron, der den Stein kontrollierte, zeigte ihm nur, was geeignet war, ihn zur Verzweiflung zu treiben.
Daß der Ringträger nach Mordor ging, war unbegreiflich für jeden, der den Ratschlüssen der Weisen nicht blind vertraute: Die Erfolgschancen waren allzu gering. Denethor mußte vermuten, daß Gandalf ihn hinters Licht führen wollte. Ging es nicht nur darum, diesem Strauchdieb aus dem Norden, der sich für Isildurs Erben ausgab, auf den Thron von Gondor zu helfen? Und der Tod seines Lieblingssohns Boromir nahm

Denethor die letzte Hoffnung, denn der zweite Sohn, Faramir, schien mit dem Zauberer im Bunde zu sein. Wie immer der Krieg enden mochte, für Denethor war er verloren: Nichts würde so bleiben, wie es zeit seines Lebens gewesen war.
Die Verteidigung von Minas Tirith interessierte ihn unter diesen Umständen nicht mehr. Er begab sich zu den Totengrüften und verbrannte sich auf einem Scheiterhaufen. Nur Beregonds Eingreifen verhinderte, daß Faramir mit ihm verbrannte.
Vgl. GONDOR, MINAS TIRITH, PALANTÍRI, TRUCHSESSE.
R, V, 1, 6, 7; Anhang A.

DIMBAR

Das Land zwischen den Flüssen Mindeb und Sirion, südlich der Crissaegrim. Tuor und Voronwe sahen das Land im Winter: grau, neblig, einsame Berghänge, unbewohnt. Zu dieser Zeit, nach der Nirnaeth Arnoediad, versuchten die Grenzwachen von Doriath unter Beleg, das Vordringen der Orks aufzuhalten, die eine Straße über den Anach-Paß legten und durch Dimbar nach Westen strebten.
Vgl. BELERIAND; Karte S. 59.
S, XIV, XXI, XXII; *Nachrichten,* I, i.

DIOR

Genannt *Dior Aranel,* der Schöne, Königliche, später *Eluchíl,* Thingols-Erbe; Berens und Lúthiens Sohn, begleitete Beren nach Sarn Athrad; dann ging er nach Menegroth und versuchte den Glanz des Königreichs von Doriath zu erneuern. Nach Berens und Lúthiens endgültigem Tod überbrachte man ihm das Nauglamír mit dem Silmaril, und bald darauf wurde er von Feanors Söhnen angegriffen. Er tötete Celegorm im Kampf, aber auch er selbst und sein Weib Nimloth (eine Nichte Celeborns) wurden erschlagen, seine kleinen Söhne Eluréd und Elurín im Wald ausgesetzt. Der Rest der Bewohner von Menegroth flüchtete zu den Sirion-Mündungen, unter ihnen seine Tochter Elwing mit dem Silmaril.
Unbekannt ist, ob Dior sich für das Schicksal der Elben oder der Menschen entschieden hatte und ob er wie die anderen Halbelben vor diese

Wahl gestellt worden war. Vielleicht starb er, bevor sich die Frage ergeben hatte.
Vgl. Beren, Elwing, Halbelben, Lúthien, Menegroth.
S, XX, XXII.

Dol Amroth

Als Legolas in Minas Tirith dem Fürsten Imrahil von Dol Amroth begegnete, erkannte er ihn als einen, der Elbenblut in den Adern hatte. In Imrahils Familie war überliefert, daß sie von einem Númenórer namens Imrazôr und einer Elbin namens Mithrellas abstammte. Vielleicht war Mithrellas eine der Begleiterinnen der verschollenen Nimrodel. In der Nähe des Hafens, der später in Gedenken an den einst dort ertrunkenen König Amroth von Lórien Dol Amroth genannt wurde, in Belfalas, an der Mündung des Flusses Morthond, gab es einen Elbenhafen (Edhellond) schon seit dem Ende des Ersten Zeitalters.
Fürst Imrahil war der Schwager des Truchsessen Denethor von Gondor, und Aragorn übertrug ihm nach dessen Tod die vorläufige Regentschaft über Minas Tirith.
Vgl. Amroth und Nimrodel, Belfalas.
R, V, 8/9; *Nachrichten,* II, iv.

Dol Guldur

Sindarin für „Hügel der Magie", Saurons Festung im südlichen Düsterwald, die er seit etwa 1050 D. Z. anlegte. Gandalf versuchte zweimal (2060 und 2850 D. Z.) sich dort einzuschleichen, um herauszufinden, wer der Gebieter war. Beim zweiten Mal hatte er Erfolg. Seinem Bericht ist nur zu entnehmen, daß sich dort Bergwerke befanden, in denen Gefangene Zwangsarbeit verrichteten. (Dort traf er den Zwerg Thráin, der ihm die Karte von Erebor gab.) Als der Weiße Rat 2541 D. Z. gegen Dol Guldur vorging, zog sich Sauron aus der Festung zurück und ging nach Mordor. Aber inzwischen hatten seine Kreaturen den ganzen südlichen Teil des Waldes durchdrungen und waren nicht zu vertreiben. Nach wenigen Jahren ließ Sauron die Festung durch einige seiner Ringgeister unter Führung von Khamûl von neuem besetzen. Seine Kriege im Norden gegen Lórien, Thal, Erebor und die Waldelben wurden von hier aus geführt.

Nach Saurons Niederlage wurde Dol Guldur geschleift und von Galadriel gründlich enthext.

Der Berg, auf (und unter) dem Dol Guldur errichtet wurde, hieß im Sindarin *Amon Lanc,* „der kahle Berg".

Vgl. DÜSTERWALD, SAURON; Karte S. 264–265.

H, 1; *R,* II, 2; Anhänge A und B; *S,* Von den Ringen . . .; *Nachrichten,* III, iv, 1.

DOR-LÓMIN

Das „Echoland" im Süden von Hithlum; zwischen den Ered Lómin, den Ered Wethrin und den Bergen von Mithrim, nach Norden etwa bis zum Fjord von Drengist reichend. Als die Noldor nach ihrer Rückkehr Mittelerde unter sich aufteilten, fiel Dor-lómin zum Reich Fingolfins und Fingons; Fingolfin gab es dann den Menschen aus dem Haus Hador zu Lehen. Die Fürsten von Dor-lómin galten als die reichsten und mächtigsten Menschen von Mittelerde. In den Kriegen von Beleriand verteidigten sie die Osthänge der Ered Wethrin, besonders die Festung Eithel Sirion. Dort fielen Hador und später auch sein Sohn Galdor. Der dritte Fürst von Dor-lómin war Húrin. Fast alle waffenfähigen Männer seines Volkes fielen in der Nirnaeth Arnoediad, als sie den Rückzug Turgons nach Gon- dolin deckten. Nach dieser Schlacht überließ Morgoth das Land den Ostlingen, und die Hinterbliebenen von Hadors Volk flüchteten oder wurden versklavt.

Vgl. HADOR, HITHLUM, HÚRIN, NIRNAETH ARNOEDIAD; Karte S. 59.

S, XVII, XVIII, XX.

DORIATH

Das große Sindar-Königreich im Herzen von Beleriand, von Thingol und Melian schon vor Melkors Rückkehr nach Mittelerde gegründet und viele hundert Jahre lang regiert; ihr Palast war die Höhlenfestung Menegroth. Der Name Doriath bedeutete „Land des Zauns": Melian hatte nach dem ersten Krieg von Beleriand das ganze Gebiet, das vorher *Eglador* geheißen hatte („Land des verlassenen Volkes"), mit einem Banngürtel umgeben. Wer ohne Erlaubnis des Herrscherpaares einzudringen versuchte, verirrte sich, bis er weder mehr vor noch zurück wußte und verhungerte. (Wer dagegen mit Erlaubnis hineingekommen war, fand ohne

Mühe auch wieder hinaus.) Menschen durften Doriath nicht betreten, und erst nach Berens Vermählung mit der Königstochter Lúthien wurden einige Ausnahmen zugelassen.
Die Sindar von Doriath lebten zumeist verstreut in den beiden großen Wäldern, die fast das ganze Land bedeckten: *Neldoreth,* ein lichter Buchenwald, der nach Westen bis zu den Ufern des Mindeb und des Sirion reichte, und *Region,* ein größerer und dichterer Stecheichenwald, der im Osten und Süden vom Fluß Aros umgrenzt wurde. Beide trennte der Esgalduin, an dessen Südufer Menegroth lag. Nur im Süden reichte der Grenzgürtel ein wenig über den Sirion hinaus: Auf dem Westufer oberhalb der Dämmerseen schloß er den Eichenwald von *Nivrim* (Westmark) mit ein.
Zu Thingols Machtbereich gehörten auch Gebiete außerhalb des Grenzgürtels: Brethil, Dimbar, Dor Dínen, Arthórien und Nan Elmoth. Wer sich dort niederlassen wollte, mußte seine Erlaubnis einholen, die an die Entrichtung eines Tributs oder an andere Bedingungen geknüpft wurde. Hinter seinem Banngürtel hielt sich Doriath aus den Kriegen von Beleriand heraus. Nur zu dem Reich von Nargothrond und zu den Falas bestanden freundschaftliche, wenn auch spärliche Beziehungen. Lebhaft war dagegen der Verkehr mit den Naugrim von Nogrod und Belegost, denen die Sindar die meisten Fertigkeiten in der Stein- und Metallbearbeitung verdankten. Erst als Beren einen Silmaril als Brautpreis für Lúthien ins Land brachte (wofür ihn viele Sindar bei aller Bewunderung für seine Tat verfluchten), wurde der Friede gestört. Im Streit mit den Zwergen um das Nauglamír wurde Thingol erschlagen: Melian kehrte nach Valinor zurück, und ihr Banngürtel wurde aufgehoben. Eine Zeitlang regierte Berens Sohn Dior, aber das Land lag nun seinen Feinden offen, und der Silmaril forderte Feanors Söhne zum Angriff heraus. Es kam zu einem großen Gemetzel in Menegroth. Nur ein kleiner Rest der Sindar, unter ihnen Diors Tochter Elwing mit dem Silmaril, entkamen und erreichten die Sirion-Mündungen. Dort vereinigten sie sich mit den Flüchtlingen aus Nargothrond und Gondolin.
Über die Grenzen von Doriath hinaus berühmt war Daeron, ein großer Sänger und Gelehrter, Erfinder der Runenschrift Cirth.
Vgl. DIOR, ESGALDUIN, MELIAN, MENEGROTH, SINDAR, THINGOL; Karte S. 59. *S*, passim, besonders X, XXII; *R*, Anhang E.

DORTHONION

S. „Land der Kiefern“: die unfruchtbare, wenig besiedelte Hochebene südlich von Ard-galen, auf allen Seiten von Bergketten umgeben. Dorthonion gehörte zum Reich Finrod Felagunds, der es von seinen Brüdern Angrod und Aegnor regieren ließ. Sie bewachten die flachen Nordhänge. Zu ihrer Verstärkung holte Finrod die Menschen von Beors Volk ins Land. In der Dagor Bragollach wurde Dorthonion von Morgoths Heeren erobert und verwüstet; die meisten Überlebenden retteten sich nach Dor-lómin. Nur dreizehn Männer führten im Osten des Landes, einer unwirtlichen Gegend mit Heide und Bergseen, noch einige Jahre lang einen Bandenkrieg. Ihre Namen wurden einer nach dem anderen in den alten Heldenliedern besungen: Baragund und Belegund, Radhruin und Dairuin, Dagnir und Ragnor, Gildor und Gorlim, Arthad, Urthel und Hathaldir. Der Anführer war Barahir, und sein Sohn Beren war der einzige, der lebend davonkam.

Bald wurde Dorthonion in *Taur-nu-Fuin* oder *Deldúwath* umbenannt („Wald unter dem Schrecken des Nachtschattens“). Sauron, der eine Weile dort hauste, erst als Morgoths Heerführer, dann, nach seiner Demütigung durch Lúthien, in Gestalt eines großen Vampirs, erfüllte die Landschaft mit allerlei perversen Formen tierischen und pflanzlichen Lebens. Selbst die Orks, für die eine Straße über den Anach-Paß nach Beleriand gelegt wurde, hielten sich in der Gegend nicht länger auf als nötig. Als Gwindor nach seiner Flucht aus Angband das Land durchquerte, verirrte er sich in labyrinthischen Wäldern aus toten und verkrüppelten Bäumen.

Vgl. AELUIN-SEE, BEOR, BEREN, DAGOR BRAGOLLACH, GORLIM, GWINDOR; Karte S. 59.

S, XVIII, XIX, XXI.

DRACHEN

Als der Vala Melkor durch die Äußere Leere schweifte, lange vor der Erschaffung von Arda, mag er von einem reinen, schlichten Märchendrachen geträumt haben, den er einst in die Welt setzen wollte; aber als er daran ging, seine Idee zu verwirklichen, mußte er sich bescheidenere Ziele stecken. Lebendige Wesen konnte er nicht von eigener Hand neu erschaffen, wohl aber konnte er, ob nun durch Zauber oder Züchtung, aus der vorhandenen biologischen Substanz überraschende Kombinationen und Mutationen hervorbringen. Die Drachen waren sein Meisterwerk. Der militärische oder terroristische Zweck, dem sie dienten, kann nicht sein einziges leitendes Interesse gewesen sein, denn in dieser Hinsicht waren sie unvollkommen. Es muß auch eine ästhetische Absicht mitbeteiligt gewesen sein: zu demonstrieren, wie er die Schönheit der Welt durch den Schrecken bereichern könnte, wenn die phantasielosen Herren von Valinor ihn nur gewähren ließen.

Das Feuer der Drachen, das aus einem magisch pervertierten Verdauungsprozeß hervorging und durch Nüstern und Rachen ausgestoßen wurde, war von großer zerstörerischer Gewalt. Allerdings konnte der Drache nur eine gewisse Zeitlang Feuer schnauben; danach war er ziemlich erschöpft. Auch seine anderen Körperausscheidungen konnten ihm manche Feinde vom Leibe halten, denn sie waren giftig, zumindest aber stark übelriechend. Die beiden uns näher bekannten Exemplare, Glaurung und Smaug, waren intelligente Geschöpfe, boshaft, eitel und eigensinnig, den Dunklen Herrschern nicht bedingungslos ergeben. (Sauron hatte später an den Drachen wenig Freude, denn ihrem Feuer hielten auch seine Zauberringe nicht stand.) Sie beherrschten die jeweils gebräuchliche Verkehrssprache und zeigten sich über die Angelegenheiten der Zwerge, Menschen und Elben gut unterrichtet. Alle Drachen waren begierig nach Gold und Edelsteinen. Obwohl sie gelegentlich kleinere Mengen Gold verzehrten, ging es ihnen nicht um den reinen Materialwert: Sie schätzten kunstvolle Juwelierarbeiten, freilich nur, um sie alle auf einen Haufen zu werfen und sich draufzulegen. Die Annahme, daß ein Schmuckstück aus einem Drachenhort stamme, steigerte seinen Wert; daher ist nicht auszuschließen, daß manche Drachenlegenden von zwergischen Juwelenhändlern erfunden worden sind.

Die im Ersten Zeitalter bekannte Drachenart war die der *Urulóki* (Quenya „Feuerschlangen“): der äußeren Erscheinung nach Riesenechsen, die nur kriechen, aber nicht fliegen konnten. Ihr Stammvater war Glaurung. Bei der Züchtung der Flügeldrachen entstanden zwei unterschiedliche Prototypen: Die *Kaltdrachen,* die vermutlich aus Experimenten mit gefangenen Riesenadlern hervorgingen und vorzüglich fliegen konnten, aber kein Feuer hatten; und die *geflügelten Feuerdra-*

chen von der Art Smaugs, der wie eine riesige Fledermaus aussah. Von beiden Arten überdauerten einige Exemplare den Einsturz der Thangorodrim. Sie lebten in den späteren Zeitaltern in der Nördlichen Öde und in der Gegend um das Graue Gebirge, wo die Schatzkammern der Zwerge sie anlockten.

Am Ende des Ersten Zeitalters schickte Morgoth gleich die ganze neue Zucht seiner Flügeldrachen in die Große Schlacht über den Thangorodrim, mit Ancalagon dem Schwarzen an der Spitze. Aber alle guten Drachen sind Einzelgänger, und im Geschwader richten sie nichts aus. Es gab ein Getümmel in den Wolken; Earendil zog herauf, flankiert von Thorondors Adlern, und das Heer der Valar errang einen wenig rühmlichen Sieg.

Vgl. DRACHENTÖTER, GLAURUNG, MAGIE, MELKOR, SMAUG.

S, XIII, XVIII, XXI, XXIV; *R,* Anhänge A und B; *H,* 12; *HME 10,* II (137f.); Beowulf, 36.

DRACHENHELM VON DOR-LÓMIN

(Auch *Hadors Helm* genannt): Ein Helm aus grauem Stahl, goldverziert, mit dem vergoldeten Spottbild eines Drachenkopfes am Helmkamm; das Visier trug eine der schreckenerregenden Masken, die bei den Zwergen des Ersten Zeitalters zur Rüstung gehörten. Eingravierte Siegesrunen gewährten Schutz vor feindlichen Schwertern und Pfeilen. Das kostbare Stück bereitete seinen ersten Besitzern eine komische Verlegenheit: Es war zu schwer. Telchar hatte den Helm für den Fürsten Azaghâl von Belegost geschmiedet; Azaghâl schenkte ihn Maedhros, und Maedhros schenkte ihn Fingon. Aber erst bei Hador, dem Fürsten von Dor-lómin, kam der Helm zur Ruhe. Er und sein Sohn Galdor hatten den Stiernacken, der den Helm zu tragen vermochte. Hador hatte den Helm gerade abgelegt, als ihn bei der Verteidigung von Eithel Sirion der tödliche Pfeil ins Auge traf. Húrin trug den Helm nicht, weil er den Feinden lieber sein wahres Gesicht zeigen wollte. Seine Gattin Morwen ließ das Erbstück nach Doriath bringen, wo es in Thingols Rüstkammern für Túrin verwahrt wurde. In den Kämpfen an den Nordmarken von Doriath verschaffte Túrin dem Helm unter den Orks neuen Respekt. Später, als Kriegshauptmann in Nargothrond, trug er ihn nicht mehr, entweder weil er ihn verloren hatte oder weil er nicht daran erkannt werden wollte.

Vgl. HADOR, TÚRIN, ZWERGENRÜSTUNG.
S, XXI; *Nachrichten,* I, ii.

DRACHENTÖTER

Obwohl die Elben die besten Bogenschützen waren und die Zwerge die Techniken der Drachenbekämpfung von Kindesbeinen an übten, waren die berühmten Drachentöter von Mittelerde sämtlich Menschen: Túrin, Bard und Fram. Elben und Zwerge bekämpften die Drachen mit Gruppentaktiken, was bei unreifen und noch nichtvoll gepanzerten Exemplaren manchmal etwas nützte; aber den großen alten und abgefeimten Drachen konnte nur ein vom Schicksal bestimmter menschlicher Einzelkämpfer mit einer traditionsgestärkten Waffe beikommen. Túrin und Bard waren beide von finsterer, humorloser Gemütsart, dem Drachen durch einen teils persönlichen, teils in ihrem Sippenschicksal begründeten Haß innig verbunden. Dies war die echte Drachentöter-Mentalität. Die Elben waren nicht grimmig genug; und schon der Gestank des Drachen konnte sie in die Flucht schlagen. Die Zwerge dachten zuviel an den Drachenhort, der den echten Helden nur beiläufig interessierte. Dagegen war für Menschen, bei der Kürze ihres Lebens, der Ruhm ein wichtiger Anreiz: das Fortleben seines Namens in den Liedern, in denen die Furchtbarkeit des Ungeheuers ebenso liebevoll besungen wurde wie die Kühnheit seines Überwinders.
Vgl. BARD, DRACHEN, FRAM, NARN I HÎN HÚRIN, TÚRIN.
H, 12, 14; *S,* XXI, XXIV; *Nachrichten,* I, ii.

DRAUGLUIN

Fürst und Stammvater der Werwölfe von Angband, „ein furchtbares Geschöpf, altgeworden im Unheil“ (dennoch von eher hündischem Charakter, denn er starb zu Füßen seines Herrn Sauron). Huan tötete ihn auf der Brücke von Tol-in-Gaurhoth; später zog er ihm das Fell ab, in das Beren sich dann kleidete, um in Angband nicht aufzufallen. Von Draugluins Stammbaum war Carcharoth.
Draugluins Fell muß bei Mondschein einen blauschwarzen Schatten geworfen haben, denn sein Name bedeutet im Sindarin „Blauwolf“.
Vgl. WÖLFE.
S, XIX.

Drei Zeitalter

Die Erzählungen aus Mittelerde umspannen viele Jahrtausende, und einige wenige Personen,die zumeist im Hintergrund bleiben, überblicken das Ganze (Círdan, Elrond, Galadriel). Was wir davon erfahren, ist teils Sage, teils Abenteuerroman, teils Geschichtsschreibung, aber immer durchzogen von lebendiger Erinnerung. Solche Erinnerungsmassen, wie sie den langlebigen Elben zuwachsen, wären unerträglich; sie würden die Gegenwart überfluten, wenn keine Schwellen gelegt würden, die sie fernhalten. Die Unwiederbringlichkeit des Vergangenen versteht sich nicht von selbst. Der Blick der Elben bleibt auf das Entschwundene gerichtet, zu dem es kein Zurück gibt: das Licht der Zwei Bäume, das sternbeschienene Beleriand, Valinor, das einst in der sichtbaren Welt lag. Dagegen sind die Menschen und Hobbits ganz mit den Dingen ihres kurzen Lebens beschäftigt.

Auf der historiographischen Ebene werden die Jahre numeriert und in Perioden abgeteilt, die in den großen Katastrophen und Entscheidungsschlachten ihre Anhaltspunkte finden. Das *Erste Zeitalter* reicht ins Unvordenkliche zurück; doch das Bewußtsein, daß die Zeit ein knappes Gut ist, das man sorgsam abmessen muß, entsteht erst mit dem Aufgang der neuen Himmelskörper Sonne und Mond: etwa zur gleichen Zeit, als die Noldor nach Mittelerde zurückkehrten. Von da an werden die Sonnenjahre gezählt. Erst die Menschen verwendeten darauf viel Aufmerksamkeit; daher sind die Angaben von Jahreszahlen zu den Ereignissen des Ersten Zeitalters spärlich und ungenau. Von Fingolfins Einzug in Hithlum bis zum Untergang Beleriands, dem Ende des Ersten Zeitalters, müssen ungefähr sechshundert Jahre vergangen sein.

Das *Zweite Zeitalter* ist das Zeitalter Númenors, in Mittelerde jedoch auch die *Dunklen Jahre* genannt, denn dort herrschte Sauron lange Zeit beinahe unumschränkt. Als das Jahr 1 Z. Z. gilt das Gründungsjahr des Elbenhafens von Mithlond. Das Zeitalter endet 3441, mit der Niederwerfung Saurons und dem Tod Gil-galads und Elendils. Die Annalen der Könige von Númenor sind genau und detailliert; die Datierung der Ereignisse in Mittelerde ist gröber.

Das *Dritte Zeitalter* (D. Z.) ist bestimmt von dem Kampf der Dúnedain-Königreiche von Arnor und Gondor mit dem wieder erstarkenden Sauron, gipfelnd und endend in dem Ringkrieg und der Vernichtung von

MITTELERDE IM DRITTEN ZEITALTER

Barad-dûr am 25. März des Jahres 3019. Dieser Tag jedenfalls galt als erster Tag des *Vierten Zeitalters,* doch hielten manche Elronds Fortgang aus Mittelerde, zwei Jahre später, für das bedeutsamere Datum. Mehr und mehr waren die Elben zu einem Volk geworden, das im Verborge-

nen lebte, und ihre letzten Reservate entvölkerten sich. Das Vierte Zeitalter wurde ein Zeitalter der Menschen.
Die Hobbits zählten die Jahre auf ihre eigene Weise.
Vgl. TRUCHSESSEN-KALENDER, AUENLAND-ZEITRECHNUNG.
R, Prolog; Anhang B; *Nachrichten,* II, iii.

DRÚADAN-WALD
„Der Wald des Drû-Menschen", Sindarin *Tawar-in-Drúedain,* an den Nordhängen des Weißen Gebirges zwischen den Leuchtfeuerbergen Amon Dîn und Nardol. Dort (und in Drúwaith Iaur) lebten die letzten Überreste des alten Volks der Drúedain. Durch den Wald zog sich das Steinkarrental, mit einer alten Straße von Minas Tirith zu den Steinbrüchen im Gebirge. Auf diesem Weg führte Ghân-buri-Ghân die Rohirrim bis dicht an den Pelennor. Nach dem Ringkrieg gab König Elessar den Wald Ghân-buri-Ghân und seinem Volk zu eigen.
Vgl. DRÚEDAIN.
R, V, 5; VI, 6; *Nachrichten,* IV, i.

DRÚEDAIN
Die Gewißheit, daß sie keine Orks waren, gab erst ihr herzliches, jedermann ansteckendes Lachen. Im übrigen sahen sie nicht gut aus: kaum über vier Fuß groß, aber sehr stark und von ungeschlachtem Körperbau, mit vollen Gesichtern, platten Nasen, pechschwarzen Augen und breiten Mündern. Ihr Ruf bei den Nachbarvölkern war nicht der beste: Es hieß, sie verstünden sich auf allerlei finstere Zaubereien und schössen aus dem Hinterhalt mit Giftpfeilen. Von den Rohirrim wurden sie als „Wilde" *(Wasa)* bezeichnet und bisweilen gejagt wie die Tiere.
Dies waren die *Drûg* oder *Drûchu,* wie sie sich selbst nannten, was ins Sindarin als *Drû* übernommen wurde (Plural *Drúath* oder *Drúin*). Weil die Tatsache, daß sie Menschen *(Edain)* waren, gelegentlich vergessen wurde, legten ihre Freunde Wert darauf, sie als *Drúedain* zu bezeichnen. Schon im Ersten Zeitalter waren sie über den Anduin nach Westen gewandert und hatten sich im Weißen Gebirge niedergelassen. Ein Teil von ihnen zog weiter nach Beleriand und schloß sich den Haladin in Brethil an (mit denen sie nicht verwandt waren). Doch blieben sie immer

ein Volk für sich. Sie behielten ihre eigene, fremdartige Sprache und zeigten kein Interesse, die Kunst des Schreibens zu lernen. Sie mißtrauten steinernen Häusern und allen, die darin wohnten; und es dauerte lange, bis sie ihre Werkzeuge aus Feuerstein gegen solche aus Metall vertauschten. Dabei waren sie sehr geschickt im Verfertigen von Holz- und Steinfiguren, die entweder von großer Lebensähnlichkeit oder aber seltsam und furchterregend sein konnten. Solche Figuren, die „Puckelmänner", die wahrscheinlich zur Abschreckung von Feinden dienten, sah Merry an der Straße nach Dunharg. Die Drúedain selbst konnten tagelang regungslos dasitzen und waren dann von ihren Steinfiguren kaum zu unterscheiden.

Im Lauf des Zweiten Zeitalters waren sie von den anderen Menschenvölkern in Gondor aus den Gebirgstälern vertrieben worden. Während des Ringkrieges lebten nur noch wenige kleine Sippen in schwer zugänglichen Gebieten wie dem Drúadan-Wald und Drúwaith Iaur. Dort waren sie vor allen Feinden sicher, denn sie waren große Waldläufer, konnten Fährten mit der Nase verfolgen wie Jagdhunde und kannten die Eigenschaften aller Pflanzen und Kräuter. Außerdem schienen sie manche prophetischen Einsichten zu haben.

Morgoth und Sauron hatten sie nie gedient, und die Orks haßten sie mit solchem Ingrimm, daß manche der Weisen eine Urfehde zwischen Völkern vermuteten, die einst verwandt gewesen sein müßten.

Vgl. DUNHARG, DRÚADAN-WALD, GHÂN-BURI-GHÂN, ORKS.

R, V, 5; *Nachrichten,* IV, i.

DRÚWAITH IAUR

„Die alte Wildnis des Drû-Volkes": das Land zwischen Isen und Lefnui, der südwestliche Zipfel von Mittelerde, auslaufend in das Kap von *Andrast* („langes Kap"). Dieses Land wurde von Gondor nie in Besitz genommen. Dort sollen noch einige Reste der Wasa oder „Wilden Menschen" überlebt haben; daher auch *Alte Puckel-Wildnis* oder *Altes Puckelland* genannt.

Vgl. DRÚEDAIN; Karte S. 99.

Nachrichten, IV, i.

DÜSTERWALD
Das größte noch verbliebene Waldgebiet von Mittelerde, östlich des oberen Anduin, südlich des Grauen Gebirges. Ursprünglich *Grünwald der Große* (S. *Eryn Galen*) genannt, war er der Lebensraum der Waldelben; nach dem ersten Jahrtausend des Dritten Zeitalters legte sich in „Schatten" auf ihn. Er ging von Sauron aus, der sich im Süden des Waldes die Festung Dol Guldur eingerichtet hatte. Dunkles Getier aller Art breitete sich aus: Riesenspinnen, schwarze Fledermäuse und auch schwarze Eichhörnchen. Die Bäume kämpften miteinander um Licht, und dunkle Tannen verdrängten die Eichen und Buchen. Die Waldelben unter ihrem König Thranduil zogen sich in ein befestigtes Gebiet im Nordosten zurück; andere gingen über den Anduin nach Lórien. Im Nordosten reichte der Wald in früherer Zeit bis an die Hänge des Einsamen Berges; doch nach der Ankunft der Zwerge von Moria wurde hier viel Holz geschlagen, und später sorgte der Drache Smaug dafür, daß nichts nachwuchs.

Die Alte Waldstraße, die als Verlängerung der Großen Oststraße den Wald durchquerte, verfiel in dieser Zeit. Bilbo und seine Gefährten folgten daher auf ihrer Wanderung zum Erebor einem Elbenpfad weiter im Norden.

Auch hier war der Wald düster genug: „Die Bäume waren von Efeu erdrosselt und flechtenbehangen, schon viel zu alt, um mehr als einige schwarz verfärbte Blätter zu tragen ... Alle Bäume schienen sich überzulehnen und zu lauschen."

Während des Ringkriegs wurde Thranduils Reich im Norden angegriffen, und im Süden war das Aufmarschgebiet der Feinde gegen Lórien. Nachdem die Angreifer besiegt waren, trafen Thranduil und Celeborn in der Mitte des Waldes zusammen und gaben ihm den Namen *Eryn Lasgalen,* „Wald der grünen Blätter". Der Nordteil wurde dem Volk Thranduils zugesprochen, der Süden fiel an Lórien und die Mitte an die Beorninger und die Waldmenschen.

Im Sindarin hieß „Düsterwald" (manchmal auch mit „Nachtwald" wiedergegeben) *Taur-nu-Fuin,* „der Wald unter dem Nachtschatten" (ebenso wie Dorthonion am Ende des Ersten Zeitalters), oder *Taur-e-Ndaedelos,* „Wald der großen Furcht".

Die mit Tannen bewaldeten Berge im Nordosten des Waldes hießen

zuerst *Emyn Duir,* „Dunkle Berge“, später *Emyn-nu-Fuin,* „Nachtschattenberge“ oder „Düsterwaldberge“.
Vgl. Dol Guldur, Rhovanion, Thranduil, Waldelben; Karte S. 295.
R, II, 6; Anhang B; *H,* 8; *Nachrichten,* III, i; *S,* Von den Ringen...

Dúnedain

Sindarin für „Westmenschen“, Singular: *Dúnadan,* Bezeichnung der Númenórer, im Dritten Zeitalter auch für ihre Nachkommen, z. B. Aragorn und seine Waldläufer, die Dúnedain des Nordens.
Vgl. Edain.

Dunharg

Eine Festung der Rohirrim, wenige Meilen südwestlich von Edoras, auf einer Bergwiese, dem Firienfeld, zwischen den Steilhängen des Starkhorn, des Irensaga und des Dwimorberges gelegen. Den einzigen Zugang von Norden bildete eine steile, schmale Serpentinenstraße, die sich aus dem Hargtal an einem Felsen hinaufzog. Diese von oben leicht zu kontrollierende Straße, die im frühen Zweiten Zeitalter von den Drúedain in den Felsen gehauen worden war, machte jede weitere Befestigung unnötig. Auf der Wiese, wo Théoden und sein Gefolge die Nacht vom 9. auf den 10. März verbrachten, mußten Zelte aufgeschlagen werden, denn es gab dort keinerlei Bauten. An den Kehren der Straße sah Merry die Puckelmänner: „große Steine, die in Gestalt von Menschen gehauen waren, riesig und grobgliedrig, mit gekreuzten Beinen kauernd, die stämmigen Arme über fetten Bäuchen zusammengelegt. Einige hatten im Laufe der Jahre alle Gesichtszüge verloren, bis auf die dunklen Augenhöhlen, die den Vorübergehenden immer noch traurig anstarrten.“ Über das Firienfeld führte die Straße weiter nach Osten bis an das Dunkle Tor unter dem Dwimorberg, den Eingang zu den Pfaden der Toten. Der Tunnel dort gehörte zu einem weiter verzweigten Höhlensystem, das von den Rohirrim seit Baldor niemand mehr betreten hatte.
Vgl. Drúedain, Edoras, Ghân-buri-Ghân, Pfade der Toten, Weisses Gebirge; Karte S. 111.
R, V, 2, 3; *HME 8, The War of the Rings* (238ff.)

DUNKELELBEN

(Q. *Moriquendi*), alle Elben, die nie das Licht der Zwei Bäume von Valinor erblickt hatten: Dazu gehörten eigentlich auch die Sindar und diejenigen Noldor, die erst nach der Rückkehr aus Aman in Mittelerde geboren waren. Der Begriff wurde aber fast ausschließlich von den Noldor in Mittelerde gebraucht, manchmal als summarische Beschimpfung für alle, die nicht zum eigenen Volk gehörten, manchmal nur als Bezeichnung für die Nandor und Avari. Der Status der Sindar konnte taktvollerweise offen gelassen werden, denn Thingol und Melian, ihr Königspaar, waren immerhin in Valinor gewesen. Der Ausdruck schloß in jedem Fall eine Verdächtigung ein: daß eine Verwandtschaft mit den Avari (und mit wer weiß wem noch) nicht auszuschließen sei.

Vgl. AVARI, ELBEN.

S, III, X, XIII, XVI.

DUNKLE JAHRE

Das Zweite Zeitalter; vgl. DREI ZEITALTER.

DUNLÄNDER

So nannten die Rohirrim die Bewohner von *Dunland* (altenglisch „Hügelland"), dem leicht bewaldeten südwestlichen Vorland des Nebelgebirges. Die Selbstbezeichnung der Dunländer ist nicht überliefert, lautete aber mit Sicherheit anders. Denn „Dunländer" war ein Schimpfname, mit dem die Rohirrim die früheren Bewohner des westlichen Teils von Calenardhon verhöhnten, die sie aus den Gebieten östlich des Isen vertrieben hatten. Dunländer waren sie nur insofern, als sie in diesem Land vorläufig Zuflucht gefunden hatten. Im übrigen blieben sie darauf bedacht, ihre früheren Wohngebiete zurückzuerobern oder sich wenigstens an den Räubern ihres Landes durch Raubzüge zu rächen.

Da sie kein sehr zahlreiches Volk waren, mußten sie die Gelegenheiten abwarten, bei denen Rohan zugleich von anderer Seite angegriffen wurde. Jeder Verbündete war ihnen recht, sogar die Orks, mit denen sie jedoch weder verwandt noch befreundet waren. Sie stammten von dem alten Menschenvolk ab, das die Númenórer aus Enedwaith und Minhiriath vertrieben hatten, als sie die Wälder beiderseits der Grauflut abzuholzen begannen. Zur Zeit des Ringkrieges waren sie ein Jäger- und Hir-

tenvolk, eigensinnig und kaum berührt von der Zivilisation der Dúnedain-Königreiche, von großem, kräftigen Körperbau, aber ein wenig gelbhäutig und dunkelhaarig, weshalb die Angehörigen der edleren Rassen auf sie herabsahen. Die Menschen im Breeland und in den südlichen Tälern des Weißen Gebirges waren mit ihnen verwandt. Das Westron war ihnen halbwegs geläufig, doch hielten sie daneben an ihrer alten Sprache fest, die den Rohirrim unverständlich war.
Bei ihren Angriffen auf Rohan kamen die Dunländer meistens über die Furten des Isen ins Land, manchmal aber auch über die Festung Angrenost: Die kleine gondorische Besatzung dort hatte sich mit den Dunländern vermischt und gewährte ihnen Durchlaß und heimliche Unterstützung. Dem Sieg nahe waren sie im Jahre 2758 D. Z. Sie schlossen König Helm Hammerhand in der Hornburg ein und eroberten Edoras; ihr Anführer Wulf rief sich zum König aus, aber im Jahr darauf wurde er von Helms Neffen Fréaláf besiegt und erschlagen.
Im Krieg zwischen Isengart und Rohan hatte Saruman nicht viel Mühe, die Dunländer auf seine Seite zu bringen. Sie erwiesen sich als tapfere Kämpfer, doch waren sie den Rohirrim an Bewaffnung und Disziplin unterlegen. Durch die Niederlage der Dunländer in der Schlacht bei der Hornburg wurde das Verhältnis zwischen den beiden Völkern nicht besser.
Vgl. ENEDWAITH, FRECA, HELM HAMMERHAND, HORNBURG, ISEN, ISENGART, ROHAN; Karte S. 99.
R, III, 7; Anhang A II; *Nachrichten,* II, Anhang D; III, v.

DURIN

Der sagenhafte älteste der Sieben Väter der Zwerge, auch Durin der Unsterbliche genannt, weil er in seinen Söhnen wiedergeboren sein soll. (Vermutlich sind mehrere Könige dieses Namens in der Überlieferung zu einer einzigen Gestalt geworden.) Er kam in frühester Zeit nach Azanulbizar und nahm seinen Wohnsitz in den Höhlen über dem Kheled-zâram; dort entstand im Laufe des Ersten Zeitalters die große Minenstadt Khazad-dûm (Moria).
Als *Durins Wahrzeichen* galt eine Krone von sieben Sternen, die er zum erstenmal auf der Wasserfläche des Spiegelsees erblickte (vermutlich identisch mit der Valacirca der Elben). *Durins Stein* heißt eine am Ufer des Sees zum Gedenken an diesen Augenblick errichtete Säule. Als

Durins Volk werden seine Nachkommen, später wohl auch verallgemeinernd alle Zwerge von Moria bezeichnet, nach ihrer Vertreibung durch den Balrog auch die vom Erebor und von den Eisenbergen.
Vgl. MORIA, ZWERGE.
R, II, 4–6, Anhang A.

DURIN III.
König der Zwerge von Moria im Zweiten Zeitalter, erhielt einen von Saurons sieben Ringen. Vielleicht glaubte er, der Ring stamme von den Elbenschmieden aus Eregion (ca. 1600 Z.Z.).
R, Anhang A III; *Nachrichten,* II, iv.

DURIN VI.
König der Zwerge von Moria im Dritten Zeitalter (1731–1980). Zu seiner Zeit stießen die Zwerge auf der Suche nach dem Mithril tief unter dem Barazinbar (Rothorn) auf einen Balrog, der dort verborgen (oder eingeschlossen) lag. Nachdem Durin und im Jahr darauf auch sein Sohn Náin I. von dem Balrog („Durins Fluch“) erschlagen worden waren, flüchteten die Zwerge aus Moria.
Vgl. BALROG, MORIA.
R, Anhang A III.

DURINSTAG
Für die Zwerge der erste Tag des neuen Jahres: der erste Tag des letzten Herbstneumondes. Als Durinstag wird er jedoch nur dann bezeichnet, wenn an diesem Tag Sonne und Mond eine Weile zugleich am Himmel stehen. Das Schlüsselloch an der Geheimtür am Einsamen Berg wurde nur zu diesem Zeitpunkt sichtbar.
H, 3, 11.

DWALIN
Fundins Sohn, ein Zwerg aus Durins Volk, Balins jüngerer Bruder, spielte die Bratsche. Er begleitete Thráin und Thorin Eichenschild bei ihren Abenteuern. Als sein Bruder Balin nach Moria aufbrach, blieb Dwalin am Erebor. Er lebte lange über das Ende des Dritten Zeitalters hinaus.
H, 1; *R,* Anhang A.

E

Ea

Quenya „Es sei!“ Das Schöpfungswort, mit dem Ilúvatar der erdachten Welt die Eigenschaft der Wirklichkeit zusprach. Bis dahin war die Welt nur in dem gleichen Sinne wirklich wie eine Erzählung: „Sie existiert im Sinn des Erzählers und, davon abhängig, auch im Sinn der Zuhörer, aber nicht auf der gleichen Ebene wie Erzähler oder Zuhörer. Als der Eine (der Erzähler) sagte: *Es Sei!,* da wurde die Erzählung zu Geschichte, nämlich historisch auf der gleichen Ebene wie die Zuhörer; und diese konnten, wenn sie wollten, in sie eingehen. Viele der Ainur *sind* in sie eingegangen und müssen bis ans Ende darin bleiben, weil sie nun in die Zeit verstrickt sind“ (Tolkien). Für die Elben war Ea der Name der räumlich-zeitlichen Welt, des Universums, von dem Arda ein Teil ist. In Ea brennt die *Unverlöschliche Flamme* (das Eigenleben der Dinge); ringsum ist die Zeitlose Leere oder *Äußere Dunkelheit.*

Vgl. Ainur, Arda.

S, Ainulindale; *Briefe*, 212.

Earendil

Quenya „Meeresfreund“: Tuors und Idrils Sohn, einer der Halbelben, heiratete Elwing und fuhr mit ihr und dem von Beren und Lúthien gewonnenen Silmaril auf seinem Schiff Vingilot nach Aman, um Hilfe für die Elben und Menschen von Mittelerde zu erbitten. Die Valar erhörten ihn und überzogen Morgoth mit dem Krieg des Zorns, in dem Beleriand im Meer versank und das Erste Zeitalter endete. Earendil wurde mit Vingilot und dem Silmaril in die Ozeane des Himmels erhoben, wo er morgens und abends als ein hell leuchtender Stern zu sehen ist. Die Entscheidung, ob er zu den Elben oder den Menschen gezählt werden sollte, überließ er Elwing, und sie entschied sich für das Schicksal der Elben. Earendil durfte nicht mehr unter die Sterblichen zurückkehren.

Der etwas dürre Prosabericht über Earendils Fahrt läßt kaum ahnen, welche Bedeutung dieser Episode in der Mythologie von Mittelerde zukommt. Der Name Earendil bildet einen ihrer frühesten Ursprünge:

„Dieser Name ist tatsächlich von angelsächsisch *éarendel* abgeleitet. Als ich Ags. zum erstenmal fachgemäß studierte (1913), fiel mir die große Schönheit dieses Wortes (oder Namens) auf ... Außerdem deutet die Form stark darauf hin, daß es ursprünglich ein Eigenname und kein gewöhnliches Substantiv ist. Dies wird bestätigt durch die offenbar verwandten Formen in anderen germanischen Sprachen, aus denen zumindest soviel sicher hervorzugehen scheint, daß es zu einem astronomischen Mythos gehörte und der Name eines Sterns oder einer Sternengruppe war. Nach meiner Auffassung scheinen die ags. Belege klar zu besagen, daß es ein Stern war, der die Morgendämmerung ankündigte, das heißt, der, den wir heute Venus nennen ... Ich adoptierte ihn für meine Mythologie – in der er zum Urbild eines Seefahrers und schließlich zum Botenstern, zum Hoffnungszeichen für die Menschen wurde ... Aber der Name konnte nicht einfach so übernommen werden: er mußte in die Sprachsituation des Elbischen eingefügt werden, während zugleich in der Sage für diese Person ein Platz gefunden werden mußte. Von da aus ... entstanden schließlich a) der urelbische Stamm *ayar,* ‚Meer' ... und b) das verbale Stammelement *(n)dil,* ‚lieben, sich widmen' " (Tolkien)

Vgl. ELWING, HALBELBEN, VINGILOT.

S, XXIV; *Briefe,* 297; Carpenter, *J.R.R. Tolkien,* 79.

EARNUR

Der dreiunddreißigste und für tausend Jahre der letzte König von Gondor (2043–50 D. Z.). Von seinem Vater Earnil wurde er 1974 D. Z. mit einem großen Heer zu Schiff nach Norden geschickt, um in den Krieg gegen Angmar einzugreifen. Er kam zu spät, um König Arveduis Reich zu retten, aber zusammen mit den Elben von Lindon und Imladris konnte er den Hexenkönig in der Schlacht bei Fornost (1975) besiegen und ihn aus dem Norden vertreiben. Als jedoch der Hexenkönig zum Zweikampf gegen Earnur anritt, passierte etwas, das Earnur sein Leben lang nicht verwinden konnte. Earnur und sein Gefolge behaupteten später, ihm sei das Pferd durchgegangen. Der Hexenkönig behauptete, Earnur sei vor ihm ausgerissen. Earnur, ein hitzköpfiger Haudegen, trainierte fortan tagaus, tagein alle erdenklichen Arten des Zweikampfs, besonders zu Pferde. Als Earnur selbst den Thron bestiegen hatte, forderte ihn der

Hexenkönig, der nun in Minas Morgul saß, unter erneuten Beschimpfungen zur Wiederholung des Duells heraus. Einige Jahre lang konnte sein kluger Truchseß Mardil ihn bezähmen, aber im Jahre 2050 ritt er mit wenigen Begleitern vor die Tore von Minas Morgul. Was dann mit ihm geschah, weiß niemand; vermutlich wurde er gefangen und zu Tode gequält.

Da Earnur keine Nachkommen hatte, war Gondor von nun an eine Monarchie ohne König, und die Regierung lag in den Händen der Truchsesse.

Vgl. Angmar, Arthedain, Gondor, Mardil, Truchsesse.

R, Anhang A.

Echoriath

S. Die „Umzingelnden Berge", zwischen denen das Tal von Tumladen mit der Stadt Gondolin verborgen lag, zwischen dem Tal des Sirion und den Ered Gorgoroth. Der südliche Teil waren die Crissaegrim, wo sich die Horste von Thorondors Adlern befanden. Von Südwesten gelangte Tuor an das versteckte Außentor, das in das unterirdische Bett eines ausgetrockneten Flusses und dann in die steile Schlucht von Orfalch Echor führte, die von den Gondolindrim streng bewacht und mit sieben Toren gesichert war. Es gab außerdem einige Pässe über die Berge, die jedoch schwer begehbar und nur wenigen bekannt waren. Einer davon war die Cirith Thoronath im Nordwesten. Weit im Norden lagen die Bergwerke von Anghabar („Eisengrube"), die Maeglin oft besuchte. Das ganze Gebirge wurde ständig von riesigen Adlern überflogen, die feindliche Späher abschreckten und Nachrichten nach Gondolin brachten.

Vgl. Cirith Thoronath, Gondolin, Maeglin, Tuor; Karte S. 59.

S, XXIII; *Nachrichten,* I, i.

Edain

Sindarin „das zweite Volk", die Menschen; Singular *Adan* (Quenya *Atani, Atan*). So wurden jedoch in der Regel nur die Menschen aus den drei Häusern der Elbenfreunde bezeichnet, die zuerst nach Beleriand gekommen waren, vgl. Beor, Hador, Haleth. Nachkommen der Edain waren die Dúnedain.

S, XII, XVII.

EDORAS

Altenglisch „Wohnhäuser"; die Hauptstadt von Rohan auf einem Hügel am Südrand des Weißen Gebirges. Eine lange Treppe führte zum Gipfel hinauf, wo Meduseld stand, die Halle des Königs, die wegen ihres goldglänzenden Dachs weithin zu sehen war. Edoras war mit einer Mauer umgeben, aber keine Festung. Bei Kriegsgefahr zogen sich die Bewohner in das nahegelegene Dunharg am oberen Ende des Hargtals zurück. Im Hargtal entsprang der kleine Fluß Schneeborn, den Gandalf und seine Gefährten bei einer Furt überschreiten mußten, als sie sich von Norden der Stadt näherten. Am Fuße des Hügels lagen die sechzehn Gräber der Könige von Rohan.

Die Entfernung nach Minas Tirith, die das Heer der Rohirrim während des Ringkriegs in fünf Tagen zurücklegte, betrug etwas über 300 Meilen.

Vgl. MEDUSELD, ROHAN; Karte S. 111.

R, III, 6; Anhänge A und B.

EILEND

Auch Eiliges Wasser, Sindarin *Celduin:* Fluß, der am Erebor entsprang, durch den Langen See floß und nach der Vereinigung mit dem *Carnen* (Rotwasser), der von den Eisenbergen herabkam, ins Meer von Rhûn mündete. Bilbo und die Zwerge fuhren flußaufwärts in Booten bis auf eine Tagesreise an den Berg heran und ließen einen Teil ihres Gepäcks am Ufer zurück. Südlich des Langen Sees war ein Wasserfall, doch im übrigen war der Fluß schiffbar und trug einen großen Teil des Handelsverkehrs von Thal und Esgaroth.

Vgl. ESGAROTH, LANGER SEE; Karte S. 295.

H, 10.

EINSAMER BERG

Vgl. EREBOR.

EISENBERGE

Eine kleine Gebirgskette östlich des Düsterwalds, vermutlich ebenso wie das Graue Gebirge ein Überrest der Ered Engrin, wo im Ersten Zeitalter Melkors Festungen lagen. Im Dritten Zeitalter lebten hier Zwerge, obwohl ihre Minen dort nicht so ergiebig waren wie die unterm Erebor.

EDORAS, DUNHARG UND DAS HARGTAL

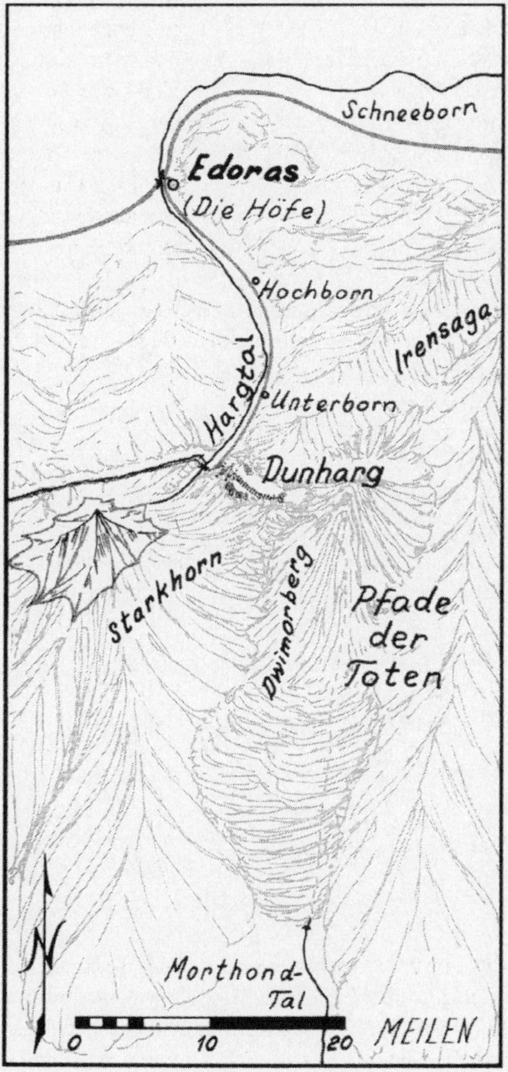

Sie kamen Thorin Eichenschild in der Schlacht der fünf Heere zu Hilfe, und ihr Führer Dáin Eisenfuß wurde, nachdem Thorin gefallen war, König unter dem Berg.
In den Eisenbergen entsprang der Fluß Rotwasser (Carnen), die Ostgrenze des Einflußbereichs der Könige von Thal.
Vgl. Dáin II., Rhovanion, Thorin II.; Karte S. 295.
H, 17–19; *R,* Anhänge A und B.

Eithel Sirion
Sindarin „Sirion-Quelle", an den Osthängen der Ered Wethrin, wo Fingolfins und Fingons große Festung *Barad Eithel* stand. Wegen ihrer Nähe zu Angband war sie ein Vorposten der Noldor und wurde in Kriegen von Beleriand heiß umkämpft, aber vor der Nirnaeth Arnoediad niemals erobert. Auch viele Männer aus dem Volk Hadors kämpften und fielen dort.
Vgl. Ered Wethrin, Hador, Nirnaeth Arnoediad; Karte S. 59.
S, XVIII, XX.

Ekkaia
Das Außenmeer, „von dem das Königreich Arda umzingelt ist. Niemand als die Valar weiß, wie breit es ist: und dahinter kommen die Mauern der Nacht". Ekkaia geht in *Vaiya,* den äußeren Himmel, über. In Ekkaia sind die Hallen des Vala Ulmo.
Vgl. Arda.
S, I; *HME 4,* V (235ff.).

Elanor
Eine kleine gelbe, sternförmige Winterblume, die am Fuß des Cerin Amroth in Lórien (2) und auf Tol Eressea wuchs, von wo die Eldar eine ganze Schiffsladung als Festschmuck zu Aldarions und Erendis' Hochzeit mitbrachten. Der Name bedeutet „Sternblume". Es handelt sich dabei um keine heute bekannte Blume, doch soll die Elanor einer etwas größeren Pimpernelle ähnlich gesehen haben.
Die Hobbits gaben ihren Mädchen gern Blumennamen, und Sam Gamdschie nannte seine älteste Tochter Elanor.
R, II, 6; *Nachrichten,* II, ii; *Briefe,* 312.

Elben

Die Elben in den Erzählungen aus dem Dritten Zeitalter sind uralte Epigonen ihrer selbst. Elrond, Thranduil, Glorfindel, Celeborn: alle sind schön und edel, weise, tapfer, aber mit ihrer Vitalität steht es nicht zum besten. (Nur in Galadriel glimmt noch ein Funke des alten Feuers.) Dies ist schon die Zeit der Menschen, und bei den Elben ist der „Schwund" weit fortgeschritten, der Alterungsvorgang, dem auch sie trotz ihrer ungeheuren Langlebigkeit unterliegen: Ermüdung durch die Zeit, Weltüberdruß, Sichverzehren in den eigenen Gedanken, bis der Körper fast nur noch eine Erinnerung des Geistes ist.

Ihre große Zeit waren die Ältesten Tage im Licht der Bäume von Valinor und die hellen Nächte im sternbeschienenen Beleriand; mit dem Aufgang der Sonne begann schon ihr Verfall. Einst waren sie tatenlustiger, neugieriger und hochmütiger, nicht so permanent melancholisch. Sie hatten gewaltige Sänger, deren Stimmen weit über Land und Meer schallten, furchtbare Krieger, mit denen selbst die Balrogs es nur in Überzahl aufnahmen, hellsichtige Künstler und Erfinder, die in die Geheimnisse des Schicksals eingriffen. Sie waren die erstgeborenen Kinder Ilúvatars, das ältere der Zwei Geschlechter, sozusagen die großen Brüder der Menschen. Sich selbst nannten sie die *Quendi* (Quenya „die mit Stimmen Redenden") – in der Zeit, als ihnen andere sprechende Wesen noch nicht begegnet waren.

Daß sie „unsterblich" waren, hieß nur, daß sie diese Welt nicht verlassen können, solange sie besteht. Wenn sie „die Welt leid" oder getötet wurden, verloren sie nur den Körper (Quenya *hroa*), während ihr Geist *(fea)* in Mandos' Hallen einging. Nach einer Zeit der Erholung, Heilung oder Reinigung konnte er von dort in die Welt zurückkehren und in einem anderen Körper ein zweites Mal geboren werden. Im Anfang war ihr Lebenszyklus, abgesehen von der Länge, vom menschlichen nicht allzu verschieden. In der Jugend, etwa bis siebzig, waren sie jungen Menschen ähnlich; dann traten, bedingt durch die Fülle und Intensität der Erinnerungen, andere Empfindungsweisen hervor.

Von tiefer, schicksalsprägender Bedeutung war für die Elben die Namensgebung. Den ersten Namen gab ihnen der Vater gleich nach der Geburt, doch bezeichnender und prophetischer war oft der zweite, den ihnen die Mutter etwas später verlieh. Diese ersten Namen konnten im

Laufe eines Lebens durch selbstgewählte oder von anderen beigelegte Namen ergänzt werden.
Kein Ding interessierte sie, nur weil es nützlich war. Tiere und Pflanzen, Hügel und Bäche, Waffen und Schmuckstücke waren nicht Sachen, von denen man sich nimmt, was man braucht, sondern Nachbarn oder Begleiter. Alles, was ihre Aufmerksamkeit erregte, wurde mit einem individuellen Namen angesprochen; sogar die Bäume sollen von ihnen reden gelernt haben. Sie verschmähten manche Elemente der Technik wie z. B. das Rad, in denen Gleichförmigkeit und Wiederholbarkeit angestrebt werden. Besonders liebten sie die Sterne, denn in ihrem Licht hatten sie zuerst die Welt erblickt. Von den Valar ehrten sie daher die Sternentfacherin Varda am höchsten.
Die Geschlechtsliebe spielte in ihrem Leben keine Rolle. Sie waren strikt monogam, aber die Gatten lebten nicht dauernd zusammen. Nur in den ersten Jahren nach der Geburt eines Kindes galt die Abwesenheit des Vaters (oder der Mutter) als ein großes Unglück; während eines Krieges wurde die Fortpflanzung daher vermieden. Im übrigen gingen Männer und Frauen oft ihre eigenen Wege.
Musik, Poesie, Kunst und Wissenschaft bedeuteten ihnen mehr als Macht und Besitz, aber Eitelkeit und Arroganz (wie die Menschen zu spüren bekamen) waren ihnen nicht fremd. Ihre große Schwäche war, daß sie der Vergangenheit nachtrauerten und dem Wandel abgeneigt waren. „Sie werden ein wehmütiges Volk, ihre Kunst wird antiquarisch, und all ihr Trachten geht nun auf eine Art Einbalsamierung" (Tolkien).
Weit im Osten von Mittelerde waren sie durch einen Schöpfungsakt zum Leben erweckt worden: am See von Cuiviénen (Quenya „Wasser des Erwachens"), einer Bucht des Binnenmeeres von Helcar am Westhang der Orocarni, der „roten Berge" des Ostens. Dort hatte der Vala Orome sie bei einem seiner Jagdritte gefunden. Um sie vor Melkors Nachstellungen zu bewahren, hatten die Valar sie aufgefordert, nach Aman zu kommen; und die Elben teilten ihre Völker und Stämme danach ein, wie weit sie dieser Aufforderung gefolgt waren. Zuerst nannten sie sich allgemein die *Eldar* oder *Eldalië* (Sindarin *Edhil*), das „Volk der Sterne". Von dieser Bezeichnung wurden später die *Avari* („die Widerstrebenden") ausgenommen, die sich schon in Cuiviénen von ihnen trennten,

und ebenso die *Nandor* („die sich abwenden"), die vor dem Nebelgebirge zurückschreckten und nach Süden abbogen.

Auf dem langen Marsch nach Westen voraus gingen die *Vanyar* („die Blonden"), hinterdrein die *Noldor* („die Gelehrten"), und als letzte zogen die *Teleri* („die Letzten") durch die Lande. Der Meeresgott Ulmo (dem das ganze Unternehmen nicht gefiel) riß eine Insel los und transportierte darauf die Vanyar und Noldor nach Aman. Um die Teleri zu holen, mußte er seine Insel noch mal den ganzen Weg hin und her schleppen, und auch dann kam nur ein Teil von ihnen; der Rest mochte sich von Mittelerde nicht trennen.

Alle, die noch das Licht der Zwei Bäume in Valinor erblickt hatten, nannten sich später *Calaquendi* (Lichtelben): die Vanyar, die Noldor und der in Aman wohnende Teil der Teleri. Alle anderen, die Avari, die Nandor und die in Mittelerde gebliebenen Teleri, wurden von den ersteren die *Moriquendi* (Dunkelelben) oder *Úmanyar* („die nicht aus Aman kommen") genannt.

Als die Noldor während der Verdunkelung von Valinor nach Mittelerde zurückkehrten, nannten sie die Teleri, die sie dort trafen, die *Sindar* oder Grauelben. Von den Sprachen der beiden Völker, die sich während ihrer langen Trennung auseinanderentwickelt hatten, setzte sich das *Sindarin* als allgemeine Verkehrssprache durch (auch bei Menschen und Zwergen), während das Hochelbische oder *Quenya,* das die Noldor aus Valinor mitbrachten, zur Gelehrten- und Zeremonialsprache wurde. (Alle diese Bezeichnungen der verschiedenen Elbenvölker sind Quenya-Wörter.)

Über die Sprachen der Nandor und Avari ist wenig bekannt. Was im Dritten Zeitalter von diesen Völkern noch übrig war, hatte sich mit den Resten der Sindar und Noldor verbunden, zum Beispiel bei den Waldelben von Düsterwald und Lórien.

Von den Noldor und Sindar haben alle anderen Völker das Schreiben gelernt.

Vgl. AVARI, CIRTH, ELBENSPRACHEN, KINDER ILÚVATARS, NANDOR, NOLDOR, QUENYA, SINDAR, SINDARIN, TELERI, VANYAR, ZWEI GESCHLECHTER.

R, Anhang E; *S,* III, IX-XI; *HME 10,* II (Laws and Customs); *Briefe,* 131, 144, 181.

ELBENSPRACHEN

Wörter und Wortelemente in SIN

SINDARIN	QUENYA
a(r), neben außerhalb	*ar* (z. B. *Araman,* „außerhalb von Aman")
adan, (Plural *edain*), Mensch	*atan (atani)*
aew, kleiner Vogel (z. B. *Linaewen*)	*aiwe*
aglar, Ruhm, Glanz (z. B. *Aglorond*)	*alkar*
alph, Schwan	*alqua* (z. B. *Alqualonde*)
am, hinauf (z. B. *Amon,* Berg)	*amba*
ang, Eisen (z. B. *Angband*)	*anga*
annûn, Sonnenuntergang, Westen	*andúne*
ar(a), erheben, königlich (z. B. *aran,* König)	*ara(t)* (z. B. *Aratar*)
-ath, Pluralsuffix (z. B. *Periannath,* die Hobbits)	*-at,* Dualsuffix (z. B. *ciriat,* zwei Schiffe)
bal, Macht (z. B. *Balrog*)	*val* (z. B. *Valarauko*)
bar, Haus, Wohnung	*már* (z. B. *Vinyamar*)
beth, Wort	*quetta*
calen (galen), grün (z. B. *Calenardhon*)	*cala*, strahlend (z. B. *Calacirya*)
Caran, rot (z. B. *Caranthir*)	*carne* (z. B. *Carnimírie*, die „Rotbeperlte", Eberesche)
carch, Hauer, Fangzahn (z. B. *Carcharoth*)	*carca*
celeb, Silber	*telep, telpe* (z. B. *Telperion*)
cir-, schneiden, spalten (z. B. *cirith*, Schlucht, Spalte)	*cír-* (z. B. *círya*, scharfbugiges Schiff)
dôr, Land	*dor,* vermischt mit *nóre*, Volk (z. B. *Valandor* → *Valinor*)
dú, Nacht, Finsternis (z. B. *dúlin*, Nachtigall)	lóme*, Dämmer* (z. B. *lómelinde*)
dûn, west-	*númen*
echui, Erwachen	*coi* (z. B. *coire*, Vorfrühling)
edhel (Plural *edhil*), Elb	*elda (eldar)*
eithel, Quelle	*etkele, ehtele*
Ennor, Mittelerde	*Endor* (*en(ed)*, Mitte + *(n)dor,* Landmasse)
falas, Ufer	*falasse*
forn (for, forod), nord- (z. B. *Fornost)*	*formen*
fuin, Finsternis (z. B. *Taurnu-Fuin*)	*huine*
gaer, Meer	*ear*

Sindarin	Quenya
galad, Glanz (z. B. *Galadriel*)	*alata (Alatáriel)*
galadh, Baum (z. B. *Galadhrim*)	*alda*
glór-, goldfarben	*laure-* (z. B. Laurelin)
-gon (in Namen wie *Turgon*)	*-káno*, Herr, Gebieter
gond, Stein (z. B. *Gondolin*)	*ondo (Ondolinde)*
gûl, Hexerei, Magie (z. B. *morgul*)	*nóle*, Kunde, Wissen
har-, *harn*, *harad*, Süd	*hyarmen*
hîn, Kinder	*híni,* (z. B. *Eruhíni*, Kinder Erus)
hîr, Herr (z. B. *Barahir*)	*heru*
hîth, Nebel (z. B. *Hithlum*)	*hísie (Hísilóme)*
laeg, grün (z. B. *Legolas*)	*laica*
las(s), Blatt	*lasse* (z. B. *lasselanta*, Laubfall, Herbst)
lin-, singen	*linde-*
lhûg, Krümmung, Schlinge	*lok-* (z. B. *Urolóki,* Drache)
lond (lonn), landumschlossener Hafen (z. B. *Mithlond*)	*londe*
los, Schnee (z. B. *Lossoth*)	*loss* (z. B. *Oiolosse*)
loth, Blüte (z. B. *Nimloth*)	*lóte, (Ninquelóte)*
lyg, Schlange	*leuca*
maeg, scharf, durchdringend (z. B. *Maeglin*)	*maika*
mîr, Juwel (z. B. *Nauglamír*)	*míre* (z. B. *Elemmíre*)
môr-, dunkel, schwarz (z. B. *Mordor*)	*móre*
naith, Spitze, Winkel	*nehte*
naur Feuer	*nar,* (z. B. *Narsil*)
-n(dil), Freund (z. B. *Arandil*, Königsfreund, Royalist)	*-(n)dil* (z. B. *Elendil*)
-(n)dur, Freund, Diener (z. B. *Arandur*, Minister)	*-(n)dur*
nen, Wasser	*nen*
nim, weiß (z. B. *Nimloth*)	*ninque*
odo, sieben (z. B. *Ossiriand*)	*otso*
orn, Baum (z. B. *Mallorn*)	*orne*
paur, Faust, Hand (z. B. *Celebrimbor*)	*quáre (Telperinquar)*
ped-, sprechen	*quen-*
ram, Wall (z. B. *Andram*)	*ramba*
raug, *rog*, Dämon (z. B. *Balrog*)	*rauko*
rhûn, Ost	*rómen* (z. B. *Romenna*)
ril, Schimmer, Funke (z. B. *Idril*)	*rille*, *rilde (Itarille)*
-rim, Pluralsuffix: Schar, große Zahl (z. B. *Falathrim*)	*rimbe*

Sindarin	Quenya
roch, Pferd	*rokko*
ruin, rote Flamme (z. B. *Orodruin*)	*rúnya*
sereg, Blut	*serke*
sil-, *thil-*, weiß oder silbern leuchten	*sil-* (z. B. *silmarilli*)
sinda, grau	*thin(d)*
sûl, Wind	*súl* (z. B. *Súlimo*)
tar-, hoch, erhaben	*tára* (z. B. *Tar-Minyatur*)
tathar, *Weidenbaum*	*tasare* (z. B. *Tasarinan*)
taur, Wald	*taure*
thang, Unterdrückung (z. B. *Thangorodrim*)	*sanga*, drücken, drängen
thaur, abscheulich (z. B. *Gorthaur*)	*saur (Sauron)*
thoron, Adler	*soron*
tin-, funkeln (z. B. *Tinúviel*)	*tinta-*, funkeln machen
tir, beobachten, anschauen (z. B. *Minas Tirith*)	*tir(a)* (z. B. *Palantir*)
tol, Insel	*tol*
tum, Tal (z. B. *Tumladen*)	*tumbo* (z. B. *tumbalemorna*)
tur, Kraft, Meisterschaft (z. B. *Turgon*)	*tur*

Eldacar

Der 21. König von Gondor. Weil er nicht von reiner númenórischer Abkunft war, kam es zu einem Sippenstreit im Königshaus, der einen langwierigen Bürgerkrieg zur Folge hatte. Sein Vater, König Valacar, hatte Vidumavi geheiratet, die Tochter Vidugavias, des Königs der Nordmenschen von Rhovanion. Eldacar war in Rhovanion geboren und hatte in seiner Jugend Vinitharya geheißen. (Die Nordmenschen von Rhovanion trugen gotische Namen.) Seine Gegner befürchteten, durch ihn werde die Kurzlebigkeit der Nordmenschen auch in das Königshaus eindringen. Nach langer Gegenwehr mußte Eldacar vor der Übermacht seiner Feinde, die ihn in Osgiliath belagerten, nach Rhovanion fliehen (1437 D. Z.). Sein Rivale Castamir, der nun auf den Thron kam, machte sich vielseitig unbeliebt; er betrieb vor allem Seemachtpolitik und dachte daran, Pelargir zur Hauptstadt des Reiches zu machen. Eldacars Sohn Ornendil, der gefangengenommen worden war, ließ er umbringen. Als Eldacar nach zehn Jahren mit einem Heer der Nordmenschen nach Gon-

dor zurückkehrte, fand er viel Unterstützung in Ithilien, Anórien und Calenardhon. In der Schlacht an den Übergängen des Erui in Lebennin wurde Castamir besiegt, er selbst von Eldacar im Zweikampf erschlagen. Castamirs Söhne, mit vielen seiner Anhänger, hielten sich noch lange in Pelargir. Sie fuhren später nach Umbar, sammelten dort alle Feinde von Gondor um sich und gründeten ein eigenes Reich, das Gondor noch lange zu schaffen machte.
Durch den Sippenstreit wurde Gondors Macht nachhaltig geschwächt. Eldacar, allen pessimistischen Voraussagen zum Trotz, wurde über zweihundert Jahre alt. Er starb im Jahr 1490 D. Z.
Vgl. GONDOR, OSGILIATH, RHOVANION, UMBAR.
R, Anhänge A und B.

ELDALONDE
Ein kleiner Hafen an der Westküste von Númenor, südlich von Andúnië in der windgeschützten Bucht von Eldanna, wo der Fluß Nunduine ins Meer mündete. Eldalonde bedeutet in Quenya „Hafen der Eldar". Es wurde auch „der grüne Hafen" genannt, weil die Elben von Eressea, die gern dort landeten, die Umgebung mit aromatischen Bäumen wohlklingenden Namens bepflanzt hatten: *oiolaire, lairelosse, nessamelda, vardarianna, taniquelasse* und *yavannamíre.* Die Gegend hieß *Nísimaldar,* Quenya „das Land der duftenden Bäume". Hier wuchs auch der Mallorn.
In späterer Zeit, als die Besuche der Elben in Númenor unerwünscht wurden, war Eldalonde der Hafen, den ihre Schiffe am leichtesten unbemerkt anlaufen konnten.
Vgl. MALLORN, NÚMENOR; Karte S. 273. *Nachrichten,* II, i.

ELDAR
Die VANYAR, NOLDOR und TELERI; allgemein Quenya für ELBEN (Singular *Elda).*

ELEMMÍRE
Einer der neuen Sterne, die Varda zum Erwachen der Elben aus dem Tau von Telperion schuf; vermutlich Merkur.
S, III; *HME 10,* V (Index).

ELENDIL
„Et Earello Endorenna utúlien. Sinome maruvan ar Hildinyar tenn' Ambar-metta!" (Q.: „Aus dem Großen Meer bin ich nach Mittelerde gekommen. An diesem Ort bleiben ich und meine Erben bis zum Ende der Welt.") Dies sollen Elendils Worte gewesen sein, als er mit seinen vier Schiffen in Lindon an Land geworfen wurde. Mit seinen Söhnen Isildur und Anárion, die der Sturm nach Süden getrieben hatte, war er dem Untergang von Númenor entkommen. Sein Vater war Amandil, der letzte der Herren von Andúnië und Führer der Partei der Getreuen oder „Elbenfreunde" *(Elendili).* Elendil gründete das Nördliche Königreich (Arnor), doch als Sippenältester hatte er die unbestrittene Oberhoheit auch über den Süden, wo Isildur und Anárion gemeinsam regierten. Seine Macht verdankte er den Schätzen und Kenntnissen, die er aus Númenor mitbrachte, dem starken Gefolge der edlen Dúnedain, die sich ihm angeschlossen hatten, und vor allem seiner Freundschaft mit Gil-galad, dem Hohen König der Noldor von Lindon. Mit seinen Söhnen unterhielt er eine ständige Verbindung durch die Palantíri. In Annúminas am Nenuial-See erbaute er seine Hauptstadt.

Weil er selbst unter den hochgewachsenen Númenórern durch seine Größe auffiel, wurde er oft als *Elendil der Lange* bezeichnet. (Nach manchen wohl allzu legendären Angaben maß er zwei Meter vierzig.) Trotz dieser Hünengestalt war er eher ein Gelehrter als ein Krieger. Er brachte viele Schriftrollen aus Númenor mit; und die *Akallabêth* soll im wesentlichen aus seiner Feder stammen. Den Untergang von Númenor betrauerte er zeitlebens, und durch den Palantír auf den Emyn Beraid soll er oft nach Tol Eressea geblickt haben.

Erst in den letzten Jahren seines Lebens gewann er auch kriegerischen Ruhm. Sauron griff das Südliche Königreich an und eroberte Minas Ithil; Elendil und Gil-galad schlossen das *Letzte Bündnis* zwischen Elben und Menschen und führten ein mächtiges Heer über das Nebelgebirge nach Südosten. Auf der Dagorlad trugen sie den Sieg davon (3434 Z.Z.), an dem der persönliche Einsatz der beiden Könige einigen Anteil hatte: „Elendils Schwert versetzte Orks und Menschen in Furcht, denn es leuchtete mit dem Licht von Sonne und Mond, und es wurde Narsil genannt." Elendils Banner zeigte einen Weißen Baum unter sieben Sternen in schwarzem Feld.

Nach siebenjähriger Belagerung von Barad-dûr kam es zu dem berühmten Kampf der beiden Könige mit Sauron (3441 Z.Z.). Gil-galad und Elendil fielen, aber auch Sauron wurde niedergeworfen, und Isildur schnitt ihm mit dem abgebrochenen Heftstück von Narsil den Herrscherring von der Hand.

Alle späteren Könige von Arnor und Gondor bezeichneten sich als *Elendils Erben.* Strittig war unter ihnen, ob die Erben Isildurs (des älteren Sohnes) gegenüber denen Anárions ein besonderes Thronfolgerecht auch für Gondor und das Vereinigte Königreich besaßen.

Vgl. ARNOR, GETREUE, GONDOR, LETZTES BÜNDNIS, NÚMENOR, PALANTÍRI.

R, II, 2; VI, 5; Anhang A; *S,* Akallabêth; Von den Ringen …

ELESSAR

Q. „Elbenstein", der Name, unter dem ARAGORN gekrönt wurde.

ELROND

(Sindarin „Sternendach"): der Herr von Imladris, in dessen Haus die Wanderer einkehrten, um Atem zu schöpfen, ihre Wunden heilen zu lassen oder sich Rat zu holen, ehe sie weiterzogen. In den Geschichten aus Mittelerde ist er eine Hintergrundfigur, bei der viele Fäden zusammenlaufen; durch und durch gütig, weise und blaß. Seine Erinnerungen reichten zurück bis in die Ältesten Tage, und er war mit allen edlen Völkern verwandt: mit den drei Häusern der Edain, mit den Noldor und Sindar und mit den göttlichen Maiar. Sein Vater war Earendil, seine Mutter Elwing. Bei dem Gemetzel an den Sirion-Mündungen blieben Elrond und sein Bruder Elros, die erst wenige Jahre alt waren, dank Maglors Schutz am Leben. Während des Zweiten Zeitalters stand Elrond dem Noldorkönig Gil-galad nahe. Als Halbelb vor die Wahl gestellt, ob er als Mensch oder Elb leben wollte, hatte er sich für die Elben entschieden. Er war ein großer Gelehrter, Wahrsager und Heilkundiger, weniger ein Krieger; dennoch übertrug ihm Gil-galad den Oberbefehl über das Heer von Lindon, das den Noldor von Eregion gegen Sauron zu Hilfe kam. In dem Verteidigungskrieg, den er führte, als Saurons Heere ihn nach Norden abdrängten, gründete er Imladris (Bruchtal) als Festung und Zuflucht. Nach dem Krieg blieb er dort und wurde von Gil-galad zum

Vize-Regenten von Eriador ernannt. Zugleich übergab ihm Gil-galad den Blauen Ring Vilya.

Im Krieg des Letzten Bündnisses (3430–3441 Z. Z.) war Elrond Gil-galads Herold und stand ihm in seinem letzten Kampf bei. Er und Círdan rieten Isildur, den Herrscherring sofort ins Feuer des Orodruin zu werfen, aber Isildur hörte nicht auf sie.

Während des Dritten Zeitalters unterstützte er Elendils Erben, vor allem die Könige von Arnor und Arthedain. Nach der Vernichtung ihrer Reiche bot er ihnen in Imladris Asyl. Daß Isildurs Erben eines Tages noch eine wichtige Rolle spielen würden, wußte er, denn er hatte es selbst prophezeit.

Mit Galadriel und Círdan unterhielt er enge Verbindung, weniger mit Thranduil. Im Jahre 109 D. Z. heiratete er Celebrían, Galadriels Tochter. Sie hatten drei Kinder: eine Tochter, Arwen, und zwei Söhne, die Zwillinge Elladan und Elrohir. Celebrían wurde 2509 D. Z. von Orks mißhandelt und schwer verwundet; im Jahr darauf fuhr sie übers Meer in den Westen.

Obwohl selbst ein Mischling, war Elrond von dem alten elbischen Hochmut gegen die kurzlebigen Menschen nicht frei. Daß seine Tochter Arwen sich mit einem Sterblichen verbinden wollte, ertrug er nur widerwillig. Irgendeinen kleinen König hätte er als Schwiegersohn nicht akzeptiert. Aragorn mußte mindestens Elendils Reich wiederherstellen, um Elronds Einwilligung zu erlangen. (Daß Arwen nicht ohne Zustimmung ihres Vaters heiraten konnte, obwohl sie fast schon dreitausend Jahre alt war, verstand sich von selbst.)

Dank seinen vielfältigen Verbindungen wurde Elrond der einflußreichste unter den Elbenfürsten, die zusammen mit den Istari den Weißen Rat bildeten. Als Frodo sich in Bruchtal zu der Fahrt mit dem Ring bereitmachte, wählte Elrond seine Begleiter aus: Alle freien Völker, Elben, Zwerge, Menschen und Hobbits mußten in der Gemeinschaft repräsentiert sein.

Den Ausgang des Unternehmens nahm er mit gemischten Gefühlen auf. Mit der Vernichtung des Herrscherrings erlosch auch die Macht der Elbenringe, und bald wäre Mittelerde ein Reich der Menschen und Maschinen. Als er nach dem Ringkrieg in den Alten Westen fuhr, blieben seine Söhne Elladan und Elrohir in Imladris zurück.

Vgl. Halbelben, Imladris, Ringe der Macht, Vilya, Weisser Rat.
S, XXIV; Von den Ringen ...; *R,* II, 1–3; Anhänge A und B; *H,* 3; *Nachrichten,* II, iv.

Elros

Earendils und Elwings Sohn, achtundfünfzig Jahre vor dem Ende des Ersten Zeitalters geboren. Wurde mit seinem Bruder Elrond beim Überfall von Feanors Söhnen auf die Elben an den Sirion-Mündungen gefangengenommen, aber von Maglor beschützt. Elros (wie sein Bruder und seine Eltern) war einer der Halbelben, die am Ende des Ersten Zeitalters vor die Wahl gestellt wurden, ob sie Elben oder Menschen sein wollten. Elros entschied sich für die Menschen und wurde von den Valar zum ersten König von Númenor ernannt (Elros Tar-Minyatur). Zum Ersatz für die Unsterblichkeit, auf die er verzichtete, wurde ihm und seinen Nachkommen ein sehr langes und von Krankheiten ungestörtes Leben gewährt. Elros wurde fünfhundert Jahre alt, und unter seinen Nachkommen, den Königen von Númenor (und später von Gondor und Arnor), verringerte sich die Langlebigkeit nur allmählich.
Bald nach seiner Ankunft in Númenor wählte Elros einen Hügel in der Gegend um den Berg Meneltarma zu seinem Königssitz und erbaute dort den Turm und die Zitadelle von Armenelos. Im Jahre 442 Z.Z. schied er freiwillig aus dem Leben.
Vgl. Armenelos, Halbelben, Númenor.
S, XXIV; Akallabêth; *R,* Anhang A; *Nachrichten,* II, iii.

Elwing

Diors Tochter, Berens und Lúthiens Enkelin. Der Name bedeutete „Sterngischt“, denn sie war am Wasserfall von Lanthir Lamath, am Oberlauf des Adurant, in einer Nacht geboren, als die Sterne in der Gischt des Wasserfalls glitzerten. Als einziges von Diors Kindern entkam Elwing dem Angriff von Feanors Söhnen auf Menegroth; sie trug den Silmaril bei sich und erreichte zusammen mit anderen Flüchtlingen die Sirion-Mündungen. Dort vereinigten sich die Überlebenden aus Doriath mit denen aus Gondolin, und Elwing wurde die Gattin des Seefahrers Earendil. Immer noch von Feanors Söhnen verfolgt, rettete sie sich vor ihrem erneuten Angriff durch einen Sprung ins Meer, mit dem Silmaril auf der

Brust. Ulmo brachte sie zu Earendil, der mit seinem Schiff Vingilot auf See war. Sie begleitete ihn auf seiner Fahrt nach Aman, die nur zum Ziel führen konnte, weil sie den Silmaril bei sich trugen.
Elwing traf für Earendil und sich selbst die Entscheidung, das Schicksal der Elben zu teilen. Auf seinen weiteren Fahrten begleitete sie ihn nicht. Die Teleri von Alqualonde, ihre Verwandten, nahmen sie freundlich auf, und man erbaute für sie einen weißen Turm im Norden der Bucht von Eldamar. Es heißt, dort habe sie die Sprachen der Seevögel erlernt. Elwings und Earendils Söhne waren Elrond und Elros.
Vgl. EARENDIL, HALBELBEN.
S, XXII, XXIV.

EMYN MUIL
„Die öden Berge" nördlich der Rauros-Fälle, wo Frodo und Sam drei Tage (vom 26. bis 29. Februar 3019 D. Z.) herumkletterten, ehe sie von dem steil abfallenden südöstlichen Rand einen Abstieg fanden. Es war ein kahles, von tiefen Schluchten durchzogenes Felsland. Ein kalter Wind blies von Osten und trug den Modergeruch der Totensümpfe heran. Westlich des Anduin reichten die Berge ein Stück weit in das Grasland von Rohan hinein.
Vgl. Karte S. 99.
R, III, 1; IV, 1.

ENEDWAITH
Das Gebiet westlich des Nebelgebirges, nach Norden bis zur Grauflut und zum Glanduin, nach Süden bis zum Isen. Das ursprünglich dichtbewaldete Land wurde von den Númenórern während des Zweiten Zeitalters zum großen Teil kahlgeschlagen. (An der Mündung der Grauflut lag der númenórische Holzhafen Lond Daer.) Von den vertriebenen Ureinwohnern stammten die Dunländer ab, die Menschen in Bree und im Süden von Gondor. Seit der großen Überschwemmung im Jahr 2912 D. Z. war das Land verwüstet und entvölkert. Nur an der Küste lebte noch ein recht zahlreiches, aber barbarisches Fischervolk. Im Südosten, wo sich die Dunländer mit den Rohirrim befehdeten, standen noch Wälder; der Rest war Gras- und Steppenland.
In den Glanzzeiten der Dúnedain-Königreiche gehörte Enedwaith nomi-

nell zu Gondor, blieb aber faktisch ein unbeachtetes Niemandsland zwischen Norden und Süden. *Enedwaith* bedeutet im Sindarin „mittleres Land (oder Volk)". Nur die Nord-Südstraße und der Binnenhafen Tharbad wurden von beiden Königreichen gemeinsam gesichert und instandgehalten.
Vgl. Dunländer, Grünweg, Lond Daer, Tharbad; Karte S. 99.
R, Anhang B; *Nachrichten,* II, Anhang D.

Ents
Die Baumhirten, die auf Yavannas Wunsch als Hüter der *Olvar* eingesetzt waren. Weil sie jeweils mit bestimmten Bäumen verwandt waren, sah jeder Ent anders aus; Größe, Dicke und Farbe waren sehr unterschiedlich, und die Zahl der Zehen und Finger schwankte zwischen drei und neun. Aber im allgemeinen waren die Ents mehr als doppelt mannsgroß, hatten eine sehr dicke und feste (aber gegen Äxte und Feuer empfindliche) Haut, wenige oder gar keine Gelenke und zumeist tiefe, hallende oder dröhnende Stimmen. Sie bewohnten Höhlen oder Lauben in der Nähe von Quellen, nahmen nur flüssige, schwach alkoholische Nahrung zu sich (deren Genuß bei den Hobbits Merry und Pippin einen Wachstumsschub bewirkte) und schliefen stehend, am liebsten im Regen. Sie waren nicht unsterblich, aber uralt, und ihr Denken bewegte sich in langen Zeiträumen. Rasche oder „hastige" Entschlüsse waren nicht ihre Sache, aber im Zorn konnten sie rasen und mit bloßen Händen Mauern niederreißen. Nur der Turm Orthanc hielt stand, als sie über Isengart herfielen.
Jeder Ent lernte in seiner Jugend die „alten Listen" auswendig, ein langes stabreimendes Gedicht, in dem alle Lebewesen auf Erden aufgezählt wurden. Dichtkunst und Gesang hielten sie hoch in Ehren. Alle Proben, die uns von ihren Dichtungen überliefert sind, wurden jedoch von ihnen selbst in die Sprachen der anderen Völker, besonders der Elben und Menschen, übersetzt. Ihre eigene Sprache gebrauchten sie nur unter sich; sie war für alle anderen Wesen unerlernbar. Sie bestand aus vielerlei fein gegeneinander abgestuften Vokalfarben, Ton- und Längenunterschieden. Die Wörter wurden in klangvollen Häufungen und Wiederholungen eingesetzt, und schon ein einzelnes Entwort konnte so lang sein wie eine Ballade. Als die Ents bei ihrem Thing miteinander redeten, hörte es

sich für die Hobbits wie Gesang an. Von den anderen Sprachen schätzten sie besonders das Quenya, weil es ähnlich wohlklingend war wie das Entische und weil sie das Sprechen in den Ältesten Tagen von den Hochelben erlernt hatten.

Ent ist ein altenglisches Wort mit der Bedeutung „Riese", das ein entsprechendes Wort in der Sprache von Rohan wiedergibt. Im Sindarin hießen sie *Onodrim* oder *Enyd* (Partikularplural), Singular *Onod.*

Im Ersten Zeitalter wanderten die Ents überall in Mittelerde umher, auch in Beleriand, wo sie einmal in den Krieg der Elben und Zwerge eingriffen, als sie Beren halfen, an der Sarn Athrad das Heer von Nogrod zu vernichten. Später kam es zur Entfremdung der Ents von den Entfrauen: Die Frauen wandten ihre Neigung den niederen Pflanzen zu, die bereit waren, nach fremdem Willen zu wachsen und Frucht zu tragen, während die Ents bei den Bäumen blieben, die nur um ihrer selbst willen da sind. Die Entfrauen zogen in die Lande südlich des Großen Grünwalds, die gegen Ende des Zweiten Zeitalters von Sauron verwüstet wurden und seither die Braunen Lande hießen. Dort fanden die Ents später keine Spur mehr von ihnen. Baumbart trauerte noch lange um seine leichtfüßige Geliebte Fimbrethil (S. für „Birkenreis", in der dt. Ausg. „Weidenast"). Die Entfrauen lebten nur noch im Gedenken der Menschen fort, die von ihnen den Ackerbau gelernt hatten.

Im Dritten Zeitalter waren die Ents daher ein schwindendes Volk, da keine jungen „Entings" mehr nachwuchsen. Die meisten hatten sich in Fangorns Wald zurückgezogen, und nur selten bekamen die Bewohner von Mittelerde auch anderswo noch einen Ent zu Gesicht.

Wenn ein Ent „baumisch" wurde, d. h. aufhörte sich zu bewegen und zu sprechen, wurde er einem *Huorn* ähnlich, einem „erwachenden" Baum, der sich von der Stelle bewegen und bisweilen auch sprechen konnte (zumindest mit anderen Bäumen oder mit Ents).

Vgl. BAUMBART, FANGORN, HUORNS, OLVAR.

R, III, 4, 8, 9; Anhang F, 1; *Briefe,* 163, 168.

ENTWASSER

Auch *Entflut,* Sindarin *Onodló,* ein Fluß, der von den Hängen des Methedras herabfloß, durch den südlichen Teil von Fangorn, dann durch die Wiesen von Rohan und sich vor der Mündung in den Anduin zu einem

breiten, sumpfigen Delta verästelte, gegenüber dem Nindalf oder Fennfeld auf dem östlichen Ufer des Stroms.
Vgl. FANGORN, ROHAN.
R, II, 8; III, 3, V, 3; *Nachrichten,* III, ii, 2.

EOL
Im dichtesten und dunkelsten aller Wälder von Beleriand, in Nan Elmoth, lebte Eol, genannt der Dunkelelb. Er liebte das alte, sternbeschienene Beleriand und mied das Sonnenlicht. Den Noldor gab er die Schuld an Morgoths Rückkehr nach Mittelerde.
Eol schloß Freundschaft mit den Zwergen von Nogrod und Belegost und wurde ein großer Schmied. Aus Meteoreisen schuf er eigenwillige Waffen wie das Schwert Anglachel, das er dem König Thingol für das Recht, in Nan Elmoth zu wohnen, als Tribut entrichten mußte. Er erfand eine Metallmischung, die außerordentlich hart und geschmeidig zugleich war und die er *Galvorn,* „schwarzer Glanz", nannte.
Trotz seiner Feindseligkeit gegen die Noldor nahm Eol die Schwester des Königs von Gondolin, Aredhel Ar-Feiniel, zur Frau. Sie hatte sich in Nan Elmoth verirrt, und Eol zauberte ein wenig, damit sie nicht wieder herausfand. Er verbot ihr jeden Umgang mit ihren Verwandten. Aredhel floh mit ihrem Sohn Maeglin nach Gondolin, und als Eol sie verfolgte, entdeckte er den geheimen Eingang, wurde von der Wache gefangengenommen und vor König Turgon gebracht. Vor die Wahl gestellt, in Gondolin zu bleiben oder zu sterben, entschied er sich für das Letztere. Er versuchte, seinen Sohn mit in den Tod zu nehmen, aber sein vergifteter Wurfspieß tötete nicht Maeglin, sondern Aredhel, die sich dazwischen warf. Bevor man Eol vom Caragdûr stürzte, sprach er einen prophetischen Fluch über Maeglin, der den gleichen Tod finden sollte wie er.
Vgl. CARAGDÛR, GURTHANG, MAEGLIN, NAN ELMOTH.
S, XVI.

ÉOMER
König Théodens Neffe (Sohn seiner Schwester Théodwyn und des Marschalls Éomund von der Ostfold). Da Théodens Sohn Théodred in den Schlachten bei den Furten des Isen am 25. Februar 3019 gefallen war, erklärte der König, als er auf dem Pelennor im Sterben lag, Éomer zu

seinem Nachfolger. In den Chroniken von Edoras ist er als *Éomer Éadig* (altenglisch „der Glückliche“), achtzehnter König der Mark und erster in der dritten Linie des Hauses Eorl verzeichnet.

Éomer und seine Schwester Éowyn hatten lange unter Grímas Intrigen zu leiden, der dem König einredete, sie wollten Théodred die Thronfolge streitig machen. Éomer hatte früh die Eltern verloren und war in Edoras mit Théodred zusammen aufgewachsen; die beiden Vettern waren gut freund; trotzdem fanden Grímas Einflüsterungen bei dem senilen König Gehör, bis Gandalf kam (am 2. März 3019) und den Verräter mit seinem Zauberstab traktierte. Von da an war Éomer, als dritter Marschall von Rohan nach Théodreds Tod der ranghöchste Offizier, die rechte Hand des Königs und de facto Oberbefehlshaber der Rohirrim in der Schlacht bei der Hornburg und beim Feldzug nach Minas Tirith.

In der Schlacht auf dem Pelennor bewies er den grimmigen Mut seines Volkes. Er verstand sein Schwert *Gúthwine* (altenglisch „Freund in der Schlacht“) wirksam zu gebrauchen, unter Hörnerschall und düsteren Gesängen, die von der Vorfreude auf den Ruhm der gefallenen Helden erfüllt waren.

Nach dem Ringkrieg heiratete er Lothíriel, die Tochter des Fürsten Imrahil von Dol Amroth. Seite an Seite mit König Elessar führte er noch viele glückliche Kriege. Er starb im Jahre 63 des Vierten Zeitalters in Edoras im Alter von 93 Jahren. Die letzten Monate seines Lebens verbrachte er mit seinem alten Freund Holdwine (Merry) aus dem Auenland.

Vgl. HORNBURG, PELENNOR, ROHAN, THÉODEN.

R, III, 6/7; V, 6/7; Anhänge A und B.

ÉORED

Altenglisch „Reiterei“; bei den Rohirrim ein Reitertrupp von etwa 120 Mann. Die Mitglieder einer Éored gehörten in der Regel zum „Haus“ oder Sippenverband des jeweiligen Anführers. Das gesamte Reiteraufgebot eines Heeres hieß *Éohere* („Reiterheer“).

Vgl. ROHIRRIM.

R, V, 5; *Nachrichten,* III, ii, 3.

EORL

Auf einem Wandbehang in der Halle von Meduseld sah man das Bild eines blonden jungen Mannes, der auf einem weißen Pferd ritt und in ein großes Horn stieß. Dies war Eorl der Junge – so genannt, weil er schon mit sechzehn Jahren die Nachfolge seines Vaters angetreten hatte. Mit fünfundzwanzig führte er die Éothéod in die Schlacht auf der Ebene des Celebrant (2510 D. Z.). Nach dem Sieg über die Balchoth trat Gondor den Éothéod das Land Calenardhon ab, und Eorl wurde der erste „König der Mark", d. h. von Rohan. Nach ihm nannten sich die Rohirrim auch *Eorlingas,* „Söhne Eorls".

Das weiße Pferd, auf dem er ritt, war Felaróf, der Stammvater der Mearas. Felaróf duldete keinen anderen Reiter. Eorl hatte es bestiegen, nachdem sich der Hengst zuvor als unzähmbar erwiesen und Eorls Vater Léod durch Abwerfen getötet hatte.

Eorl und Felaróf fielen zusammen bei einem neuen Angriff der Ostlinge im Nordosten des Landes (2545 D. Z.), und ihr gemeinsamer Grabhügel war das erste der sechzehn Königsgräber am Fuß des Hügels von Edoras.

Vgl. BALCHOTH, CIRION, ÉOTHÉOD, MEARAS, ROHAN.

R, III, 6; Anhang A 2; *Nachrichten,* III, ii.

ÉOTHÉOD

Altenglisch „Pferd-Volk": das Volk und Land der Rohirrim vor ihrer Wanderung nach Calenardhon. Das Land war das Quellgebiet des Anduin, und ein Fürst namens Frumgar soll mit den Éothéod im Jahre 1977 D. Z. dort eingewandert sein. Zuvor hatten sie weiter im Südosten, jenseits des Düsterwalds gesiedelt. Sie stammten von den Menschen von Rhovanion ab, deren Könige über Eldacar mit den Königen von Gondor verwandt waren. Unter ihrem König Eorl kamen die Éothéod im Jahr 2510 D. Z. Gondor mit einem Reiterheer zu Hilfe. Dafür überließ ihnen der Truchseß Cirion das entvölkerte Calenardhon. Sie entschlossen sich zu der Wanderung, weil das Land Éothéod ihnen zu eng geworden war.

Vgl. EORL, RHOVANION, ROHIRRIM.

R, Anhänge A und B; *Nachrichten,* III, ii.

ÉOWYN

Die Schildmagd von Rohan, König Théodens Nichte, in dessen Haus sie zusammen mit ihrem vier Jahre älteren Bruder Éomer aufgezogen worden war. Lange hatte sie die Krankenpflegerin für den langsam verblödenden König spielen müssen, aber die weibliche Geschlechtsrolle war bei den Rohirrim nicht so engherzig beschränkt wie bei den Dúnedain des Dritten Zeitalters. Sie konnte vorzüglich reiten und mit Waffen umgehen. Als sie Aragorn begegnete, entzündete er in ihr eine Liebe von der heroischen Art, die eher auf erotisierte Waffenbrüderschaft als auf die triviale Fortpflanzungsgemeinschaft der Ehe abzielte: „Soll ich immer zurückgelassen werden, wenn die Reiter aufbrechen, und mich um das Haus kümmern, während sie Ruhm finden, und für Nahrung und Betten sorgen, wenn sie heimkehren?" Aber Isildurs Erbe schrak zurück vor einer Frau, die vielleicht nicht bereit gewesen wäre, für ihn Fahnen zu sticken.

Als Mann verkleidet, unter dem Namen Dernhelm und mit dem Hobbit Meriadoc Brandybock hinter sich im Sattel, folgte sie Théoden auf seinem Ritt in den Heldentod. Der Tod, den sie suchte, begegnete ihr in Gestalt des Schwarzen Heermeisters, dem prophezeit war, daß er „von keines Mannes Hand" fallen werde, und mit des Hobbits Hilfe trug sie den Sieg davon. Aragorns heilende Hände und Worte holten sie ins Leben zurück, und die Begegnung mit Faramir linderte auch die Hoffnungslosigkeit in der Unentrinnbarkeit des Frauenschicksals. Sie heiratete Faramir und folgte ihm auf seinen Fürstensitz in Ithilien.

Der Name Éowyn bedeutet altenglisch „Freude an Pferden".

Vgl. ARAGORN, ÉOMER, ROHIRRIM, SCHWARZER HEERMEISTER, THÉODEN.

R, V, passim; VI, 5/6; Anhang A.

EPHEL DÚATH

S. „Äußerer Schattenzaun": vgl. SCHATTENGEBIRGE.

EREBOR

Sindarin „der Einsame Berg": er stand allein in der Ebene östlich des Düsterwalds und nördlich vom Langen See. Hier ließen die Zwerge von Moria sich nieder, nachdem sie von dem Balrog vertrieben worden waren. Thráin I. gründete das „Königreich unter dem Berg" (1999 D. Z.);

doch nahmen die Zwergenkönige aus Durins Linie bald darauf ihren Wohnsitz weiter nördlich im Grauen Gebirge. Thrór kehrte 2590 zum Erebor zurück und wurde dort reich und mächtig, im Bündnis mit den Königen von Thal. (Die Stadt Thal lag unmittelbar zu Füßen des Berges.)

Im Jahr 2770 wurde der tief in den Berg eingegrabene Zwergenpalast von dem Feuerdrachen Smaug erobert. Alle Zwerge, die dort lebten, wurden getötet oder vertrieben, ebenso wie die Menschen von Thal. Die Umgebung des Berges wurde verbrannt und verwüstet. Dann kroch Smaug in die große Schatzkammer, warf alle Kostbarkeiten auf einen Haufen und legte sich drauf. So fand ihn hundertsiebzig Jahre später der Meisterdieb Bilbo Beutlin.

Das Innere des Berges war ähnlich eingerichtet wie Moria, aber viel kleiner: eine Vielzahl von Gängen, Stollen, Kammern und vor allem Treppen. (Anders als die Hobbits liebten die Zwerge Treppen.) Thrórs große Halle, der Versammlungsraum, lag dicht vor dem Haupttor. Der Fluß Eilend entsprang hier und floß neben dem Tor ins Tal hinab.

Seit der Schlacht der fünf Heere (2941 D. Z.), in der die Zwerge gemeinsam mit den Menschen von Thal und den Waldelben ein großes Orkheer besiegten, war die traditionelle Feindschaft mit den Elben bei den Zwergen vom Erebor geschwunden.

Während des Ringkriegs hielt der Erebor, in den sich auch die Überlebenden aus Thal geflüchtet hatten, der Belagerung durch ein Heer der Ostlinge stand. Dabei fiel Dáin Eisenfuß, der „König unter dem Berg".

Vgl. SCHLACHT DER FÜNF HEERE, SMAUG, THRAIN I., THRÓR, THORIN II.; Karte S. 295.

H, 11–18; *R,* Anhänge A und B.

ERECH

Ein Hügel an der Ostseite des oberen Morthond-Tals. Auf dem Gipfel lag ein kugelrunder, übermannshoher schwarzer Stein, den Isildur aus Númenor mitgebracht und dort hingeschafft hatte. Bei diesem Stein hatte der König der Gebirgsbewohner ihm Lehnstreue schwören müssen. Im Krieg gegen Sauron aber wollte der König lieber neutral bleiben und war dafür von Isildur verflucht worden: Er und sein ganzes Volk sollten auch im Tode keine Ruhe finden, solange ihr Eid nicht erfüllt sei.

Und seither spukten die Toten um den Stein herum. Dorthin kam Aragorn auf den Pfaden der Toten in der Nacht vom 8. auf den 9. März 3019 D. Z., entrollte sein Banner und stieß in ein silbernes Horn. Die Toten rief er auf, ihm nach Pelargir zu folgen; dann werde ihr Eidbruch gutgemacht, und sie könnten in Frieden ruhen. Am nächsten Morgen ritt er mit seinem kleinen Trupp weiter, gefolgt von einem Heer kampflustiger Schatten.
Vgl. MORTHOND, PELARGIR, PFADE DER TOTEN.
R., V, 2.

ERED ENGRIN
Sindarin „Eisenberge“: Melkors Schutzwall gegen seine Feinde aus Valinor, in der Frühzeit von Arda im Norden aufgerichtet, in den Kriegen der Valar mehrmals zertrümmert, später aber wieder aufgebaut. Im Ersten Zeitalter zogen sich die Ered Engrin in einem weiten, nach Norden offenen Bogen über den ganzen Norden von Mittelerde hin. Vorher waren sie höher gewesen, denn aus ihrem Schutt hatte Aule die Gebirge von Hithlum und Dorthonion aufgetürmt. Auf der Nordseite lagen Melkors Festungen Utumno und Angband. Nach der Großen Schlacht am Ende des Ersten Zeitalters wurden sie gründlicher zerstört und ins Meer gekippt; nur einige kleine Bergketten wie das Graue Gebirge und die Eisenberge blieben stehen.
Nördlich der Ered Engrin war nur noch öde Steppe, die bald in die Region des ewigen Eises überging.
Vgl. ANGBAND, MELKOR, THANGORODRIM.
S, XIII, XIV, XXIV; *HME 4,* V.

ERED GORGOROTH
Sindarin „Berge des Grauens“: die schroffen Klüfte, in denen Dorthonion nach Süden abfiel. Niemand als Beren, der von Saurons Kreaturen gejagt wurde und der keinen anderen Fluchtweg mehr hatte, stieg je dort hinunter. Rein alpinistisch war der Abstieg schon schwierig genug, aber die größten Probleme warteten unten. Beren sprach später nur in wirren Andeutungen davon, was ihm dort begegnet war, aber es kann als sicher gelten, daß er mit licht- und lebensfeindlichen Wesen der Vorzeit Bekanntschaft machte, von denen Ungoliants Riesenspinnen nicht die

einzigen waren. Er fand nichts Eßbares, alle Quellen waren vergiftet, und auf dem Weg nach Doriath mußte er nun noch das Tal von Nan Dungortheb durchqueren. Bei dieser Wanderung bekam der Held graue Haare.
Vgl. BEREN, DORTHONION, NAN DUNGORTHEB, RIESENSPINNEN; Karte S. 59.
S, XIV, XIX.

ERED LÓMIN
Die Echoberge, eine lange Gebirgskette zwischen Lammoth und Nevrast im Westen, Hithlum und Dor-lómin im Osten. Tuor, auf seinem Weg nach Nevrast, fand in der Nähe des Fjords von Drengist einen Tunnel, der dem Lauf eines Baches folgend unter dem Gebirge hindurch führte. Dies war *Annon-in-Gelydh,* die Pforte der Noldor, angelegt von Turgon vor über vierhundert Jahren. Auf der Westseite mündete der Tunnel in die Regenbogenspalte *(Cirith Ninniach),* eine tiefe Schlucht, durch die der Bach ins Meer floß. Als Tuor dort auf seiner Harfe spielte, trug das Echo die Musik weit über die ganze verlassene Gegend.
Vgl. Karte S. 59.
S, XXIII; *Nachrichten,* I, i.

ERED LUIN
Sindarin für BLAUE BERGE.

ERED NIMRAIS
Sindarin für WEISSES GEBIRGE.

ERED WETHRIN
S. das Schattengebirge, die lange Bergkette zwischen Hithlum und Ardgalen, wo sie in nordsüdlicher Richtung verlief, bis sie am Tal des Sirion nach Südwesten abbog. Im nördlichen Teil standen die Festungen der Noldor gegen Angriffe aus Angband.
Vgl. Karte S. 59.
S, XIV, XVIII.

Eregion
Eine Landschaft im westlichen Vorland des Nebelgebirges, nach Süden von dem Fluß Glanduin begrenzt, nach Nordwesten von Mitheitel und Bruinen. Der Name bedeutet „Land der Hulstbäume" (daher auch *Hulsten*), nach der hier vorherrschenden Baumart, den Hulstbäumen oder Stecheichen *(Ilex aquifolium)*. Als die Ringgemeinschaft zwei Wochen nach dem Aufbruch von Bruchtal dort ankam, sah sie ein ödes, felsiges Land, anscheinend von allen Bewohnern verlassen, aber ab und zu von großen Schwärmen neugieriger Krähen überflogen. Auf dem Weg zum Westtor von Moria fanden die Gefährten Überreste einer alten Straße, die nach Ost-in-Edhil führte, der Hauptstadt eines früheren Noldor-Reichs.
Angelockt durch die Nachrichten von den Mithril-Funden in Moria, hatten sich etwa seit 700 Z. Z. manche Noldor aus Lindon in Eregion niedergelassen; sie richteten Werkstätten ein und trieben mit den Zwergen Handel und Wissensaustausch. Zur Erleichterung des Verkehrs legten die Naugrim das Westtor an. Unter den ersten, die nach Eregion kamen, war Galadriel, aber den größten Einfluß erlangte Celebrimbor, das Oberhaupt der Gwaith-i-Mírdain (Gilde der Juwelenschmiede). Um das Jahr 1200 Z. Z. kam Sauron nach Ost-in-Edhil, unter dem Namen Annatar (Herr der Geschenke) und in ansehnlicher Gestalt. Um die Elben für seine Zwecke zu gewinnen, verkündete er in wohlgesetzten Worten die Botschaften des Fortschritts und der Aufklärung. Außerdem ließ er Celebrimbor an seinem beträchtlichen Geheimwissen teilhaben und gewann immer mehr Ansehen unter den Juwelenschmieden. Galadriel mißtraute ihm, setzte sich aber in den Augen der anderen Noldor durch wenig fundierte Polemik ins Unrecht, die Sauron mit musterhafter Höflichkeit ertrug. Schließlich schufen die Elbenschmiede die Ringe der Macht, und Sauron, der seit 1500 Z. Z. wieder in Mordor hauste, schuf den Herrscherring, der ihm die anderen Ringe untertan machte. Als die Elben ihm die Ringe nicht ausliefern wollten, fiel Sauron mit einem großen Heer über Calenardhon in Eregion ein. Trotz der Hilfe der Naugrim und der Waldelben, und obwohl ihnen Elrond mit einem Heer aus Lindon zu Hilfe eilte, konnten die Elben ihm nicht standhalten. Ost-in-Edhil wurde erobert, Celebrimbor gefangengenommen und Eregion verwüstet. Im Haus der Gwaith-i-Mírdain nahm Sauron die dort verwahr-

ten Ringe an sich und erfuhr von Celebrimbor, den er folterte, wo sich die anderen befanden. Nur über den Verbleib der drei Elbenringe erfuhr er nichts.
Von den Elben, die dem Untergang entkamen, schlossen manche sich Elrond an, der im Norden den Krieg fortsetzte; andere flüchteten durch die Stollen von Moria nach Lórinand. Seit dieser Zeit (1697 Z. Z.) wurde Eregion nicht wieder besiedelt.
Vgl. CELEBRIMBOR, GALADRIEL, MORIA, RINGE DER MACHT; Karte S. 264–265.
S, Von den Ringen ...; *R,* I, 2; II, 2; Anhang B; *Nachrichten,* II, iv.

ERENDIS
Unglückliche Ehen gab es in allen Zeitaltern von Arda; selbst in Valinor waren sie nichts völlig Unbekanntes. Doch die Phantasie der alten Sänger beflügelte dies Thema nicht, und darum erfahren wir davon nur wenig. Die Geschichte vom „Weib des Seefahrers" ist aus jenen Zeiten die einzige ihrer Art; daß sie erhalten geblieben ist, soll Elendil zu verdanken sein, der sie merkwürdig fand und sie unter den aus Númenor mitgebrachten Schriftrollen verwahrte.
Erendis war die Gattin König Aldarions, des großen Seefahrers. Sie stammte nicht aus der Linie von Elros, sondern aus dem Hause Beor und konnte daher für sich kein so langes Leben erwarten wie Aldarion. Um so mehr erbitterten sie seine langen Abwesenheiten. Sie weigerte sich, ihn auf seinen Seereisen zu begleiten, denn sie haßte das Meer (und die Meeresgöttin Uinen). Als er nach langer Verlobung sich endlich die Zeit nahm, sie zu heiraten, ärgerte es ihn, daß er nun ständig daheim bleiben sollte. „Sie liebt mich nur wie einen zahmen Hund, der neben dem Herde döst, bis es ihr gefällt, in ihren Feldern spazierenzugehen", sagte er. Erendis liebte das Landleben und zog sich mit ihrer Tochter Ancalime in die Schafweiden von Emerië zurück. Dort wohnte sie in einem weißen Haus, wo nur Frauen um sie waren und niemand anders als mit gedämpfter Stimme zu sprechen wagte. Als Aldarion wieder einmal etliche Jahre später, als er versprochen hatte, von einer Reise heimkehrte, empfing Erendis ihn eisig, und er mußte im Gästezimmer übernachten. Sie hoffte, er werde sie um Verzeihung bitten, aber Aldarion fühlte sich ungerecht behandelt und beendete den Umgang mit seiner Gattin für immer. Bei

einem ihrer wenigen Besuche in Rómenna soll Erendis im Jahre 985 auf unbekannte Weise im Meer umgekommen sein.
Erendis gab ihre Geringschätzung für die Männer von Númenor an ihre Tochter weiter, die spätere Königin Ancalime. Sie klagte über die männliche Achtlosigkeit gegen die Dinge der Natur: „Alles ist nur dazu da, ihnen von Nutzen zu sein: Berge für Steinbrüche, Bäume für Bretter, Frauen für die Bedürfnisse ihres Körpers oder, wenn sie schön sind, als Zierde der Tafel und des Heims; Kinder sind gut, um sie zu liebkosen, wenn sonst nichts anderes zu tun ist … Beuge dich ihnen nicht, Ancalime! Senke deine Wurzeln in den Felsen und biete dem Wind die Stirn, wenn er auch alle deine Blätter fortweht."
Vgl. ALDARION, ANCALIME.
Nachrichten, II, ii.

ERIADOR
Das Land zwischen dem Nebelgebirge im Osten und den Blauen Bergen im Westen, nach Norden ans Meer und die Eiswüsten der Forodwaith grenzend, nach Süden ohne klare natürliche Grenzen, etwa bis zu den Flüssen Glanduin und Gwathló.
Im Ersten Zeitalter war Eriador eine undeutlich bekannte Wildnis im Osten, aus der im Lauf der Zeit einige Menschenvölker nach Beleriand einwanderten. Nach dem Untergang Beleriands rückte Eriador gewissermaßen nach Westen und wurde der wichtigste Lebensraum der noch in Mittelerde zurückbleibenden Elben. Aber viel stärker als Beleriand wurde es von den Menschen besiedelt; die Elben zogen sich in Randgebiete wie Lindon, Imladris und Lórien zurück und wurden für die Nachbarvölker allmählich zu Fabelwesen.
Am dichtesten bevölkert war Eriador während der ersten Jahrhunderte des Dritten Zeitalters, solange Elendils Erben das Nördliche Königreich noch zusammenhielten. Später lebten hier noch einige kaum miteinander verbundene Völker von Jägern, Bauern, Fischern und Waldläufern (Bree, Dunland, Minhiriath). In diesem entvölkerten Land war nun auch Platz für ein Volk von kleinen, die Verborgenheit liebenden Höhlenbewohnern wie den Hobbits.
Nach dem Ringkrieg wurde das Nördliche Königreich wiederhergestellt und mit dem von Gondor vereinigt. Von neuem begannen die Menschen,

das Land auszufüllen und in Besitz zu nehmen. Daß König Elessar ihnen das Betreten des Auenlandes verbot, schützte die Hobbits nicht lange. Für die Elben war die Welt nun alt und grau geworden, und ihre letzten Schiffe stachen in See.
Vgl. Karte S. 99.
S. XII; Von den Ringen …; *R,* Anhänge A und B.

ERU
Quenya „der Eine“.
Vgl. ILÚVATAR.

ESGALDUIN
Der Fluß im Doriath, der die Wälder von Neldoreth und Region trennte. Der Name bedeutet „Fluß unter dem Schleier“: Melian hatte einen Zauber über den Fluß gelegt, der eine Art Entgiftung bewirkte. Der Esgalduin entsprang nämlich in dem Riesenspinnenland von Nan Dungortheb, dessen Wasser höchst ungesund waren. Im Oberlauf, über abfallendes Gelände in südlicher Richtung, hatte er viele Schnellen und Wasserfälle. Bei Menegroth, das auf dem südöstlichen Ufer lag, machte er einen Knick und floß nach Westen dem Sirion zu.
Die Ufer des Esgalduin, besonders das westliche mit den Wiesen und Lichtungen von Neldoreth, sahen manche schicksalsschweren Ereignisse: Hier begegneten sich Beren und Lúthien, und hier fand die Jagd nach dem Wolf Carcharoth ihr schlimmes Ende. Als Melian schließlich aus Menegroth fortgegangen und ihr Zauber gelöst war, fiel auf, daß der Fluß nun „mit veränderter Stimme sprach“.
Zwei große, steinerne Brücken überspannten den Fluß: die eine bei Menegroth, die andere, *Iant Iaur* (alte Brücke) genannt, an der Zwergenstraße vor der Nordgrenze von Doriath.
Vgl. DORIATH, MELIAN, NAN DUNGORTHEB; Karte S. 59.
S, XIV, XIX, XXII.

ESGAROTH
(Seestadt): die Stadt der Menschen im Langen See, auf Pfählen erbaut und mit dem südwestlichen Ufer durch eine große Holzbrücke verbunden. Nahebei sah man vermoderte Pfähle einer älteren und größeren

Stadt, vermutlich aus der Zeit Eldacars und der Könige von Rhovanion. In der Zeit, als der Drache Smaug den Norden beherrschte, lebte die Stadt vor allem vom Handel mit dem Süden; wichtigster Verkehrsweg war der Fluß Eilend. Im Jahre 2941 D. Z. wurde die Stadt von Smaug angegriffen und völlig zerstört; aber der Drache wurde von dem Bogenschützen Bard getroffen und stürzte zwischen den Trümmern der Stadt ins Wasser.

Etwas weiter nördlich und näher am Ufer wurde die Stadt wieder aufgebaut. Sie hatte viele Vorteile vom Wiederaufleben der Stadt Thal und der Minen unterm Erebor.

Esgaroth war ein republikanischer Stadtstaat mit einem Bürgermeister an der Spitze, der in der Regel dem Kreis der reichsten Händler angehörte.

Vgl. BÜRGERMEISTER VON ESGAROTH, EREBOR, THAL; Karte S. 295.

H, 14–16; *R,* Anhang B.

ESTOLAD

S. „Das Lager“: Das Gebiet zwischen den Flüssen Celon und Gelion, südlich von Nan El- moth. Hier ließen die Völker Beors und Marachs sich vorerst nieder, als sie über die Ered Luin nach Beleriand gekommen waren. Die Eldar aus ganz Beleriand kamen, um die in vielen Weissagungen angekündigten jüngeren Kinder Ilúvatars in Augenschein zu nehmen. Von den Elbenfürsten im Norden, die auf Verstärkung bedacht waren, wurden die Menschen umworben. Wagemutige junge Männer, dann auch größere Familien und ganze Sippen zogen daraufhin fort und nahmen Dienst in Hithlum oder Dorthonion. Aber viele zogen auch in andere Richtungen oder blieben in Estolad. Hier scheint es zu den interessantesten Diskussionen darüber gekommen zu sein, wie die Menschen sich zu den Elben und ihrem Krieg gegen Morgoth stellen sollten. Niemand plädierte für ein Bündnis mit Morgoth, aber zwei Fraktionen um Bereg und Amlach waren mehr oder weniger entschieden für Neutralität. Als Ost-Beleriand nach der Dagor Bragollach von den Orks überrannt wurde, flüchteten die Menschen von Estolad zumeist in den Osten.

Vgl. AMLACH, BEOR, BEREG, EDAIN, HADOR, MENSCHEN; Karte S. 59.

S, XVII.

ETHIR ANDUIN

Die Anduin-Mündungen, das Delta des Flusses unterhalb von Pelargir. Vor der Belagerung durch den Schwarzen Heermeister kamen von dort nur wenig über hundert Fischersleute nach Minas Tirith, um die Stadt verteidigen zu helfen. Mehr konnte man wegen des Kriegs mit den Korsaren von Umbar nicht entbehren.

Vgl. Karte S. 99.

R, V, 1.

ETTENÖDEN

Eine steinige und struppige Ebene um den Oberlauf des Weißquell. Gandalf durchquerte die Gegend in der Zeit vom 3. bis 18. Oktober 3018, verfolgt von vier Ringgeistern. Über das Felsgeröll konnte er nicht reiten, darum verabschiedete er seinen Hengst Schattenfell. Die Ettenöden waren Troll- und Orkland.

Vgl. RHUDAUR, TROLLHÖHEN, WETTERSPITZE; Karte S. 264–265.

EVENDIM

Vgl. ABENDROTSEE.

Falas

S. „Brandungsstreifen“: die Westküste von Beleriand zwischen Nevrast und Arvernien, besonders das dichtbevölkerte Gebiet zwischen den Mündungen der Flüsse Brithon und Nenning mit den beiden Häfen Brithombar und Eglarest. Der Fürst der Teleri, die seit der großen Wanderung der Elben hier lebten, war Círdan. Die Bewohner hießen die *Falathrim;* sie waren tüchtige Seefahrer und unterstützten die Noldor in ihren Kriegen gegen Morgoth. König Finrod von Nargothrond förderte den Ausbau der Häfen und ließ auf dem Westkap von Eglarest den Turm von Barad Nimras zur Beobachtung des Meeres errichten (unnötigerweise, denn Morgoths Strategen dachten nicht daran, sich aufs Wasser zu wagen). Im Jahr nach der Nirnaeth Arnoediad, als die Häfen voller Flüchtlinge aus dem Norden waren, schickte Morgoth ein großes Heer aus, das durch Hithlum in Nevrast und in die Falas einmarschierte. Das Land wurde verwüstet, die Häfen eingeschlossen und mit allen Künsten Angbands, auch mit Flammenwerfern und Sprengstoffen, belagert und zerstört. Barad Nimras wurde geschleift. Die wenigen Verteidiger, die entkamen, unter ihnen Ereinion (Gil-galad), fuhren mit Círdan nach Süden und ließen sich auf der Insel Balar nieder.

Vgl. Balar, Beleriand, Círdan; Karte S. 59.

S, V, X, XIV, XX.

Falbhäute

Der zahlenmäßig kleinste der drei Hobbitstämme lebte am weitesten nördlich im Anduin-Tal und zog um das Jahr 1150 D. Z. nach Westen. Sie überschritten das Nebelgebirge nördlich von Bruchtal und folgten dem Lauf des Weißquell nach Südwesten bis in das Gebiet um die Wetterberge.

Die Falbhäute waren etwas größer, schlanker und hellhäutiger als die anderen Hobbits. Sie zogen die Jagd und das Leben in den Wäldern dem Ackerbau vor. Den Umgang mit den Elben mieden sie nicht grundsätzlich. Die verwegeneren und weniger bodenständigen Hobbits stammten

meist aus Familien wie denen der Tuks und Brandybocks, die stark vom Erbe der Falbhäute geprägt waren.
Vgl. BRANDYBOCK, HOBBITS, TUK.
R, Prolog.

FANGORN
Der Urwald am Fuß des Methedras zwischen den Flüssen Limklar im Norden und Entwasser im Süden. Fangorn war der Sindarin-Name des Ents Baumbart, der hier lebte, neben vielen anderen Ents und Huorns. Der Wald war ein Rest der großen Wälder, die im Ersten Zeitalter fast ganz Mittelerde bedeckten. Er wurde von Reisenden aus den Nachbarländern gemieden, sogar von den Elben. In manchen seiner Täler war die Dunkelheit nie gewichen, und die Bäume dort waren alt und boshaft. Aber seit Saruman seinen Sitz in Isengart genommen hatte, richtete sein Gesindel auf der Südseite des Waldes große Verwüstungen an. Als Pippin und Merry von ihren Erlebnissen berichtet hatten, ließen sich die Ents und Huorns, die vorher schläfrig dahindämmerten, zum Kriegszug aufrütteln. Sie zerstörten Isengart und eilten den in der Hornburg belagerten Rohirrim zu Hilfe.
In früheren Zeiten waren die Wälder von Fangorn und Lórien fast benachbart; im Dritten Zeitalter waren sie zwei voneinander getrennte Inseln der Vergangenheit. Und beide waren im Schwinden.
Vgl. BAUMBART, ENTS, HUORNS, OLVAR; Karte S. 264–265.
R, III, 4; VI, 6.

FARAMIR
Der zweite Sohn des Truchsessen Denethor II. von Gondor. Er begegnete Frodo und Sam in Ithilien, bewirtete sie für eine Nacht in Henneth Annûn und sah sich vor demselben Problem wie sein Bruder Boromir einige Tage zuvor: Sollte er Frodos aussichtsloses Unternehmen zulassen? Er war weitblickender als Boromir oder vielleicht auch nur weniger entschlossen; außerdem hatte er viel mit Gandalf geredet und dabei mit dem Unwahrscheinlichen zu rechnen gelernt. Er versuchte nicht, den Ring an sich zu bringen. Am nächsten Tag (dem 9. März 3019 D. Z.) zog er sich zum Anduin zurück und geriet sofort in schwere Verteidigungskämpfe, als der Feind die Flußübergänge bei Osgiliath und Cair Andros

erzwang. Auf dem Rückzug wurde er verwundet und geriet unter den Schwarzen Atem der Nazgûl. Denethor, in seiner Verzweiflung, wollte ihm den gleichen Feuertod bereiten wie sich selbst, aber Beregond rettete ihn unter Verletzung seiner Dienstpflichten.
Nach der Schlacht auf dem Pelennor wurde er durch Aragorns Athelas-Behandlung geheilt. Während der Genesung begegnete er einer anderen heroischen Patientin: Éowyn von Rohan, die ebenso wie er den Schwarzen Anhauch erlitten hatte, dessen Spuren sich nie ganz tilgen ließen. Und beide erlebten sie den Sieg mit den gemischten Gefühlen derer, die schwere persönliche Verluste hatten hinnehmen müssen. Faramir war wie geschaffen als Ersatz für den Mann, den Éowyn nun einmal nicht bekommen konnte. Sie heirateten in Edoras, gleich nach der Totenfeier für König Théoden.
König Elessar bestätigte Faramir und seine Nachkommen in der Würde der Truchsessen und ernannte Faramir zum Fürsten von Ithilien, mit Sitz auf dem Emyn Arnen, in Sichtweite von Minas Tirith.
Vgl. BOROMIR, DENETHOR II., ÉOWYN, HENNETH ANNÛN, GONDOR, TRUCHSESSE.
R, IV, 6; V, 4, 8; VI, 5/6.

FEANOR

Der Schöpfer der Silmaril, Erfinder der Tengwar und Führer der Noldor bei ihrer Empörung gegen die Valar und beim Auszug aus Aman. Sein Vater Finwe nannte ihn bei der Geburt Curufinwe, Q. „der Geschickte", seine Mutter Míriel nannte ihn Feanor, „Feuergeist" (Q. *Feanáro).* In Valinor lernte er viel von Aule und dem Schmied Mahtan, einem Noldo, der Aule nahestand. Mahtans Tochter Nerdanel wurde seine Frau; sie gebar ihm sieben Söhne: Maedhros, Maglor, Celegorm, Caranthir, Curufin, Amrod und Amras. Nerdanel trennte sich von ihm, als er ihr allzu unberechenbar wurde.
In seinen Halbbrüdern Fingolfin und Finarfin sah Feanor von Anfang an Rivalen, die ihm die Gunst seines Vaters und die Herrschaft über die Noldor streitig machten. Er bedrohte Fingolfin mit der blanken Waffe und wurde für zwölf Jahre aus Tirion verbannt. In Formenos, im Norden von Valinor, baute er sich eine Festung mit einer Schatzkammer, in der die Silmaril vor aller Welt verborgen blieben. Nur seinen engsten Ver-

wandten gönnte er ihren Anblick. Aus seinem Schöpferstolz erwuchsen die Eifersucht des Besitzers, der Unwille über die Bevormundung durch die Valar und der Wunsch, aus dem engen Paradies von Valinor auszubrechen.

Nach der Vernichtung der Zwei Bäume wurde erst klar, was Feanor mit den Silmaril geleistet hatte: Sie waren das Werk eines Konservators, der das reine ursprüngliche Licht für immer bewahren wollte. Er war aber nicht bereit, die Silmaril herzugeben, damit Yavanna daraus neues Leben hervorwachsen ließe. Als Melkor ihm die Silmaril geraubt hatte, war für ihn die Welt aus den Fugen, und die Valar machten keine Anstalten, sie wieder in Ordnung zu bringen. Also rief er die Noldor auf, ihr Schicksal selbst in die Hand zu nehmen und in Mittelerde eigene Reiche zu gründen. Melkor verfluchte er und heftete ihm für immer den Namen Morgoth an. Dann schwor er, zusammen mit seinen Söhnen, einen unauflöslichen Eid der Rache und des totalen Kriegs gegen jeden, der zwischen sie und die Silmaril träte. Der Eid stiftete später Unfrieden zwischen seinen Söhnen und ihren möglichen Verbündeten in Mittelerde.

Feanor und seine Söhne wurden sofort aus Valinor verstoßen; aber auch die anderen Noldor, die mit ihnen gingen, wurden an der Grenze von Araman noch mit Mandos' Fluch belegt, weil sie direkt oder indirekt an dem Blutvergießen von Alqualonde beteiligt waren, wo Feanor die Schiffe der Teleri raubte. In alledem erwies sich Feanor als ein bedenkenloser, charismatischer Führer, der selbst die Widerstrebenden mit sich fortriß und der mit den Valar wie von gleich zu gleich sprach.

In den letzten Tagen seines Lebens handelte er wie ein Verrückter: Nach der Landung bei Losgar am Fjord von Drengist ließ er die Schiffe verbrennen, statt sie zurückzuschicken; deshalb mußte Fingolfin sein Volk durch die arktische Region der Helcaraxe führen. Maedhros hatte später viel Mühe, diese Treulosigkeit gegen die Verwandten vergessen zu machen.

In der Schlacht unter den Sternen rannte Feanor blindwütig in einen Trupp Balrogs hinein und wurde zu Tode verwundet. Seine Leiche soll vor innerer Glut zu Asche zerfallen und davongeweht worden sein.

Vgl. ALQUALONDE, AULE, DAGOR-NUIN-GILIATH, FINGOLFIN, FINWE, MAEDHROS, MANDOS, MORGOTH, NOLDOR, SILMARIL, TENGWAR.

S, passim, besonders VI-IX.

Fenn von Serech

Der Sumpf um die Mündung des Rivil in den Sirion, am nördlichen Eingang des Sirion-Passes; daher ein wichtiger Punkt in allen Schlachten, die in Ard-galen ausgefochten wurden, und Schauplatz vieler Heldentaten. In der Dagor Bragollach wurde König Finrod Felagund hier mit wenigen Begleitern von den Feinden umzingelt und von Barahir herausgehauen. In der Nirnaeth Arnoediad fielen hier die Männer von Dorlómin, als sie Turgons Rückzug nach Gondolin deckten.

Fenn von Serech bedeutet wahrscheinlich „Blutsumpf" (Sindarin *sereg,* Quenya *serke,* „Blut").

Vgl. Ard-galen, Barahirs Ring, Dagor Bragollach, Húrin, Nirnaeth Arnoediad; Karte S. 59.

S, XIII, XVIII, XX.

Fíli und Kíli

Zwei unzertrennliche Brüder, Zwerge aus Durins Volk, Neffen von Thorin Eichenschild, den sie auf der Wanderung zum Erebor begleiteten. Sie waren sehr musikalisch und spielten mehrere Saiteninstrumente. Kaum achtzigjährig, waren sie die jüngsten von Thorins Gefährten. Sie fielen in der Schlacht der fünf Heere (2941 D. Z.), als sie den verwundeten Thorin gegen die andrängenden Feinde verteidigten.

Vgl. Erebor, Thorin II.

H, 1, 13, 18; *R,* Anhang A.

Fingolfin

Finwes zweiter Sohn, Feanors ungeliebter Halbbruder. Er widersprach Feanor, als der zum Auszug nach Mittelerde aufrief, ging aber am Ende mit, weil er sein Volk und seine Kinder nicht im Stich lassen wollte, denen Feanors Reden Eindruck gemacht hatten. Von Feanor ohne Schiffe in Araman zurückgelassen, führte Fingolfin sein Volk über die vereiste Meerenge der Helcaraxe. Als er mit seiner Schar in Mithrim einzog, „da ging flammend im Westen die Sonne auf, und Fingolfin entrollte seine blausilbernen Banner und ließ die Hörner blasen; und zu Füßen seiner Schar wuchsen Blumen auf, und die Zeitalter der Sterne waren zu Ende". Und die Feinde verkrochen sich unter die Erde. Nach Feanors Tod wurde Fingolfin Hoher König der Noldor und ließ sich im kalten, nebligen Hithlum nieder – dort, wo Angband am nächsten und die Gefahr am größten war. Vierhundert Jahre lang wahrte er die Eintracht unter den Noldorfürsten und hielt den Belagerungsgürtel um Angband geschlossen. Nach der Niederlage in der Dagor Bragollach sah er den baldigen Untergang der Noldorreiche voraus, stieg auf sein Roß Rochallor, ritt allein bis an die Pforten von Angband und forderte Morgoth zum Zweikampf.

Im Tode erweist sich Fingolfin als ein Muster ästhetischen Heldentums, dem es auf die edle Tat allein und nicht auf das schnöde Ergebnis ankommt: Dem schwarzen König, der wie eine Gewitterwolke heranzieht, tritt Fingolfin leuchtend wie ein Stern entgegen, „denn sein Kettenhemd war mit Silber ausgelegt und sein blauer Schild mit Kristallen besetzt; und er zog sein Schwert Ringil, das glitzerte wie Eis". Er brachte Morgoth sieben Wunden bei, aber natürlich hatte er keine Chance und erlag zuletzt Grond, dem Unterwelthammer. Thorondor rettete seinen Leichnam. Turgon begrub ihn auf einem Gipfel der Crissaegrim und errichtete ihm eine Pyramide.

Fingolfin hatte zwei Söhne, Fingon und Turgon, und eine Tochter, Aredhel, Maeglins Mutter.

Vgl. DAGOR BRAGOLLACH, FEANOR, HITHLUM, MORGOTH, NOLDOR.

S, VII, IX, XIII, XIV, XVIII.

FINGON

Fingolfins ältester Sohn und sein Nachfolger als Hoher König der Noldor. Nach der Schlacht unter den Sternen befreite er seinen Freund Maedhros von der Fessel (mitsamt der Hand), mit der er an einen Felsen der Thangorodrim gekettet war. Er ließ sich in Hithlum und Dor-lómin nieder. Wie sein Vater war er ein mutiger Krieger; er hielt viel auf Trompetenschall und eine schmucke Rüstung. In der Nirnaeth Arnoediad versagte die Disziplin seines Heeres vor den Provokationen der Feinde, und er ließ sich zu einem verfrühten Sturmangriff hinreißen. Bald darauf fiel er im Kampf mit Gothmog und seinen Balrogs: „und sie hieben ihn in den Staub mit ihren Keulen, und sein blausilbernes Banner stampften sie in die Lachen von seinem Blut."

Fingon hatte einen Sohn, Gil-galad.

Vgl. GWINDOR, HITHLUM, MAEDHROS, NIRNAETH ARNOEDIAD, NOLDOR.

S, XIII, XIV, XX.

FINROD

Genannt Felagund, „Höhlenschleifer“ (von Khuzdul *felak-gundu),* der König von Nargothrond und Oberhaupt des Noldor-Hauses Finarfin in Beleriand. (Finarfin selbst war in Aman zurückgeblieben; seine Söhne und seine Tochter Galadriel waren Fingolfin gefolgt.) Finrod ließ sich zuerst in Tol Sirion nieder und erbaute dort die Festung, in der er später umkam. Als er mit seinem Freund Turgon an den Aelin-uial übernachtete, erschien ihnen Ulmo im Traum und riet ihnen, sich nach sicheren Plätzen umzusehen. Er fand die Höhlen am Westufer des Narog und baute sie mit Hilfe der Zwerge zu einer prächtigen Grottenstadt aus, wie er sie in Menegroth gesehen hatte. (Da er durch seine Mutter Earwen, die Tochter König Olwes von Alqualonde, mit Thingol verwandt war und an dem Sippenmord nicht teilgenommen hatte, war er, ebenso wie seine Schwester Galadriel, in Doriath willkommen.) Zum Reich von Nargothrond gehörten auch Dorthonion und der Sirion-Paß; dort setzte Finrod seine Brüder als Regenten ein: Orodreth befehligte Tol Sirion, Angrod und Aegnor, mit einem sehr kleinen Gefolge, bewachten die Nordhänge von Dorthonion.

Finrod war kein sehr kriegerischer, sondern ein edler und weiser König. Er hatte große Schätze aus Valinor mitgebracht und ließ viele Edelsteine in das Nauglamír setzen. In der Dagor Bragollach gab er Barahir einen kostbaren Ring zum Dank für die Rettung aus höchster Gefahr, mit einem Eid, Barahir und seiner Sippe in jeder Not beizustehen. In Erfüllung dieses Eides opferte er sein Leben für Beren, als sie zusammen im Kerker von Tol-in-Gaurhoth lagen.

Er war der erste der Noldor, der den Menschen begegnete, als sie über die Ered Luin nach Beleriand kamen, und der sich bemühte, ihr Schicksal zu erforschen.

Vgl. BARAHIRS RING, BEREN, MENSCHEN, NARGOTHROND, NAUGLAMÍR, TOL SIRION.

S, XIV, XV, XVII-XIX; *HME 10,* IV.

FINWE

Der Fürst der Noldor in Aman; sein Palast stand in Tirion. Er war einer der drei Botschafter gewesen, die zuerst mit Orome nach Valinor gegangen waren, um den Eldar von dort zu berichten. Seine Gattin Míriel

Serinde (Q. „die Stickerin“) gebar ihm einen Sohn, Feanor, und dabei erschöpfte sich ihre Lebenskraft. Nach langem Bedenken erlaubten die Valar, daß Finwe eine zweite Ehe einging, mit Indis, einer Vanya aus dem Hause Ingwes. Später und im nachhinein erschien dies als ein erstes Anzeichen dafür, daß auch im Paradies etwas faul war. Daß ein noch rüstiger Mann nicht in Ewigkeit um seine dahingeschiedene Gattin trauern wollte, war in der moralischen Ordnung von Valinor nicht vorgesehen.

Indis schenkte Finwe noch zwei Söhne, Fingolfin und Finarfin, in denen ihr Halbbruder Feanor Rivalen sah, die ihm die Gunst seines Vaters abspenstig machten. Dieser Bruderzwist trug viel dazu bei, daß den Noldor Valinor allmählich zu klein wurde. Anders als der dunkelhaarige Feanor waren Indis' Söhne blond und blauäugig.

Finwe ging mit Feanor in die Verbannung nach Formenos und wurde dort beim Raub der Silmaril von Melkor erschlagen.

Vgl. FEANOR, FINGOLFIN, NOLDOR, VALINOR, VANYAR.

S, VI; *HME 10,* III, ii.

FLETT

(Sindarin *talan,* Plural *telain),* hölzerne Plattform zwischen den Ästen eines Baumes, meist etwas unterhalb der Krone um den Stamm herum befestigt. Man erreichte das Flett über eine Strickleiter und durch ein Loch in der Mitte. Es diente meist nur als Versteck oder Beobachtungsposten, konnte aber auch als ständige Behausung ausgebaut sein (und war dann natürlich überdacht). Die Waldelben von Lórien lebten hauptsächlich in Fletts; Caras Galadhon war eine ganze „Stadt in den Bäumen“. Celeborns Flett auf dem höchsten Mallorn-Baum des Landes war groß wie ein kleiner Palast.

Auch bei den anderen Nandor-Völkern, ebenso wie bei den Sindar, waren Fletts nicht unbekannt. König Thingol von Doriath ließ seine ungehorsame Tochter Lúthien auf einem Flett zwischen den drei Stämmen der Buche Hírilorn einsperren.

Vgl. LÓRIEN, LÚTHIEN, NANDOR, WALDELBEN.

R, II, 6/7; *S,* XIX; *Nachrichten,* II, iv.

FLINKBAUM

Ein jüngerer Ent, dem die Hobbits im Fangorn-Wald begegneten. Er war mit den Ebereschen verwandt und galt unter den Ents als „hastig“, seit er einmal die Frage eines Älteren bejaht hatte, bevor sie vollständig ausgesprochen war. Der Name ist die Übersetzung von Sindarin *Bregalad.*

Vgl. ENTS.

R, III, 4.

FORLONG

Genannt der Dicke, der Herr von Lossarnach, kam mit zweihundert gut bewaffneten Männern nach Minas Tirith, ein alter Mann von gewaltigem Leibesumfang, auf einem starken Gaul reitend, im Panzerhemd und mit einem schwarzen Helm, einen langen, schweren Spieß in der Hand. Er stammte nicht aus edlem númenórischem Geblüt, sondern war ein echter Häuptling der dunkelhäutigen Menschen, die seit Anfang des Zweiten Zeitalters südlich der Ered Nimrais ansässig waren. Dennoch hielt er im Ringkrieg treu zu Gondor. Seine grünen Täler sah er nicht wieder, denn er fiel unter den Äxten der Ostlinge in der Schlacht auf dem Pelennor.

Vgl. LOSSARNACH, PELENNOR.

R, V, 1, 6.

FORNOST

(S. „Nördliche Burg“): Nach dem Verfall von Annúminas die Hauptstadt des Königreichs Arnor und später von Arthedain, am südlichen Ausläufer der Nordhöhen. Nach der Eroberung durch den Hexenkönig von Angmar (1974 D. Z.) wurde Fornost nicht wieder aufgebaut. Zur Zeit des Ringkriegs waren die Ruinen mit Gras und Gestrüpp überwachsen. Im Auenland und in Bree nannte man die Stadt *Norburg* oder *Königsnorburg (Fornost Erain).* Auf den grasbewachsenen Nordhöhen sah man hier und da noch die Gräber der Dúnedain. Die Gegend war nicht geheuer, und die Hügelkette hieß auch der *Totendeich.*

Vgl. ARNOR, ARTHEDAIN, ARVEDUI; Karte S. 99.

R, Prolog; VI, 7; Anhang A.

Forochel

Die kalte Gegend im äußersten Norden von Eriador, besonders das Gebiet um die Bucht von Forochel, wo König Arvedui bei den Lossoth Zuflucht fand. Das Klima in Forochel war noch etwas milder als in der Nördlichen Öde von Forodwaith, wo Melkor im Ersten Zeitalter eine Region des ewigen Eises geschaffen hatte.

Vgl. Lossoth; Karte S. 99.

R, Anhang A I, 3.

Fram

Ein Drachentöter in der Stammesüberlieferung der Rohirrim; Sohn Frumgars, der die Éothéod in das Quellgebiet des Anduin führte. Er erschlug den Drachen Scatha aus dem Grauen Gebirge. Als die Zwerge einen Teil des Drachenhorts forderten, weil er von ihnen geraubt sei, schickte Fram ihnen ein paar Drachenzähne, mit der Empfehlung, sich daraus eine Kette zu machen: „Nichts mit diesen Edelsteinen Vergleichbares habt ihr in euren Schatzkammern, denn sie sind schwer zu bekommen.“ Fram soll von den Zwergen dafür erschlagen worden sein.

Vgl. Drachentöter, Éothéod, Zwerge.

R, Anhang A.

Freca

Ein dicker Dunländer, der von Fréawine, dem fünften König der Mark, abzustammen behauptete. Er besaß große Ländereien beiderseits des Adorn, wo eine gemischte Bevölkerung von Rohirrim und Dunländern lebte. Obwohl das Land zwischen Isen und Adorn zu Rohan gehörte, kam Freca zu den Ratssitzungen bei König Helm Hammerhand nur, wenn er Lust hatte. Als er gar wagte, für seinen Sohn Wulf um die Hand der Königstochter anzuhalten, erschlug ihn der König mit eigener Faust. Vier Jahre später (2758 D. Z.) mußte Rohan einen Angriff von Osten abwehren. Wulf nutzte die Gelegenheit, um mit einem Heer der Dunländer auch von Westen ins Land einzufallen. Er eroberte Edoras, rief sich zum König aus, konnte aber Dunharg nicht nehmen und wurde im Frühjahr nach dem Langen Winter (2758/59) von Helms Neffen Fréaláf erschlagen.

Vgl. Dunländer, Helm Hammerhand, Rohan.

R, Anhang A II.

FREDEGAR BOLGER

Ein Hobbit aus Balgfurt an der Wässer, auch „Dick“ oder „Fatty“ genannt, Sohn von Odovacar und Rosamunde Bolger, geborene Tuk, daher ein entfernter Vetter von Frodo und Merry. Er half Frodo bei seinem Umzug nach Krickloch. Weniger abenteuerlustig als Merry und Pippin, nahm er an der Fahrt nach Süden nicht teil, sondern blieb allein mit einer Nachricht für Gandalf zurück und brachte sich in letzter Sekunde in Sicherheit, als die Schwarzen Reiter das Haus stürmten. Gegen den Oberst ging Dick als Anführer eines Rebellentrupps in die Schärenhügel und wurde gefangengenommen. Nach der Rückkehr der Gefährten wurde er in stark abgemagertem und geschwächtem Zustand aus dem Gefängnis in Michelbinge befreit.

Vgl. AUENLAND, OBERST.

R, I, 5, VI, 9; Anhang C.

FRODO BEUTLIN

Der Ringträger; Erbe und Adoptivsohn seines Onkels Bilbo Beutlin. Seine Eltern, Drogo Beutlin und Primula Brandybock, waren im Jahre 1380 A.Z., als er zwölf war, beim Bootfahren auf dem Brandywein ertrunken. Er zog zu Bilbo nach Beutelsend, damit sie zusammen ihre Geburtstage feiern konnten, die auf den gleichen Tag fielen, den 22. September.

Frodo war in zweifacher Hinsicht eine Verlegenheitsfigur, ein Ersatzmann: zum einen für Bilbo, der als Held weiterer Abenteuer mit dem Ring, die sich nun in ganz andere (literarische) Sphären erheben sollten, ungeeignet erschien; zum andern für die Weisen und Mächtigen von Mittelerde, die selbstkritisch genug waren, den Ring nicht für sich haben zu wollen. Frodo ist daher eine weniger scharf umrissene Figur als Bilbo, aber nachdenklicher, widersprüchlicher, offener für Stimmungen, Träume, Vorahnungen und Eingebungen: fast wie ein moderner Romanheld. Wäre Sam Gamdschie nicht bei ihm, könnte man oft vergessen, daß er ein Hobbit ist.

Es waren keine heroischen Neigungen, die ihn bewogen, die Aufgabe zu übernehmen, zu der Gandalf ihn drängte: den Ring nach Mordor zu bringen und ihn in die Schicksalsklüfte zu werfen. Am liebsten hätte er mit der Sache nichts zu tun gehabt. Aus dem Auenland fortzugehn, fiel im

schwer, so wenig ihn dessen Bewohner auch faszinierten. Aber nun war er dort nicht mehr sicher, und das Auenland selbst war in Gefahr. Auf seiner langen Fahrt bewies er die unvermutete Tapferkeit und Zähigkeit eines Hobbits, doch zehrte der Ring immer mehr an seinen Kräften und wurde immer schwerer, je näher sie dem Ziel kamen. Zuletzt war er unfähig, den Ring ins Feuer zu werfen. Was ihn rettete, war seine Gutmütigkeit: Gollum, den er aus Mitleid und wider alle Vernunft am Leben gelassen hatte, nahm ihm unwillentlich sein Problem ab.
Nach dem Sieg feierte er noch mit seinen Freunden und hörte dem Barden zu, der seine Heldentaten besang. Aber innerlich war er tief verwundet und nahm an allen späteren Ereignissen nur noch wenig Anteil. Die Wunde von dem Morgul-Messer des Hexenkönigs spürte er jedes Jahr Anfang Oktober. In Bruchtal übergab ihm Bilbo das *Rote Buch der Westmark;* Frodo ergänzte es in Beutelsend um den Bericht von seinen eigenen Abenteuern und denen seiner Gefährten. Dann ritt er zu den Grauen Anfurten und fuhr zusammen mit Bilbo und den Trägern der drei Elbenringe in den Alten Westen.
Vgl. BEUTLIN, BILBO BEUTLIN, HERRSCHERRING, HOBBITS, SAM GAMDSCHIE.
R, passim; *Briefe,* 93.

FROSCHMOORSTETTEN
Ein Dorf im Ostviertel des Auenlands, an der Großen Oststraße auf halbem Wege zwischen der Brandywein-Brücke und Wasserau. „Der Schwimmende Balken", ein gut beleumundetes Wirtshaus, war geschlossen, als Frodo und seine Gefährten bei der Rückkehr aus dem Ringkrieg dort einkehren wollten.
Vgl. Karte S. 43.
R, VI, 8.

Galadhrim

Sindarin „Baumbewohner": die Waldelben von Lórien (2), im Unterschied zu den Tawarwaith („Waldvolk") aus dem Düsterwald.

Galadriel

Weibliche Schönheit ist bei den Elben niemals nur erotische Attraktivität: Sie ist zugleich ein magisches Potential, ein Glanz, der Freunde beseligen und Feinde in die Flucht schlagen kann. Von solcher Schönheit war Galadriel, die Herrin von Lórien, der Frodo den Herrscherring geben wollte. Galadriel war eine Seherin und wußte auch ohne den Ring schon, was dann aus ihr werden würde: eine dunkle Königin, schön und entsetzlich wie Sturm und Blitz. „Alle werden mich lieben und verzweifeln."

Ihre Macht oder ihr „Zauber" bestand nicht in gewöhnlicher Telepathie oder Hellsicht. Sie vermochte anderen „ins Herz zu blicken", das heißt, auch diejenigen Absichten darin zu erkennen, die im Kopf noch lange nicht fertig waren.

Sie stammte aus den edelsten Häusern von Aman und war mit den drei Lichtelbenvölkern verwandt: Ihr Vater war Finarfin von den Noldor, ihre Großmutter Indis von den Vanyar, ihre Mutter Earwen, die Tochter des Teleri-Fürsten Olwe von Alqualonde. Von ihren Brüdern stand ihr Finrod am nächsten.

Ihr Sindarin-Name Galadriel (Q. *Altariel*) bedeutet „Jungfrau, gekrönt mit schimmerndem Haar": Ihr Haar war berühmt, weil es golden und silbern zugleich schimmerte. (Gimli war nicht der erste, der auf die Idee kam, sie um eine Strähne davon zu bitten.) Von ihrer Mutter hatte sie den Namen *Nerwen,* „Mann-Mädchen", erhalten, und in ihrer Jugend hatte sie amazonische Neigungen. Sie lernte lesen und schreiben (was bei den Elben einiges bedeutete, denn ihre Schrift war, wenn richtig gebraucht, schicksalsträchtig); außerdem war sie sehr groß und nahm es als Athletin mit den Männern auf.

Beim Aufbruch der Noldor aus dem verdunkelten Valinor zog sie mit der

zweiten, von Fingolfin angeführten Schar, die über die Helcaraxe nach Mittelerde gelangte. Sie mißbilligte Feanors Empörung, teilte aber sein Verlangen, aus dem engen Paradies von Valinor in die unbewachten Länder zu entkommen und dort nach eigenem Gutdünken zu leben. Obwohl unbeteiligt an dem Sippenmord von Alqualonde, wurde sie durch Mandos' Spruch mitverurteilt.
Lange wohnte sie in Menegroth, wo sie sich mit Celeborn vermählte und die Freundschaft der Königin Melian gewann. Die Kriege gegen Morgoth hielt sie für aussichtslos, wenn die Noldor dabei auf sich allein gestellt blieben; deshalb ging sie, schon bevor Nargothrond und Gondolin gefallen waren, in die Länder östlich der Ered Luin, um Hilfe von den Nandor-Völkern zu erlangen. Im Zweiten Zeitalter schlug sie die von den Valar angebotene Verzeihung aus und blieb in Mittelerde. Um das Jahr 700 Z. Z. half sie, das Noldor-Reich von Eregion zu begründen. Als Saurons Einfluß sich dort bemerkbar machte, ging sie mit ihrem Gefolge durch die Stollen von Moria nach Laurelindórinan (Lórien), wo sie die verstreut lebenden Waldelben dazu bewog, sich zu sammeln und zur Verteidigung ihres Landes bereit zu machen. Dorthin brachte ihr Celebrimbor vor seinem Ende den Weißen Ring Nenya, mit dessen Kraft sie die Verwüstungen der Zeit von Lórien fernhalten konnte.
Im Dritten Zeitalter wanderte sie weit in Mittelerde umher, meistens zusammen mit Celeborn, und kehrte immer wieder zu den Waldelbenvölkern im Osten zurück. Nach Amroths Tod (1981 D. Z.) ließ sie sich mit Celeborn wieder in Lórien nieder, um die Reste der Galadhrim vor der Vernichtung zu bewahren. Alle Elbenvölker neigten zum Isolationismus – schon unter Elben, viel mehr noch gegenüber den Menschen und Zwergen –, aber Galadriel drang darauf, ihre Kräfte gegen den gemeinsamen Feind zu vereinen. Sie war es, die zuerst den Weißen Rat einberief (2463 D. Z.) und gemeinsam mit Gandalf zu einem schnellen Vorgehen gegen die Macht in Dol Guldur riet.
Nach der Vernichtung des Herrscherrings und dem Einsturz von Barad-dûr erlosch auch die Macht der drei Elbenringe, und Galadriel begann die Ermüdung und den Überdruß der Jahre zu spüren. Immerhin hatte sie noch die Kraft, die Mauern von Dol Guldur niederzulegen; dann besuchte sie die Krönung und Hochzeit König Elessars mit ihrer Enkelin Arwen. Zwei Jahre später ritt sie aus Lórien fort und bestieg zusam-

men mit Gandalf, Elrond, Frodo und Bilbo das Schiff an den Grauen Anfurten.
Galadriels wohltätige Macht in Lórien bekundete sich in den Blumen und Bäumen, die sie dort wachsen ließ. Dies waren Elanor und Niphredil, vor allem aber die gewaltigen Mallorn-Bäume, die nirgendwo anders in Mittelerde wuchsen, bis Sam Gamdschie einen davon auf der Festwiese von Hobbingen pflanzte. Die Samen hatte ihr Gil-galad gegeben, weil sie in Lindon nicht gediehen; und Gil-galad hatte sie von seinem Freund Aldarion aus Númenor bekommen.
Vgl. CELEBORN, EREGION, LÓRIEN (2), MAGIE, NANDOR, NENYA, NOLDOR, RINGE DER MACHT.
S, IX; Von den Ringen …; *R,* II, 6–8; VI, 9; Anhang B; *Nachrichten,* II, i, iv; *Briefe,* 348.

GALADRIELS PHIOLE
Ein verschlossenes Kristallglas mit Quellwasser, in dem das Licht von Earendils Stern eingefangen war. Galadriel schenkte es Frodo zum Abschied von Lórien. In Momenten, wo Licht dringend erwünscht war, leuchtete das Glas blendend hell auf. Seine Strahlen schüchterten die Spinne Kankra ebenso ein wie die geierköpfigen Wächter am Tor von Cirith Ungol. (Nur in den Sammath Naur auf dem Schicksalsberg blieb das Glas dunkel.) Frodo nahm es mit auf die letzte Reise.
Vgl. CIRITH UNGOL, GALADRIEL, SILMARIL.
R, II, 8; IV, 8–10.

GALION
Ein Waldelb, König Thranduils Kellermeister. Er liebte den Wein von Dorwinion ebenso sehr wie der König und ließ auch seine Freunde nicht verdursten.
Vgl. WALDELBEN.
H, 9.

GANDALF
Ein Zauberer mit vielen Namen in vielen Ländern: „Mithrandir heiße ich bei den Elben, Tharkûn bei den Zwergen; Olórin war ich in meiner Jugend im Westen, der vergessen ist, im Süden Incánus, im Norden

Gandalf; in den Osten gehe ich nicht." Gandalf ist der gute Engel, der über die Abenteuer der Hobbits wacht, ihre Fahrten zum Erebor und zum Schicksalsberg anzettelt und am meisten dazu beiträgt, daß alles gut ausgeht. Er war um das Jahr 1000 D. Z. nach Mittelerde gekommen, schon damals ein alter Mann, und dann zweitausend Jahre lang umhergewandert, meistens zu Fuß, auf einen Stab gestützt (daher *Gandalf,* altnordisch „Elb des Stabes" – ein aus der *Älteren Edda* entlehnter Name), unscheinbar in einem grauen Mantel, überall und nirgends zu Hause. Macht und Reichtum interessierten ihn nicht, doch eine gute Mahlzeit wußte er zu schätzen. Man kannte ihn in den Wirtshäusern; aus dem Rauch seiner Pfeife blies er akrobatisch tanzende Ringe; und seine prächtigen Feuerwerke waren das Entzücken der Kinder. Nur wenige, wie Círdan und Galadriel, wußten, wer er wirklich war; aber es fiel auf, daß er in all den Jahren kaum älter wurde.

Der Maia Olórin (von Quenya *olos,* „Traum, Vision") hatte in Valinor lange in Lóriens Gärten gewohnt; außerdem stand er Niënna nahe. Den Auftrag, als einer der Sendboten der Valar nach Mittelerde zu gehen, übernahm er auf Manwes und Vardas Wunsch – doch ohne große Begeisterung, denn er fürchtete sich vor Sauron. Dennoch wurde er in Mittelerde Saurons mächtigster Gegenspieler.

Zuerst hielt er sich an die Weisung, den Völkern von Mittelerde mit Rat und Ermutigung beizustehen, ohne selbst Macht auszuüben. Später übernahm er nach und nach eine aktivere Rolle, ähnlich wie Saruman, sein Ordensbruder und Rivale im Weißen Rat. Nach seinem Tod im Kampf mit einem Balrog auf der Brücke von Moria kehrte er überraschenderweise unter die Lebenden zurück und erschien völlig verändert als Gandalf „der Weiße". Er trat nun unverhohlen als Führer des Bündnisses gegen Sauron auf, griff als ein furchtbarer Weißer Reiter in die Schlachten ein und wußte die Entscheidungen der Mächtigen nach seinen Wünschen zu lenken. („Ich denke, die Art, wie Gandalfs Wiederkehr dargestellt wird, ist ein Fehler" – Tolkien.)

Nach dem Ende des Ringkrieges wurde deutlich, daß er die ganze Zeit den Roten Ring Narya getragen hatte. Zusammen mit den anderen Ringträgern bestieg er an den Grauen Anfurten das Elbenschiff, um in den Alten Westen zu fahren.

Durch ihn wurde das Pfeifenkraut endlich auch in Valinor bekannt.

Vgl. Glamdring, Magie, Maiar, Narya, Pfeifenkraut, Ringe der Macht, Weisser Rat, Zauberer.
R, passim, bes. Anhang B; *Nachrichten,* IV, ii; *Briefe,* 156.

Geburtstagsgeschenke

Bei den Hobbits war es Sitte, daß das Geburtstagskind anderen Geschenke machte – es durfte jedoch auch erwarten, Geschenke zu empfangen, allerdings nur von den näheren Verwandten und den Vettern ersten oder zweiten Grades (die entfernteren Verwandtschaften verbanden fast jeden mit jedem), die in einem Umkreis von zwölf Meilen wohnten. Die Geschenke, die dabei zu beachtenden Regeln und Erwiderungspflichten waren ein Gesprächsthema, das die Hobbits lebhaft beschäftigte.
Für Gollum waren die Geschenk-Bräuche ein wichtiges Argument zur Rechtfertigung seines Anspruchs auf den Ring, den sein Bruder Déagol beim Fischen gefunden hatte: Gollum hatte an dem Tag Geburtstag und meinte, daß der Ring deshalb ihm zustehe. Aber Déagol hatte ihm schon etwas anderes geschenkt und wollte den Ring nicht hergeben.
Vgl. Gollum, Herrscherring, Hobbits, Starre, Zwölfmeilenvetter.
R, I, 1, 2; *Briefe,* 214; *H,* 5.

Gelion

Der große Strom, der Ost-Beleriand von Norden nach Süden durchfloß; bildete im Norden die Westgrenze von Thargelion, im Süden von Ossiriand. Seine zwei Quellflüsse waren der Kleine Gelion, der am Himring, und der Große Gelion, der am Rerir-Berg entsprang. In Ossiriand nahm er sechs von den Ered Luin herabfließende Nebenflüsse auf: Ascar, Thalos, Legolin, Brilthor, Duilwen und Adurant. Er mündete erst südlich von Taur-im-Duinath ins Meer. Er war doppelt so lang wie der Sirion, aber weniger breit und wasserreich.
Vgl. Beleriand, Ossiriand, Thargelion; Karte S. 59.
S, XIV.

Gemeinsame Sprache

Vgl. Westron.

Gerader Weg

Der Weg, auf dem die Schiffe der Eldar in den Alten Westen fahren. Er führt hinaus aus der Krummen Welt und durch die hohen Lüfte des Ilmen zu den Ufern von Aman. Sterbliche Seefahrer, die sich dorthin verirren, kostet es das Leben. In der Gegenrichtung ist der Weg nie befahren worden – außer vielleicht von den Sendboten der Götter.
Vgl. Aman, Arda, Elben, Ilmen, Númenor.
S, Akallabêth.

Getreue

Während der Regierungszeit Tar-Ancalimons (2221–2386 Z. Z.) spaltete sich das Volk von Númenor in zwei Parteien: die Gefolgsleute des Königs und eine religiös-traditionalistische Opposition derer, die mit den Elben Freundschaft halten und die Valar respektieren wollten. Diese bezeichneten sich selbst als „die Getreuen", wurden aber auch die *Elendili* (Q. „Elbenfreunde") genannt. Wegen der bald einsetzenden Repressalien hatte diese Partei nur wenige öffentliche Verfechter, aber viele heimliche Anhänger, besonders in Andúnië und Eldalonde, auch unter Mitgliedern der königlichen Familie. Weil die Schiffe der Númenórer den Schutz der Meeresgöttin Uinen genossen, hatten die Getreuen viel Einfluß unter den Seefahrern. Sie unterhielten Schiffsverkehr mit den Elben von Lindon und schufen sich einen Stützpunkt in dem Hafen Pelargir (2350 Z. Z.). Unter Ar-Gimilzôr wurden alle mutmaßlichen Getreuen zur Übersiedlung in den Osten des Landes gezwungen; sie sammelten sich in Rómenna.
Als Tar-Palantir die Verfolgung der Getreuen einstellte, kam es zu bürgerkriegsähnlichen Unruhen. Unter Ar-Pharazôn verloren die Getreuen allen Einfluß, und einige von ihnen wurden im Tempel Melkors geopfert.
Der Bann der Valar war auch unter den Getreuen umstritten. Manche wahrten bis zuletzt die Loyalität gegen das Königshaus, andere leisteten aktiven Widerstand oder emigrierten frühzeitig in den Norden von Mittelerde. Der Streit zwischen den Getreuen und der Königspartei setzte sich fort in den Kriegen der von Elendil in Mittelerde begründeten Königreiche mit den Númenórern in Umbar.
Vgl. Amandil, Andúnië, Bann der Valar, Elendil, Isildur, Númen-

OR, PELARGIR, PHARAZÔN, UMBAR.
S, Akallabêth; *R,* Anhänge A und B, *Nachrichten,* II, iii.

GHÂN-BURI-GHÂN

Der Häuptling der Wasa im Drúadan-Wald: „ein untersetzter Mann, knorrig wie ein alter Stein ... die Haare seines schütteren Barts lagen wie trockenes Moos auf seinem klobigen Kinn. Er war kurzbeinig und hatte fette Arme, dick und stämmig, und seine Kleidung bestand nur aus Gras um die Körpermitte". Merry fiel seine Ähnlichkeit mit den Steinfiguren von Dunharg auf. Er und seine Leute führten die Rohirrim auf einem alten Karrenweg durch die Berge bis zum Amon Dîn; dadurch wurden die Straßensperren der Orks und Ostlinge umgangen. Ghân-buri-Ghân rechnete nach einem Zwanziger-System und konnte darin die Heeresstärke der Rohirrim (sechstausend) korrekt angeben. (Nur in der deutschen Ausgabe der Geschichte rechnet er Unsinn.) Als er mit König Théoden sprach, scheint er dessen Tod in der Schlacht vorausgesehen zu haben.

Nach dem Ringkrieg ließ König Elessar verkünden, der Drúadan-Wald solle für immer Ghân-buri-Ghân und seinem Volk gehören.

Vgl. DRÚADAN-WALD, DRÚEDAIN, DUNHARG, PELENNOR.
R, V, 5; VI, 6.

GIL-GALAD

Der König der Elben von Lindon. Von Geburt hieß er *Ereinion,* Q. „Sprößling der Könige", denn sein Vater war Fingon, der Hohe König der Noldor; später wurde er unter seinem Beinamen bekannt: Gil-galad, S. „Strahlenstern" – wegen seiner mit Silber überzogenen und mit weißen Sternen bemalten Rüstung, die weithin sichtbar war.

Als Kind wurde er von seinem Vater aus dem bedrohten Hithlum zu den Falas geschickt; von dort floh er mit Círdan zu der Insel Balar, als Morgoths Heere die Häfen eroberten. Nach Turgons Tod wurde er Hoher König derjenigen Noldor, die nach dem Untergang von Beleriand noch in Mittelerde zurückblieben. Er bemerkte frühzeitig, daß im Osten ein Gefolgsmann Morgoths wieder mächtig wurde, und bat die Númenórer um Hilfe. Als Sauron Eregion überfiel, schickte er ein Heer unter Elrond gegen ihn aus, aber es kam zu spät und war zu schwach, um Eregion

zurückzuerobern. In den folgenden Jahren (1697–1700 Z.Z.) konnte er mit großer Mühe die Übergänge über den Lhûn verteidigen. Erst das Eingreifen der númenórischen Streitmacht unter dem Admiral (und späteren König) Ciryatur entschied den Krieg zu Gil-galads Gunsten. Bald darauf begannen die Númenórer in Mittelerde Tribute einzutreiben, und ihre Freundschaft mit den Elben kühlte sich ab.
Von Celebrimbor erhielt er kurz vor dessen Tod die beiden Elbenringe Narya und Vilya, die er später an Círdan und Elrond weitergab.
Als Sauron, aus Númenor zurückgekehrt, von neuem erstarkt war, schloß Gil-galad mit seinem Freund Elendil das sogenannte Letzte Bündnis der Elben und Menschen. Sie sammelten ein starkes, prachtvoll ausgerüstetes Heer in Arnor und führten es über die Pässe des Nebelgebirges und dann weiter den Anduin hinunter bis zur Dagorlad. Dort kam es zur Schlacht (3434 Z.Z.). Es heißt, alle Lebewesen von Mittelerde, auch die Vögel und Tiere, hätten dort mitgekämpft, und zwar auf beiden Seiten; nur die Elben waren einig und folgten Gil-galad (aber auch er hatte Schwierigkeiten mit der Kampfdisziplin bei den Waldelben). Das Heer der Verbündeten siegte, aber nach sieben weiteren Jahren, in denen sie Barad-dûr belagerten, fielen Gil-galad und Elendil auf den Hängen des Orodruin, als sie gemeinsam Sauron niederwarfen.
Gil-galads Taten wurden im Dritten Zeitalter in einem elbischen Heldenlied besungen. (Drei Strophen daraus sind in einer Übersetzung von Bilbo Beutlin erhalten.)
Gil-galad hatte keine Erben, und nur noch wenige Elben blieben nach seinem Tod mit Círdan in Lindon zurück.
Vgl. AEGLOS, ELENDIL, LETZTES BÜNDNIS, LINDON, NOLDOR, RINGE DER MACHT.
S, XVIII, XX; Von den Ringen …; *R,* I, 11; II, 2; Anhang B; *Nachrichten,* II, ii-iv.

GIMILKHÂD
Der jüngere Sohn Ar-Gimilzôrs, dem sein Vater gern das Szepter von Númenor vererbt hätte. Als sein älterer Bruder Tar-Palantir den Thron bestieg und von der elbenfeindlichen Politik seines Vaters abwich, wurde Gimilkhâd zum Anführer der Königspartei und widersetzte sich ihm bald offen, bald insgeheim. Gimilkhâds Leben war ungewöhnlich kurz

(3044–3243 Z. Z.), doch sein Sohn Pharazôn setzte seine Bestrebungen fort.
Vgl. GETREUE, GIMILZÔR, NÚMENOR, PALANTÍR, PHARAZÔN.
S, Akallabêth; *Nachrichten,* II, iii.

GIMILZÔR
(Ar-Gimilzôr; Q. Tar-Telemnar): Dreiundzwanzigster König von Númenor, regierte von 3102 bis 3177 Z. Z. Er ließ die Elben nicht mehr ins Land und verbot den Gebrauch ihrer Sprachen. Seine Gattin Inzilbêth und sein ältester Sohn Inziladûn hielten es insgeheim mit den Getreuen.
Vgl. GETREUE, GIMILKHÂD, PALANTIR.
S, Akallabêth; *Nachrichten,* II, iii.

GIMLI
Ein Zwerg aus Durins Volk, Glóins Sohn, wurde zusammen mit seinem Vater von Dáin Eisenfuß als Bote zu Elrond entsandt und nahm als Vertreter der Zwerge an Frodos Fahrt teil. Noch in Lothlórien bewies er den gefürchteten Starrsinn der Naugrim und war voll Mißtrauen gegen die Elben; doch nach der Begegnung mit Galadriel war er wie verwandelt. Er erbat und erhielt eine Strähne von ihrem Haar, zum Zeichen unverbrüchlicher Freundschaft „zwischen Wald und Berg". Fortan hatte jeder Gimlis Axt zu fürchten, der auch nur den Schatten eines Vorbehalts gegen die Elbenkönigin äußerte.
Nach der Trennung der Gemeinschaft an den Rauros-Fällen nahm Gimli mit Aragorn und Legolas am Krieg in Rohan und dann an dem Ritt über die Pfade der Toten teil. Bei der Verteidigung der Hornburg köpfte er mit seiner zweischneidigen Axt zweiundvierzig Feinde.
Gimli ließ sich in den Jahren nach dem Ringkrieg mit einer Gruppe Zwerge vom Erebor in Aglarond nieder; seither galt er als „Herr der glitzernden Grotten". Die Schmiede und Steinmetzen von Aglarond verrichteten viele Arbeiten für die Könige von Rohan und Gondor.
Als einziger von allen Zwergen soll Gimli zusammen mit seinem Freund Legolas in den Alten Westen gefahren sein.
Vgl. AGLAROND, HORNBURG, LEGOLAS.
R, II, 6–8, VI, 6, Anhänge A III und B.

GLAMDRING

Sindarin „Feindhammer“: Gandalfs Schwert, das er und seine Gefährten auf der Fahrt zum Erebor in einer Trollhöhle fanden, zusammen mit Orkrist und Stich, aber auch mit Brot, Käse, Speck und einem vollen Faß Bier. Elrond entzifferte die auf dem Schwert eingravierten Runen und behauptete, es habe einst dem König von Gondolin gehört. Jedenfalls war es eine von den guten Elbenklingen, die einen fahlen Lichtschein abgaben, sobald Orks in der Nähe waren. Gandalf gebrauchte es während des Ringkriegs (aber seine Hauptwaffe war der Zauberstab).

Vgl. GANDALF, TROLLE.

H, 2, 3.

GLAURUNG

S. „Der Goldene“: ein Name, der sich auf die Glut aus seinem Innern bezieht, aus dem aber auch die Bewunderung spricht, die ihm die Elben und Menschen entgegenbrachten. Die elbische Nostalgie schließt in die Verherrlichung der entschwundenen Zeiten auch deren Ungeheuer mit ein. Die Drachen von einst waren majestätischer in ihrer Abscheulichkeit, und das Feuer brannte heißer in ihnen als in ihren jämmerlichen Nachkommen von heute. Glaurung, der *Urulóki* (Q. „Feuerschlange“), war ihr Ahnherr.

Morgoth mag wissen, aus welchen Tieren er gezüchtet war. Obwohl als „Wurm“ oder „Schlange“ bezeichnet, hatte er Füße und war sehr beweglich. Mit dem Feuer und den giftigen Dünsten, die er um sich verbreitete, konnte er ganze Landstriche verwüsten. Zum erstenmal zeigte er sich im zweihundertsechzigsten Jahr nach dem Aufgang des Mondes in der Ebene von Ard-galen, offenbar eigenmächtig und aus jugendlichem Übermut. Damals war sein Panzer noch nicht ganz geschlossen, und Fingon konnte ihn mit berittenen Bogenschützen vertreiben. Erst zweihundert Jahre später kam er wieder hervor und entschied flammenwerfend die Dagor Bragollach. In der nächsten großen Schlacht, der Nirnaeth Arnoediad, erschien er an der Spitze seiner Söhne. Inzwischen hatten sich die Zwerge auf ihn vorbereitet, und er machte mit ihren Äxten und mit Azaghâls Messer Bekanntschaft. Bei dem Feldzug gegen Nargothrond bewies er außer seiner allgemeinen Kampftüchtigkeit auch die Qualitäten eines Feldherrn. Morgoth hielt ihn für das intelligenteste

Geschöpf in seiner Umgebung und hatte ihm nicht nur den Oberbefehl über die Orks, sondern auch eine schwierige Behexungs-Aufgabe übertragen, die er bravourös erfüllte: Er faßte Túrin mit dem bannenden Blick seiner lidlosen Augen und suggerierte ihm einige Lügen, die um so schicksalsbestimmender wirkten, als sie von der Wahrheit kaum zu unterscheiden waren. Von Morgoth hatte er die Genüsse der verfeinerten Bosheit zu schätzen gelernt, aber seine urtümlichen Dracheninstinkte waren von schlichterer Art: Nach der Eroberung von Nargothrond tollte er feuerschnaubend umher, verbrannte, was ihm in die Quere kam, warf alle Schätze Felagunds auf einen Haufen und legte sich drauf.

Einige Jahre später tötete ihn Túrin an der Schlucht Cabed-en-Aras. Túrin wurde dafür in dem *Lied von Húrins Kindern* gefeiert, aber für den Krieg gegen Morgoth war seine Tat ohne große Bedeutung. Drachentöter kämpfen jenseits aller Strategie. Glaurung starb voll Stolz auf das verrichtete Unheil.

Vgl. DRACHEN, DRACHENTÖTER, NARN I HÎN HÚRIN.

S, XIII, XVIII, XX, XXI; *Nachrichten,* I, ii; *HME 3,* I.

GLÓIN

Ein Zwerg aus Durins Volk, Gróins Sohn, Gimlis Vater, nahm zusammen mit seinem älteren Bruder Óin an Thorin Eichenschilds Fahrt zum Erebor teil. Als Abgesandter König Dáins II. kam er mit Gimli zu Elronds Rat nach Bruchtal.

R, II, 1, 2; Anhang A III.

GLORFINDEL

S. „Der Goldhaarige“: ein Elb aus Bruchtal, vermutlich ein Noldo, auf dessen weißem Pferd Asfaloth sich Frodo vor den Schwarzen Reitern über die Bruinen-Furt rettete. Glorfindel hatte im Jahre 1975 D. Z. ein Heer aus Bruchtal geführt, das Earnur zu Hilfe kam, als er den Hexenkönig von Angmar aus dem Norden vertrieb. Glorfindel weissagte damals, daß der Hexenkönig „von keines Mannes Hand“ fallen werde.

Es ist nicht bekannt, ob Glorfindel mit dem gleichnamigen Edlen von Gondolin verwandt war, der im Ersten Zeitalter auf der Cirith Thoronath im Kampf mit einem Balrog fiel.

Vgl. Earnur, Lautwasser, Schwarzer Heermeister.
R, I, 12; Anhang A I, 4; *S,* XXIII.

Gollum

Der erste und letzte Besitzer des wiedergefundenen Herrscherrings. Ursprünglich war er ein Hobbit vom Stamm der Starren, die eine Zeitlang in der Gegend um die Schwertelfelder wohnten. Aber der Ring hatte ihn sehr verändert. Als Bilbo Beutlin ihm in den Stollen unter dem Nebelgebirge begegnete, konnte er ihm seine Herkunft nicht anmerken und wußte nicht, was für eine Art Geschöpf dies war: schwarz – ob von Kleidung, Dreck oder Hautfarbe, ließ sich nicht feststellen –, mit fahl schimmernden Stielaugen und großen nackten Füßen, möglicherweise mit Schwimmhäuten zwischen den Zehen. Er stank nach Fischen und anderen Lebewesen, die er roh verzehrte; vor ein paar Stunden erst hatte er einen kleinen Ork gefressen. Immerhin konnte er sprechen und hatte Freude an Rätseln. Als er den Ring verlor, hatte er ihn seit etwa 480 Jahren in Besitz und war über 500 Jahre alt.
Gollum hieß eigentlich *Trahald* („graben, sich einschleichen" in den Sprachen der Nordmenschen), wiedergegeben durch die altenglische Entsprechung *Sméagol.* Sein Vetter Déagol hatte den Ring beim Fischen im Anduin gefunden. Sméagol, der an diesem Tag Geburtstag hatte, behauptete, er stünde ihm als Geburtstagsgeschenk zu, und erwürgte Déagol, als der ihn nicht hergeben wollte. Er war schon vorher kein sehr liebenswerter Charakter, und der Ring machte ihn vollends unausstehlich. Bald wurde er aus der Hobbit-Sippe verstoßen. Da hieß er schon Gollum, nach einem schmatzenden Gaumenlaut, mit dem er Freßlust, Wehleid oder Entrüstung zu äußern pflegte. Er wanderte den Anduin aufwärts, und weil er Sonnen- und Mondlicht haßte, verkroch er sich in die Höhlen unter dem Nebelgebirge. Über vierhundert Jahre hauste er dort. Daß er die Sprache nicht verlernte, verdankte er nur seiner Angewohnheit, laut mit sich selbst zu reden. Den Stil dieser Selbstgespräche behielt er bei, auch wenn er später mit anderen sprach. Mit der Anrede „mein Schatzzz", die er oft gebrauchte, meinte er sich selbst und den Ring, der längst ein bestimmender Teil seiner Persönlichkeit geworden war.
Der Verlust des Ringes gab Gollums Leben einen neuen Sinn: Er mußte ihn wiedergewinnen. Er wußte, der Dieb hieß Beutlin. In Thal und Esga-

roth erfuhr er auch, wo Beutlin herkam. Durch den Düsterwald zog er nach Westen. Er ernährte sich von Diebereien aller Art, fing Fische und kleine Tiere, plünderte Vogelnester oder holte Babies aus ihren Wiegen. Als er ins Tal des Anduin kam, bog er nach Süden ab und blieb viele Jahre lang verschollen. Gandalf preßte später einige vage Angaben aus ihm heraus: Das Böse in Mordor hatte ihn angezogen, er war lange an den Grenzen des Schwarzen Landes herumgeschlichen und schließlich, ungefähr zehn Jahre vor dem Ringkrieg, erwischt worden. Im Verhör hatte er Sauron alles gestanden, was er über den Ring und seinen Verbleib wußte. So hatte Sauron angeblich von „Beutlin aus dem Auenland" erfahren, nicht aber, wo das Auenland lag. Dies nämlich verriet Gollum nicht. Vielmehr lenkte er Saurons Augenmerk in die falsche Richtung, nämlich auf die Gegend um die Schwertelfelder. Sauron ließ ihn im Jahre 3017 laufen. Die Nazgûl mußten lange suchen, bis sie das Auenland fanden. (Die ganze Geschichte klingt nicht sehr glaubhaft. Sicher hatte er Gandalf manches verschwiegen. Wir wissen nicht, was er in den 76 Jahren seit seiner Begegnung mit Bilbo tatsächlich getrieben hatte.)
Bald nach seinem Fortgang aus Mordor wurde Gollum von Aragorn gefangengenommen und von Gandalf verhört. Die Waldelben im Düsterwald sollten ihn in Gewahrsam halten, aber er entkam ihnen ebenso wie den Orks, die ihn von neuem in Saurons Gewalt bringen sollten. Er versteckte sich in den Stollen von Moria und traf dort – rein zufällig – die Ringgemeinschaft, verfolgte und belauschte sie bis Parth Galen und ließ sich auch durch Frodos und Sams plötzliche Flucht über den Anduin nicht abschütteln. Als ihn die Hobbits in den Emyn Muil gefangennahmen, schwor er einen Eid, Frodo zu dienen und zu verhindern, daß der Ring in Saurons Hände fiele. Dann führte er die Hobbits nach Cirith Ungol, in der Hoffnung, daß Kankra sie verspeisen und den Ring übriglassen würde. Auf dem Schicksalsberg machte er seinen Verrat unfreiwillig wieder gut: Frodo konnte sich von dem Ring nicht trennen, aber Gollum biß ihm den Finger mitsamt Ring von der Hand und stürzte damit in die Flammen.

Vgl. Bilbo Beutlin, Frodo Beutlin, Herrscherring, Schicksalsberg, Starre.

H, 5; *R,* IV, passim; VI, 3; *Nachrichten,* III, iv, 1, 2.

Gondolin

Eine Stadt von blendender Pracht, mit weißen Marmortürmen auf der Kuppe eines schwarzen Felsens, und doch in strenger Heimlichkeit vor aller Welt verborgen; das Muster einer Elbenstadt, Ausdruck des Bestrebens, alle bedrohten Schönheiten dieser Welt an einem abgeschiedenen Ort um sich zu versammeln.

Mit seinem ganzen Volk war König Turgon im Jahre hundertvier nach dem Aufgang des Mondes aus Nevrast verschwunden: Das war ein Drittel der Noldor, die mit Fingolfin nach Mittelerde gekommen waren, und eine noch größere Anzahl Sindar, mit denen sie sich in Nevrast vermischt hatten. Sie alle blieben wie vom Erdboden verschluckt, bis Turgon dreihundertsiebzig Jahre später, zur Überraschung von Freund und Feind, an der Spitze von zehntausend wohlgerüsteten Kriegern auf dem Schlachtfeld von Anfauglith erschien. Darum nannte man Turgon „den Klugen", und sein Reich hielt sich von allen Elbenreichen des Ersten Zeitalters am längsten.

Schon als die anderen Noldorfürsten noch glaubten, Melkor in offenem Kampf standhalten zu können, waren Turgon und sein Freund Finrod gewarnt worden. Der Wassergott Ulmo riet ihnen im Traum, sich beizeiten nach sicheren und versteckten Plätzen umzusehen. Von Ulmo geleitet, fand Turgon in den Bergen östlich des oberen Sirion den Ort, den er suchte. Fünfzig Jahre lang ließ er unter strenger Geheimhaltung bauen, planen und transportieren; dann war alles bereit. Die neue Stadt nannte er *Ondolinde* in der Sprache der Noldor, „Felsen der Wassermusik", denn auf der Kuppe des Berges, auf der sie stand, des Amon Gwareth, entsprangen Quellen, die in wohllautende Springbrunnen gefaßt wurden; und im Sindarin wurde daraus Gondolin, „der verborgene Felsen".

Wenige Fremde haben Gondolin je erblickt, und noch weniger kehrten je zurück, um von dort zu berichten, denn Turgon schränkte den Verkehr mit der Außenwelt rigoros ein und ließ nur selten einen wieder fort, der einmal dorthin gelangt war. Erst durch die Erzählungen der Flüchtlinge, die nach der Zerstörung der Stadt mit Tuor zu den Sirion-Mündungen kamen, wurde bekannt, wo Gondolin gelegen hatte.

Vom Amon Gwareth ließ sich das ganze flache grüne Tal von Tumladen überblicken, das ringsum von den steilen Felswänden der Echoriath umschlossen war. Das Tal war einmal ein See gewesen, und Ulmo hatte sein Wasser in den Sirion abgeleitet, durch ein nun trockenes Flußbett, das unter der Bergkette hindurch führte. Dieser unterirdische Weg war der wichtigste geheime Zugang. Das äußere Tor war getarnt und streng bewacht; nach dem Rückzug der Gondolindrim aus der Schlacht der ungezählten Tränen wurde es zugeschüttet. Wer den Tunnel durchschritten hatte, kam in die tiefe Schlucht Orfalch Echor, die mit sieben Toren versperrt war, und nach dem letzten, dem Großen Tor, sah man in der Ferne die weißen Zinnen der Stadt. Gondolin war nach dem Vorbild Tirions angelegt, mit breiten, gepflasterten Straßen, Blumengärten und Brunnen, weiten Plätzen und hohen Türmen. Der einzige Weg in die Stadt führte über eine breite Treppe den Berghang hinauf; darum kam niemand anders als zu Fuß hinein. Vor dem Palast des Königs standen Belthil und Glingal, die Abbilder der Zwei Bäume von Valinor.

Daß Gondolin über vierhundert Jahre lang vor Morgoth verborgen blieb, war vor allem das Verdienst der Adler, die in den Crissaegrim nisteten, dem südlichen Teil der Echoriath; sie hielten feindliche Späher und alle suspekten Kreaturen fern. Außerdem überbrachten sie Nachrichten und trugen manchmal auch Personen durch die Luft wie z. B. Húrin und seinen Bruder Huor.

So sehr hing Turgon an Gondolin, daß er auch dann nicht bereit war, es zu verlassen, als Ulmo ihn durch Tuor warnen ließ, das Ende sei nahe. Zum Verhängnis wurde der Stadt ihr hoher Bedarf an Metallen. Das Bergwerk von Anghabar und Maeglins Suche nach immer neuen Erzadern, bis weit in den Norden des Gebirges, blieben auf die Dauer nicht unbemerkt. Maeglin wurde gefangengenommen; er verriet die Lage von Gondolin und die Zugangswege. Dann bereitete Morgoth den Angriff mehrere Jahre lang vor. Im Sommer des 511. Sonnenjahres gelang es Gothmog, dem Fürsten der Balrogs, seine Streitmacht überraschend von Norden über die Berge zu bringen: Sie bestand aus Orks, Balrogs, Drachen und flammenwerfenden Belagerungsmaschinen. Die Gondolindrim erschlugen Dutzende von Balrogs, unter ihnen auch Gothmog, aber schließlich brannte die Stadt, die Mauern wurden durchbrochen, und alle Quellen und Brunnen verdampften. Turgon und die meisten seiner Edlen wollten ihre Stadt nicht lebend verlassen. Der König wurde vom einstürzenden Turm seines Palastes begraben.

Eine kleine Anzahl der Gondolindrim entkam unter Tuors Führung. Über die Cirith Thoronath gelangten sie ins Tal des Sirion und wanderten nach Süden, wo sie sich an den Sirion-Mündungen mit den Flüchtlingen aus Doriath und Nargothrond vereinigten.
Vgl. CIRITH THORONATH, CRISSAEGRIM, IDRIL, MAEGLIN, NEVRAST, NIRNAETH ARNOEDIAD, TUOR, TURGON; Karte S. 59.
S, XV, XVI, XX, XXIII; *Nachrichten,* I, i; *Verschollene Geschichten II,* iii.

GONDOR

Das Südliche Königreich der Dúnedain, Ende des Zweiten Zeitalters von Isildur und Anárion gegründet und später von Anárions Erben regiert. Der Name Gondor bedeutet im Sindarin „Steinland".
Das Kerngebiet des Reiches waren Ithilien, Anórien und das Land südlich des Weißen Gebirges. Seine größten Städte waren Osgiliath, Minas Ithil und Minas Anor und der alte Hafen Pelargir. Die Hauptstadt zur Zeit des Ringkrieges war Minas Tirith, das frühere Minas Anor. Das Klima in allen diesen Gebieten war milder als in Eriador oder Rhovanion. In der Blütezeit des Reiches erstreckte sich seine Macht nach Süden bis Harad, nach Nordwesten bis zur Grauflut und nach Nordosten über große Teile von Rhovanion.
Wie in Arnor waren die Dúnedain auch in Gondor ein schwindendes Volk: wenig vermehrungstüchtig, stolz auf die Reinheit ihres Blutes und zugleich unfähig, sich gegen die Vermischung mit Menschen minderer Rassen, die im Süden zahlreich waren, zu wehren. Zur ersten großen Schwächung ihres Reiches kam es im 15. Jahrhundert D. Z. durch den Sippenstreit zwischen Eldacar, der nicht ganz reinblütig war, und Castamir. Dann wurde die gesamte Bevölkerung von Gondor durch die Große Pest von 1636 D. Z. dezimiert. Im 19. Jahrhundert, unter den Königen Narmacil II. und Calimehtar, mußte sich das Reich, im Bündnis mit den Nordmenschen von Rhovanion, in mehreren Kriegen gegen das Andrängen der Wagenfahrer aus dem Osten verteidigen, während im Norden gleichzeitig Arthedain von Angmar zerschlagen wurde. König Arvedui, der eine Tochter des Königs von Gondor geheiratet hatte, forderte die Krone beider Reiche, wurde aber zurückgewiesen. Bald darauf erlosch in Gondor die Linie der Könige in Anárions Erbfolge. Earnur,

ihr letzter, ließ sich vom Herrn der Nazgûl zu einem Zweikampf provozieren (2050 D. Z.). Er ritt mit einem kleinen Geleit vor die Tore von Minas Morgul und ward nicht wieder gesehen.
Von nun an regierten in Gondor die Truchsesse, deren Amt schon unter den Königen in einer vornehmen Dúnedain-Familie erblich geworden war. In dem folgenden Jahrtausend verlor das Reich alle Gebiete in Rhovanion und konnte nur noch mit Mühe den Anduin als Grenze gegen die Ostlinge behaupten. Mit Hilfe der Rohirri vertrieb der zwölfte Truchseß Cirion ein großes Heer der Balchoth aus den Gebieten westlich des Anduin (2510 D. Z.); dafür überließ Cirion den Rohirrim die Ebene von Calenardhon. Die Festung Angrenost blieb jedoch unter der Hoheit von Gondor, obwohl sie im Jahre 2759 Saruman zu Lehen gegeben wurde.
Unter Denethor II., dem letzten Regierenden Truchseß, mußte Gondor alle Kräfte aufbieten, um wenigstens Minas Tirith gegen die Eroberung durch Saurons Armeen zu verteidigen. Wie schwach es geworden war, zeigte sich bei der Musterung der Hilfstruppen, die aus den südlichen Lehen Lossarnach, den Tälern des Ringló und des Morthond, aus Lamedon, von den Anduin-Mündungen, Pinnath Gelin und Dol Amroth in die Stadt kamen: alles in allem keine dreitausend Mann. Ohne die Hilfe Gandalfs, Aragorns und der Rohirrim wäre die Stadt verloren gewesen.
Nach dem Ringkrieg wurde Gondor von König Elessar wieder mit Arnor vereinigt. Durch Schutz- und Bündnisverträge, aber auch durch Kriege konnte es seine Macht erneut nach Osten und Süden ausdehnen.
Vgl. Anárion, Anórien, Denethor II., Eldacar, Elendil, Isildur, Ithilien, Minas Tirith, Osgiliath, Truchsesse, Weisses Gebirge; Karte S. 99.
R, V und VI passim; Anhänge A und B.

Gorbag

Anführer einer Ork-Streife aus Minas Morgul, die über den Paß von Cirith Ungol heraufkam und den bewußtlosen Frodo fand. Gorbags Leute trugen das Abzeichen des Totenkopfmondes, nicht das Auge von Barad-dûr, und gerieten mit der Besatzung von Cirith Ungol in Streit: Gorbag wollte mit dem Gefangenen lieber seinen „Spaß" haben als ihn den Nazgûl ausliefern. Er war ein behäbiger alter Bandit, der sich nach Frieden sehnte und nach einem beschaulichen Räuberdasein auf dem

Lande, fern von den arroganten Bonzen aus Lugbúrz. Aber er wußte, die Aussichten für die Zukunft waren nicht rosig. Sein alter Kumpel Schagrat erwürgte ihn im Streit um Frodos kostbaren Mithril-Panzer.
Vgl. Orks.
R., IV, 10; VI, 1.

Gorlim
Genannt der Unglückliche, einer der zwölf Gefährten, mit denen Barahir nach der Dagor Bragollach den Bandenkrieg in Dorthonion aufnahm. Sauron führte Gorlim ein Phantom seiner Gattin Eilinel vor Augen und bewog ihn damit, Barahirs Versteck am Aeluin-See zu verraten. In der Nacht vor dem Überfall erschien Gorlim (den Sauron inzwischen getötet hatte) Beren im Traum, um ihn zu warnen. Aber es war zu spät.
Vgl. Aeluin-See, Beren.
S, XIX.

Gothmog
Der Fürst der Balrogs von Angband, einer von Morgoths Feldherren in den Kriegen von Beleriand. Er erschlug Feanor und Fingon, doch beide nicht in fairem Zweikampf, sondern mit Hilfe seiner Leibgarde von Balrogs und Trollen. Im fünfhundertundelften Sonnenjahr leitete er den Angriff auf Gondolin und fiel auf dem Platz vor Turgons Palast im Kampf mit dem Elbenfürsten Ecthelion, der dabei gleichfalls fiel. In der Hierarchie von Angband scheint er den höchsten Rang eingenommen zu haben, nachdem Sauron wegen des Verlusts von Tol Sirion in Ungnade gefallen war.
Gothmog war auch der Name des Statthalters von Minas Morgul, der nach dem Ende des Schwarzen Heermeisters das Kommando über die Heere Mordors auf dem Pelennor übernahm. Er war vermutlich einer der Nazgûl.
Vgl. Angband, Balrog, Gondolin, Nazgûl.
S, XIII, XX, XXIII; *R,* V, 6.

Grabunholde
Da die Hobbits auf ihrem Weg nach Bree über die Hügelgräberhöhen kamen, mußten sie auch einem der Grabunholde begegnen, von denen

man im Auenland Gruselgeschichten erzählte. Dies waren Geister, die nach der Großen Pest aus Angmar und Rhudaur gekommen waren, um die letzten Dúnedain von Cardolan noch in ihren Gräbern zu quälen. Sie lauerten Reisenden auf, um sie unter Kultgesängen dem Dunklen Herrscher zu opfern. Die Hobbits entgingen diesem Schicksal, weil sich Frodo in letzter Sekunde an die Verse erinnerte, die ihnen Tom Bombadil für einen solchen Fall eingeschärft hatte.

Als Merry aus der Betäubung erwachte, kam er aus einem Traum, der ihn in die letzten Augenblicke eines der alten Krieger von Cardolan zurückversetzt hatte: „Ich erinnere mich! Die Männer von Carn Dûm kamen über uns in der Nacht, und wir wurden überwältigt. Ah, der Speer in meinem Herzen!"

Vgl. CARDOLAN, HÜGELGRÄBERHÖHEN.

R, I, 8; Anhang A I, 3.

GRAUE ANFURTEN

Vgl. MITHLOND.

GRAUELBEN

Vgl. SINDAR.

GRAUES GEBIRGE

Sindarin *Ered Mithrin:* Gebirgskette nördlich des Düsterwalds in west-östlicher Richtung verlaufend. Vermutlich war das Graue Gebirge ein Überrest der Ered Engrin, wo im Ersten Zeitalter Melkors Festungen lagen. Nördlich davon gab es nur noch Steppe und ewiges Eis. Gandalf meinte, die Berge seien voller Orks und Ungetier. Die Zwerge vom Erebor versuchten hier Fuß zu fassen (2190–2590 D. Z.), wurden aber von Drachen vertrieben. Auf der Westseite des Gebirges entsprang der Waldfluß.

Vgl. ERED ENGRIN, ZWERGE; Karte S. 264–265.

H, 7.

GRAUFLUT

Gwath-hîr, „Fluß des Schattens", nannten die ersten númenórischen Abenteurer von Aldarions Schiffen den Fluß, den sie in leichten Booten von der Küste hinauffuhren: zu beiden Seiten war der Fluß mit dichten Wäldern von riesigen Bäumen bestanden. Später kamen sie zu den großen Sümpfen am Zufluß des Glanduin, dem Gebiet, das wegen der vielen Wasservögel bald *Nîn-in-Eilph* („Wasserland der Schwäne", „Schwanfleet") genannt wurde, und der Name wurde zu *Gwathló* abgeändert, der schattige Fluß aus den Fenns.

Die großen Wälder von Minhiriath und Enedwaith verschwanden im Zweiten Zeitalter: teils von den Númenórern abgeholzt, teils auf Saurons Betreiben niedergebrannt von den empörten Bewohnern dieser Länder, denen die Númenórer bald als Kolonialherren begegneten.

An der Stelle, wo der Fluß aufhörte, schiffbar zu sein, entstand der Binnenhafen Tharbad. Die größten Zuflüsse waren Weißquell, Lautwasser und Glanduin („Grenzfluß").

Vgl. ENEDWAITH, LOND DAER, MINHIRIATH, THARBAD; Karte S. 99.

R, I, 12; *Nachrichten,* II, ii, ivD.

GRISCHNÁCH

Der Anführer der Orks mit dem Zeichen des Lidlosen Auges, die zusammen mit den Uruk-hai aus Isengart das Lager bei Parth Galen überfallen, Boromir erschlagen und Merry und Pippin weggeschleppt hatten. Die meisten seiner Leute waren aus Moria; er selbst aber kam mit Sonderauftrag aus Lugbúrz und wurde von einem Nazgûl auf dem Ostufer des Anduin erwartet.Er war nicht so groß wie sein Gegenspieler Uglúk, sondern krummbeinig, breitbrüstig und langarmig. Für einen Ork sprach er sehr gut Westron, und sein Verhalten bewies Entschlossenheit und Intelligenz. Er schien etwas von dem Ring zu wissen. Als die Rohirrim die Orks umzingelt hatten, klemmte er sich unter jeden seiner starken Arme einen Hobbit und versuchte, in der Nacht zu verschwinden. Aber das Schicksal lenkte einen Pfeil in seine Richtung, und der Nazgûl wartete vergebens.

Nach der englischen Ausgabe wird sein Name gewöhnlich *Grischnákh* geschrieben. (*kh* ist die englische Transskription für den ch-Laut.)

Vgl. ORKS.

R, III, 3.

GROND

Die große Ramme, die langsam und von Trommelwirbeln begleitet über den Pelennor auf das Tor von Minas Tirith zukroch. Sie bestand aus einem 30 m langen Pfahl, an Ketten in einem Gerüst hängend, das von großen Tieren einer unbekannten Art gezogen wurde. Die Bedienungsmannschaft war ein Trupp stämmiger Bergtrolle. Die Spitze, aus schwarzem Stahl, hatte die Form einer Wolfsschnauze und war mit mauerbrechenden Zauberformeln beschriftet. Bei jedem Schlag rief der Schwarze Heermeister ein Kraftwort, das einer altertümlichen Höllensprache entstammte, und beim dritten Schlag barsten die eisernen Pforten in Stücke.

Grond („Unterwelthammer") hatte man dieses Erzeugnis aus Saurons Schmieden im Gedenken an die große Keule genannt, mit der Morgoth seinen Zweikampf mit Fingolfin bestand. Grond schlug so viele dampfende Löcher in den Boden, daß Fingolfin schließlich strauchelte und Morgoth vor die Füße fiel.

Vgl. FINGOLFIN, MINAS TIRITH, PELENNOR.

S, XVIII; *R,* V, 4.

GROSSE OSTSTRASSE

Während der Blütezeit der númenórischen Königreiche zu Beginn des Dritten Zeitalters herrschte in Mittelerde ein reger Verkehr auf gut ausgebauten Straßen, die später verfielen und wenig benutzt wurden.Die wichtigste Ost-West-Straße führte von den Grauen Anfurten durch Eriador über die Baranduin-Brücke (erbaut von den Königen von Arnor), Bree und die Wetterspitze, an Imladris vorüber zum Nebelgebirge. Sie verband die Elben in Lindon mit denen in Imladris und mit König Thranduils Reich in Rhovanion, ebenso auch die Zwerge in den Blauen Bergen mit Moria und den nordöstlichen Zwergenreichen. (Schon im Ersten Zeitalter hatte die Zwergenstraße von Belegost und Nogrod nach Beleriand eine östliche Fortsetzung nach Moria, deren Verlauf sich in späterer Zeit nur wenig änderte.)

Nach dem Verfall der nördlichen Königreiche wurde die Straße unsicher. Allein der Abschnitt durch das Auenland, etwa bis Bree, war auch für unbewaffnete Reisende gefahrlos passierbar. In Bree kreuzte sich die Oststraße mit einer der großen Nord-Süd-Straßen, dem Grünweg. Zwi-

schen Bree und Imladris verlief die Straße entlang der alten Grenze zwischen den drei Reichen von Arthedain, Rhudaur und Cardolan.
Östlich von Imladris setzte sich die Straße im Hohen Paß über das Nebelgebirge fort, der nur mit erfahrenen Führern und mit starkem bewaffnetem oder magischem Geleitschutz begehbar war. Jenseits des Gebirges führte sie zur Alten Furt über den Anduin und mündete dann in die Alte Waldstraße durch den Düsterwald nach Esgaroth, Thal und zum Erebor.
Vgl. BREE, GRÜNWEG, HOHER PASS, ZWERGENSTRASSE; Karte S. 99.
H, 4; *R,* I, 11, II, 2; *Nachrichten,* III, i.

GROSSE PEST
Während der Herrschaft König Telemnars in Gondor kam „mit dunklen Winden aus dem Osten“ eine tödliche Pest. Viele Menschen in Ithilien, Gondor, Rhovanion und Calenardhon fielen ihr zum Opfer, auch der König selbst und alle seine Kinder (1636 D. Z.). Minhiriath und Cardolan wurden entvölkert; auch Arthedain und das Auenland waren betroffen, aber nach Norden hin schwächte die Seuche sich ab. Gondors Festungen und Wachtposten an den Grenzen nach Mordor konnten nicht mehr besetzt werden. Es wurde angenommen, Sauron habe die Pest ausgestreut, um ebendies zu erreichen. Dagegen sprach jedoch, daß die mit ihm verbündeten Völker in Khand und am Meer von Rhûn ebenso unter der Seuche zu leiden hatten wie seine Feinde im Westen.
Vgl. CARDOLAN, GONDOR, MINHIRIATH, VERFLUCHTER WIND.
R, Anhang A; *Nachrichten,* III, iv.

GROSSER GRÜNWALD
Älterer Name für DÜSTERWALD.

GRÜNBERGE
Gleich wenn man, von Hobbingen kommend, die Große Oststraße in südlicher Richtung überquert hatte, ging es in die Grünberge hinauf, einen niedrigen, bewaldeten Höhenzug, der sich vom Tukland im Westen bis Waldende und an den Rand des Bruchlandes im Ostviertel erstreckte. Eine Straße, von Buckelstadt nach Waldhof und Stock (wo es im „Goldenen Barsch“ das beste Bier im Ostviertel gab), schlängelte sich durch die Höhen. Man war noch im Herzen des Auenlandes, eher in einem Aus-

flugsgebiet als in der Wildnis. Aber schon hier war plötzlich ein großer schwarzer Kapuzenmann auf einem schwarzen Pferd hinter den Hobbits her, und obwohl man seine Nase nicht sehen konnte, hörte man, wie er schnüffelte. Aber zum Glück kamen manchmal noch Elben in diese Wälder, und zur rechten Zeit erschien Gildor Inglorion, ein Noldo aus Finrod Felagunds Geschlecht.

Als Scharrers Leute das Auenland beherrschten, konnten die wehrhaften Tuks sie vom westlichen Teil der Grünberge fernhalten. Aber am Waldende hatten sie einen Stützpunkt und richteten einige Verwüstungen an.

Vgl. AUENLAND, BUCKELSTADT, NAZGÛL, TUK; Karte S. 43.

R, I, 3; VI, 8, 9.

GRÜNWEG

Der nördliche Abschnitt der alten Nord-Südstraße von Fornost über Tharbad zur Pforte von Rohan und nach Gondor. In Bree kreuzte der Grünweg die Große Oststraße. In früherer Zeit eine wichtige Verbindung zwischen den Reichen von Arnor und Gondor, wurde er später nur noch selten benutzt und wurde allmählich „grün", d. h. mit Gras überwachsen. Dreißig Wegstunden südlich von Bree vereinigte er sich mit der Straße, die über die Sarnfurt aus dem Westviertel des Auenlands kam. Auf dem Grünweg begegneten sich vor dem Ringkrieg die beiden Zauberer Gandalf und Radagast.

Vgl. BREE, ERIADOR, GROSSE OSTSTRASSE, THARBAD; Karte S. 99.

R, II, 2; VI, 8; *Nachrichten,* III, iv, 2.

GUNDABAD

Die Hauptstadt der Orks im nördlichen Nebelgebirge bestand aus Höhlen und Stollen unter dem Gundabadberg. Die Orks, die hier lebten, waren von der kleinen, krummbeinigen und lichtscheuen Rasse; beherrscht und geführt wurden sie von einer Kaste der in Dol Guldur gezüchteten und gedrillten Uruks. Im Rachekrieg der Zwerge (2793–99 D. Z.) wurde Gundabad gebrandschatzt, aber hundertfünfzig Jahre später war seine Bevölkerung schon wieder sehr zahlreich. In Gundabad versammelte Bolg seine Truppen vor der Schlacht der fünf Heere.

Vgl. AZOG, BOLG, ORKS; Karte S. 264–265.

H, 17; *R,* Anhang A III.

GURTHANG

Sindarin „Todeseisen“: Túrins Schwert, von Eol, dem Dunkelelben, aus schwarzem Meteoreisen geschmiedet und als Steuer an Thingol entrichtet; „es spaltete alles Eisen, das aus der Erde kam.“ Sein Name war zuerst *Anglachel* („Eisenflamme“); das Schwesterschwert Anguirel war Eol von seinem Sohn Maeglin gestohlen worden. Beleg bekam Anglachel aus Thingols Rüstkammer. Die weise Königin Melian sah gleich, daß dieses Ding nicht geheuer war: „Das dunkle Herz des Schmiedes wohnt noch darinnen.“ In der Tat erwies es sich bald als eine eigenmächtige Waffe, die bei besonderen Gelegenheiten auch sprechen konnte. Beleg fand damit den Tod von der Hand seines Freundes Túrin. Später wurde Túrin in Nargothrond als *Mormegil,* das Schwarze Schwert, berühmt. Mit Gurthang tötete er Glaurung, aber auch Brandir von den Haladin. Als er sich selbst in das Schwert stürzte, zerbrach es, und die Hälften wurden ihm ins Grab gelegt.

Vgl. BELEG, DRACHENTÖTER, EOL, TÚRIN.

S, XXI.

GWAIHIR

Sindarin „Herr der Winde“, der Fürst der Adler aus dem Nebelgebirge. Er war ein Freund von Gandalf, der ihn einmal von einer Pfeilwunde geheilt hatte, und seitdem immer bereit, Gandalf und seinen Freunden aus der Klemme zu helfen. An der Spitze eines großen Adlerschwarms griff er in die Schlacht der fünf Heere und die Schlacht vor dem Morannon ein. Er war wesentlich kleiner als sein gewaltiger Vorfahr Thorondor, aber stark genug, um Gandalf von Isengart bis Edoras auf dem Rücken zu tragen. (Größer als er war sein Bruder Landroval, der ihn begleitete, als sie Frodo und Sam vor der Lava des Orodruin retteten.) Nach der Schlacht der fünf Heere schwor Dáin Eisenfuß ihm Freundschaft und schenkte ihm eine goldene Krone. Gwaihir stand auch mit Galadriel in Verbindung. In seinen Gesprächen mit Gandalf zeigte er sich über die politischen Verhältnisse in Mittelerde gut unterrichtet.

Vgl. ADLER, THORONDOR.

H, 6, 7, 18; *R,* II, 2; III, 5; VI, 4.

GWINDOR

Ein Noldo aus Nargothrond, der es nicht mit ansehen konnte, wie die Feinde vor den Außenbefestigungen von Barad Eithel hohnlachend seinen Bruder Gelmir zerhackten. Gwindor stürmte los, und bei diesem Anblick gab es für das ganze Heer von Hithlum kein Halten mehr. (Es hätte in seiner Wartestellung bleiben sollen, bis Maedhros herangerückt war.) Fingon setzte seinen weißen Helm auf und ließ die Trompeten blasen. Die Orks wurden bis vor die Mauern von Angband gejagt. Doch dort erst hielt Morgoth sein Hauptheer in Bereitschaft. So begann die Schlacht der ungezählten Tränen.

Gwindor, mit seinem kleinen Gefolge aus Nargothrond allen anderen voraus, schlug sich bis auf die Treppen von Angband durch, aber dort wurde er gefangen. Jahrelang mußte er in Morgoths Bergwerken schuften, dann gelang es ihm zu fliehen. In Taur-nu-Fuin begegnete er Beleg und Túrin, und zusammen mit Túrin kam er wieder nach Nargothrond. Flüchtlinge aus Angband wurden dort mißtrauisch angesehen, und Gwindor war kaum wiederzuerkennen: ein gebrochener Mann, dem die Angst im Nacken saß. Seine frühere Geliebte Finduilas, König Orodreths Tochter, wandte sich von ihm ab und verliebte sich in Túrin. Darauf verriet ihr Gwindor, wer Túrin war und was sie von der Verbindung mit einem solchen Menschen zu erwarten hatte, denn aus Angband wußte er manches über Morgoths Fluch gegen Húrins Kinder. Seine Sorgen erwiesen sich bald als wohlbegründet, aber weder Túrin noch Finduilas konnte er damit helfen, daß er sie ihnen mitteilte.

Gwindor fiel in der Schlacht von Tumhalad, die der Eroberung von Nargothrond voranging.

Vgl. BELEG, NARGOTHROND, NIRNAETH ARNOEDIAD, TÚRIN.

S, XX, XXI.

Hador

Das dritte Menschenvolk, das über die Ered Luin nach Beleriand kam, wurde von Marach angeführt. Nachdem es sich in Estolad niedergelassen hatte, zogen manche jungen Männer nach Hithlum und traten in König Fingolfins Dienst, unter ihnen Marachs Sohn Malach, der den Sindarin-Namen *Aradan* („edler Mensch“) erhielt. Ein Urenkel Malachs war Hador, den Fingolfin so hoch schätzte, daß er ihm die Herrschaft über Dor-lómin übertrug. Hador zog viele Menschen seines Volkes nach sich und wurde der reichste und mächtigste Fürst der Edain im Ersten Zeitalter. In seinem Hause wurde Sindarin gesprochen, doch wurde auch die eigene Sprache nicht völlig aufgegeben, und aus ihr entwickelte sich später das Adûnaïsche, die Sprache von Númenor. Hadors Sindarin-Name lautete *Lórindol,* „Goldscheitel“. (Wie die meisten Menschen dieses Stammes war er groß und blond.) Hador fiel in der Dagor Bragollach, als er beim Rückzug auf Eithel Sirion die Nachhut befehligte. Die Menschen dieses Stammes nannte man später das *Haus Hador* oder das Dritte Haus der Edain. Hadors Kinder Galdor und Glóredhel heirateten Hareth und Haldir, die Kinder Halmirs von den Haladin. Galdors Sohn war Húrin, sein Enkel Túrin. Das berühmteste Erbstück des Hauses Hador war der Drachenhelm von Dor-lómin.

Vgl. Dor-lómin, Drachenhelm von Dor-lómin, Edain.

S, XVII, XVIII; *Nachrichten,* II, i.

Häuser der Heilung

Das Krankenhaus von Minas Tirith, wo Eowyn, Faramir, Merry und die anderen Verwundeten nach der Schlacht auf dem Pelennor behandelt wurden. Der Chefarzt trug den Titel *Kräutermeister.* Er war ein gelehrter Mann und kannte auch die Quenya-Namen seiner Medikamente. An Altweibersprüche glaubte er nicht. In der Behandlung aller gewöhnlichen Wunden und Krankheiten leistete die Anstalt Vortreffliches, aber die Weisheit der Heilkundigen von Númenor war nicht in ihrer ganzen Fülle erhalten geblieben, und gegen den Schwarzen

Schatten, der die von den Nazgûl Verwundeten befiel, kannte man keine Therapie.
Vgl. ATHELAS, MINAS TIRITH, MORGUL-MESSER.
R, V, 8.

HALADIN

Das zweite Volk der Edain, das über die Ered Luin nach Beleriand kam, später nach seiner Anführerin oft das *Volk Haleths* genannt. Tatsächlich waren die Haladin nur durch Verwandtschaft und Nachbarschaft miteinander verbunden und kannten keine Fürsten oder Amtsträger. Sie lebten gewöhnlich in vereinzelten Gehöften und folgten nur im Krieg oder auf Wanderungen einem besonders geeigneten Führer. Ein solcher war Haldad, Haleths Vater. Im Süden von Thargelion, wo sich die Haladin zuerst niedergelassen hatten, wurden sie von Orks angegriffen, und Haldad trommelte die Leute zur Verteidigung hinter einem Palisadenzaun im Winkel zwischen den Flüssen Gelion und Ascar zusammen. Als Haldad und sein Sohn Haldar gefallen waren, übernahm Haleth das Kommando. Im letzten Augenblick kam Caranthir den Haladin zu Hilfe; sein Angebot aber, in den besser geschützten Norden zu ziehen, lehnten sie höflich ab: Sie wollten ihre eigenen Herren bleiben. Von Haleth geführt, wanderten sie nach Estolad und wohnten dort eine Weile, ohne mit den anderen Edainvölkern sehr viele Beziehungen anzuknüpfen. Auf Drängen Haleths zogen sie bald weiter nach Westen: durch Himlad und Nan Dungortheb, wo nicht wenige von ihnen eine Beute der Spinnen wurden, bis in das Land zwischen Sirion und Narog. Auf Finrods Bitte erlaubte ihnen Thingol, sich im Wald von Brethil niederzulassen, unter der Bedingung, daß sie die Übergänge über den Teiglin bewachten.
Nach Haleths Tod übernahmen die Nachkommen ihres Bruders Haldar die Führung im Kriege. Bis zur Dagor Bragollach lebten die Haladin in Frieden; dann kamen die Orks durch das Sirion-Tal nach Süden. Die Haladin verteidigten gemeinsam mit den Grenzwachen von Doriath die Teiglin-Übergänge; aber in der Nirnaeth Arnoediad, in der sie Fingons Herr verstärkten, verloren sie viele waffenfähige Männer unter der Führung von Haldir, und zwanzig Jahre später fiel Handir, als er versuchte die Orks aufzuhalten, die sich den Weg nach Nargothrond freimachten. In die Wälder zurückgedrängt, konnten sie nur noch einen

Kleinkrieg führen. Als Túrin zu ihnen kam, bestärkte er die Kriegspartei unter Dorlas gegen den friedliebenden Brandir.
Die Haladin waren meist dunkelhaarig und etwas kleiner als die anderen Edain. Ihre Sprache war mit denen der anderen nicht verwandt. Sie blieben gern für sich und hielten auch zu den Eldar Distanz: Weniger als Beors und Hadors Völker waren sie bereit, sich von ihnen beschützen, regieren oder belehren zu lassen.
Mit dem Volk Hadors kamen sich die Haladin in den Jahren vor der Dagor Bragollach durch ein gemeinsames Fest näher, bei dem eine Doppelhochzeit stattfand: Galdor und Glóredhel, Hadors Kinder, heirateten Hareth und Haldir, die Kinder Halmirs von den Haladin. Galdor und Hareth waren Húrins Eltern.
Zusammen mit den Haladin lebte eine Anzahl Menschen aus dem kleinen, mit ihnen nicht verwandten Volk der Drúedain.
Vgl. BRANDIR, BRETHIL, EDAIN, HALETH, HÚRIN, THARGELION, TÚRIN.
S, XVII, XVIII, XXI; *Nachrichten,* IV, i.

HALBARAD
Ein Dúnadan aus dem Norden, Aragorns Vetter, stieß während des Ringkriegs mit dreißig Mann zu ihm und brachte ihm sein Pferd Roheryn und Elendils Banner, das Arwen gestickt hatte. Er folgte Aragorn auf den Pfaden der Toten und fiel als Bannerträger in der Schlacht auf dem Pelennor.
Die Dúnedain des Nordens waren zumeist Halbarad (und Aragorn) ähnlich: große, schweigsame Männer mit grimmigen Gesichtern, „zerfurcht wie verwitterter Fels"; neben ihnen sahen die Rohirrim wie kleine Jungen aus.
Vgl. ARAGORN, DÚNEDAIN, WALDLÄUFER.
R, V, 2.

HALBELBEN
Elben und Menschen waren durch Unterschiede in Lebensdauer, Geistesart und Jenseitserwartung getrennt, doch gab es mehrere Fälle, in denen die Anziehung zwischen den Geschlechtern diese Grenze übersprang (z. B. Aegnor, Dol Amroth). Aber nur zwei solcher Verbindungen geschahen mit Billigung der Valar: zwischen Beren und Lúthien sowie

zwischen Tuor und Idril. Elwing, die Enkelin Berens und Lúthiens, heiratete Earendil, Tuors und Idrils Sohn. Nur die Nachkommen aus dieser Verbindung, nämlich Elrond und Elros, sowie Elronds Kinder Arwen, Elladan und Elrohir wurden als Halbelben (Sindarin: *Peredhil)* bezeichnet. Die Halbelben mußten sich entscheiden, ob sie das Schicksal der Elben oder der Menschen teilen, d. h. kurz- oder langlebig sein wollten. Elrond entschied sich für die Elben, Elros für die Menschen; Arwen, aus Liebe zu Aragorn, traf dieselbe Entscheidung wie Lúthien, nämlich sterblich zu werden. (Aragorn, ebenso wie Beren, hatte keine Wahl; Earendil, der eigentlich lieber ein Mensch sein wollte, hatte die Entscheidung seiner Frau überlassen und wurde zu den Elben gezählt.)
Über Lúthien, Melians Tochter, waren die Halbelben auch mit den Maiar verwandt. So kam ein Tröpfchen elbischen und göttlichen Blutes unter die Menschen.
Vgl. EDAIN, KINDER ILÚVATARS, MENSCHEN, ZWEI GESCHLECHTER.
S, XXIV; *R,* Anhang A; *Briefe,* 153, 154.

HALETH
Die Tochter Haldads von den Haladin. Als ihr Vater und ihr Bruder Haldar bei einem Angriff der Orks in Thargelion erschlagen (und verspeist) worden waren, übernahm sie selbst die Verteidigung. Vor dem Aufbruch des Volkes nach Estolad wurde Haleth zur Anführerin gewählt. Sie ist das einzige Beispiel echter demokratischer Herrschaft, das aus Mittelerde bekannt ist. In Estolad war die Mehrheit der Haladin gegen Haleths Plan, nach Westen weiterzuziehen. Dennoch folgte man ihr, weil Haleth sonst allein gegangen wäre und weil man sich von ihr nicht trennen wollte. Bei Verhandlungen mit den Elbenfürsten bewies sie diplomatisches Geschick, Beharrlichkeit und eine unnachahmliche Würde.
Kriegerische Frauen waren unter den Haladin nichts Ungewöhnliches; Haleth umgab sich mit einer weiblichen Leibgarde. Allerdings heirateten diese Frauen nicht und hatten keine Kinder; darum blieben die Haladin immer ein kleines Volk. In die Kriege, sofern sie nicht der unmittelbaren Selbstverteidigung dienten, zogen nur Männer.
Über Haleths Grab in Brethil wurde der Hügel *Tûr Haretha* aufgeworfen, „das Grab der Frau“ in der Haladinsprache, *Haudh-en-Arwen* im Sindarin.

Vgl. BRETHIL, EDAIN, HALADIN.
S, XVII; *Nachrichten,* IV, i.

HALFAST GAMDSCHIE
Ein Vetter von Sam Gamdschie aus Oberbühl im Westviertel, der auf der Jagd in den Nordmooren einmal einen Ent gesehen hatte.
Vgl. AUENLAND, ENTS.
R, I, 1.

HALIFIRIEN
Der am weitesten westlich gelegene der sieben Leuchtfeuerberge von Gondor. Der Name stammt aus der Sprache der Rohirrim, wiedergegeben durch Altenglisch (von *hálig-firgen,* „heiliger Bergwald"); in Sindarin lautete er *Amon Anwar,* Berg der Ehrfurcht. Auf dem Gipfel – doch an einer anderen Stelle als das Leuchtfeuer – befand sich die geheime Grabstätte Elendils, ziemlich exakt im Mittelpunkt des südlichen Königreichs: ein schwarzer Stein mit drei Buchstaben in Tengwarschrift – Elendils Name unter Weglassung der Vokale, wie er Schriftstücke zu unterzeichnen pflegte. Hier beschworen Cirion und Eorl die ewige Freundschaft und gegenseitige Beistandspflicht der Völker von Gondor und Rohan. Elendils Gebeine allerdings brachte Cirion nach Minas Tirith, denn nach der Abtretung von Calenardhon war der Berg nicht mehr geographischer Mittelpunkt des Reiches. Elessar und Éomer sollen den Schwur an derselben Stelle nach dem Ringkrieg erneuert haben. Der Bergwald lag an der Grenze zwischen beiden Ländern und galt als gemeinsames Heiligtum beider Völker. Die Wachmannschaften stellten die Rohirrim.
Vgl. CIRION, ELENDIL, EORL, GONDOR, LEUCHTFEUERBERGE, ROHAN.
Nachrichten, III, ii, 3.

HAMFAST GAMDSCHIE
„Elben und Drachen!" sagte er zu seinem Sohn Sam. „Kohl und Kartoffeln sind besser für dich und für mich." Hamfast war der Gärtner von Beutelsend und wurde meist „der Ohm" genannt. Er wohnte in einem kleinen Smial am Beutelhaldenweg Nr. 3 und beriet Bilbo beim Gemü-

seanbau. Er lebte von 1326 bis 1428 A.Z. Sam war das fünfte seiner sechs Kinder.

Vgl. HOBBITS, SAM GAMDSCHIE.

R, I, 1; VI, 8; Anhang C.

HARAD

Sindarin „Südland“: die weiten, heißen und zum großen Teil unbekannten Länder im Süden von Gondor und Mordor. Harad zerfiel in viele kleine Königreiche, die sich untereinander oft bekriegten. Manche von ihnen standen mit Sauron im Bunde. Das mächtigste und für Gondor gefährlichste dieser Reiche war Umbar, wo sich schon während des Zweiten Zeitalters viele Númenórer der Königspartei niedergelassen hatten.

Die Grenze zwischen Gondor und Harad war zur Zeit des Ringkriegs der Fluß Harnen („Südwasser“), doch auch das Land nördlich davon bis zum Poros war umstrittenes Niemandsland. Die Harad-Straße, die von Ithilien her dieses Gebiet durchquerte, führte nicht nach Umbar, sondern ins Landesinnere.

Solange Gondor den Hafen Umbar beherrschte (993–1448 D. Z.), kontrollierte es gewöhnlich auch Harad. Später verbündeten sich die *Haradrim* („Leute aus Harad“) oft mit Gondors Feinden im Osten, so daß Gondor von zwei Seiten zugleich angegriffen wurde. Im Krieg gegen die Wagenfahrer (1944 D. Z.) mußte Earnil zuerst in Süd-Ithilien die Haradrim besiegen, ehe er sich gegen dic Feinde im Nordosten wenden konnte, denen König Ondoher inzwischen unterlegen war.

Am Ringkrieg war Harad mit einer starken Kriegsflotte aus Umbar, die Pelargir und Lebennin angriff, und mit einem großen Landheer beteiligt, das in der Schlacht auf dem Pelennor kämpfte. Die Krieger aus Nah- (oder Nord-)Harad waren groß und dunkelhäutig. Sie trugen grellfarbige, meist rote Gewänder, manchmal auch Goldschmuck, und setzten im Kampf Kriegselefanten ein. Die Fahne ihres Fürsten (den Théoden niedermachte) zeigte eine schwarze Schlange im scharlachroten Feld. Die aus Fern- (Süd-)Harad waren schwarz, „Menschen wie halbe Trolle mit weißen Augen und roten Zungen“. Viele Haradrim kämpften auch vor dem Morannon und leisteten angesichts der Niederlage erbitterten Widerstand.

Vgl. Olifanten, Pelargir, Pelennor, Umbar, Wagenfahrer; Karte S. 99.
R, IV, 4; V, 6; Anhang A I, 4.

Harfüsse

Der älteste und zahlreichste der drei Hobbitstämme, der an den Osthängen der Nebelberge gelebt hatte und um 1050 D. Z. als erster nach Eriador hineinwanderte. Sie waren dunkelhäutiger, kleiner und rundlicher als die anderen Hobbits, neigten zur Seßhaftigkeit und wohnten am liebsten an Berghängen und auf Hochebenen. Sie waren geschickte Handwerker und hatten in alten Zeiten viel Umgang mit den Zwergen gehabt.
Vgl. Auenland, Hobbits.
R, Prolog.

Helcaraxe

Q. „Eisrachen", auch das *Malm-Eis* genannt: die Meerenge im Norden zwischen Mittelerde und Aman, wo Ekkaia und Belegaer zusammenflossen. Weil Feanor nach seiner Landung in Drengist die Schiffe verbrannte, statt sie zurückzuschicken, mußte Fingolfin mit dem größeren Teil der Noldor die Treibeisfelder durchqueren. Viele kamen dabei um; die meisten gelangten hinüber, denn unmittelbar nach dem Fortgang aus Aman hatten die Noldor noch eine sehr robuste körperliche Verfassung. Außerdem hatten sie genug Lembas mit auf die Reise genommen.
Vgl. Aman, Arda, Fingolfin, Noldor.
S, IX; *Nachrichten,* I, i.

Helluin

S. „Der Eisblaue", ein Stern, vermutlich Sirius, der am Himmel stand, als die Elben in Cuiviénen erwachten. Er gehörte nicht zu den Sternen, die Varda zu diesem Anlaß neu erschaffen hatte, sondern zu den alten, die sie als Zeichen am Himmel versammelt hatte. Anscheinend wurde er als zum Sternbild Menelmacar (Orion) gehörig aufgefaßt.
Vgl. Menelmacar, Varda.
S, III; *Verschollene Geschichten I,* viii.

Helm Hammerhand

Der neunte König der Mark, regierte von 2741 bis 2759 D. Z. Seine Kraftprotzerei wäre den Rohirrim beinah zum Verhängnis geworden: Er tötete den Fürsten Freca aus Dunland, der für seinen Sohn um die Hand der Königstochter anzuhalten wagte, mit einem Fausthieb. Vier Jahre später hatte er einen Zweifrontenkrieg nach Westen und Osten zu führen, während seine Verbündeten in Gondor mit den Korsaren von Umbar beschäftigt waren. Die Dunländer eroberten Edoras, und Frecas Sohn Wulf rief sich zum König aus. Helm wurde während des Langen Winters von 2758/59 in der Hornburg und der hinter ihr liegenden Schlucht („Helms Klamm") eingeschlossen. Dort fand man ihn eines Tages, vom Hunger geschwächt und erfroren. Die Feinde sagten, er habe mangels anderer Nahrung Menschen gefressen.

Auch Helms Söhne Haleth und Háma waren in dem Krieg umgekommen, und damit endete die erste Linie der Könige aus Eorls Geschlecht. Helms Nachfolger wurde sein Neffe Fréaláf Hildeson (2759–2798), der die Dunländer wieder vertrieb.

Vgl. Dunländer, Freca, Hornburg, Rohan.

R, Anhang A II.

Henneth Annûn

S. „Das Fenster nach Westen": die hinter einem Wasserfall versteckte Festung der Waldläufer von Ithilien, wo Frodo und Sam von Faramir bewirtet wurden und eine Nacht in Betten schlafen konnten. Der Truchseß Túrin II. von Gondor hatte um 2960 D. Z. eine Anzahl solcher Vorposten einrichten lassen, als Sauron nach Mordor zurückgekehrt war und Ithilien fester in den Griff nahm. Henneth Annûn, die letzte dieser Festungen, die sich gehalten hatte, lag fünfundzwanzig Wegstunden nordöstlich von Minas Tirith und fünfzehn Wegstunden nördlich des Morgul-Tals. Sie wurde erst zu Beginn des Angriffs auf den Pelennor am 9. März 3019 geräumt.

Vgl. Gondor, Ithilien.

R, IV, 5; V, 4; Anhang A.

Herrscherring

Der Ring, den Sauron im Feuer des Schicksalsbergs schmiedete, um die anderen Ringe der Macht damit zu beherrschen. Wenn er ihn auf den Finger steckte, konnte er die Gedanken derer, die einen der schwächeren Ringe trugen, lesen und ihre Handlungen lenken. In dem Ring steckte Saurons Wille aber auch dann noch, als er in andere Hände gelangt war; deshalb übte er auf den jeweiligen Besitzer einen unheilvollen Einfluß aus: Er zehrte ihn langsam auf und zog ihn mit der Zeit ins Reich der körperlosen Schatten hinüber. Schon sein Anblick weckte heftige Begehrlichkeit, auch bei Leuten, die gar nicht wußten, was es mit ihm auf sich hatte. Isildur schrieb, er sei von allen Werken Saurons das einzig schöne. Und nützlich war er außerdem: Er konnte seinen Träger unsichtbar machen. Aber solcher Gebrauch verstärkte noch die Macht des Ringes über den Träger, und die Unsichtbarkeit bedeutete nur, daß man aus der Welt der Körper in die Welt der Schatten hinübertrat, die Sauron am besten überblickte.

Die Besitzer des Ringes nach Sauron waren Isildur, Gollum, Bilbo und Frodo Beutlin. Bilbo war der erste (und einzige), der den Ring freiwillig hergab. Boromir, Denethor und Saruman glaubten, daß der Ring auch gegen Sauron eingesetzt werden könne. Gandalf, Galadriel und Elrond meinten, jeder, der dies versuche, werde vom Machtwillen, der in dem Ring stecke, überwältigt und seinerseits zu einem Dunklen Herrscher werden. Daher bleibe keine andere Wahl, als den Ring zu vernichten. (Aber auf Bilbo und Frodo wirkte der Ring nur mäßig.)

Der Ring, so wie ihn Frodo sah, als ihn Gandalf mit seiner Geschichte bekannt machte, war glatt und schmal, aus einem Metall, das wie Gold aussah, aber um vieles härter war. In Frodos Kaminfeuer wurde der Ring nicht merklich erhitzt, doch wurde nun die eingeritzte Schrift sichtbar, die auch Isildur schon bemerkt hatte: In der Transskription: *Ash nazg durbatulûk, ash nazg gimbatul, / Ash nazg thrakatulûk agh burzum-ishi krimpatul.* Und in der englischen Wiedergabe: *One Ring to rule them all, One Ring to find them / One Ring to bring them all and in the darkness bind them.* In der Schwarzen Sprache hieß der Ring also *ash nazg,* der „Eine Ring“, eine Bezeichnung, die in die anderen Sprachen übertragen wurde. Gewicht und Dicke des Ringes schienen veränderlich zu sein; Frodo fand ihn fast unerträglich schwer, als er sich Mordor näherte. Der Träger mußte vor eigenwilligen Bewegungen des Ringes auf der Hut sein: Isildur glitt er vom Finger, als er den Anduin durchschwamm; Gollum „verlor“ ihn in einem Moment, den sich der Ring ausgesucht zu haben schien; Bilbo und Frodo hatten ihn manchmal plötzlich am Finger, ohne zu wissen, wie er dorthin gekommen war.

Nur das Feuer des Schicksalsbergs war heiß genug, den Ring zu vernichten. Als dies geschah, stürzte Barad-dûr ein, Saurons Festung in Mordor: Ihre Grundmauern waren mit der Macht des Ringes befestigt. Sauron hatte zuviel von seinen Kräften in dieses eine Werk gesteckt. Mit der Zerstörung des Herrscherrings erlosch auch die Macht der drei Elbenringe, die er mitgetragen hatte.

Vgl. Barad-dûr, Bilbo Beutlin, Frodo Beutlin, Gollum, Isildur, Magie, Ringe der Macht, Sauron, Schicksalsberg, Schwarze Sprache.

R, passim, besonders I, 2; II, 2; *S,* Von den Ringen…; *Briefe,* 131, 246.

Himlad

Die „kalte Ebene“ südlich von Himring, zwischen den Flüssen Aros und Celon, das Hinterland von Celegorms und Curufins Befestigungen am Aglon-Paß. Nach der Dagor Bragollach wurde Himlad vorübergehend von den Orks eingenommen.

Vgl. Karte S. 59.

S, XIV, XVIII.

Himmelsrichtungen

Mittelerde war in allen drei Zeitaltern Schauplatz eines Kampfes, den die Elben, Menschen, Zwerge, Orks, Wölfe und Drachen stellvertretend für höhere, göttliche oder teuflische Mächte austrugen, die von außen in dieses Feld hineinwirkten. Die Himmelsrichtungen dienten, von hier aus gesehen, nicht nur zur geographischen, sondern auch zur moralischen Orientierung. Der Westen (Quenya *númen)* stand für alles, was gut, heilig oder verheißungsvoll war. Als die ersten Menschen aus Hildórien nach Eriador oder Beleriand wanderten, folgten sie dem Licht, d. h. sie nahmen die gleiche Richtung wie die Sonne. Von Osten *(rómen)* dagegen kam nichts Gutes (es sei denn Menschen, die von dort flüchteten): drückende Wolken, Seuchen, barbarische Völker. Der Norden *(formen)* war umstritten: Hier hatte Melkor seine Festungen erbaut, mit der Region des ewigen Eises im Rücken; aber hier hatten auch die Eldar und die

Edain ihn bekriegt. Der Süden *(hyarmen)* war über Harad hinaus wenig bekannt: Dort lebten wilde dunkelhäutige Völker und seltsame Tiere. Bei allen Völkern von Mittelerde, gleich welcher Sprache, waren die Anfangsbuchstaben (Tengwar) der Quenya-Wörter für die vier Himmelsrichtungen als Symbole geläufig: für *númen,* Westen; für *hyarmen,* Süden; für *rómen,* Osten; für *formen,* Norden.
R, Anhang D.

HIMRING
„Der Ewig-Kalte“: die größte Erhebung in dem Hügelland zwischen Dorthonion und den Ered Luin, südlich von Lothlann. Hier stand Maedhros’ Burg, „auf einem breitschultrigen, baumlosen Berg mit flachem Gipfel“, die wichtigste Festung der Noldor im Nordosten. Das Grenzgebiet wurde daher auch *Maedhros’ Mark* genannt. Hier sammelten sich Feanors Söhne nach ihrer Niederlage in der Schlacht des jähen Feuers und gewannen einen Teil der verlorenen Gebiete wieder zurück.
Vgl. DAGOR BRAGOLLACH, MAEDHROS; Karte S. 59.
S, XIV, XVIII.

HÍRILORN
Sindarin „Frauenbaum“: Die große dreistämmige Buche im Wald von Neldoreth, unweit von Menegroth, in der Thingol für Lúthien ein Flett bauen und sie streng bewachen ließ, um sie von dem törichten Abenteuer mit Beren abzuhalten. (Er kannte seine und Melians Tochter schlecht, wenn er glaubte, daß sie so leicht zu bezähmen wäre.)
Vgl. LÚTHIEN.
S, XIX.

HITHLAIN
„Vergiß nie ein Seil mitzunehmen, wenn du lange unterwegs bist!“ sagte ein Elb zu Sam, als sich die Gefährten in Lórien zum Aufbruch bereitmachten. Und das Seil, das Sam in seinen Rucksack steckte, war aus Hithlain (Sindarin „Nebelfaden“), einem grauen, seidigen Stoff, dünn, leicht und reißfest. Beim Herumklettern in den Emyn Muil bewies es echt elbische Qualität: Nachdem Frodo und Sam daran eine Felswand

herabgestiegen waren, löste sich der Knoten, mit dem es oben befestigt war, auf Zuruf.
Vgl. MAGIE.
R, II, 8; IV, 1.

HITHLUM
„Nebelland“ (Quenya *Hísilóme):* Das Land westlich von Ard-galen, zwischen den Ered Lómin im Westen und den Ered Wethrin im Osten. Es war kühl und windig, und Nebel waren selten; aber die Noldor hatten das Land zuerst in tiefen Wolken gesehen, die Morgoth dorthin getrieben hatte. Hier gründeten Fingolfin und Fingon ihr Reich. Bewohnt waren vor allem Dor-lómin im Südwesten und Mithrim im Südosten. Die Osthänge der Ered Wethrin wurden scharf bewacht und befestigt. Die meisten waffenfähigen Männer aus Hithlum, sowohl Eldar wie Edain, fielen in der Nirnaeth Arnoediad. Daraufhin überließ Morgoth das Land den Ostlingen.
Vgl. DOR-LÓMIN, ERED WETHRIN, FINGOLFIN, FINGON, MITHRIM; Karte S. 59.
S, XIII, XIV, XX.

HOBBINGEN
Dorf im Westviertel des Auenlands, nördlich der Großen Oststraße an der Wässer. Am Fluß lag die Mühle der Sandigmanns, die unter der Herrschaft Scharrers und der Sackheim-Beutlins auf Dampfbetrieb umgestellt wurde. An der Straße zum dicht benachbarten Wasserau lag das Wirtshaus „Zum Efeubusch“. Die komfortabelsten Höhlen waren in Beutelsend auf dem Bühl, einer Anhöhe ein wenig nordwestlich des Ortskerns. Dort wohnten Bilbo und Frodo Beutlin, später die Sackheim-Beutlins.
Vgl. AUENLAND, BILBO BEUTLIN, FRODO BEUTLIN, TIMM SANDIGMANN; Karte S. 43.
R, I, 1–3; VI, 8, 9; *H,* 1.

HOBBITS
Als Saurons gefährlichste Feinde im Ringkrieg erwiesen sich die unscheinbaren kleinen Leute aus dem Auenland. Sie nannten sich Hob-

bits *(kuduk* in ihrer eigenen Sprache). Sie waren weder sehr kriegerisch noch zauberkräftig, und in den Ringkrieg hatte sie nur ein Zufall verwickelt: Einer von ihnen, Bilbo Beutlin, fand den Herrscherring, nach dem Sauron suchte. Sauron wußte zuerst nicht einmal, wer oder was Hobbits waren und wo es sie gab. Kleiner als Zwerge, sehr flink und ohne Schuhe an ihren behaarten Füßen, verstanden sich die Hobbits auf die Kunst des geräuschlosen Verschwindens.

Sie benutzten sie, um anderen Völkern aus dem Weg zu gehen. In älteren Zeiten hatten sie am Oberlauf des Anduin gelebt, zwischen dem Nebelgebirge und dem Großen Grünwald; dann waren sie den dort zunehmenden Gefahren nach Westen ausgewichen, zuerst in die Gegend um Bree (etwa 1300 D. Z.), dreihundert Jahre später in das Wiesen- und Hügelland westlich des Baranduin, das ihnen König Argeleb II. von Arthedain überließ. Die wenigen Verpflichtungen, die der König ihnen auferlegt hatte (Pflege der Straßen und Brücken), hielten sie getreulich ein, auch als das Reich von Arthedain schon lange nicht mehr bestand. Ihre drei Stämme, die Falbhäute, Harfüße und die Starren, wuchsen zu einem Volk von kleinen Bauern, Gärtnern und Handwerkern zusammen. Unter den Falbhäuten waren einige unruhigere Geister, besonders in den Familien Tuk und Brandybock, aber im übrigen neigten die Hobbits fast ausnahmslos zu einer beschaulichen und seßhaften Lebensweise, ohne viel Interesse für anderes als Essen und Trinken und Familienangelegenheiten. Der Sippenzusammenhalt war sehr stark, und die komplizierte Etikette in den Verwandtschaftsbeziehungen regelte vieles, womit in anderen Ländern Gesetzgeber, Richter und Behörden beschäftigt sind. Als einzige Wissenschaft erfreute die Ahnenkunde sich großer Beliebtheit.

Eine Regierung gab es im Auenland kaum. Das Amt des Thain, des Kriegshauptmanns, das in der Familie Tuk erblich war, blieb in den langen Friedenszeiten ohne jede Bedeutung. Dem Bürgermeister von Michelbinge unterstanden die zwölf Landbüttel und die etwas zahlreicheren Grenzwachen. Außerdem hatte er für den Postbetrieb zu sorgen, der im Leben der Hobbits eine wichtige Rolle spielte: Sie wechselten Unmengen von Briefen, Glückwunschkarten und Einladungen zu Festmählern. Daß sie ihr friedliches Leben nur zum Teil der eigenen Selbstgenügsamkeit und zum anderen auch den Dúnedain verdankten, die ihr

Land nach außen hin gegen die Gefahren von Mittelerde abschirmten, wußten die Hobbits nicht. Zu Begegnungen mit den Zwergen und Elben, die das Land manchmal durchwanderten, kam es nur selten.
Die Wohnbauten der Hobbits waren nach alter Tradition keine Häuser, sondern Smials: in einen Hügel gegrabene und vielfach verzweigte Stollen. In flachem Gelände bauten sie auch niedrige, langgestreckte Häuser aus Holz oder Stein. Gemeinsames Wahrzeichen sowohl ihrer Häuser wie der Smials waren die runden Türen und Fenster.
Der wichtigste Beitrag der Hobbits zur Zivilisation von Mittelerde war die Entdeckung des Pfeifenkrauts, das bis zum Ringkrieg fast nur im Auenland und in Bree bekannt war.
Die Sprache der Hobbits scheint zu allen Zeiten die der benachbarten Menschenvölker gewesen zu sein; zur Zeit des Ringkrieges war es eine ländliche Mundart des Westron, die in den Ohren der Bewohner von Minas Tirith komisch und ungehobelt klang. Sie hatte manche älteren Wörter, in denen sie mit der Sprache der Rohirrim verwandt war. Ein solches war auch die Entsprechung zu *Hobbit,* die ursprünglich „Höhlenbewohner" bedeutete. Von den anderen Völkern wurden die Hobbits wegen ihrer geringen Körpergröße (knapp ein Meter zwanzig) auch als „Halblinge" (Westron) oder *Periannath* (Sindarin) bezeichnet.
Als Schrift benutzten die Hobbits die Cirth. Die Jahre zählten sie nach der Auenland-Zeitrechnung (A. Z.), die mit dem Jahr 1601 des Dritten Zeitalters als dem Jahr 1 nach der Besiedlung des Auenlandes beginnt. Ihr Auenland-Kalender war eine Abwandlung des in Gondor gebräuchlichen Truchsessen-Kalenders.
Vgl. ARTHEDAIN, AUENLAND, BILBO BEUTLIN, BRANDYBOCK, BREE, BÜRGERMEISTER VON MICHELBINGE, FALBHÄUTE, HARFÜSSE, PFEIFENKRAUT, SMIALS, STARRE, THAIN, TUK.
R, Prolog, Anhänge.

HOHER PASS

Ein Paß über das Nebelgebirge östlich von Bruchtal, in den Jahren vor dem Ringkrieg die wichtigste Verbindung zwischen den Völkern in Eriador und den Elben, Zwergen und Menschen östlich des Anduin. Nicht weit nördlich des Passes lagen mehrere Orkfestungen. Hier wurden Thorin Eichenschild und seine Gefährten von den Orks gefangengenommen.

Daß der Paß weiterhin offengehalten werden konnte, war das Verdienst der Beorninger.
Im Sindarin hieß der Paß *Cirith Forn en Andrath,* „Spalte des langen nördlichen Aufstiegs".
Vgl. GROSSE OSTSTRASSE, NEBELGEBIRGE; Karte S. 264–265.
H, 4; *R,* II, 1; *Nachrichten,* II, 1.

HORNBURG
Die alte gondorische Festung bei Aglarond, erbaut in den Tagen Isildurs und Anárions, von den Rohirrim zuerst *Sûthburg* (altenglisch „Südburg"), seit der Zeit Helm Hammerhands Hornburg genannt. Sie stand auf einem Felsvorsprung, dem Hornfelsen, am Eingang einer tiefen Schlucht, die in den nördlichen Ausläufer des Weißen Gebirges hineinführte. Wenn König Helm auf dem Turm in sein Horn stieß, hallte es in der Schlucht wider, „als ob aus den Höhlen unter den Bergen längst vergessene Heere in den Krieg zögen". Helm war während des langen Winters von 2758/59 D. Z. hier eingeschlossen. Die Schlucht wurde nach ihm Helms Klamm genannt. Im hinteren Teil der Schlucht befand sich der ebenfalls befestigte Eingang zu den Grotten von Aglarond, in denen die Rohirrim ihre Vorratslager hatten.
Die Hornburg war der wichtigste feste Platz in der Westfold von Rohan; Erkenbrand, ihr Kommandant, war zugleich Fürst der Westfold. Von hier aus wurden die Wachen an den Furten des Isen unterhalten, die das Land gegen die Dunländer sicherten. Dieser Schutz versagte, als die Dunländer sich mit Saruman verbündeten, denn in der Nähe von Isengart konnten sie den Fluß an vielen Stellen überschreiten. Im Krieg zwischen Isengart und Rohan im Februar und März 3019 konnten daher die Furten nicht gehalten werden. Die Feinde (Dunländer, Uruks und Halb-Orks, alle mit Sarumans Wappen, der Weißen Hand, auf Helmen und Schilden) rückten gegen die Hornburg vor, deren Besatzung von König Théoden mit einem Heer aus Edoras verstärkt wurde.
Der etwa zwanzig Fuß hohe Klammwall, der den Zugang zur Schlucht versperrte, wurde von dem überwölbten Kanal für einen Bach durchbrochen, der ins Tal hinausfloß. Hier sprengten die Orks eine Bresche in den Wall. Bald war die Klamm in ihrer Hand, und die Verteidiger mußten sich teils in die Burg, teils in die Grotten zurückziehen. Aber als die

Huorns aus dem Wald von Fangorn den Belagerten zu Hilfe kamen, ergaben sich die meisten Dunländer, und die Orks verschwanden auf Nimmerwiedersehen zwischen den mordlustigen Bäumen.
Vgl. Aglarond, Dunländer, Helm Hammerhand, Isen, Rohan, Théoden; Karte S. 99.
R, III, 7; Anhang A II; *S,* Von den Ringen ...; *Nachrichten,* III, v.

Huan

Der große Kampf- und Jagdhund, den Orome dem Noldorprinzen Celegorm geschenkt hatte. Er verstand Quenya und Sindarin und durfte dreimal in seinem Leben selbst das Wort ergreifen; er schlief niemals, kannte sich mit Heilkräutern aus und war unempfindlich gegen alle Zauberei. Aus Treue zu seinem Herrn war er mit den Noldor nach Mittelerde gegangen und wurde von Mandos mitverurteilt. Sein persönlicher Schicksalsspruch lautete, daß er den Tod finden sollte, wenn er dem mächtigsten aller Wölfe begegnete. Sauron (der davon wußte) überschätzte sich, als er glaubte, das Urteil vollstrecken zu können, wenn er sich in einen solchen Wolf verwandelte: Huan packte ihn an der Kehle, und Sauron mußte seine Festung Tol-in-Gaurhoth preisgeben. Huan kündigte Celegorm den Gehorsam auf und half Lúthien und Beren. Sein Schicksal erfüllte sich bei der großen Wolfshatz am Ufer des Esgalduin, als er auf Carcharoth traf und sie sich gegenseitig totbissen.
Vgl. Beren, Carcharoth, Lúthien, Tol Sirion.
S, XIX; *HME 10,* 410 ff.

Hügelgräberhöhen

(Sindarin *Tyrn Gorthad):* Ein graugrünes, baumloses Grasland östlich des Alten Waldes,wo die Hobbits plötzlich von dichtem Nebel umfangen wurden und mit einem Grabunhold Bekanntschaft machten (28. September 3018 D. Z.). Hierher hatten sich die letzten Dúnedain von Cardolan geflüchtet, nachdem Angmar den größten Teil ihres Landes eingenommen hatte (1409 D. Z.). Auf den Hügelkuppen waren viele Gräber aus dem Ersten Zeitalter, meist durch Steinkreise oder große aufrechtstehende Steinblöcke gekennzeichnet. Die Vorfahren der Edain hatten hier ihre Toten begraben, bevor sie über die Ered Luin nach Beleriand zogen.

Vgl. CARDOLAN, EDAIN, GRABUNHOLDE.
R, I, 8; Anhang A I, 3.

HÜTTINGER
Eine Bauernfamilie aus Hobbingen, mehrfach verschwägert mit den Gamdschies. Tolman („Tom“) Hüttinger war ein Anführer der Hobbits in der Schlacht von Wasserau. Seine Tochter Rosie war eine Jugendgespielin von Sam Gamdschie und wurde seine Frau, nachdem er von seinen Abenteuern heimgekehrt war. Rosie und Sam hatten dreizehn Kinder.
Vgl. HOBBINGEN, SAM GAMDSCHIE.
R, VI, 8, 9; Anhang C.

HULSTEN
Vgl. EREGION.

HUORNS
Baumgeister wie der Alte Weidenmann: Sie konnten aus ihrem Pflanzendasein „erwachen“ und sich auf die Widerstandskräfte besinnen, die ihnen als den Fürsprechern der *Olvar* innewohnten. Ohnehin waren die Bäume in gewissem Grade der Sprache mächtig (gegenüber den Ents und manchmal auch den Elben), viele waren „astgeschmeidig“, und manche konnten sich sogar von der Stelle bewegen. Die Huorns des Fangorn-Waldes marschierten während des Krieges zwischen Rohan und Isengart zur Hornburg und halfen den Rohirrim, die Orks niederzumachen. Dabei legten sie einen „Schatten“ um sich, so daß ihre Bewegungen, wenn man hinsah, kaum zu erkennen waren; dennoch kamen sie sehr schnell voran. Sie haßten vor allem die Orks, doch waren auch die baumfällenden Zwerge und Menschen bei ihnen nicht beliebt. Die Ents konnten sich den Huorns angleichen, wenn sie „einschliefen“ und „baumisch“ wurden. („Ihre Rolle in der Erzählung ist bedingt durch meine bittere Enttäuschung und meinen Widerwillen gegen den kümmerlichen Sinn, in dem Shakespeare Birnams Wald gegen Dunsinan anrücken läßt: Ich hatte Lust, eine Handlung zu erfinden, in der die Bäume wirklich in den Krieg zögen“ – Tolkien, *Briefe.*)

Vgl. ENTS, FANGORN, HORNBURG, OLVAR.
R, III, 4, 7–9; *Briefe,* 163.

HÚRIN

Genannt Thalion, der Standhafte, Fürst von Dor-lómin, deckte in der Nirnaeth Arnoediad mit den Kriegern aus Hadors Volk Turgons Rückzug nach Gondolin. Am Bach Rivil bezogen sie ihre letzte Stellung. Als um ihn her alle gefallen waren, auch sein Bruder Huor, „warf Húrin den Schild fort und schwang die Axt beidhändig; und im Liede heißt es, die Axt habe im schwarzen Blut von Gothmogs Trollgarde so sehr gequalmt, daß sie schließlich verbrannt sei, und bei jedem Schlag rief Húrin: ‚*Aure entuluva!* Es soll wieder Tag werden!' "

Húrin fiel nicht, denn Morgoth wollte ihn lebendig haben. Es gab Gerüchte, Húrin und Huor seien einmal im verborgenen Königreich Gondolin gewesen. Tatsächlich waren sie in ihrer Jugend, als sie sich in Dimbar verirrt hatten, von den Adlern dort hingetragen worden. Turgon hatte sie freundlich aufgenommen und sie nach einem Jahr wieder entlassen; sie schworen, niemandem zu verraten, wo sie gewesen waren und was sie dort gesehen hatten. Húrin hielt seinen Eid auch in der Gefangenschaft; Morgoth erfuhr von ihm nichts als Spott. Dafür setzte er Húrin auf einen Gipfel der Thangorodrim, verfluchte ihn und sorgte dafür, daß er alles Nachteilige über die Schicksale seiner Kinder Túrin und Niënor und seiner Gattin Morwen erfuhr.

In dem Jahr nach Túrins und Niënors Tod ließ Morgoth ihn frei. Húrins Herz und Verstand waren vom Kummer eingeschwärzt. Verbittert irrte er in der Nähe der Crissaegrim herum, weil er Gondolin gern wiedergesehen hätte (dessen Lage er damit beinah verriet, denn er wurde beobachtet); dann suchte er den Gedenkstein seiner Kinder an der Cabed Naeramarth auf und fand dort Morwen, doch sie lag im Sterben. Er ging nach Nargothrond, traf dort Mîm und schlug ihn tot. Von Felagunds Schätzen, die noch so auf einem Haufen lagen, wie sie der Drache verlassen hatte, nahm er das Nauglamír mit. In Menegroth warf er es Thingol vor die Füße, mit bitteren Worten, weil Thingol, als der Nutznießer so vieler mutiger Taten, so wenig für Húrins Familie getan habe. Erst Melian belehrte ihn mit einem langen telepathischen Blick über die Wahrheit. Húrin ging fort; wie es hieß, hat er sich ins Westmeer gestürzt.

Húrin stammte aus dem Haus Hador und war mit vielen anderen Helden aus den Drei Häusern der Edain verwandt.
Vgl. Gondolin, Narn i Hîn Húrin, Nauglamír, Niënor, Nirnaeth Arnoediad, Túrin.
S, XVIII, XX-XXII.

I

Idril

König Turgons einziges Kind, mit dem Beinamen *Celebrindal,* S. „Silberfuß" (sie ging fast immer barfuß). Ihre Mutter Elenwe, eine Vanya, war beim Übergang über die Helcaraxe umgekommen. Idril hatte seherische Fähigkeiten; sie konnte sogar in Maeglins verschlossenes Herz ein Stück weit hineinblicken und ahnte das Ende von Gondolin voraus. Als einzige Elbin nach Lúthien heiratete sie einen Menschen, Tuor, den Ulmo mit einer Botschaft für Turgon nach Gondolin gesandt hatte. Ihr Sohn war Earendil, dem Ulmo für die Zukunft schon eine wichtige Mission zugedacht hatte. Dank ihren Vorahnungen ließ Idril einen geheimen Fluchttunnel graben, der aus der Stadt hinaus bis weit in die Ebene von Tumladen führte, in Richtung auf den Paßweg der Cirith Thoronath. Bei den Kämpfen in der Stadt und auf der Flucht verteidigte sie ihren kleinen Sohn mit dem Schwert.

Zusammen mit Tuor führte Idril die Flüchtlinge aus Gondolin nach Nantathren und später zu den Sirion-Mündungen. Als Tuor sein Alter spürte, fuhr sie mit ihm gen Westen.

Vgl. Gondolin, Maeglin, Tuor.

S, XVI, XXIII; *Verschollene Geschichten II,* iii.

Ilmen

Quenya: „hoch oben", der Himmel, „die hohen Lüfte über den Nebeln der Welt", wo Varda die Sterne aufgehängt hat; auch *Tinwe-malle,* die Sternenstraße. Dort wandern Sonne und Mond, und dort segeln die Elbenschiffe, wenn sie auf dem Geraden Weg in den Alten Westen heimkehren. Ilmen ist die Luft, die die Götter atmen: in Valinor reicht der Ilmen bis zum Boden herab. In Mittelerde lag er hoch über der unteren Luftschicht *(Vista),* in der die Wolken ziehen und die Vögel fliegen.

Vgl. Arda, Gerader Weg.

S, XI, Akallabêth; *HME 4,* V (236).

Ilúvatar

Unter den vielen Wissenschaften der Elben war für die Theologie kein Platz. Die Valar als Hüter der Welt und Lenker der Naturkräfte waren den Eldar bekannt, sogar von persönlichen Begegnungen; doch die höchste Gottheit Ilúvatar (Quenya „Vater des Alls"; auch *Eru,* „der Eine") wurde als der Weltschöpfer, dessen Absichten unerforschlich sind, weder bezweifelt noch besonders verehrt. Erst unter den Menschen entstanden Ansätze zu einer Religion und, in ihrem Gefolge, zum Atheismus. In Númenor gab es ein Heiligtum, wo dem Ilúvatar Ernteopfer dargebracht wurden, und bei den Númenórern fand Sauron Glauben für die freche Lüge, dieser Ilúvatar sei ein Phantom, hinter dessen angeblichem Willen die Valar eigennützige Kasteninteressen versteckten.

Ilúvatar, wie ihn die Elben sich vorstellten, wohnt außerhalb der Welt, deren Schicksale er in allen Einzelheiten vorbedacht hat und in die er nur selten eingreift. Er vermag aus Gedanken akustische oder visuelle Gestalten („Visionen") und aus diesen wiederum Wirklichkeit hervorgehen zu lassen. So hat er die Ainur und dann mit ihnen zusammen Ea erschaffen: „die Welt, die ist". Als göttlicher Alleinherrscher ist er dem jüdisch-christlichen Jehovah ähnlich, doch weniger auf den eigenen Ruhm bedacht. Er duldet andere Götter zwar nicht neben, aber wenigstens unter sich. An einem Kult hat er kein Interesse. Er freut sich an seinen Geschöpfen, weil sie anders sind als er selbst. Mit der Unverlöschlichen Flamme, über die er verfügt, gibt er ihnen eigenes Leben, so daß sie nicht von ihm gelenkt und überwacht werden müssen. Wie ein Künstler ist er stolz auf sein Werk, besonders auf die darin enthaltenen Überraschungen: In jedem Zeitalter geschehen Dinge, die neu und selbst für die Valar unvorhergesehen sind, denn sie gehen nicht aus früheren Entwicklungen hervor.

Elben und Menschen heißen die „Kinder Ilúvatars", und den Menschen hat Ilúvatar die schwer verständliche „Gabe" der Sterblichkeit verliehen – der wichtigste Grund dafür, daß er von ihnen eher gefürchtet als geliebt wird und daß manche von ihnen die Vollkommenheit seiner Schöpfung bezweifeln.

Vgl. Ainur, Ea, Kinder Ilúvatars, Unverlöschliche Flamme, Valar.
S, Ainulindale, Akallabêth.

IMLADRIS (BRUCHTAL)
Elronds Festung in einem tiefeingeschnittenen Tal im westlichen Vorland des Nebelgebirges, über dem Fluß Lautwasser. Oft als Elronds Haus oder Letztes Gastliches Haus bezeichnet, war es tatsächlich, obwohl von außen unscheinbar und schwer zu finden, eher eine kleine Stadt oder Siedlung, in der eine beträchtliche Anzahl Elben (Noldor und Sindar) lebte und die außerdem eine große Anzahl Gäste aufnehmen konnte. Elrond hatte sich hier nach dem Krieg um Eregion mit einem Elbenheer verschanzt (1697 Z. Z.) und einer jahrelangen Belagerung standgehalten, während Sauron die Hauptmasse seines Heeres gegen Lindon vorrücken ließ. Nachdem Sauron mit Hilfe der Númenórer vertrieben war, beschlossen die Elbenfürsten, Imladris als weit in den Osten vorgeschobene Festung beizubehalten. Gil-galad ernannte Elrond zum Vize-Regenten von Eriador und übergab ihm Vilya, den Blauen Ring der Luft, der viel dazu beitrug, daß Imladris ohne großen militärischen Aufwand gehalten werden konnte. In den folgenden Jahrtausenden wurde es zu einer Zuflucht für umherirrende Helden, die ein paar Nächte in einem warmen Bett schlafen oder von einer Wunde kuriert werden wollten. Hier wuchsen die Söhne der Dúnedain-Könige auf, nachdem ihre Reiche im Norden zerschlagen waren, und hier wurden wertvolle Erbstücke ihres Hauses wie Elendils Schwert Narsil verwahrt; hier trafen sich die Weisen zu ihren Beratungen; und hierhin zog sich Bilbo Beutlin zurück, um sein Buch zu schreiben und die Lieder und Sagen der Elben zu übersetzen.
Nach Imladris gelangten Nachrichten aus allen Gegenden von Mittelerde. Besonders eng waren die Verbindungen zu Lindon (über die Große Oststraße) und Lórien (über den Rothornpaß). Bei der großen Versammlung vor dem Aufbruch der Ringgemeinschaft waren daher fast alle freien Völker vertreten: die Elben von Lindon und aus dem nördlichen Düsterwald, die Hobbits aus dem Auenland, die Zwerge vom Erebor, die Waldläufer des Nordens und die Menschen von Gondor.
Auch nach Elronds Fortgang am Ende des Dritten Zeitalters war Imladris noch nicht ganz verödet. Seine Söhne Elladan und Elrohir blieben dort zurück, und zu ihnen gesellte sich Celeborn, Galadriels verlassener Gatte.
Vgl. ELBEN, ELROND, ERIADOR; Karte S. 264–265.
H, 3; *R,* II, 1–3; Anhang B; *Nachrichten,* II, iv.

Ioreth
Die Oberschwester in den Häusern der Heilung, dem Krankenhaus von Minas Tirith. Ihr unermüdliches Geplapper enthielt auch Weissagungen, die aus den alten Büchern der heilkundigen Númenórer stammten: „*Die Hände des Königs sind Hände eines Heilers.* Und Mithrandir sagte zu mir: 'Ioreth, lange werden sich die Menschen Eurer Worte erinnern.' "
Vgl. Häuser der Heilung.
R, V, 8; VI, 5.

Isen
Der Grenzfluß zwischen Rohan und Dunland entsprang am Fuß des Methedras bei Isengart, floß in südlicher Richtung durch die Pforte von Rohan und bog dann nach Westen ab. Kurz vor der Biegung wurde der Fluß breit und flach und teilte sich um ein großes Sandwerder. Dies waren die Furten des Isen, ein wichtiger Übergang auf der Nord-Südstraße; um sie zu sichern, hatten Isildur und Anárion die beiden Festungen Aglarond und Angrenost erbaut. In späterer Zeit wurden die Furten von den Rohirrim bewacht, um die Dunländer von ihrer früheren Heimat fernzuhalten.
Das Gebiet zwischen Isen und Adorn, seinem größten Nebenfluß, gehörte nominell zu Rohan, war aber hauptsächlich von Dunländern bewohnt.
Im Krieg zwischen Isengart und Rohan erzwang das Heer aus Isengart in zwei Schlachten (am 25. Februar und 2. März) den Übergang über die Furten. Da ein Teil des Heeres schon auf dem Ostufer herangerückt war, konnten beide Ufer zugleich angegriffen werden. In der ersten Schlacht fiel Théodens Sohn Théodred. Dabei verzögerte sich der Anmarsch der Feinde auf die Hornburg, bis Théoden mit dem Heer aus Edoras zur Stelle war.
Der Name Isen ist die Übersetzung von Sindarin *Angren* in die Sprache der Rohirrim (altenglisch für „Eisen").
Vgl. Dunländer, Hornburg, Isengart, Rohan; Karte S. 99.
R, III, 8; *Nachrichten,* III, 5.

ISENGART
Sarumans Festung im „Tal des Zauberers“ *(Nan Curunír)* zwischen den südlichen Ausläufern des Nebelgebirges. Der Name ist die Wiedergabe von Sindarin *Angrenost* in der Sprache der Rohirrim („Eisenhof“; von altenglisch *isengeard)*.
Isengart war eine kreisrunde Ebene von etwa einer Meile Durchmesser, umgeben von einem Ringwall aus schwarzem Naturgestein, der nach Norden an einen Berghang anschloß. Auf der Südseite, wo eine Straße zu den Furten des Isen führte, lag das einzige Tor. Die Ebene, in früheren Zeiten grün, mit Bächen und einem kleinen See, war in Sarumans letzten Jahren mit Steinplatten gepflastert. Straßen, die alle zur Mitte hinführten, waren früher von Bäumen umsäumt gewesen, nun von Stein- und Metallpfeilern, zwischen denen Ketten hingen. In den Umfassungswall waren von innen Durchgänge, Unterkünfte und Lagerhallen eingehauen; auch Häuser standen längs des Walles. Auf der inneren Fläche waren die Eingänge zu unterirdischen Schächten. Dort befanden sich Schmieden, Schmelzöfen, Maschinenräume, Wolfsställe, Schatz- und Warenkammern. „Eiserne Räder drehten sich dort ununterbrochen, und Hämmer dröhnten. Dampfwolken, auf die von unten rotes, blaues oder giftgrünes Licht fiel, strömten des Nachts aus den Abzugsschächten.“ (Als Gandalf und Théoden am 5. März hierherkamen, war dieser Betrieb zum Erliegen gekommen, denn die Ents hatten den Isen abgeleitet und die ganze Ebene unter Wasser gesetzt.)
In der Mitte der Ebene stand, etwa 150 m hoch, der Turm *Orthanc.* Der Name hatte eine doppelte Bedeutung: im Sindarin „Gabelhöhe“ (wegen seiner vier in spitze Zacken auslaufenden Pfeiler), „raffinierter Aufbau“ in der Sprache der Rohirrim. Der Turm war aus überaus hartem Fels und sah aus wie ein Gebilde, „das nicht von Menschenhand gefertigt, sondern einst bei der Folterung der Berge aus dem Gebein der Erde herausgerissen worden war“. Dies war Sarumans Wohnsitz, und niemand konnte ihn dort herausholen. Er verließ ihn erst nach dem Ende des Ringkriegs, als ihm die Ents freien Abzug gewährten.
Die Festung war zur Zeit Isildurs und Anárions erbaut worden, um den Übergang über den Isen zu sichern. Unter den Truchsessen schwand das Interesse an den westlichen Gebieten des Reiches, und die Wachmannschaften blieben sich selbst überlassen. Bei der Abtretung von Calen-

ardhon an das Volk Eorls blieb die Festung jedoch – anders als die Hornburg – im Besitz von Gondor. Der Turm von Orthanc allerdings wurde verschlossen und von den Wachen nicht mehr benutzt. Der Palantír, der sich darin befand, fiel in Vergessenheit. Die Wachmannschaft vermischte sich mit den Dunländern, und etwa von 2700 bis 2759 D. Z. war die Festung völlig in dunländischer Hand. Nachdem König Fréaláf von Rohan die Dunländer vertrieben hatte, nahm Saruman dort seinen Wohnsitz – mit Erlaubnis des Truchsessen Beren. Zweihundert Jahre lang respektierte Saruman die Oberhoheit der Truchsesse und verhielt sich wie ein loyaler Verbündeter. Erst als Sauron nach Mordor zurückgekehrt war, begann sich Saruman als souveräner Gebieter aufzuführen. Insgeheim warb er Orks und Dunländer an und rüstete sie aus. Er benutzte den Palantír, sah voll Bewunderung die Industrieanlagen von Barad-dûr und versuchte sie nachzuahmen.

Gegenüber den Orks wurden Menschen in Isengart bevorzugt behandelt. In einer Vorratskammer fanden Merry und Pippin Schinken, Pökelfleisch, Brot, Butter, Honig, Bier und Wein. Sie fanden auch zwei Fässer Pfeifenkraut: Langgrund-Blatt aus dem Südviertel. Dies alles war sicher nicht für die Orks.

Nach Sarumans Abzug nahm König Elessar die Schlüssel von Orthanc in Besitz.

Vgl. BARAD-DÛR, DUNLÄNDER, GONDOR, HORNBURG, ISEN, PALANTÍRI, ROHAN, SARUMAN; Karte S. 264–265.

R, III, 8–11; Anhang A I, 4; Tinkler, *Old English in Rohan* (167).

ISILDUR

Ältester Sohn Elendils, stahl in seiner Jugend eine Frucht des Weißen Baumes aus den Königsgärten in Armenelos, bevor Sauron den Baum abhauen ließ, und brachte einen Schößling mit nach Mittelerde. Dem Untergang von Númenor entkam er mit drei Schiffen. Zusammen mit den zwei Schiffen seines Bruders Anárion erreichte er den Hafen Pelargir. Isildur und Anárion begründeten das Südliche Königreich und regierten es gemeinsam von Osgiliath aus. Isildurs befestigte Stadt war Minas Ithil („Mondturm"). Als Sauron das Dúnedain-Königreich angriff (3429 Z.Z.), mußte Isildur seine Stadt aufgeben. Er floh zu Schiff den Anduin hinunter; dabei rettete er abermals einen Schößling des Weißen

Baums. Auf dem Seeweg erreichte er Arnor und holte Elendil und Gil-galad zu Hilfe, während Anárion Osgiliath und Minas Anor verteidigte. Als Elendil mit Sauron kämpfte, stand Isildur bei ihm, und als beide gefallen waren, schnitt er den Herrscherring von Saurons Hand. Gegen Círdans und Elronds Rat behielt er den Ring – „als Wergeld für meines Vaters und meines Bruders Tod" –, statt ihn ins Feuer des nahen Orodruin zu werfen.

Nach dem Krieg des Letzten Bündnisses blieb er noch zwei Jahre im Süden, um Anárions Sohn Meneldil in die Regierungsgeschäfte einzuführen, dann brach er auf nach Norden, um Elendils Erbe anzutreten. Für sich und seine Söhne nahm er die Oberhoheit über *beide* Königreiche in Anspruch. (Er war ein eigensinniger Herrscher, und Meneldil war erleichtert über seine Abreise.) In der Nähe der Schwertelfelder, östlich des Anduin, wurde er mit seinem kleinen Begleittrupp von einem Orkheer angegriffen. Beim Durchschwimmen des Anduin verlor er den Ring und wurde von den Orks erschossen. Einer seiner Schildknappen erreichte Imladris und brachte die Bruchstücke von Narsil, Elendils Schwert, mit zurück, die Isildur ihm anvertraut hatte. Später fand man Isildurs Rüstung, die er am Flußufer abgelegt hatte. Nach dem Ringkrieg kamen in Sarumans Schatzkammern in Orthanc auch der Elendilmir zum Vorschein, ein Stirnreif aus Mithril mit einem weißleuchtenden Edelstein als Zeichen der Königswürde, und die goldene Kapsel, in der Isildur den Ring aufbewahrt hatte. Vermutlich hatten Sarumans Trupps diese Dinge an den Schwertelfeldern gefunden, als sie nach dem Ring suchten.

Die Herrschaft über das Nördliche Königreich übernahm Isildurs jüngster Sohn Valandil, der in Imladris zurückgeblieben war.

Vgl. ANÁRION, ARNOR, ELENDIL, GONDOR, HERRSCHERRING, OSGILIATH, SCHWERTELFELDER, WEISSE BÄUME.

R, I, 2; II, 2; Anhänge A und B; *Nachrichten,* III, i.

ISTARI

Quenya für ZAUBERER.

ITHILDIN

Sindarin „Sternmond“, ein dem Silber ähnlicher Stoff, mit dem die Noldor von Eregion und die Zwerge von Khazad-dûm geheime Zeichen und Inschriften auftrugen: eine Mithril-Verbindung. Solche Zeichen, wie etwa auf Thrórs Karte vom Erebor oder am Westtor von Khazad-dûm, leuchteten auf, sobald ein ganz bestimmtes Mond-, Sternen- oder Sonnenlicht darauf fiel, und waren zu anderen Zeiten unsichtbar („Mondbuchstaben“).

Vgl. MITHRIL, THRÓR.

H, 3; *R,* II, 4; *S,* Anhang.

ITHILIEN

S. Das „Mondland“ oder auch „Isildurs Land“: Das Gebiet zwischen dem Anduin und dem Schattengebirge; ein sanft zum Flußufer hin abfallendes waldiges Hügelland mit mildem Klima, in dem vielerlei wohlriechende Küchenkräuter gediehen. Weil es im Osten an Mordor und im Süden an Harad grenzte, war Ithilien vielen Angriffen ausgesetzt, doch blieb es immer ein Teil von Gondor. Hier stand die von Isildur erbaute Festung Minas Ithil (später Minas Morgul). Von Ithilien aus wurden bis zur Zeit der Großen Pest die Pässe nach Mordor überwacht. Nach der Eroberung von Minas Ithil durch die Nazgûl wurde das Land von den meisten menschlichen Bewohnern verlassen. Solange aber Osgiliath gehalten wurde, gab Gondor auch Ithilien nicht auf. Von versteckten Festungen wie Henneth Annûn aus führten die Waldläufer von Ithilien einen beharrlichen Kleinkrieg. Die Straße, an der entlang Frodo und seine Gefährten nach Cirith Ungol zogen, führte vom Morannon nach Süden und war die wichtigste Verbindung zwischen Mordor und seinen Bundesgenossen in Harad.

Hauptmann der Waldläufer war zur Zeit des Ringkrieges Fara- mir. Nach dem Sieg wurde er von König Elessar zum Fürsten von Ithilien ernannt. Er nahm seinen Wohnsitz bei den Emyn Arnen, einer Hügelgruppe südlich von Osgiliath.

Im Norden des Landes lag das Feld von Cormallen, wo die große Siegesfeier nach dem Krieg stattfand.

Vgl. HENNETH ANNÛN, MINAS MORGUL, OSGILIATH; Karte S. 99.

R, VI, 4–7; VI, 4.

IVRIN

Am Südhang der Ered Wethrin entsprang der Fluß Narog in der Quelle von Ivrin *(Eithel Ivrin),* einer Gruppe von baumumsäumten Weihern in steinernen, von den herabstürzenden Wasserfällen ausgewaschenen Becken. Dies war eines der lieblichsten Fleckchen Erde in ganz Beleriand, und es stand unter Ulmos besonderem Schutz. Hierher lud Fingolfin die Elbenfürsten zum Mereth Aderthad ein, und dank dem Genius loci wurde es ein Fest, das man in guter Erinnerung behielt.

Túrin, der seinen Freund Beleg erschlagen hatte, wurde von seiner Gemütsverfinsterung geheilt, als er das Wasser von Ivrin trank. Aber als Glaurung auf dem Weg nach Nargothrond vorüberkam, wurden die Weiher besudelt und vergiftet und ihre steinernen Becken zertrümmert.

Vgl. MERETH ADERTHAD, LANGER WINTER; Karte S. 59.

S, XIII, XXI; *Nachrichten,* I, i.

Kankra

Die große Spinne am Paß von Cirith Ungol, durch deren stockfinstere und stinkende Höhle Frodo und Sam hindurch mußten, als sie das Schattengebirge überschritten. Wie ihre Mutter Ungoliant war Kankra eine Lichtfresserin. Sie verbreitete einen Dunst, „der, wenn er eingeatmet wurde, nicht nur die Augen, sondern auch den Geist mit Blindheit schlug, so daß selbst die Erinnerung an Farben und Formen und Licht überhaupt aus den Gedanken verschwand". Ihre Spinnengestalt konnte Sam erst erkennen, als er sich bei Tageslicht mit ihr auseinandersetzen mußte. Sie war etwa nashorngroß, mit bösartigfunkelnden Facettenaugen, Hörnern auf dem Kopf, einem sackförmigen, zwischen den Beinen durchhängenden Leib, an der Oberseite mit bläulichen Malen bedeckt, unten fahl schimmernd; die Beine, mit großen, knotigen Gelenken und stark behaart, hatten je eine Klaue. Die Anrufung Earendils *(Aiya Earendil Elenion Ancalima* – „Heil Earendil, hellster der Sterne!") machte ihr keinen Eindruck, denn das hatten schon viele Elben gesagt, bevor sie von ihr gefressen wurden; aber vor Galadriels Phiole hatte sie Respekt, und als ihr das Elbenschwert Stich in den Unterleib drang, flüchtete sie, eine grüngelbe Schleimspur hinterlassend.
Kankra war uralt. In Nan Dungortheb zur Welt gekommen, war sie schon Beren und manchem anderen berühmten Krieger begegnet. Im Dritten Zeitalter war sie die Königin aller Spinnen, und ihre Brut hatte sich vor allem über das Schattengebirge und den Düsterwald verteilt. Mit Sauron war sie nicht im Bunde, hatte aber, weil sie den Paß bewachte, sein belustigtes Wohlwollen und wurde ab und zu mit Gefangenen gefüttert. Auch Gollum führte ihr gelegentlich frisches Fleisch zu.
Kankra ist kein Sindarin-Name, sondern ein deutscher Ersatz für englisch *Shelob (she + lob:* weibliche Spinne). Wie sie wirklich hieß, wissen wir nicht.
Vgl. Cirith Ungol, Nan Dungortheb, Riesenspinnen, Ungoliant.
R, IV, 9/10.

KHAND
(Sprich: *Ch*and). Ein Land südöstlich von Mordor, aus dem keine Nachrichten nach Westen gelangten. Die Völker dort waren meistens untereinander und mit ihren Nachbarn in Rhûn und Harad zerstritten, aber manchmal gelang es Sauron, sie gegen Gondor zu vereinen. (Wieviel Einfluß Sauron dort wirklich hatte, ist unklar.) Eines dieser Völker waren die Variags, die in der Schlacht auf dem Pelennor kämpften. Sie waren entfernt menschenähnlich, aber nicht allzu verschieden von Orks und Trollmenschen.
Vgl. OSTLINGE; Karte S. 99.
R, V, 6.

KHAZÂD
Khuzdul für ZWERGE.

KHAZAD-DÛM
Khuzdul für MORIA.

KHELED-ZÂRAM
Khuzdul „Spiegelsee“: Ein langer, ovaler und sehr tiefer See an der Westseite des Schattenbachtals. Wer bei Tag und klarem Himmel hineinblickte, sah die Sterne; sein eigenes Spiegelbild sah er nicht. Als die Gefährten auf der Flucht aus Moria an dem See vorüberkamen, zeigte Gimli ihnen *Durins Stein:* eine abgebrochene Säule an der Stelle, wo Durin, der Stammvater der Zwerge, zuerst in den See geblickt und eine Krone aus sieben Sternen gesehen hatte.
Vgl. AZANULBIZAR, DURIN.
R, II, 6.

KHUZDUL
Die geheime Sprache der Zwerge, die im Dritten Zeitalter auch unter ihnen selber schon zu einer Gelehrtensprache zu werden begann. Wir kennen daraus nur einige Ortsnamen wie *Khazad-dûm* (Moria) oder *Gabilgathol* (Belegost) und den Schlachtruf, mit dem Gimli vor dem Tor der Hornburg zwischen die Orks fuhr: *Baruk Khazâd! Khazâd aimênu!* „Äxte der Zwerge! Zwerge über euch!“ Auch Balins Grabinschrift (vgl.

Cirth) ist wohl authentisches Khuzdul, obwohl die Namen Balin und Fundin keine echten Zwergennamen sind: Die Zwerge legten sich für den Verkehr mit Fremden Namen bei, die gewöhnlich aus den Sprachen der benachbarten Menschenvölker entlehnt waren: Ihre „wirklichen" Namen hielten sie geheim und ließen sie nicht mal auf ihren Grabstein setzen.
Kh und *th* sind im Khuzdul behauchte Explosivlaute, keine Reibelaute wie im Sindarin.
Vgl. Zwerge.
R, Anhang F.

Kinder Ilúvatars

Quenya *Híni Ilúvataro* oder *Eruhíni:* die Geschöpfe, die Ilúvatar (Eru) allein, ohne Mithilfe der Ainur erdacht hat. Obgleich jünger und schwächer als die Valar, sind sie doch deren Geschwister, d. h. ihrem Willen nicht unterworfen, sondern frei. Die Elben hießen die Erstgeborenen oder die Älteren Kinder, die Menschen die Jüngeren oder die Nachkömmlinge. Beiden ist Arda als Wohnstätte bestimmt, doch zu je anderen Bedingungen: Die Elben sind mit Unsterblichkeit begabt, mit der Liebe zur Schönheit der Welt in allen Einzelheiten, die Menschen mit der Sterblichkeit – die nicht als Strafe aufzufassen ist, sondern als Freiheit, die Kreise der Welt zu verlassen.
Die Elben sind die „Kinder des Sternenlichts", weil sie die Welt zuerst vor dem Aufgang von Mond und Sonne erblickt haben, die Menschen dagegen „Kinder der Sonne", in deren starkem Licht die Elben schwinden und verblassen. Durch einige wenige Verbindungen zwischen den Zwei Geschlechtern (Halbelben) kam ein schwaches Erbteil elbischer Schönheit auch unter die Menschen.
Vgl. Halbelben, Ilúvatar, Zwei Geschlechter.
S, Ainulindale, I; *Briefe,* 131, 144.

Krähen

Sindarin *Crebain* (Singular *Craban):* die verdächtigen Vögel, die in Schwärmen über Hulsten geflogen kamen, um für Saruman oder die Orks zu spionieren. Aragorn meinte, sie kämen aus Dunland oder aus dem Wald von Fangorn. Nach der Beschreibung waren es Rabenkrähen

(corvus corone). Sie sammelten sich auf allen Schlachtfeldern von Mittelerde (oft schon *vor* der Schlacht), fraßen die Leichen und verhöhnten die Überlebenden.
Mit den großen Raben vom Erebor waren die Krähen nicht verwandt.
Vgl. ROAC.
H, 11, 15; *S,* XIX; *R,* II, 3.

KRUMME WELT
Der Erdball, wie er uns durch Wissenschaft und Sternkunde bekannt ist: die Welt, nachdem Ilúvatar beim Untergang von Númenor in die Ordnung der Dinge eingegriffen hat. Valinor ist nicht mehr jenseits des Westmeeres, sondern entrückt und nur auf dem GERADEN WEG noch zu erreichen, der den Menschen nicht offensteht.
Vgl. ARDA, ILMEN, ZWEI GESCHLECHTER.
S, Akallabêth.

L

LAMEDON

Das Gebiet um die Quellen des Flusses Ciril in Gondor, unter den Südhängen des Weißen Gebirges. Von Erech ritt Aragorn mit dem Schattenheer durch eine Schlucht, Tarlangs Hals genannt, nach Lamedon hinein. Die größte Ortschaft, Calembel an den Furten des Ciril, fanden sie verlassen, denn die Bewohner waren in die Berge geflohen oder kämpften bei Linhir mit den Korsaren, die in die Flußmündung des Gilrain einzulaufen versuchten. Zur Verteidigung von Minas Tirith waren daher nur ein paar Bergbewohner gekommen. Aber nach der Schlacht auf dem Pelennor führte Angbor, der Fürst von Lamedon, viertausend Mann von Pelargir zur Verstärkung heran.

Vgl. ERECH, GONDOR, PFADE DER TOTEN.

R, V, 1, 9.

LAMMOTH

„Das große Echo“: der Küstenstreifen zwischen den Ered Lómin und dem Westmeer, nördlich des Fjords von Drengist. Hier soll Melkor bei seinem Kampf mit der Riesenspinne Ungoliant einen erderschütternden Schrei ausgestoßen haben, und die Ered Lómin (Echoberge) nahmen den Ton auf, so daß von nun an jedes Geräusch in dieser Gegend weithin zu hören war. Feanor und seine Söhne landeten hier und verbrannten ihre Schiffe.

Vgl. ERED LÓMIN; Karte S. 59.

S, IX, XIII.

LANDBÜTTEL

Die einzige Polizeigewalt im Auenland: Sie waren insgesamt zwölf, drei in jedem Viertel, und trugen eine Feder an der Mütze. Meistens kümmerten sie sich um streunende Hunde und entlaufene Haustiere. Eine etwas größere Anzahl empfing die einreisenden Fremden an den Grenzen. Alle unterstanden dem Bürgermeister von Michelbinge. Als Saru-

mans Leute die Macht an sich rissen, versuchten sie mit geringem Erfolg, die Landbüttel in eine moderne Polizeitruppe zu verwandeln.
Vgl. Auenland, Bürgermeister von Michelbinge.
R, Prolog, VI, 8.

Langbärte

Bezeichnung der Elben für die Zwerge, ursprünglich besonders für die von Belegost, deren Bärte bis zum Boden reichten – daher der spöttische Segenswunsch: „Mögest du dir nie auf den Bart treten!" Tatsächlich waren die Zwerge auf ihre Bärte sehr stolz und stutzten sie selten oder nie; viele der unter ihnen gebräuchlichen Höflichkeitsformeln beriefen sich auf den Bart als Zeichen von Wohlstand und Lebenskraft. Bilbos Abschiedsgruß: „Mögen eure Bärte sich niemals lichten!" war einer solchen Formel nachgebildet.
Die Bärte wurden oft gegabelt oder zu Zöpfen geflochten; im Krieg wurden sie unter dem Gürtel festgesteckt.
Vgl. Zwerge.
H, 17, 18; *HME 4,* III (104).

Langer See

Östlich vom Düsterwald; nahm die Wasser des Eilend und des Waldflusses auf. Nahe beim sumpfigen südwestlichen Ufer stand die Stadt Esgaroth, auf Pfählen im See erbaut. Nicht weit davon lagen die Überreste einer älteren und größeren Stadt. Von dort bis zum nördlichen Ende des Sees waren es zwei Tagesreisen mit dem Ruderboot. Südlich des Sees floß der Eilend über einen Wasserfall ab.
Bei einer Untiefe war noch lange das Gerippe des Drachen Smaug zu sehen, der im Jahr 2941 Esgaroth zerstörte, und dann, von Bards Pfeil getroffen, in den See stürzte.
Vgl. Esgaroth, Rhovanion, Smaug; Karte S. 295.
H, 10, 14.

Lange Winter

Melkor war der Herr der extremen Temperaturen, und darum schrieben die Elben seinem Einfluß auch den bösartigen Winter zu, der im Herbst des vierhundertsechsundneunzigsten Sonnenjahres begann und bis weit ins nächste Frühjahr anhielt. Eben hatten die Orks mit Glaurungs Hilfe Nargothrond erobert, und viele Flüchtlinge irrten in Beleriand umher. Als Túrin auf seinem Gewaltmarsch nach Dor-lómin an den Teichen von Ivrin vorüberkam, die unter Ulmos besonderem Schutz standen, waren sie zugefroren, (Ulmo hatte über das Eis weniger Macht als über das Wasser.)

Zwei weitere ungewöhnlich lange und harte Winter wurden im Dritten Zeitalter vermerkt. Der erste (2758/59) dezimierte die Rohirrim und ebenso die Dunländer, mit denen sie sich gerade im Krieg befanden. Der zweite (2911/12) traf das Auenland besonders hart, denn der Baranduin und viele Flüsse im Norden waren zugefroren, und über das Eis drangen Rudel weißer Wölfe nach Eriador ein. Auf den Winter folgte eine Hungersnot. Weiter im Süden führte die Schneeschmelze zu großen Überschwemmungen, die Enedwaith und Minhiriath verwüsteten. In beiden Fällen war Sauron sicherlich nicht der direkte Urheber: Die Orks hatten mindestens ebenso darunter zu leiden wie seine Feinde; außerdem hatte er nicht so viel Macht über die Elemente wie Melkor.

Vgl. GROSSE PEST, TAG OHNE MORGEN, VERFLUCHTER WIND.

S, XXI; *R,* Anhänge A und B.

LÁR

Größte númenórische Längeneinheit, in ähnlicher Abmessung wahrscheinlich auch bei den Sindar des Ersten Zeitalters gebräuchlich. Ein Lár entsprach etwa einer englischen *League* (4.828 m) oder drei englischen Meilen; in den deutschen Übersetzungen teils mit „Meile“ *(Silmarillion),* teils mit „Wegstunde“ *(Herr der Ringe)* wiedergegeben. Lár (Sindarin *Daur*) bedeutete ursprünglich „Pause“: Nach einer solchen Strecke wurde meist kurz Rast gemacht. Bei den númenórischen Fußsoldaten galten acht Lár als ein durchschnittlicher Tagesmarsch.

Ein Lár hatte 5000 *Rangar* (Schritte). Ein RANGA wird auf 0,965 m geschätzt.

Nachrichten, III, i.

LAURELIN

Der jüngere der Zwei Bäume von Valinor, auf dem Hügel Ezellohar in Valmar. Der Name bedeutet im Quenya „Goldregen“; andere Namen

waren *Culúrien* („der rotgolden Glühende") und *Malinalda* („Goldbaum"). Seine Blätter waren von frischem Grün wie die einer knospenden Buche, an den Rändern golden schimmernd, die Blüten feuriggelb, in Büscheln, „deren jedes wie ein glühendes Horn geformt war, aus dem ein goldener Regen zu Boden fiel". Aus einer Frucht Laurelins machte Varda die Sonne. Laurelin gab ein helleres und heißeres Licht ab als Telperion und wurde von den Eldar weniger geschätzt; doch erinnerten an ihn die Mallorn-Bäume von Lórien (Laurelindórinan). In den Gärten von Gondolin stand *Glingal* („singendes Gold"), ein von Turgon geschmiedetes goldenes Abbild von Laurelin.
Vgl. Narsilion, Zwei Bäume.
S, I, III, XI, XV; *R,* III, 4; *HME 4,* VI.

Lautwasser
Schon als sie den Weißquell überschritten, sahen Streicher und die Hobbits in der Ferne einen zweiten Fluß in einem felsigen, halb vom Nebel verschleierten Tal. Das war die Lautwasser (Sindarin *Bruinen*), und bis dahin mußten sie noch durch die Trollhöhen, und es dauerte eine ganze Woche, bis sie zur Bruinen-Furt kamen, wo die Schwarzen Reiter schon warteten – aber zum Glück auch Glorfindel mit einem weißen Pferd von elbischer Schnelligkeit –, und an der Furt hatten Gandalf und Elrond ihr magisch-technisches Potential vereinigt, um sie für die Verfolger unpassierbar zu machen.
Die Lautwasser entsprang im Nebelgebirge nordöstlich von Bruchtal und floß in südwestlicher Richtung mit dem Weißquell zusammen. Das Gebiet zwischen den beiden Flüssen hieß *der Winkel;* hier lebte von etwa 1150 bis 1350 D. Z. derjenige Teil der Starren, der später an den Schwertelfluß zurückkehrte (Gollums Vorfahren).
Vgl. Imladris, Rhudaur; Karte S. 264–265.
R, I, 12; Anhang B.

Lebennin
Das Land der „fünf Flüsse" *(Erui, Sirith, Celos, Serni* und *Gilrain),* zwischen dem Weißen Gebirge und dem Anduin-Delta; eines der südlichen Lehen von Gondor. Die Menschen dort, klein und dunkelhäutig, waren von nicht-númenórischer Art. An der Mündung von Gilrain und Serni

lag der Ort Linhir, wo Aragorns Graue Schar Freund und Feind in die Flucht schlug.
Vgl. GONDOR, PFADE DER TOTEN; Karte S. 53.
R, V, 1, 9; *Nachrichten,* II, iv.

LEGOLAS
Sohn Thranduils, des Königs der Waldelben, kam im Jahre 3018 D.Z. mit einer Botschaft seines Vaters nach Bruchtal. Warum gerade er dort zu einem der acht Gefährten bestimmt wurde, die Frodo helfen sollten, den Ring ans Ziel zu bringen, bleibt Elronds Geheimnis, denn Legolas war nur ein blasser Nachkömmling der alten Krieger und Gelehrten aus den heroischen Zeiten des Elbentums. Schon sein Name, der im Sindarin „Grünblatt" bedeutet, gibt ihn eher als naturliebenden Kleinstädter denn als einen echten Waldbewohner zu erkennen. Er hatte scharfe Augen und war ein guter Bogenschütze, wußte ein paar Strophen aus den alten Heldenliedern auswendig und konnte auf einem gespannten Seil freihändig über einen Fluß laufen (aber das konnten die Waldelben alle). Gab es in Bruchtal wirklich keinen besseren Mann?
Während ihrer gemeinsamen Fahrt wurde der Zwerg Gimli sein Freund. Seite an Seite bestanden sie die großen Schlachten des Ringkrieges und teilten sich in den Kampfpausen die Kopfzahlen der jeweils getöteten Feinde mit. Nach dem Krieg besichtigten sie zusammen den urzeitlichen Wald von Fangorn – auf Legolas' Wunsch, der sich als Gegenleistung die Grotten von Aglarond ansehen mußte.
Nach dem Tod König Elessars soll Legolas als letzter aus der Gemeinschaft des Ringes in den Alten Westen gefahren sein und seinen Freund Gimli mitgenommen haben.
Vgl. GIMLI, WALDELBEN.
R, passim, bes. II, 2, 6; III, 7/8, VI, 6; Anhang B.

LEITHIAN-LIED
Das berühmteste und zweitlängste unter den Heldenliedern aus dem Ersten Zeitalter; erzählt die Geschichte von Beren und Lúthien. Es war in vielen Versionen und Kurzfassungen verbreitet; eine davon sang Aragorn den Hobbits im Lager unter der Wetterspitze vor. Welches die ursprüngliche oder authentische Fassung ist und wer sie gedichtet hat,

ist nicht bekannt. Das ausführlichste erhaltene Fragment, *The Gest of Beren and Lúthien,* besteht aus 4222 englischen Versen (jambische Vierheber in Reimpaaren), in 14 Gesängen, abbrechend bei der Flucht aus Angband, als Carcharoth nach Berens Hand mit dem Silmaril schnappt. Der Wortlaut kommt der bekannten Prosafassung aus dem *Silmarillion* an vielen Stellen sehr nahe.
Leithian soll nach einer wenig einleuchtenden Erklärung Professor Tolkiens „Erlösung aus den Banden“ bedeuten.
Vgl. Beren, Lúthien.
S, XIX; *HME 3,* III.

Lembas
Sindarin „Reisebrot“: die Wegzehrung der Elben, ein Waffelgebäck aus weißem Mehl mit hellbrauner Kruste, schmackhafter als Cram, lange haltbar (eingewickelt in Mallorn-Blätter) und sehr nahrhaft. Mit dem Vorrat, den Galadriel ihnen in Lórien mit auf den Weg gegeben hatte, hielten Frodo und Sam sich wochenlang auf den Beinen. Allerdings waren Käsebrot und Pökelfleisch eine willkommene Abwechslung.
Bei den Elben war Lembas kein alltägliches Nahrungsmittel. Nur Königinnen und kundige Frauen konnten es backen und austeilen, und nicht jeder bekam davon. Im alten Doriath war es eine hohe Auszeichnung, als Melian dem Bogenschützen Beleg ein versiegeltes Päckchen Lembas für seinen Freund Túrin anvertraute. Menschen und Zwergen wurde der Genuß des Lembas normalerweise nicht gestattet; unreine Geschöpfe wie Gollum und die Orks fanden es ungenießbar.
Vgl. Cram, Magie.
S, XXI; *R,* II, 8; IV-VI passim.

Letztes Bündnis
Gil-galads Bündnis mit Elendil dem Langen, geschlossen im Jahre 3430 Z.Z. Im Krieg des Letzten Bündnisses (3431–3441) wurde Sauron zuerst auf der Dagorlad besiegt (3434) und dann sieben Jahre lang in Barad-dûr belagert. Schließlich mußte er sich Gil-galad und Elendil persönlich zum Kampf stellen. Er schlug beide tot, wurde aber auch selbst niedergeworfen, verlor den Herrscherring und suchte als körperloser Schatten das Weite.

Nach dem Sieg der Verbündeten wurde Barad-dûr nur oberflächlich geschleift. Zu einer gründlichen Zerstörung der Festung hätte Isildur den Ring hergeben müssen.
Elrond, der den Krieg als Gil-galads Herold mitmachte, erinnerte sich dreitausend Jahre später noch mit Stolz und Wehmut an das prächtige Heer, mit dem sie von Eriador über die Pässe des Nebelgebirges zogen. Gil-galad vereinigte nicht nur die Elben von Lindon und Imladris unter seiner Führung, sondern auch die Tawarwaith aus dem Grünwald und die Galadhrim von Lórien. Elendil und seine Söhne führten die Dúnedain und manche anderen menschlichen Hilfstruppen ins Feld. Die Zwerge von Moria kämpften auf seiten der Verbündeten (aber andere Zwerge standen auf der Gegenseite).
Auch die Sieger erlitten schwere Verluste. Oropher, der König der Tawarwaith fiel, ebenso Amdír, der Fürst von Lórien, und Elendils Sohn Anárion.
Elrond nannte dieses Bündnis zwischen Elben und Menschen „das letzte", weil die Elben im Schwinden waren und die Zwei Geschlechter einander fremd wurden. (Dennoch traten die Elben von Lindon und Imladris auch in den Kriegen des Dritten Zeitalters noch mehrmals als Verbündete der Dúnedain auf.)
Vgl. BARAD-DÛR, DAGORLAD, ELENDIL, GIL-GALAD, HERRSCHER-RING, ZWEI GESCHLECHTER.
S, Von den Ringen ...; *R,* II, 2; Anhang B; *Nachrichten,* II, iv, Anhang B.

LEUCHTFEUERBERGE
Sieben Berge an der Straße von Minas Tirith nach Rohan, auf denen in Kriegszeiten Feuer entzündet wurden, zum Zeichen, daß Gondor Hilfe brauchte. Sie hießen von Ost nach West: Amon Dîn, Eilenach, Nardol, Erelas, Min-Rimmon, Calenhad und Halifirien. Der am weitesten westliche, Halifirien, stand an der Grenze zu Rohan. Jeder Berg war in Sichtweite des nächsten, und auf jedem wurde eine ständige Wache unterhalten, so daß die Signale binnen Minuten über eine Entfernung von etwa 150 Meilen weitergegeben werden konnten. Als Gandalf mit Pippin vorüberkam, brannten die Feuer; fünf Tage später, während des Ritts der Rohirrim, waren sie erloschen.

Vgl. Gondor, Halifirien, Rohan.
R, V, 1, 5; *Nachrichten,* III, ii.

Lhûn

(Auch *Lune*): Fluß westlich von Arnor, bildete die Grenze zu Lindon. Er nahm Zuflüsse aus den nördlichen Ered Luin und den Abendrotbergen auf und floß in südlicher Richtung; mündete in den Golf von Lhûn. Hier erbaute Círdan die Häfen von Mithlond. An den Übergängen über den Fluß lieferten die Elben von Lindon den vordringenden Heeren Saurons im Zweiten Zeitalter (1697–1700) einen erbitterten Verteidigungskrieg, bis ihnen die Flotte des númenórischen Admirals Ciryatur zu Hilfe kam. Den Lhûn aufwärts zog Elendil, als er nach dem Untergang von Númenor in Lindon gelandet war, und von hier aus begann er sein nördliches Königreich aufzubauen.
Vgl. Arnor, Lindon, Mithlond; Karte S. 99.
S, Von den Ringen …; *Nachrichten,* II, iv.

Lidloses Auge

„Das Auge war von Feuer umrandet, aber es selbst war glasig, gelb wie ein Katzenauge, wachsam und angespannt, und der schwarze Schlitz seiner Pupille öffnete sich über einem Abgrund wie ein Fenster zum Nichts." So erschien Sauron, als Frodo in Galadriels Spiegel blickte, und so sah ihn wohl auch, wer in einen Palantír blickte. Als Emblem des Schreckens und der ständigen Überwachung wurde das Auge von den Orks mit roter Farbe auf Mauern gemalt oder den Köpfen der Erschlagenen eingebrannt, die man in die belagerte Stadt Minas Tirith katapultierte.
Vgl. Barad-dûr, Sauron.
R, II, 7; IV, 7; V, 4.

Lindon

Das Reich Gil-galads, das spärlich bewaldete Gebiet zwischen dem Meer und den Ered Luin. Lindon war ein Rest des alten Ossiriand, das am Ende des Ersten Zeitalters im Meer versunken war. Die Noldor hatten auch Ossiriand schon Lindon genannt, das „Land der Musik", weil über den Gelion hinweg manchmal der Gesang der Grünelben aus den

Wäldern zu hören war. Hier sammelten sich die überlebenden Noldor und Sindar um Gil-galad und Círdan. Viele von ihnen waren unentschlossen, ob sie in Mittelerde bleiben oder in den Alten Westen fahren sollten. Die Grünelben (und mit ihnen manche Sindar) zogen in den Osten von Eriador und schließlich, als die Noldor sich auch dort, in Eregion, festsetzten, weiter bis über das Nebelgebirge.
Der tief ins Land einschneidende und die Bergkette der Ered Luin durchbrechende Golf von Lhûn trennte den nördlichen *(Forlindon)* vom südlichen Teil *(Harlindon).* In dieser Bucht lag Mithlond, im Zweiten Zeitalter ein großer Hafen, den auch Schiffe aus Númenor anliefen. 1697 bis 1701 konnte Lindon mit Unterstützung aus Númenor heftige Angriffe von Saurons Heeren zurückschlagen. 3431 Z.Z. brach ein großes Elbenheer von Lindon auf, vereinigte sich mit Elendils Streitmacht aus dem nördlichen Königreich und zog gegen Mordor. Sauron wurde überwunden, aber Gil-galad und Elendil fielen. Die Elben von Lindon, die nun auf Círdans Befehle hörten, unterstützten noch eine Zeitlang die zerbröckelnden Dúnedain-Reiche im Norden, waren aber für größere Unternehmungen nun zu schwach und zu pessimistisch. Zur Zeit des Ringkrieges beschränkten sie sich im wesentlichen darauf, ihre Häfen für die nach Westen abfahrenden und nicht wiederkehrenden weißen Schiffe offenzuhalten.
Vgl. CÍRDAN, GIL-GALAD, LHÛN, MITHLOND, OSSIRIAND; Karte S. 99.
S, XIV; Von den Ringen; *R,* II, 2; Anhang B; *Nachrichten,* II, iv.

LOND DAER

Sindarin „Großer Hafen"; der im Zweiten Zeitalter von Aldarion gegründete Holz- und Werfthafen der Númenórer in Mittelerde, an der Mündung des Flusses Grauflut (Gwathló). Der ursprüngliche Name war *Vinyalonde* (Q. „neuer Hafen"). Von hier aus begannen die Númenórer die großen Wälder beiderseits der Grauflut bis tief ins Landesinnere abzuholzen. Um das Jahr 1700 Z.Z. landete hier die Flotte, die Tar-Minastir dem Elbenkönig Gil-galad im Krieg gegen Sauron zu Hilfe schickte. Im Dritten Zeitalter behielt Lond Daer nur als Seehafen für das weiter flußaufwärts gelegene Tharbad eine geringe Bedeutung. Nach der Entvölkerung von Minhiriath und Enedwaith durch die Große Pest (1636 D.Z.) verfiel es und wurde verlassen.

Vgl. ALDARION, ENEDWAITH, GRAUFLUT, MINHIRIATH; Karte S. 53.
Nachrichten, II, ii und iv.

LÓRIEN (1)
Die Gärten in Valinor, wo die ermatteten Seelen der Unsterblichen von Zeit zu Zeit Ruhe und Erholung finden. Die Patienten werden von dem Vala Irmo (Quenya: „der Wünscher") mit dem Wasser heilkräftiger Quellen getränkt. Irmo wird auch selbst Lórien genannt. Er ist „der Herr der Gesichte und Träume"; einer seiner Ratgeber war der Maia Olórin (Gandalf).
Inmitten der Gärten liegt der baumbeschattete See von Lórellin, wo Irmos Gattin tagsüber schläft: „die sanfte Este, die von den Wunden und von der Müdigkeit heilt".
Irmo und sein Bruder Námo (Mandos) wurden auch die *Feanturi,* Q. „Herren der Geister", genannt.
Vgl. VALAR, VALINOR.
S, Valaquenta.

LÓRIEN (2)
Das Waldgebiet zwischen dem Anduin und dem Celebrant, in dem die Galadhrim wohnten, ein Waldelbenvolk, bei dem sich im Laufe des Zweiten Zeitalters Galadriel und Celeborn mit einem Gefolge von Noldor und Sindar niederließen. Der Name Lórien wurde von Galadriel in Erinnerung an die Gärten Irmos in Valinor gewählt; der ältere, waldelbische Name war *Lórinand;* bei den Noldor hieß es *Laurelindórenan,* „Tal des singenden Goldes"; später auch *Lothlórien,* „blühender Traumgarten". In allen Namen wird auf die goldgelb blühenden Mallorn-Bäume angespielt; diese sollen aber erst von Galadriel mit Samen, die sie aus Númenor erhalten hatte, angepflanzt worden sein.
Das Gelände fiel zum Anduin hin sanft ab. Nahe beim südöstlichen Rand des Waldes lag Cerin Amroth, von wo man bis nach Dol Guldur blicken konnte. In früherer Zeit reichte das Gebiet von Lórien bis weit über den Anduin und in den Großen Grünwald hinein. Etwas weiter südlich, im Winkel zwischen den beiden Flußläufen, lag Caras Galadhon, die Stadt der Galadhrim, auf einem mit hohen Mallorn-Bäumen bewachsenen Hügel. Die Bewohner lebten nicht in Häusern, sondern in Fletts auf den

Bäumen. Die Stadt war von einem Graben und einer grünen Mauer umgeben, deren Tore nach Südwesten hin lagen. In der Krone des höchsten Baumes war das Flett, wo Celeborn und Galadriel ihre Gäste empfingen. Es war überdacht und reich geschmückt, fast so groß wie eine Königshalle.

Galadriels Macht und die Macht des Elbenrings Nenya beschirmten Lórien vor allen Übeln, schlossen es aber auch so streng von der Außenwelt ab, daß es den Menschen in Gondor und Rohan unheimlich wurde. Die Rohirrim nannten es den Goldenen Wald, aber auch *Dwimordene* (altenglisch „Geistertal"). Nicht ohne Grund sagten sie der Herrin des Goldenen Waldes Zauberei nach und vermieden es, ihrem Land zu nahe zu kommen. Ein Besucher wie Frodo, der Lórien zum ersten Mal betrat, hatte das seltsame Gefühl, „über eine Brücke der Zeit einen Winkel der Altvorderenzeit zu betreten und sich in einer Welt zu ergehen, die nicht mehr war. In Bruchtal lebte die Erinnerung an die alten Dinge; in Lórien lebten die alten Dinge noch in der lebendigen Welt."

Vgl. AMROTH UND NIMRODEL, CELEBORN, CERIN AMROTH, GALADRIEL, FLETT, MALLORN, WALDELBEN; Karte S. 264–265.

S, Von den Ringen …; *R,* II, 6/7; *Nachrichten,* II, iv.

LOSSARNACH

Die Täler am Südhang des Mindolluin, westlich von Minas Tirith im Quellgebiet des Erui. Der Name bedeutet „blühendes Arnach" (Arnach: ein Name aus vornúmenórischer Zeit). Aus diesem blumenreichen Wald- und Wiesenland kam vor der Schlacht auf dem Pelennor Forlong der Dicke nach Minas Tirith, an der Spitze von zweihundert grimmigen Männern mit Streitäxten. Die Menschen von Lossarnach waren gedrungen und dunkelhäutig. Morwen von Lossarnach, König Théodens Mutter, stammte jedoch aus dem edlen Geschlecht der Herren von Dol Amroth.

In den Tagen vor der Belagerung wurden Frauen, Kinder und alte Leute aus Minas Tirith nach Lossarnach evakuiert.

Vgl. GONDOR, PELENNOR; Karte S. 99.

R, V, 1; *Nachrichten,* III, i.

LOSSOTH

Sindarin „Schneehorde“: die Schneemenschen, die hauptsächlich am Kap von Forochel lebten, im Nordwesten der Bucht von Forochel. Sie waren ein Überrest der Forodwaith, eines kleinen Stammes von Menschen, die sich seit dem Ersten Zeitalter daran gewöhnt hatten, in der Eiseskälte der Nördlichen Öde zu leben. „Die Lossoth hausen im Schnee, und es heißt, daß sie mit Knochen an den Füßen auf dem Eis laufen und Wagen ohne Räder haben.“ Zu ihnen flüchtete König Arvedui nach seiner Niederlage im Krieg gegen Angmar. Sie bauten Schneehütten für den König und seine wenigen Begleiter und gaben ihnen zu essen, obwohl sie an Nahrung keinen Überfluß hatten. Mit den Edelsteinen, die er ihnen als Entgelt bot, konnten sie nichts anfangen; aber Barahirs Ring nahmen sie an, weil Arvedui versprach, ihn später gegen brauchbare Dinge einzulösen. Als das Elbenschiff kam, um Arvedui zu holen, warnten sie ihn, dieses „Seeungeheuer“ zu besteigen. Sie konnten Gefahren im Wind wittern. Sie glaubten, daß der Hexenkönig im Winter über Frost und Tauwetter gebot.

Vgl. ARVEDUI, BARAHIRS RING, FOROCHEL.

R, Anhang A I, 3.

LOTHLANN

„Die Weite und Leere“: die große Ebene östlich von Ard-galen, in der die Reiter aus dem Volk von Feanors Söhnen patrouillierten. In der Dagor Bragollach wurden sie von Glaurung und den Orks vertrieben, die von Norden in das Land zwischen den Quellflüssen des Gelion einfielen.

Vgl. Karte S. 59.

S, XIV; XVIII.

LOTHLÓRIEN

Vgl. LÓRIEN (2).

LUGBÚRZ

Der „dunkle Turm“ in der Schwarzen Sprache;
vgl. BARAD-DÛR.

Lumbar

Einer der neuen Sterne, die Varda zum Erwachen der Elben an den Himmel setzte; vermutlich Saturn.

S, III; *HME 10,* V (Index).

Lúthien

„Blau wie der wolkenlose Himmel war ihr Gewand, ihre Augen aber waren grau wie der Abend unter den Sternen; ihr Mantel war mit goldenen Blumen bestickt, ihr Haar aber war dunkel wie die Schatten der Dämmerung. Wie Licht auf dem Laub der Bäume, wie die Stimme klarer Gewässer, wie die Sterne über den Nebeln der Welt ..." – so oder ähnlich (aber in elbischen Versen) schwärmte Daeron, der größte Sänger des Ersten Zeitalters, von dem Spiel der Schattierungen und Kontraste zwischen Sternenschimmer und Sonnenlicht. Lúthien, die er besang, Thingols und Melians Tochter, gehörte zwei Epochen an: Sie war im sternbeschienen Beleriand geboren und aufgewachsen, aber die große Liebe ihres Lebens vereinte sie mit den Menschen, den Kindern der Sonne.

Sie konnte auch selbst steinerweichend schön singen; darum nannte Beren sie *Tinúviel,* „Nachtigall", als er ihr auf den Wiesen am Esgalduin zum ersten Mal begegnete. Ihr Gesang raubte ihm den Verstand, sonst hätte er sich kaum bereit erklärt, den Brautpreis zu zahlen, den Thingol für sie verlangte: einen Silmaril aus Morgoths Krone. Den freilich mußte Beren erst herbeischaffen. Sein Mut allein hätte dazu nicht ausgereicht, wäre nicht Lúthien ebenso unerschrocken gewesen wie er. Sie konnte Kräfte und Künste aufbieten, die sie ihrer göttlichen Mutter verdankte: Sie vermochte mit ihrem Haar einen unwiderstehlichen Schlafzauber zu legen; sie fand die gebieterischen und zugleich einfühlsamen Worte, mit denen die Ungeheuer und Dämonen auf ihrem Wege anzureden waren; und beim Klang ihrer Nachtigallenstimme kam sogar Morgoth ins Träumen.

Als Beren in Erfüllung seines Auftrags den Tod gefunden hatte, ging sie nach Valinor, und dem Klagelied, das sie dort anstimmte, konnte selbst der eisige Schicksalsrichter Mandos nicht standhalten. Lúthien und Beren wurde ein zweites Leben gewährt; allerdings mußte auch Lúthien sterblich werden und das Schicksal der Menschen teilen. Durch sie wurden die Zwei Geschlechter miteinander verbunden. Auch die Spur eines göttlichen Erbes kam so durch Melians Tochter unter die Menschen. Lúthien lebte danach noch eine Weile mit Beren auf der Insel Tol Galen im Adurant. Ihr Sohn Dior trat nach Thingols Tod das Erbe von Doriath an.

Vgl. BEREN, DAERON, HUAN, LEITHIAN-LIED, MELIAN, THINGOL, ZWEI GESCHLECHTER.

S, XIX; *HME 3,* III.

LUTZ FARNING

Ein Mensch aus Bree, Zuträger Sarumans und der Schwarzen Reiter. Bei ihm kauften die Hobbits das halbverhungerte Pony Lutz, das sie bis zum Westtor von Moria begleitete. Bei der Heimkehr der Gefährten ins Auenland führte er für den Oberst die Aufsicht über die Wachen an der Brandywein-Brücke und wurde von Merry davongejagt.

Vgl. BREE, OBERST.

R, I, 9, 10; VI, 7, 8.

Mablung

„Der von der schweren Hand", König Thingols Kriegshauptmann und Diplomat; begleitete Morwen und Niënor, als sie gegen seinen Rat nach Nargothrond ritten, um Túrin zu suchen, und übernahm die Verantwortung, als alles so schiefging, wie er erwartet hatte. Er überbrachte Túrins letzte Flüche nach Doriath. Ihm gab Melian den Silmaril in Verwahrung, ehe sie aus Mittelerde verschwand. Er fiel beim Angriff der Zwerge vor der Schatzkammer von Menegroth.

Vgl. Doriath, Niënor, Túrin.

S, XIII, XIX-XXII; *Nachrichten*, I, ii.

Maedhros

Auch *Maedhros der Lange* genannt, der älteste von Feanors Söhnen; nach dem Tod ihres Vaters das Oberhaupt ihrer Sippe. Nach der Schlacht unter den Sternen geriet er in Gefangenschaft und wurde mit der rechten Hand an einen Felsen der Thangorodrim gehängt. Fingon befreite ihn mit Thorondors Hilfe, mußte ihm dazu aber die Hand abschneiden.

An Feanors Eid fühlte Maedhros sich unbedingt gebunden. Während manche seiner Brüder (Caranthir, Celegorm und Curufin) zu glauben schienen, daß die Silmaril mit hochfahrenden Worten zurückzugewinnen wären, bemühte sich Maedhros, ein möglichst breites Bündnis gegen Morgoth zustande zu bringen. Seine Brüder verteilte er über den Nordosten von Beleriand, um die Anlässe zum Streit mit Fingolfins und Finarfins Söhnen zu vermindern. Er selbst nahm seinen Sitz auf dem Berg von Himring. Er unterhielt freundschaftliche Beziehungen mit den Naugrim und zog auch manche Völker der Ostlinge unter den Häuptlingen Bór und Ulfang heran. In der Dagor Bragollach verteidigte er sich erfolgreich, aber in der Schlacht der ungezählten Tränen, für die er eine Absprache mit Fingon und vielen anderen Fürsten getroffen hatte (*Maedhros' Bund* genannt), erlitt er eine vernichtende Niederlage und mußte mit seinen Brüdern nach Ossiriand flüchten. Nun war nur noch an die Rückerlangung des einen Silmaril zu denken, den Beren nach

Doriath gebracht hatte. Maedhros wollte mit Thingols Erben Dior verhandeln, aber der ließ seine Botschaft unbeantwortet, und Celegorm drängte die Brüder zum Krieg. Doriath wurde verwüstet und Dior erschlagen, aber Elwing rettete sich mit dem Silmaril zu den Sirion-Mündungen. Zu dieser Zeit schwankte Maedhros zwischen dem Wunsch, den Eid zu erfüllen, und der Scham über die Blutbäder, die er dazu anrichten mußte. Wiederum machte er ein Verhandlungsangebot. Als Elwing es zurückwies, griffen die Brüder an. Nach diesem letzten Gemetzel an den Sirion-Mündungen waren von Feanors Söhnen nur er und Maglor noch am Leben. Beide hatten sie das Morden satt, aber Maedhros ließ der Eid keine Ruhe. Nach der Niederwerfung Morgoths durch das Heer der Valar überredete er Maglor zu einem Überfall auf Eonwes Heerlager. Dort erbeuteten sie die beiden Silmaril, die Morgoth bis zuletzt an seiner Krone getragen hatte. Eonwe hätte sie aufhalten können, zog es aber vor, sie laufen zu lassen. Jeder der Brüder nahm einen Stein mit sich fort. Aber ihr Recht darauf war nichtig geworden, und die Steine versengten ihnen die Hände. Maedhros stürzte sich vor Verzweiflung in einen glühenden Vulkan; „und der Silmaril, den er trug, wurde in den Busen der Erde genommen."
Vgl. FEANOR, FINGON, HIMRING, MAGLOR, NIRNAETH ARNOEDIAD, OSTLINGE, SILMARIL.
S, XIII-XV, XX, XXIV.

MAEGLIN
Der Sohn Eols, des Dunkelelben, und der Noldor-Prinzessin Aredhel Ar-Feiniel. Der Name Maeglin, den ihm sein Vater gab, bedeutet „der scharfe Blick"; seine Mutter gab ihm insgeheim den Quenya-Namen *Lómion*, „Kind der Dämmerung", denn er war im dunklen Wald von Nan Elmoth geboren. Bald überredete Maeglin seine Mutter, ihn gegen Eols Willen nach Gondolin zu bringen: Als König Turgons Neffen erwartete ihn dort eine glänzende Zukunft. Als man seinen Vater vom Caragdûr stürzte, tat er, als ob es ihn nichts anginge. Eol gab ihm einen Fluch und die Weissagung eines ähnlichen Todes mit auf den Weg.
Mit seinem verschlossenen Wesen und seinem klaren Verstand gewann Maeglin in Gondolin nicht viele Freunde; aber dank seinen Kenntnissen im Bergbau und in der Schmiedekunst, die er von seinem Vater und von

den Zwergen erworben hatte, wurde er einer der höchstgeachteten unter Turgons Ratgebern. Allerdings blieb seine Liebe zu der blonden Königstochter Idril unerwidert; Idril blickte ihm tief ins Herz, und was sie sah, war ihr nicht geheuer. Außerdem galt eine Verbindung zwischen Vettern ersten Grades bei den Eldar als bedenklich.
Bei der Suche nach neuen Erzadern in der Umgebung des Bergwerks von Anghabar zwischen den nördlichsten Ausläufern der Echoriath wurde Maeglin von Orks gefangengenommen und nach Angband gebracht. Dort verriet er Morgoth die Lage von Gondolin; dann durfte er in die Stadt zurückkehren, so daß sein Verrat unbemerkt blieb. Als Gondolin einige Jahre später angegriffen und vernichtet wurde, konnte er die Feinde nicht offen unterstützen, denn selbst seine persönlichen Anhänger waren in seine geheimen Absichten nicht eingeweiht. Aber er versuchte die Verwirrung zu nutzen, um Earendil zu töten und sich Idrils zu bemächtigen, doch Tuor stellte ihn zum Kampf und warf ihn von der Stadtmauer.
Vgl. CARAGDÛR, EOL, GONDOLIN, IDRIL, TURGON.
S, XVI, XXIII; *Verschollene Geschichten II*, iii.

MAGGOT

Ein angesehener Bauer im Bruchland am Baranduin, im südlichen Ostviertel des Auenlands. Er hielt drei scharfe Hunde gegen Landstreicher und Pilzdiebe, aber gegen Frodo und seine Gefährten erwies er sich als hilfsbereit. Daß er gegen „Ausländer" noch mißtrauischer war als die anderen Hobbits, war in seinem Fall keine Folge fremdenfeindlicher Beschränktheit: Von seinem Freund Tom Bombadil wußte er manches über die Vorgänge außerhalb des Auenlandes, von denen die meisten Hobbits nichts ahnten.
R, I, 4, 7.

MAGIE

Die Istari waren in Mittelerde nicht die einzigen Zauberer. Bei vielen Völkern waren Praktiken bekannt, die wir als „magisch" bezeichnen könnten; und bei den Elben war sogar in ganz alltäglichen Dingen immer ein bißchen Zauberei mit im Spiel: beim Brotbacken, Weben, Säen, Seilflechten, erst recht natürlich bei so wichtigen Geschäften wie

Namensgebung, Liebeswerbung, Heilen von Wunden oder Schmieden beschrifteter Waffen. Von den Elben hatten die Númenórer am meisten gelernt; aber auch andere Menschenvölker wie die Drúedain und die Beorninger hatten eigentümliche Geheimkenntnisse über Pflanzen, Tiere, Berge, Flüsse oder Ereignisse der Zukunft. Am wenigsten von alledem verstanden die Zwerge; deshalb waren sie besonders mißtrauisch und hielten vorsichtigerweise ihre Namen, ihre Sprache und manchmal sogar ihr Geschlecht geheim.

Die Hobbits beherrschten die Kunst des geräuschlosen Verschwindens, was den Menschen als Zauberei, ihnen selbst aber ganz natürlich erschien. Ähnlich fanden die Elben an ihren eigenen Künsten nichts Wunderbares. Für Magie oder Zauberei hatten sie in ihren Sprachen zunächst kein Wort. Die beiden Wörter, die später unter dem Einfluß menschlicher Denkweisen solche Bedeutungen annahmen, Quenya *istar* und *nóle*, hießen ursprünglich nur soviel wie „wissend, kundig". Ein *istar* (Sindarin *ithron*) war ein Angehöriger des *Heren Istarion*, des Ordens der (göttlichen) Weisen; *nóle* hingegen (verwandt mit *Noldor*) bezeichnete das durch Lernen, Forschung oder Erfahrung erlangte Wissen und Können, in den Übersetzungen meist mit „Kunde" oder „Wissenschaft" wiedergegeben. Beide Arten des Wissens waren nicht scharf getrennt. Aber aus *nóle* wurde im Sindarin *gûl*, das in der häufigen Verbindung *morgul*, „schwarze Kunst", auf die bösartigen Bedeutungen festgelegt wurde.

Einen grundsätzlichen Unterschied zwischen „weißer" und „schwarzer" Magie gab es nicht; und auch die Grenzen zwischen Zauberei und gewöhnlicher Geschicklichkeit oder Technik waren kaum zu sehen. Sauron und Saruman waren nicht nur Hexenmeister, sondern auch Technologen, die Sprengstoffe und Wurfmaschinen herstellten; und wenn Gandalf aus seinem Zauberstab Blitze gegen die Nazgûl schleudert, nimmt er die Laser-Pistolen der späten Zeitalter vorweg. Doch der Zauberstab ist noch individuelle, an die Person gebundene Waffe, kein serienweise herstellbares Gerät. Die elbische Zauberei mündet nicht in Technik; sie ist beschützend und bewahrend: „ihr Zweck ist Kunst und nicht Macht, Zweitschöpfung und nicht Bezwingen und tyrannisches Re-Formieren der Schöpfung ... Dem Feinde in der Folge seiner wechselnden Erscheinungen geht es dagegen immer

um die pure Herrschaft, und darum ist er der Herr der Magie und der Maschinen."
Vgl. Elben, Galadriel, Gandalf, Herrscherring, Hithlain, Lembas, Palantíri, Ringe der Macht, Sauron, Zauberer.
R, II, 7; *Nachrichten*, IV, ii; *Briefe*, 131, 155.

Maglor
Der zweite Sohn Feanors, der am meisten nach seiner Mutter Nerdanel kam. Er war ein gewaltiger Sänger, „dessen Stimme weit über Land und Meer schallte". In seinem (nicht erhaltenen) *Noldolante*, einem stolzen und elegischen Heldenlied, besang er die Taten und Untaten der Noldor. Während der Belagerung von Angband bewachte er Lothlann und das flache Gelände zwischen dem Himring und den Ered Luin, wo den Heeren Morgoths kein natürliches Hindernis den Weg versperrte *(Maglors Lücke)*.
In der Dagor Bragollach konnte er die von Glaurung angeführten Feinde nicht aufhalten und flüchtete zu Maedhros auf den Himring. Ebenso wie seine Brüder war er durch Feanors Eid gebunden, der sie verpflichtete, um jeden Preis nach dem Rückgewinn der Silmaril zu streben; ihm jedoch kamen in manchen Augenblicken Bedenken. Nach dem Angriff auf Elwings und Earendils Volk an den Sirion-Mündungen nahm er die Knaben Elros und Elrond in Obhut und sorgte für sie. Maedhros und Maglor waren als einzige von Feanors Söhnen noch am Leben, als sie nach der Niederwerfung Morgoths endlich die Möglichkeit sahen, sich der zwei zurückgewonnenen Silmaril zu bemächtigen. Maglor wollte den Eid, der Unheil genug gestiftet hatte, nun auf sich beruhen lassen, aber Maedhros gab keinen Frieden. Also schlichen sich die Brüder in Eonwes Lager, raubten die Silmaril und nahmen jeder einen mit sich fort. Maglor soll den seinen zuletzt ins Meer geworfen haben, weil er den Schmerz, den der Stein ihm zufügte, nicht ertragen konnte. „Hernach wanderte er immer an den Küsten entlang, am Wasser singend von Schmerz und Trauer." Unter den Elben sah man ihn nicht wieder.
Vgl. Feanor, Lothlann, Maedhros, Silmaril.
S, V, XVIII, XXIV.

Maiar

Quenya „die Schönen“ (Singular *Maia*): Ainur minderen Ranges. In Valinor bildeten sie das Gefolge und die Dienerschaft der Valar. Sie waren zahlreich und nach Rang und Aufgaben sehr verschieden. Nur wenige von ihnen waren den Eldar namentlich bekannt: die Meeresgötter Osse und Uinen, Vardas Zofe Ilmare, Manwes Herold Eonwe, die Sonnenlenkerin Ariën und der Mondfährmann Tilion, Melian und Olórin (Gandalf). Die Istari, die im Dritten Zeitalter im Auftrag der Valar nach Mittelerde gingen, bildeten unter den Maiar einen Orden für sich. Manche Maiar wie z. B. Osse waren fast ebenso mächtig wie die Valar; andere waren dienstbare Geister von der schlichtesten Art. Diese bekleideten sich oft mit einer tierischen Gestalt, z. B. als Adler, Hunde oder Pferde. Beim langen Tragen dieser Gestalt wurden die Maiar „irdisch“, d. h. sie konnten die Gestalt nicht nach Belieben wechseln und mußten auch körperliche Nöte ertragen (Hunger, Durst, Müdigkeit, Schmerzen, Fortpflanzung und Schwangerschaft).

Viele Maiar dienten Melkor. Unter ihnen war Sauron der mächtigste. Von niedrigerem Rang waren die Balrogs.

Vgl. Ainur, Balrog, Gandalf, Melian, Osse, Sauron, Uinen, Valar, Zauberer.

S, Valaquenta; *HME 10*, II (49); V (410–12).

Mallorn

Sindarin „goldener Baum“ (Plural *Mellyrn*), eine Baumart, die von dem Lichtbaum Laurelin abstammte. Im Frühling und den ganzen Sommer über hatte der Baum goldgelbe Blütendolden. Die Rinde war glatt und silbergrau, der Stamm gerade und ungeteilt, mit leicht gekrümmten Ästen. Die Blätter, ähnlich denen einer Buche, doch größer, auf der Oberseite mattgrün, von unten silbrig, färbten sich im Herbst mattgolden und fielen erst im Frühjahr ab, wenn die neuen Blüten kamen. Aus Tol Eressea war der Baum nach Númenor gebracht worden, wo er besonders an der Westküste, in Nísimaldar, zu gewaltiger Höhe aufwuchs. In Mittelerde wuchsen Mellyrn einzig in Lórien: Gil-galad hatte die Samennüsse, ein Geschenk Tar-Aldarions, an Galadriel weitergegeben, weil sie in Lindon nicht aufgingen. Die höchsten Bäume standen auf der Anhöhe von Caras Galadhon, der Baumstadt der Galadhrim.

Ob die Bäume Galadriels Fortgang aus Lórien lange überdauerten, ist ungewiß. Jedenfalls pflanzte Sam Gamdschie mit Galadriels Segen einen Mallorn auf der Festwiese von Hobbingen, der zu Beginn des Vierten Zeitalters prächtig gediehen sein soll.
Vgl. ELDALONDE, GALADRIEL, LAURELIN, LÓRIEN.
R, II, 6; VI, 9; *Nachrichten*, II, i, iv.

MANDOS
Der Schicksalsrichter der Valar und Hüter der Totenhäuser im Westen von Valinor, an den Ufern des Außenmeeres. Eigentlich war Mandos (Quenya für „Festung des Gewahrsams") nur der Name seines Wohnsitzes, doch wurde meist der Vala selbst so genannt; sein echter Name war *Námo* („Verkünder, Richter"). In *Mandos' Hallen* sitzen die erschlagenen Elben und warten auf ihre Wiedergeburt oder auf das Weltende; getrennt von ihnen versammeln sich die Seelen der toten Menschen, bevor sie die Kreise der Welt verlassen.
Als *Mandos' Fluch* (oder Spruch) bezeichnete man die Weissagung, in der den Noldor, als sie aus Valinor fortzogen, an der Grenze des Ödlands von Araman verheißen wurde, was sie in Mittelerde erwartete: Mord und Totschlag, gegenseitiger Verrat, Versperrung jedes Rückwegs nach Aman und die Ermüdung durch die Zeit. Ob Mandos selbst der Bote war, der den Spruch überbrachte, ist ungewiß. Mandos hatte mehr Einblick in die Zukunft als die anderen Valar, verkündete seine Urteile aber nur auf Manwes Ersuchen.
Mandos und sein jüngerer Bruder Irmo oder Lórien hießen auch die *Feanturi*, „Herren der Geister". Mandos' Gemahlin war Vaire, die Weberin, die alles, was je geschehen war, in die Wandteppiche wirkte, die in Mandos' Hallen hingen.
Vgl. NOLDOR, VALAR.
S, Valaquenta, IX; *HME 10*, IV (350).

MANWE
Der höchste der Valar, Statthalter Ilúvatars, dessen Absichten er am besten versteht. In einem blauen Mantel, ein saphirblaues Szepter in der Hand, sitzt er auf dem Oiolosse, dem höchsten Gipfel des Taniquetil, welcher der höchste von allen Bergen der Welt ist. Neben ihm sitzt Varda,

die Sternentfacherin, und zusammen blicken und horchen sie bis weit nach Mittelerde hinüber. Manwe ist der Herr der Lüfte, der Winde und Wolken, von den zartesten Schleiern der Stratosphäre bis zu den Brisen, die durchs Gras wehen, und dem Atem, der der Kehle des Sängers entströmt. Ihm gehorchen die Adler und Falken, und sie tragen ihm Nachrichten zu. Unter den Elben sind die Vanyar seine Lieblinge, die im Lande Aman an den Hängen des Taniquetil wohnen; von ihm haben sie Gesang und Dichtkunst erlernt. Er ist nicht der tatkräftigste oder weiseste unter den Göttern, verliert aber Mittelerde nie aus den Augen, während die andern Valar sich bisweilen mehr um ihre eigenen Angelegenheiten kümmern. (Seine nimmermüde Fürsorge für die Kinder Ilúvatars wurde von den Noldor als Bevormundung mißverstanden.) Sein Name bedeutet im Quenya „der Gute". Manwe strebt nicht nach Macht und Ruhm für sich selbst, sondern regiert zur Zufriedenheit aller. Das Böse, das ihm selbst fremd ist, kann er nicht verstehen, und darum ist er nur ein blasser Widerpart seines Bruders Melkor. In allem, was die Gestaltung von Arda angeht, legt er es darauf an, sie für Elben und Menschen wohnlich zu machen: Nirgendwo soll es zu heiß oder zu kalt, zu naß oder zu trocken sein; alles Wilde und Gewaltsame ist ihm zuwider; er will König der heilen Welt sein, oberster Hüter einer gezähmten und befriedeten Natur. Bei den zahlreichen Streitigkeiten unter den Valar ist er der Schlichter und Kompromißfinder. Seine Hallen auf dem Taniquetil verläßt er nur selten. Im Krieg gegen Morgoth am Ende des Ersten Zeitalters ließ er sich von seinem Herold Eonwe vertreten; im Dritten Zeitalter entsandte er den Maia Olórin nach Mittelerde.
Súlimo, „der Atmer", lautet sein Beiname bei den Elben; oft wird er auch als der „Älteste König" bezeichnet.
Vgl. ARDA, ILÚVATAR, MELKOR, VALAR, VALINOR, VARDA.
S, Valaquenta, I; *Nachrichten* IV, ii.

MARDIL
Der erste der Herrschenden Truchsesse von Gondor, auch *Mardil Voronwe*, der Standhafte, genannt. Er diente seit 2029 D. Z. König Earnil II., seit 2043 dessen Sohn Earnur. Er gab sich alle Mühe, Earnur von seinem Zweikampf mit dem Nazgûl-Fürsten abzuhalten, aber im Jahre 2050 setzte der König seinen Willen durch und blieb für immer ver-

schwunden. Da Earnur keine Kinder hatte und ein Nachfolger nicht ohne Streit hätte bestimmt werden können, ließ Mardil den Thron unbesetzt und regierte „bis zur Rückkehr des Königs“ allein weiter. Er starb 2080. Mardil war der letzte der Truchsesse, der bei der Amtseinführung einen Namen in Quenya annahm. Mardil bedeutet „dem Hause (der Könige) ergeben“.
Er führte einen neuen, verbesserten Kalender ein, den sogenannten TRUCHSESSEN-KALENDER.
Vgl. EARNUR, GONDOR, TRUCHSESSE.
R, Anhang A; *S*, Anhang.

MATHOM
Ein Hobbitwort für Dinge, die man nicht mehr gebrauchen konnte, aber auch nicht wegwerfen wollte. In ihren Smials oder Höhlen hoben die Hobbits viele solcher Mathoms auf, aber manche gaben sie auch ins Museum von Michelbinge, das Mathom-Haus. Dort ließ Bilbo bis zu seinem Weggang nach Bruchtal sein Mithril-Panzerhemd aufbewahren.
Vgl. HOBBITS, MICHELBINGE.
R, Prolog.

MEARAS
Altenglisch „Rösser“ (Singular *mearh*), die edelsten Pferde von Rohan, auf denen nur die Könige der Mark und ihre Söhne ritten. Sie stammten von Oromes Hengst Nahar ab. In Éothéod hatte Eorls Vater Léod einst ein weißes Wildfohlen eingefangen, aber als es herangewachsen war und er es zum ersten Mal bestieg, warf es ihn ab, und er starb, als er mit dem Kopf gegen einen Felsen prallte. Eorl hatte Achtung vor dem Freiheitsdrang des Tieres und verzichtete darauf, es zu töten. Er gab ihm den Namen *Felaróf* („der sehr Starke“), und es ließ sich fortan von ihm reiten – aber von niemand anderem, und ohne Sattel und Zaumzeug. Felaróf war der Vorfahr aller anderen Mearas. Sein edelster Nachkomme war Gandalfs silbergrauer Hengst Schattenfell. Die Mearas konnten stundenlang galoppieren, verstanden die Sprache der Menschen und erreichten ein sehr hohes Alter.
Schneemähne, König Théodens Hengst, war kein reinblütiger Mearh, denn er ließ sich gesattelt reiten.

Vgl. EORL, SCHATTENFELL.
R, V, 5/6; Anhang A 2; *Briefe*, 268.

MEDUSELD

Altenglisch „Methalle“: der Palast der Könige der Mark auf der Anhöhe von Edoras, erbaut von Eorls Sohn und Nachfolger Brego. Beim Einweihungsgelage (2569 D. Z.) blickte Bregos Sohn Baldor zu tief ins Methorn und gelobte, er wolle die Pfade der Toten betreten. Er tat es, und Aragorns Stoßtrupp fand vierhundertfünfzig Jahre später sein Gerippe.

Der Palast hieß auch die Goldene Halle, weil sein Dach wie Gold schimmerte. Im Innern war es warm und düster: „Als sich die Augen der Reisenden an das Dämmerlicht gewöhnt hatten, bemerkten sie, daß der Fußboden mit vielfarbigen Steinen gepflastert war; verästelte Runen und seltsame Sinnbilder verflochten sich unter ihren Füßen. Jetzt sahen sie auch, daß die Säulen reich geschnitzt waren und matt glänzten in Gold und nur halb erkennbaren Farben. Viele gewebte Decken waren an den Wänden aufgehängt, und auf ihren weiten Flächen ergingen sich Gestalten der Sage ...“

Vgl. EDORAS, PFADE DER TOTEN, THÉODEN.
R, III, 6; V, 2; Anhang A II.

MEISTERDIEB

Für die Zwerge waren die Hobbits ein strohdummes, kulturloses Bauernvolk. Sie davon zu überzeugen, daß es nützlich sein könnte, einen Hobbit auf die Fahrt zum Einsamen Berg mitzunehmen, kostete den Zauberer Gandalf viel Mühe. Um Bilbo Beutlins Ansehen ein wenig zu heben, wies er sie daraufhin, daß dieser Hobbit immerhin Goldschmuck, Kristallbecher und silberne Eßbestecke besaß. „Aha“, sagte Balin, „dann ist er also ein Dieb!“ (Solche Dinge konnte er ja nur von den Zwergen gestohlen haben.) Also ging Gandalf auf diese Idee ein: „Natürlich, ein professioneller Dieb“, sagte er. „Wie sonst würde ein Hobbit zu einem silbernen Löffel kommen?“

Vgl. BILBO BEUTLIN, HOBBITS, ZWERGE.
H, 1; *Nachrichten*, III, iii.

MELIAN

Eine Maia aus den Gärten Lóriens, verwandt mit Yavanna. Von ihr sollen die Nachtigallen singen gelernt haben. Ihr Name (von Quenya *Melyanna*) bedeutet „Liebesgabe".

Zur Zeit des Erwachens der Elben kam Melian nach Mittelerde, um dort den Vogelsang verbreiten zu helfen. Als sie im Wald von Nan Elmoth mit ihren Nachtigallen übte, kam der Teleri-Fürst Elwe (Thingol) in Hörweite und erlitt eine Art erotischer Amnesie. Erst nach einem langen und stummen Liebesrausch unter den Sternen – „und die Bäume von Nan Elmoth wurden dicht und dunkel, ehe ein Wort fiel" – kam das Paar wieder zum Vorschein. Gemeinsam herrschten sie über die Sindar von Beleriand.

Natürlich konnte Melian nicht nur singen: Sie hatte Einblicke in die Zukunft und gab Thingol viele Ratschläge, die der eigensinnige König nicht immer befolgte. Doch sie bewog ihn, Menegroth zu bauen und sich aus den Kriegen der Noldor herauszuhalten. Nach der erstenSchlacht von Beleriand umgab sie das Gebiet von Eglador (später Doriath) mit einem Banngürtel, *Melians Gürtel* genannt, den niemand ohne ihre Erlaubnis von außen nach innen durchschreiten konnte. Er bestand aus einem Waldstreifen,in dem ein Netz von Sinnestäuschungen den Eindringling festhielt, so daß er in keiner Richtung hinausfand. Nur einen Helden wie Beren, mit dem das Schicksal große Dinge vorhatte, oder ein Untier wie Carcharoth, das einen Silmaril im Leib trug, hielt der Gürtel nicht auf.

Auf das Schicksal ihrer Tochter Lúthien hatte Melian wenig Einfluß. Sie hätte den Silmaril überall lieber gesehen als in Doriath, denn sie sah die Folgen voraus. Durch Lúthien kam jedoch ein Erbteil der Maiar unter die Zwei Geschlechter.

Nach Thingols Tod kehrte Melian nach Valinor zurück, und der Gürtel um Doriath wurde aufgehoben.

Melians Freunde waren Galadriel, die viel von ihr lernte, und Ulmo, der ebenso wie sie Mittelerde nicht sich selbst überlassen mochte.

Vgl. DORIATH, LÚTHIEN, MAIAR, NAN ELMOTH, SILMARIL, THINGOL.

S, IV, X, XIX, XXII.

Melkor

Q. *Melkóre,* der „machtvolle Aufrührer“ unter den Ainur, Manwes Bruder. Von Anfang an hatte er sich gegen Ilúvatars Willen aufgelehnt und sich eigener Gedanken erkühnt. Als Arda erschaffen wurde, wollte er sie nach seinen Wünschen vollenden und sich von niemandem dreinreden lassen. Er entfachte die großen Brände und verordnete den strengen Frost. An allen Talenten der anderen Valar hatte er Anteil; er war schöpferischer als Manwe, hatte aber keine Geduld und keinen Sinn für die kleinen, fein durchgebildeten Werke, sondern eine Vorliebe fürs Grelle, Große und Gewaltige. Auch er wollte die Erde für die Elben und Menschen einrichten, doch mußten sie dann seine Anbeter und Untertanen werden. Eines hatte er besser begriffen als die anderen Valar: Die Welt durfte nicht von schönen und freundlichen Geschöpfen allein bevölkert werden. Ohne Ungeheuer war die Schöpfung nicht vollständig.

Als die Ainur sich an die Arbeit machten, legte auch Melkor eine sichtbare Gestalt an: „dunkel und schrecklich wie sein Gemüt ... wie ein Berg, der im Meere watet, das Haupt über den Wolken, in Kleidern von Eis und mit einer Krone von Qualm und Feuer ...“ In diesem Kostüm lehrte er die anderen Valar das Fürchten, schmiß ihre Berge um, verspritzte ihre Meere und ließ kein Ding in Frieden. Endlich kam ihnen Tulkas, der große Faustkämpfer, zu Hilfe und vertrieb Melkor für eine Weile. Aber bald schlich er sich im Norden wieder ein, baute seine Festung Utumno und fing an, Ungeheuer zu züchten. Mit ihm kam ein ganzer Troß von Maiar und niederen Dämonen, unter ihnen die Valaraukar (Balrogs). Er überfiel die Valar auf der Insel Almaren, zerstörte die großen Lampen Illuin und Ormal, die sie im Norden und Süden aufgestellt hatten, und brachte Länder und Meere in Unordnung. Die Valar zogen sich in den fernsten Westen zurück und bauten das Gebirge der Pelóri als Schutzwall gegen ihn auf. Manwe zitterte vor Melkor und verfolgte das Geschehen in Mittelerde lieber von weitem.

Nach dem Erwachen der Elben begann Melkor mit der Züchtung der Orks. Nun besannen sich die Valar auf ihre Verantwortung für die Kinder Ilúvatars und zogen gegen Melkor in den Krieg. Er wurde besiegt und mit der Kette Angainor gefesselt nach Valinor gebracht. Dort mußte er drei Zeitalter in Mandos’ Festung absitzen, dann durfte er Reue und Besserung geloben. Es wurde ihm gestattet, sich innerhalb der Mauern

von Valmar frei zu bewegen. Durch die aufgezwungene Heuchelei wuchs sein Haß auf die Welt ins Unermeßliche. Es gelang ihm, den Noldor manche unerlaubten Gedanken einzuflüstern. Sie erfuhren einiges von seinem göttlichen Geheimwissen, und es ist nicht ausgeschlossen, daß auch Feanor, obwohl er die Silmaril ganz allein schuf, ein wenig von ihm profitierte. Melkor raubte die Silmaril, vernichtete mit Ungoliants Hilfe die zwei lichtspendenden Bäume und floh in den Norden von Mittelerde. Alle Dämonen, die der Vertreibung im letzten Krieg entgangen waren, und alles Ungetier in der Fülle seines Artenreichtums harrten dort der Rückkehr des Herrn und Meisters. Aber Melkor war nicht mehr der alte. Er war nun der *Morgoth*, zu dem ihn Feanors Fluch gestempelt hatte: der Weltfeind, dessen ursprünglich naiver Eigensinn sich in Tücke und Zerstörungslust verwandelt hatte. Auch das eigene Gefolge war vor seinen Gemeinheiten nicht mehr sicher. Er baute die Festung Angband wieder auf, schmiedete die Silmaril in eine eiserne Krone, die er nie abnahm, und nannte sich den König der Welt.
Vgl. AINULINDALE, ANGBAND, DRACHEN, MAIAR, MANWE, MORGOTH, ORKS, SILMARIL, VALAR.
S, passim, besonders Ainulindale und Valaquenta; *HME 10* (350, 390 ff.).

MENEGROTH
Die „tausend Grotten“, König Thingols Höhlenpalast am Südufer des Esgalduin in Doriath. Schon vor dem Aufgang von Mond und Sonne sah Melian eine unfriedliche Zukunft voraus, und auf ihr Anraten ließ sich Thingol eine befestigte Burg bauen. Dazu rief er die Zwerge von Belegost zu Hilfe, und sie schufen ihm eine kleine Stadt nach dem Vorbild ihrer eigenen, tief eingegraben in einen felsigen Berg und dennoch luftig, mit weiten Gängen, zahllosen Kammern und geräumigen Hallen. Unter den Sindar fand der Bau keinen ungeteilten Beifall: Viele von ihnen mißbilligten steinerne Behausungen jeder Art und betraten Menegroth niemals. Sogar der König und die Königin verbrachten die Sommermonate lieber in den Wäldern. Aber im Innern kam auch elbischer Geschmack zur Geltung: „Die Säulen von Menegroth wurden nach dem Bilde von Oromes Buchen gemeißelt, mit Stamm, Ast und Blatt, und sie wurden von goldenen Laternen erhellt. Nachtigallen sangen wie in den Gärten von Lórien, und es gab silberne Brunnen, Marmorbecken und

gekachelte Böden aus vielfarbigen Steinen. Steinfiguren von Tieren und Vögeln zogen sich an den Wänden entlang, kletterten die Säulen empor oder lugten durch die mit Blumen umflochtenen Zweige. Und im Lauf der Jahre schmückten Melian und ihre Mägde die Hallen mit gewebten Wandbehängen, auf denen die Taten der Valar zu sehen waren und vieles, was in Arda seit den Anfängen geschehen war, und Schatten der Dinge, die noch kommen sollten."

Die große Halle, wo der König und die Königin nebeneinander thronten (und wo Beren empfangen wurde), war sicherlich nicht dieselbe wie die Tafelhalle, wo Thingol abends mit seinen Getreuen zu zechen pflegte (und wo Túrin mit Saeros Streit bekam). Menschen hatten in ganz Doriath und daher auch in Menegroth keinen Zutritt, doch nach Berens Heldentat wurde diese Regel gelockert.

Menegroth war ursprünglich als Festung angelegt, mit einer steinernen Brücke über den Esgalduin als einzigem Zugang, brauchte aber dank Melians Gürtel nie einer Belagerung standzuhalten. Dennoch wurde es zweimal durch überfallartige Angriffe eingenommen, das erste Mal von den Zwergen aus Nogrod, das zweite Mal von Feanors Söhnen. Von diesem zweiten Schlag erholte das Königreich Doriath sich nicht mehr, und Menegroth wurde verlassen.

Vgl. DORIATH, MELIAN, SINDAR, THINGOL; Karte S. 59.

S, X, XII; *Nachrichten* I, ii.

MENELDUR

Tar-Meneldur (Quenya „der Himmelskundige"), so genannt wegen seiner astronomischen Interessen, mit Geburtsnamen Írimon, bestieg 740 Z. Z. als fünfter König den Thron von Númenor. Er mißbilligte die Ausweitung der Seefahrt, die sein Sohn Aldarion betrieb, dankte aber zugunsten Aldarions frühzeitig ab (883), weil er voraussah, daß Númenor unvermeidlich in die Kriege von Mittelerde hineingezogen wurde. Tar-Meneldur erbaute eine Sternwarte im nördlichen Vorgebirge.

Vgl. ALDARION, NÚMENOR.

Nachrichten, II, i-iii.

Menelmacar

(Quenya: „Himmels-Schwertträger“), das Sternbild Orion, im Sindarin gewöhnlich *Menelvagor* oder *Tehumehtar* genannt; eines der von Varda zum Erwachen der Elben aus den alten Sternen neu zusammengesetzten Sternbilder. Sein leuchtender Gürtel soll auf die Letzte Schlacht am Ende aller Tage vorausdeuten. Frodo und seine Gefährten sahen ihn zu Beginn ihrer Fahrt in der Nacht vom 24. auf den 25. September 3018 D. Z. während ihrer Begegnung mit Gildor in den Grünbergen.

Vgl. Varda.

S, III; *R*, I, 3; Anhang E.

Meneltarma

(Quenya: „Himmelspfeiler“), ein zum Gipfel hin steil aufragender Berg in der Mitte der Insel Númenor. Auf dem abgeplatteten Gipfel, wo viele Menschen Platz hatten, befand sich das Heiligtum Ilúvatars, die einzige Kultstätte des Landes. Sie wies keinerlei Bauten oder Artefakte auf; niemand durfte dort Waffen oder Werkzeuge tragen; niemand durfte sprechen, ausgenommen der König. Zu *Erukyerme* (Frühlingsanfang), *Erulaitale* (Mittsommer) und *Eruhantale* (Spätherbst) verrichtete der König dort Gebete. Drei Adler, die „Zeugen Manwes“, schwebten währenddessen über der versammelten Menge. Weitsichtige Menschen konnten bei klarem Wetter vom Meneltarma in der Ferne den weißen Turm von Avallóne auf Tol Eressea erkennen. Beim Untergang von Númenor erwies sich der Meneltarma überraschend als ein Vulkan.

Vgl. Ilúvatar, Númenor; Karte S. 273.

S, Akallabêth; *Nachrichten*, II, i.

Menschen

Die Zweitgeborenen oder Jüngeren Kinder Ilúvatars (Quenya *Atani*, Sindarin *Edain*). Die Elben nannten sie auch die *Hildor*, die Nachkömmlinge; *Apanónar*, Nachzügler; *Engwar*, die Kränklichen; *Fírimar*, die Sterblichen; auch die Usurpatoren, die Fremden, die Gäste, die Unbegreiflichen, die Selbst-Verfluchten, die Tolpatsche, die Nachtfürchtigen und die Kinder der Sonne. Ein „Mensch“ zu sein, hieß in Mittelerde, einer eher minderwertigen oder zumindest suspekten Gattung anzugehören; darum war zum Beispiel die Frage, ob die Hobbits oder die

Druédain ebenfalls Menschen seien, niemals sehr umstritten. Von König Thingol wissen wir, was ein vornehmer Elb des Ersten Zeitalters über die Menschen dachte: „Unselige Menschen, Kinder von kleinen Fürsten und kurzlebigen Königen!“ Solche hätte er nicht mal unter seinen Stallburschen geduldet. Nur die Menschen aus den Drei Häusern der Edain (Beor, Haleth und Hador), die als erste über die Ered Luin nach Beleriand gekommen waren, wurden halbwegs anerkannt; alle anderen, besonders wenn sie dunkelhäutig, krummbeinig und plattnasig waren, standen im Verdacht, mit Morgoth im Bunde, wenn nicht gar wie die Orks von ihm gezüchtet zu sein.

Im Ersten Zeitalter leisteten die Edain den Elbenkönigen im Krieg gegen Morgoth gute Dienste, und zum Lohn wurde ihnen die große Insel Númenor zum Wohnsitz gegeben, fast in Sichtweite von Eressea und Aman. Die Númenórer oder Dúnedain waren nach elbischer (und nach ihrer eigenen) Auffassung die edelste Menschenart, weil sie am meisten von den Elben gelernt hatten und durch die Vermählungen zwischen den Zwei Geschlechtern sogar mit ihnen verwandt waren. Sie waren größer, schöner, klüger und langlebiger als alle anderen Menschen. Aber die Artverwandtschaft mit den Völkern von Gondor, Eriador und Rhovanion ließ sich nicht leugnen. Weil die Dúnedain weder zahlreich noch vermehrungstüchtig genug waren, um Mittelerde allein zu bevölkern, entstanden hier Mischrassen. Mit ihnen gewöhnlich verfeindet waren die halbwilden, zum Teil dunkelhäutigen Völker im Osten und Süden sowie die Dunländer.

Elben und Menschen des Ersten und Zweiten Zeitalters dachten viel über die Verschiedenheit ihrer Schicksale nach. Aus dieser Verschiedenheit und ihren unbefriedigenden Erklärungen erwuchs die Katastrophe von Númenor. Nach dem elbischen Schöpfungsmythos war der Tod der Menschen eine „Gabe“ Ilúvatars, um die sie zu beneiden wären; doch kein Mensch vermochte dies ganz zu glauben.

Gegenüber den Elben waren die Menschen als „Kinder der Sonne“ das lebenskräftigere Volk. Schon im Dritten Zeitalter zogen sich die Elben, sofern sie Mittelerde nicht ganz verließen, in Randgebiete zurück. Das Vierte Zeitalter gehörte vollends dem Reich der Menschen, in dem bald auch für Hobbits und Zwerge der Raum eng wurde.

Vgl. DRÚEDAIN, EDAIN, KINDER ILÚVATARS, NÚMENOR, OSTLINGE, ZWEI

GESCHLECHTER.
S, I, XII, Akallabêth; *R*, Prolog; *HME 10*, IV.

MERETH ADERTHAD
Zwanzig Jahre nach der Rückkehr der Noldor, im Hochgefühl ihrer ersten Siege über Morgoth, lud Fingolfin alle Elbenvölker Beleriands zu einem großen Fest (Sindarin *mereth*) der Wiedervereinigung an den Weihern von Ivrin ein. Die meisten Noldor-Fürsten nahmen teil, Círdan und viele Sindar-Häuptlinge, sogar Grünelben aus Ossiriand. Aus Doriath jedoch kamen nur Mablung und Daeron mit einer Grußbotschaft ihres Königs. Die Noldor versuchten ihre Familienstreitigkeiten beizulegen und die anderen Elben für ihre Sache zu gewinnen. Die beiden großen Sänger Daeron und Maglor stellten sich dem direkten Vergleich. Es fiel auf, daß auch die Noldor bei diesem Fest zumeist Sindarin sprachen, während die Sindar sich mit Quenya schwertaten (obwohl es zu dieser Zeit noch nicht von Thingol geächtet war).
Vgl. IVRIN, NOLDOR, SINDAR.
S, XIII.

MERIADOC BRANDYBOCK
Ein Hobbit aus dem Brandyschloß, kurz *Merry* genannt; Sohn von Saradoc und Esmeralda Brandybock (geborene Tuk), einer von Frodos Gefährten. Bei der Auflösung der Gemeinschaft wurde er zusammen mit seinem Vetter Pippin von Orks aus Isengart gefangengenommen und verschleppt. Am Fangorn-Wald konnten sie sich befreien, trafen Baumbart, den Ent, und waren dabei, als Isengart zerstört wurde. Als Knappe König Théodens von Rohan ritt Merry mit den Rohirrim nach Minas Tirith. In der Schlacht auf dem Pelennor vollbrachte er eine Tat, für die er später zum Ritter der Mark geschlagen wurde: Zusammen mit Éowyn überwand er den Schwarzen Heermeister. (Er stach ihm von hinten ins Knie, während Éowyn ihn frontal angriff.)
Bei der Befreiung des Auenlandes war er einer der Anführer in der Schlacht von Wasserau. Er wurde nach dem Tod seines Vaters der Herr von Bockland und ging als „Meriadoc der Prächtige“ in die Chroniken ein (wegen der Kleidung, die er von seinen Reisen mitgebracht hatte,

und wegen der vielen Feste, die er gab). König Elessar ernannte ihn zum Ratsherrn des Nördlichen Königreichs.
In hohem Alter ging er mit Pippin auf eine Reise, besuchte Edoras und nahm Abschied von seinem Freund Éomer. Die letzten Jahre seines Lebens verbrachte er in Gondor.
Merry war ein gelehrter Hobbit und verfaßte Schriften zu einigen im Auenland geschätzten Wissenschaften: *Kräuterkunde des Auenlands; Jahreszählung* und *Alte Wörter und Namen im Auenland.*
Vgl. BRANDYBOCK, ÉOWYN, PEREGRIN TUK, PFEIFENKRAUT, SCHWARZER HEERMEISTER.
R, passim; Anhänge B und C.

MERRY
Vgl. MERIADOC BRANDYBOCK.

METHEDRAS
Südlichster Gipfel des Nebelgebirges, nördlich von Isengart, nach Osten in den Fangorn-Wald abfallend. Der Name bedeutet im Sindarin „letzter Gipfel".
Vgl. Karte S. 264–265.
R, III, 4, 5.

MICHELBINGE
Der bedeutendste Ort des Auenlandes, auf den Weißen Höhen im Westviertel. Alle sieben Jahre wurde dort auf dem Freimarkt am Mittsommertag der Bürgermeister gewählt, der zugleich der oberste Amtsträger im ganzen Land war und seinen Sitz in der Ratshöhle hatte. In Michelbinge stand auch das Mathom-Haus oder Museum.
Vgl. AUENLAND, BÜRGERMEISTER VON MICHELBINGE; Karte S. 43.
R, Prolog; VI, 8.

MÎM
Lange bevor Finrod Felagund in den Höhlen am Westufer des Narog seine Festung Nargothrond erbaute, hatten dort schon die *Noegyth Nibin*, die „Kleinzwerge", gegraben. Sie waren in den Zeiten vor Aufgang des Mondes aus den Zwergenstädten des Ostens verbannt worden und nach

Beleriand eingewandert, wo sie ein kümmerliches Dasein fristeten. Von den Elben wurden sie anfangs wie Tiere gejagt, später gemieden. Beim Bau von Nargothrond nahm Finrod die Zwerge von Nogrod und Belegost zu Hilfe; die Kleinzwerge wurden vertrieben. Ihr letzter Wohnsitz waren die Hallen im Amon Rûdh, und die letzten Überlebenden ihrer Sippe waren der uralte Mîm und seine Söhne Khîm und Ibun. Khîm wurde von Túrins Banditen getötet, und um nicht das gleiche Schicksal zu erleiden, überließ ihnen Mîm sein Quartier gleichsam als Lösegeld (*Bar-en-Danwedh*, S. „Haus der Auslöse"). Mîm verriet sie an die Orks und wurde dafür später in Nargothrond von Húrin erschlagen. Über das Schicksal seines zweiten Sohnes Ibun ist nichts bekannt.
Vgl. Amon Rûdh, Nargothrond, Túrin.
S, XXI; *Nachrichten*, I, ii.

Minas Morgul
„Wir sind nicht in anständigen Gegenden", wurde Sam von Gollum zurechtgewiesen, als er seinen Fünfuhrtee vermißte. Denn es war der späte Nachmittag des 9. März 3019, und sie näherten sich *Imlad Morgul*, dem Morgul-Tal. Schöne weiße Blumen von befremdlicher Form, wie Wahngebilde in einem Albtraum, strömten einen schwachen Verwesungsgeruch aus, und von den Höhen des Schattengebirges floß der Morgulduin herab, ein giftiger, stinkender Bach. An der Paßstraße, die nach Osten in die Berge hinaufführte, standen Steinfiguren von Menschen und Tieren, kunstvoll entstellt. Der Ring schien Frodo geradewegs zum Tor von Minas Morgul hinzuziehen, der Stadt der Ringgeister, die auf einem Felsen am Rande des Tals stand. Inzwischen war es dunkel, aber die Stadt schimmerte in einem fahlen Leichenlicht. Der Kopf des Turms drehte sich langsam hin und her.
Wenig später ging das Tor auf, und sie sahen den Schwarzen Heermeister, wie er an der Spitze einer gewaltigen Streitmacht gegen Gondor auszog. Hätte Gollum nicht die geheimen Treppen gekannt, die an dem Tal vorüberführten, wären sie geschnappt worden, denn ihre Annäherung war nicht unbemerkt geblieben. Minas Morgul hatte vorzügliche magische Warnsysteme; doch weil die Nazgûl im Augenblick nur an den Krieg dachten, wurde Gorbag mit seiner Streife erst einen Tag später die Treppen hinaufgeschickt.

Den Namen Minas Morgul, Turmder schwarzen Magie, hatten die Menschen von Gondor der Stadt erst nach dem Jahr 2002 D. Z. beigelegt, in dem sie von den Nazgûl erobert worden war. Vormals hatte sie Minas Ithil, Turm des Mondes, geheißen: Isildurs Stadt und Festung, die er an dieser Stelle erbaut hatte, um den Paß zu sichern. Schon Isildur hatte sie einmal den Feinden preisgeben müssen. Nach dem Krieg des Letzten Bündnisses wurde sie von neuem besiedelt, erlangte aber ihre frühere Bedeutung nicht wieder, denn Isildurs Erben wohnten nun in Annúminas. Bevor Sauron nach Barad-dûr zurückkehrte (2950 D. Z.), war Minas Morgul sein wichtigster Stützpunkt im Süden. Hier regierte der Nazgûl-Fürst, und die Orks, die ihm dienten, trugen nicht das Lidlose Auge, sondern den Totenkopfmond auf den Schilden.
Vgl. ISILDUR, ITHILIEN, NAZGÛL; Karte S. 99.
R, IV, 7, 8; Anhang A; *S*, Von den Ringen …

MINAS TIRITH
Das frühere *Minas Anor*, Anárions Festung, die nach dem Niedergang von Minas Ithil und Osgiliath zur Hauptstadt des Südlichen Königreichs geworden war. Nach der Eroberung von Minas Ithil durch die Nazgûl (2002 D. Z.) wurde Minas Anor in Minas Tirith umbenannt (S. „Wachtturm"). Bei den Rohirrim hieß die Stadt *Mundburg*.
Die Stadt war in sieben Stufen auf einem Felsvorsprung des Mindolluin erbaut. Jede Stufe war mit einer starken Mauer aus hellem Gestein umgeben. Das große Außentor und das Tor der obersten Stufe, der Zitadelle, blickten nach Osten, doch die Tore dazwischen waren nach Süden und Norden versetzt, so daß der Weg im Zickzack zwischen ihnen hinaufführte. Die siebente Stufe lag etwa zweihundert Meter über der Ebene des Pelennor. Dort stand, nicht ganz hundert Meter hoch, der Weiße Turm, um das Jahr 1900 D. Z. von König Calimehtar erbaut; auch *Ecthelions Turm* genannt, nach dem Truchseß Ecthelion I., der ihn etwa 800 Jahre später erneuerte. Der untere Teil des Turms war der Palast der Könige und später der Truchsessen. Auf dem Hof vor dem Palast stand an einem Springbrunnen der Weiße Baum, der zur Zeit des Ringkrieges verdorrt war.
In ihrer langen Geschichte war die Stadt noch nie erobert oder auch nur belagert worden. Aber seit langem litt sie an Bevölkerungsschwund. Als

Pippin sich am 9. März 3019, am Tag seiner Ankunft, dort umsah, fand er viele Häuser unbewohnt; besonders schmerzlich vermißte er ein Wirtshaus.
Vgl. ANÁRION, GONDOR, PELENNOR, TRUCHSESSE, WEISSER BAUM; Karte S. 99.
R, V, passim; Anhänge A und B.

MINASTIR
(Tar-Minastir, Quenya „Turmwärter"), elfter König von Númenor, lebte von 1474 bis 1873, regierte offiziell von 1731 (tatsächlich aber schon vor 1700) bis 1869 Z. Z. Er schickte Gil-galad eine große Flotte für den Krieg gegen Sauron zu Hilfe (1700). Auf dem Hügel Oromet bei Andúnië erbaute er einen hohen Turm, von dem er oft nach Westen ausschaute.
S, Akallabêth; *Nachrichten*, II, iii.

MINDOLLUIN
Der Berg am Ostende des Weißen Gebirges, in dessen Hang die sieben Stufen von Minas Tirith eingefügt waren. An der Ostflanke des Berges befanden sich die Heiligtümer, wo die Könige von Gondor begraben lagen. Als Pippin mit Gandalf nach Minas Tirith kam, sah er „einen düsteren Gebirgsstock und die dunkelvioletten Schatten seiner hohen Schluchten und den im aufgehenden Tag weißschimmernden Steilhang". Nach Aragorns Krönung stieg Gandalf mit ihm bis zur Schneegrenze hinauf und zeigte ihm einen Sämling des weißen Baums Nimloth, der dort wuchs, während der Baum im Hof des Weißen Turms verdorrt war. Mindolluin bedeutet im Sindarin „ragender Blaugipfel".
Vgl. GONDOR, MINAS TIRITH, WEISSE BÄUME.
R, V, 1; VI, 5.

MINHIRIATH
Das Land „zwischen den Flüssen" (S.) im Westen von Eriador, zwischen dem Baranduin im Norden und der Grauflut im Süden, nach Osten etwa bis zum Grünweg. Es war seit dem Zweiten Zeitalter durch Holzeinschlag und Waldbrände versteppt und seit der Überschwemmung von 2912 D. Z. entvölkert. Nur auf der Halbinsel Eryn Vorn („Dunkler Wald") lebten noch die Reste der von den Númenórern vertriebenen

Urbevölkerung. Zu Anfang des Dritten Zeitalters gehörte Minhiriath zum Königreich Arnor, später zu Cardolan.
Vgl. ERIADOR, GRAUFLUT, LOND DAER; Karte S. 99.
R, Anhang B; *Nachrichten*, II, Anhang D.

MÍRIEL
(Tar-Míriel), die letzte Königin von Númenor. Als einziges Kind Tar-Palantirs war sie zur Thronfolge berechtigt, wurde aber von ihrem Vetter Pharazôn gegen ihren Willen geheiratet und entmachtet. Er gab ihr den adûnaïschen Namen Ar-Zimraphel. Beim Untergang Númenors versuchte sie auf den Gipfel des Meneltarma zu flüchten und wurde von den Wellen eingeholt.
Vgl. PHARAZÔN.
S, Akallabêth.

MIRUVOR
Der Stärkungstrank aus Imladris, ein elbisches, mit Quenya-Worten besprochenes Alkoholikum. Elrond gab Gandalf ein Fläschchen davon mit auf die Reise. Vom Caradhras bis Moria ließen die neun Gefährten es dreimal reihumgehen. Es tat gut gegen Kälte und Müdigkeit und nach einem überstandenen Schrecken.
Mit *Miruvóre*, dem Blütennektar, der bei den Festen der Valar in Valmar ausgeschenkt wurde, hatte Elronds Trank sicherlich nur den Namen gemein.
R, II, 3/4; *The Road Goes Ever On* (61).

MITHLOND (GRAUE ANFURTEN)
Als Beleriand nach den Erschütterungen am Ende des Ersten Zeitalters unterging, blieb ein Stück des alten Landes von Ossiriand (oder Lindon) erhalten, und an einer Stelle, wo das Meer eine tiefe, geschützte Bucht bildete, den Golf von Lhûn, fand Círdan seinen neuen Hafen, den er Mithlond, „grauer Hafen“, nannte. Weil es sich dabei um eine Vielzahl über die ganze Bucht verteilter Anlegestellen handelte, teils auf dem nördlichen (Forlond), teils auf dem südlichen Ufer (Harlond), sprach man auch von „den Häfen“ oder „Anfurten“. Die weißen Schiffe, die den

Geraden Weg in den alten Westen nahmen, lagen auf dem Südufer, im Innersten der Bucht, an der Mündung des Flusses Lhûn.
Im Zweiten Zeitalter war Mithlond lange ein normaler Handels- und Verkehrshafen, den auch Schiffe aus Númenor anliefen. Aldarion, der große Seefahrerkönig von Númenor, soll in seiner Jugend hier sein Wissen über den Schiffbau vervollkommnet haben. Aber nach dem Tod Gil-galads fuhren die meisten Elben von Lindon in den Westen; und mit dem Zusammenbruch der nördlichen Königreiche kam der Schiffsverkehr der Menschen an dieser Küste zum Erliegen. Nur wenige Elben blieben noch bei Círdan zurück.
Vgl. CÍRDAN, GERADER WEG, LHÛN, LINDON; Karte S. 99.
S, Von den Ringen …; *R*, VI, 9; *Nachrichten*, II, ii.

MITHRANDIR
Sindarin für „Grauer Wanderer", vgl. GANDALF.

MITHRIL
Das einzigartige Metall, das die Zwerge nur in Khazad-dûm unter dem Caradhras fanden, auch Moria-Silber oder Wahrsilber genannt. Es war sehr leicht und trotzdem härter als Stahl; es ließ sich hämmern wie Kupfer, und sein Silberglanz blieb ungetrübt. Ein Kettenhemd aus Mithril, wie Bilbo es von seiner Fahrt zum Erebor mit zurückbrachte, war ungeheuer kostbar: wertvoller, meinte Gandalf, als das ganze Auenland mit allem, was darinnen war. Trotzdem ließ Bilbo es langezeit im Mathom-Haus zu Michelbinge verstauben, ehe er es Frodo schenkte.
Das Mithril war der Grund für den Reichtum von Khazad-dûm; Gold und Edelsteine waren nur „Spielzeug der Zwerge". Auch von den Elbenschmieden wurde es hoch geschätzt. Der Name Mithril ist Sindarin und bedeutet „grauer Schimmer". Den Khuzdul-Namen hielten die Zwerge geheim.
Den Númenórern war Mithril seit frühester Zeit bekannt; es muß also schon im Ersten Zeitalter in Mittelerde entdeckt worden sein. Tar-Telemmaite ließ um 2400 Z.Z. in Númenor danach suchen; ob mit Erfolg, ist nicht bekannt.
Vgl. MORIA, ZWERGE.
R, II, 3/4; *H*, 13, 19; *Nachrichten*, II, iii; III, i.

MITHRIM
Der Südosten von Hithlum, von Dor-lómin im Westen durch die Berge von Mithrim getrennt. Hier begegneten die Noldor nach ihrer Rückkehr aus Valinor erstmals den Grauelben. Der Name Mithrim, „graues Volk", bezeichnete zunächst die Bewohner, dann auch das Land und den großen See, an dessen Ufern sie lebten. Hier schlug Feanors Volk sein erstes befestigtes Lager auf, und hier wurde die zweite Schlacht in den Kriegen von Beleriand geschlagen. In der Umgebung des Sees lebte später der größte Teil von Fingolfins Volk. Kleinere Gruppen von Sindar hielten sich in den Bergen von Mithrim auch noch nach der Schlacht der ungezählten Tränen und der Besetzung durch die Ostlinge.
Vgl. DAGOR-NUIN-GILIATH, HITHLUM, NIRNAETH ARNOEDIAD; Karte S. 59.
S, XIII.

MORANNON
„Das Schwarze Tor", das den Eingang nach Mordor versperrte. An der nordwestlichen Ecke des Landes, wo das Aschen- und das Schattengebirge zusammentrafen, führte eine Paßstraße durch eine tiefe Schlucht, *Cirith Gorgor* (Sindarin: „Geisterspalte"), ins Tal von Udûn. Das Tor zu dieser Straße hatte drei eiserne Flügel und war eingefaßt in einen steinernen Wall, der von Felswand zu Felswand reichte. Links und rechts davon, auf zwei steilen schwarzen Hügeln, standen die Wehrtürme *Narchost* und *Carchost*, die Zähne von Mordor genannt. Sie waren von den Gondorern erbaut worden, wurden aber seit der Großen Pest nicht mehr bemannt und später von Saurons Getreuen besetzt.
Zu beiden Seiten des Tores gab es viele geheime Wege und Tunnel, durch die große Truppenmassen schnell hinausgeschickt werden konnten. Dies mußte das Heer des Westens erfahren, als es sich am 25. März 3019 D. Z. auf zwei großen Schuttbergen vor dem Tor aufstellte, um Sauron zur Schlacht herauszufordern. Aragorn und Gandalf mit ihren knapp sechstausend Mann aus Gondor und Rohan sahen sich binnen kurzem von einer mehrfachen Übermacht umzingelt: Orks, Bergtrolle, Ostlinge, Variags aus Khand, Mohren aus dem fernsten Süden von Harad und über allem die Nazgûl auf ihren Riesenfledermäusen. Zwar kamen die Adler dem Heer des Westens zu Hilfe, aber auch ihnen wären die Krallen bald

einmal stumpf geworden, und die Schlacht am Morannon hätte ein Tausendjähriges Reich der Finsternis eingeleitet, hätte da nicht der Schicksalsberg sich aufgebäumt und Saurons Burgen in Schutt gelegt. „Die Türme der Wehr wankten, neigten sich und stürzten ein; der mächtige Festungswall zerbarst; das Schwarze Tor wurde herausgeschleudert und brach auseinander …"
Vgl. Barad-dûr, Mordor, Ringkrieg, Udûn; Karte S. 99.
R, IV, 3; V, 10, Anhang A.

Mordor
S. Das „schwarze Land" im Südosten von Mittelerde, wo Sauron etwa seit dem Jahr 1000 Z. Z. seine Kräfte sammelte. Es war im Norden, Westen und Süden von steil aufragenden Bergketten umschlossen. Der Nordwesten, die Ebene von Gorgoroth, war das Kerngebiet und der Machtmittelpunkt des Landes: eine kahle, mit Schlackenhügeln und Asche bedeckte Industriewüste unter den riesigen Qualmwolken, die der Schicksalsberg ausstieß. Die wichtigsten militärischen Anlagen befanden sich bei Minas Morgul und im Tal von Udûn, hinter dem Morannon, im Winkel zwischen Aschen- und Schattengebirge. Auf einem südlichen Vorsprung des Aschengebirges stand Barad-dûr, Saurons Festung, aus der er selten hervorkam.
Dies war der Teil von Mordor, den Frodo und Sam auf ihrem Marsch zum Schicksalsberg zu Gesicht bekamen. Über die anderen Landesteile wissen wir wenig. Der Nordosten war ein ödes Steppenland und hieß Lithlad (Sindarin für „Aschenfeld"). Der Süden hieß Nurn und mußte Saurons Heere mit Lebensmitteln versorgen. Auf riesigen Plantagen um das salzige Núrnen-Meer schufteten versklavte (und numerierte) Menschen unter Aufsicht von Orks. Saurons Niederlage im Ringkrieg brachte ihnen die Befreiung: König Elessar gab ihnen das Land zu eigen.
Im übrigen hatte Mordor nur wenige Bewohner im gewöhnlichen Sinne. Es war eher ein Heerlager als ein Gemeinwesen. Menschen, Orks und allerlei kriegstaugliches Getier aus dem Norden, Osten und Süden der Welt wurden hier zusammengezogen, gezüchtet, gedrillt und auf den Umgang mit neuartigen Waffen vorbereitet. Die administrative Gewalt lag in den Händen des Kommandanten von Barad-dûr („Saurons

Mund“); Sauron selbst und die Nazgûl standen über allen Gesetzen und Hierarchien.
Mit der Vernichtung des Herrscherrings stürzte Barad-dûr ein, und mit ihm Saurons gesamtes Machtgefüge. Es ist jedoch gewiß, daß manche von Saurons Getreuen den Untergang seines Reiches überdauerten und den von Gondor veranstalteten Säuberungsmaßnahmen entgingen.
Vgl. BARAD-DÛR, SAURON, SCHICKSALSBERG; Karte S. 99.
R, VI, 1–3; Anhang B.

MORGOTH
Melkors Diener mußten auf Höllenfoltern gefaßt sein, wenn sie ihren Herrn aus Versehen mit *Morgoth* anredeten. Denn dies war der Fluchname, den Feanor ihm angeheftet hatte (ursprünglich in der Quenya-Form *Moringotho*), und bedeutete soviel wie „schwarzer Feind der Welt“. Der Name wurde unter den Eldar und Edain gebräuchlich; auch die Menschenvölker aus dem Osten, die nicht Sindarin sprachen und die Bedeutung nicht kannten, übernahmen ihn manchmal, und darum war Melkor selbst in Angband vor dieser Anrede nicht sicher. Oft wurde die Nennung seines Namens überhaupt vermieden; daher die vielen Paraphrasen und Ersatzbezeichnungen wie *Bauglir* (Bedrücker), Dunkler König, Vater der Lügen, Fürst der Finsternis etc.
Der Name Morgoth traf aber Melkor nicht nur in seiner Reputation – darüber hätte der stolze Vala sich hinwegsetzen können –; er bannte ihn auch in eine eindeutige und unersetzliche irdische Gestalt. Seine ursprüngliche Schöpferkraft hatte er verausgabt und war nun selbst nicht mehr allzu verschieden von seinen Geschöpfen. Er wurde furchtsam und besorgt um sein Äußeres. Nach den Wunden, die Fingolfin und Thorondor ihm beigebracht hatten, setzte er sich nie wieder einer leiblichen Gefahr aus. Zugleich haßte er die Welt, in der sein Wille überall von dem Willen anderer durchkreuzt worden war. Sein titanischer Eigensinn, der immerhin eine gewisse Redlichkeit im Bösen bewahrte, war während der langen Gefangenschaft in Valinor, wo er den reuigen Sünder spielte, durch die erzwungene Heuchelei pervertiert worden. Nun hatte er nur noch eines im Sinn: „die Vernichtung und Annullierung einer Welt, an der er nur einen *Anteil* hatte.“
Dazu reichte die physische Vernichtung seiner Gegner nicht aus: Sie

mußten zuvor entehrt, geschändet und korrumpiert werden, damit auch kein Andenken an sie blieb; die verpfuschte Welt mußte in sich zusammenstürzen, ohne in der Leere eine Spur zu hinterlassen.
Etwas von seinem nihilistischen Geist gab er an Sauron weiter, der es jedoch nur in der verwässerten Form einer Religion aufnahm: Er baute Tempel wie den in Armenelos, in denen Melkor als dem Herrn des Alten Dunkels Menschenopfer dargebracht wurden. Daran wiederum knüpften die Schwarzen Kulte des Vierten Zeitalters an. Bis in die Instinkte hinein von seinem Geist erfüllt waren die Orks, denen er „die Lust an Tod und Trümmern" eingepflanzt hatte.
Vgl. FEANOR, MELKOR, ORKS, SAURON.
S, passim; *HME 10*, V, vii (394 ff.).

MORGUL-MESSER
Ein langes, schmales Messer mit gezackter Schneide, das der Hexenkönig am 6. Oktober an der Wetterspitze Frodo in die linke Schulter stieß. Er wollte das Herz treffen; dann wäre Frodo „geschwunden", d. h. zu einem Geist ähnlich den Ringgeistern geworden. Im Sonnenlicht löste die Klinge sich in Rauch auf; die Spitze war abgebrochen. Aragorn behandelte die Wunde notdürftig mit Athelas und Enthexungsgesängen in Quenya. Aber ein Splitter von der Spitze steckte noch tief in der Schulter und wirkte nach innen fort. Frodo konnte den Arm nicht mehr bewegen und spürte einen eiskalten Schmerz über die ganze linke Seite. Siebzehn Tage später operierte Elrond den Splitter heraus. Frodo war vorläufig geheilt. Aber jedes Jahr am 6. Oktober kehrte der Schmerz wieder. Ähnliche Schäden trugen alle davon, die während des Ringkriegs von den Waffen der Nazgûl verwundet wurden.
Vgl. MAGIE, NAZGÛL.
R, I, 12; II, 1; VI, 9.

MORIA
Die alte Zwergenstadt unter dem Nebelgebirge, *Khazad-dûm* in der Sprache der Zwerge. Die neutrale Übersetzung ins Sindarin: *Hadhodrond,* „Zwergengrube" oder „Zwergenbinge", konnte sich bei den Elben und besonders den Sindar nie durchsetzen. Ihr Grauen vor diesem Ort – lange bevor er von dem Balrog besetzt war – drückte sich in dem Namen

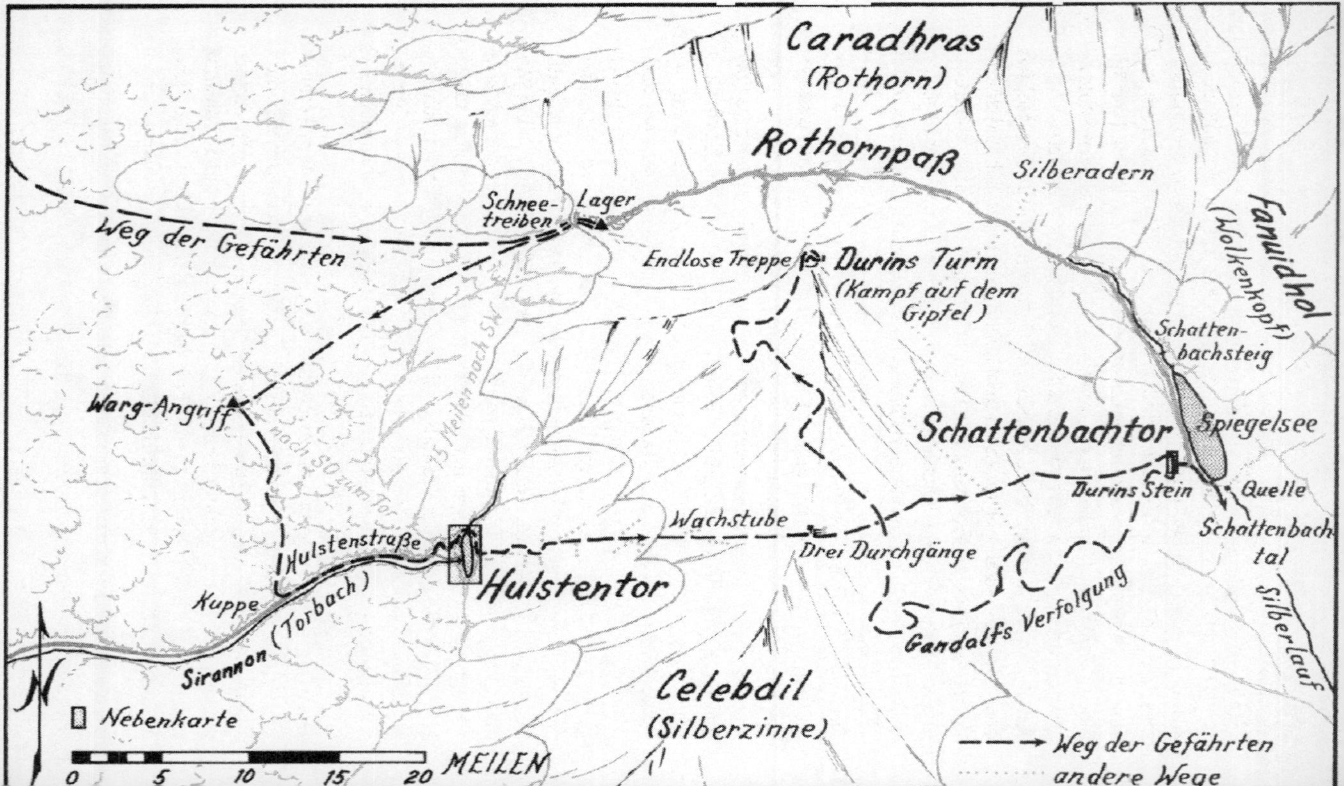
Caradhras
(Rothorn)
Rothornpaß
Silberadern
Fanuidhol
(Wolkenkopf)
Schatten-
bachsteig
Spiegelsee
Quelle
Schattenbach
tal
Silberlauf
Schnee-
treiben
Lager
Weg der Gefährten
Endlose Treppe
Durins Turm
(Kampf auf dem
Gipfel)
15 Meilen nach SW
Warg-Angriff
nach SO zum Tor
Schattenbachtor
Durins Stein
Wachstube
Drei Durchgänge
Hulstenstraße
Hulstentor
Kuppe
(Torbach)
Sirannon
Gandalfs Verfolgung
Celebdil
(Silberzinne)
Nebenkarte
0
5
10
15
20
MEILEN
Weg der Gefährten
andere Wege

Moria aus: „schwarze Kluft" oder „Abgrund". Es war ein Name, den selbst unerschrockene Männer wie Aragorn nicht gern aussprachen. Als sich die Gefährten durch das Westtor hineinwagten, lagen zwei Tagesmärsche durch ein dunkles Labyrinth von Gängen, Schächten, Treppen, Hallen und Kammern voller unbekannter Gefahren vor ihnen. Nur mit einem Führer wie Gandalf, der jedem erst mal einen stärkenden Schluck Miruvor spendete, konnten sie ein solches Abenteuer bestehen.
Schon Durin, der sagenhafte Vorvater der Zwerge, soll in den Höhlen oberhalb des Azanulbizar (Schattenbachtal) und des Kheled-zâram (Spiegelsee) seinen Wohnsitz genommen haben. Im Lauf der Jahrtausende breitete sich Khazad-dûm in vielen übereinandergelagerten Schichten fast über das ganze Massiv der Berge Barazinbar, Zirak-Zigil und Bundushathûr aus.
Den Höhepunkt seines Reichtums erreichte Khazad-dûm im Zweiten Zeitalter, als viele Zwerge aus den zerstörten Städten Nogrod und Belegost sich zum Stammsitz von Durins Volk zurückzogen. Außerdem wurde hier Mithril abgebaut, ein Metall, das sich nirgendwo anders fand und das bald auch von den großen Schmieden der Noldor hoch geschätzt wurde. Diese sammelten sich daher unter Celebrimbors Führung im benachbarten Eregion. Sie arbeiteten mit den Schmieden von Khazad-dûm eng zusammen. Das Westtor wurde zu dieser Zeit angelegt, um den Verkehr mit Eregion zu erleichtern. Die in Gestalt von Bäumen gemeißelten Säulen, die Frodo und seine Gefährten in der zweiten Halle vor dem Osttor sahen, verrieten den Einfluß elbischen Geschmacks, denn vegetabilische Ornamente wurden von den Zwergen nur auf ausdrücklichen Wunsch elbischer oder menschlicher Auftraggeber ausgeführt. Wieweit die Zwerge damals auch mit Sauron in Berührung kamen, ist unbekannt; jedenfalls erhielt ihr König Durin III. einen der Sieben Ringe der Macht. Im Krieg mit Sauron leisteten sie den Elben Beistand und verschlossen vor Sauron die Tore.
Im Dritten Zeitalter gruben die Zwerge auf der Suche nach Mithril immer tiefer unter das Gebirge hinab und stießen dabei unversehens auf einen Balrog, der sich seit dem Fall der Thangorodrim hier verborgen gehalten hatte. Nachdem König Durin VI. und sein Sohn Náin I. von ihm erschlagen worden waren (1981 D. Z.), flüchteten die Zwerge, und Khazad-dûm begann sich mit Saurons Geschöpfen zu bevölkern.

Zumindest zweimal versuchten die Zwerge von ihren Zufluchtstätten im Norden und Westen nach Khazad-dûm zurückzukehren. Der erste Versuch, bei dem Thrór umkam, führte zu einem großen Rachefeldzug gegen die Orks. Zwar wurden die Orks in der Schlacht im Schattenbachtal (2799 D. Z.) vernichtend geschlagen, aber auf eine weitere Auseinandersetzung mit dem Balrog wollte man es nicht ankommen lassen. 2899 D. Z. unternahm Balin mit einer Schar der Zwerge vom Erebor einen neuen Versuch, der ebenfalls fehlschlug. (Die Aufzeichnungen über Balins Unternehmen fand Gimli 3019 im Buch von Mazarbul.)
Auf der Brücke am Osttor kam es 3019 zum Zweikampf Gandalfs mit dem Balrog, bei dem beide Seiten beträchtliche paranormale Machtmittel einsetzten. Durins Turm im Gipfel des Zirakzigil wurde dabei zerstört. Beide kamen um, aber Gandalf wurde – durch Eingreifen höherer Mächte – wieder ins Getümmel von Mittelerde zurückgeschickt. Daß die Zwerge Khazad-dûm später wieder in Besitz nahmen, ist wahrscheinlich: bei der Erneuerung der Stadttore von Minas Tirith nach dem Ringkrieg verfügten sie wieder über große Mengen Mithril.
Vgl. Balin, Balrog, Durin I., Eregion, Mithril, Thrór; Karte S. 250.
R, II, 2–5; III, 5; Anhänge A und B; *S*, Von den Ringen; *Nachrichten*, II, iv.

Morthond
„Wo in Mittelerde sind wir?“ fragte Gimli, als sie auf der andern Seite des Weißen Gebirges aus den Pfaden der Toten herauskamen und ein Bach neben ihnen mit einem kalten Ton über viele Wasserfälle hinabsprang. „An der Quelle des Morthond, der bei Dol Amroth ins Meer fließt“, antwortete ihm Elladan. Kurz vor seiner Mündung in die Bucht von Belfalas vereinigte sich der Morthond mit dem Ringló. Das Tal abwärts ritten Aragorn und seine Begleiter zum Stein von Erech. Währenddessen kamen fünfhundert Bogenschützen aus dem Morthond-Tal nach Minas Tirith, geführt von dem langen Duinhir. Seine Söhne Duilin und Derufin wurden von den Kriegselefanten der Haradrim zertrampelt, als sie in der Schlacht auf dem Pelennor ihre Bogenschützen nah an die Tiere heranführten, um ihnen in die Augen zu schießen.
Der Name Morthond (Sindarin) bedeutet „Schwarzgrund“.
Vgl. Gondor, Lamedon, Weisses Gebirge; Karte S. 99.
R, V, 1, 2, 6.

MÜCKENWASSERMOORE
Ein Sumpfgebiet östlich des Chet-Waldes, das die Hobbits auf dem Weg zwischen Bree und der Wetterspitze durchquerten. Die Gegend war, wie der Name erwarten ließ, und beherbergte außerdem eine besonders nervtötende Art Grillen.
Vgl. Karte S. 99.
R, I, 11.

Náin

Grórs Sohn, Fürst der Zwerge aus den Eisenbergen (2665–2799 D. Z.), entschied durch sein Eingreifen die Schlacht von Azanulbizar und wurde im Zweikampf von dem Ork-Häuptling Azog erschlagen.
Vgl. Azanulbizar, Azog, Dáin II.
R, Anhang A III.

Nan Dungortheb

Sindarin „Tal des abscheulichen Todes": der Landstrich zwischen den Ered Gorgoroth und der Nordgrenze von Doriath mit dem Gürtel Melians. Die Zwergenstraße führte hindurch, dicht am Rand des Waldes von Neldoreth entlang, doch seit Ungoliant hier gehaust hatte, gab es auf dieser Straße wenig Verkehr. Auf mindestens vier Arten konnte der Reisende zu Schaden kommen: 1) Er konnte im Magen eines der vorzeitlichen Ungeheuer enden, die hier ihr Jagdrevier hatten. 2) Wenn er das Wasser aus den vergifteten Quellen trank, die von den Bergen herabflossen, konnte er wahnsinnig werden. 3) Nachdem der Belagerungsring um Angband durchbrochen war, sorgte Sauron für weitere Überraschungen. 4) Melians Banngürtel hielt zwar die drei erstgenannten Gefahren von Doriath fern, konnte aber dem Reisenden ebenfalls zum Verhängnis werden, wenn er in die Irrgärten geriet und darin verhungern mußte.
Um die Mitte des Ersten Zeitalters führte Haleth ihr Volk auf diesem Weg nach Westen. Sie brauchte ihre ganze Energie, um die Leute beisammen zu halten. Die meisten kamen durch.
Vgl. Doriath, Ered Gorgoroth, Haladin, Riesenspinnen; Karte S. 59.
S, IX, XIV, XVII, XIX.

Nan Elmoth

S. das „Sternendämmertal" am Südufer des Flusses Celon, der dichteste Wald von ganz Beleriand, ein Ort des Liebeszaubers, wo der Dunkelelb Eol die Noldorprinzessin Aredhel umgarnte. Hier war Melian dem

Teleri-Fürsten Elwe (Thingol) begegnet, als Beleriand noch von den Sternen allein beschienen wurde.
Nan Elmoth lag nicht innerhalb von Melians Gürtel, gehörte aber zum Machtbereich Thingols. (Eol entrichtete ihm Tribut.)
Vgl. Eol, Melian, Karte S. 59.
S, IV, XVI.

Nan-tathren
„Ich ging durch die Fluren von Tasarinan im Frühling.
Ah! Der Duft und die Farben des Frühlings in Nan-tasarion!
Und ich sagte: Dieses ist gut."
So sang Baumbart den Hobbits vor, eines freundlichen Winkels gedenkend, wo keine großen Ereignisse stattgefunden hatten und der von allen Schrecknissen Beleriands wenig berührt worden war. Nan-tathren (Quenya: *Tasarinan* oder *Nan-tasarion*; das Weidental oder Land der Weidenbäume) lag an der Mündung des Narog in den Sirion, und viele gehetzte Flüchtlinge, die zu den Sirion-Mündungen unterwegs waren, fanden dort für ein paar Wochen Rast und Erholung. Tuors Begleiter Voronwe beschrieb es als ein Land voller Blumen, Bienengesumm, Vogelgezwitscher und melodisch rauschender Bäume, ein Land, wo Ulmo nur Yavannas Diener sei und wo der Seefahrer von der Meeressehnsucht geheilt werden könne.
Galadriel grüßte Baumbart zum Abschied mit dem Wunsch, ihn auf den Wiesen von Tasarinan wiederzusehen, wenn am Ende der Zeiten die versunkenen Lande aus dem Meer wieder auftauchen würden.
Vgl. Karte S. 59.
S, XIV, XX, XXIII; *R*, III, 4; VI, 6; *Nachrichten*, I, i.

Nandor
Als die Teleri auf der Wanderung von Cuiviénen nach Westen an das Nebelgebirge kamen, das damals noch höher und schroffer war als zur Zeit des Ringkrieges, hatten sie keinen Führer, der ihnen die Paßwege zeigte. Ohnehin gefielen ihnen die Länder, durch die sie zogen, und sie hatten es nicht eilig, nach Aman zu kommen. Ein Teil von ihnen wandte sich nach Süden und zog das Tal des Anduin hinunter, geführt von einem Mann namens Lenwe, der zum Volk Olwes, des späteren Fürsten von

Alqualonde, gehörte. Diese nannte man die *Nandor* (Quenya für „die sich abwenden"). Sie zogen bis an die Küste, von dort über das Weiße Gebirge nordwärts und in die Wildnisse von Eriador. Da sie keine Waffen aus Stahl hatten, waren sie leichte Beute für die Geschöpfe aus Melkors Menagerie. Später kam ein Teil von ihnen über die Ered Luin und ließ sich in Ossiriand nieder. Unter Denethor, Lenwes Sohn, kamen sie Thingol in der ersten großen Schlacht von Beleriand zu Hilfe. Wegen ihrer leichten Bewaffnung erlitten sie gegen die eisenbeladenen Orks schwere Verluste, und Denethor fiel auf dem Amon Ereb.

Danach vermieden die Elben von Ossiriand jede Beteiligung an offenen Feldschlachten; sie verließen sich ganz auf Tarnung und Heimlichkeit. Wegen der Farbe ihrer Kleidung nannte man sie die Grünelben *(Laiquendi)*. Sie wohnten am liebsten an Wildbächen, in inniger Symbiose mit der Flora und Fauna der Wälder. Den ersten Menschen, die über die Berge kamen, bezeigten sie „Unfreundschaft", weil es „Baumfäller und Tierjäger" waren. (Doch ist zweifelhaft, ob die Grünelben selbst vegetarisch lebten.) Von ihnen stammten die Waldelben des Zweiten und Dritten Zeitalters ab.

Viele Nandor zogen auch in die geschützten Grenzen von Doriath oder nach Arthórien und verschmolzen mit den Sindar. Ihre Sprache wurde von Sindarin-Mundarten verdrängt.

Vgl. ELBEN, OSSIRIAND, SINDAR, TELERI, WALDELBEN.

S, III, X; *Nachrichten*, II, iv.

NÁR

Ein Zwerg aus Durins Volk, König Thrórs einziger Begleiter auf seiner letzten Wanderung nach Moria. Nár brachte die Nachricht von Thrórs Abschlachtung, die Thráin zu einem Rachekrieg gegen die Orks bewog.

Vgl. MORIA, THRÁIN II., THRÓR.

R, Anhang A.

NARGOTHROND

S. „befestigte Höhlen am Narog"; Finrod Felagunds Stadt auf der Westseite der Narog-Schlucht, südlich der Einmündung des Bergbachs Ringwil. Wie sein Freund Turgon hatte auch Finrod von Ulmo den Rat erhalten, sich nach einem sicheren und verborgenen Platz umzusehen, und er

fand ihn dank einem Hinweis Thingols. Die Höhlen waren zuvor von den Kleinzwergen bewohnt und ausgebaut worden und hießen in der Zwergensprache *Nulukkizdîn*.
Wie beim Bau von Menegroth halfen auch hier die Zwerge aus den Ered Luin; allerdings war ihr Einfluß auf die technisch selbständigeren Noldor weitaus geringer. Obwohl sich Finrod nicht aus ästhetischen Gründen für den Höhlenbau entschieden hatte (eine Stadt auf einem Berg wie Gondolin war eher nach dem Geschmack der Noldor), ließ er bei der Ausgestaltung der Gänge, Hallen und Kammern dem elbischen Kunstsinn freien Lauf. Bei den äußeren Anlagen hatte Sicherheit den Vorrang. Das große dreiflügelige Tor, Felagunds Tore genannt, führte auf eine Terrasse über dem Narog hinaus, aber der reißende Fluß war unpassierbar, und der nächste Übergang lag weit nördlich an der Mündung des Ginglith.
Unter Finrod wurde Nargothrond zum mächtigsten Noldor-Königreich von Mittelerde. Es reichte vom Sirion und Teiglin im Osten bis zum Nenning im Westen. Zu Doriath und den Falas bestanden freundschaftliche Beziehungen; im Norden wurde der Zugang über den Teiglin von den Haladin gesichert. Die Festung Minas Tirith auf Tol Sirion, die Finrod erbaut hatte, war mit Elben aus Nargothrond unter seinem Bruder Orodreth bemannt. Im übrigen beteiligte sich Nargothrond an den Kriegen von Beleriand nur wenig; die Verteidigung des Reichsgebiets geschah durch viele kleine versteckte Posten in Talath Dirnen, der „bewachten Ebene“ zwischen Sirion und Narog. Besonders nach Finrods Aufbruch zu seiner Fahrt mit Beren verlegte man sich auf eine Art der Buschkriegführung, die von Curufin angestiftet war. Erst Túrin konnte Finrods schwachen Nachfolger Orodreth dazu bewegen, wieder zu offener Kriegführung überzugehen, als die Orks nach der Dagor Bragollach und dem Fall von Tol Sirion immer zahlreicher von Norden her eindrangen. Um seine Truppen schneller über den Narog bringen zu können, ließ Túrin erstmals eine steinerne Brücke über den Fluß bauen. Im Jahr 496 schickte Morgoth ein großes Heer unter Führung des Drachen Glaurung gegen Nargothrond, dem Túrins Heer auf dem Feld von Tumhalad (zwischen Narog und Ginglith) nicht standhalten konnte. Die Höhlenstadt wurde eingenommen, wobei die Brücke dem Drachen einen leichten Zugang gewährte. Die Bewohner, soweit nicht getötet oder in die Skla-

verei verschleppt, flüchteten nach Doriath oder zu den Sirion-Mündungen.
In der verwüsteten Stadt scharrte Glaurung alle Schätze auf einen Haufen und ließ sich für einige Jahre darauf nieder. Mablung, der dort im nächsten Jahr rekognoszierte, fand nur Gestank und verkohlte Leichen. Nach Glaurungs Tod blieb die Stadt verlassen, abgesehen von den Besuchen Mîms und Húrins.
Vgl. BELERIAND, CURUFIN, FINROD, GLAURUNG, MÎM, NAROG, TALATH DIRNEN, TÚRIN; Karte S. 59.
S, XIII, XIV, XIX, XXI; *Nachrichten*, I, ii; *Briefe*, 211.

NARN I HÎN HÚRIN
„Lied von Húrins Kindern“: eine lange Verserzählung, ursprünglich in Sindarin verfaßt von Dírhavel, einem Menschen, der zur Zeit Earendils an den Sirion-Mündungen lebte und beim Angriff der Söhne Feanors dort umgekommen sein soll. Mit *Narn* bezeichnete man eine Form epischer Gedichte für den gesprochenen (nicht gesungenen) Vortrag. Erhalten ist eine fragmentarische Übersetzung in englischen Stabreimversen, die mit einer Beschwörung des Drachen Glórund (Glaurung) beginnt: *Lo! the golden dragon of the God of Hell, / the gloom of the woods of the world now gone …*
Vgl. GLAURUNG, HÚRIN, NIËNOR, TÚRIN
S, XX-XXII; *Nachrichten*, I, ii; *HME 3*, I.

NAROG
Ein schnellfließender Fluß in West-Beleriand, entsprang in den Weihern von Ivrin und mündete bei Nan-tathren in den Sirion. Wo er in einer tiefen Schlucht durch das Gebirge von Taur-en-Faroth brach, lag am westlichen Ufer Finrod Felagunds Höhlenfestung Nargothrond. Mablung, bei seinem Erkundungsgang in die verwüstete Stadt, konnte den Fluß an dieser Stelle nur passieren, weil die Trümmer der von Túrin erbauten Brücke im Wasser lagen. Der wichtigste Flußübergang war einige Wegstunden weiter nördlich, an der Einmündung des Ginglith.
Vgl. NARGOTHROND, Karte S. 59.
S, XIX, XXI; *Nachrichten*, I, ii.

NARSIL
Q. „Sonne-und-Mond"-Schwert; Elendils Schwert, das unter ihm zerbrach, als er im Kampf mit Sauron fiel. Mit dem Heftstück schnitt Isildur den Herrscherring von Saurons Hand. Ein Schildknappe Isildurs rettete die Bruchstücke aus dem Gemetzel an den Schwertelfeldern und brachte sie nach Imladris, wo sie für Isildurs Erben aufbewahrt wurden. Die Dúnedain glaubten an Elronds Prophezeihung, das Schwert solle neu geschmiedet werden, sobald „Isildurs Fluch" (der Ring) wiedergefunden werde. Es war von Telchar geschmiedet, dem berühmten Schmied aus Nogrod, von dem auch Berens Messer Angrist stammte. Nachdem die Noldor von Imladris die Bruchstücke wieder zusammengeschmiedet hatten, nannte Aragorn das Schwert ANDÚRIL.
Vgl. ELENDIL, TELCHAR.
R, II, 2, 3; III, 6.

NARSILION
Quenya „Das Lied von Sonne und Mond", ein vermutlich von den Vanyar stammendes Gedicht, das nur in einer Prosa-Wiedergabe erhalten ist. Darin wird erzählt, wie Yavanna den abgestorbenen Zwei Bäumen je einen letzten Funken ihres Lichtes abgewann und wie die Valar daraus die beiden großen Himmelslichter schufen. Aus einer Blüte Telperions machte Varda zuerst *Isil* (Sindarin: *Ithil*), den Mond, und ließ ihn auf einem von dem Jäger Tilion gelenkten Schiff den Himmel *(Ilmen)* befahren. Aus einer Frucht von Laurelin machte sie *Anar*, die Sonne, deren Schiff von der Gärtnerin Ariën gesteuert wurde. Als Ariën zum ersten Mal im Westen aufstieg, hatte Tilion schon siebenmal den Himmel überquert und befand sich gerade im Osten. Zuerst fuhren beide Schiffe unablässig von West nach Ost und wieder zurück, so daß sie sich in der Mitte begegneten, aber bald mußte Varda ihren Plan ändern: Tilion trödelte launisch herum und konnte seine Bahn nicht einhalten; außerdem verdeckte das ständige grelle Licht die Sterne und vertrieb Ruhe und Schlaf von der Erde. Darum wurden beide Schiffe nun vom westlichen Rand des Außenmeeres unter die Erde hinabgezogen und durch die tiefen Höhlen (wo Ulmo regierte) in den Osten gebracht. Anar hatte noch Zeit, im Westen eine Weile im Meer zu ruhen, und deshalb war der Abend in Aman die Zeit des hellsten Lichtes. Nach Anars Kommen und Gehen

zählten die Valar die Tage. So begann die Messung der Zeit. Die Tage wurden kürzer und knapper, das Wachsen und Vergehen aller Dinge beschleunigte sich, und das kurzlebige Geschlecht der Menschen begann die Welt in Besitz zu nehmen.
Melkor haßte und fürchtete die neuen Lichter, konnte sie aber nicht vom Himmel vertreiben; darum verkroch er sich tief unter den Eisenbergen und umgab sein Reich, wo er nur konnte, mit Qualm und Wolken.
Die Sonne, in vielen anderen Religionen ein göttliches Symbol oder selber Gottheit, ist hier also nur etwas Zweitbestes, ein Ersatz. „Das Licht der Sonne (oder des Mondes) wird von den Bäumen erst abgezweigt, nachdem sie vom Bösen besudelt worden sind" (Tolkien).
Die Geschichte, die das *Narsilion* erzählt, wurde indes von manchen Noldor nicht geglaubt. Nach manchen (von den Valar mißbilligten) Erzählungen war die Sonne das Herzstück von Ea und trug etwas von der Unverlöschlichen Flamme in sich; aber sie war einst von Melkor, der Ariën vergewaltigte, besudelt worden. Daher wurde sie vom Himmel ausgesperrt und die Zwei Bäume blieben die einzigen Spender des reinen, von Melkor nicht befleckten Lichts.
Vgl. ARDA, ILMEN, VARDA, YAVANNA, ZWEI BÄUME.
S, XI; *Briefe*, 131; *HME 10* (375 ff.).

NARYA
Der Ring des Feuers oder der Rote Ring (weil er mit einem Rubin besetzt war). Círdan gab ihn Gandalf gleich nach dessen Ankunft in Mittelerde. Es war ein Ring der Ermutigung: „Vielleicht wirst du mit ihm die Herzen wieder zur alten Kühnheit entflammen, in einer Welt, die kalt wird." Círdan hatte den Ring von Gil-galad, und der hatte ihn von Celebrimbor. Es war einer der drei Elbenringe, die Celebrimbor vor Sauron gerettet hatte.
Vgl. GANDALF, RINGE DER MACHT.
S, Von den Ringen...; *R*, VI, 9; Anhang B.

NAUGLAMÍR
Das Halsband der Zwerge, ihre berühmteste Arbeit aus dem Ersten Zeitalter, gefertigt für Finrod Felagund während des Ausbaus der Höhlen von Nargothrond. Es war von Gold und mit vielen Gemmen aus Valinor

besetzt; dennoch hing es jedem, der es trug, leicht und zierlich um den Hals. Húrin fand es in dem Drachenhort in der verwüsteten Stadt und brachte es Thingol. Als Thingol den Silmaril darin einfassen ließ, kam es zu dem verhängnisvollen Streit mit den Zwergen: Die Juwelenschmiede aus Nogrod behaupteten, das Halsband gehöre ihnen. Nach Thingols Tod und nach der Schlacht bei Sarn Athrad soll Lúthien das Nauglamír getragen haben. In den letzten Erzählungen über das Schicksal des Silmaril ist von dem Halsband nicht mehr die Rede; Earendil soll den Stein nicht um den Hals, sondern an der Stirn getragen haben, als er damit nach Aman fuhr.

Vgl. DORIATH, SILMARIL, THINGOL, ZWERGE.

S, XV, XXII, XXIV.

NAUGRIM

Sindarin: „die Kurzgewachsenen", die ZWERGE.

NAZGÛL

Als die Schwarzen Reiter im Auenland erschienen, wußte niemand, was dies für Leute waren: große Kerle auf schwarzen Pferden, die Gesichter unter schwarzen Kapuzen verhüllt. Bei näherer Bekanntschaft wurden sie immer unheimlicher. Es war zweifelhaft, ob sie unter ihren schwarzen Mänteln überhaupt so etwas wie einen Körper hatten. Immerhin müssen Muskeln und Sehnen vorhanden gewesen sein, denn sie konnten Waffen handhaben. Obwohl sie bei Tage halb blind herumtappten, hatten sie doch Augen. Aragorn, der über sie Bescheid wußte, meinte: „Sie sehen die Welt des Lichts nicht so wie wir, aber unsere Gestalten werfen in ihrem Geist Schatten, die nur die Mittagssonne zerstört; und in der Dunkelheit nehmen sie viele Zeichen und Formen wahr, die uns verborgen sind … Und zu jeder Zeit riechen sie das Blut von lebenden Wesen, begehren und hassen es. Auch gibt es andere Sinneswahrnehmungen als Sehen und Riechen …"

Auf Pferden zeigten sie sich nur, wenn Sauron, ihr Gebieter, vermeiden wollte, daß sie unnötiges Aufsehen erregten; zu anderen Zeiten bedienten siesich geflügelter Reittiere, einer Art Riesenfledermäuse. (Éowyn köpfte eine davon auf dem Pelennor.) Die Waffen, die sie gebrauchten, wie z. B. das Morgul-Messer, waren mit schwarzen Formeln präpariert;

aber noch wirksamer war die unbezähmbare Furcht, die sie erweckten, wenn sie mit schrillen, nervenzerfetzenden Schreien durch die Lüfte sausten. Ihrerseits waren sie nicht unverwundbar. Mit Feuer und fließendem Wasser wurden sie an der Bruinen-Furt zu Paaren getrieben. Gewöhnliche Schwerter zersplitterten zwar an ihnen, aber beschriftete Klingen elbischer oder númenórischer Herkunft erzielten Wirkung. Am empfindlichsten waren sie gegen Willensstörungen, die von Sauron selbst ausgingen und sich auf sie übertrugen, denn sie wurden von ihm gelenkt, und ohne ihn waren sie nichts. Als Ar-Pharazôns Heer Sauron einschüchterte, versagte auch ihnen der Mut; und als ihr Gebieter nach dem Krieg des Letzten Bündnisses für tausend Jahre untertauchen mußte, ließen auch sie sich nicht mehr blicken.

Dies waren die Ringgeister, im Quenya *Úlairi*, meistens aber mit dem gleichbedeutenden Wort aus der Schwarzen Sprache die *Nazgûl* genannt. Sie hatten die Neun Ringe der Macht getragen, die Sauron an die Menschen ausgeteilt hatte. Sie waren „Mächtige ihrer Zeit, die Könige, Magier und Krieger von einst". Allmählich fielen sie unter die Herrschaft des Einen Rings und wurden zu Schatten – als solche aber nahezu unsterblich. Wie sich ihr Verhältnis zu Sauron kompliziert haben muß, seit er den Herrscherring nicht mehr besaß, kann man nur ahnen. Wahrscheinlich hatte er ihnen die Neun Ringe wieder abgenommen. Ihr Oberster war der Schwarze Heermeister, der größer zu sein schien als die anderen acht und eine Krone auf dem Helm trug. Der Zweite in ihrer Hierarchie hieß Khamûl und wurde auch der schwarze Ostling oder der Schatten aus dem Osten genannt: Er soll derjenige gewesen sein, der in Hobbingen nach einem gewissen Beutlin fragte; zuvor war er der Befehlshaber von Dol Guldur, als Sauron nach Mordor zurückgekehrt war. Drei der Nazgûl sollen Fürsten aus edlem númenórischen Geschlecht gewesen sein.

Die Stadt der Ringgeister war Minas Morgul, das sie im Jahre 2002 D. Z. erobert hatten. Von hier aus bereiteten sie in Mordor Saurons Rückkehr vor. Als der Herrscherring vernichtet war und Barad-dûr einstürzte, verglühten die Nazgûl am Himmel wie Sternschnuppen.

Im Unterschied zu den Orks beherrschten die Nazgûl die Schwarze Sprache. Wenn sie Westron sprachen, machten sie immer nur wenige Worte, meist im Ton des Befehls: „Stirb und fluche vergebens!" sagte der

Schwarze Heermeister am Tor von Minas Tirith, als er gegen Gandalf die Waffe hob.
Vgl. ANGMAR, HERRSCHERRING, MINAS MORGUL, MORGUL-MESSER, RINGE DER MACHT, SAURON, SCHWARZER HEERMEISTER.
R, passim, besonders I, 11; V, 6; *S*, Von den Ringen ...; *Nachrichten*, III, iv, 1.

NEBELGEBIRGE
Das langgestreckte Hochgebirge, das Mittelerde von Norden nach Süden grob in eine westliche und eine östliche Hälfte teilte. Da es nur wenige Pässe gab (den Hohen Paß, den Schwertel-Paß und den Rothorn-Paß), bestand zwischen den Völkern zu beiden Seiten des Gebirges wenig Verbindung.
Im Norden, wo das Gebirge von Heide- und Steppenland umgeben war, lagen die Hochburgen und Höhlen der Orks, besonders am Gundabadberg und am Gramberg. (Hier bestand zwischen 1300 und 2000 D. Z. das Reich von Angmar.)
Nach Süden wurden die Berge höher. Die höchsten Gipfel waren die drei über der Zwergenstadt Moria: Caradhras, Celebdil und Fanuidhol, außerdem der auf Fangorn herabblickende Methedras. Der südliche Ausläufer des Gebirges wurde durch die Pforte von Rohan von der in westöstlicher Richtung verlaufenden Kette des Weißen Gebirges getrennt.
Westlich des Nebelgebirges erstreckten sich die im Dritten Zeitalter nur noch dünn bewaldeten Ebenen von Eriador; im Osten lag das Tal des großen Anduin-Stroms, der seine Wassermassen aus mehreren von den Bergen herabkommenden Zuflüssen empfing.
Der Name Nebelgebirge (oder Nebelberge) steht für Sindarin *Hithaeglir*, „Kette der nebligen Gipfel“. Nach den Sagen der Eldar sollen diese Berge ursprünglich von Melkor weit im Osten von Mittelerde aufgetürmt worden sein, um den Vala Orome an seinen Jagdritten zu hindern; in den Ältesten Tagen seien sie so gewaltig gewesen,daß manche Elben, die Vorfahren der Nandor oder Waldelben, sich gescheut hätten, sie nach Westen zu überqueren.
Vgl. Karte S. 264–265.
R, II, 3; *S*, III.

DAS NEBELGEBIRGE IM DRITTEN ZEITALTER

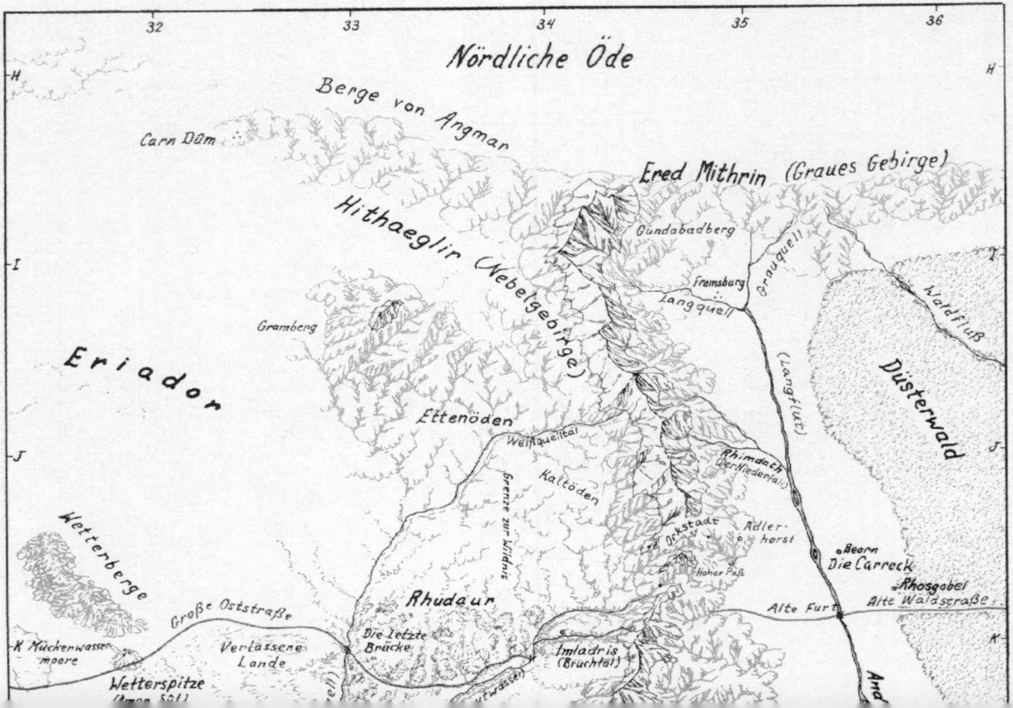

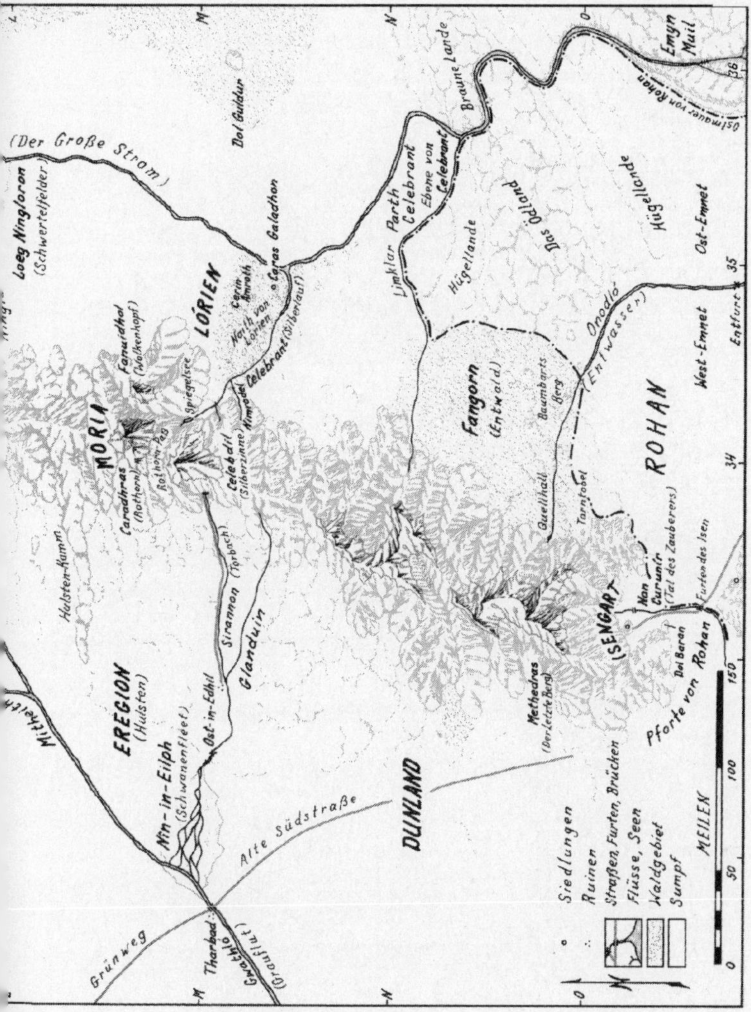

(Der Große Strom)
Loeg Ningloron
(Schwertelfelder)
Dol Guldur
LÓRIEN
Caras Galadhon
Cerin Amroth
Naith von Lórien
Celebrant (Silberlauf)
Nimrodel
Spiegelsee
Fanuidhol
(Wolkenkopf)
MORIA
Caradhras
(Rothorn)
Rothorn-Paß
Celebdil
(Silberzinne)
Hulsten-Kamm
Sirannon
(Torbach)
Glanduin
EREGION
(Hulsten)
Ost-in-Edhil
Nîn-in-Eilph
(Schwanenfleet)
Mitheithel
Tharbad
Gwathló
(Grauflut)
Grünweg
Alte Südstraße
DUNLAND
Limklar
Parth Celebrant
Ebene von Celebrant
Braune Lande
Emyn Muil
Ostmauer von Rohan
Hügellande
Das Ödland
Hügellande
Ost-Emnet
Fangorn
(Entwald)
Baumbarts Berg
Onodló
(Entwasser)
West-Emnet
Entfurt
ROHAN
Quellhall
Tarntobel
Nan Curunír
(Tal des Zauberers)
Furten des Isen
ISENGART
Dol Baran
Pforte von Rohan
Methedras
(Der letzte Berg)
Siedlungen
Ruinen
Straßen, Furten, Brücken
Flüsse, Seen
Waldgebiet
Sumpf
MEILEN
0
50
100
150
34
35
36
L
M
N
O

Nellas

Ein Elbenmädchen in Doriath, das für Túrin schwärmte und auf einen Baum geklettert war, um ihn unbemerkt zu beobachten. Sie sah, wie er von Saeros überfallen wurde. Nellas lebte in den Wäldern und fürchtete sich vor steinernen Bauten; aber von Beleg ließ sie sich bewegen, nach Menegroth hineinzugehen und vor Thingol auszusagen, was sie gesehen hatte. Daraufhin wurde Túrin für schuldlos an Saeros' Tod erklärt. Aber er war schon fort, und Nellas sah ihn nicht wieder.

Vgl. Saeros, Túrin.

Nachrichten, I, ii.

Nenya

Der Ring des Wassers, auch der Weiße Ring oder der Ring von Adamant: einer der drei Ringe der Macht, die Celebrimbor als letzte und ohne Saurons unmittelbaren Einfluß geschmiedet hatte. Galadriel war seine Hüterin. Der Ring war aus Mithril und mit einem Adamanten besetzt.

Vgl. Galadriel, Lórien (2), Ringe der Macht.

R, II, 7, 9; VI, 9; *Nachrichten*, II, iv.

Nevrast

Sindarin „Hinnenküste": das Tiefland zwischen dem Fjord von Drengist im Norden, dem Tarasberg im Südwesten und Ivrin im Südosten, auf allen drei Seiten von nach Westen hin flacher werdenden Bergketten umgeben. An der Küste fand Tuor weiße Sandstrände zwischen schwarzglänzenden Felsen, mit Überresten alter Elbenhäfen. Seit Turgon mit seinem Volk von Noldor und Sindar aus Vinyamar weggezogen war, lag das Land verlassen. In den sumpfigen Schilfwäldern um den Vogelsee *(Linaewen)* verspeiste der ausgehungerte Bandit Tuor einige fette Wildenten. Dann kamen sieben weiße Schwäne und zeigten ihm den Weg nach Vinyamar, wo er von Ulmo schon ungeduldig erwartet wurde.

Vgl. Tuor, Turgon, Ulmo, Vinyamar; Karte S. 59.

S, XXIII; *Nachrichten*, I, i.

Niënna

Eine Valië, Mandos' und Lóriens Schwester. Sie beweint alles Leid der Welt, doch nicht aus Rührseligkeit, sondern um es zu überwinden. Ihre

Hallen liegen im äußersten Westen, und ihre Fenster blicken durch die Mauern der Welt nach draußen. Oft geht sie zu den Hallen von Mandos, und alle, die dort warten, rufen sie an, „denn sie bringt dem Geiste Stärkung und wandelt Kummer in Weisheit".

Olórin kam oft zu Niënna und lernte von ihr Mitleid und Geduld.

Vgl. VALAR.

S, Valaquenta.

NIËNOR

(Sindarin: „Trauer"), Húrins und Morwens Tochter, Túrins Schwester. Da Morwen ihren Sohn nach Doriath geschickt hatte, bevor Niënor geboren wurde, kannten die Geschwister sich nicht. Auf der Suche nach Túrin begegnete sie dem Drachen Glaurung und erlitt unter seinem hypnotischen Blick einen totalen Gedächtnisverlust. Túrin fand sie, wie sie nackt in der Wildnis herumirrte, und nannte sie Níniël, „Tränenmädchen", weil außer Tränen nichts aus ihr herauszubekommen war. Er heiratete sie; und als sie schwanger war, verriet ihr der sterbende Drache die schockierende Wahrheit. Niënor stürzte sich in die Schlucht Cabed-en-Aras.

Vgl. GLAURUNG, NARN I HÎN HÚRIN, TÚRIN.

S, XXI, *Nachrichten*, I, ii.

NIMPHELOS

Eine Perle von der Größe eines Taubeneis aus der Bucht von Balar. Mit ihr (und vielen anderen Perlen) bezahlte Thingol die Zwerge für ihre Hilfe beim Bau von Menegroth. Der Name bedeutete „weißer Stern", „denn sie schimmerte wie die Sterne auf der schäumenden See".

S, X.

NIMRODEL

Ein melodisch plätschernder Gebirgsbach, der mit starkem Gefälle am Fuße der Silberzinne entsprang und in den Silberlauf einmündete. Er war nach einem Elbenmädchen benannt, das einst hier auf einem Flett in den Baumwipfeln lebte. Als Frodo und seine Gefährten nach der Flucht aus Moria dort rasteten, sang ihnen Legolas einige Strophen aus dem langen und traurigen Lied vor, in dem vom Schicksal Nimrodels und ihres Geliebten Amroth erzählt wurde.

Vgl. Amroth und Nimrodel, Lórien; Karte S. 264–265.
R, II, 6.

Niphredil

Eine grünlichweiße Blume, verwandt mit Schneeglöckchen. Sie wuchs in Lórien am Fuß des Cerin Amroth, aber auch im Wald von Neldoreth im alten Doriath, wo sie als eine der ersten Blumen aus dem Schlaf Yavannas erwachte, bevor noch die Sonne zum ersten Mal am Himmel erschien.
Vgl. Yavanna.
S, X; *R*, II, 6; *Briefe*, 312.

Nirnaeth Arnoediad

Sindarin „die Schlacht der ungezählten Tränen", die fünfte in den Kriegen von Beleriand, im vierhundertdreiundsiebzigsten Sonnenjahr. Maedhros hatte mit Fingon einen Bund geschlossen, dem auch die meisten anderen Fürsten der Eldar und Edain beitraten. Zweck war der Angriff auf Angband. Fingons Noldor wurden verstärkt durch Elben von den Falas, durch Húrin und die Männer aus Dor-lómin und die Haladin aus Brethil; aus Doriath waren nur Beleg und Mablung gekommen, aus Nargothrond einige wenige, geführt von Gwindor. Maedhros hatte seine Brüder mit ihrer Gefolgschaft um sich versammelt, ein Heer der Zwerge aus Belegost und die Menschenvölker Bórs und Ulfangs aus dem Osten. Überraschend und unaufgefordert erschien am Morgen des verabredeten Tages, dem Mittsommertag, auch Turgon mit zehntausend Mann aus Gondolin auf dem Schlachtfeld.
Der Plan schlug fehl, weil Morgoth durch Spione vorgewarnt war. Zuerst gelang es ihm, Fingons Heer durch eine blutige Provokation aus seiner Wartestellung in die Ebene von Anfauglith hinauszulocken, bevor Maedhros im Osten aufmarschiert war. Als Maedhros endlich aufs Schlachtfeld kam, wurde er von Ulfangs Söhnen, seinen vermeintlichen Verbündeten, im Rücken angegriffen. Dann stieß Glaurung an der Spitze einer Drachenkolonne zwischen Fingons und Maedhros' Heere und drängte sie auseinander. Maedhros' Heer löste sich auf; er selbst und seine Brüder wurden verwundet, entkamen aber mit einem Rest der Noldor und der Naugrim nachOsten. Nur die Zwerge aus Belegost hielten

länger stand; ihr Fürst Azaghâl fiel, als er Glaurung verwundete und ihn vom Schlachtfeld vertrieb. Im Westen wurde Fingons Heer von der Übermacht der Orks und Balrogs eingeschlossen und vernichtet; Turgon konnte sich geordnet zurückziehen, weil Húrin und die Männer von Dor-lómin den Eingang zum Sirion-Paß deckten.
In der Schlacht fielen Haldir und viele von den Haladin aus Brethil, Fingon und die meisten Noldor aus Hithlum, fast sämtliche waffenfähigen Männer aus Dor-lómin sowie zahllose Berühmte, Berüchtigte und Namenlose auf allen Seiten. Morgoth ließ die Leichen aller Erschlagenen mitsamt Waffen und Rüstungen auf einen Haufen werfen, und auf diesem Hügel, den die Elben *Haudh-en-Ndengin*, Hügel der Erschlagenen, nannten, wuchs wieder Gras, das einzige in der ganzen Wüste von Anfauglith.
Hithlum überließ Morgoth den Ostlingen; die Reste der Elben und der Edain wurden verschleppt und versklavt. Maedhros' Festungen waren gefallen; alle Wege nach Beleriand standen den Orks nun offen.
Vgl. AZAGHÂL, BELEGOST, FINGON, GLAURUNG, GWINDOR, HALADIN, HITHLUM, HÚRIN, MAEDHROS, OSTLINGE, TURGON.
S, XX.

NOGROD
S. „Hohlburg", Khuzdul *Tumunzahar:* die südliche der beiden großen Zwergenstädte am Osthang der Ered Luin, unter dem Berg Dolmed. Die Zwerge von Nogrod hielten zu den Elben von Beleriand mehr Distanz als die von Belegost. Ihre großen Schmiede standen in Erfahrungsaustausch mit dem Dunkelelben Eol. Als sie für König Thingol den Silmaril in dasNauglamír einfaßten, kam es zum Streit, weil die Zwerge Besitzansprüche erhoben. Thingol wurde erschlagen, Doriath von einem Zwergenheer verwüstet, das dann wiederum an der Furt der Steine von Beren, den Elben aus Ossiriand und den Ents vernichtet wurde. Die Erbitterung zwischen Elben und Zwergen überdauerte alle Zeitalter. Bei den großen Erschütterungen von Mittelerde am Ende des Ersten Zeitalters wurde Nogrod zerstört (und wahrscheinlich vom Meer überflutet). Viele von den Überlebenden wanderten nach Moria.
Vgl. NAUGLAMÍR, THINGOL, ZWERGE; Karte S. 59.
S, XVI, XXII.

NOIRINAN

Q. „Tal der Grabstätten“, unter dem Südosthang des Meneltarma gelegen, wo Kammern in den Felsen geschlagen waren, in denen die Könige und Königinnen von Númenor ruhten. In späterer Zeit kamen prunkvolle Bauten hinzu, in denen die einbalsamierten Leichen auf goldenen Betten lagen.

Vgl. NÚMENOR; Karte S. 273.

S, Akallebêth; *Nachrichten*, II, i.

NOLDOR

Die zweite Schar der Elben auf dem Weg von Cuiviénen nach Aman. Der Name bedeutet im Quenya „die Weisen, die Gelehrten“ (Sindarin *Golodhrim*); manchmal wurden sie auch als die Hochelben oder die Verbannten bezeichnet.

Als Lieblingsschüler des Vala Aule sind die Noldor mythische Pioniere der technischen Intelligenz. Sie waren Bergleute und Baumeister, Metallurgen, Waffen- und Juwelenschmiede, Erfinder von Worten, Schriftzeichen und telepathischen Verständigungsformen. Praktischer Nutzen und Beherrschung der Naturkräfte waren nicht ihre höchsten Ziele: Sie wollten es dem Weltenschöpfer gleichtun und Dinge von eigenem Leben erschaffen, am liebsten solche aus Erz und Stein. Mit ihrem größten Werk, den Silmaril, fingen sie das unbesudelte Licht der ersten Schöpfungstage ein, um es in seiner Schönheit zu bewahren.

In Valinor wohnten sie in der Stadt Tirion. Eifrig lernten sie, was die Valar und Maiar sie wissen ließen; aber ihre Geistesart war zu rastlos, um das Leben in einem wohlgeordneten Paradies eine Ewigkeit lang zu ertragen. Bald fühlten manche sich eingeengt und bevormundet und dachten daran, nach Mittelerde zurückzukehren und dort ihre eigenen Wege zu gehen. Melkor hatte es leicht, sie aufzuwiegeln.

Erster König der Noldor war Finwe, und sein Sohn Feanor wurde der gewaltige Künstler, dessen Empörung das ganze Erste Zeitalter erschütterte. Feanor machte die Valar mitverantwortlich, als Melkor ihm die Silmaril raubte, denn Melkor war einer von ihnen. Alle Bannflüche und prophetischen Drohungen der Valar in den Wind schlagend, führte Feanor die Noldor aus Valinor fort, um Melkor in Mittelerde zu bekriegen. Seine Halbbrüder Fingolfin und Finarfin widersetzten sich, doch

Feanor, zu allem andern auch noch ein großer Demagoge, riß selbst ihre Söhne und Töchter mit sich fort. Nur Finarfin mit seinem persönlichen Gefolge blieb in Valinor. Der Streit zwischen Feanor und Fingolfin wurde von ihren Söhnen beigelegt, aber nie ganz vergessen.
Um die Silmaril zurückzugewinnen, waren Feanor und seine Söhne zu allem bereit. Zuerst metzelten sie die Teleri in Alqualonde nieder und raubten ihnen die Schiffe, die sie für die Überfahrt brauchten. Dies war die erste Gewalttat von Elben gegen Elben, und es blieb nicht die letzte. In Mittelerde erzwangen die Noldor in zwei großen Schlachten die Einschließung Melkors in seiner Festung Angband. Ihr Belagerungsgürtel – von Osten, Süden und Westen – hielt vierhundert Jahre lang stand. Sie gründeten Königreiche im Norden und in Beleriand: Fingolfin mit seinen und Finarfins Söhnen im Westen, Feanors Söhne im Osten. Am mächtigsten waren Fingolfin in Hithlum, Finrod in Nargothrond und Turgon in Gondolin. Hoher König der Noldor wurde nach Feanors Tod Fingolfin; ihm folgten seine Söhne Fingon und Turgon.
Die Sindar von Beleriand begegneten den Noldor mit gemischten Gefühlen: Sie unterstützten sie im Krieg, aber sie trauten ihnen nicht. Als das Blutbad von Alqualonde bekannt wurde, erklärte Thingol, der König von Doriath, die Sprache der Noldor für geächtet.
Die aus dem Osten zuwandernden Menschenvölker wurden von den Noldor als willkommene Verstärkung aufgenommen. Sie bekamen freies Land zugewiesen und leisteten dafür Kriegsdienste.
Feanors Söhne waren ihrem Ziel, die Silmaril zurückzugewinnen, bei all dem nicht nähergekommen; aber dafür hatten die Noldor ganz Beleriand ihre kriegerisch-ästhetische Zivilisation aufgeprägt. Als sich Morgoth nun in zwei weiteren großen Schlachten, der Dagor Bragollach und der Nirnaeth Arnoediad, aus der Umklammerung befreite, wurden ihre Reiche eines nach dem andern vernichtet. Zu allem Überfluß begannen Feanors Söhne, nachdem sie aus ihren Ländern vertrieben waren, einen Separatkrieg gegen Doriath, um wenigstens den einen Silmaril zu gewinnen, der durch Beren und Lúthien dorthin gelangt war.
Nach der Niederwerfung Morgoths am Ende des Ersten Zeitalters wurde den Noldor für ihre Untaten Verzeihung gewährt, und sie durften nach Aman zurückkehren. Manche blieben jedoch in Mittelerde: Gil-galad, Fingons Sohn, regierte bis zum Ende des Zweiten Zeitalters die Elben

von Lindon; und Celebrimbor, Feanors Enkel, schuf in Eregion die drei Ringe der Elben, um die Wunden der Zeit abzuwehren. Im Dritten Zeitalter lebten manche der Noldor noch bei Elrond in Imladris. Die älteste Noldor-Fürstin, Galadriel, Finarfins Tochter, war weit in den Osten zu den Waldelben gegangen.

Die Sprache der Noldor, Quenya, wurde in ganz Mittelerde nur noch von Gelehrten und bei feierlichen Anlässen gebraucht.

Vgl. Celebrimbor, Elben, Feanor, Fingolfin, Galadriel, Gil-galad, Gondolin, Hithlum, Lindon, Nargothrond, Quenya, Silmaril.

S, passim; *Briefe*, 153.

Nordmoore

Ein wenig besiedeltes Gebiet im nordwestlichen Auenland, am Fuß der Abendrotberge. Sam Gamdschies Vetter Halfast von Oberbühl hatte hier einmal einen Ent gesehen.

Vgl. Auenland, Ents.

R, I, 2.

Númenor

Für die Menschen aus den drei Häusern der Edain hoben die Valar am Ende des Ersten Zeitalters ein großes Stück Land aus dem Meer zwischen Mittelerde und Aman, fast in Sichtweite von Eressea. *Andor*, Land der Gabe, nannten es die Valar (Adûnaïsch *Yôzâyan*); *Elenna*, Quenya „sternwärts", nannten es die Ankömmlinge, weil die Schiffe auf der Fahrt dorthin Earendils Stern gefolgt waren. Später, als sie die Verbindung mit Mittelerde wieder aufgenommen hatten, sprachen sie von *Númenóre* (Quenya) oder *Anadûnê* (Adûnaïsch), beides mit der Bedeutung „Westernis".

Die Insel (vgl. Karte) glich im Umriß einem fünfzackigen Stern: Fünf Vorgebirge schoben sich als Halbinseln ins Meer hinaus, mit tiefeingeschnittenen Buchten dazwischen. Klima und Landschaft waren vielfältig genug, um eine große Bevölkerung zu ernähren. Der Boden gab nicht viel an Metallen her, aber die Númenórer wußten sich zu helfen und wurden Meister in der Bearbeitung von Holz und Stein.

Die Schiffe, auf denen sie kamen, wurden von Elben geführt, denn sie selbst verstanden anfangs nichts von der Seefahrt. Aber bald wagten sie

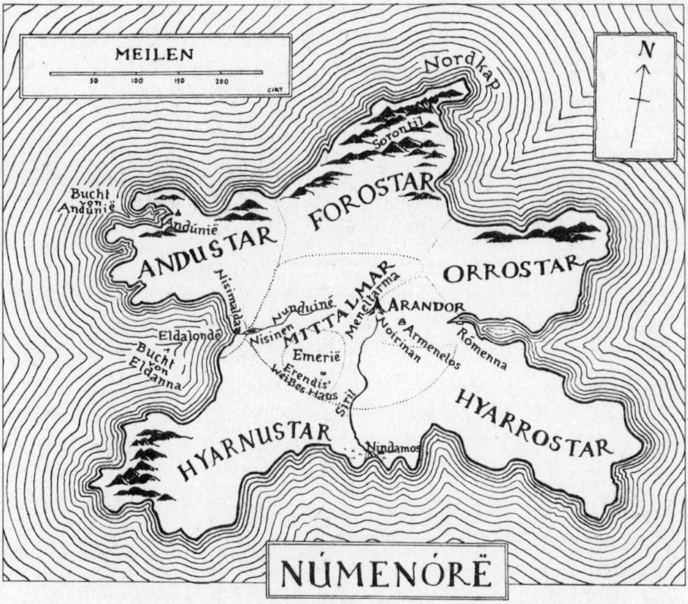

Númenor ist in sechs Regionen eingeteilt: die Gebiete um die fünf Vorgebirge, jeweils nach der Himmelsrichtung, in der sie liegen, benannt, und das Binnenland Mittalmar. *Zu Mittalmar gehörte auch* Arandor, *das Königsland, mit der Hauptstadt* Armenelos *und dem Hafen* Rómenna. Noirinan, *ein Tal am Südosthang des* Meneltarma, *ist das „Tal der (königlichen) Grabstätten". In Arandor lebte der größte Teil der Bevölkerung. Im übrigen war Mittalmar hügeliges Grasland mit Schafweiden. In Emerië befand sich der Landsitz der Königin Erendis. –* Orrostar *(Ostland) hatte ein kühles Klima; Getreideanbau im südwestlichenTeil. –* Forostar *(Nordland) war felsig und unfruchtbar, kaum bewaldet. Das Gebirge stieg zum Nordkap hin an, bis zu dem steil ins Meer abfallenden* Sorontil *(„Adlerhorn"). Tar-Meneldur erbaute in dieser Gegend die Sternwarte* Elentirmo. – Andustar *(Westland) war im Norden ebenfalls unfruchtbar, aber stärker bewaldet. – In der Bucht von* Eldalonde *zwischen Andustar und* Hyarnustar *(Südwestland) herrschte ein mildes und feuchtes Klima; das Hinterland hieß* Nísimaldar, *Land der duftenden Bäume. Das Landesinnere des Südwestteils war warm und fruchtbar, mit vielen Weinbergen. Die südliche Küste war flach und sandig, mit einigen Fischerdörfern und der größeren Siedlung* Nindamos. – Hyarrostar *(Südostland) hatte die größten Wälder, die nach umfangreichem Einschlag wieder aufgeforstet wurden.*

sich zum Fischfang aufs Meer hinaus und lernten von den Elben Schiffe zu bauen. Andúnië an der Westküste, wo die Elben von Eressea landeten, wenn sie Númenor besuchten, war die erste große Hafenstadt, verlor seine Bedeutung aber bald an Rómenna im Osten, das näher bei der Königsstadt Armenelos lag. Im Schiffbau übertrafen die Númenórer zuletzt ihre elbischen Lehrmeister. Allerdings hatten ihre Schiffe im Unterschied zu den Elbenschiffen außer Segeln auch Ruder, an denen Sklaven und Kriegsgefangene saßen.

Alle Küsten Númenors wurden von lärmenden Vogelschwärmen umflogen; die Seeleute sagten, daran erkenne man die Insel schon von weitem. Auch im Landesinnern gab es viele Arten von Vögeln; sie wurden nicht gejagt oder belästigt. Auf den Bergen im Norden horsteten Adler.

Der erste König von Númenor war der Halbelb Elros, der sich für das Leben der Menschen entschieden hatte. Statt der Unsterblichkeit bekam er für sich und alle seine Nachkommen ein langes Leben gewährt. Er bestieg den Thron im Jahre 32 Z. Z. als Elros Tar-Minyatur, und wie er ließen alle Könige während der nächsten zweieinhalbtausend Jahre ihren Titel (*Tar-*) in Quenya in die Schriftrollen eintragen. Die ersten Könige nach Elros waren zumeist eher Gelehrte als Staatsmänner, und sie gebrauchten neben dem Adûnaïschen vornehmlich die Elbensprachen. Thronfolger wurde zunächst immer der älteste Sohn, doch seit Tar-Ancalime (1075–1280 Z. Z.), der Tochter Tar-Aldarions, der keine Söhne hatte, traten manchmal auch Töchter die Nachfolge an. Alle 25 Könige von Númenor waren Nachkommen von Elros; auch die späteren Könige von Gondor und Arnor stammten über Elendil von einer Nebenlinie der númenórischen Königsfamilie ab.

Mit der Zeit richteten sich die Interessen der Númenórer immer mehr auf die Seefahrt. Um das Jahr 600 Z. Z. erschien das erste númenórische Schiff unter dem Kapitän Veantur an den Küsten von Mittelerde. Aldarion gründete die „Gilde der Wagemutigen“, einen Seefahrer-Verband, der unter seiner Regierung viel Einfluß gewann. In Mittelerde wurden die Häfen Vinyalonde (später Lond Daer), Umbar und Pelargir angelegt. Bald war Númenor die beherrschende Seemacht des Zweiten Zeitalters und konnte auch in die Kriege von Mittelerde eingreifen. Tar-Minastir schickte Gil-galad eine starke Flotte zu Hilfe (1700 Z. Z.), um Sauron aus Eriador zu vertreiben. Unter seinem Nachfolger Tar-Ciryatan

(1869–2029) begann Númenor in Mittelerde Tribute zu erheben und Kolonien zu gründen.

Der Bann der Valar, der ihnen verbot, außer Sichtweite der eigenen Küsten nach Westen zu segeln, wurde für diese mächtigen Seefahrer immer unerträglicher. Tol Eressea und Aman, die Lande der Unsterblichen, durften sie nicht betreten. Hatte dieses Verbot nicht den Zweck, ihnen die Unsterblichkeit vorzuenthalten? Das lange Leben, das den meisten Númenórern beschieden war, machte den Gedanken an den Tod nur um so bedrückender. Die Erklärung, die sie von den Eldar hörten: daß der Tod eine „Gabe Ilúvatars" sei, die ihnen die Valar nicht nehmen dürften, leuchtete auch den gutgläubigsten unter ihnen nicht vollkommen ein. Viele kamen auf finstere Gedanken. Ein Totenkult breitete sich aus; Leichen wurden kunstvoll einbalsamiert und in großen steinernen Grabgewölben beigesetzt. Gesundheitsfanatiker, die vorgaben, das Leben verlängern zu können, fanden Zulauf. Das Heiligtum des Ilúvatar auf dem Meneltarma wurde seltener besucht, und bald versäumten es auch die Könige, die jahreszeitgemäßen Opfer dort darzubringen. Die Elbensprachen kamen außer Gebrauch und wurden schließlich verboten. Ar-Adûnakhôr nahm als erster König seinen Titel in der adûnaïschen Form an. Ar-Gimilzôr (3102–3177 Z. Z.) verbot den Elben, Númenor zu betreten. Darüber spaltete sich das Volk in eine Königspartei und eine konservative Opposition der „Getreuen", die den Bann der Valar beachten und die Freundschaft mit den Elben aufrechterhalten wollten. Die Kämpfe zwischen den Parteien gingen zeitweise bis zum Bürgerkrieg.

Der letzte König, Ar-Pharazôn, war kein traditioneller Herrscher, sondern ein Thronräuber mit dem Mut und Machthunger eines Welteroberers. Er landete mit einer gewaltigen Kriegsflotte in Umbar (3261), unterwarf Sauron und brachte ihn als Geisel nach Númenor. Dort schien alles auf Sauron nur noch gewartet zu haben. Der Stolz des Volkes auf die eigene Macht, die Todesfurcht und der Haß auf die Götter kannten keine Grenzen mehr. Binnen weniger Jahre wurde Sauron zum maßgeblichen Ratgeber des Königs. Er leugnete Ilúvatar und baute Melkor einen Tempel, dem Herrn der Äußeren Dunkelheit. Dem König machte er weis, wenigstens er selbst könne sich in Aman die Unsterblichkeit sichern.

Darauf rüstete Ar-Pharazôn die größte Flotte aus, die je die Meere der

Vorzeit befahren hat, und landete an der Küste von Aman (3319 Z. Z.). Auf Manwes Bitten zeigte nun Ilúvatar, wessen er fähig ist, und änderte den Bau der Welt: Ein Riß tat sich im Meer auf, der Númenor mitsamt seiner Kriegsflotte verschlang. Seither ist Arda rund, d. h. die Menschen sind in ihren Kreisen gefangen, und Valinor ist aus der Welt der sichtbaren Dinge entrückt.

Von den Númenórern überlebten nur diejenigen den Untergang, die sich zu der Zeit in Mittelerde befanden – unter ihnen viele „Schwarze Númenórer" (Anhänger Saurons) in Umbar und den südlichen Ländern. Von den Getreuen entkamen Elendil und seine Söhne mit neun Schiffen. Sie gründeten die Reiche der Dúnedain in Gondor und Arnor.

In Erinnerung an Númenor sprachen die Menschen in späteren Zeiten von *Atalante* (Quenya) oder *Akallabêth* (Adûnaïsch), der „Versunkenen" oder von *Mar-nu-Falmar*, dem Land unter den Wellen.

Vgl. ALDARION, ANDÚNIË, ARMENELOS, ATANAMIR, BANN DER VALAR, EDAIN, ELROS, GERADER WEG, GETREUE, KRUMME WELT, MENELTARMA, PHARAZÔN, RÓMENNA; Karte S. 146.

R, Anhang B; *S*, Akallabêth; *Nachrichten*, II, i-iii.

λ

Oberst

Lotho Sackheim-Beutlin, Lobelias Sohn, von den Hobbits „Pickel“ genannt, ließ sich mit „Oberst“ oder „Boss“ anreden, nachdem er sich mit Sarumans Geld zum Herrn über das Auenland aufgeschwungen hatte. Anfänglich nur Besitzer einiger Pfeifenkraut-Pflanzungen aus dem Erbe der Sackheims und Straffgürtels, kaufte er bald im ganzen Land Mühlen und Mälzereien, Wirtshäuser und Bauernhöfe zusammen, ließ im Namen des Fortschritts Bäume fällen und Häuser abreißen und holte sich eine Schutztruppe von Menschen ins Land, die scheinbar auf seine Befehle, tatsächlich aber auf „Scharrer“ (Saruman) hörten. Den dicken Bürgermeister Willi Weißfuß sperrten sie als ersten ins Gefängnis zu Michelbinge. Große Mengen Waren wurden nach Isengart fortgeschafft, um Sarumans Truppen zu versorgen. Alle Wirtshäuser wurden geschlossen; im Auenland gab es kein Bier und kein Pfeifenkraut mehr. Als Scharrer selbst ins Auenland kam und Lotho nicht mehr gebraucht wurde, ließ Saruman ihn von Schlangenzunge umbringen.
Vgl. Auenland, Sackheim-Beutlin, Saruman.
R, VI, 8.

Odo Stolzfuss

Ein Hobbit, der die Füße auf den Tisch legte, um zu beweisen, daß er zwei hatte. Und darum mußte man seine angesehene Familie immer mit „liebe Stolzfüße“ – und nicht „Stolzfußens“ – anreden.
R, I, 1.

Óin

Ein Zwerg aus Durins Volk, nahm zusammen mit seinem jüngeren Bruder Glóin an Thorin Eichenschilds Wanderung zum Erebor teil. Später folgte er Balin auf seinem Zug nach Moria, wo er am Westtor von dem Wächter im Wasser gepackt wurde.
Vgl. Balin, Glóin, Thorin II.
R, II, 2 und 5.

OLIFANTEN

Als die Hobbits am Schwarzen Tor den Anmarsch der Südländer beobachteten, bedauerte Sam, daß die Feinde keine Olifanten bei sich hatten. Von diesen bösen, fremdartigen und trotzdem herrlichen Tieren, auf denen die Haradrim in den Kampf ritten, hatten manche weitgereisten Hobbits berichtet, denen man im Auenland nicht jedes Wort glaubte. „Sie stellen Häuser und Türme auf die Rücken der Olifanten und was nicht alles, und die Olifanten bewerfen sich gegenseitig mit Felsbrocken und Bäumen." Zwei Tage später sahen sie tatsächlich in Ithilien einen der großen Kriegselefanten; und Merry und Pippin sahen viele auf dem Pelennor. Die *Mûmakil* nannte man sie in Gondor, mit einem Lehnwort aus einer Sprache von Harad. Um sie scharte sich das Fußvolk der Haradrim, und die Rohirrim konnten sie nicht angreifen, weil ihre Pferde scheuten. Der Mûmak von Harad war größer und majestätischer als die Elefanten, die wir heute kennen. Wie schade, daß die fabelhaften Tiere auf der Gegenseite kämpften und daß man ihnen Pfeile in die Augen schießen mußte, um ihnen irgendwie beizukommen! „Ich wünschte, wir hätten tausend Olifanten", seufzte Frodo, „mit Gandalf auf einem weißen an der Spitze."

Vgl. HARAD, PELENNOR.

R, IV, 3, 4; V, 6.

OLVAR

Quenya für die Pflanzen (im Gegensatz zu den beweglichen Geschöpfen, den *Kelvar*). Die Valië Yavanna sah voraus, was den „verwurzelten" Geschöpfen, die ihr teuer waren, bevorsteht, wenn den Elben, Menschen und Zwergen die Herrschaft über alles, was sie auf Erden vorfinden, eingeräumt wird: Man wird sie nach Belieben zertrampeln oder fällen oder sie nur, wo sie nützlich sind, wachsen lassen, einhegen oder umzüchten. Dagegen wollte sie den Bäumen eine Art Beschützer- und Fürsprechergewalt übertragen. Aule, der Gott der Technik, Yavannas Gatte, zuckte befremdet die Achseln: Seine Zwerge würden nun mal Holz brauchen. Manwe beschwichtigte Yavanna mit einem kleinen Zugeständnis: Die Ents, von fern herbeigerufene Geister, sollten unter den Olvar und Kelvar Aufsicht führen: „Ihr gerechter Zorn soll gefürchtet sein." Aber gegen Aules Schüler waren die Ents wehrlos; und Melkors Orks rotte-

ten Bäume rein zum Vergnügen aus. Schon im Ersten und Zweiten Zeitalter wurden die dichten Wälder von Mittelerde weithin abgehauen oder – nach Art der Númenórer – in Holzplantagen oder dekorative Parks umgewandelt. Im Dritten Zeitalter hatten sich nur in Fangorn, Düsterwald und im Alten Wald noch Reste der echten Wälder gehalten.
Vgl. ENTS, HUORNS, YAVANNA.
S, II; *R*, I, 6, 7; III, 4.

ORI
Ein flötespielender Zwerg aus Durins Volk, gehörte mit seinen Brüdern Dori und Nori zu Thorin Eichenschilds Gefährten auf der Wanderung zum Erebor. Während seine Brüder dort blieben, ging Ori mit Balin nach Moria und fiel im Kampf gegen die Orks. Er war gewandt mit der Feder, und das Buch von Mazarbul war zum großen Teil von seiner Hand geschrieben.
Vgl. BALIN, BUCH VON MAZARBUL, THORIN II.
H, I; *R*, II, 2 und 5; Anhang A.

ORKS
Von allen sprechenden Völkern wurden die Orks aufs tiefste verachtet. Von den Elben, Menschen und Zwergen wurden sie gnadenlos verfolgt. Selbst von ihren Verbündeten, den Ostlingen, Haradrim und Dunländern wurden sie gemieden; deshalb gab es nicht viele Mischlinge oder Halb-Orks. Ihre Frauen und Kinder werden in den Erzählungen nicht erwähnt, doch was in den großen „Säuberungs"-Maßnahmen nach dem Ringkrieg mit ihnen geschah, kann man sich denken. Den Menschen, die für Sauron gekämpft hatten, gewährte König Elessar Frieden, und auch manchen „Sklaven von Mordor" schenkte er Land und Freiheit, aber damit waren nicht die Orks gemeint. Mochten auch die Weisen darüber spekulieren, ob die Orks von Natur böse oder nur vom Dunklen Herrscher verderbt waren: praktisch befanden sie sich außer Reichweite allen Mitleids. Sie waren eine Lästerung, ein Hohn auf die Schöpfung, Karikaturen der Gotteskinder: klein, von dunkler bis schwarzer Hautfarbe,mit Schlitzaugen und platten Schnüffelnasen, krummen Beinen und langen Armen, die Mäuler voller Reißzähne. Sie haßten Wälder, Wiesen und Bäche; das Sonnenlicht schwächte sie, daher hausten sie am liebsten in

Schächten und Stollen unter der Erde. Sie hatten keine Kultur und keine Hygiene (wohl aber kannten sie manche Heilmittel und scharfe alkoholische Getränke). Die Schwarze Sprache, die Sauron sich für sie ausgedacht hatte, war ihnen zu kompliziert; außerhalb der engsten Hordengemeinschaft verständigten sie sich daher in einem Pidgin-Westron, das in den Übersetzungen an den Ganovenslang aus schlechten Kriminalromanen erinnert. Obwohl von Natur zänkisch und aufmüpfig, gehorchten sie, wenn ein Mächtiger sie nur scharf genug anschnauzte, und ließen sich, jeder mit einer Kennummer versehen, in Saurons Heere einreihen. Sie waren Kannibalen und Teufelsanbeter – und Rassisten obendrein, denn zumindest die Uruks hielten sich für Geschöpfe einer höheren Art. Die Weisen von Eressea glaubten, die Orks seien zu Beginn des Ersten Zeitalters von Melkor aus verwilderten Dunkelelben (Avari) gezüchtet worden, und tief in ihren dunklen Herzen würden sie den Meister hassen, der sie zu solcher Abscheulichkeit geschaffen habe. Wie aber die Orks selbst darüber dachten, wissen wir nicht. Nur wenige sind uns namentlich bekannt, und unter ihnen lassen sich nur zwei Typen unterscheiden:

1) Die *Snaga*. Dies waren die kleinen Orks, die zumeist aus dem Nebelgebirge und aus dem Norden kamen. (*Snaga* war keine Selbstbezeichnung, sondern noch die höflichste Anrede, deren sie von den Uruks manchmal gewürdigt wurden; es bedeutete in der Schwarzen Sprache soviel wie „Sklave".) Sie stammten von den ältesten Ork-Rassen des Ersten Zeitalters ab. Seit der Vernichtung des Reiches von Angmar und dem Rachekrieg der Zwerge (2793– 99 D. Z.) hatten sie schwere Zeiten durchgemacht, aber sie vermehrten sich schneller, als ihre Feinde sie totschlagen konnten. Sie stellten das Gros der Fußtruppen und der Wolfsreiter in den Heeren Mordors und trugen das Zeichen des Lidlosen Auges oder des Totenkopfmondes. Mit einer Rotte dieser Art marschierten Frodo und Sam nach Isenmünde: Es waren arme Teufel, die sich widerwillig zum Kriegsdienst pressen ließen und nur von den Peitschen der Aufseher zusammengehalten wurden.

2) Die *Uruk-hai* („Orkvolk"). *Uruk* war das Wort für „Ork" in der Schwarzen Sprache, doch wurden im allgemeinen nur die großen Kampf-Orks so bezeichnet, die Sauron im Dritten Zeitalter gezüchtet hatte. Sie waren fast so groß wie Menschen, flink, ausdauernd und

unempfindlich gegen Sonnenlicht. Unter ihnen finden wir diensteifrige Karrieresoldaten wie Uglúk, Grischnách und Schagrat, mutige Haudegen wie den Häuptling in Moria, der Frodos Panzerhemd mit dem Speer prüfte, und desillusionierte alte Landsknechte wie Gorbag. Viele Orkvölker der niederen Rassen wurden von einer Uruk-Kaste beherrscht, so z. B. die Orks aus Gundabad von Bolg und seiner Leibwache. Im Krieg setzten aber sowohl Saruman wie Sauron auch ganze Uruk-Trupps ein, die im Kampf einen starken Korpsgeist bewiesen: „Wir sind die Urukhai. Wir kämpfen bei Tag und bei Nacht und bei jedem Wetter. Wir töten euch, egal ob die Sonne oder der Mond scheint."

Das Wort *Ork* stammt aus der Sprache der Rohirrim, die oft durch altenglische Wörter wiedergegeben wird (altenglisch *orc*, „Dämon"). Der entsprechende Sindarin-Ausdruck war *orch*, Plural *yrch*; daneben sprachen die Elben auch von den *Glamhoth*, der „lärmenden Horde". Von den Hobbits wurden die Orks manchmal als „Bilwisse" (engl. *goblins*) bezeichnet.

Vgl. BOLG, GORBAG, GRISCHNÁCH, KINDER ILÚVATARS, MELKOR, SAURON, SCHWARZE SPRACHE, SNAGA, UGLÚK.

R, passim, besonders III, 3; VI, 1–3; *S*, III; *H*, 4, 17.

OrODRUIN

„Berg des roten Feuers": ein älterer Sindarin-Name des Amon Amarth; vgl. SCHICKSALSBERG.

OROME

Der große Jäger unter den Valar, der auf seinem weißen Roß Nahar bis weit in den Osten von Mittelerde ritt und dort sein großes Jagdhorn blies, das Valaróma. Sein Name bedeutet im Quenya „Hörnerschall". Er wurde auch Aldaron, „Herr der Wälder", genannt (Sindarin *Tauron*). Bei einem seiner Jagdritte fand Orome die Elben am See von Cuiviénen und führte sie nach Aman.

Oromes Gattin ist Vána, die alle Blumen zum Blühen und alle Vögel zum Singen bringt: eine jüngere Schwester Yavannas.

In der Gegend um das Meer von Rhûn wurden noch im Dritten Zeitalter die wilden weißen Rinder gejagt, die man *Araws Rinder* nannte, weil

sie von Orome (Sindarin *Araw*) gezüchtet oder dort ausgesetzt wurden. Von ihnen stammte Boromirs Horn.
Vgl. ELBEN, VALAR.
S, Valaquenta, III; *R*, V, 1.

OSGILIATH
S. „Sternenfestung", die alte Hauptstadt des Südlichen Königreiches, von Isildur und Anárion zu beiden Seiten des Anduin erbaut, mit einer großen steinernen Brücke über den Fluß. Hochseeschiffe kamen den Anduin hinaufgefahren und legten mitten in der Stadt an. In der Großen Halle von Osgiliath standen die Throne der beiden Könige Seite an Seite. Die erste große Zerstörung erlebte die Stadt im Jahr 1437 D. Z., als König Eldacar während des Sippenstreits dort von seinen Feinden belagert wurde. Osgiliath brannte, die Sternenkuppel mit dem Turm des Palantír wurde zerstört, und der Stein ging verloren. 1640, nach der Großen Pest, von der die Stadt entvölkert wurde, verlegte König Tarondor den Regierungssitz nach Minas Anor (später Minas Tirith). Bei einer Besetzung der Stadt durch die Uruk-hai wurde die große Brücke zerstört und die Stadt in Trümmer gelegt (2475 D. Z.). Nach der Rückeroberung wurde sie nicht wieder aufgebaut. Die neuen, scharf bewachten Brücken dienten nur zur Sicherung des Flußübergangs nach Ithilien. Im Sommer 3018, zu Anfang des Ringkrieges, wurde Ithilien von Saurons Heeren überrannt; Boromir und Faramir, die den letzten Brückenkopf auf dem Ostufer verteidigten, mußten sich vor den Nazgûl zurückziehen und die Brücken abbrechen. Beim Angriff auf Minas Tirith im März des nächsten Jahres ließ der Schwarze Heermeister seine Truppen hier mit Booten und Flößen übersetzen.
Vgl. GONDOR, PELENNOR, RINGKRIEG.
R, II, 2; V, 4; Anhänge A und B; *S*, Von den Ringen …

OSSE
(Sindarin *Gaerys*), ein Maia im Dienste Ulmos, aber eigenwillig und aufsässig, der Herr der Stürme und der Küstengewässer von Belegaer. Er war der Freund der Teleri und überredete die Falathrim, in Mittelerde zu bleiben; von ihm lernten sie, Schiffe zu bauen. Wer ihn um gut Wetter

bitten wollte, wendete sich an seine Gattin Uinen, die ihn besänftigen konnte.
Vgl. BELEGAER, MAIAR, UINEN, ULMO.
S, Valaquenta, V.

OSSIRIAND
„Das Land der sieben Flüsse": des Gelion, welcher die Westgrenze bildete, und seiner sechs von den Blauen Bergen herabströmenden Nebenflüsse: Ascar, Thalos, Legolin, Brilthor, Duilwen und Adurant. Ossiriand wurde von den Noldor auch Lindon genannt. In seinen dichten Wäldern lebten kleine Völker der Grünelben (Nandor) und die Ents. Menschen („Tierjäger und Baumfäller") waren unerwünscht. Im Süden des Landes, auf Tol Galen, einer Insel im Fluß Adurant, lebten Beren und Lúthien nach Berens Rückkehr von den Toten. Die Grünelben und die Ents halfen Beren bei Sarn Athrad, das Heer der Zwerge von Nogrod zu vernichten.
Vgl. ADURANT, LINDON, NANDOR; Karte S. 59.
S, XVII, XXII.

OSTLINGE
Die Menschen, die im Ersten Zeitalter, doch später als die drei Völker der Edain, nach Beleriand kamen, gehörten suspekten Rassen an: Sie waren „klein und stämmig, mit starken, langen Armen, die Haut dunkel oder gelblich und das Haar dunkel wie ihre Augen". Die Edain mieden den Umgang mit ihnen. Maedhros, der die Völker Bórs und Ulfangs in seinen Dienst nahm, wurde in der Nirnaeth Arnoediad von Ulfangs Söhnen verraten. Bórs Söhne hielten zu ihm und fielen für die Sache der Noldor.
Die Ostlinge waren also nicht sämtlich mit Morgoth im Bunde. Auch diejenigen, die ihm dienten, waren ihm nicht unbedingt ergeben. Sie wollten mit seiner Hilfe das reiche Beleriand für sich erobern und wurden bitter enttäuscht: Er überließ ihnen das kalte, windige Hithlum und sonst nichts.
Was aus dem Volk Bórs wurde oder aus denjenigen Edain, die von Estolad zurück in den Osten oder nach Süden gingen, ist nicht überliefert.

Als die Númenórer im Zweiten Zeitalter nach Mittelerde zurückkehrten, trafen sie dort Menschenvölker an, von denen manche fremdartig, andere aber offenkundig mit ihnen verwandt waren. Die Menschen in Rhovanion nahmen dic Zivilisation der Dúnedain am leichtesten auf, und seit der Herrschaft Eldacars in Gondor galten sie als fast gleichwertig mit den Edlen von númenórischer Abkunft.

Die Völkerwanderung von Osten nach Westen setzte sich im Dritten Zeitalter fort. Über die Gründe ist wenig bekannt. (Angeblich herrschte Sauron im Osten nahezu unumschränkt und hetzte die wilden Völker immer wieder gegen das verhaßte Gondor auf.) Als „Ostlinge" wurden in Gondor nun alle bezeichnet, die aus Rhûn kamen, d. h. aus den geographisch unbekannten Gebieten jenseits des Flusses Carnen und des Meers von Rhûn. Dies waren sehr verschiedenartige Völker, die meisten kriegerisch und wenig zivilisiert, aber mit den Menschen in Gondor näher verwandt als die Völker von Khand und Harad. Sie vermehrten sich sehr schnell, während die Länder westlich des Anduin an chronischem Bevölkerungsschwund litten.

Am gefährlichsten für Gondor wurden die Vorstöße der Wagenfahrer und der Balchoth. Die Ostlinge, die im Ringkrieg für Sauron kämpften, waren kleine, bärtige Männer mit Äxten. Sie waren sehr stark und tapfer und baten in der Niederlage nicht um Schonung. König Elessar hatte im Vierten Zeitalter mit ihnen noch manchen Strauß auszufechten.

Vgl. BALCHOTH, EDAIN, ELDACAR, ESTOLAD, HITHLUM, KHAND, MAEDHROS, MENSCHEN, RHOVANION, RHÛN, TURMBERGE, WAGENFAHRER.

S, XVII, XX, XXI; *R*, V, 6; Anhang A I, 4; *Nachrichten*, III, ii.

Palantir

(*Tar-Palantir*, „der Weitsichtige“), vierundzwanzigster König von Númenor, hieß zunächst adûnaïsch *Inziladûn*, nahm aber bei der Thronbesteigung wieder einen Titel in Quenya an, weil er das Verhalten seiner Vorgänger bedauerte und die Freundschaft mit den Elben erneuern wollte. Er ging wieder zu den Zeremonien auf dem Meneltarma und ließ den Weißen Baum pflegen. Er prophezeite, wenn der Baum sterbe, werde auch die Linie der Könige vergehen.

Gegen den Widerstand seines Bruders Gimilkhâd konnte er sich nur mühsam behaupten.

Vgl. Getreue, Gimilkhâd, Númenor, Weisse Bäume.

S, Akallabêth; *R*, Anhänge A und B; *Nachrichten*, II, iii.

Palantíri

Quenya „die von weitem sehen“: die sieben Steine, die Elendil und seine Söhne aus Númenor mitbrachten. Die Eldar von Tol Eressea hatten sie Elendils Vater Amandil geschenkt. Gandalf glaubte, sie seien von Feanor selbst in Aman geschaffen worden; aber in den Erzählungen aus dem Ersten Zeitalter werden sie nicht erwähnt.

Die Palantíri waren vollkommen glatte Kugeln aus einem schwarzen, sehr schweren und unzerbrechlichen Kristall. Die kleinsten waren von etwa einem Fuß Durchmesser; die von Osgiliath und der Wetterspitze waren wesentlich größer. Sie nahmen Bilder aus der Blickrichtung des Betrachters auf, ungeachtet materieller Hindernisse (Mauern, Berge), über sehr große räumliche (und manchmal auch zeitliche) Entfernungen hinweg. Es erforderte jedoch viel Übung, Willensstärke und Konzentration, ihren Blick auf einen bestimmten Punkt zu lenken. Traten zwei Palantíri miteinander in Verbindung, so wurden die beiden Benutzer füreinander sichtbar, und eine Art „Gespräch“ wurde möglich, doch nicht mit Worten (die Steine übertrugen keine Töne), sondern durch Austausch von Bildern und Gedanken. Dabei konnte der Stärkere oder Geschicktere das Bild, das der andere empfing, beschränken oder verschleiern.

Die Weisen (Elrond, Galadriel) verstanden auch, sich der Beobachtung durch einen Palantír zu entziehen.
Elendil verteilte die Palantíri auf die wichtigsten Türme im Nördlichen und Südlichen Königreich (sie wurden immer an hochgelegenen Orten verwahrt): In Annúminas, auf den Turmbergen, auf der Wetterspitze, in Minas Ithil, Osgiliath, Minas Anor und Orthanc. Der Stein auf den Turmbergen stand mit den anderen nicht in Verbindung. Er blickte nur nach Westen aufs Meer hinaus; Elendil soll ihn benutzt haben, um nach der Insel des Meneltarma zu suchen oder um nach Avallóne zu blicken, wo ein Meisterstein stand. Er blieb in Círdans Obhut während des ganzen Dritten Zeitalters; dann wurde er mit dem Schiff der Ringträger in den Westen gebracht. Die Steine von Annúminas und der Wetterspitze kamen nach Fornost, in den Gewahrsam der Könige von Arthedain, und beide gingen mit Arvedui bei Kap Forochel im Meer unter. Der Stein von Osgiliath konnte als einziger in den Austausch zwischen den anderen Steinen eingreifen und sie „belauschen“. Bei der Zerstörung des Sternenturms während des Sippenstreits in Gondor ging er 1437 D. Z. im Anduin verloren.
Bei der Eroberung von Minas Ithil durch die Nazgûl (2002 D. Z.) fiel der dortige Palantír in Saurons Hände (was aber erst während des Ringkriegs deutlich wurde). Wahrscheinlich bediente Sauron sich dieses Steins, wenn er sein lidloses Auge über die Länder von Mittelerde schweifen ließ. Die beiden restlichen Steine in Minas Tirith und Orthanc wurden unter den Truchsessen von Gondor nicht mehr benutzt und fielen nahezu in Vergessenheit. Erst um das Jahr 3000 begannen Denethor und Saruman sie von neuem zu gebrauchen, beide zunächst aus reiner Informationsgier und in Überschätzung der eigenen Kräfte. Beide gerieten dabei unter Saurons Einfluß. Denethor hielt den Palantír in den Händen, als er sich verbrannte, und später waren auf dem Stein nur noch seine brennenden Hände zu sehen. Den Orthanc-Stein nahm Aragorn in Besitz. Da er Elendils rechtmäßiger Erbe war, gehorchte ihm der Stein bereitwilliger als einem anderen Benutzer.
Der Ithil-Stein aus Saurons Besitz wurde in den Trümmern von Barad-dûr nicht wiedergefunden.
Vgl. Annúminas, Aragorn, Denethor II., Elendil, Isengart, Magie,

Minas Morgul, Osgiliath, Saruman, Turmberge, Wetterspitze.
S, Von den Ringen ...; *R*, III, 11; Anhang A I, 3; *Nachrichten*, IV, iii.

Parth Galen
Eine grüne Wiese am südwestlichen Ufer von Nen Hithoel, zu Füßen des Amon Hen. Hier rasteten die Gefährten des Ringträgers zum letzten Mal, ehe sie getrennt wurden.
Vgl. Karte S. 99.
R, II, 9.

Pelargir
„Dort in Pelargir lag die Hauptflotte von Umbar, fünfzig große Schiffe und unzählige kleinere ... Die Haradrim, die wir bis ans Ufer getrieben hatten, stellten sich nun zum Kampf ... Und plötzlich wogte das Schattenheer wie eine graue Flut heran und fegte alles vor sich weg. Schwache Schreie hörte ich und undeutlichen Hörnerschall und ein Murmeln wie von vielen fernen Stimmen: wie das Echo einer vergessenen Schlacht aus den Dunklen Jahren vor langer Zeit. Bleiche Schwerter wurden gezogen; und ich weiß nicht, ob ihre Klingen noch scharf waren, denn die Toten brauchen keine andere Waffe mehr als die Furcht." So eroberte Aragorn mit seinem Gespensterheer am 13. März die Flotte der Korsaren. Pelargir (Sindarin: „Hof der königlichen Schiffe") war die älteste númenórische Niederlassung in Gondor. Es lag etwa sechzig Meilen stromaufwärts von den Mündungen des Anduin, oberhalb der Einmündung des Sirith. Die Hafenanlagen wurden seit 2350 Z.Z. gebaut und zweitausend Jahre später unter König Earnil I. (913–936 D.Z.) gründlich erneuert. Im Zweiten Zeitalter war der Hafen der wichtigste Stützpunkt der Getreuen von Númenor, schon damals in Rivalität mit Umbar, dem Hafen der Königspartei. Nach dem Untergang von Númenor erreichten Isildur und Anárion mit fünf Schiffen die Bucht von Belfalas und landeten in Pelargir. Von hier aus nahmen sie die angrenzenden Länder in Besitz und gründeten das Südliche Königreich. Zum Gipfel seiner Macht gelangte Pelargir unter den Schiffskönigen von Gondor (830–1149 D.Z.), die Umbar besetzten und Harad tributpflichtig machten. Umgekehrt wurde es später, als Gondors Macht verfiel, einigemal von Flotten aus Umbar angegriffen und bisweilen auch

erobert. So auch im Ringkrieg (wie Aragorn durch den Palantír von Sauron persönlich erfahren hatte).
Vgl. ANÁRION, ERECH, GONDOR, ISILDUR, NÚMENOR, UMBAR.
R, V, 2, 9; Anhänge A und B; *S*, Von den Ringen …

PELENNOR
S. „umzäuntes Land“: das fruchtbare Ackerland vor den Toren von Minas Tirith, zum Anduin hin abfallend und nach Norden, Süden und Osten von einer Mauer, der *Rammas Echor* („große Umfassungsmauer“) umgeben, die im Westen an das Gebirgsmassiv des Mindolluin anschloß. Im Südosten reichte sie bis zum Flußhafen Harlond; im Nordosten war sie am weitesten vom Stadttor entfernt. Ihre Gesamtlänge betrug etwa dreißig Meilen. Durch ein mit Wehrtürmen befestigtes Tor führte ein Dammweg zu den Brücken und Furten von Osgiliath.
Bei der Belagerung von Minas Tirith vom 12. bis 15. März 3019 erwies sich die Außenmauer als nutzlos: Um sie zu verteidigen, wäre ein viel stärkeres Heer nötig gewesen, als es Gondor zur Verfügung stand. Die Truppen aus Udûn und Minas Morgul sprengten Breschen hinein, und Grond machte kurzen Prozeß mit dem eisernen Stadttor. Schon wollte der Schwarze Heermeister in die Stadt einreiten, da hörte man von fern die Hörner der Rohirrim. Und nun begann die größte Schlacht des Ringkrieges, die Schlacht auf dem Pelennor.
Théodens sechstausend Reiter drängten zunächst die Orks und Ostlinge im Norden der Ebene zum Fluß hin zurück. Dannwendeten sie sich gegen die dreifach zahlreicheren Haradrim südlich des Dammwegs. Deren Reiterei konnte ihnen nicht standhalten, aber mit dem Fußvolk, das sich um die Mûmakil scharte, hatten sie Schwierigkeiten. Der Schwarze Heermeister stieß aus der Luft herab, und König Théoden fiel; aber Éowyn und Merry rächten ihn auf der Stelle. Gothmog, wahrscheinlich ein Nazgûl, übernahm das Kommando und führte Verstärkungen von Osgiliath heran. Die knapp dreitausend Mann aus der belagerten Stadt unter Imrahil von Dol Amroth kamen den eingekeilten Rohirrim zu Hilfe. Aber die Übermacht der Feinde wurde erdrückend. Und nun sah man auch noch die schwarzen Segel der Korsarenschiffe den Fluß heraufkommen. Éomers Schlachtgesänge stimmten sich auf das Thema „Heldentod“ ein. Aber dann entrollte das vorderste Schiff die Fahne mit dem weißen Baum

und den sieben Sternen, die man tausend Jahre nicht mehr gesehen hatte und die doch alle kannten. Schwärzester Pessimismus befiel die Scharen der Orks, Variags, Trollmenschen, Ostlinge und Haradrim, die Rohirrim aber lachten und metzelten die Feinde nieder. Die Verstärkung, die Aragorn auf den Schiffen mitbrachte, war an Zahl nicht groß, aber mit ihm kamen die gefürchteten Kopfjäger Gimli und Legolas, Elronds Söhne Elladan und Elrohir und der grimmige Dúnadan Halbarad mit dreißig Recken aus den Nordlanden.
Die Sänger hatten nachher eine lange Totenliste zu beklagen. Die edelsten Gefallenen wurden in den Heiligtümern von Minas Tirith begraben, nahe bei den Gräbern der Könige und Truchsesse von Gondor. Théodens Leichnam wurde nach Edoras überführt.
Saurons Feinden brachte der Sieg auf dem Pelennor vor allem einen Zeitgewinn. Frodo und Sam waren eben erst aus Cirith Ungol entkommen und hatten bis zum Schicksalsberg noch zehn Tagesmärsche vor sich.
Vgl. ÉOWYN, GONDOR, GROND, HARAD, MERIADOC BRANDYBOCK, MINAS TIRITH, RINGKRIEG, ROHIRRIM, SCHWARZER HEERMEISTER, THÉODEN.
R, V, 4–6.

PEREGRIN TUK
Ein Hobbit aus den Groß-Smials, von seinen Freunden Pippin genannt, Sohn des Thain Paladin Tuk, der jüngste (geboren 1390 A. Z.) der drei Hobbits, die Frodo Beutlin auf seiner Fahrt begleiteten. Nach der Auflösung der Gemeinschaft bei Parth Galen wurde er mit Merry von Orks aus Isengart gefangengenommen und verschleppt. Am Rande des Fangorn-Waldes konnten sie sich befreien. Pippin sah in den Palantír, den Schlangenzunge vom Orthanc herabwarf, und geriet in den Blick des Lidlosen Auges. Um ihn vor weiterer Selbstgefährdung durch die eigene Neugier zu bewahren, nahm Gandalf ihn mit nach Minas Tirith, wo er in den Dienst des Truchsessen Denethor trat. Er nahm an der Schlacht vor dem Morannon teil und wurde nach dem Sieg zum Ritter von Gondor und Boten des Königs ernannt.
Bei der Befreiung des Auenlandes holte Pippin für die Hobbits von Wasserau die Tuks aus Buckelstadt und den Grünbergen zu Hilfe. Im Jahre 1434 A.Z. wurde er Thain des Auenlands. König Elessar ernannte ihn zum Ratsherrn des Nördlichen Königreichs.

1464 A. Z. ritt er mit seinem Freund Merry nach Süden, besuchte Edoras und ließ sich für die letzten Jahre seines Lebens in Gondor nieder.
Vgl. BUCKELSTADT, DENETHOR II., MERIADOC BRANDYBOCK, PALAN-TÍRI, THAIN, TUK.
R, passim, Anhänge B und C.

PERIANNATH
(Singular *Perian*): Sindarin für „Halblinge", vgl. HOBBITS.

PFADE DER TOTEN
Von Dunharg führte ein Tunnel unter dem Dwimorberg hindurch ins Morthond-Tal auf der Südseite des Weißen Gebirges. Gimli stockte das Blut, als sie zum Tor kamen. Zeichen und Figuren waren darüber in den Fels gemeißelt, die nicht deutlich zu erkennen waren, aber kaum etwas Gutes verhießen. Die Rohirrim benutzten diesen Tunnel nie, denn es hieß, die schlaflosen Toten bewachten ihn und ließen keinen Lebenden durch. Doch Aragorn wußte, daß er als Isildurs Erbe hier Sonderrechte genoß; der Seher Malbeth hatte es zur Zeit König Arveduis in Stabreimversen geweissagt. Deshalb wählte er diesen Weg, um möglichst schnell zum Stein von Erech zu gelangen und dort unter den Toten Heerschau zu halten. (Gimli bezweifelte ihre Kampfkraft, aber gegen ihren psychologischen Effekt war er selbst nicht gefeit.) Unterwegs fanden sie das Gerippe Baldors, eines Königssohns aus Rohan, der es einst gewagt hatte, diesen Pfad zu betreten. Er lag vor der verschlossenen Tür zu einer Kammer, in der die Menschen in den Dunklen Jahren irgendwelche Schätze oder Geheimnisse verborgen hatten. Aragorn und sein Gefolge gingen weiter, und hinter ihnen sammelten sich flüsternde Scharen von bewaffneten Gespenstern.
Vgl. DUNHARG, ERECH, MEDUSELD.
R, V, 2.

PFEIFENKRAUT
Die Postämter und Zeitungen der Hobbits fanden jenseits der Grenzen des Auenlandes keine Nachahmung, doch das Rauchen von Pfeifenkraut wurde bald als ihr großer Beitrag zur Zivilisation von Mittelerde gewürdigt. König Elessar, selbst ein Liebhaber des Krautes, trug nicht wenig

zu seiner Verbreitung unter den Menschen bei. Die Zwerge waren durch ihr Wanderleben seit langem damit bekannt; es trifft jedoch nicht zu, daß sie Prunkpfeifen aus Mithril und anderen edlen Metallen verfertigten. Die Elben, die besten Kräuterkenner unter den Völkern von Mittelerde, scheinen dem Kraut wenig Beachtung geschenkt zu haben. In ihren Überlieferungen aus Valinor wird es nicht erwähnt. Unter den Gefährten, die sich in Bruchtal mit Frodo auf den Weg machten, waren Legolas und Boromir die einzigen Nichtraucher.
Wie wir aus M. Brandybocks *Kräuterkunde des Auenlands* erfahren, war Pfeifenkraut, eine Art der Nicotiana, gegen Ende des Zweiten Zeitalters von den Númenórern nach Mittelerde gebracht worden. In Gondor hatte es sich wildwüchsig verbreitet; es hieß dort „süßes Galenas" und wurde um seiner duftenden Blüten willen geschätzt. Den Rauch der getrockneten Blätter zu inhalieren, war eine Erfindung der Hobbits, zunächst derer von Bree. Seinen Siegeszug konnte das Kraut erst antreten, nachdem Tobold Hornbläser um das Jahr 1070 A. Z. im warmen Klima des Südviertels einige vorzügliche Sorten gezogen hatte, die bald den heimischen Markt eroberten: das *Langgrundblatt*, ein blondes und süßes Kraut, das der Zauberer Saruman liebte; *Alter Tobi*, würzig und von dunkelrötlichem Farbton; und *Südstern*, eine wohlfeile Mischung aus Blättern der zweitbesten Qualität.
M. Brandybock hält es nicht für Großsprecherei, wenn man das Rauchen als eine Kunst bezeichnet. Nach dem Urteil Gandalfs befreit es den Kopf von inneren Schatten und verleiht die Geduld, Dummheiten ruhig anzuhören. Gandalf war unübertroffen in der Kunst, Rauchringe jeder Form, Größe und Farbe zu blasen und ihren Schwebeflug zu lenken.
Die Weisen von Mittelerde beschäftigte das „Kraut der Halblinge" zum ersten Mal bei einer Sitzung des Weißen Rats im Jahr 2851 D. Z. Nach einer Spöttelei Sarumans, der sich durch Gandalfs Rauchwolken belästigt fühlte, blies Gandalf, statt zu antworten, einen großen Ring in die Luft und viele kleinere hinterdrein; dann griff er mit der Hand danach, und die Ringe verschwanden. Saruman grübelte lange, ob diese Rauchringe wohl etwas mit den Ringen der Macht zu tun hätten. In aller Heimlichkeit verschaffte er sich das Kraut und probierte es selbst. Später ließ er es in großen Mengen aufkaufen, und zuletzt wurde fast die ganze Ernte des Auenlandes von seinen Gefolgsleuten konfisziert. Was wollte

er nur mit all dem Kraut? Hatte er darin eine Quelle der Inspiration und der seelischen Stärkung erkannt, die er seinen Feinden nicht gönnte? Vgl. AUENLAND, GANDALF, MERIADOC BRANDYBOCK, SARUMAN, THÉODEN, TOBOLD HORNBLÄSER.
H, 1; *R*, I, Prolog; III, 9; *Nachrichten*, III, iv, 3.

PHARAZÔN
(Ar-Pharazôn, „der Goldene"; Quenya: *Tar-Calion*), der letzte und mächtigste König von Númenor. Er machte sich als Heer- und Flottenführer der Númenórer in den Kriegen von Mittelerde frühzeitig einen Namen und erbeutete große Reichtümer, die er dann in Númenor freigebig verteilte. Nach dem Tod seines Vaters Gimilkhâd wurde er zum Führer der chauvinistischen Königspartei, die sich der gemäßigten Politik Tar-Palantirs widersetzte. Weil Tar-Palantir keinen Sohn hatte, folgte ihm seine Tochter Míriel nach; doch Pharazôn zwang sie, ihn zu heiraten (wider die Sitte, denn sie war seine Cousine ersten Grades), und riß die Macht an sich (3255 Z. Z.). Als er im Jahre 3261 mit einer mächtigen Flotte in Umbar landete, Sauron zur Unterwerfung zwang und ihn als Geisel nach Númenor brachte, gingen selbst von den Getreuen viele zu ihm über. (Die Könige von Gondor stellten ihm später für diesen Sieg eine Gedenksäule auf einen Berg in der Nähe des Hafens von Umbar.) Dann aber ließ er sich von Sauron zu immer schärferen Herausforderungen der Valar aufreizen: Er verbot alle Besuche des Heiligtums auf dem Meneltarma; er ließ Sauron den Weißen Baum abhauen und an der Stelle, wo er gestanden hatte, einen Tempel Melkors errichten. Je älter er wurde, desto schwerer bedrückte ihn der Gedanke an den Tod, und Sauron konnte ihm einflüstern, in Valinor könne er sich die persönliche Unsterblichkeit sichern. Also rüstete Ar-Pharazôn die gewaltigste Kriegsflotte der alten Welt aus und fuhr, den Bann der Valar brechend, nach Westen (3319). Er setzte den Fuß auf das Land Aman und erklärte es als sein eigen, wenn niemand darum kämpfen wolle. Daraufhin wurde der Bau der Welt geändert: Númenor und seine Flotten versanken im Meer, er selbst wurde mit seinem Gefolge unter herabstürzenden Bergen begraben, und Valinor wurde aus den Kreisen der Welt (die seither rund ist) entrückt.

Vgl. Armenelos, Getreue, Gimilkhâd, Krumme Welt, Númenor, Palantir.
S, Akallabêth; *R*, Anhänge A und B; *Nachrichten* II, iii.

Pinnath Gelin
„Die grünen Hänge“, eine Hügelkette im Südwesten von Gondor. Von dort kam Hirluin der Schöne nach Minas Tirith, mit dreihundert tapferen grüngekleideten Mannen. Hirluin fiel in der Schlacht auf dem Pelennor.
Vgl. Gondor, Pelennor.
R, V, 1, 6.

Pippin
Vgl. Peregrin Tuk.

Poros
Nebenfluß des Anduin, floß vom Schattengebirge herab und bildete die südliche Grenze von Ithilien. Die Furten des Poros, an der Stelle, wo die Harad-Straße den Fluß überquerte, waren in den Kriegen zwischen Gondor und Harad oft heiß umkämpft. Im Jahr 2885 D. Z. fielen dort die beiden Söhne König Folcwines von Rohan.
Vgl. Gondor, Harad, Ithilien; Karte S. 99.
R, Anhang A II.

QUENYA

Die Sprache der Vanyar, Noldor und Teleri, die zu Beginn des Ersten Zeitalters dem Aufruf der Valar gefolgt und nach Aman gezogen waren; daher auch als Sprache von Valinor oder Hochelbisch bezeichnet. Als die Noldor nach Mittelerde zurückkehrten und dort den Sindar begegneten, stellte sich heraus, daß sich ihre Sprachen in der langen Zeit der Trennung weit auseinander entwickelt hatten. Ihre gemeinsame Vorgängerin, das Urelbische, konnte in manchen Formen zwar erschlossen werden, war aber nicht schriftlich überliefert. Die Langlebigkeit der Sprecher trug dazu bei, daß der Sprachwandel langsamer verlief, als es in der menschlichen Sprachgeschichte zu erwarten wäre. Quenya, dem Urelbischen näherstehend als das Sindarin, wurde nach seiner Ächtung durch Thingol in Mittelerde mehr und mehr zur Sprache der Gelehrten und der Überlieferung. Selbst die Noldorfürsten gaben ihren Namen die Sindarin-Form. Doch die Namen der Könige von Númenor wurden langezeit noch in der Quenya-Form in die Schriftrollen eingetragen, eine Tradition, die von den Erben Elendils wieder aufgenommen wurde.

„Ich bin nach dem eigenen Wohlgefallen gegangen. Die archaische Sprache der Überlieferung soll eine Art ‚Elben-Latein' sein… Im Grunde könnte man sagen, daß es auf einer lateinischen Basis komponiert ist, mit noch zwei anderen (Haupt-)Ingredienzen, die mir nun einmal ein ‚phonästhetisches' Vergnügen bereiten: Finnisch und Griechisch. Es ist jedoch weniger konsonantisch als jede dieser drei" (Tolkien).

Zu Einblicken in die Grammatik dieser Sprache reicht unsere Kenntnis nicht aus. Doch bot sie wie das Lateinische gewiß viel Freiheit in der Wortstellung, ermöglicht durch eine reiche Morphologie von Endungen und Präfixen. Worterfindungen und Komposita scheinen in ihrer Stilistik eine große Rolle gespielt zu haben. Schriftlich aufgezeichnet wurde Quenya zumeist in TENGWAR. Einen Vergleich von Quenya- und Sindarin-Wörtern bietet die Übersicht ELBENSPRACHEN.

Vgl. NOLDOR, SINDARIN.

S, XIII-XV; *R*, Anhang F I; *Briefe*, 144, 347.

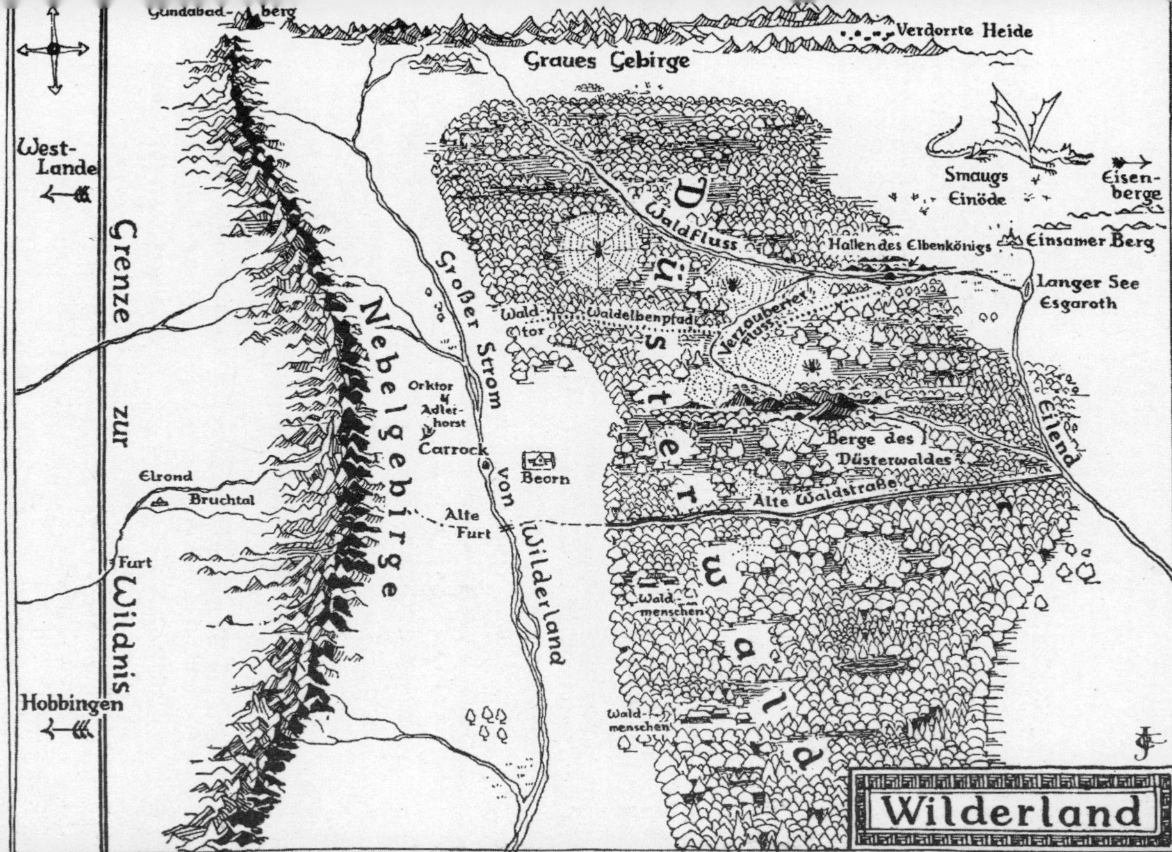
Wilderland
Gundabad-Berg
Verdorrte Heide
Graues Gebirge
Smaugs Einöde
Eisenberge
Einsamer Berg
Hallen des Elbenkönigs
Langer See
Esgaroth
Waldfluss
Düsterwald
Wald-tor
Waldelbenpfad
Verzauberter Fluss
Berge des Düsterwaldes
Alte Waldstraße
Eilend
Waldmenschen
Waldmenschen
Großer Strom von Wilderland
Beorn
Carrock
Alte Furt
Orktor
Adlerhorst
Nebelgebirge
Elrond
Bruchtal
Furt
West-Lande
Hobbingen
Grenze zur Wildnis

Radagast

Ein Istar, genannt Radagast der Braune. Er war der Maia *Aiwendil* (Quenya „Vogelfreund“), den Curumo (Saruman) zu seinem Ärger nach Mittelerde mitnehmen mußte, weil Yavanna es so wünschte. Ihn interessierte die Vogelwelt und sonst gar nichts. Saruman mißbrauchte sein ehrliches Gesicht, um Gandalf nach Isengart zu locken. Von Sarumans dunklen Plänen wußte er nichts, aber er ließ die Vögel, besonders die Krähen, für ihn spionieren. Immerhin alarmierte er auch die Adler.
Sein Wohnsitz war Rhosgobel, zwischen der Carrock-Furt und dem Düsterwald. Westlich des Nebelgebirges kannte er sich nicht aus. Das Auenland war für ihn eine wilde Gegend mit einem wunderlichen Namen. Sein späteres Schicksal ist nicht bekannt.
Vgl. Maiar, Zauberer.
R, II, 2; *Nachrichten*, IV, ii.

Ranga

Númenórisches Längenmaß, ein „Schritt“, entsprach ungefähr der Schrittlänge eines erwachsenen Mannes. Da die Númenórer sehr groß waren, wurde ein Ranga auf 38 englische Inches (0.965 m) geschätzt. Elendil der Lange, der selbst für einen Númenórer außergewöhnlich groß war, soll zweieinhalb Rangar gemessen haben. Zwei Rangar galten als normale Mannsgröße. Da der lange Aufenthalt in der Nähe von Aman das Größenwachstum gefördert hatte, müssen die Vorfahren der Númenórer, die Edain des Ersten Zeitalters, kleiner gewesen sein; aber auch sie galten mit Ausnahme der Haladin als groß, etwa ebenso groß wie die Noldor (die größten unter den Elben), aber schwerer und kräftiger gebaut. Die Dúnedain des Dritten Zeitalters, bei denen die Größe wieder abnahm, dürften ungefähr die gleichen Maße gehabt haben wie die Edain.
5000 Rangar waren ein Lár oder eine númenórische Meile.
Vgl. Dúnedain, Edain, Lár.
S, XII, XVII; *Nachrichten*, III, i.

Rätsel

Rätselsprüche und Rätselspiele waren ein alter und bei allen halbwegs zivilisierten Völkern von Mittelerde hoch geachteter Brauch. Selbst Unholde wie Smaug und Gollum besannen sich auf höfliche Umgangsformen, sobald man ihnen Rätsel aufgab.

Ein Rätselspiel allerdings, wie es Bilbo und Gollum austrugen, als sie sich in den Orkstollen unterm Nebelgebirge begegneten, war eine gefährliche Sache: Der Einsatz war hoch und konnte nicht zurückgenommen werden. Es ging darum, ob Gollum den Hobbit entweder verspeiste oder ihn zum Ausgang führte. Bilbo gewann, doch nicht auf redliche Art. Seine letzte Frage: „Was habe ich in der Tasche?“ war kein echtes Rätsel. Gollum konnte nicht wissen, daß es der Zauberring war, den er eben erst verloren hatte. Darum fühlte Gollum sich von Bilbo betrogen und bestohlen. Bilbo selbst hatte kein reines Gewissen: Mogeln beim Rätselwettstreit war kein Kavaliersdelikt. Außerdem fehlte ihm ein Rechtsanspruch auf den gefundenen Ring. In seinem ersten Bericht von diesem Abenteuer verdrehte er daher die Wahrheit. Er behauptete, den Ring im Rätselspiel gewonnen zu haben.

Die Rätsel, die Bilbo und Gollum sich aufgaben, waren anspruchslose Übersetzungen alter Elbenrätsel. In den elbischen Fassungen hatten die Verse die Kraft, die Erinnerung an die Lösung, die man vielleicht schon mal gehört hatte, nach einer gewissen Zeit auszulöschen. Das Rätsel konnte so immer wieder von neuem aufgegeben und gelöst werden.

Vgl. Bilbo Beutlin, Gollum, Magie.

H, 5, 12; *R,* I, 2; Tolkien, Über Märchen (153 ff.).

Rauros-Fälle

Die Wasserfälle des Anduin beim Austritt aus den Emyn Muil. Kurz vorher erweiterte sich der Strom zu dem See von Nen Hithoel mit der Insel Zinnenfels (Tol Brandir). Rauros bedeutet im Sindarin „tosender Schaum“.

R, II, 9.

Remmirath

(Sindarin: „Juwelennetz von Sternen“), ein Sternbild, das Frodo und seine Gefährten in der Nacht vom 24. auf den 25. September 3018 D. Z.

im Osten aufsteigen sahen, etwas vor Menelvagor (Orion), also die Plejaden oder das Siebengestirn.
R, I, 3; Anhang E.

RERIR
Ein nach Westen vorspringender Berg im Norden der Ered Luin. Dort entsprang der größere der beiden Quellflüsse des Gelion. Unter dem Südhang lag der Helevorn-See, an dessen Ufern Caranthirs Volk wohnte. Am Westhang stand Caranthirs Festung, die nach der Dagor Bragollach von den Orks eingenommen wurde.
Vgl. CARANTHIR, THARGELION; Karte S. 59.
S, XIV, XVIII.

RHOVANION
Das Gebiet zwischen dem Anduin und den Flüssen Eilend und Rotwasser, vom Grauen Gebirge im Norden bis zu den Braunen Landen südlich des Düsterwalds; im Westron *Wilderland* genannt. Die Menschen von Rhovanion waren offenbar mit den Edain des Ersten Zeitalters verwandt und wurden von den Dúnedain-Königen als Verbündete respektiert. Am dichtesten bevölkert waren die Ränder des Düsterwalds, besonders im Südosten, wo durch den Holzeinschlag die sogenannte „Ostbucht" entstand. Mehrere kleine Fürsten und Stammeshäuptlinge suchten Rückhalt bei Gondor, dem mächtigen Nachbarn im Südwesten. Mit ihrer Hilfe besiegte Minalcar (der spätere König Rómendacil II. von Gondor) im Jahre 1248 D. Z. ein großes Heer der Ostlinge und drang sengend und mordend nach Rhûn hinein. Rómendacil begünstigte den Fürsten Vidugavia, der sich bald König von Rhovanion nannte. Rómendacils Sohn Valacar heiratete eine Tochter Vidugavias, was in Gondor zu einem Bürgerkrieg führte, weil es einen Menschen von unreiner Abkunft auf den Thron brachte (Eldacar).
Während der Großen Pest von 1635/36, die mit einem sehr strengen Winter zusammentraf, ging mehr als die Hälfte der Bewohner von Rhovanion zugrunde. Kaum hatte das Land sich von diesen Verlusten erholt, da wurde es in den Kriegen gegen die Wagenfahrer (1851–1944 D. Z.) von neuem aufgerieben. Ein Teil der Bewohner zog sich ins nördliche Anduin-Tal zurück, manche flüchteten nach Gondor, andere wurden ver-

sklavt oder führten aus den Wäldern einen Bandenkrieg gegen die Eindringlinge. Auch nachdem Earnil die Wagenfahrer entscheidend geschlagen und vertrieben hatte, kehrten die früheren Bewohner nicht zurück.
Reste der Menschen von Rhovanion waren die Éothéod, die Beorninger und die Menschen im Königreich Thal.
Vgl. BEORN, DÜSTERWALD, EDAIN, ELDACAR, ÉOTHÉOD, GONDOR, GROSSE PEST, THAL, WAGENFAHRER; Karte S. 295.
H, 6, 7, 10, 14; *R*, Anhang A, I, 4; *Nachrichten*, II, ii, 1.

RHUDAUR
Das nordöstliche der drei Königreiche, in die Arnor im Jahre 861 D. Z. auseinanderfiel, zwischen den Wetterbergen im Westen, dem Nebelgebirge im Osten und den Ettenöden im Norden, mitsamt dem Winkel zwischen den Flüssen Weißquell und Lautwasser. Da sich nur wenige Dúnedain dort befanden, geriet Rhudaur im Streit mit Arthedain und Cardolan schon bald unter den Einfluß von Angmar. Später war es ein verlassenes Land. Dort lagen die Trollhöhen, an denen die Reisenden vorüberkamen, wenn sie vom Auenland über die Große Oststraße nach Bruchtal wollten. Auf manchen Bergen standen noch die verfallenen Burgen, „denen man ansah, daß sie zu bösen Zwecken erbaut worden waren". Und natürlich gab es auf den Trollhöhen auch Trolle.
Vgl. ANGMAR, ARNOR, TROLLE, TROLLHÖHEN, WETTERSPITZE; Karte S. 264–265.
H, 2; *R*, I, 12; Anhang A I, 3.

RHÛN
Sindarin „Osten": das Land östlich des Binnenmeers von Rhûn; die Grenze zu Rhovanion bildete der Fluß Carnen. Die Geschichtsschreiber von Gondor behaupteten, über die Länder und Völker dort nichts zu wissen, außer daß sie Sauron untertan seien. Aber in früherer Zeit, seit König Rómendacil II. („Ostsieger"; 1240–1366 D. Z.), reichte der Einfluß Gondors bis über das Binnenmeer hinaus. Noch um das Jahr 2000 jagte der Truchseß Vorondil in Rhûn Auerochsen (daher stammte Boromirs Horn). Esgaroth, Thal und die Zwerge vom Erebor trieben mit Rhûn Handel. Von den Völkern der „Ostlinge", die zu verschiedenen Zeiten

von dort nach Westen vordrangen, wußte man, daß sie untereinander und mit ihren Nachbarn in Khand ebenso verfeindet waren wie mit Gondor.
Vgl. BALCHOTH, ESGAROTH, OSTLINGE, RHOVANION, THAL, WAGENFAHRER; Karte S. 99.
H, 10; *R*, Anhang A I, 4.

RIESENSPINNEN
Die Spinnen, mit denen es Bilbo und die Zwerge im Düsterwald zu tun bekamen, waren zwar ungemein groß und giftig, dabei aber nur verkümmerte Nachkommen der großen Lichtfresserin Ungoliant, vor der selbst Melkor sich gefürchtet hatte. Sie und die anderen Geschöpfe in Nan Dungortheb, mit denen sie sich paarte, waren dämonische Wesen, die aus der Äußeren Dunkelheit nach Arda gekommen waren: Die mächtigen Spinnen dieser Art waren weiblich; die Männchen wurden nach Erfüllung ihres biologischen Zwecks von ihnen gefressen. Die Spinnengestalt, ursprünglich nur die ihrer Geistesart gemäße Einkleidung, wurde allmählich zur nicht mehr ablegbaren Erscheinungsform und verkleinerte sich im Laufe vieler Zeitalter bis auf ihr heutiges unscheinbares Maß.
Kankra, die Frodo und Sam in Cirith Ungol auflauerte, war das letzte Kind von Ungoliant, und schon Beren war ihr auf der Flucht aus Dorthonion begegnet. Alle Riesenspinnen lebten an dunklen Orten, am liebsten in Gebirgsschluchten, teils weil sie sich verbergen mußten, teils weil sie das wenige Licht, das dort einfiel, auffraßen. Sie dienten niemandem als sich selbst, ließen sich jedoch für die Zwecke der Dunklen Herrscher verwenden, wenn dabei Futter für sie abfiel. Sie waren nicht sehr intelligent, verstanden aber ein wenig Sindarin oder Westron.
Vgl. KANKRA, NAN DUNGORTHEB, UNGOLIANT.
H, 8; *R*, IV, 9; *S*, VIII.

RINGE DER MACHT
In den ersten Jahrhunderten des Zweiten Zeitalters wanderte ein stattlicher und liebenswürdiger Herr von ungeheurem Wissen in Mittelerde umher, der mit Ratschlägen und Reichtümern nicht geizte. Bei den Menschen genoß er bald göttliche Verehrung, für die Zwerge war er ein interessanter Geschäftspartner, und nur unter den Elben trauten ihm nicht

alle. Sie aber umwarb er am eifrigsten. Die Noldor von Eregion, bei denen er sich *Annatar*, der Herr der Geschenke, nannte, nahmen begierig seine Kenntnisse in der magischen Schmiedekunst auf (er behauptete, ein Schüler Aules zu sein), und ihre Juwelenschmiede, allen voran Feanors Enkel Celebrimbor, verfertigten eine Anzahl Ringe aus Gold oder Mithril, mit diversen magischen Eigenschaften, deren wichtigste die war, daß sie alle einem Herrscherring untertan waren, den Annatar heimlich für den eigenen Gebrauch schmiedete. Im übrigen bewirkten die Ringe bei ihren Besitzern viel Erfreuliches: Sie vermehrten den Reichtum der Zwerge, verlängerten das Leben der Menschen und halfen den Elben, die Wunden der Zeit abzuwehren. Die Schmiede (oder Annatar, der sie anleitete) verfolgten mit ihnen keine durchaus bösartigen, sondern zivilisatorische Absichten, und gerade dies machte die Ringe für ihre Besitzer so wertvoll.

Als Annatar allerdings den Herrscherring gebrauchte, bemerkte es Celebrimbor und brachte die drei Elbenringe Vilya, Nenya und Narya in Sicherheit. Er erkannte nun auch, daß Annatar niemand anders was als Sauron, Morgoths mächtigster Vasall, den die Elben aus dem Ersten Zeitalter in böser Erinnerung hatten. Alle Ringe forderte Sauron für sich, da sie ohne seine Hilfe nicht hätten verfertigt werden können. Die Elben gaben die ihrigen nicht heraus, aber die anderen erbeutete Sauron, als er Eregion mit Krieg überzog (1697 Z. Z.).

Im späteren Verlauf des Zweiten Zeitalters verteilte er die Ringe unter die Zwergen- und Menschenfürsten, die er sich untertan machen wollte. Sieben Ringe gab er den Zwergen, doch mit geringem Erfolg: Sie füllten ihre Schatzkammern und wurden noch habgieriger, als sie ohnehin gewesen waren; im übrigen aber prallten alle schwarzen Künste an ihrer Dickköpfigkeit ab. Neun Ringe gab er den Menschen, und die Träger wurden die Großen ihrer Zeit: Könige, Magier, Feldherren. Sie lebten sehr lange, wurden aber allmählich zu Schatten oder Geistern und fielen unter die Macht des Herrscherrings. Man nannte sie die Nazgûl.

Im Dritten Zeitalter, als er den Herrscherring nicht mehr besaß, war Sauron bemüht, die Ringe zurückzugewinnen: Sie hätten *gegen* ihn verwendet werden können, wenn der Eine Ring seinen Feinden in die Hände fiel. Manche Zwergenringe hatten inzwischen die Drachen gefressen, andere, wie den Ring Thráins II., konnte er den Besitzern wieder abnehmen. Auf welche Weise er die Nazgûl beherrschte, wissen wir nicht. Ihre Ringe trugen sie nicht mehr.

Mit der Vernichtung des Herrscherrings im Feuer des Schicksalsbergs erlosch auch die Kraft aller anderen Ringe.

Vgl. CELEBRIMBOR, HERRSCHERRING, NARYA, NAZGÛL, NENYA, SAURON, SCHICKSALSBERG, VILYA.

S, Von den Ringen …; *R*, I, 2, II, 2.

RINGGEISTER

Vgl. NAZGÛL.

RINGKRIEG

Der große Krieg am Ende des Dritten Zeitalters, in dem Sauron besiegt und Barad-dûr zerstört wurde. Gandalf nahm an, daß Sauron den Krieg im Jahre 3019 vom Zaun brach, um seine Feinde zu überwältigen, bevor sie sich darüber einigen konnten, was mit dem Herrscherring anzufangen wäre. Die Verbündeten, unter Gandalfs und Aragorns Führung, suchten ebenfalls die kriegerische Auseinandersetzung, um Sauron von ihrem wichtigsten Vorhaben abzulenken: der Vernichtung des Herrscherrings. Daß dies letztlich gelang, war für den Ausgang des Krieges entscheidend.

Der Krieg spielte sich an fünf Fronten ab, im wesentlichen in den zwei Wochen vom 10. bis 25. März 3019.

1) Der Angriff zweier großer Heere aus Udûn und Minas Morgul auf Anórien und den Pelennor. Soweit sie in der Schlacht auf dem Pelennor nicht vernichtet oder vertrieben wurden, erlagen sie der Verfolgung durch Elfhelms Reiter in Anórien oder liefen den Ents von Fangorn in die Arme. Die Schlacht auf dem Pelennor fand ihre Fortsetzung in der Schlacht vor dem Morannon.

2) Der Angriff der Korsaren von Umbar und Harad auf Pelargir und Lebennin, der damit endete, daß Aragorn die feindliche Flotte aufbrachte (11.–13. März).

3) Drei Angriffe von Dol Guldur auf Lórien (am 11., 15. und 22. März), die jeweils zurückgeschlagen wurden. Nach dem Einsturz von Barad-dûr eroberten die Elben von Lórien die Festung Dol Guldur und zerstörten sie.

4) Die „Schlacht unter den Bäumen“ im nördlichen Düsterwald, wo Thranduil einen Angriff aus Dol Guldur abwehrte (15. März).
5) Die Schlacht von Thal, wo König Brand und Dáin Eisenfuß beim Angriff der Ostlinge aus Rhûn fielen (17. März). Die Festung unterm Erebor wurde jedoch gehalten und konnte sich befreien, nachdem Saurons Niederlage bekannt geworden war.
Ergebnisse des Krieges waren die Vernichtung von Saurons Reich in Mordor, die Wiederherstellung des Vereinigten Königreichs von Arnor und Gondor und das beschleunigte „Schwinden“ (oder Abwandern) der Elben.
Vgl. BARAD-DÛR, DOL GULDUR, DÜSTERWALD, EREBOR, HERRSCHERRING, LÓRIEN (2), MORANNON, PELARGIR, PELENNOR, THAL, THRANDUIL, UMBAR.
R, Anhang B.

ROAC
Der Älteste der Raben vom Rabenberg, einer Anhöhe am Erebor. Er war sehr groß, vermutlich ein Kolkrabe *(corvus corax)*, kahlköpfig, fast blind und hundertdreiundfünfzig Jahre alt. Schon sein Vater Carc hatte mit den Zwergen vom Erebor in gutem Einvernehmen gelebt. Roac sprach ein gepflegtes Westron und gab Thorin Eichenschild kluge und maßvolle Ratschläge, die der Zwerg nicht befolgte. Trotzdem holten die Raben für ihn Nachrichten ein und schickten Boten zu den Zwergen in den Eisenbergen. Sie ließen sich gern mit Schmuckstücken belohnen.
Mit den Krähen, die Roac voll Verachtung als „Aaskrähen“ bezeichnete, waren die Raben vom Erebor nicht verwandt.
Vgl. EREBOR, KRÄHEN, THORIN II.
H, 15.

ROHAN
Als Aragorn, Gimli und Legolas von den westlichen Ausläufern der Emyn Muil herabgestiegen kamen, standen sie plötzlich in dem Gras von Rohan. Wie ein grünes Meer erstreckte es sich vor ihnen, und im Südwesten, in etwa 90 Meilen Entfernung, erhob sich das Weiße Gebirge.
Im Norden grenzte das Land an den Wald von Fangorn, nach Osten wurde es vom Anduin begrenzt. Die Westgrenze bildete die enge Pforte

von Rohan mit dem Fluß Isen. Das ganze Land war flach und wenig gegliedert, in den Niederungen der Entwasser sumpfig, besonders an ihrer verästelten Mündung in den Anduin. Der nordöstliche Teil hieß Ost-Emnet, der nordwestliche West-Emnet. Am dichtesten besiedelt war der Süden, zu Füßen des Weißen Gebirges, der sich in die Westfold (vom Isen bis zum Schneeborn) und die Ostfold gliederte, mit der Hauptstadt Edoras in der Mitte. Die Bewohner des Landes hießen die Rohirrim. Der am weitesten nordöstliche Landesteil, das Wold oder Ödland zwischen Fangorn und dem Anduin, war nahezu unbewohnt.
Rohan war bis zu seiner Abtretung an Eorl im Jahre 2510 D. Z. ein Teil von Gondor gewesen, unter dem Namen Calenardhon („Grüne Provinz"). Die frühere Bevölkerung war durch die Große Pest und den Krieg mit den Ostlingen stark dezimiert worden; die Reste hatten die Rohirrim nach Süden und Westen vertrieben, darunter auch die später so genannten Dunländer. 2758 D. Z. wurde Rohan von Westen und Osten zugleich angegriffen und bis auf die Festung Hornburg erobert; im Jahre darauf wurde es jedoch mit Unterstützung aus Gondor von den Rohirrim zurückerobert.
Politisch war Rohan durch einen Freundschafts- und Beistandspakt mit Gondor verbunden. 2885 hatte ein Heer der Rohirrim gemeinsam mit den Truppen von Gondor gegen die Haradrim gekämpft; die beiden ältesten Söhne König Folcwines von Rohan waren dabei gefallen. Im Ringkrieg kam das Heer von Rohan unter König Théoden der belagerten Stadt Minas Tirith zu Hilfe.
Die Herrscher von Rohan nannten sich die Könige der Mark und stammten von Eorl ab, der zuvor der Fürst der Éothéod gewesen war. Der König war zugleich Erster Marschall (Oberbefehlshaber) des Heeres. Seine Würde vererbte sich in der Regel auf den ältesten Sohn. Sein Palast war Meduseld, die Goldene Halle in Edoras.
Der Name Rohan bedeutete im Sindarin „Pferdeland". Die Rohirrim selbst nannten ihr Land die *Riddermark*.
Vgl. CIRION, DUNLÄNDER, EDO
RAS, EORL, ÉOTHÉOD, HELM HAMMERHAND, HORNBURG, MEDUSELD, RINGKRIEG, ROHIRRIM, THÉODEN; Karte S. 99.
R, III und V passim, Anhänge A und B; *Nachrichten*, III, ii, v.

ROHIRRIM

Sindarin „Pferdeherren“; die in Gondor gebräuchliche Bezeichnung für die Bewohner von Rohan. Sie selbst nannten sich *Eorlingas* („Söhne Eorls“), und von ihren Feinden, den Dunländern, wurden sie als *Forgoil* (dunländisch „Flachsköpfe“) bezeichnet. Sie waren die Nachkommen der Éothéod und entfernt stammverwandt mit den Dúnedain. In Rohan wohnten sie in kleinen, über das Land verstreuten Dörfern und betrieben neben anderen ländlichen Gewerben vor allem Pferdezucht. Die meisten Rohirrim waren groß, blond und blauäugig; von den Künsten, Handwerken und Wissenschaften, die in Gondor gepflegt wurden, verstanden sie nicht viel. Ihre Pferde galten als die besten in ganz Mittelerde; auch die Rappen der Schwarzen Reiter waren aus Rohan geraubt. Gefürchtet waren die Éoreds (Schwadronen) ihrer Reiterei, die mit grimmigen Stabreim-Gesängen in die Schlacht zogen. (Die Waffen allerdings stammten zumeist von Schmieden in Gondor.)
Die vornehmeren Rohirrim beherrschten das Westron. Unter sich gebrauchten sie eine altertümliche Mundart, die mit dem Adûnaïschen (und mit der Mundart der Hobbits) verwandt war. Dies wird in der Wiedergabe durch altenglische Wörter und Namen angedeutet.
Vgl. ÉOTHÉOD, MEARAS, ROHAN.
R, Anhang A II; *Nachrichten*, III, v; Tinkler, *Old English in Rohan.*

RÓMENNA

(Q. „ostwärts“), größter Hafen von Númenor, in der fjordartigen Bucht gleichen Namens an der Ostküste; mit der Königsstadt Armenelos durch eine gepflasterte Straße verbunden (was in Númenor sehr ungewöhnlich war). Seit der Zeit Ar-Gimilzôrs war Rómenna zugleich der Sammelplatz der Getreuen.
Vgl. ALDARION, GETREUE, GIMILZÔR, NÚMENOR; Karte S. 273.
S, Akallabêth; *Nachrichten*, II.

ROTES BUCH DER WESTMARK

Das große, in rotes Leder gebundene Buch mit Bilbos Bericht über seine Fahrt zum Erebor und Frodos Erzählung vom Ringkrieg und seiner Fahrt zum Schicksalsberg, ergänzt von anderen Beteiligten. Angefügt waren drei Bände mit Bilbos Übersetzungen aus dem Elbischen, die Sagen und

Überlieferungen aus dem Ersten Zeitalter betreffend. Frodo gab die Bände vor seiner Abreise in den Westen Sam Gamdschie; der Bericht über die letzten Tage war von Sam zu ergänzen. Durch Sams Tochter Elanor kamen sie in den Besitz der Familie Schönkind von den Türmen, der Verweser der Westmark. Die Bände wurden in Untertürmen aufbewahrt und mehrfach abgeschrieben. Ein fünfter Band mit Erläuterungen, Stammbäumen und verschiedenen anderen Mitteilungen über die beteiligten Hobbits wurde dort hinzugefügt.
Die Quelle, die Professor Tolkiens Veröffentlichungen zugrunde lag, war die Abschrift einer Abschrift, angefertigt im Jahr 172 des Vierten Zeitalters von dem Hofschreiber Findegil in Minas Tirith, mit vielen Anmerkungen und Berichtigungen der Gelehrten von Gondor. Findegils Vorlage war das *Buch des Thains*, d. h. die Abschrift des Roten Buchs, die Peregrin Tuk mitgebracht hatte, als er im Jahr 64 nach Gondor kam.
Vgl. BILBO BEUTLIN, FRODO BEUTLIN, SAM GAMDSCHIE, UNTERTÜRMEN.
R, Prolog; VI, 9.

ROTHORN
Vgl. CARADHRAS.

Sackheim-Beutlin

Otho Beutlin war durch seine Mutter Camellia, eine geborene Sackheim, nominelles Oberhaupt der Sackheims geworden und nahm daher den Doppelnamen Sackheim-Beutlin an. Er wollte Oberhaupt beider Familien werden, und dabei war ihm Bilbo Beutlin im Wege. Bilbos unerwartete Rückkehr vom Erebor und Frodos Adoption machten Othos Hoffnungen auf das Erbe von Beutelsend zunichte.
Als Frodo aus dem Auenland fortging, verkaufte er Beutelsend an Othos Witwe Lobelia Sackheim-Beutlin, geborene Straffgürtel (die zuvor schon Bilbos silberne Löffel an sich gebracht hatte). Obwohl Lobelias Sohn Lotho „der Oberst" war, der Sarumans Leute ins Land geholt hatte, protestierte sie selbst unter Einsatz ihres Regenschirms gegen die Verwüstung von Beutelsend und kam dafür ins Gefängnis. Als sie 1420 A. Z. starb, hinterließ sie eine Stiftung für Hobbitfamilien, die bei den Unruhen ihre Heime verloren hatten.
Die Sackheim-Beutlins besaßen Pfeifenkraut-Pflanzungen und kamen dadurch zuerst in Handelsbeziehung mit Saruman.
Vgl. Beutlin, Oberst.
R, I, 1, 2; VI, 8, 9; *Nachrichten*, III, iv, 2, 3.

Saeros

Ein Nando aus Arthórien, der zu Thingols angesehensten Ratgebern gehörte. Er war ein elbischer Rassist, der es mißbilligte, daß mit Túrin schon zum zweiten Mal ein Mensch nach Doriath eingelassen worden war. Er lästerte über Túrins struppiges Haar und über die Frauen in seinem Heimatland Hithlum, die angeblich nackt herumliefen. Túrin warf ihm einen Becher an den Kopf. Am nächsten Morgen lauerte Saeros ihm vor den Toren von Menegroth auf und griff ihn hinterrücks an. Túrin entwaffnete und entkleidete ihn; dann hetzte er ihn durch die Wälder – nackt wie die Frauen von Hithlum. In panischer Furcht versuchte Saeros eine Schlucht zu überspringen und stürzte zu Tode. Nellas hatte den Kampf beobachtet und bezeugte Túrins Unschuld. Doch

Túrin war schon geflohen, und auch später wollte er von Verzeihung nichts hören.
Vgl. DORIATH, NANDOR, NELLAS, TÚRIN.
S, XXI; *Nachrichten*, I, ii.

SAM GAMDSCHIE
„Sam ist der am genauesten gezeichnete Charakter, der Nachfolger Bilbos aus dem ersten Buch, der echte Hobbit. Frodo ist nicht so interessant, weil er so hochgesinnt sein muß und (gewissermaßen) eine Berufung hat" (Tolkien).
Sam (oder vollständig: Samweis), der Sohn von Bilbos Gärtner Hamfast Gamdschie, hatte von Bilbo Schreiben und Lesen gelernt und manches über dessen Abenteuer gehört. Als er darum bat, Frodo auf seiner Fahrt zum Schicksalsberg begleiten zu dürfen, wollte er vor allem eines: die Elben sehen. Geschichten von den Elben hörte er am liebsten. In allen Gefahren, die er zu bestehen hatte, vergaß er nie, daß er jemand war, der eine Geschichte erlebt. („Ich möchte mal wissen, in was für einer Art Geschichte wir sind.")
Als einziger Gefährte begleitete er Frodo bis zum Schicksalsberg, trug für kurze Zeit an seiner Stelle den Ring und befreite ihn aus der Gefangenschaft im Turm von Cirith Ungol. Der große, weltbewegende Krieg der Guten gegen die Bösen wurde über seinen Kopf hinweg geführt – aber ohne daß er mit Hand anlegte, wäre alles schiefgegangen. Er kämpfte nicht für den Weißen Rat oder gegen den Dunklen Herrscher, sondern für oder wider die Dinge, die ihm nahe waren: für seinen Freund Frodo und gegen den abscheulichen Gollum, für Kaninchenbraten, Bier und Pfeifenkraut, gegen die Verwüstung von Beutelsend und das Abholzen der Bäume an der Wasserauer Straße.
Sam war vor allem ein Gärtner. Von seiner Fahrt brachte er als wertvollsten Gewinn ein Kästchen Gartenerde aus Lothlórien mit, ein Geschenk mit dem Segen der Elbenfürstin Galadriel, und auf der Festwiese von Beutelsend pflanzte er einen herrlichen Mallorn.
Nach der Rückkehr heiratete Sam seine Jugendfreundin Rosie Hüttinger und bekam von ihr dreizehn Kinder. Im Jahr 1427 A. Z. wurde er zum Bürgermeister gewählt, und dieses Amt behielt er, sechsmal wiedergewählt, bis 1476. König Elessar ernannte ihn 1434 zusammen mit

seinen Freunden Merry und Pippin zum Ratsherrn des Nördlichen Königreichs.

Im Jahre 1482, nach dem Tod seiner Frau Rosie, fuhr Sam auf einem Elbenschiff in den Alten Westen, nachdem er seiner Tochter Elanor in Untertürmen die von ihm vervollständigte Handschrift des Roten Buchs übergeben hatte.

Vgl. BÜRGERMEISTER VON MICHELBINGE, CIRITH UNGOL, FRODO BEUTLIN, HOBBITS, MALLORN, ROTES BUCH DER WESTMARK, SCHICKSALSBERG.

R, passim.

SARN ATHRAD

Als die Zwerge von Nogrod, mit dem Raub von Doriath beladen, wieder nach Sarn Athrad kamen und die Ufer des Gelion emporstiegen, „da erschollen aus allen Wäldern plötzlich die Elbenhörner, und von allen Seiten trafen sie die Pfeile“. So begann die Schlacht bei Sarn Athrad, der Steinfurt, wo Beren den Fürsten von Nogrod erschlug und ihm das Nauglamír mit dem Silmaril wieder abnahm. Die wenigen, die dem Hinterhalt der Grünelben entkamen, wurden auf den Hängen des Dolmed-Bergs von den Ents massakriert. Die wiedergewonnenen Schätze von Doriath warf Beren in den Ascar, der hier in den Gelion einmündete.

Die Furt durchquerte den Gelion an der wichtigsten Ost-West-Verbindung von Beleriand, der Zwergenstraße.

Sarn Athrad war auch der ursprüngliche Name der Sarnfurt am Baranduin.

Vgl. ASCAR, DORIATH, GELION, NAUGLAMÍR, NOGROD, ZWERGENSTRASSE; Karte S. 59.

S, X, XXII.

SARN GEBIR

Die Stromschnellen im Anduin zwischen den westlichen Hängen der Emyn Muil, einige Meilen oberhalb der Rauros-Fälle. Am Westufer war eine Straße, auf der Boote an den Schnellen vorübergetragen werden konnten. Der Name bedeutet im Sindarin „Steindornen“.

Vgl. EMYN MUIL.

R, II, 9.

Sarnfurt

Der Übergang über den Baranduin an der wichtigsten südlichen Zugangsstraße zum Auenland; er wurde von den Dúnedain des Nordens aufmerksam bewacht; allerdings konnten sie die Schwarzen Reiter im September 3018 D. Z. nicht fernhalten. Von der Sarnfurt führte eine Straße nach Süden, die bald in den Grünweg einmündete.
Im Zweiten Zeitalter wurde hier (etwa 1700 Z. Z.) ein großes Orkheer von den Elben und den mit ihnen verbündeten Númenórern vernichtet.
Der Name ist eine halbe Übersetzung von Sindarin *Sarn Athrad*, „Furt der Steine" (nicht zu verwechseln mit der gleichnamigen Furt durch den Gelion).
Vgl. Auenland, Baranduin, Grünweg.
R, I, 10; VI, 8; *Nachrichten*, II, iv.

Saruman

Der erste der Zauberer, die um das Jahr 1000 D. Z. in Mittelerde erschienen, offenbar der Oberste und Gelehrteste ihres Ordens. Er ging in weiße Gewänder gekleidet, darum Saruman der Weiße genannt, und moderierte mit glatter Zunge die Sitzungen des Weißen Rats. Er gab sich vor allem mit den Menschen ab, mit denen von Gondor, aber auch mit den Völkern im Osten, wo er lange umhergewandert war. Den Namen Saruman erhielt er erst spät von den Rohirrim; er enthält das angelsächsische Element *searu, saru*, List, Geschicklichkeit, offenbar in Entsprechung zu Sindarin *Curunír*, wie er von den Elben genannt wurde. In Gondor, wo er lange in den Archiven forschte, war er hochangesehen; darum überließ ihm der Truchseß Beren den Orthanc als Wohnsitz (2759 D. Z.). Er blieb lange loyal gegen Gondor und Rohan, aber als er merkte, daß es mit der Suche nach dem Herrscherring ernst wurde, verfolgte er seine eigenen Interessen zwischen den Fronten. Er befestigte Isengart, richtete große unterirdische Waffenschmieden ein und nahm Orks und Dunländer in seinen Dienst. In der Hoffnung, als erster den Ring zu finden, ließ er die Schwertelfelder absuchen. Es kam zu Scharmützeln zwischen den Suchtrupps aus Isengart und denen aus Mordor. Im Weißen Rat behauptete er, der Ring sei ins Meer gespült worden.
Als er es wagte, den Palantír von Orthanc zu benutzen, geriet er unter den Einfluß Saurons, der den Stein von Minas Ithil besaß. Er hoffte

immer noch, sich des Rings bemächtigen zu können, stellte sich aber schon darauf ein, notfalls auch als Saurons Verbündeter und Vasall den Gang der Dinge lenken zu können. Er war ein fortschrittlicher Zauberer, dem die archaischen und feudalen Verhältnisse in Mittelerde verhaßt waren; er strebte eine Art Industrialisierung an, wie er sie im Auenland nur in Ansätzen verwirklichen konnte, weil die rückständigen Hobbits nicht mitmachten. In all dem war er mit Sauron eines Sinnes; doch war Saruman ein schmächtigerer Charakter: ein auf Abwege geratener Reformpolitiker, ohne einen Funken des satanischen Feuers, das den Dunklen Herrscher erfüllte.

Nach seiner Niederlage im Krieg mit Rohan wurde er von Gandalf aus dem Orden der Istari ausgestoßen, und sein Zauberstab wurde zerbrochen. Als auch noch seine Pläne für das Auenland fehlschlugen (bei denen er nur drittklassiges Personal eingesetzt hatte), wurde ihm von seinem maßlos frustrierten Diener Schlangenzunge die Kehle durchgeschnitten. Natürlich war Saruman kein Sterblicher, der auf diese Weise getötet werden konnte: Er war der Maia Curumo, der zum Gefolge Aules gehört hatte; immerhin aber verlor er dabei seine leibliche Hülle, und auch sein Geist war nun in Valinor nicht mehr willkommen.

Vgl. AUENLAND, HERRSCHERRING, ISENGART, MAIAR, PALANTÍRI, PFEIFENKRAUT, SCHLANGENZUNGE, WEISSER RAT, ZAUBERER.

R, passim, besonders II, 2; III, 10; VI, 7, 8; *Nachrichten*, IV, ii.

SAURON

„Das Böse, das hier erscheint, gehört ganz der schwarzen Seite an. Es ist nicht luziferisch, leuchtet und schimmert nicht, verlockt nicht durch sinnliche Schönheit. Der Garten der Lüste gehört nicht zu ihm“ (F. G. Jünger). Weil der Dunkle König so abscheulich anzusehen ist, hält er sich im Turm von Barad-dûr verborgen und tritt nie in Erscheinung. Saruman, Pippin, Aragorn und Denethor sind ihm durch einen Palantír begegnet; Círdan, Galadriel, Elrond und vielleicht auch Gandalf kennen ihn in einer seiner früheren Gestalten. Aber niemand sagt, was er gesehen hat. Nur sein Lidloses Auge, das ruhelos über die Lande schweift, wird manchmal sichtbar. Er herrscht durch die Kreaturen, die von seinem Willen gelenkt werden.

Sauron, „der Abscheuliche“ (Sindarin *Gorthaur*), nannten ihn zuerst die

Noldor, doch war dies vermutlich nicht der Name, mit dem er sich gern anreden ließ. Als die Valar Arda einrichteten, war er ein Maia im Gefolge Aules; aber bald war er zu Melkor übergegangen, welcher der Stärkste und Schöpferischste war. Seine Bewunderung für Melkor war ehrlich; er hielt ihm durch alle Niederlagen hindurch die Treue und baute ihm in Númenor sogar einen Tempel. Allerdings hatte Sauron weder die Macht noch das Temperament des großen nihilistischen Demiurgen.

Während des Ersten Zeitalters diente er seinem Herrn als Kommandant der Festungen Angband und Tol Sirion, als Oberbefehlshaber in Dorthonion und als Spezialist für die Dressur von Werwölfen. Nach seiner kläglichen Kapitulation vor Lúthien fiel er in Ungnade und mußte eine Zeitlang als Vampir in Taur-nu-Fuin herumspuken. Möglich, daß seine Loyalität dadurch erschüttert wurde; jedenfalls ergab er sich nach dem Fall von Angband bereitwillig Eonwe, dem Herold Manwes, und gelobte Besserung. Aber dann zog er es vor, sich im Osten von Mittelerde zu verstecken, statt in Valinor um Verzeihung zu betteln. Die Valar überließen Mittelerde bald wieder sich selbst, und Sauron fand Anhänger unter den wilden Menschenvölkern im Osten und Süden. Schließlich versuchte er auch die Elben von Lindon und Eregion, wo er unter dem Namen *Annatar*, „Herr der Geschenke", auftrat, für seine Pläne zu gewinnen. Die Worte, die er an sie richtete, waren aufrichtig gemeint: „Warum sollte Mittelerde ewig wüst und dunkel bleiben? … Ist es nicht unsere Pflicht, zusammen dafür zu wirken, daß es reicher werde und daß alle die Elbenvölker, die hier unbelehrt umherschweifen, sich zu jener Höhe von Macht und Wissen erheben, wie sie die anderen besitzen, die jenseits des Meeres sind?" Ähnlich wie später Saruman scheint er um Zivilisation, Fortschritt, Aufklärung bemüht gewesen zu sein. Und als er sich bereit zeigte, manche Geheimnisse der göttlichen Schmiedekunst preiszugeben, da konnten nur so konservative Fürsten wie Círdan, Gil-galad und Galadriel ihm noch widerstehen. Mit Saurons Hilfe (oder mit dem von ihm beigetragenen Geheimwissen) schufen die Schmiede von Ost-in-Edhil die Ringe der Macht, ohne zu ahnen, daß Sauron einen Herrscherring für sich selbst schuf, der alle anderen kontrollierte.

Wieviel der Eine Ring als Machtinstrument tatsächlich wert war, ist zweifelhaft. In den Kriegen des Zweiten Zeitalters scheint er Sauron nicht viel genützt zu haben. Um den Ring zu schaffen, hatte er sich eines

Großteils seiner dämonischen Energie entäußert; sie steckte nun in dem Ring und fehlte ihm anderswo. Zuerst unterlag er in Eriador der vereinten Macht Gil-galads und der Númenórer (1693–1701 Z. Z.); dann mußte er sich Ar-Pharazôn gefangen geben und als Geisel nach Númenor gehen (3262–3319 Z. Z.); und schließlich wurde er, mit dem Ring am Finger, von Gil-galad und Elendil im Kampf überwunden und mußte den Ring (mitsamt Finger) hergeben. Wieder verlor er seine Gestalt, die schon seit der Katastrophe von Númenor schlimm genug war, und mußte langezeit als körperloser Schatten durch die Wildnisse des Ostens huschen.
Mordor, den westlichen Vorposten seiner Macht, mußte er aufgeben, doch seine Festung Barad-dûr, deren Grundmauern mit der Kraft des Ringes erbaut waren, konnte nur oberflächlich geschleift werden. Um das Jahr 1000 D. Z. hatte er wieder eine Gestalt (wenn auch keine sehr ansehnliche) und begann, die Festung Dol Guldur aufzubauen. Erstaunlich war, daß die Nazgûl ihm die Treue hielten, obwohl er den Ring, durch den er sie angeblich beherrschte, nicht mehr besaß. Der Hexenkönig von Angmar, sein wichtigster Agent im Westen, vernichtete die drei nördlichen Königreiche der Dúnedain; zugleich mußte Gondor, durch Kriege mit seinen südlichen und östlichen Nachbarn geschwächt, die Bewachung von Mordor aufgeben. Sauron hielt sich weiter verborgen, und es blieb lange ungewiß, ob er der Nekromant war, der sich in Dol Guldur festgesetzt hatte. Als er durch den Weißen Rat von dort vertrieben wurde, ging er nach Mordor, baute Barad-dûr wieder auf und begann zu rüsten. Seit langem hatte er nach dem Ring suchen lassen, und irgendwann in den Jahren 3009 bis 3017 erfuhr er von Gollum, daß er gefunden worden war und sich bei einem gewissen Beutlin im Auenland befand. Die Nazgûl, die er nach dem Ring ausschickte, brauchten merkwürdig lange, um das Auenland zu finden, und verfehlten ihre Aufgabe kläglich. Nun griff er schleunigst an allen Fronten seine Feinde an: Er wollte ihnen keine Zeit lassen, den Ring gegen ihn zu verwenden.
Auf den Gedanken, daß sie den Ring vernichten könnten, kam er nicht; dies wäre ihm als sinnlose Zerstörung eines kostbaren Gutes erschienen. Von einem anderen Dunklen Herrscher verdrängt oder unterworfen zu werden, hätte er leichter ertragen.
Nach dem Einsturz von Barad-dûr am Ende des Ringkrieges blieb von

Sauron nur ein Schatten des Bösen. Weil aber das Gute unvermeidlich die Menschen langweilt, kamen bald nachher im Vierten Zeitalter unter den Jugendlichen mancherlei Geheimbünde auf, die Sauron in dunklen Riten verehrten.
Vgl. BARAD-DÛR, CELEBRIMBOR, DOL GULDUR, HERRSCHERRING, LIDLOSES AUGE, MAIAR, MELKOR, MORDOR, NAZGÛL, ORKS, RINGE DER MACHT, SCHWARZE SPRACHE.
R, passim; *S*, passim, besonders: Von den Ringen …; *Briefe*, 338; *HME 10*, VII (394 ff.).

SAURONS MUND
Der Befehlhaber von Barad-dûr, ein Schwarzer Númenórer. Er war so alt, daß er seinen Namen vergessen hatte. Er stand hoch in Saurons Gunst und hatte bei ihm die große Hexerei studiert. Aber Höflichkeit hatte er nicht gelernt. Er kam vor der Schlacht am Morannon als Unterhändler hervorgeritten und forderte, unter Vorweis von Frodos Panzerhemd und Elbenmantel, das Heer des Westens zur Kapitulation auf.
Vgl. BARAD-DÛR, MORANNON.
R, V, 10.

SCHAGRAT
Der Hauptmann der Orks im Turm von Cirith Ungol, wo Frodo gefangengehalten wurde. Aus Angst vor Kankra und den Nazgûl tat er treu seine Pflicht. Als seine Leute mit denen Gorbags handgemein wurden, brachte er Frodos Elbenmantel und das Mithril-Panzerhemd in Sicherheit.
Vgl. CIRITH UNGOL, ORKS.
R, IV, 10; VI, 1.

SCHATTENBACHTAL
Vgl. AZANULBIZAR.

SCHATTENFELL
Ein silbergrauer Hengst vom Stamm der Mearas, das edelste aller Rösser von Rohan. Ausgerechnet ihn nahm Gandalf, als König Théoden ihn

aufforderte, sich ein Pferd auszusuchen und möglichst schnell aus Rohan zu verschwinden.
Auf Schattenfell ritt Gandalf in den Ringkrieg. Bevor er den Hengst besteigen konnte, mußte er lange mit ihm reden; dann willigte der stolze Mearh ein, ihn zu tragen. Sattel und Zaumzeug ließ er sich nicht anlegen, aber er gab acht, daß der Zauberer, der kein allzu guter Reiter war, nicht herunterfiel. Deshalb ging er meistens nur im Trab und war dann immer noch so schnell wie andere Pferde im Galopp.
Schattenfell kam über weite Entfernungen herbei, wenn Gandalf in Gedanken nach ihm rief. Die Strecke von den Furten des Isen bis Minas Tirith (ca. 400 Meilen) legte er in vier Nächten zurück. Gandalf nahm ihn mit auf die Heimfahrt in den Alten Westen.
Vgl. Gandalf, Mearas.
R, II, 2; III, 5; V, 1.

SCHATTENGEBIRGE
(Sindarin *Ephel Dúath*, „Zaun des Schattens"), das kahle, steile Felsengebirge, das die Westgrenze von Mordor bildete. Im Norden schloß sich, in östlicher Richtung abbiegend, das Aschengebirge an. Dank den Meereswinden von Süden war das Gebirge sogar auf der Ostseite nicht völlig trocken; es hatte einen dünnen Bewuchs von Disteln und Dorngestrüpp. Die wichtigsten Pässe waren Cirith Gorgor im Norden (am Morannon) und Cirith Ungol oberhalb des Morgul-Tals.
Das Gebirge bestand aus zwei parallel verlaufenden Ketten. Die innere und niedrigere hieß der *Morgai* („schwarzer Stachelzaun"). Durch das Tal zwischen den beiden Kämmen wanderten Frodo und Sam nach Norden. Selbst die zahlreichen Fliegen dort schienen das Zeichen des Lidlosen Auges zu tragen.
Vgl. Mordor; Karte S. 99.
R, VI, 1.

SCHICKSALSBERG
(Sindarin *Amon Amarth*): So nannten die Dúnedain von Gondor den *Orodruin*, den „rotflammenden Berg" in Mordor, als er gegen Ende des Zweiten Zeitalters von neuem Rauchwolken ausstieß. Daran erkannten sie, daß Sauron dem Untergang von Númenor entkommen war. Der Vul-

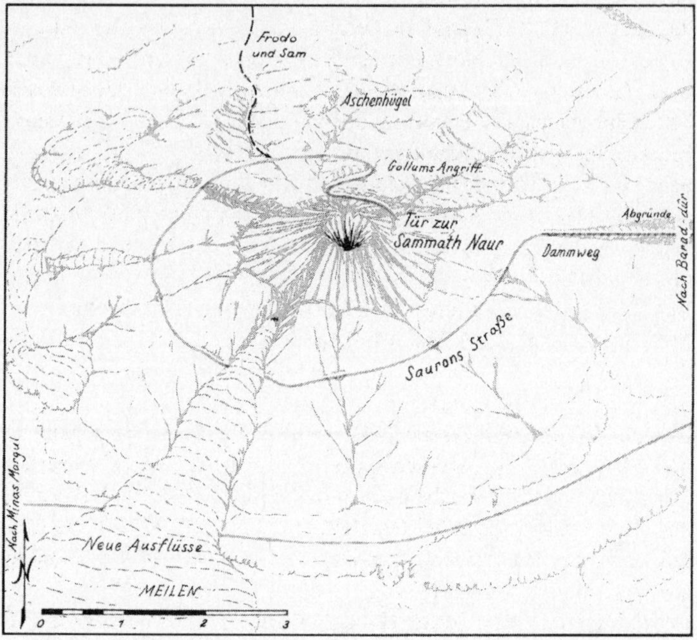

kan stand, etwa fünfzehnhundert Meter hoch, in der Ebene von Gorgoroth westlich von Barad-dûr. Sam Gamdschie sah ihn in voller Tätigkeit, als er bei Cirith Ungol von der Höhe des Ephel Dúath nach Mordor hinabblickte: „ein großer glühender Brand; und von ihm stieg in gewaltigen Säulen ein wirbelnder Rauch auf, dunkelrot an seinem Ausgangspunkt und oben schwarz … Dann und wann wurden die Schlote weit unterhalb seines Aschenkegels heiß und stießen unter großem Brodeln und Beben Ströme von geschmolzenem Fels aus Spalten an seinen Flanken. Einige flossen lodernd in großen Rinnen in Richtung auf Barad-dûr; einige bahnten sich ihren Weg in die steinige Ebene, bis sie sich abkühlten und wie verzerrte Drachengestalten liegenblieben …“
Als die Hobbits den Berg erstiegen, kamen sie auf die gepflasterte

Straße, die von Barad-dûr zu den Feuerkammern, den *Sammath Naur*, führte. Diese befanden sich im Vulkankegel, ein Stück weit unterhalb des Kraters. Das Tor lag auf der Ostseite, in Blickrichtung des Lidlosen Auges. Hier war ein Stollen in den Kegel hineingetrieben, bis zu den Spalten, aus denen das Feuer der Schicksalsklüfte hochzüngelte. Darin hatte Sauron einst den Herrscherring geschmiedet, und nur in diesem Feuer konnte der Ring vernichtet werden.
Saurons Macht über den Vulkan war in den Ring eingeschlossen, und als der Ring dem Feuer wiedergegeben wurde, entlud sich der Vulkan in einem gewaltigen Ausbruch. Barad-dûr stürzte ein, und die Nazgûl verglühten am Himmel.
Vgl. BARAD-DÛR, HERRSCHERRING, SAURON, Karte s. linke Seite.
R, VI, 1–4; Anhang A; *S*, Von den Ringen …

SCHLACHT BEI GRÜNFELD
Bis zur Schlacht von Wasserau (1419 A. Z.) mußten die Hobbits nur einmal auf dem Boden des Auenlandes ihre Kriegstüchtigkeit beweisen. Eine Orkbande vom Gramberg drang im Jahr 1147 A. Z. von Norden ins Auenland ein und wurde bei Grünfeld (im Nordviertel) von Bandobras Tuk, genannt „Stierbrüller“, dem jüngeren Sohn des Thains Isumbras III., vernichtend geschlagen.
Der Bericht über dieses Treffen klingt wie eine Biertisch-Legende; vielleicht war es nur eine Wirtshausschlägerei zwischen Einheimischen und Fremden. Stierbrüller Tuk soll dabei dem König der Orks, der *Golfimbul* hieß, mit einer hölzernen Keule den Kopf abgeschlagen haben, der hundert Meter weit flog und in ein Kaninchenloch fiel. (So wurde das Golfspiel erfunden.)
Vgl. HOBBITS.
H, 1; *R*, Prolog; Anhang B.

SCHLACHT DER FÜNF HEERE
Niemand konnte in Mittelerde einen Drachen töten, ohne daß es Streit mit den Zwergen gab, die Anspruch auf den Hort erhoben. So auch im Jahr 2941 D. Z. am Erebor, nachdem Smaug von Bard erschossen worden war. Dort standen sich zunächst die Zwerge unter Thorin Eichenschild mit den Menschen von Thal und Esgaroth unter Bards Führung

und den Waldelben unter König Thranduil gegenüber. Bard forderte ein Zwölftel des Drachenhorts, was Thorin verweigerte. Ein Heer von fünfhundert Zwergen aus den Eisenbergen unter Dáin Eisenfuß kam Thorins kleiner Schar zu Hilfe. Obwohl Gandalf und Bilbo zu vermitteln suchten, wäre der Ausbruch von Feindseligkeiten unvermeidlich gewesen. Aber da marschierte plötzlich von Norden ein Orkheer auf den Plan, das sich seit langem bei Gundabad gesammelt hatte. Hätte ihr Anführer Bolg seine Truppen nur ein paar Stunden länger zurückgehalten, hätten seine Feinde sich gegenseitig aufgerieben. Nun aber machten sie sofort gemeinsam Front gegen den Erzfeind und konnten dank besserer Bewaffnung, höherer Kriegstüchtigkeit und Kampfmoral und dank ihrem Stellungsvorteil am Berg der Übermacht der Orks eine Zeitlang standhalten.

Auch die Tierwelt nahm an der Schlacht teil. Die Orks brachten Fledermäuse mit (eine Art psychologischer Kriegführung), außerdem Wölfe und Warge. Zugunsten der Verbündeten wurde das Treffen erst durch die Adler und den Berserker Beorn entschieden, der in Bärengestalt mit Bolg und seiner Leibwache kurzen Prozeß machte.

Etwa drei Viertel der Orks wurden getötet (Gefangene wurden nicht gemacht). Auch die Verbündeten hatten schwere Verluste. Thorin Eichenschild fiel, und Dáin Eisenfuß wurde König unter dem Berg. Die in der Not bewährte Waffenbrüderschaft trug viel zur Aussöhnung zwischen Zwergen, Elben und Menschen bei. Sauron sah sich durch diese Niederlage (und durch den etwa gleichzeitigen Angriff des Weißen Rats auf Dol Guldur) genötigt, seine Eroberungspläne im Norden zurückzustellen und seine Kräfte in Mordor zu konzentrieren.

Vgl. ADLER, BARD, BEORN, BOLG, DÁIN II., EREBOR, SMAUG, THORIN II., THRANDUIL, WÖLFE.

H, 15–18; *R*, Anhänge A und B.

SCHLANGENZUNGE

Der Spitzname für *Gríma* (altenglisch „Maske"), König Théodens vertrautesten Ratgeber. Er unterhielt eine geheime Verbindung zu Saruman. Dem König redete er Krankheiten ein, die nur zu heilen wären, wenn er sich nicht mehr von seinem Thron rührte, Licht und frische Luft vermied und die lästigen Staatsgeschäfte seinem treuen Diener Gríma überließ.

Es kam so weit, daß der König mit seinen Marschällen nicht mehr selbst sprach, sondern ihnen seine Anordnungen durch Gríma mitteilen ließ. (Zum Glück für das Land wurden die Anordnungen daher nur noch selten befolgt.)
Als Schlangenzunge sich Éowyn unsittlich zu nähern versuchte, wurde er von ihrem Bruder Éomer in Edoras mit der Waffe bedroht. Seitdem bemühte er sich, Éomer beim König zu diskreditieren.
Nachdem Gandalf ihn mit Donner und Blitz enttarnt hatte, begab sich Schlangenzunge zu Saruman. Er folgte dem abgehalfterten Zauberer, der ihn behandelte wie einen Hund. Auf Sarumans Befehl ermordete er den „Oberst" Lotho Sackheim-Beutlin. Nach der Befreiung des Auenlands fand er eine Gelegenheit zur Rache: Er schnitt Saruman die Kehle durch. Dann starb er unter den Pfeilen der Hobbits.
Vgl. ROHAN, SARUMAN, THÉODEN.
R, III, 6; VI, 7, 8.

SCHWARZE REITER
Vgl. NAZGÛL.

SCHWARZE SPRACHE
In der Zeit, als Sauron die Noldor von Eregion für sich einzunehmen versuchte, ging ihm der penetrante Wohllaut der Elbensprachen auf die Nerven. Darum erfand er eine eigene Sprache voller Pfeif-, Zisch- und Gurgellaute, mit Vokalen, unter denen das dumpfe *a* und das lange *u* vorherrschten, während das *e* völlig ausfiel. Sie sollte dem Gestrüpp der Ork-Dialekte ein Ende machen und den Verkehr zwischen allen Völkern, die ihm dienten, erleichtern; doch daraus wurde nichts. Anscheinend taugte die neue Sprache besser zum Ausdruck großer weltverwüstender Gedanken als zur Verständigung über die schäbigen Angelegenheiten der Orks. Die Inschrift auf dem Herrscherring ist das erste (und einzige) literarische Zeugnis, das uns in ihr erhalten ist: Ein Reimpaar, das unvermeidlich in der Übersetzung viel von der Wucht seiner fauchenden Dissonanzen verliert, aber immer noch von großer Energie und Prägnanz. Im übrigen kennen wir nur noch ein paar Namen und Wörter aus den Reden der Orks.
Nach Saurons Niederlage im Krieg des Letzten Bündnisses geriet die

Schwarze Sprache in Vergessenheit, und spätere Versuche, sie wieder aufleben zu lassen, sahen nach Altertümelei und Traditionspflege aus, die mit Saurons fortschrittlichen Absichten schwer vereinbar waren. Zur Zeit des Ringkrieges war sie nur noch wenigen geläufig: den Nazgûl (aber mit ihnen verständigte sich Sauron meist nonverbal), manchen Personen in Saurons nächster Umgebung und manchen gebildeten Orkhäuptlingen (doch davon gab es nicht viele). Allein die Bergtrolle gebrauchten sie ausschließlich (aber Bergtrolle sprachen sehr wenig). Zuletzt schien sich die Schwarze Sprache in Richtung auf eine Sakralsprache zu entwickeln: Sauron ließ durchblicken, daß er als Gottheit verehrt zu werden wünschte. Es ist unbekannt, wie viele Worte und Wendungen daraus in die schwarzen Kulte des Vierten Zeitalters eingegangen sind.
Vgl. ELBENSPRACHEN, HERRSCHERRING, ORKS, SAURON.
R, Anhang F.

SCHWARZER HEERMEISTER
Einst der Hexenkönig von Angmar, der Fürst der Ringgeister, die Nummer Eins in der Hierarchie von Mordor. Als er am Tor von Minas Tirith seine schwarze Kapuze zurückschlug, sah man, daß er eine Königskrone trug, aber sie saß nicht auf einem sichtbaren Kopf. In Angmar, als er die Dúnedain-Königreiche im Norden vernichtete, war er als Alleinherrscher aufgetreten, ohne daß seine Verbindung mit Dol Guldur erkannt wurde; doch seither arbeitete er enger mit seinen acht schwarzen Genossen zusammen. Sein Stammsitz war Minas Morgul, das er im Jahr 2002 D. Z. erobert hatte. Er war größer als die anderen acht, weniger wasserscheu und weniger tagblind; allerdings hatte er keinen so scharfen Geruchssinn wie Khamûl. Während der Fahndung nach dem Ring im Auenland überwachte er die Gegend zwischen Bree und den Hügelgräberhöhen, während andere schwarze Reiter bei den Hobbits nach Beutlin fragten. An der Verspätung des Unternehmens trug er einige Mitschuld: Obwohl das Auenland doch in einem Gebiet lag, das er von Angmar aus schon einmal erobert hatte, brauchte er sehr viel Zeit, um es zu finden.
Nach der Schlacht bei Fornost (1975 D. Z.) hatte Glorfindel prophezeit, der Hexenkönig werde „von keines Mannes Hand“ fallen. Wahrschein-

lich kannte auch er diese Weissagung, denn er war verdutzt, als sich Éowyn auf dem Pelennor als Frau zu erkennen gab. Und weil seine Augen nicht gut genug waren, um den Hobbit Merry zu sehen, der sich herangeschlichen hatte und ihm von hinten ins Knie stach, konnte Éowyn ihr Schwert irgendwo zwischen Krone und Mantel ins Ziel bringen. Mantel und Panzerhemd fielen leer zu Boden; „und ein Schrei stieg auf in die erbebende Luft und verklang zu einem schrillen Klagelaut, den der Wind davontrug."
Vgl. ANGMAR, MINAS MORGUL, NAZGÛL, PELENNOR.
R, I, 11; V, 4, 6; Anhang A I; *Nachrichten*, III, iv, 1, 2.

SCHWERTELFELDER
(Sindarin *Loeg Ningloron*), ein Sumpfgebiet an der Mündung des reißenden Schwertelflusses *(Sîr Ninglor)* in den Anduin. Der Anduin schlängelte sich hier durch ein Gewirr von Inseln und Teichen, dicht bewachsen mit Schilf, Binsen und Schwertlilien. An der Quelle des Schwertel führte ein Paß über das Nebelgebirge.
Isildur, der im zweiten Jahr des Dritten Zeitalters östlich des Anduin mit einem Gefolge von zweihundert Bewaffneten nach Norden marschierte, hatte den Rand der Schwertelfelder eben passiert, als er von Orks angegriffen wurde. Seine Begleiter und seine Söhne fielen; er selbst steckte den Ring auf den Finger und versuchte zu fliehen. Beim Durchschwimmen des Flusses wurde er von der starken Strömung in die Schilfdickichte am westlichen Ufer getrieben, verlor den Ring und wurde von den Pfeilen der Orks getroffen. Sauron, Saruman und auch die Elben aus Bruchtal und Lórien ließen das Gebiet später absuchen, aber den Ring fanden etwa im Jahr 2460 zwei fischende Hobbits von den Starren.
Vgl. GOLLUM, HERRSCHERRING, ISILDUR; Karte S. 264–265.
R, I, 2; II, 3; *Nachrichten*, III, i.

SILBERLAUF
Ein Fluß, der im Schattenbachtal entsprang und durch Lórien in den Anduin floß. Frodo und seine Gefährten folgten seinem Lauf bis zur Einmündung des Nimrodel.
Im Sindarin hieß der Fluß *Celebrant*, im Khuzdul *Kibil-nâla*. Das Gebiet südlich des Flusses bis zum Limklar war in früherer Zeit bewaldet und

galt als ein Teil von Lórien, das hier mit dem Wald von Fangorn zusammentraf. Zur Zeit des Ringkrieges war es ein ödes Grasland und wurde als Ebene des Celebrant *(Parth Celebrant)* bezeichnet. Hier war im Jahre 2510 D.Z. Eorl der Junge mit seinen Reitern aus dem Norden einem Heer Gondors zu Hilfe gekommen und hatte die aus dem Osten eingedrungenen Balchoth besiegt (Schlacht auf der Ebene des Celebrant).
Vgl. Balchoth, Eorl, Lórien (2); Karte S. 264–265.
R, II, 6, 9; Anhänge A und B; *Nachrichten*, III, ii.

Silmaril
Die drei künstlichen Edelsteine, die Feanor schuf, um das Licht der Zwei Bäume, das älter war als Sonne und Mond, für immer darin zu verwahren. Die Steine waren aus einem unzerbrechlichen Kristall, dessen Zusammensetzung Feanor allein kannte. Er nannte es *Silima* und die Steine die *Silmarilli* (Quenya, von der urelbischen Wurzel *thil-*, leuchten). Sie leuchteten mit einem starken eigenen Licht und gaben von außen einfallendes Licht mit Farbveränderungen zurück. Varda weihte sie, und keine unreine Hand durfte sie fortan berühren. (Melkor versengte sich die Finger, als er sie stahl.) Mandos gab ihnen einen Spruch mit auf den Weg: Die Geschicke von Arda, von Land, Meer und Luft lägen in ihnen beschlossen. Feanor trug sie zuerst bei Festlichkeiten an der Stirn, dann hielt er sie in seiner Schatzkammer unter strengem Verschluß.
Warum erregten diese Steine soviel Begehrlichkeit? Feanor und seine Söhne, Melkor, Thingol, die Naugrim: alle waren sie zu den unvernünftigsten Handlungen bereit, um einen Silmaril zu gewinnen. Selbst Beren, der alle Schätze von Doriath in einen Fluß warf, behielt doch den Silmaril zurück. Dabei waren die Steine keine Macht- oder Zauberwerkzeuge wie Saurons Ringe; sie waren zu gar nichts nütze. Aber seit der Vernichtung der Zwei Bäume waren sie das einzige Andenken an das unbesudelte Licht.
Melkor begehrte sie als das edelste Wahrzeichen der Schöpfung, die er zu schänden und zu vernichten gedachte; darum raubte er sie und setzte sie zum Hohn in seine eiserne Krone. Immer noch war er ein Vala und dachte nicht wie ein Machtpolitiker; sonst hätte er auf die Steine verzichtet. Durch ihren Raub brachte er die Noldor gegen sich auf, die ein-

zigen, die seine Herrschaft in Mittelerde zu stören vermochten. Mit dem Reich des Guten in Valinor hätte das Reich des Bösen sonst friedlich koexistiert. So aber beschwor Melkor Verwicklungen herauf, die mit seinem Sturz endeten.

Feanors Söhne konnten die Silmaril nicht wiedergewinnen, denn die Steine, die ihren eigenen Willen hatten, kehrten heim in die Elemente, aus denen sie hervorgegangen waren. Der eine, den Beren aus Angband geholt und den Earendil nach Valinor gebracht hatte, wurde als Abendstern an den Himmel erhoben; mit dem zweiten stürzte Maedhros sich in einen Vulkan; und den dritten warf Maglor ins Meer.

Weil die Silmaril den wichtigsten Anlaß der Kriege von Beleriand bildeten, wurden diese Kriege auch die „Juwelenkriege" genannt, und die Sammlung der Erzählungen aus dem Ersten Zeitalter, in denen von ihnen berichtet wird, hieß *Quenta Silmarillion*, die Geschichte von den Silmaril, eine von Bilbo Beutlins Übersetzungen aus dem Elbischen, die im Roten Buch der Westmark enthalten waren.

Vgl. BELERIAND, FEANOR, MAEDHROS, MAGLOR, MANDOS, MELKOR, UNVERLÖSCHLICHE FLAMME, ZWEI BÄUME.

S, passim, besonders VII, XIX, XXIII, XXIV; *R*, Prolog.

SINDAR

Die Grauelben, so genannt von den aus Aman zurückgekehrten Noldor, weil sie weder „Lichtelben" (Calaquendi), noch „Dunkelelben" (Moriquendi) waren; manchmal auch „Elben der Dämmerung". *Sindar* (Singular *Sinda*) war ein Quenya-Wort, wurde aber von den Sindar übernommen, wenn es darum ging, sich von den Noldor abzugrenzen. Im übrigen bezeichneten die Sindar sich selbst nur als *Edhil* (Singular *Edhel*), „Elben".

Die Sindar waren im wesentlichen die in Mittelerde zurückgebliebenen Teleri, von denen die meisten während des Ersten Zeitalters in Doriath und an den Falas lebten. Sie alle, auch über die Grenzen von Doriath hinaus, gehorchten König Thingol. Sein Höhlenpalast Menegroth war der Mittelpunkt der Sindar-Kultur, deren technische Voraussetzungen hauptsächlich von den Zwergen beigebracht wurden. Gegenüber den Noldor waren die Sindar das beschränktere und weniger regsame, aber auch das lebensklügere Volk. Einer ihrer Gelehrten, Daeron, erfand das

Schriftsystem der Cirth; doch wurde davon im eigenen Volk wenig Gebrauch gemacht. Die Sindar liebten Beleriand, so wie sie es kannten, und fürchteten in jeder Änderung nur den Verfall. Sie sangen und zechten viel; und am Hof von Menegroth war ein Krieger wie Túrin lächerlich, weil er nicht nach der Mode frisiert war. Am Krieg gegen Morgoth beteiligten die Sindar sich zurückhaltend. Sie hatten nicht die Illusion, ihn besiegen zu können, und waren froh, daß Melians Grenzgürtel das Schlimmste von ihnen fernhielt.

Nach der Vernichtung von Doriath und Beleriand fuhren viele Sindar in den Alten Westen; viele vereinigten sich mit den Noldor und Nandor in Lindon und weiter im Osten. Ihre Sprache, das Sindarin, war während des ganzen Ersten und Zweiten Zeitalters die Verkehrssprache von Mittelerde.

Vgl. Beleriand, Doriath, Elbensprachen, Menegroth, Sindarin, Teleri, Thingol.

S, X, passim.

Sindarin

Die Sprache der Sindar, das Grauelbische, so wie es sich im Ersten Zeitalter unter den im Westen von Mittelerde zurückgebliebenen Teleri herausbildete. Unter den wechselhafteren Verhältnissen dort veränderte es sich rascher als das Quenya von Valinor; es machte vielerlei mundartliche Abwandlungen durch und nahm dabei Elemente aus den Nandor-Sprachen auf, die es allmählich verdrängte. (Die Elben von Lórien sprachen einen solchen Sindarin-Dialekt, den Frodo nicht verstand.) Im Ersten Zeitalter wurde Sindarin auch von den aus Aman zurückgekehrten Noldor und von den Edain für den alltäglichen Gebrauch übernommen, teils neben, teils anstelle der eigenen Sprache. Es wurde unter den Gebildeten in Númenor gesprochen und ebenso unter den reinblütigen Dúnedain in Mittelerde. Es übte einen starken Einfluß auf das Adûnaïsche aus und wurde erst im Dritten Zeitalter als allgemeine Verkehrssprache durch das Westron verdrängt.

Vom Quenya unterscheidet sich das Sindarin durch die meist konsonantischen Wortendungen, durch die Beibehaltung der urelbischen Spiranten *th* und *dh* (die im Quenya zu *s* wurden), durch den Gebrauch von *y* als Vokal (mit dem Lautwert *ü*) statt als Konsonant *(j)* und durch Ver-

schiebungen mancher Lautgruppen. Es ist weniger vokal- und silbenreich, von etwas rauherem Wohlklang als Quenya. (Es sollte im Klangcharakter dem Walisischen ähnlich sein, weil dies dem „keltischen Typ" der Sagen und Geschichten entsprach, die von den Grauelben erzählt wurden.)
Die Buchstaben *th* bezeichnen in allen Sindarin-Wörtern den stimmlosen (wie in englisch *thorn*), *dh* den stimmhaften Reibelaut (wie in engl. *though*).
Für die schriftliche Aufzeichnung des Sindarin hatte Daeron von Doriath frühzeitig die Cirth oder „Runen" erfunden, doch gaben die Sindar später gewöhnlich den feanorischen Tengwar den Vorzug.
Vgl. CIRTH, ELBENSPRACHEN, QUENYA, SINDAR, TELERI, TENGWAR.
S, XIII-XV, Anhang; *R*, Anhänge E und F; *Briefe*, 144, 347.

SIRANNON
Ein Bach, der am Westtor von Moria entsprang und nach Westen floß, bis er in den Glanduin mündete. Am Nordufer des Baches entlang führte die alte Straße nach Ost-in-Edhil. Als die Ringgemeinschaft am 13. Januar 3019 D. Z. die Straße erreichte, fand sie den Bach ausgetrocknet. Das Wasser hatte sich zu dem See gestaut, in dem der Wächter lauerte. Sirannon bedeutet im Sindarin „Torbach".
Vgl. EREGION, MORIA, WÄCHTER IM WASSER.
R, II, 4.

SIRION
Der große Strom von Beleriand durchfloß auf seinem einhundertdreißig Lár weiten Weg von Norden nach Süden eine wechselvolle Folge von Landschaften: Er entsprang bei Eithel Sirion, am Osthang der Ered Wethrin, nahm im Fenn von Serech den Rivil auf und stürzte dann, von vielen Bergbächen gespeist, durch das enge Tal zwischen Mithrim und Dorthonion (Tal und Paß des Sirion). In Beleriand strömte er zwischen Brethil und Doriath hindurch, bis in die sumpfige Niederung von Aelinuial, wo er sich in viele träge dahinfließende Arme aufteilte. Gleich darauf stürzte er plötzlich den Wall von Andram hinab, verschwand unter der Erde und kam 15 km weiter südlich mit Getöse wieder zum Vorschein. Dies waren die Fälle und die „Pforten des Sirion". Von dort an

floß er gemächlich durch die Weidengebüsche von Nan-tathren und mündete in einem breit verästelten Delta voller Schilfwälder in die Bucht von Balar. Bis dorthin waren Morgoths Heere nie vorgedrungen; darum sammelten sich hier gegen Ende des Ersten Zeitalters die Flüchtlinge aus allen Gegenden Beleriands, vor allem aus Gondolin und Doriath.

Die größten Nebenflüsse des Sirion waren Teiglin und Narog von Westen, Esgalduin und Aros von Osten. Die wichtigste Furt war die *Brithiach*, nördlich von Brethil, an der Zwergenstraße. Brücken gab es bei Tol Sirion und nördlich der Esgalduin-Mündung in Doriath.

Der Name Sirion bedeutet nichts anderes als „Fluß“.

Vgl. BELERIAND; Karte S. 59.

S, XIV.

SMAUG

Der Drache, den der Meisterdieb Bilbo Beutlin bestehlen sollte. Im Jahr 2770 D. Z. hatte er die Zwerge aus ihren Hallen unter dem Erebor vertrieben, und nun lag er seit hundertsiebzig Jahren auf den geraubten Schätzen und erfreute sich seines Reichtums (mit dem er sonst nicht viel anfangen konnte). Wehmütig gedachte er der tapferen Krieger von einst, die er gefressen hatte und denen nun, wie er meinte, niemand mehr gleichkam. Im Gespräch mit Bilbo erwies er sich als ein kluger und lebenserfahrener Kontrahent, der sich durch die Rätselreden des Hobbits nicht verwirren ließ und ihm manches entlockte, das Bilbo besser für sich behalten hätte. Allerdings war er empfänglich für Schmeicheleien – „O Smaug, du entsetzlichste aller Katastrophen!“ – und zeigte prahlerisch seinen mit Gold und Diamanten überkrusteten Bauch, an dem eine ungeschützte Stelle war.

Im Unterschied zu seinem Vorfahren Glaurung war Smaug ein ganz und gar eigensinniger Drache, der von niemandem Befehle annahm. Er war mit den handfesten Genüssen der Habgier und der Zerstörung zufrieden. Er stammte von den geflügelten Feuerdrachen ab, die sich nach dem Fall der Thangorodrim in die Einöden des Nordens geflüchtet hatten. Seine Ausdünstungen waren übelriechend, aber nicht giftig. Bevor er durch Bards Pfeil den Tod fand, zerstörte er die Stadt Esgaroth. Die Vögel verbreiteten rasch die Nachricht von seinem Tod, und alle am Drachenhort

Interessierten trafen sich bald darauf am Erebor in der Schlacht der fünf Heere.
Ebenso wie Glaurung wurde Smaug wegen seines rotglühenden inneren Feuers auch „der Goldene“ genannt. Der Name Smaug jedoch ist von dem germanischen Verb *smugan*, „durch ein Loch drücken“, abgeleitet („ein schlechter Philologenwitz“, meinte Tolkien).
Vgl. BARD, DRACHEN, GLAURUNG.
H, 12–14; *R*, Anhänge A und B.

SMÉAGOL
Vgl. GOLLUM.

SMIALS
Die Höhlenbauten der Hobbits, meist in den unteren Teil eines Hügels eingegraben. Diese Bauweise hatte in der Frühzeit der Hobbitvölker den Vorteil der Unauffälligkeit; sie wurde aber auch unter den gesicherten Lebensverhältnissen im Auenland beibehalten und kultiviert. Große Smials, in denen manchmal über hundert Personen lebten, bestanden aus einer Vielzahl von Tunnels und Stollen, die in Serpentinen um den Hügel herumführten, jedoch nie sehr hoch hinauf, denn die Hobbits lebten gern zu ebener Erde. Treppen wurden daher vermieden. Wände und Decken waren gerundet, geglättet und – bei wohlhabenden Hobbits – holzgetäfelt; die Fußböden gekachelt und mit Teppichen ausgelegt. Die besten Wohnräume lagen an der Außenseite und hatten runde Fenster. Im Innern waren die Smials für Hobbits geräumig, für Menschen aber zu eng und niedrig, außerdem vollgestopft mit Schmuck, Zierat, Geburtstagsgeschenken und Mathoms aller Art.
Die Ansehnlichkeit eines Smials wurde nach der Zahl seiner Fenster bemessen: Das große Brandyschloß in Bockenburg hatte deren hundert. Manche sehr ärmlichen Smials hatten nur ein oder gar kein Fenster.
Smials wurden von sehr wohlhabenden und von sehr armen Hobbits bevorzugt. Wo das Gelände den Höhlenbau nicht erlaubte, gab man sich mit Häusern aus Holz oder Stein zufrieden. Aber auch diese hatten manche Merkmale der Smials: runde Türen und Fenster, nach außen gewölbte Wände und Dächer. Mehrstöckige Häuser bauten die Hobbits nicht.

Vgl. Auenland, Brandyschloss, Buckelstadt, Hobbits.
R, Prolog; I, 4; *H*, 1.

Snaga
Ein kleiner, flinker Ork aus der Wachmannschaft von Cirith Ungol, der Sam für einen großen Elbenkrieger hielt und die Flucht ergriff. Bei ihrer nächsten Begegnung haute ihm Sam eine Hand ab, und Snaga stürzte durch eine offene Falltür.
„Snaga" hießen viele Orks: Es war kein echter Name, sondern eine verächtliche Anrede und bedeutete soviel wie „Sklave".
Vgl. Orks.
R, VI, 1.

Starre
Einer der drei Hobbitstämme; lebte an den Ufern des Anduin und zog um 1150 D. Z. über den Rothorn-Paß nach Westen, teils in den Winkel zwischen Weißquell und Lautwasser, teils bis nach Dunland in die Gegend um Tharbad. Ein Teil wanderte um 1356 zurück an den Anduin in der Nähe der Schwertel-Mündung. Ihr späteres Schicksal ist nicht bekannt; zur Zeit des Ringkrieges lebten sie nicht mehr dort. (Aus dieser Gruppe stammte Gollum.) Die meisten zogen um 1630 D. Z. aus Dunland nach Nordwesten und vereinigten sich mit den Hobbits im Auenland. Dort ließen sie sich vor allem im Bruch- und in Bockland am Baranduin nieder. (Der Bauer Maggot war einer von ihnen.)
Die Starren waren von kräftigerem, breiterem Körperbau als die anderen Hobbits. Sie wohnten am liebsten in flachem Land und an Flußufern. Sie hatten wenig Scheu vor dem Umgang mit Menschen.
Vgl. Gollum, Hobbits, Maggot, Schwertelfelder.
R, Prolog; I, 2; Anhang B.

Stich
Das kleine Elbenschwert aus Gondolin, das Bilbo aus der Trollhöhle mitnahm (eigentlich eher ein Messer), manchmal auch mit „Stachel" wiedergegeben. Ebenso wie Glamdring und Orkrist schimmerte es blau, wenn Orks in der Nähe waren. Den Namen gab ihm Bilbo bei dem Gefecht mit den Spinnen im Düsterwald. Gegen Spinnen erwies es sich

auch später als besonders wirksam: Sam verwendete es gegen Kankra. Bilbo gab es Frodo, zusammen mit dem Mithril-Hemd; Frodo überließ es Sam an der Grenze von Mordor.
Vgl. Bilbo Beutlin, Sam Gamdschie, Riesenspinnen.
H, 3, 8; *R*, II, 33; IV, 10.

Tag ohne Morgen

„Es war der Morgen des achtzehnten Súlime, der Tag, als wir von Dunharg nach Mundburg aufbrachen [der 10. März 3019 D. Z.]. Wir weckten den Holbytla, und er wollte nicht glauben, daß es schon Tag war; so dunkel war es. Der wetterkundige Wídfara sagte, das sei keine gewöhnliche Wolke. Eine dicke, gefräßige Finsternis war es, die alle Dinge stumpf und grau werden ließ."

Die gleiche Wolke sah Pippin vom Schwarzen Land nach Westen ziehen, als er am selben Vormittag in seiner neuen schwarzsilbernen Hoftracht auf den Mauern der Veste von Minas Tirith stand. Frodo und Sam, die in Ithilien unter einer Dornenhecke versteckt lagen, sahen im Osten gewaltige Dämpfe aufsteigen. Manchmal hörte man von fern ein Dröhnen, und der Boden bebte. Es war schwül, doch nicht warm.

Am Nachmittag erzwang das Heer aus Udûn den Flußübergang bei Cair Andros. Der Ringkrieg begann. Die Schmieden von Mordor arbeiteten, was das Zeug hielt. Als Wettermacher übertraf sich Sauron an diesem Tag selbst. Aber ein paar Tage später schlug das Wetter um. Eine leichte Brise von Süden zog herauf, mit einem Hauch von Seetang. Ghân-buri-Ghân und Wídfara rochen es als erste.

Vgl. Barad-dûr, Ringkrieg, Truchsessen-Kalender.

R, IV, 7; V, 1, 3, 5; Anhang B.

Talath Dirnen

Die „bewachte Ebene" zwischen den Flüssen Teiglin und Narog: ein hügeliges, dünn bewaldetes Land, in dem die Elben von Nargothrond ein dichtes Netz von Patrouillen und gut getarnten Wachtposten unterhielten, um Fremde gar nicht erst in die Nähe ihrer Stadt kommen zu lassen. Als Beren sich von Doriath auf den Weg nach Nargothrond machte, war er gewarnt: Die Posten verfuhren meistens nach der Regel „Erst schießen, dann fragen". Obwohl er niemanden sah, mußte er immerzu Barahirs Ring in die Höhe halten und die Reinheit seiner Absichten beteuern, sonst wäre er nicht weit gekommen.

Durch die Ebene führte eine Straße von Nargothrond zum Sirion-Paß, die an den Teiglin-Stegen von den Haladin gesichert wurde. Auf diesem Wege kam Glaurung, als er vor seinem Angriff auf Nargothrond die Ebene mit Bränden verwüstete.
Vgl. NARGOTHROND, TEIGLIN; Karte S. 59.
S, XIX, XXI.

TAR-
Quenya „hoch, edel“: den Namen der Könige von Númenor vorangestellt, bevor es durch den adúnaïschen Titel AR- ersetzt wurde.
Vgl. z. B. Tar-Aldarion unter ALDARION.

TAUR-IM-DUINATH
„Der Wald zwischen den Strömen“: das wilde Land mit dichten Wäldern, südlich des Andram, zwischen der Mündung des Sirion und dem Gelion; niemand bis auf ein paar wandernde Dunkelelben betrat es.
Vgl. Karte S. 59.
S, XIV.

TAUR-NU-FUIN
Sindarin: „Wald unter dem Nachtschatten“; späterer Name für DORTHONION; auch für DÜSTERWALD.

TAWARWAITH
Sindarin „Waldvolk“: die WALDELBEN aus dem Düsterwald.

TEIGLIN
Ein schnellfließender Fluß in West-Beleriand, entsprang mit drei Quellflüssen an den Südosthängen der Ered Wethrin, nahm die Zuflüsse Glithui und Malduin auf und mündete im Süden von Brethil in den Sirion. Die Teiglin-Stege an der Straße nach Nargothrond wurden von den Haladin bewacht und verteidigt, manchmal mit Hilfe der Grenzwachen von Doriath, doch ohne jede Unterstützung aus Nargothrond. An den Teiglin-Schluchten, die sich der Fluß durch das Hochland von Brethil gebahnt hatte, fand die Geschichte von Túrin, Niënor und dem Drachen Glaurung ihr trauriges Ende.

Vgl. BRETHIL, CABED-EN-ARAS, GLAURUNG, HALADIN, TÚRIN; Karte S. 59.

TELCHAR

Der berühmte Waffenschmied von Nogrod, lieferte wie sein Lehrmeister Gamil Zirak viele Stücke für König Thingols Rüstkammer. Er fertigte den Drachenhelm von Dor-lómin, Berens Messer Angrist und Elendils Schwert Narsil. Obwohl Telchar mit dem Dunkelelben Eol Erfahrungen austauschte, hatten seine Arbeiten keine magischen Eigenschaften. Sie waren aus gutem, gehärtetem Stahl und mit Runen beschriftet, die jeden Zauber zunichte machten.

Vgl. ANGRIST, DRACHENHELM VON DOR-LÓMIN, EOL, MAGIE, NARSIL, NOGROD.

S, X, XIX; *R*, III, 6; *Nachrichten*, I, ii.

TELERI

Quenya „die Letzten", so genannt von den vorausgehenden Vanyar und Noldor; die dritte und größte Gruppe der Elben auf dem Zug von Cuiviénen nach Aman. Sie selbst nannten sich *Lindar*, die Sänger. Sie hatten es nicht so eilig, mit Orome nach Valinor zu gehen, und als sie an das Nebelgebirge kamen, wandte sich ein Teil von ihnen, geführt von Lenwe, nach Süden und zog das Tal des Anduin hinab. Später gingen auch sie nach Westen und ließen sich in den Wäldern von Ossiriand nieder. Die Waldelben des Dritten Zeitalters stammten von ihnen ab.

Die beiden anderen Gruppen der Teleri, die von Elwe und seinem Bruder Olwe angeführt wurden, machten eine Weile in Beleriand am Gelion halt. Als Ulmo die Noldor und Vanyar auf einer entwurzelten Insel übers Meer brachte, waren die Teleri noch nicht bis an die Küste gelangt. Viele Jahre später, als Ulmo ein zweites Mal kam, um die Teleri zu holen, waren ihnen das sternbeschienene Beleriand und besonders die Meeresküsten so lieb geworden, daß sie zögerten, sie zu verlassen. Olwes Schar trat schließlich die Überfahrt an, ließ sich aber auch in Aman nur an der Küste nieder, zuerst auf Tol Eressea, dann in der Bucht von Eldamar, wo sie sich den Hafen Alqualonde erbauten. Eine andere Gruppe wurde von Osse und Uinen (sicherlich im Einverständnis mit Ulmo) überredet, an den Westküsten von Mittelerde zu bleiben. Dies waren die

See-Elben oder *Falathrim*, die sich in den Häfen Brithombar und Eglarest sammelten, und ihr Anführer war Círdan. Die Freunde und Gefolgsleute Elwes blieben zurück, weil ihr Anführer seit langem in den Wäldern verschollen war und sie immer noch nach ihm suchten. Als er nach vielen Jahren wieder zum Vorschein kam, brachte er Melian als seine Gattin mit. Er gründete das Königreich Doriath in den Wäldern von Region und Neldoreth. Als König Thingol wurde er der höchste Fürst aller Teleri von Mittelerde.

Unterdessen lebten die Teleri von Aman am Rande des Paradieses, wo sie sowohl das Licht der Bäume als auch die Sterne sehen konnten. Osse hatte ihnen gezeigt, wie man weiße Schiffe baut. Zuerst mußten sie von Schwänen gezogen werden, aber mit der Zeit lernten sie auch segeln, befuhren die Bucht von Eldamar und fischten Unmengen von Perlen aus dem Meer, um die Straßen von Alqualonde damit zu pflastern. Dieses friedliche Volk überfielen die Noldor: Sie raubten ihnen die Schiffe, um damit aus dem verdunkelten Valinor nach Mittelerde überzusetzen. Viele Teleri wurden erschlagen, und Mandos bestrafte die Noldor mit einem prophetischen Fluch. Die Nachricht sickerte nach Mittelerde durch und gab Thingol Grund, von den Noldor Abstand zu halten.

Die Noldor nannten die Teleri von Beleriand die *Sindar* oder Grauelben, weil sie ihnen zuerst im nebligen Hithlum begegnet waren.

Vgl. ALQUALONDE, ELBEN, FALAS, NANDOR, SINDAR, THINGOL, TOL ERESSEA, WALDELBEN.

S, III-V, XIV.

TELPERION

Der ältere der Zwei Bäume von Valinor, auf dem Hügel Ezellohar in Valmar. Der Name bedeutet im Quenya „der Silbrige"; auch *Silpion* („Dämmerglanz") oder *Ninquelóte* („weiße Blüte") genannt. Seine Blätter waren auf der Oberseite dunkelgrün, von unten silbergrau; „aus seinen unzähligen Blüten troff immerzu ein Tau von silbernem Licht herab". Aus Telperions Tau machte Varda die Sterne, aus seiner letzten Blüte den Mond. In Tirion ließ Yavanna einen Baum wachsen, der wie ein verkleinertes Abbild Telperions war, aber nicht leuchtete. Dieser hieß Galathilion, und aus seinen Schößlingen gingen die Weißen Bäume von Eressea, Númenor und Gondor hervor. König Turgon von Gondolin

schmiedete ein Abbild Telperions, dessen Blüten aus Silber waren, und nannte es Belthil („Götterglanz").
Vgl. Narsilion, Weisse Bäume, Zwei Bäume.
S, I, III, XI, XV, Akallabêth; *R*, VI, 5; *HME 4*, VI.

Tengwar
„Buchstaben": Die von Rúmil für das Quenya erfundene und von Feanor verbesserte Schrift, die allmählich in ganz Mittelerde übernommen wurde. Die Tengwar erlaubten beim Schreiben mit Pinsel oder Feder einen flüssigeren Bewegungsablauf als die Certar, doch wurden sie in etwas eckigeren Formen auch für Inschriften verwendet. Man nannte sie auch die feanorische Schrift oder Elbenschrift (im Unterschied zu den Zwergenrunen oder Angerthas Moria).
Die vierundzwanzig Grundbuchstaben der Schrift sind Abwandlungen eines einfachen Zeichenschemas: ein Stamm *(telco)* mit oder ohne Ober- und Unterlänge plus einem einfachen oder doppelten, rechts oder links angesetzten Bogen *(lúva)*. Sie sind angeordnet in vier Spalten *(témar)* zu je sechs Stufen *(tyeller)*. Die sechs Zeichen in einer Spalte gehören nach der Artikulationsstelle (z. B. Dentale), die vier in einer Stufe nach Artikulationsweise (z. B. stimmhaft) zusammen.
Alle Tengwar bezeichneten für das Quenya ursprünglich nur Konsonanten. Die Vokale wurden durch diakritische Zeichen *(tehtar)* über dem vorangehenden Konsonanten angegeben: *a* durch drei Punkte oder einen Zirkumflex (oder auch, weil es im Quenya der häufigste Vokal war, überhaupt nicht); *e* durch einen Akut; *i* durch einen Punkt; *o* und *u* durch nach rechts oder links offene Kringel. (Art und Bedeutung dieser Zeichen waren jedoch in den einzelnen Schreibweisen verschieden.) Im Dritten Zeitalter wurden oft auch für die Vokale Buchstaben eingeführt.
Bei der Verwendung für andere Sprachen (Sindarin, Adûnaïsch, Westron oder die Schwarze Sprache) wurden die Tengwar deren Erfordernissen angepaßt. Besonders die Zeichen der Spalten III und IV wurden für vielerlei andere Laute verwendet. Im Quenya spielten z. B. die Nasale eine große Rolle, während im Westron die Palatale vielfältiger abgestuft waren. Die Zeichen der Spalten I (Dentale) und II (Labiale) blieben zumeist gleich.
Die zusätzlichen Buchstaben (25–36) waren bis auf 25 und 27 Modifi-

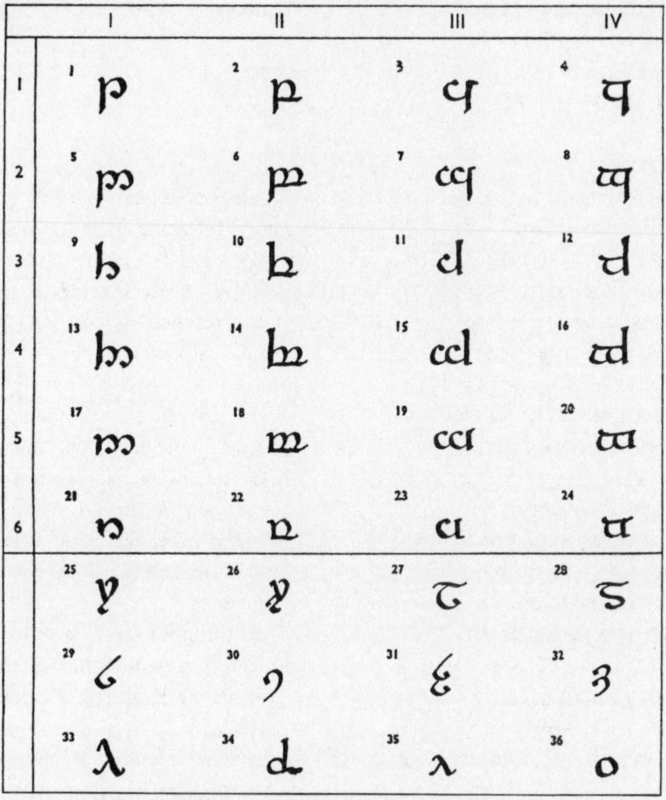

1) tinco, *Metall,* t. *2)* parma, *Buch,* p. *3)* calma, *Lampe,* k. *4)* quesse, *Feder,* kw. *5)* ando, *Tor,* nd *im Quenya, sonst* d. *6)* umbar, *Schicksal,* mb *im Quenya, sonst* b. *7)* anga, *Eisen,* ng *im Quenya, sonst* g. *8)* ungwe, *Spinnennetz,* (n)gw. *9)* thúle (súle), *Geist, im Quenya stimmloses* s, *Sindarin stimmloses (englisches)* th. *10)* formen, *Norden,* f. *11)* harma, *Schatz,* ch; *später* aha, *Zorn, für* h, *wenn im Anlaut. 12)* hwesta, *Brise,* (c)hw. *13)* anto, *Mund,* nt *im Quenya, sonst oft* dh *(stimmhaftes engl.* th*). 14)* ampa, *Haken,* mp *im Quenya, sonst oft* v *(deutsches* w*). 15)* anca, *Kiefer,* nk (sch). *16)* unque, *Mulde,* nkw (schw). *17)* númen, *Westen,* n. *18)* malta, *Gold,* m. *19)* noldo (ngoldo), *ein Noldo,* ng, *später* n *im Anlaut. 20)* nwalme (ngwalme), *Folter,* n (g) w. *21)* óre, *Herz, Gemüt, schwaches (ungerolltes)* r. *22)* vala, *Gott, Engel, halbvokalisches (englisches)* w. *23)* anna, *Geschenk, Quenya* nn, *sonst meist* j. *24)* vilya (wilya), *Luft,* w. *25)* rómen, *Osten, Zungen-*r. *26)* arda, *Reich,* rd *(oder* rh*). 27)* lambe, *Zunge,* l. *28)* alda, *Baum,* ld (lh). *29)* silme, *Sternenlicht,* s. *30)* silme nuquerna, *umgestülptes* s, *gleichbedeutend mit 29), Raum lassend für diakritische Zeichen. 31)* áre (áze), *Sonnenlicht,* z (ts?), *später* esse, *Name,* ss. *32)* áre *(oder* esse*)* nuquerna, *umgestülptes* ss. *33)* hyarmen, *Süden, ursprünglich ein schwächeres* (c)h, *im Dritten Zeitalter* h. *34)* hwesta sindarinwa, *eine mit Rücksicht auf das Sindarin eingeführte Variante zu 12), stimmloses* w (hw). *35)* yanta, *Brücke, halbvokalisches* y (j). *36)* úre, *Hitze, halbvokalisches w.*

kationen zu den Grundbuchstaben. Der Lautwert ist nicht in allen Fällen ganz deutlich.

Jeder Buchstabe hatte einen Namen, in der Regel ein Quenya-Wort, das mit diesem Buchstaben anfing oder in dem er vorkam. In der Übersicht auf S. 335 werden außer diesen Namen auch die Lautwerte in deutschen (oder englischen) Entsprechungen angegeben. Die Quenya-Namen wurden auch in den anderen Sprachen beibehalten.

Die Buchstaben  (*númen*, Westen),  (*hyarmen,* Süden), (*rómen*, Osten) und  (*formen*, Norden) waren bei allen Völkern von Mittelerde, unabhängig von der Sprache, als Zeichen für die Himmelsrichtungen bekannt.

R, Anhang E.

Thal

Eine Stadt der Nordmenschen, die östlich des Düsterwalds zwischen den Flüssen Eilend und Rotwasser lebten. Im Unterschied zu Esgaroth war Thal ein Königtum. Die Stadt lag vor dem Haupttor der Zwergenhallen von Erebor und erlangte durch den Handel und Austausch mit den Zwergen Bedeutung. Als der Drache Smaug den Erebor eroberte, wurde auch Thal zerstört und sein König Girion getötet (2770 D. Z.). Viele der Überlebenden flohen nach Esgaroth. Seit 2942 D. Z. wurde Thal von dem Drachentöter König Bard wieder aufgebaut. Die Macht der Könige von Thal reichte bis weit in den Süden und Osten.

Im Ringkrieg wurde Thal von einem großen Heer der Ostlinge angegriffen. Die Stadt mußte preisgegeben werden, aber die Verteidiger verschanzten sich zusammen mit den Zwergen in den Erebor-Hallen. Bei der Nachricht vom Zusammenbruch Barad-dûrs machten die Belagerten einen Ausfall und zerstreuten ihre demoralisierten Feinde. König Brand von Thal und der Zwergenkönig Dáin Eisenfuß fielen im Kampf an den Toren des Erebor.

Im Vierten Zeitalter blieb Thal ein selbständiges Königreich, im Bündnis mit dem wiedervereinigten Königreich des Westens.

Vgl. Bard, Erebor, Rhovanion, Ringkrieg, Smaug.

H, 12, 14; *R*, Anhänge A und B.

THANGORODRIM

S. „Berge der Tyrannei“: die drei Gipfel, die Morgoth über dem Südtor von Angband aus Schlacken und Grabungsschutt aufrichten ließ. Niemand hat gemessen, wie hoch sie waren, aber sie waren über die ganze Ebene von Ard-galen hin zu sehen. Sie stießen mächtige Wolken von stinkendem Rauch aus; waren also eigentlich nicht so sehr Berge als Fabrikschlote. In der Großen Schlacht am Ende des Ersten Zeitalters zerbrachen sie, als der Flügeldrache Ancalagon auf sie herabstürzte.

Der Name Thangorodrim wurde oft als gleichbedeutend mit Angband aufgefaßt.

Vgl. ANGBAND.

S, IX, XIV, XXIV.

THARBAD

Auf dem Weg von Minas Tirith nach Bruchtal verlor Boromir sein Pferd beim Übergang über die Grauflut an der Furt von Tharbad. Die Furt, aus den Trümmern einer alten, bei der großen Überschwemmung von 2912 D. Z. eingestürzten Brücke gebildet, war schwer passierbar, wenn der Fluß viel Wasser führte. Zur Zeit der beiden Dúnedain-Königreiche von Arnor und Gondor führten über Tharbad die zwei wichtigsten Verbindungswege: die alte Nord-Süd-Straße (der Grünweg) und der Seeweg über Lond Daer, denn die Grauflut war bis Tharbad hinauf schiffbar. Das Gebiet um Tharbad war sumpfig, und die Straße mußte über lange Dämme geführt werden. Bis zum Ende des siebzehnten Jahrhunderts D. Z. unterhielten beide Königreiche dort eine Garnison von Soldaten, Seeleuten und Technikern. Seit der Großen Pest von 1636 D. Z. wurden diese Anlagen vernachlässigt. Bei der Überschwemmung von 2912 wurde Tharbad zerstört und von den letzten Bewohnern verlassen.

Tharbad bedeutet im Sindarin „Übergang“.

Vgl. GRAUFLUT, GRÜNWEG; Karte S. 99.

R, II, 8; Anhang B; *Nachrichten*, II, ivD.

THARGELION

„Land jenseits des Gelion“: so nannten die Noldor die bewaldete Ebene zwischen dem Gelion und den Ered Luin, nördlich des Ascar; bei den Sindar hatte das Land vorher *Talath Rhúnen*, „östliche Ebene“ geheißen.

In Thargelion hatte sich Caranthir niedergelassen; sein Volk wohnte hauptsächlich in der Gegend um den Helevorn-See und den Rerir-Berg im Norden des Landes. (Daher auch *Dor Caranthir*, „Caranthirs Land"). Weiter im Süden wohnten die Haladin eine Zeitlang, bevor sie nach Brethil weiterzogen. Da die Zwergenstraße durch sein Gebiet führte, erhob Caranthir bei Sarn Athrad einen Wegzoll und kontrollierte den Handel von Nogrod und Belegost mit Beleriand. Nach der Dagor Bragollach wurde Thargelion von den Orks überrannt und von den Noldor verlassen.

Vgl. BELERIAND, CARANTHIR, ZWERGENSTRASSE; Karte S. 59.

S, XIV, XVII, XVIII.

THÉODEN

Der siebzehnte König von Rohan, Sohn Thengels und Morwens von Lossarnach; folgte 2980 D. Z. im Alter von 32 Jahren seinem Vater auf dem Thron nach. Sein Ratgeber Gríma, der heimlich bei Saruman im Sold stand, trieb ihn unter dem Vorwand der Gesundheitsfürsorge in die frühzeitige Senilität. Aber nachdem Gandalf ihn am 2. März 3019 kuriert hatte, machte er als König eine gute Figur. Er führte das Heer der Rohirrim in die Schlachten bei der Hornburg und auf dem Pelennor. Ein stattlicher alter Herr mit langem weißem Haar und Bart, deklamierte er mit lauter Stimme ein paar anfeuernde Stabreime, dann stieß er gewaltig in sein Horn und preschte auf seinem weißen Roß Schneemähne der ersten Éored voran. Den Häuptling der Haradrim streckte er nieder, und das Banner von Rohan, ein weißes Pferd im grünen Feld, wehte über der ganzen Nordhälfte des Pelennor. Aber dann senkte sich ein Schatten auf die Rohrrim herab, die Pferde gingen durch, und Schneemähne stürzte, von einem schwarzen Pfeil getroffen, und begrub den König unter sich. Bevor er starb, bedauerte Théoden, nie eine Pfeife mit dem Kraut der Halblinge geraucht zu haben. „Niemals werde ich nun mit dir in Meduseld sitzen und deiner Kräuterkunde lauschen", sagte er zu Merry. Der Hobbit war so erschüttert, daß er eine Zeitlang daran dachte, das Rauchen aufzugeben.

Théodens Sohn Théodred war drei Wochen zuvor an den Furten des Isen gefallen. Daher wurde nun Éomer König, Théodens Neffe.

Der Name Théoden bedeutet im Altenglischen „Fürst, König". In den

Annalen von Rohan wurde der König als *Théoden Ednew* („der Wiedererstarkte") bezeichnet.
Vgl. ÉOMER, ÉOWYN, HORNBURG, PELENNOR, ROHAN, SCHLANGENZUNGE, SCHWARZER HEERMEISTER.
R, III, 6–10; V, 5/6; Anhang A II.

THINGOL
S. „Graumantel" (*Elu Thingol*, von Quenya *Elwe Singollo* oder *Sindacollo*), der König von Doriath, eine mächtige Hintergrundfigur der Erzählungen aus dem Ersten Zeitalter, bisweilen aber auch im Mittelpunkt des Geschehens: als Melians Gatte, Lúthiens Vater, Túrins Pflegevater und Besitzer eines Silmaril. Er war einer der drei Botschafter, die Orome zuerst von Cuiviénen nach Aman brachte, damit sie das gesegnete Land in Augenschein nehmen und den Eldar raten konnten, dort hinzuziehen. Als er die Teleri nach Westen führte, begegnete ihm im Wald von Nan Elmoth die Maia Melian und versetzte ihn in einen Liebesrausch, der viele Jahre anhielt. Als Elwe (Thingol) wieder unter sein Volk kam, waren die meisten Teleri mit seinem Bruder Olwe schon nach Aman gefahren. Er blieb mit Melian in Mittelerde zurück, und alle Sindar von Beleriand erkannten ihn als obersten Fürsten an. Als einziger Sinda hatte er Valinor noch im Licht der Zwei Bäume gesehen und wurde daher zu den Calaquendi gezählt.
Melians Ratschläge und der Banngürtel, den sie um Doriath legte, halfen ihm lange, sein Reich vor den Gefahren von Mittelerde zu schützen. An den Kriegen gegen Morgoth beteiligte er sich nur einmal: an der ersten Schlacht, bei der die Grünelben von Ossiriand die Hauptlast zu tragen hatten. So hatte Doriath unter Thingols Herrschaft mehr als fünfhundert Jahre lang Frieden. Dennoch waren Thingols Waffenkammern wohlgefüllt, vor allem mit Erzeugnissen aus Nogrod und Belegost, und er unterhielt starke Grenzwachen, die unter ihren fähigen Hauptleuten Mablung und Beleg auch Dimbar und Brethil verteidigen halfen. Thingols Höhlenpalast Menegroth war als Festung angelegt, konnte sich in dieser Eigenschaft aber nie bewähren. Thingol selbst, ein sehr großer, silberhaariger Elb, scheint nicht sehr kriegerisch gewesen zu sein; doch war sein Schwert *Aranrúth* („Königsgrimm"), das später in den Besitz der Könige von Númenor gelangte, sicherlich keine Zeremonialwaffe.

Andere edle Klingen wurden den Getreuen des Königs als Auszeichnung verliehen.
Als er von dem Sippenmord an den Teleri von Alqualonde erfuhr, verbot er Feanors Söhnen, Doriath zu betreten; mit Finarfins Kindern dagegen (Finrod, Galadriel, Angrod und Aegnor) hielt er Freundschaft. Die Sprache der Noldor, Quenya, erklärte er für ganz Beleriand als geächtet.
Nachdem er durch Beren in den Besitz eines Silmaril gelangt war, mahnten Feanors Söhne die Herausgabe des Steins an. Mit verletzenden Worten lehnte er ab. Melian riet zum Nachgeben. Für den Silmaril hätte er jeden Preis fordern können; warum verhandelte er nicht? Habgier – nach „Schätzen" – war ihm nicht fremd, aber kommerziell dachte er nicht.
Er ließ den Stein in das Nauglamír einfassen. Die Zwerge, denen er die Arbeit aufgetragen hatte, suchten und fanden Gründe, das fertige Stück für sich zu fordern. In den Werkstätten von Menegroth fielen bittere Worte. Thingol beschimpfte sie königlich, und die Zwerge schlugen ihn tot. Zwei der Mörder entkamen nach Nogrod, und der Krieg der Zwerge gegen Doriath begann. Noch im Dritten Zeitalter stritt man darüber, wer schuld gewesen war.
Melian ging aus Doriath fort, und ihr Banngürtel wurde aufgehoben. Unter Thingols Enkel Dior erlebte Menegroth noch eine kurze Nachblüte.
Vgl. BEREN, DIOR, DORIATH, MELIAN, MENEGROTH, NAUGLAMÍR, SILMARIL, SINDAR, TELERI.
S, IV, X, XV, XIX, XXII.

THORIN I.
König der Zwerge vom Erebor (2035–2289 D. Z.), Sohn Thráins I., zog vom Erebor weiter nordwärts ins Graue Gebirge, erschloß dort Erzlagerstätten und bekam Schwierigkeiten mit den Drachen.
Vgl. EREBOR.
R, Anhang A III.

THORIN II.
König der Zwerge von Durins Volk (2746–2941 D. Z.), Sohn Thráins II.; *Thorin Eichenschild* genannt, seit er in der Schlacht im Schattenbachtal

seinen zerhauenen Schild durch einen Eichenast ersetzt hatte. Im Exil nach der Vertreibung der Zwerge vom Erebor, zuerst in Dunland, dann in den Blauen Bergen, kam er durch Handel mit Eisenwaren zu mäßigem Wohlstand. Das aber konnte den Erben der Könige unterm Berg nicht befriedigen. Bei einer Begegnung mit Gandalf in Bree entstanden die ersten unkonventionellen Gedanken zur Rückgewinnung seines Besitzes. Thorin wollte zuerst nach alter Sitte zum Krieg gegen Smaug aufrufen, aber der Zauberer überredete ihn zu einem geräuschlosen Vorgehen. Dazu freilich taugten die Zwerge nicht, also brauchte man einen Hobbit: Bilbo Beutlin, den Gandalf als einen „Meisterdieb“ anpries. Thorin war nicht überzeugt. Einen rechtschaffenen Drachentöter schien es nicht mehr zu geben; also hätte man wenigstens einen Meuchelmörder gebraucht. Und von Hobbits hielt er gar nichts. Er gab nur nach, weil es der Zauberer nun mal so wollte.

Nachdem der Drache unverhofft durch Bard zur Strecke gebracht worden war, setzte Thorin durch Geiz und Starrsinn den Erfolg des Unternehmens aufs Spiel. Erst beim Anblick der Orks kam er wieder zur Vernunft. In der Schlacht der fünf Heere räumte er unter Bolgs Leibwächtern gewaltig auf, bevor er tödlich verwundet wurde. Mit dem Arkenstein auf der Brust wurde er tief unterm Erebor begraben. Sein Schwert Orkrist (S. „Orkspalter“), das von gleicher Art war wie Glamdring, wurde ihm aufs Grab gelegt.

Vgl. ARKENSTEIN, BARD, BILBO BEUTLIN, EREBOR, SCHLACHT DER FÜNF HEERE, SMAUG.

H, 1, 15–17; *R*, Anhang A III; *Nachrichten*, III, iii.

THORONDOR

„König der Adler“, Quenya: *Sorontar*), der größte Vogel von Mittelerde, mit einer Flügelspannweite von dreißig Faden; vermutlich ein nach Mittelerde entsandter Maia, von Manwe beauftragt, Morgoths Treiben zu überwachen. Thorondor muß unter seinen Adlern auf Disziplin gehalten haben, denn sie horsteten dicht beisammen zuerst in den Eisenbergen, dann in den Crissaegrim und sorgten im Gebiet um Gondolin für eine ständige Luftüberwachung. Doch zu den gefährlichsten Aktionen stieß Thorondor selber hinab: Er rettete Fingon und Maedhros von einem Felsen der Thangorodrim; und er zerfetzte Morgoth das Gesicht, als er ihm

Fingolfins Leiche entriß. Seine Kundschafter hielten Turgon über alle Vorgänge in den Nachbarländern auf dem laufenden, und wenn wichtige Nachrichten zu überbringen waren, kam er selbst nach Gondolin. Er sprach Sindarin und Quenya. In der großen Schlacht am Ende des Ersten Zeitalters waren er und seine Adler neben Earendil die einzige Luftstreitmacht, die Morgoths Flugdrachen begegnen konnte. Von Thorondor stammten die Adler von Númenor und die Adler des Nebelgebirges ab.
Vgl. ADLER, GONDOLIN, MAIAR.
S, XIII, XXII, XXIV; *R*, VI, 4; *HME 10*, II (137f.).

THRÁIN I.
König der Zwerge von Durins Volk (1934–2190 D. Z.), Náins Sohn, gelangte nach der Flucht aus Moria zum Erebor, erschloß dort neue Minen und wurde König unter dem Berg.
Vgl. EREBOR, ZWERGE.
R, Anhang A III; *H*, 1.

THRÁIN II.
König der Zwerge im Exil (2644–2850 D. Z.), Thrórs Sohn, bewog nach dem Tod seines Vaters die verstreut wohnenden Zwerge von Durins Volk zu einem großen Rachefeldzug gegen die Orks (2793–2799). Nach dem Sieg in der Schlacht von Azanulbizar (Thráin selbst verlor dabei ein Auge) wollte er Moria besetzen, wurde aber von Dáin Eisenfuß davon abgehalten, der den Balrog gesehen hatte. Thráin kehrte nach Dunland zurück, wanderte mit seinem Gefolge durch Eriador und fand schließlich einen Wohnsitz im Osten der Blauen Berge. Im Jahre 2841 brach er mit wenigen Gefährten zu einer Wanderung auf, mit der Absicht, zum Erebor zurückzukehren. In einer Nacht am Rande des Düsterwalds verschwand er aus dem Lager. Von Saurons Dienern gefangen, wurde er nach Dol Guldur verschleppt, wo man ihn folterte und ihm den Ring der Macht abnahm, den Durin III. in Moria von Celebrimbor erhalten hatte. Dann wurde er zur Zwangsarbeit in Saurons Bergwerke gesteckt, wo er noch fünf Jahre lebte. Thrórs Karte vom Erebor und den Schlüssel zu der Geheimtür übergab er Gandalf kurz vor seinem Tod.

Vgl. AZANULBIZAR, EREBOR, THORIN II., THRÓR.
H, 1; *R*, Anhang A III; *Nachrichten*, III, iii.

THRANDUIL

Der König der Tawarwaith, der Waldelben im nördlichen Düsterwald, der Thorin Eichenschild und seine Gefährten gefangennahm, als sie zum Erebor zogen. Wie sein Vater Oropher war Thranduil ein Sinda, wahrscheinlich aus Doriath. Sein Höhlenpalast am Waldfluß war eine Nachbildung von Menegroth. Auf die Zwerge war er nicht gut zu sprechen; er unterhielt wenig Verbindung mit Bruchtal und mit Lórien. (Er war mit Celeborn verwandt, konnte aber Galadriel nicht ausstehen, weil sie eine Noldo war.) Seine Abneigung gegen in Bruchtal oder Lindon angezettelte Kriege war in der Schlacht auf der Dagorlad (3434 Z. Z.) nicht geringer geworden: Dort hatte er seinen Vater Oropher und zwei Drittel seiner Krieger fallen sehen. Trotzdem waren die Orks auch seine Feinde, und darum leistete er den Menschen von Thal und Esgaroth in der Schlacht der fünf Heere Beistand. Dabei söhnte er sich auch mit den Zwergen aus, deren Silber- und Juwelenschätze für einen Elbenfürsten unentbehrlich waren. Im Jahr vor dem Ringkrieg schickte er seinen Sohn Legolas als Boten nach Bruchtal.

Während des Krieges mußte Thranduil heftige Angriffe der Orks abwehren (Schlacht unter den Bäumen, im März 3019 D. Z.). Nachdem die Feinde im Süden wie im Norden besiegt waren, traf er in der Mitte des Waldes mit Celeborn zusammen und vereinbarte mit ihm neue Grenzen. Der ganze nördliche Teil des Waldes bis zu den Emyn Duir fiel an Thranduil.

Thranduil ließ sich gern als „König unter Eiche und Buche“ anreden – eine Stichelei gegen die Mellyrn von Lórien, die er als exotische Gewächse mißbilligte.

Vgl. DÜSTERWALD, LÓRIEN (2), SINDAR, WALDELBEN.
H, 9, 15–18; *R*, Anhang B; *Nachrichten*, II, iv.

THRÓR

König der Zwerge von Durins Volk (2542–2790 D. Z.), Dáins Sohn, kehrte mit einem Teil der Zwerge aus dem Grauen Gebirge zum Einsamen Berg zurück (2590) und brachte sein Volk, in gutem Einvernehmen mit den Menschen von Thal, zu neuem Wohlstand. Im Jahre 2770 wurde er mit vielen von seiner Sippe von dem Drachen Smaug vertrieben und floh nach Dunland. Dort konnte er die Armut und Ohnmacht seines Volkes nicht lange ertragen. Mit nur einem Begleiter wanderte er über den Rothornpaß nach Moria und betrat ganz allein die Hallen durch das Osttor. Er wurde von dem Ork-Häuptling Azog gefangengenommen, gebrandmarkt und enthauptet.

Von Thrór stammt die Karte der Gegend um den Einsamen Berg, die sein Enkel Thorin Eichenschild von Gandalf bekam.

Vgl. AZOG, EREBOR, MORIA, NÁR.

H, 1; *R*, Anhang A III.

THURINGWETHIL

Fledermäuse haben schon von Natur einen Hang zum Bösen. Im Düsterwald flatterten riesige Exemplare, „schwarz wie ein Zylinderhut", und Bolgs Orkheer wurde von einer Fledermauswolke begleitet, die das Tageslicht auslöschte. Diese Tiere hatten eine berühmte Vorfahrin im Ersten Zeitalter, Thuringwethil („Frau vom geheimen Schatten"), die Saurons Botschaften nach Angband brachte. Sie war sicherlich keine gewöhnliche Fledermaus, sondern eine dienstbare Dämonin, die sich mit dieser Gestalt bekleidet hatte. Ihre gefächerten Flügel hatten am Ende jedes Glieds eine große Eisenklaue. Lúthien verkleidete sich in Thuringwethils Fell, als sie mit Beren nach Angband ging; sie konnte darin wunderbar fliegen.

Auch Sauron, der im Ersten und Zweiten Zeitalter noch in vielerlei Gestalt erscheinen konnte, flog als ein riesiger Vampir davon, als Lúthien und Huan ihn von Tol-in-Gaurhoth vertrieben.

Vgl. LÚTHIEN, MAIAR, SAURON.

H, 8, 17; *S*, XIX.

TILION

Ein Jäger aus Oromes Gefolge, mit einem silbernen Bogen. Er lenkte das Mondschiff Isil über den Himmel. Weil er ein wenig bummelig war und sich von Ariën ablenken ließ, mußte Varda der Sonne Pausen gestatten, damit Tilion nachkommen konnte; andernfalls wäre immerzu Tag gewesen, und man hätte die Sterne nicht mehr gesehen.

Vgl. NARSILION.
S, XI.

TIMM SANDIGMANN

Der Müller von Hobbingen, der an keinen Drachen glaubte außer an den „Grünen Drachen", das beste Wirtshaus von Wasserau. Auch der gesunde Hobbitverstand konnte umschlagen in Haß auf alles, was ihn überforderte. Der Müller wurde ein Freund von Lotho Sackheim-Beutlin, fällte die Bäume an der Straße nach Wasserau und verwüstete das Land mit Dampfmaschinen und Backsteinbauten. Nach der Schlacht von Wasserau wurde seine neue Mühle abgerissen. Die Backsteine ließen sich auch beim Ausbau der Smials verwenden.
Vgl. AUENLAND, HOBBINGEN, OBERST.
R, I, 1, 2; II, 7; VI, 8, 9.

TIRION

„Hoher Wachtturm" (Quenya): Die Stadt der Vanyar und der Noldor in Aman, mit weißen Mauern und Terrassen auf dem grünen Hügel von Túna im Calacirya. Das höchste Bauwerk war Ingwes Turm, *Mindon Eldaliéva* (Quenya „hoher Turm der Eldalie"), auf dem immer eine silberne Lampe brannte, die weit aufs Meer hinaus leuchtete. An dem großen Platz unterhalb des Turms stand Finwes Haus. Die Vanyar zogen später nach Valinor hinein und wohnten an den Westhängen der Pelóri. Nach dem Auszug der meisten Noldor, die Feanor und Fingolfin folgten, blieb Finarfin mit dem Rest des Volkes in Tirion zurück.
Tirion war das Vorbild für Turgons Stadt Gondolin.
Vgl. AMAN, FINWE, NOLDOR, VANYAR.
S, V-IX.

TOBOLD HORNBLÄSER

Ein Hobbit aus Langgrund im Südviertel, zog um 1070 A. Z.das erste echte Pfeifenkraut, wahrscheinlich aus einer schwächeren Art der Pflanze, die er in Bree kennengelernt hatte. Auf ihn gehen die später beliebten Sorten *Langgrundblatt, Alter Tobi* und *Südstern* zurück. Zwischen den Familien Hornbläser und Beutlin bestanden Verbindungen: Frodos Urgroßmutter Tanta war eine geborene Hornbläser.

Vgl. Beutlin, Bree, Pfeifenkraut.
R, Prolog; *Anhang C.*

Tol Eressea

Ulmo entwurzelte eine Insel, die mitten im Großen Meer stand, belud sie in der Bucht von Balar mit den Vanyar und Noldor und schleppte sie nach Aman hinüber. Der Ostzipfel blieb in den Sandbänken vor der Sirion-Mündung stecken und brach ab; dies war die Insel Balar.

Er mußte noch eine zweite Fahrt machen, denn die Teleri waren zurückgeblieben. Auch jetzt fuhr nur ein Teil von ihnen mit: Olwe und sein Volk. Der Küstengott Osse schwamm hinterdrein; er konnte sich von den Teleri nicht trennen. Als sie in die Bucht von Eldamar kamen, in Sichtweite von Aman, aber noch im Sternenlicht, da wollten sie nicht weiter. Auf Bitten der Teleri erlaubte Ulmo, daß Osse die Insel an dieser Stelle auf dem Meeresgrund verankerte. Dort blieben die Teleri ein ganzes Zeitalter, bis sie der Wunsch überkam, ihre Freunde wiederzusehen und dem Licht von Valinor näher zu sein. Osse lehrte sie Schiffe bauen und ließ sie von Schwänen hinüberziehen. Alqualonde in der Bucht von Eldamar wurde ihr neuer Wohnsitz.

Die Insel blieb lange mehr oder weniger verlassen, und so fanden sie die Elben von Beleriand, die am Ende des Ersten Zeitalters in den Westen kamen. Sie nannten sie die Einsame Insel, *Tol Eressea* auf Sindarin. Dort ließen sie sich nieder und erbauten am östlichen Ufer die Stadt Avallóne, deren weißer Turm bei klarem Wetter von Númenor aus zu sehen war.

Eressea war das am weitesten östlich gelegene der Unsterblichen Lande von Aman. Oft segelten die Elben von dort nach Osten, um ihre Freunde in Númenor zu besuchen. Mit der Zeit erbitterte es die Númenórer, daß sie die Besuche nicht erwidern durften.

Vgl. Alqualonde, Aman, Avallóne, Bann der Valar, Númenor, Teleri.
S, V; Akallabêth

Tol Sirion

Eine Insel im Fluß, an der engsten Stelle des Sirion-Passes; dort erbaute Finrod Felagund die Festung Minas Tirith, die er von seinem Bruder Orodreth bewachen ließ, als er Nargothrond erbaut hatte. Zwei Jahre

nach der Dagor Bragollach wurde die Festung von Sauron eingenommen; sie hieß nun *Tol-in-Gaurhoth*, Insel der Werwölfe. „Kein Geschöpf kam durch jenes Tal, ohne daß Sauron von dem Turme, wo er saß, es erspähte." So nahm er Finrod, Beren und ihre Gefährten gefangen und begann sie an seine Wölfe zu verfüttern, bis Lúthien ihm mit dem großen Hund Huan und ihren mauerbrechenden Gesängen zu Leibe rückte: „Und der Zauber wurde gelöst, der Stein an Stein band ..."
Etwas abseits von den Trümmern, auf einem grünen Hügel begruben sie den weitsichtigen König Finrod Felagund.
Vgl. FINROD, LÚTHIEN, SAURON, SIRION, WÖLFE; Karte S. 59.
S, XIV, XVIII, XIX.

TOM BOMBADIL
Als der Alte Weidenmann seine Rinde um Merry und Pippin schloß, kam den Hobbits ein sonderbarer Waldbewohner namens Tom Bombadil zu Hilfe. Etwas größer als die Hobbits, rotbäckig, eine blaue Feder am Hut, in blauer Jacke und mit gelben Stiefeln stapfte er jodelnd durch den Alten Wald wie eine lebendig gewordene Spielzeugpuppe. Der Weidenmann, den er väterlich anschnauzte, ließ gleich seine Beute fahren; und auf ähnliche Weise wurde Tom zwei Tage später auch mit dem Grabunhold fertig. Die Hobbits blieben einen Tag in seinem Haus auf einer Anhöhe am Ufer der Weidenwinde. Sie wurden vorzüglich bewirtet und sprachen kräftig einem Getränk zu, das wie Wasser schmeckte, aber zu Kopf stieg und das Singen natürlicher erscheinen ließ als das Reden. Er erzählte Geschichten aus vielen vergangenen Zeitaltern – Geschichten, die er nicht aus Büchern kannte. Über die Geschöpfe des Waldes, besonders die Bäume, wußte er genau Bescheid, ebenso wie über viele Dinge im Auenland der Hobbits. Die Schwarzen Reiter interessierten ihn nur flüchtig, und auch Frodos Zauberring machte ihm keinen Eindruck: Er steckte ihn auf den Finger und blieb sichtbar. Am liebsten tanzte er herum und trällerte Nonsens-Lieder; wenn er lachte, mußte man mitlachen, ohne zu wissen, warum.
Selbst die Weisen wußten nicht genau, wer oder was er war. Wenn man danach fragte, bekam man nur sibyllinische Antworten. Seine Gattin Goldbeere, die Tochter der Flußfrau von der Weidenwinde, sagte, er sei „der Meister von Wald, Wasser und Berg". Das hieß aber nicht, daß ihm

irgend etwas gehörte: Alles, was lebt, gehört nur sich selbst. Gandalf und die Elben in Bruchtal kannten ihn: *Iarwain Ben-adar* hieß er bei ihnen, der Älteste und Vaterlose. Elrond war ihm in einem früheren Zeitalter begegnet, und schon da war er uralt gewesen. Er war älter als die Berge, es gab ihn schon immer. In seinem Wald war er sehr mächtig, aber die Idee, ihn als Verbündeten gegen Sauron zu gewinnen, etwa um ihm den Ring in Verwahrung zu geben, ließen die Weisen schnell wieder fallen. Höchstwahrscheinlich würde er den Ring einfach wegwerfen, meinte Gandalf.

„Ein paar Rätsel muß es immer geben, sogar in einem mythischen Zeitalter. Tom Bombadil ist eines“ (Tolkien, *Briefe*).

Vgl. ALTER WALD, ALTER WEIDENMANN, GRABUNHOLDE, WEIDENWINDE.

R, I, 6–8; II, 2; *Briefe*, 144.

TOTENSÜMPFE

„Nebelschwaden stiegen, sich kräuselnd und dampfend, von dunklen und eklen Tümpeln auf, deren Gestank stickig in der stillen Luft hing. Weit in der Ferne erhoben sich die Gebirgswälle von Mordor wie eine zerklüftete schwarze Wolkenbank über einem gefährlichen, in Nebel gehüllten Meer.“ Diese unwirtliche Gegend mußten Frodo und Sam unter Gollums Führung bei Nacht durchqueren. Die trüben Pfützen hielten phosphoreszierende Nachbilder von Menschen, Elben und Orks fest, die bei den großen Schlachten auf der nahen Dagorlad hier verendet waren. Vögel gab es nicht, dafür reichlich Schlangen und unappetitliche Würmer.

Den Sumpf bildeten die aus den Emyn Muil abfließenden Bäche. Nach Südwesten grenzte er an das Fennfeld *(Nindalf)* gegenüber der Einmündung der Entwasser in den Anduin.

Vgl. DAGORLAD; Karte S. 99.

R, IV, 2.

TROLLE

Sindarin *Torog*: eine Gattung großer, plumper Zweibeiner, die Melkor in Nachahmung der Ents geschaffen hatte. In den Kriegen von Beleriand traten sie manchmal als Leibgarde mächtiger Balrogs wie Gothmog auf. Sie waren so dumm, daß sie jeden Befehl bis zur Selbstaufopferung ausführten, konnten aber nur bei Nacht eingesetzt werden, weil sie bei Tageslicht versteinerten. Einige verwilderte Nachkommen dieser Art lebten gegen Ende des Dritten Zeitalters im Norden von Rhudaur, von den Ettenöden bis zu den Trollhöhen. Dies waren die *Steintrolle*. Die drei Exemplare, von denen Bilbo und die Zwerge beinah verspeist worden wären, hatten bis zu einem gewissen Grad die Zivilisation der Orks angenommen: Sie wollten ihre Opfer nicht roh, sondern gegart essen; und sie sprachen Westron, wenn auch in der Art des Ork-Pidgins. (Viele Steintrolle konnten überhaupt nicht sprechen und aßen das Fleisch roh.) In der Trollhöhle fand sich Diebesgut aller Art: Kleidungsstücke, Töpfe voller Goldmünzen, Waffen (darunter die Schwerter Glamdring, Orkrist und Stich); außerdem Brot, Käse, Speck und ein ganzes Faß Ale.

Eine ganz andere Art Trolle, die mit den Steintrollen vielleicht gar nicht verwandt waren, züchtete Sauron gegen Ende des Dritten Zeitalters im südlichen Düsterwald und in der Ebene von Gorgoroth. Dies waren die *Bergtrolle*, die in der Schwarzen Sprache *Olog-hai* genannt wurden. Sie waren beweglicher und intelligenter und vertrugen Tageslicht. Ihre Haut war mit harten grünlichen Schuppen bedeckt, und ihre Füße hatten keine Zehen. In der Schlacht am Morannon kämpften sie mit Keulen und Rundschilden; am liebsten aber töteten sie ihre Feinde mit einem Biß in die Kehle. Sie verstanden ausschließlich die Schwarze Sprache und redeten sehr wenig.

Eine Abart der Bergtrolle waren vermutlich auch die Höhlentrolle in Moria.

Vgl. Balrogs, Ents, Orks, Rhudaur.

H, 2; *R*, V, 4, 10; Anhang F I; *S*, XX.

Trollhöhen

Ein kleines, bewaldetes Gebirge in Rhudaur, zwischen den Flüssen Weißquell und Lautwasser. Seit dem Ende der nördlichen Königreiche kamen dorthin manchmal Trolle aus dem Nebelgebirge oder den Ettenöden, um an der Großen Oststraße Reisenden aufzulauern. Die Täler verliefen in nord-südlicher Richtung; darum mußten Aragorn und die Hobbits im Oktober 3018 D. Z. auf dem Weg nach Bruchtal über die Bergkämme klettern. Sie sahen die verlassene Trollhöhle und die drei

Trolle, die Gandalf vor achtzig Jahren versteinert hatte. Einer hatte ein Vogelnest hinterm Ohr.
Vgl. GROSSE OSTSTRASSE, RHUDAUR, TROLLE; Karte S. 264–265.
H, 2; *R*, I, 12.

TRUCHSESSE

Die Statthalter der Könige von Gondor, die in Abwesenheit des Herrschers die Regierungsgeschäfte führten. Seit der Zeit König Minardils (1621–34 D. Z.) wurden die Truchsesse immer aus dem Haus Húrins von den Emyn Arnen, einer edlen Dúnedain-Familie, gewählt. Nach dem Tod König Ondohers und seiner Söhne (1944 D. Z.) regierte der Truchseß Pelendur ein Jahr lang allein und nahm erheblichen Einfluß auf die Wahl des Thronfolgers. Die Frage der Erbfolge wurde immer schwieriger, da viele von Anárions Nachkommen entweder kinderlos blieben, sich auf die Seite der Rebellen in Umbar schlugen oder aber Frauen von unedler Herkunft heirateten. Jede anfechtbare Besetzung des Throns hätte die Gefahr eines Bürgerkriegs wie zur Zeit Eldacars heraufbeschworen. Schließlich, nachdem Earnur von seinem Ritt nach Minas Morgul nicht zurückgekehrt war, fand sich niemand mehr, der einen hinreichend begründeten Anspruch auf die Krone erheben konnte, und der Truchseß Mardil Voronwe (2050–80 D. Z.) regierte allein.
Seit Pelendur war das Amt des Truchsessen erblich: Es ging vom Vater auf den ältesten Sohn oder den nächsten männlichen Verwandten über. Bei Amtsantritt gelobte der Truchseß, „Stab und Herrschaft zu führen im Namen des Königs, bis er zurückkehrt". Tatsächlich war den Truchsessen an der Rückkehr des Königs nicht viel gelegen, und sie ignorierten alles, was sie über die nördliche Linie von Isildurs Nachkommen hörten. Allerdings nahmen sie nie den Thron ein, trugen keine Krone und kein Szepter, sondern nur einen weißen Stab als Zeichen ihres Amtes. Die Truchsesse nach Mardil verzichteten auf einen Quenya-Namen (wie ihn die Könige trugen).
Sie herrschten etwa ein Jahrtausend lang. In dieser Zeit wurde Gondor allmählich kleiner, schwächer und ärmer. Das Land litt unter Bevölkerungsschwund; die Lebenszeit seiner Bewohner, auch derer aus númenórischem Geschlecht, verkürzte sich in unerträglicher Weise fast bis auf das heute unter Menschen übliche Maß. Daran konnte auch Eles-

sar nichts ändern, der König, der nach dem Ringkrieg im Jahre 3019 D. Z. endlich auf den Thron zurückkehrte. Denethor II., der sechsundzwanzigste und letzte Regierende Truchseß, zog den Freitod der Unterwerfung vor. Sein Sohn Faramir übte das Amt wieder im alten Sinne aus: als Diener und Statthalter des Königs.
Vgl. ARVEDUI, CIRION, DENETHOR, GONDOR, MARDIL.
R, Anhang A.

TRUCHSESSEN-KALENDER
Die Jahreseinteilung der Dúnedain von Mittelerde stammte ursprünglich von den Elben. Auch die Elben hatten einen Begriff für das Sonnenjahr (Q. *coranar*), doch dachten sie gewöhnlich in längeren Perioden und interessierten sich eher für die Vorgänge in der Vegetation als für Sonnenstand und Mondphasen. Das Jahr hieß bei ihnen meist *loa* („Wachstum") und wurde unsystematisch in Frühling, Sommer, Früh- und Spätherbst, Winter und Vorfrühling eingeteilt. Jahresanfang war der Frühling. Ein solcher Kalender war im Dritten Zeitalter in Bruchtal noch in Gebrauch.
Die Númenórer teilten das Jahr in kürzere und gleichmäßigere Perioden ein. Ihr Jahr hatte zwölf etwa gleich lange Monate, die Woche sieben (bei den Elben sechs) Tage. Jahresanfang war die Wintersonnenwende. Die Quenya-Namen der Monate und Wochentage wurden auch im Adûnaïschen und im Westron beibehalten; die Dúnedain des Nordens gebrauchten auch Sindarin-Formen.
Zur Zeit des Ringkrieges war bei allen Westron sprechenden Völkern (außer den Hobbits) der *Truchsessen-Kalender* geläufig. Er war in Abwandlung des vorher geltenden *Königs-Kalenders* von dem Truchseß Mardil im 21. Jahrhundert eingeführt worden, um das Defizit gegenüber der astronomischen Chronologie besser auszugleichen.
Die Wochentage hießen: *Elenya*, Sternentag; *Anarya*, Sonnentag; *Isilya*, Mondtag; *Aldea*, (Weißer-) Baum-Tag; *Menelya*, Himmelstag; *Earenya*, Meertag; *Valanya* (oder *Tárion*), Valartag.
Das Jahr hatte zwölf Monate *(astar)* zu je 30 Tagen und fünf (in Schaltjahren sechs) Feiertage außerhalb der Monate. Die Monate hießen: *Narvinye, Nénime, Súlime, Víresse, Lótesse, Nárië, Cermië, Úrime, Yavannië, Narquelië, Hísime, Ringare*. Die Feiertage waren: *Yestare*, erster Tag

des Jahres; *Tuilére*, „Frühlingstag“, zwischen dem 3. und 4. Monat; *Loënde*, Mittsommertag (in Schaltjahren zwei Tage), zwischen dem 6. und 7. Monat; *Yáviére*, „Herbsttag“, zwischen dem 9. und 10. Monat; *Mettare*, letzter Tag des Jahres.

Nach der neuen Zeitrechnung, die König Elessar für das Vierte Zeitalter einführte, begann das Jahr 1 mit dem 25. Súlime 3019 der alten Zeitrechnung, dem Tag des Einsturzes von Barad-dûr. Die Monate behielten ihre Namen, begannen aber nun mit *Víresse* (April). Die Feiertage wurden auf die Tage nach Frodos Geburtstag gelegt (den 30. Yavannië nach dem neuen System). Im Auenland wurde dies nicht übernommen.

Vgl. AUENLAND-KALENDER, DREI ZEITALTER, TAG OHNE MORGEN.

R, Anhang D.

TUK

Eine große und weitverzweigte Hobbitfamilie, zumeist von den Falbhäuten abstammend. Der westliche Teil der Grünberge und die Gegend um Buckelstadt hießen *Tukland*, weil die meisten Tuks dort lebten und Land besaßen.

Im Jahr 740 A. Z. wurde Isumbras Tuk I. dreizehnter Thain des Auenlands, und seither vererbte sich das Amt auf das jeweilige (männliche) Oberhaupt der Familie, das auch „der Tuk“ genannt wurde. Isengrim II. begann 1083 mit den Grabungen zu den großen Smials von Buckelstadt, wo die näheren Angehörigen des Thains später zusammenwohnten (Groß-Smials).

Das Amt des Thains blieb in Friedenszeiten ein nomineller Ehrentitel. Nur zweimal mußte es im Krieg ausgeübt werden: in der Schlacht bei Grünfeld (1147 A. Z.), als Bandobras Tuk eine Schar Orks besiegte, und bei der Vertreibung der von Saruman eingeschleusten Menschen (1419 A. Z.), als Pippins Vater, der Thain Paladin II., den Widerstand des Tuklandes leitete.

Bei den anderen Hobbits waren die Tuks wegen ihres Reichtums geachtet, galten aber als ein wenig absonderlich, denn ihre Familiengeschichte war von Gerüchten über Abenteuer in fernen Ländern durchwoben. Bilbo Beutlins Mutter Belladonna war eine Tochter des langjährigen Familienoberhaupts Gerontius Tuk (1190–1320 A. Z.), und zwei ihrer Brüder hatten ein unter Hobbits ungewöhnliches Schicksal: Hildifons

Tuk (geboren 1244 A. Z.) ging auf eine Reise, von der er nicht zurückkehrte; und von Isengar Tuk (1262–1360) hieß es, er sei in seiner Jugend zur See gefahren. Auch Frodo Beutlin war durch seine Großmutter mütterlicherseits mit den Tuks verwandt.
Das berühmteste Mitglied der Familie war seit dem Ringkrieg Peregrin („Pippin") Tuk, einer von Frodos Gefährten.
Vgl. BUCKELSTADT, PEREGRIN TUK, SCHLACHT BEI GRÜNFELD, THAIN.
H, 1; *R*, Prolog; VI, 8, 9; Anhänge B und C; *Nachrichten*, III, iii.

TULKAS
Ein Vala, „der Größte an Kraft und Mannestaten", auch *Astaldo* (Quenya „der Tapfere") genannt. Er kam als letzter nach Arda, als er hörte, daß es dort Raufereien gab, und mit seiner Hilfe konnten die Valar endlich Melkor in die Schranken weisen. Tulkas lacht auch im heißesten Getümmel; er gebraucht keine andere Waffe als seine Fäuste und steigt nie zu Roß, denn er kann schneller laufen als alles, was Beine hat. Er ist kein Denker und kein Politiker („nichts taugt er im Rate"), aber ein zuverlässiger Freund. Am liebsten verbringt er den Tag mit Ringkämpfen und Leibesübungen aller Art. Seine Gemahlin ist Nessa, Oromes Schwester.
„Tulkas steht für die gute Seite der Gewalt, die Kompromißlosigkeit im Kampf gegen das Böse" (Tolkien).
Vgl. VALAR.
S, Valaquenta, I; *HME 10*, V (392).

TUOR
Huors Sohn, aus dem Haus Hador: Nach dem Tod seines Vaters in der Nirnaeth Arnoediad wuchs er bei den Sindar von Mithrim in den Höhlen von Androth auf, geriet in Gefangenschaft und diente drei Jahre lang als Sklave den Ostlingen, die sich des Landes bemächtigt hatten. Er floh und machte den neuen Herren als Bandit zu schaffen, bis ihm Ulmo den Gedanken eingab, nach Nevrast zu gehen.
Die Begegnung mit Ulmo am Meeresufer bei der verlassenen Stadt Vinyamar bestimmte sein weiteres Tun. Ulmo machte ihn meeressüchtig und schickte ihn dann nach Gondolin, unter der Führung des Elben Voronwe. Ulmos Botschaft, die er überbrachte, sagte Turgon kaum etwas Neues: daß für Gondolin nun bald das Ende komme und daß er daher

die Stadt verlassen und zu den Sirion-Mündungen ziehen solle. Es ging Ulmo nur darum, Tuor einen ansehnlichen Auftritt zu verschaffen und seine Verbindung mit der Königstochter Idril in die Wege zu leiten: Daraus sollte Earendil hervorgehen, mit dem der Vala schon etwas vorhatte. Manches spricht dafür, daß Gondolin überhaupt nicht nach Tuors Geschmack war und daß er nicht ganz freiwillig dablieb; aber Idrils schöne weiße Füße scheinen sein Herz schließlich gewonnen zu haben. Beim Kampf um die Stadt, als sie von Gothmogs Streitmacht angegriffen wurde, rettete Tuor Weib und Kind aus dem Gemetzel, warf den Verräter Maeglin von der Stadtmauer hinunter und führte die letzten Überlebenden auf einem vorbereiteten Fluchtweg ins Sirion-Tal. In Nan-tathren machte er ein Lied auf Ulmo, durch das er die Meeressehnsucht auf seinen Sohn Earendil übertrug. Als sich das Alter bemerkbar machte, baute er sich ein Schiff, *Earráme*, Q. „Meeresschwinge", genannt, und fuhr mit Idril in den Westen.

Tuor und Idril sind eines der zwei Paare, in denen sich Elben und Menschen miteinander verbanden. Es heißt, Tuor sei in Valinor als einziger Sterblicher mit den Noldor vereinigt worden.

Vgl. GONDOLIN, IDRIL, MITHRIM, TURGON, ULMO, VINYAMAR, VORONWE, WALDLÄUFER, ZWEI GESCHLECHTER.

S, XXIII; *Nachrichten*, I, i; *Verschollene Geschichten II*, iii.

TURGON

Der König von Gondolin, Fingolfins zweiter Sohn. Nach der Rückkehr aus Aman ließ er sich zunächst mit einem Drittel der Noldor aus Fingolfins Gefolge in dem Küstenland Nevrast nieder; sein Palast stand in Vinyamar, am Fuß des Berges Taras. Mehrere Male, teils im Traum, teils leibhaftig, erschien ihm der Wassergott Ulmo und gab ihm den Rat, sich nach einem geheimeren Platz umzusehen. Ulmo zeigte ihm das Tal von Tumladen, das verborgen hinter den steilen Felswänden der Echoriath lag. Dort ließ Turgon eine neue Stadt erbauen und zog dann in aller Stille, doch mit seinem ganzen Volk dorthin. Durch strikte Einschränkung des Verkehrs mit der Außenwelt erreichte er, daß die Lage von Gondolin über vierhundert Jahre lang ein Geheimnis blieb. Nur die Adler brachten ihm manchmal Nachrichten vom Geschehen in den Nachbarländern. In der Nirnaeth Arnoediad erschien er plötzlich, ohne daß irgendwer wußte, woher, mit zehntausend Kriegern auf dem Schlachtfeld; dort allerdings kam er in Bedrängnis und konnte sich nur dank der aufopfernden Rückendeckung der Männer von Dor-lómin geordnet zurückziehen.

Als Tuor ihm Ulmos Warnung überbrachte, daß es mit Gondolin nun bald zu Ende ginge, konnte er sich von der Pracht und den Reichtümern seiner Stadt nicht trennen. Von vornherein hatte er gewußt, daß er in Gondolin die Niederlage nur hinauszögern, nicht verhindern konnte. Insgeheim hatte er Boten mit dem Auftrag ausgesandt, übers Meer in den Westen zu fahren und die Valar um Hilfe zu bitten. Aber keiner von ihnen erreichte sein Ziel oder kehrte zurück, bis auf Voronwe, der Tuor den Weg nach Gondolin zeigte.

Seine Tochter Idril gab er Tuor zur Frau, weil er ahnte, daß von dem Kind aus dieser Verbindung zwischen den Zwei Geschlechtern etwas Gutes zu erwarten sei. Während des Angriffs auf Gondolin wies er jeden Gedanken an Flucht von sich. Er fiel, bis zuletzt kämpfend, in den Trümmern seines Palastes.

Der Name Turgon bedeutet im Sindarin soviel wie „kraftvoller Herrscher“. Er wurde auch „der Kluge“ genannt. Sei dem Tod seines Bruders Fingon galt er als Hoher König der Noldor, was jedoch wegen seiner Isolierung praktisch bedeutungslos blieb.

Vgl. GONDOLIN, IDRIL, NEVRAST, NOLDOR, TUOR, ULMO.

S, XIV-XVI, XVIII, XX, XXIII; *Verschollene Geschichten II*, iii.

TÚRIN

Die Hauptgestalt des langen *Narn i Hîn Húrin*, ein Held mit einem verhexten Schicksal. „Wo sie auch hingehen, wird Böses vor ihnen aufstehen. Was sie auch sagen, wird schlechter Rat sein. Was sie auch tun, wird gegen sie ausschlagen. Sterben werden sie ohne Hoffnung, ihr Leben wie ihren Tod verfluchend.“ So verkündet Morgoth, was er Húrins Kindern zugedacht hat, und so ergeht es dem unglücklichen Túrin. Wenn ihn der Drache Glaurung am Ende einen Banditen und Meuchelmörder, Blutschänder und Verräter an Freund und Feind nennt, entstellt er die Wahrheit, aber nicht die Tatsachen. Schuld – soweit der jähzornige Held auch davon nicht frei bleibt – ist im Schicksal inbegriffen.

Als Kind schickt ihn seine Mutter Morwen über die Berge nach Doriath, um ihn der Versklavung durch die Ostlinge zu entziehen. Thingol nimmt Húrin Thalions Sohn in Ehren auf: In seinem Vorurteil gegen die Menschen erkennt er nun Ausnahmen an. Beleg Langbogen wird Túrins Freund und Lehrmeister. Túrin sieht nun aus wie ein Noldo: groß, dunkelhaarig und grauäugig; aber am Hof von Menegroth erscheint er als ein barbarischer Eisenfresser, der zu wenig auf Toilette und Frisur achtet. Er bekommt Streit mit Saeros, der ihn verspottet, tötet ihn unwillentlich und flieht aus dem Land, um der als selbstverständlich erwarteten ungerechten Bestrafung zu entgehen. Er wird Hauptmann einer Räuberbande in der Gegend südlich des Teiglin. Sein Hauptquartier sind die Hallen des Kleinzwergs Mîm auf dem Amon Rûdh; aber seine Banditen haben einen von Mîms Söhnen getötet, und Mîm verrät sie. Túrin wird von Orks gefangengenommen und verschleppt. In Taur-nu-Fuin erschlägt er seinen Freund Beleg, der ihn befreit hat, weil er ihn im Dunkeln für einen Feind hält. Der Noldo Gwindor, der aus der Gefangenschaft in Angband entflohen ist, bringt ihn nach Nargothrond. Dort wird er Kriegshauptmann und macht Gwindor seine frühere Geliebte Finduilas, König Orodreths Tochter, abspenstig, obwohl er ihre Liebe nicht erwidern kann. Er veranlaßt Orodreth, zu offener Kriegsführung überzugehen und eine Brücke über den Narog zu bauen; Ulmos Warnungen schlägt er in den Wind. (Von den Valar erwartet er keine Hilfe.) Auf dem Feld von Tumhalad werden die Elben besiegt, Glaurung kommt über die Brücke, und Nargothrond wird verwüstet. Túrin selbst und seine Schwester Niënor fallen unter den Bann des Drachen. Als sie sich nach langen Irrfahrten bei den Haladin im Wald von Brethil wiederfinden, erkennen sie einander nicht und schließen eine inzestuöse Ehe. Erst als Túrin den Drachen getötet hat – aus dem Hinterhalt, nicht in redlichem Zweikampf –, werden die Verstrickungen in ihrem ganzen Umfang offenbar, und die Geschwister machen verzweifelt ihrem Leben ein Ende. Elben aus Doriath setzen ihnen einen Gedenkstein an der Cabed-en-Aras.

Immer wieder versucht Túrin das Schicksal, von dem er nichts Gutes erwartet, durch Änderung seines Namens zu überlisten: *Neithan*, der Gekränkte, *Gorthol*, Schreckenshelm, und *Agarwaen*, Úmarths Sohn, der Blutbefleckte, Sohn des Unglücks, sind nur einige seiner Pseudonyme. Zuletzt in Brethil, als er sich aus allen weiteren Händeln heraushalten will, nennt er sich mit einer Spur von Selbstironie *Turambar*,

Meister des Schicksals. Aber zwei kriegerische Attribute, die in ganz Beleriand berühmt sind, verraten ihn: der Drachenhelm von Dor-lómin, ein Erbstück des Hauses Hador, und sein Schwert Gurthang, um dessentwillen man ihm in Nargothrond den Namen *Mormegil* beilegt, das Schwarze Schwert.
Vgl. BELEG, DORIATH, DRACHENHELM VON DOR-LÓMIN, DRACHENTÖTER, GLAURUNG, GURTHANG, GWINDOR, HÚRIN, NARGOTHROND, NARN I HÎN HÚRIN, NIËNOR, WALDLÄUFER.
S, XXI; *Nachrichten*, I, ii.

TURMBERGE
Ein kleines Gebirge in Eriador, westlich des Auenlands, auf dem drei uralte weiße Türme standen. Gil-galad hatte sie für seinen Freund Elendil erbaut, der von dort mit Hilfe eines Palantírs bis nach Avallóne blicken konnte. (Nach dem Ringkrieg wurde bekannt, daß sich der Palantír noch immer dort auf dem höchsten der drei Türme, dem Elostirion, befand.) Schon um das Jahr 600 Z. Z. soll auf den Turmbergen eine Begegnung zwischen den Númenórern, geführt von dem Seefahrer Veantur, und den in Eriador zurückgebliebenen Menschen stattgefunden haben.
Von den Hobbits wurden die Turmberge im allgemeinen gemieden. Es hieß, daß man von den Türmen bis aufs Meer blicken könne – was für die bodenständigen Hobbits eher abschreckend war.
„Turmberge" ist die Übersetzung ihres Sindarin-Namens *Emyn Beraid*.
Vgl. AUENLAND, ELENDIL, PALANTÍRI, UNTERTÜRMEN; Karte S. 99.
R, III, 11; Anhang A 3; *Nachrichten*, II, ii; *S*, Von den Ringen der Macht.

Udûn

Das Tal hinter dem Morannon; der nordwestliche Zipfel von Mordor. Nach Süden wurde es von zwei Vorsprüngen des Schatten- und des Aschengebirges abgeschlossen; zwischen ihnen lag eine schmale, mit einem Erdwall versperrte Kluft, Isenmünde oder *Carach Angren* (S. „Eisenschlund") genannt. Im Winkel zwischen dem westlichen Vorsprung und dem Schattengebirge stand die alte, von den Dúnedain erbaute Grenzfestung Durthang. Auf der Straße, die von dort ostwärts zur Isenmünde führte, mußten Frodo und Sam ein Stück weit mit einem Orktrupp marschieren. In Udûn befanden sich Saurons Waffenlager und die Festungen und Kasernen der Orks.
Der Name *Udûn* ist die Sindarin-Form für *Utumno* (Quenya: „die tief Verborgene"), und so hieß auch Melkors erste Festung in Mittelerde. Als Gandalf den Balrog mit „Flamme von Udûn" anredete, meinte er dieses frühere Udûn.
Vgl. Morannon, Mordor; Karte S. 99.
R, VI, 2; *HME 10*, II (67).

Ufthak

Ein Ork vom Wachkommando in Cirith Ungol, den Kankra fesselte und aufhängte, um ihn bei Gelegenheit lebendig zu verzehren. (Sie verschmähte totes Fleisch und kaltes Blut.) „Erinnerst du dich an den alten Ufthak? Wir hatten ihn seit Tagen vermißt. Dann fanden wir ihn in einem Winkel. Aufgehängt war er, aber er war hellwach und glotzte. Was haben wir gelacht!"
Vgl. Cirith Ungol, Kankra, Orks.
R, IV, 10.

Uglúk

„Ich bin Uglúk. Ich befehle." Der Anführer der Uruk-hai aus Isengart war ein Mann von wenig Worten, tumb, athletisch und brutal; seinem Gegenspieler Grischnách, der ihm die beiden gefangenen Hobbits ent-

führen wollte, war er intellektuell nicht gewachsen. Die Uruk-hai wurden reichlich mit Menschenfleisch versorgt und waren ihrem Gebieter dafür treu ergeben. In den Schlachten an den Furten des Isen und an der Hornburg bewiesen sie Mut und Kampfkraft. Für die kleinen Orks aus dem Nebelgebirge hatte Uglúk nur Verachtung. Beim Versuch, aus der Umzingelung durch die Rohirrim auszubrechen, wurde er von Éomer im Kampf Mann gegen Mann erschlagen.
GRISCHNÁCH, ORKS.
R, III, 3, 7.

UINEN
Eine Maia, Osses Gemahlin, die Herrin der Meerestiere und Meerespflanzen; „ihr Haar liegt über alle Wasser unter dem Himmel gebreitet." Die Seefahrer riefen sie an, denn sie vermochte den wilden Osse zu bändigen. Die Frauen der Seefahrer (Berúthiel, Elwing, Erendis) fürchteten sie als eine Rivalin, die ihnen ihre Männer abspenstig machte. Die Númenórer standen lange unter ihrem Schutz. Wenn ein Schiff nach Mittelerde auslief, wurde ein Zweig des immergrünen Baums Oiolaire am Bug befestigt, der „Zweig der Wiederkehr", als Zeichen der Freundschaft mit Osse und Uinen. In der Bucht von Rómenna lag die Insel Tol Uinen, auf der Aldarion einen Leuchtturm errichten ließ. Die Seefahrer in der von Aldarion gegründeten Gilde der Wagemutigen nannten sich auch die *Uinendili*, die Freunde Uinens.
Vgl. MAIAR, NÚMENOR, OSSE, ULMO.
S, Valaquenta; *Nachrichten*, II, ii.

ULMO
Der Herr der Wasser, einer der Großen unter den Valar. Tuor erschien er am Strand von Nevrast: „wie eine Woge, die sich an Land türmt, im dunklen, gischtgeschweiften Helm und einem Panzer, der schimmerte vom hellsten Silber bis in die tiefsten Schatten des Grüns." Als einziger unter den Valar war er auch nach der Flucht der Noldor dagegen, sich in Valinor einzumauern und Mittelerde seinem Schicksal zu überlassen. Ulmo selbst wohnt nicht in Valinor, sondern in den Tiefen des Außenmeeres. Von dort regiert er alle Gewässer der Welt, von den Meeren und Strömen bis zu den kleinsten Bächen und Brunnen. Im Ersten Zeitalter kam

er oft die Fjorde herauf bis tief ins Binnenland und erteilte den Königen der Eldar Rat und Hilfe. Er erschien ihnen im Traum oder leibhaftig; oder er sandte ihnen Botschaften durch Círdan. Sein Name bedeutete im Quenya „der Benetzer“ oder „Regenmacher“.

Ulmo ist der musikalischste der Götter; er komponiert das Tosen der Brandung, das Rauschen des Regens und das Murmeln der Bäche. Wer ihn auf seinen weißen Muschelhörnern, den Ulumúri, spielen hört, wird von unstillbarer Meeressehnsucht erfüllt.

Ulmos Vasallen sind Osse und Uinen, denen er die Herrschaft über die Küstengewässer von Belegaer anvertraut hat.

Vgl. Círdan, Ekkaia, Osse, Tuor, Turgon, Uinen, Valar.

S, Valaquenta, I, XV, XXIII; *Nachrichten*, I, i.

Umbar

Der größte Hafen von Harad, in einer tiefeingeschnittenen Bucht etwas südlich von der Mündung des Harnen. Nachdem Umbar schon lange von den Schiffen der Númenórer angelaufen worden war, wurde der Hafen im Jahre 2280 Z. Z. als Festung ausgebaut. Er wurde zum Zentrum einer númenórischen Kolonie, die bald das ganze umliegende Küstenland umfaßte und eine Vormachtstellung gegenüber den Völkern von Harad gewann. Im Jahre 3261 Z. Z. landete hier Ar-Pharazôn mit einer mächtigen Flotte und zwang Sauron zur Unterwerfung. Die Númenórer, die sich in Umbar niederließen, gehörten meist der Königspartei an und gerieten früher oder später unter Saurons Einfluß. Seit frühester Zeit bestand ein Gegensatz zwischen Umbar und Pelargir, dem Hafen der Getreuen. Er setzte sich im Dritten Zeitalter fort, als Pelargir zum wichtigsten Hafen des Königreichs Gondor wurde. Die beiden Dúnedain-Fürsten Herumor und Fuinor gewannen von Umbar aus Macht unter den Völkern von Harad. Als Gondor unter den Schiffskönigen (seit 830 D. Z.) seine Macht längs der Küsten nach Süden ausdehnte, mußten sich die Dúnedain von Umbar der Unterstützung der Haradrim versichern, was zur Rassenmischung führte. König Earnil I. von Gondor eroberte Umbar (933 D. Z.), beherrschte aber nur den Hafen und die Festung, ohne die Haradrim, die ihn dort eingeschlossen hielten, unterwerfen zu können. Erst sein Enkel Ciryaher durchbrach mit einem Sieg zu Wasser und zu Lande (1050) die Belagerung und

machte die Fürsten von Harad tributpflichtig. Er nannte sich fortan *Hyarmendacil* (Quenya „Südsieger").
Nach dem Thronfolgestreit in Gondor zwischen Eldacar und Castamir ging Umbar wieder verloren. Die Söhne und Anhänger Castamirs flüchteten dorthin (1448 D. Z.) und sammelten alle Feinde von Gondor um sich. Jahrhundertelang beunruhigten sie die Küsten im Norden der Bucht von Belfalas durch Raubzüge und wurden daher die „Korsaren von Umbar" genannt. 1810, unter König Telumehtar (genannt *Umbardacil*, „Sieger von Umbar"), wurde Umbar noch einmal erobert, doch während der Kriege gegen die Wagenfahrer, mit denen sich die Fürsten von Nah-Harad verbündeten, war es für Gondor nicht mehr zu halten. Seitdem hörte der Krieg in Süd-Gondor und an den Küsten nie mehr ganz auf. Im Ringkrieg griff eine starke Flotte der Korsaren Pelargir und Lebennin an, wurde aber von Aragorn am 13. März 3019 erobert. Die Schiffe hatten Segel und Ruder; die Segel waren schwarz, und die Ruderer waren Sklaven. Als Éomer während der Schlacht auf dem Pelennor die Schiffe herankommen sah, glaubte er zuerst, die Feinde erhielten Verstärkung, aber dann entrollte Aragorn das Banner mit dem Weißen Baum und Elendils Wahrzeichen.
Nach dem Krieg schloß König Elessar mit den Völkern von Harad Frieden, und die Festung von Umbar kam wieder in den Besitz von Gondor.
Vgl. GONDOR, HARAD, PELARGIR, PELENNOR.
R, V, 6; Anhänge A und B; *S*, Akallabêth; Von den Ringen …

UNGOLIANT
Ein Wesen aus Melkors Gefolge, das ihm den Dienst aufgekündigt hatte, um nur noch den eigenen Gelüsten nachzugehen. In Gestalt einer ungeheuren Spinne hauste es in den Bergklüften von Avathar im Süden von Aman. Die Spinne sog alles Licht auf, das sie nur finden konnte, „und spann daraus dunkle Netze von würgender Finsternis …" In dieses undurchdringliche „Unlicht" hüllte sie sich und Melkor, als er sie überredet hatte, mit ihm nach Valmar zu gehen und die Zwei Bäume zu morden. Dort fraß sie sich voll an dem Licht, wurde dabei immer größer und abscheulicher und hätte gern auch noch die Silmaril gefressen. Die Balrogs mußten Melkor vor ihr retten. Ungoliant floh über die Ered Gorgoroth in das Tal, das später Nan Dungortheb genannt wurde. Dort paarte

sie sich mit anderen von ihrer Art, die sie gleich darauf verschlang. Später soll sie in den fernen Süden der Welt weitergekrochen sein und sich in ihrer Unersättlichkeit selbst verschlungen haben.
Vgl. KANKRA, NAN DUNGORTHEB, RIESENSPINNEN.
S, VIII, IX.

UNTERTÜRMEN
Ein Ort am Fuß der Turmberge, Sitz des Verwesers der Westmark, um die das Auenland nach dem Ringkrieg erweitert wurde. Hier wurde das *Rote Buch der Westmark* aufbewahrt, die wichtigste Quelle zur Geschichte des Ringkrieges.
Vgl. AUENLAND, ROTES BUCH DER WESTMARK, TURMBERGE.
R, Prolog; Anhang B.

UNVERLÖSCHLICHE FLAMME
Auch das *Geheime Feuer* genannt, für dessen Diener Gandalf sich erklärte, als er auf der Brücke von Khazad-dûm den Kampf mit dem Balrog aufnahm. Dies ist es, was Aule den Zwergen, die er schuf, nicht geben konnte, ohne daß Eru ihm zu Hilfe kam: das Eigenleben der Geschöpfe. Nach manchen Legenden hat Varda von Eru eine Gabe erhalten, die ihr gestattet, in gewissem Maße über diese Flamme zu verfügen (die zum Beispiel in der Sonne brennt). Von den Valar hat Melkor das Geheimnis des Feuers am unermüdlichsten erforscht, doch vergebens: Er weiß alles über seine physikalischen Eigenschaften, aber seine Beziehung zum Leben ist ihm dunkel geblieben.
Vgl. ILÚVATAR, MELKOR, VARDA.
S, Ainulindale, II; *R*, II, 5; *HME 10*, V (375ff.).

Valacirca

„Die Sichel der Valar", die sieben hell leuchtenden Sterne, die Varda beim Erwachen der Elben als Drohung für Melkor und als Zeichen des Schicksals hoch in den Norden hängte. Zu ihren Ehren hatte Beren ein Lied gemacht, das er sang, als er im Kerker von Tol-in-Gaurhoth lag. Die Sieben Sterne, vermutlich der Große Bär, wurden von den Zwergen als „Durins Krone" und von den Hobbits als „Sichel und Wagen" aufgefaßt. Auch Aragorns Fahne, die er entrollen ließ, als er in die Schlacht auf dem Pelennor eingriff, zeigte sieben Sterne über einer Krone und einem weißen Baum. Dies war das Wahrzeichen von Elendils Erben. Vermutlich standen die sieben Sterne in einer Beziehung zu den sieben Palantíri, die Elendil aus Númenor mitgebracht hatte.

Vgl. Durin, Elendil, Varda.

S, III, XIX; *R*, II, 2; III, 11; V, 6.

Valar

„Die, welche Macht haben", auch „die Mächte", „die Großen von Arda", oder „die Herren des Westens" genannt: die mächtigsten unter den auf Arda herabgestiegenen Ainur. Ihnen hat Ilúvatar zur Bedingung gemacht, daß ihre Kräfte in die Welt eingeschlossen bleiben müßten, bis die Welt und ihre Geschichte vollendet seien. Die Valar nehmen irdische Gestalt an, ähnlich wie die Menschen und Elben, nur edler und prächtiger. Die Gestalt, die sie wählen, ist nur eine Bekleidung ihres Wesens, aber sie ist nicht beliebig veränderbar, sondern Ausdruck ihres Charakters. Manche erscheinen in männlicher und manche in weiblicher Gestalt; ihre Beziehungen untereinander werden ähnlich wie unter Menschen vorgestellt (Ehen, Verwandtschaften). Sie wirken nach Art von Elementargottheiten an der Erschaffung und Einrichtung der Welt mit, jeder nach Maßgabe seiner (unvollständigen) Erinnerung an die Prophezeiungen der *Ainulindale*. Manche sind von eher schöpferischem, andere von eher bewahrendem Charakter. Melkor, zu Anfang der mächtigste unter ihnen, wurde wegen seiner Eigenmächtigkeit und Zer-

störungslust aus ihrem Kreis verstoßen. Die sieben männlichen Valar sind (in Rangfolge): Manwe, Ulmo, Aule, Orome, Mandos, Lórien und Tulkas. Die sieben (weiblichen) Valiër sind Varda, Yavanna, Niënna, Este, Vaire, Vána und Nessa.
Die Valar wohnen im Alten Westen der Welt, im Lande Aman, wo alle lebenden Geschöpfe, auch die Pflanzen, unsterblich sind. Ihre Stadt ist Valmar, und dort halten sie ihre Ratssitzungen im Máhanaxar, dem Schicksalsring. Jeder Vala und jede Valië ist von einer Schar dienstbarer Geister und Gehilfen umgeben, unter denen die Maiar die mächtigsten sind.
Vgl. AINUR, AMAN, AULE, MAIAR, MANWE, MELKOR, ULMO, VALINOR, VARDA, YAVANNA.
S, Valaquenta.

VALINOR
Das Land der Valar in Aman, auch das Bewachte Reich genannt. Es war im wesentlichen eine Ebene zwischen den nach Westen hin sanft abfallenden Hängen der Pelóri im Osten und dem Außenmeer im Westen. Der Mittelpunkt war die Stadt Valmar oder Valimar, wo die meisten der Valar ihre Wohnsitze hatten. Valmar lag unweit des Taniquetil (Quenya „weißer Berg"), des höchsten Berges der Welt, auf dem sich Manwes und Vardas Hallen befanden. Vor den Toren von Valmar war der Hügel Ezellohar, auf dem die Zwei Bäume standen, und nahebei der Máhanaxar, der Ring des Schicksals, wo die Valar Rat hielten.
Oromes Wälder nahmen den östlichen Teil der Ebene ein; westlich davon erstreckten sich Yavannas Felder und Wiesen. Mandos' Hallen und Niënnas Haus standen im äußersten Westen, an den Ufern des Außenmeeres.
Die Namen Valinor, Valimar und Aman wurden oft als gleichbedeutend verwendet; ebenso auch das *Segensreich* oder das *Gesegnete Land*. Dazu gehörten dann auch Tol Eressea und Elende, die durch den Calacirya-Paß mit Valinor verbunden waren.
Vgl. ALQUALONDE, AMAN, AVALLÓNE, ERESSEA, TIRION, VALAR.
S, passim, besonders I, II, V-VIII.

Vanyar

„Die Hellen“ (Singular *Vanya*), die Blondelben, die kleinste Gruppe der Elben, die dem Vala Orome am bereitwilligsten nach Aman folgte. Ihr Führer war Ingwe, der höchste Fürst aller Elbenfürsten. „Er kam nach Valinor und sitzt dort zu Füßen der Mächte, und alle Elben ehren seinen Namen; doch kehrte er nie wieder zurück und kümmerte sich nicht mehr um Mittelerde.“ Die Vanyar waren Manwes und Vardas Lieblinge und wurden von ihnen im Gesang und in der Dichtkunst unterwiesen. Der König der Noldor, Finwe, nahm eine Vanya namens Indis als zweite Gattin, und darum hatten manche seiner Nachkommen wie Fingolfin, Finarfin, Turgon und Finrod etwas von dem blonden Haar und dem milderen Temperament der Vanyar.

Vgl. Elben, Finwe, Noldor.

S, III, V.

Varda

„die Erhabene“, die mächtigste der Valiër, Manwes Gemahlin, die mit ihm auf dem Taniquetil wohnt; im Quenya auch *Elentári*, „Sternenkönigin“, oder *Tintalle*, „Sternentfacherin“, genannt. Von den Göttern war sie die einzige, die von den Elben in Mittelerde oft in Notlagen angerufen wurde, meist unter ihrem Sindarin-Namen *Elbereth*.

Als Sam Gamdschie sich der Spinne Kankra gegenübersah, wurden ihm von fernher die Worte einer solchen Anrufung eingegeben: *A Elbereth Gilthoniel / o menel palan-diriel, / le nallon s'di'nguruthos! / A tíro nin, Fanuilos!* Sie bedeuten: „O Elbereth Sternentfacherin, die du vom Himmel in die Ferne schaust, zu dir rufe ich nun im Schatten des Todes. O blicke zu mir, du Immerweiße!“ (nach Tolkiens englischer Übersetzung). Varda hat nicht alle Sterne gemacht, sondern nur einige, die sie den Eldar zuliebe an den Himmel gesetzt hat, zuletzt auch Mond und Sonne. Ihr Reich ist Ilmen, die hohen Lüfte über den Wolken. Mit Melkor war sie von Anbeginn verfeindet, denn er hatte versucht, sie durch Verführung oder Gewalt für sich zu gewinnen, und war abgewiesen worden.

Vgl. Ilmen, Kinder Ilúvatars, Narsilion, Valacirca, Valar.

S, Valaquenta; I, III, XI; *R*, IV, 10; *HME 4*, V; *Briefe*, 211.

VEANTUR

Ein númenórischer Seefahrer, unter Tar-Elendil Kapitän der königlichen Schiffe, Großvater Aldarions, den er für die Seefahrt begeisterte. Veantur gelang um das Jahr 600 Z. Z. mit seinem Schiff Entulesse („Wiederkehr") die erste Überfahrt von Númenor nach Mittelerde. Er erreichte Mithlond und wurde von dem Elbenkönig Gil-galad freundlich empfangen. Auf den Turmbergen kam es auch zu einer Begegnung mit den Menschen aus Eriador, wobei an der Ähnlichkeit der äußeren Erscheinung und der Sprachen die alte Verwandtschaft festgestellt wurde.

Vgl. ALDARION, TURMBERGE.

Nachrichten, II.

VERFLUCHTER WIND

Mehr noch als Sauron verstand Morgoth seine Feinde auch mit meteorologischen Tücken zu bekämpfen: mit Stürmen, Hitze- oder Kältewellen, drückender Schwüle oder entmutigender Verfinsterung des Himmels. Zu diesen Waffen gehörte der giftige Wind, den er in den Jahren vor der Schlacht der ungezählten Tränen von Angband nach Süden schickte. In Hithlum erregte er eine Seuche, an der Túrins Schwester Lalaith starb, als sie drei Jahre alt war.

Vgl. GROSSE PEST, LANGE WINTER, TAG OHNE MORGEN.

S, XXI.

VERZAUBERTER FLUSS

Ein kleiner Fluß im Düsterwald, dessen schwärzliches Wasser jeden, der es trank oder berührte, in einen langanhaltenden Tiefschlaf versetzte. Der Zwerg Bombur fiel hinein und nahm im Traum an einem festlichen Gelage der Waldelben teil.

Vgl. BOMBUR, DÜSTERWALD; Karte S. 295.

H, 8.

VILYA

Der Ring der Luft, auch der Blaue Ring: einer der drei Ringe der Macht, die Celebrimbor ohne Saurons Mitwirkung (aber nicht ohne den Einfluß seiner Lehren) geschmiedet hatte. Zusammen mit Narya wurde er Gil-galad in Obhut gegeben, der ihn nach den Kriegen von Eregion an Elrond

weitergab. Der Ring war von Gold und mit einem Saphir besetzt. Worin seine Wirkung bestand, ist ungewiß, doch muß er dazu beigetragen haben, daß die kleine Elbenfestung Imladris fünftausend stürmische Jahre lang unversehrt blieb.
Vgl. CELEBRIMBOR, ELROND, RINGE DER MACHT.
R, VI, 9; *Nachrichten*, II, iv.

VINGILOT
Earendils Schiff, das er mit Círdans Hilfe gebaut hatte: „das schönste aller Schiffe in den alten Liedern; golden waren seine Ruder und weiß das Holz seiner Planken, das in den Birkenwäldern von Nimbrethil geschlagen war, und seine Segel waren silbern wie der Mond." (In die Geheimnisse des Schiffbaus hatte Círdan die alten Sänger nicht eingeweiht.) Mit Vingilot fuhr Earendil, den leuchtenden Silmaril an der Stirn, mit Elwing und den drei Matrosen Falathar, Erellont und Aerandir über das Scheidemeer nach Aman. Dort wurde Vingilot von den Valar geweiht und als Abendstern in die Ozeane des Himmels erhoben.
Vingilot (oder *Vingilóte*) bedeutet im Quenya „Schaumblüte"; gleichbedeutend die adûnaïsche Namensform *Rothinzil*.
Vgl. CÍRDAN, EARENDIL.
S, XXIV.

VINYAMAR
Als Tuor an der Küste von Nevrast nach Süden wanderte, kam er schließlich an den Tarasberg: „Dunkel, wolkengekrönt erhob er sich auf mächtigen Flanken turmhoch über einer breiten grünen Landzunge, die weit ins Meer hinausragte." Am Fuß des Berges, auf breiten, dem Meer zugekehrten Terrassen standen die Hallen von Vinyamar („neues Obdach"), Turgons erstem Wohnsitz in Mittelerde, bevor er nach Gondolin gezogen war. Fast vierhundert Jahre später fand Tuor sie unzerstört, wenn auch von Wind und Wetter gezeichnet und mit graugrünen Pflanzen überwachsen. Sie waren das erste größere Bauwerk aus Stein, das die Noldor nach ihrer Rückkehr aus Aman errichtet hatten. Früher hatten in Vinyamar viele Sindar gelebt, die sich mit Turgons Volk vermischten. Ulmo und Osse waren oft ans Meeresufer gekommen, und auch Tuor empfing hier von Ulmo seine Instruktionen. In der großen Säulenhalle

fand er Rüstung und Schwert, die lange vor seiner Geburt für ihn angefertigt und hinterlegt worden waren. Er traf den schiffbrüchigen Seefahrer Voronwe und machte sich mit ihm auf den Weg nach Gondolin. Solange es bewohnt gewesen war, hatten von Vinyamar Straßen nach Brithombar im Süden und nach Ivrin im Osten geführt. Zu Tuors Zeiten waren sie verfallen.
Vgl. NEVRAST, TUOR, TURGON, ULMO, VORONWE; Karte S. 59.
S, XXIII; *Nachrichten*, I, i.

VORONWE
Ein Noldo aus Gondolin, in Nevrast geboren und durch seine Mutter, eine Sinda von den Falas, mit Círdan verwandt. Er war einer der Boten, die Turgon zu den Sirion-Mündungen schickte. Voronwe („der Standhafte") vertrödelte viel Zeit in Nan-tathren, wo es ihm so gut gefiel, daß er am liebsten dageblieben wäre, ohne sich um seine schwierige Mission weiter zu kümmern. Aber Ulmo hatte anderes mit ihm vor. Er fuhr auf dem letzten der sieben Schiffe, die Círdan in Turgons Auftrag gebaut hatte. (Die Noldor selbst verstanden nichts vom Schiffbau und von der Seefahrt.) Alle Schiffe scheiterten in Stürmen oder in den Schrecknissen der Schattigen Inseln. Voronwe berichtete von sieben Jahren vergeblicher Anstrengung, den Weg in den Westen zu finden. Als auch Voronwes Schiff scheiterte, in Sichtweite des Taras-Berges, sorgte Ulmo dafür, daß er mit dem Leben davonkam. In Nevrast ans Ufer gespült, begegnete er Tuor, den er nach Gondolin führte. Er soll einer der Flüchtlinge gewesen sein, die nach dem Fall von Gondolin mit Tuor und Idril in den Süden zogen.
Vgl. GONDOLIN, NAN-TATHREN, NEVRAST, TUOR.
S, XX, XXIII; *Nachrichten*, I, i; *Verschollene Geschichten II*, iii.

Wächter im Wasser

„Weit unter den tiefsten Grabungen der Zwerge nagen namenlose Wesen an der Welt", sagte Gandalf. Eines davon war emporgekrochen und hauste nun in dem See vor dem Westtor von Moria. „Aus dem Wasser war ein langer, gekrümmter Fangarm gekrochen; er war blaßgrün, leuchtend und naß. Sein gefingertes Ende hatte Frodos Fuß gepackt und zog ihn ins Wasser." Und es stank abscheulich.

Dies war keine von Saurons Kreaturen, sondern ähnlich wie Kankra oder der Drache Smaug ein Wesen von eigenem bösen Willen, das Sauron manchmal für seine Zwecke benutzen konnte.

Der Zwerg Óin, ein Begleiter Balins, war 2894 D. Z. diesem Wächter zum Opfer gefallen.

Vgl. Drachen, Moria, Riesenspinnen.

R, II, 4/5.

Wagenfahrer

Ein Volk (oder ein Bund von Völkern) aus Rhûn, die seit dem Jahr 1851 D.Z. mit großen Planwagen nach Westen gezogen kamen. Nur mit Mühe konnte Gondor Ithilien und die Anduin-Grenze gegen sie behaupten. Sie besetzten den südlichen Teil von Rhovanion; die Bevölkerung wurde teils unterworfen, teils nach Norden vertrieben. Die Wagenfahrer waren besser bewaffnet als andere Völker aus dem Osten. Auch ihre Frauen gebrauchten Waffen, und ihre Anführer kämpften in Streitwagen. Fast hundert Jahre lang mußte sich Gondor ihrer Angriffe erwehren. Ein von Gondor unterstützter Aufstand der Nordmenschen von Rhovanion (1899 D. Z.) hatte keinen dauerhaften Erfolg. Im Jahre 1944 verbündeten die Wagenfahrer sich mit den Völkern von Khand und Harad (mit denen sie zuvor verfeindet waren) zu einem gleichzeitigen Angriff von Osten und Süden. Das Nordheer von Gondor wurde auf der Dagorlad besiegt; König Ondoher und seine beiden Söhne fielen. Aber Earnil, der Führer des Südheeres (später König Earnil II.), hatte die Haradrim besiegt und brachte seine Truppen rechtzeitig in den Norden, um die Wagenfahrer

bei der Siegesfeier zu überraschen. Er bereitete ihnen eine vernichtende Niederlage und trieb sie scharenweise in die Totensümpfe. Das war das letzte, was man von ihnen hörte.
Die Benutzung von Wagen wurde als charakteristisch für dieses Volk aufgefaßt, obwohl Räderfahrzeuge bei den meisten anderen Völkern von Mittelerde gebräuchlich waren. Dort benutzte man sie jedoch nur zum Transport von Lasten, Kranken oder Verwundeten. Kein König oder Truchseß von Gondor hätte sich jemals in einer Kutsche gezeigt: Dies wäre als Eingeständnis aufgefaßt worden, daß er zu alt oder schwach war, um zu reiten. Darin wirkte die elbische Tradition nach, in der das mechanische Prinzip des Rades mißbilligt wurde. (Es gehörte der Krummen Welt mit ihren korrupten Naturgesetzen an.)
Vgl. GONDOR, KRUMME WELT, OSTLINGE, RHOVANION.
R, Anhang A I; *Nachrichten*, III, ii, 1.

WALDELBEN

Nicht weit vom Ostsaum des Düsterwaldes begegneten Bilbo und die Zwerge den Waldelben. Man hörte sie in der Ferne johlen und trompeten, sie erschienen dem dicken Bombur im Traum, sie verstanden sich auf die Kunst des geräuschlosen Auftauchens und Verschwindens. Mit ihren Pfeilen konnten sie einen fliegenden Vogel bei Nacht ins Auge treffen.
Dies waren die *Tawarwaith*, das Volk des Königs Thranduil, verwandt mit den Galadhrim von Lórien, die Frodo und seine Gefährten achtzig Jahre später besuchten. Beide Völker waren Nachkommen der Nandor, vermischt mit einer Oberschicht von Westen her zugewanderter Sindar. Nach dem Untergang von Doriath war unter den Sindar eine zivilisationskritische Bewegung aufgekommen, die eine Rückkehr zum einfachen Leben in den Wäldern empfahl. Auch manche der Noldor, denen die Sindar an den Verwüstungen von Mittelerde schuld gaben, standen solchen Bestrebungen nicht fern. Viele Elben, die längst den mehr oder weniger städtischen Komfort von Menegroth oder Nargothrond gewöhnt waren, mußten daher nun wieder in den Bäumen herumklettern, auf Fletts wohnen und die Sprache ihrer primitiven Verwandten erlernen, denn die Waldleute waren nicht begierig, sich zivilisieren zu lassen. Immerhin gelang es den Sindar, eine gewisse Ordnung und Zusammen-

fassung der verstreut lebenden Gruppen zu Völkern durchzusetzen. Sindarin, mit starker lokaler Dialektfärbung, wurde allmählich zur Verkehrssprache.

Die Tawarwaith hatten zu Anfang des Zweiten Zeitalters in unmittelbarer Nachbarschaft mit den Galadhrim im südlichen Grünwald gelebt. Um das Jahr 1000 Z. Z. waren sie unter Thranduils Vater Oropher weiter nach Norden gezogen, um den Kontakt mit den bauwütigen Zwergen von Moria und den Noldor von Eregion zu vermeiden. Auch in Lórien regierte ein Sindar-König, Amdír, Amroths Vater, aber er war den Noldor nicht so feindlich und nahm Galadriel bei sich auf.

Die Waldelben hielten sich aus den Streitigkeiten ihrer Nachbarn gewöhnlich heraus, doch am Krieg des Letzten Bündnisses gegen Sauron (3430–3434 Z. Z.) nahmen auch sie teil. Ihre Heere waren schlecht bewaffnet und folgten nur widerwillig Gil-galads Oberbefehl. Sie erlitten schwere Verluste, und ihre Fürsten, Oropher wie Amdír, fielen beide in der Schlacht auf der Dagorlad.

Unter Thranduil mußten die Tawarwaith noch weiter in den Norden zurückweichen, um sich den Belästigungen zu entziehen, die seit etwa 1050 D. Z. von Dol Guldur ausgingen. Die Verbindung zu ihren Verwandten im Süden riß zeitweise ab. Aus Lórien zogen nach der Flucht der Zwerge aus Moria viele Elben fort, auch ihr König Amroth. Unter den restlichen übernahmen Galadriel und Celeborn die Führung.

Thranduil nahm mit einem Heer der Waldelben an der Schlacht der fünf Heere teil. Im Ringkrieg mußten sowohl die Tawarwaith als auch die Galadhrim heftige Angriffe von Saurons Verbündeten abwehren. Am Ende trafen sich Celeborn und Thranduil in der Mitte des Düsterwaldes und teilten das Gebiet neu auf: Der Norden fiel an Thranduil, der Süden an Lórien, der mittlere Teil an die Beorninger und andere Waldmenschen.

Vgl. AMROTH UND NIMRODEL, CELEBORN, FLETTS, LÓRIEN (2), NANDOR, THRANDUIL.

H, 9; *R*, II, 6–8; Anhänge A und B; *S*, III; *Nachrichten*, II, iv.

WALDFLUSS

Entsprang im Grauen Gebirge und floß durch den nördlichen Düsterwald in den Langen See. Nahe am Ostrand des Waldes lag der Höhlen-

palast des Waldelbenkönigs Thranduil am Flußufer. Von dort gelangten Bilbo und die Zwerge mit den leeren Fässern nach Esgaroth.
Vgl. DÜSTERWALD, WALDELBEN; Karte S. 295.
H, 9.

WALDLÄUFER
Die Dúnedain des Nordens nach dem Untergang ihrer Königreiche und dem Verlust ihrer Länder; ihre Stammesführer waren die Nachkommen des letzten Königs Arvedui. Sie hatten ein hartes Leben, und wenn sie wie Streicher im „Tänzelnden Pony" zu Bree einkehrten, wurden sie argwöhnisch angesehen; brave Leute wie der Gastwirt Butterblume trauten ihnen auch Straßenraub zu. Sie hatten berühmte Vorgänger in den früheren Zeitaltern: Beren, Túrin und Tuor führten zeitweise ein ähnliches Leben. Sogar die alten Sänger, die ihre Taten feierten, bezeichneten sie manchmal als „Banditen". Daß sie diesen Namen vom Standpunkt der Feinde aus verdienten, deren Gesetze sie mißachteten und die sie gnadenlos töteten, versteht sich von selbst; aber manche von ihnen hatten auch unter den Edain und den Eldar wenig Freunde. Dies gilt vor allem für die Bande, der sich Túrin nach seiner Flucht aus Doriath anschloß. Sie bestand aus Menschen aus den Nordlanden, die nach Morgoths Siegen von ihren früheren Wohnsitzen geflüchtet waren. Sie waren noch immer bereit, gegen die Orks zu kämpfen, aber auch die Haladin (und jeder, der etwas reicher war als sie selbst) waren vor ihnen nicht sicher. Sie raubten, mordeten und vergewaltigten. Die Elben in Doriath und Nargothrond achteten diese Partisanen nicht als Verbündete.
Nach der Vernichtung des Königreichs von Rhovanion durch die Wagenfahrer, breitete sich das Waldläufertum auch dort aus. Beorn und seine Sippe waren wohlhabend und seßhaft geworden; außer ihnen gab es im nordwestlichen Düsterwald noch manche Waldmenschen in schwierigeren Verhältnissen. Ihnen wurde nach dem Ringkrieg von Thranduil und Celeborn der mittlere Teil des Waldes überlassen.
Vgl. ARAGORN, BEREN, DÚNEDAIN, RHOVANION, TUOR, TÚRIN, ZUM TÄNZELNDEN PONY.
R, I, 9/10; Anhang A I; *Nachrichten*, I, i, ii; III, ii, 1.

WASSERAU

Ein Dorf im Herzen des Auenlandes, nah an der Großen Oststraße, mit dem dicht benachbarten Hobbingen durch eine Straße verbunden. Die Wässer floß durch den Wasserauer See, in dessen nördliches Steilufer eine Reihe Smials eingegraben waren; den Ortskern, südlich des Sees, bildeten Häuser. Auf der Hauptstraße von Wasserau wurden im Jahr 3019 D. Z. Scharrers Menschen von den Hobbits vernichtend geschlagen. Das letzte Haus von Wasserau an der Straße nach Hobbingen war der „Grüne Drachen", Sam Gamdschies Stammlokal und eines der besten Wirtshäuser von Mittelerde.

Vgl. AUENLAND, Karte S. 43.

R, I, 2, 3; VI, 8.

WEIDENWINDE

Ein kleiner Fluß; entsprang auf den Hügelgräberhöhen und mündete bei Hagsend in den Baranduin. Das Tal der Weidenwinde zog sich durch den Alten Wald. Hier stand der Alte Weidenmann, ein Anführer der fremdenfeindlichen Bäume, die den Reisenden den Weg versperrten. Auf einer Anhöhe nah am Ufer stand Tom Bombadils Haus. Die Flußnymphe der Weidenwinde war Toms Schwiegermutter.

Vgl. ALTER WALD, TOM BOMBADIL; Karte S. 43.

R, I, 6.

WEISSE BÄUME

Nach dem Tod der Zwei Bäume trauerten die Elben vor allem um das silberne Licht Telperions, und an vielen Orten pflanzten sie Schößlinge von *Galathilion* an, seinem Abbild in Tirion. Auch in Eressea wuchs ein Weißer Baum, *Celeborn* („Silberbaum") genannt, und von ihm kam ein Schößling nach Númenor, *Nimloth* („weiße Blüte"), der in den Königsgärten von Armenelos gehegt wurde, bis Ar-Pharazôn ihn abhauen ließ. Bei den Elendili wurde der Weiße Baum als Andenken an die Eldar und das unbesudelte Licht von Valinor in Ehren gehalten. Unter Lebensgefahr rettete Isildur eine Frucht von Nimloth und brachte einen Schößling mit nach Mittelerde. Ein weißer Baum stand immer vor der Königsburg in Gondor, zuerst in Minas Ithil, dann in Minas Anor. Der letzte verdorrte im Jahre 2852 D. Z. und wurde stehengelassen; Pippin sah ihn,

als er während des Ringkrieges nach Minas Tirith kam. Elendils Fahne zeigte einen weißen Baum unter einer Krone und den Sieben Sternen. Mit Gandalfs Hilfe fand König Elessar einen Schößling auf dem Berg Mindolluin und pflanzte ihn im Hof seiner Burg ein.
Vgl. ELENDIL, ISILDUR, ZWEI BÄUME.
S, V, Akallabêth; *R*, V, 6; VI, 5; Anhang B.

WEISSER RAT

Nach der Schlacht der fünf Heere erfuhr Bilbo, wo Gandalf die ganze Zeit gewesen war: Er hatte an einer großen Ratssitzung der weißen Zauberer, der Meister der Wissenschaft und der guten Magie teilgenommen. Dies war der sogenannte Weiße Rat, der im Jahr 2463 D. Z. auf Galadriels Wunsch zum ersten Mal einberufen worden war. Schon im Zweiten Zeitalter waren die Elbenfürsten gelegentlich zu ähnlichen Beratungen zusammengekommen; nun aber zogen sie auch die Istári hinzu, von denen Curunír (Saruman) zum Vorsitzenden gewählt wurde. Da der Rat aus lauter Unsterblichen bestand, trat er nur in sehr langen Abständen zusammen, meistens in Imladris. Die Mitglieder waren Curunír, Mithrandir, Círdan, Elrond, Galadriel und einige nicht namentlich bekannte Elben von hoher Abkunft, d. h. Noldor und Sindar, sicherlich keine Waldelben (Thranduil war deshalb verärgert). In den ersten Jahrhunderten ging es in den Ratssitzungen meist um die Frage, ob man Dol Guldur angreifen oder nur beobachten solle: Mithrandir und Galadriel drängten auf entschiedenes Vorgehen; Curunír beschwichtigte, und zwar auch dann noch, als Mithrandir herausgefunden hatte, daß der „Geisterbeschwörer" oder „Nekromant" von Dol Guldur niemand anders als Sauron war.
In dem Jahr, als der Drache Smaug sein Ende fand, bekam Mithrandir endlich seinen Willen, und Sauron wurde aus seiner Festung vertrieben. Die eingesetzten Machtmittel waren offenbar nicht militärischer Art. (Entweder schleuderten die Weisen vor den Mauern von Dol Guldur Blitze, oder sie sagten einzeln oder im Chor ihre Zaubersprüche auf.) Wie sich später herausstellte, war Sauron auf dergleichen längst vorbereitet gewesen; er ergriff nur zum Schein die Flucht. Die Mauern vermochten die Weisen bei dieser Gelegenheit nicht zu zerstören.

Vgl. DOL GULDUR, SAURON, ZAUBERER.
H, 19; *R*, I, 2; Anhang B; *S*, Von den Ringen …; *Nachrichten*, II, iv.

WEISSES GEBIRGE
Sindarin *Ered Nimrais*, die große, von Westen nach Osten verlaufende Gebirgskette zwischen Gondor und Rohan, südwestlich von Edoras zu einem starken Massiv aufgeworfen, mit den drei ewig schneebedeckten Gipfeln des Starkhorn, Irensaga und des Dwimorberges. Ein nördlicher Ausläufer ist nur durch die schmale Pforte von Rohan vom südlichen Ende des Nebelgebirges getrennt: Auf der Karte liegen die beiden langen Gebirgsketten wie das Skelett eines einzigen großen Drachen mit Genickbruch. Aragorn, Gimli und Legolas erblickten die Berge am Morgen des 27. Februar 3019 D. Z., über eine Entfernung von dreißig Wegstunden hinweg: „Ihre kohlschwarzen Gipfel waren mit schimmerndem Schnee bedeckt und vom Morgenrot überhaucht."
Auf der Nordseite des Gebirges entsprangen die Flüsse Adorn, Schneeborn und Mering, auf der regenreicheren Südseite Lefnui, Morthond, Ciril, Ringló, Gilrain, Serni, Celos, Sirith und Erui. Hier lagen die südlichen Lehen von Gondor. Die Hauptstadt Minas Tirith stand auf einem Vorsprung des Mindolluin am äußersten östlichen Ende der Bergkette. Das Volk der Drúedain, das seit dem Ersten Zeitalter auf beiden Seiten der Berge gewohnt hatte, wurde seit der Gründung des Dúnedain-Königreichs von anderen Menschenvölkern vertrieben. Reste dieses Volkes hatten sich zur Zeit des Ringkrieges noch im Drúadan-Wald, in den Wildnissen von Drúwaith Iaur und um die südwestlichen Ausläufer des Gebirges in Andrast erhalten.
Vgl. AGLAROND, DUNHARG, DRÚEDAIN, GONDOR, LEUCHTFEUERBERGE, MINDOLLUIN; Karte S. 99.
R, III, 1; V, 1, 2; *Nachrichten*, IV i.

WEISSQUELL
Ein Fluß, der im Norden von Rhudaur bei den Ettenöden entsprang; vereinigte sich mit der Lautwasser (Bruinen) und dem Glanduin und wurde von dort an gewöhnlich als Grauflut (Gwathló) bezeichnet. Der Sindarin-Name *Mitheitel* bedeutet eigentlich „Grauquell".

Frodo und seine Gefährten überquerten den Weißquell bei der Letzten Brücke auf der Großen Oststraße mittags, am 13. Oktober 1419 A. Z.
Vgl. RHUDAUR, Karte S. 264–265.
R, I, 12; Anhang B; *Nachrichten*, II, iv, D.

WESTRON
Die *Gemeinsame Sprache* der Menschenvölker im Westen von Mittelerde während des Dritten Zeitalters. Sie beruhte auf dem ADÛNAÏSCHEN der Númenórer, nahm aber auch viele Wörter aus anderen Menschensprachen auf, besonders aus denen der Bewohner von Gondor, die mit den Dúnedain stammverwandt waren. Als allgemeine Verkehrssprache wurde Westron auch von den Zwergen, Hobbits, Elben und Orks benutzt. Bei den vornehmen Dúnedain-Familien in Gondor hielt sich daneben auch das Sindarin im täglichen Gebrauch. Orts- und Personennamen waren oft in Sindarin, Namen der Könige und Eintragungen in die Schriftrollen des Staatsarchivs von Minas Tirith in Quenya.
In den Erzählungen aus dem Dritten Zeitalter wird Westron durch modernes Englisch (bzw. Deutsch) wiedergegeben.
Vgl. ADÛNAÏSCH, ELBENSPRACHEN.
R, Anhang F.

WETTERSPITZE
Auf dem Weg von Bree nach Bruchtal sahen Streicher und die Hobbits auf den Wetterbergen die Überreste alter Befestigungsanlagen. Sie waren von Elendil und seinen Nachfolgern erbaut worden. Der südlichste Gipfel dieser Berge war die Wetterspitze (Sindarin *Amon Sûl*, „Windberg"); an diesem Punkt trafen sich die Grenzen der drei Königreiche von Arthedain, Rhudaur und Cardolan. Der Berg, auf dem ein hoher Wachtturm mit einem Palantír stand, war zwischen den drei Reichen heftig umstritten. Im Jahre 1409 D. Z. wurde das Gebiet von einem großen Heer aus Angmar erobert und der Turm zerstört. Der Palantír wurde nach Fornost gerettet.
Als die Hobbits am 6. Oktober 3018 D. Z. die Wetterspitze erreichten, fanden sie nur noch ein Zeichen von Gandalf, der dort drei Tage vorher seine Blitze gegen die Schwarzen Reiter geschleudert hatte. In einer

Mulde am Fuß des Berges wurde Frodo in der Nacht darauf von dem Morgul-Fürsten mit einem giftigen Messer verwundet.
Vgl. Angmar, Arthedain, Palantíri; Karte S. 264–265.
R, I, 11; Anhang A.

Willi Weissfuss

Der dickste Hobbit im Westviertel des Auenlandes, langjähriger Bürgermeister von Michelbinge, wurde von den Männern des Obersts als erster ins Gefängnis gesteckt, als er gegen ihre Machenschaften zu protestieren versuchte. Nach seiner Befreiung dauerte es einige Zeit, bis er wieder aussah wie ein Bürgermeister. Sein Amtsnachfolger wurde 1427 A. Z. Sam Gamdschie.
Vgl. Auenland, Bürgermeister von Michelbinge.
R, Anhang B.

Wölfe

Wenn es nach den Valar gegangen wäre, hätte es in Mittelerde nur Hunde gegeben, aber Melkor verdarb ihre Pläne und machte aus den Hunden die bösartige, hinterlistige und gefräßige Gattung der Wölfe, die meistens auf sein Kommando hörten. Sein Spezialist für die Züchtung und Dressur dieser Untiere war Sauron, der selbst gelegentlich in Wolfsgestalt auftrat. Er schuf die Werwölfe: „Raubtiere, von wütenden Geistern besessen, die er in ihren Leibern eingekerkert hatte." Die gefürchtetsten Werwölfe von Beleriand waren Draugluin und Carcharoth. Mit einem Heer von Werwölfen eroberte Sauron die Inselfestung Tol Sirion, die daraufhin *Tol-in-Gaurhoth*, Insel der Werwölfe, genannt wurde.
Auch Lúthien verstand sich auf den Werwolfzauber: Sie gab Beren die Gestalt Draugluins, in der er bis in Morgoths große Halle gelangte. Dies war zwar nur Verkleidung, übertrug ihm aber ein gewisses Maß echten wölfischen Empfindens. („Dann sprang er, den Mond anheulend, den Hügel hinab …")
Von den Werwölfen nicht leicht zu unterscheiden waren die Warge, die meist gemeinsame Sache mit den Orks machten und ihnen als Reittiere dienten. Sie traten vor allem im Dritten Zeitalter auf. In der Schlacht der fünf Heere ebenso wie in den Schlachten an den Furten des Isen und bei Helms Klamm wurden geordnete militärische Formationen von Wolfs-

reitern eingesetzt. Sie wurden von den Rohirrim gefürchtet, weil sie sich in die Reitertrupps eindrängten und den Pferden die Bäuche aufrissen. Diese Wölfe scheinen nicht magisch, sondern nur durch Dressur präpariert gewesen zu sein. Auch die gewöhnlichen Wölfe waren aber dank ihrer verderbten Natur grundsätzlich dem Bösen zugetan.

Die Wölfe, deren sich die Ringgemeinschaft in Eregion erwehren mußte, waren vermutlich Werwölfe: Obwohl die Gefährten in der Nacht viele von ihnen getötet hatten, war am nächsten Morgen nichts mehr von ihren Kadavern zu sehen.

Vgl. BEREN, CARCHAROTH, DRAUGLUIN, LÚTHIEN, SAURON.

R, II, 4; III, 7; *H*, 7; *S*, X, XIX.

Yavanna

Eine Valië, Aules Gemahlin.Ihr Name bedeutet im Quenya „Spenderin der Früchte"; sie wird auch *Kementári*, Erdenkönigin, genannt. Sie legte die ersten Samen aller Pflanzen *(Olvar)* aus, von denen viele erst aufgingen, nachdem die Sonne am Himmel stand. (Die Zwischenzeit hieß der „Schlaf Yavannas".) Ihre Lieblinge waren die Bäume, und sie selbst sah man bisweilen in Gestalt eines großen Baumes. Die Zwei Bäume von Valinor hatte sie kraft eines Zaubergesangs aufwachsen lassen. Mit Aule hatte sie manchen Disput wegen des Holzbedarfs der Zwerge. Auf Yavannas Bitten wurden die Ents erschaffen, die zum Schutz der Olvar in den Wäldern umgingen.

Yavannas jüngere Schwester Vána, Oromes Gemahlin, ist die Gärtnerin, die die Blumen blühen und die Vögel singen läßt.

Vgl. Aule, Ents, Olvar, Valar.

S, Valaquenta, I, II.

X

Zauberer

Populäre Bezeichnung der „Weisen" (Quenya *Istari*; Sindarin *Ithryn*). Einige alte Männer erregten in Mittelerde etwa seit dem Jahr 1000 des Dritten Zeitalters Neugier und Erstaunen, weil sie weit umherwanderten, sich in fremde Angelegenheiten mischten, über mancherlei ungewöhnliche Fähigkeiten verfügten und im Lauf der Jahrhunderte kaum älter zu werden schienen. Nur Círdan, Elrond und Galadriel wußten, wer sie waren.

Vorausgegangen war eine Ratssitzung der Valar, auf der beschlossen wurde, Boten nach Mittelerde zu entsenden, um den bedrohten Elben und Menschen gegen den wieder erstarkten Sauron beizustehen. Aule schlug Curumo (Saruman) vor, Orome empfahl Aratar. Manwe fragte nach Olórin (Gandalf). Der, in einem grauen Mantel, war gerade von einer Reise zurückgekehrt und hatte sich in die hinterste Reihe gesetzt. Er sagte, er sei zu schwach für die Aufgabe und fürchte sich vor Sauron. Manwe sagte: ein Grund mehr, daß du als dritter hingehst. Varda warf ihrem Gatten einen scharfen Seitenblick zu und sagte: nein, nicht als dritter. Curumo merkte sich die Zurücksetzung.

Diese Sendboten gehörten dem „Orden der Weisen" *(Heren Istarion)* an und waren Maiar oder Valar. Es scheint, daß schließlich noch einige andere Boten entsandt wurden (insgesamt mindestens fünf), aber nur über Curumo (Sindarin: Curunír) und Olórin (Mithrandir) ist aus den Erzählungen vom Dritten Zeitalter Näheres bekannt. Auf Yavannas Wunsch mußte Curumo noch Aiwendil (Radagast) mitnehmen, der sich nur für die Vogelwelt von Mittelerde interessierte. Von zwei anderen, Aratar und Pallando, wissen wir, daß sie blaue Gewänder trugen, auf Wunsch Oromes entsandt wurden und in den Osten von Mittelerde gingen. Man darf annehmen, daß jeder von ihnen die besonderen Interessen desjenigen Vala, der ihn abgeordnet hatte, im Auge behielt.

Die Istari hatten Auftrag, den bedrohten Elben- und Menschenvölkern Rat und Ermutigung zu spenden – doch ohne sich zu erkennen zu geben oder Sauron offen mit eigener Macht entgegenzutreten. (An diese Bedin-

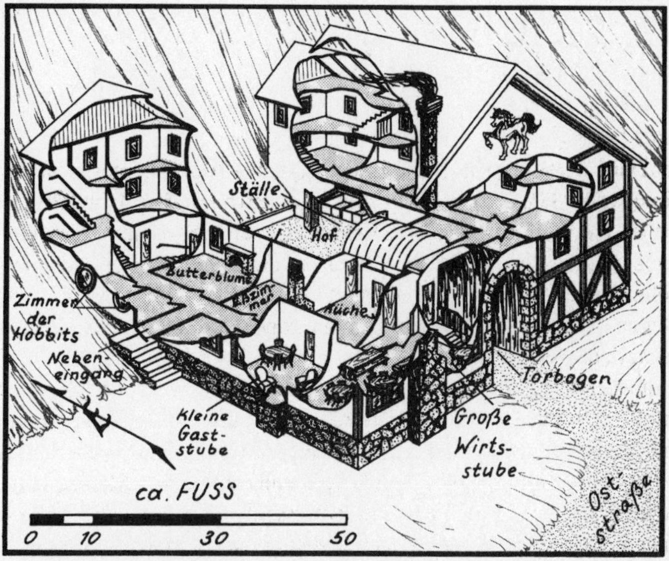

Das Gasthaus „Zum Tänzelnden Pony". Grundriß.

gung hielten Saruman und Gandalf sich nicht lange.) Jeder von ihnen trug eine Farbe: Saruman der Weiße, Gandalf der Graue, Radagast der Braune etc., wobei Weiß offenbar den höchsten Rang signalisierte. Jeder hatte außerdem einen Stab, der Zeichen der Ordenszugehörigkeit und zugleich Machtinstrument war. Saruman und Gandalf gehörten dem Weißen Rat an, der die Politik der Elben gegenüber Sauron bestimmte. Saruman, der seinem Auftrag untreu geworden war, wurde am Ende von Gandalf aus dem Orden verstoßen, und sein Stab wurde zerbrochen.

Da sie Menschengestalt angenommen hatten, waren die Istari bis zu einem gewissen Grad menschlichen Nöten und Beschwerden ausgesetzt. Wenn sie aber „getötet" wurden – wie Gandalf und Saruman im Lauf der Geschehnisse –, so hieß das nur, daß sie ihre Gestalt verloren: für Geister ihres Ranges ein Schaden, der nicht irreparabel sein mußte.

Vgl. Gandalf, Magie, Maiar, Saruman, Sauron, Weisser Rat.

R, III, 10; IV, 5; Anhang B; *S*, Von den Ringen …; *Nachrichten*, IV, ii.

Zum tänzelnden Pony

Das Gasthaus in Bree, in dem die Reisenden abstiegen und Neuigkeiten aus aller Welt austauschten, „Treffpunkt der Arbeitsscheuen, Geschwätzigen und Neugierigen ... Stammlokal der Waldläufer und anderer Wanderer, die noch immer über die Oststraße zum und vom Gebirge zogen (hauptsächlich Zwerge)". Seit unvordenklichen Zeiten war es im Besitz der Familie Butterblume und bot seinen Gästen bequeme Betten, gutbürgerliche Küche und ein vorzügliches Bier. Der Zauberer Gandalf kehrte oft hier ein und war ein Freund des ehrlichen Wirts Gerstenmann Butterblume (auch wenn er ihn zur Strafe für seine Vergeßlichkeit zu rösten drohte). König Elessar schätzte Butterblumes Bier, obwohl er in der Zeit, als er noch der Waldläufer Streicher war, kein besonders gern gesehener Gast war.

Das Gasthaus „Zum tänzelnden Pony" war ein großes dreistöckiges Gebäude mit zwei nach hinten in den Berghang hineingebauten Seitenflügeln und einem Hof dazwischen. Der Nordflügel hatte zu ebener Erde einige Zimmer, die für Hobbits eingerichtet waren: mit runden Türen und Fenstern.

Vgl. Bree, Grosse Oststrasse.

R, I, 9; VI, 7.

Zwei Bäume

Auf dem grünen Hügel Ezellohar in Valmar ließ Yavanna die zwei Lichtbäume wachsen: Telperion, von dessen Blüten ein Tau von silbernem Licht troff, und Laurelin, mit Büscheln von feuriggelben Blüten, aus denen ein goldener Regen herabfiel. Jeder Baum erblühte und verblaßte einmal binnen sechs Stunden; und jeder begann eine Stunde, bevor der andere erlosch, wieder zu leuchten. Die Stunde, in der die beiden Bäume etwa gleich stark leuchteten, nannte man die „Vermischung der Lichter". Jeder Tag in Aman hatte zwölf Stunden und endete mit der zweiten Vermischung der Lichter.

Aus dem Tau Telperions, des älteren der Zwei Bäume, schuf Varda die neuen Sterne, die den Erstgeborenen bei ihrem Erwachen in Cuiviénen leuchteten. Telperion wurde von den Eldar höher geschätzt als Laurelin und hatte viele Abbilder in den Weißen Bäumen von Tirion, Eressea, Númenor und Gondor.

Am Ende seiner Gefangenschaft fiel Melkor zusammen mit der lichtfressenden Spinne Ungoliant über die Bäume her und ermordete sie. Aus einer letzten Blüte von Telperion schuf Varda den Mond, aus einer Frucht von Laurelin die Sonne.
Vgl. Laurelin, Narsilion, Telperion, Varda, Weisse Bäume, Yavanna.
S, I, VIII, XI; *HME 10*, II (329).

Zwei Geschlechter
Elben und Menschen, die Älteren und die Jüngeren Kinder Ilúvatars, besonders in bezug auf die zwei Vermählungen zwischen beiden, durch die ein elbisches Erbteil auch unter die Menschen kam: Beren und Lúthien; Tuor und Idril. Die Kinder aus diesen Verbindungen wurden vor die Wahl gestellt, ob sie das Schicksal der Elben oder der Menschen teilen wollten.
Vgl. Halbelben, Kinder Ilúvatars.
S, XIX, XXIV.

Zwerge
Ein meist in unterirdischen Bauten im Gebirge lebendes Volk von Schmieden, Steinmetzen und Bergleuten. Da sie wenig mitteilsam waren und ihre eigene Sprache, das Khuzdul, vor Fremden geheimhielten, kennen wir die Zwerge nur aus Überlieferungen anderer Völker, vor allem der Elben, Menschen und Hobbits. Darin erscheinen sie als große Handwerker, tüchtige Krieger und zuverlässige Verbündete, aber auch als eigensinnig, aufdringlich und habgierig. Sie liebten alles Schöne, besonders wenn es aus Stein oder Metall war, legten aber, abgesehen von ihren goldenen Gürteln, wenig Wert auf ein gepflegtes Äußeres oder elegante Manieren. Im Krieg waren ihre Äxte gefürchtet, aber schon der Anblick der Gesichtsmasken unter ihren schwarzen Helmen war für Freund und Feind kaum zu ertragen.
Nach den Legenden der Elben wurden die Zwerge von dem Vala Aule erschaffen, der es nicht erwarten konnte, daß die Kinder Ilúvatars endlich erwachten. Weil er schwierige Zeiten voraussah, schuf er sie klein, zäh und stark: „steinhart, dickköpfig, unbeirrbar in der Freundschaft wie im Haß“. Sie werden nicht zu den Kindern Ilúvatars gezählt, da Aule bei

ihrer Erschaffung eigenmächtig zu Werke gegangen war; allerdings gewährte Ilúvatar nachträglich sein Einverständnis. Die Elben meinen, daß die Zwerge nach dem Tod wieder zu dem Stein werden, aus dem sie geschaffen sind; die Zwerge aber glauben, daß sie dann von Aule in Mandos' Hallen geführt werden.

Die Zwerge gliedern sich in sieben Stämme oder Völker, deren Könige sich auf die Abstammung von den Sieben Vätern berufen, die von Aule zuerst erschaffen wurden. Der älteste und angesehenste der Sieben Väter war Durin, der seine Hallen in Khazad-dûm (Moria) baute. Die Zwerge glauben, daß die Sieben Väter in ihren Söhnen wiedergeboren werden. (Die ersten fünf Könige nach Durin hießen alle Durin und sahen ihrem Stammvater zum Verwechseln ähnlich.)

Moria war seit frühesten Zeiten der Wohnsitz von Durins Volk, doch im Ersten Zeitalter wanderten die Zwerge weit nach Westen und gründeten die Städte Gabilgathol (Belegost) und Tumunzahar (Nogrod), am Osthang der Blauen Berge, von wo sie über die Zwergenstraße in regen Austausch mit Doriath und den Elbenkönigreichen von Beleriand traten. Zu Morgoth hielten sie Distanz, doch ist nicht ausgeschlossen, daß sie mit ihm oder seinen Vasallen Handel trieben. Ihr Einvernehmen mit den Elben wurde für lange Zeit gestört, als die Zwerge von Nogrod König Thingol erschlugen und Doriath verwüsteten. Nach der Zerstörung von Nogrod und Belegost am Ende des Ersten Zeitalters wanderten viele der Überlebenden nach Moria.

Um das Jahr 1980 des Dritten Zeitalters stießen die Zwerge beim Abbau einer Mithril-Ader auf einen Balrog, der dort eingeschlossen lag, nun aber freikam und sie aus Moria vertrieb. Sie verstreuten sich hauptsächlich über die Gebirge im Norden: Ihre größten Sammelplätze und Bergwerke lagen von nun an am Einsamen Berg und in den Eisenbergen. Edelmetalle fanden sie dort nur spärlich, und Mithril gab es in Mittelerde nirgendwo außer in Moria. Sie unternahmen daher mehrere Versuche, Moria zurückzugewinnen, aber selbst nach ihrem großen Sieg über die Orks in der Schlacht im Schattenbachtal (2799) mußten sie vor dem Balrog das Feld räumen.

In ihren Wohnsitzen im Norden waren die Zwerge immer wieder Angriffen der Drachen ausgesetzt, die nach Gold und Edelsteinen ebenso begierig waren wie sie selbst.

Sauron versuchte sich die Zwergenkönige mit den Sieben Ringen gefügig zu machen; doch gegen die Dickköpfigkeit der Zwerge kamen selbst seine Hexenkünste nicht auf. Die Ringe bestärkten sie noch in ihrer Habgier, aber zur Unterwerfung unter den Dunklen Herrscher waren sie nie bereit.

Zusammen mit den Waldelben und den Menschen von Thal besiegten sie die Orks in der Schlacht der fünf Heere, und auch im Ringkrieg kämpften sie unter König Dáin Eisenfuß gegen die mit Sauron verbündeten Ostlinge.

Ähnlich wie die Elben waren die Zwerge im Dritten Zeitalter ein „schwindendes“ Volk: Es gab unter ihnen viel weniger Frauen als Männer, und nicht alle ihre Frauen heirateten und gebaren Kinder. Für Uneingeweihte waren die Frauen von den Männern nicht zu unterscheiden; das Geschlecht wurde geheimgehalten. Nur eine einzige Zwergin ist uns namentlich bekannt: Dís, die Tochter Thráins II., und Mutter von Fíli und Kíli.

Unter den Elben standen den Zwergen die Noldor am nächsten, weil sie große Juwelenschmiede waren und ebenfalls in Aule ihren Lehrmeister verehrten.

Im Vergleich zu den spirituellen Handwerkskünsten der Elben, die Dinge „von eigenem Leben“ erschufen, zeichneten sich die Zwerge durch mechanische Präzision aus. Ein Teil ihrer Erzeugnisse war für den Handel bestimmt. Obwohl sie für die organische Natur wenig Sinn hatten und rücksichtslos Wälder abholzten, waren sie doch von tiefer Achtung für das Leben der Gesteine und Metalle erfüllt. In ihren Grottenbauten wußten sie durch behutsame Eingriffe die Schönheit des „gewachsenen“ Steins ins Licht zu rücken, und die Werke ihrer großen Schmiede waren immer Einzelstücke, die einen Namen und ein Schicksal hatten.

Die Zwerge bezeichneten sich selbst als *Khazâd*; dem entspricht Sindarin *Hadhod*, aber zumeist wurden sie von den Elben die *Naugrim* (die Kurzen oder Gestutzten) genannt. Ihre persönlichen Namen hielten sie geheim. Die Namen, unter denen sie in den Berichten auftreten, sind zumeist (aus der Älteren Edda gewählte) Entsprechungen zu den Namen, die sie gegenüber Außenstehenden gebrauchten.

Vgl. AGLAROND, BELEGOST, DRACHEN, DURIN, EISENBERGE, EREBOR,

Khuzdul, Langbärte, Menegroth, Mithril, Moria, Nauglamír, Nogrod, Smaug, Zwergenrüstung.
S, II, X, XXII; *R*, Anhang A III; F; *Nachrichten*, III, iii.

Zwergenrüstung

Ein Zwerg in voller Rüstung bot nicht nur für Orks einen beängstigenden Anblick. Zur Schlacht der fünf Heere kam Dáin Eisenfuß mit fünfhundert Mann in stählernen Kettenhemden, Hosen aus schmiegsamem Maschendraht, eisernen Sturmhauben und schweren, eisenbeschlagenen Stiefeln. Sie hatten zweischneidige, beidhändig zu schwingende Streitäxte, außerdem Rundschilde und breite Kurzschwerter. Nach den Vorstellungen der Zwerge war dies eine ärmliche Rüstung, denn die Minen in den Eisenbergen gaben außer Eisen nicht viel her. Im Ersten Zeitalter waren die Zwerge berühmt für die kunstvoll geschmiedeten gräßlichen Masken auf den Visieren ihrer Helme. In den Glanzzeiten von Moria trugen sogar die gewöhnlichen Krieger Panzerhemden aus Mithril.
Vgl. Drachenhelm von Dor-lómin, Langbärte, Mithril, Nirnaeth Arnoediad, Schlacht der fünf Heere, Telchar.
H, 17; *S*, XX, XXI.

Zwergenstrasse

Im Ersten Zeitalter die wichtigste Verbindung zwischen den Zwergenstädten Nogrod und Belegost und den Elbenkönigreichen von Beleriand und Hithlum. Sie begann als Paß über die Blauen Berge, führte am Nordufer des Ascar entlang, überquerte den Gelion bei Sarn Athrad und gabelte sich dann in eine nördliche und eine südliche Straße. Die nördliche führte durch Estolad, am Saum des Waldes von Nan Elmoth vorüber, zu den Aros-Furten und dann am Nordrand von Doriath entlang westwärts durch das gefährliche Gebiet von Nan Dungortheb. Häufiger wurde die südliche Straße benutzt, auf der die Zwerge nach Menegroth oder Nargothrond wanderten. Weil die Straße von den Zwergen angelegt war, war sie im wesentlichen ein Fußweg; Wagen, obwohl bekannt, wurden in Mittelerde wenig benutzt.
Die östliche Fortsetzung der Straße nach Khazad-dûm ist in ihrem Verlauf nicht bekannt; wahrscheinlich war sie in ihren westlichen Abschnit-

ten identisch mit der Großen Oststraße, die im Dritten Zeitalter durch Eriador führte.
Vgl. BELERIAND, ERIADOR, GROSSE OSTSTRASSE; Karte S. 59.
S, XVI, XVII.

ZWÖLFMEILENVETTER
Ein Hobbitausdruck für jemanden, der sich in den Verwandtschaftspflichten eng an die Etikette hielt und zum Beispiel einem Vetter keine Geschenke machte, wenn er weiter als zwölf Meilen von ihm entfernt wohnte.
Vgl. GEBURTSTAGSGESCHENKE, HOBBITS.
Briefe, 214.

J. R. R. Tolkien bei Klett-Cotta

Der Herr der Ringe

Aus dem Englischen von Margaret Carroux und
E. M. von Freymann.
Drei Bände, broschiert im Schuber, zus. 1257 Seiten,
ISBN 3-608-95211-X

Normalausgabe mit den Anhängen. Drei Bände, gebunden,
zus. 1379 Seiten, je 16 Seiten illustrierter Vorspann
Band 1: ISBN 3-608-95536-4
Band 2: ISBN 3-608-95537-2
Band 3: ISBN 3-608-95538-0

»Ein Phänomen: ein Märchen als Epos, als Riesenroman, in dem Menschen und Zwerge, Elfen und Baumgeister, Dämonen, Ungeheuer und Magier um Bestand oder Untergang einer erfundenen Welt kämpfen – und worin doch mit Akribie des Chronisten, mit fiktiver Detailkenntnis die Fiktion beschrieben wird, als wäre sie Realität.«
Walter Hilsbecher / Süddeutscher Rundfunk

Herr Glück

Aus dem Englischen von Anja Hegemann
105 Seiten, 50 farbige Illustrationen, gebunden,
ISBN 3-608-95221-7

Zum Vergnügen seiner Kinder schrieb und zeichnete J. R. R. Tolkien das kleine Bilderbuch vom Herrn Glück und seinen Abenteuern. Das Original wird hier zum erstenmal faksimiliert – hübsch geschriebene und mit fein kolorierten Zeichnungen versehene Blätter voller überraschender und witziger Details.

Fabelhafte Geschichten

Aus dem Englischen von Karl A. Klewer/
Angela Uthe-Spencker/ Margaret Carroux
160 Seiten, engl. broschiert, ISBN 3-608-95034-6

Die hier vereinigten Erzählungen, »Bauer Giles von Ham«, »Der Schmied von Großholzingen« und »Blatt von Tüftler«, bezeugen im Kleinen die Macht des großen Magiers Tolkien.

Klett-Cotta

J. R. R. Tolkien bei Klett-Cotta

Nachrichten aus Mittelerde

Herausgegeben von Christopher Tolkien.
Aus dem Englischen von Hans J. Schütz.
603 Seiten, Karten, gebunden, ISBN 3-608-93527-4
broschiert, ISBN 3-608-87501-8

»Die meisten ›Nachrichten‹ sind in sich geschlossene Geschichten, bestechend durch ihre kaum gezügelte Phantasie – eben ein Tolkien, der um den Leser magische Kreise zieht.«
Gudrun Ziegler

Roverandom

Herausgegeben und mit einem Nachwort von Christina Scull und Wayne G. Hammond
Aus dem Englischen von Hans J. Schütz
144 Seiten, gebunden, fünf farbige Illustrationen von J. R. R. Tolkien
ISBN 3-608-93454-5

Roverandom ist ein lustiger schwarzweißer Hund. Nur leider hat er keine Manieren. Und das kann gefährlich sein. Besonders wenn ein Hexenmeister im Spiel ist. Zur Strafe macht er ihn winzig klein.

So beginnt für Roverandom ein unglaubliches Abenteuer. Die Suche nach dem Zauberer, der ihm seine alte Hundegestalt wiedergeben soll, führt Roverandom auf den Mond und tief hinunter ins Meer. Er trifft den Mann im Mond und tobt mit dessen geflügeltem Hund um den Mondturm, lauert den Mondstrahlen auf und weckt den fürchterlichen, grünes Feuer speienden Weißen Drachen. Zurück auf der Erde bringt ihn der weise Wal zum Schloß des Meerkönigs tief auf dem Boden des Ozeans.

Klett-Cotta

Eisbucht von FOROCHEL
FORODWAITH
Carn Dûm
Das Verlorene Reich von ARNOR
Hier war einst das Hexenreich von ANGMAR
Evendim-Berge
(Blaue Berge)
ERED LUIN
Flu LHÛN (Luhn)
Nördliche Höhen
Evendim- oder Lenulal-See
Fornost
Ettenöden
FORLINDON
Forlond
ERIADOR
Graue Anfurten
Michelbinge auf den Weißen Höhen
Hobbingen
Brandywein-Brücke
Chetwald
Mückenwassermoore
Wetterberge
Wetterspitze
oder MITHEITEL
Trollhöhen
RHUDAUR
Furt
weite Höhen
Westmark
Bockland
Bree
Große Oststraße
Die Letzte Brücke
DAS AUENLAND
ALTER WALD
Hügelgräberhöhen
Südhöhen
Golf von LUHN
Harlond
Turmberge
FL. LAUTWASSER oder BRUINEN
HARLINDON
ERED LUIN
Sarn-Furt
Der Grünweg
FL. WEISSQUELL
Eregion (Hulsten)
Moria Tor
Fl. BARANDUIN oder BRANDYWEIN
Tharbad
MINHIRIATH
Flu GWATHLO oder GRAUFLUT
Alte Südstraße
DUNLAND
ENEDWAITH
Nan Curunír
Isengart
Pforte von Rohan
Flu ISEN
ERED NIMRAIS
Flu LEFNUI
PINNATH GELIN
ANFALAS (Lange Küste)
N
C.J.R.T.
Meilen 50 100 150 200 250 300
BUCHT VON BELFALAS

FAUGLITH
(Ard-galen)
LADROS
Aeluin
UR-NU-FUIN
(Dorthonion)
RED GORGOROTH
Dungortheb
Dor Dínen
Arossiach
Iant Iaur
Aglon-Pass
Himring
Maedhros' Mark
LOTHLANN
HIMLAD
Kleiner Gelion
Grosser Gelion
HELEVORN SEE
ALD VON
ELDORETH
Menegroth
Esgalduin
RIATH
WALD VON REGION
CELON
Nan Elmoth
ESTOLAD
AROS
BELERIAND
GELION
THARGELION
DOLMED-BERG
Zwergenstrasse
Sarn Athrad
ASCAR (Rathlóriel)
ANDRAM
OST
Ramdal
Amon Ereb
THALOS
OSSIRIAND
LEGOLIN
BRILTHOR
AUR-IM-DUINATH
DUILWEN
TOL GALEN
ADURANT
GELION
KARTE VON
BELERIAND
UND DEN LÄNDERN
IM NORDEN
CJRT

J.R.R. TOLKIEN
DAS SILMARILLION

Herausgegeben
von Christopher Tolkien

Aus dem Englischen übersetzt
von Wolfgang Krege

KLETT-COTTA

Klett-Cotta
Die Originalausgabe erschien unter dem Titel
»The Silmarillion«

Printed in Germany
Kassette & Einband: Dietrich Ebert, Reutlingen
Gesetzt aus der Times 10 pt von Jung Satzcentrum, Lahnau
Gedruckt und gebunden von Clausen & Bosse, Leck
ISBN 3-608-93521-5

Inhalt

Vorwort

Das Silmarillion, das nun vier Jahre nach dem Tode seines Verfassers erscheint, ist eine Erzählung von den Ältesten Tagen oder dem Ersten Zeitalter der Welt. Im *Herrn der Ringe* waren die großen Ereignisse zu Ende des Dritten Zeitalters berichtet worden; die Geschichten des Silmarillion aber sind Legenden, die aus einer viel früheren Vergangenheit stammen, aus der Zeit, als Morgoth, der erste Dunkle Herrscher, in Mittelerde hauste und die Hochelben Krieg gegen ihn führten, um die Silmaril zurückzugewinnen.

Nicht nur erzählt aber *Das Silmarillion* von den Ereignissen einer viel früheren Zeit als der des *Herrn der Ringe,* es ist auch – in all seinen Grundzügen – das viel früher entstandene Werk. Tatsächlich liegt es schon seit einem halben Jahrhundert vor, wenn es auch damals noch nicht *Das Silmarillion* hieß; und in zerfledderten Notizbüchern, die bis 1917 zurückreichen, kann man noch die ältesten, oft hastig hingekritzelten Fassungen der Geschichten lesen, die im Mittelpunkt dieser Mythologie stehen. Doch das Werk wurde nie veröffentlicht (manche Hinweise auf seinen Inhalt konnte man freilich dem *Herrn der Ringe* entnehmen), und in seinem ganzen langen Leben ließ mein Vater niemals davon ab, ja selbst in seinen letzten Jahren arbeitete er unermüdlich daran fort.

In all den Jahren erfuhr *Das Silmarillion,* einfach als ein weitgespannter Erzählungsrahmen betrachtet, relativ wenige tiefgreifende Veränderungen; schon frühzeitig wurde es zur festen Tradition und zum Hintergrund für spätere Schriften. Doch gewiß war es noch alles andere als ein festgelegter Text, und selbst manche Grundgedanken zur Natur der Welt, die es zeichnet, blieben nicht unverändert, als die gleichen Legenden in längerer und kürzerer Form und in wechselnden Stilen mehrfach neu erzählt wurden. Im Lauf der Jahre wurden die Änderungen und Varianten sowohl in den Einzelheiten wie in den weiteren Perspektiven so kompliziert, verästelt und vielschichtig, daß eine letztgültige Fassung unerreichbar zu sein schien.

Außerdem wurden die alten Legenden (»alt« nun nicht mehr nur im Hinblick auf ihre Herleitung aus dem fernen Ersten Zeitalter, sondern auch im Hinblick auf sein Leben) für meinen Vater Quelle und Speicher seiner tiefsten Gedanken. In seinen späteren Schriften traten Mythologie und Dichtung hinter seinen theologischen und philosophischen Neigungen zurück, und daraus ergaben sich Unstimmigkeiten im Ton.

Nach dem Tode meines Vaters fiel mir die Aufgabe zu, das Werk in eine veröffentlichungsreife Form zu bringen. Es wurde mir klar, daß der Versuch, die Vielfalt der Texte zwischen den Deckeln eines einzigen Buches darzubieten – und *Das Silmarillion* so als die in Fortgang und Entwicklung begriffene Schöpfung vorzuweisen, die es in Wahrheit ist –, doch nur Verwirrung stiften und das Wesentliche verschütten könnte. Ich nahm mir daher vor, einen einzigen Text herauszuarbeiten, indem ich so auswählte und anordnete, daß – wie mir schien – eine möglichst zusammenhängende und in sich stimmige Erzählung zustande kam. Bei dieser Arbeit brachten die Schlußkapitel (vom Tode Túrin Turambars an) insofern besondere Schwierigkeiten mit sich, als sie viele Jahre über unverändert geblieben waren und so in mancherlei Hinsicht beträchtliche Divergenzen zu den weiter fortgeführten Gedanken in anderen Teilen des Buches aufwiesen.

Völlige Stimmigkeit (sowohl innerhalb des *Silmarillion* selbst als auch zwischen diesem und anderen veröffentlichten Schriften meines Vaters) ist nicht zu erwarten; sie ließe sich, wenn überhaupt, dann nur mit hohem und unnötigem Aufwand erzielen. Außerdem sah auch mein Vater schließlich *Das Silmarillion* als eine Sammlung an, als ein Kompendium von Erzählungen, das viel später aus höchst unterschiedlichen Quellen (Gedichten, Geschichtswerken, mündlichen Berichten), welche die Zeitalter überdauert hatten, zusammengestellt wurde; und diese Vorstellung entspricht auch der tatsächlichen Geschichte des Buches, denn wirklich liegt ihm ja sehr vieles an älteren Vers- und Prosaerzählungen zugrunde, und in gewissem Maße ist es tatsächlich und nicht nur theoretisch eine Sammlung. Darauf mögen die Unterschiede im Erzähltempo und in der Detailfülle der verschiedenen Teile zurückzuführen sein, zum Beispiel der Kontrast zwischen den genauen Angaben der Schauplätze und Beweggründe in der Legende von Túrin Turambar und dem vergleichsweise knappen und distanzierten Bericht vom Ende des Ersten Zeitalters, als Thangorodrim geschleift und Morgoth überwältigt wurde; ebenso auch manche Uneinheitlichkeiten von Ton und Zeichnung, manche Dunkelheiten und hier und da auch eine Lücke in den Zusammenhängen. Im Falle der *Valaquenta* zum Beispiel müssen wir annehmen, daß sie zwar vieles enthält, was aus den frühesten Zeiten der Eldar in Valinor stammen muß, aber doch in späteren Zeiten umgearbeitet wurde; und dies könnte den dauernden Wechsel in Zeitform und Perspektive erklären, bei dem die göttlichen Mächte bald als unmittelbar gegenwärtig und in der Welt tätig, bald als ferngerückt erscheinen, als ein entschwundenes, nur mehr in der Erinnerung lebendiges Geschlecht.

Das Buch enthält, obwohl es mit Fug und Recht den Titel *Das Silmarillion* trägt, nicht nur die *Quenta Silmarillion* oder das eigentliche *Silmarillion,* sondern auch vier andere, kürzere Werke. Die *Ainulindale* und die *Valaquenta,* die zu Anfang stehen, sind eng mit dem *Silmarillion* verknüpft; *Akallabêth* und *Von den Ringen der Macht* aber, die am Ende folgen, sind (wie zu betonen ist) davon ganz und gar getrennt und unabhängig. Daß sie mit aufgenommen werden, entspricht der erklärten Absicht meines Vaters; und damit ist die gesamte Geschichte umspannt, von der Musik der Ainur, mit der die Welt begann, bis zur Ausfahrt der Ringträger aus den Anfurten von Mithlond am Ende des Dritten Zeitalters.

Die Zahl der in diesem Buch vorkommenden Namen ist sehr groß, und ich habe einen vollständigen Index erstellt; die Anzahl der Personen (Elben und Menschen) jedoch, die in der Erzählung vom Ersten Zeitalter eine wichtige Rolle spielen, ist sehr viel kleiner, und sie alle finden sich in den genealogischen Tafeln. Außerdem habe ich eine Tafel beigegeben, welche die recht komplizierten Benennungen der verschiedenen Elbenvölker erklärt, ferner eine Auskunft über die Aussprache der Elbennamen, eine Liste mancher Wortelemente in diesen Namen und eine Landkarte. Man wird bemerken, daß die große Bergkette im Osten, die Ered Luin oder Ered Lindon, auf der Karte zum *Herrn der Ringe* im äußersten Westen erscheint. Im Innern des Bandes findet sich noch eine kleinere Karte, die auf einen Blick verdeutlichen soll, wo die Königreiche der Elben in Mittelerde lagen, nachdem die Noldor zurückgekehrt waren. Mit weiteren Kommentaren oder Anmerkungen wollte ich das Buch nicht belasten. Doch liegt noch eine Fülle unveröffentlichter Schriften meines Vaters zu den Drei Zeitaltern vor, Schriften erzählerischen, linguistischen, historischen und philosophischen Charakters, und ich hoffe, es wird sich zu einem späteren Zeitpunkt als möglich erweisen, manches davon zu veröffentlichen.

Bei der an Schwierigkeiten und Ungewißheiten reichen Aufgabe, den Text für dieses Buch zusammenzustellen, war mir Guy Kay eine große Hilfe, der 1974/75 mit mir zusammengearbeitet hat.

Christopher Tolkien

AINULINDALE

Die Musik der Ainur

Eru war da, der Eine, der in Arda Ilúvatar heißt; und er schuf erstens die Ainur, die Heiligen, Sprößlinge seiner Gedanken; und sie waren bei ihm, bevor irgend andres erschaffen war. Und er sprach zu ihnen, sie Melodien lehrend, und sie sangen vor ihm, und er war froh. Lange aber sangen sie nur jeder für sich allein oder zu wenigen, während die andren lauschten, denn ein jeder verstand von Ilúvatars Gedanken nur jenen, aus dem er selber stammte, und nur langsam lernten sie auch ihre Brüder verstehen. Doch indem sie hörten, verstanden sie besser, und es wuchsen Einklang und Harmonie.

Und es geschah, daß Ilúvatar die Ainur alle zusammenrief und sie eine gewaltige Melodie lehrte, die größere und herrlichere Dinge auftat, als er ihnen je gezeigt hatte; und der Glanz ihres Anfangs und die Pracht ihres Endes verwirrten die Ainur, so daß sie sich vor Ilúvatar verneigten und still waren.

Da sagte Ilúvatar zu ihnen: »Aus dem Thema, das ich euch gewiesen, machet nun in Harmonie gemeinsam eine Große Musik. Und weil ich euch mit der Unverlöschlichen Flamme angefacht habe, so zeiget eure Kräfte und führet mir dies Thema aus, ein jeder nach seiner Art und Kunst, wie's ihm beliebt. Ich aber will sitzen und lauschen und froh sein, daß durch euch solche Schönheit zum Liede erwacht.«

Da begannen die Stimmen der Ainur zu erschallen wie Harfen und Lauten, Flöten und Posaunen, Geigen und Orgeln, und sie machten aus Ilúvatars Thema eine große Musik; und ein Klang stieg auf von endlos ineinander spielenden Melodien, harmonisch verwoben, und verlor sich in die Höhen und Tiefen jenseits allen Gehörs, und die Räume, wo Ilúvatar wohnte, quollen über, und die Musik und ihr Echo hallten hinaus in die Leere, und sie war nicht mehr leer. Nie wieder haben seither die Ainur eine Musik gleich dieser gespielt, doch heißt es, eine noch schönere solle vor Ilúvatar nach dem

Ende aller Tage erklingen, von den Chören der Ainur und der Kinder Ilúvatars. Dann werden die Themen Ilúvatars rechtens gespielt werden und das Sein erlangen in dem Augenblick, da sie erklingen, denn alle werden dann ganz verstanden haben, welches für ihr Teil Ilúvatars Absicht ist, und jeder wird wissen, was jeder weiß, und Ilúvatar wird ihren Gedanken das geheime Feuer geben, und er wird sein Wohlgefallen haben.

Jetzt aber saß Ilúvatar und lauschte, und lange schien es ihm, daß es gut sei, denn die Musik war ohne Fehl. Wie aber das Thema weiterging, kam es Melkor in den Sinn, Töne einzuflechten, die er selbst erdacht hatte und die nicht zu Ilúvatars Thema stimmten, denn er strebte nach mehr Glanz und Macht für die ihm zugewiesene Stimme. Melkor waren unter den Ainur die reichsten Gaben an Macht und Wissen verliehen, und an allen Gaben seiner Brüder hatte er teil. Oft war er allein in die Räume der Leere gegangen, um die Unverlöschliche Flamme zu suchen, denn heiß war sein Verlangen, Dinge in die Welt zu setzen, die sein eigen wären, und es schien ihm, daß Ilúvatar sich nicht um die Leere kümmerte; er aber war es nicht zufrieden, daß sie leer war. Doch er fand nicht das Feuer, denn es ist bei Ilúvatar. Als er aber allein war, hatte er begonnen, eigne Gedanken zu denken, andre als seine Brüder.

Manche von diesen Gedanken flocht er nun in sein Lied, und Mißklang wuchs um ihn auf, und viele, die nahe bei ihm sangen, wurden unmutig; ihre Gedanken verwirrten sich, und ihr Gesang stockte; manche aber begannen sich auf ihn einzustimmen und von ihrem ersten Gedanken abzuweichen. Nun breitete sich Melkors Mißklang noch weiter aus, und die Melodien, die man zuvor gehört, scheiterten in einem Meer wirrer Töne. Ilúvatar aber saß und lauschte, bis daß es schien, ein Sturm dunkler Wasser tobe um seinen Thron, die in endlosem, unversöhnlichem Haß einander bekriegten.

Da stand Ilúvatar auf, und die Ainur sahen, daß er lächelte. Und er hob die linke Hand, und ein neues Thema kam auf inmitten des

Sturms, ähnlich dem ersten und doch anders, und es gewann Kraft und war von neuer Schönheit. Doch die Mißtöne Melkors bäumten sich auf und widerstritten ihm, und abermals, heftiger als zuvor, führten die Töne Krieg, bis daß viele der Ainur sich fürchteten und nicht mehr sangen, und Melkor hatte die Oberhand. Abermals stand Ilúvatar auf, und die Ainur sahen, daß seine Miene streng war, und er hob die rechte Hand, und siehe, ein drittes Thema erwuchs aus der Wirrnis, und es war anders als die ersten. Denn zuerst schien es leis und sanft, nur ein Wellenspiel milder Laute in zarten Melodien, doch war es nicht zu übertönen und kam zu Kraft und Würde. Und so schien es nun, als ob zwei Lieder zu gleicher Zeit vor dem Thron Ilúvatars erklängen, und sie waren ganz uneins. Das erste war tief und weit und schön, doch langsam und im Ton eines unermeßlichen Leides, aus dem seine Schönheit entsprang. Das andere hatte nun für sein Teil zu einer Einheit gefunden, doch war es schrill und leer und wiederholte sich endlos; und es hatte nicht viel Harmonie, sondern eine lärmende Einstimmigkeit, wie wenn viele Trompeten zwischen wenigen Tönen wechseln. Und es war bemüht, das andre Lied mit der Gewalt seiner Stimme zu ersticken, doch schien es, daß seine leuchtendsten Töne von dem andren Lied ergriffen und in dessen feierlicher Melodie mitgeführt wurden.

Inmitten dieses Kampfes, der Ilúvatars Hallen erschütterte, so daß ein Beben in die Räume nie gebrochenen Schweigens hinauslief, stand Ilúvatar ein drittes Mal auf, und sein Antlitz war furchtbar zu schauen. Dann hob er beide Hände, und mit einem Akkord, der tiefer war als der Abgrund, höher als das Firmament und durchdringend wie das Licht aus dem Auge Ilúvatars, endete die Musik.

Da sprach Ilúvatar, und er sagte: »Mächtig sind die Ainur, und am mächtigsten unter ihnen Melkor; daß er's aber wisse, er und alle Ainur, daß ich Ilúvatar bin, will ich euch jene Dinge zeigen, die ihr gesungen, und möget ihr sehen, was ihr getan. Und du, Melkor, sollst sehen, kein Thema kann gespielt werden, das nicht in mir seinen tiefsten Grund hätte, noch kann das Lied einer ändern, mir zum Trotz.

Denn wer dies unternimmt, nur als mein Werkzeug wird er sich erweisen, um Herrlicheres zu schaffen, von dem er selbst nichts geahnt.«

Da fürchteten sich die Ainur, und sie verstanden noch nicht die Worte, die sie vernommen hatten; und Melkor war von Scham erfüllt, aus der geheimer Zorn wuchs. Ilúvatar aber erhob sich in Herrlichkeit, und er schritt fort von den lichten Gefilden, die er für die Ainur geschaffen hatte, und die Ainur folgten ihm.

Als sie aber in die Leere gekommen waren, da sagte Ilúvatar zu ihnen: »Sehet, dies ist euer Lied!« Und er zeigte ihnen ein Gesicht und gab ihnen zu sehen, was sie zuvor nur gehört hatten; und sie sahen eine neue Welt, und sie wölbte sich in der Leere und wurde von der Leere getragen, doch war sie nicht gleich ihr. Und als sie sahen und staunten, da tat diese Welt ihre Geschichte vor ihnen auf, und sie schien zu leben und zu wachsen. Und nachdem die Ainur eine Weile geschaut hatten und schwiegen, da sagte Ilúvatar abermals: »Sehet nun eure Musik! Dies ist euer Gesang, und ein jeder von euch soll hier eingeschlossen finden, in dem Plan, den ich euch vor Augen führe, wovon immer ihn dünken mag, er selbst habe es ersonnen oder hinzugetan. Und du, Melkor, wirst all die heimlichen Gedanken deines Geistes entdecken, und wirst erkennen, nur ein Teil des Ganzen sind sie und ihm untertan.«

Und vieles andre noch sagte Ilúvatar damals zu den Ainur, und da sie sich seiner Worte erinnern und jeder das Lied kennt, das er selber gespielt, wissen die Ainur vieles von dem, was war, was ist und was sein wird, und wenige Dinge bleiben ihnen verborgen. Manches aber ist da, das können sie nicht sehen, weder allein noch im gemeinsamen Ratschluß; denn nur sich selbst hat Ilúvatar alles vertraut, was er bereithält, und in jedem Zeitalter treten Dinge auf, die neu und nicht geweissagt sind, denn sie kommen nicht aus dem Vergangenen. Und so auch bei diesem Gesicht der Welt: Als es vor den Ainur aufgetan wurde, da sahen sie Dinge, die sie nicht gedacht hatten. Und mit Erstaunen sahen sie die Kinder Ilúvatars kommen und die Wohnung, die ihnen bereitet war, und sie erkannten, daß sie selbst mit ihrer Musik

Hand angelegt hatten, ihnen diese Wohnung zu schaffen, ohne doch von einem andern Zweck als dem der Schönheit zu wissen. Denn die Kinder Ilúvatars waren von ihm allein erdacht, und sie kamen mit dem dritten Thema und waren nicht in dem Thema, das Ilúvatar zu Anfang gab, und keiner der Ainur hatte an ihnen mitgeschaffen. Um so besser gefiel ihr Anblick den Ainur, denn anders als sie selbst waren diese Geschöpfe, fremd und frei, worin sie von neuem den Geist Ilúvatars erkannten und noch ein wenig mehr von seiner Weisheit erfuhren, die sonst auch den Ainur verborgen blieb.

Die Kinder Ilúvatars aber sind Elben und Menschen, die Erstgeborenen und die Nachkömmlinge. Und inmitten all der Wunder der Welt, ihrer weiten Hallen und Räume und kreisenden Feuer, bestimmte Ilúvatar ihnen eine Stätte in den Tiefen der Zeit und inmitten der unzählbaren Sterne zur Wohnung. Und diese Wohnung mag jenen ein Geringes scheinen, die nur die Größe der Ainur sehen und nicht auch ihre furchtbare Schärfe: Wie wenn einer das ganze Gefilde Ardas zur Grundlage eines Pfeilers nähme und diesen immer höher aufrichtete, so lange, bis der Gipfel spitzer als eine Nadel wäre; oder wer nur an die unermeßliche Weite der Welt denkt, an der die Ainur noch immer bauen, und nicht auch an die feine Genauigkeit, mit der sie ein jedes Ding darinnen bilden. Als nun aber die Ainur jene Wohnung im Gesichte erblickt und die Kinder Ilúvatars hatten erwachen sehen, da wandten viele der Mächtigsten unter ihnen all ihr Denken und Trachten jenem Orte zu. Unter diesen ragte Melkor hervor, wie er auch zu Anfang der Größte unter den Ainur gewesen war, die an der Musik teilhatten. Und er gab vor und glaubte es selbst zuerst, daß er dorthin zu gehen begehre, um alles zum Wohl der Kinder Ilúvatars zu richten, und er hielt die Stürme von Hitze und Kälte im Zaum, die in ihm tobten. Was er begehrte, war aber, sich Elben und Menschen zu unterwerfen, denn er neidete ihnen die Gaben, die Ilúvatar ihnen versprach, und er wollte selber Untertanen und Knechte haben und der Herr genannt werden und über andrer Willen gebieten.

Die anderen Ainur aber blickten auf diese Wohnung in den weiten Räumen der Welt, welche die Elben Arda nennen, die Erde, und ihre Herzen erfreuten sich des Lichts, und ihre Augen waren froh der vielen Farben, die sie schauten; große Sorge aber machte ihnen das Toben der See. Und sie achteten auf die Winde und die Luft, auf die Elemente, aus denen Arda gemacht war, Eisen und Stein und Silber und Gold und viele andre Stoffe; von allen diesen am höchsten aber schätzten sie das Wasser. Und die Eldar sagen, mehr als in jedem anderen Stoff auf dieser Erde sei im Wasser das Echo von der Musik der Ainur lebendig; und viele der Kinder Ilúvatars lauschen noch immer unersättlich den Stimmen des Meeres und wissen doch nicht, auf was sie lauschen.

Dem Wasser nun hatte jener Ainur seinen Sinn zugewandt, den die Elben Ulmo nennen, und ihn hatte Ilúvatar von allem am tiefsten in der Musik unterwiesen. Die Lüfte und Winde aber verstand Manwe am besten, welcher unter den Ainur der Edelste ist. Die Dinge im Schoß der Erde hatte Aule bedacht, dem Ilúvatar an Kunst und Wissen kaum weniger verliehen hatte als Melkor; Aule aber setzt allen Stolz und alle Freude in die Arbeit des Fertigens und in das gefertigte Ding, nicht in den Besitz noch in die eigene Meisterschaft, und deshalb schenkt er und hortet nicht und nimmt unbesorgt stets wieder etwas Neues vor.

Und Ilúvatar sprach zu Ulmo und sagte: »Siehst du nicht, wie hier in diesem kleinen Reich in den Tiefen der Zeit Melkor deine Provinz bekriegt? Bittre, unermeßliche Kälte hat er ersonnen und doch nicht die Schönheit deiner Quellen und klaren Teiche vernichtet. Sieh nur den Schnee und den grimmigen Frost! Hitze und Feuer ohne Maß hat Melkor entfacht, und doch ist deine Freude nicht vertrocknet und die Musik des Meeres nicht ganz erstickt. Sieh auch die hohen prächtigen Wolken und die wechselvollen Nebel, und höre, wie der Regen auf die Erde fällt! Und in diesen Wolken bist du Manwe nahe, deinem Freunde, den du liebest.«

Da antwortete Ulmo: »Wahr ist's, schöner sind nun die Wasser, als mein Herz es gedacht, und in meinem heimlichsten Sinnen habe ich nichts von der Schneeflocke gewußt, noch war in meinem Gesang je das Fallen des Regens erklungen. Ich will Manwe suchen gehen, auf daß er mit mir Melodien zu deiner ewigen Freude mache!« Und von Anfang an sind Manwe und Ulmo Bundesgenossen gewesen, und in allem haben sie am getreuesten Ilúvatars Absicht gedient.

Aber noch während Ulmo sprach und die Ainur auf dieses Gesicht starrten, wurde es entrückt und ihren Blicken verborgen, und zugleich schien es ihnen, daß sie etwas Neues sahen, das Dunkel, das sie zuvor nicht gekannt hatten, außer in Gedanken. Aber sie hatten die Schönheit jenes Gesichtes liebgewonnen und waren vertieft in den Aufgang der Welt, die dort ins Sein trat; und sie ging ihnen nicht aus dem Sinn, denn unvollendet war die Geschichte, und die Kreise der Zeit hatten sich noch nicht geschlossen, als das Gesicht entrückt wurde. Und manche haben gesagt, das Gesicht habe aufgehört, bevor das Reich der Menschen begründet gewesen und die Erstgeborenen verschwunden seien; weshalb die Valar, obgleich ihre Musik über allem ist, nicht mit eigenen Augen die Späten Zeitalter erblickt haben, noch das Ende der Welt.

Unruhig waren da die Ainur; Ilúvatar aber sprach zu ihnen und sagte: »Ich kenne den Wunsch eures Geistes, was ihr gesehen, solle wahrhaftig sein, nicht nur in euren Gedanken, sondern sein wie ihr selber seid, und doch anders. Also sage ich: *Ea!* Es Sei! Und ich will die Unverlöschliche Flamme in die Leere hinaussenden, und sie wird im Herzen der Welt brennen, und die Welt soll sein; und wer von euch will, mag in sie hinabsteigen.« Und plötzlich sahen die Ainur in der Ferne ein Licht, wie von einer Wolke mit einer Flamme im Herzen; und sie wußten, daß dies nicht nur ein Gesicht war, sondern daß Ilúvatar ein Neues erschaffen hatte: Ea, die Welt, die ist.

So kam es, daß manche der Ainur bei Ilúvatar blieben, jenseits der Welt; andere aber, darunter manche der größten und edelsten, nahmen von Ilúvatar Abschied und stiegen in die Welt hinab. Diese

Bedingung aber stellte Ilúvatar, oder sie ist notwendig aus ihrer Liebe, daß ihre Kräfte von nun an in der Welt eingeschlossen und gebunden und für immer darinnen bleiben müßten, bis sie vollendet sei, so daß sie der Welt Leben sind und die Welt ihr Leben. Und daher werden sie die Valar genannt, die Mächte der Welt.

Als aber die Valar Ea betraten, waren sie zuerst befremdet und ohne Rat, denn nichts schien schon erschaffen zu sein, wie sie es in dem Gesichte erblickt, sondern alles war noch ungestalt und wollte erst beginnen, und es war dunkel. Denn die Große Musik war nur ein Blühen und Wachsen der Gedanken in den zeitlosen Hallen gewesen und das Gesicht nur ein Vorgesicht; nun aber waren die Valar beim Anfang der Zeit eingetreten, und sie sahen, nur als Lied und Schatten war die Welt schon dagewesen, und sie erst mußten sie vollbringen. So begannen ihre gewaltigen Mühen in den unermeßlichen, nie gesehenen Wildnissen, über ungezählte und vergessene Alter hin, bis daß in den Tiefen der Zeit und in den weiten Hallen von Ea jene Stunde und jene Stätte da war, wo den Kindern Ilúvatars die Wohnung gerichtet war. Und zu diesem Werke taten Manwe, Aule und Ulmo am meisten; doch auch Melkor war von Anfang an dabei, und er mischte sich in alles und wandte es, wo er konnte, nach seinen eigenen Wünschen und Plänen; und Melkor entfachte die großen Brände. Als daher die Erde noch jung und voller Flammen war, begehrte sie Melkor zu eigen, und er sagte zu den anderen Valar: »Dies Königreich soll mein sein, und nach mir will ich es benennen.«

Doch Manwe war Melkors Bruder im Geiste Ilúvatars, und er war das führende Instrument des zweiten Themas gewesen, das Ilúvatar gegen Melkors Mißklang aufgeboten hatte; und er rief viele Geister herbei, größere und geringere, und sie stiegen herab in die Gefilde Ardas und halfen Manwe, auf daß Melkor sie nicht für immer hindere, ihr Werk zu vollbringen, und die Erde nicht schon vor der Blüte verdorre. Und Manwe sagte zu Melkor: »Dies Reich sollst du nicht dein eigen nennen wider Recht, denn viele haben sich hier gemüht, nicht minder als du.« Und es gab Streit zwischen Melkor und den andren Valar, und fürs erste zog sich Melkor zurück, wandte sich anderen Gegenden zu und tat dort, was ihm beliebte; doch das Königreich Arda begehrte er weiter von Herzen.

Die Valar nahmen nun selber Form und Gestalt an, und weil es die Liebe zu den erhofften Kindern Ilúvatars war, die sie in die Welt geführt hatte, so wählten sie Gestalten nach der Art, wie sie es in dem Gesichte Ilúvatars erblickt hatten, nur edler und prächtiger. Doch ist ihre Gestalt aus dem Wissen von der sichtbaren Welt gebildet, nicht aus dem Sichtbaren selbst; und sie bedürfen ihrer nur so, wie wir Kleider tragen, ohne doch minder wirklich zu sein, wenn wir nackt sind. Daher können die Valar, wenn es ihnen beliebt, der Gestalt entraten, und dann vermögen auch die Eldar sie nicht deutlich zu sehen, nur daß sie zugegen sind. Wenn sie jedoch sich zu kleiden wünschen, so gehen manche der Valar in männlicher und manche in weiblicher Gestalt, denn diesen Unterschied des Gemüts kannten sie schon von Anbeginn, und er wird in der Wahl, die ein jeder trifft, nur verkörpert, nicht geschaffen, so wie auch bei uns Mann und Weib am Kleide zu erkennen, doch nicht durch das Kleid geschaffen sind. Die Gestalten, in denen die Großen erscheinen, sind aber nicht zu allen Zeiten gleich denen der Könige und Königinnen unter den Kindern Ilúvatars; denn bisweilen kleiden sie sich in die eigenen Gedanken und werden sichtbar in erhabener und schrecklicher Gestalt.

Und die Valar sammelten viele Gefährten um sich, deren manche geringer, manche fast so mächtig waren wie sie selber, und zusammen richteten sie die Erde ein und geboten den Stürmen Halt. Da sah Melkor, was geschah: daß die Valar als sichtbare Mächte auf Erden gingen, im Gewand dieser Welt, liebenswürdig und prächtig, als Glückselige, denen die befriedete Erde zum Lustgarten wurde. Noch mehr wuchs da sein Neid, und auch er nahm sichtbare Gestalt an; wie sein Gemüt aber und wie das Böse, das in ihm brannte, war seine Erscheinung dunkel und schrecklich. Und er stieg auf Arda hinab, größer an Macht und Würde als jeder andre unter den Valar, wie ein Berg, der im Meere watet, das Haupt über den Wolken, in Kleidern von Eis und mit einer Krone von Qualm und Feuer; und das Licht aus Melkors Augen war wie eine Flamme, die mit Hitze sengt und mit tödlicher Kälte schneidet.

So begann die erste Schlacht der Valar mit Melkor um die Herrschaft Ardas, doch von jenen Stürmen wissen die Elben nur wenig. Denn was hierzu überliefert ist, stammt von den Valar selbst, mit denen die Eldalië im Lande Valinor gesprochen haben und von denen sie unterrichtet wurden; wenig aber sagten die Valar je von den Kriegen vor der Ankunft der Elben. Doch heißt es unter den Eldar, die Valar hätten immer, Melkor zum Trotz, die Erde regieren und sie auf die Ankunft der Erstgeborenen vorbereiten wollen; und sie erbauten Länder, und Melkor zerstörte sie; Täler gruben sie, und Melkor schüttete sie zu; Berge meißelten sie, und Melkor stieß sie um; Meeren gaben sie ihr Bett, und Melkor verspritzte sie; und so hatte kein Ding Frieden und konnte nicht gedeihen, denn kaum hatten die Valar ein Werk begonnen, so machte Melkor es zunichte oder verdarb es. Und doch war ihr Mühen nicht ganz vergebens, und wenn auch nirgends und in keinem Werke ihr Wille und Plan sich ganz erfüllten und alle Dinge von andrer Form und Gestalt waren, als es zuerst die Absicht der Valar gewesen, so wurde dennoch allmählich die Erde geformt und gefestigt. Und so war schließlich den Kindern Ilúvatars die Wohnung gerichtet in den Tiefen der Zeit und inmitten der unzählbaren Sterne.

VALAQUENTA

Das Buch von den Valar und den Maiar, nach der Überlieferung der Eldar

Im Anfang schuf Eru, der Eine, der in der Elbensprache Ilúvatar heißt, aus seinen Gedanken die Ainur; und sie spielten vor ihm eine große Musik. In dieser Musik begann die Welt, denn Ilúvatar ließ das Lied der Ainur sichtbar werden, und sie erblickten es als ein Licht im Dunkel. Und viele unter ihnen gewannen die Schönheit dieser Welt lieb und ihre Geschichte, die sie in dem Gesichte anfangen und sich auftun sahen. Daher erweckte Ilúvatar das Gesicht zum Sein und stellte es mitten in die Leere, und das Geheime Feuer wurde ausgesandt, um im Herzen der Welt zu brennen; und die Welt wurde Ea geheißen.

Nun erhoben sich diejenigen unter den Ainur, die wollten, und betraten die Welt zu Anfang der Zeit; und ihre Aufgabe war es, sie zu vollenden, und mit ihren Werken zu vollbringen, was sie gesehen hatten. Lange arbeiteten sie in den Sphären von Ea, die weiter sind, als Elben und Menschen denken können, bis zur vorbestimmten Zeit Arda geschaffen war, das Königreich der Erde. Dann nahmen sie irdische Gestalt an, stiegen auf die Erde herab und wohnten dort.

Von den Valar

Die Großen unter diesen Geistern nennen die Elben die Valar, die Mächte von Arda, und die Menschen haben sie oft die Götter genannt. Der Fürsten der Valar sind sieben, und der Valier, der Fürstinnen, gleichfalls sieben. Dies waren ihre Namen in der Elbensprache, so wie sie in Valinor gesprochen wurde; doch lauten ihre Namen anders in der Sprache der Elben von Mittelerde, und vielerlei Namen haben sie bei den Menschen. Die Namen der Fürsten, in der gebührenden Reihenfolge, sind: Manwe, Ulmo, Aule, Orome, Mandos, Lórien und Tulkas; und die Namen der Fürstinnen sind: Varda, Yavanna, Nienna, Este, Vaire, Vána und Nessa. Melkor wird nicht mehr zu den Valar gezählt, und sein Name wird auf Erden nicht mehr ausgesprochen.

Manwe und Melkor waren Brüder im Geiste Ilúvatars. Der Mächtigste unter jenen Ainur, welche die Welt betraten, war im Anfang Melkor; Manwe jedoch ist Ilúvatar der Liebste und versteht am klarsten seine Absichten. Für die ganze Dauer der Zeit wurde er zum ersten aller Könige ernannt: zum Fürsten des Reiches von Arda und zum Herrscher über alles, was dort lebt. Manwes Lust auf Arda sind die Winde und Wolken und alle Lüfte, von den höchsten bis zu den tiefsten, vom äußersten Schleier an den Grenzen Ardas bis zu den Brisen, die durchs Gras wehen. Súlimo lautet sein Beiname, Herr des Atems von Arda. Alle schnellen Vögel mit starken Schwingen liebt er, und sie kommen und gehen auf sein Geheiß.

Bei Manwe wohnt Varda, die Herrin der Sterne, die alle Regionen von Ea kennt. Zu groß ist ihre Schönheit, als daß es in Menschen- oder Elbenworten auszusprechen wäre, denn das Licht Ilúvatars lebt noch in ihrem Antlitz. Licht ist ihre Macht und ihre Lust. Aus den Tiefen von Ea kam sie Manwe zu Hilfe, denn sie kannte Melkor schon von der großen Musik, und sie hatte ihn abgewiesen; und er haßte sie und fürchtete sie mehr als alle andren, die Eru erschaffen. Manwe und Varda trennen sich selten, und sie bleiben in Valinor. Ihre Hallen sind über dem ewigen Schnee, auf dem Oiolosse, dem höchsten Gipfel des Taniquetil, welcher der höchste aller Berge auf Erden ist. Wenn Manwe dort seinen Thron besteigt und hinausblickt, so sieht sein Auge, wenn Varda bei ihm ist, weiter als alle andren, durch Nebel und durch Dunkelheit und über das weite Meer. Und Vardas Ohr, wenn Manwe bei ihr ist, hört klarer als alle andren den Ton der Stimmen, die von Osten gen Westen schreien, von den Hügeln und aus den Tälern und von den dunklen Orten, die Melkor auf Erden eingerichtet hat. Von all den Großen, die in dieser Welt wohnen, ist Varda den Elben die Höchstgeehrte und Meistgeliebte. Elbereth wird sie genannt, und die Elben rufen ihren Namen an aus den Schatten von Mittelerde und lassen ihn in Liedern beim Aufgang der Sterne erklingen.

Ulmo ist der Herr der Wasser. Er ist allein. Er bleibt nirgends lange, sondern zieht nach Belieben durch all die tiefen Wasser um die Erde oder unter der Erde. An Macht kommt er Manwe am nächsten, und ehe Valinor erbaut wurde, war er ihm am innigsten befreundet; danach aber ging er selten mehr in den Rat der Valar, es sei denn, große Dinge wurden besprochen. Denn er behielt ganz Arda im Sinn, und er braucht keinen Ruheplatz. Auch geht er nicht gern an Land, und nur selten kleidet er sich in eine Gestalt wie seinesgleichen. Große Angst erfüllte die Kinder Erus, wenn sie ihn erblickten, denn furchtbar war der König der See, wenn er aufstieg wie eine Woge, die sich an Land türmt, im dunklen, gischtgeschweiften Helm und einem Panzer, der schimmerte vom hellsten Silber bis in die tiefsten Schatten des Grüns. Laut sind die Trompeten Manwes, Ulmos Stimme aber ist tief wie die Tiefen des Ozeans, die nur er allein erblickt hat.

Dennoch liebt Ulmo sowohl Elben wie Menschen, und nie ließ er sie im Stich, auch nicht, als der Zorn der Valar auf ihnen lag. Zuweilen kommt er an die Küsten von Mittelerde, ungesehen, oder wandert die Fjorde hinauf weit ins Landesinnere und spielt dort auf seinen großen Hörnern, den Ulumúri, die aus weißen Muscheln geschliffen sind; und jene, zu denen diese Musik dringt, die hören sie immerdar in ihrem Herzen, und nie mehr verläßt sie die Sehnsucht nach der See. Zu jenen aber, die in Mittelerde wohnen, spricht Ulmo zumeist mit Stimmen, die nur als Musik der Wasser vernommen werden. Denn alle Meere, Seen, Flüsse, Quellen und Brunnen sind sein Reich, so daß die Elben sagen, der Geist Ulmos fließe in allen Adern der Welt. So erhält Ulmo selbst in den Tiefen Nachricht von allen Nöten und Leiden Ardas, die anders Manwe verborgen blieben.

Aule hat kaum weniger Macht als Ulmo. Er herrscht über alle Stoffe, aus denen Arda geschaffen ist. Zu Anfang schuf er vieles mit Manwe und Ulmo gemeinsam; er ist der Erbauer aller Länder. Er ist ein Schmied und ein Meister in allen Handwerken, und ihn erfreut jedes kunstreiche Gebilde, das kleinste ebenso wie das mächtige Bauwerk aus alter Zeit. Sein sind die Edelsteine, die tief in der Erde liegen, und das Gold, das in der Hand glänzt, ebenso wie die Wälle der Gebirge und die Becken des Meeres. Am meisten lernten von ihm die Noldor, und immer war er ihr Freund. Melkor war eifersüchtig auf ihn, denn ganz wie er selbst war Aule in Gedanken und Kräften; und lange währte zwischen den beiden der Streit, in dem Melkor immer wieder Aules Werke zerstörte oder verdarb, und Aule wurde es müde, immer wieder ausbessern zu müssen, was Melkor verwirrt und beschädigt hatte. Beide wollten sie auch eigene Dinge erschaffen, die neu und von anderen unerahnt sein sollten, und geschmeichelt waren sie, wenn man ihre Kunst pries. Aule aber hielt Eru die Treue und unterwarf all sein Werk Erus Willen; und er neidete anderen nicht ihre Werke, sondern suchte Rat und gab ihn. Während Melkors Gesicht sich in Neid und Haß verzerrte, bis er zuletzt nichts mehr schaffen konnte, es sei denn, er äffte nach, was andre erdacht hatten; und all ihre Werke vernichtete er, wo er nur konnte.

Aules Gemahlin ist Yavanna, die Spenderin der Früchte. Sie liebt alle Dinge, die in der Erde wachsen, und all ihre ungezählten Formen hegt sie im Geiste, von den turmhohen Bäumen der längst entschwundenen Wälder bis zu dem Moos auf den Steinen und den winzigen und verborgenen Keimen im Moder. Nach Varda genießt Yavanna die höchsten Ehren unter den Königinnen der Valar. In Gestalt einer Frau ist sie hochgewachsen und grün gekleidet, bisweilen aber nimmt sie andre Gestalten an. Manche gibt es, die haben sie wie einen Baum unter dem Himmel stehen sehen, gekrönt von der Sonne, und aus all seinen Zweigen quoll goldner Tau auf die dürre Erde, und die Erde wurde grün von Getreide; die Wurzeln des Baumes aber reichten in die Wasser Ulmos hinab, und in seinen Blättern sprachen die Winde Manwes. Kementári, Erdenkönigin, ist Yavannas Beiname in der Eldarin-Sprache.

Die Feanturi, Herren der Geister, sind Brüder, und meist werden sie Mandos und Lórien genannt. Eigentlich aber heißen so nur die Orte, wo sie wohnen, und ihre richtigen Namen lauten Námo und Irmo.

Námo, der Ältere, wohnt in Mandos, im Westen von Valinor. Er ist der Hüter der Totenhäuser und ruft die Geister der Gefallenen auf. Er vergißt nichts und weiß um alles, was sein wird, bis auf dasjenige, was noch im Willen Ilúvatars liegt. Er ist der Schicksalsricher der Valar, doch verkündet er Spruch und Urteil nur auf Manwes Geheiß. Vaire, die Weberin, ist seine Gemahlin, die alles, was je in der Zeit gewesen ist, in ihre Stoffe wirkt; und die Hallen von Mandos, die immer werden, indem die Zeiten vergehen, sind mit ihren gewebten Geschichten behangen.

Irmo, der Jüngere, ist der Herr der Gesichte und Träume. In Lórien sind seine Gärten, im Lande der Valar, und sie sind die schönsten auf der Welt und voller Geister. Die sanfte Este ist seine Gemahlin, die von den Wunden und von der Müdigkeit heilt. Grau ist ihr Gewand, und Ruhe ist ihr Geschenk. Bei Tage geht sie nicht um, sondern schläft auf einer Insel im baumbeschatteten See von Lórellin. Aus den Quellen von Irmo und Este schöpfen alle, die in Valinor wohnen, neue Kraft; und oft kommen die Valar selbst nach Lórien und finden dort Rast und Erholung von der Bürde Ardas.

Mächtiger als Este ist Nienna, die Schwester der Feanturi; sie wohnt allein. Sie ist der Trauer kundig und beweint jede Wunde, die Arda von den Anschlägen Melkors erlitten. So groß war ihr Leid, als die Musik erklang, daß ihr Lied zur Klage wurde, lange bevor die Musik endete, und der Ton der Trauer war schon unter die Themen der Welt gewoben, ehe sie noch begonnen. Doch Nienna weint nicht um sich selbst, und wer ihr lauscht, lernt das Mitleid und das Ausharren in der Hoffnung. Ihre Hallen liegen im westlichsten Westen, an den Grenzen der Welt, und selten nur kommt sie in die Stadt Valimar, wo alle froh sind. Lieber geht sie zu den Hallen von Mandos, die nahe den ihren liegen; und alle, die in Mandos warten, rufen sie an, denn sie bringt dem Geiste Stärkung und wandelt Kummer in Weisheit. Die Fenster ihres Hauses blicken von den Mauern der Welt nach draußen.

Der Größte an Kraft und Mannestaten ist Tulkas, der den Beinamen Astaldo, der Tapfere trägt. Er kam als letzter nach Arda, um den Valar in den Kämpfen mit Melkor zu helfen. Ringkampf und Kräftemessen sind seine Lust. Nie steigt er zu Roß, denn er kann schneller laufen als alles, was Beine hat, und er kennt kein Ermüden. Sein Haar und Bart sind golden, seine Haut rötlich; Waffe genug sind ihm seine Fäuste. Wenig kümmern ihn Vergangenheit oder Zukunft, und nichts taugt er im Rate, doch ist er ein beherzter Freund. Seine Gemahlin ist Nessa, Oromes Schwester, und auch sie ist behend und leichtfüßig. Die Hirsche liebt sie, und sie folgen ihr, wann immer sie durch den Wald geht; und sie kann sie im Wettlauf besiegen, schnell wie ein Pfeil und mit dem Wind im Haar. Tanzen ist ihre Lust, und in Valimar tanzt sie auf Wiesen von Immergrün.

Orome ist ein mächtiger Herr. Obgleich nicht so stark wie Tulkas, ist er doch schrecklicher im Zorn; Tulkas hingegen lacht allezeit, ob im Spiel oder im Krieg, und sogar Melkor lachte er ins Gesicht in den Schlachten vor der Geburt der Elben. Orome liebte die Länder von Mittelerde; er verließ sie nur widerstrebend und kam als letzter nach Valinor, und oft ging er in alter Zeit gen Osten über die Berge und kehrte mit seinem Troß in die Hügel und Ebenen zurück. Er ist der Jäger der Ungeheuer und Bestien; an Pferden und Hunden hat er seine Freude, und alle Bäume liebt er, weshalb er auch Aldaron, von den Sindar Tauron, der Herr der Wälder, genannt wird. Nahar heißt sein Roß, das weiß ist in der Sonne und wie Silber schimmert bei Nacht. Das Valaróma heißt sein großes Jagdhorn, dessen Ton wie der purpurne Aufgang der Sonne ist oder wie der scharfe Blitz, der die Wolken spaltet. Lauter als alle Hörner seines Trosses wurde es in den Wäldern gehört, die Yavanna in Valinor hatte wachsen lassen, denn dort übte Orome mit seinen Gehilfen und seinen Tieren für die Jagd auf die üblen Geschöpfe Melkors. Oromes Gemahlin ist Vána, die Ewigjunge; sie ist die jüngere Schwester Yavannas. Alle Blumen blühen, wenn sie des Weges kommt, und öffnen sich unter ihrem Blick, und alle Vögel singen.

Dies sind die Namen der Valar und der Valier, und hier ist in Kürze berichtet, welches ihre Erscheinung war, so wie die Eldar sie in Aman erblickten. So prächtig und edel auch die Gestalten waren, in denen sie den Kindern Ilúvatars sichtbar wurden, sie waren doch nur ein Schleier vor ihrer Schönheit und Macht. Und wenig ist hier gesagt von all dem, was die Eldar einst wußten, und dies selbst wäre ein Nichts, gemessen an dem wahren Sein der Valar, das in Sphären und Alter weit jenseits unseres Denkens zurückreicht. Unter ihnen waren neun von höchster Macht und genossen die höchsten Ehren; einer jedoch ist aus ihrer Zahl getilgt, und acht bleiben, die Aratar, die Oberen von Arda: Manwe und Varda, Ulmo, Yavanna und Aule, Mandos, Nienna und Orome. Obgleich Manwe ihr König ist und sie ihm im Namen Erus Gefolgschaft leisten, sind sie doch an Würden gleich und überragen weit alle andren unter den Valar und Maiar und unter allen, die Eru nach Ea entsandt hat.

Von den Maiar

Mit den Valar kamen andre Wesen, und auch sie sind älter als die Welt, von gleicher Art wie die Valar, doch minderen Ranges. Dies sind die Maiar, das Gefolge der Valar, ihre Diener und Gehilfen. Ihre Zahl ist den Elben nicht bekannt, und nur wenige haben Namen in den Sprachen der Kinder Ilúvatars; denn, obgleich dies in Aman anders ist, in Mittelerde sind die Maiar nur selten den Elben und Menschen sichtbar erschienen.

Die mächtigsten unter den Maiar von Valinor, deren in den Geschichten der Ältesten Tage gedacht wird, sind Ilmare, Vardas Zofe, und Eonwe, Manwes Bannerträger und Herold, den an Waffengewalt keiner in Arda übertrifft. Osse und Uinen jedoch sind unter allen Maiar den Kindern Ilúvatars am besten bekannt.

Osse ist Ulmos Vasall, und er ist Herr jener Meere, welche die Gestade von Mittelerde umspülen. Er geht nicht in die Tiefen, sondern liebt die Küsten und die Inseln und freut sich an den Winden Manwes; denn seine Lust ist der Sturm, und er lacht inmitten der brüllenden Wogen. Uinen ist seine Gemahlin, die Herrin der Meere, und ihr Haar liegt über alle Wasser unter dem Himmel gebreitet. Alle Geschöpfe liebt sie, die in den salzigen Fluten leben, und alle Kräuter, die dort wachsen. Uinen rufen die Seefahrer an, denn sie vermag die Wellen zu besänftigen und den wilden Osse zu zähmen. Die Númenórer lebten lange in ihrem Schutz und ehrten sie gleich den Valar.

Melkor haßte das Meer, denn er konnte es nicht unterwerfen. Es heißt, daß er bei der Erschaffung von Arda Osse ins Bündnis ziehen wollte, indem er ihm Ulmos Reich und Macht versprach, wenn er ihm diene. So geschah es, daß vor langer Zeit großer Aufruhr der See die Länder zertrümmerte. Doch auf Bitten Aules gebot Uinen Osse Einhalt und brachte ihn vor Ulmo; ihm wurde verziehen, und er kehrte in seinen Dienst zurück, den er getreu erfüllt hat. Doch nicht immer, denn die Freude an der Gewalt hat er nie ganz verloren, und bisweilen tobt er nach eigner Lust, ohne Befehl von Ulmo, seinem Herrn. Jene, die an der See wohnen oder sie auf Schiffen befahren, mögen ihn daher wohl lieben, doch sie trauen ihm nicht.

Melian war der Name einer Maia, die Vána und Este gedient hatte; sie wohnte lange in Lórien und pflegte die Bäume, die in den Gärten Irmos blühen, ehe sie nach Mittelerde kam. Nachtigallen sangen um sie her, wohin sie auch ging.

Der weiseste der Maiar war Olórin. Auch er wohnte in Lórien, doch oft führte ihn sein Weg in das Haus Niennas, und von ihr lernte er Mitleid und Geduld.

Von Melian ist in der *Quenta Silmarillion* oft die Rede. Von Olórin aber wird in jener Geschichte nicht gesprochen; denn obgleich er die Elben liebte, ging er unter ihnen ungesehen oder in Gestalt eines der Ihren, und sie wußten nicht, woher die schönen Gesichte kamen oder die weisen Ratschlüsse, die er ihnen ins Herz tat. In späteren Zeiten war er der Freund aller Kinder Ilúvatars und erbarmte sich ihrer Nöte; und jene, die ihn anhörten, erwachten aus der Verzweiflung und taten die Eingebungen der Dunkelheit von sich ab.

Als letzter ist der Name Melkors verzeichnet: Er, der in Macht ersteht. Doch diesen Namen hat er verwirkt, und die Noldor, die unter den Elben am meisten von seiner Bosheit erlitten, sprechen ihn nicht aus und nennen ihn Morgoth, den Dunklen Feind der Welt. Große Macht war ihm von Ilúvatar verliehen, und er war gleichen Ranges mit Manwe. An den Kräften und am Wissen aller anderen Valar hatte er teil, aber er wandte sie bösen Zwecken zu und vergeudete seine Kraft in Gewalt und Tyrannei. Denn er begehrte Arda mit allem, was darinnen war, und er strebte nach der Königswürde Manwes und der Herrschaft über die Reiche seiner Brüder.

Aus seiner Herrlichkeit verfiel er, anmaßend, in Verachtung für alles, was nicht er selbst war, ein räuberisches und gnadenloses Wesen. Aus seiner Weisheit wurde List, um seinem Willen alle gefügig zu machen, die ihm nützen konnten, bis daß er ohne Scham zum Lügner wurde. Zu Anfang begehrte er das Licht, als er es aber nicht für sich allein besitzen konnte, fuhr er durch Feuer und Haß in einem großen Brande hinab ins Dunkel. Und das Dunkel diente ihm oft bei seinem Unheilswerk auf Arda, und er füllte es mit Schrecknissen für alles, was lebt.

Doch von solcher Kraft war sein Aufstand, daß er in vergessenen Altern Manwe und alle Valar bekriegte und über lange Jahre hin die meisten Länder der Erde beherrschte. Er war aber nicht allein. Denn unter den Maiar wurden in seiner großen Zeit viele von seinem Glanze angezogen und blieben ihm botmäßig bis in die Dunkelheit; und andere machte er sich später mit Lug und tückischen Gaben gefügig. Furchtbar waren unter diesen Wesen die Valaraukar, die Feuergeißler, die man in Mittelerde die Balrogs nannte, Dämonen des Schreckens.

Unter denjenigen seiner Diener, die Namen haben, war jenes Wesen das größte, das die Eldar Sauron oder Gorthaur, den Grausamen, nannten. Zu Anfang war er einer der Maiar Aules, und der Wissenschaft dieses Volkes blieb er mächtig. An allen Taten von Melkor dem Morgoth auf Arda, an seinen großen Werken und an seinem Trug, hatte Sauron teil, und nur insofern war er weniger böse denn sein Herr, als er lange einem andren und nicht sich selber diente. In späteren Jahren aber erhob er sich wie ein Schatten Morgoths und wie ein Gespenst seiner Bosheit und folgte ihm nach, den gleichen Trümmerpfad hinab in die Leere.

HIER ENDET DIE VALAQUENTA

QUENTA SILMARILLION
DIE GESCHICHTE VON DEN SILMARIL

I
Vom Anbeginn der Tage

Es heißt unter den Weisen, der Erste Krieg habe begonnen, bevor Arda noch ganz erschaffen und ehe noch etwas da war, das wuchs oder ging auf Erden; und lange hatte Melkor die Oberhand. Doch mitten im Krieg kam ein Geist von großer Stärke und Kühnheit den Valar zu Hilfe, der im fernen Himmel gehört hatte, daß man sich im Kleinen Königreich schlug; und Arda erklang von seinem Gelächter. So kam Tulkas der Starke, dessen Zorn wie ein mächtiger Sturm ist, der Wolken und Dunkelheit vor sich wegbläst, und Melkor floh vor seinen Fäusten und vor seiner Lache; Arda verließ er, und für ein langes Alter war Frieden. Und Tulkas blieb und wurde einer der Valar des Königreichs Arda; Melkor aber brütete im äußeren Dunkel, und auf immer hernach galt sein Haß Tulkas.

In dieser Zeit rückten die Valar die Seen und Länder und die Gebirge zurecht, und Yavanna säte endlich aus, was sie lange erdacht hatte. Und weil es an Licht fehlte, nachdem die Feuer gelöscht oder unter den Urgebirgen vergraben waren, schmiedete Aule auf Bitten Yavannas zwei mächtige Leuchten, um Mittelerde zu erhellen, das er inmitten der umzingelnden Meere aufgebaut hatte. Nun wurden die Leuchten von Varda gefüllt und von Manwe geheiligt, und dann setzten die Valar sie auf zwei hohe Pfeiler, viel höher als alle Berge späterer Zeiten. Die eine Leuchte stellten sie über dem Norden von Mittelerde auf, und sie wurde Illuin genannt; die andere im Süden, und sie hieß Ormal; und das Licht aus den Leuchten der Valar schien über die Erde hin, so daß alles hell war, gleichsam ein endloser Tag ohne Wechsel.

Da begannen die Saaten, die Yavanna gesät, rasch zu keimen und zu knospen, und vielerlei Gewächs ging auf, großes und kleines, Moos und Gräser und große Farne und Bäume mit Wipfeln in den Wolken wie lebende Berge, doch mit grünem Dämmerlicht um die Füße. Und Tiere kamen und lebten auf den grasbewachsenen

Ebenen oder in den Seen und Flüssen, oder sie liefen durch den Schatten der Wälder. Blumen waren noch nicht erblüht, und noch kein Vogel hatte gesungen, denn diese Dinge harrten in Yavannas Busen noch ihrer Stunde; doch vieles hatte sie schon ersonnen und nirgendwo mehr als im mittelsten Teil der Erde, wo das Licht beider Lampen sich traf und mischte. Und dort, auf der Insel Almaren im Großen See, nahmen die Valar ihre erste Wohnung, als alle Dinge noch jung waren und das neugeschaffene Grün wie ein Wunder war in den Augen der Schöpfer; und lange waren sie zufrieden.

Nun geschah es, als die Valar von ihrer Arbeit ruhten und zusahen, wie die Dinge, welche sie erdacht und begonnen, wuchsen und aufgingen, daß Manwe ein großes Fest gab, und die Valar kamen mit all ihrem Gefolge, von ihm geladen. Aule und Tulkas aber waren müde, denn Aules Geschick und Tulkas' Stärke hatten in den Tagen der Arbeit ohne Unterlaß allen geholfen. Und Melkor wußte von allem, was geschah, denn auch damals hatte er insgeheim seine Freunde und Spione unter den Maiar, die er zu seiner Sache bekehrt hatte, und im fernen Dunkel war er voller Haß und Eifersucht auf das Werk seiner Brüder, die er sich unterwerfen wollte. Er sammelte also aus den Hallen von Ea alle Wesen um sich, die er verführt hatte, ihm zu dienen, und er glaubte sich stark. Und als er nun seine Zeit gekommen sah, rückte er Arda näher und blickte darauf hinab; und die Schönheit der Erde in ihrem Frühling erfüllte ihn um so mehr mit Haß.

Nun waren also die Valar auf Almaren beisammen und ahnten nichts Böses, und im Lichte Illuins bemerkten sie den Schatten im Norden nicht, den Melkor schon von weitem warf, denn er war dunkel geworden wie die Nacht der Leere. Und es heißt im Liede, daß bei jenem Frühlingsfest von Arda Tulkas sich mit Nessa vermählte, Oromes Schwester, und auf dem grünen Gras von Almaren tanzte sie vor den Valar.

Dann schlief Tulkas ein, müd und zufrieden, und Melkor sah

seine Stunde gekommen. Also stieg er mit seinem Troß über die Mauern der Nacht und kam weit im Norden nach Mittelerde; und die Valar bemerkten ihn nicht.

Nun begann Melkor eine große Festung zu graben und zu bauen, tief unter der Erde, unter den dunklen Gebirgen, wo Illuins Strahlen kalt und blaß waren. Diese Burg wurde Utumno genannt. Und obgleich die Valar noch nichts von ihr wußten, strömten von hier doch Melkors Unheil und der Gifthauch seines Hasses hinaus, und Ardas Frühling war verdorben. Grünzeug wurde krank und faulte, und Flüsse erstickten in Schlingpflanzen und Schlamm, und stinkende, giftige Sümpfe wurden geschaffen, den Fliegen zur Brutstätte; Wälder wurden zu Alpträumen der Angst, dunkel und gefahrvoll, und Tiere wurden zu Ungeheuern mit Horn und Hauer und tränkten die Erde mit Blut. Da wußten die Valar, daß Melkor wieder am Werk war, und sie suchten nach seinem Versteck. Melkor aber, auf die Stärke von Utumno und die Kraft seiner Diener vertrauend, überfiel sie plötzlich mit Krieg und führte den ersten Streich, ehe die Valar sich gefaßt hatten; und er stützte sich auf die Lichter Illuin und Ormal, warf die Pfeiler um und zerschlug die Lampen. Der Sturz der gewaltigen Pfeiler brach Länder in Stücke, und Meere erhoben sich in Aufruhr; und als die Lampen verschüttet wurden, ergossen vernichtende Brände sich über die Erde. Und Ardas Form und die Symmetrie zwischen Wasser und Land wurden damals verdorben, so daß die ersten Gebilde, wie die Valar sie beabsichtigt, nie wiederhergestellt wurden.

Im Dunkel und Durcheinander entkam Melkor, doch Furcht packte ihn, denn über dem Brüllen der See hörte er Manwes Stimme wie einen mächtigen Sturm, und die Erde bebte unter Tulkas' Füßen. Doch kam er nach Utumno, ehe Tulkas ihn einholen konnte; und da lag er versteckt. Und zu dieser Zeit konnten ihn die Valar nicht besiegen, denn größtenteils brauchten sie ihre Kraft, um den Aufruhr der Erde zu bändigen und vor dem Verderben zu retten, was von ihren Werken zu retten war; und später waren sie immer besorgt, die

Erde nicht noch einmal zu zerreißen, solange sie nicht wußten, wo die Kinder Ilúvatars wohnen würden, welche kommen sollten zu einer Zeit, die den Valar verborgen blieb.

So endete der Frühling von Arda. Die Wohnung der Valar auf Almaren war ganz und gar zerstört, und sie hatten keinen Ort auf der Erde. Daher schieden sie aus Mittelerde und machten sich auf in das Land Aman, das von allen Ländern am weitesten westlich an den Grenzen der Welt liegt; denn mit den Westküsten grenzt es an das Außenmeer, welches die Elben Ekkaia nennen, das Meer, von dem das Königreich Arda umzingelt ist. Niemand außer den Valar weiß, wie breit es ist; und dahinter kommen die Mauern der Nacht. Die Ostküsten von Aman aber waren der äußerste Rand von Belegaer, dem Großen Meer des Westens; und weil Melkor nach Mittelerde zurückgekehrt war und sie ihn nicht überwinden konnten, befestigten die Valar ihren Wohnsitz, und auf den Meeresküsten bauten sie die Pelóri auf, die Berge von Aman, die höchsten auf Erden. Und all die Berge der Pelóri überragte der eine, auf dessen Gipfel Manwe seinen Thron aufschlug. Taniquetil nennen die Elben diesen heiligen Berg, oder auch Oiolosse, der Ewigweiße, Elerrína, der Sterngekrönte, und noch mit vielen anderen Namen; die Sindar aber bezeichneten ihn später in ihrer Sprache als Amon Uilos. Von ihren Hallen auf dem Taniquetil konnten Manwe und Varda die ganze Erde überblicken, bis in den fernsten Osten.

Hinter den Wällen der Pelóri nahmen die Valar ihren Sitz in jenem Gebiet, das Valinor heißt; und dort waren ihre Paläste, ihre Gärten und Türme. In diesem bewachten Land trugen die Valar große Vorräte an Licht und all den schönen Dingen zusammen, die sie vor dem Verderben gerettet hatten; und viele andere, die noch prächtiger waren, schufen sie neu, und so wurde Valinor schöner, als es Mittelerde selbst im Frühling von Arda gewesen war; und es war gesegnet, denn die Unsterblichen wohnten dort, und nichts welkte oder verdorrte, und Blumen und Blätter hatten keine Flecken in diesem

Lande, noch verdarb oder erkrankte irgend etwas, das lebte; denn sogar die Steine und die Wasser waren heilig.

Und als Valinor fertig war und die Paläste der Valar standen, da erbauten sie inmitten der Ebene hinter den Bergen ihre Stadt Valmar, die Glockenreiche. Vor dem Westtor lag ein grüner Hügel, Ezellohar, auch Corollaire genannt; und Yavanna weihte ihn und saß dort lange im grünen Gras und sang ein Lied von Macht, in dem all ihre Gedanken über die Dinge, die in der Erde wachsen, ausgesprochen waren. Nienna aber dachte still nach und wässerte den Hügel mit Tränen. Zu der Stunde waren die Valar zusammengekommen, um Yavannas Lied anzuhören, und sie saßen schweigend auf ihren Thronen im Máhanaxar, dem Ring des Schicksals, nahe bei den goldenen Toren von Valmar; und Yavanna Kementári sang vor ihnen, und sie sahen zu.

Und sie sahen, wie von dem Hügel zwei dünne Schößlinge aufstiegen; und Schweigen lag über aller Welt in dieser Stunde, und kein andrer Laut war zu hören als Yavannas Gesang. Bei ihrem Lied wuchsen sie zu jungen Bäumen heran und wurden hoch und schön und traten in Blüte; und so erwachten in der Welt die Zwei Bäume von Valinor. Von allen Dinge, die Yavanna schuf, werden diese am meisten gerühmt, und um ihr Schicksal ranken sich alle Erzählungen von den Ältesten Tagen.

Der eine hatte Blätter von dunklem Grün, die von unten wie Silber schimmerten, und aus all seinen unzähligen Blüten troff immerzu ein Tau von silbernem Licht herab, und die Erde unter ihm war gesprenkelt von den Schatten seiner rauschenden Blätter. Der andre trug Blätter von frischem Grün wie eine knospende Buche; an den Rändern schimmerten sie wie von Golde. Blüten hingen an seinen Zweigen in feuriggelben Büscheln, deren jedes wie ein glühendes Horn geformt war, aus dem ein goldner Regen zu Boden fiel; und wenn dieser Baum blühte, so gab er Wärme und helles Licht. Telperion hieß der erste in Valinor, auch Silpion und Ninquelóte, und noch andere Namen hatte er; der zweite aber war Laurelin, auch Malinalda und Culúrien und mit vielen andren Namen im Liede genannt.

Binnen sieben Stunden erblühte jeder Baum zu vollem Glanz und verblaßte wieder zu nichts; und jeder erwachte wieder zum Leben, eine Stunde bevor der andere zu leuchten aufhörte. So gab es in Valinor zweimal an jedem Tag eine Dämmerstunde milderen Lichts, zu der beide Bäume nur schwach glimmten und ihre goldnen und silbernen Strahlen ineinanderspielten. Telperion war der ältere der beiden Bäume, der als erster voll ausgewachsen war und in Blüte trat; und jene erste Stunde, in der er schien, das weiße Schimmern einer silbernen Dämmerung, rechneten die Valar nicht zu der Zahl der Stunden, sondern nannten sie die Knospenstunde, und von ihr an zählten sie die Zeitalter ihrer Herrschaft in Valinor. Zur sechsten Stunde des Ersten Tages und all der frohen Tage hernach endete also Telperions Blütezeit, und zur zwölften Stunde verblaßte Laurelin. Und jeder Tag der Valar in Aman hatte zwölf Stunden und endete mit der zweiten Vermischung der Lichter, wenn Laurelin einschlief und Telperion erwachte. Doch das Licht, das von den Bäumen tropfte, währte lange, ehe es in die Lüfte aufstieg oder in die Erde sickerte; und den Tau Telperions und den Regen, der von Laurelin fiel, fing Valar in Kübeln auf, groß wie leuchtende Seen, die für das ganze Land der Valar Brunnen des Wassers und des Lichtes waren. So begannen die Tage des Glücks von Valinor, und so begann auch die Zählung der Zeit.

Während aber die Zeiten der Stunde entgegentrieben, die Ilúvatar für die Ankunft der Erstgeborenen bestimmt hatte, lag Mittelerde im Dämmerlicht unter den Sternen, die Valar in den unvordenklichen Altern ihres Wirkens in Ea geschaffen hatte. Und im Dunkel hauste Melkor, und noch immer ging er oft um, in vielerlei Gestalt von Macht und Schrecken; und er streute Frost und Feuer, von den Gipfeln der Berge bis zu den tiefen Öfen, die darunter sind; und was immer in jenen Tagen grausam oder gewalttätig oder mörderisch war, wird ihm zur Last gelegt.

Aus dem Glanz und Glück von Valinor kamen die Valar nicht oft über die Berge nach Mittelerde, sondern all ihre Liebe und Pflege widmeten sie dem Lande hinter den Pelóri. Und mitten in ihrem Segensreich standen die Häuser Aules, und dort werkte er lange. Denn an der Erschaffung aller Dinge in diesem Lande hatte Aule den größten Anteil, und er fertigte dort hundert schöne und wohlgestalte Dinge, offen und insgeheim. Von ihm stammen Kunde und Wissen von der Erde und allem, was darinnen ist, ob nun die Wissenschaft jener, die nichts schaffen, sondern nur verstehen wollen, was ist, oder auch die Wissenschaft aller Handwerksleute: des Webers, des Holzschnitzers und des Schmiedes, und auch des Pflügers und des Hirten, wenngleich bei den letztgenannten wie bei allen, die es mit Dingen zu tun haben, die wachsen und Frucht tragen, auch Aules Gemahlin Yavanna Kementári mitbedacht werden muß. Aule ist es, welcher der Freund der Noldor genannt wird, denn vieles lernten sie von ihm in späteren Tagen, und sie sind die geschicktesten unter den Elben; und nach ihrer Art, gemäß den Gaben, die ihnen Ilúvatar verliehen, erfanden sie so manches zu Aules Lehren hinzu und ergingen sich in Sprachen und Schriften, in Stickmustern, im Zeichnen und Schnitzen. Die Noldor waren es auch, denen es zuerst gelang, Gemmen zu schneiden, und die schönsten aller Gemmen waren die Silmaril, und die sind verloren.

Doch Manwe Súlimo, der höchste und heiligste der Valar, der an den Grenzen von Aman saß, verlor die Außenlande nicht aus dem Sinn. Denn sein Thron stand in Herrlichkeit auf dem Gipfel des Taniquetil, des höchsten von allen Bergen der Welt, der am Rande des Meeres aufragt. Geister in Gestalt von Adlern und Falken flogen in seinen Hallen aus und ein; und ihre Augen drangen bis in die Tiefen der Meere und bis in die versteckten Höhlen unter der Erde. So brachten sie ihm Meldung von fast allem, was geschah auf Arda; manches aber blieb selbst vor Manwes und seiner Diener Augen verborgen, denn wo Melkor saß in seinem dunklen Brüten, lagen undurchdringliche Schatten.

Manwe sinnt nicht auf eignen Ruhm, noch hütet er eifersüchtig seine Macht, sondern regiert zu aller Zufriedenheit. Die Vanyar schätzte er unter allen Elben am höchsten, und von ihm empfingen sie den Gesang und die Dichtkunst; Verse nämlich sind Manwes Freude, und das Lied der Worte ist seine Musik. Blau ist sein Gewand, und blau ist das Feuer seiner Augen, und von Saphir ist sein Szepter, welches die Noldor für ihn geschmiedet; und zum Statthalter Ilúvatars war er ernannt, König der Welt der Valar und Elben und Menschen und stärkster Beschützer vor dem Unheil Melkors. Bei Manwe wohnte Varda, die Schönste, die in der Sindarin-Sprache Elbereth heißt, die Königin der Valar, die Bildnerin der Sterne; und um sie her war ein großes Gefolge gesegneter Geister.

Ulmo aber war allein, und er wohnte nicht in Valinor, noch kam er je dorthin, wenn nicht großer Rat gehalten werden mußte; seit dem Anbeginn Ardas wohnte er im Äußeren Ozean, und dort wohnt er noch immer. Von dort regiert er die Ebbe und Flut aller Wasser, den Lauf aller Flüsse und die Auffüllung aller Brunnen, das Abtropfen allen Taus und Regens in jedem Land unter dem Himmel. An den tiefen Orten ersinnt er Musik, große und schreckliche, und das Echo seiner Musik rinnt durch alle Adern der Welt in Freude und Leid; denn wenn die Fontäne voll Freude ist, wenn sie in die Sonne springt, so ist ihre Quelle doch in dem unauslotbaren Brunnen des Leides an den Grundfesten der Erde. Viel lernten die Teleri von Ulmo, und aus diesem Grunde kennt ihre Musik sowohl die Trauer wie das Entzücken. Salmar war mit ihm nach Arda gekommen, er, welcher Ulmos Hörner geschliffen, die keiner vergessen kann, der sie einmal gehört hat, und ebenso Osse und Uinen, denen er die Herrschaft über die Wellen und die Strömungen der Inneren Meere übertrug, und noch viele andere Geister. Und so kam es, dank Ulmos Macht, daß selbst unter dem Dunkel Melkors das Leben noch manch eine geheime Bahn fand und die Erde nicht starb; und alle, die sich im Dunkel verirrt hatten oder fern vom Licht der Valar wanderten, fanden stets bei Ulmo ein offenes Ohr; auch hat er Mittelerde nie vergessen, und was immer seither hereingebrochen sein mag an Verfall und Wandel, er hat nicht aufgehört, es zu bedenken, und er wird nicht aufhören bis zum Ende der Tage.

Und in jener Zeit des Dunkels mochte auch Yavanna die Außenlande nicht ganz verlassen; denn alles, was wächst, ist ihr teuer, und sie trauerte um ihr Werk, das sie in Mittelerde begonnen und das Melkor verdorben hatte. Zuweilen daher verließ sie das Haus Aules und die blühenden Wiesen von Valinor und kam, um zu heilen, was Melkor verwundet hatte; und immer, wenn sie heimkehrte, drängte sie die Valar zu dem Kriege gegen sein übles Reich, den sie gewiß noch wagen mußten, ehe die Erstgeborenen kamen. Und auch Orome, der Zähmer der Tiere, ritt zuweilen ins Dunkel der lichtlosen Wälder; als ein mächtiger Jäger zog er einher, mit Speer und Bogen, und hetzte Melkors Gezücht zu Tode, und sein weißes Roß Nahar leuchtete wie Silber zwischen den Schatten. Dann zitterte die schlafende Erde unter dem Trommeln seiner goldnen Hufe, und im Dämmer der Welt blies Orome das Valaróma, sein großes Horn, auf den Ebenen von Arda; worauf die Berge das Echo zurückgaben, und die Schatten des Bösen flohen davon, und Melkor selbst zitterte in Utumno, ahnend, welches Strafgericht ihm bevorstand. Doch kaum war Orome vorüber, kamen die Diener Melkors wieder hervor, und die Lande waren voller Schatten und Truggestalten.

Alles ist nun davon gesagt, wie die Erde war, und wer sie beherrschte zu Anbeginn der Tage, bevor die Welt wurde, wie die Kinder Ilúvatars sie erblickten. Denn Elben und Menschen sind die Kinder Ilúvatars; und weil die Valar jenes Thema nicht ganz verstanden hatten, mit dem die Kinder in die Musik eingetreten waren, wagten sie nicht, ihrer Beschaffenheit irgend etwas hinzuzufügen. Aus welchem Grunde die Valar auch für diese Geschlechter eher Älteste und Häuptlinge sind denn Herren; und wann immer die Ainur in ihren Geschäften mit Elben und Menschen versucht haben, sie zu zwingen, wo sie keinen Rat annehmen mochten, da ist dies selten gut ausgegangen, wie gut auch die Absicht gewesen. Doch hatten die Ainur am meisten mit den Elben zu tun, denn diese hatte Ilúvatar den Ainur ähnlicher geschaffen, wenn auch geringer an Macht und Größe; den Menschen hingegen verlieh er fremde Gaben.

Denn es heißt, daß nach dem Aufbruch der Valar Schweigen herrschte, und ein Alter lang saß Ilúvatar allein in Gedanken. Dann sprach er und sagte: »Sehet, ich liebe die Erde, welche die Wohnung sein soll für die Quendi und die Atani! Doch sollen die Quendi die schönsten von allen Erdengeschöpfen sein, und sie sollen mehr Schönes besitzen und ersinnen und schaffen als alle meine Kinder und den reichsten Segen haben in dieser Welt. Den Atani aber will ich eine neue Gabe geben.« Daher beschloß er, daß die Herzen der Menschen über die Welt hinausstreben und in ihr nicht Ruhe finden sollten; doch sollten sie eine Kraft haben, ihr Leben inmitten all der Mächte und Zufälle der Welt nach eigener Wahl zu leben, jenseits der Musik der Ainur, die für alle andern Dinge wie das Schicksal ist; und von ihrem Wirken sollte alles in Form und Tat fertig werden und die Welt ausfüllen bis ins Letzte und Kleinste.

Doch Ilúvatar wußte, daß die Menschen mitten im Getümmel der Weltkräfte oft irren und ihre Gaben nicht zum Segen gebrauchen würden; und er sagte: »Auch diese sollen zu ihrer Zeit erkennen, daß was immer sie tun, am Ende nur meinem Werke zur Ehre gereicht.« Und doch glauben die Elben, daß für Manwe, der Ilúvatars Sinn am besten kennt, die Menschen oft eine Last sind; denn den Elben scheint es, daß die Menschen unter allen Ainur Melkor am ähnlichsten sind, obgleich dieser sie immer fürchtete und haßte, selbst jene, welche ihm dienten.

Mit dieser Gabe der Freiheit ist es eins, daß die Menschenkinder nur für eine kurze Zeit in der lebendigen Welt wohnen und nicht an sie gebunden sind, sondern bald scheiden: wohin, das wissen die Elben nicht. Die Elben indes bleiben bis zum Ende aller Tage: Daher geht ihre Liebe zur Erde und zu allen Dingen mehr ins Einzelne; sie ist stärker und, wenn die Jahre länger werden, auch mehr von Kummer bedrückt. Denn die Elben sterben nicht, solange die Welt nicht stirbt, es sei denn, sie werden erschlagen oder verzehren sich im Leid (diesen beiden Formen des scheinbaren Tods erliegen sie); auch mindert Alter nicht ihre Kräfte, es sei denn, einer wird müde von zehntausend Jahrhunderten; und zum Sterben versammeln sie sich in Mandos' Hallen in Valinor, von wo sie, wenn es Zeit ist, zurückkehren mögen. Die Söhne der Menschen aber sterben wahrhaftig und verlassen die Welt; weshalb sie auch die Gäste oder die Fremden genannt werden. Tod ist ihr Schicksal, die Gabe Ilúvatars, die mit der Ermüdung der Zeit selbst die Mächte ihnen neiden werden. Doch auf den Tod hat Melkor seinen Schatten geworfen, so daß er mit dem Dunkel verwechselt wird und Böses aus Gutem kommt und Furcht aus Hoffen. Einst aber haben die Valar den Elben in Valinor erklärt, daß die Menschen bei der Zweiten Musik der Ainur mitspielen sollen; während Ilúvatar nicht verraten hat, was er mit den Elben vorhat nach dem Ende der Welt, und Melkor hat es nicht durchschaut.

II
Von Aule und Yavanna

Es wird erzählt, die Zwerge seien zuerst von Aule im Dunkel von Mittelerde geschaffen worden; denn so sehr sehnte Aule die Kinder herbei, weil er Schüler haben wollte, die er seine Kunst und Wissenschaft lehren könnte, daß er nicht warten mochte, bis Ilúvatars Pläne sich erfüllten. Aule schuf die Zwerge genauso, wie sie immer noch sind, weil die Gestalt der Kinder, die kommen sollten, seinem Geiste nicht klar war und weil Melkors Macht noch über der Erde lag; und er wünschte daher, daß sie stark und unnachgiebig seien. Da er aber fürchtete, die andren Valar könnten sein Werk tadeln, schuf er insgeheim: und als erste schuf er die Sieben Väter der Zwerge in einer Halle unter den Bergen in Mittelerde.

Ilúvatar aber wußte, was geschah, und in der Stunde, als Aule sein Werk vollbracht hatte und sich freute und eben anfing, die Zwerge in der Sprache zu unterrichten, die er für sie erdacht hatte, da sprach Ilúvatar zu ihm; und Aule hörte seine Stimme und war still. Und Ilúvatars Stimme sagte zu ihm: »Warum hast du dieses getan? Warum unternimmst du ein Werk, wissend, daß es über deine Kraft und Befugnis geht? Denn von mir hast du als Gabe nur dein eigenes Sein und kein andres mehr verliehen; deshalb leben die Geschöpfe deiner Kunst nur aus deinem Sein; sie bewegen sich, wenn du gedenkst, sie zu bewegen, und wenn dein Gedenken anderswo weilt, stehen sie still. Ist es das, was du begehrst?«

Da antwortete Aule: »Nicht solche Herrschaft begehrte ich. Ich begehrte Dinge, die anders wären als ich, um sie zu lieben und zu unterweisen, so daß auch sie die Schönheit von Ea erkennen mögen, die du hervorgebracht. Denn mir schien, daß Platz ist in Arda für viele Dinge, die sich darinnen erfreuen könnten, und doch ist sie zum größten Teile noch leer und stumm. Und in meiner Ungeduld bin ich in Wahn verfallen. Doch das Erschaffen von Dingen liegt mir am Herzen, seit ich selber erschaffen wurde durch dich; und das unverständige Kind, welches spielt, was sein Vater tut, handelt nicht zum Spott, sondern weil es der Sohn seines Vaters ist. Doch was soll ich jetzt tun, daß du mir nicht immer zürnest? Als Kind meines Vaters opfere ich dir diese Dinge, das Werk der Hände, die du geschaffen. Tu damit, wie du willst. Doch sollte ich nicht besser dies Werk meiner Anmaßung vernichten?«

Da nahm Aule einen großen Hammer, um die Zwerge zu zerschmettern, und er weinte. Ilúvatar aber hatte Mitleid mit Aule und seinem bescheidenen Wunsche; und die Zwerge wichen dem Hammer aus und fürchteten sich; und sie neigten die Köpfe und baten um Gnade. Und Ilúvatars Stimme sagte zu Aule: »Angenommen habe ich dein Opfer, sobald es gegeben war. Doch sieh nun, wie diese Dinge eignes Leben haben, und höre, wie sie sprechen mit eigner Stimme! Wenn anders, so wären sie nicht gewichen vor deinem Schlag oder vor allem, was du befiehlst.« Da warf Aule den Hammer hin und war froh, und er dankte Ilúvatar und sagte: »Möge Eru mein Werk segnen und verbessern!«

Doch abermals sprach Ilúvatar und sagte: »So wie ich zu Anbeginn der Welt die Gedanken der Ainur wahrgemacht, so habe ich jetzt dein Begehren angenommen und ihm in der Welt einen Platz gewiesen; doch sonst will ich nichts bessern an deinem Werk, und wie du es gemacht, so soll es sein. Und eines will ich nicht leiden: Daß diese hier vor den Erstgeborenen meines Planes kommen, noch darf deine Ungeduld belohnt werden. Sie sollen nun im Dunkel unter dem Stein schlafen und nicht hervorkommen, solange nicht die Erstgeborenen auf Erden erwacht sind; und bis zu dem Tage sollst du warten und sollen sie warten, mag es auch lange scheinen. Wenn aber die Zeit da ist, werde ich sie wecken, und sie sollen wie Kinder zu dir sein; und oft wird es Streit geben zwischen den deinen und den meinen, zwischen meinen angenommenen und meinen erwählten Kindern.«

Da nahm Aule die Sieben Väter der Zwerge und legte sie an tiefverborgenen Orten zur Ruhe; und er kehrte zurück nach Valinor und wartete, während die langen Jahre immer länger wurden.

Da sie in den Tagen der Herrschaft Melkors auf die Welt kommen sollten, schuf Aule die Zwerge zäh und ausdauernd. Deshalb sind sie steinhart, dickköpfig, unbeirrbar in der Freundschaft wie im Haß, und standhafter als alle andern sprechenden Völker ertragen sie Mühsal, Hunger und Wunden; und sie leben lange, viel länger als die Menschen, doch nicht ewig. Die Elben in Mittelerde glaubten einst, die Zwerge kehrten, nachdem sie gestorben, in die Erde zurück und würden wieder zu dem Stein, aus dem sie geschaffen waren; die Zwerge selbst aber glauben dies nicht. Sondern sie sagen, daß Aule, der Meister, den sie Mahal nennen, für sie sorge und sie in Mandos in gesonderten Hallen versammle; und ihren Vätern soll er einst erklärt haben, Ilúvatar werde sie heiligen und ihnen am Ende einen Platz unter den Kindern gewähren. Dann wird es ihre Sache sein, Aule zu dienen und ihm nach der Letzten Schlacht Arda wieder aufbauen zu helfen. Sie sagen auch, daß die Sieben Väter der Zwerge in ihrem eignen Geschlecht immer wieder zum Leben erwachen und wieder ihre alten Namen tragen; und von diesen war in späteren Altern Durin der ruhmreichste, der Vater jenes Volkes, das den Elben am freundlichsten war und das in Khazad-dûm wohnte.

Als nun Aule die Zwerge schuf, hielt er sein Werk vor den andren Valar verborgen; schließlich aber teilte er sich Yavanna mit und erzählte ihr alles, was geschehen war. Da sagte Yavanna zu ihm: »Voller Gnade ist Eru. Jetzt sehe ich, daß dir das Herz lacht, und mit Grund, denn nicht nur Vergebung hast du erlangt, sondern ein Geschenk. Weil du aber diesen Gedanken bis zu seiner Ausführung vor mir verborgen, werden deine Kinder wenig Liebe zu den Dingen hegen, die mir teuer sind. Über alles werden sie das von eigner Hand Geschaffene lieben, wir ihr Vater. In der Erde wühlen werden sie, und was auf der Erde wächst und lebt, wird sie nicht kümmern. Manch ein Baum wird den Biß ihres mitleidlosen Eisens spüren.«

Aule aber antwortete: »Das gilt auch für die Kinder Ilúvatars, denn sie wollen essen und bauen. Und obgleich die Dinge deines Reiches ihren Wert in sich tragen, auch dann, wenn die Kinder nicht kämen, so wird doch Eru den Kindern die Herrschaft geben, und sie werden sich nehmen, was immer sie finden in Arda: jedoch, gemäß dem Willen Erus, nicht ohne Achtung oder ohne Dank.«

»Wenn nicht Melkor ihre Herzen verdunkelt«, sagte Yavanna. Und sie war nicht besänftigt, sondern von Herzen bekümmert, denn sie fürchtete, was in Mittelerde in künftigen Tagen geschehen mochte. Daher trat sie vor Manwe, und sie verriet nicht, was Aule ihr anvertraut hatte, sondern sagte: »König von Arda, ist es denn wahr, wie Aule mir gesagt, daß die Kinder, wenn sie kommen, die Herrschaft über alle Dinge haben sollen, die ich geschaffen, um damit zu tun, wie ihnen beliebt?«

»Es ist wahr«, sagte Manwe. »Warum aber fragst du? Dies mußte doch nicht erst Aule dich lehren.«

Da war Yavanna still und ging mit ihren eigenen Gedanken zu Rate. Und sie antwortete: »Weil mein Herz voller Angst ist, wenn ich an die künftigen Tage denke. Alle meine Werke sind mir teuer. Ist es denn nicht genug, daß Melkor so viele verdorben hat? Soll denn nichts, das ich ersonnen, fremder Herrschaft ledig sein?«

»Wenn es dir freistünde, was möchtest du bewahrt sehen?« sagte Manwe. »In deinem ganzen Reich, was ist dir das Teuerste?«

»Ein jedes hat seinen Wert«, sagte Yavanna, »und ein jedes trägt bei zum Werte aller andren. Doch die *Kelvar* können fliehen oder sich verteidigen, während die *Olvar,* die wachsen, dies nicht können. Und unter ihnen sind mir die Bäume teuer. So langsam, wie sie wachsen, so schnell werden sie gefällt sein, und wenn sie nicht mit Früchten an den Ästen Tribut zahlen, so wird man um ihr Hinscheiden wenig trauern. So sehe ich es in meinen Gedanken. Ich möchte, daß die Bäume für alle Dinge sprechen, die Wurzeln haben, und daß sie jene bestrafen sollen, die ihnen Leid antun.«

»Ein merkwürdiger Gedanke ist dies«, sagte Manwe.

»Und doch war es so in dem Lied«, sagte Yavanna. »Denn während du in den Himmeln warst und mit Ulmo die Wolken gebildet und die Regen ausgeschüttet hast, da habe ich die Zweige der großen

Bäume angehoben, um den Regen zu empfangen, und manche haben in Wind und Regen zu Ilúvatar gesungen.«

Da saß Manwe in Schweigen, und der Gedanke Yavannas, den sie ihm ins Herz getan, wuchs und entfaltete sich; und Ilúvatar sah es. Nun schien es Manwe, daß das Lied noch einmal um ihn her erklinge, und er achtete jetzt auf vieles, das er zuvor zwar gehört, aber nicht beachtet hatte. Und schließlich kam ihm das Gesicht wieder, nun aber nicht mehr von fern, denn er selbst war darinnen, und doch sah er, wie alles von Ilúvatars Hand getragen wurde; und die Hand griff ein, und viele Wunder entsprangen aus ihr, die bis jetzt in den Herzen der Ainur vor ihm verborgen geblieben waren.

Da erwachte Manwe, und er stieg hinab zu Yavanna auf den Ezellohar und setzte sich neben sie unter die Zwei Bäume. Und Manwe sagte: »O Kementári, Eru hat gesprochen und gesagt: ›Denken denn manche Valar, ich hätte nicht das ganze Lied gehört, bis in den letzten Ton der letzten Stimme? Sehet nun! Wenn die Kinder erwachen, dann wird auch Yavannas Gedanke erwachen, und er wird Geister von fern herbeirufen, und die werden unter den *Kelvar* und den *Olvar* wandeln, und manche werden dort wohnen und Verehrung genießen, und ihr gerechter Zorn soll gefürchtet sein. Eine Zeitlang: solange die Erstgeborenen in den besten Jahren und die Zweitgeborenen noch jung sind.‹ Doch erinnerst du dich nicht, Kementári, daß du nicht immer allein sangest? Ist nicht dein Gedanke auch dem meinen begegnet, so daß wir zusammen aufflogen wie große Vögel, die über die Wolken segeln? Auch dies soll sein, denn so will es Ilúvatar, und ehe die Kinder noch erwachen, sollen die Adler des Westens aufsteigen mit Schwingen wie der Wind.«

Da war Yavanna froh, und sie stand auf und streckte die Arme gen Himmel und sagte: »Hoch mögen Kementáris Bäume wachsen, damit die Adler des Königs darin horsten!«

Doch Manwe stand gleichfalls auf, und es schien, daß er zu solcher Höhe aufragte, daß seine Stimme wie von den Pfaden der Winde her zu Yavanna herunterdrang.

»Nein«, sagte er, »nur Aules Bäume werden hoch genug sein. In den Bergen werden die Adler horsten und die Stimmen derer hören, die uns rufen. In den Wäldern aber werden die Hirten der Bäume wandeln.«

Für den Augenblick trennten sich nun Manwe und Yavanna, und Yavanna kehrte zu Aule zurück; und der war in seiner Schmiede und goß geschmolzenes Metall in eine Form. »Freigebig ist Eru«, sagte sie. »Nun mögen deine Kinder sich in acht nehmen! Denn eine Macht wird in den Wäldern umgehen, die sie nicht ungestraft erzürnen dürfen.«

»Dennoch werden sie Holz brauchen«, sagte Aule und fuhr fort zu schmieden.

III

Vom Erwachen der Elben und von Melkors Gefangenschaft

Lange Zeitalter hindurch lebten die Valar glückselig im Licht der Bäume jenseits der Berge von Aman, ganz Mittelerde aber lag im Dämmerlicht unter den Sternen. Während die Leuchten schienen, hatte ein Wachsen begonnen, das nun aufgehalten wurde, weil alles wieder dunkel war. Doch schon hatten sich die ältesten lebenden Dinge erhoben: im Meere die großen Wasserpflanzen und auf der Erde der Schatten der großen Bäume; und in den Tälern der umnachteten Gebirge waren dunkle Geschöpfe, alt und stark. In jene Länder und Wälder kamen die Valar selten, bis auf Yavanna und Orome; und Yavanna ging dort zwischen den Schatten, voll Kummer, weil das Wachstum und die Verheißungen des Frühlings von Arda sich nicht erfüllten. Und sie legte Schlaf auf vieles, das im Frühling aufgegangen war, damit es nicht altern, sondern auf die Zeit des Erwachens warten sollte, die noch kommen würde.

Doch im Norden sammelte Melkor sein Heer, und er schlief nicht, sondern gab Obacht und schaffte; und die Undinge, die er verdorben, streiften umher; und die dunklen, schlafenden Wälder wurden von Ungeheuern und Schreckgestalten heimgesucht. Und in Utumno scharte er seine Dämonen um sich, jene Wesen, die sich von Anfang an, schon in den Tagen seines Glanzes, ihm angeschlossen hatten, und fast so verrucht wie er selber waren: Im Herzen waren sie von Feuer, doch in einen Mantel von Finsternis gehüllt, und Entsetzen ging ihnen voraus; sie hatten Peitschen von Flammen. Balrogs wurden sie in späteren Tagen in Mittelerde genannt. Und in jener dunklen Zeit züchtete Melkor viele andere Ungeheuer von verschiedener Gattung und Gestalt, die lange die Welt quälten; und sein Reich breitete sich nun immer weiter südwärts über Mittelerde aus.

Und Melkor baute auch eine Festung und ein Waffenlager unweit der nordwestlichen Meeresküsten, um jedem Angriff aus Aman widerstehen zu können. Diese Burg befehligte Sauron, Melkors Statthalter; und sie wurde Angband genannt.

Nun geschah es, daß die Valar Rat hielten, denn Sorge machte ihnen, was Yavanna und Orome aus den Außenlanden meldeten. Und Yavanna sprach zu den Valar und sagte: »Ihr hohen Herren von Arda, kurz war das Gesicht, das uns Ilúvatar zeigte, und schnell wurde es wieder entrückt, so daß wir vielleicht nicht auf wenige Tage genau die vorbestimmte Stunde erraten können. Doch dessen seid gewiß: Die Stunde naht, und noch in diesem Alter wird unsere Hoffnung wahr, und die Kinder werden erwachen. Sollen wir da die Lande, wo sie wohnen, wüst und voller Übel lassen? Sollen sie im Dunkel gehen, während wir Licht haben? Sollen sie Melkor ihren Herrn nennen, während Manwe auf dem Taniquetil sitzt?«

Und Tulkas rief: »Nimmer! Laßt uns sogleich in den Krieg ziehen! Haben wir nicht schon allzulange vom Kampfe geruht, und sind wir nicht wieder frisch bei Kräften? Soll denn einer allein uns ewig widerstehen?«

Doch auf Manwes Geheiß sprach Mandos, und er sagte: »Es ist wahr, in diesem Alter werden die Kinder Ilúvatars kommen, doch noch nicht jetzt. Überdies lautet der Spruch, daß die Erstgeborenen im Dunkel ankommen und zuerst die Sterne erblicken sollen. Im starken Lichte sollen sie verblassen! Valar werden sie immer anrufen in der Not.«

Da ging Varda fort aus dem Rate, und sie blickte von der Höhe des Taniquetil hinaus und sah das Dunkel von Mittelerde unter den unzähligen Sternen, fahl und fern. Nun begann sie ein großes Werk, das größte der Valar, seit sie nach Arda gekommen. Sie nahm den Silbertau aus den Kübeln unter Telperion, und daraus machte sie neue Sterne, hellere, für die Ankunft der Erstgeborenen; weshalb sie, die aus den Tiefen der Zeit und von der Geburt Eas an Tintalle hieß, die Entfacherin, von den Elben später Elentári genannt wurde, die Sternenkönigin. Carnil und Luinil, Nénar und Lumbar, Alcarinque und Elemmíre schuf sie zu jener Zeit, und viele andere der alten

Sterne versammelte sie und setzte sie als Zeichen in die Himmel von Arda: Wilwarin, Telumendil, Soronúme und Anarríma und Menelmacar mit seinem leuchtenden Gürtel, welcher auf die Letzte Schlacht vorausdeutet, die am Ende aller Tage sein wird. Und hoch in den Norden, als Drohung für Melkor, hängte sie die Krone der sieben mächtigen Sterne, Valacirca, die Sichel der Valar und das Zeichen des Schicksals.

Es wird erzählt, sobald Varda ihre Arbeit beendet hatte, und sie dauerte lange, und als zuerst Menelmacar den Himmel hinaufwanderte und das blaue Feuer Helluins in den Nebeln über den Grenzen der Welt glitzerte, da seien zu dieser Stunde die Kinder der Erde erwacht, die Erstgeborenen Ilúvatars. Am sternbeschienenen See von Cuiviénen, dem Wasser des Erwachens, erhoben sie sich vom Schlafe Ilúvatars; und während sie noch stumm am Wasser saßen, erblickten ihre Augen als erstes von allen Dingen die Sterne des Himmels. Daher haben sie das Sternenlicht immer geliebt und Varda Elentári höher geehrt als alle andren Valar.

In den Wandlungen der Welt sind die Formen der Länder und Meere zerbrochen und neu gefügt worden; Flüsse sind nicht im alten Lauf geblieben, noch verharrten die Gebirge unerschüttert; und nach Cuiviénen gibt es kein Zurück. Doch sagt man unter den Elben, es sei weit im Osten von Mittelerde gelegen, etwas nördlich, eine Bucht im Binnenmeer von Helcar; und dieses Meer befand sich an der Stelle, wo einst die Wurzeln des Berges Illuin gewesen waren, ehe Melkor ihn umwarf. Viele Bäche flossen dort von den Berghöhen im Osten herab, und das erste, was die Elben hörten, war der Laut des Wassers, wie es dahinfloß und über die Steine sprang.

Lange blieben sie in ihrer ersten Heimat am Wasser und unter den Sternen; und mit Erstaunen gingen sie auf der Erde umher, und sie begannen zu sprechen und allen Dingen, die sie bemerkten, Namen zu geben. Sich selbst nannten sie Quendi, das heißt, die, welche mit Stimmen sprechen; denn noch war ihnen kein andres Ding von Leben begegnet, das sprach oder sang.

Und einmal traf es sich, daß Orome zur Jagd nach Osten ritt, und an den Ufern von Helcar wandte er sich nach Norden und zog unter den Schatten der Orocarni hindurch, der Berge des Ostens. Da stieß plötzlich Nahar ein lautes Wiehern aus und blieb stehen. Und Orome war verwundert und horchte, und es schien ihm, daß er in der Stille des Landes unter den Sternen ganz weit in der Ferne viele Stimmen singen hörte.

So kam es, daß die Valar endlich, durch Zufall gleichsam, jene fanden, auf die sie so lange gewartet hatten. Und Orome, als er die Elben erblickte, war voll Staunens, als wären sie ganz plötzlich, wie durch ein Wunder und unvorhergesehen, erschienen. Denn so wird es den Valar immer ergehen. Außerhalb der Welt mögen zwar alle Dinge in der Musik vorgedacht oder in einem Gesicht von ferne vorgewiesen sein, jenen aber, die Ea wahrhaftig betreten, begegnet jedes Ding zu seiner Zeit als ein Neues, unverhofft und ungeweissagt.

Zu Anfang waren die Älteren Kinder Ilúvatars stärker und größer, als sie seither geworden, nicht aber schöner, denn wenn auch die Schönheit der Quendi in den Tagen ihrer Jugend alles andre übertraf, das Ilúvatar ins Leben gerufen, so ist sie doch nicht vergangen, sondern lebt fort im Westen, und Leid und Weisheit haben sie nur reicher gemacht. Und Orome fand Gefallen an den Quendi, und in ihrer eigenen Sprache nannte er sie Eldar, das Volk der Sterne; doch diesen Namen trugen später nur diejenigen, die ihm nach Westen folgten.

Viele der Quendi waren aber voller Schrecken, als er kam, und das war Melkors Werk. Gemäß späterem Wissen sagen nämlich die Weisen, daß Melkor, der stets Obacht gab, das Erwachen der Quendi als erster bemerkt hatte, und er sandte Schatten und Ungeheuer, ihnen nachzuspionieren und aufzulauern. So kam es, einige Jahre, bevor Orome sie fand, daß die Elben, wenn sie allein oder zu wenigen weit in die Umgebung schweiften, oftmals verschwanden und nicht wiederkehrten; und die Quendi sagten dann, der Jäger habe sie gefangen, und sie fürchteten sich. Und die ältesten Lieder der Elben, deren Nachklänge im Westen noch in Erinnerung sind, sprechen noch von den Schattenwesen, die in den Bergen hinter Cuiviénen umgingen oder plötzlich über die Sterne zogen, und von dem dunklen Reiter auf seinem wilden Roß, der Jagd machte auf jene, die aus waren, die Elben zu fangen und zu verschlingen. Melkor nun fürchtete und verabscheute Oromes Jagdritte, und entweder schickte er selbst seine dunklen Diener in Gestalt von Reitern aus, oder er verbreitete Lügen und Gerüchte, damit die Quendi vor Orome fliehen sollten, wenn sie ihm je begegneten.

So kam es, daß manche der Quendi, als Nahar wieherte und Orome unter sie trat, sich versteckten, und manche flohen und wurden nicht wieder gesehen. Die aber, welche Mut hatten und blieben, sahen schnell, daß der Große Reiter keine Gestalt des Dunkels war, denn das Licht von Aman schien aus seinem Antlitz, und die Edelsten der Elben wurden zu ihm hingezogen.

Von jenen Unglücklichen aber, die Melkor betört hatte, ist nichts Gewisses bekannt. Denn wer von den Lebenden wäre je in die Höhlen von Utumno gestiegen, und wer hätte Melkors dunkle Ratschlüsse erforscht? Doch dies halten die Weisen von Eressea für wahr, daß alle die Quendi, die in Melkors Hände fielen, ehe Utumno zerstört wurde, dort in Gefangenschaft kamen und durch die langsamen Künste der Folter verderbt und versklavt wurden; und so züchtete Melkor das ekle Volk der Orks, in Neid und Hohn den Elben nachgebildet, deren bitterste Feinde sie später waren. Denn die Orks hatten Leben und vermehrten sich ganz so wie die Kinder Ilúvatars; und nichts, was nach eigener Art lebte oder zu leben schien, konnte Melkor je mehr schaffen seit seiner Auflehnung in der Ainulindale vor dem Anbeginn: so sagen die Weisen. Und tief in ihren dunklen Herzen haßten die Orks den Meister, dem sie in Furcht dienten und der sie zu solchem Elend geschaffen. Es mag wohl sein, daß dies von Melkors Taten die schändlichste und für Ilúvatar die verhaßteste war.

Orome blieb eine Weile bei den Quendi, und dann ritt er schnell über Land und Meer zurück nach Valinor und brachte Meldung nach Valmar; und er sprach von den Schatten, die Cuiviénen heimsuchten. Da jubelten die Valar; doch bei all ihrer Freude waren sie im Zweifel und berieten sich lange, welches der beste Plan sei, um die Quendi vor Melkors Schatten zu behüten. Orome aber kehrte sogleich wieder nach Mittelerde zurück und wohnte bei den Elben.

Manwe saß lange in Gedanken auf dem Taniquetil und erforschte Ilúvatars Rat. Dann stieg er hinab nach Valmar und rief die Valar in den Ring des Schicksals zusammen; selbst Ulmo aus dem Außenmeer fand sich ein.

Da sprach Manwe zu den Valar und sagte: »Dies ist Ilúvatars Rat in meinem Herzen: Daß wir wieder Herrschaft über Arda ergreifen, um jeden Preis, und die Quendi von dem Schatten Melkors erlösen.« Da freute sich Tulkas; Aule aber war bekümmert, denn er wußte voraus, was für Wunden die Welt bei diesem Kampf würde leiden müssen. Die Valar aber rüsteten sich und zogen mit ihrem Kriegsheer von Aman aus, um Melkors Festungen zu stürmen und ihm ein Ende zu machen. Niemals hat Melkor je vergessen, daß dieser Krieg um der Elben willen geführt wurde und daß sie der Grund seines Sturzes waren. Doch hatten sie nicht teil an diesen Taten, und sie wissen wenig von dem Ritt des westlichen Heeres gegen den Norden zu Anfang ihrer Tage.

Melkor begegnete dem Angriff der Valar im Nordwesten von Mittelerde, und in dem ganzen Gebiet wurde viel zerschlagen. Doch rasch errangen die Heere des Westens den ersten Sieg, und Melkors Diener flohen vor ihnen her nach Utumno. Dann zogen die Valar über Mittelerde hin, und bei Cuiviénen stellten sie eine Wache auf; und von da an wissen die Quendi nichts mehr von der Großen Schlacht der Mächte, nur daß die Erde unter ihnen bebte und stöhnte, daß die Gewässer in Bewegung kamen und daß im Norden Lichter wie von riesigen Bränden zu sehen waren. Lang und hart war die Belagerung von Utumno, und viele Schlachten wurden vor seinen Toren geschlagen, von denen nur Gerüchte den Elben bekannt sind. In jener Zeit veränderte sich die Form von Mittelerde, und das Große Meer, das es von Aman schied, wurde weit und tief; und es brach in die Küsten ein und bildete einen großen Golf nach Süden hin. Viele kleinere Buchten entstanden zwischen dem Großen Golf und der Helcaraxe hoch im Norden, wo Mittelerde und Aman dicht zueinander traten. Deren größte war die Bucht von Balar; und in sie ergoß sich von Norden her der Sirion, ein gewaltiger Strom von den neu aufgetürmten Hochlanden herab: Dorthonion und den Gebirgen um Hithlum. Alle Länder im hohen Norden wurden in diesen Tagen verwüstet, denn Utumno war dort überaus tief eingegraben, und seine Höhlen waren voller Feuer und bargen große Scharen von Melkors Dienern.

Endlich aber wurden die Tore von Utumno gebrochen und die Dächer von seinen Hallen gerissen, und Melkor floh in seine tiefste Höhle. Da trat Tulkas vor als Streiter für die Valar und rang mit ihm und warf ihn aufs Gesicht; und er wurde mit der Kette Angainor gefesselt, die Aule geschmiedet hatte, und gefangen hinweggeführt; und für ein langes Zeitalter hatte die Welt Frieden.

Doch entdeckten die Valar nicht alle die großen Grüfte und Gewölbe, die schlau getarnt tief unter den Festungen Angband und Utumno verborgen lagen. Viel böse Dinge schlichen da noch umher, und andere flüchteten versprengt in die Dunkelheit und durchstreiften die Einöden der Welt, wartend auf die bösere Stunde; und auch Sauron fanden die Valar nicht.

Als nun aber die Schlacht zu Ende war und aus den Trümmern des Nordens große Rauchwolken aufstiegen und die Sterne verdunkelten, da schleppten die Valar Melkor nach Valinor, an Händen und Füßen gefesselt und die Augen verbunden; und er wurde in den Schicksalsring gebracht. Dort warf er sich mit dem Gesicht in den Staub, Manwe zu Füßen, und flehte um Gnade; doch wurde sie ihm verweigert, und man warf ihn ins Gefängnis, in der Feste von Mandos, aus der niemand entkommt, weder Vala noch Elb noch sterblicher Mensch. Geräumig und stark sind diese Mauern, und sie standen im Westen des Landes Aman. Dort wurde Melkor geheißen, drei Alter lang zu bleiben, ehe von neuem über ihn beraten werden sollte oder er noch einmal um Vergebung bitten mochte.

Darauf versammelten sich die Valar abermals im Rate, und sie waren uneins. Denn manche, denen Ulmo das Wort führte, meinten, den Quendi solle freigestellt sein, nach Belieben in Mittelerde zu wandern und kraft der ihnen verliehenen Gaben alle Lande zu richten und ihre Wunden zu heilen. Die meisten aber fürchteten um die Quendi in der gefährlichen Welt zwischen den Truggebilden der sternbeschienenen Dämmerung; auch waren sie voller Liebe zu der Schönheit der Elben und sehnten sich nach ihrer Gesellschaft. Am Ende ließen die Valar daher den Aufruf ergehen, die Quendi möchten nach Valinor kommen, um dort für immer zu Füßen der Mächte im Licht der Bäume zu wohnen; und Mandos brach sein Schweigen und sagte: »So will es der Spruch.« Viel Leid erwuchs später aus diesem Urteil.

Die Elben aber waren zuerst nicht geneigt, dem Aufruf zu gehorchen; denn sie hatten die Valar, Orome ausgenommen, bisher nur im Zorn gesehen, wie sie in den Krieg zogen; und sie waren voller Furcht. Daher wurde Orome noch einmal zu ihnen entsandt, und er wählte unter ihnen drei Botschafter aus, die nach Valinor gehen sollten und für ihr Volk sprechen; und dies waren Ingwe, Finwe und Elwe, die nachmals Könige wurden. Und als sie kamen, erfüllte sie Ehrfurcht vor der Pracht und Herrlichkeit der Valar, und es verlangte sie sehr nach dem Licht und dem Glanz der Bäume. Dann brachte Orome sie nach Cuiviénen zurück, und sie sprachen zu ihrem Volk und rieten, dem Aufruf der Valar Folge zu leisten und in den Westen zu ziehen.

Da brach die erste Sonderung über die Elben herein. Denn das Geschlecht Ingwes und die meisten aus dem Stamme Finwes und Elwes waren durch die Worte ihrer Fürsten gewonnen und geneigt, aufzubrechen und Orome zu folgen; und diese kannte man später als die Eldar, unter dem Namen, den Orome den Elben zu Anfang in ihrer eigenen Sprache gegeben hatte. Viele aber lehnten den Aufruf ab; sie zogen den Sternenschein und die weiten Räume von Mittelerde dem Gerücht von den Bäumen vor; und dies sind die Avari, die Widerstrebenden, die zu jener Zeit von den Eldar getrennt wurden und ihnen erst wieder begegneten, nachdem viele Alter vergangen waren.

Die Eldar schickten sich nun zu der großen Wanderung aus ihrer ersten Heimat im Osten an, und sie gingen in drei Scharen. Die kleinste Schar und die erste, die aufbrach, wurde von Ingwe angeführt, dem höchsten Fürsten des ganzen Elbengeschlechts. Er kam nach Valinor und sitzt dort zu Füßen der Mächte, und alle Elben ehren seinen Namen; doch kehrte er nie wieder zurück und kümmerte sich nicht mehr um Mittelerde. Die Vanyar waren sein Volk, die Blond-Elben, die Lieblinge Manwes und Vardas, und wenige unter den Menschen haben je mit ihnen gesprochen.

Als nächste kamen die Noldor, welche nach ihrem Wissen benannt sind, das Volk Finwes. Dies sind die Tief-Elben, die Freunde Aules; und von ihnen melden viele Lieder, denn sie kämpften und arbeiteten lange und hart in den alten Nordlanden.

Die größte Schar kam als letzte, und diese heißen die Teleri, denn sie zögerten unterwegs und waren nicht ganz entschieden, ob sie aus der Dämmerung in das Licht von Valinor ziehen sollten. Wasser bereitete ihnen große Freude, und jene, die schließlich an die Küsten des Westens gelangten, waren voller Liebe zur See. Die See-Elben hießen sie daher im Lande Aman, die Falmari, denn sie machten Musik angesichts der schäumenden Brandung. Zwei Fürsten hatten sie, da ihre Zahl groß war: Elwe Singollo (was Graumantel bedeutet) und seinen Bruder Olwe.

Dies waren die drei Völker der Eldalië, die, weil sie noch zur Zeit der Bäume in den äußersten Westen kamen, die Calaquendi, Licht-Elben, genannt werden. Andere unter den Eldar aber machten sich gleichfalls auf nach Westen, verliefen sich jedoch auf dem weiten

Wege, wandten sich seitwärts in andere Richtungen oder verweilten an den Küsten von Mittelerde; und diese waren zumeist vom Volk der Teleri, wie später berichtete wird. Sie ließen sich am Meer nieder oder zogen durch die Wälder und Gebirge der Welt, doch ihre Herzen blieben dem Westen zugewandt. Die Calaquendi nennen diese Elben die Úmanyar, weil sie niemals ins Land Aman und ins Segensreich kamen; die Úmanyar und die Avari zusammen aber nennen sie die Dunkel-Elben, denn sie haben nie das Licht erblickt, das älter war als Sonne und Mond.

Es wird erzählt, daß Orome, als die Scharen der Eldalië aus Cuiviénen aufbrachen, auf Nahar, seinem weißen, goldbehuften Roß, an ihrer Spitze ritt; und nachdem sie das Meer von Helcar nördlich umgangen hatten, wandten sie sich nach Westen. Vor ihnen hingen im Norden noch große Wolken über den Trümmern des Krieges, und die Sterne in jener Gegend waren verdeckt. Nicht wenigen wurde da bang; ihr Entschluß reute sie, und sie kehrten wieder um und sind nun vergessen.

Lang und langsam war der Zug der Eldar nach Westen, denn der Meilen von Mittelerde waren unzählige, und sie waren beschwerlich und weglos. Auch mochten die Eldar nicht teilen, denn voll Staunens waren sie über alles, was sie sahen, und viele Länder und Flüsse lockten sie zu bleiben; und wenngleich alle noch gewillt waren weiterzuziehen, so sahen doch viele dem Ende der Reise eher mit Furcht denn mit Hoffnung entgegen. Immer, wenn daher Orome, der bisweilen andres zu versehen hatte, sich von ihnen trennte, machten sie Halt und gingen nicht mehr weiter, bis er zurückkam, um sie zu führen. Und so geschah es, nachdem die Eldar viele Jahre lang auf diese Weise gewandert waren, daß ihr Weg sie durch einen Wald führte, und sie kamen an einen großen Fluß, der breiter war als jeder andre, den sie noch gesehen; und jenseits des Flusses waren Berge, deren gezackte Gipfel bis in die Sphäre der Sterne zu ragen schienen. Dieser Fluß, so heißt es, war schon derselbe, der hernach der Große Anduin genannt wurde, und schon immer war er die Grenze der westlichen Lande von Mittelerde. Die Berge aber waren die Hithaeglir, die Türme des Nebels an den Grenzen von Eriador; doch waren sie zu jener Zeit noch höher und schrecklicher, denn Melkor hatte sie aufgetürmt, um Oromes Jagdritte zu hindern. Nun verweilten die Teleri lange auf dem Ostufer des Flusses und wollten dort bleiben, die Vanyar und Noldor aber überschritten den Fluß, und Orome führte sie in die Gebirgspässe hinein. Und als Orome vorausgezogen war, blickten die Teleri auf die umschatteten Höhen und fürchteten sich.

Da stand einer in der Schar von Olwe auf, die am weitesten zurückgeblieben war; Lenwe war sein Name. Er wandte sich von dem Zug nach Westen ab und führte ein zahlreiches Volk mit sich fort, nach Süden den großen Strom hinunter, und sie verschwanden aus der Erinnerung ihres Volkes, bis viele Jahre vergangen waren. Dies waren die Nandor, und sie wurden zu einem Volk für sich, anders als ihresgleichen, nur daß auch sie das Wasser liebten und zumeist an Wasserfällen und Wildbächen lebten. Mehr wußten sie von allem, was lebt, von Bäumen und Kräutern, Tieren und Vögeln, als die übrigen Elben. In späteren Jahren wandte sich Denethor, Lenwes Sohn, schließlich wieder nach Westen und führte einen Teil dieses Volkes über das Gebirge nach Beleriand, bevor noch der Mond aufging.

Schließlich kamen die Vanyar und die Noldor über die Ered Luin, die Blauen Berge zwischen Eriador und dem westlichsten Land von Mittelerde, welches die Elben hernach Beleriand nannten; und die am weitesten voraus waren, durchquerten das Tal des Sirion und stiegen zwischen Drengist und der Bucht von Balar hinab an die Ufer des Großen Meeres. Als sie es aber erblickten, kam Furcht über sie, und viele zogen sich in die Wälder und Hochebenen von Beleriand zurück. Dort trennte sich Orome von ihnen und kehrte nach Valinor zurück, um sich von Manwe Rat zu holen.

Und die Schar der Teleri überschritt das Nebelgebirge und durchquerte die weiten Lande von Eriador, angetrieben von Elwe Singollo, denn er war voller Begier, nach Valinor und in das Licht, das er gesehen, zurückzukehren; auch wollte er von den Noldor nicht getrennt werden, denn er war gut Freund mit Finwe, ihrem Fürsten. So kamen nach vielen Jahren zuletzt auch die Teleri über die Ered Luin in die östlichen Gebiete von Beleriand. Dort machten sie Halt und blieben eine Weile an dem Fluß Gelion.

IV
Von Thingol und Melian

Melian war eine Maia, vom Geschlecht der Valar. Sie wohnte in den Gärten von Lórien, und unter all dem Volk war dort niemand schöner als Melian, noch klüger oder geschickter in Zaubergesängen. Es heißt, die Valar hätten ihre Arbeit und die Vögel von Valinor ihr Spiel ruhen lassen, die Glocken von Valmar seien verstummt und die Quellen hätten zu fließen aufgehört, wenn zu der Stunde, wo sich die Lichter mischten, Melian in Lórien sang. Nachtigallen waren immer um sie her, und sie lehrte sie ihr Lied; und sie liebte den tiefen Schatten der großen Bäume. Älter als die Welt, war sie mit Yavanna selbst verwandt; und um die Zeit, als die Quendi am Wasser von Cuiviénen erwachten, verließ sie Valinor und kam in die Hinnenlande, und sie erfüllte das Schweigen von Mittelerde vor der Morgendämmerung mit ihrer Stimme und mit den Stimmen ihrer Vögel.

Nun blieb das Volk der Teleri, wie erzählt worden, als ihre Wanderung dem Ende nah war, lange in Ost-Beleriand, am Gelionstrom; und zu jener Zeit lagerten viele der Noldor noch weiter westlich in den Wäldern, die später Neldoreth und Region genannt wurden. Elwe, der Fürst der Teleri, ging oft durch die großen Wälder, um seinen Freund Finwe in den Lagern der Noldor zu besuchen; und einmal begab es sich, daß er allein in den sternbeschienenen Wald von Nan Elmoth kam, und dort hörte er plötzlich das Lied der Nachtigallen. Da fiel ein Bann auf ihn, und er blieb stehen; und ganz von fern, über den Stimmen der *Lómelindi,* hörte er Melians Stimme, und sie erfüllte sein ganzes Herz mit Verwunderung und Begehren. Er vergaß sein Volk und all die Pläne in seinem Geist und schritt, den Vogelstimmen folgend, im Schatten der Bäume tief nach Nan Elmoth hinein, bis er den Weg nicht mehr wußte. Zuletzt aber kam er zu einer Lichtung, wo die Sterne hereinschienen, und da stand Melian; und aus dem Dunkel sah er sie an, und das Licht von Aman war in ihrem Angesicht.

Sie sprach kein Wort; doch voll Liebe trat Elwe zu ihr hin und nahm sie bei der Hand, und sogleich fiel ein Zauber über ihn, und beide blieben sie so stehen, während die kreisenden Sterne über ihnen viele Jahre abzählten; und die Bäume von Nan Elmoth wurden dicht und dunkel, ehe ein Wort fiel.

Vergebens wurde Elwe von seinem Volke gesucht, und, wie später erzählt wird, wurde Olwe König der Teleri und setzte mit ihnen die Wanderung fort. Elwe Singollo kam nie wieder über das Meer nach Valinor, solange er lebte, und auch Melian kehrte nicht mehr dorthin zurück, solange ihr gemeinsames Reich bestand; durch sie jedoch kam unter Elben wie Menschen etwas vom Erbe der Ainur, die schon vor Ea bei Ilúvatar waren. Elwe wurde in späteren Tagen ein großer König, und all die Eldar von Beleriand waren sein Volk; die Sindar wurden sie genannt, die Grau-Elben oder Elben der Dämmerung, und König Graumantel hieß er, Elu Thingol in der Landessprache. Und Melian war seine Königin, weiser als je eine Tochter von Mittelerde; und ihre verborgenen Hallen waren in Menegroth, den Tausend Grotten von Doriath. Große Macht verlieh Melian ihrem Gemahl, der selbst ein Großer unter den Eldar war, hatte er doch als einziger von allen Sindar mit eigenen Augen die Bäume in den Tagen, wo sie blühten, gesehen, und wenn er auch König der Úmanyar war, so wurde er selber doch nicht zu den Moriquendi gezählt, sondern zu den Licht-Elben, den Mächtigen von Mittelerde. Und aus der Liebe zwischen Thingol und Melian ging das schönste von allen Kindern Ilúvatars hervor, welches die Welt je gesehen hat oder sehen wird.

V
Von Eldamar und den Fürsten der Eldalië

Wenig später kamen die Scharen der Vanyar und der Noldor an die äußersten westlichen Küsten der Hinnenlande. Im Norden zogen sich diese Küsten in jener alten Zeit nach dem Krieg der Mächte immer weiter gen Westen hin, bis in der nördlichsten Gegend von Arda nur noch eine Meerenge das Land Aman, wo Valinor stand, von den Hinnenlanden trennte; diese Meerenge aber war voll zermalmender Eisberge, denn für strengen Frost hatte Melkor gesorgt. Daher hatte Orome die Scharen der Eldalië nicht in den hohen Norden geführt, sondern in die milden Lande um den Strom Sirion, das Gebiet, das später Beleriand hieß; und von diesen Küsten, wo die Eldar zum ersten Male in Furcht und Staunen das Meer erblickten, erstreckte sich ein breiter, dunkler und tiefer Ozean bis zu den Bergen von Aman.

Nun kam auf Bitten der Valar Ulmo an die Küsten von Mittelerde und sprach mit den Eldar, die dort warteten und auf die dunklen Wellen starrten; und dank seinen Worten und der Musik, die er auf seinen Muschelhörnern für sie spielte, verwandelte sich ihre Furcht vor dem Meer beinah in Sehnsucht. Ulmo entwurzelte nun eine Insel, die lange, seit dem Aufruhr nach Illuins Einsturz, einsam im Meer gestanden hatte, fern von beiden Ufern, und trieb sie mit seinen Gehilfen wie ein riesiges Schiff einher; er verankerte sie in der Bucht von Balar, in welche der Sirion seine Wasser ergießt. Die Vanyar und die Noldor bestiegen nun diese Insel und wurden auf ihr übers Meer gezogen, bis zu den langen Stränden unter den Bergen von Aman; und sie betraten Valinor und wurden in seiner Glückseligkeit willkommen geheißen. Der östliche Zipfel der Insel aber, der tief in den Sandbänken vor der Mündung des Sirion steckte, brach ab und blieb zurück; und dies, so heißt es, war die Insel Balar, die später Osse oft besuchte.

Die Teleri aber blieben noch in Mittelerde zurück, denn sie lebten im östlichen Beleriand, fern von der See, und hörten von Ulmos

Aufruf erst, als es zu spät war; und viele suchten noch immer nach Elwe, ihrem Fürsten, und wollten ohne ihn nicht scheiden. Als sie aber erfuhren, daß Ingwe und Finwe mit ihren Völkern fort waren, da drängten sich viele der Teleri an die Küsten von Beleriand, und sie wohnten fortan nahe an den Mündungen des Sirion und sehnten sich nach ihren Freunden, die davongezogen waren; und Olwe, Elwes Bruder, nahmen sie sich zum König. Lange blieben sie da an den Küsten des westlichen Meeres, und Osse und Uinen kamen und erwiesen ihnen Freundschaft. Osse, auf einem Felsen am Ufer sitzend, gab ihnen Unterricht, und von ihm lernten sie Meereskunde und Meeresmusik jeder Art. So kam es, daß die Teleri, die schon immer das Wasser geliebt hatten und unter allen Elben die besten Sänger gewesen waren, hernach die Meere liebten, und ihre Lieder waren voll des Wellenrauschens am Ufer.

Nachdem viele Jahre vergangen waren, erhörte Ulmo die Bitten der Noldor und Finwes, ihres Königs, welche über die lange Trennung von den Teleri klagten und ihn anflehten, sie nach Aman zu holen, wenn sie kommen wollten. Und in der Tat wollten die meisten nun nach Aman; doch groß war Osses Kummer, als Ulmo an die Küsten von Beleriand zurückkehrte, um sie nach Valinor zu bringen; denn in Osses Obhut standen die Meere von Mittelerde und die Küsten der Hinnenlande, und es behagte ihm wenig, daß die Stimmen der Teleri in seinem Reich nicht mehr zu vernehmen sein sollten. Manche überredete er, zu bleiben; dies waren die Falathrim, die Elben von Falas, die in späteren Tagen an den Häfen von Brithombar und Eglarest wohnten, die ersten Seefahrer von Mittelerde und die ersten, die Schiffe zimmerten. Círdan der Schiffbauer war ihr Fürst.

Auch die Anverwandten und Freunde von Elwe Singollo, die noch immer nach ihm suchten, blieben in den Hinnenlanden, obwohl sie gern mitgefahren wären nach Valinor und ins Licht der Bäume, wenn Ulmo und Olwe nur länger hätten warten mögen. Doch Olwe wollte fort, und schließlich schiffte sich die Hauptschar der Teleri auf der Insel ein, und Ulmo schleppte sie von dannen. Da waren die Freunde Elwes nun allein zurückgeblieben, und sie nannten sich selbst die Eglath, das Verlassene Volk. Sie wohnten lieber in den Wäldern und Hügeln von Beleriand als an der See, die sie mit Kummer erfüllte; doch die Sehnsucht nach Aman erlosch nicht in ihren Herzen.

Als aber Elwe aus seiner langen Abwesenheit erwachte, kam er mit Melian aus dem Walde von Nan Elmoth, und hernach lebten sie in den Wäldern inmitten des Landes. Wie sehr er auch begehrt hatte, das Licht der Bäume wiederzusehen, in Melians Angesicht sah er das Licht von Aman wie in einem ungetrübten Spiegel, und dies war ihm genug. Sein Volk lief freudig um ihn zusammen und staunte, denn wenn er schon immer schön und edel gewesen war, so erschien er nun wie ein Fürst der Maiar, größer als alle andern Kinder Ilúvatars und das Haar wie graues Silber; und ein hohes Schicksal lag vor ihm.

Osse nun zog hinter Olwes Schar her, und als sie in die Bucht von Eldamar (das heißt Elbenheim) gekommen waren, rief er sie an; und sie erkannten seine Stimme und baten Ulmo, ihre Reise hier zu beenden. Und Ulmo gewährte ihnen die Bitte, und auf sein Geheiß machte Osse die Insel fest und verankerte sie auf dem Meeresgrund. Um so eher war Ulmo dazu geneigt, als er die Teleri von Herzen verstand, und im Rate der Valar hatte er selbst gegen den Aufruf gesprochen, weil er dachte, daß es für die Quendi besser sei, in Mittelerde zu bleiben. Die Valar waren nicht sehr erfreut, als sie erfuhren, was er getan, und Finwe war traurig, als die Teleri nicht kamen, und mehr noch, als er erfuhr, daß Elwe verschollen war und daß er ihn nicht wiedersehen würde, es sei denn in den Hallen von Mandos. Die Insel aber wurde nicht mehr vom Platz gerückt und stand nun allein in der Bucht von Eldamar; und sie wurde Tol Eressea geheißen, die Einsame Insel. Dort lebten die Teleri, wie sie es wünschten, unter den Sternen des Himmels und doch in Sichtweite von Aman und dem Gestade der Unsterblichen; und durch diesen langen Aufenthalt auf der Einsamen Insel kam es zur Sonderung ihrer Sprache von der Sprache der Vanyar und Noldor.

Diesen hatten die Valar Land und Wohnung gegeben. Sogar zwischen den leuchtenden Blumen der baumbschicnenen Gärten von Valinor verlangte es sie bisweilen noch, die Sterne zu sehen, und deshalb wurde eine Bresche in die hohen Wälle der Pelóri gelegt, und dort, in einem tiefen Tal, das sich bis ans Meer hinunterzog, warfen die Eldar einen hohen grünen Hügel auf, Túna geheißen. Vom Westen fiel das Licht der Bäume auf ihn, und sein Schatten lag stets im Osten; und nach Osten war er der Bucht von Elbenheim zugekehrt, der Einsamen Insel und den Schattigen Meeren. Durch den Calacirya nun, den Paß des Lichtes, fielen die Strahlen des Segensreiches hinaus, färbten die dunklen Wellen silbern und golden und trafen die Einsame Insel; und ihr Westufer wurde licht und grün. Dort erblühten die ersten Blumen, die es je östlich der Berge von Aman gegeben.

Auf dem Gipfel des Túna wurde die Stadt der Elben erbaut, die weißen Mauern und Terrassen von Tirion; und der höchste Turm der Stadt war der Turm Ingwes, Mindon Eldaliéva, dessen silberne Lampe weit durch die Nebel des Meeres hinausschien. Wenige Schiffe der sterblichen Menschen haben ihr schlankes Licht je gesehen. In Tirion auf dem Túna wohnten die Vanyar und die Noldor lange gemeinsam. Und da sie von allen Dingen in Valinor am meisten den Weißen Baum liebten, schuf Yavanna für sie einen Baum, der wie ein kleineres Abbild Telperions war, nur daß er nicht aus eigner Kraft leuchtete; Galathilion wurde er in der Sindarinsprache geheißen. Dieser Baum wurde in den Gärten unterhalb des Mindon eingepflanzt, und seiner Schößlinge waren viele in Eldamar. Einer von ihnen wurde später in Tol Eressea eingepflanzt, und er gedieh und wurde Celeborn geheißen; aus ihm entsprang zu seiner Zeit, wie anderswo erzählt wird, Nimloth, der Weiße Baum von Númenor.

Manwe und Varda liebten vor allem die Vanyar, die Blond-Elben; die Noldor aber waren Aules Lieblinge, und er mischte sich mit seinem Gefolge oft unter sie. Groß wurden ihr Wissen und ihre Kunst, doch größer noch war ihr Durst nach immer neuem Wissen, und in vielen Dingen übertrafen sie bald ihre Lehrer. Voller Wechsel war ihre Rede, denn sie hatten eine Leidenschaft für Wörter und wollten immer noch treffendere Namen für alles finden, was sie kannten oder sich dachten. Und es geschah, daß ihre Mauerwerker, die in den Hügeln nach Steinen für das Haus Finwes gruben (denn sie hatten Freude daran, hohe Türme zu bauen), zuerst die Erdgemmen entdeckten und sie in Myriaden zutage brachten; und sie erfanden Werkzeuge, um die Gemmen zu schneiden und zu formen, und schliffen sie zu vielerlei Gestalt. Sie horteten sie nicht, sondern verteilten sie freigebig und machten ganz Valinor durch ihre Arbeit reicher.

Die Noldor kamen später nach Mittelerde zurück, und von ihren Taten ist in dieser Geschichte vor allem die Rede; deshalb seien hier die Namen und Sippen ihrer Fürsten genannt, in der Form, welche diese Namen später in der Sprache der Elben von Beleriand erhielten.

Finwe war der König der Noldor. Finwes Söhne waren Feanor, Fingolfin und Finarfin; die Mutter Feanors aber war Míriel Serinde, während die Mutter Fingolfins und Finarfins Indis aus dem Geschlecht der Vanyar war.

Feanor war der Tüchtigste mit Wort und Hand und gelehrter als seine Brüder; sein Geist brannte wie eine Flamme. Fingolfin war der Stärkste, Standhafteste und Tapferste. Finarfin war der Schönste und der Weiseste im Herzen; und später wurde er freund mit den Söhnen Olwes, des Königs der Teleri, und nahm Earwen zur Gemahlin, die Schwanenjungfrau von Alqualonde, Olwes Tochter.

Die sieben Söhne Feanors waren Maedhros der Lange, Maglor, der gewaltige Sänger, dessen Stimme weit über Land und Meer schallte, Celegorm der Helle, und Caranthir der Dunkle, Curufin der Geschickte, der am meisten von seines Vaters Handfertigkeiten geerbt hatte, und die beiden Jüngsten, Amrod und Amras, die Zwillingsbrüder waren, gleich von Gemüt und Gestalt. In späteren Zeiten waren sie große Jäger in den Wäldern von Mittelerde; und ein Jäger war auch Celegorm, der in Valinor ein Freund Oromes war und oft dem Horn des Vala folgte.

Die Söhne Fingolfins waren Fingon, der später König der Noldor in der nördlichen Welt wurde, und Turgon, der Herr von Gondolin; ihre Schwester war Aredhel, die Weiße. Sie war jünger in den Jahren der Eldar als ihre Brüder, und als sie zu voller Größe und Schönheit gediehen war, da war sie hochgewachsen und kräftig, und sie ritt und jagte gern viel in den Wäldern. Dort war sie oft in Gesellschaft von Feanors Söhnen, ihren Vettern; doch keinem gewährte sie ihre Liebe. Ar-Feiniel wurde sie genannt, die Weiße Dame der Noldor, denn sie war bleich, obwohl von dunklem Haar, und ging nie anders als in Silber und Weiß gewandet.

Die Söhne Finarfins waren Finrod, der Getreue (der später Felagund, der Herr der Grotten, hieß), Orodreth, Angrod und Aegnor; diese vier waren mit Fingolfins Söhnen so eng befreundet, als wären sie alle Brüder gewesen. Eine Schwester hatten sie, Galadriel, die Schönste aus dem ganzen Haus Finwes; ihr Haar leuchtete golden, als hätte es Laurelins Strahl in einer Schleife gefangen.

Hier muß berichtet werden, wie die Teleri schließlich in das Land Aman kamen. Ein langes Zeitalter hindurch wohnten sie auf Tol Eressea, doch langsam wandelte sich ihr Sinn, und das Licht zog sie an, das übers Meer zu der Einsamen Insel herüberschien. Sie waren im Zwiespalt zwischen ihrer Liebe zu der Musik der Wellen an ihren Ufern und dem Wunsch, ihre Freunde wiederzusehen und den Glanz von Valinor zu erblicken; am Ende aber siegte der Wunsch nach dem Licht. Ulmo, der sich dem Willen der Valar beugte, entsandte daher Osse zu ihnen, ihren Freund, der sie, obgleich voll Kummer, die Kunst des Schiffbaus lehrte; und als ihre Schiffe fertig waren, brachte er ihnen als Abschiedsgeschenk viele Schwäne mit starken Schwingen. Dann zogen die Schwäne die weißen Schiffe der Teleri über die windstille See; und so kamen sie endlich als letzte nach Aman und an die Küste von Eldamar.

Dort blieben sie, und wenn sie wollten, konnten sie nun das Licht der Bäume sehen, die goldenen Straßen von Valmar betreten und die kristallenen Treppen von Tirion zum Túna, dem grünen Hügel, hinaufsteigen; am liebsten aber befuhren sie auf ihren schnellen Schiffen die Wasser der Bucht von Elbenheim oder liefen durch die Wellen am Strande, die Haare schimmernd im Licht von der andern Seite des Hügels. Viele Juwelen schenkten ihnen die Noldor, Opale und Diamanten und blasse Kristalle, und alles verstreuten sie am Strand und warfen es in die Teiche; voller Wunder waren die Strände von Elende in jenen Tagen. Und viele Perlen fischten sie selbst aus dem Meer, und ihre Hallen waren von Perlen, und von Perlen waren Olwes Häuser in Alqualonde, dem Schwanenhafen, den viele Lampen erhellten. Denn dies war ihre Stadt und der Hafen ihrer Schiffe; und die Schiffe waren wie Schwäne gebildet, mit goldenen Schnäbeln und Augen von Gold und Kohle. Das Hafentor war ein Bogen von der See ausgewaschenen Gesteins, und es lag an den Grenzen von Eldamar, nördlich des Calacirya, wo die Sterne hell und klar leuchteten.

Mit der Zeit liebten die Vanyar immer mehr das Land der Valar und das volle Licht der Bäume, und sie zogen aus der Stadt Tirion auf dem Túna fort und ließen sich auf dem Berge Manwes nieder oder in den Ebenen und Wäldern von Valinor, und sie sonderten sich ab von den Noldor. In den Herzen der Noldor aber blieb die Erinnerung an Mittelerde unter den Sternen wach, und sie blieben weiter in Calacirya und in den Hügeln und Tälern in Hörweite des westlichen Meeres; und wenn auch mancher unter ihnen oft durch das Land der Valar streifte und weit umherwanderte, um die Geheimnisse des Landes und des Wassers und alles Lebendigen zu erforschen, so schlossen sich doch die Völker von Túna und Alqualonde in jener Zeit eng aneinander. Finwe war König in Tirion und Olwe in Alqualonde; als Oberster König der Elben aber wurde immer Ingwe geachtet. Er wohnte später auf dem Taniquetil, zu Füßen Manwes.

Feanor und seine Söhne hielt es selten lange an einem Ort; vielmehr zogen sie weit und breit in den Grenzen von Valinor umher und kamen bis an den Rand des Dunkels und an die kalten Ufer des Außenmeeres, das Unbekannte suchend. Oft waren sie in Aules Hallen zu Gast; Celegorm aber besuchte lieber das Haus Oromes, und dort erfuhr er große Wissenschaft von den Vögeln und Tieren, und er kannte all ihre Sprachen. Denn alles, was im Königreich Arda lebt oder gelebt hat, bis auf die bösen und grausamen Kreaturen Melkors, gab es damals im Lande Aman, außerdem viele andere Geschöpfe, die man in Mittelerde noch nicht gesehen hat und nun vielleicht nie mehr sehen wird, denn der Bau der Welt wurde geändert.

VI
Von Feanor und der Loskettung Melkors

So waren nun die drei Geschlechter der Eldar in Valinor endlich beisammen, und Melkor lag in Ketten. Dies war der Mittag des Segensreiches, der Scheitelpunkt seines Glücks und seiner Pracht, lang nach der Zahl der Jahre, doch allzu kurz in der Erinnerung. In jenen Tagen wuchsen die Eldar zu ihrer ganzen Größe an Körper wie an Geist heran, und die Noldor erfanden immer neue Künste und Wissenschaften; und unter vergnügtem Arbeiten gingen die langen Jahre hin, und viele neue und herrliche Dinge wurden geschaffen. Damals war es, daß die Noldor zuerst Buchstaben ersannen, und Rúmil von Tirion hieß jener Gelehrte, der als erster Zeichen fand, mit denen Sprache und Gesang sich festhalten ließen; manche davon wurden in Metall oder Stein eingegraben, andere mit Pinsel oder Feder hingetuscht.

Zu jener Zeit wurde in Eldamar, im Hause des Königs in Tirion auf dem Gipfel des Túna, der älteste und am innigsten geliebte von Finwes Söhnen geboren. Curufinwe war sein Name, doch seine Mutter nannte ihn Feanor, den Feuergeist; und unter diesem Namen wird in allen Erzählungen der Noldor seiner gedacht.

Míriel war der Name seiner Mutter, auch Serinde geheißen, weil sie unübertrefflich war im Weben und in den Nadelarbeiten; ihre Hände wußten geschickter mit feinen Stoffen umzugehen als alle andren, sogar unter den Noldor. Groß und freudig war die Liebe Finwes und Míriels, denn sie begann im Segensreich in den Tagen des Glücks. Als Míriel aber ihren Sohn trug, verzehrte sie sich an Geist und Körper, und als er geboren war, verlangte es sie nach Erlösung von der Last des Lebens. Und nachdem sie ihm den Namen gegeben, sagte sie zu Finwe: »Nie mehr werde ich ein Kind tragen, denn meine Kraft, die vieler Kinder Leben hätte nähren können, ist ganz in Feanor geflossen.«

Da war Finwe bekümmert, denn die Noldor standen in der Jugend ihrer Tage, und noch viele Kinder wollte er in die glückselige Welt von Aman setzen; und er sagte: »Gewiß gibt es Heilung in Aman? Jede Mühsal kann hier Linderung finden.« Und als Míriel immer weiter dahinsiechte, bat er Manwe um Rat, und Manwe empfahl sie Irmo zur Pflege in Lórien an. Als sie von Finwe schied (für kurze Zeit, wie er glaubte), war er traurig, denn ein unglückliches Ereignis schien es ihm, daß die Mutter fortging und nicht wenigstens die ersten Kindertage ihres Sohnes erlebte.

»Wahrhaftig ist es ein Unglück«, sagte Míriel, »und ich wollte weinen, wenn ich nicht so müd wäre. Doch gib mir keine Schuld an all dem und an nichts, was später kommen mag.«

Zu den Gärten von Lórien ging sie nun und legte sich dort zum Schlafe nieder; aber wenn sie auch nur zu schlafen schien, so verließ doch der Geist ihren Körper und ging stumm zu den Hallen von Mandos hinüber. Estes Mägde pflegten Míriels Leib, und er blieb unverdorrt, doch kehrte sie nicht zurück. Da lebte Finwe im Leid; oft ging er in die Gärten von Lórien, und unter den silbernen Weiden, neben dem Leib seines Weibes sitzend, rief er sie beim Namen. Doch half es nichts, und er allein in dem ganzen Segensreich war aller Freude beraubt. Nach einiger Zeit ging er nicht mehr nach Lórien.

All seine Liebe gehörte hinfort seinem Sohn, und Feanor wuchs rasch heran, als wäre ein geheimes Feuer in ihm entfacht worden. Er war groß, schön und gebieterisch von Angesicht, mit durchdringend klaren Augen und rabenschwarzem Haar, rege und beharrlich in allem, was er unternahm. Wenige haben je durch Rat seine Wege zu ändern vermocht, niemand durch Gewalt. Von allen Noldor, damals oder später, besaß er den feinsten Verstand und die geschicktesten Hände. In seiner Jugend erfand er, um das Werk Rúmils zu verbessern, die Buchstaben, die nach ihm benannt und fortan von den Eldar stets gebraucht wurden; und er war es, der als erster unter den Noldor die Kunst entdeckte, wie größere und leuchtendere Gemmen, als die Erde sie hergab, von Hand zu schaffen waren. Die ersten Gemmen, die Feanor schuf, waren weiß und farblos, unter dem Sternenlicht aber lohten weiße und blaue Feuer darin auf, heller als Helluin; und noch andere Kristalle schuf er, in denen weit entfernte Dinge zu erblicken waren, klein, aber deutlich, wie mit den Augen von Manwes Adlern gesehen. Selten kamen Feanors Hände und Geist zur Ruhe.

In früher Jugend noch nahm er Nerdanel zur Frau, die Tochter eines großen Schmiedes namens Mahtan, eines von jenen unter den Noldor, die Aule am nächsten standen; und von Mahtan lernte er vieles über die Fertigung der Dinge aus Metall und Stein. Auch Nerdanel war von festem Willen, doch geduldiger als Feanor, denn sie mochte den Geist anderer lieber verstehen als ihn beherrschen, und anfänglich konnte sie ihn zurückhalten, wenn das Feuer seines Herzens zu heiß brannte; später aber bekümmerten sie seine Taten, und sie wurden einander fremd. Sieben Söhne gebar sie Feanor, und manche erbten etwas von ihrem Gemüt, doch nicht alle.

Nun geschah es, daß Finwe Indis, die Blonde, zur zweiten Gemahlin nahm. Sie war eine Vanya, nah verwandt mit Ingwe, dem Hohen König, groß und mit goldnem Haar und in allen Belangen anders als Míriel. Finwe liebte sie sehr und war wieder froh. Doch Míriels Schatten wich nicht aus dem Hause Finwes, noch aus seinem Herzen; und von allen, die er liebte, nahmen seine Gedanken an Feanor immer den größten Anteil.

Die Vermählung seines Vaters behagte Feanor nicht, und weder Indis noch Fingolfin und Finarfin, ihren Söhnen, brachte er viel Liebe entgegen. Er lebte von ihnen getrennt, erkundete das Land Aman oder gab sich den Künsten und Wissenschaften hin, die ihn erfreuten. In jenen unglücklichen Ereignissen, die später eintraten und bei denen Feanor der Anführer war, sahen viele eine Folge dieses Bruchs im Hause Finwes; sie urteilten, wenn Finwe seinen Verlust ertragen hätte und zufrieden gewesen wäre, seinen gewaltigen Sohn großzuziehen, so hätte es mit Feanor eine andere Wendung genommen und großes Unheil wäre vermieden worden; denn der

Kummer und der Streit im Hause Finwes blieben ins Gedächtnis der Noldor eingegraben. Doch auch Indis' Kinder waren groß und ruhmreich, und ebenso deren Kinder; und die Geschichte der Eldar wäre ärmer, hätten sie nicht gelebt.

Während nun Feanor und die andren Meister der Noldor sich mit Lust in unabsehbaren Werken übten und während Indis' Söhne erwachsen wurden, ging der Mittag von Valinor dem Ende entgegen. Denn nun war es soweit, daß Melkors Haft, wie es die Valar verfügt, abgelaufen war, nachdem er drei Alter lang allein in Mandos' Kerker gesessen hatte. Endlich, wie Manwe versprochen hatte, wurde er von neuem vor die Throne der Valar geführt. Da sah er ihren Glanz und ihr Glück, und voller Neid war sein Herz; er sah die Kinder Ilúvatars, die zu Füßen der Mächtigen saßen, und Haß erfüllte ihn; er sah die vielen leuchtenden Gemmen, und es gelüstete ihn danach; doch verbarg er, was er dachte, und verschob seine Rache.

Vor den Toren von Valmar warf sich Melkor Manwe zu Füßen und bat um Vergebung; er gelobte, wenn man ihn nur zum Letzten unter den freien Bewohnern von Valinor mache, so wolle er den Valar bei all ihren Werken helfen, besonders aber bei der Heilung der vielen Wunden, die er der Welt zugefügt. Nienna unterstützte seine Bitten; Mandos aber blieb stumm.

Da gewährte Manwe ihm Vergebung; doch wollten die Valar noch nicht dulden, daß er sich aus ihrer Aufsicht und Obhut entfernte, und er wurde gehalten, innerhalb der Mauern von Valmar zu bleiben. Doch edel schien alles, was Melkor in jener Zeit sagte und tat, und den Valar sowohl wie den Eldar kamen sein Rat und seine Hilfe zugute, wenn sie darum nachsuchten; und so wurde ihm nach einer Weile erlaubt, sich im Lande frei zu bewegen, und Manwe schien es, daß Melkor vom Bösen geheilt sei. Denn Manwe selbst war frei vom Bösen, und er konnte es nicht verstehen; und er wußte, daß zu Anfang, im Gedanken Ilúvatars, Melkor gleich ihm selber gewesen war; und er blickte nicht bis in die Tiefe von Melkors Herzen und sah nicht, daß alle Liebe für immer daraus gewichen war. Ulmo aber ließ sich nicht täuschen, und Tulkas ballte jedesmal die Fäuste, wenn er Melkor, seinen Feind, vorübergehen sah; denn zwar dauert es lange, bis Tulkas erzürnt ist, doch ebenso lange auch, bis er vergißt. Aber sie gehorchten dem Urteil Manwes, denn wer die Herrschaft gegen Aufruhr verteidigt, darf sich nicht seinerseits auflehnen.

Von Herzen haßte nun Melkor die Eldar am meisten, teils weil sie schön und froh waren, teils weil er in ihnen den Grund sah, warum die Valar ihn angegriffen und gestürzt hatten. Nur um so mehr Liebe spiegelte er ihnen deshalb vor, und er bemühte sich um ihre Freundschaft und stellte ihnen seine Künste und sein Wissen für jede große Tat, die sie unternehmen mochten, zu Diensten. Zwar mißtrauten ihm die Vanyar, denn sie wohnten im Licht der Bäume und waren zufrieden; und die Teleri beachtete er wenig, da er dachte, sie seien nicht viel wert, zu schwache Werkzeuge für seine Pläne. Die Noldor aber wußten zu schätzen, was er ihnen an geheimer Wissenschaft verraten konnte, und manche unter ihnen lauschten Reden, die sie besser nie gehört hätten. Melkor behauptete später sogar, Feanor habe insgeheim viele Künste von ihm gelernt und das größte seiner Werke unter seiner, Melkors, Anleitung geschaffen; doch darin log er aus Begierde und Neid, denn keiner unter den Eldalië hat Melkor je mehr gehaßt als Feanor, Finwes Sohn, der ihm als erster den Namen Morgoth gab; und wenn er auch in die Gespinste von Melkors Ränken gegen die Valar mit verstrickt war, so hatte er doch keine Absprache mit ihm und nahm keinen Rat von ihm an. Denn Feanor wurde nur vom Feuer des eigenen Herzens getrieben, und stets arbeitete er emsig und allein; und Hilfe und Rat hat er von keinem je erbeten, der in Aman lebte, ob groß oder klein, nur von der klugen Nerdanel, seiner Gemahlin, und auch von ihr nur für kurze Zeit.

VII
Von den Silmaril und der Unruhe der Noldor

Zu jener Zeit wurden die Dinge geschaffen, die später von allen Werken der Elben den höchsten Ruhm erlangten. Denn Feanor, nun in der Fülle seiner Kräfte, wurde von einem neuen Gedanken bewegt, oder vielleicht war auch ein Schatten des Vorwissens von dem Schicksal auf ihn gefallen, das sich nahte; und er grübelte, wie man das Licht der Bäume, den Glanz des Segensreiches unauslöschlich erhalten könne. Dann machte er sich an ein langes und geheimes Werk, und all seine Wissenschaft und Kraft und Kunst bot er auf; und am Ende schuf er die Silmaril.

Wie drei große Edelsteine schienen sie von Gestalt. Doch erst am Ende aller Tage, wenn Feanor zurückkehrt, der verblich, ehe die Sonne aufging, und der nun in den Hallen der Erwartung sitzt und nicht mehr unter sein Volk tritt, erst wenn die Sonne vergeht und der Mond herabstürzt, wird man es wissen, von welchem Stoff sie geschaffen waren. Wie der Kristall der Diamanten schien er zu sein, und doch härter als Adamant, so daß keine Gewalt im Königreich Arda ihn beschädigen oder brechen konnte. Doch war dieser Kristall für die Silmaril nur wie der Leib für die Kinder Ilúvatars: das Haus des inneren Feuers, aus dem er lebt und das darinnen wohnt und zugleich auch in all seinen Teilen. Und das innere Feuer der Silmaril nahm Feanor von dem gemischten Licht der Bäume von Valinor, und das Licht lebt noch in ihnen, wenngleich die Bäume lange verdorrt sind und nicht mehr scheinen. Selbst im Dunkel der tiefsten Schatzkammer leuchteten daher die Silmaril aus eigner Kraft wie Vardas Sterne; und doch, da sie in Wahrheit Dinge von eignem Leben waren, erfreuten sie sich am Lichte und nahmen es auf und gaben es in herrlicheren Farben zurück.

Alle, die in Aman wohnten, waren voll Staunens und Entzückens über Feanors Werk. Und Varda weihte die Silmaril, auf daß fortan kein sterblicher Leib noch unreine Hand noch irgend etwas von bösem Willen sie berühren konnte, sondern verbrannte und verdorrte; und Mandos verkündete, daß die Geschicke von Arda, von Land, Meer und Luft in ihnen beschlossen lägen. Feanors Herz war fest an diese Dinge gebunden, die er selber geschaffen.

Nun verlangte es Melkor nach den Silmaril, und schon die Erinnerung an ihren Glanz fraß wie ein Feuer an seinem Herzen. Von der Zeit an und in der Hitze dieser Begierde ging er noch unentwegter darauf aus, Feanor zu vernichten und der Freundschaft der Valar mit den Elben ein Ende zu machen; doch schlau verbarg er seine Absichten, und nichts war von seiner Tücke zu sehen in dem Gebaren, das er zur Schau trug. Lange war er geschäftig, und schleppend und dürftig kamen zuerst die Erfolge. Doch wer Lügen sät, dem wird am Ende die Ernte nicht mangeln, und bald kann er gar von der Arbeit ruhen, während andre für ihn mähen und ackern. Stets fand Melkor manche Ohren, die hörten, und manche Zungen, die das Gehörte vergrößerten und verbreiteten; und seine Lügen gingen von Freund zu Freund, als Geheimnisse zum Weitersagen. Bitter mußten die Noldor in den Tagen hernach ihren Wahn büßen, daß sie die Ohren so offen gehalten.

Als Melkor sah, daß viele der Noldor ihm geneigt waren, mischte er sich oft unter sie, und zwischen seine schönen Worte waren andere eingeflochten, so fein, daß mancher, der sie vernahm, in der Erinnerung meinte, sie seien dem eignen Denken entsprungen. Gesichte beschwor er herauf in ihren Herzen, von großen Reichen, wo sie nach eignem Willen frei und mächtig im Osten regiert haben könnten; und schon liefen Gerüchte um, die Valar hätten aus Eifersucht die Eldar nach Aman geholt, aus Furcht, die Schönheit der Quendi und die Schöpferkraft, die ihnen Ilúvatar vererbt, möchten zu groß werden, als daß die Valar sie beherrschen könnten, wenn sich die Elben über die weiten Lande der Welt hin vermehrten und verbreiteten.

Überdies wußten zwar zu jener Zeit die Valar schon von den Menschen, die kommen würden, die Elben aber wußten davon nichts, denn Manwe hatte es ihnen nicht offenbart. Melkor aber sprach heimlich zu ihnen von den Sterblichen Menschen, um zu sehen, ob sich das Stillschweigen der Valar nicht zum Bösen auslegen ließe. Wenig wußte auch er noch von den Menschen, denn, in eigne Gedanken versunken, hatte er während der Musik kaum auf Ilúvatars Drittes Thema geachtet; doch schon lief das Gerücht um, gefangengehalten würden die Elben von Manwe, damit die Menschen sie aus den Königreichen von Mittelerde verdrängen sollten, denn diese kurzlebige und schwächere Rasse glaubten die Valar leichter beherrschen zu können, hätten sie nur erst die Elben um Ilúvatars Erbe betrogen. Wenig Wahres war an all dem, und kaum haben die Valar je vermocht, den Willen der Menschen zu lenken; und doch glaubten viele der Noldor den tückischen Reden, oder glaubten ihnen zur Hälfte.

So war der Friede von Valinor vergiftet, ehe noch die Valar davon wußten. Die Noldor begannen gegen sie zu murren, und viele wurden stolz und vergaßen, wie vieles, das sie nun besaßen und wußten, als Geschenk der Valar an sie gekommen war. Am wildesten brannte die neue Flamme des Begehrens nach Freiheit und größeren Reichen in dem stürmischen Herzen Feanors, und Melkor lachte in sich hinein, denn auf Feanor hatten seine Lügen gezielt, den er vor allen haßte; und immer verlangte es ihn nach den Silmaril. Doch diesen durfte er sich nicht nähern; denn wenn auch Feanor sie zu großen Festen trug, wo sie an seiner Stirn flammten, so wurden sie zu anderen Zeiten streng bewacht, verschlossen in seinen tiefen Schatzkammern in Tirion. Denn Feanor begann die Silmaril mit Gier zu lieben, und allen, bis auf seinen Vater und seine sieben Söhne, mißgönnte er ihren Anblick; nur selten erinnerte er sich jetzt noch, daß das Licht in ihnen nicht sein eigen war.

Edle Prinzen waren Feanor und Fingolfin, die ältesten Söhne Finwes, von allen in Aman geehrt; nun aber wurden sie stolz, und eifersüchtig hütete ein jeder seine Rechte und seinen Besitz. Da verbreitete Melkor neue Lügen in Eldamar, und Feanor kam zu Ohren,

Fingolfin und seine Söhne hätten sich verschworen, Finwe und der älteren Linie Feanors die Macht zu entreißen und an ihre Stelle zu treten, mit Billigung der Valar, denen es nicht behage, daß die Silmaril in Tirion lägen und nicht ihrem Gewahrsam anvertraut würden. Zu Fingolfin und Finarfin aber wurde gesagt: »Nehmt euch in acht! Wenig Liebe hat Míriels stolzer Sohn je für Indis' Kinder gehegt. Jetzt ist er mächtig geworden und hat seinen Vater in der Hand. Nicht lange, und er wird euch vom Túna vertreiben!«

Und als Melkor sah, daß seine Lügen Fuß gefaßt hatten und Hochmut und Zorn unter den Noldor erwacht waren, da sprach er zu ihnen von Waffen; und zu dieser Zeit begannen die Noldor Schwerter und Äxte und Speere zu schmieden. Und auch Schilde fertigten sie an, welche die Wappen vieler Häuser und Sippen zeigten, die miteinander wetteiferten; und nur diese führten sie sichtbar mit sich, während sie von den andren Waffen nicht sprachen, denn jeder glaubte, nur er allein habe die Warnung erhalten. Und Feanor richtete insgeheim eine Schmiede ein, von der selbst Melkor nichts wußte, und dort erfand er grausame Schwerter für sich und seine Söhne und große Helme mit roten Federbüschen. Bitter reute Mahtan der Tag, da er Nerdanels Gatten all seine Wissenschaft vom Schmieden gelehrt hatte, so wie er selbst sie von Aule erfahren.

Mit solchen Lügen, bösen Gerüchten und tückischem Rat entfachte Melkor Zwietracht in den Herzen der Noldor; und in ihrem Streit ging schließlich der Mittag von Valinor zu Ende, und der Abend seines alten Glanzes brach an. Denn Feanor begann nun offen aufrührerische Reden gegen die Valar zu führen; er rief laut aus, daß er aus Valinor in die Welt draußen heimkehren und die Noldor aus der Knechtschaft erlösen werde, wenn sie ihm folgten.

Da herrschte große Erregung in Tirion, und Finwe war bestürzt; und er rief all seine Edlen zum Rate zusammen. Fingolfin aber eilte in Finwes Hallen und trat vor ihn und sagte: »König und Vater, willst du nicht den Stolz unseres Bruders Curufinwe zügeln, den man den Feuergeist nennt, und nur allzu wahr ist's? Mit welchem Rechte spricht er für unser ganzes Volk, als wäre er der König? Du warst es, der vor langer Zeit zu den Quendi gesprochen und sie gebeten, dem Ruf der Valar nach Aman zu folgen. Du hast sie geführt auf dem langen Weg durch die Gefahren von Mittelerde bis ins Licht von Eldamar. Wenn dich das jetzt nicht gereut, so hast du wenigstens noch zwei Söhne, die deine Worte in Ehren halten.«

Doch während Fingolfin noch sprach, trat Feanor in den Saal, in voller Rüstung: den großen Helm auf dem Haupte und an der Seite ein gewaltiges Schwert. »So also ist es, wie ich mir gedacht«, sagte er. »Mein Halbbruder ist vor mir bei meinem Vater, wie hier, so auch in allen andern Dingen.« Dann trat er auf Fingolfin zu, zog sein Schwert und rief: »Pack dich, dorthin, wo dein Platz ist!«

Fingolfin verbeugte sich vor Finwe, und ohne ein Wort oder einen Blick für Feanor ging er aus dem Saal. Feanor aber folgte ihm, und am Tor des königlichen Hauses hielt er ihn an, und die Spitze des blanken Schwertes setzte er Fingolfin auf die Brust. »Sieh nur, Halbbruder!« sagte er. »Dies hier ist noch schärfer als deine Zuge. Versuche du noch einmal, mich von meinem Platze und aus der Liebe meines Vaters zu verdrängen, und es wird die Noldor vielleicht von einem befreien, der nach der Herrschaft über Knechte strebt.«

Diese Worte hörten viele mit an, denn Finwes Haus lag an dem großen Platz unter dem Mindon; wieder aber gab Fingolfin keine Antwort, und schweigend schritt er durch die Menge, um Finarfin, seinen Bruder, aufzusuchen.

Nun war zwar die Unruhe unter den Noldor den Valar nicht mehr verborgen, doch im Dunkeln war sie gesät worden; daher, weil Feanor als erster offen gegen sie geredet, meinten sie, er, der Eigenwillige und Selbstherrliche, sei der Treiber hinter der Unzufriedenheit, wenn auch alle Noldor nun hochfahrend geworden waren. Und Manwe war bekümmert, doch er sah zu und sagte kein Wort. Die Valar hatten die Eldar als Freie in ihr Land geholt, die dort bleiben oder es verlassen konnten; und mochten sie es auch für Torheit halten, wenn diese fort wollten, hindern konnten sie es nicht. Was aber

Feanor getan, konnte nicht hingenommen werden; und so wurde er aufgefordert, an den Toren von Valmar vor sie hinzutreten und für all seine Worte und Taten Rede zu stehen. Auch alle anderen, die daran Anteil gehabt oder etwas davon wußten, wurden herbeigerufen; und Feanor stand vor Mandos im Ring des Schicksals und wurde geheißen, auf alle Fragen zu antworten, die man ihm stellte. Da endlich wurde die Wurzel bloßgelegt, und Melkors Tücke kam heraus, und sogleich verließ Tulkas den Rat, um Hand auf ihn zu legen und ihn wieder vor das Gericht zu bringen. Doch auch Feanor wurde nicht für schuldlos befunden, denn er war es, welcher den Frieden von Valinor gebrochen und das Schwert gezogen hatte gegen seinen Bruder; und Mandos sagte zu ihm: »Von Knechtschaft sprichst du. Wenn es Knechtschaft ist, so kannst du ihr nicht entgehen, denn König von Arda ist Manwe, und nicht allein von Aman. Und deine Tat war wider das Recht, ob in Aman oder nicht in Aman. Daher wird nun dieses gesprochen: Für zwölf Jahre sollst du Tirion verlassen, wo diese Drohung geäußert wurde. In der Zeit halte Rat mit dir selbst, und erinnere dich, wer und was du bist. Nach dieser Zeit aber soll dies in Frieden beigelegt sein und für abgebüßt gelten, wenn andere dir verzeihen.«

Da sagte Fingolfin: »Ich werde meinem Bruder verzeihen.« Feanor aber gab kein Wort zur Antwort; stumm stand er vor den Valar. Dann wandte er sich um, ging fort aus dem Rate und verließ Valmar.

Ihm folgten seine sieben Söhne in die Verbannung, und im Norden von Valinor bauten sie sich einen festen Platz und ein Schatzhaus in den Bergen; und dort in Formenos horteten sie vielerlei Gemmen und auch Waffen; und die Silmaril wurden in eine Kammer von Eisen geschlossen. Dorthin kam auch Finwe, der König, weil er Feanor liebte; und Fingolfin regierte die Noldor in Tirion. So waren dem Anschein nach Melkors Lügen wahr geworden, wenn auch Feanor dies durch eignes Tun erreicht hatte; und die Verbitterung, die Melkor gesät, dauerte fort und lebte noch lange hernach zwischen Fingolfins und Feanors Söhnen.

Melkor nun, als er erfuhr, daß seine Ränke entdeckt waren, verbarg sich und zog von Ort zu Ort wie eine Wolke in den Bergen; und vergebens suchte ihn Tulkas. Da schien es allen in Valinor, als wäre das Licht der Bäume getrübt; und die Schatten aller Dinge, die aufrecht standen, wurden zu der Zeit länger und dunkler.

Es wird erzählt, eine Zeitlang sei Melkor in Valinor nicht mehr gesehen worden, noch hörte man irgendein Gerücht über ihn, bis er plötzlich nach Formenos kam und mit Feanor sprach, vor seiner Tür. Freundschaft schützte er vor mit schlauen Reden und gemahnte ihn an seinen alten Wunsch, aus den Netzen der Valar zu entfliehen; und er sagte: »Bedenk nur, wie wahr alles ist, was ich gesprochen, und wie ungerecht sie dich verbannt haben. Wenn aber Feanors Herz immer noch so frei und kühn ist, wie es seine Reden in Tirion waren, so will ich ihm helfen und ihn weit herausführen aus diesem engen Land. Denn bin nicht auch ich ein Vala? Ich bin's, und mehr als die, welche da stolz in Valimar sitzen; und immer bin ich ein Freund der Noldor gewesen, des kunstreichsten und tapfersten unter den Völkern von Arda.«

Nun war Feanors Herz noch immer bitter von seiner Demütigung vor Mandos, und er sah Melkor schweigend an und überlegte, ob er diesem wohl soweit trauen könne, daß er ihm zur Flucht verhelfe. Und Melkor, der sah, daß Feanor schwankte, und wußte, welchen Platz die Silmaril in seinem Herzen einnahmen, sagte zuletzt: »Ein fester Platz ist dies hier und gut bewacht, doch glaube nicht, daß die Silmaril in irgendeiner Schatzkammer sicher liegen werden im Reich der Valar!«

Aber seine List traf übers Ziel hinaus. Seine Worte griffen zu tief und entfachten ein wilderes Feuer, als er beabsichtigt hatte; und Feanor sah Melkor mit Augen an, die durch sein edles Gebaren hindurchbrannten und alle Schleier seines Geistes zerrissen, und er sah sein wildes Gelüst nach den Silmaril. Haß vertrieb da Feanors Furcht, und er verwünschte Melkor und jagte ihn fort mit den Worten: »Schere dich weg von meiner Tür, du Krähe aus Mandos' Kerker!« Und vor dem mächtigsten aller Bewohner von Ea schlug er die Tür seines Hauses zu.

Da schlich Melkor in Schande davon, denn er war selbst in Gefahr, und noch sah er die Zeit seiner Rache nicht gekommen; sein Herz aber war schwarz vor Wut. Und Finwe war von tiefer Furcht erfüllt, und in aller Eile sandte er Boten zu Manwe in Valmar.

Dort saßen die Valar vor ihren Toren zu Rate, besorgt über die länger werdenden Schatten, als die Boten aus Formenos eintrafen. Sogleich sprangen Orome und Tulkas auf, doch als sie sich eben zur Verfolgung anschickten, kamen Boten aus Eldamar, die berichteten, Melkor sei durch den Calacirya geflohen, und von dem Hügel von Túna aus hatten die Elben ihn im Zorn vorbeiziehen sehen, wie eine Gewitterwolke. Und sie sagten, von dort aus habe er sich nach Norden gewandt, denn die Teleri in Alqualonde hatten seinen Schatten über ihrem Hafen gesehen, wie er gen Araman zog.

So verschwand Melkor aus Valinor, und eine Zeitlang schienen die Zwei Bäume wieder ungetrübt, und das Land war voller Licht. Doch vergebens forschten die Valar nach ihres Feindes Verbleib; und wie eine Wolke in weiter Ferne, die immer höher heraufzieht, getragen von einem leisen kalten Wind, so hing nun ein Zweifel über allen Freuden der Bewohner von Aman, ein Bangen, sie wußten nicht, vor welchem Unglück.

VIII
Von der Verdunkelung Valinors

Als Manwe erfuhr, welchen Weg Melkor genommen, schien es ihm klar, daß er in seine alten Hochburgen im Norden von Mittelerde zu entkommen gedachte; und Orome und Tulkas eilten nach Norden, so schnell sie konnten, um ihn einzuholen, doch weder Spur noch Gerücht fanden sie von ihm jenseits es Ufers der Teleri, in den unbevölkerten Öden, die sich zum Eise hin erstreckten. Darauf wurden die Wachen an den nördlichen Grenzen von Aman verdoppelt. Doch umsonst, denn ehe noch die Verfolger sich aufmachten, war Melkor schon umgekehrt und heimlich weit in den Süden gegangen. Denn noch war er einer der Valar und vermochte die Gestalt zu wechseln oder ihrer ganz zu entraten, wie die andren Valar, auch wenn er diese Kraft bald für immer einbüßen sollte.

Ungesehen kam er so schließlich in den dunklen Bezirk von Avathar. Dieses schmale Stück Land lag südlich der Bucht von Eldamar, unter den Osthängen der Pelóri, und seine langen und traurigen Küsten erstreckten sich weit in den Süden, lichtlos und unerforscht. Dort, unter den kahlen Wänden der Berge und an dem kalten, dunklen Meer waren die tiefsten und dichtesten Schatten der Welt; und dort in Avathar, geheim und keinem bekannt, hatte Ungolianth sich niedergelassen. Die Eldar wußten nicht, woher sie kam, doch manche haben gesagt, vor vielen Altern sei sie aus dem Dunkel um Arda herabgestiegen, als Melkor anfing, Manwe sein Königreich zu neiden, und eine von jenen sei sie gewesen, die er gleich zu Anfang verführte, ihm zu dienen. Sie aber hatte ihrem Herrn aufgekündigt, denn Herrin ihrer eigenen Begierden wollte sie sein und alle Dinge für sich nehmen, um ihre Leere damit zu füttern; und sie floh in den Süden, wo sie sicher war vor den Angriffen der Valar und vor den Jägern Oromes, denn die achteten immer nur auf den Norden, und der Süden blieb lange unbewacht. Von dort war sie näher an das Licht des Segensreiches herangekrochen, denn sie hungerte nach dem Licht und haßte es.

In einer Schlucht hauste sie, in Gestalt einer ungeheuren Spinne, und wob ihre schwarzen Netze über einen Schrund in den Bergen. Da sog sie alles Licht auf, das sie nur finden konnte, und spann daraus dunkle Netze von würgender Finsternis, bis kein Lichtschimmer mehr zu ihr durchdrang und sie am Verhungern war.

Nach Avathar kam nun Melkor und suchte sie auf; und er nahm wieder die Gestalt an, in welcher er als Tyrann von Utumno erschienen war, ein dunkler Fürst, groß und schrecklich. Diese Gestalt behielt er fortan für immer. Dort, in den schwarzen Schatten, wohin selbst Manwe von seinen höchsten Hallen aus nicht sehen konnte, heckte Melkor mit Ungolianth seine Rache aus. Als aber Ungolianth Melkors Absicht begriff, da schwankte sie zwischen Gier und Furcht, denn sie scheute sich, den Gefahren von Aman und der Macht seiner schrecklichen Herren zu begegnen, und sie mochte sich aus ihrem Versteck nicht rühren. Daher sagte Melkor zu ihr: »Tu, wie ich dir sage, und wenn du dann, nachdem alles vollbracht, immer noch hungrig bist, dann will ich dir geben, wonach immer es dich gelüstet, fürwahr, mit beiden Händen.« Leichthin schwur er den Eid, wie immer, und er lachte in sich hinein. So ködert der große Dieb den geringern.

Einen Mantel von Dunkelheit wob Ungolianth um sie beide, als sie mit Melkor aufbrach: das Unlicht, in welchem die Dinge nicht mehr dazusein schienen und das kein Auge durchdringen konnte, denn es war leer. Dann spann sie langsam ihre Netze, Tau über Tau von Spalte zu Spalte, von Fels zu Fels, immer weiter hinauf, kriechend und klebend, bis sie zuletzt auf dem obersten Gipfel des Hyarmentir anlangte, des höchsten Berges in diesem Teil der Welt, weit südlich des großen Taniquetil. Dort hielten die Valar keine Wache, denn westlich der Pelóri lag nur ein leeres Land im Dämmerlicht, und nach Osten zu sah man von den Bergen aus, bis auf das vergessene Avathar, nur die trüben Wasser des weglosen Meeres.

Auf dem Berggipfel aber lag nun die dunkle Ungolianth, und sie flocht eine Leiter aus Tauen und warf sie hinab; und Melkor stieg herauf und kam auf den hohen Platz, und als er neben ihr stand, sah er hinab, auf das Bewachte Reich. Unter ihnen lagen Oromes Wälder, und im Westen schimmerten Yavannas Wiesen und Felder, Gold unter dem hohen Weizen der Götter. Melkor aber blickte nach Norden und sah in der Ferne die leuchtende Ebene und die silbernen Kuppeln von Valmar, wie sie im gemischten Licht Telperions und Laurelins glänzten. Da lachte Melkor laut auf und sprang geschwind die langen westlichen Hänge hinunter; und Ungolianth war an seiner Seite, und ihr Dunkel deckte sie beide.

Nun war eben die Zeit eines Festes, wie Melkor wohl wußte. Denn wenn auch alle Wetter und Jahreszeiten den Valar zu Willen standen und Valinor den Winter des Todes nicht kannte, so lebten die Valar damals dennoch im Königreich Arda, und dies war nur ein kleiner Bezirk in den Hallen von Ea, deren Leben die Zeit ist, die stets vom ersten Ton bis zu Erus letztem Akkord dahinströmt. Und so wie es den Valar eine Freude war (wie in der *Ainulindale* berichtet), sich in die Gestalt der Kinder Ilúvatars zu hüllen wie in ein Kleid, so aßen und tranken sie auch und pflückten die Früchte Yavannas von der Erde, die sie unter Eru geschaffen.

Yavanna bestimmte daher die Zeiten, zu denen alles, was in Valinor wuchs, blühte und reifte; und zum Beginn jeder Ernte gab Manwe ein großes Fest, Eru zu Ehren, wo alle Völker von Valinor ihre Freude in Musik und Liedern auf dem Taniquetil ausließen. Dies war nun die Stunde, und Manwe befahl ein Fest an, das glänzender sein sollte als alle früheren, seit die Eldar nach Aman gekommen. Denn wenn auch Melkors Flucht Kummer und Mühen verhieß und niemand zu sagen wußte, welche Wunden Arda noch leiden mochte, ehe er wieder gebändigt war, so wollte zu dieser Zeit Manwe doch das Übel heilen, von dem die Noldor befallen waren; und alle wurden in seine Hallen auf dem Taniquetil geladen, um dort den Zwist unter ihren Prinzen zu begraben und alle Lügen des Feindes vergessen zu machen.

Es kamen die Vanyar, und es kamen die Noldor aus Tirion, und die Maiar waren versammelt, und die Valar erschienen in all ihrer Pracht und Schönheit; und sie sangen vor Manwe und Varda in ihren hohen Hallen oder tanzten auf den grünen Hängen des Berges, die nach Westen, zu den Bäumen hin, abfielen. Die Straßen von Valmar waren leer an diesem Tag, und auf den Stufen von Tirion war es still, und das ganze Land lag und schlief in Frieden. Nur die Teleri jenseits der Berge sangen noch an den Ufern des Meeres, denn sie kümmerten sich wenig um Ernten und Jahreszeiten und machten sich keine Gedanken über die Sorgen der Herrscher von Arda, noch über den Schatten, der auf Valinor gefallen war, denn sie hatte er noch nicht berührt.

Eines nur verdarb Manwes Plan. Feanor kam zwar, denn nur ihm hatte Manwe befohlen, zu kommen, doch Finwe kam nicht, noch irgendein andrer der Noldor von Formenos. Denn, so sagte Finwe: »Solange der Bann auf Feanor liegt, meinem Sohn, daß er nicht nach Tirion gehen darf, so lange bin ich nicht König und so lange gehe ich nicht zu meinem Volk.« Und Feanor kam nicht im Festgewand und trug keinen Schmuck, weder Silber noch Gold, noch Gemmen; und er verweigerte den Valar und den Eldar den Anblick der Silmaril, denn die hatte er in ihrer eisernen Kammer in Formenos gelassen. Immerhin aber sprach er vor Manwes Thron mit Fingolfin, und in Worten war er versöhnt; und Fingolfin erklärte das gezogene Schwert für nichtig und vergessen. Und Fingolfin hob die Hand und sagte: »Wie ich versprochen, so tue ich jetzt. Ich verzeihe dir, und ich erinnere mich keines Zwistes.«

Dann nahm Feanor schweigend seine Hand; Fingolfin aber sagte: »Dein Halbbruder im Blut, doch ganz dein Bruder im Herzen will ich sein. Befiehl du, und ich will folgen. Möge kein Zwist uns scheiden!«

»Ich höre dich«, sagte Feanor. »So sei es.« Aber sie wußten nicht, welcher Sinn ihren Worten zuwachsen sollte.

Es wird erzählt, daß, als Feanor und Fingolfin eben vor Manwe standen, die Vermischung der Lichter eintrat, so daß beide Bäume leuchteten und die stille Stadt Valmar sich mit silbernen und goldnen Strahlen erfüllte. Und in diesem Augenblick kamen Melkor und Ungolianth über die Felder von Valinor geeilt, wie der Schatten einer schwarzen Wolke auf dem Winde über die besonnte Erde streicht; und sie kamen zu dem grünen Hügel Ezellohar. Dann griff Ungolianths Unlicht den Bäumen an die Wurzeln, und Melkor sprang auf den Hügel, und seinen schwarzen Speer stieß er beiden Bäumen durchs Herz, beide tief verwundend; und Saft quoll hervor wie Blut und verspritzte auf dem Boden. Ungolianth aber leckte ihn auf, und dann, von einem Baum zum andern gehend, setzte sie den schwarzen Rüssel an ihre Wunden, bis sie ganz ausgesogen waren; und das Todesgift, das in ihr war, floß in die Adern der Bäume und verdorrte sie an Wurzel, Zweig und Blatt; und sie starben. Und immer noch war sie durstig, und so ging sie zu Vardas Brunnen und trank sie leer; und schwarze Dämpfe rülpste sie hervor, als sie trank, und schwoll zu solcher Größe und Abscheulichkeit, daß Melkor sich fürchtete.

So fiel das große Dunkel über Valinor. Von den Geschehnissen an jenem Tag werden viele im *Aldudénië* berichtet, das Elemmíre von den Vanyar schrieb und das allen Eldar bekannt ist. Doch kein Lied und keine Erzählung vermag all das Leid und den Schrecken aufzunehmen, die nun hereinbrachen. Das Licht war fort; doch das Dunkel, das folgte, war mehr als nur Verlust des Lichtes. In jener Stunde wurde ein Dunkel gewirkt, das nicht ein Mangel zu sein schien, sondern ein Ding von eignem Leben: hatte doch Tücke es aus dem Licht selber erschaffen, und es hatte Kraft, durchs Auge in Herz und Geist zu dringen und den Willen selbst zu ersticken.

Varda blickte vom Taniquetil hinab und sah, wie sich der Schatten plötzlich zu Türmen von Finsternis aufwarf; Valmar lag in einem tiefen Meer von Nacht versunken. Bald stand der Heilige Berg allein, die letzte Insel einer untergegangenen Welt. Alle Lieder verstummten. Schweigen war in Valinor, und kein Laut war mehr zu hören, nur von fern her trug der Wind durch den Gebirgspaß Klagerufe der Teleri, wie die kalten Schreie der Möwen. Denn es blies kühl aus dem Osten zu jener Stunde, und die großen Schatten der See rollten gegen die Felsen am Ufer.

Manwe aber sah von seinem hohen Sitz hinaus, und sein Auge allein vermochte die Nacht zu durchdringen, bis auch er ein Dunkel in der Dunkelheit sah, das den Blick nicht einließ, riesengroß, doch in weiter Ferne, wo es in großer Eile nun nordwärts zog; und er wußte, daß Melkor gekommen und gegangen war.

Nun begann die Verfolgung; und die Erde zitterte unter den Rossen von Oromes Schar, und das Feuer, das Nahars Hufe schlugen, war das erste Licht, das man wieder in Valinor sah. Doch sobald die Reiter der Valar Ungolianths Wolke eingeholt hatten, fielen Blindheit und Verzagen über sie, und sie wurden versprengt und wußten nicht, wohin sie ritten; und der Klang des Valaróma stockte und erstarb. Und Tulkas wurde in einem schwarzen Netz von Nacht gefangen, und er stand machtlos da und schlug vergebens um sich. Und als das Dunkel vorüber war, da war es zu spät. Melkor war, wohin er gehen wollte, und seine Rache hatte er geübt.

IX
Von der Verbannung der Noldor

Nach einer Weile sammelte sich eine große Menge um den Schicksalsring; und die Valar saßen im Dunkeln, denn es war Nacht. Doch von oben herab schimmerten nun Vardas Sterne, und die Luft war rein, denn Manwes Winde hatten die Todesdämpfe weggeweht und die Schatten des Meeres vertrieben. Da erhob sich Yavanna und trat auf den Grünen Hügel Ezellohar, doch der war nun schwarz und kahl. Und sie legte die Hände auf die Bäume, doch sie waren dunkel und tot, und jeder Zweig, den sie anrührte, brach ab und fiel ihr leblos zu Füßen. Da brachen viele Stimmen in Klagen aus, und den Trauernden schien es, als hätten sie den Becher des Leids schon bis zur Neige geleert. Doch dem war nicht so.

Yavanna sprach zu den Valar und sagte: »Das Licht der Bäume ist hin und lebt jetzt nur noch in den Silmaril. Hellsichtig war Feanor! Einmal, nur einmal können auch die Mächtigsten unter Ilúvatar manche Werke vollbringen. Das Licht der Bäume habe ich zum Sein erweckt, und nie wieder kann ich es tun, solange Ea dauert. Doch hätte ich nur ein wenig von diesem Licht, so könnte ich die Bäume wieder ins Leben zurückrufen, ehe ihre Wurzeln verfault sind; und dann wäre unser Schmerz geheilt und Melkors Tücke vereitelt.«

Da sprach Manwe und sagte: »Hast du vernommen, was Yavanna gesagt, Feanor, Finwes Sohn? Wirst du gewähren, was sie verlangt?«

Lange schwiegen sie, doch Feanor erwiderte kein Wort. Da rief Tulkas: »Sprich, o Noldo, ja oder nein! Doch wer könnte Yavanna dies verwehren? Und ist das Licht der Silmaril nicht von ihrem Werke genommen?«

Doch Aule, der Meister, sagte: »Vorlaut sprichst du! Mehr verlangen wir von ihm, als du ahnst. Laßt ihn noch eine Weile in Frieden.«

Doch nun sprach Feanor, bitterlich weinend: »Der Geringe wie der Hohe kann manches Werk nur einmal vollbringen, und an diesem Werk hängt sein Herz. Ich kann vielleicht meine Steine hergeben, doch nie mehr werde ich ihresgleichen schaffen; und wenn ich sie zerbrechen muß, so zerbreche ich mein Herz, und ich werde erschlagen, als erster von allen Eldar in Aman.«

»Nicht als erster«, sagte Mandos, doch das verstand niemand, und wieder war Schweigen, während Feanor im Dunkeln brütete. Ihm schien, er sei umringt von Feinden, und Melkors Worte fielen ihm wieder ein, daß die Silmaril nicht sicher seien, weil die Valar sie besitzen wollten. »Und ist er nicht ebenso ein Vala wie sie«, dachte er, »und sollte er ihr Herz nicht kennen? Fürwahr, der Dieb wird die Diebe verraten!« Dann rief er laut aus: »Dies tu ich nicht aus freiem Willen! Wenn aber die Valar mich zwingen, dann weiß ich, wahrlich von ihrer Sippe ist Melkor.«

Da sagte Mandos: »Du hast gesprochen.« Nienna aber erhob sich und ging auf den Ezellohar und warf ihren grauen Schleier zurück und wusch mit ihren Tränen den Schmutz Ungolianths ab; und klagend sang sie von der Bitterkeit der Welt und vom Verderben Ardas.

Doch während Nienna noch klagte, kamen Boten aus Formenos; es waren Noldor, und sie brachten Nachricht von neuem Unheil. Eine blinde Dunkelheit, so berichteten sie, war nach Norden gekommen, und darin ging eine Kraft, für die es keinen Namen gab, und die Dunkelheit wuchs aus ihr hervor. Doch auch Melkor war da, und er kam zum Hause Feanors und dort, vor seiner Tür, erschlug er Finwe, den König der Noldor, und vergoß das erste Blut im Segensreich; denn Finwe allein war vor dem Schrecken des Dunkels nicht geflohen. Und sie berichteten, daß Melkor die Befestigungen von Formenos durchbrochen und alle Edelsteine der Noldor, die dort verwahrt lagen, weggenommen hatte; und die Silmaril waren fort.

Da stand Feanor auf, und die Faust vor Manwe erhebend, verfluchte er Melkor und hieß ihn *Morgoth,* den Schwarzen Feind der Welt; und für immer hernach kannten ihn die Eldar nur unter diesem Namen. Und er verfluchte auch die Stunde, zu der Manwe ihn auf den Taniquetil gerufen hatte, denn vor Wut und Schmerz von Sinnen meinte er, seine Kraft, wäre er in Formenos geblieben, hätte zu mehr getaugt, als ihm gleichfalls den Tod zu bereiten, wie es Melkors Absicht gewesen war. Dann lief Feanor fort aus dem Schicksalsring und floh in die Nacht hinaus; denn teurer war ihm sein Vater als das Licht von Valinor oder das unvergleichliche Werk seiner Hände; und wer von allen Söhnen der Elben und Menschen hätte seinen Vater je höher in Ehren gehalten?

Viele waren da bekümmert über Feanors Schmerz, doch war der Verlust nicht nur der seine; und Yavanna weinte unter dem Hügel, in Furcht, das Dunkel werde die letzten Strahlen des Lichtes von Valinor für immer verschlingen. Denn wenn auch die Valar noch nicht recht verstanden, was geschehen war, so erkannten sie doch, daß Melkor Hilfe erlangt hatte, die nicht von Arda kam. Die Silmaril waren fort, und einerlei mag es scheinen, ob Feanor ja oder nein zu Yavannas Bitte gesagt; hätte er aber zuerst ja gesagt, ehe die Botschaft aus Formenos kam, so hätt er vielleicht später anders gehandelt. Nun aber rückte das Schicksal der Noldor heran.

Morgoth unterdessen, der Verfolgung durch die Valar entkommen, war in die Ödlande von Araman gelangt, Diese lagen im Norden zwischen dem Gebirge der Pelóri und dem Großen Meer, ähnlich wie Avathar im Süden; Araman aber war größer, und zwischen den Küsten und dem Gebirge erstreckten sich kahle Ebenen, die, je näher zum Eise hin, immer kälter wurden. Dieses Gebiet nun durcheilten Morgoth und Ungolianth, und so kamen sie durch die großen Nebelfelder von Oiomúre zur Helcaraxe, der Meerenge zwischen Araman und Mittelerde, die voller zermalmender Eisberge war. Sie gingen hinüber und kamen so endlich wieder in den Norden der Außenlande. Zusammen zogen sie weiter, denn Morgoth konnte Ungolianth nicht abschütteln; ihre Wolke war noch um ihn gebreitet, und alle ihre Augen lagen auf ihm. Und so kamen sie in die Lande nördlich des Fjords von Drengist. Morgoth näherte sich nun den Ruinen von Angband, wo seine große Burg im Westen gestanden war; und Ungolianth sah, worauf er hoffte, und sie wußte, dort würde er ihr zu entkommen trachten. Und so hielt sie ihn an und forderte, daß er sein Versprechen erfülle.

»Schwarzherz«, sagte sie, »ich habe getan, wie du mich geheißen. Aber noch immer bin ich hungrig.«

»Was verlangst du mehr?« sagte Morgoth. »Begehrst du die ganze Welt für deinen Bauch? Ich habe nicht gelobt, sie dir zu geben. Ich bin ihr Herr.«

»So viel nicht«, sagte Ungolianth. »Doch hast du einen großen Schatz aus Formenos, und das alles will ich haben. Fürwahr, mit beiden Händen sollst du es mir geben.«

Da überließ ihr Morgoth notgedrungen die Gemmen, die er bei sich trug, und grollend gab er ihr eine nach der andern; und sie verschlang sie, und ihre Schönheit verschwand aus der Welt. Größer und dunkler noch wurde Ungolianth, doch ihre Gier war ungestillt. »Mit einer Hand gibst du«, sagte sie, »allein mit der Linken. Öffne deine Rechte!«

Fest in seiner Rechten hielt Morgoth die Silmaril, und obgleich sie in einem kristallenen Kästchen steckten, fingen sie an, ihn zu versengen, und seine Hand war verkrampft vor Schmerz, doch wollte er sie nicht öffnen. »Nimmer!« sagte er. »Du hast dein Teil bekommen. Denn mit meiner Kraft, die ich dir verliehen, wurde dein Werk vollbracht. Deiner bedarf ich nicht mehr. Diese Dinge sollst du nicht haben noch sehen. Ich nenne sie mein eigen auf ewig.«

Doch Ungolianth war groß und er kleiner geworden durch die Kraft, die aus ihm geflossen war; und sie richtete sich vor ihm auf, und ihre Wolke schloß sich über ihm, und sie fing ihn in einem Netz klebriger Riemen, um ihn zu erwürgen. Da stieß Morgoth einen furchtbaren Schrei aus, der in den Bergen widerhallte. Jene Gegend wurde daher Lammoth geheißen, denn das Echo seiner Stimme hauste für immer dort, so daß jeder, der in diesem Lande laut schrie, es weckte und die ganze Öde zwischen den Bergen und der See mit einem Lärm wie von gepeinigten Stimmen erfüllte. Morgoths Schrei zu jener Stunde war der gewaltigste und schrecklichste, der in der nördlichen Welt je vernommen wurde; die Berge wankten, und die Erde bebte, und Felsen wurden gespalten. Tief an vergessenen Orten fand der Schrei Gehör. Weit unter den zertrümmerten Hallen von Angband, in Verliesen, bis zu denen die Valar in der Hast des Krieges nicht hinabgestiegen waren, lauerten noch immer Balrogs und warteten auf die Rückkehr ihres Herrn; diese stiegen nun geschwind herauf und kamen durch Hithlum wie ein Feuersturm nach Lammoth gefahren. Mit ihren Flammengeißeln zerfetzten sie Ungolianths Netze, und sie verzagte und wandte sich zur Flucht, schwarze Dämpfe ausspeiend, die sie deckten. Aus dem Norden floh sie hinab nach Beleriand, wo sie unter den Ered Gorgoroth hauste, in dem düstern Tale, das später Nan Dungortheb hieß, das Tal des Abscheulichen Todes, nach dem Grauen, das sie dort ausbrütete. Denn noch andere ekle Geschöpfe in Spinnengestalt nisteten dort seit der Zeit, als die Höhlen von Angband gegraben wurden, und mit diesen paarte sie sich, bevor sie sie fraß; und auch nachdem Ungolianth selbst abgezogen war in den vergessenen Süden der Welt, hauste ihre Brut weiter dort und wob ihre scheußlichen Netze. Keine Erzählung berichtet von Ungolianths Schicksal. Doch manche haben gesagt, vor langer Zeit habe sie ihr Ende gefunden, als sie im schlimmsten Hunger sich selbst verschlang.

Und so trat nicht ein, was Yavanna befürchtet hatte, daß die Silmaril verschlungen und ins Nichts fallen würden; doch blieben sie in der Gewalt Morgoths. Und der, nachdem er befreit war, scharte wieder all seine Diener um sich, die er noch finden konnte, und zog zu den Trümmern von Angband. Dort grub er von neuem seine gewaltigen Höhlen und Verliese, und über ihren Toren türmte er die dreizackigen Gipfel von Thangorodrim auf, die immer von einer großen Fahne schwarzen Rauches umlagert waren. Zahllos wurden dort die Scharen seines Getiers und seiner Dämonen, und die Brut der Orks, lange zuvor schon gezüchtet, wuchs und mehrte sich in den Eingeweiden der Erde. Dunkel fiel nun der Schatten auf Beleriand, wie noch zu erzählen ist; in Angband aber schmiedete Morgoth eine große Krone von Eisen und nannte sich König der Welt. Zum Zeichen solcher Würde setzte er die Silmaril in seine Krone. Seine Hände waren schwarzgesengt von der Berührung der geweihten Steine, und schwarz blieben sie für immer; noch war er jemals frei von dem Schmerz des Brandes und von der Wut über den Schmerz. Die Krone nahm er nie von seinem Haupte, obwohl ihre Last ihm zur unerträglichen Qual wurde. Nie, bis auf einmal und da insgeheim, verließ er für längere Zeit sein Gebiet im Norden; selten verließ er auch nur die tiefen Räume seiner Festung, sondern herrschte über seine Heere von seinem nördlichen Thron. Und nur einmal, solange sein Reich währte, griff er selber zur Waffe.

Denn mehr noch als in den Tagen von Utumno, ehe sein Stolz erniedrigt wurde, verzehrte ihn jetzt der Haß, und sein Geist ging darin auf, seine Diener zu knechten und in ihnen die Lust am Bösen zu stacheln. Doch die Hoheit seiner Erscheinung als einer der Valar blieb lange gewahrt, wenngleich zum Schrecken gewendet, und vor seinem Antlitz versanken bis auf die Mächtigsten alle in einer dunklen Grube der Angst.

Als nun laut wurde, daß Morgoth aus Valinor entkommen war und daß Verfolgung nichts fruchtete, blieben die Valar lange in der Dunkelheit im Schicksalsring sitzen, und die Maiar und Vanyar standen neben ihnen und weinten; von den Noldor aber kehrten die meisten nach Tirion zurück und trauerten über das Dunkel auf ihrer weißen Stadt. Durch die trübe Schlucht des Calacirya trieben Nebel von den schattigen Meeren herein und legten sich um die Türme, und die Lampe von Mindon brannte fahl in der Finsternis.

Da erschien plötzlich Feanor in der Stadt und rief alle auf, zum Hochgericht des Königs auf dem Gipfel des Túna zu kommen; das Urteil aber, das ihn verbannte, war noch nicht aufgehoben, und er rebellierte gegen die Valar. Eine große Menge versammelte sich daher sogleich, um zu hören, was er sagen werde; und der Hügel und alle Stufen und Straßen, die zu ihm hinaufführten, waren hell von dem Licht der Fackeln, die alle in den Händen trugen. Ein Meister der

Rede war Feanor, und seine Zunge hatte Gewalt über die Herzen; und in dieser Nacht hielt er den Noldor eine Rede, die sie nie vergaßen. Heiß und hart waren seine Worte, voller Zorn und Stolz; und die Noldor, als sie ihm zuhörten, wurden zum Wahnsinn getrieben. Seine Wut und sein Haß trafen am meisten Morgoth, und doch war fast alles, was er sagte, aus Morgoths Lügen selbst erwachsen; aber er war außer sich vor Schmerz um den erschlagenen Vater und vor Zorn über den Raub der Silmaril. Er forderte nun das Königtum über alle Noldor, denn Finwe war tot, und er verhöhnte die Gebote der Valar.

»Warum, o Volk der Noldor«, rief er, »warum sollten wir weiter den neidischen Valar dienen, die uns auch in ihrem eignen Reich vor ihrem Feinde nicht zu schützen vermögen? Zwar ist er jetzt ihr Feind, doch sind nicht sie und er von einem Geschlecht? Rache ruft mich fort von hier, doch wäre es selbst anders, ich wollte nicht längere in einem Lande wohnen mit der Sippe dessen, der meinen Vater erschlagen und meinen Schatz geraubt. Doch bin ich nicht der einzige Mutige in diesem mutigen Volk. Und habt nicht ihr alle euren König verloren? Und was alles habt ihr nicht außerdem verloren, hier eingepfercht in einem engen Lande zwischen den Bergen und dem Meer?

Hier war einmal das Licht, das die Valar Mittelerde nicht gönnten, doch nun macht das Dunkel alles gleich. Sollen wir hier auf ewig untätig trauern, ein Volk von Schatten und Nebelgängern, das vergebliche Tränen ins undankbare Meer schüttet? Oder sollen wir in unsere Heimat zurückkehren? Mild flossen die Wasser in Cuiviénen unter dem unbewölkten Sternenhimmel, und weite Lande lagen ringsum, wo ein freies Volk wandern konnte. Sie liegen dort noch immer und warten auf uns, die wir in unserem Wahn sie verlassen haben. Kommt, fort von hier! Mögen die Feiglinge diese Stadt hüten!«

Lange sprach er, stets den Noldor zuredend, daß sie ihm folgten und sich aus eigner Kraft Freiheit und große Reiche in den Ländern des Ostens errängen, bevor es zu spät sei; denn er redete Melkors Lügen nach, daß die Valar sie betrogen hätten und sie gefangen hielten, damit in Mittelerde die Menschen herrschen könnten. Viele der Eldar hörten hier zum ersten Mal von den Nachkömmlingen. »Glücklich soll der Ausgang sein«, rief er, »doch lang und hart ist der Weg. Sagt der Knechtschaft Lebwohl! Doch sagt auch der Ruhe Lebwohl! Sagt den Schwachen Lebwohl, sagt euren Schätzen Lebwohl! Größere werden wir erringen. Nehmt wenig mit auf den Weg: Doch vergeßt nicht eure Schwerter! Denn wir werden weiter gehen als Orome und länger standhalten als Tulkas: Wir werden nie ablassen von der Verfolgung. Hinter Morgoth sind wir her bis zu den Grenzen der Erde. Krieg soll er haben und Haß ohne Ende. Doch wenn wir gesiegt und die Silmaril zurückgewonnen haben, dann sind wir, wir allein, die Herren des unbesudelten Lichtes und Herren allen Glücks und aller Schönheit von Arda. Keine andere Rasse soll uns vertreiben!«

Dann schwor Feanor einen furchtbaren Eid. Seine sieben Söhne sprangen ihm zur Seite und legten mit ihm denselben Eid ab, und blutrot leuchteten ihre gezogenen Schwerter im Schein der Fackeln. Sie schworen einen Eid, wie keiner ihn brechen darf und keiner ihn schwören sollte, im Namen Ilúvatars selbst, und sie riefen das Ewige Dunkel auf sich herab, wenn sie ihn nicht hielten; und, Manwe zum Zeugen rufend, Varda und den heiligen Berg Taniquetil, gelobten sie, mit Haß und Rache bis ans Ende der Welt zu verfolgen jeden Vala, Dämon, Elben oder ungeborenen Menschen, oder jede Kreatur, ob groß oder klein, gut oder böse, welche die Zeit hervorbringen mochte bis ans Ende der Tage, wer immer einen Silmaril aus ihrem Besitz nehme, behalte oder verwahre.

So sprachen Maedhros und Maglor und Celegorm, Curufin und Caranthir, Amrod und Amras, Prinzen der Noldor; und vielen wurde bange, als sie die grimmigen Worte hörten. Denn so geschworen, ob gut oder böse, kann ein Eid nicht gebrochen werden, und Eidvollstrecker wie Eidbrecher verfolgt er bis ans Ende der Welt. Fingolfin und Turgon, sein Sohn, sprachen daher gegen Feanor, und böse

Worte wurden gewechselt, so daß nicht viel fehlte und die Wut hätte abermals die Schwerter entblößt. Finarfin aber sprach besänftigend, wie es seine Art war; er redete den Noldor zu, innezuhalten und sich zu bedenken, ehe getan werde, was dann nicht mehr ungetan zu machen sei; und Orodreth sprach als einziger von seinen Söhnen im gleichen Sinne. Finrod hielt es mit Turgon, seinem Freunde; doch Galadriel, die einzige Frau der Noldor, die an diesem Tage hoch und kühn unter den streitenden Prinzen stand, brannte darauf, fortzuziehen. Sie schwor keinen Eid, doch Feanors Worte über Mittelerde waren in ihrem Herzen aufgegangen, denn sie sehnte sich danach, die weiten, unbewachten Lande zu sehen und ein Reich nach eignem Gutdünken zu regieren. Gleichen Sinnes wie Galadriel war Fingon, Fingolfins Sohn; auch ihn hatten Feanors Worte bewegt, obgleich er ihn wenig liebte; und zu Fingon hielten, wie immer, Angrod und Aegnor, Finarfins Söhne. Doch diese alle blieben still und sprachen nicht gegen ihre Väter.

Am Ende, nach langem Streit, hatte Feanor seinen Willen, und den größeren Teil der versammelten Noldor entflammte er mit der Sehnsucht nach neuen Dingen und fremden Ländern. Als Finarfin daher noch einmal für Bedenken und Abwarten sprach, erhob sich lautes Geschrei: »Nimmer, wir wollen fort!« Und auf der Stelle begannen Feanor und seine Söhne den Aufbruch vorzubereiten.

Wenig konnten sie voraussehen, die es wagten, einen so dunklen Weg zu beschreiten. Doch alles geschah nun in Übereile, denn Feanor trieb sie an, besorgt, wenn erst ihre Herzen abkühlten, möchten seine Worte verblassen und anderen Ratschlüssen unterliegen; denn bei all seinen stolzen Reden vergaß er doch nicht die Macht der Valar. Aber aus Valmar kam keine Botschaft, und Manwe blieb stumm. Er mochte Feanors Vorhaben weder verbieten noch hindern; denn die Valar waren gekränkt, daß man ihnen zutraute, sie hegten böse Absichten gegen die Eldar oder hielten sie gar gegen ihren Willen gefangen. Jetzt wachten und warteten sie, denn noch glaubten sie nicht, daß Feanor das Volk der Noldor lange an seinen Willen binden könne.

Und in der Tat gab es sogleich Zwietracht, als Feanor die Noldor zum Aufbruch zu scharen begann. Denn zwar hatte er die Versammlung zu dem Entschluß bewogen, fortzuziehen, doch waren bei weitem nicht alle eines Sinnes, Feanor zum König zu nehmen. Beliebter waren Fingolfin und seine Söhne; und seine Verwandten und die meisten Bewohner von Tirion weigerten sich, ihm abzusagen, wenn er mit ihnen ginge; und so machten sich die Noldor zuletzt in zwei getrennten Scharen auf ihren bitteren Weg. Feanor und sein Gefolge zogen voraus, doch die größere Schar folgte unter Fingolfin nach. Fingolfin ging mit wider besseres Wissen, weil Fingon, sein Sohn, ihn drängte und weil er sich von seinem Volk, das begierig war zu gehen, nicht trennen und es nicht den unbedachten Ratschlüssen Feanors ausliefern mochte. Auch hatte er seine Worte vor Manwes Thron nicht vergessen. Mit Fingolfin ging auch Finarfin, aus ähnlichen Gründen, doch mit dem größten Widerstreben. Und von allen Noldor in Valinor, die nun ein zahlreiches Volk geworden waren, wollte nur der zehnte Teil nicht auf den Weg: manche aus Liebe zu den Valar (und nicht zuletzt zu Aule), manche aus Liebe zu Tirion und den vielen Dingen, die sie geschaffen, niemand aus Furcht vor Gefahr.

Als aber die Trompete erschallte und Feanor aus den Toren von Tirion trat, kam schließlich doch ein Bote von Manwe und sagte: »Gegen Feanors Wahn höret nur meinen Rat. Gehet nicht fort! Denn bös ist die Stunde, und euer Weg führet in Leid, das ihr nicht voraussieht. Keine Hilfe werden euch die Valar gewähren zu dieser Fahrt, doch werden sie euch auch nicht hindern. Denn wisset dies: Wie ihr frei hierher gekommen, so seid ihr frei zu gehen. Du aber, Feanor, Finwes Sohn, bist ausgestoßen, aufgrund deines Eides. Bitter soll es dir werden, Melkors Lügen zu verlernen. Ein Vala ist er, sagst du. Dann hast du vergebens geschworen, denn keinen der Valar kannst du überwinden, jetzt nicht und niemals, solange Ea dauert, und wenn Eru, den du angerufen, dich dreimal größer geschaffen hätte, als du bist.«

Feanor aber lachte und sprach nicht zu dem Herold, sondern zu den Noldor und sagte: »So denn! Dies tapfere Volk wird also den Erben seines Königs mit seinen Söhnen allein in die Verbannung schicken und in seine Knechtschaft zurückkehren? Doch wenn noch einige mit mir kommen wollen, so sage ich ihnen: Ist euch Leid vorbestimmt? Nun, wir kennen es aus Aman. In Aman sind wir durch Glück zum Leid gekommen. Umgekehrt versuchen wir es jetzt: durch Leid zur Freude – oder wenigstens zur Freiheit.«

Dann, sich dem Herold zuwendend, rief er: »Sag dies zu Manwe Súlimo, dem Hohen König von Arda: Wenn Feanor Morgoth nicht besiegen kann, so zögert er doch nicht, ihn anzugreifen, und sitzt nicht müßig in Trauer da. Und vielleicht hat Eru mir ein Feuer gegeben, das stärker ist, als du ahnst. Wunden jedenfalls will ich dem Feind der Valar schlagen, daß auch die Mächtigen im Schicksalsring es mit Erstaunen vernehmen sollen. Fürwahr, am Ende werden sie mir folgen. Lebwohl!«

So gebieterisch wurde Feanors Stimme in dieser Stunde, daß selbst der Herold der Valar sich vor ihm verneigte wie vor einem Mächtigen, ehe er schied; und die Noldor waren überwältigt. Daher setzten sie den Marsch fort, und Feanors Sippe eilte ihnen voraus, entlang der Küste von Elende: Kein einziges Mal wandten sie die Augen zurück nach Tirion auf dem grünen Hügel von Túna. Langsamer und weniger entschlossen zog Fingolfins Schar hinter ihnen drein. Ihr ging Fingon voraus; mit der Nachhut aber kamen Finarfin und Finrod und viele der Edelsten und Klügsten der Noldor, und oft blickten sie sich um nach ihrer weißen Stadt, bis daß die Lampe auf dem Mindon Eldaliéva sich in der Nacht verlor. Mehr als alle andern unter den Auswandernden nahmen sie Erinnerungen an das Glück, von dem sie sich abwandten, mit fort, und auch manche Dinge, die sie geschaffen, trugen sie mit sich; ein Trost und eine Bürde auf dem Weg.

Nun führte Feanor die Noldor nordwärts, denn sein erstes Vorhaben war, Morgoth zu folgen. Überdies lag Túna unter dem Taniquetil nahe am Gürtel von Arda, und hier war das Große Meer unermeßlich weit, während nach Norden zu das Scheidemeer schmaler wurde und das Ödland von Araman den Küsten von Mittelerde näher rückte. Als aber Feanors Geist kühler wurde und Rat annahm, da erkannte er allzu spät, daß all die großen Scharen niemals den langen Weg nach Norden zurücklegen oder zuletzt das Meer überqueren könnten, es sei denn mit Hilfe von Schiffen; doch würde es viel Zeit und Mühe kosten, eine so große Flotte zu bauen, selbst dann, wenn die Noldor sich auf diese Kunst verstanden hätten. Er beschloß daher, die Teleri, die alten Freunde der Noldor, zum Mitkommen zu überreden; und in seiner Empörung dachte er auch, daß so das Glück von Valinor weiter vermindert und seine eigene Streitmacht gegen Morgoth vermehrt werden möchte. Er eilte also nach Alqualonde und sprach zu den Teleri, so wie er zuvor in Tirion gesprochen.

Doch die Teleri blieben unbewegt, was er auch sagte. Wohl waren sie bekümmert, daß ihre Verwandten und alten Freunde fortgingen, doch mochten sie ihnen lieber abraten als helfen; und kein Schiff wollten sie ihnen leihen oder bauen helfen gegen den Willen der Valar. Was sie anging, so begehrten sie keine andere Heimat als die Ufer von Eldamar und keinen anderen Herrn als Olwe, den Fürsten von Alqualonde. Und Olwe hatte Morgoth nie Gehör geschenkt, noch ihn in seinem Lande empfangen, und er vertraute noch darauf, daß Ulmo und die andren Großen unter den Valar für die Schäden Morgoths Abhilfe schaffen und daß die Nacht einem neuen Morgen weichen würde.

Da wurde Feanor zornig, denn noch immer fürchtete er den Aufschub, und hitzig sprach er zu Olwe: »Zur Stunde, da wir ihrer bedürfen, brichst du unsere Freundschaft«, sagte er. »Doch froh wart ihr über unsere Hilfe, als ihr endlich an diese Ufer kamt, mit leeren Händen, mutlose Zauderer. In Hütten am Strande wohntet ihr noch, hätten nicht die Noldor euren Hafen und eure Häuser gebaut.«

Olwe aber antwortete: »Wir brechen keine Freundschaft. Doch Freundesdienst kann es sein, des Freundes Wahn zu widerstehen. Und als die Noldor uns willkommen geheißen und uns Hilfe geleistet, da war es anders, als du gesagt: Im Lande Aman sollten wir wohnen für immer, als Brüder, deren Häuser Seite an Seite stehen. Doch was unsere weißen Schiffe angeht: die habt nicht ihr uns gegeben. Diese Kunst haben wir nicht von den Noldor gelernt, sondern von den Herren des Meeres; und ihre weißen Planken haben wir mit eigenen Händen gezimmert, und die weißen Segel haben unsere Frauen und Töchter gewoben. Darum geben wir sie nicht her, und sie sind uns nicht feil, für keinen Bund und keine Freundschaft. Denn ich sage dir, Feanor, Finwes Sohn, sie sind für uns, was die Gemmen für die Noldor sind: das Werk unseres Herzens, desgleichen wir kein zweites schaffen können.«

Darauf verließ ihn Feanor und saß in dunklem Sinnen vor den Mauern von Alqualonde, bis seine Schar versammelt war. Als er glaubte, stark genug zu sein, ging er zum Schwanenhafen und begann die Schiffe zu bemannen, die dort ankerten, und sie mit Gewalt zu nehmen. Doch die Teleri widerstanden und warfen viele der Noldor ins Meer. Da wurden die Schwerter gezogen, und heiß wurde auf den Schiffen gekämpft und ringsum auf den lampenerhellten Kaien und Stegen des Hafens, selbst auf dem großen Bogen des Hafentores. Dreimal wurden Feanors Leute zurückgeworfen, und viele wurden auf beiden Seiten erschlagen; doch die Vorhut der Noldor erhielt durch Fingon Verstärkung, mit den Vordersten aus Fingolfins Schar, die, als sie ankamen, eine Schlacht im Gange und ihre Blutsverwandten fallen sahen und eingriffen, ehe sie recht wußten, um was man stritt; manche glaubten auch, die Teleri hätten auf Geheiß der Valar den Zug der Noldor aufhalten wollen.

So wurden zuletzt die Teleri überwunden und ein großer Teil ihrer Seeleute, die in Alqualonde wohnten, grausam erschlagen. Denn die Noldor waren wild und verzweifelt geworden, und die Teleri waren weniger stark und meist nur mit leichten Bogen bewaffnet. Nun zogen die Noldor die weißen Schiffe fort und bemannten die Ruder, so gut sie es verstanden, und fuhren nach Norden die Küste entlang. Und Olwe rief Osse an, doch kam er nicht, denn die Valar ließen es nicht zu, daß die Flucht der Noldor mit Gewalt behindert werde. Uinen aber weinte um die Seeleute der Teleri, und die See bäumte sich wütend gegen die Mörder auf, so daß viele der Schiffe untergingen und die Leute auf ihnen ertranken. Mehr wird über den Sippenmord von Alqualonde in jenem Klagelied mit Namen *Noldolante,* der Sturz der Noldor, erzählt, das Maglor dichtete, ehe er verschwand.

Dennoch, der größere Teil der Noldor entkam, und als der Sturm vorüber war, setzten sie ihren Weg fort, manche zu Schiff und manche zu Lande; doch der Weg war lang und wurde immer böser, je weiter sie kamen. Nachdem sie lange Zeit durch die unermeßliche Nacht marschiert waren, gelangten sie schließlich an die nördlichen Grenzen des Bewachten Reiches, am kalten und gebirgigen Rande der leeren Einöde von Araman. Dort erblickten sie plötzlich eine dunkle Gestalt, die auf einem hohen Felsen stand und auf das Ufer herabsah. Manche sagen, kein geringerer Bote Manwes als Mandos selbst sei es gewesen. Und sie hörten eine laute Stimme, würdig und schrecklich, die ihnen gebot, zu halten und zu hören. Und sie hielten alle und standen still, und vom einen Ende des Zuges bis zum andern vernahm man die Stimme, wie sie den Fluch und das Urteil sprach, welche die Weissagung des Nordens und der Spruch der Noldor genannt werden. Vieles kündete sie in dunkler Rede voraus, das die Noldor erst später verstanden, als das Unheil wirklich hereingebrochen war; alle aber hörten den Fluch, der über jene gesprochen wurde, die nicht bleiben wollten noch das Urteil und die Vergebung der Valar erbitten.

»Ungezählte Tränen sollt ihr vergießen; und die Valar werden Valinor gegen euch umzäunen und euch ausschließen, so daß kein Echo von euren Klagen über die Berge dringt. Auf dem Hause Feanor liegt der Zorn der Valar, vom Westen bis in den Osten, und so auf allen, die ihm folgen. Ihr Eid wird sie treiben und sie doch betrügen und ihnen immer wieder jene Schätze entreißen, nach denen sie zu jagen geschworen. Zu bösem Ende wird alles sich wenden, was sie wohl beginnen; und dies geschehe durch Verrat des Bruders am Bruder und durch Furcht vor Verrat. Die Enteigneten sollen sie sein für immer.

Wider das Recht habt ihr das Blut eures Geschlechts vergossen und das Land Aman befleckt. Für Blut werdet ihr mit Blut entgelten, und jenseits der Grenzen von Aman lebt ihr im Schatten des Todes. Denn wenn auch Eru euch nicht bestimmt hat, in Ea zu sterben, und keine Krankheit euch befallen kann, so könnt ihr doch erschlagen werden, und erschlagen sollt ihr werden: durch Waffen, und durch Leid und Qual; und nach Mandos werden eure unbehausten Geister dann kommen. Da sollt ihr lange wohnen und um eure Leiber trauern, und wenig Erbarmen werdet ihr finden, und wenn alle, die ihr gemordet, für euch bitten sollten. Und jene, die in Mittelerde ausharren und nicht nach Mandos kommen, sollen der Welt müde werden wie einer schweren Last und sollen verfallen und wie Schatten der Reue werden vor dem jüngeren Geschlecht, das nach euch kommt. Die Valar haben gesprochen.«

Viele verzagten da; doch Feanor panzerte sein Herz und sagte: »Geschworen haben wir, und nicht mit leichtem Sinn. Diesen Eid halten wir. Mit vielerlei Unheil werden wir bedroht, und nicht das geringste ist der Verrat; eines aber wird nicht gesagt: daß wir an Kleinmut leiden werden, an Feigheit oder der Furcht vor Feigheit. Daher sage ich, wir gehen weiter, und dies eine künde ich voraus: Taten werden wir leisten, die besungen werden sollen bis ans Ende aller Tage von Arda.«

Doch in dieser Stunde wandte sich Finarfin von dem Zuge ab und kehrte um, voller Leid und voller Bitterkeit gegen das Haus Feanor, denn sein Schwiegervater war Olwe von Alqualonde; und mit Finarfin gingen viele seiner Leute denselben Weg in Kummer zurück, bis sie von fern wieder den Schein des Mindon auf dem Túna gewahrten, der noch leuchtete in der Nacht; und so kamen sie zurück nach

Valinor. Dort erlangten sie Vergebung von den Valar, und Finarfin wurde eingesetzt, die Reste der Noldor im Segensreich zu regieren. Seine Söhne aber waren nicht bei ihm geblieben, denn sie mochten sich von Fingolfins Söhnen nicht trennen; und Fingolfins ganze Schar zog weiter mit, denn sie sahen sich gezwungen durch Blutsbande und durch den Willen Feanors; überdies fürchteten sie das Urteil der Valar, denn nicht alle waren sie beim Sippenmord von Alqualonde ohne Schuld geblieben. Auch waren Fingon und Turgon mutigen Herzens und mochten nicht aufgeben, was sie einmal begonnen, bis zum bitteren Ende, wenn es denn bitter sein mußte. So zog die größte Schar weiter, und rasch begann das verheißene Unheil sein Werk.

Die Noldor kamen zuletzt in den hohen Norden von Arda; und sie sahen die ersten Zähne des Eises, das im Meer schwamm, und wußten, sie näherten sich der Helcaraxe. Denn zwischen dem Lande Aman, das im Norden ostwärts abbog, und den Ostküsten von Endor (was Mittelerde heißt), die sich westwärts hinzogen, lag eine Meerenge, in der die kalten Wasser des Umzingelnden Meeres und die Wellen von Belegaer ineinanderflossen, und dort gab es weite Dunst- und Nebelfelder von tödlicher Kälte, und die Meeresströmungen waren erfüllt vom Klirren der Eisberge und vom Knirschen des Grundeises. Dies war die Helcaraxe, und noch niemand bis auf die Valar und Ungolianth hatte es gewagt, sie zu betreten.

Dort machte Feanor Halt, und die Noldor berieten, welchen Weg sie nun nehmen sollten. Doch sie begannen Qualen zu leiden von der Kälte und den zähen Nebeln, durch die kein Schimmer von einem Stern drang; und viele waren des Weges leid, und vor allem die aus Fingolfins Gefolge begannen zu murren, Feanor verwünschend, den sie den Anstifter allen Übels für die Eldar nannten. Feanor aber, der von allem wußte, was gesagt wurde, beriet sich mit seinen Söhnen, und nur zwei Wege sahen sie, um von Araman nach Endor zu entkommen: über das Eis der Meerenge oder zu Schiff. Die Helcaraxe aber glaubten sie unüberschreitbar, während der Schiffe zu wenige waren. Viele hatten sie auf der langen Reise verloren, und nicht genug waren übrig, um die ganze große Schar auf einmal überzusetzen; niemand aber war bereit, am westlichen Ufer zu warten, während andre zuerst überfuhren: Schon war die Furcht vor Verrat unter den Noldor erwacht. So kam es Feanor und seinen Söhnen in den Sinn, mit allen Schiffen plötzlich abzufahren; die Herrschaft über die Flotte nämlich hatten sie seit der Schlacht im Hafen in den eigenen Händen behalten, und die Schiffe waren nur mit jenen bemannt, die dort gekämpft hatten und an Feanor gebunden waren. Und wie gerufen kam ein Wind von Nordwesten auf, und Feanor schlich sich heimlich an Bord, mit allen, die er sich ergeben glaubte, stach in See und ließ Fingolfin in Araman zurück. Und da der Meeresarm schmal war, gelangte er, nach Osten und ein wenig nach Süden steuernd, ohne Verluste hinüber und setzte als erster von allen Noldor von neuem den Fuß auf die Küste von Mittelerde; und Feanors Landeplatz lag an der Mündung des Fjords, der Drengist genannt wurde und der sich nach Dor-lómin hineinzog.

Nachdem sie aber gelandet waren, sprach Maedhros, sein ältester Sohn, der einst der Freund Fingons gewesen war, ehe Morgoths Lügen sich zwischen sie drängten, zu Feanor und sagte: »Welche Schiffe und Ruderer hast du nun ausersehen, zurückzukehren, und wen sollen sie zuerst herüberholen? Fingon, den Tapferen?«

Da lachte Feanor wie ein Verdammter und rief: »Keinen einzigen! Nicht als Verlust achte ich, was ich zurückgelassen; als nutzloses Gepäck auf dem Weg hat es sich erwiesen. Sollen jene, die meinen Namen verfluchen, mich weiterhin verfluchen und winselnd zurückkehren in die Käfige der Valar! Brennen sollen die Schiffe!« Da trat Maedhros allein beiseite, Feanor aber ließ an die weißen Schiffe der Teleri das Feuer legen. So fanden an jenem Orte, der Losgar hieß, an der Mündung des Fjords von Drengist, die schönsten Schiffe, die je die Meere befuhren, in einem großen Brand ihr Ende, leuchtend und schrecklich. Und Fingolfin und sein Gefolge sahen das Licht aus der Ferne, einen roten Schein unter den Wolken;

und sie wußten, sie waren verraten worden. Dies waren die ersten Früchte des Sippenmords und des Verhängnisses der Noldor.

Da war Fingolfin voller Bitterkeit, als er sah, daß Feanor ihn verlassen hatte, so daß er in Araman umkommen oder in Schande nach Valinor zurückkehren müßte; doch mehr denn zuvor begehrte er nun, einen Weg nach Mittelerde zu finden und Feanor noch einmal zu begegnen. Und lange wanderten er und seine Schar im Elend, doch Mut und Ausdauer wuchsen mit ihren Mühen; denn ein starkes Volk waren sie, die älteren, die unsterblichen Kinder von Eru Ilúvatar, als sie noch Neuankömmlinge aus dem Segensreich waren und noch nicht müde von der Last der Erde. Das Feuer in ihren Herzen war jung, und geführt von Fingolfin und seinen Söhnen und von Finrod und Galadriel wagten sie sich in den kältesten Norden; und da sie keinen anderen Weg fanden, nahmen sie zuletzt die Schrecknisse der Helcaraxe und der erbarmungslosen Eisberge auf sich. Von den späteren Taten der Noldor waren wenige kühner als dieser verzweifelte Übergang, und wenige waren opferreicher. Elenwe, Turgons Gattin, verloren sie dort, und noch viele andere kamen um; und mit einer verringerten Schar setzte Fingolfin endlich den Fuß auf die Außenlande. Wenig Liebe hegten sie für Feanor und seine Söhne, die nun hinter ihnen dreinzogen und in Mittelerde ihre Trompeten bliesen beim ersten Aufgang des Mondes.

X
Von den Sindar

Nun war, wie erzählt wurde, Elwes und Melians Macht in Mittelerde gewachsen, und alle Elben von Beleriand, von den Seeleuten Círdans bis zu den wandernden Jägern der Blauen Berge jenseits des Gelionstromes, ehrten Elwe als Fürsten; Elu Thingol wurde er in der Sprache seines Volkes genannt, König Graumantel. Dies sind die Sindar, die Grau-Elben des sternbeschienenen Beleriand; und wenn sie auch Moriquendi waren, so wurden sie unter Thingols Herrschaft und Melians Unterweisung doch zu den schönsten, klügsten und kunstfertigsten aller Elben von Mittelerde. Und gegen Ende des ersten Alters von Melkors Gefangenschaft, als die ganze Erde Frieden hatte und Valinors Glanz im Mittag stand, kam Lúthien zur Welt, Thingols und Melians einziges Kind. Wenn auch Mittelerde zum größten Teil im Schlafe Yavannas lag, so gab es dank Melians Kräften in Beleriand doch Leben und Freude, und die Sterne schienen hell wie silberne Fackeln; und dort, im Walde von Neldoreth, wurde Lúthien geboren, und die weißen Blüten der *Niphredil* gingen auf, als Sterne der Erde, um sie zu grüßen.

Es geschah im zweiten Alter von Melkors Gefangenschaft, daß die Zwerge über die Blauen Berge der Ered Luin nach Beleriand kamen. Sie selbst nannten sich Khazâd, die Sindar aber nannten sie die Naugrim, die Kurzgewachsenen, oder die Gonnhirrim, die Herren der Steine. Weit im Osten lagen die ersten Wohnsitze der Naugrim, doch hatten sie sich, wie es ihres Volkes Art ist, große Hallen und Paläste auf der Ostseite der Ered Luin gegraben; und ihre Städte dort hießen in ihrer Sprache Gabilgathol und Tumunzahar. Nördlich unter dem hohen Gipfel des Dolmed lag Gabilgathol, das die Elben Belegost nannten, Große Festung; und im Süden war Tumunzahar eingegraben, von den Elben Nogrod, Hohlburg, geheißen. Die größte aller Zwergenstädte war Khazad-dûm, die Zwergengrube, Hadhodrond in der Elbensprache, später, in ihren dunklen Zeiten, Moria genannt; doch sie lag fernab im Nebelgebirge, hinter den weiten Ebenen von Eriador, und für die Eldar blieb es ein Name und ein Gerücht aus den Reden der Zwerge von den Blauen Bergen.

Aus Nogrod und Belegost kamen die Zwerge nach Beleriand, und die Elben waren voller Verwunderung, denn sie hatten geglaubt, daß sie selbst die einzigen Lebewesen in Mittelerde seien, die mit Worten sprachen und mit den Händen werkten, alle andren aber seien bloß Vögel und Getier. Doch konnten sie kein Wort aus der Sprache der Naugrim verstehen, die in ihren Ohren roh und unfreundlich klang; und nur wenige Eldar haben sie je erlernt. Die Zwerge aber lernten rasch, und sie waren sogar eher bereit, die Elbensprache zu erlernen, als Fremden die eigene Sprache zu verraten. Wenige der Eldar kamen je nach Nogrod oder Belegost, bis auf Eol von Nan Elmoth und Maeglin, seinen Sohn; die Zwerge aber zogen oft mit Waren nach Beleriand hinein und legten eine große Straße an, die an den Ausläufern des Dolmed vorbei den Flußlauf des Ascar entlang führte und bei Sarn Athrad, der Furt der Steine, wo es später zur Schlacht kam, den Gelion überquerte. Kühl war stets die Freundschaft zwischen den Naugrim und den Eldar, obgleich beide viel Vorteil voneinander hatten; zu jener Zeit aber war das Unheil, das zwischen sie treten sollte, noch nicht geschehen, und König Thingol hieß die Zwerge willkommen. In späterer Zeit aber gewährten die Zwerge den Noldor bereitwilliger Freundschaft als allen anderen Elben und Menschen, denn gemeinsam liebten und ehrten sie Aule, und die Gemmen der Noldor priesen sie höher als alle anderen Schätze. Schon während der Dunkelheit von Arda schufen die Zwerge prächtige Werke, denn von den ersten Tagen ihrer Sieben Väter an verstanden sie sich wunderbar auf die Metalle und Steine; doch in jener ältesten Zeit arbeiteten sie lieber in Eisen und Kupfer als in Silber und Gold.

Nun sah Melian so manches voraus, wie es die Art der Maiar, und als das zweite Alter von Melkors Gefangenschaft vorüber war, da warnte sie Thingol, nicht ewig werde der Friede von Arda dauern. Und so sann er nach, wie er sich eine Königsburg schaffen könnte, einen Ort, der sicher wäre, wenn das Unheil in Mittelerde wieder erwachte; und die Zwerge von Belegost bat er um Rat und Hilfe. Beides gewährten sie gern, denn unermüdlich waren sie in jenen Tagen und stets bereit zu neuen Arbeiten; und obwohl die Zwerge immer und für alles, was sie taten, ihren Preis forderten, ob es ihnen Vergnügen bereitete oder Verdruß, diesmal glaubten sie sich zur Genüge belohnt. Denn Melian lehrte sie vieles, das sie zu erfahren begehrten, und Thingol belohnte sie mit vielen herrlichen Perlen. Diese gab ihm Círdan, denn sie fanden sich in großer Anzahl in den flachen Gewässern um die Insel Balar, die Naugrim aber hatten ihresgleichen noch nie gesehen und schätzten sie hoch. Eine darunter war groß wie ein Taubenei, und sie schimmerte wie die Sterne auf der schäumenden See; Nimphelos wurde sie genannt, und dem Zwergenfürsten von Belegost war sie teurer als ein Berg voller Schätze.

Lange und freudig arbeiteten daher die Naugrim für Thingol und schufen Paläste für ihn, die nach der Art ihres Volkes tief in die Erde eingegraben waren. Wo der Esgalduin herabfloß, Neldoreth von Region scheidend, erhob sich mitten im Walde ein felsiger Berg, den Flußlauf zu Füßen. Dort erbauten sie die Tore zu Thingols Hallen, und eine steinerne Brücke über den Fluß war der einzige Zugang. Hinter den Toren führten weite Gänge in hohe Hallen und Kammern tief unter dem Berge, die in den gewachsenen Stein gehauen waren, so viele und so große, daß der Ort Menegroth genannt wurde, die Tausend Grotten.

Doch auch die Elben hatten an den Arbeiten teil, und Elben und Zwerge vereinigten ihre Künste, um zusammen die Gesichte Melians auszuführen, Bilder von den Wundern und der Schönheit Valinors jenseits des Meeres. Die Säulen von Menegroth wurden nach dem Bilde von Oromes Buchen gemeißelt, mit Stamm, Ast und Blatt, und sie wurden von goldnen Laternen erhellt. Nachtigallen sangen wie in den Gärten von Lórien, und es gab silberne Brunnen, Marmorbecken und gekachelte Böden aus vielfarbigen Steinen. Steinfiguren von Tieren und Vögeln zogen sich an den Wänden entlang, kletterten die Säulen empor oder lugten durch die mit vielen Blumen umflochtenen Zweige. Und im Laufe der Jahre schmückten Melian und ihre Mägde die Hallen mit gewebten Wandbehängen, auf denen die Taten der Valar zu sehen waren und vieles, was in Arda seit den Anfängen geschehen war, und Schatten der Dinge, die noch kommen sollten. Es war das schönste Haus, das je ein König östlich des Meeres besessen hat.

Und als Menegroth erbaut war und noch Frieden herrschte in Thingols und Melians Reich, da kamen die Zwerge weiterhin von Zeit zu Zeit über die Berge und zogen in Geschäften durch die Lande; nur selten aber gingen sie in die Falas, denn sie haßten das Tosen des Meeres und fürchteten sich vor seinem Anblick. Andere Nachrichten oder Gerüchte aus der Welt draußen kamen nicht nach Beleriand.

Als aber das dritte Alter der Gefangenschaft Melkors anbrach, wurden die Zwerge unruhig, und sie sprachen mit König Thingol und sagten, die Valar hätten die Übel des Nordens nicht ganz und gar vertilgt, und die restlichen, die sich nun lange im Dunkeln vermehrt, kämen nun wieder hervor und schweiften weit und breit umher. »Grausames Getier«, sagten sie, »ist in dem Lande östlich der Berge, und eure alten Stammesbrüder, die dort leben, fliehen aus den Ebenen ins Hügelland.«

Und nicht lange, so kamen die üblen Geschöpfe auch bis nach Beleriand, über die Gebirgspässe oder von Süden her durch die dunklen Wälder. Wölfe waren es, oder Wesen in Wolfsgestalt, oder andere nicht geheure Gestalten des Schattens, unter ihnen auch die Orks, die später Beleriand verheerten; aber noch waren sie scheu und wenig zahlreich und schnüffelten nur erst das Land aus, denn sie warteten noch auf die Rückkehr ihres Herrn. Woher sie stammten oder wer sie waren, das wußten die Elben damals nicht; sie glaubten aber, es seien vielleicht verkommene oder verwilderte Avari, womit sie, wie es heißt, der Wahrheit nur allzu nahe kamen.

Thingol sann daher auf Bewaffnung, deren sein Volk zuvor nicht bedurft hatte; und zuerst schmiedeten die Naugrim ihnen Waffen, denn darin waren sie alle sehr geschickt, auch wenn keiner die Meister von Nogrod übertraf, deren berühmtester Telchar der Schmied war. Von Anbeginn waren alle Naugrim ein kriegerisches Geschlecht, und erbittert kämpften sie gegen jeden, der ihnen schadete, ob gegen die Diener Melkors, Eldar, Avari oder wilde Tiere, und nicht selten auch gegen ihre Stammesbrüder, die Zwerge von anderen Fürstensitzen. Die Schmiedekunst erlernten die Sindar von ihnen schon bald; einzig in der Härtung des Stahls wurden die Zwerge niemals übertroffen, auch nicht von den Noldor, und ihre Kettenpanzer, die zuerst von den Schmieden aus Belegost verfertigt wurden, hatten nicht ihresgleichen.

Zu dieser Zeit waren also die Sindar wohlgerüstet, und sie verjagten alle Kreaturen des Unheils und hatten wieder Frieden. Thingols Waffenkammern aber waren reich versehen mit Äxten und Speeren und Schwertern, hohen Helmen und langen Umhängen aus schimmernden Ketten; denn die Panzerhemden der Zwerge waren so geschaffen, daß sie nie rosteten, sondern stets glänzten wie frisch poliert. Und das war gut so für Thingol in der Zeit, die bevorstand.

Nun hatte einer mit Namen Lenwe, wie erzählt wurde, den Zug der Eldar zu der Zeit verlassen, als die Teleri an den Ufern des Großen Stromes haltmachten, an den Grenzen der westlichen Lande von Mittelerde. Wenig ist bekannt über die Wanderungen der Nandor, die er den Anduin hinabführte: Manche, so heißt es, lebten lange in den Wäldern des Flußtales, manche kamen zuletzt an die Mündungen und ließen sich dort am Meer nieder, und wieder andere gelangten über die Ered Nimrais, die Weißen Berge, zurück nach Norden und drangen in die Wildnis von Eriador zwischen den Ered Luin und dem fernen Nebelgebirge vor. Diese nun waren ein Waldvolk geworden und besaßen keine Waffen von Stahl, und als die Untiere aus dem Norden kamen, fürchteten sie sich sehr, wie die Naugrim König Thingol in Menegroth berichteten. Als daher Denethor, Lenwes Sohn, von Thingols Macht und Größe und von dem Frieden in seinem Reiche Kunde erhielt, sammelte er von seinem verstreuten Volk, so viele er nur konnte, und führte sie über die Berge nach Beleriand. Thingol hieß sie dort willkommen als lange verloren geglaubte Brüder, die zurückgekehrt waren, und sie wohnten in Ossiriand, dem Land der Sieben Flüsse.

Von den langen Jahren des Friedens, die auf Denethors Ankunft folgten, ist wenig vermeldet. In jenen Tagen, so wird gesagt, erfand Daeron der Spielmann, der größte Gelehrte in Thingols Reich, seine Runenschrift; und die Naugrim, die zu Thingol kamen, fanden großen Gefallen an seiner Erfindung und achteten Daerons Kunst höher als die Sindar, sein eigenes Volk. Durch die Naugrim gelangten die *Cirth* nach Osten über die Berge und gingen in das Wissen vieler Völker ein; die Sindar aber machten wenig Gebrauch von ihnen und hielten nicht viele Berichte fest, bis in die Tage des Krieges, und vieles, das nur im Gedächtnis aufbewahrt wurde, ging in den Trümmern von Doriath verloren. Doch vom Glück und vom frohen Leben gibt es wenig zu sagen, bevor es ein Ende hat; so sind große und herrliche Werke ihr eigener Nachruhm, solange sie dauern und Augen sie sehen können, und erst wenn sie in Gefahr sind oder für immer zerbrochen, gehen sie in die Lieder ein.

Durch Beleriand schweiften die Elben in jenen Tagen, und die Flüsse flossen, und die Nachtblumen verteilten ihre Düfte; die Schönheit Melians stand auf der Mittagshöhe, und die Schönheit Lúthiens war wie die erste Morgendämmerung des Frühlings. In Beleriand herrschte König Thingol auf seinem Throne wie die Fürsten der Maiar, deren Kraft ein Ruhen und deren Freude wie ein Lufthauch ist, den sie alle Tage atmen, und deren Gedanken gelassen von den Höhen zu den Tiefen hinunterströmen. In Beleriand jagte zuweilen noch Orome, der große Reiter, wie ein Wind, der über das Gebirge weht, und der Schall seines Horns drang durch die sternhellen Weiten herunter; und die Elben fürchteten sein glänzendes Gepränge und den gewaltigen Lärm von Nahars Hufschlag, doch sie wußten wohl, wenn das Valaróma von den Hügeln widerhallte, daß alle Dinge von Unheil das Weite suchten.

Doch so geschah es zuletzt, daß das Glück zu Ende ging und der Mittag von Valinor in die Dämmerung auslief. Denn wie erzählt wurde und wie allenthalben bekannt ist, von den Gelehrten aufgeschrieben und in vielen Liedern besungen, Melkor mordete die Bäume der Valar mit Hilfe Ungolianths; er entfloh und kam wieder nach Mittelerde. Weit im Norden ereignete sich der Kampf zwischen Morgoth und Ungolianth; Morgoths großer Schrei aber hallte durch ganz Beleriand, und alle seine Bewohner zogen die Köpfe ein vor Angst, denn wenn sie auch nicht wußten, was er verhieß, so vernahmen sie nun doch den Herold des Todes. Wenig später kam Ungolianth von Norden in König Thingols Reich geflohen, und ein dunkles Grauen war um sie her; doch Melians Kraft hielt sie auf, und sie drang nicht nach Neldoreth hinein, sondern hauste lange Zeit unter dem Schatten der Klüfte, in denen Dorthonion nach Süden abfiel. Und diese wurden als die Ered Gorgoroth bekannt, die Berge des Grauens, und keiner wagte sich dorthin oder in ihre Nähe; Leben und Licht wurden dort erwürgt, und alle Wasser waren vergiftet. Morgoth aber, wie zuvor erzählt, kehrte nach Angband zurück, baute es neu auf und errichtete über seinen Toren die stinkenden Türme von Thangorodrim. Und Morgoths Tore lagen nur einhundertfünfzig Meilen entfernt von der Brücke von Menegroth; weit und doch viel zu nah.

Nun wurden die Orks stark und frech, die sich im Dunkel der Erde vermehrt hatten, und ihr dunkler König gab ihnen die Lust an Tod und Trümmern ein; und unter den Wolken, die Morgoth über sie breitete, rückten sie aus den Toren von Angband und zogen in aller

Stille in die Hochlande im Norden. Dann stieß plötzlich ein großes Heer nach Beleriand hinein und griff König Thingol an. Nun wanderten in seinem weiten Reich viele Elben frei in der Wildnis umher oder lebten in Frieden und weit voneinander entfernt in kleinen Sippschaften, und nur um Menegroth, in der Mitte des Landes, und an den Falas, im Lande der Seeleute, wohnten zahlreiche Völkerschaften. Die Orks aber drangen von beiden Seiten her gegen Menegroth vor, und von ihren Lagern im Osten aus, zwischen dem Celon und dem Gelion, und im Westen zwischen Sirion und Narog, zogen sie plündernd umher; und Thingol wurde von Círdan in Eglarest abgeschnitten. Daher wandte er sich an Denethor, und die Elben kamen gerüstet aus Region über den Aros und aus Ossiriand; sie schlugen die erste Schlacht in den Kriegen von Beleriand. Und das Ostheer der Orks nördlich des Andram wurde auf halbem Wege zwischen dem Aros und dem Gelion zwischen den Heeren der Eldar eingeschlossen und vernichtend geschlagen; und auf jene, die aus dem großen Gemetzel nach Norden entkamen, warteten die Äxte der Naugrim in der Gegend um den Berg Dolmed. Nicht viele Orks kehrten nach Angband zurück.

Doch teuer war der Sieg der Elben erkauft. Denn die von Ossiriand waren nur leicht bewaffnet und den Orks nicht gewachsen, die eisenbeschlagene Stiefel und eiserne Schilde und große Lanzen mit breiten Spitzen trugen; und Denethor wurde abgeschnitten und auf dem Berge von Amon Ereb umzingelt. Dort fiel er mit all seinen Anverwandten, die bei ihm waren, ehe Thingols Heer ihm zu Hilfe eilen konnte. Bitter wurde er gerächt, als Thingol die Orks im Rücken angriff und sie zuhauf erschlug, doch Denethors Volk klagte lange um ihn und nahm nie wieder einen König. Manche kehrten nach der Schlacht heim nach Ossiriand, und was sie berichteten, erfüllte den Rest ihres Volkes mit solcher Furcht, daß sie hernach nie mehr offen in den Krieg zogen, sondern sich ganz auf Vorsicht und Heimlichkeit verließen; und diese nannte man die Laiquendi, die Grün-Elben, weil sie Gewänder von der Farbe des Laubes trugen. Viele aber gingen nach Norden in Thingols bewachtes Reich und verschmolzen mit seinem Volk.

Und als Thingol wieder nach Menegroth kam, erfuhr er, daß im Westen das Heer der Orks siegreich gewesen war und Círdan bis ans Ufer des Meeres gedrängt hatte. Er rief daher all die Völker, die seine Boten erreichen konnten, in die dichten Wälder von Neldoreth und Region zusammen, und Melian bot ihre Macht auf und umgab den ganzen Bezirk ringsum mit einem unsichtbaren Zaun von Schatten und Irrwerk: Dies war der Gürtel Melians, den niemand hinfort gegen ihren und König Thingols Willen durchschreiten konnte, solange kein Mächtigerer kam als Melian die Maia. Und dieser innere Bezirk, der lange Eglador geheißen hatte, wurde hernach Doriath genannt, das Bewachte Königreich, das Land im Gürtel. Darinnen bestand ein wachsamer Friede, doch ringsum lauerten Gefahren und Schrecken, und Morgoths Diener gingen um, wie sie wollten, außer in den befestigten Häfen der Falas.

Doch neue Ereignisse waren eingetreten, die niemand in Mittelerde hatte kommen sehen, weder Morgoth in seinen Höhlen, noch Melian in Menegroth; denn keine Botschaft kam mehr aus Aman nach dem Tod der Bäume, nicht durch Boten, noch durch Geister oder Traumgesichte. Zur selben Zeit kam Feanor über das Meer auf den weißen Schiffen der Teleri, landete am Fjord von Drengist und verbrannte dort die Schiffe bei Losgar.

XI

Von Sonne und Mond und der Verhüllung Valinors

Erzählt wurde, wie die Valar nach Melkors Flucht lange regungslos auf ihren Thronen im Schicksalsring saßen; doch müßig, wie Feanor in seiner Verblendung gesagt hatte, waren sie nicht. Denn vieles können die Valar mit Gedanken statt mit Händen bewirken, und stumm, ohne zu sprechen, können sie miteinander Rat halten. So wachten sie in der Nacht von Valinor, und ihre Gedanken gingen zurück bis vor Ea und voraus bis an das Ende; doch keine Kraft noch Weisheit milderte ihr Leid und Wissen um das Unheil zur Stunde, da es geschah. Und um den Tod der Bäume trauerten sie nicht mehr als um die Verderbnis Feanors: von allen Werken Melkors eines der bösesten. Denn der Gewaltigste unter allen Kindern Ilúvatars war Feanor an allen Gliedern von Leib und Geist, an Kühnheit, an Beharrlichkeit, Schönheit, Wissen und Kunst, List und Kraft, und eine helle Flamme brannte in ihm. Die Wunder, die er zum Ruhme Ardas hätte schaffen können, vermochte nur Manwe halbwegs zu ermessen. Und später erzählten die Vanyar, welche mit den Valar wachten: als die Boten Manwe berichteten, was Feanor seinen Herolden geantwortet, da habe Manwe geweint und den Kopf sinken lassen. Bei Feanors letzten Worten aber, daß die Noldor wenigstens Taten leisten würden, die auf immer in den Liedern leben sollten, da hob er den Kopf, als lauschte er auf eine Stimme von fern, und sagte: »So sei es! Als teuer bezahlt mögen jene Lieder gelten, und doch als wohlfeil. Denn der Preis könnte kein anderer sein. Wie Eru zu uns gesprochen: Unerahnte Schönheit werde Ea zuteil, und Böses soll gut sein, wenn es gewesen ist.«

Mandos aber sagte: »Und doch böse bleiben. Zu mir wird Feanor bald kommen.«

Als aber die Valar zuletzt erfuhren, daß die Noldor tatsächlich Aman verlassen hatten und nach Mittelerde zurückgekehrt waren, da erhoben sie sich und begannen auszuführen, was sie in Gedanken beschlossen hatten, um die Übel Melkors gutzumachen. Manwe bat Yavanna und Nienna, all ihre Kräfte des Wachsens und Heilens aufzubieten, und sie wandten sich ganz den Bäumen zu. Doch Niennas Tränen halfen nicht, die tödlichen Wunden zu heilen, und lange Zeit sang Yavanna allein in den Schatten. Doch als alle Hoffnung schwand und ihr Lied erstarb, da trug Telperion zuletzt eine große silberne Blüte an einem blattlosen Ast, und Laurelin trug eine einzige goldene Frucht.

Diese nahm Yavanna; dann starben die Bäume, und ihre leblosen Stämme stehen noch in Valinor, zum Gedenken vergangenen Glücks. Die Blüte und die Frucht aber gab Yavanna Aule, und Manwe weihte sie, und Aule und seine Gehilfen schufen Gefäße, um sie darinnen zu halten und ihren Glanz zu wahren – wovon im *Narsilion* berichtet wird, dem Lied von Sonne und Mond. Diese Gefäße gaben die Valar Varda, damit sie Himmelslichter aus ihnen erschaffe, welche, da sie näher bei Arda stünden, die alten Sterne überglänzten; und Varda verlieh ihnen die Kraft, die unteren Regionen des Ilmen zu durchqueren, und brachte sie auf ihre vorbestimmte Bahn über dem Gürtel der Erde, von West nach Ost und zurück.

Dies taten die Valar, da sie in ihrer Dämmerung der Dunkelheit in den Landen von Arda gedachten; und sie beschlossen nun, Mittelerde zu erhellen und mit dem Licht Melkors Werke zu hindern. Denn sie erinnerten sich der Avari, die an den Wassern, wo sie erwacht, geblieben waren, und sie gaben die Noldor in ihrer Verbannung nicht ganz und gar auf; und Manwe wußte auch, daß die Stunde nahe war, wo die Menschen erwachen würden. Und es heißt, ebenso wie die Valar um der Quendi willen gegen Melkor in den Krieg gezogen waren, so seien sie nun um die Hildor besorgt gewesen, die Nachzügler, die jüngeren Kinder Ilúvatars. Denn so schwere Wunden Mittelerde in dem Krieg gegen Utumno auch geschlagen worden waren, die Valar befürchteten, es könne jetzt noch schlimmer kommen, obgleich doch die Hildor sterblich sein würden und schwächer als die Quendi im Ertragen von Angst und Erschütterung. Auch war es Manwe nicht offenbar, wo die Geburtsstätte der Menschen sein werde, ob im Norden, Süden oder Osten. Daher sandten die Valar das Licht und befestigten im übrigen das Land, wo sie selber wohnten.

Isil, der Schein, so nannten einst die Valar den Mond, Telperions Blüte in Valinor; und Anar, die Feuriggoldne, nannten sie die Sonne, Laurelins Frucht. Die Noldor aber nannten ihn auch Rána, den Bummler, und sie Vása, das Feuerherz, das erweckt und verzehrt; die Sonne nämlich wurde als Zeichen für das Erwachen der Menschen und das Vergehen der Elben gesetzt, während der Mond ihr Andenken bewahrt.

Das Mädchen, das die Valar unter den Maiar dazu ausersahen, das Schiff der Sonne zu steuern, hieß Arien, und die Insel des Mondes lenkte Tilion. In den Tagen der Bäume hatte Arien die goldenen Blumen in Vánas Gärten gepflegt und sie mit dem hellen Tau von Laurelin gewässert; Tilion aber war ein Jäger aus Oromes Gefolge, und er hatte einen silbernen Bogen. Silber liebte er über alles, und wenn er ruhen wollte, so pflegte er Oromes Wälder zu verlassen und nach Lórien zu gehen, wo er träumend an Estes Teichen lag, unter Telperions flimmernden Strahlen; und er bat darum, daß man ihn auf ewig damit betraue, die letzte Silberblüte zu pflegen. Stärker als er war das Mädchen Arien, und auf sie fiel die Wahl, weil sie die Hitze Laurelins nicht gefürchtet hatte und keinen Schaden von ihr nahm, denn von Anfang an war sie ein Feuergeist gewesen, den Melkor nicht zu betrügen oder in seinen Dienst zu locken vermochte. Zu hell leuchteten Ariens Augen, als daß selbst die Eldar hineinblicken konnten, und als sie Valinor verließ, gab sie die Gestalt und Hülle auf, die sie wie die Valar dort getragen hatte, und sie erschien wie eine nackte Flamme, schrecklich in ihrem vollen Glanz.

Isils Schiff wurde zuerst gebaut und zur Fahrt gerüstet, und als erster stieg er in die Sphäre der Sterne hinauf; er war von den beiden neuen Lichtern das ältere, wie Telperion der ältere von den Bäumen gewesen war. Nun hatte die Welt eine Zeitlang Mondschein, und viele Dinge regten sich und erwachten, die lange im Schlafe Yavannas gewartet hatten. Morgoths Diener wurden scheu, die Elben der Außenlande sahen freudig hinauf; und als der Mond eben über die Dunkelheit im Westen stieg, da ließ Fingolfin seine silbernen Trompeten blasen und begann seinen Marsch nach Mittelerde hinein, und lang und schwarz gingen seinen Leuten ihre Schatten voraus.

Tilion hatte siebenmal den Himmel überquert und befand sich gerade im fernsten Osten, als Ariens Schiff bereitgemacht wurde. Da stieg Anar auf in ihrem Glanze, und der erste Sonnenschein auf den Türmen der Pelóri war wie ein großes Feuer: die Wolken über Mittelerde wurden bewegt, und man vernahm den Laut vieler Wasserfälle. Nun war Morgoth erst recht entmutigt und stieg in die tiefsten Grüfte von Angband hinab; alle seine Diener rief er zurück und bereitete große Wolken von Dunst und Qualm über sein Land, um es vor dem Licht des Tagesgestirns zu verbergen.

Vardas Absicht war nun, daß die beiden Schiffe Ilmen durchwandern und stets am Himmel stehen sollten, doch nicht zusammen; beide sollten von West nach Ost fahren und zurückkommen, so daß das eine im Westen gerade abfuhr, wenn das andre im Osten umkehrte. Die ersten neuen Tage wurden daher wie bei den Bäumen gezählt, von der Mischung der Lichter an, wenn sich Arien und Tilion auf halbem Wege über der Mitte der Erde begegneten. Tilion aber war saumselig und hielt weder die Geschwindigkeit noch die vorgezeichnete Bahn ein; angezogen von ihrem Glanze, versuchte er, sich Arien zu nähern, obgleich Anars Flamme ihn versengte, und die Insel des Mondes wurde verdunkelt.

Mit Rücksicht auf Tilions Säumigkeit und mehr noch auf das Bitten von Lórien und Este, die klagten, Schlaf und Ruhe seien nun von der Erde verbannt und die Sterne verborgen, änderte daher Varda ihren Plan und sah wieder eine Zeit vor, zu der die Welt Schatten und Halblicht haben sollte. Anar blieb nun eine Weile in Valinor am kühlen Busen des Außenmeeres liegen, und der Abend, die Zeit, wo die

Sonne untergeht und ruht, war in Aman die Stunde des hellsten Lichts und der höchsten Freude. Bald darauf aber wurde die Sonne von Ulmos Dienern herabgezogen und in aller Eile ungesehen unter der Erde nach Osten gebracht, wo sie von neuem am Himmel aufstieg, damit die Nacht nicht allzu lange dauerte und kein Unheil sich unter dem Monde hervorwagte. Durch Anar aber wurden die Wasser des Außenmeeres erhitzt, und sie glühten in bunten Feuern, und auch wenn Arien fort war, hatte Valinor noch für eine Weile Licht. Wenn sie aber unter die Erde sank und nach Osten zog, verblaßte das Glühen, und Valinor wurde dunkel, und dann beklagten die Valar über alles den Tod von Laurelin. In der Morgendämmerung lasteten die Schatten, welche die Berge der Abwehr warfen, schwer auf dem Segensreich.

Dem Monde gebot Varda, in der gleichen Weise dahinzuziehen, unter der Erde nach Osten, um dort aufzugehen, doch erst nachdem die Sonne vom Himmel herniedergestiegen sei. Tilion aber ging bald schneller, bald langsamer, wie es noch immer seine Art ist, und nach wie vor zog ihn Arien an, wie sie ihn immer anziehen wird, so daß man oft beide zusammen über der Erde sehen kann; oder zu anderen Zeiten kommt er ihr so nahe, daß sein Schatten ihre Strahlen verbirgt, und dunkel wird es mitten am Tag.

Nach dem Kommen und Gehen Anars zählten daher die Valar fortan die Tage bis zur Wandlung der Welt. Denn Tilion verweilte selten in Valinor, sondern zog meist rasch über das Westland hinweg, über Avathar, Araman oder Valinor, und tauchte dann in die Kluft jenseits des Außenmeeres, von wo er allein seines Weges ging zwischen den Grotten und Höhlen an den Wurzeln von Arda. Dort wanderte er oft lange umher und kam spät erst wieder.

Immer noch war daher, auch nach der Langen Nacht, das Licht von Valinor größer und heller als das Licht von Mittelerde, denn die Sonne machte dort Rast, und die Himmelslichter kamen in jener Gegend der Erde näher. Doch weder Sonne noch Mond können das Licht zurückrufen, das einstmals war, das von den Bäumen fiel, ehe

Ungolianths Gift sie berührte. Jenes Licht lebt nun allein noch in den Silmaril.

Morgoth aber haßte die neuen Lichter und war eine Zeitlang verwirrt durch diesen unerwarteten Streich der Valar. Dann griff er Tilion an, indem er Schattengeister gegen ihn aussandte, und es gab einen Kampf in Ilmen, unter den Bahnen der Sterne; doch Tilion blieb Sieger. Und vor Arien fürchtete sich Morgoth zutiefst, wagte er doch nicht, ihr zu nahe zu kommen, denn dazu reichte seine Kraft nicht mehr. Indem er an Tücke wuchs und das Unheil, das er ersann, seinen üblen Kreaturen eingab und in seine Lügen verstrickte, ging seine Kraft in diese über und verstreute sich, während er selbst immer erdgebundener wurde und nicht mehr geneigt war, aus seinen dunklen Burgen hervorzukommen. Mit Schatten verbarg er sich selbst und seine Diener vor Arien, deren Augen sie nicht lange standhalten konnten; und die Lande um seine Burg lagen in Rauch und große Wolken gehüllt.

Als die Valar aber sahen, wie Tilion angegriffen wurde, kamen ihnen Zweifel und Besorgnis, was Morgoths List und Tücke noch gegen sie aushecken mochte. Obgleich sie nicht gewillt waren, ihn in Mittelerde zu bekriegen, erinnerten sie sich doch der Zerstörung von Almaren; und sie beschlossen, daß dies sich in Valinor nicht wiederholen dürfe. Daher gaben sie ihrem Lande zu jener Zeit neue Befestigungen, und sie hoben die Berghänge der Pelóri im Osten, Norden und Süden zu steilen und furchtbaren Höhen an. Die Außenseiten waren dunkel und glatt, ohne Spalt oder Vorsprung, und sie stürzten tiefe Klüfte hinab, deren Boden hart war wie Glas, und wuchsen zu Türmen mit Kronen von weißem Eis empor. Auf diesen stand eine niemals schlafende Wache, und kein Paß führte hindurch bis auf den einen am Calacirya: Diesen aber schlossen die Valar nicht, den Eldar zuliebe, die ihnen treu geblieben waren; und in der Stadt Tirion auf dem grünen Hügel regierte immer noch Finarfin die Reste der Noldor in der tiefen Schlucht zwischen den Bergen. Denn alle, die elbischen Geschlechtes sind, sogar die Vanyar und Ingwe, ihr König, müssen zuweilen die Luft von draußen atmen und den Wind spüren, der von ihren Geburtslanden über das Meer weht; und auch die Teleri wollten die Valar nicht gänzlich von ihren Stammesbrüdern trennen. Doch im Calarcirya erbauten sie starke Türme und stellten viele Wachen auf, und wo die Schlucht in die Ebenen von Valmar mündete, lagerte ein Heer, so daß weder Vogel noch Tier oder Elb oder Mensch noch irgendein andres Geschöpf, das in Mittelerde lebte, diesen Weg passieren konnte.

Und in jener Zeit, die in den Liedern *Nurtale Valinóreva* heißt, die Verhüllung von Valinor, wurden auch die Verwunschenen Inseln ins Meer gesetzt, und alle Gewässer um sie her waren voller Schatten und Zauberwerk. Und diese Inseln lagen wie ein Netz von Norden nach Süden im Schattigen Meer, bevor einer, der nach Westen segelt, Tol Eressea, die Einsame Insel, erreicht. Kaum vermochte ein Schiff zwischen ihnen hindurchzufinden, denn gefährlich ächzten die Wellen immer auf den dunklen, im Nebel verborgenen Felsen. Und im Dämmerlicht kam eine tiefe Müdigkeit über die Seeleute und ein Abscheu vor dem Meer; und alle, die je den Fuß auf die Inseln setzten, blieben dort gefangen und schliefen bis zur Wandlung der Welt. So geschah es, wie Mandos den Noldor in Araman vorausgesagt, daß das Segensreich den Noldor verschlossen wurde; und von den vielen Boten, die in späteren Tagen in den Westen fuhren, kam keiner je nach Valinor – bis auf einen, den größten Seefahrer der Lieder.

XII
Von den Menschen

Nun saßen die Valar in Frieden hinter ihren Bergen, und Mittelerde, nachdem es nun Licht hatte, kümmerte sie lange nicht mehr; und nur noch die Kühnheit der Noldor machte Morgoth die Herrschaft streitig. Am meisten behielt Ulmo die Verbannten im Sinn, der aus allen Wassern die Botschaften der Erde empfing.

Von dieser Zeit an wurden die Jahre nach der Sonne gezählt. Hastiger und kürzer waren sie als die langen Jahre der Bäume von Valinor. In jener Zeit wurde die Luft von Mittelerde schwer vom Atem des Wachsens und Sterbens, und das Wechseln und Altern aller Dinge beschleunigte sich über die Maßen. Es wimmelte von Leben auf der Erde und in den Gewässern im zweiten Frühling von Arda, und die Eldar mehrten sich, und unter der neuen Sonne wurde Beleriand grün und hell.

Beim ersten Aufgang der Sonne erwachten die Jüngeren Kinder Ilúvatars in dem Lande Hildórien, in den östlichen Gebieten von Mittelerde; das erste Mal aber ging die Sonne im Westen auf, und als sich die Augen der Menschen öffneten, waren sie ihr zugekehrt, und ihre Füße, als sie über die Erde wanderten, gingen meist in jene Richtung. Die Atani wurden sie von den Eldar genannt, das Zweite Volk, doch nannten sie sie auch die Hildor, die Nachkömmlinge, und gaben ihnen noch viele andere Namen: Apanónar, die Nachzügler, Engwar, die Kränklichen, oder Fírimar, die Sterblichen; und sie nannten sie auch die Usurpatoren, die Fremden, die Unbegreiflichen, die Selbst-Verfluchten, die Tolpatsche, die Nachtfürchtigen und die Kinder der Sonne. Von den Menschen wird in diesen Erzählungen wenig berichtet, denn sie handeln von den Ältesten Tagen vor der Ausbreitung der Sterblichen und dem Verschwinden der Elben; nur von jenen Vätern der Menschen, den Atanatári, ist die Rede, die in den ersten Jahren der Sonne und des Mondes in den Norden der Welt wanderten. Nach Hildórien kam kein Vala, um die Menschen zu führen oder sie nach Valinor zu rufen; und die Menschen fürchteten eher die Valar, als daß sie sie liebten, und sie verstanden nicht die Absichten der Mächte, sondern haderten mit ihnen und lagen mit aller Welt in Streit. Ulmo indessen dachte auch an sie, gemäß Manwes Ratschluß und Willen; und oft trugen ihnen Bach und Fluß seine Botschaften zu. Doch auf derlei Dinge verstehen sie sich nicht, und besonders nicht in jenen Tagen, bevor sie sich unter die Elben gemengt hatten. Daher liebten sie die Wasser, und ihre Herzen wurden bewegt, aber die Botschaften verstanden sie nicht. Doch heißt es, sie seien binnen kurzem an vielen Orten den Dunkel-Elben begegnet, die sie freundlich aufnahmen; und so wurden die Menschen in ihrer Kindheit zu Gefährten und Schülern dieses alten Wandervolks von elbischem Geschlecht, das sich nie auf den Weg nach Valinor gemacht hatte und für das die Valar nur ein Gerücht und ein fremder Name waren.

Morgoth war damals noch nicht lange wieder in Mittelerde, und seine Macht reichte nicht weit, und überdies gebot der plötzliche Aufgang des großen Lichtes ihm Einhalt. Wenig Gefahr war in den Ländern und Bergen; und neue Dinge, vor vielen Altern im Geist Yavannas entsprungen und als Samen in der Dunkelheit ausgesät, begannen nun endlich zu knospen und zu blühen. Nach Westen, Norden und Süden wandernd, breiteten die Menschenkinder sich aus, und ihre Freude war die Freude am Morgen, ehe der Tau trocken und wenn jedes Blatt noch grün ist.

Doch kurz ist der Morgen, und allzu oft nur leugnet der Tag, was er versprochen; und es nahte nun die Zeit der großen Kriege zwischen den Mächten des Nordens, als Noldor und Sindar und Menschen gegen die Heere von Morgoth Bauglir kämpften und zugrunde gingen. Zu diesem Ende hin wirkten stets die schlauen Lügen Morgoths, die er vor Zeiten gesät hatte und immer wieder von neuem unter seinen Feinden streute, der Fluch, der von dem Gemetzel in Alqualonde herrührte, und Feanors Eid. Nur ein Teil von den Ereignissen jener Tage wird hier erzählt, und am meisten ist von den Noldor die Rede, von den Silmaril und von den Sterblichen, die in ihre Geschicke verstrickt wurden. In jenen Tagen waren Elben und Menschen an Wuchs und Leibeskräften gleich, doch waren die Elben klüger, geschickter und schöner; und jene, die in Valinor gelebt und mit eigenen Augen die Mächte gesehen hatten, übertrafen die Dunkel-Elben in diesen Dingen ebenso, wie diese ihrerseits die Völker von sterblicher Art übertrafen. Nur im Reich von Doriath, dessen Königin Melian war, aus dem Geschlecht der Valar, kamen die Sindar den Calaquendi des Segensreiches nahezu gleich.

Unsterblich waren die Elben, und ihr Wissen wuchs von Alter zu Alter, und keine Krankheit oder Seuche brachte ihnen den Tod. Ihre Leiber waren jedoch von irdischem Stoff und konnten vernichtet werden, und in jenen Tagen waren sie den Menschen von Gestalt ähnlicher, denn das Feuer ihres Geistes hatte noch nicht so lange in ihnen gebrannt, das sie im Lauf der Zeiten von innen verzehrt. Die Menschen aber waren gebrechlicher, leichter niedergeschlagen von Waffen oder vom Unglück und weniger leicht geheilt; sie unterlagen Krankheiten und vielerlei Übeln, wurden alt und starben. Was mit ihrem Geist nach dem Tode geschehen mag, wissen die Elben nicht. Manche sagen, auch sie begeben sich in Mandos' Hallen, warten dort aber nicht am gleichen Ort wie die Elben, und wohin sie gehen nach der Zeit der Sammlung in jenen stillen Hallen am Außenmeer, das weiß von allen unter Ilúvatar bis auf Manwe nur Mandos allein. Keiner ist je aus den Häusern der Toten zurückgekehrt bis auf Beren, Barahirs Sohn, dessen Hand einen Silmaril berührt hatte; er aber sprach später nie mehr mit sterblichen Menschen. Nicht in den Händen der Valar liegt vielleicht das Schicksal der Menschen nach dem Tode, und nicht alles war in der Musik der Ainur schon geweissagt.

In späterer Zeit, als nach Morgoths Triumph Elben und Menschen einander fremd wurden, wie er es so sehnlich gewünscht, schwanden und verblaßten jene aus dem Elbengeschlecht, die noch in Mittelerde lebten; und vom Sonnenlicht ergriffen die Menschen

Besitz. Da wanderten die Quendi durch die einsamen Gegenden der großen Lande und über die Inseln, und sie hielten sich ans Mond- und Sternenlicht, an Wälder und Grotten, wie zu Schatten und Erinnerung werdend, bis auf manche, die nach Westen Segel setzten und aus Mittelerde verschwanden. In der Morgenröte der Jahre aber waren Elben und Menschen Bundesgenossen und glaubten sich verwandt, und unter den Menschen gab es manche, welche die Wissenschaft der Eldar erfuhren und zu großen und kühnen Kriegshauptleuten der Noldor wurden. Und vollen Anteil an Glanz und Schönheit der Elben und an ihrem Schicksal hatten die Nachkommen von Elben und Sterblichen, Earendil und Elwing und Elrond, ihr Sohn.

XIII
Von der Rückkehr der Noldor

Erzählt wurde, wie Feanor und seine Söhne als erste der Verbannten nach Mittelerde kamen und in der Öde von Lammoth, dem Großen Echo, an der Mündung des Fjords von Drengist landeten. Und als die Noldor den Strand betraten, da drangen ihre Rufe zwischen die Hügel hinauf und wurden vervielfacht, so daß ein Geschrei wie von unzähligen kraftvollen Stimmen alle Küsten des Nordens erfüllte; und den Lärm vom Brand der Schiffe bei Losgar trugen die Seewinde fort als ein grimmiges Getöse, und alle, die in der Ferne diese Laute hörten, waren voller Verwunderung.

Nun sahen die Flammen des Brandes nicht nur Fingolfin und jene, die Feanor in Araman im Stich gelassen hatte, sondern auch die Orks und die Späher Morgoths. Keine Erzählung berichtet, was Morgoth im Herzen dachte bei der Nachricht, daß Feanor, sein bitterster Feind, ein Heer aus dem Westen heranführte. Es mag sein, daß er ihn wenig fürchtete, denn noch hatten die Schwerter der Noldor ihm keine Probe geleistet, und bald konnte man sehen, daß er sie ins Meer zurückzutreiben gedachte.

Unter den kalten Sternen, ehe der Mond aufging, zog Feanors Schar den langen Fjord von Drengist hinauf, der die Echoberge der Ered Lómin durchschnitt; und so drangen sie von der Küste in das große Land Hithlum hinein. Schließlich kamen sie an den langen Mithrim-See, und an dessen Nordufer, in der Gegend gleichen Namens, schlugen sie ihr Lager auf. Doch Morgoths Heer, durch das Getöse von Lammoth und den Schein des Brandes bei Losgar aufmerksam gemacht, kam über die Pässe der Ered Wethrin, der Schattenberge, und griff Feanor unversehens an, ehe sein Lager noch fertig oder zur Verteidigung gerüstet war; und dort, auf den grauen Feldern von Mithrim, wurde die Zweite Schlacht in den Kriegen von Beleriand geschlagen. Dagor-nuin-Giliath wird sie genannt, die Schlacht-unter-Sternen, denn noch war der Mond nicht aufgegangen; und sie wird in den Liedern besungen. Die Noldor, obgleich in der Minderzahl und vom Feind überrascht, trugen doch schnell den Sieg davon, denn das Licht von Aman war in ihren Augen noch ungetrübt, und sie waren stark und behend und furchtbar im Zorn, und ihre Schwerter waren lang und tödlich. Die Orks flohen vor ihnen und wurden unter großem Gemetzel aus Mithrim vertrieben und über das Schattengebirge in die weite Ebene von Ard-galen gejagt, die nördlich von Dorthonion lag. Dort kamen jene Heere Morgoths ihnen zu Hilfe, die aus dem Süden heimkehrten,wo sie ins Tal des Sirion vorgedrungen waren und Círdan in den Häfen der Falas belagert hatten; und auch sie gerieten mit ins Verderben. Denn Celegorm, Feanors Sohn, der von ihrem Kommen Meldung hatte, lauerte ihnen mit einem Teil des Elbenheeres auf und jagte sie, von den Hügeln bei Eithel Sirion auf sie hinabstoßend, ins Fenn von Serech. Schlechte Nachricht also kam zuletzt nach Angband, und Morgoth war in Sorgen. Zehn Tage hatte die Schlacht gedauert, und nur mehr ein paar Häuflein kehrten von all den Scharen zurück, die er gerüstet hatte, um Beleriand zu erobern.

Doch einen Grund zu großer Freude hatte er, auch wenn der ihm noch eine Weile verborgen blieb. Denn Feanor, in seinem Haß auf den Feind, kannte kein Halten, und immer weiter drang er hinter den Resten der Orks her, hoffte er doch, so bis zu Morgoth selbst vorzustoßen; und er lachte laut, als er sein Schwert übte, und froh war er, den Zorn der Valar und die Gefahren des Weges nicht gescheut zu haben, wenn er die Stunde seiner Rache erleben könnte. Nichts wußte er von Angband und der großen Verteidigungsmacht, die Morgoth rasch gerüstet hatte; doch hätte er es auch gewußt, es hätte ihn nicht geschreckt, denn er war verdammt, und die Flamme des eignen Zorns verzehrte ihn. So kam es, daß er der Vorhut seines Heeres weit voraus war; und die Diener Morgoths, als sie dies sahen, stellten sich zum Kampf, und aus Angband eilten Balrogs zu ihrer Hilfe herbei. An der Grenze von Dor Daedeloth, dem Lande Morgoths, wurde Feanor umzingelt, und keine Freunde umgaben ihn dort. Lange focht er unverzagt, in Flammen gehüllt und aus vielen Wunden blutend, zuletzt aber schlug ihn Gothmog zu Boden, der Fürst der Balrogs, den später Ecthelion in Gondolin erschlug. Dort wäre Feanor umgekommen, wären nicht in diesem Augenblick seine Söhne mit Macht zu ihm durchgedrungen; und die Balrogs ließen ihn liegen und zogen sich nach Angband zurück.

Nun hoben die Söhne ihren Vater auf und trugen ihn zurück, nach Mithrim zu. Doch als sie sich Eithel Sirion näherten und den Gebirgspaß hinaufstiegen, gebot Feanor ihnen Halt, denn seine Wunden waren tödlich, und er wußte, sein Ende war da. Und von den Hängen der Ered Wethrin erblickte er mit seinem letzten Augenlicht in der Ferne die Gipfel von Thangorodrim, die mächtigsten Türme von Mittelerde, und mit der Voraussicht des Todes wußte er, daß keine Macht der Noldor sie je brechen würde; doch verfluchte er dreimal den Namen Morgoths, und seinen Söhnen erlegte er auf, ihren Eid zu halten und ihren Vater zu rächen. Dann starb er; doch gab man ihm weder Grab noch Stein, denn so heiß brannte sein Geist, als er aus ihm wich, daß sein Leib zu Asche verfiel und wie Rauch davongeweht wurde; und nie wieder ist seinesgleichen in Arda erschienen, noch hat sein Geist Mandos' Hallen verlassen. So endete der mächtigste der Noldor, aus dessen Taten ihr höchster Ruhm und tiefstes Leid erwuchs.

In Mithrim nun lebten Grau-Elben, Volk aus Beleriand, das über das Gebirge nach Norden gezogen war. Die Noldor begegneten ihnen freudig, als Stammesbrüdern, von denen sie lange getrennt gewesen waren; mit ihnen zu sprechen freilich war zuerst nicht leicht, denn während der langen Trennung waren die Sprachen der Calaquendi in Valinor und der Moriquendi in Beleriand einander unähnlich geworden. Durch die Elben von Mithrim erfuhren die Noldor von der Macht Elu Thingols, des Königs in Doriath, und von dem Banngürtel, der sein Reich umhegte; und Nachricht von ihren großen Taten im Norden gelangte nach Menegroth im Süden und in die Häfen von

Brithombar und Eglarest. Alle Elben Beleriands waren voller Verwunderung und Hoffnung bei der Ankunft ihrer mächtigen Vettern, die so unversehens in der Stunde der Not aus dem Westen zurückgekehrt waren; und zunächst glaubte man sogar, sie kämen als Abgesandte der Valar, um Beleriand zu retten.

Noch in Feanors Todesstunde aber traf bei seinen Söhnen eine Botschaft Morgoths ein, worin die Niederlage anerkannt und Verhandlungen angeboten wurden; sogar von der Übergabe eines der Silmaril war die Rede. Maedhros der Lange, Feanors ältester Sohn, bewog die Brüder, zum Schein darauf einzugehen und Morgoths Gesandten an dem verabredeten Ort zu begegnen; doch trauten die Noldor Morgoth so wenig wie dieser ihnen. Beide Gesandtschaften kamen daher mit stärkerem Gefolge als vereinbart, doch Morgoth hatte am meisten gesandt, und unter den Seinen waren Balrogs. Maedhros fiel in einen Hinterhalt, und all sein Gefolge wurde erschlagen; er selbst aber wurde auf Morgoths Geheiß lebendig gefangengenommen und nach Angband gebracht.

Nun zogen Maedhros' Brüder sich zurück und legten ein großes befestigtes Lager in Hithlum an; Morgoth aber hielt Maedhros als Geisel fest und ließ verlauten, nicht eher werde er ihn freigeben, als bis die Noldor den Krieg beendeten und in den Westen zurückkehrten oder aber weit fort von Beleriand in den Süden der Welt zögen. Feanors Söhne aber wußten, daß Morgoth sie betrügen und Maedhros keinesfalls freigeben würde, was immer sie taten; auch waren sie durch den Eid gebunden, und kein Grund erlaubte, daß sie vom Kriege gegen ihren Feind abließen. Morgoth nahm daher Maedhros und hängte ihn an einen Felsvorsprung von Thangorodrim, mit dem rechten Handgelenk in einer stählernen Schlinge, die an den Felsen geschmiedet war.

Nun kam Meldung von dem Zuge Fingolfins und jener, die ihm folgten und mit ihm über das Malm-Eis gegangen waren, in das Lager in Hithlum; und dann lag alle Welt in Erstaunen über den Aufgang des

Mondes. Als aber Fingolfins Schar in Mithrim einzog, da ging flammend im Westen die Sonne auf, und Fingolfin entrollte seine blausilbernen Banner und ließ die Hörner blasen; und zu Füßen seiner Schar wuchsen Blumen auf, und die Zeitalter der Sterne waren zu Ende. Morgoths Diener flohen beim Aufgang des großen Lichtes nach Angband hinein, und Fingolfin kam ohne Widerstand durch die Befestigungen von Dor Daedeloth, während seine Feinde sich unter die Erde verkrochen. Dann pochten die Elben an die Tore von Angband, und der Kampfruf ihrer Trompeten ließ die Türme von Thangorodrim erzittern; und Maedhros hörte sie in seiner Qual und schrie laut, doch seine Stimme ging unter im Echo von den Felsen.

Fingolfin aber, der anderen Gemütes war als Feanor und sich vor Morgoths Tücken in acht nahm, zog aus Dor Daedeloth ab und wandte sich zurück nach Mithrim, denn er hatte Meldung, dort werde er Feanors Söhne finden; außerdem wollte er das Schattengebirge als Schild zwischen sich und den Feinden wissen, solange die Seinen ausruhten und sich stärkten, denn er hatte gesehen, wie stark Angband war, und glaubte nicht, daß es mit Trompetenschall allein zu nehmen wäre. Als er schließlich nach Hithlum kam, schlug er daher sein erstes Lager an den Nordufern des Sees von Mithrim auf. Keine Freundschaft für das Haus Feanor empfanden sie, die Fingolfin folgten, denn Schweres hatten sie beim Übergang über das Eis erlitten, und in Feanors Söhnen sah Fingolfin Mitschuldige ihres Vaters. Nun bestand Gefahr, daß beide Lager handgemein wurden; doch so groß auch ihre Verluste unterwegs gewesen waren, Fingolfins Schar und die von Finrod, Finarfins Sohn, waren immer noch zahlreicher als die Feanors; und diese zog sich nun vor ihnen zurück und legte ein neues Lager am Südufer an, so daß der See zwischen ihnen war. Viele aus Feanors Gefolge bereuten zwar die Schiffsverbrennung bei Losgar, und voller Bewunderung waren sie für den Mut, der die Freunde, die sie verlassen, über das Eis des Nordens geführt hatte; doch aus Scham wagten sie es nicht, sie willkommen zu heißen.

So, wegen des Fluchs, der auf ihnen lag, richteten die Noldor nichts aus, während Morgoth zauderte und das Entsetzen vor dem Licht bei den Orks neu und stark war. Morgoth aber erwachte aus seinem Sinnen, und als er sah, daß seine Feinde uneins waren, da lachte er. In den Gruben von Angband ließ er gewaltigen Rauch und Qualm entfachen, und Wolken fielen von den stinkenden Gipfeln der Eisenberge, und aus der Ferne konnte man sie in Mithrim sehen, wie sie die klaren Lüfte in den ersten Morgentagen der Welt besudelten. Ein Wind kam aus Osten und wehte sie über Hithlum, die neue Sonne verdunkelnd; und sie sanken herab, krochen über die Felder und lagen über den Wassern des Mithrimsees, finster und giftig.

Da beschloß der tapfere Fingon, Fingolfins Sohn, die Fehde zu beenden, welche die Noldor trennte, ehe noch ihr Feind zum Krieg gerüstet wäre; denn der Boden zitterte in den Nordlanden über dem Dröhnen von Morgoths unterirdischen Schmieden. Vor langer Zeit, im glückseligen Valinor, ehe Melkors Fesseln abgenommen waren und seine Lügen Zwietracht gestiftet hatten, war Fingon Maedhros' Freund gewesen; und obgleich er noch nicht wußte, daß auch Maedhros vor der Verbrennung der Schiffe an ihn gedacht hatte, stach ihn der Gedanke an ihre alte Freundschaft ins Herz. Er wagte deshalb eine Tat, die mit Recht Ruhm genießt und unter allen Taten, welche die Prinzen der Noldor geleistet: Allein und ohne irgendeines andern Rat machte er sich auf die Suche nach Maedhros; und im Schutze der Dunkelheit, die Morgoth selbst geschaffen, kam er ungesehen durch das Land seiner Feinde. Hoch auf die Schultern von Thangorodrim kletterte er hinauf, verzweifelt in dem öden Lande umherblickend, doch keinen Durchlaß und kein Mauerloch fand er, die ihn in Morgoths Burg geführt hätten. Dann, den Orks zum Trotz, die noch in ihren dunklen Verliesen unter der Erde hockten, nahm er seine Harfe und sang ein Lied aus Valinor, das die Noldor einst gedichtet, ehe Streit unter Finwes Söhnen aufkam; und seine Stimme erscholl über den trostlosen Höhlen, die nie zuvor andres vernommen hatten als Schreie von Angst und Schmerz.

So fand Fingon, wen er suchte. Denn plötzlich hörte er über sich, schwach und von fern, wie sein Lied aufgenommen wurde und eine Stimme ihm antwortete. Maedhros war es, der in seinen Qualen sang. Fingon aber kletterte zum Fuße des Felsens, an dem sein Vetter hing, doch dann kam er nicht weiter; und er weinte, als er Morgoths grausames Werk sah. Maedhros nun, in seinem Schmerz und ohne Hoffnung, bat Fingon, ihn mit seinem Bogen zu erschießen, und Fingon legte einen Pfeil auf und spannte. Und da er keine andere Hoffnung mehr sah, rief er Manwe an und sagte: »O König, dem alle Vögel lieb sind, hilf nun auch diesem gefiederten Schaft und gedenke mit Erbarmen der Noldor in ihrer Not!«

Sein Gebet wurde sogleich beantwortet. Denn Manwe, dem alle Vögel lieb sind und dem sie Nachricht aus Mittelerde auf den Taniquetil tragen, hatte das Volk der Adler ausgesandt, mit dem Auftrag, in den Felsen des Nordens zu nisten und auf Morgoth Obacht zu geben; denn noch immer hatte Manwe Mitleid mit den verbannten Elben. Und von vielem, das in jenen Tagen geschah, trugen die Adler Nachricht an Manwes Ohr. Und jetzt, als Fingon eben den Bogen spannte, ließ sich aus den hohen Lüften Thorondor nieder, der König der Adler und der gewaltigste von allen Vögeln, die je gewesen, dessen ausgespannte Schwingen dreißig Faden maßen; und, Fingons Hand Einhalt gebietend, trug er ihn empor bis zu der Spitze des Felsens, wo Maedhros hing. Doch die Höllenfessel an seinem Handgelenk konnte Fingon weder biegen noch brechen oder vom Steine losreißen. Abermals bat ihn Maedhros in seiner Qual, ihn zu töten; Fingon aber schnitt ihm die Hand über dem Gelenk ab, und Thorondor trug sie beide zurück nach Mithrim.

Dort wurde Maedhros beizeiten geheilt; denn das Feuer des Lebens brannte heiß in ihm, und seine Kraft war die Kraft der alten Welt, wie sie jene besaßen, die in Valinor aufgewachsen waren. Sein Leib genas von der Qual und wurde gesund, doch der Schatten des Schmerzes blieb in seinem Herzen; und er regte das Schwert fortan mit der Linken tödlicher als zuvor mit der Rechten. Fingon gewann durch seine Tat einen großen Namen, und alle Noldor rühmten ihn; und der Haß zwischen den Häusern Fingolfins und Feanors wurde gemildert. Denn Maedhros bat um Verzeihung für ihre Flucht aus Araman, und er ließ den Anspruch auf das Königtum über alle Noldor fallen, indem er zu Fingolfin sagte: »Wenn kein Streit zwischen uns ist, Herr, so ist die Königswürde rechtens dein, denn der Älteste hier bist du aus Finwes Haus und nicht der Geringste an Weisheit.« Doch in dem waren nicht alle seine Brüder von Herzen einig.

Wie Mandos geweissagt, waren daher Feanors Söhne Enteignete, weil die Oberhoheit von ihnen, der älteren Linie, an das Haus Fingolfin überging, sowohl in Elende wie in Beleriand, und weil sie die Silmaril verloren hatten. Doch die Noldor, wieder geeint, stellten eine Wache an die Grenzen von Dor Daedeloth, und Angband wurde von Westen, Süden und Osten belagert; und weit und breit schickten sie Boten aus, um die Länder von Beleriand zu erkunden und mit den Völkern zu verhandeln, die dort lebten.

Nun begrüßte König Thingol nicht aus vollem Herzen die Ankunft so vieler mächtiger Prinzen aus dem Westen, die es nach neuen Reichen verlangte; und er öffnete sein Königreich nicht, noch hob er den Banngürtel auf, denn wohlberaten von Melian, vertraute er nicht darauf, daß Morgoth auf Dauer zurückgeworfen sei. Von den Prinzen der Noldor durften allein die aus Finarfins Haus die Grenzen von Doriath überschreiten; sie nämlich konnten Blutsverwandtschaft mit König Thingol selbst geltend machen, denn Earwen von Alqualonde, Olwes Tochter, war ihre Mutter.

Angrod, Finarfins Sohn, war der Erste der Verbannten, der nach Menegroth kam, als Bote seines Bruders Finrod, und lange sprach er mit dem König, berichtete ihm von den Taten der Noldor im Norden, von ihrer Anzahl und der Ordnung ihrer Streitmacht; da er aber ehrlich und klugen Sinnes war und alle Klagen nun verziehen glaubte, sprach er nicht von dem Sippenmord noch von den Gründen für die Auswanderung der Noldor und dem Eid Feanors. König Thingol hörte Angrods Worten zu, und ehe er ging, sagte er zu ihm: »Dies sollst du jenen, die dich gesandt, von mir ausrichten. In Hithlum steht es den Noldor frei zu wohnen, in den Hochland von Dorthonion und in den Landen östlich von Doriath, die leer und wild sind; andernorts aber wohnen viele von meinem Volk, und ich wünsche nicht, daß sie in ihrer Freiheit beschränkt, geschweige denn, daß sie aus ihrer Heimat vertrieben werden. Gebt daher acht, ihr Prinzen aus dem Westen, wie ihr euch hier betragt; denn der Herr von Beleriand bin ich, und alle, die dort leben mögen, sollen auf mein Wort hören. Nach Doriath darf niemand herein, um hier zu wohnen, sondern nur jene, die ich als Gäste begrüße oder die mich in großer Not aufsuchen.«

Nun hielten die Fürsten der Noldor in Mithrim Rat, und dorthin ging Angrod mit König Thingols Botschaft. Kalt schien dieser Gruß den Noldor, und Feanors Söhne verdrossen seine Worte; Maedhros aber lachte und sagte: »König ist, wer seinen Besitz zu wahren weiß, sonst ist sein Titel leer. Thingol gewährt uns nur Lande, wohin seine Macht nicht reicht. Doriath allein wäre sein Reich bis zu diesem Tage, wären die Noldor nicht gekommen. In Doriath mag er daher herrschen und froh sein, daß er Finwes Söhnen zu Nachbarn hat und nicht die Orks, die wir hier vorgefunden. Anderswo soll alles so zugehen, wie es uns gut dünkt.«

Doch Caranthir, der Finarfins Söhne nicht liebte und der von den Brüdern der bitterste und der am schnellsten erzürnte war, rief laut aus: »Fürwahr, und noch eins: Laßt nicht Finarfins Söhne in dieses Dunkel-Elben Höhle aus und ein gehen und ihm Geschichten zutragen! Wer hat sie zu unseren Sprechern ernannt, um mit ihm zu verhandeln? Und wenn sie nun auch tatsächlich nach Beleriand gekommen sind, so mögen sie doch nicht so rasch vergessen, daß zwar ihr Vater ein Fürst der Noldor, ihre Mutter aber aus anderm Geschlecht ist.«

Da war Angrod zornig und ging fort aus dem Rat. Maedhros wies auch Caranthir zurecht, doch die meisten der Noldor, aus beiden Lagern, die seine Worte gehört hatten, waren tief bestürzt und voll Sorge über den grimmigen Sinn von Feanors Söhnen, die anscheinend immer drauf und dran waren, in heftige Worte oder Gewalttat auszubrechen. Doch Maedhros zügelte seine Brüder, und sie verließen den Rat und zogen bald darauf fort aus Mithrim, nach Osten über den Aros, in die weiten Lande um den Berg von Himring. Daher wurde dieses Gebiet fortan Maedhros' Mark genannt, denn nach Norden zu bot es wenig Schutz durch Berge oder Flüsse gegen Angriffe aus Angband. Dort hielten Maedhros und seine Brüder Wache und scharten alles Volk um sich, das zu ihnen kommen mochte; und außer in Notzeiten hatten sie wenig Umgang mit ihren Verwandten im Westen. Es heißt sogar, Maedhros selbst habe dies so erdacht, um die Anlässe zum Streit zu mindern; und außerdem war er fest entschlossen, die größte Gefahr eines Angriffs selbst zu tragen. Für sein Teil wahrte er die Freundschaft mit den Häusern Fingolfin und Finarfin und nahm bisweilen an ihren Beratungen teil. Doch blieb auch er an den Eid gebunden, obgleich der nun eine Zeitlang schlief.

Caranthirs Gefolgsleute wohnten am weitesten östlich, jenseits des oberen Gelion, um den Helevorn-See unter dem Berg Rerir und weiter nach Süden; sie erstiegen die Höhen der Ered Luin und sahen verwundert nach Osten, denn wild und weit schienen ihnen die Lande von Mittelerde. Und so kam es, daß Caranthirs Volk den Zwergen begegnete, die nach dem Vordringen Morgoths und der Ankunft der Noldor den Handel mit Beleriand eingestellt hatten. Doch obwohl beide Völker kunstvolle Arbeiten schätzten und jedes begierig war, vom anderen zu lernen, herrschte keine große Freundschaft zwischen ihnen; die Zwerge nämlich waren Geheimniskrämer und schnell beleidigt, während Caranthir hochfahrend war und aus seiner Geringschätzung für das unliebenswürdige Volk der Naugrim kaum ein Hehl machte; und Caranthirs Volk stand seinem Fürsten an Hochmut nichts nach. Dennoch, da beide Völker Morgoth fürchteten und haßten, verbündeten sie sich und hatten viel Vorteil davon; denn die Naugrim lernten in jenen Tagen viele geheime Kunstgriffe, so daß die Schmiede und Mauerwerker von Nogrod und Belegost unter ihresgleichen berühmt wurden, und als die Zwerge ihre Reisen nach Beleriand wieder aufnahmen, gingen alle Güter aus ihren Bergwerken zuerst durch Caranthirs Hände, und so fielen große Reichtümer an ihn.

Als zwanzig Sonnenjahre vergangen waren, gab Fingolfin, der König der Noldor, ein großes Fest. Es wurde im Frühjahr gefeiert, an den Weihern von Ivrin, wo der schnellfließende Narog entsprang, denn dort lagen die Lande grün und hell zu Füßen des Schattengebirges, das sie nach Norden abschirmte. Lange noch erinnerte man sich später, in den Tagen des Leids, an den Glanz dieses Festes; und es wurde Mereth Aderthad geheißen, das Fest der Versöhnung. Viele der Edlen und Gefolgsleute Fingolfins und Finrods kamen, und von Feanors Söhnen kamen Maedhros und Maglor mit Kriegern aus der östlichen Mark; und es kamen in großer Zahl Grau-Elben, die Wanderer aus den Wäldern von Beleriand, und Volk von den Häfen mit Círdan, seinem Fürsten. Sogar Grün-Elben aus Ossiriand kamen, dem Land der Sieben Flüsse fern unter den Hängen der Blauen Berge; doch aus Doriath kamen nur zwei Boten, Mablung und Daeron, mit Grüßen von ihrem König.

Viele Beratungen in gutem Einvernehmen gab es beim Mereth Aderthad, und Bündnisse und Freundschaften wurden in Eiden beschworen; und es heißt, die Sprache der Grau-Elben sei bei diesem Fest auch von den Noldor am meisten gesprochen worden, denn sie hatten schnell die Sprache von Beleriand erlernt, während die Sindar nur langsam die von Valinor lernten. Die Noldor waren hochgemut und voller Zuversicht, und vielen schien es, daß Feanors Worte sich als richtig erwiesen hätten, als er sie Freiheit und weite Reiche in Mittelerde suchen hieß; und wirklich folgten darauf viele Jahre des Friedens, in denen ihre Schwerter Beleriand vor Morgoths Unheil schützten und ihn hinter seinen Mauern eingeschlossen hielten. Freude war in jenen Tagen unter den neuen Lichtern von Sonne und Mond, und das ganze Land war froh; aber noch immer brütete der Schatten im Norden.

Und nachdem abermals dreißig Jahre vergangen waren, machte sich Turgon, Fingolfins Sohn, aus Nevrast auf, wo er saß, und besuchte seinen Freund Finrod auf der Insel Tol Sirion, und gemeinsam wanderten sie nach Süden den Fluß entlang, denn sie waren für eine Weile der nördlichen Gebirge überdrüssig geworden; und unterwegs überraschte sie die Nacht an den Dämmerseen um das Flußbett des Sirion, und dort legten sie sich unter den Sommergestirnen zum Schlafe nieder. Doch Ulmo, der den Strom heraufkam, gab ihnen tiefen Schlaf und schwere Träume; und die Träume blieben bedrückend, auch nachdem sie erwacht waren, doch sagte keiner dem andren ein Wort, denn sie erinnerten sich nicht klar, und jeder meinte, ihm allein habe Ulmo Botschaft gesandt. Doch stets hernach war die Unrast in ihnen und der Zweifel, was kommen werde, und oft wanderten sie allein durch weglose Länder und suchten nach Orten von verborgener Kraft; denn jeder glaubte, er sei geheißen worden, sich für den Tag des Unheils zu rüsten und eine Zuflucht zu schaffen, damit Morgoth, wenn er aus Angband hervorbräche, nicht alle Heere des Nordens überwältige.

Einmal nun waren Finrod und seine Schwester Galadriel zu Gast bei Thingol, ihrem Verwandten in Doriath. Da staunte Finrod über die Stärke und Pracht von Menegroth mit seinen Schatz- und Waffenkammern und den säulenreichen steinernen Hallen, und es kam ihm in den Sinn, daß auch er solche weiten Hallen hinter Tag und Nacht bewachten Toren bauen wollte, an einem tiefen und geheimen Ort unter den Bergen. Daher öffnete er Thingol sein Herz und erzählte ihm von seinen Träumen; und Thingol sprach zu ihm von der tiefen Schlucht des Flusses Narog und den Höhlen unter Hoch-Faroth an seinem steilen westlichen Ufer, und als Finrod schied, gab er ihm Führer mit, die ihn zu jenem Orte brachten, den erst wenige kannten. So kam Finrod zu den Naroghöhlen und begann dort tiefe Hallen und Kammern zu bauen, wie er sie in Menegroth gesehen, und jene Burg wurde Nargothrond geheißen. Bei der Arbeit halfen ihm die Zwerge von den Blauen Bergen, und sie wurden reich belohnt, denn Finrod hatte mehr Schätze aus Tirion mitgebracht als alle andern Prinzen der Noldor. Und zu der Zeit wurde ihm das Nauglamír gefertigt, das Halsband der Zwerge, ihre berühmteste Arbeit während der Ältesten Tage. Es war ein Halsgeschmeide von Gold, mit ungezählten Gemmen aus Valinor besetzt, doch hatte es eine Kraft in sich, daß es leicht wie ein Faden Flachs an seinem Träger hing, und um welchen Hals es auch geschlungen war, es saß immer genau und anmutig.

Dort in Nargothrond ließ Finrod mit vielen aus seinem Volke sich nieder, und in der Zwergensprache nannte man ihn Felagund, den Höhlenschleifer, und diesen Namen behielt er bis an sein Ende. Doch war Finrod Felagund nicht der erste, der in Höhlen am Narog lebte.

Seine Schwester Galadriel ging nicht mit ihm nach Nargothrond, denn in Doriath lebte Celeborn, ein Anverwandter von Thingol, und groß war die Liebe zwischen ihnen. Daher blieb sie im Verborgenen Königreich und wohnte bei Melian, und von ihr erfuhr sie große Wissenschaft und Weisheit, Mittelerde betreffend.

Turgon aber gedachte der Stadt auf dem Hügel, des weißen Tirion mit seinem Turm und Baum, und er fand nicht, was er suchte, sondern kehrte nach Nevrast zurück und lebte in Frieden in Vinyamar am Ufer des Meeres. Und im Jahr darauf erschien ihm Ulmo selbst und hieß ihn wieder allein aufbrechen, in das Tal des Sirion; und Turgon ging und entdeckte dank Ulmos Führung das verborgene Tal von Tumladen in den Umzingelnden Bergen, in dessen Mitte sich ein steinerner Hügel erhob. Davon sprach er vorerst zu niemandem, sondern kehrte wieder nach Nevrast zurück, und dort begann er insgeheim den Plan zu einer Stadt nach dem Vorbild von Tirion auf Túna zu zeichnen, nach der sein Herz in der Verbannung verlangte.

Morgoth nun, der den Berichten seiner Späher glaubte, daß die Fürsten der Noldor umherwanderten, ohne viel an Krieg zu denken, stellte die Stärke und Wachsamkeit seiner Feinde auf die Probe.

Wieder einmal, ohne Vorwarnung, regte er seine Kräfte, und plötzlich gab es Erdbeben im Norden, und Feuer quoll aus Erdspalten, und die Eisenberge spien Flammen aus, und Orks strömten über die Ebene von Ard-galen. Von da aus stießen sie im Westen durch den Paß des Sirion vor, und im Osten brachen sie durch Maglors Land, in der Lücke zwischen Maedhros' Hügelland und den Ausläufern der Blauen Berge. Fingolfin und Maedhros aber schliefen nicht, und während andere die verstreuten Haufen der Orks jagten, die durch Beleriand schweiften und viel Unheil stifteten, überraschten sie das Hauptheer von zwei Seiten, als es eben Dorthonion angriff; und sie besiegten Morgoths Diener, jagten sie über die Ebene von Ard-galen und vernichteten sie bis auf den letzten Mann, in Sichtweite der Tore von Angband. Das war die dritte große Schlacht der Kriege von Beleriand, und sie wurde Dagor Aglareb genannt, die Ruhmreiche Schlacht.

Ein Sieg war es und doch eine Warnung; und die Prinzen bedachten dies wohl und schlossen hernach ihre Grenzen noch dichter, verstärkten und ordneten ihre Wachen und legten eine Belagerung um Angband, die fast vierhundert Sonnenjahre lang dauerte. Für lange Zeit nach der Dagor Aglareb wagte sich kein Diener Morgoths mehr aus den Toren, aus Furcht vor den Fürsten der Noldor; und Fingolfin prahlte, nie wieder könne Morgoth, es sei denn durch Verrat unter den Eldar selbst, aus ihrem Sperrgürtel ausbrechen oder sie unversehens überfallen. Doch konnten die Noldor weder Angband einnehmen noch die Silmaril zurückgewinnen; und der Krieg kam während der ganzen Zeit der Belagerung nie ganz zur Ruhe, denn Morgoth heckte neues Unheil aus, und dann und wann stellte er seine Feinde auf die Probe. Auch konnte Morgoths Festung nie ganz eingeschlossen werden, denn die Eisenberge, aus deren großem, gebogenen Wall die Türme von Thangorodrim vorsprangen, schützten sie von beiden Seiten, und wegen ihres Schnees und Eises waren sie unüberschreitbar für die Noldor. In seinem Rücken und nach Norden zu hatte also Morgoth keine Feinde, und in dieser Richtung zogen bisweilen seine Späher aus und gelangten dann auf Umwegen nach Beleriand. Und da er vor allem Furcht und Zwietracht unter den Eldar säen wollte, befahl er den Orks, jeden, den sie fangen konnten, lebendig und in Fesseln nach Angband zu bringen; und manche ängstigte er so mit der Folter seines Blicks, daß sie auch ohne Fesseln in steter Furcht vor ihm lebten und ihm zu Willen waren, wo immer sie sich aufhielten. So erfuhr Morgoth von all dem, was seit Feanors Aufruhr geschehen war, und er frohlockte, sah er darin doch den Samen zu mancherlei Zwist unter seinen Feinden.

Als nahezu hundert Jahre seit der Dagor Aglareb vergangen waren, versuchte Morgoth, Fingolfin unversehens zu überfallen (denn Maedhros' Wachsamkeit kannte er); und er schickte ein Heer in den weißen Norden, das sich dann nach Westen und zuletzt nach Süden wandte und die Küste entlang zum Fjord von Drengist zog, auf demselben Weg, auf dem Fingolfin vom Malm-Eis gekommen war. So gedachten sie von Westen her nach Hithlum einzufallen; doch wurden sie beizeiten ausgekundschaftet, und Fingon überraschte sie zwischen den Bergen am Ende des Fjords, und die meisten der Orks wurden ins Meer gejagt. Diese Schlacht wurde nicht zu den großen gerechnet, denn die Orks waren nicht stark an Zahl, und nur ein Teil der Männer von Hithlum kämpfte dort. Hernach aber herrschte für viele Jahre Ruhe, und kein offener Angriff kam mehr aus Angband, denn Morgoth sah nun ein, daß die Orks ohne andere Hilfe den Noldor nicht gewachsen waren; und in seinem Herzen sann er auf neue Wege.

Abermals hundert Jahre später stieg Glaurung, der erste der Urulóki, der Feuerdrachen des Nordens, des Nachts aus den Toren von Angband. Er war noch jung und kaum zur Hälfte ausgewachsen, denn lang und langsam ist das Leben der Drachen, doch die Elben flohen entsetzt vor ihm in die Ered Wethrin und nach Dorthonion, und er verwüstete die Felder von Ard-galen. Da zog Fingon, Prinz von Hithlum, mit berittenen Bogenschützen gegen ihn aus und umringte ihn mit schnellen Reitern; und Glaurung konnte ihre Pfeile nicht ertragen, war doch sein Panzer noch nicht ganz geschlossen; und so floh er nach Angband zurück und kam viele Jahre lang nicht mehr hervor. Fingon erwarb hohen Ruhm, und die Noldor waren froh, denn nur wenige erkannten im voraus die ganze Bedeutung und Gefahr dieses neuen Dings. Morgoth war verdrossen, daß Glaurung sich voreilig hatte sehen lassen; und nach dieser Niederlage gab es den langen Frieden, der fast zweihundert Jahre währte. In der ganzen Zeit gab es nur noch Scharmützel an den Grenzen, und ganz Beleriand blühte und wurde reich. Hinter der Wache ihrer Heere im Norden bauten die Noldor ihre Paläste und Türme, und viele schöne Dinge schufen sie in jenen Tagen, Gedichte und Geschichten und Bücher von Wissenschaft. In vielen Teilen des Landes verschmolzen Noldor und Sindar zu einem Volke und sprachen die gleiche Sprache; der Unterschied allerdings blieb zwischen ihnen, daß die Noldor über die größeren Geistes- und Leibeskräfte geboten und die mächtigeren Krieger und Gelehrten waren; und sie bauten mit Stein und liebten die Berghänge und die offenen Lande. Die Sindar dagegen hatten die schöneren Stimmen und verstanden sich besser auf die Musik, ausgenommen allein Maglor, Feanors Sohn, und sie liebten die Wälder und die Flußufer; und manche Grau-Elben wanderten immer noch nach Belieben umher, ohne feste Heimstätte, und sie sangen auf ihrem Weg.

XIV
Von Beleriand und seinen Reichen

Hier wird berichtet, wie die Länder, in welche die Noldor kamen, in den nördlichen Westgebieten von Mittelerde, in alten Zeiten aussahen; und hier wird auch gesagt, wie sich die Häupter der Eldar nach der Dagor Aglareb, der dritten Schlacht in den Kriegen von Beleriand, in die Länder teilten und den Sperrgürtel um Morgoth legten.

Im Norden der Welt hatte Melkor in früheren Altern die Ered Engrin aufgerichtet, die Eisenberge, als Schutzwehr für seine Burg Utumno; sie standen an den Grenzen zu den Regionen des Ewigen Eises, in einer großen Biegung von Osten nach Westen verlaufend. Hinter den Wällen der Ered Engrin im Westen, wo sie nach Norden abbogen, baute Melkor eine zweite Festung zum Schutz gegen einen Angriff, der aus Valinor käme; und als er nach Mittelerde zurückkehrte, da nahm er, wie erzählt wurde, seinen Sitz in den bodenlosen Verliesen von Angband, der Eisenhölle, denn während des Kriegs der Mächte, in der Eile ihres Bemühens, Melkor in seiner großen Festung Utumno zu überwältigen, hatten die Valar Angband nicht von Grund auf zerstört und nicht alle seine tiefsten Höhlen durchsucht. Unter dern Ered Engrin grub er nun einen großen Tunnel, mit dem Ausgang südlich der Berge, und dort baute er ein gewaltiges Tor. Über dem Tor aber und dahinter, auf gleicher Höhe mit den Bergen, stapelte er die Donnertürme von Thangorodrim auf, aus der Asche und Schlacke seiner unterirdischen Öfen und den Schuttmasssen von seinen Grabungen. Sie waren schwarz und kahl und stiegen über alles Maß hoch; und aus ihren Spitzen quoll schwarzer, stinkender Rauch in den nördlichen Himmel. Viele Meilen weit nach Süden zog sich vor den Toren von Angband eine Dreckwüste über die weite Ebene von Ard-galen; doch nach dem Aufgang der Sonne sproß dichtes Gras dort auf, und solange Angband belagert wurde und seine Tore geschlossen blieben, wuchs Grünzeug sogar zwischen den Gruben und zertrümmerten Felsen vor den Pforten der Hölle.

Westlich von Thangorodrim lag Hísilóme, das Land des Nebels, denn so nannten es die Noldor in ihrer Sprache, wegen der Wolken, die Morgoth dorthin getrieben hatte, als sie ihr erstes Lager aufschlugen; Hithlum wurde daraus in der Sprache der Sindar, die in diesen Gebieten lebten. Es war ein schönes Land, solange die Belagerung von Angband währte, obgleich die Luft dort kühl und der Winter hart war. Im Westen begrenzten es die Ered Lómin, das Echogebirge, das sich nahe am Meer entlangzog, im Osten und Süden die große Biegung der Ered Wethrin, der Schattenberge, von denen man über Ard-galen und das Tal des Sirion hinblickte.

Fingolfin und Fingon, sein Sohn, regierten Hithlum, und der größte Teil von Fingolfins Volk wohnte in Mithrim an den Ufern des großen Sees; Fingon war Dor-lómin zugefallen, das westlich des Gebirges von Mithrim lag. Ihre größte Festung aber stand bei Eithel Sirion, im Osten der Ered Wethrin; von hier aus hielten sie Wache über Ard-galen, und ihre Reiterei durchstreifte die Ebene bis zu den Schatten von Thangorodrim, denn ihre Pferde, deren zuerst nur wenige gewesen waren, hatten sich rasch vermehrt, und das Gras von Ard-galen war fett und grün. Viele dieser Pferde stammten von Tieren aus Valinor ab; Maedhros hatte sie Fingolfin zum Ausgleich für seine Verluste gegeben, denn sie waren zu Schiff nach Losgar gebracht worden.

Westlich von Dor-lómin, jenseits des Echogebirges, das sich südlich des Fjords von Drengist ins Binnenland hineinzieht, lag Nevrast, was in der Sprache der Sindar die Hinnenküste bedeutet. Diesen Namen trugen zuerst alle Küstengebiete südlich des Fjordes, später aber nur noch das Land, dessen Küstenstreifen zwischen Drengist und dem Tarasberg lag. Dies war viele Jahre lang das Reich Turgons des Klugen, Fingolfins Sohn; es wurde begrenzt vom Meer, von den Ered Lómin und von den Hügeln, in denen sich die Wälle der Ered Wethrin nach Westen hin fortsetzten, von Ivrin bis zum Taras, der sich auf einem Landvorsprung erhob. Manche meinten, daß Nevrast eher zu Beleriand als zu Hithlum gehörte, denn es war ein milderes Land, bewässert durch die feuchten Seewinde und geschützt vor den kalten Nordwinden, die über Hithlum bliesen. Das Land lag tief, umgeben von Bergen und großen Klippen an der Küste, die höher lagen als die Ebenen dahinter, so daß kein Fluß hier ins Meer mündete; und inmitten des Landes war ein großer See mit oft wechselnden Ufern, umgeben von weiten Marschen. Linaewen hieß dieser See, wegen der vielen Vögel, die dort nisteten, von allen Arten, die hohes Riedgras und flache Teiche lieben. Zur Zeit, als die Noldor kamen, lebten viele Grau-Elben in Nevrast nahe an der Küste und besonders um den Taras im Südwesten, denn an diesen Ort waren in alten Zeiten Ulmo und Osse gern gekommen. All diese Völker nahmen Turgon zum Fürsten, und die Vermischung der Noldor mit den Sindar schritt hier am schnellsten voran; und Turgon wohnte lange dort in seinen Hallen, die er Vinyamar nannte, am Fuß des Taras und am Meeresufer.

Südlich von Ard-galen erstreckte sich das große Hochland namens Dorthonion sechzig Meilen weit von West nach Ost, mit großen Kiefernwäldern besonders an der Nord- und an der Westseite. In sanften Hängen stieg es von der Ebene bis zu einem kahlen Hochland an, in dem viele Bergseen lagen, zu Füßen nackter Felsen, deren Spitzen höher aufragten als die Gipfel der Ered Wethrin; im Süden aber, nach Doriath hin, fiel es plötzlich steil in fürchterliche Tiefen ab. Von den Nordhängen Dorthonions blickten Angrod und Aegnor, Finarfins Söhne, über die Felder von Ard-galen hin; sie waren Vasallen ihres Bruders Finrod, des Herrn von Nargothrond, und ihr Volk war nicht zahlreich, denn das Land war unfruchtbar, und die großen Hochlande dahinter konnten als ein Bollwerk gelten, das Morgoth nicht so leicht überschreiten würde.

Zwischen Dorthonion und dem Schattengebirge lag ein enges Tal, dessen steile Hänge nur mit Tannen bewachsen waren, doch das Tal selbst war grün, denn der Sirion floß hindurch, in raschem Lauf nach Beleriand hin. Den Sirion-Paß bewachte Finrod, und auf der Insel Tol Sirion inmitten des Flusses erbaute er einen mächtigen Wachturm, Minas Tirith; nach dem Bau von Nargothrond aber ließ er diese Festung meist in der Obhut seines Bruders Orodreth.

Das große, schöne Land Beleriand nun lag beiderseits des gewaltigen, vielbesungenen Sirion. Der Sirion entsprang bei Eithel Sirion und kroch am Rande von Ard-galen entlang, bevor er sich durch den Paß stürzte, immer mehr Wasser von den Bergbächen aufnehmend. Von da floß er einhundertunddreißig Meilen weit südwärts, mit vielen Zuflüssen auf dem Wege, bis er als ein mächtiger Strom seine vielen Mündungen und das sandige Delta in der Bucht von Balar erreichte. Und den Sirion abwärts kamen von Norden nach Süden auf dem rechten Ufer in West-Beleriand zuerst der Wald von Brethil zwischen Sirion und Teiglin, dann das Reich von Nargothrond zwischen Teiglin und Narog. Der Narog entsprang in den Fällen von Ivrin an der Südseite von Dor-lómin und floß, ehe er in den Sirion mündete, etwa achtzig Meilen weit durch Nan-tathren, das Land der Weidenbäume. Südlich von Nan-tathren lag ein Wiesenland voller Blumen, wo nur wenige Leute lebten, und dann kamen die Marschen und Schilfinseln um die Mündungen des Sirion und die Sanddünen des Deltas, wo nichts Lebendiges war außer den Seevögeln.

Das Reich von Nargothrond aber erstreckte sich auch nach Westen über den Narog hinaus bis zum Fluß Nenning, der bei Eglarest ins Meer floß; und Finrod wurde zum obersten Fürsten aller Elben Beleriands zwischen dem Sirion und dem Meer, ausgenommen die in den Falas. Dort wohnten diejenigen Sindar, die noch immer die Schiffe liebten, und Círdan der Schiffbauer war ihr Fürst; Círdan und Finrod aber waren Freunde und Bundesgenossen, und mit Hilfe der Noldor wurden die Häfen von Brithombar und Eglarest neu aufgebaut. Hinter ihren hohen Mauern wurden sie zu schönen Hafenstädten mit steinernen Kaien und Pieren. Auf dem Westkap von Eglarest erbaute Finrod den Turm von Barad Nimras, um das Westmeer zu bewachen, doch der erwies sich als unnötig, denn zu keiner

Zeit versuchte Morgoth je Schiffe zu bauen oder Seekrieg zu führen. Das Wasser scheuten alle seine Diener, und keiner von ihnen mochte dem Meer zu nahe kommen, es sei denn in äußerster Not. Mit Hilfe der Elben aus den Häfen bauten manche Nargothronder neue Schiffe und fuhren aus, um die große Insel Balar zu erkunden, in der Absicht, dort eine letzte Zufluchtsstätte für Notzeiten zu schaffen; doch ihr Schicksal war nicht, je dort zu wohnen.

So war Finrods Reich bei weitem das größte, obgleich er der jüngste war unter den großen Fürsten der Noldor: Fingolfin, Fingon, Maedhros und Finrod Felagund. Fingolfin aber galt als oberster Fürst aller Noldor, und Fingon nach ihm, obwohl ihr eigenes Reich nur aus dem nördlichen Lande Hithlum bestand; ihr Volk jedoch war das kühnste und streitbarste, von den Orks am meisten gefürchtet und Morgoth am bittersten verhaßt.

Linker Hand von Sirion lag Ost-Beleriand, an der weitesten Stelle hundert Meilen breit vom Sirion bis zum Gelion und den Grenzen von Ossiriand. Zuerst, zwischen Sirion und Mindeb, kam das leere Land von Dimbar unter den Gipfeln des Crissaegrim, den Horstplätzen der Adler. Zwischen dem Mindeb und dem Oberlauf des Esgalduin lag das Unland von Nan Dungortheb; und diese Gegend war voller Schrecknisse, denn auf der einen Seite friedete Melians Kraft die Nordgrenze von Doriath ein, während auf der anderen Seite die steilen Klüfte der Ered Gorgoroth, der Berge des Grauens, vom hohen Dorthonion herabstürzten. Dorthin hatte sich,wie schon erzählt, Ungolianth vor den Geißeln der Balrogs geflüchtet, und dort blieb sie eine Weile und erfüllte die Schluchten mit ihrer Todfinsternis, und auch nachdem sie fortgezogen war, lauerte dort noch ihre Brut und wob ihre finstern Netze; und die dünnen Wasser, die von den Ered Gorgoroth herabfielen, waren verseucht, und gefährlich war es, davon zu trinken, denn die Herzen derer, die sie gekostet hatten, wurden vom Schatten des Wahnsinns und der Verzweiflung befallen. Alle andren Lebewesen mieden dies Land, und nur in arger Not durchquerten es die Noldor, auf einem Weg an den Grenzen von Doriath entlang und in weitem Abstand von den unheimlichen Hügeln. Dieser Weg war vor langer Zeit angelegt worden, vor Morgoths Rückkehr nach Mittelerde, und wer ihn ostwärts ging, kam an den Esgalduin, wo zur Zeit der Belagerung noch die steinerne Brücke von Iant Iaur stand. Von dort aus ging es durch Dor Dínen, das Stille Land, und über die Arossiach (was die Furten des Aros heißt) kam man in die Nordmarken von Beleriand, wo die Söhne Feanors wohnten.

Im Süden lagen die behüteten Wälder von Doriath, das Gebiet Thingols, des Verborgenen Königs, das niemand betrat, es sei denn mit Thingols Willen. Der kleinere Teil von Doriath im Norden, der Wald von Neldoreth, wurde nach Osten und Süden von dem dunklen Fluß Esgalduin begrenzt, der in der Mitte des Landes nach Westen abbog; und zwischen Aros und Esgalduin lagen die dichteren und größeren Wälder von Region. Auf dem Südufer des Esgalduin, dort wo er sich nach Westen dem Sirion zuwendet, lag die Tiefburg von Menegroth; und ganz Doriath lag östlich des Sirion, bis auf einen schmalen Streifen Waldland zwischen der Teiglinmündung und den Dämmerseen. Die Leute von Doriath nannten diesen Wald Nivrim, die Westmark; große Eichen wuchsen dort, und er war mit eingeschlossen in Melians Gürtel, damit auch ein Stück des Sirion, den sie aus Verehrung für Ulmo liebte, ganz unter Thingols Herrschaft stünde.

Im Südwesten von Doriath, wo der Aros in den Sirion mündete, lagen große Teiche und Marschen zu beiden Seiten des Stromes, der hier seinen Lauf unterbrach und träge in vielen Kanälen dahinzog. Dieses Gebiet hieß Aelin-uial, die Dämmerseen, denn es war in Nebel gehüllt, und der Bann von Doriath lag über ihm. Der ganze nördliche Teil von Beleriand fiel zu diesem Punkt hin ab, und dann blieb das Land für eine Weile eben, so daß die Strömung des Sirion stockte. Südlich von Aelin-uial aber fiel das Land plötzlich steil ab, und alle unteren Ebenen des Sirion wurden von den oberen durch diesen Fall geschieden, der einem, der von Süden nach Norden blickte, als eine endlose Hügelkette erschienen wäre, die sich von Eglarest im Westen jenseits des Narog bis zum Amon Ereb im Osten hinzog, wo man von fern schon den Gelion sehen konnte. Der Narog floß durch diese Hügel in einer tiefen Schlucht, über Stromschnellen, doch ohne Wasserfälle, und auf seinem Westufer stieg das Land zu den großen bewaldeten Hochflächen von Taur-en-Faroth an. Auf der Westseite dieser Schlucht, wo der kurze, schäumende Ringwil von Hoch-Faroth herab in den Narog stürzte, erbaute Finrod Nargothrond. Rund fünfundzwanzig Meilen östlich der Narog-Schlucht aber stürzte der Sirion von Norden in einem mächtigen Fall von den Seen herab und verschwand dann plötzlich unter der Erde, in großen Tunnels, die das Gewicht seiner herniederbrechenden Wasser gegraben hatte, und drei Meilen weiter südlich kam er mit viel Lärm und Dampf wieder aus den Felsgewölben am Fuß der Hügel hervor, die man die Pforten des Sirion nannte.

Diese trennende Hügelkette wurde Andram, der lange Wall, genannt, von Nargothrond bis Ramdal in Ost-Beleriand, wo sie endete. Doch nach Osten zu wurde die Kette flacher, denn das Tal des Gelion fiel gleichmäßig nach Süden hin ab, und der Gelion hatte auf seinem ganzen Lauf weder Fälle noch Schnellen, obwohl er rascher dahinströmte als der Sirion. Zwischen Ramdal und dem Gelion stand ein vereinzelter Berg von großer Ausdehnung und mit sanft ansteigenden Hängen; doch schien er größer, als er war, denn er stand allein; und dieser Berg wurde Amon Ereb genannt. Auf dem Amon Ereb fiel Denethor, der Fürst der Nandor, die in Ossiriand wohnten und Thingol gegen Morgoth zu Hilfe geeilt waren, in den Tagen, als die Orkheere zum ersten Male vordrangen und den sternbeschienenen Frieden von Beleriand störten; und auf diesem Berg war Maedhros' Sitz nach der großen Niederlage. Südlich des Andram aber, zwischen Sirion und Gelion, lag ein wildes Land mit dichten Wäldern, das niemand betrat, bis auf ein paar wandernde Dunkel-Elben hier und da; Taur-im-Duinath wurde es genannt, der Wald zwischen den Strömen.

Der Gelion war ein großer Strom, und er entsprang in zwei Quellen und hatte zuerst zwei Arme, den Kleinen Gelion, der vom Berg von Himring floß, und den Großen Gelion, der vom Berg Rerir kam. Von der Vereinigung der beiden Arme an floß er vierzig Meilen weit nach Süden, ehe er seine Nebenflüsse aufnahm, und bis zu seiner Mündung in die See war er doppelt so lang wie der Sirion, doch weniger breit und wasserreich, denn mehr Regen fiel in Hithlum und Dorthonion, wo der Sirion sich speiste, als im Osten. Von den Ered Luin herab kamen die sechs Zuflüsse des Gelion: Ascar (der später Rathlóriel genannt wurde), Thalos, Legolin, Brilthor, Duilwen und Adurant, schnelle und wilde Flüsse, da sie steil von den Bergen herabfielen. Und zwischen dem Ascar im Norden und dem Adurant im Süden und zwischen Gelion und Ered Luin lag das ferne grüne Land von Ossiriand, das Land der Sieben Flüsse. Der Adurant nun, an einer Stelle etwa in der Mitte seines Laufes, teilte und vereinigte sich wieder, und die Insel, die seine Wasser umschlossen, hieß Tol Galen, die Grüne Insel. Hier wohnten Beren und Lúthien nach ihrer Rückkehr.

In Ossiriand lebten die Grün-Elben, geschützt von ihren Flüssen, denn nach dem Sirion liebte Ulmo den Gelion am meisten von allen Wassern der westlichen Welt. So waldversteckt lebten die Elben von Ossiriand, daß ein Fremder ihr Land vom einen Ende zum andern durchschreiten mochte, ohne einen einzigen von ihnen zu Gesicht zu bekommen. Im Frühling und Sommer gingen sie in Grün gekleidet, und den Klang ihrer Gesänge konnte man bis über die Wasser des Gelion hören; weshalb die Noldor dieses Land Lindon nannten, das Land der Musik, und die Berge dahinter nannten sie Ered Lindon, denn sie hatten sie zuerst von Ossiriand aus erblickt.

Am offensten für Angreifer waren die Marken von Beleriand östlich von Dorthonion, denn nur Hügel von geringer Höhe schützten das Tal des Gelion nach Norden zu. In dieser Gegend, in Maedhros' Mark und den Ländern dahinter, wohnten Feanors Söhne mit zahlreichem Volk, und oft kamen ihre Reiter über die große nördliche Ebene, das weite, leere Lothlann, östlich von Ard-galen, damit Morgoth keine Ausfälle nach Ost-Beleriand unternehmen könne. Maedhros' größte Burg lag auf dem Berg von Himring, dem Ewig-Kalten, einem breitschultrigen, baumlosen Berg mit flachem Gipfel, umgeben von vielen kleineren Bergen. Zwischen Himring und Dorthonion verlief ein Paß, der äußerst steil war auf der Westseite, und das war der Aglon-Paß, ein Tor nach Doriath; und stets pfiff ein kalter Wind von Norden hindurch. Celegorm und Curufin aber hatten den Aglon befestigt und hielten ihn mit einer großen Streitmacht besetzt, und dazu im Süden das ganze Land von Himlad, zwischen dem Aros, der in Dorthonion entsprang, und seinem Zufluß, dem Celon, der vom Himring her kam.

Zwischen den Quellflüssen des Gelion war der Bezirk Maglors, und hier hörten die Hügel an einer Stelle ganz auf; hier war es, wo die Orks vor der Dritten Schlacht nach Ost-Beleriand durchbrachen. Die Noldor hielten daher an dieser Stelle eine starke Reiterei in der Ebene bereit, und Caranthirs Volk befestigte die Berge östlich von Maglors Lücke. Hier sprangen der Rerir und viele andere Gipfel von geringerer Höhe aus der Hauptkette der Ered Lindon nach Westen vor; und im Winkel zwischen dem Rerir und den Ered Lindon lag ein See, auf allen Seiten außer im Süden von Bergen überschattet. Dies war der tiefe, dunkle Helevorn-See, und an seinem Ufer wohnte Caranthir; das ganze große Land aber zwischen dem Gelion und dem Gebirge und zwischen Rerir und Ascar nannten die Noldor Thargelion, was heißt: das Land jenseits des Gelion, oder auch Dor Caranthir, das Land Caranthirs; und hier war es, wo die Noldor zuerst den Zwergen begegneten. Bei den Grau-Elben aber hatte Thargelion früher Talath Rhúnen, das Osttal, geheißen.

So waren also Feanors Söhne unter Maedhros' Führung die Herren von Ost-Beleriand; ihr Volk aber wohnte zu jener Zeit meist im Norden des Landes, und nach Süden ritt man nur, um in den Laubwäldern zu jagen. Dort aber saßen Amrod und Amras, die selten nach Norden kamen, solange die Belagerung dauerte; und dorthin ritten bisweilen auch andere der Elbenfürsten, sogar von weit her, denn das Land war wild und sehr schön. Am häufigsten kam Finrod Felagund, denn er reiste gern und kam sogar bis nach Ossiriand und wurde freund mit den Grün-Elben. Keiner der Noldor aber überschritt jemals die Ered Lindon, solange ihr Reich dauerte, und nur selten und spät kam Kunde nach Beleriand von dem, was in den Gebieten des Ostens geschah.

XV
Von den Noldor in Beleriand

Erzählt wurde, wie Turgon aus Nevrast dank Ulmos Führung das versteckte Tal von Tumladen fand. Es lag (wie später bekannt wurde) östlich des oberen Sirion und war von einem Ring hoher und steiler Berge umgeben, und kein Lebewesen kam dorthin, bis auf Thorondors Adler. Tief unter den Bergen hindurch führte ein Weg, den die Wasser, die dem Sirion zuströmten, im Dunkel der Welt gebahnt hatten; und diesen Weg fand Turgon und kam so auf die grüne Ebene zwischen den Bergen, und er sah den Hügel, der dort stand wie eine Insel aus hartem, glattem Stein; das Tal nämlich war in alten Zeiten ein See gewesen. Da erkannte Turgon, daß er den Platz gefunden hatte, den er suchte, und er beschloß, eine schöne Stadt dort zu bauen, ein Andenken an Tirion auf dem Túna; dann aber kehrte er nach Nevrast zurück und lebte dort in Frieden, wenn er auch stets in Gedanken erwog, wie er sein Vorhaben ausführen könne.

Nach der Dagor Aglareb nun kehrte die Unruhe wieder, die ihm Ulmo ins Herz getan, und er rief viele der kühnsten und geschicktesten unter seinen Leuten zusammen und führte sie heimlich in das versteckte Tal; und dort begannen sie die Stadt zu bauen, wie Turgon sie sich gedacht hatte. Und ringsumher stellten sie Wachen auf, damit niemand von draußen sie bei der Arbeit überraschen könnte, und die Kraft Ulmos, die im Sirion floß, beschützte sie. Turgon aber blieb weiterhin zumeist in Nevrast, bis die Stadt nach zweiundfünfzig Jahren geheimen Mühens endlich fertig war. Es heißt, Turgon habe sie in der Sprache der Elben von Valinor Ondolinde genannt, den Felsen der Wassermusik, denn auf dem Hügel entsprangen Quellen; in der Sprache der Sindar aber änderte sich der Name und wurde zu Gondolin, der Verborgene Felsen. Nun schickte Turgon sich an, aus Nevrast fortzuziehen und seine Hallen am Meer in Vinyamar zu verlassen; und dort kam noch einmal Ulmo und sprach zu ihm. Und er sagte: »Endlich nun wirst du nach Gondolin gehen, Turgon, und ich will meine Kraft im Tal des Sirion lassen, und in allen Wassern darinnen, so daß keiner deinem Wege folgen soll, noch soll einer den versteckten Eingang finden wider deinen Willen. Am längsten von allen Reichen der Eldalië soll Gondolin gegen Melkor standhalten. Doch vertraue nicht zu fest auf deiner Hände Werk und deines Herzens Pläne; und dessen sei eingedenk, daß die wahre Hoffnung der Noldor im Westen liegt und vom Meere kommt.«

Und Ulmo warnte Turgon, daß auch er Mandos' Spruch unterliege, den Ulmo nicht aufzuheben vermochte. »So mag es geschehen«, sagte er, »daß der Fluch der Noldor vor dem Ende auch dich ereilt und Verrat in deinen Mauern erwacht. Dann werden sie in Feuersgefahr sein. Doch wenn diese Gefahr dir naherückt, dann wird von hier, aus Nevrast, einer kommen, dich zu warnen, und Hoffnung für Elben und Menschen wird er aus Brand und Trümmern retten. Laß daher Waffen und ein Schwert in diesem Hause, daß er sie in künftigen Jahren finden möge, und daran sollst du ihn erkennen und nicht betrogen sein.« Und Ulmo erklärte Turgon, von welcher Art und Größe Helm und Panzer und Schwert sein sollten, die er zurückließ.

Dann kehrte Ulmo ins Meer zurück, und Turgon schickte all sein Volk aus, den dritten Teil aller Noldor aus Fingolfins Gefolge und eine noch größere Menge der Sindar; und sie zogen davon, heimlich und zu wenigen, unter den Schatten der Ered Wethrin hindurch, und kamen ungesehen nach Gondolin, und niemand wußte, wohin sie gegangen. Und als letzter machte Turgon sich auf und zog mit den Seinen in aller Stille durch die Hügel, durchschritt die Tore in den Bergen, und hinter ihm wurden sie verschlossen.

Viele lange Jahre hindurch kam hernach niemand mehr hinein, bis auf Húrin und Huor; und Turgons Volk kam nie wieder hervor, bis zum Jahr des Jammers, dreihundertundfünfzig und mehr Jahre später. Hinter dem Ring der Berge aber wuchs und gedieh das Volk, und sie übten ihre Kunstfertigkeit in unermüdlicher Arbeit, so daß

Gondolin auf dem Amon Gwareth eine herrliche Stadt wurde, würdig, daß man es selbst mit Tirion jenseits des Meeres verglich. Hoch und weiß waren seine Mauern und glatt die Stufen auf den Treppen, und hoch und stark war der Turm des Königs. In schimmernden Brunnen spielte das Wasser, und in Turgons Gärten standen Bilder der Bäume von einst, die Turgon selbst mit Elbenkunst geschaffen; und der Baum, den er aus Gold schmiedet hatte, wurde Glingal geheißen, und der Baum, dessen Blüten er aus Silber machte, hieß Belthil. Schöner aber als alle Wunder von Gondolin war Idril, Turgons Tochter, die man auch Celebrindal, den Silberfuß, nannte, und ihr Haar war wie Laurelins Gold, ehe Melkor kam. So lebte Turgon lange im Glück; Nevrast aber war verlassen und blieb leer bis zum Untergang von Beleriand.

Während so insgeheim Gondolin erbaut wurde, war Finrod Felagund in den tiefen Kammern von Nargothrond geschäftig; seine Schwester Galadriel aber, wie berichtet worden, blieb in Thingols Reich in Doriath. Und zuweilen sprach Melian mit Galadriel von Valinor und dem Glück von einst; doch über die finstere Stunde hinaus, da die Bäume gestorben waren, mochte Galadriel nichts sagen, sondern fiel stets in Schweigen. Und einmal sagte Melian: »Irgendein Weh liegt auf dir und deinem Volke. Dies kann ich in dir sehen, doch alles weitere ist mir verborgen; denn kein Gesicht oder Gedanke zeigt mir, was sich im Westen zuträgt oder zugetragen hat: Ein Schatten liegt über dem ganzen Land von Aman und reicht weit übers Meer hinaus. Warum willst du mir nicht mehr sagen?«

»Dies Weh ist vergangen«, sagte Galadriel, »und ich würde zunichte machen, was hier noch bleibt an Freude, ungetrübt von Erinnerung. Und vielleicht steht noch genug Weh bevor, obwohl die Hoffnung hell scheinen mag.«

Da sah ihr Melian in die Augen und sagte: »Ich glaube nicht, daß die Noldor als Boten der Valar gekommen sind, wie es anfangs hieß – nicht, obwohl sie gerade in der Stunde unserer Not kamen. Denn nie sprechen sie von den Valar, noch haben ihre hohen Herrn

Thingol Botschaften überbracht, weder von Manwe noch von Ulmo, noch auch nur von Olwe, Thingols Bruder, und von seinem Volk, das übers Meer gezogen. Aus welchem Grunde, Galadriel, wurden die Edlen der Noldor als Flüchtlinge aus Aman vertrieben? Oder welches Unheil liegt auf Feanors Söhnen, daß sie so hochfahrend und grimmig sind? Komme ich nicht der Wahrheit nahe?«

»Nahe«, sagte Galadriel, »doch wurden wir nicht vertrieben, sondern kamen aus eignem Willen und gegen den Willen der Valar. Und durch große Gefahr und den Valar zum Trotz sind wir zu diesem Zwecke gekommen: Rache zu nehmen an Morgoth und zurückzugewinnen, was er gestohlen.«

Dann sprach Galadriel zu Melian von den Silmaril und davon, wie König Finwe in Formenos erschlagen wurde; noch immer aber sagte sie kein Wort von dem Eid, von dem Sippenmord oder der Verbrennung der Schiffe bei Losgar. Melian aber sagte: »Viel sagst du mir jetzt, und mehr noch kann ich sehen. Dunkel breitest du über den langen Weg von Tirion, doch ich sehe Unheil dort, von dem Thingol erfahren sollte.«

»Vielleicht«, sagte Galadriel. »Doch nicht von mir.«

Und Melian sprach mit Galadriel nicht mehr von diesen Dingen; König Thingol aber berichtete sie alles, was sie über die Silmaril erfahren hatte. »Dies sind große Dinge«, sagte sie, »größer noch, als die Noldor selbst es begreifen; denn das Licht von Aman und das Schicksal von Arda liegen nun in diesen Steinen verschlossen, dem Werk Feanors, welcher dahin ist. Nicht durch die Macht der Eldar werden sie zurückgewonnen werden, das sage ich voraus; und die Welt wird bersten in den Schlachten, die kommen werden, ehe man sie Morgoth entreißt. Sieh nun, Feanor haben sie den Tod gebracht und manchem andren, wie ich errate; der erste aber von allen, die um ihretwillen gestorben sind und noch sterben werden, war Finwe, dein Freund. Morgoth hat ihn erschlagen, ehe er aus Aman floh.«

Da war Thingol stumm, voll Kummer und Vorahnung, zuletzt aber sagte er: »Nun freilich verstehe ich, wonach ich mich oft gefragt, warum die Noldor aus dem Westen gekommen. Nicht zu unserer Hilfe sind sie gekommen (es sei denn aus Zufall); denn jene, die in Mittelerde wohnen, überlassen die Valar ihrem eigenen Schicksal, bis in die äußerste Not. Zur Rache sind sie hier und zum Rückgewinn dessen, was sie verloren. Doch um so treuer nur werden sie als Bundesgenossen gegen Morgoth sein, mit dem sie, wie nun anzunehmen, niemals Frieden schließen werden.«

Melian aber sagte: »Gewiß, aus diesen Gründen sind sie gekommen, doch aus andren ebenso. Nimm dich in acht vor Feanors Söhnen! Der Schatten des Zorns der Valar lastet auf ihnen, und sie haben Schlimmes getan, ich seh' es, in Aman wie auch gegen ihr eigenes Volk. Ein Zwist, den man nur in Schlaf gewiegt hat, liegt zwischen den Prinzen der Noldor.«

Und Thingol antwortete: »Was bedeutet das für mich? Von Feanor weiß ich nur aus Berichten, nach denen er fürwahr ein Großer gewesen ist. Von seinen Söhnen höre ich nicht viel, das mir behagte, doch werden sie gewiß die bittersten Feinde unsres Feindes sein.«

»Zwei Schneiden werden ihre Schwerter haben und ihre Ratschlüsse«, sagte Melian, und dann sprach sie nicht mehr davon.

Nicht lange darauf begann man unter den Sindar zu flüstern, was die Noldor getan, ehe sie nach Beleriand kamen. Gewiß ist, woher diese Gerüchte stammten, und die schlimme Wahrheit darin war durch Lügen verschlimmert und vergiftet. Die Sindar aber waren noch arglos geneigt, Worten zu glauben, und Morgoth (wie man sich wohl denken kann) erkor sie zum ersten Ziel seiner Tücke, denn sie kannten ihn noch nicht. Und Círdan, als er diese dunklen Geschichten vernahm, war besorgt; denn er war klug und erkannte gleich, daß sie, ob wahr oder falsch, zu dieser Zeit nur aus Tücke ausgestreut sein konnten; doch meinte er, von den Prinzen der Noldor gehe die Tücke aus, und von der Eifersucht zwischen ihren Häusern. Er sandte Boten zu Thingol, um ihm alles zu berichten, was er gehört.

Es traf sich, daß zu der Zeit Finarfins Söhne wieder bei Thingol zu Gast waren, denn sie wollten ihre Schwester Galadriel sehen. Da sprach Thingol tief bewegt und im Zorn zu Finrod: »Übel hast du an mir gehandelt, Anverwandter, so großes Übel vor mir zu verbergen. Denn jetzt habe ich von allen Untaten der Noldor erfahren.«

Finrod aber antwortete: »Was habe ich dir Übles getan, Herr? Oder was haben die Noldor in deinem ganzen Reiche Übles getan, das dich kränkt? Weder gegen dich, den König, noch gegen einen aus deinem Volk haben sie Übles getan oder gedacht.«

»Ich staune über dich, Earwens Sohn«, sagte Thingol. »Kommst du zur Tafel deines Oheims mit blutigen Händen vom Mord am Stamm deiner Mutter und sagst doch nichts zu deiner Verteidigung, noch suchst du Vergebung?«

Da war Finrod tief betroffen, doch er blieb stumm, denn er konnte sich nicht verteidigen, ohne die andren Prinzen der Noldor anzuklagen; und das mochte er vor Thingol nicht tun. Doch in Angrods Herzen stieg bitter die Erinnerung an Caranthirs Worte auf, und er rief: »Herr, ich weiß nicht, was für Lügen du vernommen hast, noch von wo sie kommen; doch haben wir keine blutigen Hände. Schuldlos sind wir gekommen, es sei denn schuldig des Wahns, daß wir auf die Worte des grimmigen Feanor gehört und berauscht waren wie vom Weine, doch ebenso kurz auch. Kein Übel haben wir auf unserm Wege getan, sondern selber großes Unrecht erlitten und es verziehen. Und dafür beschimpft man uns noch, wir trügen dir Geschichten zu und verrieten die Noldor: zu Unrecht, wie du weißt, denn aus Treue sind wir vor dir still geblieben und haben deinen Zorn erregt. Doch diese Vorwürfe nun sind nicht länger zu ertragen, und die Wahrheit sollst du wissen.«

Dann sprach Angrod erbittert gegen Feanors Söhne und erzählte von dem Blutvergießen in Alqualonde, von Mandos' Spruch und der Verbrennung der Schiffe bei Losgar. Und er rief aus: »Womit sollen wir, die wir über das Malm-Eis gekommen sind, die Beschimpfung als Sippenmörder und Verräter verdient haben?«

»Doch liegt Mandos' Schatten auch auf euch«, sagte Melian.

Thingol aber blieb lange stumm, ehe er sprach. »Geht nun!« sagte er. »Denn das Herz ist mir heiß. Später möget ihr wiederkommen, wenn ihr wollt, denn ich will euch, meinen Neffen, nicht auf ewig die Tür verschließen, die ihr in Unrecht verstrickt wart, das ihr nicht gewollt. Auch mit Fingolfin und seinem Volk will ich Freundschaft halten, denn soweit sie Schuld tragen, haben sie bitter gebüßt. Und vergessen sei unser Zwist im Haß auf die Macht, die all dies Unheil gestiftet. Doch höret mich an! Niemals wieder klinge mir die Sprache jener in den Ohren, die mein Volk in Alqualonde erschlugen! Und in meinem ganzen Reich soll sie nicht mehr laut werden, solange meine Herrschaft dauert. Alle Sindar sollen auf mein Gebot hören, in der Sprache der Noldor weder mehr zu sprechen noch auf sie zu antworten. Und alle, die sie gebrauchen, sollen als reuelose Mörder und Verräter von Blutsverwandten gelten.«

Da schieden Finarfins Söhne schweren Herzens aus Menegroth, erkannten sie doch, daß Mandos' Worten immer von neuem Wahrheit zuwuchs und daß keiner der Noldor, die Feanor gefolgt waren, dem Schatten entgehen könnte, der auf seinem Hause lag. Und es geschah, wie Thingol gesagt hatte, denn die Sindar hörten auf ihn und weigerten sich fortan in ganz Beleriand, die Noldorsprache zu sprechen, und wer sie dennoch laut gebrauchte, wurde gemieden; die Verbannten aber nahmen für alle täglichen Belange das Sindarin an, und die Hochsprache des Westens sprachen nur mehr die Fürsten der Noldor, wenn sie unter sich waren. Doch lebte ihre Sprache fort als eine Sprache der Wissenschaft, wo immer noch einer aus ihrem Volk lebte.

Nun begab es sich, als Nargothrond fertig war (während Turgon noch in den Hallen von Vinyamar wohnte), daß Finarfins Söhne sich dort zu einem Fest versammelten; und Galadriel kam aus Doriath und blieb eine Weile. König Finrod Felagund hatte kein Weib, und Galadriel fragte ihn, warum dies so sei; doch als sie sprach, kam Vorwissen über Felagund, und er sagte: »Einen Eid werde auch ich schwören, und frei muß ich sein, ihn zu erfüllen und ins Dunkel zu treten. Nichts wird dauern von meinem Reich, was ein Sohn erben könnte.«

Doch es heißt, erst von jener Stunde an hätte so kalter Sinn ihn geleitet; denn die er geliebt hatte, war Amarië von den Vanyar, und die war nicht mit ihm in die Verbannung gegangen.

XVI
Von Maeglin

Aredhel Ar-Feiniel, die Weiße Dame der Noldor, Fingolfins Tochter, lebte in Nevrast bei Turgon, ihrem Bruder, und mit ihm zog sie ins Verborgene Königreich. Doch wurde sie der bewachten Stadt Gondolin müde, und immer mehr, je länger sie dort blieb, verlangte es sie, wieder über Land zu reiten und durch die Wälder zu gehen, wie es in Valinor ihre Gewohnheit gewesen; und als zweihundert Jahre vergangen waren, seit Gondolin stand, sprach sie mit Turgon und bat um Erlaubnis, auszureiten. Turgon mochte dies nicht gewähren und schlug es ihr lange ab, zuletzt aber gab er nach und sagte: »Geh denn, wenn du willst, wenn auch gegen meinen Rat; und mir ahnt, daß nichts Gutes dabei herauskommt, weder für dich noch für mich. Doch nur deinen Bruder Fingon darfst du besuchen, und die, welche ich dir zum Geleit mitgebe, sollen wieder hierher nach Gondolin zurückkehren, so schnell sie können.«

Aredhel aber sagte: »Deine Schwester bin ich, nicht deine Dienerin, und jenseits deiner Grenzen gehe ich, wohin es mir beliebt. Und mißgönnst du mir eine Eskorte, so geh' ich allein.«

Da erwiderte Turgon: »Nichts mißgönne ich dir, was ich besitze. Doch wünsche ich, daß außerhalb meiner Mauern niemand sei, der den Weg hierher kennt; und wenn ich auch dir, meiner Schwester, vertraue, so bin ich doch bei andren weniger gewiß, ob sie ihre Zunge zu hüten verstehen.«

Und Turgon gab drei Edlen aus seinem Hause Auftrag, mit Aredhel zu reiten und sie zu Fingon nach Hithlum zu bringen, sofern sie etwas über sie vermöchten. »Und gebt gut acht«, sagte er, »denn wenn auch Morgoth noch im Norden eingeschlossen sein mag, so ist Mittelerde doch voller Gefahren, von denen diese Dame nichts weiß.« Dann brach Aredhel auf, und Turgons Herz war schwer, als sie aus Gondolin schied.

Als sie aber an die Furt von Brithiach im Sirion kam, sagte sie zu ihren Begleitern: »Wenden wir uns nun nach Süden, und nicht nach Norden, denn nach Hithlum will ich nicht reiten; mein Herz verlangt vielmehr, Feanors Söhne zu sehen, meine alten Freunde.« Und weil sie davon nicht abzubringen war, wandten sie sich nach Süden, wie sie befahl, und baten um Einlaß nach Doriath. Doch die Wachen an der Grenze wiesen sie ab, denn Thingol ließ bis auf seine Verwandten aus Finarfins Haus keinen der Noldor über den Gürtel, schon gar nicht Freunde von Feanors Söhnen. Die Grenzwächter sagten daher zu Aredhel: »Zu dem Land Celegorms, wohin du willst, Frau, darfst du mitnichten durch König Thingols Reich; ihr müßt den Gürtel Melians umgehen, im Süden oder im Norden. Der kürzeste Weg ist der über die Pfade, die von der Brithiach nach Osten durch Dimbar führen, entlang der Nordgrenze dieses Königreichs, bis ihr über die Esgalduin-Brücke und die Furten des Aros und in die Länder hinter dem Berg von Himring gelangt. Dort, soviel wir wissen, leben Celegorm und Curufin, und es mag sein, daß du sie dort findest; doch gefährlich ist der Weg.«

Da kehrte Aredhel um und schlug den gefahrvollen Weg zwischen den verfluchten Tälern der Ered Gorgoroth und dem Nordgürtel von Doriath ein; und als sie sich dem Unheilsbezirk von Nan Dungortheb näherten, verwirrten Schattennetze die Reiter, und Aredhel entfernte sich von ihren Begleitern und war verschwunden. Lange suchten sie nach ihr, doch vergebens, und sie fürchteten, sie sei gefangen oder sie habe von den vergifteten Wassern dieses Landes getrunken; Ungolianths grimmige Kreaturen aber, die in den Schluchten hausten, waren wach und jagten die Reiter, und mit Mühe retteten sie das eigene Leben. Als sie schließlich zurückkehrten und berichteten, was sie erlebt, da herrschte Trauer in Gondolin, und Turgon saß lange allein in stummem Leid und Zorn.

Aredhel jedoch hatte vergebens nach ihren Begleitern gesucht und war dann allein weitergeritten, denn sie war furchtlos und beherzt wie alle Kinder Finwes; sie blieb auf ihrem Weg, und nachdem sie den Esgalduin und den Aros überquert hatte, kam sie in das Land von Himlad zwischen Aros und Celon, wo Celegorm und Curufin zu jener Zeit lebten, ehe die Belagerung von Angband durchbrochen wurde. Sie waren nicht daheim, denn sie ritten gerade mit Caranthir im Osten durch Thargelion, doch Celegorms Gefolge hieß sie willkommen und bat sie, bis zu seiner Rückkehr als Ehrengast zu warten. Dort war sie eine Zeitlang zufrieden, und voll Freude schweifte sie frei durch die Wälder; doch als das Jahr sich hinzog und Celegorm nicht kam, wurde sie von neuem rastlos und ritt immer weiter über Land, auf der Suche nach fremden Wegen und nie begangenen Wäldern. So traf es sich, als das Jahr zu Ende ging, daß Aredhel in den Süden von Himlad kam und den Celon überschritt; und ehe sie sich's versah, hatte sie sich in Nan Elmoth verirrt.

Dies war der Wald, wo vor Zeiten Melian umgegangen war, im Dämmerlicht von Mittelerde, als die Bäume noch jung waren; und noch immer lag ein Zauber auf dem Wald. Jetzt aber waren die Bäume von Nan Elmoth die höchsten und dichtesten in ganz Beleriand, und nie drang die Sonne hinein; und dort lebte Eol, den man den Dunkel-Elben nannte. Einst war er von Thingols Volk gewesen, doch rastlos und unzufrieden in Doriath, und als Melian ihren Gürtel um den Wald von Region legte, wo er wohnte, da floh er nach Nan Elmoth. Dort lebte er im tiefen Schatten, denn er liebte die Nacht und das Dämmerlicht unter den Sternen. Die Noldor mied er, denn er hielt sie für schuldig, daß Morgoth zurückgekehrt war, um den Frieden von Beleriand zu stören; für die Zwerge jedoch hatte er mehr Zuneigung als alle anderen aus dem alten Elbenvolk. Von ihm erfuhren die Zwerge vieles von dem, was in den Ländern der Eldar vorging.

Nun kamen die Zwerge mit ihren Waren von den Blauen Bergen auf zwei Wegen durch Ost-Beleriand, und der nördliche führte dicht an Nan Elmoth vorüber zu den Aros-Furten; und dort pflegte Eol sich mit den Naugrim zu treffen und mit ihnen zu reden. Und als ihre Freundschaft enger geworden war, ging er zuweilen fort und wohnte zu Gast in den unterirdischen Hallen von Nogrod und Belegost. Dort erfuhr er so manches von der Schmiedekunst und erwarb in ihr großes Geschick; und er mischte ein Metall, das hart war wie der Stahl der Zwerge, aber so geschmeidig, daß er es dünn und leicht walzen konnte, und immer noch widerstand es allen Klingen und Pfeilen. Er nannte es *Galvorn,* denn es war schwarz und glänzte wie Pech, und er hüllte sich darein, wann immer er fortging. Doch obwohl von der Schmiedearbeit gebeugt, war Eol kein Zwerg, sondern ein großer Elb aus hohem Geschlecht von den Teleri, edel, wenn auch finsteren Angesichts; und seine Augen vermochten tief in Schatten und dunkle Orte zu dringen. Und es traf sich, daß er Aredhel Ar-Feiniel sah, wie sie zwischen den hohen Bäumen am Rande von Nan Elmoth umherging, ein weißer Schimmer in dem dunklen Lande. Sehr schön erschien sie ihm, und er begehrte sie. Und er legte seine Zauber um sie, daß sie den Rückweg nicht mehr fand und seiner Behausung inmitten des Waldes immer näher kam. Dort waren seine Werkstatt und seine düsteren Hallen und seine wenigen Diener, still und heimlich wie ihr Herr. Und als Aredhel, des Herumirrens müde, schließlich an seine Tür kam, da zeigte er sich, hieß sie willkommen und geleitete sie in sein Haus. Und da blieb sie, denn Eol nahm sie zum Weibe, und lange dauerte es, bis ihre Verwandten wieder von ihr hörten.

Wie es heißt, war Aredhel ihm nicht ganz und gar abgeneigt, und das Leben in Nan Elmoth war ihr viele Jahre lang nicht unerträglich. Denn wenn sie auch auf Eols Geheiß das Sonnenlicht meiden mußte, so zogen sie doch zusammen weit unter den Sternen oder beim Licht der Mondsichel umher; oder sie ging allein, wohin sie wollte, nur daß Eol ihr verbot, Feanors Söhne oder irgendeinen andren von den Noldor zu besuchen. Und in den Schatten von Nan Elmoth gebar sie Eol einen Sohn, und im Herzen gab sie ihm einen Namen in der verbotenen Sprache der Noldor, Lómion, das heißt das Kind der Dämmerung; sein Vater aber gab ihm keinen Namen, ehe er nicht zwölf Jahre alt war. Dann nannte er ihn Maeglin, was der Scharfe Blick heißt, denn er sah, daß seines Sohnes Augen noch schärfer als die seinen waren und daß sein Geist durch den Nebel der Worte die Geheimnisse der Herzen zu lesen vermochte.

Als Maeglin herangewachsen war, ähnelte er an Gesicht und Leib eher seinen Anverwandten unter den Noldor, an Geist und Gemüt aber war er seines Vaters Sohn. Er sprach nicht viel, außer von Dingen, die ihm nahegingen, und dann hatte seine Stimme die Kraft, die Zuhörer zu bewegen und die Widerstrebenden zu zwingen. Er war groß und schwarzhaarig, von weißer Haut, die Augen dunkel, doch klar und scharf wie die Augen der Noldor. Oft ging er mit Eol in die Zwergenstädte im Osten der Ered Lindon, und dort lernte er eifrig, was man ihn lehrte, vor allem aber die Kunst, das Erz der Metalle in den Bergen zu finden.

Doch heißt es, daß Maeglin seine Mutter mehr liebte, und wenn Eol fort war, dann saß er lange an ihrer Seite und lauschte allem, was sie ihm von ihrem Volk und seinen Taten in Eldamar erzählen mochte und von der Macht und Kühnheit der Prinzen aus dem Hause Fingolfins. All dies grub sich in sein Herz ein, am meisten aber, was er von Turgon hörte, und daß er keinen Erben habe; denn Elenwe, sein Weib, war beim Übergang über die Helcaraxe umgekommen, und seine Tochter Idril Celebrindal war sein einziges Kind.

Als sie von ihren Anverwandten erzählte, erwachte in Aredhel der Wunsch, sie wiederzusehen, und sie verstand nicht, wie sie des Lichtes von Gondolin hatte müde werden können, all der Springbrunnen in der Sonne und der grünen Wiese von Tumladen unter dem windigen Frühlingshimmel; überdies blieb sie oft in den Schatten allein, wenn sowohl ihr Sohn als auch ihr Gemahl fort waren. Aus ihren Erzählungen erwuchs auch der erste Streit zwischen Maeglin und Eol. Denn um keinen Preis wollte seine Mutter Maeglin verraten,wo Turgon wohnte oder auf welche Weise man dorthin gelangen könnte; und er wartete ab, darauf vertrauend, daß er ihr das Geheimnis schon noch abschmeicheln oder vielleicht, in einem unbewachten Augenblick, es aus ihrem Geiste lesen werde. Ehe es aber soweit war, wünschte er, die Noldor zu sehen und mit Feanors Söhnen zu sprechen, seinen Anverwandten, deren Wohnsitz nicht fern war. Doch als er dieses Vorhaben Eol erklärte, war sein Vater voller Zorn. »Aus dem Hause Eols bist du, Maeglin, mein Sohn«, sagte er, »und nicht aus dem der Golodhrim. Und dies Land ist das Land der Teleri, und mit den Mördern unseres Stammes, den Eindringlingen und den Räubern unserer Heimat will ich keinen Umgang haben, und mein Sohn soll es auch nicht. Darin wirst du mir gehorchen, oder ich lege dich in Ketten.« Und Maeglin gab keine Antwort, sondern war kalt und stumm und ging nicht mehr mit Eol auf Reisen; und Eol mißtraute ihm.

Nun geschah es, daß die Zwerge, wie es ihre Art war, zu Mittsommer Eol zu einem Fest in Nogrod einluden; und er ritt fort. So waren Maeglin und seine Mutter für eine Weile frei zu gehen, wohin sie wollten, und oft ritten sie zum Waldessaum, um das Sonnenlicht zu sehen; und in Maeglins Herzen wuchs das Verlangen, Nan Elmoth für immer zu verlassen. Daher sagte er zu Aredhel: »Frau, laß uns von hier fortgehen, solange noch Zeit ist! Was für Hoffnung gibt es denn in diesem Walde für dich oder für mich? Hier werden wir in Knechtschaft gehalten, und keinen Nutzen werde ich davon haben; denn ich habe alles gelernt, was mein Vater zu lehren weiß oder was die Naugrim mir verraten mögen. Wollen wir nicht nach Gondolin gehen? Sei du meine Führerin, und ich will dein Leibwächter sein.«

Da war Aredhel froh und blickte mit Stolz auf ihren Sohn. Und nachdem sie Eols Dienern gesagt, sie gingen Feanors Söhne besuchen, brachen sie auf und ritten zum Nordsaum von Nan Elmoth. Dort überquerten sie den schmalen Fluß Celon und ritten durch das Land von Himlad zu den Furten des Aros, und so weiter nach Westen, die Grenzen von Doriath entlang.

Eol aber kam früher, als es Maeglin vorausgesehen, aus dem Osten zurück, als sein Weib und sein Sohn erst zwei Tage fort waren; und so groß war sein Zorn, daß er ihnen sogar bei Tageslicht nachritt. Als er nach Himlad kam, bemeisterte er seine Wut und ritt vorsichtig weiter, die Gefahr bedenkend, in die er sich begab, denn Celegorm und Curufin waren mächtige Fürsten und alles andere als Eols Freunde, und besonders Curufin hatte gefährliche Launen. Die Späher vom Aglon aber hatten Maeglin und Aredhel zu den Aros-Furten reiten sehen, und Curufin, der erkannte, daß seltsame Dinge im Gange waren, kam vom Paß herab nach Süden und lagerte nahe bei den Furten. Und Eol war noch nicht weit durch Himlad geritten, da hielten ihn Curufins Reiter schon an und brachten ihn zu ihrem Herrn.

Da sagte Curufin zu Eol: »Was führt dich in meine Lande, Dunkel-Elb? Ein dringliches Geschäft muß es wohl sein, das einen so Lichtscheuen bei Tag hinaustreibt.«

Und Eol, die Gefahr kennend, unterdrückte die bitteren Worte, die ihm auf die Zunge kamen. »Ich habe erfahren, Herr Curufin«, sagte er, »daß mein Sohn und mein Weib, die Weiße Dame von Gondolin, ausgeritten sind, um euch zu besuchen, während ich nicht zu Hause war, und da schien es mir geziemend, daß ich mich ihnen anschließen sollte.«

Da lachte Curufin Eol ins Gesicht und sagte: »Weniger herzlich möchten sie hier begrüßt worden sein, als sie gehofft, hättest du sie begleitet; doch wie dem auch sei, nicht dies war ihr Ziel. Keine zwei Tage ist es her, seit sie die Arossiach überquerten, und von da sind sie eilends nach Westen geritten. Es scheint, du willst mich täuschen, es sei denn, du selber wurdest getäuscht.«

Und Eol antwortete: »Dann darf ich jetzt vielleicht gehen, Herr, um die Wahrheit in dieser Sache zu entdecken.«

»Leicht wird mir der Abschied«, sagte Curufin. »Je schneller du aus meinem Land verschwindest, desto lieber ist mir's.«

Nun stieg Eol zu Pferde und sagte: »Es tut gut, Herr Curufin, einen hilfreichen Verwandten zu finden, wenn man ihn braucht. Ich werde mich daran erinnern, wenn ich zurück bin.« Da sah Curufin Eol finster an. »Prahle du vor mir nicht mit dem Titel deines Weibes«, sagte er. »Denn wer die Töchter der Noldor stiehlt und sie zum Weib nimmt, ohne nach Mitgift oder Erlaubnis zu fragen, wird nicht verwandt mit ihren Verwandten. Ich habe dir erlaubt zu gehen, und nun pack dich! Nach den Gesetzen der Eldar darf ich dich zu dieser Zeit nicht töten. Und diesen Rat geb' ich dir noch: Reite jetzt heim in deine finstre Behausung in Nan Elmoth, denn mein Herz sagt mir, nimmer wirst du dorthin zurückkehren, wenn du jetzt die verfolgst, die dich nicht mehr lieben.«

Da ritt Eol in Eile davon, voller Haß gegen alle Noldor, denn er begriff nun, daß Maeglin und Aredhel nach Gondolin flohen. Getrieben von Wut und Scham über seine Demütigung setzte er über die Aros-Furten und ritt scharf den Weg dahin, den sie vor ihm gekommen waren; doch obgleich sie nicht wußten, daß er sie verfolgte, und obgleich er das schnellste Pferd hatte, bekam er sie nicht mehr zu Gesicht, bis daß sie die Brithiach erreichten und ihre Pferde zurückließen. Da verriet sie ein mißgünstiger Zufall, denn ihre Pferde wieherten laut, und Eols Pferd hörte sie und rannte auf sie zu; und von fern sah Eol Aredhels weißes Gewand und merkte sich den Weg, den sie gingen.

Nun kamen Aredhel und Maeglin ans Außentor von Gondolin und zur Dunklen Wache unter den Bergen, und dort wurde Aredhel freudig begrüßt. Nachdem sie die Sieben Tore durchschritten hatte, kam sie mit Maeglin zu Turgon auf dem Amon Gwareth. Da hörte der König nun mit Erstaunen alles an, was Aredhel zu erzählen hatte, und mit Wohlgefallen sah er auf Maeglin, seiner Schwester Sohn, denn würdig schien er ihm, unter die Prinzen der Noldor gewählt zu werden.

»Froh bin ich, daß Aredhel Ar-Feiniel nach Gondolin heimgekehrt ist«, sagte er, »und heller soll meine Stadt wieder scheinen als in den Tagen, da ich sie verloren glaubte. Und Maeglin soll in meinem Reich höchste Ehren genießen.«

Da verbeugte sich Maeglin tief und huldigte Turgon als Herrn und König, dessen Wille ihn leiten solle; darauf aber wurde er still und sah sich aufmerksam um, denn der Glanz und die Pracht von Gondolin übertrafen alles, was er sich nach den Erzählungen seiner

Mutter vorgestellt hatte, und er staunte über die Stärke der Befestigungen und die Scharen der Stadtbewohner und die vielen schönen und merkwürdigen Dinge, die er erblickte. Nichts aber zog öfter seinen Blick an als Idril, die Königstochter, die neben ihm saß; denn goldblond war sie wie die Vanyar, ihrer Mutter Geschlecht, und Maeglin erschien sie wie die Sonne, welche die ganze Halle des Königs mit Licht erfüllte.

Eol aber, als er Aredhel folgte, fand den Trockenen Fluß und den Geheimpfad, und wie er so heimlich heranschlich, ergriff ihn die Wache und verhörte ihn. Und als er angab, Aredhel sei sein Weib, waren die Wachen erstaunt und schickten eilends einen Boten in die Stadt, und der trat nun in des Königs Halle.

»Herr«, rief er, »die Wachen haben einen gefangengenommen, der sich ans Dunkle Tor heranschlich. Eol nennt er sich, und er ist ein großer Elb, dunkel und grimmig, vom Geschlecht der Sindar; doch behauptet er, Frau Aredhel sei sein Weib, und er verlangt, dir vorgeführt zu werden. Groß ist sein Zorn, und kaum vermochten wir ihn zu bändigen, doch haben wir ihn nicht erschlagen, weil dein Gesetz es verbietet.«

Da sagte Aredhel: »Wehe, Eol ist uns gefolgt, wie ich befürchtet. Doch gut verborgen muß er gewesen sein, denn als wir den geheimen Weg betraten, haben wir keinen Verfolger gehört oder gesehen.« Dann sagte sie zu dem Boten: »Er spricht die Wahrheit. Er ist Eol, und ich bin sein Weib, und er ist der Vater meines Sohnes. Erschlagt ihn nicht, sondern bringt ihn herbei, damit der König urteile, wenn es ihm so beliebt.«

Und so geschah es. Eol wurde in Turgons Halle gebracht und stand vor Turgons Thron, stolz und verschlossen. Obwohl er nicht minder erstaunt war als sein Sohn über all das, was er sah, war sein Herz nur um so mehr von Wut und Haß gegen die Noldor erfüllt. Turgon aber empfing ihn in Ehren; er erhob sich und wollte ihm die Hand reichen und sagte: »Willkommen, Schwager, denn als solchen betrachte ich dich. Hier sollst du leben, wie es dir beliebt, nur mußt du hier bleiben und darfst mein Reich nicht verlassen; denn mein Gesetz will es so, daß keiner, der den Weg hierher findet, wieder fort darf.«

Eol aber zog die Hand zurück. »Dein Gesetz gilt mir nichts«, sagte er. »Kein Recht hast du oder wer immer aus deinem Geschlecht, in diesem Lande Reiche zu gründen oder Grenzen zu setzen, weder hier noch dort. Dies ist das Land der Teleri, in das ihr Krieg und Unruhe tragt mit eurem stolzen und ungerechten Gebaren. Deine Geheimnisse kümmern mich nicht, und nicht um dir nachzuspüren bin ich gekommen, sondern um zu fordern, was mein ist: mein Weib und meinen Sohn. Doch da auf Aredhel, deine Schwester, auch du ein Recht hast, so mag sie hierbleiben. Soll der Vogel zurück in den Käfig, den er bald wieder leid sein wird, so wie schon einmal. Nicht aber Maeglin! Meinen Sohn darfst du mir nicht vorenthalten. Komm, Maeglin, Eols Sohn! Dein Vater befiehlt dir. Verlaß das Haus seiner Feinde und der Mörder unserer Anverwandten, oder sei verflucht!« Maeglin aber gab keine Antwort.

Da setzte sich Turgon auf seinen Thron und nahm seinen Gerichtsstab zur Hand und sprach mit strenger Stimme: »Ich streite nicht mit dir, Dunkel-Elb. Die Schwerter der Noldor allein schützen eure sonnenlosen Wälder. Die Freiheit, dort umherzuschweifen, verdankt ihr meinem Volke; Arbeitssklaven wäret ihr längst ohne uns in den Gruben von Angband. Und hier bin ich König, und ob es dir gefällt oder nicht, mein Urteil ist Gesetz. Diese Wahl nur hast du: hier zu wohnen oder hier zu sterben, und so auch dein Sohn.«

Da sah Eol König Turgon in die Augen, und er war nicht erschrocken, sondern stand lange da, ohne ein Wort oder eine Bewegung, und es wurde totenstill in der Halle; und Aredhel hatte Angst, denn sie wußte, er war gefährlich. Plötzlich, schnell wie eine Schlange, ergriff er den Spieß, den er unter seinem Mantel verborgen hielt, warf ihn nach Maeglin und rief: »Das Zweite ist meine Wahl, und so auch für meinen Sohn! Du sollst nicht haben, was mein ist.«

Doch Aredhel sprang dazwischen, und der Spieß traf sie in die Schulter, und Eol wurde von vielen überwältigt und in Fesseln gelegt. Man führte ihn hinweg, während andere sich um Aredhel kümmerten. Maeglin aber blickte schweigend auf seinen Vater.

Verfügt wurde, daß Eol am nächsten Tage dem König vorgeführt werde, um sein Urteil zu empfangen; und Aredhel und Idril bewogen Turgon zur Gnade. Am Abend jedoch wurde Aredhel krank, obgleich ihre Wunde gering schien; sie fiel ins Dunkel und starb noch in derselben Nacht; denn die Spitze des Spießes war vergiftet, doch keiner erkannte es, ehe es zu spät war.

Daher fand Eol keine Gnade, als er vor Turgon erschien; man führte ihn hinweg zum Caragdûr, einem schwarzen Felsvorsprung an der Nordseite des Hügels von Gondolin, um ihn dort von den hohen Mauern der Stadt hinabzustoßen. Und Maeglin stand dabei und sagte nichts; Eol aber rief zuletzt aus: »So läßt du deinen Vater im Stich und seine Sippe, mißratener Sohn! Hier sollen alle deine Hoffnungen scheitern, und hier wirst du desselben Todes sterben wie ich.«

Dann stieß man Eol vom Caragdûr hinab, und dies war sein Ende, und allen in Gondolin schien es gerecht; Idril aber war bestürzt, und von diesem Tage an mißtraute sie ihrem Vetter. Maeglin aber blühte auf und wurde ein Großer unter den Gondolindrim, von allen gerühmt und in hoher Gunst bei Turgon; denn nicht nur lernte er schnell und willig, was es zu lernen gab, sondern er hatte auch so manches zu lehren. Und er scharte um sich alle, die am meisten von der Schmiedekunst und vom Bergbau wußten, und grub in den Echoriath (das heißt: den Umzingelnden Bergen) und fand reiche Adern von den Erzen mannigfacher Metalle. Am höchsten schätzte er das harte Eisen der Mine von Anghabar im Norden der Echoriath, und daraus gewann er reichlich Schmiedeeisen und Stahl, so daß die Waffen der Gondolindrim noch fester und schärfer wurden; und das kam ihnen in späteren Tagen zustatten. Klug im Rate war Maeglin und bedachtsam, und doch unentwegt und tapfer, wenn nötig. Und das sah man in späteren Tagen: Denn als im schlimmen Jahr der Nirnaeth Arnoediad Turgon seine Tore öffnete und auszog, um Fingon im Norden zu Hilfe zu kommen, da mochte Maeglin nicht als Statthalter des Königs in Gondolin bleiben, sondern zog mit in den Krieg und focht an Turgons Seite und bewies Mut und Kraft in der Schlacht.

Also schien Maeglins Schicksal glücklich, denn ein Mächtiger unter den Prinzen der Noldor war er geworden, bis auf einen der Höchste im ruhmreichsten ihrer Länder. Sein Herz aber offenbarte er nicht; und wenn auch nicht alles so ging, wie er wollte, so trug er es doch schweigend und verbarg seine Gedanken, so daß niemand sie lesen konnte, es sei denn Idril Celebrindal. Denn von seinen ersten Tagen in Gondolin an trug er ein Leid in sich, das immer schlimmer wurde und ihm alle Freude raubte: Er liebte Idrils Schönheit und begehrte sie, doch ohne Hoffnung. Die Eldar vermählten sich nicht mit so nahen Verwandten, und noch niemand hatte dies je gewünscht. Und wie dem auch sein mochte, Idril liebte Maeglin nicht im mindesten, um so weniger, da sie wußte, wie er über sie dachte. Denn ihr erschien dies als ein sonderbarer, unehrlicher Zug an ihm, und so haben auch die Eldar es seither immer verstanden: als eine böse Frucht des Sippenmords, wodurch der Schatten von Mandos' Fluch auch auf die letzte Hoffnung der Noldor fiel. Doch während die Jahre hingingen, sah Maeglin immer noch auf Idril und wartete, und Liebe verdunkelte sein Herz. Um so mehr trachtete er, seinen Willen in andren Dingen zu haben, und er scheute keine Last noch Mühe, wenn es Macht zu gewinnen galt.

So stand es um Gondolin; und in all dem Glück jenes Reiches, während seine Macht noch dauerte, wurde die dunkle Saat des Unheils gesät.

XVII
Von den ersten Menschen im Westen

Dreihundert und mehr Jahre, nachdem die Noldor nach Beleriand gekommen waren, begab sich Finrod Felagund, Fürst von Nargothrond, in die Lande östlich des Sirion und ging zur Jagd mit Maglor und Maedhros, Feanors Söhnen. Doch bald war er des Jagens müde und zog allein weiter, auf die Berge der Ered Lindon zu, die er in der Ferne schimmern sah. Er hielt sich auf der Zwergenstraße und überquerte den Gelion an der Furt von Sarn Athrad; dann, sich nach Süden wendend, kam er über den Oberlauf des Ascar in den Norden von Ossiriand.

In einem Tal zwischen den Ausläufern der Berge, unterhalb der Quellen des Thalos, sah er eines Abends Lichter, und von fern hörte er Singen. Dies verwunderte ihn sehr, denn die Grün-Elben in diesem Lande entzündeten keine Feuer, noch sangen sie des Nachts. Zuerst befürchtete er, eine Bande Orks sei durch die Sperren im Norden gedrungen, doch als er näher kam, merkte er, daß sie in einer nie zuvor gehörten Sprache sangen, die weder die der Zwerge noch die der Orks war. Dann sah Felagund, sich im nächtlichen Schatten der Bäume haltend, in das Lager hinein, und dort erblickte er ein merkwürdiges Volk.

Dies nun war ein Teil aus der Sippe und dem Gefolge Beors des Alten, wie er später geheißen wurde, eines Häuptlings der Menschen. Nach vielen Altern, die sie von Osten her gewandert waren, hatte er sie schließlich über die Blauen Berge geführt, die ersten aus dem Geschlecht der Menschen, die Beleriand betraten; und sie sangen, weil sie froh waren und glaubten, allen Gefahren entronnen und nun endlich in ein Land ohne Schrecken gekommen zu sein.

Lange sah Felagund ihnen zu, und Neigung regte sich in seinem Herzen, doch blieb er zwischen den Bäumen verborgen, bis sie alle in Schlaf gesunken waren. Dann trat er zwischen die Schlafenden und setzte sich an ihr verlöschendes Feuer, an dem niemand Wache hielt; und er nahm eine klobige Harfe zur Hand, die Beor beiseite gelegt hatte, und spielte darauf eine Musik, wie sie die Ohren der Menschen noch nicht vernommen hatten; denn niemand hatte sie noch in dieser Kunst unterwiesen, außer den Dunkel-Elben in den wilden Wäldern.

Nun erwachten die Menschen und hörten Felagund zu, wie er spielte und sang, und jeder meinte, ihm träume, bis er sah, daß auch die Gefährten an seiner Seite wach waren; doch sie sprachen oder rührten sich nicht, solange Felagund spielte, so schön und voller Wunder waren die Musik und sein Lied. Weisheit war in den Worten des Elbenkönigs, und die Herzen wurden klüger, die ihm lauschten; denn die Dinge, von denen er sang, die Erschaffung Ardas und das Glück von Aman jenseits der Schatten des Meeres, traten als klare Gesichte vor ihre Augen, und seine Elbensprache verstand ein jeder so gut er's vermochte.

So kam es, daß die Menschen König Felagund, der ihnen als erster von allen Eldar begegnet war, Nóm nannten, was in der Sprache dieses Volkes Weisheit bedeutet, und nach ihm benannten sie sein Volk Nómin, die Weisen. Zuerst hielten sie Felagund sogar für einen der Valar, von denen sie gehört hatten, daß sie weit im Westen wohnten; und dies war (so sagen manche) der Grund ihrer Wanderung gewesen. Felagund aber verweilte unter ihnen und lehrte sie wahrhaftiges Wissen, und sie verehrten ihn und nahmen ihn zum König und waren dem Hause Finarfin hernach stets treu ergeben.

Nun waren die Eldar sprachenkundiger als alle anderen Völker, und Felagund entdeckte auch bald, daß er jene Gedanken der Menschen, die sie auszusprechen gedachten, in ihrem Geiste lesen konnte, so daß ihre Worte leicht zu verstehen waren. Es heißt auch, diese Menschen hätten lange mit den Dunkel-Elben östlich der Berge Umgang gehabt und viel von deren Sprache erlernt; und da alle Sprachen der Quendi eines Ursprungs waren, ähnelte die Sprache Beors und seines Volkes der Sprache der Elben in vielen Formen und Wörtern. Nicht lange, so konnte daher Felagund mit Beor sprechen, und dies tat er oft, während er bei ihnen blieb. Fragte er ihn aber nach der Herkunft der Menschen und nach ihren Wanderungen, so sagte Beor nicht viel, und viel wußte er auch nicht, denn die Väter seines Volkes hatten wenig über ihre Vergangenheit gesprochen, und ein Stillschweigen lag auf ihrem Gedächtnis. »Ein Dunkel liegt hinter uns«, sagte Beor, »und von ihm haben wir uns fortgewandt, und nicht einmal in Gedanken wollen wir dorhin zurückkehren. Dem Westen sind unsere Herzen zugewandt, und wir glauben, daß wir dort Licht finden.«

Später jedoch hieß es unter den Eldar, als die Menschen beim Aufgang der Sonne in Hildórien erwachten, da seien die Späher Morgoths auf der Hut gewesen, und sogleich hätte er Nachricht erhalten. Die Sache schien ihm so wichtig, daß er selber insgeheim unter einem Schatten sich aufmachte und aus Angband nach Mittelerde kam, Sauron mit dem Oberbefehl über das Heer zurücklassend. Von seinen Geschäften mit den Menschen wußten die Eldar zu jener Zeit noch gar nichts, und auch später erfuhren sie nicht viel; daß aber ein Dunkel auf den Herzen der Menschen lag (wie der Schatten des Sippenmords und Mandos' Spruch auf den Noldor), das erkannten sie deutlich selbst in dem Volk der Elbenfreunde, die ihnen als erste begegneten. Zu verderben oder zu vernichten, was immer Neues und Schönes entstand, war stets Morgoths heißester Wunsch, und ohne Zweifel war dies auch der Zweck bei diesem Unternehmen: durch Furcht und Lügen die Menschen zu Feinden der Eldar zu machen und sie von Osten her gegen Beleriand ins Feld zu führen. Doch dieser Plan reifte nur langsam und konnte nie ganz ausgeführt werden; denn die Menschen (so heißt es) waren zuerst nur sehr wenige an Zahl, während die wachsende Stärke und Einigkeit der Eldar Morgoth Sorgen machten; und so kehrte er zurück nach Angband und ließ fürs erste nur einige Diener bei den Menschen, solche ohne viel Macht und List.

Felagund nun erfuhr von Beor, daß es noch viele andere Menschen gab, die dachten wie sie und gleichfalls nach Westen zogen. »Auch andre aus meinem Volk haben das Gebirge überschritten«, sagte er, »und sie sind nicht fern von uns; und die Haladin, ein Volk, von dem wir uns in der Sprache unterscheiden, liegen noch in den Tälern an den Osthängen und warten auf Kundschaft, ehe sie sich weiter vorwagen. Und noch andre Menschen gibt es, deren Sprache der unseren ähnlicher ist, und mit denen wir zuweilen Umgang hatten. Sie waren uns auf dem Marsch nach Westen voraus, doch haben wir sie überholt, denn sie sind ein zahlreiches Volk und bleiben doch zusammen; deshalb kommen sie nur langsam voran. Sie werden alle von einem Häuptling regiert, den sie Marach nennen.«

Nun waren die Grün-Elben von Ossiriand über die Ankunft der Menschen verdrossen, und als sie erfuhren, daß sich ein Fürst der Eldar von jenseits des Meeres unter ihnen befinde, schickten sie Boten zu Felagund. »Herr«, sagten sie, »wenn du über die Neuankömmlinge Macht hast, so gebiete ihnen, daß sie den Weg zurückgehen, den sie gekommen, oder aber weiterziehen. Denn wir wünschen nicht, daß Fremde den Frieden dieses Landes brechen, wo wir leben. Baumfäller und Tierjäger sind diese Leute; deshalb sind wir unfreund mit ihnen, und wenn sie nicht abziehen, so wollen wir ihnen zu Leid tun, was wir nur können.«

Darauf sammelte Beor auf Felagunds Anraten all die wandernden Sippen und Familien seines Volkes, und sie zogen über den Gelion fort und ließen sich in den Landen von Amrod und Amras nieder, an den Ostufern des Celon südlich von Nan Elmoth, nahe an der Grenze von Doriath; und der Name dieses Landes war fortan Estolad, das Lager. Als aber Felagund, nachdem ein Jahr vergangen war, wieder in sein eigenes Land heimkehren wollte, erbat Beor die Erlaubnis, mit ihm zu kommen, und solange er lebte, blieb er im Dienste des Königs von Nargothrond. So kam er zu seinem Namen, Beor, denn zuvor hatte er Balan geheißen, und Beor bedeutete »Vasall« in der Sprache seines Volkes. Die Herrschaft über sein Volk übertrug er Baran, seinem ältesten Sohn; und er kehrte nicht mehr nach Estolad zurück.

Bald nach Felagunds Aufbruch kamen auch die andren Menschen nach Beleriand, von denen Beor gesprochen hatte. Zuerst kamen die Haladin; doch nachdem sie die Unfreundschaft der Grün-Elben kennengelernt hatten, zogen sie nach Norden und ließen sich in Thargelion nieder, dem Land von Caranthir, Feanors Sohn. Dort hatten sie eine Zeitlang Frieden; und Caranthirs Volk kümmerte sich wenig um sie. Im nächsten Jahr führte Marach sein Volk übers Gebirge; dies waren große und kriegerische Leute, die in Reih und Glied marschierten, und die Elben von Ossiriand versteckten sich und hielten sie nicht auf. Als Marach aber hörte, daß Beors Volk in einem grünen und fruchtbaren Lande lebte, zog er die Zwergenstraße entlang und ließ sich im Süden und Osten des Gebiets nieder, wo das Volk von Baran, Beors Sohn, wohnte; und beide Völker lebten miteinander in enger Freundschaft.

Felagund selbst kam oft zurück, um die Menschen zu besuchen, und viele andere Elben aus den Westlanden, Noldor wie Sindar, reisten nach Estolad, begierig, die Edain zu sehen, deren Ankunft vor so langer Zeit schon geweissagt worden war. Die Atani, das Zweite Volk, hießen die Menschen in der Wissenschaft von Valinor, wo von ihrer Ankunft die Rede war; in der Sprache von Beleriand aber wurde dieser Name zu Edain, und er wurde nur für die drei Völker der Elbenfreunde gebraucht.

Fingolfin als König aller Noldor sandte den Menschen eine Willkommensbotschaft, und darauf zogen viele junge und tatenlustige Männer der Edain fort und nahmen Dienst bei den Königen und Fürsten der Eldar. Unter ihnen war Malach, Marachs Sohn, der vierzehn Jahre lang in Hithlum lebte; er erlernte die Elbensprache und erhielt den Namen Aradan.

Die Edain blieben in Estolad nicht lange ruhig, denn viele wollten noch weiter nach Westen; doch kannten sie den Weg nicht. Vor ihnen lag der Grenzgürtel von Doriath und weiter südlich der Sirion mit seinen undurchdringlichen Sümpfen. Die Könige der drei Häuser der Noldor, die von den Söhnen der Menschen eine Verstärkung erhofften, sandten daher Nachricht, daß jeder der Edain, der wolle, kommen und unter ihrem Volk leben möge. So begannen die Wanderungen der Edain: Zuerst waren es nur wenige, dann aber machten ganze Familien und Sippen sich auf und verließen Estolad, bis nach etwa fünfzig Jahren viele Tausende in die Länder der Könige gezogen waren. Viele von ihnen schlugen den langen Weg nach Norden ein, bis ihnen die Wege besser bekannt waren. Das Volk Beors kam nach Dorthonion und lebte in den Ländern, die vom Hause Finarfin regiert wurden. Das Volk Aradans (denn Marach, sein Vater, blieb bis zu seinem Tode in Estolad) zog zum größten Teil nach Westen weiter; und manche kamen nach Hithlum, doch Magor, Aradans Sohn, und viele von seinem Volk gingen den Sirion hinunter und nach Beleriand hinein, wo sie eine Zeitlang in den Tälern an den Südhängen der Ered Wethrin blieben.

Es heißt, in all diesen Dingen habe sich außer Finrod Felagund niemand mit König Thingol beraten, und schon aus diesem Grunde war er wenig erbaut; überdies hatten ihn Träume von der Ankunft der Menschen schon beunruhigt, ehe noch die ersten Nachrichten von ihnen kamen. Er befahl daher, daß die Menschen keine Wohngebiete nehmen dürften außer im Norden und daß die Fürsten, denen sie dienten, für all ihr Tun verantwortlich zu halten seien. Und er sagte: »Nach Doriath soll kein Mensch kommen, solange mein Reich dauert, nicht einmal die aus dem Hause Beors, die unserm guten Freund Finrod dienen.« Melian sagte damals nichts zu ihm, später aber sagte sie zu Galadriel: »Nun eilt die Welt großen Dingen entgegen. Und einer von den Menschen, sogar einer aus Beors Haus, wird dennoch kommen, und Melians Gürtel wird ihn nicht aufhalten, denn ein Schicksal, größer als meine Macht, sendet ihn; und die Lieder, die aus seiner Ankunft entspringen, werden noch dauern, wenn ganz Mittelerde anders sein wird.«

Viele Menschen blieben jedoch in Estolad, und lange Jahre über lebte dort noch ein Mischvolk, bis es im Untergang von Beleriand überwältigt wurde oder zurück in den Osten floh. Denn abgesehen von den Alten, welche meinten, daß für sie die Zeit des Wanderns vorüber sei, gab es nicht wenige, die ihrer eigenen Wege zu gehen wünschten, und sie fürchteten die Eldar und das Licht ihrer Augen; und dann erwachten Zwistigkeiten unter den Edain, worin man den Schatten Morgoths erkennen mag, denn gewiß ist, daß er von der Einwanderung der Menschen nach Beleriand und ihrer wachsenden Freundschaft mit den Elben wußte.

Die Anführer der Unzufriedenen waren Bereg aus dem Hause Beors und Amlach, einer von Marachs Enkeln, und sie sagten unverhohlen: »Weit sind wir gewandert, um den Gefahren von Mittelerde und den dunklen Wesen, die dort leben, zu entkommen, denn wir hatten gehört, Licht sei im Westen. Nun aber hören wir, das Licht sei jenseits des Meeres. Dorthin können wir nicht gehen, wo die Götter in Glückseligkeit wohnen. Nur einer, der Herr des Dunkels, steht hier vor uns, und die Eldar, weise, doch grausam, die endlos Krieg gegen ihn führen. Im Norden wohnt er, sagen sie, und dort sind das Leid und der Tod, vor denen wir geflohen sind. Dorthin wollen wir nicht gehen.«

Nun wurden ein Rat und eine Versammlung der Menschen einberufen, und in großer Zahl kamen sie zusammen. Und die Elbenfreunde antworteten und sagten: »Gewiß, von dem Dunklen König kommen alle Übel, vor denen wir geflohen sind, doch strebt er nach Herrschaft über ganz Mittelerde, und wohin könnten wir nun gehen, ohne daß er uns verfolgte, wenn er nicht hier besiegt oder wenigstens belagert wird? Nur die Tapferkeit der Eldar gebietet ihm Halt, und vielleicht war es zu dem Zweck, ihnen in der Not zu helfen, daß wir in dieses Land geführt wurden.«

Darauf erwiderte Bereg: »Sollen die Eldar sich darum sorgen! Unser Leben ist kurz genug.« Dann aber stand einer auf, von dem alle meinten, er sei Amlach, Imlachs Sohn, und führte so schwarze Rede, daß allen, die ihn hörten, das Herz stockte: »All dies sind bloß Elbenmärchen, um leichtgläubige Neulinge zu betrügen. Das Meer hat kein Ufer. Es gibt kein Licht im Westen. Einem Blendwerk der Elben seid ihr gefolgt, bis ans Ende der Welt. Wer von euch hat je auch nur den Geringsten von den Göttern gesehen? Wer hat den Dunklen König im Norden gesehen? Wer hier nach Herrschaft über Mittelerde strebt, sind die Eldar. In ihrer Gier nach Schätzen und Geheimnissen haben sie in der Erde gegraben und den Zorn derer erregt, die unter ihr wohnen, seit je und auf immer. Laßt den Orks ihr Reich, und wir werden das unsere haben! Platz genug ist in der Welt, wenn ihn die Eldar uns nur gönnen.«

Da saßen die Zuhörer eine Weile sprachlos da, und ein Schatten der Furcht fiel auf ihre Herzen, und sie beschlossen, weit fortzuziehen aus den Ländern der Eldar. Später aber kam Amlach wieder unter sie und leugnete, daß er bei diesem Streit zugegen gewesen sei und die Worte gesprochen habe, die man von ihm berichtete; und Zweifel und Bestürzung herrschten unter den Menschen. Da sagten die Elbenfreunde: »Nun werdet ihr zumindest dies glauben: Den Dunklen König gibt es wirklich, und seine Späher und Sendlinge sind unter uns, denn er fürchtet uns und unsere Kraft auf seiten seiner Feinde.«

Doch immer noch antwortete jemand: »Er haßt uns nur, und um so mehr, je länger wir hier bleiben und uns in seinen Streit mit den Eldarkönigen mischen, ohne Gewinn für uns.« Viele von denen, die noch in Estolad wohnten, machten sich daher zum Aufbruch bereit; und Bereg führte tausend aus Beors Volk nach Süden davon, und sie verschwanden aus den Liedern jener Tage. Amlach aber bereute und sagte: »Jetzt habe ich meinen eignen Streit mit diesem Meister der Lügen, und der soll dauern bis an mein Lebensende.« Und er ging nach Norden und trat in Maedhros' Dienst. Doch diejenigen aus seinem Volke, die mit Bereg eines Sinnes waren, wählten sich einen neuen Führer und gingen zurück über die Berge nach Eriador und sind nun vergessen.

Während dieser Zeit blieben die Haladin in Thargelion und waren zufrieden. Morgoth aber, als er sah, daß er mit Lug und Trug Elben und Menschen nicht ganz und gar trennen konnte, war voller Zorn und Eifer, den Menschen Schaden zu tun, wo er nur konnte. So schickte er eine Schar Orks aus, die sich nach Osten an der Belagerung vorbeischlichen und heimlich auf den Pässen der Zwergenstraße über die Ered Lindon wieder nach Westen kamen; und sie überfielen die Haladin in den südlichen Wäldern von Caranthirs Land.

Nun lebten die Haladin nicht unter der Herrschaft eines Fürsten oder zu vielen an einem Platze, sondern in vereinzelten Gehöften, deren jedes seine eigene Ordnung hatte, und so waren sie nicht schnell zu vereinigen. Doch unter ihnen war ein furchtloser Mann namens Haldad, dessen Wort etwas galt; und er sammelte alle Tapferen, die er finden konnte, und zog sich auf die Landzunge zwischen dem Ascar und dem Gelion zurück, und im äußersten Winkel baute er einen Palisadenzaun von Ufer zu Ufer; und dahinter brachten sie alle Frauen und Kinder in Sicherheit, die sie retten konnten. Dort wurden sie belagert, bis sie nichts mehr zu essen hatten.

Haldad hatte Zwillingskinder: Haleth, seine Tochter, und Haldar, seinen Sohn; und beide zeichneten sich bei der Verteidigung aus, denn Haleth war eine Frau von großem Herzen und großer Stärke. Zuletzt aber wurde Haldad bei einem Ausfall gegen die Orks erschlagen, und Haldar, der hinausstürzte, um seines Vaters Leichnam vor ihrem Schlächterwerk zu retten, wurde neben ihm niedergehauen. Nun hielt Haleth die Leute beisammen, obgleich keine Hoffnung mehr war; und manche stürzten sich in die Flüsse und ertranken. Doch sieben Tage später, als die Orks zum letzten Ansturm kamen und schon durch die Palisaden gebrochen waren, erschallten plötzlich Trompeten, und Caranthir kam mit seinem Heer von Norden und trieb die Orks in die Flüsse.

Caranthir sah nun die Menschen freundlicher an und erwies Haleth hohe Ehren; und er bot ihr Entschädigung für ihren Vater und

Bruder. Und da er nun allzu spät erkannte, welcher Mut in den Edain steckte, sagte er zu ihr: »Wenn ihr hier fortzieht und euch weiter im Norden ansiedelt, so habt ihr die Freundschaft und den Schutz der Eldar, und freies Land steht euch zur Verfügung.«

Haleth aber war stolz und nicht geneigt, sich beschirmen oder regieren zu lassen, und die meisten der Haladin waren gleichen Sinnes. Daher dankte sie Caranthir, erwiderte jedoch: »Mein Entschluß, Herr, ist schon gefaßt; ich will fort aus dem Schatten der Berge und nach Westen gehen, wohin schon andre aus unserem Geschlecht gegangen sind.« Nachdem daher die Haladin alle von ihrem Volk, die vor den Orks in die Wälder geflohen waren und noch lebten, versammelt und die Reste ihrer Habe aus ihren verbrannten Gehöften hervorgesucht hatten, wählten sie Haleth zur Anführerin; und sie führte sie schließlich nach Estolad, und dort wohnten sie eine Weile.

Doch sie blieben ein Volk für sich, und bei Elben und Menschen hießen sie fortan immer nur das Volk Haleths. Haleth blieb ihre Führerin, solange sie lebte, doch sie heiratete nicht, und die Führung ging später an Haldan über, den Sohn ihres Bruders Haldar. Bald wollte Haleth wieder nach Westen weiterziehen, und obwohl ihr Volk in der Mehrzahl gegen diesen Plan war, führte sie es erneut fort; und sie wanderten ohne Schutz oder Hilfe von seiten der Eldar, und nachdem sie den Celon und Aros überschritten hatten, zogen sie durch das gefahrvolle Land zwischen den Bergen des Grauens und dem Gürtel Melians. Wenn auch dieses Land damals noch nicht so schlimm war wie später, so war es doch kein Weg für sterbliche Menschen, denen niemand half, und nur unter Mühen und Verlusten brachte Haleth ihr Volk hindurch, indem sie es mit der Kraft ihres Willens vorantrieb. Als sie zuletzt über die Brithiach kamen, reute so manchen diese Reise bitterlich; doch gab es nun kein Zurück mehr. In den neuen Ländern nahmen sie daher ihr altes Leben wieder auf, so gut es ging; und sie lebten in freien Gehöften in den Wäldern von Talath Dirnen südlich des Teiglin, und manche wanderten weiter bis in das Reich von Nargothrond. Doch viele waren unter ihnen, welche die Frau Haleth verehrten und ihr zu folgen wünschten, wohin sie auch ginge, um unter ihrer Hoheit zu leben; und mit diesen zog sie in den Wald von Brethil, zwischen Teiglin und Sirion. Dorthin folgten in den späteren schlimmen Zeiten viele aus ihrem verstreuten Volk.

Nun galt Brethil als ein Teil von König Thingols Reich, obgleich es nicht im Gürtel Melians lag, und Thingol hätte Haleth den Zutritt verweigert; Felagund aber, der Thingols Freundschaft genoß und der erfuhr, was Haleths Volk alles erlitten hatte, erwirkte diese Erlaubnis für sie: Sie dürften frei in Brethil wohnen, doch unter der Bedingung, daß sie die Übergänge über den Teiglin gegen alle Feinde der Eldar schützten und den Orks keinen Eingang in ihre Wälder gewährten. Worauf Haleth erwiderte: »Wo sind Haldad, mein Vater, und mein Bruder Haldar? Wenn der König von Doriath Freundschaft zwischen Haleth und jenen befürchtet, die ihre Anverwandten gefressen, dann sind die Gedanken der Eldar den Menschen fremd.« Und Haleth blieb in Brethil bis zu ihrem Tode; und ihr Volk warf über ihrem Grab in den Anhöhen des Waldes einen grünen Hügel auf, Tûr Haretha, das Grab der Frau, Haudh-en-Arwen in der Sprache der Sindar.

So geschah es, daß sich die Edain in den Ländern der Eldar niederließen, manche hier, manche da, manche umherschweifend, manche seßhaft, in Sippen oder kleinen Völkern; und die meisten lernten bald die Sprache der Grau-Elben, sowohl für den täglichen Gebrauch, wenn sie unter sich waren, als auch in dem Bemühen vieler von ihnen, die Wissenschaft der Elben zu erfahren. Nach einiger Zeit aber sahen die Elbenkönige, daß es Elben wie Menschen nicht guttat, wenn sie ohne Ordnung zusammen wohnten, und daß die Menschen ihre eigenen Fürsten haben müßten, und so wiesen sie den Menschen besondere Gebiete zu, wo sie nach eignem Gutdünken leben könnten, und ernannten Häuptlinge, um diese Länder frei zu regieren. Im Krieg waren die Menschen Bundesgenossen der Eldar, doch zogen sie unter eignen Anführern aus. Viele der Edain aber genossen die Freundschaft der Elben und lebten unter ihnen, solange man es ihnen nur irgend gewährte; und ihre jungen Männer nahmen oft eine Zeitlang in den Heeren der Könige Dienst.

So kam Hador Lórindol, Hathols Sohn und Enkel Magors, des Sohnes von Malach Aradan, in seiner Jugend in Fingolfins Haus und wurde ein Liebling des Königs. Daher übertrug ihm Fingolfin die Herrschaft über Dor-lómin, und in diesem Lande versammelte er die meisten aus seinem Volke und wurde der mächtigste Häuptling der Edain. In seinem Hause wurde nur elbisch gesprochen, doch geriet auch die eigene Sprache nicht in Vergessenheit, und aus ihr wurde die gemeinsame Sprache von Númenor. In Dorthonion aber wurde die Herrschaft über das Volk Beors und das Gebiet von Ladros an Boromir verliehen, Sohn Borons, welcher ein Enkel Beors des Alten war.

Hadors Söhne waren Galdor und Gundor; und Galdors Söhne waren Húrin und Huor; und Húrins Sohn war Túrin, Glaurungs Verderber; und Huors Sohn war Tuor, Vater Earendils des Gesegneten. Boromirs Sohn war Bregor, dessen Söhne Bregolas und Barahir waren; und Bregolas' Söhne waren Baragund und Belegund. Baragunds Tochter war Morwen, Túrins Mutter; und die Tochter Belegunds war Rían, Tuors Mutter. Barahirs Sohn aber war Beren der Einhänder, welcher von Lúthien, Thingols Tochter, Liebe errang und von den Toten heimkehrte; von ihnen stammten Elwing, Earendils Weib, und alle späteren Könige von Númenor.

Sie alle wurden verstrickt in das Schicksal der Noldor, und sie verrichteten Großes, dessen die Eldar in der Geschichte ihrer alten Könige noch immer gedenken. Und in jenen Tagen verstärkte die Kraft der Menschen die Streitmacht der Noldor, und hoch gingen die Hoffnungen; Morgoth wurde dicht eingeschlossen, denn Hadors Volk scheute weder Kälte noch weite Märsche und ging zuweilen bis hoch in den Norden, um von dort her des Feindes Bewegungen zu verfolgen. Die Menschen aus allen drei Häusern gediehen und mehrten sich, doch am größten war unter ihnen das

Haus Hadors des Goldscheitels, der mit den Elbenfürsten auf gleichem Fuße stand. Sein Volk war von großer Leibeskraft und hohem Wuchs, kühn, standhaft und wachen Sinnes, schnell erzürnt und schnell erheitert, mächtig unter den Kindern Ilúvatars in der Jugend der Menschheit. Gelbhaarig und blauäugig waren sie zumeist; anders dagegen Túrin, dessen Mutter Morwen war, aus dem Hause Beors. Die Menschen aus diesem Stamme hatten dunkles oder braunes Haar und graue Augen, und von allen Menschen sahen sie den Noldor am ähnlichsten und waren bei diesen die beliebtesten, denn sie waren wißbegierig, feinhändig, begriffen schnell und behielten lange und waren eher zum Mitleid als zum Spott geneigt. Ihnen ähnlich waren Haleths Waldleute, doch von kleinerem Wuchs und weniger neugierig auf Wissenschaft. Sie machten nicht viele Worte und liebten keine großen Menschenhaufen, und viele unter ihnen erfreuten sich der Einsamkeit, frei in den Laubwäldern umherwandernd, solange die Lande der Eldar ihnen in ihrer Herrlichkeit neu waren. Doch in den Reichen des Westens waren ihre Tage gezählt und unglücklich.

Die Lebensjahre der Edain wurden nach menschlichen Maßen länger, seit sie nach Beleriand gekommen waren; schließlich aber starb Beor der Alte, nachdem er dreiundneunzig Jahre gelebt, vierundvierzig davon im Dienste König Felagunds. Und als er tot war, von keiner Wunde und keinem Leid, sondern nur vom Alter geschlagen, da sahen die Eldar zum ersten Male das rasche Verlöschen des Menschenlebens und den Tod aus Müdigkeit, den sie selbst nicht kannten; und sie trauerten sehr um den Verlust ihrer Freunde. Beor aber hatte zuletzt sein Leben willig fahren lassen und war in Frieden gegangen; und die Eldar stellten sich manche Fragen über das merkwürdige Schicksal der Menschen, denn in all ihrer Wissenschaft stand davon nichts, und welches Ende es nahm, war ihnen verborgen.

Dennoch lernten die Edain von einst rasch alle Kunst und Wissenschaft von den Eldar, die sie nur aufnehmen konnten, und ihre

Söhne wurden noch klüger und geschickter, bis sie bei weitem alle andern aus dem Menschengeschlecht übertrafen, die noch östlich des Gebirges lebten und die Eldar nicht kannten und nicht in die Gesichter geblickt hatten, die noch das Licht von Valinor gesehen.

XVIII
Vom Verderben Beleriands und von Fingolfins Ende

Fingolfin, König des Nordens und Hoher König der Noldor, als er nun sah, daß sein Volk zahlreich und stark wurde und daß viele tapfere Menschen mit ihm verbündet waren, da erwog er von neuem den Angriff auf Angband. Er wußte, in Gefahr lebten sie, solange der Belagerungsring nicht geschlossen war und Morgoth in der Tiefe seiner Bergwerke nach Belieben Unheil wirken konnte, das niemand vorauszusehen vermochte, ehe er es nicht losgelassen. Fingolfin dachte klug – nach dem Maße seines Wissens, denn die Noldor hatten noch nicht erkannt, wie mächtig Morgoth in Wahrheit war und daß es ohne Hilfe gegen ihn zuletzt doch keine Hoffnung gab, ob sie den Krieg nun beschleunigten oder verzögerten. Weil aber ihre Länder blühten und ihre Reiche groß waren, gaben sich die meisten der Noldor mit der Lage der Dinge zufrieden und hofften zuversichtlich, daß alles so bleiben werde; und sie hatten es nicht eilig, einen Angriff zu beginnen, bei dem, ob siegreich oder unterliegend, gewiß viele umkommen mußten. Daher waren sie wenig geneigt, auf Fingolfin zu hören, und Feanors Söhne zu jener Zeit am allerwenigsten. Von den Noldorfürsten waren nur Angrod und Aegnor eines Sinnes mit dem König, denn sie saßen in Gebieten, von wo aus Thangorodrim zu sehen war, und die Gefahr blieb ihnen gegenwärtig. Also wurde nichts aus Fingolfins Plänen, und das Land hatte für eine Weile Frieden.

Doch als die sechste Generation der Menschen nach Beor und Marach noch nicht ganz erwachsen war, im vierhundertfünfundfünfzigsten Jahre nach Fingolfins Ankunft, da brach das Unheil herein, das ihm lange geahnt hatte, doch härter und jäher als in seinen schlimmsten Befürchtungen. Denn lange hatte Morgoth in aller Stille gerüstet, während sein Herz immer tückischer und sein Haß auf die Noldor immer bitterer wurden; und nicht mehr begehrte er nur, seinen Feinden ein Ende zu machen, sondern auch die Länder, welche sie besessen und bebaut hatten, zu verheeren und zu schänden. Und es heißt, sein Haß sei seiner List im Wege gestanden, denn hätte er es nur ertragen können, noch länger abzuwarten, bis alle seine Pläne reif waren, so wären die Noldor ganz und gar verloren gewesen. Doch seinerseits achtete er die Tapferkeit der Elben zu gering, und mit den Menschen rechnete er noch gar nicht.

Es kam eine Winternacht, dunkel, ohne Mondschein, und die weite Ebene von Ard-galen lag unter den kalten Sternen, von den Festungen der Noldor in den Hügeln bis zu den Füßen von Thangorodrim. Die Wachtfeuer brannten niedrig, und der Wachen waren wenige, selbst bei den Reitern aus Hithlum in ihren Lagern in der Ebene. Da schickte Morgoth plötzlich große Ströme von Flammen aus, die schneller als Balrogs von Thangorodrim herabkamen und sich über die ganze Ebene ergossen; und die Eisenberge spieen Feuer in vielerlei giftigen Farben, und ihr Qualm verpestete die Luft und tötete. So verging Ard-galen, und das Feuer fraß seine Gräser, und nachher war es eine wüste, verbrannte Öde voll würgenden Staubs, kahl und ohne Leben, und es wurde Anfauglith geheißen, der Erstickende Staub. Viele verkohlte Gebeine fanden dort ihr dachloses Grab; denn viele der Noldor wurden von den vorwärtsstürmenden Flammen erfaßt, ehe sie auf die Hügel flüchten konnten. Die Höhen von Dorthonion und die Ered Wethrin hielten die Feuerfluten auf, doch all ihre Wälder an den Hängen nach Angband zu brannten, und der Rauch stiftete Verwirrung unter den Verteidigern. So begann die vierte der großen Schlachten, Dagor Bragollach, die Schlacht des Jähen Feuers.

Vor dem Feuer einher zog Glaurung der Goldene, der Vater der Drachen, nun in voller Größe; und in seinem Gefolge kamen Balrogs und dahinter die schwarzen Heere der Orks, in Massen, wie sie die Noldor nie gesehen oder geahnt hatten. Und sie stürmten die Festungen der Noldor und brachen den Belagerungsring um Angband und erschlugen die Noldor und ihre Bundesgenossen, Grau-Elben und Menschen, wo immer sie sie fanden. Viele der Beherztesten unter Morgoths Feinden wurden schon in den ersten Tagen dieses Krieges vernichtet, versprengt und entmutigt, und sie konnten ihre Kräfte nicht mehr ins Feld führen. Von da an hörte der Krieg in Beleriand nie mehr ganz auf, doch rechnet man zur Schlacht des Jähen Feuers nur die Zeit bis zum Beginn des Frühlings, als Morgoths Ansturm nachließ.

So endete die Belagerung von Angband, und Morgoths Feinde waren verstreut und voneinander getrennt. Die meisten der Grau-Elben flohen nach Süden und kehrten dem Krieg im Norden den Rükken; viele wurden in Doriath aufgenommen, und Thingols Königreich wurde zu der Zeit stärker und mächtiger, denn die Kraft Melians, der Königin, war um seine Grenzen gewoben, und das Unheil drang noch nicht bis ins Verborgene Reich. Andere suchten Zuflucht in den Festungen am Meer und in Nargothrond, und manche flohen aus dem Lande und versteckten sich in Ossiriand oder überstiegen das Gebirge und wanderten heimatlos durch die Wildnis. Und die Gerüchte vom Krieg und vom Zusammenbruch der Belagerung drangen bis zu den Ohren der Menschen im Osten von Mittelerde.

Die Hauptlast des Angriffs hatten Finarfins Söhne zu tragen, und Angrod und Aegnor wurden erschlagen; an ihrer Seite fiel Bregolas, der Fürst des Hauses von Beor, mit einem großen Teil der Krieger seines Volkes. Barahir jedoch, Bregolas' Bruder, nahm an den Kämpfen weiter im Westen teil, in der Nähe des Sirion-Passes. Dort wurde König Finrod Felagund, der von Süden heraneilte, von seinem Heer abgeschnitten und mit wenigen Begleitern im Fenn von Serech umzingelt; und er wäre erschlagen oder gefangen worden, doch Barahir drang mit den tapfersten seiner Männer zu ihm durch, und sie richteten einen Wall von Speeren um ihn auf und schlugen sich unter großen Verlusten ins Freie durch. So entkam Felagund und kehrte in seine Tiefburg Nargothrond zurück; doch schwor er einen Eid, Barahir und seinem ganzen Geschlecht in jeder Not

Freundschaft und Hilfe zu gewähren, und zum Zeichen dieses Gelöbnisses gab er Barahir seinen Ring. Barahir war nun der rechtmäßige Fürst des Hauses von Beor, und er kehrte nach Dorthonion zurück; die meisten aus seinem Volk aber flohen von ihren Wohnsitzen und suchten Schutz in Hithlum.

So gewaltig war Morgoths Ansturm, daß Fingolfin und Fingon Finarfins Söhnen nicht zu Hilfe kommen konnten; und die Heere von Hithlum wurden mit großen Verlusten in die Festungen der Ered Wethrin zurückgeschlagen, und kaum vermochten sie diese gegen die Orks zu halten. Vor den Mauern von Eithel Sirion fiel Hador der Goldscheitel, als er die Nachhut seines Königs Fingolfin verteidigte; sechsundsechzig Jahre alt war er, und mit ihm fiel Gundor, sein jüngerer Sohn, von vielen Pfeilen durchbohrt; und die Elben trauerten um sie. Nun übernahm Galdor der Lange die Würde seines Vaters. Und dank der Stärke und Höhe des Schattengebirges, das den Feuerfluten standhielt, und der Tapferkeit der Elben und Menschen des Nordens, deren noch kein Ork und kein Balrog Herr wurde, blieb Hithlum unerobert, eine Gefahr in Morgoths Flanke; doch ein Meer von Feinden trennte Fingolfin von seinen Stammverwandten.

Denn schlecht stand der Krieg bei Feanors Söhnen, und fast alle Ostmarken waren im Sturm erobert worden. Morgoths Heere erzwangen den Übergang über den Aglon-Paß, wenn auch mit großen Verlusten; und Celegorm und Curufin flohen besiegt nach Südwesten, an den Grenzen von Doriath entlang, und zuletzt suchten sie in Nargothrond Zuflucht bei Finrod Felagund. So geschah es, daß ihre Leute die Streitmacht von Nargothrond verstärkten; wie sich aber später zeigte, wären sie besser im Osten bei ihrem eigenen Volke geblieben. Maedhros leistete tapferen Widerstand, und die Orks flohen vor seinem Angesicht; denn seit seiner Marter auf Thangorodrim brannte der Geist wie ein weißes Feuer in ihm, und er kämpfte wie ein von den Toten Heimgekehrter. So wurde die große Festung auf dem Berg von Himring nicht genommen, und viele der Tapfersten, die aus Dorthonion und von den Ostmarken noch übrig waren, scharten sich dort um Maedhros; und für eine Weile vermochte er den Aglon-Paß wieder zu schließen, so daß die Orks auf diesem Wege nicht nach Beleriand kamen. Doch überwältigten sie die Reiter aus Feanors Volk in Lothlann, denn Glaurung erschien dort und brach durch Maglors Lücke und verwüstete alles Land zwischen den Quellflüssen des Gelion. Und die Orks nahmen die Festung am Westhang des Rerirbergs und verheerten ganz Thargelion, Caranthirs Land, und besudelten den Helevorn-See. Von da aus drangen sie sengend und mordend über den Gelion weit nach Ost-Beleriand hinein. Maglor schlug sich zu Maedhros auf dem Himring durch, doch Caranthir floh mit den Resten seines Volkes; sie vereinigten sich mit dem verstreuten Jägervolk in Amrods und Amras' Land und zogen sich über Ramdal in den Süden zurück. Auf dem Amon Ereb unterhielten sie eine Wache und eine kleine Streitmacht; die Grün-Elben halfen ihnen, und die Orks kamen nicht nach Ossiriand hinein, noch nach Taur-im-Duinath und in die Wildnisse des Südens.

Nun gelangten die Nachrichten nach Hithlum, daß Dorthonion verloren und Finarfins Söhne besiegt und Feanors Söhne aus ihren Landen vertrieben seien. Da sah Fingolfin den (so schien es ihm) endgültigen Untergang der Noldor und die nie wieder gutzumachende Niederlage aller ihrer Häuser gekommen, und in Zorn und Verzweiflung bestieg er sein großes Pferd Rochallor und ritt allein davon, und keiner konnte ihn zurückhalten. Er ritt über Dor-nu-Fauglith, wie der Wind durch den Staub fährt, und alle, die ihn sahen, flohen voll Entsetzen, glaubten sie doch, Orome selbst käme geritten, denn der Wahnsinn des großen Zorns war in ihm, so daß seine Augen leuchteten wie die Augen der Valar. Allein kam er vor die Tore von Angband, und er stieß in sein Horn und pochte zum zweiten Mal an die eisernen Pforten, Morgoth zum Zweikampf fordernd. Und Morgoth kam.

Es war das letzte Mal in jenen Kriegen, daß er aus den Toren seiner Burg hervortrat, und es heißt, daß er sich der Forderung ungern stellte, denn obgleich seine Macht größer war als jede andere in dieser Welt, so war ihm als einzigem von den Valar doch die Furcht nicht fremd. Vor den Augen seiner Hauptleute aber konnte er sich diesem Kampf nicht entziehen, denn die Felsen hallten von Fingolfins schneidendem Hornklang, und hell und scharf drang seine Stimme bis in die Tiefen von Angband herab; und Fingolfin hieß Morgoth einen Feigling und Sklavenkönig. Also kam Morgoth langsam von seinem Thron in der Tiefe heraufgestiegen, und das Scharren seiner Füße war wie unterirdischer Donner. Und er trat heraus in einem schwarzen Panzer und stand wie ein Turm, eisengekrönt, vor dem König, und sein großer Schild, pechschwarz und ohne Wappen, warf einen Schatten über ihn wie eine Gewitterwolke. Fingolfin aber leuchtete daraus hervor wie ein Stern, denn sein Kettenhemd war mit Silber ausgelegt und sein blauer Schild mit Kristallen besetzt; und er zog sein Schwert Ringil, das glitzerte wie Eis.

Dann schwang Morgoth Grond hoch in die Luft, den Unterwelthammer, und schmetterte ihn nieder wie einen Donnerschlag. Doch Fingolfin sprang beiseite, und Grond schlug eine mächtige Grube in die Erde, aus der Rauch und Feuer hervorsprühten. Viele Male versuchte Morgoth, ihn zu zerschmettern, und jedesmal wich Fingolfin aus, wie der Blitz unter einer dunklen Wolke hervorspringt; und er verwundete Morgoth mit sieben Wunden, und siebenmal stieß Morgoth einen Schmerzensschrei aus, bei dem die Heere von Angband mit den Gesichtern zu Boden fielen vor Furcht, und seine Schreie hallten in den Nordlanden wider.

Zuletzt aber ermattete der König, und Morgoth hieb ihm den Schild über den Kopf. Dreimal wurde er in die Knie gezwungen, und dreimal stand er wieder auf, brachte den geborstenen Schild wieder empor und rückte sich den zerbeulten Helm zurecht. Doch die Erde um ihn war nun voller Löcher und Gruben, und er strauchelte und fiel rücklings Morgoth vor die Füße; und Morgoth setzte den linken Fuß auf seinen Hals, schwer wie ein stürzender Berg. Doch mit einem letzten und verzweifelten Streich hieb Fingolfin ihm Ringil in den Fuß, und das Blut sprudelte schwarz und dampfend hervor und füllte die Gruben, die Grond gehauen hatte.

So starb Fingolfin, der Hohe König der Noldor, der stolzeste und tapferste der Elbenkönige von einst. Die Orks machten von jenem Zweikampf am Tor kein Rühmens, und auch die Elben besingen ihn nicht, denn zu tief ist ihr Schmerz. Doch wird seiner Tat noch gedacht, denn Thorondor, der König der Adler, brachte die Kunde nach Gondolin und nach dem fernen Hithlum. Und Morgoth nahm den Leichnam des Elbenkönigs und zerbrach ihn und wollte ihn seinen Wölfen zum Fraß vorwerfen; doch Thorondor kam aus seinem Horst in den Gipfeln der Crissaegrim herbeigeeilt und stieß auf Morgoth nieder und zerfetzte ihm das Gesicht. Thorondors Flügelschlag klang wie das Rauschen von Manwes Winden, und er packte den Leichnam mit seinen mächtigen Fängen, und steil vor den Orkpfeilen auffliegend, trug er den König davon. Und auf einem Berggipfel, der von Norden auf das versteckte Tal von Gondolin herabblickte, legte er ihn nieder; und Turgon kam hinauf und baute eine hohe Pyramide über dem Leib seines Vaters. Kein Ork wagte hernach jemals, Fingolfins Berg zu überschreiten oder sich seinem Grabmal zu nahen, solange Gondolins Verhängnis noch nicht erfüllt und der Verrat unter seinem Volk noch nicht geboren war. Morgoth hinkte von jenem Tage an auf einem Fuß, und der Schmerz seiner Wunden war nicht zu heilen, und im Gesicht trug er die Narbe von Thorondors Krallen.

Laut waren die Klagen in Hithlum, als Fingolfins Ende bekannt wurde, und trauernd übernahm Fingon sein Erbe als Fürst des Hauses Fingolfin und König der Noldor; seinen kleinen Sohn Ereinion aber (den man später Gil-galad hieß) sandte er zu den Häfen.

Morgoths Macht überschattete nun die Nordlande; doch Barahir wollte nicht aus Dorthonion fliehen, sondern blieb, um jeden Fußbreit Bodens mit den Feinden kämpfend. Dann hetzte Morgoth Barahirs Volk zu Tode, bis nur noch wenige übrig waren; und alle Wälder auf den Nordhängen des Landes wurden nach und nach in ein solches Gebiet von Schrecken und Verdammnis verwandelt, daß selbst die Orks sich nur noch, wenn Not sie trieb, hineinwagten; und das Land wurde Deldúwath geheißen und Taur-nu-Fuin, der Wald unter dem Nachtschatten. Die Bäume, die dort nach dem Brande aufwuchsen, waren schwarz und kahl, die Wurzeln verknotet und gleich Klauen ins Dunkel greifend; und wer zwischen ihnen hindurchging, verirrte sich und sah nichts mehr, und Schreckensgeister erwürgten ihn oder trieben ihn zum Wahnsinn. So verzweifelt war zuletzt Barahirs Lage, daß sein Weib Emeldir die Mannesmutige (deren Sinn eher danach stand, an ihres Sohnes und ihres Gatten Seite zu kämpfen als zu fliehen) alle Frauen und Kinder, die noch übrig waren, um sich scharte und denen Waffen gab, die sie zu tragen vermochten; und sie führte sie durch die Berge und auf gefährlichen Pfaden weiter, bis sie endlich mit Verlusten und in Elend nach Brethil kamen. Manche wurden dort von den Haladin aufgenommen, manche zogen weiter über die Berge nach Dor-lómin zu dem Volk von Galdor, Hadors Sohn, und unter diesen waren Rían, Belegunds Tochter, und Morwen, auch Eledhwen, das heißt Elbenschein, genannt, Baragunds Tochter. Doch keine sah je die Männer wieder, die sie zurückgelassen. Denn diese wurden erschlagen, einer nach dem andern, bis nur noch zwölf bei Barahir waren: Beren, sein Sohn, Baragund und Belegund, seine Neffen, Bregolas' Söhne, und neun Getreue seines Hauses, deren Namen in den Liedern der Noldor noch lange gedacht wurde: Radhruin und Dairuin hießen sie, Dagnir und Ragnor, Gildor und Gorlim der Unglückliche, Arthad und Urthel, und Hathaldir der Jüngling. Gehetzte ohne Hoffnung wurden sie, eine Bande von Verzweifelten, die nicht mehr entkommen konnten und nicht weichen wollten, denn ihre Häuser waren zerstört, ihre Frauen und Kinder gefangen, getötet oder geflohen. Aus Hithlum kam weder Nachricht noch Hilfe, und Barahir und seine Männer wurden gejagt wie wilde Tiere; und sie zogen sich in das kahle Hochland über den Wäldern zurück und schlichen zwischen den Bergseen und felsigen Sümpfen dieser Gegend umher, möglichst fern dem Spuk und den Spähern Morgoths. Ihr Bett war das Heidekraut und ihr Dach der bewölkte Himmel.

Fast zwei Jahre lang verteidigten die Noldor nach der Dagor Bragollach noch den westlichen Paß über die Quellen des Sirion, denn Ulmos Kraft war im Wasser des Flusses, und Minas Tirith widerstand den Orks. Zuletzt aber, nach dem Ende Fingolfins, zog Sauron, Morgoths größter und furchtbarster Diener, in der Sindarinsprache Gorthaur geheißen, gegen Orodreth aus, den Hüter des Turms auf Tol Sirion. Sauron war nun zu einem Zauberer von furchtgebietender Macht geworden, ein Meister der Schatten und Phantome, voll ruchloser Weisheit und grausamer Stärke, verunstaltend, was immer er anfaßte, verderbend, wen er regierte, der Herr der Werwölfe; sein Reich war die Folter. Er nahm Minas Tirith im Sturm, denn eine dunkle Wolke der Angst senkte sich über die Verteidiger; und Orodreth wurde vertrieben und floh nach Nargothrond. Nun verwandelte Sauron Minas Tirith in einen Wachturm für Morgoth, eine Drohung und eine Festung des Unheils; und die schöne Insel Tol Sirion wurde ein verfluchter Ort, Tol-in-Gaurhoth geheißen, die Insel der Werwölfe. Kein Geschöpf, das lebte, kam durch jenes Tal, ohne daß Sauron von dem Turme, wo er saß, es erspähte. Und als Morgoth nun den westlichen Paß besetzt hielt, da drangen seine Greuel in die Felder und Wälder Beleriands vor. Unablässig verfolgte er seine Feinde, außer in Hithlum, spürte ihre Verstecke auf und nahm ihre Burgen, eine nach der andren. Immer kühner wurden die Orks, die nun nach Belieben umherziehen konnten; sie kamen den Sirion im Westen und den Celon im Osten herab und schlossen Doriath ein, alles Land so verheerend, daß Tier und Vogel flohen und Schweigen und Verwüstung sich stetig von Norden her ausbreiteten. Viele der Noldor und Sindar schleppten sie gefangen nach Angband und machten Knechte aus ihnen, sie zwingend, Kunst und Wissen in den Dienst Morgoths zu stellen. Und Morgoth sandte seine Späher aus, und sie waren unter entlehnten Gestalten verborgen, und Trug war in ihren Worten; freigebig versprachen sie Belohnung, und mit schlauer Rede suchten sie Furcht und Neid unter die Völker zu streuen, Könige und Fürsten der Habgier und den einen des Verrats am andern zeihend. Und aufgrund des Fluches von dem Sippenmord in Alqualonde wurden diese Lügen nicht selten geglaubt; ja, als die Zeit dunkler wurde, wuchs ihnen ein Teil Wahrheit zu, denn Herz und Geist der Elben von Beleriand waren von Angst und Verzweiflung umnachtet. Am meisten aber fürchteten die Noldor den Verrat derer aus dem eigenen Geschlecht, die in Angband geknechtet worden waren; denn manche von diesen verwandte Morgoth für seine Unheilspläne und schickte sie fort, zum Schein ihnen die Freiheit schenkend, während ihr Wille an den seinen gekettet blieb und sie nur umherirrten, um wieder zu ihm zurückzukehren. Entkam daher einer seiner Gefangenen wirklich und kehrte zu seinem Volk heim, so war er dort wenig willkommen und wanderte allein umher, ausgestoßen und verzweifelt.

Den Menschen spiegelte Morgoth Erbarmen vor, wenn sie nur auf seine Botschaften hören wollten, in denen es hieß, ihre Leiden kämen allein von ihrer Knechtschaft unter den aufrührerischen Noldor; aus den Händen des rechtmäßigen Herrn von Mittelerde aber würden sie Ehren und den Lohn der Tapferen empfangen, wenn sie vom Aufruhr abließen. Doch nur wenige Menschen aus den Drei Häusern der Edain liehen ihm ihr Ohr, selbst jene nicht, die man den Qualen von Angband aussetzte. Daher verfolgte Morgoth sie mit seinem Haß, und er schickte Boten über die Berge.

Es heißt, zu dieser Zeit seien die ersten Dunkelmenschen nach Beleriand gekommen. Manche standen bereits unter der geheimen Herrschaft Morgoths und kamen auf sein Geheiß; doch nicht alle, denn das Hörensagen über Beleriand, seine Lande und Wasser, seine Kriege und Schätze, drang nun weit hinaus, und die Blicke der wandernden Menschen in jenen Tagen waren stets gen Westen gerichtet. Diese Menschen waren klein und stämmig, mit starken, langen Armen, die Haut dunkel oder gelblich und das Haar dunkel wie ihre Augen. Ihrer Geschlechter waren viele, und manche hatten mehr Neigung für die Zwerge aus den Bergen als für die Elben. Doch Maedhros, der wußte, wie schwach die Noldor und Edain waren, während die Gruben von Angband unerschöpflich und immer von neuem ihre Greuel zu gebären schienen, verbündete sich mit diesen neuangekommenen Menschen und gewährte ihren größten Häuptlingen, Bór und Ulfang, seine Freundschaft. Morgoth war es wohl zufrieden, denn genau so hatte er sich's gedacht. Bórs Söhne waren Borlad, Borlach und Borthand, und sie folgten Maedhros und Maglor und machten Morgoths Hoffnungen zunichte, denn sie blieben treu. Die Söhne Ulfangs des Schwarzen waren Ulfast und Ulwarth und Uldor der Verfluchte, und sie folgten Caranthir, schworen ihm Treue und erwiesen sich als Verräter.

Wenig Neigung bestand zwischen den Edain und den Ostlingen, und sie trafen selten zusammen, denn die Neuankömmlinge blieben lange in Ost-Beleriand, während Hadors Volk in Hithlum eingeschlossen und Beors Stamm nahezu vernichtet war. Das Volk Haleths blieb von dem Krieg im Norden zuerst unberührt, denn sie lebten weiter südlich im Wald von Brethil; nun aber kam es zum Kampf mit den eindringenden Orks, denn die Haladin waren mutigen Herzens und gaben nicht ohne Not die Wälder auf, die sie liebten. Und unter all den Geschichten von den Niederlagen jener Zeit wird der Taten der Haladin in Ehren gedacht: Denn nach der Eroberung von Minas Tirith kamen die Orks über den Westpaß, und vielleicht hätten sie bis zu den Mündungen des Sirion alles verwüstet, doch Halmir, das Haupt der Haladin, sandte eilends Nachricht an Thingol; er war nämlich mit den Elben, welche an den Grenzen von Doriath wachten, befreundet. Beleg Langbogen, der Hauptmann von Thingols Grenzwächtern, kam nun mit einer großen Schar axtbewehrter Sindar nach Brethil, und aus den Tiefen des Waldes hervorbrechend, überraschten Halmir und Beleg eine Legion der Orks und vernichteten sie. Damit war die schwarze Flut aus Norden in diesem Gebiet aufgehalten, und die Orks wagten viele Jahre lang nicht mehr den Teiglin zu überschreiten. Haleths Volk lebte in wachsamem Frieden im Wald von Brethil, und hinter dieser Hut hatte das Königreich Nargothrond eine Atempause und konnte seine Kräfte sammeln.

Zu dieser Zeit lebten Húrin und Huor, die Söhne Galdors von Dor-lómin, bei den Haladin, mit denen sie verwandt waren. In den Tagen vor der Dagor Bragollach waren diese beiden Häuser der Edain zu einem großen Fest zusammengekommen, als Galdor und Glóredhel, Hador Goldscheitels Kinder, mit Hareth und Haldir vermählt wurden, den Kindern Halmirs, des Oberhaupts der Haladin. So kam es, daß Galdors Söhne in Brethil von ihrem Onkel Haldir aufgezogen wurden, nach dem Brauch der Menschen zu jener Zeit; und sie zogen beide mit in die Schlacht gegen die Orks, selbst Huor, denn er ließ sich nicht abhalten, obwohl er erst dreizehn Jahre alt war. Doch sie gingen mit einem Trupp, der von den übrigen abgeschnitten wurde, und kamen auf der Flucht zur Furt von Brithiach, und dort verhinderte nur Ulmos Kraft, die im Sirion noch stark war, daß sie gefangen oder erschlagen wurden. Ein Nebel stieg aus dem Flusse auf und verbarg sie vor den Feinden, und sie entkamen über die Brithiach nach Dimbar und wanderten zwischen den Hügeln unter den steilen Wänden der Crissaegrim einher, bis sie ratlos zwischen den Trugwerken jenes Landes standen und nicht mehr vor noch zurück wußten. Dort erspähte sie Thorondor, und er sandte ihnen zwei seiner Adler zu Hilfe; und die Adler trugen sie empor, über die Umzingelnden Berge hinweg in das versteckte Tal von Tumladen und die Stadt Gondolin, die noch kein Mensch je gesehen hatte.

Dort empfing sie König Turgon mit Wohlwollen, als er ihre Abstammung erfuhr, denn Botschaften und Träume waren den Sirion hinauf von Ulmo, dem Herrn der Wasser, zu ihm gelangt, der ihn vor dem kommenden Unheil warnte und ihm riet, freundlich zu den Söhnen aus dem Hause Hador zu sein, von denen ihm Hilfe in der Not zuteil werden sollte. Húrin und Huor wohnten fast ein ganzes Jahr lang als Gäste im Hause des Königs; und es heißt, in dieser Zeit habe Húrin viel Wissenschaft von den Elben und auch manches von den Gedanken und Plänen des Königs erfahren. Denn Turgon faßte große Zuneigung zu Galdors Söhnen und sprach oft mit ihnen; und es war eher aus Liebe, daß er sie in Gondolin zu halten wünschte, als um seines Gesetzes willen, daß kein Fremder, ob Elb oder Mensch, der den Weg zum versteckten Königreich gefunden und die Stadt erblickt habe, je wieder fort dürfe, solange der König nicht selbst die Tore öffnete und das versteckte Volk hervorkäme.

Húrin und Huor aber wünschten, zu ihrem Volk zurückzukehren und an den Kriegen und Nöten teilzuhaben, die es nun litt. Und Húrin sagte zu Turgon: »Herr, wir sind nur sterbliche Menschen und nicht wie die Eldar. Sie mögen es ertragen, lange Jahre hindurch auf den Kampf mit ihren Feinden an einem fernen Tage zu warten; unsere Zeit aber ist kurz, und unsere Kraft und Hoffnung geht schnell dahin. Überdies haben wir den Weg nach Gondolin nicht gefunden, und wir wissen auch nicht genau, wo diese Stadt liegt, denn in Furcht und Erstaunen wurden wir auf dem hohen Weg durch die Lüfte hierher getragen, und eine gnädige Ohnmacht verschleierte uns die Augen.« Da gab Turgon der Bitte statt und sagte: »Auf dem Wege, den ihr gekommen, sei euch erlaubt, wieder zu scheiden, wenn Thorondor einwilligt. Euer Abschied bekümmert mich; doch binnen kurzem, nach der Rechnung der Eldar, mögen wir uns wiedersehen.«

Maeglin aber, des Königs Schwestersohn, der ein Großer in Gondolin war, bekümmerte der Abschied nicht im mindesten, doch mißgönnte er ihnen die Gunst des Königs, denn er hatte keine Neigung zu irgendeinem aus dem Menschengeschlecht; und er sagte zu Húrin: »Größer ist des Königs Gnade, als ihr wißt, und nicht mehr so streng wie einst ist das Gesetz, keine andre Wahl wäre euch sonst geblieben, als hier zu wohnen bis an euer Ende.«

Da antwortete ihm Húrin: »Groß ist des Königs Gnade, fürwahr, doch wenn unser Wort nicht genügt, so wollen wir dir einen Eid schwören.« Und die Brüder schworen, niemals Turgons Pläne zu verraten und über alles, was sie in seinem Reiche gesehen, zu schweigen. Dann nahmen sie Abschied, und die Adler kamen und trugen sie fort bei Nacht und setzten sie vor Morgen in Dor-lómin nieder. Ihre Sippe war froh, sie wiederzusehen, denn Boten aus Brethil hatten berichtet, daß sie verschwunden waren; doch nicht einmal ihrem Vater mochten sie erklären, wo sie gewesen waren, nur daß die Adler sie aus der Wildnis gerettet und heimgebracht hätten. Doch Galdor sagte: »Habt ihr wohl ein Jahr in der Wildnis gehaust? Oder haben euch die Adler in ihren Horsten beherbergt? Aber ihr habt Nahrung und feine Kleider gefunden und kehrt heim wie junge Prinzen, nicht wie Waldläufer.« Und Húrin antwortete: »Sei zufrieden, daß wir heimgekehrt sind, denn nur unter einem Eid, zu schweigen, wurde es uns erlaubt.« Nun fragte Galdor nicht weiter, doch er und viele andere errieten die Wahrheit, und nicht lange, so war Húrins und Huors merkwürdiges Schicksal auch den Dienern Morgoths zu Ohren gekommen.

Als nun Turgon erfuhr, daß die Belagerung von Angband gebrochen war, ließ er nicht zu, daß Leute aus seinem Volk in den Krieg hinauszogen, denn er glaubte, daß Gondolin stark und die Zeit noch nicht reif sei, es zu offenbaren. Doch glaubte er auch, daß mit dem Ende der Belagerung der Sturz der Noldor beginne, wenn keine Hilfe käme; und insgeheim schickte er Gesandtschaften der Gondolindrim zu den Mündungen des Sirion und auf die Insel Balar. Dort bauten sie Schiffe und setzten Segel und fuhren in Turgons Auftrag in den äußersten Westen, Valinor suchend, um Vergebung und Hilfe von den Valar zu erbitten; und sie flehten die Vögel des Meeres an, ihnen den Weg zu zeigen. Doch die Meere waren weit und wild, und Schatten und Zauberwerk lagen auf ihnen, und Valinor blieb verborgen. So gelangte keiner von Turgons Boten in den Westen, viele gingen verloren, und wenige kehrten wieder; das Schicksal Gondolins aber rückte näher.

Gerüchte von diesen Dingen kamen zu Morgoth, und er hatte keine Ruhe, mitten in seinen Siegen; dringend wünschte er, Meldung über Felagund und Turgon zu erhalten. Denn aus seinen Nachrichten waren sie verschwunden und waren doch nicht tot; und er machte sich Sorgen, was sie gegen ihn unternehmen möchten. Von Nargothrond wußte er immerhin den Namen, doch weder wo es lag, noch wie stark es war; von Gondolin aber wußte er überhaupt nichts, und der Gedanke an Turgon quälte ihn um so mehr. Daher schickte er immer mehr Späher nach Beleriand aus; doch das Hauptheer der Orks rief er nach Angband zurück, denn er erkannte, daß er noch nicht die letzte siegreiche Schlacht liefern konnte, ehe er nicht neue Kräfte gesammelt, und daß er die Tapferkeit der Noldor und die Waffengewalt der Menschen, die an ihrer Seite kämpften, nicht richtig ermessen hatte. So groß seine Siege in der Schlacht des Bragollach und in den Jahren darauf auch gewesen waren, und so schwer auch die Schäden, die er seinen Feinden zugefügt hatte, so waren seine eigenen Verluste doch nicht geringer; und obgleich er weiterhin Dorthonion und den Sirion-Paß besetzt hielt, begannen nun die Eldar, sich vom ersten Schrecken erholend, das Verlorene zurückzugewinnen. So erlebte Beleriand im Süden noch einmal einige kurze Jahre scheinbaren Friedens; doch die Schmieden von Angband waren geschäftig.

Als seit der Vierten Schlacht sieben Jahre vergangen waren, griff Morgoth von neuem an und schickte eine große Streitmacht gegen Hithlum aus. Heftig war der Ansturm auf die Pässe über das Schattengebirge, und bei der Belagerung von Eithel Sirion wurde Galdor der Lange, Herr von Dor-lómin, von einem Pfeil getötet. Diese Festung verteidigte er für Fingon, den Hohen König, und am selben Orte war sein Vater Hador Lórindol gefallen, wenige Jahre zuvor. Húrin, sein Sohn, war zu der Zeit eben erst zum Manne erwachsen, doch war er von großer Kraft an Geist wie Körper; und er vertrieb die Orks mit schweren Verlusten aus den Ered Wethrin und verfolgte sie weit über die Sandwüste von Anfauglith.

König Fingon aber hatte große Mühe, das Heer Angbands, das von Norden kam, aufzuhalten, und zur Schlacht stellte er sich erst auf den Ebenen von Hithlum. Dort war Fingon in Gefahr, von der

Übermacht erdrückt zu werden, doch Círdans Schiffe kamen in großer Zahl den Fjord von Drengist heraufgefahren, und zur Stunde der Bedrängnis griffen die Elben von den Falas Morgoths Heer von Westen an. Da wichen die Orks und flohen, und die Eldar hatten den Sieg, und ihre berittenen Bogenschützen verfolgten die Feinde bis in die Eisenberge.

Darauf regierte Húrin, Galdors Sohn, über das Volk Hadors in Dor-lómin und diente Fingon. Húrin war von kleinem Wuchs als seine Väter und kleiner auch als später sein Sohn, doch sein Leib war zäh und unermüdlich, behend und schnell, ganz vom Schlage seiner Mutter, Hareth von den Haladin. Sein Weib war Morwen Eledwhen, die Tochter Baragunds aus dem Hause Beors, dieselbe, die mit Rían, Belegunds Tochter, und Emeldir, Berens Mutter, aus Dorthonion geflüchtet war.

Zu dieser Zeit wurden auch die Bandenkrieger von Dorthonion aufgerieben, wie hernach berichtet wird, und Beren, Barahirs Sohn, entkam als einziger unter Mühen nach Doriath.

XIX
Von Beren und Lúthien

Unter den Erzählungen von Leid und Verfall, die aus dem Dunkel jener Tage auf uns gekommen sind, finden sich doch manche, wo inmitten der Tränen auch die Freude Raum hat und im Schatten des Todes das Licht brennt, das dauert. Und von all diesen Geschichten am freundlichsten klingt in den Ohren der Elben noch immer die von Beren und Lúthien. Über ihr Leben wurde das Leithian-Lied gedichtet, welches das zweitlängste unter den Liedern über die Welt von einst ist; hier aber wird die Geschichte in weniger Worten und ohne Gesang erzählt.

Erzählt wurde schon, wie Barahir Dorthonion nicht verlassen mochte und wie Morgoth sein Volk zu Tode hetzte, bis Barahir nur noch zwölf Gefährten blieben. Nun stieg der Wald von Dorthonion nach Süden zu einem gebirgigen Heideland an, und im Osten dieser Hochfläche lag ein See, Tarn Aeluin, von struppigen Heiden umgeben; und der ganze Landstrich war weglos und wild, denn selbst in den Tagen des Langen Friedens hatte niemand dort gelebt. Doch die Wasser des Bergsees Aeluin wurden in Ehren gehalten, denn sie waren klar und blau bei Tage und bei Nacht ein Spiegel der Sterne; und es hieß, Melian selbst habe vor Zeiten dieses Wasser geweiht. Dorthin zog sich Barahir mit seinen Gefährten zurück, und dort schlugen sie ihr Lager auf, und Morgoth konnte es nicht finden. Doch die Kunde von ihren Taten verbreitete sich, und Morgoth befahl Sauron, sie aufzuspüren und zu vernichten.

Unter Barahirs Gefährten war Gorlim, Angrims Sohn. Sein Weib hieß Eilinel, und groß war die Liebe zwischen ihnen, ehe das Unheil hereinbrach. Doch als Gorlim aus dem Krieg an den Grenzen heimkehrte, fand er sein Haus geplündert und verlassen, und sein Weib war fort; ob tot oder gefangen, wußte er nicht. Dann floh er zu Barahir, und von dessen Gefährten war er der grimmigste und verzweifeltste; doch Ungewißheit nagte an seinem Herzen, denn er dachte, daß Eilinel vielleicht nicht tot sei. Bisweilen ging er allein und heimlich fort und suchte sein Haus auf, inmitten der Felder und Wälder, die er einmal besessen hatte; und dies wurde Morgoths Diener bekannt.

Eines Tages im Herbst kam er in der Abenddämmerung, und als er nahe beim Haus war, meinte er, er sehe ein Licht im Fenster, und vorsichtig nähertretend blickte er hinein. Da sah er Eilinel, das Gesicht verhärmt vor Leid und Hunger, und ihm war, als hörte er ihre Stimme klagen, daß er sie verlassen habe. Doch kaum hatte er sie laut gerufen, da blies der Wind das Licht aus, Wölfe heulten, und auf den Schultern spürte er plötzlich die schweren Hände von Saurons Jägern. So war Gorlim in die Falle gegangen; und sie schleppten ihn in ihr Lager und quälten ihn, im Bestreben, Barahirs Schlupfwinkel und Geheimpfade zu erfahren. Doch nichts wollte Gorlim verraten. Dann versprachen sie ihm, er käme frei und Eilinel würde ihm wiedergegeben, wenn er redete, und er, da er den Schmerz nicht mehr aushielt und sich nach seinem Weibe sehnte, gab nach. Nun brachten sie ihn geradewegs in Saurons furchtbare Gegenwart, und Sauron sagte: »Ich höre, du willst nun mit mir handeln. Welches ist dein Preis?«

Und Gorlim antwortete, daß man ihm Eilinel wiedergeben und ihn mit ihr freilassen sollte, denn er glaubte, auch Eilinel sei gefangen.

Da lächelte Sauron und sagte: »Geringen Preis verlangst du für so großen Verrat. So soll es gewiß sein. Sprich nur!«

Nun kamen Gorlim Bedenken, doch gequält von Saurons Augen, sagte er zuletzt alles, was er wußte. Da lachte Sauron und verhöhnte Gorlim, ihm verratend, daß er nur ein Phantom gesehen hatte, ein Hexenwerk, um ihn zu fangen; denn Eilinel war tot. »Dennoch sei dir die Bitte gewährt«, sagte Sauron, »und so gehe denn hin zu Eilinel und sei meines Dienstes ledig!« Dann gab er ihm grausam den Tod.

Auf diese Weise wurde Barahirs Versteck gefunden, und Morgoth spannte seine Netze ringsum. Und die Orks kamen in den stillen

Stunden vor Morgen und überraschten die Männer von Dorthonion und erschlugen sie alle bis auf einen. Beren nämlich, Barahirs Sohn, war von seinem Vater auf einen gefährlichen Gang geschickt worden, um die Bewegungen des Feindes auszuspähen, und er war weit entfernt, als das Lager gestürmt wurde. Doch als er des Nachts im Walde schlief, da träumte ihm, daß Aaskrähen in dicken Trauben auf kahlen Bäumen an einem See saßen, und Blut tropfte ihnen von den Schnäbeln. Dann gewahrte Beren im Traume eine Gestalt, die über ein Wasser zu ihm kam, und es war Gorlims Geist, und er sprach zu ihm von seinem Verrat und seinem Tode und hieß ihn eilen, um seinen Vater zu warnen.

Da erwachte Beren und eilte durch die Nacht, und am zweiten Morgen kam er ins Lager der Bandenkrieger zurück. Doch als er näher kam, da flogen die Aaskrähen vom Boden auf und ließen sich nieder auf den Erlen am Aeluin-See, krächzend vor Hohn.

Dort begrub Beren seines Vaters Gebeine und warf einen Hügel von Felsbrocken über ihm auf, und er schwor Rache. Als erstes verfolgte er die Orks, die seinen Vater und seine Gefährten erschlagen hatten, und er fand ihr Lager bei Nacht an der Quelle des Rivil, oberhalb des Fenns von Serech, und als geübter Waldläufer kam er ungesehen bis nah an ihr Feuer. Dort prahlte ihr Hauptmann mit seinen Taten und hielt Barahirs Hand hoch, die er abgeschnitten hatte, zum Zeichen für Sauron, daß ihr Auftrag erfüllt sei; und Felagunds Ring war an der Hand. Da sprang Beren hinter einem Felsen vor und erschlug den Hauptmann, ergriff die Hand mit dem Ring und entkam, vom Glück beschirmt, denn die Orks waren verblüfft und ihre Pfeile ungezielt.

Vier Jahre lang zog Beren dann noch durch Dorthonion, ein Einzelgänger ohne Gesetz; doch er wurde freund mit Vogel und Tier, und sie halfen ihm und verrieten ihn nicht, und von der Zeit an aß er kein Fleisch und tötete nichts, das lebte, wenn es nicht in Morgoths Diensten stand. Nicht den Tod fürchtete er, nur die Gefangenschaft, doch verwegen und verzweifelt, wie er war, entging er beidem; und die Taten einsamen Wagemuts, die er leistete, erzählte man sich weit und breit in ganz Beleriand; sogar in Doriath hörte man von ihm. Endlich setzte Morgoth einen Preis auf seinen Kopf, der nicht geringer war als der Kopfpreis für Fingon, den Hohen König der Noldor; doch eher flohen die Orks bei dem Gerücht, er nahe, als daß sie ihn suchten. Ein ganzes Heer unter Sauron wurde daher gegen ihn ausgesandt; und Sauron brachte die Werwölfe mit, Raubtiere, von wütenden Geistern besessen, die er in ihren Leibern eingekerkert hatte.

Das ganze Land war nun voller Unwesen, und kein Ding blieb, das noch rein war; und so hart kam Beren in Bedrängnis, daß er zuletzt gezwungen war, aus Dorthonion zu fliehen. In Winter und Schnee verließ er seines Vaters Land und Grab, und in die hohen Regionen der Gorgoroth, der Berge des Grauens, hinaufsteigend, erblickte er von fern das Land Doriath. Da kam es ihm in den Sinn, daß er das Verborgene Königreich betreten werde, wie noch kein Sterblicher vor ihm.

Furchtbar war sein Weg nach Süden. Steil fiel die Ered Gorgoroth ab, und zu ihren Füßen warteten die Schatten, die vor Aufgang des Mondes gesponnen waren. Dahinter kam die Wildnis von Dungortheb, wo Saurons Hexenkünste und Melians Kraft aufeinandertrafen und Grauen und Wahnsinn umgingen. Spinnen aus Ungolianths giftiger Brut hausten dort, ihre unsichtbaren Netze spannend, in denen alles Lebende sich fing; und Ungeheuer, stumm und vieläugig, gingen auf Jagd, die in der langen Dunkelheit, ehe die Sonne aufging, geboren waren. Keine Nahrung für Elb oder Mensch gab es in jenem verfluchten Land, nur den Tod. Nicht als die geringste unter Berens Taten gilt diese Reise, doch er selbst sprach später zu keinem davon, um sich des Grauens nicht erinnern zu müssen, und keiner weiß, wie er den Weg fand und so auf Pfaden, die weder Mensch noch Elb je zu gehen gewagt, endlich an die Grenzen von Doriath gelangte. Und die Irrgärten, die Melian um Thingols Reich gewoben hatte, durchschritt er, wie sie selbst es vorhergesagt; denn ein großes Schicksal lag auf ihm.

Es heißt im Leithian-Lied, grau und gebeugt wie von vielen Jahren des Wehs sei Beren nach Doriath hineingestolpert, solche Qualen hatte er auf dem Wege erlitten. Doch als er im Sommer durch den Wald von Neldoreth ging, da traf er Lúthien, Thingols und Melians Tochter, zur Abendzeit, als der Mond aufging, und sie tanzte auf dem immergrünen Gras der Lichtungen am Esgalduin. Da schwanden ihm alle Erinnerungen an seine Leiden, und ein Zauber fiel auf ihn, denn Lúthien war das schönste von allen Kindern Ilúvatars. Blau wie der wolkenlose Himmel war ihr Gewand, ihre Augen aber waren grau wie der Abend unter den Sternen; ihr Mantel war mit goldnen Blumen bestickt, ihr Haar aber war dunkel wie die Schatten der Dämmerung. Wie Licht auf dem Laub der Bäume, wie die Stimme klarer Gewässer, wie die Sterne über den Nebeln der Welt, so war ihr Glanz und Liebreiz; und aus ihrem Antlitz schien ein Licht.

Doch sie verschwand vor seinen Augen; und er wurde stumm, wie vom Bann geschlagen, und lange schweifte er durch die Wälder, wild und scheu wie ein Tier, Lúthien suchend. Für sich nannte er sie Tinúviel, das heißt im Grau-Elbischen Nachtigall, Tochter der Dämmerung, denn anders kannte er sie nicht beim Namen. Und er sah sie von fern, wie Laub, das der Herbstwind wegführt, und im Winter wie einen Stern auf einem Hügel, doch eine Kette war um seine Glieder.

Es kam eine Zeit gegen Morgen, vor Frühlingsanfang, und Lúthien tanzte auf einem grünen Hügel, und plötzlich begann sie zu singen. Scharf und herzzerreißend war ihr Lied, wie das Lied der Lerche, die aus den Pforten der Nacht steigt und ihre Stimme unter die verblassenden Sterne ergießt, wenn sie die Sonne hinter den Mauern der Welt sieht; und Lúthiens Lied löste die Fesseln des Winters, und die gefrorenen Wasser sprachen wieder, und Blumen sprossen aus der kalten Erde, wo ihr Fuß sie berührt hatte.

Da fiel der Bann des Schweigens von Beren, und er rief sie, er schrie: »Tinúviel«, und ihr Name hallte aus den Wäldern wider. Da hielt sie verwundert inne und floh nicht mehr, und Beren trat zu ihr. Doch als sie ihn ansah, fiel das Urteil über sie, und sie liebte ihn; doch entschlüpfte sie seinem Arm und Blick, als eben der Tag anbrach. Da sank Beren zu Boden, ohne Besinnung, wie ein von Glück und Schmerz zugleich Getroffener, und er fiel in Schlaf wie in einen Abgrund von Schatten, und als er erwachte, war er kalt wie Stein und sein Herz verödet und verlassen. Und als er seine Gedanken wandern ließ, griff er um sich wie einer, der von plötzlicher Blindheit geschlagen das verschwundene Licht mit den Händen zu packen sucht. So begann er den Schmerzenszoll für das Schicksal zu zahlen, das auf ihm lag; und in sein Schicksal wurde Lúthien verstrickt, und obgleich unsterblich, hatte sie an seiner Sterblichkeit teil, obgleich frei, trug sie mit ihm seine Ketten; und größer war ihr Leid, als es je einer von den Eldalië erlitten.

Unverhofft kam sie wieder zu ihm, wo er im Dunkeln saß, und vor langen Zeiten im Verborgenen Königreich legte sie ihre Hand in die seine. Hernach kam sie oft, und heimlich gingen sie zusammen durch die Wälder, von Frühling bis Sommer, und nie haben andre Kinder Ilúvatars je solche Freude gekannt, so kurz ihre Zeit auch war.

Doch auch Daeron der Spielmann liebte Lúthien, und er spähte ihre Treffen mit Beren aus und meldete sie Thingol. Da war der König voller Zorn, denn Lúthien liebte er über alles; für jeden Elbenprinzen war sie ihm zu teuer, während er sterbliche Menschen nicht einmal in seiner Dienerschaft duldete. Daher sprach er zu Lúthien in Kummer und Befremden, doch sie verriet nichts, bis er ihr einen Eid schwor, daß er Beren weder töten noch ins Gefängnis werfen wolle. Doch schickte er seine Diener, daß sie Hand auf ihn legten und ihn als Missetäter nach Menegroth brächten; und dem kam Lúthien zuvor, indem sie Beren selbst wie einen ehrenwerten Gast vor Thingols Thron führte.

Da blickte Thingol in Zorn und Verachtung auf Beren; Melian aber blieb still. »Wer bist du«, sagte der König, »der du hierher kommst wie ein Dieb und es wagst, ungebeten meinem Throne zu nahen?«

Beren aber, eingeschüchtert von all der Pracht Menegroths und von der Majestät Thingols, gab keine Antwort, und so sprach Lúthien und sagte: »Er ist Beren, Barahirs Sohn, ein Fürst der Menschen und gefürchteter Feind Morgoths, und vom Ruhm seiner Taten singen schon die Elben.«

»Kann er nicht selber sprechen?« sagte Thingol. »Was willst du hier, unseliger Sterblicher, und aus welchem Grunde hast du dein eigenes Land verlassen, um in dieses einzudringen, das solchen von deiner Art verboten ist? Kannst du mir sagen, was mich hindern soll, deine Frechheit und Verblendung hart zu strafen?«

Da blickte Beren auf, zuerst in Lúthiens Augen, dann auch in Melians Antlitz, und es war ihm, als würden ihm Worte vorgesagt. Seine Furcht verließ ihn, und der Stolz des ältesten Hauses der Menschen kam ihm wieder, und er sagte: »Mein Schicksal, o König, hat mich hierhergeführt, auf gefahrvollen Wegen, wie auch die Elben sie nicht oft gehen. Und hier habe ich gefunden, was ich nicht suchte und was ich nun, da ich es gefunden, auf immer zu behalten gedenke. Denn dies ist höher als Gold und Silber und alle Edelsteine. Nicht Fels, noch Stahl, noch Morgoths Feuer, noch all die Macht der Elbenkönige sollen mir den Schatz verwehren, nach dem es mich verlangt. Denn Lúthien, deine Tochter, ist das schönste unter allen Kindern der Welt.«

Da wurde es still in Thingols Halle, denn allen, die dabeistanden, verschlug es die Sprache, und sie fürchteten, Beren werde sogleich erschlagen. Thingol aber sprach sehr langsam und sagte: »Tod hast du verdient mit dieser Rede, und raschen Tod solltest du finden, hätte ich nicht voreilig einen Eid geschworen; und das reut mich, Sterblicher aus gemeinem Geschlecht, der du wohl in Morgoths Reich gelernt hast, heimlich herbeizukriechen wie seine Späher und Knechte.«

Da erwiderte Beren: »Den Tod kannst du mir geben, verdient

oder unverdient; doch nicht gemeinen Geschlechts, noch Späher oder Knecht sollst du mich heißen. Felagunds Ring sei Zeuge, den er meinem Vater Barahir auf dem Schlachtfeld des Nordens gab, daß mein Haus solchen Schimpf von keinem Elben verdient, er sei König oder nicht.«

Stolz waren seine Worte, und aller Augen sahen nun auf den Ring, den er hochhielt, und grüne Juwelen schimmerten darauf, wie die Noldor sie in Valinor geschliffen. Denn dieser Ring glich zwei Schlangen, deren Augen Smaragde waren und deren Köpfe sich unter einer Krone goldner Blumen trafen, welche die eine hochhielt, während die andre sie verschlang; dies war das Wappen Finarfins und seines Hauses. Da lehnte Melian sich zu Thingol hin und gab ihm flüsternd den Rat, seinen Zorn abzutun. »Denn nicht von dir«, sagte sie, »wird Beren getötet werden, denn weit wird ihn sein Schicksal noch führen am Ende, und doch ist es mit dem deinen verknüpft. Bedenke dies!«

Thingol aber blickte schweigend auf Lúthien, und im Herzen dachte er: »Unselige Menschen, Kinder von kleinen Fürsten und kurzlebigen Königen! Soll so einer die Hand auf dich legen und doch am Leben bleiben?« Dann brach er das Schweigen und sagte: »Ich sehe den Ring, Barahirs Sohn, und ich bemerke, daß du deinen Stolz hast und dich mächtig glaubst. Doch eines Vaters Taten, und hätte er seinen Dienst mir selbst erwiesen, taugen nicht, um Thingols und Melians Tochter zu gewinnen. Höre nun! Auch mich verlangt es nach einem Schatz, der mir verwehrt ist. Denn Fels und Stahl und Morgoths Feuer hüten das Juwel, das ich gegen all die Macht der Elbenkönige gern besäße. Doch solche Hindernisse, hörte ich dich sagen, schrecken dich nicht. Geh also diesen Weg! Bring mir in deiner Hand einen Silmaril aus Morgoths Krone, und dann mag Lúthien, wenn sie will, ihre Hand in die deine legen. Dann sollst du auch mein Juwel haben, und für großzügig sollst du mich achten, wenn auch Ardas Geschick in den Silmaril beschlossen liegt.«

So fädelte er das Verhängnis von Doriath ein und wurde mitverurteilt duch Mandos' Spruch. Und die ihn hörten, erkannten seine Absicht: Beren in den Tod zu schicken, ohne doch eidbrüchig zu werden; sie wußten ja, daß alle Macht der Noldor, ehe ihr Belagerungsring gesprengt worden war, nicht gereicht hatte, um auch nur einmal von fern Feanors Silmaril leuchten zu sehen. Denn die waren in die Eisenkrone geschmiedet und wurden in Angband vor allen andren Gütern behütet; und Balrogs waren um sie her und zahllose Schwerter, uneinnehmbare Mauern und Morgoths dunkle Majestät.

Beren aber lachte: »Für geringes Entgelt«, sagte er, »bieten Elbenkönige ihre Töchter feil, für Gemmen oder andre Handarbeiten. Doch wenn dies ist, was du willst, Thingol, so werde ich's tun. Und wenn wir uns wieder begegnen, so werde ich einen Silmaril aus der Eisenkrone in der Hand tragen, denn nicht zum letzten Mal hast du Beren, Barahirs Sohn, gesehen.«

Dann sah er Melian in die Augen, und sie sagte nichts; und er sagte Lúthien Tinúviel Lebewohl, verneigte sich vor Thingol und Melian, schob die Wachen beiseite, die um ihn waren, und ging allein aus Menegroth fort.

Dann endlich sprach Melian, und sie sagte zu Thingol: »O König, schlau ist dein Plan. Doch wenn meine Augen noch sehen können, so geht es schlecht aus für dich, ob Beren nun scheitert oder seinen Auftrag erfüllt. Denn entweder hast du deine Tochter verurteilt oder dich selbst. Und nun wird Doriath ins Geschick eines mächtigeren Reiches verstrickt.«

Doch Thingol erwiderte: »Nicht an Elben noch Menschen gebe ich sie her, die mir über alle Schätze lieb und wert ist. Und wenn zu hoffen oder zu fürchten stünde, daß Beren jemals lebendig nach Menegroth zurückkehrt, so soll er das Licht des Himmels zum letzten Male gesehen haben, was ich auch geschworen habe.«

Lúthien aber schwieg, und von jener Stunde an sang sie nicht mehr in Doriath. Brütende Stille senkte sich über die Wälder, und die Schatten wurden länger in Thingols Reich.

Im Leithian-Lied heißt es, Beren sei unbehindert durch Doriath gezogen und schließlich in das Gebiet der Dämmerseen und der Sümpfe des Sirion gelangt; und Thingols Land verlassend, stieg er die Hügel über den Fällen des Sirion hinauf, wo der Fluß mit großem Getöse unter die Erde stürzt. Von da aus blickte er nach Westen, und durch den Nebel und Regen auf jenen Hügeln sah er Talath Dirnen, die Bewachte Ebene, die sich zwischen Sirion und Narog erstreckte; und dahinter erkannte er in der Ferne das Hochland von Taur-en-Faroth, das sich über Nargothrond erhob. Und in seiner Not, ohne Rat oder Hoffnung, lenkte er die Schritte dorthin.

Unaufhörlich hielten die Elben von Nargothrond in jener Ebene Wache; und jeder Hügel an den Grenzen trug versteckte Türme, und überall in den Wäldern und Feldern streiften heimlich und geschickt getarnt Bogenschützen umher. Ihre Pfeile waren treffsicher und tödlich, und nichts kam dort hindurch gegen ihren Willen. Ehe Beren daher weit auf seinem Wege gekommen war, hatten sie ihn bemerkt, und sein Tod war nahe. Doch kannte er die Gefahr und hielt stets Felagunds Ring in die Höhe; und obwohl er nichts Lebendes sah, denn die Wachen hielten sich wohl verborgen, spürte er doch, daß er beobachtet wurde, und er rief mehrmals laut aus: »Ich bin Beren, Barahirs Sohn, des Freundes von Felagund. Bringt mich zum König!«

Daher töteten die Wachen ihn nicht, sondern sammelten sich, lauerten ihm auf und geboten ihm Halt. Doch als sie den Ring sahen, verbeugten sie sich vor ihm, obgleich er übel aussah, verwildert und abgekämpft vom Wege; und sie führten ihn nach Norden und Westen, des Nachts marschierend, um ihre Wege nicht zu verraten. Denn zu jener Zeit gab es keine Furt oder Brücke vor den Toren von Nargothrond über den reißenden Narog; weiter im Norden aber, wo der Ginglith in den Narog floß, war die Strömung schwächer, und dort setzten die Elben über und wandten sich dann wieder südwärts, Beren im Mondschein an die dunklen Tore ihrer verborgenen Hallen geleitend.

So kam Beren vor König Finrod Felagund; und Felagund erkannte ihn, denn es bedurfte keines Ringes, um ihn an die Sippe Beors und Barahirs zu erinnnern. Hinter verschlossenen Türen saßen sie, und Beren erzählte vom Tode Barahirs und von allem, was ihm selbst in Doriath widerfahren; und er weinte, als er Lúthiens gedachte und ihrer gemeinsamen Freuden. Felagund aber hörte seine Geschichte mit Erstaunen und Unruhe an; und er erkannte, daß der Eid, den er geschworen, ihm zum Tode gereichen würde, wie er es vor langer Zeit einmal zu Galadriel gesagt hatte. Dann sprach er zu Beren, schweren Herzens: »Es ist klar, deinen Tod will Thingol; doch scheint es, daß dies Verhängnis über seine Absicht hinausgeht und daß Feanors Eid wieder am Werk ist. Denn die Silmaril sind verflucht mit einem Eid des Hasses, und wer sie nur in Begehren beim Namen nennt, weckt eine große Kraft aus dem Schlaf; und Feanors Söhne würden eher alle Reiche der Elben in Trümmer legen als dulden, daß irgendeiner außer ihnen selbst einen Silmaril gewinnt oder besitzt, denn der Eid treibt sie an. Und jetzt wohnen Celegorm und Curufin in meinen Hallen, und wenngleich ich, Finarfins Sohn, der König bin, so haben sie doch viel Macht im Reiche erlangt, und viele aus ihrem eigenen Volke sind mit ihnen gekommen. Mir haben sie Freundschaft erwiesen, wann immer ich ihrer bedurfte, doch befürchte ich, für dich werden sie weder Neigung noch Erbarmen kennen, wenn sie deinen Auftrag erfahren. Doch gilt mein Eid, und so sind wir alle gebunden.«

Dann sprach Felagund zu seinem Gefolge, an Barahirs Taten und an seinen eigenen Eid erinnernd; und er erklärte, auferlegt sei es ihm, Barahirs Sohn in seiner Not zu helfen, und dazu erbat er die Hilfe seiner Edlen. Da erhob sich Celegorm aus der Menge, zog sein Schwert und rief aus: »Er mag Freund oder Feind sein, ein Dämon Morgoths, Elb oder Menschenkind oder was immer lebt auf Arda, doch kein Gesetz, nicht Freundschaft noch Bund der Hölle oder Kraft der Valar, noch irgendeine Zaubermacht soll ihn vor dem Haß von Feanors Söhnen schützen, wenn er einen Silmaril nimmt oder findet und ihn behält. Denn die Silmaril gehören uns allein, bis an der Welt Ende.«

Noch viele Worte machte er, ebenso starke wie vor Zeiten in Tirion sein Vater, als er die Noldor erstmals zum Aufruhr entflammte. Und nach Celegorm sprach Curufin, bedächtiger, doch mit nicht geringerer Kraft; er beschwor im Geiste der Elben ein Gesicht herauf, von Krieg und von der Zerstörung Nargothronds. Solche Furcht pflanzte er ihnen ins Herz, daß fortan bis zur Zeit Túrins kein Elb aus jenem Reiche mehr offen in die Schlacht ziehen mochte; doch heimlich und aus dem Hinterhalt, mit Hexenkunst und vergifteten Pfeilen verfolgten sie alle Fremden, auch der Blutsbande nicht achtend. So verrieten sie den Mut und die Freiheit der Elben von einst, und ihr Land wurde dunkel.

Und jetzt murrten sie, kein Vala sei er, Finarfins Sohn, daß er ihnen befehlen dürfe, und sie wandten die Gesichter von ihm ab. Doch Mandos' Fluch kam über die Brüder, und dunkle Gedanken stiegen ihnen ins Herz, und sie gedachten, Felagund allein in den Tod zu schicken und dann vielleicht seinen Thron in Nargothrond an sich zu reißen, waren sie doch von der ältesten Linie der Noldorprinzen.

Und Felagund, der sich verlassen sah, nahm die silberne Krone von Nargothrond vom Kopfe, warf sie vor seine Füße und sagte: »Euren Treueid gegen mich mögt ihr brechen, ich aber muß meinen Eid halten. Doch wenn noch manche da sind, auf welche der Schatten unseres Fluchs noch nicht gefallen ist, so finde ich wohl einige wenige, die mir folgen, und muß nicht wie ein Bettler von hinnen ziehen, dem man die Tür gewiesen.« Zehn waren es, die zu ihm standen, und ihr Anführer, Edrahil mit Namen, bückte sich und hob die Krone auf, verlangend, daß sie bis zu Felagunds Heimkehr einem Regenten anvertraut werde. »Denn mein König bleibst du, und der ihre«, sagte er, »was auch geschehe.«

Da gab Felagund die Krone von Nargothrond seinem Bruder Orodreth, daß er an seiner Statt regiere; und Celegorm und Curufin sagten nichts, sondern lächelten und verließen die Hallen.

An einem Herbstabend brachen Felagund und Beren mit ihren zehn Gefährten von Nargothrond auf, und sie zogen den Narog entlang bis zu seiner Quelle in den Fällen von Ivrin. Am Fuß des Schattengebirges stießen sie auf eine Schar Orks und erschlugen sie alle in ihrem Nachtlager und nahmen ihnen die Kleider und Waffen ab. Durch Felagunds Künste wurden ihre eigenen Gestalten und Gesichter verwandelt, so daß sie wie Orks aussahen, und in dieser Verkleidung kamen sie weit auf ihrem Weg nach Norden voran und wagten sich in den West-Paß zwischen den Ered Wethrin und dem Hochland von Taur-nu-Fuin. Doch Sauron in seinem Turm hatte sie ins Auge gefaßt, und Zweifel kamen ihm, denn sie eilten vorüber und hielten nicht, um zu melden, was sie getan, wie es allen Dienern Morgoths auf diesem Wege geboten war. Daher ließ er sie anhalten, und sie wurden ihm vorgeführt.

So kam es zu dem berühmten Wettgesang Saurons mit Felagund. Denn Felagund konnte sich in Zauberliedern mit Sauron messen, und die Macht des Königs war sehr groß; zuletzt aber behielt Sauron die Oberhand, wie es im Leithian-Lied heißt:

Ein Lied sang er von Hexenkraft,
Das aufschließt, durchdringt, Einblick schafft,
Verrät, enthüllt, begünstigt, droht.
Doch plötzlich Felagund in der Not
Mit Sang sich wehrte, Halt gebot,
Singend zum Trotz dem Zauberwerke
von Wissenwahrung, Turmesstärke,
Umgangnem Trug und Hinterhalt,
Vom Tausch und Wechsel der Gestalt,
Von Freiheit, Flucht, getreuem Sinn:
Die Kette bricht, die Kerker sinken hin.
Hin wogt und her der beiden Sang,
Schwellend, ermattend, und Felagund rang
Schwer und schwerer. Doch unbesiegt

Er seinen Zauber in Worte fügt
Und alle alte Elbenmacht.
Leis hörten sie Vögel in der Nacht
Von Nargothrond, und übers Meer
Von fernher seufzten die Wellen schwer
Fern im Westen auf den Strand
Von Perlensand im Elbenland.
Doch dichter nun die Nacht sich schließt.
Dunkel wuchert in Valinor; es fließt
Das Blut rot von den Landestegen.
Die Noldor Hand an die Schiffe legen,
Die Wogenreiter sie erschlagen
Am Lampenhafen. Stürme jagen.
Raben flüchten. Wölfe lärmen.
In Angband sich die Sklaven härmen.
Das Eis im Schlund des Meeres malmt.
Donner grollt, Feuer qualmt –
Und Finrod stürzte vor den Thron.

Nun riß Sauron ihnen die Verkleidung herunter, und nackt und voll Furcht standen sie von ihm. Doch wenn so auch offenbar wurde, von welcher Art sie waren, so fand Sauron doch nicht heraus, welches ihre Namen waren und was sie vorhatten.

Daher warf er sie in ein tiefes Verlies, das finster und still war, und drohte, sie grausam zu töten, wenn keiner ihm die Wahrheit verraten wolle. Von Zeit zu Zeit sahen sie zwei Augen im Dunkeln glühen, und ein Werwolf verschlang einen ihrer Gefährten; keiner aber verriet seinen Herrn.

Zu der Zeit, als Sauron Beren ins Verlies warf, drückte Furcht auf Lúthiens Herz, und von Melian, die sie um Rat fragte, erfuhr sie, daß Beren im Kerker von Tol-in-Gaurhoth liege, ohne Hoffnung auf Rettung. Da sie nun erkannte, daß von niemand andrem auf Erden Hilfe kommen werde, beschloß sie, aus Doriath zu fliehen und selber zu ihm zu gehen; doch erbat sie Daerons Beistand, und der verriet ihr Vorhaben dem König. Da war Thingol voller Schmerz und Verwunderung, und weil er Lúthien zurückhalten wollte, ohne sie doch des Tageslichtes zu berauben, damit sie nicht welke und vergehe, ließ er ein Haus bauen, aus dem sie nicht entkommen könnte. Unweit der Tore von Menegroth stand der größte aller Bäume im Walde von Neldoreth, einem Buchenwald, der die Nordhälfte des Königreiches bedeckte. Diese eine mächtige Buche wurde Hírilorn genannt, und sie hatte drei Stämme von gleichem Umfang, glatt in der Rinde und über alles Maß groß; und bis weit über dem Boden wuchsen keine Äste aus den Stämmen. Hoch oben zwischen den Stämmen von Hírilorn wurde nun ein Holzhaus gezimmert, und dort mußte Lúthien wohnen; und die Leitern wurden nur angelegt, wenn Thingols Diener ihr brachten, wessen sie bedurfte.

Im Leithian-Lied wird erzählt, wie sie aus diesem Haus entkam; denn sie setzte Zauberkünste ins Werk und ließ ihr Haar zu großer Länge wachsen, und daraus wob sie ein dunkles Gewand, das ihre Schönheit wie ein Schatten umhüllte; und von ihm ging ein Schlafzauber aus. Aus den restlichen Strähnen flocht sie ein Seil und ließ es aus ihrem Fenster hinab, und als das Ende über den Wachen schwebte, die unter dem Baume saßen, da fielen sie in tiefen Schlummer. Nun stieg Lúthien aus ihrem Gefängnis hinab, und ihr Schattenmantel verbarg sie allen Blicken, und sie verschwand aus Doriath.

Es traf sich, daß Celegorm und Curufin in der Bewachten Ebene auf Jagd gingen, und zwar, weil Sauron, der voller Argwohn war, viele Wölfe in die Länder der Elben schickte. So ritten sie aus mit ihren Hunden, und sie dachten, daß sie vor der Heimkehr vielleicht Neuigkeiten über König Felagund erfahren könnten. Das Leittier der Wolfshunde nun, die Celegorm folgten, hieß Huan. Huan war nicht in Mittelerde geboren, sondern kam aus dem Segensreich, denn Orome hatte ihn vor Zeiten in Valinor Celegorm geschenkt, und dort war er dem Horn seines Herrn gefolgt, bis das Unheil kam. Huan folgte Celegorm in die Verbannung und blieb ihm treu, und so fiel auch er unter den Fluch, der über die Noldor verhängt war; und sein Spruch lautete, daß er den Tod finden sollte, doch erst, wenn er dem mächtigsten Wolf begegnete, der je die Erde betreten.

Huan war es, der Lúthien fand, als sie floh wie ein Schatten, den Tageslicht unter den Bäumen überrascht, als Celegorm und Curufin nah an den Westgrenzen von Doriath eine Weile rasteten; denn nichts entging Huans Augen und Nase, und kein Zauber konnte ihn schrekken, und er schlief nie, weder bei Tag noch bei Nacht. Er brachte sie zu Celegorm, und Lúthien war froh, als sie erfuhr, daß er ein Prinz der Noldor war und ein Feind Morgoths; und sie streifte ihren Mantel ab und gab sich zu erkennen. So groß war ihre Schönheit, wie sie plötzlich in der Sonne erschien, daß Celegorm in Liebe entbrannte; doch sprach er freundlich zu ihr und verhieß ihr Hilfe in ihrer Not, wenn sie jetzt mit ihnen nach Nargothrond ginge. Mit keiner Miene verriet er, daß ihre Worte über Beren und seine Fahrt ihm nichts Neues sagten; noch gab er zu erkennen, daß ihn dies selber anging.

Also brachen sie die Jagd ab und kehrten nach Nargothrond zurück, und Lúthien wurde betrogen, denn sie hielten sie fest und nahmen ihr den Mantel fort, und sie durfte nicht zum Tore hinaus und mit niemandem sprechen als mit den Brüdern Celegorm und Curufin. Denn nun, da sie Beren und Felagund ohne Hoffnung auf Hilfe gefangen glaubten, gedachten sie den König umkommen zu lassen, Lúthien zu behalten und Thingol zu zwingen, daß er Celegorm ihre Hand gewährte. So könnten sie ihre Macht mehren und die größten unter den Noldorprinzen werden. Mit List oder Krieg nach den Silmaril zu streben gedachten sie nicht, noch wollten sie dulden, daß es andere taten, bis daß sie alle Macht der Elbenreiche in den eigenen Händen wüßten. Orodreth hatte nicht die Kraft, ihnen zu widerstehen, denn sie machten sich im Volk von Nargothrond die Herzen geneigt; und Celegorm sandte Boten an Thingol, um ihn mit seinem Antrag zu bedrängen.

Huan, der Jagdhund, aber war getreuen Herzens, und schon in der Stunde ihrer ersten Begegnung hatte ihn die Liebe zu Lúthien ergriffen, und ihn bekümmerte ihre Gefangenschaft. Daher kam er oft in ihre Kammer, und des Nachts lag er vor ihrer Tür, denn er spürte, das Unheil hatte Einzug gehalten in Nargothrond. In ihrer Verlassenheit sprach Lúthien oft zu Huan, sie erzählte ihm von Beren, welcher mit allen Tieren und Vögeln freund war, die nicht Morgoth dienten; und Huan verstand alles, was sie sagte. Denn er verstand die Sprache alles dessen, was Stimme hatte; ihm aber war nur dreimal vor seinem Tode beschieden, mit Worten zu reden.

Nun ersann Huan einen Plan, Lúthien zu helfen; und zur Nachtzeit kam er und brachte ihren Mantel mit, und da sprach er zum ersten Mal, ihr Rat erteilend. Dann führte er sie auf geheimen Wegen aus Nargothrond heraus, und sie flohen zusammen nach Norden; und er überwand seinen Stolz und ließ zu, daß sie auf ihm ritt wie auf einem Pferde, so wie auch die Orks bisweilen auf großen Wölfen ritten. So kamen sie gut voran, denn Huan war schnell und unermüdlich.

In Saurons Verliesen lagen Beren und Felagund, und alle ihre Gefährten waren nun tot; Sauron aber gedachte Felagund bis zuletzt zu verschonen, denn so viel hatte er erkannt, daß er ein Noldo von großer Macht und Weisheit war, und von ihm glaubte er das Geheimnis ihres Vorhabens erfahren zu können. Doch als der Wolf kam, um Beren zu holen, wandte Felagund all seine Kraft auf und sprengte seine Fesseln; und er rang mit dem Werwolf und tötete ihn mit Händen und Zähnen, doch auch er selbst wurde tödlich verwundet. Da sprach er zu Beren und sagte: »Ich begebe mich nun zur langen Ruhe in den zeitlosen Hallen jenseits der Meere und hinter den Bergen von Aman. Lange wird es dauern, bis man mich wiedersieht bei den Noldor, und es mag sein, daß wir beide uns im Tod wie im Leben nicht mehr begegnen, denn verschieden sind die Schicksale unsrer Geschlechter. Lebwohl!« Dann starb er in der Dunkelheit, auf Tol-in-Gaurhoth, dessen großen Turm er selbst erbaut hatte. So hielt König Finrod Felagund seinen Eid, der Schönste und Geliebteste aus dem Geschlecht Finwes; Beren aber klagte trostlos an seiner Seite.

Zu der Stunde kam Lúthien, und als sie auf der Brücke stand, die zu Saurons Insel führte, sang sie ein Lied, das Mauern von Stein nicht aufhalten konnten. Beren hörte es und glaubte, ihm träume, denn die Sterne leuchteten über ihm, und in den Bäumen sangen Nachtigallen. Und zur Antwort sang er ein Lied der Herausforderung, das er den Sieben Sternen zu Ehren gemacht hatte, der Sichel der Valar, die Varda als Zeichen für den Sturz Morgoths über den Norden gehängt hatte. Dann verließen ihn die Kräfte, und er sank nieder ins Dunkel.

Lúthien aber hörte seine Stimme antworten, und nun sang sie ein Lied von stärkerer Macht. Die Wölfe heulten, und die Insel bebte. Sauron stand auf seinem hohen Turm, in schwarze Gedanken gehüllt; doch er lächelte, als er ihre Stimme vernahm, denn er wußte, daß sie Melians Tochter war. Längst war der Ruf von Lúthiens Schönheit und ihrem herrlichen Gesang über Doriath hinausgedrungen; und Sauron gedachte, sie zu fangen und sie Morgoths Gewalt auszuliefern, denn groß würde sein Lohn sein.

Daher schickte er einen Wolf auf die Brücke. Doch den tötete Huan lautlos. Sauron sandte die nächsten, einen nach dem andern, und einen nach dem andern packte Huan an der Kehle und tötete ihn. Dann schickte Sauron Draugluin, ein furchtbares Geschöpf, altgeworden im Unheil, Fürst und Stammvater der Werwölfe von Angband. Groß war seine Kraft, und lang und heiß der Kampf zwischen Huan und Draugluin. Zuletzt aber floh Draugluin in den Turm zurück und starb zu Saurons Füßen, und im Sterben sagte er zu seinem Herrn: »Huan ist da.« Nun wußte Sauron wie alle in jenem Lande wohl, welches Schicksal dem Jagdhund von Valinor bestimmt war, und es kam ihm in den Sinn, ob nicht er selbst es erfüllen könnte. Daher nahm er die Gestalt eines Werwolfes an, des mächtigsten, den je die Erde betreten. Und er kam hervor, den Übergang über die Brücke zu erkämpfen.

So grauenvoll war sein Nahen, daß Huan beiseite wich. Nun sprang Sauron Lúthien an, und sie fiel in Ohnmacht bei dem Funkeln seiner gierigen Augen und dem heißen Gestank seines Atems. Doch als er sie packte, warf sie im Fallen noch eine Falte ihres dunklen Mantels vor seine Augen; und er taumelte, denn für einen Augenblick kam Schläfrigkeit über ihn. Da sprang ihn Huan an. Dort kam es zu dem Kampf zwischen Huan und dem Sauronswolf, und das Geheul und Gebell hallte in den Bergen wider, und die Späher an den Hängen der Ered Wethrin, jenseits des Tales, hörten es und fürchteten sich.

Doch kein Zauberbiß noch Hexenvers, nicht Gift noch Klaue, noch Teufelskunst oder Unholdsstärke vermochten Huan aus Valinor zu besiegen; und er griff sich den Feind bei der Kehle und drückte ihn nieder. Nun wechselte Sauron die Gestalt, vom Wolf zur Schlange und vom Ungetüm zu seiner gewohnten Gestalt; doch nichts entzog ihn Huans Griff, es sei denn, er hätte seinen Leib ganz aufgeben wollen. Und ehe sein schwarzer Geist seine dunkle Hülle verließ, trat Lúthien herbei und drohte ihm, seines Gewandes Fleisch solle er entkleidet und, nur noch jammernder Geist, zu Morgoth heimgeschickt werden. »Auf ewig sei dort dein nacktes Selbst der Folter seines Hohns preisgegeben«, sagte sie, »durchlöchert von seinen Blicken, wenn du mir nicht deinen Turm auslieferst.«

Da ergab sich Sauron, und Lúthien bemächtigte sich der Insel mit allem, was darauf war; und Huan ließ ihn los. Und sogleich nahm er die Gestalt eines Vampirs an, groß wie eine dunkle Wolke vor dem Mond, und entfloh, während Blut aus seiner Kehle auf die Bäume tropfte, und er flog nach Taur-nu-Fuin und hauste da, das Land mit Greueln erfüllend.

Nun trat Lúthien auf die Brücke und erklärte ihre Macht: und der Zauber wurde gelöst, der Stein an Stein band, und die Tore fielen ein, und die Mauern öffneten sich, und die Verliese wurden freigelegt; und viele Knechte und Gefangene kamen heraus, voll Furcht und Staunens, die Augen gegen das blasse Mondlicht abschirmend, denn sie hatten lange in Saurons Dunkel gelegen. Beren aber kam nicht. Daher suchten ihn Huan und Lúthien auf der ganzen Insel, und Lúthien fand ihn, wie er bei Felagund trauerte. So tief war sein Schmerz, daß er still dalag und ihre Schritte nicht hörte. Da glaubte sie ihn tot und warf die Arme über ihn und fiel in ein Dunkel des Vergessens. Doch Beren, als er aus der Grube der Verzweiflung wieder ans Licht kam, hob sie auf, und wieder sahen sie einander; und der Tag, der über den dunklen Hügeln anbrach, schien auf sie herab.

Felagunds Leichnam begruben sie auf dem höchsten Hügel seiner Insel, die nun wieder rein war; und das grüne Grab, wo Finrod, Finarfins Sohn, ruhte, der schönste aller Elbenprinzen, blieb unangetastet, bis das Land verwandelt und zerbrochen wurde und in vernichtenden Meeren unterging. Finrod aber wandelt mit Finarfin, seinem Vater, unter den Bäumen von Eldamar.

Nun waren Beren und Lúthien Tinúviel wieder frei, und zusammen zogen sie durch die Wälder, Liebesfreuden erneuernd. Zwar kam der Winter, doch ihnen tat er nicht weh, denn die Blumen welkten nicht, wo Lúthien ging, und die Vögel sangen unter den schneeweißen Hügeln. Der getreue Huan aber kehrte zu Celegorm, seinem Herrn, zurück, wenn auch die Liebe zwischen ihnen gemindert war.

Aufruhr herrschte in Nargothrond. Denn viele Elben kehrten nun dorthin zurück, die auf Saurons Insel gefangen gesessen hatten; und ein Schelten wurde laut, das keine Rede Celegorms beschwichtigen konnte. Bitter beklagten sie das Ende Felagunds, ihres Königs, und sagten, ein Mädchen habe vollbracht, was Feanors Söhne nicht wagten; viele aber erkannten auch, daß Verrat, nicht Furcht, Celegorm und Curufin geleitet hatte. So wandten sich die Herzen der Leute von Nargothrond, vom Einfluß der Brüder befreit, wieder dem Hause Finarfin zu, und sie gehorchten Orodreth. Der aber wollte nicht dulden, daß man die Brüder tötete, wie es manche verlangten; von neuem verwandtes Blut zu vergießen, würde Mandos' Fluch nur noch härter auf sie alle herabbringen. Doch nicht Brot noch Obdach wollte er Celegorm und Curufin mehr in seinem Reiche gewähren, und er schwor, keine Freundschaft solle fortan mehr sein zwischen Nargothrond und Feanors Söhnen.

»So sei es!« sagte Celegorm, ein drohendes Funkeln in den Augen; Curufin aber lächelte. Dann stiegen sie zu Pferde und ritten wie der Wind davon, um ihre Brüder im Osten aufzusuchen. Niemand aber mochte mit ihnen gehen, nicht einmal die aus ihrem eignen Volk, denn alle sahen, daß der Fluch schwer auf den Brüdern lag und Unheil ihnen folgte. Zu der Zeit sagte sich Celebrimbor, Curufins Sohn, von seines Vaters Taten los und blieb in Nargothrond; Huan aber folgte immer noch dem Pferd Celegorms, seines Herrn.

Nach Norden ritten sie, denn in ihrer Eile wollten sie Dimbar durchqueren, entlang den Nordgrenzen von Doriath, denn dies war der kürzeste Weg zum Himring, wo ihr Bruder Maedhros saß, und sie konnten hoffen, schnell hindurchzugelangen, wenn sie sich nahe an Doriath hielten und Nan Dungortheb und die ferne Gefahr der Berge des Grauens mieden.

Es heißt, Beren und Lúthien seien auf ihrer Wanderung in den Wald von Brethil und so schließlich wieder nahe an die Grenzen von Doriath gekommen. Nun dachte Beren an sein Gelöbnis, und gegen die Stimme des eigenen Herzens beschloß er, von neuem auszuziehen, wenn er Lúthien erst wieder in ihrer Heimat in Sicherheit wüßte. Sie aber war nicht gewillt, sich abermals von ihm trennen zu lassen, und sagte: »Eins von beiden, Beren: Entweder du läßt ab von deinem Auftrag, brichst deinen Eid und führst ein unstetes Leben auf Erden, oder du hältst Wort und forderst den Herrn des Dunkels auf seinem Throne heraus. Aber welchen Weg du auch gehst, ich gehe mit dir, und unser Schicksal wird eines sein.«

Während sie dies besprachen, unbekümmert um alles andre einherschreitend, kamen Celegorm und Curufin eilends durch den Wald geritten; und die Brüder erspähten und erkannten sie schon von weitem. Da wandte Celegorm sein Pferd und spornte es gegen Beren an, in der Absicht, ihn niederzureiten; Curufin aber bog ab, beugte sich vom Pferd herunter und zog Lúthien zu sich in den Sattel, denn er war stark und ein geschickter Reiter. Da sprang Beren, bevor Celegorm ihn erreichte, auf Curufins galoppierendes Pferd, das an ihm vorbeigestürmt war, und der Sprung Berens ist seither unter Elben und Menschen berühmt. Er packte Curufin von hinten an der Kehle und riß ihn zurück, und zusammen stürzten sie zu Boden. Das Pferd bäumte sich auf und stürzte ebenfalls, Lúthien aber wurde beiseite ins Gras geschleudert.

Dann würgte Beren Curufin, doch ihm selbst war der Tod nahe, denn Celegorm ritt mit dem Speer gegen ihn an. In jener Stunde kündigte Huan Celegorm den Dienst und sprang ihn an, so daß sein Pferd abschwenkte und sich gegen Beren nicht vorwagte, aus Angst vor dem großen Hund. Celegorm verwünschte Pferd und Hund, doch Huan blieb unbewegt. Lúthien stand auf und hieß Beren, Curufin nicht zu töten, doch raubte Beren ihm Kleider und Waffen und nahm ihm sein Messer Angrist ab. Telchar von Nogrod hatte es geschmiedet, und es hing ohne Scheide an der Seite; Eisen spaltete es wie grünes Holz. Nun hob Beren Curufin empor und schleuderte ihn von sich; und er hieß ihn zu seinen edlen Anverwandten zurückkehren, auf daß sie ihn lehrten, von seiner Kraft würdigeren Gebrauch zu machen. »Dein Pferd«, sagte er, »behalte ich für Lúthien, und glücklich mag es sich schätzen, eines solchen Herrn ledig zu sein.«

Da fluchte Curufin Himmel und Hölle auf Beren herab. »Geh du nur«, sagte er, »in deinen schnellen bittern Tod.« Celgorm nahm ihn hinter sich auf sein Pferd, und die Brüder taten so, als wollten sie fortreiten, und Beren wandte sich ab, ihrer Worte nicht weiter achtend. Curufin aber, voller Scham und Tücke, nahm Celgorms Bogen und schoß ihnen nach, und der Pfeil war auf Lúthien gezielt. Huan sprang dazwischen und fing ihn im Maule auf, doch Curufin schoß ein zweites Mal, und Beren sprang vor Lúthien, und der Pfeil traf ihn in die Brust.

Es heißt, Huan habe Feanors Söhne verfolgt, und sie flohen voller Furcht; und als er zurückkam, brachte er Lúthien ein Kraut aus dem Walde. Damit stillte sie Berens Wunde, und so, mit Kunst und Liebe, heilte sie ihn; und bald kamen sie wieder nach Doriath. Dort erhob sich Beren eines Morgens vor Sonnenaufgang, unschlüssig zwischen seinem Eid und seiner Liebe; doch da er Lúthien nun in Sicherheit wußte, überließ er sie Huans Obhut und schied in tiefem Kummer, während sie noch im Grase schlief.

Nach Norden ritt er wieder, so schnell er konnte, durch den Paß des Sirion, und als er an den Rand von Taur-nu-Fuin kam, blickte er über die Öde von Anfauglith und sah in der Ferne die Gipfel von Thangorodrim. Dort trennte er sich von Curufins Pferd und hieß es, nun aller Furcht und allen Dienstes ledig, frei durch das grüne Gras in den Landen am Sirion zu streifen. Als er nun allein war und an der Schwelle des letzten Wagnisses, machte er das Lied vom Abschied, Lúthien und den Himmelslichtern zu Ehren, denn er glaubte, nun der Liebe wie dem Licht Lebewohl sagen zu müssen. Ein Teil jenes Liedes waren diese Worte:

Lebwohl, lieb Land, Nordhimmelstag,
von Glück beglänzt, seit sie hier lag
und hier mit leichten Gliedern lief
im Sonnenlicht, durch Mondflut tief,
Lúthien Tinúviel
– kein Wort strahlt je wie sie so hell.
Mag auch zerfallen einst die Welt,
zurückgeschleudert und zerschellt
im uralt finstren Unheilsschlund,
gut wär das Werk, der Schöpfung Grund
– Dämmerung, Frühe, Meer und Land –,
weil Lúthien hier erschien und schwand.

Und er sang laut, unbesorgt, wer ihn hören mochte, den er war verzweifelt und sann nicht auf Flucht.

Doch Lúthien hörte sein Lied, und sie sang zur Antwort, als sie unverhofft durch die Wälder kam. Denn Huan hatte erneut eingewilligt, ihr als Reittier zu dienen, und hatte sie schnell auf Berens Fährte dahingetragen. Lange war er mit sich zu Rate gegangen, wie er die Gefahr dieser beiden, die er liebte, erleichtern könnte. Daher machte er an Saurons Insel halt und nahm den scheußlichen Wolfspelz von Draugluin und das Fledermausfell von Thuringwethil an sich. Diese war eine Botin Saurons, und sie pflegte in Vampirgestalt nach Angband zu fliegen, und ihre großen gefiederten Flügel trugen am Ende jedes Gliedes eine große Eisenklaue. In diesen Schreckensgewändern rannten Huan und Lúthien durch Taur-nu-Fuin, und alles floh vor ihnen.

Beren, als er sie kommen sah, war erschrocken; und er wunderte sich, denn er hatte Tinúviels Stimme gehört, und nun glaubte er, es sei ein Trugstück, um ihn zu fangen. Doch sie hielten und warfen ihre Verkleidung ab, und Lúthien rannte auf ihn zu. So trafen Beren und Lúthien sich wieder, zwischen Wüste und Wald. Eine Weile war er still und freute sich, dann aber bemühte er sich von neuem, Lúthien von dieser Fahrt abzubringen.

»Dreimal verflucht sei nun mein Eid gegen Thingol«, sagte er, »und eher wollte ich, er hätte mich in Menegroth erschlagen, als daß ich dich in den Schatten Morgoths führe.«

Da sprach Huan zum zweiten Male mit Worten, und er gab Beren Rat und sagte: »Vor dem Schatten des Todes kannst du Lúthien nicht länger bewahren, denn aufgrund ihrer Liebe unterliegt sie ihm schon. Du kannst dich von deinem Geschick abwenden und mit ihr fortziehen, vergebens Frieden suchend, solange du lebst. Wenn du aber nicht verleugnest, was dir beschieden ist, dann muß entweder Lúthien, von dir verlassen, mit Gewißheit allein sterben, oder aber sie muß mit dir dem Schicksal trotzen, das vor euch liegt – hoffnungslos, doch ungewiß. Weiteren Rat kann ich nicht geben, noch kann ich weiter mit euch gehen. Aber mein Herz sagt mir, daß auch ich sehen werde, was ihr am Tore findet. Alles übrige ist mir dunkel; doch kann es sein, daß unsere Pfade uns alle drei wieder nach Doriath führen, und dort sehen wir uns vielleicht noch vor dem Ende.«

Da erkannte Beren, daß er Lúthien nicht von dem Schicksal fernhalten konnte, das auf ihnen beiden lag, und er versuchte nicht länger, ihr abzuraten. Nach Huans Plan und mit Lúthiens Künsten wurde er nun in den Pelz von Draugluin gesteckt und sie in das geflügelte Fell von Thuringwethil. Beren sah nun in allem einem Werwolf gleich, nur daß aus seinen Augen ein zwar grimmiger, doch reiner Geist leuchtete; und Schrecken war in seinem Blick, als er neben sich ein fledermausähnliches Geschöpf sah, das sich mit Fingerflügeln an seine Seite klammerte. Dann sprang er, den Mond anheulend, den Hügel hinab, und die Fledermaus schlug ein Rad und flatterte über ihm.

Durch alle Gefahren hindurch kamen sie schließlich, staubbedeckt von ihrer langen und beschwerlichen Reise, in das öde Tal vor dem Tor von Angband. Schwarze Klüfte öffneten sich am Rand ihres Weges, aus denen Gestalten wie von Schlangen hervorringelten. Zu beiden Seiten standen die Klippen aufgereiht wie Festungsmauern, und darauf saßen Aasvögel und krächzten mit hungrigen Stimmen. Vor ihnen lag das undurchdringliche Tor, ein großer dunkler Bogen zu Füßen des Berges, und darüber erhob sich tausend Fuß hoch ein Felsen.

Dort ergriff sie die Furcht, denn am Tor stand ein Wächter, von dem noch keine Kunde hinausgelangt war. Gerüchte von Plänen, er wußte nicht welchen, unter den Elbenprinzen waren zu Morgoth gedrungen, und immer wieder hörte man aus den Waldschneisen Huan bellen, den großen Kriegshund, den vor langer Zeit die Valar losgelassen. Dann erinnerte sich Morgoth, welches Schicksal Huan verheißen war, und er wählte einen der Welpen von Draugluins Rasse aus und fütterte ihn eigenhändig mit lebendem Fleisch und gab ihm von seiner eigenen Kraft. Rasch wuchs der Wolf, bis er in keinen Zwinger mehr paßte, sondern stets wie ein hungriger Riese zu Morgoths Füßen lag. Dort drangen Feuer und Schmerz der Hölle in ihn ein, und er wurde von einem unersättlichen Geiste erfüllt, gemartert, schrecklich und stark. Carcharoth, der Rote Rachen, wird er in den

Geschichten aus jenen Tagen geheißen, oder Anfauglir, das Maul des Durstes. Und Morgoth hieß ihn vor dem Tor von Angband liegen, ohne zu schlafen, weil vielleicht Huan käme.

Jetzt hatte Carcharoth sie schon von weitem erblickt, und er war voller Zweifel, denn längst war Meldung nach Angband gekommen, daß Draugluin tot sei. Als sie sich daher nahten, versperrte er ihnen den Weg, und sie mußten stehenbleiben; und drohend kam er auf sie zu, nach etwas Merkwürdigem in der Luft um sie her schnüffelnd. Da plötzlich kam eine alte Kraft, ein Erbteil des göttlichen Geschlechts, über Lúthien, und sie trat vor, ihr ekles Gewand abwerfend, und stand vor dem Koloß, klein, doch strahlend und furchtgebietend. Die Hand erhebend, gebot sie ihm zu schlafen und sagte: »O du jammervoller Geist, sinke nun ins Dunkel des Schlafs, und vergiß für eine Zeit die furchtbare Strafe des Lebens.« Und Carcharoth sank hin, wie vom Blitz getroffen.

Nun durchschritten Beren und Lúthien das Tor und stiegen die labyrinthischen Treppen hinab; und zusammen vollbrachten sie die größte Tat, die je Elb oder Mensch gewagt. Denn sie kamen zu Morgoths Thron, in seiner tiefsten Halle, die von Grauen gestützt und von Feuer erhellt und mit Mord- und Marterwaffen geschmückt war. Dort sank Beren in Wolfsgestalt vor Morgoths Thron zu Boden; Lúthien aber wurde durch Morgoths Willen ihrer Verkleidung beraubt, und er richtete den Blick auf sie. Seine Augen bannten sie nicht; sie nannte ihren Namen und bot nach Art eines fahrenden Sängers ihre Dienste an, vor ihm zu singen. Da erfaßte Morgoth, als er ihre Schönheit sah, im Geiste ein böses Gelüst, und ein schwärzerer Plan als je einer seit seiner Flucht aus Valinor kam ihm ins Herz. So betrog ihn die eigene Tücke, denn er sah ihr zu und ließ ihr für einen Augenblick Freiheit, sich heimlich an seinem Gedanken weidend. Dann plötzlich entwich sie aus seinem Blick, und aus dem Schatten stimmte sie ein Lied an, von so bezwingendem Liebreiz und so blendender Gewalt, daß er nicht anders konnte als lauschen; und Blindheit kam über ihn, als seine Augen hin und her schweifend nach ihr suchten.

Sein ganzer Hofstaat fiel in Schlaf, und alle Feuer brannten nieder und erloschen; die Silmaril aber in der Krone auf Morgoths Haupt loderten plötzlich in weißem Flammenschein auf, und die Bürde der Krone und der Edelsteine drückte sein Haupt nieder, als trüge er die Welt darauf, beladen mit einer Last von Leid, Furcht und Begehren, die selbst Morgoths Wille nicht zu tragen vermochte. Dann sprang Lúthien, ihr Flügelkleid aufnehmend, in die Luft hinauf, und nun kam ihre Stimme herniedergerauscht wie Regen auf tiefe, dunkle Teiche. Sie schwang ihren Mantel vor seinen Augen und gab ihm einen Traum, dunkel wie die Äußere Leere, wo er einst allein gewandert war. Plötzlich, donnernd wie eine Lawine, fiel er vom Thron und lag lang hingestreckt auf dem Boden der Hölle. Die Eisenkrone rollte ihm schallend vom Haupte. Alles war still.

Wie ein totes Tier lag Beren auf dem Boden; Lúthien aber weckte ihn mit einer Berührung ihrer Hand, und er streifte die Wolfsgestalt ab. Dann zog er das Messer Angrist, und aus den eisernen Klauen, in die sie gefaßt waren, schnitt er einen der Silmaril.

Als er die Hand darum schloß, pulsierten die Strahlen durch sein lebendiges Fleisch, und seine Hand leuchtete wie eine Lampe; doch duldete der Stein seinen Griff und tat ihm nicht weh. Da kam es Beren in den Sinn, mehr zu tun, als sein Eid verlangte, und alle drei Steine Feanors aus Angband mit fortzunehmen; doch dies war nicht das Schicksal der Silmaril. Das Messer Angrist zerbrach, und ein Splitter von der Klinge traf Morgoths Wange. Er stöhnte und schüttelte sich, und der ganze Hof von Angband rührte sich im Schlaf.

Da erschraken Beren und Lúthien und flohen, Hals über Kopf und ohne Verkleidung; nur das Licht wollten sie noch einmal sehen. Sie wurden weder gehindert noch verfolgt, doch am Tor war ihnen der Ausgang verwehrt, denn Carcharoth war aus dem Schlafe erwacht und stand nun in Wut auf der Schwelle von Angband. Ehe sie ihn noch bemerkt hatten, sah er sie und sprang ihnen entgegen, wie sie rannten.

Lúthien war erschöpft und hatte weder Zeit mehr noch Kraft, den

Wolf zu bändigen. Beren aber trat vor sie hin, und in der rechten Hand hob er den Silmaril empor. Carcharoth blieb stehen und hatte für einen Augenblick Angst. »Fort mit dir, fliehe!« rief Beren, »denn das hier ist ein Feuer, das dich und alle Dinge des Bösen verzehren soll.« Und er schwenkte den Silmaril dem Wolf vor Augen.

Carcharoth aber blickte auf das heilige Juwel und war nicht eingeschüchtert, und der unersättliche Geist in ihm erwachte zu jähem Feuer; und plötzlich zuschnappend, packte er die Hand zwischen den Kiefern und biß sie am Gelenk durch. Sogleich erfüllten sich all seine Eingeweide mit einem flammenden Schmerz, und der Silmaril sengte sein verfluchtes Fleisch. Heulend rannte er davon, und sein Schmerzgeschrei hallte von den Wällen des Tales wider. So furchtbar wurde er in seiner Wut, daß alle Kreaturen Morgoths, die im Tale hausten oder sich auf dem Wege dorthin befanden, das Weite suchten, denn er tötete ohne Unterschied alles Lebende, das ihm begegnete; und aus dem Norden brach er mit Verheerung über die Welt herein. Von allen Schrecknissen, die je nach Beleriand kamen, ehe Angband fiel, war der tollwütige Carcharoth das furchtbarste, denn die Kraft des Silmaril brannte in ihm.

Nun lag Beren ohnmächtig vor dem gefahrvollen Tor, und der Tod nahte sich ihm, denn Gift war an den Fängen des Wolfes gewesen. Lúthien sog mit den Lippen das Gift aus und stillte mit schier versagenden Kräften die entsetzliche Wunde. Doch hinter ihnen, aus den Tiefen von Angband, stieg der Lärm der großen Wut herauf. Morgoths Scharen waren erwacht.

So hätte die Fahrt nach dem Silmaril wohl in Verderben und Verzweiflung ihr Ende gefunden; doch zu der Stunde erschienen über den Wällen des Tales drei mächtige Vögel, schneller als der Wind nach Norden fliegend. Unter allen Vögeln und Tieren waren Berens Wanderung und seine Not laut geworden, und Huan hatte alle gebeten, Obacht zu geben, wo sie ihm zu Hilfe kommen könnten. Hoch über Morgoths Reich kreisten nun Thorondor und seine Vasallen, und als sie den wütigen Wolf sahen und Berens Lage erkannten, stießen sie schnell herab, als eben die Kräfte von Angband sich aus den Schlingen des Schlafes befreit hatten.

Dann hoben sie Lúthien und Beren vom Boden auf und trugen sie hoch in die Wolken empor. Unter ihnen begannen plötzlich Donner zu grollen, und Blitze zuckten auf, und die Berge bebten. Feuer und Qualm erbrach Thangorodrim, und flammende Pfeile wurden weit hinausgeschleudert und stürzten verheerend auf ferne Lande nieder; und die Noldor in Hithlum zitterten. Thorondor aber nahm den Weg weit über der Erde, auf den hohen Straßen des Himmels, wo die Sonne tagelang unverdeckt scheint und der Mond zwischen unumwölkten Sternen dahinzieht. So kamen sie schnell über Dor-nu-Fauglith hinweg, dann über Taur-nu-Fuin, und bald waren sie über dem versteckten Tal von Tumladen. Keine Wolke und kein Nebel lag darüber, und Lúthien, als sie hinabblickte, sah weit drunten, wie ein weißes Licht, das von einem grünen Edelstein ausstrahlt, den Glanz des schönen Gondolin, wo Turgon lebte. Doch sie weinte, denn sie glaubte, daß Beren gewiß sterben werde; er sprach kein Wort und schlug die Augen nicht auf und wußte später nichts von dem Fluge. Und endlich gingen die Adler an den Grenzen von Doriath nieder; und sie kamen zu derselben Waldschlucht, wo Beren sich in seiner Verzweiflung davongestohlen und Lúthien schlafend zurückgelassen hatte.

Dort legten die Adler Lúthien an Berens Seite nieder und kehrten zu den Gipfeln der Crissaegrim und ihren hohen Horsten zurück; doch Huan kam zu ihr, und zusammen pflegten sie Beren, wie schon einmal, als sie ihn von der Wunde heilte, die ihm Curufin zugefügt. Lange lag Beren darnieder, und sein Geist wanderte an den dunklen Grenzen des Todes entlang, immer im Wissen um einen Schmerz, der ihn verfolgte von Traum zu Traum. Dann plötzlich, als sie die Hoffnung fast schon aufgegeben hatte, erwachte er und blickte auf und sah das Laub unter dem Himmel, und unter den Bäumen hörte er neben sich den leisen, langsamen Gesang Lúthien Tinúviels. Und es war wieder Frühling.

Fortan wurde Beren Ercharmion geheißen, was der Einhänder bedeutet; und das Leiden war in sein Antlitz eingegraben. Zuletzt aber holte ihn Lúthiens Liebe doch ins Leben zurück, und wieder gingen sie zusammen durch die Wälder. Und sie hatten es nicht eilig weiterzuziehen, denn die Wälder schienen ihnen freundlich genug. Lúthien war sogar bereit, immer in der Wildnis umherzuwandern, ohne je heimzukehren, und Elternhaus und Volk und allen Glanz der Elbenkönige zu vergessen, und eine Zeitlang war auch Beren es zufrieden, doch auf die Dauer konnte er seinen Eid, nach Menegroth zurückzukehren, nicht vergessen, noch mochte er Lúthien für immer von ihrem Vater fernhalten. Denn er achtete die Gesetze der Menschen, nach denen es als gefährlich galt, den Willen des Vaters zu mißachten, es sei denn in der äußersten Not; auch schien es ihm unziemlich, daß eine so königliche und schöne Frau wie Lúthien immer nur in den Wäldern leben sollte, wie das rauhe Jägervolk unter den Menschen, ohne Haus und Hofstaat und all die köstlichen Dinge, an denen Elbenköniginnen Freude haben. Nach einiger Zeit hatte er sie daher überzeugt, und sie lenkten die Schritte fort aus den hauslosen Landen; und er betrat Doriath, Lúthien heimgeleitend. So wollte es ihr Schicksal.

Schlimme Tage waren über Doriath gekommen. Alles Volk war verdrossen und schweigsam, seit Lúthien fort war. Lange hatte man sie vergebens gesucht. Und es heißt, Daeron, Thingols Spielmann, sei zu jener Zeit aus dem Lande fortgezogen und nicht mehr gesehen worden. Er war es, welcher die Musik zu Lúthiens Tänzen und Liedern gemacht hatte, ehe Beren nach Doriath kam; und er hatte sie geliebt und all seine Gedanken an sie in Töne gesetzt. Er wurde zum größten Sänger der Elben östlich des Meeres, und er wird sogar vor Maglor genannt, Feanors Sohn. Doch als er verzweifelt nach Lúthien suchte, wanderte er auf fremden Wegen und kam über das Gebirge in den Osten von Mittelerde, wo er an dunklen Wassern viele Alter lang um Lúthien klagte, Thingols Tochter, das Schönste von allem, was lebt.

Zu jener Zeit wandte sich Thingol an Melian; doch nun verweigerte sie ihm den Rat und sagte, das Schicksal, das er gerufen, müsse zu seinem vorbestimmten Ende hin wirken und er solle die Zeit nur abwarten. Thingol hatte aber erfahren, daß Lúthien fern von Doriath gewandert war, denn, wie erzählt worden, von Celegorm waren geheime Botschaften gekommen, welche besagten, Felagund sei tot und Beren sei tot, Lúthien jedoch sei in Nargothrond, und Celegorm begehre sie zum Weibe. Da war Thingol voller Zorn und sandte Späher aus, in der Absicht, Krieg gegen Nargothrond zu führen; und so erfuhr er, daß Lúthien wieder geflohen war und daß man Celegorm und Curufin aus Nargothrond vertrieben hatte. Nun war guter Rat teuer, denn er war nicht stark genug, um alle sieben Söhne Feanors zu bekriegen; doch sandte er Boten nach Himring, mit der Aufforderung, bei der Suche nach Lúthien zu helfen, wenn schon Celegorm sie nicht zum Hause ihres Vaters zurückgeschickt noch für ihre Sicherheit gesorgt habe.

Doch schon im Norden seines Reiches begegneten seine Boten einer plötzlichen und unerwarteten Gefahr: dem Ansturm Carcharoths, des Wolfes von Angband. Im Heißhunger seiner Wut war er von Norden fortgerannt, durch den östlichen Teil von Taur-nu-Fuin gezogen und kam nun von den Quellen des Esgalduin daher wie ein vernichtendes Feuer. Nichts vermochte ihn zu hindern, und auch Melians Macht an den Grenzen des Landes hielt ihn nicht auf, denn Schicksal trieb ihn und die Kraft des Silmaril, der ihn quälte. So brach er ein in die unversehrten Wälder von Doriath, und alles floh in Furcht. Von den Boten des Königs entkam ihm allein Mablung, Thingols Feldhauptmann, und er brachte die grausige Nachricht.

Eben zu jener finstern Stunde kehrten Beren und Lúthien heim, von Westen herbeieilend, und die Meldung von ihrem Kommen ging ihnen voraus wie Musik, die der Wind in dunkle Häuser trägt, wo Menschen sich grämen. Endlich kamen sie zu den Toren von Menegroth, und eine große Menge folgte ihnen. Dann geleitete Beren Lúthien vor den Thron Thingols, ihres Vaters, und Thingol sah mit

Staunen auf Beren, den er tot geglaubt hatte; doch sah er ihn nicht gern, wegen all des Leides, das er über Doriath gebracht. Beren aber kniete vor ihm nieder und sagte: »Ich bin zurück, wie ich mein Wort gegeben. Ich verlange nun, was mein ist.«

Und Thingol antwortete: »Und dein Auftrag, dein Gelöbnis?«

Doch Beren sagte: »Es ist erfüllt. Ein Silmaril ist jetzt in meiner Hand.«

Da sagte Thingol: »Zeig ihn mir!«

Und Beren streckte die linke Hand aus und öffnete sie langsam, doch sie war leer. Dann hob er den rechten Arm, und von der Stunde an nannte er sich Camlost, der mit der leeren Hand.

Da wurde Thingol milder gestimmt; und Beren setzte sich zur Linken des Thrones und Lúthien zur Rechten, und sie erzählten die ganze Geschichte ihrer Fahrt, während alle, die zuhörten, voller Staunen waren. Und Thingol schien es, daß dieser Mensch anders als alle Sterblichen und einer der Großen von Arda sei, und Lúthiens Liebe erschien ihm neu und merkwürdig; und er erkannte, daß ihrem Schicksal keine Macht der Welt widerstehen konnte. Daher gab er zuletzt seine Einwilligung, und Beren nahm die Hand Lúthiens vor dem Thron ihres Vaters.

Doch ein Schatten fiel nun auf die Freude des Landes über Lúthiens, der Schönen, Rückkehr, denn als das Volk den Grund für Carcharoths Wüten erfuhr, waren alle nur um so mehr verängstigt, erkannten sie doch nun, daß diese Gefahr die entsetzliche Kraft des heiligen Steins in sich trug und kaum zu überwinden war. Und Beren, als er vom Vordringen des Wolfes erfuhr, erinnerte sich, daß sein Auftrag noch nicht erfüllt war.

Als daher Carcharoth mit jedem Tag Menegroth näher kam, machten sie sich zur Wolfshatz bereit, zum gefährlichsten aller Jagdzüge, von denen je erzählt worden ist. Zu jener Hatz zogen aus Huan, der Hund aus Valinor, und Mablung von der Schweren Hand und Beleg Langbogen und Beren Ercharmion und König Thingol von Doriath. Morgens ritten sie fort und überquerten den Fluß Esgalduin; Lúthien aber blieb zurück hinter den Toren von Menegroth. Ein dunkler Schatten fiel auf sie, und es schien ihr, als wäre die Sonne krank und schwarz geworden.

Die Jäger wandten sich nach Osten und Norden, und schließlich, dem Lauf des Flusses folgend, trafen sie Carcharoth den Wolf in einem dunklen Tale, an dessen Nordseite der Esgalduin über steile Hänge herabstürzte. Am Fuß des Wasserfalls stillte Carcharoth seinen verzehrenden Durst, und er heulte, und so bemerkten sie ihn. Er aber sah sie kommen und griff sie nicht sogleich an. Da sein Schmerz für den Augenblick durch das süße Wasser des Esgalduin gelindert war, mag es sein, daß die Teufelslist seines Herzens wieder erwacht war, denn selbst als sie auf ihn zuritten, schlich er beiseite in ein dichtes Gebüsch und hielt sich dort versteckt. Doch sie umstellten den ganzen Ort mit Wachen und warteten, und die Schatten wurden länger im Walde.

Beren stand neben Thingol, und plötzlich bemerkten sie, daß Huan von ihrer Seite gewichen war. Dann kam ein lautes Bellen aus dem Dickicht. Huan, der ungeduldig geworden war und diesen Wolf sehen wollte, war allein dort eingedrungen, um ihn hinauszutreiben. Carcharoth aber wich ihm aus, und, plötzlich aus den Dornbüschen hervorbrechend, sprang er auf Thingol los. Rasch trat Beren mit einem Speer vor den König, doch Carcharoth fegte die Waffe beiseite und warf ihn um; dann biß er ihn in die Brust. In dem Augenblick sprang Huan aus dem Dickicht dem Wolf auf den Rücken, und sie fielen in heißem Ringen übereinander; und nie gab es einen Kampf zwischen Wolf und Hund gleich diesem, denn in Huans Bellen waren Oromes Hornklang zu hören und der Zorn der Valar, in Carcharoths Heulen aber Morgoths Haß und Tücke, grausamer als Zähne von Stahl; und die Felsen barsten von dem Lärm und stürzten von hoch oben herab und verstopften die Fälle des Esgalduin. Dort kämpften sie bis zum Tode; doch Thingol achtete nicht auf sie, denn er kniete neben Beren und sah, daß er schwer verwundet war.

Zu dieser Stunde tötete Huan Carcharoth; doch dort in den verwobenen Wäldern von Doriath erfüllte sich auch sein eigenes, längst gesprochenes Schicksal, und er wurde zu Tode verwundet, und Morgoths Gift drang in ihn ein. Als er nun kam und neben Beren niedersank, sprach er zum dritten Male mit Worten, und er sagte Beren Lebewohl, ehe er starb. Beren sprach nicht, doch er legte die Hand auf den Kopf des Hundes, und so schieden sie.

Mablung und Beleg kamen dem König zu Hilfe geeilt, doch als sie sahen, was geschehen war, warfen sie die Speere hin und weinten. Dann nahm Mablung ein Messer und schnitt dem Wolf den Bauch auf; und er war von innen fast ganz verzehrt wie von einem Feuer, doch Berens Hand, die den Stein hielt, war noch unversehrt. Doch als Mablung die Hand anrühren wollte, war sie nicht mehr da, und der Silmaril lag unverhüllt vor ihnen, und sein Licht erfüllte all die Schatten des Waldes um sie her. Da ergriff Mablung ihn schnell und ängstlich und legte ihn in Berens lebendige Hand; und die Berührung des Silmaril weckte Beren, und er hielt ihn empor und bat Thingol, ihn entgegenzunehmen. »Nun ist der Auftrag erfüllt«, sagte er, »und mein Schicksal vollendet«; und dann sagte er nichts mehr.

Sie trugen Beren Camlost, Barahirs Sohn, auf einer Bahre von Ästen, Huan den Wolfshund an seiner Seite, und vor Einbruch der Nacht waren sie zurück in Menegroth. Unter der großen Buche Hírilorn kam Lúthien ihnen langsamen Schrittes entgegen, und manche gingen mit Fackeln neben der Bahre. Dort umarmte sie Beren, küßte ihn und hieß ihn, sie jenseits des Westmeeres zu erwarten; und er blickte ihr in die Augen, ehe der Geist aus ihm wich. Doch das Sternenlicht war erloschen, und Dunkelheit war selbst über Lúthien Tinúviel gefallen. So endete die Fahrt nach dem Silmaril; doch das Lied von Leithian, von der Erlösung aus den Banden, endet nicht.

Denn auf Lúthiens Geheiß wartete Berens Geist in Mandos' Hallen, nicht gewillt, die Welt zu verlassen, ehe nicht Lúthien ihm ein letztes Lebewohl sagte an den dunklen Ufern des Außenmeeres, auf das die Menschen hinausfahren, wenn sie sterben, um nie wiederzukehren. Doch Lúthiens Geist fiel hinab ins Dunkel, und zuletzt entfloh er, und ihr Leib lag da wie eine Blume, die plötzlich geschnitten wird und verwelkt noch eine Weile im Grase liegt.

Winter kam da über Thingol, wie das Greisenalter über sterbliche Menschen. Lúthien aber ging in Mandos' Hallen, an den Ort, wo die Eldalië warten, hinter den Häusern des Westens und an den Rändern der Welt. Die Wartenden dort sitzen im Schatten ihrer Gedanken. Doch Lúthiens Schönheit war mehr als aller anderen Schönheit, und Lúthiens Leid tiefer als aller anderen Leid; und sie kniete vor Mandos nieder und sang für ihn.

Lúthiens Lied vor Mandos war das schönste, das je aus Worten geflochten wurde, und das traurigste, das die Welt je hören wird. Unvergänglich und unverändert wird es in Valinor noch immer gesungen, außer Hörweite der Welt, und die Valar sind bekümmert, wenn sie es hören. Denn Lúthien verwob zwei Themen in das Lied, von der Trauer der Eldar und vom Leid der Menschen, von den Zwei Geschlechtern, die Ilúvatar erschuf, auf daß sie Arda bewohnten, das Erdenreich inmitten der unzählbaren Sterne. Und als sie vor Mandos kniete, fielen ihre Tränen auf seine Füße, wie der Regen auf die Steine fällt; und Mitleid bewegte Mandos, wie es ihn niemals zuvor oder nachher bewegt hat.

Daher rief er Beren herbei, und so wie es Lúthien zur Stunde seines Todes gesagt hatte, trafen sie sich jenseits des Westmeeres. Doch stand es nicht in Mandos' Macht, die Geister der Menschen, welche gestorben waren, über die Zeit des Wartens hinaus in den Grenzen der Welt zu behalten; noch vermochte er in die Geschicke der Kinder Ilúvatars einzugreifen. Er ging daher zu Manwe, dem Fürsten der Valar, welcher in Ilúvatars Auftrag die Welt regierte; und Manwe suchte Rat in seinen innersten Gedanken, in denen sich Ilúvatars Wille offenbarte.

Dies beides stellte er Lúthien zur Wahl: Für ihre Taten und ihren Schmerz sollte sie von Mandos freigegeben werden und nach Valimar gehen, um dort bis an der Welt Ende unter den Valar zu wohnen, alles Leid ihres Lebens vergessend. Dorthin konnte Beren nicht kommen. Denn den Valar war es nicht erlaubt, ihm den Tod zu verweigern, welcher Ilúvatars Gabe an die Menschen ist. Doch dies war die zweite Wahl: Daß sie nach Mittelerde zurückkehrte und Beren mit sich nähme, um dort von neuem zu wohnen, doch ohne Gewißheit des Lebens oder des Glücks. dann müßte sie sterblich werden und einen zweiten Tod erleiden, ebenso wie Beren; und nicht lange, so würde sie die Welt für immer verlassen, und von ihrer Schönheit bliebe nur ein Gedenken im Liede.

Dies zweite Schicksal wählte sie, das Segensreich verlassend und auf alle Rechte der Verwandtschaft mit jenen, die dort wohnen, verzichtend; und so sollten die Geschicke von Beren und Lúthien, welches Leid auch noch auf sie warten mochte, vereint bleiben und ihre Pfade zusammen aus den Grenzen der Welt hinausführen. So kam es, daß sie als einzige unter den Eldalië wirklich gestorben ist und vor langer Zeit die Welt verlassen hat. Doch in ihrer Wahl wurden die Zwei Geschlechter vereint, und sie ist die Vorläuferin vieler, in denen die Eldar noch immer, obwohl alles in der Welt nun anders ist, ein Abbild Lúthiens der Geliebten sehen, die sie verloren.

XX
Von der Fünften Schlacht: Nirnaeth Arnoediad

Es heißt, Beren und Lúthien seien in die nördlichen Lande von Mittelerde zurückgekehrt und hätten dort eine Zeitlang zusammen als Mann und Frau gelebt; und in Doriath nahmen sie ihre sterbliche Form wieder an. Die sie sahen, waren froh und zugleich voller Furcht; und Lúthien ging nach Menegroth und heilte Thingols Winter mit einer Berührung ihrer Hand. Melian aber sah ihr in die Augen und las, welches Schicksal darin geschrieben stand; und sie wandte sich ab, denn sie wußte, ein Abschied bis übers Ende der Welt hinaus stand nun zwischen ihnen, und nie ist Schmerz über einen Verlust tiefer gewesen als der Schmerz Melians der Maia zu dieser Stunde. Dann gingen Beren und Lúthien allein fort, Hunger und Durst nicht fürchtend, und sie zogen über den Gelion nach Ossiriand, und dort lebten sie auf Tol Galen, der grünen Insel inmitten des Adurant, bis keine Nachricht mehr von ihnen kam. Die Eldar nannten diesen Landstrich später Dor Firn-i-Guinar, das Land der Toten, die leben; und dort wurde Dior Aranel der Schöne geboren, der später unter dem Namen Dior Eluchíl bekannt wurde, das heißt als Thingols-Erbe. Kein sterblicher Mensch hat je wieder mit Beren, Barahirs Sohn, gesprochen, und keiner hat gesehen, wie Beren und Lúthien die Welt verließen, oder vermerkt, wo ihre Leichname zuletzt lagen.

In jenen Tagen faßte sich Maedhros, Feanors Sohn, ein Herz, in der Erkenntnis, daß Morgoth nicht unangreifbar war; denn in vielen Liedern wurden in ganz Beleriand die Taten Berens und Lúthiens besungen. Doch würde Morgoth sie alle, einen nach dem andern, vernichten, wenn sie sich nicht wieder einten, ein neues Bündnis schlossen und gemeinsam Rat hielten; und um die Kräfte der Eldar aufzubieten, begann Maedhros jene Absprachen zu treffen, die man Maedhros' Bund nannte.

Doch der Eid Feanors und die Untaten, die er gewirkt hatte, schadeten Maedhros' Plan, und er bekam weniger Hilfe, als nötig gewesen wäre. Orodreth mochte nicht auf Bitten eines Sohnes von Feanor in den Krieg ziehen, wegen der Taten Celegorms und Curufins; auch glaubten die Elben von Nargothrond noch immer, ihre versteckte Burg am besten durch List und Heimlichkeit zu schützen. Von ihnen also kam nur ein kleines Häuflein, angeführt von Gwindor, Guilins Sohn, einem tapferen Prinzen; und auch er zog gegen Orodreths Willen gen Norden, weil er um den Verlust seines Bruders Gelmir in der Dagor Bragollach trauerte. Die Nargothronder trugen Fingolfins Banner und kämpften Seite an Seite mit Fingons Schar; und sie kehrten nie zurück, bis auf einen.

Aus Doriath kam wenig Hilfe. Denn Maedhros und seine Brüder hatten zuvor, durch ihren Eid gebunden, Botschaft an Thingol gesandt und ihn in stolzen Worten an ihre Rechte gemahnt; sie stellten ihn vor die Wahl, ihnen den Silmaril auszuhändigen oder ihr Feind zu sein. Melian riet zum Nachgeben, doch die Worte der Botschaft waren anmaßend und drohend, und Thingol dachte voller Zorn an Lúthiens Schmerz und Berens Blut, welche den Stein gewonnen hatten, gegen Celegorms und Curufins Tücke. Und mit jedem Tag, da er den Silmaril sah, begehrte er mehr, ihn für immer zu behalten; denn solche Macht war in dem Stein. Also schickte er die Boten mit verächtlichen Worten zurück. Maedhros gab keine Antwort, denn er suchte nun das Bündnis und die Einigung; Celegorm und Curufin aber gelobten öffentlich, Thingol würden sie erschlagen und sein Volk vernichten, wenn sie siegreich aus dem Kriege heimkehrten und der Stein nicht freiwillig ausgeliefert werde. Da befestigte Thingol die Grenzen seines Reiches, und er zog nicht in den Krieg, noch irgendeiner aus Doriath, bis auf Mablung und Beleg, denen es widerstrebte, daß sie an so großen Taten keinen Anteil nehmen sollten. Ihnen gab Thingol Erlaubnis, zu gehen, sofern sie nicht den Söhnen Feanors dienten, und sie gesellten sich zu Fingons Schar.

Doch hatte Maedhros Unterstützung von den Naugrim, die sowohl eine Streitmacht als auch große Vorräte an Waffen schickten; und die Schmieden von Nogrod und Belegost waren in jenen Tagen geschäftig. Und Maedhros sammelte seine Brüder um sich und alles Volk, das sich ihnen anschließen wollte; und die Menschen Bórs und Ulfangs wurden für den Krieg geübt und gerüstet, und sie riefen noch mehr von ihren Stammverwandten aus dem Osten herbei. Überdies saß im Westen Fingon, der von jeher Maedhros' Freund gewesen, und er sprach sich mit denen in Himring ab, und in Hithlum rüsteten die Noldor und die Menschen aus Hadors Geschlecht zum Kriege. Im Walde von Brethil sammelte Halmir seine Männer, der Fürst des Volkes von Haleth, und sie schliffen ihre Äxte; doch Halmir starb, ehe der Krieg begann, und sein Sohn Haldir regierte das Volk. Und auch nach Gondolin kam Nachricht, zu Turgon, dem verborgenen König.

Doch Maedhros ließ es zu früh zur Kraftprobe kommen, ehe seine Pläne ganz ausgereift waren; und obgleich die Orks aus allen nördlichen Gebieten von Beleriand vertrieben wurden und sogar Dorthonion für eine Weile frei kam, war doch Morgoth nun vor der Erhebung der Eldar und der Elbenfreunde gewarnt und richtete seine Pläne auf sie ein. Viele Spione und Verräter schickte er unter seine Feinde, was ihm jetzt um so leichter fiel, als die treulosen Menschen, die insgeheim ihm gehorchten, schon tief in die Geheimnisse von Feanors Söhnen eingeweiht waren.

Zuletzt beschloß Maedhros, nachdem er alle Streitkräfte der Elben, Menschen und Zwerge, die er aufbieten konnte, versammelt hatte, Angband von Osten und Westen her anzugreifen; und er gedachte, in offener Schlachtordnung und mit entrollten Fahnen über Anfauglith zu marschieren, und wenn, wie er hoffte, Morgoths Heere herausgelockt wären, um ihm zu begegnen, dann sollte Fingon aus den Pässen von Hithlum hervorbrechen, so daß sie Morgoths Streitmacht wie zwischen Hammer und Amboß zerschlagen könnten. Und zum Zeichen des Beginns sollte ein großes Leuchtfeuer über Dorthonion abgebrannt werden.

Am verabredeten Tage, am Mittsommermorgen, grüßten die Trompeten der Eldar den Sonnenaufgang; und im Osten wurde die Standarte der Söhne Feanors erhoben und im Westen die Standarte Fingons, des Hohen Königs der Noldor. Dann blickte Fingon von den Wällen von Eithel Sirion heraus, und sein Heer war in den Tälern und Wäldern an der Ostseite der Ered Wethrin aufmarschiert, wohlverborgen vor den Augen des Feindes; Fingon aber wußte, daß es sehr groß war. Denn all die Noldor von Hithlum waren da versammelt, und mit ihnen Elben von Falas und Gwindors Häuflein aus Nargothrond, und eine große Streitmacht der Menschen: zur Rechten lagerte das Heer von Dor-Lómin mit all den Tapferen um Húrin und seinen Bruder Huor, und zu ihnen hatte sich Haldir aus Bethil mit vielen seiner Waldläufer gesellt.

Dann blickte Fingon nach Thangorodrim hin, und es lag unter einer dunklen Wolke, und ein schwarzer Rauch stieg auf; und er wußte, daß Morgoths Wut geweckt und ihre Herausforderung angenommen war. Ein Schatten des Zweifels fiel auf Fingons Herz, und er blickte gen Osten, ob er nicht mit seinen Elbenaugen den Staub von Anfauglith vor Maedhros' Scharen könnte aufsteigen sehen. Er wußte nicht, daß Maedhros durch Uldor den Verfluchten aufgehalten wurde, der ihn mit falschen Warnungen vor Angriffen aus Angband täuschte.

Nun aber hub ein Geschrei an, das der Wind aus Süden von Tal zu Tal weitertrug, und Elben und Menschen erhoben die Stimmen in Staunen und Freude. Denn unaufgefordert und unerwartet hatte Turgon die Tore von Gondolin geöffnet und war mit einem Heer von zehntausend Mann gekommen, mit schimmernden Panzern und langen Schwertern und einem Wald von Speeren. Als Fingon nun von weitem die große Trompete Turgons, seines Bruders, hörte, da verging der Schatten, und sein Mut war erfrischt, und er rief laut aus: »*Utúlie'n aure! Aiya Eldalië ar Atanatári, utúlie'n aure!* Der Tag ist gekommen! Sehet, ihr Völker der Eldar und Väter der Menschen, der Tag ist gekommen!« Und alle, die hörten, wie seine laute

Stimme von den Hügeln widerhallte, riefen zur Antwort: »*Auta i lóme!* Die Nacht vergeht!«

Nun wählte Morgoth seine Stunde, der vieles von den Vorbereitungen und Plänen seiner Feinde wußte, und im Vertrauen auf seine verräterischen Diener, die Maedhros zurückhalten und die Vereinigung seiner Feinde hindern mußten, schickte er eine Streitmacht gegen Hithlum, die groß zu sein schien (und doch nur ein Teil alles dessen war, was er gerüstet hatte); und seine Leute waren alle in schmutziges Grau gehüllt und zeigten keinen blanken Stahl, und so waren sie schon weit über den Sand von Anfauglith gekommen, ehe ihr Nahen bemerkt wurde.

Nun begannen die Herzen der Noldor zu sieden, und ihre Hauptleute wünschten die Feinde auf der Ebene anzugreifen. Húrin aber sprach dagegen, vor Morgoths Heimtücke warnend, der stets stärker sei, als er scheine, und andres im Schilde führe, als er erkennen lasse. Und obwohl das Zeichen für Maedhros' Vormarsch nicht kam und das Heer ungeduldig wurde, drängte Húrin darauf, weiter zu warten und die Orks sich im Ansturm gegen die Hügel aufreiben zu lassen.

Doch Morgoths Hauptmann im Westen hatte Befehl, Fingon um jeden Preis schnell aus seinen Hügeln hervorzulocken. Er rückte daher an, bis seine vorderste Schlachtreihe sich jenseits des Sirion aufgestellt hatte, von den Mauern der Festung Eithel Sirion bis zur Mündung des Rivil im Fenn von Serech; und Fingons Vorposten konnten ihren Feinden in die Augen sehen. Doch keine Antwort kam auf seine Herausforderung, und das Hohngeschrei der Orks verstummte bald, als sie auf die schweigsamen Mauern und die drohenden Hügel blickten. Nun schickte Morgoths Hauptmann Reiter mit Heroldszeichen vor, und sie kamen bis zu den Außenbefestigungen des Barad Eithel geritten. Bei sich hatten sie Gelmir, Guilins Sohn, jenen Edlen von Nargothrond, den sie in der Dagor Bragollach gefangengenommen; und sie hatten ihm die Augen ausgestochen. Jetzt wiesen die Herolde von Angband auf ihn und riefen: »Noch viele wie ihn haben wir daheim, doch beeilt euch, wenn ihr sie finden wollt, denn so wollen wir mit ihnen allen verfahren, wenn wir zurückkehren.« Und vor den Augen der Elben hackten sie Gelmir die Hände und Füße ab und zuletzt den Kopf und ließen ihn liegen.

Das Unglück wollte es, daß an diesem Platz der Außenbefestigungen Gwindor aus Nargothrond stand, Gelmirs Bruder. Zum Wahnsinn trieb ihn der Zorn; er stürmte zu Pferde los und viele Reiter mit ihm. Sie verfolgten die Herolde und erschlugen sie und stießen dann weiter vor, tief in das Hauptheer hinein. Und bei diesem Anblick geriet das ganze Heer der Noldor in Flammen, und Fingon setzte seinen weißen Helm auf und ließ die Trompeten blasen, und das ganze Heer von Hithlum stürmte plötzlich aus den Hügeln hervor. Das Aufblitzen, als die Noldor die Schwerter zogen, war wie Feuer im Riedgras, und so hart und schnell kam ihr Angriff, daß Morgoths Pläne fast zunichte geworden wären. Das Heer, das er nach Westen geschickt hatte, wurde hinweggefegt, ehe er Verstärkung heranführen konnte, und Fingons Banner zogen über Anfauglith hinweg und wurden vor den Mauern von Angband aufgerichtet. Immer in der vordersten Reihe kämpften Gwindor und die Elben aus Nargothrond, und auch jetzt ließen sie sich nicht zurückhalten. Sie brachen durchs Tor und erschlugen die Wachen, bis auf die Treppen von Angband vordringend, und Morgoth zitterte auf seinem Thron in der Tiefe, als er hörte, wie sie gegen seine Türen hämmerten. Dort aber waren sie in der Falle, und alle wurden sie erschlagen, bis auf Gwindor, den man lebendig fing; denn Fingon konnte ihnen nicht zu Hilfe kommen. Durch viele geheime Tore von Thangorodrim hatte Morgoth sein Hauptheer ausrücken lassen, das er in Bereitschaft hielt, und Fingon wurde mit großen Verlusten von den Mauern zurückgeschlagen.

Dann, am vierten Tag des Krieges in der Ebene von Anfauglith, begann Nirnaeth Arnoediad, die Schlacht der Ungezählten Tränen, denn kein Lied und keine Erzählung kann von all ihrem Leid berichten. Fingons Heer zog sich über die Sandwüste zurück; und Haldir, der Fürst der Haladin, fiel in der Nachhut, und mit ihm fielen die meisten der Männer aus Brethil und kehrten nie mehr heim in ihre Wälder. Doch am fünften Tage, als schon die Nacht hereinbrach und sie noch weit von den Ered Wethrin waren, umzingelten die Orks das Heer von Hithlum, bis zum Morgen hindurch kämpfend, und sie schlossen den Ring immer enger. Am Morgen kam Hoffnung, als man Turgons Hörner vernahm, wie er mit dem Hauptheer von Gondolin anrückte; denn Turgon war im Süden geblieben, den Sirion-Paß bewachend, und er hatte den größten Teil seiner Leute von dem unbedachten Sturmangriff zurückgehalten. Nun eilte er seinem Bruder zu Hilfe; und die Gondolindrim waren stark und trugen Kettenpanzer, und ihre Reihen glänzten wie ein stählerner Fluß in der Sonne.

Nun brach die Leibwache des Königs in Phalanx durch die Reihen der Orks, und Turgon hieb sich den Weg zu seinem Bruder frei; und es heißt, freudig sei inmitten der Schlacht das Wiedersehen Turgons mit Húrin gewesen, der neben Fingon stand. Nun schöpften die Elben neue Hoffnung, und zur gleichen Zeit, um die dritte Morgenstunde, vernahm man endlich Maedhros' Trompeten, wie er von Osten heranrückte, und die Banner von Feanors Söhnen griffen den Feind im Rücken an. Manche haben gesagt, zu dieser Stunde hätten die Eldar noch den Sieg davontragen können, wären alle ihre Heere treu geblieben, denn die Orks wankten, und ihr Vordringen wurde aufgehalten, und schon wandten manche sich zur Flucht. Doch als Maedhros' Vorhut eben die Orks angriff, da ließ Morgoth seine letzten Streiter los, und Angband entleerte sich. Es kamen Wölfe und Wolfsreiter, und es kamen Balrogs und Drachen, und es kam Glaurung, der Vater der Drachen. Die Kraft und die Wut des Großen Wurms waren nun erst wahrhaft groß, und Elben wie Menschen sanken vor ihm dahin; und er stieß zwischen die Heere von Fingon und Maedhros und drängte sie auseinander.

Doch weder Wolf noch Balrog noch Drache hätten Morgoth zum Ziele geführt, ohne den Verrat der Menschen. In dieser Stunde wurden die Ränke Ulfangs offenbar. Viele von den Ostlingen machten kehrt und flohen, die Herzen voller Furcht und Lügen; die Söhne Ulfangs aber gingen plötzlich zu Morgoth über und griffen die Nachhut von Feanors Söhnen im Rücken an; und in der Verwirrung, die sie so stifteten, drangen sie fast bis zu Maedhros' Standarte vor. Den Lohn, den Morgoth ihnen verheißen, ernteten sie nicht, denn Maglor erschlug Uldor den Verfluchten, den Anführer des Verrats, und die Söhne Bórs erschlugen Ulfast und Ulwarth, ehe sie selber fielen. Doch neue Scharen der üblen Menschen rückten nach, die Uldor herbeigerufen und in den Hügeln im Osten versteckt gehalten hatte; und so wurde Maedhros' Heer nun von drei Seiten angegriffen, und es löste sich auf und wurde versprengt und floh in alle Richtungen. Doch verschonte das Schicksal Feanors Söhne, von denen zwar jeder Wunden empfing, aber keiner getötet wurde, denn sie drängten sich zusammen, scharten einen Rest der Noldor und der Naugrim um sich und hieben sich ins Freie durch und entkamen zum fernen Berg Dolmed im Osten.

Bis zuletzt hielten von dem Heer aus dem Osten die Zwerge von Belegost stand, und so gewannen sie Ruhm. Denn die Naugrim traten mutiger als Elben oder Menschen dem Feuer entgegen. Ihr Brauch war es, in der Schlacht große Masken zu tragen, die gräßlich anzusehen waren, ihnen aber gut zustatten kamen gegen die Drachen. Wären sie nicht gewesen, so hätten Glaurung und seine Brut alles verbrannt, was von den Noldor noch übrig war. Die Naugrim nämlich schlossen einen Kreis um ihn, als er sie angriff, und dann prüften ihre schweren Äxte seinen Panzer; und als Glaurung in seiner Wut sich umwandte und Azaghâl niedermachte, den Fürsten von Belegost, sich auf ihn wälzend, da stieß ihm dieser mit letzter Kraft von unten ein Messer in den Bauch und brachte ihm eine solche Wunde bei, daß er vom Schlachtfeld floh und alle Untiere von Angband, eingeschüchtert, ihm folgten. Dann hoben die Zwerge Azaghâls Leichnam auf und trugen ihn fort; und langsam schritten sie hinter ihm drein, aus tiefen Kehlen ein Klagelied anstimmend und der Feinde nicht weiter achtend, wie bei einer Begräbnisfeier in ihrem Lande; und niemand wagte sie aufzuhalten.

Auf dem westlichen Schlachtfeld aber wurden Fingon und Turgon nun von einer Flut von Feinden angefallen, die dreimal stärker war als alles, was von ihren Heeren noch übrigblieb. Gothmog war gekommen, Fürst der Balrogs und Feldherr von Angband; und er trieb einen dunklen Keil zwischen die Elbenheere, König Fingon umzingelnd, Turgon und Húrin aber seitwärts ins Fenn von Serech abdrängend. Und dann wandte er sich Fingon zu. Heiß war das Treffen. Zuletzt stand Fingon allein zwischen seinen gefallenen Leibwächtern und focht mit Gothmog, bis ein anderer Balrog von hinten eine Feuerschlinge um ihn warf. Da schlug Gothmog mit seiner schwarzen Axt zu, und eine weiße Flamme sprühte aus Fingons gespaltenem Helm. So fiel der Hohe König der Noldor; und sie hieben ihn in den Staub mit ihren Keulen, und sein blausilbernes Banner stampften sie in die Lachen von seinem Blut.

Die Schlacht war verloren, aber noch hielten Húrin und Huor und die Reste von Hadors Volk mit Turgon von Gondolin stand, und die Heere Morgoths vermochten den Paß des Sirion nicht zu nehmen. Da sprach Húrin zu Turgon und sagte: »Geh jetzt, Herr, solange noch Zeit ist! Denn in dir lebt die letzte Hoffnung der Eldar, und solange Gondolin steht, wird Morgoths Herz die Furcht nicht verlernen.«

Turgon aber antwortete: »Nicht lange kann Gondolin verborgen bleiben; und ist es einmal entdeckt, so muß es fallen.«

Da sprach Huor und sagte: »Doch wenn es nur noch eine kurze Weile steht, dann wird aus deinem Hause die Hoffnung der Elben und der Menschen kommen. Dies sag' ich dir, Herr, mit dem Weitblick des Todes: Auch wenn wir hier für immer scheiden und ich deine weißen Mauern nicht mehr sehen werde, so soll doch aus dir und aus mir ein neuer Stern kommen. Lebwohl!«

Und Maeglin, Turgons Schwestersohn, der dabeistand, vernahm diese Worte und vergaß sie nicht; aber er sagte nichts.

Da folgte Turgon dem Rate Húrins und Huors, und alles sammelnd, was sich von Gondolins Heer und von Fingons Leuten noch sammeln ließ, zog er sich zum Sirion-Paß hin zurück, während seine Hauptleute Ecthelion und Glorfindel die Flanken zur Rechten und Linken sicherten, damit kein Feind sie überholen könne. Für die Rückendeckung aber sorgten die Menschen von Dor-lómin, wie Húrin und Huor es wollten; denn sie wünschten von Herzen, die Nordlande nicht zu verlassen, und wenn sie sich nicht nach Hause durchschlagen konnten, so wollten sie hier bleiben bis zum Ende. So wurde Uldors Verrat gutgemacht; und von allen Kriegstaten, welche die Väter der Menschen für die Eldar vollbrachten, ist das letzte Gefecht der Männer von Dor-lómin die ruhmreichste.

So geschah es, daß Turgon sich nach Süden durchkämpfte, bis er, hinter Húrins und Huors Deckung gelangt, den Sirion abwärts entkam; und er verschwand in den Bergen und war den Blicken Morgoths verborgen. Die Brüder aber scharten die restlichen Menschen aus dem Volk Hadors um sich und wichen Fuß um Fuß zurück, bis sie hinter dem Fenn von Serech waren und den Bach Rivil vor sich hatten. Dort standen sie und wichen nicht mehr.

Alle Heere Angbands liefen nun gegen sie zusammen; sie überbrückten den Bach mit ihren Toten und schlossen sich um das letzte Häuflein aus Hithlum wie die steigende Flut um einen Felsen. Dort, am sechsten Tage, als die Sonne im Westen sank und der Schatten der Ered Wethrin dunkler wurde, fiel Huor, von einem Giftpfeil ins Auge getroffen, und um ihn her lagen all die tapferen Männer Hadors erschlagen auf einem Haufen; und die Orks schlugen ihnen die Köpfe ab und türmten sie übereinander, wie zu einem goldenen Hügel im Sonnenuntergang.

Als letzter von allen stand Húrin allein. Da warf er den Schild fort und schwang die Axt beidhändig; und im Liede heißt es, die Axt habe im schwarzen Blute von Gothmogs Trollgarde so sehr gequalmt, daß sie schließlich verbrannt sei, und bei jedem Schlag rief Húrin: »*Aure entuluva!* Es soll wieder Tag werden!« Siebzigmal stieß er diesen Ruf aus, doch zuletzt, auf Morgoths Geheiß, ergriffen sie ihn lebendig, denn die Orks packten ihn mit ihren Händen, die sich auch dann noch festklammerten, wenn er die Arme abgehauen hatte, und sie kamen in immer neuen Scharen, bis er zuletzt lebendig unter ihnen begraben lag. Dann fesselte ihn Gothmog und schleppte ihn unter Verhöhnungen nach Angband.

So endete die Nirnaeth Arnoediad, als die Sonne jenseits des Meeres unterging. Nacht wurde es in Hithlum, und ein großer Sturmwind kam aus Westen.

Groß war Morgoths Triumph, und ganz so, wie es ihm behagte, hatte er sein Ziel erreicht, denn Menschen hatten Menschen das Leben geraubt und die Eldar verraten, und Furcht und Haß waren zwischen jenen erweckt worden, die gegen ihn hätten einig sein sollen. Von jenem Tage an waren die Elben den Menschen von Herzen fremd geworden, ausgenommen allein jene aus den Drei Häusern der Edain.

Fingons Reich war nicht mehr, und Feanors Söhne trieben wie Blätter vor dem Winde. Ihre Heere waren versprengt, ihr Bündnis zerbrochen, und sie nahmen ein wildes Leben in den Wäldern zu Füßen der Ered Lindon auf und vermischten sich mit den Grün-Elben von Ossiriand, ihrer alten Macht und Herrlichkeit beraubt. In Brethil lebten noch einige wenige von den Haladin im Schutze ihres Waldes, und Handir, Haldirs Sohn, war ihr Oberhaupt; nach Hithlum aber kam nie einer von Fingons Heer zurück, noch einer der Menschen aus dem Volk Hadors, noch irgendeine Nachricht vom Ausgang der Schlacht und dem Schicksal der Fürsten. Doch Morgoth schickte die Ostlinge dorthin, die ihm gedient hatten, ihnen die reichen Lande von Beleriand verweigernd, die sie begehrten; und er schloß sie in Hithlum ein und verbot ihnen, es zu verlassen. Und dies gewährte er ihnen als Belohnung für ihren Verrat an Maedhros: Sie durften die alten Leute, die Frauen und Kinder von Hadors Volk schinden und plündern. Die Reste der Eldar von Hithlum wurden in die Bergwerke des Nordens geschleppt, wo sie als Sklaven arbeiteten, bis auf einige, die sich retten konnten und in die Wildnisse und Gebirge entkamen.

Die Orks und die Wölfe zogen unbehindert im ganzen Norden umher und drangen immer weiter südlich nach Beleriand vor; sie kamen sogar bis nach Nan-tathren, ins Land der Weidenbäume, und bis zu den Grenzen von Ossiriand, und niemand in Feld und Flur war vor ihnen sicher. Doriath jedoch blieb bestehen, und die Hallen von Nargothrond waren verborgen; doch um sie kümmerte Morgoth sich nicht, entweder weil er wenig von ihnen wußte oder weil nach den geheimen Plänen seiner Tücke ihre Stunde noch nicht gekommen war. Viele flohen nun zu den Häfen und suchten Schutz hinter Círdans Mauern; und die Seefahrer segelten an der Küste auf und ab und überraschten die Feinde mit schnellen Landungen. Im Jahr darauf aber schickte Morgoth über Hithlum und Nevrast eine große Streitmacht, welche die Flüsse Brithon und Nenning herabkam und die ganzen Falas verwüstete; und Brithombar und Eglarest wurden hinter ihren Mauern belagert. Schmiede und Stollengräber und Feuerwerfer brachten die Feinde mit, und große Maschinen stellten sie auf und brachen die Mauern, so tapfer auch die Verteidiger widerstanden. Dann wurden die Häfen in Trümmer gelegt und der Turm von Barad Nimras geschleift, und die meisten von Círdans Volk wurden getötet oder versklavt. Manche aber flohen zu Schiff, unter ihnen Ereinion Gil-galad, Fingons Sohn, den sein Vater nach der Dagor Bragollach zu den Häfen geschickt hatte. Diese Überlebenden fuhren mit Círdan nach Süden zur Insel Balar, und dort schufen sie eine Zuflucht für alle, die sich dorthin retten konnten; sie unterhielten nämlich auch an den Mündungen des Sirion einen Posten, und viele leichte und schnelle Schiffe lagen in den Buchten und Wasserläufen versteckt, wo die Riedfelder dicht wie ein Wald waren.

Und als Turgon davon erfuhr, sandte er erneut Boten an die Sirionmündungen und erbat die Hilfe Círdans des Schiffbauers. Auf Turgons Wunsch baute Círdan sieben schnelle Schiffe, und sie fuhren hinaus in den Westen; doch keine Nachricht von ihnen kam je wieder nach Balar, nur von einem, dem letzten. Die Seeleute auf diesem Schiff kämpften lange mit der See, und als sie zuletzt verzweifelt umkehrten, gingen sie in einem großen Sturm in Sichtweite der Küsten von Mittelerde unter; und einen von ihnen rettete Ulmo vor dem Zorn Osses, und die Wellen trugen ihn und warfen ihn in Nevrast an den Strand. Sein Name war Voronwe, und er war einer der Boten, die Turgon aus Gondolin entsandt hatte.

Morgoths Gedanken nun verweilten stets bei Turgon; denn Turgon war ihm entkommen, von all seinen Feinden der eine, den er am sehnlichsten zu fangen oder zu vernichten wünschte. Und der Gedanke beunruhigte ihn und verdarb ihm die Siegesfreude, denn Turgon aus dem mächtigen Hause Fingolfin war nun rechtens der König aller Noldor; und Morgoth fürchtete und haßte Fingolfins Haus, wegen der Freundschaft seines Feindes Ulmo, deren es sich erfreute, und wegen der Wunden, die Fingolfins Schwert ihm geschlagen hatte. Und am meisten unter allen dieses Hauses fürchtete Morgoth Turgon, denn schon einst in Valinor war der ihm ins Auge gestochen, und wann immer er nahe kam, war ein Schatten auf seine Seele gefallen, eine Vorahnung, daß zu einer noch im Dunkel verborgenen Zeit von Turgon sein Verderben kommen werde.

Daher wurde nun Húrin Morgoth vorgeführt, denn Morgoth wußte, daß er mit dem König von Gondolin freund war; doch Húrin begegnete ihm mit Verachtung und Spott. Da verfluchte Morgoth Húrin und Morwen und ihre Nachkommen und legte einen Spruch von Leid und Dunkel auf sie; und Húrin aus dem Gefängnis herausführend, setzte er ihn auf einen steinernen Stuhl auf einem hohen Gipfel von Thangorodrim. Dort wurde er mit Morgoths Kraft festgebunden, und Morgoth stand neben ihm und verfluchte ihn abermals. Und er sagte: »Hier magst du sitzen und hinaussehen auf die Lande, wo Unheil und Verzweiflung über jene kommen, welche du liebest. Gewagt hast du, meiner zu spotten und Widerrede zu führen gegen Melkor, den Meister aller Geschicke von Arda. So sieh denn mit meinen Augen und höre mit meinen Ohren; und nimmer sollst du von hinnen gehen, ehe nicht alles erfüllt ist, bis zum bittern Ende.«

Und genauso geschah es; doch wird nicht berichtet, daß Húrin von Morgoth je Gnade oder Tod erbeten hätte, weder für sich noch für einen seines Geschlechts.

Auf Morgoths Geheiß suchten die Orks unter großen Mühen die Leichen aller zusammen, die in der großen Schlacht gefallen waren, sowie alle ihre Rüstungen und Waffen; und sie warfen alles auf einen großen Haufen inmitten von Anfauglith, und er war wie ein Berg, und man konnte ihn von weit her sehen. Haudh-en-Ndengin nannten ihn die Elben, den Hügel der Erschlagenen und Haudh-en-Nirnaeth, den Hügel der Tränen. Doch auf diesem Hügel wuchs wieder Gras, hoch und grün, das einzige Gras in dieser ganzen Wüste, die Morgoth geschaffen hatte; und keine von Morgoths Kreaturen betrat hinfort mehr die Erde, unter welcher die Schwerter der Eldar und der Edain zu Rost zerfielen.

XXI
Von Túrin Turambar

Rían, Belegunds Tochter, war die Gattin von Huor, Galdors Sohn; und sie wurde mit ihm vermählt, zwei Monate bevor er mit seinem Bruder Húrin in die Schlacht der Nirnaeth Arnoediad zog. Als keine Nachricht kam von ihrem Gatten, floh sie in die Wildnis; dort halfen ihr die Grau-Elben von Mithrim, und als ihr Sohn Tuor geboren wurde, pflegten sie ihn. Dann schied Rían aus Hithlum, ging zum Haudh-en-Ndengin und legte sich darauf nieder und starb.

Morwen, Baragunds Tochter, war die Gattin Húrins, des Herrn von Dor-lómin; und ihr Sohn war Túrin, der im gleichen Jahr geboren wurde, als Beren Ercharmion im Walde von Neldoreth Lúthien begegnete. Sie hatten auch eine Tochter mit Namen Lalaith, was Lachen bedeutet, und sie wurde geliebt von Túrin, ihrem Bruder; doch als sie drei Jahre alt war, trug ein verfluchter Wind von Angband eine Seuche nach Hithlum, und sie starb.

Nach der Nirnaeth Arnoediad weilte Morwen noch in Dor-lómin, denn Túrin war erst acht Jahre alt, und sie trug von neuem ein Kind. Es waren schlimme Tage, denn die Ostlinge, die nach Hithlum kamen, taten denen, die von Hadors Volk noch da waren, Schimpf an, unterjochten sie, nahmen ihnen Land und Gut und versklavten ihre Kinder. Doch so groß war die Schönheit und Würde der Dame von Dor-lómin, daß die Ostlinge eingeschüchtert wurden und nicht wagten, Hand an sie oder die ihren zu legen; und sie tuschelten, daß sie gefährlich, eine zauberkundige Hexe und mit den Elben im Bunde sei. Doch war sie nun arm und hatte keine Hilfe, bis auf die heimliche Unterstützung einer Verwandten Húrins mit Namen Aerin, die Brodda, ein Ostling, zum Weibe genommen hatte; und Morwen war in großer Sorge, daß man ihr Túrin wegnähme und ihn versklavte. Daher kam es ihr in den Sinn, ihn insgeheim fortzuschicken und König Thingol zu bitten, daß er ihn beherberge, denn Beren, Barahirs Sohn, war ein Verwandter ihres Vaters, und überdies war er ein

Freund Húrins gewesen, ehe das Unheil hereinbrach. Im Herbst des jammervollen Jahres schickte sie also Túrin mit zwei alten Dienern über die Berge fort und hieß sie, wenn sie es vermöchten, Zutritt zum Königreich Doriath zu finden. So wurde das Schicksal Túrins gewoben, das vollständig in jenem Liede erzählt wird, welches *Narn i Hîn Húrin* heißt, die Geschichte von den Kindern Húrins, und das längste aller Lieder ist, die von jenen Tagen sprechen. Hier wird diese Geschichte in Kürze erzählt, denn sie ist mit dem Geschick der Silmaril und der Elben verflochten; und sie wird auch die Geschichte des Schmerzes genannt, denn sie ist voller Leid, und in ihr wird am meisten von den verfluchten Werken Morgoth Bauglirs offenbar.

Zu Anfang des Jahres gebar Morwen ihr Kind, Húrins Tochter, und sie nannte sie Nienor, was Trauer bedeutet. Túrin und seine Gefährten aber kamen unter großen Gefahren zuletzt an die Grenzen von Doriath, und dort fand sie Beleg Langbogen, der Hauptmann von Thingols Grenzwächtern, und führte sie nach Menegroth. Nun wurde Túrin von Thingol empfangen, der ihn in sein eigenes Haus nahm, zu Ehren Húrins des Standhaften; denn gegen die Häuser der Elbenfreunde hatte Thingols Sinn sich gewandelt. Darauf wurden Boten nach Hithlum entsandt, die Morwen aufforderten, Dor-lómin zu verlassen und mit ihnen nach Doriath zu kommen; doch mochte sie das Haus noch nicht verlassen, wo sie mit Húrin gewohnt. Und als die Elben von ihr schieden, gab sie ihnen den Drachenhelm von Dor-lómin mit auf den Weg, das teuerste Erbstück von Hadors Haus.

Túrin wurde stark und schön in Doriath, doch war er vom Unglück gezeichnet. Neun Jahre blieb er in Thingols Hallen, und während dieser Zeit wurde sein Leid geringer, denn zuweilen gingen Boten nach Hithlum, und wenn sie zurückkehrten, brachten sie gute Nachricht von Morwen und Nienor. Doch es kam ein Tag, da kehrten die Boten aus dem Norden nicht mehr zurück, und Thingol wollte keine weiteren mehr aussenden. Da war Túrin voller Angst um Mutter und Schwester, und düsteren Herzens trat er vor Thingol und bat um Rüstung und Schwert; und er setzte den Drachenhelm von Dorlómin auf und zog in die Kämpfe an den Grenzen von Doriath und wurde Waffengefährte von Beleg Cúthalion.

Und nachdem drei Jahre vergangen waren, kehrte Túrin wieder nach Menegroth zurück, da er aber aus der Wildnis kam, war er verlaust, und seine Rüstung und Kleider waren verschlissen. Nun gab es in Doriath einen aus dem Volk der Nandor, Saeros mit Namen, ein hoher Rat des Königs, der schon lange Túrin die Ehre mißgönnte, die er als Thingols Pflegesohn genoß; und er saß ihm an der Tafel gegenüber und verspottete ihn, indem er sagte: »Wenn die Männer von Hithlum so wüst und grimmig sind, welcher Art sind da die Frauen in jenem Land? Laufen sie umher wie das Wild, nur in ihr Haar gekleidet?« Da griff Túrin in großem Zorn nach einem Trinkgefäß und warf es nach Saeros, und der wurde übel verletzt.

Am nächsten Tag vertrat Saeros Túrin den Weg, als er von Menegroth wieder zu den Grenzen aufbrechen wollte; doch Túrin überwand ihn und jagte ihn nackt vor sich her durch die Wälder wie ein gehetztes Wild. Da stürzte Saeros, entsetzt vor ihm fliehend, in die Schlucht eines Flusses, und sein Leib zerschellte an einem großen Felsen im Wasser. Andere kamen hinzu, die gesehen hatten, was geschehen war, unter ihnen Mablung, und der gebot Túrin, mit ihm nach Menegroth zu gehen und sich dem Urteil des Königs zu stellen und seine Gnade zu erflehen. Túrin aber, sich nun als einen Gesetzlosen achtend und Gefangenschaft fürchtend, leistete Mablung nicht Folge und machte sich rasch davon; und Melians Gürtel durchschreitend kam er in die Wälder westlich des Sirion. Dort schloß er sich einer Bande so unbehauster und verwegener Männer an, wie man sie in jenen schlimmen Tagen in der Wildnis nur finden mochte; und sie erhoben die Hand gegen jeden, der ihres Weges kam, ob Elb, Mensch oder Ork.

Als aber alles, was vorgefallen, vor Thingol gebracht und erforscht worden war, da wurde Túrin vom König verziehen, weil ihm Unbill geschehen war. Zur selben Zeit kehrte Beleg Langbogen von den Nordgrenzen heim nach Menegroth und fragte nach Túrin; und Thingol sprach zu Beleg und sagte: »Traurig bin ich, Cúthalion, denn an Sohnes Statt nahm ich Húrins Sohn, und das soll er bleiben, wenn nicht Húrin selbst aus den Schatten heimkehrt, um zu fordern, was sein ist. Keiner soll sagen, in die Wildnis sei Túrin ungerecht vertrieben worden, und mit Freuden nähme ich ihn wieder auf, denn ich liebte ihn wohl.«

Und Beleg antwortete: »Ich werde Túrin suchen, bis ich ihn finde, und ihn nach Menegroth zurückbringen, wenn ich es vermag, denn ich liebe ihn gleichfalls.«

Dann schied Beleg aus Menegroth, und weit und breit in Beleriand forschte er unter vielen Gefahren vergebens nach Túrin.

Túrin aber blieb lange unter den Banditen und wurde ihr Hauptmann; und er nannte sich Neithan, der Gekränkte. Wohlverborgen hausten sie in dem Waldland südlich des Teiglin; doch als seit Túrins Flucht aus Doriath ein Jahr vergangen war, stieß Beleg eines Nachts auf ihr Lager. Es traf sich, daß Túrin zur selben Zeit fort war, und die Banditen ergriffen Beleg, fesselten und quälten ihn, denn sie fürchteten ihn als einen Späher des Königs von Doriath. Als aber Túrin zurückkam und sah, was geschehen war, regte sich ihm das Gewissen wegen all ihrer bösen und gesetzlosen Taten; er ließ Beleg frei, und sie erneuerten ihre Freundschaft, und Túrin schwor, niemanden mehr mit Krieg und Raub zu überziehen, bis auf die Diener von Angband.

Nun berichtete Beleg Túrin, daß König Thingol ihm verziehen habe, und mit allen Mitteln wollte er ihn überreden, daß er mit ihm nach Doriath heimkehre; an den Nordgrenzen des Reiches, so sagte er, seien Túrins Kraft und Kühnheit sehr willkommen. »Seit kurzem haben die Orks einen Weg von Taur-nu-Fuin herab gefunden«, sagte er; »sie haben eine Straße durch den Paß von Anach gelegt.«

»Ich kann mich nicht erinnern«, sagte Túrin.

»So weit sind wir nie von unsern Grenzen abgewichen«, sagte Beleg. »Doch hast du die Gipfel der Crissaegrim in der Ferne gesehen und nach Osten zu die dunklen Wände des Gorgoroth. Dazwischen liegt der Anach, über den hohen Quellen des Mindeb, ein mühseliger und gefahrvoller Weg, doch steigen viele jetzt dort herab, und Dimbar, einst ein friedliches Land, fällt unter die Schwarze Hand, und die Menschen von Brethil sind in Sorge. Dort braucht man uns.«

Doch in dem Stolz seines Herzens weigerte sich Túrin, die Verzeihung des Königs anzunehmen, und Belegs Worte fruchteten nichts und vermochten nicht seinen Sinn zu ändern. Und seinerseits drängte er nun Beleg, mit ihm in den Landen westlich des Sirion zu bleiben; das aber mochte Beleg nicht, und er sagte: »Hartnäckig bist du, Túrin, und störrisch. Ich muß also wählen. Wenn du den Langbogen neben dir wissen willst, so such' mich in Dimbar, denn dorthin will ich zurückkehren.«

Am nächsten Tag brach Beleg auf, und Túrin ging einen Bogenschuß weit vom Lager mit ihm, doch sagte er nichts. »Ist dies nun der Abschied, Sohn Húrins?« sagte Beleg. Da sah Túrin nach Westen und erblickte in der Ferne den hohen Gipfel des Amon Rûdh; und ohne zu wissen, was vor ihm lag, gab er zur Antwort: »Such' mich in Dimbar, hast du gesagt. Doch ich sage, such' mich auf dem Amon Rûdh! Wenn anders, dann ist dies unser letzter Abschied.« So trennten sie sich, traurig, doch in Freundschaft.

Beleg kehrte nun zu den Tausend Grotten zurück, und als er vor Thingol und Melian erschien, erzählte er ihnen alles, was geschehen war, nur nicht, wie übel ihn Túrins Gefährten behandelt hatten. Da seufzte Thingol und sagte: »Was könnte Túrin noch mehr von mir verlangen?«

»Gib mir Urlaub, Herr«, sagte Beleg, »und ich werde ihn behüten und lenken, so gut ich es vermag; dann soll kein Mensch sagen können, daß Elben allzu leicht ihr Wort gäben. Auch möchte ich ein so hohes Gut nicht in der Wildnis vergeudet sehen.«

Da gab Thingol ihm Urlaub, zu tun, wie ihm beliebte, und er sagte: »Beleg Cúthalion! Durch viele Taten schon hast du meinen

Dank verdient, doch nicht die geringste ist es, daß du meinen Pflegesohn gefunden. Bevor du jetzt scheidest, erbitte eine Gabe, und ich werde sie dir nicht abschlagen!«

»Dann bitte ich um ein Schwert von Rang«, sagte Beleg; »denn für den Bogen allein kommen die Orks nun zu zahlreich und zu nahe, und meine Klinge ist ihren Panzern nicht gewachsen.«

»So wähle eines unter allen, die ich besitze«, sagte Thingol, »nur nicht Aranrúth, mein eignes.«

Dann wählte Beleg Anglachel; und dies war ein Schwert von hohem Rang und trug seinen Namen, weil es aus Eisen geschmiedet war, das als glühender Stern vom Himmel gefallen war; und es spaltete alles Eisen, das aus der Erde kam. Nur noch ein anderes Schwert in Mittelerde war ihm gleich, und das kommt in dieser Geschichte nicht vor, obwohl es von demselben Schmied und aus demselben Erz gefertigt wurde; und dieser Schmied war Eol, der Dunkel-Elb, der Aredhel, Turgons Schwester, zum Weib genommen hatte. Anglachel hatte er widerwillig Thingol als Steuer überlassen, für das Recht, in Nan Elmoth zu wohnen; das Schwesterschwert Anguirel aber behielt er, bis es ihm von Maeglin, seinem Sohne, gestohlen wurde.

Doch als Thingol das Heft von Anglachel Beleg hinstreckte, blickte Melian auf die Klinge und sagte: »Tücke ist in diesem Schwert. Das dunkle Herz seines Schmiedes wohnt noch darinnen. Es wird die Hand nicht lieben, der es dient; noch wird es lange bei dir bleiben.«

»Dennoch will ich es gebrauchen, solange ich kann«, sagte Beleg.

»Eine andere Gabe will ich dir geben, Cúthalion«, sagte Melian, »welche dir in der Wildnis zustatten kommen soll, und auch denen, die du erwählst.« Und sie gab ihm einen Vorrat von *Lembas,* der Wegzehrung der Elben, in silberne Blätter gehüllt, und die Fäden, die sie zusammenhielten, trugen an den Knoten das Siegel der Königin, ein Stück weißes Wachs in Form einer Blüte Telperions; denn nach den Bräuchen der Eldalië waren Verwahrung und Verteilung der *Lembas* allein Sache der Königin. Durch nichts erwies Melian Túrin höhere Gunst als mit dieser Gabe, denn noch nie hatten die Eldar Menschen den Genuß dieser Wegzehrung gestattet, und auch später geschah es selten.

Dann schied Beleg mit diesen Gaben aus Menegroth, und er ging wieder an die Nordgrenzen, wo er seine Lager und viele Freunde hatte. Nun wurden die Orks aus Dimbar zurückgetrieben, und Anglachel frohlockte, daß es aus der Scheide kam; doch als es Winter wurde und der Krieg sich beruhigte, da wurde Beleg plötzlich von seinen Gefährten vermißt, und er kehrte nicht mehr zu ihnen zurück.

Als nun Beleg sich von den Banditen getrennt hatte und nach Doriath zurückgekehrt war, da führte Túrin sie nach Westen aus dem Tal des Sirion heraus, denn des ruhelosen Lebens, immer auf der Hut vor Verfolgung, waren sie müde, und sie suchten nach einem besser geschützten Lager. Und eines Abends geschah es, daß sie auf drei Zwerge trafen, die vor ihnen flohen; doch einen, der hinter den anderen zurückblieb, ergriffen sie und warfen ihn zu Boden, und einer aus der Bande nahm seinen Bogen und ließ den beiden andren, während sie in der Dämmerung verschwanden, einen Pfeil nachfliegen. Der Zwerg nun, den sie gefangen hatten, heiß Mîm; und er bat Túrin um sein Leben und bot als Lösegeld an, sie zu seinen versteckten Hallen zu führen, die niemand ohne seine Hilfe zu finden vermochte. Da erbarmte sich Túrin und verschonte Mîm und sagte: »Wo ist dein Haus?«

Da antwortete Mîm: »Hoch über den Landen liegt es, auf dem großen Berg Amon Rûdh, wie er jetzt heißt, seit die Elben alle Namen geändert haben.«

Da war Túrin still und sah den Zwerg lange an und sagte zuletzt: »Zu dem Ort sollst du uns bringen.«

Am nächsten Tage machten sie sich auf und folgten Mîm zum Amon Rûdh. Dieser Berg nun stand am Rande des Heidelands, das sich zwischen den Flußtälern von Sirion und Narog erhob, und hoch über die steinige Ebene reckte er seinen Gipfel. Die steile Kuppe aber war kahl bis auf das rote *Seregon,* welches den Fels bedeckte. Und als die Männer von Túrins Bande näher kamen, brach die Sonne von Westen her durch die Wolken und schien auf den Gipfel; und das *Seregon* stand in voller Blüte. Da sagte einer von ihnen: »Es ist Blut auf dem Gipfel.«

Mîm aber geleitete sie auf geheimen Pfaden die steilen Hänge des Amon Rûdh hinauf; und am Eingang zu seiner Höhle verneigte er sich vor Túrin und sagte: »Tritt ein in das Bar-en-Danwedh, das Haus der Auslöse, denn so soll es heißen.«

Und nun kam ein zweiter Zwerg mit einem Licht, ihn zu begrüßen; und sie sprachen miteinander und traten schnell ins Dunkel der Höhle; Túrin aber folgte ihnen und kam zuletzt in eine Kammer tief im Innern, trüb erhellt von Lampen, die an Ketten hingen. Dort fand er Mîm, wie er neben einem steinernen Bett an der Wand kniete, sich den Bart raufte und wehklagte, immerfort einen Namen rufend; und auf dem Bett lag ein dritter Zwerg. Túrin, der eingetreten war, stand neben Mîm und bot seine Hilfe an. Da blickte Mîm zu ihm auf und sagte: »Du kannst nicht helfen. Denn dies ist Khîm, mein Sohn, und er ist tot, von einem Pfeile durchbohrt. Er ist bei Sonnenuntergang gestorben. Mein Sohn Ibun hat es mir gesagt.«

Da erwachte Mitleid in Túrins Herzen, und er sagte zu Mîm: »Wehe! Könnte ich doch diesen Pfeil zurückrufen. Nun soll dieses Haus wahrlich Bar-en-Danwedh heißen; und wenn ich je zu Reichtum gelange, so will ich dir eine Auslösung in Gold zahlen für deinen Sohn, zum Zeichen des Schmerzes, auch wenn es dein Herz nicht mehr erfreuen kann.«

Da erhob sich Mîm und sah Túrin lange an. »Ich habe es vernommen«, sagte er. »Du sprichst wie ein Zwergenfürst von einst, und das verwundert mich. Nun ist mein Herz kühler, obgleich es nicht froh ist; und in diesem Hause magst du wohnen, denn ich werde meine Auslöse bezahlen.«

So begann Túrins Aufenthalt in dem versteckten Hause Mîms auf dem Amon Rûdh; und er ging über das Gras vor dem Eingang der Höhle und schaute nach Osten, Westen und Norden hinaus. Im Norden sah er den Wald von Brethil grün um den Amon Obel in seiner Mitte ansteigen, und dorthin wurden seine Augen wieder und wieder gezogen, er wußte nicht, warum; sein Herz nämlich war vielmehr nach Nordwesten gewandt, wo es ihm schien, daß er, viele Meilen entfernt, an den Rändern des Himmels das Schattengebirge erkennen könne, die Berge seiner Heimat. Abends jedoch sah Túrin nach Westen in die untergehende Sonne, wie sie rot in dem Dunst über den fernen Küsten versank, und das Tal des Narog lag tief in den Schatten dazwischen.

In der Zeit darauf sprach Túrin viel mit Mîm, und wenn er allein bei ihm saß, hörte er seine Wissenschaft und die Geschichte seines Lebens an. Denn Mîm stammte von Zwergen ab, die in alten Zeiten aus den großen Zwergenstädten des Ostens verbannt worden waren, und schon lange vor Morgoths Rückkehr waren sie westwärts nach Beleriand eingewandert; doch sie wurden kleiner an Wuchs und Schmiedekunst und führten ein Leben in Heimlichkeit, mit gebeugten Schultern und flüchtigen Schritten. Bevor die Zwerge von Nogrod und Belegost über die Berge nach Westen kamen, wußten die Elben von Beleriand nicht, wer diese andren seien, und sie machten Jagd auf sie und töteten sie. Später aber ließ man sie in Ruhe, und sie wurden in der Sindarinsprache die Noegyth Nibin, die Kleinzwerge, geheißen. Sie liebten niemanden als sich selbst, und wenn sie auch die Orks fürchteten und haßten, so haßten sie doch die Eldar nicht minder, und ganz besonders die Verbannten; denn die Noldor, so sagten sie, hätten ihnen Land und Heimat geraubt. Lange bevor König Felagund übers Meer gekommen war, hatten sie die Höhlen von Nargothrond entdeckt und mit den Grabungen begonnen; und unter den Gipfel des Amon Rûdh, des Kahlen Berges, hatten die langsamen Hände der Kleinzwerge in all den langen Jahren, die sie dort schon lebten, gegraben und die Höhlen vertieft, ungestört von den Grau-Elben der Wälder. Nun aber waren sie hingeschwunden, und in Mittelerde lebte niemand mehr von ihnen als Mîm und seine beiden Söhne; und Mîm war alt, selbst nach der Rechnung der Zwerge, alt und vergessen. Und in seinen Hallen ruhten die Schmiedehämmer, und die Äxte rosteten, und ihres Namens wurde nur noch in alten Geschichten aus Doriath und Nargothrond gedacht.

Doch als das Jahr auf Mittwinter zuging, kam der Schnee in schwereren Wolken von Norden herab, als sie es aus den Flußtälern kannten, und der Amon Rûdh war tief eingeschneit; und sie sagten, die Winter würden härter in Beleriand, je mehr Angbands Macht wachse. Da wagten nur die Verwegensten sich noch hinaus, und manche wurden krank, und alle peinigte sie der Hunger. Doch an einem trüben Winterabend, da erschien plötzlich ein Mann unter ihnen, wie es schien von großer Breite und Leibesfülle, in weißem Mantel und Kapuze; und er trat ohne ein Wort ans Feuer. Und als die Männer erschrocken aufsprangen, da lachte er und warf die Kapuze zurück, und unter seinem weiten Mantel trug er ein großes Bündel, und im Lichte des Feuers sah Túrin wieder Beleg Cúthalion ins Gesicht.

So kehrte Beleg noch einmal zu Túrin zurück, und froh war ihr Wiedersehen; und er brachte aus Dimbar den Drachenhelm von Dor-lómin mit, in der Hoffnung, er könne Túrins Sinn wieder auf andres lenken als auf das Leben in der Wildnis als Anführer einer Räuberbande. Aber noch immer mochte Túrin nicht nach Doriath zurück, und Beleg, der Liebe gegen die Klugheit gehorchend, blieb bei ihm und ging nicht fort, und in dieser Zeit tat er vieles zum Wohl von Túrins Häuflein. Die Verwundeten und Kranken pflegte er, und er gab ihnen von Melians *Lembas*; und sie wurden rasch geheilt, denn wenn auch die Grau-Elben an Kunst und Wissen niedriger standen als die Verbannten aus Valinor, so hatten sie in allen Dingen des Lebens von Mittelerde doch Kenntnisse, die über Menschenwissen hinausgingen. Und da Beleg stark und beharrlich war und weit blikken konnte mit Geist und Auge, so genoß er unter den Banditen bald

Ansehen; doch Mîms Haß gegen den Elben, der Bar-en-Danwedh betreten hatte, wurde immer größer, und er saß mit seinem Sohn Ibun im tiefsten Schatten seines Hauses und sprach mit keinem. Túrin aber kümmerte sich nun wenig um den Zwerg; und als der Winter vorbeiging und der Frühling kam, gab es härtere Arbeit zu tun.

Wer nun kennt die Ratschlüsse Morgoths? Wer vermag die Gedanken dessen zu ergründen, der einst Melkor gewesen, ein Mächtiger unter den Ainur des Großen Liedes, und der nun, ein dunkler König auf dunklem Thron, im Norden saß und in seiner Tücke all die Meldungen abwog, die zu ihm gelangten, und mehr von den Zwekken und Taten seiner Feinde erkannte, als selbst die Weisesten unter ihnen befürchteten, ausgenommen nur Melian, die Königin? Nach ihr griffen Morgoths Gedanken oft hinaus, doch da wurden sie abgewiesen.

Und nun rührte Angbands Macht sich wieder, und wie die langen Finger einer gierigen Hand erkundeten die Vortrupps seiner Heere die Wege nach Beleriand. Über den Anach kamen sie, und Dimbar wurde eingenommen und alles Land nördlich der Marken von Doriath. Die alte Straße kamen sie herunter, die durch den langen Engpaß des Sirion führte, an der Insel vorbei, wo Finrods Minas Tirith gestanden hatte, und weiter durch das Land zwischen Malduin und Sirion, am Rand von Brethil entlang zu den Teiglin-Stegen. Von dort führte die Straße in die Bewachte Ebene hinein, doch hier kamen die Orks noch nicht weiter, denn in der Wildnis wohnte nun ein verborgener Schrecken, und auf dem roten Berg waren wachsame Augen, vor denen man sie nicht gewarnt hatte. Denn Túrin setzte Hadors Helm wieder auf; und weit und breit in Beleriand, über Wälder und Flüsse und Gebirgspässe lief ein Flüstern um, der Helm und der Bogen, die in Dimbar gefallen, seien unverhofft wieder aufgestanden. Da faßten viele neuen Mut, die führerlos und entrechtet, doch unerschrocken waren, und sie kamen, um sich den Zwei Kapitänen anzuschließen. Dor-Cúarthol, das Land von Bogen und Helm, nannte man zu jener Zeit das ganze Gebiet zwischen dem Teiglin und der Westgrenze von Doriath; und Túrin gab sich einen neuen Namen und nannte sich Gorthol, der Schreckenshelm, und sein Sinn stand wieder hoch. In Menegroth und in den tiefen Hallen von Nargothrond und selbst im versteckten Reich von Gondolin hörte man die Taten der Zwei Kapitäne rühmen; und auch in Angband kannte man sie. Da lachte Morgoth, denn der Drachenhelm verriet ihm Húrins Sohn; und nicht lange, so war der Amon Rûdh von Spähern umringt.

Gegen Ende des Jahres gingen Mîm der Zwerg und sein Sohn Ibun aus Bar-en-Danwedh fort, um in der Wildnis Wurzeln für ihren Wintervorrat zu sammeln; und sie wurden von den Orks gefangengenommen. Zum zweiten Male versprach nun Mîm, seine Feinde über die geheimen Pfade zu einer Behausung auf dem Amon Rûdh zu führen; doch versuchte er noch, die Erfüllung des Versprechens hinauszuzögern, und er verlangte, Gorthol dürfe nicht getötet werden. Da lachte der Hauptmann der Orks und sagte zu Mîm: »Sei unbesorgt, Túrin, Húrins Sohn, soll nicht getötet werden.«

So wurde Bar-en-Danwedh verraten, und die Orks, geführt von Mîm, kamen überraschend bei Nacht. Viele von Túrins Leuten wurden im Schlaf erschlagen; manche aber flohen über eine Treppe im Innern und kamen auf der Bergspitze heraus, und dort kämpften sie, bis sie fielen und ihr Blut über das *Seregon* floß, welches den Felsen bedeckte. Über Túrin aber wurde, während er focht, ein Netz geworfen, und nachdem er überwältigt und gefangen war, schleppte man ihn fort.

Und zuletzt, als alles wieder still war, kroch Mîm aus den Schatten seines Hauses hervor, und als die Sonne sich über die Nebelfelder des Sirion erhob, stand er zwischen den Toten auf der Bergspitze. Doch erkannte er, daß nicht alle, die dort lagen, tot waren, denn einer erwiderte seinen Blick, und er sah in die Augen Belegs, des Elben. Voll alten Hasses trat Mîm an Beleg heran und zog das Schwert Anglachel hervor, das unter dem Leichnam eines der neben Beleg Gefallenen lag; doch Beleg kam wankend auf die Füße und riß das Schwert wieder an sich und stieß damit nach dem Zwerg, und Mîm floh erschrocken und klagend vom Gipfel. Und Beleg rief ihm nach: »Der Rache von Hadors Haus entgehst du nicht!«

Nun war Beleg schwer verwundet, doch ein Mächtiger war er unter den Elben von Mittelerde und überdies ein Meister der Heilkunst. So starb er nicht, und langsam kehrten seine Kräfte wieder. Vergebens suchte er unter den Toten nach Túrin, um ihn zu begraben. Doch fand er ihn nicht, und so wußte er, daß Húrins Sohn noch am Leben war und nach Angband geschleppt wurde.

Mit wenig Hoffnung machte Beleg vom Amon Rûdh sich auf nach Norden, zu den Teiglin-Stegen, auf der Fährte der Orks; und er überquerte die Brithiach und ging durch Dimbar, auf den Anach-Paß zu. Und nun war er nicht mehr weit hinter ihnen, denn er ging, ohne zu schlafen, während sie unterwegs Halt gemacht hatten, um im Lande zu jagen, keine Verfolgung mehr fürchtend, als sie in den Norden kamen. Nicht einmal in den entsetzlichen Wäldern von Taur-nu-Fuin verlor er die Spur, denn Beleg war findiger als je ein andrer in Mittelerde. Doch als er des Nachts durch dieses verfluchte Land zog, da traf er auf einen, der schlafend unter einem großen toten Baum lag; und Beleg blieb neben dem Schläfer stehen und sah, daß es ein Elb war. Dann sprach er ihn an, gab ihm *Lembas* und fragte ihn, welches Schicksal ihn an diesen furchtbaren Ort geführt habe; und der andere nannte sich Gwindor, Guilins Sohn.

Traurig sah Beleg ihn an, denn Gwindor war an Geist und Gestalt nur mehr ein gebeugter, ängstlicher Schatten jenes Edlen von Nargothrond, der einst in der Nirnaeth Arnoediad mit ungestümem Mut bis zu den Toren von Angband geritten war, wo man ihn gefangennahm. Denn um ihres Geschicks in der Schmiedekunst und im Schürfen der Erze und Edelsteine willen ließ Morgoth die gefangenen Noldor nur selten töten; und so war auch Gwindor nicht getötet, sondern zur Arbeit in die Bergwerke des Nordens gesteckt worden. Durch geheime Tunnel, die nur sie selbst kannten, gelang es den Elben manchmal, aus den Bergwerken zu fliehen; und so kam es, daß

Beleg nun Gwindor traf, erschöpft und verirrt in den Labyrinthen von Taur-nu-Fuin.

Und Gwindor sagte ihm, als er hier gelegen und zwischen den Bäumen hervorgespäht, da sei ein großer Haufen Orks nach Norden vorübergezogen, von Wölfen begleitet; und unter ihnen sei ein Mensch gewesen, dessen Hände zusammengekettet waren und den sie mit Peitschen antrieben. »Sehr groß war er«, sagte Gwindor, »groß wie die Menschen aus den nebligen Hügeln von Hithlum.« Da erzählte ihm Beleg, was er selbst in Taur-nu-Fuin suchte; und Gwindor riet ihm ab und sagte, nur die gleichen Qualen würde er leiden, die Túrin erwarteten. Beleg aber mochte Túrin nicht im Stich lassen, und, selber verzweifelt, weckte er in Gwindors Herzen wieder Hoffnung, und zusammen gingen sie weiter, den Orks nach, bis sie aus dem Wald an die Berghänge kamen, die sich zu den kahlen Sanddünen von Anfauglith hinunterzogen. Dort, in Sichtweite der Gipfel von Thangorodrim, schlugen die Orks in einer kahlen Schlucht ihr Lager auf, als das Tageslicht schwand, und nachdem sie ringsum Wölfe als Wachen aufgestellt hatten, machten sie sich ans Zechen. Ein großer Sturm aus Westen kam auf, und Blitze zuckten in der Ferne um die Schattenberge, als Beleg und Gwindor auf die Schlucht zukrochen.

Als alle im Lager schliefen, nahm Beleg seinen Bogen, und in der Dunkelheit erschoß er die Wolfswachen, eine nach der andern und ohne Geräusch. Dann drangen sie unter großer Gefahr ins Lager ein und fanden Túrin an Händen und Füßen gefesselt und an einen verdorrten Baum gebunden; rings um ihn her steckten Messer im Stamm, die man nach ihm geworfen hatte, und er schlief, besinnungslos vor Erschöpfung. Beleg und Gwindor aber schnitten ihn von dem Baum los, hoben ihn auf und trugen ihn aus der Schlucht heraus; doch schon ein kleines Stück weiter oberhalb, in einem Dikkicht von Dornbäumen, mußten sie ihn absetzen. Dort legten sie ihn nieder; und nun kam der Sturm ganz nahe. Beleg zog sein Schwert Anglachel und schnitt damit Túrins Fesseln durch; doch das Schicksal war an diesem Tage stärker, denn die Klinge glitt ab, als er die Kettenglieder durchschnitt und ritzte Túrins Fuß. Da erwachte Túrin plötzlich in Wut und Angst, und als er einen mit nackter Klinge über sich gebeugt sah, da sprang er mit einem lauten Schrei auf, im Glauben, die Orks seien wieder da, um ihn zu quälen; und als er so im Dunkel mit ihm rang, packte er Anglachel und erschlug Beleg Cúthalion, ihn für einen Feind haltend.

Doch als er aufstand und sich frei sah, bereit, seine Haut teuer an die eingebildeten Feinde zu verkaufen, da leuchtete ein heller Blitz über ihnen auf, und in seinem Lichtschein sah er Beleg ins Gesicht. Da stand Túrin still und stumm wie ein Stein und starrte entsetzt den Toten an, begreifend, was er getan; und so furchtbar war sein Gesicht im Schein der Blitze, die um sie her zuckten, daß Gwindor sich zu Boden kauerte und die Augen nicht zu erheben wagte.

Doch unten in der Schlucht waren die Orks nun wach, und das ganze Lager war in Aufruhr, denn sie fürchteten sich vor dem Donner, der aus Westen kam, und glaubten, ihre großen Feinde jenseits des Meeres hätten ihn gegen sie ausgesandt. Dann erhob sich ein Wind, und ein mächtiger Regen fiel nieder, und von den Höhen Taur-nu-Fuins kamen Sturzbäche herunter; und als Gwindor Túrin anrief, ihn warnend vor ihrer gefährlichen Lage, da gab er keine Antwort, sondern blieb bewegungslos und ohne Tränen in dem Unwetter sitzen, neben dem Leichnam Beleg Cúthalions.

Als der Morgen kam, war der Sturm nach Osten über Lothlann abgezogen, und heiß und hell stieg die Herbstsonne empor; doch in dem Glauben, Túrin sei längst auf und davon und der Regen habe alle Spuren seiner Flucht verwischt, brachen die Orks in Eile auf, ohne ihn weiter zu suchen, und von weitem sah Gwindor sie über die dampfenden Sande von Anfauglith marschieren. So geschah es, daß sie mit leeren Händen zu Morgoth zurückkehrten und Húrins Sohn stumpf und von Sinnen an den Hängen von Taur-nu-Fuin zurückließen, mit einer Bürde, schwerer als ihre Ketten.

Dann brachte Gwindor Túrin wieder zu sich, damit er ihm helfe,

Beleg zu begraben, und er stand auf, wie ein Schlafwandler; und zusammen gruben sie Beleg ein flaches Grab, und an die Seite legten sie ihm Belthronding, seinen großen Bogen aus schwarzem Eibenholz. Das furchtbare Schwert Anglachel aber nahm Gwindor und sagte, besser solle es an den Dienern Morgoths Rache üben als nutzlos in der Erde liegen; und er nahm auch Melians *Lembas* mit, die sie in der Wildnis stärken sollten.

So starb Beleg Langbogen, der getreueste Freund und der Findigste unter allen, die in der Ältesten Zeit in den Wäldern von Beleriand lebten, von der Hand dessen, den er am meisten geliebt; und der Schmerz blieb in Túrins Antlitz eingegraben und verging nie. Doch neuen Mut und neue Kraft hatte der Elb von Nargothrond geschöpft, und er führte Túrin weit fort aus Taur-nu-Fuin. Kein einziges Wort sprach Túrin auf dem ganzen langen und gefahrvollen Weg, und er schritt dahin wie ohne Wunsch und Absicht, während das Jahr zur Neige ging und der Winter auf die Nordlande fiel. Doch immer war Gwindor an seiner Seite, um ihn zu behüten und zu leiten; und so zogen sie westwärts über den Sirion und kamen endlich nach Eithel Ivrin, an die Quellen unter dem Schattengebirge, aus denen der Narog entsprang. Dort sprach Gwindor zu Túrin und sagte: »Erwache nun, Túrin, Húrin Thalions Sohn! Lachen ohne Ende ist auf dem See von Ivrin. Aus nie versiegenden kristallenen Quellen wird er gespeist, und Ulmo, der Herr der Wasser, der ihn in alter Zeit zu solcher Schönheit erschaffen, bewahrt ihn vor allem Unreinen.« Da kniete Túrin nieder und trank von dem Wasser; doch plötzlich warf er sich hin, und nun endlich flossen ihm die Tränen, und er war vom Wahne geheilt.

Dort machte er ein Lied für Beleg und nannte es *Laer Cú Beleg,* das Lied vom Großen Bogen, und er sang es laut, der Gefahren nicht achtend. Und Gwindor legte ihm das Schwert Anglachel in die Hände, und Túrin wußte, daß es schwer und stark war und große Macht hatte, doch die Klinge war nun schwarz und taub und die Schneiden stumpf. Da sagte Gwindor: »Dies ist ein merkwürdiges Schwert, anders als alle, die ich in Mittelerde gesehen. Wie du trauert es um Beleg. Doch sei nun guten Mutes, denn ich kehre nach Nargothrond zurück, wo das Haus Finarfin herrscht, und du sollst mit mir kommen und geheilt und erfrischt werden.«

»Wer bist du?« sagte Túrin.

»Ein wandernder Elb, entflohener Sklave, dem Beleg begegnete und dem er wieder Mut gab«, sagte Gwindor. »Doch einst war ich Gwindor, Guilins Sohn, ein Edler von Nargothrond, bis ich in die Nirnaeth Arnoediad zog und in Angband zum Sklaven gemacht wurde.«

»So hast du Húrin, Galdors Sohn, gesehen, den Krieger aus Dorlómin?« fragte Túrin.

»Gesehen habe ich ihn nicht«, sagte Gwindor. »Doch sagt man von ihm in Angband, daß er Morgoth immer noch Trotz biete; und Morgoth hat einen Fluch auf ihn und all die Seinen gelegt.«

»Das glaub' ich wohl«, sagte Túrin.

Und dann erhoben sie sich und wanderten von Eithel Ivrin nach Süden die Ufer des Narog entlang, bis sie von Kundschaftern der Elben angehalten und als Gefangene in die verborgene Festung geführt wurden. So kam Túrin nach Nargothrond.

Zuerst wurde Gwindor von den eigenen Anverwandten nicht erkannt, denn jung und stark war er ausgezogen, und nun, nach all seinen Mühen und Qualen sah er aus wie einer der Alten unter den sterblichen Menschen; doch erkannte ihn Finduilas, König Orodreths Tochter, und sie begrüßte ihn, denn vor der Nirnaeth hatte sie ihn geliebt; und so sehr liebte Gwindor ihre Schönheit, daß er sie Faelivrin nannte, was das Glitzern der Sonne auf den Weihern von Ivrin bedeutete. Gwindor zuliebe wurde Túrin in Nargothrond aufgenommen, und er lebte dort in Ehren. Als aber Gwindor seinen Namen nennen wollte, gebot ihm Túrin Einhalt und sagte: »Ich bin Agarwaen, Úmarths Sohn (das heißt: der Blutbefleckte, Sohn des Unglücks), ein Jäger aus den Wäldern«; und die Elben von Nargothrond fragten ihn nicht weiter.

In der Zeit darauf stieg Túrin hoch in der Gunst Orodreths, und fast alle Herzen in Nargothrond schlossen sich ihm auf. Denn er war noch jung und kam jetzt erst ins volle Mannesalter; und wahrhaft wie der Sohn Morwen Eledhwens war er anzusehen: dunkelhaarig und hellhäutig, mit grauen Augen, und sein Gesicht war schöner als jedes andere unter den sterblichen Menschen der Ältesten Tage. Er sprach und gebärdete sich wie einer aus dem alten Königreich Doriath, und selbst unter den Elben konnte man ihn für einen aus den großen Häusern der Noldor halten; daher nannten viele ihn Adanedhel, den Elbenmenschen. Das Schwert Anglachel wurde ihm von klugen Schmieden in Nargothrond neu geschliffen, und obgleich es schwarz blieb, glänzten die Schneiden doch nun in fahlem Feuer; und er nannte es Gurthang, das Todeseisen. So fleißig war er im Krieg an den Grenzen der Bewachten Ebene, daß er als Mormegil, das Schwarze Schwert, bekannt wurde; und die Elben sagten: »Mormegil kann nicht erschlagen werden, es sei denn durch bösen Zufall oder einen Giftpfeil aus der Ferne.« Daher gaben sie ihm ein Kettenhemd aus den Zwergenschmieden; und in einer grimmigen Laune fand er auch eine Zwergenmaske in den Waffenkammern, über und über vergoldet; und die Feinde flohen bei seinem Anblick.

Dann wandte sich Finduilas' Herz von Gwindor ab, und gegen ihren Willen fiel ihre Liebe Túrin zu; Túrin aber bemerkte nicht, was geschehen war. Und Finduilas zerriß es das Herz, und sie wurde matt und still und bekümmert. Gwindor aber saß in dunklem Sinnen, und einmal sprach er zu Finduilas und sagte: »Tochter aus Finarfins Haus, laß kein Arg zwischen uns sein, denn wenn Morgoth auch mein Leben zuschanden gemacht, so liebe ich dich doch noch immer. Geh, wohin Liebe dich leitet, doch nimm dich in acht! Es schickt sich nicht, daß sich die Älteren Kinder Ilúvatars mit den Jüngeren vermählen, und klug ist es auch nicht, denn kurzlebig sind sie und gehen bald dahin und lassen uns verwitwet zurück, solange die Welt dauert. Auch wird das Geschick es nicht zulassen, es sei denn ein- oder zweimal, aus höchsten Schicksalsgründen, die wir nicht kennen. Doch ist dieser Mensch nicht Beren. Ein Schicksal zwar liegt auch auf ihm, wie jeder in ihm lesen kann, der Augen hat zu sehen, doch ein dunkles Schicksal ist es. Begib dich nicht mit hinein! Und wenn du es dennoch tust, so wird deine Liebe dir zu Bitternis und Tod gereichen. Denn hör' auf mich! Zwar ist er wahrhaft Agarwaen, Úmarths Sohn, sein richtiger Name aber ist Túrin, Sohn Húrins, den Morgoth in Angband gefangen hält und dessen Sippe er verflucht hat. Zweifle nicht an der Macht von Morgoth Bauglir! Steht sie mir nicht ins Gesicht geschrieben?«

Da saß Finduilas lange in Gedanken; zuletzt aber sagte sie nur: »Túrin, Húrins Sohn, liebt mich nicht und wird mich nicht lieben.«

Als Túrin nun von Finduilas erfuhr, was geschehen war, da war er erzürnt, und er sagte zu Gwindor: »In Liebe achte ich dich, weil du mich gerettet und sicher geführt hast. Nun aber hast du gemein an mir gehandelt, Freund, daß du meinen Namen verraten und meinen Spruch auf mich herabgerufen hast, vor dem ich mich verbergen will.«

Gwindor aber antwortete: »Der Spruch liegt in dir, nicht in deinem Namen.«

Als Orodreth erfuhr, daß Mormegil in Wahrheit der Sohn Húrin Thalions war, erwies er ihm hohe Ehren, und Túrin wurde ein Großer unter dem Volk von Nargothrond. Doch behagte ihm ihre Art des Krieges nicht, die Überfälle und das Anschleichen und die Pfeile aus dem Hinterhalt; ihn verlangte es nach mannhaftem Zweikampf und offener Schlacht, und mit der Zeit fand sein Rat beim König mehr und mehr Gehör. In jenen Tagen ließen die Elben von Nargothrond von ihrer Geheimhaltung ab und führten offen Krieg, und große Waffenlager wurden angelegt. Und auf Túrins Anraten bauten die Noldor vor den Toren Felagunds eine große Brücke über den Narog, um mit den Waffen schneller hinübergelangen zu können. Nun wurden Angbands Diener aus all dem Land zwischen Narog und Sirion nach Osten und nach Westen bis zum Nenning und den verwüsteten Falas vertrieben. Zwar sprach Gwindor im Rate des Königs stets gegen Túrin und verwarf dies alles als schlechte Kriegskunst, doch fiel er in Ungnade, und niemand beachtete ihn, denn seine Kräfte waren gering, und im Kampf war er nicht länger einer der Vordersten. So wurde Nargothrond dem Zorn und Haß Morgoths offenbar. Doch immer noch wurde Túrins wahrer Name nicht genannt, weil er es so wünschte; und wenn auch der Ruhm seiner Taten nach Doriath und an Thingols Ohr drang, so war doch immer nur von dem Schwarzen Schwert von Nargothrond die Rede.

In jener Zeit des Atemholens und der Hoffnung, als Mormegils Taten den Heeren Morgoths westlich des Sirion Einhalt geboten, floh Morwen endlich mit Nienor, ihrer Tochter, aus Dor-lómin und wagte die lange Reise zu Thingols Hallen. Dort wartete neues Leid auf sie, denn sie erfuhr, daß Túrin fort war, und nach Doriath war keine Nachricht von ihm gelangt, seit der Drachenhelm aus den Landen westlich des Sirion verschwunden war; doch blieben Morwen und Nienor als Gäste Thingols und Melians in Doriath und wurden in Ehren gehalten.

Nun geschah es, als vierhundertundneunundfünfzig Jahre seit dem Aufgang des Mondes vergangen waren, daß im Frühjahr zwei Elben nach Nargothrond kamen, mit Namen Gelmir und Arminas; sie stammten aus Angrods Volk, doch seit der Dagor Bragollach lebten sie im Süden bei Círdan dem Schiffbauer. Von ihren weiten Reisen brachten sie Nachricht mit, daß sich unter den Hängen der Ered Wethrin und im Paß des Sirion große Scharen von Orks und üblen Kreaturen sammelten; und sie berichteten auch, Ulmo sei zu Círdan gekommen und habe gewarnt, große Gefahr nahe sich Nargothrond.

»Vernimm die Worte des Herrn der Wasser!« sagten sie zum Könige. »So sprach er zu Círdan dem Schiffbauer: ›Das Unheil aus dem Norden hat die Quellen des Sirion besudelt, und meine Kraft zieht sich aus den Fingern der fließenden Wasser zurück. Doch schlimmer soll es noch kommen. Sag daher dem Fürsten von Nargothrond: Schließ die Tore der Festung und geh nicht hinaus. Wirf die

Steine deines Stolzes in den lauten Fluß, damit das kriechende Unheil den Eingang nicht finde.‹«

Orodreth war bestürzt über die dunklen Worte der Boten, doch nimmermehr mochte Túrin solchen Rat hören, und am wenigsten wollte er leiden, daß man die große Brücke einrisse; denn er war stolz und streng geworden und pflegte alles nach seinem Wunsch zu befehlen.

Bald darauf wurde Handir, der Herr von Brethil, erschlagen, denn die Orks drangen in sein Land, und Handir lieferte ihnen eine Schlacht; doch die Menschen von Brethil wurden besiegt und in die Wälder zurückgetrieben. Und im Herbst des Jahres, zu wohlbedachter Stunde, ließ Morgoth das große Heer, das er lange gerüstet, auf die Völker am Narog los; und Glaurung der Urulóki zog über Anfauglith hinweg, und von dort kam er in die nördlichen Täler des Sirion und richtete großes Unheil an. Unter den Schatten der Ered Wethrin besudelte er die Quellen von Eithel Ivrin, und von da ging er in das Reich von Nargothrond und verbrannte Talath Dirnen, die Bewachte Ebene zwischen Narog und Teiglin.

Da zogen die Krieger von Nargothrond hinaus, und groß und schrecklich erschien Túrin an jenem Tage, und der Mut des Heeres wurde aufgerichtet, als er zur Rechten Orodreths ritt. Doch bei weitem größer noch, als alle Kundschafter es gemeldet hatten, war Morgoths Heer, und keiner bis auf Túrin unter seiner Zwergenmaske konnte dem Nahen Glaurungs standhalten; und die Elben wurden zurückgeschlagen und von den Orks in das Feld von Tumhalad gedrängt, zwischen Ginglith und Narog, und dort wurden sie eingeschlossen. Das ganze stolze Heer von Nargothrond schmolz an jenem Tage dahin; und Orodreth fiel in der vordersten Reihe, und Gwindor, Guilins Sohn, wurde zu Tode verwundet. Doch Túrin kam ihm zu Hilfe, vor dem alle flohen; und er trug Gwindor aus dem Getümmel heraus, brachte ihn in einen Wald und legte ihn dort ins Gras.

Da sagte Gwindor zu Túrin: »Laß ein Tragen das andere entgelten! Doch zum Unglück habe ich dich getragen, und mich trägst du vergebens, denn keine Heilung gibt es für meine Wunden, und Mittelerde muß ich verlassen. Und wenn ich dich gleich liebe, Sohn Húrins, so reut mich doch der Tag, da ich dich vor den Orks gerettet. Doch um deiner Stärke und deines Stolzes willen sollte ich noch Liebe und Leben haben, und Nargothrond könnte noch eine Weile stehen. Nun aber, wenn du mein Freund bist, laß mich allein! Eile nach Nargothrond und rette Finduilas! Und als Letztes wisse dies: Sie allein steht zwischen dir und deinem Spruch. Wenn du sie verfehlst, so wird er nicht verfehlen, dich zu ereilen. Lebwohl!«

Da beeilte sich Túrin, daß er nach Nargothrond zurückkam, und von den Fliehenden nahm er mit, wen er unterwegs traf; und ein starker Wind blies die Blätter von den Bäumen, als sie dahineilten, denn der Herbst wich einem strengen Winter. Doch das Heer der Orks und der Drache Glaurung waren schon vor ihm und standen vor Nargothrond, ehe die Wachen, die zurückgeblieben waren, wußten, was sich auf dem Felde von Tumhalad zugetragen hatte. An jenem Tag erwies sich die Brücke über den Narog als ein Unglück, denn sie war groß und fest gebaut und ließ sich nicht schnell zerstören; und die Feinde kamen bequem über den tiefen Fluß, und Glaurung schnob all sein Feuer gegen die Tore Felagunds und riß sie ein und drang in die Festung.

Und als Túrin eintraf, war das schreckliche Ende von Nargothrond beinahe schon vollzogen. Die Orks hatten alle, die noch Waffen trugen, erschlagen oder verjagt und wühlten eben die großen Hallen und Kammern durch, plündernd und vernichtend; die Frauen und Mädchen aber, soweit sie nicht verbrannt oder getötet waren, hatten sie auf den Terrassen vor den Toren zusammengetrieben, als Sklavinnen, um Morgoth zu dienen. In dieses Weh und Verderben stieß Túrin, und keiner konnte ihm widerstehen, oder keiner wollte es, obwohl er alle niedermachte, die ihm in den Weg kamen; und er gelangte über die Brücke und schlug sich zu den Gefangenen hin durch.

Und nun stand er allein, denn die Wenigen, die ihm folgten, waren geflohen. Doch in dem Augenblick kam Glaurung aus dem weit offenen Tor und legte sich dahinter, zwischen Túrin und der Brücke. Dann plötzlich sprach er, kraft des bösen Geistes, der in ihm war, und er sagte: »Gegrüßt seist du, Sohn Húrins! Gut getroffen.«

Da sprang Túrin vor und lief ihm entgegen, und die Schneiden Gurthangs leuchteten wie von Flammen; Glaurung aber hielt seine Lohe zurück, und mit seinen weit geöffneten Schlangenaugen starrte er Túrin an. Furchtlos blickte Túrin in sie hinein, als er das Schwert erhob, und sogleich fiel er unter den Bann der lidlosen Augen und blieb regungslos stehen. Lange Zeit stand er da, wie aus Stein gehauen; und sie beide waren allein, stumm vor den Toren von Nargothrond. Doch Glaurung sprach abermals, Túrin verhöhnend, und sagte: »Bös' war allein dein Beginnen, Sohn Húrins. Undankbarer Pflegesohn, Bandit, Mörder deines Freundes, Dieb deiner Liebe, Usurpator von Nargothrond, unbesonnener Kriegshauptmann und Verräter deiner Sippe. Als Sklavinnen leben deine Mutter und Schwester in Dor-lómin, in Armut und Elend. Gewänder wie ein Prinz trägst du, doch sie gehen in Lumpen; und nach dir sehnen sie sich, doch was kümmert's dich? Froh wird dein Vater sein, wenn er erfährt, was er für einen Sohn hat, und erfahren soll er's.« Und Túrin, unter Glaurungs Bann, hörte auf seine Worte und sah sich wie in einem Spiegel, verunstaltet von Tücke, und was er sah, ekelte ihn.

Und während die Augen des Drachens seinen Geist noch in ihrer Marter hielten und er sich nicht zu rühren vermochte, trieben die Orks die zusammengebundenen Gefangenen weg, und sie kamen dicht an Túrin vorbei und überquerten die Brücke. Unter ihnen war Finduilas, und sie rief nach Túrin, als sie ging; doch erst als ihre Rufe und das Klagen der Gefangenen sich auf dem Weg nach Norden verloren hatten, gab Glaurung Túrin frei, und stets klang ihm hernach jener Ruf in den Ohren.

Dann wandte Glaurung seinen Blick plötzlich ab und wartete; und Túrin regte sich langsam, wie aus einem gräßlichen Traume erwachend. Dann, zu sich gekommen, sprang er mit einem Schrei auf den Drachen los. Glaurung aber lachte und sprach: »Willst du sterben, so sei es, und mit Freuden! Doch wenig nützt es Morwen und Nienor. Nicht gekümmert hat dich der Ruf der Elbenfrau. Wirst du auch den Ruf deines eigenen Blutes verleugnen?«

Túrin aber zielte mit dem Schwert und stieß nach den Augen des Drachen; und Glaurung bog sich flink zurück, und dann türmte er sich über ihm auf und sagte: »Nimmer! Doch tapfer bist du, mehr als alle, die ich getroffen. Und es lügt, wer da sagt, wir auf unserer Seite wüßten den tapferen Feind nicht zu ehren. Sieh nun! Ich biete dir Freiheit. Geh zu den Deinen, wenn du es vermagst. Fort mit dir! Und wenn noch Elben oder Menschen übrigbleiben, um von diesen Tagen zu erzählen, so werden sie gewiß voller Hohn deines Namens gedenken, verschmähst du dieses Geschenk.«

Túrin, immer noch behext von den Augen des Drachen, glaubte seinen Worten, so als stünde er vor einem Feinde, welcher das Mitleid kennt; und er wandte sich um und eilte über die Brücke. Doch während er lief, sprach Glaurung hinter ihm drein und sagte mit boshafter Stimme: »Spute dich nun, Húrins Sohn, auf nach Dor-lómin! Oder sollen vielleicht die Orks dir zuvorkommen, wie schon einmal? Und wenn du dich um der Elbin willen verweilst, so sollst du Morwen nie wiedersehen, und Nienor, deine Schwester, sollst du nicht kennen; und verfluchen werden sie dich.«

Doch Túrin zog davon auf der Straße nach Norden, und Glaurung lachte abermals, denn er hatte seines Herrn Auftrag erfüllt. Dann ergab er sich der eigenen Lust und schnob Flammen und verbrannte alles um sich her. Die Orks aber, die geschäftig am Plündern waren, trieb er ins Freie und jagte sie davon, denn er gönnte ihnen nicht das kleinste Stück von ihrem Raube. Dann riß er die Brücke ein und warf sie in den schäumenden Narog; und nachdem er so in Sicherheit war, fegte er alle Schätze und Reichtümer Felagunds auf einen Haufen und legte sich darauf in der innersten Halle, um eine Weile zu ruhen.

Und Túrin eilte die Wege nach Norden entlang, durch die nun verwüsteten Lande zwischen Narog und Teiglin; und der Grausame Winter kam ihnen entgegen, denn in jenem Jahr fiel der Schnee, ehe der Herbst noch vorüber war, und der Frühling kam verspätet und kalt. Immer war es ihm auf seinem Wege, als hörte er Finduilas' Schreie, wie sie hinter Wald und Hügel seinen Namen rief, und groß war sein Schmerz; doch da sein Herz noch heiß war von Glaurungs Lügen und er stets im Geiste vor sich sah, wie die Orks Húrins Haus niederbrannten oder Morwen und Nienor peinigten, blieb er auf seinem Weg und wich nie zur Seite.

Endlich, ganz erschöpft von der Eile und von der Länge des Wegs (denn vierzig Meilen und mehr war er gegangen, ohne zu ruhen), kam er, zugleich mit dem ersten Eis des Winters, zu den Weihern von Ivrin, die ihn schon einmal geheilt hatten. Doch nur mehr ein gefrorener Sumpf waren sie jetzt, und er konnte dort nicht mehr trinken.

So kam er mühsam über die Pässe von Dor-lómin, durch bitteren Schnee aus Norden, und sah das Land seiner Kindheit wieder. Öd und kahl war es; und Morwen war fort. Ihr Haus stand leer, zerfallen und kalt, und nichts Lebendes war in der Nähe. So ging Túrin wieder fort und kam zum Hause Broddas, des Ostlings, der Aerin, Húrins Verwandte, zum Weib genommen hatte; und dort erfuhr er von einer alten Dienerin, daß Morwen schon lange fort sei, denn sie war mit Nienor aus Dor-lómin geflohen; doch niemand als Aerin wußte, wohin.

Da ging Túrin zu Brodda und trat an seinen Tisch; er packte ihn, und das blanke Schwert ihm vorhaltend verlangte er zu wissen, wohin Morwen gegangen sei; und Aerin erklärte ihm, nach Doriath sei sie gezogen, ihren Sohn zu suchen. »Denn die Lande waren vom Unheil befreit«, sagte sie, »durch das Schwarze Schwert im Süden, das nun gefallen sein soll, wie man sagt.« Da gingen Túrin die Augen auf, und die letzten Fesseln von Glaurungs Bann fielen von ihm ab; und in seinem Schmerz und Zorn über die Lügen, die ihn getäuscht hatten, und im Haß auf Morwens Unterdrücker kam die schwarze Wut über ihn, und er erschlug Brodda in seiner eigenen Halle und andere Ostlinge mit ihm, die bei ihm zu Gast waren. Darauf floh er hinaus in den Winter, ein Gehetzter; doch halfen ihm manche, die von Hadors Volk noch da waren und die Wege in der Wildnis kannten, und mit ihnen entkam er im Schneegestöber zu einem Versteck der Bandenkrieger in den südlichen Bergen von Dor-lómin. Von da ging er wieder fort aus seinem Heimatland und kehrte ins Tal des Sirion zurück. Bitter war sein Herz, denn in Dor-lómin hatte er nur noch größere Leiden über die Reste seines Volkes gebracht, und sie waren froh, als er wieder fortging; und nur den einen Trost hatte er, daß der Fleiß des Schwarzen Schwertes Morwen die Wege nach Doriath geöffnet. Und er sagte sich: ›So hat dieses Werk doch nicht allen Unheil gebracht! Und wo könnte ich die Meinen besser untergebracht haben, wäre ich auch früher gekommen? Denn wird Melians Gürtel gebrochen, so endet alle Hoffnung. Nein, am besten bleibt's, wie es ist; denn einen Schatten werfe ich, wohin ich auch gehe. Mag Melian sie behüten, und ich will sie für eine Weile in schattenlosem Frieden lassen.‹

Nun suchte Túrin, von den Ered Wethrin hinabsteigend, vergebens nach Finduilas; wild und scheu wie ein Tier durchstreifte er die Wälder unterhalb des Gebirges und lauerte an allen Straßen, die nach Norden zum Sirion-Paß hinführten. Doch er kam zu spät, denn alle Spuren waren nun zu alt oder vom Winter verwischt. Doch so kam es, daß Túrin, als er den Teiglin abwärts nach Süden ging, auf einige der Menschen aus Brethil stieß, die von Orks umzingelt waren; und er rettete sie, denn die Orks flohen vor Gurthang. Er nannte sich den Wilden Mann aus den Wäldern, und sie baten ihn, mitzukommen und bei ihnen zu leben; doch er sagte, eines habe er noch zu tun, nämlich, Finduilas zu suchen, die Tochter Orodreths von Nargothrond. Da gab ihm Dorlas, der Anführer der Waldläufer, die Schmerzensnachricht von ihrem Tode. Denn die Männer von Brethil hatten an den Teiglin-Stegen dem Orkheer aufgelauert, das die Gefangenen von Nargothrond wegführte, in der Hoffnung, diese zu retten; die Orks aber hatten die Gefangenen sogleich grausam getötet, und Finduilas spießten sie mit einem Speer an einen Baum. So war sie gestorben, und zuletzt hatte sie gesagt: »Sagt es Mormegil, daß Finduilas hier ist.« Daher hatten die Waldleute sie auf einem nahegelegenen Hügel begraben, der seither Haud-en-Elleth hieß, der Hügel des Elbenmädchens.

Túrin bat sie, ihn zu jenem Hügel zu führen, und dort fiel er in ein Dunkel des Leidens, das ihn dem Tod nahe brachte. An seinem schwarzen Schwert, dessen Ruhm bis in die Tiefen von Brethil gedrungen war, und an seiner Suche nach der Königstochter erkannte nun Dorlas, daß dieser Wilde in Wahrheit Mormegil von Nargothrond war, von dem es hieß, er sei der Sohn Húrins von Dor-lómin. So hoben ihn die Waldleute auf und trugen ihn zu ihren Häusern. Diese standen hinter einem Palisadenzaun an einem hochgelegenen Ort im Walde, Ephel Brandir auf dem Amon Obel; denn Haleths Volk war nun im Krieg zusammengeschmolzen, und Brandir, Handirs Sohn, der es regierte, war ein friedliebender Mann, von Kindheit an lahm, und um sie vor der Macht im Norden zu schützen, vertraute er mehr auf Heimlichkeiten denn auf Waffentaten. Daher mißfiel ihm, was Dorlas meldete, und als er Túrins Gesicht erblickte, wie er auf der Tragbahre lag, da sank eine Wolke von Vorahnungen auf sein Herz. Dennoch, bewegt durch Túrins Unglück, nahm er ihn in sein eigenes Haus und pflegte ihn, denn er verstand sich auf die Heilkunst. Und zu Frühjahrsanfang tat Túrin den dunklen Sinn von sich ab und wurde gesund; und er stand auf und dachte, in Brethil möchte er verborgen bleiben und seinen Schatten hinter sich lassen, Vergangnes vergessend. Einen neuen Namen nahm er daher an, Turambar, was in der Hochelbensprache Meister des Schicksals heißt; und die Waldleute bat er, nicht mehr daran zu denken, daß er ein Fremder unter ihnen sei oder daß er je einen andren Namen getragen. Doch mochte er von den Kriegstaten nicht ganz und gar lassen, denn er wollte es nicht leiden, daß dic Orks zu den Teiglin-Stegen oder zum Haudh-en-Elleth kamen; und so traf er Sorge, daß dies ein Ort des Grauens für sie wurde, den sie mieden. Das schwarze Schwert aber legte er beiseite und nahm dafür Bogen und Speer.

Nun kam neue Nachricht aus Nargothrond nach Doriath, denn manche, die aus der Niederlage und der Vernichtung entkommen waren und den Grausamen Winter in der Wildnis überlebt hatten, baten zuletzt Thingol um Aufnahme; und die Grenzwachen brachten sie zum König. Und die einen sagten, die Feinde seien allesamt nach Norden abgezogen, andre dagegen, Glaurung hause noch in Felagunds Hallen; und die einen sagten, Mormegil sei tot, andre, er sei unter einen Bann des Drachen gefallen und stehe noch dort wie versteinert. Alle aber erklärten, in Nargothrond sei es bis zum Ende vielen bekannt geworden, daß Mormegil niemand anders war als Túrin, der Sohn Húrins von Dor-lómin.

Da war Morwen bestürzt, und sie nahm keinen Rat an von Melian, sondern ritt allein hinaus in die Wildnis, ihren Sohn oder doch wahre Meldung von ihm zu finden. Thingol schickte ihr Mablung mit vielen tapferen Grenzwächtern nach, um sie zu suchen und zu behüten und Neues in Erfahrung zu bringen; Nienor aber hieß man zurückbleiben. Doch wie ihr ganzes Haus war auch sie ohne Furcht; und zu böser Stunde, hoffend, daß Morwen umkehren werde, wenn sie sähe, daß ihre Tochter mit ihr in die Gefahr gehen wollte, verkleidete sie sich und zog als einer der Grenzwächter mit hinaus auf jenen unseligen Ritt.

An den Ufern des Sirion holten sie Morwen ein, und Mablung flehte sie an, nach Menegroth zurückzukehren; doch verdammt war sie und ließ sich nicht umstimmen. Nun wurde auch Nienor erkannt, und Morwens Befehl zum Trotz wollte sie nicht umkehren; und Mablung brachte sie notgedrungen zu den versteckten Booten an den Dämmerseen, und sie setzten über den Sirion. Und nachdem sie drei Tage lang geritten waren, kamen sie zum Amon Ethir, dem Hügel der Späher, den vor Zeiten Felagund unter großen Mühen hatte aufwerfen lassen, eine Meile vor den Toren von Nargothrond. Dort umgab Mablung Morwen und ihre Tochter mit einem Ring von Berittenen und verbot ihnen, weiterzugehen. Er aber, da er von dem Hügel aus keine Spur des Feindes erblickte, stieg mit seinen Kundschaftern zum Narog hinab, so heimlich sie es vermochten.

Glaurung aber wußte von allem, was sie taten, und er kam in heißem Zorn hervor und warf sich in den Fluß; und eine große Wolke von Dunst und Gestank stieg auf, in der Mablung und seine Gefährten blind umherirrten. Dann kam Glaurung nach Osten über den Narog.

Als die Wachen auf dem Amon Ethir den Drachen hervorbrechen sahen, wollten sie Morwen und Nienor wegführen und schnellstens mit ihnen nach Osten fliehen; doch der Wind trug die giftigen Nebel zu ihnen herüber, und vor dem Drachendunst gingen die Pferde durch, in alle Richtungen auseinanderstiebend; manche Reiter wurden an Bäumen zu Tode geschmettert, andre wurden weit davongetragen. So gingen die beiden Frauen verloren, und von Morwen gelangte später keine verläßliche Meldung mehr nach Doriath. Nienor aber, die von ihrem Pferd abgeworfen wurde, doch unverletzt blieb, ging zurück zum Amon Ethir, um dort auf Mablung zu warten, und so kam sie ins Sonnenlicht über den Dünsten; und als sie nach Westen sah, starrte sie geradewegs in Glaurungs Augen, dessen Kopf auf dem Gipfel des Hügels lag.

Eine Zeitlang widerstand ihm ihr Wille, doch er bot seine Macht auf, und nachdem er erfahren hatte, wer sie war, zwang er sie, ihm in die Augen zu sehen, und er legte einen Bann von Dunkel und Vergessen auf sie, so daß sie sich an nichts erinnern konnte, was je mit ihr geschehen war. Sie wußte nicht mehr ihren eigenen noch irgendeines Dinges Namen, und viele Tage lang konnte sie weder hören noch sehen noch sich aus eigenem Willen bewegen. Dann ließ Glaurung sie allein auf dem Amon Ethir stehen und kroch zurück nach Nargothrond.

Mablung, der kühn genug gewesen war, Felagunds Hallen zu erkunden, als Glaurung sie verlassen hatte, entfloh nun von dort, als der Drache wiederkam, und kehrte zum Amon Ethir zurück. Die Sonne ging unter, und die Nacht brach herein, als er den Hügel erstieg, und dort fand er niemanden bis auf Nienor, die allein unter den Sternen stand wie eine Figur aus Stein. Kein Wort sprach oder verstand sie, doch folgte sie ihm, als er sie bei der Hand nahm. In großem Schmerz führte er sie so davon, obgleich es ihm sinnlos schien, denn hilflos in der Wildnis schienen sie beide verdammt, umzukommen.

Doch drei von Mablungs Gefährten fanden sie, und langsam wanderten sie zusammen nach Norden und Osten, zu den Grenzen von Doriath hin, die jenseits des Sirion und der bewachten Brücke nahe der Mündung des Esgalduin lagen. Allmählich kehrten Nienors Kräfte wieder, als sie sich Doriath näherten, doch immer noch konnte sie weder sprechen noch hören und war blind, so daß man sie führen mußte. Als sie aber der Grenze ganz nahe kamen, da endlich schlossen sich ihre starr blickenden Augen, und sie fiel in Schlaf; und sie legten sie nieder und ruhten ebenfalls, ohne Wache, denn sie waren ganz und gar erschöpft. Dort wurden sie von einer Bande Orks überfallen, die sich nun oft schon bis hierher vorwagten. In jener Stunde aber fand Nienor Gehör und Gesicht wieder, und, von den Schreien der Orks geweckt, sprang sie voll Entsetzen auf und floh, ehe sie über ihr waren.

Dann jagten die Orks hinter ihr drein und die Elben hinter den Orks; und sie überholten die Orks und erschlugen sie, ehe sie ihr etwas antun konnten; Nienor aber entkam ihnen. Denn sie rannte wie in einer Raserei der Angst, schneller als ein Hirsch, und während sie rannte, riß sie sich die Kleider herunter, bis sie ganz nackt war; und nach Norden laufend, entschwand sie aus ihrer Sicht, und obgleich sie lange nach ihr suchten, fanden sie keine Spur von ihr. Zuletzt kehrte Mablung verzweifelt nach Menegroth zurück und berichtete das Vorgefallene. Da waren Thingol und Melian voller Kummer;

Mablung aber zog aus und forschte lange vergebens nach Morwen und Nienor.

Nienor aber lief weiter in die Wälder hinein, bis sie nicht mehr konnte, dann fiel sie hin und schlief und erwachte wieder; und es war ein sonniger Morgen, und sie freute sich über das Licht wie über etwas ganz Neues, und auch alle anderen Dinge, die sie sah, erschienen ihr neu und fremd, denn sie wußte keine Namen für sie. An nichts erinnerte sie sich als an ein Dunkel, das hinter ihr lag, und an einen furchtbaren Schatten; daher wanderte sie scheu umher wie ein gejagtes Wild und litt Hunger, denn sie hatte nichts zu essen und wußte sich nicht zu helfen. Doch als sie an die Teiglin-Stege kam, da ging sie hinüber, dem Schutz der großen Bäume von Brethil zustrebend, denn sie fürchtete sich, und es schien ihr, als ob das Dunkel sie wieder überholte, vor dem sie geflohen war.

Doch es war nur ein großes Unwetter, das von Süden heraufzog, und voll Entsetzen warf sie sich auf den Hügel Haudh-en-Elleth nieder und hielt sich die Ohren zu gegen den Donner; aber der Regen prasselte auf sie nieder und durchnäßte sie, und sie lag da wie ein wildes Tier im Sterben. Dort fand sie Turambar, der zu den Teiglin-Stegen kam, weil er gehört hatte, daß Orks in der Nähe streunten; und als er im Aufleuchten eines Blitzes den scheinbar toten Körper eines Mädchens auf Finduilas' Hügel liegen sah, da traf es ihn ins Herz. Die Waldleute aber hoben sie auf, und Turambar legte seinen Mantel über sie, und man brachte sie zu einer nahen Hütte, wärmte sie und gab ihr zu essen. Und sobald sie Turambar erblickt hatte, war sie getröstet, denn es schien ihr, als hätte sie nun doch wenigstens etwas gefunden, das sie im Dunkel gesucht hatte; und sie wollte sich nicht von ihm trennen. Als er sie aber nach ihrem Namen, ihrer Sippe und ihrem Mißgeschick fragte, da wurde sie verängstigt wie ein Kind, wenn es merkt, daß man etwas von ihm verlangt, aber nicht verstehen kann, was es sein mag, und sie weinte. So sagte Turambar: »Sei unbesorgt! Deine Geschichte kann warten. Doch einen Namen will ich dir geben, und ich nenne dich Níniel, Tränenmädchen.« Und bei diesem Namen schüttelte sie den Kopf, sagte aber: »Níniel.« Das war das erste Wort, das sie nach der Dunkelheit sprach, und es blieb für immer ihr Name unter den Waldleuten.

Am nächsten Tag trug man sie zum Ephel Brandir; doch als sie zur Dimrost, der Regentreppe, kamen, wo der wilde Bach Celebros zum Teiglin hinabstürzt, da befiel sie ein heftiges Erschauern, weshalb jener Ort später Nen Girith genannt wurde, das Schauderwasser. Bis sie zu dem Dorf der Waldleute auf dem Amon Obel kamen, war sie an einem Fieber erkrankt; und lange lag sie darnieder, gepflegt von den Frauen von Brethil, die sie sprechen lehrten wie ein kleines Kind. Bevor es aber Herbst wurde, hatte Brandirs Kunst sie von ihrer Krankheit geheilt, und sie konnte nun sprechen; dennoch erinnerte sie sich an nichts aus der Zeit, bevor Turambar sie auf dem Hügel Haud-en-Elleth gefunden hatte. Und Brandir liebte sie, doch ihr Herz war ganz Turambar ergeben.

In dieser Zeit wurden die Waldleute nicht von den Orks behelligt, und Turambar ging nicht in den Krieg, und in Brethil war Frieden. Sein Herz wandte sich Níniel zu, und er verlangte sie zum Weibe; doch fürs erste zögerte sie, obgleich sie ihn liebte. Denn Brandir ahnte, er wußte nicht, was, und er bemühte sich, sie zurückzuhalten, mehr um ihretwillen als zum eigenen Vorteil oder aus Nebenbuhlerschaft gegen Turambar; und er verriet ihr, daß Turambar Túrin war, Húrins Sohn, und wenn sie auch den Namen nicht erkannte, fiel doch ein Schatten auf ihr Gemüt.

Als aber drei Jahre seit der Vernichtung von Nargothrond vergangen waren, fragte Turambar Níniel abermals und gelobte, nun solle sie sein Weib werden, oder er werde seinen Krieg in der Wildnis wieder aufnehmen. Und Níniel willigte mit Freuden ein, und am Mittsommertag wurden sie vermählt, und die Waldleute feierten ein großes Fest. Doch ehe das Jahr noch zu Ende war, schickte Glaurung aus seinem Gebiet Orks gegen Brethil; und Turambar saß tatenlos daheim, denn er hatte Níniel versprochen, nur wenn ihre Häuser angegriffen würden, werde er kämpfen. Die Waldleute wurden besiegt, und Dorlas schalt ihn, daß er dem Volke nicht helfen wollte, das er als das seine erwählt hatte. Da stand Turambar auf, holte das schwarze Schwert wieder hervor und sammelte eine große Schar der Männer von Brethil um sich, und sie schlugen die Orks vernichtend. Glaurung aber erhielt Meldung, das Schwarze Schwert sei in Brethil, und er sann auf neues Unheil.

Im Frühjahr darauf ging Níniel schwanger, und sie wurde bleich und traurig; und zur gleichen Zeit drangen die ersten Gerüchte zum Ephel Brandir, Glaurung sei aus Nargothrond hervorgekommen. Da schickte Turambar Kundschafter weit hinaus, denn es geschah nun, was er befahl, und nicht viele kümmerten sich mehr um Brandir. Und als es auf Sommer zuging, kam Glaurung an den Rand von Brethil und legte sich nahe ans Westufer des Teiglin; und da herrschte große Furcht unter dem Waldvolk, denn nun wurde klar, daß der Große Wurm sie angreifen und ihr Land verwüsten wollte, anstatt, wie sie gehofft, nur auf dem Heimweg nach Angband vorüberzuziehen. Daher baten sie Turambar um Rat, und der sagte ihnen, daß es vergebens wäre, wollten sie mit all ihrer Streitmacht gegen Glaurung ziehen, denn nur mit List und gutem Glück könnten sie ihn besiegen. Er bot sich an, dem Drachen selbst an der Grenze ihres Landes zu begegnen; die übrigen hieß er im Ephel Brandir bleiben und sich zur Flucht bereithalten. Denn wenn Glaurung den Sieg davontrüge, so würde er als erstes zu den Häusern der Waldleute kommen, um sie zu zerstören, und sie hätten keine Hoffnung, ihm zu widerstehen; wenn sie sich dann aber weit verstreuten, so könnten viele entkommen, denn Glaurung würde nicht lange in Brethil bleiben, sondern bald nach Nargothrond zurückkehren.

Dann fragte Turambar, wer ihn in die Gefahr begleiten wolle; und Dorlas trat vor, doch sonst keiner. Da schalt Dorlas das Volk und verhöhnte Brandir, der nicht zu leisten vermochte, was Haleths Erben geziemte; und Brandir, vor seinem Volke beschimpft, war bittren Herzens. Doch Hunthor, ein Verwandter Brandirs, bat ihm um Erlaubnis, an seiner Stelle zu gehen. Dann sagte Turambar Níniel Lebwohl, und sie war voll Furcht und Vorahnung, und ihr Abschied war schwer von Kummer; Turambar aber brach mit seinen zwei Gefährten auf und ging nach Nen Girith.

Und Níniel, unfähig, ihre Angst zu ertragen und im Ephel auf Meldung von Turambars Schicksal zu warten, zog ihm nach, und eine große Schar ging mit ihr. Dies erfüllte Brandir noch mehr mit Entsetzen, und er versuchte sie und die Leute, die mit ihr gehen wollten, von dieser Unbesonnenheit abzuhalten, doch sie achteten seiner nicht. Da kündigte er seinen Fürstenrang auf und sagte aller Liebe ab zu dem Volke, das ihn verhöhnt hatte, und als ihm nun nichts blieb als seine Liebe zu Níniel, gürtete er sich mit einem Schwert und ging ihr nach; da er aber lahmte, blieb er weit zurück.

Nun kam Turambar gegen Sonnenuntergang nach Nen Girith, und dort erfuhr er, daß Glaurung am Rande der steilen Ufer des Teiglin lag und sich wahrscheinlich rühren würde, wenn es Nacht wurde. Dies nannte er gute Nachricht, denn der Drache lag bei Cabed-en-Aras, wo der Fluß durch eine tiefe und enge Schlucht floß, über die ein gehetzter Hirsch hinwegsetzen konnte; und weiter gedachte Turambar nicht zu gehen, sondern versuchen wollte er, die Schlucht zu durchqueren. In der Dämmerung wollte er dort hinschleichen, bei Nacht in die Schlucht hinabsteigen, das wilde Wasser durchqueren und dann die Klippe am anderen Ufer ersteigen, um so den Drachen unversehens und von unten her anzugreifen.

Dies war sein Plan, doch Dorlas verließ der Mut, als sie im Dunkeln an die Schnellen des Teiglin kamen, und er wagte es nicht, den gefährlichen Übergang zu versuchen, sondern wich zurück und verbarg sich in den Wäldern, mit Schande beladen. Turambar und Hunthor aber kamen sicher hinüber, denn das laute Tosen des Wassers erstickte jeden andren Laut, und Glaurung schlief. Doch noch vor Mitternacht wurde er wach, und mit viel Lärm und Dampf warf er sein Vorderteil über die Schlucht und begann den Rumpf nachzuziehen. Fast betäubt von der Hitze und dem Gestank strebten Turambar und Hunthor eilends hinauf, um Glaurung anzugreifen; und Hunthor erschlug ein großer Stein, den die Bewegungen des Drachen über ihnen gelöst hatten; der Stein traf ihn am Kopf und stürzte ihn hinab in den Fluß. So endete Hunthor, nicht der Furchtsamste aus dem Volke Haleths.

Da nahm Turambar allen Willen und Mut zusammen und erstieg die Klippe allein und kam unter den Drachen. Dann zog er Gurthang, und mit aller Kraft, die der Haß seinem Arm gab, stieß er das Schwert bis zum Heft in den weichen Bauch des Wurms. Als aber Glaurung die Todeswunde spürte, da schrie er laut auf, und in seiner gräßlichen Qual riß er den Rumpf in die Höhe, warf sich über die Schlucht hinweg und lag da auf der anderen Seite, sich krümmend und um sich peitschend im Todeskampf. Und alles um sich her setzte er in Brand, und alles schlug er entzwei, bis sein letztes Feuer erstarb und er ganz still lag.

Gurthang nun war Turambar in Glaurungs Todeszucken aus der Hand gerissen worden, und es stak noch im Leibe des Drachen. Daher durchquerte Turambar noch einmal das Wasser, um sein Schwert zu holen und seinen Feind zu betrachten; und er fand ihn der Länge nach ausgestreckt und auf die eine Seite gerollt, und das Heft von Gurthang ragte aus seinem Bauche. Da packte Turambar das Heft, stemmte einen Fuß gegen den Bauch und rief zum Hohn auf den Drachen und seine Worte in Nargothrond: »Gegrüßt seist du, Wurm Morgoths! Abermals gut getroffen. Stirb nun, und das Dunkel soll dich haben! So hat sich Túrin, Húrins Sohn, gerächt!«

Dann riß er das Schwert heraus, doch ein Strahl schwarzen Blutes quoll hinterdrein und traf seine Hand, und das Gift verbrannte sie. Und darauf öffnete Glaurung die Augen und sah Turambar mit solcher Bosheit an, daß es ihn traf wie ein Schlag; und von diesem Schlag und von dem Schmerz des Giftes sank er ins Dunkel einer Ohnmacht, und er lag da wie ein Toter, sein Schwert unter sich.

Glaurungs Schreie tönten durch die Wälder und drangen zu dem

Volk, das am Nen Girith wartete; und als jene, die sie hörten und Ausschau hielten, von fern die Verwüstung und den Brand sahen, die der Drache anrichtete, da meinten sie, daß er gesiegt habe und nun seine Angreifer vernichte. Und Níniel saß erschauernd an dem Wasserfall, und als sie Glaurungs Stimme hörte, da kroch das Dunkel wieder über sie, so daß sie sich nicht aus eigenem Willen von der Stelle zu rühren vermochte.

So fand sie Brandir, denn er kam als letzter nach Nen Girith, müde und humpelnd; und als er hörte, der Drache habe den Fluß überquert und seine Feinde niedergemacht, da schmolz sein Herz vor Mitleid mit Níniel. Doch zugleich dachte er: ›Turambar ist tot, aber Níniel lebt. Nun kann es sein, daß sie mit mir geht, und ich werde sie davonführen, und so werden wir zusammen dem Drachen entkommen.‹ Nach einer Weile trat er daher zu Níniel und sagte: »Komm, es ist Zeit, daß wir gehen. Wenn du willst, so laß mich dich führen.« Und er nahm sie bei der Hand, und sie stand schweigend auf und folgte ihm; und in der Dunkelheit sah keiner, wie sie gingen.

Doch als sie den Weg zu den Stegen hinabkamen, ging der Mond auf und warf ein graues Licht über das Land, und Níniel sagte: »Ist dies der Weg?« Und Brandir antwortete, einen Weg wisse er nicht, nur gälte es, so gut sie könnten, vor Glaurung zu fliehen und in die Wildnis zu entkommen. Níniel aber sagte: »Das Schwarze Schwert war mein Geliebter und mein Gatte, und nur ihn will ich suchen. Was konntest du andres denken?« Und sie eilte ihm voraus. So ging sie auf die Teiglin-Stege zu und erblickte Haudh-en-Elleth im weißen Mondlicht, und großes Entsetzen kam über sie. Dann wandte sie sich fort mit einem Schrei, den Mantel abwerfend, und floh den Fluß entlang nach Süden, und ihr weißes Gewand leuchtete im Mondschein.

So sah sie Brandir vom Hang des Hügels hinunter, und er wandte sich seitwärts, um ihr den Weg abzuschneiden, doch war er immer noch hinter ihr zurück, als sie zu den Verwüstungen Glaurungs am

Rande der Schlucht von Cabed-en-Aras kam. Da sah sie den Drachen liegen, doch seiner achtete sie nicht, denn ein Mann lag neben ihm; und sie rannte zu Turambar hin, vergebens seinen Namen rufend. Als sie nun sah, daß seine Hand verbrannt war, da wusch sie das Gift mit ihren Tränen ab und machte einen Verband aus einem Streifen von ihrem Gewande; und sie küßte ihn und flehte ihn von neuem an, zu erwachen. In diesem Augenblick rührte sich Glaurung zum letzten Male, ehe er starb, und er sprach mit seinem letzten Atem und sagte: »Gegrüßt seist du, Nienor, Húrins Tochter. So sehen wir uns wieder vor dem Ende. Dir gönn' ich's, daß du endlich deinen Bruder gefunden. Und nun lerne ihn kennen: Ein Meuchler im Dunkeln, Verräter an Freund und Feind, und ein Fluch für seine Sippe, Túrin, Húrins Sohn! Die schlimmste von all seinen Taten spüre du im eignen Leibe!«

Dann starb Glaurung, und der Schleier seiner Tücke fiel von ihr, und sie erinnerte sich aller Tage ihres Lebens. Auf Túrin niederblikkend rief sie: »Lebwohl, o zweifach Geliebter! *A Túrin Turambar turun ambartanen:* Meister des Schicksals, vom Schicksal gemeistert! O Glück, tot zu sein!« Da eilte Brandir auf sie zu, der schreckensstarr am Rande der verwüsteten Lichtung stehengeblieben war und alles mitangehört hatte; doch sie entlief ihm, von Sinnen vor Grauen und Leid, und als sie an die Schlucht von Cabed-en-Aras kam, da stürzte sie sich hinunter und verschwand im wirbelnden Wasser.

Dann kam Brandir und blickte hinunter und wandte sich ab in Entsetzen; und obgleich das Leben ihm nichts mehr galt, vermochte er doch nicht den Tod in jenem tosenden Wasser zu suchen. Und kein Mensch blickte hernach je wieder in die Schlucht von Cabed-en-Aras hinab, und kein Vogel oder Tier kam dorthin, und kein Baum wuchs dort; und sie wurde Cabed Naeramarth geheißen, der Sprung des Entsetzlichen Schicksals.

Brandir aber ging nach Nen Girith zurück, um dem Volk Nachricht zu bringen; und im Walde traf er Dorlas und schlug ihn tot: das erste Blut, das er je vergossen hatte, und das letzte. Und als er nach

Nen Girith kam, rief man ihm zu: »Hast du sie gesehen? Denn Níniel ist fort.«

Und er antwortete: »Níniel ist fort für immer. Der Drache ist tot, und Turambar ist tot, und dies sind gute Nachrichten.« Da murrten die Leute über seine Worte und sagten, er rede irre; doch Brandir sagte: »Hört mich bis zu Ende an! Níniel, die Geliebte, ist auch tot. In den Teiglin hat sie sich gestürzt, das Leben nicht mehr achtend; denn sie hat erfahren, daß sie niemand anders war als Nienor, die Tochter Húrins von Dor-lómin, ehe das Vergessen über sie kam, und daß Turambar ihr Bruder war, Túrin, Húrins Sohn.«

Doch als er eben geendet hatte und die Menschen weinten, da trat Túrin selbst unter sie. Denn als der Drache starb, war seine Ohnmacht gewichen, und ein tiefer Schlaf der Müdigkeit hatte ihn überkommen. Doch störte ihn die Kälte der Nacht, und das Heft von Gurthang drückte ihn in die Seite, und er erwachte. Dann sah er, daß jemand ihm die Hand verbunden hatte, und um so mehr wunderte es ihn, daß man ihn dennoch auf dem kalten Boden hatte liegen lassen. Und er rief, und da keine Antwort kam, ging er Hilfe zu suchen, denn er war matt und elend.

Doch als die Leute ihn sahen, wichen sie voll Furcht zurück, meinten sie doch, sein ruheloser Geist sei gekommen, und er sagte: »Nicht so, freut euch, denn der Drache ist tot, und ich lebe. Doch warum habt ihr meinen Rat verschmäht und euch in Gefahr begeben? Und wo ist Níniel? Denn sie will ich sehen. Doch gewiß habt ihr sie nicht hierher mitgebracht?«

Da sagte ihm Brandir, wie es sich verhielt und daß Níniel tot war. Dorlas' Weib aber rief: »Nein, Herr, er redet irre. Denn er kam hier an und sagte, tot seist du, und das nannte er gute Nachricht. Doch du lebst.«

Da war Turambar voller Zorn, glaubte er doch, alles, was Brandir gesagt und getan, sei in Tücke und Liebesneid gegen ihn und Níniel geschehen; und er sprach böse Worte zu Brandir und hieß ihn einen Klumpfuß. Da berichtete Brandir alles, was er gehört hatte, und nannte Níniel Nienor, Húrins Tochter, und er schrie Turambar Glaurungs letzte Worte ins Gesicht, daß er ein Fluch für seine Sippe sei und für alle, die ihn beherbergten.

Da fiel Turambar in Raserei, denn in diesen Worten vernahm er die Schritte seines Schicksals, wie sie ihn einholten; und er klagte Brandir an, Níniel in den Tod getrieben zu haben und hämisch Glaurungs Lügen zu verbreiten, wenn nicht gar solche, die er selber ersonnen. Dann verfluchte er Brandir und erschlug ihn; und er floh das Volk und ging in die Wälder. Nach einer Weile aber fiel der Wahn von ihm ab, und er kam zum Haudh-en-Elleth, und dort setzte er sich nieder, alles bedenkend, was er getan. Und Finduilas rief er an, daß sie ihm rate, denn er wußte nicht, ob er größeres Übel täte, wenn er nach Doriath ginge, um die Seinen aufzusuchen, oder wenn er sie für immer vergäße und den Tod in der Schlacht suchte.

Und wie er dort saß, kam Mablung mit einer Schar Grau-Elben über die Teiglin-Stege; und er erkannte Túrin und begrüßte ihn, froh, ihn noch am Leben zu finden, denn er hatte gehört, daß Glaurung hervorgekommen war und daß sein Weg nach Brethil führte; und ebenso hatte man ihm berichtet, daß das Schwarze Schwert von Nargothrond jetzt dort sei. Daher kam er nun, um Túrin zu warnen und um zu helfen, wenn es nötig wäre; doch Túrin sagte: »Du kommst zu spät. Der Drache ist tot.«

Da staunten sie und rühmten ihn laut; ihn aber kümmerte dies nicht, und er sagte: »Nur um dies eine bitte ich dich: Gib mir Nachricht von den Meinen, denn in Dor-lómin habe ich erfahren, sie seien ins Verborgene Königreich gegangen.«

Da war Mablung bestürzt, doch mußte er Túrin erzählen, wie sie Morwen verloren hatten, wie der Bann des dumpfen Vergessens auf Nienor gefallen und wie sie ihnen an den Grenzen von Doriath entlaufen und nordwärts geflohen war. Nun endlich wußte Túrin, daß ihn das Schicksal ereilt und daß er zu Unrecht Brandir erschlagen hatte; und so waren Glaurungs Worte an ihm in Erfüllung gegangen. »O böser Witz!« rief er aus, lachend wie ein Verdammter; Mablung aber trug er Flüche für Doriath auf. »Und verflucht sei auch, was dich hierhergeführt!« rief er. »Dies fehlte noch. Jetzt wird es Nacht.«

Und schnell wie der Wind entlief er ihnen, und sie waren verwirrt und fragten sich, welch ein Wahn ihn geschlagen habe; und sie folgten ihm. Túrin aber rannte ihnen weit voraus, und er kam an die Schlucht Cabed-en-Aras und hörte das Wasser tosen und sah, wie alle Blätter dort von den Bäumen fielen, als wäre es Winter geworden. Dort zog er sein Schwert, das ihn nun allein noch blieb von allem Besitz, und sagte: »Gegrüßt seist du, Gurthang! Keinen Herrn kennst du und keine Treue, nur gegen die Hand, die dich regt. Kein Blut verschmähst du. Ist also auch Túrin Turambar dir genehm, und wirst du mir ein rasches Ende machen?«

Und aus der Klinge sprach eine kalte Stimme, die ihm Antwort gab: »Fürwahr, freudig trinken will ich dein Blut, daß ich das Blut Belegs, meines Herrn, vergesse und Brandirs, des zu Unrecht Erschlagenen. Ich will dich rasch töten.«

Da setzte Túrin das Heft auf den Boden und stürzte sich in Gurthangs Spitze, und die schwarze Klinge nahm ihm das Leben. Mablung und die Elben aber kamen und sahen Glaurung, wie er tot dalag, und den Leichnam Túrins, und sie klagten; und als die Menschen von Brethil hinzukamen und die Gründe für Túrins Wahnsinn und Tod erfuhren, waren sie entgeistert. Und Mablung sagte bitter: »Auch ich war verstrickt in das Schicksal von Húrins Kindern, und so habe ich mit meiner Nachricht einen, den ich liebte, getötet.«

Dann hoben sie Túrin auf und sahen, daß Gurthang zerbrochen war. Elben und Menschen trugen viel Holz zusammen, und sie machten ein großes Feuer, und der Drache wurde zu Asche verbrannt. Túrin aber begruben sie auf einer Anhöhe, wo er gestorben war, und die Hälften von Gurthang legten sie ihm an die Seite. Und als alles getan war, sangen die Elben ein Klagelied für Húrins Kinder, und ein großer grauer Stein wurde auf den Hügel gewälzt, und darauf meißelten sie in der Runenschrift von Doriath:

TURIN TURAMBAR DAGNIR GLAURUNGA

und darunter schrieben sie auch

NIENOR NÍNIEL

Sie aber lag nicht dort, noch wurde je bekannt, wohin die kalten Wasser des Teiglin sie getragen hatten.

XXII
Vom Untergang Doriaths

So endet die Geschichte von Túrin Turambar. Morgoth aber rastete und ruhte nicht vom Bösen, und seine Rechnung mit dem Hause Hador war noch nicht beglichen. Ungestillt war sein Haß, obgleich er Húrin unter seiner Aufsicht hielt und Morwen in der Wildnis umherirrte.

Unglücklich war Húrins Los, denn was Morgoth von den Siegen seiner Tücke erfuhr, das erfuhr auch Húrin, doch wurden noch Lügen in die Wahrheit gemischt, und manches Gute wurde verschwiegen oder entstellt. Am meisten war Morgoth bestrebt, auf jegliche Weise in bösem Licht erscheinen zu lassen, was Thingol und Melian getan, denn diese haßte und fürchtete er. Als ihm daher die Zeit reif schien, nahm er Húrin die Fesseln ab und hieß ihn gehen, wohin er wolle, Mitleid mit dem ganz und gar besiegten Feinde heuchelnd. Sein wahrer Zweck aber war, daß Húrin so seinem Haß auf Elben und Menschen noch besser dienen sollte, ehe er starb.

Zwar setzte Húrin in Morgoths Worte wenig Vertrauen, wußte er doch, daß der kein Mitleid kannte, die Freiheit aber nahm er an und ging fort voller Schmerz, verbittert durch die Worte des Dunklen Herrn. Ein Jahr war vergangen seit dem Tode Túrins, seines Sohns. Achtundzwanzig Jahre lang hatte er in Angband gefangen gesessen, und er war nun von düsterem Aussehen. Haar und Bart waren weiß und lang, doch ging er ungebeugt; er trug einen großen schwarzen Stab und hatte ein Schwert umgegürtet. So zog er nach Hithlum, und die Nachricht kam zu den Häuptern der Ostlinge, daß eine große Schar von Hauptleuten und schwarzen Soldaten aus Angband über den Sand von Anfauglith geritten komme, und mit ihnen ein alter Mann, wie einer, der in hohen Ehren gehalten werde. Daher legten sie nicht Hand an Húrin, sondern ließen ihn, wie er wollte, im Lande umerziehen; und darin handelten sie klug, denn die noch Verbliebenen aus seinem eigenen Volke mieden ihn, weil er aus Angband kam wie einer, der bei Morgoth in Bund und Ehren stand.

So machte die Freiheit Húrins Herz nur noch bittrer, und er ging fort aus dem Lande Hithlum und stieg in die Berge hinauf. Von dort erblickte er in der Ferne zwischen den Wolken die Gipfel der Crissaegrim, und er gedachte Turgons; und es verlangte ihn, das verborgene Reich von Gondolin wiederzusehen. Daher stieg er die Ered Wethrin wieder hinab, nicht wissend, daß die Kreaturen Morgoths jeden seiner Schritte verfolgten; und nachdem er die Brithiach überquert, ging er nach Dimbar hinein und kam in das dunkle Gebiet zu Füßen der Echoriath. Das ganze Land war kalt und trostlos, und mit geringer Hoffnung blickte er umher, am Fuß einer großen Geröllhalde unter einer steilen Felswand stehend, und er wußte nicht, daß dies alles war, was man von dem alten Fluchtweg noch sehen konnte: Der Trockene Fluß war versperrt und der Torbogen verschüttet. Da blickte Húrin zum grauen Himmel auf und dachte, vielleicht könne er noch einmal die Adler sehen wie einst in seiner Jugend; doch nur Schatten sah er, die von Osten herübergeweht wurden, und Wolken, um die unbesteigbaren Gipfel wirbelnd, und nur den Wind hörte er über die Felsen pfeifen.

Doch die Wachen der großen Adler waren nun verdoppelt, und sie sahen Húrin wohl, weit drunten, verloren im verblassenden Licht; und geradewegs brachte Thorondor selbst die Meldung, da sie von Gewicht schien, zu Turgon. Turgon aber sagte: »Schläft denn Morgoth? Ihr habt euch geirrt.«

»Nicht so«, sagte Thorondor. »Können Manwes Adler so irren, Herr, längst wäre dein Versteck dann vergebens.«

»Dann bedeuten deine Worte Unheil«, sagte Turgon, »denn nur eines kann ihr Sinn sein: Selbst Húrin Thalion hat sich Morgoths Willen ergeben. Mein Herz ist verschlossen.«

Doch als Thorondor fort war, saß Turgon lange in Gedanken, und bestürzt erinnerte er sich der Taten Húrins von Dor-lómin; und er schloß sein Herz auf und schickte nach den Adlern, daß sie Húrin suchten und ihn nach Gondolin brächten, wenn sie es vermöchten. Doch es war zu spät, und sie sahen ihn nie wieder, ob in Licht oder Schatten.

Denn Húrin stand verzweifelt vor den stummen Klippen der Echoriath, und die späte Sonne, die durch die Wolken drang, färbte sein weißes Haar rot. Dann schrie er laut in die Wildnis hinein, gleichgültig gegen alle Lauscher, die ihn hören mochten, und verfluchte das erbarmungslose Land; und zuletzt, auf einem hohen Felsen stehend, blickte er nach Gondolin hin und rief mit lauter Simme: »Turgon, Turgon, denk' an das Fenn von Serech! O Turgon, willst du mich nicht hören in deinen versteckten Hallen?« Doch kein Laut war zu hören, außer dem des Windes im trocknen Gras. »So hat es auch im Serech gepfiffen gegen Abend«, sagte er; und während er sprach, ging die Sonne hinter den Schattenbergen unter, und Dunkelheit fiel um ihn, und der Wind hörte auf, und still wurde es in der Einöde.

Doch waren Ohren in der Nähe, die Húrins Worte vernahmen, und bald war der Bericht von all dem zum Dunklen Thron im Norden gelangt; und Morgoth lächelte, denn nun wußte er genau, in welcher Gegend Turgon sich befand, wenn auch der Adler wegen noch keiner seiner Späher das Land hinter den Umzingelnden Bergen zu Gesicht bekam. Dies war das erste Unheil, das Húrins Freilassung bewirkte.

Als es dunkel wurde, wankte Húrin von dem Felsen herab und fiel in einen schweren Schlaf des Kummers. Im Schlafe aber hörte er Morwens Stimme, wie sie klagte und oft seinen Namen rief; und ihm war es, als käme ihre Stimme aus Brethil. Als er bei Tagesanbruch erwachte, stand er daher auf und ging zur Brithiach zurück; und an den Rändern von Brethil entlangwandernd, kam er eines Abends an die Teiglin-Stege. Die Nachtwachen dort sahen ihn, doch waren sie voller Furcht, meinten sie doch den Geist eines alten Kriegers zu sehen, der, seinem Grabe entstiegen, umging, in Dunkel gehüllt; und so wurde Húrin nicht angehalten und kam schließlich zu dem Platz, wo Glaurung verbrannt war, und sah den großen Stein am Rande der Schlucht von Cabed Naeramarth.

Doch Húrin blickte den Stein nicht an, denn was dort geschrieben stand, wußte er; und er bemerkte, daß er nicht allein war. Im Schatten des Steines saß eine Frau, über ihre Knie gebeugt, und als Húrin stumm vor ihr stehenblieb, da warf sie ihren zerlumpten Umhang zurück und hob das Gesicht. Grau war sie und alt, doch plötzlich blickten ihre Augen in die seinen, und er erkannte sie, denn obgleich sie wild und voll Angst waren, schien immer noch das Licht aus ihnen, um dessentwillen man sie einst Eledhwen genannt hatte, die schönste und stolzeste unter den sterblichen Frauen der alten Tage.

»Endlich kommst du«, sagte sie. »Ich habe zu lange gewartet.«

»Der Weg war dunkel. Ich bin gekommen, sobald ich konnte«, antwortete er.

»Aber du kommst zu spät«, sagte Morwen. »Sie sind weg.«

»Ich weiß«, sagte er. »Aber du nicht.«

Doch Morwen sagte: »Beinahe. Ich bin erschöpft. Ich gehe mit der Sonne. Viel Zeit ist nicht mehr: Wenn du es weißt, erzähl' mir – wie hat sie ihn gefunden?«

Aber Húrin antwortete nicht, und sie saßen neben dem Stein und sprachen nicht mehr; und als die Sonne unterging, da stöhnte Morwen und drückte seine Hand und war still; und Húrin wußte, daß sie gestorben war. Er sah im Dämmerlicht auf sie nieder, und es schien ihm, als wären die Linien des Schmerzes und der grausamen Entbehrungen weggewischt. »Sie war unbesiegt«, sagte er und schloß ihr die Augen und blieb dann regungslos neben ihr sitzen, während die Nacht kam. Die Wasser in der Cabed Naeramarth tosten wie immer, doch er hörte keinen Laut, sah nichts und fühlte nichts, denn sein Herz war wie Stein. Doch es kam ein kalter Wind und blies ihm scharfen Regen ins Gesicht; und er kam zu sich, und Zorn stieg in ihm auf wie Rauch, die Vernunft erstickend, so daß er nichts weiter begehrte als Rache für alles Unrecht, das er und die Seinen erlitten, und in seinem Schmerz gab er allen Schuld, die je mit ihnen zu schaffen gehabt. Dann stand er auf und grub ein Grab für Morwen, über der Cabed Naeramarth auf der Westseite des Steines; und darauf ritzte er diese Worte ein: *Hier liegt auch Morwen Eledhwen.*

Es heißt, ein Seher und Harfenspieler aus Brethil namens Glirhuin habe ein Lied gemacht, worin es heißt, der Stein der Unglücklichen könne selbst von Morgoth nie entweiht noch jemals umgeworfen werden, und sollte auch das Meer alles Land ertränken; und so geschah es hernach, und immer noch steht Tol Morwen allein in den Wassern, weit vor den neuen Küsten, die im Zorn der Valar erschaffen wurden. Doch Húrin liegt nicht dort, denn ihn trieb das Schicksal weiter, und der Schatten folgte ihm noch immer.

Nun überschritt Húrin den Teiglin und ging nach Süden die alte Straße entlang, die nach Nargothrond führte; und im Osten sah er von fern die einsame Höhe des Amon Rûdh, und was dort geschehen war, wußte er. Endlich kam er an die Ufer des Narog und wagte den Übergang über den reißenden Fluß auf den herabgestürzten Steinen der Brücke, wie es vor ihm Mablung aus Doriath gewagt; und er stand vor Felagunds zerbrochenen Toren, auf seinen Stab gestützt.

Hier muß erzählt werden, daß, nachdem Glaurung fort war, Mîm der Kleinzwerg sich in Nargothrond eingefunden hatte und in die zertrümmerten Hallen gekrochen war; und er nahm sie in Besitz und saß dort und betastete das Gold und die Gemmen und ließ sie sich immer von neuem durch die Finger gleiten, denn niemand kam, ihn zu berauben, aus Furcht vor dem Geist und dem bloßen Andenken Glaurungs. Doch nun war einer gekommen und stand auf der Schwelle, und Mîm trat heraus und verlangte zu wissen, was er begehre. Doch Húrin sagt: »Wer bist du, daß du mich hindern willst, Felagunds Haus zu betreten?«

Da antwortete der Zwerg: »Ich bin Mîm, und ehe die Stolzen noch über das Meer kamen, hatten Zwerge schon die Hallen von Nulukkizdîn gegraben. Ich bin nur zurückgekehrt, um zu nehmen, was mein ist, denn ich bin der Letzte meines Volkes.«

»Dann wirst du an deinem Erbe keine Freude mehr haben«, sagte Húrin; »denn ich bin Húrin, Galdors Sohn, zurück aus Angband, und mein Sohn war Túrin Turambar, den du nicht vergessen hast; und er war es, der Glaurung den Drachen getötet hat, der diese Hallen verwüstete, wo du jetzt sitzt; und nicht unbekannt ist mir, von wem der Drachenhelm von Dor-lómin verraten wurde.«

Da flehte Mîm in großer Angst Húrin an, sich zu nehmen, was er wolle, und sein Leben zu schonen; doch Húrin hörte nicht auf seine Bitten und erschlug ihn dort vor den Toren von Nargothrond. Dann trat er ein und blieb eine Weile an jenem Schreckensort, wo in Dunkelheit und Verfall die Schätze aus Valinor über den Boden gestreut lagen. Doch heißt es, als Húrin aus den Trümmern von Nargothrond hervorkam und wieder unter freiem Himel stand, da habe er von dem ganzen großen Schatz nur ein Stück mitgenommen.

Nun wanderte Húrin nach Osten und kam an die Dämmerseen oberhalb der Sirion-Fälle; und dort hielten ihn die Elben an, welche die Westgrenzen von Doriath bewachten, und brachten ihn vor Thingol in den Tausend Grotten. Da war Thingol verwundert und bekümmert, als er den grimmigen Alten sah, den er als Húrin Thalion erkannte, Morgoths Gefangenen; doch begrüßte er ihn freundlich und erwies ihm Ehre. Húrin gab dem König keine Antwort, sondern zog das eine Stück aus seinem Mantel hervor, das er aus Nargothrond mitgenommen; und dies war kein geringerer Schatz als das Nauglamír, das Halsband der Zwerge, gefertigt vor langen Jahren für Finrod Felagund, die berühmteste Arbeit der Schmiede von Nogrod und Belegost aus den Ältesten Tagen, die Finrod, solange er lebte, höher geschätzt hatte als alle Reichtümer von Nargothrond. Und Húrin warf es Thingol vor die Füße und sprach wilde und bittere Worte.

»Empfange du deine Gebühr«, rief er, »für freundliche Aufnahme meiner Kinder und meines Weibes. Denn dies ist das Nauglamír, vielen Elben und Menschen dem Namen nach bekannt, und ich überbringe es dir aus der Dunkelheit von Nargothrond, wo dein

Blutsverwandter Finrod es hinterließ, als er mit Beren, Barahirs Sohn, aufbrach, um den Auftrag Thingols von Doriath zu erfüllen!«

Da blickte Thingol auf das edle Stück und erkannte es als das Nauglamír, und wohl verstand er, was Húrin sagte, doch voll Mitleid beherrschte er seinen Zorn und ertrug den Hohn. Und zuletzt sprach Melian und sagte: »Húrin Thalion, dich hat Morgoth behext; denn wer mit Morgoths Augen sieht, ob freiwillig oder gezwungen, sieht alle Dinge krumm. Lange wurde Túrin, dein Sohn, in den Hallen von Menegroth gepflegt und geliebt und geehrt wie ein Sohn des Königs; und nicht des Königs Wille noch der meine war es, daß er nie mehr nach Doriath zurückkam. Und später wurden dein Weib und deine Tochter hier in gutem Willen beherbergt; und mit allen Mitteln, die uns zu Gebote standen, haben wir versucht, Morwen vom Weg nach Nargothrond abzuhalten. Mit Morgoths Stimme schiltst du jetzt deine Freunde.«

Und Húrin, als er Melians Worte hörte, stand ohne Regung, und lange sah er der Königin in die Augen; und dort in Menegroth, das Melians Gürtel noch immer vor dem Dunkel des Feindes bewahrte, erkannte er, was alles in Wahrheit geschehen war, und kostete endlich das ganze Leid, das Morgoth Bauglir ihm zugemessen. Und er sprach nicht mehr vom Vergangenen, sondern hob, sich bückend, das Nauglamír vor Thingols Stuhle auf, gab es ihm und sagte: »Empfange nun, Herr, das Halsband der Zwerge als Gabe von einem, der nichts hat, und als Andenken an Húrin von Dor-lómin. Denn mein Schicksal ist nun erfüllt und Morgoths Zweck erreicht, doch ich bin sein Knecht nicht länger.«

Dann wandte er sich ab und ging fort aus den Tausend Grotten, und alle, die ihn sahen, wichen zurück vor seinem Angesicht; und keiner versuchte ihn aufzuhalten, noch wußte einer, wohin er ging. Doch heißt es, Húrin habe danach nicht mehr leben wollen, ohne jeden Zweck und Wunsch, und sich zuletzt ins Westmeer gestürzt; und so endete der gewaltigste Krieger der sterblichen Menschen.

Doch als Húrin aus Menegroth fort war, saß Thingol lange in Schweigen und besah sich den großen Schatz, der auf seinen Knien lag; und es kam ihm in den Sinn, daß man das Halsband umarbeiten und den Silmaril dareinsetzen sollte. Denn wie die Jahre hingingen, kreisten Thingols Gedanken unaufhörlich um Feanors Stein und wurden daran gebunden; und er mochte ihn auch den Türen seiner innersten Schatzkammer nicht anvertrauen und zog es vor, ihn stets bei sich zu tragen, ob er schlief oder wachte.

In jenen Tagen kamen die Zwerge noch immer auf Reisen von ihren Städten in den Ered Lindon nach Beleriand, und nachdem sie den Gelion bei Sarn Athrad, der Steinfurt, überquert hatten, zogen sie auf der alten Straße nach Doriath; denn sie waren Meister der Metalle und Steine, und in den Hallen von Menegroth war ihre Kunst sehr gefragt. Doch kamen sie nun nicht mehr wie einst in kleinen Trupps, sondern in großen und wohlbewaffneten Scharen, zum Schutz in den gefahrvollen Landen zwischen Aros und Gelion; und in Menegroth wohnten sie in eigens für sie eingerichteten Kammern und Werkstätten. Zu jener Zeit waren eben große Schmiede aus Nogrod nach Doriath gekommen; daher rief der König sie zu sich und erklärte ihnen seinen Wunsch: Wenn ihre Kunst dies vermöge, so sollten sie das Nauglamír umarbeiten und den Silmaril hineinsetzen. Dann betrachteten die Zwerge die Arbeit ihrer Väter, und mit Staunen sahen sie den leuchtenden Stein Feanors; und ein heißes Begehren erfüllte sie, beides zu besitzen und es in ihre ferne Heimat in den Bergen davonzutragen. Doch verbargen sie, was sie dachten, und willigten in die Aufgabe ein.

Lange dauerte dies Werk, und Thingol stieg allein hinunter in ihre tiefen Schmieden und saß stets unter ihnen, während sie arbeiteten. Endlich war sein Wunsch erfüllt, und die größten Arbeiten der Elben und der Zwerge waren zusammengefügt und vereint; und sehr schön war das Werk, denn nun spiegelten und streuten die unzähligen Edelsteine des Nauglamír in herrlichen Farben das Licht des Silmaril in ihrer Mitte. Nun wollte Thingol, der allein unter den

Zwergen war, es nehmen und sich um den Hals legen; in dem Augenblick aber verweigerten es ihm die Zwerge und verlangten, daß er es ihnen abtrete, indem sie sagten: »Welches Anrecht hat der Elbenkönig auf das Nauglamír, das unsere Väter für Finrod Felagund fertigten, der nun tot ist? Erhalten hat er es von Húrin, dem Menschen von Dor-lómin, der es aus dem Dunkel von Nargothrond gestohlen.« Thingol aber sah ihnen ins Herz und erkannte wohl, daß sie den Silmaril begehrten und nur einen Vorwand suchten, um dies zu bemänteln; und in seinem Zorn und Stolz kümmerte ihn nicht die Gefahr, und er sprach zu ihnen voll Verachtung und sagte: »Wie könnt ihr ungeschlachtes Volk es wagen, etwas zu fordern von mir, Elu Thingol, dem Herrn von Beleriand, dessen Leben an den Wassern von Cuiviénen begann, ungezählte Jahre bevor die Väter des kurzen Volkes erwachten?« Und voll Hoheit in ihrer Mitte stehend, gebot er ihnen mit schimpflichen Worten, ohne Lohn aus Doriath zu verschwinden.

Da wurde die Begierde der Zwerge zur Wut entflammt; und sie drangen auf Thingol ein, legten Hand an ihn und töteten ihn auf der Stelle. So starb in den tiefen Kammern von Menegroth Elwe Singollo, König von Doriath, der als einziger von allen Kindern Ilúvatars mit einer der Ainur vereint war; und er, der als einziger der Verlassenen Elben das Licht der Bäume von Valinor gesehen hatte, starb, den letzten Blick auf den Silmaril gerichtet.

Dann nahmen die Zwerge das Nauglamír, verschwanden aus Menegroth und flohen durch Region nach Osten. Doch die Meldung gelangte schnell durch den Wald, und nur wenige von ihrer Schar kamen über den Aros, denn sie wurden zu Tode gehetzt, als sie der Straße nach Osten zustrebten; und das Nauglamír wurde ihnen wieder abgenommen und in bittrem Schmerz Melian, der Königin, zurückgebracht. Doch zwei von Thingols Mördern entgingen der Verfolgung an den Ostgrenzen und kehrten zuletzt in ihre ferne Stadt in den Blauen Bergen heim; und dort in Nogrod berichteten sie ein wenig von allem, was vorgefallen, und sagten, die Zwerge seien in Doriath auf Geheiß des Elbenkönigs getötet worden, der sie um ihren Lohn habe betrügen wollen.

Groß war da der Zorn der Zwerge von Nogrod, und laut klagten sie um die toten Brüder und großen Schmiede, und sie rauften sich die Bärte und weinten; und lange saßen sie und sannen auf Rache. Es heißt, sie hätten um Hilfe aus Belegost gebeten, doch wurde sie ihnen verweigert, und die Zwerge von Belegost wollten sie von ihrem Vorhaben abbringen, doch vergeblich war ihr Zureden, und binnen kurzem kam ein großes Heer aus Nogrod, setzte über den Gelion und zog westwärts durch Beleriand.

Eine schwere Wandlung war über Doriath gefallen. Melian saß lange schweigend neben Thingol, dem König, und ihre Gedanken gingen zurück in die sternbeschienenen Jahre und zu ihrer ersten Begegnung unter den Nachtigallen von Nan Elmoth in vergangenen Altern; und sie wußte, ihr Abschied von Thingol war Vorbote eines größeren Abschieds, und das Schicksal von Doriath war nahe. Denn Melian war vom göttlichen Geschlecht der Valar, und sie war eine Maia von hoher Kraft und Weisheit; aus Liebe zu Elwe Singollo aber hatte sie die Gestalt der Älteren Kinder Ilúvatars angenommen, und in dieser Vermählung banden sie die Fesseln des Fleisches von Arda. In dieser Getalt gebar sie ihm Lúthien Tinúviel, und in dieser Gestalt erlangte sie Macht über die Stoffe von Arda, und durch Melians Gürtel blieb Doriath lange Alter hindurch vor dem Unheil ringsum bewahrt. Doch nun war Thingol tot, und sein Geist war in Mandos' Hallen gegangen; und eine Wandlung kam mit seinem Tode auch über Melian. So geschah es, daß ihre Macht zu jener Zeit aus den Wäldern von Neldoreth und Region genommen wurde, und der verzauberte Fluß Esgalduin sprach mit anderer Stimme, und Doriath lag seinen Feinden offen.

Drauf sprach Melian mit keinem mehr, nur Mablung bat sie, den Silmaril zu verwahren und eilends Nachricht an Beren und Lúthien zu senden; und sie verschwand aus Mittelerde und ging in das Land der Valar jenseits des Westmeeres, um in den Gärten von Lórien, von wo sie gekommen war, über ihr Leid nachzusinnen; und in dieser Geschichte ist von ihr nicht mehr die Rede.

So kam es, daß das Heer der Naugrim über den Aros hinweg ungehindert in die Wälder von Doriath eindrang; und niemand widerstand ihnen, denn sie waren zahlreich und voller Zorn, während die Hauptleute der Grau-Elben unschlüssig und verzweifelt und ohne Plan umherirrten. Die Zwerge aber kannten ihr Ziel, überschritten die große Brücke und stürmten Menegroth, und was dort geschah, ist eines der unseligsten Ereignisse der Ältesten Tage. Denn in den Tausend Grotten wurde gekämpft, und viele Elben und Zwerge fielen; und dies wurde nicht vergessen. Doch die Zwerge trugen den Sieg davon, und Thingols Hallen wurden verwüstet und geplündert. Dort fiel Mablung von der Schweren Hand, vor der Tür der Schatzkammer, worin das Nauglamír lag; und der Silmaril wurde weggenommen.

Zu jener Zeit lebten Beren und Lúthien noch auf Tol Galen, der Grünen Insel im Flusse Adurant, dem südlichsten der Wasserläufe, die von den Ered Lindon herab dem Gelion zufließen; und ihr Sohn Dior Eluchíl hatte Nimloth zur Gattin, eine Verwandte Celeborns, des Edlen von Doriath, der mit Frau Galadriel vermählt war. Die Söhne von Dior und Nimloth waren Eluréd und Elurín, und auch eine Tochter wurde ihnen geboren, Elwing mit Namen, was Sternengischt bedeutet, denn sie war in einer Nacht geboren, in der die Sterne in der Gischt des Wasserfalls von Lanthir Lamath glitzerten, neben dem Haus ihres Vaters.

Rasch verbreitete sich nun die Nachricht unter den Elben von Ossiriand, daß eine große Schar Zwerge in voller Kriegsrüstung die Berge heruntergekommen und bei der Furt der Steine über den Gelion gegangen sei. Die Meldung erreichte bald auch Beren und Lúthien, und zur selben Zeit kam ein Bote aus Doriath, der ihnen berichtete, was dort geschehen war. Da machte Beren sich auf und verließ Tol Galen, und nachdem er Dior, seinen Sohn herbeigerufen, gingen sie nach Norden zum Flusse Ascar; und mit ihnen gingen viele Grün-Elben aus Ossiriand.

So geschah es, daß die Zwerge von Nogrod, als sie, mit verminderter Heeresstärke aus Menegroth zurückkehrend, wieder nach Sarn Athrad kamen, von unsichtbaren Feinden angegriffen wurden; denn als sie die Ufer des Gelion emporstiegen, mit dem Raub von Doriath beladen, da erschollen aus allen Wäldern plötzlich die Elbenhörner, und von allen Seiten trafen sie die Pfeile. Viele der Zwerge wurden dort schon beim ersten Angriff getötet; doch manche entkamen dem Überfall und flohen, sich dicht beieinander haltend, nach Osten den Bergen zu. Und als sie die langen Hänge des Dolmed erklommen, da traten ihnen die Hirten der Bäume entgegen und trieben sie in die schattigen Wälder der Ered Lindon. Und von dort, so heißt es, sei kein einziger wieder hervorgekommen, um die hohen Pässe zu ersteigen, die in ihre Heimat führten.

In jener Schlacht bei Sarn Athrad kämpfte Beren seinen letzten Kampf und erschlug mit eigener Hand den Fürsten von Nogrod und nahm ihm das Halsband der Zwerge ab; im Sterben aber sprach der Zwerg einen Fluch über den ganzen Schatz. Mit Erstaunen sah Beren denselben Stein Feanors, den er aus Morgoths Eisenkrone geschnitten, denn er leuchtete nun zwischen Gold und Gemmen, wohin ihn die Kunst der Zwerge versetzt hatte; und er wusch im Wasser des Flusses das Blut davon ab. Und als alles vorüber war, wurde der Schatz von Doriath im Ascar versenkt, und von der Stunde an hieß der Fluß Rathlóriel, das Goldbett; das Nauglamír aber nahm Beren und kehrte heim nach Tol Galen. Wenig linderte es Lúthiens Schmerz, als sie erfuhr, daß der Fürst von Nogrod gefallen war und viele Zwerge mit ihm; doch wird gesagt und gesungen, Lúthien, wenn sie jenes Halsband und den unsterblichen Stein trug, sei das Schönste und Herrlichste gewesen, das man außerhalb des Reiches von Valinor je habe sehen können; und für eine kurze Zeit war das Land der Toten, welche leben, wie ein Abglanz des Landes der Valar, und kein Ort war je mehr so schön, so fruchtbar und so voller Licht.

Nun nahm Dior, Thingols Erbe, von Beren und Lúthien Abschied und zog mit Nimloth, seiner Gattin, von Lanthir Lamath nach Menegroth und wohnte dort; und mit ihnen gingen ihre kleinen Söhne Eluréd und Elurín und ihre Tochter Elwing. Da empfingen die Sindar sie mit Freuden und richteten sich auf aus dem Dunkel ihrer Trauer um die Gefallenen, um den König und um den Abschied Melians; und Dior Eluchíl nahm sich vor, den Glanz des Königreichs von Doriath zu erneuern.

Es war ein Herbstabend, und als es spät wurde, kam einer und pochte an die Tore von Menegroth, Einlaß beim König verlangend. Es war ein Fürst der Grün-Elben, der aus Ossiriand herbeigeeilt war, und die Torwächter brachten ihn zu Dior, der allein in seiner Kammer saß; und dort übergab er dem König schweigend ein Kästchen und nahm Abschied. In dem Kästchen aber lag das Halsband der Zwerge mit dem Silmaril darin; und als Dior es sah, erkannte er es für ein Zeichen, daß Beren Ercharmion und Lúthien Tinúviel gestorben und nun erst hingegangen waren, wo das Schicksal die Menschen hinführt jenseits der Welt.

Lange blickte Dior auf den Silmaril, den sein Vater und seine Mutter unverhofft aus Morgoths Höhlen gerettet hatten; und groß war sein Schmerz, daß der Tod sie so früh ereilt. Die Weisen aber haben gesagt, der Silmaril habe ihr Ende beschleunigt; denn die Flamme von Lúthiens Schönheit, wenn sie ihn trug, war zu hell für die sterblichen Lande.

Dann stand Dior auf, und um den Hals legte er sich das Nauglamír, und nun erschien er als der schönste von allen Kindern der Welt, war er doch aus dreifachem Geschlechte: von den Edain, von den Eldar und von den Maiar des Segensreiches.

Nun aber lief unter den verstreuten Elben von Beleriand das Gerücht um, daß Thingols Erbe Dior des Nauglamír trage, und man sagte: »Einer der Silmaril Feanors brennt wieder in den Wäldern von Doriath«, und der Eid der Söhne Feanors wurde aus seinem Schlaf erweckt. Denn solange Lúthien das Halsband der Zwerge trug, wagte kein Elb, sie anzugreifen; als nun aber die sieben von der Erneuerung Doriaths und von Diors Pracht hörten, da ließen sie von ihren Wanderungen ab, kamen zusammen und sandten ihm Botschaft, ihr Eigentum fordernd.

Doch Dior gab Feanors Söhnen keine Antwort; und Celegorm wiegelte seine Brüder auf, zum Angriff auf Doriath zu rüsten. Sie erschienen unversehens mitten im Winter und kämpften mit Dior in den Tausend Grotten, und so kam es zum zweiten Morden von Elben an Elben. Dort fiel Celegorm von Diors Hand, und Curufin fiel und der dunkle Caranthir; aber auch Dior wurde erschlagen und Nimloth, sein Weib, und Celegorms grausame Diener ergriffen seine kleinen Söhne und überließen sie im Walde dem Hungertod. Dies reute Maedhros, und lange suchte er nach ihnen in den Wäldern von Doriath; doch all sein Suchen fruchtete nichts, und von dem Geschick Eluréds und Eluríns berichtet keine Erzählung.

So ging Doriath unter und erhob sich nicht mehr. Doch Feanors Söhne erlangten nicht, was sie suchten; denn ein Rest des Volkes floh vor ihnen, darunter Elwing, Diors Tochter, und den Silmaril mit sich führend, entkamen sie und gelangten beizeiten dorthin, wo der Sirion ins Meer fließt.

XXIII
Von Tuor und dem Fall von Gondolin

Es wurde erzählt, wie Huor, Húrins Bruder, in der Schlacht der Ungezählten Tränen fiel; und im Winter desselben Jahres gebar Rían, sein Weib, in der Wildnis von Mithrim einen Sohn, und er wurde Tuor genannt und von Annael aufgezogen, einem der Grau-Elben, die noch in jenen Hügeln lebten. Als Tuor nun sechzehn Jahre alt war, gedachten die Elben, die Höhlen von Androth, in denen sie wohnten, zu verlassen und sich heimlich zu den Sirion-Häfen im fernen Süden durchzuschlagen; doch wurden sie von Orks und Ostlingen angegriffen, ehe sie noch die Flucht bewerkstelligen konnten, und Tuor wurde gefangengenommen und zum Sklaven Lorgans gemacht, des Häuptlings der Ostlinge von Hithlum. Drei Jahre lang ertrug er die Knechtschaft, doch dann entfloh er. Er kehrte in die Höhlen von Androth zurück, wo er ganz allein lebte; und solchen Schaden stiftete er unter den Ostlingen, daß Lorgan einen Preis auf seinen Kopf setzte.

Doch als Tuor vier Jahre lang so als ein einsamer Bandit gelebt hatte, gab Ulmo es ihm in den Sinn, aus dem Lande seiner Väter fortzugehen, denn Ulmo hatte Tuor zum Werkzeug seiner Pläne erwählt. Und so verließ er wieder die Höhlen von Androth und ging nach Westen durch Dor-lómin, und dort fand er Annon-in-Gelydh, die Pforte der Noldor, die Turgons Volk vor langen Jahren gebaut hatte, als es in Nevrast lebte. Dies war der Eingang zu einem dunklen Tunnel, der unter dem Gebirge hindurchführte und in der Cirith Ninniach wieder ins Freie trat, der Regenbogenspalte, durch die ein Wildbach dem Westmeer zufloß. So blieb Tuors Flucht aus Hithlum von Mensch und Ork unbemerkt, und keine Meldung drang Morgoth zu Ohren.

Und Tuor kam nach Nevrast, und als er Belegaer, das Große Meer, erblickte, da liebte er es, und die Laute der Wellen und die Sehnsucht nach dem Meer gingen nicht mehr aus seinem Ohr und

Herzen, und eine Unruhe war in ihm, die ihn zuletzt in die Weiten von Ulmos Reich führte. Nun lebte er allein in Nevrast, und der Sommer des Jahres ging hin, und das Verhängnis von Nargothrond nahte; als es aber Herbst wurde, sah er sieben große Schwäne gen Süden fliegen, und er erkannte darin ein Zeichen, daß er zu lange verweilt hatte, und er folgte ihrem Fluge die Küste entlang. So kam er schließlich zu den verlassenen Hallen von Vinyamar unter dem Tarasberg, und er trat ein und fand Schild und Panzer, Schwert und Helm, wie sie Turgon auf Ulmos Geheiß vor langer Zeit dort gelassen hatte; und er gürtete sich mit diesen Waffen und ging ans Ufer hinunter. Da aber kam ein großer Sturm aus Westen, und aus dem Sturm erhob sich Ulmo in seiner Majestät und sprach zu Tuor, der am Ufer stand. Und Ulmo hieß ihn, von diesem Ort aufzubrechen und das versteckte Königreich Gondolin zu suchen; und er gab Tuor einen großen Mantel, um sich vor den Augen seiner Feinde in Schatten zu bergen.

Am Morgen aber, als der Sturm vorüber war, traf Tuor einen Elben, der von den Mauern von Vinyamar stand; und dies war Voronwe, Aranwes Sohn, aus Gondolin, der mit dem letzten Schiff gefahren war, das Turgon nach Westen entsandte. Doch als das Schiff, aus dem hohen Meere zurückkehrend, zuletzt in dem großen Sturm scheiterte, in Sichtweite der Küste von Mittelerde, da trug Ulmo ihn als einzigen von allen Seeleuten empor und warf ihn nahe bei Vinyamar an Land. Und als Voronwe nun erfuhr, welchen Auftrag Tuor von dem Herrn der Wasser empfangen hatte, da war er voll Staunens und weigerte sich nicht, ihn zu dem versteckten Tor von Gondolin zu geleiten. So machten sie sich zusammen auf den Weg, und als der Grausame Winter jenes Jahres von Norden her über sie hereinbrach, da gingen sie vorsichtig unter den Ausläufern des Schattengebirges nach Osten.

Schließlich führte sie ihr Weg zu den Weihern von Ivrin, und voller Trauer sahen sie die Entweihung, die Glaurung der Drache begangen hatte, als er hier vorüberkam; doch während sie dies noch betrachteten, sahen sie einen, der eilig nach Norden ging, und er war ein großer Mensch, in Schwarz gehüllt und ein schwarzes Schwert an der Seite. Aber sie wußten nicht, wer er war, noch was im Süden geschehen war; und er ging an ihnen vorüber, ohne daß sie sich zu erkennen gaben.

Zuletzt, dank der Macht, die Ulmo ihnen verliehen, kamen sie an das versteckte Tor von Gondolin, und nachdem sie den Tunnel durchschritten hatten, erreichten sie das innere Tor und wurden von der Wache gefangengenommen. Dann führte man sie die gewaltige Schlucht von Orfalch Echor hinauf, die von sieben Toren versperrt war, und brachte sie zu Ecthelion von der Quelle, dem Wärter des großen Tores am Ende der aufsteigenden Straße; und dort warf Tuor seinen Mantel ab, und an den Waffen aus Vinyamar, die er trug, erkannte man, daß er wahrhaftig von Ulmo gesandt war. Dann blickte Tuor hinab auf das schöne Tal von Tumladen, eingefaßt zwischen den Umzingelnden Bergen wie ein grünes Juwel; und in der Ferne, auf der felsigen Höhe des Amon Gwareth sah er das große Gondolin, die Stadt mit den sieben Namen, die ruhmreichste und meistbesungene von allen Städten der Elben in den Hinnenlanden. Auf Ecthelions Geheiß wurden auf den Türmen des großen Tores Trompeten geblasen, und sie hallten von den Bergen wider; und von fern, doch deutlich vernahm man zur Antwort den Klang der Trompeten auf den weißen, von der Dämmerung geröteten Mauern der Stadt.

So geschah es, daß Huors Sohn durch Tumladen ritt und ans Stadttor von Gondolin kam; und nachdem er die breite Treppe zur Stadt hinaufgeschritten war, brachte man ihn zuletzt zum Turm des Königs, und er sah die Bilder der Bäume von Valinor. Dann stand Tuor vor Turgon, Fingolfins Sohn und Hoher König der Noldor, und zur Rechten des Königs stand Maeglin, sein Schwestersohn, zur Linken aber Idril Celebrindal, seine Tochter. Und alle, welche Tuors Stimme vernahmen, waren verwundert und mochten nicht glauben, daß dies wahrhaftig ein Mensch von sterblicher Art sei, denn seine Worte waren die Worte des Herrn der Wasser, die ihm in jener

Stunde in den Sinn kamen. Und er überbrachte Turgon die Warnung, daß Mandos' Fluch nun der Erfüllung entgegeneile, in der alle Werke der Noldor untergehen sollten; und er hieß ihn fortziehen und die schöne und mächtige Stadt verlassen, die er erbaut hatte, und den Sirion hinab zum Meere zu gehen.

Lange bedachte nun Turgon Ulmos Rat, und ihm kamen die Worte wieder in den Sinn, die einst in Vinyamar zu ihm gesprochen wurden: »Liebe nicht zu sehr deiner Hände Werk und deines Herzens Pläne, und sei dessen eingedenk, daß die wahre Hoffnung der Noldor im Westen liegt und vom Meere kommt.« Doch Turgon war stolz geworden, und Gondolin war schön wie ein Abglanz der Elbenstadt Tirion, und selbst gegen den Rat eines Vala vertraute er noch immer auf sein Geheimnis und seine undurchdringliche Befestigung; und nach der Nirnaeth Arnoediad begehrte das Volk der Stadt nicht mehr, jemals wieder an den Sorgen der Elben und Menschen draußen beteiligt zu sein, noch durch Gefahr und Schrecken in den Westen zurückzukehren. Abgeschlossen hinter seinen weglosen und verzauberten Bergen, ließ Gondolin niemanden ein, und wäre er selbst auf der Flucht vor Morgoth gewesen; und die Nachrichten aus den Ländern draußen kamen nur selten und von weit her, und man beachtete sie wenig. Die Späher von Angband suchten Gondolin vergebens; und wo es lag, darüber gab es nur Gerüchte, und niemand konnte das Geheimnis entdecken. Maeglin sprach im Rate des Königs stets gegen Tuor, und seine Worte schienen um so schwerer zu wiegen, als sie ganz nach Rugons Herzen waren. Und zuletzt lehnte Turgon Ulmos Ansinnen ab und folgte seinem Rate nicht. Doch in der Warnung des Vala hörte er von neuem die Worte, die vor langer Zeit an der Küste von Aman gesprochen wurden, ehe die Noldor von dort schieden; und Furcht vor Verrat erwachte in Turgons Herzen. Daher ließ er zu jener Zeit sogar den Eingang zu dem versteckten Tor in den Umzingelnden Bergen zuschütten; und hernach, solange die Stadt stand, ging niemand mehr aus Gondolin fort, ob zu friedlichem oder kriegerischem Geschäft. Nachricht kam durch Thorondor, den Herrn der Adler, vom Fall Nargothronds und später vom Tode Thingols und Diors, seines Erben, und von der Vernichtung Doriaths; doch Turgon verschloß sein Ohr vor den Leiden der Welt draußen und gelobte, nie mehr an der Seite eines Sohns von Feanor in den Krieg zu ziehen, und seinem Volk verbot er für immer, den Sperrgürtel der Berge zu überschreiten.

Und Tuor blieb in Gondolin, denn Glück und Schönheit der Stadt und die Kenntnisse ihrer Bewohner nahmen ihn gefangen; und er wurde mächtig an Körper und Geist und vertiefte sich in die Wissenschaft der verbannten Elben. Dann wandte sich Idrils Herz ihm zu, und sein Herz wandte sich ihr zu; und Maeglins versteckter Haß wurde immer größer, denn über alles begehrte er, sie zu besitzen, die einzige Erbin des Königs von Gondolin. Doch so hoch stand Tuor in des Königs Gunst, als er sieben Jahre dort gelebt hatte, daß ihm Turgon auch die Hand seiner Tochter nicht verweigerte; denn wenn er schon Ulmos Rat nicht befolgte, so erkannte er doch, daß das Schicksal der Noldor mit dem jenes einen verknüpft war, den Ulmo gesandt hatte; und er vergaß nicht, was Huor zu ihm gesagt hatte, bevor sich das Heer von Gondolin aus der Schlacht der Ungezählten Tränen zurückzog.

Da gab es ein großes und frohes Fest, denn Tuor hatte die Herzen aller gewonnen, nur nicht Maeglins und seiner geheimen Anhänger; und so kam es zur zweiten Vereinigung zwischen Elben und Menschen.

Im Frühjahr darauf wurde in Gondolin Earendil der Halb-Elb geboren, Sohn von Tuor und Idril Celebrindal; und dies war fünfhundertunddrei Jahre nach der Ankunft der Noldor in Mittelerde. Unübertrefflich schön war Earendil, denn ein Licht war in seinem Antlitz wie das Licht des Himmels; in ihm waren die Schönheit und Weisheit der Eldar mit der Kraft und Kühnheit der alten Menschen vereinigt; und immer sprach das Meer zu seinem Ohr und Herzen, wie zu Tuor, seinem Vater.

Damals waren die Tage von Gondolin noch voll Freude und Frieden, und niemand wußte, daß das Gebiet, wo das Verborgene Königreich lag, Morgoth schon durch Húrins Schreie verraten worden war, als dieser in der Wildnis vor den Umzingelnden Bergen stand und, da er keinen Eingang finden konnte, in seiner Verzweiflung nach Turgon rief. Seither kreisten Morgoths Gedanken unablässig um das gebirgige Land zwischen dem Anach und dem Oberlauf des Sirion; dank der Wachsamkeit der Adler jedoch konnte noch kein Späher und keine Kreatur aus Angband dorthin gelangen, und Morgoth war in der Erfüllung seiner Pläne aufgehalten. Idril Celebrindal aber war gelehrt und weitblickend, und ihr ahnte Schlimmes, und Vorwissen kroch wie eine Wolke über ihren Geist. Daher ließ sie in jener Zeit einen geheimen Weg vorbereiten, einen Tunnel, der unter der Stadt bis zu einem Ausgang weit jenseits der Mauern führte, nördlich des Amon Gwareth; und sie fing es so an, daß die Arbeiten nur wenig bekannt wurden und kein Wort davon je an Maeglins Ohr drang.

Zu einer Zeit nun, als Earendil noch ein Kind war, verschwand Maeglin. Denn, wie erzählt worden, er liebte den Bergbau und das Schürfen nach den Metallen mehr als jede andere Kunst, und er war der Meister und Führer der Elben, die fern der Stadt in den Bergen nach Metallen gruben, aus denen sie schmiedeten, wessen sie zu Krieg und Frieden bedurften. Doch oft ging Maeglin mit wenigen seiner Leute über den Sperrgürtel der Berge hinaus, und der König wußte nicht, daß sein Gebot derart mißachtet wurde; und so wollte es das Schicksal, daß Maeglin von Orks gefangen und nach Angband gebracht wurde. Maeglin war nicht schwach oder feig, doch die Qualen, die man ihm androhte, beugten seinen Geist, und er erkaufte Leben und Freiheit, indem er Morgoth die genaue Lage von Gondolin verriet und die Wege, auf denen es zu erreichen und anzugreifen war. Groß war da Morgoths Freude, und Maeglin versprach er, daß er über Gondolin als sein Vasall herrschen und Idril Celebrindal zum Besitz erhalten solle, sobald die Stadt erst genommen wäre; und gewiß erleichterten Maeglins Begehren nach Idril und sein Haß auf Tuor den Verrat, den schimpflichsten von allen, über die in den Geschichten aus den Ältesten Tagen berichtet wird. Morgoth schickte ihn jedoch nach Gondolin zurück, damit niemand den Verrat argwöhne und Maeglin den Angriff, wenn die Stunde käme, von innen unterstützen könne; und er ging weiter durch die Hallen des Königs, Lächeln im Antlitz und Unheil im Herzen, während sich das Dunkel immer dichter um Idril legte.

Endlich, in dem Jahr, als Earendil sieben Jahre alt wurde, war Morgoth bereit, und er ließ seine Balrogs und seine Orks und seine Wölfe auf Gondolin los; und mit ihnen kamen Drachen aus Glaurungs Brut, und sie waren nun zahlreich und furchtbar. Morgoths Heer kam von Norden, wo die Berge am höchsten und die Wachen am spärlichsten waren, und es kam in der Nacht vor einem Fest, als in Gondolin jedermann auf den Mauern war, um die Sonne zu erwarten und Gesänge anzustimmen, wenn sie aufginge; der nächste Tag nämlich war der große Festtag, den man als die Pforten des Sommers bezeichnete. Das rote Licht aber stieg über den Bergen im Osten auf, und niemand sah nach Norden; und so wurde dem Vordringen der Feinde kein Halt geboten, bis sie schon unter den Mauern standen und die Stadt hoffnungslos eingeschlossen war. Von den Taten verzweifelten Muts, welche die Häupter der edlen Häuser und ihre Krieger dort leisteten, nicht zuletzt Tuor, wird ausführlich im *Fall von Gondolin* erzählt: wie Ecthelion von der Quelle auf dem Platz vor dem Königshause mit Gothmog, dem Fürsten der Balrogs, kämpfte und beide einander erschlugen, und wie Turgons Turm von den Männern seines Hauses verteidigt wurde, bis man den Turm umwarf. Gewaltig war sein Einsturz wie der Sturz Turgons zwischen den Trümmern.

Tuor versuchte Idril aus den Trümmern der Stadt zu retten, doch Maeglin hatte Hand an sie und Earendil gelegt; und Tuor rang mit Maeglin auf der Stadtmauer und warf ihn hinunter, und dreimal schlug sein Leib im Fallen auf die Felswände des Amon Gwareth auf, ehe er drunten in die Flammen stürzte. Dann führten Tuor und Idril diejenigen, die sie in der Verwirrung der niederbrennenden Stadt noch zu sammeln vermochten, den geheimen Weg hinab, den Idril vorbereitet hatte; und von diesem Tunnel wußten die Hauptleute aus Angband nichts, und sie glaubten auch nicht, daß Flüchtlinge einen Weg nach Norden nehmen würden, wo die Berge am höchsten waren und Angband am nächsten. Der Qualm des Brandes und der Dampf der klaren Quellen von Gondolin, die in den Flammen der Drachen versiegten, senkte sich in traurigen Nebeln über das Tal von Tumladen; und so wurde die Flucht Tuors und seiner Gefährten begünstigt, denn sie hatten noch einen weiten und offenen Weg vom Ausgang des Tunnels bis zum Fuße der Berge zurückzulegen. Dennoch, sie kamen dorthin, und über alles Hoffen gelang ihnen der Aufstieg, in Schmerz und Elend, denn die Höhen waren kalt und schrecklich, und unter den Flüchtlingen waren viele Verwundete, Frauen und Kinder.

Dort war ein entsetzlicher Paß, Cirith Thoronath genannt, die Adlerspalte, ein schmaler Pfad, der sich im Schatten der höchsten Gipfel dahinwand, zur Rechten eine Felswand und zur Linken den entsetzlichen Abgrund der Leere. Auf diesem schmalen Weg gingen sie, als sie von Orks überfallen wurden, denn Morgoth hatte überall in den Umzingelnden Bergen Wachen aufgestellt, und ein Balrog war unter ihnen. Furchtbar war da ihre Not, und kaum hätte sie der blonde Glorfindel durch seinen Mut gerettet, der Herr des Hauses der Goldenen Blume von Gondolin, wäre ihnen nicht Thorondor beizeiten zu Hilfe gekommen.

Der Lieder sind viele, in denen Glorfindels Kampf mit dem Balrog auf einer Felsspitze an jenem hohen Orte besungen wurde; und beide stürzten sie im Abgrund zu Tode. Die Adler aber kamen auf die Orks herniedergestoßen, so daß die Nachricht von der Flucht aus Gondolin erst sehr viel später an Morgoths Ohr drang. Und Thorondor holte Glorfindels Leichnam aus dem Abgrund herauf, und sie begruben ihn unter einem Steinhügel am Rand des Passes; und grünes Gras wuchs dort, und gelbe Blumen blühten darauf inmitten der Steinwüste, bis daß die Welt geändert wurde.

So zogen die Überlebenden von Gondolin über die Berge, geführt von Tuor, Huors Sohn, und sie kamen ins Tal des Sirion hinab, und auf beschwerlichen und gefahrvollen Wegen nach Süden fliehend gelangten sie schließlich nach Nan-tathren, ins Land der Weidenbäume, denn noch floß Ulmos Macht in dem großen Strom und beschirmte sie. Dort rasteten sie eine Zeitlang und wurden geheilt von Wunden und Müdigkeit; ihr Leid aber war nicht zu heilen. Und sie feierten ein Fest zum Gedenken an Gondolin und die Elben, die dort umgekommen waren, die Frauen und die Mädchen und die Krieger des Königs; und der Lieder waren viele, die sie für den geliebten Glorfindel sangen, unter den Weiden von Nan-tathren gegen Ende des Jahres. Dort machte Tuor ein Lied für Earendil, seinen Sohn, das von Ulmo sprach, dem Herrn der Wasser, wie er einst in Nevrast ans Ufer gekommen; und die Meeressehnsucht erwachte in seinem und in seines Sohnes Herzen. Daher gingen Idril und Tuor aus Nan-tathren fort, den Strom hinab nach Süden bis ans Meer; und dort lebten sie bei den Sirion-Häfen, und ihr Volk vereinigte sich mit der Schar von Elwing, Diors Tochter, die nur wenig früher hierher geflohen war. Und als die Meldung vom Fall Gondolins und von Turgons Tod nach Balar gelangte, wurde Ereinion Gil-galad, Fingons Sohn, zum Hohen König der Noldor in Mittelerde gekrönt.

Morgoth aber glaubte seinen Triumph vollendet, denn wenig fürchtete er Feanors Söhne und ihren Eid, der ihm nie wehgetan hatte und immer zu seinem größten Vorteil ausgeschlagen war; und er lachte in schwarzer Laune, dem einen Silmaril, den er eingebüßt hatte, nicht nachtrauernd, denn durch diesen, so glaubte er, sollten auch die letzten Spuren vom Volk der Eldar aus Mittelerde verschwinden, und alle Unruhe hätte ein Ende. Wenn er von denen bei den Sirion-Häfen wußte, so ließ er doch davon nichts merken, sondern wartete ab, daß Eid und Lüge ihr Werk täten. Aber am Sirion und am Meer wuchs aus den Nachkommen von Doriath und Gondolin ein Elbenvolk zusammen, und von Balar kamen Círdans Seeleute zu ihnen. Sie wurden heimisch auf den Wellen und erlernten den Schiffbau, sich immer nahe an den Küsten von Arvernien haltend, wo Ulmos Hand sie beschirmte.

Und es heißt, zu jener Zeit sei Ulmo aus den tiefen Wassern nach Valinor gekommen und habe dort zu den Valar von der Not der Elben gesprochen; und er rief sie auf, ihnen zu vergeben, sie vor der Übermacht Morgoths zu retten und die Silmaril zurückzuerobern, in denen allein noch das Licht der Glückseligen Tage blühte, der Tage, da die Zwei Bäume in Valinor strahlen. Manwe aber rührte sich nicht; und welche Geschichte wüßte um die Ratschlüsse seines Herzens? Die Weisen haben gesagt, noch sei die Stunde nicht gekommen gewesen; und nur einer, der in eigener Person für die Sache sowohl der Elben wie der Menschen spräche, Vergebung für ihre Missetaten und Mitleid für ihre Leiden erbittend, hätte den Sinn der Mächte zu rühren vermocht; und Feanors Eid konnte vielleicht auch Manwe nicht lösen, solange er nicht erloschen war und Feanors Söhne die Silmaril nicht freigegeben hatten, auf die sie ohne Rücksicht Anspruch erhoben. Denn das Licht, das in den Silmaril leuchtete, hatten die Valar selbst erschaffen.

In jenen Tagen fühlte Tuor, wie ihn das Alter beschlich, und immer stärker wurde in seinem Herzen die Sehnsucht nach den Weiten des Meeres. Und so baute er ein großes Schiff und nannte es Earráme, was Meeresschwinge bedeutet; und mit Idril Celebrindal fuhr er in den Sonnenuntergang nach Westen hinaus und verschwand aus den Liedern und Erzählungen. In späteren Zeiten wurde gesungen, Tuor allein unter den sterblichen Menschen sei zum älteren Geschlecht gezählt und mit den Noldor vereinigt worden, die er liebte; und sein Schicksal ist vom Schicksal der Menschen geschieden.

XXIV
Von Earendils Fahrt und dem Krieg des Zorns

Earendil der Strahlende wurde nun Fürst des Volkes an den Sirionmündungen, und er nahm die schöne Elwing zur Frau, und sie gebar ihm Elrond und Elros, welche die Halb-Elben genannt werden. Doch fand Earendil keine Ruhe, und seine Fahrten an den Küsten der Hinnenlande linderten nicht seine Unrast. Zwei Pläne reiften in seinem Herzen, verschmolzen beide in der Sehnsucht nach dem weiten Meer: Tuor und Idril zu suchen, die nicht zurückkehrten, und vielleicht die fernste Küste zu finden und vor seinem Tode noch den Valar die Botschaft der Elben und Menschen zu überbringen, die ihr Herz zum Mitleid für das Leid von Mittelerde bewegen mochte.

Nun wurde Earendil ein guter Freund Círdans des Schiffbauers, der mit denjenigen seines Volkes, welche der Vernichtung der Häfen von Brithombar und Eglarest entgangen waren, auf der Insel Balar lebte. Mit Círdans Hilfe baute Earendil Vingilot, die Schaumblüte, das schönste aller Schiffe in den alten Liedern; golden waren seine Ruder und weiß das Holz seiner Planken, das in den Birkenwäldern von Nimbrethil geschlagen war, und seine Segel waren silbern wie der Mond. Im *Lied von Earendil* wird so manches von seinem Abenteuern auf hoher See und in nie betretenen Landen besungen; Elwing aber fuhr nicht mit ihm und blieb in Sorge an den Mündungen des Sirion.

Earendil fand weder Tuor noch Idril, noch kam er auf jener Fahrt zu den Küsten von Valinor, denn Schatten und Zauberwerk wiesen ihn ab, und die Winde trieben ihn zurück, bis er in Sehnsucht nach Elwing umkehrte und heimwärts steuerte, auf die Küste von Beleriand zu. Und sein Herz gebot ihm Eile, denn eine plötzliche Furcht hatte ihn aus seinen Träumen heraus befallen, und die Winde, gegen die er eben noch mächtig angekämpft hatte, konnten ihn nun nicht schnell genug zurücktreiben.

Als die ersten Nachrichten zu Maedhros gelangt waren, daß Elwing noch lebte und im Besitz des Silmaril an den Mündungen des Sirion wohnte, da unternahm er nichts, denn ihn reute, was in Doriath geschehen war. Doch bald war die Erinnerung an den unerfüllten Eid wieder da und quälte ihn und seine Brüder; und sie kamen von ihren Jagden und Wanderungen zusammen und sandten Botschaften zu den Sirion-Häfen, Freundschaft versichernd und zugleich streng auf ihrer Forderung beharrend. Elwing und das Volk vom Sirion aber wollten den Stein nicht hergeben, den Beren gewonnen und Lúthien getragen hatte und für den Dior der Schöne gefallen war; um so weniger, als Earendil, ihr Fürst, auf See war; denn es schien ihnen, als rührten von dem Silmaril die Heilung und der Segen über ihren Häusern und Schiffen her. Und so kam es zu dem letzten und grausamsten Morden zwischen Elben und Elben; und es war dies die dritte der großen Untaten, welche der verfluchte Eid wirkte.

Denn Feanors Söhne griffen die Flüchtlinge aus Gondolin und die Überlebenden von Doriath überraschend an und vernichteten sie. In dieser Schlacht standen manche ihrer Leute beiseite, und einige wenige meuterten und fielen auf der Gegenseite, als sie Elwing gegen ihre eigenen Fürsten zu Hilfe kamen (denn so groß waren in jenen Tagen das Leid und die Verwirrung in den Herzen der Eldar); doch Maedhros und Maglor trugen den Sieg davon, wenn auch von Feanors Söhnen nur sie allein am Leben blieben, denn Amrod und Amras wurden erschlagen. Zu spät eilten die Schiffe Círdans und Gil-galads, des Hohen Königs, den Elben vom Sirion zu Hilfe; und Elwing war fort und ebenso ihre Söhne. Nun schlossen die wenigen, die bei dem Angriff nicht umgekommen waren, sich Gil-galad an und fuhren mit ihm nach Balar; und sie erzählten, daß Elros und Elrond gefangen seien, während sich Elwing, den Silmaril auf der Brust, ins Meer gestürzt habe.

So erlangten Maedhros und Maglor den Silmaril nicht, doch ging er auch nicht verloren. Denn Ulmo rettete Elwing aus den Wellen und gab ihr die Gestalt eines großen weißen Vogels; und auf ihrer

Brust schien wie ein Stern der Silmaril, als sie übers Wasser flog, um Earendil, ihren Geliebten, zu suchen. Eines Nachts, als Earendil am Steuer seines Schiffes stand, sah er sie kommen, wie eine weiße Wolke, über die Maßen schnell vor dem Mond heraufziehend, wie ein Stern in seltsamer Bahn über den See, eine helle Flamme auf Sturmesflügeln. Und es heißt im Liede, aus der Luft sei sie auf die Planken von Vingilot herabgestürzt, ohnmächtig und dem Tode nahe, in solcher Eile war sie geflogen, und Earendil barg sie an seiner Brust; am Morgen aber erkannte er staunend sein Weib neben sich, in vertrauter Gestalt, mit den Haaren über seinem Gesicht, und sie schlief.

Groß war Earendils und Elwings Schmerz um die Vernichtung der Häfen am Sirion und den Verlust ihrer Söhne, denn sie fürchteten, die seien getötet worden; doch so war es nicht. Denn Maglor erbarmte sich Elros' und Elronds und hielt sie in Ehren; und Neigung wuchs hernach zwischen ihnen, so wenig man es glauben mag; Maglors Herz aber war wund und müd von der Bürde des entsetzlichen Eides.

Earendil aber sah nun keine Hoffnung mehr in den Landen von Mittelerde, und verzweifelt kehrte er von neuem um und kam nicht heim, sondern versuchte abermals, Valinor zu finden, Elwing an seiner Seite. Er stand nun meist am Bug von Vingilot, und der Silmaril war an seine Stirn gebunden, und sein Licht wurde immer heller, je weiter sie nach Westen kamen. Und die Weisen haben gesagt, der Kraft des heiligen Steines sei es zu danken gewesen, daß sie mit der Zeit in Gewässer kamen, die keine Schiffe außer denen der Teleri je befahren hatten; und sie kamen zu den Verwunschenen Inseln und entgingen dem Zauber, und sie kamen ins Schattenmeer und durchquerten die Schatten, und sie sahen Tol Eressea, die Einsame Insel, und verweilten nicht; und zuletzt warfen sie Anker in der Bucht von Eldamar, und die Teleri sahen das Schiff aus dem Osten kommen und starrten verwundert von fern in das Licht des Silmaril, und es war sehr hell. Dann betrat Earendil als erster lebender Mensch die

Küste der Unsterblichen; und dort sprach er zu Elwing und jenen, die bei ihm waren. Dies waren drei Seeleute, die alle Meere mit ihm befahren hatten: Falathar, Erellont und Aerandir hießen sie mit Namen. Und Earendil sagte zu ihnen: »Keiner außer mir setze hier den Fuß an Land, damit nicht auch auf euch der Zorn der Valar falle. Diese Gefahr will ich auf mich allein nehmen, den Zwei Geschlechtern zuliebe.«

Elwing aber antwortete: »Dann würden unsere Wege für immer geschieden; doch will ich alle deine Gefahren auch auf mich nehmen.« Und sie sprang in die weiße Gischt und rannte auf ihn zu; Earendil aber war in Sorge, denn er fürchtete, daß jeden aus Mittelerde der Zorn der Valar treffe, der es wagte, den Gürtel um Aman zu durchschreiten. Und dort sagten sie ihren Reisegefährten Lebwohl und wurden für immer von ihnen getrennt.

Dann sagte Earendil zu Elwing: »Warte hier auf mich, denn nur einer darf die Botschaft bringen, die zu bringen mein Schicksal ist.« Und er ging allein ins Land hinauf und kam in den Calacirya, und dort schien es ihm leer und still zu sein; wie nämlich vorzeiten Morgoth und Ungolianth, so kam jetzt Earendil zur Zeit eines Festes, und fast alles Elbenvolk war nach Valimar gegangen oder hatte sich in Manwes Hallen auf dem Taniquetil versammelt, und nur wenige hielten auf den Mauern von Tirion Wache.

Doch einige sahen ihn von fern, und sahen das große Licht, das er trug, und eilends gingen sie nach Valimar. Earendil aber stieg den grünen Hügel von Túna hinauf und fand ihn kahl, und er trat in die Straßen von Tirion, und sie waren leer; und schwer war ihm ums Herz, denn er fürchtete, auch über das Segensreich sei Unheil gekommen. Er ging in den verlassenen Straßen von Tirion umher, und der Staub auf seinen Kleidern und Schuhen war Staub von Diamanten, und er schien und funkelte, als er die langen weißen Treppen erklomm. Und er rief laut in vielen Sprachen der Elben wie der Menschen, doch niemand war da, der ihm Antwort gab. Daher wandte er sich zuletzt zum Meere zurück, doch als er eben den Weg zum Ufer einschlagen wollte, da stand einer auf dem Hügel und rief ihn mit lauter Stimme an:

»Gegrüßt seist du, Earendil, der Seefahrer ruhmreichster, Erwarteter, der unversehens da ist, Ersehnter jenseits allen Hoffens! Gegrüßt seist du, Earendil, der du das Licht trägst, das älter ist als Sonne und Mond! Licht der Erdenkinder, Stern in der Dunkelheit, Juwel in der Abendsonne, Strahlenkranz am Morgen!«

Der ihn so begrüßte, war Eonwe, Manwes Herold, und er kam aus Valimar und rief Earendil auf, vor den Mächten von Arda zu erscheinen. Und Earendil betrat Valinor und die Hallen von Valimar, und nie wieder setzte er den Fuß auf die Lande der Menschen. Dann hielten die Valar zusammen Rat und riefen auch Ulmo aus den Tiefen des Meeres herbei; und Earendil stand vor ihnen und entledigte sich des Auftrags der Zwei Geschlechter. Um Vergebung bat er für die Noldor und um Mitleid mit ihrem großen Elend, um Erbarmen für Menschen und Elben und Hilfe in ihrer Not. Und seine Bitte wurde erhört.

Unter den Elben wird erzählt, nachdem Earendil gegangen war, um Elwing, sein Weib, zu suchen, habe Mandos über sein Schicksal gesprochen, und er sagte: »Soll der sterbliche Mensch lebend die Lande der Unsterblichen betreten und weiterleben?« Doch Ulmo sagte: »Dazu ward er in die Welt geboren. Und sage mir: Ist er Earendil, Tuors Sohn, vom Stamme Hadors, oder der Sohn von Idril, Turgons Tochter aus dem Elbenhause Finwes?« Und Mandos antwortete: »Auch die Noldor, die willentlich in die Verbannung gegangen, dürfen nicht hierher zurückkehren.«

Doch als alles gesagt war, fällte Manwe seinen Spruch, und er sagte: »In dieser Sache ist mir Urteilsmacht verliehen. Was Earendil den Zwei Geschlechtern zuliebe gewagt, soll er nicht büßen, noch soll es Elwing, sein Weib, die sich aus Liebe zu ihm in Gefahr begeben; doch sollen sie nie wieder unter die Elben oder Menschen in den Außenlanden gehen. Und dies ist mein Spruch, sie betreffend: Earendil und Elwing und ihren Söhnen sei es gestattet, frei zu wählen, mit welchem der Geschlechter ihr Schicksal vereint sein und unter welchem Geschlecht über sie geurteilt werden soll.«

Als Earendil lange fortblieb, wurde es Elwing bang und einsam; und am Ufer des Meeres entlanggehend, kam sie nach Alqualonde, wo die Flotten der Teleri lagen. Dort nahmen die Teleri sie freundlich auf, und als sie ihre Erzählungen von Doriath und Gondolin und den Leiden Beleriands hörten, waren sie voll Mitleids und Staunens; und dort am Schwanenhafen fand sie Earendil, als er zurückkehrte. Doch nicht lange, so wurden sie nach Valimar gerufen, und dort erfuhren sie den Spruch des Ältesten Königs.

Da sagte Earendil zu Elwing: »Wähle du, denn ich bin die Welt nun leid.« Und Elwing wählte, daß unter den Erstgeborenen Kindern Ilúvatars über sie geurteilt werde, im Gedenken an Lúthien; und Elwing zuliebe traf Earendil die gleiche Wahl, obwohl er von Herzen eher am Menschengeschlecht und am Volk seines Vaters hing. Auf Geheiß der Valar ging dann Eonwe ans Ufer von Aman, wo Earendils Gefährten noch der Nachricht harrten; und er nahm ein Boot, und die drei Seeleute stiegen hinein, und die Valar trieben sie mit einem starken Winde nach Osten. Vingilot aber nahmen die Valar und weihten es; und durch ganz Valinor wurde es bis zum äußersten Rande der Welt getragen, und dort fuhr es durch die Tore der Nacht und wurde in die Ozeane des Himmels erhoben.

Schlank und herrlich war nun das Schiff, erfüllt von einem hell und rein flammenden Lichte; und Earendil der Seefahrer saß am Steuer, funkelnd vom Staub der Elbengemmen und den Silmaril an die Stirn gebunden. Weit fuhr er hinaus, bis in die sternlose Leere; meist aber sah man ihn des Morgens oder Abends im Sonnenaufgang oder Sonnenuntergang schimmern, wenn er von Fahrten jenseits der Welt nach Valinor heimkam.

Elwing begleitete ihn auf diesen Fahrten nicht, denn sie konnte die Kälte und die weglose Leere nicht ertragen; vielmehr liebte sie die Erde und die sanften Winde über den Seen und Hügeln. Daher wurde ein weißer Turm für sie erbaut, nach Norden zu am Ufer des

Scheidemeeres, und dort rasteten zuweilen alle Seevögel der Erde. Und es heißt, Elwing habe die Sprachen der Vögel erlernt, hatte sie doch selbst einmal deren Gestalt getragen; und die Vögel lehrten sie die Kunst zu fliegen, und ihre Schwingen waren weiß und silbergrau. Und zuweilen, wenn Earendil heimkehrend sich Arda nahte, flog sie ihm entgegen, wie einst, als sie aus dem Meere gerettet wurde. Dann konnten die Weitsichtigen unter den Elben, die auf der Einsamen Insel wohnten, sie sehen, als weißen Vogel, rötlich in der Abendsonne schimmernd, wie sie freudig am Himmel kreiste, um Vingilot im Hafen zu begrüßen.

Als nun Vingilot zum ersten Mal die Meere des Himmels befuhr, da stieg es unverhofft auf, hell und funkelnd, und die Völker von Mittelerde sahen es von fern und staunten, und sie nahmen es als ein Zeichen der Hoffnung und nannten es Gil-Estel, den Stern der Hohen Hoffnung. Und als man den neuen Stern am Abend sah, da sprach Maedhros zu seinem Bruder Maglor und sagte: »Gewiß ist das ein Silmaril, der nun im Westen leuchtet?«

Und Maglor erwiderte: »Wenn es wahrhaftig der Silmaril ist, den wir ins Meer stürzen sahen und der nun durch die Kraft der Valar wieder aufgeht, dann laß uns froh sein; denn viele sehen nun seinen Glanz, und doch ist er sicher vor allem Unheil.« Da blickten die Elben auf, und ihre Verzweiflung hatte ein Ende; Morgoth aber war in Sorgen.

Doch heißt es, den Angriff, der aus Westen über ihn hereinbrach, habe Morgoth nicht erwartet; denn so groß war sein Stolz geworden, daß er glaubte, keiner werde ihn je wieder offen mit Krieg überziehen. Auch dachte er, die Noldor habe er auf ewig mit den Herren des Westens entzweit, und die Valar, zufrieden in ihrem glückseligen Land, würden sich um sein Königreich in der Welt draußen nicht kümmern. Denn immer bleiben dem Mitleidlosen die Werke des Mitleids fremd und unabsehbar. Das Heer der Valar aber rüstete sich zur Schlacht; und unter ihren weißen Bannern zogen die Vanyar einher, Ingwes Volk, und auch diejenigen der Noldor, die Valinor nie verlassen hatten, geführt von Finarfin, Finwes Sohn. Von den Teleri waren nicht viele bereit, in den Krieg zu ziehen, denn sie erinnerten sich des Mordens am Schwanenhafen und des Raubs ihrer Schiffe; doch hörten sie Elwing an, welche die Tochter Dior Eluchíls war und ihrem eigenen Geschlecht entstammte, und sie sandten so viele Seeleute, wie nötig waren, um die Schiffe zu steuern, die das Heer von Valinor übers Meer nach Osten trugen. Diese aber blieben an Bord ihrer Schiffe, und keiner von ihnen setzte den Fuß auf die Hinnenlande.

Wenig wird in allen Erzählungen davon gesagt, wie das Heer der Valar in den Norden von Mittelerde zog; denn keiner von den Elben war dabei, die in den Hinnenlanden gelebt und gelitten hatten und von denen die Geschichten jener Zeiten aufgeschrieben wurden, soweit sie noch bekannt sind; sie erfuhren von all dem erst viel später von ihren Brüdern in Aman. Endlich aber zog die Streitmacht von Valinor aus Westen heran, und der Kampfruf von Eonwes Trompeten erfüllte den Himmel, und Beleriand glühte im Glanz ihrer Rüstungen, denn die Valar erschienen in Gestalten von Jugend, Schönheit und Schrecken, und die Berge bebten unter ihren Schritten.

Das Treffen der Heere des Westens und des Nordens wird dic Große Schlacht oder der Krieg des Zorns genannt. Morgoths ganze Streitmacht wurde ins Feld geführt, und sie war über alle Zählung groß geworden, so daß in Anfauglith nicht genug Platz für sie war; und der ganze Norden stand in Kriegesflammen.

Doch es half ihm nichts. Seine Balrogs wurden vernichtet, bis auf einige wenige, die entflohen und sich in unerreichbaren Höhlen an den Wurzeln der Erde verbargen; und die ungezählten Legionen der Orks vergingen wie Stroh im großen Brande oder wurden davongewirbelt wie trocknes Laub vor einem feurigen Wind. Nicht viele blieben übrig, und lange Jahre hindurch hatte die Welt vor ihnen Ruhe. Und die wenigen, die aus den drei Häusern der Elbenfreunde noch lebten, die Väter der Menschen, kämpften auf seiten der Valar; und in jenen Tagen wurden Baragund und Barahir gerächt, Galdor und Gundor, Huor und Húrin und viele andere ihrer Edlen. Ein großer Teil der Menschensöhne aber, ob vom Stamme Uldors oder aus andren, neu aus dem Osten gekommenen Völkern, stand in den Reihen des Feindes; und die Elben vergessen dies nicht.

Als Morgoth nun sah, wie seine Heere überwältigt und versprengt wurden, da zitterte er und wagte sich nicht selber hervor. Doch ließ er den letzten verzweifelten Ansturm, den er vorbereitet hatte, auf seine Feinde los, und aus den Grüften von Angband stiegen die geflügelten Drachen auf, die man noch nie zuvor gesehen hatte; und so überraschend und vernichtend war der Angriff dieser entsetzlichen Flotte, daß das Heer der Valar zurückgeschlagen wurde, denn die Drachen kamen mit Donner und Blitz und einem Sturm von Feuer.

Doch Earendil zog herauf, leuchtend mit weißer Flamme, und um Vingilot hatten sich all die großen Vögel des Himmels geschart, Thorondor an der Spitze, und es gab eine Schlacht in den Lüften, den ganzen Tag lang und eine dunkle Nacht voller Ungewißheit. Vor Sonnenaufgang erschlug Earendil Ancalagon den Schwarzen, den Gewaltigsten des Drachenheeres, und stieß ihn vom Himmel herab; und die Türme von Thangorodrim zerbrachen, als er auf sie herniederstürzte. Dann ging die Sonne auf, und das Heer der Valar errang den Sieg, und fast alle Drachen wurden vernichtet. Und alle Höhlen Morgoths wurden zertrümmert und abgedeckt, und das Heer der Valar stieg in die Tiefen der Erde hinab. Dort endlich mußte Morgoth sich stellen, doch ohne Mut. Er floh in den tiefsten seiner Stollen und bat um Gnade und Frieden; aber die Füße wurden ihm unterm Leib abgehauen, und mit dem Gesicht wurde er zu Boden geschleudert. Dann wurde er mit der Kette Angainor gebunden, die er schon einmal getragen, und aus der Eisenkrone wurde ihm ein Halseisen geschmiedet, und der Kopf wurde ihm auf die Knie gebogen. Und die zwei Silmaril, die

Morgoth noch besaß, wurden aus seiner Krone genommen, und sie leuchteten unbefleckt unter dem Himmel; und Eonwe nahm sie und ließ sie bewachen.

So hatte die Macht Angbands im Norden ein Ende, und das Unheilsreich war zunichte geworden; und aus den tiefen Kerkern kamen viele Sklaven heraus, die ohne alle Hoffnung gewesen waren, das Tageslicht wiederzusehen. Und sie sahen eine Welt, die verändert war. Denn so heiß tobte die Schlacht dieser Feinde, daß die nördlichen Gegenden der westlichen Welt zerrissen wurden und das Meer durch viele Spalten hereinbrach; und es herrschten Verwirrung und großer Lärm, und Flüsse versiegten oder suchten sich einen neuen Lauf, und Täler wurden gehoben und Berge niedergetreten, und der Sirion war nicht mehr.

Dann rief Eonwe als Herold des Ältesten Königs die Elben von Beleriand auf, aus Mittelerde fortzugehen. Maedhros und Maglor aber wollten nicht hören und schickten sich an, wenn auch müde nun und widerstrebend, in Verzweiflung ihren Eid zu erfüllen; denn um die Silmaril, wenn man sie ihnen verweigerte, hätten sie selbst gegen das siegreiche Heer von Valinor gekämpft, obgleich sie allein standen gegen alle Welt. Und so sandten sie Botschaft zu Eonwe, ihn auffordernd, nun jene Steine herauszugeben, die einst ihr Vater Feanor gemacht und die Morgoth ihm gestohlen hatte.

Doch Eonwe antwortete, das Recht auf das Werk ihres Vaters, welches die Söhne Feanors vormals besessen, sei zunichte geworden durch die vielen gnadenlosen Taten, die sie, von ihrem Eid verblendet, begangen hätten, vor allem durch die Ermordung Diors und den Angriff auf die Häfen am Sirion. Das Licht der Silmaril solle nun in den Westen heimkehren, von wo es zu Anfang gekommen; und nach Valinor müßten Maedhros und Maglor kommen und sich dem Urteil der Valar unterwerfen, auf deren Geheiß allein Eonwe die Steine aus seiner Obhut hergeben werde. Da wollte Maglor sich fügen, denn sein Herz war voller Leid, und er sprach: »Der Eid sagt nicht, daß wir nicht unsere Zeit abwarten dürften, und es mag sein, daß in Valinor alles vergeben und vergessen wird und wir in Frieden zu unserem Rechte kommen.«

Maedhros aber antwortete, wenn sie nach Aman zurückkehrten, dort aber die Gunst der Valar ihnen verweigert würde, so gelte ihr Eid immer noch, nur läge seine Erfüllung dann jenseits allen Hoffens; und er sagte: »Wer kann wissen, welch furchtbares Schicksal wir erleiden, wenn wir uns den Mächten in ihrem eigenen Lande widersetzen oder jemals versuchen, den Krieg in ihr heiliges Reich zu tragen?«

Maglor aber zögerte noch immer und sagte: »Wenn Manwe und Varda selbst einem Eid die Erfüllung verweigern, bei dem wir sie zu Zeugen gerufen, ist der Eid dann nicht entkräftet?«

Und Maedhros antwortete: »Doch wie sollen unsere Stimmen zu Ilúvatar dringen, jenseits der Kreise der Welt? Und bei Ilúvatar haben wir in unsrem Wahne geschworen und das Ewige Dunkel auf uns herabgerufen, wenn wir nicht Wort hielten. Wer soll uns lossprechen?«

»Wenn denn keiner uns lossprechen kann«, sagte Maglor, »dann freilich wird das Ewige Dunkel unser Los sein, ob wir den Eid halten oder ihn brechen; doch weniger Unheil tun wir, wenn wir ihn brechen.«

Zuletzt aber gab er Maedhros' Willen nach, und sie hielten Rat, wie sie sich der Silmaril bemächtigen könnten. Und sie verkleideten sich und kamen bei Nacht in Eonwes Lager und schlichen sich zu dem Orte, wo die Silmaril bewacht wurden; dort erschlugen sie die Wachen und nahmen die Steine. Da stand das ganze Lager gegen sie auf, und sie schickten sich an zu sterben, kämpfend bis zum Letzten. Eonwe aber wollte nicht zulassen, daß Feanors Söhne erschlagen würden; und so gingen sie unbehindert fort und suchten das Weite. Jeder nahm einen Silmaril, denn sie sagten: »Da wir einen verloren haben und nur noch zwei bleiben und von uns Brüdern wir zwei allein noch leben, so ist klar, das Schicksal will, daß wir unsres Vaters Erbe teilen.«

Doch der Stein versengte Maedhros' Hand in unerträglichem Schmerz; und er erkannte, daß es so war, wie Eonwe gesagt hatte: daß sein Recht darauf nichtig geworden war und der Eid nicht mehr galt. Und in Schmerz und Verzweiflung stürzte er sich in einen klaffenden Schlund voller Feuer, und so endete Maedhros; und der Silmaril, den er trug, wurde in den Busen der Erde genommen.

Und auch von Maglor wird erzählt, daß er den Schmerz, mit dem der Silmaril ihn peinigte, nicht ertragen konnte; und zuletzt warf er den Stein ins Meer, und hernach wanderte er immer an den Küsten entlang, am Wasser singend vor Schmerz und Trauer. Denn Maglor war ein Großer unter den Sängern von einst, der gleich nach Daeron von Doriath genannt wird; doch kam er nie wieder unter das Volk der Elben. Und so geschah es, daß die Silmaril auf ihrem langen Weg heimgefunden hatten: einer in die Lüfte des Himmels, einer in die Feuer im Herzen der Welt und einer in die tiefen Wasser.

Viele Schiffe wurden in jenen Tagen an den Ufern des Westmeeres gebaut; und manch eine Flotte der Eldar setzte Segel gen Westen und kehrte nie mehr zurück in die Lande von Krieg und Kummer. Und die Vanyar unter ihren weißen Bannern kehrten heim und wurden im Triumph nach Valinor geführt; doch gemindert war ihre Siegesfreude, denn sie kamen ohne die Silmaril aus Morgoths Krone, und sie wußten, daß diese Steine nicht mehr gefunden und zusammengefügt werden können, bis daß die Welt zerbricht und neu erschaffen wird.

Und als sie in den Westen kamen, da ließen die Elben von Beleriand sich auf Tol Eressea, der Einsamen Insel, nieder, von wo man nach Westen wie nach Osten blickt; und von dort konnten sie auch nach Valinor kommen. Manwes Liebe wurde ihnen von neuem gewährt und die Vergebung der Valar; und die Teleri vergaßen ihren alten Groll, und der Fluch kam zur Ruhe.

Doch nicht alle Eldalië waren gewillt, die Hinnenlande zu verlassen, wo sie lange gelebt und gelitten hatten; und manche verweilten noch über viele Alter hin in Mittelerde. Unter diesen waren Círdan der Schiffbauer und Celeborn aus Doriath mit seinem Weibe Galadriel, die allein noch blieb von all jenen, welche die Noldor nach Beleriand in die Verbannung geführt hatten. In Mittelerde lebte auch Gil-galad, der Hohe König, und bei ihm war Elrond, der Halb-Elb, der sich dafür entschied, wie ihm gestattet worden, unter die Eldar gezählt zu werden; Elros, sein Bruder, aber wählte das Leben unter den Menschen. Und allein durch dieses Brüderpaar ist das Blut der Erstgeborenen unter die Menschen gekommen und eine Verwandtschaft mit den göttlichen Geistern, die älter sind als Arda; denn sie waren die Söhne Elwings, der Tochter Diors, welcher der Sohn Lúthiens war, des Kindes von Thingol und Melian; und Earendil, ihr Vater, war der Sohn von Idril Celebrindal, der Tochter Turgons von Gondolin.

Morgoth aber stießen die Valar durch das Tor der Nacht aus den Mauern der Welt hinaus in die Zeitlose Leere; und auf jenen Mauern steht eine ewige Wache, und an den Grenzen des Himmels wacht Earendil. Die Lügen aber, die Melkor, der Mächtige und Verfluchte, Morgoth Bauglir, die Macht von Haß und Furcht, in die Herzen von Elben und Menschen gesät, sind eine Saat, die nicht stirbt und nicht vernichtet werden kann; und von Zeit zu Zeit treibt sie neue Sprossen und wird ihre dunkle Frucht tragen bis zum letzten Tage.

Hier endet das *SILMARILLION*. Wenn es vom Hohen und Schönen in Dunkel und Trümmer geführt hat, so war dies von alters das Geschick der Beschädigten Arda; und wenn ein Wandel kommen soll und der Schade gebessert werden, so mögen Manwe und Varda dies wissen; doch haben sie es nicht verraten, und in Mandos' Sprüchen wird es nicht gesagt.

AKALLABÊTH

Der Untergang von Númenor

Es heißt bei den Eldar, die Menschen seien zur Zeit des Schattens von Morgoth auf die Welt gekommen; und rasch fielen sie unter seine Herrschaft, denn er schickte seine Botschafter zu ihnen, und sie hörten auf seine bösen und schlauen Reden und beteten das Dunkel an und fürchteten es doch. Manche aber kehrten sich auch ab vom Bösen, verließen das Land ihrer Väter und wanderten immer weiter nach Westen; denn sie hatten ein Gerücht vernommen, daß im Westen ein Licht sei, welches der Schatten nicht trüben könne. Morgoths Diener verfolgten sie mit Haß, und ihre Wege waren lang und schwer; doch kamen sie schließlich in die Länder, die aufs Meer hin blicken, und sie betraten Beleriand zur Zeit des Juwelenkrieges. Die Edain wurden sie in der Sindarinsprache genannt; sie wurden Freunde und Bundesgenossen der Eldar und leisteten kühne Taten im Krieg gegen Morgoth.

Von ihnen stammte seitens seiner Väter Earendil der Strahlende ab; und im *Lied von Earendil* wird erzählt, wie er zuletzt, als der Sieg Morgoths fast endgültig war, sein Schiff Vingilot baute, welches die Menschen Rothinzil nannten, und auf die nie befahrenen Meere hinausfuhr, Valinor suchend, denn er wollte bei den Mächten für die Zwei Geschlechter sprechen, damit die Valar sich ihrer erbarmen und in der äußersten Not Hilfe senden möchten. Daher wird er von Elben und Menschen Earendil der Gesegnete genannt, denn nach langen Mühen und vielen Gefahren gelangte er ans Ziel seiner Fahrt, und aus Valinor kam das Heer der Herren des Westens. Earendil aber kehrte nie wieder in die Lande zurück, die er geliebt hatte.

In der großen Schlacht, als Morgoth endlich überwältigt und Thangorodrim zerstört wurde, fochten von den Völkern der Menschen einzig die Edain für die Valar; viel andere aber fochten für Morgoth. Und nach dem Sieg der Valar flohen die üblen Menschen, soweit sie nicht vernichtet waren, zurück nach Osten, wo noch viele ihres Stammes in den unbebauten Ländern wanderten, wild und gesetzlos, den Valar wie Morgoth gleichermaßen die Gefolgschaft verweigernd. Zu ihnen kamen die üblen Menschen und breiteten einen Schatten der Furcht über sie und wurden ihre Könige. Die Valar überließen nun für eine Weile die Menschen, die ihnen nicht Folge geleistet und die in den Freunden Morgoths ihre Herren sahen, ihrem Schicksal; und die Menschen lebten im Dunkel, verfolgt von vielen Unheilsdingen, die Morgoth in den Tagen seiner Herrschaft gezüchtet hatte: Dämonen und Drachen und Ungeheuern und den unreinen Orks, welche ein Spottbild der Kinder Ilúvatars sind. Und unglücklich war ihr Los.

Manwe aber vertrieb Morgoth und verbannte ihn aus der Welt, in die Leere, die draußen ist; und Morgoth selbst kann nicht mehr zurückkehren und in der Welt zugegen und sichtbar sein, solange die Herren des Westens herrschen. Aber die Saaten, die er gesät, wuchsen und keimten noch immer und trugen böse Frucht, wenn nur einer sie hegte. Denn Morgoths Wille blieb und lenkte seine Diener, und stets bewog er sie, die Absichten der Valar zu durchkreuzen und jene zu vernichten, die ihnen dienten. Die Herren des Westens wußten dies wohl. Als daher Morgoth ausgestoßen war, hielten sie Rat über die Zeitalter, die kommen sollten. Die Eldar riefen sie auf, in den Westen zurückzukehren, und jene, die gehorchten, wohnen auf der Insel Eressea; und dort ist ein Hafen, Avallóne genannt, denn von allen Städten ist diese Valinor am nächsten, und der Turm von Avallóne ist das erste, was der Seemann erblickt, wenn er sich übers weite Meer endlich den Landen der Unsterblichen naht. Auch den Vätern der Menschen aus den drei getreuen Häusern wurde reicher Lohn zuteil. Eonwe kam zu ihnen und lehrte sie, und sie empfingen Weisheit und Macht und ein längeres Leben, als es je andre von sterblicher Art genossen. Ein Land wurde geschaffen, wo die Edain wohnen sollten und das weder zu Mittelerde noch zu Valinor gehörte, denn von beiden war es durch ein weites Meer geschieden; doch näher lag es bei Valinor. Es wurde von Osse aus den Tiefen des Großen Wassers emporgehoben, von Aule verankert und von Yavanna geschmückt; und die Eldar brachten aus Tol Eressea Blumen und Brunnen herbei. Dies Land nannten die Valar Andor, das Land der Gabe; und hell leuchtete Earendils Stern im Westen, zum Zeichen, daß alles bereit sei, und als Wegweiser über die See; und die Menschen bestaunten die silberne Flamme auf der Fährte der Sonne.

Da segelten die Edain auf die tiefen Wasser hinaus, dem Sterne nach; und die Valar geboten der See Frieden, viele Tage lang, und schickten Sonnenschein und guten Fahrtwind, daß die Wasser den Edain vor den Augen glitzerten wie flüssiges Glas, und die Gischt flog wie Schnee um den Bug ihrer Schiffe. So hell aber war Rothinzil, daß die Menschen es selbst morgens im Westen leuchten sahen, und in der wolkenlosen Nacht schien es ganz allein, denn kein andrer Stern konnte neben ihm bestehen. Nach ihm bestimmten die Edain ihren Kurs über das weite Meer, und endlich sahen sie im Westen das Land, das ihnen bereitet war, Andor, das Land der Gabe, wie es in goldnem Dunste schimmerte. Sie legten an und fanden ein mildes, fruchtbares Land und waren froh. Und sie nannten das Land Elenna, was »dem Stern nach« bedeutet, aber auch Anadûnê, das heißt »Westernis«, Númenóre in der Sprache der Hoch-Elben.

Dies war der Ursprung jenes Volkes, das im Grau-Elbischen die Dúnedain heißt: das Volk der Númenórer, der Könige unter den Menschen. Dem Schicksal des Todes aber, das Ilúvatar über das ganze Menschengeschlecht verhängt hatte, entgingen sie nicht, obgleich sie lange lebten und keine Krankheit kannten, ehe der Schatten auf sie fiel. So erlangten sie Weisheit und Ruhm und waren in allen Dingen den Erstgeborenen ähnlicher als den andren Menschenvölkern; sie waren von hohem Wuchs, größer als die größten unter den Söhnen von Mittelerde, und ihre Augen schimmerten hell wie die Sterne. Doch ihre Anzahl vermehrte sich im Lande nur langsam, denn zwar wurden ihnen Töchter und Söhne geboren, die noch schöner waren als ihre Eltern, aber es blieben wenige.

Die alte Hauptstadt, zugleich der Hafen von Númenor, lag an der Westküste, und sie hieß Andúnië, weil sie dem Sonnenuntergang zugekehrt war. Inmitten des Landes aber ragte ein hoher und steiler Berg auf, welcher der Meneltarma hieß, der Himmelspfeiler, und auf dem Gipfel war eine Stätte, die Eru Ilúvatar geweiht war, offen und ohne Dach; andre Tempel oder Heiligtümer gab es im Land der Númenórer nicht. Am Fuß des Berges wurden die Grabmäler der Könige erbaut, und nahebei auf einem Hügel lag Armenelos, die schönste aller Städte, und dort standen der Turm und die Zitadelle, die Elros errichtet hatte, Earendils Sohn; und ihn ernannten die Valar zum ersten König der Dúnedain.

Nun stammten Elros und Elrond, sein Bruder, zwar von den Drei Häusern der Edain ab, zum Teil aber auch von den Eldar und von den Maiar; den Idril von Gondolin und Lúthien, Melians Tochter, waren ihre Ahninnen. Die Valar dürfen zwar die Gabe des Todes, die den Menschen von Ilúvatar zuteil geworden, nicht widerrufen, was aber die Halb-Elben anging, so überließ Ilúvatar ihnen das Urteil; und ihr Urteil war, daß es den Söhnen Earendils freigestellt sein sollte, ihr eignes Schicksal zu wählen. Und Elrond wählte, daß er bei den Erstgeborenen bleiben wolle, und ihm wurde das Leben der Erstgeborenen gewährt.

Elros aber, der die Wahl traf, ein König der Menschen zu sein, wurde gleichfalls ein langes Leben gewährt, um ein vielfaches länger als das dcr Menschen von Mittelerde, und auch alle seine Nachkommen, die Könige und die Fürsten aus dem königlichen Hause, hatten ein langes Leben, selbst nach dem Maß der Númenórer. Elros aber lebte fünfhundert Jahre, und vierhundertundzehn Jahre lang regierte er Númenor.

In all den Jahren, während Mittelerde verfiel, da Licht und Wissen erloschen, lebten die Dúnedain unter dem Schutz der Valar und in Freundschaft mit den Eldar, und sie wuchsen an Leib und Geist. Denn obgleich das Volk noch die eigene Sprache gebrauchte, kannten und sprachen die Könige und die Edlen zugleich auch das Elbische, das sie in den Tagen der Bundesgenossenschaft erlernt hatten; und sie verkehrten noch mit den Eldar, ob mit denen aus Eressea, aus dem Westen oder aus Mittelerde. Und die Gelehrten unter ihnen lernten auch das Hoch-Eldarin, die Sprache des Segensreiches, worin viele Geschichten und Lieder vom Anbeginn der Welt erhalten waren; und sie schufen Buchstaben, Schriftrollen und Bücher, und in der Glanzzeit ihres Reiches schrieben sie viele Dinge von Wunder und Weisheit auf, die heute sämtlich vergessen sind. So kam es, daß alle Fürsten der Númenórer neben ihrem gewöhnlichen Namen einen zweiten Namen im Eldarin trugen; und ebenso die Städte und Lustschlösser, die sie in Númenor und an den Küsten der Hinnenlande erbauten.

Denn die Númenórer wurden mächtig in allen Künsten, und wäre es ihre Absicht gewesen, so hätten sie leicht die üblen Könige von Mittelerde in der Kriegführung und im Waffenschmieden zu übertreffen vermocht; doch waren sie friedliebende Menschen geworden. Vor allen anderen Künsten pflegten sie den Schiffbau und die Seefahrt, und sie wurden zu Seefahrern, die in der seither verkleinerten Welt nie wieder ihresgleichen haben werden; und Fahrten über die weiten Meere waren die Heldentaten und Abenteuer ihrer unerschrockenen Männer in den Tagen ihrer Jugend.

Doch verboten ihnen die Herren von Valinor, so weit nach Westen zu segeln, daß die Küsten von Númenor nicht mehr sichtbar waren; und lange Zeit waren die Dúnedain es zufrieden, obgleich sie den Sinn dieses Banns nicht recht verstanden. Manwes Absicht aber war, daß die Númenórer nicht versucht sein sollten, das Segensreich zu betreten oder die Grenzen zu überschreiten, die ihrem Glück gesetzt waren, wenn es sie nach der Unsterblichkeit der Valar und der Eldar verlangte und nach den Landen, wo alles von Dauer ist.

Denn in jenen Tagen lag Valinor noch in der sichtbaren Welt, und Ilúvatar erlaubte den Valar, dort einen Sitz auf Erden zu unterhalten, ein Andenken dessen, was hätte sein können, wäre nicht Morgoths Schatten auf die Welt gefallen. Den Númenórern war dies wohlbekannt, und bisweilen, wenn die Luft ganz klar war und die Sonne im Osten stand, hielten sie Ausschau und erblickten ganz weit im Westen eine weiß leuchtende Stadt auf einem fernen Gestade, mit einem großen Hafen und einem Turm. Damals waren die Númenórer weitsichtig; dennoch konnten nur die mit den schärfsten Augen dies sehen, vom Meneltarma herab oder von einem hochmastigen Schiff, das so weit, wie es erlaubt war, vor ihrer Westküste lag. Denn sie wagten es nicht, den Bann der Herren des Westens zu brechen. Die Weisen unter ihnen aber wußten, daß dies ferne Land noch nicht das Segensreich von Valinor war, sondern Avallóne, der Hafen der Eldar auf Eressea, dem am weitesten östlich gelegenen der Unsterblichen Lande. Und von dort kamen bisweilen die Erstgeborenen nach Númenor gefahren, in ruderlosen Booten, wie weiße Vögel aus der untergehenden Sonne. Und vielerlei Geschenke brachten sie mit: Singvögel, und duftende Blumen und Kräuter von großer Heilkraft. Und sie brachten auch einen Setzling von Celeborn, dem Weißen Baum, der inmitten von Eressea wuchs, und der wiederum war ein Setzling von Galathilion, dem Baum von Túna, dem Abbild Telperions, das Yavanna den Eldar im Segensreich geschenkt hatte. Und der Baum wuchs und blühte in den Königsgärten von Armenelos; Nimloth wurde er genannt, und seine Blüten öffneten sich des Abends und erfüllten die Schatten der Nacht mit ihrem Duft.

So gingen unter dem Bann der Valar die Fahrten der Dúnedain in jener Zeit immer nach Osten und nie nach Westen, von der Dunkelheit des Nordens bis zur Hitze des Südens und über den Süden hinaus in die Niedere Dunkelheit; sogar bis in die inneren Meere kamen sie und umrundeten Mittelerde; und von ihren hohen Steven erblickten sie die Tore des Morgens im Osten. Und bisweilen kamen die Dúnedain an die Ufer der Großen Lande, und sie erbarmten sich der verlassenen Welt von Mittelerde. In den Dunklen Jahren der Menschen setzten die Herren von Númenor wieder Fuß auf die westlichen Ufer, und noch wagte keiner ihnen zu widersprechen. Denn die meisten Menschen jenes Zeitalters unter dem Schatten waren nun schwach und furchtsam geworden. Vieles lehrten sie die Númenórer, als sie zu ihnen kamen. Den Weizen und den Wein brachten sie mit, und sie unterwiesen die Menschen, wie die Saat auszusäen und das Korn zu mahlen, wie das Holz zu schnitzen und der Stein zu meißeln sei, und wie sich das Leben ordnen lasse; so gut es ging in den Landen frühen Tods und dürftigen Glücks.

Da waren die Menschen von Mittelerde gestärkt, und hier und da an den westlichen Küsten wichen die hauslosen Wälder zurück, und Menschen schüttelten das Joch von Morgoths Sprößlingen ab und verlernten die Angst vor dem Dunkel. Und sie hielten das Andenken der hochgewachsenen Seekönige in Ehren und nannten sie Götter, nachdem sie wieder abgefahren, und hofften auf ihre Rückkehr; denn damals blieben die Númenórer niemals lange in Mittelerde, noch gründeten sie eigene Wohnsitze dort. Gen Osten mußten sie segeln, doch gen Westen kehrten stets ihre Herzen zurück.

Immer größer wurde nun diese Sehnsucht mit den Jahren, und die Númenórer begannen nach der Stadt der Unsterblichen zu hungern, die sie von fern sahen, und der Wunsch, ewig zu leben, dem Tode zu entgehen, dem Ende aller Freuden, wurde stark in ihnen; und mit ihrer Macht der Herrlichkeit wuchs auch ihre Unrast. Denn obgleich die Valar die Dúnedain mit langem Leben belohnt hatten, die Müdigkeit der Welt, die zuletzt doch kommt, konnten sie ihnen nicht abnehmen, und so starben sie, sogar die Könige aus dem Samen Earendils, und kurz war ihr Leben in den Augen der Eldar. So kam es, daß ein Schatten auf sie fiel – und vielleicht war der Wille Morgoths hier am Werk, der in der Welt noch umging. Und die Númenórer begannen zu murren, zuerst im Herzen und dann auch in offener Rede, gegen das Verhängnis der Menschen und am meisten gegen den Bann, der ihnen verbot, in den Westen zu fahren.

Und sie sprachen unter sich: »Warum sitzen die Herren des Westens dort in nie endendem Frieden, doch wir müssen sterben und gehen, ohne zu wissen wohin, und unser Haus zurücklassen und alles, das wir geschaffen? Und die Eldar sterben nicht, selbst jene nicht, die sich aufgelehnt gegen die Herren. Und da wir doch alle Meere gemeistert, und kein Wasser so wild oder weit ist, daß unsre

Schiffe nicht hinüberfänden, warum dürfen wir nicht nach Avallóne fahren, um unsre Freunde zu grüßen?«

Und manche gab es, die sagten: »Warum sollten wir nicht auch nach Aman fahren und dort vom Glück der Mächte kosten, und sei es auch nur für einen einzigen Tag? Sind wir denn nicht mächtig unter den Völkern von Arda?«

Die Eldar berichteten diese Worte den Valar, und Manwe war in Sorge, denn eine Wolke sah er heraufziehen über den Mittag von Númenor. Und er sandte Boten zu Dúnedain, die zu dem König und allen, die hören wollten, eindringliche Worte sprachen, das Schicksal und den Lauf der Welt betreffend.

»Das Schicksal der Welt«, sagten sie, »es kann der Eine nur ändern, der sie erschaffen. Und kämet ihr auf eurer Fahrt durch allen Trug und alle Gefahr wirklich nach Aman ins Segensreich, wenig würde es euch nützen. Denn nicht Manwes Land macht seine Bewohner unsterblich, sondern die Unsterblichen, die dort wohnen, haben das Land geheiligt; ihr aber müßtet nur verdorren und würdet die Welt um so früher leid, wie Motten, wenn das Licht zu heiß ist.«

Der König aber erwiderte: »Und lebt den Earendil nicht, mein Vorvater? Und ist er nicht im Lande Aman?«

Worauf die Boten antworteten: »Du weißt, sein eigenes Schicksal hat er, und den Erstgeborenen wurde er gleichgestellt, die nicht sterben; doch auch dies wurde über ihn gesprochen, daß er nie mehr in die Lande der Sterblichen zurückkehren darf. Du und dein Volk aber, ihr gehört nicht zu den Erstgeborenen, sondern sterbliche Menschen seid ihr, so wie euch Ilúvatar geschaffen. Es scheint, die Vorteile beider Geschlechter wollt ihr genießen, nach Valinor zu fahren und wieder heimzukehren, wenn es euch beliebt. Dies kann nicht sein. Auch können die Valar Ilúvatars Gaben nicht wegnehmen. Die Eldar, so sagt ihr, bleiben straflos, und selbst die, welche sich aufgelehnt, sterben nicht. Doch weder Lohn noch Strafe ist dies für die Eldar, sondern Erfüllung ihres Seins. Sie können diese Welt nicht fliehen und sind gehalten, sie nie zu verlassen, solange sie dauert, denn die Welt ist ihr Leben. Und ihr, so sagt ihr, werdet bestraft für den Aufruhr der Menschen, an dem ihr nicht teilgehabt, und müßtet deshalb sterben. Nicht zur Strafe aber war dies euch zu Anfang bestimmt. Ihr entflieht und verlaßt die Welt und seid nicht an sie gebunden in Hoffnung oder Schmerz. Wer von uns soll daher den andren beneiden?«

Und die Númenórer erwiderten: »Wie könnten wir nicht die Valar beneiden oder selbst den Geringsten unter den Unsterblichen? Denn von uns wird blindes Vertrauen verlangt, Hoffnung ohne Gewißheit, und wir wissen nicht, was uns erwartet, schon in kurzer Zeit. Und doch lieben auch wir die Erde und mögen sie nicht verlassen.«

Da sagten die Boten: »Zwar sind Ilúvatars Absichten, euch betreffend, den Valar unbekannt, und nicht alles hat er verraten, was noch sein wird. Dies aber halten wir für wahr: Eure Heimat ist nicht hier, weder im Lande Aman noch irgendwo in den Kreisen der Welt. Und das Schicksal der Menschen, scheiden zu müssen, war zu Anfang eine Gabe Ilúvatars. Leid wurde es ihnen nur, weil sie unter Morgoths Schatten fielen, und da schien es ihnen, als wären sie von einer großen Dunkelheit umgeben, vor der sie sich fürchteten; und manche wurden eigensinnig und stolz und wollten das Leben nicht lassen, bis sie hingerafft wurden. Wir, die wir eine Last von Jahren zu tragen haben, die immer noch schwerer wird, können dies nicht gut verstehen. Wenn aber, wie ihr sagt, dieses Leid euch nun wieder quält, so fürchten wir, daß der Schatten sich abermals erhebt und wächst in euren Herzen. Deshalb, auch wenn ihr die Dúnedain seid, die edelsten unter den Menschen, die einst vor dem Schatten geflohen sind und tapfer gegen ihn gekämpft haben, sagen wir: Hütet euch! Erus Wille kennt keinen Widerspruch, und die Valar gebieten euch ernstlich, das Vertrauen nicht zu verweigern, das ihr ihnen schuldet, damit dies nicht bald wieder zu einer Kette werde, die euch drückt. Hoffet vielmehr, daß am Ende auch die geringsten unter euren Wünschen Frucht tragen werden. Die Liebe zu Arda hat Ilúvatar euch ins Herz gepflanzt, und nichts pflanzt er ohne Absicht. Dennoch, vieler Ungeborener Leben mag noch hingehen, ehe diese Absicht bekannt wird; und euch wird sie enthüllt werden, nicht den Valar.«

Dies geschah in den Tagen Tar-Ciryatans des Schiffbauers und seines Sohnes Tar-Atanamir; beide waren stolze Menschen, begierig nach Reichtum, lieber nehmend als gebend, und den Menschen von Mittelerde legten sie nun Tribut auf. Zu Tar-Atanamir waren die Boten gekommen, dem dreizehnten König. Mehr als zweitausend Jahre hatte das Reich der Númenórer zu seiner Zeit bestanden, und der Zenit seines Glücks war erreicht, doch noch nicht seiner Macht. Wenig behagte Atanamir der Rat der Boten, und er schenkte ihm keine Achtung, darin gefolgt von der Mehrzahl der Númenórer, denn sie wünschten noch zu ihrer Zeit dem Tod zu entgehen und nicht hoffen und warten zu müssen. Und Atanamir wurde sehr alt und klammerte sich noch ans Leben, als es längst keine Freude mehr war; und er war der erste der Númenórer, der dies tat. Er wollte nicht scheiden, bis das Alter ihn verblödete und entmannte, und er verweigerte seinem Sohn die Nachfolge, als der in den besten Jahren stand. Denn unter den Fürsten von Númenor war es Brauch gewesen, spät zu heiraten und die Herrschaft den Söhnen abzutreten, sobald diese an Körper und Geist voll erwachsen waren.

Dann wurde Tar-Ancalimon König, Atanamirs Sohn, und er war gleichen Sinnes; zu seiner Zeit spaltete sich das Volk von Númenor. Die größere Partei auf der einen Seite nannte man die Gefolgsleute des Königs, und diese wurden hochmütig und fremd den Eldar und Valar. Die kleinere Partei auf der Gegenseite nannte man die Elendili, die Elbenfreunde, denn sie blieben zwar gleichfalls dem König und dem Hause Elros' ergeben, wollten aber mit den Eldar Freundschaft halten und hörten auf den Rat der Herren des Westens. Doch blieben auch sie, die sich selbst die Getreuen nannten, von der Heimsuchung ihres Volkes nicht verschont, und auch sie betrübte der Gedanke an den Tod.

So wurde das Glück von Westernis geschmälert, seine Macht aber und sein Glanz wuchsen weiterhin. Denn die Könige und ihr

Volk hatten all ihr Wissen noch nicht verloren, und wenn sie die Valar nun auch nicht mehr liebten, sie fürchteten sie noch immer. Den Bann zu brechen und offen über die ihnen gewiesenen Grenzen hinauszufahren wagten sie nicht. Immer noch steuerten sie ihre hochmastigen Schiffe gen Osten. Dunkler und dunkler aber bedrückte sie die Furcht vor dem Tode, und mit allen Mitteln zögerten sie ihn hinaus; und sie begannen große Häuser für ihre Toten zu bauen, während ihre Weisen sich ohne Unterlaß bemühten, das Geheimnis zu entdecken, wie sie das Leben zurückrufen oder doch wenigstens die Tage der Menschen verlängern könnten. Doch nur in der Kunst, der Menschen totes Fleisch unverwest zu erhalten, brachten sie es zur Vollendung, und sie erfüllten das ganze Land mit stillen Gräbern, worin der Gedanke an den Tod ins Dunkel eingeschreint war. Die Lebenden aber gaben sich um so eifriger den Festen und Gelagen hin und strebten nach immer mehr Gütern und Schätzen. Nach der Zeit Tar-Ancalimons wurde es versäumt, die ersten Früchte Eru zu opfern, und nur mehr selten besuchten Menschen die Heilige Stätte auf dem Gipfel des Meneltarma inmitten des Landes.

So geschah es auch, daß die Númenórer zu jener Zeit die ersten Städte an den westlichen Küsten der alten Lande gründeten; denn ihr eigenes Land erschien ihnen wie eingeschrumpft, und sie hatten dort nicht mehr Rast noch Ruhe; und da ihnen der Westen verschlossen blieb, verlangte es sie nun nach Macht und Reichtum in Mittelerde. Große Häfen bauten sie und starke Türme, und viele ließen sich dort nieder; doch traten sie nun eher als Herren und Meister und Tributjäger auf denn als Helfer und Lehrer. Und die großen Schiffe der Númenórer wurden von den Winden ostwärts getrieben und kehrten stets beladen zurück, und ihre Könige mehrten Macht und Ruhm; und sie tranken und feierten und kleideten sich in Silber und Gold.

An all dem nahmen die Elbenfreunde wenig Anteil. Sie allein fuhren nun stets nach Norden und kamen ins Land Gil-galads, um die Freundschaft mit den Elben zu pflegen und ihnen gegen Sauron

Hilfe zu leisten; und ihr Hafen war Pelargir, oberhalb der Mündungen des Anduin, des Großen Stromes. Die Gefolgsleute des Königs aber fuhren in den fernen Süden; und die Fürstentümer und Hochburgen, die sie dort schufen, haben viele Gerüchte in den Sagen der Menschen hinterlassen.

Wie anderswo erzählt wird, stand Sauron in diesem Alter wieder auf in Mittelerde und machte sich von neuem ans Werk, wie es ihn Morgoth gelehrt, als er in seinem Dienste mächtig wurde. Schon in den Tagen Tar-Minastirs, des elften Königs von Númenor, hatte er das Land Mordor befestigt und den Turm von Barad-dûr erbaut, und hernach strebte er unablässig nach der Herrschaft über Mittelerde, denn ein König aller Könige wollte er werden und ein Gott für die Menschen. Und Sauron haßte die Númenórer, für die Taten ihrer Väter und für ihr altes Bündnis mit den Elben und für ihre Ergebenheit gegen die Valar; auch vergaß er nicht die Hilfe, die Tar-Minastir einst Gil-galad erwiesen, zu der Zeit, als der Eine Ring geschmiedet wurde und der Krieg war zwischen Sauron und den Elben in Eriador. Nun erfuhr er, daß die Könige der Númenórer größer und mächtiger geworden seien, und um so mehr haßte er sie; doch fürchtete er, sie könnten in sein Land eindringen und ihm die Herrschaft im Osten entreißen. Lange Zeit wagte er es nicht, den Herren der See die Stirn zu bieten, und von den Küsten hielt er sich fern.

Doch Sauron wußte immer neue Ränke, und es heißt, unter jenen, die er mit den Neun Ringen betörte, seien drei große Fürsten von númenórischer Abkunft gewesen. Und als die Úlairi auftraten, welche die Ringgeister, seine Diener, waren, und seine Schreckensherrschaft über die Menschen stärkten, da begann er die festen Plätze der Númenórer an den Küsten anzugreifen.

In jener Zeit wurde der Schatten tiefer auf Númenor; und das Leben der Könige aus dem Hause Elros' schwand dahin, weil sie sich aufgelehnt hatten, doch um so mehr nur verhärtete sich ihr Herz gegen die Valar. Und der neunzehnte König nahm das Szepter seiner Väter und bestieg den Thron unter dem Namen Adûnakhor, Herr des

Westens; er entriet der Elbensprachen und verbot ihren Gebrauch in seiner Gegenwart. In die Rolle der Könige aber wurde sein Name als Herunúmen eingetragen, in der Hochsprache der Elben, nach alter Sitte, mit der ganz zu brechen die Könige sich scheuten, um kein Unheil zu beschwören. Dieser Titel nun erschien den Getreuen gar zu anmaßend, war es doch der Titel der Valar; und schwer geprüft wurden ihre Herzen im Widerstreit zwischen der Ergebenheit gegen das Haus Elros' und der Ehrfurcht vor den ernannten Mächten. Doch Ärgeres stand noch bevor. Denn Ar-Gimilzôr, der zweiundzwanzigste König, war der schärfste Feind der Getreuen. Zu jener Zeit wurde der Weiße Baum nicht mehr gehegt und begann abzusterben; und der König verbot streng den Gebrauch der Elbensprachen und bestrafte jeden, der die Schiffe von Eressea empfing, die heimlich noch an die Westküste des Landes kamen.

Nun lebten die meisten der Elendili in den westlichen Gebieten von Númenor; doch Ar-Gimilzôr befahl allen, in denen er Anhänger dieser Partei erkannte, aus dem Westen in den Osten zu ziehen; und dort standen sie unter Aufsicht. Und die größte Ortschaft der Getreuen lag so in späterer Zeit bei dem Hafen Rómenna; von dort schifften sich viele nach Mittelerde ein, nach den nördlichen Küsten, wo sie noch mit den Eldar in Gil-galads Königreich sprechen konnten. Den Königen war dies wohl bekannt, doch hinderten sie es nicht, solange die Elendili aus ihrem Lande schieden und nicht mehr wiederkamen, denn die Könige wollten aller Freundschaft zwischen ihrem Volk und den Eldar von Eressea, welche sie die Spione der Valar nannten, ein Ende machen; so hofften sie, ihr Tun und Denken vor den Herren des Westens verborgen zu halten. Doch Manwe wußte von allem, was sie taten, und die Valar zürnten den Königen von Númenor und gewährten ihnen nicht mehr Schutz noch Rat; und von Eressea kamen keine Schiffe mehr aus dem Sonnenuntergang, und der Hafen von Andúnië lag verlassen.

Höchste Ehren nach dem Haus der Könige genossen die Herren von Andúnië, denn sie waren von Elros' Geblüt und stammten von

Silmarien ab, der Tochter Tar-Elendils, des vierten Königs von Númenor. Sie waren den Königen ergeben und ehrten sie, und der Herr von Andúnië saß immer unter den vertrautesten Räten des Szepters. Von Anfang an aber brachten sie auch den Eldar Liebe und den Valar Ehrfurcht entgegen, und als der Schatten dichter wurde, halfen sie den Getreuen, so gut sie konnten. Lange aber erklärten sie sich nicht offen und versuchten lieber, die Herzen der Edlen im Rat mit Klugheit zu bessern.

Nun lebte eine Dame namens Inzilbêth, deren Schönheit gerühmt wird, und ihre Mutter war Lindórië, die Schwester Earendurs, des Fürsten von Andúnië zur Zeit Ar-Sakalthôrs, welcher der Vater von Ar-Gimilzôr war. Gimilzôr nahm sie zur Frau, gegen ihre Neigung, denn im Herzen hielt sie zu den Getreuen, wie ihre Mutter, die sie unterwiesen hatte; aber die Könige und ihre Söhne waren stolz geworden, und gegen ihre Wünsche gab es keine Widerrede. Keine Liebe war zwischen Ar-Gimilzôr und seiner Königin, und auch nicht zwischen ihren Söhnen. Inziladûn, der ältere, war im Geiste wie in der Erscheinung seiner Mutter ähnlich; Gimilkhâd, der jüngere, aber kam nach seinem Vater, nur wurde er noch eitler und selbstherrlicher als dieser. Lieber ihm als den Ältesten hätte Ar-Gimilzôr das Szepter übertragen, doch die Gesetze erlaubten es nicht.

Als aber Inziladûn das Szepter erlangte, nahm er wieder einen Titel in der Eldarinsprache an, nach altem Brauch; er nannte sich Tar-Palantir, denn weitsichtig war sein Auge wie sein Geist, und selbst wer ihn haßte, fürchtete seine Worte als die Worte eines Sehers. Er gab den Getreuen für eine Zeitlang Frieden, und wenn die Jahreszeit es gebot, ging er wieder zu dem Heiligtum Erus auf dem Meneltarma, das Ar-Gimilzôr mißachtet hatte. Den Weißen Baum hielt er wieder in Ehren; und er prophezeite, wenn der Baum verderbe, dann werde auch das Geschlecht der Könige enden. Doch zu spät kam seine Reue, um den Zorn der Valar über die Anmaßung seiner Väter zu besänftigen, zumal der größere Teil seines Volkes nichts bereute. Und Gilmilkhâd war stark und unversöhnt, und er wurde zum Anführer derer, welche man die Gefolgsleute des Königs genannt hatte, und er widersetzte sich dem Willen seines Bruders, offen, wo er es wagen konnte, und mehr noch im Geheimen. So wurden die Tage Tar-Palantirs von Sorge verdunkelt, und er verbrachte viel Zeit an der Westküste, wo er oft den alten Turm des Königs Minastir bestieg, auf dem Hügel von Oromet bei Andúnië, und von dort spähte er sehnsüchtig nach Westen, hoffend, daß er vielleicht auf dem Meer ein Segel erblicke. Doch kein Schiff kam je mehr aus dem Westen nach Númenor, und Avallóne lag in Wolken verhüllt.

Gimilkhâd starb zwei Jahre vor dem zweihundertsten Jahr seines Lebens (was als ein früher Tod galt für einen von Elros' Geblüt, selbst noch im Niedergang), dem König aber brachte dies keinen Frieden. Denn Pharazôn, Gimilkhâds Sohn, war noch unruhiger als sein Vater, noch gieriger nach Macht und Gütern. Er hatte viel in fernen Ländern gekämpft, als Hauptmann in den Kriegen, mit denen die Númenórer damals die Küstenlande von Mittelerde überzogen, um ihre Herrschaft über die Menschen zu erweitern; und so stand er in hohem Ansehen als Heerführer zu Wasser und zu Lande. Als er daher vom Tode seines Vaters erfuhr und nach Númenor zurückkehrte, flogen die Herzen des Volkes ihm zu, denn er brachte große Reichtümer mit, die er fürs erste großzügig verteilte.

Und es geschah, daß Tar-Palantir der Sorgen müde wurde und starb. Er hatte keinen Sohn, nur eine Tochter, die er in der Elbensprache Míriel genannt hatte, und ihr nun fiel nach Recht und Gesetz der Númenórer das Szepter zu. Pharazôn aber nahm sie gegen ihren Willen zur Frau, und zu diesem Unrecht kam ein zweites, denn die Gesetze von Númenor verboten denen die Ehe, die näher denn als Vettern zweiten Grades blutsverwandt waren, und dies galt auch für das Königshaus. Nach der Hochzeit nahm er das Szepter in die eigenen Hände und legte sich den Titel Ar-Pharazôn bei (Tar-Calion in der Eldarinsprache); und der Königin gab er den Namen Ar-Zimraphel.

Von allen, die je seit der Gründung von Númenor das Szepter der

Seekönige geführt hatten, war Ar-Pharazôn der Goldene am mächtigsten und stolzesten; und dreiundzwanzig Könige, die nun in ihren tiefen Gräbern unter dem Gipfel des Meneltarma und auf goldenen Betten schliefen, hatten vor ihm die Númenórer regiert.

Und wie er nun auf seinem gemeißelten Thron in der Stadt Armenelos saß, in dunklem Brüten, sann er auf Krieg. Denn in Mittelerde hatte er erfahren, wie stark Saurons Reich war und wie sehr Sauron Westernis haßte. Und dann kamen die Hauptleute und Kapitäne aus dem Osten zu ihm und berichteten, wie Sauron alle Kräfte aufgeboten hatte, seit Ar-Pharazôn Mittelerde verlassen, und wieder gegen die Küstenstädte vorrückte. Sauron hatte nun den Titel eines Königs der Menschen angenommen und erklärte offen seine Absicht, die Númenórer ins Meer zu treiben und auch Númenor zu vernichten, sobald er es vermochte.

Groß war Ar-Pharazôns Zorn über diese Nachrichten, und während er lange und heimlich nachsann, erfüllte sich sein Herz mit dem Wunsch nach unumschränkter Macht und Alleinherrschaft seines Willens. Und er entschied, unberaten von den Valar und von allen außer ihm selbst, daß er für sich den Titel des Königs der Menschen fordern, Sauron aber zwingen werde, ihm zu dienen und Gefolgschaft zu leisten; denn in seinem Stolz glaubte er, nie werde je ein König erstehen, mächtig genug, um mit Earendils Erben zu streiten. Daher begann er zu jener Zeit, große Vorräte an Waffen zu schmieden; und viele Kriegsschiffe baute er und rüstete sie; und als alles bereit war, fuhr er selbst mit seinem ganzen Heer nach Osten.

Und die Menschen sahen seine Segel vom Sonnenuntergang her kommen, wie in Purpur getaucht, rot und golden schimmernd, und Furcht befiel die Küstenbewohner, und sie flohen weit von dannen. Die Flotte aber gelangte schließlich zu jenem Ort, der Umbar genannt wurde, wo sich der gewaltige Hafen der Númenórer befand, der nicht von Menschenhand gebaut war. Leer und still lagen die Lande ringsum, als der König der See Mittelerde betrat. Sieben Tage lang zog er mit Standarten und Trompeten durchs Land, und dann kam er zu einem Hügel und stieg hinauf, und dort schlug er sein Königszelt und seinen Thron auf und setzte sich nieder, mitten im Lande, und rings um ihn reihten sich die Zelte seines Heeres, blau, golden und weiß, wie ein Feld großer Blumen. Dann schickte er Herolde aus und befahl Sauron, herbeizukommen und ihm Gefolgschaft zu schwören.

Und Sauron kam. Aus seinem mächtigen Turm von Barad-dûr kam er, und keine Schlacht bot er an. Denn er erkannte, daß die Macht und Herrlichkeit der Seekönige jedes Gerücht übertraf, so daß auch auf die stärksten unter seinen Dienern kein Verlaß war; und er sah die Zeit noch nicht gekommen, wo er nach seinem Willen mit den Dúnedain verfahren mochte. Und findig, wie er war, wußte er sein Ziel mit List zu erreichen, wo Gewalt nicht half. Also demütigte er sich vor Ar-Pharazôn und sprach mit glatter Zunge; und die Menschen staunten, denn was immer er sagte, schien weise und gerecht.

Ar-Pharazôn aber war nicht leicht zu täuschen, und ihm kam es in den Sinn, daß er Saurons und seiner Treueschwüre sicherer wäre, wenn er ihn nach Númenor brächte, als Geisel für ihn selbst und all seine Diener in Mittelerde. Dem stimmte Sauron zu, wie einer, dem man Zwang antut, insgeheim aber frohlockte er, denn es stimmte zu seinen Plänen. Und Sauron fuhr übers Meer und sah das Land Númenor und die Stadt Armenelos in den Tagen ihres Glanzes, und er war bestürzt; um so mehr aber ging ihm das Herz über vor Neid und Haß.

So gewitzt aber waren sein Geist und seine Reden und so stark sein verhohlener Wille, daß er binnen drei Jahren zum engsten Vertrauten unter des Königs geheimen Räten wurde; denn honigsüße Schmeicheleien gingen ihm stets von der Zunge, und Kenntnis hatte er von vielen den Menschen noch verborgenen Dingen. Und als er einmal in der Gunst ihres Herrn stand, da begannen auch die anderen Räte des Königs vor ihm zu kriechen, nur einer nicht, Amandil, der Fürst von Andúnië. Langsam kam nun ein Wandel über das Land, und die Herzen der Elbenfreunde wurden streng geprüft, und viele sagten ihnen ab aus Furcht; und obwohl die restlichen sich immer noch die Getreuen nannten, hießen ihre Feinde sie nun Rebellen. Denn jetzt, da er das Ohr der Menschen hatte, widerlegte Sauron mit hundert Gründen alles, was die Valar gelehrt hatten; er machte die Menschen glauben, daß es auf der Welt, im Osten und sogar im Westen, noch viele Meere und Länder für sie zu erobern gäbe, mit unermeßlichen Reichtümern. Und überdies, sollten sie schließlich doch ans Ende dieser Länder und Meere kommen, so war draußen noch das Alte Dunkel. »Und aus ihm wurde die Welt erschaffen. Denn dem Dunkel allein gebührt Verehrung, und der Fürst desselben kann noch andere Welten erschaffen, jenen zum Geschenk, die ihm dienen, so daß ihnen Macht ohne Erde zuwachsen soll.«

Und Ar-Pharazôn sagte: »Wer ist der Fürst des Dunkels?«

Dann, hinter verschlossenen Türen, sprach Sauron zu dem König, und er log, als er sagte: »Er ist es, dessen Name heute nicht mehr ausgesprochen wird; denn über ihn haben die Valar euch belogen, den Namen eines Eru vorschützend, eines Phantoms, das sie in ihrem Wahnsinn erfunden, um die Menschen in Knechtschaft an sich zu ketten. Denn sie sind das Orakel dieses Eru, der nur sagt, was sie wollen. Doch er, welcher ihr Meister ist, wird dennoch siegen und euch von diesem Phantom befreien. Und sein Name ist Melkor, Herr und Befreier des Alls, und er wird euch helfen, stärker zu werden als sie.«

Darauf huldigte der König Ar-Pharazôn dem Dunkel und Melkor, dem Herrn desselben, zuerst insgeheim, bald aber offen und vor seinem Volke; und die Mehrzahl tat es ihm nach. Doch lebte noch ein kleiner Rest der Getreuen, wie schon erzählt, in Rómenna und in der Nachbarschaft, und hier und da gab es noch einige wenige im ganzen Land. Die Angesehenen unter ihnen, von denen die andern in schlechten Tagen Führung und Zuversicht erwarteten, waren Amandil, der Rat des Königs, und sein Sohn Elendil, dessen Söhne Isildur und Anárion zu jener Zeit nach der Rechnung von Númenor noch junge Männer waren. Amandil und Elendil waren große Schiffskapitäne; sie entstammten Elros' Tar-Minyaturs Geschlecht, obgleich nicht der regierenden Linie, welcher die Krone und der Thron in der Stadt Armenelos gehörten. In den Tagen ihrer gemeinsamen Jugend war Amandil Pharazôn teuer gewesen, und obgleich er zu den Elbenfreunden gehörte, blieb er im Rate, bis Sauron kam. Dann wurde er entlassen, denn ihn haßte Sauron mehr als alle anderen in Númenor. Doch er war von so edler Geburt und war ein so mächtiger Schiffsführer gewesen, daß er bei vielen im Volke immer noch hoch in Ehren stand, und weder der König noch Sauron wagten es, Hand an ihn zu legen.

Amandil zog sich daher nach Rómenna zurück und gebot allen, denen er noch traute, heimlich dorthin zu kommen; denn er fürchtete, das Unheil werde nun rasch zunehmen, und alle sah er in Gefahr. Und bald darauf kam es so. Denn der Meneltarma wurde in jenen Tagen ganz verlassen. Zwar wagte selbst Sauron nicht, die heilige Stätte zu entweihen, doch ließ der König bei Todesstrafe niemanden mehr hinauf, auch nicht jene Getreuen, die Ilúvatar im Herzen behielten. Und Sauron drängte den König, den Weißen Baum abzuhauen, Nimloth den Schönen, der in seinen Gärten wuchs, denn er war ein Andenken an die Eldar und das Licht von Valinor.

Anfangs mochte der König dem nicht nachgeben, glaubte er doch, daß die Geschicke seines Hauses mit dem Baum verknüpft seien, wie es Tar-Palantir geweissagt. Er, welcher die Eldar und die Valar nun haßte, klammerte sich in seinem Wahn noch vergebens an den Schatten der alten Bündnispflichten von Númenor. Als aber Amandil von Saurons bösem Vorhaben Meldung erhielt, war er von Herzen bekümmert, denn er wußte, am Ende würde Sauron gewiß seinen Willen haben. Er sprach nun zu Elendil und seinen Söhnen über die Geschichte der Bäume von Valinor; und Isildur sagte nicht ein Wort, doch nachts ging er und leistete eine Tat, für die er später gerühmt wurde. Denn allein und in Verkleidung drang er in die Königsgärten von Armenelos ein, die zu betreten den Getreuen nun verwehrt war. Und er trat zu dem Baum, was auf Saurons Befehl für jedermann verboten war, und Tag und Nacht wurde der Baum von Saurons Dienern bewacht. Zu jener Zeit war Nimloth dunkel und trug keine Blüten, denn es war spät im Herbst, und sein Winter war nah. Und Isildur schlich zwischen den Wachen hindurch und brach eine Frucht, die an dem Baume hing, und wandte sich zum Gehen. Aber die Wächter hatten ihn bemerkt und stürzten sich auf ihn, und er schlug sich nach draußen durch, schwer verwundet. Er entkam, und weil er verkleidet war, blieb unentdeckt, wer er war, der an den Baum Hand gelegt hatte. Isildur aber gelangte zuletzt nach Rómenna zurück, und kaum hatte er die Frucht Amandil übergeben, als ihn die Kräfte verließen. Dann wurde die Frucht heimlich eingepflanzt, und Amandil segnete sie; und ein Schößling wuchs aus ihr empor und trieb Knospen im Frühling. Als sich aber das erste Blatt öffnete, da erhob sich Isildur, der lange auf den Tod darniedergelegen hatte, und seine Wunden behelligten ihn nicht mehr.

Nicht zu früh hatte er dies getan, denn nach diesem Vorfall gab der König Sauron nach und ließ den Weißen Baum fällen; und nun wandte er sich ganz von dem Bündnis seiner Väter ab. Sauron aber ließ auf dem Hügel mitten in der Stadt der Númenórer, Armenelos der Goldenen, einen gewaltigen Tempel erbauen; und der war kreisförmig am Grunde, und dort waren die Mauern fünfzig Fuß dick, und die Grundfläche maß fünfhundert Fuß durch die Mitte, und die Wände stiegen fünfhundert Fuß hoch über den Boden auf und wurden von einer mächtigen Kuppel gekrönt. Ganz von Silber war die Kuppel, und erhob sich schimmernd in der Sonne, und weithin sah man sie leuchten; bald aber wurde ihr Glanz stumpf, und das Silber schwärzte sich. Denn inmitten des Tempels war ein Feueraltar, und im Gipfelpunkt der Kuppel war ein Abzug, woraus eine mächtige Rauchwolke aufstieg. Und das erste Feuer auf dem Altar entfachte Sauron mit dem Holz des abgehauenen Nimloth, und es knisterte und verbrannte; den Menschen aber wurde beklommen von dem

Dunste, der davon aufstieg, so daß sieben Tage lang das Land unter einer Wolke lag, bis sie langsam nach Westen abzog.

Von nun an stiegen Feuer und Rauch auf ohne Unterlaß; denn Saurons Macht wuchs mit jedem Tag, und mit Blutvergießen, Martern und großer Verruchtheit brachten die Menschen im Tempel dem Melkor Opfer dar, daß er sie vom Tod erlöse. Und unter den Getreuen wählten sie die meisten Opfer, doch ohne ihnen offen zur Last zu legen, daß sie Melkor, den Befreier, nicht ehrten; vielmehr schob man andre Klagen gegen sie vor, daß sie den König haßten und gegen ihn rebellierten oder daß sie sich gegen ihr Volk verschworen hätten und Lügen und Gift ausstreuten. Wenig Wahres war an diesen Klagen; doch es waren bittre Tage, und Haß erzeugt Haß.

All dies aber trieb den Tod nicht aus dem Land, vielmehr kam er nun früher und öfter und in hundert Schreckensgestalten. Denn während einstmals die Menschen langsam alt wurden und sich am Ende, der Welt müde, zum Schlafe legten, so fielen jetzt Wahnsinn und Krankheit über sie her; und sie fürchteten sich, zu sterben und ins Dunkel zu treten, ins Reich jenes Herrn, den sie sich erwählt hatten; und im Todeskampf verfluchten sie sich selbst. Und Männer griffen zu den Waffen in jenen Tagen und erschlugen einander aus nichtigem Grund; denn sie waren jähzornig geworden, und Sauron oder jene, die er an sich gebunden, gingen im Land um und hetzten Mann gegen Mann auf, so daß das Volk gegen den König und gegen die Edlen murrte und gegen jeden, der etwas besaß, das es nicht besaß; und die Mächtigen übten grausame Rache.

Dennoch schien es den Númenórern lange Zeit, daß sie wohl gediehen, und wenn sie schon nicht glücklicher wurden, so wurden sie doch noch stärker, und ihre Reichen wurden immer reicher. Denn mit Saurons Rat und Hilfe mehrten sie ihren Besitz, und sie bauten Maschinen und immer größere Schiffe. Und nach Mittelerde fuhren sie nun nur noch gewappnet und gepanzert, und sie kamen nicht mehr mit Geschenken, sondern mit blutigem Krieg. Sie machten Jagd auf die Menschen von Mittelerde, nahmen ihnen ihre Habe und versklavten sie; und viele schlachteten sie grausam auf ihren Altären. Denn auch in ihren Festungen bauten sie zu jener Zeit Tempel und große Grabmäler; und die Menschen fürchteten sich vor ihnen, und das Andenken der freundlichen Könige der alten Zeit verschwand aus der Welt und wurde von manch einer Greuelgeschichte verdunkelt.

So wurde Ar-Pharazôn, der König des Sternenlandes, zum mächtigsten Tyrannen, den die Welt seit der Herrschaft Morgoths gekannt hatte, doch in Wahrheit stand Sauron hinter dem Thron und beherrschte alles. Aber die Jahre gingen hin, und der König fühlte den Schatten des Todes nahen, als seine Tage länger wurden; und er war voller Angst und Wut. Nun kam die Stunde, die Sauron vorbereitet und lange erwartet hatte. Und Sauron sprach zu dem König und sagte, so groß sei nun seine Stärke, daß er daran denken könne, seinen Willen in allem zu haben, ohne Rücksicht auf jeden Befehl oder Bann.

Und er sagte: »Des Landes, wo kein Tod ist, haben die Valar sich bemächtigt; und was dies Land angeht, belügen sie dich und verstekken es vor dir, so gut sie nur können, denn geizig sind sie und voller Furcht, die Könige der Menschen möchten ihnen das todlose Land entreißen und die Welt an ihrer Statt regieren. Und wenn auch, ohne Zweifel, die Gabe unendlichen Lebens nicht für jeden ist, sondern nur für die Würdigen, Männer von Macht und Stolz und hoher Geburt, so geschieht es doch wider alles Recht, daß diese Gabe dem vorenthalten wird, dem sie gebührt, dem König aller Könige, Ar-Pharazôn, dem Mächtigsten unter allen Erdensöhnen, mit dem einzig Manwe zu vergleichen wäre, wenn überhaupt einer. Große Könige aber lassen sich nichts verweigern und nehmen sich, was ihnen zukommt.«

Ar-Pharazôn hörte auf Sauron, denn er war von Sinnen, und der Schatten des Todes lag auf ihm, und seine Zeit lief ab; und im Herzen begann er zu erwägen, wie er gegen die Valar Krieg führen könnte. Lange rüstete er für diesen Plan; er sprach nicht offen davon, doch nicht vor allen ließ er sich verbergen. Und Amandil, dem des Königs Absichten deutlich wurden, war bestürzt und voll tiefer Furcht, denn er wußte, daß Menschen nicht die Valar im Kriege besiegen konnten und daß die Welt in Trümmer gehen mußte, wenn dem kein Halt geboten wurde. Daher rief er seinen Sohn Elendil zu sich und sagte zu ihm:

»Dunkel sind die Tage, und keine Hoffnung ist für die Menschen, denn der Getreuen sind wenige. Daher habe ich beschlossen, jenen Ausweg zu suchen, den einst unser Vorvater Earendil fand, und in den Westen zu fahren, ob auch der Bann es verbiete, und zu den Valar zu sprechen, ja zu Manwe selbst, wenn es sein kann, und seine Hilfe zu erflehen, ehe alles dahin ist.«

»Willst du also den König verraten?« sagte Elendil. »Denn du weißt wohl, welche Klage sie gegen uns führen, daß wir Verräter und Spione seien, und bis auf diesen Tag ist das falsch gewesen.«

»Wenn ich glaubte, daß Manwe eines solchen Boten bedarf«, sagte Amandil, »so würde ich den König verraten. Denn nur eine Treuepflicht gibt es, von der kein Mensch aus keinem Grunde im Herzen freigesprochen werden kann. Was ich aber erbitten will, ist Erbarmen mit den Menschen und ihre Befreiung von Sauron, dem Betrüger, denn einige wenige sind treu geblieben. Und was den Bann angeht, so will ich selbst die Strafe erleiden, damit nicht mein ganzes Volk schuldig werde.«

»Doch was glaubst du, mein Vater, was die aus deinem Hause erwartet, die du zurückläßt, wenn deine Tat bekannt wird?«

»Sie muß nicht bekannt werden«, sagte Amandil. »Ich will die Fahrt insgeheim vorbereiten und zuerst nach Osten segeln, wohin jeden Tag aus unsren Häfen Schiffe abfahren; dann aber, wie der Wind und das Glück es wollen, wende ich mich nach Norden oder Süden und von da zurück nach Westen, und dann komme, was da will. Was aber dich, mein Sohn, und die Deinen angeht, so rate ich, daß du Schiffe rüstest; schafft alles an Bord, wovon eure Herzen sich nicht trennen mögen. Und sind die Schiffe bereit, so laß sie im Hafen von

Rómenna ankern, und unter den Menschen verbreite, du wolltest mir in den Osten folgen, wenn deine Zeit heran sei. Unsrem Verwandten auf dem Thron ist Amandil nicht mehr so teuer, daß er sich grämen wird, wenn wir abreisen wollen, sei es für ein Jahr oder für immer. Doch laß nicht bekannt werden, daß du viele Männer mitzunehmen gedenkst, denn das wird ihn ärgern, weil er für den Krieg, den er jetzt plant, aller Kräfte bedürfen wird, die er aufbieten kann. Wähle diejenigen Getreuen aus, von denen du weißt, daß sie noch immer treu sind. Diese sollen sich dir insgeheim anschließen, wenn sie bereit sind, mit dir zu gehen und dein Vorhaben zu teilen.«

»Und welch ein Vorhaben soll dies sein?« sagte Elendil.

»Sich in den Krieg nicht einzumischen und zu warten«, antwortete Amandil. »Bevor ich nicht zurückgekehrt bin, kann ich mehr nicht sagen. Doch ist wahrscheinlich, daß du aus dem Land des Sterns wirst fliehen müssen, ohne daß ein Stern dich leitet; denn dies Land ist verflucht. Dann wirst du alles verlieren, was du geliebt, und den Vorgeschmack des Todes im Leben noch kennenlernen, Zuflucht in einem anderen Land suchend. Ob aber im Osten oder im Westen, das wissen nur die Valar.«

Dann sagte Amandil all den Seinen Lebwohl, wie einer, der zu sterben erwartet. »Denn«, sagte er, »es mag wohl so kommen, daß ihr mich nie mehr seht und daß ich euch kein Zeichen zu geben vermag wie einst Earendil. Doch haltet euch bereit, denn das Ende der Welt, die wir kennen, ist nahe.«

Es heißt, des Abends sei Amandil auf einem kleinen Schiff in See gestochen und zuerst ostwärts gefahren; dann aber bog er ab und kehrte nach Westen um. Und er nahm drei Diener mit, die ihm lieb waren, und nie wieder vernahm man in dieser Welt ein Wort oder Zeichen von ihnen, noch gibt es irgendeine Erzählung oder Ahnung von ihrem Schicksal. Kein zweites Mal konnte eine solche Gesandtschaft die Menschen retten, und für den Verrat von Númenor gab es keinen billigen Gnadenerlaß.

Elendil aber tat in allem, wie ihn sein Vater geheißen; und seine

Schiffe lagen vor der Ostküste, und die Getreuen brachten Frauen und Kinder an Bord, ihr Erbe, Schätze und Vorräte. Viele Dinge von Macht und Schönheit waren darunter, wie sie die Númenórer in den Zeiten ihrer Weisheit ersonnen hatten, Gefäße und Juwelen und alte Schriftrollen mit purpurnen und schwarzen Buchstaben. Und die Sieben Steine besaßen sie, ein Geschenk der Eldar; auf Isildurs Schiff jedoch wurde der junge Baum gehegt, der Schößling Nimloths des Weißen. So hielt Elendil sich bereit und nahm nicht teil an den Untaten jener Tage; und immer schaute er aus nach einem Zeichen, doch es kam keines. Er ging insgeheim ans westliche Gestade und sah hinaus aufs Meer, denn voll Sorge und Sehnsucht war er, und innig liebte er seinen Vater. Doch nichts war zu sehen als die Flotten Ar-Pharazôns, die sich sammelten in den westlichen Häfen.

Nun war einst auf der Insel Númenor das Wetter stets den Wünschen und Neigungen der Menschen entgegengekommen: Es regnete zur rechten Jahreszeit und im rechten Maße, die Sonne schien bald wärmer, bald kühler, und Winde kamen von der See. Und wenn der Wind von Westen kam, so schien es vielen, als wäre er von einem Duft erfüllt, zart, doch süß und herzbewegend, wie von Blumen, die ewig auf den unsterblichen Wiesen blühen und an den Küsten der Menschen keinen Namen haben. All dies aber war nun anders geworden; denn der Himmel selbst war verdunkelt, und es gab Regen und Hagelstürme in jenen Tagen und heftige Winde; und hin und wieder ging ein großes Schiff der Númenórer unter und kehrte nicht in seinen Hafen zurück, ein Unglück, das sie bis dahin seit dem Anfang des Sterns nicht mehr befallen hatte. Und aus Westen kam abends bisweilen eine große Wolke, von der Gestalt eines Adlers, die Schwingen nach Norden und Süden gebreitet; und langsam zog sie herauf und verdunkelte die untergehende Sonne, und tiefe Nacht fiel über Númenor. Und manche der Adler trugen den Blitz zwischen den Flügeln, und Donner hallten wider zwischen dem Meer und der Wolke.

Furcht ergriff die Menschen. »Sehet die Adler der Herren des Westens!« riefen sie. »Manwes Adler kommen über Númenor!« Und sie fielen mit den Gesichtern zu Boden.

Manche bereuten dann für eine Weile, andere aber verhärteten ihr Herz und schüttelten die Fäuste gen Himmel und sagten: »Die Herren des Westens haben sich gegen uns verschworen. Der erste Streich kommt von ihnen. Unser wird der nächste sein!« Diese Worte sprach der König selbst, doch eingegeben hatte sie ihm Sauron.

Der Blitze wurden nun mehr, und sie erschlugen Menschen auf den Hügeln, auf den Feldern und in den Straßen der Stadt; und ein feuriger Strahl schlug in die Kuppel des Tempels und riß sie auf, und sie war in Flammen gehüllt. Doch der Tempel selbst wankte nicht, und dort stand Sauron auf der Zinne und trotzte dem Blitz und blieb unversehrt; und in jener Stunde hießen die Menschen ihn einen Gott und taten, was immer er wollte. Als daher das letzte Vorzeichen kam, beachteten sie es wenig. Denn das Land erbebte unter ihren Füßen, und ein Grollen wie von unterirdischem Donner mischte sich in das Brüllen der See, und Rauch stieg auf vom Gipfel des Meneltarma. Doch um so eiliger nur trieb Ar-Pharazôn seine Rüstung voran.

Zu dieser Zeit war das Meer im Westen des Landes schwarz von den Flotten der Númenórer, und sie waren wie ein Archipel von tausend Inseln, ihre Masten wie Wald auf den Bergen und ihre Segel wic eine tiefhängende Wolke; und ihre Banner waren golden und schwarz. Und alles wartete auf den Befehl Ar-Pharazôns; und Sauron zog sich in den innersten Kreis des Tempels zurück, und man schleppte ihm Menschen herbei, daß er sie zum Opfer verbrenne.

Dann kamen die Adler der Herren des Westens aus dem sinkenden Tag, und sie waren wie zur Schlacht gereiht und flogen in einer Linie, deren Enden man nicht sehen konnte; und als sie kamen, spreizten sich ihre Flügel immer weiter und griffen in den Himmel. Hinter ihnen aber brannte rot der Westen, und von unten glühten sie, als loderte eine Flamme heißen Zorns in ihnen, so daß ganz Númenor wie von einem Brande erhellt schien; und wenn die Menschen einander in die Gesichter sahen, so schienen sie rot zu sein vor Wut.

Da verhärtete Ar-Pharazôn sein Herz und ging an Bord seines gewaltigen Schiffs Alcarondas, der Meeresburg. Vielruderig war es und vielmastig, golden und pechschwarz; und auf ihm stand Ar-Pharazôns Thron. Dann legte er Rüstung und Krone an, ließ die Standarten heben und gab das Zeichen, die Anker zu lichten; und in jener Stunde übertönten die Trompeten von Númenórer den Donner.

So fuhren die Flotten der Númenórer aus gegen die Drohung von Westen; und sie hatten wenig Wind, doch viele Ruder und viele starke Sklaven, welche die Peitsche antrieb. Die Sonne ging unter, und eine große Stille brach an. Dunkelheit fiel auf das Land, und die See war ruhig, während die Welt harrte, was geschehen würde. Langsam entschwanden die Flotten den Blicken der Gaffer in den Häfen, und ihre Lichter verblaßten, und die Nacht umfing sie; und am Morgen waren sie fort. Denn ein Wind erhob sich im Osten und trieb sie davon; und sie brachen den Bann der Valar und fuhren auf die verbotenen Meere hinaus, die Unsterblichen bekriegend, um ihnen das ewige Leben in den Kreisen der Welt zu entreißen.

Die Flotten Ar-Pharazôns aber kamen über die Tiefen der See und fuhren an Avallóne und der ganzen Insel Eressea vorbei; und die Eldar trauerten, denn das Licht der untergehenden Sonne wurde von der Wolke der Númenórer verdunkelt. Und zuletzt kam Ar-Pharazôn bis nach Aman, zum Segensreich, und bis an die Küsten von Valinor; und immer noch war alles still, und das Schicksal hing an einem Faden. Denn Ar-Pharazôn schwankte am Ende, und fast wäre er umgekehrt. Schlimmes ahnend, blickte er auf die tonlosen Gestade und sah den Taniquetil glänzen, weißer als Schnee, kälter als der Tod, stumm, unwandelbar, schrecklich wie der Schatten, den Ilúvatars Licht wirft. Doch der Stolz war nun sein Gebieter, und schließlich ging er von Bord und betrat das Ufer, wo er das Land als sein eigen erklärte, wenn niemand darum kämpfen wolle. Und ein Heer der Númenórer schlug ein prächtiges Lager auf zu Füßen der Túna, von wo alle Eldar geflohen waren.

Dann rief Manwe auf dem Berge Ilúvatar an, und für diese Zeit legten die Valar die Herrschaft über Arda nieder. Ilúvatar aber zeigte seine Macht, und er änderte den Bau der Welt; und ein großer Spalt tat sich auf im Meer zwischen Númenor und den Unsterblichen Landen, und die Wasser strömten hinein, und der Lärm und Rauch der Katarakte stiegen zum Himmel auf, und die Welt bebte. Und all die Flotten der Númenórer wurden in den Abgrund gezogen und gingen unter und wurden für immer verschlungen. Ar-Pharazôn aber, der König und seine sterblichen Krieger, welche den Fuß auf das Land Aman gesetzt, wurden unter herabstürzenden Bergen begraben: Dort, so wird gesagt, liegen sie in die Höhlen der Vergessenen eingekerkert bis zur letzten Schlacht und dem Tag des Schicksals.

Das Land Aman aber und Eressea, die Insel der Eldar, wurden für immer entrückt und außer Reichweite der Menschen gebracht. Und Andor, das Land der Gabe, das Númenor der Könige, Elenna unter Earendils Stern, wurde ganz und gar vernichtet. Denn es lag nahe östlich des großen Schlundes, und seine Grundfesten wurden umgeworfen, und es stürzte hinab ins Dunkel und ist nicht mehr. Und jetzt ist ein Ort auf Erden, wo die Erinnerung an die Zeit ohne das Böse gewahrt bliebe. Denn Ilúvatar stieß die Großen Meere in den Westen von Mittelerde zurück und die Leeren Lande im Osten, und neue Länder und Meere wurden geschaffen; und die Welt wurde kleiner, denn Valinor und Eressea wurden ins Reich der verborgenen Dinge entrückt.

Zu unerwarteter Stunde kam das Verhängnis, am neununddreißigsten Tag nach der Abfahrt der Flotten. Feuer brach plötzlich aus dem Meneltarma, und ein Orkan kam auf, die Erde tobte, und der Himmel drehte sich, und die Berge kamen herab, und Númenor versank im Meer mit all seinen Kindern und Müttern und Mädchen und stolzen Damen; und all seine Gärten und Hallen und Türme, seine Gräber und Reichtümer, und seine Juwelen und Teppiche, und alles Gemalte und Gemeißelte, und sein Gelächter und seine Vergnügungen und seine Musik, seine Wissenschaft und Kunst: sie verschwanden für immer. Und als letzte zog die steigende Flut, die grün und kalt und schaumgefiedert über das Land sprang, Tar-Míriel an ihr Herz, die Königin, heller als Silber oder Elfenbein oder Perlen. Zu spät wollte sie den steilen Weg zum Heiligtum auf dem Meneltarma erklimmen; die Wasser holten sie ein, und ihr Schrei verlor sich im Heulen des Windes.

Ob nun aber Amandil wirklich nach Valinor gelangt war und Manwe sein Gebet angehört hatte oder nicht, die Gnade der Valar verschonte Elendil und seine Söhne und ihr Volk vor dem Verderben dieses Tages. Denn Elendil war in Rómenna geblieben, ohne dem Aufruf des Königs, als er in den Krieg zog, Folge zu leisten; und, den Söldnern Saurons ausweichend, die kamen, um ihn zu greifen und zu den Feuern des Tempels zu schleppen, ging er an Bord seines Schiffes und hielt sich von der Küste fern, seine Zeit abwartend. Dort schützte ihn das Land vor dem mächtigen Sog des Meeres, der alles zum Abgrund hinriß, und später gab es ihm Deckung gegen das erste Wüten des Sturmes. Als aber die verzehrende Flut über das Land rollte und Númenor wankte und fiel, da wäre auch er weggespült worden, und als das geringere Leid hätte er es erachtet, zu sterben, denn kein Todesschmerz konnte bitterer sein als der Verlust und die Qual jenes Tages; aber der große Wind ergriff ihn, wilder als jeder Wind, den Menschen je gekannt, von Westen her brüllend, und blies seine Schiffe weit davon; ihre Segel zerreißend und ihre Masten brechend, jagte er die Unglücklichen wie Spreu über das Wasser.

Neun Schiffe waren es: vier für Elendil, für Isildur drei und für Anárion zwei; und sie flohen vor dem schwarzen Sturm aus dem Zwielicht des Verhängnisses in das Dunkel der Welt. Und unter ihnen türmten sich im Zorn die Tiefen, und Wellen gleich Bergen mit großen Hauben von stäubendem Schnee trugen sie empor zwischen die zerfetzten Wolken und schleuderten sie, nach vielen Tagen, an die Gestade von Mittelerde. Und alle Küsten und küstennahen Gebiete der westlichen Welt erlitten zu jener Zeit viel Wandel und Vernichtung; denn das Meer drang in die Länder ein, Küsten zerbrachen, alte Inseln versanken, und neue Inseln stiegen auf; und Berge fielen zusammen, und Flüsse nahmen einen fremden Lauf.

Elendil und seine Söhne gründeten später Königreiche in Mittelerde, und wenn auch ihre Wissenschaft und Kunst nur ein Nachhall dessen waren, was einst gewesen, ehe Sauron nach Númenor kam, so erschienen sie doch den wilden Menschen der Welt als gewaltig. Und viele ist in andren Geschichten von den Taten der Erben Elendils in dem Zeitalter, das folgte, gemeldet, und von ihrem Kampf mit Sauron, der noch nicht zu Ende war.

Denn Sauron selbst war voll tiefer Furcht bei dem Zorn der Valar und dem Unglück, das Eru über Land und Meer verhängt hatte. Bei weitem größer war es als alles, was er erstrebte, denn nur auf den Tod der Númenórer und den Sturz ihres stolzen Königs hatte er gehofft. Und Sauron hatte gelacht, als er auf seinem schwarzen Thron im Temel saß und die Trompeten Ar-Pharazôns zur Schlacht blasen hörte; und abermals hatte er gelacht, als er den Sturm donnern hörte; und als er ein drittes Mal lachte, im Gedanken, was er nun in der Welt leisten könne, da er die Edain für immer los war, da wurde er aus seiner Freude gerissen, und sein Thron und sein ganzer Tempel stürzten in den Abgrund. Doch Sauron war nicht von sterblichem Fleische, und wenn er auch nun jener Gestalt, in der er so viel Unheil gewirkt, beraubt wurde und nie wieder den Menschen freundlich vor Augen zu treten vermochte, so stieg doch sein Geist wieder aus der Tiefe empor und fuhr wie ein Schatten und schwarzer Wind übers Meer, zurück nach Mittelerde und seiner Heimstatt in Mordor. Er nahm seinen Großen Ring in Barad-dûr wieder auf und hauste dort, stumm und dunkel, bis er sich eine neue Gestalt gegeben hatte, das unverhüllte Bild von Haß und Tücke; und dem Auge Saurons des Grausamen hielten wenige stand.

Doch von diesen Dingen ist nicht die Rede in der Geschichte vom Untergang Númenors, wovon nun alles berichtet ist. Und selbst der

Name dieses Landes ging unter, und die Menschen sprachen später nicht mehr von Elenna, noch von Andor, der Gabe, die wieder genommen wurde, noch von Númenórern an den Grenzen der Welt; die Flüchtlinge an den Meeresküsten aber, wenn sie sich sehnenden Herzens nach Westen wandten, sprachen von Mar-nu-Falmar, der von den Wogen Überwältigten, von Akallabêth, der Versunkenen, Atalante in der Hochsprache der Elben.

Unter den Flüchtlingen glaubten viele, der Gipfel des Meneltarma, des Himmelspfeilers, sei nicht für immer versunken, sondern erhebe sich wieder über die Wellen, eine einsame Insel, verloren in den weiten Wassern; dies nämlich war eine heilige Stätte gewesen, und selbst in Saurons Tagen hatte sie niemand entweiht. Und aus Earendils Geschlecht kam so mancher, der später nach dieser Insel suchte, denn unter den Weisen hieß es, vom Meneltarma hätten die weitsichtigen Menschen von einst einen Schimmer des Unsterblichen Landes zu sehen vermocht. Auch nach dem Untergang blieben die Herzen der Dúnedain immer nach Westen gekehrt; und wenn sie gleich wußten, daß die Welt anders geworden war, so sagten sie doch: »Avallóne ist von der Erde verschwunden, und das Land Aman ist entrückt, und in diesem Dunkel der Welt sind sie jetzt nicht mehr zu finden. Doch einst waren sie da, und deshalb sind sie noch immer da, im wahren Dasein und in der echten Gestalt der Welt, so wie sie im Anfang erschaffen wurde.«

Denn die Dúnedain glaubten, daß selbst sterbliche Menschen, wenn es ihr Segen so wolle, andre Zeiten erblicken könnten als die Lebzeiten ihres Leibes; und immer war es ihre Sehnsucht, aus den Schatten ihres Exils zu fliehen und auf irgendeinem Wege an das Licht zu kommen, das nicht stirbt; und das Leid, an den Tod zu denken, war ihnen über die Tiefen der See gefolgt. So kam es, daß große Seefahrer unter ihnen noch immer die leeren Meere absuchten, in der Hoffnung, die Insel des Meneltarma zu finden und dort ein Gesicht der Dinge von einst zu sehen. Aber sie fanden sie nicht. Und jene, die weit fuhren, kamen bloß zu den neuen Ländern und fanden, sie waren wie die alten und kannten den Tod. Und jene, die am weitesten fuhren, beschrieben bloß einen Kreis um die Erde und kehrten am Ende müde wieder dahin zurück, wo sie abgefahren; und sie sagten: »Alle Wege sind krumm heutzutage.«

In späteren Tagen erfuhren so die Könige der Menschen, ob von Schiffsreisenden, ob durch Wissenschaft und Sternkunde, daß die Welt tatsächlich rund geschaffen sei, und doch war es den Eldar noch erlaubt, aus ihr zu scheiden und in den Alten Westen und nach Avallóne zu fahren, wenn sie es wollten. Daher sagten die Weisen unter den Menschen, noch immer müsse es einen Geraden Weg geben für jene, denen erlaubt sei, ihn zu finden. Und sie lehrten, daß der alte Weg, der Pfad der Erinnerung an den Westen, während die neue Welt unter ihm versinke, immer weiter geradeaus führe, wie eine mächtige unsichtbare Brücke durch die Luft des Atems und des Fluges (die nun ebenso krumm sei wie die übrige Welt), und Ilmen durchquere, was der ungeschützte Leib nicht ertrage, bis sie nach Tol Eressea, der Einsamen Insel, und vielleicht noch weiter, nach Valinor komme, wo noch immer die Valar wohnen und dem Lauf der Geschichte zusehen. Und Erzählungen und Gerüchte gingen um an den Meeresküsten, von Seeleuten und auf dem Wasser Verirrten, die ihr Schicksal oder eine Gunst oder Gnade der Valar auf den Geraden Weg geführt hatten, wo sie das Angesicht der Welt unter sich versinken sahen; und so waren sie zu den lampenhellen Kaien von Avallóne gekommen oder gar zu den vorgelagerten Ufern von Aman und hatten den Weißen Berg erblickt, schrecklich und schön, ehe sie starben.

VON DEN RINGEN DER MACHT UND DEM DRITTEN ZEITALTER

Von den Ringen der Macht und dem Dritten Zeitalter, worin diese Erzählungen zum Ende kommen

Einst lebte Sauron der Maia, den die Sindar in Beleriand Gorthaur nannten. Zu Anbeginn Aradas lockte ihn Melkor in seinen Bund, und er wurde der größte und vertrauteste Diener des Feindes, und der gefährlichste, denn in hundert Gestalten erschien er, und lange vermochte er sich ein so edles und schönes Ansehen zu geben, wenn er wollte, daß er alle bis auf die Bedachtsamsten täuschte.

Als Thangorodrim geschleift und Morgoth überwältigt wurde, nahm Sauron wieder seine edle Gestalt an; er unterwarf sich Eonwe, Manwes Herold, und schwor all seinen Untaten ab, und manche glauben, daß dies zuerst nicht geheuchelt war, sondern daß Sauron wahrhaft bereute, wenn auch nur aus Furcht, denn ihn schreckte Morgoths Sturz und der gewaltige Zorn des Herren im Westen. Doch stand es nicht in Eonwes Macht, einem seines eigenen Ranges zu verzeihen, und er befahl Sauron, nach Aman zurückzukehren und dort das Urteil Manwes zu empfangen. Da schämte sich Sauron, und er wollte nicht in Demut zurückkehren und von den Valar ein Urteil hinnehmen, das ihn, wie zu vermuten, verpflichtet hätte, guten Willen in langem Dienst zu erweisen; denn groß war unter Morgoth seine Macht gewesen. Als daher Eonwe schied, verbarg sich Sauron in Mittelerde; und er verfiel wieder dem Bösen, denn stark waren die Bande, die Morgoth ihm angelegt hatte.

In der Großen Schlacht und nach dem Einsturz Thangorodrims lag die Erde in gewaltigen Krämpfen, und Beleriand zerbrach und wurde verwüstet; und im Norden und Westen versanken viele Länder in den Wassern des Großen Meeres. Im Osten, in Ossiriand, brachen die Wälle der Ered Luin, und nach Süden zu entstand ein großes Loch, und ein Golf des Meeres strömte hinein. In diesen Golf ergoß sich in einem neuen Lauf der Fluß Lhûn, und daher wurde er der Golf von Lhûn genannt. Dieses Land hatten die Noldor einst

Lindon genannt, und diesen Namen behielt es; und viele der Eldar lebten noch dort und zögerten, Beleriand zu verlassen, wo sie so lange gekämpft und gearbeitet hatten. Gil-galad, Fingons Sohn, war ihr König, und bei ihm war Elrond der Halb-Elb, Sohn Earendils des Seefahrers und Bruder Elros', des ersten Königs von Númenor.

An den Ufern des Golfes von Lhûn erbauten die Elben ihre Häfen und nannten sie Mithlond, die Grauen Anfurten; und dort lagen viele Schiffe, denn der Ankerplatz war sicher. Von den Grauen Anfurten aus setzten von Zeit zu Zeit manche der Eldar Segel, um die dunklen Zeiten der Erde zu fliehen; denn den Erstgeborenen hatten die Valar die Gunst gewährt, daß sie noch immer den Geraden Weg nehmen und, wenn sie wollten, zu ihrem Volk in Eressea und Valinor heimkehren könnten, jenseits der umzingelnden Meere.

Andere Eldar überschritten zu jener Zeit die Berge der Ered Luin und drangen in die Länder im Innern vor. Viele von diesen waren Teleri, Überlebende aus Doriath und Ossiriand; und sie gründeten Reiche unter den Wald-Elben in den Berg- und Waldländern fern der See, nach der ihr Herz gleichwohl verlangte. Nur in Eregion, das die Menschen Hulsten nannten, errichteten Elben von noldorischem Geschlecht ein dauerhaftes Reich jenseits der Ered Luin. Eregion lag nahe bei der großen Zwergenstadt Khazad-dûm, die von den Elben Hadhodrond und später Moria genannt wurde. Von Ost-in-Edhil, der Stadt der Elben, führte eine Straße zum Westtor von Khazad-dûm, denn zwischen Elben und Zwergen entstand, zum beiderseitigen Vorteil, eine Freundschaft, wie es sie nirgendwo anders zwischen diesen Völkern gegeben hat. In Eregion übertrafen die Meister der Gwaith-i-Mírdain, der Gilde der Juwelenschmiede, an Wissen alle, die je diese Kunst ausgeübt, Feanor allein ausgenommen; und der geschickteste unter ihnen war Celebrimbor, Curufins Sohn, der sich mit seinem Vater überworfen hatte und in Nargothrond blieb, als Celegorm und Curufin vertrieben wurden, wie in der *Quenta Silmarillion* erzählt wird.

Im übrigen herrschte in Mittelerde viele Jahre lang Frieden; doch waren die Länder meist wild und wüst, nur dort nicht, wohin die Bewohner von Beleriand kamen. Zwar wanderten noch viele Elben frei durch die weiten Länder fern der See, wie sie ungezählte Jahre gelebt hatten, doch dies waren Avari, für welche die Ereignisse von Beleriand nur ein Gerücht und Valinor nur ein fremder Name war. Und im Süden und noch weiter im Osten vermehrten sich die Menschen; und die meisten von ihnen wandten sich Bösem zu, denn Sauron war am Werk.

Sauron sah die verwüstete Welt und sagte sich, daß die Valar, nachdem sie Morgoth niedergeworfen, Mittelerde von neuem vergessen hatten, und rasch wuchs wieder sein Stolz. Mit Haß blickte er auf die Eldar, und er fürchtete die Menschen von Númenor, die von Zeit zu Zeit auf ihren Schiffen an die Küsten von Mittelerde zurückkehrten; doch lang verbarg er seinen Sinn und die dunklen Pläne, die er im Herzen erwog.

Die Menschen, so fand er, waren die Gefügigsten unter allen Völkern Mittelerdes; doch lange mühte er sich, die Elben zu überreden, daß sie ihm dienten, denn er wußte, die Erstgeborenen hatten die größere Macht; und er wanderte weit unter ihnen umher, und von Erscheinung war er noch immer edel und weise. Nur nach Lindon kam er nicht, denn Gil-galad und Elrond mißtrauten seinem edlen Gebaren, und obgleich sie nicht wußten, wer er in Wirklichkeit war, gewährten sie ihm keinen Einlaß in ihr Land. Andernorts aber nahmen die Elben ihn freudig auf, und nur wenige unter ihnen hörten auf die Boten aus Lindon, die sie warnten; denn Sauron hatte den Namen Annatar angenommen, der Herr der Geschenke, und anfangs hatten sie viel Vorteil von seiner Freundschaft. Und er sagte zu ihnen: »Weh, die Schwachheit der Großen! Denn ein mächtiger König ist Gil-galad, und aller Wissenschaft kundig ist Meister Elrond, und doch wollen sie mir bei meinen Werken nicht helfen. Mag es wohl sein, daß sie kein andres Land so glückselig sehen wollen wie das ihre? Doch warum sollte Mittelerde ewig wüst und dunkel bleiben, wo doch die Elben es ebenso schön wie Eressea, ja wie Valinor zu machen vermöchten? Und da ihr nicht, wie es euch freistand, dorthin gegangen, so sehe ich, daß ihr dieses Land Mittelerde ebenso liebt wie auch ich. Ist es da nicht unsre Pflicht, zusammen dafür zu wirken, daß es reicher werde und daß all die Elbenvölker, die hier unbelehrt umherschweifen, sich zu jener Höhe von Macht und Wissen erheben, wie sie die andern besitzen, die jenseits des Meeres sind?«

Am freudigsten wurde Saurons Rat in Eregion aufgenommen, denn in diesem Lande begehrten die Noldor, die Kraft und Kunst ihrer Arbeiten immer weiter zu verfeinern. Auch war kein Friede in ihren Herzen, denn sie hatten sich geweigert, in den Westen zurückzukehren, und ihr Wunsch war, sowohl in Mittelerde zu bleiben, das sie wahrhaft liebten, und doch auch das Glück derer, die geschieden waren, zu teilen. Und so hörten sie auf Sauron und erfuhren so manches von ihm, denn groß war sein Wissen. In jenen Tagen übertrafen die Schmiede von Ost-in-Edhil alles, was sie zuvor schon geleistet; und sie bedachten sich und schufen Ringe der Macht. Doch Sauron leitete sie an, und er wußte von allem, was sie taten; denn sein Wunsch war, die Elben zu binden und unter seine Macht zu bringen.

Nun schmiedeten die Elben viele Ringe; heimlich aber schmiedete Sauron den Einen Ring, der alle andren beherrschte; ihre Macht war ganz und gar an den Einen gebunden und ihm untertan und dauerte nur so lange, wie auch er dauerte. Und von Saurons Kraft und Willen ging ein großer Teil in jenen Einen Ring ein, denn auch die Elbenringe waren sehr mächtig, und jener, der sie beherrschen sollte, mußte von überwältigender Kraft sein; und Sauron schmiedete ihn im Feurigen Berg im Lande des Schattens. Und während er den Einen Ring trug, konnte er alles sehen, was mit Hilfe der schwächeren Ringe geschah, und die Gedanken ihrer Träger konnte er lesen und lenken.

Doch so leicht waren die Elben nicht zu fangen. Sobald Sauron den Einen Ring auf den Finger steckte, bemerkten sie es; und sie erkannten ihn und sahen, daß er ihr Herr sein wollte und Herr all dessen, was sie schufen. In Zorn und Furcht nahmen sie da ihre Ringe ab. Als er aber sah, daß er durchschaut war und die Elben nicht getäuscht hatte, überzog er sie wutentbrannt mit offenem Krieg und verlangte, alle Ringe müßten ihm ausgeliefert werden, da die Elbenschmiede sie nicht hätten schaffen können ohne sein Wissen und seinen Rat. Die Elben aber flohen vor ihm; und drei ihrer Ringe retteten sie und nahmen sie mit sich fort und versteckten sie.

Dies nun waren die Drei, die zuletzt geschmiedet worden waren, und sie waren die mächtigsten. Narya, Nenya und Vilya wurden sie genannt, die Ringe des Feuers, des Wassers und der Luft, und sie waren mit Rubin, Adamant und Saphir besetzt. Diese wünschte Sauron unter allen Elbenringen am sehnlichsten zu besitzen, denn wer sie bei sich trug, konnte die Wunden der Zeit abwehren und die Müdigkeit der Welt vertragen. Doch Sauron konnte sie nicht finden, denn sie wurden den Weisen anvertraut, die sie verbargen und nie mehr offen trugen, solange Sauron den Herrscherring besaß. So blieben die Drei unbesudelt, denn Celebrimbor hatte sie allein geschmiedet, und Saurons Hand hatte sie niemals berührt; doch waren auch sie dem Einen untertan.

Von jener Zeit an nahm der Krieg zwischen Sauron und den Elben kein Ende mehr. Eregion wurde verwüstet und Celebrimbor erschlagen, und die Tore von Moria wurden geschlossen. In dieser Zeit wurde Imladris, das die Menschen Bruchtal nannten, von Elrond dem Halb-Elben als Festung und Zuflucht gegründet; und lange hielt es stand. Doch brachte Sauron die übrigen Ringe der Macht sämtlich in seinen Besitz; und er teilte sie unter die andren Völker von Mittelerde aus, in der Hoffnung, so alle unter sein Gebot zu zwingen, die es über das Maß ihrer Art hinaus nach geheimer Macht verlangte. Sieben Ringe gab er den Zwergen, den Menschen aber neun, denn sie erwiesen sich ihm in diesen wie in andren Belangen als die Willfährigsten. Und all die Ringe, die er beherrschte, verdarb er um so leichter, als er ja geholfen hatte, sie zu schmieden, und sie verflucht waren; und sie betrogen am Ende jeden, der sie gebrauchte. Die Zwerge allerdings zeigten sich widerspenstig und waren schwer zu zähmen; denn schlecht fügen sie sich unter die Herrschaft andrer, und die Gedanken in ihren Herzen sind schwer zu ergründen; auch lassen sie sich nicht in Schatten verwandeln. Nur zur Mehrung ihres Reichtums gebrauchten sie die Ringe, doch der Zorn und die überwältigende Gier nach dem Golde waren in ihren Herzen entfacht, woraus später genug Unheil erwuchs, Sauron zum Vorteil. Es heißt, auf dem Grunde eines jeden der Sieben Schätze der alten Zwergenkönige habe ein goldner Ring gelegen; all diese Schätze aber wurden schon vor langer Zeit geplündert, und die Drachen verschlangen sie, und von den Sieben Ringen wurden manche vom Feuer verzehrt, und manche gewann Sauron zurück.

Leichter waren die Menschen zu betören. Jene, welche die Neun Ringe gebrauchten, wurden Mächtige ihrer Zeit, die Könige, Magier und Krieger von einst. Ruhm und große Schätze gewannen sie, doch daran wurden sie zunichte. Endlos schien ihr Leben zu sein, doch unerträglich wurde es für sie. Ungesehen von allen Augen dieser Welt unter der Sonne konnten sie umgehen, und in andre Welten hatten sie Einblick, die den sterblichen Menschen unsichtbar sind; doch allzu oft sahen sie nur die Phantome und Trugbilder Saurons. Und einer nach dem andern, früher oder später, je nach ihrer Stärke von Geburt und ihrem guten oder bösen Willen zu Anfang, wurden sie Knechte des Rings, den sie trugen, und fielen unter die Herrschaft des Einen, und der war Saurons. Und sie wurden auf ewig unsichtbar, außer für ihn, der den Herrscherring trug, und traten ins Reich der Schatten hinüber. Die Nazgûl waren sie, die Ringgeister, die furchtbarsten Diener des Feindes; Dunkelheit war um sie her, und sie schrien mit den Stimmen des Todes.

Saurons Gier und Stolz wuchsen nun, bis er keine Grenzen mehr kannte, und er beschloß, sich zum Herrn aller Dinge in Mittelerde zu machen, die Elben zu vernichten und, wenn er es vermochte, den Sturz von Númenor anzustiften. Er litt keine Freiheit noch Nebenbuhlerschaft und nannte sich den Herrn der Erde. Immer noch konnte er eine Maske tragen, um die Augen der Menschen zu täuschen und weise und edel zu erscheinen, wenn er dies wollte. Doch lieber herrschte er mit Schrecken und Gewalt, wo sie ihm zu Gebote standen; und jene, welche seinen Schatten sich über die Welt breiten sahen, hießen ihn den Dunklen Herrn und den Feind; und um sich scharte er wieder all die Undinge, die aus Morgoths Tagen noch auf der Erde oder unter ihr waren, und die Orks, die ihm gehorchten, vermehrten sich wie die Fliegen. So begannen die Schwarzen Jahre, welche die Elben die Jahre der Flucht nennen. In jener Zeit flohen viele der Elben von Mittelerde nach Lindon und von dort über die Meere, um nie wiederzukehren; und viele wurden von Sauron und seinen Dienern vernichtet. In Lindon aber herrschte noch immer Gil-galad, und Sauron wagte noch nicht, die Berge der Ered Luin zu überschreiten oder die Anfurten anzugreifen. Überall sonst herrschte Sauron, und wer frei bleiben wollte, suchte Zuflucht in den dichten Wäldern und in den Bergen und lebte in steter Furcht. Im Osten und Süden standen fast alle Menschen unter seiner Herrschaft, und sie wurden stark in jener Zeit und bauten viele Städte und Mauern aus Stein; und zahlreich waren sie, mit Eisen bewehrt und kriegswütig. Sauron war ihr König und ihr Gott, den sie über alles fürchteten, denn er umgab seinen Sitz mit Feuer.

Endlich aber kam Saurons Vordringen gegen die westlichen Lande zum Halt. Denn, wie in der *Akallabêth* berichtet wird, die Streitmacht der Númenórer zog gegen ihn aus. So groß waren Macht und Ruhm der Númenórer in der Glanzzeit ihres Reiches, daß Saurons Diener ihnen nicht standhalten konnten, und um mit List zu erreichen, wozu Gewalt nicht genügte, verließ er für eine Weile Mittelerde und ging als Geisel des Königs Tar-Calion nach Númenor. Und dort blieb er, bis er am Ende durch seinen Trug die meisten der Númenórer im Herzen verdorben und zum Krieg gegen die Valar angestiftet hatte; und so trieb er sie in den Untergang, wie er es lange erstrebt hatte. Doch schrecklicher, als Sauron vorausgesehen, war ihr Sturz, denn er hatte vergessen, was alles die mächtigen Herren im Westen in ihrem Zorne vermochten. Die Welt ging in Trümmer, das Land wurde verschlungen, und die Meere brachen darüber herein, und Sauron selbst fuhr mit hinab in den Abgrund. Doch sein Geist stieg wieder empor und floh auf einem dunklen Wind zurück nach Mittelerde, Heimstatt suchend. Dort sah er, daß Gil-galads Macht in den Jahren seiner Abwesenheit gewachsen war. Sie reichte nun über weite Gebiete im Norden und Westen, über das Nebelgebirge und den Großen Strom hinaus bis an die Grenzen des Großen Grünwalds; selbst seine Hochburgen, wo er einst unbestritten geherrscht hatte, waren nicht mehr sicher. Da zog sich Sauron in seine Festung im Schwarzen Land zurück und sann auf Krieg.

Zu dieser Zeit flohen diejenigen Númenórer, die der Vernichtung entgangen waren, nach Osten, wie in der *Akallabêth* berichtet. Elendil der Lange und seine Söhne Isildur und Anárion waren ihre Häupter. Blutverwandte des Königs waren sie, Nachkommen Elros', doch hatten sie nicht auf Sauron gehört und sich geweigert, mit in den Krieg gegen die Herren des Westens zu ziehen. Sie bemannten ihre Schiffe mit allen, die treu geblieben waren, und kehrten dem Lande Númenor den Rücken, ehe das Verderben hereinbrach. Kühne Männer waren sie, und ihre Schiffe waren groß und fest, doch die Stürme holten sie ein und schleuderten sie auf Bergen von Wasser bis in die Wolken, und wie Sturmvögel fielen sie auf Mittelerde hinab.

Elendil warfen die Wellen in Lindon an Land, und Gil-galad nahm ihn freundlich auf. Dann wanderte er den Fluß Lhûn aufwärts, und jenseits der Ered Luin gründete er sein Reich, und sein Volk lebte an vielen Orten in Eriador, an den Ufern des Lhûn und des Baranduin; seine Hauptstadt aber war Annúminas am Ufer des Nenuial-Sees. Auch in Fornost im Nördlichen Hügelland, in Cardolan und in den Bergen von Rhudaur wohnten die Númenórer; und Türme errichteten sie auf den Emyn Beraid und dem Amon Sûl; und viele Hügelgräber und verfallene Bauten finden sich an jenen Orten erhalten, die Türme der Emyn Beraid aber blicken immer noch zum Meer hin.

Isildur und Anárion wurden nach Süden getrieben, und schließlich führten sie ihre Schiffe den Großen Strom, den Anduin, hinauf, der aus Rhovanion kommt und in der Bucht von Belfalas ins Westmeer mündet; und sie gründeten ein Reich in jenen Landen, die später Gondor hießen, während das Nördliche Königreich Arnor hieß. Lange zuvor schon, in der Zeit ihrer Macht hatten die Seefahrer von Númenor an den Mündungen des Anduin einen Hafen und befestigte Plätze errichtet, gegen Sauron im Schwarzen Land, das nahebei im Osten lag. In späterer Zeit liefen nur mehr die Getreuen von Númenor diesen Hafen an, und daher waren aus dem Volk jener Küstengegenden viele mit den Elbenfreunden und dem Volke Elendils verwandt oder verschwägert, und sie hießen seine Söhne willkommen. Die Hauptstadt dieses südlichen Reiches war Osgiliath, durch das der Große Strom mitten hindurchfloß; und die Númenórer bauten dort eine große Brücke, mit Türmen und Häusern aus Stein darauf, herrlich zu schauen; und große Schiffe kamen von der See heraufgefahren und legten an den Kaien in der Stadt an. Nach beiden Seiten hin erbauten sie noch weitere feste Plätze: nach Osten zu Minas Ithil, den Turm des aufgehenden Mondes, auf einem Vorsprung des Schattengebirges als Drohung gegen Mordor, und nach Westen zu Minas Anor, den Turm der untergehenden Sonne, am Fuß des Berges Mindolluin, zum Schutz gegen die wilden Menschen in den Tälern. In Minas Ithil war Isildurs und in Minas Anor war Anárions Haus, doch regierten sie das Reich gemeinsam, und ihre Throne standen Seite an Seite in der Großen Halle von Osgiliath. Dies waren die Städte der Númenórer in Gondor, doch auch an anderen Orten im Lande errichteten sie in den Tagen ihrer Macht starke und herrliche Bauten und Standbilder, bei den Argonath, bei Aglarond und am Erech; und im Ring von Angrenost, das die Menschen Isengart nannten, bauten sie aus unzerbrechlichem Stein den Turm von Orthanc.

Viele Schätze und Erbstücke von Macht und Wert hatten die Flüchtlinge aus Númenor mitgebracht, und deren berühmteste waren die Sieben Steine und der Weiße Baum. Der Weiße Baum war aus dem Samen Nimloths des Schönen entsprossen, der in den Königsgärten von Armenelos in Númenor stand, bis ihn Sauron verbrannte; Nimloth wieder stammte von dem Baum von Tirion ab, und der war ein Abbild des Ältesten Baumes, Telperions des Weißen, den Yavanna im Lande der Valar hatte wachsen lassen. Zum Andenken an die Eldar und das Licht von Valinor wurde der Baum in Minas Ithil vor Isildurs Haus eingepflanzt, denn Isildur war es, der eine Frucht Nimloths vor der Vernichtung gerettet hatte; die Sieben Steine aber wurden aufgeteilt.

Drei nahm Elendil, und je zwei nahmen seine Söhne. Elendils Steine wurden in den Türmen auf den Emyn Beraid, auf dem Amon Sûl und in der Stadt Annúminas verwahrt, die seiner Söhne aber in Minas Ithil und Minas Anor, in Orthanc und in Osgiliath. Die Steine hatten die Kraft, daß jeder, der in sie hineinblickte, Dinge darin zu erkennen vermochte, die weit in der Ferne lagen, ob an fernem Ort oder in ferner Zeit. Gewöhnlich zeigten sie nur, was sich in der Nähe eines der Geschwistersteine befand, denn jeder der Steine hielt mit jedem anderen Verbindung; wer aber von großer Willens- und Geisteskraft war, konnte lernen, ihren Blick zu lenken, wohin immer er wollte. So waren die Númenórer vieler Dinge gewahr, die ihre Feinde zu verbergen gedachten, und weniges nur entging ihrer Wachsamkeit in den Tagen ihrer Macht.

Es heißt, die Türme auf den Emyn Beraid seien nicht von den Flüchtlingen aus Númenor selbst, sondern von Gil-galad für seinen Freund Elendil erbaut worden; und der Sehende Stein der Emyn Beraid wurde im Elostirion verwahrt, dem höchsten der Türme. Dorthin pflegte Elendil sich zurückzuziehen, und von dort starrte er hinaus auf das Scheidemeer, wenn das Heimweh über ihn kam; und manche glauben, zuweilen habe er so bis zum fernen Turm von Avallóne gesehen, wo der Meisterstein stand und noch immer steht. Die Steine hatten die Eldar Amandil geschenkt, Elendils Vater, um die Getreuen von Númenor in den dunklen Tagen zu trösten, als die

Elben nicht länger in das Land kommen konnten, das unter Saurons Schatten lag. Die Palantíri wurden sie genannt, die von weither Sehenden; doch alle, die nach Mittelerde gebracht worden waren, gingen schon vor langer Zeit verloren.

So gründeten die Flüchtlinge aus Númenor ihre Reiche in Arnor und Gondor; doch ehe noch viele Jahre vergangen waren, merkten sie, daß auch ihr Feind Sauron zurückgekehrt war. Er kam, wie erzählt wurde, heimlich in sein altes Königreich Mordor jenseits des Ephel Dúath, des Schattengebirges, und dieses Land grenzte im Osten an Gondor. Dort, über der Hochebene von Gorgoroth stand seine gewaltige Festung Barad-dûr, der Dunkle Turm, und im Lande gab es einen feuerspeienden Berg, den die Elben Orodruin nannten. Dies war der Grund, warum Sauron vor langer Zeit seinen Sitz dort genommen, denn des Feuers, das aus dem Herzen der Erde quoll, bediente er sich zum Schmieden und zu seinen Zauberwerken; dort auch, in Mordor, hatte er den Herrscherring geschmiedet. Da brütete er nun im Dunkeln, bis er sich eine neue Gestalt gewirkt hatte; und nun war er entsetzlich anzusehen, denn seiner freundlichen Erscheinung war er für immer ledig, seit er beim Untergang von Númenor mit in den Abgrund gestürzt war. Er nahm den Großen Ring wieder an sich und umkleidete sich mit Macht; und dem Grausamen Auge Saurons hielten auch von den Großen unter Elben und Menschen nicht viele stand.

Zum Krieg nun gegen die Eldar und die Menschen von Westernis rüstete Sauron, und die Feuer des Berges erwachten zum Leben. Als die Númenórer von weitem den Rauch vom Orodruin aufsteigen sahen und erkannten, daß Sauron zurückgekehrt war, gaben sie dem Berg einen neuen Namen, Amon Amarth, der Schicksalsberg. Und Sauron scharte ein großes Heer seiner Vasallen aus dem Osten und Süden um sich; und nicht wenige von ihnen stammten aus dem edlen Volk von Númenor. Denn in den Tagen, als Sauron in jenem Land wirkte, waren die Herzen fast aller seiner Bewohner dem Dunkel zugefallen. Viele, die damals nach Osten gefahren waren und an den Küsten Festungen und Städte gebaut hatten, waren so seinem Willen schon geneigt und dienten ihm mit Freuden auch in Mittelerde. Aus Furcht vor der Macht Gil-galads aber ließen sich diese Abtrünnigen, boshafte und mächtige Herren, meist im fernen Süden nieder; und zwei von ihnen, Herumor und Fuinor, gewannen Macht unter den Haradrim, einem großen und grausamen Volk, das die weiten Länder im Süden von Mordort, jenseits der Mündungen des Anduin bewohnte.

Als Sauron nun seine Zeit gekommen sah, fiel er mit großer Macht in das neue Reich von Gondor ein, eroberte Minas Ithil und vernichtete den Weißen Baum Isildurs, der dort wuchs. Isildur jedoch entkam und rettete einen Sämling des Baumes; mit seinem Weib und seinen Söhnen fuhr er zu Schiff flußabwärts, und von der Mündung des Anduin stachen sie in See, um Elendil zu erreichen. Unterdessen verteidigte Anárion Osgiliath gegen den Feind und trieb ihn einstweilen in die Berge zurück; doch Sauron sammelte neue Kräfte, und Anárion wußte, daß sein Reich nicht lange standhalten würde, wenn keine Hilfe käme.

Nun berieten sich Elendil und Gil-galad, denn sie erkannten, daß Sauron zu stark werden und alle seine Feinde, einen nach dem andern, besiegen würde, wenn sie sich nicht gegen ihn einten. Also schlossen sie ein Bündnis, welches der Letzte Bund genannt wurde, und sie zogen gen Osten nach Mittelerde hinein, ein großes Heer von Elben und Menschen um sich scharend; und in Imladris machten sie eine Zeitlang halt. Es heißt, schöner und prächtiger gerüstet sei das dort versammelte Heer gewesen als jedes andre, das seither in Mittelerde zu sehen war, und kein größeres wurde je aufgeboten, seit das Heer der Valar gegen Thangorodrim zog.

Von Imladris aus überquerten sie auf vielen Pässen das Nebelgebirge und zogen den Anduin hinab. So stießen sie endlich bei Dagorlad, der Walstatt vor dem Tor des Schwarzen Landes, auf Saurons Heer. Alles, was Leben hat, nahm an jenem Tage Partei, und von jeder Art, selbst von den Tieren und Vögeln, fanden sich manche auf beiden Seiten, die Elben allein ausgenommen. Nur sie waren einig und folgten Gil-galad. Von den Zwergen fochten auf beiden Seiten nur wenige, doch das Volk Durins von Moria focht gegen Sauron.

Gil-galads und Elendils Heer trug den Sieg davon, denn machtvoll waren die Elben noch zu jener Zeit, und groß und stark und schrecklich im Zorn waren die Númenórer. Gegen Aeglos, Gil-galads Speer, hielt keiner stand; und Elendils Schwert versetzte Orks und Menschen in Furcht, denn es leuchtete mit dem Licht von Sonne und Mond, und es wurde Narsil genannt.

Nun rangen Gil-galad und Elendil in Mordor ein und umzingelten Saurons Festung; und sie belagerten sie sieben Jahre lang und erlitten schlimme Verluste durch das Feuer und die Pfeile und Bolzen des Feindes; und Sauron ließ viele Ausfälle machen. Dort in der Ebene von Gorgoroth fielen Anárion, Elendils Sohn, und viele andere mit ihm. Doch zuletzt war die Belagerung so drückend, daß Sauron selber hervorkam. Und er rang mit Gil-galad und Elendil, und beide wurden sie erschlagen, und Elendils Schwert zerbrach unter ihm, als er fiel. Doch auch Sauron wurde niedergeworfen, und mit dem Heftstück von Narsil schnitt Isildur den Herrscherring von Saurons Hand und nahm ihn zu eigen. Da war Sauron zu jener Zeit besiegt, und er verließ seinen Leib, und sein Geist suchte das Weite und verbarg sich an dunklen Stätten; und viele Jahre lang nahm er keine sichtbare Gestalt mehr an.

So begann das Dritte Zeitalter der Welt, nach den Ältesten Tagen und den Schwarzen Jahren; und noch gab es Hoffnung in jener Zeit und Erinnerung an frohe Tage, und lange blühte der Weiße Baum der Eldar in den Gärten der Menschenkönige, denn den Sämling, den er gerettet, pflanzte Isildur in der Zitadelle von Anor zum Gedenken seines Bruders, ehe er aus Gondor schied. Saurons Diener waren in wilder Flucht verstreut, aber ganz vertilgt waren sie nicht; und zwar kehrten sich viele Menschen nun vom Bösen ab und unterwarfen sich Elendils Erben, viel zahlreicher aber waren die, welche im Herzen Saurons gedachten und die Königreiche des Westens haßten. Der Dunkle Turm wurde dem Boden gleichgemacht, doch seine Grundmauern blieben stehen, und er wurde nicht vergessen. Die Númenórer legten eine Wache in das Land Mordor, doch niemand mochte lange dort bleiben, denn Grauen weckte die Erinnerung an Sauron, und der Feurige Berg war nahe bei Barad-dûr, und die Ebene von Gorgoroth war voller Asche. Viele von den Elben, von den Númenórern und den Menschen, die mit ihnen im Bunde waren, hatten in der Schlacht und während der Belagerung das Leben gelassen; und Elendil der Lange und der Hohe König Gil-galad waren nicht mehr. Niemals wieder sah man ein solches Heer versammelt, noch gab es je wieder einen solchen Bund zwischen Elben und Menschen, denn nach Elendils Tagen wurden die beiden Geschlechter einander fremd.

Der Herrscherring verschwand aus dem Wissen jener Zeit, selbst für die Weisen; doch wurde er nicht zerstört. Denn Isildur mochte ihn Elrond und Círdan nicht geben, die bei ihm standen, als er ihn nahm. Sie rieten ihm, ihn sogleich ins Feuer des nahen Orodruin zu werfen, worinnen er geschmiedet war, so daß er zunichte würde und Saurons Macht für immer geschwächt wäre und er nur mehr ein Schatten seiner Bosheit in der Wildnis bliebe. Isildur aber wies den Rat ab und sagte: »Den will ich als Wergeld haben für meines Vaters und meines Bruders Tod. Und habe nicht ich dem Feinde den Todesstreich versetzt?« Und der Ring in seiner Hand schien ihm über alle Maßen schön anzusehen, und er wollte es nicht leiden, daß man ihn zerstörte. Also behielt er ihn und kehrte zuerst nach Minas Anor zurück, wo er den Weißen Baum zum Gedenken seines Bruders Anárion pflanzte. Doch bald brach er wieder auf, und nachdem er Meneldil, seines Bruders Sohn, Rat erteilt und ihm die Herrschaft über den Süden aufgetragen hatte, nahm er den Ring mit sich fort als Erbstück seines Hauses und zog von Gondor nach Norden den Weg, den Elendil gekommen war; denn er gedachte seines Vaters Herrschaft in Eriador anzutreten, fern von dem Schatten des Schwarzen Landes.

Doch Isildur wurde von einer Schar Orks überfallen, die im Nebelgebirge auf der Lauer lagen; unversehens stürmten sie sein Lager zwischen dem Grünwald und dem Großen Strom, in der Nähe von Loeg Ningloron, den Schwertelfeldern, denn er war sorglos gewesen und hatte keine Wachen aufgestellt, in der Meinung, alle Feinde seien besiegt. Fast alle Leute wurden dort erschlagen; darunter auch seine drei älteren Söhne, Elendur, Aratan und Cyrion; sein Weib aber und seinen jüngsten Sohn Valandil hatte er in Imladris gelassen, als er in den Krieg zog. Isildur selbst entkam mit Hilfe des Rings, denn wenn er ihn trug, war er für alle Augen unsichtbar; die Orks aber jagten ihn, die Nasen auf seiner Fährte, bis er an den Fluß kam und sich hineinstürzte. Da betrog ihn der Ring und nahm Rache für seinen Schöpfer, denn er schlüpfte Isildur vom Finger, als er schwamm, und ging im Wasser unter. Nun sahen ihn die Orks, wie er mit dem Strom kämpfte, und töteten ihn mit vielen Pfeilen, und das war Isildurs Ende. Nur drei seiner Leute kamen nach langem Irren durch die Berge wieder zurück, und einer von ihnen war Ohtar, sein Knappe, dem er die Bruchstücke von Elendils Schwert anvertraut hatte.

So kam Narsil in die Hände von Valandil, Isildurs Erben, doch die Klinge war geborsten und ihr Licht erloschen, und sie wurde nicht neu geschmiedet. Und Meister Elrond sagte voraus, dies solle erst dann geschehen, wenn der Herrscherring wiedergefunden werde und Sauron zurückkehre; Elben und Menschen aber hofften, daß dies niemals eintreten werde.

Valandil ließ sich in Annúminas nieder, doch sein Volk war klein geworden, und von den Númenórern und den Menschen von Eriador blieben zu wenige, um das Land zu bevölkern oder die von Elendil erbauten Anlagen zu erhalten; viele waren bei Dagorlad, in Mordor und auf den Schwertelfeldern gefallen. Und nach der Herrschaft Earendurs, des siebten Königs nach Valandil, war es soweit, daß die

Menschen von Westernis, dic Dúnedain des Nordens, sich über viele Kleinkönigreiche und Fürstentümer hin verstreuten und uneins wurden; und die Feinde vernichteten sie, einen nach dem andern. Sie schwanden dahin mit den Jahren, bis von ihrem Ruhm nur noch grüne Hügel im Grase blieben. Und am Ende war nichts mehr übrig von ihnen als ein paar Sonderlinge, die heimlich durch die Wildnis schweiften; und andre Menschen wußten nicht, wo sie zu Hause waren, noch welchem Zweck ihr Umherwandern diente. Nur in Imladris, in Elronds Haus, war ihre Abkunft nicht vergessen. Isildurs Erben aber hielten die Hälften von Elendils Schwert viele Menschenleben lang in Ehren, und ihre Linie, von Vater zu Sohn, blieb unerloschen.

Das Reich von Gondor im Süden bestand fort, und eine Zeitlang wuchs sein Glanz, bis es an Númenors Macht und Reichtum vor seinem Untergang erinnerte. Hohe Türme bauten die Menschen von Gondor und starke Festungen und Häfen für viele Schiffe; und der Flügelkrone der Menschenkönige begegneten die Völker vieler Länder und Zungen in Ehrfurcht. So manches Jahr lang wuchs der Weiße Baum vor dem Hause des Königs in Minas Anor, aus dem Samen jenes Baumes, den Isildur über das weite Meer von Númenor mitgebracht hatte; und der Same vor diesem war aus Avallóne gekommen, und der davor aus Valinor, am Tage vor Beginn aller Tage, als die Welt jung war.

Zuletzt aber, durch die flüchtigen Jahre von Mittelerde ermüdet, verfiel Gondor, und die Linie von Meneldil, Anárions Sohn, erlosch. Denn das Blut der Númenórer vermischte sich vielfach mit dem anderer Menschen, und ihre Macht und Weisheit schwanden, sie wurden kurzlebiger, und die Wache gegen Mordor wurde nachlässig. Und zur Zeit Telemnars, des Dreiundzwanzigsten in der Linie Meneldils, kam eine Seuche auf dunklen Winden von Osten, und sie raffte den König und seine Kinder hinweg, und viele Menschen in Gondor kamen um. Da wurden die Wachtürme an den Grenzen nach Mordor verlassen, und Minas Ithil wurde entvölkert; und das Böse schlich wieder heimlich ins Schwarze Land, und wie unter einem kalten Wind regten sich die Aschen von Gorgoroth, denn finstere Wesen versammelten sich dort. Es wird gesagt, dies seien die Ulairi gewesen, die Sauron die Nazgûl nannte, die Neun Ringgeister, die sich lange versteckt gehalten hatten und nun zurückkehrten, um ihrem Meister den Weg zu ebnen, denn er hatte wieder zu wachsen begonnen.

Zur Zeit Earnils führten sie den ersten Streich. Sie kamen bei Nacht über die Pässe des Schattengebirges aus Mordor und nahmen Minas Ithil zu ihrem Sitz; und sie machten daraus eine Stätte des Entsetzens, die keiner mehr anzusehen wagte. Darauf wurde es Minas Morgul genannt, die Feste der Magie; und Minas Morgul lag immer im Krieg mit Minas Anor im Westen. Dann wurde Osgiliath, von dem schwindenden Volke seit langem verlassen, eine Stadt der Trümmer und Schatten. Minas Anor aber hielt aus, und es wurde in Minas Tirith umbenannt, die Feste der Wachsamkeit, denn dort ließen die Könige in der Zitadelle einen weißen Turm aufrichten, sehr hoch und schön, und von dort blickte man auf viele Länder. Noch war die Stadt mächtig und stolz, und eine Zeitlang noch blühte der Weiße Baum vor dem Hause der Könige, und noch verteidigten dort die letzten Überreste der Númenórer den Flußübergang gegen die Schrecknisse Mordors und gegen alle Feinde des Westens, gegen Orks und Ungeheuer und üble Menschen; und die Länder dahinter, westlich des Anduin, blieben vor Krieg und Zerstörung bewahrt.

Auch nach der Zeit von Earnur, Earnils Sohn und letzter König von Gondor, hielt Minas Tirith noch stand. Earnur war es, der allein vor die Tore von Minas Morgul ritt, um sich dem Morgulfürsten zu stellen; und er begegnete ihm im Zweikampf, doch wurde er von den Nazgûl betrogen und lebend in die Stadt der Qualen geschleppt; und kein Lebender hat ihn je wiedergesehen. Earnur hinterließ keinen Erben, und als nun die Linie der Könige erloschen war, regierten die Truchsessen aus dem Hause Mardils des Getreuen die Stadt und das schrumpfende Reich; und die Rohirrim, die Reiter aus dem Norden, kamen und ließen sich in der grünen Ebene von Rohan nieder, die zuvor Calenardhon hieß und ein Teil des Königreiches von Gondor gewesen war; und die Rohirrim halfen den Herren der Stadt in ihren Kriegen. Und im Norden, jenseits der Wasserfälle von Rauros und der Tore von Argonath, gab es noch andere Verteidiger, ältere Mächte, von denen die Menschen wenig wußten und gegen welche die Geschöpfe des Unheils nicht vorzugehen wagten, solange die Zeit nicht reif war und ihr dunkler Herr, Sauron, von neuem hervorkam. Und bis jene Zeit heran war, wagten die Nazgûl nach den Tagen Earnils nie wieder, den Fluß zu überschreiten oder für Menschen sichtbar aus ihrer Stadt hervorzukommen.

In all den Jahren des Dritten Zeitalters, seit dem Tode Gil-galads, saß Meister Elrond in Imladris, und er versammelte dort viele Elben und andere von Macht und Weisheit aus allen Völkern von Mittelerde; und über viele Menschenleben hin wahrte er das Andenken all dessen, was edel gewesen war; und Elronds Haus war eine Zuflucht für die Müden und Unterdrückten und eine Schatzkammer von Rat und Wissenschaft. In seinem Haus wurden Isildurs Erben beherbergt, von der Kindheit bis ins hohe Alter, denn blutsverwandt waren sie mit Elrond, und in seiner Weisheit wußte er, daß einem aus ihrer Linie hoher Anteil beschieden war an den letzten Ereignissen dieses Zeitalters. Und bis daß jene Zeit käme, wurden die Hälften von Elendils Schwert in Elronds Gewahrsam gegeben, als die Tage des Dúnedain sich verdunkelten und sie ein Wandervolk wurden.

In Eriador war Imladris der Hauptsitz der Hoch-Elben; doch auch bei den Grauen Anfurten von Lindon wohnten Überreste des Volkes von Gil-galad, dem Elbenkönig. Bisweilen wanderten sie in die Länder von Eriador hinein, meist aber hielten sie sich nach an den Meeresküsten, wo sie die Elbenschiffe bauten und fahrbereit hielten, auf denen jene unter den Erstgeborenen, welche die Welt leid geworden waren, sich nach dem äußersten Westen aufmachten. Círdan der Schiffbauer war der Herr der Anfurten, ein Weiser unter den Weisen.

Über die Drei Ringe, welche die Elben unbesudelt gerettet hatten, fiel unter den Weisen nie ein offenes Wort, und selbst unter den Eldar wußten nur wenige, wem sie anvertraut waren. Doch nach dem Sturz Saurons war ihre Macht stets tätig, und wo sie sich befanden, da war das Glück zu Hause, und alle Dinge blieben ungetrübt von den Nöten der Zeit. Deshalb erkannten die Elben, ehe das Dritte Zeitalter endete, daß der Ring des Saphirs im freundlichen Bruchtal bei Elrond war, auf dessen Haus die Sterne des Himmels am hellsten schienen; der Ring des Adamant aber befand sich im Lande Lórien, wo Frau Galadriel lebte. Eine Königin der Wald-Elben war sie, die Gemahlin Celeborns, von Doriath, doch sie selbst stammte von den Noldor und erinnerte sich des Tages vor Anbruch aller Tage in Valinor; und sie war die mächtigste und schönste aller Elben, die noch in Mittelerde lebten. Der Rote Ring aber blieb bis zum Ende verborgen, und außer Elrond und Galadriel und Círdan wußte keiner, wem er anvertraut war.

So blieben, solange das Zeitalter währte, Glück und Glanz der Elben an zwei Orten ungetrübt: in Imladris und in Lothlórien, dem verborgenen Lande zwischen dem Celebrant und dem Anduin, wo die Bäume goldne Blüten trugen und wohin kein Ork oder schwarzes Wesen sich jemals wagte. Doch viele Stimmen wurden laut unter den Elben, die vorhersagten, daß den verlorenen Herrscherring entweder Sauron selbst finden werde, oder aber, was das Günstigere wäre, seine Feinde fänden den Ring und vernichteten ihn; in beiden Fällen aber würde die Macht der Drei erlöschen, und alles, was durch sie erhalten worden sei, müßte schwinden, und so würden die Elben ins Zwielicht treten, und das Reich der Menschen begänne.

Und so ist es gekommen: Der Eine und die Sieben und die Neun sind vernichtet, und die Drei sind fort, und mit ihnen ist das Dritte Zeitalter zu Ende, und die Geschichten von den Eldar in Mittelerde kommen zum Schluß. Dies waren die Jahre des Schwindens, und über die letzte Blütezeit der Elben östlich des Meeres brach Winter herein. Noch wanderten die Noldor durch die Hinnenlande, die mächtigsten und schönsten von allen Kindern der Welt, und ihre Sprache wurde noch von sterblichen Ohren vernommen. Viele Dinge von Macht und Schönheit waren noch auf Erden zu jener Zeit, und ebenso viele Dinge von Unheil und Entsetzen: Orks gab es und Trolle, Drachen und Ungetier, und in den Wäldern sonderbare alte und listige Wesen, deren Namen vergessen sind; Zwerge arbeiteten noch in den Bergen und schufen mit Geduld und Geschick Dinge aus Metall und Stein, denen heute nichts gleichkommt. Doch das Reich der Menschen bahnte sich an, und alles wurde anders, bis zuletzt der Dunkle Herr im Düsterwald wieder aufstand.

Nun hieß dieser Wald von alters her der Große Grünwald, und zwischen seinen hohen Dächern und weiten Säulenhallen hausten vielerlei Tiere und Vögel mit hellen Stimmen; und dort war das Reich des Königs Thranduil unter Eiche und Buche. Nach vielen Jahren aber, als fast ein Drittel jenes Weltalters vergangen war, kroch ein Schatten langsam von Süden her durch den Wald, und Grauen schritt dort durch dämmrige Lichtungen; Raubgetier kam und jagte, und grausame und boshafte Wesen spannten ihre Netze aus.

Nun wurde der Wald anders benannt: Er hieß fortan Düsterwald, denn tiefer Nachtschatten lag auf ihm, und nur wenige wagten sich mehr hindurch, und dies nur im Norden, wo Thranduils Volk das Unheil noch in Schranken hielt. Woher das Unheil kam, wußten wenige zu sagen, und lange dauerte es, bis selbst die Weisen es herausfanden. Es war Saurons Schatten, Zeichen seiner Rückkehr. Denn er kam aus den östlichen Einöden und ließ sich im Süden des Waldes nieder, und langsam wuchs er dort und nahm wieder Gestalt an. In einem dunklen Hügel schlug er sein Lager auf und übte seine schwarzen Künste; und alles Volk fürchtete den Hexenmeister von Dol Guldur, und doch kannte zuerst niemand die Größe der Gefahr.

Schon als die ersten Schatten auf dem Düsterwald bemerkt wurden, erschienen im Westen von Mittelerde die Istari, welche die Menschen Zauberer nannten. Niemand wußte zu der Zeit, woher sie kamen, außer Círdan von den Anfurten, und der sagte es keinem, bis auf Elrond und Galadriel, daß sie übers Meer gekommen waren. Später aber hieß es unter Elben, Boten seien sie gewesen, ausgesandt von den Herren im Westen, um gegen Saurons Macht zu streiten, sollte er wieder aufstehen, und Elben und Menschen und alles, was Leben und guten Willen hatte, zu kühnen Taten zu bewegen. In Menschengestalt erschienen sie, alt doch kraftvoll, und sie änderten sich kaum mit den Jahren und alterten nur langsam, obgleich große Mühen auf ihnen lagen; vieles wußten sie, und vieles vermochten sie mit Geist und Hand. Lange gingen sie unter Elben und Menschen umher, und sie hielten auch mit Tier und Vogel Zwiesprache; und die Völker von Mittelerde gaben ihnen viele Namen, denn ihre wahren Namen verrieten sie nicht. Die Mächtigsten unter ihnen waren jene beiden, welche die Elben Mithrandir und Curunír, die Menschen im Norden aber Gandalf und Saruman nannten. Von ihnen war Curunír der Älteste; er kam als erster, und nach ihm kamen Mithrandir und Radagast und andere Istari, die in den Osten von Mittelerde gingen und in diesen Geschichten keine Erwähnung finden. Radagast war der Freund aller Tiere und Vögel; Curunír aber ging am meisten unter die Menschen. Von feiner Beredsamkeit war er und wußte in allen Dingen der Schmiedekunst Bescheid. Mithrandir war am vertrautesten mit Elrond und den Elben. Er wanderte weit im Norden und Westen, und in keinem Land blieb er je lange; Curunír aber wanderte in den Osten, und als er zurückkam, ließ er sich in Orthanc, im Ring von Isengart nieder, den die Númenórer in den Tagen ihrer Macht erbaut hatten.

Stets der Wachsamste war Mithrandir, und er war es auch, dem der Schatten auf dem Düsterwald am meisten zu denken gab; denn wenn viele auch glaubten, daß er das Werk der Ringgeister sei, er fürchtete, es sei schon der erste Schatten des zurückgekehrten Sauron; und er ging zum Dol Guldur, und der Hexer floh ihn, und für lange Zeit herrschte ein argwöhnischer Friede. Zuletzt aber kam der Schatten zurück, und seine Macht wuchs; und zu der Zeit wurde erstmals der Rat der Weisen gehalten, den man den Weißen Rat nannte, und im Rate saßen Elrond und Galadriel und Círdan und andere Fürsten der Eldar, und mit ihnen Mithrandir und Curunír. Und Curunír (auch Saruman der Weiße genannt) wurde zum Obersten gewählt, denn er hatte am längsten Saurons alte Künste erforscht. Galadriel aber hatte gewünscht, daß Mithrandir dem Rate vorstehen möge, und deshalb grollte Saruman, denn sein Stolz und sein Machtgelüst waren gewachsen; Mithrandir aber lehnte das Amt ab, denn er wollte keine Pflicht und Bindung außer gegen jene, die ihn gesandt hatten, noch wollte er an einem festen Platze wohnen oder irgendwem Rechenschaft schuldig sein. Doch Saruman begann nun die Wissenschaft von den Ringen der Macht zu erkunden, von ihrer Fertigung und ihrer Geschichte.

Immer weiter wuchs nun der Schatten, und in Elronds und in Mithrandirs Herz wurde es dunkler. So ging Mithrandir eines Tages noch einmal unter großer Gefahr zum Dol Guldur und den Höhlen des Hexenmeisters; und er fand, was er fürchtete, und entkam. Und als er zu Elrond zurückkehrte, da sagte er:

»Wahr ist es, leider, was wir vermutet. Dies ist nicht einer der Ulairi, wie viele lange geglaubt. Sauron selber ist's, der wieder Gestalt angenommen hat und nun geschwind wächst; und er sammelt wieder alle Ringe in seiner Hand, und immerzu forscht er nach dem Einen und sucht Nachricht über Isildurs Erben, ob sie noch leben auf Erden.«

Und Elrond antwortete: »In jener Stunde, da Isildur den Ring nahm und ihn nicht hergeben wollte, da wurde dies verhängt, daß Sauron zurückkehren werde.«

»Doch der Eine ging verloren«, sagte Mithrandir, »und solange er noch verborgen liegt, können wir des Feindes Herr werden, wenn wir unsere Kräfte sammeln und nicht zu lange zaudern.«

Nun wurde der Weiße Rat einberufen, und Mithrandir drängte zu schnellen Taten, Curunír aber sprach gegen ihn und riet ihnen, noch zu warten und zu wachen.

»Denn ich glaube nicht«, sagte er, »daß der Eine jemals wieder in Mittelerde gefunden wird. In den Anduin ist er gefallen, und längst, so meine ich, wurde er ins Meer gespült. Dort mag er liegen bis ans Ende, wenn diese ganze Welt zerbricht und das Unterste zuoberst gekehrt wird.«

Und so wurde zu der Zeit nichts unternommen, obgleich Elrond, dem Schlimmes ahnte, zu Mithrandir sagte: »Dennoch, ich sage voraus, der Eine wird noch gefunden werden, und dann gibt es wieder Krieg, und in diesem Krieg wird dies Alter enden. Und es wird eine zweite Dunkelheit sein, in der es endet, wenn nicht ein merkwürdiger Zufall uns hilft, den ich jetzt nicht sehen kann.«

»Viele merkwürdige Zufälle birgt die Welt«, sagte Mithrandir, »und wo die Weisen verzagen, da kommt Hilfe oft von den Händen der Schwachen.«

So waren die Weisen ratlos, doch keiner hatte noch bemerkt, daß Curunír sich dunklen Plänen zugewandt hatte und im Herzen schon ein Verräter war: Denn er wünschte, daß er und kein andrer den Großen Ring finden sollte, so daß er selbst ihn gebrauchen und alle Welt nach seinem Willen richten könnte. Allzu lange hatte er Saurons Künste erforscht, in der Hoffnung, ihn zu besiegen, und nun beneidete er ihn als Nebenbuhler, statt seine Werke zu hassen. Und er dachte, daß der Ring, der Sauron gehörte, seinen Herrn suchen würde, wenn der aufs neue hervorträte; würde aber Sauron wieder vertrieben, so bliebe der Ring verborgen. Daher war er geneigt, mit der Gefahr zu spielen und Sauron einstweilen in Frieden zu lassen; und durch seine List hoffte er sowohl seinen Freunden als auch dem Feinde zuvorzukommen, sollte der Ring auftauchen.

Er stellte Wachen auf den Schwertelfeldern auf; doch bald bemerkte er, daß die Diener von Dol Guldur den ganzen Flußlauf in dieser Gegend absuchten. Da erkannte er, daß auch Sauron erfahren hatte, auf welche Weise Isildur umgekommen war, und Furcht befiel ihn, und er zog sich zurück nach Isengart und befestigte es; und immer tiefer ergründete er die Wissenschaft von den Ringen der Macht und die Kunst, mit der sie geschmiedet waren. Nichts von all dem aber sagte er dem Rate, denn immer noch hoffte er, als erster von dem Ringe Meldung zu erlangen. Scharen von Spähern sandte er aus, und viele davon waren Vögel, denn Radagast leistete ihm Hilfe, ohne etwas von seinem Verrat zu ahnen, im Glauben, dies sei nur ein Teil der Wachen gegen den Feind.

Doch immer tiefer wurde der Schatten im Düsterwald, und nach Dol Guldur machten Unheilsdinge aus allen dunklen Löchern der Welt sich auf; und sie waren wieder geeint unter einem Willen, und ihr Haß richtete sich gegen die Elben und die Reste der Númenórer. Schließlich wurde daher der Rat erneut einberufen, und lange wurde über die Ringkunde gestritten; Mithrandir aber sprach zum Rate und sagte:

»Auch wenn der Ring nicht gefunden wird, die Macht, die in ihm steckt, bleibt doch lebendig, solange er auf Erden bleibt und nicht zerstört wird; und Sauron wird wachsen und hoffen. Die Macht der Elben und der Elbenfreunde ist heute geringer als einst. Bald wird er zu stark für euch sein, auch ohne Ring; denn er regiert die Neun, und von den Sieben hat er drei zurückgewonnen. Wir müssen angreifen.«

Dem stimmte Curunír nun zu, denn er wünschte, daß Sauron aus Dol Guldur verjagt werde, das nahe am Flusse lag, damit er dort nicht länger in Ruhe suchen könne. Zum letzten Male unterstützte er daher den Rat; und sie boten ihre Kräfte auf und griffen Dol Guldur an und vertrieben Sauron aus seinem Lager, und für eine kurze Zeit war der Düsterwald wieder geheuer.

Doch ihr Angriff kam zu spät. Denn der Dunkle Herr hatte ihn vorhergesehen und längst alle Schritte erwogen; und die Ulairi, seine Neun Diener, waren ihm vorausgeeilt, um alles für seine Ankunft zu richten. Seine Flucht war daher nur eine Finte, und bald kam er wieder, und ehe die Weisen ihn hindern konnten, betrat er sein Reich in Mordor und ließ von neuem die dunklen Türme von Barad-dûr aufbauen. Und im gleichen Jahre trat der Weiße Rat zum letzten Male zusammen, und Curunír zog sich nach Isengart zurück und beriet sich mit keinem mehr als mit sich selbst.

Orks sammelten sich, und weit bis in den Osten und Süden waren die wilden Völker am Rüsten. Dann, inmitten der wachsenden Schrecken und Kriegsgerüchte, erwies sich Elronds Prophezeiung als richtig, und der Eine Ring wurde tatsächlich gefunden, durch einen Zufall, der noch merkwürdiger war, als selbst Mithrandir vorhergesehen; und der Ring wurde vor Curunír und Sauron verborgen. Denn schon lange bevor man ihn suchte, war er gefunden worden, von einem der kleinen Fischersleute, die am Anduin lebten, ehe die Könige in Gondor ausgestorben waren; und der Finder hatte ihn in dunklen Höhlen unter den Wurzeln der Berge vor jeder Suche in Sicherheit gebracht. Dort blieb der Ring, bis er im Jahre des Angriffs auf Dol Guldur von einem Wanderer gefunden wurde, der, von den Orks verfolgt, in die Tiefen der Erde floh; und der Ring kam in ein fernes Land, zu den Periannath, den Kleinen Leuten oder Halblingen, die im Westen von Eriador lebten. Bis zu diesem Tage waren sie von Elben und Menschen wenig beachtet worden, und weder Sauron noch einer der Weisen, bis auf Mithrandir, hatten in all ihren Plänen an sie gedacht.

Durch Glück und Wachsamkeit nun erfuhr Mithrandir von dem Ring als erster, ehe noch Sauron Nachricht hatte; doch war er besorgt und voller Zweifel. Denn zu unheilsmächtig war dieser Ring, als daß einer der Weisen ihn hätte tragen dürfen, es sei denn, er wollte wie Curunír selbst ein Tyrann und schwarzer Herrscher werden; und weder konnte der Ring für immer von Sauron verborgen noch durch die Kunst der Elben vernichtet werden. Mit Hilfe der Dúnedain des Nordens stellte Mithrandir daher eine Wache um das Land der Periannath und wartete ab. Doch Sauron hatte seine Ohren überall, und bald vernahm er Gerüchte von dem Einen Ring, den er vor allen anderen Schätzen begehrte, und er sandte die Nazgûl, ihn zu holen. Nun entbrannte der Krieg, und im Kampf mit Sauron endete das Dritte Zeitalter, wie es begonnen.

Jene aber, welche die Wunder und Waffentaten jener Zeit mitangesehen, haben anderswo die Geschichte des Ringkrieges erzählt, wie er zugleich im unverhofften Sieg und im langbefürchteten Leid geendet. Hier sei nur gesagt, daß in jenen Tagen Isildurs Erbe im Norden aufstand, und er nahm die Hälften von Elendils Schwert, und in Imladris wurde es neu geschmiedet. Und er zog in den Krieg, ein großer Heerführer der Menschen. Es war Aragorn, Arathorns Sohn, der neununddreißigste Erbe, der in ungebrochener Linie von Isildur abstammte, und doch Elendil ähnlicher als irgendeiner vor ihm. Krieg gab es in Rohan, und der Verräter Curunír wurde niedergeworfen und Isengart geschleift; und vor den Toren der Hauptstadt von Gondor wurde eine große Schlacht geschlagen, und der Morgulfürst, Saurons Feldherr, trat dort ab ins Dunkel; und Isildurs Erbe führte das Heer des Westens an die Schwarzen Tore von Mordor.

An jener letzten Schlacht nahmen Mithrandir teil und Elronds Söhne, der König von Rohan und die Fürsten von Gondor, Isildurs Erbe und die Dúnedain des Nordens. Tod und Niederlage sahen sie dort kommen, und all ihr Mut war vergebens, denn zu stark war Sauron. Zu der Stunde aber erwies sich, was Mithrandir gesprochen, und wo die Weisen verzagten, kam Hilfe von den Händen der Schwachen. Denn, wie seither in vielen Liedern besungen, die Periannath waren's, die Kleinen Leute aus den Wiesen und Hängen, die Rettung brachten.

Denn Frodo der Halbling, so heißt es, trug die Bürde, auf Bitten Mithrandirs, und allein mit einem Diener ging er durch Dunkel und Gefahr und kam endlich, Sauron zum Trotz, bis zum Schicksalsberg; und in das Feuer, darinnen er geschmiedet war, warf er den Großen Ring der Macht, und so wurde der Ring endlich zunichte, und sein Unheil wurde verzehrt.

Da war Sauron verloren, und er wurde vernichtend geschlagen und verschwand, ein Schatten des Bösen; und die Türme von Baraddûr fielen in Trümmer, und viele Länder erbebten vom Lärm ihres Falls. So kam wieder Friede, und ein neuer Frühling brach an auf Erden. Isildurs Erbe wurde zum König von Gondor und Arnor gekrönt, und die Macht der Dúnedain wuchs, und ihr Ruhm war erneuert. In den Gärten von Minas Anor blühte wieder der Weiße Baum, denn Mithrandir hatte einen Sämling unter dem Schnee des Mindolluin gefunden, des Berges, der hoch und weiß über die Hauptstadt von Gondor ragte; und solange er wuchs, fielen die Ältesten Tage im Herzen des Königs nicht ganz in Vergessenheit.

Bei all dem nun hatten Minthrandirs Rat und Wachsamkeit den Ausschlag gegeben, und in den letzten, entscheidenden Tagen erwies er sich als ein Herr von hohem Rang, und er ritt in die Schlacht in einem weißen Mantel; doch erst als die Zeit seines Abschieds kam, wurde bekannt, daß er lange den Roten Ring des Feuers in seiner Obhut gehabt. Zuerst war dieser Ring Círdan anvertraut, dem Herrn der Anfurten, der aber hatte ihn Mithrandir gegeben, denn er wußte, von wo er kam und wohin er am Ende zurückkehren würde.

»Nimm nun diesen Ring«, hatte Círdan gesagt, »denn schwer werden deine Mühen und Sorgen sein, er aber wird dir in allem helfen und dich vorm Verzagen behüten. Denn dies ist der Ring des Feuers, und vielleicht wirst du mit ihm die Herzen wieder zur alten Kühnheit entflammen, in einer Welt, die kalt wird. Was aber mich angeht, so ist mein Herz bei der See, und ich will am grauen Gestade bleiben und die Anfurten bewachen, bis das letzte Schiff fährt. Dann werde ich hier auf dich warten.«

Weiß war jenes Schiff, und lange hatte sein Bau gedauert, und lange wartete es auf das Ende, von dem Círdan gesprochen. Als aber alle diese Taten getan waren und Isildurs Erbe die Herrschaft der Menschen angetreten hatte und das Reich des Westens an ihn gefallen war, da wurde klar, daß die Macht der Drei Ringe ebenfalls erloschen war, und für die Erstgeborenen wurde die Welt alt und grau. Zu jener Zeit schifften sich die letzten der Noldor in den Anfurten ein und verließen Mittelerde für immer. Und als letzte von allen stachen die Hüter der Drei Ringe in See, und Meister Elrond bestieg das Schiff, das Círdan bereithielt. Im Zwielicht des Herbstes segelte es aus Mithlond hinaus, bis die Meere der Krummen Welt unter ihm schwanden und die Winde des runden Himmels es nicht mehr behelligten; und auf den hohen Lüften über den Nebeln der Welt fuhr es in den Alten Westen, und für die Eldar hatten die Geschichten und Lieder ein Ende.

Zur Aussprache der Elbennamen

Die folgenden Anmerkungen sollen nur in knappen Grundzügen die Aussprache der Namen in den Elbensprachen klären; sie sind keinesfalls erschöpfend. Ausführlichere Hinweise hierzu finden sich in *The Lord of the Rings,* Appendix E (nur in der englischen Ausgabe).

KONSONANTEN

C hat immer den Lautwert von *k,* niemals von *s* oder *z*; *Celeborn* daher wie ›*Keleborn*‹ gesprochen.

CH immer wie das deutsche *ch* in ›*Loch*‹ oder ›*Buch*‹ zu sprechen, nie wie das weiche *ch* in ›*Licht*‹. Beispiele: *Carcharoth, Ercharmion.*

DH bezeichnet immer einen Reibelaut wie das stimmhafte (weiche) *th* im Englischen, z. B. in ›*then*‹, nicht in ›*thin*‹. Beispiele: *Maedhros, Aredhel, Haudh-en-Arwen.*

G immer wie das deutsche *g* in ›*geben*‹, nicht wie der Reibelaut in engl. ›*gin*‹ oder ital. ›*giro*‹. ›*Region*‹ z. B. ist ›deutsch‹ auszusprechen (doch mit Betonung der ersten Silbe), nicht wie das englische Wort ›region‹.

PH bezeichnet immer einen *f*-Laut; Beispiele: *Ephel; Ar-Pharazôn.*

TH immer wie das stimmlose englisch *th* in ›*thin*‹.

VOKALE

Sie entsprechen im allgemeinen ihrem Lautwert im Deutschen und bedürfen daher hier keiner Erklärung. Besonderheiten sind nur das ie, das nie als langes i wie im deutschen ›Sieb‹ zu sprechen ist, sondern immer als Doppellaut, also ›*Ni-enna*‹; ebenso sind auch *ea* und *eo* Doppellaute (da für den englischen Leser die Zusammenziehung naheliegt, wurden sie in den englischen Ausgaben mit dem Trennzeichen geschrieben, als *ëa* oder *ëo* – im Wortanfang *Eä* und *Eö* –, worauf hier verzichtet wurde, um Verwechslungen mit den deutschen Umlauten ä und ö zu verhindern. Im *Herrn der Ringe* finden sich jedoch Schreibungen wie *Eärendil* oder *Fëanor*).

Der Zirkumflex über einsilbigen Sindarin-Wörtern kennzeichnet immer einen besonders langen Vokal (z. B. in *Hîn Húrin*), während es in den adúnaischen (númenórischen) und khuzdulischen (zwergischen) Namen nur einen einfach langen Vokal bezeichnet.

BETONUNG

Die betonten Silben sind nicht besonders gekennzeichnet, da die Betonung in den Elbensprachen je nach der Form des Wortes anders sein kann. Bei zweisilbigen Wörtern liegt der Ton in praktisch allen Fällen auf der ersten Silbe. In längeren Wörtern liegt er auf der vorletzten Silbe, wenn diese einen langen Vokal, einen Diphthong oder einen von zwei (oder mehr) Konsonanten gefolgten Vokal enthält. Wo die vorletzte Silbe nur einen kurzen Vokal hat, auf den nur ein Konsonant oder gar keiner folgt (was oft der Fall ist), liegt der Ton auf der ihr vorangehenden, der drittletzten Silbe. Wörter dieser letzteren Art werden in den Eldarin-Sprachen bevorzugt, besonders im Quenya.

In den folgenden Beispielen ist der betonte Vokal durch einen Großbuchstaben gekennzeichnet: *isIldur, Orome, erEssea, fEanor, ancAlima, elentÁri, dEnethor, periAnnath, ecthElion, pelArgir, silIvren.*

Namensregister

Da die Anzahl der Namen in diesem Buch sehr groß ist, enthält dieser Index außer den Seitenzahlen auch eine kurze Auskunft über jede Person und jeden Ort. Diese Angaben sind keine Zusammenfassungen alles dessen, was im Text gesagt wird, und bleiben zu allen Hauptgestalten äußerst kurz; dennoch wird ein solcher Index unvermeidlich sehr umfangreich, und ich habe mich deshalb auf verschiedene Weise um Kürzungen bemüht.

Die wichtigste dieser Kürzungen betrifft den Umstand, daß sehr oft auch die Übersetzung eines Elbennamens selbständig als Name gebraucht wird; so wird zum Beispiel König Thingols Wohnsitz bald *Menegroth,* bald ›die Tausend Grotten‹ genannt (und manchmal auch beides zusammen). In den meisten dieser Fälle habe ich den Elbennamen und seine Übersetzung in *einem* Stichwort zusammengefaßt, mit dem Ergebnis, daß die Seitenangaben sich nicht nur auf den Namen beziehen, der als Stichwort erscheint (z. B. finden sich unter *Echoriath* auch die Hinweise auf ›Umzingelnde Berge‹). An der Stelle der deutschen Namensform erscheint nur ein einfacher Verweis auf das Hauptstichwort, und auch dies nur, wenn beide Formen unabhängig voneinander auftreten. Wörter in einfachen Anführungszeichen sind Übersetzungen; davon erscheinen viele schon im Text (z. B. *Tol Eressea,* ›die Einsame Insel‹), doch habe ich noch sehr viele mehr hinzugefügt. Auskünfte über manche nicht übersetzte Namen finden sich im Anhang über Namensbedeutungen.

Unter den zahlreichen Titeln und förmlichen Bezeichnungen, die nur übersetzt, ohne die elbische Originalform, angegeben werden, habe ich manche ausgelassen, die große Mehrzahl aber ist verzeichnet. Die Stellenhinweise sind der Absicht nach vollständig (und umfassen manchmal auch Seiten, wo von dem betreffenden Gegenstand die Rede ist, ohne daß er direkt beim Namen genannt wird), ausgenommen einige ganz wenige Namen, die allzu häufig vorkommen, wie etwa *Beleriand* oder *Valar.* Hier wird nur auf einige wichtige Abschnitte verwiesen und im übrigen der Ausdruck *passim* gebraucht. Unter den Seitenangaben zu manchen der Noldorfürsten wurden die vielen Nennungen des Namens, die sich nur auf die Söhne oder das Haus des Genannten beziehen, ausgelassen.

Bei Hinweisen auf den *Herrn der Ringe* werden der Titel des Bandes, Buch und Kapitel angegeben.

Beleriand Der Name soll ursprünglich ›das Land von Balar‹ bedeutet haben und zuerst für das Land um die Sirionmündungen gegenüber der Insel Balar gebraucht worden sein. Später bezeichnete der Name die ganze alte Nordwestküste von Mittelerde südlich des Fjords von Drengist, alle Länder im Innern südlich von Hithlum und nach Osten bis zu den Füßen der Blauen Berge; durch den Sirionstrom in Ost- und West-Beleriand geteilt. Beleriand wurde von den Erschütterungen zu Ende des Ersten Zeitalters zerstört und vom Meer überflutet, so daß nur noch Ossiriand (Lindon) erhalten blieb. *Passim,* besonders 157–166, 342, 383, 384

Belfalas Gebiet an der Südküste von Gondor, um die große *Bucht von Belfalas.* 391

Belthil ›Götterglanz‹, das von Turgon in Gondolin geschaffene Abbild Telperions. 169

Belthronding Der Bogen Beleg Cúthalions, der ihm ins Grab gelegt wurde. 282

Beor Genannt der Alte; Führer der ersten Menschen, die nach Beleriand kamen; Vasall Finrod Felagunds; Ahnherr des Hauses Beor (auch als *das Älteste Haus der Menschen* und *das Erste Haus der Edain* bezeichnet); vgl. *Balan.* 187, 190, 199, 201; *Haus* oder *Volk Beors* 191–194, 198, 203, 211, 216

Bereg Enkel Barans und Urenkel Beors des Alten (dies wird im Text nicht gesagt); ein Anführer der Unzufriedenen unter den Menschen von Estolad, ging über die Berge zurück nach Eriador. 193, 194

Beren Barahirs Sohn; schnitt einen Silmaril aus Morgoths Krone, als Brautgeld für Lúthien, Thingols Tochter, und wurde von Carcharoth, dem Wolf von Angband, getötet; als einziger aller sterblichen Menschen von den Toten zurückgekehrt, lebte er später mit Lúthien auf Tol Galen in Ossiriand und kämpfte bei Sarn Athrad gegen die Zwerge. Urgroßvater Elronds und Elros' und Vorfahr der númenórischen Könige. Auch *Camlost, Erchamion* und *der*

Drachenhelm von Dor-lómin Erbstück des Hauses Hador, wurde von Túrin getragen; auch *Hadors Helm* genannt. 268, 276, 277, 286, 314

Draugluin Der große Werwolf, den Huan bei Tol-in-Gaurhoth tötete und in dessen Gestalt Beren Angband betrat. 234, 241, 242

Drengist Der lange Fjord, der die Ered Lómin an der Westgrenze von Hithlum durchschnitt. 69, 103, 117, 127, 141, 155, 158, 216

Duilwen Fünfter Nebenfluß des Gelion in Ossiriand. 164

Dúnedain ›Die Edain aus dem Westen‹; vgl. *Númenórer.*

Dungortheb Siehe *Nan Dungortheb.*

Dunkelelben In der Sprache von Aman waren alle Elben, die das Große Meer nicht überquert hatten, Dunkelelben *(Moriquendi),* und manchmal wird der Ausdruck so gebraucht, 138, 139, 149; als Caranthir Thingol einen Dunkelelben nannte, war dies als Schimpfwort gemeint, um so mehr, als ja Thingol in Aman gewesen war und ›nicht zu den Moriquendi gezählt‹ wurde (72). Während der Verbannung der Noldor aber bezeichnete der Ausdruck oft alle Elben von Mittelerde, die keine Noldor oder Sindar waren, und ist dann etwa gleichbedeutend mit Avari (138, 163, 188). Etwas anderes wieder ist es, wenn Eol, ein Sindarin-Elb, als Dunkelelb tituliert wird (178, 181, 272); Turgon aber (184) meinte damit ohne Zweifel, daß Eol zu den *Moriquendi* gehörte.

Dunkelmenschen Siehe *Ostlinge.* 210

Dunkle Herr, Der Der Ausdruck bezeichnet Morgoth (309) und Sauron (389).

Durin Fürst der Zwerge von Khazad-dûm (Moria). 55, 395

Düsterwald Siehe *Grünwald, der Große.*

Ea Die Welt, das stoffliche Universum; *Ea,* elbisch ›es ist‹ oder ›es sei‹, war das Wort Ilúvatars, mit dem die Welt ins Sein trat. 19, 25, 27, 33, 42, 46, 53, 60, 62, 72, 94, 97, 101, 110, 115, 129

Earendil Genannt ›Halbelb‹, ›der Gesegnete‹, ›der Strahlende‹ und ›der Seefahrer‹; Sohn von Tuor und Idril, Turgons Tochter; ent-

Anhang: Elemente in den Quenya- und Sindarin-Namen

Diese Anmerkungen wurden für diejenigen Leser zusammengestellt, die an den Eldarin-Sprachen Interesse nehmen. Beispiele aus dem Herr der Ringe werden an vielen Stellen herangezogen. Die Anmerkungen sind notwendigerweise sehr gedrängt und erwecken so einen Anschein von Gewißheit und Endgültigkeit, der keineswegs gerechtfertigt ist; sie bilden eine schmale Auswahl, was sowohl durch Platzbeschränkungen als auch durch beschränkte Kenntnisse des Herausgebers bedingt ist. Die Stichworte sind nicht systematisch nach Wurzelsilben oder nach Quenya- oder Sindarin-Formen geordnet, sondern etwas willkürlich; der Zweck ist, die Bestandselemente der Namen so leicht wie möglich bestimmbar zu machen.

adan (Plural *Edain*) in *Adanedhel, Aradan, Dúnedain.* Zur Bedeutung und Geschichte vgl. *Atani* im Index.

aelin ›See, Teich‹, in *Aelin-uial,* vgl. *lin* (1).

aglar ›Ruhm, Glanz‹ in *Dagor Aglareb, Aglarond.* Die Quenya-Form *alkar* weist die umgestellten Konsonanten auf: Sindarin *aglareb* entspricht Quenya *Alkarinque.* Die Wurzel ist *kal-,* ›Schein‹.

aina ›heilig‹ in *Ainur, Ainulindale.*

alda ›Baum‹ (Quenya) in *Aldaron, Aldudénie, Malinalda*; dem entspricht Sindarin *galadh* (z. B. in *Caras Galadon* den *Galadrim* von Lothlórien).

alqua ›Schwan‹ (Sindarin *alph*) in *Alqualonde*; aus einer Wurzel *alak,* ›rennend‹ auch in *Ancalagon.*

amarth ›Schicksal‹ in *Amon Amarth, Cabed Naeramarth, Úmarth* und in der Sindarin-Form von Túrins Namen, ›Meister des Schicksals‹, *Turamarth.* Die Quenya-Form des Wortes erscheint in *Turambar.*

amon ›Berg, Hügel‹, Sindarin-Wort, das vielfach als erster Bestandteil von Namen auftritt; Plural *emyn* in *Emyn Beraid.*

anca ›Maul‹ in *Ancalagon* (zu dem zweiten Element dieses Namens siehe *alqua*).

an(d) ›lang‹ in *Andram, Anduin,* auch in *Anfalas* (›langer Strand‹) in Gondor, *Cair Andros* (›Schiff der langen Gischt‹) eine Insel im Anduin, und in *Angerthas,* ›lange Runen-Reihen‹.

andúne ›Sonnenuntergang, Westen‹ in *Andúnië*; dem entspricht im Sindarin *annûn,* z. B. *Annúminas* und *Henneth Annûn,* ›Das Fenster zum Sonnenuntergang‹, in Ithilien. Die alte Wurzel dieser Wörter: *ndu,* mit der Bedeutung ›von hoch oben herab‹, erscheint auch in Quenya *númen,* ›zum Sonnenuntergang hin, im Westen‹, und in Sindarin *dûn,* ›Westen‹, z. B. in *Dúnedain.* Das adûnaische *adûn* in *Adûnakhor, Anadûnê* war aus den Eldarin-Sprachen entlehnt.

anga ›Eisen‹, Sindarin *ang,* in *Angainor, Angband, Anghabar, Anglachel, Angrist, Angrod, Anguirel, Gurthang; angren,* ›eisern‹ in *Angrenost,* Plural *engrin* in *Ered Engrin.*

anna ›Gabe‹ in *Anantar, Melian, Yavanna*; den gleichen Stamm hat auch *Andor,* ›das geschenkte Land‹.

annon ›große Tür, Tor‹, Plural *ennyn* in *Annon-in-Gelydh*; vgl. *Morannon,* das ›Schwarze Tor‹ von Mordor, und *Sirannon,* den ›Torbach‹ von Moria.

ar- ›neben, außerhalb‹ (von daher Quenya *ar,* ›und‹, Sindarin *a*), so vermutlich in *Areaman,* ›außerhalb von Aman‹; z. B. auch *Nirnaeth) Arnoediad,* ›(Tränen) ohne Zahl‹.

ar(a)- ›hoch, edel, königlich‹, erscheint in vielen Namen, z. B. *Aradan, Aredhel, Argonath, Arnor* usw.; der erweiterte Stamm *arat-* erscheint in *Aratar* und in *aráto,* ›Held, wichtiger Mann‹; z. B. *Angrod* von *Angaráto* und *Finrod* von *Findaráto*; auch *aran,* ›König‹, in *Aranrúth. Ereinion,* der ›Sprößling der Könige‹ (Name Gil-galads), weist den Plural von *aran* auf; so auch in *Fornost Erain,* der ›Feste der Könige‹ in Arnor. Das Präfix *Ar-* der adûnaischen Königsnamen von Númenor war hiervon abgeleitet.

arien (Die Maia der Sonne), abgeleitet von einer Wurzel *as-*, die auch in Quenya *are,* ›Sonnenlicht‹ erscheint.
atar ›Vater‹ in *Atanatári* (vgl. *Atani* im Register), *Ilúvatar.*

band ›Kerker, Zwinger‹ in *Angband*; vom ursprünglichen *mbando,* dessen Quenya-Form in *Mandos* erscheint (Sindarin *Angband* = Quenya *Angamando*).
bar ›Wohnung‹ in *Bar-en-Danwedh.* Das alte Wort *mbár,* (Quenya *már*, Sindarin *bar*) bedeutete ›Heim‹, in bezug auf Personen wie auf Völker, und erscheint daher in vielen Ortsnamen wie *Brithombar, Dimbar* (dessen erstes Element bedeutet ›traurig, düster‹), *Eldamar, Val(i)mar, Vinyamar, Mar-nu-Falmar. Mardil,* der Name des ersten regierenden Truchsessen von Gondor, bedeutet ›ergeben dem Hause‹ (der Könige).
barad ›Turm‹ in *Barad-dûr, Barad Eithel, Barad Nimras*; der Plural in *Emyn Beraid.*
beleg ›mächtig‹ in *Beleg, Belegaer, Belgost, Laer Cú Beleg.*
bragol ›plötzlich‹ in *Dagor Bragollach.*
brethil bedeutet vermutlich ›Silberbirke‹, z.B. *Nimbrethil,* die Birkenwälder in Arvernien, und *Fimbrethil,*eine der Ent-Frauen.
brith ›Kiesel‹ in *Brithiach, Brithombar, Brithon.*

(Zu vielen mit C beginnenden Namen siehe die Stichworte unter K)
calen (galen) das übliche Sindarin-Wort für ›grün‹, in *Ard-galen, Tol Galen, Calendardhon*; auch in *Parth Galen* (›Grüne Wiese‹) am Anduin und *Pinnath Gelin* (Grüne Kämme) in Gondor. Vgl. *kal-*.
cam (von kambā̆), ›Hand‹, insbesondere aber die gekrümmte Hand, die etwas nimmt oder hält, in *Camlost, Erchamion.*
carak- Diese Wurzel erscheint in Quenya *carca,* ›Hauer, Fangzahn‹, dessen Sindarin-Form *carch* in *Carcharoth* auftritt, ebenso auch in *Carchost* (›Starker Hauer‹, einer der Wachttürme am Eingang nach Mordor). Vgl. *Caragdûr, Carach Angren* (der ›eiserne

Schlund‹, der Festungswall, der den Eingang nach Udûn in Mordor bewacht) sowie *Helcaraxe*.

caran ›rot‹, Quenya *carne*, in *Caranthir, Carnil, Orocarni*; auch in *Caradhras* (von *caran-rass*), das ›Rote Horn‹ im Nebelgebirge, und in *Carnimírie*, der ›Rotbeperlten‹, der Eberesche in Baumbarts Lied. Die Übersetzung von *Carcharoth* mit ›der Rote Rachen‹ (im Text) muß auf einer Verbindung mit diesem Wort beruhen; vgl. *carak-*.

celeb ›Silber‹ (Quenya *telep, telpe*, wie in *Telperion*), in *Celeborn, Celebrant, Celebros. Celebrimbor* bedeutet ›silberne Faust‹, abgeleitet von dem Adjektiv *celebrin*, ›silbern‹ (das aber nicht ›von Silber‹ bedeutet, sondern ›wie Silber, hinsichtlich Glanz oder Farbe‹), und von *paur* (Quenya *quáre*), ›Faust‹, oft im Sinne von Hand gebraucht; die Quenya-Form dieses Namens war *Telperinquar. Celebrindal* setzt sich aus *celebrin* und *tal, dal*, ›Fuß‹, zusammen.

coron ›Hügel, Anhöhe‹ in *Corollaire* (auch *Coron Oiolaire* genannt, worin das zweite Wort ›Immer-Sommer‹ zu bedeuten scheint, vgl. Oiolosse); vgl. *Cerin Amroth*, der große Hügel in Lothlórien.

cú ›Bogen‹ in *Cúthalion, Dor Cúarthol, Laer Cú Beleg.*

cuivie ›Erwachen‹ in *Cuiviénen* (Sindarin *Nen Echui*). Andere Ableitungen von derselben Wurzel sind *Dor Firn-i-Guinar; coire*, die ersten Regungen des Frühlings, Sindarin *echuir* (vgl. Anhang D zum *Herrn der Ringe*) sowie *coimas*, ›Lebensbrot‹, der Quenya-Name der *lembas*.

cul- ›rotgolden‹ in *Culúrien.*

curu ›Geschicklichkeit‹ in *Curufin(we), Curunír.*

dae ›Schatten‹ in *Dor Daedeloth* und vielleicht auch in *Daeron.*

dagor ›Schlacht‹; die Wurzel ist *ndak-*, z. B. *Haudh-en-Ndengin.* Eine andere Ableitung ist *Dagnir* (*Dagnir Glaurunga* ›Glaurungs Verderber‹).

del ›Grauen‹ in *Deldúwath; deloth,* ›Abscheu‹ in *Dor Daedeloth.*

dîn ›still‹, in *Dor Dínen*; vgl. *Rath Dínen,* die Stille Straße in Minas Tirith, und den *Amon Dîn,* einen der Leuchtfeuer-Berge von Gondor.

dol ›Kopf‹, in *Lórindol*; oft in bezug auf Berge, so in *Dol Guldur, Dolmed, Mindolluin* (auch *Nardol,* ein Leuchtfeuer-Berg in Gondor, und Fanuidhol, einer der Berge von Moria).

dôr ›Land‹, abgeleitet von *ndor*; es erscheint in vielen Sindarin-Namen, z. B. *Doriath, Dorthonion, Eriador, Gondor, Mordor* usw. Im Quenya war der Stamm mit einem ganz anderen Wort vermischt und verwechselt worden, mit *nóre,* ›Volk‹; so hieß *Valinóre* ursprünglich nur ›das Volk der Valar‹, *Valandor* dagegen ›das Land der Valar‹, und ähnlich *Númen(n)óre,* ›Volk des Westens‹ und *Númendor,* ›Land des Westens‹. Quenya *Endor,* ›Mittelerde‹, bestand ans *ened,* ›Mitte‹, und *ndor*; im Sindarin wurde daraus *Ennor* (z. B. *ennorath,* ›Mittellande‹, in dem Gesang *A Elbereth Gilthoniel*).

draug ›Wolf‹, in *Draugluin.*

dú ›Nacht, Finsternis‹, in *Deldúwath, Ephel Dúath.* Abgeleitet vom älteren *dōmē,* von daher Quenya *lóme*; also Sindarin *dúlin,* ›Nachtigall‹, entspricht *lómelinde.*

duin ›(langer) Fluß‹, in *Anduin, Branaduin, Esgalduin, Malduin, Taur-im-Duinath.*

dûr ›dunkel‹, in *Barad-dûr, Caragdûr, Dol Guldur*; auch in *Durthang* (eine Burg in Mordor).

ear ›Meer‹ (Quenya), in *Earendil, Earráme* und vielen anderen Namen. Das Sindarin-Wort *gaer* (in *Belegaer*) ist offenbar von demselben Stamm abgeleitet.

echor in *Echoriath,* ›die Umzingelnden Berge‹, und *Orfalch Echor*; vgl. auch *Rammas Echor,* die große Außenmauer um die Pelennor-Felder bei Minas Tirith.

edhel ›Elb‹ (Sindarin), in *Adanedhel, Aredhel, Glóredhel, Ost-in-Edhil*; auch in *Peredhil,* ›Halbelb‹.

eithel ›Quell‹, in *Eithel Ivrin, Eithel Sirion, Barad Eithel*; auch in *Mitheithel,* dem Fluß in Eriador (nach seiner Quelle benannt).

êl, elen ›Stern‹. Nach elbischer Überlieferung war *ele* ein schlichter Ausruf: ›sieh da!‹, als die Elben zum ersten Male die Sterne erblickten. Von diesem Ursprung leiten sich die alten Wörter *êl* und *elen* her, ›Stern‹, sowie die Adjektive *elda* und *elena,* ›von den Sternen‹. Diese Elemente treten in sehr vielen Namen auf. Zum späteren Gebrauch des Namens *Eldar* vgl. den Index. Die gleichwertige Sindarin-Form zu *Elda* war *Edhel* (Plural *Edhil*), vgl. ebd.; die genaue Entsprechung aber war Eledh, die in *Eledhwen* vorkommt.

er ›eins, einzeln‹, in *Amon Ereb* (vgl. *Erebor,* der Einsame Berg), *Erchamion, Eressea, Eru.*

Ereg ›Dorn, Stachel‹, in *Eregion, Region.*

esgal ›Schirm, Versteck‹, in *Esgalduin.*

falas ›Ufer, Brandungsstreifen‹ (Quenya *falasse*), in *Falas, Belfalas*; auch *Anfalas* in Gondor. Vgl. *Falathar, Falathrim.* Ein anderes von dieser Wurzel abgeleitetes Wort war Quenya *falma,* ›(schaumgekrönte) Welle‹, von daher *Falmari, Mar-nu-Falmar.*

faroth abgeleitet von einer Wurzel mit der Bedeutung ›Jagd, Verfolgung‹; im Leithian-Lied wird *Taur-en-Faroth* über Nargothrond ›das Gebirgc der Jäger‹ genannt.

faug- ›klaffen, gähnen‹, in *Anfauglir, Anfauglith, Dor-nu-Fauglith.*

fea ›Geist‹, in *Feanor, Feanturi.*

fin- ›Haar‹, in *Finduilas, Fingon, Finrod, Glorfindel.*

formen ›nord‹ (Quenya) in *Formenos*; Sindarin *forn* (auch *for, forod*) in *Fornost.*

fuiin ›Dunkel, Finsternis‹ (Quenya *huine*), in *Fuinur, Taur-nu-Fuin.*

gaer ›Meer‹, in *Belegaer* (und in *Gaerys,* dem Sindarin-Namen für Osse). Soll sich von dem Stamm *gaya,* ›Scheu, Furcht‹, herleiten und dem weiten, schrecklichen Meer als Name verliehen worden sein, als die Eldar zum ersten Male an sein Ufer kamen.

gaur ›Werwolf‹, (aus einer Wurzel *ngwaw-,* ›heulen‹), in *Tol-in-Gaur-hoth.*

gil ›Stern‹, in *Dagor-nuin-Giliath, Osgiliath* (*giliath,* ›Sternenheer‹); *Gil-Estel, Gil-galad.*

girith ›schaudern‹, in *Nen Girith*; vgl. auch *Girithron,* Name des letzten Monats im Jahr nach dem Sindarin-Kalender (*Der Herr der Ringe,* Anhang D).

glîn ›Leuchten‹ (besonders von Augen), in *Maeglin.*

golodh die Sindarin-Form zu Quenya *Noldo*; vgl. *gûl.* Plural *Golodhrim* und *Gelydh* (in *Annon-in-Gelydh*).

gond ›Stein‹, in *Gondolin, Gondor, Gonnhirrim, Argonath, seregon.* König Turgon nannte seine verborgene Stadt zuerst in Quenya *Ondolinde* (Quenya *ondo* = Sindarin *gond,* und *linde*, ›Singen, Lied‹); in der Überlieferung aber war sie immer unter dem Sindarin-Namen *Gondolin* bekannt, der vermutlich als *gond-dolen* verstanden wurde, ›verborgener Felsen‹.

gor ›Grauen, Entsetzen‹, in *Gorthaur, Gorthol; goroth,* von gleicher Bedeutung, mit verdoppeltem *gor* in *Gorgoroth, Ered Gorgoroth.*

groth (grod) ›Grabung, unterirdischer Bau‹, in *Menegroth, Nogrod,* (vermutlich auch in Nimrodel, der ›Frau aus der weißen Grotte‹). *Nogrod* hieß ursprünglich *Novrod,* ›Hohler Bau‹ (von daher die Übersetzung *Hohlburg*), veränderte sich jedoch unter dem Einfluß von *naug,* ›Zwerg‹.

gûl ›Hexerei‹ in *Dol Guldur, Minas Morgul.* Dieses Wort leitete sich von dem gleichen alten Stamm *ngol-* her wie *Noldor*; vgl. Quenya *nóle,* ›langes Mühen, Kunde, Wissen‹. Das Sindarin-Wort aber wurde in seinem Sinn verfinstert durch den häufigen Gebrauch in der Verbindung *morgul,* ›schwarze Kunst‹.

gurth ›Tod‹, in *Gurthang* (vgl. auch *Melkor* im Index).

gwaith ›Volk‹, in *Gwaith-i-Mirdain*; vgl. auch *Enedwaith,* ›Mittelvolk‹, der Name des Landes zwischen Grauflut und Isen.

gwath, wath ›Schatten‹, *Deldúwath, Ephel Dúath*; auch in *Gwathló,* der Fluß Grauflut in Eriador. (Verwandte Formen in *Ered We-*

thrin, Thuringwethil). (Dieses Sindarin-Wort bezeichnete trübes Licht, nicht die Schatten, die Gegenstände im Licht werfen: diese wurden vielmehr *morchaint* genannt, ›dunkle Formen‹.

hadhod in *Hadhodrond* (Übersetzung von *Khazad-dûm*), diente zur Wiedergabe von *Khazâd* in Sindarin-Lauten.

haudh ›Hügel‹, in *Haudh-en-Arwen, Haudh-en-Elleth* usw.

heru ›Herr‹, in *Herumor, Herunúmen*; Sindarin *hîr* in *Gonnhirrim, Rohirrim, Barahir; hîril,* ›Dame‹, in *Hírilorn.*

him ›kühl‹, in *Himlad* (und *Himring?).*

híni ›Kinder‹, in *Eruhíni,* ›Kinder Erus‹; *Narn i Hîn Húrin.*

hîth ›Nebel‹, in *Hithaeglir, Hithlum* (auch in *Nen Hithoel,* ein See am Anduin.) *Hithlum* ist der Form nach Sindarin, verändert nach dem Quenya-Namen *Hísilóme,* den die verbannten Noldor dem Lande gaben (Quenya *hísie,* ›Nebel‹, vgl. *Hísime,* der Name des elften Monats im Jahr, *Der Herr der Ringe,* Anhang D).

hoth ›Schar, Horde‹ (fast immer abwertend), in *Tol-in-Gaurhoth*; auch in *Loss(h)oth,* die Schneemenschen von Forochel (*Der Herr der Ringe,* Anhang A, I, 3), und *Glamhoth,* ›lärmende Horde‹, ein Name für die Orks.

hyarmen ›süd‹ (Quenya), in Hyarmentir; Sindarin *har-, harn, harad.*

iâ ›Leere, Abgrund‹, in *Moria.*

iant ›Brücke‹, in *Iant Iaur.*

iâth ›Zaun‹ in *Doriath.*

iaur ›alt‹, in *Iant Iaur*; vgl. auch Bombadils Elbennamen, *Iarwain.*

ilm- Dieser Stamm erscheint in *Ilmen, Ilmare,* auch in *Ilmarin* (›Palast der hohen Lüfte‹, Manwes und Vardas Sitz auf dem Oiolosse).

ilúve ›Das Ganze, das All‹, in *Ilúvatar.*

kal- (gal-) Diese Wurzel mit der Bedeutung ›Schein‹ tritt auf in *Calacirya, Calaquendi, Tar-Calion; Galvorn, Gil-galad, Galadriel.* Die beiden letzten Namen hängen nicht mit Sindarin *ga-*

ladh, ›Baum‹, zusammen, obwohl im Falle Galadriel eine solche Verbindung oft hergestellt und der Name zu *Galadhriel* verändert wurde. Im Hochelbischen lautete ihr Name *Al(a)táriel,* abgeleitet aus *alata,* ›Glanz‹ (Sindarin *galad*), und *riel,* ›bekränztes Mädchen‹ (aus einer Wurzel *rig-,* ›flechten, winden‹): Die Gesamtbedeutung ›Mädchen, mit einem Strahlenkranz gekrönt‹ bezog sich auf ihr Haar. *claen (galen),* ›grün‹, ist etymologisch ›leuchtend‹ und leitet sich von dieser Wurzel her; siehe auch *aglar.*

káno ›Gebieter‹: Dieses Quenya-Wort bildet den Ursprung des zweiten Elements in *Fingon* und *Turgon.*

kel- ›fortgehen‹, in bezug auf Wasser ›davon-, dahinfließen‹, in *Celon*; aus *et-kelé* ›Austritt des Wassers, Quelle‹, wurde durch Umstellung der Konsonanten Quenya *ehtele,* Sindarin *eithel* abgeleitet.

kemen ›Erde‹, in *Kementári*; ein Quenya-Wort für die Erde als flachen Grund unter *menel,* den Himmeln.

khelek- ›Eis‹, in *Helcar, Helcaraxe* (Quenya *helka,* ›eisig, eiskalt‹). In *Helevorn* jedoch ist das erste Element Sindarin *heledh,* ›Glas‹, übernommen von Khuzdul *kheled* (z. B. *Kheled-zâram,* ›Spiegelsee‹); *Helevorn* bedeutet also ›schwarzes Glas‹ (vgl. *galvorn*).

khil- ›folge-‹, in *Hildor, Hildórien, Eluchíl.*

kir- ›schneiden, spalten‹, in *Calacirya, Cirth, Angerthas, Cirith (Ninniach, Thoronath).* Aus der Bedeutung ›schnell hindurchgehen‹ leitete sich Quenya *círya,* ›scharfbugiges Schiff‹ (siehe auch *Kutter* und engl. *cut,* ›schneiden‹), und diese Bedeutung erscheint auch in *Círdan, Tar-Ciryatan* und ohne Zweifel auch in dem Namen *Círyon* (Isildurs Sohn).

lad ›Ebene, Tal‹, in *Dagorlad, Himlad; imlad,* ein enges Tal zwischen steilen Hängen, in *Imladris* (vgl. auch *Imlad Morgul* im Ephel Dúath).

laure ›golden‹ (von Licht und Farbe, nicht von dem Metall), in *Laurelin*; Sindarin-Formen in *Glórehel, Glordfindel, Loeg Ningloron, Lórindol, Rathlóriel.*

lhach ›Stichflamme‹, in *Dagor Bragollach,* vermutlich auch in *Anglachel* (das von Eol aus Meteoreisen geschmiedete Schwert).

lin (1) ›Teich, Weiher‹ in *Linaewen* (darin enthalten *aew* [Quenya *aiwe*], ›kleiner Vogel‹), *Teiglin*; vgl. *aelin.*

lin- (2) Diese Wurzel mit der Bedeutung ›singen, musikalische Töne erzeugen‹ erscheint in *Ainulindale, Laurelin, Lindar, Lindon, Ered Lindon, lómelindi.*

lith ›Asche‹, in *Anfauglith, Dor-nu-Fauglith*; auch in *Ered Lithui,* dem Aschengebirge, das die Nordgrenze von Mordor bildet, und *Lithlad,* dem ›Aschenfeld‹ zu Füßen der Ered Lithui.

lok- ›Krümmung, Schlinge‹, in *Urulóki* (Quenya *[h]lóke,* ›Schlange‹, Sindarin *lhûg*).

lóm ›Echo‹, in *Dor-lómin, Ered Lómin*; verwandt sind *Lammoth, Lanthir Lamath.*

lóme ›Dämmer‹, in *Lómion, lómelindi*; vgl. *dú.*

londe ›landumschlossener Hafen‹, in Alqualonde; die Sindarin-Form ist *lond (lonn),* in *Mithlond.*

los ›Schnee‹, in Oiolosse (Quenya *oio,* ›immer‹) und *losse,* ›schneeweiß‹; Sindarin *loss,* in *Amon Uilos* und *Aeglos.*

loth ›Blüte, Blume‹, in *Lothlórien, Nimloth*; Quenya *lóte,* in *Ninquelóte, Vingilóte.*

luin ›blau‹, in *Ered Luin, Helluin, Luinil, Mindolluin.*

maeg ›scharf, durchdringend‹ (Quenya *maika*), in *Maeglin.*

mal- ›golden‹, in *Malduin, Malinalda*; auch in *mallorn* und im Feld von *Cormallen,* das ›goldner Kreis‹ bedeutet und nach den *culumalda*-Bäumen benannt war, die dort wuchsen (vgl. *cul-*).

mān- ›gut, gesegnet, unverdorben‹, in *Aman, Manwe*; Ableitungen von *Aman: Amandil, Araman, Umanyar.*

mel- ›Liebe‹, in *Melian* (von *Melyanna,* ›teure Gabe‹); dieser Stamm erscheint auch in dem Sindarin-Wort *mellon,* ›Freund‹, in der Inschrift am Westtor von Moria.

men ›Weg‹, in *Númen, Hyarmen, Rómen, Formen.*

menel ›Die Himmel‹, in *Meneldil, Menelmacar, Meneltarma.*

mereth ›Fest‹, in *Mereth Aderthad*; auch in *Merethrond,* der Festhalle von Minas Tirith.

minas ›Turm‹, in *Annúminas, Minas Anor, Minas Tirith* usw. Derselbe Stamm erscheint auch in anderen Wörtern, die vereinzelte, herausragende Dinge bezeichnen, z. B. *Mindolluin, Mindon*; wahrscheinlich verwandt ist Quenya *minya,* ›erst-‹ (vgl. *Tar-Minyatur,* Elros' Name als erster König von Númenor).

mîr ›Juwel‹ (Quenya *míre*), in *Elemmíre, Gwaith-i-Mírdain, Míriel, Nauglamír, Tar-Atanamir.*

mith ›grau‹, in *Mithlond, Mithrandir, Mithrim*; auch in *Mitheithel,* dem Fluß in Eriador (eigentlich ›Grauquell‹; in der deutschen Ausgabe des *Herrn der Ringe* als ›Weißquell‹ bezeichnet).

mor ›dunkel‹, in *Mordor, Morgoth, Moria, Moriquendi, Mormegil, Morwen* usw.

moth ›Dämmer‹, in *Nan Elmoth.*

nan(d) ›Tal‹, in *Nan Dungortheb, Nan Elmoth, Nan-tathren.*

nar ›Feuer‹, in *Narsil, Narya*; tritt auch in den ursprünglichen Formen von *Aegnor* (*Aikanáro,* ›scharfe Flamme‹, ›wildes Feuer‹) und *Feanor* auf (*Feanáro,* ›Feuergeist‹). Die Sindarin-Form war *naur,* so in *Sammath Naur,* den Feuerkammern auf dem Orodruin. Von derselben alten Wurzel *(a)nar* war der Name der Sonne abgeleitet, Quenya *Anar* (auch in *Anárion*), Sindarin *Anor* (z. B. *Minas Anor, Anórien*).

naug ›Zwerg‹, in *Naugrim*; vgl. auch *Nogrod* (unter dem Stichwort *groth*). Verwandt ist ein anderes Sindarin-Wort für ›Zwerg‹, *nogoth,* Plural *noegyth* (*Noegyth Nibin,* ›die Kleinzwerge‹) und *nogothrim.*

-(n)dil sehr häufige Endung von Personennamen: *Amandil, Earendil* (Kurzform *Earnil*), *Elendil, Mardil* usw.; es bedeutet ›Hingabe, uneigennützige Liebe‹ (vgl. *Mardil* unter *bar*).

-(n)dur in Namen wie *Earendur* (Kurzform *Earnur*) ist von ähnlicher Bedeutung wie *-(n)dil.*

neldor ›Buche‹, *Neldoreth*; es scheint jedoch, daß dies eigentlich der Name Hírilorns war, der großen Buche mit den drei Stämmen (*nelde,* ›drei‹, und *orn*).

nen ›Wasser‹, gebraucht für Seen, Teiche und kleinere Flüsse, in *Nen Girith, Nenning, Nenuial, Nenya; Cuiviénen, Uinen;* auch in vielen Namen im *Herrn der Ringe,* so in *Nen Hithoel, Bruinen, Emyn Arnen, Núrnen, Nîn,* ›naß‹, in *Loeg Ningloron*; auch in *Nindalf.*

nim ›weiß‹ (aus dem älteren *nimf, nimp*), in *Nimbrethil, Nimloth, Nimphelos, niphredil* (*niphred,* ›Blässe‹), *Barad Nimras, Ered Nimrais.* Die Quenya-Form war *ninque*; also *Ninquelóte = Nimloth*; vgl. auch *Taniquetil.*

orn ›Baum‹, in *Celeborn, Hírilorn*; vgl. *Fangorn,* ›Baumbart‹, und *mallorn,* Plural *mellyrn,* die Bäume von Lothlórien.

orod ›Berg‹ in *Orodruin, Thangorodrim; Orocarni, Oromet.* Plural *ered,* in *Ered Engrin, Ered Lindon* usw.

os(t) ›Festung‹, in *Angrenost, Belegost, Formenos, Fornost, Mandos, Nargothrond* (aus *Narog-ost-rond*), *Os(t)giliath, Ost-in-Edhil.*

palan (Quenya) ›weit und breit‹, in *palantíri, Tar-Palantir.*

pel- ›ringsum‹, in *Pelargir, Pelóri* und dem *Pelennor,* dem ›umhegten Land‹ von Minas Tirith; auch in *Ephel Brandir, Ephel Dúath* (*ephel* aus *et-pel,* ›Außenzaun‹).

quen- (quet-) ›sagen, sprechen‹, in *Quendi (Calaquendi, Laiquendi, Moriquendi), Quenya, Valaquenta, Quenta Silmarillion.* Die Sindarin-Formen weisen anstelle des *qu p* (oder *b*) auf; z. B. *pedo,* ›sprich‹, in der Inschrift am Westtor von Moria, entsprechend dem Quenya-Stamm *quet-,* und Gandalfs Worte vor dem Tor, *la-*

sto beth lammen, ›höre die Worte meiner Zunge‹, worin *beth,* ›Wort‹, gleichbedeutend ist mit Quenya *quetta.*

ram ›Wall, Mauer‹ (Quenya *ramba*), in *Andram, Ramdal*; auch in *Rammas Echor,* die Mauer um die Pelennor-Felder bei Minas Tirith.

ran- ›wandern, schweifen‹, in *Rána,* der Mond, und *Mithrandir, Aerandir*; auch in dem Flußnamen *Gilraen* in Gondor.

rant ›Lauf‹, in den Flußnamen *Adurant* (mit *adu,* ›doppelt‹) und *Celebrant* (›Silberlauf‹).

ras ›Horn‹, in *Barad Nimras,* auch in *Caradhras* (›Rothorn‹) und *Methedras* (›letzter Gipfel‹) im Nebelgebirge; Plural *rais,* in *Ered Nimrais.*

rauko ›Dämon‹, in *Valaraukar*; Sindarin *raug, rog,* in *Balrog.*

ril ›Schimmer‹, in *Idril, Silmaril*; auch in *Andúril* (Aragorns Schwert) und in *mithril* (Moria-Silber). Idrils Name lautete in der Quenya-Form *Itarille* (oder *Itarilde*), aus einem Stamm *ita-,* ›funkeln‹.

rim ›große Zahl, Schar‹ (Quenya *rimbe*) wurde gewöhnlich zur Bildung von Plural- und Sammelbegriffen gebraucht, so *Golodhrim, Mithrim* (vgl. Index), *Naugrim, Thangorodrim* usw.

ring ›kalt, frostig‹, in *Ringil, Ringwil, Himring*; auch *Ringló,* der Fluß in Gondor, und *Ringare,* der Quenya-Name des letzten Monats im Jahr (*Der Herr der Ringe,* Anhang D).

ris ›spalten‹, scheint sich mit dem in der Bedeutung ähnlichen Stamm *kris-* vermischt zu haben (abgeleitet aus der Wurzel *kir-,* vgl. ebd., ›spalten, schneiden‹; von daher *Angrist* (vgl. auch *Orcrist,* ›Ork-Spalter‹, das Schwert Thorin Eichenschilds), *Crissaegrim, Imladris.*

roch ›Pferd‹ (Quenya *rokko*), in *Rochallor, Rohan* (aus *Rochand,* Pferdeland), *Rohirrim*; auch in *Roheryn,* ›Pferd der Herrin‹ (vgl. *heru*), Aragorns Pferd, das so genannt wurde, weil Arwen es ihm gegeben hatte (*Die Rückkehr des Königs,* V, 2).

rom- Ein Stamm, der den Klang der Trompeten und Hörner bezeichnet und in *Orome* und *Valaróma* erscheint; vgl. Béma, Oromes Name in der Sprache von Rohan, ins Angelsächsische übersetzt im *Herrn der Ringe,* Anhang A, II: angelsächsisch *beme,* ›Trompete‹.

rómen ›Aufgang (der Sonne), Osten‹ (Quenya) in *Rómenna.* Die Sindarin-Wörter für ›ost‹, *rhûn* (in *Talath Rhúnen*) und *amrûn* waren vom gleichen Ursprung.

rond bezeichnete ein gewölbtes oder bogenförmiges Dach oder ein auf diese Weise überdachtes großes Bauwerk; so in *Nargothrond* (vgl. *ost*) *Hadhodrond, Aglarond.* Es konnte auch auf den Himmel bezogen werden, von daher der Name *Elrond,* ›Sternenkuppel‹.

ros ›Schaum, Gischt, Sprühregen‹, in *Celebros, Elros, Rauros*; auch in *Cair Andros,* eine Insel im Anduin.

ruin ›rote Flamme‹ (Quenya *rúnya*), in *Orodruin.*

rûth ›Zorn‹, in *Aranrúth.*

sarn ›(kleiner) Stein‹, in *Sarn Athrad* (*Sarn-Furt* am Brandywein ist dazu eine Halb-Übersetzung); auch in *Sarn Gebir* (›Stein-Riffe‹: *ceber,* Plural *cebir,* ›Pflöcke‹), Stromschnellen im Anduin. Davon abgeleitet ist *Serni,* ein Flußname in Gondor.

sereg ›Blut‹ (Quenya *serke*), in *seregon.*

sil- (mit der Variante *thil-*) ›leuchten‹ (mit weißem oder silbernem Licht), in *Belthil, Galathilion, Silpion* sowie in Quenya *Isil,* Sindarin *Ithil*, der Mond (von daher *Isildur, Narsil; Minas Ithil, Ithilien*). Das Quenya-Wort *Silmarilli* soll sich von *silima* herleiten, dem Namen, den Feanor dem Stoff gab, aus dem die Silmaril geschaffen waren.

sîr ›Fluß‹, aus der Wurzel *sir-,* ›fließen‹, in *Ossiriand* (das erste Element vom Stamm des Zahlworts ›sieben‹, Quenya *otso,* Sindarin *odo*), *Sirion*; auch in *Sirannon* (›Torbach‹ von Moria) und *Sirith* (›ein Fließender‹, wie *tirith,* ›ein Wachender‹, von *tir*), ein Fluß in Gondor. Mit Wechsel von *s* zu *h* in der Wortmitte in *Minhiriath,*

›zwischen den Flüssen‹, das Gebiet zwischen Brandywein und Grauflut; in Nanduhirion, dem ›Tal der dunklen Bäche‹ oder Schattenbachtal (vgl. *nan[d]* und *dú*); und in *Ethir Adnuin,* dem Anduin-Delta (aus *et-sîr*).

sûl ›Wind‹, in *Amon Sûl, Súlimo*; vgl. *súlime,* Quenya-Name des dritten Jahresmonats (*Der Herr der Ringe,* Anhang D).

tal (dal) ›Fuß‹, in *Celebrindal*; mit der Bedeutung ›Ende‹ in *Ramdal.*

talath ›Flachland, Ebene‹, in *Talath Dirnen, Talath Rhúnen.*

tar- ›hoch‹ (Quenya *tára,* ›luftig‹), Präfix in den Quenya-Namen der númenóroischen Könige; auch in *Annatar.* Femininum *tári,* ›hohe Frau, Königin‹, in *Elentári, Kementári.* Vgl. *tarma,* ›Pfeiler‹, in *Meneltarma.*

tathar ›Weidenbaum‹; Adjektiv *tathren* in *Nan-tathren*; Quenya *tasare* in *Tasarinan, Nan-tasarion* (vgl. *Nan-tathren* im Index).

taur ›Wald‹ (Quenya *taurë*), in *Tauron, Taur-im-Duinath, Taur-nu-Fuin.*

tel- ›Schluß, Ende, der Letzte sein‹, in *Teleri.*

thalion ›stark, furchtlos‹, in *Cúthalion, Thalion.*

thang ›Unterdrückung‹, in *Thangorodrim,* auch in *Durthang* (eine Burg in Mordor). Quenya *sanga* bedeutete ›drücken, drängen‹, von daher *Sangahyando,* ›Gedränge-Spalter‹, als Name eines Mannes in Gondor (*Der Herr der Ringe,* Anhang A, I, 4).

thar- ›querüber, hindurch‹, in *Sarn Athrad, Thargelion*; auch in *Tharbad* (von *thara-pata,* ›Übergang‹), wo die alte Straße von Arnor und Gondor die Grauflut überquerte.

thaur ›widerwärtig, abscheulich‹, in *Sauron* (aus *Thauron*), *Gorthaur.*

thin(d) ›grau‹, in *Thingol*; Quenya *sinda* in *Sindar, Singollo* (*Sindacollo: collo,* ›Mantel‹).

thôl ›Helm‹, in *Dor Cúarthol, Gorthol.*

thôn ›Kiefer‹, in *Dorthonion.*

thoron ›Adler‹, in *Thorondor* (Quenya *Sorontar*), *Cirith Thoronath.* Die Quenya-Form ist vielleicht vorhanden in dem Namen des Sternbildes *Soronúme.*

til ›Spitze, Horn‹, in *Taniquetil, Tilion* (›die Gehörnte‹); auch in *Celebdil,* ›Silberzacken‹, Name eines Bergs bei Moria.

tin- ›funkeln‹ (Quenya *tinta,* ›funklen machen‹, *tinwe,* ›Funke‹), in *Tintalle*; auch in *tindóme,* ›Sternen-Zwielicht‹ (*Der Herr der Ringe,* Anhang D), von daher *tindómerel,* ›Tochter der Dämmerung‹, ein poetischer Name für die Nachtigall (Sindarin *Tinúviel*). Es erscheint auch in Sindarin *ithildin,* ›Sternenmond‹, der Stoff, aus dem die Zeichen am Westtor von Moria gemacht waren.

tir ›wachen, beobachten‹, in *Minas Tirith, palantíri, Tar-Palantir, Tirion.*

tol ›Insel‹ (mit steilen Ufern aus dem Meer oder einem Fluß aufsteigend), in *Tol Eressea, Tol Galen* usw.

tum ›Tal‹, in *Tumhalad, Tumladen*; Quenya *tumbo* (vgl. Baumbarts *tumbalemorna,* ›schwarzes, tiefes Tal‹, *Die zwei Türme,* III, 4). Vgl. *Utumno,* Sindarin *Udûn* (Gandalf nannte in Moria den Balrog ›Flamme von Udûn‹), ein Name, der später für das tiefe Tal zwischen dem Morannon und Isenmünde in Mordor gebraucht wurde.

tur ›Kraft, Meisterschaft‹, in *Turambar, Turgon, Túrin, Feanturi, Tar-Minyatur.*

uial ›Zwielicht, Dämmerung‹, in *Aelin-uial, Nenuial.*

ur- ›Hitze, heiß sein‹, in *Urulóki*; vgl. *Urime* und *Urui,* Quenya- und Sindarin-Name des achten Jahresmonats (*Der Herr der Ringe,* Anhang D). Verwandt ist das Quenya-Wort *aure,* ›Sonnenlicht, Tag‹ (vgl. Fingons Ausruf vor der Nirnaeth Arnoediad), Sindarin *aur,* das in der Form *Or-* das Präfix zu den Namen der Wochentage bildet.

val- ›Macht‹, in *Valar, Valacirca, Valaquenta, Valaraukar, Val(i)mar,*

Valinor. Der ursprüngliche Stamm war *bal-,* erhalten in Sindarin *Balan,* Plural *Belain,* die Valar, sowie in *Balrog.*

wen ›Mädchen‹, eine häufige Endung, so in *Earwen, Morwen.*
wing ›Schaum, Gischt‹, in *Elwing, Vingilot* (nur und in diesen beiden Namen).

yáve ›Frucht‹ (Quenya), in *Yavanna*; vgl. *Yavannië,* Quenya-Name des neunten Jahresmonats, und *yávië,* ›Herbst‹ (*Der Herr der Ringe,* Anhang D).

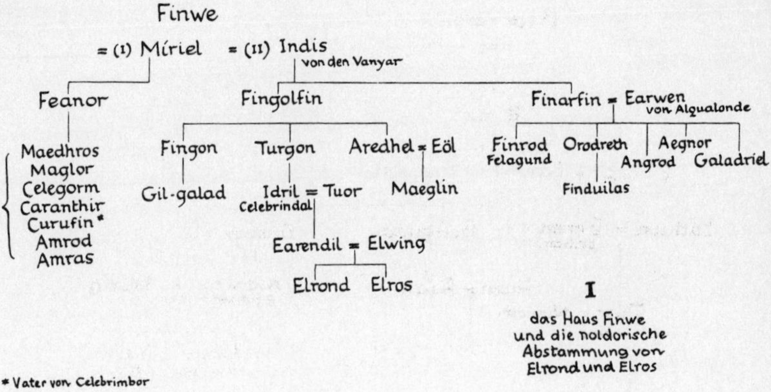

I

das Haus Finwe
und die noldorische
Abstammung von
Elrond und Elros

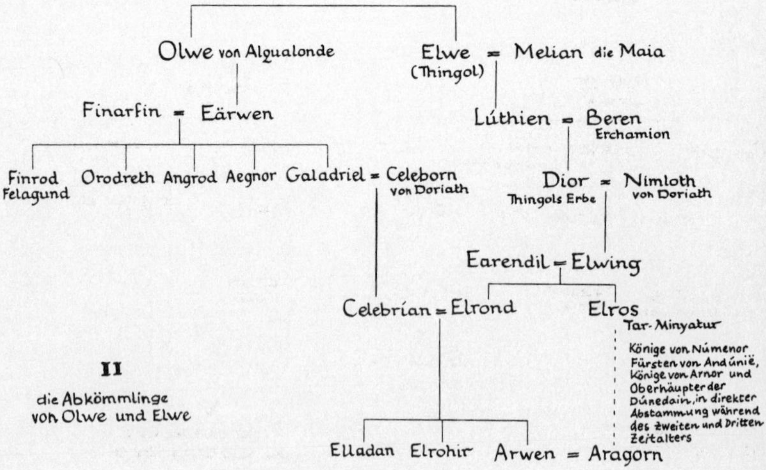

II

die Abkömmlinge
von Olwe und Elwe

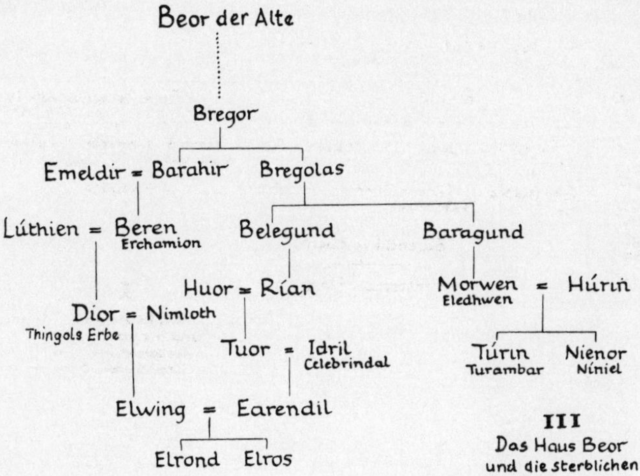

III

Das Haus Beor
und die sterblichen
Vorfahren von
Elrond und Elros

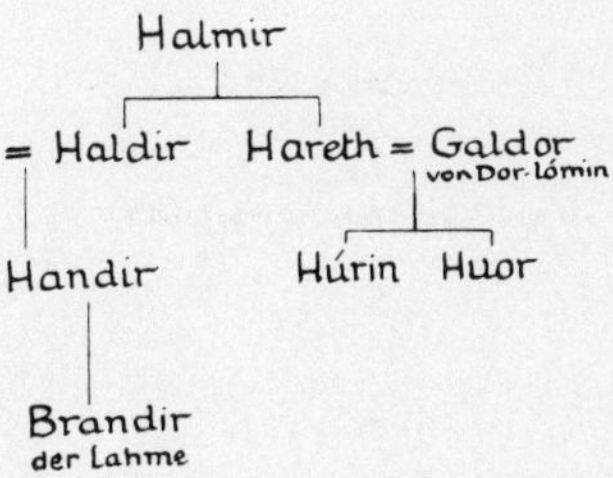

IV

Das Haus Hador
von Dor-lómin

V

Das Volk Haleths
(Die Haladin von Brethil)

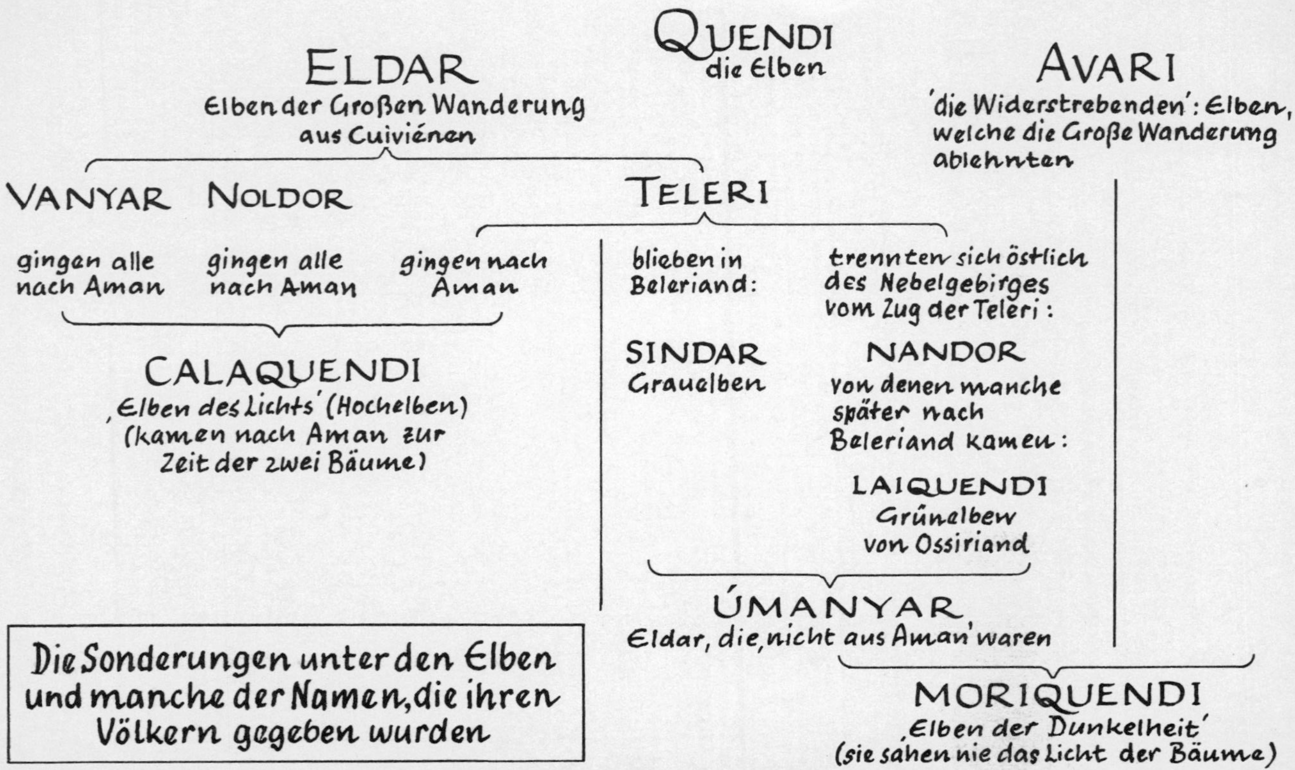

Die Sonderungen unter den Elben und manche der Namen, die ihren Völkern gegeben wurden

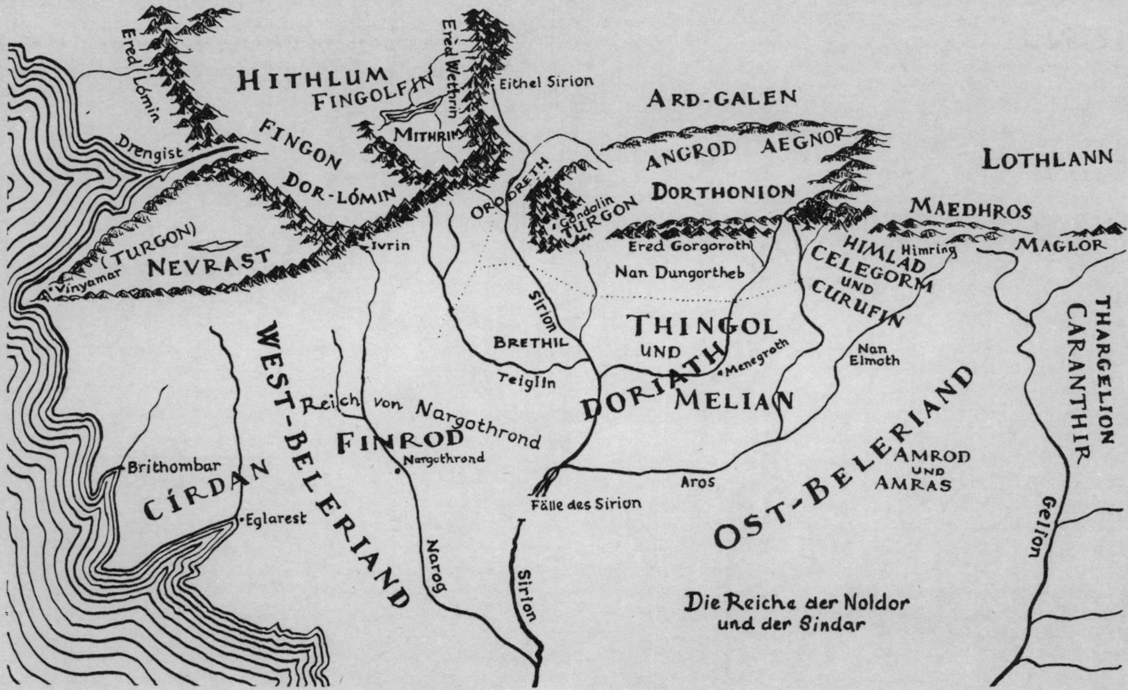
HITHLUM
FINGOLFIN
Ered Lómin
Ered Wethrin
Eithel Sirion
ARD-GALEN
LOTHLANN
FINGON
MITHRIM
Drengist
DOR-LÓMIN
ANGROD AEGNOR
DORTHONION
MAEDHROS
OROD... ETH
Gondolin
TURGON
(TURGON)
NEVRAST
Vinyamar
Ivrin
Ered Gorgoroth
Nan Dungortheb
HIMLAD
Himring
MAGLOR
CELEGORM
UND
CURUFIN
Sirion
BRETHIL
THINGOL
UND
DORIATH
Menegroth
MELIAN
Teiglin
Nan Elmoth
THARGELION
CARANTHIR
WEST-BELERIAND
Reich von Nargothrond
FINROD
Nargothrond
Brithombar
CÍRDAN
Eglarest
Fälle des Sirion
Aros
OST-BELERIAND
AMROD
UND
AMRAS
Narog
Sirion
Gelion
Die Reiche der Noldor
und der Sindar

Eisbucht von FOROCHEL
FORODWAITH
Carn Dûm
Hier war einst das Hexenreich von ANGMAR
Ettenöden
Das Verlorene Reich von ARNOR
Evendim-Berge
Nördliche Höhen
Evendim- oder Lenulal-See
Fornost
Wetterberge
Chetwald
Mückenwassermoore
Wetterspitze
Große Oststraße
Die Letzte Brücke
oder MITHEITEL
Trollhöhen
RHUDAUR
Furt
Fl. LAUTWASSER oder BRUINEN
Bree
Hügelgräberhöhen
Südhöhen
Brandywein-Brücke
ALTER WALD
Bockland
Hobbingen
Michelbinge auf den Weißen Höhen
weite Höhen
Westmark
DAS AUENLAND
Turmberge
ERIADOR
Blaue Berge
ERED LUIN
Fluß LHÛN (Luhn)
FORLINDON
Forlond
Graue Anfurten
Golf von LUHN
Harlond
HARLINDON
ERED LUIN
Sarn-Furt
Der Grünweg
Fl. BARANDUIN oder BRANDYWEIN
Fl. WEISSQUELL
Eregion (Hulsten)
Moria Tor
Tharbad
Alte Südstraße
MINHIRIATH
Fluß GWATHLO oder GRAUFLUT
DUNLAND
ENEDWAITH
Nan Curunír
Isengart
Pforte von Rohan
Helm
Fluß ISEN
ERED NIMRAIS
Fluß LEFNUI
PINNATH GELIN
ANFALAS (Lange Küste)
N
C.J.R.T.
Meilen 50 100 150 200 250 300
BUCHT VON BELFALAS